DICIONÁRIOS GARNIER

1. DICIONÁRIO LATINO-PORTUGUÊS - F.R. dos Santos Saraiva
2. VOCABULÁRIO DA LÍNGUA GREGA - Ramiz Galvão
3. DICIONÁRIO ESPANHOL-PORTUGUÊS - A. Tenório de Albuquerque
4. FRASES E CURIOSIDADES LATINAS - Arthur Vieira de Rezende e Silva
5. DICIONÁRIO ITALIANO-PORTUGUÊS - João Amendola
6. DICIONÁRIO INGLÊS/PORTUGUÊS-PORTUGUÊS/INGLÊS - João Fernandes Valdez e Levindo Castro Lafayete
7. DICIONÁRIO FRANCÊS/PORTUGUÊS-PORTUGUÊS/FRANCÊS - João Fernandes Valdez
8. VOCABULÁRIO LATINO-PORTUGUÊS - Ernesto Faria
9. DICIONÁRIO DAS DIFICULDADES DA LÍNGUA PORTUGUESA - Cândido Jucá (Filho)
10. DICIONÁRIO TÉCNICO INDUSTRIAL - Michel Feutry - Robert M. de Mertzenfeld - Agnès Dollinger
11. NOVO DICIONÁRIO ENCICLOPÉDICO ILUSTRADO DA LÍNGUA PORTUGUESA - Simões da Fonseca Inteiramente Refundido, Acrescentado, Melhorado e Atualizado por: João Ribeiro - Aires da Mata Machado Filho - Mário Casasanta - José Mesquita de Carvalho - Sami Sirihal - Hénio Tavares
12. DICIONÁRIO DE PALAVRAS CRUZADAS E CONHECIMENTOS GERAIS - M. L. Juncker Rivellino
13. DICIONÁRIO TÉCNICO INDUSTRIAL - J. Arthur Hanks
14. DICIONÁRIO DE ELETRICIDADE, ELETRÔNICA, TELECOMUNICAÇÕES E ENERGIA NUCLEAR - J.W. Chalmers
15. DICIONÁRIO DE SINÔNIMOS E ANTÔNIMOS DA LÍNGUA PORTUGUESA - Simões da Fonseca
16. DICCIONARIO PRÁCTICO DE LA LENGUA ESPAÑOLA - José Blanco Hernandez e Rafael Fierro Martinez

DICCIONARIO PRÁCTICO DE LA LENGUA ESPAÑOLA

DICIONÁRIOS GARNIER

Vol. 16

LIVRARIA GARNIER
BELO HORIZONTE
Rua São Geraldo, 67 - Floresta - Cep. 30-150-070
Tel.: (31) 3212-4600 - Fax: (31) 3224-5151

JOSÉ BLANCO HERNANDEZ
RAFAEL FIERRO MARTINEZ

DICCIONARIO PRÁCTICO DE LA LENGUA ESPAÑOLA

LIVRARIA GARNIER

118, Rua Benjamin Constant, 118
Rio de Janeiro

53, Rua São Geraldo, 53
Belo Horizonte

2003

Direitos de Propriedade Literária adquiridos pela
LIVRARIA GARNIER
Belo Horizonte

Impresso no Brasil
Printed in Brazil

Abreviaturas y epígrafes utilizados em esta obra

A

Acúst. *acústica*

Acúst. acústica
adj. adjetivo
adv. adverbio
adv. afirm. adverbio de afirmación
adv. c. adverbio de cantidad
adv. 1. adverbio de lugar
adv. m. adverbio de modo
adv. neg. adverbio negativo
adv. t. adverbio de tiempo
Aeron. aeronáutica
Agr. agricultura
Alg. álgebra
amb.ambiguo
Amer.americanismo
Anat. anatomía
ant.antiguo, antiguamente
anton. antonomasia
Antrop. antropología
apl. aplícase
aprox. aproximadamente
Arit. aritmética
Arqueol. arqueología
Arquit. arquitectura
Astrol. astrología
Astrofis. astrofísica
Astron. astronomía

B

Biol. biología
Bioquim. bioquímica
Bot. botánica

C

c. ciudad
Cir. cirugía
cm centímetro
Com. común
comp. comercio
compl. comparativo
conj. conjunción
conj. advers. conjunción adversativa
conj. comp. conjunción comparativa
conj. cond. conjunción condicional
conj. copulat. conjunción copulativa
conj. disyunt. conjunción disyuntiva
conj. ilat. conjunción ilativa
Constr. construcción

D

defect. defectivo
Dep. deportes
Der. derecho
despect. despectivo
díc. dícese
dim. diminutivo

E

Econ. economía
Electr. eletricidad
Electrón. electrónica
Electrotec. electrotecnia
Encicl enciclopedia
esp. especialmente
etc. etcétera
Etnol. etnología
expr. expresión
ext. extensión

F

f. femenino
fam. familiar, familia
Farm. farmacia
fest. festivo
fig. figurado
Fil. filosofia
Fis. física
Fisiol. fisiologia
For forense

G

gén gênero
Geogr. geografia
Geol. geologia
Geom. geometria
gr. griego
gralt. generalmente
Gram. gramática

H

homón. homônimo

I

impers. impersonal
import. importante
indet. indeterminado
insep. inseparable
intr. intransitivo
interj. interjección
irón. irónico
irreg. irregular

K

kg kilogramo
km kilómetro
km² kilómetro cuadrado

L

lat. latín
Ling. lingüística
Lóg. *lógica*
long. longitud

M

m metro
m. masculino
-m -mente
m. adv. modo adverbial
m. conj. modo conjuntivo
Mar. marina
Mat. matemáticas
Med. medicina
Metrol. metrología
Mil. militar
Min. minería
Mineral. mineralogía
Mit. mitología
Mov. movimiento
Mús. música

N

neg. negación, negativo
núm. número

O

onomat. onomatopeya
Opt. óptica

P

pl. plural
pobl. población
Poét. poética

pral. principal
pref. prefijo
prep. preposición
prnl. pronominal
pron. pronombre
pron. dem. pronombre demostrativo
pron. pers. pronombre personal
pron. poses. pronombre posesivo
pron. relat. pronombre relativo
prov. provincia

Q

Quím. química
Quím.-Fís.química-física
Quím. Org. química orgánica

R

r. reflexivo
Rel. religión
Ret. retórica

S

s. sustantivo
símb. símbolo
sing. singular
sinón. sinónimo
sit. situado
superl. superlativo

T

Tecnol. tecnología
tr. transitivo

U

ú. úsase

V

v. verbo
Vet. veterinaria
vulg. vulgar

Z

Zool. zoología

A

1. a n.f. **I.** Primera letra del abecedario español. **II.** (A) DIAL Signo de la proposición universal afirmativa. **III. 1.** (A) ELECTR Abrev. de amperio. **2.** MAR En las cartas marinas la A indica los bancos de arena. **3.** METR. Abrev. de *área*. **4.** QUIM Símbolo del *argón*. — *De la A a la Z.* Desde el principio hasta el final.

2. a prep. **1.** Denota el complemento de la acción del verbo, delante de un nombre o un verbo en infinitivo. *Respeta a los ancianos; me enseñó a leer.* **2.** Indica dirección o término. *Voy a Roma; estos libros van dirigidos a tu padre*; se usa en frases imperativas, como *¡A comer!* **3.** Determina lugar o tiempo. *Le cogieron a la puerta; firmaré a la noche.* **4.** Determina la situación de personas o cosas. *A la derecha del Rey; a oriente.* **5.** Designa la distancia o el tiempo que media entre una cosa y otra. *De calle a calle; de once a doce del día.* **6.** Denota el modo de la acción. *A pie.* **7.** Precede a la designación del precio de las cosas. *A dos dólares el kilo.* **8.** Indica distribución o cuenta proporcional. *Dos a dos; a tres por ciento.* **9.** Expresa comparación o contraposición. **10.** Precede al infinitivo en expresiones de sentido condicional. *A decir verdad.* **11.** Con. *Quien a hierro mata, a hierro muere.* **12.** Hacia. *Se fue a ellos como un león.* **13.** Hasta. *Pasó el río con el agua a la cintura.* **14.** Junto a. *A la orilla del mar.* **15.** Para. *A beneficio del público.* **16.** Por. *A instancias mías.* **17.** Según. *A lo que parece.* **18.** Da principio a muchos modos y frases adverbiales. *A bulto, a oscuras, a todo correr.*

a- part.insep. que denota privación o negación. *Acromático, ateísmo.*

ab prep. lat. que sólo se emplea en algunas frases latinas, como *ab initio, ab aeterno.*

ab absurdo, loc. latina. Por lo absurdo. *Demostración ab absurdo.*

abacería n.f. Puesto o tienda donde se vendían al por menor aceite, legumbres secas, etc.

abacial adj. Perteneciente o relativo al abad, a la abadesa o a la abadía.

ábaco n.m. Cuadro de madera con 10 alambres paralelos y en cada uno de ellos otras tantas bolas movibles, usado en las escuelas para enseñar cálculo.

abad n.m. **I. 1.** Título que llevan los superiores de los monasterios. **2.** En algunos lugares, cura párroco. **3.** Cura que preside un cabildo durante cierto tiempo. **II.** Abadejo o carraleja. • **abadengo,a I.** adj. Perteneciente o relativo a la dignidad o jurisdicción del abad. **II.** n.m. **1.** Abadía, territorio y bienes del abad o de la abadesa. **2.** Poseedor de bienes abadengos. • **abadesa** n.f. Superiora en ciertas comunidades de religiosas. • **abadía** n.f. **1.** Dignidad de abad o de abadesa. **2.** Iglesia o monasterio regido por un abad o una abadesa.

abadejo n.m. Bacalao. ▷ Nombre común a varios peces del mismo género que el bacalao.

abadíes o **'abbādíes,** dinastía árabe que tras el desmembramiento del califato (s. XI) reinó en la región SO de Al-Andalus, con Sevilla (Hispalis) como capital. Fue fundada por Abū-l-Qāsim Muhammad ibn 'Abbād y sus sucesores desarrollaron una política expansionista que pretendía la unificación de Al-Andalus. Los almorávides, que habían sido llamados en apoyo de las fuerzas abadíes, destronaron al último de sus reyes: Al-Mutamid.

abajeño,a n. y adj. *Méx.* Natural o procedente de costas y tierras bajas.

abajo adv.l. **1.** Hacia lugar inferior. **2.** En lugar o parte inferior. **3.** En lugar posterior, o que está después de otro; pero denotando inferioridad. Se usa especialmente hablando de libros o escritos. **4.** En dirección a lo que está más bajo respecto de lo que está más alto. *Cuesta abajo.* — *¡Abajo!* interj. que se emplea como desaprobación de algo o de alguien. • **abajadero** n.m. Cuesta, terreno en pendiente.

abalanzar 1. v.tr y prnl. Igualar, equilibrar. **2.** v.tr. Lanzar violentamente. **3.** v.prnl. Arrojarse inconsideradamente a hacer alguna cosa. ▷ Arrojarse con ímpetu a, o sobre alguno.

abalar v.tr. Mover de un lugar.

abalear v.tr. Separar del grano de los cereales después de aventados, los granzones y la paja gruesa.

abalorio n.m. **1.** Conjunto de cuentecillas de vidrio agujereadas, con las cuales pueden hacerse adornos y labores. **2.** Cada una de estas cuentecillas.

abanderar v.tr. y prnl. **1.** Matricular bajo la bandera de un Estado un buque de nacionalidad extranjera. **2.** Proveer a un buque de los documentos que acreditan su bandera. • **abanderado** n.m. **1.** Oficial destinado a llevar la bandera de un regimiento o de un batallón de infantería. **2.** El que lleva bandera en las procesiones u otros actos públicos.

abandonar I. v.tr. **1.** Dejar, a una persona o cosa. **2.** Desistir de una ocupación, un intento, un derecho, etc. **3.** No hacer caso de ello. ▷ DEP Renunciar a continuar en una competición. **II.** v.tr. y prnl. Apoyar, reclinar con dejadez. **III.** v.prnl. **1.** Fig. Dejarse dominar por pasiones o vicios. **2.** Confiarse. **3.** Fig. Descuidar uno sus obligaciones o su aseo. **4.** Caer de ánimo. • **abandonado,a** adj. **1.** Descuidado, desidioso. **2.** Sucio, desaseado. • **abandonismo** n.m. Tendencia a abandonar sin lucha algo que poseemos o nos corresponde. • **abandono** n.m. **1.** Acción y efecto de abandonar o abandonarse. ▷ DER *Abandono del domicilio conyugal*: el hecho de abandonar, uno de los esposos, el domicilio legal de la pareja.

abanico n.m. **1.** Instrumento para hacer aire. Los hay de muy diversas clases. Su uso data de la más remota antigüedad. **2.** Fig. Cosa de figura de abanico.

abanto I. n.m. **1.** Ave rapaz semejante al buitre, pero más pequeña, con la cabeza y cuello cubiertos de pluma, y el color blanquecino. Vive en el África septentrional y pasa en verano a Europa. **2.** P. ext., cualquier otra ave de la familia de los buitres. **II.** adj. Fig. Torpe.

abaratar v.tr. Disminuir el precio de una cosa, hacerla barata.

abarca n.f. **1.** Calzado de cuero crudo que cubre sólo la planta de los pies con reborde en torno, y se asegura con cuerdas o correas sobre el empeine y el tobillo. Hoy se hacen también de caucho. **2.** En algunas regiones, *zueco,* zapato de madera.

abarcar v.tr. **1.** Ceñir con los brazos o con la mano alguna cosa. **2.** Fig. Ceñir, rodear, comprender. **3.** Contener, implicar o encerrar en sí. **4.** Alcanzar con la vista. **5.** Tomar uno a su cargo muchas cosas o negocios a un tiempo.

abaritonado,a adj. Se dice de la voz parecida a la del barítono y de los instrumentos cuyo sonido tiene timbre semejante.

abarloar v.tr. y prnl. MAR. Arrimar el costado de un buque con el de otro buque, muelle, etc.

abarquillar v.tr. y prnl. Encorvar un cuerpo delgado y ancho, como una hoja de papel, sin que llegue a formar rollo.

abarrancar I. v.tr. y prnl. **1.** Hacer barrancos. **2.** Meter en un barranco. **II.** v.int. y prnl. Varar, encallar la embarcación.

abarrotar v.tr. **1.** Apretar o fortalecer con barrotes. **2.** MAR. Asegurar la estiba con barrotes. **3.** Cargar un buque aprovechando todos los sitios disponibles. **4.** P. ext., atestar de géneros u otras cosas una tienda, un almacén, etc.; llenar, ocupar totalmente un determinado espacio, lugar, etc., personas o cosas. • **abarrote** n.m. **1.** MAR. Fardo pequeño que sirve para la estiba. **2.** *Amér.* Establecimiento donde se venden abarrotes. **3.** pl. *Amér.* Artículos de comercio.

abasíes, dinastía de 37 califas árabes, descendientes de 'Abbās, tío de Mahoma; derrocaron a los omeyas en el año 750 e hicieron de Bagdad su capital y el centro de una brillante civilización. Fueron expulsados por los mongoles (toma de Bagdad en 1258), pero restablecieron su poder en Egipto hasta la llegada de los otomanos (1517).

abastecer v.tr. y prnl. Proveer de bastimentos o de otras cosas necesarias. • **abasto** n.m. **1.** Provisión de víveres para atender a las necesidades de un pueblo o ciudad. **2.** pl. Provisión de artículos destinados al consumo. ▷ pl. Víveres. — *Dar abasto a una cosa.* Proveer a todas sus necesidades. Se usa más con neg.

abate n.m. Eclesiástico de órdenes menores.

abatí n.m. **1.** En algunas regiones de la Argentina, maíz. **2.** *Arg.* y *Par.* Bebida alcohólica destilada del maíz.

abatir I. v.tr. y prnl. **1.** Derribar, echar por tierra. **2.** Fig. Humillar. **3.** Fig. Hacer perder el ánimo. **4.** GEOM Hacer girar alrededor de su trazo un plano secante a otro, hasta superponerlo a éste. **II.** v.tr. **1.** Hacer que baje una cosa. **2.** Inclinar, poner tendido lo que estaba vertical. **3.** MAR Desarmar alguna cosa para reducir su volumen. **III.** v.int. Desviarse un buque de su rumbo. **IV.** v.prnl. Descender el ave de rapiña. *El águila se abatió.* •

abatimiento n.m. **1.** Postración física o moral de una persona. **2.** Humillación, bajeza. **3.** MAR Ángulo que forma la línea de la quilla con la dirección que realmente sigue la nave.

abbevilliense n.m. y adj. Facies antiguo del Paleolítico inferior, caracterizado por piezas de sílex talladas por las dos caras.

abdicar v.tr. **1.** Ceder o renunciar a la soberanía de un pueblo; renunciar otras dignidades o empleos. **2.** Ceder o renunciar derechos, ventajas, opiniones, etc. **3.** Privar a uno de un estado favorable, de un derecho, facultad o poder.

abdomen n.m. **1.** Vientre; cavidad; conjunto de las vísceras contenidas en ella y región exterior correspondiente. **2.** ZOOL Región posterior, de las tres en que está dividido el cuerpo de los insectos, arácnidos y crustáceos.

abducción n.f. **1.** DIAL Silogismo en que la premisa mayor es evidente y la menor probable. **2.** ZOOL Movimiento por el cual un miembro u otro órgano se aleja del plano medio que divide en dos partes simétricas. *Abducción del brazo, del ojo.*

abecé n.m. **1.** Abecedario. **2.** Fig. Rudimentos de una ciencia.

abecedario n.m. **1.** Serie de las letras de un idioma, según el orden en que cada cual de ellos las considera colocadas. **2.** Cartel o librito con las letras del *abecedario*, que sirve para enseñar a leer. **3.** IMP Orden de las signaturas de los pliegos de una impresión cuando van señalados con letras. — *Abecedario manual.* Sistema de signos que en equivalencia de las letras del alfabeto se hacen con los dedos de la mano, y que usan principalmente los sordomudos para comunicarse entre sí. — *Abecedario telegráfico.* Conjunto de signos o cifras que se emplean en la telegrafía.

abedul n.m. Árbol de la familia de las betuláceas, de unos diez metros de altura, con hojas pequeñas y dentadas, dispuestas en ramillas colgantes que forman una copa de figura irregular. Madera de este árbol.

abeja n.f. **1.** Insecto himenóptero acúleo (con aguijón) que produce miel. **2.** Fig. Persona laboriosa. **3.** n.p.f. ASTRON Mosca, constelación celeste. • **abejar** n.m. Colmenar. • **abejarrón** n.m. **1.** Abejorro (insecto). **2.** Abejón (juego). • **abejaruco** n.m. ZOOL Pájaro del suborden de los sindáctilos, de unos 15 centímetros de longitud, con alas y pico largos; su plumaje es de colores vivos y variados. Se come las abejas. ▷ Fig. Persona chismosa. • **abejera** n.f. **1.** Colmenar. **2.** Toronjil. • **abejero,a** **1.** n.m. y f. Persona que cuida de las colmenas. **2.** n.m. Abejaruco (ave).
ENCICL Algunas abejas (osmia, megachile) viven solitarias; otras viven en sociedad. La especie social más importante, la abeja común (*Apis mellifica,* familia ápidos), tiene entre 15 y 20 mm de largo y la boca es de tipo triturador y lamedor, con una trompa destinada a recoger y aspirar el néctar de las flores, que el insecto transforma en miel por la evaporación del agua. La sociedad de las abejas está formada por varias castas muy diferenciadas morfológicamente: las obreras, pequeñas, son las encargadas de alimentar a las larvas, limpiar la colmena y recoger el néctar y el polen; su abdomen termina en un aguijón venenoso; entre los machos (zánganos) sólo uno garantiza la reproducción; la reina, de gran tamaño, no tiene más que una función: poner huevos. Las obreras se comunican, por medio de un sistema de movimientos instintivos («el baile», estudiado por K. von Frisch), la dirección, respecto al Sol, del lugar de la cosecha y su distancia a la colmena. La reina secreta una sustancia química que, absorbida por las abejas, mantiene la cohesión del grupo; cuando éste se hace excesivamente numeroso, la débil concentración de esta sustancia, provoca la enjambrazón de las sobrantes. Los panales de la colmena tienen dos tipos de celdillas, unas llenas de polen o miel y otras destinadas a recibir los huevos puestos por la reina. Según su tamaño, de estas celdillas para huevos nacerán obreras, estériles por falta de alimentación, futuras reinas, alimentadas con jalea real, o machos, nacidos de huevos no fecundados.

abejorro n.m. **1.** Insecto himenóptero, de dos a tres centímetros de largo, velludo y con la trompa muy desarrollada y que zumba al volar. **2.** ZOOL Insecto coleóptero, de dos a tres centímetros de largo, que tiene el cuerpo negro, los élitros de color pardo leonado y rojizas las patas y las antenas. Zumba al volar **3.** Fig. Persona de conversación pesada y molesta.

aberrar v.int. Equivocarse, extraviarse. • **aberración** n.f. **1.** ASTRON y FIS Deformación producida por parámetros secundarios. **2.** MED Anomalía de orden anatómico, fisiológico o psíquico. **3.** Desviación de la imaginación, error de juicio. **4.** ESTAD Desviación importante con respecto a un valor medio. • **aberrante** adj. **1.** Que se desvía de lo normal. **2.** Contrario a la razón, al sentido común.
ENCICL **Astron.** — Se llama *aberración* de la luz al fenómeno, debido al movimiento de la Tierra, que se traduce, al observar un astro, en una desviación respecto a su dirección real. La rotación de la Tierra sobre su eje da lugar a la *aberración diurna* y la rotación de la Tierra alrededor del Sol, a la *aberración anual.* FIS Un sistema óptico adolece de aberración cuando no es astigmático para el conjunto de puntos del espacio, es decir, cuando no da una imagen reducida a un punto de todos los puntos del espacio. Se pueden distinguir: las *aberraciones cromáticas*, debidas a la variación de los índices de refracción de los medios ópticos atravesados en función de la longitud de onda de la luz, y las *aberraciones geométricas*: aberraciones de esfericidad, curvatura de campo, distorsión.

abertura n.f. **1.** Acción de abrir o abrirse. **2.** Hendidura o grieta. **3.** Grieta formada en la tierra por la sequedad o los torrentes. **4.** Terreno ancho y abierto que media entre dos montañas. **5.** Ensenada. **6.** Fig. Franqueza, en el trato. **7.** OPT Diámetro útil de un anteojo, telescopio u objetivo. **8.** MAR Separación de los castillos de un buque. **9.** FON Amplitud que los órganos articulatorios dejan al paso del aire, al producirse la emisión de un sonido. **10.** FON Cualidad que el sonido recibe según sea la amplitud que los órganos articulatorios dejan al paso del aire cuando es emitido. **11.** MAT Separación de dos líneas que concurren en un punto y forman un ángulo.

abeto n.m. BOT Árbol resinoso de la familia de las pináceas caracterizado por los conos de sus ramas y por sus hojas aplanadas y alternas.
ENCICL El verdadero abeto (es decir, del género *Abies*) más extendido en Europa es el abeto blanco, árbol de montaña de aspecto piramidal que puede alcanzar los 50 m de altitud. Del abeto balsámico de América del N se extrae, tras entalladura, el bálsamo del Canadá. Existen numerosas especies de abetos extendidos por montañas y regiones frías: El abeto grande, que puede alcanzar los 90 m, y el abeto rojo de California (70 m). El abeto de Corea de color azul-verde o gris-verde, se cultiva en Europa para la ornamentación. La madera de abeto, poco usada en ebanistería, se emplea para maderámenes y postes, y para la fabricación de pasta de papel.

abierto,a **I.** part. pas. irreg. de *abrir.* **II.** adj. **1.** Llano, raso. Dícese comúnmente del campo. **2.** No murado o cercado. **3.** Fig. Ingenuo, franco. **4.** Claro, patente, indudable. **5.** Comprensivo, tolerante. **6.** Fig. VETER Dícese de los caballos que sufren lesiones del aparato locomotor. **7.** Fig. Dícese también de aquellos cuya edad se conoce por la disposición de la dentadura. **8.** MAR Dícese de la embarcación que no tiene cubierta. **9.** MAT *Intervalo abierto,* el que carece de límites. **10.** ELECTR *Circuito abierto,* el que presenta una interrupción y por lo tanto la corriente no pasa por él.

abigarrar v.tr. Dar o poner a una cosa varios colores mal combinados. • **abigarrado,a** **1.** adj. De varios colores, mal combinados. **2.** Dícese también de lo heterogéneo reunido sin concierto.

ab initio loc. adv. latina, «desde el principio».

1. ab intestato loc. adv. lat. **1.** Sin testamento. *Murió ab intestato.* **2.** Descuidada, abandonadamente.

2. abintestato n.m. Procedimiento judicial sobre herencia y adjudicación de bienes del que muere sin testar.

abiótico,a **1.** n. y adj. ECOL Sustancia simple o compuesta, orgánica o inorgánica, que resulta esencial para la supervivencia de un ecosistema. El agua, el oxígeno, el humus vegetal, por ejemplo, son sustancias abióticas. **2.** adj. BIOL Relativo a la falta de vida.

abipones, pueblo indígena sudamericano del grupo guaicurú. Habitaban las orillas del Paraná (provincias de Santa Fe y el Chaco, en la Argentina). Numerosos y valientes, practicaban la caza, la pesca y la agricultura. Vivían al aire libre, abrigándose con ramas. Creían en el traspaso de las almas malas a los animales venenosos y reptiles. Diversos estudios sitúan en unos 150.000 los componentes de las tribus en tiempos de la conquista. Actualmente sobreviven algunos descendientes en el sur de Formosa, la Argentina.

abisal adj. De los abismos; de la naturaleza del abismo. *La fauna abisal.*

abismado,a adj. Ensimismado, reconcentrado.

abismal adj. Perteneciente al abismo; profundo, insondable, incomprensible • **abismar** **I.** v.tr. y prnl. **1.** Hundir en un abismo. **2.** Fig. Confundir, abatir. **II.** v.prnl. Fig. Entregarse del todo a la contemplación, al dolor, etcétera. • **abismo** n.m. **1.** Cualquier profundidad grande, imponente y peligrosa. ▷ Fosa oceánica. **2.** Infierno. **3.** Fig. Cosa inmensa, insondable o incomprensible.

abjurar v.tr. e int. Desdecirse con juramento; renunciar solemnemente.

ablación n.f. **1.** Cercenamiento, supresión ▷ CIR Extirpación de un miembro, órgano, tejido o tumor. **2.** ESP Destrucción de un material, acompañada de una gran absorción de calor, v. ENCICL **3.** GEOMORF Pérdida de materia de un relieve sometido a la erosión.
ENCICL ESP — El frenado de una nave espacial, cuando ésta entra en la atmósfera, produce cantidades considerables de calor. Sin una adecuada protección térmica, las estructuras de la nave serían rápidamente destruídas. Para soportar este choque térmico, se recubren sus estructuras con materiales que impiden la ablación (tejidos de fibra de silicio, de amianto, de carbono o de nylon impregnados de resinas) y que se descomponen por pirólisis, carbonización, sublimación, fusión y vaporización, absorbiendo el calor desprendido por la nave.

ablandar **I.** v.tr. y prnl. **1.** Poner blanda una cosa. **2.** Mitigar la fiereza o el enojo de alguno. **II.** v.tr. Laxar, suavizar. **III.** v.int. **1.** Calmar sus rigores el invierno. **2.** Ceder en su fuerza el viento. **IV.** v. prnl. Acobardarse. • **ablandamiento** n.m. **1.** Acción y efecto de ablandar o ablandarse. **2.** TECN Reducción de la cantidad de sales de calcio disueltas en el agua para hacerla idónea para su utilización.

ablativo n.m. GRAM Uno de los casos de la declinación. Hace en la oración oficio de complemento, expresando en ella relaciones de procedencia, situación, modo, tiempo, instrumento, materia, etc., y en castellano lleva casi siempre antepuesta preposición, siendo las más usuales, *con, de, desde, en,* *por, sin, sobre, tras.* — *Ablativo absoluto.* Expresión elíptica sin conexión o vínculo gramatical con el resto de la frase a que pertenece, pero de la cual depende por el sentido. Puede componerse de dos nombres con preposición, o de nombre o pronombre acompañado de adjetivo, participio o gerundio, y constar además de otras partes de la oración. *En silencio la casa, pudimos ya acostarnos; muerto el perro, se acabó la rabia.* Consta a veces de un solo gerundio o un solo participio, sobrentendiéndose un nombre. *Hablando, le dio un desmayo.*

ablución n.f. **1.** Lavatorio. **2.** Acción de purificarse por medio del agua, según ritos de algunas religiones, como la judaica, la mahometana, etc. **3.** Ceremonia de purificar el cáliz y de lavarse los dedos el sacerdote después de consumir.

abnegar v.tr. y prnl. Renunciar uno voluntariamente a sus deseos, afectos o intereses. • **abnegación** n.f. Sacrificio que uno hace de su voluntad, de sus afectos o de sus intereses en servicio de Dios o para bien del prójimo. • **abnegado,a** adj. Que tiene abnegación.

abocado,a adj. **1.** Dícese del vino ni seco ni dulce, pero agradable al gusto por su suavidad. **2.** Expuesto a cualquier accidente próspero o adverso.

abocar **I.** v.tr. **1.** Verter el contenido de un recipiente en otro aproximando para ello las bocas de ambos. **2.** Asir con la boca. **II.** v.tr. y prnl. Acercar, aproximar. **III.** v.prnl. Juntarse una o más personas para tratar un negocio. **IV.** v.int. MAR Comenzar a entrar en un canal, estrecho, puerto, etc.

abocetar v.tr. Ejecutar bocetos o dar el carácter de tales a las obras artísticas. • **abocetado,a** adj. Se dice de la pintura que, por estar poco concluida, más parece boceto que obra terminada.

abocinar **1.** v.tr. Ensanchar un tubo o cañón hacia su boca, a modo de bocina. **2.** v.int. Fam. Caer de bruces. • **abocinado,a** adj. De figura semejante a la de la bocina.

abochornar v.tr. y prnl. Causar bochorno el excesivo calor. ▷ Fig. Sonrojar.

abofetear v.tr. Dar de bofetadas.

abogado,a **I.** n.m. y f. **1.** Persona legalmente autorizada para defender en juicio los derechos o intereses de los litigantes, y también a dar dictamen sobre las cuestiones que se le consultan. **2.** Fig. Intercesor o medianero. — *Abogado de pobres.* El que los defiende de oficio. — *Abogado del Estado.* Letrado que tiene por principales cometidos la defensa del Estado en juicio, el asesoramiento administrativo y la liquidación del impuesto de derechos reales. **II.** n.f. Fam. Mujer del abogado. • **abogacía** n.f. Profesión y ejercicio del abogado. • **abogadil** adj. desp. Perteneciente a los abogados. • **abogar** v.int. **1.** Defender en juicio, por escrito o de palabra. **2.** Fig. Interceder, hablar en favor de alguno.

abolengo n.m. **1.** Ascendencia de abuelos o antepasados. **2.** FOR Patrimonio o herencia que viene de los abuelos.

abolir v.tr. Derogar, dejar sin fuerza ni vigor un precepto o costumbre. • **abolicionismo** n.m. Doctrina de los abolicionistas. • **abolicionista** n. y adj. Dícese del que procura dejar sin fuerza ni vigor un precepto o costumbre. Se aplicó principalmente a los partidarios de la abolición de la esclavitud.

1. abollar v.tr. Producir una depresión con un golpe. • **abolladura** n.f. Acción y efecto de abollar.

2. abollar v.tr. Adornar con bollos o relieves semiesféricos metales o telas. • **abollado,a** n.m. Adorno de bollos en los metales y vestidos.

abomaso n.m. ZOOL Cuajar, parte del estómago de los rumiantes.

abombar **I.** v.tr. y prnl. Dar figura convexa. **2.** Fig. y Fam. Asordar, aturdir. **II.** v.int. Dar a la bomba. **III.** v.prnl. **1.** *Perú, P. Rico y Venez.* Empezar a corromperse una cosa: *fruta abombada.* **2.** *Chile.* Embriagarse. **3.** *Cuba.* Ponerse fofa la fruta. **4.** *Arg., Chile, Nicar.* y *Ecuad.* Achisparse. • **abombado,a** **1.** adj. Aturdido, atolondrado. **2.** n. y adj. *Amér.* Tonto.

abominar v.tr. **1.** Condenar y maldecir a personas o cosas por malas o perjudiciales. **2.** Tener odio.

abonar **I.** v.tr. **1.** Acreditar o calificar de bueno. **2.** Salir por fiador de alguno. **3.** Hacer buena o útil alguna cosa, mejorarla. **4.** Dar por cierta una cosa. **5.** Pagar. **6.** AGRIC Echar en la tierra materias que le aumenten la fertilidad. **7.** COM Asentar en las cuentas corrientes las partidas que corresponden al haber. **II.** v.tr. y prnl. Inscribir a una persona, mediante pago, para que pueda concurrir a alguna diversión o recibir algún servicio. **III.** v. int. **1.** Abonanzar. **2.** COM Pagar la cantidad correspondiente a cada uno de los vencimientos de una venta o un préstamo a plazos. **IV.** v.prnl. *Bol.* Reconciliarse, reanudar amistades o tratos quebrantados, sin formalidad judicial. • **abonado,a** **I.** adj. **1.** Que es de fiar. **2.** Dispuesto a decir o hacer una cosa. **II.** n.m. y f. Persona que ha suscrito o adquirido un abono para un servicio o espectáculo. **III.** n.m. Acción y efecto de abonar tierras laborables. • **abonaré** n.m. Documento expedido por un particular o una oficina en equivalencia o representación de una partida de cargo sentada en cuenta, o de un saldo preexistente. • **abono** n.m. **I.** **1.** Acción y efecto de abonar o abonarse. **2.** Fianza, seguridad, garantía. **3.** Derecho que adquiere el que se abona. **4.** Suscripción o pago adelantado que se hace en un espectáculo o servicio público para asistir a un número determinado de funciones o para disfrutar del servicio por cierto tiempo. **5.** COM Cantidad que se anota en el haber de una cuenta. **II.** AGRIC Masa de materia vegetal, animal o mineral que se mezcla a la tierra para aumentar su capacidad de producción.

ENCICL Se distinguen los abonos *orgánicos*: estiércol, aguas usadas, guano, y los *inorgánicos*: nitrogenados, potásicos, fosfatados, compuestos, etc. En lo que se refiere a su acción, los hay que proporcionan gran cantidad de elementos *plásticos* (nitrógeno, fósforo, etc.) y otros que proporcionan *oligoelementos*, como hierro, manganeso, cromo, etc. Quedan por último los abonos *verdes*, plantas (sobre todo leguminosas) sembradas y luego enterradas mediante una labor, que enriquecen el suelo con materias orgánicas.

aboquillar v.tr. **1.** Poner boquilla a alguna cosa. **2.** ARQUIT Dar a una abertura forma abocardada. **3.** ARQUIT Achaflanar.

abordar **I.** v.tr. e int. MAR Llegar una embarcación a otra, chocar o tocar con ella. **II.** v.tr. **1.** MAR Atracar una nave a un muelle. **2.** Fig. Acercarse a alguien para proponerle o tratar con él un asunto. **3.** Fig. Emprender o plantear un negocio o asunto que ofrezca dificultades o peligros. **III.** v.int. MAR Tomar puerto, llegar a una costa, isla, etc. • **abordaje** n.m. MAR Acción de abordar.

aborigen **1.** adj. Originario del suelo en que vive. *Tribu, animal, planta aborigen.* **2.** n.m. y adj. Dícese del primitivo morador de un país, por contraposición a los establecidos posteriormente en él.

aborrecer **I.** v.tr. **1.** Tener aversión a una persona o cosa. **2.** Dejar o abandonar algunos animales, y especialmente las aves, el nido, los huevos o las crías. **3.** Aburrir, exponer, perder o tirar algo. **II.** v.tr. y prnl. Aburrir, fastidiar, molestar.

abortar **I.** v.int. **1.** Parir antes del tiempo en que el feto puede vivir. ▷ Fig. Fracasar, malograrse alguna empresa o proyecto. **2.** Acción de practicar o sufrir un aborto. v. ENCICL **3.** BOT Ser nulo o incompleto en las plantas el desarrollo de alguna de sus partes orgánicas. **4.** MED Acabar, desaparecer alguna enfermedad cuando empieza o antes del término natural o común. **II.** v.tr. Fig. Producir o echar de sí alguna cosa sumamente imperfecta, monstruosa o abominable. • **abortivo,a** **1.** adj. Nacido antes de tiempo. **2.** n.m. y adj. Que tiene virtud para hacer abortar. • **aborto** n.m. **1.** Acción de abortar. **2.** Cosa abortada. • **abortón** n.m. **1.** Animal mamífero nacido antes de tiempo. **2.** Piel del cordero nacido antes de tiempo.

ENCICL El aborto provocado y sin vigilancia médica es fuente de complicaciones muy graves para la mujer. El aborto médico (por aspiración o raspado) se practica legalmente en algunos países, durante los tres primeros meses de gestación, en centros de interrupción voluntaria del embarazo, a cargo de médicos voluntarios. El aborto terapéutico, justificado por una enfermedad fetal grave o por una afección de la madre que haga peligroso el embarazo, puede ser dictaminado por el médico en cualquier momento del embarazo.

abotagarse v.prnl. Hincharse, inflarse el cuerpo o parte del cuerpo de un animal o persona, generalmente por enfermedad.

abotonar **1.** v.tr. y prnl. Cerrar, unir, ajustar una prenda de vestir, metiendo el botón o los botones por el ojal o los ojales. **2.** v.tr. Fig. *Nicar.* Adular. **3.** v.int. Echar botones las plantas. • **abotonador** n.m. Instrumento pequeño de metal, con un gancho o con un agujero en la punta, que sirve para asir el botón y meterlo en el ojal.

abovedar v.tr. **1.** Cubrir con bóveda. **2.** Dar figura de bóveda.

abra n.f. **1.** GEOG Bahía poco extensa. **2.** Abertura ancha entre dos montañas. **3.** GEOL Abertura o quebrantamiento del terreno por efecto de sacudimientos sísmicos. **4.** MAR Distancia entre los palos de la arboladura.

abracadabra n.m. Palabra cabalística a la cual se atribuía la propiedad de curar ciertas enfermedades.

abrasar **I.** v.tr. y prnl. **1.** Reducir a brasa, quemar. **2.** Secar el excesivo calor o frío una planta. **II.** v.tr. e int. Calentar demasiado. **III.** v.tr. **1.** Producir una sensación de dolor ardiente o sequedad, como la producen la sed y algunas sustancias picantes o cáusticas. **2.** Fig. Destruir; consumir, malgastar los bienes. **3.** Fig. Avergonzar. **4.** Fig. Agitar o consumir a uno una pasión. **5.** Fig. Producir o encender en una persona una pasión violenta. **IV.** v.prnl. **1.** Sentir uno demasiado calor o ardor. **2.** Fig. Estar muy agitado de alguna pasión, como la ambición, la ira, etc.

abrasión n.f. **1.** Acción y efecto de raer o desgastar por fricción. **2.** Proceso de desgaste o de destrucción, producido en la superficie terrestre a causa de los agentes externos. **3.** MED Acción irritante de los purgantes enérgicos. **4.** Leve ulceración de las membranas. • **abrasivo,a** n.m. y adj. Perteneciente o relativo a la abrasión. ▷ n.m. Sustancia o producto que sirve para desgastar por fricción. • **abrasímetro** n.m. MECAN Instrumento que se utiliza para medir la resistencia de los materiales a la abrasión o desgaste por frotamiento.

1. abraxas n.m. **1.** Palabra simbólica entre los gnósticos, y expresiva del curso del Sol en los 365 días del año. **2.** Talismán gnóstico en que estaba grabada esta palabra.

2. abraxas n.m. ZOOL Lepidóptero (familia de los geométridos) de vivos colores, cuyas orugas atacan los árboles frutales.

abrazar **I.** v.tr. y prnl. **1.** Ceñir con los brazos. ▷ Estrechar entre los brazos en señal de cariño. **2.** Fig. Prender, dando vueltas, algunas plantas trepadoras. **II.** v.tr. **1.** Fig. Rodear, ceñir. **2.** Fig. Comprender, contener, incluir. **3.** Fig. Admitir, aceptar, seguir. **4.** Fig. Tomar uno a su cargo alguna cosa. *Abrazar un negocio.* • **abrazadera** n.f. **1.** Pieza de metal u otra materia, que sirve para asegurar alguna cosa, ciñéndola. **2.** IMP Corchete, signo. • **abrazo** n.m. Acción y efecto de abrazar o abrazarse, ceñir o estrechar entre los brazos.

ábrego n.m. Viento sur.

abrelatas n.m. Utensilio que sirve para abrir las latas de conservas.

abrevar v.tr. **1.** Dar de beber al ganado. **2.** Remojar las pieles para adobarlas. • **abrevadero** n.m. Lugar natural o pilón donde bebe el ganado.

abreviar v.tr. **1.** Acortar, reducir a menos tiempo o espacio. **2.** Acelerar, apresurar. • **abreviatura** n.f. **1.** Representación de las palabras en la escritura con sólo varias o una de sus letras. **2.** Palabra representada en la escritura de este modo. **3.** Compendio.

abrigar **I.** v.tr. y prnl. Defender, resguardar del frío. **II.** v. tr. **1.** Auxiliar, patrocinar, amparar. **2.** Fig. Tratándose de ideas, voliciones o afectos, tenerlos. *Abrigar proyectos, esperanzas.* **3.** EQUIT Aplicar las piernas al vientre del caballo para ayudarle. **4.** MAR Resguardar la nave del viento o del mar. • **abrigo** n.m. **1.** Defensa contra el frío. **2.** Cosa que abriga. **3.** Prenda de vestir que se pone sobre las demás y sirve para abrigar. **4.** Lugar defendido de los vientos. **5.** Fig. Auxilio, amparo. **6.** ARQUEOL Covacha natural poco profunda. **7.** MAR Lugar de la costa para acogerse las naves. **8.** MILIT Todo cuanto resguarda, cubre y protege contra el fuego del enemigo o de la intemperie.

abril n.m. **1.** Cuarto mes del año, según nuestro cómputo: consta de treinta días. **2.** Fig. Primera juventud. *El abril de la vida.* • **abrileño,a** adj. Propio del mes de abril.

abrillantar v.tr. **1.** Labrar en facetas como las de los brillantes las piedras preciosas y ciertas piezas de acero u otros metales. **2.** Iluminar o dar brillantez. **3.** Fig. Dar más valor o lucimiento. • **abrillantador,a** **1.** n.m. y f. Persona que abrillanta piedras preciosas. **2.** n.m. Instrumento con que se abrillanta.

abrir **I.** v.tr. y prnl. **1.** Descubrir lo que está cerrado u oculto. **2.** Fig. Separarse, extenderse. **3.** Hender, rasgar, dividir. **II.** v.tr., int. y prnl. Separar del marco la hoja o las hojas de la puerta o ventana. **III.** v.tr. **1.** Descorrer el cerrojo, levantar la aldaba o desencajar cualquier otra pieza o instrumento semejante. **2.** Tratándose de los cajones de una mesa u otro mueble, tirar de ellos hacia fuera. **3.** Dejar en descubierto una cosa, haciendo que las que la ocultan se aparten o separen. **4.** Tratándose de partes del cuerpo o instrumentos compuestos de piezas, separar las unas de las otras. *Abrir los dedos, unas tijeras.* **5.** Cortar por los dobleces los pliegos de un libro. **6.** Extender lo que estaba plegado. **7.** Con nombres como *agujero, camino, canal,* etc., hacer. **8.** Tratándose de cartas, paquetes o cosas semejantes, despegarlos o romperlos para ver lo que contienen. **9.** Grabar, esculpir. **10.** Fig. Vencer o destruir cualquier obstáculo que cierre la entrada o la salida de algún lugar. **11.** Tratándose de cuerpos o establecimientos, dar principio a las tareas, ejercicios o negocios propios de ellos. **12.** Fig. Comenzar ciertas cosas. **13.** Fig. Tratándose de certámenes, empréstitos, etc., anunciar y publicar las condiciones con que deben llevarse a cabo. **14.** Fig. Tratándose de gente que camina formando hilera o columna, ir a la cabeza o delante. **IV.** v.int. y prnl. **1.** Tratándose de flores, separarse los pétalos que estaban recogidos en el capullo. **2.** Esparcirse, ocupar mayor espacio. *Abrir el tiro.* **V.** v.int. **1.** Tratándose del tiempo, empezar a clarear o serenarse. **2.** MAR Desatracar una embarcación menor. **VI.** v.prnl. **1.** Relajarse. **2.** Hablando del vehículo o del conductor que toma una curva, hacerlo por el lado de menor curvatura. **3.** En fonética, hacer que se separen los órganos articuladores al emitir un sonido, franqueando mayor paso al aire. **4.** *Arg., Cuba, Chile, Méx.* y *Perú.* Desviarse el caballo de la línea que seguía en la carrera. • **abridor,a** **I.** adj. Que abre. **II.** n.m. **1.** Abrelatas. **2.** Herramienta para arrancar las tapas de hojalata de las botellas. **3.** Cuchilla que se emplea para ir despegando la corteza del árbol, para sangrarlo.

abrochar v.tr. y prnl. Cerrar, unir o ajustar con broches, corchetes, botones, etc.

abrogar v.tr. FOR Abolir, revocar. *Abrogar una ley, un código.* • **abrogación** n.f. Acción y efecto de abrogar.

abrojo n.m. **1.** Planta de la familia de las cigofiláceas, de fruto casi esférico y armado de púas. **2.** Fruto de esta planta. **3.** Cardo estrellado. **4.** Instrumento de metal, en figura de abrojo, que solían poner los disciplinantes en el azote para herirse la espalda. **5.** pl. MAR Peñas agudas que suelen encontrarse en el mar a flor de agua.

abroncar **I.** v.tr. **1.** Fig. y Fam. Abochornar, avergonzar. **2.** Reprender ásperamente. **3.** Manifestar colectiva y ruidosamente desagrado en un espectáculo público. **II.** v.tr. y prnl. Aburrir, enfadar.

abroquelar **I.** v.tr. **1.** MAR Disponer las velas de forma que el viento las hiera de proa. **2.** Escudar, resguardar, defender. **II.** v.prnl. **1.** Cubrirse con el broquel. **2.** Fig. Valerse de cualquier medio de defensa.

abrótano n.m. Planta herbácea de la familia de las compuestas, cuya infusión se usa como tratamiento capilar. — *Abrótano hembra.* Planta herbácea de la familia de las compuestas, cuyas flores se usan en medicina. — *Abrótano macho.* Abrótano.

abrumar **I.** v.tr. **1.** Agobiar con algún grave peso. **2.** Fig. Causar gran molestia. **II.** v.prnl. MAR Llenarse de bruma la atmósfera. ▷ Fig. Causar confusión a una persona prodigándole alabanzas, burlas, etc.

abrupto,a adj. **1.** Escarpado, que tiene gran pendiente; de difícil acceso. **2.** Áspero, violento, rudo, destemplado.

absceso n.m. PAT Acumulación de pus en una cavidad anormal formada a expensas de los tejidos que la rodean.

abscisa n.f. **1.** GEOM Coordenada horizontal en un plano cartesiano rectangular. Es la distancia entre un punto y el eje vertical, medida sobre una paralela al eje horizontal. **2.** Parte del eje o del diámetro de una curva, comprendida entre su vértice y la ordenada correspondiente. **3.** MAT Número que permite definir la posición de un punto.

abscisión n.f. **1.** Separación de una parte pequeña de un cuerpo cualquiera, hecha con instrumento cortante. **2.** Fig. Interrupción o renunciación.

absenta o **absintio** n.m. Ajenjo (planta).

absentismo n.m. **1.** Costumbre de residir el propietario fuera de la localidad en que radican sus bienes. **2.** Falta de los trabajadores al puesto de trabajo.

ábside **1.** n.m. o f. ARQUIT Parte del templo, abovedada y comúnmente semicircular, que sobresale en la fachada posterior, y donde en lo antiguo estaban precisamente el altar y el presbiterio. **2.** n.m. ASTRON Ápside. • **absidiola** n.f. Cada una de las pequeñas capillas en hemiciclo o poligonales que dan al ábside.

absoluto,a adj. **1.** Que excluye toda relación. **2.** Independiente, ilimitado, sin restricción alguna. **3.** Que no implica cosa superior y es causa de sí mismo. **4.** GRAM Lo que no rige ni es regido, como sucede con algunos participios que no llevan proposición. **5.** Se aplica a la cantidad o al número determinado que forma uno de los términos de la ecuación y que puede igualar las sumas de los demás. — *Valor absoluto de un número real:* valor positivo al que este número es igual u opuesto. (Ej. *a* es el valor absoluto de + a y − a.) **6.** FIS Dícese de las magnitudes cuando se miden a partir de su valor cero que corresponde realmente a la ausencia de la magnitud en cuestión. — *Cero absoluto:* origen de la escala termodinámica de las temperaturas expresadas en grados kelvin, es decir 0 K (que corresponde a — 273,15 °C). • **absolutismo** n.m. Sistema del gobierno absoluto. • **absolutista** **1.** n. (apl. a personas) y adj. Partidario del absolutismo. **2.** adj. Perteneciente o relativo a este sistema de gobierno.

absolver v.tr. irreg. Se conjuga como *mover.* **I.** **1.** Dar por libre de algún cargo u obligación. **2.** RELIG Remitir a un penitente sus pecados, o levantarle las censuras en que hubiere incurrido. **3.** FOR Dar por libre al reo. **II.** Resolver, dar solución a una duda. • **absolución** n.f. Acción de absolver.

absorber v.tr. **1.** Ejercer atracción una sustancia sólida sobre un fluido con el que está en contacto, de modo que las moléculas de éste penetren en ella. **2.** Fig. Asumir, incorporar. Dícese principalmente de entidades políticas, comerciales, etc. **3.** HIST NAT Aspirar los tejidos orgánicos materias externas que contribuyen a la nutrición o son causa de enfermedades. **4.** Fig. Consumir enteramente. *Absorber el capital.* **5.** Fig. Atraer a sí, cautivar. **6.** FIS Hablando de radiaciones, amortiguarlas o extinguirlas el cuerpo que atraviesan. • **absorbente** **I.** adj. Dominante, que trata de imponer su voluntad a los demás. **II.** n.m. **1.** Sustancia que tiene un elevado poder de absorción. **2.** Se dice del terreno o de las piedras que fácilmente se impregnan de humedad. **3.** CIR Sustancia seca y esponjosa que, empapada en un líquido, sirve para descubrir las úlceras. **4.** pl. MED Sustancias que absorben los gases y los líquidos perjudiciales al organismo. • **absorciómetro** n.m. **1.** Instrumento que sirve para medir la capa de líquido absorbida entre dos planos de cristal; se emplea como hematoscopio. **2.** FIS Instrumento para medir la solubilidad de los gases en los líquidos. **3.** QUIM Instrumento para medir directamente la cantidad de un gas absorbida por un líquido. • **absorción** n.f. Acción de absorber. ▷ FIS *Factor de absorción.* Cociente de la energía absorbida por la energía recibida.

absorto,a **1.** part. pas. irreg. de *absorber.* **2.** adj. Admirado, pasmado.

abstemio,a n. y adj. Que no bebe vino ni otros licores alcohólicos.

abstener v. prnl. Privarse de alguna cosa. • **abstención** n.f. Acción y efecto de abstenerse. • **abstencionismo** n.m. Doctrina o práctica de los abstencionistas. • **abstencionista** n. y adj. Partidario de la abstención, especialmente en política.

abstinencia n.f. **1.** Acción de abstenerse de algo por motivos religiosos o morales. **2.** *Síndrome de abstinencia.* Estado de ansiedad en el que se encuentra un toxicómano privado de su droga.

abstraer **I.** v.tr. Separar mentalmente las cualidades de un objeto para considerarlas aisladamente o para considerar el mismo objeto en su pura esencia. **2.** v.int. y prnl. Con la preposición *de,* prescindir, hacer caso omiso. **3.** v.prnl. No atender a los objetos sensibles por entregarse a la consideración de lo que se tiene en el pensamiento. • **abstracción** n.f. Acción y efecto de abstraer o abstraerse. • **abstracto,a** **1.** part. pas. irreg. de *abstraer.* **2.** adj. Que significa alguna cualidad con exclusión del sujeto.

ENCICL El *arte abstracto,* que soslaya las reglas coherentes de la realidad regidas por las leyes de la óptica perspectiva tradicional, nació a principios del s. XX. Se ha desarrollado siguiendo dos grandes tendencias, una emocional, a menudo «manchista» o gestual, expresión límite entre el estado consciente y el inconsciente del artista (Kandinsky, Hartung, Pollock) y otra geométrica, búsqueda más o menos «fría» de la forma y el color en términos de relaciones matemáticas (Mondrian, Malevitch, Vasarely).

abstruso,a adj. De difícil comprensión.

absuelto,a part. pas. irreg. de *absolver*.

absurdo,a **1.** adj. Contrario a la razón. **2.** n.m. Dicho o hecho contrario al buen sentido. • **absurdidad** n.f. **1.** Calidad de absurdo. **2.** Dicho o hecho absurdo.
ENCICL **Filos.** — Los autores existencialistas no cristianos (Sartre, Camus, etc.) han utilizado el concepto de absurdo, cada uno a su manera particular, para poner de relieve el infranqueable abismo que existe entre el hombre y el mundo, entre las aspiraciones del ser humano y la incapacidad del mundo para satisfacerlas.
Lit. — En el *teatro del absurdo* (expresión creada por el crítico Martin Esslin), el argumento se desintegra y la comunicación entre los personajes, el lenguaje que utilizan están distorsionados. Los principales representantes de esta escuela que surgió hacia el año 1950, son Beckett, Tardieu, Ionesco, Adamov, Pinter y Albee.

abubilla n.f. Pájaro insectívoro, del tamaño de la tórtola, con el pico largo y algo arqueado, y un penacho de plumas eréctiles en la cabeza.

abuchear v.tr. Sisear, reprobar con murmullos o ruidos. • **abucheo** n.m. Acción de abuchear.

abuelo n.m. **1.** Respecto de una persona, padre de su padre o de su madre. **2.** Ascendiente de una persona. (Se usa más en pl.) **3.** Fig. Hombre anciano. **4.** pl. El abuelo y la abuela. • **abuela** n.f. **1.** Respecto de una persona, madre de su padre o de su madre. **2.** Fig. Mujer anciana.

abulense **1.** n. y adj. Natural de Ávila **2.** adj. Perteneciente o relativo a esta provincia o a su capital.

abulia n.f. Falta de voluntad, o disminución notable de energía. • **abúlico,a** adj. **1.** Que padece abulia. **2.** Propio de la abulia.

abulón u **oreja de mar** n.m. Molusco marino comestible (género *Haliotis*).

abultar **I.** v.tr. **1.** Aumentar el bulto de alguna cosa. **2.** Hacer de bulto o relieve. **3.** Aumentar la cantidad, intensidad, grado, etc. **4.** Ponderar, encarecer. **II.** v.int. Tener o hacer bulto. • **abultado,a** adj. Grueso, grande. • **abultamiento** n.m. **1.** Acción de abultar. **2.** Bulto, hinchazón.

abundar v.int. **1.** Tener en abundancia. **2.** Hallarse en abundancia. **3.** Hablando de una idea u opinión, estar adherido a ella; persistir en ella. • **abundamiento** n.m. Abundancia. — *A mayor abundamiento.* Además, con mayor razón o seguridad. • **abundancia** n.f. **1.** Copia, gran cantidad. **2.** MITOL Deidad representada bajo la figura de una matrona que lleva el cuerno de la abundancia. **3.** QUIM En un sistema, razón entre las cantidades existentes de un nucleido, elemento, compuesto, etc., y las de otro que se toma como término de referencia. • **abundante** adj. Copioso, en gran cantidad.

aburguesarse v.prnl. Adquirir cualidades de burgués. • **aburguesamiento** n.m. Acción y efecto de aburguesarse.

aburrir **I.** v.tr. **1.** Molestar, fastidiar. **2.** Aborrecer, dejar o abandonar. **II.** v.prnl. **1.** Fastidiarse de alguna cosa. **2.** Sufrir un estado de ánimo producido por falta de estímulos o diversiones. • **aburrimiento** n.m. Cansancio, fastidio, tedio.

abusar v.int. **1.** Usar mal o indebidamente de algo o de alguien. **2.** Hacer objeto de trato deshonesto a una persona. • **abusador,a** adj. *Chile.* Abusón. • **abusivo,a** **1.** adj. Que se introduce o practica por abuso. **2.** n. y adj. Que abusa, abusón. • **abuso** n.m. Acción y efecto de abusar. • **abusón,a** n. y adj. Dícese de la persona que es propensa al abuso.

abyección n.f. **1.** Bajeza, envilecimiento. **2.** Humillación. • **abyecto,a** adj. Despreciable, vil.

Ac QUIM Símbolo del actinio.

acá **I.** adv. l. **1.** Indica lugar menos determinado que el que se denota con el adverbio *aquí. Tan acá, más acá.* **2.** Fam. Designa a la persona que habla o a un grupo de personas en el cual se incluye. *Acá nos entendemos.* **3.** Fam. Señala a veces a la persona cercana al que habla con valor semejante al del demostrativo *éste. Acá tiene razón.* **II.** adv.t. Precedido de ciertas preposiciones y adverbios significativos de tiempo anterior, denota el presente. *De ayer a acá, desde entonces acá.* **III.** ms.advs. *Acá y allá, o acá y acullá.* Aquí y allí.

acaballar v.tr. Tomar o cubrir el caballo o el burro a la yegua. ▷ v.tr. y prnl. Poner o montar parte de una cosa sobre otra, encaballar.

acabar **I.** v.tr. **1.** Dar fin a una cosa, terminarla. **2.** Poner mucho cuidado en la terminación de un trabajo. **3.** Consumir, apurar. **4.** Matar. *Acabaron con el bandido.* **II.** v.int. **1.** Rematar, finalizar, terminar. *El puñal acaba en punta.* **2.** Exterminar, aniquilar. *Las penas acabaron con Luis.* **3.** Anteponiendo este verbo a la preposición *de* y un infinitivo, significa haber ocurrido poco antes lo que el último verbo indica. *Acaba de perder sus hijos y su hacienda.* **III.** v.int. y prnl. Extinguirse, aniquilarse. • **acabable** adj. Que tiene fin y término.• **acabado,a** **I.** adj. **1.** Perfecto, completo, consumado. **2.** Viejo o en mala disposición. **II.** n.m. Perfeccionamiento o retoque de una obra o labor. • **acabamiento** n.m. **1.** Efecto o cumplimiento de alguna cosa. **2.** Término, fin. ▷ Muerte.

acabose n.m. *Ser una cosa el acabóse.* Fr. con que se denota haber llegado una cosa a su último extremo. También significa ser un desastre.

acacia n.f. Árbol o arbusto de la familia de las mimosáceas, de madera bastante dura. De varias de sus especies fluye espontáneamente la goma arábiga. ▷ Madera de este árbol.

academia n.f. **I. 1.** Sociedad científica, literaria o artística establecida con autoridad pública. **2.** Junta o reunión de los académicos. ▷ Casa donde los académicos tienen sus juntas. **3.** Junta o certamen a que concurren algunos aficionados a las letras, artes o ciencias. **II.** Establecimiento en que se instruye a los que han de dedicarse a una carrera o profesión. **III.** ESC y PINT Estudio de una figura tomada del natural y que no forma parte de una composición. • **academicismo** n.m. Calidad de *académico*, que observa con rigor las normas clásicas. • **academicista** **1.** adj. Perteneciente o relativo al academicismo. **2.** n.m. y f. Persona que lo practica. • **académico,a** **I.** n. y adj. Se dice del filósofo que sigue la escuela de Platón. **II.** adj. **1.** Perteneciente o relativo a la escuela filosófica de Platón. **2.** Perteneciente o relativo a las academias, o propio y característico de ellas. *Estilo académico.* **3.** Se dice de las obras de arte en que se observan con rigor las normas clásicas, y también del autor de estas obras. **III.** n.m. y f. Individuo de una academia.
ENCICL **Academia.** — Escuela filosófica fundada por Platón (finales del s. IV a. J.C.) en Atenas, en los jardines de Academos. Rechazó la doctrina platónica para seguir la de la *verosimilitud*, elaborada por Arcesilao desde el año 268 al 241 y sistematizada por Carnéades bajo el nombre de *probabilismo.* Tomó el nombre de *Nueva Academia.*
Real Academia Española de la Lengua, institución cultural de carácter oficial, creada en el año 1713. El fundador fue don Juan Manuel Fernández Pacheco, marqués de Villena y duque de Escalona. En sus primeros años y a lo largo de todo el siglo XVIII, el grupo de integrantes fue muy reducido. En el XIX, y con la sucesiva modificación de estatutos, el número de académicos fue aumentando de forma paulatina. En 1980 ingresó en ella la primera mujer: Carmen Conde. El lema de la institución es: «Limpia, fija y da esplendor». En un primer momento la sede se estableció en el propio palacio de su fundador, trasladándose, más tarde, a otros lugares, hasta ocupar su definitivo emplazamiento a partir de 1894. La creación de la Academia respondió a una necesidad: la defensa y el estudio de la lengua española. En esta línea se inscriben publicaciones como *Ortografía* (1741), *Gramática* (1771) y el *Diccionario usual* (primera edición, 1780). De igual forma, la Real Academia ha llevado a cabo una importante labor de publicación de obras clásicas, destacando las ediciones de: *El Quijote* (1780), *Las Cantigas de Alfonso X, El Fuero Juzgo* (1815), *Obras dramáticas* de Lope de Vega, y la edición facsímil de las *Obras completas* de Cervantes (1917). Entre los directores con los que ha contado la Real Academia se encuentran Martínez de la Rosa, el duque de Rivas, el conde de Cheste, Menéndez Pidal, Pemán, Asín Palacios y Dámaso Alonso (reelegido en 1981).
Existen Academias correspondientes de la Española en los restantes países de lengua castellana. La primera fue creada en Colombia en 1871, y en años sucesivos fueron creándose por orden cronológico, en Ecuador, México, El Salvador, Venezuela, Chile, Perú, Guatemala, Uruguay, Costa Rica, Filipinas, Panamá, Cuba, Paraguay, Bolivia, Nicaragua, República Dominicana, Honduras y Puerto Rico (1953). Su número de miembros es variable, y todas ellas editan publicaciones especializadas. En 1951 se reunió en México, por iniciativa del presidente M. Alemán, el primer Congreso de Academias de Lengua Española. Desde el segundo Congreso (Madrid, 1956) la participación es ya plena. Actualmente los congresos se celebran cada cuatro años (Lima, 1980).

acaecer v.int. Suceder, efectuarse un hecho. Se usa en el modo infinitivo y en las terceras pers. de sing. y pl.

acahual n.m. Especie de girasol, muy común en México.

acal n.m. Nombre que los mexicanos daban a la canoa, y en general a cualquier embarcación.

acalorar **I.** v.tr. **1.** Dar o causar calor. **2.** Enfadar, excitar a alguien. **II.** v.tr. y prnl. Encender, fatigar con el trabajo o ejercicio violento. **III.** v.prnl. **1.** Fig. Enardecerse en la conversación o disputa. **2.** Fig. Hacerse viva y ardiente la misma disputa o conversación. • **acaloramiento** n.m. **1.** Ardor, encendimiento, arrebato de calor. **2.** Fig. Arrebatamiento o acceso de una pasión violenta.

acallar v.tr. **1.** Hacer callar. **2.** Fig. Aplacar.

acampada n.f. **1.** Acción y efecto de acampar. **2.** Campamento, lugar al aire libre, dispuesto para alojar viajeros. • **acampar** v.int., tr. y prnl. Detenerse y permanecer en despoblado, alojándose o no en tiendas.

acanalar v.tr. **1.** Hacer una o varias canales o estrías en alguna cosa. **2.** Dar a una cosa forma de canal o teja. • **acanalado,a** adj. **1.** Dícese de lo que pasa por canal o lugar estrecho. **2.** De figura larga y abarquillada.

acantarios n.m.pl. ZOOL Orden de protozoos actinópodos marinos y planctónicos.

acantilado,a **1.** adj. Se dice del fondo del mar cuando forma escalones. **2.** n.m. y adj. Aplícase también a la costa cortada verticalmente. **3.** n.m. Escarpa casi vertical en un terreno.

acanto n.m. Planta de la familia de las acantáceas, de hojas largas, rizadas y espinosas. ▷ ARQUIT Ornato hecho a imitación de las hojas de esta planta, característico del capitel del orden corintio.

acantocéfalo n. y adj. ZOOL Nematelminto que carece de aparato digestivo y tiene en el extremo anterior de su cuerpo una trompa armada de ganchos, con los que se fija a las paredes del intestino de su huésped. ▷ n.m.pl. Orden de estos nematelmintos.

acantocito n.m. MED Glóbulo rojo que aparece, en el examen microscópico, como erizado de espinas. • **acantocitosis** n.f. Enfermedad caracterizada por esta deformación de los glóbulos rojos.

acantonar v.tr. y prnl. Distribuir y alojar las tropas. • **acantonamiento** n.m. **1.** Acción y efecto de acantonar fuerzas militares. **2.** Sitio en que hay tropas acantonadas.

acantopterigio n. y adj. ZOOL Dícese de peces teleósteos, casi todos marinos, cuyas aletas tienen radios espinosos. ▷ n.m.pl. ZOOL Suborden de estos animales.

acaparar v.tr. **1.** Adquirir y retener cosas en cantidad superior a la normal, previendo su escasez o encarecimiento. **2.** Apropiarse u obtener en todo o en gran parte un género de cosas. • **acaparador,a** n. y adj. Que acapara.

a capella loc.adv. MUS *Cantar a capella,* sin acompañamiento instrumental, refiriéndose a un coro.

acaramelar v.tr. Bañar de azúcar en punto de caramelo. ▷ v.prnl. Fig. y Fam. Mostrarse extraordinariamente galante. — Fig. y Fam. Darse los enamorados visibles muestras de su mutuo cariño.

acariciar v.tr. **1.** Hacer caricias. ▷ Fig. Tratar a alguien con amor y ternura. — Fig. Tocar, rozar suavemente una cosa a otra. **2.** Fig. Complacerse en pensar en alguna cosa con deseo o esperanza de conseguirla o llevarla a cabo.

acárido,a adj. Ácaro.

ácaro n.m. Arácnido de respiración traqueal o cutánea, parásito de otros animales o plantas.

acarrear v.tr. **1.** Transportar en carro. ▷ P. ext., transportar de cualquier manera. **2.** Fig. Dicho de daños o desgracias, ocasionar, producir, traer consigo. • **acarreo** n.m. **1.** Acción de acarrear. **2.** Coste del acarreo. **3.** GEOL *Acarreo de tierras.* Los materiales formados por el quijo, la arena fina, los cantos y el légamo que arrastran las aguas corrientes.

acartonarse v.prnl. Ponerse como cartón.

acaso **1.** n.m. Casualidad, suceso imprevisto. **2.** adv.m. Por casualidad. **3.** adv. de duda. Quizá, tal vez. — *Por si acaso.* Por si llega a ocurrir o ha ocurrido alguna cosa.

acataléctico n. y adj. Dícese del verso griego o latino que tiene cabales todos sus pies.

acatalepsia n.f. Doctrina filosófica de los escépticos griegos, que afirma la imposibilidad de alcanzar la certeza.

acatar v.tr. Tributar homenaje de sumisión y respeto.

acatechili n.m. Pájaro mexicano muy parecido al verderón.

acaudalar v.tr. Hacer o reunir caudal. • **acaudalado,a** adj. Que tiene mucho caudal.

acaudillar **1.** v.tr. Mandar, como cabeza o jefe, gente de guerra. ▷ Guiar, conducir, dirigir. **2.** v.prnl. Tomar o elegir caudillo.

acceder v.int. **I.** **1.** Consentir en lo que otro solicita o quiere. **2.** Ceder uno en su parecer, conviniendo con una idea de otro. **II.** **1.** Tener acceso, paso o entrada a un lugar. **2.** Tener acceso a una situación, condición o grado superiores. Llegar a alcanzarlos. • **accesible** adj. Que tiene acceso. ▷ Fig. De fácil acceso o trato. • **accesión** n.f. **1.** Acción y efecto de acceder. **2.** MED Ataque de fiebres intermitentes. **3.** Ayuntamiento, cópula carnal. **4.** Cosa o cosas accesorias. • **accesional** adj. **1.** Que aparece y desaparece súbitamente. **2.** MED Dícese de las enfermedades o síntomas que evolucionan de este modo, principalmente de ciertas fiebres.

accelerando adv. MUS Aumentar progresivamente la velocidad.

accésit n.m. Recompensa inferior inmediata al premio en certámenes científicos, literarios o artísticos.

acceso n.m. **1.** Acción de llegar o acercarse. **2.** Ayuntamiento, cópula carnal. **3.** Entrada o paso. **4.** Fig. Entrada al trato o comunicación con alguno. **5.** Fig. Exaltación. **6.** MED Acometimiento o repetición de un estado patológico. **7.** Accesión, ataque de fiebre intermitente. — ASTRON *Acceso del Sol.* Movimiento aparente con que se acerca el Sol al ecuador.

accesorio,a **I.** n. y adj. Que depende de lo principal o se le une por accidente. **II.** adj. **1.** Secundario. **2.** ANAT Órgano tenido por auxiliar de otro. **3.** FOR Se aplica a las cosas que nacen de otras o que a ellas se unen perdiendo sus características. **III.** n.m. **1.** Utensilio auxiliar para determinado trabajo o para el funcionamiento de una máquina. *Los accesorios de un automóvil.* **2.**. Objeto, elemento móvil del decorado, en un espectáculo.

accidente n.m. **1.** Calidad o estado que aparece en alguna cosa, sin que sea parte de su naturaleza. — *Por accidente.* Por casualidad. **2.** Suceso eventual que altera el orden regular de las cosas. **3.** Suceso eventual o acción de que involuntariamente resulta daño para las personas o las cosas. *Accidente de trabajo.* **4.** Indisposición o enfermedad que sobreviene repentinamente. **5.** Pasión. **6.** Irregularidad del terreno. **7.** GRAM Modificación que sufren el nombre, el artículo, el adjetivo y ciertos pronombres para expresar su género y número, y también el verbo para denotar sus modos, tiempos, voces, números y personas. **8.** MED Síntoma grave que se presenta durante una enfermedad, sin ser de los que la caracterizan. **9.** MUS Signo con que se altera la tonalidad de un sonido. **10.** pl. TEOL Figura, color, sabor y olor que en la Eucaristía quedan del pan y del vino después de la consagración. • **accidentado,a** **I.** adj. **1.** Turbado, agitado. **2.** Hablando de terreno, escabroso, abrupto. **II.** n. y adj. Dícese de quien ha sido víctima de un accidente. • **accidental** **I.** adj. **1.** No esencial. **2.** Casual, contingente. **3.** Se dice del cargo que se desempeña con carácter provisional. **II.** n.m. MUS Accidente, signo para alterar un sonido.

1. acción n.f. **1.** Ejercicio de una potencia. ▷ Fam. Posibilidad o facultad de hacer alguna cosa. ▷ QUIM Se dice que un ácido ejerce acción química sobre un metal cuando el metal es atacado y se forma un compuesto. **2.** Efecto de hacer. **3.** Operación o impresión de cualquier agente en el paciente. **4.** Postura, ademán. ▷ Movimientos y gestos con que se refuerza una expresión. **5.** FOR Derecho que se tiene a reclamar alguna cosa en juicio. ▷ Modo legal de ejercitar el mismo derecho. **6.** MILIT Batalla. ▷ Combate entre fuerzas poco numerosas. **7.** En las obras narrativas, dramáticas y cinematográficas, sucesión de acontecimientos que constituyen su argumento. **8.** En la filmación de películas, voz con que se advierte que en aquel momento comienza una toma. • **accionador** n.m. TECN En un automatismo, dispositivo de mando de un movimiento. • **accionar** **I.** v.int. **1.** Hacer movimientos y gestos para dar a entender alguna cosa. **II.** v.tr. Dar movimiento a un mecanismo o parte de él.

2. acción n.f. **1.** COM Cada una de las partes en que se considera dividido el capital de cualquier empresa. **2.** Título que acredita el valor de cada una de aquellas partes. • **accionario,a** **1.** adj. Perteneciente o relativo a las acciones de una sociedad anónima. **2.** n.m. y f. Accionista o poseedor de acciones. • **accionariado** n.m. Conjunto de accionistas de una sociedad anónima. • **accionista** n.m. y f. Dueño de una o varias acciones en una compañía.

acebo n.m. **1.** Árbol silvestre, de cuatro a seis metros de altura, poblado todo el año de hojas de color verde oscuro. **2.** Madera de este árbol.

acebuche n.m. Olivo silvestre. ▷ Madera de este árbol.

acechar v.tr. Observar, aguardar cautelosamente. • **acechanza** n.f. Acecho, espionaje, persecución cautelosa. • **acecho** n.m. **1.** Acción de acechar. — *Al, de,* o *en, acecho.* Observando y mirando a escondidas y con cuidado. **2.** Lugar desde el cual se acecha.

acedera n.f. BOT Planta perenne, poligonácea, cuyas hojas tienen un marcado sabor ácido. Se emplea como condimento.

acedo,a **I.** adj. **1.** Ácido. **2.** Que se ha acedado. **3.** Fig. Áspero, desapacible. **II.** n.m. El agrio o zumo agrio.

acéfalo,a **I.** adj. **1.** Falto de cabeza. ▷ Se dice del feto sin cabeza o sin parte considerable de ella. **2.** Fig. Se aplica a la sociedad, comunidad, etc., que no tiene jefe. **II.** n.m. ZOOL Lamelibranquio. • **acefalía** n.f. Calidad de acéfalo.

aceite n.m. **1.** Líquido graso que se saca de la aceituna y de otros frutos o semillas, de algunos animales, y aun de sustancias minerales. **2.** Cualquier cuerpo líquido de mayor o menor viscosidad, no miscible con el agua y más ligero que ella, generalmente combustible. — ELECTR *Aceite aislante.* Aceite mineral que se usa en las instalaciones eléctricas de alta tensión como aislante y como refrigerante. — *Aceite de ballena.* Grasa líquida que se saca de la ballena, y también de otros cetáceos, y sirve en algunos países para alumbrarse. — QUIM *Aceite de vitriolo.* Ácido sulfúrico comercial. — *Aceite esencial o volátil.* Esencia, sustancia líquida existente en algunas plantas. — *Aceite fijo.* El que no se evapora. — *Aceite mineral.* Petróleo. — *Aceite virgen.* El que sale de la aceituna por primera expresión en el molino. • **aceitada** n.f. **1.** Cantidad de aceite derramado. **2.** Torta o bollo amasado con aceite. • **aceitar** v.tr. Dar, untar, bañar con aceite. • **aceitera** n.f. Recipiente pequeño destinado a contener aceite. ▷ pl. Conjunto de dos recipientes para el aceite y el vinagre. • **aceitero,a** **I.** adj. Perteneciente o relativo al aceite. **II.** n.m. y f. **1.** Persona que vende aceite. **2.** Cuerno en el que guardan el aceite los pastores. **3.** Árbol de las Antillas, de madera muy dura de color amarillo con vetas más oscuras. • **aceitoso,a** adj. **1.** Que tiene aceite. **2.** Que tiene mucho aceite. **3.** Que tiene jugo o grasa semejante al aceite. ENCICL Un aceite se diferencia de una grasa en que es líquido a temperatura ordinaria. Los principales ácidos que concurren en la formación de los aceites son los ácidos oleico, palmítico, linoleico y esteárico. Se distinguen tres categorías de aceites: los aceites *vegetales* (cacahuete, oliva, soja, girasol, linaza, ricino, etc.), algunos de ellos son comestibles y otros se utilizan en pintura, jabones, farmacia, etc. Los aceites *animales* (ballena, cachalote, hígado de bacalao, etc.), que se utilizan en cosmética, farmacia, en la industria, etc. Por último, los aceites *minerales,* obtenidos por destilación de la hulla y del petróleo o extraídos de los esquistos y de las arenas bituminosas, y que se utilizan sobre todo como lubricantes.

aceituna n.f. BOT Fruto del olivo. • **aceitunado,a** adj. De color de aceituna verde. •

aceitunero,a I. n.m. y f. Persona que coge, acarrea o vende aceitunas. **2.** n.m. Sitio destinado para tener la aceituna desde su recolección hasta llevarla a moler.

acelerar **I.** v.tr.prnl. Dar celeridad. **II.** v.tr. Dar mayor velocidad. ▷ AUTOM Actuar sobre el acelerador de un automóvil para aumentar su velocidad. • **aceleración** n.f. **1.** Acción y efecto de acelerar o acelerarse. **2.** MECAN Incremento de la velocidad en la unidad de tiempo. **3.** ASTRON Intervalo variable en que se adelanta diariamente el paso de una estrella al del Sol por un mismo meridiano. • **acelerado,a** adj. **1.** Precipitado. **2.** Hecho con aceleración. • **acelerador,a** n.m. y adj. **I. 1.** Que acelera. **2.** ANAT Se dice del músculo o nervio que acelera una función. **3.** FOTOG Sustancia que presta mayor actividad al revelador. **II.** n.m. **1.** Cualquier mecanismo destinado a acelerar el funcionamiento de otro. ▷ Pedal u otro dispositivo con que se acciona dicho mecanismo. ▷ MECAN Mecanismo que se gobierna mediante un pedal, que permite acrecentar la cantidad de mezcla explosiva introducida en el cilindro y, por lo tanto, la velocidad o fuerza del motor de explosión. • **acelerón** n.m. Aceleración súbita e intensa a que se somete la actividad de un motor.

ENCICL **Mecan.** — En un sentido general, la aceleración es el cociente de la variación de la velocidad por el intervalo de tiempo correspondiente. Cuando un móvil se desplaza en línea recta, la aceleración es positiva si la velocidad aumenta, y negativa si disminuye. *Aceleración total* es la diferencia $v - v_0$ de las velocidades en los tiempos t y t_0. *La aceleración media* es el cociente $(v - v_0) / (t - t_0)$. *La aceleración instantánea* en el tiempo t es el límite de este cociente cuando $t - t_0$ tiende a 0. Es pues la derivada de la velocidad y por consiguiente la *derivada segunda* de la abscisa con respecto al tiempo. *La aceleración gravitatoria* es el valor, en un lugar determinado, de la aceleración que sufre un cuerpo abandonado en el vacío bajo el efecto de su peso. Este valor es 9,81 m/s^2 en París, 9,78 m/s^2 en el ecuador, 9,83 m/s^2 en los polos. — **Fís. nucl.** — *Un acelerador de partículas* es un aparato que permite comunicar una gran energía cinética a partículas cargadas eléctricamente y dirigirlas contra un blanco (materia sólida, líquida o gaseosa) para romper los núcleos atómicos, ya sea con la finalidad de estudiar su estructura, o para crear otras partículas. Puede lograrse la aceleración de partículas tanto con un campo eléctrico como con un campo magnético asociado a un campo eléctrico. En el primer caso, el acelerador se llama lineal y puede llegar a medir varios kilómetros de largo. En el segundo caso, el campo magnético provoca la curvatura de la trayectoria de la partícula, que se convierte en una espiral (*ciclotrón* o *sincrociclotrón*), o en un círculo (*betatrón, sincrotrón de electrones* o de *protones*).

acelga n.f. BOT Planta hortense comestible de hojas grandes y lisas.

acémila n.f. **1.** Mula o macho de carga. **2.** Fig. Asno, persona torpe. • **acemilado,a** adj. Parecido a una acémila. • **acemilero** n.m. El que cuida o lleva del ramal a las acémilas.

acendrar v.tr. **1.** Depurar, purificar en la cendra los metales por la acción del fuego. **2.** Fig. Depurar, dejar sin mancha ni defecto. • **acendrado,a** adj. Puro y sin mancha ni defecto.

acento n.m. **I. 1.** La mayor intensidad, el mayor realce con que se pronuncia determinada sílaba de una palabra. *Acento tónico.* **2.** Inflexiones de voz con que se distingue cada nación o región en el modo de hablar. ▷ Modulación de la voz. **3.** Sonido, tono. **4.** Uno de los elementos constitutivos del verso. ▷ *Acento rítmico.* **5.** POÉT Lenguaje, voz, canto. **II.** Rayita oblicua que se pone en ciertos casos como signo ortográfico. • **acentuación** n.f. Acción y efecto de acentuar. • **acentuar** **I.** v.tr. **1.** Dar acento prosódico a las palabras. **2.** Ponerles acento ortográfico. **3.** Fig. Pronunciar las palabras con excesiva lentitud. **4.** Fig. Realzar, resaltar. **II.** Tomar cuerpo.

acepillar v.tr. **1.** Alisar con cepillo la madera o los metales. **2.** Limpiar, quitar polvo con cepillo. **3.** Fig. y Fam. Pulir. • **acepilladura** n.f. **1.** Acción y efecto de cepillar. **2.** Viruta que se saca de la materia que se acepilla.

acepción n.f. Sentido o significado en que se toma una palabra o una frase.

aceptar v.tr. **1.** Recibir uno voluntariamente lo que se le da, ofrece o encarga. ▷ Aprobar, dar por bueno. **2.** Admitir un desafío y comprometerse a cumplirlo. **3.** Tratándose de las letras o libranzas, obligarse por escrito en ellas mismas a su pago. **4.** FIS y BIOL Recibir un sistema físico o biológico elementos nuevos sin hacerse inestable. • **aceptable** adj. Capaz o digno de ser aceptado. • **aceptación** n.f. **1.** Acción y efecto de aceptar. **2.** Aprobación, éxito. • **aceptor** n.m. **1.** FIS Impureza que se introduce en la red cristalina de ciertos semiconductores para que acepten electrones en exceso. **2.** QUIM Átomo susceptible de recibir un electrón suplementario.

acequia n.f. Zanja o canal por donde se conducen las aguas para regar y para otros fines.

acera n.f. Orilla de la calle o de otra vía pública destinada para el tránsito de la gente que va a pie.

acerado,a adj. **1.** Que contiene o es de acero. **2.** Parecido al acero. **3.** Fig. Incisivo, mordaz.

acerar **I.** v.tr. **1.** Comunicar las propiedades del acero a otros metales. **2.** Recubrir con una capa de acero una superficie metálica. **II.** v.tr. y prnl. Fig. Fortalecer, vigorizar.

acerbo,a adj. **1.** Áspero al gusto. **2.** Fig. Cruel, riguroso, desapacible.

acerca de m.adv. Sobre la cosa de que se trata.

acercar v.tr. y prnl. Poner cerca o a menor distancia. • **acercamiento** n.m. Acción y efecto de acercar o acercarse.

acerería o **acería** n.f. Fábrica o fundición de acero y de perfiles laminados.

acerico o **acerillo** n.m. Almohadilla que sirve para clavar en ella alfileres o agujas.

acero n.m. **1.** Aleación de hierro y carbono. v. ENCICL **2.** Fig. Arma blanca. **3.** Fig. *Mirada de acero.* Mirada dura, penetrante.

ENCICL **Metal.** — En la industria, los aceros son las aleaciones de hierro-carbono más importantes. Se reserva el nombre de acero a las aleaciones hierro-carbono a las que se ha añadido una pequeña cantidad de ciertos elementos (ya sea metálicos, como manganeso y molibdeno, o no, como sílice y nitrógeno), destinados a modificar sus propiedades mecánicas, magnéticas o químicas (resistencia a la corrosión). Cuando el porcentaje de estos elementos añadidos se hace importante, se habla entonces de *aceros aleados;* ejemplo: *los aceros inoxidables.* Según la cantidad de carbono (0,35 a 2%), los aceros tienen propiedades diferentes desde los aceros suaves a los aceros extraduros, siendo completada esta gama de aceros ordinarios por los llamados aceros *especiales* que contienen metales o no metales suplementarios. — *Preparación* — El acero se elabora en dos etapas: oxidación del carbono, del silicio y del manganeso contenido en la fundición y reducción destinada a disminuir la cantidad de óxido. Las calorías necesarias para estas reacciones pueden ser aportadas por la inyección de aire o de oxígeno (convertidor Thomas) o por una fuente de calor exterior (horno Martin). Los aceros especiales se preparan en horno eléctrico. — *Propiedades.* — Las propiedades generales de los aceros son mecánicas (dureza, elasticidad, resistencia a la ruptura, etc.); magnéticas (intensidad de imantación, histéresis) y químicas (resistencia a la oxidación, a los ácidos, etc.). Dependen estrechamente de la composición y del procedimiento de elaboración. Los aceros ordinarios se endurecen más por el remojo y son más resistentes cuanto más carbono poseen, pero su permeabilidad magnética es relativamente débil. — *Aceros especiales* — Contienen, en proporciones diversas, ciertos metales (cromo, manganeso, tungsteno, níquel, vanadio, aluminio, etc.,) y no metales (sílice, antimonio y nitrógeno) que les comunican propiedades magnéticas, mecánicas, etc. muy interesantes. De esta forma, ciertos aceros llamados *rápidos,* que contienen cromo, tungsteno o vanadio, admiten condiciones de trabajo de aproximadamente 6.000 °C, mientras que los aceros ordinarios no pueden ser utilizados por encima de los 250 °C. Se emplean para fabricar útiles tales como matrices de corte, cuchillas de cizallas, etc.

acérrimo,a adj. Sup. de acre, muy fuerte, vigoroso o tenaz.

acertar **I.** v.tr. **1.** Dar en el punto a que se dirige alguna cosa. *Acertar al blanco.* **2.** Hallar el medio para el logro de una cosa. **3.** Dar con lo cierto en lo dudoso, ignorado u oculto. **II.** v.tr. e int. **1.** Encontrar, hallar. **2.** Hacer con acierto alguna cosa. **III.** v.int. **1.** Con la prep. *a* y otro verbo en infinitivo, suceder impensadamente o por casualidad. *Acertó a ser viernes aquel día.* **2.** AGRIC Prevalecer, probar bien las plantas y semillas. • **acertado,a** adj. Que tiene o incluye acierto.

acertijo o **acertajo** n.m. **1.** Especie de enigma. **2.** Cosa o afirmación muy problemática.

acervo n.m. **1.** Montón de cosas menudas. **2.** COM Haber que pertenece en común a varias personas que sean socios, coherederos, acreedores, etc. **3.** FOR Caudal de bienes hereditarios. **4.** MAR Aglomeración de arenas en el fondo de los puertos y ríos. **5.** FOR Conjunto de bienes morales o culturales acumulados por tradición.

acet- Prefijo procedente del latín *acētum,* «vinagre». • **acetal** n.m. QUIM Compuesto orgánico cuyo tipo genérico es el acetal ordinario de fórmula $CH_3 - CH (OC_2H_5)_2$. • **acetaldehído** n.m. QUIM Aldehído etílico, de fórmula $CH_3—CHO$. • **acetamida** n.f. QUIM Monoamida primaria del ácido acético. • **acetato** n.m. QUIM Sal o éster del ácido acético. • **acetificación** n.f. QUIM Transformación del alcohol etílico en ácido acético • **acetificador** n.m. QUIM Aparato para acelerar la acetificación. • **acetificar** v. tr. y prnl. QUIM Convertir en ácido acético. • **acético,a** adj. **1.** Que tiene la naturaleza y el sabor del vinagre. **2.** QUIM Ácido acético. v. ENCICL.

ENCICL **Quím.** — El ácido acético ($CH_3—COOH$) es el típico compuesto orgánico del alcohol etílico en presencia de bacterias *Acetobacter* o *Mycoderma aceti* (preparación del vinagre). La industria produce grandes cantidades a partir del acetaldehído o del acetileno. El ácido puro es utilizado como reactivo en numerosas industrias. Sus sales y ésteres, los acetatos, son importantes. El anhídrido acético es utilizado en la industria de materias plásticas.

acetilcolina n.f. FISIOL Mediador químico que transmite el impulso nervioso.

acetileno n.m. QUIM Hidrocarburo de fórmula $CH \equiv CH$.

ENCICL El acetileno es el primer término de la serie de los alquinos. En condiciones normales, es un gas incoloro, un poco más ligero que el aire, poco soluble en agua, pero muy soluble en acetona. Se solidifica a 85 °C a presión atmosférica, sin pasar por el estado líquido. Su combustión desprende gran cantidad de calor, por lo cual se utiliza en el soplete oxiacetilénico, para cortar y soldar metales, aun bajo el agua (la temperatura de su llama es superior a 3.000 °C). Las reacciones de adición en el triple enlace carbono-carbono hacen que el acetileno sea la base para la síntesis de numerosos materiales importantes en la industria: *disolventes clorados, materias plásticas, vinílicas, cauchos y fibras sintéticas (nylon, orlón,* etc.). Se produce industrialmente, ya sea por la acción del agua sobre el carburo del calcio CaC_2, calentando una mezcla de cal viva y de carbón a 2.000 °C, o a partir del metano.

acetilo n.m. QUIM Radical de fórmula CH_3—CHO—, derivado del ácido acético por pérdida del grupo —OH.

acetilsalicílico adj. QUIM Ácido acetilsalicílico. v. aspirina.

acetona n.f. QUIM Líquido incoloro (CH_3 – CO – CH_3), muy volátil, con olor a éter, el término más simple de la familia de las cetonas. *La acetona es un excelente disolvente orgánico.* • **acetonemia** n.f. MED Presencia de acetona y de elementos cetónicos en la sangre. • **acetonuria** n.f. MED Presencia de acetona en la orina.

acetoso,a adj. **1.** Ácido. **2.** Perteneciente o relativo al vinagre. **3.** QUIM Que sabe a vinagre. • **acetosidad** n.f. Calidad de acetoso.

acetre n.m. **1.** Caldero pequeño con que se saca agua de las tinajas o pozos. **2.** RELIG Caldero pequeño en que se lleva el agua bendita para hacer las aspersiones.

acezar v.int. **1.** Jadear. **2.** Sentir anhelo, deseo vehemente o codicia de alguna cosa.

aciago,a adj. Infausto, infeliz, desgraciado, de mal agüero.

aciano n.m. Planta de la familia de las compuestas, con tallo erguido, ramoso, de 60 a 80 cm de altura. — *Aciano mayor.* Planta perenne medicinal de tallo lanudo. — *Aciano menor.* Aciano.

acíbar n.m. **1.** Aloe, planta y su jugo. **2.** Fig. Amargura, disgusto. • **acibarar** v.tr. **1.** Echar acíbar. **2.** Fig. Amargar.

acicalar **I.** v.tr. **1.** Limpiar, alisar, bruñir, principalmente las armas blancas. **2.** Dar en una pared el último pulimento. **II.** v.tr. y prnl. Fig. Pulir, adornar o arreglar mucho a una persona. • **acicalado,a** adj. Extremadamente pulcro. • **acicalador,a** **1.** n. y adj. Que acicala. **2.** n.m. Instrumento con que se acicala.

acicate n.m. **1.** Espuela para montar a la jineta, que sólo tiene una punta de hierro para picar al caballo. **2.** Fig. Incentivo.

acicatear v.tr. Incitar, estimular.

acíclico adj. **1.** Que se produce sin ciclo. **2.** QUIM *Compuesto acíclico,* aquel cuya fórmula desarrollada es una cadena abierta.

acicular adj. **1.** De figura de aguja. **2.** BOT Se dice de las hojas y ramas delgadas, puntiagudas y rígidas como una aguja. **3.** MINER Se dice de la textura fibrosa de algunos minerales.

acidez n.f. **1.** Calidad de ácido. **2.** QUIM Cantidad de ácido libre en los aceites, resinas, etc.

acidia n.f. Pereza, flojedad.

ácido **I.** adj. **1.** De sabor agrio, picante. **2.** QUIM Que tiene las propiedades de los ácidos. **II.** n.m. **1.** Compuesto hidrogenado de sabor picante, que hace virar al rojo el papel de tornasol, reacciona con las bases y ataca a los metales. v. ENCICL. **2.** LSD (ácido lisérgico dietilamida). • **acidificar** v.tr. Transformar en ácido una cosa, hacer ácido.

ENCICL **Quím.** — Las propiedades de los ácidos provienen de su capacidad de ceder protones H^+ (núcleo de átomo de hidrógeno). Las bases, por su parte, pueden ceder aniones OH^- (grupo hidroxilo). De la unión de un protón H^+ con un anión OH^- resulta una molécula de agua y se produce una liberación de calor. La acidez de una solución depende de la concentración de protones. Se caracteriza por su pH (potencial de hidrógeno). De esta forma, una solución que contiene 10^{-2} moles de iones H^+ por litro tiene un pH igual a 2 (recordemos que un mol contiene $6.02 \cdot 10^{23}$ moléculas, el número de moléculas contenido en un mol es igual al número de Avogadro). Por lo tanto, una solución es más ácida cuanto más débil es su pH. En un litro de agua a 25 °C, hay 10^{-7} moles de H^+ e igual cantidad de aniones OH^-; su pH es por consiguiente igual a 7. Las soluciones de pH superiores a 7 poseen propiedades básicas. La acción de un ácido sobre una base produce una sal y agua. Esta reacción es irreversible para las bases y los ácidos fuertes como la sosa y el ácido clorhídrico. Es reversible para las bases y ácidos débiles, como el amoníaco y el ácido acético. La liberación de protones por los ácidos modifica la constitución, y en particular el color, de ciertas sustancias. El tornasol, p. ej., vira al rojo en presencia de un ácido mientras que la heliantina vira al rosa. Algunos metales, como el hierro, el cinc o el aluminio, ceden fácilmente sus electrones. Son atacados por los ácidos produciendo desprendimiento de hidrógeno (un átomo de hidrógeno está constituido por un protón y un electrón). Otros metales, en especial el oro y la plata, no pueden ceder sus electrones y por lo tanto no son atacados por los ácidos. Las teorías de los ácidos están ligadas a los nombres de Lavoisier, Davy y De Arrhenius, que establecieron en 1887 una teoría iónica de los electrólitos, a los de Brönsted y Lowry, que en 1923 demostraron que un ácido cede protones H^+, y al de Lewis. Este último, también en 1923, definió la función ácida como la capacidad de recibir los dobletes de electrones procedentes de las bases para formar enlaces covalentes. Entre los ácidos minerales se distinguen: el ácido clorhídrico, el ácido nítrico, HNO_3, el ácido sulfúrico H_2SO_4 y el ácido fosfórico H_3PO_4. Se utilizan para la fabricación de fertilizantes, materias plásticas, colorantes, explosivos, perfumes, etc. Los ácidos orgánicos poseen al menos un grupo carboxilo —COOH. Entre ellos se encuentran los aminoácidos y los ácidos grasos, componentes de sustancias bioquímicas fundamentales. Los ácidos nucleicos, macromoléculas de gran tamaño, están constituidos por nucleótidos, elementos resultantes del enlace de un azúcar (ribosa o desoxirribosa), de un ácido ortofosfórico y de una base purina o pirimidina.

acidorresistente adj. BACT Se dice de la bacteria que, después de coloreada por la fucsina básica, no se decolora por la acción de un ácido mineral diluido.

acidosis n.f. PAT Estado anormal producido por exceso de ácidos en los tejidos y en la sangre.

acidulado n.m. TECN Tratamiento de la piedra litográfica o de la placa de offset con ciertas sustancias, al objeto de formar sobre aquéllas una película hidrófila que evite la adherencia de los ácidos grasos contenidos en las tintas de imprimir.

acidular **1.** v.tr. TECN Efectuar una operación de acidulado. **2.** v.tr. y prnl. QUIM Poner ligeramente ácida alguna cosa.

acierto n.m. **1.** Acción y efecto de acertar. **2.** Fig. Habilidad en lo que se ejecuta. **3.** Fig. Cordura, prudencia, tino. **4.** Casualidad.

ácigos n.f. y adj. ANAT Se dice de las tres venas asimétricas que comunican las venas cava superior e inferior.

acilación n.f. QUIM Reacción mediante la cual se sustituye en una molécula un átomo de hidrógeno por un grupo acilo, radical orgánico de fórmula general R – CO – que se encuentra en los ácidos carboxilados y derivados.

acilo n.m. Radical derivado de un ácido orgánico.

ácimo adj. Pan ázimo, sin levadura.

acimut o **azimut** n.m. ASTRON Ángulo comprendido entre el plano vertical que pasa por el eje de observación y el plano vertical de referencia (plano del meridiano del observador). • **acimutal** adj. Que representa o que mide un acimut.

acinesia n.f. Falta, pérdida o cesación de movimiento.

acinétidos n.m.pl. ZOOL Familia de infusorios que carecen de cilios en su estado adulto, pero provistos de tentáculos con ventosas.

acino n.m. ANAT Elemento de una glándula acinosa. • **acinoso,a** adj. ANAT Se dice de la glándula cuyos elementos (acini), en forma de bolsa cerrada, están agrupados alrededor de un conducto, como los granos de uva de un racimo.

ación n.f. Correa de la que pende el estribo en la silla de montar.

aclamar v.tr. **1.** Dar voces la multitud en honor y aplauso de alguna persona. **2.** Conferir, por unanimidad algún cargo u honor. **3.** Reclamar o llamar a las aves.

aclarar **I.** v.tr. y prnl. **1.** Hacer que algo sea más claro. **2.** Aumentar la extensión o el número de los intervalos. **3.** Esclarecer. **II.** v.tr. **1.** Tratándose de ropa, volver a lavarla con agua sola después de jabonada. **2.** Hacer la voz más perceptible. **3.** Aguzar o ilustrar los sentidos o facultades. **4.** Desfruncir el ceño. **5.** Poner en claro, manifestar. **6.** MAR Desenredar. **7.** MIN Lavar por segunda vez los minerales. **III.** v.int. **1.** Disiparse las nubes o la niebla. **2.** Amanecer. **IV.** v.prnl. **1.** Confesar un secreto. **2.** Purificarse un líquido, posándose las partículas sólidas que lleva en suspensión.

aclarecer v.tr. **1.** Hacer más claro de luz y de color; alumbrar. **2.** Poner más espaciado. **3.** Poner en claro; manifestar, explicar.

acleido,a n. y adj. ZOOL Se dice del animal mamífero que no tiene clavículas, como los ungulados y los cetáceos, o que las tiene rudimentarias, como muchos mamíferos del orden de los carnívoros.

aclimatar v.tr. **1.** Hacer que se acostumbre un ser orgánico a clima diferente del que le era habitual. **2.** Fig. Hacer que una cosa prevalezca en parte distinta de aquella en que tuvo su origen.

aclínico,a adj. GEOGR Dícese del lugar en el que la inclinación del campo magnético terrestre es nula.

aclorhidria n.f. Falta de ácido clorhídrico en el jugo gástrico. • **aclorhídrico,a** adj. **1.** Perteneciente o relativo a la aclorhidria. **2.** Que padece aclorhidria.

acmé n.f. **1.** Punto culminante de un proceso. **2.** MED Fase de una enfermedad en que los síntomas se hacen más agudos.

acné n.m. Enfermedad de la piel debida a una disfunción de las glándulas sebáceas que se manifiesta por una erupción de micropústulas en el rostro y la parte superior del tórax.

acobardar v.tr., int. y prnl. Amedrentar, causar miedo.

acobijar v.tr. Abrigar las cepas y plantones con acobijos. • **acobijo** n.m. **1.** Montón de tierra que se apisona alrededor de las vides y de los plantones para darles estabilidad y abrigo a las raíces. **2.** Cobijo, cobijamiento.

acocarse v.prnl. Agusanarse los frutos.

acochinar **I.** v.tr. **1.** Fam. Matar a uno que no puede defenderse. **2.** En el juego de las damas, encerrar a un peón de modo que no se pueda mover. **II.** v.tr. y prnl. Fig. y Fam.

Acoquinar. **III.** v.prnl. Adquirir hábitos contrarios a la limpieza física o moral.

acodar **I.** v.tr. y prnl. Apoyar uno el codo sobre alguna parte, por lo común para sostener con la mano la cabeza. **II.** v.tr. **1.** AGRIC Meter debajo de tierra el vástago o tallo doblado de una planta sin separarlo del tronco o tallo principal, dejando fuera la extremidad o cogollo de aquél para que eche raíces la parte enterrada y forme otra nueva planta. **2.** ARQUIT Acodalar. **3.** CARP Poner codales en la superficie de una piedra o de un madero para ver si está plana. **4.** VETER Clavar mal los clavos al herrar, desviándolos sobre las partes sensibles.

acodillar **I.** v.tr. **1.** Doblar formando codo o ángulo. **2.** En ciertos juegos de naipes, dar codillo. **II.** v.int. **1.** Tocar el suelo con el codillo los cuadrúpedos. **2.** Talonear al caballo en los codillos.

acodo n.m. **1.** Vástago acodado. **2.** AGRIC Acción de acodar. **3.** ARQUIT Resalto de una dovela prolongado por debajo de ella. **4.** ARQUIT Moldura resaltada que forma el cerco de un vano.

acoger **I.** v.tr. **1.** Admitir uno en su casa a otra persona. **2.** Dar refugio una cosa a uno. **3.** Dar parte de una dehesa al ganado para que paste. **4.** Fig. Tratándose de noticias, doctrinas, etc., admitirlas como ciertas o buenas. **5.** Fig. Proteger, amparar. **II.** v.prnl. **1.** Refugiarse, tomar amparo. **2.** Fig. Valerse de algún pretexto para disimular alguna cosa. **3.** Invocar para sí los beneficios y derechos que conceden una disposición legal, un reglamento, una costumbre, etc. • **acogida** n.f. **1.** Afluencia de aguas, y p. ext., de otro líquido. **2.** Recibimiento u hospitalidad que ofrece una persona o un lugar. **3.** Retirada, acción de retirarse. **4.** Refugio o lugar donde puede uno acogerse. **5.** Fig. Protección o amparo. **6.** Fig. Aceptación o aprobación.

1. acogollar v.tr. Cubrir las plantas delicadas con esteras, tablas o vidrios para defenderlas de los hielos o lluvias.

2. acogollar v.int. y prnl. Echar cogollos las plantas.

acogotar v.tr. **1.** Matar con herida o golpe dado en el cogote. **2.** Fam. Derribar o vencer a una persona sujetándola por el cogote. **3.** Acoquinar, vencer.

acohombrar v.tr. AGRIC Cubrir con tierra las plantas.

acojinamiento n.m. MECAN Entorpecimiento causado en las máquinas de vapor por la interposición de éste entre el émbolo y la tapa del cilindro.

acolada n.f. Abrazo que, acompañado de un espaldarazo, se daba al que era armado caballero.

acolchado,a n.m. **1.** Acción y efecto de acolchar. **2.** Cobertor relleno de plumón o de otras cosas, que se pone sobre la cama para adorno o abrigo. **3.** MAR Revestimiento de paja o caña trenzada para fortalecer los tendidos de algunos diques.

acolchar o **acolchonar** v.tr. Poner algodón, lana u otro relleno entre dos telas y después pespuntearlas.

acólito n.m. **1.** Ministro de la Iglesia, que ha recibido la superior de las cuatro órdenes menores, y cuyo oficio es servir inmediato al altar. **2.** Monaguillo que sirve en la iglesia. **3.** Fig. Persona o cosa que depende de otra.

acollar v.tr. **1.** AGRIC Cobijar con tierra el pie de los árboles, y principalmente el tronco de las vides y otras plantas. **2.** MAR Meter estopa en las costuras del buque.

acollarar v.tr. **1.** Poner collar a un animal. **2.** Unir unos perros a otros por sus collares. • **acollarado,a** adj. Se aplica a los pájaros y, p. ext., a otros animales que tienen el cuello de color distinto de lo demás del cuerpo.

acometer v.tr. **1.** Embestir con ímpetu y valor. **2.** Emprender, intentar. **3.** Con la prep. *a*, decidirse o empezar a ejecutar una acción. **4.** Dicho de enfermedad, sueño, deseo, etc., venir, entrar, dar repentinamente. **5.** Tentar, procurar forzar la voluntad. **6.** ALBAÑ y MIN Desembocar una cañería o una galería en otra. • **acometida** n.f. **1.** Acometimiento. **2.** Lugar por donde la línea de conducción de un fluido enlaza con la principal. • **acometimiento** n.m. **1.** Acción y efecto de acometer. **2.** Ramal de atarjea o cañería que desemboca en la alcantarilla o conducto general de desagüe.

acomodar **I.** v.tr. **1.** Colocar o poner en un lugar conveniente o cómodo. ▷ Colocar una cosa de modo que se ajuste o adapte a otra. **2.** Disponer, preparar o arreglar de modo conveniente. **3.** Proveer. **4.** Fig. Referir o aplicar. **5.** Fig. Concertar, conciliar. **II.** v.tr., int. y prnl. Fig. Amoldar, armonizar o ajustar a una norma. ▷ v.prnl. Avenirse, conformarse. **III.** v.tr. y prnl. Fig. Colocar en un estado o cargo. Se dice del matrimonio, empleo, etc. **IV.** v.tr. e int. Fig. Agradar, parecer o ser algo conveniente. • **acomodación** n.f. **1.** Acción y efecto de acomodar, **2.** FISIOL Acción y efecto de acomodarse el ojo para que la visión no se perturbe cuando varía la distancia o la luz del objeto que se mira. • **acomodado,a** adj. **1.** Conveniente, apto, oportuno. **2.** Que está cómodo o a gusto; amigo de la comodidad. **3.** Rico, abundante de medios o que tiene los suficientes. **4.** Moderado en el precio. • **acomodador,a** **1.** adj. Que acomoda. **2.** m. y f. En los teatros y otros lugares, persona encargada de indicar a los concurrentes los asientos que deben ocupar. • **acomodamiento** n.m. **1.** Transacción, ajuste o convenio sobre alguna cosa. **2.** Comodidad o conveniencia. • **acomodo** n.m. **1.** Colocación, ocupación o conveniencia. **2.** Alojamiento, sitio donde se vive. **3.** Casamiento, boda conveniente. **4.** Arreglo, ornato.

acompañar **I.** v.tr. y prnl. **1.** Estar o ir en compañía de otro u otros. **2.** Existir una cosa, junta a otra o simultáneamente con ella. **3.** MUS Ejecutar el acompañamiento. **II.** v.tr. **1.** Juntar o agregar una cosa a otra. **2.** Existir o hallarse algo en una persona, especialmente hablando de su fortuna, estados, cualidades o pasiones. **3.** Participar en los sentimientos de otro. • **acompañamiento** n.m. **1.** Acción y efecto de acompañar o acompañarse. **2.** Gente que va acompañando a alguno. **3.** Conjunto de personas que figuran en las representaciones teatrales sin desempeñar ningún papel determinado. **4.** MUS Sostén o auxilio armónico de una melodía principal por medio de uno o más instrumentos o voces. **5.** MUS Arte de la armonía aplicado a la ejecución del bajo continuo.

acompasado,a adj. **1.** Hecho o puesto a compás. **2.** Fig. Que tiene por hábito hablar pausadamente en un mismo tono, o andar y moverse con mucho reposo y compás.

acomplejar **1.** v.tr. Causar a una persona un complejo psíquico o inhibición, turbarla. (Se usa más en part.pas.) **2.** v.prnl. Padecer o experimentar un complejo psíquico, turbación o inhibición. (Se usa más en part.pas.)

aconchar **I.** v.tr. y prnl. **1.** Arrimar mucho a cualquier parte una persona o cosa para defenderla. **2.** MAR Impeler el viento o la corriente a una embarcación hacia una costa u otro lugar. **II.** v.prnl. **1.** Acostarse sobre una banda el buque varado. **2.** Abordarse sin violencia dos embarcaciones.

acondicionar **I.** v.tr. **1.** Dar cierta condición o calidad. **2.** Con los advs. *bien* o *mal*, disponer alguna cosa de manera adecuada a determinado fin, o al contrario. **II.** v.prnl. **1.** Adquirir cierta condición o calidad. **2.** Climatizar. • **acondicionador,a** **1.** adj. Que acondiciona. **2.** n.m. *Acondicionador de aire*. Aparato para climatizar un local.

acondroplasia n.f. MED Enfermedad hereditaria y congénita caracterizada por un defecto de crecimiento en la longitud de los miembros.

acongojar v.tr. y prnl. Oprimir, fatigar, afligir.

acónito n.m. Planta vivaz, de la familia de las ranunculáceas. Es medicinal y suele cultivarse en los jardines como adorno. • **aconitina** n.f. Principio activo del acónito. Es veneno muy violento.

aconsejar **I.** v.tr. **1.** Dar consejo. **2.** Inspirar una cosa algo a uno. **II.** v.prnl. Tomar consejo o pedirlo a otro.

aconsonantar v.int. **1.** Ser una palabra consonante de otra. **2.** Emplear en la rima una palabra como consonante de otra. **3.** Incurrir el escritor en consonancias donde no debe usarlas. **4.** Utilizar la rima consonante.

acontecer v.int. Suceder, efectuarse un hecho. Se usa en el modo infinit. y en las 3as pers. de sing. y pl. • **acontecimiento** n.m. Hecho importante que sucede.

acopiar v.tr. Juntar, reunir en cantidad alguna cosa.

acoplar **I.** v.tr. **1.** Unir entre sí dos piezas de modo que ajusten exactamente. **2.** Ajustar una pieza al sitio donde deba colocarse. **3.** Agrupar dos aparatos, piezas o sistemas de manera que su funcionamiento combinado produzca el resultado conveniente. **4.** Parear dos animales para junta o tronco. **II.** v.tr. y prnl. **1.** Procurar la unión sexual de los animales. **2.** Fig. Ajustar o unir a las personas que estaban discordes. **III.** v.prnl. **1.** Fig. y Fam. Encariñarse dos personas, unirse. • **acoplador,a** n.m. y adj. Que acopla o sirve para acoplar. ▷ TECN Dispositivo que permite conectar dos circuitos, dos órganos, etc. • **acoplamiento** n.m. **1.** Acción y efecto de acoplar o acoplarse. ▷ ESP Unión de un ingenio espacial a otro destinado a propulsarle; dispositivo empleado para esta operación. ▷ TECN Acción de ensamblar dos elementos; resultado de esta operación. ▷ ELECTR Conexión de los devanados primario y secundario de un aparato. **2.** Ajuste de una pieza. **3.** Unión o pareo de dos animales para yunta o tronco. **4.** Unión sexual de los animales. **5.** Entendimiento entre personas que estaban en desacuerdo o disconformidad.

acoquinar v.tr. y prnl. Fam. Amilanar, acobardar, hacer perder el ánimo.

acorar **1.** v.tr. y prnl. Afligir, acongojar. **2.** v.prnl. Enfermar, deteriorarse las plantas por algún accidente atmosférico.

acorazar **1.** v.tr. Revestir con planchas de hierro o acero buques de guerra, fortificaciones u otras cosas. **2.** v.tr. y prnl. Fig. Proteger, defender. • **acorazado,a** **I.** adj. **1.** Dícese de lo que está blindado. **2.** MILIT Se aplica a las obras de fortificación y a las unidades de los ejércitos protegidas del fuego enemigo por medio de blindajes o máquinas blindadas. **II.** n.m. **1.** Buque de guerra de gran tonelaje cuyo casco está revestido de planchas de acero de notable espesor, dotado de potente artillería. **2.** ZOOL Pez acantopterigio de la familia de los tríglidos, cuyo cuerpo está protegido por placas óseas.

acorcharse v.prnl. **1.** Ponerse una cosa fofa como el corcho, perdiendo la mayor parte de su jugo y sabor, o disminuyéndose su consistencia. **2.** Fig. Embotarse la sensibilidad de alguna parte del cuerpo. • **acorchado,a** adj. **1.** Dícese de lo que es fofo, blando y elástico como el corcho. **2.** Dícese de la madera que hace botar la herramienta al trabajarla.

acordada n.f. **1.** Orden o despacho que un tribunal expide para que el inferior ejecute alguna cosa. **2.** Documento de comprobación de certificaciones que, habiendo pasado de una oficina de la administración pública a otra distante, es enviado por ésta a la de origen, para comprobar la exactitud de aquéllas.

acordado,a adj. **1.** Hecho con acuerdo y madurez. **2.** Cuerdo, sensato, prudente.

acordanza n.f. **1.** Memoria o recuerdo. **2.** Opinión acorde, concordia o acuerdo. **3.** Armonía, compás o consonancia de las cosas.

acordar **I.** v.tr. **1.** Determinar de común acuerdo, o por mayoría de votos. **2.** Determinar o resolver deliberadamente una sola persona. **3.** Resolver, determinar una cosa antes de mandarla. **4.** Conciliar, componer. **5.** Traer a la memoria de otro alguna cosa. **6.** MUS Disponer o templar, según arte, los instrumentos músicos o las voces para que no disuenen entre sí. **7.** PINT Disponer armónicamente los tonos de un dibujo o pintura. **II.** v.tr. y prnl. Traer a la propia memoria; recordar. **III.** v.prnl. Ponerse de acuerdo. **IV.** v.int. **1.** Concordar, conformar, convenir una cosa con otra. **2.** Caer en la cuenta.

acorde **I.** adj. **1.** Conforme, concorde. **2.** Conforme, igual y correspondiente; con armonía, en consonancia. En la música se dice con propiedad de los instrumentos y de las voces; y en pintura, de la entonación y del colorido. **II.** n.m. MUS Conjunto de tres o más sonidos combinados armónicamente.

acordeón n.m. Instrumento músico de viento, formado por un fuelle cuyos dos extremos se cierran por sendas cajas en los que juegan cierto número de llaves o teclas.

acordonar v.tr. **1.** Ceñir o sujetar con un cordón. **2.** Formar el cordoncillo en el canto de las monedas. **3.** Fig. Incomunicar por medio de un cordón de tropas, puestos de vigilancia, etc.

ácoro n.m. BOT Planta de la familia de las aráceas, de raíz aromática y medicinal.

acorralar v.tr. y prnl. **1.** Encerrar o meter el ganado en el corral. **2.** Fig. Encerrar a uno dentro de estrechos límites, impidiéndole que pueda escapar. **3.** Fig. Dejar a alguno confundido y sin tener qué responder. **4.** Fig. Intimidar, acobardar.

acorrer **I.** v.tr. **1.** Acudir corriendo. **2.** Socorrer a uno. **3.** Atender, subvenir o acudir a una necesidad. **II.** v.prnl. Refugiarse, acogerse.

acortar **I.** v.tr.,int. y prnl. Disminuir la longitud, duración o cantidad de alguna cosa. **II.** v.prnl. **1.** Fig. Quedarse corto en pedir, hablar o responder. **2.** EQUIT Encogerse el caballo. • **acortamiento** n.m. **1.** Acción y efecto de acortar o acortarse. **2.** ASTRON Diferencia entre la distancia real de un planeta al Sol o a la Tierra, y la misma distancia proyectada sobre el plano de la eclíptica.

acosar v.tr. **1.** Perseguir, sin darle tregua ni reposo, a un animal o a una persona. **2.** Hacer correr al caballo. **3.** Fig. Perseguir, fatigar, importunar a alguien.

acostar **I.** v.tr. y prnl. **1.** Echar o tender a alguno para que duerma o descanse, especialmente en la cama. **2.** Arrimar o acercar. **3.** MAR Arrimar el costado de una embarcación a alguna parte. **II.** v.int. y prnl. **1.** Ladearse, inclinarse hacia un lado o costado. Dícese principalmente de los edificios. **2.** Fig. Adherirse, inclinarse. **III.** v.int. **1.** Hablando de la balanza, pararse en posición que el fiel no coincida con el punto o señal de equilibrio. **2.** Llegar a la costa.

acostumbrar **1.** v.tr. Hacer adquirir costumbre. **2.** v.int. Tener costumbre. **3.** v.prnl. Adquirir costumbre de una cosa.

acotación n.f. **1.** Acotamiento. **2.** Señal o apuntamiento que se pone en el margen de algún escrito o impreso. **3.** TOPOGR Cota de un plano topográfico.

acotar **I.** v.tr. **1.** Poner cotos, amojonar con ellos. **2.** Fijar o señalar. **3.** Reservar el uso de un terreno manifestándolo por medio de cotos. **4.** Cortar a un árbol todas las ramas por la cruz. **II.** v.prnl. **1.** Ponerse en lugar seguro, metiéndose dentro de los cotos de otra jurisdicción. **2.** Fig. Ampararse o apoyarse en una razón o condición. **3.** Poner acotaciones a un escrito. **4.** Aceptar alguna cosa en los términos en que se ofrece. **5.** Fam. Elegir alguna cosa entre varias. **6.** TOPOGR Poner números o cotas en los planos, croquis, etc. **7.** Atestiguar, asegurar algo en la fe de un escrito o libro. **8.** INFORM Cambiar de escala las magnitudes de un problema para acomodarlas al cálculo con ordenador.

acotiledóneo,a o **acotiledón** n.f. y adj. BOT Dícese de la planta cuyo embrión carece de cotiledones. ▷ n.f.pl. BOT Grupo de la antigua clasificación botánica, que comprendía todas las plantas criptógamas.

acqua toffana n.f. Veneno a base de arsénico utilizado en Italia en los siglos XVI y XVII.

acracia n.f. Doctrina de los ácratas. — • **ácrata** n. y adj. Partidario de la supresión de toda autoridad.

1. acre n.m. Medida inglesa de superficie, equivalente a 40 áreas y 47 centiáreas.

2. acre adj. **1.** Áspero y picante al gusto y al olfato. **2.** Fig. Tratándose del carácter o de las palabras, áspero y desabrido. **3.** MED Aplícase al calor febril acompañado de picor.

acrecentar **1.** v.tr. y prnl. Aumentar. **2.** v.tr. Mejorar, enriquecer, enaltecer. • **acrecencia** n.f. **1.** Acrecentamiento. **2.** Derecho de acrecer. **3.** FOR Bienes adquiridos por tal derecho.

acrecer **1.** v.tr., int. y prnl. Hacer mayor, aumentar. **2.** v.int. FOR Percibir un partícipe el aumento que le corresponde cuando otro partícipe pierde su cuota o renuncia a ella. • **acrecimiento** n.m. **1.** Acción y efecto de acrecer. **2.** Acrecencia, derecho de acrecer y bienes adquiridos de este modo.

acreditar **I.** v.tr. y prnl. **1.** Hacer digna de crédito alguna cosa, probar su certeza o realidad. **2.** Afamar, dar crédito o reputación. **II.** v.tr. **1.** Dar seguridad de que alguna persona o cosa es lo que representa o parece. **2.** Dar testimonio en documento fehaciente de que una persona lleva facultades para desempeñar un cargo. **3.** Abonar, admitir en pago; asentar una partida en el haber. **III.** v.prnl. Lograr fama o reputación.

acreedor,a **1.** n. y adj. Que tiene acción o derecho a pedir el cumplimiento de alguna obligación. **2.** Que tiene mérito para obtener alguna cosa.

acrescente adj. BOT Dícese del cáliz o de la corola que sigue creciendo después de fecundada la flor.

acribar **1.** v.tr. Cribar. **2.** v.tr. y prnl. Fig. Acribillar.

acribillar **1.** v.tr. Abrir muchos agujeros en alguna cosa, como se hace con el cuero de las cribas. **2.** Hacer muchas heridas o picaduras a una persona o a un animal. **3.** Fig. y Fam. Molestar mucho y con frecuencia.

acrídido,a n. y adj. ZOOL Dícese del insecto ortóptero saltador, como los saltamontes. ▷ n.m.pl. ZOOL Familia de estos insectos.

acrílico, a adj. QUIM Perteneciente o relativo al ácido acrílico. ▷ *Nitrilo acrílico* o *acrilonitrilo* de fórmula $CH_2{=}CH{-}C{\equiv}N$, compuesto sintético obtenido a partir del acetileno y del ácido cianhídrico. — *Resina acrílica*, se obtiene por la polimerización del acronitrilo; sirve para la preparación de fibras textiles, caucho y pintura.

acriminar v.tr. **1.** Acusar de algún crimen o delito. **2.** Imputar culpa o falta grave. **3.** Presentar como más grave; exagerar o abultar un delito o culpa.

acrimonia n.f. **1.** Aspereza de las cosas, especialmente al gusto o al olfato. **2.** Condición de los humores acres. **3.** Agudeza del dolor. **4.** Aspereza o desabrimiento en el carácter o en el trato.

acriollarse v.prnl. *Amér.* Adoptar un extranjero los usos y costumbres de la gente del país.

acrisolar **I.** v.tr. **1.** Depurar, purificar en el crisol por medio del fuego, el oro u otros metales. **2.** Fig. Purificar, apurar. **II.** v.tr. y prnl. Fig. Aclarar o apurar una cosa por medio de testimonios o pruebas, como la verdad, la virtud, etc. • **acrisolado,a** adj. **1.** Dícese de ciertas cualidades positivas humanas, como *virtud, honradez*, etc., que, puestas a prueba, salen mejoradas o depuradas. **2.** Dicho de personas, intachable, íntegro.

acristianar v.tr. **1.** Fam. Hacer cristiano. **2.** Fam. Administrar el bautismo.

acritud n.f. **1.** Acrimonia. **2.** METAL Estado en que se encuentra un cuerpo metálico que ha perdido su ductilidad y maleabilidad.

acrobacia n.f. **1.** Acrobatismo. **2.** Cada uno de los ejercicios que realiza un acróbata. **3.** Cualquiera de las evoluciones espectaculares que efectúa un aviador en el aire. • **acróbata** n.m. y f. Persona que da saltos, hace habilidades sobre el trapecio, la cuerda floja, o ejecuta cualquier otro tipo de ejercicio gimnástico en los espectáculos públicos.

acrocefalia n.f. MED Deformidad del cráneo, producida por la osificación prematura de algunas suturas, lo cual produce un aumento en la altura y un achatamiento lateral de la cabeza.

acrofobia n.f. Vértigo de las alturas.

acroleína n.f. QUIM Aldehído de fórmula $CH_2{=}CH{-}CHO$ que se forma en pequeñas cantidades en la pirólisis de los cuerpos grasos. Se emplea para la obtención de plásticos.

acromático,a adj. **1.** FIS Califica un sistema óptico en el que han sido corregidas las aberraciones cromáticas. **2.** BIOL Dícese de la sustancia celular que no admite colorantes o lo hace con dificultad.

acromatina n.f. BIOL Porción del núcleo de la célula que no fija los colorantes.

acromatopsia n.f. MED Afección que impide la percepción de los colores.

acromegalia n.f. **1.** MED Enfermedad de origen hipofisario que se caracteriza por la hipertrofia de las extremidades y de la cara.

acromion o **acromio** n.m. ANAT Apófisis del omóplato, con la que se articula la extremidad externa de la clavícula.

acrónico,a adj. **1.** ASTRON Se dice del astro que nace al ponerse el Sol, o se pone cuando éste sale. **2.** Dícese también del orto u ocaso del mismo astro.

acrónimo n.m. Siglas constituidas por las iniciales (y a veces otras letras que siguen a la inicial), con las cuales se forma un nombre: *CEE (Comunidad Económica Europea).*

ácrono,a adj. **1.** BOT Se aplica a todos los ovarios que no se ensanchan por su base. **2.** Fuera del tiempo.

acrópolis n.f. Parte más elevada y fortificada de las ciudades griegas de la Antigüedad, que comprendía un palacio y varios santuarios. *La Acrópolis*: acrópolis de Atenas donde se erigieron el Partenón y el Erecteion (s. V a. J.C.).

acrosoma n.m. BIOL Orgánulo secretado por el aparato de Golgi, situado en la parte apical del espermatozoide.

acróstico n.m. Pequeño poema donde las letras iniciales de cada verso tomadas en el orden original componen el nombre de una persona, un lema o una frase.

acrostolio n.m. MAR Espolón o adorno en la proa de las naves antiguas.

acrotera o **acroteria** n.f. **1.** ARQUIT Pedestales que sirven de remate en los frontones, y sobre los cuales suelen colocarse estatuas u otros adornos. **2.** Remates adornados de los ángulos de los frontones ▷ P. ext. La cruz que remata en muchas iglesias el piñón o la bóveda del crucero.

acroterio n.m. ARQUIT Pretil que se hace sobre las cornisas para ocultar la altura del tejado.

acta n.f. **1.** Relación escrita de lo tratado en una junta. **2.** Certificación en que consta el resultado de la elección de una persona para un cargo público o privado.

actenium n.m. QUIM Elemento radiactivo natural. Peso atómico, 227.

ACTH FISIOL Hormona secretada por el lóbulo anterior de la hipófisis, que controla las secreciones hormonales de la corteza suprarrenal. — Abreviatura de Adreno-Cortico-Trópica-Hormona, tomada del inglés.

actina n.f. BIOQUIM Proteína que, asociada a la miosina, forma la actomiosina.

actinia n.f. ZOOL Orden de las cnidarias hexacoralarias llamadas corrientemente *anémonas de mar*; son pólipos que viven fijos sobre las rocas.

actínido 1. n.m. y adj. Dícese de los elementos químicos cuyo número atómico está comprendido entre el 89 y el 103. **2.** n.m.pl. Grupo formado por estos elementos.

actinio n.m. QUIM Elemento radiactivo natural (Ac), de número atómico 89 y de peso atómico 227; metal de propiedades próximas a las del lantano. • **actinismo** n.m. QUIM Acción química de las radiaciones electromagnéticas, en especial las luminosas.

actino- Prefijo procedente del griego *aktis, aktinos*, «rayo»; implica la idea de radiación o de forma radiante.

actinógrafo n.m. Actinómetro registrador.

actinología n.f. Ciencia que estudia las propiedades biológicas o curativas de las radiaciones.

actinometría n.f. FIS Medida de la energía transportada por una radiación. • **actinómetro** n.m. **1.** FIS Instrumento para medir la intensidad de las radiaciones visibles y en especial las solares. **2.** QUIM Instrumento para medir la acción química de las radiaciones electromagnéticas.

actinomices n.m. BACT Hongo parásito que produce la actinomicosis.

actinomicetales n.f.pl. MICROB Orden de bacterias de aspecto filamentoso que comprende, entre otros géneros, *Actynomices*, agente de la actinomicosis, y *Streptomices*, de donde se extrae la estreptomicina.

actinomicosis n.f. VETER Enfermedad de los animales, que puede transmitirse al hombre, caracterizada por la presencia de formaciones seudotumorales con supuración, sobre todo en la lengua, las mucosas y la piel.

actinomorfa adj. BOT Dícese de la flor que queda dividida en dos partes simétricas, como la rosa.

actinópodos n.m.pl. ZOOL Subtipo de los protozoos que emiten seudópodos radiales.

actinopterigios n.m.pl. ZOOL Subclase de los osteictios, peces cuyas aletas se sostienen mediante radios osificados.

actinota n.f. Anfíbol de color verde claro, que suele presentarse en masas de textura fibrosa y es bastante rico en hierro.

Action painting, expresión norteamericana acuñada por el crítico H. Rosenberg en 1952 para denominar un movimiento pictórico de arte abstracto aparecido fundamentalmente en Nueva York hacia 1945. Su equivalente castellano puede ser «pintura de acción». Kline, De Kooning y sobre todo Pollock (técnica del «dripping»), influidos a la vez por el expresionismo alemán y los procedimientos automáticos surrealistas, son los principales representantes de este movimiento que pertenece al llamado «expresionismo abstracto».

actitud n.f. **1.** Postura del cuerpo, especialmente cuando es determinada por el estado de ánimo, o expresa algo con eficacia. **2.** Fig. Disposición de ánimo de algún modo manifestada. *Actitud benévola, pacífica*, etc.

activar v.tr. **1.** Avivar, acelerar. **2.** Hacer radiactiva una sustancia, generalmente bombardeándola con partículas aceleradas. — QUIM *Activar una reacción*. Acelerarla mediante la adición de un cuerpo extraño o un aporte de energía (luz, calor, etc.). • **activación** n.f. **1.** QUIM Fenómeno que consiste en el paso de una partícula, molécula, átomo o ion de su estado actual a otro más rico en energía. **2.** FIS NUCL Acción de comunicar a una sustancia propiedades radiactivas.

actividad n.f. **1.** Facultad de obrar. ▷ ASTRON *Actividad solar*. Conjunto de fenómenos ligados a las perturbaciones del campo magnético solar. ▷ QUIM *Actividad óptica*. Propiedad de un cuerpo transparente de hacer girar el plano de polarización de un haz luminoso polarizado rectilíneamente. **2.** Diligencia, eficacia. **3.** Prontitud en el obrar. ▷ FIS En una cantidad dada de una sustancia radiactiva, número de átomos que se desintegran por unidad de tiempo. **4.** pl. Conjunto de operaciones o tareas propias de una persona o entidad.

activismo n.m. Doctrina que propugna el recurso a la acción violenta para hacer triunfar una idea política. • **activista** n.m. y f. Agitador político.

activo,a I. adj. **1.** Que obra o tiene virtud de obrar. ▷ QUIM Dícese de los absorbentes y catalizadores a los que una determinada preparación les hace reaccionar vivamente. **2.** Diligente y eficaz. **3.** Que produce sin dilación su efecto. **4.** Dícese del funcionario mientras presta servicio. **5.** GRAM Que denota acción en sentido gramatical. **II.** n.m. **1.** COM Importe total de los valores, efectos, créditos y derechos que una persona tiene a su favor. **2.** ECON Conjunto de los bienes que constituyen un patrimonio.

acto n.m. **1.** Hecho o acción. **2.** Hecho público o solemne. **3.** Cada una de las partes principales en que se dividen las obras escénicas. **4.** Disposición legal. **5.** pl. Actas de un concilio.

actomiosina n.f. BIOQUIM Proteína formada por la combinación de actino y miosina, que interviene en la contracción muscular.

actor n.m. **1.** El que representa en el teatro. **2.** Personaje de una acción o de una obra literaria. **3.** FOR Demandante o acusador. • **actora** n.f. Mujer que demanda en juicio. • **actriz** n.f. Mujer que representa en el teatro o en el cine.

actuación n.f. **1.** Acción y efecto de actuar. **2.** pl. FOR Autos o diligencias de un procedimiento judicial.

actual adj. **1.** Presente, en el mismo momento. **2.** Que existe, sucede o se usa en el tiempo de que se habla. **3.** FILOS Que está en acto. *Voluntad actual* (opuesta a *voluntad potencial*). • **actualidad** n.f. **1.** Tiempo presente. **2.** Cosa o suceso que atrae y ocupa la atención de la gente en un momento dado. **3.** FILOS Acción del acto sobre la potencia.

actualizar v.tr. **1.** Poner en acto. **2.** Hacer actual una cosa. **3.** Poner al día **4.** Pasar de la virtualidad a la realidad. • **actualización** n.f. **1.** Acción y efecto de actualizar. **2.** ECON Operación consistente en calcular, teniendo primordialmente en cuenta los factores de interés y depreciación de la moneda, el valor actual de una suma de la que no se dispondrá hasta dentro de un determinado tiempo. • **actualizador,a** n. y adj. LING Se dice de cualquier procedimiento o signo que permite actualizar un mensaje lingüístico.

actuar I. v.tr. y prnl. **1.** Poner en acción. **2.** Entender algo, enterarse de algo. **II.** v.tr. Digerir, absorber o asimilar, hablando de algo que se ingiere. **III.** v.int. **1.** Ejercer una persona o cosa su función. **2.** Ejercer funciones propias de su cargo u oficio. **3.** En las universidades, defender conclusiones públicas. **4.** Practicar los ejercicios de una oposición. **5.** FOR Formar autos, proceder judicialmente.

actuario n.m. FOR Auxiliar judicial que da fe en los autos procesales. • **actuarial** adj. Perteneciente o relativo al actuario de seguros o a sus funciones.

acuarela n.f. Pintura ejecutada con colores disueltos en agua, sobre una hoja de papel cuyo grano permanece visible por transparencia. • **acuarelista** n.m. y f. Pintor de acuarelas.

acuario n.m. **1.** Depósito de paredes transparentes donde se crían animales y plantas acuáticas. **2.** Museo que alberga, en varios acuarios, una colección de animales acuáticos.

acuartelar I. v.tr. y prnl. Poner la tropa en cuarteles. **II.** v.tr. **1.** Obligar a la tropa a permanecer en el cuartel en previsión de alguna alteración del orden público. **2.** Dividir un terreno en cuarteles. • **acuartelamiento** n.m. **1.** Acción y efecto de acuartelar o acuartelarse. **2.** Lugar donde se acuartela.

acuático,a adj. **1.** Que vive en el agua. **2.** Perteneciente o relativo al agua.

acuatizar v.int. Amarar.

acuciar v.tr. **1.** Estimular, dar prisa. **2.** Desear con vehemencia. • **acucia** n.f. **1.** Diligencia, solicitud, prisa. **2.** Deseo vehemente. • **acuciamiento** n.m. Acción de acuciar.

acuclillarse v.prnl. Ponerse en cuclillas.

acuchillar v.tr. **1.** Herir, cortar o matar con el cuchillo, y p. ext., con otras armas blancas. **2.** Hablando del aire, henderlo o cortarlo. **3.** Alisar con cuchilla u otra herramienta la superficie del entarimado o de los muebles de madera.

acudir v.int. **1.** Ir uno al sitio adonde le conviene o es llamado. **2.** Ir con frecuencia a alguna parte. **3.** Venir, presentarse o sobrevenir algo. **4.** Ir en socorro de alguno. **5.** Atender. **6.** Recurrir a alguno o valerse de él. **7.** Valerse de una cosa para algún fin. **8.** Dar o producir la tierra o las plantas. **9.** Corresponder o pagar. **10.** Replicar o contestar; objetar. **11.** EQUIT Obedecer el caballo.

acueducto n.m. Conducto artificial por donde va el agua a lugar determinado. Se llama especialmente así el que tenía por objeto abastecer de aguas a una población.

acuerdo n.m. **1.** Resolución que toman varias personas tras un intercambio de puntos de vista. **2.** Resolución premeditada de una sola persona. **3.** Parecer, dictamen, consejo. **4.** Refiriéndose a dos o más personas o cosas, mostrar conformidad o alcanzarla (principalmente con los verbos *estar* o *ponerse*); y acordarlas o conciliarlas (principalmente con el verbo *poner*). **5.** Locución con que se manifiesta asentimiento o conformidad.

acuicultura n.f. **1.** Conjunto de técnicas de aprovechamiento de los recursos acuáticos marinos o fluviales (animales y vegetales). **2.** Cultivo en el cual se sustituye la tierra por una solución nutritiva (cultivo hidropónico).

acuidad n.f. Agudeza de la vista.

acuífero,a adj. Dícese de la capa, vena o zona del terreno que contiene agua.

acular I. v.tr. y prnl. **1.** Hacer que un animal, un carro, etc., quede arrimado por detras a algo. **2.** Fam. Arrinconar, estrechar a uno. **II.** v.prnl. MAR Acercarse la nave a un bajo, o tocar en él en un movimiento de retroceso.

aculturación n.f. Conjunto de fenómenos resultantes del contacto directo y continuo entre grupos de individuos de culturas diferentes y que entraña cambios en los prototipos culturales de uno u otro de los grupos o de ambos.

acullá adv.l. A la parte opuesta del que habla.

acuminado,a adj. Que, disminuyendo gradualmente, termina en punta.

acumular v.tr. Juntar y amontonar. • **acumulación** o **acumulamiento** n.f. Acción y efecto de acumular. • **acumulador,a I.** n. y adj. Que acumula. **II.** n.m. **1.** Aparato que almacena energía eléctrica en forma de energía química al ser cargado y la devuelve con una tensión casi constante al ser descargado. **2.** FIS Pila reversible que almacena energía durante la carga y la restituye parcialmente durante la descarga. v. ENCICL.

ENCICL ELECTR — Un acumulador es una pila reversible. Dicha reversibilidad fue observada por el físico francés Gautherol en 1801, poco después del descubrimiento de la pila por Volta, en 1800. En 1859 Planté ideó el acumulador de plomo. Está constituido por dos electrodos: Uno positivo unido al borne + y uno negativo unido al borne −; ambos sumergidos en un electrólito (ácido básico o neutro) contenido en una cubeta. Cuando el generador está en funcionamiento, se dice que se *descarga* ya que la energía química en reserva se transforma en energía eléctrica. Cuando se regenera el acumulador se dice que se carga. **1.** *La fuerza electromotriz* es la diferencia de potencial continua que existe entre el electrodo positivo y el electrodo negativo cuando el acumulador no está en funcionamiento; se expresa en voltios. **2.** La *capacidad* es la cantidad de electricidad que puede suministrar durante la descarga; se expresa en amperios-hora. *La resistencia interna* es la resistencia eléctrica medida entre los bornes de salida; se debe a los electrodos y al electrólito. Se expresa en ohmios. Los acumuladores más corrientes son: acumuladores de plomo (*automóviles*), los acumuladores de cadmio-níquel y hierro-níquel (*vehículos pesados, alumbrado de urgencia*), los acumuladores de plata-cinc (*aviación y marina*), los acumuladores plata-cadmio (*satélites*) y los acumuladores de bióxido de manganeso-cinc (*transistores*).

acunar v.tr. Mecer la cuna.

acuñar v.tr. **1.** Imprimir y sellar una pieza de metal por medio de cuño o troquel. **2.** Tratándose de la moneda, hacerla, fabricarla. **3.** Fig. Dar forma a expresiones o conceptos, especialmente cuando logran difusión o permanencia.

acuoso,a adj. **1.** Abundante en agua. **2.** Parecido a ella. **3.** De agua o relativo a ella. **4.** De mucho jugo. Dícese de las frutas.

acupuntura n.f. Método terapéutico chino (aparecido mil años a. J.C.) que consiste en implantar en determinados lugares del cuerpo finas agujas metálicas con objeto de restablecer el equilibrio físico o psíquico perturbado, o bien para anestesiar al paciente.

acure n.m. ZOOL Roedor del tamaño de un conejo, de carne comestible, que vive en domesticidad en varios países de la América Meridional.

acurrucarse v.prnl. Encogerse para resguardarse del frío o con otro objeto.

acusar I. v.tr. y prnl. Denunciar. **II.** v.tr. **1.** Imputar a uno algún delito o cosa vituperable. **2.** Notar, tachar. **3.** Censurar, reprender. **4.** Tratándose del recibo de cartas, oficios, etc., avisarlo, notificarlo. **5.** FOR Exponer definitivamente en juicio los cargos contra el acusado y las pruebas de los mismos. **III.** v.prnl. **1.** Confesar uno sus culpas. **2.** DEP Mostrar un atleta o jugador inferioridad o falta de preparación física, reflejar los efectos de un golpe recibido, etc. • **acusación** n.f. **1.** Acción de acusar o acusarse. **2.** FOR Escrito o discurso en que se acusa. • **acusado,a 1.** adj. Dícese de aquello que se hace manifiestamente perceptible. **2.** n.m. y f. Persona a quien se acusa. • **acusatorio,a** adj. FOR Perteneciente o relativo a la acusación.

acusativo n.m. GRAM Uno de los casos de la declinación. Indica el complemento directo del verbo, y, en castellano, unas veces lleva, y otras no, la preposición *a*.

acuse n.m. Acción y efecto de avisar el recibo de un escrito u otra cosa.

acústica n.f. Parte de la física, que trata de la formación y propagación de los sonidos. • **acústico,a I.** adj. **1.** Relativo al oído. **2.** Que reproduce, modifica o transmite sonidos; relativo al sonido, a su propagación. **II.** n.f. **1.** Rama de la física que estudia las ondas sonoras, su producción, su propagación, sus efectos. v. ENCICL. **2.** Condiciones que se observan en un lugar con respecto a la propagación de las ondas sonoras.

ENCICL **Fís.** y **Fisiol.** — La acústica física estudia la producción y la propagación de los sonidos en los fluidos y en los sólidos. *La electroacústica* estudia la conversión de la energía acústica en energía eléctrica, la transmisión de las señales eléctricas correspondientes, su amplificación y la reproducción de los sonidos, así como su síntesis mediante procedimientos electrónicos. *La acústica fisiológica* estudia el mecanismo de la sensación auditiva, determina los umbrales de audición y de dolor del oído. *La acústica arquitectónica* se preocupa especialmente de la atenuación de las molestias debidas a los ruidos. *La acústica médica* se interesa por los mecanismos y las perturbaciones de la audición localizados por audiogramas. *La acústica musical* estudia las propiedades de los sonidos utilizados en la música, su combinación (armonía), su producción (instrumentos de música, voz humana), su síntesis (electroacústica musical) y su propagación y recepción en las salas de conciertos (en estrecha relación con la acústica arquitectónica).

achacar v.tr. Atribuir, imputar.

achacoso,a adj. Que padece achaque o enfermedad habitual.

achantar I. v.tr. Intimidar. **II.** v. prnl. Fam. Aguantarse o esconderse.

achaparrarse v.prnl. Adquirir las personas, animales o plantas una configuración baja y gruesa en su desarrollo.

achaque n.m. **1.** Indisposición o enfermedad habitual, especialmente las que acompañan a la vejez. **2.** Enfermedad generalmente ligera.

achatar v.tr. y prnl. Poner chata alguna cosa.

achelense n.m. y adj. Conjunto de las fases del Paleolítico inferior, caracterizado por la aparición de tallas de percutor suave.

achicar I. v.tr. y prnl. **1.** Menguar el tamaño de alguna cosa. **2.** Fig. Humillar, acobardar. **3.** Fig. Hacerse de menos. **II.** v.tr. Extraer el agua de una mina, embarcación, etc. • **achicador,a** n. y adj. **1.** Que achica. **2.** MAR Especie de cucharón de madera que sirve para achicar el agua en los botes.

achicoria n.f. Planta de la familia de las compuestas, de hojas comestibles, así crudas como cocidas.

achicharrar I. v.tr. y prnl. **1.** Freír, asar o tostar demasiado. **II.** v.tr. **1.** Fig. Molestar en exceso. **2.** *Chile.* Barbarismo por aplastar, achuchar. **III.** v.prnl. Fig. Experimentar un calor excesivo, quemarse, por la acción de un agente exterior (aire, sol, etc.).

achique n.m. Acción y efecto de achicar.

achira n.f. **1.** BOT Planta sudamericana de la familia de las alismatáceas, de flores coloradas, que vive en terrenos húmedos. **2.** BOT Planta del Perú, de la familia de las cannáceas, de raíz comestible. **3.** *Chile.* Cañacoro.

achispar v.tr. y prnl. Poner casi ebria a una persona.

acholado,a adj. *Amér.* Dícese de la persona que tiene la tez del mismo color que la del cholo. Mestizo.

acholar v.tr. y prnl. *Chile, Ecuad.* y *Perú.* Avergonzar, amilanar.

achuchar I. v.tr. **1.** Fam. Aplastar, estrujar con fuerza. **2.** Fam. Empujar una persona a otra. **3.** Azuzar. • **achucharrar** v.tr. *Col., Chile* y *Hond.* Achuchar, aplastar, estrujar.

achunchar 1. v.tr. *Chile.* Dejar a uno corrido y avergonzado. **2.** v.prnl. *Chile.* Amedrentarse, temer que ocurra algún suceso adverso. **3.** v.tr. y prnl. *Bol., Chile, Ecuad.* y *Perú.* Avergonzar, turbar.

achuntar v.tr. e int. Fam. *Chile.* Acertar, dar en el blanco.

achupalla n.f. BOT Planta de la América Meridional, de la familia de las bromeliáceas. De sus tallos se hace horchata.

achurar 1. v.tr. *Arg.* Quitar los despojos a la res. **2.** Fig. y Fam. *Arg.* Herir o matar a tajos a una persona o animal.

ad prep.insep. que ya tiene el valor de a, como en *adjunto,* ya denota proximidad, como en *adyacente,* o encarecimiento, como en *admirar.* Se emplea aislada en locuciones latinas que tienen uso en nuestro idioma.

1. adagio n.m. Sentencia breve, comúnmente recibida y, las más veces, moral.

2. adagio adv. MUS Lentamente. ▷ n.m. Pieza tocada con este movimiento.

adalid n.m. **1.** Caudillo de gente de guerra. **2.** Fig. Guía y cabeza, o muy señalado individuo de algún partido, corporación o escuela.

adámico,a adj. **1.** GEOL Dícese del lodo que deja el mar al tiempo del reflujo. **2.** Perteneciente o relativo a Adam o Adán.

adamitas n.m.pl. **1.** Miembros de una secta gnóstica del s. II, que rechazaban cualquier vestido. **2.** Heterodoxos de Bohemia (s. XV) que se consideraban por encima del pecado y practicaban el nudismo. • **adamismo** n.m. Doctrina y secta de los adamitas.

adaptar I. v.tr. y prnl. **1.** Acomodar, ajustar una cosa a otra. **II.** v.prnl. Fig. Avenirse a las circunstancias. • **adaptación** n.f. **1.** Acción y efecto de adaptar o adaptarse. **2.** ZOOL Proceso por el que un animal se acomoda al medio ambiente y a los cambios de éste. • **adaptador,a** adj. **1.** Que adapta. **2.** TECN Órgano que permite a un aparato funcionar en unas determinadas condiciones.

adarce n.m. Costra salina que las aguas del mar forman en los objetos que mojan.

adarga n.f. Escudo de cuero, ovalado o de figura de corazón.

adarme n.m. Fig. Cantidad o porción mínima de una cosa.

adarvar v.tr. Fortificar con adarves. • **adarve** n.m. **1.** Camino detrás del parapeto y en lo alto de una fortificación. **2.** Fig. Protección, defensa.

addax n.m. Antílope del Sahara, de largos cuernos en espiral.

addenda n.m.pl. Notas adicionales al final de una obra.

adecentar v.tr. y prnl. Poner decente.

adecuar v.tr. y prnl. Acomodar una cosa a otra.

adefesio n.m. **1.** Fam. Prenda de vestir o adorno ridículo y extravagante. **2.** Fam. Persona de exterior ridículo y extravagante.

adelantado,a **I.** adj. **1.** Precoz, que despunta por su talento u otra cualidad. **2.** Aventajado, excelente, superior. **3.** Fig. Atrevido, imprudente, que no guarda el respeto o la atención debida a otros. **II.** n.m. HIST Funcionario con atribuciones civiles y militares que protegía las tierras conquistadas. En la península fueron sustituidos por los alcaldes mayores y en América por los virreyes. — *Adelantado de Indias.* A semejanza de los adelantados castellanos, los adelantados de Indias ostentaban el título de poder máximo de los representantes de la Corona española; lo poseían los capitanes generales, conquistadores y gobernadores. Sólo la institución de los virreinatos tuvo un «status» superior. **III** m.adv. *Por adelantado* Anticipadamente.

adelantar **I.** v.tr. y prnl. **1.** Mover o llevar hacia adelante. **2.** Fig. Exceder a alguno, aventajarle. **3.** Ganar la delantera a uno o a algo. **II.** v.tr. **1.** Acelerar, apresurar. **2.** Anticipar. Adelantar la paga. **3.**Hacer que el reloj señale tiempo que no ha llegado todavía. **4.** Fig. Aumentar, mejorar. **5.** Fig. Añadir o inventar en alguna materia. **III.** v.int. **1.** Andar el reloj con más velocidad de la debida. *2.* Progresar en estudios, robustez, etc. • **adelante** adv. **1.** Más allá. **2.** Hacia la parte opuesta a otra. *Venía un hombre por el camino adelante.* **3.** adv.t. Con preposición antepuesta o con algunos adverbios denota tiempo futuro. — *Adelante.* Voz que se usa para ordenar o permitir que alguien entre en alguna parte o siga andando, hablando, etc. • **adelanto** n.m. **1.** Anticipo. **2.** Adelantamiento, acción de adelantar; medra.

adelfa n.f. Arbusto de la familia de las apocináceas, semejante al laurel de flores blancas, rojizas, róseas o amarillas. ▷ Flor de esta planta.

adelgazar **I.** v.tr. y prnl. Poner delgada a una persona o cosa. **II.** v.tr. Fig. Depurar alguna materia. **III.** v.int. Ponerse delgado, enflaquecer.

ademán n.m. Movimiento o actitud del cuerpo con que se manifiesta un sentimiento. ▷ pl. Modales.

ademar v.tr. MIN Poner ademes. • **ademe o adema** n.m. **1.** MIN Madero que sirve para entibar. **2.** MIN Cubierta o forro de madera con que se aseguran y resguardan los tiros, pilares y otras obras.

además adv.c. A más de esto o aquello.

aden(o-) Prefijo procedente del griego *adén*, «glándula».

adenia n.f. PAT Hipertrofia simple de los ganglios linfáticos. • **adenitis** n.f. PAT Inflamación de los ganglios linfáticos. • **adenoideo,a** adj. Dícese de los tejidos ricos en formaciones linfáticas. • **adenoma** n.m. PAT Tumor de estructura semejante a la de las glándulas. • **adenopatía** n.f. PAT Enfermedad de las glándulas en general, y particularmente de los ganglios linfáticos.

adenina n.f. BIOQUIM Una de las cuatro bases púricas fundamentales que constituyen los ácidos nucleicos (ADN y ARN) y las adenosinas.

adenosina n.f. BIOQUIM Nucleósido constituido por una molécula de pentosa y una molécula de adenina. • **adenosinfosfato** n.f. Nucleótido formado por la unión de una molécula de adenosina y una o varias moléculas de ácido fosfórico. • **adenovirus** n.m. Virus del ácido desoxirribonucleico de simetría cúbica, con afinidad por los tejidos linfáticos.

adentrarse v.prnl. **1.** Penetrar en lo interior de una cosa.

adentro **1.** adv.l. A o en el interior. Suele ir pospuesto a nombres sustantivos: *mar adentro.* **2.** n.m.pl. Lo interior del ánimo.

adepto,a n. y adj. **1.** Iniciado en los arcanos de la alquimia. ▷ P. ext., afiliado en alguna secta o asociación, especialmente si es clandestina. **2.** Partidario de alguna persona o idea.

aderezar **I.** v.tr. y prnl. **1.** Componer, adornar. **2.** Disponer, preparar. **3.** Guiar, dirigir, encaminar. **II.** v.tr. **1.** Preparar los alimentos y algunas bebidas. **2.** Remendar o componer alguna cosa. **3.** Preparar con goma u otros ingredientes algunos tejidos para que tomen consistencia. • **aderezado,a** adj. Favorable, propicio. • **aderezo** n.m. **1.** Acción y efecto de aderezar o aderezarse. **2.** Aquello con que se adereza alguna persona o cosa. **3.** Disposición de lo necesario y conveniente para alguna cosa.

1. adeudar **I.** v.tr. y prnl. Meter en deudas o entrampar, refiriéndose a personas; deber o tener deudas, refiriéndose a complemento de cosa. **II.** v.tr. **1.** Satisfacer una contribución. **2.** COM Cargar, anotar una partida en el debe. **III.** v.prnl. Endeudarse. • **adeudo** n.m. **1.** Deuda. **2.** Cantidad que se ha de pagar en las aduanas por una mercancía. **3.** COM Acción y efecto de adeudar.

2. adeudar v.int. Contraer deudo, emparentar.

ADH. v. vasopresina.

adherir **I.** v.tr. **1.** Pegar una cosa a otra. **II.** v.int. y prnl. **1.** Pegarse una cosa con otra. **2.** Fig. Sumarse a una opinión, ideología, etc. **III.** v.prnl. **1.** FOR Utilizar, quien no lo había interpuesto, el recurso entablado por la parte contraria. • **adherencia** n.f. **1.** Acción y efecto de adherir una cosa con otra. **2.** Unión física de las cosas. **3.** Fig. Enlace. **4.** MED Unión de dos superficies anatómicas, normalmente separadas. **5.** BOT Unión de dos órganos próximos. **6.** FIS Por lo común, es un efecto de la fuerza física llamada *adhesión* y, a veces, se debe a la acción que ejercen los imanes sobre los cuerpos magnéticos. **7.** Resistencia tangencial que se produce en la superficie de contacto de dos cuerpos cuando se intenta que uno deslice sobre otro. **8.** Calidad de adherente. • **adherente** adj. **1.** Que adhiere o se adhiere. **2.** Anexo, unido a una cosa.

adhesión n.f. **1.** Acción y efecto de adherir o adherirse. **2.** FIS Es una fuerza por la cual dos cuerpos puestos en contacto resisten al esfuerzo que se hace para separarlos. **3.** Fuerza de atracción que mantiene unidas moléculas de distinta especie.

adhesivo,a **1.** n. y adj. Capaz de adherirse o pegarse. **2.** n.m. Sustancia que, interpuesta entre dos cuerpos, sirve para pegarlos.

ad hoc loc.adj. Que conviene a un uso determinado, a una situación precisa.

adiabático,a adj. **1.** FIS Se dice del recinto entre cuyo interior y el exterior no es posible el intercambio térmico. **2.** Dícese de la transformación termodinámica que un sistema experimenta sin que haya intercambio de calor con otros sistemas.

adiaforesis n.f. FISIOL Supresión de la transpiración cutánea.

adición n.f. **1.** Acción y efecto de añadir. **2.** Añadidura en alguna obra o escrito. **3.** MAT Operación de sumar.

adicto,a n. y adj. **I.** Dedicado, muy inclinado. **II.** **1.** Partidario. **2.** Persona dominada por el uso de ciertas drogas.

adiestrar **I.** v.tr. y prnl. **1.** Enseñar, instruir. **II.** v.tr. Guiar, encaminar.

adinamia o **astenia** n.f. MED Gran debilidad muscular.

adinerar v.prnl. Fam. Hacerse rico.

adiós **I.** interj. ¡a Dios! **II.** n.m. Despedida.

adiposidad n.f. MED Acumulación de grasa en el tejido celular. • **adiposis** n.f. MED Obesidad. • **adiposo,a** adj. **1.** ANAT De naturaleza grasa, que contiene grasa. **2.** Obeso.

adipsia n.f. MED Falta de sed.

aditivo,a **I.** adj. **1.** MAT Que se añade. **2.** FIS Se aplica a las magnitudes tales que la cantidad correspondiente a un cuerpo es igual a la suma de las cantidades correspondientes a sus partes. **3.** MAT Se dice de toda cantidad precedida del signo más. **II.** n.m. Sustancia que se agrega a otras para darles cualidades de que carecen o para mejorar las que poseen. • **aditamento** n.m. Añadidura. • **aditicio,a** adj. Añadido.

adivinar v.tr. **1.** Predecir el futuro o descubrir las cosas ocultas. **2.** Descubrir por conjeturas alguna cosa oculta o ignorada. **3.** Tratándose de un enigma, acertar lo que quiere decir. • **adivinanza** n.f. **1.** Adivinación. **2.** Acertijo. • **adivino,a** n.m. y f. Persona que adivina; que predice el futuro.

adjetivar **I.** v.tr. **1.** Concordar una cosa con otra, como en la gramática el sustantivo con el adjetivo. **2.** GRAM Aplicar adjetivos. **II.** v.tr. y prnl. GRAM Dar al nombre valor de adjetivo.

adjetivo,a **I.** adj. Que dice relación a una cualidad o accidente. **II.** n.m. y adj. **1.** Nombre adjetivo. **2.** adj. Perteneciente al adjetivo, o que participa de su índole o naturaleza. *Adjetivo calificativo.* El que denota alguna calidad del sustantivo; como *blanco.* — *Adjetivo comparativo.* El que denota comparación; como *mayor, mejor.* — *Adjetivo determinativo.* El que determina la extensión en que se toma el sustantivo; como *algunos.* — *Adjetivo numeral.* El que significa número; como *dos.* — *Adjetivo ordinal.* El numeral que expresa la idea de orden o sucesión; como *sexto.* — *Adjetivo positivo.* El de significación absoluta o simple, respecto del que es comparativo, superlativo, aumentativo o diminutivo; como *grande*, respecto de *mayor, máximo, grandazo* y *grandecito.* — *Adjetivo superlativo.* El que denota el sumo grado de la calidad que con él se expresa; como *justísimo.*

adjudicar **I.** v.tr. Declarar que una cosa corresponde a una persona, o conferírsela en satisfacción de algún derecho. **II.** v.prnl. **1.** Apropiarse uno alguna cosa. **2.** Fig. En ciertas competiciones, obtener, ganar, conquistar.

adjuntar v.tr. **1.** Enviar, juntamente con una carta u otro escrito, notas, facturas, muestras, etc. • **adjunción** n.f. **1.** FOR Especie de accesión que se verifica cuando se juntan dos cosas muebles pertenecientes a diferentes dueños, pero de modo que puedan separarse o subsistir cada una después de separada. **2.** Añadidura, agregación. • **adjunto,a** **1.** adj. Que va o está unido con otra cosa. **2.** n. y adj. Dícese de la persona que acompaña a otra en algún momento. **3.** n.m. Aditamento.

ad libitum MUS A elección del intérprete. *Movimiento ad libitum* (abreviado *ad lib*).

adminículo n.m. **1.** Lo que sirve de ayuda o auxilio para una cosa o intento. **2.** Cada uno de los objetos que se llevan para servirse de ellos en caso de necesidad.

administración n.f. **1.** Acción de administrar. **2.** Empleo de administrador. **3.** Casa u oficina donde ejercen los administradores. — *Administración pública.* Acción del gobierno al dictar y aplicar las disposiciones necesarias para el cumplimiento de las leyes y para la conservación y fomento de los intereses públicos. — Conjunto de organismos encargados de cumplir esta función. • **administrativo,a** adj. Perteneciente o relativo a la administración.

administrar **I.** v.tr. **1.** Gobernar, regir, aplicar. **2.** Servir al ejercer algún ministerio o empleo. **3.** Suministrar. **4.** Tratándose de los sacramentos, conferirlos. **II.** v.tr. y prnl. Tratándose de medicamentos recetarlos. • **administrador,a** **1.** n. y adj. Que administra. **2.** n.m. y f. Persona que administra bienes ajenos.

admiración n.f. **1.** Acción de admirar o admirarse. **2.** Cosa admirable. **3.** Signo ortográfico (¡!) que se pone antes y después de cláusulas o palabras para expresar admiración, queja o lástima.

admirar **I.** v.tr. **1.** Causar sorpresa la vista o consideración de alguna cosa inesperada o extraordinaria. **2.** Tener en singular estimación a una persona o cosa. **II.** v.tr. y prnl. Ver, contemplar o considerar con sorpresa alguna cosa admirable.

admisión n.f. **1.** Acción de admitir. **2.** FOR Trámite previo en que se decide, si ha o no lugar a seguir sustancialmente ciertos recursos o reclamaciones. **3.** MECAN En los motores de combustión interna, primera fase del proceso en la que la mezcla explosiva es aspirada por el pistón.

admitancia n.f. ELECTR Cociente (expresado en siemens) entre la intensidad eficaz de la corriente que recorre un dipolo y la tensión eficaz en los bornes de éste.

admitir v.tr. **1.** Recibir o dar entrada. **2.** Aceptar. **3.** Permitir o sufrir.

admonición n.f. **1.** Amonestación. **2.** Reconvención.

ADN BIOQUIM Abreviatura de ácido desoxirribonucleico.

adnato,a adj. BOT Se dice del órgano estrechamente adherido o soldado a otro órgano.

adobar v.tr. **1.** Aderezar, guisar. **2.** Poner en adobo las carnes u otras cosas para sazonarlas y conservarlas. **3.** Curtir las pieles y componerlas. **4.** Atarragar. • **adobado,a** n.m. **1.** Carne puesta en adobo. **2.** Acción de adobar algunas cosas, como cueros. • **adobo** n.m. **1.** Acción y efecto de adobar. **2.** Cualquier caldo, y especialmente el que sirve para sazonar y conservar las carnes y otras cosas. **3.** Mezcla de varios ingredientes que se hace para curtir las pieles o para dar cuerpo y lustre a las telas.

adobe n.m. Masa de barro moldeada en forma de ladrillo y secada al aire. • **adobera** n.f. **1.** Molde para hacer adobes. **2.** Lugar donde se hacen adobes. **3.** *Chile.* Molde para hacer quesos de forma de adobe.

adocenar **I.** v.tr. Ordenar o dividir por docenas. **II.** v.tr. Comprender o confundir a alguno entre gentes de calidad inferior. • **adocenado,a** adj. Vulgar y de muy escaso mérito.

adoctrinar v.tr. Inculcar ideas simples a una persona.

adolecer **I.** v.int. Caer enfermo o padecer alguna enfermedad habitual. ▷ Fig. Tratándose de afectos, pasiones o vicios, tenerlos. **II.** v. prnl. Condolerse.

adolescencia n.f. Edad que sucede a la niñez y que transcurre desde la pubertad hasta el pleno desarrollo del organismo. • **adolescente** n. y adj. Que está en la adolescencia.

adonde adv. **1.** A qué parte, o a la parte que. **2.** Donde.

adondequiera adv. **1.** A cualquier parte. **2.** Dondequiera.

adonis, n.m. Planta herbácea (fam. ranunculáceas) de flores amarillas o rojas.

adoptar v.tr. **I.** Prohijar. **II.** **1.** Recibir, haciéndolos propios, pareceres, métodos, doctrinas, etc., creados por otras personas. **2.** Tratándose de resoluciones, tomarlas con previa deliberación. **3.** Recibir una configuración determinada. • **adoptivo,a** adj. **1.** Se dice de la persona adoptada. **2.** Se dice de la persona que adopta. *Padre adoptivo.* **3.** Se dice de la persona o cosa que uno elige, para tenerla por lo que realmente no es con respecto a él.

adoquín n.m. **1.** Piedra labrada en forma de prisma rectangular para empedrados y otros usos. **2.** Fig. y Fam. Hombre torpe y rudo. • **adoquinado,a** n.m. **1.** Suelo empedrado con adoquines. **2.** Acción de adoquinar. **3.** Conjunto de adoquines que forman el suelo de un lugar.

adorar **1.** v.tr. **1.** Reverenciar con sumo honor o respeto a un ser. **2.** Reverenciar y honrar a Dios. **3.** Fig. Amar con extremo. **II.** v.int. Orar, hacer oración. • **adoración** n.f. **1.** Acción de adorar.

adormecer **I.** **1.** v.tr. y prnl. Dar o causar sueño. **II.** v.tr. **1.** Fig. Acallar. **2.** Fig. Calmar, sosegar. **II.** **1.** v.prnl. Empezar a dormirse. **2.** Fig. Entorpecerse, entumecerse, envararse. ▷ Fig. Con la prep. *en*, y tratándose de vicios, deleites, etc., permanecer en ellos.

adormidera n.f. **1.** Planta de la familia de las papaveráceas, con flores grandes y fruto capsular. **2.** Fruto de esta planta.
ENCICL El fruto de la adormidera (género *Papaver*, familia de las papaveráceas) es una cápsula que se abre por los poros situados bajo los estigmas. Existen dos variedades de *Papaver somniferum: Papaver somniferum nigrum*, cultivado en Europa por sus semillas de las que se extrae el aceite de adormidera y *Papaver somniferum album*, cultivado en Asia, de cuyas cápsulas se obtiene el opio (líquido lechoso que rezuma por las incisiones practicadas en aquéllas). Existen, asimismo, diversas especies de adormideras ornamentales.

adormilarse v.prnl. Dormirse a medias.

adornar **I.** v.tr. y prnl. **1.** Engalanar con adornos. **2.** Fig. Enaltecer a una persona ciertas prendas o circunstancias favorables. **II.** v.tr. **1.** Servir de adorno una cosa a otra. **2.** Fig. Dotar a un ser de perfecciones o virtudes. • **adorno** n.m. **1.** Lo que se pone para la hermosura o mejor parecer de personas o cosas. **2.** pl. Balsamina, planta.

adosar v.tr. Poner una cosa arrimada a otra.

ADP BIOQUIM Siglas del *adenosindifosfato.*

adquirir v.tr. **1.** Ganar, conseguir con el propio esfuerzo. **2.** Comprar. **3.** FOR Hacer propio un derecho o cosa que a nadie pertenece, o se transmite a título lucrativo u oneroso, o por prescripción. • **adquirido,a** adj. MED BIOL Que no es ni congénito ni hereditario.

adquisición n.f. **1.** Acción de adquirir. **2.** Cosa adquirida. Se usa a veces con matiz ponderativo.

adral n.m. Cada uno de las tablas que se ponen en los costados del carro o camión para que no se caiga lo que va en él.

adrede adv.m. De propósito.

adrenalina, n.f. BIOQUIM Hormona del grupo de las catecolaminas secretada por las glándulas suprarrenales. v. ENCICL. • **adrenal** adj. FISIOL Situado cerca del riñón.
ENCICL La acción de la adrenalina permite al organismo adaptarse a agresiones exteriores. Acelera el ritmo cardíaco, contrae los vasos, aumenta la tensión arterial, provoca la liberación del azúcar por el hígado y contrae las musculaturas intestinales y bronquiales. Es igualmente el más perfecto de los simpaticomiméticos y el mediador químico de las sinapsis del sistema simpático.

adscribir v.tr. **1.** Inscribir, atribuir. **2.** v.tr y prnl. Agregar a una persona al servicio de un cuerpo o destino.

adsorber v.tr. FIS Retener por adsorción • **adsorción** n.f. FIS QUIM Retención de iones libres, de átomos o de moléculas en la superficie de una sustancia.
ENCICL Los fenómenos de adsorción tienen importancia enorme en la industria (obtención de vacíos de alto grado, fenómenos de catálisis, etc.), así como en bioquímica (reacciones antígeno-anticuerpos, reacciones enzimáticas). Las sustancias porosas o en estado muy dividido (soluciones coloidales, p.ej.) tienen un elevado poder de adsorción.

adstrato n.m. Cada uno de los rasgos concordantes que aparecen en lenguas o hablas diferentes, explicables por intercambio de influencias.

aduana n.f. **1.** Oficina pública, establecida generalmente en las costas y fronteras, para registrar, en el tráfico internacional, los géneros y mercancías que se importan o exportan, y cobrar los derechos que adeudan. • **aduanero,a** **1.** adj. Perteneciente o relativo a la aduana. **2.** n.m. Empleado en la aduana.

aducción n.f. ANAT Movimiento que acerca al plano medio del cuerpo un miembro o parte de él.

aducir v.tr. Tratándose de pruebas, razones, etc., presentarlas o alegarlas.

adueñarse v.prnl. Hacerse dueño de una cosa o apoderarse de ella. ▷ Hacerse dominante algo en una persona o en un conjunto de personas.

adular v.tr. Halagar interesadamente.

adulterar v.tr. y prnl. Fig. Viciar, falsificar alguna cosa. • **adulterio** n.m. Acción de mantener relaciones sexuales una persona casada con otra de distinto sexo que no sea su cónyuge. • **adulterino,a** n. y adj. **1.** Procedente de adulterio. **2.** adj. Perteneciente o relativo al adulterio.

adulto,a n. y adj. **1.** Llegado a su mayor desarrollo. *Persona adulta.* **2.** adj. Fig. Llegado a su mayor grado de perfección. *Lenguas adultas.*

adumbrar v.tr. Sombrear (poner sombra en un dibujo). • **adumbración** n.f. PINT Parte menos iluminada de la figura u objeto.

adusto,a adj. **1.** Caluroso en exceso. **2.** Fig. Austero, rígido, melancólico.

ad valórem loc. latina. FIN *Derechos ad valorem*, derechos de aduana calculados según el valor de la mercancía.

advección n.f. METEOR Desplazamiento horizontal de una masa de aire.

advenedizo,a n. y adj. **1.** Extranjero o forastero. **2.** adj. No natural. **3.** n. y adj. Persona que va sin empleo u oficio a establecerse en un país o en un pueblo. **4.** Dícese de la persona que ha reunido cierta fortuna pero no puede ocultar su origen humilde.

advenimiento n.m. **1.** Venida o llegada esperada y solemne. **2.** Ascenso de un soberano al trono.

advenir v.int. Venir o llegar.

adventicio,a adj. **1.** Extraño o que sobreviene accidentalmente. **2.** BIOL Aplícase al órgano o parte de los animales o vegetales que se desarrolla ocasionalmente y cuya existencia no es constante.

adventista n. y adj. Miembro de un movimiento religioso que considera inminente una segunda venida de Cristo a la tierra. • **adventismo** n.m. Doctrina de los adventistas.

adverbio n.m. GRAM Parte invariable de la oración que modifica la significación del verbo, del adjetivo o de otro adverbio.

adversario,a n.m. y f. Persona contraria o enemiga. ▷ n.m.pl. Conjunto de personas contrarias o enemigas.

adversativo,a adj. GRAM Que denota oposición de sentido.

adverso,a adj. **1.** Contrario, desfavorable. **2.** Opuesto materialmente a otra cosa, o colocado enfrente de ella. • **adversidad** n.f. **1.** Calidad de adverso. **2.** Suerte adversa, infortunio. **3.** Situación desgraciada en que se encuentra una persona.

advertencia n.f. **1.** Acción y efecto de advertir. **2.** Escrito breve, con que en una obra o en una publicación se advierte algo al lector.

advertir **I.** v.tr. e int. **1.** Fijar en algo la atención, reparar, observar. **2.** Llamar la atención de uno sobre algo, hacer notar u observar. **3.** Aconsejar, enseñar, prevenir. **II.** v.int. **1.** Atender, aplicar el entendimiento. **2.** Caer en la cuenta. • **advertido,a** adj. Capaz, experto, avisado.

adviento n.m. Tiempo santo que celebra la Iglesia desde el primer domingo de los cuatro que preceden a la Navidad.

advocación n.f. Título que se da a un templo, por estar dedicado a la Virgen, a un santo, etc.

adyacente adj. Situado en la inmediación o proximidad de otra cosa.

aedo o **aeda** n.m. En la Grecia antigua, poeta que cantaba sus propias obras.

aer(o)- Prefijo procedente del griego *aēr*, «aire», y que hace referencia al aire y la atmósfera, y también a la navegación aérea.

aéreo,a adj. **1.** De aire. **2.** Perteneciente o relativo al aire. **3.** Fig. Sutil, vaporoso, fantástico. **4.** BIOL Dícese de los animales o plantas que viven en contacto directo con el aire atmosférico. **5.** Relativo al transporte por aire, a la aviación; que utiliza el avión. **6.** Suspendido por encima del suelo. • **aeración** n.f. MED **1.** Acción de las condiciones físicas y químicas del aire atmosférico en el tratamiento de las enfermedades. **2.** MED Introducción del aire en las aguas potables o medicinales.

aerobio,a adj. BIOL Que tiene necesidad, para vivir, de oxígeno gaseoso libre.

aerodeslizador n.m. TECN Vehículo terrestre, anfibio o acuático que se desplaza sobre un colchón de aire que él mismo genera.

aerodinámica n.f. Parte de la mecánica, que estudia el movimiento de los gases. • **aerodinámico,a** **I.** adj. **1.** Relativo a la aerodinámica. **2.** Se aplica a los objetos a los que se da una forma especial para que opongan una resistencia mínima al aire. **II.** n.f. Ciencia de los fenómenos físicos ligados al desplazamiento de los cuerpos sólidos en la atmósfera.
ENCICL La aerodinámica comenzó a principios del siglo XIX (estudio del vuelo de los pájaros y experimentación de planeadores por el alemán Lilienthal y el francés Mouillard). Los estudios aerodinámicos son indispensables para la construcción de automóviles y aviones, y se apoyan en pruebas con ventiladores que permiten trasladar a las máquinas reales los resultados obtenidos en las maquetas. Los fenómenos aerodinámicos varían según la velocidad relativa del móvil en el aire. A velocidades *subsónicas* (inferiores a 0,7 Mach), las fuerzas de resistencia son proporcionales al cuadrado de la velocidad y a la superficie del perfil; así por ejemplo, dando la forma adecuada a la carrocería de un automóvil se consigue reducir notablemente el consumo de combustible a velocidades elevadas. A velocidades *transónicas* (0,7 a 1,1 Mach), la velocidad del aire en ciertos puntos del perfil puede superar la velocidad del sonido, originando entonces una onda de choque, que aumenta considerablemente la resistencia. A velocidades *supersónicas* (1,1 a 5 Mach), aparecen dos ondas de choque en el borde de ataque y borde de fuga de las alas de un avión. A velocidades *hipersónicas*, el fenómeno más importante es el del recalentamiento de las estructuras bajo el efecto del frotamiento del aire. Las temperaturas alcanzadas pueden exigir en ese caso la utilización de metales más resistentes al calor, como el titanio, o materiales *ablativos*.

aeródromo n.m. Terreno preparado para el despegue y aterrizaje de aviones, y dotado de las instalaciones necesarias para su mantenimiento.

aeroespacial adj. Que depende a la vez de la aeronáutica y de la astronáutica.

aerofagia n.f. MED Deglución involuntaria de cierta cantidad de aire.

aerofaro n.m. Luz potente que se coloca en los aeródromos.

aerogastria n.f. Acumulación de aire en el estómago.

aerógrafo n.m. Pulverizador de aire comprimido utilizado para aplicar colores líquidos.

aerolito n.m. Meteorito pétreo.

aerología n.f. Estudio de las características físicas y químicas de la troposfera y de la estratosfera.

aerómetro n.m. Instrumento para medir la densidad del aire.

aeromodelismo n.m. Técnica de la construcción de modelos reducidos de aviones.

aeronáutica n.f. **1.** Ciencia de la navegación aérea. **2.** Conjunto de medios destinados al transporte aéreo. • **aeronauta** n.m. y f. Persona que practica la navegación aérea.
ENCICL La aerostación, punto de partida de la aeronáutica, puede decirse que nació cuando, en 1783, los hermanos Montgolfier lograron elevar el aeróstato de su nombre, o sea, un globo esférico con un brasero que calentaba el aire contenido en aquél. Siguieron numerosos ensayos para lograr dirigir los aeróstatos, entre los cuales merece especial mención el dirigible eléctrico de los hermanos Tissandier (1883), hasta llegar al dirigible del conde Zeppelin (2 de julio de 1900), aeronave en forma de huso, de tipo rígido, de 11.300 metros cúbicos, propulsada por dos motores de petróleo, que alcanzó una velocidad de 32 km por hora y solucionó, a la sazón, el problema de la navegación aérea. Por otra parte, los esfuerzos de otros precursores de la aeronáutica, entre ellos los hermanos Wright (1903), dieron paso al aeroplano, base de la moderna aviación, que ha borrado las distancias terrestres y facilitado los contactos y comunicaciones entre hombres y países antes aislados entre sí.

aeronaval adj. Que se refiere conjuntamente a la aviación y a la marina militar.

aeronave n.f. Aparato capaz de mantenerse en el aire por sus propios medios. • **aeronavegación** n.f. Navegación aérea.

aeronomía n.f. Ciencia que estudia la alta atmósfera.

aeroplano n.m. Avión con alas fijas, provisto de uno o varios propulsores.

aeropuerto n.m. Conjunto de instalaciones dispuestas para el tráfico aéreo.

aerosíncrono adj. ESP Dícese de la órbita de un satélite que gira alrededor de un astro a la misma velocidad en que éste gira sobre sí mismo.

aerosol n.m. **I.** Suspensión de partículas de sólidos o líquidos en el aire u otro gas. ▷ Suspensión en un medio gaseoso de una sustancia medicamentosa que se aplica por inhalación. **2.** Envase que contiene el líquido destinado a ser pulverizado.

aerostática n.f. Parte de la mecánica, que estudia el equilibrio de los gases.

aeróstato n.m. Aparato que se sustenta en el aire por medio de un gas más ligero que aquél. • **aerostación** n.f. Técnica de la construcción y manejo de los aeróstatos.

aeroterrestre adj. MILIT Dícese de las operaciones militares que se realizan combinando fuerzas aéreas y terrestres.

aerotransportar v.tr. Transportar por vía aérea. • **aerotransportado,a** adj. MILIT Dícese de las tropas transportadas por vía aérea y lanzadas en paracaídas sobre su objetivo.

afable adj. Agradable en el trato.

afamar v.tr. y prnl. Hacer famoso, dar fama. • **afamado,a** adj. Famoso.

afán n.m. **1.** Trabajo excesivo. **2.** Anhelo vehemente. • **afanado,a** adj. Lleno de afán.

afanar **I.** v.int. y prnl. **1.** Entregarse al trabajo con apremio. **2.** Intentar con anhelo conseguir alguna cosa. **II.** v.int. **1.** Trabajar corporalmente. **2.** Trabajar a uno, traerle apurado. **3.** vulg. Hurtar.

afaníptero n. y adj. ZOOL Dícese de insectos, del orden de los dípteros, que carecen de alas ▷ n.m.pl. ZOOL Suborden de estos animales.

afasia n.f. MED Pérdida de la palabra; defecto de adaptación de la palabra a la idea, sin daño funcional de la lengua ni de la faringe. • **afásico,a** adj. Que tiene afasia; propio de ella.

afear v.tr. y prnl. **1.** Hacer o poner fea a una persona o cosa. **2.** Fig. Tachar, vituperar.

afección n.f. PAT Alteración patológica.

afectar **I.** **1.** v.tr. Poner demasiado cuidado en las palabras, movimientos, etc. Fingir. **2.** Anexar. **II.** **1.** v.tr. y prnl. Hacer impresión una cosa en una persona. **III.** **1.** FOR Imponer gravamen u obligación sobre alguna cosa. **2.** Destinar una suma a un gasto determinado. **IV.** MED Producir alteración en algún órgano. ▷ Tratándose de enfermedades o plagas, producir daño en algún órgano o a algún grupo de seres vivientes, o poderlo producir. • **afectación** n.f. **1.** Acción de afectar. **2.** Falta de sencillez y naturalidad. • **afectado,a** adj. **1.** Que adolece de afectación.. **2.** Aparente, fingido. **3.** Molestado.

1. afecto,a adj. **1.** Inclinado a alguna persona o cosa. **2.** Se dice de las posesiones o rentas sujetas a alguna carga u obligación. **3.** Se dice de la persona destinada a ejercer funciones o a prestar sus servicios en determinada dependencia.

2. afecto n.m. Estado de ánimo (espec. amor, etc.). **2.** PAT Afección, alteración morbosa. • **afectividad** n.f. **1.** Calidad de afectivo. **2.** FREN Desarrollo de la propensión a querer. **3.** PSICOL Conjunto de los fenómenos afectivos. • **afectivo,a** adj. **1.** Perteneciente o relativo al afecto. **2.** PSICOL Relativo al placer, al dolor, a las emociones. • **afectuoso** **1.** Amoroso, cariñoso. **2.** PINT Expresivo, vivo.

afeitar **I.** **1.** Raer con navaja o cuchilla el pelo de cualquier parte del cuerpo. **2.** Antiguamente, aplicar cosméticos. **II.** v.tr. Quitar la punta de los cuernos de los toros de lidia. • **afeitado** n.m. Acción y efecto de afeitar. • **afeitador,a** **1.** adj. Que afeita. **2.** n.f. Máquina de afeitar eléctrica.

afeite n.m. **1.** Adorno exagerado. **2.** Cosmético.

afelio n.m. ASTRON Punto más alejado del Sol en la órbita de un planeta o cometa.

afelpar v.tr. Dar a la tela que se trabaja el aspecto de felpa o terciopelo. ▷ Recubrir o forrar con felpa. • **afelpado,a** adj. **1.** Hecho o tejido en forma de felpa. **2.** Fig. Parecido a la felpa.

afeminar v.tr. y prnl. Perder el carácter varonil. • **afeminado,a** **1.** n. y adj. Se dice del que en su persona, modo de hablar, etc., imita a la mujer. **2.** adj. Que parece de mujer. • **afeminación** n.f. Resultado de afeminar o afeminarse. ▷ MED Aparición en el hombre de caracteres sexuales secundarios femeninos.

aferente adj. ANAT y FISIOL **1.** Dícese de la formación anatómica que transmite sangre, otras sustancias, o un impulso energético, desde una parte del organismo a otra. **2.** Se dice de los estímulos y las sustancias así transmitidos. **3.** Que trae.

aféresis n.f. GRAM Supresión de algún sonido al principio de un vocablo.

aferrar **I.** v.tr. e int. Agarrar o asir fuertemente. **II.** v.prnl. Asirse, agarrarse fuertemente una cosa con otra. **III.** v.prnl. e int. Fig. Insistir con tenacidad en alguna opinión.

afgano,a **1.** adj. De Afganistán. *Capa afgana.* ▷ *Galgo afgano*, perro delgado, de pelo largo y suave. **2.** n.m. y f. Habitante de Afganistán. **3.** n.m. Lengua afgana.

afianzar **I.** v.tr. Dar fianza por alguien. **II.** v.tr. y prnl. **1.** Afirmar o asegurar con puntales, clavos, etc.; apoyar, sostener. **2.** Agarrar. • **afianzamiento** n.m. Acción y efecto de afianzar o afianzarse.

aficionar **1.** v.tr. y prnl. Inclinar, inducir a otro a que guste de alguna persona o cosa. **2.** v.prnl. Prendarse de alguna persona, tomar gusto a alguna cosa. • **afición** n.f. **1.** Inclinación, amor a alguna persona o cosa. **2.** Ahínco, eficacia. • **aficionado,a** n. y adj. **1.** Que cultiva algún arte sin tenerlo por oficio. **2.** Que siente entusiasmo por un espectáculo y asiste frecuentemente a él. **3.** Hablando de los deportes se dice del que los practica sin remuneración.

afídidos n.m.pl. ZOOL Suborden de insectos homópteros en el que están incluidos los pulgones.

afijo,a n.m. y adj. GRAM Dícese del pronombre personal cuando va pospuesto y unido al verbo, y también de las preposiciones y partículas que se emplean en la formación de palabras derivadas y compuestas.

afilar **I.** v.tr. y prnl. Sacar filo o hacer más delgado o agudo el de un arma o instrumento. ▷ Aguzar, sacar punta. **II.** v.prnl. Fig. Adelgazarse la cara, nariz o dedos. **III.** v.tr. *Chile.* Realizar el acto sexual. • **afilado,a** **1.** n.m. Acción y efecto de afilar. **2.** adj. Adelgazado por el corte o por la punta. ▷ Fig. Refiriéndose al timbre de voz, delgado o fino. Se aplica también a las facciones y, en especial, a la nariz.

afiliar v.tr. y prnl. Juntar, unir, asociar una persona a otras que forman corporación o sociedad. • **afiliación** n.f. Acción y efecto de afiliar o afiliarse. • **afiliado,a** n.m. y f. El que se afilia.

afín **I.** adj. **1.** Próximo, contiguo. **2.** Que tiene afinidad con otra cosa. ▷ **II.** n.m. y f. Pariente por afinidad. • **afinidad** n.f. **1.** Analogía de una cosa con otra. ▷ Atracción o adecuación de caracteres, opiniones, etc., que existen entre dos o más personas. **2.** BOT Relación que media entre las especies, los géneros y las familias en atención a sus caracteres comunes. **3.** QUIM Tendencia que tienen los cuerpos de naturaleza diferente a reaccionar unos con otros.

afinar **I.** v.tr. y prnl. **1.** Perfeccionar. **2.** Hacer fina o cortés a una persona. **II.** v.tr. **1.** Hacer el encuadernador que la cubierta del libro sobresalga igualmente por todas partes. **2.** Purificar los metales. **3.** Poner en tono justo los instrumentos músicos. **4.** Cantar o tocar entonando con perfección los sonidos. **5.** Fig. Apurar o aquilatar hasta el extremo la calidad, condición o precio de una cosa. • **afinación** o **afinadura** n.f. Acción y efecto de afinar o afinarse. • **afinador,a** **1.** adj. Que afina. **2.** n.m. El que tiene por oficio afinar pianos u otros instrumentos músicos. **3.** Templador, llave para templar pianos, etc.

afincar **1.** v.int. y prnl. Fincar, adquirir fincas **2.** v.tr. y prnl. Arraigar, fijar, establecer.

afirmar **I.** v.tr. y prnl. Poner firme, dar firmeza. **II.** v.tr. Asegurar o dar por cierta alguna cosa. **III.** v.prnl. **1.** Estribar o asegurarse en algo para estar firme. **2.** Ratificarse alguno en su dicho o declaración. • **afirmación** n.f. Acción y efecto de afirmar o afirmarse.

aflautar v.tr. y prnl. Adelgazar la voz o el sonido. • **aflautado,a** adj. De sonido semejante al de la flauta.

afligir **1.** v.tr. y prnl. Causar molestia o sufrimiento físico. ▷ Causar tristeza o angustia moral. **2.** v.prnl. Sentir sufrimiento físico o pesadumbre moral. • **aflicción** n.f. Efecto de afligir o afligirse.

aflojar **I.** v.tr. y prnl. **1.** Disminuir la presión o la tirantez. ▷ Fig. y Fam. Entregar uno dinero u otra cosa, frecuentemente contra su voluntad. **II.** v.int. Fig. Perder fuerza una cosa. ▷ Fig. Dejar uno de emplear el mismo vigor que antes en alguna cosa. • **aflojamiento** n.m. Acción de aflojar o aflojarse.

aflorar **1.** v.int. Asomar a la superficie del terreno un filón o una masa mineral. **2.** v.tr. Cribar los cereales para obtener la parte selecta de los mismos. • **afloramiento** n.m. **1.** Efecto de aflorar. **2.** Mineral aflorado.

afluir v.int. **1.** Acudir en abundancia, o concurrir en gran número, a un lugar determinado. **2.** Verter un río o arroyos sus aguas en las de otro o en las de un lago o mar. • **afluencia** n.f. **1.** Acción y efecto de afluir. **2.** Abundancia **3.** GEOL Deslizamiento de las aguas pluviales por una pendiente. • **afluente** n.m. Arroyo o río que desemboca en otro principal. • **aflujo** n.m. FISIOL Afluencia de líquidos a un tejido orgánico en más abundancia que la normal.

afocal adj. OPT Dícese del sistema óptico cuyos focos están situados en el infinito.

afonía n.f. MED Pérdida de la voz. • **afónico,a** adj. Falto de voz o de sonido. • **áfono,a** adj. Afónico.

aforar **I.** v.tr. **1.** Dar o tomar a foro alguna heredad. **2.** Dar, otorgar fueros. **3.** Reconocer y valuar las mercancías para el pago de derechos. **4.** Medir la cantidad de agua que lleva una corriente en una unidad de tiempo. **5.** Calcular la capacidad de un receptáculo. **6.** Facturar. **II.** v.int. y tr. Cubrir un decorado las partes del escenario que deben ocultarse al público.

aforismo n.m. Sentencia breve y doctrinal que se propone como regla. • **aforística** n.f. **1.** Ciencia que trata de los aforismos. **2.** Colección de aforismos.

aforo n.m. **1.** Acción y efecto de aforar. **2.** Capacidad total de las localidades de un recinto de espectáculos públicos.

a fortiori loc. latina. Aún con mayor razón.

afortunado,a adj. Que tiene fortuna o buena suerte. ▷ Feliz, que produce felicidad o resulta de ella.

afrailado,a adj. IMP Aplícase a lo impreso que tiene fraile.

afrancesado,a n. y adj. **1.** Que gusta de imitar a los franceses. **2.** Partidario de los franceses. • **afrancesamiento** n.m. Tendencia exagerada a las ideas o costumbres de origen francés. • **afrancesar** **1.** v.tr. Hacer tomar carácter francés, o inclinación a las cosas francesas. **2.** v.prnl. Hacerse uno afrancesado. ENCICL Se llamó afrancesados a los políticos e intelectuales españoles que, en el siglo XIX, apoyaron a José I con la esperanza de lograr una serie de reformas políticas y sociales de carácter liberal. Tras la victoria española se refugiaron junto a José Bonaparte en el S de Francia y no pudieron regresar a España hasta 1820.

afrecho n.m. Salvado, cáscara de grano. • **afrecharse** v.prnl. *Chile.* Enfermar un animal por haber comido demasiado afrecho.

afrentar **1.** v.tr. Causar afrenta. ▷ Humillar. **2.** v.prnl. Avergonzarse. • **afrenta** n.f. **1.** Vergüenza y deshonor que resulta de algún dicho o hecho. **2.** Dicho o hecho afrentoso. **3.** Deshonra que se sigue de la imposición de penas por ciertos delitos.

africado,a **1.** n.f. y adj. GRAM Dícese del sonido cuya articulación consiste en una oclusión y una fricación formadas rápida y sucesivamente entre los mismos órganos; como la *ch* en ocho. **2.** n.f. Letra que representa este sonido.

africano,a **1.** n. y adj. Natural del continente africano. **2.** adj. Perteneciente o relativo a este continente.

afrikander o **afrikaner** n. y adj. Habitante de Sudáfrica, de origen holandés, que habla el *afrikaans.*

afro- Elemento compositivo que entra en la formación de algunas voces con el sentido de «africano», y con especial frecuencia, «negro».

afrobrasileño,a adj. Relativo a las formas culturales brasileñas, especialmente la música, de influencia africana.

afrocubano,a adj. Relativo a manifestaciones literarias, musicales y religiosas de Cuba de influencia africana.

afrodisia n.f. MED Apetito sexual. • **afrodisiaco,a** o **afrodisíaco,a** **1.** adj. Que excita o estimula el apetito sexual. **2.** n.m. y adj. Dícese de la sustancia o medicamento que tiene esta propiedad.

afrodita adj. BOT Aplícase a las plantas que se reproducen de modo asexual.

afronitro n.m. Espuma de nitro.

afrontar v.tr. e int. **1.** Poner una cosa enfrente de otra. **2.** v.tr. Carear. **3.** CIR Aproximar en contacto. ▷ MILIT Hacer frente al enemigo para combatir. ▷ Hacer cara a un peligro, problema o situación comprometida. • **afrontamiento** n.m. Acción y efecto de afrontar.

afta n.f. PAT Úlcera pequeña, blanquecina, que se forma durante el curso de ciertas enfermedades, en la mucosa de la boca o de otras partes del tubo digestivo, o en la mucosa genital. • **aftoso,a** adj. MED Acompañado de aftas. — *Fiebre aftosa.* Enfermedad eruptiva de origen vírico, muy contagiosa, que afecta sobre todo al ganado.

aftasíes, dinastía beréber que reinó en Badajoz entre los años 1022 y 1095. Sus continuas luchas con los abadíes de Sevilla beneficiaron a los cristianos. El último soberano de esta dinastía, al-Mutawakkil, recurrió al auxilio de los almorávides, quienes lo ejecutaron junto a dos de sus hijos.

afuera adv. **1.** Fuera del sitio en que uno está. **2.** En lugar público o en la parte exterior. **3.** n.f.pl. Alrededores de una población. **4.** *¡Afuera!* Expr. elípt. que se emplea para hacer que una o varias personas dejen libre el paso o se retiren de algún lugar.

Ag QUIM Símbolo de la plata.

āgā o **agha** n.m. Dignatario oriental musulmán.

agachar **I.** v.tr. e int. Fam. Tratándose de alguna parte del cuerpo, y especialmente de la cabeza, inclinarla o bajarla. **II.** v. prnl. **1.** Fam. Encogerse. **2.** Fig. y Fam. Dejar pasar algún contratiempo o acusación sin defenderse para sacar después mejor partido.

agalla n.f. **I.** (se utiliza más en pl.) **1.** Amígdala. **2.** Cada una de las branquias que tienen los peces en aberturas naturales, en ambos lados y en el arranque de la cabeza. Tienen también agallas las larvas de los batracios y muchos moluscos y crustáceos. **3.** Cada uno de los costados de la cabeza del ave. **4.** Anginas. **5.** Fig. y Fam. Ánimo esforzado (se usa más con el verbo *tener*). **II.** **1.** BOT Excrecencia redonda que se forma en algunos árboles y arbustos por la picadura de ciertos insectos al depositar sus huevos. **2.** Arbusto de Cuba de cuyo fruto se obtiene una sustancia que sirve para tinte.

agamí n.m. Ave zancuda, originaria de la América Meridional, del tamaño de la gallina.

agamia n.f. BIOL Reproducción sin fecundación. • **ágama** adj. BIOL *Reproducción ágama:* la que se efectúa sin fecundación.

agámidos n.m.pl. Importante familia de saurios de las regiones cálidas del Antiguo Mundo. • **Agama** n.m. ZOOL Género de lagartos de gran tamaño, párpados móviles, dientes diferenciados y lengua gruesa.

ágape n.m. Convite de caridad que tenían entre sí los primeros cristianos. ▷ P. ext., banquete.

agar-agar n.m. QUIM Sustancia extraída de ciertas algas que se usa en bacteriología como medio de cultivo y en la industria como producto para encolado.

agareno,a n.adj **1.** Descendiente de Agar. **2.** Mahometano.

agaricáceo,a adj. BOT Dícese de una variedad de hongo del tipo de seta, del que se conocen numerosas especies. ▷ n.f.pl. Familia de estos hongos.

agárico n.m. **I.** BOT Hongo agaricáceo. **II.** *Agárico mineral.* Sustancia blanca y esponjosa con que se fabrican ladrillos menos pesados que el agua.

agarrar **I.** v.tr. **1.** Asir fuertemente con la mano. **2.** Asir o coger fuertemente de cualquier modo. **3.** Coger, tomar. **4.** Fam. Coger o contraer una enfermedad. **5.** Fig. Oprimir o sorprender a una persona con apuro, daño, o vencerle el sueño. **6.** Fig. y Fam. Conseguir lo que se desea. **II.** v.prnl. **1.** Asirse fuertemente a alguna cosa. **2.** Fig. y Fam. Tratándose de enfermedades, apoderarse del paciente con tenacidad. **III.** v.prnl. Fig. y Fam. Asirse, reñir. **IV.** v.int. Prender. • **agarradera** n.f. **1.** *Amér.* Agarradero, asa. **2.** pl. Fig. y Fam. Influencia con que uno cuenta para conseguir sus fines. • **agarradero** n.m. **1.** Asa o mango de cualquier cosa. **2.** Fig. Parte de un cuerpo que ofrece proporción para asirlo o asirse de él. **3.** Fig. y Fam. Amparo, protección. **4.** MAR Tenedero. • **agarrado,a** **1.** adj. Fig. y Fam. Mezquino. **2.** n.m. y adj. Fam. Dícese del baile en que la pareja va estrechamente enlazada. • **agarrador,a** **I.** adj. Que agarra. **II.** n.m. Especie de almohadilla que sirve para coger por el asa un objeto caliente. • **agarre** n.m. Acción de agarrar o agarrarse.

agarrotar **I.** v.tr. **1.** Apretar fuertemente dos cuerdas, que se retuercen por medio de un palo. **2.** Apretar una cosa fuertemente. **3.** Estrangular en el patíbulo o garrote. **4.** Oprimir mucho una cosa a otra. **II.** v.prnl. **1.** Ponerse rígidos los miembros del cuerpo humano. **2.** Quedar inmovilizado un mecanismo por producirse una unión rígida entre dos de sus piezas.

agasajar v.tr. **1.** Tratar con atención. **2.** Halagar. **3.** Hospedar. • **agasajo** n.m. **1.** Acción de agasajar. **2.** Muestra de afecto o consideración con que se agasaja. **3.** Refresco que se servía por la tarde.

ágata n.f. Cuarzo lapídeo, duro, traslúcido y con franjas o capas de uno u otro color. • **agatino,a** adj. Que por su aspecto se parece al ágata.

agauchar v.tr. y prnl. *Arg., Chile, Par.* y *Urug.* Hacer que una persona tome el aspecto, los modales y las costumbres propias del gaucho.

agave n.m. o f. Pita (sent. 1).

agavillar v.tr. **1.** Hacer o formar gavillas. **2.** v.tr. y prnl. Fig. Acuadrillar. • **agavillador,a** **1.** n.m. y f. Persona que agavilla. **2.** n.f Máquina que siega las mieses y forma las gavillas.

agazapar **1.** v.tr. Fig. y Fam. Agarrar, prender a alguien. **2.** v.prnl. Fam. Agacharse.

agencia n.f. Empresa comercial que ofrece una serie de servicios determinados. • **agenciar** **1.** v.tr. e int. Hacer las diligencias conducentes al logro de una cosa. **2.** v.tr. y prnl. Procurar o conseguir alguna cosa. • **agencioso,a** adj. Oficioso o diligente.

agenda **1.** n.f. Cuaderno en que se anotan aquellas cosas que se han de hacer. **2.** Relación de los temas que han de tratarse en una junta.

agenesia n.f. MED **1.** Detención parcial del desarrollo de un órgano o de un miembro durante la vida intrauterina. **2.** Impotencia sexual; incapacidad de engendrar.

agente n.m. y adj. **1.** Persona que obra y tiene poder para producir un efecto. **2.** GRAM Persona, animal o cosa que realiza la acción del verbo. **3.** Persona que obra con poder de otro. ▷ Persona que tiene a su cargo una agencia para gestionar asuntos ajenos o prestar determinados servicios.

ageusia n.f. MED Pérdida del sentido de gusto.

aggiornamento n.m. **1.** Renovación permanente de la Iglesia ante las necesidades del mundo actual (consigna lanzada por el papa Juan XXIII). **2.** Adaptación a la evolución del mundo, el progreso.

agigantar v.tr. y prnl. Fig. Dar a alguna cosa proporciones gigantescas. • **agigantado,a** **1.** adj. De estatura mucho mayor de lo regular. **2.** Fig. Se dice de las cosas o calidades muy sobresalientes.

ágil **1.** adj. Ligero, expedito. **2.** Se dice de la persona que se mueve o utiliza sus miembros con facilidad y soltura. • **agilidad** n.f. Calidad de ágil. • **agilización** n.f. Acción y efecto de agilizar. • **agilizar** o **agilitar** Dar agilidad a un asunto.

agio n.m. **1.** Beneficio que se obtiene del cambio de la moneda, o de descontar letras, pagarés, etc. **2.** Especulación sobre el alza y la baja de los fondos públicos. **3.** Agiotaje, especulación abusiva. • **agiotaje** n.m. **1.** Agio. **2.** Especulación abusiva hecha sobre seguro con perjuicio de tercero. • **agiotista** o **agiotador** n.m. y f. Persona que se emplea en el agiotaje.

agitanar v.tr. y prnl. Dar aspecto o carácter gitano a una persona o cosa.

agitar **I.** v.tr. y prnl. **1.** Mover con frecuencia y violentamente una cosa . **2.** Fig. Inquietar. **II.** v.tr. **1.** Provocar la inquietud política o social. **2.** Remover un líquido para homogeneizar una mezcla. • **agitación** n.f. Acción y efecto de agitar o agitarse. • **agitador,a** **I.** n. y adj. **1.** Que agita. **2.** POLIT Se aplica al que excita al pueblo a la rebeldía. **II.** n.m. Utensilio que sirve para revolver líquidos.

agitato adv. MUS Término que indica que un fragmento debe interpretarse de forma viva.

aglabíes (800-909), dinastía musulmana dependiente de los abasíes; fundada por Ibrahīm ibn al-Aglab, reinó en Ifrīqiyya (Túnez y E de Argelia), estableciendo la capital en Kairuán. Fue destronado por los fatimíes.

aglobulia n.f. MED Disminución del número de glóbulos rojos de la sangre.

aglomerado n.m. **1.** Prisma hecho con carbón y alquitrán. Se usa como combustible. **2.** CONSTR Material obtenido por la mezcla de materias inertes con un aglutinante. ▷ Madera, hecha de trozos unidos, bajo presión, por medio de un pegamento. **3.** Cualquier producto obtenido por aglomeración. **4.** GEOL Aglutinación natural de minerales. ▷ GEOL Depósito de materias envueltas por otras de diferente género.

aglomerar v.tr. y prnl. Amontonar, juntar. Unir fragmentos de una o varias sustancias con un aglomerante. • **aglomerante** **1.** n.m. El que aglomera. **2.** n.m. y adj. Aplícase al material capaz de unir fragmentos de una o varias sustancias y dar cohesión al conjunto por efectos de tipo exclusivamente físico. • **aglomeración** n.f. Acción y efecto de aglomerar o aglomerarse.

aglutinar v.tr. y prnl. **1.** Unir, pegar una cosa con otra. **2.** CIR Mantener en contacto, por medio de un emplasto, las partes cuya adherencia se quiere lograr. **3.** Reunir o ligar entre sí fragmentos por medio de sustancias viscosas, de modo que resulte un cuerpo compacto. • **aglutinación** n.f. **1.** Acción y efecto de aglutinar o aglutinarse. **2.** Procedimiento en virtud del cual se unen dos o más palabras para formar una sola. **3.** MED Agrupación en masa de células o bacterias que se produce en el organismo espontáneamente. • **aglutinante** **I.** n. y adj. Que aglutina. **II.** n.m. **1.** MED Se dice del remedio que se aplicaba con el objeto de reunir las partes divididas. **2.** PINT Elemento constituyente de la pintura y el barniz que asegura una buena dispersión de los pigmentos y de formar, después de secarse, una película protectora. ▷ Producto que se agrega a los granulados componentes del pavimento de una calzada para lograr su adherencia.

aglutinina n.f. BIOL Anticuerpo responsable de la reacción de aglutinación.

aglutinógeno n.m. BIOL Antígeno existente en determinadas células.

agnación n.f. **1.** FOR Parentesco de consanguinidad entre agnados. **2.** FOR Orden de suceder en las vinculaciones cuando el fundador llama a los que descienden de varón en varón. • **agnado,a** n. y adj. FOR Dícese del pariente por consanguinidad respecto de otro, cuando ambos descienden de un tronco común de varón en varón.

agnosia n.f. MED Trastorno en el reconocimiento de los objetos debido a una perturbación de las funciones cerebrales superiores.

agnosticismo n.m. Doctrina filosófica que declara inaccesible al entendimiento humano toda noción de lo absoluto. • **agnóstico,a** **1.** adj. Perteneciente o relativo al agnosticismo. **2.** n. y adj. Que profesa esta doctrina.

agobiar **I.** v.tr. y prnl. Inclinar la parte superior del cuerpo hacia el suelo. **II.** v.tr. **1.** Hacer un peso o carga que se incline el cuerpo sobre que descansa. **2.** Fig. Rebajar, humillar. **3.** Fig. Rendir, abatir. **4.** Fig. Causar gran molestia o fatiga. • **agobiado,a** adj. Cargado de espaldas. • **agobiador,a** adj. Que agobia. • **agobio** n.m. **1.** Acción y efecto de agobiar o agobiarse. **2.** Sofocación, angustia.

agolpar **I.** v.tr. Juntar de golpe en un lugar. **II.** v.prnl. **1.** Juntarse de golpe muchas personas o animales en un lugar. **2.** Fig. Venir juntas y de golpe ciertas cosas. • **agolpamiento** n.m. Acción y efecto de agolparse.

agonal adj. Perteneciente o relativo a los certámenes, luchas y juegos públicos. • **agonista** n.m. y f. **1.** Luchador. **2.** Cada uno de los personajes que en la obra literaria se opone a otro. • **agonística** n.f. **1.** Arte de los atletas. **2.** Ciencia de los combates.

agonía n.f. **1.** Última fase de la vida. **2.** Angustia del moribundo. **3.** Fig. Pena o aflicción extremada. **4.** Fig. Ansia o deseo vehemente. **5.** pl. Fam. Hombre apocado y pesimista. • **agónico,a** adj. **1.** Que se halla en la agonía de la muerte. **2.** Propio de la agonía del moribundo. • **agonioso,a** adj. Fam. Ansioso, apremiante en el pedir. • **agonizante** **1.** n. y adj. Dícese del religioso cuya misión es asistir a los moribundos.

agonizar **I.** v.tr. **1.** Auxiliar al moribundo o ayudarle a bien morir. **2.** Fig. y Fam. Molestar a alguien con prisas. **II.** v.int. **1.** Estar el entermo en la agonía. **2.** Extinguirse o terminarse una cosa. **3.** Fig. Sufrir angustiosamente.

ágora n.f. **1.** Plaza pública y mercado en las ciudades griegas. **2.** Asamblea en la plaza pública de las ciudades griegas.

agorafobia n.f. PSIQUIAT Sensación de angustia ante los espacios despejados.

agorar v.tr. **1.** Predecir el futuro. **2.** Fig. Presentir y anunciar desdichas con poco fundamento. • **agorero,a I.** n. y adj. **1.** Que adivina por agüeros. **2.** Que cree en agüeros. **3.** Que predice sin fundamento males o desdichas. **II.** adj. Aplícase al ave que se cree anuncia algún mal.

agostar I. v.tr. y prnl. Secar el excesivo calor las plantas. **II.** v.tr. **1.** Arar la tierra en agosto. **2.** Cavar la tierra para plantar viña en ella.

agosto n.m. **1.** Octavo mes del año; consta de treinta y un días. **2.** Temporada en que se hace la recolección de granos. **3.** Cosecha. • **agosteño,a** adj. Propio del mes de agosto. • **agostero,a I.** adj. Se dice del ganado que entra a pacer en los rastrojos. **II.** n.m. Obrero que trabaja en la recolección de cereales.

agotar v.tr. y prnl. **1.** Extraer todo el líquido que hay en una capacidad cualquiera. **2.** Fig. Gastar del todo, consumir. **3.** Fig. Cansar extremadamente. • **agotamiento** n.m. Acción y efecto de agotar o agotarse.

agracejo n.m. **1.** Uva que no llega a madurar. **2.** Arbusto de la familia de las berberidáceas de fruto comestible. Su madera se usa en ebanistería. **3.** Árbol de Cuba, de la familia de las anacardiáceas. • **agracejina** n.f. Fruto del agracejo, arbusto berberidáceo.

agraciar v.tr. **1.** Dar gracia o belleza. **2.** Llenar el alma de la gracia divina. **3.** Hacer o conceder alguna gracia o merced. • **agraciado,a** adj. **1.** Que tiene gracia o es gracioso. **2.** Bien parecido.

agradar 1. v.int. y prnl. Complacer, contentar, gustar. **2.** v.prnl. Sentir agrado o gusto. • **agrado** n.m. **1.** Afabilidad, modo agradable de tratar a las personas. **2.** Complacencia, voluntad.

agradecer v.tr. **1.** Sentir gratitud. **2.** Mostrar de palabra gratitud o dar gracias. **3.** Fig. Corresponder una cosa al trabajo empleado en conservarla o mejorarla.

agrafia n.f. PSIQUIAT Incapacidad total o parcial para expresar las ideas por escrito a causa de lesión o desorden cerebral. • **ágrafo,a** adj. Que es incapaz de escribir o no sabe.

agramatismo n.m. MED Reducción del lenguaje a una serie de enunciados unitarios no ligados entre sí.

agrandar v.tr. y prnl. Hacer más grande alguna cosa.

agranulocitosis n.f. MED Disminución intensa de los leucocitos polinucleares de la sangre.

agrario,a 1. adj. Perteneciente o relativo al campo. **2.** n. y adj. Que en política defiende o representa los intereses de la agricultura. • **agrarismo** n.m. **1.** Conjunto de intereses referentes a la explotación agraria. **2.** Partido político que los defiende.

agravar I. v.tr. **1.** Aumentar el peso de alguna cosa. **2.** Oprimir con gravámenes o tributos. **3.** Ponderar una cosa para que parezca más grave. **II.** v.tr. y prnl. Hacer alguna cosa más grave o molesta de lo que era. • **agravamiento** o **agravación** n.m. Acción y efecto de agravar o agravarse.

agraviar I. v.tr. **1.** Hacer agravio. **2.** Rendir, agravar, apesadumbrar. **3.** Gravar con tributos. **4.** Presentar como extremadamente grave una cosa. **5.** Hacer más grave un delito o pena. **II.** v.prnl. **1.** Agravarse una enfermedad. **2.** Ofenderse o mostrarse resentido por algún agravío. **3.** FOR Apelar de la sentencia que causa agravio o perjuicio. • **agravio** n.m. **1.** Ofensa. **2.** Hecho o dicho con que se hace esta ofensa. **3.** Humillación, menosprecio. • **agravioso,a** adj. Que implica o causa agravio.

agraz n.m. **1.** Uva sin madurar. **2.** Zumo que se saca de la uva no madura. **3.** Agrazada. **4.** Calderilla, arbusto saxifragáceo. **5.** Marojo. **6.** Fig. y Fam. Amargura, disgusto. • **agrazada** n.f. Bebida compuesta de agraz, agua y azúcar. • **agrazar 1.** v.int. Tener alguna cosa un gusto agrio, saber a agraz. **2.** v.tr. Fig. Disgustar, desazonar. • **agrazón** n.m. **1.** Uva silvestre que nunca madura. **2.** Grosellero silvestre. **3.** Fig. y Fam. Enfado, disgusto.

agredir v.tr. Acometer a alguno para matarlo, herirlo o hacerle cualquier daño.

agregado,a n.m. **1.** Conjunto de cosas homogéneas que forman un cuerpo. **2.** Agregación, añadidura. **3.** Empleado adscrito a un servicio del cual no es titular. • **agregaduría** n.f. Cargo y oficina del agregado.

agregar I. v.tr. y prnl. Unir unas personas o cosas a otras. **II.** v.tr. **1.** Añadir algo a lo ya dicho o escrito. **2.** Destinar a alguna persona a un cuerpo u oficina, o asociarla a otro empleado. **3.** Anexar. • **agregativo,a** adj. FARM Dícese de medicamentos compuestos de diversos purgantes.

agremán n.m. Labor de pasamanería, en forma de cinta, usada para adornos y guarniciones.

agremiar v.tr. y prnl. Reunir en gremio.

agresión n.f. **1.** Acción y efecto de agredir. **2.** Ataque brusco y violento contra una persona. **3.** Atentado a la integridad física o psíquica de las personas por agentes nocivos. **4.** Acto contrario al derecho de otro. ▷ DER INT Ataque militar de un Estado por otro. **5.** PSICOL Todo acto de carácter hostil dirigido hacia otro. • **agresividad** n.f. **1.** Carácter agresivo. **2.** PSICOL Conducta agresiva habitual. **3.** PSICOAN Modo de relación con el exterior en el que una voluntad de destrucción anima inconscientemente al sujeto. • **agresivo,a** adj. **1.** Dícese de la persona o animal que obra o tiende a obrar con agresividad. **2.** Que implica provocación o ataque. **3.** PSICOL Que exterioriza la agresividad. **4.** QUIM Corrosivo. • **agresor,a** n. y adj. **1.** FOR Que comete agresión. ▷ DER INT Estado que ataca a otro. **2.** FOR Se dice de la persona que viola o quebranta el derecho de otra.

agreste adj. **1.** Campesino o perteneciente al campo. **2.** Áspero, inculto o lleno de maleza. **3.** Fig. Tosco, grosero.

agriar v.tr. y prnl. **1.** Poner agria alguna cosa. **2.** Fig. Exasperar los ánimos o las voluntades. • **agriado,a** adj. Ácido.

agriaz v. *cinamomo.*

agricultura n.f. Trabajo de la tierra, explotación del medio natural que permite la producción de vegetales y animales necesarios para el hombre. • **agrícola 1.** adj. Concerniente a la agricultura y al que la ejerce. **2.** n.m. y f. Agricultor. • **agricultor,a** n.m. y f. Persona que labra o cultiva la tierra.

ENCICL La agricultura, sector primario de toda economía nacional, agrupa la fitotecnia (cultivo de los vegetales) y la zootecnia (cría de ganado). La ciencia agrícola o agronomía, comprende el conocimiento de: los *terrenos* (agrología), que se apoya sobre todo en la geología, geoquímica, edafología; el *medio* (ecología, biogeografía, bioclimatología, biometeorología), y las *plantas cultivadas* y su mejora (creación de razas y variedades por selección de semillas e hibridación). El drenaje, la irrigación y el abono (calcáreo y del humus) mejoran las cualidades físicas de los suelos, y el uso de fertilizantes, sus cualidades químicas (agroquímica). Se practica igualmente la rotación de cultivos o alternancia. La lucha contra los animales depredadores, los parásitos y las plantas adventicias («malas hierbas», destruidas por los pesticidas) reviste una importancia capital. Todas estas disciplinas y técnicas, que requieren análisis en laboratorio, estadísticas, informática, etc., se han beneficiado enormemente del avance de todas la ciencias y de la capacidad de inversión financiera, sobre todo en los países industrializados, en donde las explotaciones se reagrupan y se especializan, disminuye la mano de obra, se acelera la mecanización y los rendimientos baten récords. No ocurre lo mismo en los países del Tercer Mundo, donde se han desarrollado sobre todo los «cultivos comerciales» (café, caña de azúcar, cacahuetes, etc.), cuyos precios están sometidos a las fluctuaciones del mercado mundial. La ayuda a estos países (Organización para la Alimentación y la Agricultura, FAO, ligada a la ONU) es insuficiente e incluso perjudicial, pues una donación masiva puede perturbar el mercado local y arruinar a los agricultores del país, por lo que el hambre, especialmente *el hambre de cereales* (trigo, arroz, etc.) ataca ya o amenaza a la mayor parte de la humanidad. Es indispensable, pues, una reforma de las estructuras económicas y de las mentalidades, y un aprovechamiento racional del planeta.

agridulce n. y adj. Que tiene mezcla de agrio y de dulce.

agrietar v.tr. y prnl. Abrir grietas o hendiduras. • **agrietamiento** n.m. Acción y efecto de agrietar o agrietarse.

agrimensor,a n.m. y f. Persona experta en agrimensura. • **agrimensura** n.f. Arte de medir tierras.

agrio,a I. adj. **1.** Que produce sensación de acidez. **2.** Agriado. **3.** Fig. Difícilmente accesible. **4.** Fig. Aplicado a camino, terreno, etc., áspero o lleno de peñascos y breñas. **5.** Fig. Desabrido. **6.** Hablando de castigos y sufrimientos, difícilmente tolerable. **7.** Fig. Tratándose de metales, frágil, no dúctil ni maleable. **II.** n. y adj. PINT Dicho del colorido, falto de armonía o consonancia. **III.** n.m. **1.** Sabor agrio. **2.** Zumo ácido. **3.** pl. BOT Frutas agrias o agridulces; como el limón.

agro n.m. Campo, tierra de labranza.

agrología n.f. Parte de la agronomía que se ocupa en el estudio del suelo en sus relaciones con la vegetación.

agronomía n.f. Conjunto de conocimientos aplicables al cultivo de la tierra. • **agrónomo,a** n.m. y f. y adj. Persona que profesa la agronomía.

agropecuario,a adj. Que tiene relación con la agricultura y la ganadería.

agrupar v.tr. y prnl. **1.** Reunir en grupo. **2.** Constituir una agrupación. • **agrupación** n.f. **1.** Acción y efecto de agrupar o agruparse. **2.** Conjunto de personas agrupadas para un fin determinado.

agua I. n.f. **1.** Cuerpo incoloro, inodoro, insípido, líquido a la temperatura normal, formado por la combinación de un volumen de oxígeno y dos de hidrógeno. **2.** Cualquiera de los licores que se obtienen por infusión de flores, plantas o frutos. **3.** Lluvia. **4.** ARQUIT Vertiente de un tejado. **5.** MAR Rotura por donde entra en la embarcación el agua en que ésta flota. **6.** Marea. **7.** Lágrimas. **II.** pl. **1.** Reflejos u ondulaciones que tienen algunas cosas. **2.** Orina. **3.** Manantial de aguas mineromedicinales. **4.** MAR Las del mar, más o menos inmediatas a determinada costa. **5.** Corrientes del mar. **6.** Estela o camino que ha seguido un buque.

ENCICL **Quim.** — El agua es un cuerpo puro (fórmula H_2O), muy abundante en la Tierra y existente en Marte. El volumen de agua contenido en los océanos (mil millones de m^3) representa el 90 % de nuestros recursos en agua; el 3 % restante lo constituyen los casquetes glaciares, los ríos y las capas subterráneas. El agua desempeña un papel fundamental en la vida del hombre, tanto a nivel biológico como a nivel industrial (25 m³ de agua por t de acero, 200 m³ por t de papel). En 1783, Lavoisier y Meusnier lograron determinar su composición (dos partes de hidrógeno, una de oxígeno). El agua natural es una mezcla de agua, de agua pesada D_2O y de agua mixta DHO, estas dos últimas en muy bajas proporciones. Es un líquido incoloro, inodoro e insípido que se solidifica a 0 °C y hierve a 100 °C bajo una presión atmosférica normal. Estos valores fueron tomados para definir la escala centesimal (v. temperatura). A partir de los 1.200 °C el agua se disocia en hidrógeno y oxígeno. Interviene en gran número de reacciones químicas (oxidación, reducción, hidrólisis). Al fijarse en ciertos cuerpos produce hidratos. La purificación del agua se realiza en cambiadores de iones y con el uso de productos que destruyan las materias orgánicas y las bacterias (ozono, cloro, lejía). El crecimiento considerable de las necesidades de agua han llevado al perfeccionamiento de técnicas de depuración y de recirculación del agua utilizada. También es posible obtener agua dulce mediante la desalinización del agua de mar o de aguas salobres. La contaminación de los mares y de los ríos supone, sin embargo, un peligro para los recursos mundiales de agua. El agua oxigenada es el nombre corriente del peróxido de hidrógeno H_2O_2, que es un líquido, de densidad 1,46, utilizado en farmacia como antiséptico y en la industria aeroespacial como carburante para los cohetes.

Biol. — El agua es un componente esencial de las células animales y vegetales (70 % como promedio en los animales). Como disolvente de la mayoría de los componentes de la materia viva, el agua libre actúa como medio de reacción para todo el metabolismo, y de ahí proviene su enorme importancia; toda deshidratación acentuada acarrea la muerte del individuo, su letargo (semillas) o una inactividad total (reviviscencia, enquistamiento, etc.). En los seres vivos se diferencian *el agua libre* que es el medio de transporte de numerosas sustancias (en la sangre, p.ej.), *el agua ligada* (por absorción, imbibición o capilaridad) y *el agua de constitución* o *intramolecular* que se halla integrada en las moléculas.

aguacate n.m. **1.** BOT Árbol frutal de la familia de las lauráceas. **2.** Fruto de este árbol. **3.** MINER Esmeralda de figura de perilla.

aguacero n.m. **1.** Lluvia repentina, impetuosa y de poca duración. **2.** Fig. Cosas molestas que en gran cantidad caen sobre una persona.

aguachento,a adj. *Arg., Col., Cuba* y *Chile*. Se aplica a lo que pierde su jugo y sales, por estar muy impregnado de agua.

aguachirle n.f. Cualquier líquido sin fuerza.

aguada n.f. **1.** Tinta que se da a una pared para quitarle la excesiva blancura. **2.** Sitio en que hay agua potable, y a propósito para surtirse de ella. **3.** MAR Provisión de agua potable que lleva un buque. **4.** MIR Avenida de aguas que inunda las labores de una mina. **5.** PINT Color diluido en agua. ▷ Diseño o pintura que se ejecuta con colores preparados de esta manera. **6.** *Chile*. Abrevadero. **7.** pl. Aguas potables que hay en un lugar o región.

aguadero,a **I.** adj. Propio para el agua **II.** n.m. **1.** Abrevadero. **2.** Sitio adonde acostumbran ir a beber algunos animales silvestres. **3.** Sitio donde se lanzan las maderas a los ríos para conducirlas a flote.

aguado,a **I.** adj. **1.** Abstemio. **2.** *Venez.* Dícese de las frutas jugosas, pero desabridas. **II.** n.m. **1.** *Ecuad.* Bebida refrescante compuesta de jugo de frutas y aguardiente. **2.** *C. Rica, Guat., Méx.* y *Venez.* Débil, desfallecido. **3.** *Col., Guat., Méx., Nicar.* y *Venez.* Dícese de las cosas blandas y sin consistencia.

III. n.f. Pintura preparada a base de colores desleídos en agua.

aguador,a n.m. y f. Persona que tiene por oficio llevar o vender agua.

aguaducho n.m. **1.** Avenida impetuosa de agua. **2.** Puesto donde se venden refrescos. **3.** Acueducto. **4.** Noria, máquina de sacar agua.

aguafiestas n.m. y f. Persona que perturba cualquier diversión.

aguafuerte n.f. **1.** Ácido nítrico. **2.** BELL ART Lámina sobre la cual, después de haberla cubierto con un barniz, se ha grabado un dibujo con un buril y aplicado ácido nítrico para que ataque el metal que quedó descubierto. ▷ Estampa hecha con esta lámina.

aguaí n.m. **1.** Nombre de varias especies de plantas de América del Sur, cuya madera se utiliza con fines industriales y cuyo fruto se utiliza para hacer confituras. **2.** Fruto de estas plantas.

aguaje n.m. **I.** Aguadero, sitio donde suelen beber los animales silvestres. **II.** **1.** MAR Crecientes grandes del mar. **2.** MAR Agua que entra en los puertos o sale de ellos en las mareas. **3.** MAR Corrientes del mar periódicas en determinados lugares. **4.** MAR Corriente impetuosa del mar. **5.** MAR Aguada, lugar en que hay agua potable; provisión de agua. **6.** MAR Estela.

aguamanil n.m. **1.** Jarro con pico para echar agua en la palangana donde se lavan las manos. **2.** Palangana destinada para lavarse las manos. **3.** P. ext. palanganero.

aguamarina n.f. Variedad de berilo muy apreciado en joyería.

aguamiel n.f. **1.** Agua mezclada con alguna porción de miel. **2.** *Amér.* La preparada con la caña de azúcar o papelón. **3.** *Méx.* Jugo del maguey, que, fermentado, produce el pulque.

aguanieve n.f. El agua que cae de las nubes mezclada con nieve.

aguantar **I.** v.tr. **1.** Detener, contener. **2.** Sufrir, soportar. **3.** Resistir dificultades. **4.** MAR Atesar un cabo. **II.** v.intr. y prnl. Reprimirse, contenerse. **III.** v.prnl. Callarse, contenerse. • **aguantaderas** n.f.pl. Aguante.

aguante n.m. **1.** Sufrimiento, tolerancia, paciencia. **2.** Fortaleza para resistir dificultades.

aguardar **I.** v.tr. y prnl. Estar esperando a que suceda algo. **II.** v.tr. **1.** Creer o tener la esperanza de que sucederá algo. **2.** Esperar a que llegue alguien o algo. **3.** Dar tiempo o espera a una persona. **4.** Haber de ocurrir algo a una persona. **III.** v.prnl. Detenerse, retardarse. • **aguardada** n.f. Acción de aguardar. • **aguardadero** n.m. Aguardo, lugar donde se oculta un cazador. • **aguardador,a** n. y adj. Que aguarda.

aguardiente n.m. Bebida espiritosa que, por destilación, se saca del vino y de otras sustancias; es alcohol diluido en agua. • **aguardentoso,a** adj. **1.** Que tiene aguardiente o está mezclado con él. **2.** Que es o parece de aguardiente.

aguarrás n.m. Aceite volátil de trementina.

aguatinta n.f. Grabado de aguafuerte que imita la acuarela.

aguavientos n.m. Planta perenne de la familia de las labiadas.

aguaza n.f. **1.** Humor acuoso que se produce en algunos tumores de los animales. **2.** Humor que destilan algunas plantas y frutos.

agudizar **1.** v.tr. Hacer aguda una cosa. **2.** v.prnl. Tomar carácter agudo una enfermedad. • **agudeza** n.f. **1.** Delgadez en el corte o punta de armas u otros instrumentos. **2.** Fig. Viveza y penetración del dolor. **3.** Fig. Perspicacia de la vista, oído u olfato. **4.** Fig. Perspicacia o viveza del ingenio. **5.** Fig. Dicho agudo. **6.** Fig. Ligereza, velocidad. • **agudización** n.f. Acción y efecto de agudizar o agudizarse.

agudo,a adj. **1.** Delgado, sutil. **2.** Fig. Perspicaz. **3.** Fig. Vivo, gracioso. **4.** Fig. Aplícase al dolor vivo y penetrante. **5.** Fig. Se dice de la enfermedad grave y de no larga duración. **6.** Fig. Hablando del oído, vista y olfato, perspicaz en sus sensaciones. **7.** Fig. Se dice del olor subido y del sabor penetrante. **8.** Fig. Ligero, veloz. **9.** MUS Se dice del sonido alto. **10.** GRAM Se dice de la palabra cuyo acento carga en la última sílaba.

agüero n.m. Presagio.

aguerrido,a adj. Ejercitado en la guerra. • **aguerrir** v.tr. y prnl. defect. Acostumbrar a los soldados bisoños a los peligros de la guerra.

aguijada o **aguijadera** n.f. Vara larga que en un extremo tiene una punta de hierro con que los boyeros pican a la yunta.

aguijonear v.tr. **1.** Picar con el aguijón. **2.** Fig. Incitar, inquietar, atormentar. • **aguijonamiento** n.m. Acción y efecto de aguijonear. • **aguijoneador,a** n. y adj. Que aguijonea. • **aguijón** n.m. **1.** Punta o extremo puntiagudo del palo con que se aguija. **2.** Púa que tienen en el extremo del abdomen algunos insectos, con la cual pican. **3.** Espuela. **4.** Fig. Estímulo, incitación. **5.** BOT Púa que nace del tejido epidérmico de algunas plantas. • **aguijonazo** o **aguijonada** n.m. **1.** Punzada de aguijón. **2.** Fig. Burla o reproche hiriente.

águila **I.** n.f. **1.** Ave rapaz diurna, con pico recto en la base y corvo en la punta, cabeza y tarsos vestidos de plumas, cola redondeada casi cubierta por las alas, de vista muy aguda, fuerte musculatura y vuelo rapidísimo. **2.** P. ext., cualquier otra ave perteneciente a la misma familia que la anterior y de caracteres muy semejantes. — *Águila imperial.* La de color casi negro y cola cuadrada. — *Águila ratera o ratonera.* Ave rapaz diurna, perteneciente a la misma familia que el águila, con plumaje de color variable entre leonado claro y el castaño oscuro y bandas transversales blanquecinas en el vientre. Es útil para la agricultura porque destruye muchos roedores. **3.** Enseña principal de la legión romana; lo es también de algunos ejércitos modernos. **4.** Antigua moneda de oro española. **5.** Moneda de oro de México. **6.** Moneda de oro de los Estados Unidos de América. **7.** Fig. Persona de mucha viveza y perspicacia. **II.** n.m. Pez, especie de raya. **III.** n.p.f. ASTRON Constelación septentrional de la Vía Láctea, al occidente del Pegaso y al sur del Cisne.

aguileño,a adj. **1.** Dícese del rostro largo y delgado. **2.** Perteneciente al águila.

aguilón n.m. **1.** Brazo de una grúa. **2.** Caño cuadrado de barro. **3.** ALBAÑ Teja o pizarra cortada oblicuamente para que ajuste sobre la lima de un tejado.

aguilucho n.m. Pollo del águila.

aguín n.m. Arbusto de la clase de las coníferas.

aguinaldo n.m. **1.** Regalo que se da en Navidad o en la fiesta de la Epifanía. **2.** Regalo que se da en alguna otra fiesta u ocasión. **3.** Villancico de Navidad. **4.** BOT Bejuco silvestre de la familia de las convolvuláceas, muy común en la isla de Cuba y que florece por Pascua de Navidad.

agüista n.m. y f. Persona que frecuenta los manantiales de aguas mineromedicinales.

agüita n.f. *Amér.* Infusión de hierbas u hojas medicinales, que se bebe después de las comidas.

aguizgar v.tr. Fig. Aguijar, estimular, incitar.

aguja n.f. **1.** Barrita puntiaguda de metal, hueso o madera, con un ojo por donde se pasa el hilo con que se cose. **2.** Barrita de metal que sirve para hacer labores de punto. **3.** Púa de metal colocada en algún plano para varios usos; como la aguja del reloj de sol. **4.** Varilla que se emplea en el tocado de las mujeres. **5.** Pincho de los consumeros. **6.** Varilla delgada que usan los colmeneros para atravesar los panales. **7.** Manecilla del reloj. **8.** Varilla que sirve para formar el oído en el taco de un barreno. **9.** Herramienta de acero, de punta encorvada, que usan los encuadernadores. **10.** Alambre que forma horquilla y sirve para hacer malla. **11.** Alambre delgado que servía para limpiar el oído del fusil. **12.** Punzón de acero que, en ciertas armas de fuego, produce la detonación del fulminante. **13.** Instrumento de acero que se utiliza para grabar al agua fuerte. **14.** Especie de estilete que, recorriendo los surcos de los discos de los gramófonos, reproduce las vibraciones inscritas en ellos. **15.** Cada uno de los dos rieles movibles que en los ferrocarriles y tranvías sirven para los cambios de vía. **16.** Pieza de madera para apuntalar un puente. **17.** Obelisco. **18.** Pastel largo y estrecho, relleno de carne picada o de dulce. **19.** Pez que tiene el hocico en forma de aguja. **20.** Planta geraniácea de fruto en forma de aguja. **21.** AGRIC Púa o vástago de un árbol. **22.** ARQUIT Chapitel de una torre terminado en forma aguda. **23.** GEOL Montañas y rocas de forma aguda y cónica. **24.** IMP Arruga que a veces se hace en el papel en el momento de la impresión. **25.** MAR Brújula.

agujerear v.tr. y prnl. Hacer uno o más agujeros a una cosa.

agujero n.m. **1.** Abertura en alguna cosa. **2.** Abertura que penetra en un objeto sin traspasarlo. **3.** El que hace o vende agujas. **4.** Alfiletero. **5.** Hoyo que hacen algunos animales para esconderse. **6.** Fig. Cuarto estrecho o de mala vivienda.
ENCICL **Astron.** — *Agujero negro.* Durante su duración una estrella libera energía por fusión termonuclear creando una presión suficiente para compensar los efectos de la gravitación. Cuando su combustible se agota, esta presión disminuye y la estrella comienza a condensarse en sí misma. Cuando la estrella es muy pesada (10 veces la masa del sol), su hundimiento es radical, la densidad pasa a ser gigantesca y el campo gravitatorio retiene a los fotones: la estrella ya no se ve; es por tanto un «agujero negro»; su otra denominación, *colapsar*, alude al hundimiento de la estrella. Los agujeros negros tienen probabilidad de ser detectados bien por sus efectos secundarios si pertenecen a un sistema compuesto de varias estrellas, bien por la acción de su fuerte campo de gravitación sobre las estrellas circundantes.

agujeta n.f. **1.** Correa o cinta con un herrete en cada punta, que sirve para sujetar algunas prendas. **2.** Molestias dolorosas que pueden sentirse en los músculos algún tiempo después de realizar un esfuerzo no habitual o reiterado. **3.** *Venez.* Alfiler de adorno usado por las mujeres para sujetar el sombrero. **4.** *Ecuad.* Aguja de hacer punto o tejer. **5.** IMP Arruga de papel, que afea la impresión. • **agujetero,a I** n.m. y f. Persona que hace o vende agujetas. **II.** n.m. **1.** *Arg. y Col.* Alfiletero. **2.** *Ecuad.* Acerico. • **agujetería** n.m. **1.** Oficio de agujetero. **2.** Tienda de agujetero.

agujón n.m. Pasador, aguja para el pelo.

agusanarse v.prnl. Criar gusanos alguna cosa.

agutí n.m. ZOOL Mamífero roedor, familia de los subungulados.

aguzanieves n.f. Pájaro pequeño, de color ceniciento, que vive en lugares húmedos.

aguzar v.tr. **1.** Hacer o sacar punta. **2.** Sacar filo. **3.** Fig. Estimular, incitar. **4.** Fig. Hablando de dientes, garras, etc., prepararlos, disponiéndose a comer o despedazar. **5.** Fig. Hablando del entendimiento, despabilar, forzar para que preste más atención o se haga más perspicaz.

Ah Abreviatura del *amperio-hora.*

¡ah! interj. con que se expresan diversos sentimientos.

ahebrado,a adj. Compuesto de partes en forma o figura de hebras.

ahechar v.tr. Limpiar con la criba el trigo u otras semillas. • **ahechadura** n.f. Desperdicio que queda después de ahechar. • **ahecho** n.m. Acción de ahechar.

aherrumbrar **I.** v.tr. Dar a una cosa color o sabor de hierro. **II.** v.prnl. **1.** Tomar una cosa color o sabor de hierro. **2.** Cubrirse de herrumbre.

ahí adv. **1.** En ese lugar, o a ese lugar. **2.** En esto, o en eso. **3.** Precedido de las preposiciones *de* o *por,* esto o eso. *De ahí se deduce; por ahí puede conocerse la verdad.*

ahijar **I.** v.tr. **1.** Prohijar o adoptar. **2.** Fig. Atribuir o imputar a alguien lo que no ha hecho. **II.** v.int. **1.** Procrear o producir hijos. **2.** AGRIC Echar la planta retoños. • **ahijado,a** n.m. y f. Cualquier persona, respecto de sus padrinos.

ahilar **I.** v.int. Ir uno tras otro formando hilera. **II.** v.prnl. **1.** Desfallecer por falta de alimento. **2.** Hacer hebra algunos líquidos por haberse fermentado. **3.** Adelgazarse por alguna enfermedad. **4.** Criarse débiles las plantas por falta de luz. **5.** Criarse altos, derechos y limpios de ramas los árboles por estar muy juntos. • **ahílo** o **ahilamiento** n.m. Acción y efecto de ahilar o ahilarse.

ahincar **I.** v.tr. Instar con ahínco y eficacia, apretar, estrechar. **II.** v.prnl. Apresurarse. • **ahínco** n.m. Eficacia o diligencia con que se hace alguna cosa. • **ahincado,a** adj. Eficaz.

ahitar **I.** v.tr. Señalar los lindes de un terreno. **II.** v.tr. e int. Causar ahíto. **III.** v.prnl. Comer hasta padecer indigestión. • **ahíto,a I.** adj. **1.** Aplícase al que padece alguna indigestión. **2.** Fig. Cansado de alguna persona o cosa. **II.** n.m. Indigestión.

ahocinarse v.prnl. Correr los ríos por quebradas estrechas y profundas.

ahogar **I.** v.tr. y prnl. **1.** Quitar la vida a alguien impidiéndole la respiración. **2.** Matar a las plantas el exceso de agua. **3.** Extinguir, apagar. **4.** Tratándose del fuego apagarlo con materias que lo cubran. **II.** v.tr., int. y prnl. Oprimir, fatigar. **III.** v.tr. Sumergir una cosa en el agua. Estofar o rehogar. **IV.** v.prnl. **1.** Sentir sofocación o ahogo. **2.** AGRIC Carecer las plantas del espacio necesario para la vegetación. **3.** Sumergirse una cosa en el agua. **4.** Inundar el carburador con exceso de combustible. • **ahogado,a 1.** adj. Se dice del sitio estrecho que no tiene ventilación. **2.** n.m. y f. Persona que muere por falta de respiración. • **ahogadizo,a** adj. **1.** Que se puede fácilmente ahogar. **2.** Fig. Dícese de la madera que, por ser muy pesada, se hunde en el agua. • **ahogamiento** n.m. **1.** Acción y efecto de ahogar o ahogarse. **2.** Fig. Ahogo. • **ahogo** n.m. **1.** Opresión y fatiga en el pecho, que impide respirar con libertad. ▷ MED Asfixia mecánica provocada por la invasión de las vías respiratorias por un líquido o por un paro cardiorrespiratorio reflejo debido al contacto con el agua. **2.** Fig. Aprieto o aflicción grande. **3.** Fig. Apremio.

ahondar **I.** v.tr. **1.** Hacer más honda una cavidad o agujero. **2.** P. ext., cavar profundizando. **II.** v.tr., int. y prnl. Introducir una cosa muy dentro de otra. **III.** v.tr. e int. Fig. Escudriñar lo más profundo de un asunto. • **ahondamiento** n.m. Acción y efecto de ahondar.

ahora **I.** adv.t. **1.** En este momento, en el presente. **2.** Fig. En momento reciente. **3.** Fig. Dentro de poco tiempo. **II.** conj. advers. Pero, sin embargo.

ahorcar v.tr. y prnl. Quitar a uno la vida echándole un lazo al cuello y colgándole de él. • **ahorcado,a** n.m. y f. Persona ajusticiada en la horca.

ahormar **I.** v.tr. y prnl. Ajustar una cosa a su horma o molde. **II.** v.tr. Fig. Amoldar, poner en razón a alguien.

ahornar **1.** v.tr. Enhornar. **2.** v.prnl. Quemarse el pan en el horno.

ahorquillar **1.** v.tr. Afianzar con horquillas las ramas de los árboles. **2.** v.tr. y prnl. Dar a una cosa la figura de horquilla. • **ahorquillado,a** adj. Que tiene forma de horquilla.

ahorrar **I.** v.tr. y prnl. **1.** Reservar alguna parte del gasto ordinario. **2.** Fig. Evitar o excusar algún trabajo, riesgo, etc. **II.** v.tr. Dar libertad al esclavo. • **ahorrado,a** adj. **1.** Horro, libre, exento. **2.** Que ahorra o economiza. • **ahorrador,a** n. y adj. Que ahorra. • **ahorrativo,a** adj. Dícese del que ahorra con exceso. • **ahorro** n.m. **1.** Acción de ahorrar; economizar o evitar un trabajo. **2.** Lo que se ahorra. **3.** Carta de ahorro.

ahuecar **I.** v.tr. **1.** Poner hueca o cóncava alguna cosa. **2.** Fig. Dicho de la voz, hablar en tono más grave que el natural. **II.** v.tr. y prnl. Mullir, hacer menos compacta alguna cosa. *Ahuecar la tierra, la lana.* **III.** v.int. Fam. Ausentarse de una reunión. **IV.** v.prnl. Fig. y Fam. Hincharse, engreírse. • **ahuecado,a 1.** n.m. Acción y efecto de ahuecar. **2.** adj. Dícese de la voz afectadamente grave. • **ahuecador,a** adj. Que ahueca. • **ahuecamiento** n.m. **1.** Acción y efecto de ahuecarse. **2.** Fig. Envanecimiento.

ahuehué o **ahuehuete** n.m. Árbol de la familia de las cupresáceas, originario de la América del Norte, de madera semejante a la del ciprés.

ahuesado,a adj. **1.** De color de hueso. **2.** Parecido al hueso en la dureza.

ahumar **1.** v.tr. Poner al humo alguna cosa. **2.** v.tr. y prnl. Llenar de humo. **3.** v.int. Echar o despedir humo lo que se quema. **4.** v.int. y prnl. Fam. Emborrachar. **5.** v.prnl. Tomar los guisos sabor a humo. ▷ Ennegrecerse una cosa con el humo.

ahusar **1.** v.tr. Dar forma de huso. **2.** v.prnl. Irse adelgazando alguna cosa en figura de huso.

ahuyentar **I.** v.tr. **1.** Hacer huir a alguno. **2.** Fig. Desechar cualquier pasión o afecto, u otra cosa que moleste o aflija. **II.** v.prnl. Alejarse huyendo.

aikido n.m. Deporte de combate japonés.

ailanto n.m. BOT Árbol de la familia de las simarubáceas, originario de las Molucas, de madera dura y compacta.

aimaras, aymaras o collas, pueblo indígena sudamericano, en la región andina de Perú y Bolivia. Su número actual supera el millón, distribuidos en varias tribus sedentarias, dedicadas a la agricultura, en las provincias del norte de Bolivia. Dominaron y civilizaron a los quechuas hasta finales del siglo VII. Llegaron a tener un grado de civilización muy superior al de los otros grupos, siendo una de las entidades constitutivas del Imperio Inca. Los más antiguos vestigios se encuentran alrededor del lago Titicaca, lugar sagrado para los aimaras. Vivían en unas construcciones llamadas chulpas. Poseían grandes rebaños de llamas y practicaban la agricultura. Consideraban a la naturaleza ligada al mundo espiritual y su culto central era el Sol. Hasta finales del siglo XVI, según atestiguan documentos de la conquista, solían aplastar la frente de los niños, razón por la cual los restos humanos encontrados presentan deformaciones. Actualmente viven en comunidades y eligen a sus propios jefes, que más tarde son ratificados por el gobierno boliviano. El idioma aymara, hablado habitualmente por más de 600.000 personas, está siendo objeto de creciente interés y estudio (emisiones de radio, creación de una Academia Aymara).

aimorés, pueblo del Brasil, ya extinguido, del que se supone descienden los actuales botocudos.

aino o **ainu,** población (10.000 a 15.000 individuos) de las islas Sajalín, Hokkaido y Kuriles (Japón), que componía uno de los grupos humanos más primitivos del mundo. Las generaciones jóvenes se han integrado prácticamente con la población japonesa, de la que sólo les distingue su tez clara.

airar **1.** v.tr. y prnl. Mover a ira. **2.** v.tr. Agitar, alterar violentamente. • **airamiento** n.m. Acción y efecto de airar o airarse.

aire n.m. **I. 1.** Fluido que forma la atmósfera terrestre. **2.** Atmósfera terrestre. **3.** Viento o corriente de aire. **4.** *Aire acondicionado* Se dice de la atmósfera de un lugar cerrado, sometida a determinadas condiciones de temperatura, humedad y presión. **II. 1.** Parecido. *Aire familiar* **2.** Fig. Vanidad o engreimiento. *Aire de suficiencia.* **3.** Fig. Cada una de las maneras de caminar de los solípedos y demás cuadrúpedos que suelen domarse para el transporte en general. **4.** Fig. Poca importancia de alguna cosa. **5.** Fig. Primor, gracia en el modo de hacer las cosas. **6.** Fig. Garbo, brío en las acciones. **7.** Fam. Ataque de parálisis. Se usa con el verbo *dar.* **8.** MUS Grado de presteza o lentitud con que se ejecuta una obra musical. **9.** Tonada de una composición. ▷ *Aire popular.* Canción o sonata bailable, propia y característica del pueblo. • **airoso,a** adj. **1.** Se aplica al tiempo o sitio en que hace mucho aire. **2.** Fig. Garboso o gallardo. **3.** Fig. Dícese del que lleva a cabo una empresa con lucimiento. • **airosidad** n.f. Buen aire, garbo en el andar. • **aireación** n.f. Acción y efecto de airear. • **airear I.** v.tr. **1.** Poner al aire o ventilar alguna cosa. **2.** Fig. Dar publicidad o actualidad a una cosa. **II.** v.prnl. **1.** Ponerse o estar al aire para refrescarse. **2.** Recibir la impresión del aire por descuido o necesidad. **3.** Resfriarse con la frescura del aire. • **aireo** n.m. Acción de airear.

ENCICL *Aire atmosférico.* El aire contiene (en volumen) un 78 % de nitrógeno, un 21 % de oxígeno, un 0,9 % de argón y un 0,03 % de anhídrido carbónico, así como otros gases en cantidades menores (neón, helio, criptón, hidrógeno y xenón) o como residuos (ozono y radón). Contiene también, pero en cantidades muy variables según los lugares, vapor de agua, amoníaco, dióxido de azufre, gases contaminantes, polvo y microorganismos. Es poco soluble en agua (30 cm^3 por litro a 0 °C). Su masa volumétrica, a 0 °C y bajo la presión atmosférica, es igual a 1,3 g por litro. Es un comburente, pues contiene oxígeno (suministrado en parte por las plantas verdes en el proceso de asimilación clorofílica). Es indispensable para la respiración de los seres vivos aerobios. Su nitrógeno es utilizado por las bacterias. *Aire comprimido.* Se utiliza como fluido motor en las maquinarias portátiles (martillos perforadores, p.ej.), para el transporte de materiales a granel (cemento, harina, etc.), para el funcionamiento de las puertas de los vagones de ferrocarril, para el vaciado del lastre de los submarinos, etc. Se produce por compresores, bajo una presión generalmente inferior a 10 bar (un millón de pascales). Los compresores de aire que alimentan con comburente las turbinas de gas, los turbosoplantes y los turborreactores, suministran aire comprimido a presiones mucho más elevadas. *Aire líquido.* El aire pasa del estado gaseoso al estado líquido a unos −190 °C a la presión atmosférica. Su temperatura de solidificación está alrededor de los −220 °C. El aire líquido tiene color azul celeste y, a temperatura normal, se evapora rápidamente produciendo un frío intenso, lo que hace de él un excelente refrigerante. La masa volumínica del aire líquido es parecida a la del agua. La licuefacción del aire tiene gran importancia en la industria, pues permite preparar oxígeno y nitrógeno a precios razonables; se realiza por compresión a 40 bar, seguida de una doble expansión: la primera, que se efectúa a 5 bar, permite separar el nitrógeno; la segunda, a la presión atmosférica, suministra el oxígeno.

airón n.m. **1.** Garza real. **2.** Penacho de plumas que tienen en la cabeza algunas aves.

aisagua, secta religiosa musulmana de África del Norte fundada en Marruecos (s. XVI).

aislar **I.** v.tr. **1.** Circundar de agua por todas partes algún lugar. **2.** FIS Apartar por medio de aisladores un cuerpo electrizado de los que no lo están. **II.** v.tr. y prnl. Dejar una cosa sola y separada de otras. ▷ Fig. Retirar a una persona del trato de la gente. ▷ Acción de aislar un cuerpo de la electricidad; su resultado. • **aislacionismo** n.m. Actitud de un país que rehúsa intervenir en asuntos internacionales. • **aislacionista 1.** adj. Perteneciente o relativo al aislacionismo. **2.** n. (apl. a pers.) y adj. Partidario de él. • **aislado,a** adj. **1.** Separado de los objetos de su misma especie o naturaleza. **2.** Que no está en contacto con un cuerpo conductor de la electricidad. **3.** Situado a resguardo de lugares frecuentados o habitados. **4.** Fig. Que no forma parte de un fenómeno general o colectivo. • **aislador,a 1.** n.m. y adj. ELECTR Aplícase a los cuerpos que interceptan el paso a la electricidad y al calor. **2.** n.m. Pieza de material aislante que sirve para soportar o sujetar un conductor eléctrico. • **aislamiento** n.m. **1.** Acción y efecto de aislar o aislarse. **2.** Fig. Incomunicación. • **aislante 1.** adj. Que aísla. **2.** Que impide la propagación del sonido, de la electricidad o del calor.

aizoáceo,a adj. BOT Dícese de plantas angiospermas dicotiledóneas con hojas alternas u opuestas y fruto en cápsula con pericarpio carnoso. ▷ n.f.pl. Familia de estas plantas.

¡ajá! interj.fam. que se emplea para denotar aprobación.

ajabeba n.f. Flauta morisca.

ajacho n.m. *Bol.* Bebida de ají y chicha de fuerte sabor.

ajada (de ajo) n.f. Salsa, utilizada para aderezar pescados y carnes, hecha de pan, ajo machacado y sal.

ajado,a adj. Maltratado, deslucido, mustio.

ajae n.f. ZOOL Cangrejo de cola corta.

ajaja n.f. ZOOL Ave zancuda, originaria de América Central, parecida a la espátula.

¡ajajá! interj. fam. ¡ajá!

1. ajar n.m. Tierra sembrada de ajos.

2. ajar **1.** v.tr. Maltratar, arrugar, marchitar. ▷ Fig. Tratar mal de palabra. **2.** v.prnl. Deslucirse una cosa o una persona por vejez; o un ser vivo por enfermedad. • **ajamiento** n.m. acción y efecto de ajar o ajarse.

ajaraca n.f. ARQUIT En la ornamentación árabe y mudéjar, lazo, adorno de líneas y flores.

ajarafe n.m. **1.** Terreno alto y extenso. **2** Azotea o terrado.

ajardinar v.tr. Convertir en jardín un terreno.

1. aje n.m. Achaque.

2. aje n.m. BOT Planta intertropical, de la familia de las dioscoreáceas, cuyos rizomas son comestibles.

ajedrea n.f. BOT Planta de la familia de las labiadas. Se cultiva en los jardines y se usa en infusión como estomacal.

ajedrez n.m. **1.** Juego entre dos personas, cada una de las cuales dispone de 16 piezas movibles que se colocan sobre un tablero dividido en 64 escaques de colores alternados. ▷ Conjunto de piezas que sirven para este juego. **2.** MAR Jareta, red de cabos o enrejado de madera. • **ajedrecista** n.m. y f. Persona diestra en el ajedrez o aficionada a este juego. • **ajedrecístico,a** adj. Perteneciente o relativo al ajedrez, juego. • **ajedrezado,a** adj. Que forma cuadros de dos colores alternados, como las casillas o escaques del tablero de ajedrez.

ajenjo n.m. **1.** BOT Planta perenne cuyos tallos, hojas y flores despiden un fuerte olor aromático y tienen un sabor muy amargo. Tiene propiedades medicinales. **2.** Licor aderezado con esencia de ajenjo y otras hierbas.

ajeno,a adj. **1.** Perteneciente a otro. **2.** De otra clase o condición. **3.** Fig. Distante, lejano, libre de alguna cosa. *Ajeno de cuidados.* **4.** Fig. Impropio o no correspondiente.

ajete n.m. **1.** Ajo tierno que aún no ha echado cabeza. **2.** Salsa que tiene ajo.

ajetrear v.tr. Molestar, mover mucho, cansar con órdenes diversas o trabajo excesivo. • **ajetreo** n.m. Acción de ajetrear o ajetrearse.

ají n.m. BOT Plantas de diversas especies del género *Capsicum.* **2.** *Amér.* Variedad de pimiento muy picante. **3.** Ajiazo (salsa de ají). — *Chile. Ponerse como un ají.* Ponerse muy rojo. • **ajiaco** n.m. **1.** Salsa usada en América y cuyo principal ingrediente es el ají. **2.** *Cuba.* Tumulto. **3.** *Col., Cuba, Chile, Méx.* y *Perú.* Guiso sazonado con ají. • **ajicero,a 1.** adj. *Chile.* Perteneciente o relativo al ají. **2.** n.m. y f. *Chile.* Persona que vende ají. **3.** n.m. *Amér.* Vaso en que se pone el ají en la mesa. • **ajizal** n.m. Tierra sembrada de ají.

ajillo n.m. Condimento compuesto de ajo y otros ingredientes.

ajimez n.m. Ventana arqueada, dividida en el centro por una columna.

ajironar v.tr. Hacer jirones.

¡ajó! o **¡ajo!** interj. con que se estimula a los niños para que empiecen a hablar.

ajo n.m. **1.** Planta de la familia de las liliáceas cuyo bulbo, de color blanco, se usa como condimento. **2.** Cada una de las partes o dientes en que está dividido el bulbo o cabeza de ajos. **3.** Salsa que se hace con ajos. **4.** Fig. y Fam. Asunto reservado que se está tratando entre varias personas.

ajobilla n.f. ZOOL Molusco lamelibranquio.

ajolín n.m. Insecto hemíptero.

ajolote n.m. ZOOL Larva de un batracio urodelo con branquias externas muy largas, cuatro extremidades y cola comprimida lateralmente; puede conservar durante mucho tiempo la forma larvaria. Vive en algunos lagos de la América del Norte.

ajomate n.m. BOT Alga pluricelular formada por filamentos de color verde intenso.

ajonje o **ajonjo** n.m. **1.** Sustancia grasa y viscosa que se saca de la raíz de la ajonjera. **2.** Ajonjera. • **ajonjera** n.f. Planta perenne de la familia de las compuestas.

ajonjolí n.m. **I. 1.** BOT Planta herbácea, anual, de la familia de las pedaliáceas. **2.** Simiente de esta planta. **II.** *Venez.* Cierta tenia del cerdo en estado de larva.

ajorca n.f. Argolla que para adorno llevaban las mujeres en la muñeca, en el brazo o en el tobillo.

ajorrar **I.** v.tr. Remolcar, arrastrar. **II.** v.tr. y prnl. Echar, llevar por fuerza gente o ganado de un lugar a otro.

ajuar n.m. **1.** Conjunto de muebles y ropas de uso común en la casa. ▷ Conjunto de muebles, alhajas y ropas que aporta la mujer al matrimonio. • **ajuarar** v.tr. Proveer de ajuar una casa.

ajuglarado,a adj. Que tiene las condiciones de lo juglar; juglaresco. • **ajuglarar** v.int. Tener las condiciones de lo juglar.

ajuiciar **1.** v.tr. e int. Hacer que otro tenga juicio. **2.** Juzgar o enjuiciar. • **ajuiciado,a** adj. Juicioso.

ajustar **I.** v.tr. y prnl. **1.** Poner alguna cosa de modo que venga justo con otra. **2.** Encajar las partes de un todo. **3.** Arreglar, moderar. **4.** Obligar a una persona, mediante pacto, a prestar algún servicio. **5.** Conformar uno su opinión con el otro. **6.** Ponerse de acuerdo unas personas con otras. **7.** *Nicar.* Contratar a destajo. **II.** v.tr. **1.** Acomodar una cosa a otra. **2.** Concertar alguna cosa. **3.** Reconciliar a los enemistados. **4.** COM Tratándose de cuentas, reconocer y liquidar su importe. **5.** Concertar el precio de alguna cosa. **6.** IMP Concertar las galeradas para formar planas. **7.** Hablando de bofetones, azotes, palos, etc., darlos. **III.** v.int. Venir justo, casar justamente. • **ajustador,a I.** n. y adj. Que ajusta. **II.** n.m. **1.** Jubón que se ajusta al cuerpo. **2.** Anillo con que se impide que se salga una sortija que viene ancha al dedo. **III.** n.m. Operario que trabaja las piezas de metal ya concluidas, amoldándolas al sitio en que han de quedar colocadas. • **ajustamiento** n.m. **1.** Acción de ajustar. **2.** Papel en que consta el ajuste de una cuenta. • **ajuste** n.m. **1.** Acción y efecto de ajustar o ajustarse. **2.** Fig. *Ajuste de cuentas.* Venganza que alguien toma para saldar un agravio. **3.** *Carta de ajuste.* Imagen difundida por una emisora de televisión y que sirve para regular los aparatos receptores.

ajusticiar v.tr. Castigar al reo con la pena de muerte. • **ajusticiado,a** n.m. y f. Reo en quien se ha ejecutado la pena de muerte. • **ajusticiamiento** n.m. Acción y efecto de ajusticiar.

Al QUIM Símbolo del *aluminio.*

al Contracc. de la prep. *a* y el art. *el.*

ál pron. indet. Otra cosa.

ala n.f. **I.** Parte del cuerpo de algunos animales, de que se sirven para volar. **II.** Helenio (planta). **III. 1.** Hilera o fila. **2.** Parte inferior del sombrero que sobresale de la copa. **3.** Alero de tejado. **4.** Cada una de las partes membranosas que limitan por los lados las ventanas de la nariz. **5.** Cada uno de los dos bordes adelgazados del hígado. ▷ *Ala del corazón.* Aurícula. **6.** Fig. Cada una de las diversas tendencias de un partido, organización o asamblea, referidas, sobre todo, a sus posiciones extremas. **7.** ARQUIT Cada una de las partes que se extienden a los lados del cuerpo principal de un edificio. **8.** BOT Membrana que corre a lo largo de alguna parte de las plantas. **9.** MAR Vela pequeña que se larga en tiempos bonancibles. **10.** MECÁN Cada una de las paletas alabeadas que parten de un eje para formar la hélice. **11.** MILIT Cortina, lienzo de muralla. **12.** MILIT Flanco. **13.** MILIT Tropa formada en cada uno de los extremos de un orden de batalla. ▷ Unidad del Aire de importancia equivalente al regimiento del Ejército terrestre. **14.** DEP En fútbol y en rugby parte exterior de la línea de ataque. **IV.** pl. **1.** Fig. Ánimo. **2.** Fig. Atrevimiento.

¡alá! interj. *¡hala!*

alabado n.m. **1.** Motete de alabanza que se canta en honor de la Eucaristía. **2.** Canto que entonaban los serenos de Chile al venir el día. **3.** Canto que entonaban los trabajadores en algunas haciendas de México.

alabar **1.** v.tr. y prnl. Elogiar, celebrar con palabras. **2.** v.int. *Méx.* Cantar el alabado. **3.** v.prnl. Jactarse. • **alabanza** n.f. **1.** Acción de alabar o alabarse. **2.** Expresión o conjunto de expresiones con que se alaba.

alabarda n.f. **1.** Arma ofensiva que consta de un asta de madera y de una moharra con cuchilla transversal, aguda por un lado y de figura de media luna por el otro. **2.** Arma e insignia de que usaban los sargentos de infantería. • **alabardero** n.m. Soldado armado de alabarda.

alabastro n.m. **1.** Mármol translúcido, generalmente con visos de colores. **2.** Fig. Vaso de alabastro sin asas en que se guardaban los perfumes. • **alabastrina** n.f. Hoja o lámina delgada de alabastro yesoso. • **alabastrino,a** adj. De alabastro o semejante a él.

álabe n.m. **1.** Rama de árbol combada hacia la tierra. **2.** Estera que se pone a los lados del carro. **3.** MECAN Paleta de una turbina. **4.** MECAN Cualquiera de los dientes de la rueda, que sucesivamente levantan y luego abandonan a su propio peso los mazos de un mecanismo.

alabeo n.m. **1.** Vicio que toma una pieza de madera al alabearse. **2.** P. ext., comba de la cara de una superficie que presenta la misma forma de una pieza de madera alabeada. • **alabeado,a** adj. **1.** Dícese de lo que tiene alabeo. **2.** GEOM Se aplica a la superficie cuyos puntos no están contenidos en el mismo plano. • **alabear** **1.** v.tr. Dar a una superficie forma alabeada. **2.** v.prnl. Torcerse o combarse la madera.

alacalufes, pueblo perteneciente al grupo de los fueguinos, habitantes del sur de América, entre el estrecho de Magallanes y el canal de Beagle. De baja estatura, ojos oblicuos, robustos y tez oscura. Su número actual no sobrepasa los 100 individuos; en otros tiempos se extendían hasta las tierras del pueblo araucano, en el sur de Chile. En la actualidad sobreviven en un minúsculo territorio de la parte occidental de Tierra del Fuego.

alacena n.f. Hueco hecho en la pared, con puertas y anaqueles, para guardar cosas.

alacrán n.m. **I.** Arácnido con tráqueas en forma de bolsas y abdomen que se prolonga en una cola formada por seis segmentos y terminada en un aguijón curvo y venenoso. **II. 1.** Cada una de las asillas con que se traban los botones de metal y otras cosas. **2.** Pieza del freno de los caballos. • **alacranado,a** adj. Picado del alacrán. • **alacrancillo** n.m. Planta silvestre americana con florecillas en una espiga encorvada a manera de cola de alacrán. • **alacranera** n.f. Planta anual de la familia de las papilionáceas cuyo fruto es una legumbre muy encorvada, semejante en su figura a la cola del alacrán.

alacridad n.f. Alegría y presteza del ánimo para hacer alguna cosa.

alada n.f. Movimiento que hacen las aves subiendo y bajando rápida y violentamente las alas.

aladierna o **aladierno** n.f. Arbusto perenne de la familia de las ramnáceas.

alado,a adj. **1.** Que tiene alas. **2.** Fig. Ligero, veloz. **3.** BOT De figura de ala.

álaga n.f. **1.** Especie de trigo que produce un grano largo y amarillento. **2.** Grano de esta planta.

alalia n.f. MED Pérdida del lenguaje producida por una afección local de los órganos vocales o por lesiones nerviosas. • **álalo** n. y adj. **1.** Mudo, privado del habla. **2.** MED Que padece alalia.

alama n.f. Planta leguminosa que se usa para pasto del ganado.

alamar n.m. **1.** Botón con presilla que se cose a la orilla del vestido o capa, y sirve para abotonarse o como adorno. **2.** Cairel, guarnición a modo de fleco.

alambicar v.tr. **I.** Destilar en alambique. **II. 1.** Fig. Examinar atentamente alguna cosa. **2.** Fig. Tratándose de lenguaje, estilo, conceptos, etc., sutilizar excesivamente. **3.** Fig. y Fam. Reducir todo lo posible el precio de una mercancía. • **alambicado,a** adj. **1.** Fig. Dado con escasez y muy poco a poco. **2.** Fig. Sutil, perspicaz. • **alambique** n.m. Aparato para extraer por destilación la esencia de cualquier sustancia líquida.

alambrar v.tr. Cercar con alambre. • **alambrada** n.f. MILIT Red de alambre grueso que se emplea para impedir o dificultar el avance de las tropas enemigas. • **alambrado** n.m. **1.** Alambrera. **2.** Cerco de alambres afianzado en postes. • **alambre** n.m. Hilo de cualquier metal. • **alambrera** n.f. Red de alambre.

alameda n.f. **1.** Sitio poblado de álamos. **2.** Paseo con álamos. **3.** P. ext., paseo con árboles.

álamo n.m. **1.** Árbol de la familia de las salicáceas, de considerable altura. Su madera, blanca y ligera, resiste mucho al agua. **2.** Madera de cualquiera de las especies de este árbol.

alancear n.tr. **1.** Dar lanzadas. **2.** Fig. Herir.

alangiáceo,a n. y adj. BOT Dícese de árboles angiospermos dicotiledóneos, cuyo fruto contiene una drupa aovada con semillas de albumen carnoso. ▷ n.f.pl. Familia de estas plantas.

alanina n.f. BIOQUIM Ácido 2-aminopropanoico que está presente en todas las proteínas.

alanos, individuos de un antiguo pueblo de origen iranio establecido en las cercanías del mar Caspio. Combatieron contra los partos y los romanos y finalmente fueron expulsados de su territorio por los hunos (fines del s. IV). Invadieron la Galia y la península Ibérica, donde fueron derrotados por el visigodo Walia (418).

alantoides adj. BIOL Bolsa membranosa que actúa como órgano respiratorio del embrión de los reptiles, aves y mamíferos y en cuya pared hay numerosos vasos sanguíneos; actúa como órgano respiratorio del embrión.

alanzar **I.** v.tr. **1.** Dar lanzadas. **2.** Lanzar. **II.** v.int. Tirar lanzas sobre un tablado en ciertos juegos de caballería.

alar n.m. **1.** Alero del tejado. **2.** Percha de cerdas para cazar perdices.

alarde n.m. **1.** Ostentación que se hace de alguna cosa. **2.** Exhibición de los soldados y de sus armas. **3.** Revista, inspección que hace un jefe. **4.** Lista o registro en que se inscribían los nombres de los soldados. **5.** Visita que a los presos hace el juez. **6.** Examen periódico que hacen los tribunales del estado de los asuntos pendientes. • **alardear** v.int. Hacer alarde.

alargar **I.** v.tr. y prnl. **1.** Dar más longitud a una cosa. **2.** Prolongar una cosa, hacer que dure más. **3.** Refiriéndose al tiempo, retardar. **II.** v.tr. **1.** Hablando de límites, llevarlos más allá. **2.** Fig. Aplicar o alcanzar a nuevos objetos o límites una facultad o actividad. **3.** Estirar. **4.** Aplicar con interés el sentido de la vista o del oído. **5.** Alcanzar algo y darlo a otro que está apartado. **6.** Fig. Ceder a otro lo que uno tiene. **7.** Dar cuerda o ir soltando poco a poco algún cabo. **8.** Fig. Aumentar la cantidad o número señalado. **III.** v.prnl. **1.** Excederse. **2.** Ir a un sitio algo más lejano del que antes se pensó. • **alargadera** n.f. **1.** Pieza que sirve para alargar alguna cosa. **2.** QUIM Tubo de vidrio que se utiliza para algunas operaciones destilatorias. • **alargador,a** **1.** adj. Que alarga. **2.** n.m. TECN Pieza metálica horizontal que sirve para sostener el techo en una mina. • **alargamiento** n.m. Acción y efecto de alargar o alargarse.

alarguez n.m. Nombre que se ha dado a varias plantas espinosas, especialmente al agracejo.

alaria n.f. Chapa de hierro usada por los alfareros para pulir y adornar en el torno las vasijas de barro.

alarido n.m. **1.** Grito de guerra de los moros al entrar en batalla. **2.** Grito lastimero en que se prorrumpe por algún dolor. • **alarida** n.f. Conjunto de alaridos, vocería.

alarife n.m. **I.** Arquitecto o maestro de obras. ▷ MIN Albañil. **II.** n.m. y f. **1.** *Arg.* y *Urug.* Pícaro. **2.** adj. *Urug.* Jactancioso, seguro de sí mismo.

alarma n.f. **1.** Señal que se da en un ejército o guarnición para que se prepare inmediatamente. **2.** Fig. Inquietud o sobresalto causado por algún riesgo repentino. **3.** Rebato. • **alarmar** v.tr. y prnl. Asustar, sobresaltar. • **alarmismo** n.m. Tendencia a propagar rumores sobre peligros imaginarios o a exagerar los peligros reales.

alaroz n.m. Larguero fijo que divide el hueco de una puerta o ventana.

alastrar **1.** v.tr. Echar atrás las orejas. **2.** v.prnl. Tenderse contra la tierra un animal para no ser descubierto.

alavés,a **1.** n. y adj. Natural de Álava. **2.** adj. Perteneciente o relativo a esta provincia.

'alawī, dinastía fundada durante el s. XVIII por los jerifes del oasis del Tafilete (Marruecos). Aprovechando la difícil situación que atravesaba la zona se apoderaron de toda la región oriental de Marruecos e intentaron llegar a Fez. La casa gobernante de Marruecos en la actualidad pertenece a esta misma dinastía. También recibe este nombre una secta chiita del N de Siria.

1. alazán,a n. y adj. Se dice del color más o menos rojo, o muy parecido al de la canela.

2. alazán,a n. y adj. Se dice especialmente del caballo o yegua que tiene el pelo *alazán*.

alazor n.m. BOT Planta anual, de la familia de las compuestas, cuya semilla produce aceite comestible. Sus flores, de color azafrán, se usan para teñir.

alba **I.** n.f. Amanecer. **II.** Vestidura de lienzo blanco que los sacerdotes se ponen sobre el hábito para celebrar el culto. **III.** MILIT Último de los cuartos en que se dividía la noche para los centinelas.

albacea n.m. y f. FOR Persona encargada por el testador o por el juez de cumplir la última voluntad y custodiar los bienes del finado.

albaceteño o **albacetense** **1.** n. y adj. Natural de Albacete. **2.** adj. Perteneciente o relativo a esta provincia o a su capital.

albacora n.f. ZOOL Pez acantopterigio, comestible.

albada n.f. Alborada, composición poética o musical.

albahaca n.f. Planta anual de la familia de las labiadas.

albaida n.f. BOT Planta de la familia de las papilionáceas, de flores amarillas.

albanega n.f. **1.** Especie de red para recoger el pelo, o para cubrir la cabeza. **2.** Manga cónica de red para cazar conejos. **3.** ARQUIT Enjuta de arco de forma triangular.

albanés,a o **albano,a** **I.** n. y adj. **1.** Natural de Albania. **2.** Perteneciente a este país de la península de los Balcanes. **II.** n.m. Lengua albanesa.

albañal o **albañar** n.m. **1.** Canal o conducto que da salida a las aguas inmundas. **2.** Fig. Lo repugnante o inmundo.

albañilería n.f. **1.** Arte de construir edificios. **2.** Obra de albañilería. • **albañil** n.m. Maestro u oficial de albañilería.

albar **1.** adj. Blanco. **2.** n.m. Terreno de secano, y especialmente tierra blancuzca en altos y lomas.

albarán n.m. **1.** Documento acreditativo de la recepción de mercancías. **2.** Documento público.

albarazado,a **1.** adj. De color mezclado de negro y rojo. **2.** n. y adj. *Méx.* Dícese del descendiente de china y jenízaro, o de chino y jenízara.

albarazo n.m. Herpe caracterizada por manchas ásperas y escamosas en el cutis. Denominación antigua de la lepra.

albarda n.f. **1.** Pieza que se compone de dos almohadas rellenas y unidas por la parte que cae sobre el lomo de las caballerías de carga. **2.** Albardilla o lonja de tocino. **3.** *Guat., Hond., C. Rica* y *Salv.* Silla de montar de cuero crudo, que usan los campesinos. • **albardado,a** adj. ZOOL Fig. Dícese del animal que tiene el pelo del lomo de diferente color al del resto del cuerpo. • **albardear** v.tr. *Amér. Central* y *Méx.* Domar caballos salvajes. • **albardela** v.f. Silla para domar potros. • **albardilla** n.f. **1.** Lana muy tupida que las reses lanares crían a veces en el lomo. **2.** Especie de almohadilla que ponen los esquiladores de ovejas en los ojos de las tijeras para no hacerse daño en los dedos. **3.** Agarrador, almohadilla para asir la plancha. **4.** Tejadillo que se pone en los muros para protegerlos de la lluvia. **5.** Caballete con que los hortelanos dividen las eras. ▷ Caballete de barro que en los caminos resulta de transitar por ellos después de haber llovido. ▷ Barro que se pega al arado cuando se trabaja en tierra mojada. **6.** Lonja de tocino que se pone por encima de las aves para asarlas. **7.** Mezcla de aderezo con que se rebozan ciertos alimentos. • **albardón** n.m. Aparejo que se pone a las caballerías para montar en ellas.

albardín n.m. Mata de la familia de las gramíneas, muy parecida al esparto y con las mismas aplicaciones que éste.

albaricoque n.m. **1.** Fruto del albaricoquero. **2.** Albaricoquero. • **albaricoquero** n.m. BOT Árbol de la familia de las rosáceas, originario de Armenia. Su madera se emplea en ebanistería.

1. albarillo n.m. Especie de tañido o son en compás muy acelerado, que se toca en la guitarra, para bailar y acompañar bailes y canciones.

2. albarillo n.m. **1.** Albaricoquero, cuyo fruto es casi blanco. **2.** Fruto de este árbol.

albariza n.f. Laguna salobre.

albatros n.m. ZOOL Ave palmípeda, de color blanco, de tamaño mayor que el ganso, con alas y cola muy largas. Vive principalmente en el océano Pacífico.

albayalde n.m. Carbonato básico de plomo. Se emplea en la pintura.

albazano,a adj. De color castaño oscuro.

albear v.int. Tirar a blanco.

albedo n.m. **1.** FIS Potencia reflectora de un cuerpo iluminado. **2.** FIS Razón de la corriente neutrónica que sale de un medio, a la que, a través de una superficie límite, entra en el mismo.

albedrío n.m. **1.** Potestad de obrar por reflexión y elección. *Libre albedrío.* **2.** La voluntad no gobernada por la razón, sino por el capricho. **3.** Costumbre jurídica no escrita.

albéntola n.f. Especie de red de hilo muy delgado para pescar peces pequeños.

alberca n.f. **1.** Depósito artificial de agua con muros de fábrica. **2.** Balsa para empozar el cáñamo.

albergue n.m. **1.** Lugar en que una persona halla hospedaje o resguardo. **2.** Cueva o lugar en que se recogen los animales. • **albergar** **1.** v.tr. Hospedar. **2.** v.int. y prnl. Tomar albergue.

albigense **I. 1.** n. y adj. Natural de Albi. **2.** Perteneciente a esta ciudad de Francia. **II.** n.m.pl. y adj. Dícese de los miembros de la secta cristiana heterodoxa que profesó, a partir del s. XIII, un cierto dualismo emparentado con el maniqueo. Fue severamente perseguida. Denominados así por su establecimiento en la zona francesa del Languedoc (Albi).

albín n.m. **1.** Hematites. **2.** PINT Carmesí oscuro que se saca de la piedra del mismo nombre.

albina n.f. **1.** Laguna que se forma con las aguas del mar en las tierras bajas que están inmediatas a él. **2.** Sal que queda en estas lagunas.

albino,a **I.** n. y adj. ZOOL Falto entera o parcialmente, y por anomalía congénita, del pigmento que da a ciertas partes del organismo del hombre y de los animales los colores propios de cada especie. **II.** adj. **1.** BOT P. ext., aplícase a la planta que, en vez de su color propio, lo tiene blanquecino. **2.** BOT y ZOOL Perteneciente o relativo a los seres albinos. • **albinismo** n.m. Calidad de albino.

albiones, pueblo de origen celta, que se estableció en el NO de la península Ibérica, aproximadamente en la zona comprendida hoy entre Lugo y Asturias.

albita n.f. Feldespato formado por silicato de alúmina y sosa, y cuyo color es más comúnmente blanco.

albitana n.f. Cerca con que los jardineros resguardan las plantas.

albo,a adj. Blanco.

albogón n.m. **1.** Instrumento musical antiguo parecido a una flauta dulce. **2.** Instrumento parecido a la gaita gallega.

albogue n.m. **1.** Especie de dulzaina. **2.** Instrumento músico pastoril de viento, compuesto de dos cañas paralelas con agujeros, un pabellón de cuerno y una embocadura. **3.** Cada uno de los dos platillos pequeños de latón que se usan para indicar el ritmo en las canciones y bailes populares.

albollón n.m. **1.** Desaguadero de estanques, corrales, etc. **2.** Albañal.

albóndiga o **albondiguilla** n.f. Cada una de las bolas que se hacen de carne o pescado picado y mezclado con pan rallado, huevos batidos y especias.

albor n.m. **1.** Albura, blancura. **2.** Luz del alba. **3.** Fig. Comienzo o principio de una cosa. • **alborada** n.f. **1.** Tiempo de amanecer. **2.** Acción de guerra al amanecer. **3.** Toque o música militar al romper el alba. **4.** Música al amanecer y al aire libre para festejar a una persona. **5.** Composición poética o musical destinada a cantar la mañana. • **alborear** v.int. Amanecer. • **alboreo** n.m. Acción y efecto de alborear.

albornoz n.m. **1.** Prenda de tela esponjosa que se utiliza para secarse después del baño. **2.** Especie de capa con capucha.

alborotar **I.** v.tr. y prnl. **1.** Inquietar, alterar. **2.** Sublevar. **II.** v.prnl. Encresparse el mar. • **alborotadizo,a** adj. Que por ligero motivo se alborota o inquieta. • **alborotado,a** **I.** adj. Que obra precipitadamente y sin reflexión. **II.** adj. **1.** Dícese del pelo revuelto, o enmarañado. **2.** Inquieto, díscolo, revoltoso. • **alboroto** n.m. **1.** Vocerío o estrépito causado por una o varias personas. **2.** Desorden, tumulto. **3.** Motín. **4.** Sobresalto, inquietud.

alborozo n.m. Gran regocijo, placer o alegría. • **alborozador,a** n. y adj. Que alboroza o causa alborozo. • **alborozar** v.tr. y prnl. Causar regocijo, placer o alegría.

albricias n.f.pl. **I. 1.** Regalo que se da a la persona que trae una buena noticia. — *¡Albricias!* Expr. de júbilo. **2.** Regalo que se da o se pide con motivo de un fausto suceso. **II.** *Méx.* Agujeros que los fundidores dejan en la parte superior del molde para que salga el aire al tiempo de entrar el metal. • **albriciar** v.tr. Dar una noticia agradable.

albufera n.f. GEOG Laguna litoral en costa baja.

albugíneo,a **1.** adj. Enteramente blanco. **2.** n.f. y adj. ANAT Dícese de la membrana fibrosa, blanca y brillante que rodea el tejido propio del testículo. • **albugo** n.m. MED Mancha blanca de la córnea, debida a granulaciones de grasas depositadas en el tejido de dicha membrana. También se da este nombre a las pequeñas manchas blancas de las uñas.

álbum n.m. **1.** Libro en blanco cuyas hojas se llenan con breves composiciones literarias, piezas de música, firmas, retratos, etc. **2.** Libro en blanco de hojas dobles, con una o más aberturas de forma regular, a manera de marcos, para colocar en ellas fotografías, grabados, etc.

albumen n.m. BOT Tejido que rodea el embrión de algunas plantas, como el trigo y el ricino, y le sirve de alimento cuando la semilla germina.

albúmina n.f. QUIM Cualquiera de las numerosas sustancias albuminoideas que forman principalmente la clara de huevo. Se hallan también en los plasmas sanguíneo y linfático, en los músculos, en la leche y en las semillas de muchas plantas. • **albuminado,a** adj. Dícese de las hojas de papel, tela o vidrio cubiertas con una capa de albúmina. • **albuminar** v.tr. Preparar con albúmina los papeles o placas para la fotografía. • **albuminoide** n.m. QUIM Cualquiera de los cuerpos pertenecientes a un grupo de especies químicas que se caracterizan por estar compuestas de carbono, hidrógeno, oxígeno, nitrógeno y azufre, en proporciones que varían muy poco unas de otras. • **albuminoideo,a** adj. QUIM Perteneciente o relativo a los albuminoides. • **albuminómetro** n.m. QUIM Tubo de vidrio graduado que sirve para determinar la albúmina que contiene un líquido orgánico. • **albuminoso,a** adj. Que contiene albúmina. • **albuminuria** n.f. MED Fenómeno que se presenta en algunas enfermedades y consiste en la existencia de albúmina en la orina.

1. albur m. Pez teleósteo de río, del suborden de los fisóstomos.

2. albur n.m. **1.** Contingencia o azar a que se fía el resultado de alguna empresa. *Jugar, correr un albur.* **2.** Mújol.

albura n.f. **1.** Blancura perfecta. **2.** Clara de huevo. **3.** BOT Capa blanda, de color blanquecino, que se halla inmediatamente debajo de la corteza en los tallos leñosos o troncos de ciertos vegetales.

alcabala n.f. Impuesto indirecto que apareció en Castilla durante la Edad Media.

alcachofa n.f. **1.** Planta hortense, de la familia de las compuestas, con cabezuelas comestibles. **2.** Cabezuela de esta planta. **3.** Cabezuela del cardo y otras plantas análogas. **4.** Adorno en figura de alcachofa. **5.** Receptáculo redondeado con muchos orificios que, sumergido en una cavidad que contiene agua permite la entrada de ella en un aparato destinado a elevarla. ▷ Pieza agujereada por donde sale el agua de la regadera. ▷ Pieza semejante que se coloca en el extremo libre de una bomba aspirante para evitar que entren cuerpos extraños.

alcahaz n.m. Jaula grande para encerrar aves.

alcahuete,a n.m. y f. **1.** Persona que concierta o encubre relaciones sexuales irregulares. **2.** Fig. y Fam. Persona o cosa que sirve para encubrir lo que se quiere ocultar. **3.** Fig. y Fam. Correveidile, chismoso. • **alcahuetear** **1.** v.tr. Ejercer la actividad de alcahuete. **2.** v.int. Hacer papel de alcahuete. • **alcahuetería** n.f. **1.** Acción de alcahuetear. **2.** Oficio de alcahuete. **3.** Fig. y Fam. Acción de ocultar o encubrir los actos reprobables de una persona.

alcaicería n.f. En los países islámicos, sitio o barrio con tiendas en que se vende seda cruda o en rama u otras mercaderías.

alcaide n.m. *Ant.* y *Amér.* El que en las cárceles tiene a su cargo la custodia de los presos. • **alcaidía** n.f. **1.** Empleo de alcaide. **2.** Casa u oficina del alcaide. **3.** Territorio de su jurisdicción.

alcalde n.m. Primera autoridad gubernativa en un pueblo o municipio. Presidente del ayuntamiento. **2.** Cierto juego de naipes. • **alcaldesa** n.f. **1.** Mujer del alcalde. **2.** Mujer que ejerce el cargo de alcalde. • **alcaldía** n.f. **1.** Oficio o cargo de alcalde. **2.** Territorio o distrito de su jurisdicción. **3.** Oficina donde se despachan los negocios en que entiende el alcalde. • **alcaldada** n.f. **1.** Acción imprudente o inconsiderada que ejecuta un alcalde abusando de la autoridad que ejerce. ▷ P. ext., acción semejante ejecutada por cualquier persona simulando autoridad o abusando de la que tenga. **2.** Dicho o sentencia necia.

alcalescencia n.f. **1.** QUIM Alteración que experimenta un líquido al volverse alcalino. **2.** QUIM Estado de las sustancias orgánicas en que se forma espontáneamente amoniaco.

álcali n.m. QUIM Nombre genérico dado a los óxidos e hidróxidos de los metales alcalinos. • **alcalimetría** n.f. QUIM Medida de la concentración de una solución alcalina. • **alcalímetro** n.m. Instrumento que sirve para medir las sustancias alcalinas.

alcalino,a adj. QUIM Sustancia que posee propiedades básicas. • **alcalinizar** v.tr. Volver alcalino. • **alcalinidad** n.f. Calidad de alcalino.

alcaloide n.m. BIOQUIM Nombre genérico dado a diversas sustancias orgánicas de origen vegetal que contienen una o varias funciones amina. • **alcaloideo,a** adj. QUIM Aplícase a los compuestos orgánicos que, a semejanza de los alcaloides, pueden combinarse con los ácidos para formar sales. • **alcalometría** n.f. QUIM Determinación del contenido de alcaloides en una solución.

alcance n.m. **1.** Seguimiento, persecución. **2.** Distancia a que llega el brazo de una persona. **3.** En las armas arrojadizas y en las de fuego, distancia a que alcanza el tiro. **4.** Fig. En materia de cuentas, saldo que, según ellas, está debiéndose. **5.** Fig. En los periódicos, noticia o sección de noticias recibidas a última hora. **6.** Fig. Capacidad o talento. **7.** Fig. Tratándose de obras del espíritu humano, trascendencia. **8.** IMP Parte del original que se distribuye a cada uno de los cajistas para su composición. **9.** FIS Penetración máxima de una partícula en un medio material determinado.

alcancía n.f. Vasija cerrada, con sólo una hendidura estrecha hacia la parte superior, por donde se echan monedas que no se pueden sacar sino rompiendo la vasija.

alcanfor n.m. **1.** QUIM Sustancia blanca, volátil, de sabor agrio y olor característico, que se halla en el alcanforero y en otras lauráceas. Es insoluble en el agua y soluble en el alcohol y en el éter. Su fórmula es $C_{10}H_{16}O$. **2.** Alcanforero. • **alcanforada** n.f. Planta perenne de la familia de las quenopodiáceas cuyas hojas despiden olor de alcanfor. • **alcanforar** v.tr. Componer o mezclar con alcanfor alguna cosa. • **alcanforero** n.m. Árbol de la familia de las lauráceas de madera muy compacta. Se cría en Japón, la China y otros países de Oriente, y de sus ramas y raíces se extrae alcanfor por destilación.

alcano n.m. QUIM Nombre genérico de los hidrocarburos saturados de fórmula C_nH_{2n+2}

alcantarilla n.f. Acueducto subterráneo, o sumidero, construido para recoger las aguas de lluvia o de cloaca y darles paso. • **alcantarillado,a** n.m. **1.** Conjunto de alcantarillas. **2.** Obra hecha en forma de alcantarilla. • **alcantarillar** v.tr. Hacer o poner alcantarillas.

alcanzar **I.** v.tr. **1.** Llegar a juntarse con una persona o cosa que va delante. — Llegar a tocar o coger. — Coger alguna cosa alargando la mano para tomarla. **2.** Tratándose de la vista, oído u olfato, llegar a percibir con ellos. **3.** Hablando de una persona, haber uno nacido ya o no haber muerto aún, cuando ella vivía. — Fig. Haber uno vivido en el tiempo de que se habla, o presenciado el suceso de que se trata. **4.** Fig. Llegar a poseer lo que se busca o solicita. — Fig. Tener poder, virtud o fuerza para alguna cosa. **5.** Fig. Saber, entender, comprender. **6.** Fig. Hallar a uno falto o deudor en el ajuste de cuentas. **7.** Fig. Llegar a igualarse con otro en alguna cosa. **II.** v.int. **1.** Llegar hasta cierto punto o término. **2.** En las armas arrojadizas y en las de fuego, llegar el tiro a cierto término o distancia. **3.** Fig. Tocar o caber a uno alguna cosa o parte de ella. **4.** Fig. Ser suficiente o bastante una cosa para algún fin. **III.** v.prnl. Llegar a tocarse o juntarse

alcaparra o **alcaparrera** n.f. **1.** BOT Mata caparidácea, cuyo fruto es el alcaparrón. **2.** Botón de la flor de esta planta. • **alcaparrón** n.m. Fruto de la alcaparra.

alcaptona n.f. BIOQUIM Producto de la degradación incompleta de aminoácidos aromáticos.

alcaptonuria n.f. MED Anomalía enzimática hereditaria.

alcaraván n.m. Ave zancuda de unos 60 cm de altura. Su grito es parecido a un fuerte mugido.

alcaravea n.f. **1.** Planta anua europea de la familia de las umbelíferas. Sus semillas se usan como condimento. **2.** Semilla de esta planta.

alcarreño,a **1.** n. y adj. Natural de la Alcarria. **2.** adj. Perteneciente o relativo a esta comarca española.

alcarria n.f. Terreno alto y, por lo común, raso y de poca hierba

alcatraz n.m. Ave pelicaniforme de unos 90 cm de longitud y color blanco. Vive en Europa Occidental, emigrando en invierno a Marruecos y Canarias. ▷ *Alcatraz oscuro.* Ave pelicaniforme, algo menor que la anterior. Vive en las zonas tropicales y subtropicales del Atlántico, Índico y mar Rojo.

alcaucil n.m. Alcachofa silvestre.

alcaudón n.m. ZOOL Pájaro carnívoro del suborden de los dentirrostros.

alcayata n.f. Escarpia, clavo acodillado. • **alcayatar** v.tr. CARP Poner en los marcos y hojas de las puertas las alcayatas de que éstas han de colgarse.

alcazaba n.f. Recinto fortificado.

alcázar n.m. **1.** Fortaleza. Recinto fortificado. **2.** MAR Espacio que media, en la cubierta superior de los buques, desde el palo mayor hasta la popa.

1. alce o anta n.f. ZOOL Mamífero rumiante parecido al ciervo. Las especies más comunes son el alce europeo y el alce americano.

2. alce n.m. **1.** En el juego de naipes, porción de cartas que se corta después de haber barajado. **2.** IMP Acción de alzar los pliegos.

álcidos n.m.pl. ZOOL Familia de aves marinas y nadadoras (pingüinos, frailecillos, araos).

alciformes n.m.pl. Orden de aves marinas que comprende como única familia la de los álcidos.

alción I. n.m. **1.** Martín pescador. **2.** ZOOL Antozoo colonial cuyos pólipos están unidos entre sí por un tejido de consistencia carnosa. **II.** MIT Pájaro marino fabuloso. **III.** n.p.m. ASTRON Estrella principal de las Pléyades.

alcista **1.** adj. Perteneciente o relativo al alza de los valores en la bolsa. **2.** n.m. y f. Persona que juega al alza de estos valores.

alcoba n.f. **1.** Aposento destinado para dormir. ▷ Mobiliario de este aposento. **2.** Caja, pieza de las balanzas. **3.** Lugar donde estaba el peso público. **4.** Jábega (red). • **alcobilla** n.f. Alcoba, pieza de las balanzas.

alcohol n.m. **1.** QUIM Líquido volátil, inflamable, que se obtiene por destilación de los vinos y por la fermentación de muchas sustancias espiritosas. v. ENCICL P. antonom., alcohol etílico. **2.** Galena. **3.** Polvo finísimo que, como maquillaje, usaron las mujeres. • **alcoholado,a** **1.** adj. Aplícase al animal que tiene el pelo de alrededor de los ojos más oscuro que lo demás. **2.** n.m. MED Compuesto alcohólico cargado de principios medicamentosos. • **alcoholato** n.m. QUIM Líquido que resulta de la destilación del alcohol ordinario. ▷ QUIM Compuesto que resulta al sustituir por un metal el hidrógeno del grupo hidróxido de un alcohol. • **alcoholaturo** n.m. MED Medicamento que se obtiene macerando plantas frescas en alcohol. • **alcoholero,a** **1.** adj. Dícese de lo relativo a la producción y comercio del alcohol. **2.** n.f. Fábrica en que se produce el alcohol. • **alcohólico,a** **I.** adj. **1.** Que contiene alcohol. **2.** Referente al alcohol o producido por él. **II.** n. y adj. Alcoholizado, que padece saturación alcohólica. • **alcoholimetría** o **alcohometría** n.f. QUIM Determinación de la riqueza alcohólica de un líquido. • **alcoholímetro** o **alcohómetro** n.m. Aparato que sirve para apreciar la graduación alcohólica de un líquido o un gas. • **alcoholización** n.f. QUIM Acción y efecto de alcoholizar. • **alcoholizar** **1.** v.tr. Echar alcohol en otro líquido. **2.** QUIM Alcoholar, obtener alcohol. • **alcoholar** **I.** v.tr. y prnl. Ennegrecer con alcohol los bordes de las pestañas, las cejas o el pelo. ▷ v.tr. Lavar los ojos con alcohol o con otro colirio. **II.** v.tr. **1.** MAR Emplear lo calafateado. **2.** QUIM Obtener alcohol de una sustancia por destilación o fermentación.

ENCICL **Quím.** — Los alcoholes se caracterizan por la fijación de un grupo hidroxilo OH a un carbono saturado. Son derivados de los hidrocarburos, por sustitución de un átomo de hidrógeno por el grupo OH; p. ej. el metanol, de fórmula $CH_3 - OH$, proviene del metano, de fórmula CH_4. Los llamados polialcoholes tienen varios grupos hidroxilos; p. ej. el glicol $CH_2 - OH - CH_2 - OH$ es un diol (dos grupos OH) usado sobre todo como anticongelante en los radiadores de automóviles, y el glicerol $CH_2OH - CHOH - CH_2OH$ es un triol (tres grupos OH), llamado también glicerina, que se utiliza en la fabricación de materiales plásticos gliceroftálicos y de explosivos. Los alcoholes son líquidos a temperatura ambiente y su densidad oscila entre 0,80 y 0,84. Son miscibles en agua; reaccionan con los ácidos, dando ésteres y agua (esterificación), reacción ésta que es reversible ya que de la hidrólisis de los ésteres se obtienen alcoholes. Su oxidación produce aldehídos y cetonas y de su deshidratación se obtienen los alquenos. Se utilizan en la industria como disolventes y como intermediarios en las síntesis orgánicas. Tienen gran importancia en bioquímica: elaboración de membranas celulares y de grasas (a partir del glicerol y de los ácidos grasos de cadena larga) y síntesis de vitaminas y de hormonas. — *Alcohol absoluto* o *deshidratado*. El que se halla en estado puro. — *Alcohol amílico*. Nombre común a varios alcoholes isómeros que contienen cinco átomos de carbono y cuya mezcla con el etílico es más tóxica y embriagante que éste. — *Alcohol etílico*. Llamado corrientemente *alcohol* o *etanol*, de fórmula $CH_3 - CH_2 - OH$, se obtiene por fermentación alcohólica natural de los glúcidos; entra en la composición de muchas bebidas. A presión atmosférica normal, entra en ebullición a 78,30 °C y se solidifica a −117 °C. Su densidad es 0,806 (a 0 °C). Se utiliza en la industria como disolvente y en medicina como antiséptico. Sus grados se miden determinando la temperatura de ebullición o con la ayuda de un alcoholímetro (instrumento graduado). — *Alcohol metílico*. Líquido incoloro, semejante en su olor y otras propiedades al alcohol etílico. Es venenoso. — *Alcohol vínico*. Alcohol etílico producido por destilación del mosto. — *Alcohol yodado*. Alcohol en el que se ha disuelto yodo al diez por ciento. — Tintura de yodo.

alcoholismo n.m. **1.** Abuso de bebidas alcohólicas. **2.** Enfermedad ocasionada por tal abuso. • **alcoholizado,a** n. y adj. Dícese del que por el abuso de las bebidas alcohólicas padece los efectos de la saturación del organismo por alcohol.

ENCICL El *alcoholismo agudo*, debido a la ingestión rápida de gran cantidad de alcohol, produce una cierta euforia, desinhibición, trastornos de conducta y de coordinación y, en los casos graves, estupor y coma que a veces conducen a la muerte por depresión respiratoria. El *alcoholismo crónico* es una verdadera toxicomanía, a menudo originada y mantenida por una tendencia depresiva. La intoxicación aguda es rara en estos casos, debido a la tolerancia del organismo al alcohol. El alcoholismo crónico provoca perturbaciones psicológicas graves y dependencia, complicaciones neurológicas (polineuritis, encefalopatía, síndrome de Korsakow, neuritis óptica) y una insuficiencia hepática que a veces desemboca en cirrosis. El síndrome de abstinencia que presentan los intoxicados crónicos cuando se ven privados del alcohol se caracteriza por temblores y alucinaciones y a veces por el *delirium tremens*, a menudo mortal.

alcornoque n.m. **1.** Árbol de madera durísima y corteza formada por una gruesa capa de corcho. **2.** Madera de este árbol. **3.** n. y adj. Fig. y Fam. Persona ignorante.

alcorque n.m. Hoyo que se hace al pie de las plantas para detener el agua en los riegos.

alcotán n.m. Ave rapaz diurna, semejante al halcón.

alcurnia n.f. Ascendencia, linaje.

alcuza n.f. Vasija en que se tiene el aceite para el uso diario.

aldaba n.f. **1.** Pieza de hierro o bronce que se pone a las puertas para llamar. **2.** Barreta de metal o travesaño de madera con que se aseguran los postigos o puertas. ▷ *Chile* y *Hond*. Aldabilla. • **aldabada** n.f. **1.** Golpe que se da en la puerta con la aldaba. **2.** Fig. Aviso, dicho generalmente del que causa sobresalto. • **aldabazo** n.m. Golpe recio dado con la aldaba. • **aldabilla** n.f. Pieza de hierro de figura de gancho, que, sirve para cerrar puertas, ventanas, cajas, etc. • **aldabón** n.m. **1.** Aldaba de llamar. **2.** Asa grande de cofre, arca, etc.

aldabía n.f. Cada uno de los dos maderos serradizos horizontales que, empotrados en dos paredes opuestas, sostienen la armazón de un tabique colgado.

aldactona n.f. MED Sustancia antagónica a la aldosterona,

aldea n.f. Pueblo de escaso vecindario. • **aldeanismo** n.m. **1.** Condición de aldeano. **2.** Vocablo o giro usado solamente por los aldeanos. • **aldeano,a** n. y adj. **1.** Natural de una aldea. **2.** Perteneciente o relativo a la aldea. **3.** Fig. Inculto.

aldehído n.m. QUIM Cada uno de los compuestos orgánicos ternarios que se forman como primeros productos de la oxidación de ciertos alcoholes.

ENCICL Los aldehídos derivan de los hidrocarburos y se caracterizan por el grupo CHO. P. ej. el etanal, de fórmula CH_3CHO, proviene del etano ($CH_3 - CH_3$). Son sustancias que reaccionan fácilmente por la presencia del doble enlace carbonilo C = O. Su oxidación produce ácidos y su reducción alcoholes. Tienen gran importancia en la industria de la perfumería y constituyen, en la industria química, el punto de partida para la fabricación de la resina ureaformaldehído. Los aldehídos, muy difundidos en el reino vegetal, son agentes de las síntesis orgánicas.

aldol n.m. QUIM Nombre genérico de los compuestos orgánicos que contienen a la vez una función aldehído y una función alcohol.

aldolasa n.f. BIOQUIM Enzima, que interviene en la degradación del glucógeno hepático.

aldorta n.f. Ave zancuda, de unos 20 cm de altura, que tiene en la cabeza un penacho formado de tres plumas eréctiles.

aldosterona n.f. BIOQUIM Hormona secretada por las glándulas suprarrenales.

ale n.f. Cerveza inglesa.

aleación n.f. **1.** Acción y efecto de alear metales. **2.** Producto homogéneo, de propiedades metálicas, compuesto de dos o más elementos, uno de los cuales, al menos, debe ser un metal.

ENCICL Las aleaciones se obtienen por *inserción* en el metal base de átomos de otro elemento, o por *sustitución* de átomos. Las aleaciones de inserción se obtienen a partir de átomos de aportación de elementos ligeros como el hidrógeno, el nitrógeno o el carbono (cementita, Fe_3C, p.ej.). Las de sustitución se acercan aún más al estado metálico. Son menos duras y más maleables que las primeras. Las aleaciones se solidifican y funden en un cierto intervalo de temperaturas, excepto ciertos componentes como los eutécticos cuya fusión se efectúa a temperatura constante. Las modificaciones de estado y de constitución de las aleaciones se representan por medio de diafragmas llamados *diafragmas de fases* y *diafragmas de equilibrio*. Son muy importantes para la industria ya que, con los tratamientos técnicos apropiados, pueden ser dotadas de las propiedades que mejor se adapten al empleo previsto.

aleatorio,a adj. **1.** Perteneciente o relativo al juego de azar. **2.** Dependiente de algún suceso fortuito. **3.** MAT Que depende del azar.

aleccionar v.tr. y prnl. Instruir, amaestrar, enseñar.

1. alecrín n.m. ZOOL Escualo del mar de las Antillas.

2. alecrín n.m. Árbol de América Meridional, de madera semejante a la caoba.

alectomancia o **alectomancía** n.f. Adivinación por el canto del gallo.

aledaño,a **1.** adj. Confinante, lindante. **2.** n. y adj. Dícese de la tierra que linda con un pueblo o con otra tierra y que se considera como parte accesoria de ellos. **3.** n.m. Confín, término, límite.

alef n.m. Primera letra del alfabeto hebreo.

alegación n.f. **1.** Acción de alegar. **2.** FOR Alegato. • **alegador,a** n. y adj. El que alega, expone o cita hechos textos o sentencias.

alegamar **1.** v.tr. Echar légamo o cieno en las tierras para beneficiarlas. **2.** v.prnl. Llenarse de légamo. • **aleganarse** v.prnl. Alegamarse.

alegar v.tr. **1.** Citar algo como prueba o defensa. **2.** FOR Traer el abogado leyes y razones en defensa de su causa. • **alegato** n.m. **1.** FOR Escrito en el cual el abogado expone las razones de su cliente. ▷ P. ext. Razonamiento o exposición de méritos o motivos. **2.** *Amér.* Disputa, discusión.

alegoría I. n.f. 1. Ficción en virtud de la cual una cosa representa o significa otra diferente. *La venda y las alas de Cupido son una alegoría.* II. 1. Obra o composición literaria o artística de sentido alegórico. 2. ESCULT y PINT Representación simbólica de ideas abstractas por medio de figuras, grupos de éstas o atributos. 3. RET Figura que consiste en hacer patentes en el discurso, por medio de varias metáforas consecutivas, un sentido recto y otro figurado, ambos completos, a fin de dar a entender una cosa expresando otra diferente. • **alegórico,a** adj. Perteneciente o relativo a la alegoría. • **alegorizar** v.tr. Interpretar alegóricamente alguna cosa.

1. alegrar I. v.tr. 1. Causar alegría. 2. Fig. Avivar, hermosear las cosas inanimadas. ▷ Fig. Tratándose de la luz o el fuego, avivarlos. 3. MAR Aflojar un cabo para disminuir su trabajo. 4. MAR Alijar o aliviar una embarcación. II. v.prnl. 1. Recibir o sentir alegría. 2. Fig. y Fam. Ponerse uno alegre por haber bebido en exceso. • **alegrador,a** n. y adj. Que alegra o causa alegría. • **alegre** adj. 1. Poseído o lleno de alegría. ▷ Que siente o manifiesta de ordinario la alegría. ▷ Que denota alegría. ▷ Que ocasiona alegría. ▷ Hecho con alegría. ▷ De aspecto o circunstancia capaces de infundir alegría. 2. Fig. Aplicado a colores. 3. Fig y Fam. Excitado por haber bebido con algún exceso. ▷ Fig. y Fam. Algo libre o deshonesto. ▷ Fig. y Fam. Ligero, arriesgado. *Antonio es muy alegre en los negocios.*

2. alegrar 1. v.tr. CIR Legrar. 2. MAR Agrandar un taladro o agujero cualquiera.

alegreto 1. adv.m. MUS Con movimiento menos vivo que el alegro. 2. n.m. MUS Composición o parte de ella que se ha de ejecutar con este movimiento.

alegría n.f. 1. Sentimiento grato que suele manifestarse con signos exteriores. ▷ Palabras, gestos o actos con que se manifiesta alegría. 2. Irresponsabilidad, ligereza. 3. BOT Ajonjolí y su simiente. ▷ Nuégado o alajú condimentado con ajonjolí. 4. MAR Apertura, luz o hueco total de una porta. ▷ pl. Regocijos y fiestas públicas. ▷ Cierto cante andalúz. ▷ Baile con que se acompaña este cante.

alegro adj.m. Con movimiento moderadamente vivo. ▷ MUS Composición o parte de ella, que se ha de ejecutar con este movimiento.

alejandrino,a I. n. y adj. Natural de Alejandría. II. adj. 1. Perteneciente a esta ciudad de Egipto. 2. Neoplatónico. 3. Perteneciente a Alejandro Magno.
ENCICL *La literatura griega alejandrina* floreció en Alejandría a partir del s. IV a. J.C. Sus principales representantes fueron: los historiadores Diodoro de Sicilia, Dionisio de Halicarnaso, Plutarco y Apiano; los geógrafos Estrabón, Pausanias y Ptolomeo; los poetas Teócrito, Calímaco y Apolonio de Rodas. — *El arte alejandrino*, de estilo greco-egipcio, nació en Alejandría en el s. III a. J.C.

alejar v.tr. y prnl. Poner lejos o más lejos.

alelar v.tr. y prnl. Poner lelo. • **alelado,a** adj. Dícese de la persona tonta.

alelo n.m. GEN Alelomorfo. • **alélico,a** adj. GENET Que depende de un alelo (monoalélico) o de varios (plurialélico). • **alelismo** n.m. GENET Sistema genético basado en la noción de alelos. • **alelomorfo,a** 1. adj. BIOL Que se presenta bajo diversas formas. 2. n. y adj. BIOL Dícese de los genes que tienen la misma función, pero distintos efectos, y que ocupan el mismo lugar en dos cromosomas homólogos.

aleluya I. n.m. o f. Voz que usa la Iglesia en demostración de júbilo. ▷ n.m. Tiempo de Pascua. II. interj. que se emplea para demostrar júbilo. III. n.f. 1. Estampa con la palabra *aleluya* escrita en ella, que se daba a los fieles el sábado santo. ▷ P. ext., cada una de las estampas de asunto piadoso que se arrojaban al pasar las procesiones. 2. BOT Planta oxalidácea comestible de la que se obtiene la sal de acederas. 3. Planta malvácea.

alema n.f. Porción de agua de regadío que se reparte por turno.

alemán,a n. y adj. 1. Natural de Alemania. 2. adj. Perteneciente a este país de Europa. 3. n.m. Idioma alemán.

aleno n.m. QUIM Hidrocarburo no saturado de fórmula $CH_2=C=CH_2$.

alentada n.f. Respiración continuada o no interrumpida.

alentado,a adj. 1. Resistente para la fatiga. ▷ Animoso, valiente. 2. Altanero, valentón. 3. *Arg., Chile* y *Guat.* Sano. 4. Dícese de la persona que ha mejorado o se ha restablecido de una enfermedad.

alentar 1. v.int. Respirar. 2. v.int. y prnl. Animar, infundir aliento, dar vigor. 3. v.prnl. Mejorar, convalecer o restablecer de una enfermedad.

alerce n.m. BOT 1. Árbol de la familia de las abietáceas, que adquiere considerable altura. 2. Madera de este árbol, que es aromática. — *Alerce africano.* Se cultiva en los jardines de Europa. — *Alerce europeo.* Es la única conífera que pierde las hojas en invierno. Produce la trementina de Venecia; su madera se emplea en construcciones hidráulicas, y su corteza, en los curtidos.

alergia n.f. 1. FISIOL Conjunto de fenómenos de carácter respiratorio, nervioso o eruptivo producidos por la absorción de ciertas sustancias que dan al organismo una sensibilidad especial ante una nueva acción de tales sustancias, aun en cantidades mínimas. 2. P. ext., sensibilidad extremada y contraria respecto a ciertas cosas o personas.
ENCICL **Med.** — Las reacciones alérgicas pueden ser violentas y generalizadas, en cuyo caso se habla de anafilaxia (v. anafilaxia). Ahora bien, lo más común es que su manifestación sea localizada: respiratoria (asma, coriza, fiebre del heno), cutánea (urticaria, eccema, eritema), reumática, ocular o vascular (vascularitis alérgica). Con frecuencia resulta difícil detectarlas. El diagnóstico diferencial suele basarse en la existencia de una predisposición familiar y personal a la alergia y en el descubrimiento de algún posible alérgeno cuya presencia o ingestión provoque las manifestaciones clínicas. En las pruebas cutáneas se utilizan varios presuntos alérgenos, que prueban la existencia de la alergia cuando provocan una reacción focalizada idéntica

1. alero n.m. 1. ARQUIT Parte inferior del tejado, que sale fuera de la pared y desvía las aguas de lluvia. 2. Guardabarros de un vehículo. 3. CINEG Cada uno de los atajos o paredillas que se forman a uno y otro lado para que las perdices vayan encallejonadas hacia la red.

2. alero adj. Dícese del ciervo joven que todavía no ha engendrado.

alerón n.m. 1. MAR Cada una de las extremidades laterales del puente de un buque. 2. AVIAC Aleta giratoria que se monta en la parte posterior de las alas de un avión para facilitar la maniobra.

alerta 1. adv.m. Con vigilancia y atención. Se usa con los verbos *estar, andar, vivir*, etc. 2. n.m. y adv.m. Voz que se emplea para excitar a la vigilancia. — *Estado de alerta.* Estado de una tropa dispuesta a intervenir en cualquier momento. • **alertar** v.tr. Poner alerta.

aleta n.f. 1. ZOOL Cada una de las membranas externas que tienen los peces, sirenios y cetáceos en varias partes del cuerpo y con las cuales se ayudan para nadar. — *Aleta abdominal.* Cada una de las dos situadas en la región abdominal. — *Aleta anal.* La situada detrás del ano y junto a él. — *Aleta caudal.* La situada en el extremo de la cola. — *Aleta dorsal.* La situada en la línea media del dorso, dividida en dos o más. — *Aleta pectoral* o *torácica.* Cada una de las dos situadas inmediatamente detrás de la cabeza. ▷ Paleta de caucho que se adapta al pie para nadar más rápidamente. 2. Prolongación de la parte superior de la popa de algunas embarcaciones latinas. 3. AUTOM Guardabarros. 4. ARQUIT Cada una de las dos partes del machón que quedan visibles a los lados de una columna o pilastra. ▷ ARQUIT Cada uno de los muros en rampa que en los lados de los puentes o en las embocaduras de las alcantarillas sirven para contener las tierras y dirigir las aguas. 5. MAR Cada uno de los dos maderos corvos que forman la popa de un buque. 6. MAR Parte del costado de un buque comprendida entre la popa y el punto que corresponde a la primera parte de la batería. • **aletada** n.f. Movimiento de las alas.

aletargar 1. v.tr. Causar letargo. 2. v.prnl. Padecerlo.

aletear v.int. 1. Mover las aves frecuentemente las alas sin echar a volar. 2. Agitar los peces las aletas cuando se los saca del agua. 3. Fig. Mover los brazos. 4. Fig. Cobrar aliento. • **aleteo** n.m. 1. Acción de aletear. 2. Fig. Acción de palpitar acelerada y violentamente el corazón.

aleurites n.f. BOT Planta (género *Aleuritas*, familia de las euforbiáceas) una de cuyas especies, *A. mollucana (nuez de las ludneas)*, produce una nuez de la que se extrae un aceite purgante.

alevilla n.f. Mariposa muy parecida a la del gusano de seda.

alevín n.m. 1. Cría de ciertos peces de agua dulce que se utiliza para repoblar ríos, lagos y estanques. 2. Fig. Joven principiante.

alevosía n.f. 1. Cautela para asegurar la comisión de un delito contra las personas, sin riesgo del delincuente. Es circunstancia que agrava la pena. 2. Traición, perfidia.

alexia n.f. Imposibilidad de leer causada por una lesión del cerebro. Se llama también *ceguera verbal.*

alexifármaco,a n. y adj. MED Se aplica a la sustancia o al medicamento preservativo o correctivo de los efectos del veneno.

aleya n.f. Versículo del Corán.

alfa n.f. Primera letra del alfabeto griego, que corresponde a la que en el nuestro se llama *a*.

alfabeto 1. Abecedario. 2. Conjunto de los símbolos empleados en un sistema de comunicación. 3. INFORM Sistema de signos convencionales, como perforaciones en tarjetas, u otros, que sirve para sustituir al conjunto de las letras y de los números. ▷ GRAM Reunión metódica de las letras o signos que representan los sonidos de una lengua. • **alfabetización** n.f. Acción y efecto de alfabetizar. • **alfabetizar** v.tr. 1. Ordenar alfabéticamente. 2. Enseñar a leer y a escribir a los analfabetos de un país.

alfaguara n.f. Manantial copioso que surge con violencia.

alfajor n.m. 1. Alajú. 2. Rosquillas de alajú. ▷ *Arg., Chile* y *Par.* Golosina compuesta de dos piezas de masa adheridas una a otra con dulce. ▷ *Venez.* y *Sto. Dom.* Pasta hecha de harina de yuca, papelón, piña y jengibre.

alfalfa o **alfalfe** n.f. Mielga común que se cultiva para forraje. — *Alfalfa arborescente.* Arbusto siempre verde, de la familia de las papilionáceas. Se cultiva como planta de adorno y para forraje. • **alfalfar** 1. n.m. AGRIC Tierra sembrada de alfalfa. 2. *Arg., Chile* y *Urug.* Sembrar de alfalfa un campo.

alfanje 1. n.m. Especie de sable, corto y corvo, con filo solamente por un lado, y por los dos en la punta. 2. Pez espada.

alfanumérico adj. INFORM Dícese del carácter, código o aparato que utiliza como símbolos, letras, cifras y diferentes signos.

alfaque n.m. Banco de arena, generalmente en la desembocadura de los ríos.

alfaqueque n.m. **1.** El que, en virtud de nombramiento de autoridad competente, desempeñaba el oficio de redimir cautivos. **2.** Aldeano o burgués que servía de correo.

alfaquíes, entre los musulmanes, doctores de la ley; crearon las cuatro escuelas ortodoxas del derecho islámico. En 1905, un alfaquí encabezó el movimiento de retorno al análisis directo de las fuentes de derecho: el Corán y la sunna (tradición).

1. alfar n.m. **1.** Obrador de alfarero. **2.** Arcilla.

2. alfar adj. Que alfa.

3. alfar v.int. Levantar el caballo demasiado, en los galopes u otro ejercicio violento, el cuarto delantero, sin bajar el trasero.

alfaraz n.m. Caballo que usaban los árabes para las tropas ligeras.

alfarda n.f. ARQUIT Par de una armadura.

alfarería n.f. **1.** Arte de fabricar vasijas de barro. **2.** Sitio donde se fabrican o se venden.

alfarero n.m. Fabricante de vasijas de barro.

alfarje **1.** n.m. La piedra baja del molino de aceite. **2.** Sitio donde está el alfarje. **3.** Techo con maderas labradas y entrelazadas artísticamente.

alfarjía n.f. **1.** CARP Madero de sierra para cercos de puertas y ventanas. **2.** Cada uno de los maderos que se cruzan con las vigas para formar la armazón de los techos. **3.** Cerca de madera con que se ciñen los escalones y otras obras de albañilería, para evitar su desgaste.

alfazaque n.m. Insecto coleóptero, parecido al escarabajo común.

alféizar **1.** n.m. ARQUIT Vuelta o derrame que hace la pared en el corte de una puerta o ventana, dejando al descubierto el grueso del muro. **2.** ARQUIT Rebajo en ángulo recto que forma el telar de una puerta o ventana con el derrame donde encajan las hojas de la puerta con que se cierra.

alfénide n.m. Metal blanco similar a la alpaca, que se emplea para hacer cubiertos. Debe su nombre a su descubridor Halfen (1850).

alfeñique n.m. Persona delicada de cuerpo y complexión.

alférez n.m. MILIT **1.** Oficial que llevaba la bandera en la infantería, y el estandarte en la caballería. **2.** Oficial del ejército español que sigue en categoría al teniente. — *Alférez provisional.* Empleo de carácter provisional y equivalente al de alférez, que se concedía en el Ejército Nacional durante la Guerra Civil española (1936-1939). **3.** *Amér.* Persona elegida para pagar los gastos en un baile o cualquiera otra fiesta. **4.** *Bol.* y *Perú.* Cierto cargo municipal en los pueblos de indios. ▷ *Guat.* y *Hond.* Entre personas de confianza, palabra con que se designa a una de ellas, sin nombrarla.

alfil n.m. Pieza del juego de ajedrez.

alfiler n.m. **I. 1.** Clavillo de metal, con punta por uno de sus extremos y una cabecilla por el otro, que sirve generalmente para prender o sujetar elementos de una prenda antes de coserla. — *Arg. Alfiler de gancho.* Imperdible. **2.** Joya más o menos preciosa, que se usa para sujetar alguna prenda del traje, o por adorno. *Alfiler de corbata, de pecho.* **II. 1.** BOT Árbol leguminoso de la isla de Cuba, cuya madera, compacta, se emplea en la construcción. **2.** *Cuba.* Carne del lomo de las reses. **III.** BOT Planta geraniácea, de tallo grueso con hojas grandes. • **alfilerazo** n.m. **1.** Punzada de alfiler. **2.** Fig. Pulla. • **alfiletero** n.m. **1.** Estuche o tubo para tener en él alfileres y agujas. **2.** Acerico.

alfilerillo n.m. **1.** *Arg.* y *Chile.* Planta herbácea, parecida a un alfiler que se usa como forraje **2.** *Méx.* Insecto que ataca a la planta del tabaco.

alfombra n.f. **1.** Tejido de lana o de otras materias, y de varios dibujos y colores, con que se cubre el piso. **2.** Fig. Conjunto de cosas que cubren el suelo.

alfóncigo n.m. BOT **1.** Árbol de la familia de las anacardiáceas, de unos tres metros de altura, hojas compuestas y fruto comestible. Del tronco y de las ramas se extrae la almáciga. **2.** Fruto de este árbol.

alforfón n.m. Cereal (familia poligonáceas) llamado también *trigo sarraceno*, cuyos granos son ricos en almidón. ▷ Harina hecha con granos de alforfón.

alforja n.f. **1.** Especie de talega abierta por el centro y cerrada por sus extremos, los cuales forman dos bolsas grandes donde se guardan algunas cosas que han de transportarse. **2.** Provisión de los comestibles necesarios para el camino. • **alforjero,a** **1.** adj. Perteneciente a las alforjas. **2.** n.m. y f. Persona que hace o vende alforjas. ▷ Persona destinada a llevar en la alforja la comida para otras. **3.** n.m. Lego mendicante que recoge la limosna en alforjas.

alforza n.f. **1.** Pliegue o doblez que se hace en ciertas prendas como adorno o para acortarlas. **2.** Fig. y Fam. Cicatriz.

alga n.f. BOT Cualquiera de las plantas talofitas, unicelulares o pluricelulares, que viven en el agua, y que, en general, están provistas de clorofila. ▷ pl. BOT Clase de estas plantas. ENCICL El aparato vegetativo de las algas, muy rudimentario, se llama talo; este numeroso grupo comprende desde seres unicelulares hasta formas de talos gigantes y muy ramificados. La reproducción sexuada determina las modificaciones genéticas, en cambio la vegetativa es a menudo muy eficaz para la multiplicación y la diseminación de las especies. Además de poseer clorofila, las algas están provistas de pigmentos asimiladores. Según el color de éstos se clasifican en: *rodofíceas* o algas rojas, *clorofíceas* o verdes y *feofíceas* o marrones; las *cianofíceas* o azules se clasifican actualmente dentro del grupo de las bacterias. La asociación de un alga y un hongo constituye un liquen; estos tres grupos de criptógamas se denominan talofitas (plantas con talo). Las algas son esencialmente acuáticas; las aéreas viven en atmósferas húmedas. Se encuentran en casi todas partes, sobre todo en las aguas dulces y en el mar, donde forman parte primordial del bentos y del plancton, siendo de esta manera el primer eslabón de la cadena alimentaria. El hombre las utiliza como abono o forraje y de ellas se extraen diversos mucílagos (agar-agar, algina.

algaida n.f. Bosque o sitio lleno de matorrales espesos.

1. algalia **I.** n.f. **1.** Sustancia untuosa. Se saca de la bolsa que cerca del ano tiene el gato de *algalia* y se emplea en perfumería. **2.** BOT Abelmosco. **II.** n.m. Gato de algalia.

2. algalia n.f. CIR Sonda usada en las operaciones de la vejiga, para la dilatación de la uretra, y especialmente para dar curso y salida a la orina.

algar n.m. Mancha grande de algas en el fondo de la mar.

algara n.f. **1.** Tropa de a caballo que salía a correr y robar la tierra del enemigo. **2.** Correría de esta tropa.

1. algarabía n.f. **1.** Fig. y Fam. Griterío confuso. **2.** Fig. y Fam. Manera de hablar atropelladamente. **3.** Fig. y Fam. Lengua o escritura ininteligible. **4.** Lengua árabe.

2. algarabía n.f. BOT Planta anua silvestre, de la familia de las escrofulariáceas, de 60 a 80 cm de altura, de tallo nudoso. De esta planta se hacen escobas.

algarada n.f. **1.** Algara. **2.** Vocerío grande causado por algún tropel de gente.

algarroba n.f. BOT **1.** Planta anua de la familia de las papilionáceas cuyo fruto, seco, se da de comer a las palomas, bueyes y caballos. **2.** Semilla de esta planta. **3.** Fruto del algarrobo, una vaina azucarada y comestible. • **algarrobilla** n.f. Arveja (planta y semilla de la algarroba). • **algarrobo** n.m. BOT Árbol siempre verde, de la familia de las papilionáceas, de ocho a diez metros de altura, cuyo fruto es la algarroba. — *Algarrobo loco.* Ciclamor.

algavaro n.m. ZOOL Insecto coleóptero, del suborden de los tetrámeros, de más de 20 mm de longitud.

algazara n.f. **1.** Ruido de muchas voces alegres juntas. **2.** Ruido, griterío, aunque sea de una sola persona.

algazul n.m. BOT Planta anua de la familia de las aizoáceas, de unos 50 cm de altura. Es planta de las estepas, y sus cenizas se utilizan para hacer barrilla.

álgebra n.f. Parte de las matemáticas, que tiene como objeto la generalización del cálculo numérico.
ENCICL El álgebra es una ciencia antigua cuyos orígenes se remontan al segundo milenio a. J.C. (descubrimiento de los números enteros, racionales e irracionales por los babilonios y más tarde por los egipcios), pero que aún hoy es objeto de una rigurosa normalización (trabajos de Nicolás Bourbaki, que la han separado del análisis). Los matemáticos griegos Pitágoras, Euclides, Eudoxo y Arquímedes se interesaron por el álgebra desde el punto de vista geométrico. En el s. III d. J.C., Diofanto utilizó una letra para representar una incógnita, marcando de esta manera la diferencia entre la aritmética y el álgebra. En la Edad Media, los hindúes inventaron el cero y los números negativos. Los árabes perfeccionaron estos descubrimientos, que durante el s. XV llegaron a Italia, desde donde se extendieron por toda Europa. El álgebra *clásica*, ligada a los nombres de los franceses Viète y Descartes, permite efectuar cálculos en base a letras y no a números. El álgebra *contemporánea* tiene como base el estudio de las estructuras y los espacios vectoriales. Se fundamenta en la teoría de conjuntos desarrollada en 1910 por Steinitz. En el siglo XIX, destacan los trabajos de Morgan, Boole (álgebra de la lógica) y Cayley (introducción a la noción de matriz).

algente adj. POÉT De temperatura fría.

algia n.f. MED Dolor.

-algia Elemento compositivo que entra pospuesto en la formación de algunas voces españolas con el significado de «dolor».

álgido,a adj. **1.** Muy frío. **2.** MED Acompañado de frío glacial, como *fiebre álgida.* **3.** Fig. Dícese del momento o período crítico o culminante de algunos procesos orgánicos, físicos, políticos, sociales, etc.

algo **I. 1.** Pron. indet. con que se designa una cosa que no se quiere o no se puede nombrar. *Leeré algo mientras vuelves.* **2.** También denota cantidad indeterminada, grande o pequeña. *Apostemos algo.* **II.** adv.c. Un poco, no completamente o del todo, hasta cierto punto. *Anda algo escaso de dinero.*

algodón n.m. BOT **1.** Planta malvácea, con tallos verdes, que enrojecen al florecer. Su fruto contiene 15 o 20 semillas, envueltas en una borra larga y blanca. **2.** La borra del algodón y los tejidos hechos con ella. ▷ Dicha borra, limpia y esterilizada, presentada en el comercio para diversos usos. ▷ Trozo de dicha borra que se emplea para limpiar una herida, taponarla, obstruir los oídos, empapar medicamentos o productos que han de aplicarse a la piel, etc. **3.** Hilado o tejido hecho de borra de algodón. — Fig. y Fam. *Estar uno criado entre algodones.* Estar criado con delicadeza. • **algodonal** n.m. **1.** Terreno poblado de plantas de algodón. **2.** Algodón, planta. • **algodonar** v.tr. Estofar o rellenar de algodón alguna cosa. • **algodoncillo** n.m. BOT Planta perenne americana, de la familia de las asclepiadáceas, cuyas semillas dan una borra parecida a la del algodón. • **algodonero,a** **1.** adj. Perteneciente o relativo al algodón. **2.** n.m. y f. Persona que trata en algodón. **3.** n.m. Algodón, planta. • **algodonosa** n.f. Planta de la familia de las compuestas, de 30 a 40 cm de altura, cubierta de una borra blanca, semejante al algodón.

algol n.m. INFORM Lenguaje de programación utilizado en el cálculo científico, que facilita la escritura de algoritmos.

algonquinos, indios americanos establecidos en la región de los Grandes Lagos y más particularmente al NO del río San Lorenzo.

algoritmia n.f. Ciencia del cálculo aritmético y algebraico; teoría de los números.

algoritmo n.m. MAT Procedimiento de cálculo para obtener un resultado mediante un número finito de aplicaciones de una regla. — *Algoritmo de Euclides.* El que permite calcular el máximo común divisor de dos números enteros

alguacil n.m. **1.** Oficial inferior de justicia, que ejecuta las órdenes de un tribunal. **2.** Antiguamente, gobernador de una ciudad o comarca, con jurisdicción civil y criminal. **3.** ZOOL Especie de araña de patas cortas, de unos seis milímetros de largo. Persigue a las moscas. • **alguacilillo** n.m. Cada uno de los dos alguaciles que en las plazas de toros preceden a la cuadrilla durante el paseo.

alguien **1.** Pron. indet. con que se significa vagamente una persona cualquiera, que no se nombra ni determina. **2.** n.m. Fam. Persona de alguna importancia.

algún adj. Apócope de *alguno.* No se emplea sino antepuesto a nombres masculinos. — *Algún tanto.* Un poco, algo.

alguno,a **1.** adj. Que se aplica indeterminadamente a una persona o cosa con respecto a varias o muchas. En frases de sentido negativo equivale a ninguno. *En modo alguno.* ▷ Ni poco ni mucho; bastante. *De alguna duración.* **2.** pron.indet. Alguien. *¿Ha venido alguno?* — *Alguno que otro.* Unos cuantos, pocos.

alhaja n.f. **1.** Joya. **2.** Adorno o mueble precioso. **3.** Fig. Cualquiera otra cosa de mucho valor y estima. **4.** Fig. y Fam. Persona o animal de excelentes cualidades. Se usa frecuentemente en sentido irónico. — *¡Buena alhaja!* Expr. irón. que se aplica a la persona pícara, viciosa, o a la que es astuta, avisada y traviesa. • **alhajar** v.tr. **1.** Adornar con alhajas. **2.** Amueblar

alharaca n.f. Extraordinaria demostración con que por ligero motivo se manifiesta la vehemencia de algún sentimiento.

alharma o **alhárgama** n.f. Planta de la familia de las rutáceas, de unos 40 cm de altura, y cuyas semillas sirven de condimento en Oriente, y también se comen tostadas.

alhelí n.m. Planta vivaz, europea, de la familia de las crucíferas, que se cultiva para adorno.

alheña n.f. **1.** Arbusto de la familia de las oleáceas, de unos dos metros de altura. **2.** Flor de este arbusto. **3.** Polvo a que se reducen las hojas de la alheña. Sirve para teñir. **4.** Azúmbar (planta). **5.** Tizón.

alholva n.f. BOT **1.** Planta de la familia de las papilionáceas, de 20 a 30 cm de altura. **2.** Semilla de esta planta.

alhóndiga n.f. Casa pública destinada para la compra y venta de trigo.

alhucema n.f. Espliego. • **alhucemilla** n.f. Planta de la familia de las labiadas, de tallo leñoso.

alhuceña n.f. Planta anua de la familia de las crucíferas, con tallo recto de unos 30 cm de altura.

aliabierto,a adj. Abierto de alas.

aliáceo,a adj. Perteneciente al ajo o que tiene su olor o sabor.

aliado,a **I.** n. y adj. Se dice de la persona con quien uno se ha unido y coligado. **II.** adj. **1.** Se dice del estado, país, ejército, etc., que se une a otro para un determinado fin. **2.** QUIM Se dice del metal unido con otro u otros, por medio de las aleaciones. **III.** n.m.pl. Países que han firmado una alianza para luchar contra otro, especialmente los países opuestos a Alemania en el curso de la primera y de la segunda Guerra Mundial. • **aliadófilo,a** n. y adj. Dícese del que durante la guerra europea de 1914 fue partidario de las naciones aliadas en contra de Alemania.

alianza n.f. **1.** Acción de aliarse dos o más naciones, gobiernos o personas. **2.** Pacto o convención. **3.** Conexión o parentesco contraído por casamiento. **4.** Anillo matrimonial o de esponsales. **5.** Fig. Unión de cosas que concurren a un mismo fin.

aliar **1.** v.prnl. Unirse o coligarse, en virtud de tratado, los príncipes o Estados unos con otros para defenderse de los enemigos o para atacarlos. **2.** Unirse o coligarse con otro.

aliara n.f. Cuerna, vaso.

aliaria n.f. Planta de la familia de las crucíferas, con tallos cilíndricos, duros y ramosos, de unos 70 cm de largo, cuyo fruto sirve para condimento.

alias **1.** adv.lat. De otro modo, por otro nombre. *Alfonso Tostado, alias el Abulense.* **2.** n.m. Apodo.

alibí n.m. DER Coartada.

alicaído,a adj. **1.** Caído de alas. **2.** Fig. y Fam. Débil, falto de fuerzas. **3.** Fig. y Fam. Dícese del que ha decaído de su poder o posición.

alicante o **alicántara** n.m. **1.** Especie de víbora, de 70 a 80 cm de largo. Es muy venenosa. **2.** *Méx.* Culebra no venenosa del género *Pituophic.*

alicantino,a **1.** n. y adj. Natural de Alicante. **2.** adj. Perteneciente o relativo a esta provincia o a su capital.

alicatado n.m. Obra de azulejos, generalmente de estilo árabe.

alicatar v.tr. **1.** Azulejar. **2.** ARQUIT Cortar o raer los azulejos para darles forma conveniente.

alicate n.m. **1.** Tenaza pequeña de acero con brazos encorvados que sirve para coger y sujetar objetos menudos o para torcer metales. (Se usa también en pl.) — *Alicate de corte.* El que tiene las puntas en forma de cuchillas y se emplea, sobre todo por los electricistas, para cortar cables. **2.** *P. Rico.* Fig. Cómplice, encubridor.

aliciente n.m. Atractivo o incentivo.

alicortar v.tr. **1.** Cortar las alas. **2.** Herir a las aves en las alas dejándolas impedidas para volar. • **alicorto,a** adj. **1.** Que tiene las alas cortas o cortadas. **2.** Fig. De escasa imaginación o modestas aspiraciones.

alicuanta adj. MAT *Parte alicuanta* de un número: parte no contenida un número exacto de veces en un todo. *7 es parte alicuanta de 30.*

alícuota adj. MAT *Parte alícuota* de un número: parte contenida un número exacto de veces en ese número. *3 es parte alícuota de 18.*

alidada n.f. TOPOGR Regla fija o móvil que lleva perpendicularmente y en cada extremo una pínula o un anteojo. Sirve para dirigir visuales.

alienar **1.** v.tr. y prnl. Enajenar. **2.** v.tr. Producir locura. • **alienación** n.f. **1.** Acción y efecto de alienar. **2.** FOR Acto por el cual se traspasa la propiedad de una cosa. **3.** MED Término genérico de todos los trastornos intelectuales. **4.** Estado de ánimo, individual o colectivo, en que el hombre se siente ajeno a su trabajo o a su vida auténtica. ▷ Proceso mediante el cual el hombre o una colectividad transforman su conciencia hasta hacerla contradictoria con su condición. **5.** Para Marx, condición del hombre que no posee ni el producto ni los instrumentos de su trabajo. P. ext., servidumbre del ser humano, debida a coacciones exteriores y que conduce a la desposesión de sí mismo, de sus facultades, de su libertad. • **alienado,a** n. y adj. Loco, demente. • **alienante** adj. Dícese de lo que produce alienación. • **alienista** n. y adj. Dícese del médico especialmente dedicado al estudio y curación de las enfermedades mentales.

aliento n.m. **1.** Acción de alentar. **2.** Respiración, aire que se respira. **3.** Fig. Ánimo, esfuerzo, valor. **4.** Fig. Soplo. — *De un aliento.* Sin tomar nueva respiración. — Fig. Sin detenerse, seguidamente.

alifafe n.m. **1.** Fam. Achaque generalmente leve. **2.** VETER Tumor sinovial que, por el trabajo excesivo, suele desarrollarse en los corvejones de los caballos.

alifático,a adj. Dícese del compuesto orgánico cuya estructura molecular es una cadena abierta.

alífero,a adj. Alígero.

aligación n.f. Ligazón, trabazón o unión de una cosa con otra.

aligátor n.m. Cocodrilo de hocico corto. • **aligatóridos** n.m.pl. Familia de cocodrilos que comprende los aligátores y los caimanes.

aligerar **I.** v.tr. y prnl. Hacer ligero o menos pesado. **II.** v.tr. **1.** Abreviar, acelerar. **2.** Fig. Aliviar, moderar, templar.

1. alijar n.m. **1.** Dehesa. **2.** Aduar de beduino. **3.** Cortijo. **4.** Serranía. **5.** Terreno inculto. • **alijarar** v.tr. Repartir las tierras incultas para su cultivo.

2. alijar v.tr. **1.** MAR Aligerar la carga de una embarcación. **2.** Transbordar o echar en tierra géneros de contrabando. **3.** AGRIC Separar la borra de la simiente del algodón. • **alijo** n.m. **1.** Acción de alijar. **2.** Conjunto de géneros o efectos de contrabando.

alilo n.m. QUIM Radical monovalente $CH_2{=}CH{-}CH_2$.

alimaña n.f. Animal perjudicial a la caza menor o a la ganadería. • **alimanero** n.m. Guarda de caza empleado en la destrucción de alimañas.

alimentar **I.** v.tr. y prnl. Dar alimento, sustentar. **II.** v.tr. Suministrar a una máquina, sistema o proceso, la materia, la energía o los datos que necesitan para su funcionamiento. **3.** Fig. Hablando de virtudes, vicios y afectos, sostenerlos, fomentarlos. **4.** FOR Suministrar a alguna persona lo necesario para su subsistencia. • **alimentación** n.f. **1.** Acción y efecto de alimentar o alimentarse. **2.** Conjunto de lo que se toma o se proporciona como alimento. **3.** TECN Aprovisionamiento de fluidos o de materias necesarias para el funcionamiento de las máquinas. • **alimentador,a** n. y adj. Que alimenta. — ELECTRON *Alimentador estabilizado.* Dispositivo utilizado para suministrar una tensión o una intensidad constante. • **alimentario,a** adj. Propio de la alimentación o referente a ella. • **alimenticio,a** adj. **1.** Que alimenta o tiene la propiedad de alimentar. **2.** Referente a los alimentos o a la alimentación. • **alimento** n.m. **1.**

Cualquier sustancia que sirve para nutrir por medio de la absorción y de la asimilación. **2.** Cualquiera de las sustancias que los seres vivos toman o reciben para su nutrición. ▷ Fig. Lo que sirve para mantener la existencia de algunas cosas. ▷ Fig. Tratándose de cosas incorpóreas, como virtudes, vicios, etc., sostén, fomento. **3.** pl. Asistencias que se dan para el sustento adecuado de alguna persona a quien se deben por ley.

alimoche n.m. Pequeño buitre.

alimón (al) m. adv. **1.** Se dice de la suerte del toreo en que dos lidiadores, asiendo cada cual de uno de los extremos de un solo capote, citan al toro y lo burlan. **2.** P. ext., se aplica a algunas actividades hechas en colaboración.

alindar v.tr. Señalar los lindes de algo. • **alindamiento** n.m. Acción y efecto de alindar.

alinde (de) loc. adj. De aumento. *Cristal, espejo, ojos de alinde.*

alinear **1.** v.tr. y prnl. Poner en línea recta. **2.** v.tr. Incluir a un jugador en las líneas de un equipo deportivo para un determinado partido. • **alineación** n.f. Acción y efecto de alinear o alinearse.

alinfocitosis n.f. MED Ausencia de linfocitos en la sangre y en los órganos linfáticos.

aliñar v.tr. **1.** Aderezar; condimentar; preparar; mezclar bebidas. **2.** *Chile.* Arreglar o concertar los huesos dislocados. • **aliñador 1.** n. y adj. Que aliña. **2.** n.m. y f. *Chile.* Algebrista de huesos. • **aliño** n.m. **1.** Acción y efecto de aliñar o aliñarse. **2.** Aquello con que se aliña.

alioli n.m. Salsa hecha con aceite y ajos machacados.

alionín n.m. Pájaro de unos siete centímetros de largo, de color negro azulado.

alisadura n.f. **1.** Acción y efecto de alisar o alisarse. **2.** pl. Partes menudas que quedan de la madera, piedra u otra cosa que se ha alisado.

alisar **1.** v.tr. y prnl. Poner lisa alguna cosa. **2.** v.tr. Arreglar el cabello pasando ligeramente el peine sobre él.

alisios n.m.pl. y adj. Vientos regulares que soplan durante todo el año en la zona intertropical (de NE a SO en el hemisferio N, y de SE a NO en el hemisferio S), debido a la casi permanencia de los anticiclones sobre las regiones subtropicales y de las bajas presiones sobre las regiones ecuatoriales

alismatáceo,a o **alismáceo,a** n.f. y adj. BOT Se dice de plantas angiospermas monocotiledóneas, acuáticas, comúnmente perennes, como la alisma y el junco florido. ▷n.f.pl. BOT Familia de estas plantas.

aliso n.m. **1.** Árbol de la familia de las betuláceas, de 10 a 12 m de altura. Su madera, que es muy dura, se emplea en la construcción de instrumentos de música y otros muchos objetos. ▷ Madera de este árbol. — *Aliso negro.* Arraclán (árbol).

alistamiento n.m. **1.** Acción y efecto de alistar o alistarse, inscribir a uno en lista. **2.** Conjunto de mozos a quienes cada año obliga el servicio militar.

alistar **I.** v.tr. y prnl. **1.** Escribir en lista a alguno. **2.** Prevenir, aparejar, disponer. **II.** v. prnl. Sentar plaza en la milicia. **III.** v.tr. *C. Rica* y *Nicar.* Acoplar y coser las piezas del calzado.

aliteración n.f. **1.** RET Repetición notoria del mismo o de los mismos sonidos en una frase. ▷ RET Figura que, mediante la repetición notoria de fonemas, contribuye a la estructura o expresividad del verso. **2.** Defecto del estilo en que el hablante o el escritor repiten un mismo sonido o grupo de sonidos.

alitierno n.m. Aladierna.

alitranco n.m. *C. Rica* y *Hond.* Hebilla de los pantalones y chalecos.

aliviadero n.m. Vertedero de aguas sobrantes embalsadas o canalizadas.

aliviar **I.** v.tr. y prnl. **1.** Quitar a una persona o cosa parte del peso que sobre ella carga. **2.** Fig. Mitigar la enfermedad, o dar mejoría al enfermo. **3.** Fig. Disminuir las fatigas del cuerpo o las preocupaciones. **II.** v.tr. **1.** Aligerar. **2.** Dejar que un líquido salga por el aliviadero de un recipiente. **3.** Fig. Acelerar el paso. **4.** Fig. Tratándose de alguna obra, aligerarla o apresurarla.

alivio n.m. Acción y efecto de aliviar o aliviarse. — Fam. y Fig. *De alivio.* Locución con que se pondera, generalmente por antífrasis, la condición de alguna persona.

alizar n.m. Friso de azulejos en la parte inferior de las paredes de los aposentos. ▷ Cada uno de estos azulejos.

alizarina n.f. Materia colorante que se extrae de la raíz de rubia.

aljaba n.f. Caja portátil para flechas y pendiente de una cuerda o correa con que se colgaba del hombro.

1. aljama n.f. **1.** Junta de moros o judíos. **2.** Sinagoga. **3.** Morería o judería.

2. aljama n.f. Mezquita.

aljamía n.f. Nombre con que designaban los musulmanes a la lengua castellana.

aljez n.m. Mineral de yeso.

aljibe n.m. **1.** Cisterna. ▷ *Col.* Pozo de agua. **2.** Embarcación acondicionada para el transporte de agua dulce. ▷ Cada una de las cajas metálicas en que se tiene el agua a bordo.

aljófar n.m. Perla pequeña de figura irregular. ▷ Conjunto de perlas de esta clase. Fig. Cosa parecida al aljófar, como las gotas de rocío.

alma n.f. **1.** Sustancia espiritual e inmortal que informa al cuerpo humano, y con él constituye la esencia del hombre. ▷ Entidad consciente, sensible y voluntaria que preside todos los actos inteligentes o afectivos del hombre. ▷ Principio interior o fuerza vital. **2.** Fig. Persona, individuo. — Fig. *No se ve un alma.* ▷ Sustancia o parte principal de cualquier cosa. **3.** Fig. Viveza, energía. *Este retrato tiene mucha alma.* **4.** FIS Lo que da espíritu, aliento y fuerza a alguna cosa.

alma mater n.f. «Madre benefactora»; expresión latina aplicada a veces a la universidad.

almacén n.m. **1.** Lugar donde se guardan géneros de cualquier clase. — MAR *Almacén de agua.* Aljibe que se instala en la cubierta principal del buque. **2.** Local donde los géneros en él existentes se venden. **3.** IMP Cada una de las cajas que contiene un juego de matrices de un mismo tipo con que trabaja una linotipia. • **almacenado** n.m. Cantidad de vino que se guarda en la bodega para criarlo. • **almacenaje** n.m. **1.** Acción y efecto de almacenar. **2.** Derecho que se paga por guardar las cosas en un almacén. • **almacenar** v.tr. **1.** Poner o guardar en almacén. **2.** Reunir o guardar muchas cosas. • **almacenista** n.m. y f. **1.** Dueño de un almacén. **2.** Persona que despacha los géneros que en él se venden.

almacería n.f. **1.** Almáciga cubierta. **2.** Cerca que rodea alguna huerta o casa de campo.

1. almáciga n.f. Resina que se extrae de una variedad de lentisco.

2. almáciga n.f. Lugar en donde se siembran las semillas de las plantas para trasplantarlas después a otro sitio.

almácigo n.m. **1.** Lentisco (arbusto). **2.** BOT Árbol de la isla de Cuba, de la familia de las burseráceas, que llega hasta ocho metros de altura. Su fruto sirve de alimento a los cerdos; sus hojas, de pastos a las cabras, y su resina se emplea en medicina.

almádena o **almádana** n.f. Mazo de hierro con mango largo, para romper piedras.

almadía n.f. **1.** Canoa usada en la India. **2.** Armadía.

almadraba n.f. Pesca de atunes. ▷ Lugar donde se hace esta pesca. ▷ Red o cerco de redes con que se pescan los atunes. ▷ pl. Tiempo en que se pesca el atún.

almagre n.m. **1.** Óxido rojo de hierro que suele emplearse en la pintura. **2.** Fig. Marca, señal. • **almagrar** v.tr. **1.** Teñir de almagre. **2.** Fig. Notar, señalar con alguna marca.

almajara n.f. Terreno abonado con estiércol reciente para que germinen las semillas.

almanaque n.m. Registro que comprende todos los días del año, distribuidos por meses, con datos astronómicos, santos y festividades civiles o religiosas.

almandina n.f. MINER Granate alumínico ferroso llamado también *carbunclo.*

almarada n.f. **1.** Puñal agudo de tres aristas y sin corte. **2.** Aguja grande para coser alpargatas. **3.** Barreta cilíndrica de hierro, con un mango, usada en los hornos de fundición de azufre.

almarjo n.m. **1.** Cualquiera de las plantas que dan barrilla. **2.** Barrilla, cenizas de esta planta.

almarrá n.m. Cilindro de hierro, que sirve para alijar el algodón oprimiéndolo contra una tabla.

almazara n.f. Molino de aceite.

almeja n.f. ZOOL Molusco lamelibranquio, dimiario, marino, cuyas valvas, de unos tres a cuatro centímetros de largo, tienen estrías radiales. Su carne es comestible. ▷ *Almeja de río.* Molusco lamelibranquio, dimiario, que vive en las aguas dulces; la capa de las valvas se utiliza en la industria para la fabricación de botones de nácar.

almena n.f. Cada uno de los prismas defensivos que coronan los muros de las antiguas fortalezas. • **almenado, a 1.** adj. Que tiene figura de almena. ▷ Fig. Guarnecido o coronado de adornos o cosas de figura de almenas. **2.** n.m. Almenaje.

1. almenar n.m. Pie de hierro donde se clavaban teas que servían para alumbrarse en las cocinas de las aldeas. • **almenara** n.f. **1.** Fuego que se hace como señal en las atalayas o torres. **2.** Candelero sobre el cual se ponían candiles de muchas mechas. **3.** Almenar.

2. almenar v.tr. Coronar de almenas un edificio.

almendra n.f. **I.** Fruto del almendro: es una drupa oblonga envuelta en una película de color canela. ▷ Este fruto desprovisto de la envoltura. ▷ Semilla de este fruto. ▷ Semilla carnosa de cualquier fruto drupáceo. — *Almendra amarga.* La del almendro amargo, que es tóxica. — *Almendra dulce.* La que es comestible, por contraposición a la amarga. **II.** **1.** Fig. Diamante de figura de almendra. **2.** Fig. Cada una de las piezas de cristal que se cuelgan por adorno en las arañas, candelabros, etc. **3.** Fig. Piedra o guijarro pequeño. **4.** ARQUIT Adorno de moldura en forma de almendra. • **almendrada** n.f. Bebida compuesta de leche de almendras y azúcar. • **almendrado,a 1.** adj. De figura de almendra. **2.** Pasta hecha con almendras, harina y miel o azúcar.

almendrilla n.f. **1.** Lima rematada en figura de almendra que usan los cerrajeros. **2.** Piedra que se emplea en reparaciones del firme de las carreteras.

almendro n.m. Árbol de la familia de las rosáceas. • **almendrón** n.m. Árbol de la familia de las mirtáceas, originario de Jamaica y de fruto pequeño. ▷ Fruto de este árbol. • **almendruco** n.m. Fruto tierno del almendro.

almenilla n.f. Adorno en figura de almena, usado en vestidos.

almeriense, 1. n. y adj. Natural de Almería. **2.** adj. Perteneciente o relativo a esta provincia o a su capital.

almete n.m. **1.** Cabezal de la armadura antigua. **2.** Soldado que usaba esta pieza.

almez n.m. BOT Árbol de la familia de las ulmáceas, de unos 12 a 14 m de altura. ▷ Madera de este árbol. • **almeza** n.f. Fruto del almez. Es una drupa comestible redonda.

almiar n.m. Pajar al descubierto, con un palo largo en el centro, alrededor del cual se va apretando la mies, la paja o el heno. ▷ Montón de paja o heno formado así para conservarlo todo el año.

almíbar n.m. Azúcar disuelto en agua y cocido al fuego hasta que toma consistencia de jarabe. ▷ Dulce de almíbar. • **almibarado,a** adj. Fig. y Fam. Meloso y dulce. Aplícase al lenguaje de esta clase y a la persona que lo emplea. • **almibarar** v.tr. Bañar o cubrir con almíbar.

almicantarat n.f. Cada uno de los círculos paralelos al horizonte que se suponen descritos en la esfera celeste, para determinar la altura de los astros.

almidón n.m. QUIM Fécula, especialmente de las semillas de los cereales. — ▷ *Almidón animal.* Glucógeno.
ENCICL Polióxido de fórmula $(C_6H_{10}O_5)n$ formado por moléculas de glucosa asociadas en largas cadenas lineales *(amilosas)* o ramificadas *(amilopectinas)* por uniones oxídicas *(puente de oxígeno)*. Es un subproducto de la síntesis de la clorofila en las hojas y constituye la principal reserva glucídica de las semillas (cereales, legumbres, etc.) y de los tubérculos (patatas). En la industria, se emplea en la preparación de glucosa por hidrólisis, el pegado del papel y el apresto de los tejidos.

almidonar v.tr. Mojar la ropa blanca en almidón desleído en agua. • **almidonado** n.m. Acción y efecto de almidonar. ▷ adj. Fig. y Fam. Se dice de la persona ataviada con excesiva pulcritud.

almilla n.f. **1.** Especie de jubón ajustado al cuerpo. ▷ Jubón cerrado que se ponía debajo de la armadura. **2.** Tira ancha de carne sacada del pecho de los cerdos. **3.** CARP Espiga de los maderos para ensamblar; clavo de madera.

almimbar n.m. Púlpito de las mezquitas.

alminar n.m. Torre de las mezquitas, elevada y poco gruesa, desde donde convoca el almuédano a los fieles a la oración.

almiranta n.f. Nave que mandaba el segundo jefe de una armada.

almirantazgo n.m. **1.** Alto tribunal o consejo de la armada. **2.** Juzgado particular del almirante. **3.** Derecho que pagaban las embarcaciones mercantes que entraban en los puertos españoles. **4.** Término jurisdiccional del almirante. **5.** Dignidad de almirante.

almirante n.m. **1.** El que desempeña en la armada el cargo que equivale al de teniente general en los ejércitos de tierra. **2.** El que tenía jurisdicción absoluta sobre las armadas. **3.** HIST *Almirante de Castilla.* Cargo que, relacionado con el mando de la marina de guerra hacia el s. XIV, pasó a ser simplemente honorífico.

almirez n.m. Mortero pequeño de metal u otro material duro.

almizate n.m. **1.** Punto central del harneruelo en los techos artesonados. **2.** Harneruelo.

almizcate n.m. Patio, común entre dos edificios.

almizclar v.tr. Aderezar o aromatizar con almizcle. • **almizcle** n.m. FARM Sustancia odorífera de sabor amargo. Extraída del almizclero, se emplea en medicina y perfumería. ▷ *Hond.* Sustancia grasa que algunas aves tienen junto a la cola y les sirve para hacer más impermeables las plumas. • **almizcleña** n.f. Planta perenne de la familia de las liliáceas, parecida la jacinto, cuyas flores despiden olor de almizcle. • **almizcleño,a** adj. Que huele a almizcle.

almizclera n.f. Desmán.

almizclero,a 1. adj. Almizcleño. **2.** n.m. Animal rumiante, sin cuernos, parecido al cabrito, que tiene en el vientre una bolsa ovalada en que secreta el almizcle.

almocafre n.m. Instrumento que sirve para escardar y limpiar la tierra de malas hierbas, y para trasplantar plantas pequeñas.

almocri n.m. Lector del Alcorán en las mezquitas.

almodrote n.m. Salsa compuesta de aceite, ajos, queso etc. ▷ Fig. y Fam. Mezcla confusa de varias cosas o especies.

almófar n.m. Especie de cofia de malla, sobre la cual se ponía el capacete.

almogávares, guerreros que durante la Reconquista (v. ídem) habitaban en las zonas fronterizas y participaban en guerras e incursiones combatiendo generalmente a pie. En tiempo de paz vivían del botín obtenido. En 1303, un grupo de estos guerreros emprendió una expedición a Oriente para defender las posesiones del emperador Andrónico de Constantinopla, amenazadas por el avance turco. Durante la campaña Roger de Flor (v. ídem), su caudillo, fue asesinado, por lo cual llevaron a cabo lo que se conoce como *Venganza catalana* (v. ídem).

almohada n.f. **1.** Bolsa rellena de material blando para reclinar sobre ella la cabeza en la cama. ▷ Funda en que se mete la almohada. — Fig. y Fam. *Consultar con la almohada.* Meditar con el tiempo necesario algún asunto. **2.** ARQUIT Almohadilla de un sillar. **3.** Trozo prismático de madera, que sirve de soporte.

almohade n. y adj. **1.** Se dice de cada uno de los seguidores del africano Aben Tumart, que, proclamándose *Mahdi* (Mesías) y acusando de politeístas a los demás musulmanes, fanatizó en 1120 las tribus occidentales de África, y fundó un nuevo imperio con ruina del de los almorávides. **2.** adj. Perteneciente a los almohades.
ENCICL La dinastía beréber de los almohades comenzó a principios del s. XII como un movimiento religioso y posteriormente cobró significación política al enfrentarse con la dinastía almorávide y vencerla, iniciando un proceso de conquista que extendió su dominio desde Túnez hasta la península Ibérica. A pesar de que la capital oficial del imperio era Marrakech, la ciudad más importante fue Sevilla, que se benefició con numerosos monumentos, entre ellos la Giralda y el Alcázar. Fue una época de florecimiento del arte y la cultura, destacando la obra de Averroes. En 1269, con la toma de Marrakech, los benimerines terminaron definitivamente con la dinastía almohade.

almohadilla n.f. **I. 1.** Acerico. **2.** Cojincillo que se coloca sobre los asientos duros. **3.** Cojincillo que hay en las guarniciones de los caballos de tiro. ▷ Carnosidad que produce la silla a los caballos. **II.** ARQUIT Parte lateral de la voluta del capitel jónico. **III.** *Chile.* Agarrador para coger la plancha. • **almohadillar** v.tr. **1.** ARQUIT Labrar los sillares de modo que tengan almohadillas. **2.** Acolchar.

almohadón n.m. **1.** Almohada que sirve para sentarse, recostarse o apoyar los pies en él. **2.** ARQUIT Salmer.

almohaza n.f. Instrumento que se compone de una serie de dientes, y el cual sirve para limpiar los caballos.

almoneda n.f. Venta pública de bienes muebles con licitación y puja; y p. ext. se dice de la venta de géneros que se anuncian a bajo precio.

almorávides, miembros de la dinastía beréber que dominó en la península Ibérica entre el 1086 y 1149, constituyendo una transición entre el brillante período de los reinos de taifas del s. XI y el apogeo cultural almohade. El imperio almorávide ocupó gran parte de la península Ibérica y el N de África, con capital en Marrakech, ciudad fundada por el principal conquistador de la dinastía: Yūsuf ibn Tašfīn (1061-1106). La dinastía luchó contra los cristianos encontrando un fuerte enemigo en Alfonso I el Batallador, rey de Aragón, y posteriormente fue derrotada en el enfrentamiento con los almohades.

almorejo n.m. Planta de la familia de las gramíneas, que crece en los campos cultivados.

almorrana n.f. Hemorroide, tumorcillo sanguíneo que se forma en la parte exterior del ano o en la extremidad del intestino recto. (Se usa en plural.)

almorta n.f. **1.** Planta anual de la familia de las papilionáceas, con semilla en forma de muela, por lo que también se denomina así en algunas localidades. **2.** Semilla de esta planta.

almorzar 1. v.int. Tomar el almuerzo. **2.** v.tr. Comer en el almuerzo una u otra cosa. • **almuerzo** n.m. Acción de almorzar. ▷ Comida del mediodía o primeras horas de la tarde.

almotacén n.m. HIST Funcionario que en la España musulmana velaba por evitar los fraudes en el mercado. • **almotacenazgo** n.m. Oficio de almotacén. ▷ Oficina del almotacén. • **almotacenía** o **almotazanía** n.f. **1.** Derecho que se pagaba al almotacén. **2.** Almotacenazgo, oficio. **3.** Lonja de contratación de pescado.

almud n.m. Medida antigua de áridos variable según la localidad.

almuecín o **almuédano** n.m. Musulmán que desde el alminar convoca en voz alta al pueblo para que acuda a la oración.

alo- n.m. Elemento compositivo que, unido a un segundo elemento, indica variación o variante de este último.

alocado,a adj. **1.** Que tiene cosas de loco o parece loco. **2.** Irreflexivo, precipitado. • **alocar** v.tr. y prnl. **1.** Causar locura. **2.** Aturdir.

alocución n.f. Discurso o razonamiento breve dirigido por un superior a sus inferiores.

alodial adj. FOR Libre de toda carga y derecho señorial. Se aplica a tierras, patrimonios, etc. • **alodio** n.m. Tierra, patrimonio o cosa alodial.

áloe o **aloe** n.m. **1.** Planta perenne de la familia de las liliáceas. De sus hojas se extrae un jugo que se emplea en medicina. ▷ Jugo de esta planta. **2.** Agáloco.

alófono n.m. Cada una de las variantes que se dan en la pronunciación de un mismo fonema, según la posición de éste en la palabra o sílaba, según el carácter de los fonemas vecinos, etc.: por ej. la *b* oclusiva de *tumbo* y la fricativa de *tubo* son alófonos del fonema *b*.

aloftalmía n.f. MED Anomalía de la coloración del iris de un mismo ojo o diferencia de coloración de los dos ojos de un mismo individuo.

alogamia n.f. BIOL Fecundación entre dos individuos diferentes o entre dos flores de la misma planta.

alógeno adj. **1.** GEOG Dícese de las poblaciones mezcladas con la raza propia de un país. **2.** GEOL Dícese de los elementos que no se han formado en la roca donde se encuentran.

aloja n.f. **1.** Bebida compuesta de agua, miel y especias. **2.** *Arg.* Chicha.

alojamiento n.m. Acción y efecto de alojar o alojarse. ▷ Lugar donde alguien o algo está alojado.

alojar **I.** v.tr., int. y prnl. Hospedar o aposentar. tr. y prnl. **II.** Colocar una cosa dentro de otra, y especialmente en cavidad adecuada. **III.** v.tr. Colocar la autoridad local a los braceros parados.

alomado,a adj. Que tiene forma de lomo. ▷ Se dice del caballo que tiene el lomo arqueado hacia arriba.

alomar **I.** v.tr. **1.** AGRIC Arar la tierra de manera que quede formando lomos. **2.** EQUIT Repartir, mediante ejercicios, la fuerza que el caballo suele tener en los brazos con más exceso que en los lomos. **II.** v.prnl. **1.** Fortificarse el caballo, quedando apto para la generación. **2.** Encogerse o sentirse de los lomos el caballo.

alometría n.f. BIOL Crecimiento de un órgano, más fuerte o más débil que el de otro órgano o el del conjunto del organismo.

alón n.m. Ala entera de cualquier ave, quitadas las plumas.

alondra n.f. Pájaro de 15 a 20 cm de largo, de color pardo y blanco. Anida en los campos de cereales y come insectos y granos. ▷ *Alondra moñuda.* Cogujada.

alongar **1.** v.tr. Alargar, hacer más larga o más duradera una cosa. **2.** v.tr. y prnl. Alejar.

alopatía n.f. Terapéutica cuyos medicamentos producen en el estado sano fenómenos diferentes de los que caracterizan las enfermedades en que se emplean.

alopecia n.f. Caída o pérdida del pelo.

aloque adj. De color rojo claro. ▷ n. y adj. Se aplica especialmente al vino tinto claro o a la mezcla del tinto y blanco.

aloquín n.m. Cerca de piedra en el sitio donde se cura la cera al sol.

alora adv.t. Al punto.

alotar v.tr. **1.** MAR Subastar el pescado en las mismas barcas o en la playa. **2.** NAUT Arrizar. **3.** Cobrar red.

alotropía n.f. QUIM Diferencia que en su aspecto, textura u otras propiedades, puede presentar a veces un mismo cuerpo.

1. alpaca n.f. Mamífero rumiante, variedad doméstica de la vicuña, propio de América Meridional, donde se emplea y aprovecha como la llama. ▷ Fig. Pelo de este animal. ▷ Fig. Paño hecho con este pelo. ▷ Fig. Tela gruesa de algodón abrillantado.

2. alpaca n.f. METAL Aleación de níquel, cobre y cinc, blanca, dura e inalterable, que se utiliza en la fabricación de piezas de orfebrería, instrumentos científicos, etc.

alpamato n.m. Arbusto de la Argentina, de la familia de las mirtáceas, de hoja aromática y medicinal.

alpargata n.f. Calzado de cáñamo o de tela, en forma de sandalia, que se asegura con cintas al tobillo. ▷ Calzado de tela, con suela de cáñamo o de caucho, y que se asegura por simple ajuste o con cintas.

alpartaz n.m. Trozo de malla de acero que, pendiente del borde inferior del almete, defendía su unión con la coraza.

alpatana n.f. Ap[illegible] de labranza.

alpax n.m. METAL Aleación ligera de aluminio (87%) y de silicio (13%), utilizada en fundición.

alpechín n.m. Líquido oscuro y fétido que sale de las aceitunas cuando están apiladas p.ej. antes de la molienda.

alpestre adj. Alpino. ▷ Fig. Montañoso, silvestre. ▷ BOT Se dice de las plantas que viven a grandes altitudes.

alpinismo n.m. Deporte que consiste en la ascensión a las cumbres de las montañas. • **alpinista** n.m. y f. Persona aficionada al alpinismo.

alpino,a adj. **1.** Perteneciente a los Alpes o a otras montañas altas. — Perteneciente o relativo al alpinismo. *Esquí alpino.* Esquí de descenso. **2.** GEOL Se dice de la región geográfica caracterizada por su fauna y flora semejantes a las de los Alpes.

alpiste n.m. **1.** BOT Planta gramínea, anual. Sirve para forraje, y las semillas para alimento de pájaros. **2.** Semilla de esa planta. **3.** Fig y Fam. Cualquier bebida alcohólica.

alquequenje n.m. **1.** Planta de la familia de las solanáceas, que crece hasta 60 cm de altura. Se usa como diurético. **2.** Fruto de esta planta.

alquería n.f. Casa de labranza o granja. También se da este nombre a un conjunto de dichas casas.

alquerque n.m. Espacio que hay en los molinos de aceite en el cual se desmenuza la pasta de orujo.

alquibla n.f. Punto del horizonte o lugar de la mezquita, hacia donde los musulmanes dirigen la vista cuando rezan.

alquicel o **alquicer** n.m. **1.** Vestidura morisca a modo de capa. **2.** Tejido que servía para cubierta de muebles.

alquilación n.f. QUIM Introducción de un radical alquilo en una molécula orgánica.

alquilar **1.** v.tr. Dar a otro alguna cosa para que use de ella por el tiempo que se determine y mediante el pago de la cantidad convenida. Se emplea más comúnmente tratándose de fincas urbanas. ▷ Tomar de otro alguna cosa para este fin y con tal condición. ▷ **2.** v.prnl. Ponerse uno a servir a otro por cierto estipendio. • **alquiler** n.m. Precio en que se alquila alguna cosa.

alquilo n.m. QUIM Radical acíclico obtenido por quitar un átomo de hidrógeno a una molécula de hidrocarburo.

alquimia n.f. Conjunto de especulaciones y experiencias, generalmente de carácter esotérico, relativas a las transmutaciones de la materia, que influyó en el origen de la ciencia química. Tuvo como fines principales la búsqueda de la piedra filosofal y de la panacea universal.

alquimila n.f. Pie de león (planta).

alquitrán n.m. **1.** Sustancia compuesta de resina y aceites esenciales, que por destilación se obtiene de la hulla y de la madera de pino y otras coníferas. Se emplea para impermeabilizar y como asfalto. ▷ Composición de pez, sebo, grasa, resina y aceite. • **alquitranado,a** **1.** adj. De alquitrán. **2.** n.m. MAR Lienzo impregnado de alquitrán.

alrededor **1.** adv.l. con que se denota la situación de personas o cosas que circundan a otras, o la dirección en que se mueven para circundarlas. **2.** adv.c. Fam. Cerca, sobre poco más o menos. *Alrededor de un kilómetro; alrededor de las nueve.* **3.** n.m. Contorno de un lugar. (Se usa más en plural.)

alrota n.m. Desecho de la estopa.

alsaciano,a n. y adj. Natural de Alsacia. ▷ adj. Perteneciente a esta región de Europa. ▷ n.m. Dialecto germano hablado en ella.

álsine n.f. Planta anua de la familia de las cariofiláceas, de 12 a 14 cm de altura. Se usa en medicina y para alimentar pájaros.

alta n.f. **1.** En los hospitales, orden en que se declara curado a un enfermo. ▷ *Dar de alta,* o *el alta.* Declarar curada a la persona que ha estado enferma. **2.** Documento que acredita la entrada en servicio activo del militar destinado a un cuerpo. **3.** Acto en que el contribuyente declara a la Hacienda el ejercicio de industrias o profesiones sujetas a impuesto. ▷ Formulario fiscal para hacer tal declaración. **4.** Ingreso de una persona en un cuerpo, profesión, carrera, etc. ▷ *Darse de alta.* Ingresar en el número de los que ejercen una profesión u oficio reglamentados.

altanería n.f. **1.** Altivez, orgullo. **2.** Altura, zona elevada sobre la tierra. **3.** Vuelo alto de algunas aves. **4.** Caza que se hace con halcones y otras aves de rapiña de alto vuelo. • **altanero,a** adj. **1.** Fig. Altivo, soberbio. **2.** Se aplica a las aves de rapiña de alto vuelo.

altano n. y adj. MAR Se dice del viento que alternativamente sopla del mar a la tierra y viceversa.

altar n.m. Monumento dispuesto para inmolar la víctima y ofrecer el sacrificio. ▷ En el culto católico, ara o piedra consagrada para celebrar el santo sacrificio de la misa. — P. ext., lugar levantado donde se coloca el ara o piedra consagrada.

altavoz n.m. Aparato que transforma en ondas sonoras las señales eléctricas moduladas que le envía un amplificador.

alteración n.f. Acción de alterar o alterarse. ▷ Perturbación emocional. ▷ Irritación.

alterar v.tr. y prnl. **1.** Cambiar la esencia o forma de una cosa. **2.** Perturbar, inquietar. **3.** Estropear, descomponer.

altercar v.int. Disputar, porfiar. • **altercado** n.m. Disputa.

alter ego n.m. Persona en quien otra tiene absoluta confianza, que puede sustituirla.

alteridad n.f. FIL Carácter o cualidad de lo que es otro.

alternador n.m. Máquina eléctrica generadora de corriente alterna.

ENCICL Los alternadores constan de un *estator*, parte fija formada por láminas metálicas, y un *rotor*, parte móvil formada por bobinas conectadas en serie y alimentadas por corriente continua por inducción, liberándose la corriente alterna que genera. Un alternador se caracteriza por su frecuencia expresada en hertzios (Hz), por su fuerza electromotriz expresada en voltios (V) y por su potencia expresada en voltios-amperios o vatios (VA o W). Las potencias nominales pueden variar desde unos cien vatios para los alternadores de automóviles hasta un millón de kilovoltios-amperios para los turboalternadores de centrales térmicas.

alternancia n.f. **1.** Acción y efecto de alternar. **2.** BIOL Fenómeno que se observa en la reproducción de algunos animales y plantas, en la que alternan la generación sexual y la asexual. **3.** ELEC. Semiperíodo de una corriente alterna. **4.** AGRIC *Alternancia de cultivos.* Su rotación en un mismo campo. **5.** BOT *Alternancia de las hojas* o *de las flores.* Disposición regular a alturas diferentes a una parte y otra del tallo. **6.** LING *Alternancia vocálica.* Modificación del vocalismo de una raíz o un radical (p. ej., en latín: *capio,* pretérito *cepi).*

alternar **I.** v.tr. **1.** Variar las acciones repitiéndolas sucesivamente. **2.** Distribuir alguna cosa entre personas o cosas que se turnan sucesivamente. **3.** Comparar antecedente con antecedente y consiguiente con consiguiente en una proporción. ▷ Cambiar los lugares que ocupan respectivamente los términos medios o los extremos de una proporción. **4.** AGRIC Hacer que una tierra produzca sucesivamente diferentes cosechas. **II.** v.int. **1.** Hacer o decir una cosa, desempeñar un cargo varias personas por turno. **2.** Hacer o decir una persona varias cosas por turnos y sucesivamente. **3.** Sucederse unas cosas y otras repetidamente. *Alternar los días claros con los lluviosos.* **III.** Tener trato unas personas con otras de elevada posición económica o social, fama, etc. ▷ En locales determinados, incitar las mujeres contratadas a los clientes para que consuman bebida. **IV.** v.int. Entrar a competir con uno.

alternativa n.f. **1.** Derecho que tiene cualquier persona para ejecutar alguna cosa o gozar de ella alternando con otra. **2.** Servicio en que turnan dos o más personas. **3.** Opción entre dos o más cosas. ▷ P. ext., cada una de las cosas entre las cuales se opta. **4.** Efecto de alternar o sucederse unas cosas a otras repetidamente.

alterne n.m. **1.** Acción de alternar en las salas de fiestas. **2.** adj. *De alterne.* Se dice de la mujer que practica el alterne.

alterno,a n. y adj. **1.** Que alterna. **2.** Dicho de días, meses, años, etc., uno sí y otro no. **3.** BOT Dícese de las hojas que, por su situación en el tallo o en la rama, corresponden al espacio que media entre una y otro del lado opuesto. **4.** FILOS Proposición que comprende dos partes opuestas, una de ellas forzosamente admisible. **5.** pl. GEOM Nombre de los ocho ángulos formados por una secante que corta dos paralelas.

alteroso,a adj. MAR Se dice del buque cuya obra muerta tiene demasiada altura.

alteza n.f. **1.** Altura; elevación de un cuerpo; dimensión de un cuerpo perpendicular a su base; zona elevada. **2.** Tratamiento que en España se da a los reyes y a los infantes.

altibajo n.m. **I.** Tela antigua, semejante al terciopelo labrado. **II.** ESGR Golpe que se da con la espada de alto a bajo. **III.** pl. **1.** Fam. Desigualdades de un terreno. **2.** Fig. y Fam. Sucesión de hechos favorables y desfavorables.

altillo n.m. **I.** Paisaje algo elevado. **II. 1.** *Col.* Parte más alta de un almacén. **2.** *Ecuad.* Desván.

altimetría n.f. Parte de la topografía, que enseña a medir las alturas. • **altímetro,a 1.** adj. Perteneciente o relativo a la altimetría. **2.** n.m. Instrumento que indica la diferencia de altitud entre el punto en que está situado y un punto de referencia. Se emplea principalmente en la navegación aérea.
ENCICL Los altímetros que equipan los aviones se basan en el principio del radar. Envían en dirección al suelo una onda continua de frecuencia variable. Por la mezcla de la onda emitida y la reflejada, se produce una señal con una frecuencia resultante proporcional a la altitud.

altipampa n.f. *Arg.* y *Bol.* Altiplanicie.

altiplanicie n.f. Meseta de mucha extensión y a gran altitud. • **altiplano** n.m. Altiplanicie.

altisonante adj. Altísono. Dícese del lenguaje o estilo afectadamente elevado. • **altísono,a** adj. Altamente sonoro, de alto sonido.

altitonante adj. POET Que truena de lo alto.

altitud n.f. **1.** Altura; elevación de un cuerpo; dimensión de un cuerpo perpendicular a su base; región elevada del aire. **2.** GEOGR Altura de un punto de la tierra con relación al mar.

altivez n.f. Orgullo, soberbia. • **altivo,a** adj. Orgulloso, soberbio.

1. alto,a **I.** adj. **1.** Levantado, elevado sobre la tierra. **2.** Más elevado con relación a otro término inferior. **3.** De gran estatura. **4.** Se dice de los pisos superiores de una casa. **5.** Dícese de la calle, el pueblo o país que está más elevado con respecto a otro y de los habitantes de éstos. **6.** Aplicado a río o arroyo, muy crecido y en sentido análogo, se dice también del mar alborotado. **7.** Fig. Arduo. **8.** Fig. Superior o excelente. **9.** Fig. De superior categoría o gran elevación. **10.** Fig. Profundo, sólido. **11.** Fig. Dicho de delito u ofensa, gravísimo, enorme. **12.** Fig. Dicho del precio de las cosas, caro o subido. **13.** Fig. Fuerte, que se oye a gran distancia. **14.** Fig. Se dice de la fiesta movible, cuando cae más tarde que en otros años. **15.** Fig. Avanzado. *A las altas horas de la noche.* **16.** ACUST Se dice del sonido con mayor frecuencia de vibraciones. **II.** n. y adj. Se aplica a las personas de gran dignidad o representación. **III.** n.m. **1.** Altura, dimensión de los cuerpos. **2.** Sitio elevado. **3.** *Arg., Chile* y *Méx.* Montón, gran cantidad de cosas. **4.** pl. *Amér.* El piso o los pisos altos de una casa. **IV.** adv. **1.** En lugar o parte superior. **V.** adv.m. En voz fuerte, o que suene bastante.

2. alto n.m. **I. 1.** Detención o parada en general. **2.** MILIT Suspensión de lo que se está haciendo. **3.** Voz con la cual se ordena a alguien que se detenga. — *Dar el alto.* Expr. para dar la orden de detención en la marcha. **II.** MUS **1.** Nombre dado antiguamente a las voces de contralto y contratenor. **2.** Nombre de varios instrumentos musicales correspondientes a esas voces

alto horno, instalación siderúrgica industrial, destinada a reducir los minerales de hierro.
ENCICL Un *alto horno* se compone de dos conos truncados unidos por su base: la *cuba* en la parte alta, los *etalajes* en la parte baja. En la superior de la cuba, llamada *abertura*, se introduce mineral de hierro, coque metalúrgico y un fundente (castina o carbonato de calcio) destinado a fundir la ganga y eliminarla con la *escoria*. Las *toberas*, alimentadas por una caja de viento, introducen aire caliente, el «viento», en la parte inferior de los etalajes, a una temperatura de 600 a 900 °C. En la cuba, ocurre la descomposición de los carbonatos y la reducción de los óxidos de hierro. En el *vientre*, parte central situada entre los etalajes y la cuba, tiene lugar la fusión. La escoria es elaborada en la *obra* y se concentra en el *crisol*. El calor de los gases se recupera en los *recuperadores*, que recalientan el aire antes de su introducción en el alto horno.

altocúmulo n.m. METEOR Nube, blanca o gris, cuya altitud media es de 3.000 m; forma bancos o capas de aspecto aborregado.

altoestrato n.m. METEOR Nube cuya altitud media es de 3.500 m; forma capas grisáceas de aspecto uniforme o estriado.

altoparlante n.m. *Amér.* Altavoz.

altozano n.m. **I. 1.** Cerro o monte de poca altura en terreno llano. **2.** Sitio más alto y ventilado de ciertas poblaciones. **II.** *Amér.* Atrio de una iglesia.

altramuz n.m. **1.** Planta anua de la familia de las papilionáceas. **2.** Fruto de esta planta.

altruismo n.m. Inclinación a procurar el bien ajeno aun a costa del propio.

altura n.f. **I. 1.** Elevación de cualquier cuerpo sobre la superficie de la tierra. ▷ TOPOGR *Altura accesible.* Aquella cuya medida se puede tomar llegando hasta su pie. **2.** Cumbre de los montes o parajes altos del campo. **3.** Altitud con relación al nivel del mar. **4.** Región del aire, considerada a cierta elevación sobre la tierra. ▷ pl. Cielo. **II. 1.** Dimensión de los cuerpos perpendicular a su base. **2.** GEOM Dimensión de una figura plana o de un cuerpo, representada por una línea que desde su parte más elevada baje perpendicularmente a su base. Longitud de dicho segmento. **III.** ASTRON Arco vertical que mide la distancia entre un astro y el horizonte. — *Altura aparente de un astro.* Ángulo que forma con el horizonte la visual a ese astro. — *Altura del Ecuador.* Arco de meridiano comprendido entre el Ecuador y el horizonte del sitio de la observación, complemento de la altura de polo. — *Altura de polo.* Arco de meridiano comprendido entre el horizonte del sitio de la observación y el polo de su hemisferio, por donde se conoce la latitud geográfica de un lugar. **IV. 1.** MUS Tono. **2.** FIS *Altura de un sonido:* su frecuencia media. **3.** FISIOL *Altura total.* Carácter de la sensación auditiva, según la frecuencia de las vibraciones sonoras. **V.** HIDROM. *Altura viva del agua.* Distancia vertical desde la superficie del agua hasta el fondo del río o canal. **VI.** METEOR *Altura de precipitaciones.* Espesor de la capa de agua, expresada en mm recogida en un pluviómetro. **VII.** MAR *Buque de altura.* El que efectúa navegaciones de larga distancia. **VIII.** Fig. *A estas alturas.* En este tiempo, en esta ocasión, cuando han llegado las cosas a este punto.

alúa n.f. *Arg.* Cocuyo (insecto).

alubia n.f. Judía (planta papilionácea), fruto y semilla de esta planta.

aluciar v.tr. **1.** Abrillantar alguna cosa. **2.** v.prnl. Pulirse, acicalarse.

alucinación n.f. **1.** Acción de alucinar o alucinarse. **2.** Percepción en la que el sujeto tiene conciencia de un objeto que no existe. • **alucinar 1.** v.tr. y prnl. Engañar haciendo que se tome una cosa por otra. **2.** v.int. Desvariar. • **alucinógeno,a** n.m. y adj. Se dice de la que perturba la actividad psíquica y provoca manifestaciones alucinatorias y oníricas.

alud n.m. **1.** Gran masa de nieve que se derrumba de los montes. **2.** Fig. Lo que se acumula, desborda o precipita impetuosamente en gran cantidad.

aluda n.f. Hormiga con alas.

aludir v.int. **1.** Referirse a una persona o cosa sin nombrarla. **2.** Referirse a persona determinada, ya nombrándola, ya hablando de sus hechos, opiniones o doctrinas.

aludo,a adj. De grandes alas.

alumbrado,a 1. n.m. Dícese de lo que se ilumina o sale a la luz. Servicio público de iluminación. *Alumbrado público.* **2.** n. y adj. Individuo perteneciente a un grupo de religiosos castellanos y andaluces (ss. XVI y XVII) que aspiraban a lograr un contacto con Dios por medio de la contemplación («recogidos») o del progresivo abandono personal («dejados»).

1. alumbrar **I.** v.tr. e int. Llenar de luz y claridad. **II.** v.tr. **1.** Poner luz o luces en algún lugar. **2.** Acompañar con luz a otro. **3.** Descubrir las aguas subterráneas y sacarlas a la superficie. **4.** Fig. Enseñar a otro lo que ignoraba. **5.** AGRIC Desembarazar la vid o cepa de la tierra que se le había arrimado para abrigarla, a fin de que pueda introducirse el agua en ella. **III.** v.int. Parir la mujer. • **alumbramiento** n.m. **1.** Acción y efecto de alumbrar. **2.** Fig. Parto de la mujer. **3.** MED Expulsión de la placenta y membranas después del parto.

2. alumbrar v.tr. TINT Meter los tejidos, madejas, etc., en una disolución de alumbre para fijar mejor los colores.

alumbre n.m. QUIM Sal doble que resulta de la combinación de la alúmina y de una base alcalina con el ácido sulfúrico. Se usa en tintorería y en medicina. — *Alumbre de pluma.* El ferroso que cristaliza en forma de filamentos. — *Alumbre sacarino,* o *zucarino.* Mezcla artificial de alumbre y azúcar, que se usa en medicina. • **alumbrera** n.f. Mina o cantera de donde se saca el alumbre.

alúmina n.f. QUIM Óxido de aluminio que se halla en la naturaleza algunas veces puro y cristalizado, y por lo común formando, en combinación con la sílice y otros cuerpos, los feldespatos y las arcillas. La alúmina se encuentra en estado natural en la bauxita, de donde se extrae industrialmente. La alúmina en estado anhidro entra en la constitución de varias piedras preciosas. • **aluminato** n.m. QUIM Compuesto formado por la alúmina en combinación con ciertas bases.

aluminio n.m. Metal blanco, ligero, que se produce industrialmente a partir de la alúmina.
ENCICL El aluminio es el metal más abundante de la tierra: constituye el 7,5% del total de la masa terrestre. Elemento de número atómico 13 y de peso atómico 26,98, es un metal poco denso; 2,7 g/cm³ a 20 °C. Entra en la fabricación de aleaciones ligeras de las que constituye el elemento fundamental. Sus propiedades mecánicas son mediocres, pero su conductividad eléctrica y térmica es muy elevada. Es muy plástico y dúctil, se transforma con facilidad en hebras o en láminas muy delgadas (papel de embalaje). Su temperatura de fusión es de 660 °C y su temperatura de vaporización es de 2.467 °C. Presenta gran afinidad por el oxígeno, pero no se altera en contacto con el aire debido a la formación de una película protectora de alúminas. Se obtiene por electrólisis de la alúmina. Para producir 1 kg de aluminio son necesarios 4 kg de bauxita (de donde se obtienen 2 kg de alúmina), 1 kg de sosa, 1 kg de electrólito, 10 kg de carbono y 15 kW/h de energía eléctrica. Las aplicaciones del aluminio, puro o en aleaciones, son muy numerosas: fundas de las barras de uranio en los reactores nucleares (aluminio al 99,998 %), baterías de cocina, cables eléctricos, etc. Las aleaciones de aluminio, p.ej. el duraluminio, se utilizan en la industria automotriz, la aviación, las construcciones navales y la construcción.

aluminita n.f. Roca de que se extrae el alumbre.

aluminotermia n.f. TECN Procedimiento que utiliza el calor liberado por la oxidación del aluminio, para la reducción de óxidos y para la soldadura autógena.

alumno,a n.m. y f. **1.** Persona criada o educada desde su niñez por alguien, respecto a éste. **2.** Cualquier discípulo, respecto de su maestro, de la materia que está aprendiendo o del centro donde estudia. • **alumnado** n.m. Conjunto de alumnos de un centro docente.

alunamiento n.m. MAR Curva que forma la relinga de pujamen de algunas velas.

alunarado,a adj. Dícese de la res berrenda cuyas manchas son redondas, como grandes lunares.

alunita n.f. Sulfato básico de aluminio y de potasio.

alunizar v.int. Posarse en la superficie de la Luna un aparato astronáutico. • **alunizaje** n.m. Acción y efecto de alunizar.

alusión n.f. **1.** Acción de aludir. **2.** RET Figura que consiste en aludir a una persona o cosa.

aluvión n.m. **1.** Avenida fuerte de agua, inundación. — *De aluvión.* Dícese de los terrenos que quedan al descubierto después de las avenidas y de los que se forman lentamente por los desvíos o las variaciones en el curso de los ríos. **2.** Fig. Cantidad de personas o cosas agolpadas. • **aluvionamiento** n.m. Proceso de acumulación de ciertas sustancias en una zona particular del terreno, después de disolución y transporte por el agua.

aluzar v.tr. **1.** *Col., Guat., Méx., P. Rico* y *Sto. Dom.* Alumbrar. **2.** *P. Rico.* Examinar al trasluz.

alveario n.m. ANAT Conducto auditivo externo.

alveja o **alverjana** n.f. Arveja (algarroba).

álveo n.m. Madre del río o arroyo.

alveolar adj. **1.** ZOOL Perteneciente, relativo o semejante a los alveolos. **2.** GRAM Se dice del sonido que se pronuncia acercando la lengua a los alveolos de los incisivos superiores. **3.** Dícese de la letra que representa este sonido.

alveolo o **alvéolo** n.m. **1.** Celdilla del panal. **2.** ZOOL Cada una de las cavidades en que están engastados los dientes de las mandíbulas de los vertebrados. **3.** ZOOL Cada una de las fositas hemisféricas en que terminan las últimas ramificaciones de los bronquiolos.

alverjón n.m. Arvejón (planta leguminosa).

alvino,a adj. ZOOL Perteneciente o relativo al bajo vientre.

Alyssum n.m. BOT Género de plantas crucíferas ornamentales entre cuyas especies destaca el *Alyssum maritimum,* que posee numerosas flores de un blanco purísimo.

alza n.f. **I.** Pieza que se añade a algo para aumentar su altura. **II.** Aumento de precio que toma alguna cosa, como la moneda, los fondos públicos, las mercancías, etc. — *En alza.* Aumentando la estimación de una cosa o persona. Se usa más con los verbos *ir* y *estar.* — COM *Jugar al alza.* Especular con los cambios de la cotización de los valores públicos o mercantiles, previendo alza en la misma. **III. 1.** Regla graduada fija en la parte posterior del cañón de las armas de fuego que sirve para precisar la puntería. **2.** Aparato destinado a este mismo fin en las piezas de artillería. **IV.** Cada uno de los maderos o tableros que sirven para formar una presa movible. **V.** IMP Pedazo de papel que se pega sobre el tímpano de la prensa o se coloca debajo de los caracteres para igualar la impresión o hacer que sobresalga donde convenga. • **alzador** n.m. **1.** IMP Pieza o sitio destinado para alzar los impresos. **2.** IMP Operario encargado de esta operación. • **alzadora** n.f. TECN Máquina que efectúa la operación del alzado de las hojas impresas.

alzacuello n.m. **1.** Tira de tela endurecida que obligaba a llevar el cuello erguido. **2.** Cuello que usaban por adorno las mujeres. **3.** Tira de tela endurecida usada por los eclesiásticos.

alzada n.f. **I.** Estatura del caballo. **II.** Recurso de apelación.

alzado,a **I.** adj. **1.** Se aplica a la persona que quiebra fraudulentamente. **2.** Dícese del ajuste o precio que se fija en determinada cantidad. **II.** n.m. **1.** Rebelde, sublevado. **2.** ARQUIT Diseño que representa la fachada de un edificio. **3.** GEOM Diseño de un objeto en su proyección geométrica y vertical sin considerar la perspectiva. **4.** IMP Ordenación de los pliegos de una obra impresa, para su encuadernación.

alzamiento n.m. **1.** Acción y efecto de alzar o alzarse. **2.** Puja que se hace en una subasta. **3.** Levantamiento o rebelión.

alzaprima n.f. **1.** Palanca. **2.** Cuña que sirve para realzar alguna cosa. **3.** Puente de los instrumentos de arco.

alzar **I.** v.tr. **1.** Levantar. **2.** Quitar o llevarse alguna cosa. **3.** Recoger y guardar alguna cosa. **4.** Fig. Levantar la caza. **5.** Retirar del campo la cosecha. **6.** AGRIC Dar la primera reja al rastrojo. **7.** ALBAÑ Dar el peón al oficial el yeso amasado que ha de emplear. **8.** IMP Poner en rueda todas las jornadas de una impresión y sacar los pliegos uno a uno para ordenarlos. **II.** v.tr. y prnl. Sublevar. **III.** v.prnl. **1.** Levantarse, elevarse sobre una superficie. **2.** Quebrar fraudulentamente. **3.** En el juego, dejarlo, yéndose con la ganancia. **4.** Quedarse con algo. **5.** *Amér.* Fugarse o hacerse montaraz el animal doméstico. **6.** FOR Apelar, recurrir a juez o tribunal superior.

allá **I.** adv. Allí. Indica lugar menos circunscrito que el que se denota con esta última voz. Por eso admite ciertos grados de comparación que rechaza allí: *tan allá, más allá, muy allá.* Precediendo a nombres significativos de lugar, denota lejanía. *Allá en América.* **II.** adv.t. **1.** Denota tiempo pasado: *allá en tiempo de los godos.* **2.** En el otro mundo. **III.** Acompaña a verbos en frases como *arreglárselas, componérselas, habérselas,* que indican desentendimiento del hablante respecto a la solución que otro halle. *Allá te las compongas.*

allanar **I.** v.tr., int. y prnl. Poner llana o igual una superficie. **II.** v.tr. **1.** Derribar una construcción o rellenar y nivelar un terreno. **2.** Fig. Vencer o superar alguna dificultad. **3.** Pacificar, sujetar. **4.** Fig. Facilitar, permitir a los ministros de justicia que entren en algún lugar cerrado. **5.** Fig. Entrar a la fuerza en casa ajena. **III.** v.prnl. **1.** Aplanar, caer a plomo. **2.** Fig. Conformarse, acceder a alguna cosa. **3.** Igualarse el que es de clase distinguida con alguno del estado llano, renunciando a sus privilegios.

allegado,a **I.** adj. Cercano, próximo. **II.** n. y adj. **1.** Pariente. **2.** Partidario. • **allegador,a** **I.** n. y adj. Que allega. **II.** n.m. **1.** Rastro de madera o tabla con que los labradores allegan la parva trillada. **2.** Hurgón, para atizar la lumbre.

allegar **I.** v.tr. **1.** Recoger, juntar. **2.** Recoger la parva en montones después de trillada. **3.** Agregar. **II.** v.tr. y prnl. Arrimar o acercar una cosa a otra. **III.** v.int. y prnl. Llegar a un lugar.

allegro adv. MUS Movimiento vivo y rápido. ▷ n.m. Pieza musical que lleva esta indicación.

allende **I.** adv. **1.** De la parte de allá. **2.** adv.c. Además. **II. 1.** prep. Más allá de, de la parte de allá de.

allí **I.** adv. l. **1.** En aquel lugar. **2.** A aquel lugar. **3.** En correlación con *aquí* suele designar sitio indeterminado. *Por dondequiera se veían hermosas flores; aquí, rosas; allí, jacintos.* **II.** adv. t. Entonces, en tal ocasión. *Allí fue el trabajo.*

Am QUIM Símbolo del *americio.*

a.m. abreviatura de las palabras latinas *ante meridiem,* «antes del mediodía».

ama n.f. **1.** Dueña de alguna cosa. ▷ La que tiene criados, respecto de ellos **2.** Criada. Nodriza del clérigo o del seglar que vive solo. — *Ama de casa.* Mujer que cuida de la casa (familia, marido, asuntos domésticos en general). — *Ama de llaves o ama de gobierno.* Criada encargada de las llaves y economía de la casa.

amable adj. **1.** Digno de ser amado. **2.** Afable, afectuoso.

amacayo n.m. *Amér.* Flor de lis (planta).

amachinarse v.tr. **1.** *Amér. Centr., Col., Chile* y *Méx.* Amancebarse. **2.** *Pan.* Acobardarse.

amadrigar **I.** v.tr. Fig. Acoger bien, y especialmente al que no lo merece. **II.** v.prnl. **1.** Meterse en la madriguera. **2.** Fig. Retraerse, no dejarse ver en público.

amadrinar **I.** v.tr. **1.** Unir dos caballos con la madrina. **II.** v.tr. y prnl. **1.** Fig. Apadrinar. **2.** *Amér. Merid.* Acostumbrar al ganado caballar a que vaya en tropilla detrás de la yegua madrina. **3.** MAR Unir dos cosas para reforzarlas.

amaestrar v.tr. y prnl. Enseñar o adiestrar.

amagadura n.f. VETER Rozadura sobre el casco del caballo.

amagar **I.** v.tr. e int. **1.** Dejar ver la intención o disposición de ejecutar próximamente alguna cosa. **II.** v.int. Estar próximo a suceder. **III.** v.tr. **1.** Hacer ademán de favorecer o hacer daño. **2.** Hablándose de ciertas enfermedades, empezar a manifestarse algunos síntomas de ellas. **IV.** v.prnl. Fam. Ocultarse.

— *Amagar y no dar*. Juego de muchachos, el cual se reduce a levantar la mano como para dar un golpe sin llegar a darlo. • **amago** n.m. **1.** Acción de amagar. **2.** Señal de alguna cosa.

amainar **1.** v.tr. MAR Recoger por completo o en parte las velas de una embarcación. **2.** v.int. Tratándose del viento, aflojar, perder su fuerza. **3.** v.tr e int. Fig. Aflojar, ceder (un deseo, una pasión).

amajadar **1.** v.tr. Hacer la majada al ganado menor en un terreno, para que lo abone mientras esté allí recogido. **2.** v.tr. e int. Poner el ganado en la majada o redil. **3.** v.int. Habitar el ganado en la majada.

amalecitas o **amalequitas,** pueblo semita nómada del desierto de Néguev, contra el cual lucharon Moisés y luego Saúl y David.

amalgama n.f. **1.** MINER Mercurio argental (combinación de mercurio y plata). Este mineral se presenta cristalizado en la forma dodecaédrica. **2.** QUIM Aleación de mercurio, generalmente sólida o semilíquida. **3.** Fig. Mezcla o unión de cosas de naturaleza distinta. • **amalgamación** n.f. **1.** QUIM Acción y efecto de amalgamar o amalgamarse. **2.** METAL Método de extracción de metales nobles, a partir de sus minerales, a través del mercurio. • **amalgamiento** n.m. Amalgamación. • **amalgamar** v.tr. y prnl. **1.** QUIM Alear el mercurio con otros metales para formar amalgamas. **2.** Fig. Unir o mezclar cosas de naturaleza distinta.

ámalo,a n. y adj. Dícese de uno de los linajes más ilustres de los godos.

amallarse v.prnl. *Chile*. JUEG Alzarse.

amamantar v.tr. Dar de mamar.

amán n.m. Entre los musulmanes, acción de perdonar la vida a un enemigo o a un rebelde.

amanai n.m. *Méx*. Alberca, estanque.

amancay n.m. **1.** Especie de narciso amarillo de Chile y del Perú. **2.** Flor de esta planta.

amancebarse v.prnl. Unirse en amancebamiento. • **amancebamiento** n.m. Unión de hombre y mujer en vida matrimonial sin estar casados.

1. amanecer v.int. **1.** Empezar a aparecer la luz del día. **2.** Llegar o estar en un lugar, situación o condición determinados al aparecer la luz del día. **3.** Aparecer de nuevo o manifestarse alguna cosa al rayar el día. *Amaneció un pasquín en la puerta de Palacio*. **4.** Fig. Empezar a manifestarse alguna cosa.

2. amanecer n.m. Tiempo durante el cual amanece.

amanerarse v.prnl. Volverse amanerado. • **amanerado,a** **1.** Afectado (en la forma de vestir, escribir, etc.). **2.** Se aplica al estilo de un escritor, orador o artista cuando es monótono, sin variedad.

amanita n.f. BOT Género de hongos basidiomicetos (familia agaricáceas) con numerosas especies. Algunas son comestibles, *(Amanita caesarea* u *oronja)* otras venenosas *(Amanita muscaria* o *falsa oronja)*, otras mortales *(Amanita phalloides)*.

amansar **I.** v.tr. y prnl. **1.** Hacer manso a un animal, domesticarlo. **2.** Fig. Sosegar, apaciguar. **3.** Fig. Domar el carácter violento de una persona. **II.** v.int. **1.** Apaciguarse, amainar algo. **2.** Ablandarse una persona en su carácter. • **amansador,a** **1.** n. y adj. Que amansa. **2.** n.m. *Amér*. Picador, domador de caballos. **3.** n.f. *Arg*. Sitio donde se amarran los potros para desbravarlos. **4.** *Arg*. En sentido figurado, espera prolongada.

1. amante **1.** adj. Se dice de las cosas en que se manifiesta el amor o que se refieren a él. **2.** n.m.pl. Hombre y mujer que se aman. **3.** n.m. y f. Quien tiene relaciones sexuales fuera del matrimonio.

2. amante n.m. MAR Cabo grueso que asegurado a un palo, sirve para resistir grandes esfuerzos. • **amantero** n.m. Obrero portuario que dirige las maniobras de carga y descarga.

amantillo n.m. MAR Cabos que sirven para mantener horizontal una verga cruzada.

amanuense n.m. y f. **1.** Persona que escribe al dictado. **2.** Escribiente.

amañar **1.** v.tr. Componer mañosamente alguna cosa, falsearla. **2.** v.prnl. Darse maña.

amaño n.m. **1.** Disposición para hacer con maña alguna cosa. **2.** Fig. Arreglo irregular para conseguir o hacer algo.

amapola n.f. Planta anual de la familia de las papaveráceas, con flores rojas. Crece en los sembrados.

amar v.tr. **1.** Tener amor a personas, animales o cosas. **2.** Desear.

amarantáceo,a n.f. y adj. BOT Dícese de matas y arbolitos angiospermos dicotiledóneos que tienen frutos como el amaranto y la perpetua. ▷ n.f.pl. Familia de estas plantas.

amarantina n.f. Perpetua de flores encarnadas.

amaranto n.m. **1.** BOT Planta amarantácea, de flores variadas y coloreadas. Se usa como adorno. Antiguamente esta planta era símbolo de inmortalidad. **2.** TECN Colorante de algunos productos alimenticios.

amarar v.int. Posarse en el agua un hidroavión.

amargado,a adj. Dícese de la persona que guarda algún resentimiento por frustraciones, disgustos, etc.

amargo,a adj. **I.** Se dice de lo que tiene el sabor característico de la hiel, de la quinina y otros alcaloides; puede producir una sensación desagradable y duradera. **II.** **1.** Fig. Que causa disgusto. **2.** Fig. Que está disgustado. **3.** Fig. Áspero y de genio desabrido. **4.** Que implica o demuestra amargura o aflicción. **III.** n.m. **1.** Amargor. **2.** Dulce seco compuesto con almendras amargas. **3.** *R. de la Plata*. Mate sin azúcar. **4.** *Venez.* Aguardiente aderezado con plantas amargas. **5.** FARM Composición que se hace con ingredientes amargos. • **amargar** **I.** **1.** v.int. Tener alguna cosa sabor o gusto amargo. **2.** v.tr. Comunicar sabor o gusto desagradable a una cosa, en sentido propio y figurado. **II.** v.tr. y prnl. **1.** Fig. Causar disgusto. **2.** Experimentar una persona resentimiento. • **amargor** n.m. **I.** Sabor o gusto amargo. **II.** Fig. Amargura; aflicción o disgusto. • **amarguillo** n.m. Amargo (dulce de almendras amargas). • **amargura** n.f. **I.** Gusto amargo. **II.** Fig. Aflicción o disgusto.

amargón n.m. Diente de león (hierba).

amarguera n.f. Planta perenne de la familia de las umbelíferas, de unos 80 cm de altura. Toda la planta tiene sabor amargo.

amárico n.m. Lengua semítica hablada en la meseta etíope.

amariconado,a adj. Afeminado.

amarilidáceo,a n.f. y adj. BOT Dícese de plantas angiospermas monocotiledóneas, vivaces, generalmente bulbosas, como el narciso, el nardo y la pita. ▷ n.f.pl. Familia de estas plantas.

amarilis n.f. Nombre de varias plantas de la familia de las amarilidáceas.

amarilla n.f. **1.** Fig. y Fam. Moneda de oro, y especialmente onza. **2.** VETER Enfermedad del ganado lanar (alteración hepática).

amarillo **1.** n. y adj. De color semejante al del oro, el limón, la flor de retama, etc. Es el tercer color del espectro solar. **2.** n. y adj. Se aplica a las personas pertenecientes a la raza del mismo nombre (esencialmente chinos y japoneses). • **amarillear** v.int. **1.** Ir tomando una cosa color amarillo. **2.** Palidecer.

amaro n.m. Planta de la familia de las labiadas, de unos 70 a 80 cm de altura.

amarra n.f. **1.** Correa que se pone a los caballos para que no levanten la cabeza. **2.** MAR Cabo con que se asegura la embarcación en el puerto, mediante el ancla, en el fondo. **3.** pl. Fig. y Fam. Protección, apoyo.

amarrar **I.** v.tr. **1.** Atar y asegurar por medio de maromas, cadenas, etc. ▷ P. ext., atar, sujetar. **2.** Sujetar el buque en el puerto o en cualquier fondeadero. **3.** Atar los haces de trigo, cebada. **4.** Fig. En varios juegos de naipes, barajar con trampas. **II.** v.int. Fig. y Fam. Dedicarse con afán al estudio. **III.** v.prnl. *Salv.* y *Nicar.* Casarse. • **amarrado,a** adj. *Chile*. Poco expedito. • **amarradura** n.f. **1.** Acción y efecto de amarrar. **2.** MAR Circunvolución. • **amarraje** n.m. Impuesto que se paga por el amarre de las naves en un puerto. • **amarre** n.m. **1.** Amarradura. **2.** Acción de amarrar en juegos de naipes.

amartelar **I.** v.tr. **1.** Atormentar, especialmente con celos. **2.** Enamorar. **II.** v.prnl. Enamorarse de una persona o cosa.

amartillar v.tr. **1.** Martillar. **2.** Montar un arma de fuego.

amasar v.tr. **1.** Formar o hacer masa, mezclando sólidos con líquidos. **2.** Fig. Formar mediante la combinación de varios elementos. **3.** Fig. Unir. **4.** Fig. y Fam. Tramar, disponer bien las cosas para el logro de lo que se intenta.

amasijo n.m. **1.** Porción de harina amasada. **2.** Acción de amasar y disponer las cosas necesarias para ello. **3.** Porción de masa. **4.** Fig. y Fam. Obra o tarea. **5.** Mezcla desordenada de cosas. **6.** Fig. y Fam. Intriga.

amatar v.tr. *Ecuad.* Causar heridas a una bestia por rozarle el aparejo.

amate n.m. BOT Higuera americana cuyo jugo se usa como purgante.

amatista n.f. Cuarzo transparente, teñido por el óxido de manganeso, de color de violeta más o menos subido. Se usa como piedra fina. — *Amatista oriental*. Corindón violado.

amatorio,a adj. **1.** Relativo al amor. **2.** Que induce a amar.

amaurosis n.f. PAT Privación total de la vista, ocasionada por lesión en la retina, en el nervio óptico o en el encéfalo.

amayorazgar v.tr. Reducir a vinculados algunos bienes, fundando con ellos mayorazgo.

amazacotado,a adj. **1.** Pesado, a manera de mazacote. **2.** Fig. Dicho de obras literarias o artísticas, pesado, falto de proporción.

amazona n.f. **1.** Mujer de un legendario pueblo de mujeres guerreras de Asia Menor. Para perpetuar su estirpe, se unían a extranjeros una vez al año, pero se deshacían de los vástagos varones de estas efímeras uniones. **2.** Fig. Mujer de ánimo varonil. **3.** Fig. Mujer que monta a caballo. **4.** Fig. Traje de falda femenino para montar a caballo.

ambages n.m.pl. Fig. Rodeos de palabras o circunloquios. Se usa más en la loc. *sin ambages*.

ámbar n.m. **1.** Resina fósil, de color amarillo, opaca o semitransparente, muy ligera, dura y quebradiza, y se emplea en cuentas de collares, boquillas para fumar, etc. **2.** Perfume delicado — *Ámbar gris o pardillo*. Sustancia que se encuentra en las vísceras del cachalote y sobrenadando en ciertos mares. Se emplea en perfumería. — *Ámbar negro*. Azabache (mineral).

ambarina n.f. **1.** Algalia (planta malvácea). **2.** *Amér.* Escabiosa.

ambición n.f. Deseo ardiente de conseguir poder, riquezas, dignidades o fama. • **ambicionar** v.tr. Desear ardientemente una cosa. • **ambicioso,a** n. y adj. **1.** Que tiene ambición. **2.** Que tiene deseo vehemente de alguna cosa.

ambidextro,a adj. Que usa con igual habilidad la mano izquierda que la derecha.

ambiente **I.** n.m. **1.** Atmósfera, aire que rodea los cuerpos. **2.** Conjunto de circunstancias que acompañan la situación o estado de una persona o cosa. **3.** *Arg.* y *Chile.* Habitación, aposento. **4.** Grupo, estrato o sector social. **5.** Disposición de un grupo social o de un conjunto de personas respecto a alguien o algo. • **ambientar** **I.** v.tr. **1.** Sugerir el medio en que ocurre la acción de una obra literaria. **2.** Proporcionar a un lugar un ambiente adecuado, mediante decoración, luces, objetos, etc. **II.** v.tr. y prnl. Adaptar una persona a un medio desconocido.

ambiguo,a adj. **1.** Que puede entenderse de varios modos o admitir distintas interpretaciones. Dícese especialmente del lenguaje. **2.** Dícese de quien no define claramente sus actitudes u opiniones. ▷ Incierto, dudoso.

ámbito n.m. **1.** Contorno o perímetro de un espacio o lugar. **2.** Espacio comprendido dentro de límites determinados.

ambivalencia n.f. **1.** PSICOL Estado de ánimo en el que coexisten dos emociones o sentimientos opuestos. Es uno de los síntomas de la esquizofrenia. **2.** Condición de lo que se presta a dos interpretaciones opuestas.

amblar v.int. Andar moviendo a un tiempo el pie y la mano de un mismo lado.

ambli- Del griego *amblus*, «débil, obtuso»; elemento que entra en la composición de ciertos términos científicos.

ambliopía n.f. FISIOL Debilidad o disminución de la vista, sin lesión del ojo.

ambo n.m. **1.** En la lotería de cartones, dos números de una fila de un cartón, cuyas bolas respectivas han salido antes que las correspondientes a los otros tres números de la misma fila. **2.** *Chile.* Conjunto de pantalón y chaleco de la misma tela.

ambón n.m. Cada uno de los púlpitos que están a ambos lados del altar mayor.

ambos,as adj.pl. El uno y el otro; los dos.

ambrosía n.f. **I.** **1.** MIT Manjar o alimento de los dioses. **2.** Fig. Cosa agradable y delicada. **II.** Planta anual de la familia de las compuestas, de 20 a 30 cm de altura. Es de olor suave y gusto agradable.

ambulacro n.m. Cada uno de los apéndices tubuliformes y eréctiles de los equinodermos dispuestos en series radiales.

ambulancia n.f. **1.** Hospital móvil destinado a seguir los movimientos de las tropas. **2.** Vehículo destinado al transporte de heridos y enfermos y al de los elementos de cura y auxilio de aquéllos.

ambulante **I.** n. y adj. **1.** Que va de un lugar a otro sin tener asiento fijo. **2.** Perteneciente o relativo a la ambulancia. **II.** n.m. Empleado de correos encargado del servicio de una estafeta ambulante.

ambulatorio,a **I.** **1.** adj. Aplícase a lo que sirve para caminar. **2.** Dícese de las diferentes formas de enfermedad que no obligan a estar en cama. **II.** n.m. Dispensario.

ameba n.f. ZOOL Protozoo rizópodo cuyo cuerpo carece de cutícula y emite seudópodos incapaces de anastomosarse entre sí. Se conocen numerosas especies. ▷ pl. Orden de estos animales. • **ameboide** adj. **1.** Que se parece a las amebas. **2.** Que emite seudópodos (leucocitos polinucleares, etc.).

amebiasis n.f. MED Parasitismo del intestino grueso debido a la *Entamoeba histolytica* que puede provocar una diarrea aguda y lesiones viscerales.

amedrentar v. tr. y prnl. Infundir miedo, atemorizar.

ámel n.m. Entre los árabes, jefe de un distrito. • **amelía** n.f. Distrito gobernado por un ámel.

amelar v.int. Fabricar las abejas su miel.

amelcochar **I.** v.tr. y prnl. *Méx.* y *P. Rico.* Dar a un dulce el punto espeso de la melcocha. **II.** v.prnl. **1.** *Cuba.* Fingir agrado, afectar complacencia. **2.** Enamorarse.

amelgar v.tr. Hacer surcos proporcionadamente para sembrar con igualdad. • **amelga** n.f. Faja de terreno que el labrador señala para sembrar. • **amelgado,a** adj. Dícese del sembrado que ha nacido con cierta desigualdad.

amelo n.m. Planta perenne de la familia de las compuestas, de 50 a 60 cm de altura. Suele cultivarse en los jardines como planta de adorno.

amén **I.** **1.** n.m. Voz hebrea que se dice al fin de las oraciones y significa *así sea* o *así es*. **2.** Fam. Se emplea para manifestar aquiescencia, deseo de que tenga efecto lo que se dice. — Fig. y Fam. *En un decir amén.* En un instante. **II.** **1.** adv.m. Con la prep. *de*, además de.

amenazar **1.** v.tr. Dar a entender con actos o palabras que se quiere hacer algún mal a otro. **2.** v.tr. e int. Fig. Dar indicios de estar inminente alguna cosa mala o desagradable. • **amenaza** n.f. **1.** Acción de amenazar. **2.** Dicho o hecho con que se amenaza.

amenguar v.tr. e int. **1.** Disminuir, menoscabar. **2.** Fig. Deshonrar, infamar.

ameno,a adj. Grato, placentero, deleitable. • **amenizar** v.tr. Hacer ameno algún sitio o alguna cosa.

amenorrea n.f. MED Ausencia anormal del flujo menstrual.

amento n.m. BOT Espiga articulada por su base y compuesta de flores de un mismo sexo, como la del avellano. • **amentáceo,a** adj. BOT Aplícase a las plantas que tienen inflorescencias en amento.

ameos n.m. **1.** Planta aromosa de la familia de las umbelíferas, que crece hasta 60 cm de altura. Las semillas se han empleado en medicina como diuréticas. **2.** Semilla de esta planta.

americana n.f. Chaqueta de hombre.

americano,a n. y adj. **1.** Natural de América. **2.** adj. Perteneciente a esta parte del mundo. • **americanismo** n.m. **1.** Calidad o condición de americano. **2.** Carácter genuinamente americano. **3.** Amor o apego a las cosas de América. **4.** Dedicación al estudio de las cosas de America. **5.** Vocablo, giro, rasgo fonético, gramatical o semántico que pertenece a alguna lengua de América. **6.** Vocablo, giro, rasgo fonético, gramatical o semántico peculiar o procedente del español hablado en algún país de América.

americio n.m. QUIM Elemento químico, transuránico, cuyo símbolo es *Am.* Número atómico, 95; peso atómico, 241. Fue descubierto en 1944.

amestizado,a adj. Semejante al mestizo en el color y facciones.

ametralladora n.f. Arma automática de tiro rápido, de 7,5 a 20 mm de calibre, montada en puesto fijo. — *Ametralladora ligera*, de un calibre inferior 8 mm, se utiliza en los combates a corta distancia. — *Ametralladora pesada*, de un calibre de 8 a 20 mm, se utiliza en puesto fijo para la defensa antiaérea o para disparos a larga distancia. — *Cañón ametrallador.* Arma automática que dispara proyectiles de un calibre igual o superior a 20 mm. • **ametrallar** v.tr. Disparar metralla contra el enemigo.

ametría n.f. **1.** Falta de medida o irregularidad en la norma métrica. **2.** Falta de medida en los versos.

ametropía n.f. Defecto de refracción en el ojo que impide que las imágenes se formen debidamente en la retina: hipermetropía, miopía y astigmatismo.

amianto n.m. QUIM Silicato de calcio y magnesio resistente al fuego y a los ácidos, que se presenta en forma de filamentos.
ENCICL El amianto se utiliza por sus cualidades de resistencia al fuego (trajes para pilotos de carreras de automóviles y mamparas antifuego) y por su ligereza (tuberías y cubiertas de fibrocemento). En pequeñas partículas es cancerígeno; puede dañar los alvéolos pulmonares.

amida n.f. QUIM Compuesto orgánico derivado del amoníaco o de las aminas por sustitución de uno o varios radicales ácidos R – CO – por uno o varios átomos de hidrógeno. • **amiduro** n.m. Compuesto derivado del amoníaco o de una amina por sustitución de un átomo de hidrógeno por un metal polivalente.

amigable adj. Afable, amistoso.

amígdala n.f. ZOOL Órgano formado por la reunión de numerosos nódulos linfáticos. — *Amígdala palatina.* Cada una de las dos que se encuentran entre los pilares del velo del paladar. • **amigdalitis** n.f. PAT Inflamación de las amígdalas.

amigdaláceo,a n.f. y adj. BOT Dícese de árboles o arbustos de la familia de las rosáceas, lisos o espinosos, como el cerezo, el ciruelo, el endrino, etc. ▷ pl. Familia de estas plantas.

amigdalina n.f. QUIM Glucósido contenido en la almendra amarga.

amigo,a **I.** n. y adj. **1.** Que tiene amistad. **2.** Amistoso. **3.** Fig. Aficionado o inclinado a alguna cosa. **4.** POÉT Refiriéndose a objetos materiales, benéfico, benigno, grato. **5.** Úsase como tratamiento afectuoso. **II.** n.m. y f. Persona que mantiene con otra relaciones amorosas fuera del matrimonio. **III** n.m. MIN Palo que se coloca atravesado en la punta del tiro para que, los operarios, bajen y suban por los pozos. • **amigote** n.m. Compañero habitual de juergas y diversiones poco recomendables.

amiguero,a n. y adj. *Bol.* y *Ecuad.* Se dice de la persona dada a entablar amistades.

amil- Prefijo procedente del latín *amylum*, «almidón», que entra en la composición de varias palabras.

amiláceo,a adj. Que contiene almidón o que se parece a esta sustancia.

amilanar **1.** v.tr. Fig. Causar tal miedo a uno, que quede aturdido y sin acción. **2.** v.prnl. Acobardarse, abatirse.

amilasa n.f. BIOQUIM Enzima de origen salivar y pancreático que escinde el almidón y el glucógeno en dextrinas y maltosa, durante la digestión intestinal. • **amilasemia** n.f. MED Concentración de amilasa en la sangre.

amílico, adj. QUIM Califica a los compuestos que contienen el radical amilo.

amilo n.m. QUIM Radical monovalente C_5H_{11} característico de los compuestos amílicos

amilobacter n.m. Bacilo anaerobio que transforma la celulosa y los azúcares en ácido butírico.

amiloideo,a adj. Que se parece al almidón.

amilomiceto n.m. BOT Hongo (familia de las mucoráceas) que se emplea en la fabricación de alcohol a partir del almidón de los cereales.

amilopectina n.f. BIOQUIM Polióxido constitutivo del almidón, que tiene al menos mil monómeros (glucosa) que forman una macromolécula muy ramificada.

amiloplasto n.m. BOT Plasto que sintetiza el almidón en los órganos vegetales no afectados por la luz.

amilosa n.m. BIOQUIM Polióxido del almidón formado por 250 a 300 monómeros (glucosa).

amilosis n.f. MED Enfermedad grave caracterizada por la infiltración de una sustancia glucoproteica (amiloide) en algunos tejidos. Suele ser la secuela de una enfermedad general crónica.

amillarar v.tr. Hacer la lista de las posesiones de los vecinos de un pueblo para repartir entre ellos las contribuciones. • **amillaramiento** n.m. **1.** Acción y efecto de amillarar. **2.** Padrón en que constan los bienes amillarados.

amín n.m. En Marruecos, funcionario encargado de recaudar y administrar por cuenta del gobierno.

amina n.f. **I.** QUIM Compuesto orgánico que se obtiene al reemplazar total o parcialmente los átomos de hidrógeno del amoníaco NH_3 por radicales hidrocarbonos monovalentes (R–). **II.** MILIT Cota de malla metálica que protegía el torso de los guerreros de la Edad Media.
ENCICL Las aminas son bases débiles. Hay aminas *alifáticas,* cuya estructura está formada por una cadena carbónica abierta, y aminas *aromáticas,* la principal de las cuales es la anilina, de cadena cíclica. Se emplean en la fabricación de colorantes (anilinas) y fibras artificiales.

aminar v.tr. Introducir en una molécula orgánica un radical amínico.

amino n.m. QUIM Radical monovalente formado por un átomo de nitrógeno y dos de hidrógeno, que constituye el grupo funcional de las aminas y otros compuestos orgánicos.

aminoácido n.m. BIOQUIM Sustancia química orgánica en cuya composición molecular entran un grupo amínico y otro carboxílico. En las proteínas, los veinte aminoácidos naturales están enlazados entre sí por uniones peptídicas de combinaciones variables. En el hombre hay diez aminoácidos naturales indispensables; los otros pueden sintetizarse.

aminoplástico n.m. QUIM Resina sintética, que se endurece con el calor.

aminorar v.tr. Minorar.

amiotrofia n.f. MED Atrofia muscular.

amirí n. y adj. Dícese de cada uno de los descendientes de Almanzor ben Abiámir, que fundaron reinos de taifas en España, durante la primera mitad del s. XI.

amistad n.f. **1.** Afecto personal, puro y desinteresado, ordinariamente recíproco, que nace y se fortalece con el trato. **2.** pl. Personas con las que se tiene amistad. — **amistar** v.tr. y prnl. **1.** Unir en amistad. **2.** Reconciliar a los enemistados.

amito n.m. Lienzo que el sacerdote usa para celebrar algunos oficios divinos.

amitosis n.f. BIOL División del núcleo de una célula sin que se hagan patentes sus cromosomas constituyentes.

amixia n.f. BIOL Imposibilidad de cruzamiento entre dos especies o dos razas.

Ammonites n.m. PALEONT Género de moluscos cefalópodos tetrabranquiales fósiles, con concha en espiral, cuyas múltiples especies, muy abundantes durante el período secundario, tenían formas y tamaños (hasta 0,50 m) muy diversos. v. amonita.

amnesia n.f. Pérdida o debilidad notable de la memoria, a consecuencia de lesiones patológicas o seniles en el cerebro.

amnios n.m. BIOL La membrana embrionaria más interna de los reptiles, aves y mamíferos, originada por el ectodermo y el mesodermo parietal; contiene el líquido que rodea el feto. • **amnioscopia** n.f. Análisis por punción del líquido amniótico que permite detectar algunas afecciones fetales. • **amniotas** n.m. ZOOL Vertebrados cuyos anexos embrionarios comprenden un amnios.

amnistía n.f. Olvido de los delitos políticos, otorgado por la ley.

amo n.m. **1.** Dueño o poseedor de alguna cosa. **2.** El que tiene criados o trabajadores respecto de ellos.

amodorrarse v.prnl. Caer en modorra.

amohinar v.tr. y prnl. Causar mohína.

amohosar v.tr. y prnl. *Amér.* Enmohecer.

amojamar **1.** v.tr. Hacer mojana. **2.** v.prnl. Acecinarse.

amojonar v.tr. Señalar con mojones los linderos de una propiedad o de un término jurisdiccional.

amok n.m. Crisis de locura homicida que puede acometer a los opiómanos malayos.

amol n.m. *Guat.* y *Hond.* Planta sarmentosa, de la familia de las sapindáceas.

amolar v.tr. **1.** Sacar corte o punta a un instrumento en la muela. **2.** Fig. Adelgazar. **3.** Fig. y Fam. Fastidiar, molestar. • **amoladura** n.f. **1.** Acción y efecto de amolar. **2.** pl. Arenillas y pedazos que se desprenden de la piedra al tiempo de amolar.

amoldar v.tr. y prnl. **1.** Ajustar una cosa al molde. **2.** Fig. P. ext., acomodar, reducir a la forma propia o conveniente. **3.** Fig. Arreglar o ajustar la conducta de alguno a una pauta determinada.

amole n.m. *Méx.* Plantas cuyos bulbos y rizomas se usan como jabón.

amomo n.m. **1.** Planta intertropical de la familia de las cingiberáceas. Las semillas aromáticas y de sabor muy acre y estimulante, se usan en medicina. **2.** Semilla de esta planta.

amonarse v. prnl. Fam. Embriagarse.

amondongado,a adj. Fam. Se aplica a la persona gorda, tosca y desmadejada. Fam. ▷ Se dice también de sólo alguna parte del cuerpo humano.

amonedar v.tr. Reducir a moneda algún metal.

amonestar **I.** v.tr. **1.** Hacer presente alguna cosa para que se considere, procure o evite. **2.** Advertir, prevenir, reprender. **3.** Publicar en la iglesia los nombres de los que quieren contraer matrimonio. **II.** v. prnl. Ser amonestado, hacerse amonestar. • **amonestación** o **amonestamiento** n.f. Acción y efecto de amonestar.

amoníaco n.m. Gas de fórmula NH_3, incoloro, de olor irritante, soluble en el agua. • **amoniacal,** adj. Perteneciente o relativo al amoníaco. — *Sal amoniacal* Cloruro de amonio. • **amónico,a** adj. QUIM Perteneciente o relativo al amonio. • **amonio** n.m. QUIM Radical hipotético de fórmula NH_4, clasificado por sus propiedades entre los metales alcalinos. — *Ión amonio.* Ión monovalente NH^+_4.
ENCICL El amoníaco es un gas con una densidad de 0,6. Su punto de ebullición es a −33 °C y el de solidificación a −77 °C a la presión atmosférica normal. Su solubilidad en el agua llega a 1.170 l por l de agua a 0 °C. Calentado, posee propiedades reductoras y arde en el oxígeno desprendiendo nitrógeno. Se usa como agente refrigerador en las máquinas frigoríficas (se licúa a 20 °C a una presión de 8,8 bar), de ácido nítrico y de urea (materias plásticas urea-formol).

1. amonita o **amonites** n.f. **1.** Concha fósil de forma espiral. v. Ammonites. • **amonoideos** n.m.pl. Orden de moluscos cefalópodos fósiles que comprende, los *amonites, goniatites* y *ceratites.*

2. amonita n.f. Mezcla explosiva cuyo principal componente es el nitrato amónico.

amonitas, pueblo semita descendiente de Amón (Biblia). Asentados en la margen derecha del Jordán, lucharon contra los hebreos, quienes los sometieron.

amontillado n.m. Dícese de una clase de jerez fino que se asemeja al vino de Montilla.

amontonar **I.** v.tr. y prnl. Poner unas cosas sobre otras sin orden. **II.** v.tr. **1.** Apiñar personas o animales. **2.** Juntar, reunir cosas en abundancia o sin orden. **III.** v.prnl **1.** Tratándose de sucesos, sobrevenir muchos en corto tiempo. **2.** Fig. y Fam. Enfadarse sin querer oír razón alguna.

amor n.m. **1.** Sentimiento que impulsa a una persona hacia otra y le hace desear su compañía y su bien. *Amor natural.* ▷ Pasión que atrae un sexo hacia el otro. *Hacer el amor.* Copular. **2.** Persona amada. **3.** Esmero con que se trabaja una obra. **4.** Interés por alguien o algo. *Amor al prójimo. Amor a la patria.* **5.** pl. Relaciones amorosas. **6.** Objeto de cariño especial para alguno. **7.** Caricias, requiebros. — *Amor propio.* Orgullo, afán de mejorar la propia actuación. — *Por amor al arte.* Gratuitamente, sin obtener recompensa por el trabajo. **II.** Cadillo (planta).

amoragar v.tr. Asar con fuego de leña, y en la playa. peces o moluscos.

amoral adj. Que carece de sentido moral. ▷ Se dice de las obras artísticas, en las que se prescinde del fin moral. • **amoralismo** n.m. Sistema filosófico ideado en el s. XIX por los alemanes Stirner y Nietzsche, y que cifra la norma de la conducta humana en algo independiente del bien y del mal moral, negando toda obligación y toda sanción.

amorcillo n.m. Representación de Cupido. Niño desnudo y alado portador del emblema del amor.

amordazar v.tr. Poner mordaza. ▷ Fig. Impedir hablar o expresarse libremente.

amorecer **1.** v.tr. Cubrir el morueco a la oveja. **2.** v.prnl. Entrar en celo las ovejas.

amorfo,a adj. **1.** Sin forma regular o bien determinada. **2.** QUIM Que carece de carácter cristalino.

amoricones n.m.pl. Fam. Señas, ademanes u otras acciones con que se manifiesta el amor que se tiene a una persona.

amorío n.m. Fam. **1.** Enamoramiento. **2.** Relación amorosa que se considera superficial y pasajera.

amormío n.m. Planta perenne de la familia de las amarilidáceas.

1. amoroso,a adj. **1.** Que siente o manifiesta amor. **2.** Fig. Blando, suave, fácil de labrar o cultivar. **3.** Fig. Templado, apacible.

2. amoroso adv. MUS Con entonación tierna (indicación que figura en las partituras).

amorrar **I.** v.int. y prnl. **1.** Fam. Bajar o inclinar la cabeza. **2.** Bajar la cabeza, obstinándose en no hablar. **II.** v.prnl. Aplicar los labios o morros al líquido o al recipiente para beber. **2.** MAR Hundir o calar la proa. ▷ Embestir un buque a la playa para quedar varado.

amorreo,a n. y adj. Se dice del individuo de un pueblo semita, nómada, de la región del Amur (Alta Siria) establecido en Mesopotamia hacia 1830 a.J.C. Se organizó como un reino poderoso con capital en Babilonia, siendo Hammurabi su jefe más prestigioso. ▷ Perteneciente a este pueblo.

amorronar v.tr. MAR Enrollar la bandera y ceñirla de trecho en trecho con filástica, para izarla como señal en demanda de auxilio.

amortajar v.tr. Poner la mortaja al difunto. ▷ P. ext., cubrir, envolver, esconder.

amortiguar **I.** tr. y prnl. **1.** Dejar como muerto. **2.** Fig. Hacer menos viva, eficaz, intensa o violenta alguna cosa. **II.** v.tr. Fig. Templar los colores. • **amortiguador,a I.** adj.

Que amortigua. **II** n.m. Resorte que se emplea para evitar el efecto de las sacudidas bruscas. • **amortiguamiento** n.m. **1.** Acción y efecto de amortiguar o amortiguarse. **2.** FIS Disminución progresiva, en el tiempo, de la intensidad de un fenómeno periódico.

amortizar v.tr. **1.** Redimir o extinguir el capital de una carga, préstamo u otra deuda. **2.** Recuperar o compensar los fondos invertidos en alguna empresa. **3.** Suprimir empleos o plazas en un cuerpo u oficina. **4.** Pasar los bienes a manos muertas. • **amortización** n.f. Acción y efecto de amortizar.
ENCICL Los gastos para la compra de un material suelen repartirse a lo largo de varios años para aliviar las cargas de explotación del ejercicio durante el cual se haya hecho la inversión. La amortización puede ser *lineal* (si la suma se divide en partes iguales) o *gradual* (si los primeros años se asigna una suma mayor). La amortización *financiera* de una inversión se hace en función de las tasas de interés del dinero. La anualidad de amortización A, es decir, la suma a pagar cada año para reembolsar al cabo de *n* años una inversión por un importe *I*, con una tasa de interés *t*, puede calcularse según la fórmula:

$$A = I \times t \times \frac{(1+t)^n}{1-(1+t)^n}$$

amotinar v.tr. y prnl. **1.** Alzar en motín a cualquier multitud. **2.** Fig. Turbar e inquietar los sentidos.

amovible adj. **1.** Que puede ser quitado del lugar que ocupa, o separado del puesto o del cargo que tiene. **2.** Dícese también del cargo o beneficio del que puede ser libremente separado el que lo ocupa.

AMP BIOQUIM Siglas del adenosinmonofosfato.
ENCICL La importancia biológica de esta molécula no se debe únicamente a su potencial energético, utilizable en las reacciones metabólicas celulares; el AMP cíclico sirve también de mediador intercelular a las hormonas.

ampalagua n.f. *Arg.* y *Urug.* Herpeto (ofidio).

amparar **I.** v.tr. **1.** Favorecer, proteger. **2.** *Chile.* Llenar las condiciones con que se adquiere el derecho de sacar o beneficiar una mina. **II.** v.prnl. **1.** Valerse del favor o protección de alguno. **2.** Defenderse. • **amparo** n.m. **1.** Acción y efecto de amparar o ampararse. **2.** Abrigo o defensa.

ampelita n.f. Pizarra blanda, aluminosa y muy manchada de antracita. Se usa para hacer lápices de carpintero.

ampelografía n.f. Ciencia que estudia la vid y su cultivo. • **ampelídeo,a** adj. BOT Vitáceo.

amperímetro n.m. Aparato que sirve para medir la intensidad de una corriente eléctrica. • **amperocalibrador** n.m. Electrodinamómetro utilizado para comprobar amperímetros.

amperio n.m. ELECTR Unidad de intensidad de las corrientes eléctricas (abreviatura A). ▷ *Amperio hora.* Cantidad de electricidad transportada en una hora por una corriente de un amperio (abreviatura Ah). ▷ *Amperio vuelta.* Unidad de fuerza magnetomotriz que corresponde al paso de una corriente de un amperio de intensidad por un conductor de una sola espiral. • **amperaje** n.m. Cantidad de amperios que actúan en un aparato o sistema eléctrico. • **ampere** n.m. FIS Nombre del amperio en la nomenclatura internacional.
ENCICL Cuando una corriente circula por un conductor crea un campo magnético que sirve, en los amperímetros de tipo electrodinámico, ferromagnético o de imán móvil, para medir la intensidad de esta corriente. Los amperímetros térmicos utilizan el calor producido en un conductor por la corriente eléctrica. En este caso se mide la dilatación de un hilo o las variaciones de la fuerza electromotriz de un termopar.

amplexicaulo,a adj. BOT Dícese de los órganos que abrazan el tallo de una planta.

ampliar v.tr. **1.** Extender, dilatar. **2.** Reproducir una fotografía en tamaño mayor del que tenga. • **ampliación** n.f. **1.** Acción y efecto de ampliar. **2.** FOTOG Fotografía de tamaño mayor que el negativo original. • **ampliador,a** **1.** n. y adj. Que amplía. **2.** n.f. FOTOG Aparato que permite ampliar fotografías.

amplificar v.tr. Ampliar, extender, dilatar. • **amplificador,a** **1.** n. y adj. Que amplifica. **2.** n.m. FIS Aparato o conjunto de ellos, mediante el cual, utilizando energía externa, se aumenta la amplitud o intensidad de un fenómeno físico.
ENCICL Los amplificadores se utilizan en muy diversos campos: telecomunicaciones, radar, grabación y reproducción de sonidos (sobre todo en alta fidelidad), televisión, etc. Se componen de semiconductores que sirven para aumentar la amplitud o potencia de las señales. Un amplificador se caracteriza por su *ganancia* (medida en decibelios) que es igual a 10 log A; siendo A la relación de amplificación, es decir, la relación entre la potencia de salida y la de entrada.

amplitud n.f. **1.** Extensión, dilatación. ▷ Fig. Capacidad de comprensión intelectual o moral. **2.** ASTRON Ángulo comprendido entre el plano vertical que pasa por la visual dirigida al centro de un astro y el vertical primario. **3.** FIS En el movimiento oscilatorio, espacio recorrido por el cuerpo entre sus dos posiciones extremas. **4.** GEOM Se designa así un ángulo formado por una dirección dada. **5.** MILIT Recta que va del punto de partida al de llegada de un proyectil. • **amplio,a** adj. Extenso, dilatado, espacioso.

ampo n.m. **1.** Blancura resplandeciente de la nieve. **2.** Copo de nieve.

ampolla n.f. **I.** Vejiga formada por la elevación de la epidermis. ▷ Burbuja que se forma en el agua cuando hierve. ▷ Abultamiento producido en la superficie de un metal por la expansión de un gas en el contenido. **II.** Vasija de vidrio o de cristal, de cuello estrecho y de cuerpo ancho y redondo en la parte inferior. ▷ Vinajera. • **ampollar** **I.** adj. De figura de ampolla. **II.** v.tr. y prnl. **1.** Hacer ampollas **2.** Producir abultamientos en una superficie.

ampolleta n.f. **1.** Reloj de arena. **2.** Tiempo que gasta la arena en pasar de una a otra de las dos ampolletas de que se compone este reloj.

ampuloso,a adj. Hinchado y redundante.

amputar v.tr. **1.** Cortar en derredor o quitar o suprimir una parte de un todo. **2.** CIR Cortar y separar enteramente del cuerpo un miembro o porción de él

amueblar v.tr. Dotar de muebles un edificio o alguna parte de él.

amuelar v.tr. Recoger el trigo ya limpio en la era, formando el muelo.

amugronar v.tr. AGRIC Llevar el sarmiento de una vid por debajo de tierra, de modo que ocupe el vacío de una cepa que falta en la viña.

amular **1.** v.intr. Ser estéril. **2.** v.prnl. Inhabilitarse la yegua para criar, por haberla cubierto el mulo.

amuleto n.m. Medalla u otro objeto portátil al que se atribuye virtud sobrenatural para alejar algún daño o peligro, o para propiciar algo.

amura n.f. **1.** MAR Parte de los costados del buque donde éste empieza a estrecharse para formar la proa. **2.** MAR Cabo que hay en las velas mayores de cruz y en las de cuchillo, para llevar los puños bajos hacia proa y atirarlos. • **amurada** n.f. MAR Cada uno de los costados del buque por la parte interior. • **amurar** v.tr. MAR Maniobrar con las amuras para que las velas queden bien orientadas cuando se ha de navegar de bolina.

amurallado,a adj. Protegido o cercado por murallas.

amurcar v.tr. Dar golpe el toro con las astas.

amusgar **I.** v.tr. y prnl. Avergonzar, provocar incomodidad o molestia. **II.** v.tr. e int. Echar hacia atrás las orejas el caballo, el toro, etc., en ademán de atacar. **III.** v.tr. **1.** Concentrar la vista para ver mejor. **2.** *Hond.* Avergonzarse, encogerse.

an- Part insep. *a* (sent.3). *Anepigráfico.*

1. ana n.f. Medida de longitud, que equivale aproximadamente a un metro.

2. ana **1.** Signo que usan los médicos en sus recetas para denotar que ciertos ingredientes han de ser de peso o partes iguales. **2.** Prep. insep. que expresa oposición, retroceso o repetición.

3. ana n.f. Moneda indostánica de níquel.

anabaptista n.m. Adepto de una secta protestante que surgió en Alemania en el s. XIV, que niega todo valor al bautismo de los niños, reservando este sacramento sólo a los adultos.

anabolismo n.m. BIOL Proceso constructivo por medio del cual las sustancias simples se convierten en compuestos más complejos por la acción de células vivientes.

anacanto n. y adj. ZOOL Dícese de los peces teleósteos cuyas aletas abdominales están situadas debajo de las pectorales o delante de ellas.

anacardiáceo,a n.f. y adj. BOT Dícese de plantas angiospermas dicotiledóneas, como el terebinto, el lentisco y el zumaque. ▷ n.f. Familia de estas plantas.

anacardo n.m. **1.** Árbol de Asia, de la familia de las anacardiáceas, que crece hasta 20 m de altura, cuyo pedúnculo se hincha en forma de pera comestible y el cáliz encierra un jugo rojizo que rodea a una almendra de sabor dulce y agradable. Tanto el jugo como la almendra del cáliz maduro se usan en medicina. **2.** Fruto de este árbol. • **anacardina** n.f. FARM Confección que se hacía con anacardos, y a la cual se atribuía la virtud de restituir la memoria.

anaco n.m. Especie de falda que usan las indias del Ecuador y Perú.

anacoluto n.m. GRAM Inconsecuencia en el régimen, o en la construcción de una cláusula.

anaconda n.f. Serpiente americana de la familia de las boas que llega a tener 10 m de longitud. Tiene la cabeza recubierta de placas irregulares y vive a orillas de los ríos.

anacora n.f. Cuerno de caza, corneta.

anacoreta n.m. y f. Persona que vive en lugar solitario, retirada del trato humano y entregada enteramente a la contemplación y a la penitencia.

anacronismo n.m. **1.** Error que consiste en suponer acaecido un hecho antes o después del tiempo en que sucedió. y p. ext., incongruencia que resulta de presentar algo como propio de una época a la que no corresponde. **2.** Cosa pasada de moda.

anacrusis n.f. METR ANTIG Sílaba inicial de un verso que no se cuenta al medir. ▷ MUS Notas que en ciertas piezas, proceden al primer tiempo fuerte del primer compás

anachuita n.m. *Urug.* Árbol ornamental. Se le suele llamar *árbol pimienta* por sus semillas de sabor picante. Es planta medicinal.

ánade n.m. o f. Pato. ▷ P. ext., cualquiera de las aves que tienen los mismos caracteres genéricos que el pato.

anaerobio,a adj. BIOL Que no se puede vivir con el aire. — *Procesos anaerobios.* Que se desarrollan sin oxígeno. • **anaerobiosis** n.f. BIOL Condiciones que precisan los organismos anaerobios para desarrollarse.

anafase n.f. BIOL Tercera fase de la mitosis, durante la cual los cromosomas se separan en dos grupos absolutamente iguales.

anafe o **anafre** n.m. Hornillo portátil.

anafilaxia o **anafilaxis** n.f. FISIOL Impresionabilidad exagerada del organismo debida a la acción de ciertas sustancias orgánicas reinyectadas en él. Produce graves desórdenes • **anafiláctico,a** adj. Debido a la anafilaxia. • **anafilactógeno** n.m. MED Antígeno anafiláctico.

ENCICL La anafilaxia fue descrita por Richet y Portier en 1902. Tras un primer contacto sensibilizador, otro ulterior con el mismo alérgeno desencadena en el hombre, o en los animales, una violenta reacción. El *choque anafiláctico* entraña principalmente una insuficiencia circulatoria aguda que puede causar la muerte; si el individuo logra sobrevivir padecerá molestias respiratorias y cutáneas que se manifiestan ulteriormente. El choque *anafilactoide,* idéntico al anafiláctico, lo producen sustancias con las que el individuo no tuvo un contacto anterior (veneno de serpiente, alcaloides, picaduras de insectos). El tratamiento de urgencia de estos choques se basa fundamentalmente en la corticoterapia.

anáfora n.f. **1.** En las liturgias griegas y orientales, parte de la misa que corresponde al prefacio y al canon en la liturgia romana. **2.** RET Repetición.

anafrodisia n.f. FISIOL Disminución o ausencia del deseo sexual.

anagénesis n.f. FISIOL Regeneración de los tejidos destruidos.

anáglifo n.m. **1.** ANTIG Obra esculpida o cincelada en relieve. **2.** FOTOG Procedimiento estereoscópico que produce impresión de relieve. • **anaglífico,a** adj. ARQUIT Que tiene relieves toscos.

ENCICL Para obtener un anáglifo se toman dos imágenes (fotográficas o impresas) del mismo objeto, una en azul verdoso y otra en rojo; se superponen en el papel fotográfico (o se imprimen) levemente desplazadas; el espectador, con unas gafas que tienen un cristal azul verdoso y otro rojo, verá el objeto en relieve y en blanco y negro.

anagoge o **anagogía** n.f. **1.** Sentido místico de la Biblia. **2.** Elevación y enajenamiento del alma en la contemplación de las cosas divinas.

anagrama n.m. Transposición de las letras de una palabra o sentencia, de que resulta otra palabra o sentencia distinta. ▷ Palabra o sentencia, que resulta de esta transposición de letras.

1. anal **1.** adj. ant. *anual.* **2.** n.m.pl. Relaciones de sucesos por años. • **analéstico,a** adj. Perteneciente o relativo a los anales.

2. anal adj. ZOOL Perteneciente o relativo al ano.

analéptico,a adj. MED Dícese del régimen alimenticio que restablece las fuerzas. • **analepsia** n.f. MED Recuperación de las fuerzas durante la convalecencia.

analfabeto,a m. y f. **1.** n. y adj. Que no sabe leer ni escribir. ▷ Carente de instrucción elemental. **2.** P. ext., ignorante o desconocedor de una disciplina. • **analfabetismo** n.m. **1.** Falta de instrucción elemental de un país, referida especialmente al número de sus ciudadanos que no saben leer. **2.** Calidad de analfabeto.

analgesia n.f. **1.** PAT Falta o supresión de toda sensación dolorosa, sin pérdida de los restantes modos de la sensibilidad. **2.** MED Modalidad de anestesia. • **analgésico,a** **1.** adj. Perteneciente o relativo a la analgesia. **2.** n.m. Medicamento o droga que produce analgesia.

análisis n.m. **1.** Descomposición de un todo en partes hasta llegar a conocer sus principios o elementos. ▷ Estudio detallado de nuestros sentimientos y de los móviles profundos de nuestros actos. **2.** QUIM. Determinación de la composición de una sustancia. v. ENCICL. ▷ MED Examen biológico que permite establecer o precisar un diagnóstico. ▷ ELECTRON Lectura e interpretación de informaciones. — *Análisis de una imagen de televisión.* Descomposición de esta imagen en líneas y puntos. ▷ FIS *Análisis espectral.* Determinación de la estructura de un compuesto a partir de su espectro de emisión o absorción. **3.** Estudio de las principales ideas que contribuyen a la formación de una obra literaria o artística. **4.** GRAM Descomposición de una oración en proposiciones *(análisis lógico)* o de una proposición en palabras *(análisis gramatical)* indicando su naturaleza y función. **5.** MAT Parte de las matemáticas que comprende el cálculo infinitesimal y sus aplicaciones. — *Análisis armónico.* Descomposición de una función armónica en funciones sinusoidales. — *Análisis vectorial o tensorial.* Teoría de la transformaciones infinitesimales de los vectores o de los tensores. — *Análisis combinatorio.* Parte del análisis que estudia las diferentes maneras de combinar los elementos de un conjunto (teoría de las variaciones, permutaciones y combinaciones). **6.** Psicoanálisis. **7.** INFORM Operaciones previas a la programación. — *Análisis funcional.* Reseña de los datos del problema a resolver, de los algoritmos de cálculo y de la organización general del procedimiento. — *Análisis orgánico.* Descripción detallada de los programas y los procedimientos. • **analista** n.m. y f. **1.** Especialista en análisis (química o matemáticas). **2.** INFORM Persona encargada de las operaciones de diagnóstico y análisis. — *Analista-programador.* Persona especializada en el análisis y la programación. **3.** Persona versada en el análisis psicológico. **4.** Psicoanalista. **5.** Autor de anales. • **analítico,a** adj. Que contiene un análisis o procede por análisis. ▷ MAT Que procede del campo del análisis. *Geometría analítica.* Aplicación del cálculo algebraico a la geometría. *Función analítica.* ▷ *Lenguas analíticas.* Las que utilizan poco las formas conexas y expresan las relaciones sintácticas con vocablos específicos. ▷ *Técnica o tratamiento analítico.* Que utiliza el psicoanálisis. • **analizador,a** **1.** n.m. FIS Sistema óptico que permite definir el estado de polarización de un haz luminoso. — ELECTRON *Analizador de imagen.* Tubo electrónico que transforma una imagen en señales eléctricas. — Programa específico que analiza el contenido del programa a realizar. **2.** adj. Que analiza.

ENCICL **Quím.** — El análisis *elemental* tiene por objeto determinar la naturaleza de los elementos contenidos en un cuerpo puro compuesto (análisis *cualitativo*), y las proporciones de estos elementos (análisis *cuantitativo*), es decir, la fórmula del compuesto. Va precedido de operaciones destinadas a separar los cuerpos puros contenidos en la muestra (análisis *inmediato*). Para ello se utilizan distintas técnicas: entresacado, flotación, levigación, sublimación, y disolución fraccionada para los sólidos; destilación y cristalización fraccionada, diálisis y electroforesia para los líquidos; licuefacción fraccionada, difusión y absorción para los gases. El análisis cualitativo emplea una gama de reactivos que permiten identificar los cuerpos buscados. El análisis cuantitativo emplea unos cuantos métodos: gravimetría (medida de las masas), volumetría (medida de los volúmenes), colorimetría (absorción de la luz), dosificación electroquímica y radiactiva, espectrografía, etc. El análisis *orgánico* permite determinar la fórmula de los compuestos orgánicos, por oposición al análisis *mineral,* que se aplica a la materias químicas presentes en la corteza terrestre. El análisis químico es importante en muchos campos, por ej. en bioquímica y en biología médica. Se ha utilizado en el estudio de las muestras recogidas en la Luna por los vuelos *Apolo* y en Marte por las sondas *Viking.*

analogía n.f. **1.** Semejanza que tienen entre sí cosas de naturaleza distinta o diferentes dentro de su especie. **2.** GRAM Semejanza formal entre los elementos lingüísticos que desempeñan igual función o tienen entre sí alguna coincidencia significativa. **3.** GRAM Creación de nueva formas lingüísticas, o modificación de las existentes, a semejanza de otras; p. ej. los pretéritos *tuve, estuve, anduve* se formaron por analogía con *hube.* **4.** Morfología. **5.** BIOL Relación de correspondencia que ofrecen entre sí partes que en diversos organismos tienen una misma posición relativa. **6.** FIL Atribución de la misma nota o carácter a varios objetos en distinto sentido. ▷ Relación de diversos objetos o conceptos entre sí, por la cual se les aplica un término común. **7.** FOR Método por el que una regla de ley o de derecho se extiende a campos no comprendidos en ella. • **analógico,a** adj. **1.** Análogo. **2.** LING Perteneciente o relativo a la analogía. **3.** INFORM Dícese de los dispositivos que representan un fenómeno físico con la ayuda de señales eléctricas de variación continua.

anamnesis o **anamnesia** n.f. **1.** MED Parte del examen clínico que reúne todos los datos personales, hereditarios y familiares del enfermo, anteriores a la enfermedad. **2.** LITURG Oración de la misa, que conmemora la Pasión, resurrección y ascensión de Cristo. • **anamnéstico,a** adj. Conocido a través del interrogatorio médico.

anamniotas n.f. ZOOL Conjunto de vertebrados cuyo embrión carece de amnios (ciclostomas, peces y anfibios).

anamorfosis n.f. FIS Imagen de un objeto deformado por ciertos dispositivos ópticos. ▷ PINT Representación voluntariamente deformada de un sujeto, cuyo verdadero aspecto no puede ser descubierto por el espectador, sino desde un ángulo determinado. ▷ MAT Transformación geométrica de las figuras cuyas coordenadas han sido multiplicadas por dos constantes diferentes.

anamú n.m. Planta silvestre de la isla de Cuba, de la familia de las fitolacáceas. La planta huele a ajo.

ananá o **ananás** n.m. **1.** Planta exótica vivaz, de la familia de las bromeliáceas, con fruto grande en forma de piña, carnoso y suculento. **2.** Fruto de esta planta.

anapelo n.m. Acónito (planta).

anapesto n.m. Pie de las métricas griega y latina compuesto de tres sílabas: las dos primeras, breves, y la otra, larga.

anaplasia n.f. MED Pérdida anormal de ciertos caracteres celulares, sin recuperación del estado primitivo.

anaplastia n.f. CIR Reparación, por autoinjerto, de una parte mutilada.

anaptixis n.f. GRAM Desarrollo de la resonancia vocálica de las sonánticas hasta convertir esta resonancia en vocal, como en *corónica* por *crónica.*

anaquel n.m. Cada una de las tablas puestas horizontalmente para colocar sobre ellas libros, piezas de vajilla, etc.

anaranjado,a **1.** n. y adj. De color semejante al de la naranja. **2.** n.m. QUIM *Anaranjado de metilo* Colorante también llamado heliantina.

anarcosindicalismo n.m. Movimiento que introdujo en el sindicalismo la concepción anarquista del antiestatismo.

anarmónico,a GEOM *Relación anarmónica* de cuatro puntos sucesivos A, B, C, y D, tomados sobre un eje:

$$\frac{\overline{AC}}{\overline{AD}} : \frac{\overline{BC}}{\overline{BD}}$$

anarquía n.f. Falta de todo gobierno en un Estado. ▷ P. ext., desconcierto, incoherencia. • **anarquismo** Conjunto de doctrinas de los anarquistas. • **anarquista 1.** adj. Propio del anarquismo o de la anarquía. **2.** n.m. y f. Persona que profesa el anarquismo. ENCICL El anarquismo como doctrina data del s. XIX. Marx tildaba de idealistas y utópicos a Stirner *(El único y su propiedad,* 1844*)* y a Proudhon, en tanto Bakunin (1814-1876) acusaba a los marxistas de querer instaurar una «burocracia roja». En efecto, aunque el marxismo aspira a la desaparición final del Estado, considera necesaria la creación de un partido fuertemente estructurado y de un Estado socialista. Por el contrario los anarquistas son enemigos radicales de toda jerarquía, de todo Estado; superada la época del atentado terrorista (nihilistas rusos), predican la espontaneidad de las masas (Rusia, 1917, guerra de España, incluso Mayo francés, 1968) y sólo una parte de ellos (militantes del anarcosindicalismo, nacido a finales del s. XIX) se declaran partidarios de la acción sindical. Los principales teóricos del anarquismo, además de los citados, son Kropotkin, Malatesta y Voline. Este movimiento, que durante la primera Internacional se escindió del socialismo, cobró especial importancia hacia fines de siglo pasado y principios de éste en Italia, la Suiza francófona, España, y a través de las emigraciones, en América, sobre todo en Estados Unidos y en el Río de la Plata. En España encontraron terreno fértil los procedimientos de los nihilistas soviéticos, que preconizaban la violencia y la lucha clandestina como única forma de lograr la revolución social. Entre las acciones anarquistas de este tipo destacan las bombas en el Liceo de Barcelona (1893) y el asesinato de Cánovas del Castillo, jefe de Gobierno (1897). En diciembre de 1922 se constituyó en Berlín la AIT (Asociación Internacional de los Trabajadores) en la cual el grupo más amplio y de mayor implantación social era la CNT española. Durante la II República, y con la asistencia de los dirigentes Valeriano Orobón y Eusebio Carbó, se desarrolló en Madrid el IV congreso de la Internacional anarquista. La CNT tuvo un destacado papel durante la Guerra Civil. Actualmente ha perdido la importancia que tuvo en el pasado.

anasarca n.f. PAT Edema general del tejido celular subcutáneo, acompañado de hidropesía en las cavidades orgánicas.

anastigmático,a adj. ÓPT Se dice de los objetivos aplanéticos en que se ha corregido el astigmatismo con precisión.

anastomosis n.f. BOT y ZOOL Unión de unos elementos anatómicos con otros de la misma planta o del mismo animal.

anástrofe n.f. GRAM Inversión violenta en el orden de las palabras de una oración.

anatema n.m. o f. **1.** Excomunión. **2.** Maldición, imprecación. • **anatematizar** v.tr. **1.** Imponer el anatema. **2.** Maldecir a alguno o hacer imprecaciones contra él. ▷ Fig. Reprobar a una persona o cosa.

anatista n.m. Oficial que en la dataría romana tenía a su cargo los libros y despachos de las medias anatas.

anatomía n.f. **1.** Ciencia que estudia las diferentes partes del cuerpo de los animales o de las plantas. ▷ MED *Anatomía descriptiva.* La que describe con precisión las formas de cada uno de los órganos. **2.** BIOL Disección o separación artificiosa de las partes del cuerpo de un animal o de una planta. **3.** ESC y PINT Disposición, tamaño, forma y sitio de los miembros externos que componen el cuerpo humano o el de los animales. • **anatómico,a** adj. Perteneciente o relativo a la anatomía.

anatoxina n.f. BIOL Toxina que ha perdido su poder patógeno gracias a un tratamiento adecuado, pero conserva sus propiedades inmunizantes.

anátropo adj. BOT Se dice del óvulo en el cual el micropilo está junto al hilo.

anca n.f. **1.** Cada una de las dos mitades laterales de la parte posterior de algunos animales. **2.** Parte posterior y superior de los caballos. **3.** Parte superior de la pierna de una persona (cadera). — *A ancas* o *a las ancas.* En la grupa del caballo que monta a otra persona. • **ancado,a 1.** adj. VETER Se dice del caballo que tiene encorvada hacia adelante la articulación de las patas traseras. **2.** n.m. Defecto del caballo ancando.

ancestral adj. **1.** Perteneciente o relativo a los antepasados. **2.** Tradicional y de origen remoto.

anciano,a I. n. y adj. Se dice de la persona de edad avanzada. **II.** adj. **1.** En los tiempos apostólicos, de los encargados de gobernar las iglesias. **2.** En las órdenes militares, cualquiera de los freires más antiguos de su respectivo convento. • **ancianidad** Último período de la vida ordinaria del hombre.

ancla n.f. MAR Instrumento fuerte de hierro forjado, en forma de arpón o anzuelo doble, que sirve para aferrarla al fondo del mar y sujetar la nave. • **anclaje** n.m. **1.** MAR Acción de anclar la nave. **2.** MAR Fondadero. • **anclar** v.int. **1.** MAR Echar anclas. **2.** MAR Quedar sujeta la nave por medio del ancla. • **anclote** n.m. Ancla pequeña.

ancón n.m. **1.** Ensenada pequeña en que se puede fondear. **2.** *Méx.* Rincón. **3.** ARQUIT. Cada una de las dos ménsulas colocadas a uno y otro lado de un vano para sostener la cornisa.

áncora n.f. **1.** Ancla. **2.** Fig. Lo que sirve de amparo en un peligro o infortunio. • **ancorel** n.m. Piedra que sirve de ancla a la boya de una red.

ancho,a I. adj. **1.** Que tiene más o menos anchura. **2.** Que tiene anchura excesiva. ▷ Holgado, excesivamente amplio. **3.** Fig. Liberado. **4.** Orgulloso. **II.** n.m. Anchura. —*A mis, a tus, a sus, anchas.* Cómodamente, con entera libertad.

anchoa n.f. **1.** Boquerón curado en salmuera con parte de su sangre. **2.** En algunas partes, *boquerón* (pez).

anchura n.f. **I. 1.** La menor de las dos dimensiones principales que tienen las cosas o figuras planas. **2.** En una superficie, su dimensión considerada de derecha a izquierda o de izquierda a derecha. **3.** En objetos de tres dimensiones, la segunda magnitud. **II. 1.** Amplitud, extensión o capacidad grandes. **2.** Holgura, espacio suficiente para una cosa.

andada n.f. **1.** Pan muy delgado y sin miga. **2.** pl. Entre cazadores, huellas de animales. — Fig. y Fam. *Volver uno a las andadas.* Reincidir en un vicio o mala costumbre.

andaderas n.f.pl. Aparato ceñido a la cintura del niño para que aprendiera a andar sin riesgo de caerse.

andado,a adj. **1.** Transitado. **2.** Común y ordinario. **3.** Usado o algo gastado.

andador,a I. n. y adj. **1.** Que anda mucho o con velocidad. **2.** Que anda de una parte a otra sin parar en ninguna. **II.** n.m. **1.** Senda por donde se puede andar en las huertas. **2.** pl. Tirantes que sirven para sostener al niño cuando aprende a andar. • **andadura** n.f. **1.** Acción o modo de andar. **2.** Paso de andadura.

andalucita n.f. MIN Silicato de alúmina natural.

andaluz,a 1. n. y adj. Natural de Andalucía. **2.** adj. Perteneciente o relativo a Andalucía.

andamio n.m. **1.** Armazón de tablones o vigas horizontales, que sirve para colocarse encima y trabajar en la construcción o reparación de paredes, estatuas, etc. **2.** Tablado que se pone en plazas o sitios públicos.

andana n.f. Orden de algunas cosas puestas en línea. *Casa de dos o tres andanas de balcones.*

andanada n.f. **1.** Andana, orden de cosas puestas en línea. **2.** TAUROM Localidad cubierta y con diferentes órdenes de gradas. **3.** MAR Descarga cerrada de todas las baterías de uno de los costados de un buque. ▷ Fig. y Fam. Reprimenda. *Le soltó una andanada.*

andante 1. adv. m. MUS Con movimiento moderadamente lento. **2.** n.m. MUS Composición o parte de ella que se ha de ejecutar con este movimiento. • **andantino 1.** adv.m. MUS Con movimiento más vivo que el andante, pero menos que el alegro. **2.** n.m. MUS Composición o parte de ella que se ha de ejecutar con este movimiento.

andantesco,a adj. Perteneciente o relativo a la caballería o a los caballeros andantes.

andanza I. n.f. **1.** Acción de recorrer diversos lugares, considerada como azarosa. **2.** Suerte buena o mala. **II.** pl. Peripecias, aprietos, trances.

1. andar I. v.int. y prnl. **1.** Ir de un lugar a otro dando pasos. **2.** Ir de un lugar a otro lo inanimado. *Andar los planetas, la nave.* **3.** Fam. Seguido de la prep. *en*, poner o meter las manos o los dedos en alguna cosa. *Le encontré andando en el cajón. No es bueno andarse en los ojos.* **II.** v. int. **1.** Moverse un aparato para ejecutar sus funciones. **2.** Fig. Estar. *Andar uno bueno.* **3.** Fig. Haber. *El ruido que andaba en el jardín.* **4.** Fig. Estar metido en algo, entender de algo. *Andar en pleitos.* **5.** Hablando del tiempo, pasar o correr. **6.** Con las preps. *con* o *sin* y algunos nombres, tener o padecer lo que el nombre significa, o al contrario. *Andar con cuidado; andar sin recelo.* **7.** Seguido de la prep. *a* y de nombres en plural, como *cuchilladas, tiros,* darlos. **8.** Con la misma prep., seguida de un número que indique años, estar para cumplir éstos. *Tengo veinte años cumplidos y ando en los veintiuno.* **9.** Fam. Seguido de la prep. *con,* traer entre manos. *Es peligroso andar con pólvora.* **10.** Con gerundios, denota la acción que expresan éstos. **11.** Fam. Ir de un lugar a otro. **12.** MAR Arribar, girar el buque. **III.** v.tr. Recorrer uno un espacio. *Andar el camino.* **IV.** v.prnl. **1.** Seguido de la prep. *a* y otro verbo, ocuparse en, o ponerse a, ejecutar la acción de dicho verbo. **2.** Con las preps. *con* o *en*, usar o emplear. *Andarse con bromas.*

2. andar n.m. **1.** Andadura, acción de andar. **2.** Modo de andar con más o menos garbo. (Se usa más en pl.) **3.** Manera de proceder. **4.** MAR Velocidad de un buque. • **andariego,a** n. y adj. Andador, que anda mucho y que va de una parte a otra sin parar en ninguna. • **andarín,a** n. y adj. Se dice de la persona andadora.

andarivel n.m. **1.** Maroma tendida entre las dos orillas de un río o canal para guiar las embarcaciones menores. **2.** MAR Pasamano de cuerda colocado en diferentes sitios del buque. **3.** Tecle. **4.** Mecanismo usado para pasar ríos y hondonadas que no tienen puente. Es una cesta o cajón que corre por una maroma fija por sus dos extremos. **5.** *Cuba.* Batea usada para pasar los ríos. **6.** *Ecuad.* En deportes, pista delineada con cuerdas.

andas n.f.pl. **1.** Tablero que, sostenido por dos varas paralelas y horizontales, sirve para conducir personas o cosas. **2.** Féretro con varas.

andel n.m. Rodada o carril que deja el paso de un carro u otro vehículo a campo traviesa.

andén n.m. **1.** Corredor o sitio destinado para andar. **2.** En las estaciones de los ferrocarriles, especie de acera a lo largo de la vía. **3.** En los puertos de mar, espacio de terreno sobre el muelle en que anda la gente. **4.** Acera de un puente. **5.** *Guat.* y *Hond.* Acera de calle, **6.** *Arg.*, *Bol.* y *Perú.* Bancal, terreno de labranza. **7.** Pretil, parapeto, antepecho. **8.** Anaquel.

andenería n.f. **1.** *Perú.* Gradería de bancales en las laderas. **2.** *Perú.* Conjunto de andenes.

andero n.m. Cada uno de los que llevan en hombros las andas.

andesina n.f. Feldespato de alúmina, sosa y cal, que forma parte de algunas rocas eruptivas. • **andesita** n.f. GEOL Roca volcánica compuesta de cristales de andesina. • **andesítico,a** adj. Volcanismo andesítico, típico de los Andes, donde se manifiesta por la erupción de andesitas.

ándito n.m. **1.** Corredor o andén que exteriormente rodea un edificio. **2.** Acera de una calle.

andón,a adj. *Col.*, *Cuba* y *Venez.* Que anda mucho. Se dice de los caballos.

andorga n.f. Fam. Vientre, cavidad inferior del cuerpo.

andorrano,a **1.** n. y adj. Natural de Andorra. **2.** adj. Perteneciente o relativo a este principado pirenaico.

andosco,a n. y adj. Se aplica a la res de ganado menor que tiene dos años.

andrajo n.m. **1.** Pedazo o jirón de ropa muy usada. **2.** Fig. Persona o cosa muy despreciable. • **andrajoso,a** adj. Cubierto de andrajos.

andro- Prefijo que significa hombre.

androceo n.m. BOT Tercer verticilo de la flor, formado por los estambres.

andrógeno,a adj. Que provoca la aparición de caracteres sexuales masculinos secundarios. ▷ n.m. Hormona andrógena. • **androginia** n.f. MED Seudohermafroditismo parcial en el hombre. • **andrógino,a** adj. **1.** BOT Monoico. **2.** ZOOL Se dice de algunos animales de órdenes inferiores que, aun cuando reúnen los dos sexos, necesitan para reproducirse, el concurso de otro individuo de la misma especie.
ENCICL Las hormonas andrógenas son hormonas esteroides secretadas por los testículos y, en ambos casos, por las glándulas suprarrenales. Los principales andrógenos son la testosterona, la deshidroepiandrosterona (DHEA) y la androstenediona. Su secreción depende del lóbulo anterior de la hipófisis (ACTH). Provocan la aparición de los caracteres sexuales secundarios y un aumento de la síntesis proteica destinada a las masas musculares y los huesos. Se emplean en terapéutica como anabólicos.

androide n.m. Autómata de figura de hombre.

andrómina n.f. Fam. Embuste, enredo.

andropausia n.f. MED En el hombre, disminución de la actividad sexual a partir de cierta edad.

androsterona n.f. BIOQUIM Hormona presente en la orina masculina que tiene una función importante durante la pubertad del hombre (derivada de la testosterona, principal hormona masculina).

andullo n.m. **1.** Tejido que se pone en las jaretas y motones de los buques, para evitar el roce. **2.** Hoja larga de tabaco arrollada.

andurrial n.m. Paraje extraviado o fuera de camino.

anea n.f. **1.** Planta de la familia de las tifáceas. Se emplean las hojas de esta planta para hacer asientos de sillas. **2.** Espadaña.

1. anear v.tr. Medir por anas.

2. anear n.m. Sitio poblado de aneas.

anécdota n.f. **1.** Relato breve de un hecho curioso. **2.** Suceso curioso. • **anecdotario** n.m. Colección de anécdotas. • **anecdótico,a** adj. Perteneciente o relativo a la anécdota.

anegar **I.** v.tr. y prnl. **1.** Inundar de agua. **2.** Ahogar. **II.** v.tr. Abrumar, agobiar. **III.** v.prnl. Naufragar la nave.

anejir n.m. Refrán o sentencia popular puesta en verso y cantable.

anejo,a **I.** n. y adj. **1.** Dícese de lo que está agregado a otra cosa respecto de ella. **2.** Anexo. **II.** adj. Propio, inherente, concerniente. **III.** n.m. **1.** Iglesia parroquial de un lugar, sujeta otro pueblo. **2.** Grupo de población rural incorporado a otro u otros, para formar municipio.

anélido adj. ZOOL Se dice de animales pertenecientes al tipo de los gusanos, que tienen el cuerpo casi cilíndrico, con anillos o pliegues transversales externos que corresponden a segmentos internos. En su mayoría viven en el mar, pero muchos residen en el agua dulce, como la sanguijuela, o en la tierra húmeda, como la lombriz. ▷ pl. Clase de estos animales.

anemia n.f. FISIOL Empobrecimiento de la sangre, por disminución de su cantidad total, como ocurre después de las hemorragias, o por enfermedades que amenguan la cantidad de hemoglobina o el número de glóbulos rojos.

anemocordio n.m. Arpa eolia.

anemófilo,a adj. BOT Se dice de la plantas en las que la polinización se verifica por medio del viento.

anemógrafo n.m. **1.** El que profesa la anemografía o en ella tiene especiales conocimientos. **2.** Anemoscopio. • **anemografía** n.f. Parte de la meteorología, que trata de la descripción de los vientos.

anemómetro n.m. Instrumento que sirve para medir la velocidad o la fuerza del viento.

anémona o **anemone** n.f. **I.** **1.** Planta herbácea, vivaz, de la familia de las ranunculáceas. Se cultivan en los jardines diferentes especies, que generalmente se distinguen por el color de sus flores. **2.** Flor de esta planta **II.** *Anémona de mar.* Pólipo solitario antozoo, del orden de los hexacoralarios, de colores brillantes, que vive fijo sobre las rocas.

anemoscopio n.m. Instrumento que sirve para indicar los cambios de dirección del viento.

anergia n.f. MED Pérdida de la capacidad de reacción contra un antígeno frente al cual el organismo estaba inmunizado.

anestesia n.f. Falta o privación general o parcial de la sensibilidad, ya por efecto de un padecimiento, ya artificialmente producida. • **anestésico,a** **1.** adj. Perteneciente o relativo a la anestesia. **2.** n.m. y adj. Que produce o causa anestesia. • **anestesista** n.m. Médico especializado que suministra la anestesia en las intervenciones quirúrgicas.
ENCICL La *anestesia general,* con abolición total de la conciencia, se obtiene mediante la inyección de barbitúricos (o derivados); la *anestesia local,* que sólo afecta a una zona y no va acompañada de la pérdida de conciencia, se logra por pulverización o inyección de derivados de la procaína. Una anestesia general prolongada requiere reanimación cardíaca y respiratoria, así como una estrecha vigilancia del médico y los anestesistas.

aneurisma n.m. MED Dilatación localizada de una arteria.

anexar o **anexionar** v.tr. Unir o agregar una cosa a otra con dependencia de ella. • **anexidad** n.f. **1.** p.us. Conexión de una cosa con otra. **2.** pl. Derechos y cosas anexas a otra principal. • **anexionismo** n.m. Doctrina que favorece y defiende las anexiones, especialmente tratándose de territorios. • **anexo,a** **I.** n. y adj. **1.** Se dice de lo que está unido o agregado a otra cosa respecto de ella. **II.** adj. **1.** Anejo. **2.** ANAT Se dice de ciertas partes del cuerpo humano que dependen de un órgano principal.

anfetamina n.f. MED Estimulante del sistema nervioso central que acrecienta la capacidad física y psíquica del individuo, utilizado a veces como inhibidor del apetito. (Las anfetaminas se incluyen entre los tóxicos por producir hábito y dependencia; se suelen administrar fraudulentamente a los atletas antes de las competiciones.)

anfi Prep. insep. que significa alrededor. *Anfiteatro.*

anfibio,a **I.** n. y adj. **1.** Se aplica en sentido estricto al animal que puede vivir indistintamente en tierra o sumergido en el agua; y p. ext., se dice también de los que han vivido en el agua cuando jóvenes, y en tierra cuando adultos. **2.** ZOOL Batracio. ▷ n.m. pl. Clase de estos animales. V. ENCICL. **II.** adj. **1.** Se aplica a los vehículos que pueden desplazarse por tierra y por agua. **2.** Se dice de las plantas que pueden crecer en el agua o fuera de ella.
ENCICL El desarrollo de los anfibios presenta metamorfosis: las larvas, o renacuajos, de respiración branquial, son acuáticos, mientras que los adultos, terrestres, son pulmonados. La anatomía del adulto es intermedia entre la de los peces, de los que derivan, y la de los reptiles, que son sus descendientes: en la Era Primaria los anfibios estegocéfalos fueron los primeros vertebrados que abandonaron el medio acuático para pasar al terrestre.

anfíbol n.m. Mineral compuesto de sílice, magnesia, cal y óxido ferroso, de color por lo común verde o negro, y brillo anacarado. • **anfibolita** n.f. Roca compuesta de anfíbol y algo de feldespato, cuarzo o mica. Se emplea en la fabricación de objetos de lujo.

anfibología n.f. **1.** Doble sentido, vicio de la palabra, cláusula, o manera de hablar, a que puede darse más de una interpretación. **2.** RET Figura que consiste en emplear adrede voces o cláusulas de doble sentido.

anfíbraco n.m. Pie de la poesía griega y latina, compuesto de tres sílabas, una larga entre dos breves.

anfictionía n.f. **1.** Confederación de las antiguas ciudades griegas, para asuntos de interés general. **2.** Asamblea de los anfictiones. • **anfictión** n.m. Cada uno de los diputados de la anfictionía.

anfidrómico adj. OCEANOG Se dice del punto donde la marca es nula y alrededor del cual las líneas cotidales se disponen radialmente.

anfímacro n.m Pie de la poesía griega y latina, compuesto de tres sílabas: la primera y la última, largas, y la segunda, breve.

anfimixis n.f. BIOL Fusión de los núcleos de los gametos macho y hembra sin fecundación.

anfineuro n.m. y adj. ZOOL Se dice de moluscos marinos que carecen de cabeza y pie distintos, con simetría bilateral y sistema nervioso formado por una doble cadena ganglionar, semejante a la de los gusanos. ▷ n.m. pl. Clase de estos animales.

anfioxo n.m. ZOOL Invertebrado marino cefalocordado cuyo esqueleto, interno, dorsal, se reduce a la cuerda dorsal o notocordio, y el ojo a una mancha ocular insensible a la luz.

anfípodo n. y adj. ZOOL Se dice de crustáceos acuáticos de pequeño tamaño, casi todos marinos, con el cuerpo comprimido lateralmente y el abdomen encorvado hacia abajo; tienen antenas largas, siete pares de patas to-

anfisbena o **anfisibena** n.f. **1.** Reptil mitológico. **2.** ZOOL Reptil saurio, sin patas, lo cual hace que se asemeje a una pequeña culebra. • **anfisbénidos** n.m. pl. ZOOL Orden de reptiles ápodos de las regiones tropicales, actualmente separados de los saurios, parecidos a grandes gusanos de tierra, y que se desplazan tanto hacia adelante como hacia atrás, de ahí su nombre de serpientes con dos cabezas.

anfiscio,a n.m. y f. y adj. GEOGR Se dice del habitante de la zona tórrida, cuya sombra, al mediodía, mira ya al Norte, ya al Sur, según las estaciones del año.

anfiteatro n.m. **1.** Edificio de figura redonda u oval con gradas alrededor, y en el cual se celebraban en la antigüedad varios espectáculos, como los combates de gladiadores o de fieras. **2.** Conjunto de asientos, ordinariamente colocados en gradas semicirculares, que suele haber en las aulas y en los teatros.

anfitrión,a n.m. y f. Persona que tiene invitados.

ánfora n.f. Cántaro alto y estrecho, de cuello largo, con dos asas, terminado en punta, y muy usado por los antiguos griegos y romanos.

anfractuoso,a adj. Abrupto, sinuoso, tortuoso, desigual. • **anfractuosidad** n.f. **1.** Calidad de anfractuoso. **2.** ANAT Surco o depresión sinuosa que separa las circunvalaciones cerebrales.

angaria n.f. **1.** Antigua servidumbre o prestación personal. **2.** MAR Retraso forzoso impuesto a la salida de un buque para emplearlo en un servicio público.

angarillas n.f. pl. **1.** Armazón compuesta de dos varas con una tabla en medio, en que se llevan a mano materiales para edificios y otras cosas. **2.** Armazón de cuatro palos clavados en cuadro, de los cuales penden unas grandes redes de esparto u otra materia flexible, que sirve para transportar en cabalgaduras cosas delicadas. **3.** Aguaderas. **4.** Vinagreras para el servicio de la mesa.

ángel n.m. **1.** Espíritu celeste. ▷ Fig. Persona en quien se suponen las calidades propias de los espíritus angélicos.

angélica n.f. **1.** Planta herbácea, vivaz, de la familia de las umbelíferas, con tallo ramoso, derecho, empinado y garzo, que crece hasta unos 50 cm de altura; hojas con tres segmentos aserrados y ovales, flores de color blanco rojizo, y semilla negra, orbicular y comprimida. **2.** FARM Bebida purgante.

angelote n.m. **I. 1.** Fam. Figura grande de ángel, que se pone en los retablos o en otras partes. **2.** Fig. y Fam. Niño muy grande, gordo y apacible. ▷ Fig. y Fam. Persona muy sencilla y apacible. **II.** ZOOL Pez selacio del suborden de los escuálidos. **III.** BOT Especie de *higueruela*, planta leguminosa.

ángelus n.m. Oración que comienza con las palabras *ángelus Dómini.*

angi(o)- Prefijo procedente del griego *angeon*, «cápsula, vaso».

angina n.f. MED Inflamación aguda de la faringe y de las amígdalas. ▷ *Angina de pecho.* Síndrome doloroso localizado en el tórax, provocado por el esfuerzo, que testimonia una insuficiencia coronaria.

angiografía n.f. MED Radiografía de los vasos sanguíneos tras la inyección de una sustancia opaca a los rayos X.

angiología n.f. ANAT Parte de la anatomía que trata del sistema vascular.

angioma n.m. MED Malformación vascular consistente en una aglomeración circunscrita de vasos sanguíneos (hemangioma) o linfáticos (linfangioma).

angiospermo,a n.f. y adj. BOT Se dice de plantas fanerógamas cuyos carpelos forman una cavidad cerrada u ovario, dentro de la cual están los óvulos. ▷ n.f.pl. Subtipo de estas plantas.

angiotensina n.f. FISIOL Polipéptido hipertensor y vasocontrictor. • **angiotensinógeno** n.m. FISIOL Proteína sérica, precursor inactivo de la angiotensina.

angitis n.f. MED Inflamación de un vaso, principalmente sanguíneo o linfático.

anglesita n.f. Sulfato de plomo natural, abundante en la isla de Anglesey.

anglicanismo n.m. Conjunto de ritos e instituciones propios de la iglesia cristiana de Inglaterra. • **anglicanizante 1.** adj. Se dice del léxico, semántica o sintaxis influidos por los de la lengua inglesa. **2.** n. y adj. Que se inclina a la doctrina anglicana o la imita. • **anglicano,a** adj. Relativo al anglicanismo. Iglesia anglicana. ▷ n. Persona que pertenece a esta religión. — Lat. *anglicanus.*

ENCICL La iglesia anglicana (Iglesia de Estado) se instituyó tras la ruptura de Enrique VIII con el papa Clemente VII, que se negó a anular su matrimonio con Catalina de Aragón. Con una liturgia similar a la calvinista, preparada por Cranmer *(Common Prayer Book,* 1549); un enunciado dogmático, llamado de los treinta y nueve artículos (elaborado bajo Isabel I, pero oficial solamente desde 1571); un intento pietista provocado por Wesley (s. XVIII) y un despertar de tono patrístico en el s. XIX (Pusey, Newman) que figura en la historia con el nombre de «movimiento de Oxford», la evolución de las comunidades anglicanas hacia un acercamiento a Roma viene dada, tras cuatro siglos de existencia, por el nombramiento (1961) de un delegado del Secretariado para la Unidad y la creación de una comisión para las relaciones con los católicos (1964), que se ha convertido en una comisión mixta permanente (1970).

anglicismo n.m. Vocablo o giro de esta lengua empleado en otra.

anglístico,a **1.** adj. Se dice de los estudios referentes a la lengua inglesa o a la cultura de los países anglohablantes. **2.** n.f. Estudio de esta lengua o cultura.

anglo n. y adj. **1.** Se dice del individuo de una tribu germánica que en el s. VI se estableció en Inglaterra. **2.** Inglés, natural de Inglaterra y perteneciente a esta nación.

angloamericano,a **I.** adj. **1.** Perteneciente a ingleses y americanos, o compuesto de elementos propios de los países de ambos. **2.** Se dice del individuo de origen inglés, nacido en América. **II.** n. y adj. Natural de los Estados Unidos de América o perteneciente a este país

anglófilo,a n. y adj. Que simpatiza con Inglaterra, con los ingleses o con lo inglés.

anglófobo,a adj. Desafecto a Inglaterra o a los ingleses.

anglomanía n.f. Imitación de las costumbres inglesas.

anglonormando,a **I.** n. y adj. Se dice de los normandos que se establecieron en Inglaterra después de la batalla de Hastings (1066). **II.** adj. **1.** Perteneciente o relativo a los *anglonormandos.* **2.** Se dice del caballo que procede del cruce entre el caballo inglés de pura raza y el normando. **III.** n.m. Dialecto francés normando hablado en Inglaterra.

angloparlante n. y adj Se dice de la persona que tiene como lengua materna el inglés.

anglos, pueblo del N de Germania que invadió Gran Bretaña en el s. VI y dio su nombre a Inglaterra.

anglosajones, pueblos germánicos *(anglos, jütos y sajones)*, que invadieron Gran Bretaña en los ss. V y VI. P. ext., el conjunto de pueblos actuales de habla inglesa.

angolán n.m. Árbol de la India de la familia de las alangiáceas. El fruto es comestible y la raíz se usa como purgante.

angoleño,a **1.** n. y adj. Natural de Angola. **2.** adj. Perteneciente o relativo a este país.

angostar v.tr.int. y prnl. Hacer angosto, estrechar.

angosto,a adj. Estrecho o reducido.

angostura n.f. **I. 1.** Calidad de angosto. **2.** Estrechura, paso estrecho. **3.** GEOG Nombre que se da a dos puntos del estrecho de Magallanes. ▷ Fig. Estrechez intelectual o moral. **II.** BOT Árbol americano, de la familia de las rutáceas. ▷ FARM La corteza de dicho árbol, que tiene propiedades febrífugas, se emplea también como tónico en la preparación de bitters y cocktails.

angrelado,a adj. Se dice de las piezas de heráldica, de las monedas y de los adornos de arquitectura que rematan en forma de picos o dientes muy menudos.

ångström n.m. Unidad de medida de las longitudes de onda, equivalente a una diezmillonésima de mm.

anguila n.f. **1.** Pez teleósteo, fisóstomo, sin aletas abdominales, de cuerpo largo, cilíndrico, y que llega a medir un metro; tiene una aleta dorsal que se une primero con la caudal, y dando después vuelta, con la anal, mientras son muy pequeñas las pectorales. Su carne es comestible. **2.** MAR Cada uno de los dos largos maderos, paralelos a la quilla del buque en construcción, que, con otras piezas, constituyen la base sobre la que se bota éste al agua desde la grada. (Se usa más en plural.)

anguina n.f. VETER Vena de las ingles.

angula n.f. Cría de la anguila, de color pardo, de 6 a 8 cm de largo y 3 a 4 mm de grueso, que desde el lugar del océano Atlántico en que nace llega a las costas y sube por algunos ríos en cantidades asombrosas. Cocida, se vuelve blanca, y es un sabroso pescado.

angular adj. **1.** Perteneciente o relativo al ángulo. **2.** De figura de ángulo.

ángulo n.m. **1.** GEOM Cada una de las dos porciones de plano limitadas por dos semirrectas que parten de un mismo punto. ▷ Figura formada por dos líneas que parten de un mismo punto. — *Ángulo agudo.* El menor o más cerrado que el recto. — *Ángulo complementario.* Complemento, lo que le falta a un ángulo para valer un recto. — *Ángulo de incidencia.* El que forma un rayo de luz, o la recta en que se mueve un cuerpo, con la normal a una superficie en el punto en que se encuentran. — *Ángulo de reflexión.* El que forma un rayo de luz, o la recta en que se mueve un cuerpo, con la normal a una superficie en el punto en que se separan de ella después de la incidencia. — *Ángulo diedro.* Cada una de las dos porciones del espacio limitadas por dos semiplanos que parten de una misma recta. — *Ángulo entrante.* Aquel cuyo vértice entra en la figura o cuerpo de que es parte. — *Ángulo esférico.* El formado en la superficie de la esfera por dos arcos de círculo máximo. — *Ángulo obtuso.* El mayor o más abierto que el recto. — *Ángulo plano.* El que está formado en una superficie plana. — *Ángulo rectilíneo.* El que forman dos líneas rectas, o dos planos, que se cortan perpendicularmente. — *Ángulo saliente.* Aquel cuyo vértice sobresale de la figura o cuerpo de que es parte. — *Ángulo sólido o poliedro.* Cada una de las dos porciones del espacio limitadas por una superficie cónica. — *Ángulo suplementario.* Suplemento, lo que le falta a un ángulo para valer dos rectos. — *Ángulo triedro.* El formado por tres planos que concurren en un punto. — *Ángulos adyacentes.* Los dos que a un mismo lado de una línea recta forma con ella otra que la corta. — *Ángulos alternos.* Los dos que a distinto lado forma una secante con dos rectas. Son alternos internos, los que están entre las rectas; alternos externos, los que están fuera. — *Ángulos correspondientes.* Los dos que a un mismo lado forma una secante con dos rectas, uno entre ellas y otro fuera. — *Ángulos internos.* Los situados en el interior de dos rectas cualesquiera cortadas por una secante. — *Ángulos opuestos por el vértice.* Los que tienen el vértice común y los lados de cada uno en prolongación de los del otro. — ASTRON *Ángulo acimutal.* El comprendido entre el meridiano de un lugar y el plano vertical en que esté la visual dirigida a un objeto cualquiera, a veces un astro. — CANT *Ángulo de corte.* El que forma el intradós de una bóveda o un arco con el lecho o sobrelecho de cada una de las dovelas. — OPT *Ángulo de refracción.* El que un rayo refracto forma en el punto de incidencia, con la normal a la superficie de separación de los dos medios transparentes. — TOPOGR *Ángulo cenital.* El que forma una visual con la vertical del punto de observación. — ZOOL *Ángulo facial.* El formado por la intersección de las dos rectas que se pueden imaginar en la cara del hombre y ciertos animales, una desde la frente hasta los alveolos de la mandíbula superior y otra desde este sitio hasta el conducto auditivo. Su valor está en relación con el desarrollo del cerebro. — ZOOL *Ángulo occipital.* Aquel cuyo vértice está en el intervalo de los cóndilos occipitales, y cuyos lados pasan respectivamente por el vértice de la cabeza y el borde inferior de la órbita. **2.** Rincón. **3.** Esquina o arista. **II.** Fig. Punto de vista; cada uno de los aspectos en que se puede considerar una cosa. • **anguloso,a** adj. que tiene ángulos o esquinas.

ENCICL La medida de los ángulos planos se expresa en grados centesimales, grados sexagesimales o en radianes. Un ángulo llano vale 180º sexagesimales, 200º centesimales, o π radianes. Los ángulos sólidos se miden en *estereorradianes,* relación entre la superficie de esfera cortada por el cono que delimita la porción de espacio y el cuadrado del radio de esta esfera. La totalidad del espacio corresponde a 4 π R^2/R^2, es decir, 4 π estereorradianes (la mitad del espacio corresponde a 4 π estereorradianes).

angustia n.f. **1.** Aflicción, congoja. **2.** Temor opresivo sin causa precisa. **3.** FIL Inquietud metafísica, entre los filósofos existencialistas. **4.** MED Forma grave de la ansiedad, que se acompaña de síntomas físicos. ▷ PSICOAN *Angustia de castración.* La que aparece al descubrir la diferencia de sexos y que se manifiesta, en el niño por el miedo a la ablación del pene, y en la niña por un sentimiento de frustración por la falta del mismo. • **angustiar** v.tr. y prnl. Causar angustia, afligir, acongojar. • **angustioso,a** adj. **1.** Lleno de angustia. **2.** Que la causa. **3.** Que la padece.

anhelar **1.** v.int. Respirar con dificultad. **2.** v.int. y tr. Tener ansia o deseo vehemente de conseguir alguna cosa. **3.** v.tr. Fig. Expeler, echar de sí con el aliento. • **anhelo** n.m. Deseo vehemente. • **anhelo,a** adj. **1.** Dícese de la respiración frecuente y fatigosa. **2.** Que respira de este modo. **3.** Que tiene o siente anhelo.

anhidro,a adj. QUIM Aplícase a los cuerpos en cuya formación no entra el agua, o que la han perdido si la tenían. • **anhidrasa** n.f. BIOQUIM Enzima del grupo de las *fosfatasas* que hidroliza específicamente las uniones anhidridofosfóricas. • **anhídrido** n.m. QUIM Óxido que resulta de la eliminación de una molécula de agua de un oxácido; p. ej. el anhídrido sulfúrico SO_3, que deriva del ácido sulfúrico H_2SO_4. • **anhidrita** n.f. MINER Sulfato de calcio anhidro, ortorrómbico, $CaSO_4$, que suele formar cristales blanquecinos entrecruzados que poseen la dureza y el aspecto del mármol.

anhidrosis n.f. MED Disminución o supresión de la secrecion sudoral.

anidar **I.** v. int. y prnl. **1.** Hacer nido las aves o vivir en él. **2.** Fig. Habitar. **II.** v.int. hallarse o existir algo en una persona o cosa. **III.** v.tr. Abrigar, acoger.

anilina n.f. QUIM Amina aromática, de fórmula C_6H_5—NH_2 • **anilismo** n.m. Envenenamiento por anilinas.

ENCICL La anilina, descubierta en 1826 por el alemán Unverdorben, es un líquido aceitoso y tóxico, fácil de colorear por oxidación al aire y a la luz. Se obtiene por hidrólisis del nitrobenceno. Llega a formar sales de diazonio que proporcionan múltiples colorantes (heliantina, amarillo de anilina, etc.)

anillar v.tr. **1.** Dar forma de anillo. **2.** Sujetar con anillos. **3.** Hacer o formar anillos los cuchilleros con las piezas que fabrican. • **anilla** n.f. **1.** Cada uno de los anillos que sirven para colocar colgaduras o cortinas. **2.** Faja de papel litografiado que se coloca a cada cigarro puro para indicar su vitola y la marca de fábrica. **3.** pl. En gimnasia, aros, generalmente de metal, de unos 25 cm de diámetro, pendientes de cuerdas o cadenas. • **anillado,a** **1.** adj. Se dice del cabello rizado. **2.** n.m. y adj. ZOOL Se dice de los animales cuyo cuerpo imita una serie de anillos

anillo n.m. **1.** Aro pequeño. **2.** Aro de metal u otra materia, con perlas o piedras preciosas o sin ellas, que se lleva, principalmente por adorno, en los dedos de la mano. — *Anillo de boda.* El que recíprocamente se dan los que se casan. **3.** Cada una de las dos series de camones que componen las ruedas hidráulicas. **4.** ARQUIT Moldura que rodea por su sección recta un cuerpo cilíndrico. ▷ Cornisa circular u ovalada que sirve de base a la cúpula o media naranja. **5.** La parte posterior de una llave, por donde se la coge para hacerla girar en la cerradura. **6.** MAR El que por lo regular se construye de cuerda con el chicote de un cabo descolchado. **7.** MIN Trozo de hierro fundido que sirve para sostener el mango de los martillos. **8.** ZOOL Cada uno de los segmentos en que está dividido el cuerpo de los gusanos y artrópodos. **9.** ALG Conjunto dotado de dos leyes de composición interna: una de grupo conmutativo (o abeliano) y otra asociativa y distributiva con respecto a la primera. — ASTRON *Anillo de Saturno.* Círculo que rodea a este planeta, y está compuesto de tres coronas concéntricas opacas. — GEOM *Anillo esférico.* Volumen engendrado por un segmento de círculo que gira alrededor de un diámetro. OPT *Anillos de Newton.* Franjas luminosas obtenidas al iluminar la capa de aire comprendida entre una placa de vidrio perfectamente plana y la superficie esférica que se halla en contacto con dicha placa. — FIS NUCL *Anillos de almacenamiento.* Cámaras de vacío anulares donde se pueden almacenar partículas animadas de grandes velocidades y que permiten las colisiones de estas partículas. — Fig. y Fam. *Venir una cosa como anillo al dedo.* Haber sido dicha o hecha con oportunidad.

ánima n.f. **1.** Alma de los difuntos. **2.** Alma que pena en el purgatorio. ▷ pl. Toque de campanas que invita a rezar por las ánimas. ▷ Hora en que tocan estas campanas.

animadversión n.f. **1.** Enemistad, ojeriza. **2.** Crítica, reparo o advertencia severa.

1. animal n.m. Ser orgánico que vive, siente y se mueve por propio impulso.

2. animal adj. **1.** Perteneciente o relativo al animal. **2.** Perteneciente o relativo a la parte sensitiva de un ser viviente, a diferencia de la parte racional o espiritual. *Apetitos animales.* **3.** n. y adj. Fig. Dícese de la persona incapaz, grosera o muy ignorante. — *Animal doméstico.* El que vive en la compañía o dependencia del hombre.

animar **I.** v.tr. **1.** Infundir ánimo, valor o energía. **2.** Excitar a una acción. **3.** Infundir vigor y vida a cosas inanimadas. **II.** v.tr. y prnl. Dar movimiento, calor y vida a un grupo de gente o a un lugar. **III.** v.prnl. Cobrar ánimo y esfuerzo; atreverse. • **animación** n.f. **1.** Acción y efecto de animar o animarse. **2.** Viveza, expresión en las acciones, palabras o movimientos. **3.** Concurso de gente en una fiesta o lugar. • **animado,a** adj. **1.** Dotado de alma. **2.** Alegre, divertido, concurrido. • **animador,a** **I.** adj. Que anima. **II.** n.m. y f. Artista que ejecuta números de variedades, canta, etc. en un lugar público.

animato adj. MUS Indicación de «animado». *Allegro animato.*

anímico,a adj. Psíquico.

animismo n.m. **1.** Doctrina médica de Stahl, que considera al alma como principio de acción de los fenómenos vitales. **2.** Creencia en la existencia de espíritus que animan a todas las cosas.

ánimo n.m. **1.** Espíritu como facultad de sentir (alegría, tristeza, aburrimiento, etc.) **2.** Valor, esfuerzo, energía. **3.** Intención, voluntad. **4.** Fig. Atención o pensamiento. — *¡Ánimo!* Interj. para alentar a alguien. — Fig. *Estrecharse uno de ánimo.* Acobardarse. — Fig. *Hacer, o tener, uno ánimo.* Formar o tener intención de hacer alguna cosa. • **animosidad** n.f. Aversión, ojeriza.

aniñado,a adj. **1.** Dícese del que en su aspecto, acciones o carácter se parece a los niños, y de las cosas en que consiste esta semejanza. *Rostro aniñado.* **2.** Fam. y vulg. *Chile* Animoso, guapo.

anión n.m. FIS Elemento electronegativo de una molécula que en la electrólisis se dirige al ánodo.

aniquilar **I.** v.tr. y prnl. **1.** Reducir a la nada. **2.** Fig. Destruir o arruinar enteramente. **II.** v.prnl. Fig. Deteriorarse mucho alguna cosa, como la salud o la hacienda. ▷ Fig. Anonadarse, humillarse. • **aniquilación** n.f. **1.** Acción y efecto de aniquilar o aniquilarse. **2.** FIS NUCL Transformación de la masa de una partícula en energía por desintegración total.

anís n.m. BOT **1.** Planta anual de la familia de las umbelíferas. Su fruto es de sabor agradable. **2.** Semilla de esta planta. **3.** Grano de anís con baño de azúcar y, p. ext., toda confitura menuda. **4.** Fig. Aguardiente anisado, fruto del badián. • **anisado,a** n.m. Aguardiente anisado. • **anisal** n.m. *Chile.* Anisar. • **anisar** n.m. Tierra sembrada de anís. • **anisar** v.tr. Echar anís o espíritu de anís a una cosa. • **anisete** n.m. Licor compuesto de aguardiente, azúcar y anís.

anisocitosis n.f. MED Desigualdad patológica del tamaño de los glóbulos rojos.

anisocromía n.f. MED Desigualdad de coloración de los glóbulos rojos de la sangre.

anisodonte adj. ZOOL De dientes desiguales.

anisofilo,a adj. BOT De hojas desiguales.

anisogamia n.f. BIOL Modo de reproducción sexual caracterizado por la existencia de dos gametos con características morfológicas, anatómicas o fisiológicas diferentes.

anisómero adj. BIOL Dícese del órgano formado por partes desiguales.

anisometropía n.f. MED Desigualdad en la agudeza visual de los dos ojos.

anisonomenorrea n.f. MED Irregularidad en el ritmo de las reglas.

anisopétala adj. BOT Dícese de la corola que tiene pétalos desiguales y de la flor que tiene esta clase de corola.

anisótropo,a adj. FIS Se dice de las sustancias cuyas propiedades cambian según la dirección considerada.

anito n.m. Ídolo familiar adorado por algunos pueblos de raza filipina.

aniversario,a 1. adj. Anual. 2. n.m. Día en que se cumplen años de algún suceso, especialmente de la muerte de alguien.

ano n.m. Orificio en que remata el conducto digestivo y por el cual se expele el excremento. — MED *Ano artificial*. El realizado quirúrgicamente en la pared abdominal.

anoa n.f. Especie de búfalo que sólo alcanza un metro de altura; vive en estado salvaje en las islas Célebes.

anobio n.m. Género de coleópteros xilófagos, llamados vulgarmente carcoma.

anoche adv.t. En la noche de ayer.

1. anochecer v.int. 1. Empezar a faltar la luz del día, venir la noche. 2. Llegar o estar en un lugar o situación determinados al empezar la noche.

2. anochecer n.m. Tiempo durante el cual anochece. ▷ *Al anochecer*. Al acercarse la noche. • **anochecida** n.f. Anochecer.

anódico adj. 1. FIS Que se produce en los ánodos. 2. Procedimiento de protección de las piezas de aluminio por oxidación anódica. — TECN *Protección anódica* Protección contra la corrosión de los metales mediante una capa superficial, electropositiva, que hace el papel de ánodo.

anodinia n.f. MED Falta de dolor.

anodino,a 1. adj. Insignificante, ineficaz, insustancial. 2. n.m. y adj. MED Que sirve para templar o calmar el dolor.

ánodo n.m. FIS Electrodo positivo hacia el que se dirigen partículas con carga negativa (opuesto a *cátodo*).

anofeles n. y adj. ZOOL Dícese de los mosquitos cuyas hembras son transmisoras del parásito productor de las fiebres palúdicas.

anomalía n.f. 1. Irregularidad, discrepancia de una regla. 2. ASTRON Distancia angular del lugar verdadero o medio de un planeta a su afelio, vista desde el centro del Sol.

anomia n.f. Ausencia de normas sociales.

anomuro n. y adj. ZOOL 1. Dícese de crustáceos decápodos cuyo abdomen es muy blando, por lo cual, para protegerlo, se introducen en conchas de caracoles marinos. 2. n.m.pl. Suborden de estos animales.

anona n.f. 1. Arbolito de la familia de las anonáceas. Es planta propia de países tropicales; también se cultiva en las costas del mediodía de España. 2. Fruto de este arbolito. — *Anona del Perú*. Chirimoyo. — *Anona de México*. Guanábano. • **anonáceo,a** n. y adj. BOT Dícese de árboles y arbustos angiospermos, dicotiledóneos, de la familia de la anona. ▷ n.f.pl. Familia de estas plantas.

anonadar I. v.tr. y prnl. 1. Pasmar. II. Fig. Humillar. III. v.tr. Apocar, disminuir mucho alguna cosa.

anónimo,a I. adj. Se dice de la obra o escrito que no lleva el nombre de su autor. II. n.m. y adj. Se dice igualmente del autor cuyo nombre no es conocido. III. n.m. 1. Escrito en que no se expresa el nombre del autor. 2. Carta o papel sin firma en que, por lo común, se dice algo ofensivo o desagradable. 3. Secreto del autor que oculta su nombre. • **anonimato** n.m. Carácter o condición de anónimo.

anopluro n. y adj. ZOOL Se dice de insectos hemípteros, sin alas, que viven como ectoparásitos en el cuerpo de algunos mamíferos; como el piojo y la ladilla. ▷ n.m.pl. Suborden de estos animales.

anorak n.m. Chaqueta deportiva impermeable, con capucha.

anorexia n.f. PAT Falta anormal de ganas de comer. • **anorexígeno** n.m. y adj. Que inhibe el apetito. *Medicamento anorexígeno*.

anormal adj. 1. Se dice de lo que accidentalmente se halla fuera de su natural estado o de las condiciones que le son inherentes. 2. n.m. y f. Persona cuyo desarrollo físico o intelectual es inferior al que corresponde a su edad. • **anormalidad** n.f. Calidad de anormal.

anorquidia n.f. Ausencia congénita de uno o de ambos testículos.

anotar v.tr. 1. Poner notas en un escrito, cuenta o libro. 2. Apuntar. 3. Hacer anotación en un registro público. • **anotación** n.f. Acción y efecto de anotar.

anovulatorio,a adj. Anticonceptivo.

anoxemia n.f. MED Disminución de la cantidad de oxígeno en la sangre. • **anoxia** n.f. 1. MED Disminución de la cantidad de oxígeno en los tejidos, consecuencia de la anoxemia. 2. MED Hipoxia.

anquilosar 1. v.tr. Producir anquilosis. 2. v.prnl. Fig. Detenerse una cosa en su progreso.

anquilosis n.f. MED Disminución o imposibilidad de movimiento en una articulación normalmente móvil.

anquilostoma n.m. ZOOL Gusano nematelminto parásito del hombre, de color blanco o rosado, de 10 a 18 mm de longitud y menos de un milímetro de diámetro, con una cápsula bucal provista de dos pares de ganchos que le sirven para fijarse al intestino delgado. Devora las células de la mucosa intestinal y secreta sustancias tóxicas que, al pasar a la sangre del huésped, destruyen los glóbulos rojos. • **anquilostomiasis** n.f. PAT Enfermedad producida por el gusano anquilostoma. Afecta sobre todo a los mineros que trabajan bajo la tierra.

ánsar n.m. 1. Ave palmípeda, de hasta 90 cm de largo desde la cabeza hasta la extremidad de la cola, de plumaje blanco. Es el ganso bravo o salvaje; se considera como la especie original del ganso doméstico.

ansariyya o **ansaríes,** habitantes del ŷabal Ansariyya (Siria), al N del Líbano; constituyen una secta chiíta, fundada por Ibn Nusayr; también llamados alauitas o nusayríes.

anseriformes n.m.pl. ZOOL Orden de aves palmípedas cuyo pico está provisto interiormente de láminas córneas (ocas, cisnes, patos, flamencos, etc.).

ansiar 1. v.tr. y prnl. Desear con ansia. 2. v.prnl. Llenarse de ansia. • **ansia** n.f. 1. Angustia que causa la agitación o la inquietud. 2. Anhelo de algo.

ansiedad n.f. 1. Estado de agitación, inquietud. 2. PAT Angustia que suele acompañar a muchas enfermedades. • **ansioso,a** adj. Que tiene ansia o deseo vehemente de algo.

1. anta n.f. ZOOL Mamífero rumiante, parecido al ciervo y tan corpulento como el caballo.

2. anta n.f. 1. Menhir. 2. ARQUIT Pilastra embutida en un muro, del cual sobresale un poco, y que tiene delante una columna de la misma anchura que ella. ▷ Pilastra que en lo antiguo se levantaba a los costados de la puerta de la fachada de los edificios, principalmente de los templos. ▷ pl. Pilastras que refuerzan y decoran los extremos de un muro.

antagonista I. n.m. y f. Persona o cosa opuesta o contraria a otra. II. 1. adj. ANAT Se dice de los músculos que en una misma región anatómica obran en sentido contrario como los flexores y los extensores. 2. Se dice de los nervios que animan funciones contrarias en un mismo órgano. 3. MECAN Se dice del muelle que recobra su posición normal en cuanto deja de actuar sobre él la fuerza que lo tenía fuera de ella. • **antagónico,a** adj. Que denota o implica antagonismo. • **antagonismo** n.m. Oposición sustancial o habitual, especialmente en doctrinas y opiniones.

antálgico,a n. y adj. MED Que atenúa el dolor.

antaño adv.t. 1. Antiguamente. 2. El año pasado (no usual).

antártico,a adj. 1. Perteneciente, cercano o relativo al polo *antártico*. 2. P. ext., meridional.

1. ante n.m. 1. Anta (sent. 1.). 2. Búfalo. 3. Piel de ante adobada y curtida. 4. Piel de otros animales, adobada y curtida.

2. ante I. prep. 1. Delante de, en presencia de. 2. En comparación, respecto de. II. Se usa como prefijo: *anteayer, antesala*. III. GRAM Terminación del participio de presente en los verbos cuyo infinitivo termina en *ar*. IV. n.m. 1. Bebida refrescante que se usa en el Perú, hecha con frutas, vino, etc. 2. Postre mexicano a base de bizcocho, coco, etc. 3. *Amér. Central* y *Méx*. Almíbar hecho con harina de garbanzos, frijoles, etc.

antealtar n.m. Espacio contiguo a la grada o demarcación del altar.

anteanoche adv.t. En la noche de anteayer.

anteayer adv.t. En el día que precedió inmediatamente al de ayer.

antebrazo n.m. 1. Parte del brazo desde el codo hasta la muñeca. 2. ZOOL Brazuelo, de los cuadrúpedos.

antecámara n.f. 1. Pieza delante de la sala o salas principales de un palacio o casa grande. 2. Pieza que está delante de la cámara o habitación donde se recibe. ▷ *Hacer antecámara*. Hacer antesala.

antecámbrico,a n. y adj. GEOL Sinónimo de precámbrico.

antecedente 1. n.m. Acción, dicho o circunstancia anterior que sirve para juzgar hechos posteriores. 2. GRAM El primero de los términos de la relación gramatical. 3. GRAM Nombre, pronombre u oración a que hacen referencia los pronombres relativos. 4. LOG Primera proposición de un entimema. 5. MAT Primer término de una razón. • **antecedencia** n.f. 1. Antecedente, acción o dicho anterior. ▷ Ascendencia. ▷ Precedencia. • **anteceder** v.tr. Preceder. • **antecesor,a** 1. n.m. y adj. Anterior en tiempo. 2. n.m. y f. Persona que precedió a otra en una dignidad, empleo, ministerio, obra o encargo. 3. n.m. Antepasado, ascendiente.

anteco,a n.m. y adj. GEOGR Aplícase a los moradores del globo terrestre que ocupan puntos de la misma longitud y a igual distancia del Ecuador; pero unos por la parte septentrional y otros por la meridional.

antedía adv.t. 1. Antes de un día determinado. 2. En el día precedente o pocos días antes.

antedicho,a adj. En los libros o escritos, dicho antes o con anterioridad.

antediluviano,a adj. 1. Anterior al diluvio universal. 2. Fig. Antiquísimo.

antefirma n.f. 1. Fórmula del tratamiento que corresponde a una persona o corporación y que se pone antes de la firma en el oficio, memorial o carta que se le dirige. 2. Denominación del empleo, dignidad o representación del firmante de un documento, puesta antes de la firma.

antefoso n.m. Foso construido en la explanada delante del foso principal.

anteguerra n.f. Período inmediatamente anterior a una guerra.

antehipófisis n.f. FISIOL Lóbulo anterior de la hipófisis, responsable de la secreción hormonal que controla las glándulas endocrinas periféricas (tiroides, suprarrenales, genitales).

anteislámico,a adj. Perteneciente a la época del pueblo árabe anterior al islamismo.

antelación n.f. Anticipación con que, en orden al tiempo, sucede una cosa respecto a otra.

antemano adv.t. Con anticipación, anteriormente.

antemeridiano,a adj. **1.** Anterior al mediodía. **2.** ASTRON Dícese de cualquiera de los puntos del paralelo de un astro anteriores al de intersección con el meridiano.

antena n.f. **1.** RADIOELECTR Dispositivo capaz de transformar una señal radioeléctrica en ondas electromagnéticas y viceversa. V. ENCICL. **2.** ZOOL Apéndice sensorial móvil, situado sobre la cabeza de la mayoría de artrópodos.
ENCICL **Radioelectr.** — La primera antena que permitió emitir un mensaje fue montada en 1895 por el físico ruso Popov. Las ondas radioeléctricas emitidas por una antena son producidas por un oscilador. Las antenas de radio están formadas por cables que irradian en todas direcciones o en una sola escogida. Para las frecuencias más altas (p. ej., radar) se usan reflectores parabólicos.

antenario adj. ZOOL Relativo a las antenas de los insectos.

antenombre n.m. Nombre o calificativo que se pone antes del nombre propio; como *don*, *san*, etc.

antenupcial adj. Que precede a la boda.

anteojo n.m. **I. 1.** Instrumento óptico para ver objetos lejanos, compuesto principalmente de dos lentes: una, colectora de la luz, y otra, amplificadora de la imagen que aquélla forma o propende a formar en su foco. ▷ pl. Instrumento óptico con dos tubos y un juego de dos o más cristales en cada uno de ellos, que sirve para mirar a lo lejos. **2.** Instrumento óptico compuesto de cristales y armadura o guarnición que permite tenerlos sujetos delante de los ojos. **II.** Cada una de las dos piezas convexas con un agujero en el centro, que ponen delante de los ojos a los caballos espantadizos. **III.** Doblescudo (hierba). ● **anteojera** n.f. En las guarniciones de las caballerías de tiro, cada una de las piezas de cuero que caen junto a los ojos del animal, para que no vea por los lados.
ENCICL Un anteojo consta de dos sistemas ópticos: un *objetivo*, que da una primera imagen (real) del objeto, y un *ocular*, especie de lupa que sirve para observar la imagen precedente. Cabe distinguir: el anteojo *astronómico*, en el cual el objetivo y el ocular son convergentes (sirve para la observación de los astros); el anteojo *terrestre* o catalejo, de construcción análoga al astronómico, pero que dispone además de un sistema que rectifica la imagen (prismáticos); el anteojo de *Galileo*, que lleva un objetivo convergente y un ocular divergente, el cual rectifica la imagen al mismo tiempo que la amplía (gemelos de teatro). El *campo* de un anteojo es el conjunto de los puntos visibles en el instrumento. Su *aumento* es la relación de los ángulos bajo los cuales se ve la imagen definitiva y el objeto a simple vista. El *poder separador* está definido por la mínima distancia angular de dos puntos que el anteojo permite percibir distintamente. La *claridad* es la relación entre la iluminación de la imagen y la del objeto. Los anteojos (gafas) para corregir la visión están constituidos por lentes convergentes (présbitas, hipermétropes), por lentes divergentes (miopes) y por cristales esferocilíndricos (astigmatas).

antepalco n.m. Espacio o pieza que da ingreso a un palco en los edificios destinados a espectáculos públicos.

antepasado,a 1. adj. Dicho de tiempo, anterior a otro tiempo pasado ya. **2.** n.m. Abuelo o ascendiente.

antepecho n.m. **1.** Pretil o barandilla que se coloca en lugar alto para poder asomarse sin peligro de caer. **2.** Pieza con relleno que protege el pecho de las caballerías de tiro.

antepenúltimo,a adj. Inmediatamente anterior al penúltimo.

anteponer v.tr. y prnl. **1.** Poner delante o inmediatamente antes. **2.** Preferir.

anteportada n.f. Hoja que precede a la portada de un libro.

anteproyecto n.m. **1.** Conjunto de trabajos preliminares para redactar el proyecto de una obra de arquitectura o de ingeniería. **2.** P. ext., primera redacción sucinta de una ley.

antepuerto n.m. **1.** Terreno elevado y escabroso que en las cordilleras precede al puerto. **2.** MAR Parte avanzada de un puerto artificial.

antera n.f. BOT Parte del estambre de las flores que contiene el polen.

anteridio n.m. BOT Órgano productor de anterozoides en las briofitas (musgos) y en los helechos.

anterior adj. Que precede en lugar o tiempo. ● **anterioridad** n.f. Precedencia temporal de una cosa con respecto a otra.

antero n.m. El que tiene por oficio trabajar en ante.

anteroposterior adj. Que está orientado de delante hacia atrás.

anterozoide n.m. BOT Gameto masculino flagelado de los vegetales.

antes 1. adv.t. y l. que denota prioridad de tiempo o lugar. Antepónese con frecuencia a las partículas *de* y *que*. *Antes de amanecer; antes que llegue*. **2.** adv. ord. que denota prioridad o preferencia. *Antes la muerte que la derrota*. **3.** conj.advers. que denota idea de contrariedad y preferencia en el sentido de una oración respecto del de otra. *El que está limpio de pecado no teme la muerte; antes la desea*. **4.** Hablando del tiempo o sus divisiones, se suele usar como adjetivo por lo mismo que *antecedente o anterior*. *El día antes*.

antesala n.f. Pieza de la casa en la que se hacía esperar a las visitas. ▷ Sala de espera (de médico, abogado, etc.).

ántesis n.f. BOT Conjunto de fenómenos que acompañan a la abertura de la flor.

anthelio n.m. Mancha luminosa que aparece en el lado opuesto al Sol y a su misma altura en determinadas condiciones meteorológicas.

Anthoscopus n.m. Género de aves paseriformes (pájaros moscones, etc.) que construyen nidos colgados.

anti- Elemento compositivo que entra en la formación de algunas voces españolas con el significado de «oposición o contrariedad». *Anticristo*.

antiácido,a adj. Que neutraliza el exceso de acidez anormal en ciertas partes del organismo.

antiaéreo,a adj. Perteneciente o relativo a la defensa contra aviones militares. (Aplicado a los cañones.)

antialcohólico,a adj. Que lucha contra el alcoholismo.

antiaris n.m. Látex de una urticárea, que contiene un veneno usado por los malayos para sus flechas.

antiarquídeos n.m.pl. PALEONT Orden de peces ostracodermos de agua dulce de la era primaria.

antibaquio n.m. Pie de las métricas griega y latina, que consta, al revés que el baquio, de dos sílabas largas seguidas de una breve.

antibiograma n.m. BIOQUIM Resultado de una prueba de sensibilidad de un germen microbiano a distintos antibióticos para poder seleccionar el más eficaz para combatirlo.

antibiótico,a adj. **1.** BACT Se dice de las sustancias químicas elaboradas por bacterias o mohos, que impiden el crecimiento, proliferación y actividad de otros microorganismos. **2.** Dícese de la acción de dichas sustancias. ● **antibioterapia** n.f. Tratamiento con antibióticos.
ENCICL La penicilina fue descubierta por Fleming en 1929 y fabricada industrialmente a partir de 1941. Cientos de antibióticos diferentes se han producido desde entonces, ya sea a partir de microorganismos, ya sea sintetizados. Hay varios tipos de antibióticos: penicilinas naturales y sintéticas (ampicilina), macrólidos, aminosidas (estreptomicina y gentamicina), tetraciclinas antituberculosos, etc. Cada grupo tiene su propio espectro bacteriano que, tras la confección del antibiograma, se tienen en cuenta para aplicar el tratamiento más adecuado. Todo esto ha permitido curar muchas enfermedades infecciosas de origen bacteriano (meningitis, septicemias, infecciones urinarias, endocarditis, tuberculosis). La aparición y transmisión de resistencias bacterianas a los antibióticos aconsejan prudencia en su uso para evitar la aparición de una flora bacteriana demasiado resistente a ellos.

anticátodo n.m. FIS En un tubo de rayos X, placa metálica situada entre el cátodo y el ánodo, cuya misión es recibir el flujo electrónico y emitir los rayos X.

anticiclón n.m. Área de alta presión barométrica, que tiende a aumentar hacia el centro, y en la cual reina un tiempo bonancible. Este área suele preceder a su trayectoria a los temporales giratorios.

anticipar I. v.tr. **1.** Hacer que ocurra o tenga efecto alguna cosa antes del tiempo previsto o señalado. **2.** Fijar tiempo anterior al previsto o señalado para hacer alguna cosa. **3.** Tratándose de dinero, darlo o entregarlo antes del tiempo previsto o señalado. **II.** v.prnl. **1.** Adelantarse una persona a otra en la ejecución de alguna cosa. **2.** Ocurrir una cosa antes del tiempo previsto o señalado. ● **anticipación** n.f. **1.** Acción y efecto de anticipar o anticiparse. **2.** RET Figura que consiste en proponerse uno la objeción que otro pudiera hacerle, para refutarla de antemano. ● **anticipo** n.m. **1.** Anticipación. **2.** Dinero anticipado.

anticlericalismo n.m. **1.** Doctrina o procedimiento contra el clericalismo.

anticlímax n.m. **1.** Gradación retórica descendente. **2.** Término más bajo de esta gradación.

anticoagulante adj. y n. MED que evita la coagulación de la sangre, sobre todo en el tratamiento de las trombosis.

anticodon n.m. BIOQUIM Trío de nucleótidos con un ARN de transferencia que permite a éste fijarse complementariamente sobre el trío correspondiente (codon) de una molécula de ARN mensajero a lo largo de la síntesis proteica.

anticolonialismo n.m. Oposición al colonialismo.

anticoncepción n.f. Acción, hecho de impedir la concepción, el embarazo, por medios anticonceptivos. ● **anticoncepcional** o **anticonceptivo** n. y adj. Dícese del medio, práctica o agente que impide a la mujer quedar embarazada.
ENCICL Los métodos naturales anticonceptivos (método Ogino-Knaus, curva de temperatura) son poco fiables. Los artificiales habituales comprenden: 1.º Métodos mecánicos: el diafragma vaginal, los dispositivos intrauterinos que bloquean la nidación y los preservativos masculinos; 2.º Métodos químicos: los estroprogestógenos («píldora») que ingeridos a diario por vía oral bloquean la ovulación. Representan el método anticonceptivo más eficaz, pero deben ser utilizados con vigilancia médica debido a sus contraindicaciones for-

males y a los riesgos que pueden representar. Actualmente está siendo experimentada en muchos países una «píldora para hombres». En cuanto a la esterilización (vasectomía en el hombre y ligadura de trompas en la mujer), es irreversible, y su realización con fines exclusivamente anticonceptivos está prohibida en numerosos países.

anticongelante n.m. y adj. Producto que evita o retrasa la congelación. ▷ Dícese de un producto que, en los motores que tienen enfriamiento por agua, se mezcla a ésta para evitar que se congele.

anticresis n.f. Contrato en que el deudor consiente que su acreedor goce de los frutos de la finca que le entrega, hasta que sea cancelada la deuda.

anticriptogámico,a adj. Que destruye los hongos parásitos.

anticristo n.m. Mesías que, según el Evangelio y el Apocalipsis aparecerá hacia el fin de los tiempos para predicar una religión hostil a la de Cristo.

anticuar **1.** v.tr. Hacer antiguo. **2.** v. prnl. Hacerse antiguo. • **anticuado,a** adj. Que ha dejado de estar en uso.

anticuario n.m. El que se dedica al comercio de objetos antiguos.

anticuerpo n.m. MED Proteína sérica, llamada también *inmunoglobulina*, sintetizada por las células linfoides como respuesta a la introducción de una sustancia extraña: *antígeno*.

ENCICL Cada anticuerpo es específico del antígeno correspondiente, al cual puede adaptarse para favorecer su expulsión del organismo. Hay cinco grupos de anticuerpos: Ig G, Ig M, Ig A, Ig E, Ig D. Los principales son los Ig G, llamados gammaglobulinas. Los Ig E intervienen en los fenómenos alérgicos. La función de los Ig D es poco conocida. Se distinguen los anticuerpos llamados *naturales* (aglutininas de los grupos sanguíneos A, B, 0) y los anticuerpos *inmunes*, que aparecen tras un contacto con el antígeno (infección, vacuna).

antidáctilo n.m. METR Anapesto.

antideslizante adj. y n.m. TECN Que reduce el riesgo de deslizamiento. *Neumático antideslizante.*

antidetonante n.m. TECN Aditivo que permite aumentar la compresión en el cilindro de un motor de explosión sin provocar una explosión prematura.

antidiftérico,a adj. Que combate o previene de difteria. *Vacuna antidiftérica.*

antidiurético,a n. y adj. MED Que disminuye la eliminación de agua por la orina.

antídoto n.m. **1.** Medicamento contra un veneno. **2.** P. ext., cualquiera otra medicina que preserve de algún mal físico o psíquico. • **antidotario** n.m. **1.** Libro que trata de la composición de los medicamentos. **2.** Lugar donde se ponen en las farmacias los específicos de que se hacen los antídotos.

antiemético,a n.m. y adj. FARM Que sirve para contener el vómito.

antifaz n.m. Elemento rígido o de tela, con agujeros para los ojos, o simplemente el contorno de los ojos, con se cubre la cara.

antiferromagnetismo n.m. FIS Conjunto de las propiedades magnéticas de ciertas sustancias cuyos átomos tienen momentos magnéticos que se dividen en dos grupos de sentido opuesto.

antiflogístico,a n.m. y adj. MED Que sirve para calmar la inflamación.

antífona n.f. **1.** Versículo que se canta o reza antes y después de los salmos y de los cánticos en las horas canónicas. **2.** Fig. y Fam. Antifonario, nalgas. • **antifonal** o **antifonario** n.m. **1.** Libro de antífones. **2.** Fig. y Fam. Nalgas.

antífrasis n.f. RET Figura que consiste en designar personas o cosas con voces que signifiquen lo contrario de lo que se debiera decir.

antifricción n. y adj. TECN Aleación a base de antimonio utilizada para reducir el frotamiento de piezas que giran.

anti-g adj. invariable. Dícese de los equipos y ropas que permiten al hombre soportar aceleraciones varias veces superiores a la gravedad.

antigás adj. Dícese de la máscara o careta destinadas a evitar la acción de los gases tóxicos.

antígeno n.m. MED Sustancia extraña (microbios, toxinas, numerosas sustancias orgánicas) capaz de provocar la formación de anticuerpos específicos en el organismo de los animales.

antigualla n.f. Objeto pasado de moda, o antiguo pero sin gran valor.

antiguo,a **I.** adj. **1.** Que existe desde hace mucho tiempo. **2.** Que existió o sucedió en tiempo remoto. **3.** Dícese de la persona que cuenta mucho tiempo en un empleo o profesión. **II.** n.m. **1.** En los colegios y otras comunidades el que ha dejado de ser nuevo. **2.** Los que vivieron en siglos remotos. • **antigüedad** n.f. **1.** Calidad de antiguo. **2.** Tiempo antiguo. **3.** Lo que se sucedió en tiempo antiguo. **4.** Los hombres que vivieron en la antigüedad clásica (griega y romana). **5.** Tiempo transcurrido desde el día en que se obtiene un empleo. **6.** pl. Monumentos u objetos artísticos de la antigüedad clásica.

antihalo n.m. y adj. FOTOGR Que protege contra los efectos de halo.

antihelmíntico,a n.m. y adj. FARM Que sirve para extinguir las lombrices.

antihidrópico,a adj. FARM Dícese de todo remedio o medicamento que se emplea para combatir la hidropesía.

antihigiénico,a adj. Contrario a los preceptos de la higiene.

antihigroscópico adj. que repele la humedad.

antihistamínico,a n. y adj. BIOL y MED Sustancia natural o sintética opuesta a la histamina, de acción calmante e hinóptica (prometacina, clociclicina, etc.).

antiimperialismo n.m. Movimiento político que trata de liberar a un país de la sujeción política o económica de otro país.

antiinflamatorio,a adj. MED Que combate la inflamación.

antijurídico,a adj. Que es contra derecho.

antilogaritmo n.m. MAT Número correspondiente a un logaritmo dado. *El antilogaritmo de 1 es 10* (log. 10=1).

antilogía n.f. Contradicción entre dos textos o expresiones.

antílope n.m. ZOOL Cualquiera de los mamíferos rumiantes de cornamenta persistente en la que el núcleo óseo es independiente de su envoltura, que forman un grupo intermedio entre las cabras y los ciervos; como la gacela y la gamuza.

antimagnético,a adj. Que está exento de la influencia magnética.

antimateria n.f. FIS NUCL Conjunto de antipartículas.

ENCICL Del mismo modo que la materia está constituida por electrones, neutrones y protones, la antimateria estaría compuesta por antipartículas, tales como positrones, antineutrones y antiprotones. El encuentro entre una partícula y su antipartícula provoca una desmaterialización que produce radiaciones electromagnéticas. Inversamente, el par partícula-antipartícula puede ser creado a partir de una radiación electromagnética. Desde 1955 se han producido antipartículas en los laboratorios (antiprotones, antineutrones), pero en nuestro universo tienen una vida extremadamente corta. Desde 1960 se ha logrado formar algunos números integrados por antiprotones y antineutrones.

antimilitarismo n.m. Opinión, doctrina de los que son hostiles al espíritu o a las instituciones militares.

antimonio n.m. QUIM Elemento intermedio entre los metales y los no metales, de número atómico 51 y masa atómica 121,75 (símbolo Sb). • **antimonita** adj. Sal correspondiente al ácido antimonioso. • **antimonioso,a; antimónico,a** adj. QUIM Compuestos de antimonio cuyos grados de oxidación son 3 y 5, respectivamente. • **antimónido** n.m. MINER Mineral que contiene antimonio. • **antimoniato** n.m. Sal correspondiente al ácido antimónico. • **antimoniuro** n.m. Sal de antimonio.

ENCICL El antimonio es un elemento con propiedades similares a las del arsénico. De color blanco azulado, funde a 630 °C. Su densidad es de 6,7. Arde en el aire desprendiendo vapores blancos. Se obtiene a partir de la *estibina*, mineral sulfurado de fórmula Sb_2S_3. El antimonio entra en la fabricación de aleaciones resistentes a la fricción y en las de plomo para placas de acumuladores. Se conocen desde tiempo atrás sus propiedades terapéuticas (p. ej.: expectorante).

antineutrón n.m. FIS NUCL Antipartícula del neutrón de igual masa. Fue descubierto en Berkeley (Universidad de California).

antiniebla adj. invariable. Dícese de los dispositivos ópticos que favorecen la eficacia de un haz luminoso en la niebla.

antinomia n.f. **1.** Contradicción entre dos sistemas, o dos conceptos. **2.** DER Contradicción entre dos leyes o dos principios jurídicos en su aplicación práctica. **3.** FILOS Para Kant, contradicción inevitable resultante de las propias leyes de la razón pura.

antioxidante n.m. QUIM Cuerpo que tiene la propiedad de proteger a otro contra la acción del oxígeno.

antipalúdico,a adj. Que sirve para combatir el paludismo.

antipapa n.m. El que no está canónicamente elegido Papa y pretende ser reconocido como tal, contra el legítimo. • **antipapado** n.m. **1.** Ilegítima dignidad de antipapa. **2.** Tiempo que dura.

antiparalelo,a adj. GEOM Se dice de las rectas que, sin ser paralelas, forman con otras dos, ángulos iguales.

antiparasitaje n.m. Montaje de un dispositivo antiparasitario en un receptor de radio. • **antiparasitario** n. y adj. Dispositivo destinado a reducir la producción de ruidos parásitos.

antiparras n.f. Fam. Gafas.

antipartícula n.f. FISC NUCL Partícula con la misma masa que su partícula homóloga, pero con carga eléctrica de signo contrario. *El positrón es la antipartícula del electrón* (v. partícula y antimateria).

antipatía n.f. **1.** Adversión natural o instintiva que se siente hacia alguna persona o cosa. **2.** Fig. Oposición recíproca entre seres inanimados. • **antipático,a** adj. Que causa antipatía.

antiperístasis n.f. Acción de dos cualidades contrarias, una de las cuales excita por su oposición el vigor de la otra. • **antiperistáltico,a** adj. FISIOL Se aplica al movimiento de contracción del estómago y de los intestinos, en virtud del cual las materias contenidas en ellos van en sentido inverso de su curso natural o peristáltico.

antipirina n.f. FARM Base oxigenada compuesta de carbono, hidrógeno y nitrógeno, que se presenta ordinariamente en forma de polvo blanco, y se usa en medicina para rebajar la fiebre y el dolor. • **antipirético,a** n. y adj. MED que combate la fiebre.

antípodas n. pl. y adj. **1.** GEOG Dícese de cualquier habitante del globo terrestre con respecto a otro que habite en lugar diametralmente opuesto. **2.** n.y adj. Fig. y Fam Se aplica a la persona de genio contrario al de otra, y a las cosas que entre sí tienen oposición.

antiprotón n.m. FIS NUCL Antipartícula del protón, de su misma masa, pero con carga negativa; estable en el vacío y de corta vida en la materia.

antipsiquiatría n.f. Movimiento generado por las experiencias de liberación del tratamiento psiquiátrico, llevadas a cabo de 1962 a 1966 por David Cooper y R. D. Laing en Kingsley Hall (Londres). Ambos dogmatizan —sin fundamento experimental— que la exclusión y la represión de la locura acentúan los desequilibrios ideológicos y mentales de la sociedad, y que, por el contrario, la locura es una aventura que debe vivirse con libertad.

antirrábico,a adj. MED Que combate la rabia. *Vacuna antirrábica.*

antirradar n.m. y adj. MILIT Califica a los dispositivos destinados a dificultar y hacer ineficaz la detección por radar.

antirreflectante adj. Que evita la formación de reflejos.

antirretorno adj. inv. TECN Califica un dispositivo que impide la circulación de un fluido en sentido contrario al normal.

antirreumático,a n.m. y adj. FARM Que sirve para curar el reúma.

antirrobo adj. Califica al dispositivo de seguridad destinado a impedir el robo.

antiscio,a adj. Dícese de cada uno de los habitantes de las dos zonas templadas que, por vivir sobre el mismo meridiano y en hemisferios opuestos, proyectan al mediodía la sombra en dirección contraria.

antisemitismo n.m. Doctrina o tendencia de los antisemitas. • **antisemita** n. y adj. Enemigo de la raza hebrea, de su cultura o de su influencia.

antisepsia n.f. MED Método que consiste en combatir o prevenir los padecimientos infecciosos, destruyendo los microbios que los causan.

antishock adj. MED Se dice del tratamiento terapéutico utilizado para eliminar los efectos de un shock.

antisimétrico,a adj. MAT Una relación O definida sobre un conjunto E se dice que es *antisimétrica* si: a O b y b O a implican que a = b.

antisocial adj. **1.** Contrario, al orden social. **2.** Que va contra los intereses de los trabajadores.

antisolar adj. TECN Califica al material que reduce los aportes caloríficos de los rayos solares.

antispasto n.m. Pie de las métricas griega y latina, compuesto de un yambo y un troqueo, o sea de dos sílabas largas entre dos breves.

antistrofa n.f. En la poesía griega, segunda parte del canto lírico, compuesto de estrofa y antistrofa o de estas dos partes y el epodo. La antistrofa consta del mismo número de versos que la estrofa.

antisudoral n.m. y adj. Dícese de la sustancia que evita o reduce el sudor excesivo.

antitanque adj. MILIT Dícese de las armas y proyectiles destinados a destruir tanques de guerra y otros vehículos semejantes.

antitérmico adj. MED Que impide la elevación de la temperatura en el organismo.

antítesis n.f. **1.** FILOS Oposición o contrariedad de dos juicios o afirmaciones. **2.** Fig. Persona o cosa enteramente opuesta en sus condiciones a otra. **3.** RET Figura que consiste en contraponer una frase o una palabra a otra de contraria significación. • **antitético,a** adj. Que denota o implica antítesis.

antitetánico,a adj. MED Que previene el tétanos. *Suero, antitetánico.*

antitoxina n.f. MED Anticuerpo que neutraliza las toxinas secretadas por ciertas bacterias. *Antitoxina diftérica, tetánica.*

antitrago n.m. Prominencia de la oreja humana, situada en la parte inferior del pabellón y opuesta al trago.

antitrust adj. Opuesto a la creación y desarrollo de los trust. *Leyes antitrust.*

antituberculoso,a adj. MED Que combate la tuberculosis.

antivariólico,a adj. Que sirve para combatir la viruela.

antivitamina n.f. BIOQUIM Sustancia natural o sintética que compite en el organismo con una vitamina, contraponiéndose a su acción, sin poseer sus efectos.

antocianina n.f. BOT Pigmento disuelto en el protoplasma de las células de diversos órganos vegetales, y al cual deben su color las flores azules y violadas y la mayoría de las rojas.

antófago,a adj. ZOOL Se dice de los animales que principalmente se alimentan de flores.

antojarse v.prnl. **1.** Apetecer mucho una cosa, generalmente por capricho. Sólo se usa en las terceras personas con alguno de los pronombres personales, *me, te, le, nos*, etc. *Se me antojó una flor.* **2.** Pensar como probable alguna cosa. *Se me antoja que va a llover.* • **antojadizo,a** adj. Que tiene antojos con frecuencia. • **antojo** n.m. **1.** Deseo vivo y pasajero de alguna cosa, especialmente por capricho, o el que suelen tener las mujeres embarazadas. **2.** Juicio que se hace de alguna cosa sin bastante examen. **3.** pl. Manchas o tumores eréctiles que suelen presentar en la piel algunas personas y que se atribuyen popularmente a deseos insatisfechos de las madres durante el embarazo.

antología n.f. Colección de trozos selectos de obras literarias.

antónimo,a n.m. y adj. GRAM Dícese de las palabras que expresan ideas opuestas o contrarias: *virtud* y *vicio; claro* y *oscuro; antes* y *después.* • **antonimia** n.f. GRAM Calidad de antónimo.

antoniniano,a adj. **1.** Perteneciente o relativo a cualquiera de los emperadores Antoninos. **2.** n.m. NUMISM Moneda de plata y después de vellón que acabó por reemplazar al denario durante la decadencia del Imperio romano.

antonomasia n.f. RET **1.** Sinécdoque que consiste en poner el nombre apelativo por el propio, o el propio por el apelativo; p.ej.: *El Apóstol*, por *san Pablo.* **2.** *Por antonomasia.* M. adv. que, además de su significación propia, se usa para denotar que a una persona o cosa le conviene el nombre apelativo con que se la designa, con preferencia a todos los demás a quienes el dicho nombre comprende.

antorcha n.f. **1.** Trozo de materia con un extremo combustible y el otro adecuado para tomarlo en la mano, que se hace arder para dar luz. **2.** Fig. Lo que sirve de guía.

antozoo n. y adj. ZOOL Se dice de ciertos celentéreos que en el estado adulto viven fijos sobre el fondo del mar, como el coral.

antraceno n.m. QUIM Hidrocarburo aromático tricíclico condensado, de fórmula $C_{14}H_{10}$.

antracita n.f. Carbón fósil seco o poco bituminoso que arde con dificultad y sin conglutinarse.

antracosis n.f. MED **1.** Infiltración de polvo de carbón en los pulmones. **2.** Enfermedad profesional de los mineros, del grupo de las neumoconiosis, producida por una infiltración importante y prolongada.

antraquinona n.f. QUIM Derivado del antraceno, de fórmula $C_{14}H_8O_2$, que se utiliza en la fabricación de colorantes.

ántrax n.m. PAT **1.** Inflamación confluente de varios folículos pilosos, generalmente debida al estafilococo, con abundante formación de pus y, a veces, complicaciones locales. **2.** *Antrax maligno.* Carbunco.

antreno n.m. ZOOL Coleóptero de pequeño tamaño (4 mm) cuya larva, que se alimenta de materias animales secas, causa estragos en las pieles y las colecciones zoológicas.

antro n.m. **1.** Caverna. ▷ Fig. Lugar donde habita una persona que rehuye la compañía de sus semejantes. **2.** Lugar de reunión de personas de vida desordenada.

-antropo, -antropía, -antrópico, antropo- Partículas procedentes del griego *anthrōpos*, «hombre».

antropocentrismo n.m. FILOS Doctrina o teoría que supone que el hombre es el centro de todas las cosas; el fin absoluto de la naturaleza.

antropofagia n.f. Costumbre que tienen algunos pueblos primitivos de comer carne humana. • **antropófago,a** n. y adj. Dícese del salvaje que come carne humana.

antropogénesis n.f. Estudio del origen y la evolución del hombre.

antropografía n.f. Parte de la antropología, que trata de la descripción de las razas humanas y de sus variedades.

antropoide n. y adj. ZOOL Dícese de los animales que por sus caracteres morfológicos externos se asemejan al hombre. • **antropoideo** n. y adj. Se dice de los monos catirrinos, sin cola, como el orangután, el gorila, etc. ▷ n.m.pl. ZOOL Grupo de estos animales.

antropología n.f. Estudio, ciencia que se ocupa del hombre. **1.** Estudio de la especie humana bajo su aspecto anatómico, fisiológico, biológico, genético y filogenético. **2.** Estudio de la cultura de las diferentes colectividades humanas.

ENCICL Actualmente se tiende a considerar la antropología en el sentido **1.** como *antropología física*, y en el sentido **2.** como *antropología cultural* o *social.* La antropología social y la etnología tienen en principio por materia de estudio todas las culturas y sociedades humanas incluso aquellas donde se originaron. Sin embargo, por razones históricas y por su propio origen, se dedican preferentemente al estudio de las sociedades llamadas primitivas.

antropometría n.f. Conjunto de los procedimientos de medida de las diversas partes del cuerpo humano. — *Antropometría judicial*, la aplicada a la identificación de delincuentes.

antropomorfo,a adj. **1.** Que tiene apariencia humana. **2.** n. y adj. ZOOL Antropoideo. • **antropomorfismo** n.m. Conjunto de creencias o de doctrinas que atribuyen a la divinidad la figura o las cualidades del hombre. • **antropomorfita** n. y adj. Dícese de los miembros de una secta que atribuía a Dios cuerpo humano.

antroponimia n.f. Estudio del origen y significación de los nombres propios de persona.

antropopiteco n.m. PALEONT Animal, cuyos restos fósiles han sido descubiertos en Java, que vivió en el período pleistoceno y al que los partidarios de la doctrina transformista consideran como uno de los antepasados del hombre.

anual adj. **1.** Que sucede o se repite cada año. **2.** Que dura un año.

anualidad n.f. **1.** Calidad de anual. **2.** Importe anual de una renta o carga periódica.

anuario n.m. Libro que se publica cada año, con información que sirve de guía a personas de diferentes profesiones.

anubarrado,a adj. Cubierto de nubes.

anublar **I.** v.tr. y prnl. **1.** Ocultar las nubes el azul del cielo o la luz de un astro, especialmente la del Sol o la Luna. **2.** Fig. Oscurecer, empañar. *Anublar la fama.* **II.** v.prnl. Desvanecerse alguna cosa que se deseaba o pretendía.

anucleado,a adj. BIOL Desprovisto de núcleo. *Célula anucleada.*

anudar **I.** v.tr. y prnl. **1.** Hacer uno o más nudos. **2.** Juntar o unir, mediante un nudo, dos hilos, dos cuerdas, etc. **3.** Fig. Juntar, unir. **II.** v.tr. Fig. Continuar lo interrumpido. **III.** v.prnl. Dejar de crecer o medrar las personas, los animales o las plantas.

anuencia n.f. Consentimiento.

1. anular adj. **1.** Perteneciente o relativo al anillo. **2.** De figura de anillo. • **anuloso,a** **1.** adj. Compuesto de anillos. **2.** Anular. (sent. 1.).

2. anular **I.** v.tr. y prnl. **1.** Dar por nulo o dejar sin fuerza un tratado, contrato, etc. **2.** Fig. Incapacitar, desautorizar a uno. **II.** v.prnl. Fig. Retraerse o humillarse.

anulitis n.f. MED Inflamación del anillo de un orificio auriculoventricular del corazón. • **anuloplastia** n.f. Intervención quirúrgica correctora, en un orificio valvular anormalmente dilatado (insuficiencia mitral).

ánulo n.m. ARQUIT Anillo o gradecilla. Aplícase especialmente al astrágalo de los capiteles dóricos griegos formado por tres líneas entrantes.

anunciar **I.** v.tr. **1.** Dar noticia o aviso de alguna cosa; publicar, proclamar hacer saber. **2.** Pronosticar. **3.** Hacer saber el nombre de un visitante a la persona por quien desea ser recibido. **II.** v.prnl. Hacer pública una oferta o demanda de cosas vendibles, colocaciones, etc. • **anunciación** n.f. El anuncio que el Arcángel trajo a la Virgen del misterio de la Encarnación. ▷ Fiesta con que la Iglesia celebra este misterio. • **anuncio** n.m. **1.** Acción y efecto de anunciar. **2.** Conjunto de palabras o signos con que se anuncia algo. **3.** Pronóstico, acción de pronosticar y señal que sirve para ello.

anuo,a adj. Anual.

anuria n.f. MED Supresión de la secreción urinaria.

anuro,a n. y adj. ZOOL **1.** Que carece de cola. **2.** Dícese de los batracios que tienen cuatro extremidades y carecen de cola; como la rana y el sapo. ▷ n.m.pl. Orden de estos batracios.

anverso n.m. **1.** En la monedas y medallas, haz que se considera principal. **2.** IMP Cara en que va impresa la primera página de un pliego. **3.** IMP Forma o molde con que se imprime el anverso o blanco de un pliego.

anzuelo n.m. **1.**Garfio, pequeño por lo común, de metal, que, pendiente de un sedal o alambre y, puesto en él algún cebo, sirve para pescar. **2.**Fig. y Fam. Atractivo o aliciente. Emplear mañas para atraer.

añada n.f. **1.** Transcurso de un año, especialmente el año agrícola. **2.** Cosecha de vino de cada año.

añadir v.tr. **1.** Agregar una cosa a otra. **2.** Aumentar, acrecentar, ampliar. • **añadido,a** n.m. **1.** Añadidura, adición. **2.** Postizo. • **añadidura** n.f. **1.** Lo que se añade a alguna cosa. **2.** Señal en la unión de una cosa con otra. — *Por añadidura.* Además.

añagaza n.f. **1.** Señuelo para coger aves.

añal adj. **1.** Anual. **2.** n. y adj. Se dice del cordero, becerro o macho cabrío que tiene un año cumplido.

añejar **1.** v.tr. y prnl. Hacer añeja alguna cosa. **2.** v.prnl. Alterarse alguna cosa con el transcurso del tiempo, ya mejorándose, ya deteriorándose. Comúnmente se dice del vino.

añero,a adj. *Chile.* Vecero, dicho de las plantas.

añicos n.m.pl. Pedazos o piezas pequeñas en que se divide alguna cosa al romperse.

añil n.m. **1.** Arbusto perenne de la familia de las papilionáceas. **2.** Pasta de color azul oscuro, con visos cobrizos, que de los tallos y hojas de esta planta se saca por maceración en agua. **3.** Color de esta pasta.

añino,a **1.** adj. Añal, dicho del cordero. **2.** n.m. Cordero de un año. ▷ pl. Pieles no tonsuradas de corderos de un año o menos. ▷ Lana de corderos.

año n.m. **1.** ASTRON Tiempo que transcurre durante una revolución real del eje de la Tierra en su órbita alrededor del Sol, o aparente del Sol en la eclíptica alrededor de la Tierra. **2.** Período de 12 meses, a contar desde el 1.º de enero, o desde un día cualquiera. *Año astral,* o *astronómico.* Año sidéreo. — *Año bisiesto.* El que excede al año común en un día, que se añade al mes de febrero. — *Año escolar.* Tiempo que dura el curso en los establecimientos de enseñanza. — *Año nuevo.* El que está a punto de empezar o el que ha empezado recientemente. — *Año sideral* o *sidéreo.* Tiempo que transcurre entre dos pasos consecutivos de la Tierra por el mismo punto de su órbita. Es el año propiamente dicho, y consta de 365 días, 6 horas, 9 minutos y 24 segundos. **3.** pl. Día en se cumplen años.

añojo,a n.m. y f. Becerro o cordero de un año cumplido.

añorar v.tr. e int. Recordar con pena la ausencia, privación o pérdida de persona o cosa muy querida. • **añoranza** n.f. Acción de añorar, nostalgia.

añoso,a adj. De muchos años.

añublo n.m. Honguillo parásito que ataca los cereales.

añusgar **1.** v.int. Atragantarse, sentir como un nudo en la garganta. **2.** v.prnl. Fig. Enfadarse o disgustarse.

aojar v.tr. **1.** Hacer un hechicero mal de ojo a alguien. **2.** Fig. Desgraciar o malograr una cosa.

aónides n.f.pl. Las musas.

aonio,a n. y adj. **1.** Beocio. **2.** Fig. Perteneciente o relativo a las musas.

aoristo n.m. Cada uno de ciertos pretéritos indefinidos de la conjugación griega.

aorta n.f. **1.** ZOOL Arteria que nace del ventrículo izquierdo del corazón de las aves y de los mamíferos y es la mayor del cuerpo. **2.** ZOOL Cada una de las dos grandes arterias que nacen del ventrículo o ventrículos del corazón de los lamelibranquios, cefalópodos y reptiles. **3.** ZOOL Arteria que nace en el ventrículo del corazón de los gasterópodos, peces y batracios. • **aórtico,a** adj. Perteneciente o relativo a la aorta. • **aortitis** n.f. MED Inflamación de la aorta. • **aortografía** n.f. Radiografía de la aorta tras la inyección de un producto opaco a los rayos X.

aovado,a adj. De figura de huevo.

aovado-lanceolada adj. BOT Dícese de la hoja lanceolada, redondeada en la parte del pecíolo.

aovar v.int. Poner huevos.

aovillarse v.prnl. Fig. Encogerse mucho, hacerse un ovillo.

apabullar v.tr. Fam. Dejar a uno confuso y sin saber qué hablar o responder.

apacentar **I.** v.tr. Dar pasto a los ganados. **II.** v.tr. y prnl. Fig. Cebar los deseos, sentidos o pasiones. **III.** v.prnl. Pacer el ganado. • **apacentamiento** n.m. **1.** Acción y efecto de apacentar o apacentarse. **2.** Lo que sirve para el sustento del animal.

apacible adj. **1.** Manso, dulce y agradable. **2.** Tranquilo, agradable. *Día apacible.*

apaciguar v.tr. y prnl. Poner en paz, sosegar, aquietar.

apacorral n.m. Árbol gigantesco de Honduras, cuya corteza, sumamente amarga, emplean los campesinos como remedio tónico y febrífugo.

apaches, indios de América del N. En otro tiempo eran cazadores y nómadas; hoy en día viven en reservas en el SO de los Estados Unidos, principalmente en Nuevo México.

apacheta n.f. Montón de piedras que los indios y mestizos de algunas regiones andinas ponen a un lado del camino para invocar la protección de la divinidad.

apadrinar **I.** v.tr. **1.** Asistir como padrino a una persona. **2.** Fig. Proteger. **3.** EQUIT Acompañar un jinete en caballo manso a otro jinete que monta un potro para domarlo. **II.** v.prnl. Ampararse, valerse, acogerse.

apagar **I.** v.tr. y prnl. **1.** Extinguir el fuego o la luz. **2.** Aplacar, extinguir. **II.** v.tr. **1.** En ciertos casos, desconectar o cortar un circuito eléctrico. *Apagar la luz, la radio, etc.* **2.** Echar agua a la cal viva, para que pueda emplearse la construcción. **3.** PINT Rebajar en los cuadros el color demasiado vivo, o templar el tono de la luz. • **apagado,a** adj. **1.** De genio muy sosegado y apocado. **2.** Tratándose del color, el brillo, etc., amortiguado, poco vivo. • **apagador,a** **1.** n. y adj. Que apaga. **2.** n.m. Apagavelas. **3.** Dispositivo que apaga el sonido en los pianos.

apagavelas n.m. Pieza de metal cónica que sirve para apagar las velas.

apagón n.m. Extinción pasajera y accidental del alumbrado eléctrico.

apaisado,a adj. Dícese de la figura u objeto de forma rectangular cuya base es mayor que su altura, a semejanza de los cuadros donde suelen pintarse paisajes.

apalabrar v.tr. Concertar de palabra dos o más personas alguna cosa.

apaladriano,a adj. Se dice del resultante del aplanamiento y erosión sucesivos de una estructura plegada en la que alternan capas duras y blandas.

apalancar n.tr. Levantar, mover alguna cosa con palanca.

1. apalear v.tr. **1.** Dar golpes con palo u otra cosa semejante. **2.** Sacudir ropas, alfombras, etc., con un palo.

2. apalear v.tr. **1.** Aventar con pala el grano para limpiarlo. **2.** Con el complemento directo oro o plata, tenerlo en abundancia. • **apaleo** n.m. **1.** Acción y efecto de apalear. **2.** Tiempo de apalear.

apancora n.f. ZOOL Crustáceo decápodo, braquiuro, de unos diez centímetros de largo, con carapacho oval y espinoso y pinzas grandes y gruesas. Vive en las costas de Chile.

apandillar v.tr. y prnl. Hacer pandilla.

apanojado,a adj. BOT Dícese del tallo de algunas plantas y también de la flor en forma de panoja.

apantanar v.tr. y prnl. Llenar de agua algún terreno, dejándolo hecho un pantano.

apañado,a adj. **1.** Fig. Hábil, mañoso para hacer alguna cosa. **2.** Fig. y Fam. Adecuado, a propósito para el uso a que se destina.

apañar **I.** v.tr. **1.** Recoger y guardar alguna cosa. **2.** Asir o coger con la mano. **3.** Apoderarse de una cosa, capciosa e ilícitamente. **4.** Aderezar, ataviar. **5.** Fam. Abrigar, arropar. **6.** Fam. Remendar lo que está roto. **II.** v.prnl. Fam. Darse maña para hacer alguna cosa. • **apaño** n.m. **1.** Acción y efecto de apañar. **2.** Fam. Compostura hecha en alguna cosa. **3.** Fam. Disposición, maña o habilidad para hacer alguna cosa. **4.** Fam. Persona de sexo opuesto con, quien se vive, dentro de una relación no matrimonial. **5.** Fam. Acomodo, avío, conveniencia.

apañuscar v.tr. **1.** Fam. Coger y apretar entre las manos alguna cosa estropeándola. **2.** Apañar, apoderarse de una cosa ilícitamente.

aparador,a **I.**n. y adj. Que apara o cose zapatos, etc. **!!** n.m. **1.** Mueble donde se guarda lo necesario para el servicio de mesa. **2.**Escaparate.

aparar **I.** v.tr. **1.** Acudir con las manos o con otra cosa. A tomar o coger alguna cosa. Se usa más en imperativo. *Apare usted.* **2.** Dar segunda labor a las plantas ya algo crecidas, quitando las malas hierbas. **3.** Preparar una fruta para comerla, pelándola o mondándola. **4.** Alargar, poner en las manos. **5.** Coser las piezas de cuero u otra materia de que se compone el zapato antes de unirlas a la suela. **6.** Igualar con la azuela tablas o tablones enlazados. **II.** v.tr. y prnl. Aparejar, preparar, disponer, adornar.

aparasolado,a **1.** adj. De figura de parasol. **2.** n.f. y adj. BOT Umbelífero.

aparatarse v.prnl. **1.** Prepararse, disponerse. ▷ Col. Se dice especialmente del cielo cuando anuncia una precipitación inminente. **2.** Adornarse, llenarse de pompa y otentación.

aparatero,a n. y adj. *Chile.* Aparatoso, afectado, exagerado

aparato n.m. **1.** Apresto, reunión de lo que se necesita para algún fin. **2.** Pompa, ostentacion. **3.** Circunstancia o señal que precede o acompaña a alguna cosa. **4.** Dispositivo mecánico compuesto de diferentes piezas combinadas para un determinado fin. **5.** CIR Apósito o vendaje que se aplica al cuerpo humano. **6.** HIST NAT Conjunto de órganos que concurren a una misma función. *Aparato circulatorio.*

aparatoso,a adj. Que tiene mucho aparato u ostentación. • **aparatosidad** n.f. Calidad de aparatoso.

aparcar v.tr.**1.** Detener el conductor su vehículo automóvil y colocarlo transitoriamente en un lugar público o privado. **2.** FERROC Guardar en parques el material fijo o móvil. **3.** MILIT Colocar la artillería, vehículos y pertrechos de guerra en el parque. • **aparcamiento** n.m. **1.** Acción y efecto de aparcar un vehículo. **2.** Lugar destinado a este efecto.

aparcería n.f. **1.** Trato o convenio de los que van a la parte en una finca. **2.** FOR Contrato mixto, que regula el arrendamiento de fincas rústicas. **3.** FOR Contrato anexo al anterior o independiente de él, para repartir productos o beneficios del ganado entre el propietario de éste y el que lo cuida. • **aparcero,a** n.m. y f. **1.** Persona que tiene aparcería con otra u otras. **2.** Comunero en una heredad o hacienda.

aparear **I.** v.tr. Arreglar o ajustar una cosa con otra, de forma que queden iguales. **II.** v.tr. y prnl. **1.** Unir o juntar una cosa con otra, formando par. **2.** Juntar las hembras de los animales con los machos para que críen.

aparecer v.intr. y prnl. **1.** Manifestarse, dejarse ver, salir, presentarse. **2.** Parecer, encontrarse, hallarse. • **aparecido,a** n.m. Espectro de un difunto.

aparejar **I.** v.tr. y prnl. **1.** Preparar, prevenir, disponer. **2.** Vestir con esmero, adornar. **II.** v.tr. **1.** Poner el aparejo a las caballerías. **2.** MAR Poner a un buque su aparejo. **3.** PINT Imprimar. • **aparejado,a** **1.** part. pas. Con los verbos *traer* y *llevar,* inherente o separable de aquello de que se trata. *Las revoluciones traen aparejados muchos males.* **2.** adj. Apto, idóneo. • **aparejador,a** **1.** n. y adj. Que apareja. **2.** adj. Ayudante del arquitecto con título profesional.

aparejo n.m. **1.** Preparación, disposición para alguna cosa. **2.** Preparaión de lo necesario para conseguir un fin. **3.** Arreo necesario para montar o cargar las caballerías. **4.** Conjunto de objetos necesarios para hacer ciertas cosas. **5.** Sistema de poleas, compuesto de una móvil y otra fija. **6.** ARQUIT Forma o modo en que quedan colocados los materiales en una construcción. *Aparejo poligonal.* **7.** MAR Conjunto de palos, vergas, jarcias y velas de un buque. **8.** PINT Preparación de un lienzo o tabla por medio de la imprimación. ▷ PINT Imprimación, o ingredientes con que se imprimen los lienzos.

aparencial adj. FILOS Dícese de lo que sólo tiene existencia aparente.

aparentar v.tr. **1.** Manifetar o dar a entender lo que no es o no hay. **2.** Hablando de la edad de una persona, tener ésta el aspecto correspondiente a dicha edad. • **aparente** adj. **1.** Que parece y no es. **2.** Conveniente, oportuno, adecuado. **3.** Que aparece y se muestra a la vista. **4.** Que tiene tal o cual aspecto o apariencia.

aparición n.f. **1.** Acción y efecto de aparecer o aparecerse. **2.** Visión de un ser sobrenatural o fantástico; espectro, fantasma. **3.** Fiesta que celebra la Iglesia el día de la aparición de Cristo a sus apóstoles después de la Resurrección.

apariencia n.f. **1.** Aspecto o parecer exterior de una persona o cosa. **2.** Verosimilitud, probabilidad. **3.** Cosa que parece y no es. **4.** pl. Telón o decorado con que en el teatro se representaban, por medio de la pintura, cosas verdaderas o fantásticas.

aparragarse v.prnl. *Chile* y *Hond.* Achaparrarse.

aparrar v.tr. Hacer que un árbol extienda sus ramas en dirección horizontal. • **aparrado,a** adj. **1.** Dícese de los árboles cuyas ramas se extienden mucho horizontalmente. **2.** Fig Achaparrado, dicho de personas.

aparroquiar **1.** v.tr. Procurar parroquianos a los tenderos. **2.** v. prnl. Hacerse feligrés de una parroquia.

apartado,a **I.** adj. **1.** Retirado, distante, remoto. **2.** Diferente, distinto, diverso. **3.** *Nicar.* Huraño. **II.** n.m. **1.** Conjunto de cartas, periódicos, etc., que se apartan en el correo para que los interesados los recojan. **2.** Lugar de la oficina de correos destinado a este servicio. **3.** Acción de separar las reses de una vacada para varios objetos. **4.** Acción de encerrar los toros en los chiqueros algunas horas antes de la corrida. **5.** Cada uno de los párrafos o serie de éstos que, dentro de un decreto, orden o artículo de una ley, escrito o discurso., se dedican a un asunto o aspecto del mismo. **6.** MIN Operación por la que se determina la ley del oro o de la plata. **7.** MIN Conjunto de operaciones que se ejecutan con el oro sacado de su mena, para obtenerlo completamente puro. • **apartadero** n.m. **1.** Lugar que sirve en los caminos y canales para que, apartándose las personas, los vehículos o los barcos, quede libre el paso. **2.** Lugar donde se apartan o separan los cuatro tipos de lana que hay en cada vellón. **3.** Sitio donde se aparta a unos toros de otros para encajonarlos. **4.** Vía corta derivada de la principal, que sirve para apartar en ella vagones tranvías y locomotoras. • **apartadijo** o **apartijo** n.m. Porción o parte pequeña de algunas cosas que estaban juntas. Se usa más en la frase *Hacer apartadijos.* • **apartadizo,a** adj. Huraño.

apartador,a **I.** adj. Que aparta o separa una cosa de otra. **II.** n.m. **1.** El que tiene por oficio separar la lana, según sus diferentes calidades. **2.** El que aparta el ganado, separando unas reses de otras. **3.** Cápsula de cobre destinada a purificar los pallones de oro tratándolos con el agua fuerte. **4.** Retorta para sacar la plata.

apartamento n.m. Vivienda compuesta de uno o más aposentos, generalmente con cocina y servicios higiénicos, situada en un edificio donde existen otras viviendas análogas.

apartar **I.** v.tr. y prnl. **1.** Separar, desunir, dividir. **2.** Quitar a una persona o cosa del lugar donde estaba, para dejarlo libre. **3.** Alejar, retirar. **II.** v.tr. **1.** Fig. Disuadir a uno de alguna cosa. **2.** Separar las cuatro clases de lana que se hallan en cada vellón. **III.** v.prnl. **1.** Divorciarse los casados. **2.** FOR Desistir uno formalmente de la acción o recurso que entabló. • **apartamiento** n.m. **I.** **1.** Acción y efecto de apartar o apartarse. **2.** Apartamento. **II.** *Apartamiento de meridiano.* Longitud del arco de paralelo terrestre comprendido entre dos meridianos, expresada en millas u otra medida itineraria.

aparte **I.** adv. **1.** En otro lugar. *Poner un libro aparte.* **2.** A distancia, desde lejos. **3.** Con omisión, con preterición de. **II.** n.m. **1.** Lo que en la representación escénica dice cualquiera de los personajes de la obra representada, como hablando para sí. **2.** Lo que en la obra dramática debe recitarse de este modo. *Esa comedia tiene muchos apartes.* **3.** Trozo de escrito que empieza en mayúscula y termina en punto y aparte. **4.** Ejemplar de una tirada aparte. **5.** *Arg.* Separación que se hace en un rodeo, de cierto número de cabezas de ganado. **III.** adj. Diferente, distinto, singular. *Góngora es un autor aparte en la poesía española.*

apartheid n.m. Segregación racial practicada sistemáticamente en Sudáfrica.

aparvar v.tr. **1.** Disponer la mies para trillarla. **2.** Recoger en un montón la mies trillada.

apasanca n.f. *Bol.* y *Arg.* Araña de gran tamaño, velluda y muy venenosa.

apasionar **I.** v.tr. y prnl. **1.** Causar, excitar alguna pasión. **2.** Atormentar, afligir. **II.** v.prnl. Interesarse con exceso a una persona o cosa. • **apasionado,a** **I.** n. y adj. Poseído de alguna pasión o afecto. **II.** adj. Partidario de alguno, o afecto a él.

apatía n.f. **1.** Impasibilidad del ánimo. **2.** Dejadez, indolencia, falta de vigor o energía. • **apático,a** adj. Que adolece de apatía.

apátrida n. y adj. Se dice de la persona que carece de nacionalidad.

apea n.f. Soga que sirve para trabar o maniatar las caballerías.

apeadero n.m. **1.** En los ferrocarriles, sitio de la vía preparado para bajar y subir los viajeros. **2.** Poyo o sillar que hay junto a la puerta de las casas, para montar en las caballerías. **3.** Sitio o punto del camino en que los viajeros pueden apearse y es cómodo para descansar. • **apeador** **1.** n. y adj. Que apea. **2.** n.m. El que deslinda y señala los límites, términos y demarcaciones de fincas rústicas.

apear **I.** v.tr. y prnl. Descender alguien de un vehículo. **2.** Fig. y Fam. Disuadir a alguno de sus opiniones, ideas, creencias, suposiciones, etc. *No pude apearle.* **II.** v.tr. **1.** Tratándose de caballerías, trabarlas para que no se escapen. **2.** Calzar algún coche o carro para que no ruede. **3.** Reconocer, señalar o deslindar una o varias fincas. **4.** Cortar un árbol por el pie y derribarlo. **5.** Fig. Sondear, vencer alguna dificultad o cosa muy ardua. **6.** ARQUIT Sostener provisionalmente con armazones o fábricas el todo o parte de algún edificio, construcción o terreno. **7.** Bajar de su sitio alguna cosa, como las piezas de un retablo o de una portada. **8.** Hospedarse, alojarse. • **apeamiento** n.m. **1.** Acción y efecto de apear o apearse, de una caballería y deslinde de fincas. **2.** Apeo, de un edificio.

apechugar v.int. **1.** Fig. y Fam. Admitir, aceptar alguna cosa, venciendo la repugnancia que causa. **2.** Dar con el pecho contra alguien o algo.

apedazar v.tr. **1.** Despedazar algo material. **2.** Echar pedazos, remendar.

apedrear **I.** v.tr. **1.** Tirar o arrojar piedras a una persona o cosa. **2.** Lapidar. **II.** v.impers. Caer pedrisco. **III.** v.prnl. Padecer daño con el pedrisco las viñas, los árboles frutales o las mieses.

apego n.m. Fig. Afición o inclinación particular. • **apegar** v.prnl. Fig. Cobrar apego.

apelambrar v.tr. Meter los cueros en pelambre o en depósito de agua y cal viva, para que pierdan el pelo.

1. apelar **I.** v.int. DER Recurrir al tribunal superior para que revoque, enmiende o anule la sentencia dada por el inferior. **II.** v.int. y prnl. Fig. Recurrir a una persona o cosa para algún trabajo o necesidad. • **apelación** n.f. DER Acción de apelar.

2. apelar v.int. Ser del mismo pelo o color dos o más caballerías.

apelmazar v.tr. y prnl. **1.** Hacer que una cosa esté menos esponjosa de lo que debiera.

apellar v.tr. Untar y adobar la piel sobándola, para que absorba bien el tinte.

apellidar **I.** v.tr. Llamar a alguien, gritándole. **II.** v.prnl. Tener tal nombre o apellido. • **apellido** n.m. **1.** Nombre de familia con que se distinguen las personas; como *Fernández, Guzmán*. **2.** Nombre particular que se da a varias cosas. **3.** Sobrenombre o mote.

apenar v.tr. y prnl. Causar pena.

apenas **I.** adv. m. **1.** Con dificultad. **2.** Casi no. **II.** adv. t. Luego que, enseguida que.

apencar v.int. Fam. Apechugar, aceptar alguna cosa que molesta.

apéndice n.m. Cosa adjunta o añadida a otra, de la cual es como parte accesoria o dependiente. ▷ BOT Conjunto de escamas, a manera de pedazos de hojas, que tienen en su base algunos pecíolos. ▷ ZOOL Parte del cuerpo animal unida o contigua a otra principal.

apendicectomía n.f. Ablación del apéndice vermicular del ciego. • **apendicitis** n.f. PAT Inflamación del apéndice vermicular.

apendicular **1.** adj. Que constituye un apéndice o se refiere a él. **2.** n.f. pl. ZOOL Clase de tunicados pelágicos que poseen un apéndice caudal muy largo.

apeo n.m. **1.** Acción y efecto de apear (deslindar). **2.** Documento que acredita el deslinde. **3.** ARQUIT Armazón, madero o fábrica con que se apuntala un edificio, terreno, etc.

apeonar v.int. Correr las aves por el suelo.

apepsia n.f. MED Falta de digestión.

apercepción n.f. FILOS Percepción atenta y clara, con conciencia de ella.

apercibir **I.** v.tr. y prnl. Disponer, preparar lo necesario para alguna cosa. **II.** v.tr. **1.** Amonestar, advertir. **2.** Hacer saber a la persona requerida las consecuencias que se seguirán de determinados actos y omisiones suyas. **3.** PSICOL Percibir algo reconociéndolo o interpretándolo con referencia a lo ya conocido.

apereá n.m. ZOOL Mamífero roedor de la Argentina sin cola, parecido al conejo.

apergaminado,a adj. Semejante al pergamino. • **apergaminarse** v.prnl. Fig. y Fam. Acartonarse uno.

aperiódico,a adj. FIS Se dice del aparato que tiende hacia su posición de equilibrio sin oscilación alguna.

aperitivo,a **I.** n.m. y adj. Que sirve para abrir el apetito. **II.** n.m. **1.** Bebida que se toma antes de una comida principal. **2.** Pequeñas porciones de comida que suelen acompañar a esta bebida.

apero n.m. **1.** Conjunto de instrumentos y demás cosas necesarias para la labranza. **2.** Conjunto de animales destinados a las faenas agrícolas. ▷ pl. P. ext., conjunto de instrumentos y herramientas de otro cualquier oficio. **3.** Majada. **4.** *Arg., Chile, P. Rico* y *Venez.* Aparejo de montar más lujoso que el común.

aperrear **I.** v.tr. Echar perros a uno para que lo despedacen. **II.** v.tr. y prnl. Fig. y Fam. Tratar mal, atosigar a una persona. **III.** v.prnl. **1.** Trabajar demasiado. **2.** Fig. Emperrarse.

apertura n.f. **1.** Acción de abrir. **2.** Tratándose de asambleas, corporaciones, locales públicos, etc., acto de dar principio, o de volver a dárselo, a estudios, operaciones, etc. **3.** Tratándose de testamentos cerrados, acto solemne de sacarlos de sus pliegos y darles publicidad y autenticidad. **4.** Fig. Tendencia favorable a la comprensión de actitudes ideológicas, políticas, etc.

apesadumbrar v.tr. y prnl. Causar pesadumbre, disgusto.

apesgar **1.** v.tr. Agobiar a alguien. **2.** v.prnl. Ponerse muy pesado.

apestar **I.** v.tr. y prnl. Causar, contagiar la peste. **II.** v.tr. **1.** Fig. Corromper, viciar. **2.** Fig. y Fam. Fastidiar, causar hastío. **III.** v.int. Arrojar o comunicar mal olor. Se usa más en las terceras personas.

apestillar v.tr. Asir alguna cosa de modo que no pueda escaparse.

apétala adj. BOT Se dice de la flor que carece de pétalos.

apetito n.m. **1.** Impulso instintivo que nos lleva a satisfacer deseos o necesidades. **2.** Gana de comer. **3.** Fig. Lo que excita el deseo de alguna cosa. — Fig. y Fam. *Abrir*, o *despertar, el apetito.* Excitar la gana de comer. • **apetecer** **1.** v.tr. y prnl. Tener gana de alguna cosa, o desearla. **2.** v.tr. Gustar, agradar una cosa. • **apetencia** n.f. **1.** Apetito, gana de comer. **2.** Instinto que inclina a desear alguna cosa. • **apetitoso,a** **1.** adj. Que excita el apetito o deseo. **2.** Sabroso. **3.** Apetecible.

ápex n.m. **1.** ANAT Extremo de un órgano. **2.** ASTRON Punto del espacio hacia el que parece dirigirse el sistema solar.

apiadar **I.** v.tr. **1.** Causar piedad. **2.** Mirar o tratar con piedad. **II.** v.prnl. Tener piedad. Se usa comúnmente con la preposición *de*.

apiaradero n.m. Cuenta o cómputo que el ganadero, o su mayoral, hace del número de cabezas de que se compone cada rebaño.

apical **1.** adj. Perteneciente o relativo a un ápice o punta, o localizado en ellos. **2.** n.f. y adj. FON Dícese de la consonante en cuya articulación interviene principalmente el ápice de la lengua, como la *l* o la *t*.

ápice n.m. **1.** Extremo superior o punta de alguna cosa. **2.** Acento o cualquiera otro de los signos ortográficos que se ponen sobre las letras. **3.** Fig. Hablando de alguna cuestión o dificultad, lo más arduo o delicado de ella.

apico- FON y MED Primer elemento de compuestos, en los que indica situación o carácter apical: *Apicodental, apicoalveolar.*

apículo n.m. BOT Punta corta, aguda y poco consistente.

apicultura n.f. Arte de criar abejas para aprovechar sus productos. • **apícola** adj. Perteneciente o relativo a la apicultura.

ENCICL La apicultura, junto con la sericultura (cría de gusanos de seda) es uno de los pocos terrenos en que el hombre tiene un beneficio de la cría de insectos. Se viene practicando desde la más remota antigüedad. La apicultura moderna utiliza colmenas de cuadros fijos en los cuales las abejas construyen sus panales. El balance de una colmena de 45.000 abejas es el siguiente: *entradas*: 300 kg, de los cuales 240 kg son de *néctar* (para la alimentación de las larvas, y la producción de miel), 40 kg. de polen (alimento de las larvas), 10 kg de agua y algunos centenares de gr de propóleos, utilizado por las abejas para sellar la colmena; *salidas*: 300 kg, de los cuales 60 kg de *miel* (tan sólo pueden recogerse 20 kg; usándose el resto como comida para las abejas), 40 kg de excrementos, 25 kg de abejas muertas, *cera* y polen recogido por el apicultor, vapor de agua y gas carbónico. El apicultor debe observar el comportamiento de las abejas para obtener de ellas el mejor partido, ya que, naturalmente, no puede modificarlo.

apichonado,a adj. Fam. *Chile.* Amartelado, enamorado.

ápidos n.m. pl. ZOOL Familia de insectos himenópteros cuyas larvas se nutren exclusivamente de miel, como los abejorros y las abejas.

apilar v.tr. Amontonar, poner una cosa sobre otra, haciendo pila o montón.

apiñado,a adj. De figura de piña.

apiñar v.tr. y prnl. Juntar o agrupar estrechamente personas o cosas.

apio n.m. Planta de la familia de las umbelíferas, de 50 a 60 cm de altura, con tallo jugoso, grueso y hojas largas y hendidas. Es de sabor y olor fuertes y se come generalmente en ensalada.

apiolar v.tr. **1.** Poner pihuela o apea. **2.** Atar un pie con el otro de un animal muerto en la caza, para colgarlo por ellos. **3.** Fig y Fam. Prender a una persona. **4.** Fig. y Fam. Matar a alguien.

apirexia n.f. **1.** Falta de fiebre. **2.** MED Intervalo que media entre una y otra accesión de la fiebre intermitente.

apirgüinarse v.prnl. *Chile* Padecer pirgüín el ganado.

apisonar. v.tr. **1.** Apretar con pisón la tierra u otra cosa. **2.** Apretar o allanar la tierra o la grava por medio de rodillos pesados. • **apisonadora** n.f. Máquina locomóvil, montada sobre rodillos muy pesados que se emplea para apisonar las carreteras.

apitonar **I.** v.int. **1.** Echar pitones los animales que crían cuernos. **2.** Empezar los árboles a brotar o arrojar los botones. **II.** v.tr. Romper con el pitón, el pico o la punta, alguna cosa, como las gallinas y otras aves que rompen la cáscara de sus huevos con el pico. **III.** v.prnl. Fig. y Fam. Enojarse. • **apitonado,a** adj. Quisquilloso.

apizarrado,a adj. De color de pizarra, o sea negro azulado.

Apl n.m. INFORM Lenguaje de programación utilizado en las aplicaciones conversacionales de carácter científico.

aplacar v.tr. y prnl. Amansar, suavizar, mitigar.

aplacóforos o **solenogastros** n.m. pl. Orden de moluscos marinos primitivos que viven en el fondo del mar, cuya cabeza no está separada del cuerpo y cuyo manto, muy desarrollado, secreta espículas calcáreas.

aplanar **I.** v.tr. **1.** Allanar, poner llano algo. **2.** Fig. y Fam. Dejar a uno abatido, deprimido. **II.** v.prnl. **1.** Venirse al suelo algún edificio. **2.** Fig. Perder el ánimo. **3.** Decaer físicamente. • **aplanador,a** **1.** n. y adj. Que aplana. **2.** n.f. *Arg., Cuba, Chile, Ecuad., Nic., P. Rico, Urug., Méx., Pan.* Apisonadora. • **aplanadera** n.f. Instrumento de piedra, madera u otra materia, con que se aplana el suelo, terreno, etc.

aplanético,a adj. OPT Se dice de un sistema óptico que siendo estigmático para una pareja de puntos A y A' del eje, lo es también para toda otra pareja de puntos B y B' situados en los planos frontales que pasan por A y A' y sus proximidades.

aplasia n.f. MED Detención del desarrollo de un tejido o de un órgano después del nacimiento.

aplastar v.tr. y prnl. Deformar una cosa aplanándola. **II.** v.tr. Fig. y Fam. Dejar a uno confuso y sin saber que decir. • **aplastante** adj. Abrumador, terminante.

aplatanar **I.** v.tr. Causar indolencia, restar actividad a alguien. **II.** v.prnl. Dejarse llevar a la indolencia o inactividad, especialmente por influjo del clima tropical.

aplaudir v.tr. **1.** Dar palmadas en señal de aprobación o entusiasmo. **2.** Celebrar con palabras u otras demostraciones a personas o cosas. • **aplauso** n.m. Acción y efecto de aplaudir.

aplazar **I.** v.tr. **1.** Convocar, llamar para tiempo y sitio señalados. **2.** Diferir, retardar.

aplicación n.f. **I. 1.** Acción y efecto de aplicar o aplicarse. **2.** Fig. Afición y asiduidad con que se hace alguna cosa, especialmente el estudio. **II.** Ornamentación ejecutada en materia distinta de otra a la cual se sobrepone. **III.** MAT Correspondencia que a cada elemento de un conjunto asocia un elemento de otro conjunto (correspondencia unívoca).

aplicar **I.** v.tr. **1.** Poner una cosa sobre otra o en contacto de otra. **2.** Fig. Emplear alguna cosa, o los principios o procedimientos que le son propios. **3.** Fig. Referir a un caso particular lo que se ha dicho en general, o a un individuo lo que se ha dicho de otro. **4.** Fig. Atribuir o imputar a uno algún hecho o dicho. **5.** Fig. Destinar, apropiar, adjudicar. **6.** FOR Adjudicar bienes o efectos. **II.** v.prnl. Fig. Dedicarse a un estudio o ejercicio. ▷ Fig. Poner atención y cuidado en ejecutar alguna cosa, especialmente en estudiar. • **aplicador** TECN Instrumento que permite aplicar un producto sobre una superficie.

aplique n.m. **1.** Cualquier pieza del decorado teatral que no sea el telón, los bastidores y las bambalinas. **2.** Candelero de uno o varios brazos que se fija en la pared.

aplomo n.m. **1.** Gravedad, serenidad, seguridad. **2.** Verticalidad. • **aplomar** **I.** v.tr. y prnl. Aumentar el peso de una cosa. **II.** v.tr. e int. ALBAÑ Examinar con la plomada si las paredes que se van construyendo están verticales o a plomo. **III.** v.tr. Poner las cosas verticalmente. **IV.** v.prnl. **1.** Desplomarse. **2.** Cobrar aplomo.

Aplysia n.f. ZOOL Género de gasterópodos marinos que nadan mediante ondulaciones del manto, y que en caso de peligro proyectan un líquido violeta que les permite huir.

apnea n.f. **1.** MED Detención de los movimientos respiratorios. **2.** *Inmersión submarina en apnea*, la efectuada sin escafandra.

apo- Prefijo procedente del griego *apo*, «a lo lejos, apartado».

apoastro n.m. ASTRON Punto ocupado por un satélite o un planeta, cuando se encuentra a la mayor distancia del astro en torno al cual gravita.

apocalipsis n.m. **1.** *El Apocalipsis*: último libro del Nuevo Testamento, escrito h. el año 95 y atribuido tradicionalmente a san Juan Evangelista, que describe las siete visiones del apóstol sobre el fin del mundo. **2.** Fin del mundo. • **apocalíptico,a** adj. **1.** Perteneciente o relativo al Apocalipsis. **2.** Fig. Que parece del Apocalipsis. *Estilo apocalíptico.* **3.** Fig. Terrorífico, espantoso.

apocar **I.** v.tr. Reducir a poco alguna cantidad. **II.** v.tr. y prnl. Humillar, intimidar. • **apocado,a** adj. Tímido o cobarde.

apocatástasis n.f. FILOS Retorno de todas las cosas o de cualquiera de ellas a su primitivo punto de partida.

apocináceo,a n.f. y adj. BOT Dícese de plantas persistentes, de fruto capsular o folicular, como la adelfa. ▷ n.f.pl. Familia de estas plantas.

a poco MUS Muy despacio.

apócope n.f. GRAM Supresión de algún sonido al fin de un vocablo, como en *primer* por *primero*.

apócrifo,a adj. **1.** Objeto o pieza de autenticidad dudosa. **2.** Dícese de aquellos textos bíblicos no canónicos.

ENCICL No todas las iglesias cristianas tienen la misma noción sobre lo apócrifo: en lo que respecta al Antiguo Testamento, la Iglesia católica adoptó el canon de los judíos alejandrinos, mientras que los protestantes adoptaron el de los judíos palestinos, más corto que el anterior; los libros que no figuran en este segundo canon son llamados *apócrifos* por los protestantes y *deuterocanónicos* por los católicos. En cuanto al Nuevo Testamento, muchos de sus textos son considerados como apócrifos por todas las confesiones cristianas.

apocrisiario n.m. **1.** Embajador, enviado del imperio griego. **2.** Canciller del imperio griego. **3.** Legado eclesiástico en la corte de aquel imperio.

apocromático,a adj. OPT Dícese del objetivo exento de espectro secundario.

apodar **1.** v.tr. Poner o decir apodos. **2.** v.prnl. Usar el apodo con preferencia al apellido.

apoderar **1.** v.tr. Dar poder una persona a otra para que la represente, tomarla. **2.** v.prnl. Hacerse uno dueño de alguna cosa. • **apoderado,a** n. y adj. Dícese del que tiene poderes de otro para representarlo y proceder en su nombre.

apodíctico,a adj. LOG Demostrativo, convincente, que no admite contradicción.

apodiformes n.m.pl. ZOOL Orden de aves. Son de pequeño tamaño y muy buenos voladores. En ella se incluye al vencejo y al colibrí.

apodo n.m. Nombre que suele darse a una persona, tomado de alguna circunstancia que le caracteriza.

ápodo,a **1.** adj. ZOOL Falto de pies. **2.** n.m. y adj. ZOOL Dícese de batracios de cuerpo vermiforme, sin extremidades y sin cola o con cola rudimentaria. ▷ n.m.pl. Orden de estos animales.

apódosis n.f. RET Segunda parte del período, en que se completa o cierra el sentido que queda pendiente en la primera, llamada prótasis.

apoenzima n.m. BIOQUIM Proteína que, asociada a la coenzima, forma la enzima completa.

apófige n.f. ARQUIT Curvatura que enlaza las extremidades del fuste de la columna con las molduras de su basa o de su capitel.

apófisis n.f. ANAT Parte saliente de un hueso, que sirve para su articulación o para las inserciones musculares. • **apofisario** n. y adj. Relativo a las apófisis.

apofonía n.f. Alteración de vocales en palabras de la misma raíz; como *imberbe*, de *barba*.

apogamia n.f. BIOL Forma de reproducción asexual, sin fecundación propiamente dicha.

apogeo n.m. **1.** ASTRON Punto en el cual el Sol, la Luna, o un satélite artificial, está a mayor distancia de la Tierra. **2.** Fig. Cúspide, máximo. *Está en el apogeo de su gloria.*

Apogón n.m. ZOOL Género de peces teleóstomos del orden de los perciformes.

apógrafo n.m. Copia de un escrito original.

apolillar v.tr. y prnl. Roer la polilla la ropa u otras cosas. • **apolilladura** n.f. Agujero que deja la polilla.

apoliticismo n.m. Condición de apolítico, carencia de carácter o significación políticos.

apolo n.m. Fam. Hombre armonioso en sus proporciones, muy bello (como el dios Apolo). *Es un apolo.* • **apolíneo,a** adj. **1.** POET Perteneciente o relativo a Apolo. **2.** Según Nietzsche: lo caracterizado por el orden, la medida (opuesto a dionisíaco). **3.** Bien proporcionado, apuesto.

apología n.f. Discurso de palabra o por escrito, en defensa o alabanza de personas o cosas. • **apologético,a** adj. Perteneciente o relativo a la apología. • **apologética** n.f. Parte de la teología que expone los fundamentos de la religión católica.

apólogo,a **1.** adj. Apológico. **2.** n.m. Fábula, composición literaria. • **apológico,a** adj. Perteneciente o relativo al apólogo o fábula.

apoltronarse v.prnl. Hacerse poltrón. Dícese más comúnmente de los que llevan vida sedentaria.

apolvillarse v.prnl. *Chile.* Atizonarse las plantas.

apomazar v.tr. Alisar con la piedra pómez una superficie.

apomorfina n.f. MED Alcaloide derivado de la morfina, antiguamente empleado como poderoso vomitivo.

aponeurosis n.f. ANAT Membrana de tejido conjuntivo fibroso, que envuelve los músculos. ▷ P. ext., tendón ensanchado en forma laminar.

apoplejía n.f. PAT Suspensión súbita de la acción cerebral, debida a derrames sanguíneos en el encéfalo o las meninges. • **apoplético,a** **1.** n. y adj. Perteneciente o relativo a la apoplejía. **2.** Que padece apoplejía. **3.** adj. Predispuesto a la apoplejía. *Temperamento apoplético.*

apoquinar v.tr. vulg. Pagar, generalmente de mal grado, lo que corresponde.

aporcar v.tr. **1.** AGRIC Cubrir con tierra ciertas hortalizas, para que se pongan más tiernas y blancas. **2.** Amontonar la tierra en torno a los troncos o los tallos de cualquier planta.

aporía n.f. FILOS Dificultad lógica que presenta un problema especulativo.

aporrear **I.** v.tr. y prnl. Golpear con porra o palo. **II.** v.tr. **1.** Dar golpes repetidos. — Fig. Molestar. **2.** Tocar mal el piano. **III.** v.prnl. Fig. Atarearse con suma fatiga y aplicación.

aportadera n.f. **1.** Cada una de las dos cajas que, colocadas sobre las caballerías, sirven para llevar algunas cosas. **2.** Recipiente de madera con agarraderos laterales que sirve para transportar la uva desde la viña al lagar.

aportar **I.** v.tr. **1.** Llevar, conducir, traer. **2.** Dar o proporcionar. **3.** FOR Llevar cada cual la parte que le corresponde a la sociedad de que es miembro, y más comúnmente llevar bienes o valores, el marido o la mujer, a la sociedad conyugal. **II.** v.int. **1.** Tomar puerto. **2.** Llegar a un sitio, después de haberse perdido. • **aportación** n.f. **1.** Acción de aportar. **2.** Conjunto de bienes aportados. • **aporte** n.m. **1.** Aportación, bienes aportados. **2.** Fig. Contribución, participación, ayuda.

aportillar I. v.tr. 1. Abrir un hueco en una pared. 2. Romper una cosa. II. v.prnl. Caerse o derribarse alguna parte de muro.

aposentar 1. v.tr. Hospedar. 2. v.prnl. Alojarse. • **aposentamiento** n.m. 1. Acción y efecto de aposentar o aposentarse. 2. Aposento, cuarto. • **aposento** n.m. 1. Cuarto o pieza de una casa. 2. Posada, hospedaje.

aposición n.f. GRAM Efecto de poner consecutivamente sin conjunción, dos o más sustantivos que denoten una misma persona o cosa. *Color verde; Roma, capital de Italia.*

apósito n.m. MED Remedio que se aplica exteriormente, sujetándolo con paños, vendas, etc. ▷ *Apósito gástrico:* polvo medicamentoso absorbido por vía oral y destinado a preservar la mucosa gástrica.

aposta adv.m. Adrede.

apostadero n.m. 1. Lugar donde se aposta la gente. 2. Puerto o bahía en que se reúnen varios buques de guerra bajo un solo mando. 3. Departamento marítimo mandado por un comandante general.

apostar I. v.tr. 1. Acordar los que mantengan posiciones distintas que el que no acierte perderá la cantidad de dinero que se determine o cualquiera otra cosa. 2. Arriesgar cierta cantidad de dinero en la creencia de que alguna cosa, como juego, contienda deportiva, etc., tendrá tal o cual resultado. II. v.int. y prnl. Fig. Competir, rivalizar. III. v.tr. y prnl. Situarse en algún lugar a la espera de un acontecimiento.

apostasía n.f. Acción y efecto de apostatar. • **apostatar** v.int. Abandonar ciertas creencias, especialmente el cristianismo. ▷ P. ext., abandonar un partido para entrar en otro, o cambiar de opinión o doctrina.

a posteriori loc. latina. LOG Ascendiendo de los efectos a las causas, de los datos de la experiencia a las leyes. *Razonar a posteriori.*

apostilla n.f. Acotación que interpreta, aclara o completa un texto.

apóstol n.m. 1. Cada uno de los doce principales discípulos de Jesucristo, a quienes envió a predicar el Evangelio por todo el mundo. 2. El que propaga una doctrina. • **apostolado** n.m. 1. Actividad del apóstol. 2. Conjunto de los doce apóstoles. 3. Campaña de propaganda en pro de alguna causa o doctrina. • **apostólico,a** adj. 1. Perteneciente o relativo a los apóstoles. 2. Perteneciente al Papa, o que dimana de su autoridad. *Juez, indulto apostólico.* 3. Se dice de la Iglesia católica romana, por estar fundada en la doctrina de los apóstoles. 4. Dícese del miembro del partido político que se formó en España después de la revolución de 1820, que defendía el régimen absolutista y la pureza del dogma católico.

apóstrofe n.m. y f. 1. RET Figura que consiste en cortar de pronto el hilo del discurso o la narración para dirigir la palabra con vehemencia en segunda persona a alguien o a algo o para dirigírsela a sí mismo en iguales términos. 2. Fig. Increpación.

apóstrofo n.m. Signo ortográfico (') que indica la elisión de una vocal.

apostura n.f. 1. Gentileza, buena disposición en la persona. 2. Actitud, aspecto.

apotecio n.m. BOT Carpóforo en forma de copa muy abierta que poseen ciertos hongos ascomicetos.

apotegma n.m. Dicho breve y sentencioso; dicho feliz.

apotema n.f. 1. GEOM Perpendicular trazada desde el centro de un polígono regular a uno cualquiera de sus lados. 2. GEOM Altura de las caras triangulares de una pirámide regular.

apoteosis n.f. 1. Concesión y reconocimiento de la dignidad de dioses a los héroes entre los paganos, y acto de tributarles honores divinos. 2. Fig. Ensalzamiento de una persona con grandes honores o alabanzas.

apotrerar v.tr. 1. *Chile.* Dividir una hacienda o fundo en potreros.

apoyadura n.f. Raudal de leche que acude a los pechos de las hembras cuando dan de mamar.

apoyar I. v.tr. 1. Hacer que una cosa descanse sobre otra. *Apoyar el codo en la mesa.* 2. Basar, fundar. 3. Fig. Favorecer, patrocinar, ayudar. 4. Fig. Confirmar, probar, sostener alguna opinión o doctrina. 5. Fig. Sacar el apoyo o apoyadura de los pechos de las hembras. II. v.tr. y prnl. 1. EQUIT Bajar el caballo la cabeza. 2. MILIT Prestar protección una fuerza. III. v.int. y prnl. 1. Cargar, estribar. *La columna apoya sobre el pedestal.* 2. Tratándose de sonidos, sílabas o palabras, articularlas con más sonoridad o intensidad o deteniéndose en ellas. IV. v.prnl. 1. Fig. Servirse de una persona o cosa como de apoyo. 2. Fig. Servirse de algo como razón o fundamento de una doctrina u opinión.

apoyatura n.f. 1. MUS Nota de adorno que precede y sirve de ataque a una de las notas principales de la melodía o del acorde. 2. Apoyo: lo que sirve para sostener una cosa, auxilio, favor y fundamento de una doctrina.

apoyo n.m. 1. Lo que sirve para sostener, como el puntal respecto de una pared. 2. Apoyadura. 3. Fig. Protección, auxilio o favor. — MILIT *Apoyo aéreo*: ayuda que brinda la aviación a las fuerzas de superficie 4. Fig. Confirmación o prueba de una opinión o doctrina.

apozarse v.prnl. *Col.* y *Chile.* Rebalsarse.

appassionato adv. MUS Apasionadamente

apraxia n.f. MED Imposibilidad de ejecutar ciertos movimientos.

apreciar v.tr. 1. Poner precio o tasa a las cosas vendibles. 2. Fig. Reconocer y estimar el mérito de las personas o de las cosas. 3. Fig. Tratándose de la magnitud, intensidad o grado de las cosas y sus cualidades, reducir a cálculo o medida, percibir debidamente. • **apreciable** adj. 1. Capaz de ser apreciado. 2. Fig. Digno de aprecio o estima. • **apreciación** n.f. Acción y efecto de apreciar, poner precio a las cosas y reducir a cálculo o medida la magnitud o intensidad de las cosas. • **aprecio** n.m. 1. Apreciación. 2. Acción y efecto de apreciar, reconocer, estimar. 3. Estimación afectuosa de una persona.

aprehender v.tr. 1. Coger, asir, prender a una persona, o bien alguna cosa, especialmente si es de contrabando. 2. Fig. Percibir algo. • **aprehensión** n.f. Acción y efecto de aprehender. • **aprehensivo,a** adj. 1. Perteneciente a la facultad mental de aprehender. 2. Que es capaz o perspicaz para aprehender las cosas.

apremiar v.tr. 1. Dar prisa, obligar a uno a que haga inmediatamente alguna cosa. 2. Oprimir, apretar. 3. Compeler a uno la autoridad competente a que haga alguna cosa. 4. Imponer apremio o recargo. 5. FOR Presentar instancia un litigante para que su contrario actúe en el procedimiento. • **apremio** n.m. 1. Acción y efecto de apremiar. 2. Mandamiento de autoridad judicial para compeler al pago de alguna cantidad, o al cumplimiento de otro acto obligatorio. 3. Recargo de contribuciones o impuestos por causa de demora en el pago. 4. Procedimiento ejecutivo que siguen las autoridades administrativas y agentes de la Hacienda para el cobro de impuestos o descubiertos.

aprender v.tr. 1. Adquirir el conocimiento de alguna cosa. 2. Fijar algo en la memoria. • **aprendiz,a** n.m. y f. 1. Persona que aprende algún arte u oficio. 2. Persona que, a efectos laborales, se halla en el primer grado de una profesión manual. • **aprendizaje** n.m. 1. Acción de aprender, en particular algún arte u oficio. 2. Tiempo que en ello se emplea

aprensión n.f. 1. Aprehensión. 2. Escrúpulo, recelo de ponerse una persona en contacto con algo que le desagrade, o bien de hacer o decir algo que teme sea perjudicial o inoportuno. 3. Miramiento, reparo. 4. pl. Idea infundada o extraña. • **aprensivo,a** n. y adj. Dícese de la persona que en todo ve peligros para su salud.

apresar v.tr. 1. Asir, hacer presa con las garras o colmillos. 2. Tomar por fuerza alguna nave, apoderarse de ella. 3. Aprisionar.

apreso,a adj. Dícese del árbol plantado y que ha prendido.

aprestar v.tr. y prnl. 1. Preparar, disponer lo necesario para alguna cosa. 2. Aderezar los tejidos.

apresto n.m. 1. Disposición, preparación para alguna cosa. 2. Acción y efecto de aprestar las telas. 3. Almidón, añil u otros ingredientes que sirven para aprestar las telas.

apresurar v.tr. y prnl. Dar prisa, acelerar.

apretar I. v.tr. 1. Estrechar contra el pecho: estrechar ciñendo de ordinario con la mano o los brazos cogiendo una cosa entre otra u otras. ▷ Dícese del vestido y otras cosas semejantes. 2. Poner una cosa sobre otra haciendo fuerza o comprimiendo. 3. Aguijar, espolear. 4. Tratándose de lo que sirve para estrechar, aumentar su tirantez para que haya mayor presión. 5. Estrechar algo o reducirlo a menor volumen. 6. Acosar, estrechar a uno persiguiéndole o atacándole. 7. Fig. Angustiar. 8. Tratar con excesivo rigor. 9. Activar, tratar de llevar a efecto con urgencia o instancia. 10. PINT Dar apretones, golpes de color oscuro. II. v.tr. y prnl. Apiñar estrechamente. III. v.tr. e int. Constreñir. IV. v.int. Obrar una persona o cosa con mayor esfuerzo que de ordinario. • **apretado** I. adj. 1. Fig. Arduo, peligroso. 2. Fig. y Fam. Estrecho, mezquino. II. n. y adj. Escrito de letra muy metida. • **apretón** n.m. I. 1. Apretadura muy fuerte y rápida. — *Apretón de manos.* Acción de estrecharse las manos con energía y efusión. 2. Acción de obrar con mayor esfuerzo que de ordinario. 3. Acción de acosar, acometida violenta. 4. Apretura causada por la excesiva concurrencia de gente. 5. Fam. Movimiento violento y ejecutivo del vientre, que obliga a evacuar. II. PINT Golpe de color oscuro, para aumentar la entonación o el efecto de lo que se pinta. • **apretujar** 1. v.tr. Fam. Apretar mucho o reiteradamente. 2. v.prnl. Oprimirse varias personas en un recinto demasiado estrecho para contenerlas. • **apretujón** n.m. Fam. Acción y efecto de apretujar.

aprieto n.m. 1. Apretura de la gente. 2. Fig. Conflicto, apuro.

a priori 1. loc. adv. lat. Indica la demostración que consiste en descender de la causa al efecto, o de la esencia de una cosa a sus propiedades. De esta especie son todas las demostraciones directas en matemáticas. 2. Antes de examinar el asunto de que se trata. 3. FILOS Es el método de proceder partiendo de la razón pura, de un pensamiento primitivo, es decir, de un ideal, en contraposición con el método *a posteriori.* Estos conceptos antitéticos han motivado numerosas controversias dentro de las escuelas filosóficas, llamándose *idealistas* los partidarios del primer método y *positivistas* o empíricos los del segundo. • **apriorismo** n.m. Método en que se emplea sistemáticamente el razonamiento a priori.

aprisa adv. m. Con celeridad.

apriscar v.tr. y prnl. Recoger el ganado en el aprisco. • **aprisco** n.m. Lugar donde los pastores recogen el ganado.

aprisionar v.tr. 1. Poner en prisión. 2. Maniatar. 3. Fig. Atar, sujetar.

aproar v.int. MAR Volver el buque la proa a alguna parte.

aprobar v.tr. **1.** Calificar o dar por bueno. **2.** Tratándose de doctrinas u opiniones, asentir a ellas. **3.** Tratándose de personas, declarar hábil y competente. **4.** Obtener la aprobación en una asignatura o examen. • **aprobado,a** n.m. En exámenes, calificación mínima de aptitud. • **aprobatorio,a** o **aprobativo** adj. Que aprueba o implica aprobación.

aproches n.m. MILIT Conjunto de trabajos que van haciendo los que atacan una plaza para acercarse a batirla.

aprontar v.tr. **1.** Prevenir, disponer con prontitud. **2.** Entregar sin dilación dinero u otra cosa.

apropiar **I.** v.tr. **1.** Hacer propia de alguno cualquier cosa. **2.** Aplicar a cada cosa lo que le es propio y más conveniente. **3.** Fig. Acomodar o aplicar con propiedad las circunstancias o moralidad de un suceso al caso de que se trata. **II.** v.prnl. Tomar para sí alguna cosa, haciéndose dueño de ella, por lo común de propia autoridad. • **apropiado,a** adj. Acomodado o proporcionado para el fin a que se destina.

aprovechar **I.** v.int. **1.** Servir de provecho alguna cosa. **2.** MAR Orzar cuanto permite la dirección del viento reinante. **II.** v.int. y prnl. Hablando de la virtud, estudios, artes, etc., adelantar en ellos. **III.** v.tr. Emplear útilmente alguna cosa. *Aprovechar la tela, el tiempo.* **IV.** v.prnl. Sacar utilidad de alguna cosa. • **aprovechado,a** adj. **1.** Se dice del que saca provecho de todo, y más aún del que utiliza lo que otros suelen desperdiciar o despreciar. **2.** Aplicado, diligente. **3.** Se dice del que saca beneficio de las circunstancias normalmente sin escrúpulos. • **aprovechamiento** n.m. Acción y efecto de aprovechar o aprovecharse. ▷ FOR *Aprovechamiento de aguas.* Derecho por ley, concesión o prescripción de utilizar para usos comunes o particulares aguas de dominio público.

aprovisionar v.tr. Abastecer.

aproximación n.f. Acción y efecto de aproximar o aproximarse. ▷ AVIAC Última fase de un vuelo antes del aterrizaje.

aproximar v.tr. y prnl. Arrimar, acercar. • **aproximado,a** adj. Aproximativo, que se acerca más o menos a lo exacto. • **aproximativo,a** adj. Que se aproxima o acerca.

ápside n.m. ASTRON Cada uno de los dos puntos situados en los extremos del eje mayor de la órbita de un planeta.

apterigógenos n.m.pl. ZOOL Subclase de insectos que comprende los colémbolos, dipluros, proturos y tisanuros, todos ellos sin alas.

áptero,a adj. Que carece de alas. *Insecto áptero.* ▷ ESCULT *La Victoria áptera.* Estatua del templo ateniense de la Victoria, que, excepcionalmente, no tenía alas (para impedir que huyera de Atenas).

apteryx n.m. ZOOL Género de aptegiformes en el que se incluye el kiwi de los bosques de Nueva Zelanda.

aptitud n.f. **1.** Cualidad que hace que un objeto sea apto, adecuado o acomodado para cierto fin. **2.** Suficiencia o idoneidad para obtener y ejercer un empleo o cargo. **3.** Capacidad y disposición para el buen desempeño o ejercicio de un negocio, actividad, arte, etc. • **apto,a** adj. Idóneo, hábil, a propósito para hacer alguna cosa.

apud prep.lat. usada en las citas con la significación de *en la obra,* o *en el libro de. Apud Kant:* en la obra de Kant.

apuesta n.f. **1.** Acción y efecto de apostar una cantidad. **2.** Cosa que se apuesta. **3.** FILOS *Apuesta de Pascal.* Argumento de sus *Pensamientos,* destinado a los descreídos, que muestra la desproporción de la apuesta según se crea o no en la existencia de Dios: «Si ganáis (Dios existe), ganáis todo; si perdéis (Dios no existe), no perdéis nada».

apuesto,a adj. Ataviado, adornado, de gentil disposición en la persona.

apulso n.m. **1.** ASTRON Contacto del borde de un astro con el hilo vertical del retículo del anteojo con el cual se le observa. **2.** ASTRON Momento en que un astro parece tocar a otro.

apuntación n.f. **1.** Acción y efecto de apuntar. **2.** MUS Acción de escribir las notas y demás signos musicales. **3.** Notación, escritura musical.

apuntado,a adj. Que hace puntas por las extremidades.

apuntador,a **I.** n. y adj. Que apunta. **II.** n.m. **1.** Persona que en las representaciones teatrales, oculto por la concha, vigila para dar la letra al intérprete que sufra un olvido. **2.** Traspunte.

apuntalar v.tr. **1.** Poner puntales. **2.** Fig. Sostener, afirmar.

apuntar **I.** v.tr. **1.** Asestar un arma arrojadiza o de fuego. Colocarla en posición conveniente para dar en el blanco. **2.** Señalar hacia sitio u objeto determinado. **3.** En el juego de la banca y otros, poner sobre una carta o junto a ella la cantidad que se quiere jugar. **II.** v.tr. **1.** En lo escrito, señalar alguna cosa con una raya, estrella u otra nota, para encontrarla fácilmente. **2.** Tomar nota por escrito de alguna cosa. **3.** Hacer un apunte o dibujo ligero. **4.** En los teatros, ejercer el apuntador su tarea. **III.** v.tr. **1.** Concertar, convenir en pocas palabras. **2.** Insinuar o tocar ligeramente algún tema o cosa. **3.** Sugerir al que habla alguna cosa para que recuerde lo olvidado o para que se corrija. **4.** Empezar a fijar alguna cosa interinamente, como cuando se empieza a clavar una tabla sin remachar los clavos. **IV** v.tr. Sacar punta a un objeto. **V.** v.tr. **1.** Unir ligeramente por medio de puntadas. ▷ Fam. Remendar o zurcir. **2.** IMP Clavar el pliego en las pinturas. **VI.** v.int. Empezar a manifestarse alguna cosa. *Apuntar el día.* **VII.** v.prnl. Hablando del vino, empezar a tener punta de agrio. • **apuntamiento** n.m. **1.** Acción y efecto de apuntar. **2.** FOR Resumen o extracto que de los autos forma el secretario de sala o el relator de un tribunal colegiado. • **apunte** n.m. **1.** Apuntamiento, acción de apuntar. **2.** Asiento o nota que se hace por escrito. **3.** Dibujo ligero. **4.** En el teatro, voz de la persona que apunta a los actores. **5.** Manuscrito o impreso que tiene a la vista el apuntador del teatro.

apuñalar v.tr. Dar puñaladas. • **apuñalado,a** adj. De figura parecida a la hoja de un puñal.

apuñar **I.** v.tr. **1.** Asir o coger algo con la mano, cerrándola. **2.** Apuñear, dar de puñadas. **II.** v.int. Apretar la mano para que no se caiga lo que se lleva en ella.

apuracabos n.m. Pieza cilíndrica de loza, alabastro u otra materia y con una púa metálica donde se aseguran los cabos de vela para que puedan arder hasta consumirse. • **apuranieves** n.f. Aguzanieves, **1.** (pájaro).

apurar **I.** v.tr. **1.** Purificar o reducir una cosa al estado de pureza separando lo impuro o extraño. **2.** Aplicado a la moral, purificar, santificar. **3.** Averiguar o desentrañar la verdad ahincadamente o exponerla sin omisión. **4.** Extremar, llevar hasta el cabo. **5.** Acabar o agotar. ▷ Sufrir hasta el extremo. **6.** Fig. Apremiar. **7.** Fig. Molestar a uno de modo que se enfade o pierda la paciencia. **II.** v.prnl. Afligirse, acongojarse, preocuparse. • **apurado,a** adj. **1.** Pobre, falto de caudal y de lo que se necesita. **2.** Dificultoso, peligroso, angustioso. **3.** Esmerado, exacto. **4.** Apresurado, con prisa. • **apurador,a** **I.** n. y adj. Que apura. **II.** n.m. Apuracabos. MIN El que lava de nuevo las tierras depositadas en las tinas.

apure n.m. **1.** MIN Acción de apurar, hacer puro físicamente algo. **2.** MIN Residuos resultantes del lavado de los minerales de plomo después de garbillados.

apuro n.m. **1.** Aprieto, escasez grande, **2.** Aflicción, estrecho, conflicto. **3.** Apremio, prisa, urgencia.

aquaplaning n.m. Fenómeno que reduce la adherencia de las ruedas delanteras de un vehículo cuando circula a gran velocidad sobre el suelo mojado.

aquejar v.tr. **1.** Acongojar, afligir, fatigar. **2.** Hacer sufrir, tratándose de una enfermedad. **3.** Fig. Hablando de enfermedades, vicios, defectos, etc., afectar a una persona o cosa, causarles daño. **4.** Fig. Poner en aprieto.

aquél, lla, llo, llos, llas **I.** Formas de pron. dem. en los tres géneros m., f. y n. y, en ambos núms., sing. y pl. Designan lo que física o mentalmente está lejos de la persona con quien se habla. Las formas m. y f. se usan como adj. y como s., y en este último caso, se escriben normalmente con acento; *aquel hombre;* lo hizo *aquél.* También puede hacer el mismo oficio que el pronombre personal de tercera persona. **II.** n.m. Fam. Gracia, donaire, atractivo. *Juana tiene mucho aquél.*

aquelarre n.m. Junta o reunión nocturna de brujos y brujas, con la intervención del demonio ordinariamente en figura de macho cabrío.

aqueménidas, dinastía persa descendiente de un personaje legendario: *Aquemenes.* Fundó un inmenso imperio sobre el que mantuvo su dominio desde el año 550 hasta el año 330 a. J.C. Ha dejado muestras de un arte altamente desarrollado (Palacios de Jusa y Persépolis).

aquenio n.m. BOT Fruto seco, indehiscente, con una sola semilla y con pericarpio no soldado a ella; como el del girasol.

aqueos, pueblo indoeuropeo que invadió Grecia hacia el año 1600 a. J.C. y se instaló en la Argólida. (Peloponeso). Llegaron hasta Creta y Asia Menor, pero sucumbieron ante la invasión de los dorios (s. XII a. J.C.) v. Agamenón. — *Aquea* (Liga) (280-146 a. J.C.), confederación de doce ciudades de Acaya sublevadas contra Macedonia. Fue destruida por los romanos.

aquerenciarse v.prnl. Tomar querencia a un lugar. Dícese principalmente de los animales.

aquí **I.** adv.l. **1.** En este lugar. **2.** A este lugar. **3.** Equivale a veces a *en esto* o *en eso,* o simplemente a *esto* o *eso,* cuando va precedido de las preposiciones *de* o *por. Aquí (en esto) está la dificultad.* **4.** En correlación con *allí,* suele designar sitio o paraje indeterminado. *Por dondequiera se veían hermosas flores; aquí rosas y dalias; allí, jacintos y claveles.* **II.** adv.t. **1.** Ahora, en el tiempo presente. En este sentido, empléase únicamente con preposición antepuesta. *De aquí (desde ahora, desde este momento) a tres días.* **2.** Entonces, en tal ocasión. *Aquí no se pudo contener don Quijote sin responder.* **3.** Se usa en frases interjectivas para invocar auxilio. *Aquí y allí.* m.adv. que denota indeterminadamente varios lugares. — *De aquí para allí.* De una parte a otra, sin permanecer en ninguna.

aquiescencia n.f. Asenso, consentimiento. • **aquiescente** adj. Que consiente, permite o autoriza.

aquietar v.tr. y prnl. Sosegar, apaciguar.

aquifoliáceo,a n.f. y adj. BOT Dícese de árboles y arbustos angiospermos dicotiledóneos, como el acebo. ▷ n.f.pl. Familia de estas plantas. • **aquifolio** n.m. Acebo.

aquilatar v.tr. **1.** Examinar y graduar los quilates del oro y de las perlas y piedras preciosas. **2.** Fig. Examinar y apreciar debidamente el mérito de una persona o el mérito o verdad de una cosa. **3.** Apurar, purificar.

aquilea n.f. BOT Planta compuesta, empleada antiguamente como hemostática.

aquilífero n.m. El que llevaba las insignias del águila en las antiguas legiones romanas.

aquilino,a adj. POET Aguileño, dicho de rostro o nariz.

aquilón n.m. Norte, polo ártico y viento que sopla de esta parte. • **aquilonal** o **aquilonar** adj. **1.** Perteneciente o relativo al aquilón. **2.** Fig. Aplícase al tiempo de invierno.

aquillado,a adj. **1.** De figura de quilla. **2.** MAR se aplica al buque que tiene mucha quilla, o sea, que es muy largo.

aquinesia n.f. MED Imposibilidad total o parcial, distinta de la parálisis, de efectuar ciertos movimientos.

aquintralarse v.prnl. **1.** *Chile* Cubrirse de quintral los árboles y arbustos. **2.** *Chile* Contraer los melones y otras plantas la enfermedad llamada quintral.

Ar QUIM Símbolo del *argón.*

ara n.f. **1.** Altar en que se ofrecen sacrificios. **2.** Piedra consagrada para celebrar el santo sacrificio de la misa. — *En aras de.* En obsequio o en honor de.

árabe **1.** adj. De Arabia; pueblos del contorno mediterráneo que hablan árabe. — *Los países árabes,* de civilización árabe (por la lengua, la religión, etc. v. Islam). **2.** n. y adj. Habitante, persona originaria de un país árabe. *Un, una árabe.* ▷ *Números árabes* (por oposición a números romanos): las cifras de la numeración usual (traídas de la India por los árabes). ▷ *Caballo árabe:* caballo de talla pequeña, resistente y sobrio. **3.** n.m. *El árabe:* lengua semítica del grupo meridional. *Árabe clásico, moderno.*

ENCICL El lazo lingüístico une fuertemente al pueblo árabe que consta de 100 millones de individuos aproximadamente y está formado por poblaciones antropológicamente diferentes que ocupan una amplia zona, desde el Irak a Marruecos, englobando algunas minorías no arabófonas tales como los kurdos, los armenios y los bereberes. El origen de los árabes, su existencia primitiva, así como la etimología de su nombre, siguen siendo oscuros. Probablemente, los semitas instalados en la Baja Mesopotamia procedían del desierto de Arabia, donde se sedentizaron e integraron en la civilización acadia. En el año 854 a. J.C., se vieron por primera vez involucrados en la historia de los países del Creciente fértil mostrándose tradicionalmente antiasirios y probabilónicos; sin embargo, su infiltración en el desierto sirio-mesopotámico es seguramente mucho más antigua, pues, al parecer, algunas tribus que seguían siendo nómadas emigraron en el II milenio a. J.C. hacia el interior de la península arábiga, donde, con el paso de los siglos, crearon dos reinos: el nabateo al N y el sabeo al S. No obstante, el conjunto de la península permaneció desorganizado y las tribus luchaban continuamente entre ellas; los grupos, muy particularistas incluso en el aspecto religioso, tenían cada uno sus dioses y sus piedras sagradas (betilos), a pesar de lo cual mucho antes de la aparición en escena de Muhammad (Mahoma), ya había surgido la noción de un supremo Dios creador: Alá (Allah). Muhammad, nacido en La Meca en el año 570, comenzó la predicación del islam (sumisión a Dios) en el 612. En el 622 tuvo que huir con sus primeros adeptos a Yatrib; ésta tomó el nombre de «ciudad del Profeta» (Madīnat-al-Nabī: Medina), y se convirtió en la capital del Estado teocrático que Muhammad organizó agrupando las tribus, reunidas ya en la toma de La Meca en el 630. Desde esta fecha la unificación de la península arábiga quedó prácticamente terminada. El califa Abū Bakt (632-634), sucesor del Profeta, la completó con las conquistas de Omán, Bahrain, Yemen y Hadramawt. A continuación comenzó, fuera de Arabia, la expansión proseguida por los califas 'Umar (634-644) y 'Utmān (644-656) y por la dinastía de los omeyas.

La expansión, detenida frente a Constantinopla el año 717, había llevado en unos decenios las fronteras del mundo musulmán desde el Sind (nombre antiguo del Indus) a España, conquistando Siria, Mesopotamia, Persia, Egipto, África del Norte, España, Transoxiana, Armenia, el Cáucaso y el Sind. Esta prodigiosa expansión, este «milagro árabe», llevó a cabo una mezcla de civilizaciones y culturas, transmitió al occidente los conocimientos científicos, filosóficos y técnicos de Oriente y Grecia, dio un empuje considerable a los intercambios comerciales y suscitó la creación de nuevas y grandes ciudades. A los omeyas les sucedieron los abasíes, que trasladaron la capital del califato de Damasco a Bagdad. Es el apogeo de la civilización árabe, síntesis de todas las aportaciones culturales de los pueblos conquistados y más tarde arabizados. Pero, poco a poco, el Imperio árabe se disgregó debido a la relajación de los lazos con la administración central de Bagdad y la creación de pequeños reinos independientes. Pronto el califa no tuvo ningún poder efectivo, jugando solamente un papel religioso; en el s. XIII, los mongoles pusieron fin al califato. Todos estos países árabes, que sólo tenían en común la lengua y la religión, entraron en un período de decadencia que se prolongó hasta el s. XIX, en que la colonización por los países europeos trajo consigo la Mahda (Renacimiento): despertar cultural y tema de conciencia de la unidad del mundo árabe, pronto sacudido por un nuevo sentimiento: el del nacionalismo. La inmensa riqueza producida por el petróleo, largo tiempo explotado en beneficio de compañías extranjeras, opera actualmente una transformación total en los países que se benefician de él. De este modo los estados árabes han tomado conciencia del papel que pueden jugar en la economía mundial.

arabesco,a n.m. ESCULT y PINT Dibujo de adorno geométrico y vegetal que se emplea en frisos, zócalos, etc.

arábigo,a o **arábico** **1.** adj. Árabe, perteneciente a Arabia. **2.** n.m. Idioma árabe. • **arabismo** n.m. **1.** Giro o modo de hablar propio y privativo de la lengua árabe. **2.** Vocablo o giro de esta lengua empleado en otra. • **arabista** n.m. y f. Persona que cultiva la lengua y literatura árabes. • **arabización** n.f. Acción y efecto de arabizar y especialmente de restituir el carácter nacional árabe en los países que antiguamente eran colonias. *La arabización de la enseñanza en los países del Mogreb.*

arabinosa n.m. QUIM Azúcar no fermentable del grupo de las pentosas, que se extrae de la goma arábiga.

arabo n.m. BOT Árbol de los trópicos , de la familia de las eritroxiláceas, cuya madera se emplea para hacer horcones.

aráceo,a n.f. y adj. BOT Dícese de plantas angiospermas monocotiledóneas, herbáceas, algunas leñosas, con rizomas o tubérculos como el aro, el arísaro y la cala. ▷ n.f.pl. Familia de estas plantas.

arácnido,a n.m. y adj. ZOOL Dícese de los artrópodos sin antenas, de respiración aérea con cuatro pares de patas y con cefalotórax Carecen de ojos compuestos y tienen dos pares de apéndices bucales. ▷ n.m.pl. Clase de estos animales. • **aracnología** n.f. Parte de la Zoología, que trata de los arácnidos.

aracnoides adj. ZOOL Una de las tres meninges que tienen los batracios, reptiles, aves y mamíferos, formada por un tejido parecido al de las telas de araña.

arada n.f. **1.** Acción de arar. **2.** Tierra labrada con el arado. **3.** Cultivo y labor del campo. **4.** Porción de tierra que puede arar en un día una yunta. • **arado** n.m. **1.** Instrumento de agricultura que sirve para labrar la tierra. **2.** Reja, vuelta que se da a las tierras con el arado. • **arador,a** **1.** n. y adj. Que ara. **2.** n.m. *Arador de la sarna.* Ácaro diminuto, parásito del hombre, en el cual produce la enfermedad llamada sarna. ▷ *Arador del queso.* Ácaro diminuto que vive en el queso rancio.

aragonés,a **I.** n. y adj. **1.** Natural de Aragón. **2.** Dícese del dialecto romance llamado también navarroaragonés. **3.** Dícese de la variedad del castellano que se habla en Aragón. **II.** adj. **1.** Perteneciente a la región o antiguo reino de este nombre. **2.** Dícese de una especie de uva tinta y de las vides que la producen.

aragonito n.m. Carbonato de cal, cristalizado en prismas hexagonales, de brillo nacarado y color blanco, teñido a menudo por el óxido rojo de hierro.

araguato n.m. Mono americano, de 70 a 80 cm de alto y pelaje de color leonado oscuro.

araguirá n.m. Pájaro pequeño de la Argentina, con pecho y copete de color rojo.

aralia n.f. Arbusto de la familia de las araliáceas. Es originario del Canadá y se cultiva en Europa como planta de adorno. • **araliáceo,a** n.f. y adj. BOT Dícese de plantas angiospermas dicotiledóneas, derechas o trepadoras, inermes, vellosas o con aguijones, de hojas alternas, enteras, recortadas o compuestas, flores en umbela y fruto drupáceo; como la aralia y la hiedra arbórea. ▷ n.f.pl. Familia de estas plantas, que no se distinguen de las umbelíferas más que por estar cubiertas sus semillas por un pericarpio carnoso.

arambel n.m. **1.** Colgadura que se emplea para adorno o cobertura. **2.** Fig. Andrajo o trapo que cuelga del vestido.

arameo,a **I.** adj. Relativo a los arameos. **II.** n.m. **1**. Individuo perteneciente a las tribus semitas nómadas de Mesopotamia del N que, en el s. XIII a. J.C., formaron pequeños

aramio n.m. Campo o tierra de labor que después de tener una o dos rejas se deja de barbecho.

arana n.f. Embuste, trampa, estafa.

arancel n.m. **1.** Tarifa oficial que determina los derechos que se han de pagar en varios ramos, como el de costas judiciales. **2.** Tasa, valoración, norma, ley. • **arancelario,a** adj. Perteneciente o relativo al arancel. Dícese más comúnmente del de aduanas.

arándano n.m. **1.** BOT Planta de la familia de las ericáceas, y por frutos bayas negruzcas o azuladas, dulces y comestibles. **2.** Fruto de esta planta.

arandela n.f. **1.** Corona o anillo metálico de uso frecuente en las máquinas y artefactos, para evitar el roce entre dos piezas. **2.** Pieza fuerte de metal que se ponía encima de la er puñadura de la lanza. **3.** Pieza de hojalata a manera de embudo, que aplican los hortelanos a los troncos de los árboles para impedir que las hormigas suban y hagan daño. **4.** Candelabro con sostén a propósito para fijarse lateralmente. **5.** MAR Tablero formado de una o dos hojas giratorias alrededor de los cantos horizontales de las portas de los buques, que sirve para cerrar éstas e impedir la entrada del agua del mar.

arandillo n.m. Pájaro de unos diez centímetros de largo, ceniciento por el lomo y las alas y blanco por el vientre.

araneidos n.m.pl. ZOOL Orden de arácnidos que incluye a todas las arañas.

ENCICL Los araneidos poseen un par de quelíceros venenosos que sirven para paralizar a sus presas; el abdomen, blando y no segmentado, está unido al cefalotórax por un fino pedúnculo y posee hileras que permiten al animal tejer una tela o tapizar un agujero para hacer su nido; la tela les sirve especialmente de trampa para cazar. Hay unas

100.000 especies en el mundo, divididas en dos subórdenes: migalomorfas (migala) y araneomorfas (fólcidos, tarántulas, tegenarias, viudas negras —cuyo peligroso veneno es a veces mortal para el hombre—, epeiras, etc.).

arangorri n.m. ZOOL Pez teleósteo del suborden de los acantopterigios. Vive en el mar Cantábrico.

araña n.f. **I.** ZOOL Arácnido con tráqueas en forma de bolsas comunicantes con el exterior, con cefalotórax, cuatro pares de patas, y en la boca un par de uñas venenosas y otro de apéndices o palpos que en los machos sirven para la cópula. En el extremo del abdomen tienen el ano y las hileras u órganos productores de la seda con la que tapizan sus viviendas, cazan sus presas y se trasladan de un lugar a otro. **II.** Especie de candelabro sin pie y con varios brazos, que se cuelga del techo o de un pescante. **III.** Red para cazar pájaros. **IV. 1.** Arañuela, planta ranunculácea. **2.** Planta gramínea de las Antillas. **V.** Fig. y Fam. Persona muy aprovechada y vividora. **VI.** Fig. Mujer pública. **VII.** *Chile.* Carruaje ligero y pequeño, parecido al bombé. **VIII.** MAR Conjunto de cabos delgados que desde un punto común se separan para afianzarse convenientemente.

arañar **I.** v.tr. y prnl. Raspar, rasgar, herir ligeramente el cutis con las uñas, un alfiler u otra cosa. **II.** v.tr. **1.** En algunas cosas lisas, como la pared, el vidrio o el metal, hacer rayas superficiales. **2.** Fig. y Fam. Recoger con mucho afán, de varias partes y en pequeñas porciones, lo necesario para algún fin. • **arañazo** n.m. Rasgadura o señal ligera hecha en el cutis con las uñas, un alfiler u otra cosa.

arañuela n.f. **1.** Arañuelo, larva de insectos de los plantíos. **2.** Planta de la familia de las ranunculáceas, que da hermosas flores.

arañuelo n.m. **1.** ZOOL Larva de insectos que destruyen los plantíos. **2.** Garrapata, ácaro. **3.** Araña, red.

1. arar n.m. **1.** Alerce africano. **2.** BOT Enebro.

2. arar v.tr. **1.** Remover la tierra haciendo en ella surcos con el arado. **2.** Fig. Arrugar; hacer en alguna cosa rayas parecidas a los surcos.

araucanos v. mapuches.

araucaria n.f. BOT Árbol de la familia de las abietáceas, de fruto drupáceo, con una almendra dulce muy alimenticia. Es originario de América, donde forma extensos bosques. — *Araucaria excelsa.* Especie de araucaria que se cultiva en los jardines. • **araucariáceas** n.f.pl. Orden y familia cuyo tipo es el género *Araucaria.*

arauja n.f. BOT Planta trepadora del Brasil, de la familia de las asclepiadáceas.

arawak antiguo pueblo americano, expulsado de las Antillas por los indios caribes; hoy en día, están establecidas sobre todo en el delta del Orinoco y en la cuenca del Amazonas. Los dialectos *arawaks* forman una importante familia lingüística.

arbalestrilla n.f. MAT Instrumento antiguo que venía a ser un sextante de alidadas.

arbitrar **I.** v.tr. **1.** Proceder uno libremente, según arbitrio. **2.** Dar o proponer arbitrios. **3.** FOR Juzgar como árbitro. **II.** v.prnl. Ingeniarse. • **arbitraje** n.m. **1.** Acción o facultad de arbitrar. **2.** Juicio arbitral. **3.** Procedimiento para resolver pacíficamente conflictos internacionales. **4.** COM Operación de cambio de valores mercantiles, en la que se busca la ganancia aprovechando la diferencia de precios entre unas plazas y otras. • **árbitro,a** **1.** n. y adj. Dícese del que puede hacer alguna cosa por sí solo sin dependencia de otro. **2.** n.m. El que en algunas contiendas deportivas de agilidad y destreza cuida de la aplicación del reglamento.

arbitrariedad n.f. Acto o proceder contrario a la justicia, la razón o las leyes.

arbitrio n.m. **1.** Facultad que tenemos de adoptar una resolución con preferencia a otra. **2.** Autoridad, poder. **3.** Sentencia del juez árbitro. **4.** pl. Derechos o imposiciones con que se arbitran fondos para gastos públicos, por lo general municipales.

árbol n.m. **I.** Planta perenne de tronco leñoso y elevado, que se manifiesta a cierta altura del suelo. — *Árbol de la ciencia del bien y del mal.* El que Dios puso en el Paraíso terrenal, prohibiendo al hombre comer de su fruto. — *Árbol de Navidad.* Pimpollo de una planta de hoja perenne, generalmente conífera, que se decora con luces, adornos, golosinas, juguetes y otros obsequios de escaso tamaño, para celebrar en familia la fiesta navideña. **II. 1.** MEC Pie derecho o mástil fijo o giratorio que sirve de eje en una máquina, y especialmente el que transmite la fuerza motriz a otros órganos de la misma. — *Árbol de transmisión.* Eje arrastrado por un motor, y que transmite el movimiento de rotación a un órgano o a una máquina. — *Árbol del lizo.* En las fábricas de tapices, palo que atraviesa la urdimbre. **2.** En los órganos eje que movido a voluntad del ejecutante, hace que suene o deje de sonar el registro que éste desea. **3.** ARQUIT Pie derecho alrededor del cual se ponen las gradas de una escalera de caracol. **III. 1.** Pieza de hierro en la parte superior del husillo de la prensa de imprimir. **2.** Punzón con cabo de madera y punta de acero, que usan los relojeros para horadar el metal. **3.** MAR Palo de un buque. — MAR *Árbol mayor* Palo mayor. **IV.** IMP Altura de la letra desde la base hasta el hombro. **V.** Cuerpo de la camisa sin las mangas. **VI.** ZOOL Conjunto de ramificaciones formadas en el cerebelo por la sustancia gris sobre la blanca. **VII.** QUIM *Árbol de Diana.* Cristalización rameada que se obtiene añadiendo amalgama de planta a una disolución de plata y mercurio en ácido nítrico. ▷ QUIM *Árbol de Marte.* Compuesto de carbonato de potasio y silicato de hierro que, con color gris blanquecino, se forma sobre los cristales de sulfato de hierro introducidos en una disolución de plata y mercurio en ácido nítrico. ▷ QUIM *Árbol de Saturno.* Cristalización que se obtiene introduciendo en una disolución de acetato de plomo un soporte de cinc, con alambres de cobre o latón doblados como las ramas de un árbol, para que encima se depositen los cristales. **VIII.** *Árbol genealógico.* Cuadro descriptivo, las más veces en figura de árbol, de los parentescos en una familia. **IX.** MED *Árbol respiratorio.* Sistema orgánico formado por la ramificación de los bronquios que parten del tronco de la laringe y de la tráquea. • **arbolado,a** **1.** adj. Dícese del sitio poblado de árboles. **2.** n.m. Conjunto de árboles. • **arboleda** n.f. Sitio poblado de árboles, principalmente el sombrío. • **arboledo** n.m. Arbolado, conjunto de árboles.

arboladura n.f. MAR Conjunto de árboles y vergas de un buque. • **arbolar** **I.** v.tr. **1.** Enarbolar. **2.** MAR Colocar en el buque los palos principales. **3.** Situar un ancla más a barlovento con relación al viento reinante. **4.** Arrimar derecho un objeto alto a una cosa, como p. ej., escaleras a un muro. **II.** v.prnl. Encabritarse. **III.** v.int. y prnl. Elevarse mucho las olas del mar.

arbolario,a n. y adj. Fig. y Fam. Herbolario, botarate.

arbolillo n.m. MIN Cada uno de los dos muros que forman los costados de los hornos de cuba.

arborescencia n.f. **1.** Crecimiento o calidad de las plantas arborescentes. **2.** Semejanza de ciertos minerales o cristalizaciones con la forma de un árbol. • **arborecer** v. int. Hacerse árbol

arboreto n.m. BOT Plantación de árboles destinada a fines científicos, como el estudio de su desarrollo.

arboricida n. y adj. Que destruye los árboles.

arborícola adj. Que vive en los árboles.

arboricultura n.f. **1.** Cultivo de los árboles **2.** Enseñanza relativa al modo de cultivarlos.

arbotante n.m. **1.** ARQUIT Arco por tranquil que se apoya por su extremo inferior en un botarel y por el superior contrarresta el empuje de algún arco o bóveda. **2.** MAR Palo o hierro que sobresale del casco del buque.

arbusto n.m. Planta perenne, de tallos leñosos y ramas desde la base, como la lila, la jara, etc. • **arbustivo,a** adj. BOT Que tiene la naturaleza o calidades del arbusto.

arca n.f. **I. 1.** Caja para guardar dinero. ▷ Caja, comúnmente de madera sin forrar y con tapa llana que aseguran varios goznes o bisagras por uno de los lados, y uno o más candados o cerraduras por el opuesto **2.** Cada uno de los hornos secundarios de las fábricas de vidrio. **II.** pl. Vacíos que hay debajo de las costillas, encima de los ijares. — *Arca de la alianza.* Aquella en que se guardaban las tablas de la ley, el maná y la vara de Aarón.

arcabuz n.m. Arma antigua de fuego, con cañón de hierro y caja de madera, que se disparaba prendiendo la pólvora del tiro mediante una mecha móvil colocada en la misma arma.

arcada n.f. **1.** Conjunto o serie de arcos en las fábricas, y especialmente en los puentes. **2.** Ojo de un arco de puente. **3.** Movimiento violento y penoso del estómago, que excita a vómito.

arcaduz n.m. **1.** Caño por donde se conduce el agua. **2.** Cada uno de los caños de que se compone una cañería. **3.** Cangilón, de noria.

arcaico,a **I.** adj. **1.** Perteneciente o relativo al arcaísmo. ▷ ETNOL *Sociedades arcaicas.* Las de base económica no industrial. **2.** Muy antiguo. **II.** n.m. y adj. GEOL Etapa más antigua del precámbrico. (Precede al algonquino; está absolutamente desprovista de fósiles y comprende las más antiguas rocas conocidas, que datan de hace 4.500 millones de años). • **arcaísmo** n.m. **1.** Calidad de arcaico. **2.** Voz, frase o manera de decir anticuadas. **3.** Empleo de voces, frases o maneras de decir anticuadas. **4.** Imitación de las cosas de la antigüedad. • **arcaizar** **1.** v.int. Usar arcaísmos. **2.** v.tr. Dar carácter de antigua a una lengua, empleando arcaísmos.

arcángel n.m. Espíritu bienaventurado, de orden media entre los ángeles y los principados.

arcano,a **1.** n. y adj. Secreto, reservado. **2.** n.m. Secreto muy reservado y de importancia.

arcar v.tr. Arquear, dar figura de arco; ahuecar la lana.

arcatura n.f. ARQUIT Arcada figurada, principalmente la voladiza del último período románico.

arce n.m. BOT Árbol de la familia de las aceráceas, de madera muy dura y generalmente salpicada de manchas.

arcediano o **archidiácono** n.m. **1.** Antiguamente, el primero de los diáconos. Hoy es dignidad en las catedrales.

arcén n.m. **1.** Margen u orilla que bordea una carretera. **2.** Brocal de un pozo.

arcifinio,a adj. Dícese del territorio que tiene límites naturales.

arcilla n.f. **1.** Roca terrosa, llamada también barro, que cuando está empapada de agua produce una pasta plástica impermeable, utilizada en la fabricación de ladrillos, tejas, etc. **2.** MINER Grupo de silicatos alumínicos hidratados. **3.** PETROG Roca con más del 50% de arcilla. • **arcillar** v.tr. Mejorar las tierras silíceas echándoles arcilla o greda. ENCICL Las arcillas son silicatos de aluminio, de magnesio y de hierro. Están compuestas de partículas de muy pequeño tamaño (aprox. 10^{-9} m) y retienen el agua, ya que, aunque porosas, son impermeables. Los barros arcillosos, cuando están inmóviles tienen las características de un sólido, y de un líquido cuando son agitados. La arcilla se utiliza para fabricar materiales de construcción (tejas, ladrillos, etc.) y de recubrimiento refractario para hornos. Asimismo es una materia básica en cerámica y en la industria de la porcelana (caolinita).

arción n.m. **2.** ARQUIT Dibujo compuesto de líneas enlazadas que, imitando las mallas de una red, se usaba en la ornamentación arquitectónica de la Edad Media.

arcipreste n.m. **1.** Dignidad en las catedrales. **2.** Presbítero que ejerce ciertas atribuciones sobre los curas e iglesias de un territorio determinado.

arco n m. **I.** GEOM Porción de una línea curva, especialmente de una circunferencia. — *Arco de círculo.* Parte de la circunferencia. **II. 1.** Arma que sirve para disparar flechas. **2.** Vara delgada. doblada o curva en sus extremos, entre los cuales se mantienen tensas las cerdas que sirven para herir las cuerdas de varios instrumentos de música. **III.** ARQUIT Cubierta de dovelas de una construcción, determinada por una línea o superficie curva de poco espesor; cuando marca mucha profundidad esa superficie, se llama bóveda. — *Arco carpanel.* El que está compuesto por varias porciones de círculos tangentes entre sí y trazadas desde distintos centros. — *Arco de herradura.* El formado por más de medio punto. Se le llama también *bizantino* y *morisco*. — *Arco de medio punto.* El que consta de un semicírculo entero. — *Arco ojival.* El que está constituído por dos porciones de círculo que forman ángulo en la intersección. Según sea dicho ángulo, este arco se llama obtuso, equilátero o agudo. — *Arco triunfal* o *de triunfo.* Monumento que los antiguos romanos erigían en honor de un personaje o para conmemorar algún suceso histórico, especialmente una victoria. **IV.** ANAT Forma curva que presentan algunos órganos o tejidos. — *Arco alveolar* Cada uno de los dos formados respectivamente por el borde superior y el inferior de cada quijada. **V.** TRIGON Función inversa de las funciones coseno, seno, arco seno y arco tangente. **VI.** ELECTR *Arco eléctrico* o *voltaico.* Descarga eléctrica luminosa entre dos conductores separados por un medio aislador, con vaporización parcial de aquéllos. Las lámparas de arco se utilizan para obtener fuertes intensidades luminosas (proyectores, faros, etc.). Los hornos eléctricos de arco, a temperaturas muy elevadas (hasta 20.000 °C en el caso de plasmas), se utilizan sobre todo para la fabricación de aceros especiales. **VII.** MAR *Arco de círculo máximo*: Derrota ortodrómica del camino más corto desde un punto a otro en la esfera terrestre. **VIII.** ASTRON *Arco diurno* (o *nocturno*). Parte de un círculo que recorre un astro por encima (o por debajo) del horizonte.— *Arco iris.* El que se forma en el cielo después de la lluvia.

arcontado n.m. Forma de gobierno que en Atenas sustituyó a la monarquía, y en la cual, el poder supremo residía en nueve arcontes, que cambiaban todos los años. • **arconte** n.m. **1.** Magistrado a quien se confió el gobierno de Atenas después de la muerte del rey Codro. **2.** Cada uno de los nueve que posteriormente se crearon con el mismo fin.

arcosa n.f. Gres con aspecto de granito, compuesto de cuarzo, feldespato y mica, aglutinados por un cemento mineral silíceo. Se emplea como piedra de construcción y para empedrados.

arctado adj. Dícese del clérigo que tiene tiempo limitado para ordenarse.

arcuación n.f. Curvatura de un acto.

archaeopteryx n.m. PALEONT El tipo de pájaro más antiguo que se conoce; fue encontrado en el jurásico de Baviera, tiene el tamaño de una paloma y es el único representante de la subclase de los archaeornis. • **archaeornis** n.m. Subclase de aves fósiles, con caracteres de reptil, que comprende el archaeopteryx.

archi- arque- o **arqui-** Prefijos procedentes del griego *arkhō*, que significa: **1.** Superioridad jerárquica: *archicamarero, archiduques*, etc. **2.** Superlativo Fam. *archimillonario, archiconocido*, etc.

archicofrade n.m. Individuo de una archicofradía. • **archicofradía** n.f. Cofradía más antigua o que tiene mayores privilegios que otras.

archidiócesis n.f. Diócesis arquiepiscopal.

archiduque n.m. Duque revestido de autoridad superior a los duques.

archilaúd n.m. Instrumento de música antiguo, semejante al laúd, pero mayor, con mástil mucho más largo, ocho bordones y cuerdas gruesas para indicar los bajos, siete pares de cuerdas para los acordes y otra sencilla más delgada para la melodía.

archimandrita n.m. En la Iglesia griega, dignidad eclesiástica del estado regular, inferior al obispo.

archipiélago n.m. **1.** Parte del mar poblada de islas. **2.** Fig. Piélago, difícil de enumerar por su abundancia.

architriclino n.m. Entre griegos y romanos, persona encargada de ordenar los banquetes y de dirigir el servicio de la mesa.

archivar v.tr. Poner y guardar papeles o documentos en un archivo. • **archivador,a 1.** n. y adj. Que archiva. **2.** n.m. Mueble de oficina convenientemente dispuesto para archivar documentos, fichas u otros papeles. • **archivero,a** o **archivista** n.m. y f. Persona que tiene a su cargo un archivo, o sirve como técnico en él. • **archivo** n.m. **1.** Local en que se custodian documentos públicos o particulares. **2.** Conjunto de estos documentos.

archivolta n.m. ARQUIT Arquivolta.

ardalear v.int. Ralear, hacerse rala una cosa.

ardedura n.f. **1.** Acción y efecto de arder, ardimiento. **2.** Fuego, llamarada.

ardeidiformes n.m.pl. ZOOL Orden de aves de delgadas y finas patas, con cuello generalmente alargado y pico largo, cónico y duro. En él se incluyen la garza, el airón y la cigüeña. • **ardeidos** n.m.prl. Familia de ardeidiformes.

arder I. v.int. **1.** Estar encendido. **2.** Fig. Resplandecer, despedir rayos de luz. Se usa sólo en poesía. **3.** Fig. Repudrirse el estiércol, produciendo calor y vapores. **4.** Fig. Con las preps. *de* o *en*, y tratándose de pasiones o movimientos del ánimo, estar muy agitado por ellos. *arder de,* o *en, amor, odio, ira.* **5.** Fig. con la prep. *en*, y tratándose de guerras, discordias, etc., ser éstas muy vivas y frecuentes. *Arder en guerras un país.* **II.** v.tr. y prnl. Abrasar, quemar. **III.** v.prnl. Echarse a perder por el excesivo calor y la humedad. Dícese de las mieses, la paja, el trigo, las aceitunas, el tabaco, etc. — Fig. y Fam. *Arder verde por seco.* Pagar justos por pecadores. — Lat. *ardēre.*

ardeviejas n.f. Fam. Aulaga.

ardid 1. adj. Mañoso, astuto, sagaz. **2.** n.m. Artificio, medio empleado hábil y mañosamente para el logro de algún intento.

ardido,a adj. *Amér.* Irritado, enojado, ofendido.

ardiente adj. **1.** Que arde. **2.** Que causa ardor o parece que abrasa. *Sed ardiente.* ▷ POÉT Fig. De color rojo o de fuego. *Clavel ardiente.* **3.** Apasionado, fogoso, vehemente. **4.** *Chile* y *Perú.* Rijoso, lujurioso. **5.** MAR Dícese del buque propenso a girar hacia el viento. — Lat. *ardens, -entis.*

ardil 1. adj. Mañoso, astuto, sagaz. **2.** n.m. Ardid, artificio empleado con maña.

ardilla n.f. **I.** Mamífero roedor, de unos 20 cm de largo, de color negro rojizo por el lomo, blanco por el vientre y con cola muy poblada y tiene la singularidad de llevarse a la boca el alimento con la mano. ▷ *Ardilla voladora* Ardilla gris de Rusia que tiene entre sus patas una membrana que le permite planear sobre cortas distancias. **II.** ELECTR *Jaula de ardilla.* Motor en jaula de ardilla, aquél cuyo rotor está constituido por conductores dispuestos siguiendo las generatrices de un cilindro.

ardínculo n.m. VETER Absceso que se presenta en las heridas de las caballerías cuando se declara la gangrena.

ardite n.m. **1.** Moneda de poco valor que hubo antiguamente en Castilla. **2.** Fig. Cosa insignificante.

ardor n.m. **1.** Calor grande. **2.** Fig. Brillo, resplandor. **3.** Fig. Enardecimiento de los afectos y pasiones. **4.** Fig. Ardimiento, intrepidez, denuedo. **5.** Fig. Viveza, ansia, anhelo. Fig. *En el ardor de la batalla.* En lo más encendido o empeñado de ella. • **ardoroso,a** adj. **1.** Que tiene ardor. **2.** Fig. Ardiente, vigoroso, eficaz.

ardora n.f. Fosforescencia del mar que indica la presencia de un banco de sardinas.

ardorada n.f. Oleada de rubor que pone encendido el rostro

arduo,a adj. Muy difícil. • **arduidad** n.f. Calidad de arduo.

ardurán n.m. Variedad de la zahína de Berbería.

área n.f. **I. 1.** Espacio de tierra que ocupa un edificio. **2.** GEOM Superficie comprendida dentro de un perímetro. **3.** METROL Medida de superficie, de diez metros de lado. **II.** En determinados juegos, zona marcada delante de la meta. **III. 1.** Terreno, campo o esfera de acción. **2.** Terreno, orden de materia o de ideas de que se trata. **IV.** FISIOL Zona determinada del cuerpo con una particular importancia funcional. Se utiliza sobre todo al hablar de zonas cerebrales. — GEOL *Áreas continentales.* Plataformas de gran extensión de un continente. — *Área de aterrizaje.* Superficie destinada para las maniobras de los aviones. — ESP *Área de lanzamiento.* Plataforma compuesta por una rampa, o una torre de montaje, donde se encuentran los equipos que aseguran el soporte del ingenio espacial y su alimentación. **V. 1.** *Área cultural.* Área propia de un cierto tipo de cultura . **2.** *Área lingüística.* Aquella donde se da un conjunto de hechos lingüísticos. **VI.** BOT *Área germinativa.* Porción del germen donde se desarrolla el embrión.

areca n.f. **1.** Palma de tronco algo más delgado por la base que por la parte superior y con corteza surcada por multitud de anillos, hojas aladas, flores dispuestas en espiga y fruto del tamaño de una nuez común. **2.** Fruto de esta planta.

arefacción n.f. Secamiento, acción y efecto de secar o secarse.

arel n.m. Criba grande para limpiar el trigo en la era.

arena n.f. **I. 1.** Conjunto de partículas desagrupadas de la rocas, generalmente silíceas, que se acumulan ya en las orillas del mar o de los ríos, ya en capas de los terrenos de acarreo. **2.** Metal o mineral reducido por la naturaleza o el arte a partes muy pequeñas. **II.** Fig. ARQUEOL En los anfiteatros, el sitio en que se luchaba. ▷ Fig. Redondel de la plaza de toros. **III.** pl. Piedrecitas o concreciones pequeñas que se encuentran en la vejiga. **IV.** QUIM *Baño de arena.* Arena calentada en que están hundidas las vasijas, sin contacto con el fuego. — *Arenas movedizas.* Las que, en las orillas del mar o en los desiertos, desplaza de lugar el viento. — Las húmedas y poco consistentes, en que pueden hundirse personas, animales, etc. hasta desaparecer. • **arenación** n.f. MED Operación que consiste en cubrir, del todo o en parte, con arena caliente el cuerpo de un enfermo. • **arenal** n.m. **1.** Suelo de arena movediza. **2.** Extensión grande de terreno arenoso.

arenero,a **1.** n.m. y f. Persona que vende arena. **2.** n.m. Caja en que las locomotoras llevan arena para soltarla sobre los carriles y aumentar la adherencia de las ruedas.

arengar v.int. y tr. Decir en público una arenga. • **arenga** n.f. **1.** Discurso que se pronuncia con el solo fin de enardecer los ánimos. **2.** Fig. y Fam. Discurso, razonamiento largo, impertinente y enfadoso.

arenícola **1.** n. y adj. ZOOL Que vive en la arena. **2.** n.f. Anélido poliqueto que vive en la arena de las playas.

arenilla n.f. **1.** Arena que se echaba en los escritos recientes para secarlos. **2.** pl. Salitre beneficiado y reducido a granos menudos, que se emplea en la fabricación de la pólvora. **3.** Cálculo, de la vejiga.

arenisca n.f. Roca formada con granillos de cuarzo unidos por un cemento silíceo, arcilloso, calizo o ferruginoso. • **arenisco,a** Se aplica a lo que tiene mezcla de arena. *Terreno arenisco.* • **arenoso,a** adj. **1.** Que tiene arena, o abunda en ella. **2.** Que participa de la naturaleza y calidades de la arena.

arenque n.m. ZOOL Pez teleóstero, fisóstomo, de cuerpo comprimido, de color azulado por encima, plateado por el vientre, y con una raya dorada a lo largo del cuerpo en la época de la freza.

areola o **aréola** n.f. **1.** MED Círculo rojizo que limita ciertas pústulas, como en las viruelas y la vacuna. **2.** ZOOL Círculo rojizo algo moreno que rodea el pezón del pecho.

areometría n.f. FIS Medida de la densidad de los líquidos por medio del areómetro. • **aerómetro** n.m. FIS Instrumento que sirve para determinar las densidades relativas o los pesos específicos de los líquidos, o de los sólidos por medio de los líquidos.

areopagita n.m. Cada uno de los jueces del Areópago. • **areópago** n.m. **1.** Tribunal superior de la antigua Atenas, en la colina consagrada al dios Ares. **2.** Fig. Grupo de personas graves a quienes se atribuye, las más veces irónicamente, autoridad para resolver ciertos asuntos.

areosístilo n. y adj. ARQUIT Dícese del edificio o monumento adornado con columnatas, en las cuales se combinan los módulos del areóstilo con los del sístilo.

areóstilo n. y adj. ARQUIT Dícese del monumento o edificio adornado con columnatas, cuyos intercolumnios son de ocho módulos.

arepa n.f. Pan de forma circular que se usa en América.

arestin o **arestil** n.m. **I.** Planta perenne de la familia de las umbelíferas. **II. 1.** VETER Excoriación que padecen las caballerías en las cuartillas de pies y manos. **2.** VETER En algunos otros animales, *fuego*, encendimiento de la sangre. **3.** Fig. Desazón, molestia.

arete n.m. Arillo de metal, casi siempre precioso, que como adorno suelen llevar las mujeres atravesado en el lóbulo de las orejas.

arévacos, pueblo celtíbero de la península ibérica que se hallaba asentado a orillas del alto Duero, con capital en Numancia.

arfar v.int. MAR Cabecear el buque.

argallera n.f. Serrucho curvo para labrar canales en redondo, y especialmente para ruñar los cubos y toneles.

argamandel n.m. Andrajo, harapo.

argamandijo n.m. Fam. Conjunto de varias cosas menudas.

argamasa n.f. Mortero hecho con cal, arena y agua, que se emplea en las obras de albañilería. • **argamasar** v.tr. **1.** Hacer argamasa. **2.** Trabar o unir con argamasa los materiales de construcción.

árgana n.f. Máquina a modo de grúa para subir piedras o cosas de mucho peso.

arganel n.m. Círculo pequeño de metal parte del astrolabio.

arganeo n.m. Argolla de hierro en el extremo superior de la caña del ancla.

argaña o **argaya** n.f. **1.** Filamentos de la espiga. **2.** Hierba mala.

argelino,a **1.** n. y adj. Natural de Argelia. **2.** adj. Perteneciente o relativo a este país africano.

argemone n.f. Planta anual de la familia de las papaveráceas, de tallo ramoso. Se cultiva como planta de adorno y se emplea en medicina. El jugo lechoso que suda esta planta sirve como antídoto contra la mordedura de las culebras venenosas.

argentán n.m. TECN Aleación de cobre, níquel y cinc, empleada en orfebrería debido a su blancura, y en electricidad por su elevada resistividad.

argentar v.tr. **1.** Platear. **2.** Guarnecer alguna cosa con plata. **3.** Fig. Dar brillo semejante al de la plata. • **argénteo,a** adj. **1.** De plata. **2.** Bañado de plata. **3.** Fig. De brillo como la plata o semejante a ella en alguna de sus cualidades. • **argentífero,a** adj. Que contiene plata.

argentina n.f. Planta perenne de la familia de las rosáceas.

argentino,a **I.** adj. **1.** Que suena como la plata o de manera semejante. *Timbre argentino.* **2.** Perteneciente a la República Argentina. **II.** n. y adj. Natural de esta República de América. **III.** n.m. NUMIS Moneda de oro, de la República Argentina, que vale cinco pesos de oro.

arginina n.f. BIOQUIM Aminoácido que forma parte de numerosas proteínas y que, combinado con el ácido fosfórico, tiene un importante papel en los fenómenos de las contracciones musculares.

argiope n.f. Género de arañas parecido a *Epeira*, junto con el cual constituye la familia de los *argiópidos*.

argirismo n.m. MED Intoxicación crónica debida a algunas sales de plata.

argirosa n.f. MINER Sulfuro de plata, de fórmula Ag_2S existente en estado nativo (contiene 87% de plata).

1. argo n.m. Argón.

2. argo n.m. ZOOL Faisánido de los bosques del SE asiático, cuyo macho posee espléndidos ocelos bajo las alas.

argolla n.f. **I.** Aro grueso, comúnmente de hierro, sujeto en alguna parte, y que sirve para amarre. ▷ Fig. Sujeción, cosa que sujeta a uno a la voluntad de otro. **II.** Pena que consistía en exponer al reo sujeto por el cuello con una argolla a un poste.

argón n.m. Elemento de símbolo Ar, número atómico 18 y peso atómico 39,94; es el más abundante de los gases raros del aire (0,93%).

argonauta n.m. **1.** Cada uno de los héroes griegos que, al mando de Jasón, viajaron a bordo del Argo, para ir a Cólquida y conquistar el vellocino de oro. **2.** ZOOL Molusco marino, cefalópodo, dibranquial, octópodo cuya hembra es mucho mayor que el macho.

argot n.m. Jerga, lenguaje especial de una categoría social o profesional.
ENCICL Antaño, la palabra «argot» designaba a la población de mendigos e indigentes *(argotiers)*. Posteriormente, designó al lenguaje utilizado por ellos. Al tener su origen en la lengua hablada, los términos de argot tienen una etimología oscura. Su ámbito concierne a sectores semánticos estables, prohibidos (designación del sexo, de la muerte) o muy marcados afectiva y socialmente (el dinero, la ropa, los orígenes étnicos y sociales, etc.).

argucia n.f. Argumento falso presentado con agudeza.

argüir **I.** v.tr. **1.** Sacar en claro, deducir como consecuencia natural. **2.** Probar, dejar ver con claridad. Dícese de las cosas que son indicio y como prueba de otras. **3.** Echar en cara, acusar. **II.** v.int. **1.** Disputar impugnando la sentencia u opinión ajena. **2.** Poner argumentos contra alguna opinión o contra quien la sostiene.

argumentar v.int. y rec. Argüir, disputar, impugnar la opinión ajena y poner argumentos contra ella. • **argumentación** n.f. **1.** Acción de argumentar. **2.** Argumento para convencer.

argumento n.m. **I.** Razonamiento que se emplea para probar o demostrar una proposición, o bien para convencer a otro de aquello que se afirma o se niega. **II.** Asunto o materia de que se trata en una obra. **III.** Indicio o señal.

argyroneta n.f. ZOOL Género de arácnidos araneidos cuyos individuos tejen en el agua, entre las plantas, una especie de campana donde permanecen al acecho, después de haber almacenado en ella aire.

aria n.f. **1.** Melodía, con acompañamiento de uno o varios instrumentos. **2.** Fragmento de una ópera cantado por un solista.

aribibi n.m. *Bol.* **1.** Planta herbácea parecida al pimiento. Sus frutos, muy picantes, se usan como condimento. **2.** Fruto de esta planta.

aricar v.tr. **1.** Arar muy superficialmente. **2.** Arrejacar.

árido,a **I.** adj. **1.** Seco, estéril. **2.** Fig. Falto de amenidad. **II.** n.m.pl. **1.** Granos, legumbres y otras cosas sólidas a que se aplican medidas de capacidad. **2.** Materiales rocosos naturales, como arenas o gravas, empleados en las argamasas.

ariete n.m. **1.** Máquina militar que se empleaba antiguamente para batir murallas. **2.** MAR Buque de vapor, blindado y con un espolón muy reforzado y saliente, para embestir con empuje a otras naves y echarlas a pique.

1. arilo n.m. BOT Envoltura que tienen algunas semillas; como las del trigo.

2. arilo adj. QUIM Denomina los radicales que se derivan de un hidrocarburo aromático por pérdida de un átomo de hidrógeno (ejemplo: radical fenilo — C_6H_5).

arimez n.m. ARQUIT Resalto que, como refuerzo o como adorno, suele haber en algunos edificios.

arios o **aria** **1.** n. y adj. Pueblos de lengua indoeuropea que, más de mil años antes de la era cristiana, se escindieron en dos grupos, uno de los cuales se instaló en la India del N y el otro en Irán. **2.** adj. De los arios, relativo a los arios.

arioso n.m. MUS Aria intermedia entre el aria pura y el recitativo.

arisaro n.m. BOT Planta perenne de la familia de las aráceas, herbácea. Toda la planta es viscosa, de mal olor y muy acre; pero, después de cocida, se come, sobre todo la raíz, de la que se extrae abundante fécula.

arisco,a adj. Áspero, intratable. Dícese de las personas y de los animales.

arista n.f. **I. 1.** Filamento áspero que envuelve el grano de trigo y el de otras plantas gramíneas. **2.** Pajilla del cáñamo o lino que queda después de agramarlos. **II. 1.** Borde de un sillar, madero o cualquier otro sólido, convenientemente labrado. **2.** Intersección de dos mesas en las armas blancas. **III.** GEOM Línea que resulta de la intersección de dos superficies, considerada por la parte exterior del ángulo que forman.

aristarco n.m. Fig. Crítico entendido, pero excesivamente severo.

aristino n.m. VETER Arestín, escoriación y encendimiento de la sangre en las caballerías.

aristocracia n.f. **1.** Gobierno en que solamente ejercen el poder las personas más notables del Estado. **2.** Clase noble de una nación, provincia, etc. ▷ P. ext., clase que sobresale entre las demás por alguna circunstancia. *Aristocracia del saber.*

aristoloquia n.f. Planta herbácea de la familia de las aristoloquiáceas, con raíz fibrosa, tallos tenues y ramosos, de unos 40 cm de largo, hojas acorazonadas, flores amarillas y fruto esférico y coriáceo. • **aristoloquiáceo,a** n.f. y adj. BOT Dícese de hierbas, matas o arbustos angiospermos dicotiledóneos, con leño no dividido en zonas, tallo nudoso, hojas alternas, flores solitarias, frutos capsulares y raras veces abayados y semillas en gran número con albumen carnoso o casi córneo; como la aristoloquia y el ásaro. ▷ n.f.pl. Familia de estas plantas.

aristón n.m. Instrumento músico de manubrio.

aritenoides n.m. ANAT Cada uno de los dos cartílagos situados en la parte posterior de la laringe.

aritmética n.f. Parte de las matemáticas, que estudia la composición y descomposición de la cantidad representada por números. • **aritmético,a 1.** adj. Perteneciente o relativo a la aritmética. **2.** n.m. y f. Persona que profesa la aritmética o en ella tiene especiales conocimientos.

aritmología n.f. Ciencia general de la medida de las magnitudes.

aritmómetro n.m. Instrumento que sirve para ejecutar mecánicamente las operaciones aritméticas.

arlequín n.m. **1.** Personaje cómico de la antigua comedia italiana, que llevaba mascarilla negra y traje de cuadros o rombos de distintos colores. Toma su nombre de Hellequín, demonio de algunas leyendas medievales francesas. **2.** Persona vestida con este traje. **3.** Gracioso o bufón de algunas compañías de volatines. • **arlequinada** n.f. Acción o ademán ridículo, como los de los arlequines.

arlo n.m. **1.** Agracejo, arbusto berberidáceo. **2.** Colgajo, de frutos.

arlota n.f. Alrota.

arma n.f. **I.** Instrumento destinado a atacar o a defenderse. **II. 1.** Cada uno de los institutos que constituyen la parte principal de los ejércitos. **III.** pl. **1.** Conjunto de las que lleva un soldado. **2.** Tropas de un Estado. *Las armas de España.* **3.** Milicia o profesión militar. — *Hechos de armas,* hazañas guerreras. **4.** Defensas naturales de los animales. **5.** Piezas con que se arman algunos instrumentos; como la sierra, la brújula, etc. **6.** Fig. Medios que sirven para conseguir alguna cosa. *Yo no tengo más armas que la verdad y la justicia.* — *Arma atómica.* La destinada al lanzamiento de un ingenio atómico. — *Arma automática.* La que, hecho el primer disparo, descarga mecánicamente y con rapidez una serie de proyectiles. — *Arma blanca.* La ofensiva de hoja de acero, como la espada. — *Arma de doble filo o de dos filos.* El arma blanca que tiene filos por ambas partes. ▷ Fig. Se dice de las cosas y acciones que pueden obrar tanto en favor como en contra de lo que se pretende. — *Arma de fuego.* Aquélla en que el disparo se verifica con auxilio de pólvora. — *Arma ligera.* La blanca corta y la de fuego manejable con una sola mano. No obstante, también suelen llamarse *armas ligeras* todas las transportables sin auxilio de vehículos (ametralladoras, mortero de infantería, etc.). — *¡Al arma!* o *¡A las armas!* exclam. con que se previene a los soldados que tomen prontamente las armas. — *Alzarse en armas.* Sublevarse. — Fam. *De armas tomar.* Dícese de la persona que muestra brío y resolución para acometer empresas arriesgadas. — *Descansar las armas.* Aliviarse del peso de ellas los soldados, apoyándolas en el suelo. — *Pasar a uno por las armas.* Fusilarlo. — *Presentar las armas.* Hacer la tropa honores militares. — *Rendir las armas.* Entregar la tropa sus armas al enemigo, reconociéndose vencida. • **armable** adj. **1.** Que puede o debe ser dotado de armas. **2.** Dícese de cualquier objeto adquirido en piezas separadas que puede ser armado o montado fácilmente. • **armada** n.f. **1.** Conjunto de fuerzas navales de un Estado. **2.** Escuadra, conjunto de buques de guerra.

armadía n.f. Conjunto de vigas o maderos unidos con otros en forma plana, para poderlos conducir fácilmente a flote.

armadijo n.m. **1.** Trampa para cazar animales. **2.** Armazón de palos.

armadillo n.m. Mamífero del orden de los desdentados, con algunos dientes laterales; el cuerpo, que mide de 30 a 50 cm de longitud, está protegido por placas óseas, cubiertas por escamas córneas, las cuales son movibles, de modo que el animal puede arrollarse sobre sí mismo. Todas las especies son propias de la América Meridional.

armador,a I. n.m. y f. Persona que arma un mueble, artefacto, etc. **II.** n.m. **1.** El que por su cuenta arma o equipa una embarcación. **2.** Corsario, el que manda una embarcación en corso. **3.** Jubón.

armadura n.f. **I. 1.** Conjunto de armas de hierro con que se vestían los que habían de combatir. **2.** Pieza o conjunto de piezas unidas unas con otras, en que o sobre que se arma alguna cosa. **II.** Esqueleto óseo. **III.** ARQUIT Armazón hecha con maderos ensamblados y tablas, con que se cubre una parte del edificio en condiciones de recibir sobre sí el tejado. **IV. 1.** FIS Cada uno de los cuerpos conductores de la electricidad con que se forman la botella de Leiden y otros condensadores eléctricos. **2.** FIS Cada una de las piezas de hierro dulce con las cuales se evita que los imanes pierdan sus propiedades magnéticas. **V.** MAR Aro de metal con que se refuerza la unión de algunas cosas, y muy especialmente el codaste, las chumaceras y el pozo de la hélice. **VI.** ELECTR *Armadura de un condensador.* Cada uno de los conductores separados por el dieléctrico. — *Armadura de un electroimán.* Pieza móvil que puede desplazarse bajo la acción magnética del electroimán.

armamento n.m. **1.** Aparato y prevención de todo lo necesario para la guerra. **2.** Conjunto de armas de todo género para el servicio de un cuerpo militar. **3.** Armas y accesorios de un soldado. **4.** Equipo y provisión de un buque para el servicio a que se le destina. **5.** Armadura, conjunto de piezas en que se arma una cosa.

armar I. v.tr. y prnl. **1.** Vestir o poner a uno armas ofensivas o defensivas. **2.** Proveer de armas. **3.** Preparar para la guerra. **4.** Fig. y Fam. Disponer, fraguar, formar alguna cosa. **5.** Fig. y Fam. Tratándose de pleitos, pendencias, escándalos etc., mover, causar. **6.** Fig. y Fam. Proveer a uno de lo que le hace falta. **II.** v.tr. **1.** Tratándose de ciertas armas, como la ballesta o el arco, aprestarlas para disparar. **2.** Concertar y juntar entre sí las varias piezas de que se compone un mueble, artefacto, etc. *Armar una cama.* **3.** Sentar, fundar una cosa sobre otra. **4.** Poner oro o plata sobre otro metal. *Oro armado sobre cobre.* **5.** Dejar a los árboles una o más guías según la figura, altura o disposición que se les quiere dar. **6.** MAR Aprestar una embarcación. **III.** v.int. **1.** Cuadrar o convenir una cosa a alguno. **2.** MIN Yacer el mineral explotable entre las rocas que lo acompañan o contienen. **IV.** v.prnl. Fig. Ponerse voluntaria y deliberadamente en disposición de ánimo eficaz.

armario n.m. Mueble con puertas y anaqueles o perchas en el interior, donde se pueden guardar libros, ropas, etc. — TECN *Armario eléctrico.* Mueble metálico que contiene equipamiento eléctrico.

armatoste n.m. **1.** Cualquier máquina o mueble mal hecho más molesto que útil. **2.** Armadijo, armazón de palos. **3.** Ingenio o aparato con que se armaban antiguamente las ballestas. **4.** Fig. y Fam. Persona corpulenta que para nada sirve.

armazón n.m. y f. **1.** Armadura, pieza sobre la que se arma alguna cosa. **2.** Acción y efecto de armar, juntar. **3.** Armadura, esqueleto.

armelina n.f. Piel blanca de armiño procedente de Laponia.

armella n.f. Anillo de hierro u otro metal que por lo común suele tener una espiga o tornillo para clavarlo en parte sólida.

armería n.f. **1.** Tienda en que se venden armas. **2.** Arte de fabricar armas. **3.** Edificio o sitio en que se guardan diferentes géneros de armas para curiosidad o estudio. **4.** Arte del blasón.

armero n.m. **1.** Fabricante de armas. **2.** Vendedor o componedor de armas. **3.** El que está encargado de custodiar y limpiar o de tener corrientes las armas. **4.** Aparato de madera para tener las armas en los puestos militares y otros puntos.

armífero,a adj. POÉT Dícese del que lleva armas.

armígero,a I. adj. **1.** POÉT Se dice del que viste o lleva armas. **2.** Fig. Belicoso o inclinado a la guerra. **II.** n.m. Escudero que tenía por oficio llevar las armas de su señor.

armilla n.f. **1.** ARQUIT Espira de la columna. **2.** ASTRON Antiguo instrumento de disposición análoga a la de la esfera armilar, y que servía para resolver problemas de trigonometría esférica.

armiño n.m. **1.** ZOOL Mamífero del orden de los carnívoros, de unos 25 cm de largo (sin contar la cola), de piel muy suave y delicada, parda en verano y blanquísima en invierno, exceptuada la punta de la cola, que es siempre negra. **2.** Piel de este animal. **3.** Fig. Lo puro o limpio. **4.** Pinta blanca junto al casco de las caballerías.

armipotente adj. POÉT Poderoso en armas.

armisonante adj. POÉT Que lleva o tiene armas que suenan al ser movidas o al chocar unas con otras.

armisticio n.m. Suspensión de hostilidades pactada entre pueblos o ejércitos beligerantes.

armonía n.f. **I. 1.** Conjunto de sonidos agradables al oído. **2.** Al hablar del lenguaje y del estilo, combinación afortunada de sonidos. **3.** MUS Ciencia de la formación y encadenamiento de los acordes. *Leyes de la armonía.* **4.** MUS Orquesta compuesta de instrumentos de viento, de lengüeta y boquilla. **II. 1.** Efecto producido por un conjunto cuyas partes concuerdan, se equilibran bien entre ellas. *Armonía del cuerpo humano.* **2.** Concordancia, correspondencia entre diferentes cosas. **3.** Buenas relaciones entre personas. • **armónico,a I.** adj. **1.** Perteneciente o relativo a la armonía. *Instrumento armónico.* — MUS Sonido musical cuya frecuencia es un múltiplo de una frecuencia de base, llamada fundamental. **2.** adj. MUS Sonido muy agudo y dulce que se produce en los instrumentos de cuerda apoyando con mucha suavidad el dedo sobre los nodos de la cuerda. **II.** n.f.

MUS Instrumento provisto de una serie de orificios con lengüeta.

armonio o **armonium** n.m. Órgano pequeño, con la figura exterior del piano, y al cual se da el aire por medio de un fuelle que se mueve con los pies.

armonioso,a adj. **1.** Que suena agradablemente, que deleita. *Música armoniosa.* **2.** Que tiene armonía. *Conjunto armonioso.*

armonizar **I.** v.tr. Poner en armonía. **II.** v.prnl. **1.** Ponerse, encontrarse en armonía. **2.** MUS Componer una o varias partes vocales o instrumentales correspondientes a una melodía.

armuelle n.m. **1.** BOT Planta anua de la familia de las quenopodiáceas, que se cultiva y se come cocida. **2.** Bledo. **3.** Orzaga. ▷ *Armuelle borde.* Ceniglo.

ARN BIOQUIM Iniciales del ácido ribonucleico.

arna n.f. Vaso de colmena.

arnés n.m. **1.** Conjunto de armas de acero defensivas que se vestían y acomodaban al cuerpo, asegurándolas con correas y hebillas. **2.** pl. Guarniciones de las caballerías. ▷ Fig. y Fam. Cosas necesarias para algún fin.

árnica n.f. **1.** Planta de la familia de las compuestas, de raíz perenne, tallo de unos 30 cm de altura, hueco, velloso y áspero. Las flores y la raíz tienen sabor acre, aromático y olor fuerte. Se emplea en medicina. **2.** Tintura de árnica.

arnillo n.m. ZOOL Pez teleósteo del mar de las Antillas, del suborden de los acantopterigios.

1. aro n.m. **1.** Pieza de hierro o de otra materia rígida, en figura de circunferencia. **2.** Argolla o anillo grande que sirve para el juego de la argolla. **3.** Armadura de madera que sostiene el tablero de la mesa, y con la cual suelen estar ensamblados los pies. **4.** Juguete en forma de aro, que los niños hacen rodar valiéndose de un palo. **5.** *Arg.* y *Chile.* Arete, zarcillo. — Fig. y Fam. *Entrar uno por el aro.* Ejecutar, vencido por fuerza o maña de otro, lo que no quería.

2. aro o **arón** n.m. BOT Planta perenne de la familia de las aráceas, con raíz tuberculosa y feculenta. — *Aro de Etiopía.* Pala (sent. 3).

¡aro! interj. *Chile.* Voz con que se interrumpe a alguien que habla, canta o baila, presentándole a la vez una copa de licor.

aroma **1.** n.f. Flor del aromo: es dorada, redonda, vellosa, de olor muy fragante. **2.** n.m. Cualquier bálsamo, leño o hierba de mucha fragancia. ▷ Perfume, olor muy agradable. • **aromaticidad** n.f. Calidad de aromático. • **aromatizar** o **aromar** v.tr. Dar o comunicar aroma a alguna cosa.

aromo n.m. BOT Árbol de la familia de las mimosáceas, especie de acacia, que crece hasta 17 m en climas cálidos.

arpa n.f. Instrumento músico, de figura triangular, con cuerdas colocadas verticalmente y que se tocan con ambas manos. ▷ *Arpa eolia.* Instrumento músico, compuesto de una caja sonora con seis u ocho cuerdas afinadas en un mismo tono, y en el cual se producían los sonidos exponiéndolo a una corriente de aire.

1. arpado,a adj. Que remata en dientecillos como de sierra.

2. arpado,a adj. POÉT Dícese de los pájaros de canto grato y armonioso.

arpadura n.f. Rasguño. • **arpar** v.tr. **1.** Arañar con las uñas. **2.** Hacer tiras o pedazos alguna cosa.

arpegio n.m. MUS Sucesión más o menos acelerada de los sonidos de un acorde.

arpella n.f. Ave rapaz diurna. Anida en tierra, cerca de los lugares pantanosos.

arpeo n.m. MAR Instrumento de hierro con unos garfios, que sirve para rastrear, o para aferrarse dos embarcaciones.

arpía n.f. **1.** MIT Monstruo alado con rostro de mujer y cuerpo de ave de rapiña. **2.** P. ext. Persona ávida y rapaz. ▷ Mujer desabrida y chillona. **3.** Águila grande de cabeza empenachada y poderosas garras.

arpillera n.f. Tejido basto de estopa que sirve para embalar.

arpista n.m. y f. Persona que ejerce o profesa el arte de tocar el arpa.

arpón n.m. **1.** Utensilio de pesca que se compone de un astil con una punta de hierro y un gancho que apresan al animal. **2.** ARQUIT Grapa metálica. • **arponear** v.tr. Cazar o pescar con arpón.

arqueada n.f. MUS Golpe o movimiento de arco con que se toca la cuerda de un instrumento.

1. arqueador n.m. El que tiene por oficio arquear la lana.

2. arqueador n.m. Perito que arquea o mide la capacidad de las embarcaciones.

1. arquear **1.** v.tr. y prnl. Dar figura de arco. **2.** v.tr. Sacudir y ahuecar la lana con un arco

2. arquear v.tr. Medir la cabida de una embarcación.

arquegoniadas n.f. pl. BOT Conjunto de la plantas provistas de arquegonios y de las fanerógamas (cuyo órgano femenino resulta de la evolución de los arquegonios típicos).

arquegonio n.m. BOT Órgano que, en las briofitas y criptógramas vasculares, produce un gameto femenino, la oosfera.

1. arqueo n.m. Acción y efecto de arquear o arquearse (sent. 1).

2. arqueo n.m. **1.** Acción de arquear (sent. 2). **2.** Cabida de una embarcación.

3. arqueo n.m. Hacer el recuento de los caudales en la caja y los libros de contabilidad de una oficina, empresa, etc.

arqueolítico,a adj. Perteneciente o relativo a la edad de piedra.

arqueología n.f. Ciencia que estudia las antiguas civilizaciones desde la Prehistoria hasta la Edad Media, a partir de sus restos materiales. • **arqueológico,a** adj. **1.** Perteneciente o relativo a la arqueología. **2.** Fig. Desusado. • **arqueólogo,a** n.m. Persona que se dedica a la arqueología.

arquería n.f. Serie de arcos en una construcción arquitectónica.

arquero n.m. MILIT Soldado que peleaba con arcos y flechas.

arqueta n.f. Arca pequeña

arquetipo n.m. **1.** Modelo ideal que sirve de base para la realización de una obra. ▷ FILOL Manuscrito del que se derivan otros textos. **2.** FILOS Según Platón, modelo eterno de cualquier cosa sensible, del cual ésta sólo es su reflejo. **3.** PSICOAN Para Jung, cada uno de las grandes huellas de imágenes ancestrales del inconsciente colectivo. • **arquetípico,a** adj. Perteneciente o relativo al arquetipo.

arquibanco n.m. Arca que servía de asiento.

arquimesa n.f. Mueble con tablero de mesa y varios compartimientos o cajones.

arquíptero n. y adj. ZOOL Dícese de insectos masticadores parásitos o de vida libre, cuyas larvas son acuáticas y zoófagas en muchas especies; como el caballito del diablo. ▷ n.m. pl. Orden de estos animales.

arquisinagogo n.m. El principal de la sinagoga.

arquitectura n.f. Arte de proyectar y construir edificios. • **arquitecto,a** n.m. y f. Persona que tiene como profesión la arquitectura. • **arquitectónico,a** adj. Perteneciente o relativo a la arquitectura.

arquitrabe n.m. ARQUIT Parte inferior del entablamento, la cual descansa inmediatamente sobre el capitel de la columna.

arquivolta n.f. ARQUIT Conjunto de molduras que decoran un arco en su parámetro exterior vertical.

arrabá n.m. ARQUIT Adorno que suele circunscribir el arco de las puertas y ventanas de estilo árabe.

arrabal n.m. Barrio a las afueras de una población. • **arrabalero,a** n. y adj. **1.** Habitante de un arrabal. **2.** Fig. y Fam. Se dice de la persona que es descarada y grosera.

arrabio n.m. METAL Producto obtenido en el alto horno por reducción del mineral de hierro.

arracacha n.f. Planta de la América Meridional, de la familia de las umbelíferas, semejante a la chirivía, pero de raíz muy exquisita.

arracimado,a adj. En racimo.

arracimarse v.prnl. Unirse en figura de racimo.

arraclán n.m. BOT Árbol de la familia de las ramnáceas, sin espinas y de hojas ovales que da un carbón muy ligero.

arráez n.m. **1.** Caudillo árabe o morisco. **2.** Capitán de embarcación árabe o morisca.

arraigadas n.f. pl. MAR Cabos o cadenas para seguridad de las obencaduras de los masteleros.

arraigar **I.** v.int. prnl. y causativo. Echar o criar raíces. **II.** v.int. y prnl. **1.** Fig. Hacerse muy difícil de extinguir un afecto, vicio, o costumbre. **2.** FOR Afianzar la responsabilidad a las resultas del juicio. **III.** v.tr. Fig. Establecer, fijar firmemente una cosa. ▷ Fijar y afirmar a alguien en una virtud, vicio, costumbre, etc. **IV.** v.prnl. Establecerse de asiento en un lugar, adquiriendo en él bienes, parentesco u otras conexiones. • **arraigado,a** **1.** adj. Que posee bienes raíces. **2.** n.m. MAR Amarradura de un cabo o cadena. • **arraigo** n.m. **1.** Acción y efecto de arraigar o arraigarse. **2.** Bienes raíces.

arralar v.int. Hacerse rala una cosa; no granar la vid.

arramblar **I.** v.tr. **1.** Dejar los ríos, arroyos o torrentes cubierto de arena el suelo por donde pasan. **2.** Fig. Arrastrarlo todo, llevándoselo con violencia. **3.** Fig. Recoger y llevarse codiciosamente todo lo que hay en algún lugar. **II.** v.prnl. Quedarse el suelo cubierto de arena a causa de una avenida.

arramplar v.tr. e int. Fig. Arramblar.

arrancaclavos n.m. Palanca que se usa para arrancar clavos.

arrancada n.f. **1.** Partida o salida violenta de una persona o un animal. **2.** Comienzo del movimiento de una máquina o vehículo que se pone en marcha. **3.** Aumento repentino de velocidad en la marcha de un vehículo, o en la carrera de una persona o animal.

arrancar **I.** v.tr. **1.** Sacar de raíz. **2.** Sacar con violencia una cosa del lugar a que está adherida o sujeta, o de que forma parte. **3.** Quitar con violencia. **4.** Fig. Conseguir algo de una persona con trabajo. **5.** Fig. Separar con violencia o con astucia a una persona de alguna parte, o de costumbres, vicios, etc. **II.** v.tr. e int. MAR **1.** Dar a un barco mayor velocidad de la que lleva. **2.** Iniciarse la puesta en marcha de una máquina o vehículo. **III.** v.int.

1. Partir de carrera para seguir corriendo. **2.** Fam. Partir o salir de alguna parte. **3.** Fig. Provenir. **4.** ARQUIT Principiar el arco o la bóveda. **IV.** v.int. y prnl. Fig. y Fam. Empezar a hacer algo de modo inesperado.

arranque n.m. **1.** Acción y efecto de arrancar. **2.** Fig. Ímpetu de cólera, piedad, amor u otro afecto. **3.** Fig. Prontitud exagerada en alguna acción. **4.** Fig. Ocurrencia viva o pronta que no se esperaba. **5.** Fig. Pujanza, brío. **6.** ARQUIT Principio de un arco o bóveda. **7.** HIST NAT Comienzo de un miembro o de una parte de un animal o vegetal.

arrapiezo n.m. Harapo, andrajo.

arras n.f. pl. Lo que se da como prenda o señal en algún contrato.

arrasar **I.** v.tr. **1.** Allanar la superficie de alguna cosa. **2.** Echar por tierra, destruir. **3.** Igualar con el rasero. **4.** Llenar de líquido una vasija hasta el borde. **II.** v.tr. y prnl. Llenar o cubrir los ojos de lágrimas. **III.** v.int. y prnl. Quedar el cielo despejado de nubes.

arrastrado,a **I.** adj. **1.** Pobre, lleno de privaciones, molestias, etc. **2.** Se dice del juego de naipes en que es obligatorio servir a la carta jugada. **II.** n. y adj. Pícaro, tunante.

arrastrar **I.** v.tr. **1.** Llevar a una persona o cosa por el suelo tirando de ella. **2.** Llevar o mover rasando el suelo. **3.** Pasar una cantidad de una cuenta a otra que es la continuación de la anterior. **4.** Fig. Impulsar un poder o fuerza irresistible. ▷ MECAN Poner algo en movimiento. ▷ Comunicar el movimiento de un mecanismo motor. **5.** Fig. Persuadir uno a otro de forma que este último adopte su forma de pensar o de actuar. **6.** Fig. Tener por consecuencia inevitable. **7.** Fig. Llevar adelante o soportar algo penosamente. **II.** v.int. Ir una cosa rasando el suelo y como barriéndolo, o pender hasta tocar el suelo. **III.** v.tr. y prnl. Ir de un punto a otro rozando con el cuerpo en el suelo. **IV.** v.prnl. Fig. Humillarse. • **arrastradizo,a** adj. **1.** Que se lleva o puede llevarse a rastra. **2.** Que ha sido trillado. • **arrastre** **1.** n.m. Acción de arrastrar cosas que se llevan así de una a otra parte. **2.** MIN Talud o inclinación de las paredes de un pozo de mina. **3.** Acto de retirar del ruedo el toro muerto en lidia. — Fig. y Fam. *Estar uno para el arrastre.* Hallarse en extremo decaimiento físico o moral.

arrayán n.m. Arbusto de la familia de las mirtáceas, de dos a tres metros de altura, oloroso, con ramas flexibles, hojas duras y persistentes, flores pequeñas y blancas, y bayas de color negro azulado. — *Arrayán brabántico,* Mata de la familia de las mirtáceas cuyo fruto es una baya que, puesta a cocer, arroja una sustancia semejante a la cera.

arre Voz que se emplea para estimular a las caballerías.

arreada n.f. **1.** *Arg., Chile* y *Méx.* Acción y efecto de arrear o llevarse violenta y furtivamente el ganado. P. ext. se aplica a las personas. **2.** *Arg., Chile* y *Méx.* Robo de ganado.

1. arrear **I.** v.tr. **1.** Estimular a las bestias para que echen a andar o para que aviven el paso. **2.** Con un complemento introducido por la prep. *con,* llevarse de manera violenta alguna cosa; a veces hurtarla o robarla. **II.** v.tr. e int. Dar prisa, estimular. **III.** v.int. Caminar de prisa. — Fam. *¡Arrea!* Interj. que denota asombro.

2. arrear v.tr. Poner arreos, adornar, engalanar.

3. arrear v.tr. Dar seguidos tiros, golpes, etc.

arrebatar **I.** v.tr. **1.** Quitar o tomar alguna cosa con violencia y fuerza. **2.** Llevar tras sí o consigo con fuerza irresistible. **II.** v.tr. y prnl. **1.** Fig. Sacar de sí, conmover poderosamente excitando alguna pasión o afecto. **2.** Arrobar el espíritu. **3.** Hablando de las mieses, agostarlas antes de tiempo el demasiado calor. **III.** v.prnl. Enfurecerse, dejarse llevar de alguna pasión, y especialmente de la ira. Se aplica, por semejanza, a los animales. • **arrebatado,a** adj. **1.** Precipitado e impetuoso. **2.** Fig. Inconsiderado y violento. **3.** Dicho del color del rostro, muy encendido. • **arrebatamiento** n.m. **1.** Acción de arrebatar o arrebatarse. **2.** Fig. Furor causado por alguna pasión, y especialmente por la ira. **3.** Éxtasis.

arrebato n.m. **1.** Furor, éxtasis. **2.** FOR Arrebato, obcecación.

arrebol n.m. **1.** Color rojo que el Sol da a las nubes. ▷ P. ext. El mismo color en otros objetos y especialmente en el rostro. • **arrebolada** n.f. Conjunto de nubes enrojecidas por los rayos del Sol.

arrebujar **I.** v.tr. Coger mal y sin orden alguna cosa flexible, como ropa, lienzo, etc. **II.** v.tr. y prnl. **1.** Cubrir bien y envolver con la ropa de la cama o con alguna prenda de vestir de bastante amplitud, como una capa. **2.** Revolver, enredar.

arreciar **1.** v.tr. y prnl. Dar fuerza y vigor. **2.** v.int. Cobrar fuerza o vigor. **3.** v.int. y prnl. Aumentar en intensidad alguna cosa.

arrecife n.m. **1.** Banco o bajo formado casi a flor de agua. **2.** Costa peñascosa, acantilado. ▷ Calzada, camino ancho empedrado. **3.** Afirmado o firme de un camino.
ENCICL Los arrecifes son el resultado de la acumulación de algas calcáreas, de anélidos tubícolas, de ostras, de corales, etc. Los arrecifes coralinos son los más importantes; existen tres formas: el *arrecife barrera,* situado a cierta distancia de la orilla; el *costero,* unido al litoral y el *atolón.*

arreglo n.m. **1.** Acción de arreglar o arreglarse. **2.** Regla, orden. **3.** Avenencia, conciliación. **4.** Fam. Cohabitación de hombre y mujer fuera del matrimonio. **5.** MUS Adaptación de una obra a instrumentos distintos a los que estaba destinada.

arrellanarse v.prnl. **1.** Extenderse en el asiento con toda comodidad. **2.** Fig. Vivir uno en su empleo con satisfacción.

arremangar v.tr. y prnl. Remangar.

arremeter v.int. **1.** Acometer con ímpetu. **2.** Arrojarse con presteza. **3.** Fig. y Fam. Chocar o molestar a la vista alguna cosa.

arremolinarse v.prnl. Fig. Apiñarse desordenadamente la gente.

arrendajo n.m. **1.** Pájaro abundante en Europa, parecido al cuervo aunque más pequeño. Destruye los nidos de algunas aves canoras, cuya voz imita para sorprenderlas. **2.** Ave americana cuyo canto imita la voz de otros animales. **3.** Fig. y Fam. Persona que imita a otra. **4.** Fig. Imitación o copia imperfecta de una cosa.

1. arrendar v.tr. Ceder o adquirir por precio el aprovechamiento temporal de cosas, obras o servicios. • **arrendador,a** n.m. y f. **1.** Persona que da en arrendamiento alguna cosa. **2.** Arrendatario,a. • **arrendamiento** n.m. **1.** Acción de arrendar. **2.** Contrato por el cual se arrienda. **3.** Precio en que se arrienda. • **arrendatario,a** n. y adj. Que toma en arrendamiento alguna cosa.

2. arrendar v.tr. **1.** Atar por las riendas una caballería. **2.** Enseñar al caballo a que obedezca a la rienda. **3.** Fig. Sujetar.

1. arreo n.m. **1.** Atavío, adorno ▷ pl. Guarniciones de las caballerías de montar o de tiro. **2.** Aditamentos o cosas accesorias.

2. arreo n.m. *Arg., Chile* y *Urug.* Arreada, acción de llevarse violenta o furtivamente una cosa.

arrepentirse v.prnl. Pesarle a uno de haber hecho o haber dejado de hacer alguna cosa. • **arrepentimiento** n.m. **1.** Pesar de haber hecho alguna cosa. **2.** PINT Enmienda que se advierte en la composición y dibujo de los cuadros y pinturas.

arrequesonarse v.prnl. Cuajarse la leche y formar requesón.

arrestado,a adj. Audaz.

arrestar **1.** v.tr. Detener poner preso. **2.** v. prnl. Determinarse, resolverse, y p. ext., arrojarse a una acción o empresa ardua.

arresto n.m. **1.** Acción de arrestar. **2.** Detención provisional del presunto reo. **3.** Reclusión por tiempo breve, como corrección o pena. **4.** Arrojo para emprender una cosa ardua. Se usa en pl. en determinadas frases como: *tener arrestos para algo.*

arrianismo n.m. Herejía que sólo reconocía la naturaleza divina de Jesucristo, invalidando de esta forma el dogma de la Trinidad.

arriar v.tr. **1.** Bajar las velas o las banderas que están izadas. **2.** Aflojar o soltar un cabo, cadena, etc. **3.** Inundar.

arriba adv. **I.** A lo alto, hacia lo alto. ▷ En dirección hacia lo que está más alto. ▷ En lo alto. **II.** En lugar anterior o que está antes de otro. **III.** Con voces expresivas de cantidad o medida, denota exceso indeterminado.

arribar **I.** v.int. **1.** Llegar la nave a un puerto. **2.** Fig. y Fam. Ir recobrando la salud o reponiendo la hacienda. **3.** Fig. y Fam. Llegar a ver el fin de lo que se desea. **4.** NAUT Dejarse ir con el viento. **II.** v.int. y prnl. Llegar por tierra a cualquier lugar. • **arribada** n.f. **1.** Acción de arribar, llegar la nave al puerto de destino. **2.** NAUT Bordada que da un buque, dejándose ir con el viento. **3.** Acción de fondear la nave en otro puerto por una necesidad.

arriendo n.m. Arrendamiento.

arriero n.m. El que transporta mercancías con bestias de carga.

arriesgar v.tr. y prnl. Poner a riesgo. • **arriesgado,a** adj. **1.** Aventurado, peligroso. **2.** Temerario.

arrimador n.m. Leño grueso que se pone en las chimeneas para apoyar en él otros.

arrimar **I.** v.tr. y prnl. Acercar o poner una cosa junto a otra de modo que toque con ella. **II.** v.tr. **1.** Fig. Con ciertos nombres, dejar la profesión, ejercicio, etc., simbolizados por ellos. **2.** Fig. Arrinconar, privar a uno de su cargo. **III.** v.prnl. **1.** Apoyarse sobre alguna cosa. **2.** Juntarse a otros, haciendo un cuerpo con ellos. **3.** Fig. Acogerse a la protección de uno. **4.** Fig. Acercarse al conocimiento de alguna persona. **5.** Fam. Cohabitar una pareja no casada. • **arrimadero** n.m. Cosa en que se puede estribar o a que uno puede arrimarse. • **arrimadura** n.f. Acción de arrimar o arrimarse.

arrimo n.m. **1.** Acción de arrimar o arrimarse: ▷ Proximidad. **2.** Apoyo, sostén que se emplea como tal. **3.** Fig. Ayuda, auxilio. **4.** Apego, inclinación.

arrimón n.m. El que aguarda arrimado a la pared.

arrinconar **I.** tr. **1.** Poner alguna cosa en un rincón. ▷ Retirarla del uso. **2.** Acosar a una persona hasta cercarla. **3.** Fig. Privar a uno de su cargo. **4.** Fig. Abandonar una profesión o ejercicio. **II.** v.prnl. Fig. y Fam. Retirarse del trato de las gentes.

arriscado,a adj. **1.** Formado o lleno de riscos. **2.** Atrevido. **3.** Ágil, gallardo. **4.** *Col., Chile* y *Méx.* Remangado.

arriscar v.tr. y prnl. **1.** Despeñarse las reses por los riscos. **2.** Fig. Encresparse, enfurecerse.

arritmia n.f. **1.** Falta de ritmo regular. **2.** FISIOL Irregularidad en las contracciones del corazón.

arrizar v.tr. **1.** MAR Tomar rizos. **2.** MAR/ Colgar alguna cosa de modo que resista los balances. **3.** MAR Atar o asegurar a uno.

arroba n.f. **1.** Peso de 25 libras, equivalente a 11 kilogramos y 502 gramos. **2.** Medida de líquidos que varía de peso según las provincias y los mismos líquidos. — Fig. *Por arrobas.* A montones.

arrobar 1. v.tr. Embelesar. 2. v.prnl. Enajenarse, quedar fuera de sí. • **arrobamiento** n.m. 1. Acción de arrobar o arrobarse, enajenarse, quedar fuera de sí. 2. Éxtasis. • **arrobo** n.m. Éxtasis.

arrocero,a 1. adj. Perteneciente o relativo al arroz. 2. n.m. y f. Persona que cultiva arroz.

arrodillar 1. v.tr. Hacer que uno hinque la rodilla o ambas rodillas. 2. v.int. y prnl. Ponerse de rodillas.

arrogancia n.f. Calidad de arrogante. • **arrogante** 1. adj. Altanero, soberbio. 2. Valiente, brioso. 3. Airoso.

arrogar 1. v.tr. FOR Adoptar como hijo al huérfano o el emancipado. 2. v.prnl. Atribuirse, apropiarse. • **arrogación** n.f. Acción y efecto de arrogar o arrogarse. • **arrogador,a** n. y adj. Que se arroga alguna cosa.

arrojar I. v.tr. 1. Impeler con violencia una cosa de modo que recorra una distancia. 2. Echar, hacer que alguna cosa vaya a parar a alguna parte. 3. Fig. Dar una cuenta o documento el resultado. 4. Fam. Vomitar la comida. II. v.prnl. 1. Precipitarse, dejarse caer. 2. Ir violentamente hacia una persona o cosa hasta llegar a ella. 3. Fig. Decidirse a emprender o hacer alguna cosa sin reparar en sus dificultades o riesgos.

arrojo n.m. Fig. Osadía, intrepidez. • **arrojado,a** adj. Fig. Resuelto, imprudente.

arrollado n.m. *Chile.* Carne de cerdo embutida.

1. arrollar v.tr. 1. Envolver una cosa de modo que forme un rollo. 2. Devanar un hilo o alambre en torno de un carrete. 3. Llevar rodando alguna cosa sólida. 4. Fig. Derrotar al enemigo. 5. Fig. Atropellar, no hacer caso de leyes ni otros miramientos. 6. Fig. Vencer, dominar, superar. 7. Fig. Confundir una persona a otra, dejándola sin poder replicar.

2. arrollar v.tr. Fig. Acunar.

arropar 1. v.tr. y prnl. Cubrir o abrigar con ropa. 2. v.tr. P. ext., cubrir, abrigar.

arrope n.m. 1. Mosto cocido hasta que toma consistencia de jarabe y en el cual suelen echarse trozos de calabaza. 2. FARM Jarabe concentrado hecho con miel. • **arropar** v.tr. Echar arrope al vino.

arrostrar 1. v.tr. Resistir las calamidades. 2. v.tr. e int. Tolerar a una persona o cosa desagradable. 3. v.prnl. Atreverse, arrojarse a luchar cara a cara

arroyo n.m. 1. Corriente de agua de escaso caudal. ▷ Cauce por donde corre. ▷ Parte de la calle por donde suelen correr las aguas. 2. Afluencia o corriente de cualquier cosa líquida.

arroz n.m. 1. Planta gramínea cuyo fruto es un grano oval, harinoso y blanco después de descascarillado, que, cocido, es muy usado en la alimentación. 2. Fruto de esta planta. • **arrozal** n.m. Tierra sembrada de arroz.
ENCICL El arroz es un cereal muy nutritivo debido a su riqueza en glúcidos (75 %). Hay muchos tipos de arroz, pero el más importante en el aspecto económico es el arroz blanco de Asia. El cultivo de arroz de grano rojo se da únicamente en Africa. El arroz blanco, originario de la India, es una gramínea herbácea anual, que alcanza 1 m de altura, cuyas largas hojas lisas y sus flores se agrupan formando panículas. La cariópside del arroz, cuando está aún rodeada por su envoltura, es el arroz *paddy* o completo; descascarillado y limpio para su consumo, pierde ciertas materias nitrogenadas y su vitamina B, contenidas en la envoltura y las capas externas; el uso exclusivo de los granos sin cáscara puede causar el beri-beri a los pueblos subalimentados. Desde hace mucho tiempo, el arroz se cultiva en toda Asia del S y del E, donde encuentra el calor y la humedad (terrenos inundados o inundables) necesarios para su crecimiento. Sembrado directamente en esos terrenos o trasplantado desde el semillero, el arroz se cosecha 4 o 5 meses después.

arruga n.f. 1. Pliegue que se hace en la piel. 2. Pliegue que se hace en la ropa o en cualquiera tela o cosa flexible. • **arrugar** 1. v.tr. y prnl. Hacer arrugas. 2. v.tr. Con el complemento directo *frente, ceño, entrecejo,* y siendo el sujeto nombre de persona, mostrar en el semblante ira o enojo. 3. v. prnl. Encogerse.

arruinar 1. v.tr. y prnl. Causar ruina. 2. Fig. v.prnl. Destruir, ocasionar grave daño.

arrullar v.tr. 1. Atraer con arrullos el palomo a la hembra. 2. Fig. Adormecer al niño con arrullos. 3. Fig. y Fam. Enamorar una persona a otra con palabras dulces. • **arrullo** n.m. 1. Canto grave y monótono con que se enamoran las palomas. 2. Habla dulce y halagüeña con que se enamora a una persona. 3. Fig. Cantarcillo grave y monótono para adormecer a los niños. 4. Fig. Todo ruido que sirve para arrullar.

arrumaco, n.m. 1. Fam. Demostración de cariño hecha con gestos o ademanes. 2. Fam. Adorno o atavío estrafalario.

arrumar 1. v.tr. MAR Distribuir y colocar la carga en un buque. 2. v.prnl. MAR Cargarse de nubes el horizonte.

1. arrumbar v.tr. 1. Poner una cosa como inútil en un lugar apartado. 2. Fig. Arrollar a uno en la conversación hasta hacerle callar. 3. Fig. Arrinconar a uno, no hacerle caso.

2. arrumbar I. v.tr. 1. MAR Determinar la dirección que sigue una costa. 2. MAR Hacer coincidir dos o más objetos en una sola marcación. II. v.intr. MAR Fijar el rumbo. III. v.prnl. MAR Marcarse. 2. MAR Fijar el rumbo de una nave.

arrurruz n.m. Fécula que se extrae de la raíz de una planta cingiberácea que crece en la India.

arsenal n.m. 1. Establecimiento en que se construyen, reparan y conservan las embarcaciones. 2. Depósito o almacén general de armas y otros efectos de guerra. 3. Fig. Conjunto o depósito de noticias, datos, etc.

arsénico n.m. 1. Corrientemente ácido arsénico, fuerte veneno. 2. QUIM Elemento químico, de número atómico 33, peso atómico 74,92 (símbolo *As*).
ENCICL El arsénico es un elemento intermedio entre los metales y los no metales. Se extrae del mispíquel (FeAsS) por calcinación en presencia de oxígeno. Se utiliza el arsénico para endurecer los metales (plomo de extracción) y para estabilizar los semiconductores. Los arseniatos tienen propiedades antiparasitarias externas e internas. Los derivados orgánicos menos tóxicos se utilizaban como anti-infecciosos en medicina. *Toxicología.* — El arsénico es un veneno acumulativo, utilizado especialmente en forma de ácido arsénico, mediante dosis masivas o mediante pequeñas dosis de forma repetida. Se fija a las proteínas y enzimas azufradas de los tejidos queratinizados (uñas, piel, cabellos), lo que permite averiguar fácilmente su presencia en un envenenamiento (método de Marsh o de Cribier). La intoxicación aguda se manifiesta por trastornos digestivos (diarrea hemorrágica), cardíacos, respiratorios y renales. *El envenenamiento crónico,* o *arsenicismo,* se manifiesta por trastornos cutáneos y nerviosos.

arsina n.f. QUIM Nombre dado a los compuestos básicos derivados del hidruro de arsénico AsH_3, gas de combate.

arsonvalización n.f. MED Tratamiento en el que se utilizan corrientes de alta frecuencia.

arta n.f. Plantaina.

ártabros, individuos pertenecientes a una tribu galaica establecida en la región NO de la península Ibérica, entre las actuales ciudades de El Ferrol y La Coruña, durante el s. II a. J.C.

arte n.m. (sing.) o f. (pl.) I. 1. Habilidad para hacer alguna cosa. 2. Acto mediante el cual imita o expresa el hombre lo material o lo invisible. 3. Todo lo que se hace por habilidad del hombre. 4. Conjunto de reglas para hacer bien alguna cosa. 5. Cautela, maña, astucia. 6. Con los adjetivos *buen* o *mal* antepuestos, buena o mala disposición personal de alguno. II. Aparato para pescar. III. pl. Lógica, física y metafísica.

artefacto n.m. Máquina o aparato mientras sea un dispositivo concebido para ser adaptado a un fin determinado.

artejo n.m. 1. Nudillo de los dedos. 2. ZOOL Cada una de las piezas articuladas entre sí de que se forman los apéndices de los artrópodos.

Artemia n.f. ZOOL Género de pequeños branquiópodos que vive en aguas salinas.

artemisa o **artemisia** n.f.1. Planta de la familia de las compuestas. Es medicinal. 2. Matricaria.

arteria n.f. 1. ANAT Cada uno de los vasos que llevan la sangre desde el corazón a las demás partes del cuerpo. — *Arteria coronaria.* Cada una de las dos que nacen de la aorta y dan ramas que se distribuyen por el corazón y cuya trombosis provoca el infarto de miocardio. 2. Fig. Calle de una población a la cual afluyen muchas otras. • **arterial** adj. Perteneciente o relativo a las arterias. • **arteriografía** n.f. 1. Descripción de las arterias. 2. Fotografía obtenida por los rayos X de una o varias arterias, hechas previamente opacas por la inyección de una sustancia no transparente a dichos rayos. • **arteriola** n.f. Arteria pequeña. • **arteriología** n.f. Parte de la anatomía que trata de las arterias. • **arterioso,a** adj. Arterial. Abundante en arterias.

arteriosclerosis n.f. PAT Endurecimiento de las arterias ligado a un desequilibrio de la nutrición y a la senectud.

artesa n.f. Cajón cuadrilongo que sirve para amasar el pan y para otros usos.

artesanía n.f. Arte u obra de los artesanos. • **artesanado** n.m. Clase social constituida por los artesanos. • **artesano,a** 1. adj. Artesanal. 2. n.m. y f. Persona que ejerce un arte u oficio manual. • **artesanal** adj. Perteneciente o relativo a la artesanía.

artesonado,a 1. adj. ARQUIT Adornado con artesones. 2. n.m. ARQUIT Techo formado con artesones. • **artesón** n.m. 1. ARQUIT Adorno poligonal, cóncavo, moldurado y con adornos que, dispuesto en serie, constituye el artesonado. 2. ARQUIT Artesonado.

artético,a adj. 1. Dícese del que padece dolores en las articulaciones. 2. Dícese también de estos mismos dolores.

ártico,a adj. ASTRON y GEOGR Perteneciente, cercano o relativo al polo ártico. v. *Tierras Árticas.*

articulación n.f. 1. Acción y efecto de articular o articularse. 2. Enlace de dos partes de una máquina o instrumento. 3. Pronunciación clara y distinta de las palabras. 4. BOT Especie de coyuntura que forma en las plantas la unión de una parte con otra. ▷ BOT Nudo a manera de soldadura en algunas partes de ciertas plantas. 5 ANAT Unión de un hueso u órgano esquelético con otro. 6. GRAM Posición y movimiento de los órganos de la voz para la pronunciación de una letra.

articulado,a I. adj. Que tiene articulaciones. II. n. y adj. ZOOL Decíase del animal cuyo exoesqueleto está formado de piezas que se articulan unas con otras; como los insectos y los crustáceos. III. n.m. Conjunto o serie de los artículos de una ley, reglamento, etc.

articular I. v.tr. y prnl. Unir, enlazar. II. v.tr. 1. Pronunciar las palabras clara y distintamente. 2. Colocar los órganos de la voz en la forma adecuada para pronunciar. **3.** FOR Conjunto de los medios de prueba que propone un litigante.

artículo n.m. **I. 1.** GRAM Parte de la oración, que denota la extensión en que ha de tomarse el nombre al cual se antepone. **2.** Una de las partes en que suelen dividirse los escritos. ▷ Cada una de las divisiones de un diccionario encabezada con distinta palabra. **3.** Cualquiera de los escritos de mayor extensión que se insertan en los periódicos o revistas. **II.** Cosa con que se comercia. **III. 1.** Cada una de las disposiciones numeradas de un tratado, ley, reglamento, etc. **2.** FOR Cada una de las preguntas o apartados de un interrogatorio. **3.** FOR Cuestión incidental en un juicio. **IV.** Artejo. • **articulista** n.m. y f. Persona que escribe artículos para periódicos o publicaciones análogas.

artífice n.m. y f. **1.** Artista. **2.** Persona que ejecuta científicamente una obra mecánica o aplica a ella alguna de las bellas artes. **3.** Fig. Autor, el que es causa de algo.

artificial adj. **1.** Hecho por mano del hombre. **2.** No natural, falso.

artificio n.m. **1.** Habilidad con que está hecha alguna cosa. **2.** Predominio de la elaboración artística sobre la naturalidad. **3.** Artefacto. **4.** Fig. Disimulo, cautela. • **artificiero** n.m. Soldado especialista en la preparación de explosivos.

artificioso,a adj. **1.** Hecho o elaborado con artificio. **2.** Fig. Disimulado, cauteloso.

artigar v.tr. Romper un terreno para cultivarlo.

artilugio n.m. **1.** Desp. Mecanismo, artefacto, sobre todo si es complicado. **2.** Ardid o maña.

artillería n.f. **1.** Arte de construir y usar todas las máquinas de guerra. **2.** Tren de cañones, morteros, obuses y otras máquinas de guerra que tiene una plaza, un ejército o un buque. **3.** Cuerpo militar destinado a este servicio. • **artillar** v.tr. **1.** Armar de artillería. **2.** Colocar en disposición de combate la artillería. • **artillero,a** n.m. **1.** MILIT El que tiene por profesión el estudio y manejo de la artillería. **2.** Individuo que sirve en la artillería del ejército o de la armada.

artimaña n.f. **1.** Trampa para cazar animales. **2.** Fam. Artificio o astucia.

artiodáctilo n. y adj. ZOOL Dícese del mamífero ungulado cuyas extremidades terminan en un número par de dedos; como los paquidermos y los rumiantes. ▷ n.m. pl. Orden de estos animales.

artista n.m. **1.** Persona que ejercita alguna de las bellas artes. **2.** Artesano. • **artístico,a** adj. Perteneciente o relativo a las artes.

artocárpeo,a o **artocarpáceo** adj. BOT Dícese de árboles o arbustos de la familia de las moráceas, de fruto vario, compuesto, y semilla sin albumen; como el árbol del pan.

artralgia n.f. PAT Dolor de las articulaciones.

artritis n.f. MED Inflamación aguda o crónica de las articulaciones. • **artrítico,a 1.** adj. PAT Concerniente a la artritis. **2.** n. y adj. Que padece artritis. • **artritismo** n.m. PAT Enfermedad causada por deficiencia de la nutrición y que tiene variadas manifestaciones.

artrópodo n. y adj. ZOOL Se dice de animales invertebrados, de cuerpo con simetría bilateral formado por una serie de segmentos provisto de apéndices con piezas articuladas; como los insectos. ▷ n.m. Tipo de estos animales.
ENCICL Los artrópodos se caracterizan por un tegumento rígido e inextensible, lo que les impone un crecimiento por mudas y una constitución articulada, a la que deben su aspecto. Representan el 80 % de las especies animales conocidas. Se distinguen tres subtipos; los proartrópodos, todos fósiles (trilobites de la Era Primaria); los antenados (crustáceos, miriápodos e insectos), y los quelicerados, es decir, los arácnidos.

artrosis n.f. MED Afección crónica de las articulaciones

árula n.f. ARQUEOL Ara pequeña.

arundíneo,a adj. Perteneciente o relativo a las cañas.

arúspice n.m. Sacerdote que en la antigua Roma examinaba las entrañas de las víctimas para hacer presagios.

arveja n.f. Algarroba, planta y su semilla.

arvejilla n.m. Nombre corriente de diversas especies papilonáceas cultivadas.

arvense adj. BOT Aplícase a toda planta que crece en los sembrados.

arzobispo n.m. Obispo de iglesia metropolitana o que tiene honores de tal. • **arzobispado** n.m. **1.** Dignidad de arzobispo. **2.** Territorio en que el arzobispo ejerce jurisdicción. **3.** Palacio arzobispal. • **arzobispal** adj. Perteneciente o relativo al arzobispo.

arzolla n.f. **1.** Planta de la familia de las compuestas. **2.** Cardo lechero. **3.** Almendruco.

arzón n.m. Parte que une los dos brazos del fuste de una silla de montar.

As QUIM Símbolo del arsénico.

as n.m. **1.** Moneda romana que valía 12 onzas. **2.** Carta de la baraja que lleva el número uno. **3.** Punto único señalado en una de las seis caras del dado. **4.** Fig. Persona que sobresale en un ejercicio o profesión.

1. asa n.f. **1.** Parte que sobresale del cuerpo de una vasija, cesta, bandeja etc., y sirve para asir el objeto a que pertenece. **2.** Fig. Asidero.

2. asa n.f. Jugo que fluye de diversas plantas umbelíferas. — *Asa fétida.* Planta perenne, de la familia de las umbelíferas. ▷ Gomorresina de esta planta. Se usa en medicina como antiespasmódico y vermífugo.

asación n.f. **1.** Acción y efecto de asar. **2.** FARM Cocimiento asativo.

asadero,a n. y adj. **1.** A propósito para ser asado. **2.** n.m. Lugar donde hace mucho calor.

asador n.m. **1.** Varilla en que se pone al fuego lo que se quiere asar. **2.** Aparato o mecanismo para igual fin.

asadura n.f. **1.** Conjunto de las entrañas del animal (se usa también en pl.) **2.** Hígado y bofes. **3.** Hígado. **4.** Impuesto que se pagaba por el paso de los ganados.

asaetear o **asaetar** v.tr. **1.** Disparar saetas contra alguien. **2.** Fig. Importunar.

asalariado,a 1. n. y adj. Que percibe un salario por su trabajo. **2.** adj. desp. Dícese de la persona que supedita su voluntad a la merced ajena. • **asalariar** v.tr. Señalar salario.

asaltar v.tr. **1.** Acometer una plaza o fortaleza. **2.** Acometer por sorpresa a las personas. **3.** Fig. Ocurrir de pronto alguna cosa. • **asalto** n.m. **1.** Acción y efecto de asaltar. **2.** Juego parecido al tres en raya. **3.** ESGR Acometimiento que se hace metiendo el pie derecho y la espada al mismo tiempo. **4.** MILIT Ataque impetuoso contra una posición militar. **5.** Cada una de las partes de que consta un combate de boxeo.

asamblea n.f. **1.** Reunión numerosa de personas convocadas para algún fin. **2.** Cuerpo político deliberante, como el Congreso o el Senado. • **asambleísta** n.m. y f. Persona que forma parte de una asamblea convocada.

asar I. v.tr. **1.** Poner un alimento en el fuego, sin sumergirlo en agua ni grasa, para comerlo. **2.** Fig. Tostar, abrasar. **II.** v.prnl. Fig. Sentir extremado calor.

asarina n.f. Planta perenne de la familia de las escrofulariáceas; nace entre las peñas.

ásaro n.m. Planta perenne de la familia de las aristoloquiáceas.

asativo,a adj. FARM Aplícase al cocimiento que se hace de alguna cosa con su propio zumo, sin ningún líquido ni humedad extraña.

asaz adv. c. POET Bastante, muy.

asbesto n.m. Mineral de composición y caracteres semejantes a los del amianto.

asca n.f. BOT Teca, célula que contiene las esporas de algunos hongos.

ascalonia n.f. Chalote (especie de cebolla).

ascáride n.m. ZOOL Nematodo parásito del intestino delgado de los mamíferos.

ascendencia n.f. **1.** Serie de ascendientes o antecesores de una persona. **2.** ASTRON Marcha ascendente de un astro en el horizonte. **3.** Corriente vertical de aire en la atmósfera, dirigida de abajo arriba. • **ascendente 1.** n.m. ASTROL Punto de la eclíptica que se levanta en el horizonte en el momento del nacimiento de alguien. **2.** adj. Que asciende. ▷ ASTRON Que se eleva por encima del horizonte. • **ascender I.** v.int. **1.** Subir. **2.** Fig. Adelantar en empleo o dignidad. **II.** v.tr. Importar una cuenta.

ascendiente n.m. y f. Padre, madre, o cualquiera de los abuelos, de quien desciende una persona. **2.** n.m. Predominio moral o influencia.

ascensión n.f. **1.** Acción y efecto de ascender. **2.** Por excelencia, la de Cristo a los cielos. ▷ Fiesta con que celebra la Iglesia este misterio. **3.** Exaltación a una dignidad suprema. • **ascensional** adj. **1.** Aplícase al movimiento de un cuerpo hacia arriba. **2.** Dícese también de la fuerza que produce la ascensión. **3.** ASTRON Perteneciente o relativo a la ascensión de los astros.

ascenso n.m. **1.** Subida. **2.** Fig. Promoción a mayor dignidad o empleo.

ascensor n.m. **1.** Aparato para trasladar personas de unos a otros pisos. **2.** Montacargas.

asceta n.m. y f. Persona que hace vida ascética. • **ascético,a** adj. **1.** Que se dedica a la práctica y ejercicio de la perfección espiritual. **2.** Perteneciente o relativo a este ejercicio y práctica. • **ascetismo** n.m. **1.** Profesión de la vida ascética. **2.** Doctrina de la vida ascética.

ascidia n.f. ZOOL Animal marino cuyo cuerpo está recubierto por una túnica celulósica.

ascidio n.m. BOT Apéndice hueco en que terminan las hojas de ciertas plantas carnívoras.

ascio,a n. y adj. GEOGR Dícese del habitante de la zona tórrida, donde dos veces al año, a la hora de mediodía, cae verticalmente el sol.

ascitis n.f. PAT Hidropesía del vientre.

asclepiadáceo,a o **asclepiadeo** n.f. y adj. BOT Dícese de ciertas plantas dicotiledóneas, como la cornicabra y la arauja. ▷ n.f.pl. Familia de estas plantas.

asco n.m. **I. 1.** Repugnancia que incita a vómito. **2.** Fig. Impresión causada por alguna cosa que repugna. **3.** Fig. Esta misma cosa. **4.** Fig. y Fam. Miedo. **II.** BOT Célula reproductora característica de los hongos ascomicetos.

ascomiceto,a n.m. y adj. BOT Dícese de los hongos que tienen los esporidios encerrados en saquitos. ▷ n.m. pl. Orden de estos hongos.

ascórbico adj. BIOQUIM Se dice del ácido antiescorbútico y estimulante general (vitamina C).

ascua n.f. Pedazo de cualquier materia que en su combustión no da llama. — Fig. y Fam. *Estar uno en* o *sobre ascuas.* Estar inquieto, sobresaltado.

asdic n.m. MAR Sistema de ultrasonidos para detección submarina. — Siglas de *Allied Submarine Detection Investigation Comittee.*

asear v.tr. y prnl. Limpiar, ordenar. • **aseado,a** adj. Limpio, curioso.

asechar v.tr. Poner o armar asechanzas. • **asechanza** n.f. Engaño para hacer daño a otro.

asediar v.tr. **1.** Cercar al enemigo. **2.** Fig. Importunar a uno sin descanso.

asegurar v.tr. **1.** Establecer, fijar sólidamente. **2.** Poner a una persona en condiciones que le imposibiliten la huida o la defensa. **3.** Tranquilizar, infundir confianza. **4.** Dejar seguro de la realidad o certeza de alguna cosa. **5.** Afirmar la certeza de lo que se refiere. **6.** Preservar o resguardar de daño a las personas y las cosas; defenderlas. **7.** Poner a cubierto una cosa de la pérdida por cualquier accidente. • **asegurado,a** n. y adj. Se dice de la persona que ha contratado un seguro. • **asegurador,a** Que asegura. Dícese de la persona o empresa que asegura riesgos ajenos.

asemejar **1.** v.tr. Hacer una cosa con semejanza a otra. **2.** v.tr. y prnl. Representar una cosa semejante a otra. **3.** v.int. Tener semejanza. **4.** v.prnl. Mostrarse semejante.

asenso n.m. Acción y efecto de asentir.

asentaderas n.f. pl. Fam. Nalgas.

asentar **I.** v.tr. y prnl. **1.** Sentar en silla, banco, etc. **2.** Colocar a uno en determinado asiento, en señal de posesión de algún cargo. **II.** v.tr. **1.** Poner o colocar alguna cosa de modo que permanezca firme. ▷ Fundar pueblos o edificios. ▷ Dar golpes con tino y violencia. **2.** Aplanar o alisar. **3.** Afinar el filo de un objeto cortante. **4.** Presuponer alguna cosa. **5.** Afirmar, dar por cierto un hecho. **6.** Ajustar o hacer un convenio o tratado. **7.** Anotar o poner algo por escrito. **8.** FOR Poner al demandador en posesión de algunos bienes del demandado. **III.** v.int. Sentar, cuadrar, caer bien una cosa a otra. **IV.** v.prnl. **1.** Posarse las aves. **2.** Establecerse en un lugar. **3.** Posarse los líquidos. **4.** Asentarse una obra. **5.** Estancarse algún alimento en el estómago. • **asentado,a** **1.** adj. Sentado, juicioso. **2.** Fig. Estable, permanente. • **asentador** n.m. **I. 1.** El que asienta o cuida de que asiente una cosa. **2.** El que contrata al por mayor víveres para un mercado. **II. 1.** Instrumento de hierro que usan los herreros. **2.** Suavizador de las navajas de afeitar. • **asentamiento** n.m. **1.** Acción y efecto de asentar o asentarse. **2.** Establecimiento, lugar donde se ejerce una profesión. **3.** Lugar que ocupa cada pieza o cada batería en una posición. **4.** Fig. Juicio, cordura.

asentir v.int. Admitir como cierto lo que otro ha afirmado antes.

asentista n.m. El que, por contrata con e gobierno o con el público, aprovisiona a una comunidad.

aseo n.m. **I. 1.** Limpieza. **2.** Esmero, cuidado. **II.** Cuarto de aseo.

asépala adj. BOT Dícese de la flor que carece de sépalos.

asepsia n.f. **1.** MED Ausencia de materia séptica; estado libre de infección. **2.** MED Conjunto de procedimientos científicos destinados a preservar de gérmenes infecciosos el organismo. • **aséptico,a** adj. MED Exento de todo tipo de microbio. • **aseptización** n.f. Acción y efecto de aseptizar.

asequible adj. Que puede conseguirse o alcanzarse.

aserción n.f. **1.** Acción y efecto de afirmar o dar por cierta alguna cosa. **2.** Proposición en que se afirma o da por cierta alguna cosa.

aserrar v.tr. Serrar. • **aserradero** n.m. Lugar donde se asierra la madera u otra cosa.

aserto n.m. Afirmación de la certeza de una cosa. • **asertivo,a** adj. Afirmativo. • **asertor,a** n.m. y f. Persona que afirma, sostiene o da por cierta una cosa. • **asertorio** adj. FILOS Se dice del juicio que no excluye la posibilidad lógica de una contradicción.

asesinar v.tr. Matar a una persona con premeditación. • **asesinato** n.m. Acción y efecto de asesinar. • **asesino,a** n. y adj. Que asesina, homicida; *gente, mano asesina.*

asesorar **1.** v.tr. Dar consejo u opinión. **2.** v.prnl. Tomar consejo del letrado asesor, o consultar su opinión. ▷ P. ext., tomar consejo una persona de otra. • **asesor,a** n. y adj. Que asesora. • **asesoramiento** n.m. Acción y efecto de asesorar o asesorarse. • **asesoría** n.f. **1.** Oficio de asesor. **2.** Derechos del asesor. **3.** Oficina del asesor.

asestar **I.** v.tr. **1.** Dirigir una arma hacia el objeto que se quiere amenazar. **2.** Dirigir la vista, los anteojos, etc. **3.** Descargar contra un objeto el proyectil o el golpe de un arma. **4.** Fig. Intentar causar daño. **II.** v.int. Fig. Poner la mira, dirigirse. • **asestadura** n.f. Acción de asestar.

aseverar v.tr. Asegurar lo que se dice. • **aseveración** n.f. Acción y efecto de aseverar.

asexuado,a adj. Que carece de sexo.

asexual adj. **1.** Sin sexo; ambiguo, indeterminado. **2.** BIOL Dícese de la reproducción que se verifica sin intervención de los dos sexos; como la gemación.

asfalto n.m. Betún negro, sólido, que se derrite con el calor. Se utiliza como pavimento de calles y carreteras, así como en la fabricación de productos impermeabilizantes. • **asfaltado,a** n.m. **1.** Acción de asfaltar. **2.** Solado de asfalto. • **asfaltar** v.tr. Revestir de asfalto.

asfixia n.f. **1.** Suspensión de la respiración y estado de muerte aparente o inminente, por la sumersión, por la estrangulación, por la acción de gases no respirables, etc. **2.** Fig. Sensación de agobio producida por el calor o por el enrarecimiento del aire. • **asfíctico** o **asfíxico** adj. Perteneciente o relativo a la asfixia. • **asfixiar** v.tr. y prnl. Producir asfixia.

asfódelo n.m. Gamón (planta).

ashanti, pueblo negro del E de Ghana. Formó un importante reino (ss. XVIII-XX) que tenía por cap. *Kumassi*

ashram n.m. En la India, lugar donde vive una comunidad agrupada alrededor de un maestro espiritual.

así adv.m. **1.** De esta, o de esa manera. **2.** Úsase en las oraciones desiderativas para expresar un deseo como pago de la acogida que se da a una súplica o petición. *Así Dios te ayude.* **3.** Úsase con énfasis para denotar extrañeza o admiración. **4.** Adquiere sentido ponderativo, equivaliendo a tanto, o de tal suerte o manera. **5.** También, igualmente. **6.** Usado como conjunción comparativa, correspondiéndose con las partículas *como* o *cual,* equivale a *tanto,* o a *de igual manera.* **7.** También hace veces de conjunción continuativa, equivaliendo a *en consecuencia, por lo cual, de suerte que;* y en este caso generalmente lleva antepuesta la copulativa y. **8.** Aunque, por más que.

asidero n.m. **1.** Parte por donde se ase alguna cosa. **2.** Fig. Pretexto.

asiduidad n.f. Frecuencia, puntualidad o aplicación constante a una cosa. • **asiduo,a** adj. Frecuente, perseverante.

asiento n.m. **I. 1.** Mueble u otra cosa destinado para sentarse en él. **2.** Lugar que tiene alguno en cualquier tribunal o junta. **3.** Sitio en que está o estuvo fundado un pueblo o edificio. **4.** Parte más o menos plana de las vasijas que sirve para que se mantengan derechas. **5.** Poso, sedimento de un líquido. **6.** Acción y efecto de asentar un material en obra. **7.** Descenso por mayor unión de los materiales de un edificio a causa de la presión de los unos sobre los otros. **8.** Tratado de paz. **9.** Contrato que se hace para proveer de dinero, víveres o géneros a una comunidad. **10.** Anotación de una cosa para que no se olvide. **11.** *Amér.* Territorio y población de las minas. **12.** Parte del freno que entra en la boca de la caballería. ▷ Espacio sobre el cual asienta. **13.** Estancamiento de alguna sustancia en el estómago o en los intestinos. **14.** Capa de argamasa sobre la que se colocan los ladrillos cuando se pavimenta. **15.** Fig. Estabilidad, permanencia. **16.** Fig. Cordura, prudencia, madurez. **17.** Fig. Estado y orden que deben tener las cosas. **II.** pl. **1.** Perlas desiguales, que por un lado son chatas y por el otro redondas. **2.** Tirillas que se ponen en los cuellos y puños de la camisa y otras piezas de ropa. **3.** Asentaderas.

asignar v.tr. **1.** Señalar lo que corresponde a una persona o cosa. **2.** Señalar, fijar. • **asignación** n.f. **1.** Acción y efecto de asignar. **2.** Cantidad señalada por sueldo u otro concepto.

asignatura n.f. Cada una de las materias que se enseñan en un instituto docente.

1. asilo n.m. **1.** Lugar de refugio para los perseguidos. **2.** Establecimiento benéfico en que se recogen menesterosos. **3.** Fig. Amparo, protección. • **asilado,a** n.m. y f. Acogido,a a un establecimiento de beneficiencia. • **asilar** **I.** v.tr. **1.** Dar asilo. **2.** Tomar asilo en algún lugar. **II.** v.tr. y prnl. Albergar en un asilo.

2. asilo n.m. ZOOL Insecto díptero, del suborden de los braquíceros.

asilvestrado,a adj. **1.** BOT Dícese de la planta silvestre que procede de semilla de planta cultivada. **2.** Dícese del animal doméstico que huye temporalmente de su forma normal de vida.

asimetría n.f. Falta de simetría.

asimiento n.m. **1.** Acción de asir. **2.** Fig. Adhesión, apego o afecto.

asimilación n.f. **1.** Acción y efecto de asimilar o asimilarse. **2.** BIOL Anabolismo. ▷ *Asimilación clorofílica.* Fotosíntesis. v. ENCICL. ENCICL Al ser la función clorofílica la única función biológica capaz de captar energía fuera de la corteza terrestre, es la única responsable del mantenimiento de la vida vegetal y animal sobre la faz de la Tierra; por lo tanto, resulta vital el proteger los vegetales clorofílicos.

asimilar **I.** v.tr. y prnl. **1.** Asemejar, comparar. **2.** FON Alterar la articulación de un sonido del habla asemejándolo a otro inmediato. **II** v.tr. **1.** Conceder a los individuos de una profesión derechos iguales a los que tienen los individuos de otra. **2.** Aprender algo comprendiéndolo. **3.** Fig. Comprender lo que se aprende. **4.** BIOL Para un organismo vivo: tomar moléculas simples, orgánicas o minerales, en el medio en que vive. **III.** v.int. Ser semejante una cosa a otra. **IV.** v.prnl. Parecerse, asemejarse.

asimismo adv.m. Así mismo.

asincrónico,a adj. Dícese de lo carente de sincronía.

asíndeton n.m. RET Figura que consiste en omitir las conjunciones para dar viveza o energía al concepto.

asinergia n.f. FISIOL Defecto o carencia de sinergia.

asíntota n.f. GEOM Línea recta que, prolongada indefinidamente, se acerca a una curva, sin llegar nunca a encontrarla.

asir **I.** v.tr. Tomar o coger con la mano y en general, tomar, coger, prender. **II.** v.int Tratándose de plantas arraigar o prender en la tierra. **III.** v.prnl. **1.** Agarrarse de alguna cosa. **2.** Fig. Tomar ocasión o pretexto para decir o hacer lo que se quiere. **IV.** v.rec. Fig. Reñir dos o más, de obra o de palabra.

asistencia n.f **1.** Acción de asistir o presencia actual. **2.** Recompensa o emolumentos que se ganan con la asistencia personal. **3.** Socorro, ayuda. **4.** pl. Medios que se dan a alguno para que se mantenga. **5.** pl. TAUROM Conjunto de los mozos de la plaza. • **asistencial** adj. Perteneciente o relativo a la asistencia social. • **asistenta** n.f. Mujer que sirve como criada en una casa sin residir en ella. • **asistente I.** n. y adj. Que asiste o ayuda. **2.** n.m. Soldado destinado al servicio personal de un general, jefe u oficial. • **asistir I.** v.tr. **1.** Acompañar a alguien en un acto público. **2.** Servir en algunas cosas. **3.** Servir interinamente. **4.** Socorrer, favorecer, ayudar. **5.** Cuidar a los enfermos. **6.** Hablando de la razón, el derecho, etc., estar de parte de una persona. **II.** v.int. **1.** Concurrir con frecuencia a alguna casa o reunión. **2.** Estar o hallarse presente.

asistolia n.f. Síndrome debido a la debilidad de la sístole cardiaca.

asma n.m. Enfermedad que se caracteriza por crisis de disnea paroxística con bloqueo de la respiración. • **asmático,a 1.** adj. Perteneciente o relativo al asma. **2.** n. y adj. Que la padece.

asna n.f. **1.** Hembra del asno. **2.** pl. Costaneras, maderos que cargan sobre la viga principal.

asnacho n.m. **1.** Mata de la familia de las papilionáceas. **2.** Gatuña.

asnillo n.m. Insecto coleóptero cuyo abdomen termina en dos tubillos por donde lanza un líquido volátil.

asno I. n.m. Animal solípedo, más pequeño que el caballo, y de orejas muy largas. Se emplea como caballería y como bestia de carga y a veces también de tiro. — *Asno silvestre.* Variedad del asno que en grandes manadas habita algunas regiones de África y del centro y occidente de Asia. **II.** n. y adj. Fig. Persona torpe o grosera.

asociación n.f. **1.** Acción de asociar o asociarse. **2.** Conjunto de los asociados para un mismo fin y persona jurídica por ellos formada. **3.** RET Figura que consiste en decir de muchos lo que sólo es aplicable a varios o a uno sólo. • **asociacionismo** n.m. Doctrina psicológica que explica todos los fenómenos psíquicos por las leyes de la asociación de las ideas. • **asociado,a 1.** n. y adj. Dícese de la persona que acompaña a otra en alguna comisión o encargo. **2.** n.m. y f. Persona que forma parte de una asociación o compañía.
ENCICL — **Filos.** La asociación de ideas es la operación mediante la cual, en nuestro espíritu, una imagen se encadena con otra que se encontraba conservada o una idea se encadena con otra idea. Aristóteles distinguía tres tipos de asociación de ideas: la *semejanza,* la *contigüidad* y el *contraste.*

asociar I. v.tr. **1.** Dar a uno por compañero persona que le ayude. **2.** Juntar una cosa con otra, de modo que concurran a un mismo fin. **3.** Tomar uno compañero que le ayude. **II.** v.prnl. Reunirse para algún fin.

1. asolar 1. v.tr. Destruir, arrasar. **2.** v.prnl. Tratándose de líquidos, posarse.

2. asolar v.tr. y prnl. Secar los campos, o echar a perder sus frutos, el calor, una sequía, etc.

asomar 1. v.int. Empezar a mostrarse. **2.** v.tr. y prnl. Sacar o mostrar alguna cosa por una abertura o por detrás de alguna parte. **3.** v. prnl. Fam. Tener algún principio de borrachera. — Fam. Empezar a enterarse de una cosa sin propósito de profundizar en su estudio.

asombrar I. v.tr. **1.** Hacer sombra una cosa a otra. **2.** Oscurecer un color mezclándolo con otro. **II.** v.tr. y prnl. **1.** Fig. Asustar, espantar. **2.** Fig. Causar admiración. • **asombro** n.m. **1.** Susto, espanto. **2.** Gran admiración. **3.** Persona o cosa asombrosa. • **asombroso,a** adj. Que causa asombro.

asomo n.m. **1.** Acción de asomar o asomarse. **2.** Indicio o señal de alguna cosa. **3.** Sospecha, presunción. — *Ni por asomo.* De ningún modo.

asonada n.f. Reunión o concurrencia numerosa para conseguir tumultuaria y violentamente cualquier fin, por lo común político.

asonancia n.f. **1.** Correspondencia de un sonido con otro. **2.** Fig. Correspondencia o relación de una cosa con otra. **3.** METR Identidad de vocales en las terminaciones de dos palabras a contar desde la última acentuada. **4.** RET Uso inmotivado de voces que se correspondan unas con otras.

asonantar I. v.int. **1.** Ser una palabra asonante de otra. **2.** Incurrir en el vicio de la asonancia. **II.** v.tr. Emplear en la rima una palabra como asonante de otra.

asonar v.int. Hacer asonancia o convenir un sonido con otro.

aspa n.f. **1.** Conjunto de dos maderos atravesados de modo que formen la figura de una X. **2.** Armazón exterior del molino de viento, que figura una cruz. ▷ Cada uno de los brazos de este armazón. **3.** Instrumento que sirve para aspar el hilo. **4.** *Arg.* y *Urug.* Asta, cuerno vacuno. **5.** MIN Punto de intersección de dos vetas. ▷ *Chile.* Extensión o cabida de una mina. • **aspado,a** adj. Que tiene forma de aspa. • **aspar I.** v.tr. **1.** Hacer madeja el hilo en el aspa. **2** Fijar o clavar en un aspa a una persona. **3.** Fig. y Fam. Mortificar a alguien. **II.** v.prnl. Fig. Mostrar con quejidos y contorsiones enojo o dolor.

aspálato n.m. Nombre dado a varias plantas parecidas a la retama y a algunas maderas olorosas.

asparagina n.f. BIOQUIM Amida del ácido aspártico, presente, en elevada concentración, en los brotes de espárragos.

asparagus n.m. BOT Nombre científico de los espárragos (familia de las liliáceas).

aspaventar v.tr. Atemorizar o espantar. • **aspaviento** n.m. Demostración excesiva o afectada de espanto, admiración o sentimiento.

aspearse v.prnl. Despearse.

aspecto n.m. **1.** Apariencia de las personas y los objetos a la vista. **2.** Orientación de un edificio. **3.** Categoría gramatical que, en ciertas lenguas, distingue formalmente en el verbo diferentes clases de acción. **4.** ASTROL Fases y situación respectiva de dos astros con relación a las casas celestes que ocupan.

aspereza n.f. **1.** Calidad de áspero. **2.** Desigualdad del terreno. • **asperear** v.inf. Tener sabor áspero.

aspergillus n.m. BOT Género de hongos ascomicetos, moho que se desarrolla sobre las sustancias en descomposición (confituras, jarabes, etc.). • **aspergilosis** n.f. MED Infección pulmonar debida al *Aspergillus fumigatus.*

asperilla n.f. Planta herbácea, olorosa, de la familia de las rubiáceas.

asperjar o **asperger** v.tr. **1.** Hisopear. **2.** Rociar, esparcir en menudas gotas un líquido.

aspermia n.m. f. **1.** BOT Ausencia de semillas. **2.** MED Ausencia de esperma.

1. áspero n.m. Aspro.

2. áspero,a adj. **I. 1.** Insuave al tacto. **2.** Escabroso, dicho del terreno desigual. **II. 1.** Fig. Desapacible al gusto o al oído. **2.** Fig. Tiempo tempestuoso o desapacible. **3.** Fig. Combate violento. **4.** Fig. Desabrido, falto de afabilidad.

asperón n.m. GEOL Arenisca tierna compuesto por granos de cuarzo y laminillas de mica, etc, aglomerados por un cemento arcilloso-calizo.

aspersión n.f. Acción de asperjar. • **aspersor** n.m. Mecanismo destinado a esparcir un líquido a presión. • **aspersorio.** n.m. Instrumento con que se asperja.

aspérula n.f. BOT Género de plantas herbáceas.

aspic n.m. Plato frío de carne o de pescado en un molde de gelatina.

áspid n.m. **1.** Víbora que tiene las escamas de la cabeza iguales a las del resto del cuerpo. Es muy venenosa. **2.** Culebra venenosa propia del Egipto.

aspidobranquios n.m. ZOOL Orden de moluscos gasterópodos prosobranquios arcaicos con sistema nervioso poco desarrollado.

aspillera n.f. FORT Abertura larga y estrecha en un muro para disparar por ella.

aspiración n.f. **1.** Acción y efecto de aspirar o atraer el aire a los pulmones. **2.** En la teología mística, afecto del alma hacia Dios. **3.** FON Sonido que resulta del roce del aliento, cuando se emite con relativa fuerza, hallándose abierto el canal articulatorio. **4.** MUS Espacio menor de la pausa y que sólo da lugar a respirar.

aspirador,a 1. adj. Que aspira el aire. **2.** n.f. Máquina que, movida por la electricidad, sirve para absorber el polvo.

aspirante n.m. **1.** Persona que ha obtenido derecho a ocupar un cargo público. **2.** Persona que pretende un empleo, distinción, título, etc.

aspirar v.tr. **1.** Atraer el aire exterior a los pulmones. **2.** Pretender o desear algún empleo, dignidad u otra cosa. **3.** GRAM Pronunciar con aspiración.

aspirina n.f. Nombre patentado del ácido acetilsalicílico, utilizado como analgésico.

Asplenium n.m. BOT Género de pteridofitos, muchas de cuyas especies son ornamentales.

asquear v.tr. e int. Sentir asco de alguna cosa: desecharla, repudiarla.

asqueroso,a adj. **1.** Que causa asco. **2.** Que tiene asco. **3.** Propenso a tenerlo.

assai adj. MUS Mucho (término aumentativo empleado para precisar el movimiento).

assiniboines, sioux del O del Canadá (grupo lingüístico de los dakotas). Actualmente viven en reservas, en el Canadá (Alberta) y en los Estados Unidos de América (Montana).

asta n.f. **1.** Palo de la lanza o pica. ▷ Lanza o pica. ▷ Arma ofensiva de los antiguos romanos. **2.** Palo a cuyo extremo o en medio del cual se pone una bandera. **3.** Cuerno. **4.** MAR Extremo superior de un mastelerillo. **5.** PINT Mango de brocha o de pincel.

astasia n.f. Trastorno caracterizado por la imposibilidad de permanecer de pie.

astático,a adj. Dícese del equilibrio en que se mantiene un cuerpo sólido, cualquiera que sea la posición en que se coloque.

ástato n.m. QUIM Elemento radiactivo de número atómico 85, peso atómico 210 y símbolo *At*, obtenido artificialmente y que pertenece a la familia de los halógenos.

asteísmo n.m. RET Figura que consiste en dirigir una alabanza con apariencia de reprensión.

astenia n.f. PAT Falta o decaimiento considerable de fuerzas. • **asténico,a 1.** n. y adj. Perteneciente o relativo a la astenia. **2.** Que la padece.

aster n.m. **1.** Género de plantas de la familia de las compuestas. **2.** BIOL Figura constituida por un centrosoma y filamentos que de él irradian.

asterias n.f. pl. Equinodermos que pertenecen a la subclase de los *asteroideos*, estrella de mar. ● **asteroideos** n.m.pl. Subclase de equinodermos cuyo cuerpo puede ser pentagonal o en forma de estrella de cinco puntas.

asterisco n.m. **1.** Signo ortográfico (*) empleado para usos convencionales. **2.** En lingüística se usa para indicar que una forma o palabra es hipotética.

asterismo n.m. ASTRON Constelación, conjunto de estrellas.

asteroide **1.** adj. De figura de estrella. **2.** n.m. ASTRON Astro de pequeño tamaño que gravita alrededor del Sol.

astigmatismo n.m. MED Imperfección del ojo o de los instrumentos dióptricos, que hace confusa la visión.

astil n.m. **1.** Mango que tienen las hachas, azadas y otros instrumentos semejantes. **2.** Palillo o varilla de la saeta. **3.** Barra horizontal, de cuyos extremos penden los platillos de la balanza. ▷ Vara de hierro por donde corre el pilón de la romana. **4.** Eje córneo de la pluma de un ave.

astilla n.f. **1.** Fragmento irregular que salta o queda de una pieza u objeto de madera que se parte o rompe violentamente. **2.** El que salta o queda del pedernal y otros minerales. ● **astillar** v.tr. Hacer astillas.

astillero n.m. **1.** Percha en que se ponen las astas o picas y lanzas. **2.** Establecimiento donde se construyen y reparan buques. **3.** Depósito de maderos.

astracán n.m. **1.** Piel de cordero muy fina y con el pelo rizado, que se prepara en la ciudad rusa del mismo nombre. **2.** Tejido de lana o de pelo de cabra, de mucho cuerpo y que forma rizos en la superficie exterior.

astracanada n.f. Fam. Farsa teatral disparatada.

astrágalo n.m. **1.** Tragacanto. **2.** ARQUIT Cordón en forma de anillo, que rodea el fuste de la columna por debajo del tambor del capitel. **3.** ZOOL Hueso del tarso, que está articulado con la tibia y el peroné.

astral adj. Perteneciente o relativo a los astros.

astringir v.tr. **1.** Apretar, estrechar, contraer alguna sustancia los tejidos orgánicos. **2.** Fig. Sujetar, obligar, constreñir. ● **astricción** n.f. Acción y efecto de astringir.

astro n.m. **1.** Cualquiera de los innumerables cuerpos celestes que pueblan el firmamento. **2.** Persona sobresaliente en su línea.

astrofísica n.f. Parte de la astronomía, que estudia especialmente la constitución física de los astros.

astrógrafo n.m. Aparato astronómico formado por dos anteojos, uno visual y otro fotográfico, unidos en un solo cuerpo. ● **astrográfico,a** adj. **1.** Relativo a la fotografía de los astros. **2.** Perteneciente o relativo al astrógrafo.

astrolabio n.m. ASTRON Antiguo instrumento en que estaba representada la esfera del firmamento con las principales estrellas.

astrología n.f. Antigua ciencia de los astros, que se creyó servía también para pronosticar los sucesos. ● **astrólogo,a** n.m. y f. Persona que profesa la astrología.

astronáutica n.f. Conjunto de ciencias y técnicas que versan sobre el estudio y la realización de la navegación interplanetaria. ● **astronauta** n.m. y f. Piloto o pasajero de un vehículo espacial (se le dio inicialmente el nombre de *cosmonauta*). ● **astronave** n.f. Aparato pilotado por el hombre, capaz de desplazarse fuera de la atmósfera terrestre y, más generalmente, fuera del campo de gravitación de la Tierra.

ENCICL En la navegación y exploración del espacio exterior se han realizado diversos proyectos con vehículos tripulados y no tripulados, según los condicionamientos técnicos y el momento evolutivo de la ciencia. En el caso de investigaciones solares, siendo imposible la presencia humana, se han lanzado satélites y sondas. Los proyectos más notables en la investigación espacial mediante vuelos a la estratosfera, a la Luna, e interplanetarios, corresponden a los Estados Unidos y a la URSS. Estos últimos lanzaron el primer satélite espacial en 1957, el *Sputnik I*. Después de varias pruebas con naves no tripuladas, los *Lunik*, los soviéticos lanzaron el primer hombre al espacio sideral, Yuri Gagarin que, con su nave *Vostok I*, giró alrededor de la Tierra durante 90 minutos. La serie de los *Vostok* fue superándose paulatinamente a lo largo del proyecto. Los astronautas rusos Nikoláiev, Valery Bikovski y Valentina Tereshkova fueron algunos de los pioneros. Las astronaves *Lunik* investigaron cerca de la Luna y algunas (*Lunik III*) se posaron en ella con éxito. Se realizaron también vuelos conjuntos de dos naves (los *Cosmos* y algunos de los *Soyuz*) y otros dirigidos a Venus (los *Venusik*) y a Marte (el *Marte III* que se posó en el planeta en 1971). En Estados Unidos los logros en este campo de la ciencia tomaron forma en 1958, con el lanzamiento de la nave *Explorer I*. En 1962 se envió el vehículo tripulado *Mercury VI* que dio tres vueltas a la Tierra en cinco horas. Ese mismo año pusieron en órbita el *Telstar*, satélite para la retransmisión de imágenes entre continentes, y el *Mariner II*, rumbo a Venus. Finalizado el proyecto Mercury, en 1965 se inició la serie *Gemini* (doce expediciones) de naves tripuladas por dos astronautas que realizaron investigaciones y salidas al exterior de la nave, en el espacio. A este proyecto sucedió el *Apolo*, cuya finalidad era conseguir que el hombre desembarcase en la Luna. Las naves constaban de tres módulos que se desprendían y se separaban a medida que avanzaba el viaje, siendo irrecuperables. En 1969 los astronautas Armstrong y Aldrin alunizaron en el Mar de la Tranquilidad, al mando del *Apolo XI*. Otro proyecto norteamericano fue el *Skylab*, destinado a investigaciones meteorológicas (1973). Posteriormente se llevó a cabo la misión del *Voyager* (1978-1980), que viajó hacia Saturno con fines de investigación, y el proyecto *Columbia* (1981), nave capaz de regresar íntegra a la Tierra y cuya creación supone una revolución en el sistema de transporte a través del espacio exterior.

astronomía n.f. Estudio científico de los astros y de la estructura del universo. ● **astronómico,a** adj. **1.** Perteneciente o relativo a la astronomía. **2.** Fig. y Fam. Dícese de cantidades que parecen desmesuradamente grandes. ● **astrónomo,a** n.m. y f. Persona que profesa la astronomía.

ENCICL **Hist.** — La astronomía, junto con la aritmética, es la ciencia más antigua. Desde la prehistoria, el estudio del cielo ha enseñado al hombre la existencia de leyes naturales que acompasan su vida. Junto a los grandes fenómenos periódicos (ciclo alternativo del día y de la noche, ritmo de las estaciones), aparecían inesperados fenómenos como los eclipses y los cometas, considerados entonces como sobrenaturales. La astronomía estudiada en Egipto, Mesopotamia y China desde el segundo milenio anterior a nuestra era, aparece en Europa, adquiriendo verdadero auge, en Italia, en el s. V. a. J.C., con la escuela pitagórica, basada en una concepción matemática del mundo, y en Grecia, en el s. IV a. J.C., con la escuela jónica, creada por Tales de Mileto y que desembocaría en una concepción unitaria del universo. De estas dos escuelas nacerán los más importantes descubrimientos de la antigüedad; teoría de los eclipses, medida de las dimensiones de la tierra y de la luna, primeros intentos de cálculo de la distancia del sol a la tierra y también el postulado del geocentrismo (la tierra ocupa el centro del universo), admitido por Ptolomeo (140 d. J.C.), y que tuvo fuerza de ley hasta su replanteamiento por parte de Copérnico (1543) y de Galileo (1623). Kepler adoptó en 1609 el *heliocentrismo* (teoría según la cual los planetas giran alrededor del sol) y publicó, tomando como base las observaciones de Tycho Brahe, sus dos primeras leyes del movimiento de los planetas: éstos describen elipses (y no círculos, como se pensaba antes) en las que el sol ocupa uno de los focos; el radio vector sol-planeta barre superficies iguales en tiempos iguales. En 1619, publicó su tercera ley: el cuadrado del tiempo de revolución de un planeta es proporcional al cubo de la distancia media entre el sol y dicho planeta. En la misma época, Galileo, utilizando su telescopio, descubrió la naturaleza real de la Vía Láctea, el relieve de la Luna y los satélites de Júpiter. Sus tesis fueron condenadas por la Iglesia en 1616 y tuvo que abjurar de ellas en 1633. La astronomía franqueó una nueva época con Newton (*Principios matemáticos de la filosofía natural*, 1687), que enunció la ley de la gravitación universal: dos cuerpos se atraen en razón inversa del cuadrado de su distancia y en razón directa de sus masas. La mecánica de Newton dominaría todas las demás ciencias durante dos siglos. En el transcurso de este período, marcado especialmente por el descubrimiento de Urano mediante el telescopio (Herschel en 1780) y de Neptuno mediante el cálculo (Le Verrier en 1846), la astronomía salió del sistema solar merced a la *astrofísica* y a la *astronomía estelar*. El desarrollo del análisis espectral, de la fotografía y de los grandes telescopios permitirá a la astronomía conocer un nuevo auge a finales del s. XIX. La experiencia de Michelson (1881) demostró la imposibilidad de evidenciar el movimiento de la tierra alrededor del sol mediante medidas de la velocidad de la luz. Einstein elaboró sus teorías de la relatividad restringida y de la relatividad general. Depués de la Segunda Guerra Mundial se desarrolló la *radioastronomía*, la cual, mediante la captación de los «mensajes» radioeléctricos emitidos en el universo, permitió descubrir las supernovas y las nebulosas, los quasars y los pulsars. Hoy en día, las técnicas espaciales permiten la observación de los astros desde satélites y sondas, por lo tanto fuera de la atmósfera terrestre.

Astron. teórica y astron. fundamental — La astronomía *teórica* estudia y describe los movimientos de los astros una vez definidas las sucesivas posiciones de éstos. La dirección de los astros se mide con relación a un sistema de referencia cuyo origen puede estar constituido por la tierra (coordenadas *geocéntricas*), por el sol (coordenadas *heliocéntricas*) o por el centro de la Galaxia (coordenadas *galácticas*). La posición de un astro viene definida por dos ángulos (longitud y latitud) y por su distancia al centro del sistema de referencia. La astronomía fundamental interpreta los resultados obtenidos por la astronomía teórica realizando en particular la medida del tiempo y la investigación de un sistema de referencia absoluto.

Astron. estelar. — Su papel es el de enumerar los cuerpos celestes y clasificarlos según sus particularidades (estrellas dobles o múltiples, estrellas inestables o variables, novas y supernovas, radiomanantiales, nebulosas, galaxias, conjuntos estelares y asociaciones de estrellas, etc.) Los catálogos elaborados de esta manera (que comprenden solamente una pequeña parte de los objetos astronómicos que se pueden observar) tienen informaciones relativas a las coordenadas, a la magnitud y al tipo espectral de dichos objetos. La astronomía se apoya en las estadísticas y en la astrofísica.

Astrofísica — Estudia la naturaleza física de los astros mediante el análisis de las imágenes recibidas en los telescopios. Los espectrógrafos permiten descomponer la luz procedente de las estrellas y de las galaxias en las rayas

características de los átomos y, por lo tanto, de la constitución física de los cuerpos observados. El fin de la astrofísica es la comprensión y la representación, realizada la mayoría de las veces mediante modelos matemáticos de los procesos que tienen lugar en los astros (reacciones termonucleares en el interior de las estrellas, por ejemplo).
Radioastronomía — Estudia la radiación electromagnética emitida por los cuerpos celestes. La diferencia entre astrofísica y radioastronomía reside en el campo de longitud de onda observables (de 0,4 a 0,8 μ en el primer caso, de 2 mm a 15 mm en el segundo, si las observaciones se realizan desde la Tierra). La radioastronomía permite explorar el espacio hasta distancias de 100.000 años-luz (10.000 años-luz con la astrofísica). Se interesa más particularmente en la distribución del hidrógeno en el universo (línea de 21 cm de longitud de onda) y, desde 1963, en la del radical hidroxilo OH (línea de 18 cm). Los *radiotelescopios* han permitido la elaboración del catálogo de los astros que emiten una radiación radioeléctrica continua (repartida en una amplia gama de frecuencias) llamados *radiomanantiales* (el sol, la nebulosa del Cangrejo, la Galaxia Andrómeda, etc.) Entre éstos, cabe citar los *pulsars* (radioemisión por impulsos) y los *quasars* (radiomanantiales casi estelares). La radioastronomía ha permitido dilucidar la estructura de nuestra galaxia. Entre los radiotelescopios más potentes, hay que destacar el de Arecibo en la isla de Puerto Rico (diámetro de 300 m) y el de Nançay, en Francia (200 m por 35 m).
Cosmogonía — Tiene por objeto el estudio de la formación de los cuerpos celestes. La *cosmografía* describe esta formación y la *cosmología* trata de la estructura del universo, de su creación y de su evolución. Las estrellas se habrían formado en los brazos de las galaxias espirales por fragmentación, seguida de condensación, de la materia interestelar bajo los efectos de la gravedad, hasta que la densidad y la temperatura hacen que se inicien las reacciones termonucleares.

astucia n.f. **1.** Calidad de astuto. **2.** Ardid, para lograr un intento.

astures, habitantes del NO de la península Ibérica. Fueron uno de los últimos en someterse a la autoridad romana y la resistencia que ofrecieron obligó a Augusto a trasladarse personalmente a la península para someterles (19 a. J.C.)

asturiano,a **1.** n. y adj. Natural del Principado de Asturias. **2.** Perteneciente a este principado. **3.** n.m. Dícese de la variedad asturiana del dialecto romance asturleonés.

astuto,a adj. **1.** Agudo, hábil para engañar o evitar el engaño o para lograr artificiosamente cualquier fin. **2.** Que implica astucia.

asueto n.m. Vacación por un día o una tarde.

asumir v.tr. Atraer a sí, tomar para sí o sobre sí.

asunceño,a **1.** n.m. y f. Natural de Asunción. **2.** Perteneciente o relativo a esta capital.

asunción n.f. **1.** Acción y efecto de asumir. **2.** RELIG Por excel., acto de ser elevada por Dios la Virgen desde la tierra al cielo. ▷ Fiesta con que anualmente celebra la Iglesia este misterio.

asuncionista n. y adj. Dícese del religioso que pertenece a la congregación agustiniana de la Asunción de María.

asunto,a **I.** part. pas. irreg. de asumir. **II.** n.m. **1.** Materia de que se trata. **2.** Tema o argumento de una obra. **3.** Lo que se representa en una composición pictórica o escultórica. **4.** Negocio, ocupación lucrativa.

asurar **I.** v.tr. y prnl. **1.** Requemar los guisos en la vasija donde se cuecen. **2.** Abrasar los sembrados el calor excesivo. **II.** v.tr. **1.** Quemar o abrasar la ropa. **2.** Fig. Inquietar mucho. **III.** v. prnl. Asarse.

asuras, divinidades de la mitología védica posteriormente considerada como demoníacas.

asustar v.tr. y prnl. Dar o causar susto.

At QUIM Símbolo del ástato.

atabal n.m. **1.** Timbal semiesférico de un parche. **2.** Tamboril. **3.** Atabalero.

atabe n.m. Abertura pequeña que dejan los fontaneros a las cañerías.

atablar v.tr. Allanar con la atabladera la tierra ya sembrada.

atacador,a **1.** n. y adj. Que aprieta el taco en un arma de fuego, barreno, etc. **2.** n.m. Instrumento para atacar los cañones de artillería. • **atacadera** n.f. Barra de cobre o madera para atacar la carga de los barrenos.

atacamas o **atacameños,** pueblo de América del Sur, antiguo habitante del desierto de Atacama, a ambos lados de la cordillera de los Andes. Sobreviven pequeños núcleos de población, muy mestizados. Vivían de la agricultura, el pastoreo (llamas), la caza y la pesca. Ejercieron una mediación comercial y cultural entre los pueblos del norte y los del sur de Chile, más atrasados. Las excavaciones (San Pedro de Atacama, población que cuenta con un importante museo) han hecho aparecer numerosos enterramientos, cerámica y utensilios domésticos.

atacamita n.f. Mineral cobrizo, de color verde, que se funde con facilidad, dando cobre.

atacar **I.** v.tr. **1.** Acometer, embestir. **2.** Apretar el taco en un arma de fuego, una mina o un barreno. **3.** Apretar, atestar. **4.** Fig. Impugnar, refutar. **5.** Fig. Apretar o estrechar a una persona en algún argumento o sobre alguna pretensión. **6.** Fig. Acometer el sueño o una enfermedad. **7.** Empezar a ejecutar una composición musical. **8.** MUS Producir un sonido para que se destaque. **9.** QUIM Ejercer acción una sustancia sobre otra.

atacir n.m. **1.** ASTROL División de la bóveda celeste en doce partes iguales o casas por medio de meridianos. ▷ Instrumento en que se halla representada esta división.

atafagar **I.** v.tr. y prnl. **1.** Aturdir, especialmente con olores fuertes. **2.** Fig. y Fam. Molestar. **II.** v.prnl. Estar sobrecargado de trabajo.

ataguía n.f. Macizo de material impermeable para atajar el paso del agua durante la construcción de una obra hidráulica.

ataharre n.m. Banda que sirve para impedir que el aparejo de montar se corra hacia adelante.

atahorma n.f. ZOOL Ave rapaz diurna africana.

ataire n.m. Moldura en las escuadras y tableros de puertas o ventanas.

atajar **I.** v.int. Ir o tomar por el atajo. **II.** v.tr. **1.** Tratándose de personas o animales que huyen o caminan, salirles al encuentro por algún atajo. **2.** Cortar o dividir algún terreno. **3.** Señalar con rayas en un escrito la parte que se ha de omitir al leerlo, recitarlo o copiarlo. **4.** Hablando de un rebaño, dividirlo en atajos o porciones, o disgregar de él una parte. **5.** Detener a alguna persona en su acción; o cortar, impedir, detener el curso de alguna cosa. **6.** Fig. Interrumpir a uno en lo que va diciendo. • **atajadizo** n.m. **1.** Tabique o cualquier otra cosa con que se ataja un terreno. **2.** Porción menor del sitio o terreno atajado. • **atajador,a** **1.** n. y adj. Que ataja. **2.** n.m. *Chile* El que guía la recua.

atajo n.m. **1.** Senda por donde se abrevia el camino. **2.** Fig. Procedimiento o medio rápido. **3.** Separación o división de alguna cosa. **4.** Acción y efecto de atajar un escrito. **5.** Pequeño grupo de cabezas de ganado. **6.** Fig. Conjunto o abundancia.

atalajar v.tr. Poner las guarniciones a las caballerías de tiro. • **atalaje** n.m. **1.** Atelaje. **2.** Fig. y Fam. Ajuar o equipo.

atalantar **1.** v.int. Agradar, convenir. **2.** v.prnl. Acodiciarse, prendarse.

atalaya n.f. **I.** **1.** Torre en lugar alto, para observar desde ella el campo o el mar y dar aviso de lo que se descubre. **2.** Cualquier altura desde donde se observa mucho espacio de tierra o mar. **3.** Fig. Estado o posición desde la que se aprecia bien una verdad. **II.** n.m. **1.** Hombre destinado a registrar desde la atalaya y avisar de lo que descubre. **2.** El que procura averiguar lo que sucede. • **atalayar** v.tr. **1.** Registrar el campo o el mar desde una atalaya o altura, para dar aviso de lo que se descubre. **2.** Fig. Observar o espiar las acciones de otros.

atanor n.m. **1.** Cañería para conducir el agua. **2.** Cada uno de los tubos de barro cocido de que suele formarse la dicha cañería.

atanquía n.f. **1.** Adúcar, seda exterior del capullo de seda. **2.** Cadarzo, seda basta de los capullos.

atañer v.int. Corresponder, tocar o pertenecer.

ataque n.m. **1.** Acción de atacar o acometer. **2.** Trabajos de trinchera para expugnar una plaza.**3.** Fig. Acceso o acometimiento de una enfermedad. **4.** Fig. Pendencia, altercado. **5.** MUS Manera de comenzar la ejecución de un desarrollo musical.

atar **I.** v.tr.**1.** Unir, juntar o sujetar con ligaduras o nudos. **2.** Fig. Impedir o quitar el movimiento. **3.** Fig. Juntar, relacionar, conciliar. **II.** v.prnl. **1.** Fig. No saber cómo salir de un negocio o apuro. **2.** Fig. Ceñirse o reducirse a una cosa o materia determinada. • **atadijo** n.m. **1.** Fam. Lío pequeño y mal hecho. **2.** Lo que sirve para atar. • **atadura** n.f. **1.** Acción y efecto de atar. **2.** Cosa con que se ata. **3.** Fig. Unión o enlace.

ataraxia n.f. FILOS En la doctrina epicúrea, imperturbabilidad, total paz de espíritu.

atarazana n.f. **1.** Arsenal de embarcaciones. **2.** Cobertizo o recinto en que trabajan los cordeleros o los fabricantes de telas de estopa o cáñamo.

1. atardecer v.int. Llegar la última hora de la tarde.

2. atardecer n.m. Último período de la tarde.

atarear **1.** v.tr. Poner o señalar tarea. **2.** v.prnl. Entregarse mucho al trabajo.

atarjea n.f. **1.** Caja de ladrillo con que se visten las cañerías para su defensa. **2.** Conducto por donde las aguas de la casa van al sumidero.

atarugar **I.** v.tr. **1.** Asegurar el carpintero un ensamblado. **2.** Tapar los agujeros de las vasijas para impedir que se escape el líquido que contengan. **3.** Fig. y Fam. Atestar, llenar apretando. **II.** v.tr. y prnl. **1.** Fig. y Fam. Hacer callar a alguien, dejándole sin saber qué responder. **2.** Fig. y Fam. Atracar. hartar. **III.** v.prnl. **1.** Fig. y Fam. Atragantarse. **2.** Fig. Turbarse.

atascar **I.** v.tr. **1.** Tapar con tascos o estopones las aberturas, como se hace cuando se calafatea un buque. **2.** Fig. Poner trabas en cualquier negocio para que no prosiga. **3.** Fig. Detener, impedir a alguien que prosiga lo comenzado. **II.** v.tr. y prnl. Obstruir o cegar un conducto. **III.** v. prnl. **1.** Quedarse detenido en un barrizal de donde no se puede salir sino con gran dificultad. **2.** Fam. Quedarse detenido por algún obstáculo. **3.** Fig. Quedarse en algún razonamiento o discurso sin poder proseguir. • **atasco** n.m. **1.** Impedimento que no permite el paso. **2.** Obstrucción de un conducto. **3.** Congestión de tráfico. **4.** Dificultad que retrasa la marcha de un asunto.

ataúd n.m. Caja donde se pone un cadáver para llevarlo a enterrar. **II.** Medida antigua de granos.

ataujía n.f. Obra de adorno hecha con filamentos de oro o plata.

ataviar v.tr. y prnl. Componer, asear. adornar. • **atavío** n.m. **1.** Compostura y adorno. **2.** Fig. Vestido, conjunto de las piezas que lo componen. **3.** pl. Objetos que sirven para adorno.

atavismo n.m. Semejanza con los abuelos. ▷ BIOL Tendencia, en los seres vivos, a la reaparición de caracteres propios de sus ascendientes más o menos remotos.

ataxia n.f. PAT Desorden, irregularidad, perturbación de las funciones del sistema nervioso. • **atáxico,a** **1.** adj. Perteneciente o relativo a la ataxia. **2.** n. y adj. Que padece ataxia.

atecos n.m. pl. ZOOL Suborden de quelonios desprovistos de coraza córnea.

atediar v.tr. y prnl. Causar tedio.

ateísmo n.m. Opinión o doctrina del ateo.

ateje n.m. Árbol de Cuba, de la familia de las borragináceas. Su madera se emplea en las artes, y su raíz, en medicina.

atelaje n.m. **1.** Tiro, caballerías que tiran de un vehículo. **2.** Conjunto de guarniciones de las bestias de tiro.

atelana n.f. y adj. Aplícase a una pieza cómica de los latinos, semejante al entremés o sainete.

atelectasia n.f. MED Debilitamiento de uno o varios lóbulos del pulmón cuyos alveolos ya no están ventilados pero que continúan estando irrigados.

ateles n.m. ZOOL Género de simios cuyas especies se hallan distribuidas por América del Sur.

atemorizar v.tr. y prnl. Causar temor.

atemperar v.tr. y prnl. **1.** Moderar, templar. **2.** Acomodar una cosa a otra. • **atemperador,a** **1.** adj. Que atempera. **2.** n.m. Moderador de la energía de los neutrones.

a tempo loc. adv. MUS Locución que indica que se debe volver al movimiento inicial.

atenazar v.tr. **1.** Atenacear. **2.** Sujetar fuertemente con tenazas o como con tenazas. **3.** Apretar los dientes por la ira o el dolor.

atención n.f. **I. 1.** Acción de atender. **2.** Cortesía, demostración de respeto. **II. 1.** Contrato de compra o venta de lanas, sin determinación de precio. **2.** pl. Negocios, obligaciones.

atender **I.** v.tr. Esperar o aguardar. **II.** v.tr. e int. **1.** Acoger favorablemente un deseo, ruego o mandato. **2.** Aplicar voluntariamente el entendimiento a un objeto espiritual o sensible. **3.** Mirar por alguna persona o cosa, o cuidar de ella. **III.** v.int. **1.** Tener en cuenta o en consideración alguna cosa. **2.** IMP Leer uno para sí el original de un escrito, con el fin de ver si está conforme con él la prueba que va leyendo en voz alta el corrector.

1. ateneo n.m. **1.** Nombre de algunas asociaciones, generalmente científicas o literarias. **2.** Local en donde se reúnen.

2. ateneo n. y adj. POÉT Ateniense.

atener v.prnl. **1.** Arrimarse, adherirse a una persona o cosa, teniéndola por más segura. **2.** Ajustarse uno en sus acciones a alguna cosa. *Atenerse a una orden, a lo dicho, a las resultas.* — Lat. *attinēre;* de *ad,* «a», y *tenēre,* «tener».

atentar **I.** v.tr. **1.** Emprender o ejecutar alguna cosa ilegal. **2.** Intentar, especialmente hablando de un delito. **II.** v.int. Cometer atentado. **III.** v.prnl. Ir o proceder con cuidado, contenerse, moderarse. • **atentado,a** **I.** adj. **1.** Cuerdo, moderado. **2.** Hecho con mucho tiento, sin meter ruido. **II.** n.m. **1.** Procedimiento abusivo de cualquier autoridad. **2.** Delito o exceso grande. **3.** FOR Delito que consiste en la violencia o resistencia grave contra la autoridad sin llegar a la rebelión. **4.** Delito contra el Estado o contra personas de elevada jerarquía. ▷ Agresión contra la vida o la integridad física o moral de una persona. **5.** Acción contraria a un principio u orden que se considera recto.

atento,a **I.** Part. pas. irreg. de *atender.* **II.** adj. **1.** Que tiene fija la atención en alguna cosa. **2.** Cortés, comedido. **III.** adv. m. En atención a.

atenuar v.tr. **1.** Poner tenue, sutil o delgada alguna cosa. **2.** Fig. Reducir alguna cosa. • **atenuación** n.f. **1.** Acción y efecto de atenuar. **2.** RET Figura que consiste en no expresar todo lo que se quiere dar a entender, sin que por esto deje de ser bien comprendida la intención del que habla. **3.** ELECTR Disminución de una magnitud (potencia, tensión, intensidad). ▷ TELECOM Relación entre la intensidad (o tensión) a la llegada de una línea y la intensidad (o tensión) a la salida. Suele medirse en decibelios.

ateo,a n. y adj, Que niega la existencia de Dios.

aterciopelado,a adj. **1.** Semejante al terciopelo. **2.** De finura y suavidad comparables a las del terciopelo.

ateriense n.m. PREHIST Tipo de industria del Paleolítico reciente de África del NO, cuyo lugar epónimo es Bir-el-Ater (Argelia).

aterir v.tr. y prnl. Pasmar de frío.

atérmano,a adj. TECN Dícese de un material mal conductor del calor.

atérmico,a adj. FIS Que tiene lugar sin intercambio de calor.

aterosclerosis o **ateroesclerosis** n.f. PAT Variedad de arteriosclerosis caracterizada por el depósito de sustancias lipoideas en la túnica interior de las arterias.

aterrador,a adj. Que aterra o aterroriza.

aterrajar v.tr. **1.** Labrar con la terraja las roscas de los tornillos y tuercas. **2.** Hacer molduras con la terraja.

aterraje n.m. MAR y AER Acción de tomar tierra.

aterrar **I.** v.tr. y prnl. Causar terror. **II.** v.tr. **1.** Fig. Postrar, abatir. **2.** Bajar al suelo. ▷ Derribar, echar al suelo. ▷ Cubrir con tierra. **3.** MIN Echar los escombros y escorias en los terrenos. **III.** v.int. Llegar a tierra. ▷ Aterrizar. **IV.** v.prnl. Derribar, abatir. ▷ MAR Acercarse a tierra los buques. • **aterramiento** n.m. **I. 1.** Acción y efecto de aterrar o causar terror. **2.** Humillación, abatimiento. **II.** Aumento del depósito de tierras, limo o arena en el fondo de un lugar marítimo o fluvial por acarreo natural o voluntario.

aterrizar v.int. Establecer contacto con el suelo (se dice especialmente de los aviones). • **aterrizaje** n.m. Acción de aterrizar.

aterrorizar v.tr. y prnl. Causar terror.

atesorar v.tr. **1.** Reunir y guardar dinero o cosas de valor. **2.** Fig. Tener muchas cualidades, perfecciones, etc.

1. atestar **I.** v.tr. **1.** Llenar una cosa hueca, apretando lo que se mete en ella. **2.** Meter una cosa en otra. **3.** Rellenar con mosto las cubas de vino para suplir la merma producida por la fermentación. **4.** Meter o colocar excesivo número de personas o cosas en un lugar.

2. atestar v.tr. FOR Testificar, atestiguar. • **atestado** n.m. **1.** Instrumento oficial en que una autoridad o sus delegados hacen constar como cierta alguna cosa. **2.** pl. Testimoniales.

3. atestar v.int. **1.** Dar con la cabeza. **2.** Fig. Porfiar.

atestiguar v.tr. **1.** Afirmar como testigo alguna cosa. **2.** Ofrecer indicios ciertos de alguna cosa cuya existencia no estaba establecida u ofrecía duda.

atetosis n.f. Trastorno de origen nervioso caracterizado por movimientos continuos involuntarios de dedos y manos principalmente.

atezar **1.** v.tr. Poner liso, terso o lustroso. **2.** v.tr. y prnl. Ennegrecer. • **atezado,a** adj. **1.** Que tiene la piel tostada y oscurecida por el sol. **2.** De color negro.

atibar v.tr. MIN Rellenar con escombros, las excavaciones de una mina que no conviene dejar abierta.

atiborrar **I.** v.tr. **1.** Llenar alguna cosa de borra, apretándola de modo que quede repleta. **2.** Fig. Llenar una cosa forzando su capacidad. **3.** Fig. Atestar de algo un lugar. **II.** v. tr. y prnl. **1.** Fig. y Fam. Atracar, hartar. **2.** Fig. Llenar la cabeza de lecturas, ideas, etc.

aticismo n.m. **1.** Estilo que caracteriza a los escritores y oradores atenienses de la edad clásica. ▷ P. ext., este mismo estilo en escritores y oradores de cualquier época o país. **2.** Forma propia al dialecto ático de la lengua griega antigua.

ático **I.** n. y adj. Natural del Ática o de Atenas. ▷ adj. Pertenciente a este país o a esta ciudad de Grecia. ▷ Perteneciente o relativo al aticismo. **II. 1.** ARQUIT Último piso de un edificio. **2.** Cuerpo que se coloca por ornato sobre la cornisa de un edificio.

atiesar v.tr. y prnl. Poner tiesa una cosa.

atifle n.m. Utensilio de barro que ponen los alfareros en el horno, entre pieza y pieza, para evitar que se peguen al cocerse.

atildar **1.** v.tr. Poner tildes a las letras. **2.** v. tr. y prnl. Fig. Componer, asear. • **atildado,a** adj. Pulcro.

atimia n.f. MED Alteración del humor o carácter, frecuente en la esquizofrenia.

atinar **I.** v.int. **1.** Encontrar lo que se busca. **2.** Acertar a dar en el blanco. **3.** Acertar una cosa por conjeturas. **II.** v.tr. e int. Dar por sagacidad o por azar con lo que se busca.

atingencia o **atinencia** n.f. **1.** *Amér.* Relación, conexión. **2.** *Méx.* Tino, acierto.

atingido,a adj. *Bol.* Se dice de la persona que está pasando por un momento difícil en lo económico.

atípico,a adj. Que por sus caracteres se aparta de los tipos conocidos.

atiplar **1.** v.tr. Elevar la voz o el sonido de un instrumento hasta el tono de tiple. **2.** v.prnl. Volverse la cuerda del instrumento, o la voz, del tono grave al agudo. • **atiplado,a** adj.Voz o sonido agudo.

atirantar v.tr. **1.** Poner tirante. **2.** ARQUIT Afirmar con tirantes.

atisbar v.tr. Mirar, observar con cuidado. • **atisbo** n.m. **1.** Acción de atisbar. **2.** Indicio de algo.

atizar v.tr. **1.** Remover el fuego o añadirle combustible para que arda más. ▷ Despabilar o dar más mecha a las velas o candiles para que alumbren mejor. **2.** Fig. Avivar pasiones o discordias. **3.** Fig. y Fam. Dar. *Atizar un puntapié.* • **atizador,a** **1.** n. y adj. Que atiza. **2.** n.m. Instrumento que sirve para atizar.

atlante n.m. **1.** ARQUIT Cada una de las estatuas de hombres que se ponen en lugar de columnas. **2.** Fig. Persona que es firme sostén y ayuda de algo pesado o difícil.

atlanthropus n.m. Fósil de ser humano descubierto en el Atlas, contemporáneo de los australopitecos.

atlas n.m. **I. 1.** Colección de mapas geográficos, en un volumen. **2.** Colección de láminas, las más veces aneja a una obra. ▷ P. ext., colección de láminas, de dibujos. **II.** ZOOL Primera vértebra de las cervicales.

atleta I. n.m. 1. Competidor en cualquiera de los ejercicios de los antiguos juegos deportivos de Grecia o Roma. 2. Persona membruda, corpulenta y de grandes fuerzas. 3. Fig. Defensor enérgico. II. n.m. y f. Persona que practica ejercicios o deportes que requieren el empleo de la fuerza. • **atletismo** n.m. 1. Afición a los ejercicios atléticos. 2. Doctrina acerca de ellos. 3. Conjunto de normas que regulan las actividades atléticas. 4. Conjunto de ejercicios físicos que constituyen hoy uno de los deportes individuales de competición oficialmente reconocidos (lanzamientos, carreras, saltos).

atm FIS Abreviatura de atmósfera (unidad de presión).

atmósfera n.f. 1. Envuelta gaseosa que rodea el globo terráqueo. ▷ Envuelta gaseosa que rodea un planeta. 2. Aire que se respira. 3. Fig. Entorno, ambiente moral e intelectual. 4. QUIM Capa de fluido libre que rodea un cuerpo determinado. 5. Unidad de presión que corresponde a la presión atmosférica normal.

ENCICL **Geo. y Meteo.**. — La atmósfera está constituida por una mezcla de gases y de partículas sólidas de origen terrestre y cósmico. Se admite que por encima de los 1.000 km de altitud, debido al enrarecimiento de las moléculas de aire, la atmósfera no da lugar a fenómenos observables. La clasificación de las capas de la atmósfera, basada en el reparto vertical de las temperaturas, permite distinguir: la *troposfera,* comprendida entre la superficie terrestre y una altura de 7 km (-50 °C) en los polos y de 17 km (-85 °C en el ecuador, en la que la temperatura desciende, por término medio, 6 °C por km de altura y en donde se producen los fenómenos meteorológicos que afectan a la vida sobre la Tierra. La *estratosfera,* en la que la temperatura media es de 0 °C y que llega hasta unos 50 km de altura. En ella se encuentran fuertes vientos que pueden llegar a alcanzar los 350 km/h. La *mesosfera,* que llega hasta 80 km de altura, es una zona en la que la temperatura desciende hasta alcanzar -90 °C. La *termosfera,* finalmente, en la que la temperatura presenta una gran variación diurna, pero siempre aumentando a medida que la altura se hace mayor, alcanzando varios centenares de grados por encima de los 200 km. Desde el punto de vista de las propiedades eléctricas, se distinguen tres capas ionizadas, que desempeñan un importante papel en la transmisión de las ondas radioeléctricas y que constituyen la ionosfera (por encima de los 70 km de altura).

atoar v.tr. 1. MAR Llevar a remolque una nave.

atochar I. v.tr. 1. Llenar alguna cosa de esparto. ▷ P. ext., llenar alguna cosa de cualquiera otra materia, apretándola. 2. MAR Oprimir el viento una vela u otro objeto firme cualquiera. II. v.prnl. MAR Sufrir un cabo presión entre dos objetos que dificultan su laboreo. • **atocha** n.f. Esparto (planta).

atole n.m. Bebida muy usada en América Latina, hecha con harina de maíz, disuelta en agua o leche hervida.

atolón n.m. Isla madrepórica de forma anular, con una laguna interior que comunica con el mar.

atolondrar v.tr. y prnl. Aturdir, turbar los sentidos. • **atolondrado,a** adj. Fig. Que procede sin reflexión.

atollar I. v. int y prnl. Dar en un atolladero. 2. v.prnl. Fig. y Fam. Atascarse, quedarse detenido por algún obstáculo. • **atolladero** n.m. Atascadero.

atomismo n.m. FILOS Doctrina filosófica griega según la cual la materia está constituida por átomos yuxtapuestos. • **atomista** n.m. y f. 1. Partidario del atomismo. 2. Especialista en física atómica. • **atomístico,a** 1. adj. Que se refiere al atomismo. 2. n.f. FIS NUCL Teoría de la estructura del átomo.

atomizar v.tr. Dividir en partes sumamente pequeñas, pulverizar.

átomo n.m. 1. QUIM Componente elemental de la materia. ▷ Fig. Cosa extremadamente pequeña. ▷ P. ext. el *átomo:* la energía atómica; sus aplicaciones. • **atómico,a** adj. FIS y QUIM Perteneciente o relativo al átomo. • **atomicidad** n.f. QUIM Número de átomos o de moléculas de átomos en la molécula.

ENCICL **Hist.** — El átomo, «esencia de todas las cosas», fue considerado en la Antigüedad sólo como un concepto filosófico sin base científica. La primera teoría atómica fue elaborada por Lavoisier, Proust, Dalton y Gay-Lussac, entre 1789 y 1815, y se perfeccionó gracias a Mendeleev (clasificación periódica de los elementos en 1869), Planck (teoría de los cuantos en 1900), Einstein (equivalencia masa-energía en 1905), Rutherford (descubrimiento del núcleo en 1911), Bohr y Sommerfeld (modelos del átomo en 1913 y 1915), De Broglie (bases de la mecánica ondulatoria en 1923), Chadwick (descubrimiento del neutrón en 1932) y a I. y F. Joliot-Curie (transmutación artificial en 1934), llegando a la creación del primer reactor nuclear en 1942 y a la explosión de la primera bomba atómica en 1945.

Estructura del átomo. — Bohr, desarrollando las teorías de Thomson y de Rutherford, elaboró un primer modelo (el *átomo de Bohr)* en el que figuraba la estructura del átomo: alrededor de un *núcleo* central, cargado positivamente, gravitan *electrones,* cargados negativamente; la carga del núcleo es igual a la suma de la de los electrones, que describen órbitas circulares. Cada órbita se caracteriza por su radio y por su energía, que aumenta cuanto mayor se hace la distancia del centro. Bajo los efectos de una excitación, un electrón puede pasar de una órbita a otra, de energía superior, pero vuelve después espontáneamente a una órbita de energía inferior, emitiendo una radiación electromagnética (fotones) cuya frecuencia es proporcional a la diferencia $\triangle E$ entre las energías de las dos órbitas: $\triangle E = h$, siendo h la constante de Planck. Para explicar el comportamiento de elementos que no fuesen el hidrógeno, se supuso en un principio que las órbitas descritas por el electrón podían ser elípticas *(átomo de Sommerfeld)* y después que el electrón giraba sobre sí mismo (*hipótesis del spin,* o momento cinético del electrón, 1925). El núcleo está formado por A *nucleones* (Z *protones* y N *neutrones;* $A = Z + N$), siendo Z el número atómico y A el número de masa. Alrededor del núcleo gravitan Z electrones, estando caracterizada cada una de sus órbitas por una energía (número cuántico principal), una excentricidad (número cuántico secundario) y por la orientación de su pleno (número cuántico magnético). Un electrón puede girar en un sentido o en el otro (spin igual a $+ 1/2$ ó $- 1/2$). *El modelo actual del átomo* se basa en la mecánica ondulatoria, cuyas leyes han sido definidas por De Broglie. Cualquier partícula material está asociada a una longitud de onda tal que $\lambda = h/mv$, relación en la que h es la constante de Planck, m la masa de la partícula y v la velocidad de la partícula. La posición y la velocidad de un electrón no pueden ser determinadas simultáneamente (principio de indeterminación de Heisenberg). Por lo tanto, existe una cierta probabilidad de que los electrones se encuentren en ciertas regiones del espacio alrededor del núcleo: las *orbitales* atómicas. Esta probabilidad puede calcularse mediante la ecuación de Schrödinger. El modelo actual del átomo permite explicar la mayor parte de los fenómenos físicos y químicos. El estudio de la estructura del núcleo (naturaleza de sus componentes, cálculo de las fuerzas de cohesión. modalidad de su desintegración) se ha llevado en paralelo con el de la estructura periférica y se ha revelado extraordinariamente rico en resultados teóricos y en aplicaciones prácticas. v. núcleo, partícula, plasma.

átomo-gramo n.m. QUIM Antiguo nombre de *molécula de átomos,* unidad utilizada para distinguir átomos idénticos. (Una molécula de átomos de un elemento es un cojunto de $6{,}022 \cdot 10^{23}$ *—número de Avogadro—* átomos de dicho elemento.)

atona n.f. Oveja que cría un cordero de otra.

atonalidad n.f. Carácter de la escritura musical atonal; conjunto de principios que la rigen. • **atonal** adj. MUS Que no obedece a las reglas del sistema tonal de la armonía clásica.

atonía n.f. 1. MED Debilidad de los tejidos de un órgano. 2. Fig. Inercia moral o intelectual. • **átono,a** adj. 1. MED Que carece del tono normal. 2. Sin expresión, sin vida (refiriéndose a la mirada). 3. LING Desprovisto de acento tónico.

atónito,a adj. Pasmado, admirado.

atontado,a adj. 1. Se dice de la persona que no sabe como comportarse. 2. MAR Voz que usan los marineros para designar cierto estado de posición y movimientos en que queda un buque, después de un golpe de mar. • **atontar** v.tr. y prnl. Aturdir o atolondrar.

atorar 1. v.tr., int. y prnl. Atascar, obstruir. 2. v.prnl. Turbarse en la conversación.

atormentar I. v.tr. y prnl. 1. Causar dolor o molestia corporal. 2. Fig. Causar disgusto o enfado. II. v.tr. 1. Dar tormento al reo para que confiese la verdad. 2. Batir con la artillería.

atornillar I. v.tr. 1. Introducir un tornillo o sujetar con tornillos. 2. Presionar. II. v.tr. y prnl. Mantener a alguien en un cargo, trabajo, etc.

atorrante n.m. *Arg.* Vago, callejero y generalmente sin domicilio.

atosigar v.tr. y prnl. 1. Fig. Fatigar a alguien, dándole prisa para que haga alguna cosa. 2. Inquietar, acuciar con exigencias o preocupaciones.

atóxico,a adj. 1. Que no es tóxico. 2. Que no es producido por un tóxico.

ATP BIOQUIM Siglas de *adenosintrifosfato.* • **ATP asa** BIOQUIM Siglas para denominar el *adenosintrifosfatasa,* enzima que disocia la adenosintrifosfato (ATP) en adenosindifosfato (ADP) con liberación de una gran cantidad de energía utilizable por la célula.

atrabancar v.tr. e int. Pasar o saltar de prisa, salvar obstáculos.

atrabilis MED Bilis negra y acre. • **atrabiliario,a** 1. adj. MED Perteneciente o relativo a la atrabilis. 2. n. y adj. Fam. De genio destemplado y violento.

atracada n.f. 1. *Cuba, Méx.* y *Nicar.* Atracón. 2. MAR Acción y efecto de atracar una embarcación; maniobra correspondiente.

atracadero n.m. Lugar donde pueden sin peligro arrimarse a tierra las embarcaciones menores.

atracar I. v.tr. 1. Fam. Hacer comer y beber con exceso. 2. Arrimar, aproximar. 3. *Chile* y *Méx.* Golpear, zurrar. 4. Asaltar con propósitos de robo. 5. Cerrar el hueco por el cual se ha introducido el explosivo, a fin de asegurar su efecto. II. v.int. MAR Arrimarse en una embarcación a tierra o a otra embarcación. III. v.prnl. 1. Hartarse. 2. *Cuba* y *Hond.* Reñir, pelearse dos o más personas. • **atracador,a** n.m. y f. Persona que asalta en zonas urbanas con propósito de robo. • **atraco** n.m. Acción de atracar o asaltar.

atracción n.f. I. 1. Acción de atraer. 2. Fuerza para atraer. 3. FOR Preferencia de los autos a los cuales son acumulados otros. 4. FIS *Atracción molecular.* La que ejercen recíprocamente todas las moléculas de los cuerpos mientras están unidas o en contacto. — *Atracción universal.* La que ejercen unos sobre otros todos los cuerpos que componen el universo. — *Atracción magnética.* Fuerza de atracción entre los polos de imanes de distinto signo. **II.** pl. Espectáculos o diversiones variados que se celebran en un mismo lugar o forman parte de un mismo programa.

atracón n.m. **1.** Fam. Acción y efecto de atracar de comida. **2.** Hartazgo de andar, trabajar, etc.

atraer v.tr. **1.** Traer hacia sí alguna cosa; como el imán al hierro. **2.** Fig. Reducir una persona a otra a su voluntad. **3.** Fig. Hacer que recaiga algo en uno. • **atractivo,a** adj. **1.** Que atrae o tiene fuerza para atraer. **2.** Que gana o inclina la voluntad. **3.** n.m. Gracia que atrae la voluntad.

atrafagar v.int. y prnl. Fatigarse o afanarse.

atragantar **1.** v.prnl. No poder tragar algo que se atraviesa en la garganta. **2.** v.tr y prnl. Fig. y Fam. Turbarse en la conversación.

atraillar **1.** v.tr. Atar los perros con traílla.

atrampar **I.** v.tr. Coger o pillar en la trampa. **II.** v.prnl. **1.** Caer en la trampa. **2.** Cegarse o taparse un conducto. **3.** Caerse el pestillo de la puerta, de modo que no se pueda abrir. **4.** Fig. y Fam. Detenerse o trabarse en alguna cosa.

atrancar **I.** v.tr. Asegurar la puerta por dentro con una tranca. **II.** v.tr. y prnl. Atascar. **III.** v.int. **1.** Fam. Dar trancos o pasos largos. **2.** Fig. y Fam. Leer muy deprisa, saltando cláusulas u omitiendo algunas palabras. **IV.** v.prnl. Encerrarse asegurando la puerta con una tranca.

atrapamoscas n.m. **I.** BOT Planta americana de la familia de las droseráceas. Se alimenta de insectos. **II.** Trampa para cazar moscas.

atrapar v.tr. **1.** Fam. Coger al que huye o va deprisa. **2.** Fam. Coger alguna cosa. **3.** Fig. y Fam. Conseguir alguna cosa de provecho. **4.** Fig. y Fam. Engañar.

atraque n.m. **1.** Acción de atracar el hueco por el cual se ha introducido un explosivo. **2.** Acción y efecto de atracar una embarcación. **3.** Material que se arrima a una carga de explosivo para que su efecto sea más demoledor.

atrás adv.l. **1.** Hacia la parte que está a las espaldas de uno. **2.** Detrás. **3.** Se usa también para expresar tiempo pasado. **4.** Aplicado al hilo del discurso, *anteriormente*. **5.** *¡Atrás!* Interj. que se usa para mandar retroceder a alguien. **6.** En la zona posterior a aquella en que está situado lo que se toma como punto de referencia. **7.** En las últimas filas de un grupo de personas congregadas. **8.** En el fondo de un lugar. **9.** En la parte opuesta a la fachada o entrada principal de un edificio o local.

atrasar **I.** v.tr. y prnl. **1.** Retardar. **2.** Fijar un hecho en época posterior a la en que ha ocurrido. **3.** Hacer que retrocedan las agujas del reloj, o manipularlo para que el volante marche con más lentitud. **4.** Hacer que el reloj señale tiempo que ya ha pasado. **II.** v.int. y prnl. Señalar el reloj tiempo que ya ha pasado, o no marchar con la debida velocidad. **III.** v.prnl. **1.** Quedarse atrás. **2.** Dejar de crecer las personas, los animales o las plantas; no llegar a su completo desarrollo. • **atraso** n.m. **1.** Efecto de atrasar o atrasarse. **2.** Falta o insuficiencia de desarrollo en la civilización o en las costumbres. **3.** pl. Pagas o rentas vencidas y no cobradas.

atravesar **I.** v.tr. **1.** Poner una cosa de modo que pase de una parte a otra. **2.** Pasar un objeto sobre otro o hallarse puesto sobre él oblicuamente. **3.** Pasar un cuerpo penetrándolo de parte a parte. **4.** Poner delante algo que impida el paso o haga caer. **5.** Pasar cruzando de una parte a otra. **6.** Fig. Pasar circunstancialmente por una situación favorable o desfavorable. **7.** En el juego, poner quinielas o apuestas, y también meter triunfo a la carta que viene jugada. **8.** Aojar, hacer mal de ojo. **II.** v.tr. y prnl. MAR Poner una embarcación en facha, al pairo o a la capa. **III.** v.prnl. **1.** Ponerse alguna cosa entremedias de otras. **2.** Fig. Interrumpir la conversación de otros, mezclándose en ella. **3.** Fig. Mezclarse en algún empeño o lance de otro. **4.** Fig. Ocurrir alguna cosa que altera el curso de otra. **5.** Encontrarse con alguien, tener pendencia con él. **6.** Atragantarse, sentir repulsión o antipatía. **7.** Fig. En los juegos de interés, se dice de la cantidad arriesgada. • **atravesado,a** adj. **I. 1.** Que tiene los ojos casi como los bizcos. **2.** Dícese del animal cruzado o mestizo. **II.** Fig. Que tiene mala intención o mal carácter.

atrepsia n.f. MED Desnutrición considerable de los recién nacidos asociada a una diarrea crónica.

atresia n.f. MED Imperforación u oclusión de un orificio o conducto normal del cuerpo humano.

atreverse v.prnl. **1.** Determinarse a algún hecho o dicho arriesgado. **2.** Insolentarse. **3.** Fig. Llegar a competir u ofender. • **atrevido,a** **1.** n. y adj. Que se atreve. **2.** adj. Hecho o dicho con atrevimiento.

atrezzo o **atrezo** n.m. Conjunto de complementos para la escena o el plató.

atribuir **I.** v.tr. y prnl. Aplicar hechos o cualidades a alguna persona o cosa. **II.** v.tr. **1.** Señalar o asignar una cosa a alguien como de su competencia. **2.** Fig. Achacar, imputar. • **atribución** **1.** n.f. Acción de atribuir. **2.** Cada una de las facultades que a una persona da el cargo que ejerce.

atribular **1.** v.tr. Causar tribulación. **2.** v.prnl. Padecerla.

atributo n.m. **I. 1.** Cada una de las propiedades de un ser. ▷ TEOL Cualquiera de las perfecciones propias de la esencia de Dios. **2.** En obras artísticas, símbolo que denota el carácter y representación de las figuras. **II.** FILOS Referencia o relación entre la representación (idea) y lo representado. **III. 1.** GRAM Función que desempeña el adjetivo cuando se coloca en posición inmediata al sustantivo de que depende. **2.** LING Adjetivo, sustantivo o sintagma en función nominal, que forma el predicado nominal con los verbos *ser* y *estar*. **3.** LING Predicado nominal. ▷ Para algunos gramáticos, término que identifica o cualifica a otro mediante *ser, estar* u otro verbo. • **atributivo,a** adj. GRAM Dícese de la función desempeñada por el atributivo. ▷ En algunas gramáticas, dícese de los verbos copulativos (*ser, estar)* y de otros verbos con que se construye el atributo *(parecer, juzgar, considerar, nombrar*, etc.)

atrición n.f. Dolor de haber ofendido a Dios.

átridas, nombre dado a los descendientes de Atreo, especialmente a Agamenón y Menelao, héroes de la guerra de Troya.

atril n.m. Mueble en forma de plano inclinado que sirve para sostener libros o papeles abiertos.

atrincherar **1.** v.tr. Fortificar con atrincheramientos. **2.** v.prnl. Ponerse en trincheras a cubierto del enemigo.

atrio n.m. **1.** Espacio descubierto y por lo común cercado de pórticos, que hay en algunos edificios. **2.** Andén que hay delante de algunos templos. **3.** Zaguán. **4.** MIN Cabecera de la mesa de lavar.

atrípedo,a adj. ZOOL Se dice de los animales que tienen negros los pies.

atrirrostro,a adj. ZOOL Se dice de las aves que tienen negro el pico.

atrocidad n.f. **1.** Gran crueldad. **2.** Fam. Exceso, demasía. **3.** Fam. Dicho o hecho muy necio. **4.** Fam. Error o disparate grave. **5.** Fam. Insulto.

atrofia n.f. **1.** Falta de desarrollo de cualquier parte del cuerpo. **2.** FISIOL Disminución en el tamaño o número, o en ambas cosas a la vez, de uno o varios tejidos de los que forman un órgano, a causa de escasez o retardo en el proceso nutritivo. • **atrofiar** **1.** v.tr. Producir atrofia. **2.** v.prnl. Padecer atrofia.

atronar v.tr. **1.** Asordar o perturbar con ruido. **2.** Aturdir, turbar los sentidos. ▷ Tapar los oídos de una caballería para que no se espante con el ruido. **3.** Dejar sin sentido a una res en el matadero con un golpe de porra, para degollarla después. ▷ Matar un toro, acertando a herirlo de punta en medio de la cerviz estando echado. **II.** v.prnl. **1.** Aturdirse y quedarse sin acción vital con el ruido de los truenos. • **atronadura** n.f. **1.** Daño de algunas maderas. **2.** VETER Alcanzadura. • **atronamiento** n.m. **1.** Acción de atronar o atronarse. **2.** Aturdimiento causado, generalmente, por algún golpe. **3.** VETER Enfermedad que padecen las caballerías en los cascos.

atropado,a adj. AGRIC Dícese de las plantas de ramas recogidas.

atropellar **I.** v.tr. **1.** Pasar precipitadamente por encima de alguna persona. **2.** Derribar o empujar a uno para abrirse paso. **3.** Alcanzar violentamente un vehículo a personas o animales. **4.** Fig. Agraviar a alguien. **5.** Fig. Ultrajar de palabra. **6.** Fig. Proceder sin miramiento a leyes, respetos o inconvenientes. **7.** Fig. Hacer una cosa precipitadamente. **8.** Fig. Oprimir o abatir a uno la edad, los achaques o las desgracias. **II.** v. prnl. Fig. Apresurarse demasiado en las obras.

atropina n.f. BIOQUIM Alcaloide utilizado como antiespasmódico y dilatador de la pupila.

atroz adj. **1.** Fiero, cruel, inhumano. **2.** Enorme, grave, **3.** Fam. Muy grande o desmesurado.

atruchado,a adj. Dícese del hierro cuyo grano semeja a las pintas de la trucha.

atruhanado,a adj. **1.** Aplícase al que en sus palabras o modales parece truhán. **2.** También se dice de las cosas que parecen de truhán.

atuendo n.m. **1.** Aparato, ostentación. 2. Atavío, vestido.

atufar **I.** v.tr. y prnl. **1.** Trastornar con el tufo. **2.** Fig. Enfadar, enojar. **II.** v.prnl. **1.** Recibir o tomar tufo, ensoberbecerse. **2.** Tratándose del vino, avinagrarse. • **atufado,a** adj. **1.** Dícese del que usaba tufos. **2.** Enfadado. **3.** Envenenado por el *tufo*, emanación gaseosa.

atún n.m. **1.** Pez teleósteo, acantopterigio, de dos a tres metros de largo. Su carne, tanto fresca como en conserva es muy apreciada. **2.** Fig. y Fam. Hombre ignorante y rudo. • **atunara** n.f. Almadraba, lugar en que se pescan atunes. • **atunera** n.f. Anzuelo grande para pescar atunes. • **atunero,a** **1.** n.m. y f. Persona que trata en atún o lo vende. **2.** n.m. Pescador de atún. **3.** adj. Se dice del barco destinado a la pesca de atún.

aturdir v.tr. y prnl. **1.** Causar aturdimiento. **2.** Fig. Confundir, desconcertar. • **aturdido,a** adj. Atolondrado. • **aturdimiento** n.m. **1.** Perturbación de los sentidos por efecto de un golpe, de un ruido extraordinario, etc. **2.** Fig. Perturbación moral ocasionada por una desgracia, una mala noticia, etc. **3.** Fig. Torpeza, falta de serenidad para ejecutar alguna cosa. **4.** MED Estado patológico en que los sonidos se confunden y parece que los objetos giran alrededor de uno.

aturrullar o **aturullar** v.tr. y prnl. Fam. Atolondrar.

atusar **I.** v.tr. **1.** Recortar e igualar el pelo con tijeras. **2.** Igualar los jardineros con tijeras las plantas. **3.** Alisar el pelo. **II.** v.prnl. Fig. Arreglarse exageradamente.

atutía n.f. **1.** Óxido de cinc que, a manera de costra dura, se adhiere a los conductos de los hornos donde se tratan minerales de cinc. **2.** Ungüento medicinal hecho con atutía.

Au QUIM Símbolo del oro.

aucuba n.f. BOT Género de fanerógamas arbustivas (familia cornáceas).

audacia n.f. Osadía, atrevimiento. • **audaz** adj. Osado, atrevido.

audición n.f. **1.** Acción de oír o de hacerse oír. **2.** Concierto, recital o lectura en público.

audiencia n.f. **I. 1.** Acto de oír las autoridades a las personas que exponen o solicitan alguna cosa. **2.** Ocasión para aducir razones o pruebas, que se ofrecen a un interesado en juicio o en expediente. **3.** Lugar destinado para dar audiencia. **4.** Tribunal de justicia. ▷ Distrito de la jurisdicción de este tribunal. **II. 1.** Conjunto de personas que atienden en un momento dado un programa de radio o de televisión desde cualquier lugar. **2.** Auditorio, concurso de oyentes. **3.** Interés que suscita en el público una obra, un pensamiento etc.

ENCICL **Hist. España.** — Organismos encargados de la administración de justicia, con jurisdicción territorial. Surgieron en la Baja Edad Media, y actuaban por delegación real. Aparecen casi al mismo tiempo en todos los estados surgidos de la reconquista y son reorganizados por los reyes Católicos. En Castilla fueron las principales las de Valladolid y Granada (posteriormente se crearon otras en La Coruña, Sevilla, Canarias). En Aragón funcionaba desde el s. XIII la de Zaragoza. Igualmente tradicional, la de Cataluña fue reorganizada en 1483. Se componían de un número variable de jueces letrados (oidores), para lo civil, y de *alcaldes de crimen*, para las causas criminales. Bajo Felipe V fueron reorganizadas según un modelo único, similar al castellano.

América — En las Indias, fueron pilares básicos de la administración metropolitana, junto con los virreinatos; las Audiencias de Indias no actuaban únicamente en lo judicial, sino también como auténticos consejos de gobierno. Su establecimiento refleja los avances de la penetración colonial: Santo Domingo (1511), a la que siguieron las de México (1527), Panamá (1538) y Lima (1542). Más tarde fueron Guatemala (1543), Nueva Galicia (Compostela, 1548, trasladada a Guadalajara en 1560), Santa Fe de Bogotá (1549), Charcas o La Plata (1559), Buenos Aires (1561, reestablecida en 1785), Quito (1563), Concepción (1563, trasladada a Santiago de Chile en 1609), Caracas (1786), Cuzco (1787). Entre otras funciones importantes, les estaba encomendada la protección de los indios y la aplicación de las leyes que les beneficiaban.

audífono n.m. **1.** Aparato para percibir mejor los sonidos. **2.** Audiófono.

audímetro n.m. **1.** FIS Aparato para medir con precisión la sensibilidad del oído. **2.** RAD Aparato utilizado para la medida o comparación de la intensidad de recepción de señales sonoras. **3.** Audiómetro.

audio elemento compositivo procedente del latín *audire*, «oír».

audiofrecuencia n.f. **1.** ACUST Frecuencia que corresponde a las ondas sonoras perceptibles por el oído humano. (Entre 20 y 20.000 herzios aprox.). **2.** Cualquiera de las frecuencias de onda empleadas en la transmisión de los sonidos.

audiograma n.m. Curva que representa el grado de agudeza con que percibe un individuo los sonidos.

audiología n.f. MED Ciencia de la audición.

audiometría n.f. MED Estudio de la agudeza auditiva.

audiómetro n.m. ACUST Instrumento para medir la sensibilidad del aparato auditivo.

audiovisual adj. Relativo al conjunto de técnicas de comunicación que recurren a la sensibilidad visual y auditiva.

ENCICL Las técnicas audiovisuales pueden ser utilizadas en las comunicaciones de masas (televisión), en grupos (pedagogía, comunicación en el interior de empresas) y a escala individual (videocasettes). Comprenden las técnicas *visuales* (fotografía, carteles, libros y periódicos, proyección de diapositivas por medio de episcopios, proyectores o retroproyectores, cine mudo, telecopia), las técnicas *auditivas* (radiodifusión, grabación sonora en disco o en cinta magnética, teléfono) y las técnicas *audiovisuales* propiamente dichas (espectáculos, presentación sonorizada de vistas fijas, cine sonoro, televisión, grabación en videograma, televisión, visiofonía y teledistribución). Los *videogramas* son programas audiovisuales grabados en película, disco (videodisco) o cinta magnética (videocasette); La *teledistribución* es un sistema de televisión por cable que se utiliza, principalmente, en algunas ciudades modernas para realizar intercambios culturales o proporcionar ayuda pedagógica a los docentes.

auditivo,a **I.** adj. **1.** Que tiene virtud para oír. **2.** Perteneciente al órgano del oído. **II.** n.m. Pieza del aparato telefónico destinada para oír.

auditor n.m. Revisor de cuentas colegiado.

auditoría n.f. **1.** Empleo de auditor. **2** Tribunal o despacho del auditor. **3.** Aspecto de la actividad de una empresa que tiene por objetivos el control de la gestión y la salvaguarda del patrimonio.

auditorio,a **I.** adj. Auditivo. **II. 1.** n.m. Concurso de oyentes. **2.** Sala destinada a conciertos, recitales, conferencias, etc.

auge n.m. **1.** Gran elevación en dignidad o fortuna. **2.** ASTRON Apogeo de la Luna.

augita n.f. Mineral formado por un silicato doble de calcio y magnesio.

augur n.m. **1.** Persona que vaticina. **2.** Ministro que en la antigua Roma practicaba la adivinación por medio de las aves. • **auguración** n.f. Adivinación por el vuelo y el canto de las aves. • **augurar** v.tr. **1.** Adivinar, pronosticar por el vuelo o canto de las aves u otras observaciones. **2.** Presagiar, presentir, predecir. • **augurio** n.m. Presagio de algo futuro.

augusto,a adj. Se dice de lo que infunde o merece gran respeto y veneración.

aula n.f. Sala donde se enseña en las universidades o casas de estudio.

aulaga n.f. BOT Planta de la familia de las papilionáceas que se emplea como pienso. ▷ P. ext., nombre que se da a varias matas de la misma familia.

áulico,a **1.** adj. Perteneciente a la corte o al palacio. **2.** n. y adj. Cortesano o palaciego.

aullido n.m. Voz triste y prolongada del lobo, el perro y otros animales.

aumentar **1.** v.tr. int. y prnl. Acrecentar, dar mayor extensión, número o materia a alguna cosa. **2.** v.tr. y prnl. Adelantar o mejorar en conveniencias, empleos o riquezas.

aumento n.m. **1.** Acrecentamiento o extensión de una cosa. **2.** Medra en conveniencias o empleos. **3.** ASTRON Potencia o facultad amplificadora de una lente. • **aumentativo,a** adj. **1.** Que aumenta. **2.** GRAM Se aplica a los vocablos que aumentan y acrecientan la significación de los positivos de que proceden.

aun adv.t. y m. **1.** Todavía, hasta un momento determinado, no obstante, sin embargo. **2.** Denota a veces idea de encarecimiento en sentido afirmativo o negativo. Se escribe con acento cuando pueda sustituirse por *todavía* sin alterar el sentido de la frase. *Aún está enfermo; está enfermo aún.*

aunar v.tr. y prnl. **1.** Unir, confederar para algún fin. **2.** Unificar. **3.** Poner juntas o armonizar varias cosas.

auniga n.f. Ave palmípeda de Filipinas.

aunque **1.** Conj. concesiva que expresa relaciones propias de esta clase de conjunciones. *Aunque estoy malo, no faltaré a la cita.* **2.** Conj. advers., que expresa relaciones propias de esta clase de conjunciones. *Tengo ya tres mil libros, aunque querría tener más.*

¡aúpa! interj. **1.** ¡upa! **2.** Fam. *Ser algo o alguien de aúpa.* Ser de mala condición, violento.

aupar v.tr. y prnl. **1.** Levantar o subir a una persona. **2.** Fig. Ensalzar, enaltecer.

1. aura n.f. **I. 1.** Viento suave y apacible. **2.** Hálito, aliento, soplo. **II. 1.** Irradiación luminosa de carácter paranormal que algunos individuos dicen percibir alrededor de los cuerpos. **2.** Fig. Influencia misteriosa que parece emanar de una persona. **3.** Fig. Favor, aplauso.

2. aura n.f. Ave, del orden de las rapaces diurnas, del tamaño de una gallina. Suele alimentarse de animales muertos.

auranciáceo,a n.f. y adj. BOT Dícese de árboles y arbustos de la familia de las rutáceas, como el naranjo y el limonero.

áureo,a adj. **1.** De oro. (Se usa más en poesía.) **2.** Parecido al oro o dorado.

aureola o **auréola** n.f. **1.** Resplandor, disco o círculo luminoso que suele figurarse detrás de la cabeza de las imágenes santas. **2.** Areola. **3.** Fig. Gloria que alcanza una persona por sus méritos o virtudes. **4.** ASTRON Corona sencilla o doble que en los eclipses de Sol se ve alrededor del disco de la Luna. • **aureolar** v.tr. Adornar como con aureola.

aureomicina n.f. BIOL y MED Antibiótico del grupo de las tetraciclinas.

auricalcó u **oricalco** n.m. ANTIG Aleación metálica preciosa de que hablan los autores griegos.

aurícula **I.** n.f. **1.** ZOOL Cavidad del corazón de los moluscos, que recibe sangre arterial. **2.** ZOOL Cavidad de la parte anterior del corazón de los peces que recibe sangre venosa. **3.** ANAT Cada una de las dos cavidades de la parte anterior (superior en el hombre) del corazón de los batracios, reptiles, aves y mamíferos, que reciben sangre aportada por las venas. **II.** BOT Prolongación de la parte inferior del limbo de las hojas. • **auricular** adj. Perteneciente o relativo a las aurículas del corazón.

auricular **I.** adj. Perteneciente o relativo al oído. **II.** n.m. En los aparatos de telefonía parte que se aplica al oído.

aurífero,a o **aurígero,a** adj. Que lleva o contiene oro.

auriga n.m. POET El que dirige o gobierna las caballerías que tiran de un carruaje.

aurora n.f. **1.** Luz sonrosada que precede inmediatamente a la salida del Sol. **2.** Fig. Canto religioso que se entona al amanecer. **3.** Fig. Principio o primeros tiempos de alguna cosa. **4.** Fig. Hermosura del rostro, y p. ext., el rostro sonrosado.

aurragado,a adj. Se aplica a la tierra mal labrada.

auscultar v.tr. **1.** MED Aplicar el oído o el estetoscopio a ciertos puntos del cuerpo humano. **2.** Fig. Sondear el pensamiento de otras personas, el estado de un negocio, etc.

ausencia n.f. **I. 1.** Efecto de ausentarse. **2.** Tiempo en que alguien está ausente. **3.** Falta o privación de alguna cosa. **4.** FOR Condición legal de la persona cuyo paradero se ignora. **II.** PSICOL Distracción del ánimo respecto de la situación o acción en que se encuentra el sujeto. • **ausentar I.** v.tr. **1.** Hacer que alguien se aleje de un lugar. **2.** Fig. Hacer desaparecer alguna cosa. **II.** v.prnl. **1.** Separarse de una persona o lugar. **2.** Desaparecer alguna cosa.

ausente 1. n. y adj. Dícese del que está separado de alguna persona o lugar. **2.** n.m. y f. FOR Persona de quien se ignora si vive todavía y dónde está.

auspicio n.m. **1.** Agüero. **2.** Protección, favor. **3.** pl. Señales prósperas y adversas que en el comienzo de un negocio parecen presagiar su buena o mala terminación. • **auspiciar** v.tr. Patrocinar, favorecer.

austenita n.f. Componente del acero; solución sólida de carbón en el hierro γ.

austeridad n.f. **1.** Calidad de austero. **2.** Mortificación de los sentidos y pasiones. • **austero,a** adj. **1.** Sobrio, sencillo. **2.** Severo, rígido.

austral 1. adj. Perteneciente al polo y al hemisferio del mismo nombre. **2.** n.m. Nueva unidad monetaria argentina, creada en 1985.

australiano,a 1. n. y adj. Natural de Australia. **2.** Perteneciente a este continente.

australopiteco n.m. PREHIST Tipo de hombre fósil descubierto en *África austral y oriental. Sus restos conocidos más antiguos se remontan a 3, 5 e incluso 5 millones de años.

austriaco,a o **austríaco,a 1.** n. y adj. Natural de Austria. **2.** adj. Perteneciente a esta nación de Europa.

austro n.m. **1.** Viento que sopla de la parte del Sur. **2.** Sur, punto cardinal.

1. autarquía n.f. Poder para gobernarse a sí mismo.

2. autarquía n.f. Estado de un país o territorio que procura bastarse con sus propios recursos.

auténtica n.f. **1.** Despacho o certificación con que se testifica la identidad y verdad de alguna cosa. **2.** Copia autorizada de alguna orden, carta, etc. • **auténtico,a** adj. **1.** Acreditado de cierto y positivo por los caracteres, requisitos o circunstancias que en ello concurren. **2.** Autorizado o legalizado; que hace fe pública. • **autenticar** v.tr. **1.** Autorizar o legalizar alguna cosa. **2.** Acreditar, dar fama. • **autenticidad** n.f. Calidad de auténtico.

autentificar v.tr. Autorizar, legalizar alguna cosa.

autillo n.m. Ave rapaz nocturna.

autismo n.m. Concentración habitual de la atención de una persona en su propia intimidad, con el consiguiente desinterés respecto del mundo exterior. Su intensidad excesiva es patológica, y se presenta con especial frecuencia en la esquizofrenia. • **autista** n. y adj. Relativo al autismo, que padece autismo. *El niño autista no habla.* • **autístico,a** adj. Perteneciente o relativo al autismo.

auto- Elemento compositivo que entra en la formación de algunas voces españolas con el significado de «propio o por uno mismo».

1. auto n.m. **1.** FOR Forma de resolución judicial, fundada, que decide cuestiones secundarias, previas o incidentales, para las que no se requiere sentencia. ▷ n.m. pl. FOR Conjunto de actuaciones o piezas de un procedimiento judicial. **2.** Composición dramática breve en que intervienen generalmente personajes bíblicos alegóricos.

2. auto n.m. Abrev. de automóvil.

Auto de fe, castigo público de los penitenciados por el tribunal de la Inquisición. Los autos de fe comenzaban con la lectura pública de las penas a las que debían someterse los reos. Cuando la pena era de muerte —generalmente en la hoguera—, los condenados pasaban a manos de la justicia civil, encargada de ejecutarla. En un principio se posponía la fecha de ejecución, pero más tarde llegó a realizarse inmediatamente después de la solemne lectura. Si el condenado había conseguido huir, se le quemaba en efigie. El último auto de fe público tuvo lugar en 1680, si bien las condenas a la hoguera se prolongaron hasta fines del reinado de Carlos III.

Auto sacramental, auto dramático referente al misterio de la Eucaristía. Los autos sacramentales tuvieron como antecedente las llamadas farsas sacramentales, en las que se nombraba expresamente el misterio de la Eucaristía. Fueron cultivados por Juan de Timoneda, Tirso de Molina, Lope de Vega (v. artículos respectivos) y sobre todo por Calderón de la Barca (v.), quien les dio su forma definitiva (dividió el acto en tres tiempos). Fueron prohibidos por Carlos III.

autoametrallador n.m. MILIT Vehículo automóvil blindado, potentemente armado (cañón, ametralladora).

autoanálisis n.m. Psicoanálisis del sujeto efectuado por él mismo.

autobiografía n.f. Vida de una persona escrita por ella misma.

autobombo n.m. Elogio desmesurado y público que hace uno de sí mismo.

autobús n.m. Omnibus automóvil que se emplea en el servicio urbano.

autocar n.m. Omnibus automóvil.

autocarril n.m. *Bol.* y *Chile.* Autovía.

autocastigo n.m. PSICOL Mecanismo de defensa por el que un sujeto combate su sentimiento de culpabilidad infligiéndose un castigo, real o simbólico.

autocatálisis n.f. QUIM Reacción química en la que uno de los productos formados desempeña el papel de catalizador.

autocensura n.f. Censura preventiva ejercida por un autor sobre sus propias obras.

autocine n.m. Espacio o lugar al aire libre en el que se puede asistir a proyecciones cinematográficas sin salir del automóvil.

autoclave n.f. Recipiente cilíndrico con cierre hermético utilizado para esterilizar.

autoconmutador n.m. TELECOM Aparato que permite la selección y la conmutación automáticas de los circuitos telefónicos.

autoconsumo n.m. Aprovechamiento familiar de los productos de una explotación agrícola.

autocontrol n.m. Dominio de sí mismo.

autocopista n.f. Aparato que permite sacar varias copias de un escrito o dibujo.

autocracia n.f. Sistema de gobierno en el cual la voluntad de un solo hombre es la suprema ley. • **autócrata** n.m. y f. Persona que ejerce por sí sola la autoridad suprema.

autocrítica n.f. Juicio crítico que se realiza sobre obras o comportamientos propios. ▷ Breve noticia crítica de una obra teatral, escrita por su autor.

autocromo,a adj. FOTOG Reproducción de los colores por síntesis aditiva.

autóctono,a 1. adj. Se dice de lo que ha nacido o se ha originado en el mismo lugar donde se encuentra. **2.** n. y adj. Aplícase a los pueblos o gentes originarios del mismo país en que viven.

autodefensa n.f. **1.** Defensa asegurada por medios propios, por un individuo, una colectividad, etc. **2.** MED Reacción espontánea de un organismo contra un agente patógeno.

autodepuración n.f. Propiedad de las aguas de eliminar ellas mismas una parte de sus bacterias patógenas.

autodestrucción n.f. Destrucción física o moral de uno mismo.

autodeterminación n.f. Decisión de los pobladores de una unidad territorial acerca de su futuro estatuto político.

autodidacto,a n. y adj. Que se instruye por sí mismo.

autodirección n.m. TECN Sistema que permite a un móvil guiarse automáticamente.

autodisciplina n.f. Mantenimiento de la disciplina en el seno de una colectividad por sus propios miembros.

autodominio n.m. Dominio de sí mismo.

autódromo n.m. DEPORT Lugar o pista destinados a celebrar carreras de automóviles.

autoencendido n.m. En los motores de explosión, inflamación de la mezcla en ausencia de chispa en la bujía.

autoescuela n.f. Empresa autorizada para impartir clases de conducción de automóviles.

autoestop n.m. Práctica consistente en detener mediante señas un vehículo, para ser transportado gratuitamente. • **autoestopista** n.m. y f. Persona que practica el autoestop.

autofagia n.f. BIOL Nutrición de un ser vivo subalimentado a expensas de su propia sustancia.

autofecundación n.f. BIOL Unión de dos gametos producidos por el mismo individuo.

autofinanciación n.f. Financiación de una empresa mediante sus propios recursos.

autogamia n.f. **1.** BIOL Fecundación efectuada a partir de dos gametos formados en el interior de la misma célula. **2.** BOT En la flor hermafrodita, fecundación de sus óvulos por su propio polen.

autógeno,a adj. Dícese de la soldadura de metales que se hace, sin intermedio de materia extraña, fundiendo con el soplete las partes por donde ha de hacerse la unión.

autogestión n.f. Gestión de una empresa por los propios trabajadores. • **autogestionario** adj. Relativo a la autogestión; partidario de la autogestión.

autogiro n.m. AERON Aeronave cuya sustentación es asegurada por un ala giratoria, y la propulsión por una hélice de eje horizontal.

autognosis n.f. Conocimiento de sí mismo.

autografía n.f. **1.** Procedimiento para reproducir un escrito mediante una piedra preparada al efecto. **2.** Oficina o dependencia donde se autografía. • **autografiar** v.tr. Reproducir un escrito por medio de la autografía.

autógrafo n. m. y adj. Aplícase al escrito de mano de su mismo autor.

autoinducción n. f. FIS Producción de una fuerza electromotriz en un circuito por la variación de la corriente que pasa por él.

autoinjerto n.m. CIR Restauración de una parte mutilada por medio de un injerto tomado del mismo sujeto.

autoinmunización n. f. BIOL Producción por parte de un organismo de autoanticuerpos que actúan sobre uno o más de sus propios constituyentes. • **autoinmunidad** n.f. BIOL Propiedad de los individuos en los que se han formado autoanticuerpos.

autointoxicación n.f. Intoxicación del organismo por productos que él mismo elabora y que debían ser eliminados.

autólisis n.f. BIOL Destrucción de un tejido por sus propias enzimas.

autómata n.m. **1.** Aparato que presenta el aspecto de un ser animado y es capaz de imitar sus movimientos. v. ENCICL ▷ Fig. Persona desprovista de iniciativa y de capacidad de reflexión. **2.** TECN Aparato equipado de dispositivos que permiten la ejecución de determinadas tareas sin la intervención humana. **3.** INFORM Sistema susceptible de ocupar cierto número de estados en función de las informaciones que escribe.

ENCICL La edad de oro de los autómatas, conocidos desde la antigüedad, se sitúa en el s. XVIII, época en la que llegaron a construirse auténticas maravillas (*El flautista* y *El pato artificial* de Vaucanson). La tradición de los autómatas con aspecto humano o animal se extinguió en el s. XIX, con la desaparición de los ricos aficionados que la habían mantenido. Los progresos de la informática contribuyeron posteriormente a la realización de autómatas.

automático,a **I.** adj. **1.** Dícese de los mecanismos que funcionan en todo o en parte por sí solos; dícese también del funcionamiento de estos mecanismos. **2.** Fig. Maquinal o indeliberado. **II.** n.m. **1.** Botoncito de metal para sujetar algunas partes del vestido. **2.** Que se produce indefectiblemente en determinadas circunstancias. **3.** Perteneciente o relativo al autómata. **III.** n.f. Ciencia que trata de sustituir en un proceso el operador humano por dispositivos mecánicos o electrónicos. • **automatismo** n.m. **1.** FISIOL Realización de movimientos sin participación de la voluntad. **2.** Fig. Comportamiento que escapa a la voluntad. **3.** TECN Dispositivo cuyo funcionamiento no requiera la intervención del hombre. • **automatización** n.f. Conjunto de procedimientos que tienden a reducir o suprimir la intervención humana en los procesos de producción. • **automatizar** v.tr. **1.** Aplicar la automática a un proceso, a un dispositivo, etc. **2.** Convertir ciertos movimientos corporales en movimientos automáticos.

ENCICL La construcción de automatismos destinados a reducir el trabajo del hombre data solamente de finales del s. XVIII (telar inventado por Vaucanson en 1745). La automatización, que no hay que confundir con la *mecanización* (empleo de máquinas o mecanismos que reducen el trabajo del hombre) tomó verdadero impulso en el s. XIX (torno automático de Parker, en 1879). El automatismo más sencillo está constituido por un dispositivo que abre o cierra un circuito, según la naturaleza de la información recibida: automatismo *de circuito abierto* (puesto que no puede modificar por sí mismo la señal de entrada). Los automatismos *de circuito cerrado*, más complejos, actúan sobre la señal de entrada, en función de los valores de la señal de salida, mantenida constante mediante unos *reguladores*, independientemente de la señal de entrada (p. ej. regulación de la temperatura del agua contenida en un termo). Los *estabilizadores* hacen que el funcionamiento de un dispositivo corresponda a una señal dada (p. ej. modificación de la temperatura de un circuito de agua caliente, según las variaciones de la temperatura exterior, para obtener una temperatura ambiente determinada). Los automatismos desempeñan un papel preponderante en las instalaciones de seguridad de las centrales nucleares, de los ferrocarriles y de los aviones, y permiten vigilar y automatizar el funcionamiento de fábricas enteras.

automotor o **automotriz** (apl. a n.f.) **1.** adj. Dícese de la máquina que ejecuta determinados movimientos sin la intervención directa de una acción exterior. **2.** n.m. y adj. Se aplica a los vehículos de tracción mecánica. ▷ Vagón de ferrocarril propulsado por un motor.

automóvil n. y adj. Que se mueve por sí mismo. Se aplica principalmente al vehículo provisto de motor mecánico que puede ser conducido y marchar por vía ordinaria. • **automovilismo** n.m. **1.** Conjunto de conocimientos referentes a la construcción, funcionamiento y manejo de vehículos automóviles. **2.** Ejercicio del que conduce un automóvil. • **automovilista** n.m. y f. Persona que conduce un automóvil.

ENCICL El desarrollo del automóvil está estrechamente ligado al de la máquina de vapor y de la industria del petróleo («fardier» de Cugnot en 1769 y motor de explosión de Daimler en 1887). El primer salón del automóvil tuvo lugar en 1894; muy pronto la velocidad de 200 km/hora pudo sobrepasarse (automóvil de vapor de Marriott, 1906). Un automóvil se compone de las siguientes partes: una *estructura* (bastidor o chasis, que sostiene la parte superior), que además de servir como base, protege a los pasajeros en caso de choque con otro vehículo; *un sistema de movilidad* (ejes trasero y delantero, ruedas y órganos de suspensión); un *motor* (generalmente de explosión o Diesel); un sistema de *transmisión* (embrague, cambio de marchas y diferencial) cuya función consiste en transmitir a las ruedas la energía producida por el motor; un sistema de *dirección* (volante y sistemas hidráulicos o neumáticos); un sistema de *frenado* y finalmente, diferentes accesorios que aumentan la comodidad de los pasajeros, así como su seguridad. Los problemas urbanos resultantes del desarrollo automovilístico (ruidos, olores, contaminación) plantean serias dificultades a las ciudades modernas. Los accidentes en las rutas constituyen actualmente un grave flagelo, contra el cual se ha tomado una serie de medidas paliativas. Por lo demás, la concepción de vehículos más sólidos y duraderos tiende a economizar materias primas y a reducir el número de coches desechados. Los automóviles equipados con motor eléctrico y, en el futuro lejano, los que utilicen el hidrógeno, podrán probablemente resolver los problemas planteados por la escasez de petróleo y por la contaminación que producen los motores de explosión.

automutilación n.f. Herida voluntaria que se inflige una persona.

autonomía n.f. **1.** Estado y condición del pueblo que goza de entera independencia política. **2.** Potestad que dentro del Estado pueden gozar municipios, provincias, regiones u otras entidades de él, para regir intereses peculiares de su vida interior. **3.** Condición del individuo que de nadie depende en ciertos conceptos. **4.** Capacidad máxima de un vehículo para efectuar un recorrido sin repostarse.

autopista n.f. Vía de circulación concebida para la circulación rápida de vehículos automóviles.

ENCICL En su sección normal, una autopista comprende dos calzadas, separadas por un terraplén central, cada una de las cuales consta de 2 a 4 vías de 3.50 m de anchura. Los pavimentos son, generalmente, de tipo flexible (capas de arena y grava, aplastadas con una capa de emulsión), y, más raramente, de tipo rígido (baldosas de hormigón). La circulación por autopistas de descongestión se ve facilitada por sistemas automáticos de señalización y de reducción del exceso de afluencia.

autoplastia n.f. CIR Implantación de injertos orgánicos para restaurar partes enfermas o lesionadas del organismo por otras procedentes del mismo individuo.

autoportante n.m. CONST Dícese de un muro (sin vigas de armazón) o de una bóveda (sin arcos de refuerzo) que soporta su propio peso.

autopropulsado,a adj. TECN Que posee su propio sistema de propulsión.

autopsia n.f. ANAT **1.** Examen anatómico del cadáver. **2.** Fig. Examen analítico minucioso.

autópsido,a adj. Dícese de los minerales que tienen aspecto metálico.

autor,a n.m. y f. **1.** El que es causa de alguna cosa. **2.** El que la inventa. **3.** Persona que ha hecho alguna obra científica, literaria o artística. **4.** FOR Persona que comete un delito, o induce a otras a ejecutarlo. **5.** FOR Causante. • **autoría** n.f. Calidad de autor.

autoridad n.f. **1.** Calidad de una persona por su empleo, mérito o nacimiento. **2.** Potestad, facultad. **3.** Potestad que en cada pueblo ha establecido su constitución. **4.** Poder que tiene una persona sobre otra que le está subordinada. **5.** Persona revestida de algún poder. **6.** Crédito y fe que se da una persona o cosa en determinada materia. **7.** Ostentación. **8.** Texto, expresión o conjunto de expresiones de un libro o escrito, que se citan o alegan en apoyo de lo que se dice. • **autoritario,a** n. y adj. **1.** Partidario extremado del principio de autoridad. **2.** Que se funda exclusivamente en la autoridad. • **autoritarismo** n.m. Sistema fundado en la sumisión a la autoridad.

autorizar v.tr. **1.** Permitir. **2.** Aprobar o abonar. **3.** Dar a uno facultad para hacer alguna cosa. **4.** Confirmar, comprobar una cosa con autoridad. **5.** Dar fe el notario en un documento. **6.** Dar importancia. • **autorización** n.f. Acción y efecto de autorizar.

autorradio n.m. y f. Receptor de radio concebido para ser instalado en un automóvil.

autorradiografía n.f. Radiografía obtenida por la impresión de una placa fotográfica por un objeto impregnado de sustancias radiactivas.

autorregulación n.f. TECN Propiedad de un sistema capaz de restablecer su normal funcionamiento en caso de perturbación, sin intervención exterior.

autorretrato n.m. Retrato de una persona hecho por ella misma.

autosatisfacción n.f. Satisfacción de sí mismo.

autoservicio n.m. **1.** Sistema de venta en el que se disponen los artículos al alcance del comprador. **2.** Sistema análogo que se emplea en algunos restaurantes, bares y cafeterías.

autosoma n.m. BIOL Cromosoma que no desempeña papel alguno en la determinación del sexo.

autosuficiencia n.f. **1.** Estado o condición del que se basta a sí mismo. **2.** Presunción.

autosugestión n.f. PSIQUIAT Sugestión que nace espontáneamente en una persona. • **autosugestionarse** v.prnl. Sugestionarse a sí mismo; experimentar autosugestión.

autotomía n.f. ZOOL Mutilación refleja observada en ciertos animales, cuando tratan de escapar de un predador.

autotransformador n.m. ELECTR Transformador cuyas bobinas presentan una parte común.

autótrofo,a adj. BIOL Dícese del organismo que es capaz de elaborar su propia materia orgánica a partir de sustancias inorgánicas. • **autotrófico,a** adj. Se dice de las propiedades y procesos de los organismos autótrofos considerados como tales.

autovacuna n.f. Vacuna obtenida mediante cultivo de un germen extraído del sujeto afectado por la enfermedad que se quiere combatir.

autovía n.f. Automotor de ferrocarril propulsado por un motor de combustión interna.

autrigones, pueblo que en el s. III a. J.C. habitaba la región española del valle del alto Ebro; su ciudad principal era Vivoresca (actual Briviesca).

1. auxiliar **I.** n. y adj. Que auxilia. **II.** n.m. **1.** Funcionario técnico o administrativo de categoría subalterna. — *Auxiliar Técnico Sanitario.* Profesional titulado que, siguiendo las instrucciones de un médico, asiste a los enfermos, y que está autorizado para realizar ciertas intervenciones de cirugía menor. **2.** Profesor encargado de sustituir a los catedráticos. • **auxiliador,a** n. y adj. Que auxilia.

• **auxiliaria** n.f. Cargo de auxiliar.

2. auxiliar v.tr. **1.** Dar auxilio. **2.** Ayudar a bien morir. **3.** GRAM Intervenir un verbo en la formación de los tiempos compuestos de otro. • **auxilio** n.m. Ayuda, socorro, amparo.

auxina **1.** n.f. BOT Ácido β-indolacético (AIA). **2.** n.f.pl. Grupo de hormonas vegetales cuyos efectos sobre las plantas son muy variados.

auxótrofo,a adj. BIOL Dícese de los organismos que para crecer, necesitan uno o varios macroelementos en su alimentación.

avahar **I.** v.tr. **1.** Echar vaho, dirigiéndolo hacia una persona o cosa. **2.** Calentar con el vaho alguna cosa. **II.** v.int. y prnl. Echar de sí o despedir vaho.

aval n.m. **1.** COM Firma que se pone al pie de una letra u otro documento de crédito, para responder de su pago en caso de no efectuarlo la persona obligada a él. **2.** Escrito en que uno responde de la conducta de otro.

avalancha n.f. Alud.

avance n.m. **1.** Acción de avanzar. **2.** Anticipo de dinero. **3.** En ciertos vehículos, parte anterior de la caja, que es de quita y pon. **4.** Avanzo. **5.** MILIT Acción de adelantar, ganar terreno.

avantrén n.m. Juego delantero de los vehículos de que se sirve la artillería.

avanzada n.f. **1.** MILIT Partida de soldados destacada para observar de cerca al enemigo. **2.** Minoría que extrema las tendencias ideológicas, políticas, literarias, artísticas, etc., de un grupo.

avanzado,a adj. **1.** Adelantado, que está próximo a terminarse. **2.** Hablando de la edad, madura, provecta. **3.** Fig. Se aplica a lo que se adelanta, anticipa o aparece en primer término o línea.

avanzar v.int. **1.** Ir hacia adelante. **2.** Tratándose de tiempo, acercarse a su fin. **3.** Fig. Adelantar, progresar, mejorar.

avaricia n.f. Afán desordenado de poseer y adquirir riquezas. • **avaricioso,a** adj. Avariento. • **avariento,a** n. y adj. Que tiene avaricia. • **avaro,a** n. y adj. **1.** Avariento. **2.** Fig Que reserva, oculta o escatima alguna cosa.

ávaros, pueblo de raza mongólica, emparentado con los hunos, que invadió Europa en el s. VI, llegando hasta Italia y Austria fueron detenidos por Carlomagno (791-799)

avasallar **I.** v.tr. Sujetar, rendir o someter a obediencia. **II.** v.prnl. **1.** Hacerse súbdito o vasallo de algún rey o señor. **2.** Someterse.

avatar n.m. **1.** Fase, cambio, vicisitud. **2.** Reencarnación, transformación.

ave n.f. ZOOL Animal vertebrado, ovíparo, de respiración pulmonar y sangre de temperatura constante, pico córneo, cuerpo cubierto de plumas, con dos patas y dos alas. ▷ pl. ZOOL Clase de estos animales.
ENCICL Las aves forman una clase de animales vertebrados caracterizados por su adaptación al vuelo, ya que sus miembros anteriores se han transformado en alas. La piel está cubierta de plumas que permiten desarrollar una gran superficie ligera e impermeable al aire. El tuétano de los huesos está sustituido por aire (hueso neumático), lo que disminuye la densidad del cuerpo. El esternón presenta una lámina ósea, la quilla, en la que se insertan los potentes músculos motores de las alas. Distintas soldaduras en la columna vertebral y en los miembros posteriores endurecen el esqueleto para el aterrizaje. El aparato respiratorio presenta varias características: en la división de la tráquea en dos bronquios se encuentra el órgano del canto, la siringe; los bronquios están prolongados por los pulmones y, en todo el cuerpo, por *sacos aéreos* que también rebajan la densidad. El tubo digestivo, el aparato genital y el aparato urinario desembocan en una bolsa única: la cloaca. El oído y la vista están muy desarrollados, los ojos pueden cubrir un campo visual de 300°. Las aves son extremadamente resistentes y pueden volar muy rápido (el vencejo, hasta 200 km/h) y durante mucho tiempo (migración). El acoplamiento va precedido por paradas nupciales complicadas; las aves construyen nidos de distintas formas para incubar los huevos y criar a sus pequeños. Algunos (como el cuco), que confían sus huevos a otras especies, se comportan como verdaderos parásitos. Las aves tienen un comportamiento evolucionado: algunas utilizan herramientas, otras viven en colonias muy jerarquizadas. El primer animal volador, aparecido en el Jurásico, fue el arqueopterix, descendiente de los reptiles y antepasado de las aves. Una lenta evolución ha llevado a las aves actuales, después de conocer formas gigantes. Numerosas aves son domésticas, algunas desde la prehistoria (especialmente la gallina).

avecinar v.tr. y prnl. **1.** Acercar. **2.** Avecindar.

avecindar **1.** v.tr. Admitir a alguien en el número de los vecinos de un pueblo. **2.** v.prnl. Establecerse en algún pueblo en calidad de vecino.

avechucho n.m. **1.** Ave de figura desagradable. **2.** Fig y Fam. Sujeto despreciable.

avejentar v.tr. y prnl. Poner a alguno sus males, o cualquier otra causa, en estado de parecer viejo.

avejigar v.tr.,int. y prnl. Levantar vejigas sobre alguna cosa.

avellana n.f. Fruto del avellano.

avellanar **1.** v.tr. Ensanchar la entrada de los agujeros para los tornillos, a fin de que la cabeza de éstos quede embutida en la pieza taladrada. **2.** v.prnl. Arrugarse y ponerse enjuta una persona o cosa. • **avellanado,a** n.m. Acción y efecto de avellanar una pieza. • **avellanador** n.m Barrena que suele emplearse para ensanchar o alisar los taladros.

avellano n.m. **1.** BOT Arbusto de la familia de las betuláceas, de tres a cuatro metros de altura. La madera de esta planta es dura y se usa para aros de pipas y barriles. El fruto es un aquenio inserto en una cápsula membranosa que contiene un único grano, rico en aceite, la avellana. El avellano se adapta a todos los climas. **2.** Madera de este árbol. **3.** Árbol de la isla de Cuba, de la familia de las euforbiáceas, de madera tierna, viscosa y blanca. Del jugo de su tronco se obtiene goma elástica

avemaría n.f. **1.** Oración compuesta de las palabras con que el Arcángel San Gabriel saludó a la Virgen. **2.** Pieza musical compuesta sobre el texto de esta oración. **3.** Ángelus.

avena n.f. **1.** Planta gramínea. Se cultiva para alimento. **2.** Conjunto de granos de esta planta.

avenar v.tr. Dar salida y corriente a las aguas muertas.

avenate n.m. Bebida fresca y pectoral, hecha a base de avena mondada.

avenencia n.f. **1.** Convenio, transacción. **2.** Conformidad y unión.

avenida n.f. **1.** Vía ancha con árboles a los lados. **2.** Camino que conduce a un pueblo o lugar determinado. **3.** Creciente impetuosa de un río. **5.** MILIT Desfiladero, camino, puente, etc., que conduce a una plaza fuerte, campamento o posición.

avenir **I.** v.tr. y prnl. Concordar. **II.** v.int. Suceder, efectuarse un hecho. **III.** v.prnl. **1.** Componerse o entenderse bien con alguna persona o cosa. **2.** Ponerse de acuerdo en materia de opiniones o pretensiones. **3.** Amoldarse, hallarse a gusto, conformarse. **4.** Hablándose de cosas, hallarse en armonía o conformidad. • **avenido,a** adj. Con los advs. *bien* o *mal*, concorde o conforme con personas o cosas, o al contrario.

aventador,a **I.** n. y adj. **1.** Dícese del que avienta y limpia los granos. **2.** Se aplica a la máquina o instrumento que se emplea con este fin. **II.** n.m. **1.** Bieldo. **2.** Soplillo, abanico. **III.** MIN Válvula colocada en la parte superior del tubo de aspiración de las bombas.

aventajar **1.** v.prnl. Llevar o sacar ventaja. **2.** v.tr. y prnl. Adelantar, poner en mejor estado. **3.** v.tr. Anteponer, preferir. • **aventajado,a** adj. **1.** Notable, digno de llamar la atención. **2.** Ventajoso, provechoso.

aventar **I.** v.tr. **1.** Hacer aire a alguna cosa. **2.** Echar al viento los granos para limpiarlos. **3.** Impeler el viento alguna cosa. **4.** Fig. y Fam. Echar o expulsar. **II.** v.prnl. **1.** Llenarse de viento algún cuerpo. **2.** Fig. y Fam. Huir, escaparse.

aventura n.f. **1.** Empresa de resultado incierto. **2.** Casualidad, contingencia. **3.** Riesgo. **4.** Suceso o lance extraño. • **aventurar** **1.** v.tr. y prnl. Arriesgar, poner en peligro. **2.** v.tr. Decir alguna cosa atrevida o de la que se tiene duda. • **aventurado,a** adj. Arriesgado, atrevido, inseguro. • **aventurero,a** **I.** n. y adj. **1.** Que busca aventuras. **2.** Se aplica a la persona de malos antecedentes, que por medios desconocidos o reprobados trata de conquistar en la sociedad un puesto que no le corresponde.

avergonzar **1.** v.tr. Causar vergüenza. ▷ Fig. Superar en perfección o dejar atrás a una cosa. **2.** v.prnl. Tener vergüenza o sentirla.

1. avería n.f. Casa o lugar donde se crían aves. **2.** Averío.

2. avería n.f. **1.** Daño que impide el funcionamiento de un aparato, instalación, vehículo, etc. **2.** Daño que padecen las mercancías. **3.** MAR Daño que, por cualquier causa, sufre la embarcación o su carga. **4.** Fam. Azar, perjuicio. • **averiar** **1.** v.tr. y prnl. Producir avería. **2.** v.prnl. Averiarse. • **averiarse** v.prnl. Maltratarse o echarse a perder alguna cosa.

averiguar v.tr. Inquirir la verdad hasta descubrirla.

averío n.m. Conjunto de aves de corral.

averno n.m. Infierno.

aversión n.f. Oposición y repugnancia que se tiene a alguna persona o cosa.

avestruz n.m. Ave del orden de las corredoras, la mayor de las conocidas, pues llega a dos metros de altura. Habita en el África y en la Arabia. — *Avestruz de América.* Ñandú.

avetoro n.m. ZOOL Ave zancuda parecida a la garza.

avezar v.tr. y prnl. Acostumbrar.

1. aviador,a **1.** n. y adj. Dícese de la persona que gobierna un aparato de aviación y especialmente la que está provista de licencia para ello. **2.** n.m. Individuo que presta servicio en la aviación militar. • **aviación** n.f. **1.** Locomoción en la atmósfera por medio de aparatos más pesados que el aire. **2.** Conjunto de medios que permiten la navegación aérea. ▷ P. ext. todo lo relacionado con los aviones. **3.** Cuerpo militar que utiliza este medio de locomoción para la guerra.
ENCICL **Hist.** — Los planos de las primeras máquinas voladoras fueron realizados por Leonardo da Vinci, a comienzos del s. XV. Clément Ader, «padre de la aviación», fue el primero en hacer volar un aeroplano, el *Eole*, en 1890. A partir de 1900, los hermanos Wright realizaron numerosos vuelos sobre planeadores. En 1909, Louis Blériot efectuó la travesía del canal de la Mancha en 37 minutos, a bordo de su Blériot XI. La Primera Guerra Mundial hizo que la aviación progresara considerablemente. En 1919 se logró realizar la travesía del Atlántico Norte (Alcock y Brown), y en 1922, la del Atlántico Sur (Cabral y Coutinho). En 1923 se realizó en Getafe (Madrid) la primera ascensión de

autogiro, aparato inventado por Juan de la Cierva. Los españoles Franco, Ruiz de Alda, Durán y Roda, efectuaron la travesía España-Argentina a bordo del hidroavión *Plus Ultra* (1926). Charles Lindbergh realizó un vuelo, sin radio, entre Nueva York y el aeropuerto de Le Bourget (París), en 33 horas y media (1927). A partir de 1930 comenzó la comercialización de las líneas transoceánicas. Los primeros aviones de reacción fueron experimentados en vuelo en Alemania, a partir de 1937. La Segunda Guerra Mundial dio a la aviación militar toda su importancia y permitió que la aviación civil se desarrollara enormemente después de la guerra. El terreno de lo supersónico se exploró entre 1945 y 1957 (Charles Yeager franqueó la barrera del sonido en 1947) y los aviones empezaron a ser progresivamente equipados con turbopropulsores y reactores que reemplazaron a los antiguos motores de hélice. El período 1958-1970 se caracterizó por la exploración del campo supersónico e hipersónico (en 1961, White alcanzó la velocidad de Mach 6) y por el vuelo de los primeros aviones supersónicos civiles. (Tupolev 144 en 1968, Concorde en 1969).

Aviación civil. — Comprende la aviación *general* (aviación ligera, de negocios y de trabajo) y la aviación *comercial,* destinada al transporte de pasajeros y mercancías. Según las distancias que los aviones pueden recorrer, se distinguen los de largo alcance (más de 9.000 km), los de alcance medio (2.500 a 9.000 km) y los de corto alcance (menos de 2.500 km). Las companias aéreas realizan importantes esfuerzos para ampliar su mercado (reducción de los costos de transporte mediante el empleo de aviones gigantes y un mejor índice de utilización, como en los vuelos «charters», mejora del servicio, etc.). Dichas compañías se han visto especialmente afectadas por el aumento del precio de los carburantes en 1974, a consecuencia de la guerra de Kippur, que frenó, sobre todo, el desarrollo de los aviones supersónicos.

Aviación militar. — Sus funciones son: la defensa aérea, el apoyo táctico, el reconocimiento, el transporte y el bombardeo estratégico. Los aviones de *intercepción*, o cazas, disponen de una velocidad ascensorial muy elevada. Su misión es la destrucción en vuelo, por medio de misiles, de los aviones e ingenios enemigos que ataquen el territorio. Las misiones encomendadas a la *aviación táctica* son desempeñadas por aviones ligeros o helicópteros, que deben poseer una gran maniobrabilidad en todo tipo de condiciones meteorológicas, así como una autonomía suficiente. El *bombardeo estratégico* es efectuado por aviones capaces de desplazarse tanto a poca como a gran altura, con el fin de escapar a los sistemas de detección enemigos. Están en permanente estado de alerta y deben ser abastecidos en vuelo. Los aviones de *transporte* tienen que poseer una gran capacidad y deben adaptarse a terrenos precariamente preparados. La *fuerza aeronaval* se encarga, además, de las misiones de intercepción y de apoyo, así como de la detección y destrucción de submarinos enemigos.

2. aviador,a **I.** n. y adj. Que avía, dispone o prepara una cosa. **II.** n.m. **1.** Barrera que usan los calafates. **2.** *Amér.* El que costea labores de minas. **3.** *Amér.* El que presta dinero o efectos a labrador, ganadero o minero.

aviar **I.** v.tr. **1.** Prevenir o disponer alguna cosa para el camino. **2.** Aderezar la comida. **3.** Fam. Despachar, apresurar la ejecución de lo que se está haciendo. **4.** *Amér.* Prestar dinero o efectos a labrador, ganadero o minero. **5.** *Chile.* Costear las labores de una mina para que continúe la explotación de la misma. **II.** v.tr. y prnl. **1.** Fam. Arreglar, componer. **2.** Fam. Proporcionar a uno lo que hace falta para algún fin. **III.** v.prnl. Ponerse el traje adecuado.

aviario,a **1.** adj. Perteneciente o relativo a las aves, y especialmente a sus enfermedades. **2.** n.m. Colección de aves distintas, ordenada para exhibición o estudio. • **aviar** adj. Aviario.

avicultura n.f. Arte de criar y fomentar la reproducción de las aves y de aprovechar sus productos. • **avícola** adj. Perteneciente o relativo a la avicultura.

avidez n.f. Ansia, codicia. • **ávido,a** adj. Ansioso, codicioso.

aviejar v.tr. y prnl. Avejentar.

avienta n.f. Aventamiento del grano.

aviento n.m. **1.** Bieldo. **2.** Instrumento con que se carga la paja en los carros.

avieso,a adj. **1.** Torcido, fuera de regla. **2.** Fig. Malo o mal inclinado.

avifauna n.f. Parte de la fauna general o particular de un país o de una comarca, constituida por las aves.

avifáunico,a adj. Perteneciente o relativo a la avifauna.

avillanar v.tr. y prnl. Hacer que alguien se comporte como un villano.

avío n.m. **1.** Prevención, apresto. **2.** Provisión que lleva la gente del campo para alimentarse. **3.** Conveniencia, interés o provecho personal. **4.** *Amér.* Préstamo hecho a un labrador, ganadero o minero. **5.** pl. Fam. Utensilios necesarios para alguna cosa.

1. avión n.m. Pájaro, especie de vencejo.

2. avión n.m. Aeronave más pesada que el aire, provista de alas, cuya sustentación y avance son consecuencia de la acción de uno o varios motores. ▷ Denominación genérica de toda clase de aeroplanos. • **avioneta** n.f. Avión pequeño. • **aviónica** n.f. AERON Conjunto de sistemas de conducción, control y navegación, que funcionan con un material informático y electrónico. ▷ Técnica de concepción y realización de dichos equipos.

ENCICL Un avión se compone de fuselaje, alas, uno o varios motores, tren de aterrizaje y equipos de control, de navegación y de seguridad. Las alas mantienen el avión en el aire, por efecto de la *sustentación*, que equilibra su peso. El empuje de los motores compensa la *resistencia* que se opone a su avance. En la actualidad, los aviones militares y comerciales están equipados de *turborreactores*, cuyo funcionamiento es más sencillo que el de los motores de hélice y que además producen un incremento de la masa. Los turbopropulsores se adaptan bien a las velocidades inferiores a Mach 3, pero por encima de esta velocidad es preciso utilizar otros tipos de propulsores (estatorreactores, motores-cohete) o motores híbridos (turbocohetes, estatocohetes). Por lo general, las estructuras de los aviones suelen construirse en aleaciones de aluminio y de magnesio. Por encima de Mach 2 se utilizan aleaciones de titanio, que resisten mejor el calentamiento. Los materiales compuestos (estratificados a base de fibras de vidrio y resinas epoxídicas, o de fibras de boro y carbono) se están desarrollando enormemente en la actualidad, pues permiten reducir la masa de las estructuras, con igual resistencia. El control de los aviones se ve facilitado por dispositivos que aseguran automáticamente la estabilidad en vuelo. Las centrales de navegación inerciales, que utilizan el principio de los giróscopos, permiten mantener el avión en la ruta definida por el plan de vuelo. Cierto número de sistemas de *ayuda al aterrizaje* (radar y radiofaros) permiten a los pilotos proceder a las maniobras de aproximación con las mejores condiciones de seguridad. El control de los aviones modernos (especialmente de los supersónicos) requiere un prolongado entrenamiento, realizado en *simuladores de vuelo.* Cuando la velocidad de un avión se aproxima a la velocidad del sonido (vuelo *transónico*), disminuye su sustentación y aumenta su resistencia; el centro de empuje se desplaza hacia la parte posterior del ala y se producen ondas de choque cónicas, percibidas en tierra con mayor o menor intensidad («bang»: paso de la «barrera del sonido»). El calentamiento debido a la fricción del aire resulta especialmente importante por encima de Mach 2,2. A partir de Mach 3, y hasta Mach 5, los fenómenos aerodinámicos se modifican progresivamente. A partir de Mach 5, el vuelo es denominado *hipersónico*. En este caso, la onda de choque precede al avión. Por razones económicas, tales velocidades son difícilmente aceptables para los aviones comerciales. Para disminuir los inconvenientes de la aviación y mejorar su seguridad se han aplicado numerosos sistemas: dispositivos anticolisión con búsqueda automática de aviones por medio de radar y previsión de los riesgos por medio de ordenador, reducción del ruido mediante el empleo de reactores de elevado índice de dispersión, obligación de que los aviones supersónicos sobrevuelen las zonas habitadas a velocidad subsónica, etc. También se han desarrollado otros dispositivos que permiten a los aviones despegar y aterrizar en pistas cortas (STOL: *Short Taking Off-Landing*), o, incluso, en vertical (VTOL: *Vertical Taking Off-Landing*): incremento de la sustentación (sistema de ala soplada, p. ej.), reactores de sustentación, motores basculantes, etc.

avisado,a adj. Prudente, discreto.

avisador,a **1.** n. y adj. Que avisa. **2.** n.m. Persona que lleva avisos de una parte a otra.

avisar v.tr. **1.** Dar noticia de algún hecho. **2.** Advertir, aconsejar. **3.** Llamar a alguien para que preste un servicio.

aviso n.m. **I. 1.** Noticia dada a alguien. **2.** Indicio, señal. **3** Advertencia, consejo. **4.** Atención, cuidado. **5.** Prudencia, discreción. **6.** *Amér.* Anuncio. **II.** MAR Buque de guerra de vapor, rápido y ligero.

avispa n.f. Insecto himenóptero, de color amarillo con fajas negras, y el cual tiene en la extremidad posterior del cuerpo un aguijón con que pica. Vive en sociedad. • **avispado,a** adj. Fig. y Fam. Vivo, despierto. • **avispar** **I.** v.tr. **1.** Dar con látigo a las caballerías. **2.** Fig. y Fam. Hacer despierto y avisado a alguno. **3.** *Chile.* Infundir miedo. **II.** v.prnl. Fig. Inquietarse, desasosegarse. • **avispero** n.m. **I. 1.** Panal que fabrican las avispas. **2.** Lugar en donde las avispas fabrican sus panales. **3.** Conjunto o multitud de avispas. **II.** Fig. y Fam. Negocio enredado y que ocasiona disgustos. **III.** MED Grupo o aglomeración de diviesos, con varios focos de supuración, al modo de las celdillas del panal de las avispas. • **avispón** n.m. Especie de avispa, mucho mayor que la común.

avistar **1.** v.tr. Alcanzar con la vista alguna cosa. **2.** v.prnl. Reunirse una persona con otra para tratar algún negocio.

avitaminosis n.f. **1.** MED Carencia o escasez de vitaminas. **2.** Enfermedad producida por la escasez o falta de ciertas vitaminas.

avituallar v.tr. Proveer de vituallas. • **avituallamiento** n.m. Acción y efecto de avituallar.

avivar **I.** v.tr. **1.** Dar viveza, excitar, animar. **2.** Fig. Encender, acalorar. **3.** Fig. Hacer que el fuego arda más. **4.** Fig. Hacer que la luz dé más claridad. **5.** Fig. Poner los colores más vivos. **II.** v.int. y prnl. **1.** Empezar a nacer los gusanos de seda. **2.** Cobrar vida, vigor. • **avivador,a** **I.** adj. Que aviva. **II.** n.m. **1.** Pequeño espacio hueco que se deja entre dos molduras de madera para hacerlas resaltar. **2.** Cepillo especial para hacer esas molduras. • **avivamiento** n.m. Acción y efecto de avivar o avivarse.

avizorar v.tr. Acechar.

avo,a **1.** Terminación que se añade a los números cardinales para significar las partes iguales en que se ha dividido una unidad. **2.** n.m. Parte pequeña de una cosa.

avoceta n.f. Género de ave zancuda de largo pico curvado hacia arriba y plumaje blanco y negro.

avugo n.m. Fruta del avuguero. • **avuguero** n.m. Árbol, variedad del peral.

avutarda n.f. Ave zancuda de gran tamaño y las alas pequeñas, por lo cual su vuelo es corto y pesado. — *Avutarda Menor.* Sisón.

¡ax! interj. de dolor.

axial adj. BOT Dícese de un modo de placentación en el que las semillas se agrupan alrededor del eje del ovario.

axila n.f. **1.** ZOOL Sobaco del brazo. **2.** BOT Ángulo formado por la articulación de cualquiera de las partes de la planta con el tronco o la rama. • **axilar** adj. BOT y ZOOL Perteneciente o relativo a la axila.

axinita n.f. Mineral compuesto principalmente de ácido bórico, sílice y alúmina.

axiología n.f. FILOS Teoría de los valores, especialmente de los valores morales. • **axiológico,a** adj. Relativo a los valores.

axioma n.m. Proposición general, formulada y aceptada como verdadera, sin una demostración. ▷ P. ext., principio establecido a priori. • **axiomática** n.f. Conjunto de definiciones, axiomas y postulados en que se basa una teoría científica. • **axiomático,a** adj. **1.** Relativo al axioma. **2.** Que razona en base a símbolos, independientemente de su contenido. • **axiomatización** n.f. Acción y efecto de axiomatizar. • **axiomatizar** v.tr. Construir la axiomática de una ciencia.

ENCICL Un axioma es una proposición, formulada a priori, a partir de la cual pueden deducirse otras proposiciones, denominadas en matemáticas *teoremas*. Un sistema de axiomas debe conducir a la formulación de proposiciones que no se contradigan, y en número suficiente como para que presenten cierto interés. En la actual investigación matemática, la axiomatización desempeña un papel central. El *postulado*, en filosofía, se diferencia del axioma en que, mientras que el primero puede ser puesto en duda, el segundo ha de ser aceptado como verdadero.

axiómetro n.m. MAR Instrumento que indica sobre cubierta la dirección del timón.

axis n.m. ANAT Segunda vértebra del cuello. • **axoideo,a** adj. Perteneciente o relativo al axis.

axón n.m. ANAT Prolongación cilíndrica y alargada de la neurona que conduce el influjo nervioso hacia una sinapsis neuroefectriz.

axonometría n.f. TECN Representación de un volumen en perspectiva, a partir de tres ejes que forman entre sí un ángulo de 120°

¡ay! **1.** Interj. con que se expresan estados de ánimo diversos. Seguida de la partícula *de* y un nombre o pronombre, denota pena, temor, conmiseración o amenaza. **2.** n.m. Suspiro, quejido.

aya n.f. Mujer encargada de cuidar y educar los niños de una familia.

ayacua n.m. Diablo pequeño que los indios argentinos se imaginaban armado de arco, y a cuyas heridas atribuían sus dolencias.

ayacuchos, nombre despectivo con que se designaba a los partidarios de Espartero y a él mismo. Aludía a la participación de algunos de estos militares en la derrota de Ayacucho.

ayahuasca n.f. *Ecuad.* y *Perú.* Planta narcótica, que tomada en infusión embriaga y produce visiones fantásticas.

ayatollah n.m. Dignatario musulmán chiíta.

¡ayayay! (*De ¡ay!*) interj. con que se expresan diversos sentimientos, especialmente los de aflicción y dolor.

ayeaye n.m. ZOOL Prosimio del tamaño de un gato.

ayer **I.** adv.t. **1.** En el día que precedió inmediatamente al de hoy. **2.** Fig. Poco tiempo ha. **3.** Fig. En tiempo pasado. **II.** n.m. Tiempo pasado.

ayllú, agrupación familiar propia de los pueblos andinos, base de su organización social. Estaba compuesta de un grupo de familias emparentadas, y poseía la tierra en común, bajo la dirección de un *curaca*. El Imperio inca respetó esta organización, que ha sobrevivido hasta nuestros días.

aymara v. aimara.

ayocote n.m. *Méx.* Especie de frijol más grueso que el común.

ayote n.m. *Amér Central* y *Méx.* Calabaza. fruto. • **ayotera** n.f. *Amér. Central.* Calabacera (planta).

ayúa n.f. Árbol de América, de la familia de las rutáceas. Se emplea en construcción y en medicina.

ayubíes o **ayyūbíes,** dinastía musulmana fundada por Salāh al-Dīn Yūsuf ibn Ayyūb (Saladino) en 1171, que gobernó Egipto, Siria y Yemen; sustituyó a los fatimíes y, a su vez, fue derrocada por los mamelucos en 1250 (Egipto) y en 1260 (Siria).

ayuda **I.** n.f. **1.** Acción y efecto de ayudar. **2.** Persona o cosa que ayuda. **3.** Entre pastores, aguador. **4.** EQUIT Estímulo que el jinete comunica al caballo por medio de la brida, espuela, voz o cualquier otro medio eficaz. **5.** Medicamento líquido que se introduce en el cuerpo por el ano con instrumento adecuado, y sirve para provocar la defecación. **II.** n.m. **1.** Subalterno que en alguno de varios oficios de palacio servía bajo las órdenes de su jefe. **2.** MAR Aparejo que se pone para mayor seguridad de otro.

ayudar **I.** v.tr. Prestar cooperación. ▷ P. ext., Auxiliar, socorrer. **II.** v.prnl. **1.** Hacer un esfuerzo, poner los medios para el logro de alguna cosa. **2.** Valerse de la cooperación o ayuda de otro. • **ayudante** n.m. **1.** En algunos cuerpos y oficinas, oficial subalterno. **2.** Maestro subalterno que enseña en las escuelas, bajo la dirección de otro superior y le suple. **3.** Profesor subalterno que ayuda a otro superior en el ejercicio de su facultad. **4.** MILIT Oficial destinado personalmente a las órdenes de un general o jefe superior.

ayuga n.f. Mirabel (planta).

ayunar v.int. **1.** Abstenerse total o parcialmente de comer o beber. **2.** Privarse o estar privado de algún gusto o deleite. **3.** Guardar el ayuno eclesiástico.

1. ayuno n.m. **1.** Acción y efecto de ayunar. **2.** Manera de mortificación por precepto eclesiástico, la cual consiste sustancialmente en no hacer más que una comida al día, absteniéndose de ciertos alimentos.

2. ayuno,a adj. **1.** Que no ha comido. **2.** Fig. Privado de algún gusto o deleite. **3.** Fig. Que no tiene noticia de lo que se habla, o no lo comprende.

ayuntamiento n.m. **1.** Acción y efecto de ayuntar o ayuntarse. **2.** Junta, reunión de personas. **3.** Corporación compuesta de un alcalde y varios concejales para la administración de los intereses de un municipio. **4.** Casa consistorial. **5.** Cópula.

ayustar v.tr. MAR Unir dos cabos por sus extremidades.

azabache n.m. **1.** Variedad de lignito, bastante dura y compacta, de color negro y susceptible de pulimento. Se usa para hacer esculturas y obras de adorno. ▷ pl. Conjunto de dijes de azabache. **2.** Pájaro de unos 8 cm de largo, con el lomo de color ceniciento oscuro, el vientre blanco y la cabeza y las alas negras.

azabara n.f. BOT Zabila.

azacán,a n. y adj. **1.** Que se ocupa en trabajos humildes y penosos. **2.** n.m. Aguador, que tiene por oficio llevar agua.

azada n.f. **1.** Instrumento que consiste en una lámina o pala cuadrangular de hierro, sujeta a un mango formando ángulo agudo. **2.** Azadón.

azadón n.m. **1.** Instrumento que se distingue de la azada en que la pala, cuadrangular, es algo curva y más larga que ancha. **2.** Azada. • **azadonada** n.f. Golpe dado con azadón.

azafata n.f. Empleada uniformada que atiende al público en un avión, congresos, reuniones, etc.

azafate n.m. **1.** Canastillo o fuente con borde de poca altura. ▷ *Col.* y *Chile.* Usado por bandeja o fuente de loza. **2.** *Col.* Jofaina de madera.

azafrán n.m. **1.** Planta de la familia de las iridáceas. ▷ Estigma de las flores de esta planta. Se usa como condimento y para teñir de amarillo, y en medicina como estimulante y emenagogo. — *Azafrán bastardo, romí o romín.* Alazor. **2.** MAR Madero exterior que forma parte de la pala del timón y se une con pernos a la madre. **3.** PINT Color amarillo anaranjado que se saca del estigma del azafrán desleído en agua. • **azafranado,a** adj. De color de azafrán. • **azafranal** n.m. Sitio plantado de azafrán. • **azafranar** v.tr. **1.** Teñir de azafrán. **2.** Poner azafrán en un líquido. **3.** Mezclar, juntar azafrán con otra cosa.

azagar v.int. Ir las ovejas o cabras una tras otra en las sendas.

azagaya n.f. Lanza o dardo arrojadizo.

azahar n.m. Flor blanca, y particularmente la del naranjo, limonero y cidro.

azalá n.m. Entre los mahometanos, oración, ruego o súplica.

azalea n.f. Arbolito de la familia de las ericáceas cuyas flores contienen una sustancia venenosa.

azamboero o **azamboo** n.m. Árbol, variedad del cidro. • **azamboa** n.f. Fruto del azamboero.

azanca n.f. MIN Manantial de agua subterránea.

azar n.m. **1.** Casualidad, caso fortuito. **2.** Desgracia imprevista. **3.** En los juegos de naipes o dados, carta o dado que tiene el punto con que se pierde. **4.** En el juego de billar, cualquiera de los lados de la tronera que miran a la mesa. **5.** En el juego de pelota, esquina, puerta u otro estorbo.

azararse v.prnl. Estropearse un asunto. • **azarar** **1.** v.tr y prnl. Conturbar, sobresaltar, avergonzar. **2.** v.prnl. Ruborizarse, sonrojarse.

azarbeta n.f. Cada una de las acequias que recogen los sobrantes o filtraciones de un riego y los llevan al azarbe. • **azarbe** n.m. Cauce adonde van a parar por las azarbetas los sobrantes o filtraciones de los riegos.

azarcón n.m. **1.** Minio. **2.** PINT Color anaranjado muy encendido.

azarearse v.prnl. **1.** *Guat., Hond., Nicar., Perú* y *Urug.* Azararse. **2.** *Chile* y *Perú.* Irritarse, enfadarse.

azarja n.f. Instrumento que sirve para coger la seda cruda.

azaroso,a adj. **1.** Que tiene en sí azar o desgracia. **2.** Turbado, temeroso.

azeótropo n.m. QUIM Mezcla de líquidos que tiene la propiedad de poseer una temperatura constante de ebullición. • **azeotrópico,a** adj. QUIM Que presenta el carácter de un azeótropo.

aziliense adj. y n. Dícese de la industria prehistórica posterior al magdaleniense final.

ázimo adj. Pan sin levadura.

azimut n.m. ASTRON Acimut.

aznacho n.m. **1.** Pino rodeno, generalmente achaparrado. ▷ **2.** Madera de este árbol.

1. azo,a Sufijo aumentativo: *perrazo, manaza.*

2. azo Sufijo que suele significar golpe dado con un objeto: *porrazo, almohadillazo.*

azoato n.m. QUIM Nitrato.

azocar v.tr. MAR Tratándose de nudos, trincas, ligaduras, etc., apretarlos bien.

ázoe n.m. QUIM Nitrógeno. • **azoado,a** adj. Que tiene ázoe. • **azoar** v.tr. y prnl. QUIM Impregnar de ázoe o nitrógeno.

azoemia n.f. PAT Existencia de sustancias nitrogenadas en la sangre.

azofaifa n.f. Azufaifa (fruto).

azofra n.f. Prestación personal.

1. azogar **I.** v.tr. Cubrir con azogue alguna cosa. **II.** v.prnl. **1.** Contraer la enfermedad producida por la absorción de los vapores de azogue. **2.** Fig. y Fam. Turbarse y agitarse mucho.

2. azogar v.tr. Apagar la cal rociándola con agua, de modo que se deshaga sin formar lechada.

1. azogue n.m. **1.** QUIM Mercurio (metal). **2.** Cada una de las naves destinadas antiguamente para conducir azogue de España a América. • **azoguería** n.f. MIN Oficina donde se hacen las operaciones de la amalgamación. • **azoguero** n.m. MIN Amalgamador.

2. azogue n.m. Plaza de algún pueblo, donde se tiene el trato y comercio público.

azoico,a adj. y n. QUIM Compuesto orgánico nitrogenado.

azolaceo,a n.f. y adj. BOT Dícese de plantas pteridofitas de la clase de las hidropteríneas. ▷ n.f. pl. Familia de estas plantas.

azolar v.tr. CARP Desbastar la madera con azuela.

azolvar v.tr. y prnl. Cegar o tupir con alguna cosa un conducto.

azolve n.m. *Méx.* Lodo o basura que obstruye un conducto de agua.

azonal adj. Dícese de un suelo cuya constitución no depende de las condiciones de una determinada zona climática del globo terrestre, sino de condiciones locales.

azoospermia n.f. MED Ausencia de espermatozoides en el esperma.

azor n.m. ZOOL Ave rapaz diurna.

azora o **sūra** n.f. Capítulo del Corán.

azorar **I.** v.tr. Asustar, perseguir o alcanzar el azor a las aves. **II.** v.tr. y prnl. **1.** Fig. Conturbar, sobresaltar y avergonzar. **2.** Fig. Irritar, infundir ánimo.

azotado,a **1.** adj. De varios colores unidos confusamente. **2.** n.m. Reo castigado con pena de azotes. **3.** Disciplinante de semana santa.

azotar v.tr. y prnl. **1.** Dar azotes a alguien. **2.** Dar golpes con la cola o con las alas. **3.** Cortar el aire violentamente. **4.** Fig. Golpear una cosa o dar repetida y violentamente contra ella. • **azotaina** o **azotina** n.f. Fam. Zurra de azotes. • **azotamiento** n.m. Acción y efecto de azotar o azotarse. • **azote** n.m. **1.** Instrumento de suplicio formado con cuerdas anudadas y a veces erizadas de puntas. **2.** Vara, vergajo o tira de cuero que sirve para azotar. **3.** Golpe dado con el azote. ▷ Golpe dado en las nalgas con la mano. **4.** Embate o golpe repetido del agua o del aire. **5.** Fig. Aflicción, calamidad, castigo grande. **6.** Fig. Persona que es causa o instrumento de este castigo. • **azotazo** n.m. **1.** Golpe grande dado con el azote. ▷ Golpe grande dado en las nalgas con la mano.

azotea n.f. Cubierta llana de un edificio.

azotobacter n.m. MICROB Género de azotobacteriáceas, aerobio y fijador del nitrógeno.

azotobacteriáceas n.f.pl. Clase de microbacterias, que en determinadas condiciones fijan el nitrógeno.

azoturia n.f. MED Eliminación, a veces excesiva, de los compuestos nitrogenados (uratos, urea) a través de la orina.

azteca (calendario), de origen marcadamente religioso, funcionaba simultáneamente como divisoria del tiempo y homenaje cotidiano a los dioses. El mes azteca era de 20 días. Cada día tenía un significado particular (viento, casa, monstruo acuático, etc.) y llevaba un número de orden, tomado de una serie de 13. El mismo signo volvía a coincidir con la misma cifra al cabo de 260 días (20 ×13). Es el año divino, *Tonalpohualli,* escrito en el *tonalamatl* o libro sagrado. Los años se identificaban según cuatro signos: *acatl* (caña), *tecpatl* (cuchillo de sacrificio), *calli* (casa) y *tochtli* (conejo), al tiempo que se ordenaban en una serie de trece. El mismo signo y la misma cifra se repetían al cabo de 52 años (4 ×13), el siglo azteca o *Xiuhmolpillo.* Este calendario religioso no excluía un calendario civil, compuesto por 18 meses de 20 días (360 días), más 5 días «nefastos»: los *nemontemi.* Un tercer calendario se ordenaba según las evoluciones del planeta Venus, y cada uno de sus años se componía de 584 días solares. 56 años venusinos equivalían a 104 años solares, es decir 2 «siglos», período de tiempo tras el cual los tres calendarios coincidían en la misma fecha.

aztecas pueblo nativo de México procedente de la zona en que se encuentra la actual c. de San Luis de Potosí, donde se instalaron temporalmente tras separarse de los chichimecas, pueblo indígena que habitaba entonces en la región NE. Posteriormente se desplazaron hacia el S y llegaron, hacia el año 1325, a territorio tolteca, en la región del lado de Texcoco, donde fundaron Tenochtitlán, que se transformaría en la capital de su imperio y daría origen a la actual ciudad de México. Para ello debieron imponerse por la fuerza sobre los restantes pueblos del Valle de México, primero, y de toda la América Central, después, aunque su supremacía, que se prolongó durante 200 años, no fue nunca hegemónica. Su civilización se desarrolló en base a una organización político-económica muy evolucionada, una compleja y rica religión politeísta y una cultura heredada en parte de los toltecas, toda la arquitectura y la escultura. La llegada de los conquistadores españoles bajo el mando de Hernán Cortés, en 1523, impuso el sometimiento de los aztecas. Cuauhtémoc, último monarca azteca, fue muerto y su capital, Tenochtitlán, destruida por el fuego.

aztor n.m. Azor (ave).

azua n.f. Chicha (bebida alcohólica).

azucapé n.m. Dulce de caña de azúcar.

azúcar n.m. y f. **1.** Sustancia sólida, blanca y muy dulce, más o menos cristalina, soluble en el agua y en el alcohol. Se extrae de la caña dulce, de la remolacha y de otros vegetales. • **azucarado,a** adj. **1.** Semejante al azúcar en el gusto. **2.** Fig. y Fam. Blando y meloso en las palabras. • **azucarar** **I.** v.tr. Bañar con azúcar. ▷ Fig. y Fam. Endulzar con azúcar. — Fig. y Fam. Suavizar y endulzar alguna cosa. **II.** v.prnl. **1.** Bañar con almíbar. **2.** *Amér.* Cristalizarse el almíbar de las conservas. • **azucarera** n.f. **1.** Vasija para poner azúcar en la mesa. **2.** Fábrica en que se extrae y elabora el azúcar. • **azucarero,a** **I.** adj. Perteneciente o relativo al azúcar. **II.** n.m. **1.** Persona técnica en la fabricación de azúcar. **2.** Ave trepadora de los países tropicales. **III.** n.f. Azucarera, vasija para azúcar. • **azucarillo** n.m. Porción de masa esponjosa que se hace con almíbar, clara de huevo y zumo de limón.

ENCICL El azúcar es una sustancia (sacarosa) de origen vegetal utilizada desde la Edad Media; con anterioridad la miel desempeñaba muchas de sus funciones. Hoy día los químicos han generalizado la noción; llaman *azúcares* o *glúcidos* a una amplia familia de moléculas orgánicas (v. glúcidos). Se obtiene del arce (EEUU y Canadá), de diversos frutos, del maíz, y sobre todo de la caña de azúcar y de la remolacha azucarera cuya explotación industrial, se remonta a la más remota antigüedad (Asia) en el caso de la caña de azúcar, y desde 1812 (con ocasión del Bloqueo continental) en el de la remolacha azucarera (v. también Margraff). La riqueza en sacarosa de las raíces de la remolacha azucarera oscila entre el 12% al 20%. Las remolachas propiamente «azucareras» (14% al 20%) son las que permiten la fabricación del azúcar; las «semi-azucareras» (12% al 14%) se destinan sobre todo a la destilación. El proceso de fabricación del azúcar comienza con el troceado de las raíces en tiras (cosetas) realizado en unos recipientes cilíndricos dotados de cuchillas. De ahí, las cosetas pasan al difusor, donde tiene lugar la cesión de azúcar al agua por un fenómeno de osmosis. El resultado de esta difusión es un jugo azucarado, marrón oscuro, viscoso y espeso. A continuación se realiza, la depuración, agregando cal. Para evitar que el azúcar se combine con la cal se satura ésta última con dióxido de carbono en unas calderas. La concentración de jugo se hace por ebullición a baja presión. Esta operación va seguida de la decoloración o sulfitación: se precipita la cal como sulfito de calcio con la ayuda de dióxido de azufre. El jarabe así obtenido es conducido a una enorme caldera cilíndrica (tacha), donde se efectúa la «cocción», al vacío, y se forman pequeños cristales o granos. El azúcar en bruto se lava, se decolora pasándolo por carbones decolorantes, después se cuece en aparatos de cobre antes de la cristalización. A veces se vierte en moldes obteniéndose en forma de panes, cuadradillos, etc. En el curso de las diversas operaciones se obtienen numerosos productos destinados al ganado. La extracción del azúcar del tallo de la caña de azúcar es más simple que la de la remolacha pero difiere poco en sus principios.

azucena n.f. **I. 1.** BOT Planta perenne de la familia de las liliáceas. Sus especies y variedades se diferencian en el color de las flores y se cultivan para adorno en los jardines. **2.** Flor de esta planta. **II.** Persona o cosa especialmente calificada por su pureza o blancura.

azud n.m. y f. **1.** Máquina con que se saca agua de los ríos para regar los campos. **2.** Presa hecha en los ríos a fin de tomar agua.

azuela n.f. Herramienta de carpintero que sirve para desbastar.

azufaifo o **asufeifo** n.m. BOT Árbol de la familia de las ramnáceas. • **azufaifa** o **azufeifa** n.f. BOT Fruto del azufaifo. Se usa como medicamento pectoral.

azufre n.m. QUIM Elemento de color amarillo, quebradizo, insípido, craso al tacto, que por frotación se electriza fácilmente y da olor característico. Abunda en estado nativo. Núm. atómico, 16. Simb., S. • **azufrado,a** adj. **1.** Sulfuroso. **2.** Parecido en el color al azufre. • **azufrador,a** **I.** n. y adj. Que azufra. **II.** n.m. Instrumento o aparato con que se azufran las vides atacadas del oídio. • **azuframiento** n.m. Acción o efecto de azufrar. • **azufrar** v.tr. **1.** Echar azufre en alguna cosa. **2.** Dar o impregnar de azufre. **3.** Sahumar con él. • **azufrera** n.f. Mina de azufre. • **azufrero,a** adj. Se dice de todo lo relacionado con la explotación del azufre. • **azufrón** n.m. Mineral piritoso en estado pulverulento. • **azufroso,a** adj. Que contiene azufre.

ENCICL El azufre es un no metal perteneciente a la familia del oxígeno. Este sólido diamagnético posee dos variedades alotrópicas de masas volúmicas próximas a 2.000 kg/m³ y cuyas temperaturas de fusión son de 112,8 °C (azufre A) y 119,2 °C (azufre B). El azufre hierve a 444,6 °C. Se asocia con casi todos los elementos (salvo el yodo, el nitrógeno, el boro, los metales preciosos y los gases raros del aire) pudiendo desempeñar el papel de oxidante o reductor. Se combina con el hidrógeno dando el sulfuro de hidrógeno H_2S, gas que huele a huevos podridos. Los compuestos oxigenados del azufre son muy numerosos. El azufre se utiliza para la vulcanización del caucho, para la fabricación de disolventes, de productos farmacéuticos y del ácido sulfúrico. Es uno de los constituyentes fundamentales de la materia viva; entra también en la constitución de algunos aminoácidos. v. sulfuro.

azul n. y adj. Quinto color del espectro solar. ▷ El cielo, el espacio. • **azulado,a** adj. De color azul o que tira a él. • **azular** v.tr. Dar o teñir de azul. • **azulear** v.int. **1.** Mostrar alguna cosa el color azul que en sí tiene. **2.** Tirar a azul. • **azulenco,a** adj. HIST NAT Azulado, que tira a azul. • **azulete** n.m. Viso de color azul que se da a las prendas de vestir.

1. azulejo,a **I.** adj. *Amér.* Azulado, que tira a azul. **II.** n.m. Pájaro americano. **III.** Aciano menor.

2. azulejo n.m. Ladrillo pequeño vidriado. • **azulejar** v.tr. Revestir de azulejos.

azulón n.m. ZOOL Especie de pato de gran tamaño.

azulona n.f. Especie de paloma de las Antillas.

azúmbar n.m. **1.** Planta perenne de la familia de las alismatáceas. **2.** Espicanardo. **3.** Estoraque, bálsamo.

azumbre n.m. y f. Medida de capacidad para líquidos equivalente a 2 l y 16 ml. • **azumbrado,a** adj. **1.** Medido por azumbres. **2.** Fig. y Fam. Ebrio.

azurita n.f. Mineral de color azul, de textura cristalina o fibrosa, algo más duro y más raro que la verdadera malaquita.

azuzar v.tr. Incitar a los perros para que embistan. — Fig. Irritar, estimular.

B

b n.f. Segunda letra del abecedario español y primera de sus consonantes.

B QUIM Símbolo del boro.

Ba QUIM Símbolo del bario.

baba n.f. **1.** ZOOL Saliva espesa y abundante que a veces fluye de la boca del hombre y de algunos mamíferos. **2.** ZOOL Líquido viscoso segregado por ciertas glándulas **3.** P. ext. Jugo viscoso de algunas plantas. • **babear** v.int. **1.** Expeler o echar de sí la baba. **2.** Fig. y Fam. Demostrar a alguien excesiva admiración.

babada n.f. **1.** Babilla, región de las extremidades de los cuadrúpedos. **2.** *P. Rico.* Tontería.

babaza n.f. **1.** Baba que segregan algunos animales y plantas. **2.** Babosa, molusco gasterópodo.

babel n.m. o f. Fig. y Fam. Lugar en que hay gran desorden y confusión. ▷ Fig. y Fam. Desorden y confusión. • **babélico,a** adj. **1.** Perteneciente o relativo a la torre de Babel. **2.** Fig. Confuso, ininteligible.

babera n.f. **1.** Pieza de la armadura antigua.

babero n.m. **1.** Lienzo que se pone a los niños sobre el pecho.

babilla n.f. **1.** En los cuadrúpedos, región de las extremidades posteriores formada por los músculos y tendones que articulan el fémur con la tibia y la rótula. **2.** Rótula de los cuadrúpedos.

babirusa n.m. Mamífero suido del tamaño de un jabalí, que vive en las islas Célebes.

babismo n.m. Doctrina surgida del islamismo chiíta profesado por Bâb Mirzâ Ali Muhammad, jefe religioso persa (Chiraz, 1819 — Tabrîz, 1850), y por sus sucesores.
ENCICL Esta doctrina, contenida en dos obras: el *Bayān* («Exposición») y el *Kitāb-i Aqdas* («Libro Santísimo»), tiende a rebelarse contra la tiranía de los intérpretes del Corán, reformando el Islam, liberando a la mujer y fomentando la justicia social. Los adeptos al babismo fueron perseguidos por las autoridades musulmanas persas, que temían el aspecto político del movimiento y sus consecuencias. El babismo fue sustituido por el bahāismo.

bable n.m. Dialecto de los asturianos.

babor n.m. MAR Lado o costado izquierdo de la embarcación mirando de popa a proa.

babosa n.f. Molusco gasterópodo pulmonado, terrestre, sin concha, que deja a su paso abundante baba.
ENCICL Las verdaderas babosas (género *Limax*) y las testacellas, que tienen un pequeño caparazón aparente, se diferencian de los ariones (babosas rojas), en que tienen un caparazón interno. Todas ellas son muy dañinas para los cultivos.

baboso,a n. y adj. **1.** Que echa muchas babas. **2.** Fig. y Fam. Rendidamente obsequioso con las mujeres. **3.** Fig. y Fam. Que no tiene edad o condiciones para lo que hace, dice o intenta. ▷ Bobo, tonto, simple.

babucha n.f. **1.** Calzado de cuero ancho y flexible. Lo usan principalmente los musulmanes.

babuino n.m. Mono cercopiteco africano.

1. baca n.f. Espacio en la parte superior de los vehículos donde se colocan equipajes. **2.** Artefacto en forma de parrilla que se coloca en el techo de los automóviles, para llevar bultos.

2. baca n.f. Fruto o baya del laurel.

bacalao o **bacallao** n.m. ZOOL Pez (de la familia de los gádidos) de las regiones frías del Atlántico N. • **bacaladero I.** adj. Perteneciente o relativo a la pesca y comercio del bacalao. **II.** n.m. Barco destinado a la pesca del bacalao.
ENCICL El bacalao, cuyo color varía según el medio, llega a alcanzar 2 m de largo. Muy voraz, el bacalao se alimenta de pequeños peces. Es objeto de una gran pesca con red en el Atlántico N, pues su carne es muy estimada, tanto fresca como seca. Se extrae de su hígado (también comestible) un aceite muy rico en diferentes vitaminas, utilizado como fortificante. Otras especies (de Groenlandia y del Pacífico) se pescan también, pero con menor intensidad.

bacanal **1.** n. y adj. Perteneciente al dios Baco. **2.** n.f. Fig. Orgía.

bacante n.f. Sacerdotisa de Baco.

bácara n.f. Amaro (planta).

bacará o **bacarrá** n.m. Juego de naipes.

bacera n.f. Enfermedad carbuncosa de los ganados vacuno, lanar y cabrío.

bacía n.f. **1.** Vasija. **2.** La que usan los barberos para remojar la barba.

báciga n.f. **1.** Juego de naipes.

bacilo n.m. BACT Bacteria en forma de bastoncillo o filamento más o menos largo, recto o encorvado según las especies. • **bacilar** adj. **1.** Perteneciente o relativo a los bacilos. **2.** MINER De textura en fibras gruesas. • **bacilosis** n.f. MED Toda enfermedad causada por bacilos.

bacinete n.m. **1.** Pieza de la armadura antigua.

bacinilla n.f. Vasija pequeña.

back-cross n.m. BIOL Cruzamiento de un híbrido de la primera generación con el padre de sexo opuesto.

bacongo n.m. grupo étnico negro (región de Brazzaville y territorio de Cabinda).

bacteria n.f. Ser vivo unicelular, procariota (sin núcleo individualizado). • **bacteriano,a** adj. Perteneciente o relativo a las bacterias. • **bactericida** adj. Que destruye las bacterias. *Suero bactericida.* • **bacteriemia** n.f. MED Presencia de bacterias patógenas en la sangre. • **bacteriófago** n.m. MICROB Virus parásito de ciertas bacterias. • **bacteriología** n.f. Parte de la microbiología que tiene por objeto el estudio de todo lo concerniente a las bacterias. • **bacteriológico,a** adj. Perteneciente a la bacteriología. • **bacteriólogo,a** n.m. y f. Persona que profesa la bacteriología o tiene especiales conocimientos en ella. — Lat. de *bacteria,* y el gr. *lego,* «trata». • **bacteriostático,a** n. y adj. Se dice de las sustancias que impiden o inhiben la actividad vital de las bacterias.
ENCICL Las bacterias son seres unicelulares que miden de 0,2 a 500 mm, provistos de una pared exterior rígida, de naturaleza glucídica. Poseen un solo cromosoma, de estructura circular, que se encuentra más o menos replegado sobre sí mismo en el citoplasma, que no tiene membrana externa: las bacterias son procariotas. La invasión de un medio favorable se lleva a cabo mediante una división muy rápida (cada dos horas) de los individuos, lo que corresponde a una reproducción asexuada (vegetativa). Recientemente se han constatado fenómenos sexuales, en el transcurso de los cuales las bacterias practican todos los tipos de nutrición: *autotrófica:* algunas bacterias poseen un pigmento (bacterioviridina) que les permite efectuar una especie de fotosíntesis, *saprofita* (bacterias de la putrefacción); *parásita:* las bacterias patógenas actúan sobre el huésped, bien directamente, bien mediante secreción de toxinas, bien mediante ambas formas al mismo tiempo. La importancia de las bacterias en el mundo es considerable, tanto desde el punto de vista de su masa, como desde el punto de vista biológico (ciclos del carbono, del nitrógeno, del azufre, etc.). Están presentes en todas partes: el aire, los vegetales, el suelo, etc., algunas en forma normal, otras en forma de esporas, que representan sus formas de resistencia y diseminación.

báculo n.m. **1.** Bastón que se emplea para apoyarse. — *Báculo pastoral.* El que usan los obispos como pastores espirituales del pueblo. **2.** Fig. Alivio, consuelo.

bache n.m. **1.** Hoyo que se hace en el pavimento por el paso de los vehículos. **2.** Fig. Interrupción accidental que se produce en una actividad continuada. **3.** Desigualdad de la densidad atmosférica que determina un momentáneo descenso del avión

bachiller n.m. y f. **1.** Persona que ha recibido el primer grado académico que se otorgaba antes a los estudiantes de facultad. **2.** Persona que ha obtenido el grado que se concede al terminar la segunda enseñanza. • **bachillerato** n.m. Grado de bachiller. ▷ Estudios necesarios para obtener dicho grado.

bad-lands n.m. GEOGR Región arcillosa, con barrancos estrechos y profundos, separados por crestas.

badajo n.m. Pieza metálica que pende en el interior de las campanas para hacerlas sonar.

badajocense **1.** n. y adj. Natural de Badajoz. **2.** adj. Perteneciente o relativo a esta provincia o a su capital.

badán n.m. Tronco del cuerpo en el animal.

badana n.f. Piel curtida de carnero u oveja.

badea n.f. Sandía, melón o pepino de mala calidad.

badén n.m. **1.** Zanja o depresión que forma el paso de las aguas llovedizas. **2.** Cauce que se hace en una carretera para dar paso a un corto caudal de agua.

baderna n.f. MAR Cabo trenzado que se emplea para sujetar el cable al virador, etc.

badge n.m. TECN Dosímetro que lleva el personal de una instalación nuclear.

badián n.m. Árbol de Oriente, siempre verde, de la familia de las magnoliáceas. Sus semillas se emplean en medicina y como condimento.

badil n.m. Paleta de metal, para mover y recoger la lumbre en las chimeneas y braseros.

badilejo n.m. Llana del albañil.

bádminton n.m. Juego semejante al tenis.

baffle n.m. AUDIOV Caja acústica en cuyo interior se fijan uno o varios altavoces.

baga n.f. Cápsula que contiene la linaza o semillas del lino.

bagá n.m. Árbol de la familia de las anonáceas. Sus raíces se usan como corcho en las redes, boyas, etc.

bagaje **1.** Equipaje, conjunto de cosas que se llevan en los viajes. **2.** Fig. Conjunto de conocimientos de que dispone una persona.

bagar v.int. Echar al lino baga y semilla.

bagarino n.m. Remero libre asalariado.

bagatela n.f. Cosa de poca sustancia y valor.

bagazo n.m. Cáscara que queda después de deshecha la baga y separada de ella la linaza.

bagre n.m. ZOOL Pez teleósteo del suborden de los fisóstomos, abundante en los ríos de América.

baguarí n.m. ZOOL Cigüeña americana de la familia de los cicómidos.

baguío n.m. Huracán en el archipiélago filipino.

¡bah! interj. con que se denota incredulidad o desdén.

baharí n.m. Ave rapaz diurna. Es propia de Asia y África.

bahía n.f. Entrada de mar en la costa, de extensión considerable.

baída n.f. y adj. ARQUIT Bóveda formada de un hemisferio cortado por cuatro planos verticales, y cada dos de ellos paralelos entre sí.

bailar **I.** v.int. y tr. Hacer movimientos con los pies, el cuerpo y los brazos, generalmente al compás de una música. **II.** v.int. Moverse o agitarse rápidamente una cosa sin salir de un espacio determinado. ▷ Girar como la peonza, la perinola, etc. **III.** v.tr. Hacer bailar. • **bailable** **1.** adj. Se dice de la música compuesta para bailar. **2.** n.m. Cada una de las danzas que se ejecutan en el espectáculo compuesto de mímica y baile. • **bailador,a** **1.** n. y adj. Que baila. **2.** n.m. y f. Bailarín o bailarina profesional que ejecuta bailes populares de España, especialmente andaluces. • **bailarín,a** n. y adj. **1.** Que baila. **2.** n.m. y f. Persona que ejercita o profesa el arte de bailar. • **baile** n.m. **1.** Acción de bailar. **2.** Cada una de las series de movimientos que se conocen con nombres particulares; como vals, fandango, etc. **3.** Festejo en que se juntan varias personas y se baila. — *Baile de San Vito.* Nombre vulgar de varias enfermedades convulsivas.

bailotear v.int. Bailar y en especial cuando se hace sin gracia. • **bailoteo** n.m. Acción y efecto de bailotear.

baivel n.m. Escuadra con uno de sus brazos recto y curvo el otro, usada por los canteros al labrar dovelas.

baja n.f. **1.** Disminución del precio, valor y estimación de una cosa. **2.** MILIT Pérdida o falta de un individuo. ▷ Documento que acredita la falta de un individuo. **3.** Acto en que se declara la cesación en industrias o profesiones sometidas a impuesto. ▷ Formulario fiscal para tales declaraciones. **4.** Cese de una persona en un cuerpo, profesión, carrera, etc.

bajá n.m. **1.** Gobernador en el antiguo Imperio otomano. **2.** MAR Fam. El bajá: el comandante del navío.

bajamar n.m. **1.** Fin o término del reflujo del mar. **2.** Tiempo que éste dura.

bajar **I.** v.int. y prnl. **1.** Ir desde un lugar a otro que esté más bajo. **II.** v.int. **1.** Aminorarse alguna cosa. **2.** Remitir los expedientes al tribunal o secretaría que los hace publicar. **III.** v.tr. **1.** Poner alguna cosa en lugar inferior al que estaba. **2.** Rebajar. **3.** Descender en el sonido de un instrumento o de la voz. **4.** Inclinar hacia abajo. **IV.** v.tr., int. y prnl. Apearse de un vehículo. **V.** v.tr. y prnl. Fig. Humillar, abatir. **VI.** v.prnl. **1.** Inclinarse uno hacia el suelo. **2.** Pasar de un intervalo a otro en la escala descendente. • **bajada** n.f. **1.** Acción de bajar. **2.** Camino o senda por donde se baja desde alguna parte.

bajativo n.m. *Chile*. Copa de algún licor que se bebe después de las comidas.

bajel n.m. Buque, barco.

bajero,a adj. **1.** Bajo, que está en lugar inferior. **2.** Que se usa o se pone debajo de otra cosa.

bajete **1.** MUS Voz de barítono. **2.** MUS Tema escrito en clave de bajo.

bajeza n.f. **1.** Hecho vil. **2.** Fig. Abatimiento, humillación, condición de humildad o inferioridad.

bajío,a n.m. Bajo, elevación del fondo en los mares, ríos y lagos, y más comúnmente el de arena.

bajista n.m. y f. Persona que juega a la baja en la bolsa.

bajo,a **I.** adj. **1.** De poca altura. **2.** Se dice de lo que está en lugar inferior, respecto de otras cosas de la misma clase. **3.** Inclinado hacia abajo. **4.** Color poco vivo. **5.** Se dice del oro y de la plata, cuando tienen sobrada liga. **6.** Fig. Humilde, despreciable. **7.** Fig. Lenguaje vulgar, ordinario. **8.** Fig. Precio poco considerable de las cosas. **9.** Fig. Tratándose de sonido, grave. **10.** Fig. Que no se oye de lejos. **II.** n.m. **1.** Sitio o lugar hondo. **2.** En los mares, ríos y lagos navegables, elevación del fondo, que impide flotar a las embarcaciones. (Se usa más en pl.) **3.** MUS La más grave de las voces humanas, o el instrumento que produce los sonidos más graves de la escala. **4.** Persona que tiene aquella voz o que toca este instrumento. **5.** Nota que sirve de base a un acorde. **6.** Parte de música escrita para ser ejecutada por un cantor o un instrumentista de la cuerda de bajos. **III.** pl. **1.** Parte inferior de una prenda de vestir. **2.** Piso bajo de las casas que tienen dos o más. **3.** EQUIT Pezuñas del caballo. **IV.** adv. l. Abajo. **V.** adv. m. En voz baja o que apenas se oiga. **VI.** prep. Debajo de.

bajociense n.m. y adj. GEOL Se dice de la capa inferior del jurásico medio, donde domina el oolito.

1. bajón n.m. **1.** Instrumento músico de viento. **2.** Bajonista, que toca el bajón.

2. bajón n.m. Fig. y Fam. Menoscabo notable o disminución en el caudal, la salud, etc. (Se usa más con el verbo *dar*).

bajorrelieve n.m. ARQUIT Bajo relieve, aquel en que las figuras resaltan poco del plano.

bajura n.f. Falta de elevación.

bakele o **bakalaí** grupo étnico negro Gabón (a orillas del Ogüe).

bakotas, grupo étnico negro de la República de Gabón, asentado entre el Ogüe y el Congo. Arte tribal: efigies funerarias (madera, cobre, latón).

bakubas, grupo étnico negro del Zaire. Arte cortesano (efigies en madera de sus soberanos, s. XVIII y XIX), artesanía.

bala n.f. **I.** Proyectil de diversos tamaños para cargar las armas de fuego. **II.** **1.** Entre comerciantes, cualquier fardo apretado de mercancías, y en especial de los que se transportan embarcados. **2.** Entre impresores y libreros, atado de 10 resmas de papel.

balada n.f. Composición poética dividida generalmente en estrofas iguales en la que se refieren melancólicamente sucesos legendarios o tradicionales.

baladí adj. De clase inferior.

baladrar v.int. Dar baladros. • **baladrero,a** adj. Gritador, alborotador. • **baladro** n.m. Grito, alarido.

baladre n.m. Adelfa (planta).

baladronear v.int. Hacer o decir baladronadas. • **baladrón,a** adj. Fanfarrón, valentón. • **baladronada** n.f. Hecho o dicho propio de baladrones.

balafón n.m. Instrumento musical de Africa occidental, parecido al xilófono.

bálago n.m. Paja larga de los cereales después de quitarle el grano.

balaj o **balaje** n.m. Rubí de color morado.

balalaica n.f. Instrumento músico muy popular en Rusia.

balance n.m. **1.** Movimiento que hace un cuerpo, inclinándose ya a un lado ya a otro. ▷ MAR Movimiento que hace la nave de babor a estribor, o al contrario. **2.** Fig. Vacilación, inseguridad. **3.** COM Confrontación del activo y el pasivo para averiguar el estado de los negocios o del caudal. ▷ COM Estado demostrativo del resultado de dicha operación. v. ENCICL.
ENCICL El balance de una empresa es el inventario de sus medios *(activo)* y sus deudas *(pasivo)*. El pasivo (situado a la derecha del balance) da lugar a los fondos, por orden de exigibilidad creciente: capitales propios, deudas a largo y medio plazo, adelantos recibidos de clientes y deudas a corto plazo. El activo (situado a la izquierda) exige la utilización de estos fondos, por orden de liquidez creciente: valores inmovilizados, reservas o valores de explotación, adelantos a los proveedores, valores realizables y disponibles.

balancear **I.** v.int. y prnl. Dar o hacer balances. Se dice más tratándose de naves. **II.** v.tr. Igualar o poner en equilibrio, contrapesar. • **balanceador,a** adj. Que balancea fácilmente. • **balanceo** n.m. Acción y efecto de balancear o balancearse.

balancín n.m. **1.** Madero paralelo al eje de las ruedas delanteras de un carruaje. **2.** Madero a cuyas extremidades se enganchan los tirantes de las caballerías. **3.** Palo largo que usan los volatineros para mantenerse en equilibrio sobre la cuerda. **4.** Volante para sellar monedas. **5.** MECAN Pieza que oscila alrededor de un eje horizontal, destinada a transmitir el movimiento del émbolo. **6.** MIN Palanca con que se ponen en movimiento los émbolos de las grandes bombas de agotamiento y las de incendios. **7.** En los jardines, asiento colgante cubierto con toldo. ▷ Mecedora. **8.** ENTOM Órgano propio de los dípteros que sirve para dirigir su vuelo. **9.** pl. MAR Cabos que penden de la entena y sirven para moverla.

balandro n.f. Embarcación pequeña con cubierta y sólo un palo.

Balaninus n.m. Género de gorgojos cuya larva ataca a las avellanas, bellotas, etc.

bálano n.m. **1.** Parte extrema o cabeza del miembro viril. **2.** ZOOL Crustáceo cirrópodo, muy común, que vive fijo sobre un soporte duro. • **balanitis** n.f. Inflamación de la membrana mucosa que reviste el bálano o glande.

balanza n.f. **1.** Instrumento destinado a medir el peso de los cuerpos con relación a una unidad determinada. — *Balanza automática.* La que funciona con resorte, sin necesidad de pesas. **2.** ASTRON Libra, constelación y signo zodiacal.

balanzón n.m. **1.** Vasija que usan los plateros.

balar v.intr. Dar balidos.

balasto n.m. Capa de grava o de piedra machacada que se tiende para asentar las traviesas de las vías férreas.

balata n.m. Árbol dicotiledóneo que produce un látex. ▷ Este mismo látex.

1. balate n.m. **1.** Margen de una terraza. **2.** Terreno pendiente, de muy poca anchura. **3.** Borde exterior de las acequias.

2. balate n.m. ZOOL Especie de cohombro de mar.

balausta n.f. BOT Fruto carnoso, dividido en celdillas de un modo irregular, como la granada.

balaustra n.f. Árbol, variedad del granado.

balaustrada n.f. Serie de balaustres colocados entre los barandales. • **balaustre** o **balaústre** n.m. Cada una de las columnitas que con los barandales forman barandillas o antepechos.

balazo n.m. Golpe de bala disparada con arma de fuego. **2.** Herida causada por una bala.

balboa n.m. NUMIS Unidad monetaria de Panamá.

balbucear v.int. Hablar o leer con pronunciación dificultosa, trastocando a veces las letras o las sílabas. • **balbuceo** n.m. Acción de balbucear. ▷ PSICOL Emisión a cargo del niño de sonidos más o menos articulados antes del período de adquisición del lenguaje.

balcón n.m. **1.** Hueco abierto al exterior desde el suelo de la habitación, con barandilla por lo común saliente. **2.** Esta barandilla. **3.** Fig. Miranda. • **balconada** n.f. Balcón o mirador que domina un vasto horizonte.

balda n.f. Anaquel de armario o alacena.

baldaquín o **baldaquino** n.m. **1.** Especie de dosel o palio hecho de tela de seda. **2.** Pabellón que cubre el altar.

baldar **I.** v.tr. y prnl. Impedir una enfermedad o accidente el uso de los miembros o de alguno de ellos. **II.** v.tr. **1.** Fallar, en juegos de cartas. **2.** Fig. Causar a uno gran contrariedad.

1. balde n.m. Cubo de cuero, lona o madera, que se emplea para sacar y transportar agua. • **baldear** v.tr. **1.** Regar con baldes el piso. **2.** Achicar el agua con baldes.

2. balde (de) m.adv. **1.** Graciosamente, sin precio alguno. **2.** Sin motivo, sin causa. **3.** En vano.

baldés n.m. Piel de oveja que se usa para hacer guantes.

baldío,a adj. **1.** Se aplica a la tierra que ni se labra ni está adehesada, y también a los solares yermos o sin edificar. **2.** Vano, sin fundamento. **3.** Vagabundo.

baldonar v.tr. e int. Injuriar a alguno de palabra. • **baldón** n.m. Oprobio.

1. baldosa n.f. Antiguo instrumento músico de cuerda parecido al salterio.

2. baldosa n.f. Ladrillo, fino por lo común, que sirve para recubrir suelos. • **baldosín** n.m. Baldosa pequeña y fina.

balea n.f. Escobón para barrer las eras.

1. balear **1.** n. y adj. Natural de las islas Baleares. **2.** adj. Perteneciente o relativo a las islas.

2. balear v.tr. *Amér.* Tirotear, disparar con bala.

baleares, pueblo indígena prerromano de las islas Gimnesias o Baleares en su antiguo sentido estricto, es decir, las actuales Mallorca y Menorca.

balénido n. y adj. ZOOL Se dice de los mamíferos cetáceos que en el estado adulto carecen de dientes; como la ballena. ▷ n.m. pl. ZOOL Familia de estos animales.

baleo n.m. **1.** Ruedo o felpudo. **2.** Aventador del fuego.

balido n.m. Voz del carnero, el cordero, la oveja, la cabra, el gamo y el ciervo.

balimbín n.m. BOT Árbol de Filipinas de la familia de las oxalidáceas.

balín n.m. Bala de menor calibre que la ordinaria de fusil.

balista n.f. Máquina usada antiguamente en los sitios de las ciudades y fortalezas para arrojar piedras de mucho peso.

balistes n.m. Pez teleósteo de los mares cálidos, cuva carne es a veces venenosa.

balística n.f. Ciencia que tiene por objeto el cálculo del alcance y dirección de los proyectiles. • **balístico,a** **1.** adj. Relativo al movimiento de los proyectiles. **2.** n.f., Ciencia que estudia el movimiento de los cuerpos arrojados por armas de fuego.

balitadera n.f. Intrumento que imita la voz del gamo nuevo y hace acudir a la madre.

balitar o **balitear** v.int. Balar con frecuencia.

baliza n.f. **1.** MAR Señal fija o flotante que se pone de marca para indicar bajos o cualquier otro punto o rumbo que convenga señalar. **2.** Señal empleada para limitar pistas terrestres.

balneario,a **1.** adj. Perteneciente o relativo a baños públicos, especialmente a los medicinales. **2.** n.m. Edificio con baños medicinales y en el cual suele darse hospedaje.

balompié n.m. Fútbol.

balón n.m. **1.** Pelota grande que se usa en varios juegos. **2.** Fardo grande de mercancías. **3.** Recipiente dispuesto para contener cuerpos gaseosos. — *Balón de oxígeno.* Botella llena de oxígeno que se da a respirar a un herido.

baloncesto n.m. DEPORT Juego entre dos equipos, cuyos jugadores, valiéndose de las manos, tratan de introducir el balón en la meta contraria, que es una red pendiente de un aro sujeto a lo alto de un tablero vertical.

balonmano n.m. Deporte en el que se oponen dos equipos de siete o de once jugadores, que deben introducir un balón redondo en la portería contraria, sólo con las manos.

balonvolea n.m. Juego entre dos equipos, cuyos jugadores separados por una red de un metro de ancho, tendida horizontalmente y en alto en la mitad del terreno, tratan de echar con la mano un balón por encima de dicha red al campo contrario.

balota n.f. Bolilla que algunas comunidades usan para votar.

balotada n.f. EQUIT Salto que da el caballo alzando las patas en tal forma que deja ver las herraduras como si fuese a tirar un par de coces.

1. balsa n.f. **1.** Hueco del terreno que se llena de agua, natural o artificialmente. **2.** En los molinos de aceite, estanque donde van a parar los desperdicios de aquel líquido.

2. balsa n.f. **1.** Conjunto de maderos que, fuertemente unidos unos con otros, se emplea para navegar. **2.** *Amér. Merid.* Árbol del género de la ceiba. ▷ Madera de este árbol.

balsamina n.f. **1.** Planta anual de la familia de las cucurbitáceas. **2.** BOT Planta perenne originaria del Perú, de la familia de las balsamináceas. • **balsamináceo,a** n.f. y adj. BOT Se dice de plantas herbáceas angiospermas, como la balsamina del Perú. ▷ n.f.pl. BOT Familia de estas plantas.

balsamita n.f. Jaramago (planta).

bálsamo n.m. **1.** Resina aromática que se obtiene de ciertos árboles. **2.** FARM Medicamento compuesto de sustancias comúnmente aromáticas, que se aplica como remedio en las heridas o llagas. • **balsámico,a** adj. Que tiene bálsamo o cualidades de tal.

balso n.m. MAR Lazo grande que sirve para suspender pesos o elevar a los marineros a lo alto de los palos.

baluarte **1.** n.m. Obra de fortificación de figura pentagonal que se compone de dos caras que forman ángulo saliente, dos flancos que las unen al muro y una gola de entrada. **2.** Fig. Amparo y defensa *Baluarte de la religión.*

baluba, grupo étnico negro del S del Zaire (prov. de Kasai y Katanga). Son unos 500.000 y viven de la caza y la agricultura. Su arte es expansionista (estatuillas, máscaras, escabeles, cabezales).

ballena n.f. **I. 1.** Mamífero misticeto. Es uno de los animales de mayor tamaño (14 a 24 m de longitud). **2.** Nombre con que se denomina a los cetáceos misticetos de la misma familia que las ballenas (balenoptéridos, megaptéridos). v. cachalote. **II.** Fragmento flexible y resistente de una barba de ballena, empleado antaño para diversos usos. • **ballenero,a** **I.** adj. Relativo a las ballenas, a su caza. **II.** n.m. **1.** Barco equipado y armado especialmente para la caza de la ballena. **2.** Lancha que utilizaban los pescadores de ballenas. **3.** Embarcación ligera y afilada por ambos extremos, a bordo de los buques mercantes y de guerra.

ballesta n.f. **I. 1.** Máquina antigua de guerra para arrojar piedras o flechas gruesas. **2.** Arma portátil, antigua. **II.** Cada uno de los muelles en que descansa la caja de los coches para apoyarse en los ejes de las ruedas. **III.** Cepo para cazar pájaros. • **ballestera** n.f. Tronera o abertura por donde en las naves o muros se disparaban las ballestas.

ballestilla n.f. **1.** ASTRON Antiguo instrumento, usado principalmente en la navegación, para tomar la altura de los astros. **2.** MAR Utensilio compuesto de anzuelo y cordel a modo de arco de ballesta. **3.** VETER Fleme, instrumento para sangrar.

ballet n.m. Danza ejecutada por varias personas. ▷ Música que acompaña dicha danza. ▷ Compañía de bailarines y bailarinas.

ballico n.m. Planta vivaz de la familia de las gramíneas, que se utiliza para pasto y para formar céspedes.

ball-trap n.m. Aparato impulsor que lanza discos de arcilla sobre los que se practica el tiro.

ballueca n.f. Especie de avena.

bambalina n.f. Cada una de las tiras de lienzo pintado que cuelgan del telar del teatro de uno a otro lado del escenario.

bambara, pueblo de raza negra del África occidental (grupo mandinga), que habita principalmente en Malí (un millón de individuos aprox.). Son agricultores. El objeto más típico de su arte son las máscaras rematadas por la figura de un estilizado antílope.

bambolear v.int. y prnl. Moverse una persona o cosa a un lado y otro sin perder el sitio en que está. • **bamboleo** n.m. Acción y efecto de bambolear o bambolearse.

bambú n.m. Planta de la familia de las gramíneas, originaria de la India. Las cañas son muy resistentes, y se emplean en la construcción de casas y en la fabricación de muebles, armas, etc.; las hojas, para envolver las cajas de té; la corteza, en las fábricas de papel; los nudos proporcionan una especie de azúcar, y los brotes tiernos son comestibles.

bamileke, grupo étnico del SO de Camerún (500.000 individuos aprox.). La escultura bamileke (madera) está estrechamente ligada a la construcción de las cabañas para los jefes: pilares, encuadramientos de puertas esculpidas, etc. Máscaras y estatuillas de perlas.

bamum, grupo étnico del Camerún (75.000 individuos aprox.). Se dedican a la agricultura. Su estatuaria de bulto redondo se parece a la de los bamilekes. Máscaras y estatuillas perladas.

banaba n.f. **1.** Árbol de las islas Filipinas, de la familia de las litráceas. Se conocen dos especies: una de madera roja y otra blanca; la primera es más estimada. **2.** Madera de este árbol.

banana n.f. **1.** Banano **2.** Plátano (fruto). • **bananero,a I.** adj. **1.** Se dice del terreno poblado de bananos o plátanos. **2.** Perteneciente o relativo al banano. **II.** n.m. Plátano, planta musácea.

banasta n.f. Cesto grande formado de mimbres o listas de madera delgadas y entretejidas.

banca n.f. **I.** Asiento de madera, sin respaldo. **II. 1.** Comercio que consiste en operaciones de giro, cambio y descuento, en abrir créditos y llevar cuentas corrientes, y en comprar o vender efectos públicos. **2.** Fig. Conjunto de bancos y banqueros. **III. 1.** Juego en que el banquero pone una cantidad de dinero y apuntan los demás la cantidad que quieren a las cartas que eligen. **2.** Cantidad de dinero que pone el banquero. • **bancario,a** adj. Perteneciente o relativo a la banca mercantil.

bancada **I. 1.** TECN Pieza plana que reparte sobre el suelo los esfuerzo transmitidos por una pieza pesada, una máquina, una construcción, etc. **2.** ARQUIT Trozo de obra. **3.** MAR Banco donde se sientan los remeros. **4.** MIN Escalón en las galerías subterráneas. **II.** Porción de paño preparada para ser tundida.

bancal n.m. **I. 1.** En las sierras y terrenos pendientes, rellano que se aprovecha para algún cultivo. **2.** Pedazo de tierra cuadrilongo, dispuesto para plantas. **3.** Arena amontonada a la orilla del mar. **II. 1.** Árbol de Filipinas, de la familia de las rubiáceas. **2.** Madera de este árbol.

bancarrota n.f. **1.** Quiebra comercial. **2.** Fig. Desastre, hundimiento, descrédito de un sistema o doctrina.

bance n.m. Cada uno de los palos sueltos que, atravesados, sirven para cerrar los portillos de las fincas.

banco n.m. **I. 1.** Asiento de madera en que por lo común pueden sentarse varias personas. **2.** Madero grueso escuadrado que sirve como de mesa para muchas labores de los carpinteros y otros artesanos. — TECN *Banco de prueba.* Equipo que permite proceder a las pruebas de un material. **3.** ARQUIT Sotabanco, piso habitable. **II.** Establecimiento público de crédito. Según su ejercicio: mercantil, hipotecario, industrial, etc. — *Banco de datos.* Conjunto de datos almacenados en fichas, cintas o discos magnéticos, del cual se puede extraer, en cualquier momento, generalmente con un computador electrónico, una determinada información. — *Banco de sangre.* Establecimiento médico donde se conserva sangre humana para transfusiones. **III.** Cama del freno. **IV. 1.** En los mares, bajo que se prolonga en una extensión. **2.** GEOL Estrato de gran espesor. **3.** MIN Macizo de mineral que presenta dos caras descubiertas. **4.** Conjunto de peces que van juntos en gran número, como las sardinas y los atunes.

1. banda n.f. **1.** Cinta ancha o tafetán de colores determinados que se lleva atravesada desde un hombro al costado opuesto.

2. banda n.f. **I. 1.** Porción de gente armada. **2.** Parcialidad o número de gente que favorece y sigue el partido de alguno. **3.** Bandada, manada. **4.** Lado de algunas cosas. *De la banda de acá del río;* **5.** Baranda de la mesa de billar. **6.** MAR Costado de la nave. **7.** MIL Conjunto de músicos que pertenecen a una institución militar. P. ext., se da el mismo nombre a otros cuerpos de músicos no militares. • **bandada** n.f. **1.** Número crecido de aves que vuelan juntas y, por ext., conjunto de peces. **2.** Tropel o grupo bullicioso de personas.

bandazo n.m. MAR Tumbo o balance violento que da una embarcación hacia cualquiera de los dos lados.

bandear v.prnl. Saberse gobernar o ingeniar para satisfacer las necesidades de la vida.

bandeirante, n.m. Miembro de las *bandeiras* o expediciones realizadas en el s. XVIII al interior del Brasil para la captura de indios, que posteriormente eran esclavizados.

bandeja n.f. **1.** Pieza de metal o de otra materia, plana o algo cóncava, para servir o depositar cosas. **2.** Pieza movible que divide horizontalmente el interior de un baúl o maleta. **3.** Cajón de mueble con pared delantera o sin ella.

bandera n.f. **1.** Trozo de tela de figura comúnmente cuadrilonga, que se asegura por uno de sus lados a una asta y se emplea como insignia de una nación u otra colectividad. **2.** Nacionalidad a que pertenecen los buques mercantes que la ostentan. **3.** Insignia que usan las tropas de infantería. **4.** Gente o tropa que milita debajo de una misma bandera. **5.** Antiguos tercios españoles, y también actualmente de algunas unidades tácticas, en el ejército español de África.

bandería n.f. Bando o parcialidad.

banderilla n.f. **1.** Palo delgado, armado de una lengüeta de hierro en uno de sus extremos, que usan los toreros para clavarlo en el cerviguillo de los toros. • **banderillero** n.m. Torero que pone banderillas.

banderín n.m. Cabo o soldado que sirve de guía a la infantería en sus ejercicios.

banderola n.f. **1.** Bandera pequeña. **2.** Cinta o pedazo de tela que llevaban los soldados de caballería en las lanzas.

bandicut n.m. ZOOL Mamífero marsupial de Australia.

bandido,a **I.**n. y adj. Fugitivo de la justicia llamado por bando. **II.** n.m. **1.** Bandolero, salteador de caminos. **2.** Persona que engaña o estafa. • **bandidaje** n.m. Bandolerismo.

bandín n.m. MAR Cada uno de los asientos que se ponen alrededor de las bandas que forman la popa de algunas embarcaciones.

1. bando n.m. Edicto o mandato solemnemente publicado de orden superior. ▷ Solemnidad o acto de publicarlo.

2. bando n.m. **1.** Facción, partido, parcialidad. **2.** Bandada. **3.** Cardumen o banco de peces.

bandola n.f. Bandolina, instrumento músico.

bandolera n.f. MILIT Correa que cruza por el pecho y la espalda, y que en el remate lleva un gancho para colgar una arma de fuego.

bandolerismo n.m. **1.** Existencia continuada de bandoleros en una comarca. **2.** Desafueros y violencias propias de los bandoleros. • **bandolero** n.m. **1.** Ladrón, salteador de caminos. **2.** Fig. Bandido.

1. bandolina n.f. Mucílago que sirve para fijar el cabello.

2. bandolina n.f. Instrumento músico pequeño de cuatro cuerdas y de cuerpo curvado como el del laúd.

bandolón n.m. Instrumento músico semejante en la figura a la bandurria.

bandoneón n.m. Acordeón de forma hexagonal.

bandujo n.m. **1.** Tripa grande de cerdo, carnero o vaca, llena de carne picada. **2.** Bandullo.

bandurria n.f. Instrumento músico de cuerdas, semejante a la guitarra, pero de mucho menor tamaño que ésta.

banjo n.m. Instrumento musical de cuerdas tensadas cuya caja de resonancia está cubierta por una piel.

banqueo n.m. Desmonte de un terreno en planos escalonados.

banquero n.m. Propietario de un negocio de banco.

banqueta n.f. **1.** Asiento de tres o cuatro pies y sin respaldo. **2.** Banco corrido y sin respaldo. **3.** Banquillo muy bajo para poner los pies. **4.** Andén de alcantarilla subterránea. **5.** EQUIT Obstáculo que se utiliza en los concursos hípicos.

banquete n.m. **1.** Comida a que concurren muchas personas para celebrar algún acontecimiento. **2.** Comida espléndida.

banquillo n.m. Asiento en que se coloca el procesado ante el tribunal.

banquisa n.f. Enorme masa de hielos perpétuos, formada por la congelación de las aguas marinas a lo largo de las costas polares.

banteng n.m. Buey del S de Asia.

bantúes, conjunto de pueblos de África surecuatorial formado por numerosas etnias. Sus lenguas, llamadas *bantúes,* pertenecen a una misma familia, distinta del grupo bosquimano-hotentote. Se dedican a la agricultura.

banzo n.m. **1.** Cada uno de los listones de madera del bastidor para bordar, guarnecidos a que se cose la tela. **2.** Cada uno de los dos largueros paralelos que sirven para afianzar una armazón; como una escalera de mano, etc. **3.** Quijero.

bañar v.tr. y prnl. **I.** Meter el cuerpo o parte de él en agua o en otro líquido. **II.** v.tr. **1.** Sumergir alguna cosa en un líquido. **2.** Humedecer, regar o tocar el agua alguna cosa. **3.** Tocar algún paraje el agua del mar, de un río, etc. **4.** Cubrir una cosa con una capa de otra sustancia. **5.** Dar de lleno la luz, el aire, o el sol en alguna cosa. • **bañador I.** n. y adj. Que baña. **II.** n.m. Traje de baño. • **bañera** n.f. Pila para bañarse.

baño I. 1. Acción y efecto de bañar o bañarse. **2.** Agua o líquido para bañarse. **3.** Pila que sirve para bañar o lavar todo el cuerpo o parte de él. ▷ Cuarto de baño. **4.** Sitio donde hay aguas para bañarse. ▷ pl. balneario, edificio con aguas medicinales. **II. 1.** Capa de materia extraña con que queda cubierta la cosa bañada; **2.** PINT Mano de color que en la pintura de brocha gorda se da sobre lo ya pintado. **3.** Fig. Tintura, conocimiento superficial de una ciencia. **III.** METAL Masa de metal fundido, junta en la plaza o crisol de un horno. **IV.** QUIM Calor templado por la interposición de alguna materia entre el fuego y lo que se calienta. — *Baño de María* o *baño María.* Cuando la materia que se interpone es el agua.

bao n.m. **1.** MAR Cada una de las piezas que puestas de un costado a otro del buque, sirven de consolidación y para sostener las cubiertas. **2.** MAR Cada uno de los dos barrotes que sirven para sostener las cofas.

baobab n.m. BOT Árbol de África tropical, de la familia de las bombacáceas, con tronco derecho de 9 a 10 m de altura y hasta 10 de circunferencia.

baptista n. y adj. Miembro de una secta religiosa protestante que sólo acepta la administración del bautismo a los adultos.

baptisterio n.m. **1.** Sitio donde está la pila bautismal. **2.** Pila bautismal. **3.** ARQUIT Edificio próximo a un templo y generalmente pequeño, donde se administraba el bautismo.

baquear v.int. MAR Navegar dejándose llevar por la corriente.

baquelita n.f. Resina sintética empleada como aislante eléctrico y en la fabricación de objetos en molde.

baqueta n.f. **1.** Vara delgada que servía para cargar las armas de fuego. **2.** Varilla seca de que usan los picadores para el manejo de los caballos. **3.** ARQUIT Moldura estrecha. **4.** pl. Palillos con que se toca el tambor.

báquico,a adj. **1.** Perteneciente o relativo a Baco. **2.** Fig. Perteneciente a la embriaguez.

baquio n.m. Pie de las métricas griega y latina.

bar n.m. **1.** Local en que se despachan bebidas.

barahúnda n.f. Ruido y confusión grandes.

baraja n.f. **1.** Conjunto de naipes que sirven para varios juegos. La baraja española consta de 48 naipes, y la francesa de 52. **2.** Riña, contienda. • **barajar I.** v.tr. En el juego de naipes, mezclarlos unos con otros antes de repartirlos. **II.** v.tr. y prnl. **1.** Fig. Mezclar o revolver unas personas o cosas con otras. **2.** *Chile.* Impedir, estorbar. **3.** EQUIT Tirar al caballo de una y otra rienda para refrenarlo. **III.** v.int. Reñir unos con otros.

barajón n.m. Bastidor de madera que se sujeta al pie para andar sobre la nieve.

baranda n.f. **1.** Barandilla. **2.** Borde o cerco que tienen las mesas de billar. • **barandal** n.m. **1.** Listón de hierro u otra materia, sobre que se sientan los balaustres. **2.** El que los sujeta por arriba. **3.** Barandilla.

barandilla n.f. Antepecho compuesto de balaustres.

barangay n.m. Embarcación de remos usada en Filipinas.

baraña n.f. **1.** Broza del monte. **2.** Sombras o motas que se ven por defecto de la vista.

1. barata n.f. **1.** Baratura. **2.** Trueque, cambio. **3.** Mohatra, venta fingida. • **baratador,a** n. y adj. Que hace baratas o trueque.

2. barata n.m. *Chile* y *Perú.* Cucaracha.

baratear v.tr. **1.** Dar una cosa por menos de su precio ordinario. **2.** Regatear una cosa antes de comprarla.

baratería Engaño, fraude en compras ventas o trueques.

baratija n.f. Cosa menuda y de poco valor.

baratillo n.m. **1.** Conjunto de cosas de poco precio, que están de venta en público. **2.** Tienda o puesto en que se venden. **3.** Sitio fijo en que se hacen estas ventas.

barato I. adj. **1.** Dícese de cualquier cosa vendida, comprada u ofrecida a bajo precio. **2.** Fig. Que se logra con poco esfuerzo. **II.** n.m. Venta de efectos a bajo precio. **III.** adv.m. Por poco precio.

báratro n.m. POÉT Infierno.

baratura n.f. Bajo precio de las cosas vendibles.

barba I. n.f. **1.** Barbilla (parte de la cara que está debajo de la boca). **2.** Pelo que nace en esta parte de la cara y en las mejillas. **3.** Acción de rasurar la barba. **4.** En el ganado cabrío, mechón de pelo que cubre la quijada inferior. **5.** Carúnculas colgantes que en la mandíbula inferior tienen algunas aves. **6.** Primer enjambre que sale de la colmena. ▷ Parte superior de la colmena. **7.** Filamentos que guarnecen al astil de la pluma. **8.** Bordes desiguales del papel de tina. **9.** *Barba de ballena.* Ballena, lámina córnea de la ballena. **10.** n.f. pl. BOT Conjunto de raíces delgadas de las plantas. **11.** *Barba cabruna.* Planta perenne de la familia de las compuestas, y raíz comestible después de cocida. ▷ *Barba de cabra.* Hierba vivaz de la familia de las rosáceas.

barbacana n.f. **1.** Muro bajo con que se suelen rodear las plazuelas que algunas iglesias tienen alrededor de ellas o delante de alguna de sus puertas. **2.** Saetera o tronera.

barbacoa n.f. **1.** Parrilla usada para asar al aire libre carne o pescado. **2.** Carne asada de este modo.

barbada n.f. **I. 1.** Quijada inferior de las caballerías. **2.** Cadenilla o hierro corvo que se pone a las caballerías por debajo de la barba, atravesada de una cama a otra del freno. **3.** Pieza de madera que se adosa al violín en la parte inferior izquierda para apoyar la barba. **II.** ZOOL Pez teleósteo del suborden de los anacantos parecido al abadejo.

barbado,a I. n. (apl. a pers.) y adj. Que tiene barbas. **II.** n.m. **1.** Árbol que se planta con raíces. **2.** Renuevo que brota de las raíces de los árboles o arbustos.

barbaja n.f. **1.** Planta perenne de la familia de las compuestas, parecida a la escorzonera. **2.** pl. AGRIC Primeras raíces que echan los vegetales recién plantados.

barbar v.int. **1.** Echar barbas el hombre. **2.** Criar las abejas. **3.** AGRIC Echar raíces las plantas.

barbaridad n.f. **1.** Calidad de bárbaro. **2.** Dicho o hecho necio o temerario. **3.** Atrocidad, exceso. **4.** Fig. y Fam. Cantidad grande o excesiva.

barbarie n.f. **1.** Fig. Falta de cultura. **2.** Fig. Fiereza, crueldad.

barbarismo n.m. **1.** Vicio del lenguaje, que consiste en pronunciar o escribir mal las palabras, o en emplear vocablos impropios. **2.** Fig. Barbaridad. **3.** Fig. y Fam. Barbarie.

bárbaro,a I. n. y adj. Dícese del individuo de cualquièra de las hordas que en el siglo V abatieron el imperio romano. **II.** adj. **1.** Perteneciente a estos pueblos. **2.** Fig. Fiero, cruel. **3.** Arrojado, temerario. **4.** Fig. Inculto, grosero, tosco.
ENCICL En la antigua Grecia y en Roma, la palabra bárbaro se aplicaba a todos aquellos que no participaban en la civilización grecorromana y apuntaba, en Grecia, hacia los persas, y en Roma, hacia los pueblos germánicos. Desde siempre, griegos y romanos se enfrentaron a los bárbaros, pero de entre los ataques que el mundo antiguo tuvo que sufrir de parte de éstos, los más graves fueron las grandes invasiones de los ss. IV y V d. J.C., que acarrearon la caída del Imperio romano de Occidente. El empuje de los hunos, pueblo nómada que procedía de Asia Central, provocó entre los godos, a finales del s. IV, una auténtica huida hacia el Imperio romano, que, en un primer momento, apareció ante sus ojos como un refugio, para más tarde convertirse en presa. En el año 376, una vez autorizados a penetrar en el Imperio, una parte de los godos, los visigodos, se lanzaron hacia Constantinopla y hacia el mar. En el 378 aplastaron al ejército romano en Andrianópolis. Tras algunos años de tregua, emprendieron de nuevo la marcha hacia el O y, bajo el mando de Alarico, se apoderaron de Roma en el año 410. Con el fin de hacerles frente, los romanos tuvieron que desguarnecer la frontera renana. Por otro lado, desde el 406, los vándalos y los suevos cruzaron el Rin sin encontrar resistencia, arrasando las Galias y más tarde Hispania, donde se les unieron los visigodos. Tras sus pasos, otros pueblos se precipitaron sobre el Imperio. La invasión de los hunos (aunque vencidos en los Campos Cataláunicos en el año 452) y la caída del Imperio romano de Occidente, pusieron término a este tumultuoso período de invasiones bárbaras. En el s. VI, se asistió a una penetración más lenta y más metódica. Siguiendo el ejemplo de la progresión de los francos, se dio una auténtica labor de poblamiento. A continuación, hubo movimientos más limitados: el de los lombardos hacia Italia en el s. VI y el de los bávaros en el s. VII. Después, el movimento de pueblos bárbaros entró en un período de calma, para luego reavivarse en el s. IX con las invasiones normandas. Tras la caída del Imperio romano y consiguiente implantación de los bárbaros, los godos dominaron España, los lombardos, Italia y la dinastía merovingia, Francia.

barbecho n.m. **1.** Tierra labrantía que no se siembra durante uno o más años. **2.** Acción de barbechar. **3.** Haza arada para sembrar después. • **barbechar** v.tr. **1.** Arar o labrar la tierra disponiéndola para la siembra. **2.** Arar la tierra para que descanse.

barbero I. n.m. **1.** El que tiene por oficio afeitar o hacer la barba. **2.** Pez del mar de las Antillas, del orden de los acantopterigios. • **barbería** n.f. Local donde trabaja el barbero.

barberol n.m. ZOOL Pieza que, con otras, forma el labio inferior de los insectos masticadores.

barbilampiño adj. Se dice del varón adulto que no tiene barba, o tiene poca.

barbilla n.f. **1.** Parte de la cara, que está debajo de la boca. **2.** Papada, abultamiento carnoso. **3.** Apéndice carnoso que algunos peces tienen en la parte inferior de la cabeza. **4.** CARP Corte dado en la cara de un madero para que encaje con otro. **5.** VETER Tumor bajo la lengua.

barbitúrico n.m. Medicamento utilizado como hipnótico, sedante, anestésico y anticonvulsivo.

barbo n.m. ZOOL Pez fisóstomo de agua dulce.

barboquejo n.m. Cinta con que se sujeta el sombrero.

barbote n.m. **1.** Babera, pieza de la armadura. **2.** Palito o barrita de plata que, embutida en el labio inferior, llevan como insignia algunos indios de la Argentina.

barbotear v.int. Barbullar, mascullar. • **barboteo** n.m. Acción y efecto de barbotear.

barbudo,a adj. **1.** Que tiene muchas barbas. **2.** n.m. Barbado, renuevo de una planta.

barbullido n.m. Rizado que produce en la superficie de la mar el paso de un banco de sardinas.

barbusano n.m. **1.** Árbol de las lauráceas. Su madera es parecida a la caoba. **2.** Madera de este árbol.

barca n.f. Embarcación pequeña para pescar en las costas del mar, o para atravesar los ríos. • **barcaje** n.m. **1.** Transporte de efectos en una barca. **2.** Precio o flete que por él se paga. **3.** Precio o derecho que se paga por pasar de una a otra parte del río en una barca.

barcal n.m. **1.** Artesa para recoger el vino. **2.** Dornajo.

barcarola n.f. **1.** Canción popular de los gondoleros de Venecia. **2.** Canto de marineros, en compás de seis por ocho.

barcaza n.f. Lanchón para transportar carga.

barcelonés,a 1. n. y adj. Natural de Barcelona. 2. adj. Perteneciente o relativo a esta provincia o a su capital.

barcia n.f. Desperdicio del grano.

barcino,a adj. Se dice de los animales de pelo blanco y pardo, y a veces rojizo; como ciertos perros, toros y vacas.

barco n.m. **1.** MAR Vehículo flotante que transporta en su interior personas o cosas. **2.** Barranco profundo.

barcolongo n.m. Embarcación antigua larga y estrecha.

1. barda n.f. Arnés o armadura con que se protegían los caballos.

2. barda n.f. **1.** Cubierta de ramas que se pone sobre las tapias de los corrales, huertas y fincas. **2.** MAR Nubarrón de mal aspecto, que sobresale pegado al horizonte.

bardaguera n.f. Arbusto de la familia de las salicáceas.

bardaje o **bardaja,** n.m. Sodomita pasivo.

bardana n.f. Lampazo (planta compuesta). — *Bardana menor.* Cadillo (planta).

bardo n.m. **1.** Poeta de los antiguos celtas. ▷ P. ext., poeta de cualquiera época o país.

baremo n.m. Cuaderno o tabla de cuentas ajustadas.

bargueño n.m. Mueble de madera con muchos cajoncitos y gavetas, adornado con labores de talla.

baría n.f. Árbol de la familia de las borragináceas. La babaza de su corteza se emplea para clarificar el azúcar.

baricentro n.m. MAT Centro de gravedad.

bario n.m. QUIM Elemento metálico de número atómico 56 y de masa atómica 137,34 (símbolo *Ba*), que forma parte de los alcalino-térreos. Es un metal blanco y blando, de densidad 3,74 que se funde a 714 °C y hierve a 1.640 °C.

barión n.m. FIS NUCL Nombre genérico de las partículas pesadas (nucleones e hiperones).

barisfera n.f. GEOL Núcleo central del globo terrestre.

barita n.f. Óxido de bario (BaO), utilizado en radiología. • **baritina** n.f. MINER Sulfato de bario natural ($BaSo_4$), muy denso, incoloro o marrón claro. • **baritosis** n.f. Enfermedad de los pulmones.

baritel n.m. Malacate.

barítono n.m. **1.** MUS Voz media entre la de tenor y la de bajo. **2.** MUS El que tiene esta voz.

barlovento n.m. MAR Parte de donde viene el viento.

barman n.m. Camarero de un bar.

barn n.m. FIS NUCL Unidad de medida de la sección eficaz de un núcleo atómico.

barnabita n.m. Congregación religiosa fundada en 1530, en Milán, por Antonio Zaccaria, e instalada en 1538 en la iglesia de San Bernabé.

barnacla n.m. Pato salvaje de las regiones nórdicas.

barniz n.m. **1.** Disolución de una o más sustancias resinosas en un líquido que al aire se volatiliza o se deseca. Con ella se da un recubrimiento a las pinturas, maderas, etc., con objeto de preservarlas. **2.** Baño que se da al barro, loza y porcelana, y que se vitrifica con la cocción. **3.** Tintura, noticia superficial de una ciencia. **4.** IMP Compuesto con que se hace la tinta para imprimir.

baro- Prefijo procedente del griego *baros,* (peso), que implica una idea de gravedad o de presión atmosférica.

barómetro n.m. **1.** Instrumento que sirve para determinar la presión atmosférica. — *Barómetro aneroide.* El que consiste en una cajita metálica perfectamente cerrada, en la cual se ha hecho el vacío. — *Barómetro de mercurio.* El que indica en una escala la presión del aire por la altura de la columna de mercurio. **2.** Fig. Lo que sirve para medir o estimar. • **barométrico,a** adj. Relativo al barómetro o a los cambios de la presión atmosférica.

barón n.m. Título de dignidad. • **baronía** n.f. **1.** Dignidad de barón. **2.** Territorio o lugar sobre que recae este título o en que ejercía jurisdicción un barón.

barorreceptor n.m. MED Órgano sensible a los cambios de presión.

baróscopo n.m. FIS Balanza que evidencia el principio de Arquímedes con los gases.

barotraumatismo n.m. MED Conjunto de perturbaciones graves provocadas por una variación demasiado fuerte y rápida de la presión.

barquilla n.f. **1.** Molde a manera de barca para hacer pasteles. **2.** Cesto o artefacto en que van los tripulantes de un globo o de una aeronave. **3.** MAR Tablita en cuyo vértice se afirma el cordel de la corredera que mide lo que anda la nave.

barquillo n.m. Hoja delgada de pasta hecha con harina y azúcar en forma de canuto. • **barquillero,a** **1.** n.m. y f. Persona que hace o vende barquillos. **2.** n.m. Molde de hierro para hacer barquillos.

barra n.f. **I. 1.** Pieza de metal u otra materia, de forma generalmente prismática o cilíndrica y mucho más larga que gruesa. **2.** Palanca de hierro que sirve para levantar o mover cosas de mucho peso. **3.** Rollo de metal sin labrar. **4.** Pieza prolongada de hierro con la cual se juega, tirándola desde un sitio determinado. ▷ *Chile.* Mano (juego de muchachos). **5.** Pieza de hierro para barretear. **II. 1.** Barandilla que, en la sala donde un tribunal celebra sus sesiones, separa el lugar destinado al público. ▷ *Chile.* Público que asiste a un espectáculo al aire libre. **2.** Pieza de pan de forma alargada. **3.** La que suelen tener los bares y otros establecimientos semejantes a lo largo del mostrador; y de aquí el mismo mostrador. **4.** Banco o bajo de arena que se forma a la entrada de algunas rías. **III.** Defecto de algunos paños en el tejido. **IV.** MAR La de hierro con grilletes, en que aseguran los presos a bordo. **V. 1.** Arcos de madera de que se sirven los albarderos para formar sobre ellos las albardas y los albardones. **2.** Dos listones de madera delgados, con agujero que entran en los banzos del bastidor de bordar.

barraca n.f. **1.** Albergue construido toscamente y con materiales ligeros. **2.** Vivienda rústica de las huertas españolas de Valencia y Murcia.

barracuda n.f. Pez teleósteo marino, que alcanza los 2 m, rápido y muy voraz.

barranco n.m. **1.** Despeñadero, precipicio. **2.** Quiebra profunda producida por las aguas. **3.** Fig. Dificultad en lo que se intenta o ejecuta.

barraquera n.f. Verraquera.

barraquillo n.m. Pieza pequeña de artillería, reforzada y corta.

barrasco n.m. En la explotación de resinas, costra de miera solidificada.

barredero,a **I.** adj. Fig. Que arrastra o se lleva cuanto encuentra. **II.** n.m. Varal con el que se barre el horno antes de meter el pan a cocer. **III.** n.f. Máquina usada en las grandes poblaciones para barrer las calles.

barrena n.f. **1.** Instrumento de acero con una rosca en espiral en su punta y una manija en el extremo opuesto; sirve para taladrar o hacer agujeros en cuerpos duros. **2.** Barra de hierro con uno o los dos extremos cortantes, que sirve para agujerear peñascos, sondar terrenos, etc. **3.** *Entrar en barrena.* Empezar a descender un avión verticalmente y en giro.

barrenar v.tr. **1.** Abrir agujeros con barrena o barreno en algún cuerpo. **2.** Dar barreno. **3.** Fig. Desbaratar la pretensión de alguien. **4.** Fig. Hablando de leyes, derechos, etc., traspasar, conculcar. • **barrenero** n.m. **1.** El que hace o vende barrenas. **2.** Operario que abre los barrenos.

barrendero,a n.m. y f. Persona que tiene por oficio barrer.

barrenillo n.m. **1.** Insecto que ataca a los árboles. **2.** Enfermedad que produce este insecto.

barreno n.m. **1.** Barrena, instrumento de acero para taladrar o hacer agujeros. **2.** Agujero que se hace con la barrena. **3.** Agujero relleno de pólvora u otra materia explosiva, en una roca o en una obra de fábrica, para volarla.

barreño n.m. Vasija de barro para diversos usos.

barrer v.tr. **1.** Quitar del suelo con la escoba el polvo, la basura, etc. **2.** Fig. No dejar nada de lo que había en alguna parte, llevárselo todo.

1. barrera n.f. **1.** Valla u otro obstáculo semejante con que se cierra un paso o se cerca un lugar. ▷ Fig. Obstáculos entre una cosa y otra. — AERON *Barrera del sonido.* Conjunto de fenómenos aerodinámicos que obstaculizan la superación de la velocidad del sonido por un avión, un misil, etc. **2.** Parapeto para defenderse de los enemigos. **3.** Antepecho de madera en las plazas de toros. **4.** En ciertos juegos deportivos, fila de jugadores que se colocan delante de su meta.

2. barrera n.f. **1.** Sitio de donde se saca el barro de que se hace uso en los alfares, y para otras obras. **2.** Montón de tierra que queda después de haber sacado el salitre.

barrero n.m. **1.** Alfarero. **2.** Barrera (sitio de donde se saca el barro). **3.** Barrizal.

barretear v.tr. Afianzar o asegurar alguna cosa con barras.

barretina n.f. Gorro catalán.

barriada n.f. **1.** Barrio. **2.** Parte de un barrio.

barrica n.f. Especie de tonel mediano que sirve para diferentes usos. — *Barrica bordelesa.* Tonel de vino de cabida de 225 l.

barricada n.f. Parapeto que se hace para estorbar el paso al contrario en las revueltas populares.

barriga n.f. **1.** Vientre (cavidad abdominal de los vertebrados y conjunto de vísceras). **2.** Fig. Parte media abultada de una vasija. **3.** Fig. Comba que hace una pared.

barril n.m. **1.** Vasija de madera que sirve para conservar y transportar diferentes licores y géneros. **2.** *Chile.* Nudo, por lo general de figura de un barrilito, que por adorno se hace en las riendas. • **barrilete** n.m. **I. 1.** TECN Denominación que reciben ciertos aparatos mecánicos que actúan como auxiliares en la ejecución de un trabajo (sobre todo manteniendo en su sitio o sosteniendo). **2.** Instrumento de hierro que usan los carpinteros. **3.** Pieza cilíndrica y móvil del revólver. **II.** Boca de la isla (crustáceo). **III.** MAR Especie de nudo en forma de barril que se hace en algunos cabos. **IV.** MUS Pieza cilíndrica del clarinete inmediata a la boquilla. **V.** ZOOL Cangrejo de mar.

barrilla n.f. **1.** Planta de la familia de las quenopodiáceas. Sus cenizas sirven para obtener la sosa. ▷ Estas mismas cenizas.

barrio n.m. **1.** Cada una de las partes en que se dividen los pueblos grandes o sus distritos. **2.** Arrabal. **3.** Grupo de casas dependiente de otra población.

barrista n.m. y f. Artista de circo que trabaja en las barras fijas.

barritar v.int. Dar barritos o berrear el elefante.

1. barro n.m. **I. 1.** Masa que resulta de la unión de tierra y agua. **2.** Lodo que se forma en las calles cuando llueve. **3.** Búcaro (vasija). **II.** Cosa despreciable. • **barroso,a** adj. **1.** Se dice del terreno o sitio que tiene barro. **2.** De color de barro; que tira a rojo.

2. barro n.m. **1.** Cada uno de los granillos de color rojizo que salen al rostro. **2.** Cada uno de los tumorcillos que salen al ganado mular y vacuno.

barroco,a **1.** adj. ARQUIT Se dice del estilo de ornamentación caracterizado por la profusión de adornos en que predomina la línea curva. **2.** n.m. Período de la cultura europea y su influencia y desarrollo en América, en que prevaleció dicho estilo artístico y que va desde finales del siglo XVI a los primeros decenios del XVIII.
ENCICL El Barroco, que se desarrolló primero en Italia y más tarde en Austria, Bohemia, Alemania y España y en los países latinoamericanos, se caracteriza por el predominio de la línea curva, el movimiento, la exuberancia de la ornamentación, la pesadez o la expresividad marcada de las obras, la tendencia a lo patético y el afán de fastuosidad. Simboliza el espíritu de la Contrarreforma en los países católicos, y, como consecuencia, un rechazo a las formas clásicas.

barrote n.m. **1.** Barra gruesa. **2.** Barra de hierro que sirve para afianzar o asegurar alguna cosa; como cofre, ventana, etc. **3.** CARP Palo que se pone atravesado sobre otros palos o tablas para sostener o reforzar.

barrueco n.m. **1.** Perla irregular. **2.** Nódulo esferoidal que suele encontrarse en las rocas.

barrujo n.m. Acumulación de hojas secas de pino que suele cubrir el suelo de los pinares.

barruntar v.tr. Prever, conjeturar o presentir por alguna señal o indicio. • **barrunto** n.m. **1.** Acción de barruntar. **2.** Barrunte, indicio, noticia.

bartola (a la) m.adv. Fam. Sin ningún cuidado.

bartolillo n.m. Pastel pequeño relleno.

bartulear v.int. *Chile.* Cavilar, devanarse los sesos. • **bartuleo** n.m. *Chile.* Acción de bartulear.

bártulos n.m.pl. Fig. Enseres que se manejan. — Fig. y Fam. *Preparar los bártulos.* Disponer los medios de ejecutar alguna cosa.

baruca n.f. fam. Enredo o artificio.

barullo n.m. Fam. Confusión, desorden, mezcla de gentes o cosas de varias clases.

barzal n.m. Terreno cubierto de zarzas y maleza.

barzoi n.m. Galgo ruso de pelo largo.

barzón n.m. **1.** AGRIC Anillo por donde pasa el timón del arado en el yugo.

basa n.f. **1.** Base, fundamento o apoyo en que estriba una cosa. **2.** ARQUIT Asiento sobre el que se pone la columna o estatua. **3.** ARQUIT Pieza inferior de la columna en todos los órdenes arquitectónicos excepto en el dórico.

basada n.f. Aparato para botar un buque al agua.

basalto n.m. Roca volcánica, compuesta principalmente de feldespato y piroxena o augita, y a veces de estructura prismática. • **basanita** n.f. Basalto.
ENCICL A su salida del cráter, los basaltos son siempre muy fluidos y constituyen inmensas coladas de superficie horizontal (mesetas basálticas triangulares del macizo Central, Deccan). Al enfriarse se forman prismas hexagonales que, tras la erosión de las coladas, cobran un aspecto parecido al de unos tubos de órgano. Los basaltos son muy importantes; constituyen la capa profunda de la corteza terrestre, llamada *costra oceánica,* pues aflora en el fondo de los mares, sobre el cual reposan los continentes graníticos.

basamento n.m. ARQUIT Cualquier cuerpo que se pone debajo de la caña de la columna, y que comprende la basa y el pedestal.

basar **I.** v.tr. Asentar algo sobre una base. **II.** v.tr. y prnl. **1.** Fundar, apoyar. **2.** Partir, en las operaciones geodésicas, de una base previamente determinada.

basáride n.f. Mamífero carnívoro, parecido a la comadreja, pero de mayor tamaño.

basca n.f. **1.** Ansia, náusea. ▷ P. ext., furia que siente el perro o animal rabioso. **2.** Fig. y Fam. Arrechucho o ímpetu colérico. • **bascosidad** n.f. Inmundicia, suciedad.

báscula n.f. Aparato para pesar, provisto de una plataforma sobre la que se coloca la cosa que se pesa, desde la cual, por medio de una serie de palancas, se transmite a un brazo de romana sobre el que se equilibra con una pesa.

bascular v.int. **1.** Moverse un cuerpo de un lado a otro girando sobre un eje vertical. **2.** En algunos vehículos de transporte, inclinar la caja, de modo que la carga resbale hacia afuera por su propio peso. • **basculador** n.m. TECN Dispositivo utilizado para hacer bascular un recipiente a fin de vaciar su contenido.

base n.f. **I. 1.** Fundamento o apoyo principal en que estriba o descansa alguna cosa. **2.** ARIT Cantidad fija y distinta de la unidad, que ha de elevarse a una potencia dada, para que resulte un número determinado. **3.** ARQUIT *Basa* de una columna o estatua. **4.** GEOM Línea o superficie en que se supone que descansa una figura. **5.** QUIM Cada uno de los cuerpos que, combinados con los ácidos, forman sales. v. ENCICL **6.** TOPOGR Recta que se mide sobre el terreno y de la cual se parte en las operaciones geodésicas y topográficas. **II.** MILIT *Base aérea.* Aeropuerto militar. — *Base naval.* Puerto o parte de costa en que las fuerzas navales se preparan y pertrechan para combatir o navegar. — ESP *Base de lanzamiento.* Lugar donde están reunidas las instalaciones necesarias para la preparación, lanzamiento y control de vuelo y dirección de ingenios espaciales. — INFORM *Base de datos.* Conjunto de informaciones organizadas mediante técnicas particulares almacenadas en la memoria de un ordenador.
ENCICL Las bases son cuerpos susceptibles de fijar los protones (iones H) contenidos en los ácidos, por medio de dobletes de electrones. Algunas bases contienen el radical OH (sosa NaOH, potasa KOH); en este caso, la reacción ácido-base proporciona una sal y agua. Otras no contienen dicho radical (amoniaco NH_3, metilamina $CH_3—NH_2$). La fuerza de una base está directamente asociada a su aptitud para captar protones. Son muy utilizadas en la industria. Sirven, en particular, para fabricar jabones.

basela n.f. Planta (género *Basella*) de la que se consumen las hojas, como las de las espinacas.

baseláceo,a n.f. y adj. BOT Se dice de plantas angiospermas dicotiledóneas, herbáceas o arbustivas y propias de los países tropicales, cuyos tubérculos, en general, son comestibles; como el melloco. ▷ n.f. pl. BOT Familia de estas plantas.

basic n.m. INFORM Lenguaje de programación.

básico,a adj. **1.** Perteneciente a la base o bases sobre que se sustenta una cosa; fundamental. **2.** QUIM Que posee los caracteres de la función base, que puede fijar iones H en solución.

basidio n.m. BOT Célula esporífera, en forma de maza, característica de los basidiomicetos. • **basidiomicetos** n.m. pl. Clase muy importante (alrededor de 1.500 especies) de setas caracterizadas por la posesión de basidios, comprendiendo todas las setas clásicas.

basileus n.m. HIST Título del rey de Persia en la antigüedad, hasta la conquista árabe, y más tarde del emperador de Oriente en Bizancio.

basílica n.f. **1.** Palacio o casa real. **2.** Edificio público que servía a los romanos de tribunal y de lugar de reunión y de contratación. **3.** Cada una de las trece iglesias de Roma, que se consideran como las primeras de la cristiandad en categoría. **4.** Iglesia notable por su antigüedad, extensión o magnificencia, o que goza de ciertos privilegios.

basílicas n.f. pl. Colección de leyes formada por orden del emperador bizantino Basilio el Macedonio y de su hijo León.

basilisco n.m. **1.** Animal fabuloso, al cual se atribuía la propiedad de matar con la vista. **2.** Pieza antigua de artillería. **3.** Fig. Hombre furioso o dañino.

basofilia n.f. BIOQUIM Afinidad hacia los colorantes básicos. • **basófilo,a** adj. Que posee afinidad hacia los colorantes básicos.

basomatóforos n.m. pl. ZOOL Orden de moluscos gasterópodos pulmonados acuáticos cuyos ojos no son pedunculados (limnea, planorbis, etc.), por oposición a los estilomatóforos.

basquear **1.** v.int. Tener o padecer bascas. **2.** v.tr. Producir bascas.

basquilia n.f. Enfermedad que padece el ganado lanar por abundancia de sangre.

basset n.m. Perro de patas muy cortas, a menudo torcidas.

basta n.f. **1.** Hilván. **2.** Puntada.

bastante adv. c. **1.** Ni mucho ni poco, ni más ni menos de lo regular, ordinario o preciso; sin sobra ni falta. **2.** No poco. *Es bastante rico.*

bastar **1.** v.int. y prnl. Ser suficiente y proporcionado para alguna cosa. **2.** v.tr. Abundar, tener en abundancia. — *Basta.* Voz que sirve para poner término a una acción o discurso.

bastarda n.f. **1.** Lima de grano fino. **2.** Culebrina.

bastardear **I.** v.int. Degenerar de su naturaleza. **II.** v.tr. Apartar una cosa de la pureza primitiva de ella.

bastardilla n.f. Instrumento músico, especie de flauta.

bastardo **I.** adj. Que degenera de su origen o naturaleza. **II.** n.m. Boa, serpiente americana, la mayor de las conocidas. **III.** n.m. **1.** MAR Vela que antiguamente se usaba en los navíos y galeras. **2.** Especie de racamento.

basterna n.f. Litera cubierta que usaban las damas romanas.

basternas, antiguo pueblo sármata que al N de los montes Cárpatos y a la derecha de las fuentes del Vístula, ocupó sobre los ríos Dniéster y Dniéper el territorio donde hoy están Podolia y Ucrania.

bastero n.m. El que hace o vende bastos, especie de albardas.

basteza n.f. Grosería, tosquedad.

bastida n.f. Máquina militar de que se usaba antiguamente para batir los castillos y plazas fuertes.

bastidor n.m. **1.** Armazón de palos o listones de madera en la cual se fijan lienzos para pintar y bordar. **2.** Armazón de listones o maderos, sobre la cual se extiende y fija un lienzo o papel pintados. Se ponen a un lado y otro del escenario y forman parte de la decoración teatral. **3.** Armazón metálico que soporta la caja de un vagón, de un automóvil, etc. **4.** MAR Armazón en que la hélice apoya su eje cuando no es fija.

bastilla n.f. Doblez que se hace y asegura con puntada.

bastimento n.m. **1.** Embarcación, barco **2.** Provisión para sustento de una ciudad ejército, etc.

1. basto n.m. **1.** Cierto género de albarda. **2.** As en el palo de naipes llamado bastos. **3.** Cualquiera de los naipes del palo de bastos. **4.** pl. Uno de los cuatro palos de la baraja española, en cuyos naipes está representado por una o varias figuras de leños a modo de clavas.

2. basto,a adj. **1.** Grosero, tosco, sin pulimento. **2.** Fig. Se dice de la persona tosca o grosera.

bastón n.m. **1.** Vara, generalmente con puño, que sirve para apoyarse al andar. **2.** Insignia de mando o de autoridad. • **bastoncillo** n.m. **1.** Bastón pequeño. **2.** Galón angosto que sirve para guarnecer. **3.** ANAT Prolongación cilíndrica, larga y delgada, de cada una de ciertas células de la retina de los vertebrados, que recibe las impresiones luminosas incoloras. • **bastonera** n.f. Mueble para colocar en él paraguas y bastones.

basura n.f. **1.** Inmundicia, suciedad. ▷ Desecho, residuos de comida y otros desperdicios. **2.** Desecho o estiércol de las caballerías. **3.** Fig. Lo repugnante o despreciable. • **basural** n.m. *Arg., Chile* y *Amér. Central.* Basurero, sitio en que se hecha la basura. • **basurero** n.m. El que lleva o saca la basura al sitio destinado para echarla.

bata n.f. **1.** Vestido usado para estar en casa con comodidad. **2.** Prenda larga y holgada de tela fina y blanca, con mangas, que usan los cirujanos, los que trabajan en laboratorios. etc.

batacazo n.m. Golpe fuerte y con estruendo que da alguna persona cuando cae.

batahola n.f. Fam. Bulla, ruido grande.

batalla n.f. **1.** Lid, combate o pelea de un ejército con otro, o de una armada naval con otra. **2.** Acción bélica en que toman parte todos o los principales elementos de combate. **3.** Cada uno de los trozos en que se dividía antiguamente el ejército. **4.** Orden de batalla. **5.** Justa o torneo. **6.** ESGR Pelea de los que juegan con espadas negras. **7.** PINT Cuadro en que se representa alguna batalla o acción de guerra. • **batallar** v.int. **1.** Pelear, reñir con armas. **2.** Fig. Disputar, debatir, porfiar. **3.** Fig. Fluctuar, vacilar. • **batallador,a** adj. **1.** Que batalla. **2.** Renombre que se aplicaba al que había dado muchas batallas. • **batallón** n.m. Unidad compuesta de varias compañías de una misma arma o cuerpo, mandada por un jefe del ejército cuya categoría es inferior a la de coronel.

batán n.m. Máquina para golpear, desengrasar y enfurtir los paños. • **batanar** o **batanear** v.tr. **1.** Golpear los paños en el batán. **2.** Fig. y Fam. Dar golpes a alguno.

batata n.f. **1.** BOT Planta vivaz, convolvulácea, de tallo rastrero y raíces como las de la patata. **2.** Cada uno de los tubérculos de las raíces de esta planta; son comestibles.

batayola n.f. **1.** MAR Barandilla que se colocaba sobre las bordas del buque. **2.** MAR Caja cubierta con encerados que se construye a lo largo del borde de los buques en la cual se recogen los coyes de la tripulación.

bate n.m. Palo más grueso por el extremo libre, que por la empuñadura, con el que se golpea la pelota en el juego del béisbol.

batea n.f. **1.** Bandeja o azafate. **2.** Dornajo, especie de artesa. **3.** Barco pequeño de figura de cajón, que se usa en los puertos y arsenales para la carga y descarga de los buques. **4.** Vagón descubierto, con los bordes muy bajos.

bateke, grupo étnico negro de las Repúblicas del Congo, Brazzaville y Zaire. — ART Estatuillas antropomórficas; máscaras planas en forma de disco y decoración polícroma.

batel n.m. Bote, barco pequeño. • **batelero,a** n.m. y f. Persona que gobierna el batel.

batería n.f. **I. 1.** Conjunto de piezas de artillería colocadas en un lugar para hacer fuego al enemigo. **2.** Unidad de tiro de artillería. **3.** Obra de fortificación destinada a contener piezas de artillería. **4.** Conjunto de cañones de un buque de guerra. ▷ Espacio en que los cañones están colocados. **5.** Acción y efecto de batir. **6.** Brecha, rotura que hace en una muralla o pared la artillería u otro ingenio. **II.** Conjunto de instrumentos de percusión en una banda u orquesta. **III.** Fig. En los teatros, fila de luces del proscenio. **IV.** FIS Acumulador. **V.** *Batería de cocina.* Conjunto de utensilios necesarios para la cocina.

bati Prefijo procedente del griego bathys, «profundo».

batial adj. GEOL Dícese de los fondos oceánicos comprendidos entre 300 y 3.000 m de profundidad.

batiburrillo n.m. **1.** Mezcla de cosas que no combinan bien unas con otras. **2.** Fig. y Fam. Mezcla de temas inconexos en la conversación y en los escritos.

baticabeza n.m. Coleóptero de cuerpo prolongado, estrecho y atenuado hacia atrás, que puede dar saltos cuando cae de espaldas hasta lograr colocarse en la posición normal.

baticola n.f. Correa sujeta al fuste trasero de la silla por donde entra el maslo de la cola.

batida n.f. **1.** Acción de batir el monte para que la caza salga al lugar donde están esperando los cazadores. **2.** Acción de batir o acuñar moneda.

batidero n.m. **1.** Continuo golpear de una cosa con otra. **2.** Lugar donde se bate y golpea.

batido,a **I.** adj. Se aplica al camino muy andado y trillado. **II.** n.m. **1.** Masa de que se hacen hostias y bizcochos. **2.** Claras, yemas o huevos batidos. **3.** Bebida que se hace batiendo helado, leche u otros ingredientes.

batidor,a **I.** adj. Que bate. **II.** n.m. **1.** Instrumento para batir. **2.** Explorador. **3.** Cada uno de los soldados que preceden al regimiento. **III.** n.f. Electrodoméstico para triturar y mezclar los alimentos.

batiente **1.** n.m. Parte movil de las puertas o ventanas por oposición a la parte fija o marco. ▷ TECN Parte del pilar de una esclusa sobre la cual van apoyadas las puertas. **2.** Lugar donde la mar bate el pie de una costa o de un dique. **3.** Listón de madera forrado de paño por la parte inferior, en el cual baten los martinetes del piano.

batífono n.m. TECN Aparato para las comunicaciones sonoras en los artefactos que se sumergen a gran profundidad.

batik n.m. Tejido estampado cuyos motivos se obtienen ocultando ciertas zonas con una materia que rechaza la impregnación por el tinte.

batimetría n.f. Arte de medir las profundidades del mar y estudio de la distribución de las plantas y animales. • **batímetro** n.m. GEOL Gravímetro usado para medir la profundidad de los océanos.

batimiento n.m. **1.** Acción de batir. **2.** FIS Variación periódica de la amplitud de una oscilación.

batín n.m. Bata corta.

batintín n.m. **1.** Campana que llevan los chinos a bordo. **2.** Instrumento de percusión.

batir **I.** v.tr. **1.** Dar golpes, golpear. **2.** Golpear para destruir o derribar; arruinar, echar por tierra alguna pared, edificio, etc. **3.** Hablando del sol, el agua o el aire, dar en una parte sin estorbo alguno. **4.** Mover con ímpetu y fuerza alguna cosa. ▷ Mover y revolver alguna cosa para que se condense o disuelva. **5.** Martillar una pieza de metal hasta reducirla a chapa. **6.** Ajustar y acomodar las resmas de papel. **7.** Acuñar moneda. **8.** Reconocer, registrar, recorrer un terreno en despoblado. **9.** Derrotar al enemigo. ▷ Atacar y derruir con la artillería; p. ext. dominar con armas de fuego un terreno, posición, etc. **II.** v.prnl. **1.** Combatir, pelear. **2.** Abatirse el ave de rapiña.

batiscafo n.m. Aparato para explorar las grandes profundidades marinas.
ENCICL El principio del batiscafo, inventado por Auguste Piccard (1948), consiste en soltar gasolina (menos densa que el agua) para descender, y granalla de plomo (más densa que el agua) para subir. La esfera de observación, cuyo interior está a la presión atmosférica, es capaz de resistir una presión de 1.500 baros.

batisfera n.f. Esfera de acero habitable suspendida de un cable portador, destinada a la exploración de las grandes profundidades marinas.

batista n.f. Lienzo fino muy delgado.

batolito n.m. Masa de roca eruptiva, consolidada en la corteza terrestre a gran profundidad.

batología n.f. RET Repetición inmotivada y enojosa de vocablos.

batómetro n.m. FIS Aparato para medir la profundidad del mar sin necesidad de sonda.

batoniense n.m. GEOL Estadio superior del jurásico medio.

batracio n. y adj. ZOOL Se dice de los vertebrados de temperatura variable que son acuáticos y respiran por branquias durante su primera edad, y se hacen aéreos y respiran por pulmones en su estado adulto. ▷ pl. ZOOL Clase de estos animales.

batuta n.f. Bastón corto con que el director de una orquesta, banda, coro, etc., marca el compás de una pieza de música.

baudio n.m. TELECOM Unidad de velocidad de modulación.

baúl n.m. **1.** Mueble parecido al arca, que sirve generalmente para guardar ropas.

bauprés n.m. MAR Palo grueso, horizontal o algo inclinado, colocado en la proa de los barcos.

bautismo n.m. **1.** Sacramento de la Iglesia, que convierte en cristiano a quien lo recibe. **2.** Bautizo.

bautista n.m. El que bautiza. — *El Bautista.* Por antonom., San Juan, el precursor de Cristo.

bautizar v.tr. **1.** Administrar el sacramento del bautismo. **2.** Fig. Poner nombre a una cosa. **3.** Fig. y Fam. Tratándose del vino, mezclarlo con agua. • **bautizo** n.m. Acción de bautizar y fiesta con que ésta se solemniza.

bauxita n.f. Mineral compuesto de alúmina hidratada con algunas mezclas de óxido de hierro y de silicio. De él se extrae el aluminio.

baya n.f. **1.** Fruto de ciertas plantas, carnoso y jugoso, que contiene semillas rodeadas de pulpa, como la uva, la grosella y otros. **2.** Planta de la familia de las liliáceas; bohordo.

bayadera n.f. Bailarina y cantora india.

bayeta n.f. **1.** Tela de lana, floja y poco tupida. **2.** Paño que sirve para fregar el suelo.

bayo,a **1.** n.m. y f. y adj. De color blanco amarillento. Se aplica a los caballos y a su pelo. **2.** n.m. Mariposa del gusano de seda, que los pescadores de caña usan como cebo.

bayoneta n.f. Arma blanca que usan los soldados de infantería, complementaria del fusil, a cuyo cañón se adapta.

baza n.f. Número de cartas que en ciertos juegos de naipes recoge el que gana la mano.

bazar n.m. **1.** En Oriente, mercado público o lugar destinado al comercio. **2.** Tienda en que se venden productos diversos.

bazo n.m. ZOOL Víscera situada en el lado opuesto al hígado, en la cual se producen sustancias que destruyen los hematíes caducos. ENCICL El bazo tiene una función hematopoyética y contribuye también a las defensas inmunitarias. El aumento de su volumen o esplenomegalia se produce en el curso de afecciones hematológicas e infecciosas. La rotura traumática del mismo puede ser mortal; la única solución es, generalmente, su extirpación, que apenas modifica el metabolismo del sujeto.

bazofia n.f. **1.** Mezcla de heces o desechos de comidas. **2.** Fig. Cosa soez y despreciable.

bazuca n.f. Arma portátil de infantería que sirve para disparar proyectiles. Se utiliza principalmente contra los tanques.

bazucar v.tr. **1.** Menear o revolver una cosa líquida moviendo la vasija en que está. **2.** Traquetear.

BCG siglas del bacilo de Calmette-Guérin con que se conoce la vacuna antituberculosa.

1. be n.f. Nombre de la letra *b*.

2. be **1.** Onomatopeya de la voz del carnero, de la oveja y de la cabra. **2.** n.m. Balido.

Be QUIM Símbolo del berilio.

beagle n.m. Perro basset de patas rectas.

beatnik n.m. y f. **1.** En los Estados Unidos, el que pertenece a la *beat generation* (movimiento literario y fenómeno social que nació a comienzos de los años 50 y que se afirmó como oposición al modo de vida tradicional norteamericano). **2.** Joven que afirma su oposición a la moral social mediante su modo de vida, su forma de vestir.

beato,a **I.** n. y adj. **1.** Se dice de la persona beatificada por el Papa. **2.** Persona de exagerada religiosidad. **II.** n.f. Mujer que viste hábito religioso, sin pertenecer a ninguna comunidad. • **beatificar** v.tr. Declarar el Papa que alguien goza de la bienaventuranza y se le puede dar culto. • **beatitud** n.f. **1.** Bienaventuranza eterna. **2.** Tratamiento que se da al Papa.

beaumonteses o **lusetanos,** miembros de un partido navarro, rival de los agromonteses, que acaudillaba el condestable Luís de Beaumont y sostenía los derechos a la Corona del príncipe Carlos de Viana frente a su padre Juan II.

bebé n.m. Nene.

bebedero,a **I.** adj. Se aplica al agua u otro licor que es bueno de beber. **II.** n.m. **1.** Vaso en que se echa la bebida a los pájaros y aves domésticas. **2.** Lugar donde acuden a beber las aves. **3.** Pico saliente que tienen algunas vasijas y que sirve para beber. **4.** Conducto o canal de salida del acero líquido o de la fundición.

bebedizo,a **I.** adj. Potable. **II.** n.m. **1.** Bebida que se da por medicina. **2.** Bebida que se decía tener virtud para conciliar el amor de otras personas. **3.** Bebida confeccionada con veneno.

bebedor,a **1.** adj. Que bebe. **2.** n.m. y f. y adj. Fig. Que abusa de las bebidas alcohólicas.

1. beber n.m. Bebida, líquido que se bebe. • **bebida** n.f. **1.** Acción y efecto de beber. **2.** Cualquier líquido simple o compuesto que se bebe. ▷ Líquido compuesto, como la horchata o los medicinales, y los alcohólicos.

2. beber v.int. **1.** Ingerir un líquido. **2.** Brindar. **3.** Abusar de las bebidas alcohólicas. **4.** Fig. Consumir. **5.** Fig. Admitir. **6.** Fig. Refiriéndose al juicio, trastornarlo u ofuscarlo.

beca n.f. **1.** Pensión que se concede a alguien para que continúe sus estudios. • **becar** v.tr. Conceder a alguien una beca de estudios.

becada n.f. Chocha (ave zancuda).

becerra n.f. **1.** Hija de la vaca hasta que cumple uno o dos años o poco más. **2.** Dragón, (planta escrofulariácea).

becerro n.m. **I.** **1.** Hijo de la vaca hasta que cumple uno o dos años o poco más. **2.** Piel de ternero o ternera curtida y dispuesta para hacer zapatos. **II.** Libro en que las iglesias y monasterios antiguos copiaban sus privilegios para el uso normal y corriente. • **becerrada** n.f. Lidia o corrida de becerros. • **becerrillo** n.m. Piel de becerro curtida.

becuadrado, n.m. MUS Primera de las llamadas propiedades en el canto llano o gregoriano, la cual se funda en el hexacordo *sol, la, si, do, re, mi,* notas que, al ser solfeadas cambian sus nombres en *do, re, mi, fa, sol, la.*

becuadro n.m. MUS Signo con el cual se expresa que la nota o notas a que se refiere deben sonar con su entonación natural.

bechamel n.f. Salsa hecha con mantequilla, harina y leche.

bedel n.m. En las universidades y otros establecimientos de enseñanza, empleado subalterno cuyo oficio es cuidar del orden fuera de las aulas.

bedelio n.m. Gomorresina de color amarillo. Entra en la composición de varias preparaciones farmacéuticas para uso externo.

beduinos, árabes nómadas que habitan su país originario o viven esparcidos por la Siria y el África septentrional.

beefsteak, v. bistec.

befar **1.** v.int. Mover los caballos el befo. **2.** v.tr. Burlar, mofar, escarnecer. • **befa** n.f. Expresión de desprecio.

befo,a **I.** n. y adj. **1.** Belfo, que tiene más grueso el labio inferior que el superior. **2.** De labios abultados y gruesos. **3.** Zambo o zancajoso. **II.** n.m. **1.** Belfo, labio de un animal. **2.** Especie de mico.

begonia n.f. Planta perenne de la familia de las begoniáceas, con tallos carnosos, hojas grandes, acorazonadas, dentadas, y flores monoicas, con pedúnculos largos y dicótomos, sin corola y con el cáliz de color rosa. • **begoniáceo,a** n. y adj. BOT Dícese de un género de plantas angiospermas dicotiledóneas.

begum n.f. Título honorífico concedido a las damas nobles, en la India.

behaísmo n.m. Cisma del babismo, fundado en Palestina en el siglo XIX por el persa Mirza Hosain Alí.

behetría n.f. **1.** En la época medieval, propiedad cuyo dueño era un hombre libre que podía elegir como señor a quien quisiera. **2.** Fig. Confusión o desorden.

behíque n.m. Sacerdote y médico entre los indios taínos.

béisbol n.m. Juego de pelota entre dos equipos de nueve jugadores. Se practica sobre todo en Estados Unidos.

bejel n.m. Pez teleósteo que vive cerca de las costas.

bejín n.m. **I.** BOT Hongo de color blanco, cuyo cuerpo fructífero, se desgarra cuando llega a la madurez y deja salir un polvo negro, que se emplea para restañar la sangre. **II.** Persona que se enfada, más comúnmente muchacho que llora y se irrita.

bejuco n.m. Nombre de diversas plantas tropicales, sarmentosas, y cuyos tallos se emplean para toda clase de ligaduras y para jarcias, tejidos, muebles, bastones, etc.

bel canto n.m. Técnica del canto en la tradición lírica italiana (pureza de sonido, virtuosismo).

belcho n.m. BOT Mata de la familia de las efedráceas. Vive principalmente en los arenales.

beldad n.f. **1.** Belleza o hermosura de la mujer. **2.** Mujer notable por su belleza.

beldar v.tr. Aventar con el bieldo las mieses para separar del grano la paja.

belemnita n.f. PALEONT Fósil de figura cónica o de maza. Es la extremidad de la concha interna que tenían ciertos cefalópodos de los períodos jurásico y cretáceo.

belén n.m. **1.** Fig. Nacimiento, representación del de Jesucristo. ▷ Fig. y Fam. Negocio o lance ocasionado a contratiempos o disturbios. Se usa más en pl.

beleño n.m. Planta de la familia de las solanáceas. Toda la planta, especialmente la raíz, es narcótica.

belez n.m. **1.** Vasija. **2.** Parte del menaje de casa, ajuar.

belfo,a **1.** n. (apl. a pers.) y adj. Dícese del que tiene más grueso el labio inferior, como los caballos. **2.** n.m. Cualquiera de los dos labios del caballo y otros animales.

belga **1.** n. y adj. Natural de Bélgica. **2.** adj. Perteneciente o relativo a esta nación de Europa.

beliceño,a **1.** n. y adj. Natural de Belice. **2.** adj. Perteneciente o relativo a Belice.

bélico,a adj. Guerrero, perteneciente a la guerra. • **belicoso,a** adj. **1.** Guerrero, marcial. **2.** Fig. Agresivo, pendenciero.

beligerancia n.f. **1.** Calidad de beligerante. **2.** Conceder, o dar, beligerancia a uno. Atribuirle la importancia bastante para contender con él. Se usa más con negación.

belinógrafo n.m. Aparato que permite la transmisión por hilo de imágenes, fotografías (belinogramas).

belio n.m. FIS Unidad sin dimensión (símbolo B) utilizada para expresar la comparación de dos dimensiones, en general dos potencias, siendo el número de belios igual al *logaritmo decimal* de su cociente.

belos, individuos de una tribu celtíbera que se asentaban entre Castilla y el Valle del Ebro.

beluga n.f. Cetáceo odontoceto de los mares árticos, llamado también *delfín blanco.*

bellaco,a n. y adj. **1.** Malo, pícaro, ruin. **2.** Astuto, sagaz. • **bellaquería** n.f. **1.** Calidad de bellaco. **2.** Acción o dicho propio de bellaco.

belladona n.f. BOT Planta de la familia de las solanáceas. Es muy venenosa y se utiliza con fines terapéuticos, por contener el alcaloide llamado atropina.

belleza n.f. **1.** Cualidad de bello. **2.** Mujer notable por su hermosura.

bello,a adj. **1.** Que tiene belleza. **2.** Bueno, excelente.

bellota n.f. **1.** Fruto de la encina, del roble y otros árboles del mismo género. **2.** Bálano o glande. **3.** Botón o capullo del clavel sin abrir. **4.** Vasija pequeña en que se echan especias aromáticas. **5.** Adorno de pasamanería. **6.** Extremidad de las capas y hojas córneas de que va desprendiéndose el cuerno del toro con los años. • **bellotero,a I.** n.m. y f. **1.** Persona que coge y vende bellotas. **2.** Tiempo de recoger la bellota; montanera. **II.** n.f. Cosecha de bellota.

belloto n.m. Árbol chileno, de la familia de las lauráceas. Su fruto sirve de alimento a los animales.

bemol 1. n. y adj. MUS Se dice de la nota cuya entonación es un semitono más baja que la de su sonido natural. **2.** n.m. MUS Signo que representa esta alteración del sonido natural de la nota o notas a que se refiere.

ben n.m. BOT Árbol de la familia de las moringáceas cuyo fruto, da un aceite que no se enrancia y que se emplea en relojería y perfumería

benceno n.m. QUIM Líquido incoloro, móvil, refringente, de olor característico.
ENCICL El benceno es un disolvente orgánico, no polar, insoluble en el agua e inflamable. Se trata de un hidrocarburo cíclico cuya fórmula empírica es C_6H_6. Su densidad es de 0,88. Hierve a 80,1 °C y se solidifica a 5,5 °C. Disuelve un gran número de cuerpos y tiene numerosas aplicaciones (en particular la fabricación de anilina). Se extrae de los alquitranes de hulla o por rectificación del petróleo. Como todo tipo de compuesto aromático, posee una estructura muy estable, calificada de *nudo bencénico* (se representa por medio de una φ en el centro de un hexágono.

bencilcelulosa n.f. QUIM Eter bencílico de la celulosa utilizado como barniz.

bencílico,a adj. QUIM Se dice de un alcohol que se encuentra en la esencia de jazmín, en el bálsamo del Perú, etc. • **bencilo** n.m. QUIM Radical monovalente de fórmula $C_6H_5-CH_2$.

bencina n. f. Mezcla de hidrocarburos que proviene de la rectificación del benzol.

bendecir v.tr. **1.** Alabar, ensalzar. **2.** Invocar en favor de alguna persona o cosa la bendición divina. **3.** Consagrar al culto divino alguna cosa, mediante determinada ceremonia. **4.** Formar el obispo o el presbítero cruces en el aire con la mano extendida sobre personas o cosas. • **bendición** n.f. **1.** Acción y efecto de bendecir. **2.** pl. Ceremonias con que se celebra el sacramento del matrimonio. • **bendito,a I.** adj. **1.** Santo o bienaventurado. **2.** Dichoso. Feliz. **3.** Sencillo y necio.

benditera n.f. Tridacne cuya enorme concha (1 m de diámetro) ha servido a menudo de pila bautismal.

benedicta n.f. Composición de varios polvos de hierbas y raíces purgantes y estomacales mezclados con miel espumada.

benedictino,a 1. n.m. y f. Religioso, religiosa de la orden de san Benito de Nursia. **2.** adj. Relativo a la orden benedictina. **3.** n.m. Licor que fabrican los frailes de esta orden.
ENCICL La orden benedictina, fundada en el s. VI por san Benito de Nursia (abadía de Montecasino, h. 529), es la orden monástica más antigua de Occidente. Probablemente se estableció en la Galia gracias a san Mauro (h. 542). San Benito de Aniano codificó su regla en 817. A partir del s. XI se diversificó: cluniacenses, camaldulenses, cartujos, etc. En 1098, con la creación del Císter por Roberto de Molesmes, nacía la orden de los cistercienses, cuyo teólogo más célebre fue san Bernardo, abad de Claraval. Santa Escolástica, hermana de san Benito, fue la iniciadora de las diversas órdenes de benedictinas.

benefactor,a n. y adj. Bienhechor.

beneficencia n.f. **1.** Virtud de hacer bien. **2.** Conjunto de funciones, establecimientos y demás institutos benéficos, y de los servicios gubernativos referentes a ellos, a sus fines y a los haberes y derechos que les pertenecen.

beneficiar I. v.tr. y prnl. Hacer bien. **II.** v.tr. **1.** Cultivar, mejorar una cosa, procurando que fructifique. ▷ Trabajar un terreno para hacerlo productivo. **2.** Extraer de una mina las sustancias útiles. ▷ Someter estas sustancias al tratamiento metalúrgico cuando lo requieren. **3.** Conseguir un empleo por dinero. **4.** Hablando de efectos, libranzas y otros créditos, cederlos o venderlos por menos de lo que importan. **5.** *Cuba, Chile y P. Rico.* Hablando de una res, descuartizarla y venderla al menudeo. • **beneficiario,a** n. y adj. **1.** Persona a quien beneficia un contrato, donación o acción semejante. **2.** Persona a quien beneficia un contrato de seguro. • **beneficio** n.m. **1.** Bien que se hace o se recibe. **2.** Utilidad, provecho. **3.** Labor y cultivo que se da a los campos, árboles, etc. **4.** Acción de beneficiar minas o minerales. **5.** *Amér.* Acción de beneficiar una res. **6.** Conjunto de emolumentos que obtiene un eclesiástico inherentes o no a un oficio. **7.** Acción de beneficiar empleos por dinero, o de dar los créditos por menos de lo que importan. • **benéfico,a** adj. **1.** Que hace bien. **2.** Perteneciente o relativo a la ayuda gratuita que se presta a los necesitados.

benemérito,a adj. Digno de galardón.

beneplácito n.m. Aprobación, permiso.

benevolencia n.f. Simpatía y buena voluntad hacia las personas.

bengalí I. 1. n. y adj. Natural de Bengala o Bangladesh. **2.** adj. Perteneciente a esta región de Asia. **3.** n.m. Lengua derivada del sánscrito y que se habla en Bengala. **II.** n.m. Pájaro pequeño, que habita en las regiones tropicales de Asia.

benigno adj. **1.** Afable, benévolo, piadoso. **2.** Fig. Templado, suave, apacible.

benimerines (llamados también mariníes), miembros de la dinastía beréber que gobernó en el N de África (1269-1465) después de los almohades. Su presencia en algunas plazas del S de España les llevó a ejercer cierta influencia en los asuntos peninsulares. El rey más sobresaliente fue Abū-l-Hasan 'Alí (1331-1351), derrotado por los cristianos en la batalla del Salado (1340).

benjuí n.m. Bálsamo aromático.

bentónico,a adj. BIOL Dícese del animal o planta que habitualmente vive en contacto con el fondo del mar. • **bentos** n.m. BIOL Conjunto de los seres bentónicos.

bentonita n.f. TECN Arcilla que aumenta mucho de volumen en contacto con el agua.

benzoato n.m. QUIM Sal o éster del ácido benzoico.

benzoe n.m. BOT Benjuí.

benzoico,a adj. QUIM Perteneciente o relativo al benjuí.

benzol n.m. QUIM Mezcla de benceno, de tolueno y de xileno obtenida por destilación del alquitrán de hulla. • **benzolismo** n.m. MED Intoxicación por el benzol y sus derivados.

beodo,a n. y adj. Embriagado, borracho.

berberecho n.m. Molusco bivalvo.

berberidáceo,a n.f. y adj. BOT Dícese de arbustos y matas angiospermas dicotiledóneas, cuyo fruto es una baya, seca o carnosa. ▷ n.f.pl. BOT Familia de estas plantas.

berbiquí n.m. Manubrio semicircular o en forma de doble codo, que gira alrededor de un puño ajustado en una de sus extremidades y se usa para taladrar.

beréber o **berebere I.** n. y adj. Natural de Berbería. **II.** adj. Perteneciente a esta región de África. **III.** n.m. **1.** ETNOG Individuo de la raza más antigua y numerosa de las que habitan el África Septentrional, desde el Atlántico hasta los desiertos de Egipto. **2.** Lengua hablada por los bereberes.

berenjena n.f. **1.** Planta anual de la familia de las solanáceas, de fruto aovado, cubierto por una película morada y lleno de una pulpa blanca dentro de la cual están las semillas. **2.** Fruto de esta planta.

bergamota n.m. **1.** Variedad de pera muy jugosa y aromática. **2.** Variedad de lima muy aromática de la cual se extrae una esencia usada en perfumería.

bergantín n.m. Barco de vela de dos palos con una sola cubierta. • **bergantina** n.f. Vela cangreja de forma trapezoidal, característica de los bergantines.

beriberi n.m. PAT Enfermedad caracterizada por polineuritis, debilidad general y rigidez dolorosa en los miembros. Es una forma de avitaminosis (B_1) producida por el consumo casi exclusivo de arroz descascarillado. Es frecuente en Extremo Oriente.

berilio n.m. Metal alcalinotérreo, ligero, de color blanco y sabor dulce, al que debe el nombre de glucinio con el que también se le conoce. Núm. atómico 4. Símb.: *Be.*

berilo n.m. Silicato de alúmina y glucina, variedad de esmeralda. Se cuenta entre las piedras preciosas.

berlina n.f. Coche cerrado de dos asientos.

berlinga n.f. **1.** Pértiga de madera verde con que se remueve la masa fundida en los hornos metalúrgicos. **2.** MAR Percha, tronco.

bermejo,a adj. Rubio, rojizo.

bermellón n.m. Cinabrio reducido a polvo, que toma color rojo vivo.

bermudas n.m. pl. Pantalón corto de perneras estrechas que llegan hasta la rodilla.

bernardo,a n. y adj. Dícese del monje o monja de la orden del Císter.

berones, miembros de un antiguo pueblo de España, de origen celta, que habitaban la actual región de la Rioja y tenían su capital en Varcia, actual Varea.

berquelio n.m. QUIM Elemento radiactivo artificial que se obtiene bombardeando el americio con partículas alfa. Núm. atómico 97. Símb.: *Bk.*

berrear o **berrar** v.int. **1.** Dar berridos los animales. **2.** Llorar o gritar desaforadamente un niño. **3.** Fig. Gritar o cantar desentonadamente. • **berrido** n.m. **1.** Voz del becerro y otros animales que berrean. **2.** Fig. Grito desaforado.

berrendo,a I. 1. adj. Manchado de dos colores por naturaleza o por arte. **2.** n. y adj. Se dice del toro que tiene manchas de color distinto. **II.** n.m. Mamífero rumiante de México semejante al ciervo.

berrera n.f. Planta de la familia de las umbilíferas.

berrinche n.m. Fam. Enojo grande, y más comúnmente el de los niños.

berro n.m. Planta de la familia de las crucíferas, que crece en lugares aguanosos. Toda la planta tiene un gusto picante y las hojas se comen en ensalada.

berza n.f. Col (planta hortense).

berzas o **berzotas** n.m. pl. Persona ignorante o necia.

besamanos n.m. **1.** Acto en que concurren muchas personas a manifestar su adhesión al rey y a personas reales. **2.** Modo de saludar a algunas personas, acercando la mano derecha a la boca.

besana n.f. **1.** Labor de surcos paralelos que se hace con el arado. **2.** Primer surco que se abre en la tierra cuando se empieza a arar.

besar v.tr. **1.** Tocar u oprimir con un movimiento de labios, a impulso del amor o en señal de amistad o respeto. **2.** Hacer el ademán propio del beso, sin llegar a tocar con los labios. • **beso** n.m. **1.** Acción de besar, o besarse. **2.** Ademán simbólico de besar.

bestia **1.** n.f. Animal cuadrúpedo. Más comúnmente los domésticos de carga. **2.** n.m. y f. y adj. Fig. Persona ruda e ignorante. • **bestiaje** n.m. Conjunto de bestias de carga. • **bestial** adj. **1.** Brutal o irracional. **2.** Fig. y Fam. De grandeza desmesurada, extraordinario. • **bestialidad** n.f. **1.** Cualidad de bestial. **2.** Acción bestial o brutal.

bestiario n.m. **1.** Hombre que luchaba con las fieras en los circos romanos. **2.** LITER Colección de fábulas referentes a animales reales o quiméricos.

best-seller n.m. Libro de éxito.

besugo n.m. ZOOL Pez teleósteo, acantopterigio. **2.** Especie de pagel. • **besuguera** n.f. Cazuela ovalada que sirve para guisar besugos u otros pescados.

besuquear v.tr. Fam. Besar repetidamente.

beta n.f. Nombre de la segunda letra del alfabeto griego, que corresponde a la que en el nuestro se llama *be*.

betaína n.f. Alcaloide descubierto en la raíz de la remolacha. ▷ P. ext. Ácido aminado.

betarraga n.f. Remolacha.

betel n.m. **1.** Planta trepadora de la familia de las piperáceas. **2.** Buyo.

betilo n.m. Piedra sagrada, de forma fálica, adorada en Siria y en Fenicia y cuyo culto pasó a los romanos.

betónica n.f. **1.** Planta de la familia de las labiadas. Sus hojas y raíces son medicinales. **2.** Planta silvestre de la isla de Cuba, de la cual se hace aguardiente aromático.

betuláceo, a n.f. y adj. BOT Dícese de árboles o arbustos angiospermos dicotiledóneos, de hojas alternas, flores monoicas y fruto en aquenio o sámara; como el abedul y el avellano. ▷ n.f.pl. BOT Familia de estas plantas.

betún n.m. **1.** Nombre genérico de varias sustancias compuestas principalmente de carbono e hidrógeno que arden con llama, humo espeso y olor peculiar. **2.** Mezcla de varios ingredientes que se usa para lustrar el calzado. **3.** Zulaque.

bevatrón n.m. FIS Acelerador que permite comunicar a los protones una energía muy poderosa.

bey n.m. Título dado antiguamente entre los turcos a los gobernadores, a los oficiales, etc.

bezo n.m. **1.** Labio grueso. **2.** Labio. **3.** Carne que se levanta alrededor de la herida enconada. • **bezote** n.m. Adorno que usaban los indios de América en el labio inferior.

bezoar o **bezaar** n.m. Concreción calculosa que suele encontrarse en las vías digestivas y en las urinarias de algunos mamíferos, y que se ha considerado como antídoto y medicamento. • **bezoárico,a** n.m. y adj. Aplícase a lo que contiene bezoar y también a los medicamentos contra el veneno o contra enfermedades malignas.

BF ELECTR Siglas baja frecuencia.

Bi QUIM Símbolo del bismuto.

bi- prefijo procedente del latín que significa «dos»

biajaiba n.f. Pez del mar de las Antillas.

biarca n.m. Oficial que en la milicia romana cuidaba de los víveres y de las pagas.

biauricular adj. Perteneciente o relativo a ambos oídos.

biberón n.m. Utensilio para la lactancia artificial.

bibijagua n.f. Especie de hormiga de la isla de Cuba, muy perjudicial a los árboles y plantas.

biblio- prefijo procedente del griego *biblion*, «libro».

bibliofilia n.f. Pasión por los libros, y especialmente por los raros. • **bibliografía** n.f. **1.** Descripción, conocimiento de libros, de sus ediciones, etc. **2.** Relación o catálogo de libros o escritos referentes a materia determinada. • **bibliología** n.f. Estudio general del libro. • **bibliomanía** n.f. Pasión de tener muchos libros raros o especializados.

biblioteca n.f. **I.** Local donde se tiene considerable número de libros ordenados para la lectura **II. 1.** Conjunto de estos libros. **2.** Obra en que se da cuenta de los escritores de una nación o de un ramo del saber y de las obras que han escrito. **3.** Colección de libros o tratados análogos o semejantes entre sí, ya por las materias de que tratan, ya por la época y nación o autores a que pertenecen. • **bibliotecario,a** n.m. y f. Persona que tiene a su cargo el cuidado, ordenación y servicio de una biblioteca. • **bibliotecología** n.f. Ciencia que estudia las bibliotecas en todos sus aspectos. • **biblioteconomía** n.f. Arte de conservar, ordenar y administrar una biblioteca.

bicameralismo n.m. Sistema político fundado sobre un parlamento compuesto por dos cámaras. (p. ej.: Congreso de los Diputados y Senado.

bicarbonato n.m. QUIM Sal formada por una base y por ácido carbónico en doble cantidad que en los carbonatos neutros.

bicéfalo,a adj. Que tiene dos cabezas.

bíceps **I.** adj. **1.** ZOOL De dos cabezas, dos puntas, dos cimas o cabos. **2.** ZOOL Se dice de los músculos pares que tienen por arriba dos porciones o cabezas. ▷ P. antonom., músculo flexor.

bicerra n.f. Especie de cabra montés.

bicicleta n.f. Vehículo de dos ruedas de igual tamaño cuyos pedales transmiten el movimiento a la rueda trasera por medio de dos piñones y una cadena. • **biciclo** n.m. Antiguo velocípedo de dos ruedas de diferente tamaño.

ENCICL Los precursores de la bicicleta son el celerífero, inventado en 1790, y la draisina, con rueda anterior directriz (1813). La idea de adaptar pedales a la rueda anterior condujo al biciclo. La bicicleta, inventada hacia 1880, tiene cuadro metálico con unos pedales, dos ruedas de igual dimensión y un manillar. La invención por Dunlop de los neumáticos y la de la rueda libre, en 1889, condujeron a la bicicleta actual. La incorporación de un motor auxiliar a la bicicleta dio lugar al ciclomotor. La bicicleta ha vuelto a conseguir hoy día mucha popularidad debido a sus propiedades «ecológicas».

bicoca n.f. Fig. y Fam. Cosa de poca estima y aprecio. ▷ Fig. y Fam. Ganga (cosa que se adquiere con poco trabajo).

bicornio n.m. Sombrero de dos picos.

bicromato n.m. QUIM Sal del ácido dicrómico.

bicromía n.f. IMP Impresión en dos colores.

bicúspide **1.** adj. Que tiene dos cúspides. Se usa más en odontología. **2.** n.f. MED Anomalía de un orificio cardíaco que comporta dos válvulas en lugar de tres.

bichero n.m. MAR Asta larga que se usa para atracar o desatracar las pequeñas embarcaciones.

bicho n.m. **1.** Cualquier animal pequeño **2.** Toro de lidia. **3.** Animal, especialmente el doméstico. **4.** Fig. Persona aviesa, de malas intenciones.

bichoco n. y adj. *Arg., Chile* y *Urug.* Dícese del animal que no puede moverse con rapidez.

bidé n.m. Recipiente de forma ovalada sobre el cual puede una persona colocarse a horcajadas para lavarse.

bidente **I.** adj. POÉT De dos dientes. **II.** n.m. Palo con una cuchilla en forma de media luna que usaban los primitivos españoles.

bidón n.m. Recipiente metálico, con cierre hermético, que se destina al transporte de líquidos o de substancias que requieren aislamiento.

biela n.f. MECAN Pieza de algunos mecanismos destinada a transmitir un movimiento, a transformar un movimiento lineal alternativo en uno circular o a la inversa.

bielda n.f. **1.** Instrumento agrícola que sirve para recoger, cargar y encerrar la paja. **2.** Acción de beldar.

bien **I.** n.m. **1.** Aquello que en sí mismo tiene el complemento de la perfección en su propio género, o lo que es objeto de la voluntad. **2.** Utilidad, beneficio. **II.** adv.m. **1.** Según es debido, perfecta o acertadamente, de buena manera. *Juan se conduce siempre bien.* **2.** Con buena salud, sano. **3.** Según se apetece o requiere. **4.** Con gusto, de buena gana. **5.** Sin inconveniente o dificultad. **6.** Bastantemente, mucho, muy. **7.** Úsase con algunos participios pasivos, casi a manera de prefijo, llegando a veces a formar con ellos una sola palabra; *bien criado; bien hablado.* **8.** Se usa como conjunción distributiva. **III.** n.m.pl. Hacienda, riqueza, caudal.

bienal **1.** n. y adj. Que sucede cada bienio. **2.** adj. Que dura un bienio.

bienaventuranza n.f. **1.** Vista y posesión de Dios en el cielo. **2.** Prosperidad o felicidad humana. **3.** pl. Las ocho felicidades que manifestó Cristo a sus discípulos. • **bienaventurado,a** **I.** n. y adj. **1.** Que goza de Dios en el cielo. **2.** Irón. Se dice de la persona demasiado sencilla o cándida. **II.** adj. Afortunado, feliz

bienestar n.m. **1.** Conjunto de las cosas necesarias para vivir bien. **2.** Vida holgada.

bienhechor,a n. y adj. Que hace bien a otro.

bienio n.m. Tiempo de dos años.

bienvenida n.f. **1.** Venida o llegada feliz. **2.** Saludo complacido con que se acoge a una persona.

bies n.m. **1.** Oblicuidad, sesgo. **2.** Trozo de tela cortado en sesgo respecto al hilo.

bifacial **I.** n.m. Utensilio prehistórico del Paleolítico inferior, obtenido a partir de un guijarro tallado por las dos caras. **II. 1.** adj. BOT Se dice de la hoja cuyas dos caras tienen la misma estructura.

bifásico,a adj. FIS Se dice de un sistema de dos corrientes eléctricas alternas iguales que proceden del mismo generador.

bífero,a adj. BOT Dícese de la planta que fructifica dos veces al año.

bífido,a adj. BIOL Dícese de lo que se hiende en dos partes o se bifurca.

bifurcarse v.prnl. Dividirse en dos ramales, brazos o puntas una cosa. • **bifurcación** n.f. Acción y efecto de bifurcarse. ▷ INFORM Instrucción que permite proseguir un programa partiendo de otra instrucción, o cuando se ha cumplido una condición (bifurcación condicional) o bien en todos los casos (bifurcación incondicional).

biga n.f. Carro de dos caballos.

bígaro n.m. ZOOL Caracol marino, de carne comestible.

big-bang n.m. ASTRON *Teoría del big-bang,* expuesta en 1948 por el norteamericano Gamow, según la cual el universo se habría formado hace unos 10.000 millones de años, como consecuencia de una gigantesca explosión (el big-bang), que habría provocado la emisión de protones, neutrones, electrones y fotones a una temperatura muy elevada.

bignonia n.f. Planta exótica y trepadora, de la familia de las bignoniáceas, con grandes flores encarnadas: se cultiva en los jardines. • **bignoniáceo,a** 1. n.f. y adj. BOT Aplícase a plantas arbóreas angiospermas, dicotiledóneas, sarmentosas y trepadoras, con hojas compuestas, cáliz de una pieza, corola gamopétala y fruto en cápsula; como la bignonia. ▷ n.f.pl. BOT Familia de estas plantas.

bigornia n.f. Yunque con dos puntas opuestas.

bigudí n.m. Tubo o cilindro utilizado para rizar el cabello.

bija n.f. **1.** Árbol de la familia de las bixáceas; del fruto, cocido, se hace una bebida medicinal y refrescante, y de la semilla se saca una sustancia de color rojo que los indios empleaban para teñirse el cuerpo y hoy se usa en pintura y en tintorería. **2.** Fruto de este árbol. **3.** Semilla de este fruto. **4.** Pasta tintórea que se prepara con esta semilla.

bikini n.m. Prenda de baño femenina que consta de dos piezas.

bilabiado,a adj. BOT Dícese del cáliz o corola cuyo tubo se halla dividido por el extremo superior en dos partes.

bilabial adj. Se dice del sonido en cuya pronunciación intervienen los dos labios, como la *b* o la *p*.

bilateral adj. Perteneciente o relativo a los dos lados, partes o aspectos que se consideran.

bilbaíno,a 1. n. y adj. Natural de Bilbao. **2.** adj. Perteneciente o relativo a esta ciudad.

bilharzia n.f. ZOOL Platelminto trematodo (género *Schistosoma)* que vive como parásito en los vasos de diversos órganos (riñones, vejiga, hígado, bazo, etc.) a los que lesiona, provocando hemorragias. • **bilharziosis** n.f. MED Enfermedad parasitaria provocada por los *Schistosoma* en el organismo.

biliar adj. Perteneciente o relativo a la bilis. *Conductos biliares.*

bilingüe adj. **1.** Que habla dos lenguas. **2.** Escrito en dos idiomas. • **bilingüismo** adj. Uso habitual de dos lenguas en una misma región.

bilirrubina n.f. BIOQUIM Pigmento biliar ácido, proveniente de la degradación de la hemoglobina de los hematíes. • **bilirrubinemia** n.f. MED Concentración serosa de bilirrubina.

bilis n.f. Humor viscoso, de sabor amargo, secretado por el hígado de los vertebrados. Emulsiona las grasas de los alimentos que se encuentran en el intestino, facilitando así la digestión de ellas mediante el jugo pancreático. • **bilioso,a** adj. **1.** Abundante de bilis. **2.** Atrabiliario, que tiene mal genio. **3.** MED Aplícase a aquello en que predomina la bilis.

biliverdina n.f. BIOQUIM Pigmento biliar cuya reducción lleva a la bilirrubina en el transcurso de la degradación de la hemoglobina.

bilobulado,a adj. Que tiene dos lóbulos.

bilocarse v.prnl. Hallarse alguien en dos lugares distintos a la vez.

bilocular adj. ANAT Que tiene dos cavidades o lóculos.

bill n.m. Proyecto de ley que se presenta al parlamento inglés para su votación.

billar n.m. **1.** Juego que se ejecuta impulsando con tacos bolas de marfil en una mesa rectangular forrada de paño, rodeada de barandas elásticas y con troneras o sin ellas. **2.** Lugar público o privado donde están la mesa o mesas para este juego.

billete n.m. **1.** Carta breve por lo común. **2.** Cédula impresa o manuscrita que acredita participación en una rifa o lotería. **3.** Cédula emitida por el Estado en sustitución de las monedas de oro y plata.. **4.** Tarjeta o cédula que da derecho a entrar u ocupar asiento en alguna parte o para viajar en un tren o vehículo cualquiera. • **billetaje** n.m. Conjunto o totalidad de los billetes de un teatro, tranvía, etc. • **billetero** n.m. Cartera pequeña de bolsillo para llevar billetes de banco.

billón n.m. **1.** ARIT Un millón de millones. **2.** En Norteamérica, un millar de millones.

billonésimo,a 1. n. y adj. ARIT Se aplica a cada una de las partes, iguales entre sí, de un todo dividido, en un billón de ellas. **2.** adj. ARIT Que ocupa en una serie el lugar al cual preceden otros 999.999.999.999 lugares.

bimano,a o **bímano,a** 1. n.y adj. ZOOL De dos manos. Se dice sólo del hombre. **2.** n.m.pl. ZOOL Grupo del orden de los primates, al cual sólo pertenece el hombre.

bimetalismo n.m. Sistema monetario que admite como patrones el oro y la plata.

bimotor n.m. Avión provisto de dos motores.

binar v.tr. **1.** Dar segunda reja a las tierras de labor. **2.** Hacer la segunda cava en las viñas.

binario,a adj. **1.** Compuesto de dos elementos, unidades o guarismos. **2.** QUIM Compuesto de dos elementos. **3.** MAT *Numeración binaria:* numeración en base 2, que utiliza solamente las cifras 0 y 1. (Especialmente usada en informática). **4.** MUS *Compás binario.* Compás de dos tiempos.

binocular n.m. y adj. **1.** Relativo a ambos ojos. **2.** OPT Provisto de dos oculares. • **binóculo** n.m. Anteojo con lunetas para ambos ojos.

binomio n.m. **1.** MAT Expresión algebraica compuesta por la suma o la diferencia de dos monomios (p. ej.: $b^2 - 4ac$). — *Binomio de Newton,* fórmula para hallar la enésima potencia de un binomio; p. ej.: $(x + a)^3 = x^3 + 3ax^2 + 3a^2x + a^3$. **2.** BIOL Conjunto de dos nombres latinos de género y especie, que sirven para designar los animales en la nomenclatura científica (p. ej.: *Felis domesticus:* gato doméstico). • **binomial** adj. MAT Se dice de la ley estadística que establece la probabilidad de que se produzca un suceso, con n pruebas idénticas e independientes, considerando como suceso la verificación de una de las dos condiciones (cara o cruz, p. ej.).

binza n.f. **1.** Película que tiene la cebolla por la parte exterior. **2.** Cualquier telilla o panículo del cuerpo del animal.

bio Elemento compositivo del griego *bios,* «vida».

biocatálisis n.f. Catálisis producida por un biocatalizador. • **biocatalizador** n.m. BIOQUIM Compuesto químico sintetizado por un ser vivo y utilizado por éste para catalizar una reacción de su metabolismo.

biocenosis n.f. BIOL Conjunto de seres vivos en equilibrio biológico.

bioclimatología n.f. BIOL Ciencia que estudia los efectos de los climas sobre los seres vivos.

biodegradable adj. QUIM y BIOL Dícese de las sustancias susceptibles de sufrir biodegradación. • **biodegradación** n.f. QUIM y BIOL Proceso según el cual los compuestos químicos son destruidos por la acción de organismos vivos.

biodinámica n.f. Ciencia de las fuerzas vitales.

bioelectricidad n.f. ECOL Electricidad generada por los organismos vivos.

bioelemento n.m. BIOL Cualquiera de los elementos químicos indispensables para el desarrollo normal de alguna especie vegetal o animal.

bioenergético 1. adj. y n. BIOL Todo aquello que puede proporcionar energía a los seres vivos. **2.** n.f. Parte de la bioquímica que estudia las transformaciones que los seres vivos operan en las diferentes formas de energía (luz, calor, etc.)

bioestratigrafía n.f. **1.** GEOL Estudio de los estratos basado en los fósiles que contienen. **2.** Disposición que presentan tales estratos.

biofísica n.f. **1.** Ciencia que estudia la física del globo terrestre en relación con la aparición en el mismo de la vida animal. **2.** BIOL Ciencia biológica que aplica los métodos y técnicas de la física al estudio de los seres vivos.

biogénesis n.f. BIOL Elaboración, construcción debida a un ser vivo.

biogeografía n.f. Estudio de la distribución de los seres vivos en la superficie del planeta.

biografía n.f. Historia de la vida de una persona. • **biografiado,a** n.m. y adj. Persona cuya vida es el objeto de una biografía. • **biógrafo,a** n.m. y f. Escritor de vidas particulares.

bioingeniería n.f. TECN Conjunto de técnicas que permiten la obtención, preservación o transformación de alimentos, productos químicos, etc., mediante procesos biológicos aplicados a escala industrial.

biología n.f. Ciencia de la vida, de los seres vivos. • **biológico,a** adj. **1.** Relativo a la biología. **2.** Propio de lo vivo. • **biólogo,a** n.m. y f. Especialista en el estudio de la vida, de los seres vivos.

ENCICL La biología, ciencia de la vida, se ocupa de todas sus manifestaciones, desde la reacción bioquímica, hasta la vida en sociedad. Es un tema muy complejo, por lo cual a cada aspecto de la vida le corresponde una rama particular de la biología: bioquímica, citología, histología, fisiología, etc., cada una con sus fines, métodos y técnicas propias. Actualmente, el término «biología» (general) sólo se aplica a los fenómenos vitales fundamentales, es decir, la constitución química de la célula, la estructura y fisiología celulares, así como la organización y la fisiología general de los seres vivos (estudio de las grandes funciones: nutrición, metabolismo, crecimiento, reproducción, fotosíntesis, etc.) La biología se interesa por los orígenes de la materia viva y por las transformaciones sucesivas de los organismos que han llevado hasta los actuales seres vivos: éste es el dominio de la paleontología. Como ciencia del presente y del pasado, la biología es igualmente, con la biogeografía, la ciencia del hábitat (biosfera). La vida, fenómeno con múltiples facetas, reclama para su estudio absolutamente todos los métodos y las técnicas inventadas por el hombre, desde la observación a simple vista hasta las técnicas que utilizan cuerpos radiactivos, pasando por los microscopios fotónicos, electrónicos y protónicos. La estadística y la informática aportan su irremplazable contribución a estos estudios sobre el sujeto más variable, más «aleatorio», que pueda existir: dentro de cada especie (y existen millones de ellas), no hay dos individuos que sean absolutamente idénticos.

bioluminiscencia n.f. BIOL Luminiscencia de algunos seres vivos.

bioma n.m. BIOL Conjunto ecológico de gran uniformidad sobre una superficie muy amplia. • **biomasa** n.f. BIOL Masa del conjunto de organismos que viven en un medio dado.

biombo n.m. Mampara que se cierra, abre y despliega.

biometeorología n.f. Estudio de la influencia de las estaciones, los climas, la altitud, etc. sobre los seres vivos.

biometría n.f. BIOL Parte de la biología que estudia los fenómenos de la vida según métodos estadísticos.

biónica n.f. BIOL Ciencia que estudia los fenómenos y mecanismos biológicos para su aplicación industrial (así, el helicóptero se inspiró en el vuelo de ciertos insectos, etc.

biopsia n.f. MED Examen histológico que se hace de un trozo de tejido tomado de un ser vivo.

bioquímica n.f. Ciencia que estudia la estructura química de los seres vivos y los fenómenos químicos que acompañan las diversas manifestaciones de la vida.

ENCICL El objeto de la bioquímica es el estudio de los fenómenos químicos de la materia viva. Para ello, reúne todos los conocimientos acerca de la constitución o formación de los organismos, así como las reacciones que en ellos se producen. En el organismo vivo y las células que lo componen, estas reacciones son tan complejas que exigen la colaboración de numerosas ciencias: anatomía, fisiología, medicina, química, electroquímica, física, estadística, etc. Grandes sectores de la bioquímica están ligados a la sistematización de los tipos de reacción y grupos de moléculas activas definidas en su contexto fisiológico. La *bioquímica analítica y estructural* es la más próxima a la química orgánica, cuyos métodos utiliza; estudia la composición elemental de un organismo, de una célula o de un complejo viral. La *bioquímica molecular* estudia, a escala molecular, la estructura, las secuencias y los puntos activos de las macromoléculas biológicas así como su funcionamiento. La *bioquímica cuántica o electrónica*, más cercana a la biofísica, estudia la cuantificación de la energía de las estructuras atómicas y moleculares en función de su estructura o de los procesos reactivos de las moléculas biológicas. La *bioquímica fisiológica* o *funcional* se ocupa del funcionamiento químico de los órganos y tiene múltiples subdivisiones: metabolismo, biosíntesis y degradación enzimática, oxidorreducción, energética, endocrinología, etc. La *bioquímica médica*, próxima, por sus subdivisiones y su metodología, a la bioquímica fisiológica, se diferencia de ésta porque se interesa en la disfusión del órgano y proporciona al médico los análisis que le facilitan el diagnóstico. La *bioquímica celular* estudia el metabolismo celular. Todo cuanto tiene relación con la genética, la inmunología, etc., en suma, con la vida, su origen y su mantenimiento, es terreno de la bioquímica, que hoy dispone de técnicas muy evolucionadas.

biosfera n.f. Región de la corteza terrestre y de la atmósfera en que existe vida orgánica.

biosíntesis n.f. BIOQUIM Síntesis de compuestos orgánicos por un ser vivo.

biostasia n.f. GEOL Período en cuyo transcurso una región dada, escapa de la erosión y acumula una espesa capa de materiales superficiales debidos a una alteración química de las rocas subyacentes.

biota n.f. Conjunto de la fauna y la flora de una región. • **biótico,a** adj. BIOL **1.** Originado en un ser vivo. **2.** Que permite el desarrollo de los seres vivos.

biotipo n.m. Forma típica de animal o planta.

biotopo n.m. BIOL Área geográfica con factores ecológicos de valor casi constante, que permite el desarrollo de una especie determinada.

biotratamiento n.m. TECN Tratamiento de los efluvios por un lecho bacteriano o por lodos activados.

bióxido n.m. QUIM Combinación de un radical simple o compuesto con dos átomos de oxígeno.

bipartición n.f. División de una cosa en dos partes. • **bipartido,a** adj. Partido en dos, dividido en dos pedazos o partes. Se usa en el lenguaje poético y en el científico. • **bipartito,a** adj. Que consta de dos partes.

bípedo **1.** n.m. y adj. De dos pies. **2.** n.m. En los animales de cuatro remos, conjunto de dos miembros, especialmente de un mismo costado u opuestos en diagonal.

bipenna **I.** adj. **1.** ZOOL Que posee dos alas. **2.** BOT Se dice de una hoja compuesta pennada cuyos foliolos están dividisos en pínulas. **II.** n.f. Hacha de piedra pulida de dos filos.

biplano n.m. Avión con cuatro alas que, dos a dos, forman planos paralelos.

biplaza n. y adj. De dos plazas.

bipolar adj. **1.** FIS Que tiene dos polos. **2.** MAT Se dice del sistema de coordenadas en el que la posición de un punto en el plano se define por sus distancias a dos puntos fijos. **3.** BIOL Se dice de la célula que posee una estructura disimérica. • **bipolaridad** n.f. FIS Estado de un cuerpo que tiene dos polos magnéticos, eléctricos, etc. • **bipolarización** n.f. POLIT Tendencia de los movimientos políticos a reunirse en dos bloques opuestos.

bipontino,a **1.** n. y adj. Natural de Dos Puentes (Zweibrücken). **2.** adj. Perteneciente o relativo a esta ciudad, en el Palatinado. Se dice en especial de las ediciones de clásicos griegos y latinos publicadas en esta ciudad a partir de 1779, muy estimadas por el esmero de su impresión.

birimbao n.m. Instrumento músico formado por una barrita de hierro en forma de arco, con una lengüeta de acero.

birlar v.tr. Fam. Hurtar, quitar.

birmano,a **1.** n. y adj. Natural de Birmania. **2.** adj. Perteneciente o relativo a este país del SE de Asia.

birrefringente adj. MINER Dícese de un cristal que produce una doble refracción (espato de Islandia, p. ej.).

birrete n.m. **1.** Bonete cuadrangular que usaban los clérigos. ▷ Gorro distintivo de los profesores de las facultades universitarias. ▷ Gorro que llevan en los actos judiciales solemnes los magistrados. **2.** Gorro. **3.** Bonete.

birria n.f. **1.** Mamarracho, facha, adefesio. **2.** Fig. Persona o cosa de poco valor o importancia.

bis **1.** adv.c. Se emplea en impresos o manuscritos para dar a entender que el trozo a que se refiere debe repetirse o está repetido. ▷ Se usa como interjección para pedir la repetición de un número musical. **2.** prep. insep. que significa dos veces, como en *biconvexo, bisabuelo.*

bisabuelo,a **1.** n.m. y f. Respecto de una persona, el padre o la madre de su abuelo o de su abuela. **2.** n.m.pl. El bisabuelo y la bisabuela.

bisagra n.f. **1.** Herraje de dos piezas unidas o combinadas que permiten el giro de éstas.

bisar v.tr. Repetir, a petición de los oyentes, la ejecución de un número musical.

bisbisear v.tr. Fam. Musitar. • **bisbiseo** n.m. Acción de bisbisear.

bisecar v.tr. GEOM Dividir en dos partes iguales.

bisector,triz n. y adj. GEOM Que divide en dos partes iguales. Aplícase comúnmente a un plano o a una recta.

bisel n.m. Corte oblicuo en el borde o en la extremidad de una lámina o plancha; como en el filo de una herramienta, en el contorno de un cristal labrado, etc. • **biselar** v.tr. Hacer biseles.

bisexualidad n.f. Según Freud: estado de todo ser humano, en el que existirían componentes sexuales masculinos y femeninos. • **bisexuado,a** o **bisexual** adj. **1.** BIOL Que posee órganos sexuales masculinos y femeninos.. **2.** PSICOL Heterosexual y homosexual al mismo tiempo.

bisílabo n. y adj. De dos sílabas.

bismuto n.m. Elemento (símbolo: Bi), de número atómico 83 y masa atómica 208,98; intermedio entre metales y no metales, de color gris rojizo, muy frágil y fácilmente fusible. Se encuentra puro o combinado con oxígeno y azufre. Funde a 271 °C y entra en ebullición a 1.560 °C (densidad: 9,8). Se emplea para fabricar aleaciones muy fusibles y, en forma de subnitrato, para tratar infecciones intestinales.

bisnieto,a n.m. y f. Respecto de una persona, hijo o hija de su nieto o de su nieta.

biso n.m. ZOOL Producto de secreción de una glándula situada en el pie de muchos moluscos lamelibranquios, en forma de filamentos mediante los cuales se fija el animal a las rocas.

bisojo,a n. y adj. Dícese de la persona que padece estrabismo.

bisonte n.m. Bóvido salvaje, parecido al toro, con la parte anterior del cuerpo muy abultada, cubierto de pelo áspero y con cuernos poco desarrollados. Se conocen dos especies: la europea y la americana.

bisoñé n.m. Peluca que cubre sólo la parte anterior de la cabeza.

bisoño,a n. y adj. **1.** Aplícase al soldado o tropa nuevos. **2.** Fig. y Fam. Nuevo e inexperto en cualquier arte u oficio.

bistec n.m. Lonja de carne de vacuno frita o a la parrilla.

bisturí n.m. CIR Instrumento en forma de cuchillo pequeño que sirve para hacer incisiones en tejidos blandos.

bisulco,a adj. ZOOL De pezuñas partidas.

bisulfato n.m. QUIM Sulfato ácido.

bisulfito n.m. QUIM Sal formada por el ácido sulfuroso y una base.

bisulfuro n.m. QUIM Combinación de un radical simple o compuesto con dos átomos de azufre.

bisurco adj. Dícese del arado mecánico que, por tener dos rejas, abre dos surcos paralelos.

bisutería n.f. Joyería de imitación.

bit n.m. INFORM Unidad mínima de información, con dos estados posibles: 0 y 1. El número de bits precisos pare representar N posibles estados diferentes es: $\log_2 N$; así, por ejemplo, para representar 256 códigos diferentes enumerados del 0 al 255 necesitamos $\log_2 256 = 8$ bits.

bita n.f. Cada uno de los postes de cubierta que fijan los cables del ancla cuando se fondea la nave.

bitaca n.m. Árbol sudamericano de la familia de las bombáceas *(palo borracho).*

bitácora n.f. MAR Armario que alberga la brújula a bordo de un barco.

bíter o **bitter** n.m. Licor alcoholizado fabricado con enebrina, de sabor amargo.

bitoque n.m. **1.** Taco de madera con que se cierra el agujero de los toneles. **2.** Fig. *Col.*, *Chile* y *Méx.* Cánula de la jeringa.

bituminoso,a adj. Que tiene betún o semejanza con él.

biunívoco,a adj. MAT Se dice de la correspondencia en que a un elemento del primer conjunto corresponde un elemento del segundo conjunto y recíprocamente.

bivalencia n.f. QUIM Propiedad de un cuerpo que posee la valencia.

bivalvo,a adj. Que tiene dos valvas.

bixáceo,a o **bixíneo,a** n.f. y adj. BOT Dícese de árboles y arbustos angiospermos dicotiledóneos de hojas alternas, flores axilares hermafroditas y fruto en cápsula; como la bija. ▷ n.f.pl. Familia de estas plantas.

bizantinismo n.m. Gusto por las disputas estériles, sutiles en extremo, como las que enfrentaban a los teólogos de Bizancio.

bizantino,a n. y adj. Perteneciente o relativo a Bizancio.

bizarrear v.int. Ostentar bizarría u obrar con ella. • **bizarría** n.f. **1.** Gallardía, valor. **2.** Generosidad, lucimiento. **3.** PINT Colorido o adorno exagerado.

bizco,a adj. **1.** Dícese del ojo o la mirada torcida. **2.** Se dice de algunos miembros y otras cosas torcidas.

bizcocho n.m. **I. 1.** Pan sin levadura, que se cuece por segunda vez para que se enjugue y dure mucho más tiempo. **2.** Masa compuesta de harina, huevos y azúcar, que se cuece al horno. **II. 1.** Yeso que se hace de yesones. **2.** Objeto de loza o porcelana después de la primera cocción.

bizna n.f. Película que separa los cuatro gajitos de la nuez.

biznaga n.f. **1.** Planta de la familia de las umbelíferas. **2.** Cada uno de los piececillos de las flores de esta planta. **3.** BOT Planta de México, de la familia de las cactáceas.

biznieto,a n.m. y f. Bisnieto,a.

bizquear **1.** v.int. Padecer estrabismo o simularlo. **2.** v.tr. Guiñar.

bizquera n.f. Estrabismo.

Bk QUIM Símbolo del berkelio.

BK MED Abreviatura de bacilo de Koch.

black-out n.m. Supresión de toda luz exterior para evitar la localización de un objetivo por el enemigo.

black-rot n.m. AGRIC Enfermedad de las viñas, producida por un hongo pirenomiceto.

blanca n.f. **1.** MUS Nota que vale la mitad de una redonda. **2.** Moneda antigua de vellón. ▷ Antigua moneda de plata.

blanco,a **I.** n. y adj. **1.** Color de la luz solar, no descompuesta en los varios colores del espectro. **2.** Se dice de las cosas que tienen color más claro que otras de la misma especie. **II.** n. (apl. a pers.) y adj. Dícese del color de la raza europea o caucásica, en contraposición con el de las demás. **III.** n.m. Mancha o lunar de pelo blanco que tienen algunos animales en la cabeza y en los miembros. **IV. 1.** Objeto situado lejos, para ejercitarse en el tiro. ▷ P. ext., todo objeto sobre el cual se dispara un arma de fuego. **2.** Fig. Fin u objeto a que se dirigen nuestros deseos o acciones. **3.** FIS NUCL Superficie que se coloca en la trayectoria de las partículas para estudiar los fenómenos que se producen en los puntos de impacto. **V.** Hueco o intermedio entre dos cosas. **VI.** Forma o molde con que se imprime *la primera cara* de cada pliego. • **blancura** n.f. Calidad de blanco.

blandir v.tr. Mover un arma u otra cosa con movimiento trémulo o vibratorio.

blando,a **I.** adj. **1.** Tierno, suave. **2.** Fig. Suave, benigno. **3.** Fig. y Fam. Cobarde. **4.** MUS Bemolado. **II.** adv.m. Blandamente, con suavidad, con blandura.

blanquear **I.** v.tr. **1.** Poner blanca una cosa. **2.** Dar una o varias manos de cal o de yeso blanco, diluidos en agua, a los edificios. **3.** Dar las abejas cierto betún a los panales. **II.** v.int. **1.** Mostrar una cosa la blancura que en sí tiene. **2.** Tirar a blanco. **3.** Ir tomando una cosa color blanco.

blaps n.m. Coleóptero que vive en lugares oscuros y húmedos y se alimenta de materias vegetales en estado de descomposición.

blasfemar v.int. **1.** Decir blasfemias. **2.** Fig. Maldecir, vituperar. • **blasfemia** n.f. **1.** Palabra injuriosa contra Dios, la Virgen o los santos. **2.** Fig. Palabra gravemente injuriosa contra una persona.

blasón n.m. **1.** Arte de explicar y describir los escudos de armas. **2.** Cada elemento de un escudo. **3.** Escudo de armas. **4.** Honor o gloria. • **blasonado,a** adj. Ilustre por sus blasones. • **blasonar** **1.** v.tr. Realizar el escudo de armas. **2.** v.int. Fig. Hacer ostentación de alguna cosa con alabanza propia.

blastema n.m. BIOL Conjunto de células embrionarias que, mediante su proliferación, llegan a formar un órgano determinado.

-blasto, blasto- Partículas procedentes del griego *blastos*, «germen».

blastocele n.m. ZOOL Cavidad llena de líquido que aparece en el transcurso de la formación de la blástula por separaión de los blastómeros.

blastodermo o **blastoderma** n.m. BIOL Conjunto de las células procedentes de la segmentación del huevo de los animales.

blastogénesis n.f. ZOOL Formación de la blástula partiendo del huevo.

blastoideos n.m.pl. Clase de equinodermos fósiles de la era primaria, provistos de un pedúnculo.

blastómero n.m. BIOL **1.** Célula resultante de la segmentación del huevo después de la formación de la blástula. **2.** Cada una de las primeras células de los embriones vegetales.

blastomiceto n.m. BOT Grupo de hongos que se reproducen por gemación. • **blastomicosis** n.f. Enfermedad producida por un blastomiceto.

blástula n.f. BIOL Esfera formada por los blastómeros enlazados, en la fase final de la segmentación del huevo.

blazer n.m. Chaqueta ligera, azul o negra.

bledo n.m. **1.** BOT Planta anual de la familia de las quenopodiáceas. Es comestible. **2.** Fig. Cosa insignificante, de poco o ningún valor. Se usa con los verbos *importar* y *valer*.

blefaritis n.f. PAT Inflamación aguda o crónica de los párpados. • **blefaroplastia** n.f. CIR Restauración del párpado o de una parte de él.

blenda n.f. Sulfuro de cinc. Se encuentra en cristales muy brillantes, de tonos amarillentos y se utiliza para extraer el cinc.

blénido n.m. Pez teleósteo de cabeza grande y cuerpo alargado. Algunas especies salen del agua para alimentarse.

blenorragia o **blenorrea** n.f. PAT Flujo mucoso ocasionado por la inflamación de una membrana, principalmente de la uretra.

blindaje n.m. **1.** MILIT Defensa para resguardarse de los tiros por elevación de la artillería. **2.** MAR Conjunto de planchas que sirven para blindar. **3.** ELECTR Envoltura metálica que protege un circuito o un cable e impide las radiaciones **4.** FIS NUCL Pantalla protectora contra las radiaciones.

blindar v.tr. Proteger exteriormente con diversos materiales las cosas o los lugares, contra los efectos de las balas, el fuego, etc.

blocao n.m. Reducto fortificado a prueba de artillería ligera.

blonda n.f. Encaje de seda.

bloque n.m. **1.** Trozo grande de piedra sin labrar. **2.** Sillar artificial hecho de hormigón. **3.** Paralelepípedo recto rectangular de materia dura. **4.** Conjunto de hojas de papel superpuestas y pegadas de modo que se puedan desprender fácilmente. **5.** Agrupación ocasional de partidos políticos. **6.** Manzana de casas. **7.** Edificio que comprende varias casas de características semejantes. **8.** MECAN En los motores de explosión, pieza de fundición que acoge los cilindros por cuyas paredes dobles circula el agua de refrigeración.

bloquear v.tr. **1.** Asediar. **2.** COM Inmovilizar la autoridad una cantidad o crédito, privando a su dueño de disponer de ellos. **3.** MILIT Cortar las comunicaciones de una plaza, un puerto, un territorio, etc. • **bloqueo** n.m. **1.** Acción de bloquear. **2.** COM Acción y efecto de bloquear una cantidad o crédito. **3.** MED *Bloqueo cardíaco.* Ataque indoloro con sofoco y sensación de angustia. **4.** MAR Fuerza marítima que bloquea. **5.** ESP Protección de una estructura sometida a un recalentamiento, mediante inyección de helio o de hidrógeno en la capa límite.

blues n.m. **1.** Canción popular de los negros norteamericanos de inspiración generalmente melancólica. **2.** MUS Secuencia armónica de doce compases, estructurada sobre acordes de tónica dominante y subdominante, que sirve de base a las improvisaciones en el jazz.

bluff n.m. Palabra o acción cuyo fin es engañar o deslumbrar a alguien.

blusa n.f. **1.** Vestidura a manera de túnica con mangas. **2.** Prenda exterior, holgada que usan las mujeres. • **blusón** n.m. Blusa larga que llega hasta más abajo de las rodillas.

boa o **boa constrictor** **1.** n.f. ZOOL Serpiente americana que llega a medir 10 m de largo. No es venenosa, pero puede matar por compresión. **2.** n.m. Prenda femenina para adorno del cuello.

boato n.m. Ostentación en el porte exterior.

bobear v.int. **1.** Hacer o decir boberías. **2.** Fig. Malgastar el tiempo. • **bobería** o **bobada** n.f. Dicho o hecho necio.

bobina n.f. **1.** Cilindro con rebordes que sirve para arrollar hilos, películas etc. **2.** ELECTR Rollo de cable conductor. **3.** AUTOM Aparato que genera la corriente que alimenta las bujías. • **bobinado** n.m. **1.** Acción y efecto de bobinar. **2.** ELECTR Conjunto de los cables que forman la bobina de una máquina, un transformador. ▷ Conjunto de bobinas que forman parte de un circuito electrónico. • **bobinadora** n.f. Máquina destinada a hacer bobinas. • **bobinar** v.tr. Arrollar o devanar hilos, alambres, etc., en una bobina.

bobo,a **I.** n. y adj. **1.** De muy corto entendimiento y capacidad. **2.** Extremadamente candoroso. **II.** n.m. Pez de río, de Guatemala y México.

bobo conjunto de pueblos africanos (Alto Volta), que se dedican a la agricultura, la caza y la pesca. — ART Máscaras polícromas laminadas superpuestas a una pala de madera.

bobsleigh n.m. DEP Trineo articulado de varias plazas, que puede deslizarse muy rápidamente sobre las pistas de hielo.

boca n.f. **I. 1.** Abertura anterior del tubo digestivo de los animales, situada en el extremo anterior del cuerpo. Sirve de entrada a la cavidad bucal. También se aplica a esta cavidad en la cual está colocada la lengua y los dientes cuando existen. ▷ Fig. Órgano de la palabra. **2.** Fig. Entrada o salida. **3.** Fig. Abertura, agujero. **II. 1.** En ciertas herramientas, parte afilada con que cortan. **2.** En algunas herramientas de percusión, cada una de las caras destinadas a golpear. **III.** ZOOL Pinza con que termina cada una de las patas delanteras de los crustáceos. ▷ *Boca de la isla,* o *de cangrejo.* Pinza grande arrancada al barrilete, crustáceo común en las costas de Cádiz y del Norte de África. **IV.** Fig. Hablando de vinos, gusto o sabor. **V.** Fig. Persona o animal a quien se mantiene y da de comer.

bocacalle n.f. **1.** Entrada de una calle. **2.** Calle secundaria que afluye a otra.

bocacaz n.m. Abertura que hay en una presa para que por ella salga cierta porción de agua.

bocadillo n.m. **I. 1.** Panecillo partido en dos mitades entre las cuales se coloca algún manjar. **II. 1.** Dulce de guayaba envuelto en hojas de plátano. **2.** *Amér.* Dulce de coco o de boniato. **III. 1.** Cierto lienzo delgado y poco fino. **2.** Especie de cinta estrecha.

bocado n.m. **I. 1.** Porción de comida que naturalmente cabe de una vez en la boca. **2.** Un poco de comida. **II. 1.** Mordedura o herida que se hace con los dientes. **2.** Pedazo de cualquier cosa que se saca o arranca con la boca. **3.** Pedazo arrancado violentamente de una cosa. **III. 1.** Parte del freno que entra en la boca de la caballería. **2.** Estanquilla de retama que se pone en la boca a las reses lanares para que babeen. **3.** Escalerilla para tener abierta la boca del animal.

bocajarro(a) m. adv. **1.** Tratándose del disparo de un arma de fuego, a quemarropa. **2.** Fig. De improviso, inopinadamente.

bocal n.m. Jarro de boca ancha para sacar el vino de las tinajas.

bocallave n.f. Parte de la cerradura, por la cual se mete la llave.

bocamanga n.f. Parte de la manga que está más cerca de la muñeca, y especialmente por lo interior o el forro.

bocamina n.f. Boca de la galería o pozo que sirve de entrada a una mina.

bocana n.f. Paso estrecho de mar que sirve de entrada a una bahía o fondeadero.

bocanada n.f. **1.** Cantidad de líquido que de una vez se toma en la boca o se arroja de ella. **2.** Porción de humo que se echa cuando se fuma.

bocateja n.f. Teja primera de cada una de las canales de un tejado.

bocazas n.m.pl. Fig. y Fam. El que habla más de lo que aconseja la discreción.

bocel n.m. ARQUIT Moldura convexa, lisa, de sección semicircular y a veces elíptica.

bocera n.f. **1.** Lo que queda pegado a la parte exterior de los labios después de haber comido o bebido. **2.** Boquera (excoriación).

boceto n.m. BELL ART Apunte previo a la ejecución de una obra.

bocín n.m. **1.** Pieza redonda de esparto que se pone alrededor de los cubos de las ruedas de los carruajes. **2.** En los molinos de cubo, agujero por donde cae el agua al rodezno.

bocina n.f. **1.** Cuerno (instrumento músico). **2.** Trompeta de metal para hablar de lejos. **3.** Trompeta que se hace sonar mecánicamente en los automóviles. **4.** Pieza que refuerza el sonido en los gramófonos. **5.** Caracola para tocar a modo de trompa. **6.** MAR Revestimiento metálico con que se guarnece interiormente un orificio.

bocio n.m. Tumoración de la glándula tiroides, que se caracteriza por el abultamiento de la parte anterior del cuello.

bock n.m. Vaso para cerveza de un cuarto de litro de capacidad.

bocoy n.m. Barril grande para envase.

bocha n.f. **1.** Bola de madera de mediano tamaño que sirve para tirar en el juego de bochas. **2.** pl. Juego que consiste en tirar a cierta distancia unas bolas medianas y otra más pequeña, y gana el que se arrima mas a ésta con las otras.

bochinche n.m. Tumulto, alboroto.

bochorno n.m. **1.** Aire caliente y molesto que se levanta en el estío. **2.** Calor sofocante. **3.** Encendimiento pasajero del rostro. **4.** Desazón o sofocamiento producido por algo que molesta o avergüenza.

boda n.f. Casamiento, y fiesta con que se solemniza.

bodega n.f. **1.** Lugar donde se guarda y cría el vino. **2.** Cosecha de vino, en algún lugar. **3.** Despensa. **4.** Granero. **5.** *C. Rica* y *Guat.* Almacén, depósito. **6.** MAR Espacio interior de los buques.

bodegón n.m. **1.** Sitio donde se sirven comidas baratas. **2.** Taberna. **3.** Pintura donde se presentan cosas comestibles y domésticas.

bodhisattva n.m. En ciertas formas de budismo, ser (humano o divino) avanzado en la perfección, que aún no ha alcanzado el estado de buda y vela por los hombres.

bodón n.m. Charca o laguna invernal que se seca en verano.

bodoque **I.** n.m. **1.** Reborde con que se refuerzan los ojales del colchón. **2.** Relieve de forma redonda que sirve de adorno en algunos bordados. **II.** n.m. y adj. Fig. y Fam. Persona de cortos alcances. **III.** n.m. **1.** Pelota que servía para tirar con ballesta. **2.** *Méx.* y *Guat.* Chichón, o hinchazón de forma redonda. **3.** Cosa mal hecha.

bodrio n.m. **1.** Caldo hecho con sobras de sopa que se daba a los pobres. **2.** Guiso mal aderezado. **3.** Sangre de cerdo mezclada con cebolla para embutir morcillas. **4.** Fig. Mezcla confusa.

bóers, nombre dado a los colonos (mayoritariamente holandeses y algunos protestantes franceses emigrados tras la revocación del edicto de Nantes) que se establecieron, a partir del s. XVII, en la región de El Cabo. Huyendo de la ocupación británica, fundaron al N del país los Estados de Orange y Transvaal (1836-1852). Su oposición a la hegemonía británica provocó la *guerra de los bóers* (1899-1902) en la que fueron derrotados militarmente, sin embargo, el espíritu «bóer» sigue impregnando la vida de la República de Sudáfrica.

bofarse v.prnl. **1.** Esponjarse, ponerse fofa una cosa. **2.** Ahuecarse una pared.

bofe n.m. Pulmón.

bofetada n.f. **1.** Golpe que se da en el carrillo con la mano abierta. **2.** *Chile.* Puñetazo.

bofetón n.m. **1.** Bofetada dada con fuerza. **2.** Tramoya de teatro que hace aparecer o desaparecer personas u objetos.

1. boga n.f. **1.** ZOOL Pez teleósteo de río, fisóstomo, de color plateado y con aletas casi blancas. **2.** Pez teleósteo, marino, acantopterigio, con rayas negras, doradas y plateadas.

2. boga n.f. **1.** MAR Acción de bogar o remar. **2.** Fig. Buena aceptación, fortuna creciente. Se usa principalmente en la frase *en boga.* • **bogada** n.f. Espacio que la embarcación navega por el impulso de un solo golpe de los remos. • **bogar 1.** v.int. MAR Remar en una embarcación. **2.** v.tr. MIN *Chile.* Desnatar, quitar la escoria al metal.

bogavante n.m. ZOOL Crustáceo marino, decápodo, de color vivo, muy semejante a la langosta.

bogey n.m. En golf, número de golpes que da un jugador para completar un recorrido.

boghead n.m. GEOL Hulla formada esencialmente por algas microscópicas cianofíceas, bañadas en una jalea orgánica y bituminosa. Es el mejor carbón para la obtención de gas.

bogomilos, herejes neomaniqueos aparecidos en Bulgaria en el s. X, cuya doctrina se extendió por el S de Europa en el s. XII.

bogotano,a **1.** n.m. y f. Natural de Bogotá. **2.** Perteneciente o relativo a esta capital.

bohemio,a **I.** n. (apl. a pers.) y adj. **1.** Natural de Bohemia. **2.** Gitano. **II.** adj. Dícese de la vida desordenada de artistas y literatos. ▷ n. y adj. Dícese de la persona que lleva este tipo de vida. **III.** n.m. Checo, lengua checa.

bohío n.m. Cabaña de América, hecha de madera y ramas, cañas o pajas y sin ventanas.

bohordo n.m. **1.** Junco de la espadaña. **2.** BOT Tallo herbáceo y sin hojas que sostiene las flores y el fruto de algunas plantas.

boicot n.m. **1.** Paralización de las actividades laborales provocada por los obreros. **2.** Rechazo de toda compra de mercancías procedentes de determinada empresa o país.

boídos n.m.pl. Familia de reptiles a la que pertenecen las boas, los pitones y demás grandes serpientes «constrictor».

boina n.f. Gorra sin visera, redonda y chata, de lana y generalmente de una sola pieza.

boios o **boyos,** pueblo celta que, entre los ss. V y I a. J.C. se estableció en los territorios de la actual Bohemia, norte de Italia y Galia.

boj n.m. Arbusto de la familia de las buxáceas, de madera amarilla, sumamente dura y compacta, muy apreciada. ▷ Madera de este arbusto. **2.** Bolo de madera sobre el cual se cosen los zapatos.

bojar **1.** v.tr. MAR Medir el perímetro de una isla, o un saliente de la costa. **2.** v.int. Tener una isla, o un saliente de la costa determinada dimensión en circuito. **3.** Recorrer dicho circuito navegando.

bojiganga n.f. Compañía corta de actores que representaba comedias y autos en los pueblos pequeños.

bol n.m. **1.** Ponchera. **2.** Taza grande y sin asa.

bola **I.** n.f. **1.** Cuerpo esférico de cualquier materia. **2.** Juego que consiste en tirar con la mano una bola de hierro. **3.** pl. Canica. **II.** MAR Armazón compuesto de dos discos negros y cruzados entre sí formando una bola, que sirve para hacer señales. **III.** Betún, para el calzado. **IV.** Fig. y Fam. Embuste, mentira. **V.** *Venez.* Tamal de figura esférica. **VI.** pl. *Cuba* y *Chile* Argolla (juego). **VII.** n.f. **1.** *Bola de nieve.* Mundillo (arbusto y flores del mismo). **2.** *Bola de cera.* Arbusto ornamental (familia de las caprifoliáceas).

bolada n.f. **1.** Tiro que se hace con la bola. **2.** Caña del cañón de artillería. **3.** Alud pequeño. **4.** *Perú.* Rumor. **5.** *Arg., Par.* y *Urug.* Ocasión propicia, suerte favorable. **6.** *Col.* Jugarreta. **7.** *Cuba.* Embuste. **8.** *Chile.* Golosina.

bolardo n.m. Pilón que se coloca en los muelles para amarrar los buques.

bolchevique **I.** n.m. **1.** Partidario de Lenin, cuyos adeptos consiguieron en el II Congreso del Partido Obrero Social-demócrata de Rusia, en 1903, una mayoría a su favor. **2.** Comunista. **II.** adj. Relativo al bolchevismo. • **bolchevismo** n.m. **1.** Sistema de gobierno establecido en Rusia por la revolución social de 1917, que practica el colectivismo mediante la dictadura que ejerce en nombre del proletariado. **2.** Doctrina defensora de tal sistema.

boldo n.m. Arbusto de la familia de las monimiáceas, de fruto comestible. La infusión de sus hojas se emplea para las enfermedades del estómago y del hígado.

boleadoras n.f.pl. Instrumento que se arroja a los pies o al pescuezo de los animales para aprehenderlos.

1. bolear **I.** v.int. **1.** Jugar al billar por puro entretenimiento. **2.** Arrojar la bola en cualquier juego en que se la utilice. **3.** *Arg.* y *Urug.* Echar o arrojar las boleadoras a un animal. **II.** v.tr. y prnl. *Arg.* y *Urug.* Confundir, enredar.

2. bolear v.tr. Fam. Arrojar, lanzar, impeler.

bolera n.f. Lugar destinado al juego de bolos.

bolero n.m. Aire musical popular, contable y bailable en compas ternario.

boletín n.m. **1.** Libramiento para cobrar dinero. **2.** Boleta. **3.** Cédula de suscripción a una obra o empresa. **4.** Publicación destinada a tratar de asuntos especiales. **5.** Periódico que contiene disposiciones oficiales.

boleto n.m. *Chile, Ecuad., Guat., Méx.* y *Perú.* Billete de teatro, tren, etc.

1. boliche n.m. **1.** Bola pequeña que se usa en el juego de las bochas. **2.** Juego que se ejecuta en una mesa cóncava, donde hay unos cañoncillos en los que se deben entrar unas bolas. **3.** Juego de bolos. ▷ Lugar donde se ejecuta este juego. **4.** Juguete que se compone de un palo con una cazoleta, y de una bola taladrada sujeta por un cordón al medio del palo y que, lanzada al aire, se procura recoger, ya en la cazoleta, ya con la punta del palo. **5.** Adorno de forma torneada de algunos muebles. **6.** Tabaco de clase inferior. **7.** Horno pequeño. **8.** *Arg., Par.* y *Urug.* Establecimiento comercial o industrial de poca importancia.

2. boliche n.m. **1.** Jábega pequeña. **2.** Pescado menudo que se saca con ella. **3.** MAR Bolina de las velas menudas.

bólido n.m. METEOR Meteorito de dimensiones apreciables a simple vista que atraviesa rápidamente la atmósfera, y suele estallar en pedazos. ▷ P. ext., vehículo que circula a gran velocidad.

bolígrafo n.m. Instrumento para escribir que tiene en su interior un tubo de tinta especial y, en la punta, una bolita metálica que gira libremente.

bolillo n.m. **1.** Palito torneado para hacer encajes y pasamanería. **2.** En la mesa de trucos, hierro redondo puesto enfrente de la barra. **3.** Horma para aderezar vuelos de gasa o de encaje. ▷ Cada uno de estos vuelos. **4.** Hueso a que está unido el casco de las caballerías. **5.** pl. Barritas de masa dulce.

bolina n.f. **1.** MAR Cabo que tensa la relinga de una vela para que reciba mejor el viento. **2.** MAR Sonda, cuerda con un peso al extremo. **3.** Castigo de azotes que se daba a los marineros a bordo. **4.** Fig. y Fam. Ruido de alboroto. • **bolinero,a** adj. **1.** MAR Dícese del buque que tiene la propiedad de navegar bien de bolina. **2.** *Chile.* Alborotador, bullanguero.

bolívar n.m. Unidad monetaria de Venezuela.

bolivariano,a adj. Relativo a Simón Bolívar, especialmente a su ideario americanista; se aplica también a los países liberados por Bolívar.

boliviano,a **1.** n. y adj. Natural de Bolvia. **2.** adj. Perteneciente o relativo a esta república de América.

bolo n.m. **I.** Pieza de madera torneada que puede tenerse en pie. **II. 1.** Actor independiente de una compañía, contratado sólo para hacer un determinado papel. **2.** Reunión de cómicos que recorren los pueblos para explotar alguna obra. **III.** ARQUIT Cilindro vertical colocado en el centro de una armazón. **IV.** FARM Píldora más grande que la ordinaria. **V.** pl. Juego que consiste en derribar el mayor número de bolos. ▷ *Bolo alimenticio.* Alimento masticado e insalivado que se deglute de una vez.

bolómetro n.m. FIS Aparato que mide la energía total de radiaciones poco intensas.

bolón n.m. *Chile.* Piedra de regular tamaño que se emplea en los cimientos de las construcciones.

bolsa n.f. **I. 1.** Recipiente de materia flexible, que sirve para llevar o guardar alguna cosa. **2.** Saquillo para llevar dinero. **3.** Arruga que hace un vestido cuando queda ancho. **II. 1.** Reunión oficial de quienes operan con efectos públicos. **2.** Lugar donde se celebran estas reuniones. **3.** Conjunto de operaciones con efectos públicos. v. ENCICL. **4.** Fig. Caudal o dinero de una persona. **III. 1.** CIR Cavidad llena de pus, linfa, etc. **2.** MIL Entrante muy profundo que se forma en un frente de combate, con mayor ensanchamiento en su parte central. **3.** MIN Parte de un criadero donde el mineral está reunido con mayor abundancia. **4.** pl. Las dos cavidades del escroto en las cuales se alojan los testículos.

ENCICL Se distinguen dos tipos de bolsa: de mercancía y de valores. En la bolsa de mercancías o de comercio, se intercambian generalmente productos agrícolas o mineros y ciertos servicios (fletes y seguros). Las bolsas de valores se ocupan del mercado de acciones, obligaciones y valores públicos. El papel económico de las principales bolsas de valores (Nueva York, Londres, París, Madrid) es fundamental, puesto que en ellas se negocian los títulos de las sociedades más importantes. Constituyen un fiel indicador de la situación económica de un país. Las cotizaciones de bolsa se expresan acompañadas del tanto por ciento de variación que ha experimentado el título respecto a su valor original (una cotización de 100 significa que el valor se mantiene igual; una de 200 significa que se ha duplicado). Cada variación de 1% recibe el nombre de un *entero.* En España y en los países sudamericanos, existen diferentes reglamentaciones estatales para regular su funcionamiento, evitando la especulación deshonesta y controlando la regularidad de las operaciones. Para evitar la especulación algunos Estados prohíben, como es el caso de España, las operaciones *a plazo* (aquellas en que la entrega y el pago de los títulos se fracciona siguiendo un calendario de liquidación). La *orden de bolsa* es la instrucción que da al intermediario o *agente* la persona que quiere realizar una operación. El agente de cambio y bolsa transmite la orden y, conforme se van estableciendo las cotizaciones, se escriben en una pizarra o en un gran panel electrónico donde quedan fijadas las cotizaciones del día al cierre de la sesión.

bolsico n.m. *Chile.* Bolsillo de los vestidos.

bolsillo n.m. Saquillo cosido en los vestidos, y que sirve para meter en él algunas cosas usuales. ▷ Bolsa para el dinero.

bolsín **1.** n.m. Reunión de los bolsistas para sus tratos, fuera de las horas y sitio de reglamento. **2.** Lugar de dicha reunión.

bolsista n.m. El que se dedica a especulaciones bursátiles.

bolso n.m. **1.** Bolsa o bolsillo. **2.** Bolsa de mano usada para llevar objetos pequeños. **3.** MAR Hinchazón que forma el viento en una vela.

bollén n.m. **1.** Árbol chileno, de la familia de las rosáceas, cuya madera se emplea para hacer mangos y en la construcción de casas. **2.** Madera de este árbol.

1. bollo n.m. **1.** Pieza esponjosa de varias formas y tamaños, hecha con masa de harina, agua y otros ingredientes, cocida al horno. **2.** Cierto plegado de tela usado en las guarniciones de trajes de señora y en los adornos de tapicería. **3.** Fig. Chichón. **4.** Resalto esférico o elipsoidal que se hace repujando o estampando piezas de plata.

2. bollo n.m. Fam. Abolladura.

bollón n.m. **1.** Clavo de cabeza grande que sirve para adorno. **2.** Pendiente con sólo un botón. **3.** Bollo de relieve.

bomba n.f. **I.** Máquina para elevar un líquido y darle impulso en dirección determinada. Se compone generalmente del cuerpo de bomba y de los correspondientes tubos con válvulas para aspiración o impulso. — *Bomba aspirante.* la que eleva el líquido por combinación con la presión atmosférica. — *Bomba aspirante o impelente.* La que saca el agua de profundidad por aspiración y luego la impele con esfuerzo. — *Bomba centrífuga.* Aquella en que se hace la aspiración y elevación del agua por medio de una rueda de paletas que giran rápidamente dentro de una caja cilíndrica. — *Bomba neumática.* La que se emplea para extraer el aire y a veces para comprimirlo. **II. 1.** Cualquier pieza hueca, llena de materia explosiva y provista del artificio necesario para que estalle en el momento conveniente. — *Bomba atómica o nuclear.* Artefacto bélico cuyo gran poder explosivo se debe a la súbita liberación de energía como consecuencia de la escisión producida por los neutrones en los núcleos atómicos pesados, como uranio, plutonio, etc. — *Bomba de neutrones.* Bomba termonuclear de escasa potencia, en la que la explosión se acompaña de un intenso flujo de neutrones, aniquilando todo tipo de vida en una gran extensión, pero sin apenas provocar destrucción material. **2.** Fig. Noticia inesperada que se suelta de improviso. **3.** *Col.* y *Hond.* Fig. y Fam. Pompa, burbuja. **III.** Pieza hueca de cristal, abierta y generalmente esférica que se pone a las lámparas con el fin de que alumbren mejor y la luz no moleste a la vista. **IV.** En los instrumentos músicos de metal, tubo encorvado que sirve para la afinación. **V.** En los molinos de aceite, tinaja donde se recoge el agua separada del aceite. **VI.** *Chile, Guat., Hond.,* y *Perú* Fig. y Fam. Embriaguez.

bombacaceo,a o **bombacáceo** n.f. y adj. BOT Dícese de árboles y arbustos intertropicales dicotiledóneos, con hojas alternas, flores axilares, fruto y semilla recubierta de pulpa; como el baobab. ▷ n.f.pl. BOT Familia de estas plantas.

bombarda n.f. **1.** Antiguo cañón de gran calibre. **2.** Nombre genérico que se daba a las antiguas piezas de artillería. **3.** Registro del órgano, que produce sonidos muy fuertes y graves.

bombardear v.tr. **1.** Bombear, disparar bombas. **2.** Hacer fuego violento y sostenido de artillería contra lo interior de una población u otro recinto. **3.** FIS Someter a un bombardeo de partículas. • **bombardeo** n.m. **1.** Acción de bombardear. **2.** FIS Acción de dirigir un haz de partículas sobre un blanco material con el fin de generar diversas radiaciones o propagar reacciones nucleares. • **bombardero** n.m. **1.** Avión dispuesto para bombardear. **2.** Oficial o soldado de artillería destinado al servicio de las bombardas. **4.** Artillero que estaba encargado del mortero.

bombardino n.m. Instrumento músico de viento, de metal, que pertenece a la clase de bajos.

bombardón n.m. Instrumento musico de viento, de grandes dimensiones, de metal, que sirve de contrabajo en las bandas militares.

bombazo n.m. **1.** Golpe que da la bomba al caer. **2.** Explosión y estallido de este proyectil. **3.** Daño que causa.

bombear v.tr. **1.** Arrojar o disparar bombas de artillería. **2.** Espiar, observar cautelosamente. **3.** *Col.* Despedir, expulsar. **4.** Elevar agua u otro líquido por medio de una bomba. **5.** Dar bombo. • **bombeo** n.m. **I. 1.** Comba, convexidad. **2.** Acción y efecto de bombear líquidos. **II.** FIS *Bombeo óptico:* técnica que permite crear poblaciones de iones, de átomos y de moléculas diferentes de las que corresponden al equilibrio térmico.

bombero n.m. Cada uno de los operarios encargados de extinguir los incendios.

bombícido n.m. ZOOL Nombre de varias mariposas nocturnas (familia *bombícidos*).

bombilla n.f. **1.** Globo de cristal en el que se ha hecho el vacío y dentro del cual va colocado un filamento que al paso de una corriente eléctrica se pone incandescente. **2.** Caña delgada empleada para sorber el mate. **3.** MAR Farol usado en los barcos.

bombillo n.m. **1.** Aparato con sifón para evitar la subida del mal olor en los desagües. **2.** Tubo con un ensanche en la parte inferior, para sacar líquidos. **3.** MAR Bomba pequeña, generalmente portátil.

bombín n.m. Fam. Sombrero hongo.

bombo,a n.m. **1.** Tambor muy grande que se toca con una maza y se emplea en las orquestas y en las bandas militares. **2.** El que toca este instrumento. **3.** Fig. Elogio exagerado y ruidoso.

bombón n.m. Pieza pequeña de chocolate o azúcar, con licor o crema en su interior.

bombona n.f. **1.** Vasija de boca estrecha, muy barriguda y de bastante capacidad que se usa para el transporte de ciertos líquidos. **2.** Vasija metálica muy resistente, de forma cilíndrica o acampanada y cierre hermético. Sirve para contener gases a presión y líquidos muy volátiles.

bombonaje n.m. BOT Planta de la familia de las pandanáceas, cuyas hojas, cortadas en tiras, sirven para fabricar objetos de jipijapa.

bonachón,a n. y adj. Fam. De carácter dócil, crédulo y amable.

bonaerense **1.** n. y adj. Natural de Buenos Aires. **2.** adj. Perteneciente o relativo a esta ciudad.

bonancible adj. Tranquilo, sereno, suave.

bonanza n.f. **1.** Tiempo tranquilo o sereno en el mar. **2.** Fig. Prosperidad. **3.** MIN Zona de mineral muy rico.

bonazo,a adj. **1.** aum. Buenazo. **2.** Fam. Dícese de la persona pacífica o de buen natural.

bondad n.f. **1.** Calidad de bueno. **2.** Natural inclinación a hacer el bien. **3.** Blandura y apacibilidad de genio.

bonellia n.f. ZOOL Animal vermiforme marino (clase de los equiúridos), de notable dimorfismo sexual.

bonete n.m. **1.** Especie de gorra, comúnmente de cuatro picos, usada antiguamente. ▷ Gorro. **2.** Fig. Clérigo secular. **3.** Dulcera de vidrio ancha de boca y estrecha en la base. **4.** ZOOL Redecilla de los rumiantes.

bongo n.m. **1.** Especie de canoa usada por los indios de la América Central. **2.** *Cuba.* Barca de pasaje y de carga a manera de balsa.

bongó n.m. Instrumento de percusión compuesto de dos pequeños tambores yuxtapuestos, cubiertos por parches en uno sólo de sus lados.

boniato n.m. **1.** Planta de la familia de las convolvuláceas. Tiene raíces tuberculosas de fécula azucarada. **2.** Cada uno de los tubérculos de la raíz de esta planta. Son comestibles.

bonificar v.tr. **1.** Abonar, hacer buena una cosa o mejorarla. **2.** Tomar en cuenta y asentar una partida en el haber. • **bonificación** n.f. **1.** Acción y efecto de bonificar.

1. bonito n.m. Pez teleósteo comestible, parecido al atún, pero más pequeño. • **bonitero,a** **1.** adj. Perteneciente o relativo al bonito. **2.** n.f. y adj. Dícese de la lancha destinada a la pesca del bonito. **3.** n.f. Pesca del bonito y temporada que dura.

2. bonito,a adj. Lindo, agraciado, de cierta proporción y belleza.

bono n.m. **1.** Tarjeta o medalla que puede canjearse por efectos en dinero o en especie. **2.** COM Título de deuda emitido comúnmente por una tesorería pública, empresa industrial o comercial.

bonote n.m. Filamento extraído de la corteza del coco.

bonzo n.m. Sacerdote budista en el Asia Oriental.

boñiga n.f. Excremento del ganado vacuno y el semejante de otros animales.

boom n.m. **1.** Alza súbita de los valores en la Bolsa. **2.** Aumento repentino de la prosperidad económica, generalmente efímero. **3.** P. ext. aumento acelerado de cualquier uso u objeto.

boomer n.m. AUDIOV Altavoz de graves.

boomerang n.m. Bumerang.

booster n.m. **1.** TECN Motor-cohete que produce un fuerte empuje durante un tiempo relativamente corto y se usa para lanzar misiles. **2.** ELECTR Amplificador que aumenta el volumen de la señal recibida.

bop n.m. **1.** Estilo de jazz que nació a comienzos de los años 40. **2.** Baile de ritmo rápido.

boquear **I.** v.int. **1.** Abrir la boca. **2.** Estar expirando. **3.** Fig. y Fam. Estar una cosa acabándose. **II.** v.tr. Pronunciar una palabra o expresión. • **boqueada** n.f. Acción de abrir la boca. Sólo se dice de los que están para morir.

boquera n.f. **1.** Boca que se hace en el cauce para regar las tierras. **2.** Ventana por donde se echa la paja o el heno en el pajar. **3.** MED Excoriación que se forma en las comisuras de los labios. **4.** VETER Llaga en la boca.

boquerón n.m. **I.** Abertura grande. **II.** ZOOL Pez teleósteo, fisóstomo, semejante a la sardina. Con él se preparan las anchoas.

boquete n.m. **1.** Entrada angosta de un lugar. **2.** Brecha, abertura hecha en una pared.

boqui n.m. BOT Especie de enredadera de Chile, de la familia de las vitáceas, cuyo tallo se emplea en la fabricación de cestos y canastos.

boquiabierto,a adj. **1.** Que tiene la boca abierta. **2.** Fig. Que está embobado.

boquidulce n.m. Escualo grande de más de tres metros, con siete aberturas branquiales laterales.

boquihundido,a adj. Dícese de la caballería que tiene muy altas las comisuras de los labios.

boquilla n.f. **I. 1.** Pieza pequeña y hueca, que se adapta al tubo de varios instrumentos de viento y sirve para producir el sonido, apoyando los labios en los bordes de ella. **2.** Tubo pequeño en cuya parte más ancha se pone el cigarro para fumarlo. También se llama así la parte de la pipa que se introduce en la boca. **II. 1.** Incisión que se abre en las piezas de madera para ensamblarlas. **2.** Abertura inferior del pantalón por donde sale la pierna. **3.** Cortadura o abertura que se hace en las acequias a fin de extraer las aguas para el riego. **III. 1.** Orificio cilíndrico por donde se introduce la pólvora en las bombas y granadas, y en donde se asegura la espoleta. **2.** Pieza de metal que guarnece la boca de la vaina de un arma blanca. **3.** Pieza donde se produce la llama en los aparatos de alumbrado. **4.** Extremo anterior del cigarro puro, por el cual se enciende.

boquín n.m. Bayeta tosca.

borato n.m. QUIM Combinación del ácido bórico con una base.

bórax n.m. Sal blanca compuesta de ácido bórico, sosa y agua. Se encuentra en estado natural y también se prepara artificialmente. Se emplea en medicina y en la industria.

borbollar o **borbollear** v.int. Hacer borbollones el agua. • **borbolla** n.f. **1.** Burbuja o glóbulo de aire que se forma en el interior del agua producido por la lluvia u otras causas. **2.** Borbollón o borbotón. • **borbollón** n.m. Erupción que hace el agua de abajo para arriba, elevándose sobre la superficie.

borborigmo n.m. Ruido producido por el movimiento de gases en la cavidad intestinal.

borbotar o **borbotear** v.int. Nacer o hervir el agua impetuosamente o haciendo ruido.

borceguí n.m. Calzado que llega hasta más arriba del tobillo, abierto por delante y que se ajusta por medio de correas o cordones.

borda n.f. **1.** MAR Vela mayor de las galeras. **2.** Canto superior del costado de un buque.

bordada n.f. **1.** MAR Derrota o camino que hace entre dos viradas una embarcación cuando navega, voltejeando para adelantar hacia barlovento. **2.** Fig. y Fam. Paseo reiterado de una parte a otra.

bordar v.tr. **1.** Adornar una tela o piel con bordadura. **2.** Fig. Ejecutar alguna cosa con arte y primor.

1. borde n.m. **1.** Extremo u orilla de alguna cosa. **2.** En las vasijas, orilla o labio que tienen alrededor de la boca. **3.** Bordo de la nave.

2. borde **I.** adj. **1.** Aplícase a plantas y árboles no injertos ni cultivados. **2.** Fam. Tosco, torpe. **II.** n. y adj. Dícese del hijo o hija nacidos fuera del matrimonio.

bordear **I.** v.tr. **1.** Ir por el borde u orilla de una cosa. **2.** Hablando de una serie o fila de cosas, hallarse en el borde u orilla de otra: *los mojones bordean la finca.* **3.** Acercarse mucho a una cosa material o inmaterial. **II.** v.int. MAR Dar bordadas.

Bordet-Wassermann, o **BW** (reacción de). Reacción sérica para detectar la sífilis.

bordillo n.m. Encintado de la acera.

bordo n.m. **1.** Lado o costado de una nave. **2.** Bordada. **3.** *Guat.* Borde (sent. 1). **4.** *Guat.* y *Méx.* Contención de hierbas y estacas, que forman los labradores en los campos.

bordón n.m. **1.** Bastón más alto que la estatura de un hombre, con una punta de hierro. **2.** Verso quebrado que se repite al final de cada copla. **3.** Voz o frase que por hábito vicioso repite una persona en la conversación. **4.** En los instrumentos músicos de cuerda, cualquiera de las más gruesas que hacen el bajo. **5.** Cuerda de tripa atravesada diametralmente en el parche inferior del tambor. **6.** Fig. Persona que guía y sostiene a otra. **7.** CIR Cuerda de tripa que se emplea para dilatar conductos naturales o conservar los que se han abierto artificialmente. **8.** IMPR Error de omisión de una o más palabras, frases, etc.

boreal adj. **1.** Perteneciente al bóreas. **2.** ASTRON y GEOGR Septentrional.

bóreas n.m. Viento norte.

bórico,a adj. QUIM Califica los compuestos oxigenados del boro.

borla n.f. Conjunto de hebras, hilos o cordoncillos sujetos.

borlilla n.f. Antera, parte del estambre de las flores que contiene el polen.

borne n.m. **1.** Extremo de la lanza de justar. **2.** Cada uno de los botones de metal de ciertas máquinas y aparatos eléctricos, y a los cuales se unen los hilos conductores. **3.** Tornillo en el cual puede sujetarse el extremo de un conductor para poner en comunicación el aparato y un circuito independiente de él.

1. bornear I. v.tr. 1. Dar vuelta, revolver, torcer o ladear. 2. Labrar en contorno las columnas. 3. Mover los sillares y otras piezas de arquitectura, hasta sentarlos correctamente. 4. MAR Girar el buque sobre sus amarras estando fondeado. II. v.prnl. Torcerse la madera, hacer combas.

2. bornear v.tr. Comprobar, con un solo ojo, la alineación de los cuerpos.

borní n.m. Ave rapaz diurna, de color ceniciento. Habita en lugares pantanosos y anida en la orilla del agua.

boro n.m. QUIM Elemento no metal de color pardo oscuro, que sólo se presenta combinado, como en el bórax y el ácido bórico. Núm. atómico 5 y masa atómica 10,81. Símb.: *B*.
ENCICL **Quím.** — El boro se funde a unos 2.100 °C y hierve a 2.500 °C aprox. Sus propiedades son similares a las del silicio. Se emplea como abrasivo y como elemento de adición el acero a causa de su gran dureza. **Agric.** — El boro es un oligoelemento del suelo, indispensable para el buen crecimiento de los vegetales. Tanto su carencia como su exceso son perjudiciales.

bororós, pueblo indígena del Brasil. Habita el Mato Grosso y el Alto Paraguay. Vive en poblados temporales, dedicado a la pesca y a una agricultura de subsistencia (mandioca, maíz).

borra n.f. 1. Cordera de un año. 2. Parte más grosera o corta de la lana. 3. Pelo de cabra de relleno. 4. Pelo que el tundidor saca del paño con la tijera. 5. Pelusa o vello que sale de la cápsula del algodón. 6. Pelusa polvorienta que se forma y reúne en los rincones. 7. Tributo antiguo sobre el ganado. 8. Hez o sedimento espeso. 9. Fig. y Fam. Cosas, expresiones y palabras inútiles y sin sustancia.

borrachera n.f. 1. Efecto de emborracharse. 2. Banquete o reunión en que hay algún exceso en comer y beber. 3. Fig. y Fam. Disparate grande. 4. Fig. y Fam. Exaltación extremada en la manera de hacer o decir alguna cosa.

borrachero n.m. Arbusto de América meridional, de la familia de las solanáceas. Despide olor desagradable de día y grato y narcótico de noche, y, comido el fruto, causa delirio.

borrachín,a n.m. y f. Persona que tiene el hábito de embriagarse.

borracho,a I. n. y adj. 1. Ebrio. 2. Que se embriaga habitualmente. II. adj. 1. Aplícase a algunos frutos y flores, de color morado. 2. Fig. y Fam. Vivamente poseído de alguna pasión. 3. *Chile*. Fruta pasada. III. n.m. 1. ZOOL Pez chileno de unos 20 cm de largo. 2. Pastel que contiene almíbar o ron.

borragináceo, o **borragíneo** n.f. y adj. BOT Dícese de plantas angiospermas dicotiledóneas, la mayor parte herbáceas, como la borraja y el heliotropo. ▷ n.f.pl. BOT Familia de estas plantas.

borraja n.f. Planta anual de la familia de las borragináceas. La infusión de sus flores se emplea como diurético y sudorífico.

borrajear v.tr. 1. Escribir sin asunto determinado. 2. Hacer rúbricas, rasgos o figuras por mero entretenimiento.

borrajo n.m. 1. Rescoldo, brasa bajo la ceniza. 2. Hojarasca de los pinos.

borrar I. v.tr. y prnl. 1. Hacer desaparecer por cualquier medio lo representado con tinta, lápiz, etc. 2. Hacer que la tinta se corra y desfigure lo escrito. II. v.tr. 1. Hacer rayas sobre lo escrito para que no pueda leerse. 2. Fig. Desvanecer, quitar, hacer que desaparezca una cosa. • **borrador** n.m. 1. Escrito de primera intención, en que se hacen enmiendas. 2. COM Libro en que los comerciantes hacen sus apuntes para arreglar después sus cuentas.

borrasca n.f. 1. Tempestad, tormenta del mar. 2. Fig. Temporal fuerte o tempestad que se levanta en tierra. 3. Fig. Riesgo, peligro que se padece en algún negocio. 4. Fig. y Fam. Orgía, festín. 5. Fig. *Méx*. En las minas, carencia de mineral útil en el criadero. • **borrascoso,a** adj. 1. Que causa borrascas. 2. Propenso a ellas. 3. Fig. y Fam. Se dice de las cosas en que predomina el libertinaje. 4. Dicho de acontecimientos, agitado, violento.

borrego I. n.m. y f. Cordero o cordera de uno o dos años. II. n. y adj. Fig. y Fam. Persona sencilla o ignorante. III. n.m. 1. Fig. Nubecilla blanca, redondeada. 2. Persona que se somete a la voluntad ajena.

borrico,a I. n.m. y f. 1. Asno (animal solípedo). 2. Fig. y Fam. Asno (persona muy necia). II. n.m. Armazón compuesta de tres maderos formando un trípode que sirve a los carpinteros para apoyar en ella la madera que labran.

borrón n.m. 1. Gota de tinta que cae, o mancha de tinta que se hace, en el papel. 2. Borrador. 3. Fig. Denominación que por modestia suelen dar los autores a sus escritos. 4. Fig. Imperfección que desluce o afea. 5. Fig. Acción indigna que mancha la reputación. 6. PINT Primera invención para un cuadro. 7. pl. IMPR Exceso parcial de engrudo. También se dice de cualquier cuerpo extraño introducido debajo de las alzas y que produce mal efecto.

borroso,a adj. 1. Se dice del escrito, dibujo o pintura cuyos trazos aparecen desvanecidos y confusos. 2. Que no se distingue con claridad. 3. Lleno de borra o heces, como sucede al aceite, la tinta, etc.

Borucas o **Bruncas,** pueblo indígena de Costa Rica, en las faldas de la cordillera de la Costa. Fabricaban telas de algodón y vasijas de coco. Sus descendientes se dedican hoy a las faenas agrícolas.

boruro n.m. QUIM Combinación del boro con un metal.

boscaje n.m. 1. Bosque de corta extensión. 2. PINT Paisaje de bosque.

boscoso,a adj. Abundante en bosques.

bosón n.m. FIS NUCL Partícula de spin entero que obedece a la estadística de Bose-Einstein. Los fotones, los mesones y los nucleidos de número de masa par son bosones.

bosque n.m. 1. Sitio poblado de árboles y matas. 2. Fig. Abundancia desordenada de alguna cosa. 3. Fig. Cuestión intrincada.
ENCICL Los bosques se diferencian por la especie predominante, la cual a su vez suele estar en relación directa con la localización geográfica. El bosque de coníferas (piceas, abetos, etc.), o *bosque de hoja perenne* (de árboles siempre verdes), suele presentarse sólo a cierta altura, mientras que el *bosque caducifolio* (cuyos árboles pierden la hoja) a menudo se limita a las llanuras: bosques de hayas, de robles. Las precipitaciones tienen igualmente una influencia determinante sobre el reparto de las especies. Según el modo de explotación, se distinguen el bosque bajo, bosque alto escamondado, etc. Por la intensa evaporación que en ellos tiene lugar, los bosques regulan eficazmente la humedad del aire y del suelo. Su protección es uno de los temas centrales de la «lucha ecológica» que se opone al incesante deterioro producido en ellos por la mano del hombre.

bosquejar v.tr. 1. Pintar o modelar, sin definir los contornos. 2. Trabajar una obra sin concluirla. 3. Fig. Indicar con alguna vaguedad un concepto o plan.

bosquimanos, pueblo Africa austral compuesto por unos 55.000 nómadas que recorren el desierto del Kalahari.

bosta n.f. Excremento del ganado vacuno o del caballar.

bostezar v.int. Hacer involuntariamente, abriendo mucho la boca, inspiración lenta y profunda y luego espiración también prolongada.

Bostrychus n.m. ZOOL Género de pequeños coleópteros lignívoros de cuerpo cilíndrico alargado y élitros pardo rojizos.

1. bota n.f. 1. Cuero pequeño empegado por su parte interior y cosido por sus bordes, que remata en un cuello por donde se llena de vino y se bebe. 2. Cuba para líquidos.

2. bota n.f. Calzado que resguarda el pie y parte de la pierna.

botador,a I. adj. 1. Que bota. 2. *Amér*. Derrochador. II. n.m. 1. Palo largo con que los barqueros hacen fuerza en la arena para hacer andar los barcos. 2. CARP Instrumento de hierro para arrancar o para embutir los clavos. 3. CIR Hierro que usan los dentistas.

botadura n.f. Acto de echar al agua un buque

botafumeiro n.m. 1. Incensario. 2. Fig. y Fam. Adulación.

botalón n.m. 1. MAR Palo largo que se saca hacia la parte exterior de la embarcación cuando conviene. 2. Bauprés de una embarcación pequeña. 3. Mastelero de un velero grande.

botana n.f. 1. Remiendo en los agujeros de los odres. 2. Remiendo de madera en las cubas de vino. 3. Fig. y Fam. Parche que se pone a una llaga. 4. Fig. y Fam. Cicatriz de una llaga. 5. *Col., Cuba* y *Méx*. Vaina que se coloca sobre los espolones del gallo de pelea.

botánica n.f. HIST Parte de las ciencias naturales que trata del estudio, descripción y clasificación de los vegetales.
ENCICL Un vegetal «perfecto» se caracteriza por: membranas celulares celulósicas, rígidas en un determinado estadio de su vida; presencia de al menos un tipo de clorofila y, en consecuencia, función clorofílica; ciclo de reproducción sexuada, en el que la fase haploide puede estar representada por ejemplares muy organizados con vida independiente. Si un ser vivo presenta uno, dos o tres de estos caracteres, es un vegetal. Como los vegetales están muy caracterizados, la botánica tiene un campo bien delimitado. Únicamente las bacterias, algunas de las cuales tienen función clorofílica, y las cianofíceas (algas azules) han planteado algún problema, pues carecen de núcleo celular. En la actualidad las bacterias se estudian separadas de los vegetales. La botánica estudia, pues, las algas, los hongos, las briofitas (líquenes), las criptógamas vasculares y las fanerógamas (gimnospermas y angiospermas); todas ellas, plantas clorofílicas, excepto los hongos. — Como ciencia biológica la botánica se subdivide en: morfología, anatomía, fisiología, citología e histología vegetales, etc. La importancia de la botánica es enorme, pues es la base de la fitotecnia y de la agronomía. El término botánica se aplica cada vez más a la morfología y a la anatomía vegetal; su antiguo sentido, mucho más amplio, corresponde a la *biología vegetal*.

botar I. v.tr. 1. Arrojar o echar fuera con violencia. 2. Echar al agua un buque. 3. MAR Echar o enderezar el timón a la parte que conviene. II. v.int. 1. En el juego de pelota, hacerla saltar el jugador. 2. Cambiar de dirección un cuerpo elástico por chocar con otro cuerpo duro. 3. Saltar o levantarse una persona, animal o cosa. 4. Fig. Estar uno sumamente indignado o dolorido. III. v.prnl. EQUIT Sustraerse el caballo a la acción del bocado, intentando derribar al jinete.

botarate n.m. y adj. Fam. Hombre alborotado y de poco juicio. ▷ *Cuba, Méx., Perú, P. Rico, Chile, Guat.* y *Nicar*. Persona derrochadora.

botarel n.m. ARQUIT Contrafuerte para fortalecer un muro.

botarga n.f. **I. 1.** Antiguo calzón holgado. **2.** Vestido ridículo de varios colores que se usaba en algunas representaciones teatrales.

botavara n.f. MAR Palo horizontal que sirve para cazar la vela cangreja.

1. bote n.m. **1.** Salto que da la pelota al chocar con el suelo. ▷ Salto que da una persona, o una cosa cualquiera, botando como la pelota. **2.** Cada salto que da el caballo.

2. bote n.m. Vasija pequeña, comúnmente metálica, que se utiliza para guardar medicinas, tabaco, conservas, etc.

3. bote n.m. Barco pequeño, de remo y sin cubierta, cruzado de tablones para sentarse.

botella n.f. **1.** Vasija de cuello angosto, que sirve para contener líquidos. **2.** Todo el líquido que cabe en una botella. **3.** Fig. *Pan.* Cargo bien retribuido, prebenda. **4.** FIS *Botella de Leiden.* Condensador eléctrico constituído por un frasco de cristal cubierto en su exterior con una hoja de estaño pegada al cristal y su interior forrado con una hoja de estaño unida a una varilla metálica que atraviesa el gollete.

botica n.f. **1.** Farmacia. **2.** Asistencia de medicamentos durante un plazo. **3.** En algunas partes, tienda. • **boticario,a** n.m. y f. Farmacéutico. ▷ n.f. Mujer del boticario.

botija n.f. Vasija de barro mediana, redonda y de cuello corto y angosto. **2.** Fig. y Fam. Dícese también del que es muy gordo. • **botijo** n.m. Vasija de barro poroso, que se usa para refrescar el agua. Tiene un asa, una boca, y un pitón para beber.

botillería n.f. *Chile.* Comercio de venta de vinos o licores embotellados.

1. botín n.m. Calzado que cubre la parte superior del pie y parte de la pierna, a la cual se ajusta con botones, hebillas, etc.

2. botín n.m. **1.** Despojo que se concedía a los soldados, como premio de conquista. **2.** Conjunto de las armas, provisiones y demás efectos de una plaza o de un ejército vencido y de los cuales se apodera el vencedor.

botiquín n.m. **1.** Mueble para guardar medicinas o transportarlas. **2.** Conjunto de estas medicinas.

botocudos pueblo indígena que habita el E del Brasil Practican la caza y la recolección. Su nombre tiene origen en el adorno que usan en el labio superior; se adornan también con pinturas ceremoniales.

botón n.m. **I. 1.** Pieza pequeña y de forma varia que se pone en los vestidos para que, entrando en el ojal, los abroche y asegure. **2.** Resalto que sirve de tirador, asidero, tope, etc. **3.** Bolitas con que se adornan balaustres, llaves y otras piezas. **4.** En el timbre eléctrico, pieza que lo acciona. **5.** ESGR Chapita redonda de hierro que se pone en la punta de la espada o del florete para no hacerse daño. **6.** MUS En los instrumentos músicos de pistones, pieza circular y metálica que recibe la presión del dedo para funcionar. **7.** MUS Pieza en forma de botón que tienen los instrumentos de arco para sujetar a ella el trascoda. **II. 1.** Yema de un vegetal. **2.** Flor cerrada y cubierta de las hojas que, unidas, la defienden hasta que se abre y extiende. **3.** BOT Parte central de las flores de la familia de las compuestas. • **botonadura** n.f. Juego de botones para un traje o prenda de vestir.

botones n.m. Muchacho que sirve en hoteles y otros establecimientos para llevar recados.

botriocefálidos n.m.pl. ZOOL Familia de platelmintos cestodos, parásitos intestinales del hombre que queda contaminado al ingerir ciertos peces de aguas dulces.

Botrytis n.m. BOT Género de hongos ascomicetos microscópicos, siempre parásitos de vegetales.

botulismo n.m. Enfermedad producida por la toxina de un bacilo específico contenido en los alimentos envasados en malas condiciones.

botuto n.m. **1.** Pezón largo y hueco que sostiene la hoja del lechoso o papayo. **2.** Trompeta sagrada y de guerra de los indios del Orinoco.

bou n.m. **1.** Pesca en que dos barcas arrastran la red por el fondo. **2.** Barca destinada a esta pesca.

bóveda n.f. **I. 1.** ARQUIT Obra de fábrica curvada que sirve para cubrir el espacio comprendido entre dos muros o varios pilares. **2.** Habitación cuya cubierta o parte superior es de bóveda. **II. 1.** Sepultura. **2.** *Arg.* Panteón familiar. **3.** Cripta. **III.** — *Bóveda celeste.* Firmamento. **IV.** ANAT *Bóveda craneal.* Parte superior e interna del cráneo. — *Bóveda palatina.* Cielo de la boca. • **bovedilla** n.f. **1.** Bóveda pequeña que se forja entre viga y viga del techo de una habitación, para cubrir el espacio comprendido entre ellas. **2.** MAR Parte arqueada de la fachada de popa de los buques.

bóvido n.m. Mamífero rumiante, con cuernos óseos cubiertos por estuche córneo. Están desprovistos de incisivos en la mandíbula superior y tienen ocho en la inferior, como la cabra y el toro. ▷ ZOOL Familia de estos animales.

bovino,a adj. **1.** Perteneciente al toro o a la vaca. **2.** Dícese de todo mamífero rumiante, con el estuche de los cuernos liso, el hocico ancho y desnudo y la cola larga con un mechón en el extremo. Son animales de gran talla y muchos de ellos están reducidos a domesticidad. ▷ n.m.pl. ZOOL Subfamilia de estos animales.

boxcalf n.m. Piel de ternera impregnada de cromo con la cual se hacen calzados, bolsos, etc.

boxear v.int. Practicar el boxeo. • **boxeo** n.m. Deporte que consiste en la lucha de dos púgiles, con las manos enfundadas en guantes especiales y de conformidad con ciertas reglas.

bóxer n.m. Perro guardián de gran tamaño, del grupo de los dogos, de pelaje leonado, hocico aplastado.

bóxers, n.m. pl. voz inglesa para designar a los miembros, fervientes nacionalistas, de una sociedad secreta china, que sitiaron en 1900 las legaciones europeas de Pekín, y contra los cuales se envió una expedición internacional.

boy n.m. **1.** En los territorios coloniales, criado, sirviente. **2.** Bailarín de un espectáculo.

boya n.f. **1.** Cuerpo flotante sujeto al fondo del mar, de un lago, de un río, etc., que se coloca como señal. **2.** Corcho que se pone en la red para mantenerla a flote.

boyada n.f. Manada de bueyes.

boyal adj. Perteneciente o relativo al ganado vacuno.

boyante adj. **1.** Fig. Que tiene fortuna o felicidad creciente. **2.** MAR Dícese del buque que por llevar poca carga no cala todo lo que debe calar.

boyardo n.m. Señor ilustre, antiguo feudatario de Rusia o Transilvania.

boyera o **boyeriza** n.f. Corral o establo donde se recogen los bueyes.

boyuno,a adj. Bovino.

boza n.f. **1.** Cabo empleado para sujetar objetos pesados, calabrote, cadena, etc. **2.** MAR Cabo hecho firme en la proa de las embarcaciones menores, que sirve para amarrarlas a un buque, muelle, etc.

bozal **I.** n.m. **1.** Pieza que se pone en la boca a las bestias de labor y de carga, para que no hagan daño a los sembrados o se paren a comer. **2.** Aparato que se pone en la boca a los perros para que no muerdan. **3.** Tableta con púas de hierro, que se pone a los terneros para que no mamen. **4.** Adorno con campanillas que se pone a los caballos en el bozo. **II.** n. y adj. **1.** Fig. y Fam. Bisoño, inexperto. **2.** Fig. y Fam. Simple, necio o idiota. **III.** adj. Tratándose de caballerías, *cerril* no domado.

bozo n.m. **1.** Vello que apunta a los jóvenes sobre el labio superior. **2.** Parte exterior de la boca. **3.** Cabestro que se echa a las caballerías sobre la boca, formando un cabezón con sólo un cabo o rienda.

bpi n.m. INFORM Unidad de densidad de información sobre un soporte (abreviatura del inglés *bit per inch*).

Br QUIM Símbolo del bromo.

bracamarte n.m. Espada usada antiguamente, de un solo filo y de punta algo encorvada.

1. braceaje n.m. En las casas de moneda, trabajo y labor de ella.

2. braceaje n.m. MAR Profundidad del mar en determinado lugar.

bracear v.int. **1.** Mover repetidamente los brazos. **2.** Nadar sacando los brazos fuera del agua y volteándolos hacia adelante. **3.** Fig. Esforzarse, forcejear. **4.** EQUIT Doblar el caballo los brazos con soltura al andar.

bracero,a **I** n.m. **1.** Peón, jornalero no especializado. **2.** El que da el brazo a otro para que se apoye en él. **3.** El que tiene buen brazo para tirar un arma arrojadiza. **II.** adj. Aplícase al arma que se arrojaba con el brazo.

bráctea n.f. BOT Hoja que nace del pedúnculo de las flores de ciertas plantas. • **bractéola** n.f. Bráctea pequeña.

bradicardia n.f. FISIOL Ritmo excesivamente lento de la contracción cardiaca (menos de 60 pulsaciones por m). Puede ser patológica o fisiológica.

bradilalia n.f. PAT Emisión lenta de la palabra; se observa en algunas enfermedades nerviosas.

bradipepsia n.f. FISIOL Digestión lenta.

bradipódido n.m. ZOOL Nombre científico del perezozo tridáctilo.

bradita n.f. ASTRON Estrella fugaz de poco brillo y que se mueve con lentitud.

brafonera n.f. Pieza de la armadura antigua, que cubría la parte superior del brazo.

braga n.f. y pl. **1.** Prenda interior usada por las mujeres y los niños de corta edad, que cubre desde la cadera hasta el arranque de los muslos, con aberturas para el paso de éstos. **2.** n.f. *Pantalón,* prenda masculina. ▷ pl. Especie de calzones anchos. **3.** Cuerda con que se ciñe un objeto para suspenderlo en el aire.

bragada n.f. **1.** Cara interna del muslo del caballo y de otros animales. **2.** MAR Parte más ancha de una pieza que asegura dos maderos en ángulo.

bragado,a adj. **1.** Aplícase a los animales que tienen la bragadura de diferente color que lo demás del cuerpo. **2.** Fig. Dícese de la persona de mala intención o de resolución enérgica.

bragadura n.f. **1.** Entrepiernas del hombre o del animal. **2.** Parte de las bragas que da ensanche al juego de los muslos.

bragazas n.m. y adj. Fig. y Fam. Hombre que se deja dominar con facilidad, especialmente por su mujer.

braguero n.m. **1.** Aparato o vendaje destinado a contener las hernias o quebraduras. **2.** *Méx.* Cuerda que rodea el cuerpo del toro, y de la cual se ase el que lo monta. **3.** *Perú.* Gamarra. **4.** MAR Cabo grueso que servía en los buques para moderar el retroceso producido por el disparo de artillería.

bragueta n.f. Abertura de los pantalones por delante.

brahmán n.m. **1.** Nombre que se da, en las doctrinas hindúes, al principio supremo, universal, absoluto, infinito, neutro y «sin calificar», únicamente definible como Ser, Conciencia y Bienaventuranza. **2.** Miembro de la casta sacerdotal hindú, primera de las cuatro antiguas castas hereditarias de la India. ● **brahmanismo** n.m. Religión de la India asociada a un sistema religioso y social que se caracteriza por una división de la sociedad en castas. El brahmanismo incluye enormes variaciones de creencias y filosofías, por lo que no es otra cosa que el nombre genérico de los diferentes desarrollos de la doctrina inicial contenida en los Vedas y Upanisads. (Libros sagrados escritos h. 800-600 a. J.C.).

bramadero n.m. *Amér.* Poste al cual se amarran los animales para herrarlos, domesticarlos o matarlos

bramante n.m. y adj. Cordel muy delgado hecho de cáñamo.

bramar v.int. **1.** Dar bramidos. **2.** Fig. Manifestar uno con voces y violencia la ira de que está poseído. **3.** Fig. Hacer ruido estrepitoso el viento, el mar, etc. ● **bramido** n.m. **1.** Voz del toro y de otros animales salvajes. **2.** Fig. Grito o voz fuerte y confusa del hombre. **3.** Fig. Ruido grande producido por la fuerte agitación del aire, del mar, etc.

brancada n.f. Red barredera con que se suelen atajar los ríos o un brazo del mar para encerrar la pesca y poderla coger a mano.

branda n.m. MAR **1.** Cada uno de los dos ramales de cabo sobre los cuales se forman las escalas de viento. **2.** MAR Cabo grueso, firme o volante, que se da en ayuda de los abenques de juanete.

brandy n.m. Aguardiente de vino parecido a los producidos en la región francesa de Cognac.

branquia n.f. ZOOL Órgano respiratorio de muchos animales acuáticos, constituido por láminas o filamentos de origen tegumentario; las branquias están al descubierto o en cavidades cerradas por un opérculo. ● **branquífero,a** adj. Que tiene branquias.

branquiuro n. y adj. ZOOL Dícese de crustáceos copépodos caracterizados por tener la boca en forma de probóscide. Son parásitos de los peces. ▷ n.m.pl. Orden de estos animales.

braquiación n.f. ETOL Modalidad peculiar de desplazamiento, característica de ciertos simios que viven en los árboles. Consiste en colgarse de una rama con una mano e impulsar el cuerpo mediante un balanceo hasta otra rama, a la cual el animal se agarra con la otra mano.

braquial adj.Perteneciente o relativo al brazo.

braquicéfalo,a n. y adj. Dícese de la persona cuyo cráneo es casi redondo, porque su diámetro mayor excede en menos de un cuarto al menor.

braquícero n. y adj. ZOOL Dícese de los insectos dípteros que tienen cuerpo grueso, alas anchas y antenas cortas. ▷ n.m. pl. ZOOL Suborden de estos animales.

braquigrafía n.f. Estudio de las abreviaturas.

braquiocefálico,a adj. ANAT Dícese de los vasos que se distribuyen por la cabeza y por los brazos.

braquiópodo n. y adj. ZOOL Se dice de animales marinos que se parecen a los moluscos lamelibranquios por estar provistos de una concha compuesta de dos valvas, pero que por su organizaciónse asemejan a los gusanos, en cuyo grupo los incluyen muchos zoólogos. De una de las valvas sale un pedúnculo con que el animal se fija a las rocas submarinas.

braquiuro n. y adj. ZOOL Dícese de crustáceos decápodos cuyo abdomen es corto y está recogido debajo del pereion, como la centolla. ▷ n.m. pl. ZOOL Suborden de estos animales.

brasa n.f. Leña o carbón encendidos y pasados del fuego. ● **brasero** n.m. Pieza de metal, honda y circular, y en la cual se echa o se hace lumbre para calentarse.

brasca n.f. MIN Mezcla de polvo de carbón y arcilla con que se revisten algunos hornos y crisoles metalúrgicos.

brasil n.m. Árbol de la familia de las papilionáceas, cuya madera es el palo brasil. **2.** Palo brasil. ● **brasilete** n.m. **1.** Árbol de la misma familia que el brasil, y cuya madera es menos sólida y de color más bajo que la de éste. **2.** Madera de este árbol.

brasileño,a **1.** n. y adj. Natural de Brasil. **2.** adj. Perteneciente a este país de América.

brasmología n.f. Tratado acerca del flujo y reflujo del mar.

bravata n.f. Amenaza proferida con arrogancia para intimidar a alguno. ▷ Baladronada.

bravera n.f. Ventana o respiradero que tienen algunos hornos.

bravío,a **I.** adj. **1.** Feroz, indómito, salvaje. Regularmente se dice de los animales no domados. **2.** Fig. Se dice de los árboles y plantas silvestres. **3.** Fig. Se aplica al que tiene costumbres rústicas. **II.** n.m. Bravura de los animales.

bravo,a adj. **1.** Valiente, esforzado. **2.** Bueno, excelente. **3.** Hablando de animales, fiero o feroz. **4.** Aplícase al mar cuando está alborotado. **5.** Áspero, inculto, fragoso. **6.** Enojado, violento. **7.** Fig. y Fam. Suntuoso, magnífico, soberbio. — *¡Bravo!* interj. de aplauso.

bravucón,a n. y adj. Fam. Esforzado sólo en la apariencia.

bravura n.f. **1.** Fiereza de los animales. **2.** Esfuerzo o valentía de las personas. **3.** Bravata.

braza n.f. **1.** Medida de longitud, generalmente usada en la marina y equivalente a 1,6718 m. **2.** Forma de natación en que los hombros se mantienen a nivel del agua y los brazos se mueven simultáneamente de delante a atrás, al mismo tiempo que las piernas se encogen y estiran. **3.** MAR Cabo que sujeto al penol de las vergas sirve para orientarlas.

brazada n.f. **1.** Movimiento que se hace con los brazos, extendiéndolos y recogiéndolos. **2.** Brazado. ● **brazado** n.m. Cantidad de hierba, leña, etc. que se lleva de una vez con los brazos.

brazal n.m. **1.** Pieza de la armadura antigua, que cubría el brazo. **2.** Embrazadura, del escudo, pavés, etc. **3.** En el juego del balón, instrumento de madera hueco por dentro, que se encaja en el brazo y se empuña por una asa. **4.** Sangría que se saca de un río o acequia grande para regar. **5.** Tira de tela que ciñe el brazo izquierdo por encima del codo y que sirve de distintivo. **6.** MAR Cada uno de los maderos fijados por sus extremos en una y otra banda desde la serviola al tajamar.

brazalete n.m. **1.** Aro que rodea el brazo por más arriba de la muñeca y se usa como adorno. **2.** Brazal de la armadura.

brazalote n.m. MAR Cabo con un extremo amarrado a un punto fijo, y el otro atado a un montón.

brazo n.m. **1.** Miembro del cuerpo, que comprende desde el hombro a la extremidad de la mano. **2.** Parte de este miembro desde el hombro hasta el codo. **3.** Cada una de las patas delanteras de los cuadrúpedos. **4.** En las lámparas, candelero que sale del cuerpo central y sirve para sostener las luces. **5.** Cada uno de los dos palos que salen desde el respaldo del sillón hacia adelante y sirven para que descanse los brazos el que está sentado en él. **6.** En la balanza, cada una de las dos mitades de la barra horizontal que sujeta los platillos. **7.** Pértiga articulada de una grúa. **8.** Rama de árbol. **9.** Fig. Valor, esfuerzo, poder. **10.** MEC Cada una de las distancias del punto de apoyo de la palanca a las direcciones de la potencia y la resistencia. ▷ TECN Varilla o viga articulada. **11.** pl. Fig. Protectores, valedores. **12.** pl. Fig. Braceros, jornaleros. — Fig. *Con los brazos abiertos.* Con agrado y amor.

brazuelo n.m. ZOOL Parte de las patas delanteras de los mamíferos comprendida entre el codo y la rodilla.

brea n.f. **1.** Sustancia que se obtiene haciendo destilar al fuego la madera de varios árboles de la familia de las coníferas. Se emplea en medicina como pectoral y antiséptico. **2.** Lienzo muy basto y embreado con que se suelen proteger los objetos en los transportes. **3.** Arbusto de Chile, de la familia de las compuestas. Su resina se usaba en lugar de brea. **4.** MAR Mezcla de brea, pez, sebo y aceite de pescado, que se usa para calafatear.

break n.m. **I. 1.** MUS En jazz: silencio momentáneo de la orquesta para subrayar la intervención de un solista. **2.** DEP Orden de separarse que da el árbitro a dos boxeadores en el cuerpo a cuerpo. **II.** Carruaje de cuatro ruedas, descapotado y con pescante alto.

brebaje n.m. **1.** Bebida, y en especial la compuesta de ingredientes desagradables al paladar. **2.** En los buques, vino, cerveza o sidra que bebían los marineros.

brécol n.m. Variedad de la col común, de hojas más pequeñas y oscuras. ● **brecolera** n.f. Especie de brécol, que echa pellas a semejanza de la coliflor.

brecha n.f. **1.** Cualquier abertura hecha en una pared o edificio. — MILIT *Abrir brecha.* Destruir parte de la muralla de una plaza, castillo, etc., para poder dar el asalto. — Fig. Persuadir a uno, hacer impresión en su ánimo. — MILIT *Batir en brecha.* Percutir un muro o muralla para abrir brecha en ellos. **2.** GEOL Conglomerado de rocas angulosas unidas por un cemento de naturaleza variable. **3.** Rotura de un frente de combate. **4.** Fig. Impresión que hace en el ánimo la razón o sugestión ajena o algún sentimiento propio. — Fig. *Estar uno siempre en la brecha.* Estar siempre preparado y dispuesto para defender algo.

brega n.f. **1.** Acción y efecto de bregar, luchar. **2.** Fig. Chasco, burla. — *Andar a la brega.* Trabajar afanosamente.

bregar v.int. **1.** Luchar, reñir, forcejear unos con otros. **2.** Ajetrearse, trabajar afanosamente. **3.** Fig. Luchar con los riesgos y trabajos o dificultades.

bregma n.m. ANAT Punto de encuentro de las suturas parieto-frontal e interparietal. Fontanela anterior en el recién nacido.

brema n.f. Pez teleósteo cipriniforme de aguas dulces lentas y profundas.

1. brenca n.f. Poste que en las acequias sujeta las compuertas opresas de agua para que ésta suba hasta alcanzar los repartidores.

2. brenca n.f. Fibra, filamento, y especialmente el estigma del azafrán.

breña o **breñal** n.f. Tierra quebrada entre peñas y poblada de maleza.

brete n.m. **1.** Cepo de hierro que se pone a los reos en los pies. **2.** Fig. Aprieto sin evasiva; *estar, o poner, en un brete.* **3.** *Arg., Par.* y *Urug.* Corral donde se preparan, marcan y matan animales.

bretón n.m. Variedad de la col, cuyo troncho echa muchos tallos. ▷ Renuevo o tallo de esta planta.

breva n.f. **1.** Primer fruto que anualmente da la higuera breval. **2.** Bellota temprana. **3.** Cigarro puro algo aplastado y poco apretado. ▷ *Cuba* y *Salv.* Tabaco en rama, elaborado a propósito para masticarlo. **4.** Fig. Ventaja lograda por alguno. ▷ Provecho logrado sin sacrificio, ventaja inesperada.

breve **I.** adj. **1.** De corta extensión o duración. **2.** GRAM Aplicado a palabras, grave. **II.** n.m. cierto documento pontificio. **III.** n.f. MUS Figura o nota musical antigua que valía dos compases mayores.

breviario n.m. **1.** Libro que contiene el rezo eclesiástico de todo el año. **2.** Compendio.

brevipenne n. y adj. Dícese de las aves corredoras. ▷ n.f. pl. Familia de estas aves.

brezo n.m. Arbusto de la familia de las ericáceas, de uno a dos metros de altura y de madera dura y raíces gruesas, que sirven para hacer carbón de fragua.

briaga n.f. Maroma gruesa de esparto con que se ceñía el pie de la uva en los lagares, para exprimirlo con la prensa.

brial n.m. **1.** Vestido de tela rica que usaban las mujeres, sujeto a la cintura. **2.** Faldón que llevaban los hombres de armas.

bribón,a n. y adj. **1.** Haragán. **2.** Pícaro, bellaco.

bricbarca n.m. Buque de tres palos sin vergas de cruz en la mesana.

bricolaje n.m. Trabajo manual, artesanal, realizado por un aficionado.

bricho n.m. Hoja angosta y sutil de plata u oro que sirve para bordados, telas y galones.

brida n.f. **I. 1.** Freno del caballo con las riendas y correaje adecuados. **2.** EQUIT Arte o modo de andar a caballo. **II.** Reborde circular en el extremo de los tubos metálicos para acoplar unos a otros con tornillos. **III.** n.f. pl. CIR Filamentos membranosos que se forman en los labios de las heridas o en los abscesos.

bridge n.m. Juego de naipes derivado del whist y que se juega con 52 cartas de baraja francesa entre cuatro jugadores repartidos en dos equipos.

bridón n.m. **1.** El que va montado a la brida. **2.** Brida pequeña que se pone a los caballos por si falta la grande. **3.** Varilla de hierro que se pone a los caballos debajo del bocado. **4.** Caballo ensillado y enfrenado a la brida. **5.** Caballo brioso y arrogante.

-briga, sufijo procedente del celta que significa fortaleza.

brigada n.f. **1.** MILIT Gran unidad orgánica formada por varios regimientos o batallones. **2.** MILIT Grado de la clase suboficial, superior a la de sargento. **3.** Conjunto de personas reunidas para dedicarlas a ciertos trabajos. **4.** MAR Cada una de las secciones en que se divide la marinería de un buque para los servicios militar y marinero.

brigadier n.m. **1.** Oficial general cuya categoría era inmediatamente superior a la de coronel. Hoy corresponde a general de brigada en el ejército y contraalmirante en la marina. **2.** Militar que, entre los antiguos guardias de Corps, desempeñaba las funciones del sargento mayor de brigada del ejército. **3.** Aspirante naval o guardia marina que en la escuela cuida del orden de su sección, y, en los buques, del de la camareta.

brillar v.int. Resplandecer, despedir rayos de luz. ▷ Fig. Lucir o sobresalir en talento, hermosura, etc. • **brillante 1.** adj. Fig. Admirable o sobresaliente. **2.** n.m. Diamante brillante. • **brillo** n.m. **1.** Lustre o resplandor. **2.** Fig. Lucimiento, gloria.

brincar **I.** v.int. **1.** Dar brincos o saltos. **2.** Fig. y Fam. Omitir con cuidado alguna cosa pasando a otra. **3.** Fig. y Fam. Resentirse y alterarse demasiado. **II.** v.tr. Jugar con un niño elevándolo en brazos y bajándolo sucesivamente. • **brinco** n.m. **1.** Movimiento que se hace levantando los pies del suelo con ligereza. **2.** Joyel pequeño que llevaban colgado las mujeres.

brincia n.f. Binza, película de la cebolla.

brindar **I.** v.tr. e int. **1.** Manifestar, al ir a beber, el bien que se desea a personas o cosas. **2.** Ofrecer a uno alguna cosa. **3.** Fig. Provocar, convidar las cosas a que alguien se aproveche de ellas o las goce. **II.** v.prnl. Ofrecerse voluntariamente a ejecutar o hacer alguna cosa. • **brindis** n.m. **1.** Acción de brindar con vino o licor. **2.** Lo que se dice al brindar.

brinza n.f. **1.** Brizna. **2.** Partecilla delgada de alguna cosa.

briñón n.m. Griñón (sent. 2).

brio- prefijo procedente del gr. *bryon*, «musgo».

brío n.m. **1.** Pujanza. **2.** Fig. Espíritu, valor, resolución. **3.** Fig. Garbo, gallardía. **4.** Vivacidad, virtuosismo en la ejecución de una obra musical.

brioche n.m. Bollo hecho con harina, mantequilla, huevos y levadura.

briofito,a n. y adj. BOT Dícese de las plantas criptógamas sin vasos ni raíces, pero con unos filamentos que absorben del suelo el agua con las sales minerales necesarias. Algunas son acuáticas; como los musgos. ▷ n.f.pl. BOT Tipo de estas plantas.

briol n.m. MAR Cada uno de los cabos que sirven para cargar las relingas de las velas de cruz.

briología n.f. BOT Parte de la botánica que estudia los briófitos.

briozoos n.m. pl. ZOOL Antigua categoría clasificatoria de invertebrados que agrupaba a los pequeños animales marinos que viven en colonias.

briqueta n.f. Conglomerado de carbón u otra materia en forma de ladrillo.

brisa n.f. **1.** Viento suave. **2.** Airecillo que en las costas viene de la mar durante el día, y por la noche de la parte de la tierra. **3.** *Col.* Vientecillo impregnado de agua. **4.** *Cuba.* Fig. y Fam. Apetito. **5.** pl. *Venez.* Vientos alisios o del este.

brisca n.f. **1.** Juego de naipes, en el cual se dan al principio tres cartas a cada jugador, y se descubre otra que indica el palo de triunfo: después se van tomando una a una de la baraja hasta que se concluye. Gana el que al fin tiene más puntos. **2.** El as o el tres de los palos que no son triunfo en el juego de la *brisca* y en el del tute.

británico,a **1.** n. y adj. Natural de Gran Bretaña. **2.** adj. Perteneciente o relativo a Gran Bretaña.

Briza n.f. Género de plantas de la familia de las gramíneas. Se utilizan como plantas de adorno y son muy estimadas como pasto.

brizna n.f. **1.** Filamento o hebra. **2.** Parte delgada de alguna cosa.

1. broa n.f. Especie de galleta o bizcocho.

2. broa n.f. Abra o ensenada llena de barras y rompientes.

broca n.f. **1.** Carrete que dentro de la lanzadera lleva el hilo para la trama de ciertos tejidos. **2.** Barrena de boca cónica que se usa con las máquinas de taladrar. **3.** Clavo redondo y de cabeza cuadrada, con que los zapateros afianzan la suela en la horma.

brocado,a n.m. **1.** Guadamecí dorado o plateado. **2.** Tela de seda entretejida con oro o plata. **3.** Tejido de seda, con dibujos de distinto color que el del fondo.

brocal n.m. **1.** Antepecho alrededor de la boca de un pozo. **2.** Cerco en la boca de la bota para llenarla y beber por él. **3.** Ribete de acero que guarnece el escudo. **4.** MILIT Moldura que refuerza la boca de las piezas de artillería. **5.** MIN Boca de un pozo.

brocamantón n.m. Joya grande, a manera de broche, que usaban las mujeres al pecho

brocatel n.m. Tejido de cáñamo y seda, semejante al damasco. — *Brocatel de seda.* Brocado, tejido de seda con dibujos de distinto color que el del fondo.

brocearse v.prnl. MIN *Amér. Merid.* Esterilizarse una mina, por perder la veta metálica, o por salir el metal de mala ley.

bróculi n.m. Brécol.

brocha n.f. Escobilla de cerda con mango, que sirve para pintar y también para otros usos. — Fig. *De brocha gorda.* Se dice del pintor y de la pintura de puertas, ventanas, etc. ▷ Fig. y Fam. Se dice del mal pintor. • **brochazo** n.m. Cada una de las idas y venidas de la brocha sobre la superficie que se pinta.

brochal n.m. ARQUIT Madero atravesado entre otros dos de un suelo y ensamblado en ellos.

broche n.m. **1.** Conjunto de dos piezas, una de las cuales encaja en la otra. ▷ Joya o adorno que se sujeta a una prenda de vestir. — Fig. *Broche de oro.* Final feliz y brillante de un acto público, reunión, discurso, gestión, etc., o de una serie de ellos. **2.** *Chile.* Instrumento de metal para sujetar papeles. **3.** pl. *Ecuad.* Gemelos de camisa.

brocho,a adj. Se dice del ganado ovino que tiene los cuernos muy cortos.

1. broma n.f. **1.** Bulla, diversión. **2.** Chanza, burla. **3.** Persona o cosa pesada y molesta. • **bromazo** n.m. Broma pesada. • **bromear** v.int. y prnl. Usar de bromas.

2. broma n.f. Molusco lamelibranquio marino de aspecto vermiforme. Las valvas de la concha perforan las maderas sumergidas, practican en ellas galerías y causan así graves daños en las construcciones navales.

3. broma n.f. Masa de cascote, piedra y cal, que solía emplearse en albañilería.

1. bromar v.tr. Roer la broma la madera.

2. bromar v.tr. QUIM Tratar con bromo. • **bromado,a** adj. QUIM Que contiene bromo.

bromato n.m. QUIM Sal o éster del ácido brómico.

bromatología n.f. Ciencia que trata de los alimentos.

bromeliáceo,a n.f. y adj. BOT Se dice de hierbas y matas angiospermas, monocotiledóneas, anuales y casi siempre parásitas; como el ananás. ▷ f. pl. BOT Familia de estas plantas.

bromismo n.m. MED Conjunto de accidentes ocasionados por el abuso de los bromuros.

1. bromo n.m. QUIM Metaloide, líquido. Es venenoso, destruye los colores orgánicos y se halla formando bromuros, principalmente en las aguas y algas marinas. Núm. atómico 35 y masa atómica 79,9. Símb.: *Br.* • **brómide** n.f. MED Afección cutánea causada por el bromo. ENCICL El bromo es un metaloide de la familia de los halógenos. En la naturaleza se encuentra en forma de bromuros: agua de mar, yacimientos de Alsacia y de Stassfurt (RFA). Es un líquido de color rojo oscuro (fusión a – 7 °C, ebullición a 59 °C. El bromuro de plata se utiliza en fotografía porque tiene la propiedad de ennegrecer bajo la acción de la luz. En medicina se utilizan los bromuros de potasio y de calcio como tranquilizantes y el bromuro de etilo como anestésico. Los bromuros se combinan con los alcoholes, obteniéndose diferentes compuestos orgánicos antisépticos, aromatizantes, azucarados e hipnóticos.

2. bromo n.m. Planta de la familia de las gramíneas, de medio metro a uno de altura. El *Bromus arvensis*, muy extendido, es un forraje pobre.

bromoformo n.m. QUIM Tribromometano Br_3 CH, de propiedades anestésicas.

bromuro n.m. QUIM Combinación del bromo con un radical simple o compuesto. Varios bromuros se usan como medicamentos.

bronca n.f. **1.** Fam Riña, disputa. **2.** *Arg.*, *Par.* y *Urug.* Enojo, rabia.

bronce n.m. **1.** Cuerpo metálico que resulta de la aleación del cobre con el estaño y a veces con adición de cinc o algún otro cuerpo. Es de color amarillento rojizo, muy tenaz y sonoro. — *Bronce de aluminio.* Aleación del cobre con el aluminio. Se usa en quincallería. — Fig. y Fam. *Ser uno de bronce, o un bronce.* Ser duro e inflexible. Ser robusto e infatigable en el trabajo. **2.** Fig. Estatua o escultura de bronce. **3.** POÉT El cañón de artillería, la campana, el clarín o la trompeta. **4.** Moneda de cobre. • **broncería** n.f. Conjunto de piezas de bronce. • **broncíneo,a** adj. De bronce. Semejante a él. • **broncista** n.m. El que trabaja en bronce. • **broncear 1.** v.tr. Dar color de bronce. **2.** v.prnl. Tomar color de bronce. **3.** v.tr. y prnl. Dar a la piel un color tostado por exposición al sol. • **bronceador** n.m. Producto cosmético que se usa para proteger la piel y favorecer la acción de broncearse. • **bronceadura** n.f. Acción y efecto de broncear.

bronco,a adj. **1.** Tosco, sin desbastar. **2.** Aplícase a los metales vidriosos, sin elasticidad. **3.** Fig. Se dice de la voz y de los instrumentos de música que tienen sonido desagradable y áspero. **4.** Fig. De genio y trato ásperos.

broncodilatador,a adj. MED Que dilata los bronquios y los bronquiolos.

broncoespasmo n.m. MED Contracción espasmódica de los bronquios que entorpece los movimientos respiratorios, típica del asma.

broncoespirometría n.f. MED Estudio de la funcionalidad pulmonar por medio de instrumentos que miden el volumen de aire en la inspiración y la espiración.

broncógeno,a adj. MED De origen bronquial.

broncografía n.f. MED Examen radiográfico del árbol bronquial tras la administración de una sustancia opaca a los rayos X.

bronconeumonía n.f. PAT Inflamación de la mucosa bronquial y del parénquima pulmonar.

broncorragia n.f. PAT Hemorragia de la mucosa bronquial. Se manifiesta generalmente por vómito abundante de sangre muy roja.

broncorrea n.f. PAT Flujo mucoso de los bronquios, debido a un catarro crónico del pecho.

broncoscopia n.f. MED Examen visual de los bronquios mediante un tubo provisto de una fuente luminosa.

bronquedad n.f. Calidad de bronco.

bronquio n.m. ZOO Cada uno de los dos conductos fibrocartilaginosos en que se bifurca la tráquea y que entran en los pulmones. (Más usado en plural). • **bronquiectasia** n.f. PAT Enfermedad crónica con copiosa expectoración, producida por la dilatación de los bronquios. • **bronquiolo** o **bronquíolo** n.m. ZOOL Cada uno de los pequeños conductos en que se dividen y subdividen los bronquios dentro de los pulmones. (Más usado en pl.). • **bronquitis** n.f. PAT Inflamación aguda o crónica de la membrana mucosa de los bronquios.

brontosaurio n.m. PALEONT Nombre vulgar del *Brontosaurus*, el mayor (40 m de longitud) de los dinosaurios fósiles (cretácico); herbívoro semiacuático.

broquel n.m. **1.** Escudo pequeño con guarnición de hierro y una cazoleta en medio, para que la mano pueda empuñarlo. — ▷ Defensa o amparo. **3.** MAR Posición en que quedan las velas y vergas cuando se abroquelan.

broqueta n.f. Aguja o estaquilla en que se ensartan pajarillos, pedazos de carne u otros manjares para asarlos.

brotar I. v.int. **1.** Nacer o salir la planta de la tierra. **2.** Nacer o salir en la planta renuevos, hojas, flores, etc. **3.** Manar, salir el agua de los manantiales. **4.** Fig. Tener principio o empezar a manifestarse alguna cosa. **II.** v.tr. **1.** Echar la tierra plantas, hierba, flores, etc. **2.** Fig. Arrojar, echar fuera, producir, causar, originar. • **brote** n.m. **1.** Pimpollo o renuevo que empieza a desarrollarse. **2.** Acción de brotar o tener principio una cosa. **3.** ZOOL Forma de reproducción asexuada por yemas.

browning n.m. Pistola automática con cargador. El nombre proviene del de su inventor.

broza n.f. **1.** Conjunto de hojas, ramas, cortezas y otros despojos de las plantas. **2.** Desecho o desperdicio de alguna cosa. **3.** Maleza o espesura de arbustos y plantas en los montes y campos. **4.** Fig. Cosas inútiles que se dicen de palabra o por escrito. **5.** IMPR Bruza.

brucelosis n.f. MED Enfermedad infecciosa producida por una bacteria (del género *brucella*), frecuente entre la ganadería y transmisible al hombre.

bruces (**a**, o **de**). Boca abajo. Se junta con varios verbos. *Beber de bruces. Echarse de bruces.*

brucina n.f. QUIM Alcaloide próximo a la estricnina; se extrae de la nuez vómica.

brucita n.f. Mineral formado de magnesia hidratada, de color blanco o gris. Se halla en cristales o masas compactas. Se emplea en medicina.

brugo n.m. **1.** Larva de un lepidóptero pequeño y nocturno que devora las hojas de los encinares y robledales. **2.** Larva de una especie de pulgón.

brujo,a n.f. **1.** Persona que, según la opinión vulgar, tiene pacto con el diablo y, por medio de éste, hace cosas extraordinarias. **2.** *Amér.* Empobrecido. **3.** n.f. Fig. y Fam. Mujer fea y vieja. **4.** n.f. Lechuza (ave nocturna). • **brujería** n.f. Superstición y engaños en que cree la gente que se ejercitan los brujos.

brújula n.f. **1.** Barrita imanada que se vuelve siempre hacia el norte magnético. **2.** MAR Instrumento que se usa a bordo, compuesto de una caja redonda con dos círculos concéntricos: el interior está puesto en equilibrio sobre una púa, y tiene la rosa náutica; lleva adherida a su línea N-S una barrita o flechilla imanada que indica el rumbo de la nave. **3.** Agujerito que servía para precisar la puntería de la escopeta. **4.** Agujerito por donde se mira mejor un objeto.

bruma n.f. Niebla, y especialmente la que se forma sobre el mar.

brumario n.m. Segundo mes del calendario republicano francés.

brumoso,a adj. Nebuloso.

bruno,a adj. De color negro u oscuro.

bruñir v.tr. **1.** Pulir, sacar lustre o brillo a una cosa. **2.** Fig. y Fam. Maquillar el rostro.

brusca I. n.f. **1.** Planta de la familia de las papilionáceas. **II. 1.** Chamarasca, leña menuda. **2.** MAR Ramaje con que se da fuego exteriormente a las embarcaciones. **III. 1.** MAR Regla para trazar arcos y curvas. **2.** MAR Medida que se toma en el borde de la lona para determinar el corte diagonal de un paño.

brusco,a I. adj. **1.** Áspero, desapacible. **2.** Rápido, repentino. **II.** n.m. Planta perenne de la familia de las liliáceas. **III.** Lo que se desperdicia en las cosechas. • **brusquedad** n.f. **1.** Calidad de brusco. **2.** Acción o procedimiento bruscos.

brutalismo n.m. Movimiento arquitectónico, nacido del funcionalismo en los años 50, cuya peculiaridad es dejar a la vista los elementos orgánicos de un edificio.

bruto,a I. n. y adj. Necio, incapaz, que obra como falto de razón. **II.** adj. **1.** Vicioso, torpe. **2.** Dícese de las cosas toscas y sin pulimento. **3.** ECON Que ha sido evaluado sin deducir los impuestos, los gastos, etc. **III.** n.m. Animal irracional. Generalmente cuadrúpedo. • **brutal** adj. Que imita o semeja a los brutos. • **brutalidad** n.f. **1.** Calidad de bruto. **2.** Fig. Gran desorden de los afectos y pasiones. **3.** Fig. Acción torpe, grosera o cruel.

bruza n.f. Cepillo hecho de cerdas espesas y fuertes.

BT ELECTR Abreviatura de baja tensión.

buba n.f. PAT Tumor blando, comúnmente doloroso y con pus.

bubalus n.m. Antílope africano cuyos cuernos divergen partiendo de una base común que prolonga el cráneo.

bubis, pueblo negro indígena de la isla de Bioco (antiguamente Fernando Poo). Pertenecen al grupo bantú aunque sus características físicas sean distintas: son de estatura más bien reducida, con vientre saliente. Eran agricultores y cazadores. El último rey de los bubis desapareció en 1943.

bubón n.m. **1.** Tumor purulento y voluminoso. **2.** pl. Bubas, tumores venéreos. • **bubónico,a** adj. **1.** Perteneciente o relativo al bubón. **2.** Que padece bubas.

bucal adj. Perteneciente o relativo a la boca.

bucanero n.m. Pirata que en los siglos XVII y XVIII se entregaba al saqueo de las posesiones españolas de ultramar.

bucare o **búcare** n.m. Árbol americano de la familia de las papilionáceas.

búcaro n.m. **1.** Arcilla utilizada en alfarería. **2.** Vasija hecha con esta arcilla.

buccino n.m. Caracol marino de concha cuya tinta servía antiguamente para teñir las telas.

bucear v. int. **1.** Nadar y mantenerse debajo del agua, conteniendo la respiración. **2.** Fig. Explorar acerca de algún tema o asunto material o moral. • **buceador,a** n.m. y f y adj. Que bucea. • **buceo** n.m. Acción de bucear.

bucentauro n.m. Centauro con cuerpo de toro.

bucle n.m. Rizo de cabello en forma helicoidal.

buco n.m. HIST NAT Abertura o agujero.

bucólico,a I. adj. **1.** Se aplica al género de poesía en que se trata de cosas concernientes a la vida campestre. **2.** Perteneciente o relativo a este género de poesía. **II.** n. y adj. Se aplica al poeta que lo cultiva.

buche n.m. **I. 1.** ZOOL Bolsa membranosa que comunica con el esófago de las aves, en la cual se reblandece el alimento. **2.** En algunos cuadrúpedos, estómago. **3.** Fam. Estómago de la especie humana.

buchinche n.m. Cuchitril.

buchón,a adj. Se dice del palomo o paloma domésticos que hinchan el buche desmesuradamente.

budare n.m. Plato usado en Venezuela para cocer el pan de maíz.

budín n.m. Plato de dulce a modo de bizcocho.

budión n.m. ZOOL Pez teleósteo, del suborden de los acantopterigios.

budismo n.m. **1.** Doctrina filosófica y religiosa fundada en la India por Buda.
ENCICL El budismo se funda en una filosofía, incluso una ética (beatitud de la emancipación), según la cual, el sabio debe aniquilar dentro de sí el deseo, fuente de dolor, para alcanzar el nirvana, «extinción» total y beatífica de las ilusiones que constituyen el fondo de la existencia del individuo. Su difusión dio lugar a un conjunto muy diverso de escuelas divididas en dos ramas principales: el pequeño vehículo (*hīnayāna* o *therāvada)* y el gran vehículo (*mahāyana)*. Floreciente durante mucho tiempo en la India, donde hoy casi ha desaparecido, el budismo se extendió por todo el Asia del S y del SE, sobre todo en el Tibet, China y Japón. Cuenta actualmente con unos 200 millones de seguidores repartidos por todo el mundo.

buen adj. Apócope de *bueno*.

buenaventura n.f. **1.** Buena suerte. **2.** Adivinación por el examen de las rayas de las manos y por su fisonomía.

bueno,a **I.** adj. **1.** Que tiene bondad. **2.** Útil para alguna cosa. **3.** Gustoso, agradable. **4.** Grande, que excede a lo común. **5.** Sano. **6.** No deteriorado. **7.** Excesivamente sencillo. **8.** Bastante, suficiente. **9.** Usado irónicamente con el verbo *ser*, extraño, partícular. **10.** Usado como adverbio denota aprobación, sorpresa, etc., o equivale a *basta* o *no más*. **II.** n. y adj. Irón. Persona bonachona. **III.** n.m. Nota superior a la de aprobado.

1. buey n.m. Macho vacuno castrado. — *Buey almizclado*. Bóvido que vive en rebaños en las regiones árticas americanas.

2. buey n.m. **1.** Caudal muy grueso de agua. **2.** MAR Golpe de mar que entra por una porta.

bufa n.f. Burla, bufonada.

búfalo,a n.m. y f. **1.** ZOOL Bisonte de América del Norte. **2.** ZOOL Bóvido corpulento de cuyas dos especies principales una es de origen asiático y otra de origen africano.
ENCICL El búfalo asiático (género *Bubalus*, no confundir con el búbalo) se cría también en los Balcanes, en Italia, en el valle del Nilo y en Brasil. El búfalo africano (género *Syncerus)* tiene unos cuernos cuya base, extremadamente ancha, forma una especie de casco.

bufanda n.f. Prenda con que se envuelve y abriga el cuello y la boca.

bufar **I.** v. int. **1.** Resoplar con furor ciertos animales. **2.** Fig. y Fam. Manifestar el hombre su enojo, imitando a los animales cuando bufan. **II.** v. prnl. Ahuecarse una pared.

bufete n.m. **1.** Mesa de escribir, con cajones. **2.** Fig. Despacho de un abogado. **3.** Fig. Clientela del abogado.

bufido n.m. **1.** Voz del animal que bufa. **2.** Fig. y Fam. Expresión o demostración de enojo o enfado.

bufo,a adj. **1.** Aplícase a lo cómico que raya en grotesco. **2.** n.m. y f. Persona que hace de gracioso en la ópera italiana. • **bufón,a** n.m. y f. Persona que se ocupa en hacer reír. • **bufonada** n.f. **1.** Dicho o hecho propio de bufón. **2.** Broma satírica.

bufónidos n.m. pl. Familia de anfibios entre los que se encuentra el sapo (género *Bufo)*.

bugalla n.f. Agalla del roble y otros árboles, que sirve para tintes o tinta.

buganvilla n.f. BOT Arbusto trepador de la familia de las nictagináceas.

buhardilla n.f. **1.** Ventana que se levanta por encima del tejado de una casa. **2.** Desván. **3.** Pieza dispuesta bajo una cubierta con vertientes quebradas.

búho n.m. **1.** ZOOL Ave rapaz nocturna. **2.** Fig. y Fam. Persona huraña.

buhonería n.f. **1.** Chucherías y baratijas que se venden en la calle. **2.** pl. Objetos de buhonería. • **buhonero** n.m. El que lleva o vende cosas de buhonería.

buitre n.m. Ave del orden de las rapaces, de cerca de dos metros de envergadura. Se alimenta de carne muerta y vive en bandadas. — *Buitre monje* o *negro*. Menos abundante que el anterior, se caracteriza por el color castaño oscuro de su plumaje y por las plumas suaves que rodean la cabeza y simulan en conjunto una capucha. — *Gran buitre de las Indias*. Cóndor. • **buitrear** v.intr. *Chile* Cazar buitres.

buitrón n.m. **I.** **1.** Arte de pesca en forma de cono prolongado en cuya boca hay otro más corto, dirigido hacia adentro. **2.** Cierta red de cazar perdices. **3.** Artificio formado con ramas y estacas, a propósito para atrapar la caza. **II.** **1.** Horno de manga usado en América para fundir metales argentíferos. **2.** Cenicero del hogar en los hornos metalúrgicos

bujarda n.f. Martillo usado en cantería.

bujarrón n. y adj. Sodomita.

buje n.m. Pieza cilíndrica que guarnece interiormente el cubo de las ruedas de los vehículos para disminuir el rozamiento con los ejes.

bujía n.f. **I.1.** Vela de cera blanca o estearina. **2.** Candelero en que se pone. **3.** Unidad empleada para medir la intensidad de un foco de luz artificial. **II.** Pieza que, en los motores de combustión interna, sirve para que salte la chispa eléctrica que ha de inflamar la mezcla gaseosa.

bula n.f. **1.** Distintivo que llevaban a modo de medalla los hijos de las familias nobles en la antigua Roma. **2.** Sello de plomo que va pendiente de ciertos documento pontificios. **3.** Documento pontificio relativo a concesiones o materia fe.

bulbo n.m. BOT Parte redondeada del tallo subterráneo de algunas plantas. — ANAT *Bulbo raquídeo*. Porción de la médula que se prolonga desde la protuberancia anular hasta el agujero occipital del cráneo. • **bulbar** dj. MED Perteneciente o relativo al bulbo raquídeo.

bulerías n.f. pl. **1.** Cante popular andaluz. **2.** Baile que se ejecuta al son de este cante.

bulevar n.m. Nombre que se da a ciertas calles, generalmente anchas y con árboles.

búlgaro,a **1.** n. y adj. Natural de Bulgaria. **2.** adj. Perteneciente a este Estado europeo. **3.** n.m. Lengua búlgara.

bulimia n.f. Aumento patológico del apetito, que acompaña a ciertos trastornos psíquicos.

bulo n.m. Noticia falsa propagada con algún fin.

bulto n.m. **1.** Volumen o tamaño de cualquier cosa. **2.** Cuerpo que por alguna causa no se distingue lo que es. **3.** Elevación causada por cualquier hinchazón. **4.** Busto o estatua. **5.** Fardo, baúl, maleta, etc.

bululú n.m. Comediante que interpretaba él solo espectáculos teatrales.

bulla n.f. **1.** Griterío ruido que hacen uno o más personas. **2.** Concurrencia de mucha gente. • **bullanga** n.f. Tumulto, bullicio. • **bullanguero,a** n. y adj. Alborotador, amigo de bullangas.

bullabesa n.f. Sopa típica de Provenza (Francia), a base de pescados y crustáceos.

bull-dog n.m. Perro de pelo corto inglés, de tamaño mediano, robusto y musculoso.

bulldozer n.m. Máquina excavadora.

bullicio n.m. **1.** Ruido y rumor que causa la mucha gente. **2.** Alboroto. • **bullicioso,a** **I.** adj. **1.** Dícese de lo que causa bullicio o ruido y de aquello en que lo hay. **2.** Inquieto, desasosegado, que se mueve mucho o con gran viveza. **II.** n. y adj. Sedicioso, alborotador.

bullir **I.** **1.** v. int. **1.** Hervir el agua u otro líquido. **2.** Agitarse una cosa con movimiento parecido al del agua que hierve. **3.** Fig. Moverse de este modo muchos insectos reunidos. **4.** Fig. Moverse, agitarse una persona con viveza excesiva. **5.** Fig. Ocurrir con frecuencia cosas de la misma naturaleza. **II.** v. int. y prnl. Fig. Moverse como dando señal de vida. **III.** v.tr. Fig. Mover, menear, etc.

1. bullón n.m. Tinte que está hirviendo en la caldera.

2. bullón **1.** n.m. Pieza de metal que sirve para guarnecer las cubiertas de los libros grandes. **2.** Bollo plegado de las telas.

bullterrier n.m. Perro de una raza canina de origen inglés.

bumerán, bumerang o **boomerang** n.m. Arma arrojadiza que, lanzada con movimiento giratorio, puede volver al punto de partida. Es propia de los indígenas de Australia.

bungalow n.m. Edificio de poca altura rodeado por una terraza. P. ext., edificio de una sola planta construido con materiales ligeros.

bunio n.m. Nabo que se deja para simiente.

bunker n.m. Casamata.

buñuelo n.m. **1.** Fritura que se hace de masa de harina y agua bien batida. — *Buñuelo de viento* El que se rellena de crema, cabello de ángel u otro dulce. **2.** Fig. y Fam. Cosa hecha mal y atropelladamente.

bupresto n.m. Coleóptero de colores brillantes. • **bupréstidos** n.m. pl. Familia de estos coleópteros.

buque n.m. MAR Barco con cubierta que, por sus características, es adecuado para navegaciones o empresas marítimas de importancia. ▷ Casco de la nave. — *Buque de guerra*. El construido y armado para usos militares. — *Buque de vapor*. El que navega a impulso de una o más máquinas de esta especie. — *Buque de vela*. El que aprovecha con cualquier aparejo la fuerza del viento. — *Buque escuela*. Barco de la marina de guerra en que completan su instrucción los guardias marinas. — *Buque mercante*. El que se emplea en la conducción de pasajeros y mercancías. — *Buque submarino*. El de guerra que puede cerrarse herméticamente, sumergirse a voluntad con su tripulación y navegar dentro del agua.

burbuja n.f. Glóbulo que forma el aire u otro gas en el interior de algún líquido. • **burbujear** v.intr. Hacer burbujas.

burdégano n.m. Animal resultante del cruzamiento entre caballo y asna.

burdel **I.** n.m. **1.** Casa de mujeres públicas. **2.** Fig. y Fam. Casa o lugar que se caracteriza por el ruido y la confusión. **II.** adj. Lujurioso, vicioso.

burdo,a adj. Tosco, basto, grosero.

bureo n.m. **1.** Entretenimiento, diversión. **2.** Junta que resolvía los expedientes administrativos de la casa real.

bureta n.f. Recipiente de vidrio, en forma de tubo graduado para análisis químicos.

burgado n.m. Gasterópodo marino (género *Turbo)*; la concha se utiliza por su nácar.

burgalés,a **1.** n. y adj. Natural de Burgos. **2.** adj. Perteneciente o relativo a esta provincia o a su capital.

burgomaestre n.m. Primer magistrado municipal de algunas ciudades del N de Europa.

burgrave n.m. Antiguo título de la jerarquía feudal en Alemania.

burgués,a **I.** adj. Perteneciente al burgo. **II.** n.m. y f. Ciudadano de la clase media acomodada. ▷adj. Perteneciente o relativo al burgués, ciudadano de la clase media. • **burguesía** n.f. Conjunto de ciudadanos perteneciente a la clase media acomodada.

burí n.m. **1.** Palma que se cría en Filipinas de la que se extrae un filamento textil. **2.** Este filamento.

buriatos, pueblo mongol de la URSS (Asia) que habita en Mongolia y en la República Autónoma de los Buriato-Mongoles (RSFSR); 351.300 km²; 812.500 hab.; cap. Ulán-Udé.

buril n.m. Instrumento de acero que sirve a los grabadores para hacer líneas en los metales. • **burilada** n.f. **1.** Trazo o rasgo de buril. **2.** Porción de plata que los ensayadores sacan con un buril para ver si es de ley.

burla n.f. **1.** Acción, ademán o palabras con que se procura poner en ridículo a personas o cosas. **2.** Chanza. **3.** Engaño. • **burlesco,a** adj. Fam. Festivo, jocoso. • **burlón,a** **1.** n. y adj. Inclinado a decir burlas o a hacerlas. **2.** adj. Que implica o denota burla.

burladero,a n.m. Trozo de valla que se pone en las plazas de toros, para que pueda refugiarse el lidiador.

burlador,a **I.** n. y adj. Que burla. **II.** n.m. Libertino que hace gala de seducir a las mujeres.

burlar **I.** v.tr. y prnl. Chaquear, zumbar. **II.** v.tr. **1.** Engañar. **2.** Frustrar, desvanecer la esperanza, el deseo, etc. **III** v.int. y prnl. Hacer burla de personas o cosas.

burlete n.m. Tira de filtro u otro material que se pone al canto de las hojas de puertas, balcones o ventanas para que no pueda entrar por ellos el aire del exterior.

burocracia n.f. **1.** Influencia excesiva de los empleados públicos en los negocios del Estado. **2.** Clase social que forman los empleados públicos. • **burócrata** n.m. y f. Persona que pertenece a la clase social de los empleados públicos.

burra **I.** n.f. Hembra del burro **II.** n. y adj. **1.** Fig. Mujer necia, ignorante y torpe. **2.** Fig. y Fam. Mujer laboriosa y de mucho aguante.

burrada n.f. **1.** Manada de burros. **2.** Fig. En el juego del burro, jugada hecha contra la regla. **3.** Fig. y Fam. Dicho o hecho necio.

burro **I.** n.m. Asno, animal solípedo. ▷ n.m. y adj. Fig. y Fam. Persona ruda y de poco entendimiento. ▷ Fig. y Fam. *Burro de carga.* Hombre laborioso y de mucho aguante. **II. 1.** Mona, juego de naipes. **2.** Fig. El que pierde en cada mano en el juego del burro. **III. 1.** Armazón compuesto de dos brazos que forman ángulo y un travesaño que se puede colocar a diferentes alturas por medio de clavijas. **2.** Rueda dentada central en el torno de la seda.

bursátil adj. COM Concerniente a la bolsa, a las operaciones que en ella se hacen y a los valores cotizables.

burseráceo,a n. y adj. BOT. Dícese de plantas angiospermas dicotiledóneas cuya corteza destila resinas y bálsamos; como el arbolito que produce el incienso. ▷ n.f.pl. Familia de estas plantas.

busca n.f. **1.** Acción de buscar. **2.** Selección y recogida de materiales u objetos aprovechables entre escombros, basura u otros desperdicios. • **buscador,a** **1.** n. y adj. Que busca. **2.** n.m. Anteojo pequeño auxiliar de telescopios.

buscar v.tr. Hacer algo para hallar o encontrar alguna persona o cosa.

buscavidas n.m. y f. **1.** Fig. y Fam. Persona excesivamente curiosa en averiguar las vidas ajenas. **2.** Fig. y Fam. Persona diligente en buscarse el modo de vivir por cualquier medio lícito.

buscón,a **I.** n. y adj. Que busca. **II.** adj. Ratero, ladrón o estafador. **III.** n.f.Desp. Prostituta.

busilis n.m. Fam. Punto en que estriba la dificultad de aquello que se trata.

busto n.m. **1.** Escultura o pintura de la cabeza y parte superior del tórax. **2.** Parte superior del cuerpo humano.

bustrófedon n.m. ARQUEOL Antigua escritura griega cuyas líneas van, alternadas, de derecha a izquierda y de izquierda a derecha.

butaca n.f. **1.** Silla de brazos con el respaldo inclinado hacia atrás. **2.** Luneta, butaca de teatro.

butadieno n.m. QUIM Hidrocarburo diénico, $CH_2= CH - CH = CH_2$, cuya polimerización proporciona los principales cauchos sintéticos.

butano n.m. QUIM Nombre de los hidrocarburos saturados de fórmula $C_4 H_{10}$.

butifarra n.f. **1.** Embutido de carne de cerdo picada. **2.** *Perú.* Pan dentro del cual se pone un trozo de jamón y un poco de ensalada. **3.** Fig. y Fam. Media muy ancha o que no ajusta bien.

butil n.m. QUIM Caucho sintético que se obtiene a partir del butadieno y del isobutileno. • **butileno** n.m. QUIM Hidrocarburo etilénico procedente del craqueo del petróleo.

butir(o)- Prefijo procedente del latín *butyrum*, y éste del gr. *boutyron*, «mantequilla». • **butirato** n.m. QUIM Sal o éster del ácido butírico. • **butírico,a** adj. QUIM y BIOQUIM Se dice del ácido cuya fórmula es $CH_3 - CH_2 - CH_2 - CO_2H$. Está presente en numerosas materias grasas. • **butirina** n.f. Éster de la glicerina y el ácido butírico, cuya hidrólisis hace que la mantequilla se enrancie. • **butirómetro** n.m. Instrumento para predecir la cantidad de mantequilla que podrá producirse con una leche determinada.

butiro n.m. Mantequilla obtenida de la leche batida. • **butiroso,a** adj. Que tiene la naturaleza o el aspecto de la mantequilla.

butomáceo,a n. y adj. BOT Se dice de hierbas angiospermas monocotiledóneas, perennes, palúdicas, cuyo tipo es el junco florido. ▷ n.f.pl. BOT Familia de estas plantas.

Butomus n.m. BOT Género (familia de las butomáceas) de plantas acuáticas.

buxáceo,a n.f. y adj. BOT Se dice de plantas angiospermas dicotiledóneas, semejantes a las euforbiáceas pero con fruto capsular; como el boj. ▷ n.f.pl. Familia de estas plantas.

buyo n.m. Masticatorio estimulante que impide los sudores abundantes.

buzar v.int. Inclinarse hacia abajo los filones o las capas del terreno.

buzo n.m. El que tiene por oficio trabajar enteramente sumergido en el agua con auxilio de aparatos adecuados.

buzón n.m. **1.** Abertura por la que se echan las cartas para el correo. ▷ P. ext., caja o receptáculo donde caen. **2.** Tapón de cualquier agujero para dar entrada o salida al agua u otro líquido. **3.** Conducto artificial o canal por donde desaguan los estanques.

by-pass n.m. TECN Dispositivo que evita el paso de un fluido a través de un aparato.

C

c n.f. Tercera letra del abecedario español y segunda de sus consonantes.

C n.f. **1.** Letra numeral que tiene el valor de ciento en la numeración romana. **2.** QUIM Símbolo del carbono.

¡ca! interj. Fam. *¡quia!*

Ca QUIM Símbolo químico del calcio.

cabal adj. **1.** Ajustado a peso o medida. **2.** Honrado, trabajador. **3.** Fig. Completo, acabado.

cábala n.f. **1.** Interpretación que daban los judíos al Antiguo Testamento y prácticas de hechicería relaicionadas con dicha interpretación. **2.** Fig. y Fam. Maquinación. **3.** Conjetura, suposición (se usa más en pl.). • **cabalístico,a** adj. **1.** Perteneciente o relativo a la cábala. **2.** Fig. De sentido enigmático.

cabalgar **I.** v.int. y tr. Subir o montar a caballo. **II.** v.int. **1.** Andar o pasear a caballo. **2.** Ir una cosa sobre otra. ▷ Fig. Poner una cosa sobre otra. **3.** EQUIT Mover el caballo los remos cruzando el uno sobre el otro. **III.** v.tr. Cubrir el caballo u otro animal a su hembra. • **cabalgada** n.f. Tropa de caballería que salía a correr el campo y botín que recogía en sus correrías. • **cabalgadura** n.f. **1.** Bestia en que se cabalga. **2.** Bestia de carga. • **cabalgata** n.f. Conjunto de jinetes o carrozas.

caballa n.f. ZOOL Pez teleósteo, acantopterigio.

caballería n.f. **I.** Cualquier animal solípedo, que, como el caballo, sirve para cabalgar en él. **II. 1.** Cuerpo de soldados montados a caballo o, actualmente, en vehículos motorizados, y del personal y material de guerra complementarios que forman parte de un ejército. ▷ Cualquier porción del mismo cuerpo. **2.** Cualquiera de las órdenes militares españolas. **III. 1.** Instituto propio de los caballeros que hacían profesión de las armas. — *Caballería andante.* Profesión, regla u orden de los caballeros aventureros. **2.** Conjunto, concurso o multitud de caballeros. **3.** Porción de tierra que se repartía a los caballeros que habían contribuido a la conquista de un territorio. **IV.** Arte y destreza de manejar el caballo. • **caballeresco,a** adj. **1.** Propio de caballero. **2.** Perteneciente o relativo a la caballería de la Edad Media. **3.** Se aplica especialmente a los libros y composiciones poéticas en que se cuentan las hazañas de los caballeros andantes.

caballeriza n.f. **1.** Lugar cubierto destinado a los caballos y bestias de carga. **2.** Conjunto de caballos o mulas de una caballeriza. **3.** Conjunto de los criados y dependientes que la sirven. • **caballerizo** n.m. El que tenía a su cargo el cuidado de la caballeriza y de los que servían en ella.

caballero,a adj. Que cabalga. **II.** n.m. **1.** Hombre perteneciente a la nobleza. **2.** El que pertenece a alguna de las órdenes de caballería. **3.** El que se porta con nobleza y generosidad. **4.** Señor (término de cortesía). • **caballerosidad** n.f. **1.** Calidad de caballeroso. **2.** Proceder caballeroso. • **caballeroso,a** adj. Propio de caballeros.

caballete n.m. **1.** Cualquier objeto o elemento de construcción formado por dos vertientes, así como soportes que constan de una pieza o parte horizontal sostenida por pies. ▷ Línea del tejado donde se juntan dos vertientes. **2.** Remate puesto en las chimeneas para evitar que entre el agua de lluvia. **3.** Prominencia que forma a veces el hueso de la nariz. **4.** PINT Armazón que se emplea para sostener los cuadros mientras se pintan o para mantenerlos expuestos. **5.** MIN *Méx.* Caballo, masa de roca estéril.

caballista n.m. El que entiende de caballos y monta bien.

caballito n.m. **I.** Mecedor de los niños pequeños. **II.** pl. **1.** Juego de azar, en el que se gana o se pierde, según sea la casilla donde cesa la rotación de una figura de caballo. **2.** Tiovivo. **III.** *Perú.* Especie de balsa compuesta de dos odres unidos entre sí. **IV. 1.** *Caballito de mar.* Hipocampo, pez teleósteo de cuerpo comprimido y cola prensil más larga que el cuerpo, y la cabeza prolongada y erguida como la del caballo. **2.** *Caballito del diablo.* Libélula.

caballo n.m. **I.** ZOOL Mamífero del orden de los perisodáctilos, familia de los équidos. Es herbívoro, caracterizado por tener un solo dedo y una sola pezuña. Se domestica fácilmente y es muy útil al hombre. **II. 1.** Pieza del juego de ajedrez. **2.** Naipe que representa un caballo con su jinete. **III.** Soporte en forma de aspa. **IV.** ASTRON *Caballo menor.* Constelación boreal situada al Oriente de Pegaso. **V.** FIS *Caballo de vapor.* Unidad de medida que expresa la potencia de una máquina. Símbolo HP. **VI.** MIN Masa de roca estéril que corta el filón metalífero.

ENCICL La silueta del *Equus caballus*, el caballo doméstico, varía poco en sus numerosas razas. No ocurre lo mismo con la talla, que, de 0,80 m en la cruz para algunos poneys, alcanza 1,50 m, y más, para los caballos de silla o de tiro; el peso de los sementales alcanza la tonelada. En el curso de su evolución, el caballo se ha adaptado notablemente a la carrera: sus miembros se han alargado y sus cinco dedos se han reducido a uno, sobre cuya uña se apoya (pezuña). Hoy en día, el único verdadero caballo salvaje sería el *Equus przewalskii*, de Asia central; el resto de los caballos salvajes (mesteños, americanos, caballos de Camarga, pottoks pirenaicos, etc.) son en realidad cimarrones, es decir, caballos acomodados de nuevo a la vida natural. El género *Equus* apareció en el plioceno en América del N; emigró a Eurasia, donde fue domesticado, y desapareció de su lugar de origen, adonde fue reintegrado posteriormente, primero a América del N, y después, más recientemente, a América del S. La hembra se llama yegua.

caballón n.m. Lomo entre surco y surco de la tierra arada.

cabaña n.f. **I.** Construcción pequeña y rústica, hecha en el campo. **II.** Número considerable de cabezas de ganado. ▷ Conjunto de los ganados de una provincia, región, país, etc. • **cabañal** **I.** adj. Se dice del camino por donde pasan las cabañas. **II.** n.m. Población formada de cabañas.

cabaret n.m. Establecimiento habitualmente nocturno, que presenta algún espectáculo y donde el público puede comer, beber y bailar.

cabecear **I.** v.int. **1.** Mover o inclinar la cabeza ya a un lado, ya a otro, o moverla reiteradamente hacia adelante. **2.** Inclinar la cabeza hacia el pecho cuando uno se va durmiendo sin estar acostado. **4.** Hacer la embarcación un movimiento de proa a popa. **5.** Moverse demasiado hacia adelante y hacia atrás un vehículo. **6.** Inclinarse a una parte o a otra lo que debía estar en equilibrio. **7.** *Chile* Formar las puntas o cabezas de los cigarros. **II.** v.tr. **1.** Echar un poco de vino añejo en las cubas del nuevo para darle más fuerza. **2.** Poner el encuadernador cabezadas a un libro. **3.** Coser en los extremos de las telas guarniciones que la hagan más fuerte. **4.** *Cuba.* Unir cierto número de hojas de tabaco, atándolas por los pezones. **5.** AGRIC Arar las cabeceras o los extremos de una tierra.

cabecera n.f. **1.** Principio o parte principal de algunas cosas. **2.** Parte superior o principal de un sitio en que se juntan varias personas. *La cabecera del tribunal, del estado.* **3.** Tratándose de la mesa, principal asiento de ella. **4.** Parte de la cama, donde se ponen las almohadas. ▷ Almohada de la cama. **5.** Tabla o barandilla que se suele poner en la cama para que no se caigan las almohadas. **6.** Origen de un río. **7.** Capital o población principal de un territorio o distrito. **8.** Adorno que se pone a la cabeza de una página, capítulo o parte de un impreso. ▷ Cada uno de los dos extremos del lomo de un libro. **9.** Cada uno de los dos extremos de una tierra de labor, adonde no puede llegar el surco que abre el arado.

cabecilla n.m. Jefe de rebeldes.

cabellera n.f. **I.** El pelo de la cabeza. **II.** Ráfaga luminosa de que aparece rodeado el cometa Crinito.

cabello n.m. **I.** Cada uno de los pelos que nacen en la cabeza. ▷ Conjunto de todos ellos. **II. 1.** pl. Barbas de la mazorca del maíz. **2.** *Cabello de ángel.* Dulce que se hace con la parte fibrosa de la cidra cayote y almíbar. **III. 1.** BOT *Cabello de capuchino.* Cuscuta. **2.** BOT *Cabellos de Venus.* Helecho capilar. • **cabelludo,a** adj. **1.** De mucho cabello. **2.** Se aplica a la fruta o planta cubierta de hebras largas y vellosas.

caber **I.** v.int. **1.** Poder contenerse una cosa dentro de otra. **2.** Tener lugar o entrada. **3.** Tocarle a uno o pertenecerle alguna cosa. **4.** Ser posible o natural. **II.** v.tr. **1.** Coger, tener capacidad. **2.** Admitir.

cabestrillo n.m. **1.** Banda para sostener la mano o el brazo lastimados. **2.** Cadena delgada de oro, plata etc., que se llevaba al cuello por adorno.

cabestro n.m. **1.** Ramal o cordel que se ata a la cabeza o al cuello de la caballería para llevarla o asegurarla. **2.** Buey manso que suele llevar cencerro y sirve de guía en las toradas. **3.** Cabestrillo (cadena delgada de oro o plata). • **cabestrar** **1.** v.tr. Echar cabestros a las bestias que andan sueltas. **2.** v.int. Cazar con buey de cabestrillo. • **cabestrear**

v.int. Seguir la bestia al que la lleva del cabestro.

cabeza I. n.f. 1. Parte superior del cuerpo del hombre y superior o anterior del de muchos animales, en la que están situados algunos órganos de los sentidos. 2. En el hombre y algunos mamíferos, parte superior y posterior de ella, que comprende desde la frente hasta el cuello, excluida la cara. 3. Principio o parte extrema de una cosa. 4. Extremidad roma y abultada, opuesta a la punta de un clavo, alfiler, etc. 5. Parte superior del corte de un libro. 6. Parte superior de la armazón de madera y barrotes de hierro en que está sujeta la campana. 7. Cumbre o parte más elevada de un monte o sierra. 8. Fig. Manantial, origen, principio. 9. Fig. Juicio, talento y capacidad. 10. Fig. Persona, individuo de la especie humana. 11. Fig. Res. 12. Fig. Capital, población principal. 13. I. CARP Listón de madera que se machihembra contrapeado al extremo de un tablero para evitar que éste se alargue. II. n.m. 1. Superior, jefe que gobierna o preside una comunidad. 2. Jefe de una familia que vive reunida. III. *Cabeza de ajo, o de ajos.* Conjunto de las partes o dientes que forman el bulbo de la planta llamada ajo cuando están todavía reunidos formando un solo cuerpo. — *Cabeza de puente.* Posición militar que establece un ejército en territorio enemigo, para preparar el paso del grueso de las fuerzas. — *Cabeza de turco.* Persona a quien se suele hacer blanco de las inculpaciones por cualquier motivo o pretexto. • **cabezada** n.f. I. 1. Golpe dado o recibido en ella con la cabeza. 2. Cada movimiento que hace con la cabeza el que, sin estar acostado, se va durmiendo. II. Correaje que ciñe y sujeta la cabeza de una caballería. ▷ Guarnición que se pone a las caballerías en la cabeza, y sirve para afianzar el bocado. III. Cordel con que los encuadernadores cosen las cabeceras de los libros. IV. Parte más elevada de un terreno. • **cabezal** n.m. 1. Almohada que ocupa toda la cabecera de la cama. 2. *Chile* y *Méx.* Travesaño superior del marco de las puertas. 3. MECAN Cada una de las dos armazones que en los tornos horizontales sostienen la punta y la contrapunta que sujetan la pieza que se trabaja. • **cabezazo** n.m. Golpe dado con la cabeza. • **cabezón,a** adj. 1. Fam. Cabezudo, de cabeza grande. 2. Fig. Terco. 3. Se dice del vino de alta graduación, que se sube a la cabeza. • **cabezonada** n.f. Fam. Acción propia de persona terca u obstinada.

cabezudo,a I. adj. 1. Que tiene grande la cabeza. 2. Fig. y Fam. Terco. II. n.m. Figura que resulta de ponerse una persona una gran cabeza de cartón en los festejos populares. III. n.m. 1. ZOOL Pez teleósteo cuyas distintas especies viven cerca de las costas, pegadas a las rocas gracias a sus aletas pectorales en forma de ventosa. 2. Mújol. • **cabezota** 1. n.m. y f. 1. Fam. Persona que tiene la cabeza muy grande. 2. n. y adj. Fig. y Fam. Persona terca.

cabezuela n.f. I. Harina más gruesa que sale del trigo después de sacada la flor. II. 1. BOT Planta perenne de la familia de las compuestas. 2. Inflorescencia cuyas flores están insertas en un receptáculo.

cabida n.f. 1. Espacio o capacidad que tiene una cosa para contener otra. 2. Extensión superficial de un terreno.

cabila n.f. Tribu de beduinos o de beréberes.

cabildo n.m. I. 1. Corporación que rige un municipio. 2. Junta celebrada por un cabildo. 3. En la América hispana colonial, institución del gobierno local. 4. Corporación del archipiélago español de las Canarias que administra los pueblos de cada isla. II. Comunidad de eclesiásticos capitulares de una iglesia. ▷ Junta de hermanos de ciertas cofradías. III. En algunos puertos, asociación de socorros mútuos.

cabina n.f. 1. Locutorio telefónico. ▷ En un sentido amplio, cualquier recinto aislado destinado a la grabación de música, proyección de películas o diapositivas, interpretación simultánea o consecutiva, etc. 2. En los cines, aulas, salas de conferencias, etc., recinto aislado donde funciona el aparato de proyección. 3. En aviones, naves espaciales, camiones y otros vehículos automóviles, espacio reservado para el piloto, conductor y demás personal técnico.

cabizbajo,a adj. Se dice de la persona que tiene la cabeza inclinada hacia abajo por abatimiento o tristeza.

cable n.m. I. 1. Maroma gruesa. ▷ Fig. Ayuda que se presta al que está en una situación comprometida. 2. Conjunto de alambres arrollados en forma de cuerda. ▷ *Cable eléctrico.* Cordón formado con varios conductores aislados unos de otros. II. Cablegrama. III. MAR Décima parte de la milla, equivalente a 185 m. • **cablegrafiar** v.tr. Transmitir noticias por cable submarino. • **cablegrama** n.m. Telegrama transmitido por cable submarino.

cabo n.m. I. 1. Cualquiera de los extremos de las cosas. 2. Extremo o parte pequeña que queda de alguna cosa. 3. Fig. y Fam. Término de alguna cosa y límite. 4. Mango II. Lengua de tierra que penetra en el mar. III. 1. En algunos oficios, hilo, o hebra. 2. MAR Cuerda de atar o suspender pesos. IV. Parte, lugar, sitio o lado. V. Patas, hocico y crines del caballo o yegua. VI. MILIT Individuo de categoría inmediatamente superior a la de soldado.

Cabomba n.m. Género de dicotiledóneas de América del S (familia de las cabombáceas); son muy utilizadas como plantas de acuario.

cabotaje n.m. Navegación entre los puertos de una nación sin perder de vista la costa.

cabra n.f. I. 1. Mamífero rumiante doméstico. 2. Hembra de esta especie. ▷ *Cabra de almizcle.* Almizclero, animal que segrega el almizcle. II. Máquina militar que se usaba antiguamente para tirar piedras. III. Molusco marino. IV. *Col.* y *Cuba.* Brocha de pintar. V. n.p.f. ASTRON Estrella de primera magnitud en la constelación del Cochero. VI. n.f. pl. Cabrillas, manchas de las piernas. • **cabrada** n.f. Rebaño de cabras. • **cabrero,a** n.m. y f. Persona que cuida cabras. • **cabrerizo,a** 1. adj. Perteneciente o relativo a las cabras. 2. n.m. Pastor de cabras.

ENCICL La cabra doméstica tiene dos cuernos paralelos doblados hacia el lomo; de talla mediana (60 cm en la cruz), lleva una barba en el mentón y tiene una piel áspera al tacto; es un animal muy ágil. Vive una decena de años y pare de dos a cuatro cabritos por año, en dos camadas. Es apreciada, sobre todo, por su leche (queso) y su piel; apenas por su carne. Hay numerosas razas.

cabrahígo n.m. 1. Higuera silvestre. 2. Fruto de este árbol.

cabrear I. v.int. *Chile.* Jugar saltando y brincando. II. v.prnl. Fam. Recelar, enfadarse. • **cabreo** n.m. Fam. Efecto de cabrear, enfadar.

cabrestante n.m. Torno de eje vertical que se emplea para mover grandes pesos.

cabria n.f. Máquina para levantar pesos.

cabrilla n.f. I. ZOOL Pez teleósteo, acantopterigio. II. Trípode de madera en que se sujetan los maderos grandes para labrarlos o aserrarlos. III. pl. 1. Juego de muchachos, que consiste en tirar piedras planas sobre la superficie del agua y de modo que corran largo trecho rebotando. 2. Pequeñas olas blancas y espumosas que se levantan en el mar cuando éste empieza a agitarse.

cabrio n.m. ARQUIT Madero colocado paralelamente a los pares de una armadura de tejado para recibir la tablazón.

cabrío,a adj. Perteneciente a las cabras.

cabriola n.f. 1. Fig. Voltereta en el aire. 2. Fig. Salto que da el caballo, soltando un par de coces mientras se mantiene en el aire.

cabriolé n.m. Carruaje ligero de cuatro ruedas y descubierto.

cabrito n.m. 1. Cría de la cabra, desde que nace hasta que deja de mamar. 2. Cabrón (marido consentido). 3. pl. *Chile.* Rosetas de maíz. • **cabritilla** n.f. Piel curtida de cualquier animal pequeño, como cabrito, cordero, etc.

cabrón I. n.m. 1. ZOOL Macho de la cabra. II. n.m. y adj. 1. Fig. El que consiente el adulterio de su mujer. 2. El que hace malas pasadas a los demás. • **cabronada** n.f. Mala pasada.

cabujón n.m. Piedra preciosa pulimentada y no tallada, de forma convexa.

caburé n.m. Ave de rapiña de pequeño tamaño. Vive en las selvas del Paraguay y de la Argentina.

cabuya n.f. 1. Pita (planta). ▷ Fibra con que se fabrican cuerdas y tejidos. 2. *Amér.* Cuerda, y especialmente la de pita.

caca n.f. 1. Fam. Excremento, especialmente el de los niños pequeños. 2. Fig. y Fam. Defecto. 3. Fig. y Fam. Suciedad.

cacahuete o **cacahué** n.m. BOT Planta dicotiledónea, oriunda de América. Su fruto, que tiene cáscara coriácea y es subterráneo, consta de dos o más semillas comestibles y oleaginosas. ▷ Fruto de esta planta.

cacao n.m. I. 1. Árbol de América, de la familia de las esterculiáceas, cuyo fruto contiene unas semillas carnosas cubiertas por una cáscara delgada, que, tostándolas, se emplean como principal ingrediente del chocolate. 2. Semilla de este árbol.

cacarear 1. v.int. Dar voces repetidas el gallo o la gallina. 2. v.tr. Fig. y Fam. Ponderar, exagerar con exceso las cosas propias. • **cacareo** n.m. Acción de cacarear.

cacatúa n.f. Ave de Oceanía, del orden de las trepadoras. Domesticada, aprende a hablar con facilidad.

cacereño,a 1. n. y adj. Natural de Cáceres. 2. adj. Perteneciente o relativo a esta provincia o su capital.

cacería n.f. 1. Partida de caza. 2. Conjunto de animales muertos en la caza. 3. PINT Cuadro que figura una caza.

cacerola n.f. Recipiente de metal, con asas o mango, la cual sirve para guisar en ella.

cacique n.m. 1. Señor de vasallos en alguna tribu de indios de América Central y del Sur. 2. Fig. y Fam. Persona que en un pueblo o comarca ejerce excesiva influencia. • **caciquear** v.int. 1. Intervenir en asuntos usando indebidamente de autoridad. 2. Fam. Mangonear. • **caciquismo** n.m. Dominación o influencia de los caciques.

caco n.m. Fig. Ladrón o ratero.

caco- Prefijo procedente del griego, con el significativo de «malo».

cacodilo n.m. QUIM Arseniuro de metilo $(CH_3)_2$ As-A_3 $(CH_3)_2$. • **cacodilato** n.m. Nombre genérico de las sales formadas por el ácido cacodílico.

cacofonía n.f. Disonancia que resulta de la inarmónica combinación de los elementos acústicos de la palabra.

cacomite Planta de la familia de las iridáceas. Su raíz es comestible.

cactáceo,a adj. BOT Dícese de plantas angiospermas dicotiledóneas, originarias de América, sin hojas, con tallos carnosos y flores grandes y olorosas; como la chumbera y el cacto. ▷ n.f. pl. Familia de estas plantas.

cactus n.m. BOT Planta de la familia de las cactáceas, procedente de México.

cacumen n.m. Fig. y Fam. Agudeza.

cacuminal adj. FON Modo de articulación de algunos sonidos.

cacha n.f. **I.** Cada una de las dos chapas que cubren el mango de las navajas y de algunos cuchillos. ▷ Mango de cuchillo o de navaja. **II. 1.** Cada una de las ancas de liebres, conejos, etc. **2.** Cachete, carrillo. **3.** Nalga.

cachalote n.m. Cetáceo que vive en los mares templados y tropicales. De la parte dorsal de su cabeza se extrae una sustancia grasa, llamada esperma de ballena, y de su intestino se saca el ámbar gris.

cacharro n.m. **1.** Vasija tosca. **2.** Pedazo de ella en que se puede echar alguna cosa. **3.** Fam. Aparato viejo, deteriorado o que funciona mal. • **cacharrería** n.f. Tienda de cacharros o loza ordinaria.

cachaza n.f. **1.** Fam. Lentitud y sosiego en el modo de hablar o de obrar. **2.** Aguardiente de melaza de caña.

cachear v.tr. Registrar a gente sospechosa para quitarle las armas u otros objetos que puedan llevar ocultos.

cachemir o **cachemira** n.m. **1.** Tela fabricada con cierta lana de Cachemira. **2.** Tejido estampado con motivos característicos de esta región.

cachetada n.f. *Col., Chile, Perú, P. Rico* y *Arg.* Bofetada.

cachete n.m. **1.** Golpe que con la mano se da en la cabeza o en la cara. **2.** Carrillo de la cara, y especialmente el abultado. **3.** *Chile.* Nalga. • **cachetear I.** v.tr. Golpear a uno en la cara con la mano abierta. **II.** v.prnl. *Chile.* Comer en abundancia y a gusto.

cachi Prefijo con la significación del adv. *casi: cachinegro, cachimarido.*

cachimba n.f. Pipa para fumar.

cachipolla n.f. ZOOL Insecto del orden de los arquípteros. Habita en las orillas del agua y apenas vive un día.

cachiporra 1. n.f. Palo con un extremo abultado. **2.** adj. *Chile* Farsante, vanidoso. • **cachiporrearse** v.prnl. *Chile.* Jactarse, alabarse de alguna cosa.

cachivache n.m. Desp. **1.** Utensilio. **2.** Cosa rota o arrinconada por inútil.

1. cacho n.m. Pedazo pequeño de alguna cosa.

2. cacho n.m. ZOOL Pez teleósteo, fisóstomo.

cachondearse v.prnl. vulg. Burlarse. • **cachondeo** n.m. vulg. Acción y efecto de cachondearse. • **cachondo,a** adj. **1.** Dominado por el deseo sexual. **2.** Fig. y Fam. Burlón, divertido.

cachorro,a n.m. y f. Cría de cualquier mamífero.

cachupín,a n.m. y f. Mote que se aplica al español que se establece en América.

cada adj. **1.** Sirve para designar separadamente una o más personas o cosas con relación a otras de su especie. **2.** Se usa como adjetivo ponderativo en ciertas frases generalmente elípticas.

cadalso n.m. Tablado que se levanta en cualquier sitio para un acto solemne. ▷ El que se levanta para la ejecución de la pena de muerte.

cadáver n.m. Cuerpo muerto. • **cadavérico,a** adj. **1.** Perteneciente o relativo al cadáver. **2.** Fig. Pálido como un cadáver.

cadaverina n.f. QUIM Diamina del grupo de las ptomoínas, que resulta de la putrefacción de la carne.

cadena n.f. **1.** Serie de muchos eslabones enlazados entre sí. ▷ TOPOGR *Cadena de agrimensor.* Conjunto de piezas metálicas de alambre grueso que tiene 10 m de largo, y suele usarse para hacer mediciones. ▷ *En cadena.* Loc. referente a acciones o acaecimientos que se efectúan o producen por transmisión o sucesión continuadas. **2.** Conjunto de personas que se enlazan cogiéndose de las manos en la danza o en otras ocasiones. **3.** Serie de personas que se pasan un objeto de mano en mano. **4.** Fig. Conjunto de establecimientos, instalaciones o construcciones de la misma especie y pertenecientes a una sola empresa. **5.** Fig. Conjunto de instalaciones destinadas a la fabricación o montaje de un producto industrial. ▷ IND Serie de puestos de trabajo en la que cada obrero realiza siempre las mismas operaciones sobre el objeto que se fabrica. **6.** Grupo de transmisiones y receptores de televisión que, conjugados entre sí, radiodifunden el mismo programa. **7.** Fig. Sucesión de hechos, obras, etc., relacionadas entre sí. **8.** QUIM Serie de átomos que forman el armazón de la molécula de un compuesto orgánico. • **cadeneta** n.f. Labor que se hace con hilo en figura de cadena.

cadencia n.f. **1.** Serie de sonidos o movimientos que se suceden de un modo regular o medido. **2.** Proporcionada y grata distribución o combinación de acentos o pausas, así en la prosa como en el verso. **3.** Efecto de tener un verso la acentuación que le corresponde. **4.** DANZA Medida del sonido, que regla el movimiento de la persona que danza. **5.** DANZA Conformidad de los pasos del que danza con la medida indicada por el instrumento. **6.** MUS Manera de terminar una frase musical; reposo marcado de la voz o del instrumento. **7.** MUS Ritmo, sucesión o repetición de sonidos diversos.

cadera n.f. Cada una de las dos partes salientes formadas a los lados del cuerpo por los huesos superiores de la pelvis.

cadete n.m. y adj. Alumno de una academia militar.

cadi n.m. Especie de palmera del Ecuador. Su fruto es la tagua.

cadí n.m. Juez musulmán que administra la justicia.

cadillo n.m. **1.** Planta de la familia de las umbilíferas. **2.** Planta de la familia de las compuestas, con tallo ahorquillado. Es muy común entre los escombros y en los campos áridos.

cadmio n.m. QUIM Metal blanco, maleable y dúctil; número atómico 48; peso atómico 112,41 (símbolo *Cd*). • **cadmiado,a 1.** n.m. TECN Operación que consiste en recubrir una superficie metálica con una capa protectora de cadmio. **2.** adj. TECN Recubierto o protegido con cadmio.

ENCICL El cadmio, cuya densidad es 8,65, funde a 321 °C. Sus propiedades se asemejan mucho a las del cinc, al que a menudo acompaña en los minerales. Se utiliza para la fabricación de cierto tipo de acumuladores. También se usa como revestimiento que protege al acero de la corrosión. El óxido de cadmio, de color marrón amarillento, sirve para decorar porcelanas. El sulfato de cadmio se utiliza en pintura, en la industria del caucho y en los detectores fotosensibles. Debido a su gran capacidad de absorción para los neutrones térmicos, se emplea para la protección contra los mismos y forma parte de los dispositivos de seguridad de las pilas atómicas.

caducar v.int. **1.** Perder su validez una ley, contrato, etc. **2.** Extinguirse un derecho, una facultad, una instancia o recurso. **3.** Fig. Llegar una medicina o un alimento a la fecha en que es desaconsejable su consumo.

caduceo n.m. Vara delgada, lisa y cilíndrica, rodeada de dos culebras, atributo de Mercurio.

caducidad n.f. **1.** Acción y efecto de caducar. **2.** Calidad de caduco.

caducifolio,a adj. Dícese de los árboles y plantas de hoja caduca.

caduco,a adj. **1.** Decrépito, muy anciano. **2.** Perecedero, poco durable. **3.** ZOOL, MED Se dice de un órgano que se separa del cuerpo en el transcurso del crecimiento.

caer I. v.int. y prnl. **1.** Venir un cuerpo de arriba abajo por la acción de su propio peso. **2.** Perder un cuerpo el equilibrio hasta dar en tierra o cosa firme que lo detenga. **3.** Desprenderse o separarse una cosa del lugar a que estaba adherida. **II.** v.int. **1.** Seguido de la prep. *de* y del nombre de alguna parte del cuerpo, venir al suelo dando en él con la parte nombrada. **2.** Venir a dar un animal o una persona en el engaño dispuesto contra él o ella. **3.** Fig. Dejar de ser, desaparecer. **4.** Fig. Perder la prosperidad, empleo, facultades, etc. **5.** Fig. Con la prep. *en*, incurrir en algún error o en algún daño o peligro. **6.** Fig. Con la prep. *en*, tratándose de operaciones del entendimiento, venir en conocimiento, llegar a comprender. **7.** Fig. Ir a parar a distinta parte de aquella que uno se propuso al principio. **8.** Fig. Tocar a alguno una cosa, hueca o mala. **9.** Fig. Estar situado en alguna parte o cerca de ella. **10.** Fig. Corresponder un suceso a determinada época del año. **11.** Fig. Venir o sentar bien o mal. **12.** Fig. Hablando del sol, del día, de la tarde, etc., acercarse a su ocaso o a su fin. **13.** Fig. y Fam. Morir, acabar la vida.

café n.m. **1.** Cafeto. **2.** Semilla del cafeto. **3.** Bebida que se hace por infusión con esta semilla. **4.** Cafetería. • **cafeína** n.f. QUIM Alcaloide que se obtiene de las semillas y de las hojas del café, del té y de otros vegetales; es tónico. • **cafetal** n.m. Sitio poblado de cafetos. • **cafetería** n.f. Despacho del café y otras bebidas, donde a veces se sirven aperitivos y comidas. • **cafetero,a I.** adj. Perteneciente o relativo al café. **II.** n.f. Recipiente en que se hace o se sirve el café. • **cafeto** n.m. Árbol de la familia de las rubiáceas, cuya semilla es el café.

cafre n. y adj. **1.** Habitante de la parte oriental del África del Sur. **2.** Fig. Bárbaro y cruel. **3.** Fig. Zafio.

caftán n.m. Túnica árabe.

cagaaceite n.m. Pájaro insectívoro.

cagachín n.m. **1.** Mosquito que se diferencia del común en ser mucho más pequeño y de color rojizo. **2.** Pájaro más pequeño que el jilguero.

cagada n.f. **1.** Excremento que sale cada vez que se evacua el vientre. **2.** Fig. y Fam. Acción contraria a lo que corresponde hacer en un negocio.

cagalera n.f. Fam. Diarrea.

cagar 1. v.int., tr. y prnl. Evacuar el vientre. **2.** v.tr. Fig. y Fam. Manchar, deslucir, echar a perder alguna cosa. • **cagón,a** n. (apl. a pers.) y adj. **1.** Que hace de vientre muchas veces. **2.** Fig. y Fam. Miedoso, cobarde.

cagarruta n.f. Cada una de las porciones del excremento de ciertos animales.

caguama n.f. **1.** Tortuga marina, mayor que el carey. **2.** Materia córnea de esta tortuga.

caíd n.m. En África del N: magistrado que desempeñaba funciones jurídicas y administrativas. ▷ Hombre enérgico.

caída n.f. **1.** Acción y efecto de caer. **2.** Declinación o declive de alguna cosa, como la de una cuesta a un llano. **3.** Manera de plegarse o de caer la ropa o tela.

caído,a adj. **1.** Fig. Desfallecido. **2.** Seguido de la preposición *de* y el nombre de una parte del cuerpo, se dice de la persona o animal que tiene demasiado declive en dicha parte.

caigua n.f. Planta de la familia de las cucurbitáceas, cuyos frutos, que son unas calabacitas de cáscara gruesa, rellenos de carne picada, constituye un plato usual en Perú.

caiguás, pueblo guaraní que habitaba las zonas montañosas sobre las cuencas del Uruguay, Paraná y Paraguay.

caimán n.m. ZOOL Reptil del orden de los emidosaurios, propio de los ríos de América, más pequeño que el cocodrilo.

caimito n.m. BOT **1.** Árbol silvestre de las Antillas y Nicaragua, de fruto comestible. Su madera se emplea en carpintería. **2.** Árbol del Perú. **3.** Fruto de estos árboles.

cairel n.m. **I. 1.** Cabellera postiza. **2.** Fleco de adorno. **II.** MAR Armazón longitudinal de la estructura de un navío.

caja n.f. **I. 1.** Pieza hueca de madera, metal u otra materia, que sirve para meter dentro alguna cosa. Se suele cubrir con una tapa. **2.** Mueble para guardar con seguridad dinero y otros valores. **3.** Ataúd. **4.** Parte del coche reservada a las personas. **II.** Tambor (instrumento músico). **III.** Parte exterior de madera que cubre algunos instrumentos, como el órgano, piano, etc.; o que forma parte de ellos, como en el violín, la guitarra, etc. ▷ TECN Dispositivo de protección que rodea ciertas piezas, o ciertos mecanismos. **IV.** Hueco en que se introduce alguna cosa. **V.** Aquél en que se forma la escalera de un edificio. **VI.** Pieza destinada en las tesorerías, bancos y casas de comercio para recibir o guardar dinero y para hacer pagos. **VII.** IMP Cajón con varias separaciones, donde se ponen los signos tipográficos. ▷ Espacio de la página lleno por la composición impresa. ▷ Espacio total que ocupa la composición en una página. **VIII.** — AUTOM *Caja de cambios.* Conjunto de piezas que sirve para modificar la relación entre la velocidad del motor y la de las ruedas motrices. • **cajero,a** n.m. y f. Persona encargada de la entrada y salida del dinero.

cajetilla n.f. Paquete pequeño de tabaco.

cajetín n.m. **I.** IMPR Cada uno de los compartimentos de la caja. **II. 1.** Sello de mano con que en determinados papeles de las oficinas y en títulos y valores negociables se estampan diversas anotaciones. **2.** Cada una de estas anotaciones.

cajista n.m. y f. Oficial de imprenta que compone lo que se ha de imprimir.

cajón n.m. **I. 1.** Caja, comúnmente de madera y de forma prismática, cuadrilonga o cúbica, destinada a guardar o preservar las cosas que se ponen dentro de ella. **2.** Cualquiera de los receptáculos que se pueden sacar y meter en ciertos huecos, a los cuales se ajustan, de armarios y otros muebles. **II.** *Chile.* Cañada larga por cuyo fondo corre algún río o arroyo. **III.** ARQUIT Cada uno de los espacios en que queda dividida una tapia o pared por los machones. • **cajonera** n.f. Mueble construido por un conjunto de cajones.

cakchiqueles, etnia americana, localizada en el centro de Guatemala, perteneciente a la rama quiché de la familia maya.

Cakile n.m. Género de plantas crucíferas que crecen a orillas del mar.

cal n.f. **1.** Óxido de calcio, sustancia blanca, ligera, cáustica y alcalina, que en estado natural se halla siempre combinada con alguna otra. Al contacto con el agua se hidrata con desprendimiento de calor. Mezclada con arena forma la argamasa o mortero. **2.** Cualquier óxido metálico.

ENCICL La cal es un sólido blanco de densidad 3,4 que funde a 2.500 °C y se descompone a 2.850 °C. Se combina con el dióxido de carbono para dar el carbonato cálcico o cal viva (endurecimiento al aire de la mezcla de cal y de arena, llamada mortero). El agua reacciona con la cal viva para dar la cal muerta. La cal se prepara por calcinación del carbonato cálcico en un horno. Es utilizada en la industria de la construcción y en agricultura.

1. cala n.f. **1.** Acción y efecto de calar un melón u otras frutas semejantes. ▷ Pedazo cortado de una fruta para probarla. **2.** Rompimiento hecho para reconocer el grueso de una pared, conducciones de electricidad, etc. **3.** Parte más baja en lo interior de un buque. ▷ Calado, parte del barco que se sumerge en el agua. **4.** Lugar distante de la costa, propio para pescar con anzuelo. **5.** Sonda.

2. cala n.f. Ensenada pequeña.

3. cala n.f. Planta acuática aroidea.

calabacín n.m. **1.** Calabacita cilíndrica de corteza verde y carne blanca. **2.** Fig. y Fam. Calabaza, persona inepta.

calabaza n.f. **1.** Calabacera (planta). **2.** Fruto de la calabaza, muy vario en su forma, tamaño y color; por lo común grande, redondo y con multitud de pipas o semillas. **3.** Fig. y Fam. Persona inepta y muy ignorante. **4.** Fig. y Fam. Buque pesado y de malas condiciones náuticas. • **calabacero,a 1.** n.m. y f. Persona que vende calabazas. **2.** n.f. BOT Planta anual de la familia de las cucurbitáceas. Su fruto es la calabaza.

calabazuela n.f. Planta que se emplea contra la mordedura de la víbora.

calabozo n.m. **1.** Lugar, donde se encierra a determinados presos. **2.** Dependencia de cárcel para incomunicar a un preso.

calabrote n.m. MAR Cabo grueso hecho de nueve cordones colchados de izquierda a derecha.

calada n.f. **I.** Acción y efecto de calar, penetrar un líquido en un cuerpo; sumergir en el agua redes u otros objetos. **II.** Vuelo rápido del ave de rapiña.

caladero n.m. Sitio a propósito para calar las redes de pesca.

Caladium n.m. Género de plantas ornamentales de interior (familia de las aráceas).

calado n.m. **1.** Labor que se hace con aguja en alguna tela, sacando o juntando hilos. **2.** Labor que consiste en taladrar el papel, metal u otra materia, con sujeción a un dibujo. **3.** MAR Profundidad que alcanza en el agua la parte sumergida de un barco. **4.** MAR Altura que alcanza la superficie del agua sobre el fondo. **5.** pl. Encajes.

calafatear v.tr. Cerrar las junturas de las maderas de las naves con estopa y brea para que no entre el agua. ▷ P. ext., cerrar o tapar otras junturas. • **calafate** n.m. **1.** El que tiene por oficio calafatear.

calaguala n.f. BOT Helecho de la familia de las papilionáceas.

calaluz n.m. Embarcación pequeña.

calamaco n.m. Tela de lana delgada.

calamar n.m. Molusco cefalópodo.

calambac n.m. Árbol del Extremo Oriente, leguminoso. Su madera es el palo áloe.

calambre n.m. **1.** PAT Contracción espasmódica, involuntaria, dolorosa y poco durable de ciertos músculos. **2.** PAT Enfermedad caracterizada por el espasmo de ciertos grupos de músculos.

calambuco n.m. Árbol americano, de la familia de las gutíferas.

1. calamento n.m. BOT Planta vivaz, de la familia de las labiadas. Despide olor agradable, y se usa en medicina.

2. calamento n.m. Acción de calar las redes o cualquier arte de pesca.

calamidad n.f. **1.** Desgracia o infortunio que alcanza a muchas personas. **2.** Persona incapaz, inútil o molesta.

calamiforme adj. Se dice de las partes vegetales o animales que tienen figura de cañón de pluma.

calamina n.f. **1.** Carbonato de cinc. Es el mineral del que generalmente se extrae el cinc. **2.** Cinc fundido.

calamistro n.m. ARQUEOL Hierro usado antiguamente para rizar el pelo.

1. calamita n.f. **1.** Piedra imán. **2.** Brújula, flechilla imanada al N.

2. calamita n.f. PALEONT Planta fósil, criptógama vascular del período carbonífero.

calamite n.f. Sapo pequeño.

calamitoso,a adj. **1.** Que causa calamidades o que es propio de ellas. **2.** Infeliz, desdichado.

cálamo n.m. **1.** Especie de flauta antigua. **2.** POÉT Caña, tallo de las gramíneas. **3.** POÉT Pluma de ave o de metal para escribir. **4.** *Cálamo aromático.* Raíz medicinal del ácoro. ▷ Planta medicinal gramínea.

calamocha n.f. Ocre amarillo.

1. calamón n.m. **I.** Ave zancuda. Habita en las orillas del mar y se alimenta de peces. **II.** Clavo de cabeza redonda que usan los tapiceros.

2. calamón n.m. Parte superior de la balanza romana.

calamorro n.m. *Chile.* Zapato grueso y de forma tosca.

1. calandria n.f. ZOOL Pájaro perteneciente a la misma familia que la alondra.

2. calandria n.f. **1.** Máquina compuesta de varios cilindros giratorios, calentados generalmente a vapor, que sirven para prensar y satinar ciertas telas o el papel. También se usa para planchar la ropa blanca. **2.** Cilindro hueco de madera, giratorio alrededor de un eje horizontal. Se emplea para levantar cosas pesadas, por medio de un torno.

calántica n.f. Tocado de tela semejante a una mitra, que usaban las mujeres de la antigüedad clásica.

calaña n.f. Muestra, modelo, patrón. ▷ Fig Índole, naturaleza de una persona o cosa.

cálao n.m. Nombre vulgar de los bucerótidos, pájaros coraciformes de África, Asia y Oceanía. Se caracterizan por su enorme pico curvado, que posee una protuberancia ósea cerca de los ojos.

1. calar adj. Calizo. ▷ n.m. Lugar en que abunda la piedra caliza.

2. calar I. v.tr. **1.** Penetrar un líquido en un cuerpo permeable. **2.** Atravesar un instrumento, como espada, barrena, etc., otro cuerpo de una parte a otra. **3.** Imitar la labor de encaje en las telas, sacando o juntando algunos de sus hilos. ▷ Agujerear una tela o cualquiera otra materia de forma que resulte un dibujo parecido al encaje. **4.** Cortar de un melón o de otras frutas un pedazo con el fin de probarlas. ▷ Fig. y Fam. Conocer o penetrar las cualidades o intenciones de una persona. **5.** MAR Arriar o bajar un objeto resbalando sobre otro. ▷ Disponer en el agua debidamente un arte para pescar. **6.** Hablando de algunas armas, inclinarlas hacia adelante y en disposición de atacar. **II.** v.tr. y prnl. **1.** Ponerse una gorra, sombrero, etc. **2.** Abalanzarse las aves sobre alguna cosa para hacer presa en ella. **III.** v.int. Alcanzar un buque en el agua determinada profundidad por la parte más baja de su casco. **IV.** v.prnl. **1.** Mojarse una persona hasta que el agua, penetrando la ropa, llegue al cuerpo. **2.** Pararse bruscamente un motor de explosión.

cálato n.m. **1.** ARQUEOL Cesto de juncos o de mimbres entralazados, de forma semejante a un cáliz sin el pie. **2.** ARQUIT Tambor del capitel del orden corintio.

calavera 1. n.f. Conjunto de los huesos de la cabeza mientras permanecen unidos, pero despojados de la carne y de la piel. ▷ Mariposa que tiene en el dorso un dibujo semejante a una calavera. **2.** n.m. Fig. Hombre dado al libertinaje.

calcáneo n.m. ZOOL Uno de los huesos del tarso, que en el hombre está situado en el talón o parte posterior del pie.

calcañar n.m. Parte posterior de la planta del pie.

calcar v.tr. **1.** Sacar copia de un dibujo, inscripción o relieve por contacto del original. ▷ Fig. Imitar, copiar o reproducir con exactitud. **2.** Apretar con el pie.

calcáreo,a adj. Que tiene cal.

calce n.m. **1.** Llanta de rueda. **2.** Porción de hierro o acero que se añade a las herramientas cuando están gastadas. **3.** Cuña o alza.

calcedonia n.f. Ágata muy translúcida, de color azulado o lechoso.

calcemia n.f. MED Proporción de calcio que contiene la sangre (normalmente 0,10 g/cm³).

cálceo n.m. ARQUEOL Calzado alto y cerrado que usaban los romanos.

calceolaria n.f. Planta anual, de la familia de las escrofulariáceas.

calceta n.f. **1.** Media. **2.** Tejido de punto. • **calcetín** n.m. Calceta o media que sólo llega a la mitad de la pantorrilla.

cálcico,a adj. QUIM Perteneciente o relativo al calcio.

calcícola adj. BOT Que crece bien en los terrenos calizos.

calcicordados n.m.pl. ZOOL Subrama fósil (del cámbrico al devónico) de cordados marinos.

calcicosis n.f. PAT Neumoconiosis causada por el polvo de la cal.

calcídico n.m. ARQUEOL Galería perpendicular al eje de un edificio.

calcídidos n.m. pl. Familia de insectos himenópteros de colores metálicos, cuyas larvas viven en el interior de los huevos de otros insectos.

calciferol n.m. BIOQUIM Vitamina D_2, antirraquítica.

calcificación n.f. **1.** BIOL Acción o efecto de calcificar o calcificarse. **2.** MED Transformación de los tejidos, tumores y paredes de los vasos, por depositarse en ellos sales de cal. • **calcificar** v.tr. **1.** Producir por medios artificiales carbonato de cal. **2.** BIOL Dar a un tejido orgánico propiedades calcáreas mediante la adición de sales de calcio. **3.** v.prnl. Modificarse o degenerar en esta forma un tejido orgánico.

calcífugo adj. BOT Que crece mal en los terrenos calizos.

calcímetro n.m. Aparato que sirve para determinar la cal contenida en las tierras de labor.

calcinar v.tr. **1.** Reducir a cal viva los minerales calcáreos. **2.** Someter al fuego un cuerpo para que se desprendan las sustancias volátiles. **3.** Fig. Abrasar, quemar. • **calcinación** n.f. **1.** Acción y efecto de calcinar. **2.** QUIM Transformación del carbonato de calcio en cal bajo la acción del calor. • **calcinado 1.** METAL Operación que consiste en calentar un mineral en presencia de aire sin fundirlo. **2.** TECN Acción de pasar una tela por la llama para eliminar el vello.

calcinosis n.f. MED Acumulación patológica de sales de calcio, generalizada o localizada.

calcio n.m. QUIM Elemento de número atómico 20 y de peso atómico 40,1, muy abundante en la naturaleza (su símbolo es *Ca*).
ENCICL El calcio, de la familia de los alcalinotérreos, es un metal blanco, blando, de densidad 1,55, que se funde a los 838 °C y hierve a los 1.440 °C. Se quema con oxígeno y da la cal viva. Mezclada con arena, la cal constituye un mortero que se utiliza mucho en construcción. El hidróxido de calcio, que se forma por la acción del agua sobre la cal viva, es poco soluble en el agua. Su solución (agua de cal) permite detectar la presencia de CO_2. En suspensión en el agua, constituye un producto industrial de base que se utiliza en agricultura como desinfectante o para aumentar el pH de las tierras ácidas (encalado). El carbonato cálcico es muy abundante en la naturaleza (calcita, aragonito, dolomita); es un principio de petrificación, como en el caso de las estalactitas y estalagmitas. El sulfato de calcio existe en forma de yeso y se utiliza para fabricar la escayola. El fosfato tricálcico se utiliza como abono. El cloruro de calcio, que es higroscópico, permite secar el aire húmedo. El organismo absorbe calcio a través de los alimentos (los productos lácteos sobre todo). Constituye el 99 % del tejido óseo y participa en la coagulación de la sangre y en los fenómenos neuromusculares.

calciotermia n.f. Técnica para obtener un metal por reducción de un compuesto del mismo, con empleo de calcio.

calcitonina n.f. MED Hormona tiroidea de acción hipocalcemiante.

calciuria n.f. MED Eliminación de calcio por las vías urinarias.

calco n.m. Copia que se obtiene calcando.

calcografía n.f. **1.** Arte de estampar con láminas metálicas grabadas. **2.** Oficina donde se hace dicha estampación. • **calcografiar** v.tr. Estampar por medio de la calcografía.

calcolítico n.m. y adj. Período de transición entre el Neolítico y la Edad del Bronce.

calcomanía n.f. **1.** Entretenimiento que consiste en pasar de un papel a objetos diversos, imágenes coloridas preparadas con trementina. **2.** Imagen obtenida por este medio. **3.** El papel o cartulina que tiene la figura.

calcopirita n.f. MINER Sulfuro natural de cobre y hierro, de color amarillo claro y brillante.

calcosina n.f. Sulfuro de cobre Cu_2S.

calcotipia n.f. Procedimiento de grabado en cobre.

cálculo n.m. **I. 1.** Cómputo, cuenta o investigación que se hace de alguna cosa por medio de operaciones matemáticas. — *Cálculo aritmético.* El que se hace con números exclusivamente y algunos signos convencionales. **2.** Conjetura. **II.** Concreción mineral que se forma en los depósitos glandulares y los canales excretores. • **calculador,a 1.** n. y adj. Que calcula. **2.** n.m. y f. Aparato o máquina que, por un procedimiento mecánico obtiene el resultado de cálculos matemáticos. • **calcular** v.tr. Hacer cálculos.
ENCICL El cálculo se remonta hasta los albores de la antigüedad. Se han encontrado tablas de multiplicación en las tabletas de arcilla de los babilonios. Los *cálculos algebraicos* constituyen la primera extensión del cálculo aritmético. Se efectúan con números reales o racionales, o sobre otras estructuras, especialmente la circular. Los *cálculos analíticos* versan sobre funciones: resolución de ecuaciones, cálculo diferencial e integral. Se fundamentan en la noción de aproximación, mientras que los cálculos algebraicos tratan de igualdades. Los cálculos algebraicos y analíticos han dado lugar al cálculo de probabilidades, a los cálculos económicos y a la investigación operacional que hoy en día se aplica a muy diversas materias (geología, biología, astronáutica, etc.)

calcha n.f. **1.** *Chile.* Cerneja. **2.** *Chile.* Pelusa o pluma que tienen algunas aves. **3.** *Arg.* y *Chile.* Conjunto de las ropas de vestir; cama de los trabajadores.

calchacura n.f. *Chile.* Liquen semejante al islándico y de aplicación igual en medicina.

calchaquis. v. diaguitas.

calchines, pueblo indio de origen guaraní que habita hoy al norte de Santa Fe, y está dedicado a la agricultura y a la ganadería.

calchona n.f. **1.** *Chile.* Ser fantástico y maléfico que atemoriza a los caminantes. **2.** *Chile.* Bruja. ▷ *Chile.* Mujer vieja y fea.

calda n.f. **1.** Acción y efecto de caldear. **2.** pl. Baños de aguas minerales calientes.

caldario n.m. Sala donde, en las casas de baños de los antiguos romanos, se tomaban los de vapor.

caldear v.tr. y prnl. **1.** Calentar mucho. **2.** Hacer ascua el hierro para labrarlo o para soldarlo.

caldén n.m. BOT Arbol leguminoso cuya madera se emplea en carpintería.

caldera n.f. **I. 1.** Vasija de metal, grande y redonda, que sirve comúnmente para poner a calentar. **2.** Calderada. **3.** Caja del timbal. **II. 1.** GEOL Depresión de grandes dimensiones y con paredes escarpadas. **2.** MIN Parte más baja de un pozo. **III.** *Caldera de vapor.* Recipiente donde hierve el agua, cuyo vapor en tensión constituye la fuerza motriz de la máquina. • **calderada** n.f. Lo que cabe de una vez en una caldera. • **calderería** n.f. **1.** Oficio de calderero. **2.** Parte o sección de los talleres de metalurgia donde se cortan, forjan, entraman y unen barras y planchas de hierro o de acero. • **caldero** n.m. Caldera pequeña de suelo casi semiesférico, y con asa sujeta a dos argollas en la boca. ▷ Lo que cabe en esta vasija.

caldereta n.f. **1.** Guiso que se hace cociendo el pescado fresco con sal, cebolla y pimienta. **2.** Guiso que hacen los pastores con carne de cordero o cabrito.

calderilla n.f. **1.** Moneda fraccionaria. **2.** Caldera pequeña para llevar el agua bendita. **3.** Arbustillo de la familia de las saxifragáceas.

calderón n.m. **I.** Cetáceo odonceto (género *Globicephala*, familia de los delfínidos). **II. 1.** ARIT Signo (.⊃) con que se denotaban abreviadamente los millares. **2.** GRAM Signo ortográfico (π) usado antiguamente como el párrafo (§). **3.** MUS Signo (𝄐) que representa la suspensión del movimiento del compás. ▷ MUS Esta suspensión. ▷ MUS Frase o floreo durante la momentánea suspensión del compás.

caldo n.m. **I. 1.** Líquido que resulta de cocer en agua, carne, pescado, verduras, etc. **2.** Aderezo de la ensalada o del gazpacho. **3.** Jugo vegetal directamente extraído de los frutos: como el vino, aceite, etc. — BIOL *Caldo de cultivo.* Líquido convenientemente preparado para favorecer la proliferación de determinadas bacterias. • **caldillo** n.m. *Chile.* Caldo en cuya composición entran de preferencia pescados y mariscos, cebolla y patatas.

calduda n.f. *Chile.* Empanada caldosa de huevos, pasas, aceitunas, etc.

calé n.m. Gitano de raza.

calefacción n.f. **1.** Acción y efecto de calentar o calentarse. **2.** Conjunto de aparatos destinados a calentar un edificio o parte de él. — *Calefacción central.* La procedente de un solo foco que eleva la temperatura en todo un edificio. **3.** FIS Fenómeno por el cual un líquido proyectado sobre una placa muy caliente se disgrega en glóbulos esféricos afectados de un movimiento rápido y desordenado.
ENCICL La calefacción de locales compensa las pérdidas caloríficas (reducidas por un buen aislamiento) y disminuye la incomodidad debida a las filtraciones de aire frío. Puede conseguirse por un generador de aire caliente y una red de conductos; una caldera, una red de tuberías y puntos de caldeo, o mediante radiadores o convectores eléctricos. *La calefacción termodinámica*, por bomba de calor, está basada en el principio de las instalaciones frigoríficas (el condensador sirve de generador de calor). En la industria, las sustancias pueden ser calentadas por inducción, por pérdida dieléctrica o por bombardeo electrónico.

caleidoscopio n.m. Calidoscopio.

calendario n.m. Almanaque.

calendas n.f.pl. En el antiguo cómputo romano y en el eclesiástico, el primer día de cada mes.

caléndula n.f. Maravilla (planta de las compuestas).

calentador,a **1.** adj. Que calienta. **2.** n.m. Recipiente con lumbre, agua, vapor, corriente eléctrica o gas que sirve para calentar la cama, el baño, etc. • **calentamiento** n.m. Acción de calentar. — DEP Los ejercicios que se hacen para calentarse.

calentar **I.** v.tr. y prnl. Comunicar calor a un cuerpo haciendo que se eleve su temperatura. **II.** v.tr. **1.** Fig. Excitar. **2.** Fig. y Fam. Azotar, dar golpes. **III.** v.prnl. **1.** Excitar el apetito sexual. **2.** Fig. Enfervorizarse en una disputa. • **calentito,a** adj. Fig. y Fam. Recién hecho o sucedido.

calentura n.f. Fiebre. • **calenturiento,a** n. y adj. **1.** Se dice del que tiene indicios de calentura. **2.** *Chile.* Tísico.

calera n.f. **1.** Cantera que da la piedra para hacer cal. **2.** Horno donde se calcina la piedra caliza.

calesa n.f. Carruaje de cuatro o, más comúnmente, de dos ruedas, con la caja abierta por delante, dos o cuatro asientos y capota de vaqueta. • **calesera** n.f. **1.** Chaqueta con adornos que usan los caleseros andaluces. **2.** Cante popular andaluz. • **calesín** n.m. Carruaje ligero.

caletear v.int. *Chile.* Tocar un barco en todos los puertos de la costa y no sólo en los mayores. ▷ P. ext., se aplica también al avión y al ferrocarril.

caletre n.m. Fam. Tino, discernimiento.

cali- Prefijo procedente del griego *kallos*, «belleza».

cálibe n.m. Individuo de un pueblo que habitaba en el Ponto, y se ocupaba en tratar y labrar el hierro. (Se usa más en pl.).

calibrar v.tr. **1.** Medir o reconocer el calibre de las armas de fuego o el de otros tubos. **2.** Medir o reconocer el calibre de los proyectiles, o el grueso de los alambres, chapas de metal, etc. **3.** Dar al alambre, al proyectil o al ánima del arma el calibre que se desea. **4.** Clasificar según el calibre. • **calibrador** n.m. Instrumento para calibrar. ▷ Tubo cilíndrico de bronce, por el cual se hace correr el proyectil para apreciar su calibre. • **calibre** n.m. **1.** Diámetro interior de muchos objetos huecos; como tubos, conductos, cañerías. **2.** Fig. y Fam. Importancia (de una cosa). *Un error de este calibre puede traernos complicaciones.* **3.** Calidad o estado (de una persona). *Son dos individuos del mismo calibre.*

calicanto n.m. Obra de mampostería.

calicata n.f. MIN **1.** Exploración que se hace en un terreno para determinar la existencia de minerales. **2.** Exploración que se hace en cimentaciones de edificios, muros, etc., para determinar los materiales empleados.

caliciflora n. y adj. BOT Se dice de la planta cuyos pétalos y estambres parecen insertarse en el cáliz.

calicillo n.m. BOT Verticilo de apéndices foliáceos.

calículo n.m. BOT Conjunto de brácteas que simulan un cáliz alrededor del verdadero cáliz como en el clavel y la fresa.

calidad n.f. **1.** Propiedad o conjunto de propiedades inherentes a una cosa, que permiten apreciarla como igual, mejor o peor que las restantes de su especie. *Esta tela es de calidad inferior.* **2.** En sentido absoluto, buena calidad, superioridad o excelencia. **3.** Carácter, genio, índole. **4.** Condición o requisito que se pone en un contrato. **5.** Estado de una persona, su naturaleza, su edad y demás circunstancias y condiciones que se requieren para un cargo o dignidad. **6.** Nobleza de linaje. **7.** Fig. Importancia o gravedad de alguna cosa.

calidez n.f. MED Calor, ardor. • **cálido,a** adj. **1.** Caluroso. **2.** PINT Se dice del colorido en que predominan los matices dorados o rojizos.

calidoscopio n.m. Tubo ennegrecido interiormente, que encierra dos o tres espejos inclinados y en un extremo dos láminas de vidrio, entre las cuales hay varios objetos de figura irregular, cuyas imágenes se ven multiplicadas simétricamente al ir volteando el tubo, a la vez que se mira por el extremo opuesto.

Calidris n.m. Género de aves caradriformes del Ártico, que incluye la *Calidris alba.*

caliente adj. **I. 1.** Que posee una temperatura superior a la normal. ▷ Fig. Acalorado, vivo, si se trata de disputas, riñas, etc. **2.** PINT Cálido, dicho del colorido en el que predominan los matices dorados o rojizos. **II.** Fig. *En caliente.* Al instante; bajo la impresión inmediata de las circunstancias de un caso. — *Estar caliente.* Tener deseo sexual. — *¡Caliente!* Interj. que se usa para advertir a una persona que está próxima a un objeto escondido o a acertar algo. • **calientaplatos** n.m. Utensilio o lugar en la cocina para conservar calientes los platos.

califa n.m. Título que adoptaron los soberanos del Imperio musulmán después de la muerte de Mahoma. (El califa ostenta el poder espiritual y temporal.) • **califal** adj. Dícese de la época en que reinaron los califas, o de cosas pertenecientes a ellos. • **califato** n.m. **1.** Dignidad de califa. **2.** Tiempo que duraba el gobierno de un califa. **3.** Territorio gobernado por el califa. **4.** Período histórico en que hubo califas.

ENCICL **Hist.** — Existieron en la Antigüedad cuatro califatos importantes: el califato de Oriente, con sede en Damasco y en Bagdad; el califato fâtimí de África del N; el califato otomano; el califato omeya de Córdoba. Tras la invasión árabe de la península Ibérica y la derrota en 711 de los ejércitos hispanos en Guadalete, los musulmanes llegaron hasta Francia, donde detuvieron su avance, pasando a posesionarse de la península en el plazo de siete años, con 'Abd al-Rahmān al-Gāfiqī. Los baladíes ocuparon el valle del Ebro y el valle del Guadalquivir; los sirios, el levante y los bereberes la meseta, hegemonía que duró ocho siglos. Se estableció un régimen de emirato en toda la Hispania ocupada, cuyos jefes políticos fueron, poco a poco, independizándose del poder del califato de Damasco. Con 'Abd al-Rahmān II se configuró la región como emirato independiente, y en 929 como califato independiente del de Damasco, con 'Abd Al-Rahmān III, fundador del califato omeya de Córdoba (929-1031). A partir de entonces floreció la cultura en al-Andalus, sobre todo en los aspectos de la economía (agricultura, ganadería, orfebrería, cerámica, explotación de salinas, industria textil), de incremento demográfico y fomento de las artes y de las ciencias (astronomía, matemáticas). El declive del califato omeya surgiría en el s. XV, con la consecución de la Reconquista en la toma de Granada por los Reyes Católicos.

califero,a adj. Que contiene cal.

calificar **I.** v.tr. **1.** Atribuir ciertas calidades a una persona o cosa. ▷ Juzgar el grado de suficiencia o la insuficiencia de los conocimientos demostrados por un alumno u opositor. **2.** GRAM Afectar un adjetivo a un nombre. • **calificado,a** adj. **1.** Dícese de la persona de autoridad, mérito y respeto. **2.** Dícese de las cosas que tienen todos los requisitos necesarios. **3.** Cualificado, trabajador especializado. • **calificativo,a** adj. Que califica.

californio, n.m. QUIM Elemento radiactivo de número atómico 98. Uno de sus isótopos, obtenido por Seaborg en la Universidad de California en 1950, tiene un peso atómico de 251.

cáliga n.f. **1.** Especie de sandalia que usaban los soldados de Roma antigua. **2.** Cada una de las polainas que usaron los monjes en la Edad Media y posteriormente los obispos.

calígine n.f. Niebla, oscuridad, tenebrosidad. • **caliginoso,a** adj. Denso, oscuro, nebuloso.

caligrafía n.f. Arte de escribir a mano con letra formada correctamente. • **caligrafiar** v.tr. Escribir a mano.

calilla n.f. **1.** *Chile, Guat.* y *Hond.* Persona molesta y pesada. **2.** *Amér. Central, Chile* y *Perú.* Molestia, pejiguera. **3.** Fam. *Chile.* Calvario, serie de adversidades.

1. calima n.f. MAR Conjunto de corchos enfilados a modo de rosario, que en algunos lugares sirven de boya.

2. calima n.f. Calina (senti. 1).

calimote n.m. El corcho del medio de los tres que se ponen a la entrada del copo para pescar.

1. calina n.f. Accidente atmosférico que enturbia el aire y suele producirse por vapores de agua.

2. calina n.f. BOT Nombre general que designa diversos compuestos químicos (con excepción de las auxinas y de las giberelinas), con influencia en el crecimiento de los vegetales.

calípico adj. Dícese del ciclo lunar equivalente a un período de 76 años, ideado por el astrónomo griego Calipo para corregir, cuadruplicándolo, el número áureo.

calipigia adj. *Venus calipigia,* de bellas nalgas (famosa estatua de Venus: museo de Nápoles).

calitipia n.f. Procedimiento para sacar pruebas fotográficas.

cáliz n.m. **1.** Vaso sagrado que sirve en la misa para contener el vino que se ha de consagrar. ▷ POET Copa o vaso. ▷ Fig. Con los verbos *beber, apurar* y otros análogos, expresos o sobrentendidos, conjunto de amarguras, aflicciones o trabajos. **2.** BOT Cubierta externa de las flores completas.

caliza **1.** adj. Que contiene carbonato cálcico. **2.** n.f. Roca que se compone básicamente de carbonato cálcico.

ENCICL Las calizas, o piedras calizas, representan una gran parte de las rocas sedimentarias y se deben, en su mayoría, a la actividad de seres vivientes que provocan la precipitación del carbonato cálcico que contiene el medio en que viven. Una forma de identificarlas consiste en la efervescencia (desprendimiento burbujeante de gas carbónico) que se produce cuando entran en contacto con un ácido. La importancia industrial de las calcitas es enorme; de ellas se extrae la cal y el cemento y se utilizan mucho en construcción (mármoles, cipolinos, perpiaños, etc.), en escultura, para grabados (litografía), en agricultura (abono), etc. La tiza, los blancos de Troyes y de Meudon son calcitas muy puras. Por efecto de la erosión, las calcitas dan lugar a unos paisajes muy característicos (pendientes, karst, mesetas calcáreas).

calma n.f. **1.** Estado de la atmósfera cuando no hay viento. ▷ *Calma chicha.* Se dice, especialmente en la mar, cuando el aire está en completa quietud. ▷ GEOGR *Calmas ecuatoriales, tropicales.* Zonas de bajas presiones y de viento débil. **2.** Cesación o suspensión de algunas cosas. ▷ Fig. Paz, tranquilidad. **3.** Fig. y Fam. Cachaza, indolencia. • **calmante** n.m. y adj. FARM Dícese de los medicamentos que disminuyen o hacen desaparecer un dolor o una excitación. • **calmar** I. v.tr. y prnl. Sosegar, adormecer. 2. v.int. Estar en calma o tender a ella.

calmoso,a adj. Que está en calma. FAM. ▷ Se aplica a la persona indolente y perezosa.

caló n.m. Lenguaje o dialecto de los gitanos.

calología n.f. Estética.

calomelanos n.m. pl. FARM Cloruro de mercurio sublimado (Hg_2, Cl_2).

calóptero,a adj. ZOOL Que tiene hermosas alas.

calor n.m. I. 1. Calidad, naturaleza de lo que está caliente; sensación producida por lo que está caliente. ▷ Temperatura elevada del aire, tiempo caluroso. 2. FIS Forma de energía que se traduce por un incremento o una disminución de la temperatura o por un cambio de estado. 3. FISIOL *Calor animal.* El producido por el cuerpo de los animales «de sangre caliente» (homeotermos). II. 1. Sensación de calor por enfermedad física. 2. Fig. Ardor, impetuosidad, vehemencia. 3. Fig. Lo más fuerte y vivo de una acción. • **caloricidad** n.f. FISIOL Propiedad por la que los animales conservan una temperatura superior a la del medio en que viven. • **calórico** n.m. 1. FIS Principio o agente hipotético de los fenómenos del calor. 2. Sensación de calor. • **calorífero,a** adj. 1. Que conduce y propaga el calor. 2. Aparato que asegura la calefacción de un edificio. • **calorífico,a** adj. 1. Que produce o distribuye calor. 2. Perteneciente o relativo al calor. • **calorífugo,a** n.m. y adj. Que conduce mal el calor, que constituye un aislamiento térmico.
ENCICL El calor es una forma degradada de la energía. Aparece al frotar entre sí dos cuerpos, en el curso de las reacciones químicas exotérmicas, en las reacciones nucleares y cuando se produce el paso de una corriente eléctrica por un conductor (efecto Joule). El calor se propaga por radiación, convección o conductibilidad. Se mide en julios, unidad aceptada de calor y de trabajo, preferible a la caloría. Aunque existe la posibilidad de transformar integralmente el trabajo en calor, la operación inversa es imposible (el rendimiento límite de un motor térmico, inferior a la unidad, depende de las temperaturas de las fuentes con la que tiene relación). v. termodinámica.

caloría n.f. Unidad de cantidad de calor; cantidad de calor necesaria para elevar la temperatura del agua de 14,5 a 15,5 °C, a la presión atmosférica normal. • **calorimetría** n.f. FIS Medición del calor que se desprende o absorbe en los procesos biológicos, físicos o químicos. • **calorímetro** n.m. FIS Aparato para medir la cantidad de calor desprendida o absorbida en un fenómeno físico o una reacción química.

caloriamperímetro n.m. ELECTR Aparato para medir la intensidad de una corriente eléctrica por el método calorimétrico.

calorimotor n.m. FIS Aparato para producir calor por medio de una corriente eléctrica de mucha potencia.

calorización n.f. METAL Procedimiento de protección de las piezas de acero contra el óxido.

calostro n.m. FISIOL Primera secreción de la glándula mamaria después del parto.

calta n.f. Planta anual de la familia de las ranunculáceas.

calumnia n.f. Acusación o imputación falsa, hecha para causar daño. • **calumniar** v.tr. Atribuir falsa y maliciosamente a alguno palabras, actos o intenciones deshonrosas o la comisión de algún delito.

caluroso,a adj. 1. Que siente o causa calor. 2. Fig. Vivo, ardiente.

calutrón n.m. FIS NUCL Espectrógrafo de masa que a partir de 1941 permitió la separación magnética de los isótopos del uranio.

calva n.f. 1. Parte de la cabeza de la que se ha caído el pelo. 2. Parte pelada de una piel, felpa, etc. 3. Sitio en los sembrados, plantíos y arbolados donde falta la vegetación correspondiente. • **calvicie** n.f. Falta de pelo en la cabeza.

calvario n.m. 1. Vía crucis. 2. Fig. y Fam. Serie o sucesión de adversidades y pesadumbres.

calvero n.m. Zona desprovista de árboles dentro de un bosque.

calvinismo n.m. Doctrina religiosa creada por Calvino expresada en la *Instrucción de la religión cristiana*; se basa en tres principios esenciales: 1. La única fuente de la fe son las Sagradas Escrituras (Antiguo y Nuevo Testamento); 2. La humanidad, corrompida por la Caída, es indigna por naturaleza ante la gracia todopoderosa de un Dios redentor que ha decidido, desde siempre, la salvación del hombre por Jesucristo (el corolario de esta afirmación es el principio de la predestinación); 3. El culto sólo admite dos sacramentos: el bautismo y la comunión, pero Calvino rechaza la transustanciación romana y la consustanciación luterana. En la actualidad, hay aproximadamente unos 45 millones de calvinistas en el mundo.

calvo,a n. y adj. 1. Que ha perdido el pelo de la cabeza. 2. Se dice del terreno sin vegetación alguna. 3. Se dice del paño y otros tejidos que han perdido el pelo.

calza n.f. I. 1. Antigua prenda de vestir que cubría el muslo y la pierna. (Se usa más en pl.). 2. Fam. Media. II. Cuña con que se calza.

calzada n.f. 1. Carretera. 2. Parte de la calle comprendida entre dos aceras.

calzado,a I. n.m. Todo género de zapato. II. adj. 1. Se dice de algunos religiosos porque usan zapatos, en contraposición a los descalzos. 2. Dícese del ave cuyos tarsos están cubiertos de plumas. 3. Aplícase al cuadrúpedo cuyas patas tienen en su parte inferior color distinto del resto de la extremidad.

calzador n.m. Utensilio de forma acanalada, que sirve para hacer que entre el pie en el zapato.

calzar I. v.tr. y prnl. 1. Cubrir el pie, y algunas veces la pierna, con el calzado. 2. Tratándose de guantes, espuelas, etc., usarlos o llevarlos puestos. II. v.tr. 1. Poner calces. 2. Poner una cuña.

calzo I. n.m. 1. Calce, cuña que se introduce entre dos cuerpos. 2. MAR Cada uno de los maderos que se disponen a bordo para que puedan afirmarse algunos objetos pesados. II. pl. Las extremidades de un caballo o yegua.

calzón n.m. Antiguamente, pantalón. — *A calzón quitado.* Descaradamente. • **calzoncillos** n.m.pl. Prenda interior masculina, que cubre desde la cintura hasta la parte superior de los muslos.

callada n.f. 1. Silencio o efecto de callar. 2. MAR Intermisión de la fuerza del viento o de la agitación de las olas. • **callado,a** adj. 1. Silencioso, reservado. 2. Se dice de lo hecho con silencio o reserva.

callampa n.f. 1. *Chile.* Seta, especie de hongo. 2. Fig. y Fam. *Chile.* Sombrero de fieltro.

callapo n.m. 1. *Chile.* MIN Entibo, madero para apuntalar. 2. *Chile.* MIN Grada de escalera en la mina.

callar I. v.int. y prnl. 1. Guardar silencio una persona. 2. Cesar de hacer ruido una persona o cosa (hablando, cantando, tocando un instrumento, etc.) 3. Abstenerse de manifestar lo que se siente o se sabe. II. v.tr. y prnl. 1. Tener reservada, no decir, una cosa. *Callar un secreto.* 2. Omitir, pasar algo en silencio.

calle n.f. I. 1. Vía en poblado. 2. Denominación del pueblo que depende de otro, como si estuviese dentro de él. 3. Camino entre dos hileras de árboles o de otras plantas. 4. DEP Zona estrecha, delimitada por ambos lados, en una pista de atletismo, piscina de competición, etc. 5. En los juegos de damas y ajedrez, serie de casillas. 6. IMP Línea de espacios vertical u oblicua que se forma ocasionalmente en una composición tipográfica y la afea. II. Fig. La gente, el público en general, como conjunto no minoritario que opina, desea, reclama, etc. III. Como complemento de ciertos verbos, libertad, por contraste de cárcel, detención, etc. • **calleja** n.f. 1. Diminutivo frecuente de *calle.* 2. Callejuela. • **callejear** v.int. Andar frecuentemente y sin necesidad de calle en calle. • **callejero,a** I. adj. 1. Perteneciente o relativo a la calle. 2. Que gusta de callejear. II. n.m. 1. Lista de las calles de una ciudad que llevan las guías descriptivas de ella. 2. Registro o nota de los domicilios de los suscriptores, que usan los repartidores. • **callejón** n.m. 1. Paso estrecho y largo entre paredes, casas o elevaciones de terreno. 2. Espacio existente entre la barrera y la contrabarrera de las plazas de toros. • **callejuela** n.f. d. desp. de calleja, calle estrecha.

callecalle n.m. y f. *Chile.* Nombre de una planta irídea, medicinal, del género *Libertia.*

call-girl n.f. Prostituta que se contrata por teléfono.

callo n.m. 1. Dureza que por roce o presión se llega a formar en los pies, manos, rodillas, etc. 2. CIR Cicatriz que se forma en la reunión de los fragmentos de un hueso fracturado. 3. pl. Pedazos del estómago de la vaca, ternera o carnero, que se comen guisados. • **callicida** n.m. y adj. FARM Que elimina los callos de los pies. • **callista** n.m. y f. Persona que se dedica a cortar o extirpar y curar callos. • **callosidad** n.f. Dureza de la especie del callo, menos profunda.

1. cama n.f. I. 1. Armazón de madera o hierro con colchón, sábanas, mantas, colcha y almohadas, que sirve para dormir y descansar en ella las personas. ▷ Este armazón por sí solo. — *Cama turca.* Especie de sofá ancho que puede servir para dormir en él. — *Irse a la cama.* Acostarse. — Fig. *Hacer la cama a uno.* Trabajar en secreto para perjudicarle. 2. Plaza para un enfermo en el hospital, sanatorio, etc. 3. Sitio donde se echan los animales para su descanso. II. 1. AGRIC Capa de estiércol, llamada también cama caliente, capaz de producir, por la fermentación, una temperatura elevada. 2. ALBAÑ Capa o mortero que se pone entre dos hileras de ladrillos. III. Camada, conjunto de animales nacidos de un mismo parto.

2. cama n.f. I. 1. Cada una de las barretas o palancas del freno del caballo. 2. En el arado, pieza encorvada de madera o de hierro, en la cual encajan por la parte inferior delantera el dental y la reja, y por detrás la esteva; por el otro extremo está afianzada en el timón.

camachuelo n.m. Pardillo (pájaro)

camada n.f. 1. Todos los hijuelos que paren de una vez algunos animales, y se hallan juntos en un mismo lugar. 2. Conjunto de cosas extendidas horizontalmente unas sobre otras.

camafeo n.m. 1. Figura tallada de relieve en ónice u otra piedra dura y preciosa. 2. La misma piedra labrada.

camagua 1. adj. *C. Rica, El Salv., Hond.* y *Méx.* Dícese del maíz que empieza a madurar. 2. n.f. *Cuba.* Árbol silvestre cuyo fruto sirve de alimento a varios animales.

camahuas n.m.pl. ETNOGR Antigua tribu del Perú.

camal n.m. Cabestro de cáñamo o cabezón con que se ata una caballería. 2. Palo del que se suspende por las patas traseras al cerdo muerto. **3.** *Perú.* Matadero principal.

camaleón n.m. **I. 1.** Saurio de cuerpo comprimido, cola prensil y lengua contráctil. Cambia de color en virtud de ciertas células cutáneas, cargadas de pigmentos, por el influjo de las condiciones del medio. Hay varias especies. ▷ Fig. y Fam. Persona que muda con facilidad de pareceres o doctrinas. **2.** *Bol.* Iguana. **3.** *Cuba.* Lagarto verde, grande, llamado también chipojo. **II.** *C. Rica.* Ave de rapiña, pequeña, común, que suele posarse en las ramas de los árboles para acechar su presa. **III.** *Camaleón mineral.* Nombre vulgar del permanganato potásico.

camalote n.m. **1.** *Amér.* Planta gramínea forrajera acuática o propia de lugares pantanosos; zacate. **2.** *Méx.* Planta poligonácea acuática cuyo tallo contiene una médula con la que se hacen flores y figuras de adorno. **3.** *Arg., Par.* y *Urug.* Nombre común a varias plantas acuáticas y especialmente a ciertas pontederiáceas que abundan en las orillas de ríos, arroyos, lagunas, etc. ▷ Conjunto de estas plantas que, enredadas con otras de diferente especie, forman como islas flotantes.

camándula n.f. **1.** Camáldula. **2.** Rosario de uno o tres dieces. **3.** Fig. y Fam. Hipocresía, astucia.

cámara n.f. **I. 1.** Habitación privada de los reyes, papas, etc. **2.** ant. Pieza principal de una casa. **3.** *Cámara de gas.* Recinto en el que se ejecutan una o más personas introduciendo en él gases letales. **4.** *Cámara mortuoria* o *ardiente.* Oratorio fúnebre provisional. **5.** Compartimiento o espacio cerrado de una máquina. **II.** CINEM **1.** *Cámara oscura.* Caja cerrada con un orificio pequeño, provisto de una lente, por donde los rayos de luz reflejados producen una imagen real de los objetos que se proyecta en una pantalla traslúcida. **2.** *Cámara fotográfica.* Aparato que consta de un objetivo con una cámara oscura, en cuyo fondo se coloca una placa o película que impresiona la imagen de los objetos exteriores. ▷ *Cámara cinematográfica.* Aparato destinado a registrar imágenes animadas. **3.** *Cámara lenta.* Procedimiento consistente en tomar escenas con una cadencia superior a la utilizada para la proyección y que permite que los movimientos parezcan más lentos de lo que son en realidad. **III.** ANAT Espacio hueco en el interior del cuerpo. *Cámara anterior de la boca.* **IV.** FIS *Cámara de burbujeo.* Recinto en el interior del cual pueden detectarse las reacciones entre partículas elementales. **V.** TECN **1.** *Cámara de combustión.* Cavidad en la que se inyecta una mezcla de combustible y donde se efectúa la combustión. **2.** *Cámara de aire.* Tubo circular en el que se comprime el aire para hinchar el neumático. **3.** *Cámara frigorífica.* Recinto dotado de instalaciones de frío artificial, que se destina a conservar alimentos. **VI.** OPT *Cámara clara.* Aparato óptico que proyecta sobre un papel horizontal la imagen de un objeto, que puede así dibujarse fácilmente. **VII.** Ayuntamiento, junta. ▷ *Cámara de compensación.* Asociación voluntaria de bancos, que facilita el intercambio de cheques, pagarés, letras, etc., y el balance de cada banco asociado, con el menor movimiento posible de numerario. **VIII.** Cada uno de los cuerpos colegisladores en los gobiernos representativos. Comúnmente se distinguen con los nombres de *cámara alta* (Senado), y *cámara baja* (Congreso). **IX.** En las armas de fuego, espacio que ocupa la carga. **X.** pl. Diarreas.

camarada n.m. y f. **1.** Compañero. **2.** Miembro o partidario de algunos partidos políticos. • **camaradería** n.f. Relación entre camaradas.

camaranchón n.m.desp. Desván de la casa.

camarero,a **I.** n.m. y f. Persona que atiende a los clientes en cafés, bares, barcos, etc. **II.** n.m. Persona que sirve en la cámara de un personaje, como el papa o los reyes.

camarilla n.f. Grupo de personas que influyen en las decisiones de algún personaje importante.

camarín n.m. **1.** En los teatros, cada uno de los cuartos donde los actores se visten para salir a la escena. **2.** Capilla pequeña colocada detrás de un altar.

camarlengo n.m. Título de dignidad entre los cardenales de la Iglesia.

camarón o **cámaro** n.m. **1.** ZOOL Crustáceo decápodo, macruro, de 3 a 4 cm de largo. Es comestible. **2.** *C. Rica.* Propina o gratificación.

camarote n.m. Dormitorio de barco.

camarroya n.f. Achicoria silvestre.

camarú n.m. *Amér.* Árbol llamado también roble de Orán. Su corteza se parece a la quina, y se emplea como medicamento.

camastro n.m. Desp. Lecho pobre.

cambalache n.m. Fam. Trueque de objetos de poco valor.

cambaleo n.m. Compañía antigua de cómicos, compuesta de cinco hombres y una mujer.

cambará n.m. Árbol de la América del Sur, frondoso. Su corteza se emplea como febrífugo, y la infusión de sus hojas se tiene como eficaz remedio contra la tos.

cámbaro n.m. ZOOL Crustáceo decápodo, braquiuro, marino. Algunas de sus especies son comestibles.

cambiar **I.** v.tr. e int. **1.** Dar, tomar o poner una cosa por otra. **2.** Mudar, variar, alterar. **II.** v.tr. **1.** Dar o tomar billetes o moneda de una especie por su equivalente en otra. **2.** MAR Bracear el aparejo para variar al rumbo contrario. **3.** MAR Virar, cambiar de rumbo o de bordada. **III.** v.int. y prnl. Mudar de dirección el viento. **IV.** v.int. AUTOM En los automóviles, pasar de una velocidad a otra. **V.** v.prnl. **1.** Mudarse de ropa. **2.** Mudarse de casa. • **cambiador,a** **I.** adj. Que cambia. **II.** n.m. **1.** TECN *Cambiador de calor.* Recipiente donde se opera una transferencia de calor entre un fluido caliente y uno frío. **2.** QUIM *Cambiador de iones.* Sustancia que retiene determinados iones de una disolución cambiándolos por sus propios iones.

cambiavía n.m. *Amér.* Guardagujas.

cambija n.f. Arca de agua elevada sobre las cañerías que la conducen.

cambín n.m. Nasa de junco parecida a un sombrero redondo, que sirve para pescar.

cambio n.m. **I. 1.** Acción y efecto de cambiar. **2.** Dinero menudo. **II.** COM **1.** Tanto que se abona o cobra, sobre el valor de una letra de cambio. **2.** Precio de cotización de los valores mercantiles. **3.** Valor relativo de las monedas de países diferentes o de las de distinta especie de un mismo país. ▷ *Libre cambio.* Sistema económico que franquea o favorece el comercio, principalmente el internacional. — Régimen aduanero fundado en esta doctrina. **III.** BIOL Transferencia recíproca de sustancias entre el organismo, la célula, y el medio exterior. — *Cambios gaseosos*, en la respiración, en la fotosíntesis de las plantas. — *Cambios celulares*, por los que la célula toma los materiales necesarios para su supervivencia, y restituye los desechos. **IV.** MAT *Cambio de ejes.* Paso de un sistema de coordenadas a otro. **V.** FERROC Mecanismo formado por las agujas y otras piezas de las vías que permite cambiar de vía al ferrocarril. **VI.** *En cambio.* En contrapartida, por compensación.

cámbium n.m. BOT Capa de células situadas entre el leño y el líber, que da lugar al crecimiento de estos dos tejidos por multiplicación celular.

camboyano,a adj. **1.** Natural de Camboya. **2.** Perteneciente o relativo a este Estado de Asia.

cambray n.m. Especie de lienzo blanco y sutil, al que dio nombre Cambrai, lugar donde se fabricaba.

cámbrico,a o **cambriano** **1.** n.m. y adj. Primera parte de la era primaria; conjunto de terrenos formados durante este período. **2.** adj. De este período.

cambrón n.m. BOT **1.** Arbusto de la familia de las ramnáceas, de unos dos metros de altura. **2.** Espino cerval. **3.** Zarza. **4.** pl. Espina santa. • **cambronera** n.f. Arbusto de la familia de las solanáceas, de unos dos metros de altura.

cambucho n.m. **1.** *Chile.* Cucurucho. **2.** *Chile.* Cesta de papeles o de ropa sucia. **3.** *Chile.* Tugurio. **4.** *Chile.* Forro de paja que protege las botellas.

cambullón n.m. *Amér.* Chanchullo.

cambur n.m. Planta de la familia de las musáceas parecida al plátano, pero con el fruto más redondeado.

cambute n.m. **I. 1.** Planta tropical gramínea. **2.** *Cuba.* Cambutera, su fruto y su flor. **II.** *Amér.* Caracol grande y comestible.

cambutera n.f. BOT *Cuba.* Bejuco silvestre de la familia de las convolvuláceas.

camedrio o **camedris** n.m. Planta de la familia de las labiadas. Sus flores se usan como febrífugo.

camelar v.tr. **1.** Fam. Conquistar. **2.** Fam. Seducir. **3.** *Méx.* Ver, mirar, acechar.

camelia n.f. **I. 1.** Arbusto de la familia de las teáceas, de hojas perennes y flores muy bellas. **2.** Flor de este arbusto. **II.** *Cuba.* Amapola.

camélido n. y adj. ZOOL Se dice de rumiantes artiodáctilos que carecen de cuernos y tienen una excrecencia callosa que comprende los dos dedos; como el camello y el dromedario. ▷ n.m.pl. Familia de estos animales.

camelina n.f. BOT Planta de la familia de las crucíferas, con semillas oleaginosas, de las que se obtiene aceite.

camelo n.m. **I. 1.** Fam. Galanteo. **2.** Fam. Chasco. **3.** Noticia falsa. **II.** *Cuba.* Malva roja y sin olor.

camelote n.m. Planta tropical gramínea.

camello,a n.m. y f. **1.** ZOOL Artiodáctilo rumiante, oriundo del Asia Central. Tiene el cuello largo, la cabeza pequeña y dos gibas en el dorso.

ENCICL Las gibas del camello, que constituyen su reserva energética y su resistencia frente a la deshidratación, le permiten soportar largos períodos de ayuno (un mes), sin beber agua y en un clima extremadamente cálido. Llega a pesar hasta 700 kg y mide 2 m de altura. *Camelus ferus*, es el camello con dos gibas o camello de Bactriana, típicamente asiático. *Camelus dromedarius*, el dromedario, tiene una sola jiba: vive en el oeste asiático y el norte de África. Ambas especies se utilizan como bestias de carga para atravesar el desierto. Son también aprovechables su lana, su leche, su carne y hasta sus excrementos, recuperados como combustible en las caravanas.

camembert n.m. Queso de vaca con corteza enmohecida, que se elabora en la región de Camembert (Francia).

camena n.f. POET Musa.

camero,a **I.** adj. **1.** Se dice de la cama grande. **2.** Lo relativo a ella. **II.** n.m. **1.** Persona que hace camas u otras cosas pertenecientes a ellas. **2.** Persona que alquila camas. **III.** n.f. *Col.* Especie de conejo silvestre.

camerunés,a **1.** n. y adj. Natural de Camerún. **2.** adj. Perteneciente o relativo a este país africano.

camia n.f. BOT Árbol frutal de Filipinas, de la familia de las oxalidáceas, que da su fruto en el mismo tronco.

cámica n.f. *Chile*. Declive del techo.

1. camilo n.m. Muchacho que los romanos empleaban en el servicio del culto.

2. camilo n. y adj. Se dice del clérigo que pertenece a la congregación fundada en Roma por San Camilo de Lelis.

camilla n.f. Cama estrecha y portátil, que sirve para el transporte de enfermos y heridos. • **camillero** n.m. **1.** Cada uno de los que transportan la camilla. **2.** MILIT Soldado práctico en conducir heridos en camilla y en hacerles algunas curas.

caminar **I.** v.int. **1.** Ir de viaje. **2.** Andar. **3.** Fig. Seguir su curso las cosas inanimadas. **II.** v.tr. **1.** Recorrer caminando. **2.** Dirigirse a un lugar o meta. • **caminante** n.m. **1.** Que camina. **2.** Mozo de espuela. **3.** Ave chilena muy parecida a la alondra. • **caminata** n.f. **1.** Fam. Paseo o recorrido largo y fatigoso. **2.** Viaje corto que se hace por diversión.

camino n.m. **I. 1.** Tierra hollada por donde se transita habitualmente. **2.** Vía que se construye para transitar. **3.** Fig. Dirección que ha de seguirse para llegar a un lugar. **4.** Trayecto. **II.** Fig. Medio para hacer o conseguir alguna cosa. **III.** *Abrir camino.* Facilitar el tránsito de una parte a otra. — Fig. Hallar, sugerir o allanar el medio de vencer una dificultad o de conseguir algo. — *De camino.* De paso.

camión n.m. Vehículo automóvil de cuatro o más ruedas destinado al transporte de cargas pesadas. • **camioneta** n.f. Vehículo automóvil menor que el camión y que sirve para transporte de toda clase de mercancías.

camisa n.f. **I. 1.** Prenda de vestir que cubre el torso. **2.** Telilla con que están inmediatamente cubiertos algunos frutos, legumbres y granos. **3.** Piel que deja la culebra cuando muda. **4.** Revestimiento interior o exterior de una pieza mecánica. **5.** IMP Lienzo que se pone encima del muletón o pañete. **II.** *Camisa de fuerza.* Especie de camisa fuerte abierta por detrás, con mangas cerradas en su extremidad, propia para sujetar los brazos de quien padece demencia o delirio violento. • **camiseta** n.f. Prenda ligera sin mangas o de manga corta, que se pone directamente sobre la piel. • **camisón** n.m. Camisa larga, hasta las piernas o los pies que usan algunas mujeres para dormir.

camisards, protestantes de la región francesa de Cévennes, que se rebelaron contra Luis XIV después de la revocación del Edicto de Nantes, durante la guerra de Sucesión española (1702-1705).

camisas negras apodo de los fascistas italianos, que llevaban pantalón gris y camisa negra.

camisas pardas, nombre dado a los miembros del partido nacional-socialista alemán que, a imitación de Hitler, llevaron, a partir de 1925, camisas de este color.

camisas rojas, nombre dado, a causa de su uniforme, a los partidarios de Garibaldi (1860, 1867, 1870-1871) y de sus nietos.

camitas («hijos de Cam»), nombre dado antiguamente a los pueblos del Cuerno de África (etíopes, somalíes, etc.), de África del Norte (bereberes y tuaregs) y de Canarias (guanches), de tez en general oscura y físicamente próximos a los europeos. Esta clasificación, actualmente abandonada en antropología, no se aplica más que a ciertas lenguas llamadas *camito* (o *hamito*) *-semíticas*. • **camito-semítica** adj. Se aplica a la familia de lenguas que comprende el hebreo, el berberisco, el antiguo egipcio, el etíope y el copto.

camofita n.f. BOT Planta baja cuyas yemas, que deben sobrevivir a la época fría, están situadas a menos de 25 cm del suelo.

camomila n.f. Manzanilla (hierba y su flor).

1. camón n.m. **1.** Trono real portátil que se colocaba junto al presbiterio. **2.** Mirador, balcón encristalado. • **camoncillo** n.m. Taburete de estrado.

2. camón n.m. **1.** Cada una de las piezas curvas que componen los dos anillos o cercos de las ruedas hidráulicas. **2.** *Cuba.* Pina, pieza curva de la rueda del carro. **3.** ARQUIT Armazón de cañas o listones con que se forman las bóvedas encamonadas o fingidas. **4.** pl. Maderos gruesos de encina con que se forran las pinas de las ruedas.

camorra n.f. Fam. Riña o pendencia.

camote n.m. **I. 1.** Batata. **2.** *Amér.* Bulbo. **II. 1.** *Amér.* Enamoramiento. **2.** Amante, querida. **III. 1.** Fig. *Amér.* Mentira, bola. **2.** Fig. *Méx.* Bribón, desvergonzado. **3.** Fig. *Ecuad.* y *Méx.* Persona tonta, boba. • **camotear** v.int. *Méx.* Andar vagando sin acertar con lo que se busca. • **camotillo** n.m. **1.** *Chile* y *Perú.* Dulce de camote machacado. **2.** *Méx.* Madera de color violado, veteada de negro. **3.** *El Salv., Guat.* y *Hond.* Cúrcuma (planta monocotiledónea). **4.** *C. Rica.* Yuquilla (planta acantácea).

campamento n.m. **1.** Acción de acampar o acamparse. **2.** MILIT Lugar al despoblado donde se establecen las tropas temporalmente. **3.** Tropa acampada. **4.** Lugar al aire libre, especialmente dispuesto para albergar viajeros, mediante retribución adecuada.

campana n.f. **I. 1.** Instrumento metálico, en forma de copa invertida o de otras formas que suena golpeado por un martillo o resorte. **2.** Fig. Cualquier cosa que tiene forma semejante a la campana, abierta y más ancha en la parte inferior. — *Campana de buzo.* Aparato dentro del cual descienden los buzos para trabajar debajo del agua, y donde se renueva continuamente el aire respirable. — ARQUIT *Campana de chimenea.* Tabique de forma variable que cubre el hogar para recoger el humo y encaminarlo al cañón de la chimenea. • **campanario** n.m. Torre o armadura donde se colocan las campanas. • **campanear** **I.** v.int. **1.** Tocar insistentemente las campanas. **2.** Divulgar al instante un suceso; propararlo. **3.** Girar anormalmente un proyectil durante la trayectoria. **II.** v.int. y prnl. Oscilar, balancear. • **campaneo** n.m. **1.** Reiterado toque de campanas. **2.** Fig. y Fam. Contoneo. **3.** Acción y efecto de campanear un proyectil. • **campanero** n.m. **1.** El que hace campanas. **2.** Pájaro del género de los mirlos, que imita el sonido de una campana. • **campaniforme** adj. De forma de campana. • **campanil** n.m. Campanario (torre).

campanilla n.f. **1.** Campana manual y de usos más variados que la grande. Generalmente sirve para reclamar la atención a la gente reunida. **2.** Úvula. **3.** Planta trepadora (género *Ipomoea,* familia de las convolvuláceas).

campano n.m. **1.** Cencerro. **2.** Esquila. **3.** Árbol americano, cuya madera se emplea en la construcción de buques.

campanólogo,a n.m. y f. Persona que toca piezas musicales haciendo sonar campanas o vasos de cristal de diferentes tamaños.

campante adj. Fam. Ufano, satisfecho.

campánula n.f. Farolillo (planta campanulácea). • **campanuláceo,a** n. y adj. BOT Dícese de plantas angiospermas dicotiledóneas, lechosas y con flores de corola gamopétala, azules, amarillas o purpúreas. ▷ n.f.pl. Familia de estas plantas.

campaña n.f. **I. 1.** Campo llano sin montes ni aspereza. **2.** *Amér.* Campo, terreno fuera de poblado. **II. 1.** Conjunto de actos o esfuerzos que se aplican a conseguir un fin determinado. **2.** Fig. Período en que una persona ejerce un cargo o profesión, o se dedica a ocupaciones determinadas. **3.** Fig. Cada ejercicio industrial o mercantil que corresponde a uno de los períodos que en él se distinguen, natural o convencionalmente. **4.** MAR Período de operaciones de un buque o de una escuadra, desde la salida de un puerto hasta su regreso a él, o comienzo de ulterior servicio. **5.** MILIT Duración de determinado servicio militar.

campañol n.m. Mamífero roedor, muy parecido al ratón, que vive en galerías subterráneas.

campar v.int. **1.** Sobresalir. **2.** Acampar.

campear v.int. **1.** Salir a pacer los animales domésticos, o salir de sus cuevas o guaridas los que son salvajes. **2.** Campar. **3.** *Chile* y *R. de la Plata.* Salir al campo en busca de alguna persona, o animal o cosa. **4.** Estar visible una cosa en un sitio.

campechano,a adj. **1.** Fam. Abierto. **2.** Fam. Generoso.

campeón,a **I.** n. y adj. Persona que obtiene la primacía en el campeonato. **II.** n.m. El que tomaba parte en los desafíos antiguos. ▷ Fig. Defensor esforzado de una causa o doctrina. • **campeonato** n.m. Certamen o contienda en que se disputa el premio en ciertos juegos o deportes.

campero adj. **1.** Perteneciente o relativo al campo. **2.** Se aplica al ganado y a otros animales cuando duermen en el campo. **3.** *Amér.* Dícese del animal muy adiestrado en el paso de los ríos, montes, zanjas, etc. **4.** *Méx.* Dícese del trote muy suave del caballo. **5.** *Arg., Par.* y *Urug.* Se aplica a la persona muy práctica en el campo. **6.** AGRIC Dícese de las plantas que tienen las hojas o los tallos tendidos por el suelo y horizontalmente en el aire.

campesino,a **1.** adj. Dícese de lo que es propio del campo o perteneciente a él. **2.** n. y adj. Que suele andar en el campo.

campestre **1.** adj. Campesino. **2.** n.m. Baile antiguo de México.

campil- campilo- Prefijo procedente del griego *kampylos,* «curvado».

campilótropo adj. BOT Se dice de un óvulo que se encuentra más o menos curvado.

campímetro n.m. MED Aparato utilizado para medir la amplitud del campo visual.

campiña n.f. Espacio grande de tierra llana, dedicada a la agricultura.

campiñiense n.m. y aj. PREHIST Nombre que se da a un tipo sencillo de herramienta de sílex del final del neolítico (calcolítico).

campizal n.m. Terreno corto cubierto a trechos de césped.

campo n.m. **I. 1.** Terreno extenso fuera de poblado. **2.** Se usa en contraposición a sierra o montaña. **3.** Tierra laborable. ▷ Sembrados, árboles, y demás cultivos. **II.** DEP Terreno o lugar donde se practica el deporte. **III.** *Campo visual.* El espacio que abarca la vista estando el ojo inmóvil. **IV.** MIT *Campos Elíseos o Elisios.* Morada de las almas virtuosas en los confines occidentales de la Tierra (mitología griega) o en los Infiernos (mitología latina). **V.** HIST *Campo de Marte.* Gran campo de la antigua Roma. Estaba consagrado al dios Marte, y dedicado a los ejercicios militares y a las reuniones de los comicios. **VI.** Conjunto determinado de materias, ideas o conocimientos. **VII.** FIS Espacio en que se manifiesta cualquier acción física a distancia. **VIII.** MILIT Terreno o comarca ocupados por un ejército durante las operaciones de guerra. **IX.** *Campo de concentración.* Recinto en que, por orden de la autoridad, se obliga a vivir a cierto número de personas, por razones políticas, sanitarias, etc. **X.** MAT *Campo vectorial.* Conjunto de vectores cuyas componentes son funciones de las coordenadas de los puntos a los que están asociados dichos vectores. **XI.** *Campo Santo.* Cementerio de los católicos.

camposanto n.m. Campo santo.

campus n.m. Parque, amplio terreno que rodea los edificios de algunas universidades.

camueso n.m. Árbol, variedad de manzano cuyo fruto es la camuesa. • **camuesa** n.f. Fruto del camueso.

camuflar v.tr. Disimular la presencia de efectivos militares. ▷ P. ext. Disimular, dar a una cosa el aspecto de otra.

1. can n.m. **I.** Perro (animal). **II. 1.** Pieza pequeña de bronce en la artillería antigua. **2.** Gatillo de las armas de fuego. **III. 1.** ARQUIT Cabeza de una viga del techo interior, que carga en el muro y sobresale al exterior, sosteniendo la corona de la cornisa. **2.** ARQUIT Modillón (voladizo).

2. can n.m. Kan.

1. cana n.f. Cabello que se ha vuelto blanco.

2. cana n.f. Antigua medida española de longitud, variable según los lugares.

canaca n.m. **1.** *Chile.* Nombre despectivo que se da al individuo de raza amarilla. **2.** *Chile.* Dueño de un burdel.

canadiense **1.** n. y adj. Natural de Canadá. **2.** adj. Perteneciente a dicho Estado.

canal **I.** n.m. y f. **1.** Cauce artificial por donde se conduce el agua. **2.** Parte más profunda y limpia de la entrada de un puerto. **3.** En el mar, lugar angosto por donde sigue el hilo de la corriente hasta salir a mayor anchura y profundidad. **4.** Cualquiera de las vías por donde las aguas o los gases circulan en el seno de la Tierra. **5.** Llanura larga y estrecha entre dos montañas. **6.** Teja combada que sirve para formar en los tejados los conductos por donde corre el agua. **7.** Cualquier conducto del cuerpo. **8.** Camellón, artesa. **9.** Res muerta y abierta, sin las tripas y demás despojos. **10.** Cavidad que se forma entre las dos ancas del caballo cuando está muy gordo. **11.** Corte delantero de un libro encuadernado, no siendo en rústica. **II.** n.m. **1.** Estrecho marítimo. **2.** TELECOM Cada una de las bandas de frecuencia en que puede emitir una estación de televisión. **3.** RAD Espacio ocupado por una onda modulada, entre dos frecuencias límites. **4.** ARQUIT Estría. • **canaladura** n.f. ARQUIT Moldura hueca, en línea vertical. • **canalón** n.m. **1.** Conducto que recibe y vierte el agua de los tejados. **2.** Sombrero de teja.

canalizar v.tr. **1.** Abrir canales. **2.** Regularizar el cauce o la corriente de un río. **3.** Aprovechar para el riego o la navegación las aguas por medio de canales o acequias. **4.** Fig. Encauzar.

canalla **1.** n.f. Fig. y Fam. Gente baja, ruin. **2.** n.m. Fig. y Fam. Hombre despreciable y de malos procederes.

canana n.f. Cinto dispuesto para llevar cartuchos.

canapé n.m. **I.** Escaño que tiene acolchados el asiento y el respaldo. Sirve para sentarse o acostarse. **II.** Aperitivo consistente en una rebanada de pan sobre la que se extiende o coloca un alimento.

canario,a **I.** n. y adj. Natural de las islas Canarias. ▷ adj. Perteneciente a ellas. **II.** n.m. Pájaro originario de las islas Canarias, de plumaje amarillo, verdoso o blanquecino. Es una de las aves de mejor canto. **III. 1.** Baile antiguo procedente de las islas Canarias. **2.** Cierta embarcación latina. **IV.** *Chile.* Vasija con agua para imitar el gorjeo de los pájaros. **V. 1.** *C. Rica.* Planta de flores amarillas que crece en los terrenos pantanosos. **2.** BOT Gayomba.

canasta n.f. **1.** Cesto ancho de boca, que suele tener dos asas. **2.** Juego de naipes con dos barajas francesas entre dos bandos de jugadores. **3.** Tanto en el juego del baloncesto. • **canastero,a** **I.** n.m. y f. *Chile.* Vendedor ambulante de frutas y legumbres. **II.** ZOOL *Chile.* Ave indígena, que fabrica su nido en forma de canasto alargado. • **canastilla** n.f. **1.** Cesto pequeño. **2.** Ropa que se prepara para el niño que ha de nacer. • **canasto** n.m. Cesta grande, alta y con dos asas.

cancagua n.f. *Amér.* Arenilla consistente, usada para ladrillos, hornos, braseros y como cemento en las construcciones.

1. cáncamo n.m. Sustancia conocida de los antiguos y que podía ser resina o goma de un árbol de Oriente.

2. cáncamo n.m. MAR Anillo clavado en la cubierta o costado del buque, y que sirve para enganchar motones, amarrar cabos, etc.

cancamusa n.f. Fam Artificio con que se deslumbra a alguno para engañarlo.

cancán n.m. Espectáculo musical de origen francés que consiste en una contradanza acrobática bailada por muchachas.

1. cáncana n.f. Banquillo en que el maestro sentaba a los muchachos como castigo.

2. cáncana n.f. Araña gruesa, de patas cortas y color oscuro.

cancanear v.int. Fam. **1.** Errar, vagar. **2.** *Col., C. Rica, Méx.* y *Nicar.* Tartamudear.

cáncano n.m. Fam. Piojo (insecto hemíptero).

cancel n.m. **1.** En la entrada de los grandes edificios, recinto de carpintería con una puerta giratoria acristalada o pequeño vestíbulo con puertas. **2.** Reja que en una iglesia separa el presbiterio de la nave. **3.** Armazón vertical que divide espacios en una sala o habitación.

cancelar v.tr. **1.** Anular, hacer ineficaz un documento, que tenía autoridad o fuerza. **2.** Fig. Borrar de la memoria, abolir, derogar.

cancelaría n.f. Tribunal romano, por donde se despachan las gracias apostólicas.

cancelario n.m. **1.** El que en las universidades tenía la autoridad pontificia y regia para dar los grados. **2.** *Bol.* Rector de universidad.

cáncer n.m. **1.** PAT Tumor maligno, duro o ulceroso, que invade y destruye los tejidos orgánicos animales. **2.** Fig. Peligro insidioso, mal que roe. • **cancerar** **I.** v.int. y prnl. Padecer de cáncer. **II.** v.tr. Fig. **1.** Consumir, enflaquecer, destruir. **2.** Mortificar, castigar, reprender. • **cancerígeno,a** adj. Que puede provocar el desarrollo de un cáncer. • **cancerología** n.f. Estudio del cáncer y de su tratamiento.

ENCICL Cualquier cáncer tiende a extenderse localmente, por zonas, o a distancia, tanto por diseminación sanguínea como linfática (metástasis). Puede atacar cualquier órgano. Los cánceres más frecuentes son: en la mujer, los de mama, de intestino, de estómago y de útero; en el hombre, los broncopulmonares, los de tráquea, del estómago, de próstata y del esófago. Desde el punto de vista histiológico, se distinguen: los epiteliomas, los sarcomas, los del tejido nervioso, los melanomas y los del tejido embrionario. El tratamiento, que es tanto más eficaz cuanto más precoz, depende de la localización primitiva, del tipo histológico y de la evolución. Se usan varias terapéuticas: quimioterapia, radioterapia, cirugía e inmunoterapia. Actualmente, son numerosos los cánceres que pueden curarse si son tratados a tiempo. El cáncer, cuya causa se desconoce, se debe ciertamente a varios factores: proceso viral, desequilibrio inmunológico, factores genéticos o del medio ambiente, etc.

cancerbero n.m. **1.** MIT Perro de tres cabezas que, según la fábula griega, guardaba la puerta de los infiernos. **2.** Fig. Portero o guarda severo.

cancilla n.f. Puerta hecha a manera de verja, que cierra los huertos, corrales o jardines.

canciller n.m. **1.** Empleado auxiliar en los organismos diplomáticos. **2.** Jefe de Gobierno en algunos países (como Alemania Federal). **3.** Funcionario de alta jerarquía. **4.** En la Antigüedad, secretario encargado del sello real, con el que autorizaba los privilegios y cartas reales.

canción n.f. **1.** Composición en verso, destinada a ser cantada o acompañada de música. **2.** Música con que se canta esta composición. **3.** Composición lírica a la manera italiana, dividida casi siempre en estancias largas, todas de igual número de versos endecasílabos y heptasílabos, menos la última, que es la más breve. **4.** Nombre antiguo de composiciones poéticas de distintos géneros, tonos y formas. • **cancionero** n.m. Colección de canciones y poesías.

canco n.m. **1.** *Chile.* Olla hecha de greda. **2.** *Chile.* Maceta. **3.** *Bol* Nalga. **4.** pl. *Chile.* Caderas anchas en la mujer.

cancro n.m. **1.** BOT Cáncer. **2.** BOT Úlcera que se manifiesta por manchas en la corteza de los árboles.

1. cancha n.f. **1.** Local destinado a juego de pelota, riñas de gallos, etc. **2.** Parte de la explanada del frontón en la cual juegan los pelotaris. **3.** *Amér.* En general, terreno o espacio llano y abierto. **4.** *Amér.* Corral o cercado espacioso. **5.** *Amér.* Hipódromo. **6.** *Amér.* Lugar en que el cauce de un río es más ancho. **7.** *Urug.* Senda.

2. cancha n.f. *Amér.* Maíz o habas tostadas.

canchal n.m. Peñascal o sitio de grandes piedras descubiertas. • **canchear** v.int. Trepar por los canchos o peñascos.

canchamina n.f. *Chile.* Cancha o patio cercado en una mina para recoger el mineral y escogerlo.

1. cancho n.m. **1.** Peñasco grande. **2.** Canchal, peñascal.

2. cancho n.m. *Chile.* Fam. Paga que exigen por el más ligero servicio algunas personas.

candado n.m. **1.** Cerradura suelta contenida en una caja de metal, que por medio de armellas asegura puertas, ventanas, maletas, etc. **2.** *Col.* Perilla de la barba. **3.** pl. Las dos concavidades inmediatas a las ranillas que tienen los caballos en los pies.

cándalo o **cándano** n.m. Rama seca; p. ext., tronco seco, especialmente el de pino.

candamo n.m. Antiguo baile rústico.

candel n. y adj. Pan, trigo candeal.

candela n.f. **1.** Vela para alumbrarse. ▷ Candelero para sostener velas. ▷ Fam. Lumbre. **2.** FIS Unidad de intensidad luminosa en el Sistema Internacional. Símbolo *cd.* Es la radiación, en una dirección dada, de una fuente que emite un resplandor monocromático de frecuencia $540 \cdot 10^{12}$ Hz y cuya intensidad energética en esa misma dirección es de

$$\frac{1}{683} \quad \frac{\text{w}}{\text{esterorradián}}$$

candelabro n.m. **1.** Candelero de dos o más brazos, que se sustenta sobre su pie o sujeto en la pared. **2.** Planta de la familia de las cactáceas, cuyos frutos se llaman tunas, peladas o chulas.

candelaria n.f. **1.** Fiesta que celebra la Iglesia el día de la Purificación de Nuestra Señora, y en el cual se hace procesión con candelas benditas. **2.** Gordolobo y su flor.

candelecho n.m. Choza sobre estacas, desde donde el viñador otea y guarda toda la viña.

candelejón adj. *Col., Chile* y *Perú.* Cándido, inocentón.

candelero n.m. **I. 1.** Utensilio que sirve para mantener derecha la vela o candela. **2.** Instrumento para pescar, deslumbrando a los peces con teas encendidas. **3.** Velón (lámpara). **4.** El que hace o vende candelas. **II.** MAR Puntales verticales que se colocan en una embarcación para asegurar en ellos cuerdas, telas, listones o barras. • **candeleja** n.f. *Chile* y *Perú*. Arandela del candelero.

candelilla n.f. **I.** Instrumento flexible que emplean los cirujanos para explorar y dilatar las vías urinarias. **II. 1.** Planta euforbiácea. **2.** BOT Amento (espiga de planta articulada por su base). **3.** Candela (flor de la encina). **III.** *Cuba*. Costura, especie de hilván. **IV.** *C. Rica, Chile* y *Hond.* Luciérnaga (gusano). **V.** *Chile*. Fuego fatuo.

candente adj. Se dice del cuerpo metálico, cuando se enrojece o blanquea por la acción del calor.

candial adj. Candeal, dicho del pan o del trigo.

Cándida n.m. BOT, MED Género de hongos deuteromicetos.

candidación n.f. Acción de cristalizarse el azúcar.

candidato,a n.m. y f. **1.** Persona que pretende alguna dignidad, honor o cargo. **2.** Persona propuesta o indicada para una dignidad o un cargo. **3.** Persona a quien se reconoce el derecho a intervenir en las operaciones de una elección popular. • **candidatura** n.f. **1.** Reunión de candidatos a un empleo. **2.** Aspiración a cualquier honor o cargo o a la propuesta para él. **3.** Papeleta en que va escrito o impreso el nombre de uno o varios candidatos. **4.** Propuesta de persona para una dignidad o un cargo.

candidez n.f. Calidad de cándido. • **cándido,a** adj. **1.** POET Blanco. **2.** Sin malicia. **3.** Ingenio.

candil n.m. **I. 1.** Utensilio para alumbrar, formado por dos recipientes; en el superior se ponen el aceite y la mecha y en el inferior el gancho para colgarlo. **2.** *Méx.* Araña (candelabro). **II.** *Cuba*. Pez teleósteo, del suborden de los acantopterigios. **III. 1.** Planta aristoloquiácea. **2.** Arísaro (planta arácea). **3.** Planta muy parecida al aro.

candileja n.f. **1.** Cualquier vaso pequeño en que se pone materia combustible para que ardan una o más mechas. **2.** Lucérnula. **3.** pl. Línea de luces en el proscenio del teatro.

candilillo n.m. Arísaro (planta).

candinga n.f. **1.** *Chile*. Majadería. **2.** *Hond.* Enredo. **3.** *Méx.* y *Nicar.* Diablo.

candiota n.f. **1.** Cubeta o barril que sirve para tener licor. **2.** Vasija de barro empegada por dentro y con una espita por la parte inferior, para tener vino; se pone sobre un pie.

candombe n.m. **1.** Baile afroamericano. **2.** Casa o sitio donde se ejecuta este baile. **3.** Tambor que acompaña el baile candombe.

candonga n.f. **I.** Fam. Broma. **II. 1.** *Hond.* Lienzo con que se faja el vientre a los niños recién nacidos. **2.** MAR Vela triangular que se usa para capear el temporal. **III.** pl. *Col.* Pendientes. • **candongo,a** n. y adj. **1.** Fam. Zalamero y astuto. **2.** Fam. Que tiene maña para huir del trabajo.

candor n.m. Ingenuidad.

candray n.m. Embarcación pequeña de dos proas, que se usa en el tráfico de algunos puertos.

caneca n.f. **1.** Frasco cilíndrico de barro vidriado que sirve para contener licores. **2.** *Arg.* Vasija de madera usada por los vendimiadores. • **caneco,a 1.** adj. *Bol.* Que está ebrio, achispado. **2.** n.m Caneca.

canecer v.prnl. Florecerse el pan.

canecillo n.m. ARQUIT **1.** Can, cabeza de una viga. **2.** Mondillón.

canéfora n.f. Doncella que en algunas fiestas de la antigüedad llevaba en la cabeza un canastillo con flores, ofrendas y cosas necesarias para los sacrificios.

canela n.f. **1.** Corteza aromática de las ramas del canelo. **2.** Fig. y Fam. Cosa muy fina y exquisita. • **canelilla** n.f. BOT Arbol de la familia de las euforbiáceas. • **canelina** n.f. QUIM Sustancia cristalizable contenida en la canela blanca. • **canelo,a I.** n. y adj. De color de canela. **II.** n.m. **1.** Árbol originario de Ceilán, de la familia de las lauráceas. **2.** Árbol chileno perteneciente a la familia de las magnoliáceas. **3.** *C. Rica*. Planta laurácea.

caneláceo,a n.f. y adj. BOT Dícese de plantas angiospermas dicotiledóneas, como la cúrbana. ▷ n.f.pl. Familia de estas plantas.

canelita n.f. GEOL Especie de roca meteórica.

canelón n.m. **1.** Canalón de tejados. **2.** Carámbano largo y puntiagudo. **3.** Cada una de ciertas labores tubulares de pasamanería. **4.** COC Pasta italiana en forma de tubo, relleno de carne, pescado, etc.

canesú n.m. Pieza superior de la camisa o blusa a la que se cosen el cuello, las mangas y el resto de la prenda.

1. canga n.f. *Amér. Merid.* Mineral de hierro con arcilla.

2. canga n.f. En China, instrumento de suplicio, que consistía en maderas que aprisionaban el cuello y las muñecas del reo.

cangalla n.m. y f. *Arg.* y *Chile*. Desperdicios de los minerales.

cangilón n.m. **1.** Recipiente que sirve para sacar agua de los pozos y barro en las dragas. **2.** Recipiente pequeño usado para transportar o tener líquidos y a veces para medirlos.

cangrejo n.m. **I.** ZOOL Cualquiera de los artrópodos crustáceos del orden de los decápodos. — *Cangrejo de mar.* Cámbaro. — *Cangrejo de río*. Crustáceo decápodo, macruro, con caparazón de color verdoso, y gruesas pinzas. Es comestible. **II.** MAR Verga que ajusta con el palo del buque, y puede girar mediante los cabos que se emplean para manejarla.

cangüeso n.m. ZOOL Pez marino teleósteo, acantopterigio, de color pardo aceitunado.

canguro I. n.m. Mamífero didelfo, herbívoro, que anda a saltos por tener las extremidades delanteras mucho más cortas que las posteriores. **II.** n.m. y f. Persona remunerada que permanece al cuidado de un niño durante una ausencia de los padres.

ENCICL La robusta cola de los canguros les sirve de apoyo cuando están parados, ya que sus miembros anteriores, muy atrofiados, están desprovistos de cualquier utilidad locomotriz. El canguro gigante y el canguro rojo sobrepasan el 1,60 m de alto; los «wallabies» tienen un tamaño inferior; los minúsculos canguros-rata no llegan a los 20 cm. El canguro vive en rebaños en las praderas de Australia, Nueva Guinea e islas adyacentes.

cania n.f. Ortiga menor.

caníbal n. y adj. Dícese del salvaje de las Antillas que era tenido por antropófago, y en general de todo antropófago.

canica n.f. **1.** Juego de niños que se hace con bolitas de materia dura. (Se usa más en pl.) **2.** Cada una de estas bolitas.

canicie n.f. Color cano del pelo.

canícula n.f. **1.** Período del año en que son más fuertes los calores. **2.** ASTRON Tiempo del nacimiento helíaco de Sirio.

caniche n.m. Perro de compañía de pelo ensortijado o rizado.

cánido n. y adj. ZOOL Dícese de mamíferos carnívoros que son digitígrados, de uñas no retráctiles; como el perro y el lobo. ▷n.m.pl. Familia de estos animales.

canijo,a n. y adj. Fam. Débil y enfermizo.

canilla n.f. **I. 1.** Cualquiera de los huesos largos de la pierna o del brazo. **2.** Pierna delgada. **3.** *Col.* Pantorrilla. **4.** Cualquiera de los huesos principales del ala del ave. **II.** Carrete metálico que va dentro de la lanzadera en las máquinas de tejer y coser. **III.** Caño pequeño de la cuba, que da salida al líquido.

canime n.m. BOT Árbol de Colombia y Perú, de la familia de las gutíferas, que produce un aceite medicinal.

canino,a adj. **1.** Relativo al can. **2.** Aplícase a las propiedades que tienen semejanza con las del perro.

canistel n.m. **1.** BOT *Cuba*. Árbol de la familia de las sapotáceas, cuyo fruto es semejante al mango. **2.** Fruto de este árbol.

canistro n.m. ARQUEOL Cesta de junco, usada en las fiestas públicas.

canje n.m. Cambio, trueque o sustitución.

cannabáceo,a n.f. y adj. BOT Dícese de plantas angiospermas dicotiledóneas, herbáceas, como el cáñamo y el lúpulo. ▷ n.f.pl. Familia de estas plantas. • **cannabismo** n.m. MED Intoxicación producida por el cáñamo indio.

cannáceo,a n.f. y adj. BOT Dícese de plantas angiospermas monocotiledóneas; como el cañacoro. ▷ n.f.pl. Familia de estas plantas.

cano,a adj. **1.** Que tiene blanco el pelo. ▷ Fig. Anciano o antiguo. **2.** POÉT Blanco (color).

canoa n.f. **I. 1.** Embarcación de remo muy estrecha, sin quilla y sin diferencia de forma entre proa y popa. **2.** Bote muy ligero que llevan algunos buques. **II. 1.** *Amér.* Canal para conducir el agua. **2.** *C. Rica* y *Chile*. Canal del tejado, que generalmente es de cinc.

canódromo n.m. Terreno convenientemente preparado para las carreras de galgos.

canon n.m. **I. 1.** Regla o precepto. — Fig. y Fam. o irón. *Los cánones.* Conjunto de normas o reglas establecidas por la costumbre como propias de cualquier actividad. **2.** pl. Derecho canónico. **II. 1.** Regla de las proporciones de la figura humana, conforme al tipo que los escultores egipcios y griegos consideraban ideal. **2.** Modelo de características perfectas. **III.** Prestación pecuniaria periódica que grava una concesión gubernativa o un disfrute del dominio público.

canónico,a adj. Arreglado a los sagrados cánones y demás disposiciones eclesiásticas.

canónigo n.m. El que tiene una canonjía.

canonizar v.tr. Declarar el Papa, santo a alguien y poner en el catálogo de ellos a una persona ya beatificada.

canonjía n.f. **1.** Prebenda del canónigo. **2.** Fig. y Fam. Empleo de poco trabajo y bastante provecho.

canope n.m. ARQUEOL Jarrón empleado por los egipcios para contener las vísceras de los cadáveres momificados.

canoro,a adj. Dícese del ave de canto grato y melodioso.

canoso,a adj. Que tiene muchas canas.

canquén n.m *Chile*. Ganso silvestre que los naturalistas denominan *Vernicla chiloensis*. Tiene la cabeza y el cuello cenicientos; el resto, rojo y negro. En algunos lugares es doméstico.

cansar v.tr. y prnl. **1.** Causar cansancio. **2.** Quitar fertilidad a la tierra. **3.** Fig. Enfadar, molestar. • **cansado,a** adj.**1.** Dícese de las cosas que declinan o decaen. **2.** Aplícase a la persona o cosa que produce cansancio. • **cansancio** n.m. Falta de fuerzas que resulta de haberse fatigado.

canstadiense adj. GEOL Dícese de una época de la historia de la Tierra, en que aparece la llamada raza de Canstadt.

cantable I. adj. Que se puede cantar. **II.** n.m. **1.** Parte del libreto de una zarzuela escrita en versos. **2.** Escena de la zarzuela en que se canta.

cántabro,a **1.** n. y adj. Natural de Cantabria. **2.** adj. Perteneciente o relativo a Cantabria.

cántabros, pueblo prerromano que habitaba al N de la península Ibérica (actual Santander). Su organización tribal y matriarcal, sus costumbres primitivas y, especialmente, lo rudimentario de sus formas de subsistencia les empujaba a saquear a los pueblos vecinos. Fue uno de los últimos pueblos dominados por los romanos. Tras la caída de éstos, aumentó la independencia de los cántabros, sobre todo frente a los bárbaros.

cantador,a o **cantaor,a** n.m. y f. Persona que canta coplas populares, especialmente cante flamenco.

cantalear v.int. Gorjear, arrullar las palomas.

cantaleta n.f. **1.** Ruido confuso de voces e instrumentos. **2.** Canción burlesca que se dedicaba, de noche, a una persona. **3.** *Amér.* Estribillo, repetición molesta.

1. cantar n.m. Copla o breve composición poética puesta en música para cantarse, o adaptable a un aire popular. • **cantata** n.f. Composición musical de carácter lírico para una o varias voces con acompañamiento orquestal.

2. cantar **I.** v.int. **1.** Formar con la voz sonidos musicales. **2.** Fig. Componer o recitar alguna poesía. **II.** v.tr. **1.** Producir algunos insectos sonidos estridentes. **2.** Fig. En ciertos juegos de naipes, decir el punto o calidades. **3.** Fig. y Fam. Rechinar y sonar los ejes y otras piezas. **4.** Fig. y Fam. Descubrir o confesar lo secreto. ▷ Avisar, dar noticia. **5.** Ejecutar con un instrumento el canto de una pieza concertante.

cantar de gesta, nombre de los poemas épicos de la literatura medieval, que eran cantados por los juglares. Su origen es incierto; para algunos, se trata de la obra de un poeta que los escribía en ocasiones con fines propagandísticos, y en lenguaje popular. Para los tradicionalistas, el cantar sólo es el reflejo de un acontecimiento histórico, cuyo relato se transmite oralmente, sin necesidad de haber sido escrito. Este modo de transmisión hace que no sea algo fijo y estático, sino un todo en constante movimiento, cambiado por las aportaciones de los distintos juglares. En efecto, éstos añadían, omitían o cambiaban pasajes según su conveniencia o memoria. Por esta razón se conservan muy pocos cantares, que siempre tienen un carácter informativo, de divulgación histórica. Solían ser el relato de algún hecho histórico reciente y, más a menudo, de algo que estaba sucediendo en ese momento, como una guerra, una cruzada, etc. Eran pues los medios de información de que disponía la gente de la época, y la forma de conocer a los personajes importantes. Escritos en verso, se caracterizan por una rima asonante y un verso bastante irregular, aunque los cantares franceses fueron evolucionando hacia una rima consonante y una métrica regular. Su decadencia se inició en el s. XIV.

cantarera n.f. Instrumento que sirve para poner los cántaros.

cantárida n.f. **1.** Insecto coleóptero, de 15 a 20 mm de largo y de color verde oscuro brillante. Se emplea en medicina como vejigatorio. **2.** Ampolla o llaga que producen.

cántaro n.m. **1.** Vasija grande de barro o metal, angosta de boca, ancha por la barriga y estrecha por el pie, y por lo común con una o dos asas. **2.** Medida de vino.

cantera n.f. **1.** Sitio de donde se saca piedra, greda, etc. **2.** Fig. Talento, ingenio y capacidad que muestra alguna persona. • **cantero** n.m. **I. 1.** El que labra las piedras para las construcciones. **2.** Extremo de algunas cosas duras que se pueden partir con facilidad. **II. 1.** Trozo de tierra de labor. **2.** *Amér.* Cuadro de un jardín.

canterios n.m.pl. Vigas transversales que forman el techo de un edificio.

cántico n.m. **1.** Canto religioso de exaltación o alabanza. **2.** POET Canto.

cantidad n.f. **I. 1.** Colección de cosas, porciones de materia, consideradas desde el punto de vista de la medida, del número de unidades que representan. **2.** FILOS Propiedad de la magnitud mensurable; lo que es susceptible de ser medido. — FIS *Cantidad de movimiento de un cuerpo.* El producto de su peso por su velocidad. **3.** METR Duración relativa de una sílaba. ▷ FON Duración relativa de enunciación de un fonema. **4.** LOG Extensión de los términos de una proposición; la proposición en sí. **II.** *Cantidad alzada.* La suma total de dinero que se considera suficiente para algún objeto. — *Cantidad concurrente.* La necesaria para completar cierta suma.

cantiga o **cántiga** n.f. Antigua composición poética destinada al canto.

cantil n.m. **I. 1.** Lugar que forma escalón en la costa o en el fondo del mar. **2.** *Amér.* Borde de un despeñadero. **II.** *Guat.* Culebra grande.

cantilena o **cantinela** n.f. **1.** Cantar, copla, composición poética breve, hecha generalmente para que se cante. **2.** Fig. y Fam. Repetición molesta e importuna de alguna cosa.

cantimplora n.f. Frasco aplanado y protegido, para llevar la bebida.

cantina n.f. Puesto público (en estaciones, escuelas, etc.) en que se venden bebidas y algunos comestibles.

cantizal n.m. Terreno donde hay muchos cantos y guijarros.

1. canto n.m. **I. 1.** Acción y efecto de cantar. **2.** Arte de cantar. **3.** Acción y efecto de emitir sonidos armoniosos o rítmicos ciertos animales. **II. 1.** Poema corto del género heroico. **2.** Otras composiciones de distinto género. **3.** Composición lírica, genéricamente hablando. **4.** Cada una de las partes en que se divide el poema épico. **5.** MUS Parte melódica que da carácter a una pieza de música concertante.

2. canto n.m. **I. 1.** Extremidad o lado de cualquiera parte o sitio. **2.** Extremidad, punta, esquina o remate de alguna cosa. **3.** Cantón, esquina. **4.** En el cuchillo o en el sable, lado opuesto al filo. **5.** Corte del libro, opuesto al lomo. **6.** Grueso de alguna cosa. **II. 1.** Trozo de piedra.

cantón n.m. **I.** Esquina de un edificio. **II. 1.** Región, territorio. **2.** Acantonamiento, sitio de tropas acantonadas. **3.** *Hond.* Parte alta aislada en medio de una llanura.

cantonalismo n.m. Sistema político que aspira a dividir el Estado en cantones casi independientes.

cantonera n.f. **I.** Pieza que se pone en la esquina de libros, muebles u otros objetos como refuerzo o adorno.

cantor,a **1.** n. y adj. Que canta. **2.** adj. ZOOL Dícese de las aves que, por tener la siringe muy desarrollada, son capaces de emitir sonidos melodiosos y variados. ▷ n.f.pl. Orden de estas aves.

cantoral n.m. Libro de coro.

cantueso n.m. Planta perenne, de la familia de las labiadas, semejante al espliego.

canturrear v.int. Fam. Cantar a media voz.

cánula n.f. **1.** Caña pequeña. **2.** Tubo corto que forma parte de aparatos físicos o quirúrgicos. **3.** Tubo terminal o extremo de las jeringas.

1. canuto n.m. **1.** Cañuto. **2.** ZOOL Tubo formado por la tierra que se adhiere a los huevos que la langosta y otros ortópteros depositan después de haber introducido el abdomen en el suelo.

2. canuto n.m. *Chile.* Nombre que se da a los ministros o pastores protestantes.

canzone n.f. Composición de poesía lírica en varias estrofas, siendo la última la más corta.

caña n.f. **I. 1.** Tallo de las plantas gramíneas, hueco y nudoso. **2.** Planta gramínea de Europa Meridional. Se cría en lugares húmedos. **3.** Caña de indias. **II. 1.** Canilla del brazo o de la pierna. **2.** Tuétano. **3.** Parte de la bota que cubre la pierna. **4.** Parte de la media, que cubre desde la pantorrilla hasta el talón. **III. 1.** Vaso de forma cilíndrica o ligeramente cónica, que se usa para beber vino o cerveza. P. ext., vaso para cerveza. **2.** Medida de vino. **3.** Antigua medida agraria de superficie. **IV.** Grieta en la hoja de la espada. **V. 1.** Parte de la caja en que descansa el cañón. **2.** Tercer cuerpo del antiguo cañón de artillería. **VI.** ARQUIT Fuste, parte de la columna. **VII.** MIN Galería de mina. **VIII.** pl. Fiesta de a caballo en que diferentes cuadrillas se arrojaban cañas. **IX.** MAR *Caña del ancla.* Parte comprendida entre la cruz y el arganeo. — *Caña del timón.* Palanca encajada en la cabeza del timón y con la cual se maneja.

cañacoro n.m. Planta herbácea de la familia de las cannáceas (género de las monocotiledóneas).

cañada n.f. **I. 1.** Espacio de tierra entre dos alturas poco distantes entre sí. **2.** Vía para los ganados trashumantes. **II. 1.** Caña de vaca, hueso de la pierna. **2.** Médula, sustancia grasa del interior de los huesos.

cañafístula o **cañafístola** n.f. **1.** Árbol de la familia de las papilionáceas, propio de los países intertropicales, con vainas cilíndricas de color pardo oscuro, que contienen una pulpa negruzca y dulce que se usa en medicina. **2.** Fruto de este árbol.

cañaheja, cañajelga o **cañaherla** n.f. **1.** Planta umbelífera; por incisiones hechas en la base se saca una gomorresina parecida al sagapeno. **2.** Tallo principal de esta planta después de cortado y seco. — *Cañaheja hedionda.* Tapsia.

cañal n.m. **1.** Cañaveral. **2.** Cerco de cañas que se hace en los ríos para pescar. **3.** Canal pequeño que se hace al lado de algún río para poder pescar.

cañaliega n.f. Cañal, cerco de cañas.

cáñama n.f. Repartimiento de cierta contribución agrícola.

cañamazo n.m. **1.** Estopa de cáñamo. **2.** Tela tosca de cáñamo. ▷ Tela de tejido ralo, dispuesta para bordar en ella con seda o lana de colores. ▷ La misma tela después de bordada.

cañamelar n.m. Plantío de cañas de azúcar.

cáñamo n.m. **1.** BOT Planta anual, de la familia de las cannabáceas. Su simiente es el cañamón. Esta planta se cultiva y prepara como el lino. **2.** Filamento textil de esta planta. — *Cáñamo índico.* Variedad de cultivo del cáñamo común, de peor calidad textil, pero con propiedades estupefacientes e hipnóticas. **3.** Lienzo de cáñamo. ▷ Por sinécdoque, suele tomarse por alguna de varias cosas que se hacen de cáñamo; como la honda, la red, la jarcia, etc. **4.** *Amér.* Nombre que se da a varias plantas textiles. — *Cáñamo de Manila.* Abacá, (fibra textil). **5.** *C. Rica, Chile* y *Hond.* Bramante, (cordel delgado).

cañamón n.m. Simiente del cáñamo. Se emplea principalmente para alimentar pájaros. • **cañamoncillo** n.m. Arena muy fina que sirve para mezclas en tierras y argamasas.

cañar n.m. **1.** Cañaveral. **2.** Cerco de cañas para pescar.

cañariego,a adj. **1.** Aplícase al pellejo de la res lanar muerta en las cañadas. **2.** Dícese también de aquellos que van con los ganados trashumantes.

cañavera o **cañeta** n.f. Carrizo (planta). • **cañaveral** n.m. **1.** Sitio poblado de cañas o cañaveras. **2.** Plantío de cañas.

cañazo n.m. **1.** Golpe dado con una caña. **2.** *Amér.* Aguardiente de caña. **3.** *Cuba.* Herida del gallo de pelea en las cañas o piernas.

cañedo n.m. Cañaveral.

cañería n.f. Conducto formado de caños por donde se distribuyen las aguas o el gas.

cañero,a **I.** adj. **1.** Perteneciente o relativo a la caña de azúcar. **2.** *Méx.* Que sirve para los trabajos de la caña. **II.** n.m. **1.** *Cuba.* Vendedor de caña dulce. **2.** *Hond.* El que tiene hacienda de caña de azúcar y destila el aguardiente. **3.** *Méx.* Lugar en que se deposita la caña en los ingenios. **4.** *Ant., Arg.* y *Méx.* Cultivador de caña de azúcar.

cañizar o **cañizal** n.m. Cañaveral.

cañizo n.m. Tejido de cañas que sirve para sostén del yeso en los cielos rasos, etc.

caño n.m. **I. 1.** Tubo corto de metal, vidrio o barro, a modo de cañuto. **2.** En el órgano, conducto del aire que produce el sonido. **II. 1.** MAR Canal angosto, aunque navegable, de un puerto o bahía. **2.** MAR Canalizo.

cañón n.m. **I. 1.** Pieza hueca y larga, a modo de caña. **2.** En los vestidos, parte que imita de algún modo al cañón. **3.** Parte córnea y hueca de la pluma del ave. ▷ Pluma del ave cuando empieza a nacer. ▷ Pluma de ave con que se escribía. **4.** Lo más recio, inmediato a la raíz, del pelo de la barba. **II.** Pieza de artillería destinada a lanzar proyectiles. Tiene diferentes denominaciones, según el uso a que se le destina o el lugar que ocupa. — *Cañón lanzacabos.* El pequeño, que sirve para disparar un proyectil especial con un cabo, por el cual, puedan salvarse los náufragos. — *Cañón obús.* Pieza de artillería que se emplea para hacer fuego por elevación con proyectiles huecos. — *Cañón rayado.* El que tiene en el ánima estrías helicoidales para aumentar su alcance. **III. 1.** Pieza de la antigua armadura que pertenecía al brazal. **2.** Hierro redondo que compone la embocadura de los frenos de los caballos. **3.** Cencerro pequeño **IV. 1.** Paso estrecho o garganta profunda entre dos montañas, por donde suelen correr los ríos. **2.** *Perú* Camino, lugar de tránsito. **V.** *Col.* Tronco de un árbol. **VI.** *Cañón de chimenea.* Conducto que sube desde la campana de la chimenea y sirve de respiradero para que salga el humo. • **cañonera** n.f. **1.** Tronera para disparar los cañones. **2.** Espacio en las baterías para colocar la artillería. **3.** Tienda de campaña para soldados. **4.** *Amér.* Pistolera. • **cañonero,a** n. y adj. Aplícase a los barcos o lanchas que montan algún cañón.

cañuela n.f. **1.** Planta anual, gramínea, de hojas anchas, puntiagudas, y panojas laxas. **2.** *Chile.* Cañilla.

cañutillo n.m. **I. 1.** Tubito sutil de vidrio que se emplea en trabajos de pasamanería. **2.** Hilo de oro o de plata rizado para bordar. **3.** Tubo en que la langosta guarda su simiente. **II.** BOT *Cuba.* Planta silvestre muy común, de la familia de las commelináceas, de hojas pequeñas y flores de color azul celeste. **III.** *De cañutillo.* Uno de los modos de injertar, que se hace poniendo en contacto con el pie el trocito de rama con las yemas que han de recibir la savia y producir el nuevo árbol.

cañuto n.m. **1.** En las cañas y demás tallos semejantes, parte intermedia entre nudo y nudo. **2.** Cañón corto y no muy grueso, que sirve para diferentes usos.

cao n.m. *Cuba.* Ave carnívora, muy semejante al cuervo.

caoba o **caobana** n.f. **1.** Árbol de América (familia de las meliáceas), de unos 20 m de altura. Su madera es muy estimada para muebles, por su hermoso aspecto y fácil pulimento. **2.** Madera de este árbol. • **caobo** n.m. Caoba.

caobilla n.f. BOT Árbol silvestre de las Antillas, de la familia de las euforbiáceas, cuya madera es parecida a la caoba, aunque de color amarillento.

caodaísmo n.m. Religión sincrética vietnamita.

ENCICL Nacida en 1926, de la unión de la espiritualidad budista y del espiritismo nacional, el caodaísmo practica el culto de los grandes hombres en su templo de Tây Ninh; fue extendida por Ngô Van Chiêu (1878-1933) y sus discípulos, que tuvieron la revelación del Ser Supremo (Cao-Dai). Nacionalistas y posteriormente partidarios de los japoneses, los caodaístas apoyaron la administración francesa a partir de 1947. La secta, que estaba armada, tuvo un importante papel en la lucha contra el Viêt-minh: primero junto a las tropas francesas, y después junto a las de Ngô Dinh-diem.

caolín n.m. Silicato de aluminio hidratado. Arcilla blanca resultante de la alteración de los feldespatos en un clima caliente y húmedo. Se utiliza en la fabricación de porcelana.

caos n.m. **1.** RELIG Estado de confusión en que se hallaban las cosas antes de su configuración en un determinado orden. **2.** Fig. Confusión, desorden.

capa n.f. **1.** Ropa larga suelta y sin mangas, estrecha por el cuello, ancha y redonda por abajo y abierta por delante. ▷ Pretexto con que se encubre un designio. ▷ Encubridor. **2.** Sustancia diversa que se sobrepone en una cosa para cubrirla o bañarla. **3.** Porción de algunas cosas que están extendidas unas sobre otras. — GEOL *Capa del terreno.* Estrato de los terrenos. — FIS *Capa delgada.* Depósito cuyo espesor es del orden de una micra. — FIS NUCL *Capa de semiatenuación.* Espesor de una sustancia que absorbe el 30 % de una radiación. — QUIM *Capa electrónica.* Cada uno de los niveles de energía que corresponden a una probabilidad de presencia de uno o varios electrones. — ASTRON *Capa inversora.* Zona media de la envoltura gaseosa del Sol, formada por gases incandescentes que tienen la propiedad de invertir el espectro, haciendo brillantes sus rayos. — *Capa pigmentaria.* La más profunda de la epidermis, formada por una sola capa de células que contienen el pigmento. **4.** Color de los caballos y otros animales. **5.** Hoja de tabaco que se destina a envolver el rollo formado por la tripa y el capillo. **6.** Paca (mamífero roedor). **7.** *Capa de rey.* Papagayo, (planta amarantácea). **8.** Dinero, riqueza.

capá n.m. Árbol de las Antillas, de la familia de las borragináceas.

capacete n.m. **1.** Pieza de la armadura, que cubría y defendía la cabeza. **2.** *Cuba.* Pieza de paño que cubría por delante el quitrín o volante para resguardar a los que ocupaban el asiento.

capacidad n.m. **I. 1.** Espacio vacío de alguna cosa, suficiente para contener otra u otras. **2.** Extensión o espacio de algún sitio o local. **II. 1.** Aptitud o suficiencia para alguna cosa. **2.** Fig. Oportunidad, lugar o medio para ejecutar alguna cosa. **3.** FILOS Condición o aptitud propia del alma para sufrir determinadas condiciones tales como las sensaciones, las ideas y los sentimientos. **4.** FOR Aptitud legal para ejercitar un derecho o una función civil, política o administrativa. **5.** FIS Hablando de un condensador eléctrico, cociente que resulta de dividir la carga de una de las armaduras por la diferencia de potencial existente entre ambas, cuando es despreciable la influencia de cualquier otro conductor. — ELECTR *Capacidad de corriente.* La modulación que es posible obtener sin deformación sensible por falta de linealidad. — *Capacidad eléctrica o electrostática.* Capacidad relativa a un conductor para retener una carga o una determinada diferencia de potencial. — *Capacidad (unidad de).* Capacidad de una superficie en la que un columbio elevaría el potencial en un voltio y se llama *faradio.* — FIS *Capacidad calorífica* o *térmica de un cuerpo.* Cantidad de calor necesaria para aumentar 1 °C su temperatura. • **capacitancia** n.f. ELECTR Reactancia de un condensador. • **capacitar** v.tr. y prnl. Hacer a uno apto, habilitarlo para alguna cosa.

capacho n.m. **I.** Cesta de juncos o mimbres. **II.** Fig. y Fam. Religioso de la orden de San Juan de Dios. **III.** Chotacabras, (pájaro). **IV. 1.** Planta tropical del género del cañacoro y de fruto comestible. **2.** BOT *Venez.* Planta de la familia de las cannáceas, cuya raíz es comestible y de uso en medicina. **3.** *Venez.* Raíz de esta planta.

capar v.tr. Extirpar o inutilizar los órganos genitales.

caparaoch n.m. Ave de rapiña de las nocturnas, que vive en América.

caparazón n.m. **1.** Cubierta que se pone al caballo. **2.** Cubierta que se pone encima de algunas cosas para su defensa. **3.** Serón que contiene el pienso y se cuelga de la cabeza de la caballería. **4.** Esqueleto torácico del ave. **5.** Cubierta quitinosa incrustada por sales calizas que se extiende por encima del tórax y a veces por todo el dorso de muchos crustáceos. **6.** ZOOL Cutícula de los protozoos. **7.** ZOOL Coraza que protege el cuerpo de los quelonios.

caparidáceo,a n. y adj. BOT Dícese de plantas angiospermas dicotiledóneas, herbáceas o arbóreas; como la alcaparra. ▷ n.f.pl. Familia de estas plantas.

caparra n.f. En algunas partes, garrapata.

caparrón n.m. Botón que sale de la yema de la vid o del árbol.

caparrosa n.f. Sal compuesta de ácido sulfúrico y de cobre o hierro.

capataz n.m. **1.** El que gobierna y vigila a cierto número de obreros. **2.** Persona a cuyo cargo está la labranza y administración de las haciendas de campo.

capaz adj. **I. 1.** Que tiene ámbito o espacio suficiente para recibir o contener en sí otra cosa. **2.** Grande o espacioso. **II. 1.** Fig. Apto, proporcionado, suficiente para alguna cosa determinada. **2.** Fig. Diestro. **3.** FOR Apto legalmente para una cosa.

capazo n.m. Cesta grande de esparto o de palma.

capción n.f. **1.** Captación. **2.** FOR Captura.

capcioso,a adj. **1.** Dícese de palabras, doctrinas, proposiciones, etc., falaces. **2.** Dícese de las preguntas, argumentaciones, sugerencias, etc., que se hacen para arrancar al contrincante o interlocutor una respuesta que pueda comprometerlo, o que favorezca propósitos de quien las formula.

capea n.f. **1.** Acción de capear al toro. **2.** Lidia de becerros o novillos por aficionados. • **capear** v.tr. **1.** Hacer suertes con la capa al toro o novillo. **2.** Fig. y Fam. Entretener a uno con engaños o evasivas. **3.** MAR Disponer las velas de modo que la embarcación ande poco. **4.** MAR Mantenerse sin retroceder más de lo inevitable, cuando el viento es duro y contrario. — Sortear el mal tiempo con adecuadas maniobras.

capelán n.m. Pez de la familia de los salmónidos, de color verde y gris. Vive en los mares septentrionales y se utiliza generalmente como cebo para la pesca del abadejo.

capelina n.f. Cierta prenda con que se cubría la cabeza.

capelo n.f. **1.** Sombrero rojo, insignia de los cardenales. **2.** Fig. Dignidad de cardenal. de la Iglesia católica.

capellán n.m. **1.** El que obtiene alguna capellanía. **2.** Cualquier eclesiástico, aunque no tenga capellanía.

capellar n.m. Especie de manto a la morisca que se usó en España.

capellina n.f. **I. 1.** Pieza de la armadura que cubría la parte superior de la cabeza. **2.** Capucho usado por los campesinos. **3.** Fig. Soldado de a caballo armado de capellina. **4.** CIR Vendaje en forma de gorro. **II.** MIN Mufla de grandes dimensiones para afinar la plata.

capeo n.m. Acción de capear al toro.

caperuza n.f. Bonete que remata en punta inclinada hacia atrás.

capi n.m. **1.** *Amér. Merid.* Maíz. **2.** *Chile.* Vaina de simiente cuando está tierna.

capia n.f. **1.** *Arg., Col.* y *Perú.* Maíz blanco muy dulce que se emplea en la preparación de golosinas. **2.** *Arg.* y *Col.* Dulce de harina de capia y azúcar.

capicúa n.m. Cifra que es igual leída de izquierda a derecha que de derecha a izquierda.

capilar adj. **1.** Perteneciente o relativo al cabello. **2.** Dícese de los fenómenos producidos por la capilaridad. **3.** Fig. Se aplica a los tubos muy estrechos, comparables al cabello. **4.** ANAT Cada uno de los vasos muy finos que enlazan en el organismo la terminación de las arterias con el comienzo de las venas. • **capilaridad** n.f. **1.** Calidad de capilar. **2.** FIS Propiedad de atraer un cuerpo sólido y hacer subir por sus paredes, hasta cierto límite, el líquido que las moja, como el agua, y de repeler y formar en su rededor un hueco o vacío con el líquido que no las moja, como el mercurio.

capilla n.f. **I. 1.** Edificio contiguo a una iglesia o parte integrante de ella, con altar y advocación particular. **2.** Cuerpo o comunidad de capellanes, ministros y dependientes de ella. **3.** Cuerpo de músicos asalariados de alguna iglesia. **4.** Oratorio portátil. **5.** Fig. Pequeño grupo de adictos a una persona o a una idea. **II.** IMP Pliego que se entrega suelto durante la impresión de una obra. • **capilleta** n.f. Nicho o hueco en figura de capilla.

capillo n.m. **I. 1.** Capucha y mantilla que usaban las mujeres. **2.** Vestidura de tela blanca que se ponía en la cabeza de los niños al bautizarlos. **II. 1.** CETR Capirote. **2.** Red con que se tapan las bocas de los vivares en la caza del conejo. **3.** Manga de lienzo para colar la cera. **4.** Capullo (envoltura del gusano de seda). ▷ Botón de las flores. ▷ Prepucio. **5.** Hoja de tabaco que forma la primera envoltura de los cigarros puros. **6.** MAR Cubierta con que se preservan de la humedad las bitácoras. **7.** MAR Pedazo de lona con que se recubren los chicotes de los obenques.

capín n.m. BOT *Amér. Merid.* Planta forrajera de la familia de las gramíneas.

capingo n.m. Capa corta que se usó en Chile en el s. XVIII.

capipardo n.m. Artesano.

capirotada n.f. **I. 1.** Aderezo hecho con hierbas, huevos, ajos y otros ingredientes para cubrir y rebozar con él otros alimentos. **2.** *Amér.* Plato criollo que se hace con carne, maíz tostado, queso, manteca y especias. **II.** *Méx.* Fosa común del cementerio.

capirotazo n.m. Golpe que se da, generalmente en la cabeza, haciendo resbalar con violencia, sobre la yema del pulgar, el envés de la última falange de otro dedo de la misma mano.

capirote **I.** adj. Dícese de la res vacuna que tiene la cabeza de distinto color que el cuerpo. **II.** n.m. **1.** Capucho antiguo con falda que caía sobre los hombros. **2.** Capucho, que se usó como traje de luto en los ss. XVI y XVII. **3.** Cucurucho de cartón, cubierto de tela que llevan en la cabeza los penitentes en las procesiones de Semana Santa. **4.** CETR Caperuza de cuero que se pone a las aves para sosegarlas. **III.** *Capirote de colmena.* Barreño con que se suelen cubrir las colmenas cuando tienen mucha miel. • **capirotero** adj. Dícese del azor o del halcón hecho al capirote.

capisayo n.m. **1.** Vestidura corta, que sirve de capa y sayo. **2.** Vestidura común de los obispos. **3.** *Col.* Camiseta.

capitá n.m. *Amér. Merid.* Pajarillo de cuerpo negro y cabeza de color rojo vivo.

capitación n.f. Repartimiento de tributos y contribuciones por cabezas.

1. capital **I.** adj. **1.** Tocante o perteneciente a la cabeza. **2.** Fig. Principal o muy grande. ▷ Se aplica a los siete pecados que son origen de otros. **II.** n.f. y adj. Se dice de la población o distrito. • **capitalidad** n.f. Calidad de ser una población cabeza o capital de partido, de provincia, región o estado. • **capitalino,a** adj. Perteneciente o relativo a la capital del Estado.

2. capital n.m. **1.** Hacienda, dinero, patrimonio. **2.** DER Cantidad de dinero que se presta, se impone o se deja a censo sobre una o varias fincas. **3.** Valor permanente de lo que de manera periódica o accidental rinde u ocasiona rentas, intereses o frutos. **4.** Factor de la producción formado por la riqueza acumulada que se destina de nuevo a aquélla. • **capitalismo** n.m. **1.** Régimen económico fundado en el predominio del capital como elemento de producción y creador de riqueza. **2.** Conjunto de capitales o capitalistas, considerado como entidad económica. • **capitalista** **1.** adj. Propio del capital o del capitalismo. **2.** n.m. y f. Persona acaudalada, principalmente en dinero o valores. ▷ COM Persona que coopera con su capital a uno o más negocios, en oposición a la que contribuye con sus servicios. • **capitalizar** v.tr. **1.** Fijar el capital que corresponde a determinado rendimiento o interés, según el tipo que se adopta para el cálculo. **2.** Agregar al capital el importe de los intereses devengados, para computar sobre la suma los réditos ulteriores, que se denominan interés compuesto.

ENCICL Inicialmente, se llama capital a cualquier bien duradero susceptible de producir ingresos o intereses. P. ext., el capital productivo, o capital técnico, tiene, desde la revolución industrial del s. XIX, un papel fundamental en las economías llamadas capitalistas o liberales. El capital productivo se compone de capitales fijos (máquinas, edificios) y capitales circulantes (materias primas). El capitalismo, régimen económico y p. ext. político, se basa en la supremacía en la empresa de los poderes capitales y de la noción de beneficio en un sistema de libre competencia. Este régimen se opone al colectivismo (o socialismo), en que todos los factores de producción, incluido el capital, están en manos del Estado que, en teoría, representa a la colectividad. El capitalismo puro, que se ha desarrollado plenamente en Estados Unidos, y cuya expansión internacional fue llamada *imperialismo* por Lenin, es sustituido hoy por el *neocapitalismo,* también conocido por *economía liberal* o economía de *libre mercado;* en los países capitalistas, o *liberales,* se asiste a una creciente intervención del Estado: planificación, reforzamiento de la fiscalidad, nacionalizaciones, etc., sobre todo a partir de la II Guerra Mundial, en especial en Europa, lo cual conlleva en algunos países un régimen mixto de cierto dirigismo gubernamental, que evita en lo posible algunas crisis de expansión, inflación, etc. Sin embargo, en las sociedades tecnológicamente más avanzadas el sistema capitalista va perfeccionándose paulatinamente, y en la actualidad se está asistiendo a una constante evolución, en el sentido de una estrecha colaboración con las organizaciones sindicales, que repercute en la elevación del nivel medio de vida de las poblaciones. En algunos países de régimen democrático o liberal, la noción de capitalismo está prácticamente superada, ya que las estructuras socio-económicas cada vez más perfeccionadas de los Estados hacen que automáticamente el esfuerzo creador (conjunto de capital y trabajo) reviertan en beneficio de la masa de la población. A este proceso de mayor participación del Estado en la economía se le llama *neocapitalismo*, y su principal teórico ha sido el economista británico John M. Keynes.

capitán n.m. **1.** Oficial del ejército que ejerce el mando de una compañía, escuadrón o batería. **2.** El que manda un buque mercante. **3.** Genéricamente, caudillo militar. • **capitana** n.f. **1.** Nave en que iba embarcado y arbolaba su insignia el jefe de una escuadra. **2.** Fam. Mujer que es cabeza de una tropa. • **capitanear** v.tr. **1.** Mandar tropa haciendo oficio de capitán. **2.** Fig. Guiar o conducir cualquier grupo de gente, aunque no sea militar. • **capitanía** n.f. **I. 1.** Empleo de capitán. **2.** Voz genérica que se empleó hasta el s. XVI para designar la fuerza militar equivalente al batallón o regimiento modernos. **3.** Compañía mandada por un capitán. **II.** Anclaje, tributo por fondear en un puerto.

capitel n.m. **1.** ARQUIT Parte superior de la columna y de la pilastra que las corona. **2.** ARQUIT Chapitel, remate piramidal de las torres.

capitolio n.m. **1.** Fig. Edificio majestuoso y elevado. **2.** ARQUEOL Acrópolis. ○ **capitolino,a** **1.** adj. Perteneciente o relativo al Capitolio. **2.** m. Punta de piedra preciosa que se usa para adorno de ciertos objetos.

capitón n.m. Mújol o cabezudo (pez).

capitulación n.f. **1.** Concierto o pacto hecho entre dos o más personas sobre algún negocio. **2.** Convenio en que se estipula la rendición de un ejército, plaza o punto fortificado. **3.** pl. Conciertos que se hacen entre los futuros esposos en los cuales se ajusta el régimen económico de la sociedad conyugal. ▷ Escritura pública en que constan tales pactos. • **capitulado,a** **1.** adj. Resumido, compendiado. **2.** n.m. Disposición capitular, capitulación. • **capitular** **I.** v.intr. **1.** Pactar. **2.** Rendirse un ejército. **3.** Cantar las capítulas de las horas canónicas. **4.** Disponer. **II.** v.tr. Hacer a uno capítulos de cargos.

capitular **1.** adj. Perteneciente o relativo a un cabildo secular o eclesiástico o al capítulo de una orden. **2.** n.m. Individuo de alguna comunidad eclesiástica o secular con voto en ella.

capítulo n.m. **I. 1.** Junta de religiosos. **2.** En las órdenes militares, junta de los caballeros y demás vocales. **II.** División que se hace en los escritos, para una mejor comprensión de la materia.

capnomancia n.f. Adivinación supersticiosa hecha por medio del humo.

1. capón **I.** n. (apl. a pers.) y adj. **1.** Se dice del hombre y del animal castrado. **2.** n.m. Pollo que se castra cuando es pequeño. **II.** n.m. **1.** Haz de sarmientos. **2.** MAR Cadena o cabo grueso que sirve para tener suspendida el ancla por el arganeo.

2. capón n.m. Fam. Golpe dado en la cabeza con los nudillos.

caponar v.tr. Atar los sarmientos en la vid para que no molesten al labrar la tierra.

caporal n.m. **1.** El que hace de cabeza de alguna gente y la manda. **2.** El que tiene a su cargo el ganado que se emplea en la labranza. **3.** *Amér.* Capataz de una estancia de ganado. **4.** MILIT Cabo de escuadra.

caporos n.m. pl. Antiguo pueblo de Galicia cuyo territorio se extendía desde las fuentes de los ríos Ulla y Tambre hasta el Padrón.

1. capota n.f. **1.** Cubierta plegadiza que llevan algunos vehículos. **2.** Cabeza de la cardencha. **3.** Antiguo tocado femenino, sujeto con cintas por debajo de la barbilla. • **capotar** v.int. Volcar un vehículo quedando en posición invertida, o dar con la proa en tierra un aparato de aviación.

2. capota n.f. Capeta, (capa corta).

capote n.m. **I. 1.** Capa de abrigo hecha con mangas y con menor vuelo que la capa común. **2.** Antiguo gabán militar, ceñido al cuerpo y con largos faldones. **3.** Capote de monte. **II.** TAUROM *Capote de brega.* Capa de color rojo, usada por los toreros para la lidia. — *Capote de paseo.* Capa lujosa que los toreros de a pie usan en el desfile de las cuadrillas y al entrar y salir de la plaza. **III.** Fig. y Fam. Ceño del rostro. **IV.** Fig. y Fam. Cargazón, aglomeración de nubes. • **capotear** v.tr. **1.** Capear al toro. **2.** Fig. Entretener a uno con engaños. **3.** Fig. Evadir mañosamente las dificultades y compromisos.

capricornio n.m. Coleóptero de largas antenas.

capricho n.m. **I.** Idea o propósito que uno forma de repente y sin razón aparente. **II.** Obra de arte en que el ingenio rompe la observancia de las reglas. **III.** Antojo, deseo. ENCICL El pintor español F. Goya realizó una serie de 84 aguafuertes, titulados *Los Caprichos,* cuya exposición pública le valieron una denuncia inquisitorial. Fueron realizados entre 1792 y 1799 y constituyen una violenta crítica de las supersticiones imperantes en su época. Son una colección de escenas terroríficas, algunas de ellas de difícil interpretación: *Sueño de la mentira y de la inconstancia, Volaverunt, ¡Tántalo!, Bien tirada está,* etc.

caprifoliáceo,a n. y adj. BOT Se dice de matas y arbustos angiospermos, como el saúco, el mundillo o bola de nieve, el durillo y la madreselva. ▷ n.f. pl. Familia de estas plantas.

caprimulgiformes n.f. pl. ZOOL Orden de aves que comprende particularmente el chotacabras (género *Caprimulgus*, familia de las caprimúlgidas), el vencejo y los colibrís.

capsiano n.m. Facies cultural (paleolítico final y epipaleolítico) encontrado en varias regiones del Magreb.

capsómero n.m. MICROB Componente de la cápsula viral.

cápsula n.f. **1.** Cajita cilíndrica de metal con que se cierran herméticamente las botellas después de llenas y taponadas con corcho. **2.** BOT Fruto seco, dehiscente, con cavidades que contienen varias semillas y cuya dehiscencia se efectúa según un plano que no es perpendicular al eje del fruto. **3.** FARM Envoltura insípida y soluble de ciertos medicamentos desagradables al paladar. **4.** MICROB Cáscara formada por capsómeros que rodea la materia genética (ADN o ARN) de un virus. **5.** ANAT *Cápsula suprarrenal.* Glándula suprarrenal. **6.** QUIM Vasija de bordes muy bajos que se emplea principalmente para evaporar líquidos. **7.** *Cápsula espacial.* Habitáculo hermético destinado a ser puesto en órbita. **8.** Cilindro pequeño y hueco, que contiene el cebo y comunica el fuego a la carga del cartucho. • **capsular 1.** adj. Perteneciente o semejante a la cápsula. **2.** v.tr. Cerrar definitivamente las botellas, poniéndoles la cápsula correspondiente.

captar v.tr. **I.** Recoger las aguas de los manantiales. **II. 1.** Percibir por medio de los sentidos. **2.** Recibir, recoger sonidos, imágenes, ondas, emisiones radiodifundidas. **3.** Darse cuenta, percatarse de algo. **4.** Aprehender, entender, comprender. **5.** Con complemento directo de persona, atraer, ganar la voluntad o el afecto.

captorrinomorfos n.m. pl. ZOOL Orden de reptiles fósiles, clase inferior de los *Captorrinos* (del carbonífero al pérmico), que constituyen el estrato de los reptiles evolucionados actuales.

capturar v.tr. **1.** Aprehender. **2.** FIS En lo que se refiere al núcleo de un átomo: absorber (una partícula).

capucha n.f. **1.** Prenda puntiaguda de la cabeza. **2.** IMP Acento circunflejo. **3.** ZOOL Conjunto de plumas que cubre la parte superior de la cabeza de las aves. • **capucho** n.m. Capucha. • **capuchón** n.m. **1.** Capucha. **2.** Antigua prenda carcelaria. **3.** Dominó corto.

capuchina n.f. **I.** Planta trepadora de la familia de las tropeoláceas, de flores en forma de capucha, de color rojo anaranjado. Se cultiva por adorno en los jardines, y se suele usar en ensaladas. **II.** Dulce de yema cocido al baño de María. **III.** IMP Conjunto de dos o más chibaletes unidos por su parte posterior.

capuchino,a I. n.m. y adj. Se dice del religioso descalzo de la orden de San Francisco, que lleva capucha. **II.** n.f. Se dice de la religiosa descalza de la orden de San Francisco. **III. 1.** adj. Perteneciente o relativo a la orden de los capuchinos. **2.** *Chile.* Aplícase a la fruta muy pequeña.
ENCICL La orden de los capuchinos, rama de los hermanos menores o franciscanos, fue creada por fray Matteo di Bascio en Pisa (1525); se introdujo en España en 1578, donde sus miembros se dedicaron especialmente a las misiones populares.

capulí o **capulín** n.m. **1.** BOT Árbol de América de la familia de las rosáceas, especie de cerezo, que da una frutilla de gusto y olor agradables. **2.** Fruta de este árbol. **3.** *Cuba.* Capulina. **4.** *Perú.* Fruto de una planta solanácea, parecido a una uva, que se emplea como condimento.

capullo n.m. **1.** Envoltura similar a un huevo de paloma, dentro de la cual se encierran las larvas de algunos insectos. **2.** Botón de las flores, especialmente de la rosa. **3.** Prepucio.

capuz n.m. **1.** Capucha. **2.** Antigua prenda larga y con capucha.

caquexia n.f. **1.** BOT Decoloración de las partes verdes de las plantas por falta de luz. **2.** MED Alteración profunda de todas las funciones del organismo debida a una enfermedad crónica grave.

1. caqui n.m. **1.** BOT Árbol de la familia de las ebenáceas, originario del Japón y de la China; su fruto, dulce y carnoso, es comestible. **2.** Fruto de este árbol.

2. caqui n.m. **1.** Tela cuyo color varía desde el amarillo de ocre al verde gris. Se utiliza en los uniformes militares. **2.** Color de esta tela.

cara I. n.f. **1.** Parte anterior de la cabeza, desde el principio de la frente hasta la punta de la barbilla. **2.** Semblante, expresión del rostro. **II. 1.** Fachada, frente o superficie de alguna cosa. **2.** Anverso de las monedas. **III.** AGR Conjunto de entalladuras contiguas hechas en un árbol. **IV. 1.** GEOM Cada plano de un ángulo diedro o poliedro. **2.** Cada una de las superficies que forman o limitan un poliedro. **V.** adv.l. Hacia, en dirección a.

cáraba n.f. MAR Pequeña embarcación utilizada en el Levante español y en Filipinas.

carabao n.m. Rumiante parecido al búfalo, de color gris azulado y cuernos largos.

cárabe n.m. Ámbar, resina fósil.

carabela n.f. MAR Antigua embarcación muy ligera, larga y estrecha, con tres palos y velas latinas.

carábido adj. ZOOL Se dice de insectos coleópteros, pentámeros, carnívoros, que son muy voraces, y beneficiosos para la agricultura, porque destruyen muchas orugas y otros animales perjudiciales. ▷ m. pl. Familia de estos insectos.

carabina n.f. **1.** Arma de fuego, portátil, compuesta de las mismas piezas que el fusil, pero de menor longitud. **2.** Fig. y Fam. Mujer de edad que acompañaba a ciertas señoritas cuando salían a la calle. • **carabinero** n.m. **I. 1.** Soldado que usaba carabina. **2.** Soldado destinado a la persecución del contrabando. **II.** Crustáceo de carne comestible semejante a la quisquilla, pero mayor.

carablanca n.m. *Col.* y *C. Rica.* Mono del género *cebus.* También se llama en Colombia mico maicero.

1. cárabo n.m. **1.** Embarcación pequeña de vela y remo, usada por los moros. **2.** ZOOL Insecto coleóptero, de la familia de los carábidos. Durante el día vive debajo de las piedras.

2. cárabo n.m. **1.** Gran lechuza de Europa, de ulular sonoro. **2.** Autillo (ave).

carabritear v.int Perseguir el macho cabrío montés en celo a la hembra.

caracal n.m. Lince africano y asiático de pelaje leonado claro.

caracalla n.f. Prenda de vestir de origen galo, a manera de sobretodo, adoptada por los romanos a ejemplo del emperador Caracalla.

caracarás, tribus de indios que habitaban en la banda occidental del Paraná o en las islas e inmediacionmes de la laguna Iberá.

1. caracas n.m. Cacao de la costa de Caracas. **2.** *Méx.* Fig. y Fam. Chocolate.

2. caracas n.m. ETNOGR Tribu, de la familia guaraní, que habitaba en los territorios del Río de la Plata.

caraqueño,a 1. n.m. y f. Natural de Caracas. **2.** adj. Perteneciente o relativo a esta ciudad.

caracatey n.m. *Cuba.* Ave crepuscular, de color ceniciento.

caráceas n.f.pl. BOT Familia de algas clorofíceas muy evolucionadas, con caracteres próximos al musgo.

caracol n.m. **I. 1.** ZOOL Cualquiera de los moluscos testáceos de la clase de los gasterópodos. Unas especies viven en el mar, otras en las aguas dulces y otras son terrestres. El animal puede sacar parte de su cuerpo fuera de la concha, principalmente la cabeza, en la que tiene la cavidad bucal y dos o cuatro tentáculos en donde están los ojos. **2.** Concha de caracol. **II. 1.** Pieza del reloj en la cual se enrosca la cuerda. **2.** Rizo de pelo. **III.** EQUIT Vuelta que el jinete hace dar al caballo. **IV.** ANAT Una de las cavidades que constituyen el laberinto del oído de los vertebrados.

caracolillo n.m. **I. 1.** Planta de jardín, originaria de la América Meridional, leguminosa, de flores grandes, blancas y azules, aromáticas y enroscadas en figura de espiral. **2.** Flor de esta planta. **II.** Cierta clase de café muy estimado. **III.** Cierta clase de caoba que tiene muchas vetas.

carácter n.m. **I. 1.** Señal o marca que se imprime, pinta o esculpe en alguna cosa. ▷ Índole, condición, conjunto de rasgos o circunstancias con que se da a conocer una cosa, distinguiéndose de las demás. **2.** Signo de escritura (se usa generalmente en plural). ▷ Estilo o forma de los signos de la escritura. **II. 1.** Conjunto de cualidades psíquicas y afectivas, heredadas o adquiridas, que condicionan la conducta de cada individuo humano distinguiéndose de los demás. **2.** *Carácter sexual.* Cada uno de los rasgos anatómicos o funcionales que distinguen al organismo del macho y al de la hembra. **3.** Cualidades que moralmente diferencian de otro un conjunto de personas o todo un pueblo. **4.** Fuerza moral. **III.** pl. Letras de imprenta. • **caracterial** adj. PSICOL Aplícase al individuo que presenta una inadaptación social debida a alteraciones de la afectividad y del carácter. • **caracterología** n.f. **1.** Parte de la psicología, que estudia el carácter y personalidad del hombre. **2.** Conjunto de peculiaridades que forman el carácter de una persona.

característico,a 1. adj. Perteneciente o relativo al carácter. **2.** n.f. y adj. Se aplica a la cualidad que da carácter o sirve para distinguir una persona o cosa de sus semejantes. **3.** n.m. y f. Actor que representa papeles de personas de edad. **4.** n.f. Cifra o cifras que indican la parte entera de un logaritmo.

caracterizar I. v.tr. **1.** Determinar los atributos peculiares de una persona o cosa.

de modo que claramente se distinga de las demás. **2.** Autorizar a una persona con algún empleo, dignidad u honor. **3.** Representar el actor un personaje. **II.** v. prnl. Arreglarse el actor conforme al personaje que ha de representar.

caracul **1.** adj. Variedad de ganado ovino procedente del Asia Central que se distingue por la cola ancha y el pelo rizado. **2.** n.m. Piel de los corderos de esta raza, muy apreciada en peletería.

¡caracho! interj. de sentido semejante al de *¡caramba!* o *¡caray!*.

caradriformes n.f. ZOOL Orden de aves que viven en regiones pantanosas (chorlito real, avefría, chocha perdiz, etc.).

caraguatá n.f. **1.** *Amér.* Especie de agave o pita. Es buena planta textil. **2.** Filamento producido por esta planta textil.

Caraipa n.f. BOT Género de plantas arbóreas, familia de las gutiperáceas.

caraíta **1.** n. y adj. Dícese del individuo de una secta judaica que profesa escrupulosa adhesión al texto literal de la Escritura. **2.** adj. Perteneciente o relativo a los caraítas.

carajas n.m.pl. ETNOGR Tribu indígena del Brasil, del grupo de los tapuvas.

carajo n.m. **1.** Pene. **2.** Interj. vulg. ¡Caramba!

¡caramba! interj. con que se denota extrañeza o enfado.

carámbano n.m. **1.** Pedazo de hielo más o menos largo y puntiagudo. **2.** *Nicar.* Carao.

carambola n.f. **1.** Lance del juego de billar, que se hace con tres bolas, arrojando una de suerte que toque a las otras dos. **2.** Fig. y Fam. Doble resultado que se alcanza mediante una sola acción.

carambolo n.m. BOT Árbol de la familia de las oxalidáceas, indígena de la India, de bayas amarillas y comestibles. • **carambola** n.f. Fruto del carambolo.

caramelo n.m. Pasta de azúcar hecho almíbar al fuego y endurecido sin cristalizar al enfriarse. Se aromatiza con esencias.

caramillo n.m. **I. 1.** Flautilla de caña, madera o hueso, con sonido muy agudo. **2. II.** Planta del mismo género y usos de la barrilla. **III.** Chisme, enredo, embuste.

caramujo n.m. **1.** Rosal silvestre. **2.** Caracol pequeño que se pega a los fondos de los buques.

caramuzal n.m. Buque mercante turco de tres palos, con la popa muy elevada.

carancho n.m. *Arg.* y *Urug.* Ave de rapiña de la familia de las falcónidas. Se alimenta de animales muertos.

caranday o **carandaí** n.m. *Amér.* Especie de palmera alta. Su madera se emplea en construcción. De sus hojas, en forma de abanico, se hacen pantallas y sombreros, y produce además una cera excelente.

carantoña n.f. **1.** Fam. Careta de cartón. **2.** Fig. y Fam. Mujer vieja y fea que se maqui la. **3.** pl. Fam. Halagos y caricias que se hacen a uno para conseguir de él alguna cosa.

caraña n.f. BOT Resina medicinal de ciertos árboles gutíferos americanos.

carao n.m. *Amér. Central.* BOT Árbol de la familia de las papilionáceas, con frutos que contienen una especie de melaza.

carapa n.f. Planta meliácea de las Antillas, con la que los indios se teñían el cuerpo.

carapachay n.m. *R. de la Plata.* Nombre de los antiguos habitantes del delta del Paraná.

carapacho **1.** n.m. Caparazón que cubre las tortugas, los cangrejos y otros animales. **2.** n.m.pl. ETNOGR Pueblo indígena del Perú, en el departamento de Huánaco.

¡carape! interj. ¡Caramba!

caras, antiguo pueblo indígena que habitaba el actual territorio del Ecuador. Fueron los fundadores de la dinastía de los Incas (caran-shyris) de Quito. Eran superiores en técnicas guerreras y estructura social. Se cree que emigraron desde las costas hacia el norte, tomando Quito hacia el año mil de nuestra era. Agricultores, destacaron por sus notables conocimientos astronómicos.

carasol n.m. Solana.

Carassius n.m. Género de peces teleósteos: ciprino dorado; pez rojo.

carate n.m. Especie de sarna.

carátula n.f. **1.** Máscara. **2.** Fig. Profesión histriónica.

carau n.m. Ave zancuda americana.

caravana n.f. **I. 1.** Grupo de gentes que, en Asia y África, se juntan para hacer un viaje con seguridad. **2.** Conjunto de vehículos que van uno detrás de otro y poco distanciados entre sí. **3.** Remolque de turismo arrastrado por un vehículo y acondicionado para ser utilizado como vivienda. **4.** Fig. y Fam. Gran número de personas que se reúnen para ir juntas. **II.** *Hond.* y *Méx.* Cortesía, urbanidad. **III.** pl. *Arg., Bol.* y *Chile.* Pendientes, arracadas. • **caravaning** n.m. Camping itinerante con una caravana.

¡caray! interj. ¡Caramba!

carbamato n.m. QUIM Sal del ácido NH_2—COOH (ácido carbónico, no aislado; sus ésteres son los uretanos).

cárbaso n.m. **1.** Variedad de lino muy delgado. **2.** Fig. Vestidura hecha de este lino. **3.** POET Lino (vela de la nave).

carbinol n.m. QUIM Alcohol metílico.

carbodinamita n.f. QUIM Materia explosiva derivada de la nitroglicerina.

carbógeno n.m. MED Mezcla de un 93 % de oxígeno y un 7 % de dióxido de carbono (CO_2), que se usa en reanimación.

carbol n.m. QUIM Fenol.

carbolíneo n.m. Sustancia líquida, obtenida por destilación del alquitrán de hulla, y que sirve para hacer impermeable la madera.

carbón n.m. **I. 1.** Materia sólida, ligera, negra y muy combustible, que resulta de la destilación o de la combustión incompleta de la leña o de otros cuerpos orgánicos. — *Carbón animal.* El que por medio de la destilación se obtiene de los huesos y otras sustancias animales. — *Carbón de piedra o mineral.* Sustancia fósil, que es una mezcla compleja de carbono, hidrógeno, oxígeno y nitrógeno. Se encuentra en la naturaleza, procedente de la descomposición lenta de los vegetales. — *Carbón vegetal.* El que procede de la carbonización de la leña seca, calentada a temperatura superior a 150 °C en las llamadas carboneras. **2.** Brasa o ascua después de apagada. **3.** Carboncillo de dibujar. **4.** ELECTR Trozo de carbón que forma la escobilla de una dinamo, de un motor, etc. **II.** *Papel carbón.* Papel entintado por una cara, que permite realizar copias, especialmente en mecanografía. • **carbonera** n.f. **I. 1.** Pila de leña, cubierta de arcilla para el carboneo. **2.** Lugar donde se guarda carbón. **3.** *Col.* Mina de hulla. **4.** *Chile.* Parte del ténder en que va el carbón. **II.** *Hond.* Cierta planta de los jardines.

ENCICL Los carbones minerales resultan de la acumulación de materias vegetales bajo la acción de microorganismos. Su contenido en carbono aumenta según la antigüedad del yacimiento: 60 % en las *turbas,* 65 % en los *lignitos,* de 75 a 90 % en las *hullas,* y hasta un 94 % en las *antracitas.* El carbón sigue siendo un combustible muy empleado, ya sea directamente, o para la producción de gas (metano, p. ej., que puede reemplazar el gas natural). El carbono, por ser un potente reductor, se consume abundantemente en la industria en forma de coque, material básico de la metalurgia. La *carboquímica,* industria de los derivados de la coquefacción del carbón, que había sufrido la competencia de la petroquímica, goza hoy de un nuevo empuje, debido a la disminución de las reservas de petróleo y gas natural.

carbonada n.f. **I.** Cantidad grande de carbón que se echa de una vez en la hornilla. **II. 1.** Carne cocida picada, y después asada en las ascuas o en las parrillas. **2.** *Amér.* Guiso compuesto de carne desmenuzada, choclos, zapallo, patatas y arroz.

carbonado n.m. Diamante negro utilizado para perforar materias duras.

carbonalla n.f. Mezcla de arena, arcilla y carbón, que sirve para construir el suelo de los hornos de reverbero.

carbonario,a n.m. y f. Miembro de una sociedad secreta, creada en Italia en el s. XIX, a favor de la liberación nacional.

carbonato n.m. QUIM Sal o éster del ácido carbónico. • **carbonatación** n.f. QUIM Neutralización de una base por el ácido carbónico. • **carbonatado,a** adj. MINER Se aplica a toda base combinada con el ácido carbónico, formando carbonato. • **carbonatar** v.tr. QUIM **1.** Transformar en carbonato. **2.** Saturar en dióxido de carbono (CO_2).

carboncillo n.m. **1.** Palillo de madera ligera, que, carbonizado, sirve para dibujar. **2.** Tizón (hongo). **3.** Hongo (planta talofita). **4.** Arena de color negro. **5.** *Cuba* y *Chile.* Carbonilla (carbón a medio quemar).

carbónidos n.m.pl. QUIM Grupo de sustancias que comprenden los cuerpos formados de carbono puro o combinado. • **carbónico,a** adj. QUIM Se aplica a muchas combinaciones o mezclas en que entra el carbono. ▷ QUIM *Anhídrido* o *gas, carbónico.* El dióxido de carbono, CO_2. ▷ *Ácido carbónico.* Ácido débil (H_2CO_3), que nunca se encuentra en estado libre. ▷ *Nieve carbónica.* Gas carbónico solidificado.

carbonífero,a adj. **1.** Se dice del terreno que contiene carbón mineral. **2.** GEOL Período de finales de la era primaria, posterior al devónico y anterior al pérmico, durante el cual se formaron importantes capas de hulla.

carbonilo **I.** n. y adj. Radical divalente, —CO. ▷ *Níquel-carbonilo, hierro-carbonilo.* Compuestos de la unión del níquel o del hierro, con el óxido de carbono. **II.** n.m. QUIM Mezcla de fenoles y de cresoles empleada como protección de la madera.

carbonilla n.f. Carbón mineral menudo residual.

carbonita n.f. **1.** Sustancia carbonosa semejante al coque. **2.** Sustancia explosiva, compuesta de nitroglicerina, sulfuro de benzol y un polvo hecho con aserrín, nitrato de potasio o sodio y carbonato de sodio.

carbonizar v.tr. y prnl. Reducir a carbón un cuerpo orgánico.

carbono n.m. Elemento de número atómico 6 y de peso atómico 12,01 (símbolo *C*). Existen dos variedades alotrópicas de carbono puro: el diamante y el grafito. El carbono se encuentra en la atmósfera como gas carbónico. La hulla y el lignito son carbonos fósiles, de tipo amorfo. — *Carbono 14.* Isótopo radiactivo del carbono.

carbonoso,a adj. Que tiene carbón, o se asemeja a él.

carboquímica n.f. Química industrial de los derivados procedentes de la coquización del carbón, que sirven de intermediarios en la síntesis de numerosos elementos (materiales plásticos, colorantes, etc.).

carborreactor n.m. TECN Carburante especial para motor a reacción.

carborundo n.m. QUIM Carburo de silicio (SiC), mezcla de coque, arena silícea y cloruro de sodio. Por su gran dureza, se usa en la abrasión. También se utiliza como material refractario y para la fabricación de resistencias eléctricas.

carboxihemoglobina n.f. BIOQUIM Combinación de la hemoglobina con el óxido de carbono, que se forma en caso de intoxicación por monóxido de carbono.

carboxilasa n.f. BIOQUIM Enzima que favorece la hidrólisis de los ácidos cetrónicos, indispensable al catabolismo celular de los glúcidos y de la acetil-coenzima A.

carboxilo n.m. QUIM Radical orgánico monovalente formado por un átomo de carbono, dos de oxígeno y uno de hidrógeno; característico de los ácidos orgánicos. Sím.: COOH. • **carboxílico** adj. QUIM Que contiene el grupo carboxilo. — *Ácido carboxílico.* Ácido orgánico R—COOH.

carboxipeptidasa n.f. BIOQUIM Enzima del grupo de los péptidos que permite liberar, fuera de una cadena peptídica, un aminoácido terminal cuyo radical carboxilo está libre.

carbunclo n.m. Carbúnculo.

carbunco n.m. PAT Enfermedad contagiosa y mortífera en el ganado; es transmisible al hombre, y está causada por una bacteria específica.

carbúnculo n.m. Rubí.

carburante 1. adj. Que contiene una materia combustible. 2. n.m. Combustible que mezclado con el aire, se inflama fácilmente. • **carburación** n.f. 1. METAL Adición de carbono a un metal. 2. Mezcla del aire y del carburante en un motor de explosión. • **carburador,a** adj. y n.m. 1. adj. Que sirve a la carburación. 2. n.m. Aparato para mezclar al aire el carburante vaporizado que alimenta un motor de explosión. • **carburar** I. v.tr. Añadir carbono (a un metal). II. v.intr. 1. Realizar la carburación. 2. Pop. Ir bien, marchar funcionar.

carburina n.f. Sulfuro de carbono usado en tintorería para eliminar la grasa.

carburo n.m. 1. QUIM Combinación binaria del carbono con un metal. 2. Carburo cálcico.

1. carca n. y adj. Carlista, y p. ext., persona de ideas retrógradas.

2. carca n.f. *Amér.* Olla en que se cuece la chicha.

carcaj o **carcax** n.m. 1. MILIT Aljaba, caja, estuche o funda en que se llevaban las saetas o flechas que se disparaban con el arco. 2. *Amér.* Funda de cuero en que se lleva el rifle al arzón de la silla.

carcajada n.f. Risa impetuosa y ruidosa.

carcamal n.m. y adj. Fam Persona decrépita y achacosa. Suele tener valor despectivo.

carcasa n.f. 1. Cierta bomba incendiaria. 2. Estructura que soporta, sostiene y proporciona rigidez a un conjunto.

cárcava n.f. 1. Hoya o zanja grande que suelen hacer las avenidas de agua. 2. Zanja o foso.

cárcavo n.m. Hueco en que juega el rodezno de los molinos. • **carcavón** n.m. Hoyo que hacen las avenidas. • **carcavuezo** n.m. Hoyo profundo en la tierra.

cárcel n.f. 1. Edificio o local destinado para la custodia y seguridad de los presos. 2. Ranura por donde corren los tablones de una compuerta. 3. Se dice de diferentes utensilios con los que se sujeta o comprime algo. • **carcelera** n.f. Canto popular andaluz, cuyo tema son las penas de los presos.

carcinógeno,a adj. Sustancia o agente que produce cáncer.

carcinología n.f. Parte de la zoología, que trata de los crustáceos.

carcinoma n.m. PAT Cáncer formado a expensas del tejido epitelial de los órganos, con tendencia a difundirse y producir metástasis. • **carcinosis** MED *Carcinosis miliar.* Generalización del carcinoma que invade rápidamente todas las vísceras, especialmente los pulmones.

carcoma n.f. 1. Insecto coleóptero muy pequeño y de color oscuro, cuya larva roe y taladra la madera. ▷ Polvo que produce este insecto. 2. Fig. Cuidado grave y continuo que mortifica y consume al que lo tiene. • **carcomáceos** n.f. pl. Familia de mariposas cuyas características son las mismas que las del género *Carcoma.*

carcón n.m. Correa con argollas en sus extremos, en que se afirman las varas de la silla de manos.

carda n.f. 1. Acción y efecto de cardar. 2. Cabeza terminal del tallo de la cardencha. 3. Máquina en la que se realiza el cardado de las materias textiles. • **cardador,a** 1. n.m. y f. Persona cuyo oficio es cardar. 2. n.m. ZOOL Miriápodo de cuerpo cilíndrico y liso.

cardamomo n.m. Planta medicinal, especie de amomo, de semillas aromáticas y de sabor algo picante.

cardán n.m. 1. MECAN Mecanismo de articulación, muy empleado en los automóviles, mediante el cual se transmite el movimiento giratorio de un eje a otro que forma con él un ángulo variable. — *Junta de cardán.* La utilizada para acoplar dos árboles de transmisión cuyos ejes, situados en el mismo plano no están alineados ni son paralelos. ▷ Articulación de dos ejes rotatorios octogonales que constituye una unión mecánica para transmitir un movimiento de rotación en direcciones distintas. 2. Suspensión consistente en dos círculos concéntricos, cuyos ejes forman ángulo recto.

cardar v.tr. 1. Preparar con la carda una materia textil para el hilado. 2. Sacar el pelo con la carda a los tejidos.

cardario n.m. ZOOL Pez selacio del suborden de los ráyidos, que tiene en el dorso de la cola muchos aguijones a modo de carda.

1. cardenal n.m. I. Cada uno de los prelados que componen el Sacro Colegio: son los consejeros del Papa y forman el conclave para la elección del mismo. II. Pájaro americano con un alto penacho rojo.

2. cardenal n.m. Equimosis.

cardencha n.f. 1. Planta bienal dipsacácea, cuyos involucros forman cabezas que se usan para cardar. 2. Carda (instrumento).

cardenilla n.f. Variedad de uva menuda, tardía y de color amoratado.

cardenillo n.m. 1. QUIM Mezcla tóxica de acetatos básicos de cobre: materia verdosa o azulada, que se forma en los objetos de cobre o sus aleaciones. 2. Acetato de cobre que se emplea en la pintura. 3. Color verde claro semejante al del acetato de cobre.

cárdeno,a adj. 1. De color amoratado. 2. Se dice del toro negro y blanco.

cardi(o)-, -cardia Partículas procedentes del griego *kardía,* «corazón».

cardiáceo,a adj. Que tiene forma de corazón.

cardiaco,a o **cardíaco,a** 1. adj. Perteneciente o relativo al corazón. 2. n. y adj. Que padece del corazón.

cardialgia n.f. PAT Dolor agudo que se siente en el cardias y oprime el corazón.

cardias n.m. ANAT Orificio que sirve de comunicación entre el estómago y el esófago de los vertebrados terrestres.

cárdigan n.m. Chaqueta de punto, con manga larga, sin cuello ni solapa y abotonada por delante.

cardillo n.m. Planta bienal, compuesta, que se cría en sembrados y barbechos. La penca de sus hojas se come cocida.

cardinal adj. 1. Principal, fundamental. 2. ASTRON Se aplica a los signos Aries, Cáncer, Libra y Capricornio. Llámanse así porque tienen su principio en los cuatro puntos cardinales del Zodiaco, y, entrando el Sol en ellos, empiezan respectivamente las cuatro estaciones del año. 3. GRAM Dícese del adjetivo numeral que expresa exclusivamente cuántas son las personas o cosas de que se trata.

cardiografía n.f. MED Estudio y descripción del corazón. • **cardiógrafo** n.m. Aparato que registra gráficamente la intensidad y el ritmo de los movimientos del corazón. • **cardiograma** n.m. Trazado que se obtiene con el cardiógrafo.

cardioide n.f. MAT Curva de fórmula $\varphi = a(1 + \text{sen}\ \sigma)$ en coordenadas polares, que tiene la forma de un corazón; se engendra por un punto de una circunferencia que rueda sin resbalar sobre otra de igual diámetro.

cardiolipina n.m. BIOQUIM Fosfolípido descubierto en el músculo cardíaco. (Base de la mayoría de los sero-diagnósticos de la sífilis, especialmente la prueba de Bordet-Wassermann.)

cardiología n.f. MED Parte de la medicina que se ocupa del estudio del corazón y de sus funciones y enfermedades.

cardiomegalia MED Aumento del volumen del corazón, observado especialmente en la insuficiencia cardíaca.

cardiopatía n.f. Afección del corazón, adquirida (infarto del miocardio) o congénita (tetralogía de Fallot).

cardiotirosis n.f. MED Complicación cardíaca del hipertiroideo.

cardiotomía n.f. CIR Abertura quirúrgica del corazón o del cardias.

cardiotónico adj. Que aumenta la tonicidad del músculo cardíaco (fármacos).

cardiovascular adj. Relativo al corazón y a los vasos sanguíneos.

cardítico,a adj. Relativo al corazón. • **carditis** n.f. MED Inflamación de las tres túnicas del corazón, o de cualquiera de ellas.

Cardium n.m. ZOOL Nombre del género del berberecho.

cardo n.m. 1. BOT Planta anual, de hojas grandes y espinosas; se cultiva como hortaliza para comer las pencas. 2. Se dice de ciertas plantas compuestas silvestres y de hojas espinosas, de diferentes especies. 2. ARQUIT Adorno muy empleado en la decoración de los capiteles góticos en el s. XV.

cardón n.m. I. 1. Cardencha (planta dipsacácea). 2. Planta bromeliácea que abunda en Chile, y cuyo fruto es el chagual. 3. *Arg.* Especie de cacto gigante que sirve para setos vivos y como planta forrajera. 4. *C. Rica, Méx.* y *Perú.* Planta cactácea de que existen varias especies. II. Acción y efecto de sacar pelo al paño o al fieltro antes de tundirlo.

cardume o **cardumen** n.m. Banco de peces.

carear I. v.tr. 1. Poner a una o varias personas en presencia de otra u otras, con objeto de aclarar la verdad. 2. Fig. Cotejar una cosa con otra. II. v.int. Dar o presentar la faz hacia una parte. III. v.prnl. 1. Verse las personas para algún asunto. 2. Reunirse dos o más personas a fin de resolver algún asunto desagradable para cualquiera de ellas.

carecer v.int. Tener falta de alguna cosa.

carena n.f. **1.** Parte normalmente sumergida de la nave. **2.** MAR Reparo y compostura que se hace en el casco de la nave.

carenados n.m.pl. ZOOL Orden superior que comprende las aves provistas de quilla.

carencia n.f. **1.** Falta o privación de alguna cosa. **2.** MED Ausencia o insuficiencia del organismo en lo que se refiere a elementos indispensables para su equilibrio y desarrollo.

carenóstilo n.m. Insecto de la familia de los carábidos.

careo n.m. Acción y efecto de carear o carearse.

carero,a adj. Fam. Que acostumbra vender caro.

carestía n.f. **1.** Falta o escasez de alguna cosa. **2.** Elevado precio de una cosa.

careta n.f. **1.** Máscara para cubrir la cara. **2.** Mascarilla de tela metálica que usan los colmeneros. **3.** Máscara de red metálica con la que se resguardan la cara en la esgrima.

careto,a adj. Se dice del animal de raza caballar o bovina que tiene la cara blanca y el resto de la cabeza de color oscuro.

carey n.m. **1.** Tortuga de mar, como de un metro de longitud, con el espaldar de color pardo o leonado y dividido en segmentos imbricados. ▷ Materia córnea que se saca en chapas delgadas calentando por debajo las escamas del carey. **2.** *Cuba.* Bejuco de hojas anchas y tan ásperas, que se usa como lija. **3.** BOT *Cuba.* Arbusto de las costas, de la familia de las ramnáceas.

carfología n.f. MED Movimiento continuado y automático de las manos y los dedos durante ciertos delirios febriles.

carga n.f. **I. 1.** Acción y efecto de cargar. **2.** Cosa que hace peso sobre otra. **3.** Cosa transportada. **4.** Peso sostenido por una estructura. **5.** HIDRAUL Presión que se ejerce sobre las paredes de una conducción. **II. 1.** Unidad de medida de algunos productos forestales, como leñas, carbones, frutos, etc. **2.** ELECT *Carga eléctrica* (cantidad de electricidad existente en la superficie de un cuerpo conductor). — FIS *Carga elemental.* La carga del electrón o la del protón, que son opuestas y valen $1{,}602 \times 10^{-19}$ culombios. — RAD *Resistencia de carga.* Resistencia que se conecta en serie con la placa de una válvula, con el fin de provocar una caída de tensión variable, cuyas fluctuaciones serán transferidas a la etapa siguiente. **III. 1.** Cantidad de pólvora que se echa en el cañón de un arma de fuego. **2.** Medida de la pólvora que corresponde a cada disparo. **3.** Cantidad de sustancia explosiva con que se causa la voladura de una mina o barreno. **IV. 1.** Hablando de un motor, trabajo útil que suministra en cada unidad de tiempo. **2.** Sistema o circuito que implique consumo de energía. **V. 1.** Fig. Tributo, imposición, gravamen. **2.** Fig. Censo, hipoteca, u otro gravamen real de la propiedad. **3.** Fig. Obligación aneja a un estado, u oficio. **VI. 1.** MILIT Ataque resuelto al enemigo. **2.** Evolución de la fuerza pública, para dispersar a grupos de personas. **VII.** QUIM Sustancia que se añade a los materiales plásticos, al caucho, al papel, etc. a fin de modificar las características para un determinado uso.

cargar **I.** v.tr. **1.** Poner o echar peso sobre una persona o una bestia. **2.** Embarcar o poner en un vehículo mercancías para transportarlas. **3.** Introducir la carga en el cañón de cualquier arma de fuego. **4.** FIS Almacenar en un condensador sendas cargas eléctricas, iguales y de signo contrario, estableciendo una diferencia de potencial entre las armaduras. **5.** FIS Hacer pasar a un acumulador una corriente opuesta a la que éste suministra, a fin de que recupere la energía que había perdido. **6.** Acoplar con abundancia algunas cosas. **7.** Fig. Imponer a las personas o cosas un gravamen u obligación. **8.** Fig. Imputar, achacar a uno alguna cosa. **9.** COMER Anotar en las cuentas corrientes las partidas que corresponden al debe. **10.** MILIT Acometer con fuerza a los enemigos. **11.** Evolucionar los agentes de orden público para dispersar a grupos. **12.** TECN *Cargar un horno.* Llenarlo de una determinada cantidad de combustible y de mineral. **II.** v.tr. y prnl. Fig. y Fam. Incomodar, molestar, cansar. **III.** v.int. y prnl. Inclinarse una cosa hacia alguna parte. **IV.** v.int. **1.** Mantener, tomar o cargar sobre sí algún peso. **2.** Descansar una cosa sobre otra. **3.** Junto con la prep. *con,* llevarse, tomar. **4.** Llevar los árboles fruto en gran abundancia. **5.** Fig. Tomar sobre sí alguna obligación o cuidado. **6.** Fig. Con la prep. *sobre,* hacer a uno responsable de culpas o defectos ajenos. **7.** Fig. Junto con la misma prep., importunar a uno para que condescienda con lo que se le pide. **8.** GRAM Tratándose de acentuación o pronunciación, tener una letra o sílaba más valor prosódico que otras de la misma palabra. **V.** v.prnl. **1.** Echar el cuerpo hacia alguna parte. **2.** Fig. En las cuentas, admitir el cargo de alguna cantidad. **3.** Fig. Irse aglomerando y condensando las nubes. **4.** Fig. Con la prep. *de,* llenarse o llegar a tener abundancia de ciertas cosas. • **cargado,a** **I.** adj. **1.** Dícese del tiempo o de la atmósfera bochornosos. **2.** Aplícase a la oveja próxima a parir. **3.** Fuerte, espeso, saturado. **II.** n.m. DANZA Movimiento de la danza española, que se hace alzando el pie derecho y poniéndolo sobre el otro, de manera que lo quite de su asiento.

• **cargador** n.m. **1.** El que embarca las mercancías o conduce la carga. **2.** El que carga las escopetas en la caza de ojeo. **3.** Bieldo grande para cargar y encerrar la paja. **4.** Pieza metálica que se introduce en las armas automáticas y que contiene cierto número de cápsulas.

cargazón n.f. **1.** Pesadez sentida en alguna parte del cuerpo. **3.** Aglomeración de nubes espesas. **4.** Abundancia de frutos en las plantas.

cargo n.m. **I. 1.** Acción de cargar. **2.** Carga. **II. 1.** En las cuentas. Conjunto de cantidades de que uno debe dar satisfacción. **2.** COMER Anotación que se hace en el Debe de una cuenta. **III.** Fig. Dignidad, empleo, oficio. ▷ Fig. Persona que lo desempeña. **IV. 1.** Fig. Obligación, precisión de hacer o de hacer cumplir alguna cosa. **2.** Falta que se imputa a uno en su comportamiento. **3.** *Chile.* Certificado que al pie de los escritos pone el secretario judicial para señalar el día o la hora en que fueron presentados.

cargoso,a adj. **1.** Que causa disgusto, padecimiento o fatiga. **2.** Gravoso, oneroso. **3.** *Amér.* Cargante.

carguero,a **I.** n. y adj. Que lleva carga. **II.** n.m. **1.** Buque, tren, etc., de carga. **2.** *Arg.* Bestia de carga.

cari adj. *Arg.* y *Chile.* De color pardo.

caria n.f. ARQUIT Fuste o caña de columna.

cariacos, indios caribes de las Antillas en la época del descubrimiento.

cariado,a adj. Se dice de los huesos dañados o podridos.

cariaquito n.m. Arbusto vivaz de la familia de las verbenáceas, propio de los lugares cálidos.

cariar **1.** v.tr. Destruir por la caries. **2.** v.prnl. Ser atacado por la caries.

cariátide n.f. ARQUIT Estatua de mujer con vestido talar, y que hace oficio de columna. ▷ ARQUIT P. ext., cualquiera figura humana que en un cuerpo arquitectónico sirve de columna.

caribe **1.** Lengua de los caribes. **2.** Pez pequeño y muy voraz que vive en las costas de Venezuela.

caribes, pueblo indígena de América. Junto con los arauacos y los tupíes forman la tercera de las grandes etnias de la ribera atlántica de América. Procedentes del norte del subcontinente, su condición de navegantes les permitió una asombrosa expansión. Habían llegado poco antes que Colón a las Antillas. Aún después de la conquista, huyendo de los colonizadores, exploraron el cauce y los afluentes del Amazonas. Atacados en las Antillas, lograron mantenerse en Santa Lucía, Dominica y San Vicente. En los distintos países donde vivieran los caribes subsisten todavía descendientes de este pueblo.

cariblanco n.m. *C. Rica.* Puerco montés más pequeño que el jabalí europeo y más feroz, y de carne más estimada que el saíno.

caribú n.m. Reno de América del N que se desplaza en manadas y cuya carne es comestible.

caricáceo,a adj. BOT Se dice de árboles angiospermos dicotiledóneos, como el papayo. ▷ Familia de estas plantas.

caricari n.m. Halcón brasileño que se alimenta de reptiles, ratones, pajarillos, etc.

caricato n.m. **1.** Bajo cantante que en la ópera hace los papeles de bufo. **2.** *Amér.* Caricatura.

caricatura n.f. Figura ridícula en que se deforman las facciones y el aspecto de alguna persona. • **caricaturizar** v.tr. Representar por medio de caricatura a una persona o cosa.

caricia n.f. Demostración cariñosa que consiste en rozar suavemente con la mano.

caridad **1.** Virtud teologal que consiste en amar a Dios y al prójimo. **2.** Limosna que se da, o auxilio que se presta a los necesitados.

cariedón n.m. Insecto que roe las nueces.

caries n.f. **I. 1.** Lesión ulcerosa. **2.** MED *Caries ósea.* Inflamación y destrucción del tejido óseo. ▷ *Caries dental.* Alteración del esmalte y del marfil del diente que, penetrando hacia el interior, llega a destruir por completo la pieza. **II.** Tizón (hongo).

carilla n.f. **1.** Careta de los colmeneros. **2.** Plana o página.

carillo,a adj. Que es amado o querido. **2.** n.m. y f. Amante, novio.

carillón n.m. **1.** Grupo de campanas que producen un sonido armónico por estar acordadas. **2.** Juego de tubos o planchas de acero que producen un sonido musical.

cariñena n.m. Vino tinto muy dulce y oloroso elaborado en Cariñena.

cariño n.m. **1.** Inclinación de amor o afecto que se siente hacia una persona o cosa. **2.** Fig. Expresión y señal de dicho sentimiento. **3.** Fig. Esmero, afición con que se hace una cosa. **4.** *Chile* y *Nicar.* Regalo, obsequio.

cario Prefijo procedente del griego *karyon,* «núcleo, nuez».

cariocar n.m. BOT Árbol de la América tropical, de gran altura, de la familia de las cariocariáceas.

cariocariáceo,a n.f. y adj. BOT Se dice de plantas angiospermas dicotiledóneas, de frutos drupáceos, con semillas que pueden contener materias albuminoideas y grasa, pero nunca fécula. ▷ n.f.pl. BOT Familia de estas plantas.

cariocinesis n.f. BIOL División del núcleo celular durante la mitosis.

cariofiláceo,a o **cariofileo,a** n. y adj. BOT Se dice de hierbas o matas angiospermas dicotiledóneas, con flores regulares, hermafroditas, y fruto en cápsula; como el clavel, la minutisa y la quebrantapiedras. ▷ n.f.pl. BOT Familia de estas plantas.

cariofilina n.f. QUIM Sustancia contenida en gran cantidad en el clavo de las Molucas.

cariogamia n.f. BIOL En la fecundación, unión de los núcleos de los gametos macho y hembra.

cariograma n.m. BIOL Número de cromosomas definido por una fórmula constante para una especie dada que incluye los pares de cromosomas idénticos (*autosomas*) y el o los cromosomas sexuales (*alosomas* o *heterocromosomas*). El cariograma de la especie humana es de 46 cromosomas, es decir 22 pares de autosomas y 2 cromosomas sexuales: 2 cromosomas X en la mujer; un cromosoma X y un cromosoma Y en el hombre.

cariólisis n.f. BIOL Muerte del núcleo celular.

cariópside n.f. BOT Fruto seco indehiscente, típico de las gramíneas, en el que el pericarpio está soldado al único grano que contiene.

cariotipo n.m. MED Dotación de cromosomas en las células de un individuo, cuyo examen permite diagnosticar determinadas enfermedades cromosómicas.

carisias n.f.pl. MIT Fiestas griegas nocturnas en honor de las Gracias.

carisma n.m. **1.** TEOL Don gratuito que concede Dios con abundancia a una criatura. **2.** Cualidad que posee un individuo que le destaca de los hombres corrientes y por la que se le considera dotado de poderes y cualidades excepcionales.

carisquio n.m. BOT Árbol de la familia de las mimosáceas, parecido a la acacia, que vive en los países cálidos, y cuyas especies son apreciadas por su buena madera.

caristias n.f.pl. MIT Convite familiar que los romanos celebraban el 18 y 20 de febrero de cada año, para hacer paces entre los parientes.

caristios, pueblo hispánico prerromano, de nombre probablemente indoeuropeo, que habitaba al oeste del río Deva, en territorios correspondientes a parte de las actuales provincias de Guipúzcoa y Vizcaya.

carita n.f. Planta del Sudán, de la familia de las sapindáceas, cuyas semillas producen una grasa comestible *(mantequilla de carita)*.

caritativo,a adj. **1.** Que ejercita la caridad. **2.** Perteneciente o relativo a la caridad.

cariz n.m. **1.** Aspecto de la atmósfera. **2.** Fig. y Fam. Aspecto que presenta un asunto.

carlanca n.f. **1.** Collar ancho y fuerte, con puntas de hierro, que preserva a los mastines de las mordeduras de los lobos. **2.** *Col* y *C. Rica.* Grillete. **3.** *Ecuad.* Trangallo que se cuelga de la cabeza a los animales para que no entren en los sembrados. **4.** *Chile* y *Hond.* Molestia causada por alguna persona machacona y fastidiosa.

carlanco n.m. Ave zancuda del tamaño de un pollo pequeño, y de color azulado.

carleta n.f. **1.** Lima para desbastar el hierro. **2.** MINER Especie de pizarra procedente de Angers.

carlinga n.f. **1.** AVIAC Espacio destinado a la tripulación y a los pasajeros. **2.** MAR Hueco en que se encaja la mecha de un árbol u otra pieza semejante.

carlismo n.m. **1.** Orden de ideas profesadas por los carlistas. **2.** Partido político de los carlistas. • **carlistas** n. y adj. Partidarios del carlismo.

ENCICL **Hist.** — El conflicto sucesorio español que opuso a isabelinos y carlistas no fue el único origen del carlismo. También intervino la oposición entre la burguesía liberal y un mundo agrario muy conservador, que apoyó a Carlos María Isidro de Borbón en algunas partes de España. Éste provocó la primera guerra carlista que concluyó con un fracaso (1840). Tras su muerte, Carlos VI y su hijo Carlos VII continuaron el movimiento, que volvió a fracasar en dos nuevas guerras carlistas. La llegada de los Borbones, los fracasos y la tendencia a la derecha de parte de los carlistas, provocó una división de éstos (1888), debilitando sus fuerzas. A principios del s. XX, Jaime, el nuevo pretendiente definió la ideología carlista (católica, no parlamentarista y fuerista). Fundó el Partido Católico Tradicionalista (1919), que pasó a ser el Partido Tradicionalista Carlista en 1931, cuando Alfonso Carlos heredó los derechos sucesorios. Opuestos a la II República, los carlistas o tradicionalistas apoyaron el golpe de Estado de 1936, uniendo sus fuerzas a la Falange. No obstante, el trono de España siguió siendo reclamado por los carlistas, en la persona de Javier de Borbón-Parma y, actualmente, su hijo Carlos Hugo. Es un movimiento minoritario, que celebra una reunión anual en Montejurra. En la actualidad, los carlistas se encuentran divididos. La rama que apoyaba a Carlos Hugo (hoy disuelta) constituyó el Partido Carlista, que se declaró socialista autogestionario. La rama que apoya a su hermano Sixto es de tendencia derechista.

carlita n.f. Nombre que dan los ópticos a las lunetas que sirven para leer.

carlota n.f. Torta hecha con leche, huevos, azúcar, cola de pescado y vainilla.

carmañola n.f. Chaqueta corta y estrecha usada por los obreros originarios de la ciudad francesa de Carmagnola y por los revolucionarios franceses de 1792 a 1795.

carmel n.m. BOT Especie de llantén.

carmelina n.f. Segunda lana que se saca de la vicuña.

1. carmen n.m. Orden regular de religiosos mendicantes, fundada por Simón Stock en el siglo XIII. Los hay calzados y descalzos. También hay conventos de monjas de esta orden, calzadas y descalzas.

2. carmen n.m. Verso o composición poética.

carmenar v.tr. y prnl. Desenredar y limpiar el cabello, la lana o la seda.

carmentales n.f.pl. ARQUEOL Fiestas romanas en honra de la ninfa Carmenta.

carmentina n.f. Planta de la familia de las acantáceas, usada en medicina como pectoral.

carmesí **I.** n. y adj. Se dice del color rojo encendido que se obtiene con el quermes animal, o de la cochinilla y una preparación a base de alumbre. Se usaba para teñir. ▷ adj. Se aplica a lo que es de este color. **II.** n.m. Polvo de color de la grana quermes.

carmesita n.f. MINER Silicato hidratado de hierro y alúmina.

carmín n.m. **1.** Material de color rojo encendido, que se saca principalmente de la cochinilla, insecto. **2.** Este mismo color. **3.** Rosal silvestre. **4.** Flor de esta planta.

carminativo,a n. y adj. MED Se dice del medicamento que favorece la expulsión de los gases desarrollados en el tubo digestivo.

carminita n.f. MINER Arseniato anhidro de hierro y de plomo.

carnada n.f. Cebo para pescar o cazar.

carnadura n.f. **1.** Musculatura, abundancia de carnes. **2.** Encarnadura de los tejidos.

carnal adj. **1.** Perteneciente a la carne. **2.** Lascivo o lujurioso. **3.** Fig. Que mira solamente las cosas del mundo.

carnaval n.m. **1.** Los tres días que preceden al miércoles de ceniza. **2.** Fiesta popular que se celebra en tales días, y consiste en mascaradas, comparsas, bailes, etc.

carnaza n.f. **1.** Cara de las pieles, que ha estado en contacto con la carne. **2.** Carnada (cebo para pescar).

carne n.f. **I. 1.** Parte blanda y mollar del cuerpo de los animales. **2.** Alimento animal de la tierra o del aire, en contraposición a la comida de pescados y mariscos. **3.** Parte mollar de la fruta. **II.** Uno de los tres enemigos del alma, según la doctrina cristiana, que inclina a la sensualidad.

carné n.m. **1.** Librito de anotaciones. **2.** Documento que acredita la identidad de una persona, su pertenencia a una agrupación o que se expide a favor de una persona, la faculta para ejercer ciertas actividades.

carnear v.tr. *Amér.* Matar y descuartizar las reses.

cárneas n.f.pl. ARQUEOL Fiestas lacedemonias en honor de Apolo.

carnero n.m. **1.** Mamífero rumiante, de frente convexa, cuernos huecos, angulosos y arrollados en espiral, lana espesa y pezuña hendida. Es animal doméstico muy apreciado por su carne y por su lana. **2.** *Bol.* y *Perú.* Llama (rumiante). — *Carnero del cabo.* Ave palmípeda, mayor que el ganso. — *Carnero marino.* Foca.

carnestolendas n.f.pl. Carnaval.

carnicería n.f. **1.** Comercio donde se vende carne. **2.** Mortandad de gente causada por la guerra u otra gran catástrofe. ▷ P. ext., herida, lesión, etc., con efusión de sangre. **3.** *Ecuad.* Matadero. • **carnicero,a** **I.** n.m. y f. Persona que vende carne. **II.** n. y adj. Se dice del animal que da muerte a otros para comérselos. **III.** adj. **1.** Se dice de la persona que come mucha carne. **2.** Fig. Cruel, sanguinario. • **carnina** n.f. QUIM Principio amargo contenido en el extracto de carne.

carnificarse v.prnl. Sufrir carnificación algún órgano o tejido. • **carnificación** n.f. MED Alteración patológica del tejido de ciertos órganos, que toma el aspecto y consistencia del tejido muscular.

carniola n.f. MINER Variedad de la calcedonia, de color rojo amarillento.

carnívoro,a **I.** n. y adj. Se aplica al animal que se alimenta de carne. **II.** adj. Se dice igualmente de ciertas plantas de la familia de las droseráceas y otras afines, que se nutren de ciertos insectos. **III.** n.m. ZOOL Se dice de los mamíferos terrestres, unguiculados, cuya dentición se caracteriza por tener caninos robustos y molares con tubérculos cortantes. ▷ n.m.pl. ZOOL Orden de estos animales.

carnosidad n.f. **1.** Carne superflua que crece en una llaga. **2.** Carne irregular que sobresale en alguna parte del cuerpo. • **carnoso,a** adj. **1.** Que tiene muchas carnes. **2.** BOT Se dice de los órganos vegetales formados por parénquima blando.

caro,a **I.** adj. **1.** Que excede mucho del valor regular. **2.** De precio elevado. **3.** adv.m. A un precio alto. **II.** Amado, querido.

caroba n.f. BOT Nombre de varios árboles americanos, de la familia de las bignoniáceas, a cuyas hojas y corteza se atribuyen propiedades medicinales.

carolino,a n. y adj. Se dice de lo referente a la persona o reinado de algún Carlos, especialmente Carlos V.

carona n.f. **1.** Pedazo de tela gruesa acojinado que se sitúa entre la silla y el sudadero del caballo. **2.** Parte del lomo sobre la cual cae la carona de la albarda.

carosiero n.m. Especie de palmera del Brasil, cuyo fruto es muy parecido al del manzano.

carosis n.f. PAT Sopor profundo acompañado de insensibilidad completa.

carótida n. y adj. ANAT Se dice de cada una de las dos arterias, propias de los vertebrados que, por los lados del cuello, llevan la sangre a la cabeza.

carotina n.f. QUIM Hidrocarburo de color rojo anaranjado, que forma parte del pigmento llamado clorofila y existe, además, en gran cantidad en las células de ciertos órganos vegetales.

caroto n.m. Árbol de madera pesada, propio de la República del Ecuador.

carozo n.m. **1.** Raspa de la panoja o espiga del maíz. También se llama garojo y zuro. **2.** *Amér.* Hueso del durazno y otras frutas.

1. carpa n.f. Pez teleósteo fisóstomo, de boca pequeña sin dientes, escamas grandes y una sola aleta dorsal; vive en las aguas dulces y es apreciado por su carne.

2. carpa n.f. **1.** *Amér.* Tienda de campaña. **2.** *Amér.* Toldo, tenderete.

carpanta n.f. Fam. Hambre violenta.

carpe n.m. **1.** BOT Planta leñosa de la familia de las betuláceas. **2.** *Cuba.* Árbol silvestre, bastante alto y tortuoso, que da una madera muy dura y resistente, que se utiliza para entramados y empalizadas

carpelo n.m. BOT Hoja transformada para formar un pistilo o parte de un pistilo.

carpeta n.f. **I. 1.** Cubierta de tela, que se pone sobre las mesas y arcas. **2.** Cartera grande para escribir sobre ella y guardar papeles. **3.** Cubierta con que se resguardan y ordenan los legajos. **II.** Factura de los valores o efectos públicos o comerciales.

carpincho n.m. *Amér.* Roedor anfibio, de un metro de largo, que se alimenta de peces y de hierbas, y se le domestica con facilidad.

carpintería n.f. **1.** Taller en donde trabaja el carpintero. **2.** Oficio de carpintero. • **carpintero** n.m. El que trabaja la madera.

-carpio o **carpo-,** partículas procedentes del griego *karpos,* «unión o fruto», con las que se forman determinadas palabras cultas.

carpo n.m. ZOOL Conjunto de huesos que, en número variable, forman parte del esqueleto de las extremidades anteriores de los batracios, reptiles y mamíferos, y que por un lado está articulado con el cúbito y el radio y por otro con los huesos metacarpianos. En el hombre constituye el esqueleto de la muñeca y está compuesto de ocho huesos íntimamente unidos y dispuestos en dos filas.

carpobálsamo n.m. Fruto del árbol que produce el opobálsamo.

Carpocapsa n.f. Género de mariposas cuyas orugas se desarrollan en los frutos con pepitas.

carpófago,a adj. Se dice del animal que principalmente se alimenta de frutos.

carpóforo n.m. BOT Aparato que posee los órganos esporíferos en los hongos ascomicetos y basidiomicetos.

carpología n.f. BOT Parte de la botánica, que estudia el fruto de las plantas.

carquesia n.f. Mata leñosa, de la familia de las papilionáceas, parecida a la retama. Es medicinal.

carra n.f. Plataforma móvil sobre la que va montada una decoración de teatro.

1. carraca n.f. **1.** Antigua nave de transporte inventada por los italianos. ▷ Sitio donde se construían estas naves. **2.** Desp. Barco viejo o lento, y p. ext., cualquier artefacto deteriorado o caduco.

2. carraca n.f. **I. 1.** Instrumento de madera, cuyos dientes producen un ruido seco y desapacible. **2.** MECAN Mecanismo de rueda dentada y linguete que tienen algunas herramientas. **II. 1.** Ave córvida de los acantilados y montañas de Eurasia. **2.** Ave coraciforme.

carral n.m. Barril para transportar vino.

carraleja n.f. Insecto coleóptero, heterómero, de la familia de las cantáridas.

carrara n.m. Mármol blanco, extraído de las canteras de Carrara.

1. carrasca n.f. Encina generalmente pequeña, o mata de ella

2. carrasca n.f. Instrumento músico consistente en un bordón con muescas que se raspa a compás con un palillo.

carraspada n.f. Bebida compuesta de vino tinto aguado, o del pie de este vino con miel y especias.

carraspear v.int. Sentir o padecer carraspera. • **carraspera** n.f. **1.** Fam. Cierta aspereza de la garganta, que obliga a desembarazarla tosiendo. **2.** Acción y efecto de carraspear.

carraspique n.m. Planta de jardín, herbácea, crucífera, de flores moradas o blancas.

carrera n.f. **I. 1.** Acción de correr el hombre o el animal cierto espacio. **2.** Sitio destinado para correr. **3.** Curso de los astros. **4.** Calle que fue antes camino. **5.** Trayecto o recorrido señalado para un desfile, procesión, etc. **II.** Pugna de velocidad entre personas que corren a pie o montadas en animales o vehículos. ▷ Pugna de velocidad entre animales no cabalgados, como avestruces, perros, etc. **III. 1.** Recorrido que hace un vehículo de alquiler o taxi, transportando clientes por un precio fijo de un punto a otro de la ciudad, dentro de un perímetro delimitado. **2.** TECN Espacio recorrido por una pieza móvil. **IV. 1.** Fig. Línea de puntos que se sueltan en una media o en otro tejido análogo. **2.** Fig. Camino o curso que sigue uno en sus acciones. ▷ Fig. Curso o duración de la vida humana. ▷ Fig. Profesión. **3.** ARQUIT Viga horizontal para sostener otras, o para enlace de las construcciones. **V.** DANZA y MUS Carrerilla.

carrerilla n.f. **1.** En la danza española, dos pasos acelerados, hacia adelante, inclinándose a uno y otro lado. **2.** MUS Subida o bajada, por lo común de una octava, pasando ligeramente por los puntos intermedios.

carrerista n.m. y f. **1.** Persona aficionada o concurrente a las carreras. **3.** La que hace carreras de automóviles, bicicletas, etc.

carreta n.f. Carro largo, estrecho y más bajo que el ordinario. Tiene sólo dos ruedas, las cuales suelen llevar pinas de madera en lugar de llantas. • **carretada** n.f. **1.** Carga que lleva una carreta. **2.** Fig. y Fam. Gran cantidad de cualquier especie de cosas.

carrete n.m. **1.** Cilindro taladrado por el eje, con bordes en sus bases, que sirve para mantener arrollados en él hilos, alambres, cintas, etc. **2.** FIS Alambre aislado eléctricamente y devanado en torno a un cilindro, que sirve para engendrar campos magnéticos mediante una corriente eléctrica, o para aumentar la autoinducción de los circuitos.

carretear v.tr. Conducir una cosa en carreta o carro.

carretela n.f. **1.** Coche de cuatro asientos, tirado por caballos, con cubierta plegadiza. **2.** *Chile.* Ómnibus, diligencia.

carretera n.f. Vía terrestre transitable de una cierta importancia.

ENCICL **Ob. Públ.** — Una carretera se caracteriza por su *implantación*, es decir, su trazado en planta y por sus perfiles *longitudinales* y *transversales*. Su perfil longitudinal es la curva que proporcionan los distintos niveles del eje de la carretera a lo largo de su trazado. Sus perfiles transversales son las secciones verticales perpendiculares a su eje. La implantación y el perfil longitudinal se adaptan a las necesidades del tráfico y al *terreno natural*, a menudo a costa de movimientos de tierra y de importantes obras. El perfil transversal tiene actualmente la forma de un diedro (salvo en las curvas en donde se prefiere realizar una única pendiente, peralte, hacia el centro). La carretera queda completada con los arcenes y las cunetas. La *calzada* es la superficie de la carretera por donde circulan los vehículos y está compuesta por tres capas sucesivas: la capa de cimentación, el macizo de calzada y la capa de rodadura.

carretero n.m. **1.** El que hace carros y carretas. **2.** El que conduce tales vehículos.

carretilla n.f. **I.** Carro pequeño de mano, que se compone de un cajón, y dos varas que lo cogen, entre las que se coloca el conductor para dirigirlo. **II.** Buscapiés. **III.** Pintadera. **IV.** *Arg.* y *Chile.* Quijada, mandíbula.

carretón n.m. **1.** Carro pequeño, con dos o cuatro ruedas y que puede ser tirado por uno o dos caballos. **2.** Armazón con una rueda, en donde lleva el afilador las piedras y un barrilito con agua.

carricera n.f. Planta perenne de la familia de las gramíneas, de hojas con canalillos, y flores blanquizcas.

carricero n.m. Pájaro insectívoro de color pardo. Habita en los carrizales y vegetación próxima al agua.

carricoche n.m. **1.** Carro cubierto cuya caja era como la de un coche. Los había de varias clases: con dos, tres y cuatro ruedas. **2.** Desp. Coche viejo o de mala figura.

carril n.m. **1.** Huellas que dejan en el suelo las ruedas de un vehículo. **2.** En las vías férreas, cada una de las barras metálicas que sustentan y guían el tren. **3.** En una vía pública, cada banda longitudinal destinada al tránsito de una sola fila de vehículos.

carrillo n.m. **1.** Parte carnosa de la cara. **2.** Garrucha (polea). • **carrillada** n.f. Parte grasa que tiene el cerdo a uno y otro lado de la cara.

carrizo n.m. **1.** Planta gramínea. Se cría cerca del agua; sus hojas sirven para forraje; sus tallos servían para construir cielos rasos, y sus panojas, para hacer escobas. **2.** Planta de Venezuela, gramínea, de tallos nudosos que contienen agua dulce y fresca.

carro n.m. **I. 1.** Carruaje de dos ruedas, con varas para enganchar el tiro, y cuya armazón consiste en un bastidor con listones o tablas en los costados y en los frentes. **2.** *Amér.* Vehículo automóvil. **II. 1.** IMP Aparato compuesto de un tablero de hierro en que se coloca la forma que se va a imprimir. **2.** MECAN Pieza de algunas máquinas dotada de un movimiento de traslación horizontal. **III.** MILIT Tanque de guerra. **IV.** ASTRON *Carro Mayor.* Osa Mayor. — *Carro Menor.* Osa Menor.

carrocería n.f. Parte de los vehículos que, reviste el motor y otros órganos y sirve para transportar pasajeros o carga.

carrocha n.f. Huevecillos de insecto.

carromato n.m. Carro grande de dos ruedas, bolsas de cuerda para recibir la carga y un toldo.

carroña n.f. Carne corrompida.

carroza n.f. Coche grande, ricamente vestido y adornado. ▷ P. ext., se llamaba así a la que se construía para actos públicos

carruaje n.m. **1.** Vehículo formado por un armazón montado sobre ruedas. **2.** Conjunto de carros, coches, etc., que se utilizaban para viajar.

carruco n.m. **1.** Desp. de carro. **2.** Carro pequeño. **3.** Porción de tejas que puede cargar un hombre.

carrusel n.m. **1.** Espectáculo en que varios jinetes ejecutan evoluciones vistosas. **2.** Tiovivo.

cársico,a adj. GEOMOR Se dice de lo perteneciente a las regiones en cuyo modelado predomina la erosión química en las calizas y, p. ext., en las demás rocas solubles.

carta n.f. **I. 1.** Papel escrito, y ordinariamente cerrado, que una persona envía a otra para comunicarse con ella. **2.** Despacho o provisión expedidos por los tribunales superiores. — *Carta pastoral.* Escrito o discurso que dirige un prelado a sus diocesanos. — *Carta puebla.* Diploma en que se contenía el repartimiento de tierras y derechos que se concedían a los nuevos pobladores del sitio en que se fundaba pueblo. **II.** Cada uno de los naipes de la baraja. **III.** Constitución escrita o código fundamental de un Estado otorgada por el soberano. **IV.** Mapa de la Tierra o parte de ella. *Carta geográfica.* — *Carta de navegación.* Descripción gráfica detallada de una porción de mar y de costa.

cartabón n.m. **1.** Instrumento en forma de triángulo rectángulo, que se emplea en el dibujo lineal. **2.** Regla graduada, con dos topes, uno fijo y otro movible, para medir la longitud del pie. **3.** ARQUIT Ángulo que forman en el caballete las dos vertientes de una armadura de tejado. **4.** TOPOGR Prisma octogonal, que se encaja en un bastón y tiene en cada cara una rendija vertical para dirigir visuales que formen entre sí ángulos rectos.

cartaginés o **cartagineses,** pueblo de comerciantes que llegaron a España en los ss. VI y V a. J.C. Tras unos siglos de menor actividad, Amílcar la reemprendió, creando Alicante y explotando las minas andaluzas. Su hijo Aníbal prosiguió esta política, al mismo tiempo que ocupaba el resto de España y preparaba la segunda guerra Púnica (218 a 202), contra los romanos. Vencidos por éstos, perdida la Bética, los cartagineses volvieron a Cartago, donde fueron prácticamente aniquilados por Roma durante la tercera guerra Púnica.

cartapacio n.m. **1.** Cuaderno para escribir o tomar apuntes. **2.** Conjunto de papeles contenidos en una carpeta.

cartear **1.** v.int. Jugar las cartas falsas, para tantear el juego. **2.** v.prnl. Corresponderse por cartas.

cartel n.m. **1.** Pieza de tela o lámina de otra materia con representaciones gráficas, textos, etc., que se exhibe como información, anuncio, etc. **2.** Pasquín. **3.** Escrito entre enemigos de guerra. **4.** Escrito que se hacía público y en que uno desafiaba a otro para reñir con él.

cártel n.m. ECON Convenio entre varias empresas similares para evitar la mutua competencia y regular la producción, la venta y los precios en determinado campo industrial.

cartela n.f. **1.** Pedazo de cartón, madera u otra materia, a modo de tarjeta, destinado para escribir en él alguna cosa. **2.** Cada uno de los hierros que sostienen los balcones.

cartelera n.f. **1.** Armazón para fijar los carteles o anuncios públicos. **2.** Cartel anunciador de espectáculos. ▷ Sección de los periódicos donde se anuncian espectáculos.

carteo n.m. Acción y efecto de cartear o cartearse.

cárter n.m. **1.** MECAN Pieza de la bicicleta que protege la cadena de transmisión. **2.** MECAN En automóviles y otras máquinas, pieza o conjunto de piezas que protege ciertos mecanismos y que contiene lubricante.

cartera n.f. **I. 1.** Utensilio hecho de piel u otro material, plegado por su mitad, con divisiones internas, que se lleva en el bolsillo y sirve para contener documentos, tarjetas, billetes de banco, etc. **2.** Objeto de forma cuadrangular, hecho de cuero u otra materia generalmente flexible, que se usa para llevar en su interior documentos, papeles, libros, etc. **3.** Cubierta formada de dos hojas rectangulares de cartón o piel, unidas por uno de sus lados, que sirve para dibujar o escribir sobre ella y para guardar estampas o papeles. **II.** Adorno o tira de tela que cubre el bolsillo de algunas prendas del vestido. **III. 1.** Fig. Empleo de ministro. **2.** Fig. Ejercicio de las funciones propias de cada ministerio. **IV.** COM Valores o efectos comerciales de curso legal.

carterista n.m. y f. Ladrón de carteras del bolsillo.

cartesianismo n.m. Sistema filosófico de Descartes y de sus discípulos.

cartilagíneo,a adj. ZOOL Dícese de los peces cuyo neuroesqueleto consta de piezas cartilaginosas.

cartílago o **cartilágine** n.m. ANAT Cualquiera de las piezas formadas por tejido cartilaginoso, que pertenecen al endoesqueleto de los animales vertebrados o constituyen la envoltura de los centros nerviosos de los cefalópodos.

cartilla n.f. **1.** Libro que contiene las letras del alfabeto, para aprender a leer. ▷ Cualquier tratado breve y elemental de algún oficio o arte. **2.** Cuaderno donde se anotan ciertas circunstancias que interesan a determinada persona.

cartografía n.f. **1.** Arte de trazar cartas geográficas. **2.** Ciencia que las estudia.

cartomancia n.f. Arte de adivinar el futuro por medio de los naipes.

cartometría n.f. Medición de las líneas de las cartas geográficas.

cartón n.m. **1.** Conjunto de varias hojas superpuestas de pasta de papel que, en estado húmedo, se adhieren unas a otras por compresión y se secan después por evaporación. **2.** Hoja de varios tamaños, hecha de pasta de trapo, papel viejo y otras materias. **3.** ARQUIT Adorno prominente de la clave del arco romano y de los modillones. **4.** PINT Dibujo sobre papel, a veces colorido, de una composición o figura, ejecutado en el mismo tamaño que ha de tener la obra para la que servirá de modelo. P. ext., se aplica a los modelos para tapices pintados sobre lienzo. • **cartoné** n.m. IMP Encuadernación que se hace con tapas de cartón y forro de papel.

cartucho n.m. **1.** Carga de pólvora y municiones, o de pólvora sola, envuelta en cartulina o encerrada en un tubo metálico, para cargar de una vez. **2.** Envoltorio cilíndrico de monedas de una misma clase. **3.** Bolsa hecha de cartulina, para contener dulces, frutas y cosas semejantes. • **cartuchera** n.f. **1.** Caja destinada a llevar la dotación individual de cartuchos. **2.** Canana.

cartuja n.f. **1.** Orden religiosa muy austera que fundó san Bruno el año 1084. **2.** Monasterio de esta orden. • **cartujano,a** **I.** n. (apl. a pers.) y adj. Perteneciente a la cartuja. **II.** adj. Se dice del caballo o yegua de la raza andaluza. • **cartujo** n. y adj. Se dice del religioso de la cartuja.

ENCICL La orden monástica de los cartujos fue fundada en 1804 en la Gran Cartuja (Isère). El género de vida determinado por sus reglas es una combinación de la vida eremítica de los padres del desierto y de la cenobítica, es decir, común, preconizada por san Benito (orden benedictina).

cartulario n.m. **1.** En algunos archivos, libro becerro o tumbo. **2.** Escribano autorizado para dar fe.

cartulina n.f. Cartón delgado, terso, que se usa para tarjetas, encuadernaciones, etc.

carúncula n.f. Carnosidad de color rojizo vivo y naturaleza eréctil que poseen en la cabeza algunos animales, como el pavo y el gallo. — ANAT *Carúncula lagrimal.* Grupo pequeño de glándulas en el ángulo interno del ojo.

carurú n.m. BOT Planta americana de la familia de las amarantáceas, que sirve para hacer lejía.

caruto n.m. Nombre de una planta, especie de jagua, propia de la región del Orinoco.

carvajo o **carvallo** n.m. Roble (árbol).

carvi n.m. FARM Simiente de la alcaravea.

cas n.m. **1.** Árbol que crece en las costas templadas de Costa Rica, de buena madera y un fruto semejante a la guayaba redonda. **2.** Fruto de este árbol.

casa n.f. **I.** Edificio o parte de él destinado a vivienda. **II. 1.** Familia (individuos que viven juntos). **2.** Descendencia que tiene un mismo apellido y viene del mismo origen. **III.** Establecimiento industrial o mercantil. **IV. 1.** Escaque. **2.** Cabaña (en el juego del billar). **V.** ASTROL *Casa celeste.* Cada una de las doce partes en que se divide el cielo por círculos de longitud o por las del atacir.

casabe n.m. **1.** Cazabe. **2.** *Cuba.* Pez del mar de las Antillas. Es de color amarillento y no tiene escamas.

casaca n.f. Vestidura ceñida al cuerpo, con faldones y con mangas que llegan hasta la muñeca.

casación n.f. **1.** FOR Acción de casar o anular. **2.** MUS Suite para varios instrumentos, del s. XVIII.

casado,a **1.** n. y adj. Se dice de la persona que está casada. **2.** n.m. IMP Modo de colocar las páginas en la platina para que, doblado el pliego, queden numeradas correlativamente.

casaisaco n.m. *Cuba.* Vegetal parásito adherido al tronco de las palmeras, con el que algunos pájaros fabrican sus nidos.

casal n.m. **1.** Casa de campo. **2.** Casa solariega.

casamentero,a n. y adj. Que propone una boda o interviene en el ajuste de ella.

casamiento n.m. **1.** Acción y efecto de casar o casarse. **2.** Contrato hecho entre hombre y mujer, para vivir maridablemente.

casar **I.** v.int. y prnl. Contraer matrimonio. **II.** v.int. Corresponder, cuadrar una cosa con otra. **III.** v.tr. **1.** Autorizar el cura el sacramento del matrimonio. **2.** Unir o juntar una cosa con otra. **IV.** v.tr. e int. Fig. Disponer y ordenar algunas cosas de suerte que hagan juego o tengan correspondencia entre sí.

casata n.f. Helado relleno de frutas escarchadas.

casca n.f. **1.** Hollejo de la uva pisada y exprimida. **2.** Corteza de ciertos árboles que se usa para curtir las pieles y teñir artes y aparejos de pesca. **3.** Cáscara.

cascabel n.m. **1.** Bola hueca de metal, con asa y una abertura. Lleva dentro un pedacito de metal para que, moviéndolo, suene. Sirve para ponerlo al cuello de algunos animales y para otros usos. **2.** Remate posterior de los cañones de algunas piezas de artillería.

cascabelillo n.m. Variedad de ciruela, de sabor dulce, y que, expuesta al sol o al aire, se reduce a pasa.

cascabillo n.m. **I.** Cascabel de sonar. **II. 1.** Cascarilla en que se contiene el grano de trigo o de cebada. **2.** Cúpula de la bellota.

cascado,a **I.** adj. **1.** Fig. Dícese de la voz que carece de fuerza y entonación. **2.** Fig. y Fam. Se aplica a la persona o cosa que se halla muy gastada. **II.** n.m. Caída desde cierta altura del agua de un río u otra corriente por rápido desnivel del cauce.

cascajo n.m. **1.** Fragmentos de piedra u otros materiales. **2.** Fam. Vasija rota e inútil. Se dice también de algunos trastos o muebles viejos.

cascalote n.m. BOT Árbol americano, de la familia de las mimosáceas, cuyo fruto se emplea para curtir, y también en medicina como astringente.

cascar **I.** v.tr. y prnl. **1.** Quebrantar una cosa quebrantadiza. **2.** Fig. y Fam. Quebrantar la salud a uno. **II.** v.tr. Fam. Dar a uno golpes. • **cascanueces** n.m. **I.** Instrumento a modo de tenaza, para partir nueces. **II.** ZOOL Pájaro conirrostro de la familia de los fringílidos.

cáscara n.f. Corteza o cubierta exterior de los huevos, de varias frutas, de los árboles y de otras cosas. — BOT *Cáscara sagrada.* Corteza de una planta leñosa, de la familia de las ramnáceas, que vive en la América Septentrional; se utiliza en medicina por sus propiedades tónicas y laxantes. • **cascarón** n.m. **1.** Cáscara de huevo de cualquier ave, y más particularmente la rota por el pollo al salir de él. **2.** *Urug.* Árbol parecido al alcornoque. **3.** ARQUIT Bóveda cuya superficie es la cuarta parte de la de una esfera.

cascarilla n.f. **1.** Corteza de un árbol de América, de la familia de las euforbiáceas, amarga, aromática y medicinal. **2.** Quina delgada. **3.** Laminilla de metal que se emplea en cubrir varios objetos. **4.** Blanquete hecho de cáscara de huevo. **5.** Cáscara de cacao tostada, de cuya infusión se hace una bebida. • **cascarillo** n.m. *Amér.* Arbusto que produce la quina o cascarilla. • **cascarillina** n.f. QUIM Principio amargo de la corteza del cascarillo.

cascarrabias n.m. y f. Fam. Persona que fácilmente se enoja o riñe.

cascarrojas n.m.pl. Insectos o gusanillos que se crían en los buques.

cascaruleta n.f. Cuchareta (variedad de trigo).

cascás n.m. *Chile.* Insecto coleóptero, notable por sus mandíbulas en figura de gancho.

casco n.m. **I. 1.** Cráneo. ▷ pl. Cabeza de carnero o de vaca, quitados los sesos y la lengua. ▷ Fig. Cabeza, parte superior del cuerpo. **2.** Entendimiento, capacidad. **3.** Pieza de la armadura que protegía la cabeza. ▷ Cobertura que se usa para proteger la cabeza. **II. 1.** Cada uno de los pedazos de un recipiente que se rompe. **2.** MILIT Cada uno de los pedazos en que se fragmenta un proyectil cuando estalla. **III.** RAD Pareja de auriculares unidos por una banda elástica. **IV.** En las caballerías, uñas de la pata que se corta y alisa para asentar la herradura. **V.** MAR Cuerpo de la nave, con abstracción del aparejo y máquinas. **VI. 1.** Cada una de las capas gruesas de la cebolla. **2.** Cáscara dura de algunos frutos. **VII.** Copa del sombrero. **VIII.** Armazón de la silla de montar. **IX.** Botella que sirve para guardar líquidos.

cascolitro n.m. Planta gramínea de América del Sur.

cascote n.m. **1.** Fragmento de alguna edificación derribada. **2.** Conjunto de escombros.

caseación n.f. Acción de cuajarse la leche. • **caseico,a** adj. **1.** QUIM Caseoso. **2.** Se dice de un ácido producido por la descomposición del queso. • **caseificar** v.tr. **1.** Transformar en caseína. **2.** Separar o precipitar la caseína de la leche. • **caseína** n.f. QUIM Sustancia albuminoidea de la leche, que, junto con otros componentes de la misma, forma la cuajada que se emplea para fabricar el queso.

cáseo,a **1.** adj. Caseoso. **2.** n.m. Cuajada. • **caseoso,a** adj. **1.** Perteneciente o relativo al queso. **2.** Semejante a él. **3.** MED Dícese de una sustancia albuminoidea que se encuentra en algunas lesiones y que determina la degeneración de los tejidos.

casería n.f. Casa aislada en el campo, con edificios dependientes y fincas rústicas unidas o cercanas a ella. • **caserío** n.m. **1.** Conjunto de casas. **2.** Casería (casa en el campo).

casero,a **I.** adj. **1.** Que se hace o cría en casa o pertenece a ella. **2.** Que se hace entre personas de confianza. **3.** Fam. Dícese de la persona que está mucho en casa. **II.** n.m. y f. **1.** Dueño de alguna casa, que la alquila a otro. **2.** Administrador de ella. **3.** Persona que cuida de una casa y vive en ella, ausente el dueño. **4.** Inquilino. **5.** Arrendatario agrícola de tierras que forman un lugar. **6.** *Chile.* Parroquiano, cliente.

caserón n.m. Casa muy grande y destartalada.

caseta n.f. **1.** Casa pequeña de un sólo piso. **2.** En los balnearios, casilla donde se desnudan los bañistas.

cash-flow n.m. FIN Capacidad de producir riqueza de una empresa, teniendo en cuenta el conjunto de las amortizaciones, las reservas y los beneficios.

casi adv. c. Cerca de, poco menos de, aproximadamente, con corta diferencia, por poco.

casia n.f. BOT Arbusto de la India, de la familia de las papilionáceas.

casida n.f. Composición poética arábiga y persa, monorrima y con un número indeterminado de versos.

casidulina n.f. ZOOL Foraminífero microscópico, cuyo caparazón tiene dos series paralelas de celdas.

casilla n.f. **I. 1.** Albergue pequeño y aislado, del guarda de un campo, de un jardín, etc. **2.** Despacho de billetes de los espectáculos. **II. 1.** Casa o escaque del ajedrez o del juego de damas. **2.** Cada una de las divisiones del papel rayado. **3.** Cada una de las divisiones del casillero. **4.** Cada uno de los compartimientos que se hacen en algunas cajas y en varios recipientes. • **casillero** n.m. Mueble con varias divisiones, para tener clasificados papeles u otros objetos.

casimir o **casimira** n.m. Tela muy fina, lisa, generalmente negra y en punto de tafetán.

casina n.f. Especie de té.

casinita n.f. MINER Feldespato de barita.

casino n.m. **1.** Casa de recreo. **2.** Sociedad recreativa y cultural en la que se entra mediante presentación y pago de una cuota de ingreso y otra mensual. **3.** Edificio en que esta sociedad se reúne. **4.** Local donde mediante pago puede asistirse a espectáculos, conciertos, bailes y juegos.

casis **I.** n.f. Planta muy parecida al grosellero, pero de fruto negro. **II.** n.m. ZOOL Molusco gasterópodo, con pie provisto de un opérculo que cierra la abertura de la concha cuando el animal se introduce en ésta.

casitas, pueblo asiático que apareció a principios del II milenio a. J.C. en el Zagros meridional. Se erigieron en dueños de Babilonia desde aprox. 1530 hasta el 1160 a. J.C., fecha en que fueron aniquilados por los elamitas.

casitéridos n.m.pl. QUIM Grupo de elementos que comprende el estaño, el antimonio, el cinc y el cadmio.

casiterita n.f. Bióxido de estaño (SnO_2), mineral de color pardo y brillo diamantino, del que principalmente se extrae el metal.

casmodia n.f. PAT Enfermedad que consiste en bostezar con excesiva frecuencia por afección espasmódica.

caso n.m. **I. 1.** Suceso, acontecimiento. **2.** Casualidad. **3.** Lance, ocasión. **4.** Tema de consulta. **II.** Tratándose de enfermedades epidérmicas, cada una de las invasiones individuales. — MED *Caso clínico.* Cualquier proceso patológico individual. **III.** GRAM Relación que tienen o función en la oración de las partes declinables. En español esta relación se indica por alternancia análoga de desinencias en el pronombre personal, y por medio de preposiciones en el mismo pronombre y en las demás voces declinables, o bien solamente por enlace de unas de estas voces con otras.

casorio n.m. Fam. Casamiento hecho sin juicio o de poco lucimiento.

caspa **I.** n.f. **1.** Escama que se forma en la cabeza o raíz de los cabellos. **2.** La que forman las herpes o queda de las hinchazones o llagas, después de sanas. **II.** MINER Óxido o pátina que se desprende del cobre antes de fundirlo.

caspiroleta n.f. *Amér.* Bebida compuesta de leche caliente, huevos, canela, aguardiente, azúcar y algún otro ingrediente.

¡cáspita! Interj. con que se denota extrañeza o admiración.

casquero n.m. Tripicallero.

casquete **I.** n.m. **1.** Pieza de la armadura, que cubría y defendía la cabeza. **2.** Cubierta que se ajusta al casco de la cabeza. **3.** Media peluca que cubre solamente una parte de la cabeza. **4.** Piezas que sujetan la cabellera postiza. **II.** GEOM *Casquete esférico.* Parte de la superficie de la esfera, cortada por un plano que no pasa por su centro. • **casquetes glaciares** Los de las regiones polares.

casquijo n.m. Piedra menuda que sirve para hacer hormigón y, como grava, en los caminos.

casquillo n.m. **1.** Anillo de metal, que sirve para reforzar la extremidad de una pieza de madera. **2.** Hierro de la saeta o flecha. **3.** Parte metálica del cartucho de cartón. **4.** Parte metálica de la bombilla eléctrica. **5.** Cartucho metálico vacío.

casquivano,a adj. Fam. Alegre de cascos.

cassette n.f. Estuche que contiene una cinta magnética y que permite cargar un magnetófono instantáneamente.

casta n.f. **1.** Ascendencia o linaje. **2.** Parte de los habitantes de un país que forma clase especial, sin mezclarse con las demás. ▷ Cada una de las cuatro clases sociales en la sociedad hindú. **3.** Fig. Especie o calidad de una cosa.

ENCICL La casta más noble y privilegiada era la de los *brahmanes* o casta sacerdotal. Los *kshatriya,* o guerreros, componían la segunda. La tercera, la de los *vaiçya,* estaba formada por todos los que se dedicaban al comercio o a la industria. Los *çūdra,* es decir, los campesinos y los obreros, constituían la cuarta. Por debajo de estos últimos existía una multitud de individuos excluidos de su casta primitiva. Por fin, en el último grado de la escala social, estaban los *parias,* cuyo contacto era considerado impuro (esta clase fue abolida por la ley en 1947).

castálidas n.f.pl. Las musas. • **castalio,a** adj. **1.** Perteneciente a la fuente Castalia. **2.** Perteneciente a las musas.

castaña n.f. **I. 1.** Fruto del castaño, del tamaño de la nuez y cubierto de una cáscara gruesa y correosa. **2.** BOT Castaña de agua. Planta de aguas claras y estancadas, con flores blancas, y de frutos comestibles. **II. 1.** Recipiente de figura semejante a la de la castaña. *2.* Especie de moño. **3.** *Cuba.* Pieza que sirve de chumacera a la maza mayor en los ingenios. **4.** *Méx.* Barril pequeño. • **castañazo** n.m. Puñetazo. • **castañero,a** **1.** n.m. y f. Persona que vende castañas. **2.** n.m. ZOOL Cierta ave palmípeda.

castañeta n.f. **I. 1.** Castañuela (instrumento músico). **2.** Sonido que resulta de juntar la yema del dedo de en medio con la del pulgar, y hacerla resbalar con fuerza y rapidez. **II.** Pez chileno, de color azul y plata. **III.** Moña de los toreros. • **castañetazo** n.m. **1.** Golpe recio que se da con las castañetas o con los dedos. **2.** Estallido que da la castaña cuando revienta en el fuego. **3.** Chasquido fuerte procedente de las coyunturas de los huesos. • **castañetear** **I.** v.tr. Tocar las castañuelas (instrumento). **II.** v.int. **1.** Sonarle a uno los dientes, al chocar unos con otros. **2.** Sonarle a uno las choquezuelas de las rodillas cuando va andando. **3.** Producir el macho de la perdiz unos sonidos sueltos, a manera de chasquidos.

castaño,a **I. 1.** n. y adj. Se dice del color de la cáscara de la castaña. **2.** adj. Que tiene este color. **II.** n.m. **1.** Árbol de la familia de las cupulíferas, de frutos a manera de zurrones espinosos parecidos al erizo, que encierran la castaña. **2.** Madera de este árbol. — *Castaño de Indias.* Árbol de la familia de las hipocastanáceas, de madera blanda y amarillenta. Es planta de adorno originaria de la India.

castañola n.f. ZOOL Pez grande, teleósteo, del suborden de los acantopterigios, de color de acero. Es comestible.

castañuela n.f. **I.** Instrumento músico de percusión, hecho de madera dura o de marfil, compuesto de dos mitades cóncavas, que juntas forman la figura de una castaña. Por lo común se usan dos, una para cada mano, y sirven para acompañar el tañido o los movimientos en ciertos bailes populares. **II.** Planta ciperácea, delgada, que sirve para cubrir las chozas y para otros usos.

castañuelo,a adj. Se dice del color de los caballos y yeguas.

castellana n.f. **I. 1.** Señora de un castillo. **2.** Mujer del castellano. **II.** Copla de cuatro versos de romance octosílabo. **III.** *Castellana de oro.* Castellano (moneda medieval).

castellanía n.f. Territorio con leyes particulares y jurisdicción dependiente de un castillo.

castellanidad n.f. Carácter y condición de castellano. • **castellanizar I.** v.tr. y prnl. Dar carácter castellano. **II.** v.tr. **1.** Dar forma castellana a un vocablo de otro idioma. **2.** Enseñar el castellano a los que no lo saben. **III.** v.prnl. Hacerse hablante del castellano.

castellano,a I. 1. n. y adj. Natural de Castilla. **II.** adj. **1.** Perteneciente a esta región de España. **2.** Se aplica a cierta variedad de gallinas negras muy ponedoras. **III.** n.m. **1.** Español, lengua española. **2.** Moneda antigua de oro, en tiempo de los Reyes Católicos. **3.** Señor de un castillo.

ENCICL Desde el s. X se tienen noticias de la existencia de un dialecto romance castellano, en la zona montañosa del reino de Asturias, al N de la península Ibérica. Cuando Castilla se convirtió en reino (1032) y comenzó a extender sus fronteras, el castellano cobró mayor importancia y se enriqueció al entrar en contacto con otras lenguas (francés, árabe, etc.). En sus primeros tiempos, se dividía en: *montañés,* en Cantabria, influido por el vascuence o eusquera; *burgalés,* en la zona central del reino, mucho más evolucionado que el resto de los dialectos peninsulares; *riojano,* marcado por la proximidad del navarro; y *extremeño,* influido por el mozárabe. Estas distintas formas se fueron uniformando, según el patrón *burgalés,* y en el s. XIII se puede hablar ya de la existencia de la lengua castellana propiamente dicha. Desde el s. XVI, se generalizó la denominación de *español,* por oposición a las lenguas de los demás países europeos. A raíz del descubrimiento y colonización de América, pasó a ser una de las lenguas más extendidas del mundo. En el s. XX se ha conmemorado el milenario de su nacimiento; en España, las celebraciones tuvieron lugar en Santo Domingo de Silos (Burgos) y fueron clausuradas el 17 de noviembre de 1978.

castellano-leonés,a 1. n. y adj. Natural de Castilla-León. **2.** adj. Perteneciente o relativo a Castilla-León.

castellano-manchego,a 1. n. y adj. Natural de Castilla-La Mancha. **2.** adj. Perteneciente o relativo a Castilla-La Mancha.

castellar n.m. Todabuena (planta).

castellonense 1. n. y adj. Natural de Castellón. **2.** adj. Perteneciente o relativo a esta provincia o a su capital.

casticismo n.m. **1.** Amor a lo castizo. **2.** Actitud de quienes emplean voces y giros de su propia lengua, aunque estén desusados.

castidad n.f. Virtud que se opone a los afectos carnales.

castigar v.tr. **I. 1.** Aplicar un castigo. **2.** Mortificar y afligir. **II.** Escarmentar (corregir con rigor a uno). • **castigo** n.m. **I.** Pena que se impone al que ha cometido un delito o falta. **II.** Fig. Tratándose de obras o escritos, enmienda, corrección.

castillete n.m. Armazón que sirve de sostén.

castillo n.m. Lugar fortificado, cercado de murallas, baluartes, fosos, etc. **II.** MAR Parte de la cubierta comprendida entre el palo trinquete y la proa. — Cubierta parcial que tienen algunos buques a la altura de la borda.

castina n.f. Fundente calcáreo que se emplea cuando el mineral que se trata de fundir contiene mucha arcilla.

casto,a adj. Puro, opuesto a la sensualidad.

castor n.m. **1.** Roedor acuático (familia de los castóridos) de gran tamaño, de piel muy cotizada. **2.** La piel de este animal. **3.** Tela de lana semejante al pelo del castor. **4.** Fieltro hecho con pelo del castor.

ENCICL El castor vive en todos los bosques de la zona templada boreal. Cava una galería en las riberas de los ríos, uno de cuyos extremos desemboca bajo el agua, dando el otro a una cámara subterránea donde tiene su vivienda. Cuando el curso del agua es muy irregular, construye una presa para mantener el nivel por encima de la entrada de su refugio; si los bordes de los ríos no son apropiados, edifica en el agua un montículo a base de tierra y de maleza a partir del cual cava su nicho. Este comportamiento de constructor es instintivo y no se altera en cautividad.

castóreo n.m. ZOOL Sustancia secretada por dos glándulas abdominales que tiene el castor. Es medicamento antiespasmódico.

castorina n.f. **1.** Especie de tejido parecido a la tela de castor. **2.** QUIM Materia grasa especial contenida en el castóreo.

castra n.f. **1.** Acción de castrar. **2.** Tiempo en que se suele hacer esta operación. • **castradera** n.f. Instrumento de hierro que sirve para castrar las colmenas.

castrar v.tr. **1.** Extirpar los órganos genitales. **2.** Podar. **3.** Quitar a las colmenas panales con miel. • **castración** n.f. Acción y efecto de castrar. — *Complejo de castración.* Persistencia en el adulto de la angustia de castración, que puede impedirle la realización del acto sexual. • **castrado** adj. Que ha sufrido castración.

castrense adj. Se aplica a algunas cosas relativas al ejército y al estado o profesión militar.

castro n.m. ARQUEOL Lugar donde estaba acampado y fortificado un ejército.

casual adj. **I.** Que sucede por casualidad. **II.** GRAM Perteneciente o relativo al caso. • **casualidad** n.f. Combinación de circunstancias que no se pueden prever ni evitar.

casualismo n.m. Teoría que funda en el acaso el origen de todos los acontecimientos.

casuarida n. y adj. ZOOL Se dice del ave corredora que tiene tres dedos en cada pie y pico comprimido; como el casuario. ▷ n.f.pl. Familia de estas aves.

casuarina n.f. Árbol de la familia de las casuarináceas.

casuarináceo,a n.f. y adj. BOT Se dice de plantas angiospermas dicotiledóneas, leñosas, que viven en Australia y en otras islas del océano Pacífico, y que por muchos de sus caracteres se asemejan a las gimnospermas. ▷n.f.pl. Familia de estas plantas.

casuario n.m. ZOOL Ave corredora de la familia de las casuáridas, de menor tamaño que el avestruz. La especie que vive en las islas del océano Índico tiene una protuberancia ósea en la cabeza.

casuística n.f. **1.** Parte de la teología moral, que trata de los casos de conciencia. **2.** Consideración de los diversos casos particulares que se pueden prever en determinada materia. • **casuístico,a** adj. **1.** Perteneciente o relativo al casuista o a la casuística. **2.** Se dice de las disposiciones legales que rigen casos especiales.

casulla n.f. Vestidura sagrada que se pone el sacerdote sobre las demás que sirven para celebrar la misa.

casus belli n.m. invariable. Hecho que puede provocar la guerra.

1. cata n.f. **1.** Acción y efecto de catar. **2.** Porción de alguna cosa que se prueba.

2. cata Prep. insep. cuya significación primitiva es la de hacia abajo. *Cataplasma.*

catabolismo n.m. BIOQUIM Conjunto de reacciones bioquímicas que dan lugar a una liberación de energía utilizable por los organismos vivos.

cataclismo n.m. **1.** Desastre de grandes proporciones que se produce en la naturaleza. **2.** Fig. Gran trastorno en el orden social o político.

catacresis n.f. RET Tropo que consiste en dar a una palabra sentido traslaticio para designar una cosa que carece de nombre especial: p.ej.: *La hoja de la espada; una hoja de papel.*

catacumbas n.f.pl. Subterráneos donde los primitivos cristianos enterraban sus muertos y practicaban las ceremonias del culto.

catadióptrico,a adj. ÓPT Se dice del aparato compuesto de espejos y lentes.

catador n.m. El que cata. • **catadura** n.f. **1.** Acción y efecto de catar. **2.** Gesto o semblante. Se usa con los calificativos de *mala, fea,* etc.

catafalco n.m. Túmulo suntuoso para las exequias solemnes.

catalán,a I. 1. n. y adj. Natural de Cataluña. **2.** adj. Perteneciente a Cataluña. **II.** n.m. Lengua que se habla en Cataluña y en otros dominios de la ant. Corona de Aragón.

catalejo n.m. Anteojo de larga vista.

catalepsia n.f. MED Pérdida provisional de la facultad de contracción voluntaria de los músculos. Se observa sobre todo en la esquizofrenia. • **cataléptico,a 1.** adj. Perteneciente o relativo a la catalepsia. **2.** n. y adj. Atacado de catalepsia.

catálisis n.f. QUIM Modificación de la velocidad de una reacción química debida a la presencia de un catalizador. • **catalizador** n.m. **1.** QUIM Sustancia que modifica la velocidad de una transformación química. **2.** Fig. Persona o cosa que desencadena una reacción, un proceso. • **catalizar** v.tr. **1.** QUIM Provocar o acelerar una reacción química por catálisis. **2.** Fig. Provocar con una presencia una reacción.

catalogar v.tr. Registrar ordenadamente libros, manuscritos, etc., formando catálogo de ellos. • **catálogo** n.m. Memoria o lista de personas, cosas o sucesos, puestos en orden.

catalpa n.f. Árbol de adorno, de la familia de las bignoniáceas.

catamenial adj. Se aplica a lo que tiene relación con la función menstrual.

catana n.f. **1.** Catán. **2.** *Arg.* y *Chile.* Desp. Sable que usaban los policías. **3.** *Cuba.* Cosa pesada, tosca, deforme.

cataplasma n.f. **1.** Tópico de consistencia blanda que se aplica para varios efectos medicinales. **2.** Fig. y Fam. Persona pesada y fastidiosa.

cataplejía n.f. MED Pérdida súbita del tono muscular como consecuencia de una emoción, sin pérdida de conciencia.

cataplexia n.f. **1.** PAT Especie de asombro que se manifiesta sobre todo en los ojos. **2.** Embotamiento súbito de la sensibilidad en una parte del cuerpo. **3.** VETER Catalepsia de los animales.

catapulta n.f. **1.** Máquina militar antigua. **2.** Mecanismo lanzador de aviones para facilitar su despegue.

catar I. v.tr. **1.** Probar alguna cosa para examinar su sabor. **2.** Ver, examinar. **II.** v.tr. y prnl. Mirar.

cataraña n.f. **1.** Ave zancuda, variedad de garza. **2.** Lagarto de las Antillas.

catarata n.f. **1.** Cascada de agua. **2.** pl. Las nubes cargadas de agua, en el momento en que la vierten copiosamente. **3.** Afección ocular que produce la opacidad del cristalino o la de su cápsula.

catarinita n.f. **1.** ZOOL *Méx.* Catalnica. **2.** *Méx.* Coleóptero pequeño y de color rojo.

cátaros n.m.pl. Nombre común a varias sectas heréticas de la Edad Media. Extendidas sobre todo en el SO de Francia, Renania y N de Italia. v. albigenses.

catarro n.m. **1.** Flujo procedente de las membranas mucosas. **2.** Inflamación aguda o crónica de estas membranas, con aumento de la secreción habitual de moco. • **catarral** adj. Perteneciente o relativo al catarro.

catarsis n.f. **1.** FILOS Depuración de los sentimientos por medio del arte. **2.** PSICOAN Liberación en forma de emoción de una representación reprimida en el inconsciente y causante de problemas psíquicos. • **catártico,a** adj. **1.** PSICOAN Relativo a la catarsis psíquica o determinante de ella. **2.** TERAP Se dice del medicamento purgante más fuerte que el laxante, pero menos activo que el drástico.

catascopio n.m. ARQUEOL Nave muy ligera que se empleaba para transmitir noticias o para hacer descubiertas en tiempo de guerra.

catástasis n.f. RET Punto culminante del asunto de un drama, tragedia o poema épico.

catastro n.m. **1.** Contribución real que pagaban nobles y plebeyos, y se imponía sobre todas las rentas fijas y posesiones.

catástrofe n.f. **1.** Última parte del poema dramático. ▷ P. ext., desenlace desgraciado de otros poemas. **2.** Fig. Suceso que altera gravemente el orden regular de las cosas. • **catastrófico,a** adj. **1.** Relativo a una catástrofe o con caracteres de tal. **2.** Fig. Desastroso, muy malo. • **catastrofismo** n.m. Antigua teoría según la cual los cambios de fauna y flora se debieron a grandes catástrofes geológicas.

catatipia n.f. Procedimiento fotográfico para obtener pruebas por medio de la catálisis.

catatonía n.f. MED Actitud psicomotriz observada en la esquizofrenia, caracterizada por una negación del mundo exterior y que puede ir acompañada de posturas y gestos extraños. • **catatónico,a** **1.** adj. Perteneciente o relativo a la catatonía. **2.** n.m. y f. Persona que padece esta afección.

cataubas, tribu indígena, ya extinguida, de América del Norte.

catauro n.m. En las Antillas, especie de cesto.

catavino n.m. **1.** Jarrillo destinado para probar el vino de las cubas o tinajas. **2.** Copa de cristal fino con la que se examinan, huelen y prueban los mostos y los vinos.

catch n.m. Lucha libre. Espectáculo deportivo, lucha en que se permiten casi todo tipo de llaves.

cate n.m. **1.** Golpe, bofetada. **2.** Nota de suspenso en los exámenes. Se usa más con el verbo *dar*.

catear v.tr. Fig. y Fam. Suspender en los exámenes a un alumno.

catecismo n.m. Libro en que se contiene la explicación de la doctrina cristiana.

catecolamina n.f. MED Amina vasoconstrictiva.

catecúmeno,a n.m. y f. Persona que se está instruyendo en la fe católica, con el fin de recibir el bautismo.

cátedra n.f. **I. 1.** Asiento elevado, desde donde el maestro da lección a los discípulos. **2.** Aula en que se enseña una asignatura. **II. 1.** Fig. Empleo y ejercicio de catedrático. **2.** Fig. Materia particular que enseña un catedrático. **3.** Fig. Dignidad pontificia o episcopal. **4.** Fig. Capital donde reside el prelado. • **catedrático,a** n.m. y f. **1.** Profesor o profesora de una cátedra. **2.** Persona que tiene cátedra para dar enseñanza en ella.

catedral n.f. Iglesia episcopal de una diócesis.

categorema n.f. LOG Cualidad por la que un objeto se clasifica en una u otra categoría.

categoría n.f. **I.** FILOS Cada una de las nociones abstractas en las que se pretende incluir todas las formas de conocimiento. **II. 1.** Cada una de las jerarquías establecidas en una profesión o carrera. **2.** Fig. Condición social de unas personas respecto de las demás. **III.** Fig. Uno de los diferentes elementos de clasificación que suelen emplearse en las ciencias. **IV.** MAT Ente matemático que generaliza el concepto de conjunto. • **categórico,a** adj. Se aplica al discurso o proposición en que absolutamente se afirma o se niega alguna cosa.

catela n.f. ARQUEOL Cadenilla de oro o de plata que los romanos solían poner en cualquier alhaja, como hoy también se usa.

catenaria **1.** n. y adj. Se dice de la curva que forma una cadena, cuerda o cosa semejante suspendida entre dos puntos que no están situados en la misma vertical. **2.** adj. FERROC Se dice del sistema de suspensión que mantiene el cable distribuidor de corriente de los vehículos eléctricos a una altura constante con relación a la vía.

catepsina n.f. BIOQUIM Enzima del grupo de las proteinasas, que escinde las proteínas en pequeños péptidos.

catequesis n.m. Ejercicio de instruir en cosas pertenecientes a la religión.

catéquico adj. TECN Se dice de los taninos a base de cato o catequina, no solubles en agua.

catequina n.m. TECN Materia colorante que se extrae del catecú.

cateresis n.f. PAT Extenuación independiente de toda evacuación artificial.

caterético,a adj. CIR Se aplica a la sustancia que cauteriza superficialmente los tejidos.

caterva n.f. Multitud de personas o cosas consideradas en grupo.

catéter n.m. **1.** CIR Tienta para exploración. **2.** CIR Algalia (sent. 2). **3.** CIR Sonda que se introduce por la uretra o por cualquier otro conducto, natural o artificial, para explorarlo o dilatarlo o para servir de guía a otros instrumentos. • **cateterismo** n.m. CIR Acto quirúrgico o exploratorio, que consiste en introducir un catéter en un conducto o cavidad.

1. cateto n.m. GEOM Cada uno de los dos lados que forman el ángulo recto en el triángulo rectángulo. • **catetómetro** FIS Instrumento que sirve para medir la distancia vertical entre dos planos horizontales.

2. cateto,a n.m. y f. Palurdo.

catey n.m. **1.** *Cuba.* Perico (ave trepadora). **2.** En algunas islas de las Antillas, nombre de una de las especies de palmera.

cateya n.f. Arma arrojadiza utilizada por algunos pueblos de la antigüedad.

catgut n.m. CIR Hilo utilizado para suturar las heridas, que los tejidos reabsorben fácilmente.

catimbao n.m. **1.** *Chile* y *Perú.* Máscara o figurón que sale en la procesión del Corpus. **2.** *Chile.* Persona ridículamente vestida. **3.** *Perú.* Persona obesa y de corta estatura.

catinga n.f. *Arg., Bol.* y *Chile.* Olor fuerte y desagradable propio de algunos animales y plantas.

catión n.m. QUIM Ion portador de una o varias cargas positivas.

catipunan n.m. Sociedad secreta fundada en Filipinas en 1892, a fin de promover el alzamiento en armas de la población indígena contra la soberanía política de España.

catirrino n. y adj. ZOOL Se dice de los simios cuyas fosas nasales están separadas por un tabique cartilaginoso, tan estrecho que las ventanas de la nariz quedan dirigidas hacia abajo. ▷ n.m.pl. Grupo de estos animales.

cativo n.m. *C. Rica.* Árbol colosal de la familia de las papilionáceas, que llega a 60 m de altura.

cato n.m. Sustancia astringente que se extrae de una especie de acacia. Se utiliza para proteger redes de pesca contra la putrefacción.

cátodo n.m. ELECTR Electrodo llevado a un potencial negativo.

católico **1.** adj. Que se refiere al catolicismo, propio del catolicismo. **2.** n.m. y f. Persona cuya religión es el catolicismo. • **catolicidad** n.f. **1.** Carácter de católico. **2.** Conjunto de los católicos, de los países católicos. • **catolicismo** n.m. Religión practicada por los cristianos de la Iglesia católica romana. ENCICL La Iglesia católica se define a sí misma como la asamblea visible de los cristianos organizados jerárquicamente bajo la autoridad del Papa y de los obispos. Esta Iglesia «romana» se consagra como pueblo de Dios, pueblo mesiánico que sucede a la antigua Alianza mosaica «aunque subsisten fuera de sus estructuras numerosos elementos de santificación y de verdad», según apunta el Concilio Vaticano II. Esta alusión y este homenaje a otras confesiones *cristianas* distinguen al *catolicismo*, como grupo religioso específico, de los demás (ortodoxos, reformados, etc.) que, aunque creen en Jesucristo y en su revelación, no aceptan íntegramente determinados aspectos de los dogmas, de la organización ni de los medios de salvación de la Iglesia católica.

catóptrica n.f. Parte de la óptica que trata de las propiedades de la luz refleja.

catoptromancia n.f. Arte supuesto de adivinar por medio del espejo.

catoptroscopia n.f. MED Reconocimiento del cuerpo humano por medio de aparatos catóptricos.

catorce **I.** adj. Diez más cuatro. ▷ n. y adj. Decimocuarto. **II.** n.m. Conjunto de signos con que se representa el número catorce. • **catorzavo,a** n. y adj. Se dice de cada una de las 14 partes iguales en que se divide un todo.

catos, antiguo pueblo germano que habitó las tierras que hoy forman los dos ducados de Hesse y Nassau y el territorio de Westfalia.

catre n.m. Cama ligera para una sola persona.

cattleya n.f. Género de orquídeas de América tropical.

caturra n.f. *Chile.* Cotorra o loro pequeño.

cauba n.f. Arbolito espinoso de la República Argentina. Su madera se usa en ebanistería.

cauce n.m. **1.** Lecho de los ríos y arroyos. **2.** Conducto descubierto por donde corren las aguas para riegos u otros usos.

caución n.f. FOR Seguridad personal de que se cumplirá lo pactado, prometido o mandado.

caucos, antiguo pueblo del nordeste de Alemania.

caucha n.f. *Chile.* Especie de cardo. Se usa como antídoto de la picadura de la araña venenosa.

cauchau n.m. *Chile.* Fruto de la luma, semejante en la figura y gusto a la murtilla.

caucho n.m. **1.** Sustancia elástica procedente del tratamientó del látex de algunos vegetales o del tratamiento de hidrocarburos etilénicos o dietilénicos. **2.** TECN *Caucho esponjado.* Caucho alveolado de baja densidad. • **cauchera** n.f. Planta de la cual se extrae el caucho. • **cauchotina** n.f. QUIM Compuesto de caucho, muy usado en las tenerías para dar flexibilidad e impermeabilidad a las pieles. ENCICL El caucho es un hidrocarburo de fórmula $(C_5H_8)_n$, polímero del isopreno. Es casi insensible a los ácidos diluidos y a los alcalinos. Su densidad es aproximadamente 0,94. Mal conductor del calor y de la electricidad. Su notable elasticidad (se estira de cinco a diez veces bajo una tracción de un kg/mm^2) lo convierte en una materia prima fundamental. El caucho natural se extrae del látex (que contiene un 40 % de caucho) sacado del *Hevea brasiliensis.* El caucho sintético o elastómero, se consigue por polimerización de hidrocarburos etilénicos.

1. caudal I. adj. Caudaloso (de mucha agua). **II.** n.m. **1.** Bienes de cualquiera especie, y más comúnmente dinero. **2.** Cantidad de agua que mana o corre. **3.** ELECTR Intensidad de corriente suministrada por un generador. **4.** Fig. Abundancia de cosas que no sean dinero o bienes. • **caudaloso,a** adj. **1.** De mucha agua. **2.** Acaudalado (que tiene muchos bienes).

2. caudal adj. Perteneciente o relativo a la cola.

caudatario n.m. Eclesiástico doméstico del obispo o arzobispo.

caudillo n.m. **1.** El que, como cabeza, guía y manda la gente de guerra. **2.** El que dirige algún gremio, comunidad o cuerpo. • **caudillaje** n.m. **1.** Mando o gobierno de un caudillo. **2.** *Amér.* Caciquismo.

caudimano o **caudímano** adj. ZOOL Se dice del animal que tiene cola prensil y del que se sirve de ella como instrumento de trabajo.

caujazo n.m. BOT Planta americana, de la familia de las borragináceas, cuya madera se emplea para construcciones.

caula n.f. *Chile* y *Hond.* Treta, ardid.

caulescente adj. BOT Se dice de la planta cuyo tallo se distingue fácilmente de la raíz por estar bien desarrollado.

caulículo o **caulicolo** n.m. ARQUIT Cada uno de los vástagos que nacen de lo interior de las hojas que adornan el capitel corintio.

caulífero,a adj. BOT Se dice de las plantas cuyas flores nacen sobre el tallo. • **cauliforme** adj. De forma de tallo. • **caulinar** adj. BOT Perteneciente o relativo al tallo.

caulote n.m. *Hond.* Árbol malváceo, semejante al moral. El mucílago que abunda e la corteza se emplea contra la disentería.

cauque n.m. Chile. Pejerrey grande (pez).

cauri n.m. Molusco gasterópodo. Su concha servía de moneda en la India y costas africanas.

causa n.f. **I. 1.** Lo que se considera como fundamento u origen de algo. v. ENCICL **2.** Motivo o razón para obrar. **3.** Empresa o doctrina en que se toma interés o partido. **II.** Litigio (pleito judicial). • **causal** n.f. Razón y motivo de alguna cosa. • **causalidad** n.f. **1.** Causa, origen, principio. **2.** FILOS Ley en virtud de la cual se producen efectos. ENCICL Para Aristóteles, autor de la más antigua clasificación filosófica de las causas, toda obra realizada supone cuatro tipos de causa: eficiente, material, formal y final. En Kant, la noción de causa y el principio de causalidad son categorías del entendimiento humano que envuelven y dominan todo conocimiento. La epistemología contemporánea ha sustituido el término *causa* por el de *condiciones determinantes.*

causalgia n.f. MED Sensación de quemadura aguda con hiperestasia cutánea y enrojecimiento localizado.

causar I. v.tr. Producir la causa su efecto. **II.** v.tr. y prnl. **1.** Ser causa de que suceda una cosa. **2.** P. ext., ser ocasión, o darla, para que una cosa suceda.

causear v.int. **1.** *Chile.* Merendar. **2.** *Chile.* Comer, en general. • **causeo** n.m. *Chile.* Comida que se hace fuera de horas.

causeta n.f. *Chile.* Nombre de una hierba que nace entre el lino.

cáustico,a I. adj. **1.** Se dice de lo que quema y desorganiza los tejidos animales. **2.** Fig. Mordaz, agresivo. **II.** CIR n.m. y adj. Se aplica al medicamento que desorganiza los tejidos como si los quemase. **III.** n.m. Vejigatorio. • **causticidad** n.f. Calidad de cáustico.

cautela n.f. **1.** Precaución y reserva con que se procede. **2.** Astucia, maña y sutileza para engañar. • **cauteloso,a** adj. **1.** Que obra con cautela. **2.** Fig. Se aplica también a las acciones y a las cosas hechas con cautela. • **cauto,a** adj. Que obra con sagacidad o precaución.

cauterio n.m. **1.** Cauterización. **2.** Fig. Lo que corrige o ataja eficazmente algún mal. **3.** CIR Medio empleado en cirugía para convertir los tejidos en una escara. ▷ Instrumento que sirve para quemar los tejidos. • **cauterización** n.f. Destrucción de un tejido vivo por medio de un cáustico o de un cauterio. • **cauterizar** v.tr. Aplicar un cáustico, un cauterio.

cautivar I. v.tr. **1.** Aprisionar al enemigo privándole de libertad. **2.** Fig. Atraer, ganar. **3.** Fig. Ejercer irresistible influencia en el ánimo por medio de atractivo físico o moral. **II.** v.int. Ser hecho cautivo, o entrar en cautiverio. • **cautiverio** n.m. Estado de la persona que vive en poder del enemigo. • **cautivo,a** n. y adj. Aprisionado en la guerra.

1. cava n.f. Acción de cavar. • **cavar I.** v.tr. Levantar y mover la tierra con la azada. **II.** v.int. Ahondar, penetrar.

2. cava n.f. **1.** Local subterráneo que se emplea generalmente como almacén. **2.** Foso, excavación.

cavaria n.f. Ave americana que defiende a las demás de ciertas aves de rapiña.

cavaros, antiguo pueblo de la Galia céltica, o mediodía de Francia.

cavatina n.f. MUS Pieza musical para canto que se intercala en un recitado de ópera.

cávea n.f. **1.** ARQUEOL Jaula romana para aves y otros animales. **2.** ARQUEOL Cada una de las dos zonas en que se dividía la gradería de los teatros y de los circos romanos.

cavedio n.m. ARQUEOL Patio de la casa, entre los antiguos romanos.

caverna n.f. **1.** Concavidad profunda, subterránea o entre rocas. **2.** MED Hueco que resulta en algunos tejidos orgánicos. • **cavernario,a** adj. Propio de las cavernas o que tiene caracteres de ellas. • **cavernícola** n. y adj. Que vive en las cavernas. • **cavernosidad** o **cavernidad** n.f. Oquedad, hueco natural de la tierra, cueva. • **cavernoso,a** adj. **1.** Perteneciente, relativo la caverna en alguna de sus cualidades. **2.** Se aplica especialmente a la voz, a la tos, a cualquier sonido sordo y bronco. **3.** Que tiene muchas cavernas.

caviar n.m. Manjar que consiste en huevas de esturión frescas y salpresas.

cavicornios n. pl. y adj. ZOOL Se dice de los rumiantes de la familia de los bóvidos porque tienen huecos los cuernos.

cavidad n.f. Espacio hueco dentro de un cuerpo cualquiera.

cavilar v.tr. Fijar tenazmente la consideración en una cosa. • **caviloso,a** adj. Que se preocupa demasiado por alguna cosa.

cavitación n.f. FIS Formación, en el interior de un líquido, de cavidades llenas de vapor.

cayado n.m. Bastón corvo por la parte superior que usan los pastores.

cayama n.f. *Cuba.* Ave zancuda acuática.

cayapona n.f. Planta americana, de la familia de las cucurbitáceas, de cuyo fruto se extrae un purgante muy enérgico.

cayapos, pueblo del Brasil, en el Goyas meridional.

cayari n.m. *Cuba.* Cangrejo pequeño, de color rojo, que vive en las orillas de los ríos.

cayaya n.f. BOT *Cuba.* Arbusto silvestre, de la familia de las borragináceas.

cayeputi n.m. Árbol de la India Oriental y de Oceanía, de la familia de las mirtáceas. De sus hojas se saca por destilación un aceite fuertemente aromático que se emplea en medicina.

cayo n.m. Cualquiera de las islas rasas y arenosas muy comunes en el mar de las Antillas y en el golfo mexicano.

cayuco n.m. Embarcación india de una pieza, más pequeña que la canoa.

caz n.m. Canal para tomar el agua y conducirla a donde es aprovechada.

caza n.f. **I. 1.** Acción de cazar. **2.** Animales salvajes antes y después de cazados. **II.** n.m. Avión de caza; cazabombardero especializado en el ataque terrestre y bombardeo táctico.

cazabe n.m. Torta que se hace en varias partes de América con harina de mandioca.

cazador,a I. 1. n. y adj. Que caza por oficio o por diversión. — *Cazador furtivo.* El que caza en terreno vedado, sin autorización del dueño. **II.** adj. Se dice de los animales que persiguen y cazan otros animales.

1. cazadora n.f. Chaqueta que se ajusta a la cintura o a la cadera mediante un elástico o un cinturón cosido a la propia prenda.

2. cazadora n.f. **1.** *C. Rica.* Pájaro insectívoro. **2.** *Col.* Serpiente de gran tamaño no venenosa.

cazadotes n.m. El que trata de casarse con una mujer rica.

cazar v.tr. **I. 1.** Buscar a diferentes clases de animales para cogerlos o matarlos. **2.** Fig. y Fam. Adquirir con destreza alguna cosa difícil o que no se esperaba. **3.** Fig. y Fam. Prender, cautivar la voluntad de alguno con halagos o engaños. **4.** Fig. y Fam. Sorprender a alguno en un descuido, error o acción que desearía ocultar. **II.** MAR Poner tirante la escota, hasta que el puño de la vela quede lo más cerca posible de la borda.

cazatorpedero n.m. MAR Buque de guerra destinado a la persecución de los torpederos enemigos.

cazcarria n.f. Barro que se coge y seca en la parte de la ropa que va cerca del suelo.

cazo n.m. **1.** Recipiente metálico con mango largo para manejarlo. **2.** Recipiente de metal, con un gancho en la punta, que sirve para sacar un líquido de un recipiente mayor.

cazoleta n.f. **1.** Pieza redonda de acero, que cubre la empuñadura. **2.** Pieza de metal, que se pone debajo del puño de la espada para resguardo de la mano. **3.** Receptáculo pequeño que llevan algunos objetos.

cazón n.m. ZOOL Pez selacio del suborden de los escuálidos.

cazuela n.f. **I. 1.** Recipiente que sirve para guisar y otros usos. **2.** Guiso que se hace en ella. **II. 1.** Sitio del teatro, al que sólo podían asistir las mujeres. **2.** Galería alta, en los teatros. **3.** IMP Componedor ancho que puede contener varias líneas.

cazumbrar v.tr. Juntar con cazumbre las duelas y tablas de las cubas de vino. • **cazumbre** n.m. Cordel de estopa poco torcida, con que se unen las tablas y duelas de las cubas de vino.

cazurrería n.f. Calidad de cazurro. • **cazurro,a** adj. **1.** Malicioso y de pocas palabras. **2.** Tosco.

cazuzo,a adj. *Chile.* Hambriento.

Cd QUIM Símbolo del cadmio.

ce n.f. Nombre de la letra *c*.

Ce QUIM Símbolo del cerio.

ceanoto n.m. Planta rámnea cuya especie más importante, vulgarmente conocida con el nombre de té de Jersey, se emplea por los indios americanos contra la disentería y la sífilis.

cearina n.f. Pomada de color blanco que sirve de excipiente de otras pomadas.

ceba n.f. Alimentación que se da al ganado para que engorde.

cebada n.f. **1.** Planta anual, de la familia de las gramíneas, parecida al trigo. Algunas variedades se cultivan para alimento de los animales (grano, forraje), otras para la fabricación de cerveza (v. malta). **2.** Conjunto de granos de esta planta. • **cebadilla** n.f. **1.** Especie de cebada que crece espontánea en las paredes y caminos. **2.** BOT Fruto de una planta mexicana del mismo género que el eléboro blanco. **3.** Raíz del eléboro blanco.

cebar **I.** v.tr. **1.** Dar comida a los animales para aumentar su peso. **2.** Dar a los animales comida para atraerlos o alimentarlos. **3.** Fig. Alimentar, fomentar; como echar aceite a la luz, leña al fuego, mineral al horno, etc. **4.** Fig. Poner en los barrenos el cebo necesario para inflamarlos. — Fig. Poner cebo al cohete. **5.** Fig. Poner una máquina en condiciones de que empiece a funcionar. **6.** Fig. Tratándose de la aguja magnética, tocarla un imán para darle o renovarle la fuerza. **7.** *Amér.* Preparar mate para tomarlo. **II.** v.prnl. **1.** Fig. Entregarse con mucha eficacia e intensidad a una cosa. **2.** Fig. Encarnizarse, ensañarse. • **cebón,a** n. y adj. Se dice del animal que está cebado.

cébidos n.m.pl. ZOOL Familia de primates platirrinos que comprende principalmente los monos capuchinos o sajús, los ateles o monos araña y los monos aulladores.

cebil n.m. BOT Árbol leguminoso que vive en el Río de la Plata. Su madera se emplea en construcción y su corteza, que contiene mucho tanino, es un curtiente enérgico.

cebipero n.m. BOT Árbol del Brasil, de la familia de las papilionáceas.

cebo n.m. **1.** Comida que se da a los animales para alimentarlos, engordarlos o atraerlos. ▷ En la pesca, alimentos que el pescador ofrece a los peces para cogerlos. ▷ Artificios que simulan estos alimentos. **2.** Fig. Porción de materia explosiva que se coloca en las armas de fuego. **3.** Fig. Porción de mineral que se echa de una vez para cebar el horno.

cebolla n.f. **I. 1.** Planta hortense, de la familia de las liliáceas, cuyo bulbo, de sabor picante, se usa como alimento. **2.** Bulbo de esta planta. **II.** Bulbo de planta. **III. 1.** Fig. Corazón del madero o pieza de madera acebollados. **2.** Parte redonda del velón, en la cual se echa el aceite. **3.** Fig. Pieza esférica de plomo o cinc, con agujeros pequeños, que se pone en las cañerías. • **cebollana** n.f. Planta parecida a la cebolla, cuyos bulbos son de sabor dulce. • **cebolleta** n.f. **1.** Planta parecida a la cebolla, con el bulbo pequeño y parte de las hojas comestibles. **2.** Cebolla común que, después del invierno, se vuelve a plantar y se come tierna antes de florecer. • **cebollino** n.m. **1.** Sementero de cebollas, cuando están en sazón para ser trasplantadas. **2.** Simiente de cebolla. **3.** Cebollana.

cebra n.f. Animal solípedo del África Austral, de pelo blanco amarillento con listas transversales pardas o negras. • **cebrado,a** adj. Se dice del animal que tiene, como la cebra, manchas negras transversales.
ENCICL Las cebras, parientes cercanos de los caballos, pueden llegar a medir 1,50 m en la cruz; viven en manadas en las estepas y montañas de África. La cebra de las montañas sólo se encuentra en las reservas del S de África. La cebra de las estepas es el único équido salvaje todavía abundante. La cebra de Grevy o de Etiopía es totalmente distinta a las anteriores: las rayas de su piel están menos separadas, es de mayor tamaño, sus orejas son más grandes y rebuzna como un asno.

cebú n.m. **1.** Variedad del toro común, caracterizado por la giba adiposa que tiene sobre el lomo. **2.** Variedad del mono llamado carayá.

ceca n.f. Lugar donde se acuña moneda. ▷ Casa de moneda.

CECA, siglas de Comunidad Europea del Carbón y del Acero.

cecal adj. Relativo al intestino ciego.

1. cecear v.int. Pronunciar la *s* como *c* por vicio o por defecto orgánico.

2. cecear v.tr. Llamar a uno con las voces *ce, ce*.

cecial n.m. y adj. Merluza u otro pescado parecido a ella, seco y curado al aire.

cecidia n.f. BOT Hipertrofia vegetal (p. ej. agalla) producida por la acción de un parásito.

cecílidos n.m.pl. ZOOL Familia de anfibios ápodos de América del Sur.

cecina n.f. **1.** Carne salada, enjuta y seca al aire, al sol o al humo. **2.** *Chile.* Embutido de carne.

cecografía n.f. Escritura y modo de escribir de los ciegos. • **cecógrafo** n.m. Aparato con que escriben los ciegos.

cedazo n.m. **1.** Instrumento compuesto de un aro y de una tela metálica que sirve para separar las partes sutiles de las gruesas de algunas cosas. **2.** Cierta red grande para pescar.

ceder **I.** v.tr. Dar, transferir a otro una cosa, acción o derecho. **II.** v.int. **1.** Rendirse, someterse. **2.** Disminuir su fuerza ciertas cosas.

cedilla n.f. **1.** Letra de la antigua escritura española, que es una *c* con una virgulilla debajo (ç). Dicha letra existe actualmente en algunos idiomas, como el francés, el catalán y el portugués. ▷ Esta misma virgulilla.

cedizo,a adj. Se dice de algunos comestibles que empiezan a pudrirse.

cedro n.m. **1.** Árbol de la familia de las abietáceas, de unos 40 m de altura. Puede vivir más de dos mil años, y su madera es compacta y de larguísima duración. **2.** Madera de este árbol.

cedrón n.m. Planta verbenácea medicinal.

cédula n.f. **1.** Pedazo de papel escrito o para escribir en él alguna cosa. **2.** Documento en que se reconoce una deuda u otra obligación.

CEE Siglas del Mercado Común Europeo.

cefalalgia n.f. MED Dolor de cabeza.

cefalea n.f. PAT Cefalalgia violenta y tenaz.

cefálico adj. ANAT Relativo a la cabeza. • **cefalitis** n.f. PAT Inflamación de la cabeza.

-céfalo, -cefalia, céfalo- Partículas procedentes del griego *kephalos*, «cabeza».

cefalocordados n.m.pl. ZOOL Subrama de cordados en los que la espina dorsal se prolonga hasta la cabeza y cuyo tipo es el anfioxus.

cefalópodo n. y adj. ZOOL Dícese de los moluscos marinos que tienen el manto en forma de saco, como el pulpo y el calamar. ▷ n.m.pl. Clase de estos animales.

cefalorraquídeo adj. ZOOL Suele aplicarse al sistema nervioso cerebrospinal por hallarse éste alojado en la cabeza y en la columna vertebral; aplícase asimismo al líquido en el que están sumergidos los centros nerviosos de los vertebrados.

cefalotórax n.m. ZOOL Parte del cuerpo de los crustáceos y arácnidos que está formada por la íntima unión de la cabeza y el tórax.

cefeidas n.f.pl. ASTRON Estrellas muy brillantes cuyo destello varía periódicamente.

céfiro n.m. **1.** Poniente (viento). **2.** POET Cualquier viento suave y apacible.

cefo n.m. Mamífero cuadrumano.

cegar **I.** v.int. Perder enteramente la vista. **II.** v.tr. **1.** Quitar la vista a alguien. **2.** Fig. Cerrar alguna cosa que antes estaba abierta. **3.** Fig. Tratándose de pasos estrechos obstruirlo. **4.** Disminuir el calado de un canal hasta quedar impracticable para la navegación. **III.** v.tr. e int. Fig. Ofuscar el entendimiento una pasión desordenada.

cegrí n.m. Individuo de una familia del reino musulmán de Granada.

ceguera n.f. **1.** Estado de una persona ciega. — *Ceguera cortical.* La debida a una lesión cerebral que no afecta al ojo. — *Ceguera psíquica.* Pérdida del reconocimiento de la naturaleza y del uso de los objetos. **2.** Fig. Obcecación. — PAT *Ceguera verbal.* Alexia, pérdida de la capacidad de leer a pesar de conservar la visión.

ceiba n.f. **1.** BOT Árbol americano de la familia de las bombacáceas, de unos 30 m de altura. Con su madera se fabrica celulosa; sus flores, rojas, son tintóreas. **2.** Alga de figura de cinta.

ceibo n.m. BOT Árbol americano, de la familia de las papilionáceas.

ceja n.f. **I. 1.** Parte prominente y curvilínea cubierta de pelo, sobre la cuenca del ojo. **2.** Pelo que la cubre. **II. 1.** Fig. Parte que sobresale un poco en algunas cosas. **2.** MUS Listón que tienen los instrumentos de cuerda entre el clavijero y el mástil.

cejar v.int. **1.** Retroceder, andar hacia atrás. **3.** Fig. Ceder en un negocio, empeño o discusión.

cejilla n.f. **1.** MUS Ceja (en los instrumentos de cuerda, listón en que se apoya ésta). **2.** MUS Cejuela. • **cejuela** n.f. MUS Pieza suelta que se aplica transversalmente sobre la encordadura de la guitarra y sirve para elevar por igual la entonación del instrumento.

celacanto n.m. ZOOL, PALEONT Nombre de los representantes de una familia de peces, los crosopterigios, de la que una especie, *Latimeria chalumnae,* solamente conocida en un principio por medio de fósiles (300 millones de años), ha sobrevivido en el norte del canal de Mozambique.

1. celada n.f. **1.** Pieza de la armadura, que servía para cubrir y defender la cabeza. **2.** Soldado a caballo que usaba celada.

2. celada n.f. **1.** Emboscada. **2.** Engaño dispuesto con artificio o disimulo.

celador,a **1.** adj. Que cela o vigila. **2.** n.m. y f. Persona destinada por la autoridad para ejercer la vigilancia.

celaje n.m. **1.** Aspecto que presenta el cielo cuando hay nubes tenues y de varios matices. **2.** Claraboya o ventana, y la parte superior de ella.

1. celar v.tr. **1.** Procurar el cumplimiento de las leyes, estatutos u otras obligaciones o encargos. **2.** Observar los movimientos y acciones de una persona por recelos que se tienen de ella. — Vigilar a los dependientes o inferiores para que cumplan con sus deberes. **3.** Atender a la persona amada por tener celos de ella.

2. celar v.tr. **1.** Grabar en láminas de metal o madera para sacar estampas. **2.** Cortar con buril o cinceles metal, piedra o madera, para darles alguna forma o esculpir en cualquiera de ellos.

celastráceo,a **1.** n.f. y adj. BOT Dícese de árboles y arbustos angiospermos dicotiledóneos que tienen hojas con estípulas, flores y fruto seco. **2.** n.f.pl. BOT Familia de estas plantas. • **celastro** n.m. BOT Arbusto de la familia de las celastráceas, del que se conocen varias especies que viven en América Septentrional y en África.

celda n.f. **1.** Aposento destinado al religioso o religiosa en su convento. **2.** Aposento individual en colegios y otros establecimientos análogos. **3.** Cada uno de los aposentos donde se encierra a los presos en las cárceles celulares. **4.** Celdilla de los panales. • **celdilla** n.f. **1.** Cada una de las casillas de que se componen los panales de las abejas, avispas y otros insectos. **2.** Fig. Nicho. **3.** Célula (pequeña cavidad o seno). **4.** BOT Cada uno de los huecos que ocupan las simientes en la caja.

cele- Prefijo procedente del griego *kēlē*, «tumor».

celebrar **I.** v.tr. **1.** Alabar, aplaudir. **2.** Venerar con culto público los misterios de la religión y la memoria de sus santos. **3.** Hacer solemnemente alguna función, junta o contrato. **II.** v.tr. e int. Decir misa. • **celebración** n.f. **1.** Acción de celebrar. **2.** Aplauso, aclamación. • **celebrante** n.m. Sacerdote que está diciendo misa.

célebre adj. Famoso. • **celebridad** n.f. **1.** Fama que tiene una persona o cosa. **2.** Conjunto de todo aquello con que se solemniza y celebra una fiesta. **3.** Persona famosa.

celemín n.m. **1.** Antigua medida de capacidad para áridos. **2.** Porción de grano, semillas u otra cosa semejante que llena exactamente la medida del celemín. **3.** Medida antigua de superficie.

celentéreo n. y adj. ZOOL Dícese del animal de simetría radiada cuyo cuerpo, de paredes no perforadas, contiene una sola cavidad. Constituyen uno de los grandes grupos en que se divide el reino animal. ▷ n.m.pl. Grupo que forman estos animales.

célere **I.** adj. Pronto, rápido. **II.** n.m. Individuo del orden ecuestre en los primeros tiempos de Roma. **III.** n.f.pl. MIT Las horas. • **celeridad** n.f. Prontitud, rapidez.

celescopio n.m. FIS Aparato que sirve para iluminar las cavidades de un cuerpo orgánico.

celesta n.f. MUS Instrumento de teclado en que los macillos producen el sonido golpeando láminas de acero.

celeste adj. Perteneciente al cielo. • **celestial** adj. **1.** Perteneciente al cielo, considerado como la mansión eterna de los bienaventurados. **2.** Fig. Perfecto, delicioso.

1. celestina n.f. Mineral de color azulado insoluble en los ácidos.

2. celestina n.f. Ave canora de pequeño tamaño.

3. celestina n.f. Fig. Alcahueta.

celiaca n.f. PAT Diarrea blanquecina. • **celiaco,a** o **celíaco,a** **I.** adj. **1.** ANAT Perteneciente o relativo al vientre o a los intestinos. **II.** n. y adj. Enfermo de celiaca. ▷ adj. Perteneciente a esta enfermedad.

celibato n.m. Soltería. • **célibe** n. y adj. Dícese de la persona soltera.

celidonato n.m. QUIM Sal resultante de la combinación del ácido celidónico con una base.

celidonia n.f. Hierba de la familia de las papaveráceas. Su jugo se ha usado en medicina para quitar verrugas. — *Celidonia menor.* Hierba de la familia de las ranunculáceas. Es venenosa y se ha empleado en medicina. • **celidónico,a** adj. QUIM Se dice de un ácido contenido en la celidonia, en combinación con la cal y con ácidos orgánicos.

celo n.m. **I.** **1.** Cuidado e interés por el bien de personas o cosas. **2.** Recelo que uno siente de que lo que pretende llegue a ser alcanzado por otro. **II.** Apetito sexual en los animales. **III.** pl. Sospecha de que la persona amada ponga su cariño en otra.

celofán n.m. Nombre registrado de una película que se obtiene por regeneración de la celulosa contenida en las soluciones de viscosa.

celoma n.m. ZOOL En los animales más avanzados, se dice de la cavidad situada entre el tubo digestivo y las paredes del cuerpo, estando tapizada en el abdomen con un tejido que constituye el mesenterio. • **celomados** n.m.pl. ZOOL Animales provistos de celoma.

celosa n.f. BOT *Cuba.* Arbusto espinoso, de la familia de las verbenáceas.

celosía n.f. **1.** Enrejado que se pone en las ventanas de los edificios y otros huecos análogos, para que las personas que están en el interior vean sin ser vistas. ▷ P. ext., enrejado parecido a la celosía. **2.** Celotipia.

celoso,a adj. **1.** Que tiene celos. **2.** Receloso.

celostato n.m. ASTRON Aparato de observación provisto de un espejo que gira alrededor de un eje paralelo al de la Tierra, a una velocidad igual a la mitad de la de rotación de ésta.

celote n.m. Individuo perteneciente a un grupo religioso del pueblo judío caracterizado por la rigidez de su integrismo religioso.

celotipia n.f. Pasión de los celos.

celsitud n.f. Elevación, excelencia de alguna cosa o persona.

celtas, grupo de pueblos de habla indoeuropea que inició su penetración en la península Ibérica en el s. VIII a. J.C., aunque su mayor afluencia se produjo durante el s. VI a. J.C. Tuvieron especial importancia en Galicia. Su dispersión, debido al gran número de zonas conquistadas, les debilitó y fueron vencidos por los romanos (225 a. J.C.). Profundamente religiosos, eran también grandes artesanos. Mejoraron las estructuras económicas de las zonas invadidas y dejaron huellas de un arte rico y desarrollado. Su fusión con los íberos dio origen a los *celtíberos.*

celtíberos, antiguo pueblo del N y centro de la península Ibérica; durante mucho tiempo se pensó que provenía de la fusión de celtas e iberos. Probablemente fueron grupos de las últimas invasiones celtas que asimilaron pronto las costumbres ibéricas.

celtídeo,a n. y adj. BOT Se dice de árboles o arbustos pertenecientes a la familia de las ulmáceas, con hojas alternas, flores y frutos en drupa carnosa. ▷ n.f. pl. Familia de estas plantas.

célula n.f. **1.** Pequeña celda, cavidad o seno. **2.** BIOL Elemento microscópico que constituye la unidad morfológica y fisiológica de los seres vivos. **3.** POLIT Agrupación elemental que forma la base de ciertas organizaciones políticas. **4.** SOCIOL Grupo de individuos considerado como unidad constitutiva de la organización social. **5.** *Célula fotoeléctrica.* Dispositivo que permite transformar las variaciones de intensidad luminosa, en variaciones de intensidad de una corriente eléctrica. • **celular** adj. **1.** Perteneciente o relativo a las células. **2.** Se dice del establecimiento carcelario donde los reclusos están sistemáticamente incomunicados.

ENCICL Las células se clasifican en dos tipos fundamentales: las procariotas, rudimentarias, que carecen de núcleo claramente diferenciado; y las eurocariotas, que constituyen los elementos básicos de los seres vivos pluricelulares, en los cuales se especializan para formar tejidos: *células hepáticas, renales, nerviosas o neuronas, estomáticas, tubos cribiformes*, etc. Sus dimensiones oscilan desde unas pocas μ a varios centímetros de diámetro (yema de huevo).

celulasa n.f. Enzima que hidroliza la celulosa.

celulita n.f. Especie de pasta que se obtiene machacando la fibra leñosa y mezclándola con sustancias minerales, cera y caucho.

celulitis n.f. Infiltración del tejido subcutáneo que da a la piel un aspecto acolchado, como de «cáscara de naranja». **2.** MED Inflamación del tejido celular subcutáneo.

celuloide n.m. Materia plástica muy inflamable, formada por nitrocelulosa plastificada con alcanfor.

celulosa n.f. QUIM Cuerpo sólido insoluble en el agua, el alcohol y el éter, perteneciente al grupo químico de los hidratos de carbono, que forma casi totalmente la membrana envolvente de las células vegetales.

ENCICL Sintetizada por los vegetales a partir del dióxido de carbono (CO_2) y el agua, la celulosa constituye el alimento básico de los animales herbívoros; para los omnívoros, como el hombre, no es digerible, pero sirve como excitante de la actividad intestinal. La celulosa (cuya forma más pura, y la que más utiliza la industria, es el algodón) es un alto polímero, formado por numerosísimos grupos $C_6H_{10}O_5$ que encierran un grupo alcohólico primario y dos grupos alcohólicos secundarios, produciendo éteres con los ácidos, en especial nítrico y acético: nitrocelulosas (explosivos, barnices, celuloide), acetatos de celulosa (rayón, películas, barnices, etc.). La celulosa tiene por consiguiente una enorme importancia para la industria: papel (a partir de la celulosa de la madera), viscosa, etc.

cella n.f. ARQUIT Espacio interior de los templos griegos y romanos comprendido entre el pronaos y el pórtico.

cellisca n.f. Temporal de agua y nieve muy menuda, impelidas con fuerza por el viento.

cello n.m. Aro con que se sujetan las duelas de las cubas, comportas, pipotes, etc.

cembro n.m. BOT Pino cuyas agujas están agrupadas de cinco en cinco.

cementación n.f. METAL Modificación de la composición superficial de un metal o de una aleación (p. ej., acero) a los que se les incorpora diversos elementos. • **cementar** v.tr. **1.** Calentar una pieza de metal en contacto con otra materia para que adquiera ciertas cualidades. **2.** MIN Meter barras de hierro en disoluciones de sales de cobre para que este metal se precipite.

cementerio n.m. Terreno descubierto destinado a enterrar cadáveres.

cemento n.m. **1.** Cal muy hidráulica. **2.** Materia con que se cementa una pieza de metal. **3.** Masa mineral que une los fragmentos o arenas de que se componen algunas rocas. **4.** ZOOL Tejido óseo que cubre el marfil en la raíz de los dientes de los vertebrados.

ENCICL El cemento más corriente es el cemento *portland artificial* obtenido por trituración del clinker que resulta de la cocción en horno giratorio de una mezcla de cal y de arcilla. Hay gran cantidad de argamasas llamadas *cementos*: cemento dental, cemento aluminoso (obtenido a partir de una mezcla de alúmina, silicio, óxido de hierro y cal), etc. La fragua del cemento bajo la acción del agua se debe a la precipitación de hidratos. Le sigue el encabestramiento y soldura de los cristales hidratados que producen el endurecimiento. El cemento posee numerosas aplicaciones en la construcción (fabricación de hormigón armado, sobre todo), en las obras públicas y en las perforaciones petrolíferas.

cena n.f. **1.** Última comida del día. **2.** Acción de cenar. ▷ Última Cena de Jesucristo con sus apóstoles. • **cenáculo** n.m. **1.** Sala en que Jesucristo celebró la última cena. **2.** Fig. Reunión poco numerosa de personas que profesan las mismas ideas, y más comúnmente de literatos y artistas. • **cenador** n.m. Espacio, comúnmente redondo, que suele haber en los jardines, cercado y cubierto. • **cenar 1.** v.int. Tomar la cena. **2.** v.tr. Comer en la cena tal o cual cosa.

cenagal n.m. Sitio o lugar lleno de cieno. • **cenagoso,a** adj. Lleno de cieno.

cenceño,a adj. Delgado o enjuto.

cencerrear v.int. **1.** Tocar insistentemente cencerros. **2.** Fig. y Fam. Tocar un instrumento destemplado, o tocarlo sin arreglo a la música. • **cencerro** n.m. Campana pequeña, hecha con chapa de hierro o de cobre.

cencha n.f. Traviesa en que se fijan los pies de las butacas, camas, etc.

cendal n.m. **1.** Tela de seda o lino muy delgada y transparente. ▷ Humeral (paño litúrgico). **2.** Barbas de la pluma.

cenefa n.f. **1.** Lista sobrepuesta o tejida en los bordes de las cortinas, doseles, pañuelos, etc. **2.** Dibujo de ornamentación que se pone a lo largo de los muros, pavimentos y techos. **3.** MAR Madero grueso que rodea una cofa, o en que termina y apoya su armazón. **4.** MAR Cada uno de los cantos circulares de la armazón de los tambores en las ruedas de un vapor. **5.** MAR Tira de lona que cuelga de las relingas del toldo.

cenestesia n.f. PSICOL Sensación general de la existencia del propio cuerpo, independiente de los sentidos.

cenhegíes, miembros de la tribu beréber de Zanhaga, una de las más antiguas y principales del África Septentrional, y de cuyo seno salieron los almorávides.

cenia n.f. Máquina simple para elevar el agua y regar terrenos.

cenicero n.m. Sitio donde se recoge o echa la ceniza.

cenit n.m. **1.** ASTRON Punto de intersección entre la vertical de un lugar y la esfera celeste superior al horizonte. **2.** Fig. Punto culminante.

ceniza n.f. **1.** Polvo que queda después de una combustión completa. **2.** pl. Fig. Reliquias o residuos de un cadáver.

cenízaro n.m. BOT *C. Rica.* Árbol de copa ancha, de la familia de las mimosáceas. Su fruta sirve de alimento al ganado.

cenizo,a **I.** adj. De color de ceniza. **II.** n.m. BOT Planta silvestre, de la familia de las quenopodiáceas. **III.** n.m. y f. Fam. Aguafiestas, persona que tiene mala sombra o que la trae a los demás.

cenotafio n.m. Monumento funerario en el cual no está el cadáver del personaje a quien se dedica.

cenozoico,a adj. GEOL Se aplica a los terrenos o formaciones que componen la parte superior de las tres en que se divide la corteza terrestre.

censo n.m. **1.** Registro general de ciudadanos. **2.** FOR Contrato por el cual se sujeta un inmueble al pago de una pensión anual. • **censar** v.int. Hacer el censo de los habitantes de un lugar.

censor n.m. **1.** Magistrado de la república romana, a cuyo cargo estaba formar el censo de la ciudad y cuidar del orden. **2.** El que de orden de la autoridad examina libros, periódicos, etc., y emite su dictamen desde un punto de vista moral o político. **3.** El que es propenso a murmurar o criticar las acciones o cualidades de los demás.

censura n.f. **1.** Entre los antiguos romanos, oficio y dignidad de censor. **2.** Dictamen y juicio que se hace acerca de una obra o escrito. ▷ Murmuración, detracción. **3.** Pena eclesiástica. **4.** Intervención que ejerce el censor gubernativo en los espectáculos (cine, teatro, etc.), o en los medios de comunicación de masas (libros, prensa, radio, TV, etc.). **5.** PSICOAN Oposición que ejerce el super ego frente a determinados impulsos inconscientes. • **censurar** v.tr. **1.** Formar juicio de una obra u otra cosa. **2.** Corregir o reprobar alguna cosa. ▷ Murmurar, vituperar.

centaura o **centaurea** n.f. Planta perenne, de la familia de las compuestas. — *Centaura menor.* Planta de la familia de las gencianáceas.

centaurina n.f. QUIM Sustancia que existe en ciertas plantas amargas.

centauro n.m. Monstruo, mitad hombre y mitad caballo.

centavo,a **1.** n.m. y adj. Centésimo. **2.** n.m. Centésima parte de la unidad monetaria de numerosos países de América.

centella n.f. **1.** Rayo, chispa eléctrica. ▷ Chispa o partícula de fuego que se desprende o salta del pedernal al ser golpeado con algo. **2.** *Chile.* Ranúnculo. • **centellear** v.int. Despedir rayos de luz. • **centelleo** n.m. Acción y efecto de centellear.

centena n.f. ARIT Conjunto de cien unidades.

centenario,a **I.** adj. Perteneciente a la centena. **II.** n. y adj. Dícese de la persona que tiene aproximadamente cien años de edad. **III.** n.m. **1.** Tiempo de cien años. **2.** Fiesta que se celebra de cien en cien años. **3.** Día en que se cumplen una o más centenas de años del nacimiento o muerte de alguna persona ilustre, o de algún suceso famoso.

centenilla n.f. Género de plantas primuláceas de América que comprende varias especies.

centeno n.m. **1.** Planta anual, de la familia de las gramíneas, muy parecida al trigo. **2.** Conjunto de granos de esta planta. Es muy alimenticia y sirve para los mismos usos que el trigo.

centesimal adj. Dícese de cada uno de los números del uno al noventa y nueve inclusive.

centésimo,a **1.** adj. Que sigue inmediatamente en orden al o a lo nonagésimo nono. **2.** n.m. y f. y adj. Dícese de cada una de las cien partes iguales en que se divide un todo.

centi- Voz que sólo tiene uso como prefijo de vocablos compuestos, con la significación de cien. p. ej.: *centimano,* o de centésima parte, p.ej.: *centímetro.*

centiárea n.f. Medida de superficie, que tiene la centésima parte de un área.

centígrado,a **1.** adj. Dícese de la escala en que cada división vale un grado centígrado, o de los termómetros que se ajustan a esta escala. **2.** n.m. GEOM Centésima parte del grado (abreviatura cgr).

centigramo n.m. Centésima parte del gramo (abreviatura: cg).

centila n.f. ESTAD Centésima parte de un conjunto de datos clasificados.

centilitro n.m. Centésima parte del litro (abreviatura: *cl*).

centillero n.m. Candelabro de siete luces, que se usa en la exposición del Santísimo Sacramento.

centímetro n.m. Medida de longitud que tiene la centésima parte de un metro (abreviatura *cm*). — *Centímetro cuadrado.* Medida superficial correspondiente a un cuadrado que tenga un centímetro de lado (abreviatura cm^2). — *Centímetro cúbico.* Medida de volumen correspondiente a un cubo cuyo lado es un centímetro (abreviatura cm^3).

céntimo,a **1.** adj. Centésimo, cada una de las cien partes de un todo. **2.** n.m. Moneda, real o imaginaria, que vale la centésima parte de la unidad monetaria real.

centinela n.m. y f. MILIT Soldado que vela guardando el puesto que se le encarga. ▷ Fig. Persona que está en observación de alguna cosa.

centinodia n.f. Planta medicinal de la familia de las poligonáceas.

centollo n.m. Crustáceo decápodo marino, braquiuro, de caparazón casi redondo cubierto de pelos y tubérculos ganchudos. Vive entre las piedras y su carne es muy apreciada. • **centolla** n.f. Centollo.

centón n.m. Manta hecha de gran número de retales de varios colores. ▷ Fig. Obra literaria compuesta de sentencias y expresiones ajenas.

centrado,a adj. Dícese del instrumento matemático o de la pieza de una máquina cuyo centro se halla en la posición que debe ocupar.

central **I.** adj. **1.** Perteneciente al centro. **2.** Que está en el centro. ▷ Lugar que está entre dos extremos. **3.** Que ejerce su acción sobre todo un campo o territorio. **4.** Esencial, importante. **II.** n.f. **1.** Oficina donde están reunidos o centralizados varios servicios públicos de una misma clase. **2.** Casa o establecimiento principal de algunas Órdenes religiosas, o de algunos particulares, como banqueros o industriales. **3.** Instalación donde se produce la energía eléctrica o se transforman las corrientes. **III.** *Central nuclear.* La que produce energía eléctrica mediante la fisión nuclear. En esencia está constituida por un conjunto reactor-generador de vapor (que genera el vapor análogamente a lo que sucede en la caldera de una central térmica clásica) y el turboalternador. En el núcleo del reactor, ocupado por el combustible, se produce la fisión en cadena, y la energía producida se extrae mediante un fluido (refrigerante) que en el generador de vapor cede el calor al agua, la cual se transforma en vapor.

centralismo n.m. POLIT Sistema de organización que prohíbe la formación de tendencias no permitiendo el debate de las decisiones tomadas en congreso. • **centralista 1.** n. (apl. a pers.) y adj. POLIT Partidario de la centralización política o administrativa. **2.** n.m. y f. Encargado de una red de comunicaciones, en especial de una centralita telefónica.

centralita n.f. Dispositivo que permite conectar los diferentes aparatos de una instalación telefónica interior de cierta importancia a la red urbana. Permite, así mismo, comunicar estos aparatos internos entre sí.

centralizar **I.** v.tr. y prnl. **1.** Reunir varias cosas en un centro común. **2.** Hacer que varias cosas dependan de un poder central. **II.** v.tr. Asumir el poder público facultades atribuidas a organismos locales.

centranthus BOT Género de valerianáceas, del que una especie, *Centranthus ruber,* crece sobre las paredes abandonadas y entre los escombros pedregosos.

centrar v.tr. **1.** Determinar el punto céntrico de una superficie o de un volumen. **2.** Colocar una cosa de modo que su centro coincida con el de otra. **3.** Hacer que se reúnan en el lugar conveniente los proyectiles de un arma de fuego, los rayos procedentes de un foco luminoso, etc. **4.** CARP Colocar el objeto que se va a tornear de modo que las puntas del torno determinen el eje de rotación.

centrarco n.m. ZOOL *Amér.* Pez teleósteo, del suborden de los acantopterigios.

céntrico,a adj. Que pertenece al centro o está en él.

centrifugador,a n. y adj. Dícese del aparato o máquina en que se aprovecha la fuerza centrífuga para sacar ciertas sustancias o para separar los componentes de una masa o mezcla, según sus distintas densidades. ▷ n.f. Máquina que se emplea en la fabricación del azúcar y en otras industrias. • **centrífugo,a** adj. MECÁN Que aleja del centro.

centrina n.f. ZOOL Pez selacio, del suborden de los escuálidos.

centríolo n.m. BIOL Orgánulo intracelular, citoplásmico, situado cerca del núcleo.

centrípeto,a adj. MECÁN Que trae, dirige o impele hacia el centro.

centris n.m. Insecto himenóptero propio de América del Sur.

centro n.m. **I. 1.** Punto del cual equidistan todos los de una circunferencia o de la superficie de una esfera. ▷ En los polígonos y poliedros, punto en que todas las diagonales que pasan por él quedan divididas en dos partes iguales. ▷ En las líneas y superficies curvas, punto de intersección de todos los diámetros. **2.** Lo que está en medio o más alejado de los límites, orillas, fronteras, extremos, etc. **3.** Lugar de donde parten o a donde convergen acciones particulares coordenadas. **4.** Institución o establecimiento educativo, científico o recreativo. ▷ Lugar donde habitualmente se reúnen los miembros de una corporación. **5.** Tendencias políticas cuya ideología es intermedia entre la de derecha y la de izquierda. **6.** Parte central de una ciudad o de un barrio. ▷ Punto o calles más concurridos de una población o en los cuales hay más actividad comercial o burocrática. **7.** Fig. Fin u objeto principal a que se aspira o del que se siente la atracción. **II. 1.** FÍS MECÁN Punto de aplicación de la resultante de las fuerzas ejercidas sobre un cuerpo. — *Centro de gravedad.* Punto de un cuerpo por el que pasa la resultante de las fuerzas debidas a un campo de gravitación uniforme. (Este punto se confunde con el centro de masa.) — *Centro instantáneo de rotación.* Punto de una figura plana en movimiento, cuya velocidad es nula en el instante considerado. **2.** *Centro óptico.* Punto del eje de una lente o un espejo, tal que todo rayo que pase por él no es desviado ni reflejado. • **centrismo** n.m. POLÍT Postura política, ideología que se sitúa entre los conservadores y los progresistas.

centro- Prefijo. Procede del latín *centrum*, «centro».

centroamericano,a **1.** n. y adj. Natural de América Central. **2.** adj. Perteneciente o relativo a Centroamérica.

centrómero n.m. BIOL Zona de constricción que separa el cromosoma en dos brazos y desempeña un importante papel en la división celular.

centrosoma n.m. BIOL Orgánulo celular situado cerca del núcleo que, después de una duplicación, es el centro organizador de la formación del huso acromático en la división celular.

centrospermas n.f.pl. BOT Amplio orden de las dicotiledóneas bastante primitivas, que comprende principalmente las quenopodiáceas, las cactáceas, etc.

centunviro n.m. Magistrado de la antigua Roma, designado para legislar en materia de sucesiones.

centuplicar v.tr. y prnl. Hacer cien veces mayor una cosa. ▷ ARIT Multiplicar una cantidad por ciento. • **céntuplo,a** n. y adj. ARIT Se dice del producto de la mutiplicación por 100 de una cantidad cualquiera.

centuria n.f. **1.** Siglo. **2.** En la milicia romana, compañía de cien hombres. • **centurión** n.m. Jefe de una centuria en la milicia romana.

ceñir **I.** v.tr. **1.** Rodear, ajustar o apretar la cintura, el cuerpo, el vestido u otra cosa. **2.** Fig. Abreviar una cosa o reducirla a menos. **II.** v.prnl. **1.** Fig. Moderarse o reducirse, en los gastos, en las palabras, etc. **2.** Fig. Amoldarse, concretarse a una ocupación o trabajo. • **ceñido,a** adj. **1.** Fig. Moderado y reducido en sus gastos. **2.** Aplícase a los insectos que tienen muy señalada la división entre el tórax y el abdomen.

1. ceño n.m. **1.** Cerco que ciñe alguna cosa. **2.** VETER Especie de cerco elevado que se hace en la tapa del casco a las caballerías.

2. ceño n.m. Demostración de enfado y enojo, que se hace con el rostro.

cepa n.f. **1.** Parte del tronco de cualquier árbol o planta, que está dentro de tierra y unida a las raíces. **2.** Tronco de la vid; y, por ext., toda la planta. **3.** *Méx.* Foso, hoyo casi siempre grande. **4.** ARQUIT En los arcos y puentes, parte del machón desde que sale de la tierra hasta la imposta. • **cepejón** n.m. Raíz gruesa que arranca del tronco del árbol.

cepellón n.m. AGRIC Pella de tierra que se deja adherida a las raíces de los vegetales para trasplantarlos.

cephalaspis n.m. pl. PALEONT Orden de agnatos ostracodermos (finales del primario), cubiertos de una coraza cefalotorácica, provistos de un ojo pineal y cuyos nervios terminaban en zonas que eran, p. ej., órganos eléctricos.

cepillar v.tr. **1.** Alisar con el cepillo. **2.** TECN Fabricar por medio de una cepilladora. • **cepilladora** n.f. TECN Máquina utilizada para alisar superficies planas y de gran tamaño.

cepillo n.m. **I.** Arquilla que se fija en las iglesias para que echen en ella limosna. **II. 1.** Instrumento de carpintería. **2.** Instrumento hecho de manojitos de cerdas, o cosa semejante, que sirve para quitar el polvo a la ropa, para menesteres de aseo personal y para otros de limpieza.

cepita n.f. MINER Especie de ágata formada de conchas o capas concéntricas como una cebolla.

cepo n.m. **I. 1.** Trampa para cazar animales, formada de un dispositivo que, al tocarlo, se cierra aprisionándolos. **2.** Madero grueso en que se fijan ciertos instrumentos de los herreros, cerrajeros y operarios de otros oficios. **3.** Instrumento hecho de dos maderos gruesos, que unidos forman en el medio unos agujeros redondos, en los cuales se aseguraba la garganta o la pierna del reo. **4.** Instrumento de madera con que se amarra y afianza la pieza de artillería en el carro. **5.** Pinza de gran tamaño utilizada por la policía de tráfico para bloquear una de las ruedas de un vehículo estacionado en zona prohibida. **6.** Utensilio compuesto de una o dos varillas, que sirve para sujetar los periódicos y revistas sin doblarlos en locales de lectura pública. **7.** ARQUIT Conjunto de dos vigas entre las cuales se sujetan piezas de madera. **8.** MAR *Cepo del ancla.* Pieza que sirve para que alguna de las uñas penetre y agarre en el fondo. **II.** Gajo o rama de árbol. **III.** Cierto instrumento para devanar la seda antes de torcerla.

cepola n.f. ZOOL Pez teleósteo del suborden de los fisóstomos.

ceporro n.m. **1.** Cepa vieja que se arranca para la lumbre. **2.** Fig. Persona torpe.

cequí n.m. Moneda antigua de oro.

cequión n.m. *Chile.* Acequia grande.

cera n.f. **I. 1.** Sustancia sólida que segregan las abejas para formar las celdillas de los panales. Se emplea principalmente para hacer velas, cirios y para otros fines. **2.** Conjunto de velas que sirven en alguna función. **3.** BOT Sustancia muy parecida a la cera elaborada por los insectos, que producen algunas plantas. **4.** ZOOL Membrana que rodea la base del pico de algunas aves, como las rapaces, gallinas y palomas. **II.** n.f.pl. Conjunto de las casillas de cera que fabrican las abejas en las colmenas.

ceración n.f. QUÍM Operación de fundir metales.

cerambícidos n.m. pl. ZOOL Familia de coleópteros de colores llamativos, cuyas larvas viven en la madera.

cerámica n.f. **1.** Arte de fabricar vasijas y otros objetos de barro, loza y porcelana. **2.** Conjunto de estos objetos. **3.** Conocimiento científico de los mismos objetos, desde el punto de vista arqueológico.

cerasita n.f. MINER Silicato de alúmina y magnesia.

cerasta n.f. Víbora africana muy venenosa.

cerástide n.m. Lepidóptero nocturno que vive en Europa.

ceratias **I.** n.m. ASTRON Cometa de dos colas. **II.** n.f. ZOOL Género de peces teleósteos abisales cuya cabeza está provista de apéndices táctiles y luminosos.

ceratópsidos n.m. pl. PALEONT Suborden de los dinosaurios acorazados del Cretácico.

cerbas n.m. Árbol muy corpulento de la India.

cerbatana n.f. Tubo en que se introducen bodoques o flechas, para hacerlas salir impetuosamente después, soplando con violencia por una de sus extremidades.

cerbillera n.f. Capacete de la armadura.

1. cerca n.f. Vallado, tapia o muro que se pone alrededor de algún sitio para su resguardo o división. • **cercado** n.m. **1.** Huerto, prado u otro sitio rodeado de valla. **2.** Cerca, vallado.

2. cerca adv. l. y t. Próxima o inmediatamente. Antecediendo a nombre o pronombre a que se refiera, pide la prep. *de. Ponte cerca de mí.* — *Cerca de.* Aproximadamente, con corta diferencia, poco menos de. • **cercanía** n.f. Calidad de cercano. ▷ Lugar cercano o circundante. • **cercano,a** adj. Próximo, inmediato.

cercar v.tr. **1.** Rodear un sitio de suerte que quede cerrado y dividido de otros. **2.** Poner cerco o sitio a una plaza, ciudad o fortaleza. ▷ Rodear mucha gente a una persona o cosa.

cercaria n.f. Forma larval con cola de ciertos gusanos trematodos.

cercenar v.tr. Cortar las extremidades de alguna cosa. ▷ Disminuir o acortar.

cerceta n.f. Ave del orden de las palmípedas, del tamaño de una paloma.

cercetas n.f. pl. Pitoncitos blancos que nacen al ciervo en la frente.

cerciorar v.tr. y prnl. Asegurar a alguno la verdad de una cosa.

cerco n.m. **1.** Lo que ciñe o rodea. ▷ Aro de cuba, de rueda y de otros objetos. **2.** Cerca, vallado, tapia o muro. ▷ Asedio que pone un ejército, rodeando una plaza o ciudad para combatirla. **3.** Corrillo **4.** Giro o movimiento circular. **5.** Aureola que a nuestra vista presenta el Sol, y a veces la Luna, con variedad de color e intensidad. **6.** ZOOL Cada uno de los apéndices situados en el extremo del abdomen de ciertos insectos

cercopiteco n.m. Mono catirrino, de la familia de los cercopitécidos, propio de África.

cércopo n.m. Insecto hemíptero, de cabeza alongada, cuatro alas, dos coriáceas y dos membranosas, y del que hay algunas variedades.

cercha n.f. **1.** ALBAÑ Cimbra, armazón que sostiene un arco. **2.** ARQUIT Regla delgada y flexible de madera, que sirve para medir superficies cóncavas o convexas. **3.** ARQUIT Patrón de contorno curvo, sacado de una tabla, que se aplica de canto en un sillar para labrar en él una superficie cóncava o convexa. **4.** CARP Cada una de las piezas de tabla aserradas que forman segmentos de círculo. **5.** MAR Círculo de madera que forma la rueda del timón.

cerchar v.tr. AGRIC Acodar, meter bajo tierra el vástago de las vides.

cerda n.f. **I. 1.** Pelo grueso, duro y largo que tienen las caballerías en la cola y en la cima del cuello. También se llama así el pelo de otros animales. **2.** Hembra del cerdo. **3.** Tumor carbuncoso que se le forma al cerdo en las partes laterales del cuello. **II. 1.** Mies segada. **2.** Manojo pequeño de lino sin rastrillar.

cerdo n.m. Mamífero paquidermo doméstico. — *Cerdo marino.* Marsopa.
ENCICL El cerdo, o puerco, desciende del jabalí de Eurasia. El macho adulto es el *verraco*, la hembra la *marrana*, y los jóvenes se llaman *gorrinillos, jabatos* o *lechones*. Es omnívoro y se nutre de los desperdicios de alimentos del hombre; la crianza industrializada necesita ciertas técnicas más complejas. La marrana puede tener dos camadas al año, cada una de 10 a 12 lechones. Se consumen todas las partes del cerdo: pelos o *cerdas* (fabricación de cepillos), grasa subcutánea o *tocino* (utilizado en cocina), grasa derretida o *manteca*; su carne se consume fresca o en conserva.

cereal 1. n.m. y f. y adj. Aplícase a las plantas gramíneas que dan frutos farináceos, o a estos mismos frutos. **2.** adj. Perteneciente a la diosa Ceres. ▷ Se dice de las fiestas que se hacían en honor de esta diosa.

cerealina n.f. QUIM Fermento nitrogenado del salvado, que tiene la propiedad de sacarificar el almidón y alterar el gluten.

cerebelo n.m. ANAT Uno de los centros nerviosos constitutivos del encéfalo, que ocupa la parte posterior de la cavidad craneana.

cerebro n.m. ANAT En un sentido extenso, todo el encéfalo, toda la masa contenida en el interior del cráneo; en un sentido más estricto, la porción considerable de esta masa que ocupa la parte superior y anterior de la cavidad craneal. El cerebro alberga los centros de la memoria, de la percepción, de la motricidad, del lenguaje, etc. (v. encéfalo). ▷ Fig. Cabeza, entendimiento. ▷ Fig. Persona sobresaliente en actividades culturales, organizativas, etc. • **cerebración** n.f. **1.** FISIOL Conjunto de actos propios del cerebro, consecutivos a la percepción. **2.** Proceso mental que se considera resultado de la actividad cerebral. • **cerebral** adj. Perteneciente o relativo al cerebro. ▷ n. y adj. Intelectual, en oposición a emocional.

cerebrósido n.m. BIOQUIM Lípido no fosfórico que incluye moléculas de azúcares; constitutivo, en especial de las membranas celulares.

ceremonia n.f. **1.** Acción o acto exterior para dar culto a las cosas divinas, o reverencia y honor a las profanas. **2.** Ademán afectado, en obsequio de una persona o cosa. • **ceremonial I.** adj. Perteneciente o relativo al uso de las ceremonias. **II.** n.m. **1.** Serie o conjunto de formalidades para cualquier acto público o solemne. **2.** Libro, cartel o tabla en que están escritas las ceremonias que se deben observar en ciertos actos públicos. • **ceremonioso,a** adj. **1.** Solemne. **2.** Que gusta de ceremonias.

cerería n.f. Casa o tienda donde se trabaja o vende la cera. • **céreo,a** adj. De cera.

cerevisina n.f. Levadura de la cerveza.

cereza n.f. **1.** Fruto del cerezo. **2.** Color rojo oscuro de algunos minerales. • **cerezo** n.m. **1.** Árbol frutal de la familia de las rosáceas. Su madera, de color castaño claro, se emplea en ebanistería. **2.** Madera de este árbol.

cérido n.m. BIOQUIM Lípido simple, principal constituyente de las ceras.

cerífero,a adj. Que produce o da cera.

ceriflor n.f. **1.** Planta de la familia de las borragináceas. **2.** Flor de esta planta.

cerilla n.f. **1.** Fósforo para encender fuego. **2.** Vela de cera, muy delgada y larga. **3.** Cerumen.

cerillo n.m. **I.** Cerilla (vela de cera). **II. 1.** BOT *Cuba.* Árbol silvestre de la familia de las rubiáceas cuya madera es muy estimada en carpintería. **2.** *C. Rica.* Planta gutífera de los países cálidos. De su corteza mana una goma amarilla que los indios utilizaban para calafatear sus canoas. **3.** *Nicar.* Cerito (arbusto).

cerina n.f. **1.** Especie de cera que se extrae del alcornoque. **2.** MINER Silicato de cerio. **3.** QUIM Sustancia que se obtiene de la cera blanca.

cerio n.m. MINER Metal de color pardo rojizo que se oxida en el agua hirviendo y se emplea en medicina. Núm. atómico: 58. Símb.: *Ce.*

ceriolario n.m. ARQUEOL Candelabro para velas de cera, que usaban los romanos.

cerita n.f. MINER Mineral formado por la combinación de los silicatos de cerio, lantano y didimio.

cerithium n.m. Género de moluscos gasterópodos de concha helicoidal muy alargada que, en estado fósil, abunda en los terrenos calcáreos terciarios.

cerito n.m. *C. Rica.* Arbusto de la costa, cuyas flores blancas parecen de cera.

cermeño n.m. Especie de peral. • **cermeña** n.f. Fruto del cermeño.

cernada n.f. **1.** PINT Mezcla de ceniza y cola para imprimar los lienzos que se han de pintar, especialmente al temple. **2.** VETER Cataplasma de ceniza, para fortalecer las partes lastimadas de las caballerías.

cerne 1. adj. Se dice de lo que es sólido y fuerte. **2.** n.m. Parte más dura y sana del tronco de los árboles.

cerneja n.f. Mechón de pelo que tienen las caballerías detrás del menudillo. (Se usa más en pl.)

cerner o **cernir I.** v.tr. Separar con el cedazo cualquier materia reducida a polvo, de suerte que lo más fino caiga al sitio destinado para recogerlo. ▷ Fig. Observar, examinar. **II.** v.int. Hablando de la vid, del olivo, del trigo y de otras plantas, caer el polen de la flor. ▷ Fig. Llover suave y menudo. **III.** v.prnl. **1.** Andar o menearse moviendo el cuerpo a uno y otro lado, como quien cierne. **2.** Mover las aves sus alas, manteniéndose en el aire sin apartarse del sitio en que están. **3.** Fig. Amenazar de cerca algún mal. • **cernedor,a 1.** n.m. y f. Persona que cierne. **2.** n.m. Torno para cerner harina.

cernícalo n.m. **1.** Nombre de varias aves falconiformes que pertenecen a distintos géneros. **2.** Fig. y Fam. Persona ignorante.

cerno n.m. Corazón de algunas maderas duras, como el roble.

cero n.m. **1.** ARIT Signo sin valor propio. Colocado a la derecha de un número entero, decuplica su valor; pero a la izquierda, en nada lo modifica. **2.** FIS En las diversas escalas de los termómetros, manómetros y otros aparatos semejantes, punto desde el cual se cuentan los grados y otras fracciones de medida. **3.** MUS Signo con el que se designan las notas llamadas al aire o glauteadas en los instrumentos de cuerda. **4.** Fig. Persona inútil.

ceroleína n.f. QUIM Una de las tres sustancias que constituyen la cera de las abejas.

ceroplástica n.f. Arte de modelar la cera.

cerorrinco n.m. Ave de rapiña parecida al halcón, que vive en América.

cerote n.m. Mezcla de pez y cera de que usan los zapateros para encerar los hilos con que cosen el calzado.

cerrada n.f. Parte de la piel del animal que corresponde al cerro o lomo.

cerradero,a I. n.m. y f. y adj. Aplícase al lugar que se cierra, o al instrumento con que se ha de cerrar alguna cosa. **II.** n.m. Parte de la cerradura en la cual penetra el pestillo.

cerradura n.f. **1.** Acción y efecto de cerrar. **2.** Mecanismo de metal que se fija en puertas, tapas de cofres, arcas, cajones, etc., y sirve para cerrarlos por medio de uno o más pestillos que se hacen jugar con la llave. • **cerrado,a** adj. Fig. **1.** Incomprensible, oculto y oscuro. **2.** Fig. Se dice del cielo o de la atmósfera cuando se presentan muy cargados de nubes. **3.** Fig. y Fam. Aplícase a la persona muy callada, disimulada y silenciosa. **4.** Fig. Dícese del acento o pronunciación que presentan rasgos locales muy marcados.

cerraja n.f. Hierba de la familia de las compuestas.

cerrajería n.f. **1.** Oficio de cerrajero. **2.** Comercio donde se fabrican o venden cerraduras y otros instrumentos de hierro. • **cerrajero** n.m. Maestro u oficial que hace cerraduras, llaves, etc.

cerrar I. v.tr. e int. Encajar en su marco la hoja o las hojas de una puerta, o poner cualquiera otra cosa delante de lo que estaba abierto, para que deje de estarlo. **II.** v.tr. **1.** Hacer que una cosa no pueda verse por dentro. **2.** Asegurar con cerradura o cualquier otro instrumento, una puerta, ventana, etc., para impedir que se abran. **3.** Hacer entrar los cajones de un mueble en su hueco. **4.** Ocultar una cosa uniendo o juntando otras, que estando separadas, la dejaban en descubierto. **5.** Tratándose de partes del cuerpo del animal o de cosas compuestas de piezas unidas por goznes, tornillos, etc., unirlas al todo de que formen parte. **6.** FON Hacer que se aproximen entre sí los órganos articuladores al emitir un sonido, estrechando el paso del aire. **7.** Encoger o plegar lo que estaba extendido. **8.** Hacer desaparecer una abertura. **9.** Tratándose de cartas, paquetes o cosa semejante, disponerlos y pegarlos de modo que no sea posible ver lo que contengan, ni abrirlos, sin despegarlos o romperlos por alguna parte. **10.** Hablando de corporaciones, poner fin a su existencia. ▷ Declarar cerrado un plazo. **11.** En hilera o columna, ir detrás o en último lugar. **12.** Prohibir el acceso a. **III.** v.int. **1.** Cerrarse o poderse cerrar. **2.** Cercar. **IV.** v.prnl. **1.** Hablando de heridas o llagas, cicatrizarse. **2.** Tratándose de flores, juntarse unos con otros sus pétalos sobre el botón o capullo. **3.** Oscurecerse, refiriéndose al tiempo. **4.** Fig. Mantenerse firme en un propósito. **5.** Hablando del vehículo que toma una curva, ceñirse al lado de mayor curvatura o colocarse demasiado pronto delante del vehículo que acaba de sobrepasar.

cerrazón n.f. Oscuridad que suele preceder a las tempestades, cubriéndose el cielo de nubes.

cerril adj. Se aplica al terreno escabroso. ▷ Se dice del ganado no domado. ▷ Obstinado.

cerro n.m. **1.** Elevación de tierra aislada y de menor altura que el monte. **2.** Cuello del animal. ▷ Espinazo o lomo.

cerrojo n.m. Barreta metálica, en forma de T, que está sostenida horizontalmente por dos armellas, y cierra la puerta o ventana con el marco. • **cerrojazo** n.m. Acción de echar el cerrojo bruscamente. ▷ Final brusco de cualquier actividad.

certamen n.m. Concurso en que se premian determinadas actividades.

certeza o **certidumbre** n.f. Conocimiento seguro y claro de alguna cosa. • **certero,a** adj. **1.** Diestro y seguro en tirar. **2.** Seguro. **3.** Cierto, bien informado.

certificado,a **1.** n. y adj. Se dice de la carta o paquete que se certifica. **2.** n.m. Certificación. • **certificación** n.f. **1.** Acción y efecto de certificar. **2.** Instrumento en que se asegura la verdad de un hecho.

certificar **I.** v.tr. y prnl. Asegurar, afirmar alguna cosa. **II.** v.tr. **1.** Tratándose de cartas o paquetes, obtener un certificado o resguardo con que se pueda acreditar haberlos remitido. **2.** FOR Hacer cierta una cosa por medio de instrumento público.

cerumen n.m. Cera de los oídos.

cerusa n.f. QUIM Carbonato básico de plomo $2PbCO_3$, $Pb(O)_2$, utilizado como pigmento blanco.

cerval adj. **1.** Cervuno. **2.** Se dice del miedo grande.

cervato n.m. Ciervo menor de seis meses.

cerveza n.f. Bebida hecha con granos germinados de cebada u otros cereales fermentados en agua, y aromatizada con lúpulo, boj, casia, etc. • **cervecería** n.f. **1.** Fábrica de cerveza. **2.** Local donde se sirve principalmente cerveza.

cervicabra n.f. Especie de antílope de la India, de cuernos divergentes, retorcidos y largos.

cervical o **cervicular** adj. Perteneciente o relativo a la cerviz.

cérvido n. y adj. ZOOL Se dice de mamíferos artiodáctilos rumiantes cuyos machos tienen cuernos ramificados, como el ciervo. ▷ n.m.pl. ZOOL Familia de estos animales.

cervino,a adj. Cervuno.

cerviz n.f. ZOOL Parte dorsal del cuello, que consta de siete vértebras.

cesar v.int. **1.** Suspenderse o acabarse una cosa. **2.** Dejar de desempeñar algún empleo o cargo. **3.** Dejar de hacer lo que se está haciendo.

cesárea n.f. CIR Corte de la pared abdominal y del útero para extraer el feto vivo cuando el parto por vía vaginal se presenta peligroso.

cesáreo,a adj. Perteneciente al imperio o a la majestad imperial.

cesarismo n.m. Sistema de gobierno en el cual una sola persona asume y ejerce los poderes públicos.

cese n.m. **1.** Acción y efecto de cesar en un empleo o cargo. **2.** Nota o documento que se expide para que desde aquel día cese el pago de la asignación que tenía algún individuo. **3.** Orden por la cual un funcionario deja de desempeñar el cargo que ejercía.

cesio n.m. Metal alcalino, muy parecido al potasio, cuyos compuestos producen dos rayas azules en el espectroscopio y se hallan en varias aguas minerales. Es el más electropositivo de todos los cuerpos simples. El cesio funde a 28,3 °C y entra en ebullición a 670 °C. Se emplea para la fabricación de cátodos fotoemisores y de tubos electrónicos. Núm. atómico, 55. Peso atómico, 132,90. Sím.: *Cs.*

cesión n.f. Renuncia de alguna cosa que una persona hace a favor de otra.

césped n.m. **1.** Hierba menuda y tupida que cubre el suelo. **2.** Tepe. **3.** Corteza que se forma en el corte por donde han sido podados los sarmientos.

cesta n.f. Utensilio de mimbres, juncos u otra madera flexible por lo común redondo, que sirve para recoger o llevar ropas, frutas y otros objetos. ▷ DEP Red montada sobre una armadura rígida circular, por la que un jugador de baloncesto debe hacer pasar la pelota para marcar un tanto. • **cestería** n.f. **1.** Sitio o paraje donde se hacen cestos o cestas. **2.** Tienda donde se venden. **3.** Arte del cestero.

cesto n.m. Cesta grande, que es más alta que ancha.

cestodo n. y adj. ZOOL Dícese de gusanos platelmintos de cuerpo largo y dividido en segmentos; viven en cavidades del cuerpo de otros animales, como la solitaria. ▷ n.m.pl. ZOOL Orden de estos animales.

cesura n.f. **1.** En poesía, corte o pausa que se hace en el verso después de cada uno de los acentos métricos. **2.** En la poesía griega y latina, sílaba con que termina una palabra, después de haber formado un pie.

ceta n.f. Zeta.

cetáceo n.m. y adj. ZOOL Dícese de mamíferos pisciformes, marinos, que tienen las aberturas nasales en lo alto de la cabeza; los miembros anteriores transformados en aletas, sin los posteriores, y el cuerpo terminado en una sola aleta horizontal. ▷ n.m.pl. ZOOL Orden de estos animales.

ceteno n.m. QUIM Nombre genérico de las cetonas no saturadas que poseen el grupo funcional $= C = C = CO$.

cetilo n.m. QUIM Hidrocarburo que contiene el radical alcohol propio de este cuerpo y demás compuestos de la serie del mismo.

cetina n.f. Esperma de ballena.

cetol n.m. QUIM Nombre genérico de los cuerpos que poseen a la vez la función alcohol y la función cetona.

cetona n.f. QUIM Nombre genérico de los compuestos de fórmula $R - CO - R'$, siendo R y R' dos radicales hidrocarbonados. • **cetosa** n.f. BIOQUIM Azúcar sencillo que posee una función cetona. • **cetosteroides** n.m.pl. Grupo de hormonas derivadas de los esteroles y caracterizadas por la presencia en C_{17} de un radical cetona.

cetonia n.f. ZOOL Insecto coleóptero pentámero, con reflejos metálicos, cuya larva vive en las colmenas y se alimenta de miel.

cetrería n.f. Arte de adiestrar pájaros de presa para la caza de aves. ▷ Caza de aves y algunos cuadrúpedos con halcones y otros pájaros de presa.

cetrino,a adj. **1.** De color amarillo verdoso. **2.** Compuesto con cidra o que participa de sus cualidades. **3.** Fig. Melancólico.

cetro n.m. **1.** Vara de oro u otra materia preciosa de que usan emperadores y reyes por insignia de su dignidad. ▷ Vara larga de plata de algunos dignatarios de la Iglesia. ▷ Vara de las congregaciones, cofradías o sacramentales. **2.** Fig. Dignidad de príncipe.

ceutí **1.** n. y adj. Natural de Ceuta. **2.** adj. Perteneciente o relativo a esta ciudad.

cf Remitirse a (abreviatura del imperativo latino *confer*, compárese).

Cf QUIM Símbolo del californio.

cg Abreviatura de centigramo.

CGS Sistema de medidas cuyas unidades son el centímetro, el gramo y el segundo.

Ci Símbolo del curie, unidad de medida de actividad nuclear.

cía n.f. Hueso de la cadera.

ciaboga n.f. MAR Vuelta que se da a una embarcación.

cian(o) QUIM Prefijo que indica la presencia del radical $— C \equiv N$ en una molécula orgánica.

cianamida n.f. QUIM Sustancia cristalizada, derivada del ácido cianhídrico, que se polimeriza fácilmente.

cianato n.m. QUIM Sal resultante de la combinación del ácido ciánico con una base o con un radical alcohólico.

cianea n.f. MINER Lazulita.

cianhídrico,a adj. QUIM *Ácido cianhídrico.* Líquido incoloro (llamado también *cianuro de hidrógeno* o *ácido prúsico*), veneno muy fuerte de fórmula $H — C \equiv N$, que sirve para fabricar el acrilonitrilo, punto de partida de fibras y resinas sintéticas.

ciánico,a adj. Se dice de un ácido resultante de la oxidación e hidratación del cianógeno.

cianita n.f. Turmalina de color azul o silicato natural de alúmina.

cianocobalamina n.f. BIOQUIM La vitamina B_{12}.

cianofíceas n.f.pl. BOT Amplio grupo de algas procariotas que viven en todo tipo de ambiente.

cianógeno **1.** adj. MED Que produce cianosis. **2.** n.m. QUIM Gas incoloro, de olor penetrante, compuesto de nitrógeno y carbono ($N \equiv C - C \equiv N$). Es un veneno muy fuerte.

cianografía n.m. TECN Prueba fotográfica en papel impregnado de ferrocianuro.

cianosis n.f. MED Coloración azul de los tegumentos debida al aumento de la tasa de hemoglobina reducida en la sangre capilar y que se manifiesta en problemas de oxigenación.

cianuro n.m. QUIM Sal o éster del ácido cianhídrico. • **cianuración** n.f. **1.** QUIM Introducción de un grupo cianuro en una molécula. **2.** METAL Procedimiento de endurecimiento superficial del acero por inmersión en un cianuro.

ciar v.int. **1.** Andar hacia atrás, retroceder. **2.** MAR Remar hacia atrás.

ciática n.f. PAT Neuralgia del nervio ciático. • **ciático,a** adj. Perteneciente a la cadera. ▷ *Nervio ciático.* Nervio sensitivo-motor que inerva la pelvis, la nalga y la cara posterior del muslo.
ENCICL Según cual sea la raíz del nervio ciático irritada, se distinguen la ciática L5 (quinta raíz lumbar) y la ciática S1 (primera raíz sacra), que se diferencian por la topografía del dolor y por los signos clínicos. Las ciáticas tienen diversas causas (generalmente hernia discal) y su tratamiento consiste básicamente en el reposo en cama, la administración de analgésicos y, si es necesario, la infiltración local de corticoides, además de manipulaciones, tracciones vertebrales y radioterapia; algunas veces se recurre a la cirugía.

cibarcos, pueblo antiguo, que habitaba la costa norte de Galicia.

cibernética n.f. Conjunto de las teorías de la información que se refieren a las comunicaciones y a la regulación de los sistemas (vivos o no) cuya actividad está orientada a una finalidad.
ENCICL La cibernética nació en 1947. Estudia el funcionamiento de los sistemas finalizados (seguimiento de satélites, máquinas-herramientas de puestos múltiples, dispositivos de regulación) y los intercambios de información entre los seres vivos y su medio exterior. La cibernética tiene también aplicaciones en el campo musical y artístico.

cibi n.m. *Cuba.* Nombre común de una clase de peces marítimos de regular tamaño y comestibles.

ciboneyes. v. Siboneyes.

cica n.f. BOT Planta gimnosperma prefanerógama con aspecto de palmera.

cicádido n.m.y adj. ZOOL Dícese de insectos hemípteros del suborden de los homópteros cuyos machos tienen en la base del abdomen una especie de timbal. ▷ n.m.pl. ZOOL Familia de estos animales. • **cicádea** n.f. ZOOL Insecto homóptero saltador.

cicatero,a adj. Mezquino. ▷ Que da importancia a pequeñas cosas.

cicatriz n.f. Señal que queda en los tejidos

orgánicos después de curada una herida o llaga. ▷ Fig. Impresión que queda en el ánimo por algún sentimiento pasado. • **cicatrizar** v.tr.int. y prnl. Completar la curación de las llagas hasta que queden bien cerradas.

cicca n.f. BOT Arbusto de la familia de las euforbiáceas, cuyas semillas son purgantes.

cícero n.m. **1.** IMP Clase de letra. **2.** IMP Unidad de medida usada generalmente en tipografía.

cicerone n.m. Persona que enseña y explica las curiosidades de un lugar.

cicindélido n. y adj. ZOOL Dícese de los coleóptedos del tipo de la cicindela. ▷ n.m.pl. ZOOL Familia de estos animales.

ciclación n.f. QUIM Transformación de un hidrocarburo de cadena abierta en un compuesto cíclico.

ciclamatos n.m.pl. QUIM Edulcorantes artificiales utilizados para endulzar determinados alimentos.

ciclamor n.m. Árbol de la familia de las papilionáceas, de unos seis metros de altura, con tronco y ramas tortuosas.

ciclar v.tr. Bruñir las piedras preciosas.

cíclico,a **I.** adj. **1.** Relativo a un ciclo. **2.** Que se reproduce según un determinado ciclo. **3.** BOT *Flor cíclica.* Aquella cuyos diversos elementos están dispuestos en círculos concéntricos. **4.** QUIM *Compuesto cíclico.* Aquel cuya molécula encierra uno o varios ciclos. **5.** Aplícase a la instrucción gradual de una o varias materias. **II.** n.f. MAT Curva de cuarto orden que se obtiene cortando una superficie de segundo grado por una esfera.

ciclismo n.m. Deporte de los aficionados a la bicicleta. • **ciclista** adj. Dícese de quien va en bicicleta o practica el ciclismo.

ciclo n.m. **1.** Período de tiempo que, acabado, se vuelve a contar de nuevo. **2.** Serie de fases por que pasa un fenómeno físico periódico hasta que se reproduce una fase anterior. **3.** Conjunto de una serie de fenómenos u operaciones que se repiten ordenadamente. ▷ Serie de conferencias u otros actos de carácter cultural relacionados entre sí. ▷ Conjunto de tradiciones épicas. **4.** QUIM Cadena cerrada que constituye el esqueleto de una molécula. **5.** BOT Cada una de las espiras que forman alrededor del tallo los puntos de inserción de las hojas.

ciclo- Prefijo procedente del griego *kyklos,* «círculo».

ciclo-cross n.m. DEP Prueba ciclista realizada en terrenos diversos.

ciclohexano n.m. QUIM Hidrocarburo cíclico de fórmula C_6H_{12}, cuyos derivados se utilizan como insecticidas. • **ciclohexanol** n.m. QUIM Alcohol derivado del ciclohexano, que da ácido adípico, constituyente del nilón.

cicloide **1.** n.f. GEOM Curva plana engendrada por un punto del plano de una circunferencia, invariablemente unida a ella, cuando rueda sin deslizar sobre una recta fija. **2.** n.m. y adj. PSIQUIAT Que padece cicloidismo. • **cicloidismo** n.f. PSIQUIAT Estado premorboso de la ciclotimia, que puede evolucionar hacia una psicosis maníaco-depresiva.

ciclomotor n.m. Bicicleta con un motor auxiliar de una cilindrada inferior a 50 cm^3.

ciclón n.m. Huracán.

ciclópeo,a o **ciclópico** adj. Perteneciente o relativo a los cíclopes. ▷ Aplícase a ciertas construcciones antiquísimas que se distinguen por las enormes piedras que entran en ellas, por lo común sin argamasa. ▷ Fig. Gigantesco.

ciclóptero n.m. Pez cuyos huevos se consumen a la manera del caviar.

ciclostil n.m. Aparato que sirve para copiar muchas veces un escrito.

ciclóstomo n.m. y adj. ZOOL Dícese de vertebrados de cuerpo largo y cilíndrico, como la lamprea. ▷ n.m.pl. ZOOL Orden de estos animales.

ciclotimia n.f. PSICOL Estado de ánimo caracterizado por la alternativa de períodos de excitación eufórica y de depresión melancólica (*psicosis maníaco-depresiva*).

ciclotrón n.m. FIS NUCL Acelerador de partículas constituido por dos electrodos huecos en forma de semicilindro entre los cuales se establece un campo eléctrico alterno.

ciconiformes n.f.pl. ZOOL Orden de aves zancudas con cuello y pico cónico largos, comprendiendo las cigüeñas, garzas, etc.

cicuta n.f. Planta de la familia de las umbelíferas, con flores blancas, pequeñas, y semilla negruzca menuda. El zumo es tóxico.

-cida Elemento compositivo que, pospuesto a otro, entra en la formación de palabras españolas, con idea de asesino o exterminador. *Fratricida.*

cidro n.m. Árbol de la familia de las rutáceas, con tronco liso y ramoso, hojas permanentes, duras y agudas, y cuyo fruto es la cidra. • **cidra** n.f. Fruto del cidro, semejante al limón, y de olor muy desagradable.

ciego,a **I.** n. y adj. **1.** Privado de la vista. **2.** Fig. Obcecado por una pasión. **3.** Fig. Obturado. **II.** n.m. Intestino ciego.

cielo **I.** n.m. **1.** Esfera aparente que rodea a la Tierra. **2.** Atmósfera. **3.** Gloria. **4.** Fig. Dios. **5.** Fig. Parte superior que cubre algunas cosas.

ciempiés n.m. **1.** Miriápodo de cuerpo prolongado y estrecho, con un par de patas en cada uno de los anillos, dos antenas, cuatro ojos, y en la boca mandibulillas córneas y ganchudas. **2.** Fig. y Fam. Obra o trabajo desatinado o incoherente.

cien adj. Apócope de ciento. Se usa siempre antes de sustantivo. *Cien años.*

ciencia n.f. **1.** Conocimiento cierto de las cosas por sus principios y causas. **2.** Cada rama del conocimiento. **3.** Fig. Habilidad, conjunto de conocimientos sobre cualquier cosa.

cieno n.m. Lodo blando que forma depósito en ríos, lagunas o sitios bajos y húmedos. • **ciénaga** n.f. Lugar pantanoso.

cientificismo n.m. **1.** Teoría según la cual las cosas se pueden conocer mediante la ciencia como son realmente. **2.** Teoría según la cual los métodos científicos deben extenderse a todos los dominios de la vida intelectual y moral. **3.** Teoría según la cual los únicos conocimientos válidos son los que se adquieren mediante las ciencias positivas. **4.** Tendencia a dar excesivo valor a las nociones científicas o pretendidamente científicas.

científico,a **1.** adj. Perteneciente o relativo a la ciencia. **2.** n. y adj. Que posee una o más ciencias.

ciento **I.** adj. **1.** Diez veces diez. **2.** Centésimo (ordinal). **II.** n.m. **1.** Signo o conjunto de signos con que se representa el número ciento. **2.** Centenar.

cierne n.m. Acción de cerner (estar fecundándose la flor de la vid y otras plantas).

cierre n.m. **1.** Acción y efecto de cerrar o cerrarse. **2.** Mecanismo que sirve para cerrar alguna cosa. — *Cierre metálico.* Cortina metálica plegadiza que cierra la puerta. **3.** COM Clausura temporal de tiendas y otros establecimientos mercantiles. **4.** Operación de contabilidad que consiste en igualar en los libros las sumas del Debe y del Haber. • **cierro** n.m. **1.** Acción y efecto de cerrar. **2.** *Chile.* Cerca, tapia o vallado. **3.** *Chile.* Sobre.

cierto,a **I.** adj. **1.** Conocido como verdadero. **2.** Se usa precediendo inmediatamente al sustantivo en sentido indeterminado. **3.** Sabedor. **II.** adv.afirm. Ciertamente.

ciervo n.m. Animal mamífero rumiante, esbelto, de pelo áspero, patas largas y cola muy corta. — *Ciervo volante.* Insecto coleóptero parecido al escarabajo.

cierzas n.f.pl. Vástagos o renuevos de la vid.

cierzo n.m. Viento septentrional.

CIF adj. y adv. *Contrato CIF.* Contrato de venta marítimo en el que el precio incluye el coste de la mercancía y el de su transporte, seguros incluidos.

cifela n.m. Hongo que vive entre el musgo de los tejados.

cifosis n.f. MED Desviación de la columna vertebral con convexidad posterior. • **cifoescoliosis** o **cifoscoliosis** n.f. MED Doble desviación de la columna vertebral, en sentido lateral y posterior.

cifra n.f. **1.** Número. **2.** Escritura en que se usan signos, guarismos o letras convencionales, y que sólo puede comprenderse conociendo la clave. **3.** Enlace de dos o más letras que como abreviatura se emplea en sellos, marcas, etc. **4.** Abreviatura.

cifrar **I.** v.tr. **1.** Escribir en cifra. **2.** Fig. Seguido de la prep. *en,* reducir exclusivamente a cosa, persona o idea determinadas lo que ordinariamente procede de varias causas. **II.** v.tr. y prnl. Fig. Compendiar.

cigala n.f. Crustáceo marino, de color claro y caparazón duro.

cigarra n.f. ZOOL Insecto hemíptero, del suborden de los homópteros, con abdomen cónico, en cuya base tienen los machos un aparato con el cual producen un ruido estridente y monótono.

cigarro n.m. Rollo de hojas de tabaco, que se enciende por un extremo y se chupa o fuma por el opuesto. • **cigarrera** n.f. **1.** Mujer que hace o vende cigarros. **2.** Caja o mueblecillo en que se tienen a la vista cigarros puros. **3.** Petaca para llevar cigarros o cigarrillos. • **cigarrillo** n.m. Cigarro pequeño de picadura envuelta en un papel de fumar.

cigo- Prefijo procedente del griego *zygon,* «yugo», en sentido figurado, «pareja».

cigofiláceo o **cigofíleo,a** n.f. y adj. BOT Se dice de las plantas leñosas, angiospermas dicotiledóneas. ▷ n.f.pl. BOT Familia de estas plantas.

cigomicetes n.m.pl. BOT Grupo de hongos sifomicetes en los que la cigóspora resulta de la fusión de dos gametos no libres.

cigomorfa adj. BOT Se dice de la flor en la que solamente uno de los planos que pasan por su eje la divide en dos partes simétricas.

cigoñal n.m. Pértiga apoyada sobre un pie en horquilla, y dispuesta de modo que puede sacarse agua de pozos poco profundos.

cigóspora n.f. BOT Espora que resulta de la fusión de dos gametos no liberados.

cigoto n.m. BIOL Célula que resulta de la fecundación del gameto femenino por el gameto masculino.

cigua n.f. Árbol de las Antillas, de la familia de las lauráceas, con tronco maderable.

ciguapa n.f. ZOOL Ave de rapiña nocturna propia de Cuba.

ciguapate n.f. *Hond.* Planta umbelífera, aromática, que se emplea en medicina.

ciguaraya n.f. BOT *Cuba.* Planta meliácea, de hojas opuestas, ovales y coriáceas.

ciguatera n.f. Enfermedad que suelen contraer los peces y crustáceos de las costas del golfo de México.

ciguayos o **siguayos,** pueblo indígena que habitaba en las Antillas a la llegada de los españoles.

cigüeña n.f. **I.** Ave del orden de las zancudas, como de un metro de altura, de cabeza redonda, cuello largo y cuerpo generalmente blanco. **II.** Codo que tienen los tornos y otros instrumentos, por cuyo medio se les da con la mano movimiento rotatorio.

cigüeñal n.m. MECAN Doble codo en el eje de ciertas máquinas.

cilantro n.m. Hierba de la familia de las umbelíferas, con tallo lampiño, flores rojizas y simiente aromática y de virtud estomacal.

cilbicenos, antiguo pueblo hispánico que habitaba en el S, en la zona entre los ríos Salado y Guadiaro.

ciliado,a **1.** n.m. y adj. BOT Bordeado de pelos dispuestos como pestañas. **2.** n.m. ZOOL *Ciliados.* Clase de protozoos infusorios cuya célula está cubierta de cilios.

cilicio n.m. **1.** Vestidura áspera usada antiguamente para la penitencia. **2.** Faja de cerdas o de cadenillas de hierro con puntas usada para mortificarse.

cilindrada n.f. MECAN Capacidad del cilindro o cilindros de un motor, expresada en centímetros cúbicos.

cilindro n.m. **1.** GEOM Sólido limitado por una superficie cilíndrica cerrada y dos planos que forman sus bases. — *Cilindro de revolución.* Volumen engendrado por la rotación de un rectángulo alrededor de uno de sus lados (superficie lateral $= 2\pi Rh$; superficie total $= 2\pi R (h + R)$; volumen $=\pi R^2 h$, siendo h la altura y R el radio de la circunferencia de base. **2.** MECAN Cualquier pieza de máquina de forma cilíndrica. ▷ En los motores de explosión y máquinas de vapor, tubo o recinto de forma cilíndrica, en cuyo interior se mueven los pistones. **3.** Bomba metálica y de cierre hermético que se usa para contener gases y líquidos muy volátiles. **4.** RELOJ Tambor de la máquina del reloj, sobre el cual se enrosca la cuerda.

cilio n.m. BIOL Filamento protoplasmático del cuerpo de los protozoos ciliados y de algunas otras células; mediante sus movimientos se efectúa la locomoción.

cima n.f. **1.** La parte más alta de los montes, los árboles, las olas, etc. **2.** Fig. Culminación, punto más alto que alcanza una cosa. *La cima de la gloria.* **3.** BOT Inflorescencia cuyo eje principal posee varias ramificaciones, terminadas en una flor.

cimacio n.m. ARQUIT Gola, moldura en forma de *s.*

cimarra (hacer) Fam. *Arg.* y *Chile.* Hacer novillos.

cimarrón **I.** n. y adj. Se decía del esclavo que se refugiaba en los montes buscando la libertad. **II.** adj. **1.** Se dice del animal doméstico que huye al campo y se hace montaraz. **2.** Se dice del animal salvaje, no domesticado. **3.** Se aplica a la planta silvestre de cuyo nombre o especie hay otra cultivada. **4.** MAR Fig. Se dice del marinero poco trabajador.

cimasa n.f. BIOQUIM Enzima que confiere a la levadura de cerveza su capacidad de agente de fermentación.

cimbalaria n.f. Hierba de la familia de las escrofulariáceas, que se usa en jardinería como adorno de las paredes.

címbalo n.m. **1.** Campana pequeña. **2.** MUS Instrumento de percusión.

cimborrio n.m. **1.** ARQUIT Cuerpo cilíndrico que sirve de base a la cúpula. **2.** ARQUIT Cúpula.

cimbra n.f. **1.** ARQUIT Ensamblaje de elementos de construcción, de forma triangular, dispuesto verticalmente para servir de soporte a una techumbre. **2.** ARQUIT Vuelta de la superficie interior de un arco. **3.** MAR Vuelta o curvatura de una tabla del forro de un casco.

cimbrar v.tr. y prnl. Cimbrear. • **cimbrado** n.m. Paso de baile que se hace doblando rápidamente el cuerpo por la cintura.

cimbrear v.tr. y prnl. **1.** Mover una vara larga u otra cosa flexible vibrándola. **2.** ARQUIT Colocar las cimbras en una obra. • **cimbreo** n.m. Acción y efecto de cimbrar o cimbrarse.

cimbria n.f. **1.** Filete (lista de una moldura). **2.** ARQUIT Cimbra.

cimbros, pueblo que habitó antiguamente en Jutlandia. Se hicieron famosos al mediar el s. VII de Roma, apareciendo de improviso, unidos a los teutones, en lo que hoy se llama Estiria, donde derrotaron a un ejército romano. • **cimbro** n.m. Lengua de los cimbros, uno de los dialectos del celta.

cimentar v.tr. **1.** Echar o poner los cimientos de un edificio o fábrica. **2.** Afinar el oro con cimiento real. **3.** Fundar, edificar. **4.** Fig. Establecer o asentar los principios de algunas cosas espirituales.

cimerios, individuos de un pueblo indoeuropeo que habitó largo tiempo en la margen oriental de la laguna Meótides o mar de Azof, y que, según presumen algunos, dio nombre a Crimea.

cimero,a adj. Se dice de lo que está en la parte superior y finaliza o remata por lo alto alguna cosa elevada.

cimiento n.m. **1.** Parte del edificio que está debajo de tierra. **2.** Terreno sobre el que descansa el mismo edificio. **3.** Fig. Principio y raíz de alguna cosa.

cimitarra n.f. Especie de sable usado por turcos y persas.

cimo- Prefijo procedente del griego *cyme,* «fermento».

cimofana n.f. Aluminato de glucina, de color verde amarillento, que se usa como piedra preciosa.

cimógeno n.m. BIOQUIM Mezcla de enzimas contenida en los gránulos de secreción de las células.

címrico. v. Kímrico.

cin(o-) Prefijo procedente del griego *kyôn, kynos,* «perro».

cinabrio n.m. **1.** Mineral compuesto de azufre y mercurio, muy pesado y de color rojo oscuro. **2.** Bermellón.

cinacina n.f. BOT *Arg.* Árbol espinoso de la familia de las papilionáceas, de flor olorosa amarilla y roja.

cinamomo n.m. Árbol exótico y de adorno, de la familia de las meliáceas.

cinc n.m. QUIM Metal de color blanco azulado y brillo intenso, bastante blando y de estructura laminosa. Núm. atómico 30. Símb.: *Zn.*

ENCICL **Quím.** — El cinc es un metal de masa volúmica 7.140 kg/m³, funde a 419,6 °C y entra en ebullición a 907 °C. Puede ser trabajado con facilidad a temperaturas normales, es dúctil y maleable entre 100 y 150 °C. Es muy reductor, se oxida en contacto con el aire húmedo recubriéndose de una capa protectora, pero los ácidos no oxidantes lo atacan. Sirve para construir techos y cañerías. Se protege el hierro recubriéndolo con una capa de cinc por galvanización. El cinc interviene en la fabricación de electrodos y pilas eléctricas. En los seres vivos, entra en el proceso de metabolización proteínica; el organismo contiene casi tanto cinc como hierro. Sin embargo, la ingestión de cinc es mortal en dosis superiores a 5 ó 10 g.

cincel n.m. Herramienta de escultor y de tallador de piedra. • **cincelar** v.tr. Grabar con cincel en piedras o metales.

cínclidos n.m. Orden de aves paseriformes buceadoras de los bordes de los ríos.

cinco **I.** adj. Cuatro y uno. **II.** n. y adj. Quinto ordinal. **III.** n.m. **1.** Signo o cifra con que se representa el número cinco. **2.** En el juego de bolos, el que ponen delante de los otros. **3.** Naipe que representa cinco señales. **4.** *C. Rica* y *Chile.* Moneda de plata de valor de cinco centavos.

cincoenrama n.f. Hierba de la familia de las rosáceas, con tallos rastreros y raíz delgada que se usa en medicina.

cincuenta **I.** adj. **1.** Cinco veces diez. **2.** Quincuagésimo (ordinal). **II.** n.m. Signo o conjunto de signos con que se representa el número cincuenta. • **cincuentavo,a** n.m. y adj. Se dice de cada una de las 50 partes iguales en que se divide un todo.

cincha n.f. Faja con que se asegura la silla o albarda sobre la cabalgadura. • **cinchar** **I.** v.tr. **1.** Asegurar la silla o albarda apretando las cinchas. **2.** Asegurar con aros de hierro. **II.** v.int. **1.** *Arg.* y *Urug.* Procurar que una cosa se realice como uno lo desea. **2.** *Arg.* y *Urug.* Trabajar esforzadamente.

cincho n.m. **1.** Cinturón o faja. **2.** Aro de hierro con que se aseguran o refuerzan barriles, ruedas, edificios, etc. **3.** ARQUIT Porción de arco saliente en el intradós de una bóveda en cañón.

cine n.m. **1.** Cinematógrafo. **2.** Técnica, arte e industria de la cinematografía. • **cineasta** n.m. y f. Persona que tiene una intervención importante en una película cinematográfica.

ENCICL Aunque los medios de registro, producción y difusión han cambiado mucho desde los hermanos Lumière (1895), igual que su finalidad (cine científico y técnico, educativo), la fabricación de una película incluye siempre: una sinopsis o relato breve; un proyecto de guión más desarrollado; un guión detallado que consta del diálogo y del desglose por planos; las tomas; el montaje; la sonorización final (mezcla de diversos componentes sonoros, entre ellos la música); el montaje del negativo, y la producción de las copias (positivos) destinadas a la explotación comercial. El productor asegura la gestión financiera de la operación; el director, la dirección artística y técnica. La historia del cine consta de cinco fases. **1.ª** *Los comienzos* (1895-1918). Meliès y Max Linder destacan en Francia, Griffith en EE.UU. donde Mac Sennet hace triunfar el género cómico, lanzando sobre todo a Chaplin. En España Gelabert y Chomón. **2.ª** *Edad de oro del cine mudo* (1918-1930). En Francia, A. Gance y Clair. En Suecia, Sjöstrom y Stiller imponen la fantasía nórdica. En Dinamarca C. Dreyer emprende su obra solitaria. En Alemania triunfa el expresionismo (Wiene, Murnau, Lang, Pabst). En la URSS nace el cine épico, pero también la reflexión sobre este arte nuevo (Eisenstein, Pudovkin, Vertov), lo mismo que en Estados Unidos: Stroheim, King Vidor. **3.ª** *En 1927 surge el «sonoro»* con *The Jazz Singer* (*El cantante de jazz,* 1927), que eclipsará al cine mudo en 1928-1930. Francia conoce su gran período: Clair, Renoir, Vigo, Carné. Es la edad de oro de Hollywood: largometrajes de Chaplin, westerns de J. Ford, películas de Vidor, Cukor, Hawks, de Mille, Lubitsch, Capra, Wyler; a partir de 1933 muchos europeos, sobre todo alemanes, marchan a EE.UU. En la URSS se aprecia un retroceso del esplendor pasado. El español Buñuel, el austríaco Ophüls realizan sus primeras obras. **4.ª** *1940-1950.* La producción francesa pierde fuerza. En Estados Unidos, O. Welles hace su aparición con *Citizen Kane* (*Ciudadano Kane,* 1941). Wilder, Hitchkock, Huston, Kazan, Mankiewicz dan gran rigor a películas «psicoanalíticas». Esplendor del musical americano: Minnelli, Berkeley, Kelly, Donnen, etc. La «verdad» nace en Italia, donde antes no se rodaban más que películas históricas espectaculares: nace el neorrealismo de Visconti, Rossellini y De Sica. **5.ª** *A partir de 1950,* el cine sufre, sobre todo en Estados Unidos, la competencia de la televisión. Europa decae, excepto Italia (Fellini, Antonioni, Pasolini, el cine político). En Francia, Truffaut, Resnais, Godard constituyen la célebre «nueva ola» (1955). En Espana, Bardem y Berlanga. En México, Fernández. En Suecia, Bergman aparece como maestro indiscutible. El cine soviético se adormece, aunque en los países del E se desarrolla una especie de acerbo neorrealismo. Occidente descubre a Japón, especialmente a Kurosawa y a Mizoguchi. Actualmente, la producción mundial es sumamente variada en cuanto a estilos y calidad. (Wajda en Polonia; Polanski en Polonia y Francia; Forman en Checoslovaquia y EE.UU. Richardson y Schlesinger en Gran Bretaña; Rocha en Brasil; Kubrick, Warhol, Peckinpah en EE.UU.)

cinegética n.f. Arte de la caza.

cinemascope n.m. Procedimiento cinematográfico fundado en la anamorfosis de las imágenes, que permite una proyección panorámica.

cinemateca n.f. Filmoteca.

cinemática n.f. Parte de la mecánica, que estudia el movimiento desde un punto de vista puramente descriptivo, prescindiendo de las causas del movimiento, de las que se ocupa la *dinámica*.

ENCICL La cinemática estudia la trayectoria de los móviles, es decir, las posiciones de éstos a lo largo del tiempo. Cuando la velocidad del móvil es constante, su aceleración es perpendicular a la trayectoria, y el movimiento se llama *uniforme*. El movimiento es de *aceleración central* si el vector aceleración pasa por un punto fijo. Si la trayectoria es plana, se determina entonces por la ley de las áreas (movimiento de los planetas). La cinemática del sólido tiene por objeto el estudio de los movimientos de puntos cuyas distancias son constantes.

cinematografía n.f. Técnica del cine. • **cinematógrafo** n.m. **1.** Arte y actividad que consiste en obtener en una película fotografías de figuras en movimiento y proyectarlas en una pantalla. **2.** Espectáculo que consiste en la proyección de estas películas.

cinerama n.m. Sistema de proyección cinematográfica que da la impresión de realidad por la utilización de tres proyectores que dan tres imágenes yuxtapuestas en una pantalla curva.

cineraria n.f. BOT Género de plantas compuestas, cuya especie principal es la cineraria común.

cinerario,a adj. Destinado a contener cenizas de cadáveres.

cinescopio n.m. ELECTRON Tubo catódico que efectúa la síntesis de una imagen de televisión.

cineteodolito n.m. GEOD Aparato que se usa para el seguimiento visual y la filmación de proyectiles balísticos en vuelo.

cinético,a adj. y n. **I.** adj. Relativo al movimiento. **1.** FIS *Energía cinética:* energía almacenada por un cuerpo al ponerse en movimiento, igual a $1/2\ mV^2$ si el cuerpo está en traslación, o a $1/2\ J\omega^2$ si está en rotación (*m:* masa; *V:* velocidad; *J:* momento de inercia en relación con el eje de rotación; ω: velocidad angular.) **2.** ART *Arte cinético:* corriente del arte contemporáneo, cuyas obras están animadas de movimiento. **II** n.f. **1.** MECAN Parte de la mecánica que estudia los fenómenos del movimiento. **2.** QUIM *Cinética química:* estudio de la modificación de la composición de un sistema químico en función del tiempo.

cíngaro,a adj. Gitano de raza.

cingiberáceo,a n.f. y adj. BOT Se dice de plantas angiospermas monocotiledóneas, como el jengibre y el amomo. ▷ n.f. pl. BOT Familia de estas plantas.

cinglado n.m. METAL Depuración de las masas metálicas por medio del fuego.

cinglar v.tr. METAL Forjar el hierro para limpiarlo de escorias.

cíngulo n.m. Cordón que sirve para ceñirse el sacerdote el alba.

cínico,a adj. y n. **1.** FILOS Relativo a la escuela de Antístenes y sus discípulos, los cuales despreciaban las convenciones sociales para llevar una vida conforme a la naturaleza. **2.** Corrientemente: el que se complace en ignorar deliberadamente la moral, las convenciones. • **cinismo** n.m. **1.** FILOS Filosofía moral de la escuela cínica. **2.** Corrientemente, actitud del que alardea de burlarse de la moral y de las convenciones.

cínife n.m. Insecto himenóptero (familia cinípedos) de pequeño tamaño (3 a 5 mm).

cinocéfalo n.m. Mamífero cuadrumano que se cría en África, de unos 70 cm de largo, con hocico semejante al del perro dogo.

cinoglosa n.f. Hierba de la familia de las borragináceas, con raíz fusiforme, hojas cubiertas de un vello suave y blanquecino, y flores violáceas.

cinta n.f. **I. 1.** Tira de tela, que sirve para atar o adornar. **2.** P. ext., tira de cualquier otra materia flexible. **3.** La impregnada de tinta que se usa en las máquinas de escribir. **4.** Dispositivo formado por una banda de material metálico o plástico que, movida automáticamente, traslada mercancías, equipajes, etc. **5.** Hilera de baldosas. **6.** ARQUIT Filete, parte más fina de la moldura. **7.** ARQUIT Adorno a manera de tira estrecha que se pliega y repliega en diferentes formas. **8.** MAR Refuerzo longitudinal de la tablazón de un navío. **9.** TOPOGR Tira dividida en metros y centímetros, o de otra manera, que sirve para medir distancias cortas. **II.** *Cinta magnetofónica.* Cinta de materia plástica que sirve de soporte a informaciones o registros de sonido. — *Cinta video.* Cinta magnetofónica que sirve para registrar imágenes y, eventualmente, sonidos. **III.** BOT Planta perenne de adorno, de la familia de las gramíneas.

cintarazo n.m. Golpe que se da de plano con la espada.

cinto n.m. **1.** Faja que se usa para ceñir la cintura con una sola vuelta. **2.** Cintura.

cintra n.f. ARQUIT Curvatura de una bóveda o de un arco.

cintrel n.m. ALBAÑ Cuerda o regla que señala la oblicuidad de las hiladas de la fábrica.

cintura n.f. **1.** Parte más estrecha del cuerpo humano, por encima de las caderas. **2.** Fig. y Fam. *Meter a uno en cintura.* Sujetarle, hacerle entrar en razón. • **cinturón** n.m. **1.** Banda, generalmente de cuero, que sujeta los vestidos a la cintura. **2.** Cinto. — *Cinturón de seguridad.* Banda destinada a mantener en su sitio al pasajero de un vehículo en caso de colisión.

cinzolín n. y adj. De color violeta rojizo.

cipayo n.m. En el s. XVIII, soldado indio a sueldo de los europeos en la India.

ciperáceo,a n. y adj. BOT Se dice de plantas angiospermas, monocotiledóneas, herbáceas, con rizoma corto.

cipo n.m. **1.** Pilastra erigida en memoria de un muerto. **2.** Poste en los caminos para indicar la dirección o la distancia. **3.** Hito.

cipote n.m. **1.** Mojón de piedra. **2.** Bobo. **3.** Gordo. **4.** vulg. Miembro viril. **5.** *El Salv.* y *Hond.* Pilluelo.

ciprés n.m. Árbol de la familia de las cupresáceas, de 15 a 20 m de altura, copa espesa y cónica, hojas persistentes y tiene por frutos unas gábulas de unos 3 cm de diámetro. ▷ Madera de cualquiera de las especies de este árbol.

ciprínidos n.m.pl. ZOOL Familia de teleósteos con grandes escamas, provistos de una sola aleta dorsal y de dientes faríngeos (carpa, barbo, etc.). • **ciprino** n.m. Nombre vulgar de los peces de la familia de los ciprínidos.

circaeto n.m. Ave falconiforme parecida a las águilas.

circo n.m. **1.** Lugar público que los antiguos romanos destinaban a algunos espectáculos. Era de planta rectangular, terminada en semicírculo en uno de los extremos. **2.** Edificio o lugar con graderías para los espectadores, generalmente cubierto con una carpa, que tiene en medio una o varias pistas para las actuaciones. **3.** Este mismo espectáculo. **4.** GEOMORF Depresión del terreno circunscrita por escarpadas montañas y producida por la erosión. **5.** ASTRON Depresión circular de origen meteórico en la superficie de algunos astros. • **circense** adj. Dícese de lo relativo al circo, lugar de espectáculos.

circonio n.m. QUIM Metal de transición que presenta numerosas analogías con el titanio; elemento de número atómico 40 y de masa atómica 91,22 (símbolo *Zr*). El circonio se funde a 1.850 °C y entra en ebullición a 4.400 °C; resiste bien la corrosión y absorbe poco los neutrones térmicos, se utiliza para las envolturas de los elementos fisionables en los reactores nucleares. • **circón** n.m. MINER Silicato de circonio $H(ZrSiO_4)$, transparente, blanco o amarillento rojizo. • **circona** n.f. QUIM Dióxido de circonio (ZrO_2) utilizado como material refractario a causa de su elevado punto de fusión, y como pigmento blanco en la fabricación de esmaltes.

circuito n.m. **1.** Terreno comprendido dentro de un perímetro cualquiera. **2.** Bojeo o contorno. **3.** DEPORT Itinerario cerrado de las carreras de automóviles, motocicletas, etc. **4.** ELECTR Camino que, a través de unos conductores, recorre una corriente eléctrica desde uno al otro polo generador. En este camino se intercalan generalmente aparatos consumidores de esta corriente. — *Corto circuito.* El que ofrece una resistencia muy pequeña, y por ello los conductores pueden llegar a fundirse y originar un incendio.

circulación n.f. **1.** Acción de circular. **2.** Tránsito por las vías públicas. **3.** Movimiento de los productos, monedas y, en general, de la riqueza. **4.** QUIM Operación que consiste en tratar por medio del fuego una sustancia contenida en uno de los matraces, de modo que los vapores que de la misma se desprenden se condensen en el otro matraz y vuelvan a la masa de donde salieron. **5.** FISIOL *Circulación de la sangre.* Función o movimiento incesante de la sangre, que va del corazón a las extremidades del cuerpo y vuelve de éstas a aquél, a través del conjunto de canales que forman el aparato circulatorio. v. ENCICL.

ENCICL La *circulación de la sangre* permite la llegada del oxígeno, agua y sustancias nutritivas indispensables a los diferentes órganos y tejidos del organismo. Además, asegura el transporte de los productos excretados por la célula (detritus o secreciones hormonales). La sangre oxigenada que viene de los pulmones se dirige a las cavidades cardíacas de la izquierda; tras su eyección en el ventrículo izquierdo, la aorta y sus colaterales, pasa a continuación a irrigar los órganos y tejidos periféricos, donde se consume el oxígeno. La sangre venosa, pobre en oxígeno y rica en ácido carbónico, llega a las dos venas cavas y a la aurícula derecha, luego a las arterias pulmonares, para alcanzar el espacio alveolocapilar, donde se efectúan los cambios de gases. El corazón asegura la circulación sanguínea y permite mantener un nivel estable de presión arterial (14-8 en los brazos).

1. circular **I.** adj. **1.** Perteneciente al círculo. **2.** De figura de círculo. **II.** n.f. **1.** Orden que emana de una autoridad mediante un escrito. **2.** Cada una de las cartas o avisos iguales dirigidos a diversas personas para darles cococimiento de alguna cosa.

2. circular **I.** v.int. **1.** Andar o dar vueltas. **2.** Ir y venir. **3.** Correr o pasar alguna cosa de unas personas a otras. **4.** COM Pasar los valores de una a otra persona mediante trueque o cambio. **II.** v.int. y tr. Partir de un centro, órdenes, instrucciones, etc.

círculo n.m. **I. 1.** GEOM Área o superficie plana limitada por una circunferencia. **2.** Circunferencia. — GEOGR *Círculo polar.* Cada uno de los dos círculos menores que en la esfera terrestre se consideran paralelos al ecuador y que pasan por los polos de la eclíptica. **II. 1.** Circuito, corro. **2.** Cerco (figura que trazan los hechiceros). **III.** Sector, ambiente social. **IV.** *Círculo vicioso.* Situación que resulta insoluble por existir dos circunstancias que son a la vez causa y efecto.

circum- Prefijo procedente del latín *circum,* «alrededor».

circumpolar adj. Que está alrededor del polo.

circun Prep.insep. que significa *alrededor.*

circuncidar v.tr. **1.** Cortar circularmente una porción del prepucio. **2.** Fig. Cercenar alguna cosa. • **circuncisión** n.f. **1.** Acción y efecto de circuncidar. **2.** Fiesta que anualmente celebra la Iglesia el día 1 de enero. • **circunciso** n.m. Judío, moro.

circundar v.tr. Rodear.

circunferencia n.f. **1.** GEOM Curva plana, cerrada, cuyos puntos son equidistantes de otro, que se llama centro, situado en el mismo plano. **2.** Contorno de una superficie.

circunlocución n.f. RET Figura que consiste en expresar por medio de un rodeo de palabras algo que hubiera podido decirse con menos. • **circunloquio** n.m. Rodeo de palabras.

circunnavegación n.f. Acción y efecto de circunnavegar. • **circunnavegar** v.tr. **1.** Navegar alrededor. **2.** Dar un buque la vuelta al mundo.

circunscribir I. v.tr. **1.** Reducir a ciertos límites o términos alguna cosa. **2.** GEOM Formar una figura de modo que otra quede dentro de ella, tocando a todas las líneas o superficies que la limitan, o teniendo en ellas todos sus vértices. **II.** v.prnl. Ceñirse (concretarse a una ocupación). • **circunscripción** n.f. **1.** Acción y efecto de *circunscribir.* **2.** División administrativa, militar, electoral o eclesiástica de un territorio.

circunspección n.f. Prudencia ante las circunstancias, para comportarse comedidamente.

circunstancia n.f. **1.** Accidente de tiempo, lugar, modo, etc., que está unido a la sustancia de algún hecho o dicho. **2.** Calidad o requisito. • **circunstancial** adj. Que implica o denota alguna circunstancia o depende de ella.

circunvalación n.f. **1.** Acción de circunvalar. **2.** MILIT Línea de atrincheramiento u otros medios de resistencia, que sirven de defensa a una plaza. • **circunvalar** v.tr. Cercar.

circunvolución n.f. Vuelta o rodeo de alguna cosa.

cirianos o **komis,** pueblos ugrofineses de la URSS, agrupados en la República de los Komis.

cirio n.m. Vela de cera de un pabilo, larga y gruesa. — *Cirio pascual.* El muy grueso, que se bendice el sábado santo.

1. cirro n.m. Tumor duro sin dolor continuo.

2. cirro n.m. **1.** BOT Zarcillo de la vid. **2.** METEOR Nube blanca y ligera, en forma de filamentos que se presenta en las regiones superiores de la atmósfera. **3.** ZOOL Cada una de las patas de los crustáceos cirrópodos.

cirrocúmulo n.m. METEOR Capa de pequeñas nubes blancas constituidas por agujas de hielo.

cirroestrato n.m. METEOR Nube alta constituyendo un velo blanquecino transparente.

cirrópodo o **cirrípido** n. y adj. ZOOL Dícese de crustáceos marinos que viven fijos sobre los objetos sumergidos, por lo comun mediante un pedúnculo; como el percebe y la bellota de mar. ▷ n.m.pl. ZOOL Orden de estos animales.

cirrosis n.f. MED Afección hepática caracterizada por la proliferación del tejido conjuntivo y la necrosis de los hepatocitos.

ENCICL La cirrosis (atrófica o de Laennec, hipertrófica, etc.) tiene como consecuencia una insuficiencia más o menos importante de las funciones hepáticas y una hipertensión en el sistema venoso porta. Las causas son variadas: alcoholismo (la primera en muchos países hispánicos), hepatitis crónica, compresión biliar, etc. La evolución es en general lenta e irreversible.

ciruela n.f. BOT Fruto del ciruelo. — *Ciruela claudia.* Ciruela redonda, de color verde claro, muy jugosa y dulce.

ciruelillo n.m. BOT *Arg.* y *Chile.* Árbol de la familia de las proteáceas, de madera fina.

ciruelo 1. n.m. Árbol frutal de la familia de las rosáceas, de seis a siete metros de altura. Su fruto es la ciruela. **2.** n. y adj. Fig. y Fam. Hombre muy necio e incapaz.

cirugía n.f. Parte de la medicina, que tiene por objeto curar las enfermedades por medio de operaciones hechas con la mano o con instrumentos. • **cirujano,a** n.m. y f. Persona que profesa la cirugía.

ciscar 1. v.tr. Fam. Ensuciar alguna cosa. **2.** v. prnl. Eufemismo por *cagarse.*

cisco n.m. **1.** Carbón vegetal menudo. **2.** Fig. y Fam. Bullicio, reyerta, alboroto. — Fig. y Fam. *Hacer cisco.* Hacer trizas.

cisípedo adj. Que tiene el pie dividido en dedos.

cisma n.m. o f. **1.** Separación entre dos individuos de un cuerpo o comunidad. **2.** Discordia.

ENCICL **Catol.** — Hay que distinguir entre cisma, que es una ruptura de la comunidad fraternal, y herejía, que es una ruptura de la cohesión doctrinal. El primero, desde el punto de vista jurídico, se manifiesta por un rechazo de obediencia al Papa, a la comunidad cristiana y al obispo (que está en comunión con el Papa, obispo de Roma). Los principales cismas en la historia de la Iglesia son: el de los donatistas (s. IV); el cisma de Oriente (s. XI), provocado por los desacuerdos que, desde el s. IV, oponían a los cleros bizantino y romano y sobre todo por la negativa del patriarca de Constantinopla a someterse a la autoridad del Papa; el gran cisma de Occidente, que dividió la Iglesia entre 1378 y 1417 y la hizo peligrar gravemente. Se eligieron simultáneamente varios Papas: algunos en Roma, otros en Aviñón. El cisma llegó a su fin en el Concilio de Constanza (1414-1418), con el reconocimiento de Martín V como único Papa (1417).

cisne n.m. **1.** Ave palmípeda, de plumaje blanco, cabeza pequeña, cuello muy largo y flexible, patas cortas y alas grandes. **2.** Ave palmípeda congénere con la especie anterior, de plumaje negro.

cistáceo,a n.f. y adj. BOT Se dice de matas o arbustos angiospermos dicotiledóneos, como la jara. ▷ n.f.pl. BOT Familia de estas plantas.

cisteína n.f. BIOQUIM Aminoácido que posee un radical sulfurada y que desempeña un papel importante en los fenómenos de oxidorreducción.

cister n.m. Orden religiosa fundada por san Roberto en el siglo XI.

ENCICL La orden del Cister fue fundada para devolver a la regla de san Benito su sencillez primitiva. San Bernardo favoreció la creación de la abadía de Clairvaux (1115), que se convirtió en casa madre de una comunidad cuya difusión fue prodigiosa (694 monasterios en 1300). Entró en decadencia en el s. XIV; posteriormente y bajo el impulso de J. Le Bouthillier de Rancé, dio lugar al nacimiento de la Trapa en 1664

cisterna n.f. **1.** Depósito subterráneo donde se recoge el agua de lluvia, de río o manantial. **2.** En aposición tras un nombre común que designe vehículo o nave, significa que éstos están construidos para transportar líquidos.

cisti- o **cist(o)-** Prefijo procedente del griego *kystis,* «vejiga».

cisticerco n.m. ZOOL Larva de tenia.

cístico,a adj. ANAT Perteneciente a la vejiga o a la vesícula biliar. • **cistectomía** n.f. CIR Extirpación total o parcial de la vejiga. • **cistoscopio** n.m. Endoscopio para explorar la superficie interior de la vejiga de la orina.

cistina n.f. BIOQUIM Aminoácido formado por la reunión de dos moléculas de cisteína, que desempeña un papel importante en las uniones proteicas.

cistoideos n.m.pl. PALEONT Clase de equinodermos del primario con caparazón de placas calcáreas octogonales.

cistrón n.m. BIOL Conjunto de genes que encierran la información necesaria para la proteosíntesis.

cisura n.f. **1.** Rotura o abertura sutil. **2.** ANAT Surco en la superficie de ciertos órganos.

cita n.f. **1.** Asignación de día, hora y lugar para verse y hablarse dos o más personas. **2.** Nota que se alega como prueba de lo que se dice o refiere. **3.** Mención. • **citación** n.f. Acción de citar. • **citar** v.tr. **1.** Avisar a uno señalándole día, hora y lugar para tratar. **2.** Anotar al margen o al pie de un escrito los autores, textos o lugares que se alegan en comprobación de lo que se dice o escribe. **3.** Hacer mención de una persona o cosa. **4.** TAUROM Provocar al toro para que embista, o para que acuda a determinado lugar.

cítara n.f. Instrumento músico semejante a la lira, con caja de resonancia de madera.

citerior adj. Situado de la parte de acá.

-cito, cito- Partículas procedentes del griego *kytos,* «cavidad, célula».

citocromo n.m. BIOQUIM Pigmento celular que contiene hierro y que desempeña un papel esencial en la respiración celular.

citólisis n.f. BIOQUIM Disolución, destrucción de la célula. • **citología** n.f. Parte de la biología que estudia la célula.

ENCICL La citología se divide en varias disciplinas: la *citoquímica,* que estudia la localización de las diversas especies químicas constitutivas de la célula; la *citogenética,* que estudia el material genético (ácidos nucleicos) contenido en el núcleo y la *citomorfología,* que, mediante el microscopio electrónico, describe las estructuras celulares. La *citofisiología* estudia la fisiología de los organismos celulares.

citopatología n.f. MED Parte de la patología que estudia las afecciones de la célula.

citoplasma n.m. BIOL Conjunto constituido por el hialoplasma y los orgánulos celulares, en una célula viva.

citosina n.f. BIOQUIM Base piridímica, constituyente fundamental de las nucleoproteínas y de los genes.

citostático,a adj. MED Que inhibe la multiplicación celular.

citotoxina n.f. MED Toxina de origen celular.

citotropismo n.m. BIOL Atracción ejercida por una célula sobre otra.

citrato n.m. QUIM Sal formada por la combinación del ácido cítrico con una base.

cítrico,a adj. **1.** QUIM Perteneciente o relativo al limón. **2.** Se dice del ácido que se encuentra en el jugo de algunas frutas. **3.** Plantas que producen agrios.

citrina n.f. QUIM Aceite esencial del limón.

ciudad n.f. Población importante. — *Ciudad satélite.* Población situada fuera del recinto de una ciudad importante, pero vinculada a ésta de algún modo. ● **ciudadanía** n.f. **1.** Calidad y derecho de ciudadano. **2.** Conjunto de los ciudadanos de un pueblo o nación. ● **ciudadano,a** **I.** n. y adj. Natural o vecino de una ciudad. **II.** adj. Perteneciente a la ciudad o a los ciudadanos. **III.** n.m. El habitante de las ciudades antiguas o de estados modernos como sujeto de derechos políticos.

ciudadela n.f. Recinto fortificado en el interior de una plaza.

civet n.m. COC Guiso de caza preparado con la sangre del animal, vino y cebolla.

civeta n.f. Gato de algalia. ● **civeto** n.m. Algalia.

civil adj. **1.** Ciudadano, perteneciente a la ciudad. **2.** Se dice de la persona, organismo, etc., que no es militar o eclesiástico. **3.** FOR Perteneciente a las relaciones e intereses privados en orden al estado de las personas, régimen de la familia, condición de los bienes y de los contratos. ● **civilidad** n.f. Sociabilidad. ● **civismo** n.m. Comportamiento de buen ciudadano.

civilización n.f. **1.** Acción y efecto de civilizar o civilizarse. **2.** Conjunto de ideas, ciencias, técnicas y costumbres propias de un determinado grupo humano. ● **civilizar** v.tr. y prnl. **1.** Introducir en un país poco desarrollado la civilización de los más adelantados. **2.** Educar a una persona.

cizalla n.f. **1.** Instrumento a modo de tijeras grandes, con el cual se cortan en frío las planchas de metal. **2.** Especie de guillotina que sirve para cortar cartones y cartulinas. **3.** Cortadura o fragmento de cualquier metal.

cizaña n.f. **1.** Planta anual, de la familia de las gramíneas, cuyas cañas crecen hasta más de un metro. **2.** Fig. Cualquier cosa que hace daño a otra, echándola a perder. **3.** Fig. Disensión o enemistad.

cl Abreviatura de *centilitro.*

Cl QUIM Símbolo del cloro.

clacota n.f. *Méx.* Tumorcillo o divieso.

clachique n.m. *Méx.* Pulque sin fermentar.

cladócero n. y adj. ZOOL Se dice de los crustáceos de pequeño tamaño, casi todos vivientes en las aguas dulces, provistos de un caparazón bivalvo que deja libre la cabeza y el extremo del abdomen, con antenas natatorias como la pulga de agua. ▷ n.m.pl. Orden de estos animales.

cladodio n.m. BOT Rama que sustituye a las hojas, desempeñando las funciones de éstas.

clamar v.int. **1.** Quejarse, dar voces lastimosas. ▷ Fig. Se dice algunas veces de las cosas inanimadas que manifiestan tener necesidad de algo. **2.** Emitir la palabra con vehemencia o de manera grave y solemne. ● **clamor** n.m. **1.** Grito de dolor. **2.** Griterío de una multitud.

clámide n.f. Capa corta que usaron los griegos y romanos para montar a caballo.

clamorear **1.** v.tr. Rogar con instancias y quejas. **2.** v.int. Doblar (tocar a muerto).

clan n.m. **1.** Nombre que en Escocia designaba tribu o familia. **2.** ETNOL Grupo de individuos que proceden unilateralmente de un antepasado común, a menudo mítico.

clandestino,a adj. Secreto, ilegal.

clara n.f. Materia blanquecina, líquida y transparente, de naturaleza albuminoidea, que rodea la yema del huevo de las aves.

claraboya n.f. Ventana abierta en el techo o en la parte alta de las paredes.

clarear **I.** v.tr. Dar claridad. **II.** v.intr. **1.** Empezar a amanecer. **2.** Irse abriendo y disipando el nublado. **III.** v.prnl. Transparentarse.

claridad n.f. **1.** Calidad de claro. **2.** Efecto que causa la luz iluminando un espacio, permitiendo ver. **3.** Distinción con que percibimos las sensaciones y las ideas. **4.** Punto claro que se ve en la oscuridad. 5. pl. Verdades desagradables.

clarificar v.tr. Aclarar alguna cosa.

clarín n.m. **1.** Instrumento musical de viento, de metal, semejante a la trompeta, pero más pequeño y de sonidos más agudos. **2.** Registro del órgano, compuesto de tubos de estaño con lengüeta, cuyos sonidos son una octava más agudos que los del registro análogo llamado trompeta. **3.** El que ejerce o profesa el arte de tocar el clarín.

clarinete n.m. **1.** Instrumento músico de viento, que se compone de una boquilla de lengüeta de caña, un tubo formado por varias piezas de madera dura, con agujeros que se tapan con los dedos o se cierran con llaves, y un pabellón de clarín. **2.** El que ejerce o profesa el arte de tocar este instrumento. ● **clarinetista** n.m. Clarinete (el que lo toca).

clarisa n. y adj. Se dice de la religiosa de la orden de santa Clara.

clarividencia n.f. Facultad de percibir lo que otros no ven o no captan.

claro,a **I.** adj. **1.** Bañado de luz. **2.** Que se distingue bien. **3.** Limpio, puro. **4.** Transparente. **5.** Lo contrario de turbio. **6.** Lo contrario de tupido. **7.** Se dice del color pálido. **8.** Se dice del sonido neto y puro. **9.** Inteligible. **10.** Evidente. **11.** Expresado con libertad. ▷ Se aplica a la persona que se expresa de este modo. **12.** Se dice del tiempo en que está el cielo despejado y sin nubes. **13.** Fig. Perspicaz. **II.** n.m. **1.** Abertura a modo de claraboya, por donde entra la luz. **2.** Espacio o intermedio entre cosas. **3.** PINT Porción de luz que baña una pintura o una fotografía. **III.** adv. m. Claramente.

claroscuro n.m. PINT Conveniente distribución de la luz y de las sombras en un cuadro.

clase n.f. **I. 1.** Orden o número de personas del mismo grado, oficio o grupo social. — *Clase media.* La formada por las personas que viven de un trabajo no manual o de pequeñas rentas. — *Clases pasivas.* Conjunto de personas que reciben del estado una pensión como jubilación, retiro, etc. **2.** Orden en que, con arreglo a determinadas condiciones se consideran comprendidas diferentes cosas. **3.** En los centros de estudios, conjunto de personas que reciben un mismo grado de enseñanza. **4.** Aula. **5.** Cada una de las asignaturas a que se destina separadamente determinado tiempo. **6.** Fig. Distinción, categoría. **7.** HIST NAT Conjunto de órdenes o de familias afines. **II.** pl. MILIT Nombre genérico de los individuos de tropa que forman los escalones intermedios entre el oficial y el soldado raso. ● **clasista** n. y adj. Que es partidario de las diferencias de clase o se comporta con fuerte conciencia de ellas.

clasicismo n.m. **1.** Carácter de las obras maestras artísticas y literarias de la antigüedad grecorromana e inspiradas en ella. **2.** Cualidad de clásico.

ENCICL El clasicismo en las artes empezó a manifestarse en la Grecia antigua (s. VI a. J.C.) si bien *La Ilíada* y *La Odisea* son los primeros antecedentes literarios. Para los contemporáneos de Protágoras es la concepción del hombre como «medida de todas las cosas». Todas las artes (plásticas, literarias y musicales) deben estar realizadas al servicio del hombre, para ello el cuerpo humano es el patrón de «lo bello y lo virtuoso» (Platón). La proporción o armonía de cada parte respecto al todo es el primer principio del clasicismo. Su estética queda perfectamente reflejada en el Partenón, y las obras de Mirón, Policleto, Fidias y Praxíteles. Roma recoge las ideas griegas y las refleja en sus monumentos: el Panteón. Con la caída del Imperio Romano desaparece la estética clásica como norma y no volverá a aparecer hasta el Renacimiento y el Humanismo. Italia ofrece las máximas figuras del Humanismo: Castiglione, Brunelleschi, Donatello, Miguel Ángel, Rafael y sobre todo, Leonardo da Vinci. En España, aun encubierto por la supervivencia de las formas medievales (Reconquista), el Humanismo se manifiesta tempranamente en la corte de los Reyes Católicos (la reina Isabel I aprendió el latín junto con sus damas de honor). El Humanismo español culmina en la época de Carlos V (influencia de Erasmo): Palacio de Carlos V, El Escorial y, principalmente, Velázquez (s. XVII). En el s. XVII el ideal clásico es encarnado, con academicismo, por Francia, mientras en el resto de Europa florece el Barroco. Poussin, paisajista, Le Nôtre, jardinero y Le Van, Perrault y Mansart, arquitectos, son los máximos exponentes del arte clásico en Francia, cuyo monumento más destacado es el Palacio de Versalles (s. XVII). Modelos clásicos del arte universal son: Shakespeare, Cervantes, Goethe, Dante, Racine, Corneille, Molière y Voltaire; todos ellos inspirados en la cultura grecolatina (Homero, Sófocles, Eurípides, Esquilo, Platón, Virgilio, Horacio). El Neoclasicismo supuso el retorno de la estética clásica a fines del s. XVIII y comienzos del XIX. En música, Bach, Mozart, Haendel, Haydn, Vivaldi y Monteverdi, son los clásicos por excelencia.

clásico,a **I.** n. y adj. **1.** Perteneciente a la literatura o al arte de la Antigüedad griega y romana, y a los que en los tiempos modernos los han imitado. **2.** Partidario del clasicismo. **II.** adj. Sobrio, sin florituras.

clasificar **I.** v.tr. Ordenar o disponer por clases. **II.** v.prnl. Obtener determinado puesto en una competición. ● **clasificación** n.f. Acción y efecto de clasificar. ● **clasificador,a** **1.** n. y adj. Que clasifica. **2.** n.m. Mueble o aparato para guardar cosas ordenadamente.

clástico adj. **1.** GEOL Se dice de las rocas compuestas por material de desintegración procedente de la erosión física de otras rocas anteriores. **2.** Se dice de las piezas anatómicas artificiales desmontables. **3.** MED *Crisis clástica.* Accesos del cólera durante los cuales el enfermo rompe lo que tiene a su alcance.

clatrato n.m. QUIM Compuesto cuya característica estriba en que las moléculas de uno de los componentes ocupan los espacios intermoleculares del otro componente, sin ningún enlace químico entre ellos.

claudicar v.int. **1.** No cumplir. **2.** Fig. Ceder, rendirse.

claustro n.m. **1.** Galería que cerca el patio principal de una iglesia o convento. **2.** Junta formada por los profesores de un centro docente y el director o rector del mismo. ● **claustral** adj. Perteneciente o relativo al claustro.

claustrofobia n.f. PSIQUIAT Sensación de angustia producida por la permanencia en lugares cerrados.

cláusula n.f. **1.** FOR Cada una de las disposiciones de un contrato, o cualquier otro documento análogo. **2.** GRAM y RET Conjunto de palabras que encierran una sola proposición o varias íntimamente relacionadas entre sí

clausura n.f. **I. 1.** En los conventos, recinto interior donde no pueden entrar personas ajenas y especialmente de sexo diferente al de los religiosos en cuestión. **2.** Situación de aislamiento de esas personas religiosas. **II.** Acto solemne con que se terminan o suspenden las deliberaciones de un congreso, un tribunal, etc. ● **clausurar** v.tr. Poner fin solemnemente a la actividad de organismos o establecimientos.

clava n.f. **1.** Porra. **2.** MAR Abertura superior de la cubierta de proa en algunas embarcaciones oequeñas.

clavar **I.** v.tr. **1.** Introducir un clavo u otra cosa aguda, a fuerza de golpes, en un cuerpo. **2.** Asegurar una cosa con clavos. **3.** Engastar las piedras en el metal. **4.** Fig. Fijar, parar. **II.** v.tr. y prnl. **1.** Fig. y Fam. Engañar a uno perjudicándole. **2.** Introducir una cosa puntiaguda. • **clavado,a** adj. **1.** Guarnecido o armado con clavos. **2.** Fijo, puntual. **3.** Perfectamente adecuado. • **clavazón** n.f. Conjunto de clavos puestos en alguna cosa, o preparados para ponerlos.

clavaria n.f. Hongo basidiomiceto comestible en forma de arbolito de color amarillento o crema.

clave **I.** n.m. Clavicémbalo. **II.** n.f. **1.** Explicación de los signos convenidos para escribir en cifra, o de cualesquiera otros distintos de los conocidos o usuales. **2.** Lo que hace comprensible algo que era enigmático. **3.** ARQUIT Piedra con que se cierra el arco o bóveda. **4.** MUS Signo que se pone al principio del pentagrama para determinar el nombre de las notas.

clavel n.m. **1.** Planta de la familia de las cariofiláceas, con tallos nudosos y delgados, muchas flores terminales, con cáliz cilíndrico y numerosos pétalos de color variable y olor muy agradable. **2.** Flor de esta planta. • **clavelito** n.m. Especie de clavel. • **clavellina** n.f. **1.** Clavel (principalmente el de flores sencillas). **2.** Planta semejante al clavel pero más pequeño.

clavelón n.m. Planta herbácea, de la familia de las compuestas, de tallo y ramas erguidas.

clavero n.m. Árbol tropical, de la familia de las mirtáceas, con cáliz de color rojo oscuro y por fruto drupa como la cereza. Los capullos de sus flores son los clavos de especia.

clavetear v.tr. Guarnecer o adornar con clavos de metal alguna cosa.

clavicémbalo n.m. Instrumento músico de cuerdas y teclado que se caracteriza por el modo de herir dichas cuerdas por picos de pluma.

clavicordio n.m. Instrumento músico de cuerdas y teclado.

clavícula n.f. ZOOL Cada uno de los dos huesos situados transversalmente en uno y otro lado de la parte superior del pecho, y articulados por dentro con el esternón.

clavija n.f. Trozo cilíndrico o ligeramente cónico de madera, metal u otra materia apropiada, que se encaja en un taladro hecho al efecto en una pieza sólida. En los instrumentos de música sirve para tensar las cuerdas. • **clavijero** n.m. **1.** Pieza en que están hincadas las clavijas de los clavicordios, pianos y otros instrumentos análogos. **2.** AGRIC Parte del timón del arado en la cual están los agujeros para poner la clavija.

clavo n.m. I. **1.** Pieza de metal larga y delgada, terminada en punta y provista en el otro extremo de una cabeza. Se emplea para fijarlo en alguna parte o para unir permanentemente varias piezas entre sí, introduciéndolo mediante percusión. — Fig. y Fam. *Agarrarse uno a,* o *de, un clavo ardiendo.* Valerse de cualquier recurso o medio, por difícil o arriesgado que sea, para salvarse de un peligro o conseguir alguna otra cosa. — Fig. y Fam. *Dar uno en el clavo.* Acertar en lo que hace o dice. **2.** Callo de figura piramidal, que se forma sobre los dedos de los pies. **3.** Relleno de hilas que se pone en las llagas y heridas. **4.** Capullo seco de la flor de clavero. Es medicinal y se usa como especia en diferentes condimentos. **5.** Jaqueca. **6.** Dolor moral agudo y continuado. **7.** CIR Tejido muerto que se desprende de un absceso.

claxon n.m. Bocina eléctrica de sonido potente que llevan los vehículos automóviles.

clemátide n.f. Planta medicinal, de la familia de las ranunculáceas, de tallo rojizo y trepador.

clemencia n.f. Compasión que modera el rigor de la justicia.

clementina n.f. **1.** Variedad de mandarinas sin pepitas. **2.** pl. DER CANON Colección de constituciones redactadas bajo Clemente V publicada por Juan XXII (1317).

clepsidra n.f. Reloj de agua.

cleptomanía n.f. Propensión morbosa al hurto.

clerical adj. Perteneciente al clérigo. • **clericalismo** n.m. Nombre que suele darse a la influencia excesiva del clero en los asuntos políticos. • **clericatura** n.f. Estado clerical.

clérigo n.m. El que ha recibido las órdenes sagradas. • **clerecía** n.f. **1.** Conjunto de personas eclesiásticas que componen el clero. **2.** Oficio u ocupación de clérigos.

clero n.m. **1.** Conjunto de los clérigos, así de órdenes mayores como menores. **2.** Clase sacerdotal en la Iglesia católica. • **clerofobia** n.f. Odio manifiesto al clero.

ENCICL En la Iglesia católica se distingue el *clero regular* (constituido por los sacerdotes que obedecen una regla) *y el clero secular* (el formado por los que viven «en el siglo», sin pertenecer a ninguna orden religiosa). Se distingue asimismo entre el *bajo clero,* constituido por las jerarquías inferiores (párrocos, etc.) y el *alto clero,* formado por el episcopado.

clica n.f. ZOOL Molusco lamelibranquio marino, dimiario.

cliché n.m. **1.** TIPOG Clisé de imprenta. **2.** Imagen fotográfica negativa obtenida mediante cámara oscura. **3.** Fig. Lugar común.

cliente n.m. y f. **1.** Respecto del que ejerce alguna profesión, persona que utiliza sus servicios. ▷ P. ext., parroquiano. **2.** En la época feudal, persona que estaba bajo la protección de otra. • **clientela** n.f. Conjunto de los clientes de una persona o de un establecimiento.

clima n.m. **1.** Conjunto de condiciones atmosféricas que caracterizan una región. **2.** Temperatura particular y demás condiciones atmosféricas y telúricas de cada país. **3.** Ambiente, conjunto de condiciones de una situación, o de circunstancias que rodean a una persona. • **climatización** n.f. Creación o conservación, en un local, de determinadas condiciones de temperatura, humedad relativa y pureza del aire. • **climatizar** v.tr. **1.** Dar a un espacio limitado las condiciones necesarias para obtener la temperatura y humedad del aire, y en ocasiones, también la presión, convenientes a la salud o la comodidad. **2.** Instalar o hacer funcionar un dispositivo de climatización. • **climatología** n.f. Tratado del clima.

ENCICL Los elementos del *clima* son: la temperatura y la humedad del aire en las capas próximas al suelo, las precipitaciones, la insolación, el viento, la presión atmosférica y, de forma accesoria, el campo eléctrico de la atmósfera, la ionización del aire y su composición química. Los factores determinantes del clima son: la radiación solar, cuya energía disponible en las capas inferiores de la atmósfera varía en función de los movimientos de la Tierra, de la latitud, de la presencia de vapor de agua en la atmósfera, de la circulación general de la atmósfera, en la que vientos tales como el monzón, juegan un papel considerable, de las corrientes oceánicas, de la naturaleza de la superficie terrestre, especialmente del contraste océano-continente y el relieve, que provoca variaciones térmicas. Aunque los climas en la superficie del globo sean muy variados, se les puede clasificar en algunos tipos principales: ecuatorial, tropical, templado y polar o marítimo, continental y de altura. Existen numerosos subclimas (mediterráneo, desértico, etc.). Finalmente, en la vida cotidiana es fundamental el papel de los *microclimas.*

climaterio n.m. FISIOL Dícese del período de la vida que precede y sigue a la extinción de la función genital.

clímax n.m. **1.** Gradación retórica ascendente, y su punto más alto. Culminación de un proceso o de una acción.

clínica n.f. **1.** Parte práctica de la enseñanza de la medicina. **2.** Departamento de los hospitales destinado a dar esta enseñanza. **3.** Hospital privado, más comúnmente quirúrgico.

clinker n.m. TECN Nódulo que se obtiene en un horno rotativo.

clinopodio n.m. Hierba de la familia de las labiadas, con raíz vivaz y rastrera.

clíper n.m. **1.** MAR Velero rápido y de gran tonelaje utilizado durante la segunda mitad del s. XIX y principios del XX como barco mercante de largo recorrido. **2.** Cierto tipo de avión.

clisar v.tr. IMP Reproducir con planchas de metal la composición de imprenta, o grabados en relieve de que previamente se ha sacado un molde. • **clisé** n.m. **1.** IMP Entre grabadores, plancha clisada. **2.** FOTOGR Cliché fotográfico. **3.** Cliché (lugar común).

clistrón n.m. ELECTRON Tubo electrónico que permite producir hiperfrecuencias.

clítoris n.m. Cuerpecillo carnoso eréctil, que sobresale en la parte más elevada de la vulva.

clo o **cloc** Onomatopeya con que se representa la voz propia de la gallina clueca.

cloaca n.f. **1.** Conducto por donde van las aguas sucias o las inmundicias de las poblaciones. **2.** ZOOL Porción final del intestino de las aves y otros animales.

cloasma n.m. MED Manchas irregulares en forma de placas, de color amarillo oscuro, que aparecen principalmente en la cara, durante el embarazo y otros estados anormales.

clon n.m. BIOL Conjunto de las células idénticas surgidas de una misma célula por división mitótica.

clónico,a adj. **1.** MED Se dice de las convulsiones consistentes en contracciones musculares rápidas y desordenadas. **2.** En genética, se dice del ser idéntico a otro obtenido por división cariocinética de las células del individuo paterno.

clonquí n.m. *Chile.* Planta muy común semejante a la arzolla.

cloquear v.int. **1.** Hacer cloc cloc la gallina clueca.

clor(o)- Prefijo que proviene del griego *khloros,* «verde».

cloración n.f. Tratamiento del agua con cloro, para hacerla potable. • **cloral** n.m. QUIM Líquido producido por la acción del cloro sobre el alcohol anhidro, y que con el agua forma un hidrato sólido. Se usa en medicina como anestésico. • **clorato** n.m. QUIM Nombre genérico de las sales o ésteres de los ácidos oxigenados derivados del cloro.

clorhídrico,a adj. **1.** QUIM Perteneciente o relativo a las combinaciones del cloro y del hidrógeno. **2.** *Ácido clorhídrico.* Cloruro de hidrógeno HCl, gas incoloro de olor penetrante, extremadamente soluble en agua y en casi todos los metales.

clorita n.f. Mineral de color verdoso y brillo anacarado, compuesto de un silicato y un aluminato hidratados de magnesia y óxido de hierro.

cloro n.m. QUIM Metaloide gaseoso de color verde amarillento, olor fuerte y sofocante y sabor cáustico. Núm. atómico 17. Símb.: *Cl.* ENCICL El cloro forma parte de la familia de los halógenos. A temperatura normal, es un gas (molécula Cl_2) más pesado que el aire (densidad 2,49), de olor sofocante (se utilizó como gas de combate en el curso de la Primera Guerra Mundial), que se licúa a −35 °C y se solidifica a −101 °C. Muy abundante en la naturaleza (0,2 % de la masa de la corteza terrestre), se presenta en forma de cloruros (en especial sal marina y sal gema). Es un oxidante muy activo y ataca a casi todos los elementos. Se obtiene industrialmente mediante electrólisis de una solución de cloruro de sodio (o de magnesio): sirve esencialmente para las cloraciones orgánicas.

cloroacetato n.m. MED Sal o éster del ácido cloroacético.

clorobenceno n.m. QUIM Derivado del benceno, de fórmula C_6H_5Cl, utilizado en la síntesis de la anilina y del fenol.

clorofila n.f. BOT Pigmento que existe en muchas células del tallo de las algas y del tallo y hojas de las briofitas, pteridofitas y fanerógamas. Absorbe ciertas radiaciones de la luz solar, que proporcionan al vegetal la energía necesaria para elaborar, por síntesis, productos orgánicos indispensables para el desarrollo de sus actividades vitales. • **clorofilo,a** adj. BOT De hojas verdes o amarillentas.

clorófito,a adj. BOT Clase de algas de las aguas dulces y marinas, llamadas también algas verdes, y en las que la clorofila es su único pigmento.

cloroformo n.m. QUIM Cuerpo constituido en la proporción de un átomo de carbono por uno de hidrógeno y tres de cloro ($CHCl_3$). Es líquido, incoloro, de olor agradable y de sabor azucarado. Se usaba antiguamente como anestésico general. • **cloroformizar** v.tr. MED Anestesiar con cloroformo.

cloroplasto n.m. BOT Plasto (elemento celular) que contiene la clorofila y en el que tiene lugar la fotosíntesis de ésta.

cloropreno n.m. QUIM Derivado clorado del butadieno del que se obtienen cauchos sintéticos por polimerización.

clorosis n.f. **1.** MED Anemia de las mujeres jóvenes eficazmente combatida con medicamentos ferruginosos. **2.** BOT Enfermedad de las plantas, debida a la falta de aire, de luz, o a suelos excesivamente calcáreos.

clorpromacina n.f. MED Principal medicamento del grupo de los neurolépticos, muy utilizado en psiquiatría como sedante y antialucinatorio.

cloruro n.m. QUIM Combinación del cloro con un metal o alguno de ciertos metaloides.

club n.m. Asociación política, de deporte, etc.

clueca n.f. y adj. Se aplica a la gallina y otras aves cuando se echan sobre los huevos para empollarlos.

clupeiformes n.m. pl. ZOOL Orden de peces teleósteos malacopterigios, que comprende los *clupeidos* (arenque, sardina, etc.) y los boquerones.

Cm QUIM Símbolo del curio.

cm, cm², cm³ Abreviatura de *centímetro*; *centímetro cuadrado*; *centímetro cúbico*.

cneoráceo,a n.m.f. y adj. BOT Se dice de plantas angiospermas dicotiledóneas, afines a las cigofiláceas; como el olivillo. ▷ n.f. pl. Familia de estas plantas.

co Prep. insep. equivalente a *con*, y que indica unión o compañía.

Co QUIM Símbolo del cobalto.

coacción n.f. Fuerza o violencia que se hace a una persona para que diga o ejecute alguna cosa.

coactivo,a adj. Que tiene fuerza de apremiar u obligar.

coadjutor,a n.m. y f. Persona que ayuda a otra en ciertas cosas, especialmente el que asiste al cura párroco.

coadyuvante **I.** n.m. **1.** MED Medicamento que refuerza la acción del principal. **2.** TECN QUIM Cuerpo que facilita una reacción, una impregnación (tintura, impresión). **II.** adj. Lo que refuerza la acción de alguna cosa. • **coadyuvar** v.tr. Contribuir, asistir o ayudar a la consecución de alguna cosa.

coagular v.tr. y prnl. Transformar una sustancia orgánica líquida en una masa semisólida. • **coagulación** n.f. Acción y efecto de coagular o coagularse. • **coágulo** n.m. **1.** Coagulación de la sangre. **2.** Grumo extraído de un líquido coagulado. **3.** Masa coagulada. ENCICL La coagulación de la sangre es un proceso fisiológico antihemorrágico. Es el resultado de una sucesión de reacciones enzimáticas que culminan en la transformación del fibrinógeno en una red de fibrina que comprime los glóbulos rojos y forma el coágulo, que se contrae entonces, liberando el suero. Cuando el proceso de coagulación se produce espontáneamente en un vaso, provoca una trombosis, que puede migrar al sistema vascular originando una embolia. Existen dos grandes grupos de medicamentos anticoagulantes: la heparina y las antivitaminas K. El tiempo normal de coagulación de la sangre, en un tubo de vidrio, es de 5 a 10 minutos.

coaita n.f. ZOOL Mono araña.

coalescencia n.f. Propiedad de las cosas de unirse o fundirse. ▷ FIS Formación de gotas a partir de partículas de agua en suspensión.

coalición n.f. Confederación, liga, unión.

coanocito n.m. ZOOL Célula, particularmente de los espongiarios, de forma ovoide y provista de flagelos.

coartar v.tr. Limitar, no conceder enteramente alguna cosa. • **coartada** n.f. Argumento de inculpabilidad de un reo por hallarse en el momento del crimen en otro lugar.

coautor,a n.m. y f. Autor o autora con otro u otros.

coaxial adj. Se dice del objeto que tiene el mismo eje que otro.

cobaltina n.f. Sal de cobalto usada en pintura y otras artes.

cobalto n.m. QUIM Metal de color blanco rojizo, duro y tan difícil de fundir como el hierro. Combinado con el oxígeno, forma la base azul de muchas pinturas y esmaltes. Núm. atómico 27. Símb.: *Co*.

cobarde n. y adj. Sin valor. • **cobardía** n.f. Falta de ánimo y valor.

cobayo o **cobaya** n.m. o f. Conejillo de Indias.

cobea n.f. BOT *Amér. Central.* Planta enredadera, de la familia de las convolvuláceas.

cobertera n.f. Tapadera de una olla, sartén, etc. **2.** Cada una de las plumas que cubren la base de la cola de las aves.

cobertizo n.m. Techo sobre pilastras fijado o no en una pared, que sirve para resguardarse de la intemperie.

cobertor n.m. **1.** Colcha. **2.** Manta de cama.

cobertura n.f. **1.** Cubierta. **2.** Acción de cubrirse de una responsabilidad.

cobez n.m. Ave de rapiña de la familia de los halcones.

cobija n.f. **1.** Teja que se pone con la parte cóncava hacia abajo abrazando sus lados dos canales de tejado. **2.** Cada una de las plantas pequeñas que cubren el arranque de las penas del ave. **3.** Cubierta, lo que sirve para cubrir algo.

cobijar v.tr. y prnl. **1.** Cubrir o tapar. **2.** Fig. Albergar. • **cobijo** n.m. **1.** Refugio. **2.** Amparo.

cobista n.m. y f. Fam. Adulador.

cobla n.f. **1.** Copla (composición poética de la poesía trovadoresca). **2.** En Cataluña, conjunto de músicos, generalmente once, que se dedican a tocar sardanas.

cobol INFORM Lenguaje de programación utilizado en gestión de empresa.

1. cobra n.f. Serpiente venenosa que puede dilatar los costados formando un ensanchamiento poscefálico característico.

2. cobra n.f. Acción de buscar el perro la pieza hasta llevarla al cazador.

cobrar **I.** v.tr. **1.** Percibir uno la cantidad que otro le debe. **2.** Cargar. **II.** v.tr. Tomar o sentir (miedo, afecto, sensación, etc.) **III.** v.tr. Tratándose de cuerdas, sogas, etc., tirar de ellas e irlas recogiendo. **IV.** v.tr. Adquirir. **V.** v. prnl. **1.** Recuperarse, volver en sí. **2.** Indemnizarse. • **cobrador,a** n.m. y f. El que tiene por oficio cobrar, percibir una cantidad adeudada. • **cobranza** n.f. **1.** Acción y efecto de cobrar. **2.** Exacción o recolección de caudales o frutos.

cobre n.m. **1.** QUIM Metal de color rojo pardo, brillante, maleable y dúctil. Núm. atómico 29. Símb.: *Cu*. **2.** Batería de cocina, cuando es de cobre. **3.** pl. MUS Conjunto de los instrumentos metálicos de viento de una orquesta. • **cobrear** v.tr. Dar o cubrir de cobre alguna cosa. • **cobrizo,a** adj. **1.** Aplícase al mineral que contiene cobre. **2.** Parecido al cobre en el color.
ENCICL El cobre es un metal de densidad 8,92. Funde a 1.083 °C y hierve a 2.567 °C. Se combina con casi todos los no metales para dar compuestos cuprosos y cúpricos. Poco oxidable al aire, se recubre de una capa protectora de un acetato básico (cardenillo). Posee una excelente conductividad térmica (fabricación de calderas, intercambiadores de calor, utensilios de cocina, etc.) y eléctrica (cables eléctricos, bobinas, contactores, etc.). Fue el primer metal trabajado por el hombre (con martillo o cincel), en la época llamada *Calcolítico*, a la que siguió la Edad del Bronce; en esta época, y más tarde todavía, el cobre se utilizó para hacer armas, herramientas, alhajas y objetos utilitarios o decorativos.

cobro n.m. Acción de cobrar una cantidad.

1. coca n.f. Arbusto del Perú y Bolivia, de la familia de las eritroxiláceas.

2. coca n.f. **1.** Baya pequena, y redonda, fruto de una planta dioica, de la familia de las menispermáceas. Es venenosa. **2.** Fruto de este arbusto.

3. coca n.f. **I.** Cada una de las dos porciones en que solían dividir el cabello las mujeres, sujetándolo por detrás de las orejas. **II.** MAR Vuelta que toma un cabo, por vicio de torsión.

4. coca n.f. Torta hecha con harina y cubierta con otros ingredientes.

cocacho n.m. *Amér.* Coscorrón.

cocaína n.f. Alcaloide de fórmula $C_{17}H_{21}NO_4$ extraído de las hojas de la coca del Perú, Bolivia, estupefaciente y anestésico. • **cocainomanía** n.f. Toxicomanía debida al uso de cocaína.

cocal n.m. *Perú.* **1.** Sitio donde se crían los árboles que producen la coca. **2.** *Amér.* Cocotal.

cocamas, tribu indígena del Perú, que vive en el distrito de Omaguas.

coccidio n.m. y adj. ZOOL Se dice de los protozoos esporozoos que casi siempre viven parásitos dentro de células. ▷ n.m. pl. Orden de estos animales.

cóccido I. n. y adj. ZOOL Se dice de insectos hemípteros, parásitos de vegetales, que tienen un gran dimorfismo sexual. ▷ n.m. pl. ZOOL Familia de estos animales. II. n.m. Bacteria en forma de grano esférico.

coccinela n.f. Insecto coleóptero, trímero, de pequeño tamaño. • **coccinélido** n. y adj. ZOOL Se dice de insectos coleópteros, trímeros, de pequeño tamaño y cuerpo hemisférico. ▷ n.m. pl. Familia de estos animales.

cocción n.f. Acción y efecto de cocer o cocerse.

cóccix n.m. ANAT Hueso propio de los vertebrados que carecen de cola, formado por la unión de las últimas vértebras y articulado por su base con el hueso sacro.

cocear v.int. Dar o tirar coces.

cocer v.tr. I. 1. Hervir un alimento en un líquido. 2. Tratándose del pan, cerámica, piedra caliza, etc., someterlos a la acción del calor en el horno. 3. Someter alguna cosa a la acción del fuego en un líquido para que comunique a este ciertas propiedades. II. v. int. 1. Hervir un líquido. 2. Fermentar o hervir sin fuego un líquido; como el vino. III. v.prnl. Fig. Padecer mucho calor. • **cocido,a** n.m. 1. Acción y efecto de cocer. 2. n.m. Olla, guiso común. • **cocimiento** n.m. 1. Acción y efecto de cocer o cocerse. 2. Líquido cocido con hierbas u otras sustancias medicinales, que se hace para beber y para otros usos. 3. Baño que sirve para preparar y abrir los poros de la lana antes de teñirla.

cociente n.m. 1. MAT Resultado de la división de un número por otro. 2. POLIT *Cociente electoral.* El obtenido al dividir el número de votos por el de escaños en una circunscripción. 3. PSICOL *Cociente intelectual.* Relación entre la edad mental y la cronológica de un sujeto.

cocina n.f. I. Pieza o sitio de la casa en el cual se guisa la comida. II. Aparato que hace las veces de fogón, con hornillos o fuego y, a veces, horno. Puede calentar con carbón, gas, electricidad, etc. III. Fig. Arte o manera especial de guisar de cada país y de cada cocinero. • **cocinar** 1. v.tr. e int. Guisar, preparar los alimentos. 2. v.int. Fam. Meterse uno en cosas que no le tocan. • **cocinería** n.f. *Chile* y *Perú.* Figón, casa de comidas ordinarias. • **cocinero,a** n.m. y f. Persona que tiene por oficio preparar los alimentos.

1. cocinilla n.f. Hornillo portátil, de alcohol o gasolina.

2. cocinilla n.m. Fam. El que se entremete en cosas, especialmente domésticas, que no son de su incumbencia.

cocker n.m. Perro de rastreo de pelo largo y grandes orejas colgantes.

coclearia n.f. Hierba medicinal de la familia de las crucíferas, alta de 20 a 30 cm.

1. coco n.m. I. 1. BOT Árbol palmáceo, de origen americano. Alcanza hasta 25 m de altura. Produce anualmente dos o tres veces su fruto, que es una drupa cubierta de dos cortezas, la primera fibrosa y la segunda muy dura; adherida a ésta por el interior se halla una pulpa blanca, con una cavidad central llena de un líquido azucarado y refrescante. 2. Fruto de este árbol. 3. Segunda cáscara de este fruto. II. Fig. y Fam. Cabeza humana. • **cocotero** n.m. Coco (árbol).

2. coco n.m. 1. ZOOL Gusanillo que se cría en varias semillas, frutas y otros comestibles. 2. Micrococo (bacteria esférica).

3. coco n.m. Fantasma que se nombra para asustar a los niños.

4. coco n.m. *Cuba.* ZOOL Ave zancuda, especie de ibis, de cuerpo como una gallina.

cocobálsamo n.m. BOT Fruto del árbol que produce el bálsamo de La Meca.

cococha n.f. Cada una de las protuberancias carnosas que existen en la parte baja de la cabeza de la merluza y del bacalao.

cocodrilo n.m. Reptil del orden de los cocodriloideos, y especialmente del género *Crocodilus,* que vive al borde del agua. • **cocodriloideos** n.m. pl. ZOOL Orden de reptiles saurios de gran tamaño (caimanes, cocodrilos, gaviales), anfibios, cuya piel está cubierta de placas óseas dérmicas.

cóctel n.m. 1. Bebida resultante de la mezcla de varias bebidas alcohólicas. ▷ P. ext. Mezcla. *Cóctel de frutas.* 2. Reunión mundana donde se beben cócteles. 3. *Cóctel molotov.* Proyectil ofensivo constituido por una botella llena de un líquido inflamable. • **coctelera** n.f. Recipiente destinado a mezclar los licores del cóctel.

cocuma n.f. *Perú.* Mazorca de maíz asada.

cocuy o **cocuyo** n.m. 1. Insecto coleóptero de la América tropical, de unos tres centímetros de largo, oblongo, pardo y con dos manchas amarillentas a los lados del tórax, por las cuales despide de noche una luz azulada bastante viva. 2. *Cuba.* Árbol silvestre de unos 10 m de altura; se usa su madera, muy dura, en la construcción.

cochambre n.m. y f. Fam. Suciedad.

cochayuyo n.m. BOT *Amér. Merid.* Alga marina cuyo talo tiene forma de cinta.

coche n.m. 1. Vehículo de cuatro ruedas, de tracción animal o automóvil. 2. P. ext., se llaman así los automóviles destinados al transporte de personas, y también los vehículos de los ferrocarriles en los que viajan los pasajeros. • **cochera** n.f. Lugar donde se encierran los coches.

cochinería 1. n.f. Fig. y Fam. Porquería. 2. Fig. y Fam. Acción grosera.

1. cochinilla n.f. ZOOL Crustáceo isópodo terrestre, de uno a dos centímetros de largo, de figura aovada.

2. cochinilla n.f. 1. Insecto hemíptero, originario de México, del tamaño de una chinche. 2. Materia colorante obtenida de dicho insecto.

cochino,a I. n.m. y f. Cerdo. II. n. y adj. Fig. y Fam. Persona muy sucia y desaseada. ▷ Persona tacaña o miserable. III. n.m. *Cuba.* Pez teleósteo del suborden de los plectognatos.

cochitril o **cochiquera** n.m. 1. Fam. Pocilga. 2. Fig. y Fam. Cuartucho sucio.

cochura n.f. 1. Cocción. 2. Masa o porción de pan que se ha amasado para cocer.

codal I. adj. De forma de codo. II. n.m. 1. Mugrón de la vid. 2. CARP Cada uno de los dos palos o listones en que se asegura la hoja de la sierra.

codaste n.m. MAR Pieza vertical sobre el extremo de la quilla inmediato a la popa o que forma parte de la quilla, y que sirve de soporte a la armazón de esa parte del buque.

codear I. v.int. 1. Mover los codos, o dar golpes con ellos frecuentemente. 2. *Amér. Merid.* Pedir con insistencia. II. v.prnl. Fig. Tratarse de igual a igual una persona con otra. • **codeo** n.m. Acción y efecto de codear o codearse.

codeína n.f. MED Derivado de la morfina (metilmorfina), utilizada como sedante y contra la tos.

codera n.f. I. 1. Pieza de adorno o remiendo que se echa a las mangas a la altura del codo. 2. Deformación o desgaste que se aprecia en las mangas a la altura del codo. II. MAR Cabo grueso con que se amarra el buque.

codeso n.m. Mata de la familia de las papilionáceas, ramosa, con flores amarillas.

códice n.m. Libro manuscrito antiguo.

codicia n.f. Deseo exagerado de dinero o cualquier otra cosa buena. • **codiciar** v.tr. Desear con ansia las riquezas u otras cosas.

codicilo n.m. Testamento o adición a testamento, no referente a herederos.

codificar v.tr. 1. Hacer o formar un cuerpo de leyes metódico y sistemático. 2. COMUNIC Transformar mediante las reglas de un código la formulación de un mensaje. 3. Transcribir una información según un código, con miras a su explotación por medios informáticos.

código n.m. I. 1. Cuerpo de leyes dispuestas según un plan metódico y sistemático. ▷ Conjunto de reglas o preceptos sobre cualquier materia. 2. Recopilación de las leyes o estatutos de un país. II. 1. Sistema de signos y de reglas que permite formular y comprender un mensaje. — BIOL *Código genético.* El que, inscrito en el ADN cromosómico, contiene la información relativa a la síntesis proteica propia de cada individuo.

ENCICL **Genét.** — El código genético está determinado en una molécula de ADN por la secuencia de cuatro bases nitrogenadas: adenina, timina, guanina y citosina. Cada triplete de bases, o codon, representa un cierto aminoácido. La molécula de ADN es transcrita a la molécula de ARN mensajero, la cual lleva la información al nivel de los ribosomas citoplásmaticos, donde la proteína es entonces sintetizada a partir de los aminoácidos deseados.

codillear v.intr. TAUROM Manera de manejar la capa o muleta con los codos pegados al cuerpo y moviendo solamente las manos y el antebrazo.

codillo n.m. I. En los animales cuadrúpedos, coyuntura del brazo próxima al pecho. ▷ Parte comprendida desde esta coyuntura hasta la rodilla. II. Trozo de tubo doblado en ángulo. 2. MAR Cada uno de los extremos de la quilla.

codo n.m. I. 1. Parte posterior y prominente de la articulación del brazo con el antebrazo. 2. Coyuntura del brazo de los cuadrúpedos. II. Trozo de tubo doblado en ángulo o en arco, que sirve para variar la dirección recta de las cañerías o tuberías. III. Medida lineal, que se tomó de la distancia que media desde el codo a la extremidad de la mano.

codon n.m. GENÉT Unidad constitutiva del código genético del ADN cromosómico.

codorniz n.f. ZOOL Ave del orden de las gallináceas, de unos 20 cm de largo.

coeducación n.f. Educación que se da juntamente a jóvenes de ambos sexos.

coeficiente n.m. ALG Número o, en general, factor que, escrito a la izquierda e inmediatamente antes de un monomio, hace oficio de multiplicador.

coendú n.m. ZOOL *Amér.* Mamífero roedor parecido al puerco espín, pero con cola larga.

coenzima n.f. BIOQUIM Agrupamiento enzimático activo del cual la enzima constituye la parte más importante.

coercer v.tr. Contener, refrenar. • **coerción** n.f. FOR Acción de coercer.

coetáneo,a adj. 1. De la misma edad. 2. P. ext., contemporáneo.

coevo,a n. (apl. a pers.) y adj. Dícese de las cosas que existieron en un mismo tiempo.

coexistir v.int. Existir una persona o cosa a la vez que otra.

cofa n.f. MAR Meseta colocada horizontalmente en el palo de un barco para facilitar la maniobra de las velas altas, y vigilar, etc.

cofia n.f. **I.** Prenda que se ajusta a la cabeza para recoger el pelo (enfermeras, empleadas de bares, etc.) **II.** BOT Cubierta membranosa que envuelve algunas semillas.

cofrade n.m. y f. Persona que pertenece a una cofradía. • **cofradía** n.f. **1.** Congregación o hermandad con fines religiosos. **2.** Asociación de personas para un fin determinado.

cofre n.m. **I. 1.** Caja resistente con tapa y cerradura para guardar objetos de valor. **2.** Baúl. **II.** ZOOL Pez teleósteo, del suborden de los plectognatos, con el cuerpo cubierto de escudetes óseos.

coger I. v.tr. y prnl. Asir, agarrar o tomar. **II.** v.tr. **1.** Recibir en sí alguna cosa. **2.** Recoger (fruta, p. ej.) **3.** Ocupar cierto espacio. **4.** Hallar, encontrar. **5.** Descubrir un engaño, sorprender a uno en un descuido. **6.** Caber. **7.** Sobrevenir, sorprender. **8.** Unido a otro verbo por la conj. *y*, resolverse o determinarse a la acción significada por éste. **9.** Alcanzar al que o a lo que va delante. **10.** Tomar, prender, apresar. **11.** Tomar o adquirir lo que significan ciertos nombres. **12.** Contraer una enfermedad. **13.** Herir o enganchar el toro a una persona con los cuernos. **14.** Atropellar. **15.** Cubrir el macho a la hembra. **III.** v.int. Poder contenerse algo en una cosa. • **cogedor,a I.** n. y adj. Que coge. **II.** n.m. Pala que sirve para recoger la basura que se barre o el carbón y la ceniza de las chimeneas.

cogestión n.f. **1.** DER Gestión, administración en común. **2.** Sistema de participación activa de los trabajadores en la gestión de su empresa, y, por analogía, de los estudiantes en la de su universidad.

cogida n.f. Fam. **1.** Cosecha de frutos. **2.** Fam. Acto de coger el toro a un torero.

cogitar v.tr. ant. Reflexionar o meditar.

cognación n.f. **1.** Parentesco de consanguinidad por la línea femenina entre los descendientes de un tronco común. **2.** P. ext. Cualquier parentesco.

cognición n.f. Conocimiento, acción y efecto de conocer. • **cognoscitivo,a** adj. Dícese de lo que es capaz de conocer.

cognomento n.m. Renombre.

cogollo n.m. **1.** Las hojas interiores y más apretadas de la lechuga, berza y otras hortalizas. **2.** Brote de árboles y otras plantas. **3.** Fig. Lo escogido.

cogón n.m. Planta de la familia de las gramíneas, propia de los países cálidos.

cogorza n.f. Vulg. Borrachera.

cogote n.m. Parte superior y posterior del cuello. • **cogotera** n.f. **1.** Trozo de tela que sirve para resguardar la nuca del sol o de la lluvia. **2.** Sombrero que se pone a los animales de tiro cuando han de sufrir un sol muy ardiente. • **cogotudo,a I.** adj. **1.** Dícese de la persona que tiene excesivamente grueso el cogote. **2.** Fig. y Fam. Orgulloso. **II.** n.m. y f. *Amér.* Nuevo rico.

cogucho n.m. Azúcar de inferior calidad que se saca de los ingenios.

cóguil n.m. *Chile.* Fruto comestible del boqui. • **coguilera** n.f. *Chile.* Boqui.

cogujada n.f. ZOOL Pájaro de la misma familia que la alondra y muy semejante a ésta.

cogullada n.f. Papada del puerco.

cohabitar v.tr. **1.** Hacer vida marital el hombre y la mujer. **2.** Compartir la vivienda con otro.

cohechar v.tr. Sobornar a un funcionario público. • **cohecho** n.m. Acción y efecto de cohechar.

coheredar v.tr. Heredar juntamente con otro u otros.

coherencia n.f. **1.** Conexión o unión de unas cosas con otras. **2.** FIS Cohesión. **3.** LING Estado de un sistema lingüístico cuando sus componentes aparecen en conjuntos solidarios. **4.** FIS Característica de los haces luminosos emitidos por los rayos láser. v. ENCICL • **coherente** adj. Que tiene coherencia.

ENCICL La luz emitida por el sol o por las fuentes utilizadas habitualmente (lámparas y tubos eléctricos, arco eléctrico) está constituida por una sucesión de *trenes de ondas* electromagnéticas sin ninguna unión de fase entre ellos. Por el contrario, la luz emitida por los rayos láser presenta propiedades de *coherencia espacial* (todos los átomos de la fuente entran simultáneamente en vibración) y de *coherencia temporal*: la duración de un tren de ondas es grande, de hasta 10^{-2} s, mientras que la de una fuente clásica sólo es del orden de 10^{-8} s; esta luz (llamada *coherente*) posee por este hecho propiedades muy importantes (v. láser); este campo de estudios y de aplicaciones ha recibido el nombre de *óptica coherente*.

cohesión n.f. **1.** Acción y efecto de reunirse o adherirse las cosas entre sí. **2.** Enlace de dos cosas. **3.** FIS Unión íntima entre las moléculas de un cuerpo. **4.** FIS Fuerza de atracción que las mantiene unidas.

cohete n.m. **1.** Artificio pirotécnico que consiste en un cartucho con pólvora que explota en el aire produciendo efectos luminosos. **2.** Artefacto propulsado a reacción, que consta de uno o varios cuerpos.

ENCICL Los cohetes se utilizan: en el estudio de la atmósfera, en la puesta en órbita de satélites, y en el lanzamiento de los vehículos espaciales. Un cohete está formado por varios cuerpos, cada uno de los cuales está equipado de un sistema de propulsión independiente, para lograr una economía máxima de propergol. El lanzamiento de un cohete se lleva a cabo desde una rampa o torre de lanzamiento. Está precedido de una cuenta atrás y seguido de una cuenta positiva para seguir al mecanismo. La *nave espacial* es una combinación de avión y cohete; es capaz de despegar, ponerse en órbita y volver a la tierra aterrizando por sus propios medios. Se da igualmente el nombre de cohete a los *misiles* intercontinentales.

cohibir v.tr. y prnl. Refrenar, reprimir.

cohobar v.tr QUIM Destilar repetidas veces una misma sustancia.

cohombrillo n.m. (d. de *cohombro*) **1.** *Cohombrillo amargo.* Planta medicinal, de la familia de las cucurbitáceas, con tallos rastreros y hojas acorazonadas. **2.** Fruto de esta planta.

cohombro n.m. **1.** Planta hortense, variedad de pepino, cuyo fruto es largo y torcido. **2.** Fruto de esta planta. — ZOOL *Cohombro de mar.* Equinodermo de la clase de los holotúridos, unisexual, con tentáculos ramificados alrededor de la boca.

cohorte n.f. **1.** Unidad táctica del antiguo ejército romano. **2.** Fig. Conjunto, muchedumbre.

coicoy n.m. *Chile.* Sapo pequeño que recibe este nombre por su grito particular.

coihue n.m. *Arg.* Variedad de jara pequeña propia de los Andes patagónicos.

coihué n.m. *Arg.*, *Chile* y *Perú.* Árbol de la familia de las fagáceas, de notable altura y de madera semejante a la del roble.

1. coima n.f. Concubina.

2. coima n.f. *Arg.* y *Chile.* Gratificación con que se soborna. • **coimear** v.int. *Arg.*, *Chile* y *Urug.* Recibir soborno.

coincidir v.int. **1.** Convenir una cosa con otra. **2.** Ocurrir dos o más cosas a un mismo tiempo; convenir en el modo, ocasión u otras circunstancias. **3.** Confundirse una cosa con otra, ya por superposición, ya por otro medio cualquiera. **4.** Concurrir simultáneamente dos o mas personas en un mismo lugar. • **coincidencia** n.f. Acción y efecto de coincidir.

coipo n.m. Gran roedor anfibio originario de América del S. ▷ Piel de este animal.

coirón n.m. *Bol.*, *Chile* y *Perú.* Planta gramínea de hojas duras y punzantes.

coito n.m. Ayuntamiento carnal del hombre con la mujer.

cojate n.m. BOT *Cuba.* Planta silvestre de la familia de las cingiberáceas, de unos dos metros de altura.

cojear v.int. **1.** Andar inclinando el cuerpo más a un lado que a otro, por no poder sentar con regularidad e igualdad ambos pies. **2.** Moverse una mesa o cualquiera otro mueble, por tener algún pie más o menos largo que los demás, o por desigualdad del piso. **3.** Fig. y Fam. Faltar a la rectitud en algunas ocasiones. **4.** Fig. y Fam. Adolecer de algún vicio o defecto. • **cojera** n.f. Accidente que impide andar con regularidad.

cojijo n.m. **1.** Sabandija. **2.** Inquietud moral apremiante. • **cojijoso,a** adj. Que se queja o resiente, generalmente por causa ligera.

cojín n.m. **1.** Almohadón que sirve para sentarse, arrodillarse o apoyar sobre él cómodamente alguna parte del cuerpo. — TECN *Cojín neumático.* Capa de aire comprimido que permite a un aerodeslizador sostenerse por encima de una superficie. La sustentación mediante un colchón neumático permite alcanzar velocidades muy grandes al reducir las fuerzas de arrastre y de rodamiento. **2.** MAR Defensa de cajeta que se pone en las vergas y en las bordas para que no se rocen determinados cabos.

cojinete n.m. **1.** Almohadilla de las cajas de coser. **2. 4.** IMP Cada una de las piezas de metal que sujetan el cilindro. **3.** MECAN Pieza o conjunto de piezas en que se apoya y gira cualquier eje de maquinaria.

cojinúa n.f. *Cuba.* Pez de unos 30 cm de largo, color plateado y cola ahorquillada abierta.

cojo,a 1. n. y adj. Se aplica a la persona o animal que cojea. ▷ Se dice de la persona o animal a quien falta una pierna o un pie, o tiene perdido su uso. **2.** adj. También se aplica al pie o pierna enfermos de donde proviene el andar así. ▷ Fig. Se dice también de algunas cosas inanimadas; como del banco o la mesa cuando balancean a un lado y a otro. ▷ Se dice de cosas inmateriales mal fundadas o incompletas.

cok n.m. Coque.

1. col- Partícula inseparable procedente del latín *cum*. v. con-.

2. col(o)- Prefijo procedente del griego *kholē*, «bilis».

col n.f. Planta hortense, de la familia de las crucíferas.

1. cola n.f. **I. 1.** Extremidad posterior del cuerpo y de la columna vertebral de algunos animales. **2.** Conjunto de plumas fuertes largas que tienen las aves en la rabadilla. **II. 1.** Parte del vestido que se lleva arrastrando. **2.** Parte del borde inferior de un vestido que cuelga o sobresale del resto por estar mal confeccionado. **3.** Punta o extremidad posterior de alguna cosa. **4.** Apéndice luminoso que suelen tener los cometas. **5.** Apéndice prolongado que se une a alguna cosa. **6.** Hilera de personas que esperan vez. **III.** BOT *Cola de caballo.* Hierba de la familia de las equisetáceas, con hojas filiformes, a manera de cola de caballo.

2. cola n.f. Pasta fuerte, traslúcida y pegajosa, que se obtiene generalmente cociendo retales de pieles. Sirve para pegar.

ENCICL Las colas permiten unir piezas de materias diferentes, sin que haya que taladrarlas o llevarlas a una elevada temperatura. Podemos distinguir las colas de origen *animal, vegetal* o *mineral* (constituidas por un coloide disuelto en un disolvente que se evapora al contacto con el aire), las *termoplásticas* (resinas poliacrílicas, p. ej.), que se licúan al calentarlas y que solidifican al enfriarse, y las *termoendurecibles* (resinas epóxidas, amino-plasto-urea-formol, p. ej.) que se aplican con un endurecedor que activa la reacción química (su plasticidad aumenta al calentarlas hasta un cierto límite, y se solidifican al enfriarse).

Cola n.f. Género de árboles de África tropical que producen la *nuez de cola.*

-cola Partícula inseparable procedente del latín *colere*, «cultivar, habitar».

colaborar v.int. Trabajar con otra u otras personas en una obra común. • **colaboración** n.f. Acción y efecto de colaborar. • **colaboracionista** n.m. y f. El que colabora con el enemigo en los países ocupados militarmente por él. • **colaborador,a** n.m. y f. **1.** Compañero en la elaboración de un trabajo. **2.** Persona que escribe habitualmente en un periódico, sin pertenecer a la plantilla de redactores.

colación n.f. **1.** Acto de conferir un beneficio eclesiástico, o un título universitario. **2.** Cotejo que se hace de una cosa con otra. **3.** Refacción, comida ligera. • **colacionar** v.tr. **1.** Cotejar. **2.** Hacer la colación de un beneficio eclesiástico.

colada n.f. **I. 1.** Acción y efecto de colar un líquido, la ropa, etc. **2.** Tómase especialmente por la acción de colar la ropa. ▷ Lavado periódico de la ropa de casa, por medio de cualquier sistema. **3.** Ropa colada. **II. 1.** Faja de terreno por donde pueden transitar los ganados. **2.** Paso difícil entre montañas. **III.** METAL Sangría que se hace en los altos hornos para que salga el hierro fundido.

coladero n.m. **1.** Manga, cedazo, o vasija en que se cuela un líquido. **2.** Camino o paso estrecho. **3.** MIN Boquete que se deja en el entrepiso de una mina para echar por él los minerales al piso general inferior, y desde allí sacarlos afuera. • **coladera** n.f. **1.** Cedacillo para licores. **2.** *Méx.* Sumidero con agujeros. • **colador** n.m. Coladero en que se cuela un líquido. • **coladura** n.f. **1.** Acción y efecto de colar líquidos. **2.** Fig. y Fam. Acción y efecto de colarse, cometer equivocaciones.

colágena n.f. QUIM Sustancia albuminoidea que existe en el tejido conjuntivo, en los cartílagos y en los huesos, y que se transforma en gelatina por efecto de la cocción. • **colágeno** n.m. y adj. BIOQUIM Escleroproteína de estructura fibrosa que constituye el componente fundamental de la trama conjuntiva.

colapsar 1. v.int. y prnl. Acción de producir el colapso o retracción del pulmón, mediante la introducción de aire en la cavidad pleural. **2.** v.int. Disminuir intensamente una actividad cualquiera. • **colapso I.** n.m. **1.** MED Postración repentina de las fuerzas vitales. — *Colapso cardiovascular.* Síndrome agudo caracterizado por la caída de tensión arterial, cianosis, taquicardia y sudores fríos. **2.** Fig. Paralización a que pueden llegar el tráfico y otras actividades. **II.** ASTRON Objeto cósmico hipotéticamente debido al hundimiento gravitacional de una estrella en su estadio último de evolución y que sólo se manifiesta por la presencia de un intenso campo gravitatorio.

1. colar I. v.tr. **1.** Pasar un líquido por cedazo o paño. **2.** Blanquear la ropa con lejía caliente. **II.** v.int. **1.** Pasar por un lugar estrecho. **2.** Fam. Pasar una cosa con engaño. **III.** v.prnl. **1.** Fam. Introducirse a escondidas en alguna parte. **2.** Fig. y Fam. Equivocarse hablando o haciendo algo. **3.** Fig. y Fam. Estar muy enamorado.

2. colar v.tr. Conferir un beneficio eclesiástico.

colargol n.m. QUIM Solución coloidal de plata, utilizada como antiséptico.

colateral 1. adj. Se dice de las cosas que están a uno y otro lado de otra principal. **2.** n. y adj. Se dice del pariente que no lo es por línea recta.

colcótar n.m. QUIM Color rojo que se emplea en pintura, formado por el peróxido de hierro pulverizado.

colcha n.f. Cobertura de cama.

colchón n.m. Especie de saco relleno de lana u otro material elástico destinado a dormir en él. • **colchonería** n.f. Establecimiento donde se hacen o venden colchones, almohadas, y otros objetos semejantes. • **colchoneta** n.f. Colchón delgado.

colear I. v.int. Menear la cola un animal. **II.** v.tr. Sujetar a una res por la cola, o tirar de ella.

colección n.f. Conjunto de cosas, por lo común de una misma clase. • **coleccionar** v.tr. Formar colección. • **coleccionismo** n.m. Afición a coleccionar objetos y técnica para ordenarlos debidamente. • **coleccionista** n.m. y f. Persona que colecciona.

colecta n.f. **1.** Recaudación de donativos. • **colectar** v.tr. Recaudar o percibir dinero.

colectivo,a I. adj. **1.** Perteneciente o relativo a cualquier agrupación de individuos. **2.** Que tiene virtud de recoger o reunir. **II.** n.m. *Arg.* y *Bol.* Vehículo más pequeño que el ómnibus, dedicado al transporte público de viajeros. • **colectividad** n.f. Conjunto de personas reunidas o concertadas para un fin. • **colectivismo** n.m. Doctrina que tiende a transferir la propiedad particular a a la colectividad. • **colectivizar** v.tr. Transformar lo individual en colectivo.

colector n.m. **I.** Recaudador. **II. 1.** Canal o conducto que recoge las aguas de otros, especialmente en las alcantarillas. **III.** ELECTR Disposición que se adopta en las máquinas generadoras de corriente para aprovechar en un circuito exterior la corriente producida. ▷ ELECTRON En los transistores, electrodo conectado con el emisor.

colédoco n. y adj. ANAT Conducto formado por la unión de los conductos cístico y hepático y que desemboca en el duodeno.

colega n.m. Nombre que se aplican entre sí las personas de una misma profesión.

colegiata n.f. Iglesia colegial.

colegio n.m. **1.** Establecimiento de enseñanza. **2.** Edificios del colegio. **3.** Asociación de personas de la misma profesión. • **colegiado,a** adj. **1.** Dícese del individuo que pertenece a una corporación que forma colegio. **2.** También se aplica al cuerpo constituido en colegio. • **colegial I.** adj. Perteneciente al colegio. **II.** n.m. y f. **1.** El que es estudiante en un colegio. **2.** Fig. y Fam. Muchacho inexperto y tímido. **III.** n.m. o f. *Chile.* Pájaro que vive a orillas de los ríos. • **colegiarse** v.prnl. Reunirse en colegio.

colegir v.tr. **1.** Juntar. **2.** Inferir.

colémbolos n.m.pl. Orden de insectos apterigotos saltadores, muy primitivos.

colemia n.f. PAT Presencia de bilis en la sangre.

colénquima n.m. BOT Tejido de sostén de los vegetales superiores.

coleóptero n. y adj. ZOOL Insectos que tienen boca dispuesta para masticar, caparazón consistente y dos élitros córneos que cubren dos alas membranosas. ▷ n.m.pl. Orden de estos insectos.

coleóptilo n.m. BOT Funda que envuelve la plúmula del embrión y de la joven germinación de las gramíneas.

coleorriza n.f. BOT Funda que envuelve la radícula del embrión.

cólera I. n.f. Ira, enfado. **II.** n.m. PAT Enfermedad aguda caracterizada por vómitos repetidos y abundantes deposiciones. • **colérico,a I.** adj. **1.** Enfadado. **2.** Propenso a la cólera.

ENCICL El cólera es una infección intestinal aguda, muy contagiosa, producida por el vibrión colérico y su variedad el Tor. (Se manifiesta con vómitos abundantes y una intensa diarrea, causantes de una importante deshidratación que determina su gravedad. La terapéutica se basa esencialmente en la rehidratación y secundariamente en el tratamiento antibiótico. La prevención se basa en la higiene y en la quimioprofilaxis en las regiones endémicas. Existe una vacuna, cuya eficacia transitoria se discute.)

colero n.m. *Amér.* En algunas minas, lo mismo que ayudante del capataz.

colesterol n.m. Variedad de esterol presente en los tejidos y los líquidos del organismo. • **colesterolemia** n.f. MED Concentración de colesterol en la sangre circulante.

coleta n.f. **1.** Cabello recogido con una cinta, que cae en forma de cola. **2.** Mechón o trenza que cae de la parte posterior de la cabeza. • **coletilla** n.f. Adición breve al final de un escrito o discurso.

coletazo n.m. Golpe dado con la cola. ▷ Última manifestación de una actividad próxima a extinguirse.

coleto n.m. **1.** Vestidura de piel, que cubre el cuerpo hasta la cintura. **2.** Fig. y Fam. Cuerpo del hombre. **3.** Fig. y Fam. Interior de una persona.

coletuy n.m. Nombre vulgar de varias especies leñosas de plantas leguminosas.

colgar I. v.tr. **1.** Suspender una cosa de otra, sin que llegue al suelo. **2.** Adornar con tapices o telas. **3.** Fig. y Fam. Ahorcar. **4.** Fig. Imputar. **II.** v.int. Estar una cosa en el aire pendiente o asida de otra. ▷ Fig. Depender de la voluntad o dictamen de otro. • **colgadizo,a 1.** adj. Dícese de algunas cosas que sólo tienen uso estando colgadas. **2.** n.m. Tejadillo saliente de una pared. • **colgado,a** adj. **1.** Fig. y Fam. Se dice de la persona burlada o frustrada en sus esperanzas o deseos. Se usa con los verbos *dejar, quedar,* etc. **2.** Fig. Muy atento, anhelosamente pendiente. • **colgadura** n.f. Tapiz o tela con que se cubre y adorna una pared exterior o interior, un balcón, etc., con motivo de alguna celebración o festividad. • **colgajo** n.m. **1.** Cualquier trapo o cosa despreciable que cuelga. **2.** Racimo de uvas o porción de frutas que se cuelga para conservarlas. • **colgante** n.m. **1.** Joya que pende o cuelga. **2.** ARQUIT Festón, adorno.

colibacilo n.m. BACT Bacilo que se halla normalmente en el intestino del hombre y de algunos animales. • **colibacilosis** n.f. PAT Septicemia producida por el colibacilo.

colibrí n.m. ZOOL Pájaro americano, insectívoro, muy pequeño y de pico largo y débil.

cólico,a I. adj. Perteneciente al intestino colon. **II.** n.m. Acceso doloroso, localizado en los intestinos y caracterizado por violentos retortijones, sudores , vómitos y descargas diarréicas. — *Cólico hepático.* Acceso de dolor violento determinado por el paso de las concreciones anómalas contenidas en la vejiga de la hiel a través de los conductos de ésta para salir al intestino. — *Cólico nefrítico, o renal.* Acceso de dolor violentísimo, determinado por el paso de las concreciones anormales formadas en el riñón por los uréteres, hasta desembocar en la vejiga de la orina.

colicoli n.m *Chile.* Especie de tábano, de color pardo, muy común y molesto.

coliflor n.f. Variedad de col.

coligarse v.tr. y prnl. Unirse unos con otros con algún fin.

coliguacho n.m. *Chile.* Moscardón negro, especie de tábano.

coligüe n.m. *Arg.* y *Chile.* Planta gramínea, de madera dura en algunas de sus variedades.

colilarga n.f. *Chile.* Pájaro insectívoro, que tiene en la cola dos plumas más largas que todo el cuerpo.

colilla n.f. Resto del cigarro, que se tira.

colimar v.tr. FIS Obtener un haz de rayos paralelos a partir de un foco luminoso. • **colimador** n.m. **1.** FIS Anteojo que va montado sobre los grandes telescopios astronómicos para facilitar su puntería. **2.** FIS En ciertos aparatos, como espectroscopios y goniómetros, la parte que tiene por misión colimar los rayos luminosos. **3.** ASTRON Instrumento que sirve para determinar el error de colimación de los aparatos provistos de retículos. **4.** OPT Dispositivo que tiene por objeto obtener haces de rayos luminosos paralelos.

colímbidos n.m.pl. ZOOL Familia de aves que comprende los somorgujos y erigida en orden: *colimbiformes.*

colimbo n.m. Ave palmípeda, con membranas interdigitales completas.

colín,a I. adj. Dícese del animal que tiene la cola cortada. **II.** n.m. **1.** Barrita de pan larga y del grueso de un dedo. **2.** Piano de cola de dimensiones reducidas. **3.** *Méx.* Ave del orden de las gallináceas, muy semejante a la codorniz.

1. colina n.f. Elevación natural de terreno, menor que una montaña.

2. colina n.f. BIOQUIM Alcohol nitrogenado que entra en la composición de ciertos lípidos y que se encuentra en todas las células del organismo.

colindante adj. Dícese de los campos, edificios, municipios etc., que tienen límites comunes. • **colindar** v.intr. Lindar entre sí dos o más fincas, campos, etc.

colinérgico,a adj. BIOQUIM Que obra por medio de la acetilcolina.

colinesterasa n.f. BIOQUIM Enzima que hidroliza la acetilcolina, a la que deja inactiva.

colirio n.m. Medicamento líquido que se instila en los ojos.

colirrojo n.m. ZOOL Pájaro de la familia del tordo, con la cola y el dorso rojizos.

colisión n.f. **1.** Choque de dos cuerpos. **2.** Fig. Oposición y pugna de ideas o intereses, o de las personas que los representan.

colitis n.f. MED Inflamación del intestino colon.

Colius n.m. Género de aves africanas (v. coliformes) de larga cola y del tamaño de un gorrión.

colmado,a I. adj. Abundante, completo. **II.** n.m. Tienda de comestibles.

colmar v.tr. **1.** Llenar un recipiente de modo que lo que se echa en él rebase los bordes o forme colmo. **2.** Fig. Dar con abundancia. **3.** Fig. Satisfacer plenamente deseos, aspiraciones, etc.

colmena n.f. Recinto de corcho, madera, etc., que sirve a las abejas de habitación.

colmenilla n.f. Hongo de sombrerete aovado, consistente y carnoso.

colmillo n.m. Diente agudo y fuerte, colocado en cada uno de los lados de las hileras que forman los dientes incisivos de los mamíferos. ▷ Cuerno que tienen los elefantes en la mandíbula superior.

1. colmo n.m. **1.** Porción de materia que sobresale por encima de los bordes del recipiente que las contiene. **2.** Fig. Complemento o término de alguna cosa. — Fig. y Fam. *Ser una cosa el colmo.* Rebasar la medida, ser excesiva.

2. colmo n.m. **1.** Paja que se usa para cubrir cabañas. **2.** Techo de paja.

3. colmo,a adj. Que está colmado o tiene colmo.

colobo n.m. *Amér.* Mono catirrino, de cuerpo delgado y cola muy larga.

colocar I. v.tr. y prnl. **1.** Poner a una persona o cosa en su debido lugar. **2.** Fig. Acomodar a uno, poniéndole en algún estado o empleo. **II.** v.tr. Hablando de dinero, invertirlo. • **colocación** n.f. **1.** Acción y efecto de colocar o colocarse. **2.** Situación de personas o cosas. **3.** Empleo o destino.

colocasia n.f. BOT Arácea que se cultiva en Polinesia por su rizoma comestible muy rico en almidón.

colocolo n.m. *Chile.* Especie de gato montés.

colocho,a I. n. y adj. *Amér. Central* y *Pan.* Dícese de la persona que tiene el cabello crespo. **II.** n.m. **1.** *Amér. Central* y *Pan.* Viruta. **2.** *Amér. Central* y *Pan.* Rizo, tirabuzón.

colodión n.m. QUIM Solución de nitrocelulosa en una mezcla de alcohol y éter (utilizada en farmacia, en fotografía y en la fabricación de explosivos).

colofón n.m. **1.** IMPR Anotación al final de los libros, que expresa el nombre del impresor y el lugar y fecha de la impresión. **2.** Fig. Complemento que se añade a una obra.

colofonia n.f. Residuo de la trementina exudada por diversas coníferas, utilizado para el encolado del papel y la fabricación de barnices.

cologaritmo n.m. MAT Logaritmo de la inversa de un número (colog a^{-1} = log $\frac{1}{a}$ = -log a).

coloide I. n.m. QUIM Sustancia que, disuelta en un disolvente, forma partículas de diámetro muy pequeño llamadas *micelas* (de 20 a 2.000 Å). **II.** adj. MED Semejante a la gelatina. • **coloidal** Dícese de los sólidos o soluciones líquidas que contienen un cuerpo en dispersión en forma de micelas.

colombiano,a **1.** n. y adj. Natural de Colombia. **2.** adj. Perteneciente a esta República de América.

colombicultura n.f. Cría de palomas.

colombo n.m. BOT Planta de la familia de las menispermáceas, originaria de países tropicales.

colombofilia n.f. Técnica de la cría de palomas, en especial mensajeras. ▷ DEP Afición a poseer, adiestrar, etc., palomas.

colon n.m. ANAT Parte final del intestino que termina en el recto.

colón n.m. Unidad monetaria de Costa Rica y El Salvador.

colonche n.m. *Méx.* Bebida embriagadora que se hace con el zumo de la tuna cardona y azúcar.

1. colonia n.f. **1.** Conjunto de personas que van de un país a otro para establecerse en él. **2.** País o lugar donde se establece esta gente. **3.** Territorio fuera de la nación que lo hizo suyo. **4.** Territorio que, situado fuera de una nación queda sometido a su influencia, ejercida principalmente en forma de expansión demográfica, política o económica. **5.** Agrupación de células, personas o animales que viven juntos. **6.** Grupo de niños que pasan juntos las vacaciones fuera de la ciudad. • **colonial** adj. Perteneciente o relativo a la colonia. • **colonialismo** n.m. Tendencia a mantener un territorio en el régimen de colonia. ▷ Doctrina que consideraba la colonización sólo como un medio de provecho para las naciones colonizadoras.

ENCICL Aunque el nacimiento de la empresa suele localizarse en el Mediterráneo (fenicios, griegos, cartagineses, romanos), muchos otros pueblos dieron parecida solución al reto de su expansión cultural y económica. Entre los pueblos asiáticos y americanos podrían encontrarse numerosos ejemplos de explotación colonial practicada por una metrópoli sobre otras sociedades menos desarrolladas. Pero fue quizá la Grecia clásica el origen del colonialismo en su más amplia acepción; no sólo económica, sino también cultural. Mientras Atenas se encerraba en la «polis» preparándose para el esplendor de Pericles, y mientras los espartanos encontraban en el militarismo una solución a sus problemas económicos, los griegos de Corinto buscaron la expansión colonial en el Mediterráneo. Estas colonias eran independientes, aunque mantenían una relación cultural y comercial con la metrópoli. Durante el Renacimiento, con el avance técnico que permitió una mayor facilidad de comunicaciones, la empresa colonial se expandió por el Mediterráneo (genoveses, venecianos, catalanes) y por las grandes rutas oceánicas (portugueses y españoles). Más tardíamente acudieron a esta competición ingleses, holandeses, franceses, alemanes y belgas. Pero si la colonización española y portuguesa en América fue —en lo bueno y en lo malo— una empresa estimulada por los idealismos y las ambiciones caballerescas de la Edad Media, otras expansiones fueron ya patrocinadas por una burocracia moderna, menos heroica y violenta, aunque más codiciosa. En el s. XIX, la revolución económica y financiera, la emigración de los europeos y el auge de las exploraciones llevaron a las grandes y pequeñas potencias a una colonización más sistemática que condujo al imperialismo e introdujo nuevas rivalidades. Los procesos de descolonización varían notablemente: algunas colonias alcanzan la autonomía, y después la independencia, sin romper los lazos de la madre patria (dominio); y en cambio otras despiertan al nacionalismo bajo el impulso de unas minorías formadas generalmente en la metrópoli. La tensión entre colonizadores y colonizados, agravada después de la Primera Guerra Mundial, se ha acrecentado desde 1945. El movimiento de «descolonización» ha llegado a ser uno de los principales rasgos de nuestra época.

2. colonia n.f. **1.** Agua de colonia. **2.** BOT *Cuba* Planta ornamental, de la familia de las cingiberáceas, que forma macizos.

colonizar v.tr. **1.** Formar o establecer colonia en un país. **2.** Fijar en un terreno la morada de sus cultivadores. • **colono** n.m. **1.** El que habita en una colonia. **2.** Labrador que cultiva y labra una heredad por arrendamiento y suele vivir en ella.

coloquíntida n.f. **1.** Cucurbitácea de tallos rastreros y pelosos, que da un fruto de gran tamaño. **2.** Fruto de esta planta.

coloquio n.m. **1.** Conversación entre dos o más personas. **2.** Género de composición literaria en forma de diálogo. **3.** Reunión en que se debate un problema. • **coloquial** adj. **1.** Perteneciente o relativo al coloquio. **2.** Califica voces, frases, lenguaje, etc., propios de la conversación.

color n.m. **I. 1.** Impresión producida en el ojo por las diversas radiaciones constitutivas de la luz; cualidad particular de esas radiaciones. **2.** Color natural de la tez humana. **3.** Sustancia preparada para pintar o para dar a las cosas un tinte determinado. **4.** Maquillaje. **5.** Colorido de una pintura. **II. 1.** Fig. Pretexto. **2.** Fig. Carácter peculiar de algunas cosas. **3.** Matiz de opinión o fracción política. **III.** JUEG En el póquer, reunión de cinco cartas del mismo palo. **IV.** *Colores complementarios.* Aquellos cuya superposición da el color blanco. — FIS *Color del espectro solar, del iris, o elemental.* Cada uno de los siete rayos en que se descompone la luz blanca del sol, que son: rojo, anaranjado, amarillo, verde, azul turquí o añil y violado. — *Colores nacionales.* Los que adopta por distintivo cada nación y usa en su pabellón, banderas y escarapelas. • **colorar** v.tr. Dar de color o teñir alguna cosa. • **colorear I.** v.tr. Dar color. ▷ Fig. Dar alguna razón aparente para hacer una cosa poco justa. **II. 1.** v.intr. y prnl. Mostrar una cosa el color colorado que en sí tiene. **2.** Tomar algunos frutos el color encarnado de su madurez. **III.** v.tr. y prnl. Tirar a colorado.

colorado,a adj. **1.** Que tiene color. **2.** Que tiene color más o menos rojo.

colorete n.m. Maquillaje de color rojo.

colorido n.m. Disposición y grado de intensidad de los diversos colores de una pintura.

colorimetría n.f. QUIM Procedimiento de análisis químico fundado en la intensidad del color de las disoluciones.

colorín,a I. adj. *Chile*. Pelirrojo. **II** n.m. **1.** Jilguero. **2.** Color vivo y sobresaliente.

colorismo n.m. **1.** PINT Tendencia a dar exagerada preferencia al color sobre el dibujo. **2.** LITER Propensión a recargar el estilo con calificativos vigorosos o redundantes.

coloso n.m. Estatua de una magnitud que excede mucho a la natural. ▷ Fig. Persona o cosa que por sus cualidades sobresale muchísimo. • **colosal** adj. **1.** Perteneciente o relativo al coloso. **2.** Fig. Extraordinario.

colostomía n.f. CIR Creación de ano artificial por abocamiento a la piel de una porción del colon.

colquicáceo,a n.f. y adj. BOT Dícese de hierbas liliáceas, perennes.

cólquico n.m. Planta herbácea de bulbo venenoso, con flores en trompetilla.

colt n.m. **1.** Revólver. **2.** Pistola de carga automática.

colúbrido n.m. ZOOL Individuo de la familia de reptiles ofidios, de que es tipo la culebra común.

columbrar v.tr. Divisar. **2.** Fig. Atisbar.

columela n.f. **1.** Eje de la concha helicoidal de los gasterópodos. **2.** Órgano vegetal o animal en forma de columna.

columna n.f. **I. 1.** ARQUIT Apoyo de forma generalmente cilíndrica, de mucha más altura que diámetro, compuesto de basa, fuste o caña y capitel, y que sirve para sostener techumbres o adornar edificios o muebles. **2.** Pila de cosas. **3.** En impresos o manuscritos, cualquiera de las partes en que suelen dividirse las planas por medio de un blanco o línea. **4.** FIS Porción de fluido contenido en un cilindro vertical. **5.** MILT Conjunto de soldados o barcos que se sitúan de forma que cubren iguales frentes. **II.** ANAT *Columna vertebral*. Está formada por la superposición de las vértebras y situada en la parte media y posterior del tronco. — *Quinta columna*. Conjunto de los partidarios de una causa nacional o política organizados o comprometidos a servirla activamente, y que, en ocasión de guerra, se hallan dentro del territorio enemigo. • **columnata** n.f. Serie de columnas que sostienen o adornan un edificio. • **columnista** n.m. y f. Redactor o colaborador de una columna fija de un periódico.

columpio n.m. Asiento suspendido entre dos cuerdas para mecerse. • **columpiar** v.tr. y prnl. Impeler al que está puesto en un columpio.

colusión n.f. DER Pacto con intención de dañar a un tercero.

colza n.f. Planta anual, especie de col, de cuyas semillas se obtiene aceite.

collado n.m. **1.** Pequeña elevación de terreno. **2.** Paso entre montañas.

collage n.m. Composición pictórica realizada pegando con cola diversos materiales sobre la superficie pintada.

collar n.m. **1.** Adorno que rodea el cuello. **2.** Insignia de algunas magistraturas y dignidades. **3.** Aro que se ciñe al pescuezo de los animales domésticos. **4.** Faja de plumas que ciertas aves tienen alrededor del cuello, y que se distingue por su color. **5.** MECAN Anillo que abraza cualquier pieza circular de una máquina para sujetarla sin impedirle girar. • **collarín** n.m. Alzacuello de los eclesiásticos.

collareja n.f. **1.** *Col.* Especie de paloma silvestre, muy estimada por su carne. **2.** *C. Rica* y *Méx.* Comadreja.

collarino n.m. ARQUIT Parte inferior del capitel, entre el astrágalo y el tambor.

collas, pueblo boliviano de la zona andina, de la familia lingüística de los aimaras. Sus antepasados son los creadores de la cultura de Tiahuanaco, en los alrededores del lago Titicaca, una de las más antiguas culturas sudamericanas. A principios del s. X fueron invadidos por los quechuas del Cuzco, cayendo Tiahuanaco en poder de éstos hacia el año 1200, en tiempos del inca Mayta Cápac.

colleja n.f. Hierba de la familia de las cariofiláceas.

collera n.f. Collar de cuero relleno de borra que se pone al cuello a los animales de tiro para protegérselo.

colliguay n.m. *Chile.* Arbusto euforbiáceo cuya leña, al quemarse, exhala un olor agradable.

com Prep. insep. *con*, que expresa reunión o agregación. *Combatir, compadre.*

1. coma n.f. **1.** Signo ortográfico (,) que sirve para indicar la división de las frases o miembros más cortos de la oración o del período, y que también se emplea en aritmética para separar los enteros de las fracciones decimales. **2.** MUS La división tonal más pequeña susceptible de ser percibida por el oído.

2. coma n.m. Estado de sopor profundo en que se conservan sólo las funciones vegetativas.

comadre n.f. **1.** Partera. **2.** Llámanse así recíprocamente la madre y la madrina de una criatura. **3.** Fam. Vecina y amiga con quien tiene otra mujer más trato y confianza que con las demás. • **comadrear** v. int. FAM Chismear, murmurar, en especial las mujeres. • **comadreo** n.m. FAM Acción y efecto de comadrear.

comadreja n.f. Pequeño carnívoro (familia de los mustélidos) de Europa.

comadrona n.f. Partera. • **comadrón** n.m. Cirujano que asiste a la mujer en el acto del parto.

comalía n.f. VETER Hidropesía general que acomete particularmente al ganado ovino.

comanches, tribus de indios que vivían en Texas y Nuevo México. Eran muy belicosas, por lo que su contacto con los colonizadores fue sangriento. En 1874 fueron internados en reservas en el estado de Wyoming.

comandante n.m. **1.** Jefe militar de categoría comprendida entre las de capitán y teniente coronel. **2.** Militar que ejerce el mando en ocasiones determinadas. • **comandancia** n.f. **1.** Empleo de comandante. **2.** Provincia que está sujeta en lo militar a un comandante. **3.** Edificio donde se hallan las oficinas de aquel cargo. • **comandar** v.tr. MILIT Mandar un ejército, una plaza, etc.

comandita n.f. COM Sociedad en comandita. • **comanditar** v.tr. Suministrar los fondos necesarios para una empresa comercial o industrial, sin contraer obligación mercantil alguna.

comando n.m. **1.** MILIT Mando militar. **2.** Pequeño grupo de tropas de choque, destinado a hacer incursiones en terreno enemigo.

comarca n.f. División de territorio que comprende varias poblaciones.

comatoso,a adj. y n. Relativo al coma.

comátula n.f. ZOOL Equinodermo crinoideo libre al llegar a adulto.

comba n.f. **1.** Inflexión que toman algunos cuerpos sólidos cuando se encorvan. **2.** Juego de niños que consiste en saltar por encima de una cuerda que da vueltas sobre la cabeza del que salta. ▷ Esta misma cuerda.

combate n.m. **1.** Pelea entre personas o animales. **2.** Acción bélica. **3.** Fig. Lucha interna de pensamientos, pasiones, etc. **4.** Fig. Contradicción, pugna. • **combatiente** n.m. Cada uno de los soldados que componen un ejército. • **combatir I.** v.int. y prnl. Pelear. **II.** v.tr. **1.** Acometer, embestir. ▷ Fig. Tratándose de algunas cosas inanimadas, como las olas del mar, etc., batir, sacudir. ▷ Fig. Contradecir, impugnar. **2.** Oponerse. *Combatir las plagas.* • **combatividad** n.f. Inclinación natural a la lucha. • **combativo,a** adj. Dispuesto o inclinado al combate.

combinar I. v.tr. Unir cosas diversas. **II.** v.prnl. Ponerse de acuerdo dos o más personas para una acción. **III.** v.tr. y prnl. QUIM Unir dos o más cuerpos en proporciones atómicas determinadas, para formar un nuevo compuesto de propiedades distintas. • **combinación** n.f. **I. 1.** Acción y efecto de combinar o combinarse. ▷ QUIM Formación de un compuesto a partir de varios cuerpos que se unen en determinadas proporciones. ▷ Cóctel. **2.** Unión de dos cosas en un mismo sujeto. **II.** Prenda de interior que usan, a veces, las mujeres debajo del vestido. Suele llevar tirantes y llega casi hasta el borde de la falda. **III.** ALG Cada uno de los grupos que se pueden formar con letras en todo o en parte diferentes, pero en igual número; p. ej.: *abc, abd, efg.* • **combinatorio** adj. MAT Perteneciente o relativo a la combinación.

combretáceo,a n.f. y adj. BOT Árboles angiospermos dicotiledóneos, como el mirobálano y el júcaro. ▷ n.f.pl. BOT Familia de estas plantas.

comburente n. y adj. FIS Que hace entrar en combustión o activa ésta.

combustible I. adj. **1.** Que puede arder. **2.** Que arde con facilidad. **II.** n.m. Toda sustancia que puede arder y ser provechada para producir calor, o transformar la energía calorífica en trabajo mecánico. • **combustibilidad** n.f. Calidad de combustible. • **combustión** n.f. **1.** Acción y efecto de quemar. **2.** QUIM Combinación de un cuerpo combustible con otro comburente con desprendimiento de calor. — MED La que se produce en las partes grasas del cuerpo humano por el uso excesivo de las bebidas alcohólicas.

comecome n.m. Comezón en el cuerpo. ▷ Fig. P. ext., desazón, preocupación.

comechingones, pueblo sudamericano, perteneciente a las comunidades que, en la época de la conquista española, habitaban en las sierras de Córdoba, República Argentina. Estado dividido en dos grupos de distinta variedad dialectal.

comedero,a I. adj. Que se puede comer. **II.** n.m. Recipiente donde se echa la comida a los animales.

comedia n.f. **1.** Poema dramático de enredo y desenlace superficiales. **2.** Género cómico. **3.** Fig. Farsa o fingimiento. • **comediante,a** n.m. y f. **1.** Actor y actriz. **2.** Fig. y Fam. Persona que aparenta lo que no siente. • **comediógrafo,a** n.m. y f. Persona que escribe comedias.

comedimiento n.m. Cortesía, moderación. • **comedido,a** adj. Cortés, prudente.

comedirse v. prnl. Actuar con comedimiento.

comedor,a I. adj. Que come mucho. **II.** n.m. **1.** Aposento destinado en las casas para comer. ▷ Mobiliario de este aposento. **2.** Establecimiento destinado para servir comidas.

comején n.m. ZOOL Insecto del orden de

los arquípteros, de color blanco, que vive en los lugares húmedos de los países cálidos formando colonias con otros insectos.

comensal n.m. y f. **1.** Cada una de las personas que comen en una misma mesa. **2.** BIOL Designa los seres vivos que viven y se alimentan junto a otros sin daño para éstos. *Bacterias comensales del tubo digestivo.*

comentar v.tr. Ampliar el contenido de un escrito, para que se entienda con más facilidad. ▷ Fam. Hacer comentarios. • **comentario I.** n.m. Escrito que sirve de explicación de una obra. **II.** pl. **1.** Título que se da a algunas historias breves. **2.** Juicios emitidos oralmente o por escrito, sobre personas, asuntos, etc. • **comentarista** n.m. y f. Persona que da las noticias en la radio, en la televisión o en la prensa.

comenzar v.tr. e intr. Dar principio a una cosa o empezar algo.

comer I. v.int. y tr. Tomar alimento por la boca. ▷ Tomar la comida principal del día. **II.** v.tr. **1.** Tomar por alimento una cosa. **2.** Fig. Consumir algo. **3.** Fig. Corroer, consumir (la envidia, el deseo, etc.) **4.** Fig. En el juego del ajedrez y en el de las damas, ganar una pieza al contrario. **5.** Fig. Hablando del color, ponerlo la luz desvaído. **III.** v.prnl. Cuando se habla o escribe, omitir alguna frase, sílaba. • **comestible** adj. **I.** Que se puede comer. **II.** n.m. Todo género de mantenimiento. (Se usa más el pl.).

comercio n.m. **1.** Negociación que se hace comprando o vendiendo mercancías. **2.** Tienda o establecimiento comercial. **3.** Fig. Conjunto o la clase de comerciantes. **4.** Fig. Comunicación y trato secreto, por lo común ilícito, entre dos personas de distinto sexo. • **comercial** adj. Perteneciente al comercio y a los comerciantes. ▷ Dícese de aquello que tiene fácil aceptación en el mercado. • **comercialización** n.f. Acción y efecto de comercializar. • **comercializar** v.tr. Dar a un producto condiciones y organización comercial para su venta. • **comerciante** n.m. y f. **1.** Que comercia. **2.** Persona que antepone el dinero a cualquier otro interés. • **comerciar** v.int. Negociar con géneros.

cometa 1. n.m. ASTRON Astro formado por un núcleo poco denso y una atmósfera luminosa que describe una órbita muy excéntrica. **2.** n.f. Juguete que consiste en una armazón plana y muy ligera que sostiene un papel o una tela. Lleva en la parte inferior una cola formada con cintas; sujeta con un hilo muy largo, se arroja al aire, pudiendo alcanzar gran altura.
ENCICL Los cometas tienen una masa muy pequeña. No son visibles más que en las proximidades del sol. Su período de revolución es a veces muy grande (varios miles de años). El más conocido es el cometa de Halley (período: 76 años). Un cometa está constituido por una cabellera, espejismo luminoso de forma oval en cuyo centro se encuentra un núcleo brillante de 50.000 a 200.000 km de diámetro (la cabeza), y de un rastro luminoso que puede tener varios millones de km de largo (la cola), y que está orientado en dirección opuesta al Sol.

cometer v.tr. Hablando de culpas, faltas, etc., caer, incurrir en ellas.

cometido n.m. **1.** Comisión, encargo. **2.** P. ext., incumbencia, obligación moral.

comezón n.f. Picazón. ▷ Fig. Desazón moral por un deseo insatisfecho.

comicios n.m.pl. Reuniones y actos electorales.

cómico,a n. y adj. **1.** Perteneciente a la comedia. **2.** Aplícase al actor que representa papeles jocosos. **3.** Que puede divertir. • **comicidad** n.f. Calidad de cómico, que divierte.

comida n.f. **1.** Conjunto de alimentos que se toman. **2.** Acción de tomar alimentos a una hora determinada • **comido,a** adj. Dícese del que ha comido.

comidilla n.f. Fig. y Fam. Tema de murmuración o crítica.

comienzo n.m. Principio de una cosa.

comilona n.f. Fam. Comida en que hay mucha abundancia de alimentos. • **comilón,a** n. y adj. Fam. Que come mucho.

comillas n.f.pl. Signo ortográfico (« », “ ”) que se utiliza para cerrar un texto dentro de otro más extenso.

comino n.m. BOT Hierba umbelífera cuyas semillas, de diminuto tamaño, se utilizan como condimento y en medicina.

comisario n.m. El que tiene poder de otro para ejecutar alguna orden o tratar algún negocio. • **comisaría** n.f. **1.** Empleo del comisario. **2.** Oficina del comisario.

comisión n.f. **1.** Acción de cometer. **2.** Facultad que una persona da por escrito a otra para que ejecute algún encargo o trata algún negocio. **3.** Conjunto de personas encargadas por una corporación o autoridad para obrar en algún asunto en nombre de un grupo más numeroso. **4.** Cantidad que se cobra por desempeñar una comisión comercial. • **comisionado,a** n. y adj. Encargo de una comisión. • **comisionar** v.tr. Dar a alguien una comisión. • **comisionista** n.m. y f. COM Persona que desempeña comisiones comerciales.

comisura n.f. **1.** ANAT Punto de unión de ciertas partes similares del cuerpo, como los labios. **2.** ANAT Sutura de los huesos del cráneo por medio de dientecillos a manera de sierra.

comité n.m. Comisión de personas encargadas para un asunto.

comitiva n.f. Gente que va acompañando a alguno.

comiza n.f. Especie de barbo, mayor que el común.

commelináceo,a n. y adj. BOT Dícese de plantas angiospermas monocotiledóneas, herbáceas; como el cañutillo. ▷ n.f.pl. BOT Familia de estas plantas.

como I. adv.m. **1.** Del modo o la manera que. *Hazlo como te digo.* **2.** adv.m.interrog. y excl. *cómo.* Equivale a *de qué modo o manera.* **3.** En sentido comparativo denota idea de equivalencia y significa el modo o la manera que, o a modo o manera de. En este sentido corresponde a menudo con *así, tal, tan y tanto.* **4.** Según, conforme. *Sucedió como lo cuento.* **5.** En calidad de. *Asiste a la boda como testigo.* **6.** Por qué motivo o razón. *No sé cómo no le mato.* **7.** Así que. *Como llegamos a la posada, se dispuso la cena.* **8.** Empléase lo mismo que la conjunción *que* para introducir una subordinada. **9.** Hace también oficio de conjunción condicional, equivaliendo a *si. Como no vengas, verás.* **10.** Toma también carácter de conjunción causal, precediendo a veces a la conjunción *que. Como vine tarde, no lo vi.* **11.** En ciertas construcciones, junto a un verbo en subjuntivo, equivale al gerundio del mismo verbo. **II.** Se usa a veces con carácter de sustantivo, precedido del artículo *el. El cómo y el cuándo.* **III.** *¡Cómo!* Interj. con que se denota extrañeza o enfado. — *¿Cómo no?* Expr. que equivale a *¿cómo podría ser de otro modo?*

cómoda n.f. Mueble con tablero de mesa y cajones que sirve para guardar ropa.

comodidad n.f. **1.** Calidad de cómodo. **2.** Posesión de las cosas necesarias para vivir a gusto. **3.** Utilidad. • **cómodo,a** adj. Conveniente, oportuno. • **comodón,a** adj. Fam. Dícese del que es amante de la comodidad.

comodín n.m. **1.** En algunos juegos de naipes, carta que se puede aplicar a cualquier suerte favorable. **2.** Cosa que se puede hacer servir para diferentes usos.

comodoro n.m. Oficial de la marina de grado intermedio entre capitán de navío y contralmirante.

comoquiera adv. m. De cualquier modo o manera.

compacto,a adj. **1.** Se dice de los cuerpos de textura apretada y poco porosa. **2.** IMP Se dice de la impresión que en poco espacio tiene mucho texto.

compadecer I. v.tr. Compartir la desgracia ajena. **II.** v.tr. y prnl. Sentir lástima por el sufrimiento ajeno.

compadraje n.m. Unión de varias personas para ayudarse en hechos reprobables.

compadre n.m. Llámanse así recíprocamente el que ha sacado de pila a una criatura y el padre de ella; y p. ext., también dan al padrino nombre de compadre la madre y la madrina del bautizo. ▷ Con respecto a los padres del confirmado, el padrino en la confirmación. • **compadrazgo** n.m. Relación de compadre.

compaginar I. v.tr. y prnl. **1.** Armonizar. **2.** IMP Ajustar las galeradas para formar páginas. **II.** v.prnl. Fig. Corresponder bien una cosa con otra.

compañero,a n.m. y f. **1.** Persona que se acompaña con otra para algún fin. **2.** En las comunidades, como colegios, etc., cada uno de los individuos de que se componen. **3.** En varios juegos, cualquiera de los jugadores que se unen contra los otros. **4.** Persona que tiene o corre una misma suerte con otra. ▷ Fig. Hablando de cosas, la que hace juego con otra u otras. • **compañerismo** n.m. Vínculo que existe entre compañeros.

compañía n.f. **1.** Efecto de acompañar. **2.** Persona que acompaña a otra. **3.** Sociedad de varias personas unidas para un mismo fin. **4.** Cuerpo de actores que representa en un teatro. **5.** COM Sociedad de hombres de negocios. **6.** MILIT Unidad orgánica de soldados a las inmediatas órdenes de un capitán.

comparación n.f. **1.** Acción y efecto de comparar. **2.** Símil retórico. • **comparador** n.m. FIS Instrumento que señala las más pequeñas diferencias entre las longitudes de dos reglas. • **comparar** v.tr. Observar las semejanzas o diferencias entre dos objetos.

comparecer v.int. **1.** Presentarse uno en algún lugar. **2.** FOR Presentarse uno ante otro, para un acto legal. • **comparecencia** n.f. **1.** Acción y efecto de comparecer. **2.** FOR Acto de comparecer ante el juez o un superior. ▷ Acto y trámite que equivale a la vista. • **compareciente** n.m. y f. FOR Persona que comparece ante el juez.

comparsa I. n.f. Conjunto de personas que en el carnaval van vestidas con trajes de una misma clase. **II.** n.m. y f. Persona que forma parte del acompañamiento en las representaciones teatrales.

compartimentar v.tr. Efectuar la subdivisión estanca de un buque. • **compartimentación** n.f. Acción y efecto de compartimentar.

compartimiento o **compartimento** n.m. **1.** Acción y efecto de compartir. **2.** Cada parte en que se divide un territorio, edificio.

compartir v.tr. **1.** Distribuir las cosas en partes. **2.** Participar uno en alguna cosa.

compás n.m. **I.** Instrumento formado por dos piernas agudas, unidas en su extremidad superior por un eje para que puedan abrise o cerrarse. Sirve para trazar curvas regulares y tomar distancias. **II.** MAR y AERON Instrumento de navegación que indica el rumbo. El *compás giroscópico* comprende un giroscopio cuyo eje se estabiliza en dirección del N verdadero. **III.** MUS Cada uno de los períodos de tiempo iguales en que se marca el ritmo de una fase musical. — *Compás de espera.* Silencio que dura todo el tiempo de un compás. — Fig. Detención de un asunto por corto tiempo.

• **compasado,a** adj. Moderado, cuerdo. • **compasar** o **compasear** v.tr. Medir con el compás. ▷ MUS Dividir en tiempos iguales las composiciones, mediante líneas perpendiculares que cortan el pentagrama. • **compasillo** n.m. MUS Compás menor.

compasión n.f. Sentimiento de conmiseración y lástima que se tiene hacia quienes sufren desgracias. • **compasivo** adj. Que tiene compasión. ▷ P. ext., se dice también de las pasiones y sentimientos.

compatible adj. Que tiene aptitud para estar, ocurrir o hacerse con otra cosa.

compatriota n.m. y f. Persona de la misma patria que otra.

compeler v.tr. Obligar a uno, con fuerza, a que haga lo que no quiere.

compendio n.m. Breve exposición, oral o escrita, de lo más sustancial de una materia.

compenetrarse v.prnl. **1.** Penetrar las partículas de una sustancia entre las de otra, o recíprocamente. **2.** Fig. Identificarse las personas en ideas y sentimientos.

compensación n.f. **1.** Acción y efecto de compensar. **2.** MED Estado funcional de un órgano enfermo, en el cual éste es capaz de cubrir las exigencias habituales del organismo a que pertenece. **3.** PSICOL Mecanismo por el que un sujeto reacciona frente a un complejo mediante una búsqueda de actividades valorizantes. • **compensar I.** v.tr. y prnl. Igualar el efecto de una cosa con el de otra. Dar alguna cosa en resarcimiento del daño que se ha causado. **II.** v.prnl. MED Llegar un órgano enfermo a un estado de compensación.

competencia n.f. **1.** Disputa entre dos o más sujetos sobre una misma cosa. **2.** Rivalidad. **3.** Incumbencia. **4.** Aptitud. ▷ Atribución a un empleado o autoridad para actuar en un asunto.

competer v.int. Incumbir a uno alguna cosa. • **competente** adj. **1.** Oportuno, adecuado. **2.** Se dice de la persona a quien incumbe alguna cosa o es capaz en ella.

competir v.int. Contender dos o más personas entre sí, por una misma cosa. • **competitividad** n.f. Capacidad de competir. Se usa en economía y deportes. • **competitivo,a** adj. **1.** Perteneciente o relativo a la competición. **2.** Capaz de competir.

compilar v.tr. **1.** Reunir, en un solo cuerpo de obra, partes o materias de otros varios libros o documentos. **2.** INFORM Traducir (un lenguaje de programación) en un lenguaje utilizable por el ordenador. • **compilación** n.f. **1.** Acción y efecto de compilar. **2.** Obra que reúne informaciones aparecidas antes en otras obras.

compinche n.m. y f. Fam. Amigo, camarada. ▷ Fam. Compañero de acciones reprobables.

complacer I. v.tr. Causar a otro satisfacción, agradarle. **II.** v.prnl. Alegrarse y tener satisfacción en alguna cosa.

complejo I. n.m. y adj. **1.** Que contiene varias ideas o varios elementos. **2.** Complicado. **3.** MAT *Número complejo*. Número de la forma $a+ib$ donde a y b son números reales, e i el número definido por la igualdad $i^2=-1$, o sea, $\sqrt{-1}$. **II.** n.m. **1.** GEOM Conjunto de rectas de un solo parámetro. **2.** QUIM Edificio formado por átomos, iones o moléculas (llamados *coordinados*) agrupados alrededor de un átomo o de un ion central (llamado *aceptante*) capaz de aceptar pares de electrones. **3.** MED Conjunto de fenómenos patológicos que contribuyen a un mismo efecto global. **4.** PSICOAN Conjunto de representaciones y de sentimientos inconscientes organizados según una estructura dada, ligados a una experiencia traumática vivida por un sujeto, y que condiciona su comportamiento. **5.** ECON Conjunto de industrias similares o complementarias agrupadas en una región. **6.** Conjunto de edificios acondicionados para un uso determinado.

complemento n.m. **1.** Cosa o cualidad que se añade a otra cosa para hacerla perfecta. **2.** Plenitud a que llega alguna cosa. ▷ Perfección de alguna cosa. **3.** BIOL Sustancia existente en el plasma sanguíneo y en la linfa que es indispensable para que dichos líquidos ejerzan su actividad inmunitaria. **4.** ARIT Diferencia que existe entre dos números. ▷ MAT Cantidad que, añadida a otra, forman juntas una unidad de orden determinado. **5.** GEOM Ángulo que sumado con otro completa uno recto. **6.** GEOM Arco que sumado con otro completa un cuadrante. **7.** LING Palabra, sintagma recuperado que, en una oración, completa el significado de uno o de varios componentes de la misma e, incluso, de la oración entera. — *Complemento directo.* Nombre, sintagma o proposición en función nominal, que completan el significado de un verbo transitivo, y que, mediante una operación gramatical, pueden ser reemplazados por los pronombres *lo, la, los, las: come verduras, las come*; se construye sin preposición o con la preposición *a*. — *Complemento indirecto.* Nombre, sintagma o proposición en función nominal, que completan el significado de un verbo transitivo o intransitivo, expresando el destinatario o beneficiario de la acción; se construye necesariamente con las preposiciones *a* o *para*, y, mediante una operación gramatical, puede ser reemplazado por los pronombres *le* o *les: sonrió a su hermana, le sonrió*. — *Complemento circunstancial.* El que expresa circunstancias de la acción verbal (lugar, tiempo, modo, instrumento, etc.). • **complementariedad** n.f. **1.** Calidad o condición de complementario. **2.** FILOS Cualidad por la cual comprendemos que una persona o cosa haya llegado al punto de su perfección. **3.** FIS *Principio de complementariedad.* Aquel según el cual la propagación de una onda y el movimiento de una partícula son solamente dos aspectos complementarios de una misma realidad. • **complementario,a** adj. Que sirve para completar o perfeccionar alguna cosa.

completar v.tr. Integrar una cosa. ▷ Hacerla perfecta en su clase.

completo,a adj. Lleno. ▷ Acabado, perfecto.

complexión n.f. FISIOL Constitución de los sistemas orgánicos de cada individuo.

complicación n.f. **1.** Estado de lo que es complicado, conjunto de cosas complicadas. **2.** (Generalmente en plural.) Concurrencia de hechos susceptibles de perturbar el buen funcionamiento de algo. **3.** MED Agravación de lesiones, de desarreglos, como causa de una enfermedad, de un choque, etc. • **complicado,a** adj. **1.** De difícil comprensión. **2.** Compuesto de gran número de piezas. • **complicar I.** v.tr. y prnl. Fig. Dificultar. **II.** v.prnl. Surgir dificultades.

cómplice n.m. y f. **1.** FOR Participante en crimen o culpa imputable a dos o más personas. **2.** FOR Persona que, sin ser autora de un delito, coopera a su perpetración.

complot n.m. Conspiración de carácter político o social. ▷ Fam. Confabulación entre dos o más personas contra otra u otras.

compluvio n.m. ARQUEOL Abertura de la techumbre de la casa romana, para dar luz y recoger las aguas pluviales.

componenda n.f. Arreglo provisional o de carácter inmoral.

componer I. v.tr. **1.** Formar de varias cosas una, juntándolas y colocándolas con cierto orden. **2.** Adornar una cosa. **3.** Hablando de números, sumar o ascender a una determinada cantidad. **4.** Ordenar, reparar lo desordenado o roto. **5.** Hacer una obra musical, artística, etc. **6.** IMP Formar las palabras, líneas y planas. **II.** v.tr. y prnl. **1.** Formar, dar ser a un cuerpo o agregado de varias cosas o personas. **2.** Acicalar a una persona. **3.** Reconciliar. **4.** Fam. Reforzar, restablecer. *El vino me ha compuesto el estómago.* **5.** MAT Reemplazar en una proporción cada antecedente por la suma del mismo con su consecuente. **III.** v.int. **1.** Hacer versos. **2.** Fam. *Componérselas.* Ingeniarse para salir de un apuro o lograr algún fin. • **componedor,a** n.m. y f. **1.** Persona que compone. **2.** n.m. IMP Regla con un borde a lo largo y un tope en uno de los extremos, en la cual se colocan una a una las letras y signos que han de componer un renglón. • **componencial** adj. LING Se dice del análisis encaminado a descomponer los significados en unidades de significación mínimas. • **componente 1.** Que compone o entra en la composición de un todo. ▷ LING Cada una de las partes que constituyen una gramática, en la teoría de la gramática generativa. **2.** n.f. MAT Proyección de un vector sobre uno de los ejes de un sistema de coordenadas. ▷ FIS Cada una de las fuerzas cuya suma constituye la *resultante*.

comportar I. v.tr. Implicar. **II.** v.prnl. Portarse, conducirse. • **comportamiento** n.m. Conducta, manera de portarse.

composición n.f. **I.** Acción y efecto de componer. **II. 1.** Obra científica, literaria o musical. **2.** Escrito en que el alumno desarrolla un tema para ejercitar su dominio del idioma. **3.** GRAM Procedimiento por el cual se forman vocablos agregando a uno simple una o más partículas, p. ej.: *anteponer, reconvenir*. **4.** IMPR Texto dispuesto en galeradas y páginas, antes de la impresión. **5.** MUS Parte de la música, que enseña las reglas para la formación del canto y del acompañamiento. **6.** PINT y ESCULT Arte de agrupar las figuras. **7.** QUIM Estado atómico de los cuerpos compuestos, y también proporción en que los elementos o sustancias entran en los mismos. • **compositivo,a** adj. Aplícase a las preposiciones y partículas con que se forman voces compuestas. *Ante*ayer, *con*discípulo, etc. • **compositor,a** n. y adj. Que compone.

compostura n.f. **I.** Reparación o remiendo de algo roto. **II. 1.** Arreglo o aseo de una persona o cosa. **2.** Recato.

compota n.f. Dulce de fruta cocida con agua y azúcar. • **compotera** n.f. Recipiente en que se sirve compota.

compra n.f. **1.** Acción y efecto de comprar. **2.** Conjunto de los comestibles que se compran de una vez. **3.** Cualquier objeto comprado.

comprar v.tr. **1.** Adquirir algo por dinero. **2.** Sobornar.

comprender I. v.tr. **1.** Rodear por todas partes una cosa. **2.** Entender. **3.** Encontrar justificados o naturales los actos o sentimientos de otro. **II.** v.tr. y prnl. Contener, incluir en sí alguna cosa. • **comprensión** n.f. **1.** Acción de comprender. **2.** Facultad para entender las cosas. **3.** Actitud tolerante. **4.** LOG Conjunto de cualidades que integran una idea. • **comprensivo,a** adj. **1.** Que tiene facultad o capacidad de comprender o entender una cosa. **2.** Que contiene o incluye. **3.** Dícese de la persona, o actitud tolerante.

compresa n.f. Almohadilla de algodón o gasa que, esterilizada, se emplea para absorber hemorragias, cubrir heridas, aplicar calor o frío o ciertos medicamentos.

compresión n.f. **1.** Acción y efecto de comprimir. **2.** GRAM Sinéresis. • **compresivo,a** adj. Dícese de lo que comprime. • **compresor 1.** n.m. Aparato que sirve para comprimir un gas. **2.** adj. Que comprime.

comprimir v.tr. y prnl. **1.** Oprimir, reducir a menor volumen. **2.** Reprimir y contener. • **comprimido** n.m. FARM Pastilla pequeña que se obtiene por compresión de sus ingredientes previamente reducidos a polvo.

comprobar v.tr. Confirmar la veracidad o exactitud de alguna cosa. • **comprobatorio,a** adj. Que comprueba.

comprometer I. v.prnl. Obligarse. II. v.tr. 1. Poner a riesgo a alguna persona o cosa, en situación asenturada. 2. Hacerle a uno responsable de alguna cosa. III. v.prnl. Contraer un compromiso. • **comprometido,a** adj. Que está en un apuro.

compromisario 1. n. y adj. Aplícase a la persona en quien otras delegan para que resuelva alguna cosa. 2. n.m. Representante de los electores primarios para votar en elecciones de segundo o ulterior grado.

compromiso n.m. 1. Convenio entre litigantes, por el cual comprometen su litigio en jueces árbitros. ▷ Escritura o instrumento en que las partes otorgan este convenio. 2. Obligación contraída, palabra dada. 3. Dificultad.

compuerta n.f. 1. Media puerta que cierra sólo la parte inferior de una entrada. 2. Plancha fuerte que se desliza por carriles y se coloca en los canales, diques, etc., para graduar el paso del agua.

compuesto,a I. part. pas. irreg. de *componer*. II. n.m. Agregado de varias cosas que componen un todo. III. n.f. y adj. BOT Aplícase a plantas angiospermas, dicotiledóneas, como la dalia, la alcachofa y el cardo. ▷ n.f.pl. BOT Familia de las plantas compuestas. IV. adj. 1. GRAM Aplícase al vocablo formado por composición de dos o más voces simples. *Cortaplumas*. 2. adj. Fig. Mesurado.

compulsar v.tr. 1. Examinar dos o más documentos, comparándolos entre sí. 2. FOR Sacar compulsas. • **compulsa** n.f. 1. Acción y efecto de compulsar. 2. FOR Copia de una escritura cotejada con su original. • **compulsación** n.f. Acción de compulsar. • **compulsión** n.f. Acción de compeler.

compungir 1. v.tr. Mover a compunción. 2. v.prnl. Ponerse o estar compungido. • **compungido,a** adj. Dolorido.

compurgar v.tr. FOR Pasar por la prueba de la compurgación el acusado, para acreditar por este medio su inocencia. — Lat. *compurgāre*; de *cum*, «con», y *purgāre*, «purificar». • **compurgación** n.f. Purgación, refutación de indicios de culpabilidad. — *Compurgación canónica*. Purgación canónica. • **compurgador** n.m. FOR En la purgación canónica, cualquiera de los que en ella hacían juramento, diciendo que, según la buena opinión y fama en que tenían al acusado, creían que habría jurado con verdad.

computar v.tr. 1. Calcular una cosa por números (los años, tiempos y edades). 2. Tomar en cuenta, ya sea en general, ya de manera determinada. • **computador,a** I. n. y adj. Que computa o calcula. II. n.m. y f. Aparato o máquina de calcular. — *Computador electrónico*. Aparato electrónico que realiza operaciones matemáticas y lógicas con gran rapidez. — *Computador digital*. Aquel en que todas las magnitudes se traducen en números, con los cuales opera para realizar los cálculos. • **computadorizar** v.tr. Someter datos al tratamiento de una computadora. • **cómputo** n.m. Cuenta o cálculo.

comulgar I. v.tr. Dar la sagrada comunión. II. v.int. 1. Recibirla. 2. Fig. Coincidir en ideas o sentimientos con otra persona. • **comulgatorio** n.m. Barandilla de las iglesias ante la que se arrodillan los fieles que comulgan.

común I. adj. 1. Dícese de lo que, no siendo privativamente de ninguno, pertenece a varios. M. adv. que denota que se goza o posee una cosa por muchos sin que pertenezca a ninguno en particular. Se usa con los verbos *gozar, tener, poseer*, etc. — *Por lo común*. Comúnmente. 2. Corriente, admitido de todos o de la mayor parte. — *El común de las gentes*. La mayor parte de las gentes. 3. Ordinario y muy sabido. 4. De clase inferior. II. n.m. 1. Todo el pueblo de cualquier lugar. 2. Comunidad. 3. Retrete. 4. GRAM *Común de dos*. Género común.

comuna n.f. *Amér.* Conjunto de los habitantes de un mismo término. • **comunal** adj. *Amér.* Perteneciente o relativo a la comuna.

comuneros, nombre de los miembros de las comunidades de Castilla y sus partidarios

comunicación n.f. I. 1. Acción y efecto de comunicar o comunicarse. 2. Trato entre dos o más personas. 3. Transmisión de señales mediante un código común al emisor y al receptor. 4. Medio por el cual una cosa se comunica con otra. 5. Paso por el cual dos cosas se comunican. II. Documento en que se comunica algo. ▷ Escrito sobre un tema determinado que se presenta a un congreso o reunión de especialistas para su conocimiento y discusión. III. pl. Correos, telégrafos, teléfonos, etc.

ENCICL Cabe distinguir entre la comunicación verbal, mensaje hablado o escrito estudiado por la *lingüística*, de la efectuada mediante alguno de los sistemas de signos («hablar con las manos», p. ej.) estudiado por la *semiología*. Según el lingüista Jakobson, existen seis factores que caracterizan la comunicación verbal: el interlocutor hablante (emisor, «codificador»); el interlocutor destinatario (receptor, «decodificador»); el mensaje (enunciado); el código (p. ej., el idioma castellano); el contexto o referencia, que corresponde a la situación que da lugar al diálogo o a un momento preciso del diálogo; y el contacto o canal (p. ej., el teléfono). Estos seis factores engendran seis funciones: la *denotativa* o referencial, que concierne al contenido del mensaje; la *expresiva* o emotiva, que refleja la actitud del destinador (p. ej., empleo de interjecciones); la *conativa*, que dirige llamadas u órdenes al destinatario; la *fática*, que mantiene el contacto; la *metalingüística*, que sitúa una palabra dentro del código y la *poética*, que se caracteriza por la *redundancia* y *complejidad*.

comunicar I. v.tr. 1. Hacer partícipe a otro de lo que uno siente, piensa, padece, etc. 2. Descubrir o hacer saber a uno alguna cosa. 3. Transmitir señales mediante un código común al emisor y al receptor. 4. Consultar con otros un asunto. 5. Dar un teléfono al marcar un número la señal indicadora de que la línea está ocupada por otra comunicación. II. v.tr. y prnl. Conversar, tratar con alguno de palabra o por escrito. III. v.prnl. 1. Tratándose de cosas inanimadas, tener correspondencia unas con otras. *Comunicarse dos lagos entre sí*. 2. Extenderse, propagarse. • **comunicado,a** I. adj. Dícese de lugares con referencia a los medios de comunicación que tienen acceso a ellos: *barrio bien comunicado*. II. n.m. Nota que se comunica para conocimiento público. • **comunicativo,a** adj. Que tiene inclinación natural a comunicar a otros sus pareceres, sentimientos, etc.

comunidad n.f. I. 1. Calidad de común, de lo que pertenece a varios. 2. Asociación de personas con intereses comunes. 3. Conjunto de personas pertenecientes a una orden religiosa que viven en un convento.

comunión n.f. I. 1. Participación en lo común. 2. Comunicación de unas personas con otras. II. En la Iglesia católica, acto de recibir los fieles la Eucaristía. III. 1. Congregación de personas que profesan la misma fe religiosa. 2. Partido político.

comunismo n.m. 1. Organización social que se basa en la abolición de la propiedad privada de los medios de producción en favor de la propiedad colectiva. 2. Sistema social, político y económico propuesto por Marx. 3. Conjunto de partidos, países o personas partidarios de esta doctrina. • **comunista** 1. adj. Relativo al comunismo. 2. n.m. y f. Partidario del comunismo. ▷ Miembro de un partido comunista.

ENCICL El comunismo, tal como se entiende hoy en el llamado «mundo socialista», no es otro que el que definieron Marx y Engels, que lo denominaron «socialismo científico», y que ha pasado a la historia con el nombre de marxismo. Se distingue profundamente del socialismo reformista y teórico, a la manera europea u occidental (transformación paulatina de la sociedad por medio del sistema democrático), porque busca la conquista del poder para conseguir la «dictadura del proletariado», la colectivización de los sistemas productivos, la eliminación de la propiedad individual y de las llamadas «clases sociales», a través de la revolución social. Según Marx y Engels, la organización comunista, se caracteriza por la ausencia de las citadas «clases» y de la «explotación del hombre por el hombre»; fue probablemente la forma social «primitiva». Esta tesis, a la que sus autores no renunciaron, está poco confirmada por la antropología moderna (prehistoria, protohistoria, etnología). Algunos teóricos del movimiento comunista, buscando antecedentes históricos, creyeron ver en Platón, los paleocristianos y diversos padres de la Iglesia, los principios de organización social basados en la comunidad de bienes. Sin embargo, este análisis es excesivamente unilateral, pues olvida que la concepción de «bienes materiales» que tenía el hombre antiguo, y sobre todo el cristiano, es radicalmente opuesta a la del contemporáneo comunista. El «determinismo histórico» marxista es en esencia materialista; el amor al hombre del cristiano es espiritual y trascendente. A partir del s. XVI se vislumbra una corriente utópica que se desarrollará hasta mediados del s. XIX, cada vez más coherente a medida que se afianzaba el capitalismo. Babeuf, Cabet, Fourier, Robert Owen, reclamaban la supresión de la propiedad individual y la abolición de toda desigualdad. Proudhon y los anarquistas acariciaron los mismos sueños. En cambio, para Marx y Engels el «socialismo científico» pretende encontrar las leyes del desarrollo social y marcar las etapas de la evolución de la sociedad y de la lucha de clases que, en su opinión, pondrían fin al capitalismo. Las ideas de Marx y Engels fueron tomadas, precisadas y adaptadas por varios políticos, entre ellos Lenin, Trotsky y Mao Tsē-tung. La doctrina se denomina más frecuentemente comunismo que socialismo, para recalcar que sería trata de una transformación radical, que sería impuesta, según sus autores, por un movimiento revolucionario despojado de toda intención reformista. De hecho, los estados o partidos llamados *comunistas* pretenden construir un *socialismo*, cuya etapa final sería la caída del Estado, y de la sociedad que los teóricos comunistas llaman de clases. El comunismo marxista, hijo de la mentalidad de un hombre del s. XIX, tuvo el gran mérito, según Ortega y Gasset, de efectuar una positiva aportación a la investigación científica: la interpretación económica de la historia, hasta entonces injustamente olvidada. El absolutismo científico imperante en el s. XIX y parte del XX no puede aplicarse a la historia, porque deja de lado a su auténtico motor: el hombre. Su viva y complejísima realidad se impone a todo. Es la gran «razón histórica». Y también porque pasó por alto el principio vital que el hombre contemporáneo se impone como la más preciada de todas las premisas: su irrenunciable libertad de elección.

comunitario,a adj. Perteneciente o relativo a la comunidad.

con I. Prefijo procedente del latín *cum*, «con». (v. com-). II. 1. Prep. que significa el medio, modo o instrumento que sirve para hacer alguna cosa. 2. Antepuesta al infinitivo, equivale a gerundio. *Con declarar, se eximió del tormento*. 3. En ciertas locuciones, *a pesar de*. 4. Contrapone lo que se dice en una exclamación con una realidad implícita: *¡Con lo alegre que estaba yo!* 5. Juntamente y en compañía. III. Prep. insep. que expresa reunión, cooperación. *Confluir, convenir, consocio.* **IV.** *Con que.* Conj. condic. Con tal que.

conato n.m. DER Acto y delito que se empezó y no llegó a consumarse. **2.** Preparación o comienzo visible de una acción, especialmente si no llega a cumplirse. *Conato de incendio.*

concadenarse v.tr. Encadenarse hechos c acciones con relación de causa y efecto.

concatenación n.f. Acción y efecto de concadenarse.

cóncavo,a adj. Dícese de la línea o superficie curvas que, respecto del que las mira, tienen su parte más deprimida en el centro. • **concavidad** n.f. **1.** Calidad de cóncavo. **2.** Parte o sitio cóncavo.

concebir **I.** v.int. y tr. **1.** Quedar fecundada la hembra. **2.** Fig. Formar idea, comprender una cosa. **II.** v.tr. Fig. Comenzar a sentir alguna pasión o afecto. • **concebible** adj. Que puede concebirse o imaginarse.

conceder v.tr. **1.** Dar, otorgar una cosa. **2.** Asentir, con los argumentos que se oponen a la tesis sustentada. **3.** Atribuir una cualidad o condición a una persona o cosa.

concejal n.m. Individuo de un concejo o ayuntamiento. • **concejalía** n.f. Oficio o cargo de concejal.

concejo n.m. **1.** Ayuntamiento, casa y corporación municipales. **2.** Sesión celebrada por los individuos de un concejo. ▷ *Concejo de la Mesta.* Junta que los pastores y dueños de ganados tenían anualmente para tratar de los negocios concernientes a sus ganados.

concentrar **I.** v.tr. y prnl. **1.** Fig. Reunir en un punto lo que estaba separado. **2.** QUIM Aumentar la proporción entre la materia disuelta y el líquido de una disolución. **II.** v.prnl. **1.** Reconcentrarse. **2.** Atender o reflexionar profundamente. • **concentración** n.f. **1.** Acción y efecto de concentrar o concentrarse. **2.** Reunión de gran número de personas o elementos en un lugar determinado. **3.** QUIM Valor que caracteriza la riqueza de una fase (sólida, líquida, gaseosa) en lo que se refiere a uno de sus componentes (p. ej.: peso del cuerpo disuelto por unidad de volumen). **4.** ECON Agrupamiento, o fusión, de varias empresas.

concéntrico,a adj. GEOM Dícese de las figuras y de los sólidos que tienen un mismo centro.

concepción n.f. Acción y efecto de concebir. ▷ Por excelencia, la de la Virgen Madre de Dios. • **concepcionista** n.f. y adj. Religiosa perteneciente a una orden franciscana.

conceptáculo n.m. BOT Cavidad de abertura estrecha en donde se forman los gametos o las esporas de multiplicación vegetativa de numerosas algas.

conceptismo n.m. Movimiento literario español del s. XVII. Se caracteriza por la complejidad de los conceptos, que deben sorprender al lector. El uso de la metáfora, de la glosa y el didactismo son otras características.

concepto n.m. **1.** Idea concebida por la mente. **2.** Pensamiento expresado con palabras. **3.** Conocimiento de una cosa. **4.** Opinión, juicio. ▷ Crédito en que se tiene a una persona o cosa. **5.** Aspecto, calidad, título. Se usa más en las locuciones, *en concepto de,* y otras semejantes.

conceptualismo n.m. Sistema filosófico que defiende la realidad y legítimo valor de las nociones universales y abstractas.

conceptuar v.tr. **1.** Formar concepto de una cosa. **2.** Apreciar las cualidades de una persona.

concernir v.int. Atañer.

concertante n.m. y adj. MUS Dícese de la pieza compuesta de varias voces entre las cuales se distribuye el canto.

concertar **I.** v.tr. **1.** Componer, ordenar, cosas. **2.** Ajustar, tratar del precio de una cosa. **II.** v.tr. y prnl. Acordar un asunto. **III.** v.int. Concordar.

concertina n.f. MUS Acordeón de figura hexagonal u octagonal.

concertista n. m. y f. Músico que toma parte en la ejecución de un concierto en calidad de solista.

concerto n.m. MUS Concierto, composición en forma de sonata, que opone uno o varios instrumentos (solistas) a la orquesta. ENCICL En el *concerto grosso,* que aparece h. 1650, un pequeño grupo de ejecutantes, o *concertino,* da la réplica a una formación más importante *(tutti, ripieno, grosso).* El *concierto para solista,* al cual Mozart dio su forma casi definitiva, se compone de tres movimientos: el primero es rápido, generalmente en la forma *sonata;* el segundo lento, en forma de *lied* o de tema con variaciones; el tercero rápido, generalmente en forma de *rondó.*

concesión n.f. **1.** Acción y efecto de conceder. **2.** Otorgamiento gubernativo a favor de particulares o de empresas. **3.** Acción y efecto de ceder en algo.

conciencia n.f. **I. 1.** Propiedad del espíritu humano de reconocerse en sus atributos esenciales y en todas las modificaciones que en sí mismo experimenta. **2.** Facultad de censar los propios actos. **3.** Conocimiento exacto y reflexivo de las cosas. **II.** SOCIOL *Conciencia colectiva.* Modo de pensar de un grupo social determinado. — *A conciencia.* Con solidez y sin engaño. • **concienzudo,a** adj. **1.** Dícese del que es de estrecha y recta conciencia. **2.** Aplícase a lo que se hace según ella. **3.** Dícese de la persona que hace las cosas con mucha atención y cuidado.

concierto n.m. **I. 1.** Función de música, en que se ejecutan composiciones sueltas. **2.** Composición musical para diversos instrumentos en que uno o varios llevan la parte principal. **II. 1.** Buen orden y disposición de las cosas. **2.** Ajuste o convenio entre dos o más personas o entidades sobre alguna cosa.

conciliábulo n.m. **1.** Concilio no convocado por autoridad legítima. **2.** Fig. Junta o reunión para tratar de algo que se quiere mantener oculto.

conciliación n.f. **1.** Acción y efecto de conciliar. **2.** Conveniencia o semejanza de una cosa con otra. **3.** Favor o protección que uno se granjea. • **conciliar** **I.** v.tr. **1.** Poner de acuerdo a quienes estaban en desacuerdo. **2.** Conformar dos o más posiciones o cosas al parecer contrarias.

concilio n.m. **1.** Junta para tratar alguna cosa. **2.** Junta o congreso de los obispos y otros eclesiásticos de la Iglesia católica, para deliberar y decidir sobre las materias de dogmas y de disciplina. • **conciliar** adj. Perteneciente o relativo a los concilios.
ENCICL Aunque no haya ratificado oficialmente la lista, la Iglesia católica reconoce veintiún concilios ecuménicos: Nicea I (325), Constantinopla I (381), Éfeso (431), Calcedonia (451), Constantinopla II (553), Constantinopla III (680-681), Nicea II (787), Constantinopla IV (869-870), Letrán I (1123), Letrán II (1139), Letrán III (1179), Letrán IV (1215), Lyon I (1245), Lyon II (1274), Vienne (1311-1312), Constanza (1414-1418), Ferrara (1437-1439), trasladado a Florencia (1439-1442), Letrán V (1512-1517), Trento (1545-1563), Vaticano I (1869-1870), Vaticano II (1962-1965). La Iglesia ortodoxa acepta sólo los siete primeros.

concisión n.f. Brevedad en el modo de expresar los conceptos. • **conciso,a** adj. Que tiene concisión.

concitar v.tr. Instigar a uno contra otro, o excitar inquietudes y sediciones.

conciudadano,a n.m. y f. Cada uno de los ciudadanos de una misma ciudad, respecto de los de más.

cónclave n.m. **1.** Reunión de los cardenales para elegir Papa.

concluir **I.** v.prnl. Acabar o finalizar una cosa. **II.** v.tr. Determinar y resolver sobre lo que se ha tratado. • **conclusión** n.f. **1.** Acción y efecto de concluir o concluirse. **2.** Fin y terminación de una cosa. **3.** Resolución.

concluso,a adj. FOR Se dice del juicio que está para sentencia.

concomerse v.prnl. **1.** Fam. Mover los hombros y espaldas por causa de alguna comezón. **2.** Fig. Consumirse de impaciencia, rabia, etc.

concomitancia n.f. Coexistencia de acciones.

concón n.m. **1.** *Chile.* Autillo (ave). **2.** *Chile.* Viento terral en la costa del Pacífico.

concordancia n.f. **I. 1.** Correspondencia o conformidad de una cosa con otra. **2.** GRAM Conformidad de accidentes entre dos o más palabras variables. **3.** MUS Justa proporción que guardan entre sí las voces que suenan juntas. **II.** pl. Índice alfabético de todas las palabras de un libro, con todas las citas de los lugares en que se hallan. • **concordar** **1.** v.tr. Poner de acuerdo lo que no lo está. **2.** v.int. Convenir una cosa con otra. **3.** v.int. y tr. GRAM Formar concordancia.

concordato n.m. Tratado o convenio sobre asuntos eclesiásticos que el gobierno de un Estado hace con la Santa Sede.

concorde adj. Conforme, uniforme, de un mismo sentir y parecer.

concordia n.f. **1.** Conformidad, unión. **2.** Avenencia.

concreción n.f. **1.** GEOL Masa mineral cristalizada en capas concéntricas precipitada en los cursos de agua subterránea. **2.** MED Cuerpo extraño sólido que se forma a veces en los tejidos o en los órganos.

concreto,a **I.** adj. **1.** Dícese de cualquier objeto considerado en sí mismo. **2.** Dícese de las cosas que sufren concreción. **II.** n.m. **1.** Concreción. **2.** FILOS Palabra con la que se designa la idea de precisión y particularización, en oposición a lo *abstracto,* que no descansa en ningún ser determinado. **III.** *En concreto.* En resumen, en conclusión. • **concretar** **I.** v.tr. **1.** Hacer concretar una cosa. **2.** Reducir a lo más esencial y seguro la materia sobre que se habla o escribe.

concubina n.f. Mujer que vive con un hombre como si éste fuera su marido.

conculcar v.tr. Quebrantar una ley, obligación o principio.

concuñado,a n.m. y f. Cónyuge de una persona respecto del cónyuge de otra persona hermana de aquélla.

concupiscencia n.f. **1.** Apetito excesivo de los bienes materiales. **2.** Apetito desordenado de sexo.

concurrir v.int. **1.** Juntarse en un mismo lugar o tiempo diferentes personas, sucesos o cosas. **2.** Convenir con otro en el parecer o dictamen. **3.** Tomar parte en un concurso. **4.** GEOM Cruzarse o encontrarse. • **concurrencia** n.f. **1.** Junta de varias personas en un lugar. **2.** Acaecimiento de varios sucesos o cosas en un mismo tiempo. • **concurrido,a** adj. Dícese de lugares, espectáculos, etc., adonde concurre público.

concurso n.m. **1.** Concurrencia de gente. **2.** Reunión simultánea de sucesos o cosas diferentes. **3.** Ayuda para una cosa. **4.** Oposición para la provisión de puesto de empleo. **5.** Competencia entre los que aspiran a encargarse de ejecutar una obra. • **concursado,a** n.m. y f. Deudor declarado legalmente en concurso de acreedores. • **concursante** n.m. y f. Persona que toma parte en un concurso u oposición. • **concursar** v.tr. Tomar parte en un concurso u oposición.

concha n.f. **I. 1.** Parte exterior y dura que cubre a los animales testáceos. **2.** Carey, chapa delgada que se saca de esta clase de tortugas. **II. 1.** Seno muy cerrado en la costa del mar. **2.** Moneda antigua. **3.** ANAT Cavidad que presenta la cara externa del pabellón de la oreja. **4.** ARQUIT Bóveda en forma de media cúpula. • **conchero** n.m. Depósito prehistórico de conchas. • **conchífero,a** adj. GEOL Se aplica al terreno secundario en que abundan las conchas de moluscos.

conchabar **I.** v.tr. Juntar. **II.** v.prnl. Fam. Unirse dos o más personas entre sí para algún fin. reprochable.

conchil n.m. Molusco marino gasterópodo de gran tamaño cuya concha no tiene púas ni tubérculos.

conde n.m. **1.** Título nobiliario. **2.** Entre los godos españoles, dignidad con cargo y funciones muy diversos. **3.** Gobernador de una comarca en los primeros siglos de la Edad Media. • **condado** n.m. **1.** Dignidad de conde. **2.** Territorio a que se refiere el título de conde. • **condal** adj. Perteneciente al conde o a su dignidad.

condecorar v.tr. Conceder condecoraciones. • **condecoración** n.f. **1.** Acción y efecto de condecorar. **2.** Cruz u otra insignia honorífica.

condenar **I.** v.tr. **1.** Pronunciar el juez sentencia imponiendo al reo la pena correspondiente **2.** Desaprobar una cosa o acción. **3.** Tabicar una habitación o incomunicarla con las demás. **4.** Tapar una abertura como puerta o ventana, o impedir su uso. **II.** v.tr. y prnl. Exasperar. **III.** v.prnl. **1.** Irritarse. **2.** Incurrir en la pena eterna. • **condena** n.f. **1.** Pena impuesta. **2.** Extensión y grado de la pena. • **condenado,a** n. y adj. **1.** Réprobo. **2.** Fig. Endemoniado, perverso, molesto.

condensar **I.** v.tr. y prnl. **1.** Convertir un vapor en líquido o en sólido. **2.** Reducir una cosa a menor volumen y darle más consistencia si es líquida. **3.** Espesar, unir o apretar unas cosas con otras. **4.** Hablando de sombra, tinieblas, etc., aumentar su oscuridad. **II.** v.tr. Fig. Sintetizar, resumir. • **condensación** n.f. Acción y efecto de condensar o condensarse. — QUIM *Reacción de condensación*. Reacción en la cual, dos moléculas orgánicas se sueldan eliminando una tercera molécula. • **condensador,a** **I.** adj. Que condensa. **II.** n.m. **1.** FIS Aparato para reducir los gases a menor volumen. **2.** MECAN Recipiente que tienen algunas máquinas de vapor para que éste se licúe en él por la acción del agua fría. — FIS *Condensador eléctrico*. Aparato para acumular electricidad.

ENCICL Un condensador eléctrico se caracteriza por su tensión U (expresada en voltios) y por su capacidad C (expresada en faradios). La carga Q (positiva o negativa) tomada por cada una de las dos placas en el caso de una corriente continua, es proporcional a la capacidad del condensador y a la tensión aplicada a los bornes (Q = CU). La energía que puede almacenar es igual a 1/2 CU^2.

condesa n.f. Mujer del conde, o la que por sí heredó u obtuvo un condado.

condescender v.int. Acomodarse al gusto y voluntad de otro.

condestable n.m. El que dirigía la milicia.

condición n.f. **I. 1.** Índole, naturaleza de las cosas. **2.** Natural, carácter de una persona. **3.** Estado, situación especial en que se halla una persona. **4.** Clase social. **5.** FOR Acontecimiento incierto o ignorado que influye en la perfección o resolución de ciertos actos jurídicos o de sus consecuencias. **II.** *De condición*. De elevada clase social. — *En condiciones*. A punto, bien dispuesto o apto para el fin deseado. • **condicional** adj. Que incluye y lleva consigo una condición o requisito. • **condicionamiento** n.m. **1.** Acción y efecto de condicionar. **2.** Limitación, restricción. Se usa más en pl. **3.** PSICOL Establecimiento de un comportamiento, provocado por un estímulo artificial.

cóndilo n.m. ZOOL Eminencia redondeada, en la extremidad de un hueso, que forma articulación encajando en el hueco correspondiente de otro hueso.

condimentar v.tr. Sazonar las comidas. • **condimento** n.m. Lo que sirve para sazonar la comida y darle buen sabor.

condiscípulo,a n.m. y f. Persona que estudia o ha estudiado con otra u otras.

condoler v.prnl. Compadecerse de otro. • **condolencia** n.f. **1.** Participación en el pesar ajeno. **2.** Pésame.

condonar v.tr. Perdonar o remitir una pena de muerte o una deuda.

cóndor n.m. **I.** Ave rapaz diurna, de la misma familia que el buitre. **II.** Antiguas monedas de oro de Chile y del Ecuador.

condotiero n.m. Nombre dado a los jefes de los mercenarios que vendían sus servicios a los diferentes estados italianos del s. XIII al XVI. Plural, en italiano, *condottieri*.

condr(o)- Prefijo procedente del griego *khondros*, «cartílago».

condrila n.f. Planta herbácea de la familia de las compuestas. Es comestible y de su raíz se saca liga.

condrioma n.f. BIOL Conjunto de todos los condriosomas de una célula. • **condriosoma** n.m. BIOL Elemento de la célula.

condritis n.f. Inflamación del tejido cartilaginoso.

condroblasto n.m. ANAT Célula elemental del tejido cartilaginoso. • **condroblastoma** n.m. MED Tumor benigno en los huesos de los adolescentes.

condrogénesis n.f. BIOL Formación del tejido cartilaginoso.

condrografía n.f. ANAT Parte de la anatomía, que trata de la descripción de los cartílagos.

condrología n.f. ANAT Parte de la organología que trata de los cartílagos en todos sus aspectos.

condrosarcoma n.m. MED Tumor maligno formado de tejido cartilaginoso y de tejido embrionario.

condrósteos n.m.pl. ZOOL Orden superior de peces teleósteos actinopterigios en los que la columna vertebral es cartilaginosa.

conducir **I.** v.tr. **1.** Llevar, transportar de una parte a otra. **2.** Guiar o dirigir hacia un lugar. **3.** Guiar un vehículo automóvil. **4.** Dirigir un negocio, un grupo de personas, etc. **5.** Llevar (a una situación, a un resultado). **II.** v.int. Convenir, ser a propósito para algún fin. **III.** v.prnl. Comportarse, proceder de esta o la otra manera. • **conducción** n.f. **1.** Acción y efecto de conducir, llevar o guiar alguna cosa. **2.** Conjunto de conductos dispuestos para el paso de algún fluido. **3.** FIS Transmisión del calor por contacto.

conducta n.f. Conjunto de actitudes de una persona ante un estímulo o una situación dados de modo global frente a todas las circunstancias de la vida.

conductancia n.f. ELECTR Valor inverso de la resistencia (se expresa en *siemens*).

conductismo o **behaviorismo** n.m. Teoría psicológica elaborada en Estados Unidos alrededor de 1913, que se apoya en el estudio objetivo y global del comportamiento, rechazando los datos de la introspección.

conductividad n.f. Propiedad de transmitir el calor o la electricidad. • **conductivo,a** adj. Que tiene virtud de conducir.

ENCICL La conductividad térmica de los cuerpos es muy variable. Los metales son buenos conductores del calor, en particular la plata (420 W/m.grado) y el cobre (390). Otros cuerpos, como la lana, el cristal, el fieltro y el poliestireno expandido, son muy malos conductores y se emplean como aislantes térmicos. Los líquidos y los gases son malos conductores del calor ($550 \cdot 10^{-3}$ para el agua y $1510 \cdot 10^{-4}$ para el hidrógeno). Los metales, así como sus aleaciones, son buenos conductores de la electricidad. Alrededor del cero absoluto (−273 °C), la conductividad eléctrica de ciertos metales (aluminio, estaño, plomo y cinc) tiende a infinito (fenómeno llamado *superconductividad*).

conducto n.m. **I. 1.** Canal o tubo que sirve para dar paso y salida a un líquido. **2.** Cada uno de los tubos que sirven a las funciones fisiológicas de los seres vivos. **II. 1.** Fig. Mediación o intervención de una persona para la solución de un negocio, etc. **2.** Medio que se sigue en algún negocio.

conductor,a **1.** n. y adj. Que conduce. ▷ Persona que conduce un vehículo, una máquina, etc. **2.** adj. FIS Aplícase a los cuerpos según que conducen bien o mal el calor y la electricidad.

condumio n.m. Fam. Manjar que se come con pan; como cualquier cosa guisada.

conectar v.tr., int. y prnl. **1.** Establecer contacto entre dos partes de un sistema mecánico o eléctrico. **2.** Unir, enlazar, establecer relación, poner en comunicación. • **conectador** n.m. Aparato o medio que se emplea para conectar.

conejito n.m. Planta herbácea de la familia de las ranunculáceas que se cultiva en los jardines.

conejo,a n.m. y f. ZOOL Mamífero roedor, de la familia de los lepóridos, que puede ser doméstico o silvestre. • **coneja** n.f. Hembra del conejo. — Fig. y Fam. *Ser una coneja*. Parir a menudo. • **conejera** n.f. **1.** Madriguera donde se crían conejos. **2.** Conejar. **3.** Fig. y Fam. Sótano, cueva o lugar estrecho donde se recogen muchas personas.

ENCICL Los conejos (de la familia de los lepóridos, como las liebres) se clasificaban antes entre los roedores, por la prominencia de sus incisivos; se les llamaba *duplicidentados* (dos incisivos), para distinguirlos de los otros roedores *(unicidentados)*. Actualmente forman, con los lagomys, un orden nuevo: los lagomorfos. El conejo silvestre, originario de España, alcanza 40 cm de largo y pesa 1,5 kg. Su pelo varía del marrón claro al gris. Posee dos largas orejas orientables. Su labio superior está partido (labio leporino) y sus miembros posteriores, adaptados para el salto. Muy gregario, vive en madrigueras cavadas en terrenos arenosos y arbolados; la hembra, muy prolífica, tras unos treinta días de gestación, pare tres o cuatro camadas anuales de cuatro a diez gazapos cada una. El conejo doméstico, descendiente del conejo de monte (domesticado en la época romana), tiene el pelo de varios tonos. La hembra tiene cinco o seis camadas de cuatro a doce gazapos (según las razas). Los conejos domésticos se crían por su carne, su pelo *(angora)*, o su piel.

conexión n.f. **1.** Enlace, atadura, trabazón, concatenación de una cosa con otra. ▷ ELECTR Enlace de conductores o de aparatos entre sí. **2.** pl. Amistades, mancomunidad de ideas o de intereses. • **conexionarse** v.prnl. Contraer conexiones.

confabular **1.** v.int. Conferir, tratar una cosa entre dos o más personas. **2.** v.prnl. Ponerse de acuerdo dos o más personas para hacer algo contra alguien.

confeccionar v.tr. **1.** Hacer determinadas cosas materiales, como licores, dulces, vestidos, etc. **2.** En farmacia, preparar algún medicamento. **3.** P. ext., preparar presupuestos, estadísticas, etc. • **confección** n.f. **1.** Acción y efecto de preparar o hacer determinadas cosas, como bebidas, zapatos, etc. **2.** Cosa así confeccionada. **3.** Hechura de prendas de vestir.

confederar v.tr. y prnl. Hacer alianza o pacto entre varios. • **confederación** n.f. **1.** Alianza o pacto entre algunas personas, y más comúnmente entre naciones o Estados. **2.** Conjunto de personas o de Estados confederados. *Confederación helvética.*

confer Palabra latina que significa «conferenciar, consultar, remitirse a». Con frecuencia se utiliza sólo su abreviatura: *cf.*

conferencia n.f. **I. 1.** Conversación entre dos o más personas para tratar de algún asunto. **2.** Disertación en público. **II. 1.** Junta que celebra la Sociedad de San Vicente de Paúl. **2.** Reunión de representantes de gobiernos o Estados para tratar asuntos internacionales. **III.** Comunicación telefónica interurbana. • **conferenciante** n.m. y f. Persona que diserta en público.

conferir v.tr. **1.** Conceder a uno dignidad, facultades o derechos. **2.** Atribuir una cualidad no física a una persona o cosa.

confesar **I.** v.tr. y prnl. **1.** Manifestar uno sus hechos, ideas o sentimientos. **2.** Decir los pecados al confesor. **II.** v.tr. **1.** Reconocer y declarar uno, obligado por la fuerza. **2.** Oír el confesor al penitente. **3.** FOR Declarar ante el juez.

confesión n.f. **1.** Declaración que uno hace de lo que sabe, espontáneamente o preguntado por otro. ▷ Declaración al confesor. ▷ FOR Declaración en el juicio. **2.** Credo religioso y conjunto de personas que lo profesan.

confesional n. y adj. Perteneciente a una confesión religiosa.

confesionista n. y adj. Que profesa la confesión de Augsburgo, declaración de fe propuesta al emperador Carlos V.

confeso,a **1.** adj. Dícese del que ha confesado su delito o culpa. **2.** n. y adj. Aplícase al judío convertido.

confesonario o **confesionario** n.m. Mueble dentro del cual se coloca el sacerdote para oír confesar.

confesor n.m. Sacerdote que, con licencia del ordinario, confiesa a los penitentes.

confeti n.m. Pedacitos de papel, que se arrojan las personas unas a otras en los días de carnaval o de una fiesta.

confiado,a adj. **1.** Crédulo, imprevisor. **2.** Presumido, satisfecho de sí mismo.

confianza n.f. **1.** Esperanza firme que se tiene en una persona o cosa. **2.** Ánimo, aliento y vigor para obrar. **3.** Presunción. **4.** Familiaridad en el trato. — *En confianza.* Confiadamente. — Con reserva e intimidad. • **confiar** **I.** v.int. Esperar con firmeza y seguridad. **II.** v.tr. **1.** Encargar o poner al cuidado de uno algún negocio u otra cosa. **2.** Dar esperanza a uno de que conseguirá lo que desea. **III.** v.tr. y prnl. Depositar en uno, sin más seguridad que la buena fe y la opinión que de él se tiene, la hacienda, el secreto, etc.

confidencia n.f. **1.** Confianza. **2.** Revelación secreta, noticia reservada. • **confidencial** adj. Que se hace o se dice con seguridad recíproca entre dos o más personas. • **confidente,a** **I.** adj. Fiel, seguro. **II.** n.m. y f. **1.** Persona a quien otro fía sus secretos. **2.** Persona que sirve de espía.

configurar v.tr. y prnl. Dar determinada figura a una cosa. • **configuración** n.f. Disposición de las partes que componen un cuerpo. ▷ QUIM Disposición relativa de los átomos o de las moléculas de un cuerpo cuya fórmula desarrollada es asimétrica.

confín **I.** adj. Confinante. **II.** n.m. **1.** Límite entre pueblos, países, etc. **2.** Último término a que alcanza la vista. • **confinación** o **confinamiento** n.m. **1.** Acción y efecto de confinar. **2.** FOR Pena consistente en relegar al condenado a cierto lugar seguro para que viva en libertad, pero bajo la vigilancia de las autoridades. • **confinado,a** **1.** adj. Desterrado. **2.** FOR El que sufre la pena de confinamiento.

confirmación n.f. **1.** Acción y efecto de confirmar. **2.** Nueva prueba de la verdad y certeza de un suceso. **3.** Uno de los siete sacramentos de la Iglesia. **4.** RET Parte principal del discurso. • **confirmar** **I.** v.tr. **1.** Corroborar la verdad de una cosa. **2.** Revalidar lo ya aprobado. **3.** Administrar el santo sacramento de la confirmación. **II.** v.tr. y prnl. Asegurar, dar a una persona o cosa mayor firmeza o seguridad. • **confirmativo** o **confirmatorio,a** adj. Aplícase al auto o sentencia por el que se confirma otro auto o sentencia dados anteriormente.

confiscar v.tr. Privar a uno de sus bienes y aplicarlos al fisco.

confitar v.tr. **1.** Cubrir con baño de azúcar las frutas o semillas. **2.** Cocer las frutas en almíbar. • **confite** n.m. Pasta hecha de azúcar y algún otro ingrediente, ordinariamente en forma de bolillas de varios tamaños. • **confitería** n.f. **1.** Casa donde los confiteros hacen los dulces. **2.** Tienda donde los venden.

confíteor n.m. Palabra latina con que empieza una oración que se decía en latín. Significa: «Yo confieso».

confitura n.f. Fruta u otra cosa confitada.

conflagrar v.tr. Inflamar, incendiar, quemar alguna cosa. • **conflagración** n.f. **1.** Incendio, fuego, que abrasa casas, bosques, mieses, etc. **2.** Fig. Perturbación repentina y violenta de pueblos o naciones.

conflicto n.m. **1.** Fig. Incertidumbre. **2.** Fig. Apuro, situación de difícil salida. **3.** PSICOAN Oposición entre exigencias interiores contradictorias. **4.** Oposición entre dos Estados que se disputan un derecho. *Conflicto armado.*

confluir v.int. **1.** Juntarse dos o más ríos en un mismo lugar. **2.** Fig. Juntarse en un punto dos o más caminos. **3.** Fig. Concurrir en un sitio mucha gente.

conformación n.f. **1.** Forma de una cosa. **2.** QUIM Disposición espacial de los átomos de una molécula, debida a la rotación de sus grupos atómicos. • **conformador** n.m. Aparato con que los sombrereros toman la medida y configuración de la cabeza. • **conformar** **1.** v.tr.int. y prnl. Ajustar, concordar una cosa con otra. **2.** v.int. y prnl. Convenir una persona con otra; ser de su misma opinión y dictamen. **3.** v.prnl. Reducirse, sujetarse uno voluntariamente a hacer o sufrir una cosa. • **conforme** **I.** adj. **1.** Igual, proporcionado, correspondiente. **2.** Acorde con otro en un mismo dictamen. **3.** Resignado y paciente. **II.** n.m. Asentimiento que se pone al pie de un escrito. **III.** adv. m. Que denota relaciones de conformidad, correspondencia o modo y equivale más comúnmente a con arreglo a, al tenor de, etc. • **conformidad** n.f. **I. 1.** Semejanza entre dos personas. **2.** Igualdad, correspondencia de una cosa con otra. **3.** Unión, concordia y buena correspondencia entre dos o más personas.

conformismo n.m. Práctica del que fácilmente se adapta a cualesquiera circunstancias de carácter público o privado.

confortar v.tr. y prnl. **1.** Dar vigor, espíritu y fuerza. **2.** Animar, alentar, consolar al afligido.

confraternar v.int. Hermanarse una persona con otra. • **confraternidad** n.f. Hermandad de parentesco o de amistad.

confrontar **I.** v.tr. **1.** Carear una persona con otra. **2.** Cotejar una cosa con otra, y especialmente escritos. **II.** v.int. **1.** Confinar, alindar. **III.** v.int. y prnl. Estar o ponerse una persona o cosa frente a otra. • **confrontación** n.f. **1.** Careo entre dos o más personas. **2.** Cotejo de una cosa con otra. **3.** Acción de confrontar, cotejar una cosa con otra; ponerse una persona frente a otra.

confucianismo n.m. Doctrina religiosa y moral de Confucio.

confuciano,a n.m. y adj. Perteneciente o relativo a la doctrina de Confucio.

confundir **I.** v.tr. y prnl. **1.** Mezclar dos o más cosas diversas de modo que las partes de las unas se incorporen con las de las otras. **2.** Equivocar perturbar, desordenar una cosa. **II.** v.tr. Barajar confusamente diferentes cosas que estaban ordenadas. • **confusión** n.f. **1.** Perplejidad, desasosiego, turbación de ánimo. — MED *Confusión mental.* Síndrome psíquico, que se caracteriza por una alteración de la conciencia, un estado de estupor y trastornos en las ideas. **2.** Abatimiento, humillación. **3.** Fig. Afrenta, ignominia. **4.** FOR Modo de extinguirse las obligaciones por reunirse en un mismo sujeto el crédito y la deuda.

confusionismo n.m. Confusión y oscuridad en las ideas o en el lenguaje.

confuso,a adj. **1.** Mezclado, revuelto, desconcertado. **2.** Oscuro, dudoso. **3.** Poco perceptible, difícil de distinguir. **4.** Fig. Turbado, temeroso.

conga n.f. **1.** Danza popular de Cuba. **2.** Música con que se acompaña este baile.

congelar v.tr. y prnl. **1.** Helar o cuajar un líquido. **2.** ECON Declarar inmodificables sueldos, salarios o precios. • **congelador** n.m. **1.** Aparato para congelar. **2.** En las neveras o refrigeradoras, compartimiento especial donde se produce hielo.

congénere n. y adj. Del mismo género.

congeniar v.int. Tener dos o más personas genio, carácter o inclinaciones que concuerdan fácilmente.

congénito,a adj. **1.** Que se engendra juntamente con otra cosa. **2.** Connatural, como nacido de uno.

congestionar **I.** v.tr. Producir congestión en una parte del cuerpo. **II.** v.prnl. **1.** Acumularse más o menos rápidamente la sangre en una parte del cuerpo. **2.** Producirse una concurrencia excesiva de personas, vehículos, etc. • **congestión** n.f. **1.** Acumulación excesiva de sangre en alguna parte del cuerpo. **2.** Fig. Concurrencia excesiva de personas, vehículos, etc.

conglomerar v.tr. **1.** Aglomerar. **2.** Unir fragmentos de una o varias sustancias con un conglomerado, con tal coherencia que resulte una masa compacta. • **conglomerado,a** n.m. PETROG Roca formada por bloques inmersos en un cemento natural (p. ej. *cortadura, pudinga*). • **conglomerante** n.m. y adj. Se aplica al material capaz de unir fragmentos de una o varias sustancias y dar cohesión al conjunto.

conglutinar v.tr. y prnl. **1.** Aglutinar. **2.** Unir, pegar una cosa con otra.

congoja n.f. Angustia y aflicción.

congoleño,a **1.** n. y adj. Natural del Congo. **2.** adj. Perteneciente al Congo.

congraciar v.tr. y prnl. Conseguir la benevolencia o el afecto de uno.

congratular v.tr. y prnl. Felicitar a alguien. • **congratulación** n.f. Acción y efecto de congratular o congratularse.

congregación n.f. **1.** Junta para tratar de uno o más negocios. **2.** En algunas órdenes religiosas, reunión de muchos monasterios de una misma orden bajo la dirección de un superior general. **3.** Hermandad autorizada de devotos. **4.** Cuerpo o comunidad de sacerdotes seculares. **5.** En la corte romana, cualquiera de las juntas compuestas de cardenales, prelados y otras personas.

congreso n.m. **1.** Reunión o asamblea en que se tratan asuntos de interés general. **2.** Conferencia generalmente periódica en que los miembros de una asociación, cuerpo, organismo, profesión, etc., se reúnen para debatir cuestiones previamente fijadas. **3.** Ayuntamiento (corporación). **4.** Edificio donde los diputados celebran sus sesiones. **5.** Asamblea nacional. — *Congreso de los diputados.* Cuerpo legislativo compuesto de personas nombradas directamente por los electores. • **congresista** n.m. y f. Miembro de un congreso científico, económico, etc.

congrio n.m. Pez teleósteo, del suborden de los fisóstomos. Su carne blanca es comestible, pero con muchas espinas.

congruencia n.f. **1.** Conveniencia. **2.** MAT Expresión algébrica que manifiesta la igualdad de los restos de las divisiones de dos números congruentes por su módulo y que suele representarse con tres rayas horizontales (≡) puestas entre dichos números. • **congruente** adj. **1.** Conveniente, oportuno. **2.** ALG Cantidad que dividida por otra da un residuo determinado que se llama módulo.

congruista n.m. TEOL El que opina que la gracia es eficaz por su congruencia.

cónico,a adj. **1.** GEOM Perteneciente al cono. **2.** De forma de cono.

conífero,a n.f. y adj. BOT Se dice de árboles y arbustos gimnospermos, como el ciprés, el pino y la sabina.

conirrostro n. y adj. ZOOL Se dice del pájaro granívoro que tiene el pico grueso, fuerte y cónico, como el gorrión y la alondra.

conivalvo,a adj. ZOOL De concha cónica.

coniza n.f. **1.** Planta compuesta medicinal herbácea. **2.** Zaragatona.

conjeturar v.tr. Formar juicio de una cosa por indicios y observaciones. • **conjetura** n.f. Juicio que se forma de las cosas por las señales que se ven u observan.

conjugación n.f. **1.** GRAM Acción y efecto de conjugar. ▷ GRAM Serie ordenada de todas las voces de varia inflexión con que el verbo expresa sus diferentes modos, tiempos, números y personas.

conjugadas n.f.pl. BOT Orden de algunas algas verdes en las que la reproducción sexuada se realiza mediante fusión, dos a dos, de las células de los talos.

conjugar v.tr. **1.** Combinar varias cosas entre sí. **2.** GRAM Poner o decir en serie ordenada las palabras de varia inflexión con que en el verbo se denotan sus diferentes modos, tiempos números y personas. • **conjugado,a** adj. **1.** QUIM *Enlaces conjugados.* Enlaces múltiples separados por un enlace simple, en lo que se refiere a una molécula. **2.** MAT *Expresiones conjugadas.* Aquellas que sólo se diferencian en el signo de uno de sus términos (p. ej. $a + b$ y $a - b$). *Cantidades conjugadas:* aquellas entre las que existe una determinada correspondencia. **3.** GEOM *Puntos conjugados armónicamente* (en relación a otros dos puntos A y B) o *conjugados armónicos* (de A y B). Son los puntos N y M tales que cumplen la relación:

$$\frac{MA}{MB} = \frac{NA}{NB}$$

4. FIS *Puntos conjugados.* En un sistema óptico centrado, se llama así al conjunto de dos puntos de los cuales uno de ellos es la imagen del otro. **5.** FIS NUCL *Partículas conjugadas.* Conjunto de una partícula y de su antipartícula.

conjunción n.f. **I. 1.** Junta, unión. **2.** ASTROL Aspecto de dos astros que ocupan una misma casa celeste. — ASTRON Situación de dos planetas (o de un planeta y del Sol) alineados con la Tierra. **II.** GRAM Parte invariable de la oración, que denota la relación que existe entre dos oraciones, o entre vocablos.

conjuntiva n.f. Membrana mucosa muy fina que tapiza interiormente los párpados de los vertebrados y se extiende a la parte anterior del globo del ojo.

conjunto,a **I.** adj. **1.** Unido o contiguo a otra cosa. **2.** Mezclado (incorporado con otra cosa diversa). **3.** Fig. Aliado (unido a otro por el vínculo de parentesco o de amistad). **II.** n.m. **1.** Agregado de varias personas o cosas. **2.** Fig. Cuerpo de baile, orquesta, etc. **3.** Juego de vestir femenino hecho generalmente con tejido de punto y compuesto de jersey y chaqueta, o también de otras prendas. **4.** MAT Colección de objetos o identidades (los elementos) designados por la misma palabra o la misma expresión. *Conjunto de enteros naturales* (0, + 1, + 2...). *Teoría de los conjuntos.* v. ENCICL

ENCICL Un conjunto se puede definir por sus elementos individuales (conjunto de los alumnos de una clase) o por el enunciado de las propiedades restrictivas que caracterizan al elemento genérico dentro de un conjunto más amplio (conjunto de los españoles nacidos el 1 de enero de 1959 y el 31 de diciembre de 1962). La *teoría de los conjuntos* se debe al matemático Cantor (1880). La primera axiomatización de esta teoría se debe a Zermelo (1908); posteriormente ha sido desarrollado por numerosos matemáticos, sobre todo por los miembros del grupo Bourkabi. Se ha convertido en uno de los fundamentos de la matemática moderna. A nivel escolar se estudian en especial las operaciones con conjuntos de números: conjunto N de los números enteros naturales, Z de los enteros relativos, Q de los números racionales, R de los números reales. v. intersección, reunión, aplicación, asociatividad, conmutatividad, etc. La teoría de las categorías (1945) es una generalización de la de los conjuntos. Una categoría está formada por una clase de notación *Ob* ($\mathscr{C}$) cuyos elementos son llamados *objetos de* $\mathscr{C}$ y por otra de notación *Mor* ($\mathscr{C}$), cuyos elementos reciben el nombre de *morfismos.* Por ejemplo, la categoría de los conjuntos es aquella cuyos objetos son los conjuntos y cuyos morfismos son las aplicaciones.

conjurar **I.** v.int. y prnl. Ligarse con otro, mediante juramento, para algún fin. **II.** v.int. Conspirar, uniéndose muchas personas o cosas contra uno, para hacerle daño. **III.** v.tr. **1.** Tomar juramento a uno. **2.** Decir el que tiene potestad para ello los exorcismos dispuestos por la Iglesia. **3.** Pedir con instancia y con alguna especie de autoridad una cosa. **4.** Fig. Impedir, evitar, alejar un daño o peligro. • **conjura** n.f. Conjuración. • **conjuración** n.f. Concierto o acuerdo hecho contra el Estado, el gobierno u otra autoridad.

conllevar v.tr. **1.** Sufrir el genio y las impertinencias. de otro. **2.** Tener paciencia en los casos adversos.

conmemoración n.f. Memoria o recuerdo que se hace de una persona o cosa. — *Conmemoración de los difuntos.* Sufragio que anualmente celebra la Iglesia el día 2 de noviembre.

conmensurar v.tr. Medir con igualdad o debida proporción. • **conmensurable** adj. Sujeto a medida o valuación. ▷ MAT Se aplica a cualquier cantidad que tenga con otra una medida común.

conmigo Ablat. de sing. del pron. pers. de 1.ªpers. en gén. m. y f.

conminar v.tr. **1.** Amenazar (manifestar con actos o palabras que se quiere hacer algún mal a otro). **2.** Amenazar, el que tiene potestad, a quien está obligado a obedecer. • **conminatorio,a** n. y adj. Se aplica al mandamiento que incluye amenaza de alguna pena, y al juramento con que se conmina a una persona.

conmiseración n.f. Compasión del mal de otro.

conmocionar v.tr. Producir conmoción. • **conmoción** n.f. **1.** Movimiento o perturbación violenta del ánimo o del cuerpo. **2.** Tumulto, levantamiento de un Estado o pueblo.

conmover **I.** v.tr. y prnl. Perturbar, inquietar, alterar, mover fuertemente o con eficacia. **II.** v.tr. Enternecer (mover a compasión).

conmutación n.f. **1.** Acción y efecto de conmutar. **2.** Trueque, cambio o permuta que se hace de una cosa por otra. — FOR *Conmutación de pena.* Indulto parcial que altera la naturaleza del castigo en favor del reo. **3.** ELECTR Cambio de conexiones en un circuito eléctrico mediante la acción de un conmutador. **4.** Retruécano. **5.** TELECOM Operación que pone en comunicación dos líneas telefónicas.

conmutador,a **I.** adj. Que conmuta. **II.** n.m. **1.** TECN Dispositivo que comunica dos puntos u objetos tanto en un sentido como en el otro. ▷ ELECTR Dispositivo eléctrico que permite comandar un circuito a través de dos interruptores. • **conmutar** v.tr. **1.** Cambiar en general una cosa por otra. **2.** Tratándose de penas o castigos impuestos, sustituirlos por otros menos graves.

conmutativo,a adj. **1.** Que conmuta o tiene virtud de conmutar. **2.** MAT Dícese de la propiedad de ciertas operaciones cuyo resultado no varía cambiando el orden de sus términos o elementos. Dícese también de las operaciones que tienen esta propiedad. • **conmutatriz** n.f. ELECTR Aparato que sirve para convertir la corriente alterna en continua, o viceversa.

connivencia n.f. Confabulación. • **connivente** adj. BOT Se dice de las hojas u otras partes de una planta que tienden a aproximarse.

connotación n.f. **1.** Acción y efecto de connotar. **2.** Parentesco en grado remoto. • **connotar** v.tr. **1.** Hacer relación. **2.** GRAM Significar la palabra dos ideas: una accesoria y otra principal.

cono n.m. **1.** GEOM Volumen limitado por una superficie cónica, cuya directriz es una circunferencia, y por un plano que forma su base. **2.** GEOM Superficie cónica. **3.** BOT Fruto de las coníferas. **4.** Montaña o agrupación de lavas, cenizas y otras materias, de forma cónica. **5.** ZOOL Prolongación conoidea, de cada una de ciertas células de la retina de los vertebrados.

ENCICL Un *cono de revolución* es aquel cuya directriz es una circunferencia de centro O y de radio R (base del cono), y cuyo vértice está situado sobre la perpendicular a la base en O, a una distancia h de ésta (h es la altura del cono). El área lateral de ese cono (limitada por el vértice y la base) es $\pi R a$ (a es la longitud de la generatriz comprendida entre el vértice y la base). Su volumen es $\pi R^2 h/3$. Se llama *tronco de cono* al volumen comprendido entre la superficie lateral de un cono de revolución y dos planos laterales a su eje.

conocer **I.** v.tr. **1.** Averiguar la naturaleza, cualidades y relaciones de las cosas. **2.** Entender, saber. **3.** Percibir el objeto como distinto de todo lo que no es él. **4.** Presumir o conjeturar lo que puede suceder. **5.** Fig. Tener el hombre acto carnal con la mujer. **II.** v.tr. y prnl. Tener trato con alguno. **III.** v.prnl. Juzgar justamente de sí propio. • **conocedor,a** n. y adj. Experto en penetrar y discernir la naturaleza y propiedades de una cosa. • **conocido,a** **1.** adj. Distinguido, acreditado, ilustre. **2.** n.m. y f. Persona con quien se tiene trato, pero no amistad.

conocimiento n.m. **I. 1.** Acción y efecto de conocer. **2.** Entendimiento, inteligencia. **3.** Conocido, persona conocida con quien se tiene algún trato, pero no amistad. **4.** Percepción de las facultades sensoriales del hombre. **5.** COM Documento en que se registran las mercancías cargadas en un buque mercante. **II.** pl. Noción, ciencia, sabiduría.

conque I. 1. Conj. ilativa. con la cual se enuncia una consecuencia natural de lo que acaba de decirse. 2. Se usa después de punto final, ya refiriéndose a lo que se sabe o antes se ha expresado, ya sólo para apoyar la frase o cláusulas que siguen.

conquense 1. n. y adj. Natural de Cuenca. 2. adj. Perteneciente o relativo a esta provincia o a su capital.

conquiliología n.f. Parte de la zoología, que trata del estudio de los moluscos, y principalmente de las conchas que cubren a muchos de ellos.

conquistar v.tr. 1. Ganar mediante operación de guerra un territorio, población, posición, etc. 2. Ganar o conseguir alguna cosa, generalmente con esfuerzo, habilidad o venciendo dificultades. 3. Fig. Ganar la voluntad de una persona, o traerla a su partido. 4. Fig. Lograr el amor de una persona. • **conquista** n.f. 1. Acción y efecto de conquistar. 2. Cosa conquistada. 3. Persona cuyo amor se logra.

consabido,a adj. 1. Que es sabido por los presentes. 2. Conocido, característico.

consagrar I. v.tr. 1. Hacer sagrada a una persona o cosa. 2. Pronunciar el sacerdote en la misa las palabras de la transustanciación. 3. Deificar los romanos a sus emperadores. 4. Fig. Erigir un monumento para perpetuar la memoria de una persona o suceso. II. v.tr. y prnl. 1. Dedicar, ofrecer a Dios por culto o voto una persona o cosa. 2. Conferir a alguien fama en determinada actividad. 3. Fig. Dedicarse alguien con ardor a una empresa.

consanguíneo,a 1. n. y adj. Se dice de la persona que tiene parentesco de consanguinidad con otra. 2. adj. Referido a hermanos, se dice de los que no lo son de doble vínculo, sino de padre solamente. • **consanguinidad** n.f. Parentesco común entre personas.

consciencia n.f. PSICOL Conciencia. • **consciente** adj. Que siente, piensa, quiere y obra con conocimiento de lo que hace.

consecución n.f. Acción y efecto de conseguir.

consecuencia n.f. I. 1. LOG Proposición que se deduce de otra o de otras, con enlace tan riguroso, que, admitidas o negadas las premisas, es ineludible el admitirla o negarla. ▷ LOG Ilación o enlace del consiguiente con sus premisas. 2. Hecho o acontecimiento que se sigue o resulta de otro. — *En consecuencia*. Loc. conjuntiva que se usa para denotar que alguna cosa que se hace o ha de hacer es conforme a lo dicho, mandado o acordado anteriormente. • **consecuente** I. adj. Se dice de la persona cuya conducta guarda correspondencia lógica con los principios que profesa. II. n.m. 1. Proposición que se deduce de otra que se llama antecedente. 2. ALG y ARIT Segundo término de una razón, ya sea por diferencia, ya por cociente, a distinción del primero, que se llama antecedente. 3. GRAM Segundo de los términos de la relación gramatical.

conseguir v.tr. Alcanzaro lo que se desea.

conseja n.f. Fábula, patraña.

consejería n.f. 1. Lugar, establecimiento, oficina, etc., donde funciona un consejo, corporación consultiva, administrativa o de gobierno. 2. Cargo de consejero.

consejero,a I. n.m. y f. 1. Persona que aconseja o sirve para aconsejar. 2. Persona que tiene plaza en algún Consejo. II. n.m. 1. Magistrado que tenía plaza en los antiguos Consejos. ▷ Individuo de alguno de los actuales Consejos. — *Consejero de embajada*. Categoría de la carrera diplomática, entre ministro de tercera y primer secretario.

consejo n.m. I. 1. Parecer o dictamen que se da o toma para hacer o no hacer una cosa. 2. Tribunal supremo que se componía de diferentes ministros, con un presidente, para los casos de gobierno y la administración de la justicia. 3. Corporación consultiva encargada de informar al gobierno sobre asuntos de la administración pública. 4. Cuerpo administrativo y consultivo en las sociedades o compañías particulares. 5. Sitio donde se juntan los consejos.

consenso n.m. Consentimiento de varias personas en un mismo asunto.

consentir I. v.tr. e int. Permitir. II. v.tr. 1. Creer, tener por cierta una cosa. 2. Ser compatible, sufrir, admitir. 3. Mimar a los hijos, ser sobrado indulgente con los niños o con los inferiores. 4. FOR Otorgar, obligarse.

conserje n.m. El que tiene a su cuidado la custodia, limpieza y llaves de un establecimiento público.

conserva n.f. Fruta hervida en agua con almíbar. — *En conserva*. Loc. adj. que, añadida a nombres de alimentos, indica que éstos han sido preparados para el consumo posterior.

conservador,a I. adj. Se aplica a la persona que guarda o hace durar las cosas que tiene. II. n. y adj. Se aplica a la persona que mantiene la tradición. 2. n.m. Persona que tiene como oficio conservar un museo. • **conservadurismo** Actitud conservadora en política, ideología, etc.

conservar I. v.tr. y prnl. Mantener una cosa o cuidar de su permanencia. II. v.tr. 1. Hablando de costumbres, continuar la práctica de ellas. 2. Guardar con cuidado una cosa. 3. Hacer conservas.

conservatorio,a n.m. Establecimiento oficial en el que se dan enseñanzas de música, declamación y otras artes conexas.

conservero,a I. adj. Perteneciente o relativo a las conservas. II. n.m. y f. Persona que tiene por oficio hacer conservas.

consideración n.f. 1. Acción y efecto de considerar. 2. Urbanidad (respeto). • **considerado,a** adj. 1. Que tiene respeto y educación. 2. Que es apreciada

considerando n.m. Cada una de las razones que sirven de apoyo a un dictamen.

considerar I. v.tr. 1. Pensar, meditar con atención. 2. Tratar a una persona con respeto. II. v.tr. y prnl. Juzgar, estimar.

consigna n.f. I. 1. MILIT Ordenes que se dan al que manda un puesto, y las que éste manda observar al centinela. 2. Hablando de agrupaciones políticas, sindicales, etc., orden que una persona u organismo dirigente da a los subordinados. II. En las estaciones de ferrocarril, aeropuertos, etc., local en que los viajeros depositan equipajes, paquetes, etc.

consignar v.tr. 1. Asentar en un presupuesto una partida para atender determinados gastos. 2. Destinar un lugar para poner o colocar en él una cosa. 3. Entregar por vía de depósito, poner en depósito una cosa. 4. Tratándose de opiniones, datos, etc., asentarlos por escrito. 5. COM Enviar las mercancías a manos de un corresponsal. 6. FOR Depositar a disposición de la autoridad judicial la cosa debida, atender determinados gastos o servicios.

consigo Ablat. de sing. y pl. de la forma reflexiva *se*, *sí*, del pron. pers. de 3.ª pers. en gén. m. y f.

consiguiente adj. Que depende y se deduce de otra cosa. — *Por consiguiente*. Por consecuencia, en fuerza o virtud de lo antecedente.

consiliario,a n.m. y f. 1. Consejero. 2. En varias corporaciones, el que aconseja al superior.

consistencia n.f. 1. Duración, estabilidad, solidez. 2. Trabazón, coherencia entre las partículas de una masa.

consistir v.int. 1. Estribar, estar fundada una cosa en otra. 2. Ser efecto de una causa.

consistorio n.m. 1. Consejo que tenían los emperadores romanos para tratar los asuntos más importantes. 2. En algunas ciudades y villas, ayuntamiento o cabildo secular. 3. Casa o sitio en donde se juntan los consistoriales. • **consistorial** n. y adj. Perteneciente al consistorio.

consola n.f. 1. Mesa hecha para estar arrimada a la pared. 2. TECN En los estudios de grabación de sonido, mesa desde la cual se realizan los controles y las mezclas.

consolar v.tr. y prnl. Aliviar la pena.

consolidar v.tr. 1. Dar firmeza y solidez a una cosa. 2. Liquidar una deuda flotante para convertirla en fija. 3. Fig. Reunir, volver a juntar lo que antes se había quebrado o roto, de modo que quede firme. 4. Fig. Asegurar del todo, afianzar más y más una cosa.

consomé n.m. Consumado (caldo en que se ha sacado la sustancia de la carne).

consonancia n.f. 1. MUS Cualidad de aquellos sonidos que, oídos simultáneamente, producen efecto agradable. 2. Identidad de sonido en la terminación de dos palabras, desde la vocal que lleva el acento, aunque las demás letras no sean exactamente iguales en su figura. 3. Fig. Relación de igualdad o conformidad que tienen algunas cosas entre sí.

consonante I. n.m. y adj. 1. Se dice de cualquier voz con respecto a otra de la misma consonancia. 2. Sonidos del lenguaje distintos a las vocales. Letras que los representan. II. adj. Fig. Que tiene relación de igualdad con otra cosa. — *Letra consonante*. La que representa los sonidos consonantes.

consonantismo n.m. Sistema consonántico de una lengua. • **consonántico,a** adj. 1. Perteneciente o relativo a las consonantes. 2. Perteneciente o relativo a la consonancia.

consonar v.int. 1. MUS Formar consonancia. 2. Fig. Tener algunas cosas igualdad, conformidad o relación entre sí.

consorcio n.m. Participación y comunicación de una misma suerte con uno o varios.

consorte n.m. y f. 1. Marido respecto de la mujer, y mujer respecto del marido. 2. Fig. Los que juntamente son responsables de un delito.

conspicuo,a adj. Ilustre, sobresaliente.

conspiración n.f. Acción de conspirar; unirse contra un superior o un particular. • **conspirar** v.int. 1. Unirse algunos contra su superior o soberano. 2. Unirse contra un particular para hacerle daño.

constancia n.f. 1. Firmeza y perseverancia en las resoluciones y en los propósitos. 2. Certeza de algo. 3. Acción y efecto de hacer constar alguna cosa.

constante I. n.f. MAT Variable, que tiene un valor fijo en un determinado proceso, cálculo, etc. II. adj. 1. Que tiene constancia. 2. Dicho de las cosas, persistente, durable. ENCICL Los valores de las *constantes físicas fundamentales* son los siguientes:
masa del electrón, $m = 9{,}109 \cdot 10^{-31}$ kg.
carga del electrón, $e = 1{,}602 \cdot 10^{-19}$ C
constante de Plank, $h = 6{,}626 \cdot 10^{-34}$ Js
número de Avogadro, $N = 6{,}022 \cdot 10^{23}$ mol
velocidad de la luz e = 299.792.458 m/s

constar v.int. 1. Ser cierta una cosa. 2. Quedar registrada por escrito una cosa. 3. Tener un todo determinadas partes. 4. Tratándose de versos, tener la medida y acentuación correspondientes a los de su clase.

constatar v.tr. 1. Comprobar. 2. Comprobar un hecho, establecer su veracidad, dar constancia de él.

constelación n.f. 1. Conjunto de varias estrellas fijas contenidas en una figura. 2. ASTROL Aspecto de los astros al tiempo de levantar el horóscopo.

consternar v.tr. y prnl. Afligir.

constiparse v.prnl. Acatarrarse, resfriarse. • **constipado,a** n.m. **1.** Catarro. **2.** Resfriado.

constitución n.f. **1.** Acción y efecto de constituir. **2.** Forma de estar constituida una cosa. **3.** Forma o sistema de gobierno que tiene cada Estado. ▷ Ley fundamental de la organización de un Estado. **4.** FISIOL Naturaleza y relación de los sistemas y aparatos orgánicos, cuyas funciones determinan el grado de fuerzas y vitalidad de cada individuo.

constituir **I.** v.tr. Formar, componer. **II.** v.tr. y prnl. Establecer, ordenar. **III.** v.prnl. Seguido de una de las preposiciones *en* o *por*, asumir obligación, cargo o cuidado. • **constitutivo,a** n.m. y adj. **1.** Se dice de lo que es característico de una cosa. **2.** Se aplica, con relación a una cosa, a lo que constituye una parte o elemento de ella. • **constituyente** **1.** n. y adj. Se dice de las Cortes, asambleas, convenciones, congresos, etc., convocados para elaborar o reformar la Constitución del Estado. **2.** n.m. Persona elegida como miembro de una asamblea constituyente.

constreñir v.tr. **1.** Obligar a uno a que haga alguna cosa. **2.** MED Apretar y cerrar, como oprimiendo. • **constreñimiento** n.m. Apremio que hace uno a otro para que ejecute alguna cosa. • **constrictivo,a** adj. Que constriñe.

constringencia n.f. FIS Inversa del poder de dispersión de una sustancia. • **constringente** adj. Que constriñe o aprieta.

construcción n.f. **1.** Acción y efecto de construir. **2.** Arte de construir. **3.** Tratándose de edificios, obra construida. **4.** GRAM Ordenamiento y disposición a que se han de someter las palabras. **5.** pl. Juguete infantil que consta de piezas de distintas formas con las cuales se imitan edificios, puentes, etc.

constructivismo n.m. Movimiento artístico surgido (1913-1922) de las investigaciones vanguardistas en Rusia. (Sus principales iniciadores, el pintor y escultor Tatlin y los escultores Gabo y Pevsner, predicaron la valorización del espacio por sí mismo y el rechazo de las teorías —cubismo, futurismo— partidarias, como mínimo, de su representación.)

construir v.tr. **1.** Fabricar o edificar una cosa. **2.** GRAM Ordenar las palabras.

consuegro,a n.m. y f. Padre o madre de una de dos personas unidas en matrimonio, respecto del padre o madre de la otra.

consuelda n.f. Planta herbácea de la familia de las borragináceas vellosa, que se emplea en medicina. *Consuelda roja*. Tormentilla.

consuelo n.m. Alivio de la pena.

consuetudinario,a adj. **1.** Se dice de lo que es de costumbre. **2.** Se aplica a la persona que acostumbra a cometer alguna culpa.

cónsul n.m. **1.** Cada uno de los dos magistrados que tenían en la República romana la suprema autoridad. **2.** Persona autorizada en una población de un Estado extranjero para proteger las personas e intereses de los individuos de la nación que lo nombra. • **consulado** n.m. **1.** Dignidad de cónsul. **2.** Cargo de cónsul de una potencia. **3.** Territorio o distrito en que un cónsul ejerce su autoridad. **4.** Casa y oficina en que despacha el cónsul.

consulta n.f. **1.** Acción y efecto de consultar. **2.** Conferencia entre abogados, médicos u otras personas para resolver alguna cosa.

consultar v.tr. **1.** Tratar entre varias personas sobre lo que se debe hacer en un asunto. **2.** Pedir parecer o consejo. **3.** Dar los consejos, tribunales u otros cuerpos, al rey o a otra autoridad.

consultivo,a adj. Se dice de las juntas o corporaciones establecidas para ser oídas y consultadas por los que gobiernan.

consultorio n.m. **1.** Establecimiento privado donde se despachan informes o consultas sobre materias técnicas. **2.** Local en que el médico recibe y atiende a sus pacientes. **3.** Sección que en los periódicos o en las emisoras de radio está destinada a contestar las preguntas que les hace el público.

consumación n.f. **1.** Acción y efecto de consumar. **2.** Extinción, acabamiento total.

consumar v.tr. **1.** Realizar completamente. Se aplica a acciones extraordinarias y también a las delictivas pero no a actos corrientes. **2.** FOR Dar cumplimiento a un contrato o a otro acto jurídico que ya era perfecto.

consumición n.f. **1.** Consunción. **2.** Consumo (gasto). ▷ Lo que se consume en un café, bar o establecimiento público.

consumir **I.** v.tr. y prnl. **1.** Destruir, extinguir. **2.** Fig. y Fam. Desazonar, apurar, afligir. **II.** v.tr. Gastar comestibles u otros géneros. • **consumido,a** adj. Fig. y Fam. Muy flaco, extenuado y macilento.

consumo n.m. Acción y efecto de consumir, utilizar géneros para el sustento.

consunción n.f. **1.** Acción y efecto de consumir o consumirse. **2.** Enflaquecimiento.

consuno (de) m. adv. De común acuerdo.

consustancial adj. Inherente a un ser.

contabilidad n.f. Sistema adoptado para llevar la cuenta de una administración.

contacto n.m. **1.** Acción y efecto de tocarse dos o más cosas. **2.** Fig. Relación o trato que se establece entre dos o más personas o entidades. **3.** ELECTR Enlace de dos conductores que deja pasar la corriente eléctrica.

contador,a **I.** n. y adj. Que cuenta. **II.** n.m. **1.** Persona nombrada por juez competente, o por las mismas partes, para liquidar una cuenta. **2.** Aparato destinado a medir el volumen de agua o de gas que pasa por una cañería, o la cantidad de electricidad que recorre un circuito en un tiempo determinado.

contaduría n.f. **I.** **1.** Oficio de contador. **2.** Oficina del contador. **3.** Administración de un espectáculo público, en donde se expenden los billetes con anticipación y sobreprecio.

contagiar v.tr. y prnl. **1.** Comunicar a otro u otros una enfermedad contagiosa. **2.** Fig. Pervertir con el mal ejemplo. • **contagio** n.m. Transmisión, por contacto inmediato o mediato, de una enfermedad específica.

container n.m. TECN Contenedor.

contaminar **I.** v.tr. **1.** Alterar la pureza de alguna cosa, como los alimentos, las aguas, el aire, etc. ▷ MED Introducir gérmenes patógenos en un objeto o en un ser vivo. **II.** v.tr. y prnl. **1.** Penetrar la suciedad en un cuerpo. **2.** Contagiar. **3.** Fig. Pervertir, corromper las costumbres. • **contaminación** n.f. Acción y efecto de contaminar o contaminarse. ▷ MED Afección por gérmenes patógenos, por contagio y, p. ext., por sustancias radiactivas.

ENCICL La contaminación reviste múltiples aspectos y conduce a una modificación del equilibrio biológico natural. La contaminación del aire, o *contaminación atmosférica*, se debe a los productos gaseosos y sólidos lanzados al aire por las instalaciones de calefacción, vehículos de motor e instalaciones industriales: óxidos de carbono, de azufre, y nitrógeno, polvo, partículas radiactivas, productos químicos (mercurio, p. ej.). *La contaminación de las aguas* es causada por sustancias procedentes de desechos industriales y urbanos (vertido de aguas residuales), abonos agrícolas, etc. Algunas de estas sustancias pueden resistir a los agentes naturales de destrucción. A pesar de la dilución, el mismo océano no escapa a esta contaminación. Los productos químicos que son causa de la contaminación de las aguas continentales son muy numerosos: hidrocarburos (vertidos de petroleros, sondeos marinos, accidentes), detergentes, pesticidas, óxido de titanio, etc. Los microorganismos de los vertidos domésticos y los desperdicios de las industrias alimentarias pueden propagar enfermedades contaminando las aguas potables o la fauna marina (ostras, crustáceos, etc.). *La contaminación térmica* de las aguas (elevación de temperatura producida por el vertido de las aguas de refrigeración, principalmente de centrales térmicas y nucleares) causa daños muy serios a la fauna de los ríos. La contaminación del suelo es causada por la infiltración de aguas contaminadas y por el abuso de abonos químicos y pesticidas. *La contaminación radiactiva* es consecuencia de la explosión de las bombas termonucleares (desechos radiactivos, partículas). Los elementos radiactivos más peligrosos son aquellos cuyos períodos son los más largos (estroncio 90 y cobalto 60, p. ej.). Los peligros que aparecen con la contaminación han inducido a las autoridades a establecer una reglamentación muy severa en lo concerniente a los residuos de los productos contaminantes, controlando la evolución de la polución atmosférica y de las aguas, incitando, con ayudas a los industriales y a la colectividad, a realizar nuevas instalaciones de depuración (lucha anticontaminación).

contar **I.** v.tr. **1.** Numerar las cosas considerándolas como unidades homogéneas. **2.** Referir un suceso. **3.** Poner o meter en cuenta. **4.** Poner a uno en la clase u opinión que le corresponde.

contemplar v.tr. **I.** **1.** Poner la atención en alguna cosa material o espiritual. **2.** Considerar, juzgar. **3.** TEOL Ocuparse el alma con intensidad en pensar en Dios. **II.** Complacer a una persona, ser condescendiente con ella, por afecto, por respeto o por lisonja. • **contemplación** n.f. **I.** Acción de contemplar. **II.** Consideración, atención o miramiento que se guarda a alguien. ▷ pl. Miramientos que cohíben de hacer algo.

contemporáneo,a n. y adj. Existente al mismo tiempo que otra persona o cosa.

contemporizar v.int. Acomodarse uno al gusto o dictamen ajeno por algún respeto o fin particular.

contención n.f. **1.** Acción y efecto de sujetar el movimiento de un cuerpo. **2.** Contienda.

contencioso,a adj. **1.** Se dice del que por costumbre disputa o contradice todo lo que otros afirman. **2.** FOR Se aplica a las materias sobre que se contiende en juicio, o a la forma en que se litiga.

contender v.int. **1.** Lidiar, pelear, batallar. **2.** Fig. Disputar (debatir, altercar). **3.** Discutir, contraponer opiniones, puntos de vista, etc.

contenedor,a **1.** adj. Que contiene. **2.** n.m. Embalaje metálico grande y recuperable, de tipos y dimensiones normalizados internacionalmente.

contener v.tr. y prnl. **1.** Llevar o encerrar dentro de sí una cosa a otra. **2.** Reprimir o sujetar el movimiento o impulso de un cuerpo. **3.** Fig. Reprimir o moderar una pasión. • **contenido,a** **I.** adj. Que se conduce con moderación y templanza. **II.** n.m. **1.** Lo que se contiene dentro de una cosa.

contentadizo,a adj. Se dice de la persona que fácilmente se allana a admitir lo que se le da, dice o propone.

contentar **I.** v.tr. **1.** Satisfacer el gusto o las aspiraciones de uno; darle contento. **2.** COM Endosar (sent. 1). **II.** v.prnl. Darse por contento, quedar contento.

contentivo,a adj. **1.** Se dice de lo que contiene. **2.** CIR Se dice de la pieza de apósito que sirve para contener otras.

contento,a adj. Alegre, satisfecho. ▷ n.m. Alegría, satisfacción.

conteo n.m. Cálculo, valoración.

contera n.f. Pieza comúnmente de metal que se pone en el extremo opuesto al puño del bastón, paraguas, sombrilla, y de otros objetos.

contestar v.tr. **1.** Responder a lo que se pregunta, se habla o se escribe. **2.** Replicar violentamente. • **contestador** n.m. Que contesta. — *Contestador automático.* Aparato automático que, como respuesta a una llamada telefónica, hace que se escuche un mensaje grabado anteriormente. • **contestatario,a** n. y adj. Que polemiza, se opone o protesta.

contestón,a n. y adj. Se dice del que replica, por sistema, a superiores.

contexto n.m. Orden de composición o tejido de ciertas obras. • **contextura** n.f. **1.** Forma de estar dispuestas las partes que juntas componen un todo. **2.** Constitución de una persona.

contienda n.f. **1.** Lidia, pelea, riña, batalla. **2.** Disputa, discusión, debate.

contignación n.f. ARQUIT Entramado con que se forman los pisos o techos.

contigo Ablt. de sing. del pron. pers. de 2.ª pers. en gén. m. y f.

contiguo,a adj. Que está tocando a otra cosa. • **contigüidad** n.f. Inmediación de una cosa a otra.

continencia n.f. Virtud que modera y refrena los apetitos sexuales.

continente n.m. **1.** GEOGR Gran extensión de tierra que está separada de otra por los océanos. **2.** Cosa que contiene en sí a otra. **3.** Aspecto y actitud de una persona. • **continental** adj. Perteneciente a los países de un continente. ▷ GEOGR *Clima continental.* El característico del interior de un continente, no sometido a las influencias oceánicas.
ENCICL Se distinguen tradicionalmente cinco continentes: África, América, Asia, Europa y Oceanía, aunque también son válidas otras divisiones. Así Eurasia es un continente, y América es, en realidad, dos. En un principio, América del N estaba unida a Europa y América del S a África. La teoría de la deriva de los continentes, perfeccionada hoy bajo la denominación de *teoría de las placas,* hace referencia a este hecho. (v. placa.)

contingencia **1.** Posibilidad de que una cosa suceda o no suceda. **2.** Cosa que puede suceder o no suceder. **3.** Riesgo.

continuar **1.** v.tr. Proseguir uno lo comenzado. **2.** v.int. Durar. **3.** v.prnl. Seguir, extenderse. • **continuación** n.f. Acción y efecto de continuar. • **continuidad** n.f. **1.** Unión natural que tienen entre sí dos cosas. **2.** MAT Calidad o condición de las funciones o transformaciones continuas.

continuo,a **I.** adj. **1.** Ininterrumpido. **2.** Se aplica a las cosas que tienen unión entre sí. **3.** Ordinario y perseverante en ejercer algún acto. **II.** n.m. **1.** Todo compuesto de partes unidas entre sí. **2.** MAT *Función continua en un intervalo.* Aquella cuya curva representativa en dicho intervalo puede dibujarse sin levantar el lápiz del papel. **3.** MUS Base instrumental en función de bajo armónico que se mantiene a lo largo de toda la duración de la pieza.

continuum n.m. Conjunto homogéneo de elementos. ▷ MAT FIS En las teorías relativistas, espacio de cuatro dimensiones.

contonearse v.prnl. Hacer al andar movimientos afectados con los hombros y caderas.

contornear v.tr. **1.** Dar vueltas alrededor de un paraje o sitio. **2.** PINT Perfilar, hacer los contornos o perfiles de una figura.

contorno n.m. **1.** Territorio de que está rodeado un lugar o una población. (Se usa más en pl.) **2.** Conjunto de las líneas que limitan una figura o composición.

contorsión n.f. **1.** Actitud forzada, movimiento irregular y convulsivo. **2.** Ademán grotesco, gesticulación ridícula. • **contorsionarse** v.prnl. Hacer contorsiones voluntaria o involuntariamente. • **contorsionista** n.m. y f. Persona que ejecuta contorsiones difíciles.

contra **I.** Prefijo procedente del latín *contra,* «contra, en sentido contrario». **1.** Prep. con que se denota la oposición y contrariedad de una cosa con otra. Tiene uso como prefijo en voces compuestas. *Contrabando.* **2.** Enfrente. **3.** Hacia, en dirección a. **4.** A cambio de. *Entrega de un objeto contra recibo.* **II.** n.m. **1.** Concepto opuesto o contrario a otro. Se usa precedido del artículo *el* y en contraposición a *pro. Tomás es incapaz de defender el pro y el contra.* **2.** MUS Pedal del órgano. ▷ pl. MUS Bajos más profundos en algunos órganos. **III.** *En contra.* En oposición de una cosa.

contraamura n.f. MAR Aparejo o cabo grueso que se da en ayuda de la amura de las velas mayores.

contraatacar v.tr. Reaccionar ofensivamente contra el avance del enemigo.

contrabajo **I.** n.m. **1.** Instrumento de cuerda y de arco parecido al violín, pero de tamaño mucho mayor. **2.** Persona que toca este instrumento. **II. 1.** MUS Voz más grave y profunda que la del bajo ordinario. **2.** MUS Persona que tiene esta voz.

contrabajón n.m. MUS Instrumento de viento que suena una octava más bajo que el bajón.

contrabalancear v.tr. **1.** Operar con la balanza hasta lograr el equilibrio de los platillos. **2.** Compensar, contrapesar.

contrabando n.m. **1.** Comercio o producción de géneros prohibidos por las leyes. **2.** Mercancías prohibidas. **3.** Acción de fabricar o introducir fraudulentamente dicho género o de exportarlos, estando prohibido. • **contrabandista** **1.** n. y adj. Que practica el contrabando. **2.** n.m. y f. Persona que se dedica a defraudar a la aduana.

contrabarrera n.f. Segunda fila de asientos en los tendidos de las plazas de toros.

contrabasa n.f. ARQUIT Pedestal.

contrabloqueo n.m. MAR En la guerra moderna, conjunto de operaciones destinadas a restar eficacia al bloqueo enemigo.

contracampo n.m. CINEM Toma de vistas en sentido opuesto al de la precedente.

contracanal n.m. Canal que se deriva de otro principal.

contracanto n.m. MUS Frase melódica que se opone al tema o canto por un efecto de contrapunto.

contracarril n.m. Carril auxiliar puesto al lado del ordinario para facilitar el cambio o cruce de vías.

contracción n.f. **1.** Acción y efecto de contraer o contraerse. — FIS *Contracción de la vena fluida.* Disminución de diámetro que experimenta un chorro de líquido o de gas al salir por un orificio del recipiente que lo contenía. **2.** FISIOL Modificación de la forma de determinados tejidos bajo la influencia de diversas excitaciones. — GRAM Figura de dicción que consiste en hacer una sola palabra de dos. — GRAM Sinéresis.
ENCICL Una contracción muscular determina el acortamiento de la fibra muscular o la aparición de una tensión. En ella pueden intervenir dos mecanismos. 1.° *Contracción isométrica,* o *estática,* en la que la fibra muscular no puede acortarse por tener fijos sus dos extremos; 2.° *Contracción isotónica,* o *dinámica,* en la que la fibra, que sólo tiene fijo uno de sus extremos, se acorta. El primer mecanismo permite el mantenimiento de las posturas, y el segundo los movimientos y los desplazamientos. El mecanismo de la contracción varía según el tipo de músculo estudiado. Los músculos estriados están en ligera contracción permanente (tono muscular); la contracción voluntaria está bajo el control de los centros nerviosos. Los músculos lisos se contraen rítmicamente gracias a los nervios vegetativos (simpático y parasimpático). También pueden contraerse automáticamente (corazón). En la fibra muscular propiamente dicha, la contracción se efectúa por deslizamiento de los filamentos de actina sobre los de miosina. La energía mecánica producida se libera por hidrólisis del ATP, catalizada por el complejo actina-miosina en presencia de magnesio y calcio.

contraclave n.f. ARQUIT Cada una de las dovelas inmediatas a la clave de un arco o bóveda.

contracorriente n.f. METEOR Reserva o corriente derivada y de dirección opuesta a la de la principal de que procede.

contráctil adj. Que se contrae.

contractual adj. Referente al contrato.

contractura n.f. MED Contracción prolongada e involuntaria de uno o de varios músculos sin lesión del tejido muscular.

contracultura n.f. Conjunto de sistemas de valores estéticos e intelectuales que se oponen a los valores culturales tradicionales.

contrachapado n. y adj. Se dice del tablero formado por varias capas finas de madera encoladas de modo que sus fibras queden entrecruzadas.

contradanza n.f. **1.** Baile rápido. **2.** Música con que se acompaña este baile.

contradecir v.tr. y prnl. Decir uno lo contrario de lo que otro afirma.

contradicción n.f. **1.** Acción y efecto de contradecir o contradecirse. **2.** Afirmación y negación que se oponen una a otra. **3.** Oposición, contrariedad. • **contradictoria** n.f. LOG Cualquiera de dos proposiciones, de las cuales una afirma lo que la otra niega, y no pueden ser a un mismo tiempo verdaderas ni a un mismo tiempo falsas.

contradique n.m. Segundo dique, construido cerca del primero.

contraelectromotriz adj. ELECTR Se dice de la fuerza eléctrica cociente entre la potencia suministrada por el receptor (aparte del efecto Joule) y la intensidad que lo atraviesa.

contraer **I.** v.tr. **1.** Estrechar, juntar una cosa con otra. **2.** Tratándose de costumbres, vicios, etc., adquiridos, caer en ellos. **II.** v.tr. y prnl. Fig. Reducir un escrito. **III.** v.prnl. Encogerse un nervio, un músculo u otra cosa.

contraespionaje n.m. Acción encaminada a vigilar y desarticular las maniobras llevadas a cabo por espías de otra nación. ▷ Organización, servicio de esta acción.

contraestay n.m. MAR Cabo grueso que ayuda al estay a sostener el palo, llamándolo hacia proa.

contrafallar v.tr. En algunos juegos de naipes, poner un triunfo superior al que había jugado el que falló antes.

contrafoque n.m. MAR Foque, más pequeño que el principal.

contrafuerte n.m. **1.** Correa donde se afianza la cincha. **2.** Pieza con que se refuerza el calzado. **3.** ARQUIT Machón saliente en el paramento de un muro.

contragolpe n.m. **1.** Golpe dado en respuesta a otro. **2.** MED Efecto de un golpe en sitio distinto del que sufre contusión.

contrahecho,a n. y adj. Que tiene torcido o jorobado el cuerpo.

contrahierba n.f. **1.** BOT Planta de la América Meridional, de la familia de las moráceas, que se ha usado en medicina como contraveneno. **2.** Cualquiera de las medicinas que llevan la raíz de la contrahierba.

contrahilo,a m.adv. Hablando de las telas, en dirección opuesta al hilo.

contraindicación n.f. MED Circunstancia que impide la aplicación del tratamiento que pudiera parecer indicado.

contralmirante n.m. Oficial general de la armada, inmediatamente inferior al vicealmirante.

contralto n.m. **1.** MUS Voz media entre la de tiple y la de tenor. **2.** n.m. y f. MUS Persona que tiene esta voz.

contraluz n.f. **1.** Vista o aspecto de las cosas desde el lado opuesto a la luz. **2.** Fotografía tomada en estas condiciones.

contramaestre n.m. MAR Oficial de mar que dirige la marinería.

contramano (a) m.adv. En dirección contraria a la corriente.

contramarcha n.f. **1.** Retroceso que se hace del camino que se lleva. **2.** MAR Cambio sucesivo de rumbo. **3.** MILIT Evolución con que una tropa vuelve atrás.

contramarea n.f. Marea contraria a otra.

contramesana n.f. MAR Árbol pequeño que en algunos buques está entre la popa y el palo mesana.

contramina n.f. **1.** MILIT Mina que se hace debajo de la de los contrarios, para salirles al encuentro en sus trabajos subterráneos. **2.** MIN Comunicación de dos o más minas.

contraofensiva n.f. MILIT Ofensiva que se emprende para contrarrestar la del enemigo, haciéndole pasar a la defensiva.

contraorden n.f. Orden con que se revoca otra que antes se ha dado.

contrapartida n.f. Algo que tiene efectos opuestos a otra cosa.

contrapaso n.m. **1.** Paso que se da a la parte opuesta del que se ha dado antes. **2.** MUS En el canto, interpretación, por unos cantantes, de las notas del primer pasaje, en tanto que otros cantan el segundo pasaje.

contrapelo (a) m.adv. **1.** Contra la inclinación o dirección natural del pelo. **2.** Fig. y Fam. Contra el curso o modo natural de una cosa cualquiera; violentamente.

contrapeso n.m. **1.** Peso que se pone a la parte contraria de otro para que queden en equilibrio. **2.** Fig. Lo que se considera suficiente para equilibrar una cosa.

contrapilastra n.f. **1.** ARQUIT Resalto que se hace en el paramento de un muro a uno y otro lado de una pilastra o media columna unida a él. **2.** CARP Mediacaña de madera que sirve para impedir el paso del aire.

contraponer **1.** v.tr. Comparar o cotejar una cosa con otra contraria o diversa. **2.** v.tr. y prnl. Poner una cosa contra otra para estorbarle su efecto. • **contraposición** n.f. Acción y efecto de contraponer o contraponerse.

contraportada n.f. IMP Página que se pone frente a la portada de algunos libros.

contraproducente adj. Dícese del dicho o acto cuyos efectos son opuestos a la intención con que se profiere o ejecuta.

contraproyecto n.m. Proyecto diferente de otro determinado.

contraprueba n.f. IMP Segunda prueba que sacan los impresores o estampadores.

contrapunta n.f. TECN Cabezal móvil de un torno.

contrapuntear v.tr. MUS Cantar de contrapunto.

contrapunto n.m. MUS Arte de escribir música superponiendo líneas melódicas. ▷ P. ext., composición escrita de este modo. • **contrapuntista** n.m. y f. MUS Compositor que practica el contrapunto con cierta preferencia o con mucha pericia.

contrapunzón n.m. **1.** Botador para remachar la pieza en el lugar donde no puede entrar el martillo. **2.** Instrumento como hembra o matriz de punzón, que se usa en el grabado de sellos y monedas.

contrariar v.tr. Contradecir a algo o a alguien. • **contrariedad** n.f. Contratiempo que impide o retarda algo.

contrario,a **I.** n.f. y adj. Opuesto a una cosa. **II.** adj. Fig. Que daña o perjudica. **III.** n.m. y f. Persona que tiene enemistad, pleitea o lucha con otra. **IV.** n.m. Impedimento, embarazo, contradicción. **V.** *Los contrarios.* Teoría de la filosofía antigua, y principalmente de la peripatética, en la que descansaba la clasificación de las ideas.

contrarréplica n.f. **1.** Contestación dada a una réplica. **2.** Dúplica.

contrarrestar v.tr. **1.** Resistir, hacer frente. **2.** Volver la pelota desde el saque.

contrarrevolución n.f. Movimiento político opuesto a una revolución.

contrarrotura n.f. VETER Parche que se pega sobre la piel para curar la rotura o luxación.

contraseguro n.m. Contrato en que el asegurador se obliga a reintegrar al contratante las cuotas satisfechas.

contrasentido n.m. **1.** Inteligencia contraria al sentido natural de las palabras o expresiones. **2.** Deducción opuesta a lo que arrojan de sí los antecedentes.

contraseña n.f. **1.** Seña reservada que se dan unas personas a otras para entenderse entre sí. **2.** MILIT Señal o palabra que se da para conocerse unos a otros y no tenerse por enemigos. También se da a las centinelas para que no dejen pasar al que no la diera.

contrastar **I.** v.tr. **1.** Resistir, hacer frente. **2.** Ensayar o comprobar y fijar la ley, peso y valor de las monedas o de otros objetos de oro o plata, y sellar estos últimos con la marca del contraste. **3.** Tratándose de pesas y medidas, comprobar su exactitud. **II.** v.int. Mostrar notable diferencia dos cosas, cuando se comparan. • **contraste** n.m. **I. 1.** Acción y efecto de contrastar. **2.** Contraposición o diferencia notable que existe entre personas o cosas. **3.** TECN Verificación de la conformidad de las indicaciones de un aparato de medida con la del patrón. **4.** Persona y oficina dedicada al examen de medidas. **II.** FIS *Contraste de colores.* La que hace que un color parezca más vivo cuando se le observa al mismo tiempo que su color complementario. — MED *Producto de contraste.* Sustancia opaca a los rayos X y que se utiliza en radiología.

contrata n.f. **1.** Instrumento, escritura o simple obligación firmada con que las partes aseguran los contratos que han hecho. **2.** El mismo contrato. **3.** Contrato que se hace con el Gobierno, con una corporación, etc., para ejecutar una obra material o prestar un servicio por precio o precios determinados. **4.** Entre actores y cantantes, ajuste, ocupación.

contratar v.tr. **1.** Pactar, convenir, comerciar, hacer contratos o contratas. **2.** Ajustar a una persona para algún servicio.

contratiempo **I.** n.m. Accidente perjudicial e inesperado. **II.** m.adv. MUS *A contratiempo.* Cuando la duración de una nota se extiende a dos tiempos del compás, no comprendiendo sino una parte del primero.

contratipo n.m. TECN Cliché obtenido a partir de otro.

contrato n.m. Pacto o convenio, oral o escrito, entre partes que se obligan sobre materia o cosa determinada, y a cuyo cumplimiento pueden ser compelidas.

contratransferencia n.f. PSICOAN Conjunto de reacciones inconscientes del psicoanalista frente a la transferencia que el analizado realiza sobre su persona.

contravapor n.m. FIS Corriente de vapor que obra en sentido opuesto a la que de ordinario mueve una máquina, y sirve para que se detenga o retroceda si es locomóvil. Se usa con el verbo *dar.*

contraveneno n.m. Medicamento para contrarrestar los efectos del veneno.

contravenir v.tr. Desobedecer una orden.

contraventana n.f. **1.** Puerta que interiormente cierra sobre la vidriera. **2.** Puerta de madera, en el exterior de la ventana, que en los países fríos sirve de resguardo.

contrayente n.m. y f. Que contrae. Se aplica a la persona que contrae matrimonio.

contribuir **1.** v.tr. e int. Dar o pagar cada uno la cuota que le cabe por un impuesto o repartimiento. **2.** v.tr. Concurrir voluntariamente con una cantidad para determinado fin. • **contribución** n.f. **1.** Acción y efecto de contribuir. **2.** Cuota o cantidad que se paga para algún fin, y principalmente la que se impone para las cargas del Estado. • **contribuyente** n. (apl. a pers.) y adj. Que paga contribuciones.

contrición n.f. Dolor de haber pecado. • **contrito,a** adj. Que siente contrición.

contrincante n.m. El que pretende una cosa en competencia con otro u otros.

contristar v.tr. y prnl. Afligir, entristecer.

control n.m. **1.** Comprobación, inspección, fiscalización. **2.** Organismo encargado del control: cuerpo de controladores. **3.** Lugar donde se encuentran los inspectores. **4.** Estado nominativo de las personas que pertenecen a un cuerpo. **5.** TECN Conjunto de operaciones destinadas a comprobar el buen funcionamiento de un aparato, máquina, etc. **6.** AUDIOV Local desde el que el realizador dirige la toma de imágenes y de sonidos realizados en el estudio. • **controlador** n.m. Especialista que en los aeropuertos auxilia a los pilotos en las operaciones de vuelo.

controversia n.f. Discusión larga y reiterada entre dos o más personas.

controvertir v.tr. e int. Discutir extensa y detenidamente sobre una materia.

contubernio n.m. Fig. Alianza o liga vituperable.

contumaz **I.** adj. **1.** Porfiado en mantener un error. **2.** Aplícase a aquellas materias o sustancias que se estiman propias para retener y propagar los gérmenes de un contagio. **II.** n. y adj. FOR Rebelde, que no se presenta ni comparece. • **contumacia** n.f. **1.** Tenacidad en mantener un error. **2.** FOR Rebeldía, falta de comparecencia en un juicio.

contundente adj. **1.** Que golpea. **2.** Fig. Que es convincente. • **contundencia** n.f. Calidad de contundente.

conturbar v.tr. y prnl. Alterar, inquietar.

contusión n.f. Golpe.

convalecer v.int. Recobrar las fuerzas perdidas por enfermedad.

convalidar v.tr. Confirmar, revalidar. ▷ Dar validez académica en un país, institución, etc., a estudios aprobados en otro país, institución, etc.

convección n.f. FIS Transporte de calor por efecto de los movimientos de un líquido, un gas o un plasma.

ENCICL El calor puede transmitirse por *convección natural* o *forzada;* en este último caso, los cambios son favorecidos por un aporte de energía mecánica (bomba, ventilador, etc.). El estudio de los fenómenos atmosféricos ha demostrado que algunos vientos son en realidad corrientes de convección. Asimismo se producen fenómenos de convección en las estrellas (sobre todo en el seno de la cromosfera y de la corona solar) y en el seno de la Tierra.

convector n.m. TECN Aparato de calefacción basado en el fenómeno de la convección.

convencer v.tr. y prnl. **1.** Lograr que alguien cambie de parecer. **2.** Probarle una cosa categóricamente. • **convencimiento** n.m. Acción y efecto de convencer o convencerse.

convención n.f. **I.** Acuerdo entre dos o más personas o entidades. **II. 1.** Asamblea de los representantes de un país, que asume todos los poderes. **2.** Reunión general de un partido político o de una agrupación de otro carácter. • **convencionalismo** n.m. **1.** Conjunto de opiniones o procedimientos basados en ideas falsas que, por conveniencia social, se aceptan. **2.** Cualidad de convencional.

conveniencia n.f. **1.** Correlación entre dos cosas distintas. **2.** Utilidad, provecho. **3.** Comodidad.

convenir **I.** v.int. **1.** Ser de un mismo parecer y dictamen. **2.** Corresponder, pertenecer. **3.** Ser conveniente. **4.** FOR Coincidir dos o más voluntades causando obligación. **II.** v.prnl. Ajustarse, concordarse. • **convenido,a** adv.m. Que expresa conformidad. • **convenio** n.m. Ajuste, convención.

convento n.m. **1.** Casa en que viven los religiosos o religiosas bajo las reglas de su instituto. **2.** Comunidad de religiosos o religiosas que habitan en una misma casa.

convergir o **converger** v.int. **1.** Dirigirse dos o más líneas a unirse en un punto. **2.** Fig. Concurrir al mismo fin los dictámenes, opiniones o ideas de dos o más personas. • **convergencia** n.f. **1.** Acción y efecto de convergir. **2.** GEOM Disposición de líneas que se dirigen hacia un mismo punto. **3.** MAT *Convergencia de una sucesión.* Propiedad de una sucesión en la que el término U_n tiende a un valor finito cuando el parámetro *n* tiende a un valor infinito. **4.** FIS *Convergencia de una lente.* Inversa de su distancia focal.

conversación n.f. Acción y efecto de hablar familiarmente una o varias personas con otra u otras. — *Dar conversación.* Entretener a una persona hablando con ella. • **conversacional** adj. INFORM Que permite el diálogo entre el hombre y la máquina.

conversar v.int. **1.** Hablar una o varias personas con otra u otras. **2.** Tratar, comunicar y tener amistad unas personas con otras.

conversión n.f. Acción y efecto de convertir o convertirse.

converso,a n.m. y adj. Dícese de los moros y judíos convertidos al cristianismo.
ENCICL **Hist.** — Los judíos conversos (ss. XIV al XVI) por lo general fueron objeto de desprecio y de recelo por parte de los católicos viejos, quienes desconfiaban de la autenticidad de su conversión, por un lado, y envidiaban sus riquezas e influencia, por otro. Esta situación provocó numerosos incidentes entre católicos y judíos, lo que entre otras cosas, dio pie a los Reyes Católicos para la creación de la Inquisición, que se implantó primero en Castilla y posteriormente en el resto de España. A partir de entonces los conversos (llamados también *marranos*) fueron duramente perseguidos, sobre todo durante los primeros decenios. Más tarde y poco a poco fueron mezclándose con el resto de la población considerándose terminado el proceso de asimilación a mediados del s. XVII.

convertir **I.** v.tr. y prnl. **1.** Mudar o volver una cosa en otra. **2.** Reducir a la verdadera religión al que va errado, o traerle a la práctica de las buenas costumbres. **II.** v.prnl. Sustituirse una palabra o proposición por otra de igual significación. • **convertidor** n.m. **1.** ELECTR Aparato que transforma una corriente en otra. **2.** ELECTRON Aparato que permite pasar de un sistema de televisión a otro (p. ej., del PAL al SECAM). **3.** *Convertidor de imagen.* Tubo electrónico que permite obtener una imagen a partir de otra. **4.** METAL Aparato que refina la fundición de acero. **5.** AUTOM *Convertidor de par.* Órgano que sirve a la vez de embrague y de caja de velocidades.

convexo,a adj. Dícese de la línea o superficie curvas que, respecto del que las mira, tienen su parte más prominente en el centro.

convicción n.f. **1.** Convencimiento. **2.** Idea religiosa, ética o política profundamente arraigada. (Se usa más en pl.)

convicio n.m. ANTIG Injuria, afrenta, improperio.

convicto,a adj. Se dice del reo a quien legalmente se ha probado su delito, aunque no lo haya confesado.

convidar v.tr. Rogar una persona a otra que la acompañe a comer o a una función o a cualquier otra cosa que se haga por vía de obsequio.

convincente adj. Que convence.

convite n.m. **1.** Acción y efecto de convidar. **2.** Función y especialmente comida o banquete a que es uno convidado.

convivir v.int. Cohabitar con otras. • **convivencia** n.f. Acción de convivir.

convocar v.tr. Citar, llamar a varias personas para que concurran a un lugar.

convolvuláceo,a n.f. y adj. BOT Dícese de árboles, matas y hierbas angiospermos dicotiledóneos como la batata, la maravilla y la cuscuta. ▷ n.pl. BOT Familia de estas plantas.

convólvulo n.m. **I.** Oruga muy dañina que vive a expensas de los frutos y hojas de la vid, que roe, arrolla y seca. **II.** Enredadera, planta de las convolvuláceas.

convoy n.m. **I. 1.** Reunión de vehículos, de barcos, que van juntos hacia un mismo destino. **2.** Escolta o guardia que se destina para llevar con seguridad y resguardo alguna cosa. **3.** Fig. y Fam. Séquito o acompañamiento. **II.** Vinagreras para el servicio de la mesa.

convulsión n.f. **1.** Contracción involuntaria y pasajera de los músculos, localizada o generalizada. **2.** Fig. Agitación social violenta. **3.** GEOL Sacudida de la tierra o del mar por efecto de los terremotos. • **convulsivo,a** adj. Perteneciente a la convulsión. *Movimientos convulsivos.* • **convulso,a** adj. **1.** Atacado de convulsiones. **2.** Fig. Dícese del que se halla muy excitado.

cónyuge n.m. y f. Consorte, marido y mujer respectivamente. (Se usa más en pl.) • **conyugal** adj. Perteneciente a los cónyuges.

coña n.f. Vulg. Guasa, burla disimulada.

coñac n.m. Aguardiente de graduación alcohólica muy elevada, obtenido por la destilación de vinos flojos y añejado en toneles de roble, imitando el procedimiento usado en Cognac.

coño n.m. Parte externa del aparato genital de la hembra. Es voz malsonante.

coona n.f. **1.** Planta venenosa con cuyo jugo enherbolaban sus flechas los indios. **2.** Hoja de dicha planta.

cooperar v.int. Obrar juntamente con otro u otros para un mismo fin.

cooperativa n.f. Sociedad cooperativa. • **cooperativismo** n.m. **1.** Tendencia o doctrina favorable a la cooperación en el orden económico y social. **2.** Teoría y régimen de las sociedades cooperativas.

coordenado,a **1.** n.f. y adj. GEOM Aplícase a las líneas que sirven para determinar la posición de un punto, y a los ejes o planos a que se refieren aquellas líneas. **2.** pl. MAT Conjunto de números que permiten definir la posición de un punto en un espacio con relación a una referencia.
ENCICL **Mat.** — La noción de coordenadas fue definida por Descartes. Las coordenadas cartesianas utilizan como sistema referencial un sistema de ejes ortométricos. En el plano pueden emplearse las coordenadas *polares* (radio y ángulo) o *bipolares* (un radio para cada uno de los dos polos). En un espacio de tres dimensiones se pueden utilizar las coordenadas *cilíndricas*, también llamadas *semipolares* (un radio, un ángulo y una cota), o *esféricas* (un radio y dos ángulos).
Astron. — Generalmente se utilizan tres sistemas de coordenadas: las horizontales, las ecuatoriales y las eclípticas. En las *horizontales*, la posición de un punto sobre la esfera celeste está definida por su acimut y por su altura (igual a su distancia cenital); el plano fundamental es el del horizonte. En las *ecuatoriales*, esta posición se define por su declinación y su ángulo horario (o su ascensión recta); el plano fundamental es el del ecuador. En las *eclípticas* se define por su longitud y su latitud; el plano fundamental es el de la eclíptica.

coordinar v.tr. Disponer cosas metódicamente. • **coordinación** n.f. **1.** Acción y efecto de coordinar. **2.** GRAM Relación que existe entre oraciones de sentido independiente.

copa n.f. **I. 1.** Vaso con pie para beber. **2.** Todo el líquido que cabe en una copa. **3.** Brasero que tiene la figura de copa. **II. 1.** Conjunto de ramas y hojas que forma la parte superior de un árbol. **2.** Parte hueca del sombrero, en que entra la cabeza. **III.** Premio que se concede en algunos certámenes deportivos. ▷ Competición deportiva para lograr este premio. **IV.** pl. **1.** Uno de los cuatro palos de la baraja española. **2.** Cabezas del bocado del freno.

copado,a adj. Árbol que tiene copa.

copal **1.** n.m. Nombre común a varios árboles de la familia de las burseráceas de los cuales se extrae la resina de este mismo nombre. **2.** n.m. y adj. Se aplica a una resina casi incolora, que se emplea en barnices duros.

copar v.tr. **1.** Hacer en los juegos de azar una puesta equivalente a todo el dinero con que responde la banca. **2.** Fig. Conseguir en una elección todos los puestos. **3.** MILIT Cortar la retirada a una fuerza militar.

coparticipación n.f. Acción de participar a la vez con otro en alguna cosa.

copartidario,a n. y adj. Que pertenece al mismo partido político.

copayero n.m. Árbol de la familia de las papilionáceas, propio de la América Meridional. Su tronco da el bálsamo de copaiba.

copela n.f. **1.** Vaso de figura de cono truncado, hecho con cenizas de huesos calcinados, y donde se ensayan y purifican los minerales de oro o plata. **2.** Plaza hecha en los hornos de copela con arcilla apisonada.

copelar v.tr. Fundir minerales o metales en copela para ensayos, o en hornos de copela para operaciones metalúrgicas.

copépodos n.m.pl. Orden de crustáceos entomostráceos (p. ej., el cíclope) provistos de apéndices natatorios muy desarrollados, marinos (planctónicos) o de agua dulce, libres o parásitos.

copero,a **I.** adj. Perteneciente o relativo a la copa deportiva o a la competición para ganarla. **II.** n.m. El que tenía por oficio traer la copa y dar de beber a su señor. **III.** n.f. Sitio donde se guardan o ponen las copas.

copete n.m. **1.** Pelo que se lleva levantado sobre la frente. ▷ Moño o penacho de plumas que tienen algunas aves en lo alto de la cabeza; como la abubilla, la cogujada y el pavo real. ▷ Mechón de crin que cae al caballo sobre la frente. **2.** Cima de los montes. **3.** Fig. Atrevimiento, altanería, presuntuosidad. — *De alto copete.* Dícese de la gente noble o linajuda, principalmente de las damas.

copia n.f. **I.** Muchedumbre o abundancia de una cosa. **II. 1.** Traslado o reproducción de un escrito. **2.** Escrito o papel de música, en que puntualmente se pone el contenido de otro escrito o papel, impreso o manuscrito. ▷ Texto musical tomado puntualmente de un impreso o manuscrito. **3.** Obra de pintura, de escultura o de otro género, que se ejecuta procurando reproducir la obra original con entera igualdad. **4.** Imitación servil del estilo o de las obras de escritores o artistas. **5.** Imitación o remedo de una persona. **6.** Pintura o efigie que representa a una persona. **7.** AUDIOV Película positiva que se obtiene de un negativo. • **copiar** v.tr. **1.** Escribir en una parte lo que está escrito en otra. **2.** Escribir lo que dice otro en un discurso seguido. **3.** Sacar copia de un dibujo o de una obra de pintura o escultura. **4.** Imitar la naturaleza en las obras de pintura y escultura. **5.** Imitar servilmente el estilo o las obras de escritores o artistas. **6.** Imitar o remedar a una persona. • **copista** n.m. y f. Copiante, que se dedica a copiar escritos ajenos.

copihue n.m. BOT Planta de tallo voluble, de la familia de las liliáceas.

copiloto n.m. AERON Segundo piloto, capaz de ayudar o de sustituir al piloto principal.

copioso,a adj. Abundante, numeroso.

copla n.f. **I. 1.** Combinación métrica de estrofa. **2.** Composición poética que consta sólo de una cuarteta de romance, de una seguidilla, de una redondilla o de otras combinaciones breves, y por lo común sirve de letra en las canciones populares. **3.** pl. Fam. Versos. ▷ Cuentos, habladurías, impertinencias, evasivas. **II.** Pareja, conjunto de dos personas o cosas que tienen alguna semejanza. • **coplear** v.int. Hacer, decir o cantar coplas.

copo n.m. **1.** Mechón o porción de cáñamo, lana, u otra materia que está en disposición de hilarse. **2.** Cada una de las porciones de nieve que caen cuando nieva.

copón n.m. Copa grande, en la que se guarda el Santísimo Sacramento.

Coprinus n.m. Género de hongos basidiomicetos con esporas e himenio delicuescente.

coprocultivo n.m. MED Cultivo bacteriológico de los excrementos para detectar la presencia de gérmenes patógenos.

coproducción n.f. Producción en común.

coprofagia n.f. MED Acción de ingerir excrementos.

coprolito n.m. **1.** Excremento fósil. **2.** Cálculos intestinales formados de concreción fecal endurecida.

coprología n.f. MED Estudio de las materias fecales o del estiércol.

copropietario,a n. y adj. Que tiene dominio en una cosa juntamente con otro u otros.

coptos, pueblo autóctono de Egipto, quizá descendiente de los egipcios de la época faraónica, convertidos al cristianismo a finales del s. III y que no acataron la decisión del Concilio de Calcedonia que condenaba el monofisismo (451). Son numerosos en Egipto y forman en la actualidad la mayor comunidad cristiana en el seno del mundo musulmán. Con frecuencia se llama igualmente «coptos» a los cristianos monofisitas de Etiopía que, hasta 1959, dependían jerárquicamente del patriarca copto de Alejandría. — El arte copto (s. IV - mediados del s. VII) es notable por sus relieves sobre piedra y sus tejidos policromos. — La lengua copta, hoy solamente litúrgica, se deriva del egipcio antiguo y fue de uso común desde el s. III al XIII.

copula n.f. **1.** Atadura de una cosa con otra. **2.** Acción de copularse. **3.** LOG Término que une el predicado con el sujeto. • **copular** v.prnl. Unirse carnalmente.

copyright n.m. **1.** Derecho que detenta un autor o un editor de explotar una obra literaria, artística, etc., durante un tiempo determinado. **2.** Mención que se hace de este derecho en la obra (símbolo ©).

coque n.m. Combustible resultante de la calcinación de la hulla y que sirve de reductor para la elaboración del hierro fundido.

coqueta n.f. Muebles de tocador, con espejo.

coqueto,a n. y adj. **1.** Coquetón. **2.** Dícese de la mujer que juega con los hombres. • **coquetería I.** n.f. **1.** Acción y efecto de coquetear. **2.** Estudiada afectación en los modales y adornos. **II.** n.m. Coqueteo. • **coquetón,a 1.** adj. Fam. Gracioso, atractivo, agradable. **2.** n.m. y adj. Se dice del hombre que coquetea.

coquilla n.f. DEP Aparato de protección de los órganos genitales, utilizada especialmente en el boxeo.

coquina n.f. Molusco acéfalo, cuyas valvas son finas, ovales, muy aplastadas, y de color gris blanquecino con manchas rojizas.

coquino n.m. BOT Árbol de madera laborable y fruto comestible del cual suele hacerse compota.

1. coquito n.m. ZOOL Ave mexicana, parecida a la tórtola, con alas y cola largas. Su arrullo asemeja al canto del cuclillo.

2. coquito n.m. *Chile* y *Ecuad.* Fruto de una especie de palma, del tamaño de una ciruela. También se le llama coco de Chile.

coquizar v.tr. Convertir la hulla en coque.

coracán n.m. Planta anual tropical de la familia de las gramíneas, de semillas alimenticias.

coracero n.m. Soldado de caballería armado de coraza.

coraciformes n.f. pl. ZOOL Orden de aves con los dedos anteriores generalmente soldados entre sí y que habitan en cuevas (el martín pescador, la abubilla, etc.).

coracobraquial n.m. Músculo del hombro que se extiende desde la apófisis coracoides hasta el borde interno del húmero.

coracoides n. y adj. ANAT Se dice de la apófisis del omóplato, situada en la parte más prominente del hombro.

coraje n.m. **1.** Impetuosa decisión y esfuerzo del ánimo; valor. **2.** Irritación, ira. • **corajudo,a** adj. **1.** Colérico. **2.** Valeroso, valiente.

1. coral I. n.m. ZOOL Celentéreo antozoo, del orden de los octocoralarios, que vive en colonias cuyos individuos están unidos entre sí por un polipero calcáreo y ramificado de color rojo o rosado. ▷ ZOOL Polipero del coral, que, después de pulimentado, se emplea en joyería. **II.** n.f. **1.** Coralillo. **2.** *Cuba.* Arbusto leguminoso que se cultiva por su semilla, de que se hacen sartas para collares. **III.** n.m. pl. **1.** Sartas de cuentas de coral, que sirven de adorno. **2.** Carúnculas rojas del cuello y cabeza del pavo. • **coralígeno,a** adj. Que produce coral. — OCEANOG *Fondo coralígeno.* Nivel marino en donde abundan los corales y habitado por una flora y fauna específicas. • **coralina** n.f. **1.** ZOOL Coral (celentéreo antozoo). **2.** BOT Alga ramosa, articulada, compuesta de tallos parecidos a los de ciertos musgos, de color rojizo, gelatinosa y cubierta por lo común con una costra de caliza blanca. Vive adherida a las rocas submarinas y se emplea en medicina como vermífugo. **3.** Toda producción marina parecida al coral.

2. coral I. adj. **1.** Perteneciente al coro. **2.** MUS n.m. Composición vocal armonizada a cuatro voces, ajustada a un texto de carácter religioso. **3.** Composición instrumental análoga a este canto. **II.** n.f. Masa coral.

coralillo n.m. Serpiente de unos 70 cm de largo, muy delgada y con anillos rojos, amarillos y negros alternativamente. Es propia de América Meridional y muy venenosa.

corambre n.f. **1.** Conjunto de cueros o pieles. **2.** Odre.

coraza n.f. **1.** Armadura de hierro o acero, compuesta de peto y espaldar. **2.** MAR Blindaje, plancha para blindar. **3.** ZOOL Cubierta dura que protege el cuerpo de los reptiles quelonios, con aberturas para la cabeza, las patas y la cola.

corazón n.m. **1.** Órgano central de la circulación de la sangre. ▷ ANAT El corazón humano es un órgano musculoso, situado en la cavidad torácica, entre la columna vertebral y el esternón y entre los dos pulmones, algo a la izquierda. **2.** Fig. Voluntad, amor, benevolencia. ▷ Fig. Medio o centro de una cosa. ENCICL El corazón es un músculo hueco con cuatro cavidades, situado en el mediastino anterior, en forma de cono cuyo eje principal está dirigido hacia adelante, abajo y a la izquierda. Tiene tres túnicas: el pericardio en la parte externa; el miocardio, y el endocardio, que tapiza las cavidades internas. Anatómica y funcionalmente existe un corazón derecho y otro izquierdo separados completamente por el tabique auriculo ventricular. Cada uno de ellos comprende una aurícula y un ventrículo que se comunican por un orificio auriculoventricular provisto de una válvula: tricúspide en el derecho, mitral en el izquierdo. Cada ventrículo se comunica (por un orificio provisto de las válvulas sigmoideas) con una voluminosa arteria en la cual eyecta la sangre a cada sístole; a la derecha (arteria pulmonar) y a la izquierda (aorta). El corazón derecho está a baja presión y contiene la sangre azul proveniente de las venas cavas que terminan en la aurícula derecha. El corazón izquierdo está a alta presión y contiene la sangre roja oxigenada que alcanza la aurícula izquierda por las venas pulmonares. Durante la diástole, las sigmoideas aórticas y pulmonares están cerradas y las válvulas auriculoventriculares abiertas, por lo que los ventrículos se llenan. Durante la sístole, las válvulas auriculoventriculares permanecen cerradas, las sigmoideas se abren y los ventrículos se contraen. En los adultos, el corazón late de forma regular, a 80 latidos por minuto aprox., en función del ritmo cardíaco autónomo y de la acción contraria de los sistemas simpático y parasimpático. El examen médico del corazón conlleva la auscultación, el examen radiológico y el electrocardiograma.

corazonada n.f. Presentimiento.

corazoncillo n.m. Planta herbácea medicinal de la familia de las gutíferas de flores amarillas en manojos y frutos capsulares acorazonados y resinosos.

corbata n.f. **1.** Trozo de seda u otra materia adecuada, generalmente en forma de tira, que como adorno se pone alrededor del cuello. **2.** Banda que se ata en las banderas y estandartes. **3.** Insignia propia de ciertas órdenes civiles. • **corbatín** n.m. Corbata corta que sólo da una vuelta al cuello y se ajusta por detrás con un broche, o por delante con un lazo sin caídas.

corbeta n.f. Embarcación de guerra semejante a la fragata.

corcel n.m. Caballo ligero, de mucha alzada, que servía para los torneos y batallas.

corcolén n.m. BOT *Chile.* Arbusto siempre verde, de la familia de las bixáceas, parecido al aromo por sus flores.

corcova n.f. Joroba de la columna vertebral, o del pecho, o de ambos a la vez.

corcovo n.m. Salto que dan algunos animales encorvando el lomo.

corchea n.f. MUS Figura o nota musical cuyo valor es la octava parte del compasillo.

corchera n.f. De corcho.

corchete n.m. **1.** Especie de broche que sirve para abrochar alguna cosa. **2.** Macho del corchete. **3.** Pieza de madera, con unos dientes de hierro, con la que los carpinteros sujetan el madero que han de labrar. **4.** Signo de estas figuras ([{) que puesto, abraza un fragmento de lo escrito, impreso o en los pentagramas de música.

corcho n.m. **1.** BOT Tejido vegetal constituido por células en las que la celulosa de su membrana ha sufrido una transformación química y ha quedado convertida en suberina. Se encuentra en la zona periférica del tronco y puede alcanzar un desarrollo extraordinario hasta formar capas de varios centímetros de espesor, como en la corteza del alcornoque. **2.** Tapón que se hace de corcho para las botellas, cántaros, etc. • **corchero,a** adj. Perteneciente o relativo al corcho y sus aplicaciones. *Industria corchera.*

¡córcholis! interj. ¡Caramba!

cordada n.f. Grupo de alpinistas sujetos por una misma cuerda.

cordado **I.** adj. ZOOL Dícese de los metazoos que tienen notocordio, durante toda su vida o, por lo menos, en determinadas fases de su desarrollo. ▷ n.m.pl. ZOOL Tipo de estos animales que comprende los vertebrados y otros seres afines. **II.** PREHIST *Cerámica cordada.* La decorada mediante la impresión de cuerdecillas sobre la arcilla fresca (especialmente en el Calcolítico).

cordal n.m. Pieza colocada en la parte inferior de la tapa de los instrumentos de cuerda, y que sirve para atar éstas por el cabo opuesto al que se sujeta en las clavijas.

cordel n.m. Cuerda delgada. • **cordelería** n.f. **1.** Oficio de cordelero. **2.** Sitio donde se hacen cordeles y otras obras de cáñamo. **3.** Tienda donde se venden. **4.** Cordería. **5.** MAR Cordaje.

cordera n.f. Hija de la oveja, que no pasa de un año.

cordería n.f. Conjunto de cuerdas.

cordero n.m. **I. 1.** Hijo de la oveja, que no pasa de un año. **2.** Piel de este animal adobada. **II.** Fig. *El cordero, el cordero de Dios,* o *el Divino Cordero.* Cristo. • **corderillo** n.m. Piel de cordero adobada con su lana.

cordial adj. **1.** Que tiene virtud para fortalecer el corazón. **2.** Afectuoso, de corazón. • **cordialidad** n.f. **1.** Calidad de cordial, afectuoso. **2.** Franqueza, sinceridad.

cordilo n.m. **1.** Reptil africano del orden de los saurios, de unos 20 cm de largo, el cuerpo cubierto de escamas aquilladas. **2.** ZOOL Animal conocido por los antiguos y que parece ser la larva de una salamandra.

cordillera n.f. Serie de montañas que se suceden en una determinada dirección.

cordita n.f. Pólvora sin humo compuesta de nitroglicerina y algodón pólvora que se mezclan con acetona, y forma una pasta que se prensa en forma de cuerda.

córdoba n.m. Unidad monetaria de Nicaragua.

cordobán n.m. **I.** Piel curtida de cabra. **II.** BOT *Cuba.* Árbol silvestre de la familia de las melastomatáceas, cuya semilla sirve de alimento a las aves y a ciertos animales domésticos.

cordobés,a **1.** n. y adj. Natural de Córdoba. **2.** adj. Perteneciente o relativo a Córdoba.

cordón **I.** n.m. **1.** Cuerda, por lo común redonda, de seda, lino, lana u otra materia filiforme. — Cuerda con que se ciñen el hábito algunos religiosos. **2.** Conjunto de puestos de tropa o gente, colocados de distancia en distancia para cortar la comunicación de un territorio con otros e impedir el paso. **3.** ARQUIT Bocel, moldura. **4.** *Cordon-bleu.* Buen cocinero. **II.** n.pl. Divisa que los militares de cierto empleo y destino llevan colgando del hombro derecho. — ANAT *Cordón umbilical.* Conjunto de vasos que forman un órgano flexible y largo, y comunican la placenta de la madre con el vientre del feto, para que éste se nutra hasta el nacimiento. • **cordoncillo** n.m. **1.** Cada una de las listas abultadas que forma el tejido en algunas telas. **2.** Cierta labor que se hace en el canto de las monedas.

cordura n.f. Prudencia, buen seso, juicio.

coré n.f. Estatua griega que representa a una muchacha.

corea **I.** n.f. Danza que por lo común se acompaña con canto. **II.** n.m. PAT Enfermedad crónica o aguda del sistema nervioso central, que ataca principalmente a los niños. — La *corea,* o corea de Sydenham o *baile de san Vito,* enfermedad aguda del niño, tiene probablemente origen infeccioso.

coreano,a **1.** n. y adj. Natural de Corea. **2.** adj. Perteneciente o relativo a este país asiático.

corear v.tr. **1.** Acompañar en coro a un cantante. **2.** Fig. Asentir varias personas sumisamente al parecer ajeno.

corectopía n.f. MED Posición anormal de la pupila descentrada del iris.

corego,a n.m. y f. Ciudadano que costeaba la enseñanza y vestido de los coros de música y baile en los concursos dramáticos de Grecia.

1. coreo n.m. Pie de la poesía griega y latina, compuesto de dos sílabas, la primera larga y la otra breve.

2. coreo n.m. Juego o enlace de los coros en la música.

coreografía n.f. **1.** Arte de componer bailes. **2.** Arte de representar en el papel un baile por medio de signos. **3.** En general, arte de la danza.

Coreópsidos n.m.pl. BOT Género de plantas compuestas tropicales comprendiendo numerosas especies ornamentales.

coreuta n.m. y f. Persona que formaba parte del coro en la tragedia griega.

cori n.m. Corazoncillo, hierba medicinal.

coriáceo,a adj. **1.** Perteneciente al cuero. **2.** Parecido a él.

coriambo n.m. Pie de la poesía griega y latina, compuesto de un coreo y un yambo, o sea de dos sílabas breves entre dos largas.

coriariáceo,a n.f. y adj. BOT Dícese de plantas angiospermas dicotiledóneas, leñosas o herbáceas, como la emborrachacabras. ▷ n.f.pl. BOT Familia de estas plantas.

coribante n.m. Sacerdote de Cibeles, que danzaba en las fiestas de esta diosa.

corifeo n.m. El que guiaba el coro en las tragedias antiguas griegas y romanas.

coriláceo,a n.f. y adj. BOT Dícese de árboles y arbustos de la familia de las betuláceas, como el avellano y el carpe. ▷ n.f.pl. BOT Familia de estas plantas.

corindón n.m. Piedra preciosa, la más dura después del diamante. Es alúmina cristalizada.

corion n.m. BIOL Envoltura del embrión de los reptiles, aves y mamíferos, situada por fuera del amnios y separada de éste por una cavidad.

corisanto n.m. *Chile.* Planta orquídea.

corista n.m. y f. Persona que canta formando parte de un coro.

coriza n.f. Rinitis catarral aguda.

cormiera n.m. BOT Arbolillo pomáceo silvestre.

cormo n.m. BOT Aparato vegetativo más diferenciado que el talo. • **cormofitas** n.m.pl. Todos los vegetales que no son talofitas.

cormorán n.m. ZOOL Cuervo marino.

cornáceo,a n.f. y adj. BOT Dícese de árboles y arbustos perennes, angiospermos dicotiledóneos, como el cornejo. ▷ n.f.pl. BOT Familia de estas plantas.

cornada n.f. TAUROM Herida penetrante causada por el asta de una res.

cornalina n.f. Ágata de color de sangre o rojiza.

cornamenta n.f. Cuernos de algunos cuadrúpedos como el toro, vaca, etc.

cornamusa n.f. **1.** Trompeta larga de metal, con una vuelta en el tubo y un pabellón ancho. **2.** Instrumento rústico, compuesto de un odre y varios cañutos.

córnea n.f. ANAT Membrana dura y transparente, situada en la parte anterior del globo del ojo de los vertebrados y cefalópodos decápodos. A través de ella se ve el iris.

cornear v.tr. Dar cornadas.

corned-beef n.m. Conserva de carne de buey.

corneja n.f. **1.** ZOOL Especie de cuervo con plumaje negro y de brillo metálico. Vive en el oeste y sur de Europa y en algunas regiones de Asia. **2.** Ave rapaz nocturna semejante al búho, pero mucho más pequeña que éste.

cornejo n.m. Arbusto muy ramoso, de la familia de las cornáceas.

córneo,a adj. De cuerno, o de consistencia parecida a él.

córner n.m. FUTBOL Saque con el pie que realiza un jugador desde una de las dos esquinas de la línea de gol adversaria, cuando el balón ha sobrepasado dicha línea enviado por un jugador del equipo que defiende esa meta.

corneta **I.** n.f. Instrumento músico de viento, semejante al clarín, aunque mayor y de sonidos más graves. **II.** n.m. El que ejerce el arte de tocar la corneta.

cornete n.m. ZOOL Cada una de las pequeñas láminas óseas situadas en el interior de las fosas nasales.

cornetín n.m. **1.** Instrumento músico de metal, parecido al clarín. **2.** El que toca este instrumento.

cornezuelo n.m. **I.** BOT Hongo ascomiceto parásito del centeno, del cual se extrae la ergotina. **II. 1.** Cornicabra (variedad de aceituna). **2.** Cornatillo (variedad de aceituna).

cornicabra n.f. **1.** Terebinto. **2.** Higuera silvestre. **3.** Mata de la familia de las asclepiadáceas, derecha, ramosa, flores blanquecinas, y fruto puntiagudo y algo encorvado.

cornija n.f. ARQUIT Cornisa.

cornisa n.f. ARQUIT **1.** Cuerpo voladizo con molduras, que sirve de remate a algún miembro arquitectónico. **2.** Parte superior del cornisamento de un pedestal, edificio o habitación. ▷ Faja horizontal estrecha que corre al borde de un precipicio o acantilado.

corno n.m. Nombre común a varios instrumentos músicos de la familia del oboe. — *Corno inglés.* Oboe de mayor tamaño que el ordinario y de sonido más grave.

cornucopia n.f. **1.** Cierto vaso de figura de cuerno, del que rebosan frutos y flores, con que los gentiles significaban la abundancia. **2.** Espejo de marco tallado y dorado.

cornudilla n.f. Pez martillo.

cornudo,a adj. **1.** Que tiene cuernos. **2.** n. y adj. Fig. Dícese del marido engañado.

coro n.m. **1.** Conjunto de personas reunidas para cantar. **2.** Conjunto de actores o actrices que, mientras se representaba la principal acción de la tragedia griega o romana, estaban en silencio, pero en los intervalos de los actos explicaban con el canto sus sentimientos. **3.** Cada una de las partes de la tragedia antigua o moderna puestas en boca del conjunto de personas a que se da este mismo nombre. **4.** Unión o conjunto de tres o cuatro voces (tiple, contralto, tenor). **5.** Conjunto de personas que cantan simultáneamente una pieza concertada. **6.** Esta misma pieza musical. **7.** Conjunto de eclesiásticos o religiosos congregados en el templo para cantar o rezar los divinos oficios. **8.** Lugar del templo, donde se cantan los oficios divinos. **9.** Lugar de los conventos de monjas en que se reúnen para asistir a los oficios. **10.** Cierto número de espíritus angélicos que componen un orden: los coros son nueve.

corocha n.f. ZOOL Larva del escarabajuelo, que devora los pámpanos de la vid.

corografía n.f. Descripción de un país.

coroides n.f. ANAT Membrana delgada, de color pardo más o menos oscuro, situada en la esclerótica y la retina de los ojos de los vertebrados.

corojo n.m. Árbol americano de la familia de las palmas de cuyos frutos se extrae una sustancia comestible.

corola n.f. BOT Segundo verticilo de las flores completas, situado entre el cáliz y los órganos sexuales, y que tiene por lo común bellos colores. • **corolíflora** n. y adj. BOT Dícese de la planta que tiene los estambres soldados con la corola.

corolario n.m. MAT Proposición que se deduce fácilmente de lo demostrado antes.

corología n.f. ECOL Distribución de los seres vivientes sobre un territorio determinado.

corona n.f. **I. 1.** Cerco de ramas o flores naturales o imitadas, o de metal precioso, con que se ciñe la cabeza; es ya simple adorno, ya insignia honorífica, ya símbolo de dignidad. **2.** Conjunto de flores o de hojas, dispuestas en círculo. — *Corona funeraria.* Ofrenda floral que se dedica a un fallecido como prueba de afecto. **II.** Fig. Reino o monarquía. **III.** Arandela, para evitar el roce de dos piezas en una máquina. **IV.** Moneda antigua española y antigua o actual en varios países. **V.** ASTRON Meteoro luminoso que consiste en un círculo de colores bajos que suele aparecer alrededor de los discos del Sol y de la Luna. **VI. 1.** ANAT Parte del diente que sobresale de la encía. **2.** CIR Pieza artificial con que se protege o sustituye la corona de los dientes. **VII.** ARQUIT Una de las partes de que se compone la cornisa, la cual está debajo del cimacio. **VIII.** GEOM Porción de plano comprendida entre dos circunferencias concéntricas. **IX.** ELECTR *Efecto corona.* Corona luminosa que rodea los conductores de alta tensión. **X.** VETER *Corona del casco.* En las caballerías, extremo de la piel del pie o mano que circunda el nacimiento del casco. **XI.** BOT Planta de adorno, de la familia de la liliáceas.

coronal **1.** n.m. Hueso de la frente. **2.** adj. Perteneciente a este hueso.

coronamiento **1.** Fig. Fin de una obra. **2.** ARQUIT Adorno que se pone en la parte superior del edificio.

coronar **I.** v.tr. y prnl. **1.** Poner la corona en la cabeza, ceremonia que regularmente se hace con los emperadores y reyes cuando entran a reinar. ▷ v.tr. En el juego de damas, poner el peón sobre otro cuando éste es dama. **2.** Fig. Perfeccionar, completar una obra. **II.** v.prnl. Dejar ver el feto la cabeza en el momento del parto.

coronario,a adj. **1.** Perteneciente a la corona. **2.** BOT De figura de corona. **3.** Relativo a los vasos coronarios. • **coronaritis** n.f. **1.** MED Inflamación de las arterias coronarias que puede provocar una angina de pecho. **2.** Hierba de la familia de las cariofiláceas.

corondel n.m. IMP Regleta que usan los impresores para dividir la plana en columnas.

coronel n.m. **1.** Jefe militar que manda un regimiento, y cuya categoría (en España), se halla situada entre teniente coronel y general de brigada. **2.** ARQUIT Moldura que termina un miembro arquitectónico.

coronilla n.f. **1.** Parte superior de la cabeza. **2.** Tonsura de figura redonda que se hacía a los clérigos en la cabeza.

coronio n.m. Hierro fuerte ionizado que se detectó por primera vez en la corona solar.

coronógrafo n.m. ASTRON Instrumento óptico que permite la observación de la corona solar y de sus protuberancias.

coronoides adj. ANAT Dícese de dos apófisis, una situada en el maxilar inferior y la otra en la extremidad superior del cúbito.

corozo n.m. Albumen córneo, muy duro, de los granos del *Phytelephas macrocarpa* (palmera americana), llamado también *marfil vegetal.*

corpiño n.m. Prenda de vestir, sin mangas, que cubre el cuerpo hasta la cintura.

corporación n.f. Cuerpo, comunidad, generalmente de interés público, y a veces reconocida por la autoridad.

corporal **1.** adj. Perteneciente o relativo al cuerpo humano. **2.** n.m. Lienzo que se extiende en el altar encima del ara para poner sobre él la hostia y el cáliz. • **corpóreo,a** adj. **1.** Que tiene consistencia. **2.** Perteneciente o relativo al cuerpo o a su condición de tal.

corporativismo, teoría politicoeconómica que considera necesaria la creación de corporaciones profesionales que defiendan los intereses de sus asociados y eviten desacuerdos entre empresarios y trabajadores. Se basa, como el capitalismo, en el sistema de libre mercado y en la propiedad privada de los medios de producción.

ENCICL Tiene su origen en las agrupaciones gremiales de la Edad Media. Las ideas corporativistas aparecieron en Europa en el s. XIX y se difundieron ampliamente desde principios del XX. Esta teoría surgió como oposición al capitalismo liberal, y sus primeros defensores fueron los encuadrados en los sectores católicos y sociales, aunque después, pasó a ser la doctrina sociolaboral de los sistemas políticos autoritarios capitalistas. En Alemania nació en el «grupo de Maguncia» y, más tarde, cristalizó en el nacionalismo de Hitler; en Francia, Henri de la Tour du Pin y Albert de Mun iniciaron esta corriente, que fue continuada por el francismo de Bucard y la Acción Francesa, y que culminó con la organización corporativista estatal creada por el mariscal Pétain; en Austria se inició con la «escuela de Viena» y se impuso con Schuschnigg y Dollfuss; en Portugal se implantó con la llegada de Salazar; en Italia adquirió una mayor rigidez con el fascismo de Mussolini; y en España apareció en 1926 la Organización Corporativa Nacional que, desde 1938, se convirtió en la Central Nacional Sindicalista, que agrupaba los distintos sindicatos profesionales.

corps n.m. Voz que se usa para nombrar ciertos empleos de servicio al rey.

corpulencia n.f. Grandeza de un cuerpo natural o artificial. • **corpulento,a** adj. Que tiene mucho cuerpo.

corpuscular adj. **1.** Que tiene corpúsculos. **2.** Se aplica al sistema filosófico que admite por materia elemental los corpúsculos. • **corpúsculo** n.m. Cuerpo muy pequeño, célula, molécula, partícula, elemento.

corral n.m. **1.** Sitio cerrado y descubierto, en las casas o en el campo. **2.** Casa, patio o teatro donde se representaban las comedias.

correa **I.** n.f. **1.** Tira de cuero. — TECN *Correa de transmisión.* Unión flexible sin fin, que sirve para transmitir el movimiento de un eje a otro. **2.** Flexibilidad y extensión de que es capaz una cosa correosa. **3.** Aguante, paciencia para soportar ciertos trabajos, bromas, burlas, etc. **II.** n.f. pl. Tiras delgadas de cuero sujetas a un mango, que sirven para sacudir el polvo. • **correaje** n.m. **1.** Conjunto de correas que forman parte del equipo individual en los cuerpos armados. **2.** Conjunto de correas que hay en una cosa.

corrección n.f. **1.** Acción y efecto de corregir lo errado. **2.** Calidad de correcto, conducta irreprochable. **3.** Reprensión de un delito, falta o defecto.

correccional **1.** adj. Se dice de lo que conduce a la corrección. **2.** n.m. Establecimiento penitenciario. • **correccionalismo** n.m. Sistema penal que busca educar y corregir.

correcto,a adj. Libre de errores o defectos. ▷ Se dice del lenguaje, del estilo, del dibujo, etc. ▷ Se dice de la persona cuya conducta es irreprochable.

corrector,a **I.** n. y adj. Que corrige. **II.** n.m. y f. IMP Persona encargada de corregir las pruebas.

corredera n.f. **I.** Ranura por donde resbala una pieza en ciertas máquinas. **II. 1.** Tabla de celosía que corre de una parte a otra para abrir o cerrar. **2.** Muela superior del molino que se mueve para moler el grano. **3.** MECAN Pieza que en las máquinas abre y cierra alternativamente los agujeros por donde entra y sale el vapor en los cilindros.

corredizo,a adj. Que se desata o se corre con facilidad; como lazada o nudo.

corredor,a **I.** n. y adj. **1.** Que corre mucho. **2.** ZOOL Se dice de las aves de gran tamaño, incapaces para el vuelo, como el avestruz. ▷ n.f. pl. Orden de estas aves. **II.** n.m. y f. Persona que practica la carrera en competiciones deportivas. **III.** n.m. **1.** El que por oficio interviene en ajustes, apuestas, compras y ventas de cualquier género de cosas. **2.** Pasillo (pieza de tránsito de una casa). ▷ Cada una de las galerías que corren alrededor del patio de algunas casas.

corregidor n.m. **1.** Magistrado que en su territorio ejercía la jurisdicción real y conocía las causas contenciosas y gubernativas. **2.** Alcalde que nombraba libremente el rey en algunas poblaciones importantes.

ENCICL **Hist.** — El corregidor era el encargado de ciertos asuntos gubernamentales de las villas importantes, y de la justicia en primera instancia. El cargo fue creado en el s. XV y se generalizó durante el reinado de los Reyes Católicos. El establecimiento de la institución en América condujo a una serie de abusos de poder que no pudo evitar la severa legislación española. A partir del s. XVIII, la figura del corregidor, tanto en España como en América, fue sustituida por la del intendente.

corregir v.tr. **1.** Enmendar lo errado. **2.** Advertir, amonestar, reprender. **3.** Fig. Disminuir, moderar la actividad de una cosa.

correhuela **1.** Centinodia; planta herbácea (familia poligonáceas) de hojas enteras y de flores verdosas. **2.** Mata de la familia de las convolvuláceas.

correlación n.f. Correspondencia recíproca entre dos o más cosas o series de cosas. • **correlativo,a** adj. Se aplica a personas o cosas que tienen entre sí sucesión inmediata.

correligionario,a n. y adj. Que profesa la misma religión u opinión política que otro.

correo n.m. **1.** Servicio público que tiene por objeto el transporte de la correspondencia oficial y privada. **2.** Conjunto de cartas, tarjetas postales, impresos, etc., que se reciben o expiden. **3.** El que tiene por oficio llevar y traer la correspondencia. **4.** pl. Local donde se recibe y se da la correspondencia. **5.** n.m. Buzón donde se deposita la correspondencia.

correoso,a adj. **1.** Que fácilmente se doblega y extiende sin romperse. **2.** Fig. Se dice del pan y otros alimentos que, por la humedad y otros motivos, pierden cualidades.

correr **I.** v.int. **1.** Caminar con velocidad. **2.** Moverse de una parte a otra los fluidos y líquidos. **3.** Soplar el viento. **4.** Hablando de los ríos, discurrir, dilatarse y extenderse tantos kilómetros. **5.** Ir, pasar, extenderse de una parte a otra. **6.** Transcurrir el tiempo. **7.** Dicho de pagas o salarios, ir devengándose; no haber detención ni dificultad en su pago. **8.** Partir con rapidez a poner en ejecución alguna cosa. **9.** Estar admitida o recibida una cosa. **10.** MAR Navegar a causa de la mucha fuerza del viento. **II.** v.tr. **1.** Hacer que la balanza se incline y caiga uno de los platillos por haberle puesto más peso que al otro. **2.** Sacar a carrera abierta un caballo. **3.** Perseguir, acosar. **4.** Lidiar los toros. **5.** Hacer que una cosa pase o se deslice de un lado a otro; cambiarla de sitio. **6.** Tratándose de cerrojos, llaves, etc. Echar, pasarlos, cerrar con ellos. ▷ Tender o recoger las cortinas. **7.** Estar expuesto a contingencias, arrostrarlas, pasar por ellas. **8.** Recorrer. **III.** v.tr. y prnl. Fig. Avergonzar y confundir. **IV.** v.prnl. **1.** Hacerse a derecha o izquierda los que están en línea. **2.** Pasarse, deslizarse una cosa con facilidad.

correría n.f. **1.** Acción de saquear y destruir, al paso, el territorio enemigo. **2.** Viaje, por lo común corto, a varios puntos, volviendo a aquel en que se tiene la residencia.

correspondencia n.f. **1.** Acción y efecto de corresponder o corresponderse. **2.** Trato que tienen entre sí los comerciantes sobre sus negocios. **3.** Relación que se establece entre los elementos de distintas cosas. **4.** Relación entre términos de distintas series o sistemas con igual significado o función. **5.** Sinonimia. **6.** Comunicación entre habitaciones.

corresponder **I.** v.int. y tr. Pagar con igualdad relativa afectos o beneficios. **II.** v.int. y prnl. **1.** Tocar o pertenecer. **2.** Tener proporción una cosa con otra. **III.** v.int. Tener relación un elemento de un conjunto, colección, serie o sistema con un elemento de otro. **IV.** v.prnl. **1.** Comunicarse por escrito una persona con otra. **2.** Comunicarse una habitación con otra u otro. **3.** Atenderse y amarse recíprocamente.

correspondiente adj. Proporcionado, conveniente, oportuno.

corresponsal n.m. y f. y adj. Correspondiente (que tiene correspondencia). Se usa más entre comerciantes y periodistas.

correteada, n.f. En Chile, acción y efecto de correr, perseguir, acosar. En América, tras la conquista, se aclimató el toro bravo, y en 1529 se celebraba la primera corrida en México, sirviendo los indios como pajes a pie. En Perú, nueve años más tarde.

corretear v.int. Fam. Andar de calle en calle o de casa en casa. ▷ Fam. Ir de un lado a otro por diversión.

correveidile n.m. y f. Fig. y Fam. Persona que lleva y trae cuentos y chismes.

corrida **I.** n.f. **1.** Acción de correr el hombre o el animal cierto espacio. **2.** Carrera (movimiento rápido). **II.** *Corrida de toros.* Fiesta donde se lidian los toros.

corrido,a **I.** adj. **1.** Que excede un poco del peso o de la medida que se trata. **2.** Fig. Avergonzado, confundido. **3.** Fam. Se aplica a la persona de mundo, experimentada y astuta. **II.** n.m. **1.** Romance cantado. **2.** Hablando de algunas partes de un edificio, continuo, seguido.

corriente **I.** adj. **1.** Se dice de la semana, del mes, del año o del siglo actual o que va transcurriendo. ▷ Que está en uso en el momento presente o lo estaba en el momento de que se habla. ▷ Hablando de recibos, números de publicaciones periódicas, etc., el último aparecido, a diferencia de los atrasados. **2.** Cierto, admitido comúnmente. **3.** Admitido o autorizado por el uso común o por la costumbre. **4.** Medio, común, regular, no extraordinario. **5.** Aplicado al estilo, fluido, suelto, fácil. **II.** n.f. **1.** Movimiento de traslación continuado de una masa de materia fluida, como el agua o el aire, en una dirección determinada. ▷ Masa de materia fluida que se mueve de este modo. ▷ METEOR *Corrientes de aire.* Movimientos del aire de la atmósfera. ▷ *Corrientes marinas.* v. ENCICL. **2.** Fig. Curso que llevan algunas cosas. **3.** Fig. Curso, movimiento o tendencia de los sentimientos o de las ideas. **4.** FIS *Corriente eléctrica.* Movimiento de partículas cargadas eléctricamente a lo largo de un conductor.

ENCICL Una corriente marina puede ser debida: **1.°**, a fuerzas gravitatorias: *corrientes de mareas,* provocadas por las variaciones del nivel del mar. **2.°**, a los vientos, que originan corrientes superficiales que ponen en acción masas de agua considerables; por ejemplo, la *corriente del golfo* (cálida) y la *corriente de Humboldt* (fría); **3.°**, a diferencias de densidades, de salinidades, de temperaturas, etc.

corrimiento n.m. **1.** Acción y efecto de correr o correrse. **2.** Fig. Vergüenza, rubor. **3.** GEOL Desplazamiento de una parte de un pliegue de terreno respecto al conjunto del pliegue. v. ENCICL.

ENCICL **Geol.** — Un manto de corrimiento se forma cuando durante los movimientos tectónicos, capas enteras de terreno se desplazan a largas distancias (a veces, varios centenares de kilómetros), perdiendo todo contacto con el lugar de donde provienen (llamado *arraigamiento* del manto).

corro n.m. **1.** Cerco que forma la gente para hablar, para solazarse, etc. ▷ Espacio que incluye. **2.** Espacio circular o casi circular. **3.** Juego de niñas.

corroborar v.tr. y prnl. **1.** Confirmar o ratificar. **2.** Fig. Dar mayor fuerza a la razón, al argumento o a la opinión aducidos, con nuevos raciocinios o datos. **3.** Fortificar. • **corroboración** n.f. Acción y efecto de corroborar o corroborarse.

corroer **1.** v.tr. y prnl. Desgastar lentamente una cosa como royéndola. **2.** v.tr. Fig. Afectar físicamente una pena o sufrimiento.

corromper **I.** v.tr. y prnl. **1.** Alterar y trastocar la forma de alguna cosa. **2.** Echar a perder, depravar, dañar, pudrir. **3.** Fig. Viciar, pervertir. **II.** v.tr. **1.** Sobornar o cohechar a una persona o autoridad. **2.** Fig. Pervertir o seducir a una mujer. **3.** Fig. y Fam. Incomodar, fastidiar, irritar. **III.** v.int. Oler mal.

corrosión n.f. **1.** Acción y efecto de corroer o corroerse. **2.** GEOL Alteración por fenómenos de arrastre y desgaste. **3.** BIOL Método de preparación anatómica de un órgano, consistente en infiltrar en las partes que se desea conservar de él una sustancia resistente a la acción de un líquido corrosivo, destruyendo con éste las partes restantes. • **corrosivo,a** adj. Dícese de lo que corroe.

corrupción n.f. **1.** Acción y efecto de corromper o corromperse. **2.** Alteración o vicio en un libro o escrito. **3.** Fig. Vicio o abuso introducido en las cosas no materiales. • **corruptor,a** n. y adj. Que corrompe.

corruptela n.f. Corrupción. ▷ Mala costumbre o abuso, especialmente los introducidos contra la ley. • **corruptor,a** n. y adj. Que corrompe.

corsario,a **1.** adj. Dícese del buque que andaba al corso, con patente del Gobierno de su nación. **2.** n. y adj. Dícese del capitán de un buque corsario. P. ext., se aplica también a la tripulación. **3.** n.m. Pirata.

corsé n.m. Cotilla interior de que usan las mujeres para ajustarse el cuerpo. • **corsetería** n.f. **1.** Fábrica de corsés. **2.** Tienda donde se venden.

corso n.m. MAR Campaña que hacían los buques mercantes con patente de su gobierno para perseguir a los piratas o a las embarcaciones enemigas.

cortacircuitos n.m. ELECTR Aparato que automáticamente interrumpe la corriente eléctrica cuando es excesiva o peligrosa.

cortadera n.f. **1.** *Amér.* Planta ciperácea cuyo tallo se usa para tejer cuerdas y sombreros. **2.** *Arg.* Mata gramínea usada como planta de adorno.

cortado,a **I.** adj. **1.** Ajustado, proporcionado. **2.** Se aplica al estilo del escritor que por regla general expresa los conceptos en frases breves y sueltas. **II.** n.m. Taza o vaso de café con algo de leche.

cortadura n.f. **I.** **1.** Separación o división hecha en un cuerpo continuo por instrumento o cosa cortante. **2.** Abertura o paso entre dos montañas. **3.** Recortado (figura de papel). **4.** MIN Ensanche en el encuentro de las galerías con el pozo principal. **II.** pl. Recortes o sobrante de una cosa.

cortafrío n.m. Cincel fuerte para cortar hierro frío a golpes de martillo.

cortafuego n.m. **1.** AGRIC Vereda ancha que se deja en los sembrados y montes para que no se propaguen los incendios. **2.** ARQUIT Pared que se eleva desde la parte inferior del edificio hasta más arriba del caballete, con el fin de que, si hay fuego en un lado, no se pueda éste comunicar al otro.

cortapicos n.m. ZOOL Insecto ortóptero.

cortapisa n.f. Fig. Condición o restricción con que se concede o se posee una cosa.

cortaplumas n.m. Navaja pequeña.

cortar **I.** v.tr. **1.** Dividir una cosa o separar sus partes con algún instrumento, como cuchillo, tijeras, espada, etc. **2.** Dar con las tijeras u otro instrumento la forma conveniente a las diferentes piezas de que se ha de componer una prenda de vestir o calzar. **3.** Hender un líquido. **4.** Separar una cosa en dos porciones. **5.** Alzar parte de los naipes dividiendo la baraja. **6.** Refiriéndose al aire o al frío, ser éstos tan penetrantes y sutiles, que parece que cortan y traspasan la piel. **7.** Acortar distancia. **8.** Atajar, impedir el curso o paso a las cosas. **9.** Dejar de decir algo, o señalar lo que no ha de decirse. **10.** Recortar. **11.** Mezclar un líquido con otro para modificar su fuerza o su sabor. **12.** Fig. Suspender, interrumpir. Dícese principalmente de una conversación. **13.** Fig. Decidir o ser árbitro en un negocio. **14.** Grabar, esculpir. **15.** MILIT Dividir una parte del ejército para quitarle la comunicación con el resto de su gente. **II.** v.tr. y prnl. Tratándose de leche, natillas, etc., separarse la parte mantecosa de la serosa, perdiendo su continuidad e incorporación natural. **III.** v.prnl. **1.** Turbarse. **2.** Abrirse una tela o un vestido por los dobleces o las arrugas. **3.** GEOM Tratándose de dos líneas, superficies o cuerpos que tienen algún elemento común, pasar cada uno de ellos al otro lado del otro. **IV.** v.int. *Chile.* Tomar una dirección, echarse a andar.

cortaúñas n.m. Especie de tenacillas, con la boca afilada y curvada hacia dentro.

cortaviento n.m. Aparato delantero de un vehículo, que sirve para cortar el viento.

1. corte n.m. **1.** Filo del instrumento con que se corta y taja. **2.** Acción y efecto de cortar. **3.** Arte y acción de cortar las diferentes piezas que requiere la hechura de un vestido, de un calzado u otras cosas. ▷ Cantidad de tela o cuero necesaria para hacer un vestido, un calzado, etc. **4.** ARQUIT Sección de un edificio. **5.** ENCUAD Superficie que forma cada uno de los bordes o cantos de un libro. **6.** *Chile.* Servicio o pequeña diligencia que se encomienda a otro y por la cual se da algún pago.

2. corte n.f. **I.** **1.** Población donde habitualmente reside el soberano. — *Hacer la* *corte.* Cortejar, galantear. **2.** Conjunto de todas las personas que componen la familia y comitiva del rey. ▷ P. ext., séquito, comitiva o acompañamiento. **3.** *Corte celestial.* Cielo (mansión divina). **II.** Corral. **III.** *Amér.* Tribunal de justicia. **IV.** pl. Junta general que en los antiguos reinos españoles celebraban las personas autorizadas para intervenir en los asuntos graves del Estado. ▷ Cámara legislativa. — *Cortes constituyentes.* Las que tienen poder y mandato para dictar o reformar la Constitución.

cortedad n.f. **1.** Pequeñez de una cosa. **2.** Fig. Falta o escasez de talento, de valor, etc.

cortejar v.tr. **1.** Agasajar. **2.** Intentar atraer el hombre a la mujer. ● **cortejo** n.m. **1.** Acción de cortejar. **2.** Personas que forman el acompañamiento en una ceremonia.

cortés adj. Atento, correcto. ● **cortesía** n.f. **1.** Demostración de atención hacia una persona. **2.** Prórroga de un plazo.

cortesano,a **I.** adj. Perteneciente a la corte. **II.** n.m. Persona que vive en la corte.

cortesía n.f. **1.** Demostración de respeto o afecto que tiene una persona a otra. **2.** En las cartas, expresiones de urbanidad que se ponen antes de la firma. **3.** Gracia o merced. **4.** IMP Hoja, página o parte de ella que se deja en blanco en algunos impresos, entre dos capítulos o al principio de ellos.

corteza n.f. BOT **1.** Parte externa de las raíces y tallos de las plantas fanerógamas. **2.** Parte exterior y dura de algunas frutas y otras cosas. ▷ Fig. Exterioridad de una cosa material. — GEOL *Corteza terrestre.* Parte superficial del globo terrestre. ▷ ANAT Capa superficial de ciertos órganos. **3.** Fig. Rusticidad, falta de educación en una persona.

cortical adj. **1.** BOT Relativo a la corteza. **2.** ANAT Perteneciente o relativo a una corteza.

corticoide n.m. BIOQUIM Nombre genérico de las hormonas secretadas por las corticosuprarrenales y de sus derivados sintéticos. ● **corticosterona** n.f. BIOQUIM Uno de los glucocorticoides secretados por la corticosuprarrenal. ● **corticostimulina** n.f. BIOQUIM Hormona hipofisaria que regula la secreción de corticoides por parte de las corticosuprarrenales. ● **corticosuprarrenal** n.f. y adj. Que guarda relación con el tejido cortical de la glándula suprarrenal. ▷ El propio tejido. ● **corticoterapia** n.f. MED Utilización terapéutica de las hormonas corticosuprarrenales y de la ACTH ● **corticotrópico** adj. Que posee afinidades hacia las corticosuprarrenales.

ENCICL Existe una treintena de corticoides repartidos en tres grupos: los mineralocorticoides (aldosterona, etc.), que regulan el metabolismo del agua y de los electrólitos; los glucocorticoides (cortisol, etc.), que actúan sobre el metabolismo glucoprotídico; y los 17 cetosteroides, que tienen una función androgénica. Éstos son los esteroides cuya síntesis está bajo la dependencia de la ACTH, o corticostimulina, de origen hipofisario.

cortijo n.m. Posesión de tierra y casa de labor. ● **cortijero,a** **1.** n.m. y f. Persona que cuida de un cortijo y vive en él. **2.** n.m. Capataz de un cortijo.

cortina n.f. **1.** Paño con que se cubren y adornan las puertas, ventanas, camas y otras cosas. **2.** Fig. Lo que encubre y oculta algo. ● **cortinaje** n.m. Conjunto de cortinas.

continarius n.m. BOT Género de hongos basidiomicetos provistos de una cortinilla.

cortinilla n.f. **1.** Cortina pequeña que se coloca en la parte interior de los cristales de balcones, ventanas, etc., para resguardarse del sol o impedir la vista desde fuera. **2.** BOT En ciertos basidiomicetos, red de filamentos que unen el borde del sombrerete con el pie.

cortisol n.m. BIOQUIM 17-hidroxicorticosterona, la hormona más activa y la más importante entre los glucocorticoides secretados por las corticosuprarrenales.

cortisona n.f. BIOQUIM Hormona glucocorticoide secretada por las corticosuprarrenales, menos activa que el cortisol. En su forma sintética, se usa como antiinflamatorio y antialérgico, etc. Su empleo es peligroso en los tratamientos prolongados.

corto,a adj. **1.** Dícese de las cosas que no tienen la extensión que les corresponde en comparación con otras de su misma especie. **2.** De poca duración, estimación o entidad. **3.** Escaso o defectuoso. **4.** Que no alcanza al punto de su destino. **5.** Fig. Tímido, encogido. **6.** Fig. De escaso talento o poca instrucción. **7.** Fig. Falto de palabras y expresiones para explicarse.

coruñés,a **1.** n. y adj. Natural de La Coruña. **2.** adj. Perteneciente o relativo a esta provincia o a su capital.

corva n.f. Parte de la pierna, opuesta a la rodilla, por donde se dobla y encorva.

corvejón n.m. VETER Articulación situada entre la parte inferior de la pierna y la superior de la caña.

córvido adj. ZOOL Dícese de pájaros del suborden de los dentirrostros cuyo tipo es el cuervo. ▷ n.m.pl. Familia de estos animales.

corvina n.f. ZOOL Pez teleósteo marino, del suborden de los acantopterigios.

corvo,a **1.** adj. Arqueado o combado. **2.** n.m. Garfio.

corzo n.m. ZOOL Mamífero rumiante de la familia de los cérvidos. ● **corza** n.f. Hembra del corzo.

cos MAT Abreviatura de coseno.

cosa n.f. **I.** **1.** Todo lo que tiene entidad, ya sea corporal o espiritual, natural o artificial, real o abstracta. **2.** Ser inanimado, en contraposición con los seres animados. **3.** Seguido de la prep. *de* y un numeral cardinal, indica que la cantidad expresada por éste es aproximada. *Perdió cosa de mil dólares.* **4.** FOR En contraposición a persona o sujeto, el objeto de las relaciones jurídicas. **5.** FOR El objeto material, en oposición a los derechos creados sobre él y las prestaciones personales. **II.** FILOS *La cosa en sí.* La realidad, por oposición a la idea.

cosaco,a **1.** adj. Dícese del habitante de varios distritos del sur de la antigua Rusia. **2.** n.m. Soldado ruso de tropa ligera.

coscoja n.f. **1.** Árbol achaparrado semejante a la encina. **2.** Hoja seca de la carrasca o encina. **3.** Chapa de hierro en forma de tubo, que se coloca en los travesaños de bocados y de hebillas, para que pueda correr con facilidad el correaje.

coscojo **I.** n.m. Agalla producida por el quermes en la coscoja. **II.** n.m. pl. Piezas de hierro, a modo de cuentas, que forman con la salivera los sabores del freno.

coscorrón n.m. Golpe en la cabeza, que no saca sangre y duele

coscurro n.m. Mendrugo (pedazo de pan duro).

cosecante n.f. TRIG Secante del complemento de un ángulo o de un arco.

cosecha n.f. **1.** Conjunto de frutos, generalmente de un cultivo, que se recogen de la tierra al llegar a la sazón. **2.** Temporada en que se recogen los frutos. **3.** Ocupación de recoger los frutos de la tierra. **4.** Fig. Conjunto de lo que uno obtiene como resultado de sus cualidades o de sus actos, o por coincidencia de acontecimientos. ● **cosechadora** n.f. Máquina que siega la mies, limpia y envasa el grano en su recorrido por los sembrados. ● **cosechar** **1.** v.int. y tr. Hacer la cosecha. **2.** v.tr. Fig. Ganarse simpatías, odios, etc.

coselete n.m. Tórax de los insectos.

coseno n.m. TRIG Seno de complemento de un ángulo o de un arco.

coser v.tr. **1.** Unir con hilo dos o más pedazos de tela, cuero u otra materia. **2.** Hacer dobladillos, pespuntes, y otras labores de aguja. **3.** Engrapar papeles uniéndolos con máquina. **4.** Fig. Producir a uno varias heridas en el cuerpo con arma punzante.

cosificar v.tr. **1.** Convertir algo en cosa. **2.** Considerar como cosa algo que no lo es.

cosmética n.f. Parte de la higiene que se refiere a los cuidados de belleza y a la utilización de los cosméticos.

cósmico adj. **1.** Relativo al universo. **2.** ASTRON Del espacio extraterrestre. ▷ *Rayos cósmicos.* Radiaciones provenientes del espacio intersideral.

cosmo Prefijo procedente del griego *kósmos*, «orden, mundo, universo».

cosmofísica n.f. Ciencia que tiene por objeto el estudio de la estructura física de los cuerpos celestes, especialmente por experimentación directa sobre el suelo de los astros.

cosmogonía n.f. Teoría (mítica, filosófica o científica) de la formación del universo. ▷ ASTRON Teoría de la formación de los cuerpos celestes.

cosmografía n.f. ASTRON Descripción de lo observable del universo.

cosmología n.f. Parte de la astronomía que tiene por objeto el estudio del conjunto del universo y de su estructura.

cosmonauta n.m. y f. Piloto o pasajero de un vehículo espacial. ● **cosmonáutica** n.f. Ciencia de navegar más allá de la atmósfera terrestre. ● **cosmonave** n.f. Vehículo capaz de navegar más allá de la atmósfera terrestre.

cosmopolita n. y adj. **1.** Se dice de la persona que considera a todo el mundo como patria suya. **2.** adj. Se dice de lo que es común a todos los países.

cosmoquímica n.f. Ciencia que tiene por objeto el estudio de la formación de núcleos atómicos y de las moléculas en el universo.

cosmorama n.m. Artificio óptico que sirve para ver aumentados los objetos mediante una cámara oscura. ▷ Sitio donde por recreo se ven representados de este modo pueblos, edificios, etc.

cosmos n.m. **1.** FILOS El universo, considerado como un todo organizado y armonioso (opuesto a *caos*, en las cosmogonías de la antigüedad). **2.** El espacio extraterrestre.

coso n.m. Plaza o lugar cercado, donde lidian toros y se celebran otras fiestas públicas.

cosquillas n.f. pl. Sensación táctil que se experimenta en algunas partes del cuerpo y que provoca involuntariamente la risa. ● **cosquillear** v.tr. Hacer cosquillas. ● **cosquilleo** n.m. Sensación que producen las cosquillas.

1. costa **I.** n.f. **1.** Cantidad que se da o se paga por una cosa. **2.** Gasto de manutención del trabajador cuando se añade al salario. **II.** n.f. pl. Gastos judiciales. **III.** *A costa de.* M. adv. con que se explica el trabajo, fatiga y dispendio que cuesta alguna cosa.

2. costa n.f. Orilla del mar y tierra que está cerca de ella.

costado n.m. **1.** Cada una de las dos partes laterales del cuerpo humano. ▷ Lado derecho o izquierdo de un ejército. **2.** Lado. **3.** MAR Cada uno de los dos lados del casco de un buque.

costal **I.** adj. Perteneciente a las costillas. **II.** n.m. Saco grande en que comúnmente se transportan granos, semillas u otras cosas.

costar v.int. **1.** Ser comprada una cosa por determinado precio. **2.** Estar en venta una cosa a determinado precio. ▷ Fig. Causar u ocasionar una cosa perjuicio, dificultad, etc.

costarricense o **costarriqueño,a** **1.** n. y adj. Natural de Costa Rica. **2.** adj. Perteneciente a esta República de América.

1. costear **1.** v.tr. Pagar los gastos de alguna cosa. **2.** v.prnl. Producir una cosa lo suficiente para cubrir los gastos que ocasiona. • **coste** n.m. Cantidad que se paga por alguna cosa.

2. costear v.tr. **1.** Ir navegando sin perder de vista la costa. ▷ Ir por el costado de una cosa, bordearla. **2.** Rematar el costado o lado de una cosa.

costeño,a n. y adj. Perteneciente o relativo a la costa. ▷ Natural de la costa de un país.

costero,a **I.** adj. **1.** Próximo a la costa. **2.** Lateral, situado a un costado. **II.** n.m. **1.** Cada una de las dos piezas más inmediatas a la corteza, que salen al aserrar un tronco en el sentido de su longitud. **2.** MIN Cada uno de los muros que forman los costados de un horno alto.

costilla n.f. **I.** Cada uno de los huesos largos y encorvados que nacen del espinazo y vienen hacia el pecho. ▷ Fig. Cosa de figura de costilla. ▷ n.m. pl. Fam. Espalda del cuerpo humano. **III.** Fig. y Fam. Mujer propia. **IV.** ARQUIT Cada uno de los listones que se colocan horizontalmente sobre los cuchillos de una cimbra para enlazarlos y recibir las dovelas. **V.** BOT Línea o pliegue saliente en la superficie de frutos y hojas. **VI.** MAR Cuaderna de un buque. • **costillar** n.m. Conjunto de costillas. ▷ Parte del cuerpo en la cual están.

costo n.m. Hierba vivaz, propia de la zona tropical, y correspondiente a la familia de las compuestas. La raíz se usa como tónico. ▷ Esta misma raíz.

costra n.f. Corteza exterior que se endurece o seca sobre una cosa húmeda o blanda.

costumbre **I.** n.f. **1.** Hábito (modo habitual de proceder o conducirse). **2.** Práctica muy usada que ha adquirido fuerza de precepto. **3.** FOR Derecho no escrito introducido por la práctica de los particulares, sin propuesta de la autoridad. **II.** n.f. pl. Conjunto de inclinaciones y usos que forman el carácter distintivo de una nación o persona.

costumbrismo n.m. En las obras literarias, atención especial que se presta a la pintura de las costumbres típicas de un país o región.
ENCICL Este movimiento literario, emparentado con el romanticismo, surgió en España en las primeras décadas del siglo pasado y ejerció una notable influencia en el realismo naciente. Sus principales figuras son Mariano José de Larra (v.), que representa el costumbrismo crítico, y Mesonero Romanos (v.), más centrado en la descripción de lo pintoresco. La actividad de los escritores costumbristas, limitada en un principio a sus colaboraciones y artículos en periódicos del momento (*La Minerva, La oveja montañesa, Cartas españolas,* etc.) y desarrollada posteriormente en ensayos y novelas (*Juanita la Larga, Doña Luz, El buey suelto, Peñas arriba,* etc.) tuvo como objetivo reflejar, desde una perspectiva crítica, el cambio de vida que supuso para la sociedad de la época la incipiente revolución industrial. Aparte de los autores ya citados, cabe destacar, entre otros, a Valera, Pereda y P. A. de Alarcón.

costura **I.** n.f. **1.** Acción y efecto de coser. **2.** Toda labor que está cosiéndose y se halla sin acabar, especialmente si es de ropa blanca. **3.** Serie de puntadas que une dos piezas cosidas, y, p. ext., unión hecha con clavos o roblones. **II.** MAR Línea de separación entre dos tablones puestos en contacto y que se calafatea para impedir que entre el agua. • **costurera** n.f. Mujer que tiene por oficio coser. ▷ La que cose de sastrería. • **costurero** n.m. Mesita, con cajón y almohadilla, de que se sirven las mujeres para la costura.

costurón n.m. Desp. Costura grosera. ▷ Fig. Cicatriz muy visible de una herida o llaga.

1. cota n.f. **1.** Arma defensiva del cuerpo, hecha de cuero o de mallas de hierro entrelazadas. **2.** Vestidura que llevaban los reyes de armas en las funciones públicas.

2. cota n.f. **1.** Cuota. **2.** TOPOGR Número que en los planos topográficos indica la altura de un punto. ▷ TOPOGR Esta misma altura. **3.** TECN Cifra que indica una dimensión sobre un plano. **4.** GEOM Número que indica, en un sistema de coordenadas cartesianas, la distancia que hay entre un punto y el plano horizontal.

cotangente n.f. TRIG Tangente del complemento de un ángulo o de un arco.

cotarro n.m. **I.** Fig. y Fam. Colectividad en estado de inquietud o agitación. **II.** Ladera de un barranco.

cotejar v.tr. Confrontar una cosa con otra u otras; compararlas teniéndolas a la vista.

cotg MAT Abreviatura de *cotangente.*

cotidal adj. GEOGR, MAR Se dice de la curva que pasa por todos los puntos en los que la marea tiene lugar a la misma hora.

cotidiano,a adj. Diario.

cotila n.f. Cavidad de un hueso en que entra la cabeza de otro.

cotiledón n.m. **1.** ANAT Cada uno de los lóbulos de la placenta, a la que ligan con el útero. **2.** BOT Hoja primordial constitutiva del embrión de las prefanerógamas y de las fanerógamas. • **cotiledóneo,a** adj. BOT Plantas cuyos embriones están provistos de cotiledones.
ENCICL **Bot.** — Los cotiledones pueden estar cargados de reservas que permitan la germinación del grano, o secretar enzimas que favorezcan la utilización de reservas externas al embrión: albúmina, endosperma, etc. Los granos de las plantas monocotiledóneas tienen un solo cotiledón, las de las dicotiledóneas contienen dos.

cotilla n.m. y f. Fig. Persona amiga de chismes y cuentos. • **cotillear** v.int. Fam. Chismorrear. • **cotilleo** n.m. Fam. Acción y efecto de cotillear.

cotillo n.m. En algunos instrumentos de corte, parte opuesta al filo.

cotillón n.m. Danza con figuras, y generalmente en compás de vals, que solía ejecutarse al final de los bailes de sociedad.

cotizar v.tr. **1.** Pagar una cuota (es galicismo). **2.** COM Publicar en la Bolsa el precio de los valores que tienen curso público. **3.** Fig. Gozar de mayor o menor estimación pública una persona o cosa. **4.** Pagar una persona la parte correspondiente de gastos colectivos, afiliaciones, etc. **5.** Poner precio a alguna cosa. ▷ Estimar, valorar. **6.** *Amér.* Imponer una cuota. • **cotización** n.f. **1.** Acción y efecto de cotizar. **2.** Tasa que sirve de base para las transacciones de valores mobiliarios. — *Cotización del cambio.* Valor relativo de una moneda en relación a una moneda extranjera.

1. coto n.m. **1.** Terreno acotado. **2.** Mojón que se pone para señalar la división de los términos o de las fincas. **3.** Término, límite. **4.** Postura, tasa. **5.** Convención que suelen hacerse entre sí los comerciantes, de no vender sino a determinado precio algunas cosas.

2. coto n.m. **1.** *Amér. Merid.* Bocio o papera. **2.** BOT y FARM Árbol de Bolivia, su corteza es astringente, estimulante y gástrica.

cotorra n.f. **1.** Papagayo pequeño. **2.** Urraca. **3.** ZOOL Ave americana del orden de las prensoras, parecida al papagayo. ▷ Fig. y Fam. Persona habladora.

cotufa n.f. **1.** Tubérculo de la raíz de la aguaturma; se come cocido. **2.** Golosina. **3.** Chufa (tubérculo de una especie de juncia).

coturno n.m. Calzado de lujo, usado por griegos y romanos, que cubría el pie y la pierna hasta la pantorrilla. ▷ Calzado de suela de corcho muy gruesa, que usaban en las tragedias los actores antiguos con el fin de parecer más altos.

covacha n.f. **1.** Cueva pequeña. ▷ Fig. Vivienda pobre. **2.** *Ecuad.* Tienda donde se venden comestibles, legumbres, etc.

covalencia n.f. QUIM Enlace entre dos átomos, caracterizado por el uso común de uno o de varios pares de electrones.

covalonga n.f. Planta de la familia de las lauráceas. Sus semillas se emplean como sucedáneo de la quinina.

covariante adj. MAT Función deducida de otras funciones. • **covarianza** n.f. MAT En el cálculo de probabilidades, valor que corresponde a la mayor o menor correlación que existe entre dos variables aleatorias.

cover-girl n.f. Modelo de portada de revista.

cowboy n.m. Vaquero norteamericano.

coxa n.f. ZOOL Cadera (primera pieza de la pata de un insecto). • **coxal** adj. ANAT Relativo a la cadera. • **coxalgia** n.f. MED **1.** Dolor, artritis de la cadera. **2.** Tuberculosis de la articulación coxofemoral. • **coxálgico** adj. Relativo a la coxalgia. ▷ adj. y n. Afecto de coxalgia. • **coxaplana** n.f. MED Deformación de la cadera. • **coxartria** n.f. MED Reumatismo crónico no inflamatorio de la cadera. • **coxofemoral,** adj. ANAT Relativo a la cadera y a la parte superior del muslo.

coxis n.m. ZOOL Cóccix.

coya n.f. Mujer del emperador entre los antiguos peruanos.

coyán n.m. *Chile.* Especie de haya.

coyocho n.m. *Chile.* Nabo.

coyol o **coyolar** n.m. **1.** *Amér. Central* y *Méx.* Palmera de mediana altura, de cuyo tronco se extrae una bebida que fermenta rápidamente. **2.** Fruto de este árbol.

coyote n.m. Especie de lobo que se cría en México y otros países de América, de color gris amarillento y del tamaño de un perro mastín.

coyunda n.f. Correa fuerte y ancha, o soga de cáñamo, con que se uncen los bueyes al yugo.

coyuntura n.f. **1.** Articulación movible de un hueso con otro. **2.** Fig. Oportunidad para alguna cosa. **3.** Situación resultante de la interacción de varios sucesos. ▷ ECON POLIT Conjunto de condiciones que determinan el estado de un mercado en un momento dado.

coyuyo n.m. *Arg.* Cigarra grande.

coz n.f. **1.** Sacudimiento violento que hacen las bestias con alguna de las patas. **2.** Golpe que dan con este movimiento. ▷ Golpe que da una persona moviendo el pie con violencia hacia atrás. **3.** Retroceso del agua cuando, por encontrar impedimento en su curso, vuelve atrás. **4.** Parte inferior o más gruesa de un árbol o de un madero. **5.** MAR Extremo inferior de los masteleros.

Cr QUIM Símbolo del cromo.

cracia Elemento compositivo que, pospuesto a otro, forma parte de palabras españolas, con la idea de dominio o poder. *Aristocracia, democracia, plutocracia.*

cran n.m. IMP Muesca que tiene cada letra de imprenta para determinar si ha quedado en la posición conveniente.

cráne(o)- Partícula procedente del griego *kraníon,* «cráneo».

cráneo n.m. ANAT Caja ósea en que está contenido el encéfalo. • **craneal** o **craneano,a** adj. Perteneciente o relativo al cráneo. • **craneología** n.f. Ciencia que estudia la descripción y medida de los caracteres craneales.

• **craneopatía** n.f. MED Enfermedad del cráneo. • **craneoscopia** n.f. Técnica que, por la inspección de la superficie exterior del cráneo, presume conocer las facultades intelectuales y afectivas. • **craniectomía** n.f. CIR Operación consistente en separar completamente un trozo de hueso craneal, pudiendo ser insertado en su lugar.

crápula n.f. Fig. Disipación, libertinaje.

craquear v.tr. Romper, por elevación de temperatura, las moléculas de ciertos hidrocarburos con el fin de aumentar la proporción de los más útiles.

craso,a I. adj. 1. Grueso, gordo o espeso. 2. Fig. Unido con los sustantivos *error, ignorancia, engaño, disparate* y otros semejantes, indisculpable. II. n.m. Crasitud.

crasuláceas n.f.pl. Familia de pequeñas plantas herbáceas ornamentales.

cráter n.m. Boca por donde los volcanes arrojan humo, ceniza y lava.

crátera n.f. ARQUEOL Vasija grande y ancha donde se mezclaba el vino con agua antes de servirlo.

craterellus n.m. BOT Género de hongos basidiomicetos.

cratícula n.f. FIS Aparato dispersor de la luz, consistente en una superficie pulida con numerosas y finísimas rayas equidistantes.

crawl n.m. Modo de nadar rápido que consiste en un golpeteo continuo de los pies con un movimiento alternado de los brazos.

creación n.f. 1. Acto de crear o sacar Dios una cosa de la nada. 2. Mundo, conjunto de todas las cosas creadas. 3. Acción de instituir nuevos cargos y dignidades. • **creador,a** n. y adj. 1. Se dice de Dios, que creó todas las cosas de la nada. 2. Fig. Que crea, establece, funda una cosa.

ENCICL La idea de la creación del mundo por Dios ha sido desarrollada por la tradición judeo-cristiana como un elemento específico de su visión del mundo. Es una idea propia y original de esta tradición, y lleva implícita la idea de una radical distinción entre Dios y el mundo (mientras que las otras tradiciones religiosas conciben el mundo como una prolongación, una emanación de la divinidad o divinidades, aquí se contemplaba la entidad propia del mundo como obra de Dios, pero obra totalmente separada de la divinidad y dotada de una existencia que le es exclusivamente propia; noción recalcada en la teología cristiana con la afirmación de que Dios creó el mundo *de la nada*). El Génesis, primer libro de la Biblia, se abre precisamente con un doble relato de la creación, cuya fuerza religiosa y literaria ha inspirado secularmente el arte occidental. La autoridad del texto bíblico ha sido durante largo tiempo esgrimida en contra de las teorías evolucionistas, originando uno de los grandes divorcios históricos entre ciencia y religión. La teología contemporánea, aceptando los resultados de la crítica histórico-literaria de la Biblia, reconoce el carácter simbólico de los relatos del Génesis, y acepta su plena compatibilidad con las teorías científicas acerca del origen y desarrollo del Universo. — *Tapiz de la creación.* Tapiz ejecutado con la técnica del bordado que se conserva en la catedral de Gerona. Se trata de un tapiz bordado con lanas de colores a finales del s. XI o comienzos del XII. En el centro, el Pantocrátor; alrededor, escenas de la Creación de Adán y Eva; en los ángulos, los ríos del Paraíso.

creacionismo n.m. Movimiento poético creado por el chileno Vicente Huidobro.

crear v.tr. 1. Producir algo de la nada. 2. Fig. Establecer, fundar, por vez primera una cosa; darle vida. 3. Instituir un nuevo empleo o dignidad. • **creatividad** n.f. Facultad de crear.

creatina n.f. BIOQUIM Constituyente del creatin-fosfato, compuesto rico en energía contenido en las fibras musculares. • **creatinemia** n.f. BIOQUIM Concentración de creatina en la sangre. • **creatinina** n.f. BIOQUIM Sal interna de la creatina, de fórmula $C_4H_7N_3O_1$, constituyente básico contenido en los músculos y en la sangre.

crecer I. v.int. 1. Tomar aumento los cuerpos naturales. 2. Adquirir aumento algunas cosas. 3. Aumentar la parte de la Luna visible desde la Tierra. 4. Hablando de la moneda, aumentar su valor. II. v.prnl. Tomar uno mayor autoridad, importancia o atrevimiento. • **creces** n.f.pl. Fig. Aumento, exceso en algunas cosas. • **crecida** n.f. Aumento de agua que toman los ríos y arroyos. • **crecimiento** n.m. 1. Acción y efecto de crecer. 2. Aumento del valor intrínseco de la moneda. 3. BIOL Desarrollo de las diversas partes de un ser vivo, o nuevas partes parecidas a las ya existentes que se le añaden, salvo la adición de nuevas funciones.

credencial 1. adj. Que acredita. 2. n.f. Documento que sirve para que a un empleado se le dé posesión de su plaza.

crédito n.m. 1. Asenso. 2. Derecho que uno tiene a recibir de otro alguna cosa, por lo común dinero. 3. Apoyo, abono, comprobación. 4. Reputación, fama, autoridad. 5. Situación económica o condiciones morales que facultan a una persona o entidad para obtener de otra fondos o mercancías. v. ENCICL 6. Opinión que goza una persona de que cumplirá puntualmente los compromisos que contraiga.

ENCICL La historia de la organización bancaria se resume en dos conceptos: división de las tareas y concentración de capital. La división de las tareas lleva consigo una distinción entre el corto plazo (los bancos de depósito), el largo plazo (los bancos de inversión) y la especialización de numerosos establecimientos en formas de crédito particulares (crédito inmobiliario, mobiliario, hotelero, etc.). La concentración de capital ha permitido a los bancos hacer frente a compromisos cada vez más importantes. Al mismo tiempo, ha suscitado un control del Estado sobre el funcionamiento crediticio. Los créditos se materializan en documentos o títulos, de los cuales el más conocido es la *letra de cambio.* Otros títulos a corto plazo son el *cheque,* el pagaré y el *warrant.* Títulos privados a largo plazo son las *obligaciones.* Los emitidos por el Estado se llaman *deuda pública.*

credo n.m. 1. RELIG Símbolo de la fe cristiana en el cual se contienen los principales artículos de ella. 2. Fig. Conjunto de doctrinas comunes a una colectividad. *Un credo político.*

creer I. v.tr. 1. Tener por cierta una cosa que no está comprobada o demostrada. 2. Dar asenso a las verdades reveladas por Dios y propuestas por la Iglesia. 3. Pensar, juzgar, sospechar. II. v.tr. y prnl. Tener una cosa por verosímil o probable. • **credibilidad** n.f. Calidad de creíble. • **credulidad** n.f. Calidad de crédulo. • **crédulo,a** adj. Que cree ligera o fácilmente. • **creencia** n.f. 1. Firme asentimiento y conformidad con alguna cosa. 2. Completo crédito que se presta a un hecho o noticia como seguros o ciertos. 3. Religión, secta.

crees, amerindios canadienses, pertenecientes a la familia de los algonquinos, que viven entre el río Manitoba y las Montañas Rocosas.

1. crema n.f. 1. Sustancia grasa contenida en la leche. 2. Nata de la leche. 3. Natillas espesas tratadas por encima con plancha de hierro candente. 4. Fig. Lo más distinguido de un grupo social.

2. crema n.f. 1. Confección cosmética para suavizar el cutis. 2. Pasta untuosa para dar brillo a la piel del calzado.

cremación n.f. Acción de quemar. • **crematorio,a** adj. Relativo a la cremación de los cadáveres y materias deletéreas.

cremallera n.f. 1. Barra metálica con dientes en uno de sus cantos, para engranar con un piñón y convertir un movimiento circular en rectilíneo o viceversa. 2. Cierre, consistente en dos tiras flexibles dentadas, que se aplica a una abertura longitudinal en prendas de vestir, bolsos, etc.

crematística n.f. Interés económico de un negocio.

cremómetro n.m. Instrumento que sirve para medir la cantidad de manteca contenida en la leche.

crémor n.m. QUIM Tartrato ácido de potasa, que se usa como purgante en medicina y como mordiente en tintorería.

crencha n.f. 1. Raya que divide el cabello en dos partes. 2. Cada una de estas partes.

creodoncios n.m.pl. Mamíferos carnívoros fósiles (del eoceno al mioceno).

creolina n.f. FARM Preparación líquida negruzca, espesa, de creosota de hulla y jabones resinosos; es desodorizante y desinfectante.

creosota n.f. Mezcla de fenoles, incolora, de olor fuerte, utilizada como antiséptico y para la protección de la madera.

crêpe n.f. Fina tortita aplastada y redonda a base de harina, líquido (agua, leche o cerveza) y huevos.

Crepidula n.f. ZOOL Género de gasterópodos prosobranquios.

crepitar v.int. Dar chasquidos. • **crepitación** n.f. 1. Acción y efecto de crepitar. 2. MED Ruido que en el cuerpo produce el roce mutuo de los extremos de un hueso fracturado, el aire al penetrar en los pulmones, etc.

crepúsculo n.m. 1. Claridad que hay desde que raya el día hasta que sale el Sol, y desde que éste se pone hasta que es de noche. 2. Tiempo que dura esta claridad. • **crepuscular** adj. 1. Perteneciente al crepúsculo. 2. ZOOL Dícese de los animales que buscan su alimento principal durante el crepúsculo.

cresa n.f. 1. En algunas partes, los huevos que pone la reina de las abejas. 2. Larva de ciertos dípteros. 3. Montones de huevecillos que ponen las moscas sobre las carnes.

crescendo 1. adv. m. MUS Aumentando gradualmente la intensidad del sonido. P. anal., cuando aumenta. 2. n.m. Pasaje que se ejecuta de esta manera. P. anal., aumento progresivo.

cresol n.m. QUIM Fenol derivado del tolueno, de fórmula $CH_3-C_6H_4-OH$.

crespo,a adj. 1. Ensortijado o rizado. Se dice del cabello. 2. Se dice de las hojas de algunas plantas cuando están retorcidas.

crespón n.m. Gasa en que la urdimbre está más retorcida que la trama.

cresta I. n.f. 1. Carnosidad roja que tienen sobre la cabeza algunas aves. 2. Copete, moño de plumas de ciertas aves. 3. Protuberancia de poca extensión y altura que ofrecen algunos animales, aunque no sea carnosa, ni de pluma. 4. Fig. Cumbre de agudos peñascos de una montaña. — GEOGR. *Línea de cresta.* Línea que une los puntos más elevados de un relieve montañoso, también llamada *línea de división de las aguas.* 5. Cima de una ola. 6. MILIT Arista formada por la intersección de dos taludes. II. METEOR *Cresta de alta presión.* Ancha zona de alta presión que se extiende entre dos depresiones estacionarias. v. dorsal. • **crestería** n.f. ARQUIT Adorno de labores caladas que se usó mucho en el estilo ojival, y se colocaba en las partes altas de los edificios.

creta n.f. Carbonato de cal terroso.

cretáceo,a adj. **1.** GEOL Dícese del terreno inmediatamente posterior al jurásico. **2.** GEOL Perteneciente a este terreno.

cretinismo n.m. MED Afección congénita debida a una insuficiencia tiroidea, que se caracteriza por manifestaciones de idiotez, enanismo, atrofia genital y disminución de todas las funciones del organismo. ▷ Imbecilidad, gran estupidez. • **cretino,a** n. y adj. **1.** Que padece cretinismo. **2.** Fig. Estúpido, necio.

cretona n.f. Tela comúnmente de algodón, blanca o estampada.

cri(o)- Prefijo procedente del griego *kryos*, «frío».

cría n.f. **1.** Acción y efecto de criar a los hombres o a diferentes animales. **2.** Niño o animal mientras se está criando. **3.** Conjunto de hijos que tienen de una vez los animales.

criadero,a n.m. **1.** Lugar adonde se trasplantan, para que se críen, los árboles silvestres o los sembrados en almáciga. **2.** Lugar destinado para la cría de los animales. **3.** MIN Agregado de sustancias inorgánicas de útil explotación, que se halla entre la masa de un terreno.

criadilla **I.** n.f. **1.** En los animales de matadero, testículo. **2.** Patata (tubérculo). **II.** *Criadilla de mar.* Pólipo de figura globosa, hueco y pegado por un solo punto a las rocas. — *Criadilla de tierra.* Hongo carnoso, de buen olor y figura redondeada.

criado,a **I.** adj. Con los adverbios *bien* o *mal*, se aplica a la persona de buena o mala crianza. **II.** n.m. y f. Persona que se emplea en el servicio doméstico.

criador,a **I.** adj. Que nutre y alimenta. **II.** n.m. y f. **1.** Persona que tiene a su cargo, o por oficio, criar animales: como caballos, perros, gallinas, etc. **2.** Vinicultor,a. **III.** n.f. Nodriza. • **crianza** **I.** n.f. **1.** Acción y efecto de criar. Con particularidad se llama así la que se recibe de las madres o nodrizas mientras dura la lactancia. **2.**Época de la lactancia. **3.**Urbanidad, atención, cortesía: suele usarse con los adjetivos *buena o mala.* **4.** En Chile, conjunto de animales nacidos en una hacienda y destinados a ella. • **criatura** n.f. Niño recién nacido o de poco tiempo.

crianestesia n.f. MED Anestesia mediante la aplicación de frío.

criar **I.** v.tr. **1.** Alimentar al niño con leche. **2.** Alimentar, cuidar y cebar animales. **3.** Instruir, educar. **4.** Producir, cuidar y alimentar un animal a sus hijuelos. **5.** Someter un vino, después de la fermentación, a ciertas operaciones y cuidados. **II.** v.tr. y prnl. Producir, crear algo con medios humanos.

criba n.f. **1.** Material agujereado y fijo en un aro que sirve para cribar. ▷ Cualquiera de los aparatos mecánicos que se emplean en agricultura para cribar semilla, o en minería para lavar y limpiar los minerales. **2.** BOT Cualquiera de los tabiques membranosos, transversales u oblicuos, situados en el interior de los vasos cribosos de las plantas y que tienen pequeños orificios por los que pasa la savia descendente. • **cribar** v.tr. Pasar una semilla, un mineral u otra materia por la criba para separar las partes menudas de las gruesas o para limpiarla de impurezas.

cribelo n.m. ZOOL Organo que tienen muchas arañas en el abdomen, y que produce seda.

cric n.m. Gato (instrumento para elevar grandes pesos).

cricoides n.m. y adj. MED Dícese del cartílago anular inferior de la laringe de los mamíferos.

cri-cri Onomatopeya que imita el canto del grillo.

criestesía n.f. Sensibilidad extremada para el frío.

crimen n.m. Delito grave. • **criminal** **I.** adj. **1.** Perteneciente al crimen. **2.** Se dice de las leyes, institutos o acciones destinados a perseguir y castigar los crímenes o delitos. **II.** n. y adj. Que ha cometido o procurado cometer un crimen. • **criminalidad** n.f. **1.** Cualidad de criminal. **2.** Estadística de crímenes cometidos en un lugar o tiempo. • **criminalista** n. y adj. **1.** Se dice del abogado que se ocupa de las causas criminales. **2.** Se dice de la persona especializada en el estudio del crimen, y también de este mismo estudio. • **criminología** n.f. Tratado acerca del delito.

crin n.f. Conjunto de cerdas que tienen algunos animales en la parte superior del cuello. — *Crin vegetal.* Filamentos que se obtienen de las hojas del esparto, y de las frondas de ciertas algas y musgos.

crinoideos n.m.pl. Clase de equinodermos, fijados mediante un pedúnculo (lirio de los mares), o libres en estado adulto (comátula), con el cuerpo en forma de cáliz y bordeado por cinco tentáculos.

crío,a n.m. y f. Niño o niña.

Crioceris n.m. ZOOL Género de coleópteros crisomélidos perjudicial para los cultivos.

criocirugía n.f. CIR Técnica quirúrgica que recurre a la congelación parcial de la parte que se opera.

crioclastia n.f. GEOL Fragmentación de las rocas por una sucesión de hielos y deshielos.

crioconductor n.m. ELECTR Conductor llevado a muy bajas temperaturas para disminuir su resistencia eléctrica. • **crioelectrónica** n.f. ELECTRON Parte de la electrónica que utiliza los crioconductores.

criófilo,a adj. BIOL Microorganismo capaz de desarrollarse a temperaturas por debajo de cero grados centígrados.

crioglobulina n.f. BIOQUIM Proteína serosa que precipita en el frío.

criolita n.f. MINER Fluoruro natural de aluminio y sodio.

criología n.f. Rama de la ciencia relacionada con las bajas temperaturas, ocupándose de sus fenómenos y de sus aplicaciones. • **criogenia** n.f. Producción de temperaturas muy bajas. • **criógeno,a** **1.** adj. Que produce frío. **2.** n.m. Mezcla refrigerante. • **criómetro** n.m. **1.** TECN Instrumento para medir el descenso del punto de congelación de un disolvente tras disolverse una solución. **2.** Termómetro destinado a la medición de temperaturas muy bajas. • **crioscopia** n.f. Determinación del punto de congelación de un líquido en el que se halla disuelta una sustancia, para conocer el grado de concentración de la solución. • **crioterapia** n.f. Tratamiento terapéutico basado en el empleo de bajas temperaturas.

criollo,a **I.** n. y adj. Se dice de la persona nacida en un país hispanoamericano, descendiente de españoles. **II.** adj. **1.** Autóctono de un país hispanoamericano. **2.** Propio de Hispanoamérica. **3.** Se dice de los idiomas que han surgido en comunidades precisadas a convivir con otras de lengua diversa, y que están constituidos por elementos procedentes de ambas lenguas. **III.** n.f. Cierta canción y danza popular cubana, en compás de seis por ocho. • **criollismo** n.m. **1.** Carácter de lo que es criollo. **2.** Tendencia a exaltar las cualidades de lo criollo.

crioturbación n.f. GEOL Desplazamiento, bajo la acción alterna de hielos y deshielos, de los elementos de la capa superficial del suelo.

cripta n.f. **1.** Lugar subterráneo en que se acostumbraba enterrar a los muertos. **2.** Piso subterráneo destinado al culto en una iglesia. **3.** BOT Oquedad en un parénquima.

cripto- Prefijo procedente del griego *kryptos*, «oculto».

criptofita n.f. BOT Planta cuyos brotes o yemas atraviesan la estación difícil sepultados en el suelo *(geofitas)*, en el agua *(hidrofitas)* o en el barro *(heliofitas)*.

criptógamo,a **I.** n.f. y adj. **1.** BOT Se dice del vegetal o planta que carece de flores. **2.** BOT Acotiledóneo. **II.** n.f.pl. BOT Grupo taxonómico constituido por las plantas desprovistas de flores. • **criptogámico,a** adj. BOT Se dice de las enfermedades vegetales causadas por un hongo parásito.

criptogénico adj. MED Se dice de la enfermedad cuya causa se desconoce.

criptografía n.f. Técnica de las escrituras secretas. • **criptograma** n.m. Documento cifrado.

criptón n.m. QUIM Gas noble existente en muy pequeña cantidad en la atmósfera terrestre. Núm. atómico 36. Símb.: *kr.*

criptorquidia n.f. MED Ausencia de uno o de los dos testículos en las bolsas por no haber descendido del interior del abdomen.

criquet n.m. Deporte que se practica entre dos equipos de once jugadores, con palas y pelotas de cuero (es popular en Inglaterra).

cris(o)- Prefijo procedente del griego *krysos*, «oro».

cris n.m. Arma blanca usada en Filipinas.

crisálida n.f. ZOOL Ninfa de los insectos lepidópteros.

crisantemo n.m. **1.** Planta perenne de la familia de las compuestas. Procede de China y se cultiva en los jardines, donde florece durante el otoño. **2.** Flor de esta planta.

crisis **I.** n.f. **1.** Cambio marcado en una enfermedad. **2.** Cambio importante en el desarrollo de otros procesos. **3.** Situación de un asunto cuando está en duda su continuación, modificación o cese. **4.** ECON Perturbación en las relaciones de cambio que constituyen el orden económico.

crisma n.m. o f. Aceite y bálsamo mezclados que consagran los obispos el Jueves Santo para ungir a los que se bautizan, se confirman, y se ordenan.

crisobalanáceo,a n.f. y adj. BOT Dícese de plantas leñosas angiospermas, dicotiledóneas, siempre verdes, que viven en los países tropicales. ▷ n.f.pl. BOT Familia de estas plantas.

crisoberilo n.m. Piedra preciosa de color verde amarillento, con visos opalinos.

crisol n.m. **1.** Recipiente que se emplea para fundir alguna materia a temperatura muy elevada. **2.** Cavidad que en la parte inferior de los hornos sirve para recibir el metal fundido.

crisólito n.m. Nombre dado a dos silicatos distintos. — *Crisólito de los volcanes.* Silicato de magnesia, de color aceitunado, que pasa al pardo rojo y hasta al negro. — *Crisólito oriental.* El *topacius* de los antiguos: se cuenta entre las piedras preciosas, y es un silicato de alúmina, de color amarillo verdoso.

crisomélido adj. ZOOL Se dice de insectos coleópteros, tetrámetos, con el cuerpo ovalado, la cabeza recibida en el tórax hasta los ojos; antenas cortas, alas y élitros. ▷ n.m.pl. Familia de estos insectos.

crisoprasa n.f. Ágata de color verde manzana.

crispar v.tr. y prnl. **1.** Causar contracción repentina y pasajera en el tejido muscular o en otro de naturaleza contráctil. **2.** Fig. Irritar, exasperar.

crispir v.tr. Salpicar de pintura la obra con una brocha dura para imitar al granito u otra piedra dura.

cristal **I.** n.m. **1.** Vidrio incoloro y muy transparente que resulta de la mezcla y fusión de arena silícea con potasa y minio. **2.** Espejo (utensilio para mirarse). **3.** POET El agua en que se refleja la luz o las cosas. **4.** FIS Cualquier cuerpo sólido cuyos átomos y moléculas están regular y repetidamente distribuidos en el espacio. **5.** MINER Cualquier cuerpo sólido que naturalmente tiene forma poliédrica más o menos regular. v. ENCICL. **II.** ELECTRON *Cristal líquido.* Sustancia orgánica cuyas moléculas pueden orientarse bajo la acción de un campo eléctrico y utilizado para indicar datos de forma numérica. • **cristalera** n.f. Armario, mueble o puerta de cristales. • **cristalería** n.f. **1.** Establecimiento donde se fabrican o venden objetos de cristal. **2.** Conjunto de estos mismos objetos. **3.** Parte de la vajilla que consiste en vasos, copas y jarras de cristal. • **cristalino,a** **I.** n. y adj. **1.** De cristal. **2.** Parecido al cristal. **II.** n.m. ANAT Cuerpo de forma esférica lenticular, situado detrás de la pupila del ojo de los vertebrados y de los cefalópodos.

ENCICL Un cristal se compone de un conjunto de partículas (átomos, iones o moléculas) regularmente repartidas en las tres direcciones del espacio. Se distinguen cristales de enlace covalente: cristal covalente (diamante: átomos de carbono unidos por covalencia); de enlace polar: cristal iónico (cloruro de sodio: iones Cl^- y sodio Na^+); de enlace: cristal molecular Van der Walls (hidrógeno: moléculas H_2) y de enlace metálico: cristal metálico (cobre: iones Cu^+). Un cristal es un sólido limitado por unas caras naturales planas. La forma geométrica más simple que por desplazamiento permite reproducir el conjunto del cristal se denomina celda elemental de la red cristalina. Hace mucho se observó que, en cada especie cristalina, los ángulos entre las caras eran constantes. Se distinguen siete sistemas cristalinos: triclínico, monoclínico, ortorrómbico, hexagonal, trigonal, tetragonal y cúbico. Si se dirige oblicuamente un rayo luminoso hacia una superficie no opaca, una parte de la luz se refleja mientras que la otra penetra en el sólido (rayo refractado). En ciertos cristales anisótropos, la luz se divide en dos rayos, que vibran perpendicularmente el uno con respecto al otro y se desplazan a velocidades diferentes; tienen entonces índices de refracción distintos. La birrefringencia de tal cristal permite identificarlo. Los rayos X que atraviesan un cristal son difractados por los planos reticulares debidos a la combinación de los átomos. Cada especie mineral posee un diagrama de rayos X característico. Los minerales conductores de electricidad son los que poseen enlaces metálicos. Como las propiedades ópticas, la conductividad varía según las direcciones cristalográficas. En algunos minerales no conductores, se puede inducir un campo eléctrico por cambio de temperatura (piroelectricidad) o por presiones dirigidas (piezoelectricidad). Si se introducen impurezas en diversos cristales (silicio, germanio), se obtienen *semiconductores*. El estudio de los cristales depende de la *mineralogía* y también de la física de los sólidos.

cristalizar **1.** v.int. y prnl. Tomar ciertas sustancias la forma cristalina. **2.** v.int. Fig Realizarse un plan o proyecto. **3.** v.tr. Hacer tomar la forma cristalina a ciertas sustancias. • **cristalización** **I.** n.f. **1.** Acción y efecto de cristalizar o cristalizarse. **2.** Cosa cristalizada. **II.** *Cristalización fraccionada.* Fraccionamiento de una mezcla de cuerpos disueltos a causa de un descenso progresivo de la temperatura.

cristalo- Prefijo procedente, del griego *krystallos*, «cristal».

cristaloeléctrico,a adj. FIS Relativo a las propiedades eléctricas de los cristales.

cristalogenia n.f. Ciencia que estudia la formación de los cristales. • **cristalografía** n.f. Ciencia que estudia la estructura y la formación de los cristales.

cristaloide **I.** n. y adj. Que tiene la apariencia de un cristal. **II.** n.m. **1.** ANAT Cápsula del cristalino. **2.** Sustancia que, en disolución, atraviesa las láminas porosas que no dan paso a los coloides.

cristaloquímica n.f. QUIM Parte de la química que estudia los medios cristalizados.

cristianía n.f. DEP Técnica de paradas y de virajes en esquí.

cristianismo n.m. **1.** Religión de Cristo. **2.** Cristiandad.

ENCICL El cristianismo es la religión fundada por Jesús de Nazaret en Palestina y extendida a todo el mundo por los doce apóstoles y los primeros discípulos (especialmente san Pablo). Nacido en el seno de la tradición hebraica, que entiende y asume como *vieja alianza* (Antiguo Testamento), es la religión de una *nueva alianza* (Nuevo Testamento) entre Dios y su pueblo, personificada en Jesús, que es a la vez y verdaderamente Dios y hombre; esta nueva alianza ya no se limita a un pueblo, a una raza, sino que abarca a toda la Humanidad; y no se basa en el cumplimiento de la Ley, sino en el precepto del Amor: toda la antigua Ley y su código (los Diez Mandamientos) quedan resumidos en un solo: amar a Dios y al prójimo como a sí mismo. La fe es la forma cristiana de la adhesión religiosa, y es esencialmente fe en la persona de Jesucristo y en sus enseñanzas: en su divinidad (la Trinidad), en su Resurrección, y en la promesa de su retorno a la culminación de los tiempos, operando la salvación de aquellos que han respondido a su llamada. Las Escrituras son el documento de la fe cristiana: el Antiguo Testamento, leído a la luz de la Encarnación de Cristo, y el Nuevo Testamento, en el que los cuatro Evangelios constituyen el relato de la vida y las enseñanzas del Fundador. Las Escrituras, y especialmente el NT, constituyen también el fundamento de una ética o moral cristiana, basada en la relativización de los bienes terrenales como expresión concreta de la disponibilidad al seguimiento de Cristo, y en el aprecio a los pobres y humildes como destinatarios privilegiados del amor de Dios. (Bienaventuranzas.) El carácter colectivo de la Alianza constituye al cristianismo como una religión en la cual la conversión personal da lugar a una práctica pública y social: la comunidad es el lugar en el que se profesa la fe, y la comunión constituye la realización esencial del proyecto cristiano de vida, de tal manera que la incorporación del convertido (Bautismo) y la conmemoración en asamblea de la Muerte y Resurrección de Jesús (Eucaristía) constituyen los ritos esenciales de la comunidad de creyentes (la Iglesia), en cuyo seno las diversas vocaciones (obispos, presbíteros o ancianos, diáconos, etc.) reproducen las existentes en las primeras comunidades palestinas fundadas por Cristo y por los apóstoles.

Hist. — Los Evangelios contienen los datos históricos esenciales de la vida de Jesús, siendo su componente doctrinal inseparable de esta referencia biográfica constante. Los Hechos de los apóstoles relatan la vida de la primera comunidad en Jerusalén, y constituyen el documento primordial para conocer la vida y creencias de la primera comunidad. Las Cartas (Epístolas), especialmente las de san Pablo, son una completa fuente de información para seguir la expansión del cristianismo fuera de los límites de Palestina y hasta los confines del mundo entonces conocido. El carácter histórico de estos documentos, aunque inseparable de su contenido y finalidad místicos y doctrinales, no es puesto en duda por la crítica moderna. Durante los tres primeros siglos de nuestra era, las distintas tradiciones locales configuran la personalidad de cada iglesia, con rasgos de acentuada peculiaridad en las comunidades orientales, por un lado, y con una progresiva romanización de las de Occidente. Durante el período constantiniano (Constantino el Grande, m. 337) el cristianismo se convierte en religión del Imperio (Edicto de Milán, 313), y en el Concilio de Nicea, primer concilio ecuménico (325), las diversas tradiciones articulan una primera dogmática común (el *Credo*). El cristianismo se convierte a partir de ese momento en la fuerza espiritual que dará forma a toda una civilización, tomando el relevo del antiguo pensamiento helénico; y la Iglesia consolida y refuerza sus perfiles institucionales para erigirse en centro y motor de este proceso civilizador. La diversidad de tradiciones oriental y occidental da lugar en este nuevo esquema a una ruptura que aún persiste (Cisma de Oriente, s. XI); mientras que, en el s. XVI, las ya antiguas tensiones entre una iglesia fuertemente institucionalizada, y las comunidades que reivindican un retorno a las tradiciones puramente evangélicas, estallan en una profusión de movimientos de Reforma, que en las convulsiones nacionales e intelectuales del Renacimiento asumen la forma de nuevas Iglesias separadas de la de Roma (Lutero, 1517). De este mismo período, con los progresos de la navegación oceánica, data la gran expansión misional del cristianismo, y su llegada efectiva hasta el último rincón de la Tierra. Este período misional, que dura hasta bien avanzado el siglo XX, se consolida a lo largo de las últimas décadas mediante la creación de iglesias locales, en medio de culturas ajenas a las europeas, planteando unos problemas a los que hace frente la Iglesia Católica desde el Concilio Vaticano II, y las Iglesias Reformadas por medio del Consejo Mundial de Iglesias, instancias que, por otro lado, han estimulado el reencuentro de las diversas confesiones cristianas (Ecumenismo) con el explícito intento de restablecer la comunión entre las mismas en un proceso que se prevé necesariamente largo y no libre de tensiones. En la actualidad profesan el cristianismo mil millones de personas, siendo católica la mayoría de ellas, protestantes más de la cuarta parte y ortodoxo, un diez por ciento.

cristiano,a **1.** adj. Perteneciente a la religión de Cristo. **2.** n. y adj. Que profesa la fe de Cristo. • **cristiandad** n.f. **1.** Agrupación de los fieles que profesan la religión cristiana. **2.** Observancia de la ley de Cristo. • **cristianizar** v.tr. y prnl. Conformar una cosa con el dogma o con el rito cristiano.

cristofué n.m. Pájaro algo mayor que la alondra que abunda en los valles de Venezuela.

criterio n.m. **1.** Norma para conocer la verdad. **2.** Juicio o discernimiento.

criticar v.tr. **1.** Juzgar de las cosas, fundándose en los principios de la ciencia o en las reglas del arte. **2.** Censurar las acciones de alguien. • **crítica** n.f. **1.** Arte de juzgar las cualidades de las cosas. **2.** Cualquier juicio formado sobre una obra de literatura o arte. **3.** Censura de las acciones de alguno. **4.** Conjunto de opiniones expuestas sobre cualquier asunto.

criticismo n.m. **1.** Método de investigación según el cual a todo trabajo científico debe preceder el examen de la posibilidad del conocimiento de que se trata y de las fuentes y límites de éste. **2.** FILOS Sistema filosófico de Emmanuel Kant.

crítico,a **I.** adj. **1.** MED Que anuncia o acompaña una crisis; que decide la evolución de una enfermedad. **2.** Que determina un cambio para bien o para mal (hablando de una situación, de un estado). **3.** FIS *Punto crítico.* Límite superior de la fase de equilibrio líquido-vapor de un fluido (estado caracterizado por una temperatura, una presión y un volumen crítico). **II.** n.f. **1.** Arte de juzgar las obras literarias y artísticas. **2.** Juicio dado sobre una obra literaria o artística. **3.** Conjunto de las críticas. **4.** Análisis riguroso de una obra, de una persona, etc. **5.** Juicio severo. **III.** n.m. Persona que juzga las obras literarias y artísticas.

croar v.int. Cantar la rana.

crocante n.m. Guirlache.

croma- cromat(o)- cromo- cromía Partículas procedentes del griego *khrôma, -atos*, «color».

cromar v.tr. Dar un baño de cromo a los objetos metálicos para hacerlos inoxidables.

cromático,a adj. **1.** OPT Relativo a los colores. **2.** MUS Que se desarrolla en semitonos consecutivos ascendentes o descendentes. **3.** BIOL Relativo a los cromosomas. • **cromatismo** n.m. **1.** Conjunto de colores. **2.** MUS Utilización de semitonos dentro de una escala diatónica.

cromátida n.f. BIOL Filamento fino y largo de ADN que se espiraliza en el momento de la división celular, formando enroscamientos que corresponden a los cromosomas.

cromatina n.f. BIOQUIM Estructura celular, visible al microscopio, formada por masas densas unidas entre sí por finas tramas que forman una red.

cromatografía n.f. BIOQUIM Proceso de separación de diferentes sustancias en solución o en suspensión en un líquido.

cromatrón n.m. TECN Tubo de rayos catódicos que se utiliza para obtener imágenes en color en los televisores.

crominancia n.f. ELECTRON Información que representa el contenido espectral de un punto de una imagen de televisión.

cromo n.m. QUIM **1.** Metal blanco gris, quebradizo, bastante duro para rayar el vidrio, capaz de hermoso pulimento. Núm. atómico 24. Masa atómica 51,996. Símb.: *Cr*. **2.** Cromolitografía (estampa).

ENCICL El cromo es un metal de densidad 7,19, que funde a 1.875 °C y hierve a 2.665 °C. Se le encuentra en la naturaleza en forma de cromita $FeCr_2O_4$. Se obtiene por reducción del óxido Cr_2O_3. Tiene una gran afinidad con el oxígeno. Proporciona compuestos cromosos, crómicos y cromatos y dicromatos, que se derivan respectivamente de los óxidos CrO, Cr_2O_3 y CrO_3. Sus mezclas con el hierro (ferrocromos) se utilizan en siderurgia. Estos aceros sirven para fabricar cojinetes y herramientas.

cromógeno,a adj. Dícese de las bacterias que producen materias colorantes u originan coloraciones.

cromosfera n.f. ASTRON Región de la atmósfera del Sol, entre la fotosfera y la corona, en la que hay protuberancias y erupciones.

cromosoma n.m. BIOL Cada uno de ciertos corpúsculos, casi siempre en forma de filamentos, que existen en el núcleo de las células y solamente son visibles durante la mitosis.

ENCICL Cada cromosoma está formado por dos cromátidas reunidas al nivel del centrómero, que por tanto determina dos brazos. La longitud relativa de los brazos y la posición del centrómero permiten distinguirlos. Existen en general en el núcleo celular dos ejemplares idénticos de cada uno (pares de cromosomas homólogos), uno de origen paterno y otro de origen materno. El número de pares caracteriza a cada especie. Cada núcleo, fuera de los gametos, contiene dos cromosomas. El número *n* corresponde a una célula haploide (espermatozoide, óvulo), el número *2n* a una célula diploide. En el hombre, $2n = 46$. Este número es muy variable de una especie a otra. En muchas de ellas —incluido el hombre— hay un par de cromosomas de diferente constitución en el macho y en la hembra: son los heterocromosomas, o cromosomas sexuales. En la especie humana, este par está formado por dos cromosomas: distintos en el hombre (X e Y) e idénticos en la mujer (XX). El cariotipo permite definir estas características. Cuando el número o la constitución de los cromosomas son diferentes, se habla de *aberración cromosómica*, origen de ciertas afecciones y malformaciones (trisomía 21 o mongolismo). Los cromosomas contienen los mismos constituyentes químicos que la cromatina: ADN, ARN y proteínas asociadas. El ADN cromosómico es portador del código genético, que es transmitido por el ARN mensajero a los ribosomas citoplásmicos, donde se efectúa la síntesis de las proteínas.

cromotipia n.f. **1.** Impresión en colores. **2.** Lámina así obtenida. • **cromotipografía** n.f. **1.** Arte de imprimir en colores. **2.** Obra hecha por este procedimiento.

cronaxia n.f. BIOL Duración que debe tener una excitación eléctrica para provocar la reacción de un nervio o de un músculo.

crónica n.f. **1.** Historia en que se observa el orden de los tiempos. **2.** Artículo periodístico sobre temas de actualidad. • **cronista** n.m. y f. Autor de una crónica.

crónico,a adj. **1.** Se aplica a las enfermedades largas o dolencias habituales. **2.** Se dice también de ciertos vicios cuando son inveterados. • **cronicismo** n.m. **1.** MED Larga duración de una dolencia. **2.** MED Estado crónico de un enfermo.

crónlech n.m. Monumento megalítico consistente en una serie de piedras o menhires que cercan un corto espacio de terreno llano, y de figura elíptica o circular.

crono- Partícula procedente del griego *khronos*, «tiempo».

cronobiología n.f. BIOL Parte de la biología que estudia los fenómenos cíclicos y sus causas en los seres vivos.

cronofotografía n.f. Procedimiento que utiliza una sucesión de fotografías para el estudio de los movimientos rápidos.

cronología o **cronografía** n.f. **1.** Ciencia que tiene por objeto determinar el orden y fechas de los sucesos históricos. **2.** Serie de personas o sucesos históricos por orden de fechas. **3.** Manera de computar los tiempos. • **cronógrafo** n.m. **1.** El que profesa la cronografía o tiene en ella especiales conocimientos. **2.** Aparato que sirve para medir y a veces registrar con exactitud tiempos sumamente pequeños.

ENCICL **Geol.** — La *cronología relativa* sitúa los diversos acontecimientos ocurridos en los tiempos geológicos según la relación de unos con otros; utiliza la estratigrafía, la evolución de los seres vivos, etc. La *cronología absoluta* proporciona la fecha exacta de un acontecimiento; se basa en fenómenos cuya velocidad o duración es conocida: desintegración nuclear de cuerpos radiactivos (carbono 14, sobre todo), alternancia de las estaciones que deja huellas visibles, etc.

cronómetro n.m. Reloj de precisión.

croqueta n.f. Fritura que se hace en pequeños trozos, y de forma ovalada por lo regular, rebozada con huevo y pan rallado.

croquis n.m. **1.** Diseño de un terreno que se hace sin valerse de instrumentos geométricos. **2.** PINT Dibujo ligero, tanteo.

crosopterigios n.m.pl. ZOOL Orden de peces teleóstomos que vivieron desde el devónico hasta el pérmico y cuyas aletas prefiguran los miembros de los anfibios.

cross n.m. DEP Carrera a campo traviesa (en moto, a caballo).

crótalo n.m. **1.** ZOOL Serpiente venenosa de América, que tiene en el extremo de la cola unos anillos óseos, con los cuales hace al moverse cierto ruido particular; por lo cual se denomina también serpiente de cascabel. **2.** Antiguo instrumento músico de percusión semejante a las castañuelas.

croupier n.m. Empleado de una casa de juegos que lleva el juego y la banca por cuenta del establecimiento

cruce n.m. Acción de cruzar o de cruzarse.

crucería n.f. Sistema constructivo propio del estilo gótico, en el cual la forma de bóveda se logra mediante el cruce de arcos diagonales.

crucero n.m. **I.** El encargado de llevar la cruz en las procesiones. **II. 1.** Encrucijada, cruce de calles o caminos. **2.** Cruz de piedra que se coloca en el cruce de caminos y en los atrios. **3.** Espacio en que se cruzan la nave mayor de una iglesia y la que la atraviesa. **4.** CARP Vigueta, madero de sierra. **III. 1.** MAR Determinada extensión de mar en que cruzan uno o más buques. **2.** MAR Buque o conjunto de buques destinados a cruzar. ▷ MAR Maniobra o acto de cruzar. **3.** MAR Buque de guerra de gran velocidad y radio de acción. **IV.** MINER Dirección de los planos paralelos, por donde los minerales y las rocas suelen tener división más fácil.

cruceta n.f. Cada una de las cruces o de las aspas que resultan de la intersección de dos series de líneas paralelas.

crucial adj. **1.** En forma de cruz. **2.** Fig. Se dice del momento o trance crítico en que se decide una cosa que podía tener resultados opuestos.

crucífero,a **I.** adj. POÉT Que lleva o tiene la insignia de la cruz. **II.** n. y adj. BOT Se aplica a las plantas angiospermas dicotiledóneas que tienen hojas alternas, cuatro sépalos en dos filas, corola cruciforme, estambres de glándulas verdosas en su base y semillas sin albumen. ▷ n.f.pl. BOT Familia de las plantas crucíferas.

crucificar **1.** v.tr. Fijar o clavar en una cruz a una persona. **2.** Fig. y Fam. Sacrificar, perjudicar. • **crucifixión** n.f. Acción y efecto de crucificar. • **crucifijo** n.m. Efigie o imagen de Cristo crucificado.

crucigrama n.m. Enigma que consiste en llenar los huecos de un dibujo con letras, de manera que, leídas en sentido horizontal y vertical, formen determinadas palabras cuyo significado se sugiere. ▷ Este mismo dibujo.

crudo,a **I.** adj. **1.** Se dice de los comestibles que no están preparados por medio de la acción del fuego, y también de los que no lo están hasta el punto conveniente. **2.** Se aplica a la fruta que no está en sazón. **3.** Se aplica a algunas cosas cuando no están preparadas o curadas; como la seda, el lienzo, el cuero, etc. **4.** Fig. Cruel, despiadado. **II.** n.m. y adj. **1.** Fig. Se aplica al tiempo muy frío y destemplado. **2.** Se dice del mineral viscoso que una vez refinado proporciona el petróleo, el asfalto y otros productos. **3.** CIR Dícese vulgarmente de los tumores o apostemas que no dan señales de supurar.

cruel adj. **1.** Que se deleita en hacer mal a un ser viviente. **2.** Que se complace en los padecimientos ajenos. **3.** Fig. Insufrible. **4.** Fig. Sangriento, violento. • **crueldad** n.f. **1.** Inhumanidad. **2.** Acción cruel e inhumana. • **cruento,a** adj. Sangriento.

crujía n.f. **1.** Tránsito largo de algunos edificios que da acceso a las piezas que hay a los lados. **2.** En algunas catedrales, paso cerrado con verjas o barandillas, desde el coro al presbiterio. **3.** ARQUIT Espacio comprendido entre dos muros de carga. **4.** MAR Espacio de popa a proa en medio de la cubierta del buque. **5.** MAR Pasamano, paso de popa a proa junto a la borda.

crujir v.int. Hacer cierto ruido algunos cuerpos cuando rozan unos con otros o se rompen.

crúor n.m. **1.** MED Antiguo nombre del principio colorante de la sangre. **2.** MED Parte sólida de la sangre coagulada.

crural adj. Perteneciente o relativo al muslo.

crustáceo,a n. y adj. ZOOL Se aplica a los animales artrópodos de respiración branquial, con dos pares de antenas, cubiertos generalmente de un caparazón, y que tienen cierto número de patas dispuestas simétricamente. ▷ n.m.pl. Clase de estos animales.

cruz I. n.f. **1.** Figura formada por dos líneas que se atraviesan o cortan perpendicularmente. **2.** Patíbulo formado por un madero hincado verticalmente y atravesado en su parte superior por otro más corto, en los cuales se clavaban o sujetaban las manos y pies de los condenados. **3.** Imagen o figura de este antiguo suplicio. **4.** Insignia y señal de cristiano. **5.** Distintivo de muchas órdenes religiosas, militares y civiles, más o menos parecido a una cruz. **6.** Reverso de las monedas. **7.** Parte más alta del lomo de algunos animales. **8.** Parte del árbol en que termina el tronco y empiezan las ramas. **9.** Trenca de la colmena. **10.** Fig. Peso, carga o trabajo. **11.** MAR Unión de la caña del ancla con los brazos. **12.** MIN Pared que divide la plaza de los hornos de reverbero españoles. **II.** n.f. pl. En los molinos de harina, los cuatro palos que abrazan el eje y afirman la corona de la rueda principal. **III.** — *Cruz de Malta.* La de brazos iguales muy ensanchados por sus extremos, cada uno de los cuales termina en una hendidura formando ángulo. — *Cruz de San Andrés.* Aspa de San Andrés. — CARP Figura formada por dos palos o maderos que se cruzan en ángulos agudos y obtusos, resultando un aspa. — *Cruz gamada o esvástica.* La que tiene cuatro brazos acodados como la letra gamma mayúscula del alfabeto griego. — *Cruz griega.* La que se compone de un palo y un travesaño iguales, que se cortan en los puntos medios. — *Cruz latina.* La de figura ordinaria, cuyo travesaño divide al palo en partes desiguales.

cruza **1.** n.f. *Cuba* y *Chile.* Bina. **2.** *Amér.* Cruce de razas en los animales.

cruzada n.f. **1.** Expedición militar contra los infieles, que publicaba el Papa concediendo indulgencias a los que a ella concurriesen. ▷ Tropa que iba a esta expedición. **2.** Encrucijada. **3.** Fig. Campaña en pro de algún fin. ENCICL **Hist.** — Nombre dado a las expediciones que partieron de Occidente en los ss. XI a XIII para librar los Santos Lugares de la dominación musulmana y para asegurar su posterior defensa. Hubo ocho, aunque dicha cifra no basta para explicar la complejidad del movimiento y el continuo ir y venir de los cruzados entre Occidente y Oriente. La 1.ª *Cruzada* (1096-1099) fue convocada por el papa Urbano II en el concilio de Clermont (1095); junto a una muchedumbre reunida por las predicaciones de Pedro el Ermitaño, mal organizada y rápidamente aniquilada por los turcos en Anatolia, combatió una milicia disciplinada, a las órdenes de Godofredo de Bouillon que logró tomar Jerusalén (1099), y fundar el reino del mismo nombre cuyo primer soberano fue Balduino (1100). — La 2.ª *Cruzada* (1147-1149), predicada por san Bernardo de Clairvaux, en Vézelay, y mandada por el rey de Francia Luis VII y el emperador Conrado III, fracasó a las puertas de Damasco. — La 3.ª *Cruzada* (1189-1192), a las órdenes del rey francés Felipe Augusto y el inglés Ricardo Corazón de León, por una parte, y de Federico Barbarroja por la otra, fracasó; los cruzados no lograron reconquistar Jerusalén, en manos de Saladino desde 1189. — La 4.ª *Cruzada* (1202-1204) organizada por el papa Inocencio III, predicada por su legado, Pedro Capuano, y a las órdenes de Balduino IX, conde de Flandes, y de Bonifacio de Montferrat, fue alejada de su propósito (llegar a Egipto), por los venecianos, que hicieron que se volviera contra Bizancio; ello desembocó en el saqueo de Constantinopla (1204) y en la constitución de los Estados latinos de Grecia: Imperio de Grecia, principado Latino de Morea e imperio marítimo de Venecia. — La 5.ª *Cruzada* (1217-1221), decidida por Inocencio III, al mando de Juan de Brienne, rey nominal de Jerusalén, y de Andrés II de Hungría, y dirigida contra Egipto, obtuvo algunos éxitos, como la toma de Damieta, pero después fracasó. — La 6.ª *Cruzada* (1227-1229) fue mandada, tras muchas dificultades, por Federico II, por aquel entonces excomulgado, quien por un tratado con el sultán de Egipto Malek-el-Kemel, obtuvo la cesión de Jerusalén. — La 7.ª *Cruzada* (1248-1254), al mando de san Luis, dirigida contra Egipto, cuyo sultán se había vuelto a adueñar de Jerusalén, se saldó con un fracaso; derrota de Mansura y captura del rey (1250). — La 8.ª *Cruzada* (1270), también fue dirigida por san Luis, quien murió de peste a las puertas de Túnez. — Las Cruzadas, que abarcaron dos siglos, no tuvieron siempre el mismo carácter. La fe dejó de ser la gran inspiradora, sobre todo a partir de la tercera, y sirvieron a intereses temporales.

cruzado,a I. n. y adj. **1.** Se dice del que tomaba la insignia de la cruz, alistándose para alguna cruzada. **2.** Se dice del caballero que lleva la cruz de una orden militar. **3.** Se dice del animal nacido de padres de distintas castas. **II. 1.** Antigua moneda de plata de Portugal. **2.** Cierta postura en la guitarra.

cruzar I. v.tr. **1.** Atravesar una cosa sobre otra en forma de cruz. **2.** Atravesar un camino, campo, calle, etc., pasando de una parte a otra. **3.** Investir a una persona con la cruz y el hábito de una orden militar. **4.** Dar machos de distinta procedencia a las hembras de los animales de la misma especie para mejorar las castas. **5.** MAR Navegar en todas direcciones dentro de un espacio determinado de mar. **II.** v.prnl. **1.** Pasar por un lugar dos personas o cosas en dirección opuesta. **2.** Fig. Atravesarse, interponerse una cosa entre otra. **3.** GEOM Pasar una línea a cierta distancia de otra sin cortarla ni serle paralela. • **cruzamiento** n.m. Acción y efecto de cruzar.

cruzeiro n.m. Unidad monetaria del Brasil.

crylor n.m. TECN Tejido sintético acrílico (nombre registrado).

Cs QUIM Símbolo del cesio.

ctenarios n.m.pl. ZOOL Rama de metazoos diploblásticos con simetría bilateral, pelágicos, que se desplazan con ayuda de ocho paletas ciliadas, anteriormente incluidos entre los celentéreos junto a los nidarios o cnidarios.

Cu QUIM Símbolo del cobre.

1. cu n.f. Nombre de la letra *q*.

2. cu n.m. Templo de los antiguos mexicanos.

cuaba n.f. BOT *Cuba.* Árbol silvestre de la familia de las rutáceas.

cuaderna n.f. MAR Cada una de las piezas curvas cuya base o parte inferior encaja en la quilla del buque y desde allí arrancan a derecha e izquierda, en dos ramas simétricas, formando como las costillas del casco.

cuadernal n.m. MAR Conjunto de dos o tres poleas paralelamente colocadas dentro de una misma armadura.

cuaderno n.m. **1.** Conjunto o agregado de algunos pliegos de papel, doblados y cosidos en forma de libro. **2.** IMP Compuesto de cuatro pliegos metidos uno dentro de otro.

cuados pueblo de origen suevo que habitó al sureste de la antigua Germania.

cuadr-, cuadri-, cuadru-, cuatri- Elementos compositivos procedentes del latín *quadr-*, por *quatr-*, de *quatuor*, «cuatro».

cuadra n.f. **1.** Sala o pieza espaciosa. **2.** Caballeriza. ▷ Conjunto de caballos de carreras. **3.** Cuarta parte de una milla. **4.** Grupa. **5.** *Amér.* Espacio de una calle comprendido entre dos esquinas, lado de una manzana. **6.** *Amér.* Medida de longitud, variable según los países. **7.** MAR Anchura del buque en la cuarta parte de su longitud, contada desde popa o desde proa.

cuadrada n.f. MUS Breve (figura o nota musical que vale dos compases mayores).

cuadrado,a I. n.m. y adj. Se aplica a la figura plana cerrada por cuatro líneas rectas iguales que forman otros tantos ángulos rectos. ▷ P.ext., se dice del cuerpo prismático de sección cuadrada. **II.** n.m. **1.** Regla prismática de sección cuadrada que sirve para rayar con igualdad el papel. **2.** Troquel. **3.** Adorno que se pone en las medias y sube desde el tobillo hasta la pantorrilla. **4.** ALG y ARIT Producto que resulta de multiplicar una cantidad por sí misma. **5.** ASTROL Posición o aspecto de un astro distante de otro 90 grados. **6.** IMP Pieza de metal del cuerpo de las letras, que se pone entre ellas para formar espacios, intervalos o blancos, o para afirmar y sostener las letras.

cuadrafonía n.f. Proceso de registro y reproducción de sonidos utilizando cuatro canales.

cuadragésimo,a **1.** adj. Que sigue inmediatamente en orden al o a lo trigésimo nono. **2.** n. y adj. Se dice de cada una de las 40 partes iguales en que se divide un todo.

cuadrante n.m. **I. 1.** ASTRON Instrumento para medir ángulos. **2.** GEOM Cuarta parte de la circunferencia o del círculo comprendida entre dos radios perpendiculares. **3.** GEOM Reloj solar trazado en un plano. **4.** MAR Cada una de las cuatro partes en que se consideran divididos el horizonte y la rosa náutica. **5.** ASTROL Cada una de las cuatro porciones en que la media esfera celeste queda dividida por el meridiano y el primer vertical. **II.** Cuadral. **III. 1.** Moneda romana de cobre. **2.** FOR Cuarta parte de una herencia.

cuadrar I. v.tr. **1.** Dar a una cosa figura de cuadrado. **2.** Tratándose de cuentas, balances, etc., hacer que coincidan los totales del debe y del haber. **3.** ALG y ARIT Elevar un monomio, un polinomio o un número a la segunda potencia. **4.** CARP Trabajar o formar los maderos en cuadro. **5.** GEOM Determinar o encontrar un cuadrado equivalente en superficie a una figura dada. **6.** PINT Cuadricular. **II.** v.int. **1.** Acomodarse o ajustarse una cosa con otra. **2.** Coincidir en las cuentas los totales del debe y del haber. **III.** v.prnl. **1.** Quedarse parada una persona con los pies en escuadra. **2.** Fig. y Fam. Mostrar de pronto una persona, al tratar con otra, seriedad o resistencia. **3.** *Chile.* Suscribirse con una importante cantidad de dinero, o dar de hecho esa cantidad o valor.

cuadrático,a adj. MAT De segundo grado. — *Media cuadrática de dos números:* raíz cuadrada de sus productos.

cuadratín n.m. IMP Pieza de metal que se pone entre las letras para dejar espacios en lo impreso.

cuadratura n.f. **1.** GEOM Reducción de una figura cualquiera a un cuadrado de la misma superficie. **2.** MAT Cálculo de una integral definida cualquiera. **3.** ASTRON Posición de dos astros cuyas direcciones a partir de la Tierra forman un ángulo de 90 grados. **4.** FIS Carácter de dos fenómenos periódicos que presentan un desfase de 90 grados (o sea $\frac{\pi}{2}$).

cuadri- Voz que sólo tiene uso como prefijo de vocablos compuestos, con la significación de cuatro.

cuádriceps n.m. ANAT Músculo de la cara anterior del muslo, formado en su parte superior por cuatro haces musculares.

cuadrícula n.f. **1.** Conjunto de los cuadrados que resultan de cortarse perpendicularmente dos series de rectas paralelas. **2.** BELL ART Bastidor dividido en compartimentos que permite reproducir un cuadro en distintas dimensiones. **3.** MAT Producto cartesiano de intervalos tomado en un espacio numérico. • **cuadricular** **1.** adj. Perteneciente a la cuadrícula. **2.** v.tr. Trazar líneas que formen una cuadrícula.

cuadrienio n.m. Tiempo y espacio de cuatro años. • **cuadrienal** adj. Que sucede, dura o se repite cada cuadrienio.

cuadriforme adj. **1.** Que tiene cuatro formas o cuatro caras. **2.** De figura de cuadro.

cuadriga n.f. Tiro de cuatro caballos enganchados de frente.

cuadrigémino n.m. y adj. ANAT Se aplica a los tubérculos constituidos por pequeñas masas nerviosas situadas delante del bulbo.

cuadril n.m. **1.** Hueso que sale de la cía, y sirve para formar el anca de los cuadrúpedos. **2.** Cadera (cada una de las partes salientes formadas por los huesos superiores de la pelvis).

cuadrilátero,a **1.** adj. GEOM Que tiene cuatro lados. **2.** n.m. GEOM Polígono de cuatro lados.

cuadrilítero,a o **cuadriliteral** adj. De cuatro letras.

cuadrilla n.f. Reunión de personas para el desempeño de algunos oficios o para ciertos fines. • **cuadrillazo** n.m. *Chile.* Asalto, ataque de varias personas contra una.

cuadrivio n.m. **1.** Encrucijada. **2.** En la Edad Media, conjunto de las cuatro artes matemáticas: aritmética, música, geometría y astrología.

cuadriyugo n.m. Carro de cuatro caballos.

cuadro,a **I.** n.m. y adj. De figura cuadrada. **II.** n.m. **1.** Rectángulo. **2.** Lienzo, lámina, etc., de pintura. **3.** Marco, cerco que guarnece algunas cosas. **4.** En los jardines, parte de tierra labrada en cuadro y adornada con labores de flores y hierbas. **5.** Cada una de las partes en que se dividen los actos de ciertas obras de teatro, las cuales son a manera de actos breves. **6.** ASTROL Cuadrado, posición de ciertos astros respecto de otros. **7.** IMP Tabla que servía para apretar el pliego, a fin de que recibiera la tinta. **8.** MILIT Formación de la infantería en figura de cuadrilátero. **9.** Conjunto de los jefes, oficiales, sargentos y cabos de un batallón o regimiento.

cuadru- v. cuadr-.

cuadrumano,a o **cuadrúmano,a** n. y adj. ZOOL Se dice de los animales mamíferos en cuyas extremidades, tanto torácicas como abdominales, el dedo pulgar es oponible a los otros dedos.

cuadrúpedo **1.** n. y adj. Se aplica al animal de cuatro pies. **2.** adj. ASTRON Se dice de los signos Aries, Tauro, Leo, Sagitario y Capricornio.

cuádruple o **cuádruplo,a** adj. **1.** Que contiene un número cuatro veces exactamente. **2.** Se dice de la serie de cuatro cosas iguales o semejantes.

cuagga n.m. Cebra desaparecida actualmente, y cuya parte trasera no estaba rayada.

cuaima n.f. Serpiente muy venenosa que abunda en Venezuela.

cuajada n.f. Parte grasa de la leche, que se separa del suero por la acción del calor o de los ácidos.

cuajaní n.m. *Cuba.* Árbol de la familia de las rosáceas. Se extrae de él una goma parecida a la arábiga.

1. cuajar n.m. Última de las cuatro cavidades en que se divide el estómago de los rumiantes.

2. cuajar **I.** v.tr. y prnl. **1.** Tomar consistencia sólida. **2.** Coagular. **II.** v.int. y prnl. **1.** Fig. y Fam. Lograrse, tener efecto una cosa. **2.** Fig. y Fam. Gustar, agradar.

cuajarón n.m. Porción de sangre o de otro líquido que se ha cuajado.

cuajiote n.m. *Amér. Central.* Planta que produce una goma que se usa en medicina.

cuajo **I.** n.m. **1.** QUIM Fermento que existe en la mucosa del estómago de los mamíferos en el período de la lactancia y sirve para coagular la caseína de la leche. **2.** Efecto de cuajar. **3.** Sustancia con que se cuaja un líquido. **4.** Cuajar de los rumiantes. **5.** Fig. y Fam. Calma, pachorra. **II.** *De cuajo.* De raíz.

cual **I.** pron. relat. que con esta sola forma conviene en sing. a los géneros m., f. y n. y que en pl. hace *cuales.* ▷ Se construye con el artículo determinado en todas sus formas; p. ej.: *el, la, lo,* cual; *los, las,* cuales, y entonces equivale al pronombre de su misma clase *que.* — Se emplea con acento en frases, de sentido interrogativo o dubitativo. Se emplea como pronombre indeterminado cuando repetido de una manera disyuntiva, designa personas o cosas sin nombrarlas ni determinarlas. *Todos contribuyeron, cuál más, cuál menos, al buen resultado.* En tal caso, toma también esta voz acentuación prosódica y ortográfica. **II.** adv. m. *Así como,* de igual manera que. ▷ En sentido ponderativo equivale a de qué modo.

cualidad n.f. Cada una de las circunstancias o caracteres, naturales o adquiridos, que distinguen a las personas o cosas.

cualificado,a adj. **1.** Calificado. **2.** Apto. • **cualificar** v.tr. Atribuir o apreciar cualidades.

cualquiera (pl. **cualesquiera**) pron. indet. Una persona indeterminada, alguien.

cuan **1.** adv. Se emplea como exclam. para encarecer el grado o la intensidad. Tiene acento prosódico y ortográfico. **2.** adv. correlat. de *tan,* empleado en comparaciones de equivalencia o igualdad. Carece de acento prosódico y ortográfico.

cuando **I.** conj. temporal. En el tiempo, en la ocasión en que. *Ven a buscarme cuando sean las diez.* **II.** adv. temporal. En sent. interr. y exclam., y con acento prosódico y ortográfico, equivale a *en qué tiempo. ¿Cuándo piensas venir?* **III.** conj. En caso de que, o si. ▷ Toma asimismo carácter de conj. continuativa, equivaliendo a *puesto que.*

cuanta v. cuanto.

cuantía n.f. Cantidad, medida o número determinado de las cosas susceptibles de aumento o disminución. • **cuantitativo,a** adj. Que tiene relación con la cantidad (en oposición *a cualitativo*).

cuántico,a adj. FIS Relativo a los cuanta. **2.** FIS *Números cuánticos.* Conjunto de cuatro números (principal, secundario, magnético y de spin) que definen completamente el estado de cada electrón de un átomo.

cuantificar v.tr. **1.** Expresar numéricamente una magnitud. **2.** Introducir los principios de la mecánica cuántica en el estudio de un fenómeno físico. **3.** LOG Explicitar la cantidad en los enunciados o juicios. • **cuantificación** n.f. **1.** LOG Explicación de la cantidad (extensión y comprensión) en los enunciados o juicios, o especialmente en el predicado. **2.** FIS Fragmentación de una magnitud física en cantidades discontinuas o cuanta. • **cuantificado** adj. FIS Se dice de una magnitud que no puede variar más que por múltiplos de cuanto. • **cuantificador** n.m. **1.** LOG Elemento que cuantifica. **2.** LOG y MAT Operador que liga una o varias variables a una cantidad; símbolo que designa a tal operador. *Cuantificador universal* (∀ «para todo...»). *Cuantificador existencial* (∃ «existe al menos un...»).

1. cuanto n.m. FIS Salto que experimenta la energía de un corpúsculo cuando absorbe o emite radiación. Es proporcional a la frecuencia de esta última.

ENCICL **Fís.** — Las transferencias de energía entre materia y radiación no se efectúan de manera continua, sino que entran en juego cantidades finitas de energía o porciones de ésta, llamadas *cuanta.* La energía E de un cuanto es igual al producto de la frecuencia f de la radiación que lo transporta por la constante de Planck h. $E=hf=\frac{hc}{\lambda}$, donde c es la velocidad de la luz y λ la longitud de onda de la radiación. En esta fórmula, E viene expresada en julios-s, f en hercios, c en m/s y λ en m; la constante de Planck h es igual a $6{,}626176 \cdot 10^{-34}$ julios/s. La teoría de los cuanta fue establecida en 1900 por Planck y ha permitido explicar el efecto fotoeléctrico: cuando un fotón (por entonces «llamado cuanto de luz») choca con un átomo de un metal, captura un electrón si su cuanto de energía y por tanto su frecuencia, es superior a un determinado valor. La teoría de los cuanta condujo a Bohr a proponer un modelo de átomo en el que los electrones periféricos ocupan niveles de energía correspondientes a valores determinados; cuando un electrón pasa de una órbita a otra, es decir, de un nivel de energía a otro, emite una radiación. A continuación de Louis Broglie, que efectuó la síntesis entre las teorías corpuscular y vibratoria de la luz (mecánica ondulatoria), Heisenberg asentó las bases de la mecánica cuántica, que transformó la representación del mundo microscópico, rechazando la imagen de partículas que se desplazan en trayectorias bien determinadas. La mecánica cuántica fue desarrollada después por Schrödinger y hecha compatible con la teoría de la relatividad por Dirac. La mecánica cuántica ha explicado la naturaleza del enlace químico y numerosas propiedades de los sólidos, y ha permitido el desarrollo de la física nuclear.

2. cuanto,a **I.** pron. relat. como m. pl. Todas las personas que. *Cuantos le oían le admiraban.* **II.** pron. relat. como m. y f. pl. Todos los que, todas las que. Se emplea con referencia a un nombre expreso o sobrentendido. *La prenda más hermosa de cuantas poseo.* **III.** pron. relat. como m. y f. pl. Todos los... que, todas las... que. Se agrupa con un nombre. *Fueron inútiles cuantas observaciones se le hicieron.* **IV.** pron. relat. como n. Todo lo que. *Superior a cuanto se conoce.* **V.** adv. relat. Se emplea *cuanto* en correlación con *tanto* y *tan* y agrupado con *más, menos, mayor* y *menor.* Falta a veces el término de la correlación. *Cuanto mayores son sus ofensas, tanto más luce su misericordia.* **VI.** pron. interrog. y pron. exclam. Se emplea en todos sus géneros y números, solo o agrupado con un nombre sustantivo, para inquirir o ponderar el número, la cantidad, el precio, el tiempo, el grado, etc., de algo. Tiene acento prosódico y ortográfico. ¿Cuántos han llegado? **VII.** adv. temporal. En cuanto a.

cuáquero,a o **cuákero,a** n.m. y f. Individuo de una secta religiosa unitaria, sin culto externo ni jerarquía eclesiástica.

ENCICL El movimiento de los cuáqueros, nacido a comienzos del s. XVII en Inglaterra, fue organizado hacia 1647 por George Fox, bajo el nombre de *Sociedad de los Amigos.* Sus adeptos no reconocían ni sacerdocio ni sacramentos, sino que daban primacía absoluta a la inspiración interior del Espíritu Santo (más que a la autoridad de las Escrituras). Desde el comienzo, condenaron la guerra y fueron los primeros objetores de conciencia.

cuarango n.m. Árbol de Perú, de la familia de las rubiáceas.

cuarcita n.f. Roca formada por cuarzo; de estructura granulosa o compacta.

cuarenta adj. **1.** Cuatro veces diez. **2.** Cuadragésimo (número que sigue al trigésimo nono). **II.** n.m. Conjunto de signos con que se representa el número cuarenta. • **cuarentavo,a** n.m. y adj. Cuadragésimo (cada una de las cuarenta partes en que se puede dividir un todo). • **cuarentena** n.f. **1.** Conjunto de 40 unidades. **2.** Tiempo de cuarenta días, meses o años. **3.** Cuaresma (los cuarenta y seis días que preceden a la fiesta de la *Resurrección de Cristo*). **4.** Espacio de tiempo que están incomunicados los que pueden ser portadores de algún mal contagioso.

cuaresma n.f. Tiempo de cuarenta y seis días que, desde el miércoles de ceniza inclusive, precede a la festividad de la resurrección de Jesucristo.

cuarta I. n.f. 1. Cada una de las cuatro partes iguales en que se divide un todo. 2. Palmo (medida de la mano abierta). II. *Méx.* Látigo corto para las caballerías. III. 1. ASTRON Cuadrante, instrumento compuesto de un cuarto de círculo graduado. 2. MAR Cada una de las 32 partes en que está dividida la rosa náutica. IV. MUS Intervalo entre una nota y la cuarta anterior o posterior de la escala.

cuartear I. v.tr. Partir o dividir una cosa en cuartas partes. II. v. prnl. Henderse, rajarse, agrietarse una pared, un techo, etc.

cuartel n.m. I. Cuarta (cada una de las cuatro partes iguales en que se divide un todo). II. MILIT Edificio destinado para alojamiento de la tropa. • **cuartelada** n.f. Pronunciamiento militar. • **cuartelero,a** I. n. y adj. Perteneciente o relativo al cuartel. II. n.m. 1. MAR Marinero destinado a cuidar de los equipajes. 2. MILIT Soldado especialmente destinado a cuidar del aseo y seguridad del dormitorio de su compañía.

cuarteo n.m. Acción de cuartear o de cuartearse.

cuarterón,a I. n. y adj. Mestizo de mulato y blanco. II. n.m. Peso equivalente a la cuarta parte de la libra.

cuarteta n.f. Redondilla (combinación de cuatro versos octosílabos).

cuarteto n.m. 1. Combinación métrica de cuatro versos endecasílabos. 2. MUS Composición vocal o instrumental escrita para cuatro partes. 3. Formación compuesta por cuatro músicos.

cuártica n.f. GEOM Curva cuya ecuación es de cuarto grado (lemniscata, p. ej.).

cuartil n.m. MAT Cada uno de los tres valores que reparten una distribución estadística en cuatro grupos del mismo efectivo; cada uno de estos cuatro grupos.

cuartilla n.f. 1. Medida de capacidad para áridos, equivalente a 1.387 cl. aprox. 2. Medida de capacidad para líquidos. 3. Cuarta parte de una arroba. 4. Cuarta parte de un pliego de papel. 5. Antigua moneda mexicana de plata. 6. En las caballerías, parte que media entre los menudillos y la corona del casco.

cuartillo n.m. 1. Medida de capacidad para áridos, equivalente a 1.156 ml aprox. 2. Medida de líquidos equivalente a 504 ml.

cuarto,a I. n.m. y adj. 1. Que sigue inmediatamente en orden al o a lo tercero. 2. Se dice de cada una de las cuatro partes iguales en que se divide un todo. II. n.m. 1. Habitación, aposento. 2. Cada una de las cuatro líneas de los abuelos paternos y maternos. 3. Cada una de las cuatro partes en que se divide la hora. 4. Cada una de las cuatro partes en que se considera dividido el cuerpo de los cuadrúpedos y aves. 5. Abertura longitudinal que se hace a las caballerías en las partes laterales de los cascos. III. n.m.pl. 1. Miembros del cuerpo del animal robusto y fornido. 2. Fig. y Fam. Dinero.

cuarzo n.m. Mineral formado por la sílice. — *Cuarzo ahumado.* El de color negruzco, como si estuviese manchado de humo. — *Cuarzo hialino.* Cristal de roca.
ENCICL El cuarzo es un constituyente de numerosas rocas (granito, arena, gres). Se caracteriza por su dureza (el acero no lo raya) y, cuando es puro, por su limpidez (cristal de roca). Cuando contiene impurezas, es violeta (falsa amatista), amarillo (falso topacio) o negro (cuarzo ahumado) y se utiliza en joyería. Cristaliza en forma de prismas hexagonales terminados en pirámides. Las propiedades piezoeléctricas del cristal de cuarzo se utilizan para producir ultrasonidos, para estabilizar los emisores de radio y también en relojería.

cuasia n.m. Arbusto de la América tropical de la familia de las simarubáceas, cuya madera era utilizada en medicina para la preparación de un tónico. • **cuasina** n.f. MED y ANT Principio amargo, extraído de la madera de la *Quassia amara.*

cuasicontrato n.m. FOR Hecho lícito del cual, por equidad, derivan nexos jurídicos.

cuasipartícula n.f. FIS NUCL Elemento que se comporta como una partícula.

cuate,a n. y adj. 1. *Méx.* Gemelo, se dice de los hermanos de un mismo parto. 2. *Amér.* Camarada, compinche.

cuatequil, sistema de servicios personales remunerados y forzosos, impuestos a partir de mediados del s. XVI en el virreinato de Nueva España (México). Similar a la *mita* peruana, este método de reclutamiento de mano de obra semiesclava tenía antecedentes anteriores a la conquista española, y fue utilizado principalmente en la minería, aunque también en el campo, en las obras públicas y en el servicio doméstico. La administración de esta mano de obra indígena estaba en manos de los jueces repartidores de indios.

cuaternario,a 1. n.m. y adj. Que consta de cuatro unidades, números o elementos. 2. n. y adj. GEOL Se dice del terreno sedimentario más moderno. v. ENCICL ▷ Perteneciente a este terreno.
ENCICL Se ha hecho coincidir arbitrariamente el principio del cuaternario con la aparición del hombre, pero el descubrimiento de fósiles humanos cada vez más antiguos ha hecho retrasar la fecha. En 1970 se fijó definitivamente a —4,1 millones de años. Dos grandes fenómenos caracterizan el cuaternario: el glaciarismo y las transgresiones marinas. El desarrollo de cuatro grandes glaciaciones (Günz, Mindel, Riss y Würm) determinaron la fauna y la flora cuaternarias. La mayoría de las especies vivas del terciario desaparecieron durante la primera glaciación y sólo subsistieron las adaptadas a climas fríos (rinoceronte lanoso, p. ej.); las tropicales emigraron hacia el S; aunque remontaban hacia el N en cada período interglaciar, se vieron frenadas por el Mediterráneo, lo que explica la pobreza de la fauna y la flora europeas. El cuaternario se divide en dos partes muy desiguales: 1. El pleistoceno, que acaba (arbitrariamente) al final del Paleolítico y ocupa la casi totalidad del cuaternario. 2. El holoceno, que se prolonga hasta nuestros días y no tiene más que algunos millares de años.

cuaternión n.m. MAT Cantidad compleja (imaginada por Hamilton) constituida por cuatro unidades (de las que una forma la parte escalar y las otras tres la parte vectorial) y que generaliza la noción tradicional del número complejo.

cuatrero n. y adj. Ladrón de ganado.

cuatri- Voz que sólo tiene uso como prefijo de vocablos compuestos, con la significación de cuatro.

cuatricromía n.f. TECN Reproducción de los colores, obtenida por la superposición de tres colores primarios (rojo, amarillo, azul) y del negro o de un color oscuro neutro.

cuatrienio n.m. Que dura cuatro años. • **cuatrienal** adj. Que sucede cada cuatro años.

cuatrillizo,a n. y adj. Se dice de cada uno de los hermanos nacidos de un parto cuádruple.

cuatrillón n.m. Un millón de trillones; se expresa por la unidad seguida de 24 ceros.

cuatrimestre 1. n. y adj. Que dura cuatro meses. 2. n.m. Espacio de cuatro meses. • **cuatrimestral** adj. 1. Que sucede o se repite cada cuatrimestre. 2. Que dura un cuatrimestre.

cuatrisílabo, cuadrisílabo o **tetrasílabo** n.m. Palabra o verso que tiene cuatro sílabas.

cuatro I. adj. 1. Tres y uno. 2. Con ciertas voces se usa con valor indeterminado para indicar escasa cantidad: *cuatro letras, cuatro palabras.* II. n. y adj. Cuarto, que sigue inmediatamente en orden al tercero. Se aplica a los días del mes. III. n.m. Signo o cifra con que se representa el número cuatro.

cuatrocentista adj. Se dice de lo que se refiere o pertenece al siglo XV italiano.

cuatrocientos, as 1. adj. Cuatro veces ciento. Cuadringentésimo. 2. n.m. Conjunto de signos con que se representa el número cuatrocientos.

cuba n.f. 1. Recipiente generalmente abombado. 2. Fig. Todo el líquido que cabe en una cuba. 3. Fig. y Fam. Persona que bebe mucho vino. 4. METAL Parte del hueco interior de un horno alto comprendida entre el vientre y el tragante.

cubanicú n.m. BOT *Cuba.* Planta ceritroxilácea silvestre.

cubano,a n. y adj. 1. Natural de Cuba. 2. Perteneciente a esta República.

cubeba n.f. Arbusto trepador de la familia de las piperáceas.

cubera n.f. ZOOL *Cuba.* Pez de las Antillas.

cubertería n.f. Conjunto de utensilios para el servicio de mesa.

cubeta n.f. 1. Recipiente similar al cubo que se destina a un uso especial, como el que sirve para operaciones químicas, revelado de fotografías, etc. 2. FIS Depósito de mercurio, en la parte inferior del barómetro.

cubicar v.tr. 1. ALG y ARIT Elevar un monomio, un polinomio o un número a la tercera potencia. 2. GEOM Medir el volumen de un cuerpo o la capacidad de un hueco, para apreciarlos en unidades cúbicas.

cúbico,a adj. 1. GEOM Perteneciente al cubo. 2. De figura de cubo geométrico, o parecido a él.

cubículo n.m. Aposento, alcoba.

cubierta n.f. 1. Lo que se pone encima de una cosa para taparla o resguardarla. 2. Forro de papel del libro en rústica. 3. Banda que protege exteriormente la cámara de los neumáticos. 4. ARQUIT Parte exterior de la techumbre de un edificio. 5. MAR Cada uno de los pisos de un navío situados a diferente altura.

cubierto n.m. I. Servicio de mesa que se pone a cada uno de los que han de comer. II. 1. Conjunto de viandas que se ponen a un mismo tiempo en la mesa. 2. Comida que se sirve en un restaurante, por precio determinado. III. Techumbre de una casa u otro lugar, que cubre y defiende de las inclemencias del tiempo.

cubil n.m. 1. Sitio donde los animales, principalmente las fieras, se recogen para dormir. 2. Cauce de las aguas corrientes.

cubilete n.m. 1. Vaso más ancho por la boca que por el suelo, que usan como molde los cocineros y pasteleros para varios usos de sus oficios. 2. Vaso del cual se valen los que hacen juegos de manos. 3. Vaso, más ancho por la boca que por el suelo, que en la antigüedad servía para beber. 4. Vianda de carne picada, que se guisa dentro del cubilete de cocina. ▷ Pastel de figura de cubilete, lleno de carne picada, manjar blanco y otras cosas. • **cubiletear** v.int. 1. Manejar los cubiletes. 2. Fig. Valerse de artificios para lograr un propósito. • **cubiletero** n.m. 1. Jugador de cubiletes (vasos para hacer juegos de manos). 2. Cubilete de cocineros y reposteros.

cubilote n.m. Horno cilíndrico vertical, en el que se funde el arrabio para obtener el hierro colado.

cubismo n.m. Movimiento artístico, nacido en 1906-1907, que rompe con la visión naturalista tradicional al representar el tema fragmentado, descompuesto en planos geo-

métricos inscritos en un espacio tridimensional de poca profundidad.
ENCICL El cuadro de Picasso, *Les demoiselles d'Avignon (Las señoritas de la calle Avinyó)* (1907), marca tradicionalmente el nacimiento del cubismo. Se descubre en él la influencia de Cézanne (para quien «hay que tratar la naturaleza reduciéndola a formas geométricas como el cilindro, la esfera y el cono»), de la estatuaria románica española y de la escultura del África negra. Los elementos constitutivos de la estética cubista son desarrollados en seguida por Picasso, Braque y Juan Gris (a partir de 1911) quienes, siguiendo el camino iniciado por Cézanne (1908-1909), acaban en lo que se ha llamado el *cubismo analítico* (1910-1912-1913): varios aspectos de un mismo tema geometrizado, fragmentado, se inscriben simultáneamente en el espacio. Con el *cubismo sintético* (1913-1914) se reduce el tema a su esencia y se puede hablar de una verdadera estética conceptual, sobre todo en J. Gris, quien, a partir del cilindro, «hace una botella».

cubital adj. **1.** Perteneciente o relativo al codo. **2.** Que tiene un codo de longitud.

cúbito n.m. ANAT Hueso, el más grueso y largo de los dos que forman el antebrazo.

cubo n.m. **I.** Vasija en forma de cono truncado, con un asa en la parte más ancha. **II. 1.** Pieza central en que se encajan las ruedas de los vehículos. **2.** En algunos relojes de bolsillo, pieza en la cual se arrolla la cuerda. **III.** Cilindro hueco en que remata por abajo la bayoneta. **IV.** Mechero (cañón de los candeleros para poner las velas). **V.** Estanque que se hace en los molinos para almacenar el agua. **VI.** ALG y ARIT Tercera potencia de un monomio, polinomio o número. Se indica mediante el exponente 3. Ejemplo: 8^3. **VII.** ARQUIT Adorno saliente de figura cúbica en los techos artesonados. **VIII.** GEOM Sólido regular limitado por seis cuadrados iguales y que, por lo tanto, tiene también iguales sus tres dimensiones. ▷ P. ext., se designa cualquier cuerpo sólido que tenga o recuerde la forma del *cubo* geométrico.

cubrecadena n.m. Envoltura que resguarda la cadena de las bicicletas.

cubrecama n.m. Colcha.

cubrecorsé n.m. Prenda de vestir que usaban las mujeres inmediatamente encima del corsé.

cubreobjeto n.m. Lámina delgada de cristal con que se cubren las preparaciones microscópicas para su conservación y examen.

cubrir I. v.tr. y prnl. Ocultar y tapar una cosa con otra. **II.** v.tr. **1.** Ocultar o disimular una cosa con arte, aparentando ser otra. **2.** Poner el techo a un edificio, techarlo. **3.** Defender un puesto militar. **4.** Proteger. *El pabellón cubre la mercancía.* ▷ Proteger la acción arriesgada de otra u otras personas. *Cubrir la retirada.* **5.** Marchar los soldados a colocarse en sus puestos de combate, ejercicio o saludo. **6.** MIL Defenderse con parapetos los sitiados de los ataques del sitiador. **7.** METEOR Anublarse. **8.** VETER Se dice de las caballerías que al tiempo de andar cruzan algo las pezuñas. **9.** En algunos deportes, marcar de cerca a un jugador del bando contrario o vigilar una zona del campo de juego. **10.** Ocupar, llenar, completar. **11.** Tratándose de un servicio, disponer de personal para desempeñarlo. **12.** Fig. Pagar o satisfacer una deuda, gastos, etc. **13.** Juntarse el macho con la hembra para fecundarla. **III.** v.prnl. **1.** Ponerse el sombrero, la gorra, etc. **2.** Hacerse digno de una estimación moral positiva o negativa. **3.** Fig. Cautelarse de cualquier responsabilidad, riesgo o perjuicio.

cuca n.f. **1.** *Chile.* Ave zancuda semejante a la garza europea. **2.** pl. Nueces, avellanas y otros frutos análogos

cucaña n.f. Palo largo, untado de jabón o de grasa, por el cual se ha de trepar, si se hinca verticalmente en el suelo, o andar, si se coloca horizontalmente a cierta distancia de la superficie del agua, para coger como premio un objeto atado a su extremidad.

cucar v.tr. **1.** Guiñar el ojo. **2.** Hacer burla, mofar. **3.** Entre cazadores, avisarse unos a otros de la proximidad de una pieza.

cucaracha n.f. **1.** Cochinilla de humedad. **2.** Insecto ortóptero, nocturno y corredor. Hay varias especies.

cucarda n.f. **1.** Escarapela (divisa de cintas). **2.** Cada una de las dos piezas que adornan las frontaleras de la brida. **3.** Martillo de boca ancha y cubierta de puntas de diamante.

cuclillas (en) m. adv. Postura o acción de doblar el cuerpo de modo que las nalgas se acerquen al suelo o descansen en los calcañares.

cuclillo n.m. **1.** Ave del orden de las trepadoras. La hembra pone sus huevos en los nidos de otras aves. **2.** Fig. Marido de la adúltera.

1. cuco n.m. Coco (fantasma que se imagina para provocar miedo).

2. cuco,a I. adj. Fig. y Fam. Pulido, mono. **II.** n. y adj. Fig. y Fam. Taimado y astuto. **III.** n.m. **1.** Oruga o larva de cierta mariposa nocturna. **2.** Cuclillo (ave).

cucú n.m. Canto del cuclillo.

cuculí n.m. *Chile* y *Perú.* Especie de paloma silvestre americana.

cucúlidos n.m.pl. Familia de aves entre las que se encuentran los cuclillos (género *Cuculus*). • **cuculiformes** n.f.pl. Orden de aves que comprenden los cucúlidos y los musofágidos (turacos), anteriormente incluido en las trepadoras.

cucurbitáceo,a n. y adj. BOT Se aplica a plantas angiospermas dicotiledóneas de tallo sarmentoso; como la calabaza, el melón y el pepino. ▷ n.f.pl. BOT Familia de estas plantas.

cucurucho n.m. Papel o cartón arrollado en forma cónica.

cucha n.f. Yacija del perro.

cuchara n.f. **1.** Instrumento que se compone de una palita cóncava y un mango, y que sirve para llevar a la boca las cosas líquidas. **2.** Vasija de metal con un mango largo, que se usa para sacar de las tinajas el agua o aceite. **3.** *Amér. Central* y *Merid., Cuba,* y *Méx.* Llana de albañil. **4.** En las máquinas excavadoras, recipiente de grandes dimensiones que, sujeto al extremo de una viga o barra que oscila en el brazo de una grúa, se emplea para cargar, levantar y transportar tierras y piedras resultantes de la excavación. **5.** MAR Achicador. • **cucharear 1.** v.tr. Sacar con cuchara. **2.** v.int. Cucharetear.

cuchareta I. n.f. y adj. Especie de trigo, propia de Andalucía (España). **II.** n.f. **1.** Inflamación del hígado, en el ganado lanar. **2.** ZOOL Ave zancuda.

cucharilla n.f. **1.** Cuchara pequeña. **2.** Enfermedad del hígado en los cerdos. **3.** MIN Varilla de hierro con una de las puntas aplanada y doblada en ángulo recto, con la que se saca el polvo del fondo de los barrenos.

cucharón n.m. Cacillo con mango que sirve para repartir ciertos manjares en la mesa y para ciertos usos culinarios.

cucharro n.m. MAR Pedazo de tablón cortado irregularmente, que sirve para entablar algunos sitios.

cuchichear v.int. Hablar en voz baja o al oído a uno, de modo que otros no se enteren. • **cuchicheo** n.m. Acción y efecto de cuchichear.

cuchichiar v.int. Cantar la perdiz. • **cuchichí** n.m. Canto de la perdiz.

cuchillo n.m. **1.** Instrumento formado por una hoja de hierro acerado y de un corte solo, con mango de metal, madera u otra cosa. **2.** Cada uno de los colmillos inferiores del jabalí. **3.** Pieza o remiendo, ordinariamente triangular que se suele echar en los vestidos. **4.** ARQUIT Conjunto de piezas que, colocado verticalmente sobre apoyos, sostiene la cubierta de un edificio o el piso de un puente. • **cuchilla** n.f. **I. 1.** Instrumento compuesto de una hoja muy ancha de hierro acerado de un solo corte, con mango para manejarlo. **2.** Archa (arma arrojadiza). **3.** Hoja de cualquier arma blanca de corte. **4.** Fig. POÉT Espada (arma blanca). **5.** Pieza del arado que sirve para cortar verticalmente la tierra. **II. 1.** Fig. Montaña escarpada. **2.** *Arg.* y *Urug.* Eminencia muy prolongada, cuyas pendientes se extienden suavemente hasta la tierra llana. • **cuchillada I.** n.f. **1.** Golpe de arma de corte. **2.** Herida que de este golpe resulta. **II.** pl. **1.** Aberturas que se hacían en los vestidos para que por ellas se viese otra tela de distinto color u otra prenda lujosa. **2.** Fig. Pendencia o riña. • **cuchillar 1.** adj. Perteneciente al cuchillo o parecido a él. **2.** Montaña con varias elevaciones escarpadas o cuchillas. • **cuchillería** n.f. **1.** Oficio de cuchillero. **2.** Taller en donde se hacen cuchillos. **3.** Tienda en donde se venden. • **cuchillero** n.m. **1.** El que hace o vende cuchillos. **2.** Abrazadera que ciñe y sujeta alguna cosa. **3.** ARQUIT Abrazadera de hierro que en el extremo inferior del pendolón sujeta la viga tirante o traversa de las armaduras.

cuchipanda n.f. Fam. Comida que toman juntas y con regocijo varias personas.

cuchitril n.m. **1.** Pocilga. **2.** Habitación o vivienda pequeña, miserable o sucia.

cuchufleta n.f. Fam. Broma.

cuchugo n.m. *Amér.* Cada una de las dos cajas de cuero que suelen llevarse en el arzón de la silla de montar.

cueca n.f. Danza del Perú.

cuello n.m. **I.** Parte del cuerpo, que une la cabeza con el tronco. **II.** Tallo que arroja cada cabeza de ajos, cebolla, etc. **III.** Parte superior y más angosta de una vasija. **IV. 1.** Tira de una tela unida a la parte superior de los vestidos, para cubrir el pescuezo. **2.** Alzacuello de los clérigos. **3.** Adorno suelto o abrigo de tela, encaje, piel, etc., que se pone alrededor del pescuezo. **V.** La parte más estrecha y delgada de un cuerpo, especialmente si es redondo.

cuenca n.f. **1.** Escudilla o plato de madera, que solían llevar algunos peregrinos. **2.** Cavidad en que está cada uno de los ojos. **3.** GEOGR FIS Territorio cuyas aguas afluyen todas a un mismo río, lago o mar.

cuenco n.m. **1.** Recipiente de barro, hondo y ancho, y sin borde o labio. **2.** Concavidad (sitio cóncavo).

cuenta n.f. **I. 1.** Acción y efecto de contar. **2.** Cálculo u operación aritmética. **3.** Relación de partidas que reflejan una compra o venta. **II.** Razón, satisfacción de alguna cosa. **III.** Cada una de las bolitas ensartadas que componen el rosario; por semejanza, cualquiera bolilla ensartada. **IV.** Cuidado, obligación. **V.** ESP *Cuenta atrás.* Parte de la cronología de lanzamiento que precede a la orden de disparo. — COM *Cuenta corriente.* Cada una de las que se llevan a las personas o entidades a cuyo nombre están abiertas.

cuentagotas n.m. Utensilio dispuesto para verter un líquido gota a gota.

cuentahilos n.m. Microscopio que sirve para contar el número de hilos que entran en parte determinada de un tejido.

cuentakilómetros n.m. MECAN Aparato que registra la distancia recorrida por un vehículo.

cuentapasos n.m. Podómetro.

cuentista 1. adj. Persona mentirosa. 2. n.m. y f. Persona que suele narrar o escribir cuentos.

1. cuento n.m. I. 1. Relación de un suceso. ▷ Relación, de palabra o por escrito, de un suceso falso. ▷ Breve narración de sucesos ficticios y de carácter sencillo, hecha con fines morales o recreativos. 2. Falsa apariencia, engaño. II. 1. Cómputo. *El cuento de los años.* 2. ARIT Millón. — ARIT *Millón de cuentos.* Un millón de millones, billón.

2. cuento n.m. Regatón o contera de la lanza, el bastón, etc.

cuerda n.f. I. 1. Conjunto de hilos de cáñamo u otra materia textil que, torcidos forman un solo cuerpo más o menos grueso, largo y flexible. 2. Cordel. II. MUS Hilo que se emplea en muchos instrumentos músicos para producir los sonidos por su vibración. III. TOPOGR Cuerda que como medida se usa en las operaciones. IV. 1. Cadenita que se fija y arrolla por un extremo en el cubo y por el otro en el tambor que contiene el muelle, para comunicar el movimiento de éste a toda la máquina. 2. Cada una de las cadenas que sostienen las pesas en los relojes de este nombre, y arrolladas en poleas o cilindros imprimen el movimiento a toda la máquina. V. ARQUIT Línea de arranque de una bóveda o arco. VI. GEOM Línea recta tirada de un punto a otro de un arco o circunferencia. VII. MAR Maderos derechos que van endentados con los baos y latas de popa a proa por su medio, y en ellos estriban los puntales de las cubiertas. VIII. pl. ANAT Tendones del cuerpo humano. — *Cuerdas vocales.* Ligamentos situados en la laringe, capaces de adquirir tensión y de producir vibraciones.

cuerdo,a n. y adj. 1. Que está en su juicio. 2. Prudente.

cuereada n.f. *Amér. Merid.* Temporada en que se obtienen los cueros vacunos.

cuerna n.f. 1. Vaso hecho con un cuerno. 2. Cuerno macizo que algunos animales, como el ciervo, mudan todos los años. 3. Cornamenta. 4. Instrumento de viento, de hechura semejante al cuerno bovino.

cuerno n.m. I. 1. Prolongación ósea que tienen algunos animales en la región frontal. ▷ Materia que forma los cuernos de las reses vacunas y que se emplea en la industria. 2. Protuberancia dura y puntiaguda que el rinoceronte tiene sobre la mandíbula superior. 3. Antena de los animales articulados. II. Instrumento músico de viento. III. Fig. Cada una de las dos puntas de la Luna, en cuarto creciente o menguante. IV. Término con que irónicamente se alude a la infidelidad matrimonial. (Se usa más en pl.)

cuero n.m. 1. Pellejo que cubre la carne de los animales. ▷ Este mismo pellejo después de curtido y preparado.
ENCICL La piel bruta separada del cuerpo del animal presenta un lado con pelo y otro carnoso. El *curtido* de las pieles va precedido de una serie de operaciones (macerado) destinadas a suavizarlas y a quitarles los pelos y residuos. Tiene como finalidad transformar la piel en cuero (curtido vegetal, al alumbre, al formol, húngaro). El producto acabado se obtiene después de un tratamiento que le da suavidad, resistencia e impermeabilidad. El cuero artificial puede obtenerse a partir de desperdicios de cuero aglomerados (materia de fibra de cuero), de un soporte textil impregnado de látex, de cuero reconstituido o de materias plásticas ligeras (cloruro de polivinilo).

cuerpo n.m. I. Lo que tiene existencia material. II. 1. En el hombre y en los animales, materia orgánica que constituye sus diferentes partes. 2. Tronco del cuerpo, a diferencia de las extremidades. 3. Aspecto y disposición personal. III. Parte del vestido, que cubre desde el cuello o los hombros hasta la cintura. IV. 1. Hablando de libros, volumen. 2. Conjunto de lo que se dice en la obra escrita con excepción de los índices y preliminares V. Hablando de leyes civiles o canónicas, colección de ellas. VI. 1. Grueso de los tejidos, papel, chapas y otras cosas semejantes. 2. Grandor o tamaño. 3. En los líquidos, espesura de ellos. VII. Cadáver. VIII. 1. Agregado de personas que forman un pueblo, república, comunidad o asociación. 2. Conjunto de personas que desempeñan una misma profesión. ▷ MIL Cierto número de soldados con sus respectivos oficiales. IX. 1. Cada una de las partes, que pueden ser independientes, cuando se las considera unidas a otra principal. *Un armario de dos cuerpos.* 2. ARQUIT Agregado de partes que compone una obra de arquitectura hasta una cornisa. X. GEOM Objeto material en que pueden apreciarse las tres dimensiones principales: longitud, latitud y profundidad. XI. IMP Tamaño de los caracteres tipográficos. XII. ANAT *Cuerpo calloso.* Lámina de sustancia blanca que sirve de comisura a los dos hemisferios cerebrales. — QUIM *Cuerpo compuesto.* El que puede descomponerse en otros de naturaleza diferente. — QUIM *Cuerpo simple.* El que no puede descomponerse en otros de distinta naturaleza.

cuervo n.m. 1. Pájaro de la familia de los córvidos. Es carnívoro y su plumaje es completamente negro. — *Cuervo marino.* Ave palmípeda. 2. *Urug.* Especie de buitre.

cuesco n.m. Hueso de la fruta.

cuesta n.f. Terreno en pendiente.

cuestación n.f. Petición o demanda de limosnas para un objeto piadoso o benéfico.

cuestión n.f. I. 1. Pregunta que se hace o propone para averiguar la verdad de una cosa. 2. Materia dudosa o discutible. 3. Oposición de razones respecto a un mismo tema, que exigen detenido estudio para resolver con acierto. ▷ MAT Problema. II. Gresca (riña). • **cuestionar** Controvertir, discutir una cuestión. • **cuestionario** n.m. 1. Formulario para recoger datos. 2. Programa de un examen.

cuestor n.m. 1. ANTIG ROM Magistrado encargado de la búsqueda de los criminales y de la gestión de los fondos públicos. 2. El que pide limosna para el prójimo.

cueva n.f. Cavidad subterránea más o menos extensa, ya natural, ya construida artificialmente.

cuévano n.m. Cesto de mimbre grande y hondo, que sirve para llevar la uva en el tiempo de la vendimia.

cuezo n.m. Artesilla de madera, en que amasan el yeso los albañiles.

cuidado I. n.m. 1. Solicitud y atención para hacer bien alguna cosa. 2. Dependencia o negocio que está a cargo de uno. 3. Recelo, sobresalto, temor. II. Seguido de la prep. *con* y un nombre significativo de persona, denota enfado contra ella. III. *¡Cuidado!* Interj. que se emplea en son de amenaza o para advertir la proximidad de un peligro o la contingencia de caer en error. • **cuidadoso,a** adj. 1. Solícito y diligente en ejecutar con exactitud alguna cosa. 2. Atento, vigilante. • **cuidar** I. v.tr. 1. Poner atención y solicitud en la ejecución de una cosa. 2. Asistir, guardar, conservar. 3. Seguido de la prep. *de* se usa como intr. *Cuidar de los niños.* 4. Discurrir, pensar. II. v.prnl. 1. Mirar uno por su salud, darse buena vida. 2. Seguido de la prep. *de*, vivir con advertencia respecto de una cosa. *No se cuida del qué dirán.*

cuita n.f. 1. Trabajo, aflicción, desventura. 2. *Amér. Central.* Estiércol de las aves. • **cuitado,a** adj. Afligido, desventurado.

cuje n.m. Nombre aplicado a distintas plantas de tallos flexibles propias de terrenos pedregosos.

culantrillo n.m. BOT Hierba de la clase de las filicíneas. Su infusión se usa como medicamento pectoral y emenagogo.

culata n.f. 1. Parte posterior de la caja de la escopeta, pistola o fusil. 2. Parte de un arma de fuego que cierra el cañón por el extremo opuesto a la boca. 3. Fig. Parte posterior de una cosa. 4. En algunas partes de América, hastial. 5. MECAN Pieza metálica que se ajusta al bloque de los motores de explosión y cierra el cuerpo de los cilindros.

culebra n.f. I. Nombre genérico que se da a todo reptil ofidio, de cuerpo aproximadamente cilíndrico y muy largo respecto de su grueso; cabeza aplastada, boca grande y piel escamosa que el animal, de tiempo en tiempo, muda por completo y de una vez. II. 1. Serpentín (tubo de los alambiques). 2. Canal muy tortuoso que hace en el corcho la larva de un insecto coleóptero que vive en los alcornocales. III. MAR Cabo delgado con que se aferran las velas menudas y se amadrinan cabos o palos, dándole vueltas en espiral.

culebrilla n.f. 1. PAT Enfermedad cutánea, a modo de herpe, que se extiende formando líneas onduladas y suele padecerse en los países tropicales. 2. Dragontea (planta). 3. Anfisbena (reptil saurio). — ZOOL *Culebrilla de agua.* Especie de culebra de pequeño tamaño. Puede nadar merced a las rápidas ondulaciones de su cuerpo.

culebrina n.f. 1. Antigua pieza de artillería, larga y de poco calibre. 2. Relámpago en zigzag.

culícido adj. ZOOL Dícese de insectos dípteros del suborden de los nematóceros, provistos de una probóscide que utilizan las hembras para perforar la piel del hombre y los animales y chupar la sangre de que se alimentan. ▷ n.m.pl. ZOOL Familia de estos animales.

culminar I. v.int. 1. Llegar una cosa al grado más elevado, significativo o extremado que pueda tener. 2. ASTRON Pasar un astro por el meridiano superior del observador. II. v.tr. Dar fin a una tarea. • **culminación** n.f. 1. Acción y efecto de culminar. 2. ASTRON Momento en que un astro ocupa el punto más alto. • **culminante** adj. 1. Se aplica a lo más elevado de un monte, edificio, etc. 2. Fig. Superior, principal. 3. ASTRON Dícese del punto más alto en que puede hallarse un astro sobre el horizonte.

culo n.m. I. 1. Parte posterior o nalgas de las personas. 2. Ancas del animal. 3. Ano. II. Fig. Extremidad inferior o posterior de una cosa.

culombio n.m. FIS Unidad SI de carga eléctrica (símbolo C). *Un culombio = 1 amperio x 1 segundo.* • **culombímetro** o **culombiómetro** n.m. ELECTR Aparato que sirve para medir una cantidad de electricidad.

culpa n.f. Falta más o menos grave, cometida a sabiendas y voluntariamente. • **culpabilidad** n.f. Calidad de culpable. — PSICOL *Sentimiento de culpabilidad.* Estado afectivo que el sujeto considera como reprensible y que puede provocar una conducta de fracaso. • **culpable** 1. n. y adj. Se aplica a aquel que tiene culpa. 2. adj. Se dice también de las acciones y de las cosas inanimadas. • **culpar** v.tr. y prnl. Atribuir la culpa.

culpeo n.m. *Chile.* Especie de zorra más grande que la común europea.

culteranismo, movimiento literario del s. XVII español. Se caracteriza por el uso barroco del lenguaje.

cultismo n.m. 1. Culteranismo. 2. Palabra culta o erudita.

cultivar v.tr. 1. Dar a la tierra y las plantas las labores necesarias para que fructifiquen. 2. Fig. Hablando del conocimiento o de la amistad, poner todos los medios necesarios para mantenerlos y estrecharlos. 3. Fig. Ejercitar el talento, la memoria, etc. 4. Fig. Estudiar y practicar artes, ciencias, lenguas, etc. **5.** MED Sembrar y hacer producir, en materiales apropiados, microbios o sus gérmenes. • **cultivador,a 1.** n. y adj. Que cultiva. **2.** n.m. Instrumento agrícola destinado a cultivar la tierra durante el desarrollo de las plantas. • **cultivo** n.m. Acción y efecto de cultivar. — BIOL *Cultivo de tejidos*. Técnica de laboratorio consistente en hacer vivir tejidos animales o vegetales en medios sintéticos. — *Caldo de cultivo*. Medio líquido en el que se realiza el desarrollo de los microorganismos.

culto,a I. adj. Fig. Dotado de los conocimientos que provienen de la cultura o instrucción. **II.** n.m. **1.** Homenaje que el hombre tributa a Dios, a la Virgen, etc. **2.** Conjunto de ritos y ceremonias litúrgicas con que se tributa ese homenaje. **3.** Honor que se tributa religiosamente a lo que se considera divino o sagrado. — P. ext., admiración de que son objeto algunas cosas.

-cultor, cultura Sufijos procedentes del latín *cultor,* «que cultiva».

cultura n.f. **1.** Fig. Resultado o efecto de cultivar los conocimientos humanos. — *Cultura de masas*. La extendida por las técnicas de difusión masiva. • **cultural** adj. Perteneciente o relativo a la cultura.

culturalismo n.m. Escuela americana contemporánea de antropología, que intenta modificar las tesis del psicoanálisis freudiano en el sentido de una interpretación más sociológica que biológica.

culturismo n.m. Gimnasia encaminada a desarrollar la musculatura con un fin estético.

culturizar v.tr. Civilizar. • **culturización** n.f. Acción y efecto de culturizar.

culle n.m. *Chile* y *Perú*. Hierba oxalídea, cuyo zumo se usa como bebida refrescante.

cumarina n.f. Sustancia olorosa que se encuentra en el haba tonca, fruto de un árbol de América del S (cumarú).

cumarú n.m. BOT *Amér. Central*. Árbol gigantesco de la familia de las papilionáceas, cuyo fruto se utiliza en perfumería y para la elaboración de un licor.

cumbia n.f. *Col.* y *Pan.* Danza popular.

cumbre n.f. **1.** Cima. **2.** Fig. A lo más alto que se puede llegar.

cumínico adj. Dícese del ácido que se obtiene del comino.

cuminol n.m. QUIM Aceite esencial que se extrae del comino.

cúmplase n.m. Fórmula que ponen los presidentes de algunas repúblicas americanas al pie de las leyes cuando se publican.

cumpleaños n.m. Aniversario del nacimiento de una persona.

cumplido,a I. adj. **1.** Completo, lleno, perfecto. **2.** Hablando de ciertas cosas, largo o abundante. **3.** Atento con los demás. **II.** n.m. **1.** Muestra de urbanidad. **2.** MAR Longitud de una cosa.

cumplimentar v.tr. **1.** Felicitar o hacer visita de cumplimiento a alguien. **2.** FOR Poner en ejecución los despachos u órdenes superiores. • **cumplimiento** n.m. **1.** Acción y efecto de cumplir o cumplirse. **2.** Perfección en el modo de obrar o de hacer alguna cosa.

cumplir I. v.tr. **1.** Ejecutar, llevar a efecto. **2.** Dicho de la edad, llegar a tener aquella que se indica. **II.** v.int. **1.** Hacer uno aquello que debe o a que está obligado. **2.** Terminar el servicio militar. **III.** v.int. y prnl. Ser el tiempo o día en que termina una obligación o plazo. **IV.** v. prnl. Verificarse, realizarse.

cúmulo n.m. **I. 1.** Montón de cosas puestas unas sobre otras. **2.** Fig. Suma de muchas cosas, como de negocios, de trabajos, etc. **II.** METEOR Conjunto de nubes propias del verano, que tiene apariencia de montañas nevadas con bordes brillantes.

cuna n.f. **1.** Camita para niños con bordes altos o barandillas laterales. **2.** Fig. Patria o lugar del nacimiento de alguno. **3.** Fig. Estirpe, familia o linaje. **4.** Fig. Origen o principio de una cosa. **5.** MAR Basada.

cundido,a n.m. Condimento de aceite, vinagre y sal que se da a los pastores con el pan.

cundir v.int. **1.** Extenderse hacia todas partes una cosa. **2.** Propagarse o multiplicarse una cosa. **3.** Dar mucho de sí una cosa. **4.** Fig. Hablando de cosas inmateriales, propagarse. **5.** Fig. Hablando de trabajos materiales o intelectuales, adelantar.

cuneiforme adj. En forma de cuña. ▷ ANAT *Huesos cuneiformes*. Los tres que ocupan la fila anterior del tarso con el cuboides y el escafoides. ▷ *Escritura cuneiforme*. Antigua escritura de los persas, medos y asirios, que combina signos en forma de cuña y de punta de lanza. ▷ BOT Dícese de hojas, folíolos y pétalos con forma de cuña.

cuneta n.f. Zanja a los lados de un camino, para recibir las aguas llovedizas.

cunicultura n.f. Arte de criar conejos para aprovechar su carne y sus productos.

cuña n.f. **1.** Pieza de madera o metal terminada en ángulo diedro muy agudo. **2.** Piedra de empedrar labrada en forma de pirámide truncada. **3.** Recipiente de poca altura y forma adecuada para recoger la orina y el excremento del enfermo que está en cama. **4.** Fig. Palanca (influencia a favor de alguien). **5.** ZOOL Cada uno de los huesos cuneiformes que forman parte del tarso de los mamíferos.

cuñado,a n.m. y f. Hermano o hermana del marido respecto de la mujer, y hermano o hermana de la mujer respecto del marido.

cuño n.m. **1.** Troquel con que se sellan la moneda, las medallas y otras cosas análoga. **2.** Impresión o señal que deja este sello. **3.** MILIT Cúneo (formación triangular de un cuerpo de tropa).

cuota n.f. **1.** Parte fija y determinada. **2.** Cantidad asignada a cada contribuyente.

cupana n.f. *Venez*. Árbol de la familia de las sapindáceas, con cuyo fruto hacen los indios tortas alimenticias y una bebida estomacal.

cupé n.m. Coche cerrado de dos asientos.

cupilca n.f. *Chile*. Mazamorra suelta, preparada con harina tostada de trigo, mezclada con chacolí o chicha de uvas o de manzanas.

cuplé n.m. Canción corta y ligera.

cupo n.m. **1.** Cuota (parte asignada o repartida a alguien en cualquiera impuesto, servicio, etc. **2.** MILIT Número de mozos asignados a una quinta.

cupón n.m. **1.** COM Cada una de las partes de ciertos valores, que periódicamente se van cortando para presentarlas al cobro de los intereses vencidos. **2.** Parte que se corta de un anuncio, invitación, etc., y que da derecho a un beneficio o a participar en algo.

cupresáceo,a n. y adj. BOT Dícese de plantas fanerógamas del subtipo de las gimnospermas cuyo tipo es el ciprés. ▷ n.f.pl. BOT Familia de estas plantas.

cupri-, cupro- Prefijos procedentes del latín *cuprum,* «cobre».

cúprico,a adj. QUIM Se aplica al óxido de cobre que tiene doble proporción de oxígeno, respecto del cuproso y a las sales que con él se forman.

cuproamoniacal adj. QUIM Se dice de cierto líquido que disuelve la celulosa.

cuproníquel n.m. Moneda española que valía 25 céntimos de peseta.

cupropotásico,a adj. QUIM Se dice de cierta solución alcalina utilizada para la dosificación de la glucosa y el análisis de azúcares.

cuproso,a adj. QUIM Se aplica al óxido de cobre que tiene menos oxígeno, y a las sales que con él se forman.

cúpula n.f. **1.** ARQUIT Bóveda que se levanta sobre columnas, con que suele cubrirse un edificio o parte de él. **2.** BOT Involucro o manera de copa, que cubre el fruto en la encina, el avellano, y otras plantas. **3.** MAR Torre de hierro, redonda, cubierta y giratoria, que tienen algunos buques blindados, dentro de la cual llevan uno o más cañones de grueso calibre.

cura I. n.m. Sacerdote encargado de una feligresía. **II.** n.f. Curación. ▷ Método curativo.

curación n.f. Acción y efecto de curar o curarse.

curamagüey n.m. BOT *Cuba*. Planta de la familia de las asclepiadáceas.

curandero,a n.m. y f. Persona que, sin estudios médicos, ejerce prácticas curativas o rituales.

curanto n.m. *Chile*. Guiso hecho con mariscos, carnes y legumbres, y cocido todo ello sobre piedras muy calientes en un hoyo.

curar I. v.int. y prnl. **1.** Sanar (recobrar la salud). **2.** Con la prep. *de,* cuidar de. **II.** v.tr. y prnl. Aplicar al enfermo los remedios correspondientes a su enfermedad. **III.** v.tr. **1.** Disponer lo necesario para la curación de un enfermo. **2.** Preparar carnes y pescados por medio de la sal, el humo, etc., para su conservación. **3.** Curtir y preparar las pieles para usos industriales. **4.** Dicho de las maderas, tenerlas cortadas mucho tiempo antes de usar de ellas. **5.** Hablando de hilos y lienzos, beneficiarlos para que se blanqueen.

curare n.m. MED Sustancia vegetal muy tóxica, que paraliza las funciones neuromusculares. La usan algunos pueblos indígenas de América del Sur para envenenar sus armas de caza y de guerra y se emplea también en medicina como antitetánico y relajador muscular.

curasao o **curaçao** n.m. Licor fabricado con aguardiente, azúcar y cáscaras de naranjas amargas.

curativo,a adj. Dícese de lo que sirve para curar.

curato n.m. **1.** Cargo del párroco. **2.** Parroquia (territorio que comprende).

cúrbana n.f. BOT *Cuba*. Arbusto silvestre de la familia de las caneláceas.

curbaril n.m. BOT Árbol de la familia de las papilionáceas, propio de la América tropical. Su resina se usa en medicina como antireumática.

curculiónidos n.m.pl. ZOOL Familia de insectos coleópteros fitófagos, llamados vulgarmente *gorgojos*.

cúrcuma n.f. **1.** BOT Planta vivaz monocotiledónea. **2.** Sustancia resinosa y amarilla que se extrae de esta raíz. Se usa en tintorería.

curda n.f. Fam. Borrachera.

curdos. v. kurdos.

cureña n.f. Armazón en el cual se monta el cañón de artillería.

curí n.m. BOT *Amér. Merid*. Árbol gimnospermo de la familia de las coníferas.

curia n.f. **1.** Tribunal donde se tratan los asuntos contenciosos. **2.** Conjunto de abogados, notarios, y demás empleados en la administración de justicia. ▷ *Curia romana*. Conjunto de las congregaciones y tribunales que existen en la corte del Papa para el gobierno de la Iglesia católica. **3.** Una de las divisiones del antiguo pueblo romano. • **curial I.** adj. Perteneciente a la curia romana. **II.** n.m. **1.** El que tiene empleo u oficio en la curia romana. **2.** Empleado subalterno de los tribunales de justicia, o que se ocupa en gestionar asuntos en ellos.

curiara n.f. Embarcación de vela y remo, que usan los indios de América Meridional.

curiche n.m. **1.** *Bol.* Pantano o laguna. **2.** *Chile.* Persona de color oscuro o negro.

curiel n.m. ZOOL *Cuba.* Conejillo de Indias.

curio n.m. **1.** QUIM Elemento radiactivo artificial. Obtenido en 1944 por Seaborg bombardeando el plutonio con partículas alfa. Número atómico: 96. Símbolo: *Cm.* **2.** FIS NUCL Unidad para la medida de la radiactividad (símbolo *Ci*), equivalente a $3{,}7 \cdot 10^{10}$ desintegraciones por segundo (actividad de 1 g de radio, aproximadamente).

curiosear **I.** v.int. Ocuparse en averiguar lo que otros hacen o dicen. **II.** v.int. y tr. Fisgonear. • **curiosidad** n.f. **1.** Deseo de saber y averiguar alguna cosa. **2.** Vicio que nos lleva a ser importunos. **3.** Aseo, limpieza. **4.** Cuidado, esmero. **5.** Cosa curiosa o primorosa.

curioso,a n. y adj. **1.** Que tiene curiosidad. **2.** Que excita curiosidad. **3.** Limpio y aseado. **4.** Que trata una cosa con particular cuidado.

curioterapia n.f. MED Irradiación terapéutica con radio.

curiotest n.m. FIS NUCL Aparato que sirve para medir la actividad de las preparaciones radiactivas.

curling n.m. DEP Juego que consiste en hacer resbalar un tejo sobre el hielo hacia un punto determinado.

curricán n.m. Aparejo de pesca de un solo anzuelo, que suele largarse por la popa de los buques cuando navegan.

currículum vitae n.m. invariable. Conjunto de informaciones sobre el estado civil, títulos, preparación y actividades pasadas de una persona.

curruca n.f. Pájaro canoro.

curry n.m. Condimento hindú hecho de cúrcuma, jengibre, pimienta molidas y otras especias.

cursar v.tr. **1.** Estudiar una materia, carrera, etc. **2.** Dar curso a una solicitud, instancia, expediente, etc., o enviarlos al tribunal o autoridad a que deben ir.

cursi n. y adj. **1.** Fam. Se dice de la persona que presume de elegante sin serlo. **2.** Fam. Se aplica a lo que, con apariencia de elegancia, es ridículo y de mal gusto.

cursillo n.m. **1.** Curso de poca duración dedicado a una materia específica. **2.** Breve serie de conferencias acerca de una materia dada. • **cursillista** n.m. y f. Persona que interviene en un cursillo.

cursivo,a n. y adj. Letra cursiva.

curso n.m. **1.** Dirección. **2.** En los centros de enseñanza, tiempo anual en el que se asiste a clase. **3.** Colección de textos en los que se enseña una materia. **4.** Serie de informes, consultas, etc., que precede a la resolución de un expediente. **5.** Serie o continuación. **6.** Arroyo, torrente, río. ▷ Longitud del recorrido de un río, arroyo, etc. **7.** Movimiento de los astros. **8.** Circulación, difusión entre las gentes. **9.** FIN Circulación regular de moneda, efectos de comercio, etc.

cursómetro n.m. Aparato que se aplica a medir la velocidad de los trenes de ferrocarril.

cursor n.m. MECAN Pieza pequeña que se desliza a lo largo de otra mayor en algunos aparatos.

curtir v.tr. y prnl. **1.** Aderezar las pieles. **2.** Fig. Endurecer o tostar el sol o el aire el cutis de las personas que andan a la intemperie. **3.** Fig. Acostumbrar a uno a la vida dura y a sufrir las inclemencias del tiempo. • **curtido,a** n.m. **1.** Acción y efecto de curtir. **2.** Casca (corteza de ciertos árboles). **3.** Cuero curtido. **4.** IND Conjunto de operaciones mediante las cuales se transforma la piel en cuero. • **curtiduría** n.f. Sitio o taller donde se curten y trabajan las pieles. • **curtiente** n.m. y adj. Se aplica a la sustancia que sirve para curtir.

curucú n.m. *Amér. Central.* Ave trepadora de hermoso color y larga cola.

curuguá n.m. *Amér. Merid.* Enredadera que da un fruto semejante a la calabaza.

cururo n.m. *Chile.* Especie de rata campestre.

cururú n.m. ZOOL Batracio del orden de los anuros, propio de América tropical.

curva n.f. **I. 1.** GEOM Línea curva. **2.** Representación esquemática de las fases sucesivas de un fenómeno por medio de una línea, cuyos puntos van indicando valores variables. **II.** En caminos y carreteras, tramo curvo. **III.** MAR Pieza fuerte de madera, que se aparta naturalmente de la figura recta y sirve para asegurar dos maderos ligados en ángulo. • **curvado,a** adj. Que tiene forma curva. • **curvar** v.tr. y prnl. Encorvar (doblar y torcer una cosa poniéndola corva).
ENCICL Una curva es una línea continua cuyos puntos poseen una misma propiedad característica representada por su *ecuación*. Si todos los puntos de la curva se hallan en un mismo plano, se la llama *plana*; en el caso contrario se la llama *alabeada*.

curvatura n.f. Forma o estado de una cosa curva. — ASTRON *Curvatura del universo*, en la teoría de la relatividad general. v. ENCICL.
ENCICL La ley de la atracción universal se explica en la relatividad general por la curvatura del espacio-tiempo (en cuatro dimensiones). La distancia entre dos puntos depende de su posición en el espacio y en el tiempo, de la velocidad de la luz, de un factor de escala y de un coeficiente: igual a 1 (curvatura positiva, espacio finito en geometría esférica), igual a 0 (curvatura nula, espacio euclidiano) o igual a —1 (curvatura negativa, espacio hiperbólico).

curvi- Prefijo procedente del latín *curvus* «curvo». • **curvilíneo,a** adj. **1.** GEOM Que se compone de líneas curvas. **2.** GEOM Que se dirige en línea curva. • **curvímetro** n.m. Instrumento para medir con facilidad las líneas de un plano.

curvo,a n. y adj. Que se aparta de la dirección recta sin formar ángulos.

cuscurro n.m. Mendrugo de pan.

cuscús n.m. Plato árabe compuesto de sémola de trigo duro cocida al vapor, caldo de legumbres y carne de cordero.

cuscuta n.f. Planta parásita de la familia de las convolvuláceas.

cúspide n.f. **1.** Cumbre puntiaguda de los montes. **2.** Remate superior de alguna cosa, que tiende a formar punta. **3.** GEOM Punto donde concurren los vértices de todos los triángulos que forman las caras de la pirámide, o las generatrices del cono.

custodia n.f. **1.** Acción y efecto de custodiar. **2.** Persona o escolta encargada de custodiar a un preso. **3.** Templete o trono en que se coloca la custodia u ostensorio para ser conducido procesionalmente en andas o sobre ruedas. ▷ Pieza de oro, plata u otro metal, en que se expone el Santísimo Sacramento a la veneración pública. ▷ Tabernáculo, sagrario. **4.** *Chile.* Consigna de una estación o aeropuerto. • **custodiar** v.tr. Guardar con cuidado y vigilancia.

cutama n.f. **1.** *Chile.* Saco o costal lleno de cosas menudas. **2.** *Chile.* Persona torpe y pesada.

cutáneo,a adj. Perteneciente al cutis.

cutí n.m. Tela de lienzo rayado o con otros dibujos que se usa para colchones.

cutícula n.f. **1.** Película (piel delgada y delicada). **2.** ZOOL Epidermis. **3.** ZOOL Membrana formada por ciertas sustancias que secreta el protoplasma. **4.** ZOOL Capa externa de las tres que forman la concha de los moluscos y que da a aquélla su coloración característica.

cutina n.f. BOT Sustancia cerosa impermeable que constituye el componente principal de la cutícula de los vegetales.

cutis **1.** n.m. y f. Piel que cubre el rostro humano. **2.** n.m. ZOOL Dermis.

cuy n.m. *Amér. Merid.* Conejillo de indias.

cuyá n.m. BOT *Cuba.* Árbol de la familia de las sapotáceas.

cuyo,a pron. relat. De quien. — Este pronombre, además del carácter de relativo, tiene el de posesivo y concierta, no con el poseedor, sino con la persona o cosa poseída. *Mi hermano, cuya mujer está enferma.*

cuzma n.f. Sayo de lana, sin cuello ni mangas, usado por algunos indios de América.

CV Abreviatura de caballo de vapor.

C_x n.m. FIS Coeficiente de arrastre, no dimensional, que caracteriza la resistencia al avance de un móvil.

cyan n.m. TECN Color azul verdoso, complementario del rojo.

cynomys n.m. Roedor de gran tamaño de América del N llamado *perro de la pradera.*

CH

ch n.f. Cuarta letra del abecedario español y tercera de las consonantes. Su nombre es *che.*

cha n.m. Nombre que recibe el té en Filipinas y en algunos países hispanoamericanos.

chabacanería o **chabacanada** n.f. **1.** Falta de arte, gusto y mérito estimable. **2.** Dicho bajo o insustancial.

chabola n.f. **1.** Choza o caseta, generalmente la construida en el campo. **2.** Vivienda de escasas proporciones y pobre construcción, que suele edificarse en zonas suburbanas. • **chabolismo** n.m. Abundancia de chabolas en los suburbios, como síntoma de miseria social. • **chabolista** n.m. y f. Persona que vive en una chabola.

chaca n.f. *Chile.* Una variedad de marisco comestible.

chacal n.m. ZOOL Mamífero carnívoro de la familia de los cánidos.

chacanear v.tr. *Chile.* Espolear con fuerza a la cabalgadura.

chácara n.f. *Amér.* Chacra (granja). • **chacarero,a 1.** n.m. y f. *Amér.* Dueño de una chácara (granja). **2.** n. y adj. Persona que trabaja en ella.

chacarera n.f. *Arg.* Baile popular argentino.

chacina n.f. **1.** Cecina (carne desecada). **2.** Carne de puerco adobada de la que se suelen hacer chorizos y otros embutidos.

chacoes, indios caribes pertenecientes a una tribu que habita en Panamá.

chacolí n.m. Vino ligero y algo agrio que se hace en el N de España y Chile.

chacona n.f. Baile de los s. XVI y XVII, que se ejecutaba con acompañamiento de castañuelas y de coplas.

chacota n.f. **1.** Bulla y alegría mezclada de bromas y carcajadas, con que se celebra alguna cosa. **2.** Broma, burla.

chacra n.f. *Amér.* Alquería o granja.

chacuaco n.m. MIN Horno de manga para fundir minerales de plata.

chacha n.f. **1.** Fam. Niñera. **2.** P. ext., sirvienta.

chachacoma n.f. *Chile.* Planta de la cordillera andina, de uso en la medicina casera.

cháchara n.f. Conversación frívola.

chafar I. v.tr. y prnl. Aplastar lo que está erguido o levantado. **II.** v.tr. **1.** Arrugar y deslucir la ropa, maltratándola. **2.** Fig. y Fam. Deslucir a uno en una conversación o concurrencia, cortándole y dejándole sin tener qué responder.

chafariz n.m. **1.** Pila de fuente. **2.** Fuente con caños.

chafarrinar v.tr. Deslucir una cosa con manchas o borrones. • **chafarrinón** Borrón o mancha que desluce una cosa.

chaflán n.m. **1.** Cara que resulta en un sólido al cortar por un plano una esquina o ángulo diedro. **2.** Plano largo y estrecho que, en lugar de esquina, une dos superficies planas, que forman ángulo.

chagual n.m. **1.** *Arg., Chile* y *Perú.* Planta bromeliácea. **2.** *Chile.* Fruto del cardón (planta bromeliácea).

chaguala n.f. **1.** Nombre que se daba al pendiente que los indios llevaban en la nariz. **2.** *Col.* Zapato viejo. **3.** *Col.* Chirlo. **4.** *Méx.* Chancleta.

chaguarama o **chaguaramo** n.m. *Amér. Central.* Árbol, especie de palma gigantesca. Se usa como adorno en jardines y alamedas.

chagüí n.m. *Ecuad.* Pajarito parecido al gorrión.

chaimas, indios pertenecientes a una tribu que habitó al NO de Venezuela.

chaira n.f. **1.** Cuchilla que usan los zapateros para cortar la suela. **2.** Cilindro de acero que se usa para afilar cuchillos.

chajá n.m. *Arg., Urug.* y *Par.* Ave zancuda.

chal n.m. Paño de seda o lana que, puesto en los hombros, sirve a las mujeres como abrigo o adorno.

chala n.f. **1.** *Amér.* Envoltura de la mazorca del maíz. **2.** *Chile.* Chalala (sandalia de cuero crudo).

chalado,a adj. **1.** Fam. Alelado, falto de juicio. **2.** Fam. Muy enamorado.

chalala n.f. *Chile.* Sandalia de cuero crudo.

chalán,a n. y adj. Que trata en compras y ventas, especialmente de caballos u otras bestias, y tiene para ello maña y persuasión. • **chalanear** v.tr. **1.** Tratar los negocios con maña y destreza propias de chalanes. **2.** *Col.* y *Perú.* Adiestrar caballos.

chalana n.f. Embarcación menor, de fondo plano, proa aguda y popa cuadrada, que sirve para transportes en lugares de poco fondo.

chalaza n.f. Cada uno de los dos filamentos que sostienen la yema del huevo en medio de la clara.

chalazión o **porosis palpebral** n.m. MED Pequeño tumor de los bordes libres de los párpados, de origen inflamatorio, sin conexión con la piel.

chalcha n.f. *Chile.* Papada.

chalchal n.m. BOT *R. de la Plata.* Árbol de la familia de las abietáceas.

chalé o **chalet** n.m. **1.** Casa de madera y tabique a estilo suizo. **2.** Casa de recreo de pequeñas dimensiones.

chaleco n.m. Prenda de vestir, sin mangas, que se abotona al cuerpo, llega hasta la cintura cubriendo el pecho y la espalda y se pone encima de la camisa. — *Chaleco salvavidas.* El destinado a mantenerse a flote en el agua.

chalina n.f. **1.** Prenda de caídas largas y de varias formas, que usan los hombres y las mujeres. **2.** *Arg.* y *Col.* Chal estrecho que usan las mujeres a manera de boa.

chalote n.m. y adj. Planta perenne de la familia de las liliáceas. Se emplea como condimento.

chalupa I. n.f. **1.** Embarcación pequeña con cubierta y dos palos para velas. **2.** Lancha, bote. **3.** Canoa muy pequeña usada en México. **II.** *Méx.* Torta de maíz, pequeña y ovalada, con algún condimento por encima.

challenge n.m. Prueba deportiva en la que el vencedor conserva un premio o título hasta ser desposeído de él por un adversario.

chamaco,a n.m. y f. *Méx.* Niño, muchacho.

chamal n.m. **1.** *Arg.* y *Chile.* Paño que usan los indios araucanos envolviéndolo en forma de pantalones. **2.** *Chile.* Manta de las indias araucanas.

chamán n.m. Hechicero al que se supone dotado de poderes sobrenaturales.

chamanto n.m. *Chile.* Manto de lana fina con muchas listas de colores, que usan los campesinos.

chamarasca o **chámara** n.f. **1.** Leña menuda que, dándole fuego, levanta mucha llama sin consistencia ni duración. **2.** Esta misma llama.

chamarilero,a n.m. y f. Persona que se dedica a comprar y vender objetos de lance y trastos viejos.

chamariz n.m. Pajarillo más pequeño que el jilguero, de plumaje verdoso.

chamarón n.m. Pájaro pequeño, de pico cónico y de cola muy larga.

chamba n.f. Fam. Chiripa.

chambelán n.m. Camarlengo, gentilhombre de cámara.

chambra n.f. Vestidura corta, a modo de blusa con poco o ningún adorno, que usaban las mujeres sobre la camisa.

chambrana n.f. **1.** ARQUIT Adorno de piedra o madera, que se pone alrededor de las puertas, ventanas, chimeneas, etc. **2.** Cada uno de los listones que unen las patas de una mesa.

chamburo n.m. BOT Árbol de la América meridional, de la familia de las caricáceas.

chamelo n.m. Variedad del juego de dominó.

chamicera n.f. Pedazo de monte que, habiéndose quemado, tiene la leña sin hojas ni corteza y muy negra del fuego. • **chamizo** n.m. Árbol o leño medio quemado.

chamico n.m. BOT *Amér. Merid.* y *Cuba.* Arbusto silvestre de la familia de las solanáceas. Es narcótico y venenoso; pero lo emplean como medicina en las afecciones del pecho.

chamiza n.f. **1.** Hierba silvestre y medicinal, de la familia de las gramíneas. **2.** Leña menuda que sirve para los hornos.

chamota n.f. TECN Arcilla cocida utilizada en cerámica como desengrasante y como junta de materiales refractarios.

champa n.f. *Chile.* Raigambre, cepellón.

champaña o **champán** n.m. Vino blanco (a veces rosado) espumoso, elaborado en Champagne. • **champañazo** n.m. Fam. *Chile.* Fiesta familiar en la que se bebe champaña.

• **champañización** n.f. Proceso de elaboración del champán. • **champañizar** v.tr. Hacer espumoso un vino azucarándolo y embotellándolo antes de la segunda fermentación, según el procedimiento empleado en Champagne.

champear v.tr. *Chile* y *Ecuad.* Tapar o cerrar con césped o tepes una presa o un portillo.

champiñón n.m. Nombre común a varias especies de hongos agaricáceos.

champola n.f. **1.** *Cuba.* Refresco hecho con guanábana, azúcar y agua. **2.** *Chile.* Refresco hecho de chirimoya.

champú n.m. Loción para lavar el cabello.

chamurrar v.tr. Somarrar, socarrar.

chamuscar v.tr. y prnl. Quemar una cosa por la parte exterior. • **chamuscado,a** adj. Fig. y Fam. Algo marcado o tocado de un vicio o pasión. • **chamusquina** o **chamusco** n.f. **1.** Acción y efecto de chamuscar o chamuscarse. **2.** Fig. y Fam. Camorra, riña o pendencia.

chanás, indios americanos que en la época de la conquista española habitaban la cuenca del Paraná, hasta el río Corrientes, el Uruguay inferior, y algunas islas de Entre Ríos y Buenos Aires.

chancaca n.f. *Amér.* Masa preparada con azúcar o miel, y de diversas maneras. ▷ *Ecuad.* Pasta de maíz o trigo tostado y molido con miel.

chancar v.tr. **1.** *Amér. Central, Arg., Chile* y *Perú.* Triturar, machachar, especialmente minerales. **2.** *Chile* y *Perú.* Apalear, golpear, maltratar. **3.** Fig. *Chile* y *Perú.* Apabullar, vencer. **4.** Fig. *Chile* y *Ecuad.* Ejecutar mal o a medias una cosa. **5.** Fig. *Perú.* Estudiar con ahínco, empollar.

chancear v.int. y prnl. Usar de chanzas.

chancillería n.f. **1.** Antiguo tribunal superior de justicia. **2.** Importe de los derechos que se pagaban al canciller por su oficio.

chancleta n.f. Chinela sin talón, o chinela o zapato con el talón doblado, que suele usarse dentro de casa.

chanclo n.m. **1.** Especie de sandalia de madera o suela gruesa, que se usa para preservarse de la humedad y del lodo. **2.** Zapato grande de goma u otra materia elástica, en que entra el pie calzado.

chancrella n.f. MED Lesión local producida por el bacilo de Ducrey, supurante y acompañada de una adenopatía inflamatoria.

chancro n.m. **1.** Ulceración que indica el comienzo de determinadas infecciones **2.** AGRIC Enfermedad de los árboles producida por un hongo parásito. **3.** Fig. Lo que devora, destruye, devasta.

chancho,a **1.** adj. *Amér.* Puerco, sucio, desaseado. **2.** n.m. *Amér.* Cerdo.

chanchullo n.m. Fam. Manejo ilícito para conseguir un fin, en especial para lucrarse.

chandal n.m. **1.** Jersey grueso de lana. **2.** P. ext., conjunto de jersey y pantalón para la práctica del deporte.

chanfaina n.f. Guiso hecho de varios alimentos picados.

changle n.m. *Chile.* Especie de hongo comestible que crece en algunos árboles.

changos, antiguo pueblo habitante de la actual provincia de Atacama, en Chile. Descendientes de una raza peruana de los Andes, actualmente habitan la costa de Antofagasta y Atacama, en la que un corto numero de familias mestizadas se dedican a la pesca, y, en los últimos tiempos, a la agricultura y ganadería.

changurro n.m. Centollo cocido y desmenuzado en su caparazón.

chano, chano m. adv. Fam. Lentamente, paso a paso.

chanquete n.m. Pez pequeño comestible, semejante a la cría del boquerón.

chantaje n.m. **1.** Amenaza de pública difamación o daño semejante que se hace contra alguno, a fin de obtener de él dinero u otro provecho. **2.** Presión que, mediante amenazas, se ejerce sobre alguien para obligarle a obrar en determinado sentido.

chantillí n.m. Crema usada en pastelería, hecha de nata batida.

chantre n.m. Dignidad de las iglesias catedrales, a cuyo cargo estaba en lo antiguo el gobierno del canto en el coro.

chanza n.f. **1.** Dicho gracioso. **2.** Burla.

chañar n.m. **1.** BOT *Amér. Merid.* Árbol de la familia de las papilionáceas. Sus legumbres son comestibles. **2.** Fruto de este árbol.

chapa n.f. **I. 1.** Lámina de cualquier material. **2.** Caracol terrestre de gran tamaño. **II.** pl. Juego entre dos o más personas, que consiste en tirar por alto dos monedas iguales. • **chapado,a** adj. Chapeado. — Fig. *Chapado a la antigua.* Se dice de la persona muy apegada a las costumbres de sus mayores. • **chapar** v.tr. **1.** Cubrir con chapas.

chaparro **I.** n.m. **1.** Mata de encina o roble, de muchas ramas y poca altura. **2.** Arbusto de la América Central, de la familia de las malpigiáceas. Crece en lugares llanos y secos, y de sus ramas se hacen bastones. **3.** Fig Persona rechoncha. **II.** n.m. y f. *Méx.* Chiquillo.

chaparrón o **chaparrazo** n.m. **1.** Lluvia recia de corta duración. **2.** Fig. Abundancia de cosas. • **chaparrear** v.int. Llover reciamente.

chapear v.tr. Adornar con chapas. • **chapeado,a** adj. Se dice de lo que está cubierto con chapas.

chapeo n.m. Sombrero.

chapico n.m. *Chile.* Arbusto solanaceo, cuyas hojas se utilizan para teñir de amarillo.

1. chapín n.m. **I.** Calzado de corcho, muy usado por las mujeres. **II.** Pez parecido al cofre, que vive en los mares tropicales.

2. chapín,a **1.** n. y adj. *Amér. Centr.* Natural de Guatemala. **2.** adj. *Amér. Centr.* Perteneciente o relativo a esta República de América. **3.** n.m. y f. *Col.* y *Hond.* Patojo.

chapista n.m. El que trabaja la chapa. • **chapistería** n.f. Taller donde se trabaja la chapa.

chapitel n.m. **1.** Remate de las torres que se levanta en figura piramidal. **2.** Capitel de la columna.

chapó n.m. Juego de billar que se juega en mesa grande, con troneras y con cinco palillos que se colocan en el centro de la mesa y que tienen diverso valor para el tanteo.

chapodar v.tr. **1.** Podar las ramas de los árboles para aclararlos. **2.** Fig. Cercenar.

chapola n.f. *Col.* Mariposa (insecto).

chapotear o **chapullar** **1.** v.tr. Humedecer repetidas veces una cosa sin estregarla. **2.** v.int. u tr. Sonar o producir ruido en el agua batida por los pies o las manos.

chapucero,a **I.** adj. Hecho tosca y groseramente. **2.** n. y adj. Dícese de la persona que trabaja de este modo. • **chapucear** v.tr. **1.** Hacer pronto y mal una cosa. • **chapucería** n.f. **1.** Tosquedad, imperfección en cualquier artefacto. **2.** Obra hecha sin esmero.

chapul n.m. **1.** *Col.* Libélula. **2.** En algunos países de América, especie de langosta o saltamontes. • **chapulín** n.m. *Amér.* Langosta, cigarrón.

chapurrar o **chapurrear** v.tr. **I.** Hablar con dificultad un idioma.

chapuza n.f. Obra poco importante o mal hecha.

chapuzar v.tr., int. y prnl. Meter a uno de cabeza en el agua. • **chapuzón** n.m. Acción y efecto de chapuzar o chapuzarse.

chaqué n.m. Prenda exterior de hombre a modo de chaqueta, que a partir de la cintura se abre hacia atrás formando dos faldones.

chaqueta n.f. **1.** Prenda exterior de vestir, con mangas y sin faldones, que se ajusta al cuerpo y pasa poco de la cintura. **2.** Americana. — Fig. y Fam. *Cambiar de chaqueta.* Volverse atrás, modificar una actitud.

chaquetear v.int. **1.** Cambiar de opinión. **2.** Retroceder ante un hecho.

chaquetilla n.f. Chaqueta corta casi siempre con adornos. ▷ *Chaquetilla torera.* La que usan los toreros en el traje de lidia.

chaquetón n.m. Prenda exterior de más abrigo y algo más larga que la chaqueta.

charada n.f. Enigma que resulta de formar con las sílabas divididas o trastrocadas de una voz a propósito para ello, otras dos o más voces, y de dar ingeniosa y vagamente algún indicio acerca del sentido de cada una de éstas y de la principal, que se llama todo.

charal n.m. ZOOL Pez teleósteo, del suborden de los fisóstomos, que se encuentra en las lagunas del estado de Michoacán, en México.

charambita o **charamita** n.f. Dulzaina, instrumento musical.

charanga n.f. Música militar de las unidades ligeras, que consta sólo de instrumentos de viento; p. ext., cualquier otra música de igual composición aunque no sea militar.

charango n.m. Especie de bandurria pequeña, de cinco cuerdas, que usan los indios del Perú.

charapa n.f. *Perú.* Especie de tortuga pequeña y comestible.

charape n.m. *Méx.* Bebida fermentada hecha con pulque, panocha, miel, clavo y canela.

charata n.f. *Arg.* Ave gallinácea, especie de pavo salvaje.

charca n.f. Depósito algo considerable de agua, detenida natural o artificialmente en un terreno.

charcas, indios de América Meridional que formaban una tribu sujeta al imperio de los Incas.

charco n.m. Líquido detenido en una cavidad de la tierra o del piso. — Fig. y Fam *Pasar uno el charco.* Pasar el mar.

charlar **I.** v.int. **1.** Fam. Hablar mucho y sin sustancia. **2.** Fam. Conversar, sin objeto determinado y sólo por pasatiempo. **II.** v.tr. Decir lo que se debe callar. • **charla** **I.** n.f. Fam. **1.** Acción de charlar. **2.** Género literario cultivado especialmente por el escritor español Federico García Sanchiz, y que consiste en una pieza oratoria de carácter puramente artístico en la que se evocan paisajes y ambientes en tono moderadamente lírico. **3.** Disertación informal ante el público. **II.** Cagaaceite (pájaro insectívoro). • **charlador,a** n. y adj. Fam. Charlatán, que habla mucho y sin provecho. • **charladuría** n.f. Charla indiscreta.

charlatán,a n. y adj. **1.** Que habla mucho y sin sustancia. **2.** Hablador indiscreto. **3.** Embaucador. • **charlatanería** n.f. **1.** Locuacidad. **2.** Calidad de charlatán.

charlestón n.m. Baile que estuvo muy de moda en Europa, entre 1920 y 1930.

charlotada n.f. **1.** Festejo taurino bufo. **2.** Actuación pública colectiva grotesca.

charloteo n.m. Charla, cháchara. • **charlotear** v.int. Charlar.

charneca n.f. Lentisco. • **charnecal** n.m. Sitio poblado de charnecas.

charnela o **charneta** n.f. **1.** Bisagra. **2.** Gozne. **3.** ZOOL Articulación de las dos piezas componentes de una concha bivalva.

charniegos n.m.pl. Grillos de los presos.

charol n.m. **I. 1.** Barniz muy lustroso que conserva su brillo y se adhiere perfectamente a la superficie del cuerpo a que se aplica. **2.** Cuero con este barniz. **II.** *Amér. Central, Bol., Col., Cuba, Ecuad.* y *Perú.* Bandeja. • **charolado,a** adj. Lustroso. • **charolar** v.tr. Barnizar con charol o con otro líquido que lo imite.

charrada n.f. **1.** Dicho o hecho propio de un charro. **2.** Baile propio de los charros. **3.** Fig. y Fam. Obra o adorno sobrecargado o de mal gusto.

1. charrán n. y adj. Pillo, tunante. • **charranada** n.f. Acción propia del charrán.

2. charrán n.m. Ave acuática, sumamente grácil, llamada también golondrina de mar.

charrar **I.** v.int. vulg. Charlar. **II.** v.tr. Contar o referir algún suceso indiscretamente.

charrasca n.f. **1.** Fam. Arma, por lo común sable. **2.** Fam. Navaja de muelles.

charrasco n.m. Fam. Charrasca.

charretera n.f. **1.** Divisa militar en forma de pala, que se sujeta al hombro por una presilla. **2.** Jarretera. **3.** Hebilla de jarretera.

charro,a **I.** n. y adj. Aldeano español de Salamanca y especialmente el de la región que comprende Alba, Vitigudino, Ciudad Rodrigo y Ledesma. ▷ adj. Perteneciente o relativo a estos aldeanos españoles. **II.** adj. Dícese de la cosa recargada de adornos, abigarrada o de mal gusto. **III.** n.m. y adj. *Méx.* Jinete que viste traje especial compuesto de chaqueta con bordados, pantalón ajustado, camisa blanca y sombrero de ala ancha y alta copa cónica.

charrúas, pueblo sudamericano establecido en una amplia zona del Uruguay, que desborda las actuales fronteras con Brasil y la Argentina; eran en realidad varias tribus diferenciadas, y componían un grupo humano relativamente numeroso. Prácticamente nómadas, eran extraordinarios guerreros, que hacia el s. XVIII potenciaron su capacidad de movimiento con la cría del caballo, y sólo pudieron ser reducidos por las armas en 1883. El pueblo uruguayo los recuerda con orgullo, y el término *charrúa* ha terminado por convertirse en sinónimo de *uruguayo.*

chartreuse n.m. Licor fabricado por los cartujos con plantas aromáticas.

chasca n.f. **I. 1.** Leña menuda que procede de la limpia de los árboles. **2.** Ramaje que se coloca sobre la leña dispuesta para hacer carbón. **II.** *Chile* y *Perú.* Greña, maraña.

chascar v.int. **1.** Dar chasquidos. **2.** Hacer ruido al masticar. **3.** Triturar. **4.** Fig. Engullir.

chascarrillo o **chascarro** n.m. Fam. Anécdota ligera y picante, cuentecillo agudo o frase de sentido equívoco y gracioso.

chasco n.m. **1.** Burla que se hace a alguno. **2.** Fig. Decepción que causa a veces un suceso inesperado.

chasis n.m. **1.** Armazón, caja del coche. *Chasis del automóvil.* **2.** FOTOG Bastidor donde se colocan las placas fotográficas.

chasquear **I.** v.tr. **1.** Dar chasco. **2.** Faltar a lo prometido. **II.** v.int. **1.** Frustrar un hecho las esperanzas de alguno. **2.** Dar chasquidos.

chasquido n.m. **1.** Sonido que se hace con el látigo cuando se sacude en el aire con violencia. **2.** Ruido seco y súbito que produce al romperse, o desgajarse, alguna cosa. **3.** Ruido que se produce con la lengua al separarla súbitamente del paladar.

chata n.f. **1.** Orinal de cama para los enfermos que no pueden incorporarse. **2.** Chalana.

chatarra n.f. **1.** Escoria que deja el mineral de hierro. **2.** Conjunto de trozos de metal de desecho, especialmente el hierro. • **chatarrero,a** n.m. y f. Persona que se dedica a almacenar o vender chatarra.

chato,a **I.** n. y adj. Que tiene la nariz poco prominente y aplastada. **II.** adj. **1.** Dícese también de la nariz que tiene esta figura. **2.** adj. Aplícase a algunas cosas que son menos prominentes que otras de la misma especie. *Embarcación chata.* **III.** n.m. y f. Fig. y Fam. Término cariñoso.

chatón n.m. Piedra preciosa gruesa, engastada en una alhaja.

chatria n.m. En la India, individuo perteneciente a la segunda casta, o sea noble, guerrero.

chauvinismo n.m. Expresión exagerada y parcial de los sentimientos nacionalistas. • **chauvinista** n.m. Nacionalista exaltado que recuerda al *«chauvin»:* soldado del Imperio napoleónico, ingenuo y entusiasta.

chaval,a n.m. y f. y adj. Popularmente, niño o joven.

chavea n.m. Fam. Muchacho.

chaveta n.f. **1.** Clavo hendido en casi toda su longitud, que, introducido por el agujero de un hierro o madero, se remacha separando las dos mitades de su punta. **2.** MECÁN Clavija que se pone en el agujero de una barra e impide que se salgan las piezas que ésta sujeta. — Fig. y Fam. *Perder uno la chaveta.* Perder el juicio.

chavo n.m. Fam. *P. Rico.* Ochavo.

chavola n.f. Chabola.

chayo n.m. BOT *Cuba.* Arbusto de la familia de las euforbiáceas que segrega una especie de resina.

chayote n.m. Fruto de la chayotera; es de forma de pera, de corteza rugosa, blanquecina o verdosa. • **chayotera** n.f. Planta trepadora americana, cuyo fruto es el chayote.

1. che n.f. Nombre de la letra *ch.*

2. ¡che! *Arg., Bol., Urug.* y *Val.,* Interj. con que se llama o se pide atención a una persona. También expresa a veces asombro o sorpresa.

checa n.f. **1.** Comité de policía secreta soviética creada en 1917 siguiendo el modelo de la policía zarista (la Ojrana) y reemplazada en 1922 por la GPU. **2.** P. ext., organismos semejantes en otros países. **3.** Local utilizado por esta policía política.

check-list n.m. TECN Lista de comprobaciones que deben ser efectuadas antes de la puesta en marcha de un aparato (especialmente en un avión).

checo,a **I.** adj. De la región de Checoslovaquia que comprende Bohemia, Moravia y Silesia. ▷ n. y adj. Habitante u originario de esta región. **II.** n.m. Lengua eslava del grupo occidental hablada en Bohemia, Moravia, Eslovaquia y una parte de Silesia y que, junto con el eslovaco (muy cercano a él), es una de las dos lenguas oficiales de Checoslovaquia.

chedita n.f. Explosivo a base de clorato potásico y de nitrotolueno.

chelense n.m. GEOL La más antigua etapa del Paleolítico inferior.

chelín n.m. **1.** Moneda inglesa que valía, hasta 1971, 12 peniques. En la actualidad vale 5 peniques nuevos. **2.** Unidad monetaria de Austria.

chepa n.f. Fam. Joroba.

cheque n.m. Mandato escrito de pago, para cobrar cantidad determinada, de los fondos que quien lo expide tiene disponibles en un banco. — *Cheque cruzado.* Aquel en cuyo anverso se indica, entre dos líneas diagonales paralelas, el nombre del banquero o sociedad por medio de los cuales ha de hacerse efectivo. — *Cheque de viaje.* El que extiende un banco u otra entidad a nombre de una persona y va provisto de la firma de ésta. Puede hacerse efectivo en un banco o pagarse con él en un establecimiento comercial, hotelero, etc., firmándolo el titular nuevamente delante del cajero. — *Cheque nominal,* en el que figura el nombre del beneficiario. — *Cheque al portador,* anónimo, pagadero al portador. — *Cheque garantizado,* en el que el banco garantiza su pago. — *Cheque sin fondos,* el que no puede ser abonado por carecer de fondos disponibles en la cuenta del librador. — *Cheque en blanco,* el que está firmado pero sin que figure la cantidad.

chequén n.m. *Chile.* Especie de arrayán, de hojas elípticas.

chequeo n.m. Reconocimiento médico general a que se somete una persona.

chercán n.m. *Chile.* Pajarillo semejante al ruiseñor, pero de canto mucho menos dulce. Es insectívoro y muy doméstico.

cherna n.f. Mero.

cherokees o **cheroquís,** indios de América del N, de la familia de los iroqueses. Subsisten en Oklahoma.

chéster n.m. Queso inglés semejante al manchego.

chévere adj. Exclamación utilizada en América para indicar que algo es bonito, excelente, agradable, o que alguien es valiente.

cheviot n. m. **1.** Cordero de Escocia criado en los montes Cheviot. **2.** Lana escocesa sacada del cheviot.

cheyenes, amerindios de América del N, de la familia de los algonquinos; subsisten en Oklahoma y en Montana.

chía n.f. Semilla de una especie de salvia. Remojada en agua, con azúcar y zumo de limón, es un refresco muy usado en México. Molida, produce un aceite secante.

chibchas, etnia y grupo lingüístico sudamericano. Se extendieron desde Honduras hasta el Chimborazo, en Ecuador, y el río Apure, en Venezuela. Divididos en pequeños estados (los más célebres y poderosos, los est. rivales de los *zipas,* en torno a la actual Bogotá, y los *zaques,* de Tunja), a menudo hostiles. Conocieron la metalurgia, y fueron maestros consumados en la orfebrería del oro. La ceremonia de coronación del zipa, cubierto con una capa de polvo de oro, con ornamentos del mismo metal cuajados de esmeraldas, es el origen de la leyenda de El Dorado, sueño de tantos conquistadores (el Museo del Oro, de Bogotá, reúne la mejor colección de adornos y esculturas chibchas). Fueron además buenos agricultores (maíz, tabaco, quina, patata), y tejedores (algodón). La sal, extraída de las minas, junto con las esmeraldas y el oro, eran la base de los intercambios comerciales. Un héroe legendario, Bochica, les había enseñado la agricultura, el labrado de los metales, y el culto del Sol. Bachué era la diosa madre en su culto. Una de sus leyendas cuenta que la luz se encontraba cautiva en una jaula, hasta que un gran pájaro negro la liberó, a fin de que inundara el mundo. En sus templos hallaron los conquistadores tesoros fabulosos (los hallazgos de tumbas y enterramientos, ricos en oro, no han dejado de producirse hasta nuestros días). Al tiempo de la conquista, la nación chibcha contaba no menos de un millón de individuos.

chibuquí n.m. Pipa que usan los turcos para fumar, cuyo tubo suele ser largo y recto.

chicalé n.m. *Amér. Central.* Pájaro con plumaje de hermosos colores.

chicalote n.m. Argemone, planta papaverácea.

chicano,a **1.** n. y adj. Ciudadano de los Estados Unidos de América, perteneciente a la minoría de origen mexicano. **2.** adj. Movimiento reivindicador del libre desarrollo de la cultura peculiar de esta minoría y del goce total de sus derechos civiles.

chicarrón,a n. y adj. Fam. Dícese del niño o del adolescente muy crecidos y desarrollados.

chicle n.m. *Méx.* Gomorresina que fluye del tronco del chicozapote. Es masticatorio, usado por el pueblo y se vende en panes. También se da este nombre a otros masticatorios de composición diferente, que se expenden en forma de pastillas aromatizadas.

chico,a **I.** adj. Pequeño. **II.** n. y adj. **1.** Niño, muchacho. **2.** Hombre o mujer adolescentes o muy jóvenes. **3.** Tratamiento que se usa familiarmente en el lenguaje coloquial. **III.** n.m. Muchacho que hace recados y ayuda, en trabajos de poca importancia, en distintos establecimientos. **IV.** n.f. Empleada que trabaja en los menesteres caseros. **V.** *Chica de* o *del conjunto.* Muchacha que, en las revistas musicales, forma parte del conjunto que canta y baila.

chicoleo n.m. Fam. Piropo que se usa con las mujeres por galantería. • **chicolear** v.int. Fam. Decir chicoleos.

chicoria n.f. Achicoria. • **chicoriáceo,a** adj. BOT Perteneciente a la achicoria.

chicote,a **I.** n.m. y f. Fam. Persona de poca edad, pero robusta y bien formada. Se usa para denotar cariño. **II. 1.** n.m. Fig. y Fam. Cigarro puro. **2.** Punta de un cigarro puro ya fumado. **III. 1.** *Amér.* Látigo. **2.** MAR Extremo de cuerda, o pedazo pequeño separado de ella.

chicozapote n.m. Zapote.

chicura n.f. BOT *Méx.* Guaco (planta).

1. chicha n.f. **I.** Fam. Carne comestible. **II.** En lenguaje infantil, carne del cuerpo humano.

2. chicha n.f. **1.** Bebida alcohólica que resulta de la fermentación del maíz en agua azucarada, y que se usa en algunos países de América. **2.** *Chile.* La que se obtiene de la fermentación del zumo de la uva o de la manzana. — Fig. y Fam. *No ser uno, o una cosa, ni chicha ni limonada.* No valer para nada.

1. chicharra n.f. **1.** Cigarra, insecto. **2.** Juguete que usan los niños por Navidad y hace un ruido semejante al de la cigarra. **3.** Timbre eléctrico de sonido sordo.

2. chicharra o **chicharrina** n.f. Calor excesivo. • **chicharrar** v.tr. Achicharrar.

1. chicharrón n.m. **1.** Residuo de las pellas del cerdo, después de derretida la manteca. **2.** Fig. Carne requemada. **3.** Fig. y Fam. Persona muy tostada por el sol.

2. chicharrón n.m. BOT *Cuba.* Árbol de la familia de las combretáceas, de madera dura, que se utiliza para carros, ruedas de molino de café y otros usos.

chichería n.f. Casa o tienda donde en América se vende chicha (bebida).

chichicaste n.m. *Amér. Central.* Arbusto silvestre, de tallo fibroso, que se utiliza para cordelería.

chichicuilote n.m. *Méx.* Ave zancuda. Es comestible y se domestica con facilidad.

chichilasa n.f. *Méx.* Hormiga de color rojo, pequeña, pero muy maligna.

chichilo n.m. *Bol.* Especie de tití, mono de color amarillento.

chichimecas, nombre con que los nahuas conocían a un grupo de tribus nómadas que a fines del s. XII y comienzos del s. XIII vivían en contacto con los pueblos septentrionales de Centroamérica. Los nahuas dividían a los chichimecas en tres clases: los *tamimes,* sedentarios, recolectores y cazadores, los *teochichimecas* o *zacachichimecas,* nómadas, cazadores y artesanos, y los *otomíes,* que vivían en poblados propios y gozaban de un nivel de vida y organización social muy parecida a la nahua.

chichón n.m. Bulto que de resultas de un golpe se hace en el cuero de la cabeza. • **chichonera** n.f. Gorro que sirve para preservar a los niños de golpes en la cabeza.

chifla n.f. **1.** Acción y efecto de chiflar. **2.** Especie de silbato.

chiflar **I.** v.int. Silbar con la chifla (silbato) o imitar su sonido con la boca. **II.** v.tr. y prnl. Mofar, hacer burla en público. **III.** v.prnl. **1.** Fam. Perder uno las facultades mentales. **2.** Fam. Tener sorbido el seso por una persona o cosa. • **chiflado,a** n. y adj. Fam. Dícese de la persona que tiene perturbada la razón. • **chifladura** n.f. Acción y efecto de chiflar o chiflarse.

chiflo o **chiflete** n.m. Chifla, silbato. • **chiflido** n.m. **1.** Sonido del chiflo. **2.** Silbo que lo imita.

chigüiro n.m. *Venez.* Carpincho.

chihuahua n.m. ZOOL Perro originario de México, de talla muy menuda.

chiísmo n.m. El islamismo, tal como lo conciben los chiítas; el conjunto de los chiítas en el seno de la religión musulmana.

chiítas o **chiíes** n.m.pl. Musulmanes que no reconocen, ni la sucesión de Abū Bakr al califato, ni la doctrina de su hija Aïcha, viuda del Profeta. Son numerosos en Irán y Pakistán.

chilaba n.f. Pieza de vestir, con capucha, que usan los moros.

chilacayote n.m. Cidra cayote.

chilacoa n.f. *Col.* Especie de chocha muy común y abundante.

chilca n.f. *Amér. Merid.* y *Guat.* Arbolillo muy frondoso y balsámico. Se usa en veterinaria y de ella se extrae una resina semejante a la pez.

chilco n.m. *Chile.* Fucsia silvestre.

chilchote n.m. *Méx.* Una especie de ají o chile muy picante.

chile n.m. Ají.

chilenismo n.m. Modo de hablar propio de los chilenos.

chileno,a **1.** n. y adj. Natural de Chile. **2.** adj. Perteneciente a este país de América.

chilero,a **I.** n.m. y f. **1.** *Guat.* y *Méx.* Persona que tiene por oficio cultivar, comprar y vender chile. **2.** *Méx.* Nombre despectivo que se aplicaba al tendero de comestibles. **II.** n. y adj. *Guat.* Persona mentirosa.

chilindrina n.f. **1.** Fam. Cosa de poca importancia. **2.** Fam. Anécdota ligera, equívoco picante, chiste.

chilindrón n.m. *Hond.* Chirca.

chiltipiquín n.m. Ají, pimiento.

chiltote n.m. *Guat.* Cierto pájaro emigrante y originario de la América del Sur.

chiltuca n.f. *El Salv.* Casampulga.

1. chilla n.f. **1.** Tabla delgada de ínfima calidad.

2. chilla n.f. *Chile.* Especie de zorra de menor tamaño que la europea común.

chillar v.int. **1.** Dar chillidos. **2.** Chirriar. **3.** Fig. PINT Hablando de colores, destacarse con demasiada viveza o estar mal combinados. • **chillería** n.f. Conjunto de chillidos. • **chillido** n.m. Sonido inarticulado de la voz, agudo y desapacible. • **chillón,a** **1.** n. y adj. Fam. Que chilla mucho. **2.** adj. Dícese de todo sonido agudo y desagradable. *Voz chillona.* **3.** ▷ Aplícase a los colores demasiado vivos o mal combinados.

chimango o **chimachima** n.m. *Arg.* y *R. de la Plata.* Ave de rapiña muy abundante en la región del Plata.

chimenea n.f. **I. 1.** Conducto para dar salida al humo que resulta de la combustión. — GEOL *Chimenea de un volcán.* Canal por el que ascienden los gases, el humo y la lava. **2.** Hogar para guisar o calentarse, con un conducto por donde sale el humo. **3.** En las armas de fuego llamadas de pistón, cañoncito colocado en la recámara, donde se encaja la cápsula. **II.** Conducto vertical de madera por donde en los teatros suben y bajan las pesas de las tramoyas.

chiminango n.m. *Col.* Cierta clase de árbol de gran altura y corpulencia.

chimojo n.m. *Cuba.* Medicamento antiespasmódico hecho de tabaco, cáscara de plátano, salvia y otros ingredientes.

chimpancé n.m. Mono antropomorfo, poco más bajo que el hombre, de brazos largos, cabeza grande, cejas prominentes, nariz aplastada y todo el cuerpo cubierto de pelo de color oscuro. Habita en el centro de África; forma agrupaciones poco numerosas y construye su nido en los árboles. Se domestica fácilmente.

chinapo n.m. *Méx.* Obsidiana.

chinarro. n.m. Piedra algo mayor que una china (guijarro).

chincalé n.m. BOT Árbol de la familia de las leguminosas, de frondoso follaje.

chincol n.m. *Amér. Merid.* Chingolo.

chinchar v.tr. Fam. Molestar, fastidiar.

chinche n.f. **I.** Insecto hemíptero de color rojo oscuro. Es nocturno, fétido y chupador de sangre. Abunda en las casas viejas y desaseadas, con especialidad en las camas. ▷ n.m. y adj. Fig. y Fam. Persona chinchosa. — Fig. y Fam. *Caer, o morir, como chinches.* Haber gran mortandad.

chinchemolle n.m. *Chile.* Insecto sin alas, que habita bajo las piedras y se distingue por su olor nauseabundo.

chincheta n.f. Clavito metálico de cabeza circular y chata, que sirve para asegurar algo a un sitio.

chinchilla n.f. **1.** Mamífero roedor, propio de América Meridional, parecido a la ardilla pero con pelaje gris de textura extraordinaria. Vive en madrigueras subterráneas, y su piel es muy estimada para prendas de abrigo. **2.** Piel de este animal.

chinchimén n.m. *Chile.* Especie de nutria de mar.

chinchín n.m. BOT *Chile.* Arbusto siempre verde, de la familia de las poligaláceas.

chinchintor n.m. *Hond.* Víbora muy venenosa.

chinchona n.f. QUIM Quina.

chinchorro n.m. **1.** Red barredera. **2.** Embarcación de remos, muy chica y la menor de a bordo. **3.** Hamaca ligera tejida de cordeles.

chinchoso,a adj. Fig. y Fam. Se dice de la persona molesta y pesada.

chiné adj. Se dice de cierta clase de telas rameadas o de varios colores combinados.

chinela n.f. **1.** Calzado sin talón, de suela ligera.

chinero n.m. Armario en que se guardan piezas de porcelana china.

chinesco,a **I.** adj. Chino, propio de China. **II.** n.m. Instrumento musical, propio de bandas militares, compuesto de una armadura metálica, de la que penden campanillas y cascabeles.

chinga n.f. *Amér.* Mofeta (mamífero).

chingolo n.m. *Arg.* Pájaro de la familia de los fringílidos, de canto muy melodioso.

chingue n.m. *Chile.* Mofeta (mamífero).

chino,a **1.** n. y adj. Natural de China. **2.** adj. Perteneciente o relativo a esta nación asiática.

chinook n.m. **1.** Viento seco y cálido que sopla desde las Montañas Rocosas sobre las praderas norteamericanas. **2.** Familia de lenguas amerindias de la costa del Pacífico.

chipé n.f. Verdad, bondad. • **chipén** n.f. Chipé.

chipichape n.m. **1.** Fam. Zipizape. **2.** Golpe (encuentro violento de dos cuerpos).

chipile n.m. BOT *Méx.* Planta herbácea, cuyas hojas son comestibles.

chipirón n.m. Tipo de calamar pequeño.

chipojo n.m. *Cuba.* Camaleón.

chipriota **1.** n. y adj. Natural de Chipre. **2.** adj. Perteneciente o relativo a esta isla del Mediterráneo.

chiquero n.m. **1.** Pocilga (establo). **2.** Toril.

chiquilín,a n. d. de *chico,a.* • **chiquillada** n.f. Acción propia de chiquillos. • **chiquillería** n.f. **1.** Fam. Concurrencia de chiquillos. **2.** Chiquillada. • **chiquillo,a** n. y adj. Chico (niño, muchacho).

chiquirín n.m. *Guat.* Insecto semejante a la cigarra, pero de canto más agudo y fuerte.

chiquito,a n. (apl. a pers.) y adj. d. de *chico.* • **chiquitín,a** **1.** adj. Fam. d. de *chiquito.* **2.** n. y adj. Fam. Chiquirritín. • **chiquirritín** **1.** n. (apl. a pers.) y adj. Fam. d. de *chiquitín.* **2.** n. y adj. Fam. Se dice del niño que no ha salido de la primera infancia.

chiquitos, nombre dado por los españoles a un pueblo del oriente de Bolivia. Fueron agrupados en misiones, conservando su lengua, pero fueron diezmados por las epidemias y por la acción de los esclavistas, principalmente brasileños.

chirca n.f. *Amér. Central* y *Merid.* Árbol de la familia de las euforbiáceas, de madera dura.

chiribico n.m. **1.** *Cuba.* Pez pequeño de color morado. **2.** *Col.* Arácnido de las tierras calientes, de olor desagradable y cuya picadura produce fiebre.

chiribita n.f. **I. 1.** Chispa. (Se usa más en pl.) **2.** pl. Fam. Partículas o chispas que parecen flotar delante de los ojos. **II.** *Cuba.* Pez acantopterigio, de las Antillas, con dientes en el borde de las mandíbulas, y cuyas aletas están cubiertas de escamas. **III.** Margarita (planta herbácea).

chiribitil n.m. **1.** Desván o escondrijo bajo y estrecho. **2.** Fam. Cuarto muy pequeño.

chiricote n.m. *Arg.* y *Par.* Ave que vive a orillas de lagunas y esteros.

chirigota n.f. Fam. Cuchufleta.

chiriguanos, nombre con que se conoce a los miembros de una tribu de la familia tupí-guaraní que a partir del s. XV se estableció en las faldas de los Andes de Bolivia. Pueblo agricultor, cazador y pescador, destacó por su cerámica, de bellas formas y decoraciones. A partir del s. XVI lucharon contra los españoles, que solo en el s. XVIII consiguieron reducirlos en misiones.

chiriguare n.m. *Venez.* Ave de rapiña muy voraz.

chirigüe n.m. *Chile.* Avecilla común, de color de aceituna por encima, alas negras y parte inferior amarilla.

chirimbolo n.m. Fam. Utensilio, recipiente o cosa análoga.

chirimía n.f. MUS Flauta larga, de madera, con diez agujeros y boquilla con lengüeta de caña.

chirimoya n.f. Fruto del chirimoyo. Es una baya verdosa con pepitas negras y pulpa blanca. Su tamaño varía desde el de una manzana al de un melón. • **chirimoyo** n.m. Árbol de la familia de las anonáceas, originario de América Central, cuyo fruto es la chirimoya.

chiringuito n.m. Puesto de bebidas al aire libre.

chirinola n.f. **1.** Reyerta, pelea. **2.** Disputa, discusión. — Fig. y Fam. *Estar de chirinola.* Estar de fiesta o de buen humor.

chiripa n.f. Casualidad favorable.

chiripá n.m. **1.** Prenda exterior de vestir usada por los campesinos de América, que consistía en un paño que se pasaba por entre los muslos y se sujetaba a la cintura mediante una faja o cinto.

chirivía n.f. Planta de la familia de las umbelíferas, comestible.

chirla n.f. Molusco parecido a la almeja. Es de menor tamaño y pertenece a distinta familia.

chirlo n.m. **1.** Herida de cuchillo en la cara. **2.** Cicatriz que deja después de curada.

chirona n.f. Fam. Cárcel de presos. Se usa con la prep. *en* y sin artículo en las frases *meter,* o *estar, en chirona.*

chirote n.m. *Ecuad.* y *Perú.* Especie de pardillo, de canto dulce.

chirraca n.f. *C. Rica.* Árbol que produce una resina que se usa como incienso. ▷ Esta resina.

chirriar v.int. **1.** Producir un ruido como el que hacen, por ejemplo, los goznes de las puertas. **2.** Sonido agudo que produce una cosa al freírse. **3.** Piar de los pájaros cuando lo hacen sin armonía. • **chirrido** n.m. **1.** Voz o sonido agudo y desagradable de algunas aves u otros animales; como el grillo, la chicharra, etc. **2.** Cualquier otro sonido agudo, continuado y desagradable.

chirulí n.m. *Venez.* Avecilla de canto dulce en que parece repetir las sílabas de su nombre.

chis interj. **1.** ¡Chitón! Suele ir acompañada con algún ademán, cual el de poner el dedo índice en los labios. **2.** Voz para llamar a uno.

chisa n.f. *Col.* Larva de un género de escarabajos.

chiscarra n.f. MIN Roca caliza que se divide fácilmente en fragmentos pequeños.

chisgarabís n.m. Fam. Zascandil, mequetrefe.

chisguete n.m. **1.** Fam. Trago de vino. Se usa comúnmente en *echar un chisguete.* **2.** Fam. Chorrillo de un líquido.

1. chisme n.m. Fam. Baratija o trasto pequeño.

2. chisme n.m. Noticia verdadera o falsa con que se pretende indisponer a unas personas con otras o se murmura de alguna. • **chismorrear** v.int. Contarse chismes mutuamente varias personas. • **chismorreo** n.m. Fam. Acción y efecto de chismorrear. • **chismoso,a** n. y adj. Que chismea o es dado a chismear.

chispa n.f. **I. 1.** Partícula encendida que salta de la lumbre, del hierro herido por el pedernal, etc. — *Chispa eléctrica.* Descarga que se origina entre dos cuerpos cargados de diferente electricidad que se da a través del aire u otro material aislante. — Fig. y Fam. *Echar uno chispas.* Dar muestras de enojo; prorrumpir en amenazas. • **chispazo** n.m. **1.** Acción de saltar la chispa del fuego. **2.** Daño que hace. • **chispear** v.int. **1.** Echar chispas. **2.** Relucir o brillar mucho. **3.** Llover muy poco, cayendo sólo algunas gotas pequeñas.

chisporrotear v.int. Fam. Despedir chispas reiteradamente. • **chisporroteo** n.m. Fam. Acción de chisporrotear.

chistar v.int. Prorrumpir en alguna voz o hacer ademán de hablar. Se usa más con neg.

chiste n.m. **1.** Dicho agudo y gracioso. • **chistoso,a** adj. **1.** Que usa de chistes. **2.** Se dice también de cualquier suceso que tiene chiste.

chistera n.f. Fig. y Fam. Sombrero de copa alta.

chistu n.m. Flauta recta de madera con embocadura de pico usada en el país vasco. • **chistulari** n.m. Músico del país vasco que acompaña las danzas populares con el chistu y el tamboril.

chite n.m. *Col.* Arbusto de cuya madera se obtiene carboncillo para dibujar.

chiticalla n.m. y f. **1.** Fam. Persona que calla y no descubre ni revela lo que ve. **2.** Suceso que se procura tener callado. • **chiticallando** adv.m. **1.** Fam. Sin meter ruido o de modo que no se oigan las pisadas. **2.** Fig. y Fam. Sin escándalo ni ruido para conseguir lo que se desea. • **chito** Fam. Voz que se usa para imponer silencio. • **chitón** Fam. Chito. Se usa a veces para indicar la conveniencia de guardar silencio.

chitón n.m. Quitón.

chivar **1.** v.tr. y prnl. *Amér.* Fastidiar, engañar. **2.** v. prnl. *Arg., Cuba, Guat., Urug.* y *Venez.* Enojarse. • **chivarse** v.prnl. Vulg. Irse de la lengua. • **chivatada** o **chivatazo** n.f. Vulg. Acción propia del chivato, soplón.

chivato,a **I.** n. (apl. a pers.) y adj. Soplón (delator, acusador). **II.** n.m. **1.** Chivo que pasa de seis meses y no llega al año. **2.** Fig. Se llama así cualquier dispositivo que llama la atención sobre algo.

chivaza n.f. *Col.* Junco que produce un bulbo que se usa como perfume.

chivetero o **chivitero** n.m. Corral donde se encierran los chivos.

chivicoyo n.m. *Méx.* Ave gallinácea de caza y de carne estimada.

chivillo n.m. *Perú.* Especie de estornino de canto agradable.

chivo,a n.m. y f. Cría de la cabra, desde que no mama hasta que llega a la edad de procrear.

chiza n.f. *Col.* Chisa (larva).

chocante adj. **1.** Que causa extrañeza. **2.** Gracioso, chocarrero.

chocar v.int. **1.** Encontrarse violentamente una cosa con otra. **2.** Fig. Pelear, combatir. **3.** Fig. Indisponerse con alguno. **4.** Causar extrañeza o enfado. *Esto me choca.*

chocarrería n.f. Chiste grosero.

choco n.f. Jibia de pequeño tamaño.

chocolate n.m. **1.** Pasta hecha con cacao y azúcar molidos, a la que se añade canela o vainilla. **2.** Bebida que se hace de esta pasta desleída y cocida en agua o en leche. • **chocolatera** n.f. Recipiente en que se sirve el chocolate. • **chocolatería** n.f. **1.** Casa donde se fabrica y se vende chocolate. **2.** Casa donde se sirve al público chocolate, para tomarlo en el acto. • **chocolatina** o **chocolatín** n.f. Cierta clase de tableta delgada de chocolate para tomar en crudo.

chocoyo n.m. **1.** *Guat.* Herreruelo (pájaro). **2.** *Hond.* Chócolo (sent. 1).

chocha n.f. **1.** Ave caradriforme, migradora, de plumaje ocre y largo pico.

chochear v.int. **1.** Tener debilitadas las facultades mentales por efecto de la edad. **2.** Fig. y Fam. Extremar el cariño y afición a personas o cosas, conduciéndose como quien chochea. • **chochez** o **chochera** n.f. **1.** Calidad de chocho. **2.** Dicho o hecho de persona que chochea. • **chocho,a** adj. **1.** Que chochea. **2.** Fig. y Fam. Lelo de puro cariño.

chocho n.m. **1.** Altramuz (fruto). **2.** BOT *Col.* Árbol leguminoso.

chochocol n.m. *Méx.* Tinaja (vasija grande para líquidos).

chofe n.m. Bofe.

chófer n.m. Conductor de un vehículo automóvil, pagado.

chola n.f. Fam. Cholla.

cholgua n.f. *Chile.* Mejillón.

choloque n.m. **1.** BOT Árbol de la familia de las sapindáceas, de América y cuyos frutos se emplean a manera de jabón. **2.** Fruto de este árbol.

chollo n.m. Fam. Ganga (trabajo o negocio que produce beneficio con muy poco esfuerzo).

chomba n.f. *Chile.* Prenda de vestir hecha de lana a modo de chaleco cerrado.

chonos, antiguos habitantes del archipiélago homónimo, en el S de Chile. Emparentados entre alacalufes, se alimentaban de pescados y mariscos, habitaban cuevas y chozas, alrededor de las cuales enterraban a sus muertos.

chonta n.f. *Amér. Central* y *Perú.* Árbol cuya madera se emplea en bastones y otros objetos de adorno.

chontaduro n.m. *Col* y *Ecuad.* Especie de palma, cuyo fruto es comestible.

chontales, nombre náhuatl con que se conoce a los miembros de una tribu que ocupaba parte de Centroamérica.

chopa n.f. ZOOL Pez teleósteo marino, del suborden de los acantopterigios, semejante a la dorada.

chopo n.m. Nombre con el que se designan varias especies de álamos. — *Chopo bastardo.* Álamo blanco.

1. choque n.m. **1.** Encuentro violento de una cosa con otra. **2.** Fig. Contienda o riña con una o más personas. **3.** MILIT Combate que, por el corto número de tropas o por su corta duración, no se puede llamar batalla.

2. choque n.m. MED Estado de profunda depresión, sin pérdida de la conciencia, que se produce después de intensas conmociones.

choquezuela n.f. Rótula de la rodilla.

chorcha n.f. Chocha.

chordón n.m. Churdón.

1. chorizo n.m. **1.** Pedazo corto de tripa lleno de carne, regularmente de cerdo, picada y adobada. **2.** Contrapeso (balancín que usan los equilibristas).

2. chorizo n.m.vulg. Ratero, ladrón.

chorlito n.m. Ave del orden de las zancudas.

chorlo n.m. **1.** MINER Turmalina. **2.** Silicato natural de alúmina, de color azul celeste.

choro n.m. *Chile.* Mejillón.

chorotegas, pueblo centroamericano. En tiempos del descubrimiento habitaba entre el océano Pacífico, los lagos de Managua y costas del golfo de Nicoya. Su número, en 1522, se calcula en 30.000. Según el conquistador Fernández Oviedo, se deformaban la cabeza. Trabajaban el oro y la cerámica y hacían redes y hamacas. Se dedicaban a la agricultura y el comercio. Tenían libros de pergamino donde pintaban caracteres jeroglíficos. Los extinguieron las guerras, las enfermedades importadas y la esterilización.

choroy n.m. *Chile.* Papagayo que anda en bandadas y perjudica los sembrados.

chorrada n.f. **1.** Porción de líquido que se suele regalar después de dar la medida. **2.** Adorno o detalle superfluo. **3.** Vulg. Tontería, estupidez.

chorrear **I.** v.int. **1.** Caer un líquido formando chorro. **2.** Salir el líquido lentamente y goteando. **II.** v.tr. **1.** Dejar caer o soltar un objeto el líquido que ha empapado o que contiene, o un ser vivo sus secreciones. **2.** Fig. y Fam. Se dice de algunas cosas que van viniendo poco a poco. • **chorreo** n.m. Acción y efecto de chorrear. • **chorrera** n.f. **1.** Sitio por donde cae un líquido. **2.** Señal que el agua deja por donde ha corrido. **3.** Trecho corto de río en que el agua corre con mucha velocidad. **4.** En algunos lugares, caída de agua.

chorro n.m. Porción de líquido o de gas que sale por una parte estrecha con alguna fuerza. ▷ P. ext., caída sucesiva de cosas iguales y menudas. — Fig. *A chorros.* Con abundancia.

chortal n.m. Lagunilla formada por un manantial.

chotacabras n.m. y f. **1.** ZOOL Ave del orden de las trepadoras, de pico pequeño, y plumaje gris; ojos grandes, alas largas y cola cuadrada. **2.** Ave semejante a la anterior, de la que principalmente se distingue por tener un collar rojizo bien señalado.

chotear v.prnl. Vulg. Burlarse. • **choteo** n.m. Vulg. Burla.

chotería n.f. *Cuba.* Soplonería, delación.

chotis n.m. Baile por parejas, de principios del siglo XX.

choto,a n.m. y f. **1.** Cría de la cabra mientras mama. **2.** En algunas partes, ternero,a. • **chotuno,a** adj. Se aplica al ganado caprino mientras está mamando.

chova n.f. **1.** Especie de cuervo de plumaje negro y visos verdosos o encarnados, pico amarillo o rojizo y pies de este último color. **2.** Corneja (especie de cuervo).

chow-chow n.m. Perro de pelo largo y rojizo, originario de China.

choza n.f. Cabaña formada de estacas y cubierta de ramas o paja.

chubasco n.m. **1.** Chaparrón o aguacero con mucho viento. **2.** Fig. Adversidad o contratiempo transitorios. **3.** MAR Nubarrón oscuro y cargado de humedad que suele presentarse repentinamente, empujado por un viento fuerte. • **chubasquero** n.m. Impermeable.

chucao n.m. *Chile.* Pájaro de plumaje pardo, que habita en los bosques.

chúcaro,a adj. *Amér.* Arisco, bravío, aplicado principalmente al ganado.

chucrut n.f. COC Plato compuesto por coles picadas y fermentadas en salmuera.

chucuru n.m. *Ecuad.* Animal parecido a la comadreja.

chucha n.f. Fam. Perra (hembra del perro).

chuchear v.int. **1.** Cuchichear. **2.** Coger caza menor con aparejos.

chuchería n.f. **1.** Cosa de poca importancia, pero pulida y delicada. **2.** Alimento ligero, golosina.

1. chucho n.m. **I.** Fam. Perro. **II. 1.** *Arg.* Escalofrío. **2.** *Arg.* Fiebre palúdica intermitente. **III.** *Cuba.* Aguja, pincho. **IV. 1.** *Cuba* y *Méx.* Obispo (pez). **2.** *Amér. Merid.* Pez pequeño como el arenque y de carne muy estimada. **V.** *Chile.* Ave de rapiña cuyo graznido se toma como de mal agüero para la casa en que lo lanza. **VI.** *Cuba* y *Venez.* Látigo.

2. chucho n.m. **1.** *Cuba.* Conmutador, llave de la luz. **2.** FERROC Aguja que sirve para el cambio de vía.

chuchoca n.f. *Amér. Merid.* Especie de maíz cocido y seco, que se usa como condimento.

chueca n.f. **1.** Tocón. **2.** Hueso redondeado que encaja en el hueco de otro en una coyuntura.

chuela n.f. *Chile.* Destral.

chueta n.m. y f. Nombre que se da en las islas Baleares a los que se supone son descendientes de judíos conversos.

chufa n.f. Cada uno de los tubérculos de una especie de juncia. Con ellos se hace una horchata.

chuico n.m. *Chile.* Damajuana de cierta capacidad.

chukchi, pueblo de Siberia oriental, de antigua civilización, próxima a la de los esquimales. Aún hoy pescan, cazan focas y ballenas y crían renos.

chuleta n.f. **1.** Costilla con carne de ternera, cordero o cerdo. **2.** Pieza irregular que se añade para rellenar un hueco. **3.** Fig. y Fam. Bofetada. **4.** Entre estudiantes, papelito con apuntes que se lleva oculto para usarlo disimuladamente en los exámenes. **5.** pl. Fig. Patillas.

chulo,a **I.** n. y adj. Que hace y dice las cosas con gracia. **II.** adj. Bonito. **III.** n.m. y f. Individuo del pueblo bajo de Madrid. **IV.** n.m. **1.** El que ayuda en el matadero al encierro de las reses mayores. **2.** TAUROM Ayudante de los lidiadores. **3.** Rufián. • **chulada** n.f. Chulería. • **chulear** v.tr. y prnl. Burlar a uno con gracia y chiste. • **chulería** n.f. **1.** Cierto aire o gracia en las palabras o ademanes. **2.** Dicho o hecho jactancioso. **3.** Conjunto o reunión de chulos.

chumacera n.f. **1.** Pieza de metal o madera, con una muesca en que descansa y gira cualquier eje de maquinaria. **2.** MAR Tablita que se pone sobre el borde de una embarcación de remo a la que se fija el tolete. **3.** MAR Rebaje semicircular practicado en la falca de los botones, que sirve para que en él se juegue el remo.

chumbe n.m. *Arg., Col., Ecuad., Perú* y *Venez.* Faja de los indios.

chumbera n.f. Higuera chumba.

chunga n.f. Fam. Burla, broma.

chuña n.f. **1.** ZOOL Ave sudamericana, del mismo orden que las grullas, con cola larga y plumaje grisáceo. **2.** *Chile.* Arrebatiña.

chuño n.m. *Amér. Merid.* Fécula de la patata.

chupalla n.f. **1.** *Chile.* Planta bromeliácea cuyo jugo se emplea en la medicina casera. **2.** *Chile.* Sombrero hecho de esta planta.

chupar **I.** v.tr. e int. **1.** Sacar o atraer con los labios el jugo o la sustancia de una cosa. **2.** Absorber los vegetales el agua o la humedad. **3.** Fig. y Fam. Absorber. **4.** Fig. y Fam. Ir quitando o consumiendo los bienes de uno con pretextos y engaños. **II.** v.prnl. Irse enflaqueciendo. • **chupada** n.f. Acción de chupar. • **chupado,a** adj. Fig. y Fam. Muy flaco y extenuado. • **chupador,a** **1.** n. y adj. Que chupa. **2.** n.m. Chupete. • **chupatintas** n.m. Desp. Oficinista de poca categoría. • **chupete** n.m. **1.** Pieza de goma elástica en forma de pezón que se pone en el biberón. **2.** Pieza de goma similar que se da a los niños para que se distraigan.

chupeta n.m. MAR Pequeña cámara que hay a popa en la cubierta principal de algunos buques.

chupetear v.tr. e int. Chupar poco y con frecuencia. • **chupeteo** n.m. Acción de chupetear.

chupinazo n.m. Disparo hecho con una especie de mortero en los fuegos artificiales.

chupito n.m. Sorbito de vino u otro licor.

chupón,a **I.** adj. Fig. y Fam. Que chupa. **II.** n. y adj. Que saca dinero con astucia y engaño. **III.** n.m. **1.** Vástago que brota en las ramas principales de los árboles, y les chupa la savia y disminuye el fruto. **2.** Cada una de las plumas con cañón no consolidado que suelen tener sangre si se arrancan al ave. **3.** FIS Émbolo de las bombas de desagüe. **4.** *Chile.* Cierta planta de la familia de las bromeliáceas. ▷ Fruto de esta planta.

chupóptero n.m. Fam. Persona que, sin prestar servicios efectivos, disfruta uno o más sueldos.

chuquiragua n.f. *Amér.* Planta compuesta que se cría en los Andes.

chuquisa n.f. *Chile* y *Perú.* Mujer de vida alegre.

churco n.m. *Chile.* Planta oxalídea gigantesca, propia de este país.

churrasco n.m. *Arg., Bol., Chile* y *Perú.* Carne asada.

churre n.m. **1.** Fam. Pringue gruesa y sucia que corre de una cosa grasa. **2.** Fig. y Fam. Lo que se parece a ella. • **churrete** n.m. Mancha que ensucia parte visible del cuerpo.

churrigueresco, estilo ornamental, variante típicamente española del Barroco del s. XVIII. A pesar de su nombre, no es José de Churriguera el más genuino representante del estilo, sino algunos de sus continuadores: Pedro de Ribera (autor de la portada del Hospicio de Madrid). Narciso Tomé (autor del *Transparente* de la catedral de Toledo). El estilo se extendió por la Península (fachada del palacio del marqués de Dos Aguas, Valencia) y floreció en el arte colonial americano, mestizado con las influencias indígenas.

churro n.m. **1.** Fritura de la misma masa que se emplea para los buñuelos y de forma cilíndrica estriada. **2.** Fam. Chapuza. • **churrería** n.f. Lugar en donde se hacen y venden churros. • **churrero,a** n.m. y f. Persona que hace o vende churros.

churruscar v.tr. y prnl. Asar o tostar demasiado una cosa. • **churrusco** n.m. Pedazo de pan demasiado tostado o que se empieza a quemar.

churumo n.m. Fam. Jugo o sustancia.

chusco,a **I.** n. y adj. Que tiene gracia y picardía. **II.** adj. *Perú.* Se dice de los animales, especialmente de los perros, que no son de casta. **III.** n.m. **1.** Pedazo de pan, mendrugo o panecillo. **2.** Pan de munición.

chusma n.f. **1.** Conjunto de gente soez. **2.** Conjunto de galeotes.

chuspa n.f. *Amér. Merid.* Bolsa, morral.

chusque n.m. *Col.* Planta gramínea.

chut n.m. En el fútbol, puntapié seco y potente dado al balón. • **chutar** v.int. Lanzar fuertemente el balón con el pie.

chuzo n.m. **1.** Palo armado con un pincho de hierro, que se usa para atacar y defenderse. **2.** *Chile.* Barra de hierro que se usa para abrir los suelos. **3.** *Cuba.* Látigo que va adelgazándose hacia la punta.

chuzón,a n. y adj. **1.** Astuto. **2.** Que tiene gracia para burlarse de otros en la conversación.

D

d n.f. Quinta letra del abecedario español y cuarta de sus consonantes. Su nombre es *de.*

D Letra numeral romana que tiene el valor de quinientos.

da capo loc.adv. MUS Indica que debe volverse al principio.

dabitis n.m. FILOS Voz mnemotécnica que expresa el modo silogístico en el cual la premisa mayor es universal afirmativa, y la menor y las conclusiones particulares, también afirmativas.

dable adj. Posible.

daca Da, o dame, acá. —*Andar al daca y toma.* Andar en dares y tomares.

dación n.f. FOR Acción y efecto de dar.

dacriocistitis n.f. MED Inflamación del saco lagrimal.

dacrón n.m. QUIM Textil sintético a base de poliéster.

dactífono n.m. TECN Aparato telefónico con memoria que permite registrar los números a los que se desea llamar.

dactil(o) o **dactili-** Partículas procedentes del griego, *dáktylos,* «dedo».

dactilado,a adj. Que tiene figura semejante a la de un dedo.

dactilar adj. Digital.

dactiliología n.f. Parte de la arqueología que estudia los anillos y piedras preciosas grabados.

dáctilo n.m. Pie de la poesía griega y latina, compuesto de tres sílabas; la primera larga y las otras dos, breves.

dactilografía n.f. Mecanografía.

dactilología n.f. Arte de hablar con los dedos o con el abecedario manual.

dactiloscopia n.f. Estudio de las impresiones digitales.

dadaísmo n.m. Movimiento literario y artístico iniciado por Tristán Tzara, en 1916, llamado así por la palabra «dadá», que recuerda los primeros balbuceos de un niño. ENCICL El dadaísmo —o mejor, *dadá*— surgió simultáneamente en Zurich (donde recibió el nombre), bajo el impulso de los poetas Tristán Tzara, Hulsenbeck y Hugo Ball, de los artistas Hans Arp, Hans Richter, etc., y en Nueva York (Duchamp, Picabia, Man Ray). Un poco antes de acabar la guerra, se implantó en Alemania, en Berlín, donde se mezcló con una revuelta de carácter marxista (John Heartfield, George Grosz, Raoul Haussmann), en Colonia (Max Ernst, J.T. Baargeld, Arp, llegado de Zurich) y en Hannover (Kurt Schwitters). En París, Tzara, Picabia, Ribemont-Dessaignes y varios futuros surrealistas (Breton, Aragon, Soupault, Éluard) ilustraron el espíritu dadá en 1920-1921.

dádiva n.f. Cosa que se da generosamente. • **dadivoso,a** n. y adj. Liberal, generoso.

1. dado n.m. **1.** Pieza cúbica, en cuyas caras hay señalados puntos desde uno hasta seis, y se usa en varios juegos. **2.** Pieza cúbica de materia dura, que se usa en las máquinas para servir de apoyo a los tornillos, ejes, etc

2. dado,a *Dado que.* conj. condic. Siempre que.

1. daga n.f. Arma blanca parecida a la espada de hoja corta.

2. daga n.f. Cada una de las hileras de ladrillos formados en el horno para cocerlos.

dagame n.m. BOT Árbol silvestre de la familia de las rubiáceas.

dakota, pueblo indio de América del N que ocupaba en otro tiempo inmensos territorios al O del Mississippi medio, hasta las Montañas Rocosas. Este pueblo ha dado su nombre a dos estados de los EE.UU., creados en 1889 a partir del extenso territorio federal de Dakota.

dalia n.f. Planta de la familia de las compuestas, con tallo herbáceo, y flores con muchos pétalos. ▷ Flor de esta planta.

daltonismo n.m. Defecto de la vista, que consiste en no percibir determinados colores.

dama n.f. **I. 1.** Mujer noble o de calidad distinguida. **2.** P. antonom., actriz que hace los papeles principales. **II.** *Dama de noche.* Planta de la familia de las solanáceas, de flores blancas, muy olorosas durante la noche. **III.** Pieza del juego de ajedrez y de damas. **IV.** pl. Juego que se ejecuta en un tablero dividido en escaques.

damajagua n.m. *Ecuad.* Árbol corpulento de cuya corteza interior los indios cayapos hacen vestidos y esteras de cama.

damajuana n.f. Botellón de cuerpo abultado, cubierto generalmente de mimbre.

damán n.m. Mamífero ungulado hervíboro del género *Procavia,* orden de los hiracoides).

damasco n.m. **1.** Tela fuerte de seda o lana y con dibujos formados con el tejido. **2.** Árbol, variedad del albaricoquero. ▷ Fruto de este árbol.

damasquina n.f. Planta anual, originaria de México, de la familia de las compuestas.

damasquino,a adj. De Damasco. • **damasquinado** n.m. Embutido de metales finos sobre hierro o acero.

damero n.m. Tablero de jugar a las damas.

damisela n.f. Señorita (en sent. jocoso).

damnificar v.tr. Causar daño. • **damnificado,a** adj. Se dice de la persona o cosas que han sufrido grave daño de carácter colectivo.

dan n.m. En las artes marciales japonesas, cada uno de los grados de la jerarquía de los titulares del cinturón negro.

danais n.f. Lepidóptero diurno africano.

danakil o **dankali,** pueblo de pastores, que habita el país homónimo, entre las montañas de Etiopía y el mar Rojo.

danés,a **1.** n. y adj. Natural de Dinamarca, o perteneciente a este país. **2.** n.m. Lengua que se habla en Dinamarca.

danta n.f. **1.** Anta. **2.** Tapir.

dante n.m. **1.** Ante. **2.** Búfalo.

dantesco,a adj. Se dice de las escenas o situaciones que causan espanto.

danto n.m. *Amér. Central.* Pájaro de plumaje negro azulado y pecho rojizo y sin plumas, pero con un cordoncillo carnoso.

danza n.f. Baile, acción de bailar y sus movimientos. Fig. y Fam. Riña.
ENCICL En todas las sociedades primitivas, la danza es un fenómeno social importante. Produce en el individuo estados de éxtasis o excitación en relación con la conciencia social y la comunidad religiosa. En Occidente, donde el cristianismo prohibió completamente la danza en las ceremonias religiosas (danzas dionisíacas de la antigüedad griega), la danza-espectáculo es esencialmente teatral, es decir, ejecutada en un escenario con la intención de distraer a un público; sus reglas fundamentales, fijadas en el s. XVII por C. L. Beauchamp, son todavía la base de casi todos los trabajos coreográficos actuales. En nuestro tiempo, se distinguen tres corrientes principales: la de tradición clásica (neoclásica o de vanguardia), que constituye un espectáculo; la «privada» que, desde 1920 aproximadamente, procede de las melodías del jazz (one-step, fox-trot, charleston, etc.) y, hoy día, la de música de variedades o «pop» en general y finalmente un repertorio de danzas tradicionales, regionales, folklóricas.

danzar **I.** v.tr. Bailar las personas. **II.** v.intr. Moverse una cosa con aceleración bullendo y saltando. • **danzarín,a** n.m. y f. Persona que danza con destreza.

danzón n.m. **1.** Baile cubano, semejante a la habanera. **2.** Música de este baile.

dañar v.tr. y prnl. Causar perjuicio, dolor o molestia. ▷ Maltratar o echar a perder una cosa. • **dañino,a** adj. Que daña. • **daño** n.m. Efecto de dañar o dañarse.

daphne n.f. Género de plantas arbustivas.

daphnia n.f. Género de crustáceos branquiópodos de agua dulce de tamaño muy pequeño. Incluye la llamada *pulga de agua* que se desplaza por medio de impulsos y sirve como alimento de los peces de acuario.

dar **I.** v.tr. **1.** Donar. **2.** Entregar. **3.** Proponer, indicar. **4.** Conferir, conceder un empleo u oficio. **5.** Ordenar, aplicar. *Dar licencia.* **6.** Convenir en una proposición. **7.** Suponer, considerar. **8.** Producir. **9.** Sujetar, someter uno alguna cosa a la obediencia de otro. **10.** Declarar, tener o tratar. **11.** En el juego de naipes, repartir las cartas a los jugadores. **12.** Untar o bañar alguna cosa. **13.** Soltar una cosa. **14.** Tratándose de enhorabuenas, pésames, etc., comunicarlos o hacerlos saber. ▷ Junto con algunos sustantivos, hacer, practicar, ejecutar la acción que éstos significan. *Dar un abrazo,* por *abrazar.* — Con algunos sustantivos, causar, ocasionar, mover. *Dar gusto, gana.* **II.** v.tr. e int. **1.** Sonar el reloj sucesivamente las campanadas correspondientes a la hora que sea. **2.** Se junta con varias partículas que explican el modo como se transfiere el dominio. *Dar de balde.* **3.** Declarar, descubrir. **4.** Tener más o menos valor. *Lo mismo da.* **5.** En el juego de la pelota y otros, declarar los espectadores por buena o mala una jugada. **6.** Tratándose de bailes, banquetes, etc., obsequiar con ellos una o varias personas a otras. **III.** v.int. **1.** Junto con algunos nombres y verbos, regidos de la prep. *en,* empeñarse en ejecutar una cosa. *Dio en este tema, manía.* **2.** Sobrevenir una cosa, y empezar a sentirla físicamente. *Dar un ataque.* **3.** Junto con algunas voces, acertar. *Dar en el punto.* **4.** Junto con la partícula *de* y algunos sustantivos, caer del modo que éstos indican. *Dar de espaldas.* **5.** Con la misma partícula *de* y los verbos *almorzar, comer,* etc., servir o costear a uno el almuerzo, la comida, etc. **6.** Estar situada una cosa, mirar hacia esta o la otra parte. *La puerta da a la calle.* **7.** Fig. Caer, incurrir. **8.** Fig. Presagiar, anunciar. **IV.** v.prnl. **1.** Entregarse, ceder en la resistencia que se hacía. **2.** Suceder, existir, determinar alguna cosa. *Se da el caso.* **3.** Tratándose de frutos de la tierra, producirlos. **4.** Seguido de la prep. *a* y de un nombre o verbo en infinitivo, entregarse con ahínco o por vicio a lo que este nombre o verbo signifique. **5.** Con los infinitivos de los verbos *creer, imaginar* y otros análogos, ejecutar simplemente la acción significada por ellos. *Darse a imaginar.* **6.** Seguido de la prep. *por,* juzgarse o considerarse en algún estado, o en peligro o con inmediación a él. *Se dio por perdido, por muerto.*

darbüka n.m. Tambor del N de África, hecho con una piel tensada en la abertura de una especie de vaso de cerámica.

dardabasí n.m. Ave rapaz diurna (familia de los falcónidos) de largas alas, cuyas cuatro especies viven en las landas y las marismas de Europa.

1. dardo n.m. **1.** Arma arrojadiza, semejante a una pequeña lanza, que se tira con la mano. **2.** Fig. Dicho hiriente.

2. dardo ZOOL Pez ciprínido de agua dulce.

dársena n.f. Parte resguardada artificialmente para la carga de embarcaciones.

darwinismo o **darvinismo** n.m. Teoría biológica expuesta por Darwin, según la cual la transformación de las especies animales y vegetales se produce en virtud de una selección natural de individuos debida a la lucha por la existencia y perpetuada por la herencia.

dasipódidos n.m.pl. ZOOL Familia de desdentados que comprende a los tatúes.

dasonomía n.f. Ciencia que trata de la conservación y aprovechamiento de los montes.

Dasyurus n.m. Género de mamíferos marsupiales de Australia.

data n.f. **1.** Fecha en que se ha escrito o leído un documento. **2.** Partida o partidas que componen el descargo de lo recibido. • **datar 1.** v.tr. Poner la fecha. **2.** v.int. Haber tenido principio una cosa en el tiempo que se determina.

ENCICL La atribución, con cierto margen de error conocido, de una fecha a un estrato geológico, a un emplazamiento arqueológico, prehistórico, a un fósil, a una cerámica, a un útil, etc., puede hacerse por diversos métodos. Unos permiten determinar la antigüedad de un objeto en relación con otro; y otros determinan la edad del objeto estudiado. Todos se basan en fenómenos cíclicos de los que quedan huellas en la materia. Así se estudian los anillos concéntricos formados anualmente en el tejido leñoso de los árboles durante su crecimiento (dendrocronología); la velocidad de depósito de los sedimentos; la de los depósitos debidos al deshielo de los antiguos glaciares (varva· glaciares); las fluctuaciones del nivel de un mar o de un lago; la estatigrafía; la tipología; la paleontología; los pólenes fósiles; el paleomagnetismo, etc. Se miden las huellas que algunos elementos radiactivos dejaron cuando se desintegraron. Así, el carbono natural contiene (en porcentaje muy pequeño) un isótopo radiactivo de masa atómica 14 (C^{14}) cuyo período es de unos 5.700 años. Toda materia orgánica contiene C^{14}. El estudio de la proporción de este isótopo en un compuesto de carbono que se quiera fechar (cenizas de madera, por ejemplo) y el conocimiento de la proporción que contenía en el momento en que formaba parte de un organismo vivo permiten fijar la fecha de la muerte de ese organismo. Métodos análogos utilizan el uranio, el potasio 40 (período de $1,3 \times 10^9$ millones de años aproximadamente), y el rubidio 87 (período de 47.000 millones de años aproximadamente); la pareja rubidio-estroncio ha permitido calcular la edad de las piedras lunares traídas de la tierra (de $3,2 \times 10^9$ a $4,6 \times 10^9$ millones de años).

dátil **I.** n.m. Fruto de la palmera. **II.** pl. Fam. En algunas comarcas, los dedos. **III.** ZOOL *Dátil de mar.* Molusco lamelibranquio cuya concha se asemeja al dátil. • **datilera** n. y adj. Se aplica a la palmera que da fruto.

datismo n.m. RET Empleo inmotivado de vocablos sinónimos.

dativo,a **I.** n.m. GRAM Uno de los casos de la declinación. Hace en la oración oficio de complemento indirecto. **II.** adj. QUIM *Unión dativa* o *unión semipolar.* Unión de coordinación, por la que un átomo dador comparte su doblete de electrones con un átomo aceptor.

dato n.m. **1.** Antecedente necesario para llegar al conocimiento de una cosa o las consecuencias de un hecho. **2.** INFORM Información que sirve para efectuar un proceso. **3.** MAT Valor que permite resolver una ecuación, un problema.

daudá n.f. *Chile.* Contrahierba (planta de las moráceas).

dayaks o **dayakos,** pueblo que habita la isla de Borneo; las tribus del interior están emparentadas con la rama protomalaya.

dB FIS Símbolo del *decibelio.*

DBO QUIM Siglas que representan la *bioquímica de oxígeno* (la DBO representa la intensidad de la contaminación orgánica de un caudal líquido: p.ej.: una corriente de agua).

DDT n.m. Siglas del *dicloro-difenil-tricloroetano,* potente insecticida.

1. de n.f. Nombre de la letra *d.*

2. de prep. **1.** Denota posesión o pertenencia. **2.** Explica el modo de hacer varias cosas, de suceder otras, etc. *Almorzó de pie.* **3.** Manifiesta de dónde son, vienen o salen las cosas o las personas. **4.** Sirve para denotar la materia de que está hecha una cosa. **5.** Demuestra lo contenido en una cosa. **6.** Indica también el asunto o materia de que se trata: *un libro de matemáticas.* **7.** Expresa la naturaleza o cualidad de personas o cosas. **8.** Sirve para determinar o fijar con mayor viveza la aplicación de un nombre apelativo. *El mes de noviembre.* **9.** Desde, del punto de que procede. **10.** Algunas veces se usa para regir infinitivos. **11.** Con ciertos nombres sirve para determinar el tiempo en que sucede una cosa. *De madrugada.* **12.** Se emplea también para esforzar un calificativo. *El bueno de Pedro.* **13.** Algunas veces es nota de ilación. **14.** Precediendo al número *uno, una,* denota la rápida ejecución de algunas cosas. **15.** Se coloca entre distintas partes de la oración con expresiones de lástima, queja o amenaza. **16.** Con. **17.** Para. **18.** Por. **19.** Tiene uso como prefijo de vocablos compuestos. *Decantar.*

De profundis n.m. Salmo de penitencia que se ha convertido en la oración de difuntos y que comienza con dichas palabras.

de visu loc. adv. lat. Después de haberlo visto, viéndolo.

deambular v.int. Andar, pasear. • **deambulatorio 1.** adj. Perteneciente o relativo a la acción de deambular. **2.** n.m. ARQUIT Pasillo circular que, en las iglesias, rodea el altar mayor por detrás.

deán n.m. El que preside el cabildo después del prelado.

debajo adv.l. En lugar o puesto inferior, respecto de otro superior.

debatir v.tr. Discutir, disputar sobre una cosa. ▷ Combatir. • **debate** n.m. Controversia sobre una cosa. ▷ Combate.

debe n.m. COM Una de las dos partes en que se dividen las cuentas corrientes.

1. deber n.m. **1.** Aquello a que el hombre se siente obligado por sus principios. **2.** Obligación que tiene cada uno por razón de su estado, cargo, etc. **3.** Deuda.

2. deber v.tr. **1.** Estar obligado a algo. **2.** Tener deuda material con alguien. **3.** Con la partícula *de* indica la certeza de algo.

débil n. y adj. **1.** De poco vigor o de poca fuerza. **2.** MED Sujeto afectado por un retraso mental. **3.** QUIM Se dice de un ácido o de una base parcialmente disociados. **4.** FIS NUCL Se dice de una de las fuerzas de interacción, la que asegura la cohesión de los leptones. • **debilidad** n.f. Falta de vigor o fuerza física. ▷ Fig. Carente de voluntad. • **debilitar** v.tr. y prnl. Disminuir la fuerza o el poder de una persona o cosa.

débito n.m. Deuda.

debut n.m. Estreno, presentación de un artista, escritor, etc., por primera vez ante el público. • **debutar** v.int. Realizar alguien su primera actuación en cualquier cosa.

debye n.m. FIS Unidad de momento eléctrico, igual a (1/3) · 10^{-29} c/m. Sirve para expresar los momentos dipolares de las moléculas (símbolo D).

deca- Prefijo que significa diez.

década n.f. **1.** Período de diez días. **2.** Período de diez años.

decadente adj. Que se halla en decadencia. • **decadencia** n.f. Principio de debilidad o de ruina. ▷ Período de declive político y económico, acompañado de una crisis de las instituciones, de los valores de una sociedad.

decaedro n.m. GEOM Sólido que tiene diez caras.

decaer v.int. **1.** Ir a menos. **2.** MAR Separarse la embarcación del rumbo que pretende seguir. • **decaimiento** n.m. Abatimiento, desaliento.

decágono n.m. y adj. GEOM Se aplica al polígono de diez lados.

decagramo n.m. Peso de diez gramos.

decalaminar v.tr. TECN Quitar la calamina.

decalcificar v.tr. MED Descalcificar.

decalitro n.m. Medida de capacidad, que tiene diez litros.

decálogo n.m. Los diez mandamientos de la ley de Dios. ▷ P. ext., cualquier serie de preceptos humanos.

decámetro n.m. Medida de longitud, que tiene diez metros.

decano,a n.m. y f. y adj. Miembro más antiguo de una comunidad, cuerpo, junta, etc. ▷ n.m. y f. El que preside una corporación o una facultad universitaria. • **decanato** n.m. **1.** Dignidad de decano. **2.** Despacho o habitación del decano.

1. decantar v.tr. **1.** Propalar, engrandecer. **2.** Tomar partido en un sentido u otro.

2. decantar v.tr. **1.** Inclinar suavemente una vasija sobre otra para que caiga el líquido contenido en la primera, sin que salga el poso. **2.** TECN Separar la ganga de un mineral.

decapitar v.tr. Cortar la cabeza.

decápodo n. y adj. **1.** ZOOL Se dice de los crustáceos que, como la langosta, tienen diez patas. ▷ n.m. pl. ZOOL Orden de estos animales. **2.** ZOOL Se dice de los cefalópodos dibranquiales que, como el calamar, tienen diez tentáculos provistos de ventosas. ▷ n.m. pl. ZOOL Orden de estos animales.

decarboxilación n.f. BIOQUIM Pérdida espontánea o enzimática de una molécula de dióxido de carbono (CO_2).

decárea n.f. Medida de superficie que tiene diez áreas.

decasílabo n. y adj. De diez sílabas.

decathlon n.m. DEP Competición masculina de atletismo, inscrita en los Juegos Olímpicos y que consta de diez pruebas.

decelerar v.int. Efectuar, sufrir una deceleración. • **deceleración** n.f. Disminución de la velocidad de un móvil.

decena n.f. **1.** Conjunto de diez unidades. **2.** MUS Octava de la tercera.

decenio n.m. Período de diez años.

deceno,a adj. Décimo, que sigue en orden al noveno.

decente adj. **1.** Honesto, justo. **2.** Vestir con decoro. **3.** De buena calidad o en cantidad suficiente. • **decencia** n.f. Cualidad de decente. ▷ Recato, honestidad.

decepcionar v.tr. Desengañar, desilusionar. • **decepción** n.f. **1.** Engaño. **2.** Pesar causado por un desengaño.

deceso n.m. Muerte natural o civil.

deci- Prefijo que tiene la significación de décima parte.

deciárea n.f. Medida de superficie que tiene la décima parte de un área.

decibel n.m. FIS Nombre del decibelio en la nomenclatura internacional. • **decibelio** n.m. FIS Unidad (igual a 1/10 de belio) sin dimensión, que expresa la relación entre dos magnitudes, especialmente entre dos intensidades sonoras (símbolo dB).

decidir **1.** v.tr. Cortar la dificultad, formar juicio definitivo sobre algo dudoso. **2.** v.tr. y prnl. Tomar determinación de algo.

decígrado n.m. METR Décima parte de un grado (símbolo dgr).

decigramo n.m. Peso que es la décima parte de un gramo.

decila n.f. MAT En el cálculo de probabilidades, la décima parte de un conjunto de datos clasificados en un orden determinado.

decilitro n.m. Medida de capacidad, que tiene la décima parte de un litro.

décima n.f. **1.** Cada una de las diez partes iguales en que se divide un todo. **2.** Combinación métrica de diez versos octosílabos. **3.** MUS Intervalo de diez grados diatónicos o de una octava y una tercera. **4.** Décima parte de un grado del termómetro clínico.

decimétrico,a adj. Relativo al decímetro. ▷ TELECOM *Ondas decimétricas*. Ondas radioeléctricas ultracortas.

decímetro n.m. Medida de longitud, que tiene la décima parte de un metro.

décimo,a **I.** adj. Que sigue inmediatamente en orden al o a lo noveno. **II.** n.m. y adj. Cada una de las diez partes iguales en que se divide un todo. **III.** n.m. **1.** Décima parte del billete de lotería. **2.** Antigua moneda de plata de Colombia, México y el Ecuador. • **decimal** **I.** adj. **1.** Se aplica a cada una de las diez partes iguales en que se divide una cantidad. **2.** Se dice del sistema métrico de pesas y medidas, cuyas unidades son múltiplos o divisores de diez. **3.** ARIT Se aplica al sistema de numeración cuya base es diez. **II.** n.m. Cada una de las cifras que forman una fracción decimal en un número y están separadas de la parte entera por una coma.

decimoctavo,a adj. Que sigue inmediatamente en orden al o a lo decimoséptimo.

decimocuarto,a adj. Que sigue inmediatamente en orden al o a lo decimotercero.

decimonónico,a adj. **1.** Perteneciente o relativo al siglo decimonono. **2.** Anticuado.

decimonoveno,a o **decimonono,a** **1.** adj. Que sigue inmediatamente en orden al o a lo decimoctavo. **2.** n.f. MUS Intervalo de dos octavas y una quinta.

decimoquinto,a adj. Que sigue inmediatamente en orden al o a lo decimocuarto.

decimoséptimo,a **1.** adj. Que sigue en orden al o a lo decimosexto. **2.** n.f. MUS Intervalo de dos octavas y una tercera.

decimosexto,a adj. Que sigue inmediatamente en orden al o a lo decimoquinto.

decimotercero,a adj. Que sigue inmediatamente en orden al o a lo duodécimo.

1. decir n.m. **1.** Dicho notable por el carácter sentencioso. **2.** Composición poética de poca extensión.

2. decir v.tr. **1.** Manifestar con palabras el pensamiento. **2.** Asegurar, opinar. **3.** Nombrar o llamar. **4.** Fig. Denotar una cosa.

decisión n.f. **1.** Determinación, resolución que se toma. **2.** Firmeza de carácter.

declamar **I.** v.int. **1.** Hablar en público. **2.** Hablar con el fin de ejercitarse en las reglas de la retórica. **3.** Hablar con vehemencia. **II.** v.int. y tr. Recitar la prosa o el verso convenientemente. • **declamación** n.f. **1.** Acción de declamar. **2.** Texto escrito o dicho con el fin de ejercitarse en las reglas de la retórica. ▷ Discurso pronunciado con vehemencia. **3.** Arte de representar en el teatro. • **declamatorio,a** adj. Se aplica al estilo o tono enfático y exagerado de la expresión.

declaración n.f. **1.** Acto de declarar; discurso, acta. **2.** Acto de proclamar abierta o solemnemente. *Declaración de guerra.* **3.** Acto de poner algo en conocimiento de las autoridades competentes. ▷ DER Sentencia que declara algo como un hecho consumado. • **declarado,a** adj. Confesado, reconocido. • **declarar** **I.** v.tr. **1.** Manifestar o explicar lo que está oculto o no se entiende bien. **2.** FOR Decidir los juzgadores. **II.** v.int. FOR Atestiguar en un juicio. **III.** v.prnl. **1.** Manifestar la intención o el afecto. **2.** Manifestarse una cosa o empezar a advertirse su acción. **3.** Reconocer uno su estado o calidad.
ENCICL **Hist.** — *Declaración de Derechos (Bill of Rights).* Acta constitucional inglesa ratificada por Guillermo III (1689). Confirmaba los derechos fundamentales del Parlamento y de los súbditos. — *Declaración de Independencia.* Acta por la que las tres colonias inglesas de América proclamaron su independencia (4 de julio de 1776), cuando se dirimía la guerra de Independencia (1775-1783) de los Estados Unidos. — *Declaración de los Derechos del Hombre y del Ciudadano.* Acta aprobada en Francia por la Asamblea Constituyente el 26 de agosto de 1789. Sus diecisiete artículos definían los derechos del ciudadano (igualdad ante la ley, respeto a la propiedad, libertad de expresión) y de la nación (soberanía, división de poderes). La principal fuente de inspiración de estos principios aparece en las teorías políticas de los filósofos del s. XVIII. — *Declaración Internacional de los Derechos del Hombre.* Acta aprobada el 10 de diciembre de 1948 por la ONU. Constituye un intento de definir los derechos individuales, las libertades públicas, los derechos económicos, sociales y culturales, y de fijar las relaciones del hombre con la sociedad.

declinar **I.** v.int. **1.** Inclinarse hacia abajo o hacia un lado u otro. **2.** Fig. Decaer algo o alguien. ▷ Fig. Caminar una cosa a su fin y término. **II.** v.tr. **1.** GRAM Poner las palabras declinables en los casos gramaticales. **2.** Renunciar, no admitir, no aceptar. • **declinación** n.f. **1.** Caída, descenso. **2.** Fig. Decadencia o menoscabo. **3.** ASTRON Distancia de un astro al ecuador. **4.** GRAM Acción y efecto de declinar. **5.** En las lenguas con flexión casual, serie ordenada de todas las formas que presenta una palabra para desempeñar las funciones correspondientes a cada caso. **6.** TOPOGR Ángulo que forma un plano vertical, o una alineación, con el meridiano del lugar que se considere.

declinómetro n.m. MAR Instrumento para medir la declinación magnética.

declive n.m. Pendiente o inclinación del terreno o de la superficie de otra cosa.

decolorar v.tr. y prnl. Descolorar.

decomiso n.m. **1.** FOR Pena de pérdida de la cosa, en que incurre el que comercia en géneros prohibidos. ▷ FOR Pérdida del que contraviene a algún contrato en que se estipuló esta pena. ▷ FOR Cosa decomisada. **2.** FOR Pena accesoria de privación o pérdida de los instrumentos o efectos del delito.

decorar v.tr. Adornar una cosa o un sitio. • **decoración** n.f. **1.** Acción y efecto de decorar. **2.** Cosa que decora. **3.** ARQUIT Actividad de decorar los interiores de los edificios. • **decorado** n.m. Decoración teatral.

decoro n.m. **1.** Dignidad. **2.** Circunspección, gravedad. **3.** Honestidad, recato.

decrecer v.int. Menguar.

decrépito,a n. y adj. Se aplica a la edad muy avanzada y a la persona que por su vejez suele tener muy amenguadas las potencias. ▷ Fig. Se dice de las cosas que han llegado a su última decadencia.

decrescendo **1.** adv. MUS *En decrescendo.* Reduciendo la intensidad del sonido. **2.** n.m. Frase musical tocada en decrescendo. ▷ Fig. y Fam. Decreciendo, declinando.

decreto n.m. Resolución, decisión del jefe del Estado, de su gobierno o de un tribunal o juez. • **decretar** v.tr. Resolver, deliberar, decidir la persona que tiene autoridad o facultades para ello.

decúbito n.m. Posición que toman las personas o los animales cuando se echan en la cama o en el suelo, etc.

decuplicar v.tr. Multiplicar por diez una cantidad.

décuplo,a n.m. y adj. Que contiene un número diez veces exactamente.

decurso n.m. Sucesión o continuación del tiempo.

decusado,a adj. BOT Se dice de las hojas dispuestas en forma de cruz.

dechado n.m. Ejemplar, muestra que se tiene presente para imitar. ▷ Fig. Ejemplo y modelo de virtudes y perfecciones, o de vicios y maldades.

dedada n.f. Porción que se toma con el dedo de algo que no es del todo líquido.

dedal n.m. Utensilio de material duro que se pone en la punta del dedo con que se empuja la aguja al coser.

dédalo n.m. Fig. Laberinto.

dedicar **I.** v.tr. **1.** Destinar una cosa a un fin determinado. **2.** Escribir una dedicación en una obra que se hace o se regala. **II.** v.tr. y prnl. Emplear, destinar. • **dedicación** n.f. **1.** Acción y efecto de dedicar o dedicarse. **2.** Celebración del día en que se recuerda la consagración de un templo, un altar, etc. **3.**

Inscripción de la dedicación de un templo o edificio, grabada en una piedra que se coloca en la pared del mismo. • **dedicatoria** n.f. Nota dirigida a la persona a quien se dedica una obra.

deducir v.tr. **1.** Sacar consecuencias de un principio, proposición o supuesto. **2.** Rebajar, restar. **3.** FOR Alegar las partes sus defensas o derechos. • **deducción** n.f. **1.** Acción y efecto de deducir. **2.** Acción de sacar una cosa de otra. ▷ FILOS Método lógico que deriva lo particular de lo universal.

defecar v.tr. e intr. **1.** Expeler los excrementos. **2.** QUIM Clarificar un líquido. • **defecación** n.f. **1.** Acción y efecto de defecar. **2.** QUIM Método de separación, por precipitación, de los componentes de una solución que se utiliza en la industria azucarera.

defección n.f. Acción de abandonar la causa que se defendía o el propio partido.

defecto n.m. Carencia o falta de las cualidades propias y naturales de una cosa.

defender **1.** v.tr. y prnl. Amparar, librar, proteger. **2.** v.tr. Mantener, conservar.

defenestración n.f. Acto de arrojar a alguien por la ventana. — **Hist.** *Defenestración de Praga* (23 de mayo de 1618): acto de violencia por el que los protestantes de Bohemia, sublevados contra el emperador Matías, tiraron por la ventana de la sala del Consejo a dos de los cuatro gobernadores. (Fue el preludio de la guerra de los Treinta Años.) • **defenestrar** v.tr. Tirar a una persona por la ventana.

defensa n.f. **I. 1.** Acción y efecto de defender o defenderse. **2.** Arma, instrumento con que uno se defiende de un peligro. **3.** Amparo, protección. **4.** Obra de fortificación que sirve para defender un lugar militar. **5.** FOR Razón que se alega en juicio para defender al demandado. **6.** Abogado defensor del litigante o del reo. **II.** pl. MAR Aparejos que se cuelgan del costado de la embarcación para que ésta no se lastime en las atracadas a muelles. • **defensiva** n.f. Situación o estado del que sólo trata de defenderse • **defensor,a** n. y adj. Que defiende o protege. ▷ n.m. FOR Persona que en juicio está encargada de una defensa.

deferencia n.f. Muestra de respeto.

deferir **1.** v.int. Adherirse al dictamen de uno, por respeto, modestia o cortesía. **2.** v.tr. Dar parte de la jurisdicción o poder.

deficiencia n.f. Defecto o imperfección. ▷ BIOL Insuficiencia orgánica o funcional. • **deficiente** adj. Falto o incompleto.

déficit n.m. Descubierto que resulta en una cuenta comparando el activo con el pasivo o los ingresos con los gastos. (Inv. en pl.)

definir v.tr. Fijar con claridad y precisión la significación de una palabra o la naturaleza de una cosa. ▷ Decidir, resolver una cosa dudosa. • **definición** n.f. **1.** Acción y efecto de definir. **2.** Palabra con que se define. ▷ Decisión legal sobre una duda. **3.** OPT Poder resolutivo o separador de un telescopio que determina la nitidez y bondad de sus imágenes. • **definido,a** n.m. La cosa sobre que versa toda definición. — QUIM *Ley de las proporciones definidas o ley de Proust.* Afirma que las proporciones en las que se combinan los cuerpos simples son valores fijos y discontinuos. • **definitorio,a** adj. Que sirve para definir o diferenciar.

definitivo,a adj. Dícese de lo que decide, resuelve o concluye.

deflación n.f. Reducción de la inflación económica.

deflagrar v.int. Arder una sustancia súbitamente con llama y sin explosión. • **deflagración** n.f. Acción y efecto de deflagrar. ▷ QUIM Modo de combustión en el que la velocidad de propagación de la llama es del orden de un metro por segundo. • **deflagrador,a** **1.** adj. Que deflagra. **2.** n.m. FIS Aparato eléctrico que sirve para dar fuego a los barrenos.

deflector,a **I.** adj. Que desvía (un fluido, una corriente gaseosa). **II.** n.m. **1.** TECN Aparato que sirve para modificar la dirección de un fluido. **2.** AUTOM Parte lateral del cristal de una ventanilla orientable.

deflegmar v.tr. QUIM Separar de un cuerpo su parte acuosa.

deflexión n.f. ELECTRON Desviación de un haz de electrones producida por un campo electrostático o magnético.

defoliación n.f. Caída prematura de las hojas de los árboles y plantas, producida por enfermedad o influjo atmosférico.

deforestar v.tr. Despojar un terreno de plantas forestales.

deformar v.tr. y prnl. Hacer deforme una cosa. • **deformación** n.f. Acción y efecto de deformar o deformarse. • **deforme** adj. Desproporcionado o irregular en la forma. • **deformidad** n.f. **1.** Calidad de deforme. **2.** Cosa deforme.

defraudar v.tr. **1.** Eludir el pago de los impuestos o contribuciones. **2.** Fig. Frustrar la confianza o los deseos. • **defraudación** n.f. Acción y efecto de defraudar.

defuera adv. l. Exteriormente.

defunción n.f. Muerte.

degenerar v.int. **1.** Decaer, no corresponder una persona o cosa a su primera calidad o a su primitivo valor o estado. **2.** PINT Tomar una figura geométrica apariencia de otra por efecto de la perspectiva. • **degeneración** n.f. **1.** Acción y efecto de degenerar. **2.** PAT Alteración de los tejidos o elementos anatómicos, con cambios de la sustancia constituyente y pérdida de sus caracteres funcionales. ▷ PAT Pérdida progresiva de normalidad psíquica y moral y de las reacciones nerviosas de un individuo. • **degenerado,a** n. y adj. Individuo de condición mental y moral anormal.

deglutir v.tr. Tragar los alimentos.

degollar v.tr. **1.** Cortar la garganta o el cuello a una persona o a un animal. **2.** Fig. Destruir, arruinar. ▷ Fig. Representar los actores mal una obra dramática, o acabar mal un discurso u otra producción del ingenio. • **degollina** n.f. **1.** Fam. Matanza, mortandad. **2.** Fig. y Fam. Abundancia de suspensos en un examen.

degradar **I.** v.tr. Privar a una persona de las dignidades, honores, empleos y privilegios que tiene. **II.** v.tr. y prnl. **1.** Humillar, rebajar. **2.** PINT Disminuir el tamaño y viveza del color de las figuras de un cuadro, según la distancia a que se suponen colocadas. • **degradación** n.f. **1.** Acción y efecto de degradar o degradarse. **2.** Humillación, bajeza. **3.** PINT Disminución de tamaño que, con arreglo a la distancia y según las leyes de la perspectiva, se da a los objetos que figuran en un cuadro. **4.** FIS *Degradación de la energía.* Tendencia de toda energía a transformarse en calor.

degüello n.m. **1.** Acción de degollar. **2.** Parte más delgada del dardo o de otra arma o instrumento semejante.

degustar v.tr. Probar alimentos o bebidas.

dehesa n.f. Tierra generalmente acotada y por lo común destinada a pastos.

dehiscencia n.f. BOT Acción de abrirse naturalmente las anteras de una flor o el pericarpio de un fruto, para dar salida al polen o a la semilla.

deicida n. y adj. Se dice de los que dieron la muerte a Jesucristo.

deidad n.f. Ser divino o esencia divina. ▷ Divinidad, dios o diosa de la mitología.

deificar **I.** v.tr. Divinizar, hacer divina una persona o cosa. **II.** v.prnl. En la teología mística, unirse el alma íntimamente con Dios en el éxtasis.

deísmo n.m. Doctrina que reconoce un Dios como autor de la naturaleza, pero sin admitir revelación ni culto externo.

dejar **I.** v.tr. **1.** Soltar una cosa; o apartarse de ella. **2.** Omitir. **3.** Consentir. **4.** Producir ganancia. **5.** Desamparar, abandonar. **6.** Encargar, encomendar. **7.** Faltar, ausentarse. **8.** Ordenar uno alguna cosa al ausentarse, para que sea utilizada después o para que otro la sirva en su ausencia. **9.** No inquietar ni molestar. **10.** Nombrar, designar. **11.** Dar una cosa a otro en el testamento. **12.** Faltar al cariño de una persona. **II.** v.tr. y prnl. Cesar. **III.** v.prnl. **1.** Descuidarse de sí mismo. **2.** Entregarse, darse a una cosa. **3.** Abandonarse. • **dejación** n.f. FOR Cesión, abandono de bienes, etc. • **dejadez** n.f. Pereza, negligencia. • **dejado,a** adj. Flojo y negligente.

deje n.m. **1.** Acento peculiar. **2.** Sabor.

del Contracc. de la prep. *de* y el art. *el.*

delación n.f. Acusación, denuncia.

delantal n.m. **1.** Prenda de vestir que se usa para proteger el traje. **2.** Mandil, de cuero o tela fuerte, de ciertos oficios.

delante **I.** adv. l. **1.** Con prioridad de lugar, en la parte anterior. **2.** Enfrente. **II.** adv. m. A la vista, en presencia.

delantera n.f. **1.** Parte anterior de una cosa. ▷ En locales de espectáculos, primera fila de cierta clase de asientos. ▷ Cuarto delantero de una prenda de vestir. **2.** Frontera de una ciudad, lugar, casa, etc. **3.** Distancia, con que uno se adelanta o anticipa a otro en el camino.

delantero,a adj. **1.** Que está o va delante. **2.** Cuarto delantero. **3.** Postillón que gobierna las caballerías delanteras. **4.** En algunos deportes, el que juega en primera fila.

delatar v.tr. **1.** Revelar a la autoridad un delito. **2.** Descubrir, poner de manifiesto alguna cosa oculta y por lo común reprochable.

delco n.m. AUTOM Dispositivo de encendido para los motores de explosión.

dele n.m. IMP Signo con que el corrector indica al margen de las pruebas que ha de quitarse una palabra, letra o nota.

deleble adj. Que puede borrarse.

deleción n.f. BIOL Ruptura de un cromosoma y desaparición de una de sus partes, dando lugar a una mutación.

delectación n.f. Deleitación.

delegar v.tr. Dar una persona a otra la facultad o poder que tiene para que haga sus veces. • **delegación** n.f. **1.** Acción y efecto de delegar. **2.** Cargo de delegado. **3.** Oficina del delegado. **4.** Conjunto o reunión de delegados. • **delegado,a** n. y adj. Persona en quien se delega una facultad o jurisdicción.

deleitar v.tr. y prnl. Producir deleite. • **deleite** n.m. Sensación de placer y agrado.

deletrear v.int. Pronunciar separadamente las sílabas de cada palabra.

deleznable adj. Poco consistente. ▷ Fig. Poco durable, inconsistente.

délfico,a adj. Perteneciente a Delfos o al oráculo de Apolo en Delfos.

1. delfín n.m. ZOOL Cetáceo piscívoro de cabeza voluminosa, hocico delgado y agudo, y una sola abertura nasal.

2. delfín n.m. Título que se daba al primogénito del rey de Francia.

delfínidos n.m.pl. ZOOL Familia de cetáceos odontocetos pequeños o medianos.

delga n.f. ELECTR Cada una de las laminillas de cobre que forman el colector de una máquina de corriente continua.

delgado,a **I.** adj. **1.** Flaco. ▷ De poco espesor. **2.** Fig. Agudo, sutil, ingenioso. **II.** n.m.

MAR Cada una de las partes de los extremos de popa y de proa, en las cuales se estrecha el pantoque.

deliberar **1.** v.int. Examinar detenidamente el pro y el contra de una decisión. **2.** v.tr. Resolver una cosa con premeditación.

delicado,a adj. **1.** Fino, atento, suave, tierno. ▷ Débil, enfermizo. ▷ Fácil de deteriorarse. **2.** Sabroso, gustoso. **3.** Difícil, expuesto a contingencias. **4.** Suspicaz, fácil de enojarse. ▷ Difícil de contentar. **5.** Que procede con escrupulosidad. • **delicadeza** n.f. **1.** Finura. ▷ Atención con las personas o las cosas. ▷ Ternura, suavidad. **2.** Escrupulosidad.

delicia n.f. Placer muy intenso. ▷ Aquello que causa delicia.

delictivo,a adj. Perteneciente o relativo al delito. ▷ Que implica delito.

delicuescente adj. QUIM Que tiene la propiedad de atraer la humedad del aire y licuarse lentamente.

delimitar v.tr. Determinar o fijar con precisión los límites de una cosa.

delincuencia n.f. **1.** Calidad de delincuente. **2.** Comisión de un delito. ▷ Conjunto de delitos. • **delincuente** n. Que delinque.

delinear v.tr. Trazar las líneas de una figura.

delinquir v.int. Cometer delito.

delirar v.int. Desvariar, tener perturbada la razón. ▷ Fig. Decir o hacer despropósitos o disparates. • **delirio** n.m. **1.** Acción y efecto de delirar. **2.** Perturbación de la razón. **3.** Fig. Despropósito, disparate. • **delírium trémens** n.m. Delirio alcohólico agudo acompañado de agitación, alucinaciones, temblores, fiebre y deshidratación grave.

delitescencia n.f. MED **1.** Desaparición de alguna afección local. **2.** QUIM Pérdida de agua que experimenta un cuerpo al cristalizarse.

delito n.m. **1.** Culpa, crimen, quebrantamiento de la ley. **2.** FOR Acción u omisión voluntaria, castigada por la ley con pena grave.

Delphinapterus n.m. ZOOL Género de cetáceos de los mares árticos. Uno de sus representantes, la beluga, alcanza hasta 7 m de longitud.

Delphinium n.m. BOT Género de plantas ranunculáceas de flores cigomorfas, que incluye la llamada *espuela de caballero.*

delta **1.** n.f. Cuarta letra del alfabeto griego, que corresponde a nuestra *d.* **2.** n.m. Terreno comprendido entre los brazos de un río en su desembocadura. • **deltoides** n.m. y adj. ANAT Músculo propio de los mamíferos, de forma triangular, que en el hombre va desde la clavícula al omóplato y cubre la articulación de éste con el húmero.

demacrar v.tr. y prnl. Enflaquecer por causa física o moral.

demagogia n.f. Forma de gobernar que busca sólo agradar a la plebe. • **demagogo,a** n.m. y f. **1.** Cabeza de una facción popular. **2.** El que practica la demagogia.

demandar v.tr. Hacer cargo de una cosa. ▷ FOR Entablar demanda. • **demanda** n.f. **1.** Súplica, petición, solicitud. **2.** COM Pedido de mercancías. **3.** FOR Petición que un litigante sustenta en el juicio. ▷ FOR Escrito en que se ejercitan en juicio acciones civiles o se desenvuelve un recurso contencioso administrativo. • **demandado,a** n.m. y f. FOR Persona a quien se pide una cosa en juicio. • **demandante** n.m. y f. FOR Persona que demanda o pide una cosa en juicio.

demarcación n.f. **1.** Acción y efecto de demarcar. **2.** Terreno demarcado. ▷ En las divisiones territoriales, parte comprendida en cada jurisdicción. ▷ HIST *Línea de demarcación.* Línea trazada sobre el mapamundi por el papa Alejandro VI en 1494. (Se decidió que las tierras descubiertas al O de esta línea pasasen a poder de los españoles y las descubiertas al E, al de los portugueses.)

demarcar v.tr. Delinear, señalar los límites o confines de un país o terreno. ▷ MAR Marcar, determinar una marcación.

demás **I.** Precedido de los artículos *lo, la, los, las,* lo otro, la otra, los otros o los restantes, las otras. En plural se usa muchas veces sin artículo, significando: *y otras personas o cosas.* **II.** adv.c. Además.

demasiado,a **1.** adj. Que es o tiene en demasía. **2.** adv.c. En demasía. • **demasía** n.f. **1.** Exceso. **2.** Atrevimiento. **3.** Insolencia.

demencia n.f. Locura, trastorno de la razón. ▷ MED Estado de debilidad, generalmente progresivo y fatal, de las facultades mentales. • **demente** **1.** n. y adj. Loco, falto de juicio. **2.** adj. MED Que padece demencia.

demérito n.m. Falta de mérito. ▷ Acción o cualidad por la cual se desmerece.

demiurgo n.m. **1.** FILOS Dios creador, en la filosofía de los platónicos y alejandrinos. **2.** FILOS Principio activo del mundo.

democracia n.f. **1.** Régimen político en el que el pueblo ejerce la soberanía a través del voto. **2.** Doctrina política favorable a la intervención del pueblo en el gobierno.
ENCICL En las sociedades más antiguas encontramos ya formas incipientes del pensamiento político democrático. Antes de ser gobernados por los reyes, los israelitas eligieron a sus jueces entre los hombres más santos o heroicos de la comunidad. En las ciudades griegas tomó cuerpo esta doctrina, de forma que una asamblea de ciudadanos elegía a los magistrados del poder ejecutivo. Sin embargo, lo que suele llamarse «democracia griega» se identifica en realidad con la tiranía, y el poder fue detentado muchas veces por auténticos déspotas que se amparaban en el refrendo popular. Así se comprende que Platón no se mostrara muy partidario de la democracia y propugnara el gobierno de una minoría de calidad intelectual y moral. Sin embargo Aristóteles defendió un poder político de derecho sometido a leyes racionales y reformables. En Roma, la democracia, sin llegar jamás a alcanzar entidad como pensamiento político, se aproximó teóricamente al contenido social que hoy suele atribuirse al vocablo. De esta forma los plebeyos pudieron aproximarse al gobierno, hasta entonces reservado a los patricios. Con la aparición medieval de la monarquía de derecho divino (rey por la gracia de Dios), la idea democrática sufrió un duro revés que no superaría hasta el establecimiento del humanismo erasmista (el derecho del hombre a rebelarse contra la tiranía) y del pensamiento luterano (libertad individual al margen de la autoridad dogmática). Esta corriente filosófica desembocó, en el siglo XVIII, en las tendencias liberales que promulgaban los derechos inalienables del hombre frente al Estado. De aquí surgieron las democracias parlamentarias y liberales que alcanzaron su refrendo en el establecimiento de elecciones libres para votar, dentro de un sistema pluralista de opciones o partidos, un gobierno sometido a derecho y a un turno limitado de poder. En los países marxistas se crearon las llamadas «democracias populares», más o menos inspiradas en el sistema soviético, que permitían una teórica y limitada oposición no comunista hasta el establecimiento de la «dictadura del proletariado».

demodex n.m. Género de ácaros microscópicos, parásitos de las glándulas sebáceas y los folículos pilosos de los mamíferos.

demodular v.tr. TELECOM Separar una señal de la onda portadora.

demografía n.f. Estudio estadístico de una colectividad humana.
ENCICL Considerada como el estudio de la distribución de la población o como su recuento (primordialmente con fines fiscales) o bien como el estudio de la natalidad y la mortalidad, la demografía se remonta hasta la Antigüedad. Como tal ciencia, nace hacia 1740 y se considera a Malthus como uno de sus iniciadores. En cualquier caso, los primeros servicios de estadística no se crean hasta el s. XIX. Hoy día, la dificultad que entraña la recopilación de datos, especialmente en el Tercer Mundo, donde los problemas demográficos son más acusados (sobrepoblación, repartición defectuosa, natalidad y mortalidad elevadas, etc.), hace que sea indispensable un enfoque informático, así como la contribución de sociólogos, economistas, epidemiólogos, etc.

demoler v.tr. Deshacer, derribar.

demonio n.m. **1.** Diablo. **2.** Genio o ser sobrenatural. • **demonolatría** n.f. Culto supersticioso que se rinde al diablo. • **demonología** n.f. Estudio sobre la naturaleza y cualidades de los demonios.

demorar v.tr. Retardar. • **demora** n.f. **1.** Tardanza. **2.** FOR Tardanza en el cumplimiento de una obligación desde que es exigible.

demostrar v.tr. **1.** Manifestar, declarar. **2.** Probar, sirviéndose de cualquier género de demostración. **3.** Enseñar. **4.** LOG Hacer ver que una verdad particular está comprendida en otra universal, de la que se tiene entera certeza. • **demostración** n.f. **1.** Acción y efecto de demostrar. **2.** Comprobación, por hechos ciertos o experimentos repetidos, de un principio o de una teoría. **3.** Manifestación. ▷ Ostentación o manifestación pública. **4.** LOG Razonamiento que se apoya sobre principios ciertos para deducir o sacar consecuencias ciertas. ▷ Prueba de una cosa, partiendo de verdades universales y evidentes. ▷ Fin y término del procedimiento deductivo.

demótico,a **1.** adj. Género de escritura cursiva empleado por los antiguos egipcios para diversos actos privados. **2.** n.m. La lengua griega moderna en su forma coloquial.

demudar **I.** v.tr. Mudar, variar. **II.** v.prnl. **1.** Cambiarse repentinamente el color o la expresión del semblante. **2.** Alterarse, inmutarse.

demultiplicador,a n. y adj. MECAN Dispositivo mediante el cual se reduce la velocidad que transmite un motor.

denario,a **1.** n. y adj. Referido al número 10 o lo contiene. **2.** n.m. Moneda romana.

dendr(o)-, -dendro Partícula procedente del griego *déndron,* «árbol». Se utiliza como prefijo o sufijo.

dendrita n.f. **1.** MINER Concreción mineral que en forma de ramas de árbol suele presentarse en las fisuras y juntas de las rocas. **2.** Árbol fósil. **3.** MED Prolongación protoplásmica ramificada de la célula nerviosa.

dendroideo,a o **dendroide** adj. Arborescente.

dendrómetro n.m. Instrumento que mide las dimensiones de los árboles en pie.

dendrotráquea n.m. ZOOL Cada uno de los conductos por los que penetra en el cuerpo de los insectos miriápodos y algunos arácnidos el aire que respira el animal.

denegar v.tr. No conceder lo que se pide.

1. dengue n.m. **1.** Melindre que consiste en afectar males y disgusto de lo que más se desea. **2.** MED Enfermedad febril, epidémica y contagiosa, que se manifiesta por dolores de los miembros y erupciones cutáneas.

2. dengue n.m. **1.** *Chile.* Dondiego de noche. **2.** *Chile.* Flor de esta planta.

denigrar v.tr. Hablar mal de una persona para destruir su fama u opinión.

denodarse v.prnl. Atreverse, esforzarse.

denominar v.tr. y prnl. Nombrar, señalar o distinguir con un título particular a algunas personas o cosas. • **denominador,a** n. y adj. **1.** Que denomina. **2.** MAT Término de una fracción que indica en cuántas partes iguales se ha dividido el todo. • **denominativo,a** adj. **1.** Que implica o denota denominación. **2.** GRAM Dícese de la palabra y en especial del verbo, derivados de un nombre, como *torear* de *toro,* y *martillar* de *martillo.*

denostar v.tr. Injuriar gravemente.

denotar v.tr. Indicar, anunciar, significar.

densidad n.f. **1.** Calidad de denso. **2.** FIS *Densidad de un líquido o de un sólido:* relación entre la masa de un volumen de ese líquido o sólido y la masa del mismo volumen de agua a 4 ºC. ▷ *Densidad de un gas:* relación entre la masa de un volumen dado de ese gas y la masa del mismo volumen de aire, en las mismas condiciones de temperatura y de presión. **3.** *Densidad de población.* Número de habitantes por unidad de superficie, como hectárea, kilómetro cuadrado, etc.

densímetro n.m. FIS Areómetro.

denso,a adj. **1.** Compacto. **2.** Espeso. **3.** Fig. Apiñado, apretado. **4.** Fig. Confuso.

dentadura n.f. Conjunto de dientes, muelas y colmillos que hay en la boca.

dental adj. **I.** Dentario, (perteneciente o relativo a los dientes). **II.** FON Se dice de la consonante cuya articulación requiere que la lengua toque en los dientes. ▷ n.f. y adj. Se dice de la letra que representa este sonido.

dentalium n.m. Molusco escafópodo marino, cuya concha troncocónica arqueada está abierta en los dos extremos.

dentar v.intr. Salir los dientes.

dentellada n.f. **1.** Herida que dejan los dientes en la parte donde muerden. **2.** Acción de mover la mandíbula con fuerza sin mascar cosa alguna.

dentera n.f. Sensación desagradable que se experimenta en dientes y encías al comer sustancias agrias, oír ciertos ruidos desapacibles, tocar determinados cuerpos, etc. ▷ Fig. y Fam. Envidia.

dentición n.f. **1.** Acción y efecto de endentecer. **2.** Tiempo en que se echa la dentadura. **3.** ZOOL Clase y número de dientes que caracterizan a un mamífero, según su especie.

dentículo n.m. ARQUIT Cada uno de los adornos rectangulares que, formando fila, se colocan en la parte superior del friso del orden jónico y en algunos otros miembros arquitectónicos.

dentífrico,a n.m. y adj. Preparado específico que se usa para limpiar la dentadura.

dentina n.f. BIOQUIM Sustancia constitutiva de los dientes, cuya consistencia es similar a la de los huesos.

dentirrostro adj. ZOOL Se dice de los pájaros cuyo pico tiene un diente más o menos visible en el extremo de la mandíbula superior. ▷ n.m. pl. ZOOL Suborden de estos animales.

dentista n. y adj. Especialista dedicado a conservar la dentadura, curar sus enfermedades y reponer artificialmente sus faltas.

dento FON y MED Primer elemento de compuestos en los que indica localización o carácter dental.

dentón **1.** n. y adj. Fam. Dentudo. **2.** n.m. ZOOL Pez teleósteo marino, del suborden de los acantopterigios.

dentro adv. l. y t. A o en la parte interior de un espacio o término real o imaginario.

denuedo n.m. Brío, esfuerzo, valor.

denuesto n.m. Injuria grave.

denunciar v.tr. **1.** Avisar. **2.** Declarar oficialmente el estado ilegal, irregular o inconveniente de una cosa. **3.** Notificar una de las partes la rescisión de un contrato, la terminación de un tratado, etc. **4.** Fig. Delatar. **5.** FOR Dar a la autoridad parte o noticia de un daño hecho, con designación del culpable o sin ella. • **denuncia** n.f. **1.** Acción y efecto de denunciar. **2.** FOR Noticia que de palabra o por escrito se da a la autoridad competente de haberse cometido algún delito o falta. ▷ Documento en que consta dicha noticia.

deontología n.f. Ciencia de los deberes.

deparar v.tr. Suministrar, proporcionar, conceder. ▷ Poner delante, presentar.

departamento n.m. **1.** Cada una de las partes en que se divide un territorio, un edificio, una caja, etc. **2.** Ministerio o rama de la administración pública. **3.** Distrito a que se extiende la jurisdicción o mando de un capitán general de marina. **4.** *Amér.* Apartamento.

departir v.int. Hablar, conversar.

depauperar v.tr. y prnl. **1.** Empobrecer. **2.** MED Debilitar, extenuar.

dependencia n.f. **1.** Subordinación, reconocimiento de mayor poder o autoridad. **2.** Relación de parentesco o amistad. **3.** Negocio, encargo, agencia. **4.** Oficina pública o privada, dependiente de otra superior. **5.** Cosas accesorias de otra principal.

depender v.int. **1.** Estar subordinado a una persona o cosa. **2.** Necesitar una persona del auxilio o protección de otra.

dependiente n.m. **1.** El que sirve a uno. **2.** Empleado encargado de atender a los clientes en las tiendas.

depilar v.tr. y prnl. MED Eliminar el pelo por medio de sustancias, medicamentos depilatorios o por otros procedimientos.

depleción n.f. **1.** MED Pérdida, espontánea o provocada, de líquidos o de sustancias orgánicas. **2.** ASTRON Heterogeneidad de un astro, caracterizada por una disminución local de su campo gravitatorio.

deplorar v.tr. Sentir viva y profundamente un suceso.

deponer v.tr. **1.** Privar a una persona de su empleo, o degradarla de los honores o dignidad que tenía. **2.** FOR Declarar ante una autoridad judicial.

deportar v.tr. Desterrar a alguien.

deporte n.m. Ejercicio físico practicado individualmente o por equipos con sujeción a ciertas reglas. • **deportividad** n.f. Carácter deportivo, corrección. • **deportivo,a** adj. Perteneciente o relativo al deporte. ▷ Que se ajusta a las normas de corrección que deben observarse en la práctica de los deportes.

depósito n.m. **1.** Acción y efecto de depositar. **2.** Cosa depositada. **3.** Lugar o recipiente donde se deposita. **4.** GEOL Acumulación de materiales detríticos de origen mineral. • **deposición** n.f. **1.** Exposición o declaración que se hace de una cosa. **2.** Privación o degradación de empleo o dignidad. **3.** Evacuación de vientre. **4.** FOR Declaración hecha verbalmente ante un juez o tribunal. • **depositar I.** v.tr. **1.** Poner bienes o cosas de valor bajo la custodia de una persona con la obligación de guardarlo o restituirlo. **2.** Entregar, confiar a uno una cosa amigablemente y sobre su palabra. **3.** Poner a una persona en lugar donde libremente pueda manifestar su voluntad, protegiéndola de cualquier violencia. **4.** Encerrar, contener. **5.** Colocar un cadáver en lugar apropiado hasta que se le dé sepultura. **6.** Colocar algo en sitio determinado y por tiempo indefinido. **7.** Dejar sedimento un líquido. **8.** Fig. Encomendar, confiar a uno alguna cosa, como la fama, la opinión, etc. **II.** v.prnl. Separarse de un líquido una materia que esté en suspensión, cayendo al fondo. • **depositaría** n.f. **1.** Lugar donde se hacen los depósitos. **2.** Tesorería u oficina del depositario que tiene a su cargo el dinero de una depositaría. **3.** Cargo de depositario. • **depositario,a I.** adj. **1.** Perteneciente al depósito. **2.** Fig. Que contiene una cosa. **II.** n.m. y f. Persona en quien se deposita una cosa. **III.** n.m. El que tiene a su cargo el dinero de una depositaría.

depravar v.tr. y prnl. Viciar, corromper.

depreciar v.tr. Disminuir o rebajar el valor o precio de una cosa.

depredar v.tr. Robar, saquear con violencia. • **depredación** n.f. **1.** Pillaje, devastación. **2.** Malversación injusta por abuso de autoridad o de confianza.

depresión **I.** n.f. **1.** Acción y efecto de deprimir o deprimirse. **2.** Concavidad de alguna extensión en un terreno u otra superficie. **3.** Síndrome caracterizado por una tristeza profunda e inmotivada y por la inhibición de todas las funciones psíquicas. **II.** *Depresión barométrica.* Descenso de la altura de la columna barométrica mayor que la normal. — MAR *Depresión de horizonte.* Ángulo formado en el ojo del observador por las líneas horizontal y tangente a la superficie del mar. • **depresor,a** n.m. CIR Instrumento para deprimir o apartar determinados órganos o parte de ellos.

deprimir Abatir, quitar el ánimo. v.prnl. MED Padecer un síndrome de depresión.

deprisa adv. m. Con celeridad.

depurar v.tr. y prnl. **1.** Limpiar, purificar. **2.** Rehabilitar en el ejercicio de su cargo al que por causas políticas estaba separado o en suspenso. **3.** Someter a un funcionario a expediente para sancionar su conducta política. • **depurador,a** **1.** n. y adj. Que depura. **2.** n.m. Aparato que sirve para eliminar las impurezas de un producto. • **depurativo,a** n.m. y adj. FARM Medicina que depura la sangre.

derby n.m. **1.** HIP Carrera de caballos que se celebra anualmente en Epsom, Gran Bretaña. **2.** DEP Encuentro que se disputa entre dos equipos de una misma ciudad.

derecha n.f. **1.** Mano derecha. **2.** POLIT Conjunto de partidos conservadores. • **derechista** n.m. y f. De la derecha política.

derecho,a **I.** adj. **1.** Recto, igual, seguido, sin torcerse a un lado ni a otro. **2.** Que cae o mira hacia la mano *derecha* o está al lado de ella. ▷ Se aplica a lo que está, a mano *derecha* de la vaguada de un río mirándolo hacia donde corre el agua. **3.** Justo, fundado, razonable, legítimo. **II.** adv. m. Directamente, en derechura. **III.** n.m. **1.** Facultad natural del hombre para hacer legítimamente lo que conduce a los fines de su vida. **2.** Facultad de hacer o exigir todo aquello que la ley o la autoridad establece en nuestro favor, o que el dueño de una cosa nos permite en ella. **3.** Consecuencias naturales del estado de una persona, o sus relaciones con respecto a otras. **4.** Acción que se tiene sobre una persona o cosa. **5.** Justicia, razón. **6.** Conjunto de principios, preceptos y reglas a que están sometidas las relaciones humanas en toda sociedad civil. El derecho se divide en varias ramas, a saber: *público, privado, internacional, político, administrativo, procesal, penal, civil, mercantil, canónico y romano.* **7.** Exención, franquicia, privilegio. **8.** Facultad que abraza el estudio del derecho en sus diferentes órdenes. **9.** Sendero, camino. **10.** Lado de una tela, papel, tabla, etc., por ser el que ha de verse, de mayor perfección. **IV.** n.m. pl. **1.** Tanto que se paga, con arreglo a arancel, por la introducción de una mercancía o por otro hecho designado por la ley. **2.** Cantidades que se cobran en ciertas profesiones. **V.** *Derecho de pernada.* Derecho que se atribuye a los señores feudales de pasar con la esposa de un siervo la primera noche después de la boda, real o simbólicamente.

derechura n.f. Calidad de derecho.

derivada n.f. MAT Hablando de funciones matemáticas, límite hacia el cual tiende la razón entre el incremento de la función y el correspondiente a la variable cuando este último tiende a cero.

derivar **I.** v.int. y prnl. **1.** Traer su origen de alguna cosa. **2.** MAR Abatir, desviarse el buque de su rumbo. **II.** v.tr. Conducir una cosa de una parte a otra. ▷ Traer una palabra de cierta raíz. • **deriva** n.f. MAR Desvío de la nave de su verdadero rumbo. ▷ *A la deriva.* MAR A merced de la corriente o del viento. — Fig. A merced de las circunstancias. ▷ *Deriva de los continentes.* Según la teoría de la deriva de los continentes elaborada por Wegener (1915), los continentes actuales serían el resultado de la fragmentación, ocurrida durante las eras secundaria y terciaria, de un continente único, llamado Gondwana; cada trozo fue derivando posteriormente debido al efecto de la rotación de la Tierra. • **derivación** n.f. **1.** Descendencia, deducción. **2.** Acción de sacar o separar una parte del todo, o de su origen y principio. **3.** ELECTR Pérdida de fluido que se produce en una línea eléctrica por varias causas y principalmente por la acción de la humedad ambiente. **4.** GRAM Procedimiento por el cual se forman vocablos ampliando o alterando la estructura o significación de otros que se llaman primitivos. • **derivado,a** n.m. y adj. GRAM Se aplica al vocablo formado por derivación. ▷ QUIM Se dice del producto que se obtiene de otro. • **derivativo,a** adj. GRAM Que implica o denota derivación. Se aplica a la palabra que se origina de otra.

dermalgia n.f. PAT Dolor nervioso de la piel.

dermatitis n.f. MED Inflamación de la piel.

dermato-, derm(o)- Partículas procedentes del griego *derma, ătos,* «piel».

dermatoesqueleto n.m. ZOOL Nombre del esqueleto exterior de ciertos animales.

dermatología n.f. MED Especialidad médica que trata la piel y sus enfermedades.

dermatosis n.f. PAT Enfermedad de la piel, que se manifiesta por costras, manchas, granos u otra especie de erupción.

dermis n.f. CIENC NAT Capa más profunda de la piel, situada bajo la epidermis y formada de tejido conjuntivo.

dermópteros n.m. pl. Orden de mamíferos, cercanos a los insectívoros, al que pertenecen los galeopitecos. Pueden volar por medio de las membranas que tienen entre los miembros anteriores.

derogar v.tr. Abolir, anular una cosa establecida como ley o costumbre.

derramar **I.** v.tr. y prnl. Verter, esparcir cosas líquidas o menudas. **II.** v.tr. Repartir, distribuir entre los vecinos de un pueblo los tributos y demás impuestos con que deben contribuir al Estado. **III.** v.prnl **1.** Esparcirse. **2.** Desaguar, desembocar una corriente de agua. • **derrama** n.f. **1.** Repartimiento de un gasto eventual, y especialmente de una contribución. **2.** Contribución temporal o extraordinaria. • **derramamiento** n.m. Acción y efecto de derramar o derramarse.

derrame n.m. **1.** Derramamiento. **2.** Porción de líquido o semilla que se desperdicia al medirlo o que se sale y pierde del recipiente que lo contiene. **3.** Corte oblicuo que se forma en los muros para que las puertas y ventanas abran más sus hojas o para que entre más luz. **4.** Declive de la tierra por el cual corre o puede correr el agua. **5.** Subdivisión de una cañada o valle en salidas más angostas. **6.** MAR Corriente de aire que se escapa por las relingas de una vela hinchada por el viento. **7.** PAT Acumulación anormal de un líquido en una cavidad o salida del mismo fuera del cuerpo. **8.** pl. *Chile.* Aguas sobrantes de un predio, que descienden a otro inferior.

derredor n.m. Contorno de una cosa.

derrengar v.tr. y prnl. **1.** Descaderar, lastimar gravemente el espinazo o los lomos. **2.** Torcer, inclinar a un lado más que a otro.

derretido,a **1.** adj. Fig. Amartelado, enamorado. **2.** n.m. Hormigón (sent. 1).

derretir **I.** v.tr. **1.** Liquidar, disolver por medio del calor una cosa sólida, congelada o pastosa. ▷ Fig. Consumir, gastar, disipar los bienes. ▷ Fam. Trocar la moneda. **II.** v.prnl. **1.** Fig. Enardecerse en el amor. **2.** Fig. y Fam. Enamorarse con prontitud y facilidad. **3.** Fig. y Fam. Inquietarse, impacientarse.

derribar **I.** v.tr. **1.** Demoler casas u otros edificios. **2.** Tirar al suelo a una persona, animal o cosa. **3.** Tirar lo que está levantado o puesto en alto. **4.** Tratándose de toros o vacas, hacerlos caer empujados por la garrocha del jinete. **5.** Postrar, enflaquecer. ▷ Fig. Hacer perder a una persona el poder. **6.** EQUIT Hacer que el caballo baje o encoja las ancas. **II.** v. prnl. Tirarse a tierra. • **derribo** n.m. **1.** Demolición de construcciones. **2.** Conjunto de materiales que se sacan de la demolición. **3.** Lugar donde se derriba. **4.** Acción de hacer caer en tierra a los toros y vacas.

derrocar v.tr. Derribar de su estado o del poder a alguien.

derrochar v.tr. Malgastar el dinero o los bienes. ▷Demostrar exageradamente alegría, valor, etc.

derrota n.f. **1.** MAR Rumbo o dirección que llevan en su navegación las embarcaciones. **2.** MILIT Vencimiento por completo de tropas enemigas.

derrotar v.tr. **1.** MILIT Vencer y hacer huir con desorden al ejército contrario. **2.** TAUROM. Dar derrotes.

derrotero n.m. MAR **1.** Línea señalada en la carta de marear para el gobierno de los pilotos en los viajes. **2.** MAR Dirección que se da por escrito para un viaje de mar. **3.** MAR Libro que contiene estas derrotas. **4.** MAR Derrota, rumbo. **5.** Fig. Camino hacia un fin.

derrotismo n.m. Tendencia a propagar el desaliento acerca de una empresa por pesimismo o bien con intención maliciosa.

derruir v.tr. Derribar, destruir un edificio.

derrumbar v.tr. y prnl. Precipitar, despeñar.

derviche n.m. RELIG Religioso miembro de una cofradía relacionada con el sufismo.

des prep. insep. Denota negación o inversión del significado del simple, como en *desconfiar; deshacer;* privación, como en *desabejar*; exceso o demasía, como en *deslenguado*; fuera de, como en *descamino, deshora.* A veces no implica negación, sino afirmación, como en *despavorir, deslánguido.*

desabastecer v.tr. Desproveer.

desabotonar v.tr. y prnl. Sacar los botones de los ojales.

desabrido,a adj. **1.** Se dice de la fruta u otro manjar que carece de gusto. **2.** Dícese de las armas que al disparar dan golpe al tirador. **3.** Tratándose del tiempo, destemplado, desigual. ▷ Fig. Áspero y desapacible en el trato.

desabrigar v.tr. y prnl. Descubrir, desarropar, quitar el abrigo. • **desabrigado,a** adj. Fig. Desamparado.

desabrochar v.tr. y prnl. Desasir los broches, corchetes, botones u otra cosa con que se ajusta la ropa.

desacatar v.tr. y prnl. Faltar a la reverencia o respeto que se debe a uno. • **desacato** n.m. **1.** Irreverencia para con las cosas sagradas. **2.** Falta del debido respeto a los superiores. **3.** FOR Delito que se comete calumniando, injuriando o amenazando a una autoridad en el ejercicio de sus funciones.

desacertar v.int. Errar. • **desacierto** n.m. Acción y efecto de desacertar.

desaconsejar v.tr. Disuadir a alguien de alguna intención.

desacoplar v.tr. Separar lo que estaba acoplado. ▷ TELECOM Impedir a dos circuitos que actúen el uno sobre el otro.

desacordar **1.** v.tr. y prnl. Desafinar un instrumento.

desacostumbrar v.tr. y prnl. Hacer perder o dejar el uso y costumbre que uno tiene.

desacreditar v.tr. Desprestigiar a una persona.

desacuerdo n.m. Discordia o disconformidad en los dictámenes o acciones.

desafecto,a **1.** n. y adj. Que no siente estima por una cosa. ▷ Opuesto, contrario. **2.** n.m. Malquerencia. • **desafección** n.f. Mala voluntad.

desaferrar **1.** v.tr. y prnl. Soltar lo que está aferrado. **2.** v.tr. MAR Levantar las anclas.

desafiar v.tr. **1.** Retar a alguien a batalla o pelea. **2.** Contender, competir con uno en cosas que requieren fuerza, agilidad o destreza. ▷ Fig. Competir, oponerse una cosa a otra. • **desafío** n.m. Acción y efecto de desafiar. ▷ Rivalidad, competencia.

desafinar **1.** v.int. y prnl. MUS Desviarse algo la voz o el instrumento del punto de la perfecta entonación, desacordándose y causando desagrado al oído. **2.** v.int. Fig. y Fam. Decir en una conversación cosa indiscreta o inoportuna.

desaforar **I.** v.tr. **1.** Quebrantar los fueros y privilegios que corresponden a uno. **2.** Privar a uno del fuero o exención que goza, por haber cometido algún delito de los señalados para este caso. **II.** v.prnl. Descomponerse, atreverse, descomedirse.

desafuero n.m. **1.** Acto violento contra la ley. ▷ P. ext., acción contraria a las costumbres o a los consejos de la razón. **2.** FOR Hecho que priva de fuero al que lo tenía.

desagradar v.int. y prnl. Disgustar, fastidiar. • **desagrado** n.m. **1.** Disgusto, descontento. **2.** Expresión del disgusto que nos causa una persona o cosa.

desagradecer v.tr. No agradecer algo.

desagraviar v.tr. y prnl. Borrar o reparar el agravio hecho, dando al ofendido satisfacción cumplida. ▷ Resarcir o compensar el perjuicio causado.

desagüe n.m. **1.** Acción y efecto de desaguar (extraer, quitar el agua). **2.** Desaguadero, conducto de salida de las aguas.

desaguisado,a **1.** adj. Hecho contra la ley o la razón. **2.** n.m. Agravio, denuesto, acción descomedida.

desahogar v.prnl. Salir del ahogo de las deudas contraídas. **2.** Decir una persona a otra el sentimiento que tiene de ella. **3.** Hacer uno confianza de otro, refiriéndole sus penas. • **desahogado,a** adj. **1.** Descarado, descocado. **2.** Aplícase al sitio amplio. **3.** Dícese del que vive con desahogo. • **desahogo** n.m. **1.** Alivio de la pena. **2.** Ensanche, dilatación. **3.** Desembarazo, libertad. **4.** Descaro, frescura.

desahuciar v.tr. **1.** Desengañar. **2.** Desahuciar a un enfermo. **3.** Despedir al inquilino o arrendatario.

desairar v.tr. **1.** Deslucir, desatender a una persona. **2.** Desestimar una cosa.

desajustar **1.** v.tr. Desigualar, desconcertar una cosa de otra. **2.** v.prnl. Desconvenirse, apartarse del ajuste o concierto hecho o próximo a hacerse.

1. desalar v.tr. Quitar la sal a una cosa. ▷ Hablando del agua del mar, quitarle la sal para hacerla potable o para otros fines.

2. desalar v.tr. Quitar las alas.

desalentar 1. v.tr. Hacer dificultosa la respiración por la fatiga o cansancio. 2. v.tr. y prnl. Fig. Quitar el ánimo, acobardar.

desaliento n.m. Falta de ánimo.

desaliñar v.tr. y prnl. Descomponer, ajar el adorno o compostura. • **desaliño** n.m. Desaseo, descompostura, desatavío, falta de aliño. ▷ Fig. Negligencia, omisión, descuido.

desalmado,a adj. Falto de conciencia. ▷ Cruel, inhumano.

desalojar I. v.tr. 1. Sacar o hacer salir de un lugar a una persona o cosa. 2. Abandonar un puesto o un lugar. 3. Desplazar. II. v.int. Dejar el hospedaje, sitio o morada voluntariamente.

desamarrar v.tr. y prnl. 1. Quitar las amarras. ▷ Fig. Desasir, apartar. 2. MAR Dejar a un buque sobre una sola ancla o amarra.

desaminación n.f. BIOQUIM Pérdida, por parte de un aminoácido, de su grupo amino. • **desaminasa** n.f. Enzima que realiza la desaminación.

desamor n.m. 1. Falta de amor o amistad. 2. Falta de afecto hacia las cosas. 3. Enemistad, aborrecimiento.

desamortizar v.tr. 1. Dejar libres los bienes amortizados. 2. Poner en estado de venta los bienes de manos muertas, mediante disposiciones legales. • **desamortización** n.f. Acción y efecto de desamortizar.

ENCICL **Hist.** — Las tierras objeto de desamortización solían ser propiedades eclesiásticas, y no pagaban ningún tipo de impuestos. En España, la primera desamortización data de 1798 (Godoy, siguiendo las ideas de Campomanes y Jovellanos). No obstante, las dos principales tuvieron lugar de 1835 a 1837 (Mendizábal) y en 1855, ésta llevada a cabo por los progresistas. La situación del campo no cambió mucho, pero se consiguió, al menos, una mayor comercialización del terreno y el aumento de la producción. No constituyó una reforma agraria en toda regla (no se repartió la propiedad, más bien cambió de manos) y su aplicación estuvo muy condicionada por los vaivenes políticos de la época.

desamparar v.tr. 1. Abandonar, dejar sin amparo ni favor a la persona o cosa que lo pide o necesita. 2. Ausentarse, abandonar un lugar o sitio. ▷ FOR Dejar o abandonar una cosa, con renuncia de todo derecho a ella.

desandar v.tr. Retroceder, en el camino.

desangrar I. v.tr. 1. Sacar la sangre a una persona o a un animal en gran cantidad o con mucho exceso. 2. Fig. Agotar o desaguar un lago, estanque, etc. 3. Fig. Empobrecer a uno, gastándole los bienes. II. v.prnl. Perder mucha sangre; perderla toda.

desanimar v.tr. y prnl. Desalentar, quitar ánimos.

desanudar v.tr. 1. Deshacer o desatar el nudo. 2. Fig. Aclarar, disolver lo que está enredado y enmarañado.

desapacible adj. Que causa molestia, enfado o desagrado a los sentidos.

desaparecer 1. v.tr. y prnl. Ocultar, quitar de delante con presteza una cosa. 2. v.int. Ocultarse, quitarse de la vista una persona o cosa. • **desaparición** n.f. Acción y efecto de desaparecer o desaparecerse.

desapego n.m. Fig. Falta de afición o interés, alejamiento, desvío.

desapercibido,a adj. Desprevenido, desprovisto de lo necesario.

desaprensión n.f. Falta de miramiento. • **desaprensivo,a** adj. Que tiene desaprensión.

desaprobar v.tr. Reprobar, no asentir a una cosa.

desaprovechar 1. v.tr. Desperdiciar o emplear mal una cosa. 2. v.int. Perder lo que se había adelantado.

desarbolar v.tr. MAR Destruir, o derribar los árboles o palos de una embarcación.

desarmar I. v.tr. y prnl. Desceñir a una persona las armas que lleva. II. v.tr. 1. Quitar o hacer entregar a una persona, a un cuerpo o a una plaza las armas que tiene. 2. Desunir, separar las piezas de que se compone una cosa. 3. Reducir las fuerzas militares de un Estado o su armamento. 4. Hacer dar un golpe en falso a un animal de asta, de modo que no pueda repetirlo sin cambiar de postura. 5. Fig. Templar, minorar, desvanecer. III. v.int. Reducir las naciones su armamento y fuerzas militares en virtud de un pacto internacional. • **desarme** n.m. Acción y efecto de desarmar o desarmarse.

desarraigar I. v.tr. y prnl. 1. Arrancar de raíz un árbol o una planta. 2. Fig. Extirpar enteramente una pasión, una costumbre o un vicio. 3. Fig. Echar, desterrar a uno de donde vive o tiene su domicilio. II. v.tr. Fig. Apartar del todo a uno de su opinión.

desarreglar v.tr. y prnl. Trastornar, desordenar, sacar de regla.

desarrollar I. v.tr. y prnl. 1. Descoger, desenrollar lo que está arrollado. 2. Fig. Explicar una teoría y llevarla hasta sus últimas consecuencias. II. v.prnl. 1. Fig. Suceder, ocurrir, acontecer de un modo, en un lugar, etc. 2. MAT Efectuar las necesarias operaciones de cálculo para cambiar la forma de una expresión analítica. • **desarrollo** n.m. Acción y efecto de desarrollar o desarrollarse. ▷ Evolución natural de un organismo vivo con la adquisición de nuevas funciones, de nuevos órganos (distinto del crecimiento). Aumento de las facultades mentales o intelectuales.

desarticular I. v.tr. y prnl. Separar dos o más huesos articulados entre sí. II. v.tr. 1. Fig. Separar las piezas de una máquina o artefacto. 2. Fig. Desorganizar, descomponer, desconcertar. ▷ Fig. Desorganizar la autoridad una conspiración u otra confabulación, deteniendo a los individuos que la forman o a los principales de ellos.

desarzonar v.tr. Hacer caer al jinete de la silla.

desasear v.tr. Quitar el aseo o limpieza.

desasimilación n.f. FISIOL Catabolismo.

desasir v.tr. y prnl. Desprender lo asido.

desasistir v.tr. Dejar sin amparo.

desasosegar v.tr. y prnl. Privar de sosiego.

desastre n.m. 1. Desgracia grande, suceso infeliz y lamentable. 2. Hiperbólicamente se aplica a cosas de mala calidad, mal aspecto, mal resultado, etc.

desatar I. v.tr. y prnl. Desenlazar una cosa de otra; soltar lo que está atado. II. v.tr. 1. Fig. Desleír, liquidar, derretir. 2. Fig. Deshacer, aclarar. III. v.prnl. 1. Fig. Excederse en hablar. 2. Fig. Proceder desordenadamente. 3. Fig. Perder el encogimiento, temor o extrañeza. ▷ Fig. Desencadenarse, soltarse con furia alguna fuerza física o moral.

desatascar I. v.tr. y prnl. Sacar del atascadero. II. v.tr. Desatancar, desembarazar un conducto obstruido. ▷ Fig. Sacar a uno de la dificultad en que se halla y de la que no puede salir por sí solo.

desatelizar v.tr. ESP Hacer que un satélite u otro ingenio espacial dejen su órbita.

desatender v.tr. 1. No prestar atención a lo que se dice o hace. 2. No hacer caso de una persona o cosa. 3. No corresponder, no asistir con lo que es debido. • **desatención** n.f. 1. Falta de atención, distracción. 2. Descortesía, falta de urbanidad o respeto.

desatinar I. v.tr. Hacer perder el tino, desatentar. II. v.int. 1. Decir o hacer desatinos. 2. Perder el tino en un sitio o lugar. • **desatino** n.m. 1. Falta de tino, tiento o acierto. 2. Locura, despropósito o error.

desautorizar v.tr. y prnl. Quitar a personas o cosas autoridad, poder, crédito o estimación. • **desautorización** n.f. Acción y efecto de desautorizar.

desavenir v.tr. y prnl. Desconcertar, desconvenir. • **desavenencia** n.f. Oposición, discordia, contrariedad.

desayuno n.m. 1. Alimento ligero que se toma por la mañana antes que otro alguno. 2. Acción de desayunar. • **desayunar** v. int. y prnl. Tomar el desayuno.

desazonar v.tr. y prnl. 1. Fig. Disgustar, enfadar. 2. v.prnl. Fig. Sentirse indispuesto en la salud.

desbancar v.tr. 1. Fig. Hacer perder a uno la amistad, o cariño de otra persona, ganándola para sí. 2. Privar a alguien de un cargo, autoridad o posición preeminente. 3. JUEG Ganar todo el dinero que el banquero añade para mantener el juego. 4. Despejar, desembarazar un sitio de los bancos que lo ocupan.

desbandarse v.prnl. Huir en desorden.

desbarajustar v.tr. Desordenar, alterar el orden o buen concierto de una cosa.

desbaratar I. v.tr. 1. Deshacer o arruinar una cosa. ▷ Disipar, malgastar los bienes. 2. Fig. Frustrar, impedir la realización de ideas, intrigas, etc. 3. MILIT Desordenar, poner en confusión a los contrarios. II. v.int. Disparatar. III. v.prnl. Fig. Descomponerse, hablar u obrar fuera de razón.

desbarrar v.int. Disparatar; errar en lo que se dice o hace.

desbastar I. v.tr. 1. Quitar las partes más bastas a una cosa que se haya de labrar. 2. Gastar, disminuir, debilitar. II. v.tr. y prnl. Fig. Quitar lo basto y grosero de una persona que no ha recibido educación.

desbenzolado n.m. TECN Extracción de los hidrocarburos aromáticos del gas de hulla.

desbocado,a I. adj. 1. Se dice del cañón que tiene la boca más ancha que el resto del ánima. 2. Se aplica a cualquier instrumento, como martillo, gubia, etc., que tiene gastada la boca. II. n. y adj. Fig. y Fam. Deslenguado.

desbocar I. v.tr. Quitar o romper la boca a una cosa. II. v.int. Desembocar. III. v.prnl. 1. Hacerse un caballo insensible a la acción del freno y lanzarse con desobediencia.

desbordar 1. v.int. y prnl. Salir de los bordes, derramarse. 2. v.prnl. Exaltarse, desmandarse las pasiones o los vicios.

1. desbravar I. v.tr. Amansar el ganado cerril, caballar o mular. II. v.int. y prnl. 1. Perder o deponer parte de la braveza. 2. Fig. Romperse, desahogarse el ímpetu de la cólera o de la corriente.

2. desbravar v.int. y prnl. Perder su fuerza el licor.

desbridar v.tr. CIR Dividir con instrumento cortante tejidos fibrosos que, produciendo estrangulación, pueden originar la gangrena. ▷ CIR Separar los filamentos que atraviesan una llaga y estorban la libre salida del pus.

desbriznar v.tr. 1. Sacar los estigmas a la flor del azafrán. 2. Desmenuzar algo.

desbrozar v.tr. Quitar la broza, limpiar.

desbutanización n.f. TECN Operación consistente en separar el butano y el propano del petróleo bruto.

descabalar v.tr. y prnl. Quitar o perder algunas de las partes o piezas de una cosa.

descabalgar 1. v.int. Desmontar, baiar de

una caballería el que va montado en ella. **2.** v.tr. y prnl. ART Desmontar de la cureña el cañón, o imposibilitar el uso del cañón por destrucción de la cureña.

descabellar **1.** v.tr. y prnl. Despeinar, desgreñar. **2.** TAUROM Matar instantáneamente al toro, hiriéndolo en la cerviz con la punta de la espada o con la puntilla. • **descabellado,a** adj. Fig. Se dice de lo que va fuera de orden, concierto o razón.

descabezar **I.** v.tr. **1.** Quitar o cortar la cabeza. **2.** Fig. Cortar la parte superior o las puntas a algunas cosas, etc. **3.** Fig. y Fam. Empezar a vencer la dificultad que se encuentra en una cosa. **4.** MILIT Poner las primeras hileras en la dirección necesaria, al preparar una marcha de flanco. — MILIT Vencer o salvar un obstáculo, rebasándolo la cabeza de la columna. — Loc. *Descabezar el sueño,* adormilarse un poco.

descalabrar v.tr. y prnl. **1.** Herir a uno en la cabeza. — P. ext., herir o maltratar aunque no sea en la cabeza. **2.** Fig. Causar daño o perjuicio. • **descalabrado,a** adj. Fig. Que ha salido mal de una pelea, juego o asunto. • **descalabro** n.m. Fig. Contratiempo, daño o pérdida.

descalcificar v.tr. y prnl. Eliminar o disminuir la sustancia calcárea contenida en los huesos u otros tejidos orgánicos.

descalificar v.tr. Desacreditar, desautorizar o incapacitar. ▷ Prohibir tomar parte en una competición deportiva a un participante que no está en regla, o no considerar válida la victoria o la ventaja conseguida.

descalzar **I.** v.tr. y prnl. Quitar el calzado. **II.** v.tr. **1.** Quitar uno o más calzos. **2.** Socavar. **III.** v.prnl. Perder las caballerías una o más herraduras. • **descalzo,a I** adj. Desprovisto o mal provisto de calzado. **II.** n. y adj. Se dice del fraile o de la monja que profesa descalcez.

descamar **1.** v.tr. Escamar, quitar las escamas a los peces. **2.** v.prnl. Caerse la piel en forma de escamillas. • **descamación** n.f. PAT Renovación y desprendimiento de la epidermis seca en forma de escamillas, más activa a consecuencia de las erupciones cutáneas.

descaminar v.tr. y prnl. **1.** Apartar a uno del camino que debe seguir, o hacer de modo que yerre. **2.** Fig. Apartar a uno de un buen propósito; aconsejarle o inducirle a que haga lo que no es justo ni le conviene.

descamisado,a **1.** adj. Fam. Sin camisa. **2.** n. y adj. Fig. Muy pobre, desharrapado.

descamisados (los), nombre peyorativo que los absolutistas dieron a los liberales españoles partidarios de la Constitución de Cádiz de 1812. — También se aplicó en la Argentina a las masas obreras partidarias de Perón.

descampado n.m. y adj. Dícese del terreno desembarazado, descubierto, libre y limpio de tropiezos, malezas y espesuras.

descansar **I.** v.int. **1.** Cesar en el trabajo, reposar para reponer las fuerzas. **2.** Fig. Tener algún alivio en un daño o pena. **3.** Desahogarse comunicando a un amigo o a una persona de confianza los males. **4.** Reposar, dormir. **5.** Estar uno tranquilo y sin cuidado en la confianza de los oficios o el favor de otro. **6.** Estar una cosa asentada o apoyada sobre otra. **7.** Estar sin cultivo uno o más años la tierra de labor. **8.** Estar enterrado, reposar en el sepulcro. **II.** v.tr. **1.** Aliviar a uno en el trabajo, ayudarle en él. **2.** Asentar o apoyar una cosa sobre otra.

descapotable n. y adj. Se dice del coche que tiene capota plegable.

descararse v.prnl. Hablar u obrar con desvergüenza, descortés y atrevidamente o sin pudor.

descarbonatar v.tr. Quitar el ácido carbónico.

descarburación n.m. Acción de separar parcial o totalmente de los carburos de hierro el carbono que entra en su composición.

descarga n.f. **1.** Acción y efecto de descargar. **2.** MILIT *Descarga cerrada.* Fuego que se hace de una vez por uno o más batallones, compañías, etc. **3.** ARQUIT Aligeramiento. **4.** FIS Fenómeno que consiste en la neutralización total o parcial de las cargas opuestas contenidas en las armaduras de un condensador eléctrico.

descargador n.m. ELECTR Conjunto constituido por dos electrodos y un dieléctrico, y que protege contra las sobretensiones.

descargar **I.** v.tr. **1.** Quitar o aliviar la carga. ▷ Fig. Exonerar a uno de un cargo u obligación. **2.** Quitar a la carne, y especialmente a la del lomo, la falda y parte del hueso. **3.** Disparar las armas de fuego. **4.** Extraer la carga a un arma de fuego o a un barreno. **II.** v.tr. y prnl. Anular la tensión eléctrica de un cuerpo. **III.** v.tr. e int. Dicho de golpes, darlos con violencia. **IV.** v.int. **1.** Desembocar los ríos en el mar o en un lago. **2.** Deshacerse una nube y caer en lluvia o granizo. **V.** v.prnl. **1.** Dejar el cargo, empleo o puesto. **2.** Eximirse uno de las obligaciones de su cargo, empleo o ministerio, delegando en otro. **3.** FOR Dar satisfacción a los cargos que se hacen a los reos y purgarse de ellos. • **descargo** n.m. **1.** Acción de descargar. **2.** Data o salida que en las cuentas se contrapone al cargo o entrada. **3.** FOR Satisfacción, respuesta o excusa del cargo que se hace a uno. **4.** Satisfacción de las obligaciones de justicia y desembarazo de las que gravan la conciencia.

descarnar **1.** v.tr. y prnl. Quitar al hueso la carne. **2.** Fig. Quitar parte de una cosa o desmoronarla. **3.** Fig. Apartar o desviar a uno de las cosas terrenas. • **descarnado,a** adj. Fig. Dícese de los asuntos y relatos crudos o desagradables expuestos sin paliativos.

descaro n.m. Desvergüenza, atrevimiento, insolencia, falta de respeto.

descarriar **I.** v.tr. Apartar a uno del carril, echarlo fuera de él. **II.** v.tr. y prnl. Apartar del rebaño cierto número de reses. **III.** v.prnl. **1.** Separarse, apartarse o perderse una persona de las demás con quienes iba en compañía o de las que la cuidaban y amparaban. **2.** Fig. Apartarse de lo justo y razonable.

descarrilar v.int. Salir fuera del carril. Se dice de los trenes, tranvías, etc.

descartar **I.** v.tr. Fig. Desechar una cosa o apartarla de sí. **II.** v.prnl. **1.** JUEG Dejar las cartas que se tienen en la mano y se consideran inútiles. **2.** Fig. Excusarse una persona de hacer alguna cosa.

descasar **I.** v.tr. y prnl. Separar, apartar a los que no estando legítimamente casados, viven como tales. **II.** v.tr. **1.** IMP Alterar la colocación de las planas que componen una forma o pliego para ordenarlas debidamente. **2.** Declarar por nulo el matrimonio.

descastado,a **1.** n. y adj. Que manifiesta poco cariño a los parientes. **2.** adj. P. ext., se dice del que no corresponde al afecto de otro.

descendencia n.f. **1.** Conjunto de hijos, nietos y demás generaciones sucesivas por línea recta descendente. **2.** Casta, linaje

descender **I.** v.int. **1.** Bajar, pasando de un lugar alto a otro bajo. **2.** Caer, fluir, correr una cosa líquida. **3.** Proceder, por natural propagación, de un mismo principio o persona común, que es la cabeza de la familia. — Derivarse, proceder una cosa de otra. **II.** v.tr. Bajar, poner bajo. • **descendimiento** n.m. **1.** Acción de descender uno, o de bajarlo. ▷ P. anton., el que se hizo del sagrado cuerpo de Cristo, bajándole de la cruz. **2.** ESCULT y PINT Composición en que se representa el descendimiento de Cristo.

descenso n.m. **1.** Acción y efecto de descender. **2.** Bajada. **3.** Fig. Caída de una dignidad o estado a otro inferior.

descentralizar v.tr. Transferir a diversas corporaciones u oficios parte de la autoridad que antes ejercía el gobierno supremo del Estado. • **descentralización** n.f. **1.** Acción y efecto de descentralizar. **2.** Sistema político que propende a descentralizar.

descentrar v.tr. y prnl. **1.** Sacar una cosa de su centro. ▷ FOTOG Desplazar el objetivo de un aparato fotográfico paralelamente a la superficie sensible (para evitar las deformaciones debidas a la perspectiva). **2.** Sacar a uno de su bienestar y sosiego.

descerezar v.tr. Quitar a la semilla del café la carne de la baya que está contenida.

descerrajar v.tr. **1.** Violentar la cerradura de una puerta, escritorio, etc. **2.** Fig. y Fam. Disparar uno o más tiros con arma de fuego.

descifrar v.tr. **1.** Dar sentido (a un mensaje cifrado). Traducir (una información cifrada). **2.** Fig. Penetrar y declarar lo intrincado y de difícil inteligencia. • **descifrador,a** n.m. y f. Persona que descifra. ▷ LING El sujeto que habla, en tanto que es el destinatario activo del mensaje lingüístico.

desclavar v.tr. **1.** Arrancar o quitar los clavos. ▷ Quitar o desprender una cosa del clavo o clavos con que está asegurada. **2.** Fig. Desengastar las piedras preciosas de la guarnición de metal.

desclorurar v.tr. MED Eliminar los cloruros de la alimentación.

descocarse v.prnl. Fam. Manifestar demasiada libertad y desenvoltura.

descolgar **I.** v.tr. y prnl. **1.** Bajar lo que está colgado. **2.** v.tr. Bajar o dejar caer poco a poco una cosa, pendiente de cuerda u otra cosa. **3.** Desconectar el teléfono. **II.** v.prnl. **1.** Echarse de lo alto abajo, escurriéndose por una cuerda u otra cosa. **2.** Fig. Ir bajando de un sitio alto o por una pendiente una persona o cosa.

descolonización n.f. Proceso mediante el cual un pueblo accede a la independencia, dejando de depender políticamente del Estado que previamente lo había colonizado.

descolorar o **descolorir** v.tr. y prnl. Quitar o amortiguar el color. • **descolorido,a** adj. De color pálido o bajo en su línea.

descollar v.int. y prnl. Sobresalir.

descombrar v.tr. **1.** Desembarazar un paraje de cosas o materiales que estorban. **2.** Fig. Despejar, desembarazar un lugar u otra cosa.

descomedirse v.prnl. Faltar al respeto de obra o de palabra. • **descomedido,a** n. y adj. Descortés.

descompasarse v.prnl. Descomedirse.

descompensar **I.** v.tr. Hacer perder la compensación. **II.** v.prnl. MED Llegar un órgano enfermo a un estado de descompensación (incapacidad de compensar el equilibrio psicológico perdido a causa de una afección crónica).

descomponer **I.** v.tr. y prnl. Desordenar y desbaratar. **II.** v.tr. Separar las diversas partes que forman un compuesto. ▷ FIS *Descomponer una fuerza.* Determinar sus componentes. **III.** v.prnl. **1.** Corromperse, entrar o hallarse un cuerpo en estado de putrefacción. **2.** Perderse la salud. **3.** Fig. Perder uno, en las palabras o en las obras, la serenidad o la circunspección habitual. **4.** Demudarse el rostro. • **descomposición** n.f. **1.** Acción y efecto de descomponer o descomponerse. ▷ MAT *Descomposición de un polinomio en un producto de factores.* Operación que consiste en transformar una suma de términos $(Ax^n + Bx^{n-1} + ... + C)$ en un producto de factores $[A (x-a) (x-b)...]$ ▷ QUIM Alteración profunda de una sustancia orgánica. **2.** Fam. Diarrea. • **descompuesto,a** adj Fig. Inmodesto, atrevido, descortés.

descomprimir v.tr. TECN Reducir o hacer cesar una compresión. • **descompresión** n.f. Acción de descomprimir, su resultado. • **descompresor** n.m. TECN Dispositivo utilizado para reducir la compresión de un motor durante su puesta en funcionamiento.

descomunal adj. Extraordinario, monstruoso, enorme, muy distante de lo común en su línea.

desconcertar I. v.tr. y prnl. 1. Pervertir, turbar, descomponer el orden, concierto y composición de una cosa. 2. Dislocar un hueso del cuerpo. II. v.tr. Fig. Sorprender. III. v.prnl. 1. Desavenirse las personas o cosas que estaban acordes. 2. Fig. Hacer o decir las cosas sin la serenidad, el miramiento y orden que corresponde. • **desconcierto** n.m. 1. Descomposición de las partes de un cuerpo o de una máquina. 2. Fig. Desorden, desavenencia, descomposición. 3. Fig. Falta de modo y medida en las acciones o palabras. 4. Fig. Falta de gobierno y economía.

desconchar v.tr. y prnl. Quitar a una pared o muro parte de su revestimiento.

desconectar v.tr. 1. Interrumpir la conexión de una o varias piezas con las restantes de un aparato o máquina. 2. TECN Interrumpir o suprimir el enlace o comunicación eléctrica entre dos aparatos o con la línea general.

desconfiar v.int. No tener confianza.

descongelar v.tr. Hacer que cese la congelación de una cosa.

descongestionar v.tr. y prnl. Disminuir o quitar la congestión.

desconocer I. v.tr. 1. No recordar la idea que se tuvo de una cosa; haberla olvidado. 2. No conocer. 3. Advertir un cambio en la actitud de una persona. II. v.tr. y prnl. Fig. Reconocer el cambio notable que se halla en una persona o cosa.

desconsiderado,a n. y adj. Falto de consideración, de advertencia o de consejo.

desconsolar v.tr. y prnl. Privar de consuelo, afligir. • **desconsolado,a** adj. 1. Que carece de consuelo. 2. Fig. Que está disgustado.

descontaminar v.tr. Combatir, reducir o eliminar los efectos de la contaminación industrial del medio ambiente.

descontar v.tr. 1. Rebajar una cantidad al tiempo de pagar una cuenta, una factura, etc. 2. Fig. Rebajar algo del mérito que se atribuye a una persona. 3. Fig. Dar por cierto o por acaecido. 4. COM Abonar al contado una letra u otro documento no vencido, rebajando de su valor la cantidad que se estipule, como intereses del dinero que se anticipa.

descontentar v.tr. y prnl. Disgustar, desagradar. • **descontento,a** 1. adj. Que no es feliz. 2. n.m. Disgusto o desagrado.

descorazonar v.tr. Desanimar, acobardar, amilanar.

descorchar v.tr. 1. Quitar o arrancar el corcho al alcornoque. 2. Romper el corcho de la colmena para sacar la miel. 3. Sacar el corcho que cierra una botella u otra vasija. 4. Fig. Romper, forzar un cepo, caja u otra cosa semejante, para robar lo que hay dentro.

descorrer I. v.tr. 1. Volver uno a correr el espacio que antes había corrido. 2. Plegar o reunir lo que antes estaba estirado; como las cortinas, el lienzo, etc. II. v.int. y prnl. Correr o escurrir una cosa líquida.

descortesía n.f. Falta de cortesía.

descortezar v.tr. y prnl. Quitar la corteza al árbol, al pan o a otra cosa.

descoser v.tr. y prnl. Soltar, cortar, desprender las puntadas de las cosas que estaban cosidas. • **descosido,a** I. adj. Fig. 1. Dícese del que es muy hablador. 2. Fig. Desordenado. II. n.m. Parte descosida en una prenda de vestir o de cualquier otro uso.

descoyuntar v.tr. y prnl. Desencajar los huesos de su lugar.

descrédito n.m. Disminución o pérdida de la reputación de las personas, o del valor y estima de las cosas.

describir v.tr. 1. Delinear, dibujar, figurar una cosa, representándola de modo que dé correcta idea de ella. 2. Representar personas o cosas por medio del lenguaje, refiriendo o explicando sus distintas partes, cualidades o circunstancias. 3. Definir imperfectamente una cosa, dando una idea general de sus partes o propiedades. 4. Usado con el nombre de una línea, moverse a lo largo de ella. • **descripción** n.f. 1. Acción y efecto de describir. 2. FOR Inventario.

descuadrillado,a 1. adj. Que sale de la cuadrilla o va fuera de ella. 2. n.m. VETER Enfermedad que suelen padecer las bestias en el hueso de la cadera o del cuadril.

descuajar v.tr. y prnl. 1. Fig. y Fam. Extirpar un vicio o mal. 2. AGRIC Arrancar de raíz o de cuajo plantas o malezas.

descuartizar v.tr. 1. Dividir un cuerpo haciéndolo cuartos. 2. Fam. Hacer pedazos alguna cosa para repartirla.

descubierto,a I. adj. 1. Con los verbos *andar, estar* y otros semejantes, no llevar sombrero u otra protección sobre la cabeza. 2. Con los verbos *estar, quedar* y otros semejantes, expuesto uno a un ataque. II. n.m. Déficit.

descubrir I. v.tr. 1. Manifestar, hacer patente. 2. Destapar lo que está cubierto. 3. Encontrar algo oculto. 4. Alcanzar a ver. 5. Venir en conocimiento de una cosa que se ignoraba. II. v.prnl. Quitarse de la cabeza el sombrero, gorra, etc.

descuento n.m. 1. Acción y efecto de descontar. 2. Rebaja, compensación, de una parte de la deuda. 3. COM Operación de adquirir antes del vencimiento valores generalmente endosables. 4. COM Cantidad que se rebaja del importe de los valores para retribuir esta operación.

descuidar v.tr. No cuidar de las personas o de las cosas, o no poner la atención necesaria o debida. • **descuidado, a** adj. Desprevenido. • **descuidero,a** n. y adj. Se aplica al ratero que suele hurtar aprovechándose del descuido ajeno. • **descuido** n.m. 1. Omisión, negligencia, falta de cuidado. 2. Abandono en el aspecto personal.

desde 1. prep. que denota el punto, en tiempo o lugar, de que procede, se origina o ha de empezar a contarse una cosa, un hecho o una distancia.

desdecir I. v.int. 1. Fig. Degenerar una cosa o persona de su origen, educación o clase. 2. Fig. No convenir, no conformarse una cosa con otra. 3. Descaecer, venir a menos. 4. Desmentir, cambiar el aspecto de una cosa. II. v.prnl. Retractarse de lo dicho.

desdén n.m.Indiferencia y despego que denotan menosprecio. — *Al desdén.* Con desaliño afectado.

desdentar v.tr. Quitar o sacar los dientes. • **desdentado,a** 1. adj. Que ha perdido los dientes. 2. n. y adj. ZOOL Dícese de los animales mamíferos que carecen de dientes incisivos, y a veces también de caninos y molares. ▷ n.m.pl. ZOOL Orden de estos animales.

desdeñar 1. v.tr. Tratar con desdén a una persona o cosa. 2. v.prnl. No tomar en cuenta una cosa, despreciarla.

desdibujado,a adj. Se dice del dibujo defectuoso o de la cosa mal conformada.

desdibujar v.tr. y prnl. Hacer confusa o borrosa una imagen.

desdicha n.f. 1. Desgracia, suerte adversa. 2. Pobreza suma, miseria, necesidad.

desdoblar v.tr. y prnl. 1. Extender una cosa que estaba doblada; descogerla. 2. Fig. Formar dos o más cosas por separación de los elementos que suelen estar juntos en otra. • **desdoblamiento** n.m. 1. Acción y efecto de desdoblar o desdoblarse. — PSICOL PSICOAN *Desdoblamiento de la personalidad.* Ausencia del sentimiento de unidad e identidad de la personalidad, observada en ciertos psicópatas. 2. Fraccionamiento por evolución natural o artificial de un compuesto en sus componentes o elementos. 3. Fig. Explanación, interpretación de una doctrina, texto, etc.

desdorar v.tr. y prnl. Quitar el oro con que estaba dorada una cosa. • **desdoro** n.m. Descrédito.

desear v.tr. 1. Aspirar con vehemencia al conocimiento, posesión o disfrute de una cosa. 2. Anhelar que acontezca o deje de acontecer algún suceso.

desecar v.tr. y prnl. Extraer la humedad.

desechar v.tr. 1. Excluir, reprobar. 2. Menospreciar, desestimar. 3. Renunciar, no admitir una cosa. 4. Expeler, arrojar. 5. Deponer, apartar de sí un pesar, temor, sospecha o mal pensamiento. 6. Dejar una cosa de uso para no volver a servirse de ella. • **desecho** n.m. 1. Lo que queda después de haber escogido lo mejor de una cosa. 2. Cosa que, por usada o por cualquiera otra razón, no sirve a la persona para quien se hizo.

desembalar v.tr. 1. Desenfardar, deshacer los fardos. 2. Quitar el forro o cubierta a las mercancías o a otros efectos.

desembarazar 1. v.tr. y prnl. Quitar el impedimento que se opone a una cosa; dejarla libre y expedita. 2. v.tr. Evacuar, desocupar. 3. v.prnl. Fig. Apartar o separar uno de sí lo que le estorba para conseguir un fin.

desembarcar I. v.tr. Sacar de la nave y poner en tierra lo embarcado. II. v.int. y prnl. Salir de una embarcación. III. v.int. MAR Dejar de pertenecer una persona a la dotación de un buque. • **desembarco** n.m. 1. Acción de desembarcar o salir de una embarcación. 2. MAR Operación militar que realiza en tierra la dotación de un buque o de una escuadra, o las tropas que llevan.

desembargar v.tr. 1. Quitar el impedimento. 2. FOR Alzar el embargo o secuestro.

desembocar v.int. 1. Entrar, desaguar un río o canal, etc., en otro, en el mar o en un lago. 2. Tener una calle salida a otra, a una plaza o a otro lugar.

desembolsar v.tr. Pagar o entregar una cantidad de dinero.

desembozar v.tr. y prnl. Quitar a uno lo que le cubre la cara.

desembragar v.tr. MECAN Desconectar del eje motor un mecanismo.

desembrollar v.tr. Fam. Desenredar, aclarar lo que está confuso.

desembuchar v.tr. 1. Echar o expeler las aves lo que tienen en el buche. 2. Fig. y Fam. Decir uno todo cuanto sabe y tenía callado.

desemejar v.int. No parecerse una cosa a otra de su especie; diferenciarse de ella.

desempachar v.tr. y prnl. Quitar el empacho o indigestión. • **desempacho** n.m. Fig. Desahogo, desenfado.

desempañar v.tr. Limpiar el cristal o cualquier otra cosa lustrosa que estaba empañada.

desempaquetar v.tr. Desenvolver lo que estaba en uno o más paquetes.

desempeñar I. v.tr 1. Sacar lo que estaba en poder de otro en prenda y por seguridad de una deuda o préstamo pagando la cantidad en que estaba empeñado. 2. Cumplir las obligaciones inherentes a una profesión, cargo u oficio; ejercerlos. **3.** Ejecutar lo ideado para una obra literaria o artística. **II.** v.tr. y prnl. **1.** Liberar a uno de los empeños o deudas que tenía contraídos. **2.** Sacar a uno airoso del empeño o lance en que se hallaba. **III.** v.prnl. En las fiestas de toros con jinetes en plaza, apearse el lidiador para herir al animal con la espada.

desempolvar v.tr. y prnl. **1.** Quitar el polvo. **2.** Traer a la memoria algo que estuvo mucho tiempo en olvido.

desempuñar v.tr. Dejar de empuñar.

desencadenar **I.** v.tr. **1.** Quitar la cadena al que está con ella amarrado. **2.** Fig. Romper o desunir el vínculo de las cosas inmateriales. **II.** v.prnl. Sobrevenir, estallar con ímpetu y violencia una revolución, una guerra, etc.

desencajar **1.** v.tr. y prnl. Sacar de su lugar una cosa, desunirla del encaje o trabazón que tenía con otra. **2.** v.prnl. Desfigurarse, descomponerse el semblante por enfermedad o por pasión del ánimo.

desencallar v.tr. e intr. Poner a flote una embarcación encallada.

desencaminar v.tr. Descaminar, apartar a uno del camino o disuadirle de sus buenos propósitos.

desencantar v.tr. y prnl. Deshacer el encanto.

desencofrado n.m. CONST Operación consistente en quitar el encofrado de una obra cuando el hormigón tiene una resistencia suficiente.

desencoger **1.** v.tr. Extender, estirar y dilatar lo que estaba encogido. **2.** v.prnl. Fig. Esparcirse, perder el encogimiento.

desencuadernar v.tr. y prnl. Deshacer lo encuadernado; como un cuaderno o un libro.

desenchufar v.tr. Separar o extender lo que está enchufado.

desenfadar v.tr. y prnl. Quitar el enfado. • **desenfado** n.m. Despejo y desembarazo.

desenfocar v.tr. Hacer perder el enfoque.

desenfrenar **I.** v.tr. Quitar el freno a las caballerías. **II.** v.prnl. Fig. **1.** Desmandarse, entregarse a los vicios y maldades. **2.** Fig. Desencadenarse alguna fuerza bruta.

desenganchar v.tr. y prnl. Soltar; desprender una cosa que está enganchada.

desengaño n.m. **1.** Conocimiento de la verdad, con que se sale del engaño o error en que se estaba. **2.** Efecto de ese conocimiento en el ánimo. **3.** Claridad que se dice a uno echándole en cara alguna falta. **4.** pl. Lecciones recibidas por una amarga experiencia.

desengarzar v.tr. y prnl. Deshacer el engarce; desprender lo que está engarzado y unido.

desengastar v.tr. Sacar una cosa de su engaste.

desengranar v.tr. Quitar el engranaje de alguna cosa con otra.

desengrasar v.tr. Quitar la grasa.

desenhebrar v.tr. Sacar la hebra de la aguja.

desenjaezar v.tr. Quitar los jaeces al caballo.

desenjaular v.tr. Sacar de la jaula.

desenladrillar v.tr. Quitar los ladrillos del suelo.

desenlazar v.tr. y prnl. Desatar los lazos; soltar lo que está atado con ellos. • **desenlace** n.m. Acción y efecto de resolverse el enredo de una obra dramática.

desenlosar v.tr. Levantar las losas que cubren un suelo.

desenmarañar v.tr. **1.** Deshacer el enredo. **2.** Fig. Poner en claro una cosa que estaba oscura y enredada.

desenmascarar v.tr. y prnl. **1.** Quitar la máscara. **2.** Fig. Dar a conocer a una persona descubriendo los propósitos, sentimientos, etc., que procura ocultar.

desenmohecer v.tr. Quitar el moho.

desenojar **1.** v.tr. y prnl. Hacer perder el enojo. **2.** v.prnl. Fig. Alegrar el ánimo.

desenredar v.tr. **1.** Deshacer el enredo. **2.** Fig. Poner en orden cosas que no lo tienen.

desenrollar v.tr. y prnl. Desarrollar, extender lo que está arrollado.

desenroscar **1.** v.tr. y prnl. Extender lo que está enroscado. **2.** v.tr. Sacar lo que está introducido a vuelta de rosca.

desensamblar v.tr. y prnl. Separar las piezas de madera ensambladas.

desensartar v.tr. Desprender o soltar lo ensartado.

desensibilización n.f. **1.** MED Procedimiento para hacer desaparecer la alergia en relación con ciertos elementos normalmente bien tolerados. **2.** FOTOG Operación consistente en disminuir la sensibilidad de una emulsión. • **desensibilizar** v.tr. **1.** MED Efectuar una desensibilización. **2.** FOTOG Realizar la desensibilización de una emulsión.

desensillar v.tr. Quitar la silla a una caballería.

desentenderse v.prnl. **1.** Fingir que no se entiende una cosa. **2.** Prescindir de un asunto, no querer tomar parte en él.

desenterrar v.tr. **1.** Descubrir, sacar lo que está debajo de tierra. **2.** Fig. Traer a la memoria lo olvidado.

desentoldar v.tr. Quitar los toldos.

desentonar **1.** v.int. y prnl. El hacer algo inconveniente o inoportuno. **2.** v.int. MUS Desafinar. **3.** v.prnl. Fig. Levantar la voz, faltando al respeto.

desentrampar v.tr. y prnl. Fam. Verse libre de enredos o deudas.

desentrañar v.tr. **1.** Arrancar las entrañas. **2.** Fig. Averiguar lo más dificultoso de una materia.

desentrenar **1.** v.tr. Hacer perder el entrenamiento adquirido. **2.** v.prnl. Perder el entrenamiento.

desentronizar v.tr. **1.** Destronar. **2.** Fig. Deponer a uno de la autoridad que tenía.

desentumecer v.tr. y prnl. Hacer que un miembro entorpecido recobre su agilidad.

desenvainar v.tr. Sacar de la vaina cualquier arma blanca.

desenvergar v.tr. MAR Desatar las velas que están envergadas.

desenvoltura n.f. **1.** Fig. Desembarazo, desenfado. **2.** Fig. Desvergüenza, principalmente en las mujeres.

desenvolver **I.** v.tr. y prnl. **1.** Desarrollar, sacar una cosa de su envoltura. **2.** Fig. Ampliar una cosa, aplicar una teoría. **II.** v.prnl. Fig. Acompañado de *bien* o *mal*, obrar o hablar alguien sin embarazo o entorpecimiento, o lo contrario.

desenzarzar v.tr. y prnl. **1.** Sacar de las zarzas una cosa que está enredada en ellas. **2.** Fig. y Fam. Separar a los que riñen o disputan.

deseo n.m. **1.** Movimiento enérgico de la voluntad hacia el conocimiento, posesión o disfrute de una cosa. **2.** Acción y efecto de desear.

desequilibrar v.tr. y prnl. Hacer perder el equilibrio. • **desequilibrado,a** adj. **1.** Falto de equilibrio psíquico. **2.** ELECTR Dícese de un circuito polifásico por cuyos diferentes hilos circulan corrientes de diferente intensidad eficaz. • **desequilibrio** n.m. Falta de equilibrio.

desertar v.tr. y prnl. Abandonar el soldado su puesto. • **deserción** n.f. Acción de desertar.

desértico,a adj. **1.** Desierto, despoblado. **2.** Dícese de lo que es propio, perteneciente o relativo al desierto.

desertor n.m. **1.** Soldado que deserta. **2.** Fig. y Fam. El que se retira de una causa que servía.

desescombrar v.tr. Escombrar.

desespañolizar v.tr. Quitar la condición o el carácter de lo que es español.

desesperanzar **1.** v.tr. Quitar la esperanza. **2.** v.prnl. Quedarse sin esperanza. • **desesperación** n.f. **1.** Pérdida total de la esperanza. **2.** Fig. Alteración extrema del ánimo causada por cólera, despecho o enojo.

desesperar **I.** v.tr.,int. y prnl. Desesperanzar. **II.** v.tr. y prnl. Fam. Impacientar, exasperar. **III.** v. prnl. Intentar quitarse la vida, o quitársela en efecto. • **desesperado,a** n. y adj. Poseído de desesperación.

desestabilizar v.tr. POLIT Debilitar, mediante acciones encubiertas, la estabilidad de un régimen.

desestalinización n.f. Proceso, iniciado por N. Jruschov (XX Congreso del Partido Comunista de la URSS, 1956), de liberalización del régimen soviético estalinista (y, como consecuencia, del socialismo de igual tendencia en las democracias populares).

desestañar v.tr. y prnl. Quitar a una cosa el estaño.

desestimar v.tr. **1.** Tener en poco. **2.** Desechar.

desfachatez n.f. Fam. Desvergüenza.

desfalcar v.tr. **1.** Quitar parte de una cosa. **2.** Tomar para sí un caudal que se tenía bajo obligación de custodia. **3.** Derribar a uno del favor o amistad que gozaba. • **desfalco** n.m. Acción y efecto de desfalcar.

desfallecimiento n.m. Decaimiento, desmayo. • **desfallecer** **1.** v.tr. Causar desfallecimiento o disminuir fuerzas. **2.** v.int. Decaer perdiendo el aliento y las fuerzas.

desfasado,a adj. Fig. Que no se ajusta a las condiciones o corrientes del momento.

desfavorecer v.tr. **1.** Dejar de favorecer a uno, desairarle. **2.** Contradecir una cosa, favoreciendo la contraria.

desfibrinación n.f. Separación de la fibrina de la sangre.

desfiladero n.m. Paso estrecho, generalmente entre montañas, por donde se ha de caminar en fila.

desfilar v.int. **1.** Marchar gente en fila **2.** Fam. Salir uno tras otro, de alguna parte. **3.** MILIT Marchar en orden y formación. **4.** MILIT En ciertas funciones militares, pasar las tropas ante el jefe del Estado, ante el general que las manda, ante otro elevado personaje, etc. • **desfile** n.m. Acción de desfilar.

desflorar v.tr. **1.** Ajar, quitar el lustre. **2.** Desvirgar. • **desfloración** n.f. Acción y efecto de desflorar.

desfogar v.tr. y prnl. Manifestar con vehemencia una pasión.

desfondar v.tr. **1.** Quitar el fondo de un vaso o caja. **2.** MAR Agujerear, romper el fondo de una nave. **3.** AGR Dar a la tierra labores profundas.

desfosforación n.f. METAL Operación que elimina el fósforo del hierro fundido.

desfruncir v.tr. Desplegar lo que está plegado o fruncido.

desgaire n.m. **1.** Desaire en el manejo del cuerpo y en las acciones. **2.** Ademán con que se desprecia a una persona o cosa.

desgajadura n.f. Rotura de la rama cuando se produce sin instrumento mecánico.

desgalichado,a adj. Fam. Desaliñado, desgarbado.

desgana n.f. **1.** Falta de gana de comer. **2.** Fig. Falta de aplicación; tedio, repugnancia a una cosa. • **desganar I.** v.tr. Quitar el deseo, o gana de hacer una cosa. **II.** v.prnl. **1.** Perder el apetito. **2.** Fig. Disgustarse, cansarse, de lo que antes se hacía con gusto.

desgañitarse v.prnl. Fam. Esforzarse uno gritando violentamente.

desgarbado,a adj. Falto de garbo.

desgarrar I. v.tr. y prnl. Rasgar (romper cosas de poca consistencia). • **desgarradura** n.f. Desgarro. • **desgarramiento** n.m. Acción y efecto de desgarrar o desgarrarse. • **desgarro** n.m. **1.** Rotura.

desgastar v.tr. y prnl. Consumir poco a poco una cosa por el uso o el roce. • **desgaste** n.m. Acción y efecto de desgastar o desgastarse.

desglosar v.tr. **1.** Quitar algunas hojas de algún documento, dejando copia o nota de su contenido. **2.** Separar un impreso de otros con los cuales está encuadernado. • **desglose** n.m. Acción y efecto de desglosar.

desgobernar v.tr. Deshacer y perturbar el buen orden del gobierno. • **desgobernado,a** adj. Se aplica a la persona que se gobierna mal. • **desgobierno** n.m. Desorden, falta de gobierno.

desgoznar v.tr. Quitar o sacar los goznes.

desgracia n.f. **1.** Suerte adversa. **2.** Acontecimiento adverso o funesto. **3.** Pérdida de gracia o favor. • **desgraciado,a I.** n. y adj. **1.** Que padece una desgracia. **2.** Desafortunado. **II.** adj. Persona que inspira compasión o menosprecio. • **desgraciar I.** v.tr. Disgustar, desagradar. **II.** v.tr. y prnl. Echar a perder a una persona o cosa o impedir su desarrollo o perfeccionamiento. **III.** v.prnl. Malograrse.

desgranar I. v.tr. y prnl. Sacar el grano de una cosa. **II.** v.prnl. Soltarse las piezas ensartadas. **III.** v.tr. **1.** Pasar las cuentas del rosario al rezar. **2.** Fig. Decir una retahila de imprecaciones.

desgranzar v.tr. Quitar o separar las granzas.

desgrasar v.tr. Quitar la grasa a las lanas.

desgravar v.tr. Rebajar los derechos arancelarios o los impuestos sobre determinados objetos. • **desgravación** n.f. Acción y efecto de desgravar.

desgreñar 1. v.tr. y prnl. Desordenar los cabellos. **2.** v.prnl. Andar a la greña. • **desgreñado,a** adj. Despeinado.

desguace n.m. MAR Acción y efecto de desguazar un buque.

desguarnecer v.tr. **1.** Quitar lo que servía de adorno. **2.** Retirar las fuerzas militares de un lugar. **3.** Quitar partes esenciales de un instrumento mecánico. **4.** Quitar las guarniciones a los animales de tiro.

desguazar v.tr. MAR Deshacer un buque total o parcialmente.

deshabitar v.tr. **1.** Abandonar la habitación. **2.** Dejar sin habitantes una población o lugar. • **deshabitado,a** adj. Se dice del edificio o lugar que estuvo habitado y ya no lo está.

deshabituar v.tr. y prnl. Hacer perder a una persona o animal el hábito que tenía. • **deshabituación** n.f. Acción y efecto de deshabituar o deshabituarse. ▷ MED Pérdida del hábito de un organismo a una sustancia determinada.

deshacer I. v.tr. y prnl. **1.** Quitar la forma a una cosa, descomponiéndola. **2.** Desgastar, atenuar. **3.** Derretir. **II.** v.tr. **1.** Derrotar, poner en fuga un ejército. **2.** Dividir, despedazar. *Deshacer una res.* **3.** Desleír en cosa líquida la que no lo es. **4.** Fig. Alterar un tratado. **III.** v.prnl. **1.** Destruirse una cosa. **2.** Fig. Afligirse mucho, estar sumamente impaciente o inquieto. **3.** Fig. Trabajar con mucho ahínco. **4.** Fig. Extenuarse. **IV.** Con la preposición *en* y sustantivos que indiquen manifestaciones de afecto, cortesía, o los contrarios, prodigarlas: *deshacerse en excusas, en denuestos.*

deshalogenasa n.f. BIOQUIM Enzima que cataliza una reacción durante la cual se extraen moléculas de halógeno de los cuerpos orgánicos que las contienen.

desharrapado,a n. y adj. Andrajoso, roto y lleno de harapos.

deshechizar v.tr. Deshacer el hechizo o maleficio.

deshelar v.tr. y prnl. Liquidar lo que está helado.

desherbar v.tr. Quitar o arrancar las hierbas perjudiciales.

desheredar 1. v.tr. Excluir a uno de la herencia expresamente y por causa legal. **2.** v.prnl. Fig. Apartarse uno de su familia, obrando indigna y bajamente. • **desheredamiento** n.f. Acción y efecto de desheredar.

deshidratar v.tr. y prnl. Privar a un cuerpo del agua que contiene. • **deshidratación** n.f. Acción y efecto de deshidratar.

deshidrogenar v.tr. QUIM Eliminar el hidrógeno de un cuerpo. • **deshidrogenación** n.f. QUIM Acción de deshidrogenar. • **deshidrogenasa** n.f. BIOQUIM Enzima capaz de librar el hidrógeno que forma parte de las moléculas orgánicas.

deshielo n.m. Acción y efecto de deshelar o deshelarse.

deshilachar v.tr. y prnl. Sacar hilachas de una tela.

deshilar v.tr. **1.** Sacar hilos de un tejido dejándolos pendientes en forma de flecos. **2.** Cortar la fila de las abejas, mudando la colmena de un lugar a otro, para sacar un enjambre y pasarlo a vaso nuevo. **3.** Fig. Reducir a hilos una cosa. • **deshilado** n.m. Cierta labor que se hace en las telas de lienzo, sacando de ellas varios hilos y formando calados, que se labran después. (Se usa más en pl.)

deshilvanar v.tr. y prnl. Quitar los hilvanes. • **deshilvanado,a** adj. Fig. Se dice de discursos, pensamientos, etc., desligados.

deshinchar v.tr. Quitar la hinchazón.

deshipotecar v.tr. Cancelar la hipoteca.

deshojar v.tr. y prnl. Quitar las hojas a una planta o los pétalos a una flor.

deshollinar v.tr. Limpiar las chimeneas, quitándoles el hollín. • **deshollinador,a I.** n. y adj. Que deshollina. **II.** n.m. Utensilio para deshollinar chimeneas.

deshonestidad n.f. **1.** Calidad de deshonesto. **2.** Dicho o hecho deshonesto. • **deshonesto,a** adj. **1.** Falto de honestidad. **2.** No conforme a la moral establecida.

deshonor n.m. **1.** Pérdida del honor. **2.** Deshonra.

deshonrar I. v.tr. y prnl. Quitar la honra. **II.** v.tr. **1.** Injuriar. **2.** Despreciar a uno. • **deshonra** n.f. **1.** Pérdida de la honra. **2.** Cosa deshonrosa. • **deshonroso,a** adj. Afrentoso, indecoroso.

deshora n.f. Tiempo inoportuno, no conveniente.

deshuesar v.tr. Quitar los huesos a un animal o a la fruta.

deshumanizar v.tr. Privar de caracteres humanos alguna cosa. • **deshumanización** n.f. Acción y efecto de deshumanizar.

desiderata n.f. Las cosas deseadas; lo deseado. • **desiderativo,a** adj. Que expresa o indica deseo. • **desiderátum** n.m. **1.** Objeto y fin de un vivo o constante deseo. **2.** Lo más digno de ser apetecido.

desidia n.f. Negligencia.

desierto,a I. adj. **1.** Deshabitado. **2.** Poco concurrido. *Calle desierta.* **3.** Sin cultivos, sin vegetación. **II.** n.m. Región con un clima tan riguroso que hace casi imposible la vida animal y vegetal. Hay que distinguir entre los desiertos cálidos, donde el índice de precipitaciones es inferior a 200 milímetros de agua al año *(Sahara)*, y los desiertos fríos (*Antártico* y *Ártico*), cuyas bajas temperaturas son poco propicias para el desarrollo de la vida. — Fig. y Fam. *Predicar en desierto.* Intentar infructuosamente persuadir a alguien de alguna cosa.

designar v.tr. **1.** Destinar una persona o cosa para determinado fin. **2.** Denominar, indicar. • **designación** n.f. Acción y efecto de designar una persona o cosa para cierto fin. • **designio** n.m. Propósito del entendimiento, aceptado por la voluntad.

desigualar 1. v.tr. Hacer a una persona o cosa desigual a otra. **2.** v.prnl. Preferirse, adelantarse. • **desigual** adj. **1.** Que no es igual. **2.** Terreno barrancoso. **3.** Cubierto de asperezas. **4.** Fig. Inconstante, vario. Se dice del tiempo, del ingenio, etc. • **desigualdad** n.f. **1.** Calidad de desigual. **2.** Cada una de las prominencias o depresiones de un terreno. **3.** MAT Expresión de la falta de igualdad que existe entre dos cantidades, la cual se indica con el signo >, colocando la cantidad mayor frente a la abertura del ángulo, y la menor inmediata a su vértice.

desilusionar I. v.tr. Hacer perder a uno las ilusiones. **II.** v.prnl. **1.** Perder las ilusiones. **2.** Desengañarse. • **desilusión** f. **1.** Falta o pérdida de las ilusiones. **2.** Desengaño.

desimantar v.tr. y prnl. Hacer perder la imantación a un imán. • **desimantación** n.f. Acción y efecto de desimantar o desimantarse.

desincrustar v.tr. Quitar las incrustaciones que se forman en las calderas de las máquinas de vapor, tuberías, etc. • **desincrustante** n.m. y adj. Se dice de las sustancias que se emplean para desincrustrar las calderas de vapor, tuberías, etc.

desinencia n.f **1.** GRAM Terminación (dicho de las palabras). **2.** GRAM Manera de terminar las cláusulas.

desinfección n.f. Acción y efecto de desinfectar. • **desinfectante** n.m. Que desinfecta o sirve para desinfectar. • **desinfectar** v.tr. y prnl. Quitar a una cosa la infección destruyendo los gérmenes nocivos.

desinflamar v.tr. y prnl. Quitar la inflamación.

desinflar v.tr. y prnl. Sacar el aire u otra sustancia aeriforme al cuerpo flexible que lo contenía.

desinsacular v.tr. Sacar del saco o bolsa las bolillas o cédulas en que se hallan los nombres de las personas en una votación o sorteo.

desinsectar v.tr. Limpiar de insectos.

desintegración n.f. Acción de desintegrar. ▷ FIS NUCL Acción de desintegrar (por bombardeo de partículas); hecho de desintegrarse (radiactividad natural, fisión nuclear). • **desintegrar I.** v.tr. FIS NUCL Destruir un núcleo atómico para liberar la energía. **II.** v.prnl. **1.** FIS NUCL Desmaterializarse. ▷ Transformarse emitiendo una radiación y energía (hablando de un núcleo). **2.** TECN Destruirse.

desinterés n.m. Desapego de todo provecho personal. • **desinteresado,a** adj. Desprendido. • **desinteresarse** v.prnl. Perder uno el interés que tenía en alguna cosa.

desintoxicar v.tr. y prnl. Combatir la intoxicación o sus efectos. • **desintoxicación** n.f. Acción y efecto de desintoxicar.

desistir v.int. **1.** Apartarse de una empresa o intento empezado a ejecutar. **2.** FOR Hablando de un derecho, abandonarlo.

desjarretar v.tr. Cortar las piernas de las reses por el jarrete.

deslabonar v.tr. y prnl. Soltar y desunir un eslabón de otro.

deslastrar v.tr. Quitar el lastre. • **deslastrado** n.m. MAR Evacuar el agua de mar con que se lastra un navío.

deslealtad n.f. Falta de lealtad. • **desleal** n. y adj. Que obra sin lealtad.

desleír v.tr. y prnl. Disolver una materia sólida o pastosa por medio de un líquido.

deslenguado,a adj. Fig. Desvergonzado, mal hablado.

desliar v.tr. y prnl. Deshacer el lío, desatar lo liado.

desligar **I.** v.tr. y prnl. **1.** Desatar, soltar las ligaduras. **2.** Fig. Desenredar una cosa no material. **II.** v.tr. Fig. Dispensar de la obligación contraída. • **desligadura** n.f. Acción y efecto de desligar o desligarse.

deslindar v.tr. Señalar y distinguir los términos de un lugar.

desliz n.m. **1.** Acción y efecto de deslizar o deslizarse. **2.** Falta o equivocación cometida por alguien.

deslizar **I.** v.tr. Incluir en un escrito o discurso, como al descuido, frases o palabras intencionadas. **II.** v.int. y prnl. **1.** Irse un cuerpo por encima de otro o de una superficie lisa o mojada. **2.** Fig. Decir o hacer una cosa con descuido. **III.** v.prnl. **1.** Fig. Escaparse, evadirse. **2.** Fig. Caer en una flaqueza o error. • **deslizamiento** n.m. Acción y efecto de deslizar o deslizarse.

deslomar **1.**, v.tr. y prnl. Romperse el lomo. **2.** v.prnl. Trabajar mucho.

deslucir v.tr. y prnl. **1.** Quitar la gracia y el atractivo a una cosa. **2.** Fig. Desacreditar. • **deslucido,a** adj. **1.** Que carece de lucimiento. **2.** Fig. Se dice del que habla o hace una cosa sin lucimiento.

deslumbrar **I.** v.tr. y prnl. **1.** Ofuscar la vista con demasiada luz. **2.** Fig. Dejar a uno dudoso, confuso o admirado. **II.** v.tr. Fig. Producir impresión con estudiado exceso de lujo. • **deslumbramiento** n.m. **1.** Acción y efecto de deslumbrar. **2.** Turbación de la vista por luz excesiva o repentina.

deslustrar v.tr. **1.** Quitar el lustre. **2.** Hablando del cristal o del vidrio, quitarle la transparencia.

desmadejado,a adj. Fig. Se dice de la persona que se siente con quebrantamiento en el cuerpo. • **desmadejamiento** n.m. Fig. Flojedad del cuerpo.

desmallar v.tr. **1.** Deshacer, cortar los puntos de una malla, de una media, etc.

1. desmán n.m. Mamífero insectívoro.

2. desmán n.m. **1.** Exceso, desorden, en obras o palabras. **2.** Desgracia.

desmandado,a Desobediente (díscolo).

desmanotado,a n. y adj. Fig. y Fam. Torpe para cualquier cosa.

desmantelar v.tr. **1.** Echar por tierra y arruinar una plaza. **2.** Fig. Abandonar una casa. **3.** MAR Desarbolar. **4.** MAR Desarmar y desaparejar una embarcación. • **desmantelado,a** adj. Se dice de la casa mal cuidada o despojada de muebles. • **desmantelamiento** n.m. Acción y efecto de desmantelar.

desmaquillar v.tr. y prnl. Quitar el maquillaje. • **desmaquillador,a** n. y adj. Que se utiliza para desmaquillar.

desmarcar v.tr. y prnl. DEP Liberar, o liberarse, de la vigilancia (marcaje) de un adversario.

desmaterializar v.prnl. FIS NUCL Desaparecer transformándose en energía radiante. • **desmaterialización** adj. FIS NUCL Transformación en fotones de una partícula y de su antipartícula al destruirse entre sí.

desmayar **I.** v.tr. **1.** Causar desmayo. **2.** Fig. Acobardarse. **II.** v.prnl. Perder el conocimiento. • **desmayado,a** adj. **1.** Lacio, caído. **2.** Se aplica al color bajo y apagado. • **desmayo** n.m. **I.** Desaliento, privación de sentido. **II.** Sauce de Babilonia.

desmedido,a adj. Desproporcionado, falto de medida.

desmedrar **1.** v.tr. y prnl. Deteriorar. **2.** v.int. Decaer. • **desmedrado,a** adj. Se dice de personas o cosas que no muestran el desarrollo normal. • **desmedro** n.m. Acción y efecto de desmedrar o desmedrarse.

desmejorar **1.** v.tr. y prnl. Hacer perder el lustre y perfección. **2.** v.int. y prnl. Ir perdiendo la salud. • **desmejoramiento** n.m. Acción y efecto de desmejorar o desmejorarse.

desmelar v.tr. Quitar la miel a la colmena.

desmelenar v.tr. y prnl. Despeinar el cabello. • **desmelenado,a** n. y adj. Se dice de la persona o cosa que se presenta sin la compostura debida.

desmembrar **1.** v.tr. Dividir los miembros del cuerpo. **2.** v.tr. y prnl. Fig. Separar una cosa de otra. • **desmembración** n.f. Acción y efecto de desmembrar o desmembrarse.

desmemoriado,a n. y adj. **1.** Torpe de memoria. **2.** Falto completamente de ella. • **desmemoriarse** v.prnl. No acordarse; faltar a uno la memoria.

desmentir **I.** v.tr. **1.** Decir a uno que miente. **2.** Sostener o demostrar la falsedad de algo. **3.** Fig. Disimular una cosa para que no se conozca. **4.** Fig. Actuar uno distintamente de lo que se podía esperar de su nacimiento, educación y estado. **II.** v.int. Fig. Perder una cosa la línea, nivel o dirección que le corresponde respecto de otra.

desmenuzar **1.** v.tr. y prnl. Deshacer una cosa dividiéndola en partes menudas. **2.** v.tr. Fig. Examinar detalladamente una cosa.

desmerecer **I.** v.tr. Hacer indigno de premio o alabanza. **II.** v.int. **1.** Perder una cosa parte de su valor. **2.** Ser una cosa inferior a otra.

desmesurado,a adj. Excesivo, mayor de lo común.

desmezcla n.f. QUIM Separación de una mezcla en varias fracciones de distinta composición.

desmigajar v.tr. y prnl. Desmenuzar una cosa en partes pequeñas. • **desmigar** v.tr. Deshacer el pan para hacer migas.

desmilitarizar v.tr. **1.** Suprimir la organización o el carácter militar de una colectividad. **2.** Reducir o suprimir el sometimiento a la disciplina militar. **3.** Desguarnecer de tropas e instalaciones militares un territorio por un acuerdo internacional. • **desmilitarización** n.f. Acción y efecto de desmilitarizar.

desmineralizar **1.** v.tr. TECN Eliminar las sales minerales. **2.** v.prnl. Sufrir de desmineralización. • **desmineralización** n.f. MED Disminución o pérdida de una cantidad anormal de principios minerales.

desmirriado,a adj. Fam. Flaco, consumido

desmochar v.tr. **1.** Quitar o desgajar la parte superior de una cosa, dejándola mocha. **2.** Fig. Eliminar parte de una obra artística o literaria. • **desmocho** n.m. Conjunto de las partes que se quitan o cortan.

desmogar v.int. Mudar los cuernos el venado y otros animales.

desmolasa n.f. BIOQUIM Enzima capaz de escindir las cadenas carbonadas liberando energía.

desmontar **I.** v.tr. **1.** Desarmar (separar las piezas de una cosa). **2.** Deshacer un edificio o parte de él. **3.** Quitar la cabalgadura a alguien. **II.** v.tr., int. y prnl. Bajar a uno de una caballería o de otra cosa.

desmonte n.m. **1.** Acción de rebajar un terreno con algún objeto. **2.** Despojos de lo desmontado. **3.** Terreno desmontado. (Se usa más en pl.)

desmoralizar v.tr. y prnl. **1.** Desanimar. **2.** Corromper las costumbres. • **desmoralización** n.f. Acción y efecto de desmoralizar o desmoralizarse. • **desmoralizador,a** n. y adj. Que desmoraliza.

desmoronar **1.** v.tr. y prnl. Deshacer poco a poco las aglomeraciones de sustancias de mayor o menor cohesión. **2.** v.prnl. Fig. Venir a menos, irse destruyendo los imperios, el dinero. • **desmoronamiento** n.m. Acción y efecto de desmoronar o desmoronarse.

desmovilizar v.tr. Licenciar a las personas o a las tropas movilizadas.

desnacionalizar v.tr. y prnl. Quitar el carácter de nacional.

desnasalizar v.tr. FON Realizar la desnasalización (de un fonema). • **desnasalización** n.f. FON Pérdida por parte de un fonema de su carácter nasal.

desnatar v.tr. Quitar la nata a la leche o a otros líquidos.

desnaturalizar **1.** v.tr. y prnl. Privar a uno del derecho de naturaleza y patria; desterrarlo de ella. **2.** v.tr. Variar la forma, propiedades o condiciones de una cosa. • **desnaturalización** n.f. **1.** Acción y efecto de desnaturalizar o desnaturalizarse. ▷ TECN Operación consistente en desnaturalizar una sustancia para hacerla no apta para el consumo alimenticio y reservarla para un uso industrial. • **desnaturalizado,a** n. y adj. Que falta a los deberes naturales de los padres, hijos, etc.

desnazificar v.tr. HIST Eliminar las secuelas del nazismo. • **desnazificación** n.f. Conjunto de medidas tomadas en Alemania tras la victoria de los Aliados, en 1945, para combatir y erradicar la influencia del nazismo.

desnicotinizar v.tr. Quitar la nicotina.

desnitrificar v.tr. TECN Extraer el nitrógeno, o uno de sus compuestos, de una sustancia o del suelo. • **desnitrificación** n.f. TECN Acción de desnitrificar, eliminación del nitrógeno de un suelo.

desnivelar v.tr. y prnl. Sacar de nivel. • **desnivel** n.m. **1.** Falta de nivel. **2.** Diferencia de alturas entre dos o más puntos. • **desnivelación** n.f. Acción y efecto de desnivelar o desnivelarse.

desnucar v.tr. y prnl. **1.** Sacar de su lugar los huesos de la nuca. **2.** Causar la muerte por un golpe en la nuca.

desnuclearización n.f. MILIT Reducción del armamento nuclear de un país.

desnudar **I.** v.tr. y prnl. Quitar todo el vestido o parte de él. **II.** v.tr. Fig. Despojar una cosa de lo que la cubre. *Desnudar los árboles.* • **desnudo,a** **I.** adj. **1.** Sin vestido. **2.** Fig. Muy mal vestido o indecente. **3.** Fig. Falto o despojado de lo que cubre. **4.** Fig. Falto de recursos. **5.** Fig. Patente, claro. — *Al desnudo.* Fig. A la vista de todos. **II.** n.m. ESCULT y PINT Figura humana desnuda o cuyas formas se perciben aunque esté vestida.

desnutrición n.f. Acción y efecto de desnutrirse. ▷ MED Depauperación por una carencia de alimentación o a problemas de asimilación. • **desnutrirse** v.prnl. Depauperarse el organismo por trastorno de la nutrición.

desobedecer v.tr. No hacer uno lo que le ordenan las leyes o los superiores. • **desobediencia** n.f. Acción y efecto de desobedecer. • **desobediente** adj. Propenso a no hacer lo que se le manda.

desobstruir v.tr. **1.** Quitar las obstrucciones. **2.** Desembarazar (dejar libre y expedita una cosa; desocupar). • **desobstrucción** n.f. Acción y efecto de desobstruir.

desocupar **I.** v.tr. **1.** Dejar un lugar libre y sin impedimento. **2.** Sacar lo que hay dentro de alguna cosa. **II.** v.prnl. Desembarazarse de una ocupación. • **desocupación** n.f. Falta de ocupación; ociosidad. • **desocupado,a** n. y adj. Sin ocupación, ocioso.

desodorante n. y adj. Que destruye los olores molestos.

desoír v.tr. Desatender, dejar de oír.

desolar **1.** v.tr. Asolar (destruir, arrasar). **2.** v.prnl. Fig. Afligirse, angustiarse con extremo. • **desolación** n.f. Acción y efecto de desolar o desolarse.

desoldar v.tr. y prnl. Quitar la soldadura.

desollar v.tr. y prnl. Quitar la piel del cuerpo de un animal o de alguno de sus miembros.

desorbitar v.tr. **1.** Sacar un cuerpo de órbita. **2.** Exagerar, conceder demasiada importancia a una cosa.

desordenar **1.** v.tr. y prnl. Alterar el buen orden de una cosa. **2.** v.prnl. Excederse. • **desorden** n.m. **1.** Confusión y alteración del orden propio de una cosa. **2.** Exceso. • **desordenado,a** adj. **1.** Que no tiene orden; que procede sin él. **2.** Se dice particularmente de lo que sale del orden o ley moral.

desorganizar v.tr. y prnl. Desordenar en sumo grado, alterando las relaciones existentes entre las diferentes partes de un todo. • **desorganización** n.f. Acción y efecto de desorganizar o desorganizarse.

desorientar v.tr. y prnl. **1.** Hacer que una persona ignore la posición que ocupa geográfica o topográficamente. **2.** Fig. Confundir, extraviar. • **desorientación** n.f. Acción y efecto de desorientar o desorientarse.

desorillar v.tr. Quitar las orillas a algún tejido, a un papel, etc.

desovar v.int. Soltar las hembras de los peces y las de los anfibios sus huevos o huevas. • **desove** n.m. **1.** Acción y efecto de desovar. **2.** Época en que desovan las hembras de los peces y anfibios.

desovillar v.tr. Deshacer los ovillos.

desoxidar v.tr. **1.** Quitar el óxido. **2.** QUIM Reducir. • **desoxidación** n.f. **1.** Acción de desoxidar; su resultado. **2.** QUIM Reducción. • **desoxidante** n.m. y adj. QUIM Reductor.

desoxirribonucleico,a adj. BIOQUIM *Ácido desoxirribonucleico* (abreviado: ADN o DNA entre los anglosajones): ácido nucleico, componente químico esencial de los cromosomas del núcleo de las células vivas.
ENCICL El ADN constituye el soporte bioquímico de la herencia y desempeña un papel esencial en la síntesis de las proteínas específicas. Su existencia fue descubierta a fines del s. XIX gracias a los trabajos de Miescher, Altman y Kossel; sus funciones han sido aclaradas por las experiencias de Beadle y Tatun sobre el moho del pan, *Neurosporas crassa* (1954). Crick y Watson propusieron un esquema de estructura helicoidal (1953); en este esquema, las macromoléculas del ADN adoptan la forma de una larga escalera de caracol que puede agrupar entre 3 y 10 millones de nucleótidos. El ADN está constituido por cuatro bases: adenina y timina, guanina y citosina, unidas de dos en dos por una unión hidrógeno lábil que permite el desdoblamiento de las cadenas durante la mitosis. Su pentosa es la d-desoxirribosa. La cantidad de ADN presente en cada núcleo es constante para una especie determinada y constituye del 70 al 90 % del peso seco del núcleo. v. cromosoma, nucleico y código (genético).

despabilar **I.** v.tr. **1.** Quitar la parte quemada del pabilo o mecha a una vela, candil, etc. **2.** Fig. Concluir algo con rapidez. **II.** v.prnl. Fig. Sacudir el sueño. • **despabilado,a** adj. **1.** Se dice del que está desvelado en la hora que debía dormir. **2.** Fig. Vivo y despejado.

despacio adv. m. Poco a poco, lentamente. — *¡Despacio!* Interj. que sirve para prevenir a uno que se modere en lo que va hablando o haciendo.

despachar **I.** v.tr. **1.** Abreviar y concluir un asunto. **2.** Resolver y determinar algo. **3.** Enviar (hacer que una persona o cosa vaya a determinado lugar). **4.** Vender los géneros en un comercio. **5.** Despedir, apartar de sí a una persona. **II.** v.prnl. **1.** Desembarazarse de una cosa. **2.** Fam. Decir uno cuanto le viene en gana. (Se usa más en *despacharse uno a su gusto.)* • **despacho** n.m. **I.** Acción y efecto de despachar. **II.** Aposento de una casa destinado a despachar los negocios o para el estudio. ▷ Mobiliario de este aposento. **III.** Comunicación transmitida por telégrafo o por teléfono. ▷ Las comunicaciones escritas entre el gobierno de una nación y sus representantes en el extranjero. ▷ Cédula o comisión que se da a uno para algún empleo o negocio.

despachurrar v.tr. y prnl. Fam. Aplastar una cosa apretándola con fuerza.

despampanante adv. Cosa llamativa.

despanzurrar v.tr. y prnl. Fam. Romper uno la panza.

desparejar v.tr. y prnl. Deshacer una pareja.

desparejo,a adj. Dispar.

desparpajo n.m. **1.** Fam. Facilidad y desembarazo en el hablar o en las acciones.

desparramar **1.** v.tr. Extender por muchas partes lo que estaba junto. • **desparramado,a** adj. Ancho, abierto.

despasar v.tr. Retirar una cinta, cordón, etc., que se había pasado por un ojal, jareta, etc.

despatarrar **I.** v.tr. y prnl. Fam. **1.** Abrir excesivamente las piernas a uno. **2.** Fam. Llenar de miedo o asombro. Se usa principalmente en las frases *dejar a uno, o quedarse, despatarrado.* **II.** v.prnl. Caerse al suelo, abierto de piernas.

despavesar v.tr. **1.** Quitar la pavesa del pabilo. **2.** Quitar la ceniza de la superficie de las brasas.

despavorir v.int. y prnl. Sentir pavor. • **despavorido,a** adj. Lleno de pavor.

despectivo,a adj. Despreciativo. ▷ GRAM Se aplica a la palabra que denota desprecio hacia lo que designa. *Libraco, casucha.*

despecho n.m. **1.** Indignación o menosprecio surgida por un desengaño. **2.** Desesperación. — *A despecho.* A pesar de alguno, contra su gusto y voluntad.

despechugar **1.** v.tr. Quitar la pechuga a un ave. **2.** v.prnl. Fig. y Fam. Mostrar el pecho.

despedazar v.tr. y prnl. Hacer pedazos un cuerpo. ▷ v.tr. Fig. Causar mucha aflicción.

despedir **I.** v.tr. **1.** Soltar, arrojar una cosa. **2.** Alejar de sí a uno, prescindiendo de sus servicios. **3.** Acompañar durante algún rato al que sale de una casa o emprende un viaje. **4.** Fig. Apartar de sí una cosa no material. **5.** Fig. Difundir. *Despedir olor.* **II.** v.prnl. Decir alguna expresión de afecto para separarse una persona de otra. • **despedida** n.f. Acción y efecto de despedir a uno o despedirse.

despegar **I.** v.tr. Desprender una cosa de otra a que estaba pegada. **II.** v.intr. Separarse del suelo el avión al iniciar el vuelo. **III.** v.prnl. Fig. Apartarse del afecto que se profesa. • **despegado,a** adj. Fig. y Fam. Áspero o indiferente en el trato. • **despegue** n.m. Acción y efecto de despegar el avión.

despeinar v.tr. y prnl. Deshacer el peinado.

despejar **I.** v.tr. **1.** Desocupar un espacio. **2.** Fig. Aclarar (poner en claro). **3.** ALG Separar una incógnita de las otras cantidades que la acompañan en una ecuación. **II.** v.prnl. **1.** Mostrar soltura en el trato. **2.** Hablando del día, o del cielo, aclararse, serenarse. • **despejado,a** adj. **1.** Que tiene soltura en su trato. **2.** Se aplica al entendimiento claro, y a la persona que lo tiene. **3.** Espacioso, ancho.

despellejar v.tr. Quitar el pellejo, desollar. ▷ Fig. Criticar muy duramente a alguien.

despensa n.f. **1.** Lugar en el cual se guardan las cosas comestibles. **2.** Provisión de comestibles.

despeñar v.tr. y prnl. Precipitar a una persona o cosa desde un lugar alto y peñascoso, o desde cualquier lugar elevado. • **despeñadero,a** **1.** n.m. Precipicio, sitio alto, peñascoso y escarpado. **2.** adj. Se dice de lo que es a propósito para despeñar a uno.

despepitar v.prnl. **1.** Hablar o gritar con vehemencia o con enojo. **2.** Mostrar vehemente afición a una cosa.

desperdiciar v.tr. Gastar o emplear mal una cosa. • **desperdicio** n.m. **1.** Derroche de los bienes o de otra cosa. **2.** Residuo de lo que no se puede aprovechar.

desperdigar v.tr. y prnl. Separar, esparcir.

desperezarse v.prnl. Estirar los miembros, para desentumecerse. • **desperezo** n.m. Acción de desperezarse.

desperfecto n.m. Leve deterioro.

despersonalizar v.tr. Hacer perder o quitar el carácter personal a alguien. • **despersonalización** n.f. PSICOL Enfermedad mental caracterizada por la sensación de ser extraño a los propios actos.

despertar **I.** v.tr. y prnl. Interrumpir el sueño al que está durmiendo. **II.** v.tr. Fig. Mover, excitar a algo. **III.** v.intr. Dejar de dormir. • **despertador** **I.** adj. Que despierta. **II.** n.m. Reloj que a la hora en que previamente se le dispuso, hace sonar un timbre, para despertar al que duerme o dar otro aviso.

despezuñarse v.prnl. Inutilizarse a un animal la pezuña.

despiadado,a adj. Inhumano.

despido n.m. Acción y efecto de despedir o despedirse.

despierto,a adj. Fig. Avisado, vivo.

despilfarrar v.tr. y prnl. Consumir el dinero en cosas innecesarias; malgastar. • **despilfarrador,a** n. y adj. Que despilfarra. • **despilfarro** n.m. Gasto superfluo; derroche.

despimpollar v.tr. AGRIC Quitar a la vid los brotes excesivos.

despinochar v.tr. Quitar las hojas a las mazorcas de maíz.

despintar **I.** v.tr. y prnl. Borrar lo pintado. ▷ Fig. Desfigurar un asunto o cosa, haciendo que resulte al contrario de lo que se esperaba. **II.** v.prnl. Borrarse los colores de que están teñidas las cosas.

despiojar v.tr. y prnl. Quitar los piojos.

despistar **1.** v.tr. Hacer perder la pista. **2.** v.prnl. Extraviarse. ▷ Fig. Desorientarse en algo. • **despistado,a** n. y adj. Distraído.

despitorrado adj. Se dice del toro de lidia que tiene rota una o las dos astas, siempre que quede en ellas punta.

desplanchar v.tr. y prnl. Arrugar lo planchado.

desplantar v.tr. ant. Arrancar de raíz un árbol o planta.

desplante n.m. **1.** Fig. Dicho o acto lleno de arrogancia y descaro. **2.** DANZA y ESGR Postura irregular.

desplatar v.tr. Separar la plata que se halla mezclada con otro metal.

desplazar v.tr. y prnl. **1.** Mover a una persona o cosa del lugar en que está. **2.** MAR Desalojar el buque un volumen de agua igual al de la parte de su casco sumergida, y cuyo peso es igual al peso total del buque. Se dice también de cualquier otro cuerpo sumergido en un líquido. • **desplazamiento** n.m. **1.** Acción y efecto de desplazar. **2.** MAR Volumen y peso del agua que desaloja un buque. — QUIM *Desplazamiento de un equilibrio.* Modificación de la composición de un sistema en equilibrio (debido a un cambio de presión, de temperatura, de concentración).

desplegar **I.** v.tr. y prnl. **1.** Extender lo que está plegado. **2.** Hacer pasar las tropas del orden cerrado al abierto; como del de columna al de batalla, etc. **II.** v.tr. Fig. Poner en práctica una actividad o manifestar una cualidad. • **despliegue** n.m. Acción y efecto de desplegar. Se usa principalmente en la táctica militar.

desplomar **I.** v.tr. Hacer que una pared, u otra cosa, pierda la posición vertical. **II.** v.prnl. Perder la posición vertical una cosa, especialmente un edificio. ▷ Fig. Caerse sin vida o sin conocimiento una persona. ▷ Fig. Arruinarse. • **desplome** n.m. Acción y efecto de desplomar o desplomarse.

desplumar v.tr. y prnl. Quitar las plumas al ave. ▷ Fig. Dejar sin dinero a uno.

despoblar **I.** v.tr. y prnl. Reducir a desierto lo que estaba habitado, o hacer que disminuya considerablemente la población de un lugar. **II.** v.prnl. Dicho de un lugar, salirse de él gran parte del vecindario. • **despoblación** n.f. Acto de despoblar; efecto de despoblarse. • **despoblado** n.m. Sitio no poblado, y especialmente el que en otro tiempo ha tenido población.

despoetizar v.tr. Quitar a una cosa su carácter poético.

despojar **I.** v.tr. Privar a uno de lo que tiene con violencia. **II.** v.prnl. **1.** Desnudarse. **2.** Desposeerse de una cosa voluntariamente. • **despojo** n.m. **I. 1.** Acción y efecto de despojar o despojarse. **2.** Presa, botín del vencedor. **II.** Vientre, asadura, cabeza y manos de las reses muertas. (Se usa más en pl.) ▷ Alones, molleja, patas, pescuezo y cabeza de las aves muertas. **III.** Fig. Restos mortales, cadáver. (Se usa más en pl.)

despolarizar v.tr. FIS Destruir o interrumpir el estado de polarización. • **despolarización** n.f. FIS Acción y efecto de despolarizar. • **despolarizador,a** n.m. y adj. FIS Que tiene la propiedad de despolarizar.

despolimerización n.f. QUIM Transformación de un polímero en una sustancia de masa molecular más débil mediante un proceso inverso al de la polimerización. • **despolimerizar** v.tr. QUIM Efectuar una despolimerización.

despolitizar v.tr. Eliminar el carácter político. • **despolitización** n.f. Acción y efecto de despolitizar.

despopularización n.f. Pérdida de la popularidad. • **despopularizar** v.tr. y prnl. Privar a una persona o cosa de la popularidad.

desportillar v.tr. y prnl. Deteriorar una cosa, quitándole parte del canto y haciendo portillo o abertura. • **desportilladura** n.f. **1.** Fragmento que por accidente se separa del borde o canto de una cosa. **2.** Defecto que queda en el borde de una cosa después de saltar de él un fragmento.

desposar **1.** v.tr. Autorizar el párroco el matrimonio. **2.** v.prnl. Contraer matrimonio. • **desposado,a** **1.** n. y adj. Recién casado. **2.** adj. Esposado, aprisionado con esposas.

desposeer **1.** v.tr. Privar a uno de lo que posee. **2.** v.prnl. Renunciar a lo propio.

déspota n.m. **1.** El que ejercía mando supremo en algunos pueblos antiguos. **2.** Soberano que gobierna sin sujeción a ley alguna. ▷ Fig. Persona que abusa de su poder o autoridad. • **despótico,a** adj. Absoluto, tiránico. • **despotismo** n.m. **1.** Autoridad absoluta no limitada por las leyes. **2.** Abuso de superioridad o poder. ▷ *Despotismo ilustrado.* Gobierno autoritario, variante del absolutismo, típico de la segunda mitad del s. XVIII. Se caracteriza por el intento del monarca de aplicar las teorías políticas de la *Ilustración* con el fin de lograr el progreso del país.

despotricar v.int. y prnl. Fam. Hablar sin reparo todo lo que a uno se le ocurre.

despreciar **1.** v.tr. Desestimar y tener en poco. ▷ Desairar o desdeñar. **2.** v.prnl. Desdeñarse (tener a menos). • **despreciativo,a** adj. Que indica desprecio. • **desprecio** n.m. **1.** Falta de aprecio. **2.** Desaire, desdén.

desprender **I.** v.tr. y prnl. **1.** Desatar lo que estaba fijo o unido. **2.** Echar de sí alguna cosa. **II.** v.prnl. **1.** Fig. Apartarse de una cosa. **2.** Fig. Deducirse, inferirse. • **desprendimiento** n.m. **1.** Acción de desprenderse trozos de una cosa, gases de un cuerpo, etc. **2.** Desapego de las cosas. **3.** Fig. Desinterés. **4.** METAL Bajada rápida de la carga de un horno que por cualquier motivo se había obstruido en lo alto de la cuba. **5.** PINT y ESCULT Representación del descendimiento del cuerpo de Cristo.

desprendido,a adj. Generoso.

despreocupación n.f. Falta de preocupación por las cosas o las opiniones. • **despreocupado,a** adj. Que no sigue o hace alarde de no seguir las creencias, o usos generales. • **despreocuparse** v.prnl. Librarse de una preocupación. ▷ Desentenderse, apartar de una persona o cosa la atención.

desprestigiar v.tr. y prnl. Quitar el prestigio. • **desprestigio** n.m. Acción y efecto de desprestigiar o desprestigiarse.

despresurizar v.tr. TECN Hacer que cese la presurización de algo. • **despresurización** n.f. TECN Acto de despresurizar (la cabina de un avión, de un vehículo espacial).

desprevención n.f. Falta de prevención o de lo necesario. • **desprevenido,a** adj. Desapercibido, falto de lo necesario.

desproporción n.f. Falta de la proporción debida. • **desproporcionado,a** adj. Que no tiene la proporción conveniente.

despropósito n.m. Dicho o hecho fuera de sentido o de conveniencia.

desproveer v.tr. Despojar a uno de sus provisiones o de lo algo necesario. • **desprovisto,a** adj. Falto de lo necesario.

después **I.** adv. t. y l. **1.** Denota posterioridad de tiempo, lugar o situación. Se antepone con frecuencia a las partículas *de* y *que.* ▷ Denota asimismo idea opuesta de la de preferencia. **2.** Hablando del tiempo se suele usar como adjetivo: *El año después.* **II.** Se usa con valor adversativo en frases como: *Después de lo que he hecho por ti, me pagas de este modo.*

despuntar **I.** v.tr. y prnl. Quitar o gastar la punta. **II.** v.intr. Empezar a brotar las plantas y los árboles. ▷ Fig. Adelantarse, descollar. ▷ Hablando de la aurora o del día, empezar a amanecer.

desquiciar v.tr. y prnl. **1.** Trastornar o alterar algo. **2.** Aturdir a una persona un suceso.

desquitar v.tr. y prnl. Restaurar la pérdida; reintegrarse de lo perdido, particularmente en el juego. ▷ Fig. Tomar venganza de alguien. • **desquite.** n.m. Acción y efecto de desquitar o desquitarse.

desratizar v.tr. Exterminar las ratas y ratones en cualquier lugar. • **desratización** n.f. Acción y efecto de desratizar.

desriñonar v.tr. Derrengar, lastimar gravemente los lomos. ▷ Fig. Cansarse mucho.

desrizar v.tr. y prnl. Deshacer los rizos.

destacar **I.** v.tr. y prnl. **1.** MILIT Separar del cuerpo principal una porción de tropa, para una acción, expedición, etc. **2.** PINT Hacer resaltar los objetos de un cuadro por la fuerza del claroscuro, o de otra manera. **II.** v.tr., int. y prnl. Fig. Poner de relieve los méritos de una persona o cosa. ▷ DEP Sacar ventaja a los otros participantes, en una carrera. • **destacado,a** adj. Notorio, relevante. • **destacamento** n.m. MILIT Porción de tropa destacada.

destajo n.m. **1.** Obra u ocupación que se ajusta por un tanto alzado, a diferencia de la que se hace a jornal. **2.** Fig. Obra o empresa que uno toma con mucho empeño.

destalonar **I.** v.tr. y prnl. Quitar o descomponer el talón al calzado. **II.** v.tr. **1.** Cortar los documentos contenidos en los talonarios. **2.** Quitar el talón a los documentos que lo tienen unido.

destapar v.tr. Quitar la tapa. ▷ v.tr. y prnl. Fig. Descubrir lo tapado.

destaponar v.tr. Quitar el tapón.

destarar v.tr. Rebajar la tara de lo que se ha pesado con ella. • **destara** n.f. Acción y efecto de destarar.

destartalado,a n. y adj. Descompuesto, sin orden.

destechar v.tr. Quitar el techo a un edificio.

destejar v.tr. Quitar las tejas a los tejados de los edificios.

destejer v.tr. Deshacer lo tejido.

destellar v.intr. Emitir chispazos o ráfagas de luz, generalmente intensos y de breve duración. • **destello** n.m. **1.** Acción de destellar. **2.** Resplandor vivo y efímero.

destemplar **I.** v.tr. **1.** Desafinar un instrumento de cuerda. **2.** Producir malestar físico. **II.** v.prnl. **1.** Sentir malestar físico. **2.** Perder el temple. *Destemplarse el acero.* • **destemplado,a** adj. Falto de medida. • **destemplanza** n.f. **1.** Desigualdad del tiempo. **2.** Sensación general de malestar.

desteñir v.tr. y prnl. Quitar el tinte; borrar o apagar los colores.

desternillarse v.prnl. Romperse las ternillas. — *Desternillarse de risa.* Reírse de manera ruidosa.

desterrar **I.** v.tr. **1.** Echar a uno de un lugar. **2.** Fig. Apartar de sí. *Desterrar la tristeza.* **II.** v.prnl. Expatriarse. • **desterrado,a** adj. Que sufre pena de destierro.

desterronar v.tr. y prnl. Deshacer los terrones.

destetar v.tr. y prnl. Hacer que deje de mamar el niño o las crías de los animales y que se mantengan comiendo. • **destete** n.m. Acción y efecto de destetar o destetarse.

destierro n.m. **1.** Acción y efecto de desterrar o desterrarse. **2.** Pena que consiste en expulsar a una persona de un territorio determinado. **3.** Lugar en que vive el desterrado.

destilar I. v.tr. **1.** Separar por medio de calor, en alambiques u otros vasos, una sustancia volátil de otras más fijas, enfriando luego su vapor para reducirla nuevamente a líquido. **2.** Hacer pasar un líquido por un filtro. **II.** v.intr. y tr. Correr lo líquido gota a gota. • **destilación** n.f. Acción y efecto de destilar. • **destiladera** n.f. Instrumento para destilar. • **destilador,a** I. n. y adj. **1.** Que tiene por oficio destilar agua o licores. **2.** Se dice de lo que se destila. **II.** n.m. Alambique. • **destilería** n.f. Local en que se hacen las destilaciones.

ENCICL El principio de la destilación se basa en que, a una temperatura dada, las sustancias mezcladas tienen diferente presión de vapor. La destilación *simple*, utilizada para producir alcoholes a partir del mosto o del vino, consiste en llevar el líquido a ebullición y recoger los productos más volátiles por condensación. La destilación *fraccionada* utilizada en la industria, se efectúa en columnas de platos. La destilación *atmosférica* consiste en separar, a presión atmosférica, la gasolina, el queroseno, el gasóleo y los productos más pesados que se encuentran en el petróleo crudo.

destinar v.tr. **1.** Ordenar o determinar una cosa para algún fin o efecto. **2.** Designar el establecimiento en que un individuo ha de efectuar su trabajo. **3.** Designar la ocupación en que ha de servir una persona. •**destinatario,a** n.m. y f. Persona a quien va dirigida alguna cosa. • **destino** n.m. **1.** Lo que está predestinado. **2.** Encadenamiento de los sucesos considerado como necesario y fatal. **3.** Circunstancia de serles favorable o adversa, a personas o cosas, este encadenamiento de hechos. **4.** Aplicación de una cosa o de un lugar para determinado fin. **5.** Empleo, ocupación. **6.** Lugar en que un individuo trabaja.

destituir v.tr. **1.** Privar a uno de alguna cosa. **2.** Separar a uno de su cargo como castigo. • **destitución** n.f. Acción y efecto de destituir.

destocar v.prnl. Descubrirse la cabeza.

destorcer v.tr. y prnl. Deshacer lo retorcido dando vueltas hacia la parte contraria.

destornillar v.tr. Sacar un tornillo dándole vueltas. • **destornillado,a** n. y adj. Fig. Loco, desquiciado. • **destornillador** n.m. Instrumento que sirve para destornillar y atornillar.

destrabar v.tr. y prnl. **1.** Quitar las trabas. **2.** Desasir, desprender una cosa de otra.

destral n.m. Hacha pequeña.

destrenzar v.tr. y prnl. Deshacer lo trenzado.

destreza n.f. Habilidad para hacer cosas.

destripar v.tr. **1.** Quitar o sacar las tripas. ▷ Fig. Sacar lo interior de una cosa. **2.** Fig. Despachurrar una cosa. • **destripador,a** n. y adj. Que destripa. • **destripaterrones** n.m. Fig. y Fam. Desp. Jornalero del campo.

destriunfar v.tr. En algunos juegos de naipes, sacar los triunfos un jugador a los otros, obligándoles a echarlos.

destronar v.tr. Privar del reino a uno. ▷ Fig. Quitar a uno su preponderancia. • **destronamiento** n.m. Acción y efecto de destronar.

destrozar I. v.tr. y prnl. **1.** Despedazar, hacer trozos una cosa. **2.** Fig. Estropear, maltratar. **II.** v.tr. MILIT Desbaratar a los enemigos, derrotarlos con mucha pérdida. • **destrozo** n.m. Acción y efecto de destrozar o destrozarse. • **destrozón,a** n. y adj. Fig. Que destroza demasiado la ropa, los zapatos, etc.

destruir I. v.tr. y prnl. **1.** Deshacer o asolar una cosa material. **2.** v.tr. Fig Inutilizar una cosa no material, como un argumento o un proyecto. **II.** v.prnl. ALG Anularse mutuamente dos cantidades iguales y de signo contrario. • **destrucción** n.f. **1.** Acción y efecto de destruir. **2.** Ruina, pérdida grande y casi irreparable. • **destructivo,a** adj. Se dice de lo que destruye o tiene poder para destruir. • **destructor,a** **1.** n. y adj. Que destruye. **2.** n.m. Torpedero de alta mar armado con artillería de mediano calibre.

desuello n.m. Acción y efecto de desollar o desollarse.

desulfurar v.tr. QUIM TECN Eliminar el azufre de un cuerpo. • **desulfuración** n.f. Eliminación del azufre que hay en un cuerpo.

desuncir v.tr. Quitar del yugo las bestias sujetas a él.

desunir v.tr. y prnl. Separar una cosa de otra. ▷ Fig. Introducir discordia entre los que estaban unidos. • **desunión** n.f. Separación de las partes o de las cosas que estaban juntas y unidas. ▷ Fig. Discordia, desavenencia.

desusado,a adj. **1.** Desacostumbrado, insólito. **2.** Que ha dejado de usarse. • **desuso** n.m. **1.** Falta de uso de una cosa. **2.** FOR Falta de aplicación o inobservancia de una ley, que, sin embargo, no implica su derogación.

desustanciar v.tr. y prnl. Quitar la fuerza y vigor a una cosa sacándole la sustancia o desvirtuándola por cualquier otro medio.

desvaído,a adj. **1.** Impreciso, indefinido. **2.** Se dice del color bajo y como disipado.

desvalido,a n. y adj. Desamparado. • **desvalimiento** n.m. Falta de ayuda.

desvalijar v.tr. Robar el contenido de una maleta. ▷ Fig. Despojar a uno de todo mediante robo, engaño, etc. • **desvalijador** n.m. El que desvalija.

desvalorizar v.tr. Hacer perder su valor a una cosa. • **desvalorización** n.f. Acción y efecto de desvalorizar.

desván n.m. Parte más alta de la casa, inmediatamente debajo del tejado.

desvanecer v.tr. y prnl. **1.** Disgregar las partículas de un cuerpo en otro. Se dice principalmente de los colores que se atenúan gradualmente. **2.** Fig. Deshacer o anular. *Desvanecer la duda.* **3.** Quitar de la mente una idea, un recuerdo, etc. **4.** v. prnl. Evaporarse la parte espiritosa de una cosa. **5.** Perder el sentido. • **desvanecimiento** n.m. **1.** Acción y efecto de desvanecerse. **2.** Debilidad, perturbación de la cabeza o del sentido.

desvariar v.int. Delirar, decir disparates. • **desvariado,a** adj. **1.** Que delira, dice o hace disparates. **2.** Fuera de regla, sin tino. • **desvarío** n.m. **1.** Dicho o hecho fuera de lugar. **2.** Delirio, locura. **3.** Fig. Monstruosidad, anormalidad.

desvelar I. v.tr. y prnl. Impedir el sueño, no dejar dormir. **II.** v.prnl. Fig. Poner gran cuidado en lo que uno tiene a su cargo o desea hacer o conseguir. • **desvelo** n.m. Acción y efecto de desvelar o desvelarse.

desvencijar v.tr. y prnl. Aflojar, desunir las partes de una cosa que estaban o debían estar unidas.

desvendar v.tr. y prnl. Quitar la venda con que estaba atada una cosa.

desveno n.m. Arco que, en el centro de la embocadura del freno, forma el hueco necesario para que se aloje en él la lengua del caballo.

desventaja n.f. Mengua que se nota por comparación de dos cosas, personas o situaciones. • **desventajoso,a** adj. Que acarrea desventaja.

desventura n.f. Desgracia; suerte adversa y motivo de aflicción. • **desventurado,a** **1.** adj. Desgraciado; desafortunado. **2.** n. y adj. Pobre, sin espíritu.

desvergüenza n.f. **1.** Insolencia. **2.** Dicho o hecho impúdico o insolente. • **desvergonzado,a** adj. Que habla u obra con desvergüenza.

desvestir v.tr. y prnl. Desnudar, quitar los vestidos.

desviación n.f. **1.** Acción y efecto de desviar o desviarse. **2.** Separación lateral de un cuerpo de su posición media. **3.** Separación de la aguja imantada por la atracción de una masa de otro imán. **4.** Tramo de una carretera que se aparta de la general para rodear un poblado. **5.** Camino provisional por el que han de circular los vehículos por reparación u otra causa. **6.** MED Cambio de la posición natural de los órganos, y en especial de los huesos. **7.** FIS Ángulo formado por el rayo incidente y el rayo que atraviesa un sistema óptico.

desviar I. v.tr. y prnl. **1.** Apartar de su lugar o camino una cosa. **2.** Fig. Disuadir a uno de la intención o propósito en que estaba. **II.** v. tr. y prnl. Cambiar la conducta de una persona, alejándose de la moral establecida.

desvincular v.tr. Anular una obligación contraída. Se usa más hablando de los bienes. • **desvinculación** n.f. Acción y efecto de desvincular.

desvío n.m. Desviación.

desvirgar v.tr. Hacer perder la virginidad.

desvirtuar v.tr. y prnl. Quitar la virtud, valor o importancia.

desvitrificar v.tr. Hacer que el vidrio pierda su transparencia por la acción prolongada del calor. • **desvitrificación** n.f. QUIM Paso del estado vítreo al estado cristalino.

desvivirse v.prnl. Mostrar incesante y vivo interés o amor por una persona o cosa.

desyemar v.tr. Quitar las yemas a las plantas.

detallar v.tr. **1.** Referir una cosa por partes. **2.** Vender al por menor. • **detalle** n.m. Pormenor o relación. • **detallista** n.m. y f. **1.** Persona que se cuida mucho de los detalles; se dice especialmente de los pintores. **2.** Comerciante que vende al por menor.

detectar v.tr. Poner de manifiesto, por métodos físicos o químicos, lo que no puede ser observado directamente.

detective n.m. y f. Persona particular que practica investigaciones reservadas o ayuda a la policía en la búsqueda de delincuentes.

detector n.m. Aparato que detecta.

detener I. v.tr. y prnl. Suspender una cosa, impedir que pase adelante. **II.** v.tr. **1.** Arrestar, poner en prisión. **2.** Conservar o guardar. **III.** v.prnl. **1.** Retardarse o irse despacio. **2.** Fig. Pararse a considerar una cosa. • **detención** n.f. **1.** Acción y efecto de detener o detenerse. **2.** Dilación, tardanza. **3.** Privación de la libertad; arresto provisional. • **detenido,a** I. adj. Minucioso. **II.** n. y adj. **1.** De poca resolución, indeciso. **2.** Escaso, miserable. • **detenimiento** n.m. Cualidad de hacer algo despacio, con cuidado y atención.

detentar v.tr. FOR Retener uno sin derecho lo que manifiestamente no le pertenece. ▷ Ocupar en la misma forma un empleo.

detente n.m. Recorte de tela con la imagen del Corazón de Jesús y la leyenda: «Detente, bala». Se usó en las guerras españolas de los ss. XIX y XX, especialmente por los carlistas, prendido en la ropa sobre el pecho.

detergente n.m. y adj. **1.** MED Detersorio. **2.** n.m. Sustancia que limpia químicamente.

deteriorar v.tr. y prnl. Estropear una cosa. • **deterioro** n.f. Acción y efecto de deteriorar o deteriorarse.

determinar I. v.tr. **1.** Fijar los términos de una cosa. **2.** Distinguir. **3.** Fijar una cosa para algún efecto. **4.** Hacer tomar una resolución. **5.** FOR Sentenciar, definir. **II.** v.tr. y prnl. Tomar una resolución. • **determinación**

n.f. **1.** Acción y efecto de determinar o determinarse. **2.** Osadía, valor. • **determinado,a** n. y adj. Osado, valeroso. • **determinante** n.m. MAT Número que se deduce de los elementos de una matriz cuadrada y que se utiliza para resolver un sistema de *n* ecuaciones con *n* incógnitas.

determinismo n.m. **1.** Carácter de un orden necesario de hechos que responde al principio de causalidad. **2.** Sistema filosófico según el cual todo en la naturaleza, incluida la conducta humana, obedece a leyes rigurosas. ENCICL El principio del determinismo consiste en admitir que todo fenómeno depende de un conjunto de condiciones anteriores o simultáneas («las mismas causas producen los mismos efectos»). El conocimiento de estas condiciones permite *prever* rigurosamente el fenómeno, e incluso *reproducirlo* de forma necesaria. Las filosofías dialécticas (entre ellas el marxismo) y la epistemología contemporánea son contrarias al determinismo mecanicista.

detestar v.tr. Aborrecer a uno o a algo.

detonar v.int. Dar estampido. • **detonación** n.f. **1.** Acción y efecto de detonar. **2.** QUIM Forma de combustión en la que la velocidad de propagación de la llama es del orden de 1 km por segundo. • **detonador** n.m. Artificio con fulminante que sirve para hacer estallar una carga explosiva. • **detonante** n.m. Mezcla que puede producir detonación.

detractar **1.** v.tr. y prnl. Restar, apartar o desviar. **2.** v.tr. Fig. Denigrar la honra ajena. • **detractor,a** n. y adj. Maldiciente o infamador.

detrás adv.l. **1.** En la parte posterior de un sitio. — Fig. *Por detrás*. Detrás, en ausencia.

detrimento n.m. **1.** Destrucción leve o parcial. **2.** Quebranto de la salud o de los intereses. **3.** Fig. Daño moral.

detrito n.m. Resultado de la descomposición de una masa sólida en partículas. Se usa principalmente en GEOL y en MED • **detrítico,a** adj. GEOL Compuesto de detritos.

detumescencia n.f. MED Disminución del volumen de un tumor, de un órgano eréctil.

deuda n.f. **1.** Obligación que uno tiene de pagar, o reintegrar a otro una cosa, por lo común dinero. — *Deuda consolidada*. La pública de carácter perpetuo. — *Deuda exterior*. La pública que se paga en el extranjero. — *Deuda flotante*. La pública que no está consolidada. — *Deuda interior*. La pública que se paga en el propio país. — *Deuda pública*. La que el Estado tiene reconocida por medio de títulos. **2.** Obligación moral contraída con otro. • **deudor,a** n. y adj. Que debe, o está obligado a satisfacer una deuda.

deudo,a n.m. y f. Pariente.

deus ex machina, en el teatro antiguo, dios que, saliendo del mecanismo del escenario, intervenía para dar a una situación sin salida un desenlace feliz.

deuterio n.m. QUIM Isótopo del hidrógeno, de masa atómica 2 (símbolo *D*).

deuterocanónico,a adj. TEOL Dícese del libro de la Biblia reconocido como inspirado en una fecha relativamente tardía.

deuteromiceses n.m.pl. BOT Conjunto de hongos de los que no se conoce la reproducción sexuada.

deuterón o **deutón** n.m. FIS NUCL Núcleo del deuterio, constituido por un protón y un neutrón.

deuto- Prefijo que se emplea en la nomenclatura científica con el significado de segundo. • **deutóxido** n.m. QUIM Combinación del oxígeno con un cuerpo en su segundo grado de oxidación.

devaluar v.tr. Rebajar el valor de una moneda o de otra cosa. • **devaluación** n.f. Acción y efecto de devaluar.

devanāgarī n.m. Nombre de la escritura moderna del sánscrito.

devanar v.tr. Ir dando vueltas sucesivas a un hilo, cuerda, etc., alrededor de un eje. • **devanadera** n.f. Aparato que sirve para devanar. • **devanado** n.m. ELECTR Hilo de cobre con revestimiento aislador arrollado, que forma parte del circuito de algunos aparatos eléctricos. • **devanador,a** **1.** n. y adj. Que devana. **2.** n.m. Pieza de cartón, madera, etc., sobre la que se devana el hilo.

devaneo n.m. **1.** Pasatiempo. **2.** Amorío pasajero.

devastar v.tr. **1.** Destruir un territorio. **2.** Fig. Destruir, asolar una cosa material. • **devastación** n.f. Acción y efecto de devastar. • **devastador,a** n. y adj. Que devasta.

devengar v.tr. Adquirir derecho a alguna percepción, por ej. por razón de trabajo.

devenir v.int. **1.** Suceder, acaecer. **2.** FIL Llegar a ser.

deverbal n. y adj. GRAM Dícese de la palabra, y en especial del nombre, derivados del verbo, como *empuje, de empujar*.

devī n.f. Divinidad femenina de la mitología hindú.

devoción n.f. **1.** Veneración y fervor religiosos. **2.** Práctica piadosa no obligatoria. **3.** Fig. Inclinación, afición especial. **4.** Fig. Sentimiento de admiración hacia alguien. **5.** TEOL Prontitud con que uno está dispuesto a hacer la santa voluntad de Dios. • **devocionario** n.m. Libro de oraciones.

devolver v.tr. **1.** Volver una cosa al estado o situación que tenía. **2.** Restituirla a la persona que la poseía. **3.** Corresponder a un favor o a un agravio. **4.** Fam. Vomitar lo contenido en el estómago. • **devolución** n.f. Acción y efecto de devolver.

devoniano n.m. GEOL Período de la era primaria (−500 a −395 millones de años) que sigue al silúrico y precede al carbonífero.

devorar v.tr. **1.** Tragar con ansia y apresuradamente. **2.** Fig. Consumir, destruir. **3.** Fig. Consagrar atención ávida a una cosa.

devoto,a **I.** n. y adj. **1.** Dedicado con fervor a obras de piedad y religión. **2.** Aficionado a una persona. **II.** n.m. Objeto de la devoción de uno. **III.** adj. Se aplica a la imagen, o lugar que mueve a la devoción.

dexiocardia n.f. MED Desviación del corazón hacia la derecha.

dextrano n.m. BIOQUIM Polisacárido de masa molecular elevada, utilizado en cromatografía.

dextrina n.f. QUIM Cualquiera de las sustancias sólidas, amorfas, de color blanco amarillento, que se forman calentando el almidón con ácidos diluidos a la temperatura de la ebullición, y que se convierten en glucosa si la operación se prolonga mucho. Sus disoluciones son dextrógiras.

dextrismo n.m. MED Empleo preferente de la mano derecha.

dextro- Partícula procedente del latín *dexter*, «derecho».

dextrocardia n.f. MED Desplazamiento del corazón hacia el hemitórax derecho.

dextrógiro,a adj. FIS Que desvía a la derecha el plano de polarización de la luz.

dextrosa n.f. Variedad de glucosa.

deyección n.f. **1.** GEOL Conjunto de materias arrojadas por un volcán o desprendidas de una montaña. — GEOMORF *Cono de deyección*. Depósito aluvial dejado por un torrente en el lugar en que accede a un valle. **2.** FISIOL Defecación de los excrementos.

dg FIS Abreviatura del *decigramo*.

1. di- Pref. que denota oposición, como en *disentir;* origen, como en *dimanar;* extensión, como en *difundir*.

2. di- Pref. que conserva su significado *dos* en la composición de varios términos científicos; como *dimorfo, disílabo*.

dia- Pref. que significa separación, como en *diacrítico;* a través de, como en *diámetro;* entre, como en *diatómico*.

día n.m. **I. 1.** Tiempo que la Tierra emplea en dar una vuelta alrededor de su eje. **2.** Tiempo que dura la claridad del Sol sobre el horizonte. **3.** Tiempo que hace durante el día. **II.** ASTRON *Día astronómico*. Tiempo comprendido entre dos pasos consecutivos del Sol por el meridiano superior. — FOR *Día hábil*. El utilizable para las actuaciones judiciales. — *Día intercalar*. El que se añade al mes de febrero en cada año bisiesto. — *Día lectivo*. Aquel en que se da clase en los establecimientos de enseñanza. — *Día puente*. El de trabajo entre dos festivos que se considera como de vacación. — ASTRON *Día sidéreo*. Tiempo siempre igual que tarda la Tierra en dar una vuelta entera alrededor de su eje polar, y durante el cual se efectúa una revolución aparente completa de las estrellas fijas. — COMER *A tantos días fecha*, o *vista*. Se usa en letras y pagarés para dar a entender que serán abonados al cumplirse los días que se expresan a contar desde la aceptación.

diabetes n.f. PAT Enfermedad causada por un desorden de nutrición, y que se caracteriza por eliminación excesiva de orina, que frecuentemente contiene azúcar. También suele producir enflaquecimiento, sed intensa y otros trastornos generales. • **diabético,a** **1.** adj. PAT Perteneciente o relativo a la diabetes. **2.** n. y adj. Que padece diabetes. ENCICL La *diabetes sacarina*, a menudo llamada *diabetes*, sin más, se caracteriza por un aumento de la glucemia con presencia de azúcar en la orina (glucosuria). Puede complicarse con un coma diabético con acidosis, deshidratación, cetonimia y cetonuria, en cuyo caso se necesita un tratamiento de urgencia con insulina y rehidratación. La diabetes sacarina puede deberse a una secreción insuficiente de insulina por el páncreas (de ahí que se llame insulino-dependiente, al paciente, pues éste debe inyectarse a diario), o a un defecto de la utilización de la glucosa sin que falte la insulina. La *diabetes insípida*, debida a la ausencia de secreción de ADH (hormona antidiurética) por la hipófisis, se manifiesta en una diuresis muy importante e invariable, sean cuales sean los aportes hídricos. Actualmente se trata con éxito por medio de la administración de ADH.

diablo n.m. **I. 1.** Nombre general de los ángeles arrojados al abismo, y de cada uno de ellos. **2.** Fig. Persona que tiene mal genio, o es muy traviesa y atrevida. **3.** Fig. Persona muy fea. **4.** Fig. Persona astuta. — Fig. y Fam. *Pobre diablo*. Hombre bonachón y de poca valía. — Fam. *¡Diablo!* Interj. con que se denota extrañeza, sorpresa o disgusto. • **diablillo** n.m. Fig. y Fam. Niño travieso. • **diablura** n.f. Travesura de poca importancia, especialmente de niños. • **diabólico, a** adj. **1.** Perteneciente o relativo al diablo. **2.** Fig. y Fam. Excesivamente malo. **3.** Fig. Enrevesado, muy difícil.

diábolo n.m. Juguete formado por dos conos unidos por el vértice, al cual se imprime un movimiento de rotación por medio de una cuerda atada al extremo de dos varillas.

diaclasa n.f. GEOL Fisura que afecta a una roca sin producir desplazamiento.

diaconato n.m. Orden sacra inmediata al sacerdocio. • **diácono** n.m. Ministro eclesiástico y de grado segundo en dignidad, inmediato al sacerdocio. ENCICL El diaconado es la segunda orden mayor; la primera es el subdiaconado y la tercera el sacerdocio, que tiene dos grados, presbiterado y episcopado. Por lo general, el diácono no puede administrar los sacramentos, pero puede bautizar y dar la comunión. Su misión, en desuso durante un milenio, ha sido restaurada por el Concilio Vaticano II.

diacrítico,a adj. **1.** GRAM Se aplica a los signos ortográficos que sirven para dar a una letra algún valor especial, por ejemplo, la diéresis. **2.** MED Dícese de los síntomas con que una enfermedad se distingue de otra.

diacronía n.f. Desarrollo o sucesión de hechos a través del tiempo. • **diacrónico,a** adj. Dícese de los hechos y relaciones lingüísticas que tienen lugar a través del tiempo o de su estudio.

diacústica n.f. Parte de la acústica que tiene por objeto el estudio de la refracción de los sonidos.

diadelfos adj. BOT Dícese de los estambres de una flor cuando, soldados por sus filamentos, forman dos haces distintos.

diadema n.f. **1.** Cada uno de los arcos que cierran por la parte superior algunas coronas. **2.** Corona, sencilla o circular. **3.** Adorno femenino de cabeza.

diáfano,a adj. **1.** Cuerpo por el que pasa la luz fácilmente. **2.** Fig. Claro, limpio. • **diafanidad** n.f. Calidad de diáfano.

diáfisis n.f. ANAT Parte media de los huesos largos, que en los individuos que no han terminado su crecimiento está separado de la epífisis por sendos cartílagos.

diaforesis n.f. MED Sudor, que secretan las glándulas sudoríparas de la piel.

diafragma n.m. **1.** ZOOL Membrana que separa la cavidad torácica de la abdominal. **2.** Separación movible, que intercepta la comunicación entre dos partes de un aparato o de una máquina. **3.** En los aparatos fonográficos, lámina flexible que recibe las vibraciones de la aguja al recorrer ésta los surcos impresos en el disco. **4.** BOT Membrana que establece separaciones en algunos frutos. **5.** FOTOG Disco pequeño horadado que sirve para regular la cantidad de luz que se ha de dejar pasar. **6.** Anticonceptivo femenino constituido por una membrana de caucho fino que obstruye el fondo de la vagina.

diagénesis n.f. GEOL Conjunto de fenómenos fisicoquímicos que transforman un sedimento fresco en una roca compacta.

diagnosis n.f. **1.** MED Conocimiento diferencial de los signos de las enfermedades. **2.** BIOL Descripción característica y diferencial de una especie, género, etc. • **diagnosticar** v.tr. MED Determinar el carácter de una enfermedad. • **diagnóstico,a 1.** adj. MED Perteneciente o relativo a la diagnosis. **2.** n.m. Signos que caracterizan a una enfermedad.

diagonal n.f. y adj. **1.** GEOM Se dice de la línea recta que en un polígono va de un vértice a otro no inmediato, y en un poliedro une dos vértices cualesquiera no situados en la misma cara. **2.** Se aplica a las calles que cortan oblicuamente a otras paralelas entre sí.

diágrafo n.m. Instrumento que sigue los contornos de un objeto o de un dibujo y los transmite al mismo tiempo sobre el papel separado. • **diagrafía** n.f. **1.** Arte de dibujar por medio del diágrafo. **2.** GEOL Registro continuo de las dimensiones físicas de las capas de terreno atravesadas al efectuar un sondeo.

diagrama n.m. Dibujo geométrico que representa una ley o un fenómeno.

diaguitas o **calchaquis,** pueblo precolombino sudamericano. Habitaban en la zona montañosa del NO argentino, que comprende las provincias de Catamarca, La Rioja, Salta, la puna de Atacama, parte de Jujuy, Tucumán y Córdoba, del actual territorio de la Argentina y Chile. Se desconoce su origen, así como la relación con los otros pueblos; se sabe que fueron sometidos por los quechuas y, posteriormente, en tiempos de la conquista española, por los incas, razones que hacen dudar si su civilización fue propia o asimilada de los pueblos conquistadores. Principalmente agricultores, criaban llamas y guanacos de los que obtenían la lana para su vestuario y ornamento. Las ollas y platos de barro, bruñidos perfectamente, con relieves y pinturas originales, además de sus telares, son los vestigios encontrados que revelan su especial cultura. Construyeron canales de regadío y trabajaron algunos metales como el oro, la plata y el cobre. Vivían en aldeas situadas en lugares altos a modo de fortalezas (quiemes); las casas eran subterráneas, o de grandes bloques de piedra unidos con un cemento de arcilla; conocieron también la construcción con adobes secados al sol. La conquista de su territorio se inició en 1540 y duró más de un siglo, concluyendo en el levantamiento de 1657 bajo el liderazgo del falso inca Pedro Bohórquez.

dial n.m. RADIOTECN Escala graduada que indica, en los radioreceptores, la frecuencia y longitud de onda de las distintas emisoras.

diálaga n.f. Mineral pétreo constituido por un silicato de magnesia con cal, óxido de hierro y alúmina.

dialcohol n.m. QUIM Compuesto que posee dos veces la función del alcohol.

dialéctica n.f. **1.** Arte del diálogo y de la discusión. **2.** FILOS En Platón: considerado como medio de elevarse de los conocimientos sensibles a las ideas. ▷ En Aristóteles: lógica de lo probable. ▷ En la Edad Media: lógica formal. ▷ En Kant: «lógica de la apariencia». ▷ En Hegel: progresión del pensamiento que va de la tesis y antítesis a la síntesis. ▷ En Marx: movimiento progresivo de la realidad que logra la superación de las contradicciones existentes en las cosas.

dialecto n.m. **1.** Cada una de las variedades de un idioma que se usan en determinados territorios de una nación, a diferencia de la lengua general y literaria. **2.** En lingüística cualquier lengua en cuanto se la considera con relación al grupo de las varias derivadas de un tronco común. • **dialectal** adj. Perteneciente a un dialecto. • **dialectalismo** n.m. **1.** Voz o giro dialectal. **2.** Carácter dialectal.

dialipétala adj. BOT Dícese de la corola o la flor cuyos pétalos están libres.

dialisépalo,a adj. BOT Dícese de los cálices o flores cuyos sépalos están libres.

diálisis n.m. **1.** QUIM Procedimiento de separación de los cuerpos coloides por difusión. **2.** MED *Diálisis peritoneal.* Procedimiento terapéutico de depuración extrarrenal, que permite eliminar las toxinas y el agua contenidos en exceso en la sangre. • **dialítico,a** adj. Relativo a la diálisis. • **dializador** n.m. QUIM Aparato que sirve para efectuar la diálisis. • **dializar** v.tr. Analizar por medio de la diálisis.

dialogar v.int. y tr. Hablar o escribir en forma de diálogo.

diálogo n.m. **1.** Plática entre dos o más personas que, alternativamente, manifiestan sus ideas o afectos. **2.** Género de obra literaria en que se finge una plática o controversia entre dos o más personajes.

diamagnético,a adj. FIS Se aplica a los cuerpos que, sometidos a la influencia de un campo magnético, se imanan y orientan perpendicularmente a las líneas de fuerza.

diamante n.m. **1.** Piedra preciosa, la más estimada, formada de carbono cristalizado, de gran dureza, generalmente incolora y muy brillante. — *Diamante brillante.* El que está labrado por las dos caras. — *Diamante bruto.* El que está aún sin labrar. **2.** TECN Utensilio que sirve para cortar el cristal. • **diamantífero** adj. Dícese del lugar o terreno en que existen diamantes. • **diamantina** n.f. Polvo abrasivo a base de alúmina cristalizada. ENCICL La dureza excepcional del diamante se debe a las uniones de covalencia que unen sus átomos. La densidad es de 3,5; se puede cortar en el sentido de sus capas. Se encuentra en cantidades muy pequeñas en las kimberlitas o en los aluviones provenientes de la transformación de estas rocas. Se distinguen tres variedades: el *bort,* transparente, pero con muchos defectos y que se utiliza para tallar el vidrio y los minerales; el *carbonado* y el *diamante transparente de joyería;* este último se talla en facetas y produce numerosos resplandores debido a su elevado índice de refracción (2,40 a 2,46); se caracteriza por las aguas (color, transparencia) y por el peso, expresado en quilates. Tanto los borts, como los carbonados y sintéticos se utilizan en la construcción de muelas, instrumentos de perforación (trépano), etc., que requieran una gran dureza.

diámetro n.m. **1.** GEOM Línea recta que pasa por el centro del círculo y termina por ambos extremos en la circunferencia. **2.** GEOM En otras curvas, línea recta o curva que pasa por el centro, cuando aquéllas lo tienen, y divide en dos partes iguales un sistema de cuerdas paralelas. **3.** GEOM Eje de la esfera. **4.** ASTRON *Diámetro aparente.* Arco del ángulo formado por las dos visuales dirigidas a los extremos del diámetro de un astro.

diamida n.f. QUIM Compuesto que tiene dos veces la función amida.

diana n.f. **1.** MILIT Toque militar al romper el día, para que la tropa se levante. **2.** MILIT Punto central de un blanco de tiro.

diapasón n.m. MUS **1.** Intervalo que consta de cinco tonos. **2.** MUS Regla o plantilla en la cual se ordena con debida proporción el diapasón de los instrumentos, y sirve para determinar la medida de los tubos de los órganos, las cuerdas de los clavicordios, etc. **3.** MUS Trozo de madera que cubre el mástil y sobre el cual se pisan con los dedos las cuerdas del violín y de otros instrumentos análogos.

diapositiva n.f. Fotografía positiva o película para verla por transparencia.

diario,a I. adj. Correspondiente a todos los días. **II.** n.m. **1.** Relación histórica de lo que ha ido sucediendo por días, o día por día. **2.** Periódico que se publica regularmente todos los días.

diarquía n.f. Gobierno simultáneo de dos reyes.

diarrea n.f. Desarreglo del intestino consistente en la evacuación repetida de excrementos líquidos o muy fluidos.

diartrosis n.f. ANAT Articulación movible.

diáspora n.f. **1.** Dispersión de los judíos, a lo largo de los siglos, fuera del territorio de sus antepasados. **2.** P. ext., dispersión de cualquier etnia.

diastasa n.f. BIOL Fermento contenido en la saliva y en muchas semillas, tubérculos, etc., que actúa sobre el almidón de los alimentos y sobre el de las células vegetales, transformándolo en azúcar.

diástilo adj. ARQUIT Se dice del monumento o edificio cuyos intercolumnios tienen de vano seis módulos.

diástole n.f. **1.** FISIOL Movimiento de dilatación del corazón y de las arterias, cuando la sangre penetra en su cavidad. **2.** FISIOL Movimiento de dilatación de la duramáter y de los senos del cerebro.

diastrofia n.f. MED Dislocación de un hueso, músculo, tendón o nervio.

diatermia n.f. MED Procedimiento terapéutico que utiliza corrientes de alta frecuencia para producir efectos térmicos en los tejidos.

diatomea n.f. BOT Cualquiera de las algas unicelulares que tienen un caparazón silíceo formado por dos valvas de tamaño desigual.

diatónico,a adj. MUS Se aplica a uno de los tres géneros del sistema músico, que procede por dos tonos y un semitono.

diatriba n.f. Discurso o escrito violento e injurioso contra personas o cosas.

diazo- QUIM Prefijo que indica la presencia del grupo —N=N— en una molécula.

dibranquial n. y adj. ZOOL Se dice del molusco cefalópodo que tiene dos branquias y ocho o diez tentáculos; como el pulpo y el calamar. ▷ n.m. pl. ZOOL Subclase de estos cefalópodos.

dibujar **1.** v.tr. y prnl. Delinear en una superficie y sombrear imitando la figura de un cuerpo. **2.** v.tr. Fig. Describir con propiedad un sentimiento o idea. **3.** v.prnl. Revelarse lo que estaba callado u oculto. • **dibujo** n.m. **1.** Arte que enseña a dibujar. **2.** Delineación, figura o imagen ejecutada en claro y oscuro que toma nombre del material con que se hace. **3.** En los encajes, tejidos, etc., la figura y disposición de las labores que los adornan.

dicacidad n.f. Mordacidad.

dicción n.f. **1.** Palabra, sonido o conjunto de sonidos articulados que expresan una idea. **2.** Manera de hablar o escribir, considerada como buena o mala únicamente por el acertado o desacertado empleo de las palabras y construcciones. **3.** Manera de pronunciar.

diccionario n.m. **1.** Libro en que por orden alfabético se contienen y explican todas las voces de uno o más idiomas, o las de una materia determinada. **2.** Catálogo numeroso de noticias importantes de un mismo género, ordenado alfabéticamente.

diciembre n.m. Duodécimo mes del año.

diclino,a adj. BOT Se dice de las flores unisexuales producidas por individuos diferentes.

dicoreo n.m. Pie de la poesía griega y latina.

dicotiledóneo,a **I.** n. y adj. **1.** BOT Se dice del vegetal cuyo embrión tiene dos cotiledones. **II.** n.f. pl. **1.** BOT Subtipo de las angiospermas, constituida por plantas que tienen dos cotiledones en su embrión. **2.** BOT Una de las dos clases en que se dividían las plantas cotiledóneas.

dicotomía n.f. **1.** BOT Bifurcación de un tallo o de una rama. **2.** LOG Método de clasificación en que las divisiones y subdivisiones sólo tienen dos partes. ▷ Aplicación de este método.

dicroísmo n.m. FIS Propiedad que tienen algunos cuerpos de presentar dos coloraciones diferentes según como se miren.

dicrotismo n.m. FISIOL Reflexión de la onda sistólica en la periferia del sistema arterial, que se manifiesta por una elevación de la curva de descenso en un trazado piezográfico. • **dícroto,a** adj. MED Se dice del pulso patológico en el que el dicrotismo se manifiesta perceptiblemente.

dictado n.m. Título de dignidad o cualquier calificativo aplicado a una persona. **II.** Acción de dictar para que otro escriba. **III.** pl. Fig. Mandado por la conciencia.

dictador n.m. **1.** Magistrado supremo entre los antiguos romanos. **2.** En los Estados modernos, el que tiene todos los poderes por sí mismo o por asamblea. • **dictadura** n.f. **1.** HIST En Roma, poder, dignidad del dictador. **2.** Régimen político en el que el poder absoluto radica en una persona, partido o grupo social. ▷ POLIT *Dictadura del proletariado.* En Marx, primera etapa de la evolución hacia el socialismo, destinada a la eliminación definitiva de la burguesía y durante la cual el poder lo ejerce exclusivamente el proletariado.

ENCICL La dictadura es una de las diversas formas de constitución política que adoptan los Estados en diferentes períodos de su historia. Ya los griegos, y especialmente Platón y Aristóteles, que dedicaron profundos estudios a la política, distinguieron varias manifestaciones de la misma: república, monarquía, democracia, tiranía, oligarquía, aristocracia, etc., que han quedado como definiciones clásicas. Pero sólo en Roma el dictador adquirió cuerpo legal. En circunstancias graves para el Estado se nombraba un magistrado supremo por los cónsules del Senado. El primero fue Tito Largio, en el año 253 de Roma. Lo que motivó el nombramiento fue la sublevación de los partidarios de Tarquino. Los cónsules elegían al dictador como magistrado supremo solamente por un período de seis meses, a fin de salvar a la República de los males catastróficos que circunstancialmente la hundían. Esta institución fue abolida por Marco Aurelio en el año 750 de Roma, a fin de evitar la tiranía. La dictadura, a través de los tiempos, ha presentado diversas formas, aunque siempre tiene como base para su aparición traumas muy graves en la historia de los pueblos. La vida medieval, toda ella saturada del sentimiento cristiano, y también por el Derecho germánico, supuso un muro de contención contra la tiranía, por lo menos en el sentido total como la entendían los filósofos del mundo antiguo; ya que la jerarquía estaba sustentada por una parte, por el derecho divino que emanaba de los reyes, y, por otra, por el feudalismo, sustentador a ultranza de los derechos del señor contra los de la corona. Ortega y Gasset hace observar que en la raíz del feudalismo germánico late potente el germen del futuro Estado liberal contemporáneo, raíz y cuna de las mejores esencias de Occidente. La revolución británica de 1640 supuso un duro golpe contra el absolutismo, aunque Francia, con el régimen de sus reyes-sol, totalmente absolutos, marcó una pauta durante la época moderna en Europa. Sin embargo, a partir de la Revolución Francesa de 1789 el avance del Estado liberal-democrático fue incontenible, imponiéndose como ideal a conseguir en las naciones europeas y en las recién independizadas de América. A partir de entonces, el término dictadura tiene un sentido muy amplio y diferente, según sean las circunstancias históricas de los países. El espectro es muy amplio: Alemania nazi de Hitler, fascismo de Mussolini en Italia, dictaduras del proletariado o *democracias socialistas* en el mundo soviético, traumas muy graves de diferentes naciones, etc. Los países recientemente independizados de sus antiguas metrópolis, sobre todo después de la Segunda Guerra Mundial, con sus regímenes de partidos únicos, parecen confirmar la teoría de que los términos subdesarrollo-dictadura tienen íntima relación. Pero no hay que olvidar tampoco que en países altamente industrializados puede surgir la dictadura, como respuesta a una excesiva masificación de la población, que por tener cubiertas todas sus necesidades materiales se encuentra vacía de valores éticamente superiores para poder sustentar el hueco existencial de sus vidas.

dictáfono n.m. Nombre comercial de un aparato que registra la voz y la reproduce cuando conviene, bien sea por un procedimiento fonográfico o magnetofónico.

dictamen n.m. Opinión y juicio que se forma o emite sobre una cosa.

díctamo n.m. **1.** Arbusto de la familia de las labiadas. — *Díctamo blanco.* Planta de la familia de las rutáceas. Da un aceite volátil de olor fragante, que se usa en perfumería y medicina. **2.** *Cuba.* Especie de euforbio.

dictar v.tr. **1.** Decir uno algo con las pausas necesarias para que otro lo vaya escribiendo. **2.** Tratándose de leyes, preceptos, etc., expedirlos, pronunciarlos.

dictiosoma n.m. BIOL Gránulo celular formado por una pila de escamas planas (sáculos), en número de cuatro o cinco, que elabora polihólósidos (azúcares) y proteínas.

dicha n.f. Felicidad. ▷ Suerte feliz. • **dicharachero** n. y adj. Propenso a prodigar dicharachos. • **dicharacho** n.m. Dicho fútil, gracioso.

dicho,a **I.** part. pas. irreg. *de decir.* **II.** n.m. **1.** Palabra o conjunto de palabras con que se expresa oralmente un concepto cabal. Se le aplican varios calificativos, según la cualidad porque se distingue. *Dicho agudo.* **2.** Ocurrencia chistosa y oportuna.

dichoso,a adj. **1.** Feliz. **2.** Se dice de lo que incluye o trae consigo dicha. **3.** Fam. Molesto.

didáctico,a **1.** adj. Perteneciente o relativo a la enseñanza; propio, adecuado para enseñar o instruir. **2.** n. (apl. a pers.) y adj. Perteneciente o relativo a la didáctica. • **didáctica** n.f. Arte de enseñar.

ENCICL Desde la Antigüedad se ha otorgado capital importancia a la ciencia de la enseñanza. En la Grecia clásica, Sócrates aplicaba un método por el cual el discípulo debía ir descubriendo por sí mismo lo que el maestro trataba de comunicarle a través de preguntas y razonamientos. Esta participación activa del alumno desapareció casi por completo hasta fines del siglo pasado, cuando apareció una nueva didáctica basada en la psicología diferencial y evolutiva que toma en consideración las diferentes fases del desarrollo —tanto intelectual como emocional— del niño y el joven. Las tendencias actuales propugnan la participación activa del niño mediante el estudio de temas que sean de su interés y que él mismo elija y elabore, ayudándose de la guía no represiva del profesor.

didelfo n. y adj. ZOOL Se dice de los mamíferos cuyas hembras tienen en el abdomen una bolsa donde permanecen encerradas las crías durante el primer tiempo de su desarrollo; como el canguro. ▷ n.m. pl. ZOOL Orden de estos animales.

didimio n.m. Metal muy raro, terroso y de color de acero, que se halla algunas veces unido al cerio.

dídimo,a **1.** adj. BOT Se aplica a todo órgano formado por dos lóbulos iguales y simétricamente colocados. **2.** n.m. ZOOL Testículo.

diedro n.m. **1.** GEOM Figura formada por dos semiplanos generados por la misma recta (arista). **2.** AVIAC Valor que caracteriza al ángulo formado por las dos alas de un avión.

dieléctrico, a **1.** adj. ELECTR Que conduce mal la electricidad. **2.** n.m. Cuerpo aislante. ▷ Aislante situado entre las armaduras de un condensador.

diente n.m. **I. 1.** ANAT Cada uno de los huesos que, visibles en las mandíbulas del hombre y de muchos animales, sirven como órgano de masticación o de defensa. **2.** Cada una de las puntas que a los lados de una escotadura tienen en el pico ciertos pájaros. **II. 1.** Cada una de las partes que se dejan sobresalientes en un edificio para que, al continuar la obra, quede todo bien enlazado. **2.** Cada una de las puntas o resaltos que presentan algunas cosas. **3.** MECAN Nombre que se da a los salientes rígidos que forman parte integrante de cada una de las ruedas de los engranajes. **III.** *Diente de ajo.* Cada una de las partes independientes de una cabeza de ajo.

ENCICL Cada diente consta de tres partes: la raíz, implantada en el alvéolo; la corona, que es la parte que queda fuera de la encía, y el cuello o unión de la raíz con la corona. Cada uno posee asimismo una cavidad central, llamada cavidad pulpar, que contiene las correspondientes ramificaciones nerviosas y vasculares. Se compone de dentina o marfil, cubierto de esmalte en la corona y de cemento en la raíz. Los dientes que se insertan en cada maxilar delimitan dos curvas parabólicas: las arcadas dentarias. A los niños les comienzan a salir los dientes de leche aproximadamente a la edad de 6 meses. Constan de 20 piezas que son reemplazadas entre los 6 y 10 años por 32 dientes definitivos que se reparten de la siguiente manera: 8 incisivos, 4 caninos, 8 premolares, 12 molares (4 de los cuales se llaman muelas del juicio). Existen numerosas enfermedades dentales: caries, colocación defectuosa, abscesos, pulpitis. La asistencia médica dentaria la llevan a cabo los cirujanos dentistas y los estomatólogos.

diéresis n.f. **1.** GRAM Pronunciación en sílabas distintas de dos vocales que normalmente forman diptongo. **2.** CIR Procedimiento quirúrgico, o conjunto de operaciones, cuyo carácter principal consiste en la división de los tejidos orgánicos. **3.** GRAM Signo ortográfico (¨) que se pone sobre la *u* de las sílabas *gue, gui*, para indicar que esta letra debe pronunciarse.

dies irae n.m. LITURG Himno latino cantado en la misa de difuntos, que comienza con estas palabras. ▷ Melodía que lo acompaña.

diesel n.m. Motor de combustión interna que funciona con combustibles pesados (gasoil sobre todo).

diesi n.f. **1.** MUS Cada uno de los tres tonos que los griegos intercalaban en el intervalo de un tono mayor. **2.** MUS Sostenido (nota que excede en medio tono de su sonido natural).

diestra n.f. Mano derecha. • **diestro,a I.** adj. **1.** Derecho, lo que cae a mano derecha. **2.** Hábil, experto en un arte u oficio. **II.** n.m. **1.** Torero de a pie. **2.** Matador de toros. **3.** Ronzal.

1. dieta n.f. **1.** Régimen de alimentación que se manda observar a los enfermos o convalecientes. P. ext., esta alimentación. **2.** Fam. Privación completa de comer. • **dietética** n.f. Ciencia que trata de la alimentación conveniente en estado de salud y en las enfermedades.

2. dieta n.f. **I. 1.** Junta o asamblea en que ciertos estados que forman confederación deliberan sobre asuntos que les son comunes. **2.** Honorario de los funcionarios por servicios prestados fuera de su residencia oficial. **3.** FOR Jornada. **II.** pl. **1.** Estipendio que se da a los que ejecutan algunas comisiones o encargos. **2.** Retribución o indemnización fijada para los representantes en Cámaras legislativas.

dietario n.m. Libro en que se anotan los ingresos y gastos diarios de una casa.

dietilamina n.f. QUIM Amina de fórmula $C_2H_5-NH-C_2H_5$.

diez **I.** n. y adj. **1.** Nueve y uno. **2.** Décimo, que sigue en orden al noveno. **II.** n.m. **1.** Signo o conjunto de signos con que se representa el número diez. **2.** Cada una de las partes en que se divide el rosario. **3.** Naipe de la baraja francesa e inglesa que tiene diez señales.

diezmar v.tr. **1.** Fig. Causar gran mortandad en un país. **2.** Sacar de cada diez uno. **3.** Pagar el diezmo a la Iglesia.

diezmo,a n.m. **1.** Derecho de diez por ciento que se pagaba al rey, del valor de las mercancías que se traficaban y llegaban a los puertos, o entraban y pasaban de un reino a otro. **2.** Parte de los frutos, regularmente la décima, que pagaban los fieles a la Iglesia.

difamar v.tr. **1.** Desacreditar a alguien, publicando cosas contra su buen nombre. **2.** Poner una cosa en bajo concepto y estima.

diferencia n.f. **1.** Cualidad o accidente por el cual una cosa se distingue de otra. **2.** Variedad entre cosas de una misma especie. **3.** Controversia, disensión u oposición de dos o más personas entre sí. **4.** ALG y ARIT Residuo, resto. **5.** MUS y DANZA Diversa modulación, o movimiento, que se hace en el instrumento, o con el cuerpo bajo un mismo compás. **6.** ELECTR *Diferencia de potencial*. Tensión (abreviatura: ddp). • **diferenciación** n.f. **1.** MAT Acción y efecto de diferenciar. **2.** MAT Operación por la cual se determina la diferencia de una función. **3.** BIOL Adquisición por las células de un ser vivo de ciertos caracteres acordes a sus funciones. • **diferencial I.** adj. **1.** Perteneciente a la diferencia de las cosas. **2.** MAT Se aplica a la cantidad infinitamente pequeña. **II.** n.f. MAT Diferencia infinitamente pequeña de una variable. **III.** n.m. MEC Mecanismo que permite transmitir a una rueda un movimiento proporcional a la suma o a la diferencia de las otras dos. • **diferenciar I.** v.tr. **1.** Hacer distinción entre las cosas. **2.** Variar, cambiar el uso que se hace de las cosas. **3.** MAT Hallar la diferencial de una cantidad variable. **II.** v.int. Discordar, no convenir una misma opinión. **III.** v.prnl. **1.** Diferir una cosa de otra. **2.** Hacerse notable un sujeto por sus acciones o cualidades. • **diferente 1.** adj. Diverso, distinto. **2.** adv. m. De modo distinto.

diferir **1.** v.tr. Retardar la ejecución de una cosa. **2.** v.int. Distinguirse una cosa de otra. • **diferido,a** adj. AUDIOV Se dice del procedimiento que consiste en grabar una emisión y transmitirla posteriormente.

difícil adj. **1.** Que no se logra, ejecuta o entiende sin mucho trabajo. **2.** Se dice de la persona descontentadiza o poco tratable.

dificultad n.f. **1.** Contrariedad que impide conseguir, ejecutar o entender bien pronto una cosa. **2.** Réplica propuesta contra una opinión. • **dificultar I.** v.tr. **1.** Poner dificultades a las pretensiones de alguno. **2.** Hacer difícil una cosa. **II.** v.tr. e int. Tener una cosa por difícil. • **dificultoso,a** adj. Difícil.

difidencia n.f. Desconfianza.

difracción n.f. OPT Desviación del rayo luminoso al rozar el borde de un cuerpo opaco.
ENCICL Los fenómenos de difracción (*franjas*, si el objeto tiene alguna arista, *ondas* si se trata de una pantalla con una abertura circular) limitan las posibilidades de los instrumentos de óptica (sobre todo su capacidad separadora). Los halos que se forman en torno a la Luna y al Sol se deben a fenómenos de difracción.

difteria n.f. PAT Enfermedad específica, infecciosa y contagiosa.
ENCICL La difteria se caracteriza por la producción de seudomembranas fibrinosas a la altura de la faringe y de la laringe, a veces responsables de una asfixia *(garrotillo)* y por señales de intoxicación como parálisis, miocarditis, nefritis. La evolución puede ser mortal. La vacuna es obligatoria.

difuminar v.tr. Esfuminar.

difundir **I.** v.tr. y prnl. **1.** Extender, esparcir, propagar físicamente. **2.** Introducir en un cuerpo corpúsculos extraños con tendencia a formar una mezcla homogénea. **3.** Transformar los rayos procedentes de un foco luminoso en luz que se propaga en todas direcciones. **II.** v.tr. Fig. Propagar o divulgar conocimientos, noticias, etc. • **difusión** n.f. Acción y efecto de difundir o difundirse. • **difuso,a** adj. Ancho, muy dilatado.

difunto,a **1.** n. y adj. Se dice de la persona muerta. **2.** n.m. Cadáver.

digerir v.tr. **1.** Convertir en el aparato digestivo los alimentos en sustancia propia para la nutrición. **2.** Fig. Meditar cuidadosamente una cosa, para entenderla o ejecutarla. **3.** QUIM Cocer algunos zumos u otras materias por medio de un calor lento. • **digestión** n.f. **1.** Acción y efecto de digerir. **2.** QUIM Infusión prolongada, en un líquido apropiado, de aquel cuerpo de que se quiere extraer alguna sustancia. • **digestivo,a 1.** adj. Se dice de las operaciones y de las partes del organismo que atañen a la digestión. **2.** n.m. y adj. Dícese de lo que ayuda a digerir.
ENCICL El aparato digestivo humano comprende: **1.°**, el tubo digestivo por el que pasa el bolo alimenticio: faringe, esófago, estómago, intestino delgado y colon y, **2.°**, los órganos cuyas acciones metabólicas y secreciones desempeñan un papel en la ingestión: hígado, páncreas, vías biliares. Existen afecciones específicas para cada parte del tubo digestivo: boca y faringe (estomatitis, faringitis); esófago (esofagitis, estrechamiento esofágico); estómago y duodeno (úlcera, cáncer); intestino delgado (invaginación, enfermedad de Crohn, tumor); colon (colitis ulcerosa, oclusión); recto (cáncer, rectocolitis ulcerosa hemorrágica). Las afecciones del hígado, del páncreas y de las vías biliares se deben considerar aparte.

digitado,a adj. ZOOL Se aplica a los mamíferos que tienen sueltos los dedos de las pezuñas.

digital **I.** adj. **1.** Perteneciente o relativo a los dedos. **2.** ELECTRON Rama de la electrónica que estudia los circuitos basados en dos estados determinados, llamados 0 y 1. ▷ TECN Se dice de los aparatos que utilizan símbolos dígitos en su sistema de lectura. **II.** n.f. BOT Planta herbácea de la familia de las escrofulariáceas. ▷ Flor de esta planta. • **digitalina** n.f. QUIM Glucósido contenido en las hojas de la digital. Es muy tóxico, pero en dosis inferiores a un miligramo se emplea como medicamento cardiaco.

digitígrado,a adj. ZOOL Se dice del animal que al andar apoya sólo los dedos; como el gato.

dígito **1.** n. y adj. ARIT Se aplica al número que puede expresarse con una sola cifra. **2.** n.m. ASTRON Cada una de las doce partes iguales en que se divide el diámetro aparente del Sol y el de la Luna en los cómputos de los eclipses.

diglosia n.f. LING Característica de una lengua que en un mismo país cumple una función culta (educación, literatura, etc.) y otra popular.

dignarse v.prnl. Servirse hacer una cosa.

dignidad n.f. **1.** Calidad de digno. **2.** Excelencia, realce. **3.** Decoro de las personas en la manera de comportarse. **4.** Cargo honorífico y de autoridad. **5.** En las catedrales y colegiatas, cualquiera de las prebendas propias de un oficio honorífico ▷ n.m. y f. Persona que posee una de estas prebendas. **6.** Por antonom., la del arzobispo u obispo. **7.** Ciertos cargos en las órdenes militares.

digno,a adj. **1.** Que merece algo, en sentido favorable o adverso. **2.** Proporcionado al mérito y condición de una persona o cosa.

digresión n.f. Efecto de romper el hilo del discurso y de hablar en él de cosas que no tengan conexión con aquello de que se está tratando.

dije n.m. **1.** Adorno que se pone a los niños al cuello o pendientes de la cintura. **2.** Alhajas pequeñas que se cuelgan por adorno.

dilacerar v.tr. y prnl. Desgarrar, despedazar la carne de una persona o un animal. • **dilaceración** n.f. Acción o efecto de dilacerar o dilacerarse.

dilación n.f. Retardación o detención de una cosa por algún tiempo.

dilapidar v.tr. Malgastar los bienes.

dilatar **I.** v.tr. y prnl. **1.** Extender, alargar y hacer mayor una cosa, o que ocupe mas lugar o tiempo. **2.** Diferir, retardar. **II.** v.prnl. Extenderse mucho en un discurso o escrito. • **dilatación** n.f. **1.** Acción y efecto de dilatar o dilatarse. **2.** CIR Procedimiento empleado para aumentar o restablecer el calibre de un conducto, de una cavidad o de un orificio, o mantener libre un trayecto fistuloso. **3.** FIS Aumento de volumen de un cuerpo.
ENCICL Los líquidos se dilatan más que los sólidos. Se llama *coeficiente de dilatación lineal* de un cuerpo, entre las temperaturas t_0 y t_1, el alargamiento de este cuerpo por unidad de longitud y por grado de elevación de temperatura. Es igual a $1{,}2 \cdot 10^{-5}$ para el acero, a

3,1·10⁻⁵ para el cinc y a 0,9·10⁻⁵ para el vidrio ordinario, entre 0 y 100 °C. En una primera aproximación, el *coeficiente de dilatación cúbica* (crecimiento del volumen por unidad de volumen) de los gases no depende de su naturaleza específica (ley de Gay-Lussac). Para los gases perfectos, es igual a 1/273,15.

dilatoria n.f. Dilación. • **dilatorio,a** adj. FOR Que sirve para prorrogar y extender un término judicial o la tramitación de un asunto.

dilecto,a adj. Amado con dilección. • **dilección** n.f. Voluntad honesta, amor reflexivo.

dilema n.m. **1.** Situación de duda ante dos opciones. **2.** FILOS Silogismo que presenta en la mayor una alternativa cuyos dos términos conducen a la misma conclusión.

dileniáceo,a n.f. y adj. BOT Se dice de plantas angiospermas dicotiledóneas, leñosas, rara vez herbáceas, con hojas esparcidas; fruto en cápsula y semillas con arilo. ▷ n.f.pl. BOT Familia de estas plantas.

dilettante n.m. y f. Se dice de quien ejerce una actividad por puro placer.

diligencia n.f. **I. 1.** Cuidado y actividad en ejecutar una cosa. **2.** Prontitud, agilidad, prisa. **3.** Trámite de un asunto administrativo, y constancia escrita de haberlo efectuado. **II.** Coche grande, arrastrado por caballerías, y destinado al transporte de viajeros. • **diligenciar** v.tr. **1.** Poner los medios necesarios para el logro de una solicitud. **2.** FOR Despachar o tramitar un asunto mediante las oportunas diligencias. • **diligente** adj. **1.** Cuidadoso, exacto y activo. **2.** Ligero en el obrar.

dilucidar v.tr. Aclarar y explicar un asunto.

diluir **1.** v.tr. y prnl. Desleír. **2.** v.tr. QUIM Añadir líquido en las disoluciones.

diluvio n.m. **1.** Inundación precedida de copiosas lluvias. **2.** Por antonom., el universal con que Dios castigó a los hombres en tiempos de Noé. **3.** Fig. y Fam. Lluvia muy copiosa. **4.** Fig. y Fam. Abundancia de algo. • **diluvial** adj. **1.** Perteneciente al diluvio. **2.** GEOL Se dice del terreno constituido por enormes depósitos de materias sabulosas que fueron arrastradas por grandes corrientes de agua. ▷ GEOL Perteneciente a este terreno.
ENCICL Existe una tendencia, común a varias de las grandes civilizaciones, a dividir la historia de la Humanidad en períodos separados por grandes catástrofes. Una de las más recurrentes es la del diluvio, presente en la tradición griega (leyenda de Deucalión y Pirra), azteca, mesopotámica y hebrea (Noé). Los estudios realizados hasta la fecha no permiten asegurar que se haya producido alguna vez un diluvio universal; más bien parece que cada relato tiene una base histórica diferente. Con respecto al diluvio babilónico, se puede afirmar que durante el cuarto milenio a. J.C. se registraron lluvias anormales en Mesopotamia y que toda la región quedó cubierta por el lodo. Es posible que el relato bíblico tenga su origen en esta leyenda.

dimanar v.int. **1.** Proceder o venir el agua de sus manantiales. **2.** Fig. Provenir, proceder y tener origen una cosa de otra.

dimensión n.f. **1.** GEOM Longitud, extensión o volumen, de una línea, una superficie o un cuerpo respectivamente. **2.** GEOM Extensión de un objeto en dirección determinada. **3.** MUS Medida de los compases.

dímero n.m. **1.** QUIM Compuesto que resulta de la combinación de dos moléculas semejantes. **2.** ZOOL Se dice del insecto que sólo posee dos artejos en los tarsos. **3.** BOT Constituido por dos partes o piezas.

dímetro n.m. En la poesía clásica, verso que consta de dos metros o pies.

dimiario adj. Se dice de los moluscos bivalvos que tienen dos músculos aductores para cerrar las valvas de la concha, como las almejas de mar.

diminutivo,a adj. **1.** Que tiene cualidad de disminuir o reducir a menos una cosa. **2.** GRAM Se aplica a los vocablos que disminuyen o menguan la significación de los positivos de que proceden. • **diminuto,a** adj. Excesivamente pequeño.

dimisión n.f. Renuncia de un empleo o cargo. • **dimitir** v.tr. Renunciar a un empleo o cargo.

dimórfico o **dimorfo,a** adj. **1.** Que presenta dos formas diferentes. **2.** QUIM Que cristaliza en dos sistemas diferentes. • **dimorfismo** n.m. Carácter de lo que es dimorfo. — *Dimorfismo sexual.* En ciencias naturales, propiedad de una especie animal de presentar entre uno y otro sexo caracteres morfológicos diferentes no relacionados directamente con la reproducción (pelo, plumas, etc.).

DIN, sistema de normas y requerimientos aplicado a la industria, que tiende a homogeneizar a escala mundial diferentes elementos industriales. Las principales normas que integran este sistema provienen del trabajo realizado por el DNA (Comité Alemán de Normas). Actualmente el sistema comprende también definiciones, métodos de cálculo y experimentación, tamaños, etc.

dina n.f. FIS Unidad de fuerza en el sistema cegesimal.

dinacho n.m. *Chile.* Hierba de la familia de las araliáceas.

dinam-, -dinamia, dinamo- Partículas procedentes del griego *dýnamis*, «fuerza».

dinámica n.f. Parte de la mecánica, que trata de las leyes del movimiento en relación con las fuerzas que lo producen. • **dinámico,a** adj. **1.** Perteneciente o relativo a la fuerza que produce movimiento. **2.** Perteneciente o relativo a la dinámica. **3.** Fig. y Fam. Se dice de la persona activa.

dinamismo n.m. **1.** Energía activa y propulsora. **2.** FILOS Sistema que considera el mundo corpóreo como formado por agrupaciones de elementos simples, y cuyo fondo esencial es la fuerza.

dinamita n.f. **1.** Mezcla explosiva de nitroglicerina con un cuerpo muy poroso, que evita riesgos en su manejo.

dinamo o **dínamo** n.f. Generador de corriente continua.

dinamometría n.f. Arte de medir las fuerzas motrices.

dinar n.m. **1.** Antigua moneda árabe de oro. **2.** Unidad monetaria actual de Argelia, Bahrein, Irak, Jordania, Kuwait, Libia, Túnez, Yemen (República Democrática Popular) y Yugoslavia. **3.** Moneda imaginaria persa.

dinastía n.f. **1.** Serie de soberanos pertenecientes a una misma familia. **2.** Familia en cuyos individuos se perpetúa el poder político, económico, etc.

dineral n.m. Cantidad grande de dinero.

dinero n.m. **1.** Moneda corriente. **2.** Fig. y Fam. Caudal, fortuna.

dingo n.m. Perro australiano, asilvestrado; como el lobo, caza en manada.

-dino Sufijo procedente del griego *dunanis*, «fuerza».

dinornis n.m. PALEONT Género de aves corredoras fósiles del pleistoceno.

dinosaurio n. y adj. PALEONT Se dice de ciertos reptiles fósiles de cabeza pequeña y cuerpo de gran tamaño, como el diplodoco.

dinoterio n.m. PALEONT Proboscidio fósil semejante a un elefante, que vivió en el período mioceno y tenía unos 5 m de largo.

dintel n.m. ARQUIT Parte superior de las puertas y ventanas que carga sobre las jambas.

diñar v.tr. Dar. — *Diñarla.* Morir.

diócesis n.f. Territorio en que tiene y ejerce jurisdicción espiritual un prelado.

diodo n.m. ELECTRON Componente que sólo deja pasar la corriente en un sentido.

dioico,a adj. BOT Se aplica a las plantas que tienen las flores de cada sexo en pie separado, y también a estas mismas flores.

dionisíaco,a adj. **1.** Relativo a Dioniso. **2.** FILOS Que tiene relación con el carácter o significación concedidos a Dioniso por la mitología.

dioptría n.f. Unidad de convergencia de los sistemas ópticos.

dióptrica n.f. Parte de la óptica, que trata de los fenómenos de la refracción de la luz.

diorama n.m. Panorama hecho con lienzos transparentes y pintados por las dos caras. Iluminando alternativamente una y otra, se consigue ver en un mismo sitio dos cosas distintas.

diorita n.f. Roca eruptiva, granosa, formada por feldespato y un elemento oscuro, como piroxeno, anfíbol o mica negra.

dios n.m. **I. 1.** Ser sobrenatural, creador del Universo y con poder absoluto sobre él (en esta acepción suele escribirse con mayúscula). **2.** Nombre dado a las divinidades veneradas en las religiones politeístas. **II.** TEOL *Dios Hombre.* Jesucristo.
ENCICL La experiencia de Dios ha sido realizada, individual y colectivamente, por el hombre de todas las épocas. Incluso el budismo que situaba la cima de la felicidad en un *nirvana* despersonalizado y, en cierta forma ateísta, acabó divinizando a la figura de Buda. La forma más primaria de adoración a la divinidad se encuentra en la *idolatría*: el culto rendido a la imagen material de los ídolos que aparece cuando el hombre pierde la conciencia trascendente de los símbolos e imágenes que representan a la divinidad. Por el contrario la forma más evolucionada del teísmo se encuentra en el *animismo*: la creencia en una energía superior que se manifiesta en todos los seres de la naturaleza. Incluso los pueblos politeístas llegaron a la conciencia de un dios superior a todos los otros (generador y providencial) que gobernaba los destinos del mundo. Más alejada de la idea monoteísta se encuentra el *dualismo*: la suposición de una potencia suprema, contradictoria, que actúa dividida en dos principios opuestos, el Bien y el Mal. Dios se revela a los hombres a través de grandes *teofanías* que han sido recogidas en los libros sagrados de cada religión. A esa experiencia espontánea añaden los filósofos sus argumentos racionales en favor o en contra de la existencia de Dios. Pero, como dice Pascal, hay un Dios del corazón y un Dios de los filósofos. El Dios del corazón pertenece a una experiencia íntima del hombre frente a la realidad: se manifiesta como una energía espiritual capaz de activar los dones más creadores del hombre y como una coherente explicación de los fenómenos del azar (providencia). Para la religión judeocristiana, Dios tiene la «imagen y semejanza» del hombre, puesto que tomándose como modelo creó a sus hijos. La misma concepción humanista de Dios podríamos encontrarla en otros pueblos. Bellísima es, por ejemplo, la figura de Quetzalcoatl, el dios sabio y civilizador del antiguo México, que se revela a los hombres como un patriarca de barba blanca.

diosa n.f. Deidad de sexo femenino.

dioscoreáceo,a n.f. y adj. BOT Se dice de plantas herbáceas angiospermas, monocotiledóneas, con tallos volubles, con raíces tuberosas o rizomas; hojas acorazonadas, flores actinomorfas, y frutos en cápsulas o baya. ▷ n.f.pl. BOT Familia de estas plantas.

diostedé n.m. ZOOL *Col., Ecuad.* y *Venez.* Nombre con que se designa al tucán.

dióxido n.m. QUIM Bióxido.

dipétala adj. BOT Se dice de la corola que tiene dos pétalos, y de la flor que tiene esta clase de corola.

diplo- Prefijo procedente del griego *diploos,* «doble».

diploblástico,a adj. ZOOL Caracteriza a los animales inferiores en los que el embrión no está formado más que por dos láminas, como en los espongiarios y los cnidarios.

diplococo n.m. MICROB Género de bacterias formadas por elementos agrupados por pares.

diplodoco n.m. Reptil fósil de gran tamaño, con la cabeza pequeña y el cuello y la cola muy largos.

diploe n.m. ANAT Tejido esponjoso situado entre las capas externa e interna de los huesos de la bóveda craneana.

diploide adj. BIOL Se dice del ser vivo cuyas células contienen un par de cada cromosoma típico de la especie, es decir un número total par (2*n*).

diploma n.m. **1.** Título que se expide, para acreditar un grado académico, un premio, etc. **2.** Documento autorizado por un soberano, cuyo original queda archivado.

diplomacia n.f. **1.** Ciencia que trata de las relaciones de unas naciones con otras. **2.** Servicio de los Estados en sus relaciones internacionales. **3.** Fig. y Fam. Cortesía aparente e interesada. **4.** Fig. y Fam. Habilidad y disimulo. • **diplomático,a I.** adj. **1.** Perteneciente al diploma. **2.** Perteneciente a la diplomacia. **3.** Fig. y Fam. Sagaz, disimulado. **II.** n (apl. a pers.) y adj. Se aplica a los asuntos de Estado que se tratan entre dos o más naciones y a las personas que intervienen en ellos.

diplopía n.f. MED Perturbación de la vista que consiste en la visión doble de los objetos.

dipneo,a n. y adj. ZOOL Que está dotado de respiración branquial y pulmonar.

dipnoos n.m.pl. ZOOL Clase de peces osteictios de agua dulce que presentan branquias y pulmones.

dipolo n.m. **1.** FIS Conjunto de dos cargas eléctricas o magnéticas infinitamente próximas y de signo opuesto. **2.** TECN Dispositivo eléctrico formado sólo por dos bornes.

dipsacáceo,a o **dipsáceo,a** n.f. y adj. BOT Se dice de plantas angiospermas dicotiledóneas, herbáceas, con hojas opuestas; flores en espiga o cabezuela y fruto en aquenio con semillas de albumen carnoso. ▷ n.f.pl. BOT Familia de estas plantas.

dipsomanía n.f. Tendencia irresistible al abuso de la bebida.

díptero n. y adj. **1.** ZOOL Se dice del insecto que sólo tiene dos alas membranosas, o que carecen de alas por adaptación a la vida parasitaria, y con aparato bucal dispuesto para chupar; como la mosca. ▷ n.m.pl. Orden de estos insectos. **2.** ARQUIT y ESCULT Se dice del edificio que tiene dos costados salientes, y también de la estatua que tiene dos alas.

dipterocarpáceo,a o **dipterocárpeo,a** n.f. y adj. BOT Se dice de plantas leñosas angiospermas, dicotiledóneas, exóticas, corpulentas y resinosas. ▷ pl. BOT Familia de estas plantas.

díptico n.m. **1.** Díptica. **2.** Cuadro o bajorrelieve formado con dos tableros que se cierran por un costado.

diptongo n.m. GRAM Conjunto de dos vocales diferentes que se pronuncian en una sola sílaba.

diputado,a n.m. y f. Persona nombrada por un cuerpo para representarlo. — *Diputado a Cortes.* Con arreglo a algunas constituciones, cada una de las personas nombradas directamente por los electores para componer la Cámara única, o la de origen más popular cuando hay Senado. • **diputación** n.f. **1.** Conjunto de los diputados. **2.** Ejercicio del cargo de diputado. **3.** Duración de este cargo. **4.** Asuntos que atañen al diputado.

dique n.m. **1.** Muro artificial para contener las aguas. **2.** Cavidad revestida de fábrica situada en la orilla de una dársena, en comunicación con el mar por una parte y cerrada por la otra. En ella entran los buques para carenar, pintar, etc.

dirección n.f. **I. 1.** Acción y efecto de dirigir o dirigirse. **2.** Camino que un cuerpo sigue en su movimiento. **3.** Consejo con que se encamina a uno. **4.** Señas escritas sobre una carta, caja o cualquier otro bulto, para indicar dónde y a quién se envía. **II. 1.** Conjunto de personas encargadas de dirigir una sociedad, explotación, etc. **2.** Cargo de director. **3.** Oficina o cosa en que despacha el director. **III.** GEOL Arrumbamiento de la intersección de las caras de un filón con un plano horizontal. **IV.** MECAN Mecanismo que sirve para guiar los vehículos automóviles. **V.** INFORM Elemento codificado que identifica una situación en la memoria.

directivo,a I. n. y adj. Que tiene facultad o virtud de dirigir. **II.** n.f. Mesa o junta de gobierno de una corporación, sociedad, etc.

directo,a I. adj. **1.** Derecho o en línea recta. **2.** Se dice de lo que va de una parte a otra sin detenerse en los puntos intermedios. **3.** Se aplica a lo que se encamina derechamente a una mira u objeto. **II.** n.m. **1.** DEP Golpe derecho. *Lanzar un directo.* **2.** AUDIOV *Emisión en directo.* Transmitida en el mismo instante en que se producen las vistas o sonidos.

director,a 1. n. y adj. Que dirige. **2.** adj. GEOM Se dice de la línea, figura o superficie que determina las condiciones de generación de otra línea, figura o superficie (f. directriz). **3.** n.m. y f. Persona a cuyo cargo está la dirección de un negocio, cuerpo o establecimiento especial.

directriz 1. n. y adj. Forma femenina de *director* en su acepción geométrica y en algunos otros casos. **2.** n.f. y pl. Fig. Conjunto de instrucciones para la ejecución de algo.

dirham n.m. Unidad monetaria de Marruecos.

dirigible 1. adj. Que puede dirigirse. **2.** n.m. Aeronave que se compone de uno o varios motores de propulsión y de unos globos llenos de un gas más ligero que el aire (hidrógeno o helio), encerrados en una envoltura impermeable.

ENCICL Los dirigibles se utilizaron durante la Primera y la Segunda Guerra Mundial, en especial para funciones de observación. Existen diferentes proyectos que prevén la combinación de las ventajas del dirigible y el helicóptero para transportar cargas pesadas en terrenos accidentados.

dirigir I. v.tr. y prnl. Enderezar, llevar rectamente una cosa hacia un lugar señalado. **II.** v.tr. **1.** Guiar, mostrando o dando las señas de un camino. **2.** Poner a una carta, caja o cualquier otro bulto las señas que indiquen a dónde y a quién se ha de enviar. **3.** Fig. Encaminar la intención a determinado fin. **4.** Gobernar, regir para el manejo de algo. **5.** Aconsejar a una persona. **6.** Dedicar una obra intelectual. **7.** Hablar a alguien.

dirimir v.tr. **1.** Deshacer, disolver. Se dice ordinariamente de las cosas inmateriales. **2.** Zanjar una discusión.

dis Prefijo que denota negación o contrariedad, como en *Disconforme, distraer,* etc.

disartria n.f. MED Dificultad para la articulación de las palabras debida a una lesión de los órganos de fonación.

discal adj. MED Relativo a los discos intervertebrales.

discernir v.tr. **1.** Distinguir una cosa de otra, señalando la diferencia que hay entre ellas. **2.** FOR Encargar de oficio el juez a uno la tutela de un menor, u otro cargo.

disciplina n.f. **1.** Arte, facultad o ciencia. **2.** Observancia de las leyes y ordenamientos de una profesión o instituto. **3.** Instrumento con varios ramales de cáñamo, cuero, etc., que servía para azotar. (Se usa más en pl.) • **disciplinado,a** adj. **1.** Que observa la disciplina, (observancia de las leyes). **2.** Fig. Jaspeado. (Se dice de las flores). • **disciplinante** n.m. Por antonom., el que en los días de Semana Santa se azotaba públicamente. • **disciplinar** v.tr. y prnl. **1.** Azotar. **2.** Imponer, hacer guardar la observancia de las leyes. • **disciplinario,a** adj. **1.** Relativo o perteneciente a la disciplina. ▷ Se aplica al régimen que establece subordinación, así como cualquiera de las penas que se imponen por vía de corrección. **2.** Se dice de los cuerpos militares formados con soldados condenados a alguna pena.

discípulo,a n.m. y f. **1.** Persona que aprende bajo la dirección de un maestro. **2.** Persona que sigue la opinión de una escuela. • **discipulado** n.m. **1.** Ejercicio y calidad del discípulo de una escuela. **2.** Doctrina, enseñanza, educación. **3.** Conjunto de discípulos de una escuela o maestro.

disco n.m. **1.** Tejo metálico que se utiliza en las pruebas de atletismo. **2.** Cuerpo cilíndrico cuya base es muy grande respecto a su altura. **3.** Lámina circular en la que están inscritas las vibraciones de la voz o de otro sonido cualquiera, que pueden reproducirse por medio del gramófono. **4.** Pieza metálica en la que hay pintada una señal de las previstas en el código de la circulación. **5.** Cada uno de los tres círculos luminosos, de que consta el semáforo eléctrico. **6.** Fig. y Fam. Discurso o explicación pesada que uno suele repetir con impertinencia. **7.** Figura circular y plana con que se presentan a nuestra vista el Sol, la Luna y los planetas. ▷ P. ext., se dice de cualquier figura circular. **8.** BOT Parte de la hoja comprendida dentro de sus bordes. • **discóbolo** n.m. Atleta que arroja el disco.

díscolo,a n. y adj. Avieso, indócil.

disconformidad n.f. **1.** Diferencia de unas cosas con otras en cuanto a su esencia, forma o fin. **2.** Oposición, desunión, contrariedad en las opiniones o en las voluntades.

discontinuar v.tr. Romper o interrumpir la continuación de una cosa. • **discontinuo,a** adj. **1.** Interrumpido, intermitente o no continuo. **2.** MAT No continuo.

discordar v.int. **1.** Ser opuestas, desavenidas o diferentes entre sí dos o más cosas. **2.** No convenir uno en opiniones con otro. **3.** MUS No estar acordes las voces o los instrumentos. • **discordancia** n.f. **1.** Contrariedad, diversidad, disconformidad. **2.** GEOL Estado de dos capas en las que los estratos no son paralelos, habiéndose producido una fase orogénica antes de que la capa nueva se depositara sobre la antigua. • **discordia** n.f. **1.** Oposición, desavenencia de voluntades. **2.** Diversidad y contrariedad de opiniones.

discoteca n.f. **1.** Colección de discos. ▷ Lugar, mueble donde se conservan. **2.** Local donde se puede escuchar discos y bailar.

discreción n.f. **1.** Sensatez para formar juicio y tacto para hablar u obrar. **2.** Expresión o dicho discretos. • **discrecional** adj. **1.** Que se hace libre y prudencialmente. **2.** Se dice de la potestad gubernativa en las funciones de su competencia que no están regladas.

discrepar v.int. **1.** Desdecir una cosa de otra, ser desigual. **2.** Disentir una persona de lo que dice o hace otra. • **discrepancia** n.f. **1.** Diferencia que resulta de la comparación de las cosas entre sí. **2.** Disentimiento entre personas.

discreto,a **I.** n. y adj. Dotado de discreción. **II.** adj. **1.** Que denota discreción. **2.** PAT Se aplica a ciertas erupciones, cuando los granos o pústulas están muy separados entre sí.

discriminar v.tr. **1.** Separar, distinguir, diferenciar una cosa de otra. **2.** Dar trato de inferioridad a una persona o colectividad por motivos raciales, religiosos, políticos, etc.

discromatopsia n.f. MED Anormalidad en la percepción de los colores.

discromía n.f. MED Nombre genérico de los trastornos de la pigmentación de la piel.

disculpa n.f. Razón que se da para justificarse. • **disculpar** v.tr. y prnl. **1.** Dar razones que descarguen de una culpa. **2.** Fam. No tomar en cuenta las faltas y omisiones que otro comete.

discurrir **I.** v.int. **1.** Andar, correr por diversos lugares. **2.** Correr (transcurrir el tiempo; fluir un líquido). **3.** Fig. Reflexionar o hablar acerca de una cosa. **II.** v.tr. Inventar una cosa.

discurso n.m. **I. 1.** Facultad racional con que se infieren unas cosas de otras. **2.** Acto de la facultad discursiva. **3.** Uso de razón. **4.** Reflexión sobre algunos antecedentes o principios. **5.** Serie de las palabras y frases empleadas para manifestar lo que se piensa o siente. **6.** Razonamiento extenso dirigido por una persona a otra u otras. **7.** Conjunto de palabras con que se expresa un concepto. **8.** Escrito de no mucha extensión, o tratado, en que se discurre sobre una materia para enseñar o persuadir. **II.** Espacio de tiempo. • **discursivo,a** adj. Dado a discurrir, reflexivo.

discutir **1.** v.tr. Examinar una materia, investigado minuciosamente sobre sus circunstancias. **2.** v.tr. e int. Contender y alegar razones contra el parecer de otro. • **discusivo,a** adj. MED Que disuelve, que resuelve.

disecar v.tr. **1.** Dividir en partes un vegetal o el cadáver de un animal para el examen de su estructura normal o de las alteraciones orgánicas. **2.** Preparar los animales muertos para que conserven la apariencia de cuando estaban vivos. **3.** Preparar una planta para que, después de seca, se conserve a fin de ser estudiada. • **disector** n.m. El que diseca y ejecuta las operaciones anatómicas.

disecea n.f. MED Torpeza del oído.

diseminar v.tr. y prnl. Esparcir.

disentería n.f. Enfermedad infecciosa caracterizada por una frecuente emisión de heces abundantes, viscosas y sanguinolentas. • **disentérico,a** adj. Perteneciente o relativo a la disentería.

disentir v.int. No ajustarse al sentir o parecer de otro; opinar de modo distinto. • **disensión** n.f. **1.** Oposición o contrariedad de varios sujetos en los opiniones o en los propósitos. **2.** Fig. Contienda, riña, altercado.

diseño n.m. **1.** Delineación de una figura. **2.** Descripción oral o escrita de una cosa. **3.** Método de creación industrial que busca adaptar la forma de los objetos a la función que deben cumplir, dándoles a la vez una belleza plástica que los haga agradables. ▷ Estilo de decoración inspirado en este método. • **diseñar** v.tr. Hacer un diseño.

disépalo,a adj. BOT Se dice del cáliz o de la flor que tiene dos sépalos.

disertar v.int. Razonar con autoridad.

disfagia n.f. FISIOL Dificultad o imposibilidad de tragar.

disfasia n.f. PAT Anomalía en el lenguaje causada por una lesión cerebral.

disfrazar v.tr. y prnl. **1.** Desfigurar la forma natural de las personas o de las cosas, para que no sean conocidas. **2.** Fig. Disimular. • **disfraz** n.m. **1.** Artificio de que se usa para desfigurar una cosa con el fin de que no sea conocida. **2.** Por antonom., vestido de máscara que se usa especialmente en carnaval.

disfrutar **I.** v.tr. **1.** Percibir los productos y utilidades de una cosa. **2.** Gozar de salud, comodidad o bienestar. **3.** Aprovecharse del favor de uno. **II.** v.int. Gozar.

disgrafía n.f. MED Trastorno en el aprendizaje de la escritura.

disgregar v.tr. y prnl. Separar, desunir, apartar lo que estaba unido.

disgustar **1.** v.tr. Desagradar. **2.** v.tr. y prnl. Fig. Causar enfado. **3.** v.prnl. Molestarse uno con otro. • **disgusto** n.m. **1.** Desagrado. **2.** Fig. Reyerta con alguno. **3.** Fig. Pesadumbre y aflicción.

disidencia n.f. Grave desacuerdo de opiniones.

disimetría n.f. Defecto de simetría.

disímil adj. Desemejante, diferente.

disimilar v.tr., int. y prnl. LING Alterar un sonido para diferenciarlo de otro igual o semejante que influye sobre aquél.

disimular v.tr. **1.** Encubrir con astucia la intención. **2.** Desentenderse del conocimiento de una cosa. **3.** Ocultar, encubrir algo que uno siente y padece. **4.** Ocultar una cosa, mezclándola con otra para que no se conozca. • **disimulación** n.f. **1.** Acción y efecto de disimular. **2.** Disimulo, arte con que se oculta lo que se siente o se sabe. • **disimulo** n.m. Arte con que se oculta lo que se siente o se sabe.

disipar **I.** v.tr. y prnl. **1.** Esparcir y desvanecer las partes que forman por aglomeración un cuerpo. **2.** Desperdiciar, malgastar los bienes u otra cosa. **II.** v.prnl. Evaporarse. ▷ Fig. Quedar en nada una cosa.

dislalia n.f. PSIQUIAT Dificultad de articular las palabras.

dislate n.m. Disparate.

dislexia n.f. MED Dificultad en la comprensión y reproducción de los símbolos escritos.

dislocado,a adj. QUIM Se dice de la unión formada por órbitas moleculares que se extienden a más de dos núcleos atómicos.

dislocar v.tr. y prnl. **1.** Sacar un hueso o una articulación de su lugar. • **dislocación** n.f. Acción y efecto de dislocar o dislocarse un hueso o una articulación.

disloque n.m. Fam. Ser el colmo.

dismenorrea n.f. PAT Menstruación dolorosa o difícil.

disminuir v.tr. y prnl. Hacer menor la extensión, la intensidad o número de alguna cosa. • **disminución** n.f. Merma de una cosa, tanto en lo físico como en lo moral.

disnea n.f. MED Trastorno de la respiración que acompaña las afecciones respiratorias y cardíacas así como ciertos accidentes neurológicos.

disociar v.tr. **1.** Separar una cosa de otra a la que estaba unida. **2.** Separar los diversos componentes de una sustancia. • **disociación** n.f. **1.** Acción y efecto de disociar o disociarse. **2.** QUIM Descomposición química limitada por la tendencia a combinarse de los cuerpos separados.

disolver v.tr. y prnl. **1.** Separar las partículas de un cuerpo sólido o espeso, por medio de un líquido con el cual se incorporan **2.** Desunir las cosas que estaban unidas. **3.** Deshacer, destruir. • **disolución** n.f. **1.** Acción y efecto de disolver o disolverse. **2.** Compuesto que resulta de disolver cualquier sustancia en un líquido. • **disoluto,a** n. y adj. Licencioso.

disonar v.int. **1.** Sonar desapaciblemente. **2.** Fig. Carecer de correspondencia algunas cosas o las partes de ellas entre sí cuando debieran tenerla. **3.** Fig. Parecer mal y extraña una cosa. • **disonancia** n.f. **1.** Sonido desagradable. **2.** Fig. Falta de la proporción que naturalmente deben tener algunas cosas. **3.** MUS Acorde no consonante.

disosmia n.f. MED Dificultad en la percepción de los olores.

dispar adj. Desigual, diferente.

disparar **I.** v.tr. **1.** Hacer que una máquina despida el cuerpo arrojadizo. **2.** Hacer funcionar un disparador. **II.** v.tr. y prnl. Arrojar o despedir con violencia una cosa. **III.** v.prnl. **1.** Partir o correr sin dirección y precipitadamente lo que tiene movimiento natural o artificial. **2.** Fig. Dirigirse precipitadamente hacia un objeto. • **disparadero** n.m. Disparador de un arma. • **disparador** n.m. **1.** El que dispara. **2.** Pieza donde se sujeta la llave de las armas portátiles de fuego, al montarlas, y que, movida a su tiempo, sirve para dispararlas. **3.** Pieza que sirve para hacer funcionar el obturador de una cámara fotográfica. **4.** Escape de un reloj. **5.** MAR Aparato que sirve para desprender el ancla de la serviola en el momento de dar fondo.

disparatar v.int. Decir cosas absurdas. • **disparatado,a** adj. **1.** Se dice del que disparata. **2.** Contrario a la razón. ▷ Fam. Atroz, desmesurado. • **disparate** n.m. **1.** Hecho o dicho disparatado. **2.** Fam. Atrocidad.

disparejo,a adj. Dispar.

dispareunia n.f. **1.** MED Coito doloroso o difícil. **2.** MED Anafrodisia en la mujer.

disparidad n.f. Diferencia entre dos cosas.

disparo n.m. Acción y efecto de disparar o dispararse.

dispendio n.m. Gasto innecesario.

dispensar **I.** v.tr. Dar, conceder. **II.** v.tr. y prnl. **1.** Eximir de una obligación como tal. **2.** Absolver de falta leve ya cometida. • **dispensa** n.f. **1.** Privilegio; más comúnmente el concedido por el papa. **2.** Instrumento o escrito que contiene la dispensa.

dispensario n.m. Establecimiento destinado a prestar asistencia médica y farmacéutica a enfermos que no se alojan en él.

dispepsia n.f. PAT Enfermedad crónica caracterizada por la digestión laboriosa e imperfecta. • **dispéptico,a** **1.** adj. Perteneciente o relativo a la dispepsia. **2.** n. y adj. Enfermo de dispepsia.

dispersar **I.** v.tr. y prnl. **1.** Diseminar lo que estaba o solía estar reunido. **2.** MILIT Desplegar una fuerza en orden abierto de guerrilla. • **dispersión** n.f. **1.** Acción y efecto de dispersar o dispersarse. **2.** OPT Separación de los diversos colores espectrales de un rayo de luz por medio de un medio adecuado.

displicencia n.f. Actitud de la persona displicente. • **displicente** n. y adj. Persona que muestra indiferencia y mal humor.

dispondeo n.m. Pie de la poesía griega y latina, que consta de dos espondeos.

disponer **I.** v.tr. y prnl. **1.** Colocar las cosas en orden y situación conveniente. **2.** Preparar, prevenir. **II.** v.tr. Mandar lo que ha de hacerse. **III.** v.int. **1.** Testar acerca de lo que se posee. **2.** Valerse de una persona o cosa. • **disponibilidad** n.f. **1.** Cualidad o condición de disponible. **2.** Situación de los funcionarios públicos que se hallan sin empleo temporalmente. **3.** pl. Conjunto de fondos o bienes disponibles en un momento. • **disposición** n.f. **1.** Acción y efecto de disponer o disponerse. **2.** Aptitud, proporción para algún fin. **3.** Estado de la salud. **4.** Soltura en resolver las cosas que uno tiene a su cargo. **5.** Precepto legal o reglamentario. **6.** Cualquiera de los medios que se emplean para ejecutar un propósito, o para evitar o atenuar un mal. **7.** ARQUIT Distribución de todas las partes del edificio.

dispositivo,a **1.** adj. Se dice de lo que dispone. **2.** n.m. Mecanismo o artificio dispuesto para obtener un resultado automático.

disprosio n.m. QUIM Elemento de número atómico 66, de masa atómica 162,5, de densidad 8,54; metal del grupo de las tierras raras que se funde a 1.407 °C y hierve a 2.600 °C (símbolo: *Dy*).

dispuesto,a adj. **1.** Apuesto, gallardo, bien proporcionado. **2.** Hábil, despejado.

disputar **I.** v.tr. **1.** Debatir. **2.** Contender con otro para alcanzar o defender alguna cosa. **II.** v.tr. e int. Discutir con calor y vehemencia, con las partículas *de, sobre, acerca de,* etc. • **disputa** n.f. Acción y efecto de disputar.

disquisición n.f. Examen riguroso que se hace de alguna cosa.

distal adj. ANAT Se dice de lo que está más distante del eje o línea media del organismo.

distancia n.f. **1.** Espacio o intervalo de lugar o de tiempo que media entre dos cosas o sucesos. **2.** Fig. Diferencia notable entre unas cosas y otras. • **distar** v.int. **1.** Estar apartada una cosa de otra cierto espacio de lugar o de tiempo. **2.** Fig. Diferenciarse notablemente una cosa de otra. • **distante** adj. Apartado, remoto, lejano.

distender **1.** v.tr. Aflojar, relajar. **2.** v.tr. y prnl. MED Causar una tensión violenta en los tendones. • **distensión** n.f. Relajamiento del músculo posterior a la contracción.

1. dístico n.m. Composición poética que sólo consta de dos versos, con los cuales se expresa un concepto cabal.

2. dístico,a adj. BOT Se dice de las hojas, flores, espigas y demás partes de las plantas cuando están situadas en un mismo plano y miran alternativamente a uno y otro lado de un eje.

distinguir **I.** v.tr. **1.** Conocer la diferencia que hay de unas cosas a otras. **2.** Manifestar, declarar la diferencia que hay en una cosa. **3.** Ver un objeto, diferenciándolo de los demás. **4.** LOG Declarar una proposición por medio de una distinción. **5.** Fig. Preferir unas personas a otras. **6.** Otorgar a uno alguna dignidad, prerrogativa, etc. **II.** v.tr. y prnl. Señalar una cosa para diferenciarla de las demás. **III.** v.prnl. Sobresalir entre otros. • **distinción** n.f. **1.** Acción y efecto de distinguir o distinguirse. **2.** Diferencia en virtud de la cual una cosa no es otra. **3.** Prerrogativa concedida a uno por sus méritos. **4.** Elevación sobre lo vulgar, especialmente en elegancia y buenas maneras. **5.** Miramiento y consideración hacia una persona. • **distingo** n.m. **1.** Distinción lógica en una proposición de dos sentidos, uno de los cuales se concede y otro se niega. **2.** Reparo hecho con malicia.

distintivo,a **1.** adj. Que tiene facultad de distinguir. **2.** n. y adj. Se dice de la cualidad que distingue una cosa. **3.** n.m. Insignia, señal.

distinto,a adj. Que no es lo mismo; que tiene realidad o existencia diferente de aquello otro de que se trata.

distocia n.f. CIR Parto laborioso o difícil.

distorsión n.f. **1.** Torsión (desplazamiento de una parte del cuerpo). **2.** FIS Aberración geométrica de un sistema óptico centrado. **3.** TELECOM Deformación de una señal, de una onda electromagnética o acústica. **4.** Deformación debida a la tensión.

distraer **I.** v.tr. y prnl. **1.** Divertir, recrear. **2.** Apartar la atención de una persona del objeto a que la aplicaba o a que debía aplicarla. **II.** v.tr. Tratándose de fondos, malversarlos. • **distracción** n.f. **1.** Acción y efecto de distraer o distraerse. **2.** Cosa que atrae la atención apartándola de aquello a que está aplicada. • **distraído,a** **I.** n. y adj. Se dice de la persona que, habla u obra sin darse cuenta cabal de sus palabras o de lo que pasa a su alrededor. **II** adj. *Chile* y *Méx.* Roto, mal vestido, desaseado.

distribuir **I.** v.tr. Dividir una cosa entre varios, con arreglo a ciertas normas. **II.** v.tr. y prnl. **1.** Poner cada cosa en su sitio. **2.** IMP Deshacer los moldes, repartiendo las letras en los cajetines respectivos. • **distribución** n.f. **1.** Acción y efecto de distribuir o distribuirse. ▷ TECN Reparto hacia los usuarios. ▷ Conjunto de elementos que regulan la admisión y el escape en un motor de explosión. **2.** RET Enumeración en que ordenadamente se afirma o niega algo acerca de cada una de las cosas enumeradas. **3.** MAT En el cálculo de probabilidades, reparto de la densidad de probabilidad según los valores de la variable. • **distribuidor,a** **1.** n. y adj. Que distribuye. ▷ Persona u organismo encargado de la distribución de una película en las salas de cine. **2.** n.m. Aparato que sirve para distribuir (objetos, un líquido, etc.). **3.** n.f. Máquina agrícola para esparcir abonos.

distrito n.m. Cada una de las demarcaciones en que se subdivide un territorio o una población.

distrofia n.f. FISIOL Estado patológico que afecta a la nutrición y al crecimiento.

disturbio n.m. Alteración de la paz.

disuadir v.tr. Inducir, mover a uno con razones a cambiar de idea o de intención.

disuria n.f. MED Expulsión difícil, dolorosa e incompleta de la orina.

disyunción n.f. **1.** Acción y efecto de separar y desunir. **2.** RET Figura que consiste en que cada oración quede completa por sí misma. • **disyuntiva** n.f. Alternativa entre dos cosas por una de las cuales hay que optar. • **disyuntor** n.m. Aparato eléctrico que tiene por objeto abrir automáticamente el paso de la corriente eléctrica desde la dinamo a la batería, e interrumpir la conexión si la corriente va en sentido contrario.

dítá n.m. Árbol de Filipinas, de la familia de las apocináceas. • **ditaína** n.f. Alcalvide que se extrae de la corteza del dítá. Se emplea como febrífugo.

diteísmo n.m. Sistema de religión que admite dos dioses.

dítico n.m. Coleóptero carnívoro que habita en las aguas cenagosas.

ditirambo n.m. **1.** Composición poética de los antiguos romanos en honor de Baco. **2.** Composición poética inspirada en un arrebatado entusiasmo.

diuca n.f. Ave de Chile y la Argentina.

diuresis n.f. FISIOL Secreción de la orina.

diurno,a adj. Perteneciente al día. ▷ BOT y ZOOL Se aplica a los animales que buscan el alimento durante el día, y a las plantas que sólo de día tienen abiertas sus flores.

divagar v.int. Separarse del asunto de que se trata.

diván n.m. **1.** Banco con brazos o sin ellos, por lo común sin respaldo, y con almohadones sueltos. **2.** Colección de poesías orientales. ▷ P. ext., se dice también de composiciones inspiradas en este género oriental.

divergir v.int. **1.** Irse apartando sucesivamente unas de otras, dos o más líneas o superficies. **2.** Fig. Discrepar. • **divergencia** n.f. **1.** Acción de divergir, calidad de lo que diverge. **2.** Fig. Diferencia. **3.** FIS NUCL Comienzo del funcionamiento de un reactor nuclear, cuando la reacción empieza a mantenerse por sí misma, sin aporte de energía. • **divergente** adj. **1.** MAT Se dice de la serie que no tiende hacia un límite finito. **2.** FIS Se dice de los rayos que se apartan unos de otros.

diversidad n.f. **1.** Variedad, diferencia. **2.** Abundancia de cosas distintas.

diversificar v.tr. y prnl. Hacer diversa una cosa de otra. • **diverso,a** adj. **1.** De distinta naturaleza, especie, número, figura, etc. **2.** pl. Varios, muchos.

diversión n.f. **1.** Acción y efecto de divertir o divertirse. **2.** Pasatiempo. **3.** MILIT Acción de desviar la atención y fuerzas del enemigo. • **diversivo,a** adj. **1.** Perteneciente o relativo a la diversificación. **2.** Se dice de la operación militar destinada a desviar la atención o fuerzas del enemigo. • **divertido,a** adj. Que divierte.

divertículo n.m. ANAT Apéndice hueco y terminado en fondo de saco, que aparece en el trayecto del esófago o del intestino, por malformación congénita o por otros motivos patológicos.

divertir **I.** v.tr. y prnl. **1.** Apartar, desviar, alejar. **2.** Entretener, recrear. **II.** v.tr. MILIT Llamar la atención del enemigo a varias partes, para dividir y debilitar sus fuerzas. • **divertimiento** n.m. **1.** Diversión, acción de divertirse y recreo, pasatiempo. **2.** Distracción momentánea de la atención.

dividir **I.** v.tr. **1.** Partir, separar en partes. **2.** Distribuir, repartir entre varios. **3.** Fig. Desunir los ánimos y voluntades introduciendo discordia. **4.** ALG y ARIT Averiguar cuántas veces una cantidad, que se llama divisor, está contenida en otra, que se llama dividendo. **5.** ALG y ARIT Reemplazar en una proporción cada antecedente por la diferencia entre el mismo y su consecuente. **II.** v.prnl. Separarse uno de la compañía, amistad o confianza de otro. • **dividendo** n.m. ALG y ARIT Cantidad que ha de dividirse por otra.

dividivi n.m. BOT Árbol de América Central y de Venezuela, de la familia de las papilionáceas, cuyo fruto se usa para curtir pieles.

divieso n.m. Tumor inflamatorio que se forma en el espesor de la dermis.

divinidad n.f. **1.** RELIG Naturaleza divina y esencia del ser de Dios en cuanto Dios. ▷ Cosa o persona que se adora como a un dios. **2.** Fig. Persona o cosa dotada de gran hermosura.

divino,a adj. **1.** Perteneciente a Dios. **2.** Perteneciente a los dioses. **3.** Fig. Muy excelente, extraordinariamente primoroso. • **divinización** n.f. Acción y efecto de divinizar. • **divinizar** v.tr. **1.** Hacer o suponer divina a una persona o cosa, o tributarle culto y honores divinos. **2.** Fig. Santificar, hacer sagrada una cosa. **3.** Fig. Ensalzar desmedidamente.

divisa n.f. **1.** Señal exterior para distinguir personas, grados u otras cosas. **2.** Lazo de cintas de colores con que se distinguen en la lidia los toros de cada ganadero. **3.** Moneda extranjera referida a la unidad del país de que se trata.

divisar v.tr. Ver, percibir, aunque confusamente, un objeto.

división n.f. **I.** **1.** Acción y efecto de dividir, separar o repartir. **2.** Fig. Discordia, desunión de los ánimos y opiniones. **3.** ALG y ARIT Operación de dividir. **4.** LOG Uno de los modos de conocer las cosas, y que sirve para dar clara idea de ellas. **5.** MILIT Gran unidad provista de servicios auxiliares. **II.** ORTOGR Guión, signo de puntuación. • **divisibilidad** n.f. **1.** Calidad de divisible. **2.** FIS Una de las propiedades generales de los cuerpos, en virtud de la cual pueden fraccionarse. • **divisor,a** **1.** n. y adj. ALG y ARIT Submúltiplo. **2.** n.m. ALG y ARIT Cantidad por la cual ha de dividirse otra. • **divisorio,a** **1.** adj. Dícese de lo que sirve para dividir o separar. **2.** n.f. y adj. GEOD y GEOGR Se aplica a la línea que puede considerarse en un terreno, desde la cual las aguas fluyen en direcciones opuestas. ▷ Dícese de la línea que señala los límites entre partes, grandes o pequeñas, de la superficie del globo terrestre.

divo,a 1. adj. POET Divino. 2. n.m. y f. y adj. Cantante de ópera, de sobresaliente mérito.

divorcio n.m. Acción y efecto de divorciar o divorciarse. • **divorciar** v.tr. y prnl. 1. Separar el juez a dos casados. 2. Disolver el matrimonio la autoridad pública. 3. Fig. Separar, apartar personas que vivían en estrecha relación, o cosas que estaban o debían estar juntas.

divulgar v.tr. y prnl. Publicar, extender, poner al alcance del público una cosa. • **divulgación** n.f. Acción y efecto de divulgar o divulgarse.

diyambo n.m. Pie de la poesía griega y latina.

dizigótico,a adj. ZOOL Se dice de los gemelos que provienen de dos huevos.

dl Abreviatura de *decilitro*.

dm Abreviatura de *decímetro*. ▷ *dm²*: abreviatura de *decímetro cuadrado*. ▷ *dm³*: abreviatura de *decímetro cúbico*.

DNA BIOQUIM Siglas anglosajonas para designar el ácido desoxirribonucleico *(desoxyribonucleic acid)*, utilizada a menudo en lugar de ADN, las siglas en español.

do 1. n.m. MUS Primera voz de la escala musical. — *Do de pecho*. Una de las notas más agudas a que alcanza la voz de tenor. — Fig. y Fam. El mayor esfuerzo que se puede poner para realizar un fin. 2. adv. l. POET Donde.

dobermann n.m. Perro de pelaje corto, esbelto y musculoso. Muy apreciado como guardián y perro policía.

dobla n.f. *Chile*. MIN Beneficio que el dueño de una mina concede a alguien para que saque durante un día todo el mineral que pueda.

doblar I. v.tr. 1. Aumentar una cosa, haciéndola otro tanto más de lo que era. 2. Aplicar una sobre otra dos partes de una cosa flexible. II. v.tr. int. y prnl. Volver una cosa sobre otra. III. v.tr. y prnl. Curvar una cosa. IV. v.tr. e int. 1. Pasar a otro lado de una esquina, cerro, etc., cambiando de dirección en el camino. 2. En el juego de trucos y billar, hacer que la bola herida por otra se traslade al extremo contrario de donde se hallaba. 3. Fig. Inducir a uno a que piense o haga lo contrario a su primer intento u opinión. 4. En términos de bolsa, prorrogar una operación a plazo. 5. Tratándose de un cabo, promontorio, etc., pasar la embarcación por delante y ponerle al otro lado. 6. En el cine sonoro, sustituir las palabras del actor por las de otra persona que no se ve y que, habla, a la vez que él, en el idioma del país para el cual se ha hecho el doblaje. 7. Caer el toro agonizante al final de la lidia. 8. Hacerse el terreno más desigual y quebrado. V. v.int. 1. Tocar a muerto. 2. Hacer un actor dos papeles en una misma obra. • **dobladillo** n.m. Pliegue que como remate se hace a la ropa en los bordes, doblándola un poco hacia dentro para coserla. • **doblado,a** I. adj. 1. De pequeña o mediana estatura y recio y fuerte de miembros. 2. Aplicado a terreno, tierra, etc., desigual o quebrado. 3. Fig. Que demuestra cosa distinta o contraria de lo que siente y piensa. 4. AUDIOV Aquello a lo que se ha efectuado el doblaje. *Una película doblada*. • **dobladura** n.f. 1. Parte por donde se ha doblado o plegado una cosa. 2. Señal que queda por donde se dobló. • **doblaje** n.m. AUDIOV Registro de la banda sonora de una película en una lengua diferente a la original. ▷ Hecho de reemplazar a un actor por su doble.

doble I. n.m. y adj. 1. Duplo. 2. Fig. Falso. II. adj. 1. Dícese de la cosa que va acompañada de otra semejante y que juntas sirven para el mismo fin. *Doble fila de árboles*. 2. En los tejidos y otras cosas, de más cuerpo que lo sencillo. 3. En las flores, de más hojas que las sencillas. *Clavel doble*. III. n.m. 1. Doblez. Hacer tres dobles en la tela. 2. Toque de campanas por los difuntos. 3. Sosia, persona tan parecida a otra que puede sustituirle especialmente en escenas cinematográficas peligrosas.

doblegar v.tr. y prnl. 1. Doblar o torcer encorvando. 2. Blandear, mover. 3. Fig. Hacer a uno que desista de un propósito. • **doblegadizo,a** adj. Que fácilmente se doblega.

dobles n.m. DEP Partido de tenis en el que se enfrentan dos equipos de dos jugadores.

doblescudo n.m. Hierba áspera y vellosa, de la familia de las crucíferas, con tallos de 20 a 40 cm.

doblete I. adj. Entre doble y sencillo. II. n.m. Piedra falsa que ordinariamente se hace con dos pedazos de cristal pegados e imita al diamante, a la esmeralda, etc.

doblez I. n.m. 1. Parte que se dobla o pliega en una cosa. 2. Señal que queda en la parte por donde se dobló. II. n.m. o f. Fig. Astucia con que uno obra, dando a entender lo contrario de lo que siente.

doblón n.m. 1. Moneda antigua de oro. 2. Moneda de oro de Chile. • **doblonada** n.f. Dinerada.

doca n.f. BOT Planta rastrera de Chile, de la familia de las aizoáceas; fruto comestible, un tanto purgante; crece en arenales y peñascos cerca del mar.

doce 1. adj. Diez y dos. 2. n. y adj. Duodécimo (que sigue en orden al undécimo). *Carlos doce*. 3. n.m. Conjunto de signos con que se representa el número doce.

docena n.f. Conjunto de 12 cosas.

docente 1. n. y adj. Que enseña. 2. adj. Perteneciente o relativo a la enseñanza. • **docencia** n.f. Práctica y ejercicio del docente.

docetismo n.m. Herejía, común a ciertos gnósticos y maniqueos, según la cual el cuerpo humano de Cristo no era real, sino aparente e ilusivo.

dócil adj. 1. Suave, apacible, que recibe fácilmente la enseñanza. 2. Obediente. 3. Dícese del metal, piedra u otra cosa que se deja labrar con facilidad. • **docilidad** n.f. Calidad de dócil.

docto,a n. y adj. Que a fuerza de estudios ha adquirido más conocimientos que los ordinarios.

doctor,a I. n.m. y f. 1. Persona que ha recibido el último grado académico que confiere una universidad. 2. Título que da la Iglesia a algunos santos por su sabiduría. 3. Médico. — *Doctor honoris causa*. Título honorífico que conceden las universidades a una persona eminente. • **doctorado** n.m. 1. Grado de doctor. 2. Estudios necesarios para obtener este grado. • **doctoral** adj. Perteneciente o relativo al doctor o al doctorado.

doctrina n.f. 1. Enseñanza que se da para instrucción de alguien. 2. Ciencia o sabiduría. 3. Opinión de uno o varios autores en cualquier materia. — *Hermanos de la doctrina cristiana*. Miembros de una congregación religiosa fundada en Alsacia en el s. XIX.

doctrinario,a I. n. y adj. Dícese del seguidor de la doctrina de los filósofos eclécticos y de los publicistas franceses de principios del s. XIX. II. adj. 1. Consagrado o relativo a una doctrina determinada, especialmente la de un partido político o una institución. 2. Dícese del sistema político, y también de sus adeptos, ecléctico o transaccional en cuanto a la soberanía mediante pacto entre la del pueblo y la del rey. • **doctrinarismo** n.m. 1. Cualidad de doctrinario. 2. Sistema de los doctrinarios.

documentar 1. v.tr. Probar, justificar la verdad de una cosa con documentos. 2. v.tr. y prnl. Instruir o informar a uno acerca de las noticias y pruebas que atañen a un asunto. • **documentación** n.f. 1. Acción y efecto de documentar. 2. Conjunto de documentos que sirven para este fin. Preferentemente los de carácter oficial. • **documentado,a** adj. 1. Dícese del memorial, etc., acompañado de los documentos necesarios. 2. Dícese de la persona que posee noticias o pruebas acerca de un asunto. • **documental** 1. adj. Que se funda en documentos, o se refiere a ellos. 2. n. y adj. Dícese de las películas cinematográficas que representan hechos, escenas, etc., tomados de la realidad.

documento n.m. 1. Diploma, carta, relación u otro escrito que ilustra acerca de algún hecho, principalmente de los históricos. 2. Fig. Cualquier otra cosa que sirve para ilustrar o comprobar algo.

dodeca- Prefijo procedente del griego *dódeka*, «doce».

dodecaedro n.m. GEOM Sólido de 12 caras.

dodecafonía n.f. MUS Sistema atonal en el que se emplean indistintamente los doce intervalos cromáticos en que se divide la escala.

dodecafonismo n.m. MUS Método de composición, creado por Schönberg entre 1908 y 1923, en el cual se utiliza, sin repeticiones, la serie de doce sonidos de la escala cromática.

dodecasílabo,a adj. 1. De 12 sílabas. 2. Verso dodecasílabo.

dogal n.m. 1. Cuerda o soga de la cual con un nudo se forma un lazo para atar las caballerías por el cuello. 2. Cuerda para ahorcar a un reo o para cualquier otro suplicio.

dogaresa n.f. Mujer del dux.

dogma n.m. 1. Proposición que se asienta por firme y cierta y como principio innegable de una ciencia. 2. Fundamento o puntos capitales de todo sistema, ciencia, doctrina o religión. • **dogmático,a** adj. 1. Perteneciente a los dogmas de la religión. 2. Dícese del autor que trata de los dogmas. 3. Se aplica al filósofo que profesa el dogmatismo. • **dogmatismo** n.m. 1. Conjunto de todo lo que es dogmático en religión. 2. Conjunto de las proposiciones que se tienen por principios innegables en una ciencia. 3. Presunción de los que quieren que su doctrina o sus aseveraciones sean tenidas por verdades inconcusas. 4. Escuela filosófica opuesta al escepticismo que afirma principios que estima como evidentes y ciertos.

dogo,a n. y adj. Perro dogo.

dogon, pueblo del África negra que vive en Malí, a orillas del Níger, en la región de los acantilados de Bandiagara. Sus mitos, muy antiguos y complejos, se conservan en su totalidad; su arte, muy rico, está íntimamente ligado a ellos.

dogre n.m. Embarcación destinada a la pesca en el mar del Norte.

doguillo n.m. Perro de pequeño tamaño, de pelo corto y hocico negro y aplastado.

dolame n.m. Enfermedad oculta que suelen tener las caballerías.

dólar n.m. Unidad monetaria de los Estados Unidos de América y Canadá, así como de numerosos estados (Australia, Taiwan, Liberia, etc.) de la *zona del dólar*.

dolce adv. MUS Indica que un pasaje debe ser ejecutado suavemente. (Abreviatura *dol.*). • **dolce farniente** n.m. Ocio apacible.

dolencia n.f. Indisposición, enfermedad.

doler I. v.int. 1. Padecer una parte del cuerpo, mediante causa interior o exterior. *Doler la cabeza*. 2. Causar desagrado o molestia el hacer una cosa o pasar por ella. II. v.prnl. 1. Arrepentirse de haber hecho una cosa y tomar pesar de ello. 2. Pesarle a uno de no poder hacer lo que quisiera. **3.** Compadecerse del mal que otro padece. **4.** Quejarse y explicar el dolor. — Fig. y Fam. *Ahí duele, o le duele.* Frase usada para indicar que se ha acertado con el motivo de disgusto o preocupación de una persona.

dolico- Prefijo procedente del griego *dolikhós,* «largo».

dolicocéfalo n. y adj. ANTROP Dícese de las personas cuyo cráneo es más largo (distancia frente-occipucio) que ancho (diámetro parietal).

doliente adj. **1.** Enfermo. **2.** Dolorido, afligido.

dolina n.f. GEOMORF Pequeña depresión, típica del relieve cárstico, cuyo fondo está cubierto de arcilla.

Dolium n.m. ZOOL Género de moluscos gasterópodos prosobranquios cuya trompa estirada secreta una saliva ácida que diluye el caparazón de los erizos de mar de los cuales se alimenta.

dolmen n.m. Monumento megalítico en forma de mesa, compuesto de una o más lajas colocadas de plano sobre dos o más piedras verticales.

dolo n.m. **1.** Engaño, fraude, simulación. **2.** FOR En los delitos, voluntad intencional, propósito de cometerlos. — *Poner dolo en una cosa.* Interpretar maliciosamente una acción.

dolomía o **dolomita** n.f. Roca semejante a la caliza y formada por el carbonato doble de cal y magnesia; es más común que la verdadera caliza.

dolor n.m. **1.** Sensación molesta y aflictiva de una parte del cuerpo por causa interior o exterior. Fig. *Estar una mujer con dolores.* Estar con los del parto. **2.** Sentimiento de pesar, padecimiento. • **dolorido,a** adj. **1.** Que padece o siente dolor. **2.** Apenado, afligido. • **doloroso,a I.** adj. **1.** Se dice de lo que causa o implica dolor físico. **2.** Que causa o implica dolor moral. **II** n.f. **1.** Imagen de la Virgen María en la acción de dolerse por la muerte de Cristo. **2.** Fam. Factura, cuenta.

dolora n.f. Nombre aplicado por Campoamor a ciertas composiciones suyas (1846) que envuelven un pensamiento filosófico.

doloso,a adj. Engañoso, fraudulento.

dóllimo n.m. Molusco pequeño de agua dulce, de concha bivalva, que se cría en Chile.

dom n.m. Título que se da a algunos religiosos cartujos, benedictinos y salesianos.

domar v.tr. **1.** Amansar y hacer dócil al animal a fuerza de ejercicio y enseñanza. **2.** Fig. Sujetar, reprimir. • **doma** n.f. Domadura de animales.

domeñar v.tr. Someter, sujetar y rendir.

doméstico,a I. adj. **1.** Perteneciente o relativo a la casa u hogar. **2.** Se aplica al animal que se cría en la compañía del hombre. **II.** n. y adj. Se dice del criado que sirve en una casa. • **domesticidad** n.f. Calidad o condición de doméstico.

domiciliar 1. v.tr. Dar domicilio. ▷ Elegir un domicilio para el pago de un efecto. **2.** v.prnl. Establecer, fijar su domicilio en un lugar.

domicilio n.m. **1.** Morada fija y permanente. **2.** Lugar en que legalmente se considera establecida una persona para el cumplimiento de sus obligaciones y el ejercicio de sus derechos. **3.** Casa en que uno habita o se hospeda.

dominar I. v.tr. **1.** Tener dominio sobre cosas o personas. **2.** Sujetar, contener, reprimir. **3.** Fig. Poseer a fondo una ciencia o arte. **4.** Divisar una extensión considerable de terreno desde una altura. **II.** v.int. Sobresalir un monte, edificio, etc., entre otros. **III.** v.prnl. Reprimirse, ejercer dominio sobre sí mismo. • **dominación** n.f. **1.** Acción y efecto de dominar. **2.** Señorío que tiene sobre un territorio el que ejerce la soberanía. • **dominancia** n.f. BIOL Carácter dominante de un gen. • **dominante,a I.** adj. **1.** Se aplica a la persona que quiere avasallar a otras, y a la que no sufre que se le opongan o la contradigan. **2.** Que sobresale entre otras cosas de su orden y clase. *Color dominante.* **3.** ASTROL Se dice del astro al que vulgarmente se atribuía dominio más o menos duradero sobre la esfera terrestre. **II.** n.f. MUS Quinta nota de la escala de cualquier tono.

domingo n.m. Primer día de la semana, que está dedicado especialmente al Señor y a su culto.

dominguillo n.m. Muñeco de materia ligera con un contrapeso en la base que vuelve siempre a quedar derecho.

domínica n.f. **1.** Domingo. **2.** Textos sagrados que en el oficio divino corresponden a cada domingo. • **dominical** adj. Perteneciente a la domínica o al domingo.

dominicano,a n. y adj. **1.** Natural de Santo Domingo. ▷ adj. Perteneciente a la República Dominicana. **2.** Dominico.

dominico,a n. y adj. Dícese del religioso de la Orden de Santo Domingo. ▷ adj. Perteneciente a esta orden.

ENCICL La orden mendicante de los *dominicos (Orden de predicadores)* fue fundada (1215) por el canónigo Domingo de Guzmán para luchar contra los albigenses del Languedoc (primer establecimiento en Tolosa). Se sometió a la regla de san Agustín. Los dominicos agregaron a su tarea de predicación (Savonarola, san Vicente Ferrer) la de la enseñanza universitaria (Alberto Magno, santo Tomás de Aquino, etc.). Fueron representantes de la Inquisición a partir de 1229. La orden fue suprimida en España por las leyes de desamortización (1835-1837), pero fue restablecida en 1860.

dominio I. n.m. **1.** Poder que uno tiene de usar y disponer libremente de lo suyo. **2.** Superioridad legítima sobre las personas. **3.** Territorios sujetos a un Estado. **4.** Territorio donde se habla una lengua o dialecto. **5.** Ámbito real o imaginario de una actividad. *Dominio de las bellas artes.* **6.** BOT Territorio unidad filogeográfica intermedia entre el sector y la región. **7.** FOR Derecho de la propiedad. **II.** — *Dominio público.* El de los bienes destinados al uso público (como el mar litoral y sus playas, las obras cuya propiedad intelectual ha caducado, etc.), y los del Estado destinados a algún servicio público (como los edificios públicos, vías de comunicación públicas, etc.). — Fig. *Ser del dominio público una cosa.* Ser sabida de todos.

dominó n.m. Juego que se hace con 28 fichas cada una de las cuales lleva marcados de uno a seis puntos, o no lleva ninguno. ▷ Conjunto de las fichas que se emplean en este juego.

domo n.m. ARQUIT Cúpula, bóveda en forma de una media esfera.

1. don n.m. **1.** Dádiva, presente o regalo. **2.** Gracia especial o habilidad para hacer una cosa.

2. don n.m. Tratamiento de respeto, que

Donacia n.f. Género de coleópteros, tiene reflejos metálicos. Viven sobre las plantas acuáticas.

donación n.f. **1.** Acción y efecto de donar. **2.** FOR Liberalidad de una persona que transmite gratuitamente una cosa que le pertenece a favor de otra.

donador,a n. y adj. **1.** Que hace donación. **2.** Que hace un don o presente.

donaire n.m. **1.** Discreción y gracia en lo que se dice. **2.** Agilidad para andar, danzar, etc.

donante n.m. y f. MED Persona que da su sangre para una transfusión o dona uno de sus órganos para un trasplante.

donar v.tr. Dar. • **donatario** n.m. Persona a quien se hace la donación.

donativo n.m. Dádiva, regalo, cesión.

donax n.m. ZOOL Género de lamelibranquios comestibles, entre ellos el *Donax vittatus,* abundante en las costas arenosas.

doncel n.m. Hombre virgen.

doncella n.f. **1.** Mujer virgen. **2.** Criada que se ocupa en los menesteres domésticos ajenos a la cocina. **3.** Budión (pez). • **doncellez** n.f. Virginidad.

donde I. adv. relat. **1.** Como los pronombres relativos, se construye con antecedente (nombre propio, adverbio de lugar u oración) y equivale a *en que, en el que,* etc., cuando va sin preposición, o al simple pronombre *que, el que, lo que,* etc., cuando va precedido de preposición. *La calle donde nací.* **2.** Cuando en estos casos *a* antecede a *donde,* se escribe *adonde. El lugar adonde vamos.* **3.** Como algunos pronombres relativos, se emplea también sin antecedente y equivale entonces a *en el sitio, lugar,* etc., *donde,* cuando va sin preposición. *Desde donde estaban no se veía nada.* **4.** Cuando en estos casos le antecede *a* se escribe algunas veces *adonde. Adonde va lo más vaya lo menos.* **5.** Se emplea *en donde* con la significación de *de donde. Mandan toda la tierra en donde son los más fuertes.* **6.** Adonde. *En el lugar donde voy os seré más provechoso.* **II.** adv.interrog. **1.** Equivale a *en qué lugar, el lugar en que,* cuando va sin preposición, o simplemente a *qué lugar,* cuando va con ella. Se emplea siempre, como interrogativo, con acento fonético y ortográfico. *¿Dónde estamos?; preguntó desde dónde podía disparar.* **2.** Cuando le antecede *a* se escribe *adónde. ¿Adónde vamos?* **3.** Se emplea *en dónde. ¿En dónde ocurrió eso?* **4.** Adónde. *¿Dónde vas?* **III.** *Donde no.* De lo contrario.

dondequiera adv. En cualquiera parte.

dondiego n.m. BOT Planta exótica, de la familia de las nictagináceas, con tallos herbáceos, derechos. Flores dispuestas en corimbos terminales, de corola en embudo que se abren al anochecer y se cierran al salir el Sol.

dong n.m. Unidad monetaria de la República Democrática del Vietnam.

dongón n.m. BOT Árbol de Filipinas, de la familia de las esterculiáceas, de 25 a 30 m de altura, tronco recto, copa espaciosa, corteza fina. La madera es fuerte, correosa, rojiza y durable bajo el agua, por lo que se emplea con preferencia en construcciones navales.

donguindo n.m. Variedad de peral, cuyas peras son mayores que las ordinarias, de forma irregular, de color amarillento y carne azucarada.

donjuán n.m. **1.** Tenorio, hombre muy seductor. **2.** BOT Dondiego.

donosidad n.f. Gracia, chiste, gracejo. • **donoso,a** adj. Que tiene donaire y gracia.

donostiarra 1. n. y adj. Natural de San Sebastián (Guipúzcoa). **2.** adj. Perteneciente o relativo a esta ciudad. — De su nombre euskera, *Donosti.*

donosura n.f. Donaire, gracia.

doña n.f. Tratamiento que se aplica a las mujeres y precede a su nombre propio.

dopa n.f. BIOQUIM Derivado de la tirosina y precursor de la dopamina, utilizado para tratar el mal de Parkinson.

doping n.m. Utilización de una sustancia que produce un aumento en la resistencia física de un individuo. Está prohibido en las competiciones deportivas.

doquiera o **doquier** adv. Dondequiera.

dorada n.f. ZOOL Pez teleósteo marino, del suborden de los acantopterigios, de unos 80 cm de largo, cuerpo comprimido y cabeza grande.

doradilla n.f. **1.** Dorada, pez teleósteo marino. **2.** Helecho que se cría entre las peñas y se ha usado en medicina como diurético.

doral n.m. Pájaro, variedad de papamoscas.

dorar **I.** v.tr. **1.** Cubrir con oro la superficie de una cosa. **2.** Dar el color del oro a una cosa. **3.** Fig. Paliar, encubrir con apariencia agradable las acciones malas o las especies y noticias desagradables. **II.** v.tr. y prnl. Fig. Tostar ligeramente una cosa de comer. **III.** v.prnl. Tomar color dorado. *Dorarse las cumbres.* • **dorado,a** **I.** adj. **1.** De color de oro o semejante a él. **2.** Fig. Esplendoroso, feliz. *Edad dorada.* **II.** n.m. **1.** Acción y efecto de dorar. **2.** pl. Conjunto de adornos metálicos o de objetos de latón. *Los dorados de un mueble.* • **dorador,a** n.m. y f. Persona que tiene por oficio dorar.

dórico,a ARQUIT Denominación del más sencillo de los tres órdenes arquitectónicos griegos.

dorífora n.f. Coleóptero de la familia de los crisomélidos. Escarabajo de la patata.

dorios, pueblo de la antigua Grecia que habitó en la Dóride. En el s. XII a. J.C. hicieron retroceder a los aqueos e invadieron el Peloponeso, ocupando la mayor parte. A través de sucesivas migraciones fundaron Dórida, en Asia Menor y colonias en África, Sicilia y el S de Italia.

dormida n.f. **1.** Acción de dormir, especialmente pasando la noche. **2.** Estado por que pasa cuatro veces el gusano de seda desde que nace hasta que se encierra en el capullo.

dormidera n.f. Adormidera.

dormir **I.** v.tr., int. y prnl. Estar en aquel reposo que consiste en la inacción o suspensión de los sentidos y de todo movimiento voluntario. **II.** v.int. **1.** Pernoctar. **2.** Fig. Con la prep. *sobre* y tratándose de cosas que den en qué pensar, tomarse tiempo para meditarlas. **III.** v.prnl. **1.** Fig. Adormecerse un miembro. **2.** MAR Dicho de la aguja de marear, pararse. • **dormilón** **1.** n. y adj. Fam. Muy inclinado a dormir. **2.** n.m. Pajarillo de color ceniciento oscuro y cola larga que se mantiene en continuo movimiento.

dormitar v.int. Estar medio dormido. • **dormitorio** n.m. Pieza destinada para dormir en ella.

dorso n.m. Revés o espalda de una cosa. • **dorsal** adj. **1.** Perteneciente al dorso, espalda o lomo. **2.** FON Dícese de la consonante en cuya articulación interviene principalmente el dorso de la lengua.

dos **I.** adj. Uno y uno. **II.** n. y adj. Segundo. *Número dos.* Aplicado a los días del mes. *El dos de mayo.* **III.** n.m. **1.** Signo o conjunto de signos con que se representa el número dos. **2.** Carta o naipe que tiene dos señales. *El dos de espadas.*

doscientos,as **I.** adj.pl. **1.** Dos veces ciento. **2.** Ducentésimo, que sigue en orden al centésimo nonagésimo nono. **II.** n.m. Conjunto de signos con que se representa el número doscientos.

dosel n.m. Mueble de adorno, fijo o portátil, que a cierta altura cubre el sitial o el altar.

dosificar v.tr. **1.** FARM y MED Dividir o graduar las dosis de un medicamento. **2.** Graduar la cantidad o porción de otras cosas.

dosis n.f. **1.** Toma de medicina que se da al enfermo cada vez. **2.** Fig. Cantidad o porción de una cosa cualquiera, material o inmaterial. *Una buena dosis de paciencia.*

dotar v.tr. **1.** Constituir dote a la mujer que va a contraer matrimonio. **2.** Señalar bienes para una fundación o instituto benéfico, o de otra índole. **3.** Fig. Adornar la naturaleza a uno con particulares dones. **4.** Asignar a una oficina, a un buque, etc., el número de empleados que se considera conveniente para el buen servicio, y asimismo los enseres y otros objetos materiales que le son necesarios.

dote **I.** n.m. o f. **1.** Caudal que lleva la mujer cuando se casa. **2.** Patrimonio que se entrega al convento o a la orden en que va a tomar estado religioso una profesa. **II.** Calidad apreciable de una persona. Úsase más en pl.

dovela n.f. ARQUIT Piedra labrada en figura de cuña, para formar arcos o bóvedas, etc. • **dovelaje** n.m. Conjunto, serie u orden de dovelas.

dozavo,a n. y adj. Duodécimo, cada una de las doce partes de un todo.

draba n.f. Planta herbácea, de la familia de las crucíferas. Abunda en los sitios húmedos y se ha empleado en medicina contra el escorbuto.

dracma n.f. **1.** Moneda griega y romana que valía cuatro sestercios. **2.** Unidad monetaria de la Grecia actual.

draconiano,a adj. **1.** Perteneciente o relativo al legislador Dracón. **2.** Fig. Aplícase a las leyes o providencias sanguinarias o excesivamente severas.

dragaminas n.m. Buque destinado a limpiar de minas los mares.

dragar v.tr. Ahondar y limpiar con draga los puertos de mar, los ríos, etc. • **draga** n.f. **1.** Máquina que se emplea para ahondar y limpiar los puertos de mar, los ríos, etc. **2.** Barco que lleva esta máquina.

drago n.m. Árbol de la familia de las liliáceas, de tronco grueso, cilíndrico, lleno de cicatrices correspondientes a las hojas perdidas. Flores pequeñas, de color blanco verdoso, y fruto en baya amarillenta del tamaño de una cereza y sabor agridulce. A la forma del tronco, terminado por la cresta erizada de la copa, se atribuye el nombre de este árbol, del cual, mediante incisiones, se obtiene la resina llamada *sangre de drago*, que se usa en medicina.

dragón n.m. **I. 1.** Animal fabuloso al que se atribuye figura de serpiente muy corpulenta, con pies y alas, y de extraña fiereza y voracidad. **2.** ZOOL *Dragón marino.* Pez teleósteo, del suborden de los acantopterigios de cabeza comprimida, ojos poco distantes entre sí, y aletas muy espinosas. Es comestible. ▷ ZOOL Reptil del orden de los saurios, caracterizado por las expansiones de su piel, que forma a los lados del abdomen una especie de ala, que ayudan a los saltos del animal. **II.** Planta de la familia de las escrofulariáceas con flores de hermosos colores en espigas terminales cuyo extremo semeja el hocico de un animal. Se cultiva en los jardines.
ENCICL Como figura mitológica, aparece en la tradición europea y asiática. Suele representarse como una combinación de animales, entre los que predomina la serpiente alada. En su origen, estaba relacionado, tanto en Europa como en Extremo Oriente, con los ritos de fertilidad y con el ciclo de las estaciones (en primavera cambia de piel, se renueva, y en invierno entra en profundo letargo). Durante la Edad Media europea prevaleció la figura del dragón como feroz devorador de doncellas y guardián de un tesoro; esta figura fue recogida por la tradición cristiana (como lo demuestra la iconografía de san Jorge o del arcángel san Miguel), en la que aparece como símbolo de los enemigos de la Iglesia y del alma (tentación, demonio, herejía, etc.).

dragonites n.f. Piedra fabulosa que se suponía que se halla en la cabeza de los dragones.

dragontea n.f. Planta herbácea vivaz, de la familia de las aráceas; hojas grandes divididas en cinco lóbulos lanceolados, con pecíolos anchos. Se cultiva por la vistosidad de las mismas.

drakkar n.m. Palabra de origen escandinavo que significa «dragón». Así se llamaban los navíos utilizados por los vikingos debido al emblema que llevaban esculpido en la proa.

drama n.m. **1.** Obra literaria escrita para ser representada. **2.** Poema dramático. **3.** Género dramático. **4.** Fig. Suceso de la vida real, capaz de interesar y conmover vivamente.
ENCICL El drama apareció en la antigua Grecia como una forma intermedia entre la comedia y la tragedia; en los torneos teatrales, los autores presentaban junto con sus tres tragedias, un drama satírico que generalmente estaba orientado a la crítica de costumbres. La tradición del drama resurgió en la Edad Media con la representación de los Misterios y tomó su forma moderna durante el s. XVII, sobre todo con el drama isabelino, cultivado con maestría por Marlowe y Shakespeare.

dramaturgia n.f. Arte que enseña a componer obras dramáticas. • **dramático,a** adj. **1.** Perteneciente o relativo al drama. **2.** Se aplica igualmente al actor que representa papeles dramáticos. **3.** Fig. Capaz de interesar y conmover vivamente. **4.** Teatral, afectado. • **dramaturgo** n.m. Autor de obras dramáticas. • **dramón** n.m. Drama terrorífico y malo.

drástico,a **1.** n.m. y adj. FARM Dícese del medicamento que purga con grande eficacia o energía. **2.** adj. Fig. Riguroso, enérgico, radical, draconiano.

drávidas, conjunto de pueblos de piel oscura que habitan en la mayor parte del Deccán hasta el cabo Comorín y el norte de Ceilán. Idiomas principales: el támul y el telugu. • **dravídico,a** adj. Díc. de lo que se refiere a los drávidas. *El arte dravídico.* ▷ adj. *Lenguas dravídicas.* Conjunto de lenguas no indoeuropeas que se hablan en el S de la India y en el N de Ceilán.

dreadnought MAR ANTIG Acorazado de gran tonelaje de principios del s. XX. El conjunto de su artillería pesada cubría todos los puntos del horizonte (v. Fisher).

drenar v.tr. **1.** Desaguar un terreno. **2.** CIR Asegurar la salida de líquidos, generalmente anormales, de una herida, absceso o cavidad.

dríade nf. MIT Ninfa de los bosques, cuya vida duraba lo que la del árbol a que se suponía unida.

dril n.m. Tela fuerte de hilo o de algodón crudos.

drino n.m. Culebra de color verde brillante, muy delgada y cubierta de escamas grandes bastante duras. Vive en los árboles de los grandes bosques.

drive n.m. **1.** TENIS Golpe potente para enviar la pelota casi horizontalmente al ras de la red. **2.** GOLF Golpe dado a la bola a la salida de un hoyo, cuando está colocada sobre el tee.

driza n.f. MAR Cuerda o cabo con que se izan y arrían las velas, banderas, etc.

droga n.f. **1.** Nombre genérico de ciertas sustancias minerales, vegetales o animales que se emplean en la medicina, en la industria o en las bellas artes. **2.** Fármaco de efecto estimulante, deprimente, narcótico o alucinógeno. v. ENCICL. **3.** Medicamento. • **drogue-**

ría n.f. **1.** Comercio de drogas. **2.** Tienda en que se venden drogas.
ENCICL El consumo de drogas «blandas» (hachís, marihuana) y «duras», con toxicomanía, se ha visto ampliamente extendido a lo largo de los últimos años, sobre todo entre los jóvenes. Los peligros que acarrea esta toxicomanía (costumbre, dependencia) han llevado a una intensificación de la lucha contra el tráfico de drogas (a escala internacional), a una más estrecha vigilancia de la venta de medicinas psicótropas y a la puesta en funcionamiento de centros médicos de desintoxicación.

dromedario n.m. ZOOL Artiodáctilo rumiante, que se distingue del camello por no tener más que una giba adiposa en el dorso.

-dromo, -dromía Sufijos procedentes del griego *dromos*, «carrera».

drosera n.f. BOT Planta de la familia de las droseráceas, con hojas circulares, en cuyo limbo hay numerosos pelos los cuales se encorvan sobre el cuerpo del insecto que se haya posado sobre la hoja, y sujetándolo, sus partes blandas son digeridas por el líquido viscoso que contiene un fermento parecido a la pepsina. • **droseráceo,a** n.f. y adj. BOT Se dice de plantas angiospermas dicotiledóneas como la drosera. Son propias de las turberas. ▷ n.f. pl. BOT Familia de estas plantas.

drosofila n.f. ZOOL Mosca del vinagre que ofrece grandes posibilidades para la investigación genética (numerosas mutaciones, cromosomas de gran tamaño, ciclo de reproducción muy corto).

drugstore n.m. Tienda con restaurante y/o un bar y puestos de venta (regalos, libros, prensa, pastelería, etc.), que permanece abierta casi las veinticuatro horas del día.

druida n.m. Sacerdote de los antiguos galos y britanos.
ENCICL Los druidas eran los jefes religiosos de los celtas que, antes de la conquista romana, ocupaban la Galia y Gran Bretaña. Formaban una clase sacerdotal encargada de la celebración del culto, de la educación de la juventud y de la justicia. Su doctrina se fundamentaba en la transmigración de las almas. Una de las costumbres druídicas más conocidas es la de la recolección del muérdago de roble, planta sagrada que aún es para ciertos pueblos símbolo de las fiestas navideñas.

drupa n.f. BOT Fruto de mesocarpio carnoso y endocarpio leñoso y una sola semilla, como el melocotón y la ciruela. • **drupáceo,a** De la naturaleza de la drupa, o parecido a ella.

drusos, pueblo (unas 330.000 personas) establecido en los montes del Hawrān que actualmente llevan su nombre: yébel Druso (Siria y Líbano). Parte de este pueblo vive en Israel. Los drusos constituyen una secta ismaelita de origen fatimí. Sufrieron persecuciones por parte de los musulmanes ortodoxos a principios del s. XI. Después de siglos de buena convivencia con los maronitas, entraron en conflicto con éstos en 1860.

dualas, grupo étnico del E de Camerún.

dualidad n.f. Condición de reunir dos caracteres distintos una misma persona o cosa.

dualismo n.m. **1.** Creencia religiosa de pueblos antiguos, que consistía en considerar el universo como formado y mantenido por el concurso de dos principios igualmente necesarios y eternos, y por consiguiente independientes uno de otro. **2.** Doctrina filosófica que explica el origen y naturaleza del universo por la acción de dos principios irreductibles.

dubitación n.f. **1.** Duda. **2.** RET Figura que consiste en manifestar, la persona que habla, duda o perplejidad acerca de lo que debe decir o hacer.

ducado n.m. **1.** Título o dignidad de duque. **2.** Territorio o lugar sobre el que recaía este título o en el que ejercía jurisdicción un duque. **3.** Estado gobernado por un duque. **4.** Moneda de oro que se usó en España hasta fines del siglo XVI.

duce n.m. *El Duce* («jefe» o conductor en italiano, como en alemán «Führer»), título que adoptó Benito Mussolini, jefe del gobierno fascista italiano de 1922 a 1945.

ducentésimo,a **1.** adj. Que sigue inmediatamente en orden al o a lo centésimo nonagésimo nono. **2.** n. y adj. Se dice de cada una de las 200 partes iguales en que se divide un todo.

dúctil adj. **1.** Se aplica a los metales que se pueden extender en alambres o hilos. ▷ P. ext., maleable. **2.** Fig. Acomodadizo, de blanda condición, condescendiente. • **ductilidad** n.f. Calidad de dúctil.

ducha n.m. Agua que, en forma de lluvia o de chorro, se hace caer en el cuerpo para limpiarlo o refrescarlo.

ducho,a adj. Experimentado, diestro.

duda n.f. **1.** Incertidumbre, indecisión. **2.** Vacilación del ánimo respecto a las creencias religiosas. **3.** Cuestión que se propone para ventilarla o resolverla. • **dudar** **1.** v.int. No estar seguro o decidido por una cosa. **2.** v.tr. Dar poco crédito a una especie que se oye. *Lo dudo.* • **dudoso,a** adj. **1.** Que ofrece duda. **2.** Que tiene duda. **3.** Que es poco probable, que es inseguro o eventual.

duela n.f. **1.** Cada una de las tablas que forman las paredes curvas de los toneles. **2.** ZOOL Gusano platelminto del orden de los trematodos, aplanado y de forma casi ovalada, que vive parásito en los conductos biliares del carnero y del toro.

duelaje n.m. Dolaje.

duelero n.m. Tonelero.

1. duelo n.m. Combate entre dos, a consecuencia de un reto o desafío.

2. duelo n.m. **1.** Dolor o aflicción. **2.** Pesar por la muerte de alguno. **3.** Reunión de parientes, amigos o invitados que asisten a los funerales. **4.** Fatiga, trabajo.

duende n.m. **1.** Espíritu travieso que habita en algunas casas. **2.** Restaño. — Fig. y Fam. *Tener uno duende.* Traer en la imaginación cosa que le inquieta.

duendo,a adj. Manso, doméstico.

dueña n.f. **1.** Propietaria de una cosa. **2.** Beata que vivía en comunidad. **3.** Mujer viuda que, para autoridad y respeto, había en las casas principales. **4.** Nombre dado antiguamente a la mujer casada.

dueño n.m. **1.** El que tiene dominio sobre persona o cosa. **2.** Amo, propietario.

duermevela n.m. o f. Fam. Sueño ligero en que se halla el que está dormitando.

duetista n.m. y f. Persona que toca o canta en dúo con otra. • **dueto** n.m. MUS Pieza corta para dos voces o dos instrumentos.

dula n.f. **1.** Cada una de las porciones de tierra que por turno reciben riego de una misma acequia. **2.** Sitio donde se echan a pastar los ganados de los vecinos de un pueblo.

dulcamara n.f. Planta sarmentosa, de la familia de las solanáceas, flores pequeñas, violadas, en ramilletes, y por frutos bayas rojas del tamaño del guisante. Es común en los lugares frondosos.

dulce **I.** adj. **1.** De sabor agradable al paladar, como la miel, el azúcar, etc. **2.** Se dice del manjar falto de sal. **3.** Fig. Grato, gustoso y apacible. **II.** n.m. **1.** Manjar compuesto con azúcar; como el arroz con leche, las natillas, etc. **2.** Fruta cocida. *Dulce de membrillo.*

dulcémele n.m. Salterio, instrumento músico.

dulcificar **1.** v.tr. y prnl. Volver dulce una cosa. **2.** v.tr. Fig. Mitigar la acerbidad, acrimonia, etc., de una cosa material o inmaterial. • **dulcificación** n.f. Acción y efecto de dulcificar.

dulcinea n.f. **1.** Fig. y Fam. Mujer querida. **2.** Fig. Aspiración ideal de uno.
ENCICL La modesta labradora Aldonza Lorenzo, de la villa del Toboso, elevada por Don Quijote al rango de princesa y adornada con todas las virtudes, representa el objeto de amor idealizado, capaz de impulsar al enamorado a las más arriesgadas empresas. Aunque es probable que Cervantes sólo pretendiera ridiculizar en ella a las heroínas de las novelas de caballerías, consiguió reflejar con gran profundidad el fenómeno de la idealización del ser amado, tan frecuente en la literatura y en la vida cotidiana —como mucho después pondría de manifiesto el psicoanálisis— y las funestas consecuencias de este alejamiento de la realidad, origen de continuas frustraciones y disociaciones.

dulía n.f. Culto de dulía, el que se tributa a los ángeles y a los santos.

1. dulzaina n.f. Instrumento músico de viento, parecido a la chirimía.

2. dulzaina n.f. Desp. Cantidad abundante de dulce malo.

dulzamara n.f. Dulcamara.

dulzón,a adj. Fam. De sabor dulce, pero empalagoso.

duma n.f. Consejo, asamblea, en la Rusia de los zares. ▷ Nombre dado a las asambleas rusas entre 1905 y 1917.

dumdum n.f. invar. MILIT Bala de fusil cuya envoltura se astilla en la herida, cuya utilización fue prohibida en 1899. — Nombre de una c. de la India donde se fabricaron esas balas a finales del s. XIX.

dumping n.m. FIN Venta de mercancías a precios mucho más bajos que los de la competencia (inferiores al precio de coste de producción) para eliminar a ésta del mercado.

duna n.f. Colina de arena movediza que, en los desiertos y en las playas, forma y empuja el viento.

dúo n.m. **1.** MUS Composición para dos voces o dos instrumentos. *Cantar un dúo.* ▷ Interpretación de tal composición. **2.** Fam. Grupo de dos personas.

duodécimo,a **1.** adj. Que sigue inmediatamente en orden al o a lo undécimo. **2.** n. y adj. Se dice de cada una de las 12 partes iguales en que se divide un todo.

duodeno,a **1.** adj. Duodécimo. **2.** n.m. ANAT Primera porción del intestino delgado de los mamíferos. Debe su nombre a la circunstancia de que en el hombre tiene unos 12 dedos de largo. Comunica directamente con el estómago y remata en el yeyuno. • **duodenal** adj. ANAT Perteneciente o relativo al duodeno.

dúplex adj. Se aplica a distintas cosas que constan de dos de los elementos que se consideran que prestan doble servicio, etc.; por ejemplo, una vivienda de un edificio de viviendas, que tiene las habitaciones en dos pisos superpuestos.

duplicar **I.** v.tr. y prnl. Hacer doble una cosa. **II.** v.tr. Multiplicar por dos una cantidad. • **duplicación** n.f. Acción y efecto de duplicar o duplicarse. ▷ BIOQUIM Mecanismo por el cual se sintetiza una molécula de ácido desoxirribonucleico en el núcleo celular por copia de una molécula preexistente. • **duplicado,a** n.m. **1.** Segundo documento o escrito igual al primero. **2.** Ejemplar doble o repetido de una obra.

duplicidad n.f. **1.** Doblez, falsedad. **2.** Calidad de dúplice o doble.

duplo,a n.m. y adj. Que contiene un número dos veces exactamente.

duque n.m. Título de honor destinado en Europa para significar la nobleza más alta. • **duquesa** n.f. **1.** Mujer del duque. **2.** La que por sí posee un estado que lleva anejo título ducal.

duración n.f. Acción y efecto de durar. • **durar** v.int. **1.** Continuar siendo, obrando, sirviendo, etc. **2.** Subsistir, permanecer.

duraluminio n.m. Aleación de aluminio con magnesio, cobre y manganeso, que tiene la dureza del acero.

duramadre o **duramáter** n.f. ANAT Meninge externa de las tres que tienen los batracios, reptiles, aves y mamíferos.

duramen n.m. BOT Parte más seca y compacta, del tronco de un árbol.

durazno n.m. **1.** Duraznero. ▷ Fruto de este árbol. **2.** *Arg.* y *Chile.* Nombre genérico de las varias especies de árboles; melocotonero, pérsico y durazno propiamente dicho. ▷ *Arg.* y *Chile.* Fruto de estos árboles. • **duraznillo** n.m. Planta de la familia de las poligonáceas; flores róseas o blancas en espigas laterales, y fruto lenticular. Es muy común en las orillas de los ríos y arroyos.

dureza n.f. **1.** Calidad de duro. **2.** MED Callosidad. **3.** MINER Resistencia que opone un mineral a ser rayado por otro.

durina n.f. VETER Enfermedad contagiosa de las caballerías.

durmiente **I.** n.m. y f. El que duerme. **II.** n.m. Madero colocado horizontalmente y sobre el cual se apoyan otros, horizontales o verticales.

duro,a **I.** adj. **1.** Sólido difícil de labrar, rayar o cortar. **2.** Fig. Fuerte, que resiste y soporta bien la fatiga. *Un muchacho duro.* **3.** Fig. Áspero, falto de suavidad, excesivamente severo. **4.** Fig. Violento, cruel, insensible. *Ser duro de corazón.* **5.** Fig. Terco y obstinado. *Tener dura la cabeza.* **II.** n.m. Moneda española. **III** Duro. Con fuerza, con violencia. *Duro con él.*

duunviro n.m. **1.** Nombre de diferentes magistrados en la antigua Roma. **2.** Cada uno de los dos presidentes de los decuriones en las colonias y municipios romanos. • **duunvirato** n.m. **1.** Dignidad y cargo de duunviro. **2.** Tiempo que duraba. **3.** Régimen político en que el gobierno estaba encomendado a duunviros.

dux n.m. Primer magistrado de varias repúblicas italianas de la Edad Media, especialmente Venecia y Génova. (En Venecia, el poder casi absoluto del dux, fue limitado por la creación del Gran Consejo en 1143 y luego del Consejo de los Diez, en 1310. En Génova, en un principio eran elegidos de por vida, pero entre 1339 y 1797 sólo ocuparon su cargo durante dos años cada uno.) ▷ *Palacio de los dux.* Célebre edificio veneciano (s. XII y posteriores reconstrucciones), antigua residencia de los dogos. Tiene fachadas góticas (ss. XIV y XV); comunica con las prisiones, a través del puente de los Suspiros.

Dy QUIM Símbolo químico del *disprosio.*

E

1. e n.f. **1.** Sexta letra del abecedario español y segunda de sus vocales. **2.** DIAL Signo de la preposición universal negativa.

2. e conj. copul. Antiguamente se usó en vez de la *y*, a la cual sustituye hoy, para evitar el hiato, antes de palabras que empiezan por *i* o *hi*. *Juan e Ignacio; padre e hijo.* Pero ni aun en este caso reemplaza a la *y* en principio de interrogación o admiración, ni cuando la palabra siguiente empieza por *y* o por la sílaba *hie*. *¿Y Ignacio?; ¡Y Isidoro también comprometido!; Ocaña y Yepes; tigre y hiena.*

3. e Prep. insep. que denota origen o procedencia, como en *emanar;* extensión o dilatación, como en *efundir.*

¡ea! Interj. que se emplea para denotar alguna resolución de la voluntad, o para animar. Se usa también repetida.

easonense n. y adj. Donostiarra.

ebanista n.m. El que tiene por oficio trabajar en ébano y otras maderas finas. • **ebanistería** n.f. **1.** Taller de ebanista. **2.** Arte del ebanista. **3.** Muebles y otras obras de ebanista que forman un conjunto; p. ej., en una casa.

ébano n.m. Árbol exótico, de la familia de las ebenáceas, de copa ancha, tronco grueso, madera maciza, pesada, lisa, muy negra por el centro y blanquecina hacia la corteza, que es gris; ▷ Madera de este árbol. • **ebenáceo,a** adj. BOT Dícese de árboles o arbustos intertropicales, angiospermos dicotiledóneos, como el ébano. ▷ Familia de estas plantas.

ebionita n. y adj. Sectario de los primeros siglos de la era cristiana, para el que Jesucristo había nacido naturalmente de José y María, y había sido adoptado por Dios.

ebonita n.f. Preparación de goma elástica, azufre y aceite de linaza, negra, muy dura, y que sirve para hacer cajas, peines, etc.

ebriedad n.f. Embriaguez. • **ebrio,a 1.** n. y adj. Embriagado. **2.** adj. Fig. Ciego, de pasión.

ebullición n.f. Hervor, acción y efecto de hervir. • **ebullometría** o **ebulloscopia** n.f. FIS Medida de la temperatura de ebullición de las disoluciones.

ENCICL Un líquido hierve cuando la presión de su vapor saturante es igual a la presión que soporta. La temperatura a la cual se produce este fenómeno (punto de ebullición) es constante y por tanto depende de la presión: es decir, que a elevada altitud el punto de ebullición del agua es inferior a 100 °C. La ebullición de los líquidos y el hervir los objetos en agua contribuyen a su esterilización.

ebúrneo,a adj. De marfil, o parecido a él. • **eburnación** n.f. MED Aumento patológico de la densidad de un cartílago o un hueso que toma aspecto semejante al marfil.

Ecballium n.m. Género de plantas de la familia de las cucurbitáceas cuyo fruto se abre lanzando fuera sus semillas.

ecce homo n.m. invar. **1.** BELL ART Cuadro o escultura que representa a Cristo coronado de espinas. **2.** Palabras latinas, «He aquí al hombre», pronunciadas por Pilato. **3.** Fig. Persona de lastimoso aspecto.

eccema n.m. o f. Afección cutánea caracterizada por lesiones eritematosas, pruriginosas y vesiculosas que evolucionan por accesos.

ecdisona n.f. BIOQUIM Hormona esteroidea de los artrópodos, secretada por la glándula protorácica a partir del colesterol.

eclampsia n.f. PAT Enfermedad de carácter convulsivo, que suelen padecer los niños y las mujeres embarazadas o recién paridas.

ecléctico,a adj. **1.** FILOS Que pertenece al eclecticismo. ▷ n.m. y f. Que es partidario del eclecticismo. **2.** Que elige entre varios estilos lo que le gusta sin atenerse a ninguno. • **eclecticismo** n.m. **1.** Escuela filosófica que procura conciliar las doctrinas que parecen mejores o más verosímiles, aunque procedan de diversos sistemas. **2.** Fig. Modo de juzgar u obrar que no adopta soluciones extremas.

eclesiástico,a **I.** adj. Perteneciente o relativo a la Iglesia. **II.** n.m. **1.** Clérigo. **2.** Libro canónico del Antiguo Testamento.

eclímetro n.m. TOPOGR Instrumento con que se mide la inclinación de las pendientes.

eclipse n.m. **1.** ASTRON Ocultación transitoria de un astro, o pérdida de su luz prestada, por interposición de otro cuerpo celeste. **2.** Fig. Desaparición transitoria de una persona. • **eclipsar I.** v.tr. ASTRON Causar un astro el eclipse de otro. **II.** v.tr. y prnl. Fig. Oscurecer. **III.** v.prnl. **1.** ASTRON Ocurrir el eclipse de un astro. **2.** Fig. Desaparecer una persona o cosa. • **eclíptica** n.f. ASTRON Círculo máximo de la esfera celeste que, en la actualidad, corta al ecuador en ángulo de 23 grados y 27 minutos, y señala el curso aparente del Sol durante el año.

ENCICL Hay *eclipse de luna* cuando la Tierra hace sombra sobre ésta y *eclipse de sol* cuando la Luna, al pasar entre la Tierra y el Sol, intercepta los rayos luminosos de éste. En realidad se trata de una *ocultación* del Sol por la Luna y la palabra eclipse es impropia en este caso. Un eclipse puede ser *parcial* (y *anular* en el caso del Sol) o *total*. En 1676, Römer consiguió medir por primera vez la velocidad de la luz al observar los eclipses de los satélites de Júpiter por ese planeta. La *eclíptica* tiene una inclinación media de 23° 27' sobre el plano del ecuador. La intersección de esos dos planos determina la línea de los equinoccios. La línea de los solsticios que se encuentra en la eclíptica es perpendicular a la de los equinoccios. La mayoría de los planetas describen órbitas situadas en planos semejantes al de la eclíptica.

eclosión n.f. **1.** En el lenguaje literario o técnico, acción de abrirse un capullo de flor o de crisálida. **2.** MED Acción de abrirse el ovario al tiempo de la ovulación para dar salida al óvulo. **3.** Fig. Hablando de movimientos culturales o de otros fenómenos, manifestación, aparición súbita.

eco n.m. **1.** Repetición de un sonido reflejado por un cuerpo duro. **2.** Sonido que se percibe débil y confusamente. **3.** Composición poética en que se repite dentro o fuera del verso un vocablo monosílabo, para formar nueva palabra significativa y que sea como eco de la anterior. **4.** Fig. Lo que está notablemente influido por un antecedente o procede de él. **5.** ESP Nombre dado a una serie de satélites que sirven para reflejar ondas radioeléctricas.

ecografía n.f. MED Método de exploración médica que utiliza la reflexión de los ultrasonidos por los órganos.

ecolalia n.f. PSIQUIAT Perturbación del lenguaje, que consiste en repetir el enfermo involuntariamente una palabra o frase.

ecolocalización n.f. ZOOL Localización de los obstáculos y de las presas por emisión ultrasonora y recepción de los ultrasonidos repercutidos.

ecología n.f. Parte de la biología que estudia las relaciones existentes entre los organismos y el medio en que viven. • **ecológico,a** adj. Perteneciente o relativo a la ecología.

ENCICL La ecología es la ciencia que estudia las condiciones de existencia de los seres vivos y las interacciones de todo tipo existentes entre esos seres vivos y el medio ambiente. Se subdivide en *autoecología* (estudio de las relaciones de una sola especie con el medio en que vive), *sinecología* (estudio de las relaciones de las especies pertenecientes a un mismo grupo con el medio en que viven) y *dinámica de población* (modificaciones y causas de la abundancia de especies en un mismo medio). Todos los problemas relacionados con el mantenimiento del equilibrio biológico, con la conservación de la naturaleza, con la protección de la fauna y la flora, con la supervivencia del medio natural son temas de ecología aplicada. La ecología animal responde a los mismos principios generales. Estudia la acción de ciertos factores físicos, tales como la luz y la temperatura, sobre los animales, pero sobre todo las innumerables interacciones que los relacionan entre sí o con la vegetación. Ha ido cobrando mucha importancia la noción de cadena alimentaria, empezando por el plancton y las algas y terminando con las especies carnívoras. Los ecologistas prestan especial interés a los ambientes donde los animales sólo logran sobrevivir al precio de muy perfeccionadas adaptaciones (desiertos, cuevas, abismos submarinos, etc.). La noción moderna de protección de la naturaleza (flora, fauna, ríos, océanos), que atañe directamente a la ecología aplicada, se combina con las preocupaciones relacionadas con el medio ambiente humano (ciudades, medio rural, etc.). En casi todos los parlamentos europeos existen actualmente partidos ecologistas.

economato n.m. **1.** Cargo de ecónomo. **2.** Almacén de artículos de primera necesidad, establecido para que se surtan de él determinadas personas con más economía que en las tiendas.

economía n.f. **1.** Administración recta y prudente de los bienes. **2.** Riqueza pública. — *Economía política.* Ciencia que estudia las leyes que regulan la producción, la distribución de la riqueza. v. ENCICL **3.** Estructura o régimen de alguna organización o institución. **4.** Escasez o miseria. **5.** Ahorro de trabajo, tiempo, dinero, etc., para su buena distribución. **6.** pl. Reducción de gastos en un presu-

puesto. • **económico,a** adj. **1.** Perteneciente o relativo a la economía. **2.** Que es comedido en los gastos. **3.** Miserable. **4.** Poco costoso. • **economista** n. Persona versada en economía política o que se dedica a ella.
ENCICL Con el Renacimiento la *economía política* (la palabra aparece en 1615) se convierte en una rama autónoma del pensamiento, desligada de la filosofía y exclusivamente dedicada a la creación y circulación de los bienes materiales a escala nacional (de allí la asociación de las dos palabras economía y política). Esta conjunción perdurará hasta el final de la primera mitad del s. XX. Debido al desarrollo del socialismo, y al crecimiento de los intercambios internacionales que desligaron el pensamiento político del ámbito meramente nacional, la economía política se convirtió en *ciencia económica*; esta mutación se vio facilitada por la utilización cada vez más frecuente de la estadística y por la introducción de las matemáticas en la investigación económica. Durante mucho tiempo (y de hecho hasta la publicación en 1936 de la teoría general del empleo, del interés y de la moneda, de Keynes), la mayoría de los especialistas pensaron que, en una economía de mercado, el volumen de la producción se iba estableciendo automáticamente en un período largo, manteniéndose así el pleno empleo de la mano de obra. Keynes descubrió que los equilibrios de subempleo también podían ser duraderos. Los economistas intentaron entonces determinar las condiciones del equilibrio general a escala macroeconómica. Así pues, los equilibrios fundamentales son el principal objetivo de las investigaciones de la ciencia económica. Dispone de un aparato estadístico cada día más perfeccionado y de nuevas técnicas de contabilidad nacional.

economizar v.tr. **1.** Ahorrar. **2.** Evitar algún trabajo, riesgo, etc.

ecónomo n.m. **1.** El que se ocupa de la administración de una casa o comunidad. **2.** Eclesiástico que sirve un oficio vacante.

ecosonda n.m. Aparato para medir las profundidades del mar y detectar bancos de peces.

ect(o)- Prefijo procedente del griego *ektos*, «fuera».

ectasia n.f. MED Dilatación de un órgano o de un vaso sanguíneo.

-ectasia Sufijo procedente del griego *ektasis*, «dilatación».

ectima n.f. MED Afección cutánea microbiana, caracterizada por pústulas.

ectocardia n.f. MED Situación anormal del corazón.

ectópago n. y adj. BIOL Se dice del monstruo compuesto de dos individuos que tienen un ombligo común.

ectoparásito n. y adj. BIOL Se dice del parásito que vive en la superficie de otro organismo.

ectopia n.f. Anomalía de situación de un órgano, y especialmente de las vísceras.

ectoproctos n.m.pl. ZOOL Clase de lofóforos de tamaño muy pequeño, que viven en los mares en colonias.

ecuable adj. MECAN Dícese del movimiento con que los cuerpos recorren espacios iguales en tiempos iguales.

ecuación n.f. **1.** ALG Igualdad que contiene una o más incógnitas. **2.** ASTRON Diferencia que hay entre el lugar o movimiento medio y el verdadero o aparente de un astro. **3.** FÍS Relación de igualdad entre los resultados de efectuar determinadas operaciones matemáticas con las medidas de las magnitudes que intervienen en un fenómeno.
ENCICL Una relación de la forma $f(x) = b$ se denomina ecuación, si f es una aplicación de un conjunto E en un conjunto F, siendo b un elemento de F; a la x se le llama *incógnita*. Para resolver una ecuación, hay que hallar los elementos x_0 de E, llamados *soluciones* o *raíces* de la ecuación, que satisfagan la relación. Las ecuaciones algebraicas son de la forma $P(x) = 0$, en la que $P(x)$ es un polinomio. Se distinguen ecuaciones de:
primer grado $(ax + b = 0)$
de segundo grado H $(ax^2 + bx + c = 0)$
de tercer grado $(ax^3 + bx^2 + cx + d = 0)$,
etc.

ecuador n.m. **1.** ASTRON Círculo máximo que se considera en la esfera celeste, perpendicular al eje de la Tierra. **2.** GEOM Paralelo de mayor radio en una superficie de revolución.

ecuanimidad n.f. **1.** Constancia de ánimo. **2.** Imparcialidad serena del juicio.

ecuatorial I. adj. **1.** Perteneciente o relativo al Ecuador. **2.** ASTRON Dícese del dispositivo paraláctico con que pueden medirse coordenadas celestes. **II.** n.m. ASTRON Telescopio, refractor o reflector, dotado de montura ecuatorial.

ecuatoriano,a **1.** n. y adj. Natural de Ecuador. **2.** Perteneciente a esta República de América.

ecuestre adj. **1.** Perteneciente o relativo al caballero o a la orden de la caballería. **2.** Perteneciente o relativo al caballo. **3.** ESCULT y PINT Dícese de la figura puesta a caballo.

ecuménico,a adj. Universal. Aplícase especialmente a los concilios cuando son generales. • **ecumenismo** RELIG Movimiento que pretende la unión de las Iglesias cristianas.
ENCICL A pesar de algunas realizaciones prácticas que revelan un cierto universalismo cristiano, el movimiento ecuménico no fue creado hasta principios del s. XX (1910, primera conferencia misionera protestante mundial de Edimburgo). Todas las confesiones contribuyeron a esta unión, pero la iniciativa la tuvieron los protestantes, seguidos por las iglesias ortodoxas. En 1948 se dio un paso importante cuando se creó el Consejo Ecuménico de las Iglesias (CEI), que reagrupa a la casi totalidad de las confesiones cristianas, excepto a la Iglesia católica. Ésta, exceptuando los intentos de algunos pioneros aislados, sólo consideró verdaderamente al ecumenismo como una tarea fundamental a partir del pontificado de Juan XXIII (creación en 1960 de una «Secretaría para la Unidad»); el decreto *Unitatis Redintegratio* del Concilio Vaticano II ratificó, en 1964, esta voluntad católica de actuar a favor de la unión. Los encuentros de Pablo VI y del patriarca Atenágoras en Jerusalén (1964) y en Istanbul (1967) y el levantamiento (en 1965) de la doble excomunión de 1054, son nuevas etapas en esta marcha hacia la reconciliación. El obispo de Roma y el de Constantinopla, es cierto, no desean aún ser miembros del CEI, pero, desde 1967, un grupo de trabajo mixto estudia los tipos adecuados de relaciones a establecer entre la Iglesia romana y este organismo. Su cooperación ya es efectiva en el marco de las comisiones de Sodepax (Sociedad, Desarrollo y Paz). Finalmente, otras realizaciones, como la traducción ecuménica de la Biblia, son hoy día los signos de una colaboración real entre todas las iglesias cristianas.

ecuos, antiguo pueblo del Lazio (Italia) sometido por los romanos en el s. IV a. J.C.

echado,a **1.** n.m. y f. *C. Rica* y *Nicar.* Indolente. **2.** n.m. MIN Buzamiento de un filón.

echadura n.f. **1.** Acción de ponerse a empollar las gallinas cluecas. **2.** Ahechadura.

echar v.tr. **1.** Hacer que una cosa vaya a parar a alguna parte, dándole impulso. **2.** Despedir de sí una cosa. **3.** Hacer que una cosa caiga en sitio determinado. **4.** Hacer salir a uno de algún lugar.

echar de menos a una persona o cosa. **1.** Advertir la falta de ella. **2.** Tener sentimiento y pena por la falta de ella.

echazón n.f. **1.** Echada, acción y efecto de echar o echarse. **2.** MAR Acción y efecto de arrojar al agua la carga u otros objetos de un buque cuando es necesario aligerarlo.

Echinorhynchus n.m. ZOOL Género de gusanos, cuya extremidad anterior tiene la forma de una trompa armada de ganchos, desprovisto de tubo digestivo, que parasita en el intestino del cerdo.

echona n.f. *Arg.* y *Chile.* Hoz para segar.

edad n.f. **1.** Tiempo que una persona ha vivido, a contar desde que nació. **2.** Duración de las cosas materiales a contar desde que empezaron a existir. **3.** Cada uno de los períodos en que se considera dividida la vida humana. **4.** GEOL Denominación dada por los geólogos a las grandes divisiones establecidas en la serie de los terrenos sedimentarios, y que se conocen también con el nombre de períodos. **5.** Espacio de años que han corrido de tanto a tanto tiempo. **6.** HIST Gran período de tiempo en que, desde distintos puntos de vista, se considera dividida la historia.

edáfico,a adj. Perteneciente o relativo al suelo, especialmente en relación con las plantas.

edafología n.f. Ciencia que trata de la naturaleza y condiciones del suelo, en su relación con las plantas.
ENCICL El suelo es el resultado de la alteración, la remodelación y la organización de las capas superficiales de la corteza terrestre, bajo la acción de las perturbaciones geológicas y atmosféricas; la vida (microflora, microfauna, raíces vivas, «lombrices») juega un papel importante en las capas más profundas; la materia orgánica vegetal que recubre los suelos se degrada lentamente generando humus. El clima tiene un efecto a veces decisivo. Los edafólogos estudian el suelo cavando trincheras (50 cm a 1 m, incluso más) cuyas paredes verticales ofrecen una superposición de estratos, u *horizontes*; cada horizonte presenta un aspecto y una estructura distintos; el conjunto de los horizontes constituye un *perfil* de suelo que se inserta entre la tierra vegetal superficial (horizonte A) y la roca madre (horizonte C); el horizonte B, horizonte intermedio, donde se han ido acumulando sustancias procedentes de las capas superficiales, es pobre en materia orgánica y más rico en arcilla y hierro que los horizontes A o C. Los suelos se pueden clasificar de la siguiente manera: **1.** Suelos minerales brutos de los desiertos cálidos o fríos (p. ej. Sahara). **2.** Suelos poco evolucionados: la alteración de la roca es débil, debido a su origen reciente o al clima (tundra de Siberia). **3.** Suelos sobre roca caliza cretácea, dura, dolomítica o yesosa. **4.** Vertisuelos: de color bastante oscuro, a veces negros, ricos en arcilla, pegajosos en estado húmedo, que se resquebrajan en períodos de sequía (Andalucía, Marruecos, Sudán, California, India); pueden ser muy fértiles (suelos negros para algodón). **5.** Suelos de notable contenido en humus (15 %), incluso en profundidad, que mantienen una actividad biológica intensa (*chernoziom*, tierra negra de Ucrania); estos suelos son frecuentemente fértiles. **6.** Suelos evolucionados con humus grosero, en climas templados fríos y húmedos; se pueden poblar con árboles (caducifolios y coníferas). **7.** Suelos con humus suave (*mull*) que se forma en regiones templadas, en las praderas; pueden soportar ricos cultivos cerealistas. **8.** Suelos ricos en sesquióxidos de hierro, de aluminio y de manganeso; suelos rojos o pardos mediterráneos, fértiles cuando son profundos (vid, frutales); suelos ferruginosos tropicales bajo sabana arbustiva o arbórea (mijo, sorgo, mandioca, cacahuete, algodón, tabaco, sisal); suelos con compuestos férricos en climas tropicales húmedos y bajo bosque denso, muy ácidos (té, cafeto, cacao, cocotero, palmera, hevea); suelos endurecidos en coraza en climas tropicales húmedos, totalmente incultos (v. laterita). **9.** Suelos ricos en sales solubles; los suelos salados y los suelos alcalinos exigen su inundación y drenaje para poderse cultivar. **10.** Suelos anegados por exceso de agua (turba).

edecán n.m. MILIT Ayudante de campo.

edelweiss n.m. Planta herbácea de montaña, de la familia de las compuestas, formada por pequeñas cabezuelas amarillas.

edema n.m. MED Infiltración serosa de un tejido (especialmente del tejido subcutáneo), que se refleja en una hinchazón localizada o difusa.

edén n.m. **1.** Nombre hebreo del paraíso terrestre. **2.** Fig. Lugar delicioso.

edetanos, antiguo pueblo de la España Tarraconense, residente en la región que comprendía el norte de la provincia de Valencia, las de Castilla y Teruel y el sudoeste de la de Zaragoza.

edición n.f. **1.** Impresión o estampación de una obra o escrito para su publicación. **2.** Conjunto de ejemplares de una obra impresa de una sola vez sobre el mismo molde. **3.** Texto de una obra preparado con criterios filológicos.

edicto n.m. **1.** Mandato publicado con autoridad del príncipe o del magistrado. **2.** Escrito colocado en las calles y otros lugares públicos para dar a conocer un aviso o noticia oficial. **3.** FOR Escrito que se hace ostensible en los estrados del juzgado o tribunal, y en ocasiones se publica en los periódicos.

edificar v.tr. **1.** Construir un edificio. **2.** Fig. Infundir en otros sentimientos de piedad y virtud. • **edificación** n.f. **1.** Acción y efecto de edificar. **2.** Edificio.

edificio n.m. Construcción de albañilería para albergar personas, animales, etc.

edil n.m. Concejal.

editar v.tr. Publicar por medio de la imprenta o por otro medio de reproducción gráfica, una obra, periódico, etc. • **editor,a I.** adj. Que edita. **II.** n.m. y f. **1.** Persona que edita una obra. **2.** Persona que se cuida de preparar, siguiendo criterios filológicos, un texto ajeno que ha de publicarse. • **editorial** **1.** adj. Perteneciente o relativo a editores o ediciones. **2.** n.m. Artículo de fondo que refleja la opinión y directrices de una publicación y que procede frecuentemente de la dirección. **3.** n.f. Casa editora. • **editorialista** n.m. y f. Escritor encargado de redactar en un periódico los artículos de fondo.

edredón n.m. **1.** Plumón de ciertas aves. **2.** Cubierta de cama acolchada, rellena con esta clase de pluma, o de algodón, miraguano, etc.

edrisí n. y adj. Dícese de los descendientes de Edrís o Idrís ben Abdala, fundador de un grande imperio en el África del Norte durante el s. VIII.

educar v.tr. **1.** Dirigir. **2.** Desarrollar o perfeccionar las facultades intelectuales y morales del niño o del joven. **3.** Desarrollar las fuerzas físicas por medio del ejercicio. **4.** Perfeccionar los sentidos. **5.** Enseñar las normas de cortesía. • **educación** n.f. **1.** Acción y efecto de educar. **2.** Conjunto de enseñanzas que se da a los niños y a los jóvenes. **3.** Cortesía. • **educador,a** n. y adj. Que educa. • **educando,a** n. y adj. Que está recibiendo educación en un centro de enseñanza.

edulcorar v.tr. FARM Endulzar un producto. • **edulcorante** n.m. Sustancia que edulcora los alimentos o medicamentos.

EEG MED Siglas del electroencefalograma.

efe n.f. Nombre de la letra *f*.

efebo n.m. **1.** ANTIG GR Adolescente.**2.** (Irónico o peyorativo). Joven de gran belleza.

efectismo n.m. **1.** Procedimiento o recurso empleado para impresionar fuertemente el ánimo **2.** Calidad de efectista. • **efectista** adj. Se dice de lo que provoca más impresión de la que corresponde a su auténtico valor.

efectivo,a I. adj. **1.** Real y verdadero. **2.** Se dice del empleo fijo. **II.** n.m. **1.** Efectivo numerario, dinero en monedas. **2.** Tratándose de cantidades, pagarlos o cobrarlos. **III.** n.m. pl. Fuerzas militares.

efecto n.m. **1.** Lo que se sigue por virtud de una causa. **2.** Impresión hecha en el ánimo. **3.** Fin para que se hace una cosa. **4.** Artículo de comercio. **5.** Documento o valor mercantil. **6.** Movimiento giratorio que se hace tomar al balón o a la bola picándola lateralmente. **7.** En la técnica de algunos espectáculos, truco. **8.** COM Nombre genérico que se da a todo documento que puede endosarse, como las letras de cambio, cheques etc. **9.** MECAN En general, potencia transmitida por una máquina para realizar un trabajo determinado. **10.** pl. Bienes muebles, enseres.

efectuar **1.** v.tr. Ejecutar una cosa. **2.** v.prnl. Cumplirse una cosa.

efedráceo,a n. y adj. BOT Dícese de plantas gimnospermas leñosas, como el belcho. ▷ n.f.pl. BOT Familia de estas plantas.

efemérides n.f.pl. **1.** Libro o comentario en que se refieren los hechos de cada día. **2.** Sucesos notables ocurridos en diferentes épocas, pero un número exacto de años antes de un día determinado.

eferente adj. **1.** Que lleva. **2.** ANAT Se dice del vaso conductor de la sangre que sale de un órgano determinado.

efervescencia n.f. **1.** Desprendimiento de burbujas gaseosas a través de un líquido. **2.** Hervor de la sangre. **3.** Fig. Agitación.

efeta n.m. Cada uno de varios jueces que hubo antiguamente en Atenas.

eficacia n.f.Virtud, poder para obrar.

eficaz adj. **1.** Activo, poderoso para obrar. **2.** Que logra hacer efectivo un intento o propósito. • **eficiencia** n.f. **1.** Virtud y facultad para lograr un efecto determinado. **2.** Acción con que se logra este efecto.

efigie n.f. **1.** Imagen, representación de una persona real y verdadera. **2.** Fig. Representación viva de cosa ideal.

efímero,a adj. **1.** Que tiene la duración de un solo día. **2.** De corta duración.

eflorescencia n.f. **1.** PAT Erupción aguda o crónica que se presenta en varias regiones del cuerpo. **2.** QUIM Conversión espontánea en polvo de diversas sales al perder el agua de cristalización.

efluvio n.m. **1.** Emisión de partículas sutilísimas. **2.** Irradiación en lo inmaterial.

efusión n.f. **1.** Derramamiento de un líquido, y más comúnmente de la sangre. **2.** Fig. Expansión e intensidad en los afectos.

EGB (Educación General Básica), nombre dado en España al primer ciclo de enseñanza — de ocho años de duración — y a los centros educativos encargados de impartirlo. El ciclo de EGB, junto con el BUP (Bachillerato Unificado Polivalente) y el COU (Curso de Orientación Universitaria) fue establecido por la ley de Educación aprobada en 1970, que además propugnaba la obligatoriedad y gratuidad de la enseñanza. Al finalizar este primer período se obtiene el título de Graduado Escolar.

égida o **egida** n.f. **1.** Piel de la cabra Amaltea, adornada de la cabeza de Medusa, que solía servir a manera de escudo. **2.** Fig. Protección.

egipán n.m. Ser fabuloso, mitad cabra, mitad hombre.

egipcio,a **1.** n. y adj. Natural de Egipto. **2.** adj. Perteneciente a este país de África. **3.** n.m. Idioma egipcio.

egiptología n.f. Estudio de las antigüedades de Egipto.

égloga n.f. Composición poética del género bucólico.

ego n.m. **1.** FILOS *El ego*: el yo en tanto que principio unificador de la experiencia interna, según Kant. **2.** PSICOAN *El ego*: el yo.

egocéntrico,a adj. Se dice del que practica el egocentrismo y de lo relativo a esta actitud. • **egocentrismo** n.m. Exagerada exaltación de la propia personalidad, hasta considerarla como centro de la atención y actividad generales.

egoísmo n.m. **1.** Excesivo amor que uno tiene a sí mismo y que le hace atender desmedidamente a su propio interés. **2.** Acto sugerido por esta condición personal.

egolatría n.f. Amor excesivo de sí mismo.

egotismo n.m. **1.** Prurito de hablar de sí mismo. **2.** Sentimiento exagerado de la propia personalidad.

egregio,a adj. Insigne.

¡eh! Interj. que se emplea para preguntar, llamar, despreciar, reprender o advertir.

eíder n.m. Gran anátido (pato) marino, que abunda en las costas escandinavas.

einstenio n.m. QUIM Elemento radiactivo artificial. Fue hallado en los residuos de la primera bomba termonuclear y luego se obtuvo bombardeando el uranio con iones de nitrógeno. Es químicamente similar al holmio. Número atómico 99. Símb.: *Es.*

eje n.m. **1.** Varilla que atraviesa un cuerpo giratorio y le sirve de sostén en el movimiento. **2.** Barra horizontal dispuesta perpendicularmente a la línea de tracción de un vehículo. **3.** Línea que divide por la mitad una cosa. **4.** Fig. Idea fundamental en un raciocinio; tema predominante en un escrito o discurso; sostén principal de una empresa. **5.** GEOM Recta alrededor de la cual se considera que gira una línea para engendrar una superficie, o una superficie para engendrar un sólido. **6.** GEOM Diámetro principal de una curva. **7.** GEOM Cada una de las tres líneas de intersección de los planos coordenados.

ejecución n.f. **1.** Acción y efecto de ejecutar. **2.** Manera de ejecutar o de hacer alguna cosa. — MUS Realización vocal o instrumental de una obra. **3.** FOR Procedimiento judicial con embargo y venta de bienes para pago de deudas. • **ejecutar** v. tr. **1.** Poner por obra una cosa. **2.** Ajusticiar. **3.** Desempeñar con arte y facilidad alguna cosa. **4.** MUS Tocar, cantar. **5.** FOR Reclamar una deuda por vía o procedimiento ejecutivo. • **ejecutivo,a 1** adj. Que no permite que se difiera la ejecución. **2.** n. y adj. Que ejecuta o hace una cosa. **3.** n.f. Junta directiva de una cooperación o sociedad.

ejecutor,a **1.** adj. Que ejecuta o hace una cosa. **2.** n.m. FOR Funcionario que realiza una ejecución o cobranza por orden del juez. • **ejecutoria** n.f. **1.** Título en que consta legalmente la nobleza de una persona o familia. **2.** FOR Sentencia que alcanzó la firmeza de cosa juzgada, y también el despacho que es comprobante de ella.

¡ejem! Interj. con que se llama la atención o se deja en suspenso el discurso.

ejemplar **I.** adj. Que da buen ejemplo y es digno de ser propuesto por modelo. **II.** n.m. **1.** Original, prototipo, norma representativa. **2.** Cada uno de los escritos, impresos, dibujos, etc., sacados de un mismo original o modelo. **3.** Cada uno de los individuos de una especie o de un género. **4.** Cada uno de los objetos que forman una colección científica. **5.** Lo que se ha hecho en igual caso otras veces. **6.** Caso que sirve o debe servir de escarmiento. • **ejemplificar** v.tr. Demostrar, ilustrar con ejemplos lo que se dice. • **ejemplo** n.m. **1.** Caso o hecho que se propone como modelo. **2.** Acción o conducta de uno, que puede mover o inclinar a otros a que la imiten. **3.** Hecho, texto o cláusula que se cita para ilustrar o autorizar un aserto u opinión.

ejercer v.tr. e int. Practicar los actos propios de un oficio, facultad, virtud, etc. • **ejercicio** n.m. **1.** Acción de ejercitarse en una cosa. **2.** Acción y efecto de ejercer. **3.** Paseo u otro esfuerzo corporal cualquiera. **4.** Tiempo durante el cual rige una ley de presupuestos. **5.** Cada una de las pruebas a que se somete el opositor a cátedras, beneficios, etc.

6. Trabajo intelectual que sirve de práctica de las reglas establecidas en una lección. **7.** Trabajo práctico que sirve de complemento a la enseñanza teórica. **8.** pl. *Ejercicios espirituales.*

ejercitar **1.** v.tr. y prnl. Dedicarse al ejercicio de un arte, oficio o profesión. **2.** v.tr. Hacer que uno aprenda una cosa mediante la enseñanza y práctica de ella. **3.** v.prnl. Repetir muchos actos para adiestrarse en la ejecución de una cosa.

ejército n.m. **I.** Conjunto de todas las fuerzas militares de un país o que operan juntas en una guerra. **II.** Fig. Colectividad organizada para la realización de un fin.

el art. determ. en gén. m. y núm. sing.

él pron. pers. de 3.ª pers. en gén. m. y núm. sing.

elaborar v.tr. Preparar un producto por medio de un trabajo adecuado.

elaeis n.m. Género de palmeras de África occidental.

elaps n.m. Serpiente de color pardo oscuro con anillos coloreados. • **elápidos** ZOOL Familia de serpientes venenosas en la que se incluyen las cobras y los coralillos.

elasmobranquios n.m.pl. ZOOL Grupo de peces cártilaginosos (condrictios) que comprende a los seláceos (o tiburones) y las rayas.

elástico,a **I.** adj. **1.** Dícese del cuerpo que puede recobrar más o menos completamente su figura y extensión luego que cesa la acción de la causa que se las alteró. **2.** Fig. Acomodaticio. **II.** n.m. **1.** Tejido que tiene elasticidad por su estructura o por las materias que entran en su formación, y que se pone en algunas prendas de vestir para que ajusten o den de sí. **2.** Conjunto de roscas de alambre muy fino, cubierto de tela, que se ha empleado para el mismo fin. **3.** Parte superior del calcetín hecha de punto más elástico que el resto, para que ajuste a la pierna. **4.** Cinta o cordón elástico. **III.** ANAT *Fibras elásticas.* Fibras del tejido conjuntivo caracterizadas por su elasticidad. • **elasticidad** n.f. **1.** Calidad de elástico. **2.** FIS Una de las propiedades generales de los cuerpos en virtud de la cual recobran más o menos completamente su extensión y figura primitivas, tan pronto como cesa la acción de la fuerza que las alteraba.

elatéridos n.m.pl. ZOOL Familia de coleópteros que tienen la facultad de saltar cuando caen sobre el dorso.

elátero n.m. Insecto coleóptero que, colocado boca arriba, puede proyectarse en el aire gracias a un apéndice espinoso del prototórax.

ele n.f. Nombre de letra *l.*

eleagnáceo,a n.f. y adj. BOT Dícese de árboles, arbolitos o arbustos angiospermos dicotiledóneos, con frutos drupáceos, como el árbol del Paraíso. ▷ n.f.pl. BOT Familia de estas plantas.

eléboro n.m. Género de plantas de la familia de las ranunculáceas.

elección n.f. **1.** Acción y efecto de elegir. **2.** Nombramiento de una persona, que regularmente se hace por votos, para algún cargo, comisión, etc. **3.** Libertad para obrar. • **electivo,a** adj. Que se hace o se da por elección. • **electo,a** **1.** Part. pas. irreg. de *elegir.* **2.** n.m. [illegible] El elegido o nombrado para una dignidad, empleo, etc., mientras no toma posesión. • **elector,a** n. y adj. Que elige o tiene potestad o derecho de elegir. • **electorado** n.m. Conjunto de electores de un país o circunscripción.

electricidad n.f. FIS Nombre dado a una de las propiedades de la materia, una de las formas de la energía que se manifiesta por un desplazamiento de electrones. ▷ Rama de la física que estudia esta forma de energía. • **electricista** n. y adj. Especialista en aplicaciones científicas y mecánicas de la electricidad. • **eléctrico,a** adj. **1.** Que tiene o comunica electricidad. **2.** Perteneciente a ella. • **electrificar** v.tr. Dicho de un ferrocarril o de una máquina, hacer que su sistema de tracción sea por medio de la electricidad. • **electrizar** v.tr. y prnl. **1.** Comunicar o producir la electricidad en un cuerpo. **2.** Fig. Exaltar el ánimo o los ánimos.

ENCICL Desde el s. VI a. J.C., los griegos observaron que cuando se frotaba el ámbar amarillo, éste atraía numerosos cuerpos ligeros, por lo cual atribuyeron un alma *electricidad* al ámbar. En 1600, el inglés W. Gilbert descubrió que el azufre, el lacre, etc., poseían esta propiedad; a este tipo de materiales los llamó *eléctricos.* En 1746, Franklin elaboró su teoría del fluido eléctrico único. En 1785, Coulomb, midiendo las fuerzas de atracción de dos cuerpos cargados de «electricidades» contrarias, descubrió *la cantidad de electricidad* o *carga eléctrica.* Oersted mostró, en 1820, que las corrientes eléctricas producen un campo magnético. El mismo año, Ampère y Laplace enunciaron las leyes de la electrodinámica, y Arago descubrió el principio del electroimán. En 1826, Ohm definió la noción de resistencia. En 1831, Faraday estableció las leyes de la inducción (dinamos, motores eléctricos). Desde entonces se investigó la naturaleza de la electricidad. En 1880 Volta construyó la primera pila eléctrica y, a finales del s. XIX, el descubrimiento del electrón permitió explicar los fenómenos que tenían lugar. Pronto, la realización del tubo de rayos catódicos, sobre todo, permitió establecer la relación entre *electricidad* y *electrónica.* Rama de la física, la electricidad comprende la *electrostática,* que trata del conjunto de fenómenos debidos a la presencia de cargas eléctricas inmóviles, y la *electrocinética,* que concierne más particularmente a los fenómenos provocados por el desplazamiento de estas cargas. Las interacciones entre campo magnético y corriente eléctrica están excluidas de la electrocinética; su estudio constituye la *electrodinámica.* La electrocinética enseña que cuando se unen por medio de un conductor dos puntos que se encuentran a diferentes potenciales, se produce una *corriente eléctrica.* El paso de esta corriente se ve acompañado de un desprendimiento de calor (efecto Joule) y de un efecto electromagnético. La intensidad de una corriente es la cantidad de electricidad que atraviesa un conductor durante un tiempo limitado. Se expresa en amperios, definiéndose esta unidad por la interacción (producida por efecto magnético) de dos conductores recorridos por una corriente. La resistencia que opone un conductor al paso de una corriente eléctrica se expresa en ohmios; depende de la longitud *l,* de la sección *S* y de la resistividad ρ del conductor: $R = \rho \times l/S$. La resistividad de los metales puros es muy pequeña (del orden de 10^{-8} ohmios — m). La de los aislantes es, por el contrario, muy elevada (10^5 a 10^6 ohmios — m). *La diferencia de potencial* (d.d.p.) que se observa entre dos puntos de un conductor recorrido por una corriente eléctrica corresponde a la relación entre la energía perdida y la cantidad de electricidad puesta en juego. Viene expresada por la *ley de Ohm:* $V=RI$ (V en voltios, R en ohmios e I en amperios). La energía calorífica disipada está dada por la *ley de Joule:* $V=RI^2$ (W en vatios). En el caso de un circuito cerrado que contenga resistencias y generadores conectados en serie, se utiliza la *ley de Pouillet* generalizada: $\Sigma E - \Sigma E' = I \times \Sigma R$; siendo Σ E la suma de fuerzas electromotrices (f.e.m.) de los generadores, Σ E' la de las fuerzas contraelectromotrices de los receptores, Σ R la de las resistencias internas de los generadores y de los receptores, así como de otras resistencias. En el plano práctico, la electricidad juega un papel considerable; la energía eléctrica, fácil de transportar y de distribuir, ha revolucionado los medios de producción y la vida del hombre. La electricidad, que representa aprox. la tercera parte de la energía consumida, es producida en centrales eléctricas, por transformación de energía térmica, hidráulica o nuclear. Esta operación se hace por medio de generadores de corriente continua o de alternadores. Si la energía térmica es producida cada vez más por el petróleo, pronto la producción de energía eléctrica por medio de pilas solares, pilas de combustibles, generadores magnetohidrodinámicos, fusión nuclear, etc., producirá un progreso considerable en este campo. La energía eléctrica es a veces transportada en forma de corriente continua, pero mucho más frecuentemente como corriente alterna. La electricidad ha hecho posible la puesta a punto de motores eléctricos muy diversos, y los usos industriales de la electricidad son extraordinariamente variados. Así, los fenómenos electrostáticos permiten limpiar de polvo los humos de fábricas, la pintura electrostática, los métodos de reproducción de documentos, la concentración del haz electrónico de un tubo catódico de televisión, etc. La electricidad es la base de los procedimientos de electroformado, de electroerosión, de fabricación por chorro de plasma y por haz de electrones. El alumbrado, en todas sus formas, es debido a la electricidad. Los transportes constituyen un campo de aplicación de la electricidad inmenso, ya se trate de tracción eléctrica, de señalización, de comunicación, al servicio del automóvil, la aviación o la marina. Sus aplicaciones domésticas son múltiples (electrodomésticos).

electr(o)- n.m. Prefijo procedente del griego *élektron,* «que tiene electricidad, con propiedades eléctricas».

electro n.m. **1.** Ámbar. **2.** Aleación de cuatro partes de oro y una de plata.

electroacústica n.f. Ciencia y técnica de las aplicaciones de la electricidad a la producción, grabación y reproducción de los sonidos.

electrobiología n.f. Parte de la biología que estudia las relaciones entre los fenómenos eléctricos y los procesos biológicos.

electrocardiografía n.f. MED Estudio de la actividad eléctrica del corazón por medio del electrocardiograma. • **electrocardiograma** n.m. FISIOL y MED Gráfico obtenido por el registro de la actividad eléctrica del corazón por medio de un electrocardiógrafo.

electrocutar v. tr. y prnl. Matar o morir por medio de una corriente o descarga eléctrica.

electrodiagnóstico n.m. MED Diagnóstico de ciertas afecciones de los nervios o de los músculos, según sea su respuesta a la acción de una corriente eléctrica.

electrodiálisis n.f. TECN Método de separación de las sales minerales de una solución por difusión a través de una membrana semipermeable, poniendo dicha solución a diferentes potenciales eléctricos a cada uno de los lados de la membrana.

electrodinámica n.f. Parte de la física que tiene por objeto el estudio de las acciones mecánicas que se ejercen entre circuitos recorridos por corrientes eléctricas. • **electrodinamómetro** n.m. FIS Aparato de medida de la intensidad de una corriente que utiliza las fuerzas electrodinámicas.

electrodo n.f. **1.** Pieza conductora que permite la llegada de corriente eléctrica al punto de utilización. **2.** Cada uno de los conductores fijados a los polos positivo *(ánodo)* y negativo *(cátodo)* de un generador eléctrico. **3.** MED Conductor utilizado en electroterapia y también para recibir las corrientes eléctricas producidas por el organismo.

electroencefalografía n.f. Registro gráfico, por medio de electrodos colocados en la superficie del cráneo, de las diferencias de potencial eléctrico que se producen al nivel de la envoltura cerebral.

electróforo n.m. ELECTR Aparato donde se produce y conserva electricidad en los gabinetes de física.

electrógeno **1.** adj. Que produce electricidad. **2.** n.m. Generador eléctrico.

electroimán n.m. Aparato constituido por un núcleo de hierro dulce o ferrosilicio, y de un bobinado por el que se hace pasar una corriente eléctrica para crear un campo magnético.

electrólisis n.f. QUIM Descomposición química de ciertas sustancias (electrólitos) por efecto de una corriente eléctrica.

electroluminiscencia n.f. FIS Propiedad de ciertos cuerpos de hacerse luminiscentes por la acción de una descarga eléctrica o de un campo eléctrico variable.

electromagnetismo n.m. Parte de la física, que estudia las acciones y reacciones de las corrientes eléctricas sobre los imanes. ENCICL Las bases del electromagnetismo se resumen en las tres propiedades siguientes: una corriente que atraviese un conductor produce un campo magnético; un conductor recorrido por una corriente y colocado en un campo magnético está sometido a una fuerza (electromagnética); en un conductor colocado en un campo magnético variable se origina una fuerza electromotriz de inducción. Estas bases fueron sentadas por Ampère, Oersted, Gauss y Lenz. A mediados del s. XIX, Maxwell recogió las ideas de estos sabios y las generalizó en forma de ecuaciones, llamadas de Maxwell. Campo eléctrico y campo magnético no son sino dos aspectos de un mismo fenómeno: el campo electromagnético, que se propaga en el vacío de una velocidad perfectamente determinada, la velocidad de propagación de la luz (aprox. 300.000 km/s). La utilización de la energía eléctrica para fines domésticos e industriales (motores y generadores electromecánicos) constituye la principal aplicación del electromagnetismo.

electromecánico,a **1.** n.m. Especialista en máquinas y mecanismos eléctricos. **2.** n.f. Conjunto de las aplicaciones de la electricidad de la mecánica. **3.** adj. Se dice de los mecanismos gobernados por mando eléctrico.

electrometalurgia n.f. Conjunto de las técnicas de preparación o de afino de metales en las que se utiliza la electricidad.

electrometría n.f. Parte de la física que estudia el modo de medir la intensidad eléctrica.

electromotor,a adj. Que produce, mecánica o químicamente, energía eléctrica. — *Fuerza electromotriz.* Característica de un generador que indica su aptitud para mantener una diferencia de potencial entre dos puntos de un circuito abierto, o una corriente eléctrica en un circuito cerrado. ▷ n.m. Generador eléctrico.

electrón n.m. FIS Partícula elemental que forma parte de los átomos y que contiene la mínima carga posible de electricidad negativa.

electronegatividad n.f. QUIM Propiedad de los elementos electronegativos. • **electronegativo,a** adj. QUIM Se dice de un elemento que tiene tendencia a captar electrones.

electrónica n.f. Ciencia que estudia los fenómenos originados por el paso de partículas atómicas electrizadas a través de espacios vacíos o de gases más o menos enrarecidos, y técnica que aplica estos conocimientos a la industria. • **electrónico,a** adj. Perteneciente o relativo a los electrones o a la electrónica. *Microscopio electrónico.*
ENCICL El descubrimiento de los rayos catódicos por Hittorf (1896), su posterior estudio por Crookes, Perrin y Thompson son el origen de la electrónica. Estos rayos están constituidos por electrones acelerados gracias a la fuerte diferencia de potencial que existe entre el cátodo y el ánodo de los tubos que los emiten. Los descubrimientos se suceden rápidamente a fines del s. XIX y durante el XX: el efecto termoiónico, por Edison, en 1884; el electrón por Thompson, en 1897; la lámpara diodo por Fleming, en 1904; el diodo de juntura por Shockley, en 1948, descubrimiento que permitió la construcción de los transistores y, después, de los circuitos integrados (1966). Los electrones utilizados en los tubos electrónicos (diodos, triodos, etc.) son extraídos de los átomos de ciertos elementos (sobre todo germanio y silicio). Según la forma de energía empleada para romper el enlace que los une al núcleo atómico, se distinguen diversos tipos de *emisiones:* termoelectrónica o termoeléctrica (aporte de energía en forma de calor); fotoeléctrica o fotoelectrónica (aporte de energía por radiación); por efecto de un campo eléctrico de gran intensidad aplicado a la superficie del cuerpo emisor; secundaria, cuando se bombardea una superficie con electrones o iones. Debido a su inercia casi nula y a su carga, pueden ser fácilmente acelerados y desviados por acción de campos magnéticos y eléctricos. Las aplicaciones de la electrónica son innumerables: tubos y oscilógrafos, catódicos, lámparas de vacío o de gases diversos (diodos, triodos, etc.), tubos de hiperfrecuencias (klyustron, magnetrón), dispositivos que utilizan *semiconductores* (diodos múltiples, *transistores* PNP y NPN, tiristores), células fotoeléctricas, etc. La utilización conjunta de estos diversos componentes electrónicos permite fabricar aparatos tales como televisores, ordenadores, etc. La miniaturización, la rapidez de ejecución y el abaratamiento de estos aparatos se halla en constante progreso.

electropositivo,a adj. QUIM Se dice de un elemento que tiene tendencia a perder electrones.

electroquímica n.f. Parte de la física que trata de las leyes referentes a la producción de la electricidad por combinaciones químicas y de su influencia en la composición de los cuerpos.
ENCICL Cuando se sumergen dos electrodos en un medio líquido conductor y se establece entre ellos una diferencia de potencial, se crea en este líquido un campo eléctrico bajo cuya influencia los iones existentes en el medio tienden a migrar hacia los electrodos: los iones negativos o aniones hacia el ánodo; los iones positivos o cationes hacia el cátodo. Por otra parte, en las proximidades inmediatas de los electrodos pueden observarse reacciones electroquímicas de oxidación-reducción: el cátodo, fuente de electrones, se comporta como un reductor; inversamente, el ánodo, ávido de electrones, se comporta como un oxidante con respecto al medio conductor. Las aplicaciones de la electroquímica son muy importantes, tanto en el laboratorio (métodos de análisis cualitativo y cuantitativo muy precisos) como en la industria. En este último terreno, son muy empleados dos fenómenos inversos: **1.** La conversión de la energía eléctrica en energía química, o electrólisis, que recibe numerosas aplicaciones; **2.** La conversión de la energía química en energía eléctrica se efectúa por medio convertidores donde tienen lugar: o bien reacciones químicas reversibles (acumuladores que pueden ser recargados) o bien reacciones químicas irreversibles (pilas eléctricas). Puede observarse que se producen naturalmente fenómenos electroquímicos en las rocas que constituyen la corteza terrestre, en las obras producto de la acción humana (factores de erosión) y en el seno de los seres vivos, donde juegan un papel determinante (transmisión del influjo nervioso, p. ej.).

electrorradiología n.f. MED Conjunto de las utilizaciones médicas (diagnósticos y tratamientos) de la electricidad y la radiología.

electroscopio n.m. FIS Aparato para conocer si un cuerpo está electrizado y medir las cargas eléctricas.

electroshock o **electrochoque** n.m. Procedimiento terapéutico que aún se utiliza en psiquiatría y que consiste en provocar artificialmente una crisis epiléptica, mediante el paso de una corriente alterna a través de la caja craneana.

electrostática n.f. ELECTR Parte de la física que estudia los sistemas de cuerpos electrizados en equilibrio.

electrotecnia n.f. Estudio de las aplicaciones técnicas de la electricidad.

electroterapia n.f. MED Empleo de la electricidad en el tratamiento de las enfermedades.

electrovalencia n.f. QUIM Valencia de un ion (igual a su carga).

electroválvula n.f. TECN Válvula para regular el caudal de un líquido, y cuya apertura y cierre se controlan por medio de un electroimán.

eledone n.f. Género de moluscos cefalópodos octópodos del Mediterráneo.

elefante n.m. Mamífero herbívoro proboscídeo, de piel rugosa, provisto de una trompa y defensas. Es el mayor animal terrestre actual. — Fig. *Arg., Chile, Perú, Méx., Ecuad.* y *P. Rico. Elefante blanco.* Cosa que cuesta mucho mantener y que no produce utilidad alguna. — *Elefante marino.* Morsa. • **elefanta** n.f. Hembra del elefante.
ENCICL Los elefantes pertenecen al orden de los proboscídeos, mamíferos aparecidos durante el mioceno superior (mamut, mastodonte). Actualmente no subsisten más que dos especies: una africana y otra asiática. El elefante se caracteriza por una trompa ligera y prensil, prolongación de la nariz y del labio superior, y por incisivos superiores alargados que sirven de defensas, permitiéndole resistir las agresiones, y que proporcionan el marfil. Se reproduce hacia la edad de veinte años, y la gestación dura veintiún meses. Puede alcanzar la edad de ochenta años. Vive en rebaños conducidos por una hembra. La talla del elefante de África oscila entre los 3,50 m de alzada (en el ecotipo de la sabana) y los 2 m (en el elefante pigmeo de las selvas pantanosas). Este animal está poco domesticado. Se distingue del elefante de Asia por sus grandes orejas y largas defensas (longitud: 1 m; peso 100 kg). El elefante de Asia, que se reconoce por sus pequeñas orejas triangulares, es más pequeño que el elefante de África. De carácter apacible, es frecuentemente domesticado, y se utiliza en los trabajos pesados o en el transporte de mercancías o personas. Estas dos especies han sido objeto de una caza incontrolada, pues el marfil es muy apreciado. Su protección constituye una de las preocupaciones de los ecologistas.

elefantiasis o **elefancia** n.f. PAT Síndrome caracterizado por el aumento enorme de algunas partes del cuerpo, especialmente de las extremidades inferiores y de los órganos genitales externos.

elegancia n.f. **1.** Calidad de elegante. **2.** Forma bella de expresar los pensamientos. • **elegante** **1.** adj. Dotado de gracia, bien proporcionado, de buen gusto. **2.** n. y adj. En sentido restricto, se dice que la persona que va bien vestida.

elegía n.f. Composición poética en que se lamenta la muerte de una persona u otra desgracia.

elegir v.tr. **1.** Escoger. **2.** Nombrar por elección para un cargo o dignidad. • **elegibilidad** n.f. Calidad de elegible.

elemental adj. **1.** Perteneciente o relativo al elemento. **2.** Fig. Fundamental, primordial. **3.** Referente a los elementos o principios de una ciencia o arte. **4.** Obvio, de fácil comprensión.

elemento n.m. **I. 1.** Principio físico o químico que entra en la composición de los cuerpos. **2.** Cuerpo simple. **3.** En la filosofía natural antigua, cada uno de los cuatro principios inmediatos en la constitución de los cuerpos. **4.** Fundamento, parte integrante de una cosa. **5.** FIS Conjunto de dos cuerpos heterogeneos que pueden producir una corriente eléctrica. **6.** *Chile, Perú* y *P. Rico.* Fig. y Fam. Persona de cortos alcances. **II.** pl. **1.** Fundamentos y primeros principios de las ciencias y artes. **2.** Fig. Medios, recursos.

elemí n.m. BOT Resina sólida, amarillenta de ciertos árboles tropicales.

elenco n.m. **1.** Catálogo. **2.** Nómina de una compañía teatral.

eleotecnia n.f. Arte de fabricar aceites vegetales.

elequeme n.m. *Amér. Central.* Bucare (árbol).

elevar **I.** v.tr. y prnl. Alzar o levantar una cosa. **II.** v.tr. **1.** Fig. Levantar. **2.** Fig. Colocar a uno en un puesto o empleo honorífico, mejorar su condición social o política. **3.** Fig. Tratándose de un escrito o petición, dirigirlos a una autoridad. **4.** MAT *Elevar un número a la potencia dos, tres, etc.* Calcular su cuadrado, su cubo, etc. **III.** v.prnl. **1.** Fig. Transportarse, enajenarse. **2.** Fig. Envanecerse. • **elevación** o **elevamiento** n.f. **1.** Acción y efecto de elevar o elevarse. **2.** Altura, encumbramiento en lo material o en lo moral. **3.** Fig. Acción de alzar el sacerdote en la misa. **4.** Fig. Enajenamiento de los sentidos. **5.** Fig. Exaltación a un puesto, empleo o dignidad de consideración.

elidir v.tr. **1.** Frustrar, desvanecer una cosa. **2.** GRAM Suprimir la vocal con que acaba una palabra cuando la que sigue empieza con otra vocal.

eliminar v.tr. **1.** Quitar, separar una cosa. **2.** Excluir a una o a muchas personas de una agrupación o de un asunto. **3.** ALG Hacer que, por medio del cálculo, desaparezca de un conjunto de ecuaciones con varias incógnitas una de éstas. **4.** FISIOL Expeler del organismo una sustancia nociva.

elipse n.f. GEOM Curva cerrada, simétrica respecto de dos ejes perpendiculares entre sí, que resulta de cortar un cono circular por un plano que encuentra a todas las generatrices del mismo lado del vértice.

elipsis n.f. GRAM Figura de construcción, que consiste en omitir en la oración una o más palabras, sin que se oscurezca.

elipsoide n.m. GEOM Sólido limitado en todos sentidos, cuyas secciones planas son todas elipses o círculos.

elíseo,a adj. Perteneciente al Elíseo.

elisión n.f. GRAM Acción y efecto de elidir.

élite n.f. Minoría selecta o rectora, buena sociedad.

élitro n.m. ZOOL Cada una de las dos alas anteriores de los ortópteros y coleópteros, las cuales se han endurecido y en muchos casos han quedado convertidas en gruesas láminas córneas.

elixir o **elíxir** n.m. **1.** Piedra filosofal. **2.** Licor compuesto de diferentes sustancias medicinales, disueltas por lo regular en alcohol. **3.** Fig. Medicamento o remedio maravilloso. **4.** ALQ Sustancia esencial de un cuerpo.

elocución n.f. **1.** Manera de hacer uso de la palabra para expresar los conceptos. **2.** Modo de elegir y distribuir las palabras y los pensamientos en el discurso.

elocuencia n.f. **1.** Facultad de hablar con claridad, propiedad y fluidez, y especialmente de modo convincente. **2.** Poder expresivo de otras cosas.

elodea n.f. Planta de agua dulce de la familia de las hidrocaritáceas.

elogio n.m. Alabanza, testimonio de la buena cualidad y mérito de una persona o cosa.

elote n.m. Mazorca tierna de maíz que, cocida o asada, se consume como alimento en México y otros países de la América Central.

eludir v.tr. **1.** Esquivar la dificultad. **2.** Hacer que no tenga efecto una cosa. • **elusión** n.f. Acción y efecto de eludir.

eluviación n.f. GEOL Arrastre hacia los estratos inferiores de sustancias en disolución por el agua de infiltración.

ella **1.** Pron. pers. de 3.ª pers. en gén. f. y núm. sing. **2.** Precedida esta voz del verbo *ser* con los adverbios temporales *aquí, allí, ahí,* u otra expresión de tiempo, alude a un conflicto o suceso grave o apurado.

elle n.f. Nombre de la letra *ll.*

ello **I. 1.** Pron. pers. de 3.ª pers. en gén. n. **2.** Precedido de algunas personas del verbo *ser* y de ciertos adverbios de tiempo o nombres que lo denoten, tiene la misma significación que ella, en frases como *allí fue ello.* **II.** n.m. PSICOAN *El ello.* El conjunto de las pulsiones y tendencias que la represión mantiene en el inconsciente.

ellos,as m. y f. del pron. pers. de 3.ª pers. en núm. pl.

emaciación n.f. PAT Adelgazamiento morboso.

emanantismo n.m. Doctrina panteísta según la cual todas las cosas proceden de Dios por emanación.

emanar v.int. **1.** Proceder, derivar, de una cosa de cuya sustancia se participa. **2.** Desprenderse de los cuerpos las sustancias volátiles. • **emanación** n.f. **1.** Acción y efecto de emanar. **2.** GEOL Salida de gas o brote de líquidos a la superficie de la tierra.

emancipar **1.** v.tr. y prnl. Libertar de la patria potestad, de la tutela o de la servidumbre. **2.** v.prnl. Fig. Salir de la sujeción en que se estaba.

embadurnar v.tr. y prnl. Untar, manchar.

embajada n.f. **1.** Mensaje para tratar algún asunto de importancia. **2.** Cargo de embajador. **3.** Casa en que reside el embajador. **4.** Conjunto de los empleados que tienen a sus órdenes y de las otras personas de su comitiva oficial. **5.** Fam. Proposición o exigencia impertinente o de ninguna importancia. • **embajador,a** n.m. **1.** Agente diplomático con carácter de ministro público. **2.** Fig. Mensajero enviado para indagar o tratar algo.

embalar **I.** v.tr. **1.** Hacer balas o colocar convenientemente dentro de cubiertas los objetos que han de transportarse. **2.** Espantar los peces para que se enmallen, golpeando el fondo de la barca o la superficie del mar. **II.** v.int. Golpear con tal propósito el fondo de la barca o la superficie del mar. **III.** v.tr. y prnl. **1.** Hacer que adquiera gran velocidad un motor desprovisto de regulación automática, cuando se suprime la carga. **2.** Hablando de un corredor o un móvil, lanzarse a gran velocidad. **IV.** v. prnl. Fig. Dejarse llevar por un afán, sentimiento, etc. • **embalaje** n.m. **1.** Acción y efecto de embalar una cosa. **2.** Caja o cubierta con que se resguardan los objetos que han de transportarse.

embaldosar v.tr. Cubrir un suelo con baldosas.

embalsadero n.m. Lugar pantanoso donde se suelen formar balsas.

embalsamar **1.** v.tr. Preparar los cadáveres para que no se descompongan. **2.** v.tr. y prnl. Perfumar.

embalsar v.tr. y prnl. **1.** Recoger agua en una balsa. **2.** Rebalsar.

embalse n.m. **1.** Acción y efecto de embalsar o embalsarse. **2.** Gran depósito que se forma artificialmente cerrando la boca de un valle mediante un dique o presa, y en el que se almacenan las aguas de un río o arroyo. ▷ Cantidad de aguas así recogidas.

embarazar **1.** v.tr. Impedir, estorbar, una cosa. **2.** v.tr. y prnl. Poner encinta a una mujer. **3.** v.prnl. Hallarse impedido con cualquier embarazo. • **embarazada** n.f. y adj. Se dice de la mujer preñada. • **embarazo** n.m. **1.** Impedimento, obstáculo. **2.** Preñez de la mujer. v. ENCICL. **3.** Tiempo que dura éste. **4.** Falta de soltura en los modales o en la acción.

ENCICL Un embarazo humano normal dura de 37 a 38 semanas. Los primeros síntomas son: la desaparición de la regla, algunos otros variables y subjetivos, como tendencia a la fatiga, náuseas y vómitos, y algo más tarde, el aumento de los senos. El diagnóstico se puede confirmar a partir del décimo día de retraso de la regla, por la aparición de gonadotropinas en la orina: pruebas biológicas e inmunológicas (en el laboratorio), prueba G (en farmacias). A partir de la cuarta semana, el examen clínico constata con certeza el estado grávido del útero. Los latidos del corazón del feto se pueden oír al cuarto mes, los movimientos de éste aparecen hacia el cuarto o quinto mes. El embarazo debe ser vigilado regularmente por un médico y una comadrona: examen ginecológico, peso, medida de la tensión arterial, precaución en caso de incompatibilidad del factor rhesus entre la madre y el padre, etc.

embarbecer v.int. Echar barba.

embarcación n.f. **1.** Barco. **2.** Acción de embarcar personas o de embarcarse. **3.** Tiempo que dura la navegación de una parte a otra. • **embarcadero** n.m. Lugar destinado para embarcar y desembarcar. • **embarcar** v.tr. y prnl. **1.** Dar ingreso a personas, mercancías, etc., en una embarcación. **2.** Ingresar personas, mercancías, etc., en una embarcación. **3.** MAR Destinar a alguien a un buque. **4.** Fig. Incluir a uno en una dependencia o negocio. **5.** Fig. Hacer que uno intervenga en una empresa difícil o arriesgada. • **embarco** n.m. **1.** Acción y efecto de embarcar o embarcarse personas. **2.** MILIT Ingreso de tropas en un barco o tren para ser transportadas. **3.** Embarque de provisiones y mercancías.

embargar v.tr. **1.** Embarazar, impedir. **2.** Fig. Suspender, paralizar. **3.** FOR Retener una cosa en virtud de mandamiento de juez competente, para responder de deudas o de las resultas de un procedimiento o juicio. • **embargo** n.m. **1.** FOR Retención de bienes por mandamiento de juez o autoridad competente. **2.** Prohibición del comercio y transporte de armas u otros efectos útiles para la guerra, decretada por un Gobierno. — *Sin embargo.* No obstante.

embarnizar v.tr. Barnizar.

embarque n.m. Acción de depositar provisiones o mercancías en un barco, tren o cualquier vehículo para ser transportadas.

embarrancar **1.** v.int. y tr. MAR Varar con violencia, encallándose el buque en el fondo. **2.** v.int. y prnl. Atascarse.

1. embarrar **I.** v.tr. Untar y cubrir con barro. **II.** v.tr. y prnl. **1.** Manchar con barro. **2.** Manchar con cualquier sustancia viscosa.

2. embarrar v.tr. Introducir el extremo de una barra o espeque entre un objeto firme y otro que se quiere mover.

embarrilar v.tr. Meter algo en un barril o barriles.

embarullar v.tr. **1.** Fam. Mezclar desordenadamente unas cosas con otras. **2.** Fam. Hacer las cosas atropelladamente, sin cuidado.

embasamiento n.m. ARQUIT Basa larga y continuada sobre la que estriba todo el edificio o parte de él.

embastar v.tr. **1.** Coser y asegurar con puntadas de hilo la tela que se ha de bordar a las tiras de lienzo crudo que están clavadas en las barras del bastidor. Que la tela esté tirante. **2.** Poner bastas a los colchones. **3.** Hilvanar. • **embaste** n.m. **1.** Acción y efecto de embastar. **2.** Costura a puntadas largas.

embate n.m. **1.** Golpe impetuoso de mar. **2.** Acometida impetuosa. **3.** MAR Viento fresco y suave que reina en el verano a la orilla del mar.

embaucar v.tr. Engañar.

embazarse v.prnl. En los juegos de naipes, meterse en bazas.

embebecer **1.** v.tr. Entretener, embelesar. **2.** v.prnl. Quedarse embelesado. • **embebecimiento** n.m. Embelesamiento.

embeber **I.** v.tr. **1.** Absorber un cuerpo sólido otro en estado líquido. **2.** Empajar. **3.** Contener, encerrar una cosa dentro de sí a otra. **4.** Fig. Incluir una cosa inmaterial dentro de sí a otra. **5.** Encajar, embutir. **6.** Recoger parte de una cosa en ella misma, reduciéndola a menos o acortándola. **II.** v.int. Encogerse. **III.** v.prnl. **1.** Fig. Embebecerse, quedarse absorto. **2.** Fig. Instruirse con profundidad en una materia o negocio.

embelesar v.tr. y prnl. Cautivar los sentidos.

embellecer v.tr. y prnl. Hacer o poner bella a una persona o cosa.

embermejecer **1.** v.tr. Teñir o dar de color bermejo. **2.** v.tr. y prnl. Poner colorado a uno. **3.** v.int. Ponerse una cosa de color bermejo o tirar a él.

embero n.m. **1.** Árbol de la familia de las meliáceas, propio de África ecuatorial, muy apreciado por su madera. **2.** Madera de este árbol, clasificada entre las nobles y semiduras.

emberrincharse o **emberrenchinarse** v.prnl. Fam. Encolerizarse.

embestir **I.** v.tr. **1.** Venir con ímpetu sobre una persona o cosa para apoderarse de ella o causarle daño. **2.** Fig. y Fam. Acometer a uno pidiéndole dinero o bien para inducirle a alguna cosa. **II.** v. int. Fig. y Fam. Chocar a la vista una cosa. • **embestida** n.f. **1.** Acción y efecto de embestir. **2.** Fig. y Fam. Detención inoportuna que se hace a uno para hablar de cualquier asunto.

embetunar v.tr. Cubrir una cosa con betún.

embicar v.tr. **1.** MAR Poner una verga en dirección oblicua respecto a la horizontal, en señal de luto. **2.** MAR Orzar.

emblandecer **1.** v.tr. y prnl. Ablandar. **2.** v.prnl. Fig. Compadecerse.

emblanquecer **1.** v.tr. Blanquear. **2.** v.prnl. Ponerse o volverse blanco.

emblema **1.** n.m. y f. Figura, generalmente con leyenda explicativa, que se adopta como distintivo. **2.** n.m. Cualquier cosa que es representación simbólica de otra.

embobar **1.** v.tr. Entretener a uno; tenerle admirado. **2.** v.prnl. Quedarse uno absorto y admirado. • **embobamiento** n.m. Suspensión, embeleso.

embocar **I.** v.tr. **1.** Meter por la boca una cosa. **2.** Fam. Tragar y comer mucho y de prisa. **3.** Fam. Echar a uno algo que no ha de recibir con gusto. **4.** Comenzar una acción o negocio. **5.** MUS Aplicar los labios a la boquilla de un instrumento de viento. **II.** v.tr. y prnl. Entrar por un espacio estrecho. • **embocadura** n.f. **1.** Acción y efecto de meter una cosa por una parte estrecha. ▷ Fig. y Fam. Vencer las primeras dificultades en el aprendizaje o en la ejecución de una cosa. **2.** Boquilla de un instrumento músico. **3.** Lugar por donde los buques pueden penetrar en los ríos que desaguan en el mar. **4.** Boca o abertura del escenario de un teatro. **5.** Fig. *Col.* y *Nicar.* Madera (buena disposición).

embodegar v.tr. Meter y guardar en la bodega una cosa.

embolar v.tr. Poner bolas de madera en las puntas de los cuernos del toro para que no pueda herir con ellos.

embolia n.f. MED Obstrucción de un vaso por un cuerpo extraño que provoca una trombosis de la zona vascular afectada.

émbolo n.m. **1.** MECAN Disco que se ajusta y mueve alternativamente en el interior de un cuerpo de bomba o del cilindro de una máquina para enrarecer o comprimir un fluido o para recibir de él movimiento. **2.** MED Coágulo, burbuja de aire u otro cuerpo extraño que introducido en la circulación produce la embolia.

embolsar v.tr. **1.** Guardar una cosa en la bolsa, generalmente el dinero. **2.** Cobrar (percibir uno la cantidad que otro le debe).

embonar v.tr. **1.** Mejorar o hacer buena una cosa. **2.** *Cuba, Ecuad.* y *Méx.* Empalmar, unir una cosa con otra. **3.** MAR Forrar exteriormente con tablones el casco de un buque, para ensanchar su manga y darle más estabilidad. • **embono** m. MAR Forro de tablones.

emboque n.m. **1.** Paso de la bola por el aro, o de otra cosa por una parte estrecha. **2.** *Chile.* Boliche (juguete).

emboquillar v.tr. **1.** Poner boquillas a los cigarrillos de papel. **2.** Labrar la boca de un barreno o preparar la entrada de una galería o de un túnel. • **emboquillado** n. y adj. Se dice del cigarrillo provisto de boquilla.

embornal n.m. MAR Imbornal (agujero para salida de las aguas).

emborrachacabras n.f. BOT Mata de la familia de las coriariáceas, de flores verdosas en racimos sencillos. Sus hojas se utilizan para curtir.

emborrachar **I.** v.tr. Causar embriaguez. **II.** v.tr. y prnl. **1.** Atontar, adormecer. **III.** v.prnl. **1.** Beber vino u otra bebida alcohólica hasta perder el uso de la razón y los sentidos. **2.** Mezclarse los colores de una tela por efecto del agua o de la humedad.

emborrar v.tr. **1.** Llenar de borra una cosa. **2.** Cardar la lana.

emborrascar **I.** v.tr. y prnl. Irritar. **II.** v.prnl. **1.** Hacerse borrascoso, dicho del tiempo. **2.** Fig. Echarse a perder un negocio. **3.** *Arg., Hond.* y *Méx.* Tratándose de minas, empobrecerse.

emborronar v.tr. **1.** Llenar de borrones y garrapatos un papel. **2.** Fig. Escribir de prisa, desaliñadamente o con poca meditación.

emboscar **I.** v.tr. y prnl. MILIT Poner gente oculta para una operación militar o para atacar a alguien. **II.** v.prnl. **1.** Entrarse u ocultarse entre el ramaje. **2.** Fig. Escudarse con una ocupación cómoda para mantenerse alejado del cumplimiento de otra. • **emboscada** n.f. **1.** Ocultación de una o varias personas para atacar por sorpresa a otra u otras. **2.** Fig. Trampa preparada contra alguien.

embotar **1.** v.tr. Perder su agudeza los instrumentos cortantes. **2.** v.tr. y prnl. Fig. Enervar, hacer menos activa y eficaz una cosa. **3.** v.prnl. Aturdirse, atontarse.

embotellar v.tr. **1.** Echar el vino u otro líquido en botellas. **2.** Fig. Acorralar a una persona; inmovilizar un negocio, una mercancía, etc. • **embotellamiento** n.m. **1.** Acción y efecto de embotellar. **2.** Congestión de vehículos.

embotijar **I.** v.tr. **1.** Echar y guardar algo en botijas. **2.** Colocar en el suelo una capa de piezas de barro huecas antes de embaldosar para evitar la humedad. **II.** v.prnl. **1.** Fig. y Fam. Hincharse, inflarse. **2.** Fig. y Fam. Enojarse, indignarse.

embovedar v.tr. **1.** Abovedar **2.** Poner o encerrar alguna cosa en una bóveda.

embozar **1.** v.tr. y prnl. Cubrir el rostro por la parte inferior hasta las narices o los ojos. **2.** v.tr. Fig. Disfrazar con palabras o con acciones una cosa para que no se entienda fácilmente. • **embozo** n.m. **1.** Parte de la capa, banda u otra cosa con que uno se cubre el rostro. **2.** Cada una de las tiras con que se guarnecen interiormente los lados de la capa. **3.** Doblez de la sábana de la cama por la parte que toca al rostro. **4.** Fig. Falta intencionada de claridad en algo que se dice.

embrague n.m. **1.** Acción de embragar. **2.** Mecanismo dispuesto para que un eje pueda participar, a voluntad, del movimiento de otro. • **embragar** v.tr. **1.** Abrazar un fardo, piedra, etc., con bragas. **2.** Establecer la comunicación entre un motor y lo que tiene que poner en movimiento

embravecer **1.** v.tr. y prnl. Irritar. **2.** v.tr. Fig. Rehacerse y robustecerse las plantas.

embrear v.tr. Untar con brea los costados de los buques, y también los cables, maromas, etc.

embregarse v.prnl. Meterse en riñas y disputas.

embriagar **I.** v.tr. Causar embriaguez. **II.** v.tr. y prnl. **1.** Atontar, perturbar, adormecer. **2.** Fig. Enajenar, transportar. **III.** v.prnl. Perder el dominio de sí por beber en exceso vino o licor. • **embriaguez** n.f. **1.** Turbación pasajera de las facultades, provocada por el exceso con que se ha bebido vino u otro licor. **2.** Fig. Enajenamiento del ánimo.

embridar v.tr. **1.** Poner la brida a las caballerías. **2.** Hacer que los caballos lleven y muevan bien la cabeza. **3.** Fig. Sujetar, someter, refrenar.

embrio- Prefijo procedente del griego *embryon*, «embrión».

embriogenia o **embriogénesis** n.f. BIOL Formación y desarrollo del embrión. • **embriología** n.f. BIOL Parte de la biología que estudia la embriogenia.

ENCICL El proceso embriogénico animal puede dar como resultado individuos en estado larvario (p. ej., el renacuajo) o bien con todos los órganos del adulto, aunque algunos de ellos no sean funcionales en el momento del nacimiento (p. ej., el aparato genital). Los distintos estadios de la embriogénesis de un vertebrado son: la *mórula*, resultado de la segmentación inicial, la *blástula*, la *gástrula* y, por último, la *néurula*, estadio anterior al de larva (cuando existe). Todos los animales se forman a partir de dos hojas celulares: ectodermo y mesodermo (animales llamados por esta razón diploblásticos), o de tres hojas celulares: ectodermo, mesodermo y endodermo (animales superiores llamados triploblásticos).

embrión n.m. BIOL Germen o rudimento de un ser vivo, desde que comienza el desarrollo del huevo o de la espora hasta que el organismo adquiere la forma característica de la larva o del individuo adulto y la capacidad para llevar vida libre. ▷ En la especie humana, producto de la concepción hasta el final del tercer mes del embarazo. **2.** Fig. Cosa inacabada, apenas comenzada.

embriopatía n.f. MED Malformación congénita del embrión humano, de origen infeccioso tóxico o metabólico.

embriotomía n.f. CIR Aplastamiento o resección de un feto muerto o patológico, para facilitar su extracción. • **embriotomo** n.m. Instrumento que sirve para practicar la embriotomía.

1. embrocar v.tr. Vaciar una vasija en otra, volviéndola boca abajo.

2. embrocar v.tr. Devanar los bordadores en la broca los hilos y torzales.

embrochalar v.tr. ARQUIT Sostener las vigas que no pueden cargar en la pared, por medio de un madero atravesado o por una barra de hierro.

embrollar I. v.tr. y prnl. Enredar, confundir las cosas. • **embrollo** n.m. **1.** Enredo, confusión, maraña. **2.** Embuste (mentira). **3.** Fig. Situación embarazosa de la que no se sabe cómo salir.

embromar I. v.tr. **1.** Meter broma y gresca. **2.** Engañar a uno. **3.** Usar de bromas con uno por diversión. **4.** *Amér.* Fastidiar, molestar. **II.** v.tr. y prnl. **1.** *Chile* y *Méx.* Detener, hacer perder el tiempo. **2.** *Arg.*, *Chile* y *P. Rico.* Perjudicar, ocasionar un daño.

embrujar v.tr. Hechizar. • **embrujo** n.m. **1.** Acción y efecto de embrujar, hechizo. **2.** Fascinación, atracción misteriosa y oculta.

embrutecer v.tr. y prnl. Entorpecer y casi privar a uno del uso de la razón.

embuchado,a n.m. **1.** Embutido, tripa rellena con carne de cerdo picada. **2.** Fig. Negocio revestido de una apariencia engañosa para ocultar algo que se quiere hacer pasar inadvertido.

embuchar v.tr. **1.** Embutir carne picada en un buche o tripa de animal. **2.** Introducir comida en el buche de un ave para que se alimente. **3.** Fam. Comer mucho, de prisa, y casi sin mascar.

embudo n.m. **1.** Instrumento hueco, ancho por arriba y estrecho por abajo, en figura de cono y rematado en un canuto, que sirve para trasvasar líquidos. **2.** Fig. Trampa, engaño, enredo. **3.** Oquedad grande producida en la tierra por una fuerte explosión.

embuste n.m. Mentira disfrazada con artificio.

embutido,a n.m. **1.** Acción y efecto de embutir. **2.** Tripa rellena con carne picada, principalmente de cerdo. ▷ Tripa con otra clase de relleno. **3.** Obra artística que se hace encajando y ajustando en una superficie fragmentos de diversas materias o colores, para formar varias figuras. **4.** *Amér.* Entredós de bordado o de encaje. **5.** MECAN Procedimiento para fabricar por presión o percusión objetos de metal con matriz o molde apropiados. • **embutir** I. v.tr. **1.** Hacer embutidos. **2.** Llenar, meter una cosa dentro de otra y apretarla. **3.** Dar a una chapa metálica la forma de un molde o matriz. **4.** Fig. Imbuir, instruir. **II.** v.tr. y prnl. **1.** Fig. Incluir, colocar una cosa dentro de otra. **2.** Fig. y Fam. Embocar (engullir).

eme n.f. Nombre de la letra *m*.

emenagogo n. y adj. FARM Se dice de todo remedio que provoca la regla o evacuación menstrual de las mujeres.

emerger v.int. Brotar (salir del agua u otro líquido). • **emergencia** n.f. **1.** Acción y efecto de emerger. **2.** Ocurrencia, accidente que sobreviene. • **emergente** adj. Que nace, sale y tiene principio de otra cosa. — FIS *Rayos emergentes.* Rayos luminosos que salen de un medio después de haberlo atravesado.

emérito,a adj. Se aplica a la persona que se ha retirado de un empleo o cargo cualquiera y disfruta algún premio por sus buenos servicios.

emersión n.f. ASTRON Reaparición de un astro después de un eclipse u ocultación.

emético,a 1. adj. MED Que provoca el vómito. **2.** n.m. Tartrato de potasa y antimonio.

emetina n.f. FARM Alcaloide de la ipecacuana.

emetropía n.f. Cualidad del ojo emétrope. • **emétrope** adj. MED Se dice del ojo cuya visión es normal.

-emia Sufijo procedente del griego *haima*, «sangre».

emídido n.m. y adj. ZOOL Se dice de reptiles quelonios de agua dulce, con la cabeza y extremidades retráctiles, dedos terminados en uña y unidos entre sí por una membrana; como el galápago. ▷ n.m.pl. ZOOL Familia de estos animales.

emidosaurio n. y adj. ZOOL Se dice de los reptiles que, como el caimán y el cocodrilo, se asemejan mucho por su aspecto a los saurios, de los cuales se distinguen por su mayor tamaño, por estar cubierto su dorso por grandes escamas óseas y por tener los dedos unidos entre sí mediante una membrana.

emigrar v.int. **1.** Dejar una persona su localidad o país con ánimo de establecerse o trabajar temporalmente en otro sitio. **2.** Cambiar periódicamente de clima o localidad algunas especies animales, por exigencias de la alimentación o de la reproducción. • **emigración** n.f. **1.** Acción de emigrar. **2.** Conjunto de habitantes que emigran. • **emigrante** **1.** n.m. y f. El que emigra. **2.** n. y adj. El que se traslada de su propio país a otro.

eminencia n.f. **1.** Altura o elevación del terreno. **2.** Fig. Excelencia o sublimidad. **3.** Título de honor que se da a los cardenales. **4.** Persona eminente en su línea. • **eminente** adj. **1.** Alto, elevado. **2.** Fig. Que sobresale entre los de su clase.

emir n.m. Título atribuido antiguamente al jefe del mundo musulmán y luego a los descendientes del profeta. ▷ Nombre dado a ciertos jefes, soberanos o príncipes, en los países musulmanes. • **emirato** n.m. **1.** Dignidad de emir. **2.** Tiempo que dura el gobierno de un emir. **3.** Estado gobernado por un emir.

emitancia n.f. FIS Cociente (expresado en watios por m² o cm²) del flujo de energía que irradia un cuerpo emisor por unidad de superficie.

emitir v.tr. **1.** Arrojar, exhalar o echar hacia fuera una cosa. **2.** Producir y poner en circulación papel moneda, valores, etc. **3.** Tratándose de juicios, dictámenes, opiniones, etc., darlos, manifestarlos por escrito o de viva voz. **4.** Lanzar ondas hertzianas para hacer oír señales; noticias, música, etc. • **emisario,a** n.m. y f. Mensajero que se envía para indagar, comunicar con otros. • **emisión** n.f. **1.** Acción y efecto de emitir. **2.** Conjunto de títulos o valores, efectos públicos, de comercio o bancarios, que de una vez se crean para ponerlos en circulación. **3.** FISIOL Acción de lanzar, de expulsar (un líquido) fuera del cuerpo. **4.** Acción de producir un sonido articulado. ▷ FIS Producción (de electrones, de luz). **5.** Acción de difundir por medio de ondas electromagnéticas. — P. ext.: programa (radiofónico, televisado) así difundido. • **emisor,a** **1.** n.m. y f. Que emite. **2.** n.m. ELECTR Aparato productor de las ondas hertzianas en la estación de origen. **3.** n.f. Esta misma estación.

emoción n.f. Alteración afectiva intensa; turbación del ánimo.

emoliente n.m. y adj. MED Se dice del medicamento que sirve para ablandar una dureza o tumor.

emolumento n.m. Sueldo que corresponde a un cargo o empleo.

emotivo,a adj. **1.** Relativo a la emoción. **2.** Que produce emoción. **3.** Sensible a las emociones. • **emotividad** n.f. **1.** Calidad de emotivo. **2.** PSICOL Elemento de la afectividad, que expresa la aptitud mas o menos pronunciada del individuo para reaccionar a las impresiones recibidas.

empacar v.tr. Empaquetar, encajonar.

empachar I. v.tr. y prnl. **1.** Estorbar, embarazar. **2.** Ahitar, causar indigestión. **II.** v.tr. Disfrazar, encubrir. **III.** v.prnl. Avergonzarse, cortarse, turbarse.

empadrarse v.prnl. Encariñarse con exceso el niño con su padre o sus padres.

empadronar v.tr. y prnl. Asentar o inscribir a uno en el padrón o libro de los habitantes de una población. • **empadronamiento** n.m. **1.** Acción y efecto de empadronar o empadronarse. **2.** Padrón (lista de los habitantes de una población).

empajar I. v.tr. **1.** Cubrir o rellenar con paja. **2.** *Col.* y *Chile.* Techar de paja. **3.** *Chile.* Mezclar con paja. **II.** v.prnl. **1.** *Chile.* Dar los cereales mucha paja y poco fruto. **2.** *P. Rico.* Hartarse de cosas sin sustancia. **3.** *Méx.* Conseguir una buena ganancia.

empalagar v.tr. y prnl. **1.** Causar hastío un alimento principalmente si es dulce. **2.** Fig. Cansar, enfadar, fastidiar.

1. empalar I. v.tr. Atravesar a uno en un palo. **II.** v.prnl. **1.** *Chile.* Obstinarse, encapricharse. **2.** *Chile.* Envararse, arrecirse.

2. empalar v.tr. DEP Dar a la pelota acertadamente con la pala.

empalizar v.tr. Rodear de empalizadas. • **empalizada** n.f. Obra hecha de estacas.

empalmar I. v.tr. **1.** Juntar maderos, sogas, cables eléctricos, etc., uniéndolos de modo que queden en comunicación o a continuación uno de otro. **2.** Fig. Ligar o combinar planes, ideas, acciones, etc. **II.** v.int. **1.** Unirse o combinarse dos ferrocarriles, carreteras, etc. **2.** Seguir o suceder una cosa a continuación de otra sin interrupción. • **empalme** n.m. **1.** Acción y efecto de empalmar. **2.** Punto en que se empalma. **3.** Cosa que empalma con otra. **4.** Modo o forma de hacer el empalme. **5.** ELECTR Unión de dos o más conductores por soldadura o entrelazamiento.

empanar I. v.tr. **1.** Encerrar una cosa en masa o pan, para cocerla en el horno. **2.** Rebozar con pan rallado un manjar para freírlo. **3.** AGRIC Sembrar de trigo las tierras. **II.** v.prnl. AGRIC Sofocarse los sembrados por haber echado en ellos demasiada simiente. • **empanada** n.f. **1.** Manjar encerrado y cubierto con pan o masa, y cocido después en el horno. **2.** Fig. Acción y efecto de ocultar o enredar un asunto. • **empanadilla** n.f. Pastel pequeño, aplastado, que se hace doblando la masa sobre sí misma para cubrir con ella el relleno.

empañar I. v.tr. Envolver a las criaturas en pañales. **II.** v.tr. y prnl. **1.** Quitar la tersura, brillo o diafanidad. **2.** Fig. Manchar el honor, el mérito de una persona o de una acción.

empapar I. v.tr. y prnl. **1.** Penetrar un líquido los poros o huecos de un cuerpo. **2.** Fig. Imbuirse de un afecto, idea o doctrina. **3.** Fam. Ahitarse, empacharse de comida. **II.** v.tr. Humedecer una cosa hasta que quede enteramente penetrada de un líquido. **II.** v.prnl. **1.** Absorber una cosa dentro de sus poros o huecos algún líquido. **2.** Absorber un líquido con un cuerpo esponjoso o poroso.

empapelar v.tr. **1.** Envolver en papel. **2.** Recubrir de papel las paredes de una habitación, de un baúl, etc. **3.** Fig. y Fam. Formar causa criminal a uno.

1. empaque n.m. **1.** Acción y efecto de empacar. **2.** Materiales que forman la envoltura y armazón de los paquetes.

2. empaque n.m. **1.** Fig. y Fam. Distinción, presencia de una persona. ▷ Seriedad, gravedad. **2.** Fam. *Chile, Perú* y *P. Rico.* Descaro.

empaquetar v.tr. **1.** Formar paquetes. **2.** Colocar convenientemente los paquetes dentro de recipientes mayores. **3.** Fig. Acomodar o acomodarse en un recinto un número excesivo de personas.

emparedado,a n.m. Fig. Porción pequeña de un alimento entre dos rebanadas de pan.

emparedar **1.** v.tr. y prnl. Encerrar a una persona entre paredes, sin comunicación con el exterior. **2.** v.tr. Ocultar alguna cosa entre paredes.

emparejar I. v.tr. y prnl. Formar una pareja. **II.** v.tr. **1.** Poner una cosa a nivel con otra. **2.** Juntar puertas, ventanas, etc., de modo que ajusten, pero sin cerrarlas. **3.** AGRIC Nivelar la tierra. **III.** v.int. **1.** Llegar uno a ponerse al lado de otro que iba adelantado.

2. Ser pareja una cosa con otra. 3. Fig. Ponerse al nivel de otro más avanzado en un estudio o tarea. • **emparejamiento** n.m. 1. Acción y efecto de emparejar. 2. BIOL Unión de cromosomas homólogos en el curso de la meiosis.

emparentar v.int. Contraer parentesco por vía de casamiento.

emparrado n.m. 1. Conjunto de los vástagos y hojas de una o más parras que, sostenidas con una armazón, forman cubierta. 2. Armazón que sostiene la parra u otra planta trepadora.

emparrillado n.m. 1. Conjunto de barras cruzadas y trabadas horizontalmente para dar base firme a los cimientos en terrenos flojos. 2. ARQUIT Zampeado. • **emparrillar** v.tr. 1. Asar en parrillas. 2. ARQUIT Zampear.

1. empastar v.tr. 1. Cubrir de pasta una cosa. 2. Encuadernar en pasta los libros. 3. Rellenar con pasta el hueco producido por la caries de un diente o muela. 4. PINT Poner el color en bastante cantidad para que no deje ver la imprimación ni el primer dibujo.

2. empastar I. v.tr. y prnl. *Chile.*, *Guat.* y *Méx.* 1. Empadrizar un terreno. 2. *Arg.* y *Chile.* Padecer meteorismo el animal por haber comido el pasto en malas condiciones. II. v.prnl. *Chile.* Llenarse de maleza un sembrado.

empatar I. v.tr.,int. y prnl. Tratándose de una votación, manifestarse en ella tantos votos en pro como votos en contra. ▷ Obtener dos o más contrincantes el mismo número de votos o de puntos en un concurso, oposición o competición. II. v.tr. 1. Suspender y trabar el curso de una resolución. 2. *Amér.* Empalmar, juntar una cosa a otra.

empavesar v.tr. 1. Formar empavesadas. 2. Cubrir un monumento público en construcción para ocultarlo a la vista del público. 3. MAR Engalanar una embarcación con empavesadas, banderas y gallardetes. • **empavesada** n.f. 1. Defensa que se hacía con los paveses o escudos para cubrirse la tropa en alguna embarcación o acción militar. 2. MAR Faja de paño azul o encarnado, con franjas blancas, que sirve para adornar las bordas y las cofas de los buques en días de gran solemnidad. 3. MAR Encerado clavado por la parte exterior de la borda y que sirve para defender de la intemperie los coyes de la marinería. • **empavesado,a** I. adj. Armado o provisto de pavés. II. n.m. 1. Soldado que llevaba arma defensiva. 2. MAR Conjunto de banderas y gallardetes con que se empavesan los buques.

empecinado,a adj. Obstinado, terco, pertinaz.

empedrar v.tr. 1. Cubrir el suelo con piedras ajustadas unas con otras de modo que no puedan moverse. 2. Fig. Llenar de desigualdades una superficie con objetos extraños a ella. — P. ext., se dice de otras cosas que se ponen en abundancia. • **empedrado,a** I. adj. Se dice del caballo con manchas. II. n.m. 1. Acción de empedrar. 2. Pavimento formado artificialmente de piedras. 3. Fig. Se aplica al cielo cuando se cubre de nubes pequeñas tocando unas con otras.

empegar v.tr. 1. Bañar o cubrir con pez derretida u otra cosa semejante los pellejos, barriles y otras vasijas. 2. Marcar o señalar con pez el ganado lanar.

1. empeine n.m. Parte inferior del vientre entre las ingles.

2. empeine n.m. 1. Parte superior del pie, que está entre la caña de la pierna y el principio de los dedos. 2. Parte de la bota desde la caña a la pala.

3. empeine n.m. 1. Enfermedad del cutis, que lo pone áspero y encarnado, causando picazón. 2. BOT Hepática de las fuentes.

empelotarse v.prnl. Desnudarse, quedarse en pelota.

empella n.f. 1. Pala o parte superior del zapato. 2. *Amér.* Pella de manteca.

empellón n.m. Empujón recio que se da con el cuerpo.

empenachar v.tr. Adornar con penachos.

empeño n.m. 1. Acción y efecto de empeñar o empeñarse. 2. Obligación de pagar en que se constituye el que empeña una cosa, o se empeña y adeuda. 3. Obligación en que uno se halla inmerso. 4. Deseo vehemente de hacer o conseguir una cosa. 5. Objeto a que se dirige. 6. Tesón y constancia en algo. 7. Recomendación, súplica en favor de una persona o cosa. 8. *Méx.* Casa de empeños. • **empeñar** I. v.tr. Dar o dejar una cosa en prenda. II. v.tr. y prnl. 1. Precisar, obligar. 2. Tratándose de contiendas, disputas, etc., empezarse, trabarse. 3. MAR Aventurarse o exponerse un buque a riesgos y averías en las proximidades de la costa. III. v.prnl. 1. Endeudarse. 2. Insistir con tesón en una cosa. 3. Interceder, hacer uno el oficio de mediador.

empeorar I. v.tr. Hacer que aquel o aquello que ya era o estaba malo, sea o se ponga peor. II. v.int. y prnl. Irse haciendo o poniendo peor el que o lo que ya era o estaba malo.

empequeñecer v.tr. y prnl. 1. Minorar una cosa, hacerla más pequeña, o menguar su importancia o estimación. 2. Fig. Sentirse una persona inferior a otra u otras en ciertas circunstancias.

emperador n.m. 1. Título del jefe soberano del Imperio romano y a partir de Augusto, del Imperio bizantino. 2. Soberano de ciertos estados. 3. ZOOL Pez espada. • **emperatriz** n.f. 1. Mujer del emperador. 2. Soberana de un imperio.

emperejilar o **emperifollar** v.tr. y prnl. Fam. Adornar a una persona con profusión y esmero.

empero conj.advers. 1. Pero (conjunción adversativa). 2. Sin embargo.

emperrarse v.prnl. Fam. Obstinarse, empeñarse.

empezar I. v.tr. 1. Comenzar, dar principio a una cosa. 2. Iniciar el uso o consumo de ella. II. v.int. Tener principio una cosa.

empiema n.m. MED Acumulación de pus en una cavidad natural, especialmente en la pleura.

empinar I. v.tr. 1. Enderezar y levantar en alto. 2. Inclinar mucho el vaso, el jarro, la bota, etc., para beber, levantando en alto el fondo de la vasija. 3. Fig. y Fam. Beber mucho. II. v.prnl. 1. Ponerse uno sobre las puntas de los pies y erguirse. 2. Ponerse un cuadrúpedo sobre las patas traseras. 3. Fig. Dicho de las plantas, torres, montañas, etc., alcanzar gran altura.

empingorotado adj. Engreído.

empino n.m. ARQUIT Parte de la bóveda por arista, que está más alta que el plano horizontal que pasa por las claves de los arcos en que se apoya.

empíreo,a 1. n. y adj. Se dice del cielo o de las esferas concéntricas en las que, según los antiguos, se movían los astros. 2. adj. Perteneciente al cielo empíreo. ▷ Fig. Celestial, supremo, divino.

empireuma n.m. Olor y sabor fuertes, ingratos, y hasta nauseabundos, que toman las sustancias orgánicas sometidas a fuego violento.

empiriocriticismo n.m. Corriente filosófica del s. XIX que niega todo valor absoluto a la ciencia; fue combatida por Lenin en *Materialismo y empiriocriticismo.*

empirismo n.m. 1. Sistema, método que se funda sólo en la experiencia, sin recurrir al razonamiento, a la teoría. 2. Sistema según el cual, todo conocimiento deriva de la experiencia (opuesto al racionalismo clásico e innatista).

emplastar I. v.tr. 1. Poner emplastos. 2. Fam. Empantanar, embarazar el curso de un asunto. II. v.tr. y prnl. Fig. Componer con afeites y adornos postizos. III. v.prnl. Embadurnarse o ensuciarse con alguna porquería. • **emplasto** n.m. 1. Preparado farmacéutico sólido, plástico y adhesivo, cuya base es una mezcla de materias grasas y resinas o jabón de plomo. 2. Fig. y Fam. Componenda, arreglo desmañado y poco satisfactorio. 3. Fig. y Fam. Parche, pegote.

1. emplazamiento n.m. Situación, colocación, ubicación.

2. emplazamiento n.m. Acción y efecto de emplazar (sent. 1).

1. emplazar v.tr. 1. Citar a una persona en determinado tiempo y lugar y especialmente para que dé razón de algo. 2. FOR Citar al demandado con señalamiento del plazo dentro del cual necesitará comparecer en el juicio.

2. emplazar v.tr. Poner una cosa en determinado lugar.

emplear I. v.tr. y prnl. Ocupar a uno, encargándole un negocio, comisión o puesto. II. v.tr. 1. Destinar a uno al servicio público. 2. Gastar el dinero en una compra. 3. Gastar, consumir, ocupar. 4. Usar, hacer servir las cosas para algo.

empleo n.m. 1. Acción y efecto de emplear. 2. Destino, ocupación, oficio. 3. MILIT Jerarquía o categoría personal.
ENCICL El *pleno empleo,* es decir, la perfecta correspondencia entre el volumen (y la calidad) de los empleos y el de la población activa, es uno de los problemas económicos y sociales más importantes de las sociedades industriales. En muchos países existen organismos oficiales cuyo objetivo es informar a los trabajadores sobre los empleos disponibles o, en su caso, orientarles respecto a las posibilidades ofrecidas por la formación profesional.

emplomar I. v.tr. 1. Cubrir, asegurar o soldar una cosa con plomo. 2. Poner sellos de plomo a los fardos o cajones cuando se precintan. • **emplomado,a** n.m. Conjunto de planchas de plomo que recubren una techumbre, o de plomos que sujetan los cristales de una vidriera.

emplumar I. v.tr. 1. Poner plumas. II. v.int. 1. Emplumecer. 2. *Amér.* Fugarse, huir, alzar el vuelo.

empobrecer I. v.tr. Hacer que uno venga al estado de pobreza. II. v.int. y prnl. 1. Venir a estado de pobreza una persona. 2. Decaer, venir a menos una cosa material o inmaterial.

empollar I. v.tr. y prnl. Calentar el ave los huevos, poniéndose sobre ellos para que nazcan pollos. II. v.int. 1. Producir las abejas pollo o cría. 2. Fig. y Fam. Meditar o estudiar un asunto con mucha más atención de la necesaria. 3. Fam. Entre estudiantes, preparar muy a fondo las lecciones. III. v.tr. Ampollar, hacer ampollas.

emponzoñar v.tr. y prnl. 1. Dar ponzoña a uno, o infectar una cosa con ponzoña. 2. Fig. Infectar, echar a perder, dañar.

emporio n.m. 1. ANTIG ROM Establecimiento comercial en un país extranjero. 2. Centro comercial de un país. 3. Fig. Lugar notable por el comercio y, p. ext., de las ciencias, las artes, etc.

empotrar v.tr. Fijar una cosa asegurándola con fábrica.

emprender v.tr. 1. Acometer y comenzar una obra, un asunto, etc. 2. Fam. Con nombres de personas regidos por las preps. *a* o *con,* acometer a uno para importunarle, reprenderle, suplicarle o reñir con él.

empreñar v.tr. Hacer concebir a la hembra

empresa n.f. **1.** Acción de emprender y cosa que se emprende. **2.** Símbolo o figura enigmática con una expresión breve y concisa destinado a manifestar lo que se pretende o se respeta. **3.** Intento o designio de hacer una cosa. **4.** Obra o designio llevado a efecto. **5.** COM Entidad integrada por el capital y el trabajo, como factores de la producción y dedicada a actividades industriales, mercantiles o de prestación de servicios con fines lucrativos y con la consiguiente responsabilidad. • **empresario,a** n.m. y f. **1.** Persona que por concesión o por contrata ejecuta una obra o explota un servicio público. **2.** Persona que abre al público y explota un espectáculo o diversión. **3.** Titular, propietario o directivo de una empresa.

empréstito n.m. **1.** Préstamo que toma el Estado o una corporación o empresa.

empujar v.tr. **1.** Hacer fuerza contra una cosa para moverla, sostenerla o rechazarla. **2.** Fig. Hacer que uno salga del puesto, empleo u oficio en que se halla. **3.** Fig. Hacer presión, influir, intrigar para conseguir o para dificultar o impedir alguna cosa. • **empuje** n.m. **1.** Acción y efecto de empujar. **2.** Esfuerzo producido por un peso sobre las paredes que lo sostienen. **3.** Fig. Brío, arranque, resolución con que se acomete una empresa. **4.** Fig. Fuerza o valimiento eficaces para empujar. • **empujón** n.m. **1.** Impulso que se da con fuerza para apartar o mover a una persona o cosa. **2.** Fig. y Fam. Avance rápido que se da a una obra trabajando con ahínco en ella.

empuñar v.tr. **1.** Asir por el puño una cosa. **2.** Asir una cosa abarcándola estrechamente con la mano. **3.** Fig. Lograr, alcanzar un empleo o puesto. **4.** *Chile.* Cerrar la mano para formar o presentar el puño. • **empuñadura** n.f. **1.** Guarnición o puño de la espada. **2.** Fig. y Fam. Principio de un discurso o cuento, compuesto de fórmulas consagradas por el uso, como *Érase que se era.*

Empusa n.f. Género de insectos parecidos a las mantis cuyas patas traseras tienen forma de hoja.

emputecer v.tr. y prnl. Prostituir, corromper a una mujer.

emú n.m. Ave de Australia, del orden de las corredoras. Llega a medir hasta dos metros de altura.

emular v.tr. y prnl. Imitar las acciones de otro procurando igualarle y aun excederle.

emulsión n.f. Dispersión de un líquido en el seno de otro con el cual no es miscible. ▷ Preparado, a base de gelatina, y generalmente, de una sal de plata fotosensible, utilizado en fotografía. • **emulsionante** n.m. **1.** TECN Que estabiliza una emulsión. **2.** QUIM Producto tensoactivo que estabiliza una emulsión envolviendo con una película las partículas en suspensión.

emunción n.f. FISIOL Evacuación de los humores y materias superfluas o nocivas. • **emuntorio** n.m. **1.** ANAT Cualquier conducto, canal u órgano del cuerpo de los animales, que sirve para evacuar los humores superfluos. **2.** pl. ANAT Glándulas de los sobacos, ingles y de detrás de las orejas.

1. en **1.** Prep. que indica en qué lugar, tiempo o modo se determinan las acciones de los verbos a que se refiere. **2.** Algunas veces, sobre. **3.** Seguida de un infinitivo, por. **4.** Junta con un gerundio, luego que, después que. **5.** prep.insep. In (sent. 1).

2. en Prep.insep. que significa dentro de.

en(o)- Prefijo procedente del griego *oinos,* «vino».

en- o **em-** (delante de *b* ó *p* respectivamente). Elementos procedentes del latín *in-* e *im-*, de *in,* «en»; se utilizan como prefijos en términos compuestos para significar el inicio de una acción.

enagua n.f. Prenda de vestir femenina que se llevaba debajo de la falda. • **enagüillas** n.f. Falda corta que se usa en algunos trajes de hombre, como el escocés o el griego.

enajenar **I.** v.tr. Pasar o transmitir a otro el dominio de una cosa o algún otro derecho sobre ella. **II.** v.tr. y prnl. **1.** Fig. Sacar a uno fuera de sí; turbarle el uso de la razón. **2.** Apartarse, retraerse del trato o comunicación que se tenía con alguna persona, por haberse entibiado las relaciones de amistad. **III.** v.prnl. Desposeerse, privarse de algo. • **enajenación** n.f. **1.** Acción y efecto de enajenar o enajenarse. **2.** Fig. Distracción, falta de atención, embelesamiento. — *Enajenación mental.* Locura, privación del juicio.

enálage n.f. GRAM Figura que consiste en cambiar las partes de la oración o sus accidentes; como cuando se utiliza un tiempo del verbo por otro, etc.

enaltecer v.tr. y prnl. Ensalzar.

enamorar **I.** v.tr. **1.** Excitar en uno la pasión del amor. **2.** Decir amores o requiebros. **II.** v.prnl. **1.** Prendarse de amor de una persona. **2.** Aficionarse a una cosa.

enanismo n.m. Anomalía ligada en general a problemas endocrinos (insuficiencias tiroidea, hipofisaria o corticosuprarrenal sobre todo), caracterizada por una estatura muy pequeña, muy inferior a la media.

enano,a **1.** adj. Fig. Se dice de lo que es diminuto en su especie. **2.** n.m. y f. Persona de extraordinaria pequeñez.

enantema n.m. MED Erupción de las mucosas.

enantiomorfo adj. QUIM Dícese de dos compuestos cuyas moléculas son idénticas pero no superponibles, por estar dispuestas en sentido inverso (como si cada una fuera la imagen en un espejo plano de la otra).

enarbolar **I.** v.tr. Levantar en alto estandarte, una bandera u otra cosa semejante. **II.** v.prnl. **1.** Encabritarse, empinarse el caballo. **2.** Enfadarse, enfurecerse.

enarcar **I.** v.tr. y prnl. **1.** Arquear (dar figura de arco). **2.** Echar cercos o arcos a las cubas, toneles, etc. **II.** v.prnl. Encogerse, achicarse.

enardecer **I.** v.tr. y prnl. Fig. Excitar o avivar una pasión del ánimo, una pugna o disputa. **II.** v.prnl. Encenderse una parte del cuerpo por congestión o inflamación.

enarenar **I.** v.tr. y prnl. Echar arena; llenar o cubrir de ella. **II.** v.tr. MINER Mezclar cierta cantidad de arena fina con las lamas argentíferas para que el azogue pueda trabajar más fácilmente sobre ellas. **III.** v.prnl. Encallar o varar las embarcaciones.

enarmónico,a adj. MUS Se aplica a uno de los tres géneros del sistema músico que procede por dos diesis o semitonos menores y una tercera mayor o dítono.

enartrosis n.f. ANAT Articulación cuyas dos superficies son segmentos de esfera, una convexa y la otra cóncava.

encabalgar **I.** v.int. Descansar, apoyarse una cosa sobre otra. **II.** v.tr. Proveer de caballos. **III.** v.tr. y prnl. Distribuir en versos o hemistiquios contiguos partes de una palabra o frase que de ordinario constituyen una unidad fonética y léxica o sintáctica. • **encabalgamiento** n.m. **1.** Pieza en la que se monta o asegura la artillería. **2.** Armazón de maderos cruzados donde se apoya alguna cosa. **3.** POET Licencia métrica que consiste en enlazar el final de un verso con el principio de otro.

encaballar **I.** v.tr. Colocar una pieza de modo que en su unión con otra se sostenga sobre la extremidad de ésta como las tejas o las pizarras en un tejado. **II.** v.int. Encabalgar. **III.** v.int. y prnl. IMP Desarreglar un molde de modo que las letras de unas líneas pasen a otras.

encabestrar **I.** v.tr. **1.** Poner el cabestro a los animales. **2.** Hacer que las reses bravas sigan a los cabestros para conducirlas donde se quiere. **II.** v.prnl. Enredar la bestia una mano en el cabestro con que está atada.

encabezar **I.** v.tr. **1.** Registrar, empadronar. **2.** Dar principio, iniciar una suscripción o lista. **3.** Poner el encabezamiento de un libro o escrito, o decir al principio de ellos alguna cosa. **4.** *Amér.* Acaudillar. **5.** Aumentar el alcohol de un vino. **6.** CARP Unir dos tablones o vigas por sus extremos. **II.** v.prnl. **1.** Convenirse y ajustarse en cierta cantidad. **2.** Darse por contento de sufrir un daño por evitar otro mayor.

encabritarse v.prnl. **1.** Empinarse el caballo, afirmándose sobre las patas traseras. **2.** Fig. Tratándose de embarcaciones, aeroplanos, automóviles, etc., levantarse la parte anterior o delantera súbitamente hacia arriba.

encadenar v.tr. **1.** Ligar y atar con cadena. **2.** Fig. Trabar y unir unas cosas con otras. **3.** Fig. Dejar a uno sin movimiento y sin acción. • **encadenado,a** adj. Se dice de la estrofa cuyo primer verso repite las palabras del último verso de la estrofa precedente, y también se dice del verso que comienza con la última palabra del anterior.

encajar **I.** v.tr. **1.** Meter una cosa dentro de otra ajustadamente. **2.** Encerrar y meter en alguna parte una cosa. **3.** Fig. y Fam. Decir una cosa, oportuna o no. **4.** Fig. y Fam. Disparar, dar o arrojar en frases como las siguientes: *le encajé un trabucazo, un palo*, etc. **5.** Fig. y Fam. Hacer oír a uno alguna cosa, causándole molestia o enfado. **6.** Fig. y Fam. Hacer tomar o recibir una cosa, engañando o causando molestia al que la toma o recibe. **7.** Fig. y Fam. Venir al caso. Se usa frecuentemente con el adv. *bien.* **II.** v.tr. e int. Unir ajustadamente una cosa con otra. **III.** v.prnl. **1.** Meterse uno en parte estrecha. **2.** Fig. y Fam. Vestirse una prenda **3.** Fig. y Fam. Introducirse uno en alguna parte inopinadamente.

encaje n.m. **I.** **1.** Acción de encajar una cosa en otra. **2.** Sitio o hueco en que se mete o encaja una cosa. **3.** Ajuste de dos piezas que cierran o se adaptan entre sí. **4.** Medida y corte que tiene una cosa para que venga justa con otra, y, así unidas, se asienten y enlacen. **II.** **1.** Cierto tejido que se hace con bolillos, aguja de coser o de gancho, etc., o bien a máquina. **2.** Labor de taracea o embutidos.

encajonar **I.** v.tr. **1.** Meter y guardar una cosa dentro de uno o más cajones. **2.** ALBAÑ Construir cimientos en zanjas abiertas. **3.** ARQUIT Reforzar un muro, formando encajonados. **II.** v.prnl. Correr el río por una angostura. **III.** v.tr. y prnl. Meter en un sitio angosto.

encalambrarse v.prnl. *Amér.* Aterirse.

encalar v.tr. **1.** Dar de cal o blanquear una cosa. Se dice principalmente de las paredes. **2.** Meter en cal o espolvorear con ella alguna cosa.

encalmarse v.tr. y prnl. **1.** Quedarse en calma, especialmente el mar o el viento. **2.** Sofocarse las caballerías cuando trabajan demasiado haciendo mucho calor.

encallar v.int. **1.** Dar la embarcación en arena o piedra, quedando en ellas sin movimiento. **2.** Fig. No poder salir adelante en un asunto o empresa.

encallecer **I.** v.int. y prnl. Criar callos o endurecerse la carne a manera de callo. **II.** v.prnl. Fig. Acostumbrarse a las dificultades.

encamar **I.** v.tr. **1.** Tender o echar una cosa en el suelo. **2.** MINER Cubrir camadas o rellenar huecos con ramaje. **II.** v.prnl. **1.** Echarse o meterse en la cama. **2.** Echarse las reses y piezas de caza en los sitios que buscan para su descanso. **3.** Permanecer agazapadas las piezas de caza. **4.** Echarse o abatirse las mieses.

encaminar **I.** v.tr. y prnl. Enseñar a uno por donde ha de ir, ponerle en camino. **II.** v.tr. **1.** Dirigir una cosa hacia un punto determinado. **2.** Fig. Enderezar la intención a un fin determinado; poner los medios que conducen a él.

encamisar **I.** v.tr. y prnl. Poner la camisa. **II.** v. tr. **1.** Enfundar, poner una cosa dentro de una funda. **2.** Fig. Encubrir, disfrazar.

encandelillar v.tr. **1.** *Amér.* Sobrehilar una tela. **2.** *Amér.* Encandilar, deslumbrar.

encandilar **I.** v.tr. y prnl. **1.** Deslumbrar acercando mucho a los ojos el candil u otra luz, o presentando una cantidad excesiva de luz. **2.** Fig. Alucinar con apariencias o falsas razones. **II.** v.tr. **1.** Fam. Avivar la lumbre. **2** Encender o avivar los ojos la bebida o la pasión. **3.** Despertar o excitar el deseo amoroso. **4.** *P. Rico.* Enfadarse.

encanecer **I.** v.int. **1.** Ponerse cano. **2.** Fig Envejecer una persona. **II.** v.tr. Hacer salir canas. **III.** v.int. y prnl. Fig Ponerse mohoso.

encanijar v.tr. y prnl. Poner flaco y enfermizo.

encantar **I.** v.tr. **1.** Obrar maravillas por medio de fórmulas y palabras mágicas. **2.** Fig. Gustar, cautivar. **II.** v. prnl. Permanecer inmóvil, distraerse. • **encantador,a** **1.** n.y adj. Que encanta o hace encantamientos. **2.** adj. Fig Que hace muy grata la impresión de algo.

encanto n.m. **1.** Encantamiento. **2.** Fig. Cosa que suspende o embelesa. **3.** pl. Atractivos físicos.

1. encañado,a n.m. Conducto hecho de caños, o de otro modo, para conducir el agua.

2. encañado,a n.m. Enrejado o celosía de cañas que se pone en los jardines.

1. encañar v.tr. **1.** Hacer pasar el agua por encañados o conductos. **2.** Sanear de la humedad de las tierras por medio de encañados.

2. encañar **I.** v.tr. **1.** Poner cañas para sostener las plantas. **2.** Encanillar. **3.** Colocar unas encima de otras las rajas de leña o los palos que han de formar la pila para el carboneo. **II.** v.int. y prnl. AGRIC Empezar a formar caña los tallos tiernos de los cereales.

encañizar v.tr. **1.** Poner cañizos a los gusanos de seda. **2.** Cubrir con cañizos una obra. • **encañizada** n.f. **1.** Atajadizo que se hace con cañas en los ríos, en las lagunas o en el mar, para mantener algunos pescados sin que puedan escaparse. **2.** Encañado, enrejado de cañas.

encañonar **I.** v.tr. **1.** Dirigir o encaminar una cosa para que entre por un cañón. **2.** Hacer correr las aguas de un río por un cauce cerrado. **3.** Apuntar un arma de fuego portátil contra una persona o cosa. **II.** v.int. Echar cañones las aves.

encapotar **I.** v.tr. y prnl. Cubrir con el capote. **II.** v.prnl. Se dice del cielo, del aire, de la atmósfera, etc., cuando se cubre de nubes.

encapricharse v.prnl. **1.** Tener capricho por una persona o cosa. **2.** Empeñarse uno en sostener o conseguir su capricho.

encapuchar v.tr. y prnl. Cubrir o tapar una cosa con capucha. • **encapuchado,a** n. y adj. Se dice de la persona cubierta con capucha, especialmente en las procesiones de Semana Santa.

encaramar v.tr. y prnl. **1.** Levantar o subir a una persona o cosa a lugar dificultoso de alcanzar. **2.** Alabar, encarecer con extremo. **3.** Fig. y Fam. Elevar, colocar en puestos altos y honoríficos.

encarar **I.** v.int. y prnl. Ponerse uno cara a cara, enfrente y cerca de otro. **II.** v.tr. Apuntar con un arma. **III.** v.tr. y prnl. Fig Hacer frente a un problema, dificultad, etc.

encarcelar v.tr. **1.** Poner a uno preso en la cárcel. **2.** ALBAÑ Asegurar con yeso o cal una pieza de madera o hierro. **3.** Sujetar dos piezas de madera recién encoladas, en la cárcel de carpintero.

encarecer **I.** v.tr., int. y prnl. Aumentar o subir el precio de una cosa. **II.** v.tr. **1.** Fig Ponderar, exagerar, alabar mucho una cosa. **2.** Recomendar con empeño.

encargado,a **1.** adj. Que ha recibido un encargo. **2.** n.m. y f. Persona que tiene a su cargo una casa, un establecimiento, un negocio, etc., en representación del dueño o interesado.

encargar **I.** v.tr. y prnl. Encomendar, poner una cosa al cuidado de uno **II.** v.tr. **1.** Recomendar, prevenir. **2.** Pedir que se traiga o envíe de otro lugar alguna cosa. **3.** Imponer una obligación.

encariñar v.tr. y prnl. Aficionar, despertar o excitar cariño.

encarnado,a **1.** n. y adj. De color de carne. **2.** adj. Colorado (rojo). **3.** n.m. Color de carne que se da a las estatuas.

encarnar **I.** v.int. **1.** RELIG Revestir una sustancia espiritual, una idea, etc., de un cuerpo de carne, principalmente hacerse hombre el Verbo Divino. **2.** Criar carne cuando va mejorando y sanando una herida. **3.** Introducirse por la carne un arma. **4.** Fig Hacer fuerte impresión en el ánimo una cosa o cuestión. **5.** IMP Estampar bien una tinta. **II.** v.tr. **1.** Fig. Personificar, representar alguna idea, doctrina, etc. **2.** Fig. Representar un personaje de una obra dramática. **3.** PESC Colocar la carne en el anzuelo. **4.** ESC y PINT Dar color de carne a las esculturas. **III.** v.prnl. Mezclarse, unirse, incorporarse una cosa con otra. • **encarnación** n.f. **1.** RELIG Acción de encarnar, especialmente la de Dios en la Virgen María. **2.** Fig. Personificación, representación o símbolo de una idea, doctrina, etc. **3.** ESC y PINT Color de carne con que se pinta el desnudo de las figuras humanas. • **encarnadura** n.f. **1.** Disposición atribuida a los tejidos del cuerpo vivo para cicatrizar o reparar sus lesiones. **2.** Efecto de encarnar un arma.

encarnizar **I.** v.tr. Cebar un perro en la carne de otro animal para que se haga fiero. **II.** v.tr. y prnl. Fig. Encruelecer, irritar, enfurecer. **III.** v.prnl. **1.** Cebarse con ansia en la carne los lobos y animales hambrientos cuando matan una res. **2.** Fig Mostrarse cruel contra una persona, persiguiéndola o perjudicándola. **3.** MILIT Batirse con furor dos cuerpos de tropas enemigas.

encarrilar **I.** v.tr. **1.** Encaminar, dirigir y enderezar un vehículo, para que siga el camino o carril que debe. **2.** Colocar sobre los carriles o rieles un vehículo descarrilado. **3.** Fig. Reconducir acertadamente una pretensión o expediente.

encartar **I.** v.tr. **1.** Proscribir a un reo constituido en rebeldía. **2.** Incluir a uno en una dependencia, compañía o negociado. **3.** Introducir encartes. **II. 1.** v.tr. En los juegos de naipes, jugar al contrario o al compañero carta a la cual pueda servir del palo. **2.** v.prnl. En los juegos de naipes, tomar uno cartas del mismo palo que otro, de modo que tenga que servir a él. • **encartación** n.f. **1.** Empadronamiento en virtud de carta de privilegio. **2.** Reconocimiento de sujeción o vasallaje que hacían al señor los pueblos y lugares. **3.** Pueblo o lugar que tomaba a un señor por su dueño, y le pagaba cierto tributo. **4.** Territorio al cual, por virtud de cartas o privilegios reales, se hacen extensivos los fueros y exenciones de una comarca limítrofe. • **encartado,a** n. y adj. FOR Sujeto a un proceso. • **encarte** n.m. **1.** Acción y efecto de encartar o encartarse en los juegos de naipes. **2.** Hoja o pequeño folleto que se introduce en una revista o en un libro o periódico, para repartirlo conjuntamente.

encartonar v.tr. **1.** Poner cartones. **2.** Resguardar con cartones una cosa. **3.** Encuadernar sólo con cartones cubiertos de papel.

encartuchar v.tr. y prnl. *Col., Chile, Ecuad.* y *P. Rico* Enrollar en forma de cucurucho

encasillar v.tr. **1.** Poner en casillas. **2.** Clasificar personas o cosas distribuyéndolas en sus sitios correspondientes. **3.** Señalar el gobierno a un candidato adepto el distrito en el cual le presentaba para las elecciones de diputados.

encasquetar **I.** v.tr. y prnl. Encajar bien en la cabeza el sombrero, gorra, etc. **II.** v.tr. **1.** Fig. Persuadir a alguien de algo, sin el debido fundamento. **2.** Fig. Hacer oír palabras insustanciales o impertinentes. **III.** v.prnl. Metérsele a uno alguna cosa en la cabeza, arraigada y obstinadamente.

encasquillar **I.** v.tr. **1.** Poner casquillos. **2.** *Amér.* Herrar animales. **II.** v.prnl. Atascarse un arma de fuego con el casquillo de la bala al disparar.

encastar **1.** v.tr. Mejorar una raza o casta de animales, cruzándolos con otros de mejor calidad y propiedades. **2.** v.int. Procrear, hacer casta.

encausar v.tr. Formar causa a uno; proceder contra él judicialmente.

encausto o **encauste** n.m. Procedimiento de pintura por medio del fuego, ya con ceras coloreadas y desleídas aplicadas por medio de un hierro caliente, ya en marfil con punzón o buril encendido, o ya con esmalte sobre vidrio, barro o porcelana. • **encáustico,a** **1.** adj. PINT Se aplica a la pintura hecha al encausto. **2.** n.m. Preparado de cera para preservar de la humedad la piedra, la madera o las paredes, y darles brillo.

encauzar v.tr. **1.** Abrir cauce; encerrar o dar dirección por un cauce a una corriente. **2.** Fig. Encaminar, dirigir por buen camino un asunto, una discusión, etc.

encefalitis n.f. MED Inflamación más o menos extensa del encéfalo, que se manifiesta por síntomas múltiples; puede ser de origen infeccioso, tóxico, degenerativo, etc.

encéfalo n.m. ANAT Conjunto de órganos que forman parte del sistema nervioso de los vertebrados y están contenidos en la cavidad del cráneo.

encefalocele n.m. MED Ectopia en la parte externa del cráneo de una parte del cerebro o de sus anejos, generalmente congénita.

encefalografía n.f. MED Exploración del encéfalo por medio de la radiografía.

encefaloide adj. MED Se dice del tumor que tiene el aspecto y la consistencia del encéfalo.

encefalomielitis n.f. MED Inflamación generalizada del sistema nervioso central, casi siempre de origen vírico.

encefalopatía n.f. MED Alteración cerebral grave que producen ciertas infecciones e intoxicaciones sin lesiones anatómicas precisas.

encelar **I.** v.tr. Dar celos. **II.** v.prnl. Concebir celos de una persona. **III.** v.int. Estar en celo un animal.

encenagarse v.prnl. **1.** Meterse en el cieno. **2.** Ensuciarse, mancharse con cieno. **3.** Fig. Entregarse a los vicios.

encender **I.** v.tr. **1.** Hacer que una cosa arda para que dé luz o calor. **2.** Pegar fuego, incendiar. **3.** En ciertos casos, conectar un circuito eléctrico. **II.** v.tr. y prnl. **1.** Causar ardor y encendimiento. **2.** Fig. Tratándose de guerras, suscitar, ocasionar. **3.** Fig. Incitar, inflamar, enardecer. **III.** v.prnl. Fig. Ponerse colorado, ruborizarse. • **encendedor,a** **1.** n. y adj. Que enciende. **2.** n.m. Aparato que sirve para encender por medio de una llama o de una chispa. • **encendido,a** I. adj. De color rojo muy subido. **II.** n.m. En los motores de explosión, conjunto de la instalación eléctrica y aparatos destinados a producir la chispa.

encerar I. v.tr. **1.** Aderezar con cera alguna cosa. **2.** Manchar con cera. **3.** ALBAÑ Espesar la cal. **II.** v.int. y prnl. Madurar las mieses. • **encerado,a** I. adj. De color de cera. **II.** n.m. **1.** Lienzo preparado con cera o aceite para hacerlo impermeable. **2.** Lienzo o papel que se ponía en las ventanas para resguardarse del aire. **3.** Emplasto compuesto de cera y otros ingredientes. **4.** Cuadro de hule, lienzo barnizado, madera u otra sustancia, usado para escribir en él con clarión. **5.** Capa tenue de cera con que se cubren los entarimados y muebles. • **encerador,a** 1. n.m. y f. Persona que se dedica a encerar pavimentos. **2.** n.f. Máquina eléctrica que sirve para encerar.

encerrar I. v.tr. **1.** Meter a una persona o cosa en un lugar del que no puede salir. **2.** Fig. Incluir, contener. **II.** v.prnl. **1.** Fig. Recluirse en un lugar cerrado. **2.** Encastillarse (perseverar uno con tesón). • **encerradero** n.m. **1.** Sitio donde se recogen los rebaños cuando llueve o se los va a esquilar o están recién esquilados. **2.** Encierro (toril). • **encerrona** n.f. **1.** Fam. Retiro o encierro voluntario de una o más personas para algún fin. **2.** Emboscada, asechanza.

encestar v.tr. **1.** Poner, recoger, guardar algo en una cesta. **2.** En el juego del baloncesto, introducir el balón en el cesto o red de la meta contraria.

encía n.f. Porción de tejido epitelial que rodea la base de los dientes.

encíclica n.f. Carta enviada por un papa a los obispos, clero y fieles de todos los países o de un país determinado, en la que se trata de algún problema doctrinal o de actualidad.

enciclopedia n.f. **1.** Conjunto de todos los conocimientos humanos. **2.** Obra en la que se tratan todas las ramas del conocimiento humano. — *La Enciclopedia*. Obra compuesta en el s. XVIII, que intentaba una síntesis de los conocimientos de la época. Fue dirigida por Diderot y D'Alembert y redactada por Voltaire, Montesquieu, Rousseau y Condillac, entre otros. **3.** P. ext. Obra que trata de una ciencia, una técnica o un arte de manera exhaustiva. • **enciclopédico,a** adj. Relativo al conjunto de los conocimientos. — *Diccionario enciclopédico*. Aquel con artículos biográficos, geográficos, científicos, etc. (en oposición al de la lengua, meramente léxico). • **enciclopedista** 1. n. y adj. Se dice del que profesa el enciclopedismo. **2.** n.m. y f. Autor, escritor o filósofo que colaboró en la *Enciclopedia* de Diderot y D'Alembert.

encielar v.tr. *Chile*. Poner a una cosa cielo, techo o cubierta.

encierra n.f. **1.** *Chile*. Acto de encerrar las reses en el matadero. **2.** *Chile*. Lugar reservado en un potrero para que pasten las reses en el invierno.

encierro n.m. **1.** Acción y efecto de encerrar o encerrarse. **2.** Lugar donde se encierra. **3.** Clausura, recogimiento. **4.** Prisión muy estrecha e incomunicada. **5.** Acto de traer los toros a encerrar en el toril. **6.** Toril.

encima I. adv.l. **1.** En lugar o puesto superior respecto de otro inferior. Se usa también en sentido Fig. **2.** Sobre sí, sobre la propia persona. Se usa también en sent. Fig. **II.** adv.c. Además, sobre otra cosa.

encimar I. v.tr. **1.** Poner en alto una cosa; ponerla sobre otra. **2.** En el juego del tresillo, añadir una puesta a la que ya había en el plato. **II.** v.prnl. Elevarse o levantarse una cosa a mayor altura que otra del mismo género.

encimero,a adj. Que está o se pone encima.

encina n.f. **1.** BOT Árbol de la familia de las tagaceas, de 10 a 12 m de altura, de copa grande y redonda; hojas elípticas, algo apuntadas; florecillas de color verde amarillento; por fruto, bellotas que sirven de alimento al ganado de cerda. **2.** Madera de este árbol.

encinta adj. Embarazada.

encintar v.tr. **1.** Adornar, engalanar con cintas. **2.** Poner el cintero a los novillos. **3.** Poner en una vía la hilera de piedras que marca el bordillo de las aceras. **4.** MAR Poner las cintas a un buque.

enclaustrar v.tr. y prnl. **1.** Encerrar en un claustro. **2.** Fig. Esconder en un lugar oculto.

enclavar v.tr. **1.** Asegurar con clavos una cosa. **2.** Causar una herida a la caballería por introducir mucho el clavo al herrarla. **3.** Fig. Traspasar, atravesar de parte a parte. **4.** Fig. y Fam. Engañar a uno. • **enclavado,a** 1. n. y adj. Se dice del sitio encerrado dentro del área de otro. **2.** adj. Se dice del objeto encajado en otro.

enclave n.m. **1.** Territorio incluido en otro de mayor extensión con características diferentes. **2.** GEOL Roca contenida en el interior de otra roca y que tiene una composición diferente.

enclenque n. y adj. Falto de salud, enfermizo.

énclisis n.f. GRAM Unión de una palabra enclítica a la que la precede. • **enclítico,a** n.f. y adj. GRAM Se dice de la partícula o parte de la oración que se liga con el vocablo precedente, formando con él una sola palabra. En la lengua española son partículas enclíticas los pronombres pospuestos al verbo.

encofrado n.m. **1.** Molde formado con tableros o chapas de metal en el que se vacía el hormigón hasta que fragua y que se desmonta después. **2.** Tapial. **3.** MIN Galería encofrada.

encoger 1. v.tr.int. y prnl. Estrechar, reducir a menos extensión o volumen. **2.** v.tr. y prnl. Acobardarse, dejarse dominar.

encolar v.tr. **1.** Pegar con cola una cosa. **2.** Clarificar vinos. **3.** Dar la encoladura a las superficies que han de pintarse al temple.

encomendar I. v.tr. **1.** Encargar a uno que haga alguna cosa o que cuide de ella o de una persona. **2.** Dar una encomienda, hacer comendador a alguien. **II.** v.int. Llegar a tener una encomienda. **III.** v.prnl. Entregarse en manos de alguien y fiarse de su amparo. • **encomendero** n.m. **1.** El que lleva encargos de otro. **2.** El que por concesión real tenía indios encomendados. • **encomienda** n.f. I. **1.** Encargo. **2.** Recomendación, elogio. **3.** Amparo, patrocinio, custodia. **4.** *Arg., Col., Chile* y *Perú*. Paquete postal. **5.** pl. Recuerdos, memorias. **II. 1.** Dignidad de algunos caballeros de las órdenes militares. ▷ Lugar, territorio y rentas de esa u otra dignidad. **2.** Dignidad de encomendador. **III.** Institución jurídica implantada por España en América para regular las relaciones entre españoles e indígenas.
ENCICL El sistema tributario de la encomienda existía ya en España antes del descubrimiento de América; era una institución de origen medieval por la que ciertas órdenes militares administraban ciertos territorios y detentaban la jurisdicción civil y militar. Los primeros conquistadores que marcharon a América, con la esperanza de verse recompensados según la tradición feudal, obtuvieron encomiendas y repartimientos de indios. A cambio de instruir y evangelizar al indio, la corona les permitía beneficiarse de las rentas de su trabajo; sin embargo, los hombres, a diferencia de las tierras, no se otorgaban jamás en régimen de propiedad. Isabel la Católica promulgó en 1503 la primera disposición ordenando a fray Nicolás de Ovando, gobernador de La Española, el reparto de indios para premiar a los colonos españoles que trabajasen en la colonia. La institución tenía ya también una raíz autóctona en América, donde los indios habían practicado trabajos forzosos para servir a sus amos (el *cuatequil*, en México y la *mita* en Perú). Pero el sistema más humanizado de la encomienda dio también origen a numerosos abusos. Especialmente en el Caribe, donde los indios no estaban habituados a ningún sistema de trabajo inflexible y organizado, el régimen de encomiendas empeoró el sufrimiento que estos pueblos experimentaban en contacto con gobernadores de un nivel cultural y tecnológico muy diferente. La primera voz que denunció públicamente los abusos cometidos fue la del dominico fray Antonio de Montesinos (1511). A partir de esa fecha el sistema de encomiendas fue varias veces sometido a crítica en España. Pero los intereses de los encomenderos, que reclamaban la necesidad de esa mano de obra, se impusieron en muchas ocasiones. Al proclamarse las Leyes Nuevas de 1542 los defensores de las encomiendas se vieron desposeídos de sus privilegios. En Perú se rebelaron los encomenderos y mantuvieron su actitud hostil hasta que Pedro de Lagasca apaciguó el levantamiento con hábiles medidas diplomáticas. En Nueva España actuó con más comedimiento el visitador Tello de Sandoval, que escuchó las protestas de los encomenderos. Poco a poco, la encomienda dejó de tener sustancioso valor económico para los colonizadores. Aunque los tributos fiscales seguían cobrándose, los colonos aspiraban entonces a encontrar mejores privilegios en la burocracia virreinal. La encomienda desapareció virtualmente en el s. XVIII.

encomiar v.tr. Alabar con encarecimiento a una persona o cosa.

enconadura n.f. Inflamación o empeoramiento de una herida, pinchazo, etc.

enconar I. v.tr. y prnl. **1.** Inflamar, infectarse la llaga o parte lastimada del cuerpo. **2.** Fig. Irritar, exasperar el ánimo contra uno. **3.** Cargar la conciencia con alguna mala acción. **II.** v.prnl. Obtener uno interés o lucro indebido en riqueza o asunto que maneja.

encono n.m. Animadversión, rencor arraigado en el ánimo.

encontrar I. v.tr. **1.** Dar con una persona o cosa que se busca. **2.** Dar con una persona o cosa sin buscarla. **II.** v.int. Tropezar uno con otro. **III.** v.prnl. **1.** Oponerse, enemistarse uno con otro. **2.** Hallarse y concurrir juntas a un mismo lugar dos o más personas. ▷ Hallarse, estar. **3.** Opinar diferentemente, discordar unos de otros. **4.** Conformar, convenir, coincidir. • **encontrado,a** adj. **1.** Puesto enfrente. **2.** Opuesto, contrario, antitético. • **encontrón** o **encontronazo** n.m. Golpe que da una cosa con otra cuando una de ellas, o las dos, van impelidas y se encuentran.

encopetar 1. v.tr. y prnl. Elevar en alto o formar copete. **2.** v.prnl. Engreírse, presumir demasiado.

encorajar 1. v.tr. Dar valor, ánimo y coraje. **2.** v.prnl. Encenderse en coraje o encolerizarse mucho.

encorar I. v.tr. **1.** Cubrir con cuero una cosa. **2.** Encerrar y meter una cosa dentro de un cuero. **3.** Hacer que las llagas formen epitelio. **II.** v.int. y prnl. Formar cuero las llagas.

encorchar v.tr. **1.** Coger los enjambres de las abejas y cebarlas para que entren en las colmenas. **2.** Poner tapones de corcho a las botellas.

encordar I. v.tr. **1.** Poner cuerdas a los instrumentos de música. **2.** Apretar un cuerpo con una cuerda. **II.** v.prnl. DEP Atarse el montañista a la cuerda de seguridad.

encorecer 1. v.tr. Hacer que las llagas formen epitelio. **2.** v.int. Formar epitelio las llagas.

encorsetar v.tr. y prnl. Poner corsé, especialmente cuando se ciñe mucho.

encorvar I. v.tr. y prnl. Doblar y torcer una cosa poniéndola corva. II. v.prnl. EQUIT Bajar el caballo la cabeza, arqueándose, con objeto de lanzar al jinete. • **encorvada** n.f. I. 1. Acción de encorvar el cuerpo. 2. Danza descompuesta que se hace torciendo el cuerpo y los miembros. II. BOT Planta anual de la familia de las papilionáceas, con hojas acorazonadas de flores amarillas y fruto en legumbre de pico curvo.

encostillado n.m. MIN Conjunto de las costillas que se colocan en los pozos y galerías para dar más solidez a la entibación.

encostrar 1. v.tr. Cubrir con costra una cosa; como un pastelón, etc. 2. v.tr. y prnl. Echar una costra o capa a una cosa para su resguardo o conservación. 3. v.int. y prnl. Formar costra una cosa.

encovar I. v.tr. y prnl. 1. Meter o encerrar una cosa en una cueva o hueco. 2. Fig. Encerrar, obligar a uno a ocultarse. II. v.tr. Fig. Guardar, encerrar, contener.

encrespar I. v.tr. y prnl. 1. Ensortijar, rizar. 2. Erizar el pelo, plumaje, etc., por alguna impresión fuerte. 3. Enfurecer, irritar y agitar, dicho de personas y animales. 4. Levantar y alborotar las olas del agua. II. v.prnl. Fig. Enredarse y dificultarse el asunto que se trata.

Encrinus n.m. ZOOL Género de crinoideos, que fue muy abundante en el Triásico.

encrucijada n.f. 1. Lugar en donde se cruzan dos o más calles o caminos. 2. Fig. Emboscada, asechanza.

encruelecer 1. v.tr. Instigar a uno a que piense y actúe con crueldad. 2. v.prnl. Hacerse cruel, fiero, inhumano; enfadarse con exceso.

encuadernar v.tr. Juntar, unir y coser varios pliegos o cuadernos y ponerles cubiertas. • **encuadernación** n.f. 1. Acción y efecto de encuadernar. 2. Forro o cubierta, que se pone a los libros para resguardo de sus hojas. 3. Taller donde se encuaderna.

encuadrar v.tr. 1. Encerrar en un marco o cuadro. ▷ AUDIOV Acción de situar un sujeto en el campo visual de una máquina fotográfica, de un tomavistas, etc. 2. Fig. Encajar, ajustar una cosa dentro de otra. 3. Fig. Encerrar dentro de sí una cosa; determinar sus límites.

encubrir I. v.tr. y prnl. Ocultar una cosa o no manifestarla. II. v.tr. Impedir que llegue a saberse una cosa.

encuentro n.m. I. 1. Acto de coincidir en un punto dos o más cosas, por lo común chocando una contra otra. 2. Acto de encontrarse o hallarse dos o más personas. 3. Oposición, contradicción. 4. Competición deportiva. 5. ARQUIT Macizo comprendido entre un ángulo de un edificio y el vano más inmediato. 6. ARQUIT Ángulo que forman dos carreras o soleras. 7. ZOOL Sobaco, concavidad que forma el arranque del brazo con el cuerpo. II. pl. 1. En las aves, parte del ala, pegada a los pechos, desde donde empieza ésta. 2. En los cuadrúpedos mayores, puntas de las espaldillas que por delante se unen al cuello. 3. IMP Claros que se dejan al imprimir para después estampar allí letras con tinta de otro color.

encuesta n.f. Estudio de un tema a partir de testimonios.

encumbrar I. v.tr. y prnl. 1. Levantar en alto. 2. Fig. Ensalzar, engrandecer a uno honrándolo y colocándolo en puestos o empleos honoríficos. II. v.tr. Subir la cumbre. III. v.prnl. 1. Envanecerse, ensalzarse. 2. Hablando de cosas inanimadas, ser muy elevadas, subir a mucha altura.

encunar v.tr. Poner al niño en la cuna.

encurdarse v.int.Vulg. Emborracharse.

encurtir v.tr. Hacer que ciertos frutos o legumbres tomen el sabor del vinagre y se conserven mucho tiempo teniéndolos en este líquido.

encharcar v.tr. y prnl. 1. Cubrir de agua una parte de terreno que queda como si fuera un charco. 2. Echar agua en el estómago.

enchilar I. v.tr. 1. *Amér.* Untar, aderezar con chile. 2. *C. Rica.* Fig. Dar un chasco o recibirlo. II. v.tr. y prnl. *Méx.* y *Nicar.* Fig. Picar, molestar, irritar. • **enchilada** n.f. *Guat.*, *Méx.* y *Nicar.* Torta de maíz aderezada con chile y rellena de diversos manjares. (Se usa más en pl.)

enchufar I. v.tr. e int. Ajustar la boca de un caño en la de otro. II. v.tr. 1. Fig. Combinar, enlazar un asunto con otro. 2. ALBAÑ Acoplar las partes salientes de una pieza en otra. ▷ ELECTR Establecer una conexión eléctrica encajando una en otra las dos piezas del enchufe. III. v.prnl. Fig. y Fam. Colocarse en un cargo o destino por influencia política. • **enchufe** n.m. 1. Acción y efecto de enchufar. 2. Parte de un caño o tubo que penetra en otro. 3. Sitio donde enchufan dos caños. 4. Fig. y Fam. Cargo o destino que se obtiene por influencia política. 5. ELECTR Aparato que consta de dos piezas esenciales que se encajan una en otra cuando se quiere establecer una conexión eléctrica.

end(o)- Prefijo procedente del griego *endon,* «dentro».

ende *Por ende.* m.adv. Por tanto.

endeble adj. Débil, de resistencia insuficiente.

endécada n.f. Período de once años.

endecágono,a n.m. y adj. GEOM Se aplica al polígono de 11 ángulos y 11 lados.

endecasílabo,a 1. n. y adj. De once sílabas. 2. adj. Compuesto de endecasílabos, o que los tiene en la combinación métrica.

endecha n.f. 1. Canción melancólica en la que el poeta se lamenta de algo. 2. Combinación métrica de cuatro versos de seis o siete sílabas, generalmente asonantados.

endemia n.f. Persistencia en un territorio de una enfermedad que afecta a una parte importante de la población. • **endémico,a** adj. 1. Con las características de la endemia. 2. BIOL Se dice de un ser vivo cuya área de distribución es poco extensa y está bien delimitada.

endemoniar 1. v.tr. Introducir los demonios en el cuerpo de una persona. 2. v.tr. y prnl. Fig. y Fam. Irritar, encolerizar a uno.

endentar v.tr. 1. Encajar una cosa en otra, como los dientes y los piñones de las ruedas. 2. Poner dientes a una rueda.

endentecer v.int. Empezar los niños a echar los dientes.

endeñarse v.prnl. Infectarse una herida.

enderezar I. v.tr. y prnl. 1. Poner derecho lo que está torcido. 2. Fig. Gobernar bien; poner en buen estado una cosa. 3. Poner derecho o vertical lo que está inclinado o tendido. II. v.tr. 1. Remitir, dirigir, dedicar. 2. Enmendar, corregir, castigar.

endeudarse v.prnl. 1. Llenarse de deudas. 2. Reconocerse obligado.

endiablada n.f. Festejo y función jocosa en que muchos se disfrazaban con máscaras y figuras ridículas de diablos.

endiablar 1. v.tr. Introducir los diablos en el cuerpo de uno. 2. v.tr. y prnl. Fig. y Fam. Dañar, pervertir. 3. v.prnl. Encolerizarse o irritarse uno demasiado. • **endiablado,a** adj. 1. Fig. Muy feo, desproporcionado. 2. Fig. y Fam. Sumamente perverso, malo, nocivo.

endíadis n.f. RET Figura por la cual se expresa un solo concepto con dos nombres coordinados.

endibia n.f. Planta herbácea, cuyas hojas se consumen cocidas o en ensalada.

endilgar v.tr. Encajar, endosar a otro algo desagradable o impertinente.

endiosar I. v.tr. Elevar a uno a la divinidad. II. v.prnl. 1. Fig. Erguirse, entonarse, envanecerse. 2. Fig. Suspenderse, embebecerse.

endo- Elemento compositivo que entra en la formación de algunas voces españolas con el significado de «dentro, en el interior».

endoblar v.tr. Entre ganaderos, hacer que dos ovejas críen a la vez un cordero.

endocardio n.m. ANAT Membrana serosa que tapiza las cavidades del corazón y está formada por dos capas: una exterior, de tejido conjuntivo, y otra interior, de endotelio. • **endocarditis** n.f. PAT Inflamación aguda o crónica del endocardio.

endocarpio n.m. BOT Capa interna de las tres que forman el pericarpio de los frutos, que puede ser de consistencia leñosa, como el hueso del melocotón.

endocrino adj. 1. FISIOL Perteneciente o relativo a las hormonas o a las secreciones internas. 2. FISIOL Se dice de la glándula que carece de conducto excretor y vierte directamente en la sangre los productos que secreta. • **endocrinología** n.f. FISIOL Estudio de las secreciones internas.

endodermo n.m. BIOL Capa u hoja interna de las tres en que se disponen las células del blastodermo después de haberse efectuado la segmentación.

endoesqueleto n.m. ZOOL Neuroesqueleto.

endogamia n.f. 1. ETNOL En ciertos pueblos primitivos, costumbre de contraer matrimonio con un cónyuge perteneciente a la misma tribu. 2. P. ext., se aplica a la regla o práctica de contraer matrimonio cónyuges de ascendencia común.

endogénesis n.f. BIOL División de una célula que está rodeada de una cubierta o envoltura resistente que impide la separación de las células hijas. • **endógeno,a** adj. 1. Que se origina o nace en el interior, como la célula que se forma dentro de otra. 2. Que se origina en virtud de causas internas.

endolinfa n.f. ANAT Líquido acuoso que llena el laberinto del oído de los vertebrados.

endometrio n.m. ANAT Mucosa uterina. • **endometritis** MED Inflamación de la mucosa uterina.

endomingarse v.prnl. Vestirse con la ropa de fiesta.

endomorfismo n.m. MAT Homomorfismo en el que el conjunto de llegada y el de salida se confunden.

endoparásito n. y adj. BIOL Se dice del parásito que vive dentro del cuerpo de un animal o planta; como la lombriz intestinal.

endoproctos n.m.pl. ZOOL Clase de lofóforos cuyo ano está situado dentro de la corona de tentáculos.

endorfina n.f. BIOQUIM Péptido del cerebro.

endorreísmo n.m. Afluencia de las aguas de un territorio hacia el interior de éste, sin desagüe al mar.

endosar v.tr. 1. Ceder a favor de otro una letra de cambio u otro documento de crédito expedido a la orden. 2. Fig. Trasladar a uno una carga, trabajo o cosa no apetecible.

endoscopio n.m. Nombre genérico de varios aparatos destinados a la exploración de cavidades o conductos internos del organismo.

endósmosis n.f. FIS Paso, a través de una membrana semipermeable que separa dos soluciones, del solvente de la solución menos concentrada hacia la más concentrada. • en-

dosmómetro n.m. FIS Aparato que sirve para medir la presión osmótica.

endotelio n.m. ANAT Tejido formado por células aplanadas y dispuestas en una sola capa, que reviste interiormente las paredes de algunas cavidades orgánicas que no comunican con el exterior. • **endotelioma** n.m. MED Tumor generalmente maligno originado en el revestimiento celular de los vasos o de las cavidades serosas.

endotérmico,a adj. QUIM Se dice del cuerpo, compuesto o de la reacción que absorbe calor.

endotoxina n.f. MICROB Toxina que sólo se libera tras la destrucción de la bacteria que la secreta.

endriago n.m. Monstruo fabuloso, formado del conjunto de facciones humanas y de las de varias fieras.

endrino,a 1. adj. De color negro azulado. 2. n.m. Ciruelo silvestre con el fruto pequeño, negro azulado y áspero al gusto. • **endrina** n.f. Fruto del endrino.

endulzar v.tr. y prnl. 1. Poner dulce una cosa. 2. Fig. Suavizar, hacer llevadero un trabajo, disgusto o incomodidad.

endurecer I. v.tr. y prnl. 1. Poner dura una cosa. 2. Fig. Robustecer los cuerpos; hacerlos más aptos para el trabajo y la fatiga. II. v.tr. Fig. Hacer a uno áspero, severo, exigente. III. v.prnl. Actuar cruelmente, obstinarse en la dureza o rigor.

ene 1. n.f. Nombre de la letra *n*, y del signo potencial indeterminado en álgebra. 2. adj. Denota cantidad indeterminada.

enea- Prefijo procedente del griego *ennea*, «nueve».

eneágono,a n.m. y adj. GEOM Se aplica al polígono de nueve ángulos y nueve lados.

eneasílabo,a n. y adj. De nueve sílabas.

enebro n.m. 1. Arbusto de la familia de las cupresáceas, de 3 a 4 m de altura, de copa espesa, hojas lineales de tres en tres, flores de color pardo rojizo, y por frutos bayas elipsoidales o esféricas con tres semillas casi ovaladas. La madera es rojiza, fuerte y olorosa. 2. Madera de esta planta. • **enebrina** n.f. Fruto del enebro.

eneldo n.m. Hierba de la familia de las umbelíferas, de 60 a 80 cm de altura; hojas divididas en lacinias filiformes, flores amarillas en círculo y semillas pareadas con nervios bien señalados.

1. enema n.m. FARM Cualquiera de los medicamentos que se aplicaban sobre las heridas sangrientas, y que se componían de sustancias secantes y ligeramente astringentes.

2. enema n.f. MED Ayuda, lavativa.

enemigo,a I. adj. Contrario (opuesto a una cosa). II. n.m. y f. El que tiene mala voluntad a otro y le desea o hace mal. III. n.m. 1. El contrario en la guerra. 2. Diablo.

enemistad n.f. Aversión u odio entre dos o más personas. • **enemistar** v.tr. y prnl. Hacer a uno enemigo de otro, o hacer perder la amistad.

éneo,a adj. POET De cobre o bronce.

eneolítico,a adj. Perteneciente o relativo al período prehistórico de transición entre la Edad de la Piedra Pulimentada y la del Bronce.

energía I. n.f. 1. Eficacia, poder, virtud para obrar. 2. Fuerza de voluntad, vigor y tesón en la actividad. II. FIS Causa capaz de transformarse en trabajo mecánico. — *Energía atómica*. La que se encuentra almacenada en los núcleos atómicos y se libera por escisión (fisión) de los núcleos pesados, o por síntesis (fusión) de los núcleos ligeros. — *Energía cinética*. La que posee un cuerpo por razón de su movimiento. Resulta ser igual a la mitad del producto de la masa por el cuadrado de la velocidad. ▷ *Energía solar*. La que radica en la energía radiante del Sol. Su utilización puede ser: 1) *Térmica*. Esta energía es del orden de 1 kw/h por m² sobre la superficie terrestre, aunque sólo es utilizable en la llamada «cintura solar» de la tierra, situada entre los paralelos 40°. Los dispositivos de la energía térmica solar de baja potencia más importantes son: a) *Destiladores solares*, utilizados para convertir en potable el agua de mar. b) *Colectores de placa plana* para calentamiento del agua. c) *Vaporizadores solares*. d) *Cocinas solares*. e) *Hornos solares*. 2) *Fotoquímica*. Cuando la energía solar se utiliza para conseguir una mayor rapidez en el crecimiento de la vegetación, a base de acelerar la fotosíntesis de las plantas. Otra aplicación de la energía solar fotoquímica es la de las pilas solares o fotopilas, para uso industrial. • **energético,a** 1. adj. Perteneciente o relativo a la energía. 2. n.f. FIS Ciencia que trata de la energía. • **energizar** v.tr. 1. FIS Poner en actividad un electroimán, mandarle la corriente excitatriz. 2. FIS Mandar a las bobinas la corriente para que imanen el núcleo. 3. FIS Suministrar corriente eléctrica.

ENCICL La energía se manifiesta bajo formas muy diversas: energía calorífica, electromagnética, eléctrica, nuclear, mecánica, química, etc. La equivalencia de estas formas implica que *la energía total* (puesta en juego en el momento de la transformación de un tipo de energía en otro) se mantiene constante (primer principio de la termodinámica). Una característica de los intercambios energéticos es la *irreversibilidad;* así, la energía mecánica puede transformarse enteramente en calorífica, pero, por el contrario, la transformación inversa no puede ser total, pues siempre se dan pérdidas de calor (segundo principio de la termodinámica). El *julio* (símbolo *J*) es la unidad de energía del sistema SI. Corresponde al trabajo de una fuerza de 1 newton cuyo punto de aplicación se desplaza 1 m en su misma dirección. Se emplean asimismo otras unidades: el watio-hora (1 Wh = 3.600 J), el electronvoltio (1 eV = $1{,}6 \cdot 10^{-19}$ J) empleado en física nuclear, la caloría. En nuestro planeta, el Sol es la fuente fundamental de energía, pues todas las demás (carbón, gas, petróleo, viento, etc.) derivan de él. La utilización directa de la energía solar parece uno de los medios para remediar el agotamiento progresivo de los recursos energéticos actuales y responder al aumento de las necesidades de energía de las sociedades industriales y países en vías de desarrollo.

energúmeno,a n.m. y f. Fig. Persona furiosa, alborotada.

enero n.m. Mes primero de los doce de que consta el año civil. Tiene treinta y un días.

enervar v.tr. y prnl. 1. Debilitar, quitar las fuerzas. 2. Fig. Debilitar la fuerza de las razones o argumentos.

enésimo,a adj. Se dice del número indeterminado de veces que se repite una cosa. ▷ MAT Se dice del lugar indeterminado en una serie.

enfado n.m. 1. Impresión desagradable y molesta que hacen en el ánimo algunas cosas. 2. Afán, trabajo. 3. Enojo contra otra persona.

enfaenado,a adj. Metido en faena, entregado al trabajo con afán.

enfaldar I. v.tr. y prnl. Recoger las faldas. II. v.tr. Cortar las ramas bajas de los árboles para que crezcan y formen copa las superiores. • **enfaldado** adj. Se dice del varón que vive demasiado apegado a las mujeres de la casa.

enfangar I. v.tr. y prnl. Cubrir de fango una cosa o meterla en él. II. v.prnl. 1. Fig. y Fam. Mezclarse en asuntos innobles y vergonzosos. 2. Fig. Deshonrarse, envilecerse.

enfardar v.tr. 1. Hacer o arreglar fardos. 2. Empaquetar mercancías.

énfasis n.m. o f. 1. Fuerza de expresión o de entonación con que se quiere realzar la importancia de lo que se dice o se lee. 2. Afectación en la expresión, en el tono de la voz o en el gesto. 3. RET Figura que consiste en dar a entender más de lo que realmente se expresa con las palabras empleadas para decir alguna cosa.

enfermedad n.f. 1. Alteración más o menos grave de la salud del cuerpo animal. 2. Alteración más o menos grave en la fisiología del cuerpo vegetal. 3. Fig. Pasión dañosa o alteración en lo moral o espiritual. 4. Fig. Anormalidad dañosa en el funcionamiento de una institución, colectividad, etc. • **enfermar** I. v.int. y prnl. Contraer enfermedad el hombre o el animal. II. v.int. Fig. Contraer enfermedad los vegetales. III. v.tr. 1. Causar enfermedad. 2. Fig. Debilitar, quitar firmeza, menoscabar, invalidar. • **enfermería** n.f. 1. Local o dependencia destinados para enfermos o heridos. 2. Conjunto de los enfermos de determinado lugar o tiempo, o de una misma enfermedad. • **enfermizo,a** adj. 1. Que tiene poca salud; que enferma con frecuencia. 2. Capaz de ocasionar enfermedades. 3. Propio de un enfermo.

enfervorizar v.tr y prnl. Infundir buen ánimo, fervor, celo ardiente.

enfeudar v.tr. Dar en feudo un reino, territorio, ciudad, etc.

enfilar v.tr. 1. Poner en fila varias cosas. 2. Dirigir una visual a través de un instrumento. 3. Venir dirigida una cosa en la misma dirección de otra. 4. Ensartar, pasar por un hilo, cuerda, alambre, etc., varias cosas.

enfisema n.m. MED Infiltración gaseosa difusa del tejido celular. ▷ *Enfisema pulmonar*. Afección pulmonar caracterizada por la dilatación y destrucción de los bronquíolos respiratorios y del tejido conjuntivo de la pared alveolar. (Puede ser difuso o localizado y sus síntomas son insuficiencia respiratoria y, posteriormente, cardíaca.)

enfiteusis n.m. y f. 1. FOR Cesión perpetua o por largo tiempo del dominio útil de un inmueble, mediante el pago anual de un canon y de laudemio por cada enajenación de dicho dominio. 2. Contrato enfitéutico.

enflaquecer I. v.tr. 1. Poner flaco a uno, minorando su corpulencia o fuerzas. 2. Fig. Debilitar, enervar. II. v.int. y prnl. 1. Ponerse flaco. 2. Fig. Desmayar, perder ánimo.

enfocar v.tr. 1. Hacer que la imagen de un objeto producida en el foco de una lente se recoja con claridad sobre un plano u objeto determinado. 2. Fig. Descubrir y comprender los puntos esenciales de un problema o négocio, para tratarlo o resolverlo acertadamente.

enfrascar I. v.tr. Echar o meter en frascos algunas cosas. II. v.prnl. 1. Enzarzarse, meterse en una espesura. 2. Fig. Aplicarse con mucha intensidad a una cosa.

enfrentar 1. v.tr. e int. Afrontar, poner frente a frente. 2. v.tr. y prnl. Afrontar, hacer frente, oponer.

enfrente 1. adv.l. A la parte opuesta, en un punto que mira a otro, o que está delante de otro. 2. adv. m. En contra, en pugna.

enfriar 1. v.tr., intr. y prnl. Poner o hacer que se ponga fría una cosa. 2. v.tr. y prnl. Fig. Entibiar los afectos, templar la fuerza y el ardor de las pasiones, amortiguar la eficacia en las obras. 3. v.prnl. Quedarse fría una persona. • **enfriamiento** n.m. 1. Acción y efecto de enfriar o enfriarse. 2. Indisposición que se caracteriza por síntomas catarrales, resultado de la acción del frío atmosférico sobre el cuerpo.

enfurecer 1. v.tr. y prnl. Irritar a uno, o

ponerle furioso. **2.** v.tr. Causar soberbia. **3.** v.prnl. Fig. Alborotarse, alterarse.

enfurruñarse v.prnl. **1.** Fam. Ponerse enfadado. **2.** Fam. Encapotarse el cielo.

engalanar v.tr. y prnl. Adornar una cosa.

engalgar v.tr. **1.** Apretar la galga contra el cubo de la rueda de un carruaje para impedir que gire. **2.** Calzar las ruedas de los vehículos con la plancha para frenarlas. **3.** MAR Afirmar a la cruz de un ancla el cable de un anclote para que no garre la embarcación.

engallarse v.prnl. y tr. **1.** Fig. Ponerse erguido y arrogante. **2.** EQUIT Levantar la cabeza y recoger el cuello el caballo, obligado por el freno.

engalle o **engallador** n.m. Parte del arnés de lujo, que sirve para mantener erguida la cabeza del caballo.

enganchar **I.** v.tr., prnl. e int. Agarrar una cosa con gancho o colgarla de él. **II.** v.tr. e int. **1.** Poner los caballos en los carruajes. **2.** Fig. y Fam. Atraer a uno con arte, captar su afecto o su voluntad. **III.** v.prnl. MILIT Sentar plaza de soldado.

engañabobos n.m. y f. **1.** Fam. Persona que pretende embaucar o deslumbrar. **2.** Cosa que engaña o defrauda con su apariencia.

engañar **I.** v.tr. **1.** Inducir a otro a creer y tener por cierto lo que no lo es, valiéndose de palabras o de obras aparentes y fingidas. **2.** Producir ilusión falsa algún hecho. **3.** Entretener, distraer. **4.** Engatusar. **II.** v.prnl. **1.** Cerrar los ojos a la verdad, por ser más grato el error. **2.** Equivocarse. • **engañifa** n.f. Fam. Engaño artificioso con apariencia de utilidad. • **engaño** n.m. **1.** Falta de verdad en lo que se dice, hace, cree, piensa o discurre. **2.** Cualquier arte o armadijo para pescar.

engarabitar **1.** v.int. y prnl. Trepar. **2.** v.tr. y prnl. Engarabatar.

engarbarse v.prnl. Encaramarse las aves a lo más alto de un árbol o de otra cosa.

engarce n.m. **1.** Acción y efecto de engarzar. **2.** Metal en el que se engarza alguna cosa.

engargantar **1.** v.tr. Meter una cosa por la garganta. **2.** v.int. Engranar. **3.** v.int. y prnl. Meter el pie en el estribo hasta la garganta.

engarzar **I.** v.tr. **1.** Trabar una cosa con otra u otras, formando cadena, por medio de hilo de metal. **2.** Rizar el pelo. **3.** Engastar. **II.** v.prnl. *Amér.* Enzarzarse, enredarse unos con otros.

engastar v.tr. Encajar y embutir una cosa en otra. • **engaste** n.m. **1.** Acción y efecto de engastar. **2.** Guarnición de metal que abraza y asegura lo que se engasta. **3.** Perla desigual que por un lado es llana o chata y por el otro redonda.

engatar v.tr. Fam. Engañar halagando.

engatillado,a **I.** adj. Aplícase al caballo y al toro que tienen el pescuezo grueso y levantado por la parte superior. **II.** n.m. **1.** Procedimiento empleado para unir dos chapas de metal, y que consiste en doblar, enlazar y machacar los bordes para que se unan. **2.** ARQUIT Obra en la cual unas piezas están trabadas con otras por medio de gatillos de hierro.

engatusar v.tr. Fam. Ganar la voluntad de uno con halagos para conseguir de él alguna cosa.

engendrar v.tr. **1.** Procrear, propagar la propia especie. **2.** Fig. Causar, ocasionar, formar.

engendro n.m. **1.** Feto. **2.** Criatura informe. **3.** Fig. Plan u obra intelectual mal concebidos.

englobar v.tr. Incluir o considerar reunidas varias partidas o cosas en una sola.

engolar v.tr. Dar resonancia gutural a la voz. • **engolado,a** adj. **1.** Dícese de la voz, articulación o acento que tienen resonancia en la garganta. **2.** Fig. Dícese del hablar afectadamente grave o enfático. **3.** Fig. Fatuo, engreído.

engolfar **1.** v.tr. Meter una embarcación en el golfo. **2.** v.int. y prnl. Entrar una embarcación muy adentro del mar. **3.** v.prnl. y tr. Fig. Meterse mucho en un asunto, arrebatarse de un pensamiento o afecto.

engolosinar **1.** v.tr. Excitar el deseo de uno con algún atractivo. **2.** v.prnl. Aficionarse, tomar gusto a una cosa.

engomar v.tr. **1.** Dar goma desleída a las telas y otros géneros para que queden lustrosos. **2.** Untar de goma los papeles y otros objetos para lograr su adherencia.

engordar **I.** v.tr. **1.** Cebar, dar mucho de comer para poner gordo. **II.** v.int. **1.** Ponerse gordo. **2.** Fig. y Fam. Hacerse rico. • **engorda** n.f. **1.** *Chile.* Engorde, ceba. **2.** *Chile* y *Méx.* Conjunto de animales que se ceban para la matanza.

engorro n.m. Embarazo, impedimento, molestia.

engrama n.m. PSICOFISIOL Huella dejada en los centros nerviosos por toda actividad anterior.

engranaje n.m. **1.** TECN Dispositivo compuesto por dos piezas provistas de dientes, que asegura una unión mecánica entre dos árboles que por lo general no giran a la misma velocidad. **2.** TECN Acción de engranar una rueda. **3.** TECN Posición de dos ruedas que engranan. — AUTOM *Engranaje móvil.* Órgano de una caja de cambios que permite obtener varios rendimientos por desplazamiento de los piñones. **4.** Fig. Enlace, trabazón de ideas, circunstancias o hechos.

engrandecer **I.** v.tr. **1.** Aumentar, hacer grande una cosa. **2.** Alabar, exagerar. **II.** v.tr. y prnl. Fig. Exaltar, elevar a uno a grado o dignidad superior.

engranujarse v.prnl. **1.** Llenarse de granos. **2.** Hacerse granuja, apicararse.

engrasar **I.** v.tr. **1.** Dar sustancia y crasitud a una cosa. **2.** Encrasar las tierras. **3.** Adobar con algún aderezo las manufacturas o tejidos. **4.** Untar ciertas partes de una máquina con aceites u otras sustancias lubricantes para disminuir el rozamiento. **II.** v.tr. y prnl. Untar, manchar con grasa.

engreír **1.** v.tr. y prnl. Envanecer. **2.** *Amér.* Encariñar.

engrescar v.tr. y prnl. **1.** Incitar a riña. **2.** Meter a otros en broma, juego u otra diversión.

engrifar **1.** v.tr. y prnl. Encrespar, erizar. **2.** v.prnl. Enamorarse, empinarse una caballería.

engrillarse v.prnl. Echar grillos o tallos las patatas.

engringarse v.prnl. Seguir uno las costumbres de los gringos o extranjeros.

engrosar **1.** v.tr. y prnl. Hacer gruesa y más corpulenta una cosa, o darle espesor o crasitud. **2.** v.tr. Fig. Aumentar, hacer más numeroso un ejército, una multitud, etc. **3.** v.int. Hacerse más grueso y corpulento.

engrudo n.m. Masa hecha con harina o almidón que se cuece en agua, y sirve para pegar.

engrumecerse v.prnl. Hacerse grumos un líquido o una masa fluida.

engullir v.tr. e int. Tragar la comida atropelladamente y sin mascarla.

enhebrar v.tr. **1.** Pasar la hebra por el ojo de la aguja o por el agujero de las cuentas, perlas, etc. **2.** Fig. y Fam. Decir seguidas muchas cosas sin orden ni concierto.

enhiesto,a adj. Levantado, derecho.

enhilar **I.** v.tr. **1.** Enhebrar. **2.** Fig. Ordenar las ideas de un escrito o discurso. **3.** Fig. Dirigir, guiar o encaminar con orden una cosa. **4.** Enfilar. **II.** v.int. Encaminarse.

enigma n.m. **1.** Dicho o conjunto de palabras de sentido artificiosamente encubierto para que sea difícil entenderlo o interpretarlo. **2.** P. ext., dicho o cosa que difícilmente puede entenderse o interpretarse.

enilismo n.m. MED Alcoholismo debido al exceso de vino.

enjabonar v.tr. **1.** Jabonar. **2.** Fig. y Fam. Adular. **3.** Fig. Reprender a uno, increparlo.

enjalbegar **1.** v.tr. Blanquear las paredes. **2.** v.tr. y prnl. Fig. Afeitar, componer el rostro con afeites.

enjambre n.m. **1.** Muchedumbre de abejas, que se segregan de una colmena para formar otra colonia con motivo de la aparición de una nueva reina. **2.** Fig. Muchedumbre de personas o cosas juntas.

enjaretar v.tr. **1.** Hacer pasar por una jareta un cordón, cinta o cuerda. **2.** Fig. y Fam. Hacer o decir algo atropelladamente o de mala manera. **3.** Fig. y Fam. Endilgar, encajar algo molesto o inoportuno.

enjoyar v.tr. y prnl. **1.** Adornar con joyas a una persona o cosa. **2.** Fig. Adornar, hermosear, enriquecer. **3.** Entre plateros, poner o engastar piedras preciosas en una joya.

enjuagar **1.** v.tr. y prnl. Limpiar la boca y dentadura con agua u otro licor. **2.** v.tr. Aclarar y limpiar con agua clara lo que se ha jabonado o fregado. • **enjuague** n.m. **1.** Acción de enjuagar. **2.** Agua u otro licor que sirve para enjuagar. **3.** Vaso con su escupidera, destinado a enjuagarse. **4.** Fig. Negociación oculta y artificiosa.

enjugar **I.** v.tr. Quitar la humedad a una cosa, secarla. **II.** v.tr. y prnl. **1.** Limpiar la humedad que, recibe o echa el cuerpo. **2.** Lavar ligeramente. **3.** Fig. Cancelar, extinguir una deuda o un déficit. **III.** v.prnl. Enmagrecer.

enjuiciar v.tr. **1.** Fig. Someter una cuestión a examen, discusión y juicio. **2.** FOR Instruir un procedimiento con las diligencias y documentos necesarios para que se pueda determinar en juicio. **3.** FOR Juzgar, sentenciar o determinar una causa. **4.** FOR Sujetar a uno a juicio. • **enjuiciamiento** n.m. **1.** Acción y efecto de enjuiciar. **2.** FOR Instrucción o substanciación legal de los asuntos en que entienden los jueces o tribunales.

enjundia n.f. **1.** Gordura que las aves tienen en la overa. **2.** Gordura de cualquier animal. **3.** Fig. Lo más sustancioso e importante de alguna cosa no material. **4.** Fig. Fuerza, vigor, arrestos. **5.** Fig. Constitución o cualidad connatural de una persona.

enjuto,a **I.** adj. Delgado, seco o de pocas carnes. **II.** n.m.pl. **1.** Tascos y palos secos, que sirven de yesca para encender lumbre. **2.** Bollitos u otros bocados ligeros que excitan la sed.

enlace n.m. **1.** Acción de enlazar. **2.** Unión, conexión de una cosa con otra. **3.** Dicho de los trenes, empalme. **4.** Fig. Parentesco, casamiento. **5.** QUIM Unión de dos átomos en una combinación.

ENCICL Los enlaces químicos resultan de las interacciones que se establecen, en el seno de la materia, entre átomos, iones y moléculas. Un enlace se establece entre dos átomos si el nuevo conjunto formado posee una energía inferior a la de los dos átomos tomados por separado; la diferencia entre estas dos energías es la *energía de enlace.* Los enlaces se deben a cambios o desplazamientos de electrones que pertenecen a las capas más externas de los átomos. Se distinguen enlaces *fuertes* y enlaces *débiles*. **1.** *Enlaces fuertes:* la *electrovalencia* asegura la cohesión de los cristales formados por iones de signos opuestos; la *covalencia* asegura la cohesión de los átomos en las moléculas de compuestos no ionizados que comparten dos electrones; el *enlace metálico* asegura la cohesión de los metales en estado sólido. **2.** *Enlaces débiles:* los *enlaces por puente de hidrógeno* son responsables de ciertas anomalías de las propiedades físicas de un cuerpo; *los enlaces por las fuerzas de Van der Waals* explican la cohesión de los gases raros y del hidrógeno en los cristales formados por solidificación, así como ciertos fenómenos de adsorción. La mecánica ondulatoria explica las cuestiones planteadas por el establecimiento de enlaces y, en particular, por la covalencia. Se llama *orbital* la parte del espacio en la que se tienen 95 probabilidades sobre 100 de encontrar un electrón determinado. Los enlaces de covalencia se deben a la formación de orbitales moleculares por recubrimiento de algunas de las orbitales de los átomos en cuestión. Cuando este recubrimiento se efectúa en el eje de los dos átomos, se obtiene un enlace sigma (σ) que corresponde a un enlace *simple*. Cuando este recubrimiento es lateral, se tiene un enlace pi (π). Los enlaces *dobles* y *triples* se deben a la combinación de un enlace sigma con varios enlaces pi.

enlazar **I.** v.tr. **1.** Coger o juntar una cosa en lazos. **2.** Aprisionar un animal arrojándole el lazo. **II.** v.tr. y prnl. Dar enlace o trabazón a unas cosas con otras. **III.** v.prnl. **1.** Fig. Unirse en matrimonio. **2.** Fig. Unirse las familias por medio de casamientos.

enlodar **I.** v.tr. y prnl. **1.** Manchar, ensuciar con lodo. **2.** Fig. Manchar, infamar, envilecer. **II.** v.tr. **1.** MIN Tapar con arcilla las grietas de un barreno para impedir que filtre por ellas el agua. **2.** Dar con lodo a una tapia, embarrar.

enloquecer **I.** v.tr. Hacer perder el juicio a uno. **II.** v.int. Volverse loco.

enlucir v.tr. **1.** Poner una capa de yeso o mezcla a las paredes, techos o fachadas de los edificios. **2.** Limpiar, poner tersas y brillantes la plata, las armas, etc.

enlutar **I.** v.tr. y prnl. **1.** Cubrir de luto. **2.** Fig. Oscurecer. **II.** v.tr. Fig. Entristecer, afligir.

enmadrarse v.prnl. Encariñarse excesivamente el hijo con la madre

enmagrecer v.tr., int. y prnl. Enflaquecer.

enmallarse v.prnl. Quedarse un pez sujeto por las agallas entre las mallas de la red.

enmantar **1.** v.tr. y prnl. Cubrir con manta. **2.** v.prnl. Fig. Estar triste y melancólico.

enmarañar **I.** v.tr. y prnl. **1.** Enredar, revolver una cosa. **2.** Fig. Confundir, enredar un asunto haciendo difícil su buen éxito. **II.** v.prnl. Cubrirse de celajes el cielo.

enmascarar **1.** v.tr. y prnl. Cubrir el rostro con máscara. **2.** v.tr. Fig. Encubrir, disfrazar.

enmelar v.tr. **1.** Untar con miel. **2.** Hacer miel las abejas. **3.** Fig. Endulzar, hacer suave y agradable una cosa.

enmendar **I.** v.tr. y prnl. Corregir, quitar defectos. **II.** v.tr. **1.** Resarcir, subsanar los daños. **2.** FOR Rectificar un tribunal superior la sentencia dada por él mismo.

enmohecer **1.** v.tr. y prnl. Cubrir de moho una cosa. **2.** v.prnl. Fig. Inutilizar, caer en desuso.

enmonarse v.prnl. Emborracharse.

enmudecer **I.** v.tr. Hacer callar, detener y atajar a uno para que no hable más. **II.** v.int. **1.** Quedar mudo, perder el habla. **2.** Fig. Guardar uno silencio cuando pudiera o debiera hablar.

ennegrecer **1.** v.tr. y prnl. Teñir de negro. **2.** v.int. y prnl. Enturbiar, turbar, oscurecer. **3.** v.int. Fig. Ponerse muy oscuro, nublarse.

ennoblecer **I.** v.tr. y prnl. Hacer noble a uno. **II.** v.tr. **1.** Fig. Adornar, enriquecer una cosa. **2.** Fig. Ilustrar, dignificar, realzar y dar esplendor.

ennudecer v.int. Dejar de crecer las personas, animales y plantas.

enojar **1.** v.tr. y prnl. Causar enojo. **2.** v.tr. Molestar, desazonar. **3.** v.prnl. Fig. Alborotarse, enfurecerse. • **enojo** n.m. **1.** Movimiento del ánimo, que suscita ira contra una persona. **2.** Molestia, pesar, trabajo.

enólico,a adj. BIOQUIM Se dice de ciertos ácidos débiles que dan color al vino tinto.

enología n.f. Conjunto de conocimientos relativos a la elaboración de los vinos.

enometría n.f. TECN Análisis de las características de un vino.

enorgullecer v.tr. y prnl. Llenar de orgullo.

enorme adj. **1.** Desmedido, excesivo. **2.** Perverso, torpe. • **enormidad** n.f. **1.** Exceso, tamaño irregular y desmedido. **2.** Fig. Exceso de maldad. **3.** Fig. Despropósito, desatino.

enosis, incorporación de Chipre a Grecia, deseada (1947-1960) por los grecochipriotas, en contraposición a la *taksim* (integración a Turquía), deseada por la minoría turcochipriota.

enotecnia n.f. Arte de elaborar los vinos y asesoramiento para la organización de su comercio.

enoteráceas n.f.pl. BOT Familia de plantas dicotiledóneas dialipétalas, frecuentes en los lugares húmedos, que comprende entre otros los géneros *Epilobium* y *Fuchsia*.

enquiridión n.m. Libro manual.

enquistarse v.prnl. MED Formarse un quiste. • **enquistado,a** **1.** adj. De forma de quiste o parecido a él. **2.** Fig. Embutido, encajado, metido dentro. **3.** BIOL y MED Que está encerrado en un quiste.

enramar **I.** v.tr. **1.** Enlazar y entretejer varios ramos, para adornar o para hacer sombra. **2.** MAR Arbolar y afirmar las cuadernas del buque en construcción. **II.** v.int. Echar ramas un árbol. **III.** v.prnl. Ocultarse entre ramas. • **enramada** n.f. **1.** Conjunto de ramas de árboles espesas y entrelazadas naturalmente. **2.** Adorno formado de ramas de árboles con motivo de alguna fiesta. **3.** Cobertizo hecho de ramas de árboles. • **enramado** n.m. MAR Conjunto de las cuadernas de un buque.

enrarecer **1.** v.tr. y prnl. Dilatar un cuerpo gaseoso haciéndolo menos denso. **2.** v.tr., int. y prnl. Hacer que escasee, que sea rara una cosa.

enrasar **1.** v.tr. e int. Igualar una obra con otra, de suerte que tengan una misma altura. **2.** v.tr. ARQUIT Hacer que quede plana y lisa la superficie de una obra. **3.** v.int. FIS Coincidir, alcanzar dos elementos de un aparato la misma altura o nivel.

enrasillar v.tr. ALBAÑ Colocar la rasilla a tope entre las barras de hierro que forman la armazón de los pisos.

enredadera **1.** n. y adj. Dícese de las plantas de tallo voluble o trepador que se enreda en las varas u otros objetos salientes. **2.** n.f. BOT Planta perenne, de la familia de las convolvuláceas, de tallos largos, sarmentosos y trepadores y flores en campanillas róseas. Abunda en estado salvaje.

enredar **I.** v.tr. **1.** Prender con red. **2.** Tender las redes o armarlas para cazar. **3.** Enlazar, entretejer, enmarañar una cosa con otra. **4.** Fig. Meter discordia o cizaña. **5.** Fig. Meter a uno asuntos comprometidos o peligrosos. **II.** v.int. Travesear, inquietar, revolver. **III.** v.prnl. Complicarse un asunto al sobrevenir dificultades. **IV.** v.tr. y prnl. Fam. Amancebarse.

enredo n.m. **1.** Maraña que resulta de trabarse entre sí desordenadamente los hilos u otras cosas flexibles. **2.** Fig. Travesura o inquietud. **3.** Fig. Mentira que ocasiona disturbios. **4.** Fig. Complicación difícil de salvar. **5.** Fig. En los poemas épico y dramático y la novela, conjunto de los sucesos, enlazados unos con otros que preceden al desenlace. **6.** Fig. Confusión de ideas. **7.** Fam. Amancebamiento. **8.** pl. Fam. Trastos.

enrejar v.tr. **1.** Cercar con rejas, cañas o varas los huertos, jardines, edificios, etc. **2.** Colocar en pila ladrillos, tablas u otras piezas iguales, cruzándolas ordenadamente para que queden a modo de enrejado. • **enrejado** n.m. y f. **1.** Conjunto de rejas. **2.** Labor, en forma de celosía, hecha por lo común de cañas o varas entretejidas. **3.** Emparrillado. **4.** Labor de manos que se hace formando varios dibujos: como hilos o sedas entretejidos y atravesados. • **enrejadura** n.f. VETER Herida producida por la reja del arado en los pies de los animales de tiro.

enriquecer **I.** v.tr. y prnl. **1.** Hacer rica a una persona, industria, etc. **2.** Fig. Adornar, engrandecer. **3.** METAL Aumentar la proporción en metal de un mineral por eliminación de los elementos estériles. **4.** FIS NUCL Aumentar la proporción isotópica de un cuerpo radiactivo eliminando los isótopos indeseables. **II.** v.int. **1.** Hacerse uno rico. **2.** Prosperar notablemente un país, una empresa, etc.

enriscar **1.** v.tr. Fig. Levantar, elevar. **2.** v.prnl. Guarecerse, meterse entre riscos y peñascos.

1. enristrar v.tr. **1.** Poner la lanza en el ristre. **2.** Poner la lanza horizontal bajo el brazo derecho, bien afianzada para acometer. **3.** Fig. Ir derecho hacia una parte, o acertar finalmente con una cosa difícil.

2. enristrar v.tr. Hacer ristras con ajos, cebollas, etc.

1. enrocar v.tr. En el juego de ajedrez, mudar el rey, que ha permanecido en su lugar, al mismo tiempo la torre del lado hacia el cual se muda.

2. enrocar v.tr. Revolver en la rueca el copo que ha de hilarse.

enrojecer **I.** v.tr. y prnl. **1.** Poner roja una cosa con el calor o el fuego. **2.** Encenderse el rostro. **II.** v.tr. Dar color rojo. **III.** v.int. Ruborizarse.

enrolar **I.** v.tr. y prnl. MAR Inscribir un individuo en el rol o lista de tripulantes de un barco mercante. **II.** v.prnl. Alistarse, inscribirse en una organización.

enronquecer v.tr. y prnl. Poner ronco a uno.

enroñar **I.** v.tr. Llenar de roña, pegarla. **II.** v.tr. y prnl. Cubrir de orín un objeto de hierro.

enroscar **I.** v.tr. y prnl. Torcer, doblar en redondo; poner en forma de rosca una cosa. **II.** v.tr. Introducir una cosa a vuelta de rosca.

enrubiar v.tr. y prnl. Poner rubia una cosa, p. ej. los cabellos.

ensaimada n.f. Bollo formado por una tira de pasta hojaldrada revuelta en espiral.

ensalada n.f. **1.** Hortaliza aderezada con sal, aceite, vinagre u otras cosas. **2.** Fig. Mezcla confusa de cosas sin conexión. **3.** Fig. Composición poética en la cual se incluyen, esparcidos, versos de otras poesías conocidas. **4.**

Fig. Composición lírica en la que se emplean *ad líbitum* metros diferentes. **5.** Fig. Mezcla poco armónica de colores. • **ensaladera** n.f. Fuente honda en la que se sirve la ensalada.

ensalmar **I.** v.tr. Componer los huesos dislocados o rotos. **II.** v.tr. y prnl. Curar con ensalmos. • **ensalmo** n.m. Modo supersticioso de curar con oraciones y aplicación empírica de varias medicinas.

ensalzar **1.** v.tr. Engrandecer, exaltar. **2.** v.tr. y prnl. Alabar, elogiar.

ensamblar v.tr. Unir, juntar. Se dice especialmente cuando se trata de ajustar piezas de madera. • **ensamblador** **1.** n.m. y f. Persona que ensambla. **2.** n.m. INFORM Programa que permite traducir un lenguaje simbólico en lenguaje máquina, suprimiendo la fase de compilación. • **ensamblaje** n.m. Acción de ensamblar. ▷ ESP Operación de aproximación y toma de contacto de dos ingenios espaciales.

ENCICL Las técnicas de ensamblaje se utilizan corrientemente, tanto en la industria como en los oficios artesanales. El ensamblado de piezas de madera se conoce desde muy antiguo: ensamblado de junta lisa (de ranura y lengüeta, p. ej.) o de junta transversal (de caja y espiga, p. ej.). El ensamblaje de dos piezas puede igualmente efectuarse mediante tornillos y pernos, chavetas y pasadores, remaches, soldadura y encolado.

ensanchar. **I.** v.tr. Extender, dilatar, aumentar la anchura de una cosa. **II.** v.prnl. e int. Fig. Envanecerse. **III.** v.prnl. Hacerse de rogar. • **ensanche** n.m. **1.** Dilatación, extensión. **2.** Parte de tela de la costura del vestido para poderlo ensanchar en caso necesario. **3.** Terreno dedicado a nuevas edificaciones en las afueras de una población y conjunto de los edificios que en ese terreno se han construido.

ensangrentar **I.** v.tr. y prnl. Manchar o teñir con sangre. **II.** v.prnl. Fig. Irritarse excesivamente en una disputa, ofendiéndose unos a otros.

ensañar **I.** v.tr. Irritar, enfurecer. **II.** v.prnl. Deleitarse en causar el mayor daño y dolor posibles a quien ya no está en condiciones de defenderse. • **ensañamiento** n.m. **1.** Acción y efecto de ensañarse. **2.** FOR Circunstancia agravante que consiste en aumentar deliberadamente el mal del delito.

ensartar **I.** v.tr. **1.** Pasar por un hilo, cuerda, alambre, etc., varias cosas; como perlas, cuentas, anillos, etc. **2.** Enhebrar. **3.** Espetar, atravesar, introducir. **4.** Fig. Decir muchas cosas sin orden ni conexión. **II.** v.tr. y prnl. Fig. *Chile* y *Méx.* Hacer caer en un engaño o trampa.

ensayar **I.** v.tr. **1.** Probar, reconocer una cosa antes de usar de ella. **2.** Amaestrar, adiestrar. **3.** Hacer la prueba de una cosa antes de ejecutarla en público. **4.** Probar la calidad de los minerales o la ley de los metales preciosos. **II.** v.prnl. Probar a hacer una cosa para ejecutarla después más perfectamente o para no extrañarla.

ensayismo n.m. Género literario constituido por el ensayo.

ensayo n.m. **1.** Acción y efecto de ensayar. **2.** Escrito, generalmente breve, de carácter didáctico. **3.** Operación por la cual se averigua el metal o metales que contiene la mena, y la proporción en que cada uno está con el peso de ella. ▷ Análisis de la moneda para descubrir su ley. **4.** QUIM Análisis rápido de un mineral para determinar sus componentes. **5.** DEP Rugby, acción de llevar el balón detrás de la línea de meta contraria.

ENCICL Los *ensayos mecánicos* a los que se somete un material permiten determinar diferentes parámetros relativos a su resistencia ante determinadas tensiones. Los más corrientes son los ensayos de tracción, de deformación, de dureza, de choque, de embutición y de fatiga.

ensenar **I.** v.tr. Esconder, poner en el seno una cosa. **II.** v.tr. y prnl. MAR Meter en una ensenada una embarcación. • **ensenada** n.f. Parte de mar que entra en la tierra.

enseña n.f. Insignia o estandarte.

enseñar **I.** v.tr. **1.** Instruir, educar, amaestrar con reglas o preceptos. **2.** Dar advertencia, ejemplo o escarmiento. **3.** Indicar, dar señas de una cosa. **4.** Mostrar o exponer una cosa. **5.** Dejar aparecer, dejar ver una cosa involuntariamente. **II.** v.prnl Acostumbrarse, habituarse a una cosa. • **enseñanza** n.f. **1.** Acción y efecto de enseñar. **2.** Sistema y método de dar instrucción. **3.** Ejemplo, acción o suceso que nos sirve de experiencia, enseñándonos o advirtiéndonos.

enseñorearse v.prnl. y tr. Hacerse señor y dueño de una cosa; dominarla.

enseres n.m. pl. Utensilios, muebles, instrumentos necesarios o convenientes en una casa para el ejercicio de una profesión.

ensillar v.tr. Poner la silla al caballo, mula, etc. • **ensillada** n.f. Collado o depresión suave en el lomo de una montaña.

ensimismarse v.prnl. **1.** Abstraerse. **2.** *Col., Chile* y *Ecuad.* Envanecerse, engreírse.

ensombrecer **I.** v.tr. y prnl. Oscurecer, cubrir de sombras. **II.** v.prnl. Fig. Entristecerse, ponerse melancólico.

ensoñar v.tr. Tener ensueños.

ensopar v.tr. Hacer sopa con el pan, empapándolo.

ensordecer **I.** v.tr. **1.** Ocasionar o causar sordera. **2.** GRAM Convertir una consonante sonora en sorda. **II.** v.int. **1.** Contraer sordera, quedarse sordo. **2.** Callar, no responder.

ensortijar **I.** v.tr. y prnl. Torcer en redondo, rizar, encrespar el cabello, hilo, etc. **II.** v.tr. Poner un aro atravesando la nariz de un animal, para gobernarlo y guiarlo.

ensuciar **I.** v.tr. y prnl. Manchar, poner sucia una cosa. **II.** v.tr. Fig. Manchar, deslustrar. **III.** v.prnl. **1.** Defecar manchándose. **2.** Fig. y Fam. Dejarse sobornar

ensueño n.m. **1.** Sueño o representación fantástica del que duerme. **2.** Ilusión, fantasía.

entablar **I.** v.tr. **1.** Cubrir, cercar o asegurar con tablas una cosa. **2.** Entablillar. **3.** En el juego de ajedrez, damas y otros análogos, colocar las piezas en sus respectivos lugares para empezar la partida. **4.** Disponer, preparar, emprender. **5.** Notar, escribir en las tablas de las iglesias una memoria. **6.** Dar comienzo a una conversación, batalla, etc. **II.** v.prnl. **1.** *Amér.* Igualar, empatar. **2.** Resistirse el caballo a volverse a uno u otro lado. **3.** Fijarse el viento de una manera continuada en cierta dirección.

entablillar v.tr. CIR Asegurar con tablillas y vendaje el hueso roto o quebrado.

entalpía n.f. FIS Magnitud termodinámica (H), función de estado definida por la relación H = U + PV (U: energía interna. P: presión, V: volumen).

1. entallar v.tr. **1.** Hacer figuras de relieve en madera, bronce, mármol, etc. **2.** Grabar en lámina, piedra u otra materia. **3.** Cortar la corteza, y a veces parte de la madera, de algunos árboles para extraer la resina. **4.** Hacer cortes en una pieza de madera para ensamblarla con otra.

2. entallar **1.** v.tr., int. y prnl. Hacer o formar el talle. **2.** v.tr. Ajustar la ropa de cama al cuerpo de la persona que está echada. **3.** v.int. Venir bien o mal el vestido al talle.

éntasis n.f. Parte más abultada del fuste de algunas columnas.

ente n.m. **1.** Lo que es, existe o puede existir. **2.** Fam. Sujeto ridículo.

entelequia n.f. Cosa real que lleva en sí el principio de su acción y que tiende por sí misma a su fin propio. Aristóteles introdujo la palabra y Leibniz la retomó en sus estudios.

entelerido,a adj. Sobrecogido de frío o de pavor.

entender **I.** v.tr. **1.** Tener idea clara de las cosas; comprenderlas. **2.** Saber con perfección una cosa. **3.** Conocer, penetrar. **4.** Conocer el ánimo o la intención de uno. **5.** Discurrir, inferir, deducir. **6.** Tener intención o mostrar voluntad de hacer una cosa. **7.** Creer, pensar, juzgar. **II.** v.prnl. **1.** Conocerse, comprenderse a sí mismo. **2.** Tener un motivo o razón oculta para obrar de cierto modo. **3.** Avenirse dos o más personas. **4.** Tener hombre y mujer alguna relación recatada de carácter amoroso. • **entendimiento** n.m. **1.** Facultad con que se conciben las cosas, se comparan, se juzgan, e inducen y deducen otras que no se conocen. ▷ Inteligencia. **2.** Razón humana.

entenebrecer v.tr. y prnl. Oscurecer.

entente n.f. Buena armonía entre personas, entidades o estados.

enter(o)- Prefijo, procedente del griego *énteron*, que significa intestino.

enterado,a adj. **1.** Conocedor. **2.** *Chile.* Orgulloso.

enteralgia n.f. PAT Dolor intestinal agudo.

enterar v.tr. y prnl. **1.** Informar a uno de algo que no sabe. **2.** *Arg.* y *Chile.* Completar una cosa, dicho especialmente de una cantidad.

entereza n.f. **1.** Integridad, perfección, complemento. **2.** Fig. Integridad, rectitud en la administración de justicia. **3.** Fig. Fortaleza, constancia, firmeza de ánimo. **4.** Fig. Severa y perfecta observancia de la disciplina.

entérico,a adj. ANAT Perteneciente o relativo a los intestinos. • **enteritis** n.f. MED Inflamación de la mucosa intestinal, acompañada de diarrea y a veces de hemorragia.

enternecer v.tr. y prnl. **1.** Ablandar, poner tierna y blanda una cosa. **2.** Fig. Mover a ternura, por compasión u otro motivo.

entero,a **I.** adj. **1.** Cabal, cumplido, sin falta alguna. **2.** Se aplica al animal no castrado. **3.** Fig. Robusto, sano. **4.** Fig. Recto, justo. **5.** Fig. Constante, firme. **6.** Fig. Que no ha perdido la virginidad. **7.** Fam. Tupido, fuerte, recio. Se dice de las telas. **II.** n.m. *Col., C. Rica, Chile* y *Méx.* Entrega de dinero, especialmente en una oficina pública.

enterococo n.m. MICROB Micrococo cuya presencia, normal en el intestino, puede resultar patógena para otros órganos.

enterocolitis n.f. PAT Inflamación del intestino delgado, del ciego y del colon.

enteropatía n.f. MED Afección del intestino.

enteroquinasa n.f. MICROB Enzima secretada por la mucosa duodenal y que contribuye, por activación de la tripsina, al mecanismo de la digestión.

enterorrenal adj. MED Perteneciente o relativo al mismo tiempo al intestino y al aparato urinario.

enterostomía n.f. CIR Abocamiento de un segmento intestinal en la pared del abdomen, para realizar un ano artificial.

enterovacuna n.f. MED Vacuna administrada por vía oral y absorbida por el intestino.

enterrar **I.** v.tr. **1.** Poner debajo de tierra. **2.** Dar sepultura a un cadáver. **3.** Fig. Sobrevivir a alguno. **4.** Fig. Hacer desaparecer una cosa debajo de otra, como si estuviese oculta bajo tierra. **5.** Fig. Arrinconar, relegar al olvido algún negocio, designio, etc., como si desapareciera de entre lo existente. **6.** *Amér.* Clavar, meter un instrumento punzante. **II.** v.prnl. Fig. Retirarse uno del trato de los demás. • **enterrador** n.m. **1.** Sepulturero. **2.** ZOOL Coleóptero pentámero que hace la puesta sobre los cadáveres de animales pequeños, como ratones, pájaros, enterrándolos para que sus larvas encuentren el alimento necesario para su desarrollo. **3.** TAUROM Peón que, después de haber recibido el toro la estocada, da vueltas a su alrededor y, haciéndole moverse a capotazos, acelera su muerte. • **enterramiento** n.m. **1.** Acción y efecto de enterrar los cadáveres. **2.** Sepulcro, monumento funerario u obra para sepultar el cadáver de una persona y honrar su memoria. **3.** Hoyo que se hace en tierra para enterrar un cadáver. ▷ Lugar en que está enterrado un cadáver.

entesar v.tr. **1.** Dar mayor fuerza o intención a una cosa. **2.** Poner tirante y tensa una cosa.

entestar **I.** v.tr. Unir dos piezas o maderos por sus cabezas. **II.** v.tr. e int. Adosar, encajar, empotrar. **III.** v.int. Estar una cosa en contacto con otra; lindar con ella.

entibar **I.** v.int. **1.** Estribar. **2.** Sufrir, oprimir una pieza que se golpea. **II.** v.tr. MIN En las minas, apuntalar, fortalecer con maderas y tablas las excavaciones que ofrecen riesgo de hundimiento.

entidad n.f. **1.** FILOS Lo que constituye la esencia o la forma de una cosa. **2.** Ente o ser. **3.** Valor o importancia de una cosa. **4.** Colectividad considerada como unidad.

entierro n.m. **1.** Acción y efecto de enterrar los cadáveres. **2.** Sepulcro o sitio en que se ponen los difuntos. **3.** El cadáver que se lleva a enterrar y su acompañamiento.

entigrecerse v.prnl. Fig. Enojarse, irritarse, enfurecerse.

entimema n.m. FILOS Silogismo abreviado que, por sobrentenderse una de las premisas, sólo consta de dos proposiciones, que se llaman antecedente y consiguiente.

entoldar **I.** v.tr. **1.** Cubrir con toldos los patios, calles, etc., para evitar el calor. **2.** Cubrir con tapices, sedas o paños las paredes. **3.** Cubrir las nubes el cielo. **II.** v.prnl. Fig. Engreírse, envanecerse. • **entoldado,a** n.m. **1.** Acción de entoldar. **2.** Toldo o conjunto de toldos colocados y extendidos para dar sombra.

Entoloma n.m. Género de hongos basidiomicetos forestales (familia agaricáceas), de láminas y esporas rosas, sin volva ni anilla, algunas de cuyas especies son comestibles. *El entoloma lívido tóxico.*

entomo- Prefijo procedente del griego *entomon*, «insecto».

entomófago,a adj. Que se alimenta de insectos.

entomófilo,a adj. **1.** Aficionado a los insectos. **2.** BOT Dícese de las plantas en las que la polinización se verifica por intermedio de los insectos.

entomología n.f. Parte de la zoología, que trata de los insectos.

entomostráceos n.m.pl. ZOOL Subclase de crustáceos, planctónicos en su mayoría, desprovistos de apéndices abdominales, que se divide en braquiópodos, cirrípedos, copépodos y ostrácodos.

entonar **I.** v.tr. e int. Cantar ajustado al tono; afinar la voz. **II.** v.tr. **1.** Dar determinado tono a la voz. **2.** Dar viento a los órganos levantando los fuelles. **3.** Empezar uno a cantar una cosa para que los demás continúen en el mismo tono. **4.** FISIOL Dar tensión y vigor al organismo. **5.** PINT Armonizar, graduar las tintas para que no desdigan unas de otras. **III.** v.prnl. Fig. Envanecerse, engreírse. • **entonación** n.f. **1.** Acción y efecto de entonar. **2.** Inflexión de la voz según el sentido de lo que se dice, la emoción que se expresa y el estilo o acento en que se habla. **3.** Fig. Arrogancia, presunción. • **entonadera** n.f. Palanca con que se mueven los fuelles del órgano.

entonces **I.** adv.t. En aquel tiempo u ocasión. **II.** adv.m. En tal caso, siendo así.

entono n.m. **1.** Acción y efecto de entonar la voz. **2.** Fig. Arrogancia, presunción.

entorchar v.tr. **1.** Retorcer varias velas y formar de ellas antorchas. **2.** Cubrir un hilo o cuerda enroscándole otro de metal.

entornar v.tr. **1.** Cerrar algo incompletamente, como las ventanas y las puertas, o los ojos. **2.** v.tr. y prnl. Inclinar, ladear, trastornar.

entorno n.m. Contorno.

entorpecer v.tr. y prnl. **1.** Poner torpe. **2.** Fig. Turbar, oscurecer el entendimiento. **3.** Fig. Retardar, dificultar.

entozoario n.m. ZOOL Endoparásito.

entrada n.f. **I. 1.** Espacio por donde se entra a alguna parte. **2.** Acción de entrar en alguna parte. ▷Acto de ser uno recibido en un consejo, comunidad, etc., o de empezar a gozar de una dignidad, empleo, etc. ▷ Fig. Arbitrio, facultad para hacer alguna cosa. ▷ Amistad, favor o familiaridad en una casa o con una persona. **3.** Billete que sirve para entrar en un espectáculo. **4.** Principio de una obra; como oración, libro, etc. **5.** Cada uno de los alimentos que se sirven después de la sopa y antes del plato principal. **6.** Cada uno de los ángulos entrantes que forma el pelo en la parte superior de la frente. **7.** Dinero que entra en una caja o en poder de uno. **8.** Primeros días del año, del mes, de una estación, etc. **II. 1.** En los teatros y otros lugares donde se dan espectáculos, concurso o personas que asisten. **2.** Producto de cada función. **III.** MIN Período de tiempo que en cada día dura el trabajo de una tanda de operarios. **IV.** ARQUIT Extremo de un madero o sillar que está metido en un muro o sentado sobre una solera. **V.** MUS Momento preciso en que cada voz o instrumento ha de entrar a tomar parte en la ejecución de una pieza musical. **VI.** MAT Tabla de doble entrada, que da el valor de cada uno de los elementos situados en la intersección de una línea y de una columna. — P. anal.: entradas de un diccionario: palabras diferenciadas tipográficamente (negritas en la presente obra) y ordenadas en general por orden alfabético, que constituyen las direcciones de los artículos.

entrador,a **I.** adj. **1.** Altivo, emprendedor, arriesgado. **2.** *Chile.* Entrometido, intruso. **II.** n.m. Persona que lleva las reses al matadero para su sacrificio.

entramar v.tr. ARQUIT Hacer un entramado. • **entramado,a** n.m. ARQUIT Armazón de madera que sirve para hacer una pared, tabique o suelo rellenando los huecos con fábrica o tablazón.

entrampar **I.** v.tr. y prnl. Hacer que un animal caiga en la trampa. **II.** v.tr. **1.** Fig. Engañar artificiosamente. **2.** Fig. y Fam. Enredar un asunto, de modo que no se pueda resolver. **3.** Fig. y Fam. Contraer muchas deudas. **III.** v.prnl. **1.** Meterse en una trampa o atolladero. **2.** Fig. y Fam. Empeñarse, endeudarse tomando empréstitos.

entrampillar v.tr. **1.** Acosar a uno en un lugar de donde no pueda escapar. **2.** Prender, capturar a una persona.

entraña n.f. **1.** Cada uno de los órganos contenidos en las principales cavidades del cuerpo humano y de los animales. **2.** Lo más íntimo o esencial de una cosa o asunto. ▷ pl. Fig. Lo más oculto y escondido. **3.** Fig. El centro, lo que está en medio. **4.** Fig. Voluntad, afecto del ánimo. **5.** Fig. Índole y genio de una persona.

entrar **I.** v.int. **1.** Ir o pasar de fuera adentro. ▷ Pasar por una parte para introducirse en otra. **2.** Encajar o poderse meter una cosa en otra, o dentro de otra. **3.** Desaguar, desembocar los ríos en otros o en la mar. **4.** Penetrar o introducirse. **5.** Tener una prenda de vestir, amplitud suficiente para que en su interior quepa la correspondiente parte del cuerpo. **6.** Acometer, arremeter. **7.** Fig. Ser admitido o tener entrada en alguna parte, corporación, carrera, profesión, etc. **8.** Fig. Tratándose de estaciones o de cualquiera otra parte del año, empezar o tener principio. ▷ Fig. Dicho de escritos o discursos, empezar o tener principio. **9.** Fig. Tratándose de usos o costumbres, seguirlos, adoptarlos. **10.** Fig. Tratándose de afectos, estados del ánimo, enfermedades, etc., empezar a dejarse sentir. **11.** Fig. Emplearse o caber cierta porción o número de cosas para algún fin **12.** Fig. Formar parte de ciertas cosas. **13.** Fig. Junto con la prep. *a* y el infinitivo de otros verbos, dar principio a la acción de ellos. **14.** Fig. Seguido de la preposición *en* y de un nombre, empezar a sentir o intervenir o tomar parte en lo que este nombre signifique. *Entrar en calor. Entrar en una conjuración.* ▷ Fig. Seguido de la prep. *en* y de voces significativas de edad, empezar a estar en la que se mencione. *Ha entrado ya en los sesenta años.* **15.** MUS Empezar a cantar o tocar en el momento preciso. **II.** v.tr. **1.** Meter, introducir o hacer entrar. **2.** Fig. Influir en el ánimo de uno. **3.** MAR Ir alcanzando una embarcación a otra en cuyo seguimiento va. **III.** v.prnl. Meterse o introducirse en alguna parte. **IV.** — Fig. y Fam. *No entrarle a uno una persona o cosa.* Desagradarle o serle antipática. No poder comprenderla.

entre **1.** Prep. que sirve para denotar la situación o estado en medio de dos o más cosas o acciones. **2.** Dentro de, en lo interior. **3.** Expresa estado intermedio. **4.** En el número de. **5.** Significa cooperación de dos o más personas o cosas. **6.** En composición con otro vocablo, limita o atenúa su significación. *Entrever, entrefino.* ▷ Expresa también situación o calidad intermedia. *Entrepaño, entretela.*

entreabrir v.tr. y prnl. Abrir un poco o a medias una puerta, ventana, postigo, etc.

entreacto n.m. **1.** Intermedio en una representación dramática. **2.** Baile que se ejecuta en este intermedio. **3.** Cigarro puro cilíndrico y pequeño.

entrecejo n.m. **1.** Espacio que hay entre las cejas. **2.** Fig. Ceño, sobrecejo.

entrecoger v.tr. **1.** Coger a una persona o cosa de manera que no se pueda escapar, o desprender, sin dificultad. **2.** Fig. Estrechar, apremiar a uno con argumentos, insidias o amenazas, en términos de dejarle sin acción o sin respuesta.

entrecomar v.tr. Poner entre comas, o entre comillas, una o varias palabras.

entrecomillar v.tr. Poner entre comillas una o varias palabras.

entrecoro n.m. Espacio que hay desde el coro a la capilla mayor en las iglesias catedrales y colegiales.

entrecortar v.tr. Cortar una cosa sin acabar de dividirla. • **entrecortado,a** adj. Se aplica a la voz o al sonido que se emite con intermitencias.

entrecorteza n.f. Defecto de las maderas que consiste en tener en su interior un trozo de corteza.

entrecote n.f. COC Galicismo por *solomillo.*

entrecruzar v.tr. y prnl. Cruzar dos o más cosas entre sí, entrelazar.

entrecuesto n.m. **1.** Espinazo de los vertebrados. **2.** Solomillo.

entrechocar v.tr. y prnl. Chocar dos cosas una con otra.

entredecir v.tr. Poner entredicho. • **entredicho,a** n.m. **1.** Prohibición, mandato para no hacer o decir alguna cosa. **2.** Censura eclesiástica, por la cual se prohíbe el uso de los divinos oficios, la administración y recepción de algunos sacramentos y la sepultura eclesiástica.

entredós n.m. **1.** Tira bordada o de encaje que se cose entre dos telas. **2.** Armario de madera fina y de poca altura. **3.** IMP Grado de letra mayor que el breviario y menor que el de lectura.

entrefino,a adj. **1.** De una calidad media entre lo fino y lo basto. **2.** Se dice del vino de Jerez que tiene algunas de las cualidades del llamado fino.

entregar **I.** v.tr. **1.** Poner en manos o en poder de otro a una persona o cosa. **2.** Introducir el extremo de una pieza de construcción en el asiento donde ha de fijarse. **II.** v.prnl. **1.** Ponerse en manos de uno, sometiéndose a su dirección o arbitrio; ceder a la opinión ajena. **2.** Tomar, recibir uno realmente una cosa o encargarse de ella. **3.** Tomar, aprehender a una persona o cosa; hacerse cargo. **4.** Dedicarse enteramente a una cosa. **5.** Darse a vicios o pasiones. **6.** Declararse vencido o sin fuerzas para continuar un empeño o trabajo.

entrelazar v.tr. Enlazar, entretejer una cosa con otra.

entrelinear v.tr. Escribir algo que se intercala entre dos líneas.

entremés n.m. **1.** Cualquiera de los manjares ligeros que se ponen en las mesas para picar de ellos mientras se sirven los platos. Se suelen tomar antes de la comida. **2.** Pieza dramática jocosa y de un solo acto. Solía representarse entre uno y otro acto de la comedia.

entremeter **I.** v.tr. **1.** Meter una cosa entre otras. **2.** Doblar los pañales que un niño tiene puestos, de modo que la parte seca quede en contacto con el cuerpo. **II.** v.prnl. **1.** Meterse uno donde no le llaman, inmiscuirse. **2.** Ponerse en medio o entre otros.

entremezclar v.tr. Mezclar una cosa con otra sin confundirlas.

entrenar v.tr. y prnl. Preparar, adiestrar personas o animales, especialmente para la práctica de un deporte.

entrenudo n.m. Parte del tallo de algunas plantas comprendida entre dos nudos.

entreoír v.tr. Oír una cosa sin percibirla bien o entenderla del todo.

entrepalmadura n.f. VETER Enfermedad que padecen las caballerías en la cara palmar del casco, por contusión seguida de supuración.

entrepanes n.m.pl. Tierras no sembradas, entre otras que lo están.

entrepaño n.m. **1.** ARQUIT Parte de pared comprendida entre dos pilastras, dos columnas o dos huecos. **2.** CARP Anaquel del estante o de la alacena. **3.** CARP Cualquiera de las tablas pequeñas o cuarterones que se meten entre los peinazos de las puertas y ventanas.

entrepelar v.int. y prnl. Estar mezclado el pelo de un color con el de otro distinto.

entrepernar v.int. Meter uno sus piernas entre las de otro.

entrepiernas n.f.pl. **1.** Parte interior de los muslos. **2.** Piezas cosidas entre las hojas de los calzones y pantalones, a la parte interior de los muslos. **3.** n.f.pl. *Chile.* Taparrabos, traje de baño.

entrepiso n.m. **1.** Piso que se construye quitando parte de la altura de uno, por lo que queda entre éste y el superior. **2.** MIN Espacio entre los pisos de una mina.

entrepunzar v.tr. Sentir dolor con poca fuerza o con intermisión.

entresacar v.tr. **1.** Sacar o elegir unas cosas de entre otras. **2.** Aclarar un monte, cortando algunos árboles. **3.** Cortar parte del cabello cuando éste es demasiado espeso.

entresijo n.m. **1.** Mesenterio. **2.** Fig. Cosa oculta, interior, escondida.

entresuelo n.m. **1.** Habitación entre el cuarto bajo y el principal de una casa. **2.** Cuarto bajo levantado más de un metro sobre el nivel de la calle, y que debajo tiene sótanos.

entretallar **I.** v.tr. **1.** Trabajar una cosa a media talla o bajo relieve. **2.** Grabar, esculpir. **3.** Sacar y cortar varios pedazos en una tela, haciendo en ella calados o recortados. **4.** Fig. Coger y estrechar a una persona o cosa, deteniéndole el curso o estorbándole el paso. **II.** v.prnl. Encajarse, trabarse unas cosas con otras.

entretanto **1.** adv. t. Entre tanto. **2.** n.m. Tiempo que media entre dos sucesos.

entretejer v.tr. **1.** Meter o injerir en la tela que se teje hilos diferentes. **2.** Trabar y enlazar una cosa con otra. **3.** Fig. Incluir, injerir palabras, períodos o versos en un libro o escrito.

entretela n.f. **1.** Lienzo, holandilla, algodón, etc., que se pone entre la tela y el forro de una prenda de vestir. **2.** pl. Fig. y Fam. Lo íntimo del corazón, las entrañas.

entretener **I.** v.tr. y prnl. Tener a uno detenido y en espera. **II.** v.tr. **1.** Hacer menos molesta y más llevadera una cosa. **2.** Divertir, recrear el ánimo de uno. **3.** Dar largas, con pretextos, al despacho de un negocio. **4.** Mantener, conservar. **III.** v.prnl. Divertirse jugando, leyendo, etc. • **entretención** n.f. *Amér.* Entretenimiento, diversión. • **entretenimiento** n.m. **1.** Acción y efecto de entretener o entretenerse. **2.** Cosa que sirve para entretener o divertir. **3.** Manutención, conservación de una persona o cosa.

entrever v.tr. **1.** Ver confusamente una cosa. **2.** Conjeturarla, sospecharla, adivinarla.

entreverar v.tr. Mezclar, introducir una cosa entre otras.

entrevigar v.tr. Rellenar los espacios entre las vigas de un piso.

entrevistar **I.** v.tr. Visitar a una persona, interrogarla acerca de ciertos extremos para informar al público de sus respuestas. **II.** v.prnl. Tener una entrevista con una persona. • **entrevista** n.f. Reunión concertada para tratar o resolver un asunto.

entripado,a **I.** n.m. y adj. Que está, toca o molesta en las tripas. **II.** adj. Se aplica al animal muerto a quien no se han sacado las tripas. **III.** n.m. Fig. y Fam. Sentimiento que uno se ve obligado a disimular.

entristecer **I.** v.tr. **1.** Causar tristeza. **2.** Poner de aspecto triste. **II.** v.prnl. Ponerse triste y melancólico.

entrometer v.tr. y prnl. Entremeter.

entromparse v.prnl. **1.** *Amér.* Enojarse. **2.** Fig. y Fam. Emborracharse.

entronar v.tr. Entronizar.

entroncar **1.** v.tr. Afirmar el parentesco de una persona con el tronco o linaje de otra. **2.** v.int. Tener o contraer parentesco con un linaje o persona.

entronizar **I.** v.tr. **1.** Colocar en el trono. **2.** Fig. Ensalzar a uno. **II.** v.prnl. Fig. Engreírse, envanecerse.

entronque n.m. Relación de parentesco entre personas que tienen un tronco común.

entropía n.f. FIS Magnitud termodinámica S, función que caracteriza la tendencia de un sistema a evolucionar hacia un estado final diferente del inicial en que se encuentra. ENCICL En la termodinámica clásica, la variación de entropía entre dos estados (inicial y final) se da a través de la relación $S_f - S_i = \int_i^f \frac{dQ_r}{T}$ donde dQ_r representa un intercambio elemental irreversible de calor con el medio exterior y T la temperatura absoluta. Así, la expansión espontánea en el vacío de un gas perfecto se efectúa con una energía interna constante, pero va acompañada de una variación de entropía positiva. La entropía de un sistema aislado tiende a aumentar (fenómeno de la degradación de la energía). — La teoría de la información de Shannon y Weaver (1948), se vincula a la *cantidad de informaciones* que lleva consigo una señal o mensaje: reducir la entropía de una información (o de una serie de informaciones) es reducir el número de posibilidades de interpretación del mensaje, o lo que es igual, reducir la incertidumbre; para este cálculo se utiliza el *logon.*

entropión n.m. Inversión hacia dentro del borde del párpado inferior por contracción muscular o por retracción cicatrizal.

entroque n.m. PALEONT Elemento constitutivo del esqueleto de los crinoides (clase de equinodermos). *En estado fósil, los entroques forman bancos de caliza.*

entubar v.tr. Poner tubos en alguna cosa. • **entubado** MED Introducción en un órgano hueco (estómago, bronquios, etc.) y por las vías naturales, de un tubo flexible con fines terapéuticos o de diagnóstico.

entuerto n.m. **1.** Tuerto o agravio. **2.** pl. Dolores de vientre que suelen sobrevenir a las mujeres poco después de haber parido.

entullecer **1.** v.tr. Fig. Detener la acción o movimiento de una cosa. **2.** v.int. y prnl. Tullirse.

entumecer **1.** v.tr. y prnl. Impedir, entorpecer el movimiento o acción de un miembro o nervio. **2.** v.prnl. Fig. Alterarse, hincharse.

entunicar v.tr. **1.** Cubrir o vestir con una túnica. **2.** Dar dos capas de cal y arena gruesa a la pared que se ha de pintar al fresco.

entupir **1.** v.tr. y prnl. Obstruir o cerrar un conducto. **2.** v.tr. Comprimir y apretar una cosa.

enturbiar v.tr. y prnl. **1.** Hacer o poner turbia una cosa. **2.** Fig. Alterar el orden; oscurecer lo que estaba claro y bien dispuesto.

entusiasmar v.tr. y prnl. Infundir entusiasmo; causar ardiente y fervorosa admiración.

entusiasmo n.m. **1.** Excitación de las sibilas al dar sus oráculos. **2.** Inspiración divina de los profetas. **3.** Inspiración fogosa y arrebatada del artista, orador, etc. **4.** Exaltación y fogosidad del ánimo. **5.** Adhesión fervorosa que mueve a favorecer una causa o empeño.

enucleación n.f. CIR Extirpación de un tumor o de un órgano, mediante una incisión.

enumeración n.f. **1.** Expresión sucesiva y ordenada de las partes de que consta un todo, de las especies que comprende un género, etc. **2.** Cómputo o cuenta numeral de las cosas. **3.** RET Parte del epílogo de algunos discursos en que, para acabar de persuadir al auditorio, se repiten juntas con brevedad las razones antes expuestas separada y extensamente.

enunciar v.tr. Expresar uno breve y sencillamente una idea.

enuresis n.f. MED Incontinencia de orina, sobre todo durante la noche.

envainar v.tr. **1.** Meter en la vaina la espada u otra arma blanca. **2.** Envolver una cosa a otra ciñéndola a manera de vaina.

envalentonar **1.** v.tr. Infundir valentía o arrogancia. **2.** v.prnl. Cobrar valentía. Se aplica a quien no es valiente, y se jacta de serlo cuando lo puede hacer sin riesgo.

envanecer v.tr. y prnl. Causar o infundir soberbia o vanidad a uno.

envarar v.tr. y prnl. Entorpecer, entumecer o impedir el movimiento de un miembro.

envasar v.tr. **1.** Echar en vasos o vasijas un líquido. **2.** Colocar cualquier otro género en su envase. **3.** Fig. Beber con exceso. **4.** Fig. Introducir en el cuerpo de uno la espada u otra arma punzante. • **envase** n.m. **1.** Acción y efecto de envasar. **2.** Recipiente en que se conservan y transportan ciertos géneros. **3.** Todo lo que envuelve o contiene artículos de comercio u otros efectos para conservarlos o transportarlos.

envedijarse v.prnl. **1.** Enredarse el pelo, la lana, etc. **2.** Fig. y Fam. Enzarzarse, unos con otros riñendo y pasando de las palabras a las manos.

envegarse v.prnl. *Chile.* Empantanarse, tener exceso de humedad un terreno.

envejecer **1.** v.tr. Hacer vieja a una persona o cosa. **2.** v.int. y prnl. Hacerse vieja o antigua una persona o cosa. **3.** v.int. Durar, permanecer por mucho tiempo. • **envejecido,a** adj. Fig. Acostumbrado, experimentado; que viene de mucho tiempo atrás.

envenenar **I.** v.tr. y prnl. Emponzoñar, infectar con veneno. **II.** v.tr. **1.** Fig. Acriminar; interpretar en mal sentido las palabras o acciones. **2.** Fig. Infectar con malas doctrinas o falsas creencias.

enverar v.int. Empezar las uvas y otras frutas a tomar color de maduras.

envergadura n.f. **1.** Fig. Importancia, amplitud alcance. **2.** AERON Dimensión del ala medida perpendicularmente al sentido de desplazamiento del avión. ▷ MAR Ancho de una vela contado en el grátil. **3.** ZOOL Distancia entre las puntas de las alas abiertas de las aves.

envergar v.tr. MAR Sujetar, atar las velas a las vergas.

envés n.m. **1.** Parte opuesta del frente de una cosa. **2.** Fam. Espalda.

enviar v.tr. **1.** Hacer que una persona vaya a alguna parte. **2.** Hacer que una cosa se dirija o sea llevada a alguna parte. Encaminar.

enviciar **1.** v.tr. Corromper, pervertir con un vicio. **2.** v.int. Echar las plantas muchas hojas, haciendo escaso fruto. **3.** v.prnl. Aficionarse excesivamente a una cosa.

envidia n.f. **1.** Tristeza o pesar del bien ajeno. **2.** Emulación, deseo honesto.

envigar v.tr. e int. Asentar las vigas de un edificio.

envilecer **1.** v.tr. Hacer vil, abatida y despreciable una cosa. **2.** v.prnl. Abatirse, perder uno la estimación que tenía.

envío n.m. Acción y efecto de enviar; remesa.

1. enviscar **1.** v.tr. Untar con liga las ramas de las plantas, los espartos, etc., para que se peguen y enreden los pájaros. **2.** v.prnl. Pegarse los pájaros y los insectos con la liga.

2. enviscar v.tr. **1.** Azuzar. **2.** Fig. Irritar.

envite n.m. **1.** Apuesta que se hace en algunos juegos de naipes y otros, pagando, además de los tantos ordinarios, cierta cantidad a un lance o suerte. **2.** Fig. Ofrecimiento de una cosa. **3.** Empujón.

envolver **I.** v.tr. **1.** Cubrir un objeto parcial o totalmente, ciñéndolo de tela, papel u otra cosa análoga. **2.** Vestir al niño con los pañales y mantillas. **3.** Arrollar o devanar un hilo, cinta, etc., en alguna cosa. **4.** Fig. Rodear a uno, en la disputa, de argumentos o sofismas, dejándolo cortado y sin salida. **II.** v.tr. y prnl. **1.** MILIT Rebasar por uno de sus extremos la línea de combate del enemigo, colocando a su flanco, y aun a su retaguardia, fuerzas que le ataquen. **2.** Fig. Complicar a uno en un asunto, haciéndole tomar parte en él. **III.** v.prnl. **1.** Fig. Liarse dos personas. **2.** Fig. Mezclarse y meterse entre otros, como sucede en las acciones de guerra. • **envoltorio** n.m. **1.** Bulto, lío, atadijo. Paquete hecho desaliñadamente. **2.** Defecto en el paño, por haberse mezclado alguna especie de lana distinta.

enyesar v.tr. **1.** Tapar o acomodar una cosa con yeso. **2.** Igualar o allanar con yeso las paredes, los suelos, etc. **3.** Agregar yeso a alguna cosa. **4.** CIR Escayolar.

1. enzarzar **I.** v.tr. Poner zarzas en una cosa o cubrirla de ellas. **II.** v.tr. y prnl. Fig. Sembrar discordias y disensiones. **III.** v.prnl. **1.** Enredarse en las zarzas, matorrales, etc. **2.** Fig. Meterse en negocios arduos y de salida dificultosa. **3.** Fig. Reñir.

2. enzarzar v.tr. Poner zarzos en los lugares donde se crían los gusanos de seda.

enzima n.f. BIOL Sustancia proteínica que producen las células vivas y que actúa como catalizador en los procesos de metabolismo. Es específica para cada reacción o grupo de reacciones.

ENCICL Una enzima es una molécula proteica compleja que permite que la mayoría de las reacciones bioquímicas (síntesis, degradaciones, oxidaciones, reducciones, transferencia de energía, etc.) se desarrollen con velocidad suficiente (medidas por la constante de Michaelis), a pesar de las débiles concentraciones de los reactivos presentes y la baja temperatura del medio. Los fenómenos enzimáticos son utilizados y conocidos desde la antigüedad con el nombre de *fermentación*, aunque los agentes responsables no hayan sido ni siquiera sospechados hasta el s. XVIII (Spallanzani, Réaumur). Hasta el s. XIX no se aislaron las primeras enzimas; se llamaron primeramente fermentos y después diastasas. Todas las enzimas son proteínas y todas las proteínas celulares deben poseer una actividad enzimática: así, la principal proteína de los músculos, la miosina, es una enzima activa, la ATPasa (adenosintrifosfatasa). La molécula de la enzima contiene a menudo, además de la parte proteica, o *apoenzima*, una pequeña molécula de constitución variada, la *coenzima* (nucleótido, porfirina), etc., que asociada con la anterior forma una *holoenzima*. La parte proteica confiere a las enzimas sus propiedades particulares: especificidad de reacción, sensibilidad al calor o al pH, desnaturalización, etc. Las enzimas se caracterizan por su gran actividad: una molécula de catalasa, p. ej., es capaz de descomponer 100.000 moléculas de agua oxigenada en un segundo. Cada enzima es específica de un sustrato. Su actividad está ligada a su estructura proteica compleja: cada molécula comprende un «punto activo», que fija el sustrato e induce su transformación. Algunos cuerpos pueden inhibir la acción de una enzima sobre el sustrato. Las reacciones enzimáticas pueden ser clasificadas en dos grupos: **1.** Las reacciones de disociación de enlaces descomponen las grandes moléculas no asimilables por el organismo en sus moléculas elementales. **2.** Las reacciones de síntesis, intracelulares, reconstituyen, a partir de las moléculas elementales, las macromoléculas (proteínas, p.ej.) necesarias para la célula. La biosíntesis de las enzimas es idéntica a la de las otras proteínas; está genéticamente controlada. Algunas enzimas llamadas *constitutivas*, existen en las células en una proporción constante; otras, las enzimas *adaptativas*, son el producto de una síntesis inducida por su sustrato. Las anomalías enzimáticas *(enzimopatías)*, cuantitativas o cualitativas, vienen determinadas por mutaciones genéticas. Se distinguen seis principales clases de enzimas: oxidorreductasas, transferasas, hidrolasas, isomerasas, liasas y ligasas. La desinencia *asa* procede del antiguo nombre de diastasa. Cada clase comprende miles de enzimas.

enzootia n.f. VETER Cualquiera enfermedad que acomete a una o más especies de animales en determinado territorio, por causa o influencia local.

eñe n.f. Nombre de la letra *ñ*.

eoceno **1.** n. y adj. GEOL Se dice del terreno que forma la base o comienzo del terreno terciario. **2.** adj. GEOL Perteneciente a este terreno.

eogeno n.m. y adj. GEOL Época que comprende el eoceno y el oligoceno.

Eohippus n.m. PALEONT Equino fósil (eoceno de América del N) del tamaño de un zorro, primer representante de la serie que conduce al caballo.

eólico,a **1.** adj. Debido a la acción del viento. **2.** n.m. Familia de dialectos griegos.

eolios, uno de los principales grupos de pueblos de la Antigua Grecia; la invasión de los dorios los obligó a emigrar de Tesalia hacia el centro de Grecia y a la costa NO de Asia Menor.

eolípila n.f. FIS Esfera que mide la fuerza motriz del vapor de agua.

eolito n.m. Piedra de cuarzo usada como instrumento por el hombre primitivo.

eón n.m. **1.** Período de tiempo indefinido e incomputable. **2.** FILOS En el gnosticismo, cada uno de los espíritus emanados de Dios.

eosina n.f. TECN Materia colorante roja utilizada en histología. • **eosinófilo** FISIOL Que tiene una gran afinidad con la eosina.

¡epa! interj. **1.** *Hond.*, *Méx.* y *Venez.* ¡Hola! **2.** *Chile.* ¡Ea!, ¡upa! (Se usa para animar.)

epacta n.f. **1.** Número de días en que el año solar excede al lunar. **2.** Analejo.

epanadiplosis n.f. RET Figura que consiste en repetir al fin de una cláusula o frase el mismo vocablo con que empieza.

epanástrofe RET Figura de dicción, llamada también concatenación.

epanortosis RET Figura de dicción llamada también corrección.

Epeira n.f. Género de arácnidos cuya tela está formada por radios y espirales angulosas. *Epeira diadema*, tiene en el dorso una cruz blanca de 10 a 15 mm de largo.

epéndimo n.m. ANAT Membrana que cubre las paredes de los ventrículos cerebrales y las del conducto central de la médula espinal.

epéntesis n.f. GRAM Figura de dicción que consiste en añadir algún sonido dentro de un vocablo.

eperlano n.m. ZOOL Pez de la familia de los salmónidos, de unos 15 cm de largo, muy parecido a la trucha.

Ephedra n.f. BOT Género de arbustos frecuentes en las playas y zonas secas mediterráneas, de ramos clorofílicos, pero desprovistos de hojas.

Ephippiger n.m. ZOOL Género de insectos ortópteros (saltamontes) de alas atrofiadas cuyo coselete tiene la forma de una silla de montar a caballo. Recibe el nombre vulgar de *chicharra*.

epi Prep. insep. que significa sobre.

epicanto n.m. MED Pliegue de la piel en el ángulo interno del ojo.

epicardio n.m. ANAT Capa visceral del pericardio.

epicarpio n.m. BOT La capa externa de las tres que forman el pericarpio de los frutos.

epicedio n.m. Composición poética en que se llora y alaba a una persona muerta.

epicentro n.m. Centro superficial del área de perturbación de un fenómeno sísmico que cae sobre el hipocentro.

epiciclo n.m. ASTRON ANTIG Pequeño círculo cuyo centro recorre otro círculo de mayor diámetro.

epicicloide n.f. GEOM Línea curva que describe un punto de una circunferencia que rueda sobre otra fija, siendo ambas tangentes exteriormente (v. hipocicloide).

épico,a I. n. y adj. 1. Perteneciente o relativo a la epopeya o a la poesía heroica. 2. Se dice del poeta que cultiva este género de poesía. II. adj. Propio, característico, conveniente a la poesía épica.

epicóndilo n.m. ANAT Tuberosidad externa del extremo inferior del húmero, en medio del codo.

epicureísmo n.m. 1. Sistema filosófico de Epicuro y de sus discípulos. 2. P. ext., actitud de aquellos que se entregan a los placeres.

epidemia n.f. 1. Rápida extensión de una enfermedad contagiosa, que afecta a un gran número de personas de una determinada región. 2. Fig. Propagación de un fenómeno que recuerda a la de una enfermedad contagiosa. • **epidemiología** n.f. MED Estudio de diferentes factores geográficos, sociales, etc., que condicionan la aparición y evolución de las enfermedades.

epidermis n.f. 1. ANAT Membrana epitelial que envuelve el cuerpo de los animales. 2. BOT Membrana formada por una sola capa de células que cubre el tallo y las hojas de las pteridofitas y de las fanerógamas o herbáceas.

epidiascopio o **epidiáscopo** n.m. FIS Aparato de proyecciones que sirve para hacer ver en una pantalla las imágenes de diapositivas y también de cuerpos opacos.

epidídimo n.m. ANAT Órgano alargado, en sentido anteroposterior, que recubre el borde superior del testículo.

epidural adj. ANAT Que pertenece a la parte del canal sacro situado entre las vértebras y las meninges.

epifanía, fiesta cristiana que se celebra el 6 de enero en memoria de la visita de los Reyes Magos al niño Jesús.

epifenómeno n.m. 1. MED Síntoma accesorio. 2. P. ext., fenómeno secundario, ligado a otro del cual deriva.

epífisis n.f. 1. ANAT Glándula situada en el cerebro, entre los hemisferios cerebrales y el cerebelo; se supone que su secreción regula el crecimiento. 2. ANAT Extremidad de los huesos largos.

epifito,a adj. BOT Se dice del vegetal que vive sobre otra planta, pero sin alimentarse de ésta.

epifonema n.f. RET Exclamación o reflexión deducida de lo que anteriormente se ha dicho, y con lo cual se concluye la narración o el pensamiento.

epifora n.f. PAT Lagrimeo copioso y persistente que aparece en algunas enfermedades de los ojos.

epigastrio n.m. ANAT Región del abdomen o vientre, que se extiende desde la punta del esternón hasta cerca del ombligo, y queda limitada en ambos lados por las costillas falsas.

epigénico,a adj. GEOL Que se forma en la superficie o cerca de la superficie.

epigeo,a adj. BOT Se dice de la germinación en la que el hipocótilo se alarga y levanta los cotiledones sobre el suelo.

epigino,a adj. BOT Se dice de la flor o parte de la flor que se inserta sobre el ovario. v. ínfero.

epiglosis n.f. ZOOL Parte de la boca de los insectos himenópteros.

epiglotis n.f. ANAT Lámina cartilaginosa, que tapa la glotis al tiempo de la deglución.

epígono n.m. El que sigue las huellas de otro, en arte, ciencias, etc.

epígrafe n.m. 1. Resumen que precede a los capítulos de una obra científica o literaria, a un discurso, un artículo, etc. 2. Cita o sentencia que se pone a la cabeza de un escrito sugiriendo algo de su contenido. 3. Inscripción en piedra, metal, etc. 4. Título, rótulo. • **epigrafía** n.f. Ciencia cuyo objeto es conocer e interpretar las inscripciones.

epigrama n.m. 1. Inscripción en piedra, metal, etc. 2. Composición poética breve en que con precisión y agudeza se expresa un solo pensamiento principal, por lo común festivo o satírico. 3. Fig. Pensamiento de cualquier género, expresado con brevedad y agudeza.

epilepsia n.f. PAT Afección caracterizada por la aparición más o menos frecuente de crisis convulsivas motrices o trastornos sensoriales, sensitivos o psíquicos.
ENCICL La *epilepsia esencial,* que aparece en la infancia, se manifiesta en personas aparentemente sanas con crisis convulsivas motrices generalizadas y pérdida del conocimiento. El tratamiento continuo con fenobarbital permite evitar las crisis. Las manifestaciones epilépticas pueden, además, indicar la existencia de una afección cerebral: absceso, tumor, meningoencefalitis, etc.

Epilobium n.m. BOT Género de enoteráceas que comprende más de doscientas especies. El *Epilobium hirsutum,* de flor violeta, es muy frecuente en lugares húmedos.

epilogismo n.m. ASTRON Cálculo o cómputo.

epílogo n.m. 1. Recapitulación de todo lo dicho en un discurso u otra composición literaria. 2. Fig. Conjunto o compendio. 3. Última parte de algunas obras dramáticas y novelas, en la que se hace una consideración general acerca de ellas o se da un desenlace a las acciones que no han quedado terminadas. 4. RET Última parte del discurso.

epímone n.f. RET Figura que consiste en repetir sin intervalo una misma palabra para dar énfasis a lo que se dice, o en intercalar varias veces en una composición poética un mismo verso o una misma expresión.

epinicio n.m. Canto de victoria; himno triunfal.

epiornis n.m. ZOOL Ave corredora gigante, con aspecto de avestruz enorme y pesado, que habitó en Madagascar del pleistoceno a la Edad Media.

epipaleolítico,a n.m. y adj. PREHIST Período posglaciar en el que las industrias líticas están aún próximas a las del paleolítico superior.

epiplón n.m. ANAT Ensanchamiento del peritoneo consistente en un repliegue que sirve de sostén a las vísceras abdominales. v. redaño.

epiquerema n.m. LOG Silogismo en que una o varias premisas van acompañadas de una prueba.

epiqueya n.f. Interpretación de la ley, según las circunstancias de tiempo, lugar y persona.

epirogénico,a adj. GEOF Dícese de los movimientos de levantamiento o de hundimiento que afectan a un continente, un zócalo, etc.

episcopado n.m. 1. Dignidad de obispo. 2. Época y duración del gobierno de un obispo determinado. 3. Conjunto de obispos. • **episcopal** 1. adj. Perteneciente o relativo al obispo. 2. n.m. Libro en que se contienen las ceremonias y oficios propios de los obispos. • **episcopalismo** n.m. Doctrina de los canonistas favorables a la potestad episcopal, frente a la pontificia.

1. episcopio n.m. Epidiascopio.

2. episcopio 1. n.m. Piscopologio. 2. Palacio episcopal. • **episcopologio** n.m. Catálogo y serie de los obispos de una iglesia.

episodio n.m. 1. Parte no integrante o acción secundaria de la principal de una obra literaria, pero enlazada con esta misma acción principal, y conveniente para hacerla más amena. 2. Cada una de las acciones parciales o partes integrantes de la acción principal. 3. Digresión en obras de otro género o en el discurso. 4. Incidente, suceso enlazado con otros que forman un todo o conjunto.

episoma n.m. MICROB Fragmento de ADN intracelular, con la propiedad de duplicarse de un modo autónomo y de incorporarse al material genético de la célula huésped sin perder su individualidad.

epispástico,a n.m. y adj. PAT Vesicante.

epistasia n.f. BIOL Carácter dominante de un gen sobre todos sus alelos.

epistaxis n.f. MED Hemorragia nasal.

epistemología n.f. Doctrina de los fundamentos y métodos del conocimiento científico.

epístola n.f. 1. Carta misiva que se escribe a los ausentes. ▷ Composición poética en forma de carta cuyo fin es moralizar, instruir o satirizar. 2. RELIG Parte de la misa, que se lee por el sacerdote después de las primeras oraciones, tomada de alguna de las epístolas de los apóstoles. ▷ Orden sacerdotal del subdiácono. • **epistolario** n.m. 1. Libro en que se hallan recogidas varias cartas o epístolas de un autor. 2. Libro en que se contienen las epístolas que se cantan en las misas.

epitafio n.m. Inscripción que se pone, o se supone puesta, sobre un sepulcro o en la lápida o lámina colocada junto al enterramiento.

epitalamio n.m. Composición poética del género lírico, en celebridad de una boda.

epítasis n.f. Parte del poema dramático, que sigue a la prótasis y precede a la catástrofe; enredo, nudo en el poema de este género.

epitaxis n.f. ELECTRON Técnica de fabricación de dispositivos semiconductores, que permite principalmente la realización de circuitos integrados.

epitelio n.m. ANAT Tejido formado por células en contacto mutuo, prismáticas, cúbicas, fusiformes o algo aplanadas, que constituye la epidermis, la capa externa de las mucosas y la porción secretora de las glándulas y forma parte de los órganos de los sentidos. • **epitelioma** n.m. PAT Cáncer formado por células epiteliales, derivadas de la piel y del revestimiento mucoso.

epítema n.f. CIR Medicamento tópico, aplicado en forma de fomento, de cataplasma o de polvo.

epíteto n.m. Adjetivo o participio cuyo fin principal no es determinar o especificar el nombre, sino caracterizarlo.

epítima n.f. 1. Epítema. 2. Fig. Consuelo, alivio.

epítimo n.m. Planta parásita, del mismo género que la cuscuta, con flores rojizas y simiente menuda y redonda. Vive comúnmente sobre el tomillo.

epítome n.m. 1. Resumen o compendio de una obra extensa, que expone únicamente lo más fundamental o preciso. 2. RET Figura que consiste, después de dichas muchas palabras, en repetir las primeras para mayor claridad.

epítrito n.m. Pie de la poesía griega y latina que se compone de cuatro sílabas, cualquiera de ellas breve y las demás largas.

epítrope n.f. 1. RET Concesión. 2. RET Permisión.

epizoario n.m. ZOOL Ectoparásito.

epizootia n.f. **1.** Enfermedad que acomete a una o varias especies de animales, por una causa general y transitoria. **2.** *Chile.* Glosopeda o fiebre aftosa.

época n.f. **1.** Determinado período de tiempo en la historia, marcado por sucesos importantes. **2.** P. ext., el tiempo en que se vive, los que viven en el mismo período. **3.** Cualquier espacio de tiempo en el que ocurre un hecho determinado. **4.** Período que caracteriza un estilo artístico determinado.

epodo n.m. **1.** Último verso de la estancia, repetido muchas veces. **2.** En la poesía griega, tercera parte del canto lírico compuesto de estrofa, antistrofa y epodo. **3.** En la poesía griega y latina, combinación métrica compuesta de un verso largo y otro corto.

epónimo,a adj. Se aplica al héroe o a la persona que da nombre a un pueblo, una época, etc.

epopeya n.f. **1.** Poema narrativo extenso en el que se refieren hechos heroicos, históricos o legendarios. **2.** FIG. Conjunto de hechos gloriosos dignos de ser cantados épicamente.

epóxido n.m. QUIM Grupo constituido por dos átomos de carbono enlazados a un átomo de oxígeno.

épsilon n.f. **1.** Quinta letra (ε) del alfabeto griego. **2.** MAT Símbolo de una cantidad «tan pequeña como se quiera».

epulón n.m. El que come mucho.

equi. Part. insep. que denota igualdad.

equiángulo,a adj. GEOM Se aplica a las figuras y sólidos cuyos ángulos son todos iguales entre sí.

equidad n.f. **1.** Igualdad de ánimo. **2.** Bondadosa templanza habitual; propensión a dejarse guiar, por el sentimiento del deber o de la conciencia, más bien que por el texto terminante de la ley. **3.** Justicia natural por oposición a la letra de la ley positiva. **4.** Moderación en el precio de las cosas o en las condiciones de los contratos.

equidiferencia n.f. MAT Igualdad de dos razones por diferencia.

equidistancia n.f. Igualdad de distancia entre varios puntos u objetos.

equidistar v.int. GEOM Hallarse uno o más puntos, líneas, planos o sólidos a igual distancia de otro determinado, o entre sí.

equidna n.m. ZOOL Mamífero monotrema, insectívoro, de cabeza pequeña, hocico afilado, lengua larga y muy extensible, con espinas; los dedos provistos de uñas fuertes para cavar; entre el pelo oscuro, salen unas púas en el dorso y los costados, semejantes a las del erizo.

équido n. y adj. ZOOL Se dice de los mamíferos perisodáctilos que, como el caballo y el asno, tienen cada extremidad terminada en un solo dedo. ▷ n.m.pl. ZOOL Familia de estos animales.

equilátero,a adj. GEOM Se aplica a las figuras cuyos lados son todos iguales entre sí.

equilibrio n.m. **1.** Estado de reposo de un cuerpo cuando las fuerzas que actúan sobre él se compensan mutuamente. **2.** Peso que es igual a otro peso y lo contrarresta. **3.** FIG. Contrapeso, contrarresto, armonía entre cosas diversas. **4.** FIG. Ecuanimidad, mesura, sensatez en los actos y juicios. **5.** pl. FIG. Actos de contemporización, prudencia o astucia, encaminados a sostener una situación, actitud, opinión, etc., insegura o dificultosa. • **equilibrado,a** adj. **1.** FIG. Ecuánime, sensato, prudente. **2.** AUTOM Reglaje de las ruedas. • **equilibrista** n. y adj. Diestro en hacer juegos o ejercicios de equilibrio.
ENCICL Un sistema está en equilibrio con relación a un punto de referencia determinado, si las coordenadas de sus puntos en tal posición permanecen constantes. El equilibrio es estable si el sistema vuelve a su posición inicial, partiendo de una posición cercana. Es indiferente si toda posición es de equilibrio. Es inestable si el sistema tiende a alejarse de su posición de equilibrio.

equimolecular adj. QUIM Se dice de una mezcla que contiene el mismo número de moléculas de cada uno de sus componentes.

equimosis n.f. PAT Mancha de la piel o de los órganos internos, que resulta de la sufusión de la sangre a consecuencia de un golpe, o de otras causas.

equimúltiplo n.m. y adj. Dícese de los números que provienen de otros al ser multiplicados por el mismo factor. 15 y 6 son equimúltiplos de 5 y 2, pues 3×5=15 y 3×2=6.

equin(o) Prefijo procedente del griego *ekhinos*, «erizo».

1. equino n.m. **1.** Erizo marino. **2.** ARQUIT Moldura convexa, característica del capitel dórico.

2. equino,a adj. Perteneciente o relativo al caballo.

equinoccio n.m. Época del año que marca el comienzo de la primavera o del otoño, cuando la duración del día es igual a la de la noche. • **equinoccial 1.** adj. Perteneciente al equinoccio. — ASTRON *Puntos equinocciales.* Puntos de intersección de la eclíptica con el ecuador. **2.** n.f. Línea equinoccial.
ENCICL La duración del día es igual a la de la noche el 21 de marzo (equinoccio de primavera) y el 23 de septiembre (equinoccio de otoño) de cada año. En esos días el Sol pasa por los puntos equinoccionales δ y δ' situados en la intersección de los planos de la eclíptica y el ecuador celeste. Estos puntos se desplazan lentamente en el sentido de las agujas del reloj a lo largo de la eclíptica (precesión de los equinoccios), de lo que resulta una ligera modificación de las estaciones.

equinococo n.m. ZOOL Larva de una tenia de 3 a 5 mm de largo que vive en el intestino del perro y de otros mamíferos carnívoros.

equinodermos n.m.pl. ZOOL Tipo de metozoarios triblásticos marinos cuya simetría fundamental desaparece a lo largo del desarrollo larvario y termina formando una organización radiada de tipo 5.
ENCICL Los equinodermos tienen un esqueleto interno calcáreo a menudo provisto de púas. Hay que distinguir los crinoideos (cómatulas), los equínidos (erizos de mar), los esteleroideos (asterias, llamadas *estrellas de mar*, y ofiuras). Aparecieron en el antecámbrico y parecen constituir el origen de los cordados.

equinoideos n.m.pl. ZOOL Clase de equinodermos de caparazón globoso guarnecido por púas (erizos de mar).

equipaje n.m. **1.** Conjunto de cosas que se llevan en los viajes. **2.** MAR Tripulación.

equipar **1.** v.tr. y prnl. Proveer a uno de las cosas necesarias para su uso particular. **2.** v.tr. Proveer a una nave de gente, víveres, municiones y todo lo necesario para su avío y defensa.

equiparar v.tr. Comparar una cosa con otra, considerándolas iguales o equivalentes.

equipo n.m. **1.** Acción y efecto de equipar. **2.** Grupo de personas, profesionales o científicas, organizado para una investigación o servicio determinado. **3.** Cada uno de los grupos que se disputan el triunfo en ciertos deportes. **4.** Conjunto de enseres u objetos para uso particular de una persona. **5.** Colección de utensilios, instrumentos y aparatos especiales para un trabajo.

equipolencia n.f. **1.** LOG Equivalencia (igualdad en el valor de varias cosas). **2.** MAT Estado de dos vectores equipolentes.

equiponderar v.int. Ser una cosa de peso igual al de otra.

equipotencial adj. FIS Del mismo potencial.

equipotente adj. MAT Se dice de los conjuntos que tienen la misma potencia, es decir entre los cuales existe una biyección.

equis **I.** n.f. Nombre de la letra *x*, y del signo de la incógnita en los cálculos. **II.** adj. Denota un número desconocido o indiferente.

equisetáceo,a n. y adj. BOT Se dice de plantas, algunas de ellas fósiles, pertenecientes a la clase de las equisetíneas, y cuyo tipo es la cola de caballo. ▷ n.f.pl. BOT Familia de estas plantas.

equisetales n.f.pl. Orden de criptógamas vasculares, que comprende las colas de caballo, cuyo tallo, constituido por segmentos rígidos clorofílicos, tiene ramificaciones de la misma estructura, dispuestas en verticilos en los nudos.

equisetíneo,a n. y adj. BOT Se dice de plantas criptógamas pteridofitas, herbáceas, vivaces, con rizoma feculento, tallos rectos, articulados, huecos, con fructificación en ramillete terminal parecido a un penacho. ▷ n.f.pl. BOT Clase de estas plantas, la mayoría de las cuales son fósiles. • **equiseto** n.m. BOT Nombre genérico de las plantas pertenecientes a la familia de las equisetáceas.

equitación n.f. **1.** Arte de montar y manejar bien el caballo. **2.** Acción de montar a caballo.

equitativo,a adj. Que tiene equidad.

équite n.m. Ciudadano romano perteneciente a una clase intermedia entre los patricios y los plebeyos, y que servía en el ejército a caballo.

equiuroideos n.m.pl. ZOOL Clase de metazoos invertebrados marinos vermiformes, provistos de una trompa.

equivaler v.int. **1.** Ser igual una cosa a otra en la estimación, valor, potencia o eficacia. **2.** GEOM Ser iguales las áreas de dos figuras planas distintas, o las áreas o volúmenes de dos sólidos también diversos. • **equivalencia** n.f. Igualdad en el valor, estimación, potencia o eficacia de dos o más cosas. ▷ GEOM Igualdad de áreas en figuras planas de distintas formas, o de áreas o volúmenes en sólidos diferentes. • **equivalente** **I.** n. y adj. Que equivale a otra cosa. **II.** n.m. **1.** QUIM Mínimo peso necesario de un cuerpo para que, al unirse con otro, forme verdadera combinación. **2.** QUIM Número que representa este peso, tomado con relación al de un cuerpo escogido como tipo. **III.** adj. GEOM Aplícase a las figuras y sólidos que tienen igual área o volumen y distinta forma.

equívoco,a **I.** adj. Que puede entenderse o interpretarse en varios sentidos. **II.** n.m. **1.** Palabra cuya significación conviene a diferentes cosas. **2.** RET Figura que consiste en emplear adrede en el discurso palabras homónimas o una equívoca en dos o más acepciones distintas. **3.** Acción y efecto de equivocar o equivocarse. • **equivocación** n.f. **1.** Acción y efecto de equivocar o equivocarse. **2.** Cosa hecha equivocadamente. • **equivocar** v.tr. y prnl. Tener o tomar una cosa por otra, juzgando u obrando desacertadamente.

Er QUIM Símbolo del erbio.

1. era n.f. **1.** Fecha determinada de un suceso, desde el cual se empiezan a contar los años, sirve para los cómputos cronológicos. **2.** Temporada larga, duración de mucho tiempo. **3.** Período histórico caracterizado por una gran innovación en las formas de vida y de cultura. **4.** Cada uno de los grandes períodos de la evolución geológica o cósmica. **5.** GEOL Nombre que, se ha dado a cada uno de los grandes períodos que se han establecido para estudiar la historia de la corteza terrestre.

2. era n.f. **1.** Espacio de tierra limpia y firme, algunas veces empedrado, donde se trillan las mieses. ▷ Cuadro pequeño de tierra destinado al cultivo de flores u hortalizas. **2.** MINER Sitio llano donde se machacan y limpian los minerales. **3.** ALBAÑ Suelo apisonado y preparado para majar el yeso, hacer las mezclas o arreglar sobre él los solados.

erario,a n.m. **1.** Tesoro público de una nación, provincia o pueblo. **2.** Lugar donde se guarda.

erasmiano,a n. y adj. Que sigue la pronunciación griega atribuida erróneamente a Erasmo.

erasmismo n.m. Doctrina filosófica de Erasmo de Rotterdam.
ENCICL En España, movimiento ideológico humanista que tuvo especial influencia en el s. XVI, tal vez a causa de la crisis espiritual que vivía la península. En 1520 se publicó la primera traducción de una obra de Erasmo de Rotterdam al castellano: *La querella de la paz.* Posteriormente, y sobre todo en Alcalá, se sucedieron las ediciones, avaladas por ser Alonso Manrique, inquisidor general, un entusiasta erasmista. Entre 1527 y 1532 se asiste al apogeo de este movimiento de renovación espiritual que habría de influir todas las manifestaciones culturales de la época y especialmente la literatura. La influencia erasmista fue poderosa en la corte de Carlos I. Así, Alfonso y Juan Valdés, Alfonso de Fonseca, Álvaro Manrique, etc., fueron apologistas del cristianismo interior erasmista (*Diálogo de la doctrina cristiana,* de Juan de Valdés). Igualmente Miguel Serret y Juan Ginés de Sepúlveda tuvieron relaciones cercanas a Erasmo. El humanismo eramistas prendió también en los círculos de «alumbrados» de Valladolid, en personajes como Antonio Alcaraz, Cabrerc y el obispo Cazalla. La reacción no se hizo esperar y se sucedieron los procesos contra los erasmistas, promovidos sobre todo por las órdenes mendicantes. Víctima de una feroz persecución, el erasmismo no sobrevivió al s. XVI. En el estudio de este tema son de destacar los exhaustivos trabajos del hispanista francés Marcel Bataillon.

erbio n.m. QUIM Elemento de número atómico 68 y de masa atómica 167,26 (símbolo: *Er*); metal perteneciente al grupo de las tierras raras.

ere n.f. Nombre de la letra *r* en su sonido suave.

erección n.f. **1.** Acción y efecto de levantar, levantarse, enderezarse o ponerse rígida una cosa. **2.** Fundación o institución. **3.** Tensión, estado de un cuerpo estirado por una o varias fuerzas.

eréctil adj. Que tiene la facultad o propiedad de levantarse, enderezarse o ponerse rígido.

erecto,a adj. Enderezado, levantado, rígido.

eremita n.m. Ermitaño.

eretismo n.m. MED Estado de excitación de un órgano.

erg n.m. Nombre del ergio en la nomenclatura internacional.

ergastoplasma n.m. BIOL Variedad de retículo endoplasmático unido a ribosomas, en los cuales se realiza una intensa síntesis proteica.

ergástulo n.m. Cárcel destinada a esclavos.

ergio n.m. FIS Unidad de trabajo en el sistema cegesimal, equivalente al realizado por una dina cuando su punto de aplicación recorre un centímetro. 1 erg = 10^{-7} julios.

ergo- Prefijo procedente del griego *ergon,* «fuerza, trabajo».

ergo conj. lat. Por tanto, luego, pues.

ergol n.m. QUIM Componente de un propergol.

ergonomía n.f. TECN Ciencia de la adaptación del trabajo al hombre, tratando de mejorar la actividad productiva y el hombre.

ergosterol n.m. BIOQUIM Esterol muy extendido en el reino vegetal, que puede adquirir las propiedades de la vitamina D bajo el efecto de radiaciones ultravioleta.

ergotamina n.f. BIOQUIM Derivado del ácido lisérgico, extraído del cornezuelo de centeno. Su acción es antagonista del sistema nervioso simpático.

ergoterapia n.f. PSIQUIAT Utilización del trabajo manual en los tratamientos de ciertas afecciones mentales.

ergotina n.f. Principio activo del cornezuelo de centeno, empleado en medicina contra toda clase de hemorragias.

erguén n.m. Árbol espinoso, de la familia de las sapotáceas, de poca altura, de copa muy extendida y de fruto drupáceo con semillas duras oleaginosas. La madera de este árbol se emplea en ebanistería; de las semillas se extrae aceite.

erguir **I.** v.tr. Levantar y poner derecha una cosa. **II.** v.prnl. **1.** Levantarse o ponerse derecho. **2.** Fig. Engreírse.

erial n.m. y adj. Se aplica a la tierra o campo sin cultivar ni labrar.

ericáceo,a n.f. y adj. BOT Se dice de plantas angiospermas dicotiledóneas, matas, arbustos o arbolitos, similares al brezo y al madroño.

erigir **1.** v.tr. Fundar, instituir o levantar. **2.** v.tr. y prnl. Constituir a una persona o cosa con un carácter que antes no tenía.

erina n.f. CIR Instrumento metálico de que se sirven los cirujanos para sujetar las partes sobre las que operan.

eriotecnia n.f. Estudio de las aplicaciones industriales de la lana.

erisipela n.f. PAT Inflamación microbiana de la dermis de la piel.

eritema n.m. PAT Inflamación superficial de la piel, caracterizada por manchas rojas.

eritr(o)- Elemento procedente del griego *erythrōs, «rojo».*
thrōs, «rojo»:

eritroblasto n.m. BIOL Célula nucleada de la médula ósea precursora del hematíe.

eritrocito n.m. ZOOL Glóbulo rojo de la sangre.

eritroxiláceo,a o **eritroxíleo,a** n.f. y adj. BOT Se dice de árboles y arbustos angiospermos dicotiledóneos, que tienen hojas sencillas, flores actinomorfas y fruto en drupa con una sola semilla. ▷ n.f.pl. BOT Familia de estas plantas.

erizo n.m. **I.** **1.** ZOOL Mamífero insectívoro, con el dorso y los costados cubiertos de púas agudas. **2.** ZOOL Pez teleósteo del suborden de los plectognatos, propio de los mares intertropicales. Tiene el cuerpo erizado de púas. — *Erizo de mar,* o *marino.* Animal equinodermo, de cuerpo hemisférico protegido por un dermatoesqueleto calizo formado por placas poligonales y cubierto de espinas articuladas. **II.** **1.** BOT Mata de la familia de las papilionáceas. Crece en terrenos pedregosos formando céspedes muy tupidos. **2.** Fruto del cadillo (planta). **3.** Corteza áspera y espinosa en que se crían algunos frutos. **III.** Fig. y Fam. Persona de carácter áspero. • **erizado,a** adj. Cubierto de púas o espinas. • **erizar** **1.** v.tr. y prnl. Levantar, poner tiesa una cosa. **2.** v.tr. Fig. Llenar o rodear una cosa de obstáculos, inconvenientes, etc. **3.** v.prnl. Fig. Inquietarse.

ermita n.f. Santuario situado por lo común en despoblado. • **ermitaño,a** **I.** n.m. y f. Persona que vive en la ermita y cuida de ella. **II.** n.m **1.** El que vive en soledad. **2.** ZOOL Crustáceo decápodo, del suborden de los anomuros. Ocupa conchas de caracoles marinos.

erogar v.tr. Distribuir, repartir bienes.

erógeno adj. PSIQUIAT Que produce una excitación sexual.

eros n.m. PSIQUIAT Término utilizado por Freud para designar el conjunto de las pulsiones de vida en oposición a las de muerte.

erosión n.f. Depresión o rebajamiento producido en la superficie de un cuerpo por el roce de otro.
ENCICL La erosión proporciona con frecuencia formas muy curiosas a los accidentes del terreno, algunos de los cuales son famosos como el gran Cañón del Colorado (Estados Unidos), la montaña de Montserrat (Barcelona), la piedra movediza de Tandil (Argentina), etc. La erosión tiende a allanar los relieves: las diferencias de temperatura provocan un resquebrajamiento de las rocas (crioclastia); las aguas de las lluvias las disuelven (principalmente a las calcáreas) y las partículas sólidas llevadas por el viento las desgastan *(erosión eólica).* Se distinguen generalmente los efectos físicos (erosiones propiamente dichas) y los efectos químicos, que se denominan *alteraciones.*

erótico,a adj. **1.** Amatorio. **2.** Perteneciente o relativo al amor sexual. • **erotismo** n.m. **1.** Cualidad de erótico. **2.** Lo que se refiere al amor y a la sexualidad.

erotomanía n.f. **1.** PSIQUIAT Ilusión delirante de ser amado. **2.** Trastorno mental caracterizado por preocupaciones sexuales obsesivas. • **erotómano,a** n.m. y f. Que padece erotomanía. ▷ adj. Relacionado con la erotomanía.

erradicar v.tr. Arrancar de raíz.

errante adj. Que anda de una parte a otra.

errar **1.** v.tr. e int. No acertar. **2.** v.tr. Faltar, no cumplir con lo que se debe. **3.** v.int. Andar vagando de una parte a otra. ▷ Divagar el pensamiento, la atención. **4.** v.prnl. Equivocarse. • **errata** n.f. Equivocación cometida en lo impreso o manuscrito. • **errático,a** adj. **1.** Vagabundo. **2.** MED Errante. • **errátil** adj. Errante, incierto, variable.

erre n.f. Nombre de la letra *r* en su sonido fuerte; p. ej.: *Ramo, Enrique.*

error n.m. **1.** Concepto equivocado o juicio falso. **2.** Acción desacertada o equivocada. **3.** Cosa hecha erradamente. • **erróneo,a** adj. Que contiene error.

erubescencia n.f. Rubor, vergüenza. • **erubescente** adj. Que se pone rojo o que se sonroja.

eruciforme adj. ZOOL Se dice de las larvas de insectos que tienen el aspecto de una oruga.

eructar v.int. Expeler con ruido por la boca los gases del estómago.

erudición n.f. Instrucción en varias ciencias, artes y otras materias. • **erudito,a** n. y adj. Instruido en varias ciencias, artes y otras materias.

erupción n.f. **1.** Aparición y desarrollo en la piel, o en las mucosas, de granos, manchas o vesículas. ▷ Estos mismos granos o manchas. **2.** GEOL Emisión de materias por aberturas o grietas de la corteza terrestre. • **eruptivo,a** adj. Perteneciente a la erupción o procedente de ella.
ENCICL Se distinguen entre las rocas eruptivas: las rocas *intrusivas* o *plutónicas,* que jamás llegan a la superficie en estado líquido (algunos granitos y gabros), y las rocas *efusivas* o *volcánicas,* que salen en estado líquido a la superficie (miolitas, basaltos, diversas lavas), teniendo todas una estructura microlítica.

Es QUIM Símbolo del einstenio.

es Prep. insep. que, lo mismo que *ex,* denota fuera o más allá, privación, atenuación del significado del simple.

esbelto,a adj. Gallardo, airoso, bien formado y de descollada altura. • **esbeltez** n.f. Estatura descollada, despejada y airosa de los cuerpos o figuras.

esbirro n.m. Fig. Persona que sirve a otra ejecutando violencias ordenadas por ésta.

esbozar v.tr. Bosquejar. • **esbozo** n.m. Sin perfilar; no acabado.

escabeche n.m. **1.** Salsa o adobo para conservar y hacer sabrosos los pescados y otros manjares. **2.** Manjar conservado en esta salsa. • **escabechar** v.tr. **1.** Echar en escabeche. **2.** Fig. y Fam. Matar con arma blanca. **3.** Fig. y Fam. Suspender en un examen. • **escabechina** n.f. **1.** Fig. Destrozo. **2.** Fam. Abundancia de suspensos en un examen.

escabel n.m. **1.** Tarima pequeña para que descansen los pies del que está sentado. **2.** Asiento pequeño sin respaldo.

escabiosa n.f. Planta herbácea, vivaz, de la familia de las dipsacáceas.

escabroso,a adj. **1.** Desigual, lleno de tropiezos y embarazos. **2.** Fig. Áspero, duro, de mala condición. **3.** Fig. Peligroso, que está al borde de lo inconveniente o de lo inmoral.

escabullir v.prnl. **1.** Irse o escaparse de entre las manos una cosa. **2.** Fig. Salirse uno de la compañía en que estaba sin que lo echen de ver.

escachar v.tr. **1.** Cascar, aplastar, despachurrar. **2.** Cachar, hacer cachos, romper.

escacharrar v.tr. y prnl. **1.** Romper un cacharro. **2.** Fig. Malograr, estropear una cosa.

escafandra n.f. Aparato compuesto de una vestidura impermeable y un casco de bronce perfectamente cerrado, con un cristal frente a la cara y orificios y tubos para renovar el aire.
ENCICL La escafandra clásica, formada por un casco unido a la superficie por dos tubos, uno por el que se envía el aire comprimido y el otro por el que se evacúa el aire viciado, es hoy reemplazada por la escafandra *autónoma*, en la que el aire o la mezcla respiratoria (helio-oxígeno, p. ej.) es almacenado a presión en unas botellas colocadas en la espalda del submarinista (hombre rana). Las escafandras *espaciales* llevan un compartimiento estanco aislado térmicamente, provisto de sistemas de presurización, climatización y alimentación de oxígeno. Las escafandras son utilizadas también en la lucha contra incendios y para desplazarse en una atmósfera contaminada.

escafoide adj. ANAT En forma de nacela.

escala n.f. **I.** Escalera de mano. **II.** Sucesión ordenada de cosas distintas, pero de la misma especie; **III.** MILIT Escalafón (lista de los individuos de una corporación, según su grado, antigüedad, méritos, etc.). **IV. 1.** Línea recta dividida en partes iguales que representan metros, kilómetros, etc. Se emplea para dibujar mapas o planos. ▷ Tamaño de un mapa, plano, diseño, etc., según la escala a que se ajusta. ▷ Fig. Tamaño o proporción en que se desarrolla un plan o idea. **2.** FIS Graduación para medir los efectos de diversos instrumentos. ▷ Cualquier gráfico que permite precisar una relación entre la representación de los fenómenos y los elementos que han servido para realizarla. **V.** MAR Lugar o puerto adonde tocan de ordinario las embarcaciones entre el puerto de origen y aquel donde van a rendir viaje. **VI.** MUS Sucesión diatónica o cromática de las notas musicales.

escalafón n.m. Lista de los individuos de una corporación, clasificados según su grado, antigüedad, méritos, etc.

1. escalar v.tr. **1.** Entrar en un lugar valiéndose de escalas. **2.** Trepar por una gran pendiente o a una gran altura. **3.** P. ext., entrar subrepticia o violentamente en alguna parte, o a salir de ella, rompiendo una pared, un tejado, etc. **4.** Levantar la compuerta de la acequia para dar salida al agua. **5.** Fig. Subir, no siempre por buenas artes, a cargos elevados. • **escalador,a 1.** n. y adj. Que escala. **2.** n.m. Ladrón que hurta valiéndose de escala.

2. escalar adj. MAT Se dice de la magnitud cuya medida se expresa únicamente por un número, a diferencia de las *magnitudes vectoriales* que además tienen dirección y sentido.

escaldar **I.** v.tr. **1.** Bañar con agua hirviendo una cosa. **2.** Abrasar con fuego una cosa. **II.** v.prnl. Escocerse la piel, especialmente de las ingles. • **escaldado,a** adj. Fig. y Fam. Escarmentado, receloso.

escaleno,a **I.** adj. **1.** MAT Se dice del triángulo cuyos tres lados son desiguales. **2.** GEOM Se ha llamado también así el cono cuyo eje no es perpendicular a la base. **II.** n.m. ANAT Cada uno de los tres músculos de la región supraclavicular.

escalera n.f. **1.** Serie de escalones que sirve para subir y bajar y para poner en comunicación los pisos de un edificio o dos terrenos de diferente nivel. **2.** Reunión de naipes de valor correlativo. **3.** Instrumento de cirugía parecido a una escalera, con algunas poleas, de que se usó antiguamente para concertar los huesos dislocados. **4.** Fig. Trasquilón recto o línea de desigual nivel que la tijera deja en el pelo mal cortado.

escalfado,a adj. Se aplica a la pared que no está bien lisa y forma algunas ampollas. • **escalfador** n.m. **1.** Jarro de metal en la cual los barberos calentaban y tenían el agua para afeitar. **2.** Braserillo de metal, con tres pies, que se ponía sobre la mesa para calentar la comida.

escalfar **1.** v.tr. Cocer en agua hirviendo o en caldo los huevos sin la cáscara. **2.** v.tr. y prnl. Cocer el pan con demasiado fuego, de tal modo que se levanten ampollas en su superficie.

escalinata n.f. Escalera exterior de un solo tramo y hecha de fábrica.

escalo n.m. **1.** Acción de escalar. **2.** Trabajo de zapa practicado para salir de un lugar cerrado o penetrar en él. **3.** DER Acción de introducirse en una casa o lugar cerrado utilizando aberturas que no están destinadas a servir de entrada.

escalofrío n.m. Sensación de frío que suele preceder a un ataque de fiebre.

escalón n.m. **1.** En la escalera de un edificio, cada parte en que se apoya el pie para subir o bajar. **2.** Fig. Grado a que se asciende en dignidad. **3.** Fig. Paso o medio con que uno adelanta sus pretensiones o conveniencias.

escalonar **1.** v.tr. y prnl. Situar ordenadamente personas o cosas de trecho en trecho. **2.** v.tr. Distribuir en tiempos sucesivos las diversas partes de una serie.

escalope n.m. Loncha delgada de vaca o de ternera empanada y frita.

escalpar v.tr. Cortar la piel del cráneo de alguien y arrancarle después la cabellera.

escalpelo n.m. CIR Instrumento usado en las disecciones anatómicas, autopsias y vivisecciones.

escalpo n.m. **1.** Cabellera de un enemigo conservada como trofeo. **2.** MED Arrancamiento traumático de una superficie más o menos extensa de cuero cabelludo.

escama n.f. **1.** Membrana córnea, delgada y en forma de escudete, que, imbricada con otras, suele cubrir la piel de algunos animales. **2.** Fig. Lo que tiene figura de escama. **3.** BOT Órgano escarioso o membranoso semejante a una hojita. • **escamar** **I.** v.tr. **1.** Quitar las escamas a los peces. **2.** Labrar en figura de escamas. **II.** v.tr. y prnl. Fig. y Fam. Hacer que uno entre en desconfianza.
ENCICL Las escamas de los peces cartilaginosos (condrictios) constituyen auténticos dientes; las de los peces óseos (osteictios) forman placas óseas. Las escamas córneas de los reptiles, de los pájaros (patas) y de los mamíferos (p. ej., la cola de las ratas) son un simple espesamiento de la epidermis.

escamotear v.tr. **1.** Hacer el prestidigitador que desaparezcan a ojos vistas las cosas que maneja. **2.** Fig. Robar o quitar una cosa con agilidad y astucia. **3.** Fig. Hacer desaparecer.

escampar **I.** v.tr. Despejar, desembarazar un sitio. **II.** v.int. **1.** Aclararse el cielo nublado, cesar de llover. **2.** Fig. Suspender el empeño con que se intenta hacer una cosa.

escanciar **1.** v.tr. Servir el vino. **2.** v.int. Beber vino. • **escanciador,a** n. y adj. Encargado de la bebida, especialmente los vinos y licores.

escándalo n.m. **1.** Acción o palabra que es causa de que uno obre mal o piense mal de otro. **2.** Alboroto, tumulto, inquietud, ruido. **3.** Desenfreno, desvergüenza, mal ejemplo. **4.** Fig. Asombro, pasmo, admiración. • **escandalera** n.f. Fam. Escándalo, alboroto grande. • **escandalizar** **I.** v.tr. Causar escándalo. **II.** v.prnl. **1.** Mostrar indignación, por alguna cosa. **2.** Enojarse o irritarse. • **escandaloso,a** n. y adj. **1.** Que causa escándalo. **2.** Ruidoso, revoltoso, inquieto.

escandallo n.m. **1.** Parte de la sonda que sirve para reconocer la calidad del fondo del agua. **2.** Acción de tomar al azar una o varias unidades de un conjunto como representantivas de la calidad de todas. **3.** Muestra así recogida. **4.** COM En el régimen de tasas, determinación del precio de coste o de venta de una mercancía con relación a los factores que lo integran. • **escandallar** v.tr. **1.** Sondear, medir el fondo del mar con el escandallo. **2.** Apreciar el valor del conjunto de una mercancía por el valor de unas solas muestras. **3.** COM Determinar el precio de coste o de venta de una mercancía por los factores de su producción.

escandio n.m. QUIM Metal gris claro brillante perteneciente al grupo de las tierras raras; elemento de número atómico 21, y peso atómico 44,956 (símbolo *Sc*).

escantillar v.tr. ARQUIT Tomar una medida o marcar una dimensión a partir de una línea fija. • **escantillón** n.m. **1.** Regla o plantilla que sirve para trazar las líneas y fijar las dimensiones según las cuales se han de labrar las piezas en diversos oficios mecánicos. **2.** En las maderas de construcción, escuadría.

escaño n.m. Banco con respaldo y capaz para sentarse tres, cuatro o más personas. ▷ Asiento de cada diputado en el congreso.

escapar **I.** v.tr. **1.** Tratándose del caballo, hacerle correr con extraordinaria violencia. **2.** Librar a uno de un peligro. **II.** v.int. y prnl. **1.** Salir uno de un peligro. **2.** Salir uno de prisa y ocultamente. **3.** Quedar fuera del dominio o influencia de alguna persona o cosa. **III.** v.prnl. Salirse un líquido o un gas de un depósito, cañería, canal, etc., por algún resquicio. • **escapada** n.f. Acción de escapar o salir de prisa y ocultamente. ▷ DEP Acción llevada a cabo por uno o varios participantes en una carrera ciclista, para despegarse del pelotón y conservar una distancia sobre éste. • **escapatoria** n.f. **1.** Acción y efecto de evadirse y escaparse. **2.** Fam. Excusa, modo de evadirse uno del asedio y aprieto en que se halla. • **escape** n.m. **1.** Acción de escapar. **2.** Fuga de un gas o de un líquido. **3.** Fuga apresurada con que uno se libra de recibir el daño que le amenaza. **4.** En los motores de explosión, salida de los gases quemados, y tubo que los conduce al exterior. **5.** En algunas máquinas, pieza que separándose deja obrar a un muelle, rueda u otra cosa que sujetaba.

escaparate n.m. **1.** Vitrina. **2.** Hueco que hay en la fachada de las tiendas, y que sirve para colocar en él muestras de los géneros que allí se venden. • **escaparatista** n.m. y f. Persona encargada de disponer los objetos que se muestran en los escaparates.

escápula n.f. ANAT Omoplato.

escapulario n.m. **1.** Tira de tela con una abertura por donde se mete la cabeza, y que cuelga sobre el pecho y la espalda. **2.** CIR Ancha faja de tela pasada por los hombros para sostener un vendaje.

escaque n.m. **1.** Cada una de las casillas en que se divide el tablero de ajedrez y el del juego de damas. **2.** pl. Juego de ajedrez. • **escaqueado,a** adj. Se aplica a la obra o labor repartida o formada en escaques, como el tablero de ajedrez.

escara n.f. CIR Costra, que resulta de la desorganización de una parte viva afectada de gangrena, o profundamente quemada por la acción del fuego o de un cáustico.

escarabajo n.m. **1.** Insecto coleóptero, de antenas con nueve articulaciones terminadas en maza, élitros lisos y cuerpo deprimido. Se alimenta de estiércol. **2.** P.ext., se da este nombre a varios coleópteros de cuerpo ovalado, patas cortas y por lo general coprófagos.

escarabeidos n.m.pl. Familia de coleópteros lamelicornios que comprende más de veinte mil especies.

escaramujo n.m. **I. 1.** Especie de rosal silvestre. Su fruto se usa en medicina. **2.** Fruto de este arbusto. **II.** Percebe (molusco).

escaramuza n.f. **1.** Refriega de poca importancia sostenida especialmente por las avanzadas de los ejércitos. **2.** Fig. Disputa, contienda de poca importancia.

escarapela n.f. **1.** Divisa compuesta de cintas por lo general de varios colores, que se usa como distintivo o como adorno. **2.** Riña.

escarbar **I.** v.tr. **1.** Remover repetidamente la superficie de la tierra, según suelen hacerlo con las patas el toro, el caballo, la gallina, etc. **2.** Avivar la lumbre, moviéndola con la badila. **3.** Fig. Inquirir curiosamente lo que está oculto, hasta averiguarlo. **II.** v.tr. y prnl. Hurgar, tocar insistentemente con los dedos u otra cosa en un sitio.

escarceo n.m. **I. 1.** Movimiento en la superficie del mar, con pequeñas olas que se levantan en los lugares en que hay corrientes. **2.** Prueba o tentativa antes de iniciar una determinada acción. **II.** pl. **1.** Vueltas que dan los caballos, cuando están fogosos o el jinete los obliga a ello. **2.** Fig. Rodeo, divagación.

escarchada n.f. Hierba de la familia de las aizoáceas.

escarchar **I.** v.tr. **1.** Preparar confituras de modo que el azúcar cristalice en el exterior. **2.** Se dice del aguardiente en cuya botella se hace cristalizar azúcar sobre un ramo de anís. **3.** En la alfarería del barro blanco, desleír la arcilla en el agua. **4.** Salpicar una superficie de partículas de talco o de otra sustancia brillante. **II.** v.int. Congelarse el rocío. • **escarcha** n.f. Rocío de la noche congelado. • **escarchado,a** **1.** adj. Cubierto de escarcha. **2.** n.m. Cierta labor de oro o plata, sobrepuesta en la tela.

escardar v.tr. **1.** Entresacar y arrancar los cardos y otras hierbas nocivas de los sembrados. **2.** Fig. Separar y apartar lo malo de lo bueno para que no se confundan.

escariar v.tr. Agrandar o redondear un agujero abierto en el metal, o el diámetro de un tubo, por medio del escariador. • **escariador** n.m. Herramienta de acero en forma de clavo con las aristas agudas.

escarificar v.tr. **1.** Labrar la tierra con el escarificador. **2.** CIR Hacer en alguna parte del cuerpo cortaduras o incisiones para facilitar la salida de ciertos líquidos. • **escarificación** n.f. **1.** CIR Producción de una escara. **2.** CIR Acción y efecto de escarificar. • **escarificador** n.m. **1.** AGRIC Instrumento para cortar verticalmente la tierra y las raíces. **2.** CIR Instrumento con varias puntas aceradas que se emplea para escarificar.

escarlata n.f. **1.** Color carmesí fino menos subido que el de la grana. **2.** Tela de este color. **3.** Grana fina. **4.** Escarlatina (enfermedad).

escarlatina n.f. PAT Fiebre eruptiva, contagiosa y con frecuencia epidémica.
ENCICL La escarlatina tiene como agente a un estreptococo. Tras una incubación de dos a siete días, se inicia violentamente con una fuerte fiebre y una angina roja. La erupción, que aparece en veinticuatro horas, está caracterizada por un exantema en el tronco, base de las extremidades y del cuello y los pliegues de la flexión, que después se generaliza; y un enantema de la mucosa bucal, que da un intenso color frambruesa a la lengua. Se produce entonces la descamación: la epidermis se arruga y se despega en tiras más o menos anchas. El tratamiento con penicilina permite evitar las complicaciones renales, reumáticas e infecciosas a las que la enfermedad debía antaño su gravedad.

escarmiento n.m. **1.** Acción y efecto de escarmentar. **2.** Castigo, multa, pena. • **escarmentado,a** n. y adj. Que escarmienta. • **escarmentar** **1.** v.tr. Corregir con rigor, al que ha errado. **2.** v.int. Tomar enseñanza de lo que uno ha visto y experimentado en sí o en otros, para evitar el caer en los mismos peligros.

escarnecer v.tr. Hacer mofa y burla de otro.

escaro n.m. Pez del orden de los acantopterigios.

escarola n.f. **1.** Achicoria cultivada. **2.** Cuello alechugado que se usó antiguamente.

escarpar v.tr. Cortar un terreno poniéndolo en plano inclinado, como el que forma la muralla de una fortificación. • **escarpa** n.f. Declive áspero de cualquier terreno. • **escarpado,a** adj. **1.** Que tiene escarpa o gran pendiente. **2.** Se dice de las alturas que no tienen subida ni bajada transitables o las tienen muy peligrosas. • **escarpadura** n.f. Declive áspero de cualquier terreno.

escarpia n.f. Clavo con cabeza acodillada, que sirve para sujetar bien lo que se cuelga.

escarpín n.m. **1.** Zapato de una suela y de una costura. **2.** Calzado interior para abrigo del pie.

escaso,a **I.** adj. **1.** Corto, limitado. **2.** Falto, corto, no cabal ni entero. **II.** n. y adj. **1.** Mezquino, nada liberal ni dadivoso. **2.** Demasiado económico. • **escasear** v.int. Faltar, ir a menos una cosa. • **escasez** n.f. **1.** Mezquindad con que se hace una cosa. **2.** Poquedad, mengua de una cosa. **3.** Pobreza o falta de lo necesario para subsistir.

escatimar v.tr. Disminuir, escasear lo que se ha de dar o hacer, acortándolo todo lo posible.

escato- Prefijo procedente del griego *eskhatos*, genitivo de *skōr*, «excremento».

escatófago,a adj. ZOOL Se dice de los animales que comen excrementos.

1. escatología n.f. TEOL Doctrina que estudia el destino final del hombre y la transformación última del mundo. • **escatológico,a** adj. Relativo a las postrimerías de ultratumba.

2. escatología n.f. **1.** Tratado de cosas excrementicias. **2.** Cualidades de escatológico. • **escatológico,a** adj. Referente a los excrementos y suciedades.

escayola n.f. **1.** Yeso espejuelo calcinado. **2.** Estuco. **3.** MED Aparato de contención, formado por vendas enyesadas, utilizado para el tratamiento de numerosas fracturas. • **escayolar** v.tr. CIR Endurecer por medio del yeso los vendajes destinados a sostener en posición conveniente los huesos rotos o dislocados. • **escayolista** n.m. Escultor que hace obras de escayola.

escena n.f. **1.** Sitio o parte del teatro en que se representa el espectáculo teatral. **2.** Lo que la escena representa. **3.** Cada una de las partes en que se divide el acto de la obra dramática. **4.** Fig. Arte de la declamación. **5.** Fig. Literatura dramática. **6.** Fig. Suceso o manifestación de la vida real que se considere como espectáculo digno de atención. **7.** Fig. Acto o manifestación en que se descubre algo de teatral y fingido para impresionar el ánimo. • **escenario** n.m. **1.** Parte del teatro dispuesta convenientemente para que en ella se pueda representar un espectáculo teatral. **2.** Fig. Conjunto de circunstancias que se consideran en torno de una persona o suceso. • **escénico,a** adj. Perteneciente o relativo a la escena.

escenificar v.tr. Dar forma dramática a una obra literaria para ponerla en escena. • **escenificación** n.f. Acción y efecto de escenificar.

escenografía n.f. **1.** Total y perfecta delineación en perspectiva de un objeto. **2.** Arte de pintar decoraciones escénicas. • **escenográfico,a** adj. Perteneciente o relativo a la escenografía. • **escenógrafo,a** n. y adj. Se dice del que profesa o cultiva la escenografía.

escialítico,a adj. Se dice de la lámpara provista de un reflector de espejos que elimina toda sombra. Se utiliza en los quirófanos.

escila n.f. Planta liliácea, algunas de cuyas especies poseen propiedades tonicocardíacas y diuréticas.

escinco n.m. Saurio acuático, de más de un metro de longitud, con la cabeza parecida a la de la serpiente. • **escíncido** n. y adj. ZOOL Se dice de reptiles del orden de los saurios que tienen la lengua corta y escotada y las patas poco desarrolladas; como el escinco. ▷ n.m.pl. ZOOL Familia de estos animales.

escindir v.tr. Cortar, dividir, separar.

escintigrafía o **escintilografía** n.f. MED Procedimiento de diagnóstico que consiste en seguir el recorrido en el organismo de un isótopo radiactivo emisor de rayos γ.

escirro n.m. PAT Especie de cáncer que se produce principalmente en las glándulas, sobre todo en los pechos de las mujeres.

escisión n.f. **1.** Acción de escindirse. **2.** BIOL y FIS Separación, división, fisión. — FIS *Escisión nuclear.* Rotura de un núcleo atómico en dos porciones próximamente iguales. **3.** BIOL Modalidad de reproducción asexuada, sobre todo de los protozoos, que consiste en la división de un individuo original en dos individuos hijos.

esciúridos n.m.pl. ZOOL Familia de mamíferos roedores cuyo prototipo es la ardilla.

esclarecer **I.** v.tr. **1.** Iluminar, poner clara y luciente una cosa. **2.** Fig. Ennoblecer, ilustrar, hacer famoso a uno. **3.** Fig. Iluminar, ilustrar el entendimiento. **4.** Fig. Poner en claro un asunto. **II.** v.int. Apuntar la luz y claridad del día; empezar a amanecer. • **esclarecido,a** adj. Claro, ilustre, singular, insigne.

esclavina n.f. **1.** Prenda en forma de capa, generalmente corta, usada por los peregrinos. **2.** Cuello postizo y suelto que llevaban los eclesiásticos. **3.** Pieza sobrepuesta que suele llevar la capa unida al cuello y que cubre los hombros.

esclavo,a **I.** n. y adj. **1.** Se dice del hombre o la mujer que por estar bajo el dominio de otro carece de libertad. **2.** Fig. Sometido rigurosa o fuertemente a deber, pasión, vicio, etc., que priva de libertad. **3.** Fig. Rendido, obediente, enamorado. **II.** n.m. y f. Persona alistada en alguna cofradía de esclavitud. **III.** n.f. Pulsera sin adornos y que no se abre. • **esclavista** n. y adj. Partidario de la esclavitud. • **esclavitud** n.f. **1.** Estado de esclavo. **2.** Fig. Congregación en que concurren varias personas para ciertos actos de devoción. **3.** Fig. Sujeción rigurosa y fuerte a las pasiones y afectos del alma. **4.** Fig. Sujeción excesiva a una persona, a un trabajo, etc. • **esclavizar** v.tr. **1.** Hacer esclavo a uno. **2.** Fig. Tener a uno muy sujeto e intensamente ocupado.

esclavonía n.f. *Chile.* Congregación religiosa.

esclerénquima n.m. BOT Tejido vegetal formado por células con paredes fuertemente lignificadas.

esclerificación n.f. BOT Endurecimiento de las paredes celulares de un órgano por depósito de sales minerales, lignina, etc.

esclero- Partícula procedente del griego *skleros,* «duro».

esclerodermia n.f. MED Enfermedad cutánea caracterizada por un endurecimiento profundo de la piel, acompañado a veces por lesiones viscerales.

escleroproteína n.f. BIOQUÍM Proteína del tejido conjuntivo y de los huesos.

esclerosis n.f. **1.** Endurecimiento patológico de un órgano o de un tejido. **2.** Fig. Estado de un espíritu, de una institución, etc., esclerosados. • **esclerosar I.** v.tr. Producir esclerosis. **II.** v.prnl. Alterarse un órgano o tejido con producción de esclerosis. • **escleroso,a** n. y adj. **1.** MED Perteneciente o relativo a la esclerosis. **2.** Fig. Que ha perdido su capacidad de adaptación, de desarrollo, de evolución.

esclerótica n.f. ZOOL Membrana que cubre casi por completo el ojo de los vertebrados y cefalópodos decápodos, dejando una abertura posterior que da paso al nervio óptico, y otra anterior, en la que está engastada la córnea.

esclusa n.f. Recinto, con puertas de entrada y salida, que se construye en un canal de navegación para que los barcos puedan pasar de un tramo a otro de diferente nivel.

escoba n.f. **1.** Manojo de ramas flexibles juntas y atadas a veces al extremo de un palo, que sirve para barrer y limpiar. **2.** BOT Mata de la familia de las papilionáceas. • **escobada** n.f. **1.** Cada uno de los movimientos que se hacen con la escoba para barrer. **2.** Barredura ligera. • **escobeta** n.f. **1.** Cepillo para la ropa. **2.** Escobilla de cerdas o alambre. **3.** *Méx.* Escobilla, corta y recia, para limpiar suelos, trastos, etc.

escobajo n.m. Raspa que queda del racimo después de quitarle las uvas.

escobén n.m. MAR Cualquiera de los agujeros que se abren en los miembros de un buque, para que pasen por ellos los cables o cadenas.

escobilla n.f. **1.** Cepillo para limpiar. **2.** Escobita formada de cerdas o de alambre, que se usa para limpiar. **3.** Planta de la que se hacen escobas. **4.** Mazorca del cardo silvestre, que sirve para cardar la seda. **5.** ELECTR Pieza destinada a mantener el contacto, por frotación, entre dos partes de una máquina eléctrica. • **escobillón** n.m. **1.** Instrumento compuesto de un palo largo, que sirve para limpiar los cañones de las armas de fuego. **2.** Cepillo unido al extremo de un astil, que se usa para barrer el suelo.

escocer I. v.int. **1.** Producirse una sensación muy desagradable, parecida a la quemadura. **2.** Fig. Producirse en el ánimo una impresión molesta o amarga. **II.** v.prnl. **1.** Sentirse o dolerse. **2.** Ponerse irritadas y con mayor o menor inflamación cutánea algunas partes del cuerpo.

escodar v.tr. **1.** Labrar las piedras con escoda. **2.** Sacudir la cuerna los animales para descorrearla. • **escoda** n.f. Instrumento de hierro, a manera de martillo, con corte en ambos lados, para labrar piedras y picar paredes.

escofina n.f. Herramienta a modo de lima, de dientes gruesos y triangulares.

escoger v.tr. Tomar o elegir una o más cosas o personas de entre otras.

escolanía n.f. Conjunto o corporación de escolanos. • **escolano** n.m. Cada uno de los niños que, en ciertos monasterios se educan para el servicio del culto, y principalmente para el canto. ▷ Coro de niños de las iglesias.

escolapio,a 1. adj. Perteneciente a la orden de las Escuelas Pías. **2.** n.m. y f. Sacerdote o religiosa de la orden de las Escuelas Pías, destinado a la docencia. ▷ Estudiante que recibe enseñanza en las Escuelas Pías.

escolar 1. n.f. y adj. Perteneciente al estudiante o a la escuela. **2.** n.m. y f. Estudiante. • **escolaridad** n.f. Conjunto de cursos que un estudiante sigue en un establecimiento docente.

escolástica n.f. Escolasticismo. • **escolasticismo** n.m. **1.** Filosofía de la Edad Media, cristiana, arábiga y judaica, en la que domina la enseñanza de los libros de Aristóteles, concertada con las respectivas doctrinas religiosas. **2.** Espíritu exclusivo de escuela en las doctrinas, en los métodos o en el tecnicismo científico. • **escolástico,a 1.** adj. Perteneciente a las escuelas o a los que estudian en ellas. **2.** n. y adj. Perteneciente al escolasticismo, al que lo enseña o al que lo profesa.
ENCICL La enseñanza de la filosofía y de la teología dispensada entre los ss. IX y XVII e inspirada en el pensamiento de Aristóteles (sobre todo a partir del s. XIII), utilizaba el método de la lógica formal y el silogismo (a causa de la importancia que tenía la memoria, ya que los libros, y hasta los manuscritos, eran muy escasos). Los principales escolásticos fueron Escoto Eriúgena, san Anselmo, Abelardo, san Alberto Magno, santo Tomás de Aquino, Duns Scoto, Guillermo de Occam y Ramón Llull. Estrechamente ligada a la teología cristiana, la escolástica trató de conciliar la razón y la revelación, tal como esta última se encuentra en las Sagradas Escrituras y en los comentarios de los padres de la Iglesia.

escólex n.m. ZOOL Primero de los segmentos de que está formado el cuerpo de los gusanos cestodos.

escoliosis n.f. MED Desviación lateral de la columna vertebral.

escolopendra n.f. Miriápodo con un par de pies en cada uno de los 25 anillos de su cuerpo. — *Escolopendra de agua.* Anélido marino de unos 30 cm de largo.

escolta n.f. **1.** Conjunto de fuerzas, barcos, vehículos, etc., destinada a escoltar. **2.** Acompañamiento en señal de honra o reverencia. • **escoltar** v.tr. **1.** Resguardar, conducir a una persona o cosa para que camine sin riesgo. **2.** Acompañar a una persona, en señal de honra y reverencia.

escollera n.f. Obra hecha con piedras echadas al fondo del agua, bien para formar un dique bien para servir de cimiento a un muelle, o para resguardar el pie de otra obra de la acción de las corrientes. • **escollo** n.m. **1.** Peñasco a flor de agua. **2.** Fig. Peligro, riesgo. **3.** Fig. Dificultad, obstáculo.

escómbrido n. y adj. ZOOL Se dice de peces teleósteos acantopterigios cuyo tipo es la caballa. ▷ n.m.pl. ZOOL Familia de estos peces.

escombro n.m. **1.** Desecho, cascote que queda de una obra de albañilería o de un edificio arruinado o derribado. **2.** Desechos de la explotación de una mina, o de la labra de las piedras de una cantera. • **escombrera** n.f. **1.** Conjunto de escombros o desechos. **2.** Sitio donde se echan los escombros o desechos de una mina.

esconder v.tr. y prnl. **1.** Encubrir, ocultar, retirar de lo público una cosa a lugar o sitio secreto. **2.** Fig. Encerrar, incluir y contener en sí una cosa que no es manifiesta a todos. • **escondido,a** adj. Retirado (fuera o lejos de los sitios frecuentados). • **escondite** n.m. **1.** Lugar propio para esconderse. **2.** Juego de muchachos, en el que unos se esconden y otros buscan a los escondidos. • **escondrijo** n.m. Rincón o lugar oculto y retirado, propio para esconder y guardar en él alguna cosa.

escopeta n.f. **1.** Arma de fuego portátil, con uno o dos cañones de 70 a 80 cm de largo y con los mecanismos necesarios para cargar y descargar montados en una caja de madera. **2.** Persona que caza o tira con escopeta. • **escopetazo** n.m. **1.** Disparo hecho con escopeta. **2.** Ruido originado por el mismo. **3.** Herida o estrago producido. **4.** Fig. Noticia o hecho desagradable, súbito e inesperado.

-escopio, -escópico Sufijos procedentes del griego *-skopos* y *-skopia,* de *-skopein,* «mirar, observar».

escoplo n.m. CARP Herramienta de hierro acerado, con mango de madera y boca formada por un bisel. • **escopladura** n.f. Corte o agujero hecho a fuerza de escoplo en la madera. • **escoplear** v.tr. Hacer corte o agujero con escoplo en la madera.

escopolamina n.f. QUIM Alcaloide que se extrae de las solanáceas, similar a la atropina, con propiedades antiespasmódicas.

escora n.f. **1.** MAR Cada uno de los puntales que sostienen los costados del buque en construcción o en varadero. **2.** MAR Inclinación que toma un buque al ceder al esfuerzo de sus velas, por ladeamiento de la carga.

escorar I. v.tr. **1.** MAR Apuntalar con escoras. **2.** Hacer que un buque se incline de costado. **3.** Hablando de la marea, llegar ésta a su nivel más bajo. **II.** v.int. y prnl. Inclinarse un buque por la fuerza del viento por causas interiores o exteriores.

escorbuto n.m. Enfermedad debida a una carencia de vitamina C.

escoria n.f. **1.** Sustancia vítrea que sobrenada en el crisol de los hornos de fundir metales. **2.** Materia que a los martillazos suelta el hierro candente salido de la fragua. **3.** Lava esponjosa de los volcanes. **4.** Fig. Cosa vil, desechada, y materia de ninguna estimación.

escorpénidos n.m.pl. Familia de peces teleósteos perciformes de gruesa cabeza, provistos de espinas venenosas.

escorpión n.m. **1.** Alacrán (arácnido). **2.** Pez muy parecido a la escorpina que vive en alta mar.
ENCICL Los escorpiones constituyen el orden escorpiones y son los artrópodos más primitivos; un caparazón dorsal protege su cefalotórax; los cinco últimos segmentos abdominales, ápodos, y el telson, forman una cola móvil que termina en un aguijón venenoso puramente defensivo. El primer par de apéndices se ha modificado, constituyendo dos poderosas tenazas. Los escorpiones viven fundamentalmente en las regiones tropicales y subtropicales secas. Son animales nocturnos, durante el día se esconden bajo las piedras o en las hendiduras de las rocas. Algunos de ellos son cavernícolas. Se alimentan sobre todo de insectos. Las especies pequeñas no son, en su mayoría, peligrosas para el hombre: escorpión amarillo del Languedoc, escorpión negro. Sin embargo, las especies más voluminosas pueden producir una herida mortal.

escorrentía n.f. **1.** Corriente de agua que se vierte al rebasar su depósito o cauce naturales o artificiales. **2.** Aliviadero.

escorzar v.tr. PINT Representar, según las reglas de la perspectiva, las cosas que se extienden en sentido perpendicular u oblicuo al plano del papel o lienzo sobre el que se pinta. • **escorzo** n.m. **1.** PINT Acción y efecto de escorzar. **2.** Figura o parte de la figura escorzada.

escota n.f. MAR Cabo que sirve para cazar las velas.

1. escotar v.tr. **1.** Cortar una cosa para acomodarla, de manera que llegue a la medida que se necesita. **2.** Extraer agua de un río, arroyo o laguna, haciendo acequias. • **escotadura** n.f. **1.** Corte hecho en la ropa por la parte del cuello. **2.** En los teatros, abertura grande que se hace en el tablado para las tramoyas. **3.** Entrante que resulta en una cosa cuando está cercenada o cuando parece que lo está. • **escote** n.m. **1.** Escotadura que deja descubierta parte del pecho y de la espalda. **2.** Parte del busto que queda descubierto por estar escotado el vestido.

2. escotar v.tr. Pagar la parte o cuota que toca a cada uno de todo el gasto hecho en común por varias personas. • **escote** n.m. Parte o cuota que cabe a cada uno por razón del gasto hecho en común por varias personas.

escotilla n.f. MAR Cada una de las aberturas que hay en las diversas cubiertas, para el servicio del buque. • **escotillón** n.m. **1.** Puerta o trampa cerradiza en el suelo. **2.** Abertura en el suelo del escenario, que puede bajarse y subirse para que salgan a la escena o desaparezcan de ella personas o cosas.

escotoma n.m. PAT Síntoma de varias lesiones oculares, caracterizado por una mancha oscura o centelleante que cubre parte del campo visual. • **escotomización** n.f. PSICOAN Acto inconsciente que consiste en la eliminación del campo de la conciencia de una realidad afectivamente penosa.

escotos, piratas irlandeses que invadieron en el s. VI la costa occidental del país de los pictos, se apoderaron de él y le dieron su nombre (*Scotland:* Escocia).

escozor n.m. **1.** Sensación dolorosa. **2.** Fig. Sentimiento causado en el ánimo por una pena que duele y desazona.

escriba n.m. **1.** Doctor e intérprete de la ley entre los hebreos. **2.** En la Antigüedad, copista, amanuense.

escribano n.m. **I. 1.** Antiguo nombre de notario. **2.** Antiguo nombre del secretario judicial. **3.** Amanuense o escribiente. **II. 1.** ZOOL *Escribano o escribanillo del agua.* Insecto coleóptero con las patas adaptadas para la natación. Se encuentra en las aguas estancadas. **2.** ZOOL *Escribano hortelano.* Verderón europeo de gargantilla amarilla que habita en los viñedos y la maleza. Su carne es muy apreciada.

escribidor n.m. Fam. Mal escritor.

escribiente n.m. y f. Persona que tiene por oficio escribir lo que se le dicta.

escribir v.tr. **1.** Representar las palabras o las ideas con letras u otros signos trazados en papel u otra superficie. **2.** Trazar las notas y demás signos de la música. **3.** Componer libros, discursos, etc. **4.** Comunicar a uno por escrito alguna cosa.

escrito **I.** adj. Fig. Se dice de lo que tiene manchas o rayas que semejan letras o rasgos de pluma. **II.** n.m. **1.** Carta, documento o cualquier papel escrito, mecanografiado, impreso, etc. **2.** Obra o composición científica o literaria. **3.** FOR Solicitud o alegato en pleito o causa. • **escritor,a** n.m. y f. **1.** Persona que escribe. **2.** Autor de obras escritas o impresas. **3.** Persona que escribe al dictado. • **escritorio** n.m. **1.** Mueble cerrado, con divisiones en su parte interior para guardar papeles. Algunos tienen un tablero sobre el cual se escribe. **2.** Aposento donde tienen su despacho los hombres de negocios. **3.** Mueble con cajoncillos para guardar joyas.

escritura n.f. **1.** Acción y efecto de escribir. **2.** Arte de escribir. **3.** Carta, documento o cualquier papel escrito. **4.** Instrumento público firmado, con testigos o sin ellos, por la persona o personas que lo otorgan, de todo lo cual da fe el notario. **5.** Obra escrita. **6.** P. antonom., la Sagrada Escritura o la Biblia. (Se usa también en pl.)

escriturar v.tr. FOR Hacer constar con escritura pública y en forma legal un otorgamiento o un hecho.

escrófula n.f. MED Paperas. ▷ P. ext., toda lesión crónica que evoluciona hacia la fistulización. • **escrofulismo** n.m. PAT Enfermedad que se caracteriza por la aparición de escrófulas. • **escrofuloso,a** **1.** adj. Perteneciente a la escrófula. **2.** n. y adj. Que la padece.

escrofularia n.f. Planta anual de la familia de las escrofulariáceas. • **escrofulariáceo,a** n. y adj. BOT Se dice de las plantas angiospermas dicotiledóneas que tienen hojas alternas u opuestas, flores en racimo o en espiga, y por frutos cápsulas dehiscentes con semillas de albumen. ▷ n.f.pl. BOT Familia de estas plantas.

escroto n.m. ZOOL Bolsa formada por la piel que cubre los testículos de los mamíferos, y las membranas que los envuelven.

escrúpulo n.m. **1.** Duda, inquietud de conciencia. **2.** Exactitud en el cumplimiento de un cargo. **3.** ASTRON Minuto (cada una de las 60 partes en que se divide un grado de círculo). • **escrupulosidad** n.f. Exactitud en el cumplimiento de lo que uno emprende. • **escrupuloso,a** **I.** n. y adj. Que padece o tiene escrupulos. **II.** adj. **1.** Se dice de lo que causa escrúpulos. **2.** Fig. Exacto.

escrutar v.tr. **1.** Indagar, examinar cuidadosamente. **2.** Computar los votos. • **escrutador,a** **1.** adj. Escudriñador de una cosa. **2.** n. y adj. Se dice del que en elecciones y otros actos análogos cuenta y computa los votos. • **escrutinio** n.m. **1.** Examen y averiguación de una cosa. **2.** Comprobación de los votos contenidos en una urna.

escuadra n.f. **I. 1.** Instrumento de figura de triángulo rectángulo, o compuesto solamente de dos reglas que forman ángulo recto. **2.** Pieza de metal con que se aseguran las ensambladuras de las maderas. **3.** Escuadría de la pieza de madera que ha de ser labrada. **II. 1.** MIL Cierto número de soldados en compañía y ordenanza con su cabo. ▷ Plaza de cabo de este número de soldados. **2.** Cada una de las cuadrillas que se forman de algún concurso de gente. **3.** Conjunto de buques de guerra para determinado servicio. **4.** Formación que comprende cierto número de aviones idénticos. *Escuadra de caza.* • **escuadrar** v.tr.Disponer un objeto de modo que sus caras planas formen entre sí ángulos rectos. • **escuadreo** n.m. Acción y efecto de medir la extensión de un área en unidades cuadradas. • **escuadría** n.f. Las dos dimensiones de la sección transversal de una pieza de madera que está o ha de ser labrada a escuadra. • **escuadrilla** n.f. **1.** Escuadra compuesta de buques de pequeño porte. **2.** Grupo de aviones que realizan un mismo vuelo dirigidos por un jefe.

escuadrón n.m. **1.** Unidad de caballería, que es mandada normalmente por un capitán. **2.** MILIT Unidad aérea equiparable en importancia o jerarquía al batallón o grupo terrestre. **3.** Subdivisión de una escuadra.

escuálido,a **I.** adj. **1.** Sucio. **2.** Flaco, macilento. **II.** n. y adj. ZOOL Se dice de peces selacios que tienen el cuerpo fusiforme, hendiduras branquiales a los lados de éste, detrás de la cabeza, y cola robusta. ▷ n.m.pl. ZOOL Suborden de estos peces. • **escualidez** n.f. **1.** Suciedad. **2.** Delgadez.

escualo n.m. ZOOL Cualquiera de los peces selacios pertenecientes al suborden de los escuálidos.

escuchar **I.** v.int. Aplicar el oído para oír. **II.** v.tr. **1.** Prestar atención a lo que se oye. **2.** Dar oídos, atender a un aviso, consejo o sugestión. **III.** v.prnl. Hablar o recitar con pausas afectadas. • **escucha** n.f. **1.** Acción de escuchar. **2.** Centinela que se adelanta de noche a la inmediación de los puntos enemigos para observar de cerca sus movimientos.

escuchimizado,a adj. Muy flaco y débil.

escudar **1.** v.tr. y prnl. Amparar y resguardar con el escudo. **2.** v.tr. Fig. Resguardar y defender a una persona del peligro que le está amenazando. **3.** v.prnl. Fig. Valerse uno de algún medio.

escudero,a **I.** adj. Perteneciente o relativo al escudero. **II.** n.m. **1.** Paje que acompañaba al caballero para servirle. **2.** Criado que servía a una señora, acompañándola cuando salía de casa y asistiéndola en su antecámara. **III.** n.m. El que hacía escudos. • **escuderear** v.tr. Servir y acompañar a una persona principal como escudero y familiar de su casa. • **escudería** n.f. **1.** Servicio y ministerio del escudero. **2.** AUTOM Grupo de corredores y especialistas mecánicos adscritos a una marca, a una asociación, a un club, etc.

escudo n.m. **I.** Arma defensiva con que se cubría el cuerpo del combatiente sujetándola con la mano izquierda. ▷ Escudo de armas. **2.** Chapa de acero que llevan las piezas de artillería de montaña para que sirva de defensa a los sirvientes del cañón. **3.** Planchuela de metal que para guiar la llave suele ponerse delante de la cerradura. **4.** Fig. Amparo, defensa, protección. **II. 1.** Unidad monetaria de Portugal. **2.** Nombre de varias monedas antiguas que llevaban un escudo de armas grabado en una de sus caras. **III. 1.** MAR Espejo de popa. **2.** MAR Tabla vertical que en los botes forma el respaldo del asiento de popa. **IV.** GEOL Región continental formada por materiales antiguos y que no han sido casi nunca cubiertos por el mar desde la consolidación de estos. **V.** ZOOL Partes duras (escamas, caparazón, etc.) de diversos grupos de animales. • **escudete** n.m. **1.** Objeto semejante a un escudo pequeño. **2.** Planchuela de metal que guarnece la boca de la cerradura. **3.** Mancha redonda que las gotas de lluvia suelen producir en las aceitunas verdes, por donde éstas se dañan y acorchan. **4.** Nenúfar.

escudriñar v.tr. Examinar cuidadosamente una cosa y sus circunstancias. • **escudriñador,a** n. y adj. Que tiene curiosidad por saber y apurar las cosas secretas.

escuela n.f. **1.** Establecimiento público donde se da cualquier género de instrucción. **2.** Enseñanza que se da o que se adquiere. **3.** Conjunto de profesores y alumnos de una misma enseñanza. **4.** Método peculiar de cada maestro para enseñar. **5.** Doctrina y sistema de un autor. **6.** Conjunto de discípulos, seguidores o imitadores de una persona o de su doctrina, arte, etc. **7.** Conjunto de caracteres comunes que en literatura y en arte distingue de las demás las obras de una época, región, etc.

escueto,a adj. **1.** Libre, despejado, desembarazado. **2.** Estricto.

esculpir v.tr. **1.** Labrar a mano una obra de escultura. **2.** Grabar algo en hueco o en relieve.

escultor,a n.m. y f. Persona que profesa el arte de la escultura.

escultura n.f. **1.** Arte de modelar, tallar y esculpir, en volumen representando figuras de personas, animales u otras cosas. **2.** Obra hecha por el escultor. **3.** Fundición o vaciado que se forma en los moldes de las esculturas hechas a mano. • **escultórico;a** adj. Perteneciente o relativo a la escultura. • **escultural** adj. **1.** Perteneciente o relativo a la escultura. **2.** Que participa de alguno de los caracteres bellos de la estatua.

escupir I. v.int. Arrojar saliva por la boca. II. v.tr. 1. Arrojar con la boca algo como escupiendo. 2. Fig. Salir y brotar al cutis postillas a causa de la fiebre. 3. Fig. Echar de sí con desprecio una cosa, teniéndola por vil o sucia. 4. Fig. Despedir un cuerpo a la superficie otra sustancia que estaba mezclada o unida con él. 5. Fig. Despedir o arrojar con violencia una cosa. • **escupidera** n.f. 1. Pequeño recipiente que se ponía en las habitaciones para escupir en él. 2. *Arg.*, *Chile* y *Ecuad.* Orinal, bacín. • **escupidero** n.m. 1. Sitio o lugar donde se escupe. 2. Fig. Situación en que está uno expuesto a ser vejado o despreciado. • **escupidor,a** I. n. y adj. Que escupe con mucha frecuencia. II. n.m. *Chile* y *P. Rico.* Recipiente para escupir en él. • **escupitajo** n.m. Fam. Saliva, flema o sangre escupida.

escurreplatos n.m. Mueble usado junto a los fregaderos para poner a escurrir los utensilios fregados.

escurrir I. v.tr. Apurar los restos o últimas gotas de un líquido que han quedado en un vaso, pellejo, etc. II. v.tr. y prnl. Hacer que una cosa mojada o que tiene líquido despida la parte que quedaba detenida. III. v.int. Destilar y caer gota a gota el licor que estaba en un vaso, etc. IV. v.int. y prnl. Deslizar y correr una cosa por encima de otra. V. v.prnl. 1. Salir huyendo. 2. Fam. Correrse, por lo común inadvertidamente, a ofrecer o dar por una cosa más de lo debido. 3. Correrse, deslizarse, decir más de lo que se debe o quiere decir. • **escurridero** n.m. Lugar a propósito para poner a escurrir alguna cosa. • **escurridizo,a** adj. 1. Que se escurre o desliza fácilmente. 2. Propio para hacer deslizar o escurrirse. • **escurrido,a** adj. Se dice de la persona estrecha de caderas. • **escurridor** n.m. 1. Colador de agujeros grandes en donde se echan los alimentos para que escurran el líquido. 2. Mueble usado junto a los fregaderos para poner a escurrir las vasijas fregadas. • **escurriduras** n.m. pl. Últimas gotas de un líquido que han quedado en un recipiente.

escusado,a 1. adj. Reservado, preservado o separado del uso común. 2. n.m. Retrete.

esdrújulo,a n.m. y adj. Se aplica al vocablo cuya acentuación prosódica carga en la antepenúltima sílaba.

1. ese n.f. 1. Nombre de la letra *s*. 2. Eslabón de cadena que tiene la figura de una ese.

2. ese, esa, eso, esos, esas 1. Formas del pron. dem. en los tres géneros m., f. y n., y en ambos núms. sing. y pl. Designan lo que está cerca de la persona con quien se habla, o representan y señalan lo que ésta acaba de mencionar. Hacen oficio de adjetivos cuando van unidos al nombre; p. ej. *esa vida; ese libro.* Cuando hacen oficio de sustantivos, el m. y f. se escriben con acento: *ése quiero; vendrán ésas.* 2. Pospuesto al nombre, tiene a veces valor despectivo. 3. *Esa* designa la ciudad en que está la persona a quien nos dirigimos por escrito.

esencia n.f. I. 1. Naturaleza de las cosas. 2. Lo permanente e invariable en ellas; lo que el ser es. 3. Aquello por lo que una cosa es lo que es. II. 1. QUIM Cualquiera de las sustancias líquidas formadas por mezclas de hidrocarburos. ▷ Perfume líquido con gran concentración de sustancia o sustancias aromáticas. 2. Gasolina. • **esencial** adj. 1. Perteneciente a la esencia. — QUIM *Aceite esencial.* Esencia. 2. Sustancial, principal, notable. • **esenciero** n.m. Frasco para esencia.

esenio,a adj. Relativo a una secta judía de la época de Cristo, compuesta por varios miembros que llevaban una vida ascética de tipo monacal. ▷ n.m. y f. Miembro de esta secta.

esfacelo n.m. CIR Parte mortificada de la piel o de los tejidos profundos, que se forma en ciertas heridas o quemaduras.

esfenisciformes n.m.pl. ZOOL Orden de aves que comprende únicamente los pájaros bobos.

esfenoides n.m. ANAT Hueso del cráneo que forma la parte central inferior de la cavidad craneana.

esfera n.f. 1. GEOM Sólido terminado por una superficie curva cuyos puntos equidistan todos de otro interior llamado centro. 2. Círculo en que giran las manecillas del reloj. 3. POÉT Superficie imaginaria que rodea la Tierra. — *Esfera armilar.* Aparato compuesto de varios círculos de metal, cartón u otra materia a propósito, que representan los de la *esfera* celeste, y en cuyo centro se coloca un pequeño globo que figura la Tierra. — *Esfera celeste.* Esfera ideal, concéntrica con la terráquea, y en la cual se mueven aparentemente los astros. 4. Fig. Clase o condición de una persona. 5. Fig. Ámbito, espacio a que se extiende o alcanza la virtud de un agente, las facultades y cometido de una persona, etc.

• **esfericidad** n.f. GEOM Calidad de esférico. • **esférico,a** adj. GEOM Perteneciente a la esfera o que tiene su figura. • **esferoidal** adj. De forma más o menos esférica; que recuerda a la esfera. • **esferoide** n.m. GEOM Cuerpo de forma parecida a la esfera. • **esferómetro** n.m. Instrumento que sirve para medir el radio de las superficies esféricas.

esfigmografía n.m. MED Registro gráfico del pulso. • **esfigmógrafo** n.m. MED Aparato para medir gráficamente el pulso. • **esfigmomanómetro** n.m. MED Aparato que sirve para medir la presión arterial. • **esfigmómetro** n.m. MED Instrumento para medir el pulso en el número y frecuencia de sus movimientos.

esfinge n.m. o f. 1. Monstruo fabuloso, con cabeza, cuello y pecho humanos y cuerpo y pies de león. (Se usa más en f.) 2. ZOOL Mariposa de la familia de los esfíngidos, de gran tamaño y alas largas con dibujos de color oscuro. Hay varias especies.

ENCICL Monstruo legendario originario del antiguo Egipto, híbrido de gran poder compuesto generalmente de cuerpo de león y cabeza humana o a veces animal (carnero, halcón). La más célebre esfinge egipcia es la gran Esfinge de Gizeh (57 m de larga por 20 de alta). En la época clásica la avenida (dromos) que llevaba al pílono de los templos, estaba generalmente bordeada de esfinges. La figura de la esfinge se vio enriquecida por la mitología griega que la hace hija de Tifón y Equidna. Tiene un importante papel en la leyenda tebana de Edipo. Bajo el aspecto de un monstruo alado, detiene a los viajeros que se dirigen a Tebas, proponiéndoles un enigma. Si no lo pueden resolver, los devora. Edipo resuelve el enigma planteado por la esfinge: ¿Cuál es el ser que dotado con una sola voz tiene sucesivamente cuatro pies, dos pies y tres pies, y es más fuerte cuando tiene menos pies?, respondiendo: el hombre (de niño se arrastra a cuatro patas, se sostiene sobre dos pies en la madurez y ya viejo se apoya sobre un bastón). La esfinge, desesperada, se mata precipitándose en el vacío desde lo alto de su roca.

esfíngido n. y adj. ZOOL Se dice de insectos lepidópteros crepusculares con antenas prismáticas y alas horizontales en el reposo. Algunas especies son miméticas de otros insectos. ▷ n.m.pl. ZOOL Familia de estos animales.

esfínter n.m. ANAT Músculo en forma de anillo con que se abre y cierra el orificio de una cavidad del cuerpo.

esfogar v.tr. Apagar la cal.

esforzar I. v.tr. 1. Dar o comunicar fuerza o vigor. 2. Infundir ánimo o valor. II. v.int. 1. Tomar ánimo. 2. v.prnl. Hacer esfuerzos física y moralmente con algún fin. • **esforzado,a** adj. Valiente.

esfuerzo n.m. 1. Empleo enérgico de la fuerza física contra alguna resistencia. 2. Empleo enérgico del vigor para conseguir una cosa venciendo dificultades. 3. Ánimo, vigor, brío, valor. 4. Empleo de elementos costosos en la consecución de algún fin.

esfumar I. v.tr. 1. PINT Extender los trazos de lápiz restregando el papel con el esfumino para dar empaste a las sombras de un dibujo. 2. PINT Rebajar los tonos de una composición o parte de ella, logrando cierto aspecto de vaguedad y lejanía. II. v.prnl. Fig. Disiparse, desvanecerse.

esgrimir v.tr. 1. Sostener o manejar una cosa, especialmente un arma, en actitud de utilizarla contra alguien. 2. Fig. Usar de una cosa o medio como arma para lograr algún intento. ▷ Usar de un argumento. • **esgrima** n.f. Arte de jugar y manejar la espada, el sable y otras armas blancas. • **esgrimista** n.m. y f. *Arg.*, *Chile*, *Ecuad.* y *Perú.* Esgrimidor.

esgucio n.m. ARQUIT Moldura cóncava cuyo perfil es la cuarta parte de un círculo.

esguince n.m. Torcedura o distensión violenta de una coyuntura.

eslabón n.m. 1. Pieza en figura de anillo o de otra curva cerrada que, enlazada con otras, forma cadena. ▷ Fig Cada una de las partes de una serie o sucesión. 2. Hierro acerado del que saltan chispas al chocar con un pedernal. 3. Chaira para afeitar. 4. Especie de alacrán. • **eslabonamiento** n.m. Acción y efecto de eslabonar o eslabonarse. • **eslabonar** 1. v.tr. Unir unos eslabones con otros formando cadena. 2. v.tr. y prnl. Fig. Enlazar o encadenar las partes de un discurso o unas cosas con otras.

eslavos, antiguo pueblo que se extendió principalmente por Europa central y oriental. — *Lenguas eslavas.* Lenguas indoeuropeas habladas en una parte del centro de Europa (búlgaro, polaco, ruso, checo, etc.).

eslizón n.m. Reptil de la familia de los escíncidos, de cuerpo largo y pies muy cortos.

eslogan n.m. Frase breve y que llama la atención, utilizada por la publicidad, la propaganda política, etc.

eslora n.f. 1. MAR Longitud que tiene la nave sobre la primera o principal cubierta desde el codaste a la roda por la parte de adentro. 2. pl. MAR Maderos que se ponen en los baos, con objeto de reforzar el asiento de las cubiertas.

eslovaco,a 1. n. y adj. De Eslovaquia. 2. n.m. y f. Habitante o persona originaria de Eslovaquia. 3. n.m. Lengua eslava que se habla en Eslovaquia.

esloveno,a n. y adj. 1. De Eslovenia. 2. n.m. Lengua eslava de los eslovenos, emparentada con el servo-croata.

esmalte n.m. 1. Mezcla compuesta por materias fundibles que se aplica sobre la cerámica y los metales, y que después de sometido al horno forma una capa dura y brillante de aspecto vítreo. 2. p.. Objeto de arte esmaltado. 3. Labor que se hace con el esmalte sobre un metal. 4. Color azul que se hace fundiendo vidrio con óxido de cobalto. 5. Fig. Lustre, esplendor. 6. ZOOL Materia durísima que forma una capa protectora del marfil en la corona de los dientes de los vertebrados. • **esmaltar** v.tr. 1. Cubrir con esmaltes de uno o varios colores el oro, plata, etc. 2. Fig. Adornar de varios colores y matices una cosa; combinar flores o matices en ella. 3. Fig. Adornar, hermosear, ilustrar.

esmectico,a adj. 1. MINER Detersorio. — PETROG *Arcilla esméctica.* Greda utilizada para desengrasar la lana. 2. QUIM Dícese de uno de los estados mesomorfos de ciertos cristales líquidos.

esmeralda n.f. Piedra fina, silicato de alúmina y glucina, más dura que el cuarzo y teñida de verde por el óxido de cromo.

esmerar **1.** v.tr. Pulir, limpiar. **2.** v.prnl. Extremarse, poner sumo cuidado en ser cabal y perfecto. ▷ Obrar con acierto y lucimiento.

esmeril n.m. Roca negruzca formada por el corindón granoso, al que ordinariamente acompañan la mica y el hierro oxidado. Se emplea en polvo para pulimentar metales, labrar piedras preciosas, etc. • **esmerilar** v.tr. Pulir o deslustrar con esmeril.

esmero n.m. Sumo cuidado en hacer las cosas con perfección.

esmiláceo,a n. y adj. BOT Se aplica a hierbas o matas pertenecientes a la familia de las liliáceas, de hojas alternas y fruto en baya.

esmirriado,a adj. Flaco.

esmoladera n.f. Instrumento preparado para amolar.

esmoquin n.m. Prenda masculina de etiqueta, a modo de chaqueta sin faldones.

esnob n.m. y f. Se aplica a la persona que sigue toda clase de ideas, novedades o costumbres que están de moda, para aparentar originalidad o para presumir. • **esnobismo** n.m. Exagerada admiración por todo lo que es de moda.

esófago n.m. ANAT Conducto que va desde la faringe al estómago, y por el cual pasan los alimentos. • **esofagitis** MED Inflamación del esófago. • **esofagoscopio** MED Instrumento que sirve para explorar el esófago.

esotérico,a adj. Oculto, reservado.

espaciar **I.** v.tr. **1.** Poner espacio entre las cosas. **2.** Esparcir, divulgar. **3.** IMP Separar las dicciones, las letras o los renglones con espacios o con regletas. **II.** v.prnl. **1.** Fig. Dilatarse en el discurso o en lo que se escribe. **2.** Fig. Esparcirse. • **espaciador** n.m. En las máquinas de escribir, tecla que se pulsa para dejar espacios en blanco.

espacio n.m. **1.** Extensión indefinida que contiene todos los objetos, todas las extensiones finitas. **2.** Intervalo (distancia entre dos puntos). **3.** Extensión en la que se mueven los astros. ▷ Medio extraterrestre. **4.** Capacidad de terreno, sitio o lugar. **5.** Transcurso de tiempo. **6.** IMP Pieza de metal que sirve para separar las dicciones y poner mayor distancia entre las letras. **7.** MUS Separación que hay entre las rayas del pentagrama. **8.** MAT Conjunto de entes entre los que se establecen ciertos postulados. • **espacial** adj. Perteneciente o relativo al espacio.
ENCICL La conquista del espacio está ligada al desarrollo de los motores-cohete, capaces de funcionar fuera de la atmósfera. Comenzó con el lanzamiento y puesta en órbita terrestre de los satélites artificiales *(Sputnik 1*, el 4 de octubre de 1957), y más tarde con el envío de hombres en satélites que podían volver a la Tierra (Yuri Gagarin en la nave *Vostok 1* el 20 de abril de 1961, John Glenn en la cápsula *Mercury* el 20 de febrero de 1962). La exploración de la Luna empezó en 1959 (fotografías de la cara oculta por la sonda soviética *Lunik 3*). El 21 de julio de 1969, el norteamericano Armstrong pisa el suelo lunar. A partir de 1971, los soviéticos desarrollan el trabajo espacial a bordo de estaciones orbitales (programa *Salyut*). Seguidos en 1973 por los norteamericanos (programa *Skylab*). A continuación viene la exploración del sistema solar por medio de ingenios automáticos: *Viking, Venera, Voyager 2.* Los soviéticos emprenden misiones de larga duración en estaciones *Salyut*, en las que relevan sucesivas tripulaciones. En abril de 1981, los norteamericanos realizan el primer vuelo orbital de una nave de nueva generación, la *Columbia,* reutilizable. Estas naves, que llevan a bordo casi 150 ordenadores, pueden transportar 7 astronautas y de 15 a 30 ton de material, y podrán cumplir misiones muy diversas, inaugurando así la era de la astronáutica operacional.

espada n.f. **1.** Arma blanca, larga, recta, aguda y cortante, con guarnición y empuñadura. **2.** n.m. y f. Torero. **3.** Persona diestra en su manejo. **4.** n.f. Cualquiera de las cartas del palo de espadas. **5.** n.m. As de espadas. **6.** Pez espada. **7.** pl. Uno de los cuatro palos de la baraja española. • **espadachín** **1.** n.m. El que sabe manejar bien la espada. **2.** El que se precia de valiente y es amigo de pendencias.

espadaña n.f. **I.** Planta herbácea, de la familia de las tifáceas. Sus hojas se emplean en cestería. **II.** Campanario de una sola pared, en la que están abiertos los huecos para colocar las campanas.

espádice n.m. BOT Inflorescencia en forma de espiga, con eje carnoso y casi siempre envuelta en una espata.

espadilla n.f. Pieza en figura, de remo grande que hace oficio de timón en algunas embarcaciones menores.

espadillado,a n.m. Acción y efecto de espadillar. • **espadillar** v.tr. Quebrantar con la espadilla el lino o el cáñamo.

1. espadín n.m. Espada de hoja muy estrecha que se usa como prenda de ciertos uniformes.

2. espadín n.m. Pez teleósteo fisóstomo, parecido al arenque.

espagueti n.m. Spaghetti.

espalar v.tr. e int. Apartar con la pala la nieve que cubre el suelo.

espalda **I.** n.f. **1.** Parte posterior del cuerpo humano, desde los hombros hasta la cintura. **2.** Parte del vestido que corresponde a la espalda. **II.** pl. Envés o parte posterior de una cosa.

espaldar n.m. **1.** Respaldo de una silla o banco. **2.** Espalda (parte posterior del cuerpo). **3** Enrejado sobrepuesto a una pared para que por él trepen y se extiendan ciertas plantas. **4.** ZOOL Parte dorsal de la coraza de los quelonios.

espaldarazo n.m. **1.** Fig. Reconocimiento de la competencia o habilidad suficientes a que ha llegado alguno en una profesión o actividad. **2.** Golpe dado en la espalda con la espada.

espaldear v.tr. **1.** MAR Romper las olas con ímpetu contra la popa de la embarcación. **2.** *Chile.* Proteger, defender a una persona.

espaldera n.f. **1.** Espaldar para ciertas plantas. **2.** Pared con que se resguardan y protegen las plantas arrimadas a ella. **3.** Hilera de árboles frutales cuyas ramas están dispuestas contra un muro o un enrejado.

espaldilla n.f. **1.** Cada hueso de la espalda en que se articulan los húmeros y las clavículas. **2.** Cuarto delantero de algunas reses.

espaldón n.m. **1.** Parte maciza y saliente que queda de un madero después de abierta una entalladura. **2.** Carrera para resistir el empuje de las tierras o de las aguas.

espalera n.f. Espaldar de plantas.

espalto n.m. PINT Color oscuro, transparente y dulce para veladuras.

espantajo n.m. **1.** Lo que se pone en un lugar para espantar, y especialmente lo que se pone en los sembrados para espantar los pájaros. **2.** Fig. Cualquier cosa que por su figura infunde temor. **3.** Fig. y Fam. Persona molesta y despreciable

espantamoscas n.m. Utensilio de hierbas o de papel atados a un palo para espantar las moscas.

espantapájaros n.m. Espantajo para ahuyentar los pájaros.

espantar **I.** v.tr. **1.** Causar espanto, dar susto, infundir miedo. **2.** Ojear, echar de un lugar a una persona o animal. **II.** v.prnl. **1.** Sentir espanto, asustarse. **2.** Admirarse, maravillarse. • **espantada** n.f. **1.** Huida repentina de un animal. **2.** Desistimiento súbito, ocasionado por el miedo. • **espantadizo,a** adj. Que fácilmente se espanta.

espanto n.m. **1.** Terror, asombro, consternación. **2.** Amenaza o demostración con que se infunde miedo. **3.** *Amér.* Fantasma, aparecido. (Se usa más en pl.) • **espantoso,a** adj. **1.** Que causa espanto. **2.** Maravilloso, asombroso, pasmoso.

español n. y adj. **1.** Natural de España. **2.** adj. Perteneciente a esta nación. **3.** n.m. Lengua española.

esparadrapo n.m. Tira adherente, que se usa para sujetar los vendajes, o sobre la piel.

esparavel n.m. **1.** Red redonda para pescar, que se arroja a fuerza de brazos en los ríos y lugares de poco fondo. **2.** ALBAÑ Tabla de madera que sirve para tener una porción de la mezcla que se ha de aplicar con la llana.

esparcir v.tr. y prnl. **1.** Separar, extender lo que está junto o amontonado. **2.** Fig. Divulgar, extender una noticia. **3.** Divertir, desahogar, recrear. • **esparcimiento** n.m. **1.** Acción y efecto de esparcir o esparcirse. **2.** Despejo, desembarazo, franqueza en el trato, alegría.

espárrago n.m. **I. 1.** Planta de la familia de las liliáceas que se cultiva por sus yemas, cuyas cabezuelas, en hacecillos, constituyen un comestible muy apreciado. **2.** Yema comestible que produce la raíz de la esparraguera. **II. 1.** Palo largo y derecho que sirve para asegurar con otros un entoldado. **2.** Madero atravesado por estacas pequeñas a distancias iguales, para que sirve de escalera. **3.** Barrita de hierro que sirve de tirador a las campanillas. **4.** Pasador con tornillo cuya rosca se introduce en el cuerpo que une. • **esparraguera** n.f. **1.** Espárrago (planta liliácea). **2.** Era que está destinada a criar espárragos.

esparrancarse v.prnl. Fam. Abrirse de piernas, separarlas. • **esparrancado,a** adj. **1.** Que anda o está muy abierto de piernas. **2.** Se dice también de las cosas que debiendo estar juntas, están muy separadas.

espartaquista n.m. y f. HIST Miembro de un movimiento socialista y revolucionario alemán, nacido en 1914 y aplastado en 1919. v. Liebknecht (Karl) y Luxemburg (Rosa).

esparteína n.f. MED Alcaloide de la retama. Se usa como medicamento tónico del corazón.

espartería n.f. **1.** Oficio de espartero. **2.** Taller donde se trabajan las obras de esparto. **3.** Tienda donde se venden. • **espartero,a** n.m. y f. Persona que fabrica obras de esparto o que las vende.

esparto n.m. **1.** Planta de la familia de las gramíneas. **2.** Hojas de esta planta, empleadas para hacer sogas, pasta de papel, etc.

espasmo n.m. PAT Contracción involuntaria, intensa y pasajera, de los músculos. • **espasmódico,a** adj. MED Perteneciente al espasmo, o acompañado de este síntoma.

espata n.f. BOT Bráctea grande o conjunto de brácteas que envuelve ciertas inflorescencias; como en la cebolla y en el ajo.

espato n.m. Cualquier mineral de estructura laminosa. • **espático,a** adj. Dícese de los minerales que, como el espato, se dividen fácilmente en láminas.

espátula n.f. **1.** Paleta con bordes afilados y mango largo. **2.** ZOOL Cuchareta (ave zancuda).

espaviento n.m. Ademán desmedido o demostración afectada de temor, admiración o sentimiento.

especia n.f. **1.** Cualquiera de las sustancias con que se sazonan los alimentos y guisos. **2.** pl. Ciertos postres de la comida, que se servían antiguamente con el vino, y se tomaban como ahora el café.

especial adj. **1.** Singular o particular; que se diferencia de lo común o general. **2.** Muy adecuado o propio para algún efecto. • **especialidad** n.f. **1.** Particularidad, singularidad. **2.** Confección o producción en cuya preparación sobresalen una persona, un establecimiento, una región, etc. **3.** Rama de la ciencia o del arte a que se consagra una persona. • **especialista** n. y adj. Se dice del que con especialidad cultiva determinado arte o ciencia y sobresale en él. • **especialización** n.f. Acción y efecto de especializar o especializarse. • **especializar 1.** v.int. y prnl. Cultivar con especialidad un ramo determinado de una ciencia o de un arte. **2.** v.int. Limitar una cosa a uso o fin determinado.

especie n.f. **I.** Conjunto de cosas semejantes entre sí por tener uno o varios caracteres comunes. ▷ HIST NAT Cada uno de los grupos en que se dividen los géneros. ▷ QUIM Sustancia de una sola y determinada composición química. **II. 1.** Imagen o idea de un objeto, que se representa en la mente. **2.** Caso, suceso, asunto, negocio. ▷ Tema, noticia, proposición. **3.** Pretexto, apariencia. **III.** MUS Cada una de las voces de la composición.
ENCICL **Biol.** — Para definir la especie, se utiliza generalmente el criterio de fecundidad de los híbridos: individuos de la misma especie, pero pertenecientes a variedades distintas, dan lugar a híbridos que son fecundos entre sí; sin embargo, un cruce entre individuos de especies diferentes da lugar a híbridos estériles; p.ej. el mulo, híbrido de un asno y una yegua, es estéril. Se designa la especie con dos nombres (nomenclatura binominal); por ej. *Panthera leo,* el león, pertenece al género *Panthera* dentro del cual *leo* indica la especie con relación a *Panthera tigris,* el tigre. En botánica, *Solanum tuberosum* designa la patata y *Solanum lycopersicum* el tomate, etc. A nivel celular, una especie está caracterizada por la posesión de un número rigurosamente constante de cromosomas, cuyas formas son asimismo constantes y constituyen el *material genético* de la especie o *genoma.* Hay que tener en cuenta que ciertas especies son tan parecidas que pueden confundirse; por el contrario, existen variedades adaptadas a medio diferentes tan poco semejantes que a veces se consideran como especies distintas. Con frecuencia, sólo el conocimiento del genoma permite aclarar los casos dudosos.

especiería n.f. **1.** Tienda en que se venden especias. **2.** Conjunto de especias. **3.** Trato y comercio de especias. • **especiero,a** n.m. y f. **1.** Persona que comercia en especias. **2.** n.m. Lugar donde se guardan las especias.

específico,a I. adj. Que caracteriza y distingue una especie de otra. **II.** n.m. **1.** FARM Medicamento apropiado para tratar una enfermedad determinada. **2.** Medicamento fabricado por mayor, en forma y con envase especial. • **especificar** v.tr. **1.** Explicar, declarar con individualidad una cosa. **2.** Fijar o determinar de modo preciso.

espécimen n.m. Muestra, modelo, señal.

espectáculo n.m. **1.** Cualquier acción que se efectúa en público para divertir o recrear. **2.** Aquello que se ofrece a la vista o a la contemplación intelectual. **3.** Acción que causa escándalo o extrañeza. • **espectacular** adj. Que tiene caracteres propios de espectáculo público.

espectador n. y adj. **1.** Que mira con atención un objeto. **2.** Que asiste a un espectáculo público.

espectro m. **1.** Imagen, fantasma, por lo común horrible, que se representa a los ojos o en la fantasía. **2.** FIS Resultado de la dispersión de un conjunto de radiaciones. — *Espectro luminoso.* Banda matizada de los colores del iris, que resulta de la descomposición de la luz blanca a través de un prisma o de otro cuerpo refractor. — *Espectro solar* o *del Sol.* El producido por la luz del Sol. • **espectral** adj. Perteneciente o relativo al espectro.

espectrofotometría n.f. FIS Procedimiento analítico fundado en el uso del espectrofotómetro. • **espectrofotómetro** n.m. FIS Aparato compuesto de un espectroscopio y de un fotómetro; sirve para comparar un espectro determinado con un espectro base.

espectrografía n.f. FIS Registros de los espectros de los rayos luminosos. v. espectroscopia. • **espectrógrafo** n.m. **1.** Espectroscopio dispuesto para la obtención de espectrogramas. **2.** FIS Aparato que obtiene el espectro de un sonido analizando un sonido complejo en los elementos que lo componen. **3.** FIS y FON Aparato electrónico que, mediante un filtro graduable, registra las ondas sonoras comprendidas en determinado intervalo de frecuencias. • **espectrograma** n.m. FIS **1.** Fotografía o diagrama de un espectro luminoso. **2.** FIS y FON Representación gráfica de un sonido obtenida por un espectrógrafo.

espectroheliógrafo n.m. ASTRON Espectrógrafo utilizado en el estudio de la atmósfera solar. • **espectrohelioscopio** n.m. FIS Aparato que consiste en un espectroheliógrafo modificado para la visión directa.

espectrómetro n.m. FIS Espectroscopio que permite realizar la medición precisa de los índices de refracción de los rayos.

espectroscopia n.f. Conjunto de conocimientos referentes al análisis espectroscópico. • **espectroscópico,a** adj. Perteneciente o relativo al espectroscopio. • **espectroscopio** n.m. Instrumento que sirve para obtener y observar un espectro.
ENCICL **Fís.** — Cuando un rayo de luz blanca atraviesa un prisma se descompone en rayos de distintos colores y por tanto con frecuencias distintas, fenómeno que se puede observar sobre una pantalla de *espectro continuo,* constituida por una sucesión de bandas luminosas. Algunos espectros están constituidos por un fondo continuo sobre el que se superponen rayas de color claro (rayas de emisión) y rayas de color oscuro (rayas de absorción), características de las radiaciones estudiadas. Estas rayas se deben a la emisión o absorción de radiaciones por un electrón al cambiar de trayectoria. Cuando el electrón se aproxima al núcleo atómico, su energía decrece transformándose en un fotón cuya frecuencia es proporcional a la disminución de energía. Inversamente, absorbiendo la energía de un fotón, el electrón puede alejarse del núcleo. Los aparatos de espectroscopia están compuestos por un dispositivo que dirige los rayos luminosos sobre un dispersador que produce el espectro. Este conjunto va acompañado de un aparato de observación (espectroscopio) o de registro (espectrógrafo). Las espectroscopias permiten medir con precisión la longitud de onda de los rayos luminosos, descubrir los elementos contenidos en una sustancia por el estado de las marcas (análisis espectral), estudiar la estructura de los cristales y de los metales (cristalografía). Gracias al estudio de los espectros de los rayos luminosos de los astros, se ha podido determinar su composición química, su temperatura, su velocidad con relación a la Tierra, etc. Cuando un astro se aleja de la Tierra, la frecuencia de su radiación disminuye (efecto Dopler-Fizeau) y su espectro se desplaza hacia el rojo; a la inversa, si el astro se acerca a la Tierra, su espectro se desplaza hacia el violeta (el rojo corresponde a una frecuencia inferior a la mitad de la del violeta).

1. especular adj. **1.** Transparente, diáfano. **2.** Perteneciente o relativo al espejo.

2. especular I. v.tr. Registrar, mirar con atención una cosa para reconocerla y examinarla. ▷ Fig. Meditar, contemplar, considerar, reflexionar. **II.** v.int. **1.** Comerciar, traficar. **2.** Procurar provecho o ganancia fuera del tráfico mercantil. • **especulación** n.f. **1.** Estudio o investigación puramente teórica. **2.** Operación financiera o comercial en la que se juega con las fluctuaciones del mercado. • **especulativo,a** adj. **1.** Perteneciente o relativo a la especulación. **2.** Que tiene aptitud para especular. **3.** Que procede de la mera especulación o discurso, sin haberse reducido a práctica. **4.** Muy pensativo y dado a la especulación.

espéculo n.m. CIR Instrumento que se emplea para examinar por la reflexión luminosa ciertas cavidades del cuerpo.

espejado,a adj. **1.** Claro o limpio como un espejo. **2.** Que refleja la luz como un espejo.

espejar v.prnl. Fig. Reflejarse. • **espejear** v.int. Relucir o resplandecer al modo que lo hace el espejo.

espejismo n.m. Ilusión óptica debida a la refracción de la luz. ▷ Fig. Ilusión de la imaginación.

espejo n.m. **1.** Lámina de cristal azogado por la parte posterior, o de metal bruñido. **2.** Fig. Aquello en que se ve una cosa como retratada. **3.** Fig. Modelo digno de estudio e imitación.
ENCICL Un espejo está casi siempre constituido por una plancha de vidrio cuya cara posterior está recubierta por una capa metálica (el azogue) protegida por un barniz. Hay espejos planos y espejos esféricos (cóncavos o convexos, según la forma de la superficie reflectora). Las aplicaciones del espejo plano son muy numerosas (lunas de adorno, captadores de energía solar, etc.). Los cóncavos se utilizan como reflectores y proyectores (como objetivos de telescopios y particularmente para concentrar la energía solar); los convexos, como retrovisores.

espejuelo n.m. **1.** Yeso cristalizado en láminas brillantes. **2.** Ventana, rosetón o claraboya, cerrada con placas de yeso transparente. **3.** Hoja de talco. **4.** Trozo pequeño de madera con pedacitos que se utilizaba para cazar alondras. **5.** Reflejo que se produce en ciertas maderas cuando se cortan a lo largo de los radios medulares. **6.** Conserva de cidra o calabaza. **7.** Excrecencia córnea que tienen las caballerías en las patas. **8.** pl. Cristales que se ponen en los anteojos y los anteojos mismos.

espeleología n.f. Ciencia cuya finalidad consiste en el estudio de las cavidades terrestres naturales y las corrientes de agua subterráneas. ▷ Exploración científica o deportiva de cavidades, aguas subterráneas, etc. • **espeleológico,a** adj. Perteneciente o relativo a la espeleología. • **espeleólogo,a** n.m. y f. El que se dedica a la espeleología.

espelta n.f. Variedad de escanda.

espelunca n.f. Cueva, gruta, concavidad tenebrosa.

espeluznar v.tr. y prnl. Alborotar el cabello.

espeluzno n.m. Fam. Escalofrío, estremecimiento.

espera n.f. **1.** Acción y efecto de esperar. **2.** Plazo o término señalado por el juez para ejecutar una cosa; como presentar documentos, etc. **3.** Calma, paciencia, facultad de saberse contener. **4.** Puesto para cazar, esperando en él que la caza acuda espontáneamente o sin ojeo. **5.** Cierto cañón de artillería usado antiguamente. **6.** CARP Escopleadura que empieza desde una de las aristas de la cara del madero y no llega a la opuesta.

esperanto n.m. Lengua internacional convencional.

esperanza n.f. **1.** Estado de ánimo en el cual se nos presenta como posible lo que deseamos. **2.** Virtud teologal por la que se espera que Dios conceda los bienes prometidos.

3. MAT Valor medio de una variable aleatoria o de una distribución de probabilidad.

esperar v.tr. **1.** Tener esperanza de conseguir lo que se desea. **2.** Creer que ha de suceder alguna cosa. **3.** Permanecer en sitio adonde se cree que ha de ir alguna persona o en donde se presume que ha de ocurrir alguna cosa. **4.** Detenerse en el obrar hasta que suceda algo.

esperma n.m. o f. **1.** Líquido viscoso y blancuzco, eyaculado por el macho durante la cópula. **2.** Sustancia grasa que se extrae de las cavidades del cráneo del cachalote. Se emplea para hacer velas y en algunos medicamentos. — *Esperma de ballena.* Esperma (sustancia grasa).

espermaceti n.m. Esperma de ballena.

espermafito,a adj. BOT Fanerógamo (planta cuyos órganos sexuales se distinguen a simple vista).

espermat(o)-, esperma- Prefijos procedentes del griego *sperma, -atos,* «semen, semilla».

espermático adj. MED Relativo al esperma. ▷ ANAT *Cordón espermático.* Cordón unido al testículo que encierra el canal eferente de los vasos (*venas* y *arterias espermáticas*) y de los nervios.

espermatogénesis n.f. BIOL Formación de gametos masculinos.

espermatorrea n.f. PAT Derrame involuntario de la esperma fuera del acto sexual.

espermatozoide n.m. **1.** BIOL Célula reproductora masculina compuesta de: un abultamiento o «cabeza» (formado por el núcleo), un segmento intermedio y una cola o «flagelo», delgada y flexible. **2.** BOT Gameto masculino de las plantas criptógamas, que se asemeja a las células sexuales masculinas. **3.** BOT Cada uno de los dos gametos que resultan de la división de una de las células componentes del grano de polen.

espermatozoo n.m. Espermatozoide de los animales.

espermicida n. y adj. Se dice de un producto anticonceptivo que destruye los espermatozoides.

esperpento n.m. **1.** Fam. Persona o cosa notable por su fealdad o mal aspecto. **2.** Desatino, absurdo. **3.** Género literario creado por Ramón del Valle-Inclán, en el que se deforma la realidad recargando sus rasgos grotescos. • **esperpéntico,a** adj. Perteneciente o relativo al esperpento literario.

1. espesar n.m. Parte de monte más poblada de matas o árboles que las demás.

2. espesar **I.** v.tr. **1.** Condensar lo líquido. **2.** Aprestar una cosa con otra, haciéndola más cerrada y tupida. **II.** v.prnl. Juntarse, unirse, cerrarse y apretarse las cosas unas con otras. • **espeso,a** adj. **1.** Dícese de la masa o de la sustancia fluida o gaseosa que tiene mucha densidad o condensación. **2.** Dícese de las cosas que están muy juntas y apretadas. **3.** Grueso, corpulento, macizo. **4.** Fig. Sucio, desaseado y grasiento. • **espesor** n.m. **1.** Grueso de un sólido. **2.** Densidad o condensación de un fluido, un gas o una masa. • **espesura** n.f. **1.** Calidad de espeso. **2.** Fig. Cabellera muy espesa. **3.** Fig. Paraje muy poblado de árboles y matorrales. **4.** Fig. Desaseo, inmundicia y suciedad.

espetar **I.** v.tr. **1.** Atravesar con el asador, u otro instrumento puntiagudo, carne, aves, pescados, etc., para asarlos. **2.** Atravesar, clavar, meter por un cuerpo un instrumento puntiagudo. **3.** Fig. y Fam. Decir a uno de palabra o por escrito alguna cosa, causándole sorpresa o molestia. **II.** v.prnl. **1.** Ponerse tieso, afectando gravedad y majestad. **2.** Fig. y Fam. Encajarse, asegurarse, afianzarse. • **espetera** n.f. **1.** Tabla con garfios en que se cuelgan carnes, aves y utensilios de cocina: como cazos, sartenes, etc. ▷ Conjunto de los utensilios de cocina que son de metal y se cuelgan en la espetera. **2.** Fig. y Fam. Pecho de la mujer cuando es muy abultado.

1. espía n.m. y f. Persona que observa o escucha lo que pasa, para comunicarlo al que tiene interés en saberlo. • **espiar** v.tr. Observar disimuladamente lo que se dice o hace. ▷ Observar al servicio de un país lo que pasa en otro, observar por cuenta del enemigo lo que pasa en un ejército.

2. espía n.f. **1.** MAR Acción de espiar. **2.** Cada una de las cuerdas o tiros con que se mantiene fijo y vertical un madero. **3.** MAR Cabo o estracha que sirve para espiar. • **espiado,a** adj. Se dice del madero afirmado al terreno por medio de espías, cabos o calabrotes. • **espiar** v.int. MAR Halar de un cabo firme en un ancla, noray u otro objeto fijo, para hacer caminar la nave en dirección al mismo.

espicanardo n.m. **1.** Hierba de la familia de las valerianáceas. ▷ Raíz de esta planta. **2.** Planta de la India, de la familia de las gramínea. El extracto de sus raíces da un perfume muy usado por los antiguos. ▷ Raíz de esta planta.

espiciforme adj. Que tiene forma de espiga.

espiche n.m. **1.** Arma o instrumento puntiagudo; como chuzo, azagaya o asador. **2.** Estaquilla que sirve para cerrar un agujero. • **espichar** **1.** v.tr. Punzar con una cosa aguda. **2.** v.int. Fam. Morir, acabar la vida uno.

espiga n.f. **1.** BOT Inflorescencia cuyas flores son hermafroditas y están sentadas a lo largo de un eje. **2.** Parte de una herramienta o de otro objeto, adelgazada para introducirla en el mango. **3.** Parte superior de la espada, en donde se asegura la guarnición. **4.** Extremo de un madero cuyo espesor se ha disminuido, para que encaje en el hueco de otro. **5.** Parte más estrecha de un escalón de caracol por la cual se une al alma o eje de la escalera. **6.** Cada uno de los clavos de madera con que se aseguran las tablas o maderos. **7.** Púa de un injerto. **8.** Clavo pequeño de hierro y sin cabeza. **9.** Badajo de la campana. **10.** Espoleta. **11.** MAR Cabeza de los palos y masteleros. **12.** MAR Una de las velas de la galera. **13.** ARQUIT Montaje de cabrios en torno al armazón de una techumbre piramidal. • **espigado,a** adj. **1.** Aplícase a algunas plantas anuales cuando se las deja crecer hasta la completa madurez de la semilla. **2.** Dícese del árbol nuevo de tronco muy elevado. **3.** En forma de espiga. **4.** Fig. Alto, crecido de cuerpo. Dícese de los jóvenes. • **espigar** **I.** v.tr. e int. **1.** Coger las espigas que los segadores han dejado de segar, o las que han quedado en el rastrojo. **2.** Tomar de uno o más libros, rebuscando ciertos datos. **II.** v.tr. CARP Hacer la espiga en las maderas que han de entrar en otras. **III.** v.int. Empezar los panes a echar espigas. **IV.** v.prnl. Crecer demasiado algunas hortalizas. ▷ Crecer notablemente una persona.

espigo n.m. Espiga de una herramienta.

espigón n.m. **1.** Punta del palo con que se aguija. **2.** Espiga o punta de un instrumento puntiagudo, o del clavo con que se asegura una cosa. **3.** Espiga áspera y espinosa. **4.** Mazorca o panoja. **5.** Cerro alto, pelado y puntiagudo. **6.** Macizo saliente que se construye a la orilla de un río o en la costa del mar.

espigueo n.m. **1.** Acción de espigar en la siega. **2.** Tiempo o sazón de espigar en la siega.

espiguilla n.f. **1.** Cinta angosta que sirve para guarniciones. **2.** Cada una de las espigas pequeñas que forman la principal en algunas plantas. **3.** Planta anual de la familia de las gramíneas. **4.** Flor del álamo.

espín n.m. FIS Acción y efecto de girar los corpúsculos en torno de sí mismos.

espina n.f. **1.** Púa que nace del tejido leñoso o vascular de algunas plantas. **2.** Astilla pequeña y puntiaguda de la madera, esparto u otra cosa áspera. **3.** ZOOL Cada una de las piezas óseas largas, delgadas y puntiagudas que forman parte del esqueleto de muchos peces. **4.** Espinazo de los vertebrados. **5.** Muro bajo y aislado en medio del circo romano. **6.** Recelo, sospecha.

espinaca n.f. Hortaliza anual, de la familia de las quenopodiáceas.

espinal adj. Relativo al raquis o a la médula espinal. *Médula espinal.*

espinar **I.** v.tr., int. y prnl. Punzar, herir con espina. **II.** v.tr. y prnl. Fig. Herir, lastimar y ofender con palabras picantes. **III.** v.tr. Poner espinos o zarzas atadas alrededor de los árboles recién plantados para resguardarlos.

espinazo n.m. **1.** ZOOL Eje del neuroesqueleto de los animales vertebrados. **2.** Clave de una bóveda o de un arco.

espinel n.m. Especie de palangre con los ramales más cortos y el cordel más grueso. — Cat. *espinell.*

espinescente adj. BOT Que se vuelve espinoso, que tiene pequeñas espinas.

espineta n.f. Clavicordio pequeño.

espingarda n.f. **1.** Antiguo cañón de artillería. **2.** Escopeta muy larga (de chispa) usada por los árabes.

espinilla n.f. **1.** Parte anterior de la canilla de la pierna. **2.** Especie de barrillo que aparece en la piel y que proviene de la obstrucción del conducto secretor de las glándulas sebáceas. • **espinillera** n.f. Pieza que preserva la espinilla.

espino n.m. Arbolillo de la familia de las rosáceas. Su madera es dura, y la corteza se emplea en tintorería y como curtiente.

espinoso,a adj. **1.** Que tiene espinas. **2.** Fig. Arduo, difícil, intrincado.

espinudo,a adj. *Chile* y *Nicar.* Espinoso.

espionaje n.m. Acción de espiar.

espira n.f. **1.** ARQUIT Parte de la basa de la columna, que está encima del plinto. **2.** GEOM Línea en espiral. **3.** Cada una de las vueltas de una hélice o de una espiral.

espiral **I.** adj. Perteneciente a la espira. **II.** n.m. TECN Muelle en forma de espiral que produce las oscilaciones del balancín de un reloj. **III.** n.f. **1.** GEOM Línea curva que se aleja cada vez más de un punto central a medida que gira sobre sí misma. **2.** Línea curva en forma de hélice.

espirar **I.** v.tr. **1.** Exhalar, echar de sí un cuerpo buen o mal olor. **2.** Infundir espíritu, animar, mover, excitar. **II.** v.int. **1.** Tomar aliento, alentar. **2.** Expeler el aire aspirado. **3.** POÉT Soplar el viento blandamente. • **espiración** n.f. Acción y efecto de espirar. • **espirador,a** adj. **1.** Que espira. **2.** ZOOL Se aplica a los músculos que sirven para la espiración.

espirilo n.m. MICROB Bacteria de forma espiral; suele estar presente en aguas sucias y algunas especies son patógenas. • **espirilosis** n.f. Enfermedad producida por un espirilo.

espiritar **1.** v.tr. y prnl. Endemoniar, introducir los demonios en el cuerpo de uno. ▷ Fig. y Fam. Agitar, conmover, irritar. **2.** v.prnl. Adelgazar, consumirse, enflaquecer.

espiritismo n.m. Doctrina que admite la posibilidad de la comunicación entre muertos y vivos. • **espiritista** adj. **1.** Relativo al espiritismo. **2.** n. y adj. Persona que profesa esta doctrina.

espiritoso,a adj. **1.** Vivo, animoso. **2.** Se dice de lo que contiene mucho espíritu y es fácil de exhalarse; como algunos licores.

espiritrompa n.f. ZOOL Aparato bucal de las mariposas.

espíritu n.m. **1.** Ser inmaterial y dotado de razón. **2.** Alma racional. **3.** RELIG Don sobrenatural y gracia particular que Dios suele dar a algunas criaturas. **4.** Virtud, ciencia mística. **5.** Vigor natural y virtud que alienta y fortifica el cuerpo para obrar. **6.** Ánimo, valor, aliento, brío, esfuerzo. **7.** Vivacidad; ingenio. **8.** Demonio infernal. (Se usa más en pl.) **9.** Cada uno de los dos signos ortográficos, llamados el uno *espíritu suave* y el otro *áspero* o *rudo*, con que en la lengua griega se indica la aspiración de una u otra clase. **10.** Vapor que exhalan el vino y los licores. **11.** Parte o porción más pura y sutil que se extrae de algunos cuerpos sólidos y fluidos por medio de operaciones químicas. **12.** Fig. Principio generador, sustancia de una cosa. • **espiritual** adj. Perteneciente o relativo al espíritu. • **espiritualidad** n.f. **1.** Naturaleza y condición de espiritual. **2.** Calidad de las cosas espiritualizadas. **3.** Obra o cosa espiritual. **4.** Conjunto de ideas referente a la vida espiritual.

espiritualismo n.m. **1.** Doctrina filosófica que reconoce la existencia de otros seres, además de los materiales. **2.** Sistema filosófico que defiende la esencia espiritual y la inmortalidad del alma. • **espiritualista 1.** n. y adj. Que trata de los espíritus vitales, o tiene alguna opinión particular sobre ellos. **2.** n.m. y f. Que profesa la doctrina del espiritualismo.

espiritualizar v.tr. **1.** Hacer espiritual a una persona por medio de la gracia y espíritu de piedad. **2.** Figurarse o considerar como espiritual lo que de suyo es corpóreo. **3.** Reducir ciertos bienes a la condición de eclesiásticos.

espirituoso,a adj. Espiritoso.

espiroidal adj. En espiral.

espirómetro n.m. MED Aparato para medir la capacidad respiratoria del pulmón.

espiroqueto,a n. y adj. ZOOL Se dice de seres unicelulares que por sus caracteres morfológicos se asemejan a los flagelados y tienen forma espiral. ▷ n.m. pl. ZOOL Grupo de estos microorganismos.

espiroquetosis n.f. MED Enfermedad producida por leptospiras o treponemas.

espita n.f. Canuto que se mete en el agujero de la cuba u otra vasija, para que por él salga el licor que ésta contiene. ▷ Fig. y Fam. Persona borracha o que bebe mucho vino.

esplacnología n.f. Tratado descriptivo de las vísceras.

espleen n.m. Tedio, melancolía.

esplender v.int. POET Resplandecer.

espléndido,a adj. **1.** Magnífico, liberal, ostentoso. **2.** Resplandeciente. • **esplendidez** n.f. Abundancia, magnificencia, ostentación, largueza.

esplendor n.m. Resplandor. ▷ Fig. Lustre, nobleza. • **esplendoroso,a** adj. Que esplende o resplandece.

esplenio n.m. ANAT Músculo largo y plano que une las vértebras cervicales con la cabeza y contribuye a los movimientos de ésta.

espliego n.m. **1.** Mata de la familia de las labiadas. Toda la planta es muy aromática, y de las flores se extrae una esencia usada en perfumería. **2.** Semilla de esta planta.

espolear v.tr. Picar con la espuela a la cabalgadura. ▷ Fig. Avivar, incitar, estimular a uno para que haga alguna cosa. • **espoleadura** n.f. Herida o llaga que la espuela hace en la caballería.

1. espoleta n.f. Aparato que se coloca en la boquilla o en el culote de las bombas, granadas o torpedos, y sirve para dar fuego a su carga.

2. espoleta n.f. Horquilla que forman las clavículas del ave.

espolín n.m. Planta de la familia de las gramíneas. Sus cañas se utilizan para hacer objetos de adorno.

espolio n.m. Conjunto de bienes que quedan de propiedad de la Iglesia al morir el clérigo que los poseía.

espolón n.m. **1.** Apófisis ósea que tienen en el tarso varias aves gallináceas. **2.** Tajamar de un puente. **3.** Malecón para contener las aguas. **4.** Punta en que remata la proa de la nave. **5.** Ramal corto y escarpado que parte de una sierra. **6.** Fig. Sabañón en el talón. **7.** ARQUIT Contrafuerte para fortalecer un muro. **8.** VETER Prominencia córnea de las caballerías. **9.** BOT Prolongación tubulosa situada en las base de algunas flores.

espolvorear v.tr. y prnl. **1.** Esparcir sobre una cosa otra hecha polvo. **2.** Desvanecer o hacer desaparecer lo que se tiene.

espondeo n.m. Pie de la poesía griega y latina, compuesto de dos sílabas largas.

espóndil o **espóndilo** n.m. Cada una de las vértebras del espinazo. • **espondilosis** n.f. PAT Grupo de enfermedades caracterizadas por la inflamación y fusión de las vértebras, con rigidez consecutiva de la columna vertebral.

espongiario n. y adj. ZOOL Se dice de animales invertebrados acuáticos, casi todos marinos, en forma de saco o tubo con una sola abertura, que viven reunidos en colonias fijas sobre los objetos sumergidos. ▷ n.m. pl. ZOOL Tipo de estos animales.
ENCICL Los espongiarios (más rigurosamente llamados poríferos) son animales arcaicos, asimétricos y diploblásticos, es decir, constituidos por dos conchas celulares separadas por una capa gelatinosa que contiene las espículas que forman el esqueleto. Desprovistos de órganos definidos, los poríferos no poseen nada más que un sistema nervioso rudimentario y difuso. La superficie de su cuerpo está recorrida por numerosos canales que permiten la circulación del agua (gracias a las «cestas vibrátiles», cavidades tapizadas de numerosos cilios vibrátiles) y aseguran la llegada de oxígeno y partículas alimenticias. El agua penetra por unos pequeños poros aspiradores y es expulsada por otros de mayor tamaño. La mayor parte de los poríferos son marinos; sólo existe un reducido número de especies que se desarrollan en agua dulce. Viven fijados sobre soportes de forma y materiales diversos, a los que algunas especies se fijan de forma erguida mientras que otras («descortezadoras») lo hacen de forma aplastada. Los huevos se forman en la piel del animal y sus larvas, en forma de flagelo, viven su ciclo libres.

esponja n.f. **1.** ZOOL Animal espongiario. **2.** ZOOL Esqueleto de ciertos espongiarios, formado por fibras córneas entrecruzadas en todas direcciones. **3.** Todo cuerpo que, por su elasticidad, porosidad y suavidad, sirve como utensilio de limpieza.

esponjar I. v.tr. Ahuecar o hacer más poroso un cuerpo. **II.** v.prnl. Fig. Engreírse, envanecerse. ▷ Fam. Adquirir una persona cierta lozanía, que indica salud y bienestar. • **esponjosidad** n.f. Calidad de esponjoso. • **esponjoso,a** adj. Se aplica al cuerpo muy poroso, hueco y más ligero de lo que corresponde a su volumen.

esponsales n.m. pl. Mutua promesa de casarse que se hacen y aceptan el varón y la mujer.

espontáneo,a adj. **1.** Voluntario y de propio movimiento. **2.** Que se produce sin cultivo o sin cuidados del hombre. • **espontaneidad** n.f. **1.** Calidad de espontáneo. **2.** Expansión natural y fácil del pensamiento.

espora n.f. BOT **1.** Cualquiera de las células de vegetales criptógamos que se separan de la planta y se dividen reiteradamente hasta constituir un nuevo individuo. **2.** BOT Corpúsculo que se produce en una bacteria. **3.** BIOL Cualquiera de las células que en un momento dado de la vida de los protozoos esporozoos se forman por división de éstos. • **esporangio** n.m. BOT Cavidad donde se originan y están contenidas las esporas en muchas plantas criptógamas. • **esporidio** n.m. Espora de segunda generación. • **esporo** n.m. BOT Espora, en las acepciones de célula vegetal criptógama y corpúsculo que se produce en una bacteria. • **esporocarpio** n.m. BOT Cada uno de los órganos, propios de las hidropterineas, que contienen los esporangios. • **esporofita** adj. BOT Se dice de las plantas que se reproducen por esporas. • **esporozoario** o **esporozoo** n. y adj. ZOOL Se dice de los protozoos parásitos que en determinado momento de su vida se reproducen por medio de esporas. ▷ n.m. pl. Clase de estos animales.
ENCICL Las esporas pueden ser haploides o diploides, móviles o inmóviles, ciliadas, etc. Entre las criptógamas merecen destacarse la *meiosporas* (haploides): producidas por el esporofito (diploide) tras una meiosis, dan origen al nacimiento de los gametofitos (haploides); este ciclo es por lo tanto *un ciclo de reproducción sexuada*.

esporádico,a adj. **1.** MED Se dice de la enfermedad que afecta a algunos individuos de forma aislada. **2.** P. ext., que aparece o se produce en casos aislados y de forma irregular. **3.** BIOL *Especies esporádicas.* Se dice de aquellas cuyos individuos se encuentran dispersos.

esposar v.tr. Sujetar a uno con esposas. • **esposas** n.f.pl. Manillas de hierro con que se sujeta a los presos por las muñecas.

esposo,a n.m. y f. **1.** Persona que ha contraído esponsales. **2.** Persona casada. **3.** n.f. *Amér.* Anillo episcopal.

espressivo adj. MUS Indicación de que se acentúe el carácter de un fragmento musical.

esprintar v. intr. Realizar un sprint.

esprue v. sprue.

espuela n.f. **1.** Espiga de metal, que se ajusta al talón del calzado para picar a la cabalgadura. ▷ Fig. Aviso, estímulo, incentivo. **2.** Fig. Mortificar, reprender duramente. **3.** *Arg.* y *Chile.* Espoleta de las aves.

espuerta n.f. Receptáculo que sirve para llevar de una parte a otra escombros, tierra u otras cosas semejantes.

espulgar v.tr. y prnl. Limpiar de pulgas o piojos. ▷ Fig. Examinar, reconocer una cosa con cuidado y por menor.

espuma n.f. **1.** Conjunto de burbujas que se forman en la superficie de los líquidos. **2.** Tratándose de líquidos en los que se cuecen sustancias alimenticias, cuando están en ebullición, parte del jugo y de las impurezas de aquéllas que sobrenadan y que es preciso quitarles. ▷ *Espuma de mar.* Silicato de magnesia hidratado, de color blanco amarillento. Se emplea para hacer pipas de fumar, hornillos y estufas. • **espumadera** n.f. Paleta circular y algo cóncava, llena de agujeros, con que se saca la espuma del caldo o de cualquier otro líquido para purificarlo. • **espumar I.** v.tr. Quitar la espuma de un licor, como del caldo, del almíbar, etc. **II.** v.int. **1.** Hacer espuma. **2.** Fig. Crecer, aumentar rápidamente.

espumajo o **espumarajo** n.m. Saliva arrojada en gran abundancia por la boca.

espumero n.m. Sitio o lugar donde se junta agua salada para que cristalice o cuaje la sal.

espumoso,a adj. **1.** Que tiene o hace mucha espuma. **2.** Que se convierte en ella, como el jabón.

espurio,a adj. Bastardo, que degenera de su origen o naturaleza. ▷ Fig. Falso, adulterado que degenera de su origen verdadero.

espurrear v.tr. Rociar una cosa con agua u otro líquido expelido por la boca.

esputo n.m. Lo que se arroja de una vez en cada expectoración. • **esputar** v.tr. Arrancar y arrojar por la boca flemas.

esqueje n.m. Tallo o cogollo que se introduce en tierra para multiplicar la planta.

esquela n.f. **1.** Aviso de la muerte de una persona que se publica en los periódico. **2.** Papel en que se dan citas, se hacen invitaciones o se comunican ciertas noticias a varias personas. **3.** Carta breve que antes solía cerrarse en figura casi triangular.

esqueleto n.m. **1.** ZOOL Conjunto de piezas duras y resistentes, por lo regular trabadas o articuladas entre sí, que da consistencia al cuerpo de los animales. **2.** Piel de algunos animales convertida en caparazón, concha, placa o escama. **3.** Fig. y Fam. Sujeto muy flaco. **4.** Fig. Armadura sobre la cual se construye algo. **5.** BOT Planta disecada. **6.** Fig. *Chile.* Bosquejo, plan de una obra literaria. • **esquelético,a** adj. **1.** Muy flaco. **2.** ZOOL Perteneciente o relativo al esqueleto.

esquema n.m. **1.** Representación gráfica y simbólica de cosas inmateriales. **2.** Representación de una cosa atendiendo sólo a sus líneas o caracteres más significativos. • **esquemático,a** adj. Perteneciente al esquema. • **esquematismo** n.m. **1.** Procedimiento esquemático para la exposición de doctrinas. **2.** Serie o conjunto de esquemas empleados por un autor para hacer más perceptibles sus ideas. • **esquematización** n.f. Acción y efecto de esquematizar. • **esquematizar** v.tr. Representar una cosa en forma esquemática.

esquenanto n.m. Planta perenne de la familia de las gramíneas.

esquí n.m. **1.** Especie de patín muy largo, de madera u otro material, que se usa para deslizarse sobre la nieve o el agua. **2.** Esquiaje. • **esquiador,a** n.m. y f. Patinador que usa esquís. • **esquiar** v.int. Patinar con esquís.
ENCICL **Dep.** — Las pruebas del esquí alpino son: el descenso, el slalom y el slalom gigante; la combinada alpina consiste en la clasificación de los participantes según los resultados obtenidos en las tres pruebas anteriores. Los saltos (pequeño y gran trampolín) son pruebas aparte. Las nórdicas son: el fondo, una prueba que combina éste y el tiro con fusil, y el salto; la combinada nórdica comprende una prueba de salto y una de fondo.

esquiascopia n.f. MED Examen de la sombra transmitida por la pupila sobre la retina, que permite determinar el grado de refracción del ojo.

esquife n.m. **1.** Barco pequeño que se lleva en el navío para saltar a tierra y para otros usos. ▷ Barco de competición, largo y muy estrecho, para un solo remero. **2.** ARQUIT Cañón de bóveda en figura cilíndrica.

1. esquila n.f. **1.** Cencerro pequeño en forma de campana. **2.** Campana pequeña para convocar a los actos de comunidad en los conventos.

2. esquila n.f. Acción y efecto de esquilar ganados, perros y otros animales. • **esquilador,a 1.** adj. Que esquila. **2.** n.f. Máquina esquiladora. • **esquilar** v.tr. Cortar con la tijera el pelo, vellón o lana de los ganados, perros y otros animales. • **esquileo** n.m. **1.** Acción y efecto de esquilar ganados, perros y otros animales. **2.** Casa destinada para esquilar el ganado lanar. **3.** Tiempo en que se esquila.

esquilmar v.tr. **1.** Chupar con exceso las plantas el jugo de la tierra. **2.** Fig. Agotar una fuente de riqueza sacando de ella mayor provecho que el debido. **3.** Coger el fruto de las haciendas, tierras y ganados.

esquimal 1. n. y adj. Natural del país situado junto a las bahías de Hudson y de Baffin. **2.** adj. Perteneciente o relativo a este país.
ENCICL El pueblo esquimal habita las regiones más septentrionales de la Tierra: Groenlandia, Labrador, Alaska y Siberia. Su economía se basa en la pesca y la caza (foca, caribú, buey almizclero, oso, etc.) y, desde hace relativamente poco tiempo, la artesanía. Sus creencias tradicionales tienen como base el animismo y el politeísmo, expresados a través del chamanismo. Muchos esquimales, sin embargo, han sido cristianizados. Tienen diferentes idiomas, todos dentro del conjunto lingüístico esquimal-aleutiano: el *aleutiano*, el *inupik* y el *yupik*. En todos los extensos territorios que ocupan, no suman más de aproximadamente 50.000 personas. La comunidad, cada vez más influida por Occidente, ve cómo poco a poco van desapareciendo las estructuras sociales de una civilización original (ninguna autoridad política constituida, en razón de la ausencia casi total de formaciones tribales, ningún derecho de propiedad del suelo, etc.). Las piezas más bellas de arte esquimal (representaciones de seres humanos y animales tallados en marfil, máscaras para la danza hechas de huesos de ballena o de madera) provienen de Alaska.

esquina n.f. Arista, principalmente la que resulta del encuentro de las paredes de un edificio. • **esquinado,a** adj. Se dice de la persona de trato difícil. • **esquinar 1.** v.tr. e int. Hacer o formar esquina. **2.** v.tr. Poner en esquina alguna cosa. ▷ Escuadrar un madero. **3.** v.tr. y prnl. Fig. Poner a mal, indisponer. • **esquinazo** n.m. **1.** Fam. Esquina de un edificio. — Fam. *Dar esquinazo.* Rehuir en la calle el encuentro de uno. — Fig. Dejar a uno plantado, abandonarle. **2.** *Chile.* Música durante la noche para festejar a una persona.

esquirla n.f. Astilla de hueso desprendida de éste por caries o por fractura. Se dice también de las que se desprenden de la piedra, cristal, etc.

esquirol n.m. y f. Desp. Obrero que se presta a realizar el trabajo abandonado por un huelguista.

esquisto n.m. MINER Roca sedimentaria formada por capas muy finas.

esquivar 1. v.tr. Evitar, rehusar. **2.** v.prnl. Retraerse, retirarse, excusarse. • **esquivo,a** adj. Desdeñoso, áspero, huraño.

esquizado,a adj. Dícese del mármol salpicado de pintas.

esquizo- Prefijo procedente del griego *skhizō*, «disociar».

esquizofrenia n.f. Psicosis caracterizada por la incoherencia mental. • **esquizofrénico,a** n. y adj. Enfermo de esquizofrenia. • **esquizoide** n. y adj. PSIQUIAT Que tiene predisposición a la esquizofrenia. • **esquizoidismo** n.m. PSIQUIAT Constitución mental que predispone a la esquizofrenia.

estabilidad n.f. **1.** Cualidad de lo que es estable, sólido. ▷ Fig. Cualidad de lo que está asentado, lo duradero. **2.** Mantener las ideas. Constancia. **3.** FIS QUIM Característica de un sistema en equilibrio estable. • **estabilización** n.f. Acción de estabilizar; su resultado. • **estabilizador,a 1.** n. y adj. Que estabiliza. **2.** n.m. Mecanismo que se añade a un aeroplano, nave, etc., para aumentar su estabilidad. • **estabilizante 1.** adj. QUIM Se dice de los aditivos que sirven para reducir la rapidez de una reacción. **2.** n.m. TECN Aparato que sirve para mejorar la estabilidad de una máquina, vehículo, etc., y que sirve para asegurar la continuidad de su funcionamiento.

estable adj. Constante, durable, firme, permanente.

establecer I. v.tr. **1.** Fundar, instituir, hacer de nuevo. **2.** Ordenar, mandar, decretar. **II.** v.prnl. **1.** Avecindarse uno o fijar su residencia en alguna parte. **2.** Abrir por su cuenta un establecimiento mercantil o industrial.

establecimiento n.m. **1.** Ley, ordenanza, estatuto. **2.** Fundación, institución o erección; como la de un colegio, universidad, etc. **3.** Cosa fundada o establecida. **4.** Colocación o suerte estable de una persona. **5.** Lugar donde habitualmente se ejerce una industria o profesión.

establo n.m. Lugar cubierto en que se encierra ganado para su descanso y alimentación.

estabular v.tr. Criar y mantener los ganados en establos.

estaca n.f. **I. 1.** Palo con punta en un extremo para fijarlo en tierra, pared u otra parte. ▷ Palo grueso, que puede manejarse a modo de bastón. **2.** Rama o palo verde sin raíces que se planta para que se haga árbol. **II.** Clavo de hierro de 30 o 40 cm de largo, que sirve para clavar vigas y maderos. **III.** Cada una de las cuernas que aparecen en los ciervos al cumplir el animal un año de edad. **IV.** *Chile.* Pertenencia de una mina que se concede a los peticionarios mediante ciertos trámites.

estacada I. n.f. Cualquier obra hecha de estacas clavadas en la tierra para reparo o defensa, o para atajar un paso. **II. 1.** Palenque o campo de batalla. **2.** Lugar señalado para un desafío. • **estacar I.** v.tr. **1.** Fijar en la tierra una estaca y atar a ella una bestia. **2.** Señalar en el terreno con estacas una línea; como el perímetro de una mina, el eje de un camino, etc. **II.** v.prnl. **1.** Fig. Quedarse inmóvil y tieso a manera de estaca. **2.** *Col.* y *C. Rica.* Punzarse, clavarse uno una astilla. • **estacazo** n.m. **1.** Golpe dado con estaca o garrote. **2.** Fig. Daño, quebranto.

estación I. n.f. **1.** Cada una de las cuatro partes o tiempos en que se divide el año, que son: invierno, primavera, verano y otoño. **2.** Tiempo, temporada. **II. 1.** Visita que se hace a las iglesias para rezar. **2.** Cierto número de rezos que se hacen visitando al Santísimo Sacramento. **3.** Cada uno de los lugares en que se hace alto durante un viaje. **III. 1.** Estancia, morada, asiento. **2.** Edificio o edificios en que están las oficinas y dependencias de una estación del ferrocarril. ▷ Sitio donde habitualmente hacen parada los trenes y se admiten viajeros o mercancías. **3.** Edificio donde las empresas de transportes tienen sus garajes y oficinas. **4.** Punto y oficina donde se expiden y reciben despachos de telecomunicación. **5.** BIOL Sitio o localidad de condiciones apropiadas para que viva una especie animal o vegetal. **6.** GEOD y TOPOGR Cada uno de los puntos en que se observan o se miden ángulos de una red trigonométrica. **IV.** Fig. Partida de gente apostada. • **estacional** adj. **1.** Propio y peculiar de cualquiera de las estaciones del año. **2.** ASTRON Estacionario, dícese del planeta que aparentemente está parado.
ENCICL **Astron.** — La alternancia de las estaciones se debe a las distintas posiciones que ocupa la Tierra durante su recorrido anual alrededor del Sol. En el transcurso de este recorrido de revolución, el eje de la Tierra permanece paralelo a sí mismo pero formando un ángulo de 66° 33' con el plano de la eclíptica (plano de la órbita descrita por la Tierra); esta inclinación es la responsable de las variaciones de insolación de las regiones del globo terráqueo a lo largo del año. En los dos equinoccios, el círculo de insolación de la Tierra pasa por los polos y la duración del día es igual a la de la noche. En los dos *solsticios,* la desigualdad de la duración del día y de la noche es máxima. En el *solsticio de verano* (verano en el hemisferio norte e invierno en el hemisferio sur), hacia el 21 de junio, los rayos de Sol son perpendiculares al trópico de Cáncer. Comienza el verano en el hemisferio norte y el invierno en el hemisferio sur. El *equinoccio de otoño,* hacia el 23 de septiembre, corresponde al inicio del otoño en el hemisferio norte y de la primavera en el hemisferio sur. Los rayos solares son semiperpendiculares al ecuador. El *solsticio de invierno,* hacia el 21 de diciembre, corresponde al inicio del invierno en el hemisferio norte, y el *equinoccio de primavera,* hacia el 21 de mar-

zo, al inicio de la primavera.
Meteor. — La diferencia entre primavera y verano y entre otoño e invierno existe únicamente en las zonas templadas. En los países tropicales, solamente hay dos estaciones: la estación seca y la estación de las lluvias (cuya determinación no está sometida a las leyes astronómicas expuestas anteriormente). En las zonas próximas al ecuador, aparecen dos períodos de sequía desiguales, separados por dos períodos lluviosos, más o menos cercanos. Debido a esto mismo, las regiones polares no conocen las estaciones intermedias: el invierno sucede bruscamente al verano y viceversa. v. clima.

estacionar **1.** v.tr. y prnl. Situar en un lugar, colocar. **2.** v.prnl. Quedarse estacionario, estancarse. • **estacionamiento** n.m. Acción y efecto de estacionar o estacionarse. • **estacionario,a** adj. **1.** Fig. Dícese de persona o cosa que permanece en el mismo estado o situación, sin adelanto ni retroceso. **2.** ASTRON Se aplica al planeta que está como parado o detenido en su órbita aparente durante cierto tiempo.

estacha n.f. **1.** Cuerda o cable atado al arpón que se clava a las ballenas para matarlas. **2.** MAR Cabo que desde un buque se da a otro fondeado o a cualquier objeto fijo para practicar varias faenas.

estada n.f. Detención, demora que se hace en un lugar.

estadía n.f. **1.** Detención, estancia. **2.** Tiempo que permanece el modelo ante el pintor o escultor. **3.** COM Cada uno de los días que transcurren después del plazo estipulado para la carga o descarga de un buque mercante. (Se usa más en pl.)

estadio n.m. **I.** Recinto con graderías para los espectadores, destinado a competiciones deportivas. **II. 1.** Fase, período relativamente corto. **2.** MED Fase en la evolución de una enfermedad o de un proceso biológico. ▷ PSICOAN Fase en la evolución de la libido infantil. v. sexualidad. **3.** P. ext., período, fase de una evolución. **III.** Longitud de 125 pasos geométricos, que viene a ser la octava parte de una milla.

estadista n.m. y f. **1.** Político, persona que ejerce un alto cargo en la dirección del Estado. **2.** Persona que se ocupa de estadísticas.

estadística n.f. **1.** Recuento de la población, de los recursos naturales e industriales o de cualquier otra manifestación de un Estado, provincia, clase, etc. **2.** Estudio de los hechos que se prestan a numeración o recuento, y a la comparación de las cifras a ellos referentes. • **estadístico,a 1.** adj. Perteneciente a la estadística. **2.** n.m. Persona especializada en estadísticas.
ENCICL La estadística se basa en el estudio de las *poblaciones,* constituidas por un conjunto de *individuos* o *unidades estadísticas* (hab. de un país, piezas de un grupo, número de coches que pasan por un lugar determinado, etc.). Cuando la población estadística a estudiar es demasiado numerosa se toma una parte o *muestra* sobre la que se realizan las observaciones. Se definen las *características* de la población a estudiar, tanto las cualitativas (p. ej., marca de un automóvil) como las cuantitativas (p. ej., estatura de un individuo). Las características cuantitativas, *variables estadísticas,* pueden ser clasificadas en variables *discretas* (p. ej., número de habitantes de un apartamento) y *continuas* (p. ej., edad de una persona). Las observaciones estadísticas se analizan bien por medio de *distribuciones,* dando los efectivos o la frecuencia por cada una de las clases de la población, bien por medio de funciones de repartición, correspondientes a la acumulación de efectivos o de frecuencias. Una distribución puede estar caracterizada por un cierto número de valores (moda, mediana y media), que permiten componer varias distribuciones, y por su dispersión, que se caracteriza generalmente por la *varianza* o por la raíz cuadrada de la varianza, llamada *desviación típica.* Cuando una serie estadística aparece definida por varios caracteres se puede buscar, mediante un estudio de correlación, si algunos de estos caracteres aparecen ligados unos a otros. Cuando el número de caracteres es muy elevado se utilizan otros métodos, p. ej., el análisis de los componentes principales, consistente en la reducción del número de caracteres, o el análisis factorial. Las estadísticas tienen actualmente un gran interés, habida cuenta del gran número de datos (presentando siempre un carácter aleatorio) que es preciso tratar (con la ayuda de ordenadores en la casi totalidad de los casos) en economía, sociología, gestión, industria (control de fabricación), física de las partículas, astrofísica, ciencia del espacio, etc. v. también probabilidad.

estadizo,a adj. **1.** Que está mucho tiempo sin moverse, orearse o renovarse. **2.** Dícese también de los manjares rancios o manidos.

estado **I.** n.m. **1.** Situación en que está una persona o cosa. **2.** Antiguamente, orden, clase, jerarquía de las personas que componían un reino, una república o un pueblo. **3.** Clase o condición a la cual está sujeta la vida de cada uno. **II.** Cuerpo político de una nación. ▷ Extensión de territorio sobre el que se ejerce la autoridad del Estado. ▷ Cada uno de los territorios más o menos autónomos que constituyen una federación. **III. 1.** Medida longitudinal, tomada de la estatura regular del hombre, que solía regularse en siete pies. **2.** Medida superficial de 49 pies cuadrados. **IV. 1.** Resumen de un conjunto de datos, cuentas, etc. **2.** Manutención que acostumbraba dar el rey en ciertos lugares y ocasiones a su comitiva. ▷ Sitio en que se la servía. **V. 1.** FIS Condición particular en la que se encuentra un cuerpo. (v. fase). **2.** INFORM Situación en la que se encuentra un órgano, un sistema caracterizado por un determinado número de variantes.

estadounidense **1.** n. y adj. Natural de Estados Unidos. **2.** adj. Perteneciente o relativo a esta nación de América del Norte.

estafa n.f. Acción y efecto de estafar. • **estafador,a** n.m. y f. Persona que estafa. • **estafar** v.tr. **1.** Pedir o sacar dinero o cosas de valor con artificios y engaños, y con ánimo de no devolverlo. **2.** FOR Cometer alguno de los delitos que se caracterizan por el lucro como fin y el engaño o abuso de confianza como medio.

estafeta n.f. **1.** Casa u oficina del correo. **2.** Oficina donde se reciben cartas para llevarlas al correo general. **3.** Correo especial para el servicio diplomático.

estafilococo n.m. BACT Cualquiera de las bacterias de forma redondeada, que se agrupan como en racimo.

estafiloma n.m. MED Protuberancia patológica de la córnea, debida en general a una inflamación o un traumatismo.

estafisagria n.f. BOT Planta herbácea de la familia de las ranunculáceas.

estagflación n.f. ECON Situación económica en la que coexisten un estancamiento de la actividad económica, la inflación y una tasa de paro elevada.

estala n.f. **1.** Establo o caballeriza. **2.** Escala de un barco.

estalactita n.f. **1.** Formación calcárea que suele hallarse pendiente del techo de las cavernas, donde se filtran lentamente aguas con carbonato de cal en disolución. **2.** ARQUEOL Adornos en forma de estalactitas.

estalagmita n.f. GEOL Formación calcárea de aspecto cónico que se levanta en el suelo de una gruta, bajo una estalactita.

estalagmometría n.f. FIS Medida de la tensión superficial de los líquidos con la ayuda de un estalagmómetro. • **estalagmómetro** n.m. FIS Instrumento que sirve para medir la tensión superficial de un líquido.

estallar v.int. **1.** Henderse o reventar de golpe una cosa, con chasquido o estruendo. **2.** Restallar. **3.** Fig. Sobrevenir, ocurrir violentamente alguna cosa. **4.** Fig. Sentir y manifestar repentina y violentamente ira, alegría u otra pasión o afecto del ánimo. • **estallido** n.m. Acción y efecto de estallar

estambre n.m. o f. **I. 1.** Parte del vellón de lana que se compone de hebras largas. **2.** Hilo formado de estas hebras. **3.** Pie de hilos después de urdirlos. **II.** BOT Órgano sexual masculino de las plantas fanerógamas. • **estambrar** v.tr. Torcer la lana y hacerla estambre.

estamento n.m. **1.** En la Corona de Aragón, cada uno de los estados que concurrían a las Cortes. **2.** Cada uno de los dos cuerpos colegisladores establecidos por el Estatuto Real de España.

estameña n.f. Tejido de lana, sencillo y ordinario, que tiene la urdimbre y la trama de estambre.

estamíneo,a adj. **1.** Que es de estambre. **2.** Perteneciente o relativo al estambre.

estaminífero,a adj. BOT Dícese de las flores que tienen estambres, y de las plantas que llevan estas flores.

estampa n.f. **1.** Cualquier efigie o figura trasladada al papel u otra materia, por medio de un sistema de impresión. ▷ Papel o tarjeta con una figura grabada. **2.** Fig. Figura total de una persona o animal. **3.** Fig. Imprenta o impresión. **4.** Huella del pie del hombre o de los animales en la tierra. • **estampación** n.f. Acción y efecto de estampar. • **estampado,a** **I.** n. y adj. **1.** Aplícase a varios tejidos en que se forman y estampan diferentes dibujos. **2.** Dícese del objeto que por presión o percusión se fabrica con matriz o molde apropiado. **II.** n.m. Acción y efecto de estampar. • **estampar** **I.** v.tr. e int. Imprimir, sacar en estampas una cosa. **II.** v.tr. **1.** Dar forma a una plancha metálica por percusión entre dos matrices, de modo que forme relieve por un lado y quede hundida por otro. **2.** Prensar una chapa metálica sobre un molde de acero, de manera que en ella se forme relieve por un lado, quedando hundido por el opuesto. **3.** Fam. Arrojar a una persona o cosa, hacerla chocar contra algo. **4.** Señalar o imprimir una cosa en otra. **5.** Fig. Imprimir algo en el ánimo.

estampida n.f. **1.** Estampido. **2.** Resonancia, divulgación rápida y estruendosa de algún hecho. **3.** *Col., Guat., Méx.* y *Venez.* Huida impetuosa que emprende una persona, animal o conjunto de ellos. • **estampía (de)** m.adv. De repente, bruscamente. *Salir de estampía.* • **estampido** n.m. Ruido fuerte y seco como el producido por el disparo de un cañón.

estampilla n.f. **1.** Sello que contiene en facsímil la firma y rúbrica de una persona. **2.** Especie de sello con un letrero para estampar en ciertos documentos. **3.** *Amér.* Sello de correos o fiscal. • **estampillar** v.tr. Marcar con estampilla.

estancar **1.** v.tr. y prnl. Detener y parar el curso de una cosa, y hacer que no pase adelante. **2.** v.tr. Prohibir el curso libre de determinada mercancía, concediendo su venta a determinadas personas o entidades. • **estancación** n.f. Acción y efecto de estancar o estancarse. • **estancamiento** n.m. Estancación.

estancia n.f. **I. 1.** Mansión, habitación y asiento en un lugar, o casa. **2.** Aposento, sala o cuarto donde se habita ordinariamente. **3.** *Arg.* y *Chile.* Hacienda de campo destinada al cultivo, y más especialmente a la ganadería. **4.** *Cuba* y *Venez.* Casa de campo con huerta y próxima a la ciudad; quinta. **II. 1.** Permanencia durante cierto tiempo en un lugar determinado. **2.** Cada uno de los días que está el enfermo en el hospital. **3.** Cantidad que por cada día devenga el mismo hospital. **III.** Estrofa, parte de una composición poética en que se observa cierta simetría. • **estanciero** n.m. El dueño de una estancia, casa de campo, o el que cuida de ella.

estanco,a **I.** adj. MAR Aplícase a los navíos que se hallan dispuestos para no hacer agua por sus costuras. **II.** n.m. **1.** Prohibición del curso y venta libre de algunas cosas, o asiento que se hace para reservar exclusivamente las ventas de mercancías, fijando los precios a que se hayan de vender. **2.** Lugar o casa donde se venden géneros estancados, y especialmente sellos, tabaco y cerillas. **3.** Fig. Depósito, archivo. **4.** *Ecuad.* Tienda que vende aguardiente.

estándar n.m. Tipo, modelo, patrón, nivel. • **estandarización** n.f. Tipificación, acción y efecto de estandarizar. • **estandarizar** v.tr. Tipificar, ajustar a un tipo, modelo o norma.

estandarte n.m. Insignia de una corporación consistente en un pedazo de tela cuadrado pendiente de un asta, en el cual figura un escudo u otro distintivo.

estannífero,a adj. Que contiene estaño.

estanque n.m. Receptáculo de agua construido para proveer al riego, criar peces, etc.

1. estanquero n.m. El que tiene por oficio cuidar de los estanques.

2. estanquero,a n.m. y f. Persona que tiene a su cargo la venta pública del tabaco y otros géneros estancados.

estantal n.m. ALBAÑ Estribo de pared.

estante n.m. **1.** Mueble con anaqueles, generalmente sin puertas, que sirve para colocar libros, papeles u otras cosas. **2.** Cada uno de los dos pies derechos sobre los que se apoya y gira el eje horizontal de un torno. • **estantería** n.f. Juego de estantes o de anaqueles.

estañar v.tr. **1.** Cubrir o bañar con estaño. **2.** Asegurar o soldar una cosa con estaño.

estaño n.m. Elemento de número atómico 50 y de masa atómica 118,69 (símbolo *Sn*), metal fusible, componente del bronce.
ENCICL El estaño es un metal blanco, muy maleable, de densidad 7,28. Funde a 232 °C y hierve a 2.270 °C. Se obtiene por tostación de la casiterita. Su gran resistencia a los agentes atmosféricos hace que se utilice para revestir el acero y el cobre (estañadura de las latas de conserva). Su gran maleabilidad permite realizar láminas de embalaje. Las aleaciones del estaño (bronce, aleaciones antifricción, aleaciones para soldaduras y para la fabricación de utensilios de cocina y de caracteres de imprenta) se utilizan mucho.

estáquide n.m. Tubérculo comestible.

estaquilla n.f. **1.** Espiga de madera o caña que sirve para clavar. **2.** Clavo pequeño de hierro, de figura piramidal y sin cabeza. • **estaquillar** v.tr. Hacer una plantación por estacas.

estar **I.** v.int. y prnl. Existir, hallarse una persona o cosa en un lugar, situación, condición o modo actual de ser. **II.** v. int. **1.** Con ciertos verbos reflexivos toma esta forma quitándosela a ellos, y denota aproximación a lo que tales verbos significan. **2.** Tocar o tañer. **3.** Tratándose de prendas de vestir, y generalmente seguido de dativo de persona, sentar o caer bien o mal. **4.** Junto con algunos adjetivos, sentir o tener actualmente la calidad que ellos significan. **5.** Junto con la partícula *a* y algunos nombres, obligarse o estar dispuesto a ejecutar lo que el nombre significa. **6.** Seguido de la prep. *a* y del número uno o primero, dos, tres, cuatro hasta treinta y uno, y del nombre de un mes, expreso o sobentendido, correr el día indicado por cualquiera de estos números. **7.** Tener un determinado precio. **8.** Junto con prep. *con* seguida de un nombre de persona, vivir en compañía de esta persona. **9.** Avistarse con otro. **10.** Tener una relación sexual. **11.** Junto con la prep. *de,* estar ejecutando una cosa o entendiendo en ella. **12.** Junto con la prep. *de* y algunos nombres sustantivos, ejecutar lo que ellos significan, o hallarse en disposición próxima para ello. **13.** Junto con la prep. *en* y algunos nombres, consistir, ser causa o motivo de una cosa. Se usa sólo en terceras personas de singular. **14.** Haber costado tanto una cosa. **15.** Junto con la prep. *para* y el infinitivo de algunos verbos, o seguida de algunos sustantivos, denota la disposición próxima o determinada de hacer lo que significa el verbo o el sustantivo. **16.** Junto con la prep. *por* y el infinitivo de algunos verbos, no haberse ejecutado aún, o haberse dejado de ejecutar, lo que los verbos significan. *Estar por escribir, por razonar.* **17.** Junto con la prep. *por* y el infinitivo de algunos verbos, hallarse uno casi determinado a hacer alguna cosa. **18.** Junto con la prep. *por,* estar a favor de una persona o cosa. **19.** Junto con la conj. *que* y un verbo en forma personal, hallarse en la situación o actitud expresada por este verbo. **III.** v.prnl. Detenerse o retrasarse en alguna cosa o en alguna parte.

estática n.f. **1.** Parte de la mecánica que estudia las leyes del equilibrio. **2.** Conjunto de estas leyes.
ENCICL La estática se basa en el principio de la acción y la reacción (las acciones mutuas que se ejercen entre dos puntos materiales son iguales y contrapuestas) y en el hecho de que el conjunto de fuerzas ejercidas sobre un sistema material constituyen un sistema vectorial. En el caso de un punto material, el conjunto de fuerzas puede ser reemplazado por un vector único llamado *resultante* (v. fuerza). El punto está en equilibrio si este resultante es nulo. La *estática de los sólidos* hace intervenir el *torsor*, constituido por el resultante de las fuerzas exteriores (fuerzas ejercidas por los elementos ajenos al sistema y que comprende las fuerzas de unión) y por la situación de estas fuerzas respecto a un punto dado. El sólido está en reposo si el torsor es nulo. *La estática de los fluidos* estudia el equilibrio de los líquidos en reposo; comprende la hidrostática (fluidos líquidos) y la aerostática (fluidos gaseosos). El principio de Arquímedes, el de Pascal (presión ejercida por una columna de líquido), los sifones y el estado de la superficie de los líquidos en reposo, son algunas de las aplicaciones de la estática de los fluidos.

estático,a adj. **1.** Perteneciente o relativo a la estática. **2.** Que permanece en un mismo estado, sin mudanza en él. **3.** Fig. Que se queda parado de asombro o de emoción.

1. estatismo n.m. Inmovilidad de lo estático, que permanece en un mismo estado.

2. estatismo n.m. Tendencia que exalta la plenitud del poder y la preeminencia del Estado sobre los diferentes órdenes y entidades.

estatocisto n.m. ZOOL Cualquiera de los órganos que están al servicio del sentido del equilibrio en muchos celentéreos, gusanos, crustáceos, moluscos y tunicados.

estátor n.m. TECN Parte fija de algunas máquinas por oposición a la parte que se mueve.

estatorreactor n.m. AERON Motor a reacción sin parte móvil, constituido por la entrada de aire, la cámara de combustión y la tobera.

estatua n.f. Obra de escultura; particularmente la que representa una figura humana o animal completa. — *Estatua ecuestre.* La que representa una persona a caballo. • **estatuar** v.tr. Adornar con estatuas. • **estatuaria** n.f. Arte de hacer estatuas. • **estatuario,a** **I.** adj. **1.** Perteneciente a la estatuaria. **2.** Adecuado para una estatua. **II.** n.m. El que hace estatuas.

estatúder n.m. En los Países Bajos españoles, gobernador de provincia. ▷ Gobernador de una o varias de las Provincias Unidas después de la proclamación de la independencia. • **estatuderato** n.m. HIST Título o dignidad de estatúder. ▷ Período de tiempo en la que era ejercida esta función.

estatuir v.tr. **1.** Establecer, ordenar, determinar. **2.** Demostrar, asentar como verdad una doctrina o un hecho.

estatura n.f. Altura de una persona.

estatuto n.m. **1.** Regla que tiene fuerza de ley para el gobierno de un cuerpo. **2.** P. ext., cualquier ordenamiento eficaz para obligar: contrato, disposición testamentaria, etc. **3.** Ley especial básica para el régimen autónomo de una región dictada por el Estado. **4.** FOR Régimen jurídico al cual están sometidas las personas o las cosas, en relación con la nacionalidad o el territorio.

estay n.m. MAR Cabo que sujeta la cabeza de un mástil al pie del más inmediato, para impedir que caiga hacia la popa.

1. este n.m. **1.** Levante, oriente. Se usa generalmente en GEOGR y MAR. **2.** Viento que viene de la parte de oriente.

2. éste, ésta, esto, éstos, éstas Formas de pron. dem. en los tres géneros: n.m., f. y n., y en ambos núms. sing. y pl. Designan lo que está cerca de la persona que habla, o representan y señalan lo que se acaba de mencionar. Las formas m. y f. se usan como adj. y en este caso se escriben sin acento: *esta vida; este libro.* — *Ésta* designa la población en que está la persona que se dirige a otra por escrito.

estear(o)-, esteat(o)- Prefijos procedentes del griego *stear steatos*, «grasa».

estearato n.m. QUIM Sal o éster del ácido esteárico.

esteárico,a adj. De estearina. — QUIM *Ácido esteárico.* Ácido graso saturado, abundante en el sebo de cordero y de vaca.

estearina n.f. **1.** QUIM Sustancia blanca, insípida, de escaso olor, fusible a 64,2 grados, insoluble en el agua, soluble en el alcohol hirviendo y en el éter. **2.** Ácido esteárico que sirve para la fabricación de velas.

esteatita n.f. Mineral de color blanco y verdoso, suave, y tan blando que se raya con la uña.

esteatopigia n.f. Desarrollo de grasa en las nalgas y en las caderas. • **esteatopígico,a** adj. Que tiene importantes localizaciones de grasa en las nalgas; que tiene las nalgas muy grandes.

esteatosis n.f. MED Acumulación de gotas de grasa en las células de un tejido.

esteba n.f. Planta herbácea de la familia de las gramíneas. Se usa como pasto para las caballerías.

estebar n.m. Sitio donde se cría mucha esteba (sent. 1).

estefanote n.m. BOT *Venez.* Planta de la familia de las asclepiadáceas.

estegocéfalos n.m. pl. PALEONT Orden de anfibios fósiles, primeros vertebrados que vivieron sobre tierra firme.

estegomía n.f. Mosquito transmisor del espiroqueto que produce en el hombre la fiebre amarilla.

1. estela n.f. **1.** Señal o rastro de espuma que deja en la superficie del agua una embarcación u otro cuerpo en movimiento. **2.** Rastro que deja en el aire un cuerpo luminoso en movimiento.

2. estela n.f. Monumento conmemorativo

que se erige sobre el suelo en forma de lápida, pedestal o cipo.

estelar adj. Perteneciente o relativo a las estrellas.

estelión n.m. **1.** ZOOL Reptil saurio, perteneciente a la misma familia que el dragón. **2.** Piedra que decían se hallaba en la cabeza de los sapos viejos, y tenía virtud contra el veneno.

estelita n.f. METAL Aleación de cobalto, cromo, tungsteno y silicio, particularmente dura, que se utiliza principalmente para fabricar las válvulas de los motores.

1. estenia n.f. MED Estado de plena actividad fisiológica.

2. estenia Partícula procedente del griego *sthenos*, «fuerza».

estenio n.m. FIS Antigua unidad de fuerza (símbolo *Sn*) igual a mil newtons.

esteno- Prefijo procedente del griego *stenos*, «estrecho».

estenocardia n.f. PAT Angina de pecho.

estenografía n.f. Proceso de escritura muy simplificado que permite escribir un texto a la velocidad en que es dicho. v. taquigrafía. • **estenografiar** v.tr. Escribir en estenografía.

estenohalino,a adj. BIOL Se dice del organismo que únicamente puede vivir en aguas con una concentración salina determinada.

estenordeste n.m. **1.** Punto del horizonte entre el E y el NE, a igual distancia de ambos. **2.** Viento que sopla de esta parte.

estenosfera n.f. GEOGR Capa interna del globo terráqueo situada debajo de la litosfera y que llega hasta el manto. (Las placas rígidas se desplazan sobre este magma, análogo a un líquido viscoso.)

estenosis n.f. MED Estrechamiento patológico de un conducto, orificio u órgano.

estenotipia n.f. **1.** Máquina de teclado que permite escribir rápidamente mediante la transcripción de las palabras a un alfabeto simplificado. **2.** Técnica de notación de las palabras mediante una estenotipia. • **estenotipista** n.m. y f. Persona que sabe y practica la estenotipia.

estentor n.m. ZOOL Protozoario ciliado de agua dulce en forma de trompa.

estentóreo,a adj. Muy fuerte, ruidoso o retumbante, aplicado al acento o a la voz.

1. estepa n.f. Erial llano y muy extenso.

2. estepa n.f. Mata resinosa de la familia de las cistáceas.

estepaje n.m. MED Modo de andar típico de los enfermos afectados de parálisis de los músculos extensores.

estequiometría n.f. QUIM Estudio de las relaciones de cantidad según las cuales los compuestos se combinan entre ellos; esas mismas relaciones.

ENCICL **Quím.** — La ley de las combinaciones definidas, enunciada por J. L. Proust en 1801, según la cual los elementos de un compuesto se combinan según proporciones simples y bien definidas, no se cumple nada más que en el caso de moléculas constituidas por un pequeño número de átomos. La formulación de las reacciones químicas se efectúa en función de la proporción de los reactivos. Si éstos tienen diferentes proporciones estequiométricas, una parte de los reactivos no se combina. En el caso de los sólidos, construcciones (generalmente cristalinas) que tienen unas dimensiones muy grandes en relación con sus átomos, la estequiometría generalmente no existe, hablándose de *no estequiometría*. La no estequiometría es muy corriente en los óxidos de titanio, molibdeno, tungsteno, etc. En el caso del hierro, existe una transición continua de la magnetita F_3O_4 al sesquióxido de hierro F_2O_3. El estudio de la no estequiometría ha permitido efectuar grandes progresos en la metalurgia y en las investigaciones sobre sólidos en la industria de los transistores y de los máseres.

éster n.m. QUIM Cualquiera de los compuestos químicos que resultan de sustituir átomos de hidrógeno de un ácido inorgánico u orgánico por radicales alcohólicos.

estera n.f. Tejido grueso de esparto. • **esterar 1.** v.tr. Poner tendidas las esteras en el suelo para reparo contra el frío. **2.** v.int. Fig. y Fam. Vestirse de invierno.

esterasa n.f. BIOQUIM Enzima que hidroliza las funciones éster.

estercolar 1. v.tr. Echar estiércol en las tierras para engrasarlas y beneficiarlas. **2.** v.int. Echar de sí la bestia el excremento o estiércol. • **estercoladura** n.f. Acción y efecto de estercolar. • **estercolero** n.m. **1.** Mozo que recoge y seca el estiércol. **2.** Lugar donde se recoge el estiércol. • **estercóreo,a** adj. Perteneciente a los excrementos.

esterculiáceo,a n.f. y adj. BOT Se dice de matas, arbustos y árboles angiospermos dicotiledóneos, con hojas, flores y fruto casi siempre en cápsula. ▷ n.f. pl. BOT Familia de estas plantas.

estéreo- Prefijo procedente del griego *stereos*, «sólido, cerrado», implicando una idea de volumen.

estereocomparador n.m. Aparato para determinar el desplazamiento relativo de los cuerpos valiéndose de la observación estereoscópica.

estereofonía n.f. Técnica relativa a la obtención del sonido estereofónico. • **estereofónico** adj. Relativo a la estereofonía. Que produce la sensación de relieve sonoro.

estereognosia n.f. MED Función sensorial que permite conocer la forma y el volumen de los objetos mediante el tacto.

estereografía n.f. Representación de los sólidos mediante su proyección en un plano. • **estereográfico,a** adj. Perteneciente a la estereografía. — *Proyección estereográfica.* Sistema de proyección utilizado en cartografía, en el que el observador se encuentra en las antípodas del punto de tangencia del plano de proyección.

estereoisomería n.f. QUIM Isomería de los cuerpos (llamados *estereoisómeros*) cuyas **moléculas difieren por la posición relativa en el espacio de las uniones de uno o de varios átomos, sin ninguna modificación de la naturaleza de estas uniones.**

estereometría n.f. TECN **Rama de la geometría práctica que tiene por objeto la medida aproximada del volumen de los cuerpos de utilidad cotidiana (troncos de árboles, toneles, montones de arena, etc.).**

estereoquímica n.f. Parte de la química que estudia las relaciones entre las propiedades de los cuerpos y la ubicación en el espacio de los átomos que constituyen sus moléculas.

ENCICL La distribución espacial de los átomos dentro de las moléculas, propuesta al principio a título de modelo hipotético por la estereoquímica, se ha visto confirmada progresivamente por las modernas técnicas de investigación (fundamentalmente la radiografía). Así, con respecto a la representación espacial del benceno, que planteó durante mucho tiempo problemas a los químicos, se sabe actualmente que de los cuatro electrones de cada carbono, tres son utilizados por uniones covalentes, llamadas uniones sigma, y que la probabilidad de presencia de la cuarta está representada por una «nube», llamada *orbital*, dispuesta simétricamente a cada lado de la molécula. De la misma manera, el ciclohexano puede adoptar la forma espacial de una silla (dos átomos de carbono en cada parte de un plano constituido por los cuatro restantes, lo que constituye la forma más estable) o la de un *barco* (los dos átomos de carbono se sitúan en el mismo plano que los cuatro restantes). La estereoquímica permite explicar que una molécula pueda existir bajo dos formas ópticamente inversas la una de la otra.

estereorradián n.m. FIS Unidad de ángulo sólido, equivalente al ángulo sólido que recorta en una esfera centrada en el vértice de este ángulo una superficie igual a la de un cuadrado que tiene por lado el radio de la esfera (símbolo, *sr*).

estereoscopio n.m. Aparato óptico en el que, mirando con ambos ojos, se ven dos imágenes de un objeto, que, al fundirse en una, producen una sensación de relieve por estar tomadas con un ángulo diferente para cada ojo.

ENCICL El fundamento del estereoscopio es la superposición de dos imágenes tomadas por un aparato fotográfico con dos objetivos separados por una distancia igual a la que media entre los dos ojos. La observación de estas dos imágenes da una sensación de relieve pareja a la visión binocular. La estereoscopia tiene otras aplicaciones: los gemelos estereoscópicos aumentan la sensación de relieve; los telémetros estereoscópicos permiten en particular medir la distancia hasta un objetivo; etc.

estereotaxia n.f. CIR Sistema de localización espacial de una estructura nerviosa cerebral a partir de sus marcas en los huesos del cráneo.

estereotipado,a adj. Fig. Se dice de los gestos, fórmulas, expresiones, etc., que se repiten sin variación.

estereotipia n.f. **I. 1.** Cierto procedimiento de reproducción tipográfica que consiste en oprimir contra los tipos una lámina que sirve de molde para vaciar el metal fundido que sustituye al de la composición. **2.** Oficina donde se estereotipa. **3.** Máquina de estereotipar. **II.** MED Exageración del automatismo; tendencia observada en algunas enfermedades mentales a repetir las mismas palabras o las mismas actitudes. • **estereotipar** v.tr. **1.** Fundir en una plancha por medio del vaciado la composición de un molde formado con caracteres movibles. **2.** Imprimir con esas planchas. • **estereotipo 1.** n. y adj. IMP Impreso con planchas clisadas. **2.** n.m. Idea tópica, trivialidad, banalidad.

estereria n.f. **1.** Lugar donde se hacen esteras. **2.** Tienda donde se venden.

estérico adj. QUIM Se dice de la imposibilidad o ralentización de algunas reacciones, debido a la presencia en el interior de la molécula afectada de radicales de carbono cuyo volumen impide el acceso del reactivo al agrupamiento funcional de esta molécula.

esterificación n.f. QUIM Conversión de un alcohol o de un fenol en éster por la acción de un ácido carboxílico. • **esterificar** v.tr. QUIM Transformar en éster.

estéril I. adj. **1.** Que no da fruto, o no produce nada, en sentido recto o figurado. **2.** Fig. Dícese del año en que la cosecha es muy escasa, y de los tiempos y épocas de miseria. **II.** n.m. MIN Parte inútil del subsuelo que se halla interpuesto en el criadero. • **esterilidad** n.f. **1.** Calidad de estéril. **2.** Falta de cosecha; carestía de frutos. **3.** FISIOL Enfermedad caracterizada por falta de la aptitud de fecundar en el macho y de concebir en la hembra. • **esterilización** n.f. Acción y efecto de esterilizar. ▷ Tratamiento térmico de la leche de quesería, para reducir su flora microbiana. v. pasteurización y homogeneización. • **esterilizar** v.tr. **1.** Hacer infecundo y estéril lo que antes no lo era. **2.** MED Destruir los gérmenes patógenos que hay o puede haber en los instrumentos, objetos de curación, agua, etc., y aun también los del organismo.

esterilla n.f. **1.** Galón o trencilla de hilo de oro o plata, ordinariamente muy angosta. **2.** Pleita estrecha de paja. **3.** Tejido de paja

4. *C. Rica, Chile* y *Ecuad.* Cañamazo, tela rala.

estern(o) Prefijo procedente de *esternón.*

esternocleidomastoideo n.m. ANAT Músculo del cuello que se inserta en el esternón, la clavícula y la apófisis mastoidea.

esternón n.m. **1.** ANAT Hueso plano situado en la parte anterior del pecho, con el cual se articulan por delante las costillas verdaderas. **2.** ZOOL Cada una de las piezas del dermatoesqueleto de los insectos, correspondiente a la región ventral de cada uno de los segmentos del tórax.

1. estero n.m. **1.** Acto de esterar. **2.** Temporada en que se estera.

2. estero n.m. **1.** Terreno inmediato a la orilla de una ría, por el cual se extienden las aguas de las mareas. ▷ Estuario. **2.** *Amér.* Terreno bajo y pantanoso, y que abunda en plantas acuáticas. **3.** Terreno inmediato a la orilla de una ría, por el cual se extienden las plantas acuáticas. **3.** *Chile.* Arroyo, riachuelo. **4.** *Venez.* Aguazal, charca.

esteroide n.y adj. BIOQUIM Se dice de ciertas sustancias (y en especial de ciertas hormonas) derivadas de un esterol.

esterol n.m. BIOQUIM Nombre general de aquellos alcoholes derivados de un núcleo fenantreno cíclico, al que se añade una cadena lateral más o menos larga. Son un componente básico de las hormonas sexuales y suprarrenales.

estertor n.m. **1.** Respiración anhelosa que produce un sonido involuntario, las más veces ronco, y otras a manera de silbido. Suele presentarse en los moribundos. **2.** MED Ruido de burbuja que se produce en ciertas enfermedades del aparato respiratorio y que se percibe por la auscultación.

estesi- Prefijo procedente del griego *aisthēsis*, «sensibilidad, sensación».

estética n.f. Ciencia que trata de la belleza y de la teoría fundamental y filosófica del arte.

estético,a n. y adj. **I. 1.** Relativo al sentimiento de lo bello. **2.** Conforme al sentido de lo bello. ▷ *Cirugía estética.* La que trata de embellecer y de remodelar las formas del cuerpo y los rasgos de la cara. **II.** n.f. **1.** Ciencia, teoría de lo bello. **2.** Carácter estético de un ser o de una cosa.

estetoscopio n.m. MED Instrumento que permite la auscultación del cuerpo desde el exterior («auscultación mediata»).

esteva n.f. **1.** Pieza corva y trasera del arado, sobre la cual lleva la mano el que ara. **2.** Madero curvo que en los carruajes antiguos sostenía a sus extremos las varas, y se apoyaba por el medio sobre la tijera. • **estevado,a** n. y adj. Que tiene las piernas torcidas en arco.

estiaje n.m. **1.** Nivel más bajo o caudal mínimo que en ciertas épocas del año tienen las aguas de un río, estero, laguna, etc., por causa de la sequía. **2.** Período que dura este nivel bajo.

estibar v.tr. **1.** Apretar, ordenar materiales o cosas sueltas para que ocupen el menor espacio posible. **2.** MAR Colocar o distribuir ordenada y convenientemente todos los pesos del buque. • **estiba** n.f. **1.** Atacador de los cañones de artillería. **2.** Lugar en donde se aprieta la lana en los sacos. **3.** MAR Colocación conveniente de los pesos en un buque, con relación a sus condiciones marineras. • **estibador** n.m. El que estiba, apretar materiales o cosas sueltas; distribuir los pesos del buque.

estibina n.f. MINER Sulfuro natural de antimonio (Sb_2S_3), principal mineral del antimonio.

estiércol n.m. **1.** Excremento de cualquier animal. **2.** Materias orgánicas, comúnmente vegetales, podridas, que se destinan al abono de las tierras.

estigma n.m. **I. 1.** Marca o señal en el cuerpo. ▷ TEOL Huella impresa en el cuerpo de algunos santos. **2.** Marca impuesta con hierro candente. **3.** PAT Lesión orgánica o trastorno funcional. **II.** BOT Parte superior del pistilo, que recibe el polen en el acto de la fecundación de las plantas.

estigmático adj. FIS Se dice del sistema óptico que da de un punto una imagen precisa. • **estigmatismo** n.m. FIS Carácter de un sistema óptico estigmático.

estilar v.int. y tr. Usar, acostumbrar, practicar.

estilete n.m. **1.** Estilo pequeño, punzón para escribir y gnomon del reloj de sol. **2.** Púa o punzón. **3.** Puñal de hoja muy estrecha y aguda.

estilista n.m. y f. Artista de estilo esmerado y elegante. • **estilística** n.f. Estudio del estilo o de la expresión lingüística en general.

estilita n. y adj. Dícese del anacoreta que por mayor austeridad vivía sobre una columna.

estilizar v.tr. Interpretar la forma de un objeto haciendo resaltar tan sólo sus rasgos más característicos. • **estilización** n.f. Acción y efecto de estilizar.

estilo n.m. **I. 1.** Punzón con el cual escribían los antiguos en tablas enceradas. **2.** Gnomon del reloj de sol. **3.** MAR Púa sobre la cual está montada la aguja magnética. **II. 1.** Modo, manera, forma. **2.** Uso, costumbre, moda. ▷ En arquitectura, decoración, mobiliario, etc., sello particular de las obras de un individuo, de una época o de un pueblo. ▷ Manera de escribir o de hablar. **III.** BOT Parte del pistilo, por lo común encima del ovario, y que sostiene el estigma. **IV.** FOR Fórmula del proceder jurídicamente, y orden y método de actuar.

estilobato n.m. ARQUIT Macizo corrido sobre el cual se apoya una columnata.

estilográfica n.f. y adj. Pluma con depósito interior de tinta.

estiloide adj. ANAT Dícese de las apófisis óseas largas y delgadas.

estilomatóforos n.m.pl. ZOOL Orden de moluscos gasterópodos pulmonados terrestres, que tienen en la cabeza dos pares de tentáculos retráctiles en uno de los cuales están los ojos.

estima n.f. **I.** Consideración y aprecio que se hace de una persona o cosa por su calidad y circunstancias. **II.** MAR Concepto aproximado que se forma de la situación del buque. • **estimación** n.f. **1.** Aprecio y valor que se da y en que se tasa y considera una cosa. **2.** Aprecio, consideración, afecto.

estimar **I.** v.tr. **1.** Apreciar, poner precio, evaluar las cosas. **2.** Juzgar, creer. **II.** v.tr. y prnl. Hacer aprecio y estimación de una persona o cosa.

estimular v.tr. **1.** Incitar a la acción, animar, impulsar. **2.** Favorecer, desarrollar la actividad de una función orgánica. • **estimulador** **1.** adj. LITER Que estimula, excita. **2.** n.m. MED *Estimulador cardíaco* Aparato eléctrico emisor de impulsos rítmicos que se utiliza para paliar algunas insuficiencias cardíacas.

estimulina n.f. FISIOL Hormona de la hipófisis que estimula el funcionamiento de las glándulas endocrinas.

estímulo n.m. Fig. Incitamiento para obrar o funcionar. — MED Todo lo que produce una excitación de las energías vitales.

estío n.m. Estación del año que empieza en el solsticio de verano y termina en el equinoccio de otoño.

estipendio n.m. Paga o remuneración que se da a una persona por su trabajo y servicio.

estípite n.m. **I.** ARQUIT Pilastra en forma de pirámide truncada, con la base menor hacia abajo. **II.** BOT Tallo largo y no ramificado de las plantas arbóreas como el de las palmeras.

estíptico,a adj. **1.** Que tiene sabor metálico astringente. **2.** Que padece estreñimiento de vientre. **3.** MED Que tiene virtud de estipticar. • **estipticar** v.tr. MED Astringir.

estípula n.f. BOT Apéndice foliáceo colocado en los lados del pecíolo o en el ángulo que éste forma con el tallo.

estipulación n.f. **1.** Convenio verbal. **2.** FOR Cada una de las disposiciones de un documento. **3.** FOR Promesa que se hacía y aceptaba verbalmente, según el derecho romano.

estique n.m. Palillo de escultor, de boca dentellada, para modelar barro.

estiracáceo,a n.f. y adj. BOT Dícese de árboles y arbustos angiospermos dicotiledóneos de flores solitarias o en racimo y frutos por lo común abayados, con semillas de albumen carnoso; como el estoraque y el aceitunillo. ▷ n.f.pl. BOT Familia de estas plantas.

estirado,a adj. **1.** Fig. Que afecta gravedad o esmero en su traje. **2.** Fig. Entonado y orgulloso en su trato con los demás.

estirar **I.** v.tr. y prnl. Alargar, dilatar una cosa, extendiéndola con fuerza para que dé de sí. **II.** v.tr. **1.** Planchar ligeramente la ropa. **2.** Fig. Hablando de dinero, gastarlo con cautela. **III.** v.int. y prnl. Crecer una persona. **IV.** v.prnl. Desperezarse., estirando brazos y miembros.

estireno o **estirol** QUIM Carburo etilénico y bencénico utilizado como materia prima en la industria de los plásticos.

estirpe n.f. Raíz y tronco de una familia o linaje.

estítico,a adj. Estíptico, astringente.

estivación n.f. Adaptación orgánica al calor propia del verano. ▷ ZOOL Letargo de determinados poiquilotermos (serpientes, saurios, etc.) en los días muy calurosos.

estivada n.f. Terreno inculto cuya broza se cava y quema para hacerlo cultivable.

estival o **estivo** adj. Perteneciente al estío. *Solsticio estival.*

estocada n.f. **1.** Golpe que se tira de punta con la espada o estoque. **2.** Herida que resulta de él.

estocafís n.m. Pejepalo.

estocástico,a adj. **1.** Que se debe al azar, que remite al azar. **2.** MAT Que remite al campo del cálculo de probabilidades.

estofa n.f. **1.** Tela o tejido de labores, por lo común de seda. **2.** Fig. Calidad, clase. *De baja estofa.*

1. estofado n.m. Guiso de carne o pescado que consiste en dorar la vianda para dejarla cocer lentamente.

2. estofado,a **I.** adj. Aliñado, engalanado, bien dispuesto. **II.** n.m. **1.** Acción de estofar (sent. 1). **2.** Adorno que resulta de estofar un dorado.

1. estofar v.tr. **1.** Bordar en relieve con relleno. **2.** Entre doradores, rayar el dorado para que la madera consiga visos con los colores que se pintó. **3.** Pintar al temple sobre el oro brunido. **4.** Pintar de blanco a las esculturas en madera para dorarlas y bruñirlas después.

2. estofar v.tr. Hacer el guiso llamado estofado.

estoico,a **I. 1.** adj. Perteneciente al estoicismo. **2.** n. y adj. Dícese del filósofo que sigue la doctrina del estoicismo. v. ENCICL. **II.** adj. Fig. Fuerte, ecuánime ante la desgracia.

• **estoicismo** n.m. **I. 1.** Escuela fundada por Zenón y que se reunía en un pórtico de Atenas. **2.** Doctrina o secta de los estoicos. **II.** Fig. Fortaleza o dominio sobre la propia sensibilidad.

ENCICL Para los estoicos (de Zenón, en el s. IV a. J.C., a Epicteto y Marco Aurelio, s. II d. J.C.), la moral es el principio supremo de la filosofía. Materialistas, afirman que el universo, la materia y el cuerpo humano están sometidos a las mismas fuerzas físicas, que constituyen otras tantas determinantes ineludibles para el hombre (ya se trate del placer, del dolor, de la actividad, del entendimiento, etc.). Los estoicos quieren vivir conforme a la naturaleza.

estola n.f. **1.** Vestidura de los griegos y romanos a modo de túnica y con una franja que ceñía la cintura y caía por detrás. **2.** Ornamento sagrado formado por una banda de tela. **3.** Prenda larga de piel que usan las mujeres para abrigarse el cuello.

estólido,a n. y adj. Falto de razón y discurso. • **estolidez** n.f. Falta total de razón y discurso.

estolón n.m. BOT Vástago rastrero que nace de la base del tallo y echa raíces que producen nuevas plantas, como en la fresa.

estoma n.m. BOT Cada una de las aberturas microscópicas que hay en la epidermis para facilitar los cambios de gases entre la planta y el exterior.

estómago n.m. **1.** Porción ensanchada del tubo digestivo, situada entre el esófago y el intestino y en cuyas paredes están las glándulas que secretan el jugo gástrico. • **estomacal 1.** adj. Perteneciente al estómago. **2.** n.m. y adj. Que beneficia al estómago.

ENCICL En el hombre el estómago ocupa un espacio comprendido entre el diafragma en la parte superior, el colon en la inferior y la región celíaca en la interior. El hígado se sitúa sobre su cara anterior. Sus dos caras, anterior y posterior, están separadas por las curvaturas. Por dentro, la menor, y por fuera, la mayor. Se llena arriba por el cardias que comunica con el esófago y evacua por abajo en el duodeno a través del píloro. Tiene varias funciones: de depósito, de digestión y de absorción. Las principales enfermedades que afectan al estómago son la úlcera, la gastritis y el cáncer. En los invertebrados, el estómago puede ser un simple ensanchamiento del tubo digestivo o, por el contrario, una bolsa formada por un complicado sistema de elementos endurecidos que trituran los alimentos (triturador gástrico de los cangrejos). En las aves, la ausencia de dientes se encuentra compensada por la existencia de un buche, en el cual se ablandan los alimentos, y de un ventrículo succenturiado que secreta enzimas digestivas y se encuentra unido a la molleja, órgano muy musculoso y lleno de grava tragada por el animal que le ayuda a triturar los alimentos. El estómago de los herbívoros es siempre muy voluminoso, ya que la difícil digestión de la celulosa es un fenómeno lento y poco «rentable». En los rumiantes (la vaca, por ejemplo) se encuentra dividido en cuatro bolsas: la panza (250 l), donde la hierba fermenta bajo la acción bacteriana antes de volver a ser masticada; la redecilla (150 l), el libro (20 l) y el cuajar (20 l) que secreta enzimas y que corresponde al estómago humano.

estomat(o)- Elemento procedente del griego *stoma, stomatos*, «boca».

estomático,a adj. Perteneciente a la boca del hombre.

estomatitis n.f. PAT Inflamación de la mucosa bucal.

estomatología n.f. MED Parte de la medicina, que trata de las enfermedades de la boca del hombre. • **estomatólogo,a** n.m. y f. Especialista en estomatología.

estomatópodo n.m. y adj. ZOOL Dícese de crustáceos marinos de caparazón aplanado como la galera. ▷ n.m.pl. ZOOL Orden de estos animales.

estopa n.f. Parte basta del lino o del cáñamo, que queda cuando se peina y rastrilla.

estopilla n.f. Estopa.

estopor n.m. MAR Aparato de hierro que sirve para detener la cadena del ancla.

estoque n.m. **I.** Espada angosta con la cual sólo se puede herir de punta. ▷ Arma blanca metida en un bastón. **II.** BOT Planta de la familia de las iridáceas, con hojas radicales, enterísimas, en figura de estoque, y flores en espiga terminal. Es espontánea en terrenos húmedos y se cultiva en los jardines. • **estoquear** v.tr. Herir de punta con espada o estoque.

estoquillo n.m. *Chile.* Planta de la familia de las ciperáceas, que crece en terrenos húmedos.

estoraque n.m. **1.** Árbol de la familia de las estiracáceas, de 4 a 6 m de altura, hojas alternas, blanquecinas y vellosas por el envés, flores blancas, y fruto algo carnoso. Del tronco se obtiene un bálsamo muy oloroso, usado en perfumería y medicina. **2.** Este bálsamo.

estorbar v.tr. **1.** Obstaculizar la ejecución de una cosa. **2.** Fig. Molestar, incomodar. • **estorbo** n.m. Persona o cosa que estorba.

estornino n.m. ZOOL Pájaro de la familia de las estúrnidas, de cuerpo esbelto con plumaje negro de reflejos verdes y morados y pintas blancas.

estornudar v.int. Despedir o arrojar con estrépito y violencia el aire de los pulmones. • **estornudo** n.m. Acción y efecto de estornudar.

estrabismo n.m. Desviación de uno de los ojos. • **estrábico** n. y adj. Que padece estrabismo.

estrado n.m. **1.** Tarima cubierta sobre la cual se pone el trono real o la mesa presidencial en actos solemnes. **2.** Entre panaderos, entablado en que se ponen los panes antes de cocerlos. **3.** Sitio de honor, algo elevado, en un salón de actos. **4.** pl. Salas de tribunales, donde los jueces oyen y sentencian los pleitos.

estrafalario,a n. y adj. **1.** Fam. Desaliñado en el vestido o en el porte. **2.** Fig. y Fam. Extravagante en el modo de pensar o en las acciones.

estragamiento n.m. Desarreglo y corrupción.

estrago n.m. Ruina, daño, asolamiento. • **estragar 1.** v.tr. y prnl. Viciar, corromper. **2.** v.tr. Causar estrago.

estragón n.m. Hierba de la familia de las compuestas. Hojas enteras, lanceoladas, y flores en cabezuelas pequeñas, en el extremo superior de los ramos. Se usa como condimento.

estral adj. BIOL Perteneciente o relativo al estro.

estrambote n.m. Conjunto de versos que puede añadirse al fin de una combinación métrica, y especialmente del soneto. • **estrambótico,a** adj. Fam. Extravagante, irregular y sin orden.

estramonio n.m. Planta herbácea de la familia de las solanáceas. Toda la planta exhala un olor fuerte, y sus hojas secas se usan como medicamento para las afecciones asmáticas.

estrango n.m. VETER Compresión causada por el bocado en la lengua de una caballería.

estrangul n.m. Pipa de caña o metal que se pone en algunos instrumentos de viento para meterla en la boca y tocar.

estrangulador,a n. y adj. Que estrangula. • **estrangulación** n.f. Acción y efecto de estrangular o estrangularse. • **estrangulamiento** n.m. Estrechamiento de un conducto.

estranguria n.f. PAT Micción dolorosa.

estraperlo n.m. Comercio ilegal.

estratagema n.f. **1.** Ardid de guerra; engaño hecho con astucia y destreza. **2.** Fig. Astucia, fingimiento y engaño artificioso.

estrategia n.f. **1.** Arte de dirigir las operaciones militares. **2.** Fig. Arte, traza para dirigir un asunto.

estratificar v.tr. y prnl. GEOL Formar estratos.

estratigrafía n.f. Estudio de la disposición y caracteres de las rocas estratificadas.

estrato n.m. **1.** GEOL Masa mineral en forma de espesor casi uniforme, que constituye los terrenos sedimentarios. **2.** METEOR Nube que se presenta en forma de faja en el horizonte.

estratocúmulo n.m. METEOR Nube situada a una altura entre 1.000 y 2.000 m con forma intermedia entre la de estrato y la de cúmulo.

estratosfera n.f. METEOR Parte de la atmósfera situada entre la troposfera y la mesosfera.

estrechar **I.** v.tr. **1.** Reducir a menor ancho o espacio una cosa. **2.** Fig. Constreñir a uno mediante preguntas o argumentos. **II.** v.prnl. **1.** Ceñirse, recogerse, apretarse. **2.** Fig. Cercenar uno el gasto, la habitación. **3.** Fig. Unirse y enlazarse una persona a otra con mayor estrechez; como en amistad o en parentesco.

estrechez n.f. **1.** Escasez de anchura de alguna cosa. **2.** Limitación apremiante de tiempo. **3.** Efecto de estrechar o estrecharse. **4.** Unión o enlace estrecho de una cosa con otra. **5.** Fig. Aprieto. *Pedro se halla en grande estrechez.* **6.** Fig. Falta de lo necesario para subsistir. ▷ Fig. Pobreza, limitación, con referencia expresa a alguna condición intelectual o moral. *Estrechez de miras.*

estrecho,a **I.** adj. **1.** Que tiene poca anchura. **2.** Ajustado, apretado. **3.** Fig. Se dice del parentesco cercano y de la amistad íntima. **4.** Fig. Apocado, miserable, tacaño. **II.** n.m. GEOGR Paso angosto comprendido entre dos tierras y por el cual se comunica un mar con otro. *El estrecho de Gibraltar.*

estrechura n.f. **1.** Estrechez de un terreno o paso. **2.** Amistad íntima; aprieto.

estregar v.tr. y prnl. Frotar, pasar con fuerza una cosa sobre otra para dar a ésta calor, limpieza, tersura, etc.

estrella n.f. **1.** Astro que brilla con luz propia. **2.** Figura con que se representa convencionalmente una estrella. ▷ P. ext., cualquier cosa que tenga figura de estrella. **3.** Fig. Persona que sobresale en su profesión por sus dotes excepcionales. **4.** Signo, hado, destino. — ZOOL y BOT Estrella de mar. Estrellamar.

ENCICL Las estrellas producen ellas mismas su energía, diferenciándose así de los planetas y de los asteroides que sólo reflejan las radiaciones solares. Están muy alejadas de nosotros; para medir la distancia que nos separa de ellas se utiliza el *año luz* o el *parsec* (1 parsec = 3,26 años luz). La más cercana a la Tierra, *Proxima Centauri*, se encuentra a 1,3 parsec. Una estrella comprende un *núcleo* central y una *atmósfera*. Se efectúan en el núcleo, a temperaturas comprendidas entre algunos millones y algunos cientos de millones de grados kelvin, reacciones termonucleares: fusión de núcleos de hidrógeno (protones) en núcleos de helio (ciclo protón-protón, llamado también ciclo del carbono o ciclo de Bethe, ya que Bethe descubrió que el carbono juega el papel de una especie de catalizador) y luego fusión del helio en carbono y oxígeno. En la capa externa, llamada *atmósfera*, la densidad es pequeña y la temperatura comprendida entre los 3.000 y los 40.000 grados kelvin. La luminosidad de una estrella se caracteriza por la *magnitud*, que es tanto mayor cuanto más débil es la luminosidad; la magnitud de una estrella viene dada por una relación logarítmica entre la intensidad de su radiación y la de otra estrella tomada como referencia. Una diferencia de 5 magnitudes entre dos estrellas corresponde a una relación de intensidades de 100. Un observador puede distinguir a simple vista las estrellas de hasta 6 de magnitud y de hasta 22, con los radiotelescopios. Algunas estrellas, llamadas *variables*, presentan fluctuaciones de su luminosidad, periódicas o irregulares. En el caso de estrellas *dobles*, es decir que van acompañadas por otra, esta variación es debida a la ocultación de una por la otra. Las *nova* y las *supernova* son estrellas variables explosivas. Su luminosidad aumenta rápidamente tras una explosión y luego disminuye lentamente hasta volver a su resplandor inicial. El estudio del espectro de las estrellas (diagrama de Hertzsprung-Russel) ha permitido clasificarlas según su luminosidad, y por tanto su importancia, en estrellas *enanas, gigantes* y *supergigantes*. La primera fase de la vida de una estrella (que dura aproximadamente 1 millón de años) es una fase de contracción estelar de la que ha nacido. Durante una segunda fase (de uno a varios millones de años), la estrella consume hidrógeno en su núcleo central. Se convierte en una gigante y luego en una supergigante. En su fase final, se transforma en una enana blanca o, en el caso de estrellas de masa muy elevada, en una de neutrones, en la cual la densidad podía alcanzar, por el fenómeno de derrumbamiento gravitacional, varios miles de toneladas por cm^3 (v. púlsar). El estudio de los movimientos estelares ha permitido: 1.°, demostrar que el sistema solar tiene un movimiento de conjunto de 20 km/s hacia un punto de la constelación de Hércules llamado el ápex; 2.°, determinar el movimiento de la rotación que anima nuestra galaxia.

estrellamar n.f. **1.** ZOOL Equinodermo en forma estrellada con cinco brazos soldados entre sí por su base. Tienen una gran capacidad de regeneración. **2.** BOT Hierba de la familia de las plantagináceas, especie de llantén que se extiende de modo estrellado.

estrellar **I.** v.tr. y prnl. **1.** Sembrar o llenar de estrellas. **2.** Fam. Arrojar con violencia una cosa contra otra, haciéndola pedazos. **II.** prnl. **1.** Quedar malparado o matarse por efecto de un choque violento. **2.** Fig. Fracasar en una pretensión.

estremecer **I.** v.tr. **1.** Conmover, hacer temblar. *El ruido del cañonazo estremeció las casas.* **2.** Fig. Ocasionar alteración o sobresalto de modo imprevisto. **II.** v.prnl. **1.** Temblar con movimiento agitado y repentino. **2.** Sentir una repentina sacudida nerviosa o sobresalto.

estrenar **I.** v.tr. **1.** Hacer uso por primera vez de una cosa. **2.** Tratándose de ciertos espectáculos públicos, representarlos por primera vez. *Estrenar una comedia.* **II.** v.prnl. Empezar uno a desempeñar un empleo, oficio, encargo, etc., o darse a conocer profesionalmente.

estrenuo,a adj. Fuerte o valiente.

estreñir v.tr. y prnl. Retrasar el curso del contenido intestinal y dificultar su evacuación. • **estreñimiento** n.m. Acción y efecto de estreñir o estreñirse.

estrépito n.m. **1.** Ruido considerable, estruendo. **2.** Fig. Ostentación, aparato en la realización de algo.

estreptococo n.m. BACT Bacterias de forma redondeada que se agrupan en forma de cadenita (género *Streptococcus*). Pueden producir infecciones graves como la erisipela o la difteria.

estreptomicina n.f. FARM Sustancia que posee acción antibiótica para el bacilo de la tuberculosis y otros.

estría n.f. **1.** ARQUIT Surco acanalado que, de arriba abajo, se abre en el fuste de una columna. **2.** P. ext., cada una de las rayas en hueco de una superficie. ▷ pl. Pequeños surcos cutáneos que aparecen en la piel muy tersa. • **estriación** n.f. ZOOL Conjunto de rayas o estrías transversales que tienen todas las fibras musculares de los artrópodos, y las que forman parte del miocardio y de los músculos de contracción voluntaria de los vertebrados.

estribación n.f. GEOG Ramal de montañas que arranca de una cordillera.

estribar **I.** v.int. **1.** Descansar el peso de una cosa en otra sólida y firme. **2.** Fig. Fundarse, apoyarse. **II.** v.prnl. Quedar el jinete colgado de un estribo al caer del caballo. • **estribera** n.f. Estribo de la montura de la caballería.

estribillo n.m. **1.** Frase en verso con que empiezan algunas composiciones poéticas o que se repite después de cada estrofa. **2.** Voz o frase que por hábito vicioso se dice con frecuencia.

estribo n.m. **1.** Pieza de metal en que el jinete apoya el pie. **2.** Especie de escalón que sirve para subir y bajar de los carruajes. **3.** Fig. Apoyo, fundamento. **4.** ANAT Uno de los tres huesecillos que se encuentran en el oído medio de los mamíferos. **5.** ARQUIT Contrafuerte. **6.** GEOGR Ramal corto de montañas que se desprende a uno u otro lado de una cordillera. — Fig. *Perder uno los estribos.* Desbarrar, hablar u obrar fuera de razón.

estribor n.m. MAR Costado derecho del navío mirando de popa a proa.

estricción n.f. MED Constricción.

estricnina n.f. QUIM Alcaloide muy tóxico que se extrae de algunos vegetales, como la nuez vómica.

estricto,a adj. Ajustado enteramente a la necesidad o a la ley y que no admite interpretación.

estridencia n.f. **1.** Sonido estridente. **2.** Violencia de la expresión o de la acción.

estridente adj. Aplícase al sonido agudo, desapacible y chirriante.

estrige n.f. Lechuza, ave nocturna.

estrigiformes y **estrígidos** ZOOL Orden y familia de aves rapaces nocturnas (mochuelos, lechuzas, búhos) que se caracterizan por su facultad de volver los ojos hacia atrás y por las garras cubiertas de plumas.

estrioscopia n.f. Procedimiento óptico de observación de las irregularidades del índice de un medio transparente.

ENCICL **Técn.** — La estrioscopia consiste en observar las variaciones de iluminación provocadas por la desviación de los rayos luminosos, bajo los efectos de la variación de las características de un medio. Se utiliza sobre todo en hidrodinámica y aerodinámica (visualización de ondas de choque de la estela de los proyectiles o de las alas de los aviones en las velocidades supersónicas, etc.).

estro n.m. **1.** Inspiración poética o artística. **2.** VETER Período de celo de los mamíferos. **3.** ZOOL Mosca que deposita sus huevos bajo la piel o en las fosas nasales de los animales domésticos.

estrob(o)- Prefijo procedente del griego *strobos*, «rotación».

estróbilo n.m. **1.** BOT Piña. **2.** ZOOL Conjunto de órganos o de segmentos dispuestos ordenadamente de mayor a menor con forma cónica.

estroboscopia n.f. TECN Método de observación de los movimientos periódicos rápidos por medio del estroboscopio. • **estroboscopio** n.m. TECN Aparato que emite rayos luminosos según una frecuencia regulable y que permite observar y medir la frecuencia de los movimientos periódicos rápidos.

ENCICL **Técn.** — Si se ilumina, por medio de un aparato que produce destellos, un disco que gira, éste parece inmóvil cuando su frecuencia de rotación es igual a la de los destellos o a un múltiplo entero de esta frecuencia. Cuando la frecuencia de los destellos es un poco más pequeña, el movimiento parece realizarse en el mismo sentido, pero más lentamente; cuando es un poco mayor, el sentido del movimiento es inverso al del movimiento real. Así en el cine, las ruedas de los automóviles puede parecer que giran al revés. En la industria, el fenómeno del estroboscopio permite determinar o controlar una velocidad de rotación y estudiar la deformación de los aparatos que giran.

estrofa n.f. **1.** Agrupación de versos que tiene una estructura determinada y que se repite para formar el poema. **2.** En la poesía griega, primera parte del canto lírico compuesto de estrofa y antistrofa, o de estas dos partes y de otra además llamada epodo.

estrofanto n.m. Planta apocinácea de la que se extrae una sustancia del mismo nombre, que posee acción tónica sobre el corazón.

estrógeno n.m. Sustancia hormonal.

ENCICL Los estrógenos naturales, estradiol y estrona (o foliculina), se sintetizan en el ovario y la placenta durante el embarazo y, en el hombre, en los testículos. Fuera del embarazo, la secreción de estrógenos por la mujer es cíclica, con una cumbre el decimocuarto día del ciclo, correspondiente a la ovulación. Esta secreción depende de las hormonas hipofisarias. El catabolismo de los estrógenos termina en el estriol, que se elimina en la orina. La acción fisiológica de los estrógenos se ejerce en las vías genitales, en los caracteres sexuales secundarios y en el metabolismo de los lípidos y las proteínas.

estroma n.f. ZOOL En histología, la trama de un tejido que sirve para el sostenimiento de los elementos celulares.

estroncio n.m. QUIM Elemento de número atómico 38 y de masa atómica 87,62 (símbolo, *Sr*); es un metal blanco de la familia de los alcalinotérreos, funde a 800 °C, entra en ebullición a 1.360 °C y su densidad es de 2,5. (El estroncio 90, producto radiactivo liberado durante la fisión nuclear, es peligroso por su largo período radiactivo y su propensión a fijarse en el organismo.) • **estronciana** n.f. Óxido de estroncio, que en forma de polvo gris se obtiene artificialmente y se halla en la naturaleza combinado con los ácidos carbónico y sulfúrico. • **estroncianita** n.f. Mineral formado por un carbonato de estronciana.

estropajo n.m. **1.** Planta de la familia de las cucurbitáceas, cuyo fruto desecado se usa como esponja. **2.** Porción de esparto machacado, que sirve para fregar. • **estropajear** v.tr. ALBAÑ Limpiar las paredes enlucidas con estropajo, para que queden tersas y blancas. • **estropajoso,a** adj. **1.** Se dice de la persona muy desaseada y andrajosa. **2.** Se aplica a la carne y otros comestibles que no se pueden mascar fácilmente.

estropear **I.** v.tr. y prnl. Maltratar o deteriorar una cosa. **II.** v.tr. Echar a perder, malograr cualquier asunto o proyecto. • **estropicio** n.m. Fam. Destrozo, rotura estrepitosa, por lo común impremeditada. ▷ P. ext., trastorno ruidoso de escasas consecuencias.

estruciónidos n.m. pl. ZOOL Familia de estrucioniformes que comprende el avestruz.

estrucioniformes n.f. pl. ZOOL Orden de aves que comprende todas las ratites excepto el aptérix.

estructura n.f. **1.** Distribución y orden de las partes importantes de un edificio. **2.** Distribución de las partes del cuerpo o de otra cosa. ▷ MAT Grupo de propiedades que confieren a un conjunto una o varias leyes de composición. v. ENCICL. **3.** ARQUIT Armadura generalmente de acero u hormigón armado, y que, fija al suelo, sirve de sustentación a un edificio.

ENCICL **Mat.** — Las principales estructuras algebraicas son: *el grupo*, conjunto dotado de una ley de composición interna que admite un elemento neutro (el 0 en el caso de la suma y el 1 en el de la multiplicación) y cuyos elementos poseen todos un simétrico; el *anillo*, dotado de dos leyes de composición interna (suma y multiplicación); el *cuerpo*, anillo cuyos elementos no nulos tienen todos ellos un inverso (ej.: $\frac{1}{2}$ es el inverso de 2); y el espacio vectorial, conjunto en cuyo interior todos los intervalos están acotados por un minorante y un mayorante.

estructuralismo n.m. Teoría y método de análisis que conduce a considerar un conjunto de hechos como una estructura.

ENCICL El término estructuralismo se aplicaba originalmente a diversos métodos lingüísticos que tenían en común el considerar la lengua como un conjunto estructurado. Hoy día, el término se aplica más ampliamente a la corriente de pensamiento que, a partir de dichos trabajos, se extendió al campo de las ciencias humanas. F. de Saussure fue el iniciador del estructuralismo lingüístico; para él la lengua constituye un sistema en el que cada elemento depende de los otros (v. lingüística). En las ciencias humanas, dos principios caracterizan el proceso estructuralista: **1.** Todo hecho humano es análogo a un hecho de lengua, pues el ser humano codifica la naturaleza y la sociedad en la que vive mediante una red de símbolos; **2.** Las realidades humanas, en tanto que conjuntos simbólicos, constituyen sistemas que el investigador debe descifrar. Así, los métodos estructuralistas han sido aplicados con éxito en etnología (especialmente por Lévi-Strauss) y de un modo más general en sociología (antropología estructural), así como en la crítica literaria y artística. Dado que el estructuralismo consiste en descifrar un sistema oculto, la analogía entre este proceso y el del psicoanálisis es evidente; así, para Lacan, el inconsciente está estructurado como un lenguaje y el objetivo del análisis es la apropiación de este lenguaje por el paciente.

estruendo n.m. **1.** Ruido grande. **2.** Fig. Confusión, bullicio.

estrujar v.tr. **1.** Apretar una cosa para sacarle el zumo. **2.** Apretar a uno y comprimirle tan fuerte y violentamente, que se le llegue a lastimar y maltratar.

estuación n.f. Flujo o creciente del mar.

estuario n.m. Amplia desembocadura de un río por la que el mar penetra en tierra firme.

estuco n.m. **1.** Masa de yeso blanco y agua de cola, con la cual se hacen y preparan muchos objetos que después se doran o pintan. **2.** Pasta de cal apagada y mármol pulverizado, con que se hace un enlucido para paredes.

estuche n.m. Caja o envoltura para guardar joyas, instrumentos de cirugía, etc.

estudiante n.m. y f. Persona que cursa estudios, especialmente de grado medio y superior. • **estudiantina** n.f. Cuadrilla de estudiantes que salen tocando varios instrumentos por las calles.

estudiar v.tr. **1.** Ejercitar el entendimiento para alcanzar o comprender una cosa. **2.** Cursar estudios. **3.** Aprender, memorizar.

estudio n.m. **I. 1.** Esfuerzo que pone el entendimiento aplicándose a conocer alguna cosa. **2.** Obra en que un autor estudia y dilucida una cuestión. **II. 1.** Pieza donde estudian y trabajan los que profesan las letras o las artes. **2.** Conjunto de edificios o dependencias destinado a la impresión de películas cinematográficas o emisiones de radio o televisión. **III. 1.** Fig. Aplicación, maña, habilidad. ▷ PINT Dibujo, pintura que se hace como preparación o tanteo para otra obra principal. **2.** MUS Ejercicio. ▷ Composición adaptada a un instrumento. *Los estudios para piano de Chopin.*

estufa n.f. Utensilio destinado a quemar en él leña u otro combustible para calentar las habitaciones.

estulticia n.f. Necedad, tontería.

estupefacción n.f. Pasmo o estupor.

estupefaciente n.m. Sustancia narcótica, como la morfina, la cocaína, etc.

estupendo,a adj. Admirable, asombroso, pasmoso.

estúpido,a n. y adj. Necio, falto de inteligencia. • **estupidez** n.f. **1.** Torpeza notable en comprender las cosas. **2.** Dicho o hecho propio de un estúpido.

estupor n.m. **1.** MED Embotamiento de las facultades intelectuales acompañado de inmovilidad e indiferencia que se observa en ciertas afecciones psíquicas. **2.** Asombro, pasmo.

estupro n.m. FOR Violación de una mujer virgen cuya edad no pase de 23 años. ▷ P. ext., violación, cualquiera que sea la edad de la mujer.

esturar v.tr. y prnl. Asurar, socarrar.

esturión n.m. ZOOL Pez marino del orden de los ganoideos, que remonta los ríos para desovar. La carne es comestible, con sus huevas se prepara el caviar, y de la vejiga natatoria seca se obtiene la gelatina llamada cola de pescado.

ésula n.f. Lechetrezna.

esvástica n.f. Cruz de brazos iguales en forma de gama. v. cruz gamada.

eta n.f. Nombre de la *e* larga del alfabeto griego.

etamina n.f. Tejido de algodón, de varias clases.

etano n.m. QUIM Hidrocarburo saturado de fórmula CH_3-CH_3, gas perteneciente a la familia de las parafinas, que se transforma a temperaturas elevadas en etileno o acetileno. • **etanol** n.m. QUIM Alcohol etílico.

etapa n.f. **1.** Cada trayecto que se anda en una marcha. **2.** Cada lugar en que hace noche el ejército cuando marcha. **3.** Cada parte de una acción o proceso.

etcétera n.m. Locución adverbial que se emplea para indicar que se omite lo que quedaba por decir.

éter n.m. **1.** FIS Fluido hipotético gracias al cual se explicaba en los ss. XVIII y XIX la propagación de la luz. **2.** POET Aire, cielo. **3.** QUIM Compuesto que resulta de la deshidratación de dos moléculas de alcohol o de fenol (el más importante es el éter ordinario o éter sulfúrico, de fórmula $(C_2H_5)_2O$, líquido muy volátil utilizado como disolvente). • **etéreo,a** adj. **1.** Fluido y sutil como el éter. **2.** Fig. Muy noble, muy elevado, muy puro.

eternidad n.f. **1.** Perpetuidad, duración sin fin. **2.** Fig. Duración dilatada de siglos y edades. • **eternizar 1.** v.tr. y prnl. Hacer durar o prolongar una cosa demasiadamente. **2.** v.tr. Perpetuar la duración de una cosa.

ética n.f. Parte de la filosofía, que trata de la moral y de las obligaciones del hombre.

ENCICL La ética constituye el conocimiento normativo por excelencia. En la historia de la filosofía pueden advertirse a grandes rasgos dos tendencias fundamentales. La primera corresponde a los idealistas y sostiene que la moral es trascendente y está directamente ligada a la metafísica y, en algunos casos, a la idea de Dios. La ética sería pues la ciencia que estudia el fin (perfecto en sí mismo) al que debe dirigirse el hombre, y los medios para alcanzarlo. Platón, Aristóteles, los escolásticos y neoplatónicos, Spinoza, Bergson y Hegel, entre otros muchos, representarían (con sus peculiares características respectivas) esta tendencia. La segunda, en cambio, abarcaría a todos aquellos que consideran la ética como la ciencia que estudia los móviles de la conducta humana. Aristipo, Epicuro, Hobbes, Leibniz, Locke, Hume, Kant, Heidegger, Sartre y Russell, entre otros, serían sus principales representantes.

etileno n.m. QUIM Gas incoloro, muy reactivo, de fórmula C_2H_4, primero de la serie de los alquenos (u olefinas), utilizado en petroquímica para la fabricación del polietileno, el poliestireno, etc. • **etílico,a** adj. **1.** QUIM Que contiene el radical etilo. *Alcohol etílico o etanol*: alcohol de fórmula CH_3-CH_2OH. v. alcohol. **2.** MED Relativo al etilismo. • **etilismo** n.m. Alcoholismo.

etilo n.m. QUIM Radical monovalente CH_2-CH_3.

étimo n.m. Raíz o vocablo de que procede otro u otros.

etimología n.f. **1.** Origen de las palabras, razón de su existencia, de su significación y de su forma. **2.** Parte de la gramática que estudia aisladamente las palabras consideradas en dichos aspectos. • **etimológico,a** adj. Perteneciente o relativo a la etimología.

etiología n.f. **1.** FILOS Estudio sobre las causas de las cosas. **2.** MED Parte de la medicina, que tiene por objeto el estudio de las causas de las enfermedades.

etíope 1. n. y adj. Natural de Etiopía. **2.** Perteneciente o relativo a este país de África.

etiqueta n.f. **1.** Ceremonial de los estilos, usos y costumbres que se deben observar en actos públicos solemnes. ▷ P. ext., ceremonia en el trato entre las personas particulares, a diferencia de los usos de confianza y familiaridad. **2.** Rótulo, inscripción.

etmoides n.m. ANAT Hueso de la cabeza que forma la pared de las fosas nasales.

étnico,a adj. **1.** Perteneciente a una nación o raza. **2.** GRAM Gentilicio.

etno- Prefijo procedente del griego *ethnos*, «pueblo».

etnografía n.f. Estudio y descripción de las razas o pueblos.

etnología n.f. Estudio de las razas y los pueblos en sus aspectos físicos.

etruscos, pueblo de Italia central que aparece en la historia a finales del s. VII a. J.C., sometido por los romanos a mediados del s. III a. J.C. Su origen ha suscitado las más diversas hipótesis; su lengua sigue siendo un misterio. Fundaron una civilización que se situó geográficamente entre el Arno y el Tíber, pero que, en su apogeo (s. VI a. J.C.) se extendió hasta la llanura del Po, hacia el N. No constituyeron nunca un auténtico estado; sus principales ciudades (Tarquinia, Vulci, Vetulonia, Cerveteri, Arezzo, Chiusi, Volterra, Cortona, Perusa, Orvieto, Veies, Fiesole) formaban una especie de federación, con unos lazos políticos poco rígidos. — Influido primero por el arte griego arcaico, el etrusco, descubierto recientemente, fue confundido durante mucho tiempo con las primeras manifestaciones del arte romano. Los objetos encontrados en las tumbas y los frescos funerarios (tumba de los Leones, de los Toros, del Triclinio, todas ellas en Tarquinia, provincia de Viterbo) testimonian su riqueza; en cambio, los edificios en adobe o en madera han desaparecido casi todos. Los sarcófagos de piedra esculpida, en cerámica natural o policroma, tienen a veces la forma de un triclinio (lecho de banquete) como el admirable sarcófago «de los esposos» de Cerveteri (Museo del Louvre) cuyas figuras, medio recostadas son representativas de la escultura en terracota. La Quimera de Arezzo (Florencia) y la Loba Capitolina ilustran la estatuaria en bronce. Numerosas piezas nos han revelado la existencia de una cerámica o de color negro, con dibujo inciso o en relieve, o pintada (cántaros, ánforas, etc.). Las joyas muestran una marcada predilección por los metales preciosos (oro, plata, marfil) y una técnica muy avanzada, debida seguramente a los contactos etruscos con el Oriente.

etusa n.f. Cicuta menor.

Eu QUIM Símbolo de europio.

eu- Prefijo procedente del griego *eu*, «bien».

eucalipto n.m. BOT Árbol mirtáceo que crece hasta 100 m. De sus hojas se extrae una esencia medicinal. Árbol de gran utilidad para sanear terrenos pantanosos.

eucaristía n.f. Sacramento por el cual, según la fe católica, se continúa el sacrificio de Cristo y su presencia sustancial bajo las especies del pan y del vino. v. transustanciación y consustanciación.

Eudemis n.f. Género de mariposas que abundan en el S de Europa. La oruga de *Eudemis botrana (gusano de la uva)* es parásito de la viña.

eudemonismo n.m. FILOS Doctrinas morales fundadas sobre la felicidad, como determinante o fin de toda conducta humana.

eudiómetro n.m. Aparato que sirve para el análisis y la síntesis de mezclas gaseosas.

eufemismo n.m. RET Expresión con que se substituye otra demasiado violenta, grosera o malsonante.

eufonía n.f. Sonoridad agradable.

euforbio n.m. Planta euforbiácea que da una sustancia resinosa usada en medicina como purgante. • **euforbiáceo,a** n.f. y adj. BOT Se aplica a plantas angiospermas dicotiledóneas, hierbas, arbustos o árboles, muchas de las cuales tienen abundante látex, como el ricino. ▷ n.f.pl. BOT Familia de estas plantas.

euforia n.f. **1.** Estado del ánimo propenso al optimismo. **2.** Capacidad para soportar el dolor y las adversidades. **3.** Sensación de bienestar, resultado de una perfecta salud.

eufrasia n.f. Hierba escrofulariácea, cuyas flores tienen una mancha amarilla parecida a la figura de un ojo.

eugenesia n.f. Aplicación de las leyes biológicas de la herencia al perfeccionamiento de la especie humana.

Euglena n.f. BIOL Género de protistas clorofílicos flagelados, muy abundantes en los mares ricos en materia orgánica.

eunuco n.m. Hombre castrado que se destinaba a la custodia de las mujeres.

eupepsia n.f. FISIOL Digestión normal.

euploide adj. BIOL Dícese de una célula cuyo número de cromosomas es normal (es decir, diploide).

eureka Interj. Palabra griega, que significa «lo encontré», atribuida a Arquímedes al descubrir bruscamente en el baño el principio de la flotación de los cuerpos.

euritmia n.f. Armonía en la composición de una obra artística. ▷ MUS Conjunto armonioso de sonidos. ▷ MED Regularidad del pulso.

euro n.m. POET Uno de los cuatro vientos cardinales, que sopla de oriente.

eurocomunismo n.m. Corriente del comunismo internacional que se autodefine como una adaptación del marxismo al modelo de sociedad avanzada que predomina en Europa occidental, y que llegaría al poder, por la vía electoral, sólo después de haber obtenido la mayoría social. Esta teoría política, esbozada por Gramsci y Togliatti, fue puesta en circulación por Enrico Berlingüer en 1974, y a ella se adhirieron los partidos comunistas italiano, español, francés, sueco, etc.

eurodólar n.m. FIN Depósito en dólares colocado en bancos europeos.

europeo,a **1.** n. y adj. Natural de Europa. **2.** adj. Perteneciente a Europa.

europio n.m. QUIM Metal del grupo de las tierras raras que no ha podido aún ser obtenido en estado metálico puro. Núm. atómico 63. Símbolo, *Eu*.

euskera o **eusquera,** lengua hablada en el País Vasco (v.), el N de Navarra, el depart. francés de Basses-Pyrénées y las reg. francesas de Labourd, Baja Navarra y Soule. Es una lengua aglutinante en la que las palabras se forman a partir de sufijos de derivación o por composición (al estilo de las lenguas germánicas). El euskera hace uso de la *construcción ergativa,* corriente en las lenguas caucásicas, por lo que algunos lingüistas han tratado de incluirla entre éstas. No obstante, también se ha investigado con las lenguas camito semíticas e iberas habladas en la península Ibérica. El euskera sobrevivió a la latinización gracias a la descomposición del Imperio, iniciada a mediados del s. III. A partir del s. IX se posee una documentación abundante sobre esta lengua, de la que aumentaron los testimonios con el Renacimiento y la difusión de la imprenta. En la actualidad es lengua cooficial en el País Vasco.

eustático,a adj. Perteneciente o relativo al eustatismo. • **eustatismo** n.m. Variación del nivel general de los mares.

eutanasia n.f. **1.** MED Antiguamente, muerte sin sufrimiento. **2.** Práctica de no escatimar drogas a un enfermo incurable, aunque con ello se acorte su vida.

eutéctico,a adj. Perteneciente o relativo a la eutexia. • **eutexia** n.f. Propiedad de los eutécticos. *Punto de eutexia.* La temperatura de fusión más baja posible de una mezcla, que corresponde a determinadas proporciones de sus componentes (composición eutéctica) para una presión dada.

euterios n.m.pl. ZOOL Subclase de mamíferos caracterizados por poseer una placenta.

eutrapelia n.f. **1.** Moderación en las diversiones o entretenimientos. **2.** Broma o gracia delicada. **3.** Distracción inocente.

eutrófico,a adj. **1.** BIOL Califica a un organismo en estado normal de nutrición. **2.** Dícese de un lago en el cual, la pululación de seres vivos origina carencia de oxígeno, producción de limo y opacificación del agua.

eV Símbolo del electronvoltio.

evacuar v.tr. **1.** Desocupar alguna cosa. ▷ MILIT Dejar una plaza, una ciudad, una fortaleza, etc., las tropas o guarnición que había en ella. **2.** Expeler un ser orgánico secreciones o excrementos. **3.** Desempeñar un encargo, informe o cosa semejante. ▷ FOR Cumplir un trámite. *Evacuar.*

evadir **1.** v.tr. y prnl. Evitar un daño o peligro inminente; eludir con arte o astucia una dificultad prevista. **2.** v.prnl. Fugarse, escaparse.

evagación n.f. Fig. Distracción de la mente.

evaginación n.f. BIOL Salida de un órgano fuera de la vaina que lo rodea.

evaluar v.tr. **1.** Señalar el valor de una cosa. **2.** Estimar, apreciar, calcular el valor de una cosa.

evanescente adj. Que se desvanece o esfuma.

evangelio n.m. **1.** Doctrina de Jesucristo. **2.** Cada uno de los libros escritos por cada uno de los cuatro evangelistas, con la vida, milagros y palabras de Jesucristo. **3.** Pasaje de la misa en que se lee parte de uno de los cuatro evangelios. **4.** Fig. y Fam. Verdad indiscutible. *Sus palabras son el evangelio.*

ENCICL Los Evangelios, libros de san Mateo, san Marcos, san Lucas y san Juan; cuentan la vida de Jesucristo y exponen su doctrina. Todos ellos fueron redactados en griego, salvo, probablemente, una versión primitiva del Evangelio según san Mateo, escrita en arameo. La Iglesia sólo ha reconocido estos cuatro Evangelios como *canónicos* y de ellos los tres primeros son llamados *sinópticos.* Otros textos, cuya autenticidad no ha sido suficientemente demostrada, han sido calificados como *Evangelios apócrifos.* Los sinópticos fueron puestos en circulación poco después de la mitad del s. I y el de san Juan hacia fines del s. I.

evaporar **I.** v.tr. y prnl. **1.** Convertir en vapor un líquido. **2.** Fig. Disipar, desvanecer. **II.** v.prnl. Fig. Fugarse, desaparecer sin ser notado. • **evaporador** n.m. TECN Aparato que sirve para la desecación de frutos, legumbres, etc. ▷ Parte de una instalación frigorífica de compresión donde se vaporiza el fluido frigorígeno. ▷ Aparato en el que se vaporiza un agua para desalar.

ENCICL La evaporación (que ocurre en la superficie de un líquido) se distingue de la ebullición (que se produce en el interior del líquido) y de la sublimación (paso directo del estado sólido al estado gaseoso). La velocidad de evaporación (masa de líquido que se evapora por unidad de tiempo) aumenta con la temperatura; es proporcional a la superficie de evaporación, a la diferencia (p-f) de la presión p de vapor máxima (a la temperatura considerada) y de la presión f de su vapor en el gas exterior, e inversamente proporcional a la presión total sobre el líquido. Los fenómenos de evaporación desempeñan un papel primordial en el ciclo del agua: los intercambios con la atmósfera oscilan alrededor de los 500.000 km^3 de agua por año.

evasión n.f. **1.** Pretexto para evadir una dificultad. **2.** Acción y efecto de evadirse de un lugar.

evasiva n.f. Pretexto o medio para eludir una dificultad.

evé o **ewé,** grupo étnico que habita principalmente en Togo, Ghana y Benin.

evento n.m. Suceso. Particularmente, suceso posible. ▷ *A todo evento.* En previsión de todo lo que pueda suceder.

eventual adj. No seguro, no fijo o no regular; que puede ocurrir o no, que puede haberlo o no. • **eventualidad** n.f. **1.** Calidad de eventual. **2.** Hecho o circunstancia de realización incierta o conjetural.

evidencia n.f. Certeza clara, manifiesta y tan perceptible de una cosa, que nadie puede racionalmente dudar de ella. • **evidenciar** v.tr. Hacer patente y manifiesta la certeza de una cosa; probar y mostrar que no sólo es cierta, sino clara.

evidente adj. Cierto, claro, patente y sin la menor duda. Se usa como expresión de asentimiento.

evitar v.tr. **1.** Apartar algún daño, peligro o molestia; precaver, impedir que suceda. **2.** Excusar, huir de incurrir en algo. **3.** Huir de tratar a uno; apartarse de su comunicación.

evo n.m. **1.** TEOL Duración de las cosas eternas. **2.** POET Duración de tiempo sin término.

evocar v.tr. **1.** Invocar a las almas de los muertos. **2.** Fig. Traer alguna cosa a la memoria o a la imaginación.

evolución n.f. **1.** Acción y efecto de evolucionar. **2.** Desarrollo de las cosas o de los organismos, por medio del cual pasan gradualmente de un estado a otro. **3.** Fig. Cambio de conducta, de propósito o de actitud. **4.** Fig. Desarrollo o transformación de las ideas o de las teorías.
ENCICL La teoría de la evolución se basa en tres importantes disciplinas biológicas. **1.º** La *paleontología:* suministra series de animales de épocas geológicas diferentes, cuyas transformaciones, débiles de un espécimen a otro, muestran con claridad que la forma más reciente deriva de la más antigua. **2.º** *La embriología* y *la anatomía comparada:* durante la embriogénesis, un animal pasa por etapas en las que se observan órganos y formaciones transitorias propias de animales mucho más primitivos; p. ej., el corazón embrionario de los mamíferos pasa por las etapas de «corazón de pez» y más tarde por la de «corazón de reptil». **3.º** *La genética:* al estudiar las mutaciones, ha demostrado que los mecanismos fundamentales de las distintas transformaciones de las especies son aleatorios; la modificación, creación o pérdida de genes da lugar a individuos nuevos que son seguidamente seleccionados por el medio, siendo rechazadas las formas no viables. La evolución es irregular; algunas especies del primario (p. ej., las tortugas) se conservan aún prácticamente tal como eran entonces, mientras que coexisten, surgidos de un lejano tronco común, «primos» aún primitivos con otros altamente evolucionados (p. ej., el coelacanto y el hombre).

evolucionismo n.m. BIOL Teoría según la cual las especies actuales derivan de formas antiguas, de acuerdo con modalidades que los lamarckistas y los darwinistas explican diferentemente.

ex Prep. insep., por regla general, que denota más ordinariamente fuera o más allá de cierto espacio o límite de lugar o tiempo, como en *extender, extraer, extemporáneo;* negación o privación, como en *exheredar;* encarecimiento, como en *exclamar.* ▷ Antepuesta a nombres de dignidades o cargos, denota que los tuvo y ya no los tiene la persona de quien se hable; p. ej.: *ex ministro.* ▷ También se antepone a otros nombres o adjetivos de persona para indicar que ésta ha dejado de ser lo que aquéllos significan: *ex discípulo.* — Forma parte de locuciones latinas usadas en nuestro idioma; p. ej.: *ex abrupto, ex cáthedra.*

1. exabrupto n.m. Dicho o ademán inconveniente e inesperado.

2. ex abrupto n.m.adv. **1.** Que explica la viveza y calor con que uno prorrumpe a hablar cuando o como no se esperaba. **2.** FOR Arrebatadamente, sin guardar el orden establecido.

exacción n.f. Acción y efecto de exigir, con aplicación a impuestos, prestaciones, multas, deudas, etc.

exacerbar v.tr. y prnl. **1.** Irritar, causar muy grave enfado o enojo. **2.** Agravar o avivar una enfermedad, una pasión, una molestia. etc.

exactitud n.f. Puntualidad y fidelidad en la ejecución de una cosa.

exacto adj. Puntual, fiel y cabal.

ex aequo loc.adv. Por igual (entre competidores). *Un primer premio ex aequo.*

exageración n.f. **1.** Acción y efecto de exagerar. **2.** Concepto, hecho o cosa que traspasa los límites de lo justo, verdadero o razonable.

exagerar v.tr. Presentar o representar una cosa como más grande o de más importancia de lo que es.

exaltación n.f. Acción y efecto de exaltar o exaltarse.

exaltar **I.** v.tr. Elevar a mayor auge o dignidad. **II.** v.prnl. Dejarse arrebatar de una pasión, perdiendo la moderación y la calma.

examinar **I.** v.tr. **1.** Inquirir, investigar, escudriñar con diligencia y cuidado una cosa. **2.** Reconocer la calidad de una cosa, viendo si contiene algún defecto o error. **II.** v.tr. y prnl. Juzgar la idoneidad y suficiencia de alguien en cierta cosa haciéndole realizar algunos ejercicios. • **examen** n.m. **1.** Indagación y estudio que se hace acerca de las cualidades y circunstancias de una cosa o de un hecho. **2.** Prueba que se hace de la idoneidad de un sujeto para demostrar el aprovechamiento en los estudios.

exangüe adj. **1.** Desangrado, falto de sangre. **2.** Fig. Sin ningunas fuerzas, aniquilado. **3.** Fig. Muerto, sin vida.

exanimación n.f. Privación de las funciones vitales. • **exánime** adj. **1.** Sin señal de vida o sin vida. **2.** Fig. Sumamente debilitado; sin aliento.

exantema n.m. PAT Erupción de la piel.

exarca n.m. **1.** Jefe civil o eclesiástico, en el antiguo Imperio de Oriente. **2.** Jefe religioso de un exarcado.

exasperar v.tr. y prnl. **1.** Lastimar, irritar una parte dolorida o delicada. **2.** Fig. Irritar, enfurecer, dar motivo de enojo grande a uno. • **exasperación** n.f. Acción y efecto de exasperar o exasperarse.

excandecencia n.f. Irritación vehemente.

excarcelar v.tr. y prnl. Poner en libertad al preso, por mandamiento judicial, bajo fianza o sin ella.

ex cathedra loc.adv. Desde la cátedra, con la autoridad que confiere un título.

excavar v.tr. **1.** Hacer en el terreno hoyos, zanjas, desmontes, pozos o galerías subterráneas. **2.** AGRIC Descubrir y quitar la tierra de alrededor de las plantas para beneficiarlas. • **excavador,a** **1.** n. y adj. Que excava. **2.** n.f. OB PUBL Máquina para excavar montada sobre oruga, equipada con cangilones de borde cortante sobre una cadena sin fin.

exceder **1.** v.tr. Ser una persona o cosa más grande o aventajada que otra en cierto aspecto. **2.** v.int. y prnl. Propasarse, ir más allá de lo lícito o razonable. • **excedencia** n.f. **1.** Condición de excedente, dicho del funcionario público que no ejerce su cargo. **2.** Haber que percibe el oficial público que está excedente.

excelencia n.f. **1.** Superior calidad que hace digna de singular aprecio y estimación una cosa. **2.** Tratamiento de respeto y cortesía, que se da a algunas personas por su dignidad.

excelente adj. **1.** Que sobresale en bondad, mérito o estimación entre las cosas que son buenas en su misma especie. • **excelentísimo,a** adj. sup. de *excelente.* Tratamiento y cortesía con que se habla a la persona a quien corresponde el de excelencia.

excelso,a adj. Muy elevado, alto eminente.

excéntrico,a adj. **1.** De carácter raro, extravagante. **2.** GEOM Que está fuera del centro o que tiene un centro diferente.

excepción n.f. **1.** Acción y efecto de exceptuar. **2.** Cosa que se aparta de la regla o condición general de las demás de su especie. • **excepcional** adj. **1.** Que forma excepción de la regla común. **2.** Que se aparta de lo ordinario, o que ocurre rara vez.

exceptuar v.tr. y prnl. Excluir a una persona o cosa de la generalidad de lo que se trata o de la regla común.

exceso n.m. **1.** Parte que excede y pasa más allá de la medida o regla. **2.** Lo que sale en cualquier línea de los límites de lo ordinario o de lo lícito. **3.** Aquello en que una cosa excede a otra. **4.** Abuso, delito o crimen. • **excesivo,a** adj. Que excede y sale de regla.

excipiente n.m. FARM Sustancia por lo común inerte, que se mezcla con los medicamentos para darles la consistencia, forma, sabor, etc.

excitabilidad n.f. FISIOL Propiedad de un organismo de responder o de reaccionar ante la acción de estimulantes. • **excitable** adj. **1.** Capaz de ser excitado. **2.** Que se excita fácilmente.

excitación n.f. **1.** Acción y efecto de excitar o excitarse. **2.** BIOL Efecto que produce un excitante al actuar sobre una célula, un órgano o un organismo. • **excitador,a** **1.** adj. Que produce excitación. **2.** n.m. ELECTR Aparato formado por dos arcos metálicos, aislado cada uno en uno de sus extremos y sujetos a girar alrededor de un eje; sirve para producir la descarga eléctrica entre dos puntos que tengan potenciales muy diferentes. **3.** ELECTR Sistema destinado a engendrar la descarga oscilatoria en las estaciones transmisoras de la telegrafía sin hilos.

exclamación n.f. **1.** Voz, grito o frase en que se refleja una emoción del ánimo, sea de alegría, pena, asombro. **2.** RET Figura que se comete expresando en forma exclamativa un sentimiento o una consideración de la mente.

excluir v.tr. **1.** Echar a una persona o cosa fuera del lugar que ocupaba. **2.** Descartar, rechazar o negar la posibilidad de alguna cosa. • **exclusión** n.f. Acción y efecto de excluir. — FIS NUCL *Principio de exclusión de Pauli-Fermi.* Según el cual dos partículas no pueden encontrarse en el mismo estado (de posición, de spin, de energía).

exclusiva n.f. **1.** Privilegio por el que una persona es la única autorizada para cierta cosa. **2.** Información dada en exclusiva por un diario, una agencia de prensa, etc.

exclusive adv. m. Con exclusión.

exclusivismo n.m. Obstinada adhesión a una persona, una cosa o una idea.

exclusivo,a adj. **1.** Que excluye o tiene fuerza y virtud para excluir. **2.** Único, solo, excluyendo a cualquier otro.

excomulgar v.tr. **1.** Apartar de la comunión de los fieles y del uso de los sacramentos al rebelde a los mandatos de la Iglesia. **2.** Fig y Fam. Declarar a una persona fuera de la comunión o trato con otra u otras, casi siempre con violencia de expresión.

excoriar v.tr. y prnl. Gastar, arrancar o corroer el cutis o el epitelio, quedando la carne descubierta.

excrecencia n.f. Carnosidad o superfluidad que se produce en animales y plantas, alterando su textura y superficie natural.

excreción n.f. **1.** FISIOL Proceso por el cual el producto de la secreción de una glándula es expulsado al exterior. ▷ Eliminación de los desechos del organismo (particularmente los de la nutrición). **2.** pl. Las sustancias excretadas.

excremento n.m. **1.** Residuos del alimento, que después de hecha la digestión, despide el cuerpo por el ano. **2.** Cualquier materia asquerosa que despidan de sí la boca, nariz u otras vías del cuerpo.

excretar v.int. **1.** Expeler el excremento. **2.** Expeler las sustancias elaboradas por las glándulas. • **excretor,a** adj. ANAT Se dice del órgano que sirve para excretar.

exculpar v.tr. y prnl. Descargar a uno de culpa.

excursión n.f. **1.** Ida a alguna ciudad, museo o paraje para estudio, recreo o ejercicio físico. **2.** Correría de guerra.

1. excusa n.f. Acción y efecto de excusar o excusarse. **2.** Motivo o pretexto para eludir una obligación o disculpar alguna omisión. • **excusación** n.f. Acción y efecto de excusar o excusarse.

2. excusa n.f. Escusa.

1. excusado,a **1.** adj. Reservado, preservado o separado del uso común. **2.** n.m. Retrete.

2. excusado,a adj. **1.** Que por privilegio está libre de pagar tributos. **2.** Lo que no hay precisión de hacer o decir.

excusar **I.** v.tr. y prnl. **1.** Exponer y alegar causas o razones para sacar libre a uno de la culpa que se le imputa. **2.** Rehusar hacer una cosa. **II.** v.tr. **1.** Evitar, impedir, precaver que una cosa perjudicial se ejecute o suceda. *Excusar pleitos, discordias, lances.*

execración n.f. **1.** Acción y efecto de execrar. **2.** Pérdida del carácter sagrado de un lugar, sea por profanación, sea por accidente. • **execrar** v.tr. **1.** Aborrecer, odiar, tener aversión. **2.** Vituperar o reprobar. **3.** Condenar o maldecir con autoridad sagrada.

exedra n.f. ARQUIT Construcción descubierta, de planta semicircular, rodeada de bancos.

exégesis n.f. Explicación, interpretación. Se aplica principalmente a la de los libros de la Sagrada Escritura.

exención n.f. **1.** Efecto de eximir o eximirse. **2.** Franqueza y libertad que uno goza para eximirse de algún cargo u obligación. • **exentar** v.tr. y prnl. Dejar exento.

exequias n.f.pl. Honras funerales.

exfoliar v.tr. y prnl. Dividir una cosa en láminas o escamas.

exhalar v.tr. **1.** Despedir gases, vapores u olores. **2.** Fig. Dicho de suspiros, quejas, etc., lanzarlos, despedirlos. • **exhalación** n.f. **1.** Acción y efecto de exhalar o exhalarse. **2.** Estrella fugaz. **3.** Rayo, centella. **4.** Vapor o vaho que un cuerpo exhala y echa de sí por evaporación.

exhaustivo,a adj. Que agota o apura por completo.

exhausto,a adj. Enteramente apurado y agotado de lo que necesita tener para hallarse en buen estado. *El erario está exhausto de dinero.*

exhibir v.tr. y prnl. Manifestar, mostrar en público. • **exhibicionismo** n.m. **1.** Comportamiento mórbido de sujetos patológicamente impulsados a exhibir sus órganos genitales. **2.** Fig. Gusto por manifestar sentimientos íntimos que debería callarse.

exhortación n.f. **1.** Acción de exhortar. **2.** Advertencia o aviso con que se intenta persuadir. **3.** Sermón familiar y breve. • **exhorto** n.m. FOR Despacho que libra un juez a otro su igual para que mande dar cumplimiento a lo que le pide.

exhumar v.tr. Desenterrar, sacar de la sepultura un cadáver o restos humanos.

exigir v.tr. **1.** Cobrar, percibir, sacar de uno por autoridad pública dinero u otra cosa. *Exigir los tributos, las rentas.* **2.** Fig. Pedir una cosa, algún requisito necesario para que se haga o perfeccione. **3.** Fig. Demandar imperiosamente. • **exigencia** n.f. **1.** Acción y efecto de exigir. **2.** Pretensión caprichosa o desmedida.

exiguo,a adj. Insuficiente, escaso.

exiliar **1.** v.tr. Expulsar a uno de un territorio. **2.** v.prnl. Expatriarse, generalmente por motivos políticos.

eximio,a adj. Muy excelente.

eximir v.tr. y prnl. Libertar, desembarazar de cargas, obligaciones, etc.

exina n.f. Membrana exterior del polen.

exinanición n.f. Notable falta de vigor y fuerza.

exinscrito,a adj. GEOM Círculo tangente a uno de los lados de un polígono y a la prolongación de los otros lados.

existencia n.f. **1.** Acto de existir. **2.** Vida del hombre. **3.** FILOS Por oposición a esencia, la realidad concreta de un ente cualquiera. P. antonom., la existencia humana. **4.** pl. Cosas que no han tenido aún la salida o empleo a que están destinadas; como los frutos que están por vender al tiempo de dar cuenta.

existencialismo n.m. Movimiento filosófico que trata de fundar el conocimiento de toda realidad sobre la experiencia inmediata de la existencia propia.
ENCICL Al existencialismo se le han atribuido precursores como san Agustín, Pascal o Rousseau, pero su antepasado directo es Kierkegaard, para quien el hombre no debe considerar su existencia de un modo impersonal, sino con la totalidad concreta de su subjetividad. En Jaspers, la existencia es angustia, tensión, riesgo, audacia y fe. Heidegger, que rechazaba la etiqueta de existencialista, defendió, entre otras cosas, que la angustia es la conciencia de la existencia, la captación de la nada que envuelve el ser. Sartre retomó este tema de Heidegger y lo desarrolló: si el hombre (definido como el único «proyecto» para el cual «la existencia precede a la esencia») aspira a ser, experimentará necesariamente la «náusea» del ser, pues su mirada transformará al otro en un «entre sí», en objeto. La filosofía de G. Marcel ha sido calificada de existencialismo cristiano. Merleau-Ponty combinó su existencialismo con la fenomenología y el personalismo.

existimar v.tr. Hacer juicio o formar opinión de una cosa; tenerla por cierta, aunque no lo sea.

existimativo,a adj. Putativo.

existir v.int. **1.** Tener una cosa ser real y verdadero. **2.** Tener vida. **3.** Haber, estar, hallarse. *En la Academia existe un autógrafo de Cervantes.*

éxito n.m. Resultado feliz de un negocio, actuación, etc.

ex libris n.m. Etiqueta que se adhiere en el interior de un libro y en la que se escribe el nombre del propietario.

ex nihilo Loc. adv. procedente del latín. «A partir de nada».

exo- Prefijo procedente del griego *exō*, «fuera de». Antónimo: endo-.

Exocoetus n.m. Género de peces teleósteos, que realizan vuelos de 200 a 300 m fuera del agua. Se conocen vulgarmente con el nombre de «pez volador».

exocrina adj. FISIOL Dícese de la glándula que tiene conducto excretor, por el cual salen los productos que aquélla ha elaborado.

éxodo n.m. **1.** Emigración de todo un pueblo. **2.** P. ext., salida en masa de una población de un lugar a otro. *El éxodo rural* (hacia las ciudades).

exoesqueleto o **exosqueleto** n.m. ZOOL Dermatoesqueleto.

exogamia n.f. **1.** ETNOL Regla o práctica de contraer matrimonio con cónyuge de distinta tribu o ascendencia. ▷ **2.** BIOL Cubrimiento de un animal hembra por un macho de distinta especie.

exógeno adj. Que se origina en el exterior del cuerpo; que es debido a una causa externa.

exonerar **1.** v.tr. y prnl. Aliviar, descargar, libertar de peso, carga u obligación. **2.** v.tr. Separar, privar o destituir a alguno de un empleo.

exorable adj.Condesciende con las súplicas que le hacen.

exorar v.tr. Pedir, solicitar con empeño.

exorbitante adj. Que excede mucho del orden y término regular.

exorcismo n.m. Conjuro ritual contra el espíritu maligno.

exordio n.m. Principio, introducción, preámbulo de una obra literaria; especialmente la primera parte del discurso oratorio.

exornar v.tr. y prnl. Adornar, hermosear. ▷ Tratándose del lenguaje escrito o hablado, embellecerlo con galas retóricas.

exosfera n.f. METEOR Capa extrema de la atmósfera terrestre, (por encima de los mil kilómetros aprox.).

exósmosis n.f. FIS En un fenómeno de ósmosis, corriente que se establece desde dentro hacia fuera.

exotérmico,a adj. QUIM Califica a las reacciones que se producen con desprendimiento de calor. Antónimo: endotérmico.

exótico,a adj. Extraño, chocante, extravagante.

exotoxina n.f. MICROB Toxina liberada en el medio exterior por una bacteria, sin que se haya producido lisis bacteriana.

expandir v.tr. y prnl. Extender, dilatar, ensanchar, difundir. • **expansión** n.f. **1.** FIS Acción y efecto de extenderse o dilatarse. **2.** Fig. Acción de desahogar al exterior cualquier afecto o pensamiento. **3.** Recreo, asueto, solaz. **4.** BOT y ZOOL Desarrollo de un órgano. *Expansión membranosa.* **5.** ECON Fase, en la que la actividad económica y el poder de compra aumentan. — GEOGR *Expansión demográfica.* Crecimiento de la población. • **expansivo,a** adj. **1.** Que puede o que tiende a extenderse o dilatarse. **2.** Fig. Franco, comunicativo.

expansionismo n.m. Política de un Estado que preconiza para sí la expansión (territorial, económica, ideológica).

expatriarse v.prnl. Abandonar uno su patria por necesidad o por cualquier otra cosa.

expectación n.f. **1.** Espera, generalmente curiosa o tensa, de un acontecimiento que interesa o importa. **2.** Contemplación de lo que se expone o muestra al público. • **expectante** adj. Que espera observando, o está a la mira de una cosa. *Actitud, medicina expectante.*

expectativa n.f. Cualquier esperanza de conseguir en adelante una cosa, si se depara la oportunidad que se desea.

expectorar v.tr. Arrancar y arrojar por la boca las flemas y secreciones que se depositan en el aparato respiratorio.

expedición n.f. **1.** Acción y efecto de expedir. **2.** Facilidad, y prontitud en decir o hacer. **3.** Excursión que tiene por objeto realizar una empresa en punto distante. *Expedición científica.* ▷ Conjunto de personas que la realizan.

expedidor,a n.m. y f. Persona que expide.

expediente n.m. **1.** Dependencia o negocio que se sigue sin juicio contradictorio en los tribunales, a solicitud de un interesado o de oficio. **2.** Conjunto de todos los papeles correspondientes a un asunto o negocio. **3.** Medio o recurso que se toma para dar salida a una duda o dificultad. **4.** Despacho, curso en los negocios y causas. **5.** Procedimiento administrativo en que se enjuicia la actuación de un funcionario. — Fig. y Fam. *Cubrir uno el expediente.* Aparentar que se cumple una obligación o hacer lo menos posible para cumplirla.

expedir v.tr. **1.** Dar curso a las causas y negocios. **2.** Despachar, extender por escrito un documento. **3.** Remitir, enviar mercancías, telegramas, etc.

expeler v.tr. Arrojar, lanzar, echar de alguna parte a una persona o cosa.

expender v.tr. **1.** Gastar, hacer expensas. **2.** Vender efectos de propiedad ajena por encargo de su dueño. **3.** Vender al menudeo. **4.** FOR Dar salida por menor a la moneda falsa. • **expendeduría** n.f. Tienda en que se vende por menor tabaco u otros efectos, estancados o monopolizados.

expensas n.f.pl. Gastos, costas. — *A expensas.* A costa, por cuenta, a cargo.

experiencia n.f. **1.** Conocimiento de la vida adquirido viviendo. **2.** Acción y efecto de experimentar.

experimentación n.f. **1.** Acción y efecto de experimentar. **2.** Método científico de indagación, fundado en la determinación voluntaria de los fenómenos.

experimentador,a n. y adj. Que experimenta o hace experiencias. • **experimentado,a** adj. Se dice de la persona que tiene experiencia.

experimentar v.tr. **1.** Probar y examinar prácticamente las propiedades de una cosa. ▷ En todas las ciencias, hacer operaciones destinadas a demostrar determinados fenómenos o principios científicos. **2.** Notar, comprobar una cosa. **3.** Hablando de impresiones, sensaciones o sentimientos, tenerlos. **4.** Recibir las cosas una modifición.

experto,a **1.** adj. Práctico, hábil, experimentado. **2.** n.m. El que tiene especial conocimiento de una materia.

expiar v.tr. Borrar las culpas; purificarse de ellas por medio de algún sacrificio. ▷ Tratándose de un delito o de una falta, sufrir el delincuente la pena impuesta por los tribunales.

expirar v.int. **1.** Acabar la vida. **2.** Fig. Acabarse, fenecer una cosa. *Expirar el mes, el plazo.*

explanar v.tr. **1.** Poner llano un terreno, suelo, etc. **2.** Fig. Declarar, explicar.

explayar **I.** v.tr. y prnl. Ensanchar, extender. **II.** v.prnl. **1.** Fig. Difundirse, dilatarse, extenderse. *Explayarse en un discurso.* **2.** Fig. Esparcirse, irse a divertir al campo.

expletivo,a adj. Se aplica a las voces o partículas que, sin ser necesarias para el sentido, se emplean para hacer más llena la locución.

explicación n.f. **1.** Explicación de un texto con palabras claras o ejemplos. **2.** Satisfacción que se da a una persona declarando que las palabras o actos que puede tomar a ofensa carecieron de intención de agravio. **3.** Manifestación de la causa o motivo de alguna cosa.

explicar **I.** v.tr. y prnl. Declarar, dar a conocer a otro lo que uno piensa. **II.** v.tr. **1.** Declarar o exponer cualquier materia, doctrina o texto difícil. **2.** Enseñar en la cátedra. **3.** Exculpar palabras o acciones, declarando que no hubo en ellas intención de agravio para otra persona. **4.** Dar a conocer la causa o motivo de alguna cosa. **III.** v.prnl. Llegar a comprender la razón de alguna cosa.

explícito,a adj. Que expresa clara y determinadamente una cosa.

explorar v.tr. Reconocer, registrar, inquirir o averiguar con diligencias una cosa o un lugar. ▷ MED Examinar un órgano, una región del organismo. • **exploración** n.f. **1.** Acción y efecto de explorar. 2. ELECTRON Desplazamiento horizontal o vertical del conjunto electrónico en la superficie de una pantalla de televisión. **3.** INFORM Examen de las informaciones que se encuentran en un soporte. **4.** MED Acción de explorar un órgano, una herida, etc.

explosión n.f. **1.** Acción de reventar, con estruendo, un cuerpo continente. **2.** Fig. Manifestación súbita y violenta de ciertos afectos del ánimo. **3.** MECÁN En los motores llamados de explosión, momento en que, al saltar la chispa, se inflama la mezcla explosiva comprimida en el interior del cilindro por el émbolo. **4.** QUÍM Descomposición brusca de un cuerpo, con desprendimiento de gases y acompañada casi siempre de detonación. • **explosionar** **1.** v.int. Hacer explosión. **2.** v.tr. Provocar una explosión. (Se usa más en artillería o minería. • **explosivo,a** **1.** adj. Que hace o puede hacer explosión. **2.** n.m. y adj. QUÍM Que se incendia con explosión; como los fulminantes.

ENCICL Una explosión es una reacción marcadamente exotérmica que se propaga gradualmente y a gran velocidad. En los explosivos propiamente dichos —los explosivos rompedores (a diferencia de las pólvoras)— la velocidad de propagación es muy alta. La deflagración puede producirse por un golpe, una chispa o por medio de un detonador. La expansión brusca de los gases liberados origina una onda cuyos efectos destructivos pueden ser considerables. Entre los explosivos podemos citar: el ácido nítrico y los nitratos, los cloratos y percloratos, el oxígeno líquido, la nitroglicerina (materia prima de las dinamitas) y los derivados nitrados (trinitrotolueno, tetril, pentrita). También se llama explosivos (nucleares o termonucleares) a los cuerpos susceptibles de fisión o fusión nuclear. En tiempos de paz los explosivos son utilizados sobre todo en trabajos de obras públicas (nivelación de terrenos, minas, etc.). Hoy se prefieren los explosivos a granel (mezclas de nitratos con un combustible) a los explosivos a base de dinamita, por razones de seguridad y fácil manejo. En numerosos países, la venta, posesión y transporte de explosivos, así como la fabricación de pólvoras están reguladas por el Estado.

explotación n.f. **1.** Acción y efecto de explotar. **2.** Conjunto de elementos dedicados a una industria agrícola.

explotar **I.** v.tr. Extraer de las minas la riqueza que contienen. **II.** v.int. **1.** Explosionar, estallar, hacer explosión. **2.** Fig. Sacar utilidad de un negocio o industria en provecho propio. **3.** Fig. Aplicar en provecho propio, por lo general de un modo abusivo, las cualidades o sentimientos de una persona, o un suceso o circunstancia cualquiera.

expoliar v.tr. Despojar con violencia o con iniquidad.

expolio n.m. **1.** Acción y efecto de expoliar. **2.** Botín del vencedor.

exponencial adj. **1.** Se dice cuando en una expresión matemática la incógnita aparece como exponente. **2.** Que varía como una función exponencial, que crece o decrece en base a una tasa progresiva.

exponente n.m. **I.** Que expone. **II.** **1.** Prototipo, persona o cosa representativa de lo más característico en un género. **2.** Expresión o símbolo del máximo de una cosa. **III.** **1.** ALG y ARIT Número que colocado a la derecha y en la parte superior de otro, expresa la potencia a que hay que elevarlo.

exponer **I.** v.tr. **1.** Presentar una cosa para que sea vista. **2.** Colocar una cosa para que reciba la acción de un agente. **3.** Explicar el sentido genuino de una palabra, texto o doctrina que es difícil de entender. **II.** v.tr. y prnl. Arriesgar, correr una cosa el peligro de dañarse.

exportar v.tr. Enviar géneros del propio país a otro. • **exportación** n.f. **1.** Acción y efecto de exportar. **2.** Conjunto de mercancías que se exportan.

exposición n.f. **1.** Acción y efecto de exponer o exponerse. **2.** Acción de exponer un asunto. **3.** Exhibición pública de artículos industriales o de artes y ciencias. **4.** Situación de un objeto con relación a los puntos cardinales. **5.** FOTOG Espacio de tiempo durante el cual se expone a la luz una placa fotográfica o un papel sensible para que se impresione.

expósito,a n. y adj. Se dice del que, recién nacido, fue confiado a un establecimiento benéfico.

expositor,a **1.** n. y adj. Que interpreta, expone y declara una cosa. **2.** n.m. y f. Persona que concurre a una exposición pública con objetos de su propiedad o producción.

expresar **I.** v.tr. Decir, manifestar con palabras, gestos, o de otra manera lo que uno quiere dar a entender. **II.** v.prnl. Darse a entender por medio de la palabra. • **expresión** n.f. **I.** **1.** Declaración o demostración de una cosa para darla a entender. **2.** Palabra o locución. **II.** **1.** Acción de exprimir. **2.** FARM Zumo o sustancia exprimida. **III.** Conjunto de términos que representa una cantidad.

expresionismo n.m. Escuela y tendencia estética que, reaccionando contra el impresionismo, propugna la intensidad de la expresión sincera, aun a costa del equilibrio formal.

ENCICL El expresionismo, en el más amplio sentido de la palabra, designa una tendencia permanente del arte pero se manifiesta especialmente en el s. XX en los países occidentales que sufren una crisis de civilización; sus características son la angustia, el sentido de lo trágico y una exagerada determinación de expresar ampulosamente ambos sentimientos. La violencia de tal intención se corresponde con un gusto confesado por la búsqueda del efecto. Van Gogh, Gauguin y más tarde de Ensor, Munch y Matisse son los precursores de las corrientes expresionistas contemporáneas: el movimiento alemán *Die Brücke* (1905-1913), compuesto principalmente por Kirchner, Schmidt-Rottluf, Heckel, Pechstein y Nolde; el grupo muniqués *Der Blaue Reiter* (1910/1911-1914), con F. Marc y A. Macke; los vieneses Schiele y Kokoschka; el grupo llamado «de la Nueva Objetividad» (los alemanes Grosz, Dix, Beckmann) y el grupo belga de Laethem-Saint-Martin (Permeke, de Smet, Van der Berghe). En Francia los expresionistas son elementos aislados (Rouault, Pascin, Soutine, etc.), mientras que en América Latina (en Brasil, y más aún en México) relacionan su violencia a la conciencia política (Diego Rivera, Orozco, Siqueiros, Tamayo). A partir de 1945, la noción de expresionismo incluye las búsquedas pictóricas abstractas y gestuales ensayadas en los Estados Unidos *(action painting* de Pollock, obras de De Kooning, Motherwell, etc.). En la escultura, la corriente expresionista está representada por Lechbruck, Barlach, Zadkine, Couturier y Germaine Richier. En el campo de la literatura, el expresionismo se manifiesta sobre todo a través de la escuela alemana de los años 1910-1920 (poemas de G. Trakl, Heym, Stadler, B[illegible]n, Lasker-Schüler; obras de teatro de F. W[illegible]dekind, F. von Unruh, G. Kaiser, E. Toller). El cine expresionista, por su parte, prefirió rechazar la objetividad. Sus búsquedas, muy desarrolladas, de luz y de encuadre, se inscriben dentro de una separación en cuadros que confiere una renovada violencia al espacio y a la acción escénica: R. Wiene; *Der Kabinett des doktor Caligari* (*El gabinete del doctor Caligari,* 1919); P. Wegener; *Das Golem* (*El Golem,* 1920); F. Lang; *Der müde Tod* (*Las tres luces,* 1921); Murnau; *Nosferatu, eine Symphonie des Gravens* (*Nosferatu, el vampiro,* 1922); P. Leny; *Wachsfigurenkabinett* (*El hombre de las figuras de cera,* 1924).

expresivo,a adj. Se dice de la persona que manifiesta con gran viveza de expresión lo que siente o piensa.

expreso,a **1.** part. pas. irreg. de *expresar.* **2.** adj. Claro, especificado. **3.** n.m. Tren expreso (tren rápido de viajeros que se detiene solamente en las estaciones más importantes).

exprimir v.tr. **1.** Extraer el zumo o líquido de una cosa, apretándola o retorciéndola. **2.** Fig. Estrujar, agotar una cosa. **3.** Fig. Expresar, manifestar. • **exprimidor** n.m. Utensilio que sirve para extraer el zumo de las frutas.

ex profeso loc.adv. A propósito, con particular intención.

expropiar v.tr. Desposeer de una cosa a su propietaro, dándole en cambio una indemnización. • **expropiación** n.f. **1.** Acción y efecto de expropiar. **2.** Cosa expropiada. (Se usa más en pl.)

expuesto,a adj. Peligroso.

expugnar v.tr. Tomar por fuerza de armas una ciudad, plaza, castillo, etc.

expulsar v.tr. Expeler, despedir, echar fuera. • **expulsión** n.f. Acción y efecto de expeler o expulsar. • **expulsor,a 1.** n. y adj. Que expulsa. **2.** n.m. En algunas armas de fuego, mecanismo dispuesto para expulsar los cartuchos vacíos.

expurgar v.tr. Limpiar o purificar una cosa.

exquisito,a adj. De extraordinaria calidad en su especie. • **exquisitez** n.f. Calidad de exquisito.

extasiarse v.prnl. Arrobarse.

éxtasis n.m. Admiración, extremo placer causado por alguien o algo.

extemporáneo,a adj. **1.** Impropio del tiempo en que sucede o se hace. **2.** Inoportuno, inconveniente.

extender I. v.tr. y prnl. **1.** Dar mayor extensión a una cosa. **2.** Llevar más lejos. **3.** Desdoblar. **II.** v.tr. **1.** Esparcir. **2.** Hablando de documentos, ponerlos por escrito y en la forma acostumbrada. **III.** v.prnl. **1.** Ocupar cierta porción de terreno. **2.** Hacer por escrito o de palabra la narración de las cosas, dilatada y copiosamente. **3.** Fig. Propagarse. **4.** Fig. Alcanzar la fuerza, virtud o eficacia de una cosa a influir u obrar en otras. • **extensión** n.f. **1.** Acción y efecto de extender o extenderse. **2.** GEOM Capacidad para ocupar una parte del espacio. **3.** GEOM Medida del espacio ocupado por un cuerpo. **4.** LOG Conjunto de individuos comprendidos en una idea. **5.** GRAM Ampliación del significado de las palabras, a otro concepto . • **extenso,a** adj. **1.** Que tiene extensión. **2.** Vasto.

extensómetro n.m. TECN Aparato que permite medir las deformaciones de una pieza por la variación de las características eléctricas de una magnitud.

extenuar v.tr. y prnl. Enflaquecer, debilitar.

exterior I. adj. **1.** Que está por la parte de afuera. **2.** Relativo a otros países. **II.** n.m. **1.** Superficie externa de los cuerpos. **2.** Aspecto o porte de una persona. **3.** CINEM Escena filmada fuera de los estudios. • **exterioridad** n.f. **1.** Cosa exterior o externa. **2.** Apariencia de las personas o las cosas.

exterminar v.tr. **1.** Fig. Acabar del todo con una cosa como si se desterrara. **2.** Fig. Desolar, devastar por fuerza de armas. • **exterminio** n.m. Exterminación.

externo,a I. adj. Se dice de lo que obra o se manifiesta al exterior. **II.** n. y adj. Se dice del alumno que sólo permanece en el colegio durante las horas de clase.

extinguir v.tr. y prnl. **1.** Hacer que cese el fuego o la luz. **2.** Fig. Hacer que cesen o se acaben del todo ciertas cosas que desaparecen gradualmente. • **extinción** n.f. Acción y efecto de extinguir o extinguirse. • **extinto,a** adj. Muerto. • **extintor** n.m. Aparato para extinguir incendios.

extirpar v.tr. **1.** Arrancar de raíz. ▷ CIR Quitar totalmente. **2.** Fig. Acabar del todo con una cosa, de modo que cese de existir.

extorsión n.f. **1.** Acción y efecto de usurpar una cosa a uno. **2.** Fig. Cualquier daño o perjuicio.

extorsionar v.tr. **1.** Usurpar, arrebatar. **2.** Causar extorsión o daño.

extra I. 1. prep. insep. que significa fuera de. **2.** En estilo familiar suele emplearse aislada, significando además. **II.** adj. Optimo. **III.** n.m. **1.** Fam. Gaje, plus. **2.** Fam. Plato extraordinario que no figura en la minuta. **3.** Persona que presta un servicio accidental. **4.** En el cine, comparsa.

extracción n.f. **1.** Acción y efecto de extraer. **2.** En el juego de la lotería, acto de sacar algunos números con sus respectivas suertes. **3.** Origen, linaje. **4.** CIR Operación que consiste en extraer algo de una parte del cuerpo. **5.** MAT Operación de extraer la raíz de un número. **6.** QUIM Transferencia de constituyentes de una fase sólida o líquida.

extracto n.m. **1.** Resumen muy breve de un escrito. **2.** Producto obtenido por evaporación de un zumo o de una disolución de sustancias vegetales o animales. • **extractar** v.tr. Reducir a extracto una cosa.

extractor 1. n.m. Aparato o pieza de un mecanismo que sirve para extraer.

extradición n.f. Entrega del reo refugiado en un país, hecha por el gobierno de éste a las autoridades de otro país que lo reclaman para juzgarlo.

extraer v.tr. **1.** Sacar, poner una cosa fuera de donde estaba. **2.** ALG y ARIT Tratándose de raíces, averiguar cuáles son las de una cantidad dada. **3.** QUIM Separar algunas de las partes de que se componen los cuerpos.

extrajudicial adj. Que se hace fuera de la vía judicial.

extralimitarse v.tr. y prnl. Fig. Excederse en el uso o atribuciones; abusar de la benevolencia ajena.

extramuros adv.l. Fuera del recinto de una ciudad.

extranjero,a 1. adj. Que es o viene de país de otra soberanía. **2.** n. y adj. Natural de una nación con respecto a los naturales de cualquiera otra. **3.** n.m. Toda nación que no es la propia.

extrañar I. v.tr. y prnl. **1.** Desterrar a país extranjero. **2.** Privar a uno del trato que se tenía con él. **3.** Ver u oír con admiración o extrañeza una cosa. **II.** v.tr. **1.** Sentir la novedad de alguna cosa que usamos, echando de menos la habitual. **2.** Echar de menos a alguna persona o cosa. **3.** Afear, reprender. **III.** v.prnl. Negarse a hacer una cosa. • **extrañamiento** n.m. Acción y efecto de extrañar o extrañarse.

extrañeza n.f. **1.** Calidad de raro, extraño, extraordinario. **2.** Cosa rara, extraña, extraordinaria. **3.** Desavenencia entre los que eran amigos. **4.** Admiración, novedad.

extraño,a I. n. y adj. De nación, familia o profesión distinta de la que se nombra o sobrentiende. **II.** adj. **1.** Raro, singular. **2.** Extravagante. **3.** Se dice de lo que es ajeno a la naturaleza de una cosa de la cual forma parte en el organismo. **4.** Seguido de la preposición *a,* dícese de lo que no tiene parte en la cosa nombrada tras la preposición.

extraoficial adj. Oficioso, no oficial.

extraordinario,a I. adj. Fuera del orden o regla natural o común. **II.** n.m. **1.** Correo especial que se despacha con urgencia. **2.** Alimento que se añade a la comida diaria. **3.** Número de un periódico que se publica por algún motivo especial.

extraparlamentario,a adj. Que se hace, que existe fuera del parlamento.

extrapolar v.tr. **1.** Hacer una extrapolación. **2.** MAT Calcular por extrapolación. • **extrapolación** n.f. **1.** Acto de sacar una conclusión general a partir de datos parciales. **2.** MAT Cálculo de los valores de una función fuera de los extremos entre los que estos valores son conocidos.

extrarradio n.m. Parte o zona, la más exterior del término municipal.

extrasístole n.f. MED Contracción suplementaria del corazón que se intercala entre las contracciones normales y va acompañada a veces de un ligero dolor.

extraterrestre n. y adj. De otro planeta.

extraterritorial adj. Se dice de lo que se considera fuera del territorio de la propia jurisdicción. • **extraterritorialidad** n.f. DER Ficción jurídica según la cual las embajadas acreditadas en un país extranjero se consideran parte del territorio del país al que representan.

extrauterino,a adj. MED Se dice del embarazo que resulta de la fijación y desarrollo del óvulo fecundado fuera de la cavidad uterina.

extravagante adj. Que se hace o dice fuera del orden o común modo de obrar. **2.** n.y adj. Que procede así.

extravasarse v.prnl. Salirse un líquido del conducto en que está contenido.

extravenar 1. v.tr. y prnl. Hacer salir la sangre de las venas. **2.** v.tr. Fig. Desviar, sacar de su lugar.

extraversión n.f. PSICOL Tendencia a volverse hacia el mundo exterior. • **extravertido,a** adj. Que se caracteriza por su extroversión.

extraviar I. v.tr. y prnl. Hacer perder el camino. **II.** v.tr. **1.** Poner una cosa en otro lugar que el que debía ocupar. **2.** Hablando de la mirada, no fijarla en objeto determinado. **III.** v.prnl. No encontrarse una cosa en su sitio e ignorarse su paradero.

extremado,a adj. Sumamente bueno o malo en su género.

extremar I. v.tr. Llevar una cosa al extremo. **II.** v.prnl. Emplear uno toda la habilidad en la ejecución de una cosa.

extremaunción n.f. Sacramento de la Iglesia.

extremeño,a 1. n. y adj. Natural de Extremadura. **2.** adj. Perteneciente o relativo a Extremadura.

extremidad n.f. **I. 1.** Parte extrema de una cosa. **2.** Fig. El grado último a que una cosa puede llegar. **II.** pl. **1.** Cabeza, pies, manos y cola de los animales. ▷ Pies y manos del hombre. **2.** Los brazos y piernas o las patas, en oposición al tronco.

extremismo n.m. Tendencia a adoptar ideas extremas, especialmente en política. • **extremista** n. y adj. El que practica el extremismo.

extremo,a I. adj. **1.** Último. **2.** Se aplica a lo más intenso de cualquier cosa. **3.** Excesivo. **4.** Distante. **5.** Desemejante. **II.** n.m. **1.** Parte primera o parte última de una cosa o principio o fin de ella. **2.** Punto último a que puede llegar una cosa. **3.** Esmero sumo en una operación. **4.** Punto, materia, parte.

extremoso,a adj. **1.** Que no es comedido o no guarda ponderación en afectos o acciones. **2.** Muy expresivo en demostraciones cariñosas.

extrínseco,a adj. **1.** Externo, no esencial. **2.** ELECTRON Se dice de un semiconductor en el que se han introducido impurezas en pequeña cantidad.

extrorso adj. BOT Se dice del estambre en el que la antena se abre hacia el exterior de la flor.

extrovertido,a n. y adj. Extravertido.

extrudir v.tr. Dar forma a una masa metálica, plástica, etc., haciéndola salir por una abertura • **extrusión** n.f. Acción y efecto de extrudir. • **extrusora** n.f. Máquina para extrudir

exuberancia n.f. Abundancia suma. • **exuberante** adj. Abundante y copioso con exceso.

exudar v.int. y tr. Salir un líquido fuera de sus continentes. • **exudado** n.m. MED Producto de la exudación, generalmente por extravasación de la sangre en las inflamaciones.

exulcerar v.tr. y prnl. MED Corroer el cutis de modo que empiece a formarse llaga.

exultar v.int. Saltar de alegría, transportarse de gozo.

exutorio n.m. CIR Úlcera abierta y sostenida por el arte, para determinar una supuración permanente con un fin curativo.

exvoto n.m. Objeto con alguna inscripción, colocado en una iglesia en recuerdo de un beneficio recibido.

eyacular v.tr. Lanzar con rapidez y fuerza el contenido de un órgano, cavidad o depósito. • **eyaculación** n.f. Acción y efecto de eyacular.

eyector n.m. **1.** Expulsor. **2.** TECN Dispositivo que permite evacuar un fluido.

F

f n.f. **1.** Séptima letra del abecedario español y quinta de sus consonantes. Su nombre es *efe*.

F QUIM Símbolo del flúor.

fa n.m. inv. Nota musical. Está situada en el cuarto lugar de la escala.

fabada n.f. Potaje de judías con tocino y morcilla, típico de Asturias.

fábrica n.f. **1.** Local con las instalaciones apropiadas para poder dedicarse a trabajos industriales. **2**. Cualquier construcción o parte de ella hecha con piedra o ladrillo y argamasa. • **fabril** adj. Perteneciente a las fábricas o a sus operarios.

fabricar v.tr. **1.** Producir objetos en serie por medios mecánicos. **2.** Construir un edificio o cosa análoga. **3.** P. ext. elaborar. • **fabricante** n.m. y f. **1.** Que fabrica. **2.** Dueño de una fábrica.

fábula n.f. **I.** Composición literaria, generalmente en verso, en que, por medio de una trama alegórica y de la personificación de animales, se da una enseñanza útil o moral. **II.** Mitología. **2.** Cualquiera de las ficciones de la mitología.

fabulación n.f. PSICOL Tendencia a presentar como realidad vivida lo que es puramente imaginario.

fabuloso,a adj. **1.** Falso, de pura invención. **2.** Fig. Extraordinario, excesivo.

faca n.f. Cuchillo de grandes dimensiones, generalmente corvo.

facción n.f. **I. 1.** Grupo de gente amotinada o en rebelión. **2.** Grupo de gente que favorece o sigue el partido de alguien. **II.** Cualquiera de las partes del rostro humano. (Se usa más en pl.) • **faccioso,a** n. y adj. **1.** Perteneciente a una facción. **2.** Revoltoso, perturbador de la quietud pública.

faceta n.f. **1.** Cada una de las caras de un poliedro. Se dice especialmente de las caras de las piedras preciosas talladas. **2.** Fig. Cada uno de los aspectos de un asunto.

facial adj. Perteneciente al rostro.

fácil **I.** adj. **1.** Que se puede hacer sin mucho trabajo. **2.** Que puede suceder con mucha probabilidad. **3.** Se dice de la mujer deshonesta. **II.** adv.m. Fácilmente. • **facilidad** n.f. **1.** Disposición para hacer una cosa sin gran trabajo. **2.** Oportunidad, ocasión propicia para hacer algo. • **facilitar** v.tr. **1.** Hacer posible la ejecución de una cosa o la consecución de un fin. **2.** Proporcionar o entregar.

facineroso,a **1.** n. y adj. Malhechor. **2.** n.m. Hombre malvado.

facsímil n.m. Perfecta imitación o reproducción de una firma, escrito, dibujo, etc.

factible adj. Que se puede hacer.

facticio,a adj. Que no es natural y se hace por arte.

factitivo,a adj. LING Dícese del verbo o perífrasis verbal cuyo sujeto no ejecuta por sí mismo la acción, sino que la hace ejecutar por otro u otros.

factor n.m. **I. 1.** El que hace una cosa. ▷ Lo que contribuye a causar un efecto. **2.** Empleado que en las estaciones de ferrocarriles cuida de los equipajes y mercancías. **II.** ALG y ARIT Cada una de las cantidades que se multiplican para formar un producto. ▷ Submúltiplo.

factoría n.f. Fábrica o complejo industrial.

factorial **1.** adj. Relativo a un factor. **2.** n.f. MAT Producto de todos los términos de una progresión aritmética.

factótum n.m. Fam. Sujeto que desempeña todos los menesteres.

factura n.f. **I.** Acción y efecto de hacer. **II.** COM Relación de los objetos comprendidos en una venta, u otra operación de comercio. • **facturar** v.tr. **1.** Extender las facturas. **2.** Comprender en ellas cada artículo. **3.** Registrar en las estaciones de ferrocarriles equipajes o mercancías.

facultad n.f. **I. 1.** Aptitud, potencia física o moral. **2.** Derecho para hacer alguna cosa. **3.** Ciencia o arte. **II. 1.** En las universidades, cuerpo de doctores de una ciencia. *La facultad de Medicina.*

facultar v.tr. Conceder facultades a uno para hacer algo.

facultativo,a **I.** adj. **1.** Perteneciente a una facultad. **2.** Dícese del que profesa una facultad. **3.** Acto potestativo. **II.** n.m. y f. Médico.

facundia n.f. Verborrea.

facha **1.** n.f. Fam. Traza, aspecto. **2.** Fam. Mamarracho, adefesio. (Se usa a veces como m.)

fachada n.f. **1.** Pared exterior de un edificio, que da a la calle. **2.** Fig. y Fam. Presencia, aspecto del cuerpo humano.

fachoso,a o **fachudo,a** adj. Fam. De mala facha, de figura ridícula.

fading n.m. TELECOM Disminución momentánea de la potencia de una onda radioeléctrica en el punto de recepción.

fado n.m. Canción popular portuguesa.

faena n.f. **1.** Trabajo corporal o mental. **2.** Quehacer. (Se usa más en pl.) **3.** TAUROM Cada una de las operaciones que se verifican con el toro en el campo y en el ruedo.

faetón n.m. Carruaje descubierto, de cuatro ruedas, alto y ligero.

fagáceo,a n.f. y adj. BOT Dícese de árboles y arbustos angiospermos dicotiledóneos, como la encina y el castaño. ▷ n.f.pl. BOT Familia de estas plantas.

fagedénico,a adj. MED Dícese de lo que roe los tejidos.

-fago Elemento compositivo que entra pospuesto en la formación de voces españolas con el significado de «el que come».

fago n.m. MICROB Bacteriófago, virus de ADN capaz de provocar la lisis de ciertas bacterias.

fagocito n.m. FISIOL Cualquiera de las células que se hallan en la sangre y en tejidos animales, capaces de apoderarse, mediante la emisión de seudópodos, de bacterias y de toda clase de partículas nocivas o inútiles para el organismo, incluyéndolas en su protoplasma y digiriéndolas después.

fagot n.m. **1.** Instrumento músico de viento, formado por un tubo de madera que se toca con una boquilla de caña. **2.** Persona que toca este instrumento.

Fahrenheit Escala de temperaturas que a 0 °C corresponden a 32 °F y a 100 °C, 212 °F; las fórmulas de correspondencia son las siguientes: $C = \frac{10\,F - 320}{18}$ y $F = 1{,}8\,C + 32$. Esta escala es de utilización corriente en Gran Bretaña y América del Norte.

fair-play n.m. Respeto de las reglas de juego.

faisán n.m. Ave del orden de las gallináceas, de vistosos y variados colores. Su carne es muy apreciada.

faja n.f. **1.** Tira de cualquier tejido con que se rodea el cuerpo por la cintura. **2.** Cualquier lista en forma de banda. **3.** Tira de papel que se pone al libro o impreso que se ha de enviar por correo. **4.** Insignia propia de algunos cargos militares, civiles o eclesiásticos. **5.** ARQUIT Moldura ancha y de poco vuelo. **6.** ARQUIT Resalte que se hace alrededor de las ventanas y arcos de un edificio.

fajar **I.** v.tr. y prnl. Rodear con faja una parte del cuerpo. **II.** v.prnl. **1.** *P. Rico.* Dedicarse intensamente a un trabajo. **2.** *Cuba.* Irse a las manos dos personas.

fajín n.m. Faja de seda que usan como distintivo honorífico las personalidades militares o civiles.

fajina n.f. **I. 1.** Conjunto de haces de mies. **2.** Leña ligera. **II.** MILIT Toque de formación para las comidas.

fajo n.m. Haz o atado.

falacia n.f. Engaño, falsedad.

falacha, pueblo etíope cuyas costumbres religiosas tendrían relación, según algunos etnólogos, con un judaísmo arcaico.

falange n.f. **I. 1.** Cuerpo de infantería de los ejércitos de Grecia. **2.** Fig. Conjunto numeroso de personas armadas o sin armar que se unen para un mismo fin. **II.** ANAT Cada uno de los huesos de los dedos.

falansterio n.m. Edificio en que, según el sistema de Fourier, habitaba cada una de las falanges en que dividía la sociedad.

falaz adj. **1.** Dícese de la persona que tiene el vicio de la falacia. **2.** Aplícase también a todo lo que halaga y atrae con falsas apariencias.

falca n.f. Pieza que se emplea para suprimir el defecto de un mueble que cojea o inmovilizar las ruedas de un automóvil.

falcado,a adj. Con forma de hoz.

falcinelo n.m. Ave del orden de los pájaros, poco mayor que una paloma, zancuda.

falcirrostro,a adj. Dícese de las aves que tienen el pico en forma de hoz.

falconete n.m. Especie de culebrina.

falcónido,a **1.** n. y adj. ZOOL Dícese de aves de rapiña diurnas. **2.** n.f.pl. Familia de estas aves.

falda n.f. **1.** Cualquier prenda de vestir que cae suelta de la cintura abajo. (Se usa más en pl.) **2.** Vestidura de mujer que, con vuelo, cae desde la cintura abajo. **3.** Cobertura de una mesa camilla que llega hasta el suelo. **4.** Carne de la res, que cuelga a continuación de las costillas. **5.** Regazo. **6.** Fig. Parte inferior de los montes. **7.** pl. Fam. Referente a mujeres. *Cuestión de faldas.*

faldero,a adj. **1.** Perteneciente o relativo a la falda. **2.** Fam. Aficionado a estar entre mujeres.

faldón n.m. **1.** Falda suelta al aire, que pende de alguna ropa. **2.** Parte inferior de alguna ropa.

falena n.f. ZOOL Mariposa que adquiere por mimetismo la forma de las ramas de los árboles.

falencia n.f. *Amér.* Quiebra de un comerciante.

falerno n.m. Vino famoso en la antigua Roma.

falibilidad n.f. **1.** Calidad de falible. **2.** Riesgo de equivocarse una persona. • **falible** adj. Que puede equivocarse, o fallar.

falina n.f. Principio tóxico complejo, característico de la amanita faloide.

falo n.m. **1.** Miembro viril. **2.** BOT Falácea del género *Phallus.* • **fálico,a** adj. **1.** De falo, relativo al falo. **2.** PSICOAN *Fase fálica*: fase de la organización de la libido del niño posterior a la oral y anal; precede a la organización genital de la pubertad. • **falocracia** n.f. Dominación abusiva de las mujeres por los hombres. • **faloide** adj. En forma de falo.

falsario,a n. y adj. **1.** Que falsea o falsifica una cosa. **2.** Que acostumbra decir o hacer falsedades y mentiras.

falsear **I.** v.tr. **1.** Adulterar, corromper una cosa material o inmaterial. **2.** ARQUIT Desviar un corte ligeramente de la dirección perpendicular. **II.** v.int. Perder una cosa su resistencia y firmeza.

falsedad n.f. **1.** Falta de verdad. **2.** Falta de conformidad entre las palabras y las cosas. **3.** FOR Cualquiera de las ocultaciones de la verdad en las declaraciones de un juicio.

falseo n.m. **1.** ARQUIT Acción y efecto de falsear, desviar un corte de la dirección perpendicular. **2.** ARQUIT Cara de una piedra o madero falseados.

falsete n.m. MUS Voz más aguda que la natural.

falsificar v.tr. Falsear, adulterar. • **falsificación** n.f. **1.** Acción y efecto de falsificar. **2.** FOR Delito de falsedad que se comete en documentos, moneda, sellos o marcas.

falsilla n.f. Hoja de papel con líneas muy señaladas, que sirve de guía para escribir recto.

falso,a **I.** adj. **1.** Engañoso, fingido, falto de realidad. **2.** Contrario a la verdad. **3.** Se dice del que miente. **4.** Se aplica a la caballería rebelde. **5.** Se dice de la moneda que se hace imitando la legítima. **II.** n.m. Pieza de la misma tela, que se pone interiormente.

falta n.f. **1.** Carencia de una cosa necesaria. **2.** Acto contrario al deber. **3.** Ausencia de una persona del sitio en que hubiera debido estar, y anotación en la que se hace constar esa ausencia. ▷ Ausencia de una persona, por fallecimiento u otras causas. **4.** Supresión de la regla en la mujer. **5.** Error que se halla en una manifestación oral o escrita. ▷ En los textos manuscritos o impresos, errata. **6.** Defecto que posee alguien. **7.** DEPORT Transgresión de las normas de un juego sancionada por su reglamento. **8.** FOR Infracción voluntaria de la ley, a la cual está señalada sanción leve.

faltar v.int. **1.** No estar una persona o cosa en donde debiera. **2.** Consumirse, fallecer. *Faltarle a uno el aliento.* No cumplir uno con lo que debe. **6.** No tratar a otro con la consideración debida. — *Faltar poco para algo.* Estar a punto de suceder o de acabar una cosa.

falto,a adj. Necesitado de alguna cosa.

faltriquera n.f. Bolsillo que se ataban las mujeres a la cintura.

falúa n.f. Pequeña embarcación usada en los puertos por los jefes y autoridades de la marina.

falucho n.m. Embarcación con una vela latina.

1. falla n.f. **1.** Defecto de una cosa que merma su resistencia. **2.** GEOL Quiebra que los movimientos geológicos han producido en un terreno.

2. falla n.f. En Valencia (España), tablado en el que se disponen diversas figuras de madera y cartón, reproduciendo escenas satíricas, al que se prende fuego en la noche de San José.

1. fallar v.tr. FOR Determinar un litigio o proceso.

2. fallar **I.** v.tr. En algunos juegos de cartas, poner un triunfo por no tener el palo que se juega. **II.** v.int. **1.** Frustrarse, salir fallida una cosa no respondiendo a lo que se esperaba de ella. **2.** Romperse una cosa, dejando de servir. *Fallar un soporte.*

falleba n.f. Varilla de hierro acodada en sus dos extremos, sujeta en varios anillos y que puede girar, para cerrar las ventanas o puertas de dos hojas, asegurando una con otra, o con el marco.

fallecer v.int. **1.** Morir. **2.** Acabarse una cosa.

fallero,a **1.** adj. Perteneciente o relativo a la falla (sent. 2). **2.** n.m. y f. Persona que toma parte en las fallas de Valencia.

fallido,a **1.** adj. Frustrado. — PSICOAN *Acto fallido.* Realización de un acto que expresa la intención inconsciente de su autor. **2.** n. y adj. Se dice de la cantidad, crédito, etc., que se considera incobrable.

ENCICL Explicados por la fatiga, el nerviosismo, el aturdimiento, etc., los actos fallidos no habían sido objeto de una teoría completa antes de que Freud, en su *Psicopatología de la vida cotidiana* (1904), estudiase: el olvido de nombres propios, palabras extranjeras, palabras y series de palabras, recuerdos de la infancia; los recuerdos deformados; los lapsus; los errores de lectura y de escritura; el olvido de impresiones y de proyectos; las equivocaciones y torpezas, etc. Formas, en general benignas y siempre pasajeras, de amnesia y afasia, estos fallos de nuestra actividad psíquica se deben a la represión que nuestro inconsciente ejerce al encontrarse con determinados temas u objetos (recuerdos, p. ej.) cuya designación o evocación accidental e incluso muy lejana, nos es desagradable o insoportable

1. fallo n.m. **1.** Sentencia definitiva del juez. **2.** P. ext., decisión tomada por persona competente sobre cualquier disputa.

2. fallo, a **I.** adj. En algunos juegos de naipes, falto de un palo. **II.** n.m. Acción y efecto de frustrarse una cosa.

fama n.f. **1.** Noticia o cosa muy popular. **2.** Opinión que las gentes tiene de una persona. **3.** Opinión que la mayoría tiene de la valía de un sujeto en su profesión.

famélico,a adj. Hambriento.

familia n.f. **1.** Grupo de personas emparentadas entre sí que viven juntas bajo un mismo techo. ▷ Conjunto de todas las personas unidas por parentesco de sangre o político. **2.** Origen. ▷ Linaje. **3.** Hijos. **4.** Conjunto de individuos que tienen alguna condición común. ▷ Comunidad de una orden religiosa. **6.** BOT y ZOOL Grupo taxonómico constituido por varios géneros naturales que poseen gran número de caracteres comunes. **7.** FIS NUCL Conjunto de reactores que funcionan por el mismo principio. ▷ QUIM Conjunto de elementos que tienen propiedades semejantes.

familiar **I.** adj. **1.** Perteneciente a la familia. **2.** Se dice de aquello que uno conoce bien. **3.** Aplicado al trato, llano y sin ceremonia, como el de la familia. **4.** Aplicado al lenguaje o estilo cuando es natural y sencillo. **5.** Se dice de los caracteres que presentan varios individuos por herencia. **6.** Se dice del vehículo que tiene el mayor número posible de plazas. **II.** n.m. **1.** Pariente de una persona. **2.** El que tiene trato frecuente y de confianza con uno.

familiaridad n.f. Llaneza y confianza con que algunas personas se tratan entre sí.

familiarizar **I.** v.tr. Hacer familiar o común una cosa. **II.** v.prnl. **1.** Acomodarse al trato familiar de uno. **2.** Acostumbrarse a algunas circunstancias o cosas.

famoso,a adj. **1.** Se aplica a la persona o cosa que ha conseguido fama. **2.** Fam. Se aplica a personas y a hechos o dichos que llaman la atención por su gracia o por ser muy singulares.

fámulo,a **1.** n.m. y f. Criado. **2.** n.m. Sirviente de la comunidad de un colegio u orden religiosa.

fan n.m. y f. Admirador entusiasta de un cantante, músico o actor de moda.

fanal n.m. **1.** Farol grande que se coloca en los puertos como señal nocturna. **2.** Campana transparente que sirve para que no se apague la luz de su interior o para atenuar el resplandor. ▷ Campana de cristal cerrada por arriba, que resguarda del polvo lo que se cubre con ella.

fanático,a **1.** n. y adj. Que defiende con apasionamiento una opinión o creencia. **2.** adj. Entusiasmado ciegamente por una cosa. • **fanatismo** n.m. Apasionamiento del fanático.

fandango n.m. **1.** Antiguo baile español, muy común todavía en Andalucía. **2.** Copla y música con que se acompaña. **3.** Fig. y Fam. Bullicio.

fandanguillo n.m. Baile popular parecido al fandango, y copla con que se acompaña.

faneca n.f. ZOOL Pez teleósteo marino del suborden de los anacantos, de piel traslúcida.

fanega n.f. **1.** Medida de capacidad para áridos. **2.** Porción de granos que cabe en esta medida. • **fanegada** n.f. Fanega de tierra.

fanerógamo,a **1.** adj. BOT Se dice de las plantas con flores y semillas. **2.** n.f.pl. Rama de la botánica que agrupa las plantas con flores.

ENCICL Las fanerógamas se caracterizan por la presencia de flores, o sea, de órganos sexuales que producen polen (machos) y óvulos (hembras). La evolución del huevo tras la fecundación permite distinguir dos grupos: un número reducido de fanerógamas primitivas (cicas) que no poseen verdaderas semillas, y el amplio conjunto de las *espermafitas* o *plantas de semillas verdaderas* (es decir, con vida latente que les permite germinar bastante después de la diseminación); las espermafitas se dividen en *gimnospermas* y *angiospermas*.

fanfarria n.f. **1.** Conjunto musical ruidoso a base de instrumentos de metal. **2.** Música interpretada por esos instrumentos.

fanfarrón,a **1.** n. y adj. Fam. Que hace alarde de lo que no es o de valiente. **2.** adj. Fam. Se aplica a los actos de dichas personas. • **fanfarronada** n.f. Dicho o hecho propio de fanfarrón. • **fanfarronear** v.int. Hablar con arrogancia.

fang, pamue o **pahouin,** pueblo de Gabón, Guinea Ecuatorial y S de Camerún.

fango n.m. **1.** Lodo que se forma con tierra en los sitios donde hay agua detenida. **2.** Fig. En forma metafórica, degradación. • **fangoso,a** adj. **1.** Lleno de fango. **2.** Fig. Que tiene la viscosidad propia del fango.

fantasear **I.** v.int. **1.** Dejar correr la imaginación. **2.** Presumir sin motivo. **II.** v.tr. Imaginar algo fantástico. • **fantasía** n.f. **I. 1.** Facultad de reproducir por medio de imágenes las cosas no reales. **2.** Imagen formada por la fantasía. **4.** La imaginación en cuanto inventa. **5.** Cuento o novela.

fantasma **I.** n.m. **1.** Ser imaginario que se ve despierto o dormido. **2.** Imagen de un objeto que queda impresa en la fantasía. **3.** Fig. Persona presuntuosa. **4.** PSICOAN Conjunto de representaciones imaginadas que, a través de la censura del superyó, imagina un sujeto como expresión de sus propios deseos inconscientes. **II.** n.m. o f. Persona disfrazada que asusta a la gente. • **fantasmal** adj. Algo irreal.

fantasmagoría n.f. **1.** Arte de representar figuras por medio de una ilusión óptica. **2.** Fig. Ilusión de los sentidos desprovista de todo fundamento.

fantasmón,a n. y adj. Fam. Lleno de presunción.

fantástico,a adj. **1.** Nacido de la imaginación, irreal. **2.** Extraño, sobrenatural. **3.** Extraordinario, asombroso, increíble.
ENCICL **Liter.** — La literatura fantástica se caracteriza por la irrupción de un objeto insólito o familiar en el campo de lo real, perturbado al principio y finalmente transformado. A las leyendas medievales exaltadas por medio de lo *maravilloso*, y a los cuentos del s. XVIII (Perrault), suceden los libros «negros» del siglo de las luces: el *Vathek*, de Beckford (1782), *El diablo enamorado*, de Cazotte (1772). El apogeo del género es contemporáneo del romanticismo: en Inglaterra, con la novela negra (Maturin, Lewis, Mary Shelley); en Alemania, con los cuentos de Hoffmann y de Arnim. En poco tiempo toda la literatura occidental fue inundada por lo fantástico: en Francia, Nodier (la escuela frenética, h. 1820), Balzac, Merimée, Gautier, Nerval; en Rusia, Gogol y Dostoievski; en los Estados Unidos, Poe, Irving y Hawthorne; en Polonia, Jan Potocki. Actualmente lo fantástico adopta a menudo la forma de ciencia ficción (Ray Bradbury, Lovecraft); por otra parte es una gran fuente de inspiración para el arte cinematográfico. **Bell. Art.** — La variedad de temas que subyacen en la mayor parte de las obras del género, resaltan por lo general el lado nocturno de las cosas: la selva (Grünewald, Dürero, Cranach, Altdorfer, Baldung-Grien), los monstruos (bestiarios medievales, N. M. Deutsch, J. Bosch, etc.), escenas oníricas (T. Zuccari, Füssli, G. Moreau, Redon, Ensor, A. Kubin, Chirico, Delvaux, Dalí) y los lugares sombríos y tenebrosos (H. Seghers, Monsu Desiderio, Piranese, Goya, Victor Hugo, A. Böcklin).

fantoche n.m. **1.** Marioneta. **2.** Fig. Persona que se deja manejar y a quien no se toma en serio.

faquir n.m. Santón mahometano que vive de limosna y practica actos de austeridad. Hay faquires especialmente en la India.

fara n.f. Culebra africana.

farad n.m. FIS Nombre del faradio, en la nomenclatura internacional.

faraday n.m. FIS Carga eléctrica de un valor de 96.486 culombios (producto de la carga del electrón por el número de Avogadro), transportada por cada ion monovalente en una electrólisis (símbolo $\mathcal{F}$).

faradio n.m. FIS Medida de la capacidad eléctrica de un sistema de cuerpos conductores que con la carga de un culombio produce un voltio (símbolo *F*). • **faradización** n.f. MED Aplicación terapéutica de las corrientes inducidas.

faralá n.m. Adorno compuesto de una tira de tela, que rodea algunas prendas de vestir en la parte baja. También se llaman así los adornos del mismo tipo en cortinas y tapetes.

farallón n.m. **1.** Roca alta y tajada que sobresale en el mar y a veces en tierra firme. **2.** Parte de un filón que sobresale del suelo.

farándula n.f. **1.** Profesión de los comediantes. **2.** Una de las compañías que antiguamente formaban los cómicos y andaban representando por los pueblos.

faraón n.m. Cualquiera de los antiguos reyes de Egipto anteriores a la conquista de este país por los persas. • **faraónico,a** adj. Relativo a los faraones o a su época.

fardo n.m. Lío grande y apretado, para facilitar su transporte.

1. fárfara n.f. Planta herbácea de la familia de las compuestas. El cocimiento de las hojas y flores se emplea como pectoral.

2. fárfara n.f. Telilla que tienen los huevos de las aves por la parte interior.

farfolla n.f. **1.** Envoltura de las panojas del maíz, mijo y panizo. **2.** Fig. Cosa de mucha apariencia y de poca entidad.

farfullar v.tr. Fam. Hablar atropelladamente.

farináceo,a adj. Que participa de la naturaleza de la harina, o se parece a ella.

faringe n.m. ANAT Porción ensanchada del tubo digestivo de paredes musculosas y situada a continuación de la boca. En el hombre y en los demás mamíferos tiene varias aberturas, por las que comunica con las fosas nasales, con la trompa de Eustaquio, con la laringe y con el esófago. • **faríngeo,a** **I.** adj. **1.** ZOOL Perteneciente o relativo a la faringe. **2.** Se dice de las consonantes articuladas con la lengua en contacto con la faringe. **II.** n.f. Consonante faríngea. • **faringitis** n.f. MED inflamación de la mucosa faríngea.

fariseo n.m. **I.** Entre los judíos, miembro de una secta. **II. 1.** Fig. Hombre hipócrita. • **fariseísmo** n.m. Fig. Hipocresía.
ENCICL La secta de los fariseos se distinguía por su riguroso respeto a la ley escrita (Torá) y a las tradiciones orales. Este escrupuloso formalismo y el orgullo que suscitaba entre sus representantes le acarrearon duras críticas en los Evangelios.

farmacia n.f. **1.** Ciencia de la preparación y de la composición de fármacos. **2.** Lugar donde se preparan, y venden medicamentos. • **farmacéutico,a** **1.** adj. Relativo a la farmacia. **2.** n.f. Parte de la medicina que estudia la composición de los medicamentos. **3.** n.m. y f. Persona que ejerce la farmacia.

fármaco n.m. Medicamento. • **farmacología** n.f. Ciencia que estudia los fármacos. • **farmacopea** n.f. **1.** Libro oficial que enumera los medicamentos, su composición y sus efectos. **2.** Conjunto de medicamentos utilizado en el oficio médico.

faro n.m. **1.** Torre situada en las costas, con luz en su parte superior, que sirve de señal a los navegantes. **2.** Farol con mucha potencia. **3.** Proyector colocado en un vehículo para alumbrar la carretera. **4.** Fig. Aquello que da luz en un asunto, o a la conducta.

farol n.m. **I. 1.** Caja de materia transparente con luz en su interior. — MAR *Farol de situación*. Faroles que se encienden de noche en los buques que navegan para evitar los abordajes. **2.** Cazoleta formada de hierro, en que se ponen las teas para alumbrarse. **II. 1.** Fig. Hecho o dicho jactancioso. Se usa más en la fr. *tirarse un farol*. • **farola** n.f. **1.** Farol grande propio para iluminar vías públicas. **2.** Farol grande en la torre de los puertos. • **farolero,a** **I.** n. y adj. Fig. y Fam. Amigo de llamar la atención y de hacer lo que no debe. **II.** n.m. **1.** El que hace faroles o los vende. **2.** El que cuidaba de los faroles del alumbrado.

farolillo n.m. **1.** Planta herbácea, trepadora, de la familia de las sapindáceas. Se cultiva en los jardines y se ha usado en medicina como diurética. **2.** Planta perenne de la familia de las campanuláceas.

farpa n.f. Cada una de las puntas que quedan al hacer escotaduras en el borde de algunas cosas, como banderas, estandartes, etc.

1. farra n.f. ZOOL Pez de agua dulce, parecido al salmón, de carne muy sabrosa, que vive principalmente en el lago de Ginebra.

2. farra n.f. Juerga. Diversión bulliciosa o licenciosa.

fárrago n.m. Conjunto de cosas superfluas y mal ordenadas. • **farragoso,a** adj. Que es confuso y pesado.

farro n.m. Cebada a medio moler, después de remojada y quitada la cascarilla.

1. farruco,a n. y adj. Fam. Aplícase a los gallegos o asturianos recién salidos de su tierra.

2. farruco,a **I.** adj. Fam. Valiente, impávido. **II.** n.f. Baile y cante flamenco

farsa n.f. **1.** Nombre dado en lo antiguo a las comedias. ▷ Pieza teatral cómica y breve. **2.** Compañía de farsantes. **3.** Desp. Obra dramática, chabacana y grotesca. **4.** Fig. Enredo para aparentar. • **farsante** **1.** n.m. y f. El que tenía por oficio representar farsas; comediante. **2.** n. y adj. Fig. y Fam. Se dice de la persona que finge lo que no siente o lo que no es.

fasces n.f.pl. Insignia del cónsul romano, que se componía de una segur en un hacecillo de varas.

fasciación n.f. BOT Aplastamiento patológico de los tallos o ramas de una planta, con disminución del crecimiento longitudinal. • **fasciado,a** adj. BOT **1.** Que presenta fasciación. **2.** ZOOL Califica al órgano en el que se observan bandas transversales.

fascículo n.m. **1.** Pequeño folleto. **2.** Parte de una obra publicada por entregas. **3.** Haz de fibras musculares. • **fasciculado,a** adj. **1.** ANAT Dispuesto en haces. **2.** BOT Se dice de las raíces que son todas del mismo tamaño.

fascinación n.f. **1.** Atraer a alguien con la mirada. • **fascinador,a** adj. Que fascina. • **fascinar** v.tr. **1.** Acaparar algo a alguien la atención de uno. **2.** Fig. Alucinar, ofuscar.

fascismo n.m. **1.** Doctrina del partido fundado por B. Mussolini (nacionalismo, culto del jefe, corporativismo, anticomunismo); régimen político totalitario que dicho partido instauró en Italia de 1922 a 1943-1945. **2.** Doctrina o sistema político que hace suyo el modelo de Mussolini. **3.** Desp. Ideología conservadora, reaccionaria. • **fascista** **I.** adj. Perteneciente o relativo al fascismo. **II.** n. y adj. **1.** Partidario de esta doctrina. **2.** DESP Reaccionario.
ENCICL El primer «Fascio de acción revolucionaria» fue creado por Mussolini el 23 de marzo de 1919, para luchar especialmente contra

el creciente auge del comunismo en Italia. En 1921, reagrupó dos distintos Fascios existentes en un solo partido fascista, que conoció un considerable desarrollo. Las masas populares y, en particular, numerosos miembros del Ejército y la Policía fueron atraídos por el nacionalismo a ultranza que preconizaba el fascismo y por su afán de hacer reinar el orden frente a un gobierno pasivo; las organizaciones patronales compartieron en seguida esta posición. A partir de agosto de 1922, Mussolini obtuvo del rey Víctor Manuel III algunas carteras ministeriales y plenos poderes, sobre todo gracias al éxito de su *marcha sobre Roma* que tuvo lugar en octubre. El régimen fascista establecido de este modo descansaba en cuatro principios: culto al jefe («el Duce —es decir, Mussolini, el *Guía*— siempre tiene razón»); supremacía del partido fascista, que se identifica con el Estado; consenso de la nación —favorecido mediante campañas propagandísticas— y supremacía de Italia, en el interior mediante una política favorable a la natalidad y las «batallas económicas», y en el exterior por las conquistas en Etiopía (1935) y Albania (1939). Mussolini siguió a Hitler en la guerra mundial en 1940, pero sufrió graves derrotas, especialmente en África. Fue alejado del poder y encarcelado en julio de 1943 y luego puesto en libertad por los alemanes; fue entonces cuando creó la República social italiana en el N del país (Salo, 1943-1944). Se derrota y su muerte marcaron el final del fascismo en Italia.

fase n.f. **1.** ASTRON Cada una de las diversas apariencias con que se dejan ver la Luna y algunos planetas, según los ilumina el Sol. **2.** ELECTR Cada una de las corrientes alternas que componen una corriente polifásica. **3.** Fig. Cada uno de los diversos aspectos que presenta un fenómeno natural o una cosa. • **fasímetro** n.m. ELECTR Aparato que sirve para medir la diferencia de fase entre dos corrientes periódicas de igual frecuencia.

fasiánidos n.m.pl. ZOOL Familia de galliformes que comprende en especial a faisanes.

fastidiar **I.** v.tr. y prnl. Causar hastío una cosa. **II.** v.tr. **1.** Fig. Enfadar, o ser molesto a alguien. **2.** Ocasionar daño material o moral. • **fastidio** n.m. **1.** Disgusto que causa algo o alguien. **2.** Fig. Enfado, cansancio. • **fastidioso,a** adj. **1.** Que causa disgusto y hastío. **2.** Fastidiado, disgustado.

fasto,a adj. **1.** Aplícase al día en que era lícito en la antigua Roma tratar los negocios públicos y administrar justicia. **2.** Se dice también, por contraposición a nefasto, del día, año, etc., feliz

fastuoso,a adj. Ostentoso, amigo de fausto y pompa.

fatal adj. **1.** Inevitable. **2.** Desgraciado, infeliz. **3.** Malo. **4.** FOR Dícese del plazo improrrogable. • **fatalidad** n.f. **1.** Calidad de fatal. **2.** Desgracia, desdicha. • **fatalismo** n.m. **1.** Doctrina según la cual todo sucede por las determinaciones ineludibles del destino. **2.** Enseñanza de los que opinan que una ley ineludible encadena a todos los seres, sin que pueda existir en ninguno libertad.

fático,a adj. LING Se dice de la función del lenguaje cuyo único objeto es establecer y mantener el contacto entre los interlocutores.

fatídico,a adj. Se aplica a las cosas o personas que anuncian sucesos desgraciados.

fatiga n.f. **1.** Cansancio, trabajo extraordinario. **2.** Molestia ocasionada por la respiración difícil. **3.** Ansia de vomitar. (Se usa más en pl.) **4.** Fig. Molestia, sufrimiento. (Se usa más en pl.) — Fam. *Darle a uno fatiga una cosa.* Hacerle sentir escrúpulos. • **fatigar** **1.** v.tr. y prnl. Causar fatiga. **2.** v.tr. Molestar. • **fatigoso,a** adj. **1.** Fatigado, agitado. **2.** Que causa fatiga.

fatimita o **fatimí,** dinastía chiíta fundada por 'Ubayd Allāh al-Mahdī, —descendiente de Fātima, de ahí su nombre— el cual se proclamó califa en Qayrawān, en 910. Reinaron en África del N, en Egipto, donde fundaron El Cairo (969), y en Palestina, convirtiéndose en la primera potencia del mundo musulmán.

fatuidad n.f. **1.** Falta de razón. **2.** Dicho o hecho necio. **3.** Vanidad infundada y ridícula.

fatuo,a n. y adj. **1.** Falto de entendimiento. **2.** Lleno de presunción infundada y ridícula.

fauces n.f.pl. ZOOL Parte posterior de la boca de los mamíferos, que va desde el velo del paladar hasta el principio del esófago.

fauna n.f. **1.** Conjunto de los animales de una región. **2.** Obra que los enumera y describe. • **faunístico,a** **1.** adj. Perteneciente o relativo a la fauna. **2.** n.f. ZOOL Ciencia que estudia la fauna de una región y los factores de sus variantes.

faurestina n.f. BOT *Cuba.* Árbol de la familia de las mimosáceas, que se planta a los lados de los caminos.

1. fausto n.m. Gran ornato, lujo extraordinario.

2. fausto adj. Feliz, afortunado.

fauvismo n.m. Movimiento pictórico de comienzos del s. XX.

ENCICL El fauvismo tuvo su origen en la reacción de varios pintores (Matisse, Rouault, Camoin, Manguin, etc.) contra su formación académica: preconizaron el empleo generalizado de tonos puros. En 1897 se unió a ellos Marquet. En 1899, Derain se vinculó con Vlaminck (cuyas obras «fauvistas», realizadas en Chatou, se encuentran entre las más audaces de la tendencia). Tres artistas de El Havre instalados en París, Othon Friesz, Raoul Dufy y Georges Braque, optaron también por esta forma. que produjo sus obras más representativas en el transcurso del año 1906; desde 1907 sus protagonistas se orientaron hacia otras direcciones. El término fauvismo nació durante la inauguración del Salón de otoño de 1905; el crítico Louis Vauxcelles, al ver una estatuilla de estilo florentino en la sala donde exponían Matisse y sus amigos, comentó: «¡Donatello entre las fieras!».

favela n.f. Grupo de chabolas, en Brasil.

favonio n.m. POET Viento suave, de poniente.

favor n.m. **1.** Servicio gratuito a alguien. **2.** Beneficio, gracia. **3.** Ayuda prestada por una persona con autoridad. • **favorable** adj. **1.** Que favorece. **2.** Propicio, benévolo. • **favorecer** v.tr. **1.** Ayudar a uno. ▷ Apoyar un intento u opinión. **2.** Hacer un favor.

favorito,a **I.** adj. Que es con preferencia apreciado. ▷ DEP HIP Que se da como ganador. **II.** n.m. y f. Persona que goza del favor de un personaje y ejerce gran influencia sobre él. • **favoritismo** n.m. Preferencia dada al favor sobre el mérito.

faya n.f. Tejido grueso de seda, que forma canutillo.

faz n.f. **1.** Rostro. — *Santa faz.* Imagen del rostro de Jesús. **2.** Lado de una cosa. **3.** Anverso, cara en las monedas y medallas.

fe n.f. **1.** Creencia en algo aunque no esté confirmado por la experiencia o por la razón. **2.** Confianza que se tiene en una persona o cosa. **3.** Promesa solemne que se hace a uno. **4.** Aseveración de que una cosa es cierta. **5.** Documento que certifica la verdad de una cosa. — *Fe de bautismo.* — *Fe de vida.* Certificación que afirma la existencia actual de una persona. — Fig. y Fam. Acto de presencia o noticia del ausente. Se usa principalmente con el verbo *dar.* **6.** Fidelidad, lealtad. — *Buena fe.* Rectitud o ingenuidad. — *Mala fe.* Mala intención.

Fe QUIM Símbolo del hierro.

feacios, pueblo citado en la *Odisea,* que vivía en la isla Skheria, identificada con Corcira (hoy Corfú), cuyo rey era Alcino.

fealdad n.f. **1.** Calidad de feo. **2.** Fig. Acción indigna y que parece mal.

febrero n.m. Segundo mes del año, que en los comunes tiene veintiocho días y en los bisiestos veintinueve.

febrícula n.f. Fiebre moderada, casi siempre vespertina, de origen infeccioso o nervioso.

febrífugo,a n.m. y adj. FARM Que quita las fiebres.

febril adj. **1.** MED Que indica fiebre. ▷ Que tiene fiebre. **2.** Que manifiesta excitación excesiva.

febroniano,a adj. Perteneciente a la doctrina y escuela de Febronio (Juan Nicolás Hontheim), canonista alemán del siglo XVIII, que rebajaba los derechos de la potestad pontificia y exaltaba cismáticamente la autoridad de los obispos.

fecal adj. Perteneciente o relativo al excremento.

fecial n.m. Sacerdote que entre los romanos decidía sobre la conveniencia de la guerra y la paz.

fécula n.f. QUIM Hidrato de carbono que se encuentra principalmente en las semillas, tubérculos y raíces de muchas plantas. Se utiliza como alimento o con fines industriales. • **feculento,a** adj. **I.** Que contiene fécula. **II.** Que tiene heces.

fecundar v.tr. **1.** Fertilizar. **2.** Hacer directamente productiva una cosa por vía de generación. **3.** BIOL Unirse el elemento reproductor masculino al femenino para dar origen a un nuevo ser.

fecundidad n.f. **1.** Virtud y facultad de producir. **2.** Calidad de fecundo. **3.** Abundancia. **4.** Reproducción numerosa. • **fecundo,a** adj. **1.** Que produce o se reproduce por virtud de los medios naturales. **2.** Fértil, abundante.

fecha n.f. **1.** Indicación del lugar y tiempo en que se hace una cosa. **2.** Tiempo actual: *A estas fechas ya habrá llegado.* **3.** Cada uno de los días que median entre dos momentos determinados. • **fechar** v.tr. Poner fecha a un escrito.

fecho,a n. y adj. Expedientes cumplimentados por las oficinas. ▷ n.m. Nota que se pone generalmente en documentos oficiales para indicar que han sido cumplimentados.

fechoría n.f. Mala acción.

fedayín n.m. y f. Combatiente árabe en lucha por la recuperación de los territorios ocupados, principalmente palestinos.

federación n.f. **1.** Acción de federar. **2.** Organismo resultante de dicha acción. **3.** Estado federal. **4.** Poder central del mismo. • **federal** **1.** adj. Federativo. **2.** n. y adj. Federalista. • **federalismo** n.m. Sistema de confederación entre corporaciones o Estados. • **federar** v.tr. y prnl. Hacer alianza entre varios. • **federativo,a** adj. **1.** Perteneciente a la confederación. **2.** Aplícase al sistema de varios Estados que, poseyendo su autonomía están sujetos en ciertos casos y circunstancias a las decisiones de un gobierno central.

feed-back n.m. Sinónimo de *retroacción* o *realimentación.*

fehaciente adj. FOR Que hace fe en juicio.

felación n.f. Práctica sexual que consiste en excitar el sexo del hombre con la boca.

feldespato n.m. Sustancia mineral formada por silicato de alúmina con potasa, sosa o cal y cantidades pequeñas de magnesia y óxidos de hierro.

ENCICL Existen numerosos feldespatos, entre los que destacan la ortosa potásica, la albita sódica y la anortita cálcica que dan, al mezclarse, la serie de las plagioclasas. Los feldespatos, en combinación con otros minerales, forman rocas como los granitos, las dioritas, las sienitas, etc. Su alteración produce diversas arcillas, especialmente el caolín.

felice adj. POET Feliz.

felicidad n.f. **1.** Estado del ánimo que expresa satisfacción por haber logrado algo. **2.** Suerte feliz.

felicitar **1.** v.tr. y prnl. Manifestar satisfacción por un buen suceso ocurrido a alguien. **2.** v.tr. Expresar el deseo de que una persona sea feliz. • **felicitación** n.f. Acción de felicitar.

félido n. y adj. ZOOL Mamíferos del orden de los carnívoros digitígrados, como el león y el gato. ▷ n.m.pl. ZOOL Familia de estos animales.

feligrés,a n.m. y f. Persona que pertenece a determinada parroquia. • **feligresía** n.f. Conjunto de feligreses de una parroquia.

felino,a adj. Perteneciente o relativo al gato.

feliz adj. **1.** Que goza felicidad. Se usa también en sent. Fig. *Estado feliz.* **2.** Que ocasiona felicidad. **3.** Aplicado a las actuaciones o pensamientos, oportuno, acertado. **4.** Que sucede con felicidad.

felodermis n.f. BOT Tejido que el felógeno forma en la cara interna de la planta.

felógeno,a adj. BOT Hablando del tejido vegetal, que produce el corcho.

felonía n.f. Deslealtad, traición.

felpa n.f. Tejido que tiene pelo.

felpilla n.f. Cordón de seda con pelo como la felpa, que sirve para adornos.

felpudo,a adj. **I.** Tejido en forma de felpa. **II.** Estera afelpada que se coloca en la entrada de las casas a modo de limpiabarros.

fellah o **fallāh** n.m. Campesino del Magreb y Egipto.

f.e.m. FIS Abreviatura de *fuerza electromotriz.*

femenino,a adj. **1.** Propio de mujeres. **2.** Dícese del ser que puede ser fecundado. **3.** Perteneciente o relativo a este ser. **4.** GRAM Perteneciente al género femenino.

fémina n.f. Mujer.

feminidad n.f. **1.** Calidad de femenino. **2.** MED Estado anormal del varón en que aparecen caracteres sexuales femeninos.

feminismo n.m. Doctrina social favorable a revalorizar la condición de la mujer, equiparándola al hombre.
ENCICL Hacia fines del siglo pasado, se organizaron los primeros grupos feministas, en Estados Unidos y Gran Bretaña. Su aspiración más inmediata era conseguir el derecho al sufragio para las mujeres. Estos grupos, pese a las críticas de todo tipo que tuvieron que sufrir, lograron su objetivo. A partir de entonces, los movimientos feministas perdieron vitalidad, para reaparecer con fuerzas renovadas en la década de los 60, comenzando una actividad reivindicativa —aún vigente— de los derechos de la mujer, que podrían resumirse en: igualdad social, laboral y legal con el hombre.

feminización n.f. **1.** Acción de dar forma femenina a un nombre que no la tiene. ▷ Acción de dar género femenino a un nombre originariamente masculino o neutro. **2.** BIOL Desarrollo de las características femeninas. ▷ PATOL En el varón, aparición y desarrollo de caracteres femeninos.

feminoide adj. Dícese del varón que tiene ciertos rasgos femeninos.

femoral **1.** adj. ZOOL Perteneciente o relativo al fémur. **2.** n.m. ZOOL Pieza alargada de figura de varilla, que forma parte de las patas de los insectos.

femto- Elemento compositivo inicial de nombres que significan la milbillonésima parte (10^{-15}) de las respectivas unidades: femtogramo.

fémur n.m. Hueso del muslo.

fenantreno n.m. QUIM Hidrocarburo cíclico $C_{14}H_{10}$. Es un isómero del antraceno, utilizado en la industria de los colorantes.

fenaquistiscopio n.m. Aparato de demostración destinado a ilustrar la persistencia de las imágenes ópticas, cuyo rápido desfile ante los ojos produce impresión de movimiento.

fenec n.m. Zorro del Sahara, de tamaño pequeño; también llamado *zorro del desierto.*

fenecer v.intr. Acabarse una cosa.

fenianismo n.m. **1.** Partido de los fenianos. **2.** Conjunto de principios y doctrina que defienden. • **feniano** n.m. Individuo del partido político adverso a la dominación inglesa en Irlanda.

fenicado,a adj. Que tiene ácido fénico.

fenicio,a **1.** n. y adj. Natural de Fenicia. **2.** adj. Perteneciente o relativo a este país del Asia antigua.

fenicoptéridos n.m.pl. ZOOL Familia de anseriformes que incluye a los flamencos.

fenil- QUIM Prefijo que indica la presencia del radical fenilo en la molécula de un compuesto.

fenilalanina n.f. BIOQUIM Aminoácido precursor de la tirosina.

fenilo n.m. QUIM Radical C_6H_5 contenido en el benceno y sus derivados.

fénix n.m. **1.** MIT Ave fabulosa que se abrasa a sí misma en una hoguera, para renacer de sus cenizas. **2.** Gallo doméstico de Japón. **3.** Fig. Persona excepcional, única en su especie.

fenobarbital n.m. FARM Barbitúrico empleado como antiespasmódico.

fenogreco n.m. Alholva.

fenol n.m. QUIM Cualquier compuesto derivado de un hidrocarburo del benceno por sustitución de uno o varios hidróxilos en el núcleo. • **fenolato** n.m. QUIM Sal o éster del fenol. • **fenólico,a** adj. QUIM **1.** Ácido fenólico. v. fenol. **2.** Que contiene ácido fenólico.

fenología n.f. Estudio de la influencia de los climas sobre los fenómenos periódicos de la vegetación y del reino animal.

fenomenal adj. **1.** Perteneciente o relativo al fenómeno. **2.** Que participa de la naturaleza del fenómeno. **3.** Fam. Tremendo, muy grande. **4.** Fam. Muy bueno. **5.** FILOS Del orden del fenómeno. ▷ En particular (para Kant) el mundo fenoménico (opuesto al *nou ménico).*

fenomenalismo n.m. FILOS Doctrina según la cual sólo existen fenómenos.

fenómeno n.m. **1.** Cualquier hecho que es captado por los sentidos o conocido por la conciencia. ▷ FILOS Para Kant, lo que es objeto de una posible experiencia, opuesto a la cosa en sí (noúmeno). **2.** Lo que aparece como notable. **3.** Ser vivo (animal o humano) que presenta alguna peculiaridad rara. • **fenoménico,a** adj. Perteneciente o relativo al fenómeno como manifestación de algo.

fenomenología n.f. FILOS Estudio descriptivo de un conjunto de fenómenos. Tratado, disertación sobre los fenómenos. ▷ Para Husserl, método filosófico que busca la vuelta a «las cosas mismas» y su descripción tal como aparecen en la conciencia, independientemente del saber constituido. — *Fenomenología del espíritu.* Obra de Hegel, publicada en 1807, en la que considera la influencia dialéctica del espíritu en el desarrollo de la historia.

fenoplástico n.m. QUIM Cualquier resina artificial obtenida por policondensación de fenoles o de derivados del fenol con aldehídos.

fenotipo n.m. BIOL Conjunto de caracteres somáticos externos del individuo (por oposición al *genotipo).*

feo,a **I.** adj. **1.** Que carece de belleza. **2.** Fig. Que causa aversión. **3.** Fig. De aspecto desfavorable. **II.** n.m. Fam. Desaire manifiesto.

feraz adj. Fértil.

féretro n.m. Caja en que se llevan a enterrar los difuntos.

feria n.f. **I. 1.** Mercado que se celebra en lugar público y días señalados. ▷ Lugar público donde están expuestos los géneros de este mercado. ▷ Concurrencia de gente en un lugar de esta clase. **II.** Fig. Trato. **III.** Suspensión del trabajo. • **ferial** n.m. Mercado público y lugar donde se celebra. • **feriar** v.tr. y prnl. Comprar en la feria.

ferino,a adj. Perteneciente a la fiera o que tiene sus propiedades.

fermentar **I.** v.int. Producirse un proceso químico por la acción de un fermento. **II.** v.tr. Hacer o producirse la fermentación. • **fermentación** n.f. Acción y efecto de fermentar. • **fermento** n.m. BIOL Cualquiera de las sustancias coloidales, solubles en agua, que intervienen en el desarrollo de muchos procesos bioquímicos.

fermio n.m. **1.** QUIM Elemento radiactivo artificial. Se encontró entre los restos de la primera bomba de hidrógeno y luego fue obtenido bombardeando el californio con neutrones. Tiene propiedades análogas a las del erbio. Núm. atómico 100. Simb.: *Fm.* **2.** FIS Unidad de longitud empleada en Física Nuclear. Equivale a 10^{-12} mm. • **fermión** n.m. FIS NUCL Partícula sometida a la estadística de Fermi-Dirac (ej.: electrón, protón, neutrón, neutrino, por oposición a los bosones).

fernandina n.f. Cierta tela de hilo.

-fero Sufijo procedente del verbo latino *ferre,* «llevar».

ferocidad n.f. Crueldad.

ferodo n.m. Nombre registrado de un material formado con fibras de amianto e hilos metálicos, que sirve para forrar las zapatas de los frenos.

feroz adj. Que obra con ferocidad y dureza.

férreo,a adj. **1.** De hierro o que tiene sus propiedades. **2.** Fig. Duro, tenaz.

ferrería n.f. Taller en donde se trata el mineral de hierro, reduciéndolo a metal.

ferretería n.f. Comercio donde se venden objetos de hierro, como cerraduras, clavos, herramientas, etc.

ferri QUIM Prefijo que indica la presencia de hierro trivalente (grado de oxidación +3).

ferricianuro n.m. QUIM Ion complejo de hierro en estado de oxidación +3 $[Fe(CN)_6]^{3-}$.

férrico,a adj. QUIM Sal férrica, compuesto que contiene hierro en grado de oxidación +3 (Fe_2O_3, p. ej.). ▷ *Ion férrico,* ion Fe^{3+}

ferritina n.f. BIOQUIM Proteína rica en hierro que asegura el almacenamiento de este oligoelemento en el hígado, bazo y médula ósea.

ferrito n.m. QUIM **1.** Término que designa el ion FeO_2 o a sus compuestos. **2.** METAL Solución sólida de carbono en el hierro.

ferro **1** METAL Prefijo que denota la presencia de hierro en una aleación. **2.** QUIM Prefijo que denota la presencia del hierro al grado de oxidación +2.

ferrocarril n.m. Serie de vagones arrastrados por una locomotora. — *Ferrocarril funicular*. El que funciona por medio de cadenas.

ENCICL Los primeros raíles utilizados para conducir un vehículo a lo largo de un itinerario eran de madera y servían, a principios del s. XVII, para sostener carros arrastrados por caballos, en las minas de carbón de Newcastle, en Inglaterra. A mediados del s. XVIII, el hierro, y después el acero, reemplazaron a la madera, que se desgastaba rápidamente. La invención de la máquina de vapor, por James Watt (patentada en 1769), y la elaboración por Joseph Cugnot, en 1770, de vehículos de carretera movidos a vapor, dieron la idea a Richard Trevithich y a Andrew Vivian, en 1803, de combinar la propulsión del vapor y la conducción sobre raíles de un vehículo. Así fue como se instalaron, en 1804, en las minas inglesas, unos raíles de 15 km, por donde circulaba un tren arrastrado por una locomotora de vapor. La invención de la caldera tubular, por Marc Seguin, en 1827, y del raíl Vignole, por Stevens, en 1830, permitirían un verdadero avance en el transporte por ferrocarril. El primer ferrocarril peninsular español fue el de Barcelona-Mataró (1848) y el segundo el de Madrid-Aranjuez; en 1941, en España, se consolidó la plena propiedad estatal de las vías anchas y se creó RENFE. La electrificación se inició en los EE.UU. en 1895. El ferrocarril ha permitido el mejoramiento de las comunicaciones terrestres, pero, hoy en día, numerosos países del Tercer Mundo padecen todavía una falta de «penetración», que sólo pueden satisfacer las líneas ferroviarias. En los países desarrollados, por el contrario, las líneas secundarias tienden a desaparecer completamente, sustituidas por carreteras. El ferrocarril es un sistema de transporte en *terreno propio*, constituido por una vía férrea, material móvil, e instalaciones anexas. Se caracteriza por una gran seguridad y una débil resistencia al rozamiento. Está especialmente bien adaptado al transporte de viajeros y de mercancías y se presta a la automatización. El funcionamiento de turbotrenes ha permitido aumentar considerablemente la velocidad (200 km/h para los trenes de turbina de gas RTG). Los turbotrenes TGV (de gran velocidad: más de 300 km/h) avanzan sobre una vía especial.

ferrocerio n.m. TECN Aleación de hierro y cerio, que se utiliza como piedra de mechero.

ferrocianhídrico adj. QUIM Se dice del ácido obtenido por combinación de una molécula de cianuro ferroso con cuatro de ácido cianhídrico.

ferrocianuro n.m. QUIM Ion complejo del hierro en estado de oxidación + 2 $[Fe(CN)_6]^{4-}$.

ferromagnetismo n.m. FIS Propiedad de ciertas sustancias (hierro, cobalto, níquel) de adquirir una fuerte imanación cuando se las coloca en un campo magnético exterior.

ferroprusiato n.m. **1.** QUIM Ferrocianuro. **2.** Copia fotográfica obtenida en papel sensibilizado con ferroprusiato de potasa, que se usa principalmente para la reproducción de planos y dibujos.

ferroso,a adj. QUIM Sal ferrosa, compuesto que contiene hierro al grado de oxidación +2 (p. ej.: FeO, óxido de hierro). ▷ *Ion ferroso*: ion Fe^{2+}.

ferroviario,a **1.** adj. Perteneciente o relativo a las vías férreas. **2.** n.m. Empleado de ferrocarriles.

ferruginoso,a adj. **1.** Se dice del mineral que contiene hierro. **2.** Se aplica a las aguas minerales en cuya composición entra alguna sal de hierro.

ferry-boat n.m. Barco especialmente construido para el transporte de vehículos.

fértil adj. **1.** Se aplica a la tierra que produce mucho. **2.** Se dice del año en que la tierra produce abundantes frutos y p. ext. del ingenio. • **fertilidad** n.f. Virtud que tiene la tierra para producir copiosos frutos. • **fertilizar** v.tr. Abonar la tierra para que dé más fruto.

férula n.f. **1.** Cañaheja (planta). **2.** CIR Tablilla que se emplea en el tratamiento de las fracturas.

fervor n.m. **I.** Calor intenso. **II.** **1.** Fig. Gran intensidad en los sentimientos. **2.** Fig. Eficacia suma con que se hace una cosa. • **ferviente** adj. Fig. Fervoroso. • **fervoroso,a** adj. Fig. Que tiene fervor activo y eficaz.

festejar **I.** v.tr. **1.** Celebrar algo. **2.** Obsequiar. **3.** Cortejar a una mujer. ▷ Tener novio o novia. • **festejo** n.m. Acción y efecto de festejar. **II.** pl. Regocijos públicos.

festín n.m. **1.** Gran festejo con abundante comida y entretenimientos. **2.** Banquete espléndido.

festival n.m. Manifestación artística que se organiza en una fecha determinada.

festividad n.f. Fiesta con que se celebra una cosa. ▷ Día festivo en que la Iglesia conmemora a un santo o un hecho sagrado.

festivo,a adj. **1.** Chistoso, agudo. **2.** Alegre. **3.** Solemne, digno de celebrarse.

festón n.m. **1.** Adorno compuesto de flores, frutas y hojas, que se ponía en las puertas de los templos donde se celebraba una fiesta, y en las cabezas de las víctimas destinadas al sacrificio. **2.** Bordado o recorte en forma de ondas o puntas, que adorna la orilla de una cosa. **3.** ARQUIT Adorno a manera de festón, en las puertas de los templos antiguos. • **festoneado,a** adj. Que tiene el borde en forma de festón. • **festonear** v.tr. **1.** Adornar con festón. **2.** Bordar festones.

Festuca n.f. Género de gramíneas que constituyen la base de las praderas naturales.

fetal adj. Perteneciente o relativo al feto.

fetiche n.m. **1.** ETNOL En las civilizaciones arcaicas, objeto mágico, al cual se venera y rinde culto. **2.** Corrientemente, objeto que trae suerte. **3.** PSIQUIAT Objeto sobre el que fijan su libido algunos individuos con determinadas desviaciones sexuales. • **fetichismo** n.m. **1.** ETNOL Culto a los fetiches. **2.** PSIQUIAT Aberración sexual consistente en conferir a un objeto particular (vestimenta, etc.) o a una parte del cuerpo de la pareja el poder exclusivo de suscitar la excitación erótica.

fétido,a adj. Hediondo. • **fetidez** n.f. Hediondez.

feto n.m. **1.** Producto concebido por una hembra vivípara, desde el período embrionario hasta el momento del parto. **2.** Este mismo producto después de abortado.

feudo n.m. **1.** Contrato por el que en la Edad Media se cedía tierras a cambio del vasallaje, el servicio militar, etc. a que se comprometía el vasallo de un señor. **2.** Tributo con cuya condición se concedía el feudo. **3.** Dignidad que se concedía en feudo. **4.** Fig Vasallaje. • **feudal** adj. **1.** Perteneciente al feudo. **2.** Perteneciente a la organización política y social de los feudos y su época. • **feudalismo** n.m. Sistema feudal de gobierno y de organización de la propiedad.

fez n.m. Gorro en forma de cono truncado, que llevan los musulmanes.

fg FIS Símbolo de la frigoría.

fi n.m. Vigésima primera letra del alfabeto griego (φ, Φ), que representa una [p] aspirada en griego antiguo una [f] en griego moderno. ▷ FIS φ: símbolo de la fase. Φ: símbolo del flujo magnético.

fiable adj. **1.** Se dice de la persona a quien se puede confiar algo. **2.** TECN Se dice de un aparato al que se le atribuye alta fiabilidad. • **fiabilidad** n.f. **1.** Calidad de fiable. **2.** Buen funcionamiento de una cosa.

fiador,a **I.** n.m. y f. Persona que responde por otra. **II.** n.m. **1.** Pasador de hierro que sirve para afianzar las puertas por el interior. **2.** Correa que lleva la caballería. **3.** Pieza con que se asegura una cosa.

fiambre n.m. y adj. **1.** Que después de asado o cocido se ha dejado enfriar. **2.** Fig. y Fam. Pasado de un tiempo o de sazón. **3.** Fig. y Fam. Cadáver. • **fiambrera** n.f. **1.** Caja para llevar fiambres. **2.** Cacerola con tapa bien ajustada, que sirve para llevar la comida fuera de casa.

fianza n.f. **1.** Dinero o prenda que se deposita como garantía de que otro pagará lo que debe. **2.** Cosa que sirve de fianza. **3.** Persona que fía a otra para la seguridad de una obligación.

fiar **I.** v.tr. **1.** Asegurar uno que cumplirá lo que otro promete, obligándose, en caso de que no lo haga, a satisfacer por él. **2.** Vender a plazos. **3.** Confiar en una persona. Merecer confianza. **II.** v.tr. y prnl. Comunicar a uno una cosa en confianza. **III.** v.int. Esperar con seguridad algo grato.

fiasco n.m. Fracaso.

fibra n.f. **I.** **1.** Cada uno de los filamentos que componen los tejidos orgánicos vegetales o minerales. **2.** Filamento natural o el obtenido por procedimiento químico y de uso en la industria textil. *Fibra textil*. **3.** Raíces pequeñas y delicadas de las plantas. — ZOOL *Fibra muscular*. Cada una de las células que constituyen la parte principal de los músculos. • **fibrilación** n.f. MED Fibrilación [illegible]díaca: temblor rápido y desordenado de las fibras musculares cardíacas, con parálisis de las cavidades interesadas.

fibrina n.f. BIOQUIM Proteína que forma la mayor parte del coágulo sanguíneo. Proviene de la escisión fibrinógena bajo la acción de la trombina, en el transcurso de la coagulación. La ausencia de fibrina es responsable de síndromes hemorrágicos graves. • **fibrinógeno** n.m. BIOQUIM Predecesora proteica de la fibrina, sintetizado por el hígado. • **fibrinólisis** n.f. BIOQUIM Disolución del coágulo de fibrina bajo la acción de la plasmina.

fibrocartílago n.m. ANAT Tejido constituido por células cartilaginosas pequeñas y ovoideas, que están separadas unas de otras por numerosos y apretados haces de fibras conjuntivas, a los cuales debe su gran resistencia.

fibrocemento n.m. Mezcla de cemento y fibra de amianto que se emplea para la fabricación de planchas, tuberías, depósitos, etc.

fibroma n.m. Tumor benigno formado de tejidos fibrosos.

fibroquístico,a adj. MED Que constituye quistes.

fibrosis n.f. MED Transformación fibrosa de algunas formaciones patológicas.

fibroso,a adj. Que tiene muchas fibras. — ANAT *Tejido fibroso*. Tejido conjuntivo que forma los tendones, los ligamentos y las aponeurosis.

fíbula n.f. Hebilla, a manera de imperdible, que usaban los griegos y romanos.

ficción n.f. **1.** Acción y efecto de fingir. **2.** Invención. **3.** Cosa imaginada.

fice n.m. ZOOL Pez marino teleósteo, del suborden de los acantopterigios, de cabeza pequeña y rojiza, color verdoso por el lomo y plateado por el vientre.

fico, -fícea Elementos procedentes del griego *fukos*, «alga».

ficomicetos n.m. pl. BOT Clase de hongos primitivos, algunos de cuyos caracteres son similares a los de las algas pardas.

ficticio,a adj. **1.** Fingido. **2.** Aparente.

ficha n.f. **1.** Pieza pequeña de metal, madera, hueso, etc., que representa un valor o se utiliza para algo. **2.** Hoja de cartulina o papel adecuada para escribir en ella datos y clasificarla junto a otras. — *Ficha antropométrica.* Hoja en que se consignan medidas corporales y señales individuales para la identificación de personas sujetas a la vigilancia de la policía. • **fichero** n.m. **1.** Caja o mueble con cajones donde se pueden guardar ordenadamente las fichas. **2.** INFORM Conjunto de informaciones de la misma naturaleza, destinadas a ser tratadas por el ordenador.

fichar v.tr. **1.** En el juego del dominó, poner la ficha. **2.** Rellenar una ficha con los datos de una persona. ▷ P. ext., sospechar de una persona o someterla a vigilancia. **3.** Mirar a una persona con desconfianza. **4.** DEP Comprometerse uno a actuar como jugador o como técnico en algún club o entidad deportiva.

fidedigno,a adj. Digno de crédito.

fideicomiso n.m. FOR Disposición testamentaria por la cual el testador deja su hacienda encomendada a alguien para que haga con ella lo que se le encarga.

fideísmo n.m. Doctrina según la cual el conocimiento de las verdades primeras no puede fundarse más que en la fe o en la revelación divina.

fidelidad n.f. **1.** Lealtad. **2.** Exactitud en la ejecución de una cosa.

fideo n.m. **1.** Pasta de sopa hecha en forma de hilos. (Se usa más en pl.) **2.** Fig. y Fam. Persona muy delgada.

fiduciario,a **1.** n. y adj. FOR Heredero o legatario a quien el testador manda transmitir los bienes a otra u otras personas, o darles determinada inversión. **2.** adj. Que depende del crédito y confianza que merezca.

fiebre n.f. PAT Fenómeno patológico, debido casi siempre a causas infecciosas y caracterizado por aumento de la temperatura, aceleración del pulso y de la respiración. — *Fiebre aftosa.* Glosopeda.

fiel **I.** adj. **1.** Que guarda lealtad. ▷ n. y adj. Creyente de una religión. **2.** Exacto. **3.** Que tiene en sí las reglas y circunstancias que pide el uso a que se destina. **II.** n.m. **1.** El encargado de que se hagan algunas cosas con legalidad. **2.** Aguja de las balanzas y romanas. **3.** Clavillo que aseguran las hojas de las tijeras.

fieltro n.m. **1.** Especie de paño no tejido que resulta de conglomerar borra, lana o pelo. **2.** Prendas o accesorios hechos de fieltro.

fiera n.f. **1.** Animal que acomete a otros para destrozarlos o devorarlos. **2.** Fig. Persona cruel o de carácter malo y violento. **3.** ZOOL Carnívoro, mamífero unguiculado, con cuatro extremidades como el tigre. ▷ pl. Orden de estos animales. • **fiereza** n.f. Cualidad o actitud de fiera.

fierro n.m. *Amér.* Marca para el ganado.

fiesta n.f. **1.** Reunión de personas para divertirse o pasar el rato agradablemente. — Fig. y Fam. *Aguar la fiesta.* Echarla a perder. **2.** RELIG Día que la Iglesia celebra con mayor solemnidad. **3.** Día en que se celebra alguna solemnidad nacional, y en el que están cerradas las oficinas y otros establecimientos públicos. **4.** *La fiesta.* Por antonomasia. La fiesta de los toros.

figana n.f. *Venez.* Ave del orden de las gallináceas que se domestica fácilmente y limpia las casas de insectos y sabandijas.

figle n.m. Instrumento músico de viento.

figón n.m. Establecimiento de poca categoría, donde se sirven comidas.

figura n.f. **I. 1.** Forma exterior de un cuerpo por la cual se diferencia de otro. **2.** Parte anterior de la cabeza. **3.** Estatua o pintura que representa el cuerpo de un hombre o animal. **4.** Cosa que representa o significa otra. **5.** Cualquiera de las cartas de la baraja que representan personas. **II. 1.** Personaje de la obra dramática y actor que lo representa. **2.** Persona famosa o de renombre. **III. 1.** Cambio de colocación de los bailarines en una danza. **2.** Figurería. **3.** GEOM Espacio cerrado por líneas o superficies. **4.** Conjunto de líneas o representación de objetos que sirve para la demostración de un teorema o un problema. **IV. 1.** GRAM *Figura de dicción.* Cada una de las varias alteraciones que experimentan los vocablos en su estructura habitual. **2.** RET Cada una de las formas de hablar que pretende mayor expresividad apartándose de la construcción lógica y sencilla. **3.** MUS Cada una de las notas musicales, las cuales indican la duración de los sonidos.

figurante,a n.m. y f. Comparsa de teatro.

figurar **I.** v.tr. **1.** Disponer, delinear y formar la figura de una cosa. **2.** Aparentar. **II.** v.intr. **1.** Formar parte o pertenecer al número de determinadas personas o cosas. **2.** Destacar. **III.** v.prnl. **1.** Imaginarse, suponer. • **figurado,a** adj. **1.** Aplícase al canto o música cuyas notas tienen diferente valor según su diversa figura. **2.** Que usa figuras retóricas. **3.** Dícese del sentido en que se toman las palabras para que denoten idea distinta de la que significan literalmente. • **figurilla** n.m. y f. **1.** Escultura pequeña y de escaso valor. **2.** Fam. Persona pequeña y ridícula.

figurín n.m. **1.** Dibujo o modelo pequeño para los trajes de moda. **2.** Fig. Persona que viste de forma afectada.

fijar **I.** v.tr. **1.** Hincar, asegurar un cuerpo en otro. **2.** Pegar con engrudo, etc.. **3.** Determinar, precisar. **4.** Dirigir o aplicar intensamente. **5.** ALBAÑ Introducir el mortero en las juntas de las piedras cuando están calzadas. **6.** CARP Poner las bisagras y asegurar y ajustar las hojas de puertas y ventanas. **7.** FOTOGR Hacer que la imagen fotográfica impresionada en una placa o en un papel sensible quede inalterable a la acción de la luz. **II.** v.tr. y prnl. Hacer fija o estable alguna cosa. **III.** v.prnl. **1.** Determinarse, resolverse. **2.** Notar. • **fijación** n.f. **1.** Acción de fijar. **2.** QUIM Estado de reposo a que se reducen las materias después de agitadas y movidas por una operación química. **3.** PSICOAN Adhesión o apego exagerado a personas, imágenes o formas de satisfacción características de uno de los estadios evolutivos de la libido, que frena o impide el desarrollo afectivo adulto. • **fijador,a** **I.** adj. Que fija. **II.** n.m. Preparación cosmética glutinosa que se usa para asentar el cabello. **III.** n.m. **1.** FOTOGR Líquido que sirve para fijar. **2.** PINT Líquido que esparcido por medio de un pulverizador sirve para fijar dibujos hechos con carbón o con lápiz. • **fijapelo** n.m. Fijador del cabello. • **fijeza** n.f. **1.** Firmeza, seguridad de opinión. **2.** Persistencia.

fijo,a adj. **1.** Firme. **2.** Permanentemente establecido sobre reglas determinadas y no expuesto a movimiento o alteración.

fil-, filo-, -filo Partículas procedentes del gr. *fullon*, «hoja».

fil(o), -fila, -filia Partículas procedentes del griego, *filos*, «amigo», o *filein*, «querer».

fila n.f. **1.** Orden que guardan varias personas o cosas colocadas en línea. **2.** Fig. y Fam. Antipatía.

filacteria n.f. **1.** Antiguo amuleto. **2.** Cada una de las dos envolturas de cuero que contienen tiras de pergamino con que los judíos rezan. **3.** Cinta con inscripciones o leyendas en pinturas, esculturas, epitafios, etc.

filadelfo,a n. y adj. BOT Dícese de arbustos pertenecientes a la familia de las saxifragáceas, originarios de América.

filamento n.m. **1.** Hilo de cualquier substancia, delgado como un pelo. **2.** ELECTR Hilo muy fino que, dentro de una bombilla eléctrica, se pone incandescente por el paso de la corriente.

filandria n.f. ZOOL Gusano de la clase de los nematelmintos, que vive parásito en el aparato digestivo de las aves, especialmente de las de rapiña.

filantropía n.f. Amor al género humano.

filar v.tr. MAR Arriar progresivamente un cable o cabo que está trabajando.

filaria n.f. Género de nematodos, parásitos del organismo humano y de los animales.

filarmonía n.f. Pasión por la música. • **filarmónico,a** adj. Apasionado por la música. — *Orquesta filarmónica.* Gran orquesta sinfónica.

filástica n.f. MAR Hilos de que se forman todos los cabos y jarcias.

filatelia n.f. Afición a los sellos de correos y conocimiento de ellos.

filete n.m. **1.** Miembro de moldura, el más delicado, como una lista larga y angosta. **2.** Línea o lista fina que sirve de adorno. **3.** Remate de hilo enlazado que se hace en el borde de un tejido para protegerlo del desgaste. **4.** Asador pequeño y delgado. **5.** Solomillo. **6.** Lonja delgada de carne magra o de pescado limpio de espinas. **7.** Espiral saliente del tornillo o de la tuerca. **8.** EQUIT Embocadura compuesta de dos cañoncitos de hierro delgados y articulados en el centro que sirve para que los potros se acostumbren a recibir el bocado. **9.** IMP Pieza de metal cuya superficie termina en una o más rayas de diferentes gruesos, y sirve para distinguir el texto de las notas y para otros usos. **10.** MAR Cordoncillo de esparto que sirve para las velas en los buques latinos.

filfa n.f. Fam. Mentira.

filia Elemento que entra en algunas voces compuestas, como *bibliofilia, anglofilia,* para indicar afición, y que se usa como s. f. para expresar simpatía por alguna cosa.

filiación n.f. **1.** Acción y efecto de filiar. **2.** Procedencia de los hijos respecto a los padres. **3.** Dependencia que tienen algunas personas o cosas respecto de otra u otras principales. **4.** Señas personales de cualquier individuo. • **filial** adj. **1.** Perteneciente al hijo. **2.** Se aplica a la iglesia o al establecimiento que depende de otro.

filibeg n.m. Falda corta de los montañeses de Escocia.

filibustero n.m. Pirata de los mares americanos. ▷ Ladrón, aventurero. • **filibusterismo** n.m. POLIT Táctica parlamentaria que consiste en obstruir la aprobación de una ley por medio de trucos de oratoria.
ENCICL Los filibusteros, casi siempre de origen francés, aventureros huidos de las guerras de religión del s. XVII, se establecieron principalmente en la isla de la Tortuga, cerca de las islas de Santo Domingo y Jamaica. Se diferenciaban de los corsarios en que éstos actuaban con fines lucrativos y políticos, con el beneplácito del gobierno, mientras que los primeros practicaban la piratería por su cuenta y riesgo, sólo en busca del botín. Saqueaban las costas y asaltaban los buques españoles, con lo que dificultaban el tráfico naval español. A partir de la guerra de Sucesión de España, se inició la decadencia de los filibusteros, que casi llegaron a desaparecer por completo. También se llamó filibusteros a los aventureros que en el s. XIX invadieron diversos países centroamericanos. Uno de ellos, William Walker, invadió la región de Sonora en México y Nicaragua.

filicíneo,a n.f. y adj. BOT Plantas criptógamas pteridofitas, con tallo subterráneo horizontal. ▷ n.f. pl. BOT Clase de estas plantas, conocidas con el nombre de helechos.

filiforme adj. Que tiene forma o apariencia de hilo.

filigrana n.f. **1.** Obra formada de hilos de oro o plata, unidos y soldados con mucha perfección. **2.** Marca de fábrica en el papel, que se lee por transparencia. **3.** Fig. Cosa delicada. **4.** *Cuba.* Arbusto silvestre, de la familia de las verbenáceas.

filipéndula n.f. Hierba de la familia de las rosáceas, con flores en macetas terminales y raíces de mucha fécula astringente.

filípica n. f. Reprensión extensa y violenta.

filipino,a **1.** n. y adj. Natural de las islas Filipinas. **2.** adj. Perteneciente o relativo a dichas islas.

filisteos, pueblo de la antigüedad que formó parte de las grandes migraciones de pueblos del mar que llegaron a Egipto al comienzo del s. XII a. J.C. Rechazados por Ramsés III, se instalaron en la costa S de Palestina, donde crearon una confederación de cinco ciudades: Gaza, Ascalón, Eqron, Gat y Asdod. Lucharon tradicionalmente contra los hebreos, que acabaron por dominarles durante el reinado de David (s. X a. J.C.).

filmar v.tr. Cinematografiar. • **filme** n.m. Película cinematográfica. • **filmografía** n.f. Conjunto de todas las películas realizadas por un cineasta, vinculadas a un género, interpretadas por un actor, etc. • **filmoteca** n.f. **1.** Lugar donde se conservan ejemplares de películas de cine. **2.** Organismo encargado de la conservación y proyección pública de películas de cine.

-filo Elemento compositivo que entra pospuesto en la formación de algunas voces españolas con el significado de «amigo de; amante de».

filo **I.** n.m. **1.** Arista o borde agudo de un instrumento cortante. **2.** Punto o línea que divide una cosa en dos partes iguales. **II.** BIOL En los sistemas filogenéticos, que se consideran originarios unos de otros a partir de una misma forma fundamental.

filodio n.m. BOT Pecíolo muy ensanchado.

filogenia n.f. Historia de la evolución de un grupo de organismos.

filología n.f. **1.** Estudio científico de una lengua y de sus manifestaciones literarias. **2.** Particularmente, estudio científico de la parte gramatical y lexicográfica de una lengua.

filón n.m. MIN Masa metalífera o pétrea que rellena una antigua quiebra de las rocas de un terreno. ▷ Fig. Negocio, recurso del que se espera sacar gran provecho.

filoso,a **I.** adj. *Arg., C. Rica, Hond.* y *Nicar.* Afilado. **II.** n.m. BOT Planta cistina.

filosofar v.int. Meditar sobre cosas trascendentales. ▷ Fam. Meditar sin valor y sin método.

filosofía n.f. **1.** Ciencia que trata de la esencia, propiedades, causas y efectos del mundo físico y espiritual. **2.** Facultad dedicada en las universidades a estos conocimientos. **3.** Fortaleza o serenidad de ánimo para soportar las vicisitudes de la vida.
ENCICL Entre los griegos, la filosofía abarcaba la dialéctica (psicología, lógica y metafísica), la física y la moral. Sucesor de Platón (s. IV a. J.C.), Aristóteles consideró la filosofía como la «ciencia de ciertas causas y de ciertos principios», lo que le llevó a estudiar la física, la historia natural, la ética, la cosmología, etc. Hasta Descartes y Leibniz (s. XVII - principios del s. XVIII), la filosofía abarcaba el conjunto de las ciencias y las investigaciones teóricas, inseparables de una perspectiva metafísica. Al advertir las divergencias ideológicas de los filósofos y la certeza de las matemáticas, Kant, en las postrimerías del s. XVIII, orientó la filosofía hacia una teoría del conocimiento. La filosofía se convirtió en una vuelta crítica del saber sobre sí mismo. A principios del s. XIX, Hegel fue el último filósofo que intentó una recapitulación del saber (mediante la dialéctica): la filosofía descubre la historia y el devenir. Sus sucesores, neokantianos o jóvenes hegelianos, se encontraron con una triple oposición, en la que Marx, Nietzsche y Freud se proponían desmitificar la *ilusión filosófica* y desenmascarar sus elementos deformadores: la justificación del sistema social, la dinámica de la creación de los valores, las determinaciones inconscientes de la conciencia (v. inconsciente). En el s. XX, el desarrollo de las ciencias humanas ha iniciado la crisis de la filosofía considerada como reflexión totalizante sobre el devenir humano. El conocimiento del hombre se ha dividido en varios campos de investigación, ya que éste se ha convertido en elemento estructural de totalidades parciales (economía, sociología, psicología, etc). v. humano (ciencias humanas) y lógica.

filotaxis n.f. BOT Orden en el que están dispuestas las hojas en el tallo de una planta.

filotráquea n.f. ZOOL Cada una de las bolsas comunicantes con el exterior que tienen los escorpiones y arañas, y en las cuales entra el aire para la respiración.

filoxera n.f. **1.** Insecto hemíptero. **2.** Fig. y Fam. Embriaguez.
ENCICL La filoxera, pequeño insecto de cuerpo aplastado, parecido al pulgón, se nutre de savia, que se procura picando las raíces de la vid, provocando el desmedro de los sarmientos y una coloración amarillenta o rojiza de las hojas. Introducida en Europa, hacia 1865, con unas cepas de América del Norte, hizo verdaderos estragos. El mejor medio de lucha consiste en injertar vides europeas en cepas norteamericanas, inmunes a esta enfermedad. Actualmente, la importancia de la filoxera es secundaria.

filtrar **I.** v.tr. Hacer pasar un líquido por un filtro. **II.** v. int. **1.** Penetrar un líquido a través de un cuerpo sólido. **2.** Dejar un cuerpo sólido pasar a un líquido a través de sus poros o resquicios. **III.** v.prnl. Fig. Hablando de dinero o de bienes, desaparecer irregularmente. • **filtración** n.f. Acción de filtrar. • **filtrado** n.f. FIS y QUIM Producto resultante de la filtración

1. filtro n.m. **1.** Materia porosa o masa de arena o piedras menudas a través de la cual se hace pasar un líquido para clarificarlo. Se dice, p. ext., de los aparatos similares dispuestos para depurar lo que los atraviesa. **2.** Manantial de agua dulce en la costa del mar. **3.** OPT Pantalla que se interpone al paso de la luz para excluir ciertos rayos. **4.** ELECTR Montaje que permite eliminar alguno de los componentes de una tensión o de una corriente.

2. filtro n.m. Bebida o composición que se suponía poder provocar el amor de una persona.

fimosis n.f. MED Estrechamiento anormal del prepucio, que impide descubrir el glande.

fin n.m. y f. **1.** Término de una cosa. **2.** Objeto o motivo con que se ejecuta una cosa. — Fig. *Sin fin.* Sin número. — Se dice de correas, cadenas, cintas, etc., que forman figura cerrada, y que pueden girar continuamente, para transmitir fuerzas o movimientos. • **finado,a** n.m. y f. Persona muerta. • **final** **1.** adj. Que cierra o perfecciona una cosa. **2.** n.m. Fin de una cosa. **3.** n.f. Última competición en un campeonato o concurso. • **finalidad** n.f. Fig. Fin con que o por que se hace una cosa. • **finalista** **I.** n.m. y f. **1.** FILOS Partidario de la doctrina de las causas finales. **2.** DEP Cada uno de los que llegan a la prueba final, después de haber resultado vencedores en los concursos previos de un campeonato. **II.** adj. Se dice de los autores de obras que en los certámenes literarios llegan a la votación final. • **finalizar** **1.** v.tr. Concluir una obra. **2.** v. int. Acabarse una cosa.

financiar v.tr. **1.** Aportar el dinero necesario para una empresa. **2.** Sufragar los gastos de una actividad, obra, etc.

financiero,a **1.** adj. Perteneciente o relativo a las finanzas. **2.** n.m. y f. Persona versada en la teoría o en la práctica de estas mismas materias.

finanzas n.f.pl. **1.** Conjunto de actividades relacionadas con el dinero, los negocios, los bancos y la bolsa. **2.** Hacienda pública.

finca n.f. Propiedad inmueble, rústica o urbana.

finés,a **1.** n. y adj. Se dice del individuo de un pueblo antiguo que dio nombre a Finlandia. ▷ adj. Perteneciente a los fineses. **2.** Finlandés. ▷ n.m. Idioma finés.

fineza n.f. **1.** Calidad de una cosa en su línea. **2.** Acción o palabra amistosa. **3.** Obsequio delicado. **4.** Delicadeza.

fingir **1.** v.tr. y prnl. Dar a entender lo que no es cierto. **2.** v.tr. Dar existencia ideal a lo que realmente no la tiene. **3.** v.tr. e int. Simular.

finiquitar v.tr. **1.** Terminar, saldar una cuenta. **2.** Fig. y Fam. Acabar, concluir, rematar. • **finiquito** n.m. Remate o saldo de una cuenta.

finlandés,a **1.** n. y adj. Natural de Finlandia. ▷ adj. Perteneciente a este país de Europa. **2.** n.m. Idioma finlandés.

fino,a **I.** adj. **1.** Delicado y de buena calidad. **2.** Sutil. **3.** Se dice de la persona delgada, esbelta y de facciones delicadas. **4.** Bien educado. **5.** Amoroso, afectuoso. **6.** Astuto. **7.** Que hace las cosas cortésmente. **8.** Tratándose de metales, muy depurado o acendrado. **9.** Se dice del jerez muy seco. **10.** MAR Dícese del buque que por su traza corta el agua con facilidad. **11.** pl. Polvo de carbón mineral arrastrado por las aguas durante el lavado. • **finolis** n. y adj. Fig. Se dice de la persona que aparenta finura y delicadeza.

finta n.f. Simulación del intento de hacer cierta cosa.

finura n.f. **1.** Delicadeza, buena calidad. **2.** Cortesía.

fiofío n.m. *Chile.* Pajarillo insectívoro, de plumaje verde aceitunado.

fiordo n.m. Valle glacial invadido por el mar, que forma un golfo estrecho, sinuoso y de orillas abruptas.

firmamento n.m. La bóveda celeste en que están aparentemente los astros.

firmar **1.** v.tr. Poner uno su firma. **2.** v.prnl. Usar de tal o cual nombre o título en la firma. • **firma** n.f. **1.** Nombre y apellido, o título, de una persona, que ésta pone con rúbrica al pie de un documento escrito de mano propia o ajena. **2.** Conjunto de documentos que se presentan a un jefe para que los firme. **3.** Acto de firmarlos. ▷ Razón social.

firme **I.** adj. **1.** Estable, fuerte. **2.** Fig. Que no se deja dominar ni abatir. **II.** n.m. **1.** Capa sólida de terreno, sobre la que se puede cimentar. **2.** Capa de guijo o de piedra machacada que sirve para consolidar el piso de una carretera. **III.** adv. m. Con valor, con violencia. • **firmeza** n.f. **1.** Estabilidad, fortaleza. ▷ Fig. Entereza, constancia.

fiscal **I.** adj. Perteneciente al fisco. **II.** n.m. **1.** Ministro encargado de defender los intereses del fisco. **2.** Funcionario que representa y ejerce el ministerio público en los tribunales. **3.** Fig. El que averigua o delata las operaciones de uno. **4.** *Boliv.* y *Chile.* Seglar que cuida de una capilla rural.

fiscalizar v.tr. Hacer el oficio de fiscal. ▷ Fig. Criticar las acciones u obras de otro.

fisco n.m. **1.** Tesoro público. **2.** Moneda de cobre de Venezuela.

fisga n.f. **1.** Arpón de tres dientes para pescar peces grandes. **2.** Burla. • **fisgar I.** v.tr. **1.** Pescar con fisga o arpón. **2.** Husmear con el olfato. **3.** Husmear indagando. **II.** v. int. Burlarse de uno.

fisgón,a n. y adj. **1.** Que hace burla. **2.** Que husmea.

fisiatra n.m. y f. Naturista.

fisibilidad n.f. FIS NUCL Capacidad para fisionarse.

física n.f. Ciencia cuyo objeto es el estudio de las propiedades de los cuerpos y la determinación de las leyes que tienden a modificar su estado y movimiento sin alterar su naturaleza. — *Física atómica,* nuclear. Parte de la física que estudia la estructura del átomo y de su núcleo. • **físico,a I.** adj. **1.** Perteneciente a la física. **2.** Perteneciente a la constitución y naturaleza del cuerpo. **3.** *Cuba* y *Méx.* Pedante. **II.** n.m. **1.** Persona que profesa la física o tiene en ella especiales conocimientos. **2.** Exterior de una persona.
ENCICL La distinción entre física (definición de las leyes que modifican el estado de los cuerpos) y química (definición de las leyes que modifican la naturaleza de los cuerpos) es hoy puramente convencional, ya que la estructura de la materia al nivel de las partículas elementales vincula estrechamente ambos aspectos. Los límites se desdibujan forzosamente entre las diferentes ramas en que se subdivide la física. La tendencia de la física moderna consiste en hacer derivar las leyes físicas de las leyes de interacción al nivel de las partículas; de esta manera, el conocimiento de lo infinitamente pequeño hace inteligible lo infinitamente grande. Pero también es posible el camino inverso, que convierte la física a nuestra escala en un caso particular de una física a escala del universo (astrofísica). Estos dos caminos son sin duda complementarios, y el establecimiento de una ciencia unificada de la materia pasa por la integración de ambos niveles. Las distintas ramas de la física son: metrología (medidas), mecánica (clásica, relativista y cuántica), estudio de la estructura de la materia (sólido, líquido, gas y plasma), termodinámica (estudio de las vibraciones y de los rayos), acústica, óptica (física y geométrica), electricidad (electroestática, electrocinética, magnetismo, electromagnetismo y corriente alterna), física atómica, electrónica y física nuclear y de las partículas. La químico-física puede considerarse como una rama de la física atómica. La astronomía recurre a varias ramas de la física (mecánica, física nuclear, etc.). Finalmente, la física se propone explicar el mundo material y las leyes que lo rigen, mediante formulaciones lo más generales posibles.

fisiocracia n.f. HIST ECON Doctrina económica del s. XVIII que consideraba la tierra y la agricultura como principal fuente de riqueza.

fisiografía n.f. Geografía física.

fisiología n.f. Ciencia que estudia las funciones de los organismos vivientes. • **fisiológico,a** Relativo a la fisiología. ▷ Que se manifiesta en el funcionamiento normal del organismo (opuesto a patológico).

fisión n.f. Escisión del núcleo de un átomo, acompañada de liberación de energía, tal como se produce mediante el bombardeo de dicho núcleo con neutrones. • **fisionar** v.tr. y prnl. División, fraccionamiento. Se emplea, por lo regular, al tratar de la desintegración de los núcleos atómicos.
ENCICL El proceso de fisión fue descubierto en 1938 por Hahn y Strassmann. Bajo la influencia de un bombardeo corpuscular (neutrones lentos, p. ej.) un núcleo pesado se divide en núcleos más ligeros; como la masa de los núcleos obtenidos es inferior a la del núcleo inicial, la fisión se acompaña de una enorme liberación de energía, que se debe a la diferencia de masas *(defecto de masa),* siguiendo la ley de Einstein $\triangle E = c^2 \triangle m$ (c = velocidad de la luz). Esta liberación de energía (calor y radiación) es brutal en los explosivos nucleares, pero controlada y progresiva en las centrales nucleares.

fisionomía n.f. Fisonomía.

fisioterapia n.f. MED Utilización terapeútica de los agentes físicos.

fisirrostro adj. ZOOL Se dice del pájaro que tiene el pico corto, ancho, aplastado y profundamente hendido. ▷ n.m.pl. ZOOL Suborden de estos animales, al cual pertenecen las golondrinas y los vencejos.

-fisis Sufijo procedente del griego *fysis,* «crecimiento, producción».

fisonomía n.f. **1.** Conjunto de rasgos o caracteres que confieren al rostro una expresión particular. **2.** Conjunto de rasgos que configuran el carácter personal de una cosa, de un lugar, de un país, etc.

fisostigmina n.f. QUIM Alcaloide muy venenoso que se extrae del haba, del calabar.

fisóstomo n. y adj. ZOOL Se dice de los peces teleósteos con aletas de radios blandos y flexibles. ▷ n.m.pl. ZOOL Suborden de estos animales.

fistol n.m. *Méx.* Alfiler que se prende como adorno en la corbata.

fistra n.f. Ameos (planta umbelífera).

fistular adj. Perteneciente a la fístula. • **fístula** n.f. **1.** Cañón o arcaduz por donde pasa el agua u otro líquido. **2.** Instrumento músico de aire, a manera de flauta. **3.** MED Vía normal, congénita o accidental, por la que corre un líquido fisiológico o patológico.

fistulina n.f. Seta del grupo de las poliporáceas.

fisura n.f. **1.** CIR Fractura o hendedura longitudinal de un hueso. **2.** MIN Hendedura que se encuentra en una masa mineral.

fito-, -fito Elemento compositivo que forma parte de palabras españolas, con el significado de planta o vegetal.

fitobiología n.f. BOT Biología vegetal.

fitocromo n.m. BOT Pigmento dotado de propiedades enzimáticas, que juega un importante papel en el desarrollo y la floración de las plantas y en la germinación de las semillas.
ENCICL **Bot.** — El fitocromo, factor de la fotoperiodicidad, existe bajo dos formas, una activa y otra inactiva: la transformación de una forma en otra depende de la absorción de la luz roja. En la oscuridad, la lenta reversión espontánea de la forma activa a forma inactiva permite a la planta «medir» el tiempo («reloj biológico»). La concentración del fitocromo en su forma activa condiciona la germinación, la morfogénesis o la floración de plantas fotosensibles. Esta forma activa estimula el metabolismo de las plantas de día largo *(hemeroperiódicas),* pero inhibe el de las plantas de día corto *(nictaperiódicas).*

fitófago adj. ZOOL Que se alimenta de sustancias vegetales.

fitoftirio n. y adj. ZOOL Se dice de insectos hemípteros de pequeño tamaño que viven parásitos de los vegetales. ▷ n.m.pl. ZOOL Suborden de estos animales.

fitoftora n.m. Hongo ficomicele, parásito de las plantas superiores.

fitogeografía n.f. BOT Rama de la geografía que estudia la distribución de los vegetales.

fitografía n.f. Parte de la botánica, que tiene por objeto la descripción de las plantas.

fitohormona n.f. BOT Hormona vegetal.

fitolacáceo,a n.f. y adj. BOT Se dice de plantas angiospermas dicotiledóneas, como la hierba carmín y el ombú. ▷ n.f.pl. BOT Familia de estas plantas.

fitología n.f. Ciencia que trata de los vegetales.

fitopatología n.f. BOT Rama de la botánica que estudia las enfermedades de los vegetales.

fitoplancton n.m. BIOL Plancton vegetal.

fitosociología n.f. BOT Rama de la botánica que estudia las asociaciones vegetales.

fitotomía n.f. Parte de la botánica que estudia la anatomía de las plantas.

fitotrón n.m. BOT Laboratório especialmente equipado para el estudio de los mecanismos de la vida vegetal.

fláccido,a adj. Flaco, sin consistencia. • **flaccidez** o **flacidez** n.f. **1.** Calidad de fláccido. **2.** Laxitud.

flaco I. adj. **1.** Se dice de la persona o animal de pocas carnes. **2.** Fig. Sin fuerzas. **II.** n.m. Punto débil de una persona.

flagelado,a 1. n.m. y adj. BIOL Se dice de la célula o microorganismo que tiene uno o varios flagelos. **2.** n.m.pl. ZOOL Clase de protozoos, que comprende animales provistos de flagelos.

flagelar v.tr. y prnl. Maltratar con azotes. ▷ Fig. Criticar con dureza.

flagelo n.m. **1.** Instrumento para azotar. **2.** Desgracia que sobreviene a alguien o le aflige. **3.** BIOL Cualquiera de los filamentos que sirven como órganos de locomoción a ciertos seres unicelulares.

flagrante adj. Que se está ejecutando actualmente.

flama n.f. **1.** Llama (sent. 1). **2.** Reflejo de la llama. • **flamante** adj. **1.** Resplandeciente. **2.** Nuevo en una línea o clase. **3.** Aplicado a cosas, acabado de hacer o de estrenar. • **flamear** v.int. **1.** Despedir llamas. **2.** Fig. Ondear las banderas o la vela del buque por estar al filo del viento. **3.** MED Desinfectar algo la llama.

1. flamenco,a I. n. y adj. **1.** Natural de Flandes. ▷ adj. Perteneciente a esta región europea. ▷ n.m. LING Nombre que se da al neerlandés (v.), idioma hablado por una parte de la población de Bélgica. **2.** Garboso, con gracia. **II.** adj. Se aplica a diversas manifestaciones del arte popular andaluz. v. ENCICL
ENCICL **Mús.**— El cante flamenco, o *cante jondo,* es una de las manifestaciones más conocidas y más universales de la cultura popular andaluza. La absoluta carencia de noticias hasta el s. XIX ha hecho pensar que en sus orígenes se trata de una manifestación oculta, propia de los numerosos grupos de hermanos marginados en Andalucía después de la expulsión de los moriscos (1609), época en la que, por otra parte, llegan al país los primeros gitanos. Son éstos quienes en el s. XIX hacen llegar el flamenco a los escenarios públicos, identificándose desde entonces con un cante gitano; pero es seguro que hunde sus raíces en una tradición musical andaluza mucho más antigua, de la cual forman parte las herencias hebrea y árabe. Las formas básicas del flamenco son, probablemente, *las tonás, las seguiriyas* y *los soleares*, pero una complejísima evolución de formas y estilos ha ido creando numerosas derivaciones, muchas de las cuales, perfectamente espurias, han surgido en el s. XX al popularizarse el cante jondo y alejarse de sus auténticos orígenes sociales y culturales.

2. flamenco n.m. Ave del orden de las zancudas, de plumaje blanco en el pecho y rojo en el resto.

flamígero n.m. Estilo gótico del último período (s. XV).

flámula n.f. Especie de banderola.

flan n.m. **1.** Plato de dulce que se hace mezclando yemas de huevo, leche y azúcar. **2.** NUMISM Disco de metal dispuesto para la acuñación de las monedas.

flanco n.m. **1.** Cada una de las dos partes laterales de un cuerpo o una cosa. **2.** Lado de una fuerza militar.

flanero n.m. Molde en que se cuaja el flan.

flanquear v.tr. **1.** Estar colocado al lado de una cosa. **2.** MILIT Proteger los propios flancos o amenazar los del adversario. **3.** MILIT Estar colocado un castillo, baluarte, monte, etc., de tal suerte, respecto de la ciudad, fortificación, etc., que llegue a éstas con su artillería, cruzándolas o atravesándolas con sus fuegos.

flaquear v.int. **1.** Debilitarse. **2.** Amenazar ruina o caída alguna cosa. **3.** Fig. Decaer el ánimo, aflojar en una acción. • **flaqueza** n.f. **1.** Adelgazamiento. ▷ Fig. Debilidad. ▷ Fig. Fragilidad. **2.** ESGR Tercio flaco.

flash n.m. **1.** Foco para fotografía, que emite un destello de luz breve e intenso cuando se toma una instantánea. **2.** CINEM Plano de muy escasa duración. **3.** Anuncio breve en los teletipos, en la radio o en la televisión.

flash-back n.m. Secuencia cinematográfica que evoca un período anterior al de la acción. ▷ P.ext., evocación retrospectiva en la narración literaria.

flato n.m. **1.** Acumulación molesta de gases en el tubo digestivo. **2.** *Amér. Central, Col., Méx.* y *Venez.* Melancolía.

flauta n.f. **1.** Instrumento músico de viento, en forma de tubo con varios agujeros circulares que se tapan con los dedos o con llaves. • **flautista** n.m. y f. Persona que ejerce o profesa el arte de tocar la flauta.

flavina n.f. BIOQUIM Coenzima de varias deshidrogenasas que se presentan bajo la forma de riboflavina (vitamina B_2), de flavinadeninnucleótido (FAD) o de flavina mononucleótido (FMN); estos dos últimos, intervienen en el transporte del hidrógeno que acompaña a los fenómenos respiratorios de la célula.

fleb(o)- Prefijo procedente del griego *flebs, flebos,* «vena».

flebitis n.f. Trombosis venosa, radicada, en general, en las extremidades inferiores.

flebotomía n.f. **1.** Arte de sangrar abriendo una vena. **2.** Acción y efecto de sangrar abriendo una vena.

fleco n.m. **1.** Adorno compuesto de una serie de hilos o cordoncillos colgantes de una tira de tela o de pasamanería. **2.** Flequillo del pelo. **3.** Fig. Borde deshilachado por el uso en una tela vieja.

flecha n.f. Saeta, arma arrojadiza que se dispara con un arco. • **flechar** v.tr. **1.** Estirar la cuerda del arco, colocando la flecha para arrojarla. **2.** Herir o matar a uno con flechas. ▷ Fig. y Fam. Inspirar amor. **3.** v.int. Tener el arco en disposición para arrojar la saeta. • **flechazo** n.m. **1.** Acción de disparar la flecha. **2.** Golpe o herida que ésta causa. ▷ Fig. y Fam. Amor que repentinamente se concibe o se inspira.

flechaste n.m. MAR Cada uno de los cordeles horizontales que, ligados a los obenques, sirven de escalones a la marinería para subir a lo alto de los palos.

flegma n.f. QUIM Alcohol no rectificado resultante de una primera destilación.

fleje n.m. **1.** Tira de chapa de hierro con que se hacen aros para asegurar las duelas de cubas y toneles y las balas de ciertas mercancías. **2.** Pieza alargada y curva de acero que sirve para muelles o resortes. **3.** *Col.* Refuerzo perpendicular a las barras longitudinales de los elementos de hormigón armado sometidos a compresión.

flema n.f. **1.** Mucosidad pegajosa que se arroja por la boca, procedente de las vías respiratorias. **2.** Fig. Tranquilidad, imperturbabilidad. **3.** QUIM Producto acuoso obtenido de las sustancias orgánicas al ser descompuestas por el calor en aparato destilatorio. • **flemático,a** adj. **1.** Perteneciente a la flema o que participa de ella. **2.** Se aplica al individuo caracterizado por esta cualidad.

flemón n.m. **1.** PAT Inflamación en las encías. **2.** MED Inflamación aguda del tejido celular en cualquier parte del cuerpo.

fleo n.m. Gramínea forrajera de los prados.

flequillo n.m. Porción de cabello que cae sobre la frente.

fleta n.f. *Col.* y *Venez.* Fricción. ▷ *Cuba* y *Chile.* Azotaina.

fletar **I.** v.tr. **1.** Alquilar una nave o alguna parte de ella para conducir personas o mercancías. **2.** Embarcar mercancías o personas en una nave para su transporte. **3.** *Amér.* Alquilar una bestia de carga o un vehículo. **II.** Fig. *Chile* y *Perú.* Soltar, dicho de acciones o palabras inconvenientes o agresivas. **III.** v.prnl. **1.** *Cuba* y *Méx.* Marcharse de pronto. **2.** *Arg.* Colarse en una reunión sin ser invitado. • **fletamento** n.m. **1.** Acción de fletar. **2.** COM Contrato mercantil en que se estipula el flete. • **flete** n.m. **1.** Lo que cuesta el alquiler de una nave. ▷ P.ext., costo del transporte de mercancías por mar, aire o carretera.

flexible **I.** adj. Que tiene disposición para doblarse fácilmente sin romperse. ▷ Fig. Se dice de la persona que se acomoda con facilidad a las circunstancias o al parecer de otras. **II.** n.m. **1.** Cable formado de hilos finos de cobre recubiertos de una capa aisladora, que se emplea en las instalaciones eléctricas. **2.** Sombrero flexible.

flexión **1.** Acción y efecto de doblar o doblarse. **2.** GRAM Alteración que experimentan las voces conjugables y las declinables con el cambio de desinencias. **3.** MECAN Deformación que sufre una pieza larga sometida a una fuerza aplicada perpendicularmente a su eje longitudinal en los puntos en que no se halla sostenida.

flintglas n.m. Lente de óptica de gran densidad y elevado índice de refracción.

flipar v.tr., int. y prnl. Argot: experimentar los efectos de la absorción de una droga.

flíper n.m. **1.** Pequeña palanca que, en algunas máquinas de juegos recreativos, sirve para impulsar una bola hacia arriba. **2.** P.ext., la máquina misma.

flirt n.m. **1.** Juego de seducción entre un hombre y una mujer. **2.** Persona con la que se flirtea.

floculación n.f. TECN Precipitación de sustancias en solución, en forma coloidal.

flojear v.int. **1.** Obrar con pereza y descuido. **2.** Flaquear.

flojo adj. **1.** Mal atado o poco tirante. **2.** Que no tiene mucha actividad, fortaleza o vigor.

flood adj. Se dice de la lámpara provista de una bombilla alimentada en sobretensión, utilizada en cine y fotografía para tomas de interior.

flor n.f. **1.** BOT Conjunto de los órganos de la reproducción de las plantas fanerógamas, compuesto generalmente de cáliz, corola, estambres y pistilos. — Fig. y Fam. Persona de salud delicada. — *Flor de lis.* Forma heráldica de la flor del lirio. — BOT *Flor incompleta.* La que carece de alguna o algunas de las partes de la completa. **2.** Lo más escogido de una cosa. — *Flor y nata.* Lo más selecto en su especie. NUMIS *A flor de cuño.* Expr. que denota la excelente conservación de una moneda o medalla. **3.** Polvillo que tienen ciertas frutas en el árbol. **4.** Nata que hace el vino en lo alto de la vasija. **5.** Irisaciones que se producen en las láminas delgadas de metales, cuando candentes pasan por el agua. **6.** Parte más sutil y ligera de los minerales, que se pega en lo más alto del alambique. **7.** Virginidad. **8.** Piropo. **9.** En las pieles adobadas, parte exterior, que admite pulimento. **10.** *Chile.* Manchita blanca de las uñas. **11.** MAR Primeros soplos de mar que se sienten cuando cambia o después de una calma. • **floración** n.f. **1.** BOT Acción de florecer. **2.** Tiempo que duran abiertas las flores de las plantas de una misma especie.

ENCICL Una flor completa es hermafrodita y comprende un pedúnculo floral (con o sin bráctea) cuyo extremo distal, abultado, es el receptáculo floral. En éste se insertan, de fuera adentro: el periantio, formado por el cáliz, de sépalos generalmente verdes, y por la corola, con pétalos a menudos de color llamativo, el aparato sexual, que comprende el androceo, conjunto de estambres productores de polen, y el gineceo, formado por carpelos libres o por un pistilo que contiene los óvulos, los cuales serán fecundados por el polen y darán origen a las semillas. De una especie vegetal a otra son posibles todas las variaciones: los sépalos pueden adquirir vivos colores, semejándose así a los pétalos y viceversa; las piezas florales pueden tener una disposición en espiral o en verticilos, estar separadas unas de otras (flores dialisépalas y dialipétalas) o estar unidas entre sí (flores gamosépalas, gamopétalas, de estambres unidos a los pétalos, etc.); el ovario puede estar situado por encima del plano de inserción del periantio en el receptáculo (ovario súpero) o por debajo (ovario ínfero); ciertas piezas del periantio pueden estar reducidas o no existir (flores apétalas o asépalas). Por lo que se refiere al aparato sexual, las flores no poseen a veces más que estambres (flores masculinas) o un pistilo (flores femeninas). Pedunculadas o sésiles, las flores nacen en las ramas jóvenes o incluso en el tronco y ramas gruesas.

flora n.f. Conjunto de plantas que se encuentran en un país. — *Flora intestinal.* Conjunto de bacterias que desempeñan un importante papel en el proceso de la digestión.

florear **I.** v.tr. **1.** Adornar con flores. **2.** Tratándose de la harina, extraer la más fina. **II.** v.int. **1.** Vibrar, mover la punta de la espada. **2.** Tocar dos o tres cuerdas de la guitarra con tres dedos sucesivamente sin parar, formando así un sonido continuado. **3.** Fam. Piropear. **4.** *Chile.* Escoger lo mejor de una cosa.

florecer **I.** v.int. y tr. **1.** Echar flor. Fig. Prosperar. **3.** Fig. Existir una persona o cosa insigne en un tiempo o época determinada. **II.** v.prnl. Hablando de algunos alimentos, ponerse mohosos.

florería n.f. Tienda donde se venden flores y plantas de adorno.

florero,a **I.** n. y adj. Fig. Que usa palabras lisonjeras. **II.** n.m. y f. Persona que vende flores. **III.** n.m. **1.** Vaso para poner flores. **2.** Armario o lugar destinado para guardar flores. **3.** PINT Cuadro en que sólo se representan flores.

florescencia n.f. **1.** Eflorescencia. **2.** BOT Acción de florecer. **3.** BOT Época en que las plantas florecen.

floresta n.f. **1.** Terreno frondoso poblado

de árboles. **2.** Fig. Reunión de cosas agradables y de buen gusto.

florete n.m. **1.** Esgrima con espadín. **2.** Espadín de cuatro aristas que se emplea en la esgrima. **3.** Lienzo de algodón.

floricultura n.f. Cultivo de las flores. ▷ Arte que lo enseña.

florídeas n.f.pl. BOT Subclase de algas rodofíceas (algas rojas).

florido,a adj. **1.** Que tiene flores. **2.** Fig. Se dice de lo más escogido de alguna cosa. **3.** Fig. Dícese del lenguaje o estilo ameno y adornado con recursos retóricos.

florín n.m. **1.** Unidad monetaria de los Países Bajos y de Hungría. **2.** Moneda antigua de distintos países.

floripondio n.m. **1.** Arbusto del Perú, de la familia de las solanáceas. **2.** Fig. Desp. Flor grande que suele figurar en adornos de mal gusto.

florista n.m. y f. **1.** Persona que fabrica flores artificiales. **2.** Persona que vende flores.

floritura n.f. MUS Adorno añadido a la composición escrita para variar la melodía.

flósculo n.m. BOT Cada una de las flores de corola tubulosa que forman parte de una cabezuela.

flota n.f. **1.** Conjunto de barcos mercantes de un país, compañía de navegación o línea marítima. **2.** Conjunto de otras embarcaciones que tienen un destino común. **3.** Conjunto de aparatos de aviación para un servicio determinado. **4.** Fig. *Chile* y *Ecuad.* Multitud. • **flotabilidad** n.f. Capacidad de flotar. • **flotación** o **flotadura** n.f. **1.** Acción y efecto de flotar. **2.** MAR Línea de flotación. • **flotador,a** **I.** adj. Que flota en un líquido. **II.** n.m. **1.** Cuerpo destinado a flotar en un líquido. **2.** Aparato que sirve para determinar el nivel de un líquido o para regular la salida del mismo. • **flotante** adj. **1.** INFORM *Coma flotante.* Aquella cuya posición en el número no está determinada. **2.** TECN *Motor flotante.* Montado sobre soportes elásticos. • **flotar** v.int. **1.** Sostenerse un cuerpo en equilibrio en la superficie de un líquido o en suspensión, sumergido en un fluido aeriforme. **2.** Ondear en el aire. • **flote** n.m. Flotadura. — *A flote.* Manteniéndose sobre el agua. — Fig. Con habilidad o suerte para salir de apuros.

fluctuar v.int. **1.** Moverse algo al impulso de las olas. **2.** Fig. Estar a riesgo de perderse y arruinarse una cosa. **3.** Fig. Vacilar o dudar en la resolución de una cosa. **4.** Fig. Oscilar. • **fluctuación** n.f. **1.** Acción y efecto de fluctuar. **2.** Diferencia entre el valor instantáneo de una cantidad fluctuante y su valor normal. **3.** Fig. Irresolución o duda.

fluir v.int. Correr un líquido o un gas

• **fluidez** n.f. **I.** Calidad de fluido de los cuerpos. **II.** **1.** Facilidad de movimiento y operación de los factores económicos. • **fluido,a** **I.** n. y adj. Se dice del cuerpo cuyas moléculas tienen entre sí poca o ninguna coherencia, y toma siempre la forma del recipiente donde está contenido, como los líquidos y los gases. v. ENCICL. ▷ adj. Fig. Tratándose del lenguaje o estilo, natural y fácil. **II.** n.m. **1.** Fam. Corriente eléctrica. **2.** Cada uno de ciertos agentes hipotéticos considerados como causa de determinados fenómenos naturales.

ENCICL Las moléculas de un fluido son relativamente libres: por eso no tiene forma propia y es elástico. Un fluido es tanto más viscoso cuanto mayores son las fuerzas de rozamiento que se oponen al movimiento de las moléculas. La mecánica de los fluidos es una ciencia que ha recibido numerosas aplicaciones, especialmente en los estudios sobre maquetas previas a la realización de navíos *(hidrodinámica)*, o de aviones o automóviles *(aerodinámica)*. La *estática* de los fluidos estudia los fenómenos que se producen cuando éstos están en equilibrio. La *dinámica* de los fluidos permite prever los esfuerzos ejercidos sobre un cuerpo en movimiento por el fluido que le rodea según la naturaleza de la circulación (laminar, turbulenta, transónica, supersónica o hipersónica). La mecánica de los fluidos ha progresado gracias a la aplicación de las leyes de semejanza, que permiten estudios con maquetas, y a los ordenadores, que permiten efectuar simulaciones a partir de modelos matemáticos representativos de los fenómenos estudiados.

flujo n.m. **1.** Acción de manar un líquido. **2.** MED Derrame de un líquido orgánico. **3.** Gran abundancia. **4.** Marea ascendente. **5.** FIS Corriente, intensidad que atraviesa una superficie.

flúor n.m. QUIM Elemento de número atómico 9 y de masa atómica 19. Símbolo *F.*

ENCICL El flúor es un gas que se licúa a —188 ºC y se solidifica a —219 ºC. Es el más electronegativo y el más reactivo de todos los elementos; oxidante muy energético, se combina con casi todos los elementos, dando sobre todo fluoruros (compuestos en los cuales el flúor posee el grado de oxidación —1); el hexafluoruro de uranio UF_6 se utiliza en la separación isotópica del uranio por difusión gaseosa. Los *freones* son compuestos de flúor utilizados como fluidos frigorígenos; algunos de ellos constituyen los gases propulsores de las bombas de aerosol y podrían, si subiesen a la parte alta de la atmósfera, destruir la capa protectora de ozono. El *teflón* es una materia plástica fluorada que se obtiene por polimerización y que soporta el ataque de numerosos agentes físicos y químicos. Finalmente, el flúor es un oligoelemento del organismo cuyos preparados no son todavía bien conocidos. La intoxicación aguda por flúor o sus derivados determina molestias respiratorias o digestivas, y a veces la muerte; la intoxicación crónica (fluorosa) se caracteriza por una pérdida de peso, astenia, anemia y afecciones osteoarticulares.

fluoresceína n.f. QUIM Materia colorante que comunica al agua un intenso color verde.

fluorescencia n.f. Propiedad que tienen algunos cuerpos de mostrarse pasajeramente luminosos, mientras reciben la excitación de ciertas radiaciones.

fluorhídrico,a adj. QUIM Fluoruro de hidrógeno (HF), el único ácido que ataca al vidrio y al silicio.

fluorita o **fluorina** n.f. Mineral compuesto de flúor y calcio, cristalino, compacto y de colores brillantes y variados.

fluorización n.f. TECN Tratamiento con flúor del agua de consumo.

fluoruro n.m. QUIM Sal o éster del ácido fluorhídrico.

flúter n.m. **1.** AVIAC Resonancia entre las deformaciones de las estructuras de un aparato y los esfuerzos aerodinámicos que se ejercen sobre éstas, y que se traducen en vibraciones. **2.** MED Alteración del ritmo cardíaco.

fluvial adj. Perteneciente a los ríos.

fluviógrafo n.m. TECN Aparato que mide y registra el nivel de una corriente de agua.

flux n.m. **1.** En ciertos juegos, circunstancia de ser de un mismo palo todas las cartas de un jugador. **2.** *Ant., Col.* y *Méx.* Traje masculino completo.

flysch o **flysh** n.m. GEOL Sedimento de las eras Secundaria y Terciaria en el que predominan la arcilla y la arena.

Fm QUIM Símbolo del fermio.

FOB o **fob** adj. DER MAR *Venta fob.* Aquella en la que el precio de la mercancía incluye todos los gastos hasta la entrega a bordo.

fobia n.f. Elemento que entra en algunas voces compuestas para indicar repulsión

foca n.f. ZOOL Animal mamífero del orden de los pinnípedos; tiene cuerpo en forma de pez cubierto de pelo gris.

ENCICL Las focas viven principalmente en los mares fríos y se alimentan de pescados y moluscos. Su tamaño varía según la especie entre 1,50 m y 6,50 m de largo (elefante marino). Las focas frailes se hallan en los mares tropicales y subtropicales; unas de sus especies vive en el Mediterráneo. Otras son europeas: el becerro marino de lomo manchado, vive en las costas arenosas, mientras la foca gris prefiere las costas rocosas.

focal **I.** adj. **1.** GEOM Que se refiere a uno o varios focos. **2.** FIS Relativo al foco de un sistema óptico. — *Distancia focal.* La que separa el foco de un sistema óptico de su plano principal. **II.** n.f. **1.** GEOM Curva o superficie que representa en relación a un lugar geométrico del espacio un papel análogo al de los focos en relación a las curvas planas. **2.** FIS Distancia focal.

focalizar v.tr. FIS Concentrar un rayo en una superficie muy pequeña. — Fig y Fam. Concentrar.

foco n.m. **1.** FIS Punto donde vienen a reunirse los rayos luminosos y caloríficos reflejados por un espejo cóncavo o refractados por un lente más grueso por el centro que por los bordes. **2.** GEOM Punto cuya distancia a cualquiera de los de una curva se puede expresar en función racional y entera de las coordenadas de dichos puntos. ▷ Fig Lugar real o imaginario en que está como reconcentrada alguna cosa con toda su fuerza y eficacia, y desde el cual se propaga o ejerce influencia. **3.** Lámpara que emite una luz potente.

Foehn n.m. Viento cálido y seco que sopla en primavera y otoño desde las cumbres de los Alpes suizos y austriacos.

fofo,a adj. Esponjoso, o poco denso.

fogarada o **fogarata** n.f. Fuego que levanta llama.

fogón n.m. **1.** Sitio adecuado en las cocinas para hacer fuego y guisar. **2.** Oído en las armas de fuego. **3.** En las calderas de las máquinas de vapor, lugar destinado a contener el combustible. **4.** *Arg., C. Rica* y *Chile.* Fuego. **5.** *Arg.* Reunión de paisanos o soldados en torno al fuego.

fogonadura n.f. **1.** MAR Cada uno de los agujeros que tienen las cubiertas de la embarcación para que pasen por ellos los palos a fijarse en sus carlingas. **2.** Abertura en un piso de madera para dar paso a un pie derecho que sirve de sostén a algún objeto elevado.

fogosidad n.f. Ímpetu, entusiasmo.

foguear v.tr. **1.** Limpiar con fuego un arma, lo que se hace cargándola, con poca pólvora y disparándola. **2.** Fig. Acostumbrar a alguien a penalidades y trabajos. **3.** VETER Cauterizar.

foie-gras n.m. **1.** Hígado de ganso o de pato que se engorda cebándole. **2.** Pasta que se fabrica a partir de este hígado.

1. foja n.f. FOR Hoja de papel en un proceso. Se usa en América en el lenguaje corriente.

2. foja n.f. Ave del orden de las zancudas, de plumaje negro, alas anchas y cola corta.

folclore n.m. Folklore.

foliáceo,a adj. **1.** BOT Perteneciente o relativo a las hojas de las plantas. **2.** Que tiene estructura laminar.

foliar v.tr. Numerar los folios del libro o cuaderno. • **foliación** n.f. **1.** Acción y efecto de foliar. **2.** Serie numerada de los folios de un escrito o impreso. **3.** BOT Acción de echar hojas las plantas. **4.** BOT Modo de estar colocadas las hojas en una planta.

folículo n.m. **I.** BOT Fruto seco constituido por un solo carpelo, que, en la madurez, se abre por una sola hendidura. **II.** ANAT Prolongación sin salida de una mucosa. • **foliculoestimulina** n.f. BIOQUIM Hormona del lóbulo anterior de la hipófisis que, en el hombre, estimula la espermatogénesis y, en la mujer, el crecimiento del folículo de De Graaf.

folidotos n.m. pl. ZOOL Orden de mamíferos que no comprende más que los pangolines.

folio n.m. **1.** Hoja de libro o cuaderno. **2.** Titulillo de las páginas de un libro. **3.** BOT Hierba dioica de la familia de las euforbiáceas, que tiene las hojas aovadas y cubiertas de una especie de tomento blanco. • **foliolo** n.m. BOT Cada una de las hojuelas de una hoja compuesta.

folklore n.m. Conjunto de las tradiciones, creencias y costumbres ancestrales populares. • **folklórico,a** adj. **1.** Del folklore. **2.** Fam. Pintoresco y poco serio.

follaje n.m. ARQUIT Ornamento pintado o esculpido, representando ramas, ramilletes, etc.

1. follar **1.** v.tr. Soplar con el fuelle. **2.** v.prnl. Soltar una ventosidad sin ruido.

2. follar v.tr. Formar o componer en hojas alguna cosa. • **follaje** n.m. **1.** Conjunto de hojas de árboles y otras plantas. **2.** Adorno de cogollos y hojas. **3.** Adorno superfluo, complicado y de mal gusto. **4.** Fig. Conjunto de palabras superfluas.

folletín n.m. **1.** Escrito que se inserta en la parte inferior de alguna hoja de un periódico y que puede cortarse para coleccionarlo. **2.** Fig. Suceso sorprendente e inverosímil.

folleto n.m. Obra impresa, no periódica, que no consta de suficientes hojas para formar libro.

follisca n.f. *Amér. Central, Pan., P. Rico, Sto. Dom., Col.* y *Venez.* Pendencia.

follón,a **I.** n. y adj. **1.** Perezoso y negligente. **2.** Arrogante, cobarde. **II.** n.m. **1.** Cohete que se dispara sin trueno. **2.** Alboroto, confusión. **3.** Ventosidad sin ruido.

fomentar v.tr. **1.** Dar calor que vivifique o preste vigor. **2.** Fig. Promover o proteger una cosa. **3.** Fig. Atizar, dar pábulo a una cosa. **4.** MED Aplicar a una parte enferma paños empapados en un líquido.

fomento n.m. **1.** Calor y protección que se da a una cosa. **2.** Pábulo o materia con que se ceba una cosa. **3.** Fig. Auxilio. **4.** CIR Medicamento líquido que se aplica en paños exteriormente.

fon-, fono-, -fono, -fonía Partículas procedentes del griego *phōne*, «voz, sonido».

fon n.m. FIS Unidad adimensional que mide la potencia de los sonidos y ruidos.

fonación n.f. FISIOL LING Producción de sonidos mediante los órganos vocales.

fonda n.f. **1.** Establecimiento público donde se da hospedaje y se sirven comidas. **2.** *Guat.* Tienda donde se vende aguardiente. **3.** *Chile.* Puesto o cantina donde se venden comidas y bebidas.

fondac n.m. En Marruecos, hospedería donde comercian los traficantes.

fondeado,a adj. *Amér.* Rico.

fondear **I.** v.tr. **1.** Reconocer el fondo del agua. **2.** Registrar una embarcación para comprobar si lleva géneros prohibidos o de contrabando. **3.** Fig. Examinar con cuidado una cosa hasta llegar a sus principios. **II.** v.int. MAR Fijar una embarcación en algún sitio por medio de anclas o grandes pesos que se agarren o descansen en el fondo de las aguas. • **fondeadero** n.m. Lugar adecuado para que fondeen los barcos.

fondearse v.prnl. *Amér.* Enriquecerse.

fondillos n.m.pl. Parte trasera de los pantalones.

fondista n.m. y f. Persona que tiene a su cargo una fonda.

fondo n.m. **1.** Parte inferior de una cosa hueca. **2.** Hablando del mar, de los ríos o estanques, superficie sólida sobre la cual está el agua. **3.** Hondura. **4.** Extensión interior de un edificio. **5.** Color o dibujo que cubre una superficie y sobre el cual resaltan los adornos, dibujos o manchas de otros colores. **6.** Grueso que tienen los diamantes. **7.** Caudal o conjunto de bienes que posee una persona o comunidad. **8.** Condición o índole. **9.** Artículo de fondo. **10.** Fig. Lo principal y esencial de una cosa. **11.** Fig. Caudal de una cosa. *Fondo de virtud, de malicia.* **12.** Cada una de las colecciones de impresos o manuscritos de una biblioteca que ingresan de una determinada procedencia. **13.** Cada uno de los dos témpanos de la cuba o del tonel. **14.** *Amér.* Paila o caldera. **15.** DEP Resistencia física, reserva de energía corporal para aguantar prolongados esfuerzos. **16.** *Méx.* Enagua de debajo. **17.** MILIT Espacio en que se forman las hileras y ocupan los soldados pecho con espalda. **18.** pl. MAR La parte sumergida del casco de un buque. — *A fondo.* Enteramente.

fondón,a adj. Fam. y Desp. Se dice de la persona que está poco gorda.

fondue n.f. Plato de origen suizo a base de quesos, fundidos en vino blanco. • **fondue bourguignonne** n.f. Plato compuesto de trocitos de carne de vaca que se sumergen en manteca o aceite hirviendo.

fonema n.m. **1.** Cada uno de los sonidos simples del lenguaje hablado. **2.** Cada una de las unidades fonológicas mínimas que en el sistema de una lengua pueden oponerse a otras en contraste significativo.

fonendoscopio n.m. Aparato para la práctica de la auscultación.

fonético,a **1.** adj. LING Relativo a los sonidos del lenguaje. **2.** n.f. Rama de la lingüística cuyo objeto es la descripción de los sonidos del habla, independientemente de su valor en el sistema de la lengua (v. fonología).

fonía n.f. RADIOELECTR Transmisión de mensajes mediante la voz.

fónico,a adj. Perteneciente a la voz o al sonido. • **fonio** n.m. FIS Unidad de isofonía. Equivale a un decibelio del sonido cuya frecuencia sea de 1.000 hercios.

fono- o **-fono** Elementos compositivos que entran, antepuestos o pospuestos, en la formación de algunas voces españolas con el significado de «voz, sonido».

fono n.m. *Arg., Bol.* y *Chile.* Auricular del teléfono.

fonógrafo n.m. FIS Instrumento que inscribe y reproduce sobre un cilindro las vibraciones de la voz humana o de cualquier otro sonido.

fonograma n.m. **1.** Sonido representado por una o más letras. **2.** Cada una de las letras del alfabeto.

fonolita n.f. Roca compuesta de feldespato y de silicato de alúmina.

fonología n.f. **1.** Fonética. **2.** Rama de la lingüística que estudia los elementos fónicos.

fonometría n.f. TECN Medida de la intensidad de los sonidos.

fonón n.m. FIS Cuanto de energía del campo de agitación térmico de los núcleos.

fonotecnia n.f. Estudio de las maneras de obtener, transmitir, registrar y reproducir el sonido. • **fonoteca** n.f. Establecimiento donde se conservan documentos sonoros.

fontana n.f. **1.** POET Manantial. **2.** Aparato por el que sale el agua de la cañería. **3.** Construcción por la que sale o se hace salir agua.

fontanero,a **1.** adj. Perteneciente a las fuentes. **2.** n.m. Operario que instala y arregla conducciones de agua, grifos, etc. • **fontanería** n.f. **1.** Arte de encañar y conducir las aguas para los diversos usos de ellas. **2.** Conjunto de conductos por donde se dirige y distribuye el agua.

footing n.m. Paseo deportivo a pie.

foque n.m. MAR Nombre común de todas las velas triangulares.

forado,a n.m. y f. *Amér.* Agujero hecho en una pared.

forajido,a n. y adj. Se aplica al delincuente que anda huyendo de la justicia.

foral adj. Perteneciente al fuero.

foraminífero n. y adj. ZOOL Dícese de protozoos rizópodos acuáticos, con seudópodos que se ramifican y juntan para formar extensas redes. ▷ n.m.pl. ZOOL Orden de estos animales.

foráneo,a adj. Forastero, extraño.

forastero **I.** adj. **1.** Que es o viene de fuera del lugar. **2.** Fig. Extraño, ajeno. **II.** n. y adj. Se dice de la persona que vive o está en un lugar de donde no es vecina y en donde no ha nacido.

forcejear v.int. **1.** Hacer fuerza para vencer una resistencia. **2.** Contradecir tenazmente.

fórceps n.m. OBST Instrumento en forma de tenaza, que se usa para la extracción de las criaturas en los partos difíciles.

forense adj. **1.** Perteneciente al foro. **2.** n.m. y f. Médico forense.

forestación n.f. *Chile.* Acción y efecto de forestar.

forestal adj. Relativo a los bosques. • **forestar** v.tr. Poblar un terreno con plantas forestales.

forjar v.tr. **1.** Dar la primera forma con el martillo a cualquier pieza de metal. **2.** Fabricar y formar. **3.** ALBAÑ Revocar toscamente con yeso o mortero. **4.** Fig. Inventar, fingir. **5.** Fig. Formar algo con un esfuerzo o trabajo intelectual. • **forja** n.f. **1.** Fragua. **2.** Lugar donde se reduce a metal el mineral de hierro. **3.** Acción y efecto de forjar. **4.** Argamasa de cal, arena y agua.

forma **I.** n.f. **1.** Manera de estar dispuesta la materia de un cuerpo. **2.** Molde en que se vacía o forma alguna cosa. **3.** Formato. **4.** IMP Molde que se pone en la prensa para imprimir una cara de todo el pliego. **5.** pl. Configuración del cuerpo humano, especialmente los pechos y caderas de la mujer. **II. 1.** Disposición o expresión de una potencialidad o facultad de las cosas. **2.** Fórmula y modo de proceder en una cosa. **3.** Aptitud, modo y disposición de hacer una cosa. **4.** Calidades de estilo o modo de expresar las ideas. **5.** Palabras rituales que, aplicadas por el ministro competente a la materia de cada sacramento, integran la esencia de éste. **6.** FILOS En la filosofía de Aristóteles, segundo de los elementos o principios que constituyen los cuerpos (materia y forma). **7.** FOR Requisitos externos o aspectos de expresión en los actos jurídicos. ▷ FOR Cuestiones procesales. **III.** Pan ázimo de figura circular, mucho más pequeña que la hostia. • **formal** adj. **1.** Perteneciente a la forma. En este sentido se contrapone a esencial. **2.** Que tiene formalidad. **3.** Se aplica a la persona enemiga de bromas. **4.** Expreso, determinado.

ENCICL **Filos.** — En la tradición procedente de la Antigüedad, la forma, distinta de la materia, es idea, esencia, modelo y principio de acción. En Descartes, que identifica la materia con la extensión (*res extensa*: «cosa extensa»), la forma se convierte en *figura* (porción de espacio limitado por los contornos del objeto). Para Kant, el tiempo y el espacio son *formas a priori* de la sensibilidad, o sea los marcos de nuestra sensibilidad que hacen posible la intuición sensible (la sensación dará la materia que «llenará» estas formas). **Psicol.** — La *teoría* o *psicología de la forma (teoría de la Gestalt)* define la forma como una estructura orgánica (notas de una melodía, figura geométrica, etc.) que se individualiza en un campo perceptivo. Sosteniendo (desde comienzos del s. XX en Alemania) que el todo es distinto de la suma de sus partes, esta teoría ha revolucionado la psicología tradicional.

formación n.f. **1.** Acción y efecto de formar. ▷ Acción y resultado de instruir, educar. **2.** Figura exterior o forma. **3.** Perfil de entorchado con que los bordadores guarnecen las hojas de las flores dibujadas en la tela. **4.** GEOL Conjunto de rocas o masas minerales que presentan caracteres geológicos y paleontológicos comunes a ellas. **5.** MILIT Reunión ordenada de un cuerpo de tropas para revistas y otros actos de servicio. **6.** BOT *Formación vegetal.* Conjunto de vegetales cuya fisonomía característica se debe a unas condiciones específicas del hábitat.

formaldehído n.m. QUIM Aldehído fórmico o metanol.

formalidad n.f. **1.** Exactitud y consecuencia en las acciones. **2.** Cada uno de los requisitos que se han de observar o cumplir para ejecutar una cosa. **3.** Modo de ejecutar con la exactitud debida un acto público. **4.** Seriedad.

formalismo n.m. **1.** Sujeción excesiva a las formalidades. **2.** FILOS Sistema metafísico que sólo reconoce la forma a la materia.

formalizar **I.** v.tr. **1.** Dar la última forma a una cosa. **2.** Revestir una cosa de los requisitos legales. **3.** Concretar, precisar. **4.** Dar carácter de seriedad a lo que hasta entonces no la tenía. **II.** v.prnl. Ponerse serio. • **formalización** n.f. Operación que consiste en formalizar, en poner bajo forma de signos lógicos o matemáticos rigurosamente definidos (un axioma, un enunciado, etc.).

formar **I.** v.tr. y prnl. **1.** Dar forma a una cosa. **2.** Organizar una asociación con ciertas personas. **3.** MILIT Poner en orden. **II.** v.tr. e int. Constituirse ciertas personas en asociación, grupo, etc. **III.** v.int. **1.** Colocarse una persona en una formación, cortejo, etc. **2.** Entre bordadores, perfilar las labores dibujadas en la tela. **3.** Criar, educar. **IV.** v. prnl. Adquirir una persona desarrollo físico o moral.

formato n.m. Tamaño de un impreso.

-forme Elemento compositivo que entra pospuesto en la formación de algunas voces españolas con el significado de «forma».

fórmico,a adj. QUIM *Ácido fórmico.* Ácido graso, de fórmula H–COOH, secretado especialmente por las hormigas. *Aldehído fórmico*, HCHO, nombre corriente del metanol.

formidable adj. **1.** Muy temible. **2.** Excesivamente grande en su línea, enorme. **3.** Fig. Asombroso.

formol n.m. QUIM Líquido incoloro, de olor fuerte y desagradable, que consiste en una solución acuosa de formaldehído al 40 %.

formón n.m. **1.** Instrumento de carpintería, semejante al escoplo. **2.** Sacabocados con que se cortan objetos de forma circular.

fórmula n.f. **1.** Medio práctico propuesto para resolver un asunto controvertido o ejecutar una cosa difícil. **2.** Receta del médico. **3.** Expresión concreta de un acuerdo entre diversos pareceres, partidos o grupos. **4.** MAT Resultado de un cálculo, cuya expresión, reducida a sus más simples términos, sirve de pauta y regla para resolución de todos los casos análogos. **5.** QUIM Representación simbólica de la composición de un cuerpo por medio de letras y signos determinados. **6.** Serie de palabras que en algunas prácticas mágico-religiosas se considera poseedora de cierto poder. **7.** BOT Indica el número y disposición de las partes de una flor. • **formular** v.tr. **1.** Reducir a términos claros y precisos. **2.** Recetar. **3.** Expresar, manifestar. ▷ MAT Expresar mediante fórmulas. • **formulario,a** **1.** adj. Relativo a las fórmulas o al formulismo. ▷ Dícese de lo que se hace por fórmula, cubriendo las apariencias. **2.** n.m. Libro o escrito en que se contienen fórmulas que se han de observar para la petición, expedición o ejecución de algunas cosas. • **formulismo** n.m. **1.** Excesivo apego a las fórmulas. **2.** Tendencia a preferir la apariencia de las cosas a su esencia.

fornicar v.int. y tr. Tener relaciones sexuales fuera del matrimonio.

fornido,a adj. Robusto.

-foro o **-fora** Partículas procedentes del griego *phoros*, «que lleva».

foro n.m. **1.** Plaza donde se trataban en Roma los negocios públicos y donde el pretor celebraba los juicios. ▷ P. ext., lugar en que los tribunales oyen y determinan las causas. **2.** Curia, y cuanto concierne al ejercicio de la abogacía y a la práctica de los tribunales. **3.** Reunión para discutir asuntos de interés actual ante un auditorio que a veces interviene en la discusión. **4.** Parte del escenario opuesta a la embocadura. **5.** Contrato consensual por el cual una persona cede a otra el dominio útil de una cosa mediante cierto canon o pensión. **6.** Canon o pensión que se paga en virtud de este contrato.

foromídeos n.m.pl. ZOOL Clase de lofofóridos sedentarios, vermiformes y marinos.

forraje n.m. **1.** Alimento que se da al ganado, especialmente en la primavera. **2.** *Arg.*, *Chile* y *Méx.* Pasto seco conservado para alimentación del ganado, y también los cereales destinados a igual uso. **3.** Acción de forrajear. **4.** Fig. y Fam. Abundancia y mezcla de muchas cosas de poca sustancia.

forrar **I.** v.tr. **1.** Poner forro a alguna cosa. **2.** Cubrir una cosa con funda o forro que la resguarde y conserve. **II.** v.prnl. Fam. Enriquecerse. • **forro** n.m. **I. 1.** Abrigo o cubierta con que se reviste una cosa. **2.** Cubierta del libro. **3.** MAR Conjunto de tablones con que se cubre el esqueleto del buque interior y exteriormente. **4.** MAR Conjunto de planchas de cobre o de tablas con que se revisten los fondos del buque. **II.** MECAN Elemento de alto coeficiente de rozamiento que reviste una pieza, transmitiendo fuerzas por fricción.

fortalecer v.tr. y prnl. Hacer más fuerte o vigoroso. • **fortaleza** n.f. **1.** Fuerza y vigor. **2.** Tercera de las cuatro virtudes cardinales, que consiste en vencer el temor y huir de la temeridad. **3.** Facilidad de defensa que tiene un lugar por su misma situación. **4.** Recinto fortificado.

fortificación n.f. **1.** Acción de fortificar. **2.** Obra o conjunto de obras con que se fortifica un pueblo o un sitio cualquiera. **3.** Arquitectura militar. • **fortificar** **1.** v.tr. Dar vigor y fuerza material o moralmente. **2.** v.tr. y prnl. Hacer fuerte un lugar con obras de defensa.

fortín n.m. **1.** Una de las obras que se levantan en los atrincheramientos de un ejército para su mayor defensa. **2.** Fuerte pequeño.

Fortran n.m. INFORM Lenguaje de programación adaptado a los trabajos científicos.

fortuito,a adj. Que sucede inopinada y casualmente.

fortuna n.f. **I.** Divinidad mitológica que presidía a los sucesos de la vida, distribuyendo ciegamente los bienes y los males. **II. 1.** Encadenamiento de los sucesos, considerado como fortuito. **2.** Felicidad, prosperidad, éxito. **3.** Destino. **4.** Capital, hacienda. **5.** Aceptación de una cosa entre la gente. **6.** Borrasca.

forúnculo n.m. MED Furúnculo.

forzar **I.** v.tr. **1.** Hacer fuerza o violencia. **2.** Rendir a fuerza de armas una plaza, castillo, etc. **3.** Violar a alguien. **4.** Tomar u ocupar por fuerza una cosa. **II.** v.tr. y prnl. Fig. Obligar a que se ejecute una cosa.

fosa n.f. **I. 1.** Enterramiento. **2.** Sepultura. **3.** Excavación profunda alrededor de una fortaleza. **II. 1.** ZOOL Cada una de ciertas cavidades en el cuerpo de los animales. **2.** GEOL Depresión tectónica larga y estrecha que corresponde a la región hundida de un campo de fallas.

fosfato n.m. **1.** QUIM Sal o éster del ácido fosfórico. ▷ En la nueva nomenclatura, anión oxigenado del fósforo. **2.** Mezcla de fosfatos, utilizado como abono. v. superfosfato. • **fosfatasa** n.f. BIOQUIM Enzimas del grupo de las hidrolasas que liberan el ácido fosfórico, actuando sobre distintos substratos.

fosfito n.m. QUIM Sal o éster del ácido fosforoso.

fosfolípido n.m. BIOQUIM Lípido fosforado, presente en todas las células vivas, cuyo papel metabólico es muy importante.

fosforera n.f. Estuche o caja en que se guardan o llevan los fósforos.

fosforescencia n.f. Propiedad de algunos cuerpos de desprender luz en la oscuridad, sin elevación apreciable de la temperatura.

fosfórico,a adj. **1.** Perteneciente o relativo al fósforo. **2.** QUIM *Anhídrido fosfórico,* de fórmula P_2O_5, obtenido por combustión rápida del fósforo.

fosforita n.f. Mineral formado por el fosfato de cal.

fosforito n.m. Fosfato de calcio natural.

fósforo n.m. **1.** QUIM Metaloide sólido del que existen por lo menos dos formas alotrópicas: una amarilla y otra roja. Núm. atómico 15. (Símb., *P*). **2.** Cerilla

ENCICL El fósforo, descubierto en 1669 por el alemán Brand, que lo extrajo de la orina, es un no metal sólido a temperatura normal. Él y sus compuestos son reductores enérgicos; asociada a la variedad blanca, la variedad roja modera su actividad. El fósforo debe ser eliminado de la fundición (desfosforación) por volverla quebradiza. Está presente en los dientes y los huesos bajo la forma de fosfatos; es indispensable para el organismo, que lo toma por medio de la alimentación.

fosforoso,a QUIM *Anhídrido fosforoso,* de fórmula P_2O_3, obtenido por combustión lenta del fósforo.

fosfuro n.m. QUIM Combinación del fósforo con una base.

fosgeno n.m. Gas muy tóxico ($COCL_2$) resultante de la combinación del cloro y del óxido de carbono.

fósil **1.** adj. Se dice de las sustancias sacadas del subsuelo. **2.** n.m. PALEONT Restos o huellas de un ser vivo actualmente desaparecido, en una roca sedimentaria o muy poco metamorfoseada. **3.** Fig. Anticuado. • **fosilización** n.f. PALEONT Paso de un cuerpo organizado al estado de fósil con disgregación de las materias orgánicas y conservación de las partes duras.

foso n.m. **1.** Hoyo. **2.** Piso inferior del escenario. **3.** En los garajes y talleres mecánicos, excavación que permite arreglar cómodamente desde abajo los vehículos o motores colocados encima. **4.** FORT Excavación profunda que circunde la fortaleza.

fot n.m. FIS Unidad de iluminación igual a 10.000 lux.

1. foto Elemento compositivo que entra en la formación de algunas voces españolas con el significado de «luz», o relativo a la «acción de la luz».

2. foto n.f. Apóc. fam. de *fotografía*, imagen obtenida fotográficamente

fotobiología n.f. BIOL Parte de la bioenergética que estudia los efectos de las radiaciones luminosas sobre los distintos organismos.

fotoclinometría n.f. Moderna técnica que, partiendo de las sombras que presentan las imágenes de una fotografía, permite levantar exactos mapas orográficos.

fotocomposición n.f. TECN Composición fotográfica de un texto destinado a la imprenta.

fotoconductividad n.f. ELECTR Variación de la resistencia de un cuerpo bajo la acción de la luz.

fotocopia n.f. Fotografía especial obtenida directamente sobre el papel.

fotocromismo n.m. TECN Fenómeno caracterizado por una variación reversible del espectro de absorción de un cuerpo según la intensidad luminosa que recibe.

fotodegradable adj. TECN Dícese de las sustancias que se degradan bajo la acción de la luz.

fotoelasticidad n.f Propiedad de ciertas materias transparentes isótropas de convertirse en anisótropas bajo presiones mecánicas. ● **fotoelasticimetría** n.f. TECN Estudio de las líneas de tensión que afectan a la masa de una pieza, de un órgano mecánico, etc., por la observación bajo luz polarizada de una copia de dicha pieza u órgano en materia transparente sometida a los mismos esfuerzos.

fotoelectricidad n.f. ELECTR Conjunto de fenómenos eléctricos vinculados a la acción de radiaciones (visibles o no) sobre algunos cuerpos. — *Célula fotoeléctrica.* Dispositivo basado en el efecto fotoeléctrico, destinado a medir la intensidad de un flujo eléctrico.

fotoemisividad n.f. FIS Emisión de electrones bajo la acción de la luz.

foto-finish n.f. Cámara fotográfica, que graba automáticamente la llegada de una carrera: filme registrado por esta cámara.

fotofobia n.f. MED Aversión a la luz, provocada por intolerancia del ojo.

fotófono n.m. FIS Instrumento que sirve para transmitir el sonido por medio de ondas luminosas.

fotogenia n.f. Calidad de lo que es fotogénico. ● **fotogénico,a** adj. **1.** Que da imágenes foto-gráficas nítidas, de buena calidad. **2.** Dícese de aquella persona que tiene condiciones para ser reproducida en fotografía.

fotógeno,a adj. Que produce luz, luminiscente.

fotograbado n.m. **1.** Conjunto de operaciones que conducen a la obtención, por vía fotográfica, de clichés. **2.** Imagen obtenida, reproducida a partir de este cliché.

fotografía n.f. **1.** Arte de fijar y reproducir por medio de reacciones químicas, en superficies convenientemente preparadas, las imágenes recogidas en el fondo de una cámara oscura. **2.** Imagen así obtenida. **3.** Taller en el que se ejerce este arte. **4.** Fig. Representación o descripción que por su exactitud se semeja a la fotografía.

fotografiar v.tr. **I. 1.** Ejercer el arte de la fotografía. **2.** Reproducir una imagen o figura por medio de la fotografía. **II.** Fig. Describir cosas o personas, en términos tan precisos, que parecen presentarse ante la vista.
ENCICL La técnica fotográfica se basa en dos principios: la formación de la imagen en la cámara oscura y la sensibilidad a la luz de los compuestos halógenos de la plata. En 1835, el francés Daguerre obtuvo una prueba positiva directa («el daguerrotipo») que logró fijar tres años más tarde. En 1841, el inglés Fox Talbot hacía patentar su negativo (el «calotipo»), que permite múltiples tiradas de los positivos, mientras que el daguerrotipo sólo permitía una prueba. La fotografía, además, se desarrolla por otros procedimientos diferentes de los que utilizan los halógenos de la plata. — *Los polímeros fotosensibles* poseen la propiedad de perder su solubilidad bajo la acción de la luz o de otra radiación. Son utilizados en fotograbados para la fabricación de los microelementos de los circuitos impresos; así como para la fabricación química de grandes piezas de aluminio y de aleaciones ligeras. — *La electrofotografía* utiliza la fotoconductividad de ciertas sustancias (p.ej., óxido de cinc) no conductoras en la oscuridad; la imagen se forma sobre una superficie sensible, cargada por un potente campo magnético antes de su exposición. — Las mejoras técnicas conseguidas en la fabricación de máquinas fotográficas (numerosas posibilidades de adaptación, automatización, etc.), así como los considerables progresos de las superficies sensibles (colores, revelado instantáneo, alta sensibilidad, etc.) constituyen la base del desarrollo de la fotografía. Por sus aplicaciones a las ciencias, la industria, sus utilizaciones en los medios de comunicación social, la enseñanza, etc., la fotografía es un elemento determinante de la información. Las superficies sensibles pueden acumular las huellas de la energía luminosa en el tiempo y cubren un área espectral más amplia que el ojo humano. Estas propiedades nos revelan fenómenos inaccesibles para nuestra visión (fotografía con infrarrojo, detección de partículas ionizantes, astronomía, etc.).

fotograma n.m. Cualquiera de las imágenes que se suceden en una película cinematográfica en cuanto se considera aisladamente.

fotogrametría n.f. Conjunto de técnicas que permiten medir y situar los objetos en las tres dimensiones del espacio por análisis de imágenes perspectivas en dos dimensiones.

foto-interpretación n.f. TECN Análisis de fotografías aéreas para el levantamiento de mapas

fotolinotipia n.f. TECN Aparato utilizado para la fotocomposición.

fotólisis n.f. QUIM Descomposición química bajo la acción de la luz.

fotolito n.m. ART GRAF Se denomina así al cliché sobre película que se emplea para reproducir textos o ilustraciones.

fotolitografía n.f. **1.** Arte de fijar y reproducir dibujos en piedra litográfica, mediante la acción química de la luz sobre sustancias convenientemente preparadas. **2.** Reproducción obtenida por medio de esta técnica.

fotoluminiscencia n.f. Emisión de luz como consecuencia de la absorción previa de una radiación.

fotomecánico,a **1.** adj. TECN Dícese de cualquier procedimiento de reproducción que permite crear clichés, matrices o láminas de impresión mediante técnicas fotográficas o fotoquímicas. **2.** n.f. Técnica de emplear métodos fotomecánicos.

fotometría n.f. Parte de la óptica que trata de las leyes relativas a la intensidad de la luz y de los métodos para medirla. ● **fotómetro** n.m. FIS Instrumento para medir la intensidad de la luz.

fotomontaje n.m. Montaje de fotografías.

fotomultiplicador n.m. Aparato compuesto por un amplificador de corriente y una célula fotoeléctrica, utilizado para la detección y medida de radiaciones muy débiles.

fotón n.m. FIS Partícula de masa y de carga nulas asociada a un rayo luminoso o electromagnético.
ENCICL **Fís.** — Los fotones se desplazan a la velocidad de la luz. Su energía es igual al producto de la frecuencia de la onda a la que están asociados, por la constante de Planck.

fotonovela n.f. Narración constituida por una sucesión de fotografías con pie o globo, a la manera de los cómics.

fotoperiodicidad n.m. BOT Conjunto de los fenómenos vinculados a la sucesión del día y de la noche, que afectan la vida de las plantas.
ENCICL **Bot.** — *Las plantas de día largo* sólo florecen cuando los días son más largos que las noches: así, al terminar la primavera y en verano, florecen la amapola, la espinaca, el trigo y el centeno, *Las plantas de día corto* florecen al principio de la primavera y en otoño (tabaco, crisantemo, etc.). La alternancia día-noche no ejerce ninguna influencia sobre la floración de las *plantas indeterminadas.* Si las condiciones de luz no se adecúan a las exigencias de las plantas, éstas permanecen indefinidamente en estado vegetativo, lo que es aprovechado por los floristas para sincronizar la floración de las diversas especies.

fotopila n.f. TECN Generador de corriente continua que transforma en electricidad la energía luminosa que recibe.

fotoquímica, n.f. QUIM Estudio de las reacciones producidas o favorecidas por la luz.

fotorreceptor n.m. ZOOL Zona de un organismo especializada en la recepción de ondas luminosas.

fotorresistencia n.f. ELECTR Resistencia constituida por semiconductores, cuya resistividad disminuye cuando aumenta la iluminación.

fotosensible adj. TECN Sensible a la luz.

fotosfera n.f. ASTRON Capa superficial del Sol, de donde procede la mayor parte de su radiación.

fotosíntesis n.f. BIOL Síntesis de sustancias orgánicas efectuadas por las plantas verdes expuestas al sol.
ENCICL **Biol.** — La fotosíntesis consiste en la transformación de la energía luminosa en energía química: a partir del gas carbónico atmosférico y del agua, las plantas verdes realizan la síntesis de los glúcidos (sustancias orgánicas ricas en energía) gracias a la energía luminosa almacenada por la clorofila, pigmento contenido en las hojas de estas plantas.

fototeca n.f. **1.** Lugar donde se conserva una colección de documentos fotográficos. **2.** La colección de documentos.

fototerapia n.f. MED Método de curación de las enfermedades por la acción de la luz.

fototipia n.f. **1.** Procedimiento de reproducir clichés fotográficos sobre una capa de gelatina. **2.** Lámina estampada por este procedimiento. ● **fototipografía** n.f. Técnica de obtener y de estampar clichés tipográficos obtenidos por medio de la fotografía.

fototropismo n.m. BOT Tropismo dirigido por la luz.

fotovoltaico,a adj. Que genera energía eléctrica bajo la acción de un flujo luminoso.

fox-hound, n.m. Perro corriente que se parece al beagle, utilizado en Gran Bretaña para el deporte de la caza del zorro.

fox-terrier n.m. Perro de pequeña talla, de pelo corto, útil para la caza del zorro en madriguera.

fox-trot n.m. Baile a cuatro tiempos, caracterizado por pasos bruscos adelante, atrás o de lado.

Fr QUIM Símbolo del francio.

frac n.m. Prenda de vestir masculina, usada en vez de chaqueta en las solemnidades, que por delante llega hasta la cintura y por detrás tiene dos faldones.

fracasar v.int. **1.** Tener un resultado adverso en un negocio. ▷ Fig. Frustrarse una pretensión o un proyecto. **2.** Romperse, propiamente el barco al chocar con los escollos. • **fracaso** n.m. **1.** Caída o hundimiento de una cosa con estrépito y rompimiento. **2.** Fig. Suceso lastimoso. **3.** Resultado adverso de una empresa o negocio. — PSICOAN *Neurosis de fracaso.* Neurosis caracterizada por la búsqueda sistemática aunque inconsciente del fracaso.

fracción n.f. **1.** División de una cosa en partes. **2.** Cada una de las partes o porciones de un todo con relación a él. **3.** Parcialidad, partido político. **4.** ALG y ARIT Expresión que indica una división no efectuada o que no puede efectuarse. **5.** ARIT Número quebrado. **6.** FIS y QUIM En procesos como la destilación, la depuración, etc., cada una de las partes que se separan de una sustancia. • **fraccionar** v.tr. y prnl. Dividir una cosa en partes o fracciones. • **fraccionario,a** adj. ALG y ARIT Número quebrado

fractura n.f. **1.** Acción y efecto de fracturar o fracturarse. **2.** GEOL Solución de continuidad del suelo. • **fracturar** v.tr. y prnl. Romper con esfuerzo una cosa.

ENCICL **Méd.** — Rotura de un hueso, con o sin desplazamiento de las partes; una fractura puede ser directa o indirecta, espontánea o traumática. El foco de fractura es cerrado la mayor parte de las veces; la abertura es una complicación grave. El tratamiento consiste en la reducción (ortopédica o quirúrgica) y en la contención (yeso, tracción continua, etc.). La consolidación del foco varía en función del hueso y del tipo de fractura; la ausencia de consolidación es la seudoartrosis.

fragante adj. Que tiene o despide fragancia. • **fragancia** n.f. Olor suave y delicioso.

fragata n.f. **1.** Buque de guerra pequeño, con misiones de escolta y patrulla. **2.** ZOOL Ave pelicaniforme de los mares tropicales.

frágil adj. **1.** Quebradizo. **2.** Fig. Se dice de la persona de naturaleza débil. **3.** Fig. Caduco y perecedero.

fragmento n.m. **1.** Parte o porción pequeña de algunas cosas partidas. **2.** Trozos de una obra escultórica o arquitectónica. **3.** Trozo de una obra literaria o musical. **4.** Fig. Parte que ha quedado, o que se publica, de un libro o escrito.

fragor n.m. Ruido, estruendo.

fragoso,a adj. **1.** Escarpado. **2.** Ruidoso, estrepitoso.

fragua n.f. Fogón en que se caldean los metales para forjarlos.

fraguar **I.** v.tr. **1.** Forjar metales. **2.** Fig. Idear o promover un proyecto, una mentira, etc. **II.** v.int. ALBAÑ Dicho de la cal, yeso y otras masas, endurecerse una vez aplicadas.

fraile n.m. **I.** Nombre que se da a los religiosos de ciertas órdenes. **II. 1.** Rebaje triangular que se hace en la pared de las chimeneas de campana. **2.** Mogote de piedra con figura semejante a la de un fraile. **III.** IMP Parte del papel donde no se señala el molde al hacer la impresión

frailecillo n.m. **I. 1.** Ave fría. **2.** ZOOL *Cuba.* Ave palmípeda de plumaje grisáceo, pico negro, patas amarillas y ojos grandes. **3.** Nombre corriente de diversos pájaros alciformes. **II.** BOT *Cuba.* Arbusto de la familia de las euforbiáceas, de madera blancuzca.

frailejón n.m. BOT *Col., Ecuad.* y *Venez.* Planta de la familia de las compuestas, que crece en los páramos.

frambuesa n.f. Fruto del frambueso, de color carmín, olor fragante y suave, y sabor agridulce muy agradable. • **frambueso** n.m. Planta de la familia de las rosáceas, con tallos espinosos y flores blancas.

francachela n.f. Fam. Reunión de personas para comer o divertirse.

francés,a **1.** n. y adj. Natural de Francia. **2.** adj. Perteneciente a esta nación de Europa. **3.** n.m. Lengua francesa. — Con los verbos *despedirse, irse,* significa hacerlo sin decir una palabra de despedida.

francio n.m. QUIM Elemento radiactivo descubierto el año 1939 de número atómico 87 y de masa atómica 223 (símbolo, *Fr*); pertenece a la familia de los metales alcalinos.

franciscano,a n. y adj. De la orden religiosa de San Francisco.

ENCICL San Francisco de Asís fundó la orden franciscana probablemente en 1209, con la aprobación del papa Inocencio III. Hoy se compone de tres ramas independientes: los frailes menores de la observancia (franciscanos propiamente dichos), los frailes menores capuchinos (desde comienzos del s. XVI) y los frailes menores conventuales. Esta orden mendicante conoció en el s. XIII un desarrollo considerable junto con algunas crisis, nacidas de las diferentes ideas acerca de la pobreza. Se llaman, franciscanas, con poca propiedad, a las religiosas de la orden de las clarisas (o damas pobres), fundada por santa Clara en 1212; este nombre debe reservarse para las religiosas de la tercera orden regular de San Francisco, p. ej., las franciscanas misioneras de María.

francmasonería n.f. Asociación secreta de personas que profesan principios de fraternidad mutua, usan emblemas especiales y se agrupan en logias.

ENCICL La institución masónica debe su existencia a una corporación de albañiles constructores que venía recorriendo Europa desde el s. VIII. Poco a poco estas asociaciones se transformaron en sociedades puramente mutualistas y filantrópicas, pero que conservaron, en recuerdo del pasado, signos y emblemas como el mandil, la escuadra y el compás. En Gran Bretaña, y sobre todo en Escocia, se encuentran a partir del s. XVII las primeras huellas de la francmasonería, conocida bajo el nombre de Gran Oriente de Francia. Las ideas republicanas y la filosofía positivista impregnaron el Gran Oriente de Francia, en la segunda mitad del s. XIX. A principios del s. XX, el abandono de la obligación de creer en el Gran Arquitecto del Universo provocó la separación de la masonería británica con la masonería francesa; sin embargo, algunos disidentes se integraron dentro de una nueva organización, la Gran Logia Nacional francesa (1913), permaneciendo fieles a las afirmaciones religiosas de la francmasonería tradicional.

franco,a **I.** adj. **1.** Liberal, dadivoso. **2.** Sincero en la manera de hablar. **3.** Exento, que no paga. **4.** Sencillo en su trato. **5.** *Arg.* y *Chile.* Libre de servicio u obligación. **II.** n.m. Unidad monetaria de Francia y otros países. v. ENCICL .

ENCICL Fue la Convención la que, en abril de 1795, decidió que el franco (5 g de plata) fuese la unidad monetaria oficial de Francia. El franco existía desde el s. XIV, pues las primeras piezas fueron emitidas en 1360 para pagar el rescate del rey Juan el Bueno. Tenía un valor equivalente a la libra. En 1914 el Gobierno instituyó el curso forzoso de los billetes. Después de sucesivas depreciaciones, el 1 de enero de 1960 se creó el franco nuevo (NF) o «franco pesado», igual al céntuplo del antiguo.

francófilo,a adj. Que simpatiza con Francia o con los franceses.

francolín n.m. Ave del orden de las gallináceas, del tamaño y forma de la perdiz; tiene un collar castaño muy señalado.

francolino,a adj. *Chile* y *Ecuad.* Reculo.

francos, pueblo germánico que invadió la Galia en los ss. III y IV (francos salios). Se agruparon en un solo Estado bajo el mando de Clodoveo, que extendió su dominación en la Galia, donde propagó el cristianismo tras convertirse en el año 496.

francotirador n.m. MILIT Se dice de quienes luchan sin integrarse en un ejército regular, y de la persona que actúa por propia iniciativa.

franela n.f. Tejido fino de lana ligeramente cardado por una de sus caras.

franja n.f. **1.** Dibujo hecho sobre una cosa, o adorno sobrepuesto, de largo indefinido y de anchura pequeña. **2.** Faja o tira en general.

franklin n.m. FIS Nombre del franklinio en la nomenclatura internacional.

franquear **I.** v.tr. **1.** Pagar previamente en sellos el porte de cualquier objeto que se remite por el correo. **2.** Exceptuar a uno de una contribución, tributo, u otra cosa. **3.** Conceder una cosa con generosidad. **4.** Desembarazar, abrir camino. **II.** v.prnl. **1.** Prestarse uno fácilmente a los deseos de otro. **2.** Descubrir uno su interior a otro. • **franqueo** n.m. **1.** Acción y efecto de franquear. **2.** Pagar en sellos el porte del correo. • **franqueza** n.f. **1.** Exención. **2.** Generosidad. **3.** Fig. Sinceridad, ingenuidad.

franqueniáceo,a n.f. y adj. BOT Dícese de matas y arbustos angiospermos dicotiledóneos. ▷ n.f.pl. BOT Familia de estas plantas.

franquicia n.f. Privilegio que se concede a alguien o a algo para no pagar cierto impuesto o no sujetarse a cierta obligación.

frasco n.m. **1.** Recipiente con cuello o boca estrecha, generalmente hecho de vidrio, y más pequeño que una botella. **2.** Recipiente en que se lleva la pólvora para cargar la escopeta. ▷ Contenido de un frasco.

frase n.f. **1.** Conjunto de palabras que basta para formar sentido. **2.** Locución. **3.** Modo particular con que ordena la dicción y expresa sus pensamientos cada escritor u orador. • **fraseología** n.f. **1.** Modo de ordenar las frases, peculiar a cada escritor. **2.**Superabundancia de palabras.

frasquera n.f. Caja especialmente dispuesta para llevar frascos.

fraternidad n.f. Unión y buen entendimiento entre hermanos o entre los que se tratan como tales. • **fraternizar** v.int. Iniciar o sostener entre sí una relación muy afectuosa personas que no son hermanos.

fratricida n. y adj. Que mata a su hermano.

fraude o **fraudulencia** n.m. **1.** Engaño, hecho con malicia, con el cual alguien perjudica a otro y se beneficia a sí mismo. **2.** FOR Delito que comete el encargado de vigilar la ejecución de contratos públicos, perjudicando los intereses del Estado de acuerdo con la otra parte.

fray n.m. Apócope de fraile, precediendo al nombre de los religiosos.

frazada n.f. Manta.

freático,a adj. GEOL **1.** Se dice de las aguas acumuladas en el subsuelo. **2.** Dícese de la capa del suelo que contiene estas aguas.

frecuencia n.f. **1.** Repetición a menudo de un acto o suceso. **2.** FIS En un movimiento periódico, número de oscilaciones o de vibraciones, que se producen durante cada unidad de tiempo. **3.** TECN Número de observaciones estadísticas correspondientes a un suceso dado. • **frecuencímetro** n.m. TECN Aparato que sirve para medir frecuencias acústicas. • **frecuentar** v.tr. **1.** Repetir un acto a menudo. **2.** Concurrir con frecuencia a un lugar. • **frecuente** adj. **1.** Repetido a menudo. **2.** Usual, común.

ENCICL La frecuencia de un movimiento vibratorio es igual a la inversa de su período. Está ligada a la longitud de onda λ por la relación $V = \lambda f$, siendo V la velocidad de la onda. Las frecuencias *acústicas* van de 20 a 20.000 Hz. Las frecuencias *radioeléctricas* (o *radiofrecuencias)* van de 3 kHz (muy bajas frecuencias, longitudes de onda muy altas) a 3.000 mHz (frecuencias muy altas, longitudes de onda muy cortas). Las frecuencias de los *rayos luminosos* son aún más elevadas (de 10^{12} Hz para el infrarrojo, a $1,5 \cdot 10^{16}$ Hz para el ultravioleta). La medición de las frecuencias se realiza por comparación con una frecuencia patrón lo suficientemente estable (oscilador de cuarzo o reloj atómico, p. ej.).

free-lance n.m. y f. Persona que ejerce su profesión de manera independiente, especialmente en el campo editorial y periodístico.

fregado,a **I.** adj. **1.** *Arg., Chile, Ecuad.* y *Nicar.* Majadero. **2.** *Col.* Tenaz, terco. **3.** *Ecuad.* y *Pan.* Exigente. **4.** *Méx.* Bellaco, perverso. **II.** n.m. **1.** Acción y efecto de fregar. **2.** Fig. y Fam. Enredo, negocio poco decente.

fregar **I.** v.tr. **1.** Restregar con fuerza una cosa con otra. **2.** Limpiar alguna cosa restregándola con estropajo empapado en agua y jabón. **II.** v.tr. y prnl. *Amér.* Fig. y Fam. Fastidiar. • **fregadero** n.m. Dispositivo que hay en las cocinas con recipientes para fregar los cacharros.

fregotear v.tr. Fam. Fregar de prisa y mal.

freír **1.** v.tr. y prnl. Guisar una comida poniéndola al fuego en una sartén con aceite o manteca. **2.** v.tr. Fig. Exasperar a alguien. — *Arg.* y *Chile. Estar frito.* Hallarse en situación difícil. • **freiduría** n.f. Tienda donde se fríe pescado para la venta.

frejol n.m. Judía (planta). ▷ Fruto y semilla de esta planta.

frenar v.tr. Moderar o parar con el freno el movimiento de una máquina o de un vehículo.

frenesí n.m. **1.** Delirio. **2.** Fig. Violenta exaltación de una pasión. • **frenético,a** adj. **1.** Poseído de frenesí. **2.** Furioso.

frénico adj. ANAT Del diafragma.

frenillo n.m. **1.** Membrana que sujeta la lengua por la línea media de la parte inferior, y que, cuando se desarrolla demasiado, estorba para hablar. **2.** Ligamento que sujeta el prepucio al bálano. **3.** Bozal o mordaza. **4.** *Amér. Central* y *Cuba.* Cada una de las cuerdas o tirantes que lleva la cometa. **5.** MAR Cabo para diversos usos.

freno n.m. **1.** Dispositivo que sirve en las máquinas y vehículos para moderar o detener el movimiento. **2.** Fig. Sujeción que se pone a uno para moderar sus acciones.

ENCICL Para frenar un vehículo es necesario transformar su energía cinética (proporcional a la masa del vehículo y al cuadrado de su velocidad), en otra forma de energía (calor o electricidad, p. ej.). Los sistemas de frenado más corrientes reducen la velocidad por frotamiento de un sólido sobre otro (frenos de disco y de tambor), o sobre aire (aerofrenos y paracaídas). En las locomotoras eléctricas se hace funcionar el motor como generatriz; la corriente así producida es vuelta a enviar a la red, lo que produce una economía de energía. Los aviones equipados con turborreactores utilizan la inversión del chorro de sus motores; este modo de frenado (por un empuje que se opone al movimiento) se emplea para modificar la órbita de los satélites artificiales y para reducir la velocidad de los vehículos espaciales en el momento del aterrizaje sobre un planeta.

frenología n.f. Hipótesis fisiológica que considera el cerebro como una agregación de órganos, a cada uno de los cuales corresponde diversa facultad intelectual, instinto o afecto.

frenopatía n.f. PATOL Parte de la medicina que estudia las enfermedades mentales.

frente **I.** n.f. **1.** Parte superior de la cara. **2.** Fig. Semblante, cara. **3.** Parte delantera de una cosa. **4.** En la carta u otro documento, blanco que se deja al principio. **5.** MILIT Primera fila de la tropa formada o acampada. **6.** MILIT Extensión o línea de territorio continuo en que combaten los ejércitos. **II.** n.m. o f. **1.** Fachada de un edificio. **2.** Cara de una moneda o primera página de un libro. **III.** METEOR Superficie que separa dos masas de aire diferentes.

freón n.m. Derivado fluorado, utilizado especialmente como fluido frigorífico.

1. fresa n.f. BOT Planta de la familia de las rosáceas con tallos rastreros y fruto de color rojo. ▷ Fruto de esta planta.

2. fresa n.f. Máquina-herramienta constituida por una serie de cuchillas o buriles que, con movimiento circular, sirve para labrar metales o abrir agujeros en ellos. También se emplea en odontología. • **fresadora** n.f. Máquina provista de fresas que sirve para labrar metales.

fresco n.m. **I. 1.** Frío moderado. **2.** Reciente, acabado de hacer, de coger, etc. **3.** *Amér. Central, Méx.* y *Perú.* Refresco. **4.** Fig. Descansado. — Fig. y Fam. *Estar* o *quedar uno fresco.* Estar o quedar, mal en un negocio o pretensión. **5.** Pintura hecha en paredes y techos con colores disueltos en agua de cal y extendidos sobre una capa de estuco fresco. v. ENCICL • **fresca** n.f. **1.** Frío moderado. **2.** El frescor de las primeras horas de la mañana o de las últimas de la tarde en tiempo caluroso. **3.** Fam. Expresión descarada o insolente. • **frescales** n.m. y f. Fam. Persona fresca. • **frescura** n.f. **1.** Calidad de fresco. ▷ Cualidad de las cosas que están frescas. **2.** Cosa hecha con desenfado o desvergüenza.

ENCICL Tanto los egipcios como los cretenses poseían (en el templo de Medinet-Abu y en el palacio de Cnossos, respectivamente), la técnica del fresco, que también conocían los romanos (Pompeya). En Europa hay numerosos frescos realizados en los ss. XI y XII (iglesias románicas), pero es en Italia donde alcanzan su máximo esplendor, con Giotto, Masaccio, Piero della Francesca, Miguel Ángel.

fresno n.m. Árbol de la familia de las oleáceas, con tronco grueso.

fresón n.m. Fruto semejante a la fresa, pero de volumen mucho mayor.

fresquería n.f. *Amér.* Despacho de refrescos.

fresquilla n.f. Especie de melocotón.

frialdad n.f. **1.** Sensación que proviene de la falta de calor. **2.** Impotencia para la generación. **3.** Fig. Apatía en el trabajo. **4.** Fig. Necedad. **5.** Fig. Indiferencia, despego.

frica n.f. *Chile.* Azotaina, zurra.

fricandó n.m. Cierto guiso de la cocina francesa.

fricativo,a adj. GRAM Dícese de los sonidos cuya articulación hace que éste salga con roce en los órganos bucales. ▷ n.f. y adj. Se dice de la letra que representa este sonido.

fricción n.f. **1.** Acción y efecto de friccionar. **2.** Roce de dos cuerpos en contacto. **3.** pl. Fig. Desavenencias.

friccionar v.tr. Restregar.

friega n.f. **1.** Fricción aplicada a alguna parte del cuerpo como medio curativo. **2.** *Col., C. Rica* y *Ecuad.* Molestia. **3.** Fig. y Fam. Tunda.

friganeidos n.m. Familia de insectos (orden de los tricópteros, superorden de los neuroptiroideos), cuyas larvas, acuáticas, están protegidas por una funda construida con granos de arena, pequeñas ramitas, etc.

frigidez n.f. **1.** Frialdad. **2.** Ausencia de placer o apetito sexual.

frigorífico,a **1.** adj. Que produce artificialmente gran descenso de temperatura. **2.** n. y adj. Se dice de las cámaras o espacios enfriados artificialmente para conservar frutas, carnes, etc.

frijol n.m. *Amér.* Fréjol.

frijolillo n.m. BOT *Cuba.* Árbol silvestre, de la familia de las papilionáceas, de madera fuerte.

frimario n.m. Tercer mes del calendario republicano francés, cuyos días primero y último coincidían, respectivamente, con el 21 de noviembre y el 20 de diciembre.

fringílido n. y adj. ZOOL Dícese de pájaros del suborden de los conirrostros, como el gorrión y el jilguero. ▷ n.m.pl. ZOOL Familia de estos animales.

frío,a **I.** adj. **1.** Aplícase a los cuerpos cuya temperatura es muy inferior a la ordinaria del ambiente. **2.** Fig. Impotente o indiferente al placer sexual. **3.** Fig. Que respecto de una persona o cosa muestra indiferencia o desafecto. **4.** Fig. Sin gracia, espíritu ni agudeza. **5.** Fig. Ineficaz. **II.** n.m. **1.** Sensación que se experimenta por el contacto con algo frío o en un ambiente frío. v. ENCICL **2.** Temperatura muy baja. **3.** Voz que se emplea para advertir a una persona que está lejos de encontrar un objeto escondido o de acertar algo. **III.** Fig. *En frío.* Sin estar bajo la impresión inmediata de las circunstancias del caso. • **friolero,a** adj. Muy sensible al frío.

ENCICL Enfriar un cuerpo consiste en quitarle el calor. Si los fluidos naturales de los que se dispone (aire o agua, p. ej.) están a una temperatura inferior a la que se desea alcanzar, un simple cambio de calor (por convención natural o forzada) es suficiente. En caso contrario, hay que poner en juego un fenómeno de absorción de calor para reducir el nivel de la temperatura, consumiendo energía. Se procede así en las máquinas frigoríficas de absorción o de compresión, que permiten alcanzar unos 150 °C bajo cero. Las *máquinas de absorción* utilizan como fluido frigorígeno el amoníaco; los vapores se disuelven en el agua, desprendiendo un calor que se hace salir al exterior. Las *máquinas de compresión* utilizan el freón 12, o el freón 22, que se vaporiza en el interior de un evaporador, tomando calor del recinto que se quiere enfriar. Los vapores se comprimen entonces y se condensan, desprendiendo un calor que se elimina. Las temperaturas más próximas al cero absoluto (es decir, —273,15 °C) se obtienen por *expansión de un gas* previamente comprimido. El *enfriamiento termoeléctrico* se basa en las propiedades de los semiconductores (v.); las zonas de contacto recorridas por la corriente P hacia N absorben la energía eléctrica y se calientan, mientras que las recorridas de N hacia P producen energía eléctrica y se enfrían. Las temperaturas extremadamente bajas se obtienen por desmagnetización *adiabática;* se magnetiza la sustancia y se aísla térmicamente, después se desmagnetiza y la temperatura baja; tal proceso ha permitido alcanzar temperaturas cercanas a una millonésima de kelvin del cero absoluto.

Las aplicaciones del frío son numerosas: conservación de los productos alimenticios, desecación por liofilización, acondicionamiento de aire y climatización, usos en medicinas y en biología, licuefacción del hidrógeno para la propulsión de cohetes, supraconductividad (aumento de la conductividad de ciertos cuerpos al acercarse al cero absoluto). El conjunto de los procesos de producción de frío a baja temperatura se llama *criogenia.* Los *criógenos* más utilizados son el nitrógeno líquido (—196 °C), el hidrógeno líquido (—253 °C) y el helio líquido (—296 °C). v. crio- y licuefacción.

friolera n.f. Cosa de poca importancia.

friso n.m. **1.** ARQUIT Parte del cornisamento que media entre el arquitrabe y la cornisa, donde suelen ponerse follajes y otros adornos. **2.** Parte interior de las paredes, de distinto material o pintada de distinto color que el resto.

frísol n.m. Judía.

fritada n.f. Conjunto de cosas fritas. • **fritanga** n.f. Fritada. A veces se usa en sentido despectivo.

fritillaria n.f. Género de plantas liliáceas que incluye la fritillaria pintada.

frito,a **I.** Part. pas. irreg. de *freír*. **II.** n.m. **1.** Fritada. **2.** Cualquier manjar frito. — Fig. y Fam. *Estar uno frito*. Estar impaciente. — *Arg.* y *Chile*. Hallarse en situación difícil.

frívolo,a adj. Ligero o superficial. • **frivolidad** n.f. Calidad de frívolo.

1. fronda n.f. **1.** Hoja de una planta. **2.** BOT Hoja de los helechos. **3.** pl. Conjunto de hojas o ramas que forman espesura.

2. fronda n.f. CIR Vendaje de lienzo, de cuatro cabos y forma de honda.

frontal **I.** adj. **1.** ANAT Perteneciente o relativo a la frente. **2.** GEOL Que es paralelo al plano vertical de proyección. **II.** n.m. **1.** Guarnición con que se adorna la parte delantera del altar. **2.** ANAT Hueso frontal. **3.** *Col.*, *Ecuad.* y *Méx.* Correa o cuerda que ciñe la frente del caballo. **4.** ARQUIT Madero horizontal.

frontera n.f. **1.** Confín de un Estado. **2.** Frontis. **3.** Cada una de las fajas o refuerzos que se ponen en el serón por la parte de abajo. **4.** ALBAÑ Tablero fortificado con barrotes que sirve para sostener los tapiales que forman el molde de la tapia, en los finales o esquinas. • **fronterizo,a** adj. **1.** Que está o sirve en la frontera. **2.** Que está enfrente de otra cosa.

frontero,a **I.** adj. Puesto y colocado enfrente. **II.** adv. l. Enfrente.

frontis n.m. **1.** Fachada. **2.** Muro del frontón contra el que se lanza la pelota. • **frontispicio** n.m. **1.** Fachada o delantera de un edificio, mueble u otra cosa. **2.** Dorso de la primera hoja de un libro, que queda enfrente de la portada y que suele contener el título y algún grabado. **3.** Fig. y Fam. Cara, parte anterior de la cabeza. **4.** ARQUIT Frontón.

frontón n.m. **1.** Pared contra la cual se lanza la pelota en el juego del mismo nombre. **2.** Edificio o sitio dispuesto para jugar a la pelota. **3.** Frente de una mina en que se trabaja en dirección horizontal. **4.** Parte escarpada de una costa. **5.** ARQUIT Remate triangular de una fachada o de un pórtico.

frotar v.tr. y prnl. Pasar una cosa sobre otra con fuerza muchas veces.

frotis n.m. MED Exposición sobre una lámina, para su examen al microscopio, de una secreción, de un líquido.

fructificar v.int. **1.** Dar fruto los árboles y otras plantas. **2.** Fig. Producir utilidad una cosa.

fructosa n.f. BIOQUIM Azúcar (hexosa de fórmula $C_6H_{12}O_6$, que posee una función cetona), existente en el organismo en forma libre y en diversos holósidos (sacarosa, insulina).

frugal adj. Moderado en comer y beber. • **frugalidad** n.f. Templanza en la comida y la bebida.

frugívoro,a adj. Se aplica al animal que se alimenta de frutos.

fruición n.f. **1.** Goce muy vivo en el bien que uno posee. **2.** Complacencia, goce en general. • **fruir** v.int. Sentir placer consciente y activamente con una cosa.

frumentario,a adj. Perteneciente o relativo al trigo y otros cereales.

fruncir **I.** v.tr. **1.** Arrugar la frente y las cejas en señal de disgusto o de ira. **2.** Recoger una tela haciendo en ella unas arrugas pequeñas. **3.** Estrechar y recoger una cosa. **II.** v.prnl. Fig. Simular modestia y recogimiento. • **frunce** n.m. Arruga o pliegue.

fruslería n.f. **1.** Cosa de poco valor o entidad. **2.** Fig. y Fam. Dicho o hecho de poca sustancia.

frustración n.f. **1.** Acción y efecto de frustrar o frustrarse. **2.** PSICOAN Situación de un sujeto imposibilitado para satisfacer una pulsión. (El sujeto puede reaccionar ante la frustración mediante conductas de compensación o de sublimación.) • **frustrar** **I.** v.tr. Privar a uno de lo que esperaba. **II.** v.tr. y prnl. **1.** Dejar sin efecto, malograr un intento. **2.** FOR Dejar sin efecto un propósito contra la intención del que procura realizarlo.

frústulo n.m. BOT Caparazón silíceo de las diatomeas.

fruta n.f. **1.** Fruto de algunas plantas. **2.** Fig. y Fam. Producto de una cosa o consecuencia de ella.

frutal n. y adj. Se dice del árbol que lleva fruta.

frutería n.f. Tienda o puesto donde se vende fruta.

frutero,a **I.** adj. Que sirve para llevar o para contener fruta. **II.** n.m. y f. Persona que vende fruta. **III.** n.m. **1.** Recipiente destinado a contener y servir la fruta. **2.** Cuadro o lienzo pintado de diversos frutos. **3.** Canastillo de frutas imitadas.

frutescente adj. BOT Que se parece a un arbusto.

frútice n.m. BOT Cualquier planta casi leñosa y de aspecto semejante al de los arbustos.

fruticultura n.f. Cultivo de las plantas que producen frutas. ▷ Técnica que enseña este cultivo.

frutilla n.f. *Amér. Merid.* Especie de fresón americano. — BOT *Chile*. *Frutilla del campo*. Arbusto de la familia de las ramnáceas, de ramas alargadas y derechas.

fruto n.m. **1.** BOT Producto del desarrollo del ovario después de haberse efectuado la fecundación en el cual están contenidas las semillas y a cuya formación cooperan con frecuencia el cáliz y otras partes de la flor. v. ENCICL. **2.** Cualquier producción de la tierra que rinde alguna utilidad. **3.** La del ingenio o del trabajo humano. **4.** Fig. Utilidad y provecho. **5.** pl. Producciones de la tierra, de que se hace cosecha.

ENCICL El fruto, resultado de la evolución de un carpelo o del pistilo, es específico de las «plantas con flores» (fanerógamas); contiene las semillas, que resultan de la evolución de los óvulos. Los frutos se clasifican en tres categorías: *frutos secos indehiscentes* (tanto los aquenios como las cariópsides de las gramíneas); *frutos secos dehiscentes* (folículo, vaina, silicua); *frutos carnosos* (bayas y drupas). Los *falsos frutos*, como la piña, la fresa, etc., son frutos a los que se han incorporado partes de la flor o de la inflorescencia diferentes del carpelo o del pistilo. Los *frutos compuestos* resultan del conglomerado de muchos frutos; p.ej., una frambuesa es el resultado de la unión de pequeñas bayas.

FSH, foliculoestimulina. Siglas de las palabras inglesas *follicle stimulating hormone*.

ftálico adj. QUIM *Ácido ftálico*. Diácido de fórmula $C_6H_4(CO_2H)_2$ utilizado en la fabricación de resinas gliceroftálicas y de ciertos tejidos sintéticos. • **ftálato** n.m. QUIM Sal o éster del ácido ftálico.

fu **1.** Bufido del gato. **2.** Interj. de desprecio.

fucales n.m.pl. BOT Orden de feófitos (algas pardas) entre las que el género *Fucus* es el más característico. • **fucáceas** n.f.pl. Familia más característica de las fucales.

fucsia n.f. Arbusto de la familia de las oenoteráceas, con ramos lampiños y flores de color rojo oscuro.

fucsina n.f. QUIM Materia colorante sólida que se emplea para teñir la seda y la lana de rojo oscuro.

Fucus n.m. Género de algas pardas de talo encintado y ramificado.

fuego n.m. **I. 1.** Combustión que se manifiesta con desprendimiento de luz, calor intenso y, frecuentemente, llama. ▷ Materia encendida en brasa o llama. — *Fuego fatuo*. Inflamación de ciertas materias que se elevan de las sustancias animales o vegetales en putrefacción. **2.** Incendio. **3.** Efecto de disparar las armas de fuego. **4.** pl. Cohetes y otros artificios de pólvora, que se hacen para diversión. **II. 1.** Fig. Entusiasmo o pasión con que se hace algo. **2.** Fig. Erupción que sale en algún lugar del cuerpo.

fuel-oil n.m. PETROQUIM Combustible líquido, de color pardo oscuro o negro derivado del petróleo.

fuelle n.m. **I. 1.** Instrumento que sirve para soplar, por ejemplo el fuego o en un órgano. **2.** Bolsa de cuero de la gaita gallega. **II.** Trozo de tela o de otra materia flexible plegado en forma semejante al cuero del fuelle. **III.** Fig. Conjunto de nubes que se dejan ver sobre las montañas, y que regularmente son señales de viento.

fuente n.m. **I. 1.** Manantial de agua que brota de la tierra. ▷ Lugar del que fluye con abundancia un líquido. **2.** Aparato o artificio con que se hace salir el agua en algún lugar para diferentes usos, trayéndola encañada desde los manantiales o desde los depósitos. **3.** Construcción, a veces un monumento histórico, en que hay instalados caños o surtidores de agua. **II. 1.** Pila, recipiente bautismal. **2.** Plato grande, más o menos hondo, que se usa para servir las viandas. ▷ Cantidad de vianda que cabe en este plato. **III. 1.** Fig. Fundamento u origen de una cosa. ▷ FIS Sistema, objeto, etc., generador de ondas eléctricas, sonoras, etc.; lugar de donde provienen esas ondas. **2.** Documento, obra o materiales que sirven de información o de inspiración a un autor. **3.** CIR Úlcera abierta para que supure.

fuera adv. l. y t. A o en la parte exterior de cualquier espacio o término real o imaginario. — *Estar uno fuera de sí*. Estar enajenado, no ser dueño de sus acciones. — *Fuera de*. M.adv. conjuntivo; precediendo a sustantivos, significa excepto, salvo.

fueraborda o **fuera borda** n.m. invariable. DEP Lancha rápida con el motor situado en la parte trasera, fuera del casco.

fuero n.m. **1.** Ley o código dados para un municipio durante la Edad Media. **2.** Jurisdicción. **3.** Nombre de algunas compilaciones de leyes. **4.** Cada uno de los privilegios y exenciones que se conceden a una provincia, ciudad o persona. **5.** Privilegio que se reconoce a ciertas actividades, principios, etc. **6.** FOR Competencia a la que legalmente las partes están sometidas y por derecho les corresponde.

fuerte **I.** adj. **1.** Que tiene resistencia. **2.** Robusto. **3.** Animoso, varonil. **4.** Duro como el diamante, el acero, etc. **5.** Hablando del terreno, abrupto. **6.** Dícese del lugar resguardado con obras de defensa. **7.** Fig. Terrible, excesivo. **8.** Fig. De mal genio. **9.** Fig. Muy vigoroso y activo. **10.** Fig. Persuasivo. **11.** Fig. Versado en una ciencia o arte. **12.** GRAM Se dice de la forma gramatical que tiene el acento en el tema. **13.** QUIM *Ácido fuerte, base fuerte*. El que es capaz de disociarse completamente en disolución. **II.** n.m. **1.** Recinto fortificado. — *Hacerse fuerte*. Fortificarse en algún lugar para defenderse. — Fig. Resistirse a condescender en alguna cosa. **2.** Fig. Aquello a que una persona tiene más afición o en que más sobresale. **3.** MUS Esfuerzo de la voz en el pasaje o nota que señala el signo representado con una *f*. **III.** adv.m. **1.** Con fuerza. **2.** Abundantemente, aplicado a comer o beber.

fuerza n.f. **I. 1.** Vigor y capacidad para mover algo o realizar trabajo. — *Sacar uno fuerzas de flaqueza.* Hacer esfuerzo extraordinario a fin de lograr aquello para que se considera débil o impotente. **2.** Capacidad de una cosa para producir efecto. **3.** Grueso o parte principal de un todo. **4.** Refuerzo que ponen los sastres al canto de las ropas entre la tela principal y el forro. **II.** Coacción. — Fam. *A la fuerza ahorcan.* Fr. con que se da a entender que uno se ve o se ha visto obligado a hacer alguna cosa contra su voluntad. **III.** MEC Resistencia que se opone al movimiento. — *Fuerza centrífuga.* Fuerza de inercia que se manifiesta en todo cuerpo cuando se le obliga a describir una trayectoria curva. — *Fuerza centrípeta.* Aquella que es preciso aplicar a un cuerpo para que, venciendo la inercia, describa una trayectoria curva. — *Fuerza de inercia.* Resistencia que oponen los cuerpos a obedecer a la acción de las fuerzas. **IV. 1.** Fortaleza. **2.** pl. Ejército. **V.** ELECTR *Fuerza electromotriz.* Magnitud física que se manifiesta por la diferencia de potencial que origina entre los extremos de un circuito abierto o por la corriente que produce en un circuito cerrado. **VI.** *Fuerzas vivas.* Se dice de las clases dedicadas a la industria y el comercio en un sitio.

fufú n.m. **1.** *Col., Cuba* y *P. Rico.* Comida hecha de plátano, ñame o calabaza. **2.** *P. Rico.* Hechizo.

fuga n.f. **I. 1.** Huida apresurada. **2.** Salida accidental de un fluido. **II.** MUS Composición que gira sobre un tema y su contrapunto, repetidos con cierto artificio por diferentes tonos. **III.** Indiscreción, comunicación ilícita de documentos. **IV.** *Fuga de consonantes.* Escrito en que las consonantes se sustituyen por puntos. ▷ *Fuga de vocales.* Cuando las que se sustituyen por puntos son las vocales. **V.** GEOM *Punto de fuga.* En un dibujo en perspectiva, punto situado sobre la línea del horizonte, hacia el que convergen las proyecciones de las rectas horizontales.

fugaz adj. **1.** Que con velocidad huye y desaparece. **2.** Fig. De muy corta duración.

fugitivo,a n. y adj. Que anda huyendo o pasa fugazmente.

-fugo Sufijo procedente del latín *fugere,* «huir», y *fugare,* «hacer huir».

fulano,a n.m. y f. **1.** Voz con que se suple el nombre de una persona, cuando se ignora o no se quiere expresar. **2.** Persona indeterminada o imaginaria. **3.** Con referencia a una persona determinada se usa como despectivo.

fular n.m. Tela fina de seda.

fulero,a adj. **1.** Fam. Chapucero. **2.** Se dice de la persona falsa, embustera.

fulgente o **fúlgido,a** adj. Brillante.

fulgor n.m. Brillo muy intenso.

fúlica n.f. Ave del orden de las zancudas, especie pequeña de polla de agua.

fulmicotón n.m. QUIM Nitrocelulosa empleada en la fabricación de pólvoras.

fulminar v.tr. **1.** Arrojar rayos. **2.** Fig. Arrojar bombas. **3.** Fig. Dictar o imponer sentencias, censuras, etc. **4.** Fig. Dirigir a alguien una mirada muy irritada o colérica. • **fulminante 1.** adj. Se aplica a las enfermedades muy graves, repentinas y por lo común mortales. **2.** n. y adj. Se dice de las materias o compuestos que estallan con explosión.

fulminato n.m. QUIM Cada una de las sales formadas por el ácido fulmínico con bases explosivas. ▷ P.ext., cualquier materia explosiva.

fulmínico adj. QUIM Se dice del ácido que es isómero del ácido ciánico, cuya fórmula es CNOH.

full n.m. En el póquer, reunión en una misma mano de un trío y una pareja.

fullería n.f. **1.** Trampa y engaño que se comete en el juego. **2.** Fig. Astucia con que se pretende engañar.

fumagina n.f. BOT Enfermedad de los árboles frutales producida por diversos hongos de color oscuro.

fumante adj. QUIM Se dice del ácido cuyos vapores forman una neblina al contacto con el vapor de agua de la atmósfera.

fumar **I.** v.int. Echar o despedir humo. **II.** v.int. y tr. Aspirar y despedir el humo de un cigarrillo, cigarro o pipa. **III.** v.prnl. Fig. y Fam. **1.** Gastar una cosa de modo poco sensato. **2.** Fig. y Fam. Dejar de acudir a una obligación.

fumaria n.f. Hierba de la familia de las papaveráceas, con tallo tendido y frutos esferoidales.

fumariáceas n.f.pl. BOT Familia de dialipétalas muy cercanas a las papaveráceas (adormideras).

fumárico adj. QUIM *Ácido fumárico.* Isómero del ácido maleico, que interviene en el metabolismo de la célula viva.

fumarola o **fumorola** n.f. Grieta de la tierra en las regiones volcánicas, por donde salen gases sulfurosos o vapores.

fumigar v.tr. Desinfectar por medio de algún gas.

fumista n.m. y f. El que hace, vende o arregla cocinas, chimeneas o estufas.

fumívoro,a adj. Se aplica a los hornos y chimeneas de disposiciones especiales para disminuir la salida de humo.

funámbulo,a n.m. y f. Acróbata que hace ejercicios en la cuerda o el alambre.

función n.f. **I. 1.** Ejercicio de un órgano o aparato de los seres vivos, máquinas o instrumentos. **2.** QUIM Forma de reacción común a varios cuerpos. **3.** GRAM *Función sintáctica de una palabra.* Su relación con las otras palabras de una frase, de una oración, de un grupo de palabras. **4.** MAT Relación que existe entre una variable y una o más variables distintas. Esta relación, llamada también función algebraica, se escribe generalmente como $f(x)$, «función de x» o «f de x», donde x es la variable dependiente. v. también: aplicación. **II.** Acción y ejercicio de un empleo, facultad u oficio. **III.** Acto público, diversión o espectáculo a que concurre mucha gente. • **funcional** adj. **1.** Relativo a las funciones. **2.** Aplícase al objeto, mueble, etc., cuya forma está condicionada a la función que ha de desempeñar.

funcionalismo n.m. **1.** Principio estético según el cual la forma de un edificio, de un mueble o de un objeto debe resultar de una adaptación perfectamente racional a su uso. **2.** Teoría etnológica según la cual una sociedad representa un todo orgánico cuyos diferentes componentes se explican por la función que realizan.

funcionar v.int. Ejecutar una persona, máquina, etc., las funciones que le son propias.

funcionario,a n.m. y f. Persona que desempeña un empleo público.

functor n.m. MAT En la teoría de las categorías (v. conjunto), operador que hace corresponder a todo objeto de una categoría un objeto de otra categoría.

funche n.m. *Cuba, Méx.* y *P. Rico.* Especie de gachas de harina de maíz.

funda n.f. Cubierta o bolsa con que se envuelve una cosa para resguardarla.

fundación n.f. **1.** Acción y efecto de fundar. **2.** Principio y origen de una cosa. **3.** Documento en que constan las cláusulas de una institución de mayorazgo, obra pía, etc. **4.** FOR Entidad benéfica o cultural constituida y sostenida con los bienes de un particular.

fundamental adj. **1.** Que sirve de fundamento o es lo principal en una cosa. **2.** GEOM Se aplica a la línea que, dividida en un número grande de partes iguales, sirve de fundamento para dividir las demás líneas que se describen en la pantómetra.

fundamento n.m. **1.** Cimiento en que se funda un edificio u otra cosa. **2.** Hablándose de personas, seriedad, formalidad. **3.** Razón principal o motivo con que se pretende afianzar y asegurar una cosa. **4.** Trama de los tejidos. **5.** Fig. Raíz y origen en que estriba y tiene su mayor fuerza una cosa no material.

fundar **I.** v.tr. **1.** Edificar materialmente. **2.** Erigir, instituir un mayorazgo, una entidad cultural o benéfica, dándoles rentas y estatutos para que subsistan. **3.** Establecer, crear. **II.** v.tr. y prnl. **1.** Apoyar alguna cosa material sobre otra. **2.** Fig. Apoyar con razones una cosa.

fundente **I.** adj. QUIM Que facilita la fundición. **II.** n.m.**1.** QUIM Sustancia que se mezcla con otra para facilitar la fusión de ésta. **2.** MED Medicamento que resuelve una inflamación.

fundición n.f. **1.** Acción y efecto de fundir o fundirse. **2.** Procedimiento de fusión de los metales. ▷ Fábrica en que se funden los metales. **3.** IMP Conjunto de todos los moldes o letras de una clase para imprimir. **4.** Aleación de hierro y carbono con un contenido de éste superior al 2,5 %.

ENCICL Las fundiciones son aleaciones de hierro y de carbono, siendo la proporción de este último entre un 2,5 y un 6 %. El afinado de la fundición da origen al acero. Las fundiciones blancas (2,5 a 3,5 % de carbono, presente sobre todo en forma de cementita) son duras y quebradizas. Las grises (3,5 a 6 % de carbono) contienen sobre todo grafito y se utilizan en la industria del moldeo. Las especiales contienen distintos elementos y se utilizan para la preparación de aceros especiales.

fundido,a **1.** adj. TECN Se dice del acero elaborado en crisol. ▷ Se dice del metal en estado líquido. **2.** CINEM Transición gradual de una imagen a otra durante su proyección en la pantalla.

fundir **I.** v.tr. **1.** Derretir y convertir en líquidos los metales, los minerales u otros cuerpos sólidos. **2.** Dar forma en moldes al metal en fusión. **II.** v.tr. y prnl. **1.** Reducir a una sola dos o más cosas diferentes. **2.** Dejar de funcionar un artefacto eléctrico por haberse saltado o quemado el hilo de resistencia. Fig. y Fam. *Amér.* Arruinarse. **III.** v.prnl. Fig. Unirse intereses, ideas o partidos que antes estaban en pugna.

fúnebre adj. **1.** Relativo a los difuntos. **2.** Fig. Muy triste o sombrío. • **funeral I.** adj. Perteneciente a entierro o exequias. **II.** n.m. **1.** Pompa y solemnidad con que se hace un entierro. **2.** Exequias. • **funeraria** n.f. Empresa que se encarga de los entierros.

funesto,a adj. Triste y desgraciado.

fungible adj. Que se consume con el uso.

fungicida o **funguicida** n. y adj. Se dice del agente que destruye los hongos.

fungistático n.m. y adj. Se dice de las sustancias que impiden o inhiben la actividad vital de los hongos. ▷ FARM P. ext., medicamento empleado para combatir las micosis de hombres y animales.

fungoso,a adj. Esponjoso, fofo.

funicular n. y adj. Se aplica al vehículo o artefacto en el cual la tracción se hace por medio de una cuerda, cable o cadena.

furano n.m. QUIM Compuesto orgánico heterocíclico (C_4H_4O) cuya estructura es análoga a la del benceno.

furcia n.f. Prostituta.

furgón n.m. **1.** Coche o vagón cubierto que se emplea para transporte de muebles, de bagajes en la guerra. **2.** Vagón de ferrocarril en que se transportan los equipajes. • **furgoneta** n.f. Automóvil cubierto, más pequeño que el camión, destinado al reparto de mercancías.

furia n.f. **I.** Cada una de las tres divinidades infernales en que se personificaban los remordimientos. **II. 1.** Ira exaltada. **2.** Acceso de demencia. **3.** Fig. Persona muy irritada. **4.** Ímpetu y violencia con que una cosa obra o se mueve. **III.** Momento de mayor intensidad de una moda o costumbre.

furia española (día de la), sublevación de las tropas españolas en Amberes que se produjo el día 4 de noviembre de 1756 a causa del atraso en las pagas. Los soldados, enfurecidos, saquearon la ciudad.

furibundo,a adj. Lleno de furia.

furor n.m. **I. 1.** Cólera. **2.** Fig. Entusiasmo del poeta cuando compone. **3.** Fig. Ímpetu, furia. **4.** Fig. Frenesí, afición extraordinaria. **II.** Momento de mayor intensidad de una moda o costumbre.

furris adj. Fam. *Méx.* y *Venez.* Malo.

furtivo,a adj. **1.** Que se hace a escondidas y como ocultándose. **2.** Se dice del que caza, pesca o hace leña sin permiso.

furúnculo n.m. MED Divieso.

fusa n.f. MUS Nota de música, cuyo valor es la mitad de la semicorchea.

Fusarium n.m. BOT Género de ascomicetes parásitos que incluye *Fusarium moniliferum,* causante del gigantismo en el arroz.

fusible adj. **1.** adj. Que puede fundirse. **2.** n.m. ELECTR Dispositivo de seguridad constituido por una aleación que se funde si la intensidad de la corriente es demasiado elevada, cortando así el circuito.

fusiforme adj. De figura de huso.

fusil n.m. Arma de fuego destinada al uso de los soldados de infantería, semejante a una escopeta, con un solo cañón, y que dispara con bala. — *Fusil ametrallador.* El automático que se puede montar sobre un pequeño trípode para apuntar mejor.

fusilar v.tr. **1.** MILIT Ejecutar a una persona con una descarga de fusilería. **2.** Fig. y Fam. Plagiar.

fusión n.f. **1.** Efecto de fundir o fundirse. **2.** Unión de intereses, ideas o partidos que estaban en pugna. **3.** FIS NUCL Reunión de varios átomos ligeros en un átomo pesado cuya masa es inferior a la masa total de los átomos de partida.

ENCICL La fusión nuclear parte de elementos ligeros (deuterio, tritio, litio) para producir otros más pesados (helio). La energía de fusión caracteriza a las estrellas (v.). La fusión nuclear se obtuvo artificialmente en octubre de 1952 (EE.UU., explosión de la primera bomba de hidrógeno). La *fusión controlada* es mucho más difícil de obtener; son indispensables un cierto número de condiciones previas: temperatura muy elevada (muchos cientos de millones de kelvins), densidad del plasma (mezcla de átomos y electrones) apropiada y tiempo de confinamiento del plasma (duración de las primeras reacciones) bastante largo. Si alguna sustancia no resiste tales temperaturas, el plasma debe ser *confinado* por medio de un campo magnético («botella magnética»). Las máquinas utilizadas para este fin se llaman «de espejos» o «totamaks», y permiten alcanzar temperaturas de 20 millones de kelvins en una décima de segundo. La fusión puede mantenerse por sí misma a partir de los 100 millones de kelvins, para una densidad del núcleo de 10^{15} por cm^3). La utilización de rayos láser se ha tenido en cuenta para aumentar la densidad del plasma, y por lo tanto, reducir el tiempo necesario del confinamiento (v. fisión y núcleo).

fusta n.f. **1.** Leña delgada. **2.** Cierto tejido de lana. **3.** Vara flexible o látigo largo y delgado.

fuste n.m. **I. 1.** Madera de los árboles. **2.** Vara, palo largo. — BOT Vástago, conjunto del tallo y las hojas. **II.** Cada una de las dos piezas de madera que tiene la silla del caballo. **III. 1.** Fig. Fundamento de un discurso, oración, escrito, etc. **2.** Fig. Nervio, sustancia o entidad. **IV.** ARQUIT Parte de la columna que media entre el capitel y la basa.

fustete n.m. Arbusto de la familia de las anacardiáceas. Se cultiva por el olor aromático de las hojas.

fustigar v.tr. **1.** Dar azotes a uno. **2.** Fig. Censurar con dureza.

fútbol o **futbol** n.m. Juego entre dos equipos de once jugadores que, con el pie y según determinadas reglas, deben introducir el balón en la portería contraria. • **futbolín** n.m. Juego compuesto de una mesa que representa un campo de fútbol, con jugadores que se accionan por medio de manivelas. • **futbolista** n.m. y f. Jugador de fútbol.

futilidad n.f. Poca o ninguna importancia de una cosa.

futre n.m. *Amér. Merid.* Figurín.

futurismo n.m. **1.** Actitud espiritual, cultural, política, etc., orientada hacia el futuro. **2.** Movimiento ideológico y artístico, cuyas orientaciones fueron formuladas por el poeta italiano Felipe Tomás Marinetti en 1909.

futuro,a **I.** adj. Que está por venir. **II.** n.m. **1.** Fam. Novio que tiene con su novia compromiso formal. **2.** Porvenir. **3.** GRAM Tiempo de verbo que expresa la acción que no ha sucedido todavía.

futurología n.f. Disciplina que pretende prever el porvenir en una perspectiva global.

G

g n.f. Octava letra del abecedario español y sexta de sus consonantes. Su nombre es *ge*.

g **1.** FIS Abreviatura de gramo. **2.** Aceleración de la gravedad (en París, g = 981 m/s²).

G **1.** QUIM Símbolo del glucinio. **2.** MUS Sol (en la notación alfabética).

Ga QUIM Símbolo químico del galio.

gabacho,a **I. 1.** n. (apl. a pers.) y adj. Fam. Desp. Francés. **2.** n.m. Fam. Lenguaje español plagado de galicismos. **II.** adj. Se aplica al palomo o paloma de casta grande y calzado de plumas.

gabán n.m. Abrigo, sobretodo.

gabardina n.f. **1.** Sobretodo de tela impermeable. **2.** Tela de tejido diagonal, de que se hacen esos sobretodos y otras prendas de vestir.

gabaríes, pueblos iraníes (aprox. 30.000 individuos en la actualidad, en las provincia de Yazd y de Kermān) que rechazaron en el s. VII el islam y conservaron la religión de Zoroastro.

gabarra n.f. **1.** Embarcación mayor que la lancha, que se usa para el transporte de mercancías por ríos y canales. **2.** Barco pequeño y chato destinado a la carga y descarga en los puertos.

gabinete n.m. **1.** Habitación para recibir visitas, de menos importancia que la sala o el salón. **2.** Colección de objetos curiosos o útiles para el estudio de algún arte o ciencia. **3.** Ministerio. **4.** Consejo de ministros.

gabro n.m. PETROG Roca plutónica granuda, oscura, muy densa. *El gabro y el basalto constituyen la base de los continentes.*

gacela n.f. Antílope algo menor que el corzo.

gaceta n.f. **1.** Periódico en que se dan noticias de algún ramo especial de literatura, de administración, etc. **2.** Fam. Correveidile.

gacetilla n.f. Parte de un periódico destinada a la inserción de noticias cortas. ▷ Cada una de estas mismas noticias.

gacha n.f. **I. 1.** Cualquier masa muy blanda que tiene mucho de líquida. **2.** *Col.* y *Venez.* Cuenco. **II.** pl. **1.** Comida compuesta de harina cocida con agua y sal, la cual se puede aderezar con leche, miel, etc. — **2.** Fig. y Fam. Lodo.

gacho,a adj. **1.** Encorvado. **2.** Se dice del buey o vaca que tiene los cuernos inclinados hacia abajo.

gachón,a adj. Fam. Que tiene gracia.

gachumbo n.m. *Amér.* Cubierta leñosa y dura de varios frutos, de los cuales se hacen vasijas y otros utensilios.

gádidos n.m.pl. ZOOL Familia de peces teleósteos (bacalao, pescadilla, merluza, etc.). • **gadiformes** n.m.pl. ZOOL Suborden de peces teleósteos; incluye entre otros a los gádidos. dos.

gaditano,a **1.** n. y adj. Natural de Cádiz. **2.** adj. Perteneciente o relativo a esta provincia o a su capital.

gadolinio n.m. QUÍM Elemento metálico de número atómico 64 y de masa atómica 157,25, que pertenece al grupo de las tierras raras (símbolo, *Gd*).

gaëls, pueblo de origen celta cuya implantación al O y al NO de las islas Británicas se remonta al primer milenio a. J.C. • **gaélico,a** n. y adj. Se aplica a los dialectos de la lengua céltica que se hablan en ciertas comarcas de Irlanda y Escocia.

gafa **I.** n.f. Grapa, pieza de metal para sujetar dos cosas. **II.** pl. Instrumento óptico compuesto de dos lentes montadas en una armadura que se apoya en las orejas.

gafe n.m. Fam. Aguafiestas, que trae mala suerte.

gag n.m. Efecto cómico en un filme o en cualquier representación escénica.

gaicano n.m. Rémora (pez).

gaita n.f. **1.** Nombre que reciben ciertos instrumentos musicales de viento. **2.** Fig. y Fam. Cosa ardua o engorrosa. **3.** Fig. y Fam. Cosa desagradable o molesta.

gaje n.m. Emolumento, salario de un destino o empleo. — *Gajes del oficio.* Molestias o perjuicios que se experimentan con motivo del empleo u ocupación.

gajo n.m. **1.** Rama del árbol. **2.** Cada uno de los grupos de uvas en que se divide el racimo. **3.** Racimo apiñado de cualquier fruta. **4.** Cada una de las partes en que está dividido el interior de algunos frutos. **5.** Cada uno de los vástagos o puntas de algunos instrumentos de labranza. **6.** Ramal de montes que deriva de una cordillera principal. **7.** *Arg.* Esqueje. **8.** *Hond.* Mechón de pelo. **9.** BOT Lóbulo de la hoja de una planta.

gal n.m. Antigua unidad de aceleración (sistema CGS) cuyo valor es de 1 cm/s².

gala-, galact-, galacto- Prefijos procedentes del griego *gala, galaktos,* «leche».

gala n.f. **I. 1.** Vestido sobresaliente y lucido. **2.** Lo más esmerado, exquisito y selecto de una cosa. **3.** pl. Trajes, joyas y demás artículos de lujo que se poseen y ostentan. **II. 1.** Regalos que se hacen a los que van a contraer matrimonio. **2.** *Méx.* Obsequio, recompensa, propina. **III.** Gracia, garbo en hacer o decir algo. **IV.** f. Recepción y fiesta generalmente de carácter oficial. Representación artística a la que asisten personalidades. **V.** *Gala de Francia.* Balsamina (planta gerantácea).

galabardera n.f. **1.** Rosal silvestre. **2.** Fruto de este arbusto.

galáctico adj. ASTRON Referente a la galaxia. ▷ Perteneciente a una galaxia.

galactita o **galactites** n.f. Arcilla jabonosa que se deshace en el agua, poniéndola de color de leche.

galactófago,a n. y adj. Que se mantiene de leche. • **galactóforo** adj. ANAT *Conductos galactóforos.* Conductos de la glándula mamaria que conducen la leche al pezón. • **galactógeno** adj. FISIOL Que determina la secreción láctea. • **galactómetro** n.m. Instrumento que sirve para medir la densidad de la leche. • **galactopoyesis** n.f. FISIOL Producción de leche por las glándulas mamarias gobernada por un control nervioso reflejo y por la acción de dos hormonas, la prolactina y la progesterona. • **galactosa** n.f. BIOQUIM Azúcar (hexosa cíclica), isómero de la glucosa, con la que se combina para formar la lactosa.

galalita n.f. La primera materia plástica, obtenida (1897) a partir de la caseína tratada por el formol.

galamperna n.f. Nombre vulgar de *Lepiota procera* y de *Amanita rubescens,* setas comestibles. ▷ *Falsa galamperna.* Amanita pantera, tóxica.

galán **I.** adj. Apócope de galano. **II.** n.m. **1.** Hombre de buen parecido. **2.** El que galantea a una mujer. **3.** CINEM, TEAT Actor que hace alguno de los principales papeles de hombre joven. **III. 1.** BOT *Galán de día. Cuba.* Arbusto de flores blancas en figura de clavo. **2.** BOT *Galán de noche. Cuba.* Arbusto escrofulariáceo, con flores blancuzcas, muy olorosas por la noche.

galanga n.f. **1.** BOT Planta exótica de la familia de las cingiberáceas. Aromática, amarga y picante. **2.** Rizoma de esta planta.

galano,a adj. **1.** Bien adornado. **2.** Dispuesto con buen gusto e intención de agradar. **3.** Que viste bien. **4.** Fig. Dicho del ingenio, elegante y gallardo.

galante adj. **1.** Atento, obsequioso, en especial con las damas. **2.** Se aplica a la mujer que gusta de galanteos.

galantear v.tr. **1.** Cortejar a una mujer. **2.** Fig. Solicitar asiduamente alguna cosa o la voluntad de una persona.

galantería n.f. **1.** Acción o expresión obsequiosa o de urbanidad. **2.** Gracia y elegancia en la forma o figura de algunas cosas. **3.** Liberalidad, generosidad.

galanura n.f. **1.** Adorno vistoso. **2.** Gracia, gentileza. **3.** Fig. Elegancia y gallardía en la expresión.

galápago n.m. **I. 1.** Reptil del orden de los quelonios, parecido a la tortuga, pero con dedos unidos por membranas interdigitales; la cabeza y extremidades son enteramente retráctiles dentro del caparazón. **2.** Tortuga de los pantanos de Europa del S. **3.** *Ecuad.* Especie de galápago terrícola sin membranas interdigitales. **II. 1.** Palo donde encaja la reja del arado. **2.** Polea que se fija en un madero. **3.** Aparato que sirve para sujetar fuertemente una pieza que se trabaja. **4.** MAR Trozo de madera que sujeta la trinca del cuaderna de la paloma. **III. 1.** Molde en que se hace la teja. **2.** Lingote corto de plomo, estaño o cobre. **IV.** *Hond.* y *Venez.* Silla de montar para señora. **V. 1.** ALBAÑ Cimbra pequeña. **2.** ALBAÑ Revestimiento interior de terreno poco macizo para contener el empuje de las tierras. **3.** ALBAÑ Tortada de yeso que se echa en los ángulos salientes de un tejado. **VI.** CIR Tira de lienzo, cuadrilonga, que forma por lo común cuatro ramales. **VII.** VETER Enfermedad propia del asno y del caballo, que se desarrolla en el rodete del casco y parte de la corona.

galapatillo n.m. ZOOL Insecto del orden de los hemípteros, que ataca a la espiga del trigo cuando está sin sazonar.

galapo n.m. Pieza de madera, de figura esférica, que sirve para hacer maromas.

galardón n.m. Premio o recompensa de los méritos o servicios.

galaxia n.f. Aglomeración de estrellas de la que forma parte el Sol y cuya huella en el cielo constituye la Vía Láctea. ▷ Cualquier sistema estelar análogo.
ENCICL Las galaxias, constituidas por estrellas, gas y polvo, giran alrededor de su centro. Sus dimensiones varían entre algunas centenas y algunas decenas de millares de parsecs (1 parsec = 3.263 años luz=3.087·10^{16} m). Sus masas varían entre algunos miles de millones y algunas centenas de miles de millones de masas solares. Se distinguen las galaxias elípticas (que tienen la forma de un elipsoide), las galaxias espirales (constituidas por un núcleo central y brazos en espiral) y las galaxias cuya forma no presenta simetría aparente. Las galaxias están formadas por materia interestelar y por estrellas recientes y calientes (galaxias en espiral) o por estrellas antiguas (galaxias elípticas). El disco de la Galaxia (es decir nuestra galaxia) tiene una extensión de unos 100.000 años luz. El Sol está situado a 27.000 años luz del centro de la Galaxia. La forma de disco de nuestra galaxia resulta de un equilibrio entre la fuerza centrífuga (el sistema solar gira alrededor del centro a una velocidad de 220 km/s) y las fuerzas de gravitación. La Vía Láctea, que en noches claras parece un reguero de estrellas, no es otra cosa que ese disco visto por el borde.

galbana n.f. Fam. Pereza, desidia o poca gana de hacer una cosa.

gálbano n.m. Gomorresina de color gris amarillento y de olor aromático, que se saca de una planta de la familia de las umbelíferas. Se ha usado en medicina y perfumería.

gálbula n.f. Fruto en forma de cono corto, y de base redondeada, a veces carnoso, que producen el ciprés y algunas plantas análogas.

galeaza n.f. Embarcación, la mayor de las que se usaban de remos y velas.

galega n.f. Planta de la familia de las papilionáceas, con tallos ramosos y herbáceos; flores en panojas axilares pendientes de un largo pecíolo, y fruto en vaina estriada con muchas semillas. Se ha empleado en medicina y hoy se cultiva en los jardines.

galena n.f. Mineral compuesto de azufre y plomo, de color gris y lustre intenso. Es la mejor mena del plomo.

galeno n.m. Fam. Médico.

galeón n.m. Bajel grande de vela, parecido a la galera, con tres o cuatro palos de vela.

Galeopithecus n.m. Género de mamíferos del SE de Asia, que incluye la ardilla voladora, caracterizada por la membrana que une sus patas con la cola y que le permite planear.

galeota n.f. Galera menor.

galeote n.m. El que remaba forzado en las galeras.

galera n.f. **I. 1.** MAR Embarcación de vela y remo, la más larga de quilla y que calaba menos agua entre las de vela latina. **2.** pl. Pena de servir remando en las galeras que se imponía a ciertos delincuentes. **II.** ZOOL Crustáceo parecido al camarón. **III. 1.** *Arg.* Sombrero de copa redonda y alas abarquilladas. **2.** *Chile.* Fam. Sombrero de copa. **IV.** Cárcel de mujeres. **V. 1.** Fila de camas en medio de una sala de hospital. **2.** MIN Fila de hornos de reverbero con el mismo fuego. **VI.** CARP Garlopa grande. **VII.** *Hond.* y *Méx.* Cobertizo, tinglado. **VIII.** ARIT Separación lineal que se hace al escribir los factores de una división. **IX.** IMP Tabla con listones, que sirve para poner las líneas de letras que va componiendo el cajista. **X.** Carro grande, con cuatro ruedas y con toldo.

galerada n.f. **1.** IMP Prueba de la composición o de algún trozo, que se saca para corregirla. **2.** IMP Trozo de composición que se pone en una galera o en un galerín.

galería n.f. **I. 1.** Pieza espaciosa en la que se exponen cuadros u obras de arte. **2.** Corredor descubierto o con vidrieras, que da luz a las piezas interiores en las casas particulares. **3.** Camino que se hace en las minas, y otras obras subterráneas para ventilación, comunicación, desagüe, etc. **4.** MILIT Camino defendido por maderas y planchas, que servía para poder acercarse a una muralla. **II. 1.** Bastidor en la parte superior de una puerta o balcón para colgar cortinas. **2.** Ornato calado o de columnitas en la parte superior de un mueble. **III. 1.** MAR Crujía de la cubierta. **2.** MAR Cada uno de los balcones de la popa del navío.

galerna n.f. Ráfaga súbita y borrascosa que sopla sobre la costa septentrional de España.

galerón n.m. **1.** *Amér. Merid.* Romance vulgar que se canta recitado. **2.** *Venez.* Aire popular al son del cual se baila y se cantan cuartetas y seguidillas. **3.** *C. Rica* y *Salv.* Cobertizo, tinglado.

galés,a **1.** n. y adj. Natural de Gales. **2.** adj. Perteneciente a esta región de Gran Bretaña. **3.** n.m. Idioma galés, uno de los célticos.

galga n.f. **1.** Palo grueso y largo que sirve de freno. **2.** MAR El orinque o el anclote con que se refuerza en temporal el ancla fondeada o el ancla empotrada en tierra. **3.** pl. MIN Dos maderos inclinados que sirven para sostener el huso de un torno de mano.

galgo,a n. y adj. Perro de miembros largos, tronco estrecho y vientre cóncavo, muy veloz en la carrera, usado para cazar liebres.

galibis, población india de la Guyana.

gálibo n.m. **I. 1.** Arco de hierro en forma de U invertida, que sirve en las estaciones de ferrocarriles para comprobar si los vagones con su carga máxima pueden circular por los túneles. **2.** MAR Plantilla con arreglo a la cual se hacen los cuadernos y otras piezas de los barcos. **3.** TRANSP Pórtico destinado a comprobar las dimensiones de un vehículo. **II.** ARQUIT Fig. Correcta proporción de una columna. **III.** Fig. Elegancia.

galicado,a adj. Se dice del lenguaje que tiene influencia de la lengua francesa.

galicismo n.m. Palabra o giro de la lengua francesa usada en otra lengua.

galimatías n.m. **1.** Lenguaje oscuro. **2.** Desorden, confusión.

1. galio n.m. Hierba de la familia de las rubiáceas, con hojas oblongas y flores amarillas. Esta planta se ha usado en medicina y sirve en la fabricación de quesos para cuajar la leche.

2. galio n.m. QUIM Elemento de número atómico 31 y de masa atómica 69,72 (símbolo, *Ga*), metal de color gris claro.

galipote n.m. MAR Especie de brea o alquitrán que se usa para calafatear.

1. galón n.m. **1.** Tejido fuerte y estrecho, a manera de cinta. **2.** MAR Listón de madera que guarnece exteriormente el costado de la embarcación por la parte superior. **3.** MILIT Distintivo que llevan en el brazo o en la bocamanga diferentes clases del ejército.

2. galón n.m. Medida inglesa de capacidad. Equivale a cuatro litros y medio.

galop n.m. Danza húngara, usada también en otros pueblos. ▷ Música de este baile.

galopar v.int. **1.** Ir el caballo a galope. **2.** Cabalgar una persona en caballo que va al galope. • **galopada** n.f. Carrera al galope. • **galope** n.m. Andadura del caballo en la que se combinan una serie de movimientos homogéneos.

galopín n.m. **1.** Cualquier muchacho mal vestido, sucio y desharrapado, por abandono. **2.** Pícaro, bribón. **3.** Fig. y Fam. Estafador. **4.** MAR Muchacho que se destinaba en las embarcaciones a su limpieza y aseo.

galorromano,a adj. Que pertenece a la vez a los galos y a los romanos.
ENCICL El período galorromano se extiende desde la conquista de la Galia por César (58-52 a. J.C.) hasta el advenimiento de Clodoveo. Roma, según una política experimentada y aplicada en la Galia transalpina (Provenza y Languedoc) desde 121 a. J.C., se esforzó en integrar el país en su sistema político y en su civilización. Lo logró en la medida en que la distinción entre vencedor y vencido se desvaneció rápidamente sin que éste renunciase a su propia personalidad; sin embargo, la acción militar de César había eliminado casi totalmente lo que pertenecía en propiedad a la Galia.

galpón n.m. **1.** Lugar destinado antiguamente a los esclavos en las haciendas de América. **2.** *Amér.* Cobertizo grande.

galvánico,a adj. Que se refiere al galvanismo. • **galvanismo** n.m. **1.** FIS Electricidad desarrollada por el contacto de dos metales diferentes con un líquido interpuesto. **2.** FIS Propiedad de excitar, por medio de corrientes eléctricas, los movimientos en los nervios y músculos de animales. **3.** Parte de la física, que estudia el galvanismo. • **galvanización** n.f. **1.** Acción de galvanizar. **2.** MED Utilización terapéutica de corrientes eléctricas continuas de débil intensidad. • **galvanizar** v.tr. **1.** Someter a la acción de una corriente eléctrica. ▷ Fig. Entusiasmar, provocar ardor. **2.** Recubrir (una pieza metálica) de una capa protectora de cinc.

galvano- Prefijo derivado del nombre de *Galvani* que implica la idea de la acción de una corriente eléctrica.

galvanómetro n.m. FIS Aparato destinado a medir la intensidad y determinar el sentido de una corriente eléctrica por medio de la desviación que sufre una aguja imantada.

galvanoplastia n.f. FIS Arte de sobreponer a cualquier cuerpo sólido una capa de un metal disuelto en un líquido, valiéndose de la electrólisis.

galvanoscopio n.m. Galvanómetro provisto de un mecanismo registrador.

galvanotipia n.f. IMP Proceso de galvanoplastia aplicado a la producción de clichés tipográficos.

galla n.f. **1.** Agalla. **2.** Remolino que a veces forma el pelo del caballo en los lados del pecho.

galladura n.f. Mancha que se halla en la yema del huevo de gallina fecundado.

gallarda n.f. **1.** Especie de danza de la escuela española. ▷ Música de esta danza. **2.** IMP Carácter de letra menor que el breviario y mayor que la glosilla.

gallardear v.int. y prnl. Ostentar audacia.

gallardete n.m. MAR Tira o faja volante que se pone en lo alto de los mástiles de la embarcación, como insignia, aviso o señal. Se usa también como adorno en edificios, calles, etc.

gallardía n.f. **1.** Buena presencia y agilidad de movimientos. **2.** Valentía y arresto al actuar.

gallardo,a adj. **1.** Arrogante, airoso y galán. **2.** Noble y valiente. **3.** Fig. Grande o excelente en el ánimo.

gallear **I.** v.tr. Cubrir el gallo a las gallinas. **II.** v.int. **1.** Fig. y Fam. Presumir, fanfarronear. **2.** Fig. y Fam. Sobresalir. **III.** v.int. METAL Producirse el galleo.

gallego **I. 1.** n. y adj. Natural de Galicia. **2.** adj. Perteneciente a esta región de España. **3.** n.m. Lengua de los gallegos. **II.** n. y adj. *Amér.* Emigrante español. **III.** n.m. **1.** *C. Rica.* Especie de lagartija que vive en las orillas de los ríos. **2.** *Cuba* y *P. Rico.* Ave acuática parecida a la gaviota.
ENCICL El gallego es la lengua que actualmente se habla en Galicia y parte de León (España). Deriva del gallegoportugués, surgido en el NO de la península Ibérica a principios de la Edad Media y que adquirió el carácter de idioma hacia fines del s. XIII, diferenciándose de una simple forma local del latín vulgar. Actualmente, el gallego se divide en dos dialectos fundamentales (el occidental y el oriental), correspondientes a las distintas zonas donde se hablan. Entre los literatos en lengua gallega, cabe destacar: Nicomedes Pastor Díaz, Rosalía de Castro, Ramón Cabanillas, Otero Pedrayo y Álvaro Cunqueiro.

galleo n.m. METAL Formación de excrecencias en la superficie de ciertos metales en el proceso de solidificación.

gallera n.f. Gallinero, jaula y local donde riñen los gallos de pelea.

Galleria n.f. Género de mariposas cuyas larvas se alimentan con cera y causan estragos en las colmenas.

gallero,a n.m. y f. Persona que se dedica a la cría de gallos de pelea.

galleta n.f. **I. 1.** Bizcocho, pan cocido dos veces. **2.** Pasta compuesta de harina, azúcar u otras sustancias, que, dividida en trozos pequeños, se cuece al horno. **3.** *Arg.* Bizcocho, pan sin levadura y masa de harina con huevos y azúcar. **4.** *Chile* Pan bazo que se amasa para los trabajadores. **II.** Fam. Cachete, bofetada. **III.** Variedad de antracita. **IV.** Vasija hecha de calabaza, que se usa para tomar mate. **V.** El escudo de la gorra del marino.

galliformes n.m.pl. ZOOL Orden de aves de alas cortas, pico y patas potentes, terrestres y generalmente sedentarias (urogallo, faisán, pavo, etc.).

gallina **1.** n.f. Hembra del gallo, del cual se distingue por tener menor tamaño, cresta pequeña, cola sin cobijas prolongadas y tarsos sin espolones. — *Gallina ciega.* Juego de muchachos, en que vendan los ojos a uno de ellos hasta que coge a otro. — Chotacabras (pájaro). — *Chile.* Ave solitaria y nocturna. Se alimenta de insectos. — *Gallina de agua.* Foja (ave zancuda). — *Gallina de Guinea.* Ave del orden de las gallináceas, poco mayor que la gallina común, de cabeza pelada, cresta ósea, carúnculas rojizas en las mejillas y plumaje negro azulado. — *Gallina de mar.* Pez teleósteo del suborden de los acantopterigios, con cabeza provista de crestas óseas, cuerpo comprimido y escamoso, aletas fuertes y color rojizo. — *Gallina de río.* Fúlica. — *Matar la gallina de los huevos de oro.* Se dice cuando por avaricia de ganar mucho de una vez, se pierde todo. **2.** n.m. y f. Fig. y Fam. Persona cobarde, pusilánime y tímida. • **gallináceo,a 1.** adj. Perteneciente a la gallina. **2.** n.f. y adj. ZOOL Se dice de las aves caracterizadas por tener dos membranas cortas entre los tres dedos anteriores, y un solo dedo en la parte posterior, el pico ligeramente encorvado, y una membrana blanca o azulada delante de cada oído; como el gallo, la perdiz, el pavo y el faisán. ▷ n.f.pl. ZOOL Orden de estas aves. • **gallinaza** n.f. **1.** Aura (ave rapaz). **2.** Excremento de las gallinas. • **gallinazo** n.m. Aura (ave rapaz). • **gallinero,a I.** n.m. y f. Persona que trata en gallinas. **II.** n.m. **1.** Lugar donde las aves de corral se crían y recogen a dormir. **2.** Conjunto de gallinas. **3.** Cesto donde van encerradas las gallinas que se llevan a vender. **4.** Fig. Localidades baratas del teatro. **5.** Fig. Lugar donde hay mucho griterío.

gallineta n.f. **1.** Fúlica. **2.** Chocha. **3.** *Arg., Col.* y *Venez.* Gallina de Guinea.

gallipato n.m. ZOOL Batracio del orden de los urodelos. Tiene comprimida la cola, y las costillas horadan la piel y se hacen salientes a voluntad del animal. Vive en los estanques cenagosos.

gallipavo n.m. Pavo (ave gallinácea).

gallito n.m. **1.** Hombre presuntuoso o jactancioso. **2.** *C. Rica.* Libélula (insecto). **3.** *Col.* Rehilete, flechita con una púa. **4.** *Cuba* Ave zancuda, con cresta. **5.** *Arg.* Pájaro dentirrostro.

gallo n.m. **I.** Ave del orden de las gallináceas, con cresta roja, carnosa y erguida; pico corto, grueso y arqueado; carúnculas rojas y pendientes a uno y otro lado de la cara; plumaje abundante, cola con cobijas, y tarsos fuertes, escamosos, armados de espolones largos. ▷ *Gallo de roca.* Pájaro dentirrostro. *Gallo silvestre.* Urogallo. — Fig. y Fam. *En menos que canta un gallo.* En muy poco tiempo; en un instante. **II.** Pez marino del orden de los acantopterigios, de boca prominente, cuerpo comprimido, verdoso y plateado, aletas pequeñas, la dorsal en figura de cresta de un gallo, y cola redonda. **III.** ARQUIT Parhilera. **IV.** Fig. y Fam. Nota falsa que inadvertidamente emite el que canta. **V. 1.** Fig. y Fam. El que en una casa, pueblo o comunidad todo lo quiere mandar. **2.** n.m. y adj. Hombre fuerte. **VI.** Fig. y Fam. Esputo, gargajo. **VII.** *Col.* Rehilete, volante.

gallocresta n.f. **1.** Planta medicinal, especie de salvia, con las hojas semejantes a la cresta del gallo, y la flor encarnada. **2.** Planta herbácea de la familia de las escrofulariáceas, con hojas lanceoladas y flores amarillentas en espiga.

gallofa n.f. **1.** Comida que se daba a los peregrinos a Santiago. **2.** Verdura para ensalada, menestras, etc. **3.** Cuento banal, chisme.

gallofear o **gallofar** v.int. Pedir limosna.

gallón n.m. **1.** ARQUIT Adorno arquitectónico que consta de la cuarta parte de un huevo, puesta entre dos hojas. **2.** Adorno similar en los cubiertos de plata. **3.** MAR Última cuaderna de proa.

gallote,a n. y adj. *C. Rica* y *Méx.* Desenvuelto.

1. gama n.f. Hembra del gamo.

2. gama n.f. **1.** Serie ascendente o descendente de notas conjuntas dispuestas según las leyes de la tonalidad sobre la extensión de una octava. **2.** Fig. Conjunto de colores de estados, de objetos, etc., que se ordenan en una gradación. **3.** *Toda la gama de.* El conjunto completo de.

gamada adj.f. Se dice de la cruz simbólica en la que cada brazo tiene la forma de una gamma mayúscula (Γ).

gamarra n.f. Correa de poco más de un metro, usada para afirmar la cabeza del caballo.

1. gamba n.f. Crustáceo semejante al langostino, pero algo menor de tamaño.

2. gamba n.f. MUS *Viola de gamba.* Instrumento de cuerdas enceradas, antecesor del violoncelo. ▷ Uno de los registros del órgano que suena como este instrumento.

gamberro,a n. y adj. **1.** Libertino, disoluto. **2.** Persona que comete actos de grosería o incivilidad.

gambeta n.f. **1.** DANZA Movimiento especial de las piernas. **2.** Corveta. **3.** *Arg.* y *Bol.* Ademán hecho con el cuerpo, para evitar un golpe o una caída.

gambito n.m. En el juego de ajedrez, lance que consiste en sacrificar, al principio de la partida, alguna pieza para lograr una posición favorable.

gamboa n.f. Variedad de membrillo injerto.

gambota n.f. MAR Cada uno de los maderos curvos que forman la bovedilla.

gambusino n.m. Pez teleósteo originario de América. Una de sus especies ha sido aclimatada en los ríos de algunos países cálidos para destruir las larvas del mosquito anofeles (portador del paludismo).

1. gamella n.f. Arco en cada extremo del yugo que se pone a los bueyes, mulas, etc.

2. gamella n.f. Artesa que sirve para dar de comer y beber a los animales, para fregar, lavar y otros usos.

gameto n.m. BIOL Célula reproductora masculina o femenina.
ENCICL En los animales, los gametos son los espermatozoides y el óvulo; en los vegetales, el anterozoide y la oosfera que llevan nombres más específicos según el grupo sistemático. Los gametos son siempre haploides; o bien provienen de la meiosis sufrida por ciertas células de un individuo diploide (en los animales, en las fanerógamas, en ciertas algas), o bien son producidos por un individuo especial haploide, llamado gametofito (en varios grupos vegetales primitivos y en los protistas).

gametocito n.m. BIOL Célula en el interior de la cual se elaboran gametos que no están envueltos, a diferencia de los gametangios, más que por el tabique de la célula inicial.

gametófito n.m. BIOL Individuo haploide, sexuado o hermafrodita que se desarrolla a partir de esporas que provienen de una meiosis y que está especializado en la producción de gametos.

gamillón n.m. Pila donde se pisan las uvas.

-gamio, -gamia Sufijos procedentes del griego *gamos,* «unión, casamiento». v. prefijo *gamo-*.

gamitar v.int. Dar su voz el gamo. • **gamitadera** n.f. Instrumento que imita la voz del gamo.

gamma n.f. **1.** Tercera letra del alfabeto griego (γ, Γ) que corresponde a la letra *g. En física, γ es el símbolo de la aceleración.* **2.** FIS NUCL *Rayos gamma.* Rayos muy penetrantes emitidos por la desintegración de los cuerpos radiactivos. **3.** ASTRON *Puntos gamma.* Los dos puntos de intersección de los planos de la eclíptica y del ecuador.

gammaglobulina n.f. BIOQUIM Nombre dado a las proteínas séricas que emigran lo más lentamente posible en el momento de una electroforesis.

gammagrafía n.f. MED Radiografía efectuada por medio de rayos gamma.

gamo- Prefijo procedente del griego *gamos,* «unión, casamiento». v. sufijo *-gamia.*

gamo n.m. Mamífero rumiante del grupo de los ciervos, de unos 90 cm de altura, pelaje rojizo oscuro, cabeza erguida y con cuernos en forma de pala terminada por uno o dos candiles. Es originario del mediodía de Europa.

gamón n.m. Planta herbácea de flores blancas (familia de las liliáceas), una de cuyas especies mediterráneas se usa en la elaboración de un tipo de aguardiente.

gamona n.f. BIOQUIM Nombre genérico de las sustancias llamadas *hormonas de fecundación.* Las *androgamonas* son secretadas por los gametos machos, las *ginogamonas* por los gametos hembras. Su papel es acrecentar las probabilidades de encuentro de los gametos masculinos y femeninos.

gamonito n.m. Retoño que echan a su alrededor algunos árboles y plantas.

gamopétala adj. BOT Se dice de las corolas cuyos pétalos están soldados entre sí y de las flores que tienen esta clase de cálices.

gamosépalo,a adj. BOT Se dice de los cálices cuyos sépalos están soldados entre sí y de las flores que tienen esta clase de cálices.

gamuza n.f. **1.** Especie de antílope del tamaño de una cabra grande, de color moreno subido. Habita en las alturas de los Alpes y los Pirineos. **2.** Piel de la gamuza después de adobada. P. ext., la piel de otros animales con cualidades semejantes.

gana n.f. Deseo, apetito, propensión natural, voluntad de una cosa.

ganado,a **1.** n.m. Conjunto de reses que se llevan juntas. **2.** Conjunto de abejas que hay en la colmena. ▷ Fig. y Fam. Conjunto de personas. • **ganadería** n.f. **1.** Raza especial de ganado, que suele llevar el nombre del ganadero. **2.** Crianza o tráfico de ganados.

ganancia n.f. **1.** Acción y efecto de ganar. **2.** Utilidad que resulta del trato, del comercio o de otra acción. **3.** *Amér.* Propina. — ELECTR *Ganancia de un amplificador.* Relación entre la magnitud característica de la señal de salida y la de la señal de entrada.

ganapán n.m. Hombre que gana la vida llevando y transportando cargas, recados, etc. ▷ Fig. y Fam. Hombre rudo y tosco.

ganapierde n.m. o f. Manera especial de jugar en que gana el que logra perder todas las piezas.

ganar **I.** v.tr. **1.** Adquirir dinero o aumentarlo. **2.** Conquistar o tomar una plaza, ciudad, etc. **3.** Llegar al sitio o lugar que se pretende. **II.** v.tr. e int. **1.** Dicho de juegos, batallas, pleitos, etc., obtener lo que en ellos se disputa. **2.** Fig. *Ganar por la mano.* Aventajar, exceder a uno en algo. **III.** v.tr. y prnl. **1.** Captar la voluntad de una persona. **2.** Lograr o adquirir una cosa. **IV.** v.int. Mejorar, prosperar. **V.** v.prnl. *Arg.* y *Chile.* Refugiarse, ocultarse en un lugar.

ganchillo n.m. Aguja de gancho. ▷ Labor o acción de trabajar con aguja de gancho.

gancho n.m. **1.** Instrumento curvado y por lo común puntiagudo, que sirve para prender, agarrar o colgar una cosa. **2.** Pedazo que queda en el árbol cuando se rompe una rama. **3.** Cayado de pastor. **4.** Sacadilla. **5.** Fig. y Fam. El que con maña o arte solicita a otro para algún fin. **6.** Fig. y Fam. Rufián. **7.** Fig. y Fam. Garabato hecho con la pluma. **8.** Fig. y Fam. Atractivo, habilidad. **9.** *Amér.* Horquilla para sujetar el pelo. **10.** *Ecuad.* Silla de montar para señora. **11.** DEP En boxeo, golpe con el brazo en arco ascendente. • **ganchudo,a** adj. Que tiene forma de gancho. ▷ ZOOL Se dice de un hueso en forma de garfio.

gándara n.f. Tierra baja y llena de maleza.

gandul,a **1.** n. y adj. Fam. Tunante, vagabundo, holgazán. **2.** n.m. Individuo de una milicia árabe antigua. **3.** Individuo de una tribu de indios mexicanos.

gang n.m. Banda de malhechores.

1. ganga n.f. **1.** Ave del orden de las gallináceas, parecida a la perdiz, pero de color negro, pardo y blanco. Su carne es dura. **2.** *Cuba.* Ave zancuda de la familia de los zarapitos, que vive en las aradas.

2. ganga n.f. **1.** MIN Materia inútil que acompaña a los minerales. **2.** Fig. Cosa apreciable que se adquiere a poca costa o con poco trabajo.

gangarilla n.f. Compañía antigua de cómicos.

ganglio n.m. PAT Cuerpo pequeño y redondeado que se forma en los tendones y en las aponeurosis.

gangocho n.m. *Amér.* Guangoche (arpillera).

gangrena n.f. **1.** Necrosis y putrefacción de los tejidos. **2.** Fig. Lo que corrompe, desorganiza, destruye. **3.** Enfermedad de los árboles que corroe los tejidos.

gángster n.m. Miembro de un gang, malhechor. ▷ Fig. Individuo deshonesto, estafador.

ganguear v.int. Hablar con resonancia nasal producida por defecto en los conductos nasales.

gánguil n.m. **1.** Barco de pesca, con dos proas y una vela latina. **2.** Arte de arrastre de malla muy estrecha. **3.** Barco destinado a recibir, conducir y verter en alta mar el fango, arena, piedra, etc., que extrae la draga.

ganoideo n. y adj. ZOOL Se dice de peces con esqueleto cartilaginoso u óseo, cola heterocerca, boca ventral y escamas con brillo de esmalte, de forma romboidal y yuxtapuestas u ordenadas en filas longitudinales; como el esturión. ▷ n.m. pl. ZOOL Orden de estos animales.

gansada n.f. Fig. y Fam. Hecho sin sentido.

ganso,a **1.** n.m. y f. Ave palmípeda doméstica algo menor que el ánsar, de plumaje gris. Menos acuático que el pato, se cría bien en países húmedos y es apreciado por su carne y por su hígado. Es el resultado de la domesticidad del ánsar. **2.** n. y adj. Fig. Persona tarda, perezosa, descuidada. ▷ Fig. Persona rústica, malcriada, torpe. ▷ Fig. Persona patosa, que presume de chistosa y aguda, sin serlo.

ganzúa n.f. **1.** Garfio, con que a falta de llave pueden abrirse las cerraduras. **2.** Fig. y Fam. Ladrón que roba con maña lo que está muy encerrado y escondido. ▷ Fig. y Fam. Persona que tiene maña para sonsacar a otra su secreto.

gañán n.m. Mozo de labranza. ▷ Fig. Hombre fuerte y rudo.

gañir v.int. **1.** Aullar el perro u otros animales con gritos agudos y repetidos cuando lo maltratan. **2.** Graznar las aves. **3.** Fig. y Fam. Resollar o respirar con ruido las personas.

gañote o **gañón** n.m. Fam. Garguero o gaznate.

gaón n.m. MAR Remo parecido al canalete, que se usa en los mares de la India.

garabato n.m. **I. 1.** Instrumento de hierro cuya punta está vuelta en semicírculo. **2.** Almocafre. Instrumento a modo de azada pequeña. **3.** Soguilla pequeña para asir con ella el hacecillo de lino crudo y tenerlo firme a los golpes del mazo. **4.** Arado para un solo caballo. **5.** *Cuba, Chile* y *P. Rico.* Horca, instrumento de labranza. **II.** Rasgo de escritura caprichosa e irregular. **III.** pl. Fig. Acciones descompasadas con dedos y manos. **IV.** Palabrota.

garaje n.m. Local destinado a guardar automóviles.

garambaina n.f. **I.** Adorno de mal gusto y superfluo. **II.** pl. **1.** Fam. Ademanes afectados o ridículos. **2.** Fam. Rasgos o letras mal formados e ilegibles.

garandumba n.f. *Amér.* Embarcación fluvial grande, a modo de balsa, para conducir carga.

garantía n.f. **1.** Acción y efecto de afianzar lo estipulado. **2.** Fianza, prenda. ▷ DER Obligación legal en virtud de la cual una persona tiene que asegurar a otra frente a eventuales daños o indemnizarla por daños ocasionados. **3.** Cosa que asegura y protege contra algún riesgo o necesidad. ▷ Obligación contraída por el fabricante o el vendedor de un producto de hacerse cargo de los gastos de reparación resultantes de los defectos de fabricación de lo vendido.

garañón n.m. y adj. Macho de asno, caballo, camello, etc., destinado a la reproducción.

garapiña n.f. **1.** Estado del líquido que se solidifica formando grumos. **2.** Galón con ondas de realce. **3.** Tejido especial en galones y encajes. **4.** *Cuba* y *Méx.* Bebida muy refrigerante hecha de la corteza de la piña y agua con azúcar. • **garapiñar** v.tr. **1.** Poner un líquido en estado de garapiña. **2.** Bañar golosinas en el almíbar que forma grumos.

garapito n.m. Insecto hemíptero, oblongo, con las alas cortas y color pardo rayado de negro. Vive sobre las aguas estancadas, en las cuales nada, generalmente de espaldas.

garatusa n.f. Fam. Halago y caricia para ganar la voluntad de una persona.

garay n.m. Embarcación filipina.

garbanzo n.m. **1.** BOT Planta herbácea, de la familia de las papilionáceas, de fruto en legumbre. **2.** Semilla de esta planta.

garbillo n.m. **1.** Especie de zaranda de esparto con que se garbilla el grano. **2.** Desperdicios de harina, que sirven de alimento al ganado. **3.** MIN Especie de criba con que se apartan de los minerales la tierra y las gangas. ▷ MIN Mineral menudo y limpiado con garbillo.

garbino n.m. Viento del sudoeste.

garbo n.m. **1.** Gallardía, gentileza, buen aire y disposición de cuerpo. **2.** Fig. Cierta gracia y perfección que se da a las cosas. **3.** Fig. Desinterés y generosidad.

garbón n.m. ZOOL Macho de la perdiz.

gardenal n.m. Medicamento utilizado como anticonvulsivo (epilepsia), somnífero y sedante.

gardenia n.f. **1.** Arbusto originario del Asia oriental, de la familia de las rubiáceas, de flores blancas y olorosas, y fruto en baya de pulpa amarillenta. **2.** Flor de esta planta.

garden-party n.f. Recepción elegante que se celebra en un jardín.

garduña n.f. Mamífero carnívoro, parecido a la marta. Es nocturno y muy perjudicial, porque destruye las crías de las aves.

garete (ir, o irse, al) MAR Se dice de la embarcación que va a la deriva.

garfa n.f. **1.** Garra, uña corva. **2.** MECAN Pieza que agarra el cable eléctrico de los tranvías y ferrocarriles.

garfio n.m. Instrumento de hierro, curvado y puntiagudo, que sirve para aferrar algún objeto.

gargajo n.m. Flema casi coagulada que se expele de la garganta.

gargal n.m. *Chile.* Agalla del roble.

garganchón n.m. Garguero, gañote.

garganta n.f. **I. 1.** Parte anterior del cuello. **2.** Espació interno comprendido entre el velo del paladar y la entrada del esófago y de la laringe. **II.** Voz del cantante. **III.** Fig. Parte superior del pie, por donde está unido con la pierna. **IV. 1.** Fig. Cualquier estrechura de montes, ríos u otros parajes. **2.** Fig. Parte más delgada y estrecha de una casa. **3.** ARQUIT Parte más delgada y estrecha de las columnas, balaustres, etc. **V.** Fig. Ángulo que forma la cama del arado con el dental y la reja. • **gargantear** v.int. **1.** Cantar haciendo quiebros con la garganta. **2.** MAR Ligar la gaza de un cuadernal o motón.

gargantilla n.f. **1.** Collar de adorno. **2.** Cada una de las cuentas de un collar.

gárgara n.f. Acción de mantener un líquido en la garganta, con la boca hacia arriba, sin tragarla y arrojando el aliento.

gárgol n.m. Ranura en que se hace encajar el canto de una pieza.

1. gárgola n.f. Caño o canal, generalmente adornado, por donde se vierte el agua de los tejados o de las fuentes.

2. gárgola n.f. Baga (fruto seco del lino).

garguero n.m. **1.** Parte superior de la tráquea. **2.** Toda la caña del pulmón.

garita n.f. **1.** Torrecilla que se destina para abrigo y defensa de los centinelas, guarda frenos, vigilantes, etc. **2.** Cuarto pequeño que suelen tener los porteros en el portal. **3.** Excusado, retrete.

garito n.m. **1.** Lugar o casa de juego. **2.** Ganancia que se saca de la casa del juego.

garlar v.int. Fam. Hablar mucho, sin intermisión y poco discretamente.

garlito n.m. Arte de pesca con red. ▷ Fig. y Fam. Celada, lazo o asechanza.

garlopa n.f. CARP Cepillo que sirve para igualar las superficies de la madera ya acepillada.

garnacha n.f. **1.** Especie de uva roja, de muy buen gusto y muy dulce, de la cual hacen un vino especial. **2.** Este mismo vino. **3.** Género de bebida a modo de carraspada.

garnierita n.f. MINER Hidrosilicato de magnesio y níquel.

garra n.f. **I. 1.** Pata del animal, cuando está armada de uñas curvadas, fuertes y agudas. **2.** Fig. Mano del hombre. — Fig. y Fam. *Tener garra.* Disponer una persona o cosa de cualidades de convicción, captación o persuasión. **II.** TECN Parte de una mordaza de un torno que aprisiona el objeto a trabajar. **III.** ARQUIT Hoja ornamental que sirve para ligar el fuste de la columna con el zócalo. **IV. 1.** MAR Cada uno de los ganchos del arpeo. **2.** *Arg.* y *Méx.* Extremidad del cuero por donde se afianza en las estacas al estirarlo. ▷ Pedazo de cuero endurecido y arrugado. **3.** *Col.* Coracha. **V.** pl. *Amér.* Desgarrones, harapos.

garrafa n.f. Vasija esférica, que remata en un cuello largo y angosto.

garrafal adj. **1.** Se dice de cierta especie de guindas y cerezas, y de los árboles que las producen. **2.** Fig. Se dice de grandes errores, descuidos, etc.

garrama n.f. **1.** Contribución árabe. **2.** Fam. Robo, hurto o estafa.

garrancha n.f. **1.** Fam. Especie de espada. **2.** BOT Espata.

garrancho n.m. Parte dura, aguda y saliente del tronco o rama de una planta.

garranchuelo n.m. Planta anual de la familia de las gramíneas, de hojas y vainas vellosas, y espigas lineares y largas.

garrapata n.f. ZOOL Ácaro de forma ovalada, de 4 a 6 mm de largo, con las patas terminadas en dos uñas mediante las cuales se agarra al cuerpo de ciertos mamíferos para chuparles la sangre.

garrapato n.m. Rasgo caprichoso e irregular hecho con la pluma. ▷ pl. Letras o rasgos mal trazados.

garrar v.int. MAR Cejar o ir hacia atrás un buque arrastrando el ancla.

garrido,a adj. Gallardo, robusto, gentil.

garrocha n.f. **1.** Vara que en la extremidad tiene un hierro pequeño con un arponcillo. **2.** Vara larga para picar toros.

garrón n.m. **1.** Espolón de ave. **2.** Extremo de la pata del conejo y otros animales, por donde se cuelgan después de muertos. **3.** Cualquiera de los ganchos que quedan de las ramas laterales de otra principal que se corta de un árbol.

garrote n.m. **1.** Palo grueso y fuerte que puede manejarse a modo de bastón. **2.** Plantón. **3.** Compresión fuerte que se hace retorciendo la cuerda con un palo. **4.** Ligadura fuerte, que se ha empleado algunas veces como tormento. **5.** *Garrote vil.* Instrumento para ejecutar a los condenados a muerte. **6.** Defecto de un dibujo (falta de continuidad de una línea). **7.** Curvatura de cualquier superficie. **8.** *Méx.* Palo que sirve de freno al carro. **9.** MAR Palanca con que se da vuelta a la trinca de un cabo. • **garrota** n.f. **1.** Garrote. **2.** Cayado.

garrotín n.m. Baile que gozó de mucha popularidad a fines del s. XIX.

garrucha n.f. Polea.

garrucho n.m. MAR Anillo que sirve para envergar las velas de cuchillo y para otros usos.

gárrulo,a o **garrulador,a** adj. Se aplica al ave que canta, gorjea o chirría mucho. ▷ Fig. Se dice de la persona muy habladora o charlatana. ▷ Fig. Se dice de cosas que hacen ruido continuado.

garúa n.f. *Amér.* Llovizna.

garujo n.m. Hormigón (sent. 1).

garza n.f. Ave zancuda, de cabeza pequeña con moño largo y gris; pico prolongado y negro, y cuerpo verdoso. Vive a orillas de los ríos y pantanos. — *Garza real.* Ave zancuda, con moño largo, negro y brillante, torso blanco y gris, y con pico largo y amarillo.

garzo,a **1.** adj. De color azulado. **2.** n.m. Agárico (hongo).

garzón n.m. **I. 1.** Joven, mozo. **2.** Niño, hijo varón. **3.** En el cuerpo de guardias de Corps, ayudante del capitán. **II.** *Venez.* Ave de la especie de las garzas reales, de cabeza sin pluma, alas negras y vientre blanco. Tiene en la mandíbula inferior una especie de bolsa donde deposita el agua.

garzota n.f. **1.** Ave zancuda, de unos 30 cm de largo, con el pico grande y de color negro; el macho tiene en la nuca tres plumas inclinadas hacia la cola. Habita en los países templados y se alimenta de peces y anfibios. **2.** Plumaje o penacho que se usa para adornar.

gas n.m. **1.** Todo fluido aeriforme a la presión y temperatura ordinarias. **2.** Carburo de hidrógeno con mezcla de otros gases, que se obtiene por la destilación del carbón de piedra. — *Gas hilarante.* Óxido nitroso que tiene propiedades anestésicas. • **gaseiforme** adj. Que se halla en estado de gas.

ENCICL Los gases siguen aproximadamente la *ley de Mariotte* (a temperatura constante, el producto de la presión por el volumen es constante), la *ley de Gay-Lussac* (a presión constante las variaciones de volumen son proporcionales a las variaciones de temperatura) y la *ley de Chasles* (a volumen constante, las variaciones de presión son proporcionales a las variaciones de temperatura); estas leyes son valederas para una masa constante de gas. La relación entre la presión (p), el volumen (V) y la temperatura absoluta (T) se llama la *ecuación de estado* para un gas perfecto; se expresa por la relación $pV = nRT$ siendo n el número de los moles y R la constante molar de los gases perfectos. En el Sistema Internacional R = 8,314 julios por kelvin y por mol. La relación $d = \frac{M}{29}$ permite por otra parte calcular la densidad de un gas (de masa molar M) con relación al aire. El conjunto de estas relaciones no se verifica exactamente más que en los gases perfectos, estado límite de los gases reales cuando las presiones tienden hacia cero. La *ley de Avogadro* enuncia que dos volúmenes iguales de gases perfectos (a presión y temperatura iguales) contienen el mismo número de moles: un mol de gas perfecto ocupa un volumen de 22,414 dm^3 en las condiciones normales de temperatura y de presión ($T = 273$ K; $p = 101300$ *Pa*). Las aplicaciones de los gases son muy numerosas y variadas, especialmente en el terreno de la energía, a causa de la facilidad con que se les almacena y transporta y también por ser una fuente de energía poco contaminante.

gasa n.f. **1.** Tela de seda o hilo muy rala. **2.** CIR Banda de tejido esterilizada o impregnada de sustancias medicamentosas.

gasear v.tr. Hacer que un líquido, generalmente agua, absorba cierta cantidad de gas.

gasendismo n.m. Doctrina atomística del P. Gasendi o Gasendo, filósofo francés del s. XVII.

gaseosa n.f. Bebida refrescante, efervescente y sin alcohol.

gaseoso,a adj. **1.** Que se halla en estado de gas. **2.** Se aplica al líquido del que se desprenden gases. • **gasificación** n.f. Acción de pasar un líquido al estado de gas.

gasista n.m. El obrero empleado en los servicios del alumbrado y demás usos del gas.

gasoducto n.m. Tubería de grueso calibre y gran longitud para conducir a distancia gas combustible.

gasógeno n.m. **1.** Aparato destinado para obtener gases. **2.** Aparato que se instala en algunos automóviles, destinado a producir carburo de hidrógeno a base de madera o carbón. **3.** Mezcla de bencina y alcohol.

gasóleo n.m. Fracción del petróleo natural obtenida por refinación y destilación, y que se emplea como combustible en los motores Diesel.

gasolina n.f. Mezcla de hidrocarburos, líquida, muy volátil, fácilmente inflamable, producto de la destilación del petróleo. • **gasolinera** n.f. **1.** Depósito de gasolina y establecimiento donde se vende. **2.** Lancha automóvil con motor de gasolina.

gasómetro n.m. **1.** Instrumento para medir el gas. **2.** Aparato que en las fábricas de gas regula la salida del fluido. ▷ Sitio y edificio donde está el aparato.

gasón n.m. **1.** Cascote de yeso. **2.** Terrón muy grande que queda sin desgranar por el arado.

gastar **I.** v.tr. **1.** Expender o emplear el dinero en una cosa. **2.** Destruir, asolar un territorio. **3.** Digerir los alimentos. **4.** Deteriorar una cosa. **5.** Usar, poseer, llevar. **II.** v.tr. y prnl. Destruir, consumir, acabar. • **gastador,a I.** n. y adj. Que gasta mucho dinero. **II.** n.m. **1.** En los presidios, el que va condenado a los trabajos públicos. **2.** MILIT Soldado que se aplica a los trabajos de abrir trincheras y otros semejantes.

gasterales n.f.pl. BOT Orden de setas gasteromicetas basidiomicetas cuya gleba está envuelta por una membrana persistente en la madurez.

gastero-, gastr(o)- Prefijos procedentes del griego *gaster, gast(e)ros,* «vientre, estómago».

gasteromicetes n.m.pl. BOT Subclase de setas basidiomicetes cuyo himenio se transforma en gleba y que comprende las gasterales.

gasterópodos n.m.pl. ZOOL Clase de moluscos que se desplazan reptando, por medio de su «pie», órgano musculoso que secreta una mucosidad abundante.

ENCICL Los gasterópodos comprenden especies terrestres (caracoles, babosas, etc.), formas de agua dulce, formas marinas, rampantes (bígaros, lapas, etc.) o nadadoras, gracias a expansiones del manto utilizadas como aletas. La concha de los gasterópodos está constituida por una valva única, en forma de espiral, cuyo tamaño y forma varían mucho según las especies. Los gasterópodos son ovíparos. En algunas especies los sexos están separados. Algunas otras son hermafroditas (el caracol especialmente). Los gasterópodos fueron muy numerosos en el terciario. Las especies actuales se dividen en dos subclases:

los prosobranquios, cuyas branquias están situadas delante del corazón; los eutineuros, cuyo sistema nervioso no presenta ni torsión ni cruces. Entre estos últimos se distinguen los opistobranquios y los pulmonados, que a su vez se dividen en dos órdenes: los estiomatóforos, terrestres, y los basomatóforos, acuáticos.

gasto **I.** n.m. **1.** Acción de gastar. **2.** Lo que se ha gastado o se gasta. **3.** FIS Cantidad de líquido o de gas que pasa por un contador. — *Gasto público.* Gastos que conciernen al Estado y que cubren la prestación de los servicios públicos. — FIN *Gasto corriente.* Conjuntos de capitales y valores de que dispone una empresa para su explotación normal.

gástrico adj. Referente al estómago. — *Jugo gástrico.* Sustancia líquida secretada por el estómago, que desempeña un papel importante en la digestión. • **gastralgia** n.f. PAT Dolor de estómago. • **gastrectomía** n.f. CIR Ablación total o parcial del estómago. • **gastricismo** n.m. Denominación genérica de diversos estados patológicos agudos del estómago. • **gastritis** n.f. MED Inflamación aguda o crónica de la mucosa del estómago debida a varias causas. • **gastroenterología** n.f. Medicina del tubo digestivo.

gastroenteritis n.f. MED Inflamación aguda de las mucosas gástricas e intestinales, caracterizada por vómitos y diarrea («gripe intestinal»). • **gastrointestinal** adj. MED Referente al estómago y al intestino.

gastronomía n.f. Arte del bien comer y de la buena mesa. ▷ Afición a comer regaladamente.

gastroscopio n.m. Sonda esofágica provista de una fuente luminosa y de un aparato óptico, que sirve para examinar la pared interna del estómago. • **gastroscopia** n.f. Examen del estómago por medio del gastroscopio.

gastrovascular adj. ZOOL Se aplica a la única cavidad que existe en el cuerpo de los animales celentéreos, en la cual se efectúa la digestión.

gástrula n.f. ZOOL Embrión animal en el cual las capas celulares fundamentales, ectoblasto y endoblasto, se están acondicionando (proceso de la *gastrulación*). v. blástula, mórula y embriogénesis.

gata n.f. **1.** Hembra del gato. **2.** Gatuña (planta). **3.** Fig. Niebla que se pega a los montes. **4.** *Cuba.* Lija (pez de los escuálidos).

gateado,a **I.** adj. **1.** Semejante en algún aspecto al del gato. **2.** Con vetas semejantes a las de los gatos de algalia. **3.** *Arg.* Se dice del caballo cuyo color asemeja el del gato. **II.** n.m. **1.** Madera americana muy compacta y variamente veteada. **2.** Gateamiento.

gatera **I.** n.f. **1.** Agujero para que puedan entrar y salir los gatos. **2.** MAR Agujero circular, revestido de hierro, por el cual pasan cadenas y cabos. **II.** n.m. y f. Fig. y Fam. *Ratero.* ▷ Fam. Granuja.

gatillo n.m. **1.** Disparador de un arma. **2.** Percutor, aguja que hiere el cebo en las armas de fuego. **3.** MED Tenazas con que se sacan las muelas y dientes. **4.** Parte superior del pescuezo de algunos animales cuadrúpedos. **5.** Fig. y Fam. Ratero joven. **6.** Pieza con que se une y traba lo que se quiere asegurar. **7.** *Chile.* Crines largas que se dejan a los caballos en la cruz.

gato,a **I.** n.m. y f. Pequeño mamífero doméstico o salvaje (familia félidos) de pelaje sedoso, cabeza estrecha coronada por orejas triangulares, largo pelo en la nariz («bigotes») y patas con uñas retráctiles. **II.** Bolso en que se guarda el dinero. Dinero que se guarda en él. **III.** **1.** Fig. y Fam. Ratero que hurta con astucia y engaño. **2.** Fig. y Fam. Persona sagaz, astuta. **3.** Fig. y Fam. Persona nacida en Madrid. **4.** Fig. y Fam. En las escuelas militares, decano de los alumnos. **IV.** *Arg.* Cierta danza popular. ▷ Música que acompana ese baile. **V.** *Hond.* Molledo del brazo. **VI.** *Perú.* Mercado al aire libre. **VII.** **1.** Instrumento de hierro que sirve para transportar la madera. **2.** Instrumento de hierro o madera que sirve para sujetar las piezas de madera. **3.** Máquina compuesta de un engranaje de piñón y cremallera, que sirve para levantar grandes pesos a poca altura. **4.** Instrumento que consta de seis o más garfios de acero, y sirve para reconocer y examinar el alma de los cañones. • **gatear** **I.** v.int. **1.** Trepar como los gatos. **2.** Fam. Andar a gatas. **II.** v.tr. Fam. Arañar el gato.

ENCICL Aparte del gato doméstico, de numerosas razas, pero constituyentes de una sola especie, diversos félidos de pequeño tamaño son denominados *gatos. Felis sylvestris* es el gato montés de Europa (70 cm de longitud, cola incluida). *Profelis aurata,* el gato dorado de África. Los gatos siamés, de angora, etc., son variedades de *Felis domestica.* El gato doméstico, independiente, inteligente, no obedece a su amo (como el perro), pero le gusta la compañía del hombre, en cuyo simbolismo desempeña un gran papel; el sueño y los ensueños del gato son objeto de estudio para los zoólogos y neurofisiólogos.

gatuña n.f. Planta herbácea de la familia de las papilionáceas, con tallos duros y espinosos, hojas compuestas de tres hojuelas pequeñas, flores rojizas o blancas, y fruto en vainillas ovales. Es muy común en los sembrados, y la raíz se ha empleado como aperitivo.

gaucho,a **1.** n.m. Se dice del hombre natural de las pampas del Río de la Plata, en la Argentina, Uruguay y Río Grande do Sul. **2.** adj. Relativo o perteneciente a esos gauchos. **3.** *Arg.* Fig. Grosero, zafio. **4.** *Arg.* y *Chile.* Fig. Ducho en tretas, taimado, astuto. **5.** *Arg., Chile* y *Urug.* Buen jinete. • **gauchada** n.f. **1.** *Arg., Chile* y *Perú.* Acción propia de un gaucho. **2.** *Arg.* Fig. Favor ocasional prestado con buena voluntad.

Gaultheria n.f. Género de plantas arbustivas de América, Asia y Oceanía.

gaur n.m. Toro salvaje del SE de Asia, de pelaje oscuro y cuernos curvados.

gausio n.m. FIS Unidad de inducción magnética en el sistema magnético cegesimal. Equivale a una diezmilésima de tesla. Símbolo, *B.*

gauss n.m. FIS Unidad CGS de campo magnético (símbolo *G*, referible a *Gs*) sustituido actualmente por la tesla (símbolo *T*), unidad SI (1 G = 10^{-4} T).

gavera n.f. **1.** *Méx.* y *Venez.* Molde para fabricar tejas o ladrillos. **2.** *Perú.* Tapial. **3.** *Col.* Recinto de madera, donde se enfría y espesa la miel de cañas obtenida en los trapiches.

gaveta n.f. **1.** Cajón de los escritorios. **2.** Mueble de varios cajones.

1. gavia n.f. **1.** Zanja de desagüe o linde de propiedades. **2.** MAR Vela que se coloca en el mastelero mayor de las naves. **3.** MAR P.ext., cada una de las velas correspondientes en los otros dos masteleros. **4.** MAR Cofa de las galeras. • **gavieta** n.f. MAR Gavia, a modo de garita, que se pone sobre la mesana o el bauprés.

2. gavia n.m. MIN Cuadrilla de operarios que se emplea en el trecheo.

gavial n.m. ZOOL Reptil del orden de los emidosaurios, propio de los ríos de la India parecido al cocodrilo.

gaviero n.m. MAR Marinero que dirige la maniobra en las cofas y en lo alto de los palos.

gaviete n.m. MAR Madero corvo y con una roldana en la cabeza, que se coloca en la popa de la lancha para levar con ella un ancla.

gavilán n.m. **1.** Ave del orden de las rapaces, de unos 30 cm de largo, con plumaje gris azulado y cola parda con cinco rayas negras. **2.** Rasguillo que se hace al final de algunas letras. **3.** Cualquiera de los dos lados del pico de la pluma de escribir. **4.** Cada uno de los hierros que forman la cruz de la espada, y que protegen la mano. **5.** Flor del cardo. **6.** *Amér.* Uñero, borde de la uña que se clava en la carne.

gavilana n.f. BOT *C. Rica.* Planta herbácea de la familia de las compuestas, con flores pequeñas y de color amarillo. Se usa en medicina como tónico y febrífugo.

1. gavillar n.m. Terreno que está cubierto de gavillas de la siega. • **gavilla** n.f. Conjunto de sarmientos, cañas, etc., mayor que el manojo y menor que el haz. • **gavillero** n.m. **1.** Lugar en que se juntan y amontonan las gavillas en la siega. **2.** Línea de gavillas de mies que dejan los segadores tendidas en el terreno segado.

2. gavillar v.tr. Hacer las gavillas de la siega.

gavión n.m. **1.** MILIT Cestón de mimbres lleno de tierra, que sirve para defenderse de los tiros del enemigo. **2.** Cestón relleno de tierra o piedra que sirve en obras hidráulicas. **3.** Fig. y Fam. Sombrero grande de copa y ala.

gaviota n.f. Ave del orden de las palmípedas, de unos 75 cm de largo, plumaje blanco y dorso ceniciento. Vive en las costas, vuela mucho y se alimenta principalmente de los peces que coge en el mar. Hay otras especies más pequeñas.

gavota n.f. Antiguo baile francés. ▷ Música de este baile.

gaya n.f. **1.** Lista de diverso color que el fondo. **2.** Picaza, marica, urraca. • **gayadura** n.f. Guarnición y adorno del vestido hecho con gayas.

gaya ciencia, nombre dado al arte de trovar (también *gay trovar* o *gay saber*), a la poesía elaborada según los criterios de los trovadores, en contraposición con el supuestamente fácil arte popular de los juglares.

gayal n.m. Toro salvaje del SE de Asia.

gayomba n.f. BOT Arbusto de la familia de las papilionáceas, de 2 o 3 m de altura, con flores grandes, olorosas, amarillas y fruto en vainillas lineales.

gayuba n.f. **1.** Mata de la familia de las ericáceas, con hojas amontonadas, lustrosas y enteras y fruto en drupa roja. El cocimiento de las hojas y fruto se suele emplear como diurético. **2.** Fruto de esta planta.

gaza n.f. **1.** MAR Lazo que se forma en el extremo de un cabo doblándolo y uniéndolo con costura o ligada. **2.** Marica, urraca, picaza.

gazapatón o **gazafatón** n.m. Fam Yerro en el hablar. ▷ Expresión malsonante por inadvertencia o por mala pronunciación.

gazapera n.f. **1.** Madriguera de conejos. ▷ Fig. y Fam. Junta de gente para fines poco decentes. **2.** Fig. y Fam. Riña entre varias personas.

1. gazapo n.m. Conejo pequeño. ▷ Fig. y Fam. Hombre disimulado y astuto.

2. gazapo n.m. **1.** Fig. y Fam. Mentira, embuste. **2.** Fig. y Fam. Yerro que por inadvertencia deja escapar el que escribe o el que habla.

gazmoñería n.f. Afectación de modestia, devoción o escrúpulos.

gaznápiro,a n. y adj. Palurdo, simplón, torpe.

gaznate n.m. Garganta.

gaznawíes, dinastía musulmana turca (ss. X-XII), que tuvo por cap. a Gaznī (Afganistán) y, en el s. XI, extendió su dominio hasta Irán e India (Punjāb). Se enfrentó a los selyucidas y guríes; estos últimos acabaron con ella.

gazofilacio n.m. Lugar donde se recogían las limosnas y rentas del templo de Jerusalén.

gazpacho n.m. Sopa fría que se hace con pedacitos de pan, tomate, pimiento, cebolla, ajo, etc., y se sazona con aceite, vinagre y sal.

gazuza n.f. Fam. Hambre.

Gb FIS Símbolo del gilbert.

Gd QUIM Símbolo químico del gadolinio.

ge n.f. Nombre de la letra *g*.

Ge QUIM Símbolo químico del germanio.

gea n.f. Conjunto del reino inorgánico de un país o región. ▷ Obra que lo describe.

geco n.m. Saurio de las regiones cálidas cuyos dedos están provistos de láminas adhesivas.

gecónido n. y adj. ZOOL Se dice de reptiles saurios de pequeño tamaño, caracterizados por tener papilas digitales adhesivas y párpados transparentes. ▷ n.m. pl. ZOOL Familia de estos animales.

ge'ez n.m. y adj. Lengua camitosemítica de Etiopía (del reino de Aksum, ss. IV-X) que suplantó al amhárico. Es el idioma sagrado.

géiser n.m. Fuente caliente que se caracteriza por la proyección intermitente y turbulenta de agua, acompañada de desprendimiento de vapor.

geisha n.f. En el Japón, bailarina, música y cantante tradicional.

gel n.m. Estado que adopta una materia en dispersión coloidal cuando flocula o se coagula.

gelatina n.f. QUIM Sustancia sólida, incolora, y transparente cuando pura, que procede de la transformación de la colágena del tejido conjuntivo y de los huesos y cartílagos por efecto de la cocción.

gelatinobromuro n.m. TECN Preparación gelatinosa utilizada en fotografía que contiene bromuro de plata en suspensión.

gelosa n.f. TECN Agar-agar, gelatina que se extrae de ciertas algas.

gema n.f. **1.** Nombre genérico de las piedras preciosas. **2.** Parte de un madero escuadrado donde ha quedado la corteza. **3.** BOT Yema. • **gemación** n.f. **1.** BOT Desarrollo de la gema, yema o botón para la producción de una rama, hoja o flor. **2.** ZOOL y BOT Modo de reproducción asexual, que se caracteriza por separarse del organismo la yema. — *Gemación celular*. Se dice de la mitosis en la que el citoplasma se divide en dos partes de tamaño muy desigual.

gemela n.f. Jazmín de Arabia, de hojas persistentes y flores blancas y encarnadas.

gemelo,a **I.** n. y adj. Se dice de cada uno de dos o más hermanos nacidos de un parto. ▷ Se aplica ordinariamente a los elementos iguales de diversos órdenes que, apareados, cooperan a un mismo fin. **II.** n.m.pl. **1.** OPT Anteojos. **2.** Juego de dos botones iguales. **3.** CARP Los dos maderos gruesos que se empalman a otro para darle más resistencia y cuerpo.
ENCICL Los *gemelos auténticos*, mejor llamados *gemelos monocigóticos* o *univitelinos*, resultan de la división precoz de un solo huevo; siempre son del mismo sexo, se parecen física y psíquicamente, tienen la misma resistencia ante las enfermedades, etc. Los *falsos gemelos, bicigóticos* o *bivitelinos*, proceden de dos huevos diferentes, pueden ser de sexos distintos y no parecerse en absoluto.

geminación n.f. **1.** Acción y efecto de geminar. **2.** RET Figura que consiste en repetir inmediatamente una o más palabras.

geminado,a adj. HIST NAT Partido, dividido.

gemínidas n.f.pl. ASTRON Estrellas fugaces cuyo punto radiante está en la constelación de los Gemelos.

gemíparo,a adj. Se aplica a los animales o plantas reproducidos por medio de yemas.

gemir v.int. Expresar con sonido y voz lastimera la pena y el dolor. ▷ Fig. Sonar con semejanza al gemido del hombre.

gemoso,a adj. Se aplica a la viga o madero que tiene algo de corteza.

-gen Sufijo procedente del griego *genés*, de *genos*, «nacimiento, origen».

gen n.m. BIOL Cada una de las partículas que están dispuestas a lo largo de los cromosomas, y que producen la aparición de los caracteres hereditarios en las plantas y en los animales.
ENCICL En el curso de las divisiones celulares (mitosis o meiosis), se reproducen las moléculas de ADN semejantes a sí mismas; cada molécula de ADN alcanza a una de las nuevas células, lo que confiere a los genes su carácter hereditario y su constancia; una *mutación* corresponde, pues, a una anomalía en la reproducción del ADN inicial. Los organismos diploides comprenden dos ejemplares de cada gen; cada ejemplar es llevado por uno de los dos cromosomas homólogos; estos dos genes se llaman *alelos*. Cuando dos alelos son semejantes, el individuo es llamado homocigoto (a causa de este gen); si no son semejantes (porque uno de ellos ha sido «mutado»), se le llama *heterocigoto;* en este caso, bien los dos alelos son *equivalentes* y el carácter dominado toma entonces una forma híbrida, o bien uno de los dos alelos es *recesivo,* siendo el otro *dominante* y expresándose él solo en el *fenotipo*.

genciana n.f. Planta vivaz de la familia de las gencianáceas, con hojas grandes elípticas, flores amarillas, fruto capsular, y raíz gruesa, de olor fuerte y sabor muy amargo. Se usa en medicina como tónica y febrífuga.

gencianáceo,a o **gencianeo,a** n. y adj. BOT Se dice de hierbas angiospermas dicotiledóneas, de hojas opuestas, flores terminales o axilares, frutos capsulares y semillas con albumen carnoso; como la genciana, la centaura menor y la canchalagua. ▷ n.f.pl. BOT Familia de estas plantas.

gendarme n.m. En Francia y otros países, militar destinado a mantener el orden y la seguridad pública.

genealogía n.f. **1.** Serie de progenitores y ascendientes de cada persona. ▷ Escrito que la contiene. **2.** Documento en que se hace constar la ascendencia de un animal de raza.

geneático,a n. y adj. Que pretende adivinar por el nacimiento de los hombres.

generación n.f. **I. 1.** Acción y efecto de engendrar. **2.** Casta, género o especie. **3.** Sucesión de descendientes en línea recta. **4.** Conjunto de todos los vivientes coetáneos. **II.** GEOM Formación (de una línea, de una superficie, de un volumen por el movimiento de un punto, de una línea, de una superficie.

generador,a **1.** n. y adj. Que engendra. **2.** adj. GEOM Se dice de la línea o de la figura que por su movimiento engendran respectivamente una figura o un sólido geométrico. **3.** n.m. En las máquinas, aquella parte de ellas que produce la fuerza o energía.

general **I.** adj. **1.** Común y esencial a todos los individuos que constituyen un todo, o a muchos objetos aunque sean de naturaleza diferente. **2.** Común, frecuente, usual. **II.** n.m. **1.** El que tiene en la fuerza armada empleo superior al de coronel, capitán de navío o asimilados. **2.** Prelado superior de una orden religiosa. • **generala** n.f. MILIT Toque de movilización de las tropas.

generalidad n.f. **1.** Mayoría o casi totalidad de los individuos u objetos que componen una clase o un todo sin determinación a persona o cosa particular. **2.** Vaguedad o falta de precisión en lo que se dice o escribe. **3.** Lo que de esa manera se dice o escribe. **4.** Nombre que se dio al organismo que velaba por el cumplimiento de los acuerdos de las Cortes catalanas.

generalizar **I.** v.tr. y prnl. Hacer pública o común una cosa. **II.** v.tr. **1.** Considerar y tratar en común cualquier punto o cuestión. **2.** Abstraer lo que es común y esencial a muchas cosas para formar un concepto general que comprenda a todas.

generar v.tr. Procrear. ▷ Producir, causar algunas cosas. • **generativo,a** adj. Se dice de lo que tiene virtud de engendrar. — LING *Gramática generativa*. Conjunto finito de reglas que permiten la formación de todas las frases gramaticales de un idioma. • **generatriz** n.f. y adj. **1.** GEOM Se dice de la línea o figura generadora. **2.** FIS Se dice de la máquina que convierte la energía mecánica en eléctrica.

género n.m. **1.** Especie, conjunto de cosas que tienen caracteres comunes. **2.** Modo o manera de hacer una cosa. **3.** Clase a que pertenecen personas o cosas. **4.** Cualquier clase de tela. **5.** GRAM Accidente gramatical que sirve para indicar el sexo de las personas o de los animales y el que se atribuye a las cosas. **6.** HIST NAT Conjunto de especies animales o vegetales que tienen cierto número de caracteres comunes. **7.** En literatura y bellas artes, variedades que se distinguen en las creaciones respectivas. • **genérico,a** adj. **1.** Común a muchas especies. **2.** GRAM Perteneciente al género.

género chico, nombre dado al sainete de costumbres en un solo acto con algunas partes cantadas. Constituyó una reacción contra la zarzuela grande y contra la ópera bufa italiana, que no reflejaban el sentir local. La primera obra (*Cuadros al fresco*, de Tomás Luceño) se estrenó el 31 de enero de 1870.

generosidad n.f. **1.** Largueza, libertad. **2.** Inclinación del ánimo a anteponer el deseo a la utilidad y al interés. **3.** Valor y esfuerzo en las empresas arduas.

genésico,a adj. Perteneciente o relativo a la generación.

-génesis Sufijo procedente del latín *genesis*, «nacimiento, formación, producción».

génesis n.m. **1.** (con mayúscula). Primer libro del Antiguo Testamento. **2.** Cosmogonía. **3.** Conjunto de los procesos que dan nacimiento a alguna cosa. ▷ BIOL Formación, desarrollo de un órgano, de un ser vivo.
ENCICL En todas las ediciones de la Biblia, el Génesis es el primer libro del Antiguo Testamento, aunque haya sido escrito relativamente tarde (ss. X al VI a. J.C.), a base de tradiciones orales, Comprende dos partes: la Historia primitiva del mundo, desde la Creación hasta Abraham (capítulos I, escrito en el s. VI, al XI) y la historia de los ancestros del pueblo de Israel, desde Abraham hasta José (capítulos XII al L).

genética n.f. Parte de la biología, que trata de los problemas de la herencia.
ENCICL En 1865, como consecuencia de un experimento riguroso, Mendel (v.) enunció las tres leyes fundamentales de la genética, pero no fue hasta principios del s. XIX cuando De Vries publicó los trabajos del genial precursor: la genética había nacido. Morgan, trabajando en la drosofila, extrajo la noción de *gen* (entidad responsable de un carácter hereditario), pero de manera puramente teórica. Los citologistas comprobaron las constancias morfológica y numérica de los cromosomas de una generación a otra y emitieron la hipótesis de que eran responsables de la transmisión de los caracteres. Esto fue confirmado por Griffith, que mostró que el material por-

tador de los genes era el ácido desoxirribonucleico (ADN); el análisis de los cromosomas demostró que estaban efectivamente constituidos por ADN. En 1952, Watson y Crick asimilaron el gen a un segmento de ADN que contenía las indicaciones necesarias para la síntesis de una enzima (v. código genético), con lo que toda mutación se debía entonces a una modificación del ADN. *La genética mendeliana* estudia la transmisión de los genes llevados por el ADN de los cromosomas, pero las partículas celulares que, en el momento de las divisiones celulares, se distribuyen al azar, comportan su propio ADN; el estudio de la transmisión de estos caracteres citoplásmicos constituye la *genética no mendeliana*. La frecuencia de las mutaciones es sumamente débil, casi nula; sin embargo, a la escala de la población de los seres vivos y a lo largo de períodos muy largos, pueden explicar la evolución de los seres vivos, lo que es incontestable. v. desoxirribonucleico, evolución, mutación, fenotipo, etc.

-genia Sufijo procedente del griego *geneia*, «formación».

genial adj. **1.** Sobresaliente, que revela genio creador. **2.** Placentero. **3.** Propio del genio. • **genialidad** n.f. Singularidad propia del carácter de una persona.

geniculado,a adj. ANAT Que forma un ángulo. — *Ganglio geniculado.* Engrosamiento de la capa óptica cerebral.

genio n.m. **I. 1.** Índole o inclinación según la cual dirige uno comúnmente sus acciones. **2.** Disposición para una cosa. **3.** Gran ingenio, fuerza creativa. **4.** Fig. Sujeto dotado de esta facultad. **5.** Carácter, energía. **II.** Ser sobrenatural al que se atribuye un poder mágico. **III.** En las artes, figuras que se colocan al lado de una divinidad.

genipa n.f. Yagua.

genista n.f. Retama.

genital adj. ANAT FISIOL Que sirve para la generación o que se relaciona con ella. *Órganos genitales.* ▷ PSICOAN *Fase genital.* Fase del desarrollo psicosexual caracterizada por el papel primario de los órganos genitales como zona erógena.
ENCICL El *aparato genital* está constituido, en el hombre, por los testículos, el pene, las vesículas seminales y la próstata; en la mujer, por los ovarios, las trompas, el útero y la vagina. Tiene como función la elaboración de los gametos: espermatozoides u óvulos. Su desarrollo depende de las hormonas masculinas o femeninas.

genitivo,a **1.** adj. Que puede engendrar y producir una cosa. **2.** n.m. GRAM Uno de los casos de la declinación. Denota relación de propiedad, posesión o pertenencia, y lleva siempre antepuesta la preposición *de*.

génito- Prefijo que significa *genital* y que suele utilizarse en términos compuestos.

genitor n.m. El que engendra.

genitourinario,a adj. ANAT Perteneciente o relativo a las vías y órganos genitales y urinarios.

-geno Sufijo en las voces compuestas, con el significado de «engendrar, producir».

genocidio n.m. Exterminio de un grupo social por motivo de raza, de religión o de política.

genoma n.m. BIOL Conjunto de cromosomas.

genotipo n.m. BIOL Conjunto de genes contenido en el ADN cromosómico de una célula viva.

gens n.f. ANTIG ROM Grupo de familias cuyos jefes provienen de un antepasado común.

gente n.f. **I. 1.** Pluralidad de personas. **2.** Nombre colectivo que se da a cada uno de los grupos de la sociedad. **3.** Fam. Familia, parentela. **4.** *Amér.* Personas que se portan bien. **II.** *Gente bien.* Personas distinguidas. — *Gente de bien.* La de buena intención y proceder.

gentil **1.** n. y adj. Idólatra o pagano. **2.** adj. Apuesto. **3.** Notable.

gentileza n.f. **1.** Urbanidad, cortesía. **2.** Gallardía, garbo y bizarría. **3.** Ostentación y gala.

gentilhombre n.m. Miembro de la nobleza que servía en la casa real. ▷ Hidalgo.

gentilicio,a adj. **1.** Perteneciente a las gentes o naciones. **2.** Perteneciente al linaje o familia.

gentío n.m. Concurrencia o afluencia de un número considerable de personas en un lugar.

gentleman n.m. Hombre educado, que se comporta siempre con tacto y elegancia.

gentleman's agreement n.m. Palabras inglesas para indicar un acuerdo diplomático basado en la confianza recíproca.

gentuza n.f. Desp. Gente despreciable.

genuflexión n.f. Acción y efecto de doblar la rodilla en señal de reverencia.

genuino,a adj. Puro, propio, natural, legítimo.

geo- Elemento compositivo que en voces compuestas significa «tierra, la Tierra o el suelo».

geocéntrico,a adj. **1.** Perteneciente o relativo al centro de la Tierra. **2.** ASTRON Se aplica a la latitud y longitud de un planeta visto desde la Tierra. **3.** ASTRON Se aplica al sistema de Ptolomeo y a los demás que suponen ser la Tierra el centro del universo.

geoda n.f. **1.** PETROG Cavidad tapizada de cristales. **2.** MED Cavidad en un tejido.

geodesia n.f. Ciencia matemática que tiene por objeto determinar la figura y magnitud del globo terrestre, y construir los mapas correspondientes.
ENCICL Los métodos más antiguos de la geodesia, llamados *geométricos*, se basan en la medición de ángulos y distancias. La *triangulación* permite calcular los dos lados de un triángulo cuando se conocen la longitud de la base y los ángulos que estos dos lados forman con esta base. La triangulación espacial se basa en la observación del paso de un satélite artificial (satélite geodésico) en dos momentos, a partir de puntos terrestres diferentes. Las distancias entre las estaciones de observación y el satélite se pueden medir con gran precisión por medio de un rayo láser. La geodesia *dinámica* se basa en la medida de la intensidad de la gravedad (gravimetría), que varía ligeramente segun la latitud del lugar considerado. Las irregularidades del movimiento orbital de los satélites artificiales se deben en parte a las variaciones del potencial terrestre. La observación de las perturbaciones que afectan a varios satélites de órbitas distintas permite eliminar la influencia del Sol y de la Luna.

geodinámica n.f. Geología dinámica, estudio de las modificaciones del globo terrestre debidas a los agentes externos o internos.

geoestacionario,a adj. ESP Se dice de un satélite cuya posición en relación a la Tierra no varía.

geofagia n.f. MED Perversión del gusto que lleva a comer tierra.

geofílidos n.m. pl. Familia de miriápodos quilópodos; viven en el musgo y el humus.

geofísica n.f. Parte de la geología que estudia la física terrestre.
ENCICL La geofísica, o *física del globo*, utiliza la *geodesia*, la *meteorología*, la *hidrología*, la *oceanografía*, la *geotermia*, etc.; la *sismología* le permite emitir hipótesis sobre la estructura profunda de la Tierra; se sabe así que bajo la corteza terrestre, o *litosfera*, se encuentran: el *manto*, entre 40 y 2.900 km de profundidad; el *núcleo*, fluido, constituido de hierro y de níquel, hasta los 5.000 km, y, en el centro de la Tierra, *el nucléolo*, más sólido que el núcleo. La *gravimetría* es la base de la teoría de la *isostasia*. El estudio del magnetismo terrestre y del paleomagnetismo de las rocas ha confirmado, junto con la tectónica, la *deriva de los continentes* y ha llevado a la teoría de la *tectónica de placas*. v. placa y tierra.

geófito n.m. BOT Planta cuyos brotes pasan la estación adversa enterrados en el suelo.

geogenia o **geogonía** n.f. Parte de la geología, que trata del origen y formación de la Tierra.

geognosia n.f. Parte de la geología, que estudia la estructura y composición de las rocas.

geografía n.f. Ciencia que trata de la descripción de la Tierra. — *Geografía astronómica.* Cosmografía. — *Geografía botánica.* La que estudia la distribución de las especies vegetales. — *Geografía física.* La que trata de la configuración de las tierras y los mares. — *Geografía lingüística.* La que estudia la distribución de los fenómenos lingüísticos de un idioma.
ENCICL Como ciencia, la geografía se propone las siguientes tareas: la descripción y explicación científica de los fenómenos físicos, biológicos y humanos que se producen en la superficie de la Tierra; el estudio de sus relaciones recíprocas; el estudio de su distribución. La geografía es, por tanto, a la vez ciencia natural y ciencia humana. Disciplina de síntesis, utiliza los métodos y experiencias de numerosas ciencias: matemáticas, geología, química, botánica, economía, política, demografía. Esta situación de convergencia hace muchas veces difícil la delimitación de sus atribuciones. Los geógrafos están de acuerdo hoy día en distinguir una geografía general y una geografía regional. La *geografía general* estudia las combinaciones de los diversos factores físicos y humanos en la superficie del globo. Se subdivide a su vez: la geografía física estudia sobre todo la geomorfología (estructura y modelado de la superficie terrestre), la biogeografía (reparto de la fauna y de los paisajes vegetales), la climatología y la hidrografía; la geografía humana estudia el reparto y composición de la población mundial, sus movimiento internos (natalidad, mortalidad) y externos (migraciones), su estructura (composición por edades), sus actividades (hábitat, economía). La *geografía regional* estudia la combinación de los hechos de geografía general en el marco limitado de la región, definido por caracteres particulares (físicos, históricos o económicos). La geografía utiliza dos tipos de documentos: los documentos de observación (experiencia directa, fotografías, cartografías) y los que son resultado de una evaluación cuantitativa. Para estos últimos, la abundancia de documentación ha hecho necesario el uso del ordenador y del lenguaje matemático y estadístico, en orden a establecer correlaciones rigurosas. La geografía no es, por tanto, como a veces se cree, la enumeración de una serie de cifras y de nombres, sino un trabajo de reflexión y de síntesis que determina las relaciones del hombre y el medio, sus condiciones y sus incidencias. En cuanto a la *geografía aplicada*, incluye dos ramas muy distintas: trazado de mapas; acondicionamiento del territorio, tanto desde el punto de vista de la naturaleza (repoblación forestal, p. ej.) como del punto de vista del urbanismo y la industria.

geoide n.m. GEOD Volumen teórico cuya superficie, perpendicular a la vertical en cada punto del globo terrestre, pasa por el nivel medio de los mares.

geología n.f. Ciencia que trata de las formas del globo terrestre; de la naturaleza de las materias que lo componen y de su formación.

ENCICL La geología es el conjunto de *ciencias de la Tierra*. Considerando la Tierra en cuanto realidad mineral, utiliza y comprende: la *petrografía*, la *mineralogía*, la *geoquímica*, etc., y, a escala de continentes y del planeta entero, la *tectónica*, la *geodinámica*, la *geofísica*, etc. Considerando la Tierra como medio donde viven y han vivido seres vivos, de los cuales tiene algunos restos *(fósiles)*, la geología está en relación, en general, con la *biología* y, de forma más estrecha, con la *paleontología animal y vegetal*, cuyas experiencias han conducido a la teoría de la evolución (confirmada por la genética). Para situar en el tiempo los grandes acontecimientos de la historia del globo, el geólogo recurre a los métodos de *cronología absoluta* (sobre todo, por medio del carbono 14) y de *cronología relativa* (por la estratigrafía). Los *tiempos geológicos* se dividen en eras (primaria, secundaria, etc.), que a su vez se dividen en períodos, luego en etapas. Así, la era secundaria comprende el triásico, el jurásico inferior, el jurásico medio y el jurásico superior; cada uno de estos períodos comprende diversas etapas (batoniense, p. ej.). Sobre el terreno, la geología recurre con frecuencia a la *cartografía*, igual que a las disciplinas físico-químicas; a su vez, ayuda a la arqueología (paleontológica, prehistórica, histórica). Como ciencia aplicada, desempeña un papel económico considerable, pues determina el modo de formación de los diversos tipos de yacimientos (minerales metálicos, petróleo, etc.) y orienta la búsqueda de nuevos yacimientos; en este sentido, permite determinar el lugar donde se han de efectuar obras de gran envergadura (presas, túneles, etc.).

geomagnetismo n.m. Magnetismo terrestre.

geomancia n.f. Especie de magia y adivinación que se hace valiéndose de los cuerpos terrestres o con líneas, círculos o puntos hechos en la tierra.

geometría n.f. Parte de las matemáticas que trata de las propiedades y medida de la extensión. — MAT *Geometría analítica*. La que estudia las propiedades de las líneas y superficies representadas por medio de ecuaciones. — MAT *Geometría del espacio*. La que considera las figuras cuyos puntos no están todos en un mismo plano. — MAT *Geometría descriptiva*. La que tiene por objeto resolver los problemas de la geometría del espacio por medio de operaciones efectuadas en un plano y representar en él las figuras de los sólidos. — MAT *Geometría plana*. La que considera las figuras cuyos puntos están todos en un plano.

ENCICL La geometría *algebraica*, que utiliza los ejes de coordenadas, se separó en el s. XVII de la geometría *diferencial*, que utiliza la noción del límite (cálculo infinitesimal). Se distinguen: las geometrías *euclidianas*, que aceptan los postulados de Euclides y que son las de nuestra vida ordinaria; las geometrías *no euclidianas* (las más conocidas históricamente entre ellas son, a comienzos del s. XIX, las de Lobachévski y de Riemann), que sustituyen un postulado euclidiano por otro axioma, sobre todo (caso históricamente bien conocido) el quinto postulado de Euclides: «Por cualquier punto se puede trazar una paralela, y sólo una, a una recta determinada»; transformando este postulado Riemann sentó las bases de una geometría no euclidiana que se puede llamar «sistémica». La geometría fue relacionada con la teoría de los grupos por Felix Klein (programa de Erlangen) en 1872; se define como el estudio de un grupo que actúa sobre conjuntos y lleva a disociar las propiedades afines (paralelismo, p. ej.) de las propiedades métricas (ángulos y distancias).

geométridos n.m. pl. ZOOL Familia de lepidópteros nocturnos cuyas orugas no tienen más que un par de patas abdominales.

geomorfía n.f. Parte de la geodesia que trata de la figura del globo terráqueo y de la formación de los mapas. • **geomorfología** n.f. GEOL **1.** Ciencia que estudia los relieves terrestres actuales y su evolución bajo la acción de la erosión. **2.** Este relieve.

geonomía n.f. Ciencia que estudia las propiedades de la tierra vegetal.

geopolítica n.f. Estudio de la influencia de los factores geográficos en la política internacional.

geoquímica n.f. Estudio de los elementos químicos constitutivos de la corteza terrestre.

georama n.m. Globo geográfico, grande y hueco, de suerte que el espectador, en el centro, abraza de una ojeada el conjunto de los mares, continentes, etc.

geórgica n.f. Obra que tiene relación con la agricultura. ▷ pl. Poema sobre la agricultura.

geosinclinal n.m. GEOL Extensa depresión de la corteza terrestre cubierta de agua, cuyo fondo se hunde bajo el peso de los sedimentos y bajo la acción de las fuerzas tectónicas laterales.

geosíncrono adj. ESP Se dice de un satélite cuyo período de revolución es igual al de la Tierra.

geosísmico,a adj. TECN Se dice de los procedimientos de prospección que utilizan explosivos para estudiar la estructura de los terrenos.

geotécnica n.f. Geología aplicada, especialmente en la construcción.

geotectónico,a adj. Perteneciente o relativo a la forma, disposición y estructura de las rocas y terrenos que constituyen la corteza terrestre.

geotermia n.f. **1.** Calor interno de la Tierra. **2.** Estudio del calor de la corteza terrestre y de su utilización como fuente de energía. — *Grado geotérmico*. Aumento progresivo de la temperatura, igual a 1 °C, que se experimenta cada treinta metros cuando se desciende debajo de la superficie terrestre.

geotropismo n.m. BIOL Tropismo en que el factor predominante es la fuerza de la gravedad.

Geotrupes n.m.pl. Género de coleópteros del tipo del escarabajo pelotero, de 10 a 16 mm de longitud.

gépidos, pueblo germánico que se hizo independiente de los hunos en el s. V y se instaló en Dacia.

geraniáceo,a n. y adj. BOT Dícese de hierbas o matas angiospermas dicotiledóneas, como el geranio y la aguja de pastor. ▷ n.f.pl. BOT Familia de estas plantas.

geranio n.m. Planta exótica de la familia de las geraniáceas, con hojas pecioladas y de borde ondeado; flores en umbela apretada, y frutos capsulares, alargados. Hay varias especies, que se distinguen, sobre todo, por el olor y coloración de las flores. Esas plantas, originarias del África austral, se cultivan en los jardines.

gerente n.m. y f. COM El que dirige los negocios y lleva la firma en una sociedad o empresa mercantil, con arreglo a su constitución.

geriatría n.f. MED Rama de la gerontología que estudia la patología de la vejez.

gerifalte n.m. **1.** Ave del orden de las rapaces, con plumaje pardo y blanquecino. Es el halcón mayor que se conoce y fue muy estimado como ave de cetrería. **2.** Pieza antigua de artillería. **3.** Fig. Persona que descuella en cualquier línea.

germanía n.f. **1.** Jerga o manera de hablar de los delincuentes. **2.** Amancebamiento. **3.** En el antiguo reino de Valencia, hermandad o gremio.

ENCICL Las germanías fueron un movimiento de sublevación de los artesanos y burgueses de las ciudades de Valencia, entre 1519 y 1523, que surgió como reacción frente a la nobleza. El factor desencadenante fue la epidemia de peste que hizo que los nobles abandonaran las ciudades dejando a sus habitantes a merced de los piratas berberiscos; los gremios ciudadanos obtuvieron del rey Carlos I el permiso para armarse, pero las armas defensivas se volvieron contra los nobles. En 1520, un ejército mercenario al mando del marqués de los Vélez derrotó a las fuerzas agermanadas. Posteriormente hubo resurgimientos de la insurrección en la isla de Mallorca, que concluyeron, en 1523, con la toma de la ciudad de Palma por las fuerzas reales y la ejecución de los personajes más representativos.

germanio n.m. QUIM Elemento de número atómico 32 y masa atómica 72,59 (símbolo *Ge*); metal semiconductor utilizado en electrónica.

germanismo n.m. **1.** Palabra, giro o expresión propios de la lengua alemana o introducido en otra lengua. **2.** Espíritu germánico, alemán; cultura, civilización alemana.

germen n.m. **1.** MICROB Conjunto de las células reproductoras de un ser vivo. **2.** Parte de la semilla de que se forma la planta. **3.** Primer tallo que brota de ésta. **4.** Fig. Principio, origen de una cosa material o moral. **5.** Bacteria, virus, espora, etc. **6.** FIS Sustancia que provoca la cristalización de un líquido sobresaturado, o la solidificación de un líquido sobrefundido. • **germicida** adj. MICROB Que mata los gérmenes microbianos.

germinal **1.** adj. Perteneciente al germen. **2.** n.m. Séptimo mes del calendario republicano francés.

germinar v.int. **1.** Brotar y comenzar a crecer las plantas. **2.** Comenzar a desarrollarse las semillas de los vegetales. **3.** Fig. Brotar, crecer, desarrollar cosas morales o abstractas.

geronto- Prefijo procedente del griego *gerōn, gerontos*, «anciano».

gerontocracia n.f. Gobierno, preponderancia política de los ancianos.

gerontología n.f. Ciencia que estudia todos los problemas que plantea la vejez.

Gerris n.m. Género de insectos acuáticos carnívoros que incluye el zapatero, muy común en la superficie de las aguas dulces sobre las cuales se desliza a gran velocidad.

gerundense **1.** n.y adj. Natural de Gerona. **2.** adj. Perteneciente o relativo a esta provincia o a su capital.

gerundio n.m. GRAM Forma verbal invariable del modo infinitivo, cuya terminación regular es *-ando* en los verbos de la primera conjugación, y *-iendo* en los de la segunda y tercera. Denota la idea del verbo en abstracto y, por lo común como ejecutándose de presente. Se emplea a veces como ablativo absoluto: *Reinando Isabel la Católica se descubrió el Nuevo Mundo*. Tiene más generalmente carácter adverbial, por cuanto modifica la significación del verbo, expresando modo, condición, motivo o circunstancia.

gesneriáceo,a n.f. y adj. BOT Dícese de plantas angiospermas dicotiledóneas, herbáceas, afines a las escrofulariáceas y orobancáceas. Muchas son ornamentales y muy apreciadas en jardinería; como la gloxínea. ▷ pl. BOT Familia de estas plantas.

gesta n.f. Conjunto de hechos memorables.

gestación n.f. **1.** Acción y efecto de gestar o gestarse. **2.** Embarazo, preñez.

gestaltismo n.m. Escuela psicológica fundada en Alemania, que intenta estudiar la realidad psíquica como un todo, rechazando el atomismo.

gestar **1.** v.tr. Llevar y sustentar la madre en sus entrañas el embrión durante el embarazo. **2.** v.prnl. Fig. Prepararse, desarrollarse o crecer sentimientos, ideas o tendencias individuales o colectivas.

gestatorio,a adj. Que ha de llevarse a brazos.

gesticular v.int. Hacer gestos.

gestionar v.tr. Hacer diligencias para el logro de un negocio o de un deseo cualquiera. • **gestión** n.f. **1.** Acción y efecto de gestionar. **2.** Acción y efecto de administrar.
ENCICL La gestión tiene por fin conducir a una empresa hacia los objetivos que se ha fijado. Su campo de acción engloba los objetivos a largo plazo, es decir los de desarrollo de la empresa en un período de una decena de años, a plazo medio (elaboración de las estrategias que guiarán la actividad en un período de unos años) y a corto plazo (preparación y realización de las acciones decididas). Los métodos de gestión están encaminados a crear un marco que permita un mejor dominio del sistema que constituyen la empresa y su entorno, y la orientación de ésta hacia sus fines. Estos métodos se basan en el establecimiento de objetivos, la consideración de las realizaciones y la comparación de los resultados y de las previsiones, para sacar consecuencias y tomar mejores decisiones. La gestión financiera tiene como objetivo reunir los fondos necesarios para la empresa. Se basa en técnicas de contabilidad: contabilidad general, analítica y presupuestaria.

gesto n.m. **1.** Expresión del rostro o de las manos con que se expresan los diversos estados de ánimo. **2.** Movimiento exagerado del rostro por hábito o enfermedad. **3.** Semblante, cara, rostro. **4.** Acto o hecho. **5.** Rasgo notable de carácter o de conducta.

gestor,a n. y adj. **1.** El que gestiona. **2.** COM Miembro de una sociedad mercantil que participa en la administración de ésta.

getas, antiguo pueblo de Tracia que se unió con los dacios.

getter n.f. ELECTRON Sustancia que provoca el vacío en el interior de un tubo electrónico.

getulos, antiguo pueblo nómada de África que habitaba al sur de Numidia.

ghetto n.m. **1.** Barrio donde los judíos tenían que residir. ▷ P. ext., lugar donde una minoría se encuentra agrupada y aislada del resto de la población. **2.** Fig. Grupo social replegado sobre sí mismo. *Ghetto intelectual.*

giba n.f. **1.** Joroba. **2.** Fig. y Fam. Molestia. • **gibar** v.tr. **1.** Hacer una giba en alguna cosa. **2.** Fig. y Fam. Fastidiar.

gibelino,a **1.** n. y adj. Partidario del emperador de Alemania, en la Italia de los ss. XII al XIV, contra los güelfos, defensores de los papas. **2.** adj. Perteneciente o relativo a los gibelinos.

gibetelina n.f. BOT Sustancia secretada por el *Fusarium moniliferum* (hongo parásito) que se usa para estimular el crecimiento de las plantas.

gibón n.m. Nombre común a varias especies de monos antropomorfos, arborícolas, que se caracterizan por tener los brazos muy largos, callosidades isquiáticas pequeñas y carecer de cola y abazones.

gibosidad n.f. Cualquier protuberancia en forma de giba.

1. giga n.f. **I. 1.** Baile antiguo que se ejecutaba en compás de seis por ocho. **2.** Música de este baile. **II.** Instrumento músico de cuerda.

2. giga- Elemento compositivo inicial que con el significado de mil millones (10^9) se emplea para formar nombres de múltiplos de determinadas unidades: *gigagramo*. Su símbolo es *G*.

giganta n.f. **1.** Mujer de gran estatura. **2.** Girasol (planta).

gigante **I.** adj. Gigantesco. **II.** n.m. **1.** El de gran estatura. **2.** Gigantón, figura grotesca. **3.** Fig. El que sobresale en ánimo, fuerzas u otra cualquier virtud o vicio. • **gigantesco,** adj. **1.** Perteneciente o relativo a los gigantes. **2.** Fig. Excesivo o muy sobresaliente en su línea.

gigantilla n.f. Figura femenina de cabezudo, enano de gran cabeza.

gigantismo n.m. PAT Enfermedad del desarrollo caracterizada por un crecimiento excesivo.

gigantomaquia n.f. MIT Combate fabuloso de los gigantes contra los dioses del Olimpo.

gigantón,a **1.** n.m. y f. Cada una de las figuras gigantescas que suelen llevarse en algunas procesiones. **2.** n.m. Girasol (planta).

gigantostráceos n.m.pl. PALEONT Subclase de artrópodos meróstomos fósiles, primero marinos y posteriormente de agua dulce, semejantes a grandes escorpiones.

gigoló n.m. Fam. Joven amante de una mujer de más edad que lo mantiene.

gili adj. Fam. Tonto, lelo.

gimn(o)- Prefijo procedente del griego *gymnos,* «desnudo».

gimnasia n.f. **1.** Arte de desarrollar, fortalecer y dar flexibilidad al cuerpo por medio de ciertos ejercicios. **2.** Fig. Práctica o ejercicio que adiestra en cualquier actividad o función. **3.** Cierta disciplina de competición.

gímnico,a adj. Perteneciente a la lucha de los atletas, y a bailes que imitaban estas luchas.

gimnosofista n.m. Nombre que griegos y romanos daban a los brahmanes o a sus sectas.

gimnospermo,a adj. BOT Se dice de las plantas fanerógamas cuyos carpelos no llegan a constituir una cavidad cerrada y, por tanto, las semillas quedan al descubierto; como el pino, el ciprés y el helecho. ▷ n.f.pl. BOT Subtipo de estas plantas.

gimnoto n.m. ZOOL Pez teleósteo del suborden de los fisóstomos, muy parecido a la anguila. Puede producir descargas eléctricas capaces de paralizar a animales de grandes dimensiones.

gimotear v.int. Gemir ridículamente, sin bastante causa, etc.

ginandra adj. BOT Se dice de las plantas con flores hermafroditas cuyos estambres están soldados con el pistilo.

ginebra n.f. Aguardiente de semillas aromatizado con bayas de enebro.

ginebrada n.f. Torta pequeña, hecha con masa de hojaldre.

ginec(o)-, -gin(o) Partículas procedentes del griego *gyné, gynaikos,* «mujer».

gineceo n.m. **1.** Departamento retirado que en el piso superior de sus casas destinaban los griegos para habitación de sus mujeres. **2.** BOT Pistilo.

ginecocracia n.f. Gobierno de las mujeres.

ginecología n.f. Parte de la medicina que trata de las enfermedades especiales de la mujer.

gingival adj. Relativo o perteneciente a las encías.

ginkgo n.m. Árbol originario de China, llamado también *árbol de los cuarenta escudos,* cuyas hojas se ponen de color dorado en el otoño.

ginogamona n.f. BIOL Grupo de sustancias químicas secretadas por los óvulos para favorecer la fecundación.

ginseng n.m. Planta originaria de China. ▷ P.ext. Raíz de esta planta. — Medicamento, droga que se obtiene de esta raíz.

giobertita n.f. Carbonato de magnesia, de color blanco, que se presenta cristalizado en el sistema romboédrico.

gipsófilo n.m. BOT Planta herbácea de tallos muy finos y flores blancas ornamentales.

gira n.f. **1.** Viaje o excursión por distintos lugares, con vuelta al punto de partida. **2.** Serie de actuaciones sucesivas de un espectáculo en diferentes localidades.

girador n.m. El que expide una letra de cambio.

giralda n.f. Veleta de torre, cuando tiene figura humana o de animal.

giraldete n.m. Roquete sin mangas.

girándula n.f. **1.** Rueda llena de cohetes que gira despidiéndolos. **2.** Artificio de las fuentes que arroja el agua con agradable variedad.

girar **I.** v.int. **1.** Moverse alrededor o circularmente. **2.** Desviarse o torcer la dirección inicial. **3.** COM Hacer las operaciones mercantiles de una casa o empresa. **4.** MECAN Moverse un cuerpo circularmente alrededor de una línea recta que le sirve de eje. **II.** v.int. y tr. COM Expedir libranzas, talones u otras órdenes de pago.

girasol n.m. **1.** Planta anual oriunda del Perú, de la familia de las compuestas, con flores terminales que se orientan hacia el Sol al que siguen en su recorrido, y fruto con muchas semillas comestibles, y de la que puede extraerse aceite. **2.** Ópalo girasol. **3.** Fig. Persona que procura granjearse el favor de un príncipe o poderoso.

giratorio,a **1.** adj. Que gira o se mueve alrededor. **2.** n.f. Mueble que se usa en los despachos para colocar libros y papeles.

girino n.m. Coleóptero pentámetro de unos 7 mm de largo. Anda rápidamente y trazando sobre las aguas estancadas multitud de curvas, por lo que se le llama escribano del agua.

-giro- Partícula procedente del griego *gyros,* «círculo».

1. giro n.m. **1.** Movimiento circular. **2.** Acción y efecto de girar. **3.** Dirección que se da a una conversación, a un negocio y sus diferentes fases. **4.** Estructura especial de la frase para expresar un concepto. **5.** COM Movimiento de dinero por medio de letras, libranzas, etc. ▷ COM Conjunto de operaciones o negocios de una casa, compañía o empresa.

2. giro adj. **1.** *Amér.* Se aplica al gallo que tiene las plumas del cuello y de las alas amarillas. **2.** *Arg.* y *Chile.* Se aplica también al gallo matizado de blanco y negro.

girocompás n.m. TECN Compás que indica la dirección del N geográfico por medio de un giroscopio eléctrico.

girola n.f. ARQUIT Nave que rodea el ábside de catedrales e iglesias.

giromagnético adj. FIS NUCL Se dice de la radiación electromagnética producida por el movimiento de los electrones en el interior de un acelerador de partículas.

girómetro n.m. **1.** Aparato para medir la velocidad de rotación de una máquina. **2.** AVIAC Instrumento que mide los cambios de dirección.

giroscopio n.m. TECN Aparato ideado por Foucault en 1852. Permite conservar una dirección invariable con relación a un punto de referencia absoluto y se emplea sobre todo en navegación aérea y espacial.

giróstato n.m. Conjunto sólido animado por un movimiento rotatorio que le confiere las propiedades de estabilidad direccional del giroscopio.

giste n.m. Espuma de la cerveza.

gitano,a n. (apl. a pers.) y adj. **1.** Se dice de cierto pueblo, en parte nómada, que se creía ser descendiente de los egipcios y que parece proceder del N de la India. v. ENCICL ▷ Propio de los gitanos, o parecido a ellos. **2.** Fig. Que tiene gracia y arte para ganarse las voluntades de otros.

ENCICL Los *gitanos* son nómadas de origen desconocido, que nunca fueron ni conquistadores ni pastores, actualmente diseminados por Europa y América. Su lengua exclusivamente oral es de origen indoeuropeo y cercana al sánscrito. El éxodo de los gitanos comenzó en el s. IX, desde la India hacia el Irán; posteriormente, a través de Armenia y los países caucásicos, hacia Grecia (s. XIV). A continuación (s. XV) pasaron a Hungría, Alemania, Francia, España, Portugal e Inglaterra. Fueron grandes herreros, herederos de las tradiciones indias, y aún son traficantes, cesteros, caldereros y chatarreros: las mujeres practican a veces la adivinación o la cartomancia. La música gitana, célebre en Irán en el s. X ha influido a menudo a la de los países que les han acogido: la música instrumental en Hungría, la vocal en Rusia, el flamenco español, etc. Los gitanos se dividen en tres grandes grupos: gitanos o calés (lengua *caló*), localizados sobre todo en España; roms (lengua *romaní*), los más tradicionales, se encuentran en Europa del E; manuches o sinti (lengua *sinto*) en Alemania, Italia, Francia. Los gitanos se agrupan en linajes (con un antepasado común), realizan sus desplazamientos en *caravanas* dirigidas por un jefe de familia o de linaje ayudado por un colega. La célula familiar es muy fuerte. Durante siglos se han tomado numerosas medidas de discriminación y expulsión contra los gitanos en diversos países. La Alemania de Hitler trató de exterminarlos.

glabro,a adj. Calvo, lampiño.

glaciación n.f. Formación de glaciares en una determinada región y época.

ENCICL El estudio de los sedimentos glaciares alpinos ha permitido establecer la existencia de una glaciación en el eocámbrico, otra en el carbonífero-pérmico y cuatro glaciaciones durante el cuaternario. Las del cuaternario son, para Europa occidental y central y de más antigua a más reciente: Günz, Mindel, Riss y Würm (de los nombres de cuatro afluentes del Danubio). Estas glaciaciones están separadas por tres períodos interglaciares, acompañado de un notable recalentamiento del clima.

glacial adj. **1.** Helado, muy frío. **2.** Que hace helar o helarse. **3.** Fig. Frío, desafecto, desabrido. **4.** GEOGR Se aplica a las tierras y mares que están en las zonas glaciales.

glaciar n.m. Masa de hielo acumulada en las zonas altas de las cordilleras y cuya parte inferior se desliza muy lentamente.

ENCICL Se distinguen tres grandes tipos de glaciares. Los *glaciares continentales* o *inlandsis,* extensos casquetes de hielo que cubren las regiones polares, fluyen hacia el mar, donde se fragmentan en *icebergs.* Los *glaciares de meseta* o *escandinavos* se originan en las cumbres de montañas planas o altiplanicies. Los *glaciares de montaña* o *alpinos* se forman en un *circo glaciar;* la nieve, al acumularse, forma el *nevé* o bien se transforma en *hielo en ampollas* que se desliza hacia las regiones bajas, formando un verdadero río de hielo; éste excava un valle cuya sección, característica, es una U. Los materiales de arrastre arrancados a la montaña constituirán las morrenas. Los glaciares, por sus dimensiones enormes, son importantes reguladores del clima y de los torrentes de montaña. Estos torrentes, así como los ríos que alimentan, tienen un régimen glaciar (es decir, que depende del deshielo de los glaciares).

gladiador o **gladiator** n.m. El que en los juegos públicos de los romanos luchaba con otro o con un animal, hasta quitarle la vida o perderla.

gladio n.m. Espadaña de agua.

gladíolo o **gladiolo** n.m. Estoque, planta iridácea.

glagolítico,a Antiguo alfabeto eslavo.

glande n.m. Cabeza del pene.

glándula n.f. **1.** BOT Cualquiera de los órganos unicelulares o pluricelulares que secretan sustancias inútiles o nocivas para la planta. **2.** ANAT Cualquiera de los órganos que secretan materias inútiles o nocivas para el animal, como el riñón, o productos que el organismo utiliza en el ejercicio de una determinada función, como el páncreas. — *Glándula endocrina.* La que elabora hormonas. — *Glándula exocrina.* La que secreta sustancias que no tienen carácter hormonal. — *Glándula pineal.* Epífisis, órgano nervioso del encéfalo. — *Glándula pituitaria.* Hipófisis. — *Glándula suprarrenal.* Cada uno de los órganos compuestos de una masa central o medular y otra cortical, la primera de las cuales secreta la adrenalina.

glasé n.m. Tafetán de mucho brillo.

glasto n.m. Planta bienal, de la familia de las crucíferas, con hojas grandes, garzas, lanceoladas y flores pequeñas, amarillas, en racimos. De sus hojas se extrae un color análogo al del añil.

glaucio n.m. Hierba de la familia de las papaveráceas con tallos ramosos en la base, lampiños y amarillentos; hojas grandes y flores solitarias, de cuatro pétalos amarillos. Crece comúnmente en terrenos estériles y arenosos.

glauco,a **1.** adj. Verde claro. **2.** n.m. Molusco gasterópodo marino, sin concha, de color azul con reflejos nacarados.

glaucoma n.m. MED Afección ocular aguda o crónica, caracterizada por el aumento de la presión intraocular, y que se manifiesta en un endurecimiento del globo y disminución de la visión.

gleba n.f. **1.** Terrón que se levanta con el arado. **2.** Tierra. **3.** Tierras a las que estaban adscritos determinados colonos y siervos en la época feudal.

glera n.f. Cascajar, terreno con mucho cascajo.

glicérido n.m. QUIM Éster que resulta de la reacción del glicerol con uno o varios ácidos grasos.

glicerina o **glicerol** n.m. QUIM Líquido viscoso, de sabor azucarado, alcohol trivalente cuya fórmula es $CH_2OH—CHOH—CH_2OH$. *La glicerina se utiliza en la industria farmacéutica, la química de los materiales plásticos y la fabricación de explosivos* (v. nitroglicerina).

glicerofosfato n.m. QUIM FARM Sal del ácido glicerofosfórico, muy utilizada en terapéutica como tónico del sistema nervioso. *Ácido glicerofosfórico.* El obtenido por combinación del ácido fosfórico y del glicerol.

glicina o **glicinia** n.f. Planta leguminosa, enredadera de jardín, con flores azuladas.

glicocola o **glicina** n.m. y f. BIOQUIM El más simple de los aminoácidos, indispensable para el metabolismo celular.

glicol n.m. QUIM Nombre genérico de los dialcoholes. — *Glicol ordinario* (o *glicol*): dialcohol de fórmula $CH_2OH—CH_2OH$, utilizado como disolvente y anticongelante, y en la fabricación del tergal.

glicólisis n.f. BIOQUIM Degradación metabólica de la glucosa.

glioma n.m. MED Tumor blando del sistema nervioso central.

glipt(o)- Prefijo procedente del griego *glyptos,* «grabado».

glíptica n.f. Arte de grabar en piedras duras. • **gliptografía** n.f. Estudio de las piedras grabadas de la Antigüedad.

gliptodonte n.m. PALEONT Mamífero xenartre (género *Glyptodon*) del Pleistoceno de América del Sur, de caparazón abombado.

global adj. Tomado en conjunto. — PEDAG *Método global (de enseñanza de la lectura).* El que consiste en enseñar a los niños a reconocer el conjunto de la palabra previamente a su descomposición en sílabas y en letras.

globe-trotter n.m. Viajero que recorre el mundo.

globigerina n.f. ZOOL Foraminífero perforado que se caracteriza por su concha calcárea compuesta por lóculos esféricos en espiral.

globo n.m. **1.** Esfera. **2.** Tierra (planeta). **3.** Receptáculo de materia flexible que, lleno de un gas ligero, se eleva en la atmósfera. **4.** Especie de esfera de cristal con que se cubre una luz. — *Globo celeste.* Esfera en cuya superficie se figuran las constelaciones principales, con situación semejante a la que ocupan en el espacio. — *Globo sonda.* Globo pequeño no tripulado, utilizado para estudios meteorológicos. — *Globo terráqueo,* o *terrestre.* Tierra. — Esfera cuya superficie representa la tierra y el mar. • **globular** adj. **1.** Que tiene forma de globo. **2.** BIOL Relativo a los glóbulos. **3.** MED *Numeración globular.* Cómputo de los elementos representados en la sangre por mm^3.

globularia n.f. BOT Dicotiledónea gamopétala de inflorescencia azul muy compacta, tipo de las globulariáceas.

globulariáceo,a n.f. y adj. BOT Se dice de plantas angiospermas dicotiledóneas, hierbas perennes, matas o arbustos, con hojas alternas; flores en cabezuelas, y por frutos cariópsides con semilla de albumen carnoso; como la corona de rey. ▷ n.f. pl. BOT Familia de estas plantas.

globulina n.f. FISIOL y QUIM Proteína vegetal y animal, de mayor peso molecular que las albúminas y de distintas propiedades eléctricas. Forma parte de la composición del suero sanguíneo. • **globulinemia** n.f. FISIOL Concentración de suero en globulinas.

glóbulo n.m. **1.** Globo pequeño. **2.** BIOL *Glóbulo rojo*: v. hematíe. *Glóbulo blanco.* v. leucocito. **3.** FARM Pequeña pastilla redonda.

glomérulo n.m. **1.** ANAT Estructura glandular o vascular en forma de ovillo. — *Glomérulo de Malpighi.* Nombre dado a los corpúsculos renales, que aseguran la filtración de la sangre. **2.** BOT Cima contraída en que los pedúnculos florales son muy cortos y están insertos unos muy cerca de otros.

gloria **I.** n.f. **1.** RELIG Cielo, lugar de los bienaventurados. **2.** Reputación, fama y honor. **3.** Gusto y placer vehemente. **4.** Lo que ennoblece o ilustra en gran manera una cosa. **5.** Majestad, esplendor, magnificencia. **II.** n.m. Cántico o rezo de la misa, que comienza con las palabras *Gloria in excelsis Deo.* ▷ Gloria Patri.

gloriado n.m. *Amér. Central.* Especie de ponche hecho con aguardiente.

gloriar **I.** v.tr. Glorificar. **II.** v.prnl. **1.** Preciarse demasiado o alabarse de una cosa. **2.** Complacerse, alegrarse mucho.

glorieta n.f. **1.** Cenador de un jardín. **2.** Plazoleta, por lo común en un jardín, donde suele haber un cenador. **3.** Plaza donde desembocan varias calles.

glorificar **I.** v.tr. **1.** Hacer glorioso al que no lo era. **2.** Reconocer y ensalzar al que es glorioso. **II.** v.prnl. Gloriarse.

glorioso,a **I.** adj. **1.** Digno de honor y alabanza. **2.** RELIG Perteneciente a la gloria o bienaventuranza. ▷ Que goza de la bienaventuranza eterna. **II.** n.f. P. antonom., la Virgen María.

glos(o)-, glosa- o -glosia- Partículas procedentes del griego *glōssa*, «lengua».

glosa n.f. **1.** Explicación o comentario de un texto para facilitar su comprensión. **2.** Nota que se pone en un instrumento o libro de cuenta y razón para advertir la obligación a que está afecta o hipotecada alguna cosa. **3.** Anotación que se pone en las cuentas. **4.** Composición poética al fin de la cual o al de cada una de sus estrofas se hacen entrar rimando y formando sentido uno o más versos anticipadamente propuestos. **5.** MUS Variación que ejecuta el músico sobre unas mismas notas, pero sin sujetarse rigurosamente a ellas. • **glosario** n.m. **1.** Catálogo o vocabulario de palabras, con definición o explicación de cada una de ellas. **2.** Catálogo de palabras de otro orden, definidas.

glosema n.m. LING La menor de las unidades lingüísticas significativas. • **glosemática** n.f. LING Teoría lingüística elaborada por L. Hjelmslev en la cual las unidades lingüísticas se estudian y clasifican de forma estrictamente funcional.

glosilla n.f. IMP Carácter de letra menor que la de breviario.

glosina n.f. Insecto díptero. Hay varias especies en África tropical; son ligeramente mayores que la mosca común, y su abdomen es gris o negro. Su larga trompa perfora la piel de los mamíferos para succionar la sangre e inyecta con la saliva, anticoagulante, el *tripanosoma* de la *enfermedad del sueño*; las glosinas son objeto de una lucha encarnizada, todavía ineficaz.

glositis n.f. MED Inflamación de la lengua.

glosofaríngeo,a adj. Que se refiere a la lengua y a la faringe. ▷ *El glosofaríngeo.* Nervio craneal del noveno par, que inerva la lengua y la faringe.

glosopeda n.f. VETER Enfermedad epizoótica de los ganados, que se manifiesta por fiebre y por el desarrollo de vesículas o flictenas pequeñas en la boca y entre las pezuñas.

glosotomía n.f. MED Ablación de una parte de la lengua.

glotis n.f. Orificio de la laringe, comprendido entre los bordes libres de las cuerdas vocales. Desempeña un papel esencial en la emisión de la voz.

glotón,a **1.** n. y adj. Que come con exceso y con ansia. **2.** n.m. Mamífero carnívoro de las regiones árticas, de gran tamaño, macizo, de cola corta y pelaje pardo.

gloxínea n.f. BOT Planta de jardín, bulbosa, de flores acampanadas, originaria de América del Sur y perteneciente a la familia de las gesneriáceas.

glucemia n.f. FISIOL Tasa de glucosa en la sangre (normalmente entre 0,8 y 1 g por litro).

glúcido n.m. BIOQUIM Nombre genérico de compuestos orgánicos ternarios, de fórmula $Cn(H_2O)m$, que constituyen una parte importante de la alimentación.

ENCICL Los glúcidos, conocidos vulgarmente como *azúcares* se dividen en dos grupos: **1.º** Las *osas*, compuestos no ramificados en los cuales todos los carbonos menos uno tienen una función alcohol, el último carbono tiene una función aldehído (aldosas) o cetona (cetosas), comprenden sobre todo la glucosa, la fructosa, la galactosa, etc. **2.º** Los *ósidos* comprenden los *holósidos*, formados por la reunión de un pequeño número de osas (lactosa, sacarosa, etc.), y los poliósidos, formados por la reunión de numerosas osas (glucógeno, almidón, etc.). Los glúcidos, que constituyen un factor energético importante, se utilizan inmediatamente, o bien se almacenan en el hígado en forma de glucógeno. El azúcar ordinario es la sacarosa (extraída de la caña de azúcar y de la remolacha).

glucina n.f. QUIM Óxido de glucinio que, combinado con los ácidos, forma sales de sabor dulce.

glucinio n.m. QUIM Antiguo nombre dado al berilio.

gluco- o glico- Prefijos procedentes del griego *glykys*, «dulce».

glucogénesis n.f. FISIOL Producción de glucosa en el hígado a partir del glucógeno.

glucógeno n.m. BIOQUIM Polisacárido de peso molecular muy elevado, formado por cadenas ramificadas de glucosa. Constituye en el hígado una reserva general de glucosa y en el músculo una reserva local. Su hidrólisis por el ácido clorhídrico o por enzimas específicas libera únicamente moléculas de glucosa.

glucoproteínas n.f. pl. BIOQUIM Grupo de heteroproteínas que contienen un grupo glucídico.

glucosa n.f. QUIM Azúcar de color blanco, cristalizable, de sabor muy dulce, muy soluble en agua y poco en alcohol. Con fines industriales se prepara mediante hidrólisis de las féculas.

ENCICL La glucosa, presente en la sangre (1 g por litro) y, bajo forma de glucógeno, en el hígado y en los músculos, representa una fuente de energía fundamental. El índice seroso de la glucosa, sus movimientos en el organismo están todos en dependencia con las hormonas: insulina, corticoides, adrenalina, ACTH, STH, tirosina, etc. La *diabetes sacarina* resulta de un metabolismo defectuoso de la glucosa, que se acumula en la sangre y no puede penetrar en las células. v. también glúcido.

glucósido n.m. QUIM Cualquiera de las sustancias orgánicas, existentes en muchos vegetales, que mediante hidrólisis provocada dan, como productos de descomposición, glucosa y otros cuerpos.

glucosuria n.f. MED Presencia anormal de azúcar en la orina.

gluma n.f. BOT Cubierta floral de las plantas gramíneas, que se compone de dos valvas a manera de escamas, insertas debajo del ovario.

glutámico,a adj. BIOQUIM *Ácido glutámico.* Diácido aminado, estimulante de la célula nerviosa.

gluten n.m. BOT Sustancia albuminoidea, de color amarillento, que se encuentra en las semillas de las gramíneas, junto con el almidón, y constituye una reserva nutritiva que el embrión utiliza durante su desarrollo.

glúteo,a adj. Perteneciente a la nalga.

glutinoso,a adj. **1.** Viscoso, pegajoso. **2.** Que contiene gluten.

Glyceria n.f. BOT Género de gramíneas acuáticas de largas hojas.

GMT Abreviatura del inglés *Greenwich mean time* («tiempo medio de Greenwich»), tiempo oficial del meridiano de Greenwich, que sirve de horario legal en Europa occidental.

gnat(o)- Prefijo procedente del griego *gnathos*, «mandíbula».

gneis n.m. Roca de estructura pizarrosa e igual composición que el granito.

gnetáceo,a n.f. y adj. BOT Se dice de plantas gimnospermas, árboles o arbustos, frecuentemente bejucos, con hojas laminares, flores unisexuales reunidas en inflorescencias ramificadas y frutos abayados. ▷ n.f. pl. BOT Familia de estas plantas.

gnómico,a n. (apl. a pers.) y adj. Se dice de los poetas que escriben reglas de moral en pocos versos, y de estas poesías.

gnomo n.m. Ser fantástico, reputado por los cabalistas como espíritu o genio de la Tierra, y que después se ha imaginado en figura de enano.

gnomon n.m. **1.** Antiguo instrumento de astronomía, que determina el acimut y altura del Sol, mediante la dirección y longitud de la sombra proyectada por un estilo sobre un círculo. **2.** Indicador de las horas en los relojes solares más comunes. • **gnomónico,a** adj. Perteneciente a la gnomónica. *Plano gnomónico.* ▷ n.f. Arte de calcular y de construir los cuadrantes solares.

gnoseología n.f. FILOS Epistemología.

-gnosis, -gnóstico,a -gnos(ia)- Prefijos procedentes del griego *gnōsis*, «conocimiento».

gnosticismo n.m. Doctrina filosófica y religiosa de los primeros siglos de la Iglesia, mezcla de la cristiana con creencias judaicas y orientales, que pretendía tener un conocimiento intuitivo y misterioso de las cosas divinas.

ENCICL Los orígenes del gnosticismo o más bien de los gnosticismos (pues, junto a las diferentes gnosis cristianas, se encuentran gnosis judías e islámicas) son mal conocidos. Parece que se puede hablar de una lejana gnosis irano-babilónica, pero el foco más importante del gnosticismo fue Alejandría a comienzos del s. II d. J.C. Principales gnósticos: Clemente de Alejandría, Orígenes (gnosis cristiana llamada «ortodoxa»), Simón el Mago, Basílides, Carpócrates, Valentín, Marción, Bardesanes (gnosis cristiana herética).

go n.m. Juego japonés muy antiguo, con fichas negras y blancas que se colocan en las intersecciones de un cuadriculado.

goaytacaes o **gaytacaces,** antigua tribu habitante de las costas de Brasil, entre la desembocadura de los ríos Reritygb y Parahiba. Vivían del cultivo de legumbres y de la pesca. Formaban una división con los tupayas y entre ellos se subdividían en goaytacamopíes, goaytacaguasúes y goaytacajaroritoes. En la actualidad sólo subsisten un par de aldeas, en Río de Janeiro y Minas Gerais.

gobelino n.m. **1.** Tapicero de la fábrica que estableció Luis XIV, rey de Francia, en la de tejidos fundada por Juan Gobelin. **2.** Tapiz hecho por los gobelinos o a imitación suya.

ENCICL La Manufactura Nacional de Gobelinos, fundada en París por Colbert, que compró, en 1662, la fábrica de los hermanos Gobelin (tintoreros, en cuyo taller Enrique IV había colocado, en 1601, a tapiceros flamencos) para convertirla en la *Manufacture Royale des Meubles de la Couronne* (Manufactura Real de Muebles de la Corona). Lebrun, Coypel, Boucher, Watteau suministraron cartones para tapices. Hoy día los talleres de Gobelinos trabajan principalmente para el Estado.

gobernador,a **I.** n. y adj. Que gobierna. **II.** n.m. y f. **1.** Jefe superior de una provincia, ciudad o territorio. **2.** Representante del Gobierno en algún establecimiento público.

gobernalle n.m. MAR Timón de la nave.

gobernanta n.f. Mujer que en los grandes hoteles tiene a su cargo el servicio de un piso.

gobernar **1.** v.tr. e int. Mandar con autoridad o regir una cosa. **2.** v.tr. y prnl. Guiar y dirigir. **3.** v.int. Obedecer el buque al timón.

gobierno n.m. **I. 1.** Acción y efecto de gobernar o gobernarse. **2.** Acto de regir y gobernar una nación, provincia, plaza, etc. **3.** Conjunto de los ministros superiores de un Estado. **4.** Empleo, ministerio y dignidad de gobernador. **5.** Distrito o territorio en que tiene jurisdicción o autoridad el gobernador. **6.** Edificio en que tiene su despacho y oficinas. **7.** Tiempo que dura el mando o autoridad del gobernador. — *Gobierno absoluto.* Aquel en que todos los poderes se hallan reunidos en sólo una persona o cuerpo, sin limitación. — *Gobierno parlamentario*. Aquel en que los ministros necesitan la confianza de las Cámaras. — *Gobierno representativo*. Aquel en que, bajo diversas formas, concurre la nación, por medio de sus representantes, a la formación de las leyes. **II. 1.** Gobernalle. **2.** Docilidad de la nave al timón.

gobio n.m. Pez teleósteo de pequeño tamaño, del suborden de los acantopterigios. Se conocen varias especies, algunas de las cuales son abundantísimas en las aguas litorales y en las fluviales mezcladas con las de mar.

goce n.m. Acción y efecto de gozar o disfrutar una cosa.

godos, antiguo pueblo procedente de Escandinavia que se instaló junto al río Vístula en el s. I a. J.C. En los inicios del s. III entraron en contacto y lucha con el Imperio romano, extendiendo sus dominios desde los Cárpatos al Don, siendo el Dniéper el eje principal de sus territorios. A finales del s. III, quizás a consecuencia de la separación impuesta por el Dniéper, se dividieron en dos ramas: ostrogodos (v.) al E y visigodos (v.) al O. La invasión de ostrogodos en el 375 destruyó su imperio; los ostrogodos se sometieron, pero los visigodos atravesaron el Danubio penetrando en el Imperio romano, devastado por ellos mismos un siglo antes, en busca de refugio.

gofio n.m. **1.** *Amér.* Harina de maíz, trigo o cebada tostada. **2.** *Nicar.* y *Venez.* Especie de alfajor hecho con harina de maíz o de cazabe y papelón.

gofo,a adj. **1.** Necio, ignorante y grosero. **2.** PINT Se dice de la figura enana y de baja estatura.

gol n.m. En el juego de fútbol y otros semejantes, acción de entrar el balón en la portería.

gola n.f. **1.** Garganta de una persona, y región situada junto al velo del paladar. **2.** Pieza de la armadura antigua, que defendía la garganta. **3.** Adorno del cuello hecho de tul y encajes. **4.** ARQUIT Moldura cuyo perfil tiene la figura de una *s*. **5.** GEOGR Canal por donde entran los buques en ciertos puertos o rías.

golem n.m. Criatura artificial, de forma humana, en las leyendas judías de Europa oriental.

goleta n.f. Embarcación fina, con dos palos y un cangrejo en cada uno.

golf n.m. Juego de origen escocés, que consiste en impeler con diferentes palos, a manera de mazas, una pelota pequeña para introducirla en una serie de agujeros muy espaciados, abiertos en terreno cubierto de césped. Gana el jugador que hace el recorrido con el menor número de golpes.

1. golfo n.m. **1.** Gran porción de mar que se interna en la tierra entre dos cabos. **2.** Toda la extensión del mar. **3.** Aquella gran extensión del mar que dista mucho de tierra por todas partes.

2. golfo,a n.m. y f. Pilluelo, vagabundo. • **golfear** v.int. Vivir a la manera de un golfo.

golilla **I.** n.f. **1.** Adorno del cuello que usaban antiguamente los ministros togados y demás curiales. **2.** *Arg.* y *Urug.* Pañuelo para el cuello. **3.** *Cuba, Chile, Méx.* y *P. Rico.* Cerco de plumas que rodea el cuello del gallo y que eriza éste cuando se irrita. **II. 1.** Rodete que cada una de las piezas de un cuerpo de bomba tiene en su extremo con objeto de asegurarlas por medio de tornillos. **2.** ALBAÑ Trozo de tubo corto que sirve para empalmar unos con otros los caños de barro.

golondrina n.f. **1.** Género de pájaros fisirrostros, de cola ahorquillada y alas largas. **2.** Pez teleósteo marino cuyas aletas le permiten sostenerse algunos instantes fuera del agua. **3.** En algunos lugares, barca de motor para viajeros. **4.** *Amer. Central* y *Méx.* Hierba euforbiácea rastrera. **5.** *Chile.* Carro de mudanzas.

ENCICL Las golondrinas, de pico profundamente hendido, cazan los insectos al vuelo. Aves migratorias, pasan el invierno en el África tropical. Durante el verano, Europa da cobijo a varias especies. Se encuentran sobre todo: la golondrina común o rústica de gorgera rosada, que habita en los establos y cuadras, la golondrina doméstica, de rabadilla blanca, y la golondrina de río, que horada su refugio en la arena.

golondrino n.m. **1.** Pollo de la golondrina. **2.** MED Infarto glandular en el sobaco, que comúnmente termina por supuración.

golosina n.f. **1.** Manjar delicado, generalmente dulce, que se toma por capricho más que para alimentarse, como pasteles, caramelos, etc. **2.** Fig. Cosa más agradable que útil. • **goloso,a** **I.** n. y adj. Aficionado a comer golosinas. **II.** adj. **1.** Deseoso o dominado por el apetito de alguna cosa. **2.** Apetecible.

golpe n.m. **I. 1.** Encuentro repentino y violento de dos cuerpos. **2.** Efecto del mismo encuentro. **3.** Multitud o abundancia de una cosa. **4.** Infortunio o desgracia que acomete de pronto. **5.** Latido del corazón. **II. 1.** Entre jardineros, número de pies que se plantan en un hoyo. **2.** Hoyo en que se pone la semilla o la planta. **III. 1.** Cartera, trozo de tela que cubre el bolsillo. **2.** Adorno de pasamanería sobrepuesto en una pieza de vestir. **IV. 1.** Fig. Admiración, sorpresa. **2.** Fig. En las obras de ingenio, parte que tiene más gracia y oportunidad. **V.** MAR Pitada fuerte y muy breve. **VI.** *Méx.* Especie de mazo de hierro para romper piedras.

golpete n.m. Palanca de metal con un diente, fija en la pared, que sirve para mantener abierta una hoja de puerta o ventana.

golpetear v.tr. e int. Golpear viva y continuamente.

gollería n.f. **1.** Manjar exquisito y delicado. **2.** Fig. y Fam. Delicadeza, superfluidad.

gollete n.m. **1.** Parte superior de la garganta, por donde se une a la cabeza. **2.** Cuello estrecho que tienen algunas vasijas.

goma n.f. **1.** Sustancia viscosa e incristalizable que naturalmente, o mediante incisiones, fluye de diversos vegetales. Disuelta en agua, sirve para pegar o adherir cosas. **2.** Tira o banda de goma elástica a modo de cinta. **3.** *Arg.* Planta de goma.

gombo n.m. Planta de las regiones cálidas, familia de las malváceas, cuya fruta se consume como verdura o como condimento.

gomenol n.m. Aceite vegetal extraído de una mirtácea exótica, antiséptico de las vías respiratorias.

gomer o **gomel,** tribu berberisca de Gomara, una de las más antiguas del África Septentrional, establecida desde tiempo remoto en la costa, al oriente del estrecho de Gibraltar.

gomorresina n.f. Jugo lechoso que fluye naturalmente o por incisión de varias plantas.

gónada n.f. Glándula productora de gametos masculinos o femeninos; testículo u ovario.

gonadoestimulina n.f. FISIOL Hormona que estimula la actividad funcional de las glándulas sexuales masculinas y femeninas.

góndola n.f. **1.** Embarcación pequeña de recreo, sin palos ni cubierta, por lo común con un toldo en el centro, y que se usa principalmente en Venecia. **2.** Cierto vehículo en que pueden viajar juntas muchas personas.

gong n.m. **1.** Instrumento musical formado por un platillo de metal sonoro sobre el que se golpea con una maza cubierta de un amortiguador. **2.** Timbre utilizado para dar una señal.

gonio- o **gono-** Prefijos procedentes del griego *gônia,* «ángulo».

goniometría n.f. TECN Conjunto de procedimientos para medir los ángulos. • **goniómetro** n.m. **1.** TECN Aparato que sirve para medir ángulos. **2.** RADIO Aparato receptor que sirve para determinar la dirección de una emisión radioeléctrica.

gonococo n.m. BACT Microorganismo en forma de elementos ovoides, que se reúnen en parejas y más raramente en grupos de cuatro o más unidades. • **gonococia** n.f. PAT Enfermedad producida por la infección del gonococo de Neisser. Generalmente se localiza en la uretra, dando lugar a la blenorragia.

gonorrea n.f. PAT Flujo mucoso de la uretra.

gorami n.m. ZOOL Pez teleósteo comestible de las lagunas asiáticas cuyas especies pequeñas se crían en los acuarios.

gordo,a **I.** adj. **1.** Que tiene muchas carnes. **2.** Muy abultado y corpulento. **3.** Grasiento. **4.** Que excede del grosor corriente en su clase. *Hilo gordo.* **II.** n.m. Sebo o manteca de la carne del animal. **III.** n.f. *Méx.* Tortilla de maíz más gruesa que la común.

gordolobo n.m. Planta vivaz de la familia de las escrofulariáceas. Las flores se utilizan para infusiones emolientes.

gordura n.f. **1.** Grasa, tejido adiposo que normalmente existe en proporciones muy variables entre los órganos y se deposita alrededor de vísceras importantes. **2.** Abundancia de carnes y grasas en las personas y animales.

gorfú n.m. Pájaro bobo de los mares australes, con plumas amarillas encima de los ojos.

gorgojo n.m. **1.** ZOOL Insecto coleóptero del suborden de los tetrámeros, que vive en diversas semillas, dentro de las cuales se desarrollan las larvas. Hay diversas especies, cada una peculiar de una semilla. **2.** Nombre vulgar de los coleópteros de la familia de los curculiónidos.

gorgonia n.f. ZOOL Género de octocoralarios coloniales, de los mares cálidos, de esqueleto calcáreo, arborescente o en abanico, de color blanco muy puro.

gorgorito n.m. Fam. Quiebro que se hace con la voz en la garganta, especialmente al cantar.

gorgotear v.int. **1.** Producir ruido un líquido o un gas al moverse en el interior de alguna cavidad. **2.** Borbotear o borbotar.

gorguera n.f. **1.** Adorno del cuello, hecho de lienzo plegado. **2.** BOT Verticilo de brácteas de una flor.

gorigori n.m. Fam. Voz con que vulgarmente se alude al canto lúgubre de los entierros.

gorila n.m. Mono antropomorfo, de color pardo oscuro y de estatura igual a la del hombre; tres dedos de sus pies están unidos por la piel hasta la última falange; es membrudo y muy fiero, y habita en África a orillas del río Gabón.

gorjear **1.** v.int. Hacer quiebros con la voz en la garganta. Se dice de la voz humana y de los pájaros. **2.** v.prnl. Empezar a hablar el niño y formar la voz en la garganta. • **gorjeo** n.m. **1.** Quiebro de la voz en la garganta. **2.** Articulaciones imperfectas en la voz de los niños.

gorra **I.** n.f. Prenda que sirve para cubrir y abrigar la cabeza. — *Gorra de plato.* La gorra de visera que tiene una parte cilíndrica de poca altura y sobre ella otra más ancha y plana. **II.** n.m. Fig. Que vive y come a costa ajena.

gorrear v.int. Fam. Comer, vivir de gorra.

gorrero,a **1.** n.m. y f. Persona que tiene por oficio hacer o vender gorras o gorros. **2.** n.m. Que vive o come a costa ajena.

gorrinería n.f. **1.** Porquería. **2.** Acción sucia o indecente.

gorrino,a **I.** n.m. y f. Cerdo, puerco, cochino. **II.** n. y adj. Fig. Persona desaseada o de mal comportamiento en su trato social. • **gorrinera** n.f. Pocilga.

gorrión n.m. Pájaro muy corriente de pequeño tamaño, con el pico fuerte y el plumaje oscuro. • **gorriona** n.f. Hembra del gorrión.

gorro n.m. Pieza redonda, de tela o de punto, para cubrir y abrigar la cabeza. — *Gorro frigio.* Gorro semejante al que usaban los frigios, y que se tomó como emblema por los revolucionarios franceses de 1793.

1. gorrón,a n. y adj. Que tiene por hábito comer o divertirse a costa ajena. • **gorronear** v.int. Comer o vivir a costa ajena.

2. gorrón n.m. MECAN Espiga en que termina el extremo inferior de un árbol vertical u otra pieza análoga, para facilitar su rotación.

gota n.f. **1.** Partícula de agua u otro líquido. **2.** ARQUIT Cada uno de los pequeños troncos de pirámide o de cono que como adorno se colocan debajo de los triglifos del cornisamento dórico. **3.** PAT Enfermedad constitucional que causa hinchazón muy dolorosa en ciertas articulaciones pequeñas y se complica a veces con afecciones viscerales. **4.** pl. Medicamentos administrados en gotas.

gotear v. int. **1.** Caer un líquido gota a gota. **2.** Comenzar a llover a gotas espaciadas. **3.** Fig. Dar o recibir una cosa a pausas o con intermisión. • **goteo** n.m. Acción y efecto de gotear.

gotera n.f. **1.** Continuación de gotas de agua que caen en el interior de un edificio u otro espacio techado. ▷ Hendedura o lugar del techo por donde caen. **2.** Sitio en que cae el agua de los tejados. ▷ Señal que deja.

goterón n.m. **1.** Gota muy grande de agua llovediza. **2.** ARQUIT Canal que se hace en la cara inferior de la corona de la cornisa, con el fin de que el agua de lluvia no corra por el sofito.

gótico,a **I.** adj. Perteneciente a los godos. **II.** n.m. y adj. Arte que en Europa occidental se desarrolló, por evolución del románico, desde el s. XII hasta el Renacimiento (s. XVI). **III.** n.m. Lengua germánica que hablaron los godos.
ENCICL El apelativo *gótico*, utilizado para designar el arte *ojival*, tuvo en sus orígenes un carácter peyorativo: denunciaba un arte bárbaro, en comparación con los antiguos cánones del clasicismo grecorromano. La arquitectura gótica nació en Francia y en Inglaterra a principios del s. XII, y se impuso prácticamente en toda Europa hasta el s. XVI, bien entrado ya el Renacimiento. Su auge fue debido a la utilización, en las bóvedas de los edificios religiosos, del arco apuntado (o de *ojivas*), y de la bóveda de crucería. La bóveda de crucería está formada por dos arcos que se cruzan, y sobre los que descansa el arco de la bóveda. Gracias a la nervatura de los arcos, el peso de la bóveda descansa en los ángulos, y puede ser sostenido mediante contrafuertes exteriores: desaparecen así los grandes muros del románico, y el espacio entre los arcos queda libre para la decoración mediante grandes vidrieras. La elevación de las naves y su luminosidad, debida a la sencillez de las soluciones arquitectónicas, explican el auge del estilo, que rápidamente se impone en la construcción de los edificios religiosos y relega definitivamente al románico. El edificio gótico por antonomasia es la catedral, en la que se expresaba de forma espectacular el nuevo espíritu cívico de los grandes burgos europeos, en su progresiva emancipación de la sumisión feudal; más adelante, a partir del s. XVIII, serían las nuevas órdenes religiosas representativas de este espíritu (dominicos y franciscanos) los que adoptarían el estilo para sus construcciones, contribuyendo así de modo decisivo a su difusión, y a su extensión a la arquitectura civil. En la arquitectura gótica se distinguen varios periodos históricos: el período del *gótico primitivo* (1140-1200), con la abadía de Saint-Denis; entre 1200 y 1250 se sitúa el apogeo del gótico en Francia, en las catedrales de París, Reims, Chartres, Bourges y la Saint Chapelle, y, en España, con las de Burgos, Toledo y León; el *gótico radiante*, del s. XIV, ilumina los edificios con inmensos rosetones; catedrales de Estrasburgo, Metz, Colonia, Barcelona, Palma; en el *gótico flamígero* domina la profusión de la decoración: catedral de Beauvais, cartuja de Miraflores, palacio de la Diputación de Barcelona. Este último, junto con las Atarazanas de la misma ciudad, es un excelente ejemplo del gótico civil, mientras que en la arquitectura militar destaca el recinto amurallado de la ciudad francesa de Carcasona. La *escultura gótica* se desarrolla con un carácter monumental (pórticos en las catedrales), y destaca por la humanización de los rostros (vírgenes sonrientes). El gótico es un estilo que favorece el esplendor de las artes menores: vidrieras, orfebrería, tapices, iluminación de libros. La *pintura* gótica valora por encima de todo la línea y la luz; el período más representativo es el llamado *estilo internacional*, entre los ss. XIV y XV, caracterizado por las figuras alargadas, los complicados pliegues, y la tendencia hacia el realismo; destacan van der Weyden y Memling en los Países Bajos, Cimabue, il Duccio, il Giotto y Simone Martini en Italia.

gouache. v. aguada.

gourmet n.m. Buen conocedor de vinos y comidas.

gozar **I.** v.tr.int. y prnl. **1.** Tener y poseer alguna cosa. *Gozar de una buena renta.* **2.** Tener gusto, complacencia y alegría de una cosa. **II.** v.tr. Conocer carnalmente a una mujer. **III.** v.int. y prnl. Sentir placer; experimentar gratas emociones. **IV.** v.int. y tr. Con la prep. *de,* tener alguna condición buena, física o moral. *Gozar de buena salud.*

gozne n.m. **1.** Herraje articulado con que se fijan las hojas de las puertas y ventanas al quicial para que al abrirlas o cerrarlas giren sobre aquél. **2.** Bisagra metálica o pernio.

gozo n.m. **1.** Sentimiento de alegría o de placer físico o mental. **2.** pl. Composición poética en honor de la Virgen o de los santos. • **gozoso,a** adj. **1.** Que siente gozo. **2.** Que se celebra con gozo.

gr GEOM Abreviatura del grado (unidad de medida de los ángulos).

grabado n.m. **1.** Arte de grabar. **2.** Procedimiento para grabar. **3.** Estampa que se produce por medio de la impresión de láminas grabadas al efecto. Existen varios procedimientos.
ENCICL Existen tres tipos de técnica de grabados según los materiales utilizados: madera (xilografías, grabado en relieve), metal (el más común, grabado en hueco) y piedra (impresión plana). El buril, la punta seca y el aguatinta son los procedimientos más utilizados en huecograbado. Numerosos artistas célebres han utilizado estas técnicas, entre ellos Durero, Callot, Rembrandt, Piranesi, Goya y Picasso.

grabar **I.** v.tr. **1.** Señalar con incisión o abrir y labrar en hueco o en relieve sobre una superficie dura, alguna cosa. **2.** Registrar los sonidos por medio de un disco, cinta magnetofónica u otro procedimiento, de manera que se puedan reproducir. **II.** v.tr. y prnl. Fig. Fijar profundamente en la mente un concepto, un sentimiento, etc.

gracejo n.m. Gracia en hablar o escribir.

gracia n.f. **1.** RELIG Don de Dios que eleva sobrenaturalmente la criatura racional para el logro de la bienaventuranza. **2.** Don natural que hace agradable a la persona que lo tiene. **3.** Cierto donaire y atractivo independiente de la hermosura de las facciones, que se advierte en la fisonomía de algunas personas. **4.** Beneficio, don y favor que se hace sin merecimiento particular; concesión gratuita. **5.** Afabilidad y buen modo en el trato con las personas. **6.** Garbo, donaire en la ejecución de una cosa. **7.** Chiste, dicho agudo. **8.** Perdón o indulto de pena que concede el jefe del Estado o el poder público competente.

grácil adj. Sutil, delgado o menudo.

graciola n.f. Hierba vivaz de la familia de las escrofulariáceas.

gracioso,a **I.** adj. **1.** Se aplica a la persona o cosa cuyo aspecto tiene cierto atractivo. **2.** Chistoso, agudo. **3.** Que se da gratuitamente. **II.** n.m. y f. Actor dramático que ejecuta siempre el papel de carácter festivo y chistoso.

grada n.f. **1.** Peldaño. **2.** Asiento a manera de escalón corrido. ▷ Conjunto de estos asientos en los lugares públicos. **3.** Tarima que se suele poner al pie de los altares. **4.** Reja o locutorio de los monasterios de monjas. **5.** pl. Conjunto de escalones que suelen tener los edificios grandes, delante de su pórtico o fachada. **6.** *Arg., Chile* y *Perú.* Atrio, espacio ante un edificio. **7.** Instrumento con el que se allana la tierra después de arada.

gradación n.f. **1.** Serie de cosas ordenadas gradualmente. **2.** MUS Período armónico que va subiendo de grado en grado para expresar más un afecto. **3.** PINT Paso insensible de un color a otro. **4.** TECN Característica de sensibilidad de una emulsión fotográfica.

gradería n.f. Conjunto o serie de gradas, como las de los altares y las de los anfiteatros o cátedras, estadios, recintos deportivos, etc. • **graderío** n.m. Gradería.

gradiente **1.** n.m. FIS Tasa de variación de una magnitud en función de un parámetro. ▷ METEOR Relación de la diferencia de presión barométrica entre dos puntos. **2.** n.f. *Chile, Ecuad.* y *Nicar.* Pendiente, subida, repecho.

1. grado n.m. **I. 1.** Peldaño. **2.** Cada una de las generaciones que marcan el parentesco entre las personas. **3.** En las universidades título y honor que se da al que se gradúa en una facultad. **4.** En ciertas escuelas cada una de las secciones en que sus alumnos se agrupan según su edad y el estado de sus conocimientos. **5.** Fig. Cada uno de los diversos estados, valores o calidades que, en relación de menor a mayor puede tener una cosa. **6.** Jerarquía personal. **II.** Unidad de medida en la escala de varios instrumentos destinados a apreciar la cantidad o intensidad de una energía o de un estado físico. **III. 1.** ALG Número de orden que expresa el de factores de la misma especie que entran en un término o en una parte de él. **2.** FOR Cada una de las diferentes instancias que puede tener un pleito. **3.** GEOM Cada una de las partes iguales, que suelen ser 360, en que se considera dividida la circunferencia del círculo. **4.** GRAM Manera de significar la intensidad relativa a los calificativos. **5.** QUIM Unidad que representa la concentración de una solución. **6.** TECN Nivel de viscosidad de un aceite de engrase. **IV.** pl. Órdenes menores que se dan después de la tonsura.

2. grado n.m. Voluntad, gusto. — *De buen grado, o de grado.* Voluntaria y gustosamente.

graduación n.f. **1.** Acción y efecto de graduar o de graduarse. **2.** Cantidad de alcohol que proporcionalmente contiene una bebida espirituosa. **3.** MILIT Categoría de un militar en su carrera.

graduador n.m. Instrumento que sirve para graduar la cantidad o calidad de una cosa.

gradual **1.** adj. Que está por grados o va de grado en grado. **2.** n.m. Parte de la misa, que se reza entre la epístola y el evangelio.

graduando,a n.m. y f. Persona que recibe o está próxima a recibir un grado por la universidad.

graduar **I.** v.tr. **1.** Dar a una cosa el grado o calidad que le corresponde. **2.** Apreciar en una cosa el grado o calidad que tiene. **3:** Señalar en una cosa los grados en que se divide. **4.** Dividir y ordenar una cosa en una serie de grados o estados correlativos. **5.** MILIT En las carreras militares, conceder grado o grados. **II.** v.tr. y prnl. En las universidades, dar u obtener un título.

-graf (o) -grafía Sufijos procedentes del griego *graphō,* «escribir».

graffiti n.m.pl. **1.** ARQUEOL Dibujos, inscripciones, etc., realizados sobre los muros de los edificios antiguos. **2.** Dibujos, inscripciones, hechos sobre las paredes.

-grafía Elemento compositivo que entra pospuesto en la formación de algunas voces españolas con el significado de «escrito, descripción o tratado».

grafía n.f. Modo de escribir o representar los sonidos, y, en especial, empleo de tal letra o tal signo gráfico para representar un sonido dado.

gráfico,a **I.** adj. **1.** Perteneciente o relativo a la escritura y a la imprenta. **2.** Fig. Se aplica al modo de hablar que expone las cosas con la misma claridad que si estuvieran dibujadas. **II.** n. y adj. Se aplica a las descripciones, operaciones y demostraciones que se representan por medio de figuras o signos. **III.** n.m. y f. Representación de datos numéricos de cualquier clase por medio de una o varias líneas que hacen visible la relación o gradación que esos datos guardan entre sí.

grafismo n.m. **1.** Cada una de las particularidades de la letra de una persona, o el conjunto de todas ellas. **2.** Expresividad gráfica en lo que se dice o en cómo se dice.

grafito n.m. Carbono natural, casi puro; cristaliza en el sistema hexagonal.
ENCICL El grafito tiene diversos usos industriales: en la construcción de hornos eléctricos (es un buen conductor del calor y difícilmente fusible), en la fabricación de lápices, en los reactores nucleares (un filtro de uranio-gas-grafito sirve para amortiguar la velocidad de los electrones) y como lubricante (aceites y grasas de grafito).

-grafo Elemento compositivo que entra pospuesto en la formación de algunas voces españolas con el significado de «escribir, grabar».

grafo n.m. **1.** MAT Parte del producto cartesiano de dos conjuntos en la teoría de conjuntos. **2.** Representación gráfica de una red de relaciones. ▷ Figura constituida por arcos relacionados entre sí que dibujan un recorrido, o un conjunto de tareas a realizar (sucesivas o simultáneas), etc.

grafología n.f. Ciencia que estudia la escritura, bien para identificar el autor de un texto, bien para analizar su personalidad.

grafómetro n.m. Semicírculo graduado, con dos alidadas o anteojos, uno fijo y otro móvil, que sirve para medir cualquier ángulo en las operaciones topográficas.

gragea n.f. **1.** Confites muy menudos de varios colores. **2.** FARM Pequeña porción de materia medicamentosa en forma generalmente redondeada.

grajo n.m. **1.** Ave muy semejante al cuervo, con el cuerpo de color violáceo negruzco, el pico y los pies rojos y las uñas grandes y negras. **2.** *Col., Cuba, Ecuad., Perú* y *P. Rico.* Olor desagradable que se desprende del sudor. **3.** *Cuba.* Planta de la familia de las mirtáceas, de olor fétido.

-grama Elemento compositivo que entra pospuesto en la formación de algunas voces españolas con el significado de «escrito, trazado, línea».

grama n.f. Planta medicinal de la familia de las gramíneas. — *Grama del Norte.* Planta perenne de la familia de las gramíneas, cuya raíz se usa en medicina. — *Grama de olor, o de prados.* Planta de la familia de las gramíneas. Se cultiva en los prados artificiales.

gramática n.f. Parte de la lingüística que estudia la morfología y la sintaxis de una lengua. ▷ Texto en que se enseña a hablar y escribir correctamente una lengua. • **gramatical** adj. Perteneciente a la gramática. • **gramático,a** n.m. y f. Persona que se dedica a la gramática.

gramil n.m. Instrumento utilizado para trazar líneas paralelas al borde, en superficies duras.

gramíneas n.f.pl. BOT Amplia familia de plantas monocotiledóneas.
ENCICL Las hojas de las gramíneas, a menudo en forma de vaina, tienen nervaduras paralelas. La polinización es realizada por el viento. Las flores son unisexuales o hermafroditas, y están desprovistas de pétalos y sépalos. Se agrupan en pequeñas espigas, que a su vez forman parte de otra mayor; las pequeñas están formadas por una o dos *plumas* y un número variable de glumérulas que rodean la flor. Los frutos, o *cariópsides,* están rellenos de albumen amiláceo que, en el caso de los cereales, se aprovecha para obtener harina. Muchas de las plantas agrícolas (cereales, caña de azúcar, alfalfa, plantas forrajeras, etc.), son gramíneas por lo que tienen una considerable importancia económica.

gramo **1.** Unidad métrica de masa (y peso), igual a la milésima parte de un kilogramo y aproximadamente igual a la masa (o peso) de un centímetro cúbico de agua a la temperatura de su máxima densidad (4 °C). **2.** Pesa de un gramo.

gramófono n.m. Instrumento que reproduce las vibraciones de la voz humana o de otro cualquier sonido, inscritas previamente sobre un disco giratorio.

gramola n.f. Cualquier aparato reproductor de discos fonográficos, acondicionado en un mueble cerrado que oculta el mecanismo y sirve de caja acústica.

gran adj. **1.** Apócope de *grande.* Sólo se usa en singular, antepuesto al sustantivo. **2.** Principal o primero en una clase.

1. grana n.f. **1.** Acción y efecto de granar. **2.** Semilla menuda de varios vegetales. **3.** Tiempo en que se cuaja el grano de trigo, lino, cáñamo, etc.

2. grana n.f. **I. 1.** Cochinilla (insecto hemíptero). **2.** Quermes (insecto). ▷ Excrecencia o agallita que el quermes forma en la coscoja, y que exprimida produce color rojo. ▷ Color rojo obtenido de este modo.

granada n.f. **1.** Fruto del granado, de figura globosa. Su corteza, de color amarillento rojizo, cubre multitud de granos encarnados. Es comestible, y se emplea en medicina contra las enfermedades de la garganta. — *Granada zafarí.* Fruto del granado, que tiene los granos cuadrados. **2.** Proyectil hueco de metal, que contiene un explosivo y se dispara con la mano o una pieza de artillería.

granadero n.m. **1.** Soldado de infantería armado con granadas de mano. **2.** Soldado de elevada estatura perteneciente a una compañía que formaba a la cabeza del regimiento.

granadilla n.f. **1.** Flor de la pasionaria. **2.** BOT Planta originaria de la América Meridional, de la familia de las pasifloriáceas. ▷ Fruto de esta planta.

granadillo n.m. BOT *Cuba.* Árbol de la familia de las papilionáceas.

granadino,a **I.** adj. Perteneciente al granado o a la granada. **II.** Flor del granado. **III.** n.f. **1.** Refresco hecho con zumo de granada. **2.** Variedad del cante andaluz. **IV. 1.** n. y adj. Natural de Granada. **2.** adj. Perteneciente o relativo a Granada.

1. granado n.m. BOT Árbol de la familia de las punicáceas, con tronco liso y tortuoso, ramas delgadas, hojas opuestas y flores rojas. Su fruto es la granada.

2. granado,a adj. **1.** Fig. Notable y señalado. **2.** Maduro, experto.

granalla n.f. Granos o porciones menudas a que se reducen los metales para facilitar su fundición.

granar v.int. Formarse y crecer el grano de los frutos en algunas plantas, como las espigas, los racimos, etc.

granate n.m. **1.** Piedra fina compuesta de silicato doble de alúmina y de hierro u otros óxidos metálicos. Su color varía desde el de los granos de granada al rojo, negro, verde, amarillo, violáceo y anaranjado. **2.** Color rojo oscuro.

grancilla n.f. Carbón mineral lavado y clasificado, cuyos trozos han de tener un tamaño reglamentario comprendido entre 12 y 15 mm.

grande **I.** adj. **1.** Que excede a lo común y regular. **2.** Abundante, numeroso. **II.** n.m. Persona de muy elevada jerarquía o nobleza. — *Grande de España.* Título que representa la jerarquía superior dentro de la nobleza española.

grandeza n.f. **1.** Tamaño excesivo de una cosa respecto de otra del mismo género. **2.** Majestad y poder. **3.** Extensión, tamaño, magnitud.

grandilocuencia n.f. **1.** Elocuencia ampulosa. **2.** Estilo sublime.

grandioso,a adj. Sobresaliente, magnífico.

grandor n.m. Tamaño de las cosas.

granear v.tr. **1.** Esparcir el grano o semilla en un terreno. **2.** Llenar la superfice de una plancha de puntos muy espesos con el graneador, para grabar al humo. **3.** Sacarle grano a la superficie lisa de una piedra litográfica para poder dibujar en ella con lápiz litográfico.

granel (a) m.adv. **1.** Sin envasar. **2.** En abundancia.

granero n.m. **1.** Lugar donde se guardan cereales. **2.** Fig. Sitio abundante en cereales y que provee de ellos a otros países. **3.** Desván.

granífugo,a adj. Cualquier medio que se emplea en el campo para esparcir las nubes tormentosas y evitar las granizadas. *Cañón granífugo.*

granito n.m. Roca compacta y dura, compuesta de feldespato, cuarzo y mica.

granizada n.f. **1.** Cantidad de granizo que cae de una vez. **2.** Fig. Multitud de cosas que caen o se manifiestan continua y abundantemente. **3.** *Chile.* Bebida helada.

granizado n.m. Refresco que se hace con hielo machacado al que se agrega alguna esencia o jugo de fruta.

granizo n.m. Agua congelada que desciende con violencia de las nubes, en granos más o menos duros y gruesos. • **granizar** v.int. Caer granizo.

granja n.f. **1.** Finca rústica con vivienda y dependencias para el ganado. ▷ Finca rural destinada a la cría de animales domésticos. **2.** Comercio en que se vende leche y sus derivados. ▷ Establecimiento en que se sirven al público estos productos.

granjear **I.** v.tr. **1.** Adquirir caudal, obtener ganancias traficando con ganados u otros objetos de comercio. **2.** Adquirir, conseguir, obtener, en general. **II.** v.tr. y prnl. Captar, atraer, conseguir voluntades, etc.

grano n.m. **1.** Semilla y fruto de las mieses, como del trigo, cebada, etc. **2.** Semillas pequeñas de varias plantas. **3.** Cada una de las semillas o frutos que con otros iguales forma un agregado. **4.** Porción o parte menuda de otras cosas. **5.** Cada una de las partecillas, como de arena, que se perciben en la masa de algunos cuerpos. **6.** Bulto pequeño que se hace en alguna parte del cuerpo. **7.** En las piedras preciosas, cuarta parte de un quilate. **8.** Cada una de las pequeñas protuberancias que agrupadas cubren la flor de ciertas pieles curtidas. **9.** TECN Tamaño de las partículas de una emulsión fotográfica.
ENCICL El grano se forma a partir del óvulo fecundado por el polen; en el fruto (resultado de la evolución del carpelo o del ovario) se desarrolla lentamente en forma de almendra. Se compone de: *embrión* o *plántula,* envuelto en un tejido de reserva, el *albumen* (que sirve de alimento durante la germinación); protegido todo por uno o dos tegumentos, en los que aparece marcado el hilo u ombligo, que perfora el *micrópilo* en el punto de unión del óvulo y el funículo y por donde nace la raíz. Los granos se clasifican, según el tejido de reserva, en: **1.** *granos perispermos,* aquellos en los que subsiste una parte de la *nucela* embrionaria: granos de cañacorro. **2.** *albuminados,* sin tejido de reserva; es el albumen quien realiza esta función: ricino y cereales; y **3.** *no albuminados,* el albumen es asimilado por cotiledones: judías, guisantes, y según las sustancias químicas predominantes en su composición, en: *amiláceos,* cuando predominan los almidones: cereales; judías; *oleaginosos,* cuando predominan las proteínas: lúpulo. Los granos prototípicos, los de las fanerógamas, no germinan inmediatamente después de su formación: a la *madurez morfológica* hay que añadir una *madurez fisiológica,* que se produce bien al cabo de algunos días (cereales) bien al cabo de unos meses o incluso hasta dos años (lechuga, rábano). El período de tiempo durante el cual un grano puede germinar (longevidad) varía (salvo casos excepcionales) de algunos años (de 5 a 10 para los cereales) a 150 años (algunas leguminosas y las ninfeáceas). Los granos de los cereales han tenido una extraordinaria importancia en el desarrollo de la humanidad.

granoso,a adj. Se dice de lo que en su superficie forma granos con alguna regularidad; como sucede en la piel de lija y en la corteza de algunas frutas.

granuja **I. 1.** n.m. y f. Fam. Muchacho vagabundo, pilluelo. **2.** Fig. Bribón, pícaro. **II.** n.f. **1.** Uva desgranada y separada de los racimos. **2.** Granillo interior de ciertas frutas, que es su simiente.

granulación n.f. TECN Fragmentación o aglomeración de una sustancia en gránulos.

1. granular adj. **1.** Se aplica a la erupción de granos y a las cosas en cuyo cuerpo o superficie se forman granos. **2.** Se dice de las sustancias cuya masa forma granos o porciones menudas.

2. granular **1.** v.tr. QUIM Reducir a granillos una masa pastosa o derretida. **2.** v.prnl. Cubrirse de granos pequeños alguna parte del cuerpo.

gránulo n.m. Cuerpo parecido a un pequeño grano.

granulocito n.m. BIOL Leucocito polinuclear.

granuloma n.m. MED Tumor de origen inflamatorio y causas variadas.

granulometría n.f. Medida del grosor y estudio de la repartición estadística, según su grosor, de los elementos de una sustancia granulosa.

granuloso,a adj. Se dice de las sustancias cuya masa forma gránulos, granos pequeños.

granza n.f. **1.** Carbón mineral lavado y clasificado, cuyos trozos han de tener un tamaño determinado. **2.** pl. Residuos de paja larga y gruesa, espiga, grano sin descascarillar, etc., que quedan de ciertas semillas cuando se avientan y acriban. ▷ Desechos que salen del yeso cuando se cierne. ▷ Superfluidades de cualquier metal. • **granzón** n.m. **1.** MIN Cada uno de los pedazos gruesos de mineral que no pasan por la criba. **2.** *Venez.* Arena gruesa. **3.** pl. Nudos de la paja que quedan cuando se criba, y que ordinariamente deja el grano en los pesebres, por ser lo más duro de ella.

grapa n.f. **1.** Pieza de metal, cuyos dos extremos doblados y aguzados, se clavan para unir o sujetar dos tablas u otras cosas. También las hay de alambre fino, dobladas en la misma forma y destinadas a coser hojas de papel. **2.** Escobajo o racimo de uva. **3.** VETER Llaga o úlcera que se forma a las caballerías en la parte anterior del corvejón y posterior de la rodilla.

graptolites n.m.pl. ZOOL Grupo de animales fósiles clasificados entre los hemicordados. Vivían en el mar en colonias flotantes, desde el Cámbrico hasta el Carbonífero.

grasa n.f. **1.** QUIM Nombre genérico de sustancias orgánicas, muy difundidas en ciertos tejidos de plantas y animales, que están formadas por la combinación de ácidos grasos con la glicerina. **2.** Goma del enebro. **3.** Mugre, suciedad. **4.** Lubricante graso. **5.** pl. MIN Escorias que produce la limpia de un baño metálico antes de hacer la colada. • **grasera** n.f. **1.** Vasija donde se echa la grasa. **2.** Utensilio de cocina para recibir la grasa de las piezas que se asan. • **grasiento,a** adj. Untado y lleno de grasa.
ENCICL Los cuerpos grasos están formados por ésteres de glicerina y ácidos grasos, ácidos no ramificados con un par de átomos de carbono, que en los animales y vegetales se forman a partir de un derivado del ácido acético (ácidos esteáricos, oleicos, polimíticos y butíricos). Sometidos a altas temperaturas, se oxidan y producen un olor acre. Ricos en calorías, constituyen sustancias de reserva. La industria farmacéutica utiliza los cuerpos grasos en la fabricación de pomadas, ungüentos y linimentos. Mediante su vaporización, se obtiene jabón.

graso,a adj. Pingüe, mantecoso.

grata n.f. Escobilla de metal que sirve para limpiar, raspar o bruñir piezas metálicas.

gratén n.m. Capa tostada de pan o queso rallado que cubre algunos platos horneados. ▷ Manjar preparado de esta manera. • **gratinar** v.tr. Preparar al gratén.

gratificación n.f. **1.** Galardón y recompensa pecuniaria de un servicio eventual. **2.** Remuneración fija que se concede por el desempeño de un servicio o cargo, la cual es compatible con un sueldo del Estado. • **gratificar** v.tr. **1.** Recompensar o galardonar con una gratificación. **2.** Dar gusto, complacer.

grátil o **gratil** n.m. MAR **1.** Extremidad u orilla de la vela, por donde se une y sujeta al palo, verga o nervio correspondiente. **2.** Parte central de la verga, de tojino a tojino, en la cual se afirma un cabo, cadena o cabilla de hierro, para envergar la vela.

gratis adv.m. De balde.

gratitud n.f. Sentimiento por el cual nos consideramos obligados a estimar el beneficio o favor que se nos ha hecho o ha querido hacer, y a corresponder a él de alguna manera.

grato,a adj. Gustoso, agradable.

gratuito,a adj. **1.** De balde o de gracia. **2.** Arbitrario, sin fundamento.

grava n.f. **1.** Conjunto de guijarros. **2.** Piedra machacada con que se cubre y allana el piso de los caminos. **3.** Mezcla de guijarros, arena y a veces arcilla que se encuentra en yacimientos.

gravamen n.m. **1.** Carga, obligación que pesa sobre alguno de ejecutar o consentir una cosa. **2.** Carga económica impuesta sobre ciertos bienes.

grave **I.** n.m. y adj. Se dice de lo que pesa. **II.** adj. **1.** Grande, de mucha importancia. ▷ Que está enfermo de cuidado. **2.** Serio; que causa respeto. **3.** Se dice del estilo que se distingue por su decoro y nobleza. Arduo, difícil. **4.** Molesto. **5.** ACUST Se dice del sonido bajo, por oposición al agudo. **6.** GRAM Se aplica a la palabra cuyo acento prosódico carga en su penúltima sílaba.

gravedad n.f. **1.** FIS Manifestación terrestre de la atracción universal, o sea tendencia de los cuerpos a dirigirse al centro de la Tierra, cuando cesa la causa que lo impide. **2.** Compostura y circunspección. **3.** Enormidad, exceso. **4.** Fig. Grandeza, importancia.
ENCICL Un cuerpo situado en la superficie de la tierra está sometido a una fuerza gravitatoria dirigida hacia el centro de la misma y a una fuerza centrífuga debida a la rotación de la tierra; el resultante de estas dos fuerzas es la fuerza de gravedad, cuyo módulo F, llamado peso de dicho cuerpo, es igual al producto de la masa m del cuerpo por la intensidad g de la aceleración de la gravedad. $F = mg$ (F se expresa en newtons, m en kg y g en m/s^2). El valor de g es de 9,81 m/s^2 en París; es más elevado en los polos ($g = 9{,}83\ m/s^2$) y más bajo en el ecuador ($g = 9{,}78\ m/s^2$); en efecto, la fuerza centrífuga es más alta en el ecuador que en los polos. La aceleración de la gravedad disminuye con la altitud ($g = 9{,}78\ m/s^2$ a 10.000 m para un lugar situado en la latitud de París). La aceleración de la gravedad es de 1,66 m/s^2 en la superficie de la Luna, de 3,72 m/s^2 en la superficie de Marte y de 273 m/s^2 en la superficie del Sol.

graviceleración n.f. ESP Modificación de la velocidad o de la trayectoria de un vehículo espacial por el campo de gravitación de un astro.

gravidez n.f. Embarazo de la mujer.

grávido,a adj. **1.** POET Cargado, abundante. **2.** Se dice especialmente de la mujer encinta.

gravimetría n.f. **1.** Estudio de la gravitación terrestre y medición de sus variaciones en los diversos lugares. **2.** QUIM Análisis cuantitativo de una sustancia por medio de pesadas. • **gravímetro** n.m. FIS Aparato de precisión utilizado para medir la gravimetría.

gravitar v.int. **1.** Moverse un cuerpo por la atracción gravitatoria de otro cuerpo. **2.** Descansar o hacer fuerza un cuerpo sobre otro. **3.** Fig. Cargar, ser una carga una persona o cosa. • **gravitación** n.f. **1.** Acción y efecto de gravitar. **2.** Efecto de la atracción universal, especialmente cuando se ejerce o manifiesta entre los cuerpos terrestres.
ENCICL La gravitación es una de las fuerzas fundamentales de las que rigen el universo. Actúa también en el interior de los núcleos atómicos, asegurando su cohesión, aunque es mucho menos importante que las otras tres *interacciones* (fuerte, electromagnética y débil). Estudiando los efectos de la gravitación (caída de los cuerpos, movimiento de los planetas) Galileo, Newton y Kepler fundamentaron la mecánica clásica. La ley de Newton, verificada experimentalmente por Cavendish, en 1798, tiene el siguiente enunciado: *dos campos de masa M y M', situados a una distancia d, se atraen con una fuerza inversamente proporcional al cuadrado de las distancias:* $f = K\frac{MM'}{d^2}$; la constante de gravitación K es igual a $6{,}67 \cdot 10^{-11}$ en el sistema SI. En la teoría general de la relatividad, enunciada por Einstein en 1916, la gravitación es una pro-

piedad espacio-temporal que varía bajo la acción de las masas materiales. La teoría de la relatividad, permite suponer que las masas en movimiento pierden una parte de su energía en forma de ondas gravitatorias (que corresponderían a las ondas electromagnéticas, gracias a las cuales el campo electromagnético se propaga). Estas ondas, que se ha intentado detectar por medio de aparatos muy sensibles, se producirían al formarse los *agujeros negros,* resultado del hundimiento de alguna estrella (cuando su masa inicial es suficiente). Los fotones, emitidos por la estrella hundida, no pueden salir fuera, y por tanto no los podemos captar. La existencia de estos agujeros negros se supone por la constatación de modificaciones en el campo gravitatorio.

gravoso,a adj. **1.** Molesto, pesado y a veces intolerable. **2.** Que ocasiona gasto o menoscabo.

gray n.m. Unidad de absorción de los rayos ionizantes, equivale a la transmisión de un julio a una masa de un kilo (símbolo Gy).

graznido n.m. **1.** Voz de algunas aves, como el cuervo, el grajo, el ganso, etc. **2.** Fig. Canto desagradable al oído. • **graznar** v.int. Dar graznidos.

greca n.f. Adorno que consiste en una faja en la que se repite la misma combinación de elementos decorativos, y especialmente la compuesta por líneas que forman ángulos rectos.

greco- Prefijo, de *griego.*

grecobúdico,a adj. Se dice de un arte de la India (arte de Gandhāra, mediados del s. I a. J.C.), con muchas influencias griegas.

grecolatino,a adj. **1.** Que viene del griego y del latín. **2.** Que tiene su origen en lo griego y en lo latino.

grecorromano,a adj. Común a griegos y romanos. ▷ *Lucha grecorromana,* la que únicamente admite presas por encima de la cintura y excluye las llaves y los golpes.

greda n.f. Arcilla arenosa, que se usa principalmente para quitar manchas.

gregario,a adj. Se dice del que está en compañía de otros sin distinción; como el soldado raso. ▷ Fig. Se dice del que sigue servilmente las ideas o iniciativas ajenas.

gregoriano,a adj. Se dice de las reformas litúrgicas introducidas en el s. IV por Gregorio I. *Rito gregoriano.* ▷ *Canto gregoriano.* Música litúrgica de la Iglesia romana. Estrictamente monódica, utiliza una escala tonal en seis grados. ▷ *Calendario gregoriano.* Calendario reformado por el papa Gregorio XIII.

greguería n.f. **1.** Vocerío. **2.** Agudeza, imagen en prosa que presenta una visión personal y sorprendente de algún aspecto de la realidad.

gremio n.m. Corporación formada por personas de la misma profesión u oficio. • **gremial I.** adj. Perteneciente a gremio, oficio o profesión. **II.** n.m. **1.** Individuo de un gremio. **2.** Paño cuadrado que usan los obispos en algunas ceremonias.

greña n.f. **1.** Cabellera revuelta. (Se usa más en pl.) **2.** Lo que está enredado y entretejido con otra cosa, sin poderse desenlazar fácilmente.

gres n.m. **1.** PETROG Roca sedimentaria formada por granos de naturaleza variable: cuarzos, feldespatos, calizas, etc., aglomerados por un cemento también de composición variable: silíceo, calcáreo, ferruginoso, etc. Tiene múltiples aplicaciones. **2.** Cerámica dura a base de arcilla y materiales silíceos.

gresca n.f. **1.** Bulla. **2.** Pelea.

grey n.f. **1.** Rebaño de ganado menor. ▷ P. ext., ganado mayor. **2.** Fig. Conjunto de individuos que tienen algún carácter común.

griego,a I. n. y adj. Natural u oriundo de Grecia. **II.** adj. Perteneciente a esta nación. **III.** n.m. Lengua griega.

grieta n.f. **1.** Quiebra o abertura longitudinal que se hace naturalmente en la tierra o en cualquier cuerpo sólido. **2.** Hendedura poco profunda que se forma en la piel de diversas partes del cuerpo o en las membranas mucosas próximas a ella.

grifa n.f. Cáñamo índico, marihuana.

grifo,a 1. n. y adj. *Méx.* Grifado. **2.** Animal fabuloso, de medio cuerpo arriba águila, y de medio abajo león. **3.** n.m. Llave colocada en la boca de las cañerías y en los depósitos de líquidos.

grillete n.m. Arco de hierro, semicircular, con los extremos unidos por un perno, para sujetar una cadena a algún sitio, especialmente los pies de los presos.

1. grillo n.m. Insecto ortóptero. El macho, cuando está tranquilo, sacude y roza con tal fuerza los élitros, que produce un sonido agudo y monótono.

2. grillo n.m. Tallo que arrojan las semillas, cuando empiezan a nacer en la tierra donde se siembran, o en la cámara, si se humedecen. • **grillarse** v.prnl. Entallecer el trigo, las cebollas, ajos y cosas semejantes.

grillos n.m. pl. **1.** Conjunto de dos grilletes con un perno común, que se colocan en los pies de los presos para impedirles andar. **2.** Fig. Cualquier cosa que dificulta y detiene el movimiento.

grill-room n.m. Restaurante, sala de un restaurante donde se sirven parrilladas, generalmente preparadas delante de los clientes.

grima n.f. Desazón, disgusto, horror que causa una cosa.

grimillón n.m. *Chile.* Multitud.

grímpola n.f. MAR Gallardete muy corto que se usa generalmente como cataviento.

gringo,a n. y adj. Fam. *Amér.* Extranjero, especialmente de habla inglesa, y, en general, todo el que habla una lengua que no sea la española.

1. griñón n.m. Toca de monjas, que les rodea el rostro.

2. griñón n.m. Fruta híbrida de melocotón con la piel lisa, la carne amarilla y perfumada y hueso adherente que se parece a una ciruela.

gripe n.f. PAT Enfermedad epidémica aguda, acompañada de fiebre y con manifestaciones variadas, especialmente catarrales.
ENCICL El agente gripal es el virus *influenza,* del que se conocen tres tipos subdivididos en numerosos subgrupos. La evolución de la enfermedad es generalmente benigna, pero ciertas epidemias pueden ser graves, como la epidemia mundial que causó 20 millones de muertos (1918-1919) y que fue conocida como «gripe española». La vacuna antigripal, recomendada para los ancianos y personas con insuficiencias respiratorias, es de uso cada vez más generalizado.

gris I. n. y adj. **1.** Se dice del color que resulta de la mezcla de blanco y negro o azul. **2.** Borroso, poco destacado. **II.** adj. Fig. Triste. **III.** n.m. Variedad de ardilla que se cría en Siberia. ▷ Fig. Petigrís. Ardilla común. Es nombre sólo usado en peletería. **IV.** MED *Materia gris.* Constituyente de la corteza cerebral y la parte central de la médula espinal. • **grisáceo,a** adj. De color que tira a gris.

grisú n.m. Metano desprendido de las minas de hulla que, al mezclarse con el aire, se hace inflamable y produce violentas explosiones.

gritar 1. v.int. Levantar la voz más de lo acostumbrado. **2.** v.int. y tr. Manifestar la pública desaprobación y desagrado con demostraciones ruidosas. • **griterío** n.m. Confusión de voces altas y desentonadas.

grito n.m. **I. 1.** Voz proferida con fuerza. **2.** Expresión proferida a voz en grito. **II.** Chirrido de los hielos de los mares glaciales al ir a quebrarse por estar sometidos a presiones. • **gritón,a** adj. Fam. Que grita mucho.

grizzly n.m. ZOOL Gran oso gris de las montañas Rocosas.

groar v.int. Cantar la rana, croar.

grog n.m. Bebida hecha con ron o aguardiente y agua caliente azucarada.

grogui adj. Estado del boxeador que ha perdido en parte el sentido. ▷ Fam. Aturdido por un golpe físico o moral; muy fatigado.

grosella n.f. Fruto del grosellero. Su jugo es medicinal, y suele usarse en bebidas y en jalea. • **grosellero** n.m. BOT Arbusto de la familia de las saxifragáceas.

grosería n.f. **1.** Falta de atención y respeto. **2.** Ignorancia de los buenos modales. • **grosero,a 1.** adj. Basto, grueso, ordinario y sin arte. **2.** n. y adj. Descortés.

grosor n.m. Grueso de un cuerpo.

grosso modo loc. adv. Aproximadamente, sin entrar en detalles.

grosularieo,a n.f. y adj. BOT Se dice de arbustitos o matas de la familia de las saxifragáceas, con hojas alternas y sin estípulas, flores por lo común en racimo, bayas oblongas o globosas, y semillas de albumen carnoso y casi córneo; como el grosellero.

grotesco,a adj. **1.** Ridículo y extravagante. **2.** Irregular, de mal gusto.

grúa n.f. **1.** Máquina que sirve para levantar pesos y desplazarlos dentro de un radio de acción. **2.** AUDIOV Aparato destinado al desplazamiento (en particular vertical) de una cámara.

gruesa n.f. Número de doce docenas.

grueso,a I. adj. **1.** Corpulento y abultado. **2.** Que excede de lo regular. **II.** n.m. **1.** Corpulencia o cuerpo de una cosa. **2.** Parte principal, mayor y más fuerte, de un todo. **3.** Trazo ancho o muy entintado de una letra. Se dice en contraposición a perfil. **4.** Espesor de una cosa. **5.** GEOM Una de las tres dimensiones de los sólidos, ordinariamente la menor.

grujir v.tr. Igualar con el grujidor los bordes de los vidrios después de cortados éstos con el diamante. • **grujidor** n.m. Barrita de hierro cuadrada, con una muesca en cada extremidad.

grulla n.f. Ave del orden de las zancudas.

grumete n.m. Muchacho que aprende el oficio de marinero ayudando a la tripulación.

grumo n.m. **1.** Parte de un líquido que se coagula. **2.** Conjunto de cosas apiñadas y apretadas entre sí. **3.** Yema o cogollo en los árboles. **4.** Extremidad del alón del ave.

gruñido n.m. **1.** Voz del cerdo. **2.** Voz ronca del perro u otros animales cuando amenazan. **3.** Fig. Sonidos inarticulados, roncos, que emite una persona como señal de mal humor.

gruñir v.int. **1.** Dar gruñidos. **2.** Fig. Mostrar disgusto en la ejecución de una cosa, murmurando entre dientes. **3.** Chirriar, rechinar una cosa. • **gruñón,a** adj. Fam. Que gruñe con frecuencia.

grupa n.f. Ancas de una caballería.

grupo n.m. **1.** Conjunto de personas o cosas reunidas en un mismo lugar. ▷ SOCIOL Conjunto de individuos que tienen cierto número de caracteres comunes y cuyas relaciones (sociales, psicológicas, etc.) obedecen a una dinámica específica. **2.** Reunión de cosas que forman un conjunto. ▷ BELL ART Conjunto de seres u objetos considerados como tema de una obra de arte. **3.** MAT Conjunto provisto de una ley de composición interna asociativa, que admite elemento neutro y en el que todo elemento posee su simétrico. **4.** TECN Conjunto de máquinas acopladas mecánicamente.

gruta n.f. **1.** Cavidad natural abierta en riscos o peñas, a veces de aspecto agradable. **2.** Estancia subterránea artificial que imita más o menos los peñascos naturales.

Gs. v. Gauss.

guabairo n.m. *Cuba.* Ave nocturna que vive en los bosques.

guabico n.m. *Cuba.* Árbol de la familia de las anonáceas. Su madera es dura y fina.

guabiyú n.m. *Arg.* Árbol de la familia de las mirtáceas, de propiedades medicinales. Su fruto es comestible.

guaca n.f. **1.** Sepulcro de los antiguos indios, principalmente de Bolivia y Perú. **2.** Tesoro escondido o enterrado. **3.** *C. Rica* y *Cuba.* Hoyo donde se depositan frutas verdes para que maduren. **4.** *Amér.* Hucha o alcancía.

guacal n.m. **1.** BOT *Amér. Central.* Árbol de la familia de las bignoniáceas que produce unos frutos redondos de pericarpio leñoso, los cuales, partidos por la mitad y extraída la pulpa, se utilizan como vasijas. ▷ La vasija así formada. **2.** *Amér.* Especie de cesta o jaula formada de varillas de madera, que se utiliza para el transporte de loza, cristal, frutas, etc.

guacalote n.m. BOT *Cuba.* Planta trepadora, de la familia de las papilionáceas.

guacamayo n.m. Ave de América, especie de papagayo, de colores vivos.

guaco **I.** n.m. Planta de la familia de las compuestas. Es un bejuco propio de las regiones intertropicales de América. **II. 1.** Ave gallinácea. Abunda en América y su carne es muy estimada. **2.** *C. Rica.* Ave de la familia de las falcónidas, con el cuerpo negro y el vientre blanco. **III.** *Amér. Merid.* Objeto de cerámica u otra materia que se encuentra en las guacas o sepulcros de los indios.

guachaje n.m. *Chile.* Hato de terneros separados de sus madres.

guachapear v.tr. *Chile.* Hurtar, arrebatar.

guácharo,a **I.** adj. **1.** Se dice de la persona enfermiza. **2.** *Ecuad.* Huérfano. **II.** n.m. **1.** Guacho (ave). **2.** Cría de un animal. **3.** ZOOL Pájaro nocturno de América Central, del orden de los dentirrostros.

guachi n.m. *Chile.* Trampa para cazar aves.

guachimán n.m. *Amér.* Vigilante, guardián.

guachinango,a **I.** adj. *Cuba, Méx.* y *P. Rico.* Astuto, zalamero. **II.** n.m. *Cuba* y *Méx.* Pagro (pez).

guacho,a **I.** adj. **1.** *Amér.* Se dice de la cría que ha perdido la madre. ▷ *Arg.* y *Chile.* P. ext., huérfano, desmadrado, expósito. **2.** *Chile.* Desparejado. **II.** n.m. *Amér.* Cría de un animal, y especialmente pollo de cualquier pájaro.

guadalajareño,a **1.** n. y adj. Natural de Guadalajara. **2.** adj. Perteneciente o relativo a esta ciudad.

guadameco n.m. Adorno que usaban las mujeres.

guadaña n.f. Instrumento para segar a ras de tierra, formado por una cuchilla puntiaguda, enastada en un mango largo que forma ángulo con el plano de la hoja; este mango lleva dos manijas: una en el extremo y otra en el segundo tercio del mismo.

guagua **I.** n.f. Cosa baladí. **II.** *Arg., Chile, Ecuad.* y *Perú.* Rorro; niño de teta. (En el *Ecuad.* es n.m y f.). **III.** *Cuba.* Insecto muy pequeño que forma unas costras en el tronco de ciertos árboles frutales y los destruye. **IV.** *Cuba, P. Rico* y *Sto. Dom.* Nombre vulgar de los omnibuses que prestan servicios urbanos.

guaguasí n.m. *Cuba.* Árbol silvestre. Fluye del tronco, por incisión, una resina aromática que se emplea como purgante.

guaicurús o **guaycurúes,** nombre dado a diversos pueblos o tribus indígenas sudamericanas. Se dividen en varios grupos: los agaz, caduveo, mbayá y payaguá, y los toba, los más importantes. Viven en el Chaco y a orillas del río Paraguay, y desde este río hasta los Andes. Están organizados en hordas familiares. La cultura es común en todos ellos.

guairabo n.m. *Chile.* Ave nocturna, del orden de las zancudas.

guairo n.m. Embarcación pequeña que se usa en América para el tráfico en las bahías y costas.

guajiro,a **1.** n. y adj. Campesino de la isla de Cuba. ▷ P. ext. persona rústica. **2.** n.f. Cierto canto popular de la isla de Cuba.

guajolote n.m. *Méx.* Especie de pavo.

guala n.f. **1.** *Chile.* Ave palmípeda. **2.** *Col.* y *Venez.* Ave de la especie del aura.

gualanday n.m. *Col.* Árbol corpulento de la familia de las bignoniáceas.

gualda n.f. Hierba de la familia de las resedáceas. Abunda como planta silvestre, pero se cultiva para teñir de amarillo dorado con su cocimiento. • **gualdo,a** adj. De color de gualda o amarillo.

gualdera n.f. Cada una de las planchas laterales que son parte principal de algunas armazones, y sobre los cuales se aseguran otras que las completan.

gualdrapa n.f. **1.** Cobertura que cubre y adorna las ancas de la mula o caballo. **2.** Fig. y Fam. Andrajo desaliñado y sucio que cuelga de la ropa.

gualdrapear v.tr. Poner de vuelta encontrada una cosa sobre otra, como los alfileres cuando se ponen punta con cabeza.

gualputa n.f. *Chile.* Planta parecida al trébol.

gualve n.m. *Chile.* Terreno pantanoso.

guamá n.m. BOT Árbol de la familia de las mimosáceas que se cría en las islas de Cuba y Puerto Rico.

guamo n.m. BOT Árbol americano de la familia de las mimosáceas. • **guama** n.f. Fruto del guamo.

guampa n.f. *Arg.* y *Urug.* Asta o cuerno del animal vacuno.

guámparo n.m. *Chile.* Vaso de cuerno.

guanabá n.m. *Cuba.* Ave zancuda.

guanábano n.m. Árbol de las Antillas, de la familia de las anonáceas. • **guanábana** n.f. Fruto del guanábano.

guanacaste n.m. *Amér. Central.* Árbol gigantesco de la familia de las mimosáceas. Alcanza hasta 30 m de altura.

guanaco n.m. **1.** Mamífero rumiante de 1,30 m de altura hasta la cruz, y poco más de largo desde el pecho hasta el extremo de la grupa; cabeza pequeña con orejas largas y puntiagudas; y el cuello, largo, y cuerpo cubierto de abundante pelo largo de color pardo oscuro. Tiene en el pecho y en las rodillas callosidades como los camellos. **2.** Fig. *Amér. Central.* Campesino. **3.** Fig. *Amér. Central* y *Merid.* Tonto, simple.

guanana n.f. *Cuba.* Ave palmípeda parecida al ganso, aunque algo menor.

guanches, pueblo prehispánico habitante de las islas Canarias. Su origen no es homogéneo, ya que hacia la mitad del tercer milenio a. J.C. llegaron a las islas grupos étnicos de procedencia diversa, principalmente del N de África (cromañoides y agricultores trogloditas del neolítico) y de invasiones mediterráneas. Su organización social era tribal, con familias monógamas, y su cultura pastoril y recolectora, con una agricultura rudimentaria a causa del desconocimiento del arado.

guandú n.m. *Amér.* Arbusto de la familia de las papilionáceas. Tiene por fruto unas vainas vellosas que encierran una legumbre muy sabrosa.

guanina n.f. **1.** BOT *Cuba.* Planta herbácea de la familia de las papilionáceas. **2.** BIOQUIM Base púrica constituyente de los ácidos nucleicos.

1. guano n.m. **1.** Materia excrementicia de aves marinas que se encuentra acumulada en gran cantidad en algunas costas, y que se utiliza como abono en la agricultura. **2.** *Amér.* Estiércol de cualquier animal, utilizable como abono. **3.** Abono mineral fabricado a imitación del guano.

ENCICL El *guano* tiene un color amarillento, es oleoso al tacto y más ligero que el agua. Los depósitos más importantes se hallan en las costas americanas del Pacífico (Ecuador, Perú, Chile, etc.). También abunda en Asia y en África austral. Su composición varía según los yacimientos, y la proporción de los elementos que contiene está en función de la mayor o menor abundancia de lluvias. En zonas lluviosas, abunda más en fósforo, pero menos en nitrógeno *(guanos fosfatados o fosfoguanos).* Cuando la lluvia es escasa, contiene abundante fósforo y nitrógeno y constituye uno de los mejores abonos naturales conocidos. El *guano de Perú* puede ser *blanco* (de formación más reciente) y *pardo* (más antiguo). En el siglo XIX, el guano constituyó una de las fuentes más importantes de riqueza tanto en Perú como en Chile, siendo exportado a todo el mundo en grandes cantidades.

2. guano n.m. **1.** *Cuba.* Nombre genérico de palmeras de varias especies, entre ellas la palmera miraguano. **2.** *Cuba.* Penca de la palma. **3.** *P. Rico.* Materia algodonosa de la baya del árbol o palma del guano, que se utiliza para rellenar almohadas y colchones.

guanosina n.f. BIOQUIM Derivado oxigenado de la guanina, precursor de las *guanosinas fosfatadas* (coenzimas en el ciclo de Krebs).

guanquí n.m. BOT *Chile.* Planta de la familia de las dioscoreáceas, parecida al ñame.

guantazo n.f. Golpe que se da con la mano abierta.

guante n.m. **1.** Prenda para cubrir la mano, que se hace, por lo común, de piel, tela o tejido de punto y suele tener una funda para cada dedo. **2.** Cubierta para proteger la mano, hecha de caucho o de cuero, como la que usan los cirujanos y los boxeadores. • **guantelete** n.m. Pieza de la armadura con que se guarnecía la mano. • **guantero,a** **1.** n.m. y f. Persona que hace o vende guantes. **2.** n.f. Caja del salpicadero de los automóviles en la que se guardan guantes y otros objetos.

guañil n.m. *Chile.* Arbusto de la familia de las compuestas.

guao n.m. BOT Arbusto de México, Cuba y Ecuador, de la familia de las anacardiáceas. Su semilla alimenta al ganado de cerda y la madera se usa para hacer carbón.

guapo,a adj. **1.** Bien parecido físicamente. **2.** Bravucón o fanfarrón. **3.** Alabanza vaga que se emplea sobre todo dirigida a niños. **4.** Apelativo cariñoso.

guara n.f. **1.** *Cuba.* Árbol muy parecido al castaño. **2.** *Chile.* Perifollo, garambaina.

guará n.m. *Amér. Merid.* Especie de lobo de las pampas.

guaracaro n.m. **1.** BOT *Venez.* Planta leguminosa. **2.** Semilla comestible de esta planta.

guaracha n.f. *Cuba* y *P. Rico.* Baile semejante al zapateado.

guaraná n.f. **1.** *Amér.* Paulinia. **2.** Pasta preparada con semillas de paulinia, cacao y tapioca, que se emplea como medicamento.

guarango,a adj. **1.** *Arg., Chile* y *Urug.* Incivil, mal educado, descarado. **2.** *Col., Ecuad.* y *Perú.* Especie de aromo silvestre.

guaraní n.m. Unidad monetaria de Paraguay.

guaraníes, pueblo que en el s. XVI ocupaba la costa atlántica de América del Sur, desde el Amazonas hasta el Río de la Plata, y se extendía por el interior hasta los ríos Paraná, Uruguay y Paraguay. A partir del s. XVIII, los que no se sometieron al proceso de cristianización llevado a cabo por los jesuitas, y continuaron su propia tradición cultural, pasaron a llamarse *cainguá* (habitantes de las selvas). Los guaraníes constituyen la base de la actual población rural del Paraguay. La lengua guaraní es cooficial con el castellano en este país, como único caso de bilingüismo oficial en América.

guarapo n.m. *Amér.* Jugo de la caña dulce exprimida, que por vaporización produce el azúcar. ▷ Bebida fermentada hecha con este jugo.

guarapón n.m. *Chile* y *Perú.* Sombrero de ala ancha para protegerse del sol.

guarda **I.** n.m. y f. Persona que tiene a su cargo y cuidado la conservación de una cosa. **II.** n.f. **1.** Acción de guardar, conservar o defender. **2.** Tutela. **3.** Observancia y cumplimiento de un mandato, ley o estatuto. **4.** Cada una de las dos varillas grandes del abanico, que sirven de protección de las otras. **5.** Cualquiera de las dos hojas de papel blanco que ponen los encuadernadores al principio y al fin de los libros. **6.** Pieza que en las cerraduras sólo deja pasar la llave correspondiente y dientes de la llave que sólo encajan en dicha cerradura. **7.** Guarnición de la espada..

guardabarrera n.m. y f. Persona que en las líneas de los ferrocarriles custodia un paso a nivel.

guardabarros n.m. Cada una de las chapas de figura adecuada que van sobre las ruedas de los vehículos y sirven para evitar las salpicaduras.

guardacostas n.m. Barco de poco porte, destinado a la persecución del contrabando o a la defensa del litoral.

guardaespaldas n.m. El que acompaña asiduamente a otro con la misión de protegerle.

guardafrenos n.m. Empleado que tiene a su cargo en los trenes de ferrocarriles el manejo de los frenos.

guardagujas n.m. Empleado que en los cambios de vía de los ferrocarriles tiene a su cargo el manejo de las agujas, para que cada tren marche por la vía que le corresponde.

guardainfante n.m. **1.** Armazón de alambres que se ponían antiguamente las mujeres en la cintura, como soporte de la falda. **2.** MAR Conjunto de los trozos de madera que se suelen colocar sobre el cilindro de un cabrestante para aumentar su diámetro y conseguir que recoja más cuerda a cada vuelta que dé.

guardalobo n.m. Mata perenne de la familia de las santaláceas.

guardameta n.m. DEP El que defiende la portería en el fútbol, hockey, water-polo, etc.

guardamonte n.m. **1.** En las armas de fuego, pieza de metal en semicírculo clavada en la caja sobre el disparador, para su protección cuando el arma está montada. **2.** Capote de campo. **3.** *Méx.* Pedazo de piel que se pone sobre las ancas del caballo para evitar la mancha del sudor.

guardapolvo n.m. **1.** Resguardo que se pone encima de una cosa para preservarla del polvo. **2.** Sobretodo de tela ligera para preservar el traje de polvo y manchas. **3.** Tejadillo construido sobre un balcón, para desviar las aguas llovedizas. **4.** Pieza de cuero que está unida al botín de montar y cae sobre el empeine del pie.

guardar **I.** v.tr. **1.** Cuidar, custodiar algo. **2.** Observar y cumplir lo que cada uno debe por obligación. **3.** No gastar; ser tacaño o miserable. **4.** Preservar una persona o cosa del daño que le puede sobrevenir. **5.** Fig. Tener, observar. **II.** v.tr. e int. Conservar o retener una cosa. **III.** v.prnl. **1.** Recelarse y precaverse de un riesgo. **2.** Poner cuidado en dejar de ejecutar una cosa que no es conveniente.

guardarropa **I.** n.m. **1.** Local destinado a guardar prendas a los asistentes de cuaquier espectáculo, fiesta o reunión de gentes. **2.** Armario donde se guarda la ropa. **II.** n.m. y f. Persona destinada a cuidar del lugar donde se guardan las ropas. ▷ En el teatro, persona encargada de suministrar o custodiar los vestidos y efectos llamados de guardarropía.

guardarropía n.f. En el teatro, conjunto de trajes que sirve para vestir a los comparsas; y también los efectos de cierta clase necesarios en las representaciones escénicas. ▷ Lugar o habitación en que se custodian estos trajes o efectos.

guardavía n.m. Empleado que tiene a su cargo la vigilancia constante de un trozo de vía férrea.

guardería n.f. Lugar o servicio donde se cuida y atiende a los niños de corta edad.

guardia n.f. **1.** Defensa, custodia, honra, asistencia, amparo, protección. ▷ Servicio especial que con cualquiera de estos objetos, o varios de ellos a la par, se encomienda a una o más personas. — *De guardia.* Con los verbos *estar, entrar, tocar, salir*, etc., se refiere al cumplimiento de este servicio. **2.** ESGR Manera de estar en defensa. — *En guardia.* En actitud de defensa con los verbos *estar* y *ponerse.* **3.** Conjunto de soldados o gente armada, como la Guardia de Corps, la República, etc. — *Guardia civil.* Cuerpo del ejército español destinado a mantener el orden público en las zonas rurales, vigilar fronteras y costas y funciones de tráfico en las carreteras. Fue creado en 1844. **4.** MIL Grupo de soldados que hacen la guardia de un lugar.

guardián,a **I.** n.m. y f. Persona que guarda una cosa y cuida de ella. **II.** n.m. **1.** MAR Oficial subalterno, especialmente encargado de las embarcaciones menores y de los cables o amarras. **2.** MAR Cable de mejor calidad que los ordinarios, y con el cual se aseguran los barcos pequeños cuando se recela temporal.

guardín n.m. **1.** MAR Cabo con que se suspenden las portas de la artillería. **2.** MAR Cada uno de los dos cabos o cadenas que van sujetos a la caña del timón y por medio de los cuales se maneja.

guarecer **I.** v.tr. **1.** Acoger a uno; ponerle a cubierto de un peligro. **2.** Guardar, conservar y asegurar una cosa. **3.** Curar, medicinar. **II.** v.prnl. Refugiarse en alguna parte para librarse de algo.

guarén n.m. *Chile.* Rata de gran tamaño que tiene los dedos palmeados, lo cual le permite nadar bien; vive a orillas de las aguas y se alimenta de ranas y pececillos.

guariao n.m. ZOOL *Cuba.* Ave grande, del orden de las zancudas. Su carne es muy apreciada.

guariba n.m. ZOOL Mono aullador del Brasil (suborden de los platirrinos) que puede emitir gritos muy potentes, audibles a varios kilómetros.

guarida n.f. **1.** Cueva o espesura donde se guarecen los animales. **2.** Amparo o refugio para librarse de un daño o peligro.

guarimán n.m. **1.** Árbol americano de la familia de las magnoliáceas. Su corteza se usa para condimentos y en medicina. **2.** Fruto de este árbol.

guarisapo n.m. *Chile.* Renacuajo.

guarismo n.m. Cada uno de los signos o cifras arábigas que expresan una cantidad. ▷ Cualquier expresión de cantidad compuesta de dos o más cifras.

guaritoto n.m. *Venez.* Arbusto de la familia de las euforbiáceas. El cocimiento de su raíz se emplea como hemostático.

guarnecer v.tr. **1.** Poner guarnición a alguna cosa. **2.** Colgar, vestir, adornar. **3.** Dotar, proveer, equipar. **4.** ALBAÑ Revocar o revestir las paredes de un edificio. **5.** MILIT Estar de guarnición.

guarnición n.f. **1.** Adorno en la ropa, cortinas, etc. **2.** Engaste de metal en que se sientan las piedras preciosas. **3.** Defensa que se pone en las armas blancas para preservar la mano. ▷ Tropa que guarnece una plaza o buque de guerra. **4.** pl. Conjunto de correajes que se ponen a las caballerías.

guarnimiento n.m. MAR Conjunto de varias piezas, cabos o efectos con que se guarnece o sujeta un aparejo, una vela o un cabo

guaro n.m. **I. 1.** Especie de loro pequeño. **2.** *Venez.* Loro en general. **II.** *Amér. Central.* Aguardiente de caña.

guarro,a n.m. y f. y adj. Puerco, cerdo, cochino. • **guarrería** n.f. **1.** Porquería, suciedad. **2.** Fig. Acción sucia.

guarumo n.m. *Amér. Centr., Col., Ecuad., Méx.* y *Venez.* Árbol artocárpeo cuyas hojas producen efectos tónicos sobre el corazón.

guasa n.f. **1.** Fam. Chanza, burla. **2.** Fam. Falta de gracia; sosería; conjunto de cualidades que hace desagradable a una persona. • **guasearse** v.prnl. Burlarse. • **guasería** n.f. *Arg.* y *Chile.* Acción grosera, torpe o chabacana. • **guaso,a** n.m. y f. Rústico, campesino de Chile. ▷ adj. Fig. *Arg., Chile, Ecuad.* y *Par.* Tosco, grosero. • **guasón,a** n. y adj. **1.** Fam. Burlón. **2.** Que tiene guasa.

guasamaco,a adj. *Chile.* Rústico, tosco.

guasasa n.f. *Cuba.* Mosca pequeña que vive en enjambres en lugares húmedos y sombríos.

guasca n.f. *Amér. Merid.* y *Ant.* Ramal de cuero, cuerda o soga, que sirve de rienda o de látigo y para otros usos.

guata n.f. **1.** Algodón en rama, especialmente preparado y cardado para guarnecer forros, servir de relleno, etc. **2.** Fam. *Chile.* Barriga, panza.

guatacare n.m. BOT *Venez.* Árbol de la familia de las borragináceas, de madera resistente y flexible.

guate n.m. **1.** *C. Rica* y *Hond.* Maíz que se siembra muy tupido para que sirva de forraje. **2.** Cierta planta lorantácea de Venezuela.

guatemalteco,a **1.** n. y adj. Natural de Guatemala. **2.** adj. Perteneciente a esta República de América Central.

guateque n.m. **1.** Baile bullicioso. **2.** Fiesta casera en que se come, se bebe y se baila.

guatón,a n. y adj. *Chile.* Barrigudo.

guatusa n.f. *Amér.* Roedor parecido a la paca; su carne es muy apreciada.

guau Onomatopeya con que se representa la voz del perro.

guaucho n.m. *Chile.* Arbusto de hoja menuda y gruesa; arde aun cuando esté verde, por ser resinoso.

guayabera n.f. Chaquetilla o camisa de hombre, suelta y de tela ligera.

1. guayabo n.m. Árbol de América, de la familia de las mirtáceas. • **guayaba** n.f. **1.** Fruto del guayabo de figura aovada y de tamaño de una pera mediana, de varios colores y más o menos dulce, con la carne llena de unas semillas pequeñas. ▷ Conserva y jalea que se hace con esta fruta. **2.** *Amér.* Fig. y Fam. Mentira, embuste.

2. guayabo n.m. Fam. Muchacha joven y agraciada.

guayaca n.f. **1.** *Arg., Bol.* y *Chile.* Bolsillo suelto para guardar monedas o cosas de fumar. **2.** Fig. Objeto al que supersticiosamente se le atribuye virtud sobrenatural.

guayacán o **guayaco** n.m. BOT Árbol de América tropical, de la familia de las cigofiláceas. Su madera es de color negro cetrino, muy dura y se emplea en ebanistería.

guaycurúes, indios americanos, pertenecientes a un grupo lingüístico y cultural formado por diversas parcialidades (abipones, tobas, mocovíes, mbayaes, etc.) que en la época de la conquista española habitaban a orillas de los ríos Paraguay, Paraná y sus afluentes, y en el Chaco, y que actualmente subsisten en la zona del río Pilcomayo.

guayo n.m. **1.** *Ant.* Rallador. **2.** *Cuba.* Peso rudo de plata. **3.** *Chile.* Árbol de la familia de las rosáceas, de madera dura y colorada.

gubán n.m. Bote grande usado en Filipinas.

gubernamental adj. **1.** Perteneciente al gobierno del Estado. **2.** Respetuoso o benigno para con el gobierno o favorecedor del principio de autoridad. • **gubernativo,a** adj. Perteneciente al gobierno.

guedeja n.f. **1.** Cabellera larga. **2.** Melena del león.

güelfo,a **1.** n. y adj. Partidario de los papas, en la Edad Media, contra los gibelinos, defensores de los emperadores de Alemania. **2.** adj. Perteneciente o relativo a los güelfos. ENCICL La rivalidad entre güelfos y gibelinos ensangrentó las ciudades italianas. Los güelfos triunfaron, en especial en Florencia y Milán, y se dividieron (v. Dante).

guerra n.f. **1.** Conflicto armado entre naciones, estados o grupos humanos. **2.** Todo tipo de contienda, aunque sea en sentido moral. **3.** Habilidad, lucha. • **guerrear** **1.** v.int. y tr. Hacer guerra. **2.** v.tr. Fig. Resistir, rebatir o contradecir. • **guerrera** n.f. Chaqueta ajustada y abrochada desde el cuello, que forma parte de ciertos uniformes del ejército. • **guerrero,a** **I.** n. y adj. **1.** Perteneciente o relativo a la guerra. **2.** Que guerrea. **3.** Que es inclinado a la guerra. **4.** Fig. y Fam. Travieso, que incomoda y molesta a los demás. **II.** n.m. Soldado.

guerrilla n.f. Partida de paisanos que acosa y molesta al enemigo. • **guerrillero** n.m. Paisano que sirve en una guerrilla, o es jefe de ella. — *Guerra de guerrillas.* Concepto y nombre español que tiene su origen en la guerra de la Independencia (1808-1814), y que hace referencia a un sistema por el cual un grupo relativamente pequeño de hombres, con armas primitivas o escasas y con muy poca experiencia militar, puede enfrentarse con un ejército muy superior en número y en organización. Consiste en reiterados ataques sorpresa que conducen al paulatino desgaste y desmoralización del adversario.

guía **I.** n.m. y f. **1.** Persona que encamina, conduce y enseña a otra el camino. **2.** Fig. Persona que enseña y dirige a otra para algún fin. **3.** Persona que muestra a los turistas las cosas notables de un lugar, museo, ciudad, etc. ▷ Persona que conduce a uno o varios alpinistas en la montaña. **II.** n.f. **1.** Lo que en sentido figurado dirige o encamina. **2.** Poste de cantería que se coloca de trecho en trecho, a los lados de un camino de montaña, para señalar su dirección. **3.** Tratado en que se dan preceptos para encaminar o dirigir en cosas, ya espirituales o abstractas, ya puramente mecánicas. ▷ Manual para uso de turistas. **4.** Lista impresa de datos o noticias referentes a determinada materia. **5.** Mecha delgada, con pólvora y cubierta con papel, que sirve para dar fuego a los barrenos, y en los fuegos de artificio para guiarlos a la parte que se quiere. **6.** Sarmiento o vara que se deja en las cepas y en los árboles para dirigirlos. **7.** Palanca que sale oblicuamente de lo alto del eje de una noria para enganchar en ella la caballería, o del de un molino de viento para orientarlo. **8.** Pieza, o cuerda que en las máquinas y otros aparatos sirve para obligar a otra pieza a que siga en su movimiento camino determinado. **9.** Caballería que, sola o apareada con otra, va delante de todas en un tiro fuera del tronco. ▷ pl. Riendas para manejar éstos los caballos. **10.** Cada uno de los extremos del bigote cuando están retorcidos. **11.** Cada una de las dos varillas grandes del abanico. **12.** MAR Cualquier cabo o aparejo que sirve para mantener un objeto en la situación que debe ocupar. **13.** MIN Vetilla a que algunas veces se reducen los filones y que sirve para buscar la prolongación del criadero. **14.** MUS Voz que va delante en la fuga y a la cual siguen las demás. **15.** TECN Dispositivo que permite imponer una trayectoria a un órgano móvil. • **guiar** **I.** v.tr. **1.** Ir delante mostrando el camino. **2.** Hacer que una pieza de la máquina u otro aparato siga en su movimiento determinado camino. **3.** Dirigir el crecimiento de las plantas haciéndoles guías. **4.** Conducir un vehículo. **5.** Fig. Dirigir a uno en algún negocio. **II.** v.prnl. Dejarse uno dirigir o llevar por otro, o por indicios, señales, etc.

guiguí n.m. Mamífero nocturno de Filipinas.

guija n.f. **1.** Piedra pelada y chica que se encuentra en las orillas y cauces de los ríos y arroyos. **2.** Tito, almorta.

guijarro n.m. Pequeño canto rodado.

guilalo n.m. Embarcación filipina de cabotaje.

guillarse v.prnl. **1.** Fam. Irse, escaparse. **2.** Fam. Chiflarse, enloquecer, perder la cabeza.

guillatún n.m. *Chile.* Ceremonia solemne de los araucanos para pedir a la divinidad lluvia o bonanza.

guillomo n.m. BOT Arbusto de la familia de las rosáceas. Su fruto es comestible.

guillotina n.f. **1.** Instrumento destinado a cortar la cabeza de los condenados a muerte por medio de una cuchilla que se desliza a lo largo de dos montantes verticales. **2.** Máquina de cortar papel, compuesta de una cuchilla vertical, guiada entre un bastidor de hierro. **3.** Fig. y Fam. Procedimiento autorizado por los reglamentos de varias Cámaras legislativas para contener la obstrucción, fijando plazo en que ha de terminar la discusión para proceder a la votación de un proyecto de ley. • **guillotinar** v.tr. Decapitar en la guillotina.

guimbarda n.f. Cepillo de carpintero, de cuchilla estrecha, perpendicular a la cara y muy saliente, que sirve para labrar el fondo de las cajas y ranuras.

1. guinda n.f. Fruto del guindo. • **guindo** n.m. Árbol de la familia de las rosáceas.

2. guinda n.f. MAR Altura total de la arboladura de un buque.

guindaste n.m. MAR Armazón de hierro, madera o metal, en forma de horca, para colgar alguna cosa.

guindilla n.f. **1.** Fruto del guindillo de Indias. **2.** Pimiento pequeño que pica mucho.

guindola n.f. **1.** MAR Pequeño andamio volante compuesto de tres tablas que, unidas y colgadas por sus extremos, abrazan un palo. **2.** MAR Aparato salvavidas provisto de un largo cordel cuyo chicote está sujeto a bordo y que va colgado por fuera en la popa del buque de modo que permite lanzarlo fácilmente al agua. **3.** MAR Barquilla de la corredera.

guinea n.f. Antigua moneda inglesa.

guiñapo n.m. Andrajo o trapo roto, viejo o deslucido. ▷ Fig. Persona que anda con vestido roto y andrajoso. ▷ Fig. Persona envilecida.

guiñar **I.** v.tr. **1.** Cerrar un ojo momentáneamente quedando el otro abierto. **2.** MAR Dar guiñadas el buque por mal gobierno, marejada u otra causa, o darlas al intento por medio del timón. **II.** v. prnl. Darse de ojo; hacerse guiños o señas con los ojos. • **guiñada** n.f. **1.** Acción de guiñar el ojo. **2.** MAR Desvío de la proa del buque hacia un lado u otro del rumbo a que se navega, producido por mal gobierno de la embarcación, descuido del timonel, gran marejada u otra causa. **3.** AERON Movimiento lateral de un avión en torno a un eje vertical que pasa por el centro de gravedad y es perpendicular a los planos sustentadores. • **guiño** n.m. Acción de guiñar el ojo.

guiñol n.m. **1.** Marioneta en forma de funda movida por las manos de una persona. **2.** Teatro de marionetas.

guión n.m. **1.** Cruz que va delante del prelado o de la comunidad como insignia propia. **2.** Pendón pequeño o bandera arrollada que se lleva delante de algunas procesiones. **3.** Escrito en que breve y ordenadamente se han apuntado algunas cosas con objeto de que sirva de guía para determinado fin. ▷ Argumento de una obra cinematográfica, emisión de radio o de televisión expuesto con todos los pormenores necesarios para su realización. **4.** El que en las danzas guía la cuadrilla. **5.** Ave delantera de las bandadas que van de paso. **6.** Fig. El que va delante, y enseña a alguien. **7.** GRAM Signo ortográfico (-) que se pone al fin del renglón que termina con parte de una palabra cuya otra parte, por no caber en él, se ha de escribir en el siguiente. Se usa también para unir las dos partes de alguna palabra compuesta. **8.** MAR Parte más delgada del remo, desde la empuñadura hasta el punto en que se afirma en el tolete. **9.** MUS Nota o señal que se pone al fin de la escala cuando no se puede seguir y ha de volver a empezar; y denota el punto de la escala, línea o espacio en que se prosigue la solfa. • **guionista** n.m. y f. Autor de un guión.

guipar v.tr. vulg. Ver, percibir, descubrir.

guipuzcoano,a **1.** n. y adj. Natural de Guipúzcoa. **2.** adj. Perteneciente o relativo a esta provincia.

güira n.f. **1.** *Ant.* Árbol tropical de la familia de las bignoniáceas; tiene un fruto globoso, de corteza dura y blanquecina, llena de pulpa blanca con semillas negras. De este fruto, serrado en dos partes iguales, hacen los campesinos de América tazas, platos, jofainas, etc., según su tamaño. **2.** Fruto de este árbol.

guirigay n.m. Gritería y confusión que resulta cuando varios hablan a la vez o cantan desordenadamente.

guirlache n.m. Pasta comestible de almendras tostadas y caramelo.

guirnalda n.f. **1.** Corona abierta, tejida de flores, hierbas o ramas, con que se ciñe la cabeza; se usa más como simple adorno, y se llama también así la tira tejida de flores y ramas que no forma círculo. **2.** Perpetua (planta).

guisa n.f. Modo, manera o semejanza de una cosa. — *A guisa.* A modo.

guisado,a n.m. **1.** Guiso preparado con salsa, después de rehogado el alimento y mezclado por lo general con cebolla y harina. **2.** Guiso de pedazos de carne, con salsa y generalmente con patatas. • **guisar** v.tr. **1.** Preparar los alimentos sometiéndolos a la acción del fuego. **2.** Preparar los alimentos haciéndolos cocer, después de rehogados, en una salsa compuesta de grasa, agua o caldo, cebolla y otros condimentos. ▷ Fig. Ordenar, componer una cosa. • **guiso** n.m. Alimento guisado. • **guisote** n.m. Guisado ordinario y grosero, hecho con poco cuidado.

guisante n.m. **1.** BOT Planta hortense de la familia de las papilionáceas. Tiene fruto en vaina casi cilíndrica, con diversas semillas próximamente esféricas, de seis a ocho milímetros de diámetro. **2.** Semilla de esta planta.

guisaso n.m. *Cuba.* Nombre genérico que se aplica a diferentes especies de plantas silvestres.

guitarra n.f. **1.** Instrumento músico que se compone de una caja de madera con un agujero circular en el centro y un mástil con trastes. Tiene seis cuerdas. **2.** Instrumento para quebrantar y moler el yeso hasta reducirlo a polvo. • **guitarrería** n.f. Taller donde se fabrican guitarras, bandurrias, bandolines y laúdes. ▷ Tienda donde se venden. • **guitarrero,a** n.m. y f. **1.** Persona que hace o vende guitarras. **2.** Persona que toca la guitarra. • **guitarrillo** n.m. Instrumento músico de cuatro cuerdas y de la forma de una guitarra muy pequeña. ▷ Guitarra pequeña de voces agudas. • **guitarrista** n.m. y f. Persona que toca por oficio la guitarra. ▷ Persona diestra en el arte de tocar la guitarra.

gula n.f. **1.** Exceso en la comida o bebida, y apetito desordenado de comer y beber. **2.** Local donde se vende vino.

gulasch n.m. Plato de carne de buey típico de Hungría.

gúmena n.f. MAR Maroma gruesa.

gumía n.f. Arma blanca, encorvada.

gunneráceo,a n.f. y adj. BOT Se dice de hierbas perennes angiospermas dicotiledóneas, con hojas de grandes pecíolos, inflorescencias en forma de panoja y fruto en drupa. ▷ n.f. pl. BOT Familia de estas plantas.

gurkha, clan hindú implantado en el Nepal (donde constituyó una aristocracia militar) desde 1768 y que proporcionó excelentes soldados a los británicos.

gurú n.m. Guía espiritual en la India.

gusanillo n.m. **1.** Cierto género de labor menuda que se hace en los tejidos de lienzo y otras telas. **2.** Hilo de oro, plata, seda, etc., ensortijado para formar con él ciertas labores.

gusano n.m. **1.** ZOOL Cualquiera de las larvas vermiformes de insectos que tienen metamorfosis complicadas, como las de algunas moscas, que se desarrollan en las carnes corrompidas, las de ciertos coleópteros, que se crían en el jamón, etc. **2.** Lombriz. **3.** Oruga (larva). **4.** Fig. Hombre humilde y abatido. **5.** ZOOL Cualquiera de los animales metazoos, invertebrados, que tienen el cuerpo alargado, segmentado y con simetría bilateral, y sin extremidades articuladas. ▷ pl. Tipo de estos animales. — *Gusano de la seda,* o *de seda.* Larva de un insecto lepidóptero que se alimenta de hojas de morera y hace un capullo de seda, dentro del cual se transforma en crisálida y después en mariposa.

gusarapo,a n.m. y f. Cualquiera de los diferentes animalejos de forma de gusanos, que se crían en los líquidos.

gustar **I.** v.tr. Sentir y percibir en el paladar el sabor de las cosas. ▷ Probar o experimentar de otro modo otras cosas. **II.** v.int. **1.** Agradar una cosa; parecer bien. **2.** Desear, querer y tener complacencia en una cosa.

gusto n.m. **1.** Uno de los cinco sentidos corporales, con que se percibe y se distingue el sabor de las cosas. ▷ Sabor que tienen las cosas, en sí mismas o que produce la mezcla de ellas por el arte. **2.** Placer o deleite que se experimenta con algún motivo, o se recibe de cualquier cosa. **3.** Facultad de sentir o apreciar lo bello o lo feo. **4.** Cualidad, forma o manera que hace bella o fea una cosa. **5.** Manera de sentirse o ejecutarse la obra artística o literaria en país o tiempo determinado. ▷ Manera de apreciar las cosas cada persona. **6.** Capricho, antojo, diversión. • **gustazo** n.m. Fam. Gusto grande que uno tiene o se promete de chasquear o hacer daño a otro. • **gustoso,a** adj. **1.** Se dice de lo que tiene buen sabor al paladar. **2.** Que siente gusto o hace con gusto una cosa. **3.** Agradable, divertido, entretenido; que causa gusto o placer.

gutagamba n.f. Árbol de la India, de la familia de las gutíferas. De este árbol fluye una gomorresina que se emplea en farmacia y en pintura y entra en la composición de algunos barnices. ▷ Esta gomorresina.

gutapercha n.f. Goma translúcida, sólida, flexible, e insoluble en el agua, que se obtiene haciendo incisiones en el tronco del *Palaguium gutta* (árbol del Asia tropical). Tiene gran aplicación en la industria para fabricar telas impermeables y sobre todo para envolver los conductores de los cables eléctricos, por ser esta sustancia muy aisladora. ▷ Tela barnizada con esta sustancia.

guti, pueblo antiguo de Asia occidental, originario de los montes Zagros, que devastó el reino de Akkad en el III milenio a. J.C.

gutiámbar n.f. Cierta goma de color amarillo, que sirve para iluminaciones y miniaturas.

gutífero,a n.f. y adj. BOT Se aplica a hierbas vivaces, arbustos y árboles angiospermos dicotiledóneos, en su mayoría originarios de la zona tórrida, con hojas opuestas y pecioladas; flores en panoja o racimo; fruto con semillas sin albumen. Por incisiones, y aun naturalmente, estas plantas secretan jugos resinosos; como la gutapercha. ▷ n.f.pl. BOT Familia de estas plantas.

gutural adj. **1.** Perteneciente o relativo a la garganta. **2.** GRAM Se dice de cada una de las consonantes, *g, j,* y *k,* llamadas más propiamente velares. **3.** FON Se aplica al sonido articulado que se produce por estrechamiento y contracción de la garganta, como la *j* aspirada en algunos lugares de Andalucía.

gymkhana n.f. Fiesta al aire libre, que incluye pruebas de habilidad y en especial carreras de obstáculos.

H

h n.f. **1.** Novena letra del abecedario español, y séptima de sus consonantes. Su nombre es *hache.* **2.** FIS Símbolo de hecto. **3.** Constante de Plank. **4.** Símbolo de hora.

H **1.** QUIM Símbolo del hidrógeno. **2.** Símbolo del henrio, unidad de industria eléctrica.

ha Símbolo de hectárea.

haba n.f. BOT **1.** Planta herbácea, anual, de la familia de las papilionáceas, tiene el fruto en vaina, con semillas comestibles. ▷ Fruto y semilla de esta planta. ▷ Semilla de esta planta. **2.** Cabeza del miembro viril. **3.** MIN Trozo de mineral más o menos redondeado y envuelto por la ganga, que suele presentarse en los filones. **4.** VETER Tumor que se forma a las caballerías en el paladar, inmediatamente detrás de los dientes incisivos.

habanera n.f. Danza propia de La Habana, que se ha generalizado en España, particularmente en algunas zonas costeras de Cataluña y Valencia. ▷ Música de esta danza. • **habano,a** **I.** adj. **1.** Perteneciente a La Habana, y p. ext., a la isla de Cuba. **2.** Se dice del color de tabaco claro. **II.** n.m. Cigarro puro elaborado en la isla de Cuba con la hoja de tabaco de aquel país.

habeas corpus n.m. Institución del derecho anglosajón que garantiza la libertad individual.

1. haber n.m. **1.** Conjunto de bienes y derechos pertenecientes a una persona natural o jurídica. **2.** Cantidad que se devenga periódicamente en retribución de servicios personales. **3.** COM Una de las dos partes en que se dividen las cuentas corrientes.

2. haber **I.** v.tr. Poseer, tener una cosa. **II.** v. aux. que sirve para conjugar otros v. en los tiempos compuestos. *Yo he amado.* **III.** v.impers. **1.** Acaecer, ocurrir, sobrevenir. **2.** Verificarse, efectuarse. **3.** En frases de sentido afirmativo, ser necesario o conveniente aquello que expresa el verbo a que va unido por medio de la conjunción *que. Hay que tener paciencia.* **4.** En frases de sentido negativo, ser inútil, inconveniente o imposible aquello que expresa el verbo o cláusula a que va unido con la conjunción *que* o sin ella. **5.** Estar realmente en alguna parte. **6.** Hallarse o existir real o figuradamente. **7.** Denotando transcurso de tiempo, *hacer. Poco tiempo ha.* **IV.** v. prnl. Portarse, proceder bien o mal. **V.** *Haber de.* En esta forma es auxiliar de otro verbo, llevándolo al presente de infinitivo, y se presta a diversos conceptos.

hábil adj. **1.** Capaz, inteligente y dispuesto para el manejo de cualquier ejercicio, oficio o ministerio. **2.** FOR Apto para una cosa. • **habilidad** n.f. **1.** Capacidad, inteligencia y disposición para una cosa. **2.** Gracia y destreza en ejecutar una cosa. **3.** Cada una de las cosas que una persona ejecuta con gracia y destreza. **4.** Enredo dispuesto con ingenio.

habilitar **I.** v.tr. **1.** Hacer a una persona o cosa hábil o apta para aquello que antes no lo era. **2.** Dar a uno el capital necesario para que pueda negociar por sí. **3.** FOR Subsanar en las personas faltas de capacidad civil o de representación, y, en las cosas, deficiencias de aptitud o de permisión legal. **II.** v.tr. y prnl. Proveer a uno de lo que ha menester. • **habilitación** n.f. **1.** Acción y efecto de habilitar o habilitarse. **2.** Cargo o empleo de habilitado. **3.** Despacho u oficina donde el habilitado ejerce su cargo. • **habilitado,a** n.m. **1.** MILIT Oficial a cuyo cargo está el agenciar y recaudar en la tesorería los intereses del regimiento o cuerpo que le nombra. **2.** FOR Auxiliar especial de los secretarios judiciales que puede sustituir al titular en la función aun sin vacante ni interinidad.

habitar v.tr. e int. Vivir, morar en un lugar o casa. • **habitación** n.f. **1.** Acción y efecto de habitar. **2.** Cualquiera de los aposentos de la casa o morada. • **habitáculo** n.m. Sitio o localidad de condiciones apropiadas para que viva una especie animal o vegetal. • **habitante** n.m. y f. Cada una de las personas que constituyen la población de un barrio, ciudad, provincia o nación.

hábitat n.m. **1.** CIENC NAT Lugar donde se encuentra una especie animal o vegetal. **2.** Modo de asentamiento de una región por el hombre. **3.** Modo en que son alojados los habitantes de una ciudad, una región, etc.

hábito n.m. **I.** **1.** Modo especial de proceder, adquirido por repetición de actos iguales o semejantes, de origen instintivo. ▷ Facilidad que se adquiere por larga o constante práctica en un mismo ejercicio. **2.** MED Tolerancia del organismo a una droga introducida en él de forma habitual. ▷ Dependencia psíquica de un toxicómano con respecto a su droga. **II.** **1.** Vestido o traje, especialmente el usado por los religiosos o religiosas. **2.** Insignia con que se distinguen las órdenes militares. ▷ Fig. Cada una de éstas órdenes. • **habitual** adj. Que se hace, padece o posee con continuación o por hábito.

habituación n.f. **1.** Acción y efecto de habituar o habituarse. **2.** MED Fenómeno metabólico consistente en la necesidad de aumentar las dosis de una sustancia farmacológica para obtener el efecto habitual.

habituar v.tr. y prnl. Acostumbrar o hacer que uno se acostumbre a una cosa.

habla n.f. **1.** Facultad de hablar. **2.** Acción de hablar. **3.** Realización del sistema lingüístico llamado lengua. **4.** Idioma, lenguaje, dialecto. **5.** Razonamiento, oración, arenga. • **habladuría** n.f. **1.** Rumor que corre entre muchos sin gran fundamento. **2.** Dicho o expresión inoportuna e impertinente, que desagrada o injuria.

hablar v.int. **1.** Articular, proferir palabras para darse a entender. **2.** Proferir palabras ciertas aves a quienes puede enseñarse a remedar las articulaciones de la voz humana. **3.** Comunicarse las personas por medio de palabras. **4.** Pronunciar un discurso u oración. **5.** Tratar, convenir, concertar. **6.** Expresarse de uno u otro modo. **7.** Con los advs. *bien* o *mal*, además de la acepción de expresarse de uno u otro modo, tiene la de manifestar, en lo que se dice, cortesía o benevolencia, o al contrario, o la de emitir opiniones favorables o adversas acerca de personas o cosas. **8.** Con la prep. *de*, razonar, o tratar de una cosa platicando. **9.** Tratar de algo por escrito. **10.** Murmurar o criticar. **11.** Rogar, interceder por uno. **12.** Fig. Explicarse o darse a entender por medio distinto del de la palabra. **13.** Con negación, no tratarse una persona con otra, por haberse enemistado con ella, o tenerla en menos. • **hablador, a** n. y adj. **1.** Que habla mucho, con impertinencia y molestia del que lo oye. **2.** Que por imprudencia o malicia cuenta todo lo que ve y oye.

hacecillo n.m. BOT Porción de flores unidas en cabezuela, cuyos pedúnculos están erguidos y casi paralelos y son de igual altura.

hacendado,a **1.** n. y adj. Que tiene hacienda en bienes raíces, y comúnmente se dice sólo del que tiene muchos de estos bienes. **2.** adj. *Arg.* Se dice del estanciero que se dedica a la cría de ganado. • **hacendoso,a** adj. Solícito y diligente en las faenas domésticas. • **hacienda** n.f. **1.** Finca agrícola. ▷ Conjunto de ganado de una finca. **2.** Cúmulo de bienes y riquezas que uno tiene. **3.** Labor, faena casera. **4.** Ministerio de Hacienda. — *Hacienda pública.* Conjunto sistemático de haberes, bienes, rentas, impuestos, etc., correspondientes al Estado para satisfacer las necesidades de la nación.

hacer **I.** v.tr. **1.** Producir una cosa; darle el primer ser. **2.** Fig. Crear obras intelectuales. **3.** Caber, contener. **4.** Causar, ocasionar. **5.** Ejercitar los miembros, músculos, etc. para fomentar su desarrollo o agilidad, etc. **6.** Disponer, componer, aderezar. **7.** Componer, mejorar. **8.** Junto con algunos nombres, significa la acción de los verbos que se forman de la misma raíz que dichos nombres. **9.** Reducir una cosa a lo que significan los nombres a que va unido. *Hacer pedazos.* **10.** Usar o emplear lo que los nombres significan. *Hacer señas.* **11.** Con nombre o pronombre personal en acusativo, creer o suponer. *Yo hacía a Juan en Francia.* **12.** Tratándose de espectáculos, representarlos. **13.** Obligar a algo. **II.** v.tr. y prnl. **1.** Ejecutar. **2.** Habituar, acostumbrar. **III.** v.tr. e int. **1.** Ejercer, representar, actuar. **2.** Defecar y orinar. **IV.** v.int. **1.** Importar, convenir. **2.** Poner cuidado y diligencia. **3.** Aparentar, dar a entender lo contrario de lo cierto o verdadero, por lo común, seguido del adv. *como.* **V.** v.int. y prnl. Fingirse uno lo que no es. **VI.** v.prnl. **1.** Crecer, aumentarse. **2.** Volverse, transformarse. **3.** Habituarse, acostumbrarse. *No me hago a vivir sola.* **4.** Hallarse, existir, situarse. **VII.** v.impers. **1.** Experimentarse una cosa, que se refiere al buen o mal tiempo. **2.** Haber transcurrido cierto tiempo. **VIII.** Toma el significado de un verbo anterior, haciendo las veces de éste.

hacia **1.** Prep. que determina la dirección del movimiento con respecto al punto de su término. (Se usa también metafóricamente.) **2.** Alrededor de, cerca de.

hacinar **1.** v.tr. Poner los haces unos sobre otros formando hacina. **2.** v.tr. y prnl. Fig. Amontonar, acumular, juntar sin orden. • **hacinamiento** n.m. Acción y efecto de hacinar o hacinarse.

1. hacha n.f. Herramienta cortante, compuesta de una pala acerada, con filo algo curvo y ojo para enastarla. • **hachazo** n.m. **1.** Golpe dado con el hacha. **2.** Golpe que el toro da lateralmente con un cuerno, produciendo contusión y no herida.

2. hacha n.f. **1.** Vela de cera, grande y gruesa, de figura por lo común de prisma cuadrangular y con cuatro pabilos. **2.** Mecha que se hace de esparto y alquitrán para que resista al viento sin apagarse.

hache n.f. Nombre de la letra *h*.

hachemí o **hachemita,** familia gurayšī descendiente de Hāšim ibn Abd Manaf, el abuelo de Mahoma. Los descendientes de esta familia son los guardianes de los Santos Lugares islámicos. Fayṣāl de Irak pertenecía a esta familia, de la que Husayn de Jordania (soberano del *reino hachemita de Jordania*) es actualmente el representante más notorio.

háchib, alto personaje de la corte de los califas del mundo islámico.

hachís o **haschich** n.m. Estupefaciente obtenido del cáñamo indio.

hada n.f. Ser fantástico que se representaba bajo la forma de mujer y al cual se atribuía poder mágico y el don de adivinar lo futuro.

hadiz, relato de la vida de Mahoma, sus palabras y sus actos. Consta de dos partes: el *isnād* o fundamento, y el *matn* o texto.

hado n.m. **1.** En la antigua Roma, divinidad o fuerza desconocida que obraba sobre las demás divinidades y sobre los hombres y los sucesos. **2.** Encadenamiento fatal de los sucesos. **3.** Circunstancia de ser éstos favorables o adversos. **4.** Lo que, conforme a lo dispuesto por Dios, sucede con el discurso del tiempo.

hadrón n.m. FIS NUCL Partícula caracterizada por interacciones fuertes. (Los hadrones comprenden los mesones y bariones.)

hafnio o **hafnium** n.m. QUIM Elemento de número atómico 72 y de masa atómica 178,49 (símbolo *Hf*), utilizado en aleaciones especiales (barras de control de los reactores nucleares).

hagiógrafo n.m. y f. **1.** Autor de cualquiera de los libros de la Sagrada Escritura. **2.** En la Biblia hebrea, autor de cualquiera de los libros comprendidos en la tercera parte de ella. **3.** Escritor de vidas de santos.

hahnio n.m. QUIM Uno de los nombres propuestos para el elemento artificial de número atómico 105, obtenido en 1970.

haidas, amerindios del N de la Columbia Británica (Canadá). Han dejado admirables testimonios artísticos: máscaras, mascarones de proa, etc.

haitiano,a **1.** n. y adj. Natural de Haití. **2.** adj. Perteneciente o relativo a este país.

hala Voz que se emplea para infundir aliento o meter prisa.

halagar v.tr. **1.** Dar a uno muestras de afecto o rendimiento con palabras o acciones que puedan serle gratas. **2.** Dar motivo de satisfacción o envanecimiento. **3.** Adular o decir a uno interesadamente cosas que le agraden. **4.** Fig. Agradar, deleitar. • **halago** n.m. Acción y efecto de halagar. ▷ Fig. Cosa que halaga. • **halagüeño,a** adj. **1.** Que halaga. **2.** Que atrae con dulzura y suavidad.

halar v.tr. e int. **1.** MAR Tirar de un cabo, de una lona o de un remo en el acto de bogar. **2.** *Cuba* y *Nicar*. Tirar hacia sí de una cosa.

halcón n.m. ZOOL Ave rapaz diurna, de cabeza pequeña, pico fuerte, curvo y dentado en la mandíbula superior. Se empleaban antiguamente en la caza de cetrería.

hale Voz que se usa para meter prisa.

Halictus n.m. ZOOL Género de insectos himenópteros muy parecidos a la abeja, que construyen nidos subterráneos.

Haliplus n.m. ZOOL Género de insectos coleópteros carnívoros que viven en las orillas de pantanos y estanques.

hálito n.m. **1.** Aliento que sale por la boca del animal. **2.** Vapor que una cosa arroja. **3.** POET Soplo suave y apacible del aire.

halo- Prefijo procedente del griego *hals, halos*, «sal».

halo n.m. Meteoro luminoso consistente en un cerco de colores pálidos que suele aparecer alrededor de los discos del Sol y de la Luna. ▷ FOTOG Aureola que rodea la imagen fotográfica de un punto luminoso, debida a la difusión de la luz.

halófilo adj. BIOL Se dice de los organismos que viven en suelos ricos en sales (cloruro de sodio en especial). • **halófita** n.f. BOT Planta halófila.

halógeno n.m. y adj. QUIM Se dice de cierta familia de elementos constituida por el flúor, el cloro, el bromo, el yodo y el ástato, elementos que poseen propiedades comunes. ▷ Cada uno de los elementos de esta familia. ENCICL Las propiedades de los halógenos se deben a su capa electrónica periférica que contiene siete electrones; el más oxidante, el flúor, llega a disociar el ozono atmosférico. Reaccionan con el hidrógeno, formando halogenuros de hidrógeno, y con el oxígeno, dando óxidos (y fluoruros de oxígeno, en el caso del flúor).

halografía n.f. Estudio y descripción de las sales. • **halotecnia** n.f. QUIM Tratado sobre la extracción de las sales industriales.

halterofilia n.f. Deporte olímpico de levantamiento de pesos o halteras.

hallar **I.** v.tr. **1.** Dar con una persona o cosa que se busca. **2.** Dar con una persona o cosa sin buscarla. **3.** Descubrir con ingenio algo hasta entonces desconocido. **4.** Ver, observar, notar. **5.** Descubrir la verdad de algo. **6.** Dar con una tierra o país del que antes no había noticia. **7.** Conocer, entender en fuerza de una reflexión. **II.** v.prnl. **1.** Estar presente. **2.** Estar en cierto estado.

hallazgo n.m. **1.** Acción y efecto de hallar. **2.** Cosa hallada. **3.** Lo que se da a uno por haber hallado una cosa y restituirla a su dueño o por dar noticia de ella.

hallulla o **hallullo** n.f. o m. *Chile*. Pan hecho de masa más fina y de forma más delgada que el común.

hamaca n.f. **1.** Red gruesa y clara, por lo común de pita, la cual, colgada por las extremidades sirve de cama. **2.** *Arg.* y *Urug.* Mecedora.

hamada n.f. Meseta rocosa en las regiones desérticas del Sahara y Arabia.

hamamelidáceo,a n.t. y adj. BOT Se dice de arbustos y árboles de Asia, América septentrional y África meridional, con pelos estrellados, hojas esparcidas y estípulas caedizas; flores hermafroditas y fruto en cápsula. ▷ n.f. pl. BOT Familia de estas plantas.

ḥambalī adj. Se dice de una escuela de interpretación de textos sagrados musulmanes, muy estricta y formalista.

hambre n.f. **1.** Gana y necesidad de comer. **2.** Fig. Apetito o deseo ardiente de una cosa. • **hambriento,a** **1.** n. y adj. Que tiene mucha hambre o necesidad de comer. **2.** adj. Fig. Que tiene deseo de otra cosa.

hamburgués,a **I.** **1.** n. y adj. Natural de Hamburgo. **2.** adj. Perteneciente a esta ciudad de Alemania. **II.** n.f. Filete de carne picada.

ḥammūdíes, familia independiente beréber de la península Ibérica que dominaba Málaga y que ocupó Córdoba. En 1307, se dividió en dos ramas: Idrīs gobernó el califato de Málaga y Muḥammad al-Qāsim, Algeciras. Los musulmanes sevillanos invadieron, en 1057 y 1058, los territorios ḥammūdíes acabando con su independencia.

hampa n.f. **1.** Género de vida de ciertas gentes, quienes unidas en una especie de sociedad, se emplean en cometer robos y otros delitos. **2.** Gente que lleva esta vida. • **hampón** **1.** adj. Valentón, bribón. **2.** n. y adj. Maleante, haragán.

hámster n.m. Roedor provisto de grandes orejas, de cola corta y velluda; es muy estimado como animal doméstico.

hamudíes. v. ḥammūdíes.

hanafita adj. Se dice de cierta escuela de interpretación de la ley islámica que da mucha importancia al razonamiento individual y que ocupa un primer lugar en los países del antiguo Imperio otomano y en la India.

handicap n.m. **1.** DEP Prueba en la que compiten participantes de distinta categoría, dándoles mayor o menor desventaja a los mejores de ellos. **2.** Lo que desfavorece, o pone en situación de inferioridad.

hangar n.m. Cobertizo grande, generalmente abierto, para guarecer aparatos de aviación.

hansa n.f. Antigua confederación de varias ciudades de Alemania.
ENCICL La más conocida fue la *Hansa teutónica,* formada, a partir de 1241, por Lübeck, Hamburgo, Minden y otras ciudades (ciudades del interior o puertos del Báltico y del mar del Norte). Tenía dos objetivos principales: defender a las ciudades asociadas de cualquier acción exterior, y ampliar las relaciones comerciales con el extranjero. Sólidamente implantada en 85 ciudades, la Hansa adquirió una considerable importancia en los ss. XIV y XV, pero no fue nunca reconocida por el Imperio germánico. Decayó y desapareció en la segunda mitad del s. XVII.

hapálido n.m. y adj. ZOOL Se dice de un grupo de simios, los más pequeños que se conocen, que viven en América meridional. ▷ n.m. pl. ZOOL Familia de estos animales.

haplo- Prefijo procedente del griego *haploos*. «simple».

haplofase n.f. BIOL Se dice del período del ciclo de reproducción de un ser vivo durante el cual las células son haploides.

haploide n.m. y adj. BIOL Que no posee más que la mitad del número de cromosomas propio de la especie.

haplomos n.m. pl. ZOOL Orden de peces teleósteos malacopterigios de caracteres primitivos, entre los que se incluye el lucio.

haragán,a n. y adj. Que excusa y rehúye el trabajo y pasa la vida en el ocio. • **haraganear** v.int. Pasar la vida en el ocio. • **haraganería** n.f. Ociosidad.

harakiri o **haraquiri** n.m. Forma de suicidio ritual, particular de los japoneses, consistente en abrirse el vientre.

harapo n.m. **1.** Andrajo. **2.** Aguardiente de pocos grados que sale del alambique cuando va a terminar la destilación del vino.

hardware n.m. INFORM Conjunto de elementos físicos empleados para el tratamiento de la información, por oposición a *software*.

harén n.m. **1.** Departamento en que viven las mujeres en las casas de los musulmanes. **2.** Conjunto de todas las mujeres que viven bajo la dependencia de un jefe de familia entre los musulmanes.

harfang n.m. Gran lechuza de las regiones árticas, de plumaje casi enteramente blanco.

harina n.f. **1.** Polvo que resulta de la molienda del trigo o de otras semillas. **2.** Este mismo polvo despojado de salvado o la cascarilla. **3.** Polvo procedente de algunos tubérculos y legumbres. **4.** Fig. Polvo menudo a que se reducen algunas materias sólidas; como los metales, etc ● **harinoso,a** adj. **1.** Que tiene mucha harina. **2.** De la naturaleza de la harina o parecido a ella.

hartar **I.** v.tr. y prnl. **1.** Saciar el apetito de comer y beber. Satisfacer el gusto o deseo de una cosa. **2.** Fig. Fastidiar, cansar. **II.** v.tr. **1.** Con algunos nombres y la prep. *de*, dar, causar, etc., en abundancia lo que significan estos nombres. **2.** Satisfacer el deseo de una cosa.

harto,a adj. y adv. c. Bastante o sobrado.

ḥassasí, miembro de una sanguinaria secta musulmana, fundada en 1090 por Ḥasḥ an ibn al-Šabbāḥ.

hasta **1.** Prep. que sirve para expresar el término de lugares, acciones y cantidades continuas o discretas. **2.** Se usa como conjunción copulativa, y entonces sirve para exagerar o ponderar una cosa, y equivale a *también* o *aun*.

hastial n.m. **I. 1.** Parte superior de la fachada de un edificio que forma un ángulo determinado por las dos vertientes del tejado **2.** Fachada de un edificio. **3.** En las iglesias, cada una de las tres fachadas correspondientes a los pies y laterales del crucero. **II.** MIN Cara lateral de una excavación.

hastiar v.tr. y prnl. Causar hastío, repugnancia o disgusto. ● **hastío** n.m. **1.** Repugnancia a la comida. **2.** Fig. Disgusto, tedio.

hatajo n.m. **1.** Pequeño grupo de ganado, especialmente el separado del rebaño. **2.** Grupo de personas o cosas.

hato n.m. **1.** Ropa y pequeño ajuar que uno tiene para el uso preciso y ordinario. **2.** Porción de ganado. **3.** *Col., Cuba* y *Venez.* Hacienda de campo destinada a la cría de toda clase de ganado, y principalmente del mayor.

hausa, pueblo negro de África occidental que habita la región fronteriza entre Níger y Nigeria, cuya mayoría es musulmana. Su lengua, el *hausa*, es una de las grandes lenguas de comunicación en el África del O.

havaras, tribu berberisca de Havara, una de las más antiguas del África septentrional.

haya n.f. **1.** BOT Árbol de la familia de las fagáceas, que crece hasta 30 m de alto, con tronco grueso y madera muy apreciada. **2.** Madera de este árbol.

hayuco n.m. Fruto del haya. Suele darse como pasto al ganado de cerda.

haz n.m. **I. 1.** Porción atada de mieses, leña, etc. **2.** Conjunto de rayos luminosos, partículas o rectas de un mismo origen. **II. 1.** P. analog. Conjunto cuyas partes componentes se hallan agrupadas o unidas, o bien forman un todo homogéneo. **2.** ANAT Conjunto de fibras que forman un músculo o un nervio. **3.** BOT Conjunto de vasos del xileno. **III.** pl. Fasces de cónsul romano.

hazaña n.f. Acción o hecho, y especialmente hecho ilustre, señalado y heroico.

hazmerreír n.m. Fam. Persona que por su aspecto es objeto de burlas por los demás.

he **1.** Adv. dem. que junto con los adverbios *aquí* y *allí*, o con los pronombres *me, te, la, le, lo, las, los*, sirve para señalar o mostrar una persona o cosa. **2.** interj. Voz con que se llama a uno. **3.** QUIM Símbolo del helio.

hebefrenia n.f. PSICOL Perturbación mental esquizofrénica caracterizada por una tendencia melancólica y accesos de cólera y violencia.

hebilla n.f. Pieza que sirve para ajustar y unir las orejas de los zapatos, las correas, etc.

hebra n.f. **I. 1.** Porción de hilo, estambre, seda u otra materia semejante hilada, que para coser algo suele meterse por el ojo de una aguja. **2.** Fibra de la carne. **3.** Filamento de las materias textiles. **4.** Cada partícula del tabaco picado en filamentos. **5.** Parte de la madera que tiene consistencia y flexibilidad para ser labrada. **6.** Vena o filón. **7.** Fig. Hilo del discurso. **II.** pl. POET Los cabellos.

hebreo,a **I.** n. y adj. **1.** Se aplica al pueblo semítico que conquistó y habitó Palestina, y al que también se llama israelita y judío. ▷ adj. Perteneciente o relativo a este pueblo. **2.** Se dice como israelita y judío, del que aún profesa la Ley de Moisés. ▷ adj. Perteneciente a los que profesan la Ley de Moisés. **II.** n.m. Lengua de los hebreos. ● **hebraísta** n.m. El que cultiva la lengua y la cultura hebrea.

ENCICL En el II milenio a. J.C., tribus arameas sedentarias en Siria desde el s. XIX o XVIII a. J.C. cruzaron el Éufrates (s. XVII o XVI a. J.C.); algunas de ellas, llamadas hebreas, llegaron a la tierra de Canaán (Palestina). Este episodio es objeto del capítulo XII del *Génesis*, en el que aparece, a la cabeza de este movimiento, el patriarca Abraham. Las vicisitudes del pueblo hebreo (pueblo de Dios, según la tradición bíblica), a partir de este momento, son relatadas en la Biblia.

hecatombe n.f. **1.** Desastre con muchas víctimas. **2.** Sacrificio de cien bueyes u otras víctimas, que hacían los antiguos paganos a sus dioses.

hect(o)- Prefijo procedente del griego *hekaton*, «cien».

hectárea n.f. Medida de superficie, que tiene 100 áreas, es decir 10.000 m².

hecto- Voz que sólo tiene uso como prefijo de vocablos compuestos, con la significación de cien. *Hectómetro*.

hectógrafo n.m. Aparato que sirve para sacar muchas copias de un escrito o dibujo.

hectogramo n.m. Masa de cien gramos (símbolo *hg*).

hectolitro n.m. Medida de capacidad equivalente a cien litros (símbolo *hl*).

hectómetro n.m. Medida de longitud equivalente a cien metros (símbolo *hm*).

hechicero,a **1.** n. y adj. Que practica el arte de hechizar. **2.** adj. Fig. Que por su hermosura, gracia, etc. atrae el cariño de las gentes. ● **hechicería** n.f. **1.** Arte supersticioso de hechizar. **2.** Cualquiera de las cosas que emplean los hechiceros en su arte. **3.** Acto supersticioso de hechizar.

hechizar v.tr. **1.** Ejercer un maleficio sobre alguien con prácticas de encantamientos. **2.** Fig. Despertar una persona o cosa admiración, afecto o deseo. ● **hechizo** n.m. **1.** Cualquier práctica supersticiosa que usan los hechiceros para intentar el logro de sus fines. **2.** Cosa u objeto que se emplean en tales prácticas. **3.** Fig. Atractivo natural muy fuerte que posee una persona.

hecho,a **I.** adj. **1.** Perfecto, maduro. *Hombre hecho*. **2.** Con algunos nombres, semejante a las cosas significadas por tales nombres. *Hecho un león*. **3.** Aplicado a nombres de cantidad es algo más de lo que se expresa. **4.** Aplicado a nombres de animales, con los advs. *bien* o *mal*, significa la proporción o desproporción de sus miembros entre sí, y la buena o mala formación de cada uno de ellos. **5.** Se usa en su terminación masculina como respuesta afirmativa, para conceder o aceptar lo que se pide o propone. **II.** n.m. **1.** Acción u obra. **2.** Suceso o cosa que sucede. **3.** Asunto o materia de que se trata. **4.** FOR Caso sobre el que se litiga o que da motivo a la causa.

hechura n.f. **1.** Acción y efecto de hacer: confección o ejecución de una cosa. Es usual como confección de un vestido. (Se usa más en pl.) **2.** Cualquier cosa respecto del que la ha hecho o formado. **3.** Composición, fábrica, organización del cuerpo. **4.** Forma exterior o figura que se da a las cosas.

heder v.int. **1.** Arrojar de sí un olor muy malo y penetrante. **2.** Fig. Enfadar, cansar, ser intolerable.

hediondo,a **I.** adj. **1.** Que arroja de sí hedor. ▷ Fig. Molesto, enfadoso e insufrible. **2.** Fig. Sucio y repugnante, torpe y obsceno. **II.** n.m. BOT Arbusto leguminoso que despide un olor desagradable. ● **hedor** n.m. Olor, desagradable, de sustancias orgánicas en descomposición.

hedonismo n.m. **1.** FILOS Doctrina que hace de la búsqueda del placer el fundamento de la moral. **2.** PSICOAN Búsqueda del placer dirigida hacia una parte del cuerpo, en el desarrollo de la sexualidad. **3.** ECON Doctrina que hace de la búsqueda del máximo de satisfacciones el motor de la actividad económica.

hegemonía n.f. Supremacía que un Estado ejerce sobre otros; como Macedonia sobre la antigua Grecia.

hégira o **héjira** n.f. Era de los mahometanos, que se cuenta desde la puesta del Sol del jueves 15 de julio de 622, día de la huida de Mahoma de la Meca a Medina, y que se compone de años lunares de 354 días.

helado,a **I.** adj. **1.** Muy frío. **2.** Fig. Suspenso, atónito, pasmado. **3.** Fig. Esquivo, desdeñoso. **II.** n.m. **1.** Bebida o manjar helado. **2.** Refresco o sorbete de zumos de frutas, huevos, etc., en cierto grado de congelación. **III.** n.f. Congelación de los líquidos, producida por la frialdad del tiempo. ● **helar** **I.** v.tr., int. y prnl. Congelar, cuajar, endurecer un líquido por la acción del frío. **II.** v.tr. **1.** Fig. Poner o dejar a uno suspenso y pasmado; sobrecogerle. **2.** Fig. Hacer a uno caer de ánimo; desalentarlo. **III.** v.prnl. **1.** Ponerse una persona o cosa sumamente fría. **2.** Secarse los arbustos, árboles, etc., a causa de la congelación. **3.** v.prnl. y tr. Coagularse o consolidarse una cosa que se había licuado, por faltarle el calor necesario para mantenerse en el estado de líquida.

helecho n.m. BOT Planta criptógama, de la clase de las filicíneas. ▷ BOT Cualquiera de las plantas de la clase de las filicíneas.

ENCICL Los helechos tienen la mayoría de las veces grandes hojas, generalmente pinnadas. En la cara inferior se desarrollan los conjuntos fructíferos, los *soros*, que contienen numerosos *esporangios*, donde se desarrollan las esporas; en la madurez, las esporas se diseminan, germinan y dan lugar a *prótalos hermafroditas*, en los que se desarrollan *arquegonios* (órganos femeninos) y *anteridios* (órganos masculinos); después de la fecundación, el huevo da lugar a un helecho joven, que seguirá siendo durante mucho tiempo un parásito del prótalo. Los helechos aparecieron en el devónico y han constituido una parte muy importante de la vegetación del permo-carbonífero. Las 9.000 especies actuales no constituyen más que una ínfima parte de este poderoso grupo vegetal que «colonizó» nuestro planeta; viven en parajes sombríos y húmedos; su talla varía entre unos centímetros y varios metros para algunos helechos tropicales arborescentes.

helenio n.m. Planta vivaz de la familia de las compuestas.

helenismo n.m. **1.** Giro o modo de hablar propio y privativo de la lengua griega. **2.** Empleo de tales giros o construcciones en otro idioma. **3.** Período de la cultura griega, ulterior al reinado de Alejandro Magno. **4.** Influencia ejercida por la cultura antigua de los griegos en la civilización y cultura modernas. ● **helenista** n.m. y f. Persona versada en la lengua y literatura griegas. ● **helenístico,a** adj. **1.** Perteneciente o relativo al helenismo o a los helenistas. **2.** Se dice de la lengua común griega que, basada en el dialecto ático, se extendió por todo el mundo helénico después de Alejandro Magno.

ENCICL El concepto de helenismo surgió como manifestación de la identidad cultural de todos los pueblos griegos, en oposición a los bárbaros. No se refería tanto a los orígenes del individuo como a su nivel cultural y a su conocimiento de la lengua común a todos los griegos: la *koiné*. Era una unión espiritual y voluntaria, que no interfería en la individualidad de las personas ni de las ciudades. Esta concepción perdió fuerza con la política expansionista de Alejandro y el establecimiento del Imperio, aunque siguió vigente hasta muy entrada la época de predominio romano.

heleno,a **1.** n.m. y f. Individuo perteneciente a cualquiera de los pueblos cuya instalación en diversas zonas del litoral mediterráneo dio principio a la gran civilización de la Grecia antigua. **2.** n.m.f. y adj. Natural de Grecia. **3.** adj. Perteneciente o relativo a este país.

ENCICL A partir del año 338 a. J.C. (victoria de Filipo de Macedonia en Queronea), bajo el dominio de los reyes de Macedonia, Grecia adquirió una indiscutible unidad territorial. — Gracias a las victorias de Alejandro (336-323), la civilización griega se difundió desde el golfo de Liguria hasta la India, del Ister (Danubio) a Egipto. Por la fusión de los elementos griegos e indígenas, el helenismo se transformó y dio lugar a una forma de civilización compleja, que los historiadores modernos denominan helenística. Atenas siguió siendo la capital espiritual de Grecia, pero Grecia había sido devastada por las guerras internas, y el eje económico del mundo griego se desplazó hacia Oriente: Rodas, Bizancio, Éfeso, Antioquía, Seleucia del Tigris, Pérgamo y especialmente el Egipto de los Tolomeos (v. Alejandría) se convirtieron en los centros de la vida económica e intelectual. La cultura y el arte experimentaron nuevas y complejas formas, expresión de la fusión de los dos mundos. La doctrina de Epicuro de Samos y la de Zenón de Citio, fundador del estoicismo, se impusieron en los espíritus cultivados. Los progresos de las ciencias exactas, en matemáticas con Euclides y Arquímedes, de Siracusa (el mayor físico de la antigüedad), en astronomía con Aristarco de Samos e Hiparco de Nicea, en medicina con Herófilo y Erasístrato, fueron considerables. La arquitectura, el urbanismo y el arte de la nueva Grecia alcanzaron igualmente una gran plenitud. v. cuadro Grecia.

helero n.m. Masa de hielo acumulada en las zonas altas de las cordilleras por debajo del límite de las nieves perpetuas.

Helianthenum n.m. BOT Género de plantas ornamentales de tallo delgado y grandes flores blancas o amarillas.

Helianthus n.m. BOT Género de plantas originarias de América (familia de las compuestas) de grandes cabezuelas amarillas.

heliantina n.f. QUIM Colorante sintético utilizado como indicador en acidometría.

hélice n.f. **1.** ANAT Parte más externa y periférica del pabellón de la oreja del hombre. **2.** GEOM Curva de longitud indefinida que da vueltas en la superficie de un cilindro. **3.** GEOM Línea espiral. **4.** MAR Conjunto de aletas helicoidales que giran alrededor de un eje y producen en el fluido ambiente una fuerza de reacción que se utiliza principalmente para la propulsión de barcos y aeronaves.

helícidos n.m.pl. ZOOL Familia de moluscos gasterópodos pulmonados; de concha univalva en hélice.

helicoide n.m. GEOM Superficie engendrada por una recta que se mueve apoyándose en una hélice. • **helicoidal** adj. En figura de hélice. — MECAN *Movimiento helicoidal.* Movimiento de un sólido que gira en torno a un eje con una velocidad angular constante, siendo animado por un movimiento de traslación uniforme paralelamente a dicho eje.

helicón n.m. MUS Instrumento músico de metal de grandes dimensiones.

helicóptero n.m. AVIAC Avión que se sostiene y avanza merced a hélices de eje aproximadamente vertical movidas por un motor. Posee la propiedad de elevarse y descender verticalmente.

ENCICL El rotor de un helicóptero es accionado por un motor (de explosión o de turbina). El efecto de reacción del rotor en el fuselaje se compensa mediante una hélice de cola, por un timón de dirección o por la presencia de dos rotores *contrarrotativos* («que giran en sentido inverso»). El pilotaje se efectúa gracias a tres mandos: el mando cíclico de variación de paso, para el vuelo en traslación; el mando colectivo de variación de paso, para el vuelo en vertical; el balancín que actúa sobre el rotor de cola o el timón. La fabricación de helicópteros requiere cada día materiales más complejos.

helio n.m. QUIM Elemento gaseoso, incoloro, muy ligero y de poca actividad química. Núm. atómico 2. Símb.: *He*.

ENCICL La existencia del helio se descubrió en 1868, con motivo de un eclipse, por Lockyer (v. Frankland) al estudiar las rayas del espectro solar. Posee dos isótopos: ^{3}He y ^{4}He. El gas se licúa a −268,9 °C a presión normal y se solidifica bajo fuerte presión (−272,1 °C por 26 bar). Es ininflamable y su masa volumétrica es escasa. En estado líquido presenta dos variedades alotrópicas: superconductividad, superfluidez. Actualmente, el helio se utiliza principalmente, como fluido criogénico, en la fabricación de mezclas respiratorias en lugar del nitrógeno, como agente de transferencia de calor, en los reactores nucleares, y, como gas inerte, en metalurgia. Los rayos α obtenidos en las transmutaciones radiactivas son núcleos de helio, o *heliones*.

helio- Elemento compositivo que entra en la formación de algunas voces españolas con el significado de «sol».

heliocéntrico,a adj. **1.** ASTRON Se aplica a las medidas y lugares astronómicos que han sido referidos al centro del Sol. **2.** ASTRON Se aplica al sistema de Copérnico y a cuantos otros consideran el Sol como centro del universo. • **heliocentrismo** n.m. Concepción cosmológica que considera al Sol, y no a la Tierra, como centro de referencia.

heliodoro n.m. MINER Piedra fina, variedad del berilo amarillo.

heliofísica n.f. Estudio de los fenómenos físicos relacionados con el Sol.

heliofito n.f. BOT Planta que sólo se desarrolla al sol.

heliograbado n.m. **1.** Procedimiento para obtener, en planchas preparadas y mediante la luz solar, grabados en relieve. **2.** Estampa obtenida por este procedimiento.

heliografía n.f. **1.** ASTRON Descripción científica del Sol **2.** IMP Procedimiento fotográfico de grabación. **3.** Sistema de transmisión de señales por medio del heliógrafo. • **heliógrafo** n.m. **1.** Aparato que utiliza la luz del sol para emitir señales ópticas. **2.** METEOR Aparato que sirve para medir el tiempo de insolación. **3.** ASTRON Telescopio utilizado para fotografiar la cromosfera solar.

heliograma n.m. Despacho telegráfico transmitido por medio del heliógrafo.

heliomarino,a adj. MED Que utiliza simultáneamente la acción terapéutica de los rayos de sol y de la brisa marina.

heliómetro n.m. Instrumento astronómico que sirve para la medición de distancias angulares entre dos astros, o de su diámetro aparente, especialmente el del Sol.

helión n.m. FIS NUCL Núcleo del átomo del helio, llamado también *partícula alfa*.

helioscopio n.m. Instrumento que sirve para observar el Sol.

heliosincrónico,a adj. ESP Se dice de un satélite de la Tierra que describe una órbita en constante insolación (el plano de la órbita forma un ángulo constante con la recta Tierra-Sol).

heliosis n.f. PAT Insolación.

helióstato n.m. **1.** ASTRON Aparato que proyecta los rayos solares sobre un punto fijo. **2.** TECN Espejo móvil que capta la energía solar.

heliotelegrafía n.f. Telegrafía por medio del heliógrafo.

helioterapia n.f. MED Tratamiento de algunas enfermedades por exposición a los rayos ultravioleta, solares o artificiales.

heliotermia n.f. Utilización del calor producido por la energía solar.

heliotropina n.f. QUIM Compuesto utilizado en perfumería por su olor de heliotropo.

heliotropismo n.m. BOT Movimiento de los organismos vegetales determinados por el Sol.

heliotropo n.m. **1.** BOT Planta de la familia de las borragináceas, con tallo leñoso. Se cultiva en los jardines. **2.** Ágata de color verde oscuro con manchas rojizas. **3.** Helióstato en que a mano y por medio de tornillos se hace seguir al espejo el movimiento aparente del Sol.

helipuerto n.m. Aeropuerto o parte de un aeropuerto que recibe helicópteros que efectúan vuelos comerciales.

helminto n.m. ZOOL, MED Gusano parásito del intestino del hombre y de los animales.

helobiales n.f.pl. BOT Orden de plantas monocotiledóneas acuáticas.

Heloderma n.m. Género de saurios americanos con manchas amarillas y negras en la piel. Son los únicos lagartos venenosos.

Helvella n.f. Género de setas de los bosques cuyo sombrerete membranoso, muy ondulado, posee lóbulos irregularmente vueltos sobre el pie.

helvético,a adj. De Suiza.

hema-, hemat(o)- Prefijos procedentes del griego *haima, haimatos*, «sangre».

hemacrimo adj. ZOOL Se dice del animal cuya temperatura es aproximadamente igual a la de los objetos que le rodean; como los reptiles y los insectos.

hemaglutinia n.f. BIOQUIM Anticuerpo, capaz de aglutinar los hematíes; pueden ser autoglobulinas, isoglobulinas o heteroglobulinas.

hemartrosis n.f. MED Derrame de sangre en una cavidad articular.

hemat(o)-. v. hema.

hematemesis n.f. MED Vómito de sangre procedente de las vías digestivas, de origen diverso.

hematermo adj. Se dice del animal cuya temperatura permanece constante; como los mamíferos y las aves.

hematíe n.m. ZOOL Cualquiera de las células existentes en la sangre de los vertebrados y que dan a ésta su color rojo característico.

hematina n.f. BIOQUIM Grupo prostético de la hemoglobina, análogo al hemo, que contiene hierro en estado de hierro III. v. hemo y porfirina.

hematites n.f. MINER Óxido de hierro III natural de color pardo-rojo.

hematoblasto n.m. FISIOL Célula joven,

medular, de la serie sanguínea.

hematócrito n.m. MED Porcentaje de los volúmenes globulares respecto al volumen sanguíneo total.

hematófago,a adj. Se dice de todo animal que se alimenta de sangre.

hematógeno,a adj. FISIOL De origen sanguíneo.

hematología n.f. MED Rama de la medicina que estudia la sangre.

hematoma n.m. MED Concentración sanguínea causada por la ruptura de un vaso sanguíneo.

hematopoyesis n.f. FISIOL Formación de células sanguíneas, que se opera en la médula ósea.

hematosis n.f. FISIOL Conversión de la sangre venosa en sangre arterial oxigenada, por intercambio gaseoso en los alvéolos pulmonares.

hematoxilina n.f. Materia colorante del palo campeche muy utilizada en histología.

hematozoario o **hematozoo** n.m. ZOOL Parásito animal que vive en la sangre.

hematuria n.f. MED Presencia de sangre en la orina en cantidad macroscópica o microscópica, pudiendo tratarse de una afección del aparato urinario inferior o de los riñones.

hembra n.f. **1.** Animal de sexo femenino. **2.** Mujer. **3.** En las plantas que tienen sexos distintos en pies diversos, individuo que da frutos. **4.** Fig. Pieza que tiene un hueco o agujero por donde otra se introduce y encaja el pivote o saliente de otra. ▷ El mismo hueco y agujero. **5.** Fig. Molde hueco.

hemeralopía n.f. MED Considerable pérdida de la visión cuando la luz disminuye.

Hemerocallis n.f. Género de plantas ornamentales (familia de las liliáceas) de flores amarillas o naranja-rojizas.

hemeroteca n.f. Biblioteca de diarios y otras publicaciones periódicas.

hemi- Prefijo procedente del griego *hēmi*, «medio».

hemianopsia n.f. MED Disminución o pérdida total de la vista en una mitad del campo visual.

hemiciclo n.m. **1.** La mitad de un círculo. **2.** Espacio central del salón de sesiones del Congreso de los Diputados. **3.** Conjunto de varias cosas dispuestas en semicírculo.

hemicordados n.m.pl. ZOOL Tipo de animales próximos a los procordados, con el cuerpo dividido en tres segmentos que presentan aberturas branquiales y una rudimentaria cuerda dorsal.

hemicránea n.f. MED Dolor de una parte o lado de la cabeza.

hemicriptófito n.m. Cualquier planta cuyos brotes están a ras de suelo durante la estación fría.

hemiedría n.f. MINER Carácter de ciertos cristales que sólo presentan modificaciones en la mitad de las aristas o de los ángulos semejantes.

hemión n.m. Équido asiático salvaje que se parece a la vez al caballo y al asno.

hemiparásito n.m. y adj. BOT Planta parásita que realiza su propia fotosíntesis.

hemiplejía n.f. MED Parálisis que afecta a una mitad del cuerpo.

hemíptero n. y adj. ZOOL Se dice de los insectos chupadores con el pico articulado, casi siempre con cuatro alas, y con metamorfosis sencilla; como la chinche, la cigarra y los pulgones. ▷ n.m.pl. ZOOL Orden de estos insectos. • **hemipteroideos** n.m.pl. ZOOL Superorden de insectos que abarca los heterópteros y los homópteros, que poseen todos un aparato bucal chupador.

hemisferio n.m. GEOM Cada una de las dos mitades de una esfera dividida por un plano que pase por su centro. — ANAT *Hemisferios cerebrales*. Las dos mitades laterales del cerebro.

hemistiquio n.m. Mitad o parte de un verso.

hemitropía n.f. MINER Carácter de un cristal constituido por dos mitades unidas regularmente, pero en sentido inverso de su posición normal.

hemo n.m. BIOQUIM Grupo prostético de la hemoglobina, formado por la porfirina cíclica y hierro II, a cuyo nivel se fija el oxígeno.

hemo-. v. hema-.

hemocianina n.f. BIOQUIM Proteína rica en cobre que, en la sangre de los crustáceos y moluscos, sirve de pigmento respiratorio.

hemocitoblasto n.m. Gran célula de la médula ósea con funciones hematopoyéticas.

hemodiálisis n.f. MED Método terapéutico de purificación de la sangre, que permite eliminar los residuos tóxicos (urea) que contiene filtrándola a través de una membrana selectiva.

hemofilia n.f. **1.** MED Enfermedad hereditaria, transmitida por las mujeres pero que sólo afecta a los hombres, debida a la ausencia de determinados factores plasmáticos. **2.** P. ext., enfermedad semejante a la verdadera hemofilia, pero no hereditaria y que afecta por igual a mujeres y hombres.

hemoglobina n.f. ZOOL Pigmento que da color a la sangre.
ENCICL La hemoglobina es una heteroproteína sintetizada por los eritroblastos y constituida por una parte proteica, la *globina*, y un grupo prostético, el *hemo*. La globina está formada por cuatro cadenas polipeptídicas idénticas de dos en dos; cada cadena se combina con una molécula de hemo. La estructura espacial de la hemoblogina, globulosa, presenta regiones helicoidales separadas por pliegues. Los hemos se encuentran en bolsas situadas en la superficie de la molécula donde se fija el oxígeno. La hemoglobina cargada de oxígeno, u oxihemoglobina, transporta oxígeno a los tejidos cuando la presión parcial de oxígeno es escasa.

hemograma n.m. MED Estudio cualitativo y cuantitativo de los elementos de la sangre.

hemolisina n.f. FISIOL Sustancia producida en el organismo, capaz de destruir los hematíes o glóbulos rojos de la sangre.

hemólisis n.f. Desintegración o disolución de los corpúsculos sanguíneos, especialmente de los hematíes.
ENCICL La hemólisis fisiológica se produce después de aprox. 120 días de circulación del hematíe. La hemólisis patológica se caracteriza por un aumento y una aceleración de la destrucción de los glóbulos rojos. Las causas son diversas: anomalía del glóbulo rojo (anomalía hereditaria de la hemoglobina, talasemia, esclerosis congénita, anomalías enzimáticas del glóbulo rojo) o presencia de factores plasmáticos que favorecen la hemólisis (autoanticuerpo, infección, veneno, plomo).

hemopatía n.f. MED Término genérico para designar las enfermedades de la sangre.

hemoptisis n.f. MED Expectoración de sangre roja procedente de las vías respiratorias debida a causas diversas.

hemorragia n.f. Salida más o menos importante de sangre fuera de un vaso sanguíneo.

hemorroides n.f.pl. MED Varices formadas por la dilatación de las venas del ano o del recto.

hemorroisa n.f. Mujer que padece flujo de sangre.

hemostasis n.f. MED CIR Detención espontánea o provocada de una hemorragia.

hemotórax n.m. Derrame de sangre en la pleura, membrana que cubre los pulmones.

henchir **I.** v.tr. **1.** Ocupar con alguna cosa un espacio vacío. **2.** Fig. Colmar a uno de favores o de daños y ofensas. **II.** v.prnl. Hartarse de comida.

hender **I.** v.tr. y prnl. Abrir o rajar un cuerpo sólido sin dividirlo del todo. **II.** v.tr. Fig. Atravesar o cortar un fluido; como una flecha el aire o un buque el agua.

henequén n.m. Planta amarilidácea, especie de pita.

hénide n.f. POET Ninfa de los prados.

heno n.m. **1.** Planta de la familia de las gramíneas. **2.** Hierba segada, seca, para alimento del ganado. • **henil** n.m. Lugar donde se guarda el heno.

henrio o **henry** n.m. ELECTR Unidad de inductancia eléctrica del sistema SI (símbolo *H*).

heparina n.f. BIOQUIM Sustancia anticoagulante de origen hepático que puede obtenerse por síntesis.

hepática n.f. BOT **1.** Cualquiera de las plantas de la clase de las hepáticas. **2.** Planta herbácea, vivaz, de la familia de las ranunculáceas.

hepático,a n.f. y adj. **1.** BOT Se dice de las plantas briofitas con tallo formado por un parénquima homogéneo provisto de filamentos rizoides, y con hojas muy poco desarrolladas. Viven en los sitios húmedos y sombríos; se parecen a los musgos. ▷ n.f.pl. BOT Clase de estas plantas. **2.** Que padece del hígado. ▷ adj. Perteneciente a esta víscera.

hepatitis n.f. Inflamación del hígado.

hepatización n.f. PAT Alteración patológica de un tejido que le da consistencia semejante a la del hígado; como en el pulmón afecto de neumonía.

hepatología n.f. MED Estudio de la fisiología y de las enfermedades del hígado.

hepatomegalia n.f. Aumento del tamaño del hígado.

hepta- Prefijo procedente del griego *hepta*, «siete».

heptacordo n.m. **1.** MUS Gama o escala usual compuesta de las siete notas *do, re, mi, fa, sol, la, si*. **2.** MUS Intervalo de séptima en la escala musical.

heptaedro n.m. GEOM Sólido terminado por siete caras.

heptágono,a n. y adj. GEOM Se aplica al polígono de siete lados. • **heptagonal** adj. De figura de heptágono o semejante a él.

heptano n.m. QUIM Hidrocarburo saturado cuya fórmula es C_7H_{16}.

heráldica n.f. Arte del blasón.

herbáceo,a adj. Que tiene la naturaleza o calidades de la hierba.

herbaje n.m. **1.** Conjunto de hierbas que se crían en los prados. **2.** Derecho que cobran los pueblos por el pasto de los ganados forasteros en sus términos concejiles y por el arrendamiento de los pastos.

herbario,a **I.** adj. Perteneciente o relativo a las hierbas y plantas. **II.** n.m. **1.** Persona que profesa la botánica. **2.** BOT Colección de plantas secas. **3.** ZOOL Primera cavidad del estómago de los rumiantes.

herbicida n. y adj. Se dice del producto químico que combate el desarrollo de la maleza.

herbívoro,a n.m. y adj. Se aplica a todo animal que se alimenta de vegetales.

herboristería n.f. Tienda donde se venden plantas medicinales.

herborizar v.int. BOT Recoger o buscar, para estudiarlas, hierbas y plantas.

herciniano,a adj. GEOL Dícese de los plegamientos geológicos del final de la era primaria que constituyen la *cadena herciniana*, hoy erosionada y cuyos restos forman los *macizos antiguos*.

heredad n.f. **1.** Porción de terreno cultivado perteneciente a un mismo dueño. **2.** Hacienda de campo, bienes raíces o posesiones.

heredar v.tr. **1.** Suceder por disposición testamentaria o legal en los bienes y acciones que tenía uno al tiempo de su muerte. **2.** Darle a uno heredades, posesiones o bienes raíces. **3.** Fig. Instituir uno a otro por su heredero. **4.** BIOL Sacar los seres vivos los caracteres anatómicos y fisiológicos que tienen sus progenitores. • **heredero,a** n. y adj. Se dice de la persona que por testamento o por ley sucede a título universal en todo o parte de una herencia.

hereditario,a adj. **1.** Perteneciente a la herencia o que se adquiere por ella. **2.** Fig. Se aplica a los caracteres, psíquicos o físicos, que pasan de padres a hijos.

herejía n.f. **1.** Opinión religiosa que la Iglesia considera contraria a la fe católica. **2.** Fig. Sentencia errónea contra los principios ciertos de una ciencia o arte. **3.** Fig. Palabra gravemente injuriosa contra uno. • **hereje** n.m. y f. **1.** Cristiano que en materia de fe se opone con pertinacia a lo que cree y propone la Iglesia católica. **2.** Fig. Desvergonzado, descarado, procaz.

ENCICL Desde los tiempos apostólicos, el cristianismo ha conocido herejías «judaizantes» o «helenizantes», referentes a la naturaleza de Jesús, hombre para los unos, Dios para los otros. En los ss. IV y V aparecen las herejías trinitarias, entre las cuales el *arrianismo* es la más conocida, monoteísmo simple que insiste en la única naturaleza divina del Padre. Surgen luego las herejías *cristológicas* de los ss. V y VI: *nestorianismo* y *monofisismo*, que, a diferencia del arrianismo, son exclusivamente orientales. A partir del s. XI, las herejías no atacan tanto al dogma, establecido desde entonces, como a la práctica religiosa y organización de la Iglesia. Son populares, evangélicas y antisacerdotales. Algunas, evangélicas y eclesiásticas, quisieron reformar la Iglesia desde dentro, sin destruir su continuidad ni su unidad, sobre todo con Wycliff (Inglaterra) y Hus (Bohemia) en los ss. XIV y XV. La corriente de herejías maniqueístas (v. maniqueísmo), o dualistas, está representada en Oriente por los *bogomilos*, en Occidente por los *cátaros* (v. albigenses). Las religiones reformadas del s. XVI («protestantismo»), consideradas heréticas por Roma, consumaron un cisma que no deseaban; en cuanto al jansenismo de los ss. XVII y XVIII, no puede ser ya considerado como una herejía. En la actualidad, si bien las definiciones teóricas concernientes a la herejía siguen siendo las mismas, la actitud de la Iglesia (en otro tiempo violentamente represiva: v. Inquisición), salvo casos especiales, es muy diferente. La tolerancia predomina; es la hora del diálogo, del ecumenismo.

herencia n.f. **I. 1.** Derecho de heredar. **2.** Bienes y derechos que se heredan. **3.** Conjunto de bienes, derechos y obligaciones que, al morir una persona, son transmisibles a sus herederos. **4.** Conjunto de caracteres anatómicos o fisiológicos que los seres vivos heredan de sus progenitores. **II. 1.** BIOL Transmisión, sin modificación, de algunos caracteres no adquiridos, normales o patológicos, de los ascendientes a los descendientes por vía de reproducción sexuada. **2.** P. ext., en el hombre, transmisión de ciertas disposiciones (particularmente morales o psicológicas) de padres a hijos (por la acción del medio). ▷ Conjunto de estas disposiciones heredadas.

heresiarca n.m. y f. Autor de una herejía. • **herético,a** adj. Perteneciente a la herejía o al hereje.

herida n.f. **1.** Rotura hecha en las carnes con un instrumento o por efecto de un choque con un cuerpo duro. **2.** Golpe de las armas blancas al tiempo de herir con ellas. **3.** Fig. Ofensa, agravio. **4.** Lo que aflige y atormenta el espíritu.

herir v.tr. **1.** Romper o abrir la piel o los tejidos del cuerpo por medio violento. **2.** Golpear, dar un cuerpo contra otro. **3.** Bañar al sol una cosa, esparcir o tender sobre ella sus rayos. **4.** Pulsar un instrumento de cuerda. **5.** Hacer los objetos impresión en el oído o la vista. **6.** Hacer fuerza una letra sobre otra para formar sílaba o sinalefa con ella. **7.** Fig. Excitar algún afecto. **8.** Fig. Ofender, agraviar.

hermafrodita adj. **1.** Se aplica a la especie orgánica en que están reunidos en el mismo individuo los dos sexos. **2.** Se aplica a ciertos individuos de la especie humana que tienen los órganos sexuales configurados de tal forma que aparecen como de los dos sexos.

ENCICL El hermafroditismo abunda en el mundo vivo, sobre todo en las especies menos evolucionadas; sin embargo, los casos de autofecundación (entre los gametos masculinos y femeninos de un mismo individuo) son extremadamente raros, y existen numerosos dispositivos anatómicos y fisiológicos, tanto en los animales como en los vegetales, que favorecen la fecundación de los óvulos por gametos masculinos de otro individuo. Se distingue el *hermafroditismo simultáneo*, donde hay una producción sincrónica de gametos masculinos y femeninos (caracol), y *hermafroditismo alternado*, en el que el individuo es alternativamente macho o hembra (ostra).

hermanar v.tr. y prnl. **1.** Unir, juntar, uniformar. **2.** Hacer a uno hermano de otro en sentido místico o espiritual.

hermanastro,a n.m. y f. Hijo de uno de los dos consortes con respecto al hijo del otro.

hermandad **I.** n.f. **1.** Relación de parentesco que hay entre hermanos. **2.** Fig. Amistad íntima; unión de voluntades. **3.** Fig. Correspondencia que guardan varias cosas entre sí. **4.** Fig. Cofradía o congregación de devotos. **5.** Fig. Privilegio que a una o varias personas concede una comunidad religiosa para hacerlas por este medio participantes de ciertos privilegios. **II.** *Santa Hermandad*. Tribunal con jurisdicción propia, que perseguía y castigaba los delitos cometidos fuera de poblado.

hermano,a n.m. y f. **1.** Persona que con respecto a otra tiene los mismos padres, o solamente el mismo padre o la misma madre. **2.** Lego de una comunidad regular. **3.** Fig. Persona que con respecto de otra tiene el mismo padre que ella en sentido moral. **4.** Persona admitida por una comunidad religiosa a participar de ciertas gracias y privilegios. **5.** Individuo de una hermandad o cofradía.

hermenéutica n.f. **1.** Arte de interpretar textos para fijar su verdadero sentido. **2.** Teoría de la interpretación de símbolos activos en el inconsciente, en el sueño, en todo discurso humano, escrito o no.

hermético,a adj. **1.** Se aplica a los escritos y partidarios del filósofo Hermes. **2.** Se dice de lo que cierra una abertura de modo que no permita pasar el aire ni otra materia gaseosa. **3.** Fig. Impenetrable, cerrado, aun tratándose de cosas inmateriales.

hermosear v.tr. y prnl. Hacer o poner hermosa a una persona o cosa.

hermoso,a adj. **1.** Dotado de hermosura. **2.** Grandioso, excelente y perfecto en su línea. **3.** Despejado, apacible y sereno. **4.** Fam Niño robusto, saludable.

hermosura n.f. **1.** Belleza de las cosas que pueden ser percibidas por el oído o por la vista. ▷ P. ext., lo agradable de una cosa que recrea por su amenidad u otra causa. Conjunto de cualidades que hacen a una cosa excelente en su línea. **2.** Mujer hermosa.

hernia n.f. PAT Tumor producido por la dislocación y salida total o parcial de una víscera u otra parte blanda, fuera de la cavidad en que se halla ordinariamente encerrada.

héroe n.m. **1.** MITOL Nombre dado por los griegos a los nacidos de dios y mortal. **2.** Varón ilustre y famoso por sus hazañas o virtudes. **3.** El que lleva a cabo una acción heroica. **4.** Personaje principal de todo poema en que se representa una acción, y del épico especialmente. **5.** Cualquiera de los personajes de carácter elevado en la epopeya. • **heroicidad** n.f. **1.** Calidad de heroico. **2.** Acción heroica. • **heroico,a** adj. **1.** Se aplica a las personas famosas por sus hazañas o virtudes, y p. ext., se dice también de las acciones. **2.** Perteneciente a ellas. **3.** Se aplica a la composición poética en que se narran hazañas o hechos memorables.

heroína n.f. **I. 1.** Mujer ilustre por sus grandes hechos. **2.** La que lleva a cabo un hecho heroico. **3.** La que es protagonista de una obra literaria o de una aventura. **II.** Estupefaciente derivado de la morfina, que se presenta en forma de polvo blanco.

heroísmo n.m. **1.** Esfuerzo que lleva al hombre a realizar hechos extraordinarios. **2.** Conjunto de cualidades y acciones que colocan a uno en la clase de héroe. **3.** Acción heroica.

herpe n.m. y f. Erupción, por lo común crónica y de muy distintas formas, acompañada de comezón y escozor. (Se usa más en pl.)

herpetología n.f. Tratado de los reptiles.

herradura n.f. Hierro semicircular que se clava en los cascos de las caballerías.

herraje n.m. Conjunto de piezas metálicas con que se guarnece una puerta, un coche, un cofre, etc.

herramienta n.f. **1.** Instrumento con que trabajan los artesanos en las obras de sus oficios. **2.** Conjunto de estos instrumentos.

herrar v.tr. **1.** Ajustar y clavar las herraduras a las caballerías o los callos a los bueyes. **2.** Marcar con un hierro candente. **3.** Guarnecer de hierro un artefacto.

herrén n.m. **1.** Forraje de avena, cebada, trigo, centeno y otras semillas que se da al ganado. **2.** n.f. Terreno en que se siembra.

herrerillo n.m. **1.** Pájaro pequeño, insectívoro, común en España. **2.** Pájaro insectívoro, algo mayor que el anterior. Hace el nido, de barro, en los huecos de los árboles.

herrero n.m. El que tiene por oficio labrar el hierro. • **herrería** n.f. **1.** Oficio de herrero. **2.** Taller en que se funde o forja y se labra el hierro en grueso. **3.** Taller o tienda de herrero.

herrete n.m. Cabo de metal, que se pone a las agujetas, cordones, cintas, etc., para que puedan entrar fácilmente por los ojetes.

herrumbre n.f. **1.** Óxido del hierro. **2.** Sabor que algunas cosas toman del hierro; como las aguas, etc. **3.** Roya, pequeño hongo de los vegetales. • **herrumbroso,a** adj. **1.** Que cría herrumbre o está tomado de ella. **2.** De color amarillo rojizo.

hertzio o **hertz** n.m. FIS Unidad de frecuencia (símbolo Hz). • **hertzianas** adj. pl. Se dice de las ondas TELECOM Ondas electromagnéticas utilizadas en las telecomunicaciones.

hérulos, antiguo pueblo germánico que en el s. III saqueó las costas de Europa occidental y formó un imperio en la llanura danubiana. Desaparecieron en el s. VI, como consecuencia de la invasión de italia por los lombardos.

hervir **I.** v.int. y tr. Producir burbujas un líquido cuando se eleva suficientemente su temperatura o por la fermentación. **II.** v.int. **1.** Fig. Ponerse el mar agitado. **2.** Fig. Con la prep. *en* y ciertos nombres, abundar en las cosas significadas por ellos. **3.** Fig. Hablando de afectos y pasiones, indica su viveza, intensión y vehemencia.

hervor n.m. **1.** Acción y efecto de hervir. **2.** Fig. Fogosidad, inquietud y viveza de la juventud.

hesperidio n.m. BOT Fruto carnoso de corteza gruesa dividido en varias celdas por telillas membranosas; como la naranja y el limón.

heteos, individuos de un pueblo antiguo que habitó en la tierra de Canaán y formó parte de la tribu de Judá.

heter(o)- Prefijo procedente del griego *heteros,* «otro».

hetera n.f. **1.** En la antigua Grecia, dama cortesana de elevada condición. **2.** Prostituta, mujer pública.

heteróclito,a adj. **1.** Se aplica al nombre y a toda locución que se aparta de las reglas gramaticales de la analogía. **2.** Fig. Irregular, extraño y fuera de orden.

heterocromosoma n.m. BIOL Cromosoma sexual, o alosoma. v. cromosoma.

heterodino n.f. TELECOM Oscilador local utilizado en un receptor superheterodino para mejorar la selectividad.

heterodoncia n.f. ZOOL Carácter de un vertebrado evolucionado cuyos dientes están diferenciados en incisivos, caninos y molares.

heterodoxia n.f. Disconformidad con la doctrina fundamental de cualquier secta o sistema. • **heterodoxo,a** n. y adj. No conforme con la doctrina fundamental de una secta o sistema.

heterogamia n.f. BIOL Fecundación en la que el gameto masculino es bastante diferente, morfológica y fisiológicamente, del gameto femenino.

heterogéneo,a adj. Compuesto de partes de diversa naturaleza. • **heterogeneidad** n.f. **1.** Calidad de heterogéneo. **2.** Mezcla de partes de diversa naturaleza en un todo.

heterogénesis n.f. **1.** HIST NAT Producción de seres vivos debida a la descomposición de materias orgánicas sin el concurso de individuos preexistentes de la misma especie. **2.** BIOL Aparición brusca, por mutación, de tipos nuevos y estables.

heteroinjerto n.f. BIOL Injerto practicado entre sujetos de especies diferentes.

heteromancia n.f. Adivinación supersticiosa por el vuelo de las aves.

heterómero n. y adj. ZOOL Se dice de los insectos coleópteros que tienen distinto número de artejos en los tarsos. ▷ n.m.pl. Suborden de estos animales.

heterometábolos adj. Se dice de los insectos cuyas metamorfosis son incompletas.

heteromórfico,a adj. **1.** BIOL Se dice de una especie en cuyo interior esporofito y gametofito son muy diferentes morfológicamente. **2.** MINER Se dice de los minerales de misma naturaleza química, pero de estructuras diferentes. • **heteromorfo,a** adj. Polimorfo.

heteroplastia n.f. CIR Implantación de injertos orgánicos procedentes de otro individuo de distinta especie.

heteroproteína n.m. Proteína compleja cuya hidrólisis produce pépticos y sustancias no proteicas integradas en un grupo prostético.

heteróptero n. y adj. ZOOL Se dice de los insectos hemípteros con cuatro alas, de las que las dos posteriores son membranosas y las anteriores coriáceas en su base; suelen secretar líquidos de olor desagradable. ▷ n.m.pl. ZOOL Suborden de estos animales.

heteroscio,a n.m. y f. y adj. GEOGR Se dice del habitante de las zonas templadas, el cual a la hora del mediodía hace sombra siempre hacia un mismo lado.

heterosexual adj. Se dice, por oposición a homosexual, de la relación erótica entre individuos de diferente sexo. • **heterosexualidad** n.f. Atracción sexual experimentada hacia una persona del sexo opuesto.

heterótrofo,a adj. BIOL Que sólo se nutre a partir de alimentos orgánicos ya sintetizados por otros organismos.

heteroxemo o **heteroecio** n.m. BIOL Parásito cuyo ciclo requiere varios huéspedes.

heurística n.f. **1.** Arte de inventar. **2.** Busca o investigación de documentos o fuentes históricas.

Hevea n.m. Género de plantas arbóreas originarias de América del S, que se cultivan (sobre todo al SE de Asia) por su látex, del que se extrae el caucho.

hex(a)- Prefijo procedente del griego *hexa,* «seis».

hexaclorofeno n.m. Di(hidroxi-2 tricloro-3,5,6 fenil)-metano, antiséptico de uso externo.

hexacoralario n. y adj. ZOOL Se dice de celentéreos antozoos cuya boca está rodeada por tentáculos en número de seis o múltiplo de seis las actinias. ▷ n.m. pl. ZOOL Orden de estos animales.

hexacordo n.m. **1.** MUS Escala para canto llano compuesta de las seis primeras notas usuales, e inventada en el s. XI por Guido Aretino. **2.** MUS Intervalo de sexta escala musical.

hexadecimal adj. INFORM Se dice de un sistema de numeración de base dieciséis que utiliza diez cifras (de cero a nueve) y seis letras (de la A a la F).

hexaedro n.m. GEOM Sólido de seis caras.

hexafluoruro n.m. QUIM Fluoruro cuya molécula contiene seis átomos de flúor.

hexágono,a n.m. y adj. GEOM Se aplica al polígono de seis ángulos y seis lados. • **hexángulo,a** adj. Polígono de seis ángulos y seis lados.

hexápodo n.m. y adj. ZOOL Se dice del animal que tiene seis patas.

hexasílabo,a n. y adj. De seis sílabas.

hexosa n.f. QUIM Azúcar simple (osa) con seis átomos de carbono.

hez n.f. **1.** Parte de desperdicio en las preparaciones líquidas, que se deposita en el fondo de las vasijas. (Se usa más en pl.) **2.** Fig. Lo más vil y despreciable de cualquier clase. **3.** pl. Excrementos que arroja el cuerpo por el ano.

Hf QUIM Símbolo químico del hafnio.

HF Abreviatura de alta frecuencia. (Del inglés *high frequency.*)

Hg QUIM Símbolo químico del mercurio (abreviatura latina de *hydrargirum*, «agua de plata»).

hg Abreviatura de *hectogramo.*

hialita n.f. **1.** MINER Variedad transparente de ópalo. **2.** TECN Cristal negro de Bohemia.

hialoideo,a adj. ANAT Que tiene la transparencia del cristal.

hialoplasma n.m. CITOL Solución coloidal hialina, más o menos viscosa, que engloba a los elementos y partículas de la célula.

hialurónico adj. BIOQUIM Se dice de un ácido polisacárido constitutivo del moco y las serosidades, así como del tejido conjuntivo.

hiato n.m. Cacofonía que resulta del encuentro de dos vocales que se pronuncian en sílabas distintas.

hibernación n.f. **1.** Estado de sopor en que caen, durante el invierno, algunos organismos animales. **2.** Estado semejante que se produce en las personas artificialmente por medio de drogas apropiadas con fines anestésicos o curativos. • **hibernar** v.int. Pasar la estación fría en hibernación.

ENCICL La hibernación animal necesita una acumulación de reservas (grasa en la marmota, el oso, el lirón, etc.). Con la aparición de las malas condiciones atmosféricas, se produce un cese completo de la alimentación y de la actividad muscular y nerviosa. Los animales homeotermos (de sangre caliente) experimentan un gran descenso de temperatura (10 °C en el caso de la marmota).

Hibiscus n.f. Género de plantas de las regiones tropicales (familia de las malváceas) utilizadas como plantas ornamentales, de las que una especie proporciona el aceite de ambarina y otra una fibra textil.

híbrido,a adj. **1.** Se aplica al animal o al vegetal procreado por dos individuos de distinta especie. **2.** Fig. Que participa de géneros, de estilos diferentes. **3.** INFORM Que utiliza a la vez el cálculo numérico y el cálculo analógico al hablar de un material informático.

ENCICL Los híbridos proceden de cruces entre seres vivos muy cercanos desde los puntos de vista sistemático y morfológico. Los de especies diferentes, llamados interespecíficos, son generalmente estériles debido a las diferencias de estructura entre los cromosomas de los padres y a la yuxtaposición de cariotipos diferentes presentan un gran vigor y gran resistencia a las enfermedades, agresiones del medio de vida, etc. Este bien conocido fenómeno del *vigor híbrido* (o *heterosis*), se utiliza en las especies útiles al hombre (mula, mulo, etc.). Los híbridos de la misma especie pero de razas diferentes, llamados *interraciales* o *intraespecíficos*, son fértiles; son híbridos en el sentido genético, es decir, son heterozigóticos respecto a uno o varios caracteres; presentan, como los verdaderos híbridos (es decir, los interespecíficos), *el vigor híbrido*, pero, en cuanto a la reproducción, en la descendencia hay individuos puros (homozigóticos), es decir, no híbridos, en proporción creciente hasta un cierto límite. v. genética.

hicaco n.m. BOT Arbusto de la familia de las crisobalanáceas, con fruto en drupa del tamaño, forma y color de la ciruela claudia. Es espontáneo en las Antillas.

hickory n.m. Gran árbol parecido al nogal (nogal blanco de América) de madera elástica y muy resistente.

hicotea n.f. ZOOL Reptil quelonio de la familia de los emídidos, que se cría en América; tiene unos 30 cm de longitud, y es comestible.

hicsos o hyksos, pueblo originario de la Alta Siria que invadió Egipto en el s. XVIII a. J.C.; fundaron las dinastías XV y XVI. Hacia 1580 a. J.C., el príncipe tebano Ahmés tomó su capital, Avaris, y les expulsó más allá del delta.

hidalgo,a n.m. y f. **1.** Persona que por su sangre es de una clase noble y distinguida. ▷ adj. Perteneciente a un hidalgo. **2.** Fig. Se dice de la persona de ánimo generoso y noble y de lo perteneciente a ella. • **hidalguía** n.f. Fig. Generosidad y nobleza de ánimo.

ENCICL La denominación *hidalgo* (de *fidalgo*) apareció en España en la Edad Media para designar a los nobles de linaje. Desde el s. XII se aplicó a la nobleza secundaria y también a aquellos que habían adquirido el título por favores a la Corona, a cambio del pago de cierta suma, por tener doce hijos varones, etc. Por su condición nobiliaria disfrutaban de privilegios pero no obstante muchos carecían de fortuna. La combinación de ambas circunstancias ha sido analizada con ironía en la literatura española de los ss. XVII y XVIII. El número de hidalgos de todo tipo fue creciendo hasta llegar a representar un 8 % de la población española. Al desaparecer a comienzos del s. XIX las exenciones de tributos y los privilegios de los nobles se extinguió también la clase de los hidalgos.

hidátide n.f. **1.** Larva de una tenia intestinal del perro y de otros animales que en las vísceras humanas adquiere gran tamaño. **2.** Vesícula que la contiene. **3.** Quiste hidatídico.

hidr(o)- Prefijo procedente del griego *hidros*, «sudor».

hidra n.f. **1.** ZOOL Culebra acuática, venenosa, de unos 50 cm de largo; cubierta de escamas pequeñas y con la cola muy comprimida por ambos lados y propia para la natación. Suele hallarse cerca de las costas. **2.** ZOOL Pólipo de forma cilíndrica y de uno a dos centímetros de longitud, parecido a un tubo cerrado por una extremidad y con varios tentáculos en la otra.

hidrácida o **hidracida** n.f. QUIM Cuerpo resultante de la combinación de un ácido orgánico con una amina, empleado en el tratamiento de la tuberculosis.

hidrácido n.m. Ácido no oxigenado que resulta de la combinación del hidrógeno con uno o varios elementos no metálicos.

hidracina n.f. QUIM Compuesto básico $H_2N—NH_2$. ▷ Compuesto básico derivado de la hidracina propiamente dicha.

hidrargirismo n.m. PAT Intoxicación crónica originada por la absorción de mercurio.

hidrarios o **hidrozoos** n.m.pl. ZOOL Clase de celentéreos desprovistos de esqueleto.

hidrartrosis n.f. MED Hinchazón de una articulación por acumulación de líquido acuoso, no purulento.

hidratar v.tr. y prnl. **1.** QUIM Combinar (un cuerpo), con agua. **2.** Pasar al estado de hidrato. **3.** MED Aportar agua a un organismo, un tejido. • **hidratación** n.f. **1.** QUIM Fijación de agua sobre una molécula. ▷ Formación de un hidrato. **2.** MED Aporte de agua al organismo, a los tejidos.

hidrato n.m. Compuesto que resulta de la fijación de moléculas de agua sobre la molécula de un cuerpo.

hidráulica n.f. **1.** Parte de la mecánica que estudia los fluidos. **2.** Arte de conducir, contener, elevar y aprovechar las aguas. • **hidráulico,a** adj. **1.** Perteneciente a la hidráulica. **2.** Que se mueve por medio del agua. **3.** Se dice de las cales y cementos que se endurecen en contacto con el agua, y también de las obras donde se emplean dichos materiales.

hidremia n.f. MED Tasa de agua en la sangre. ▷ P. ext., exceso de agua en la sangre.

hidria n.f. Vasija grande, a modo de cántaro que se usaba para contener agua.

hídrico,a adj. Perteneciente o relativo al agua.

-hídrico QUIM Elemento que sirve para formar los nombres de los hidrácidos.

hidro-, -hidro Elemento compositivo que entra en la formación de algunas voces españolas con el significado de «agua».

hidroavión n.m. Avión que lleva en lugar de ruedas uno o varios flotadores para posarse sobre el agua.

hidrobiología n.f. Ciencia que estudia la vida de los animales y las plantas que pueblan las aguas.

hidrocarbonato n.m. QUIM Carbonato hidratado.

hidrocarburo n.m. QUIM Cuerpo compuesto exclusivamente de carbono e hidrógeno.

hidrocefalia n.f. MED Aumento del volumen del líquido cefalorraquídeo que provoca una dilatación de los ventrículos cerebrales y a veces un aumento del volumen del cráneo.

hidrocele n.m. MED Derrame seroso de la túnica que rodea los testículos y el cordón espermático.

hidrocortisona n.f. BIOQUIM Hormona de la corteza suprarrenal que se puede obtener por síntesis.

hidrocución n.f. MED Síncope violento que puede producir la muerte, desencadenado, al producirse una inmersión brusca en agua fría, por la diferencia de temperatura entre el agua y la piel del sujeto.

hidrodinámica n.f. Parte de la mecánica, que estudia el movimiento de los fluidos. ENCICL La hidrodinámica se aplica al cálculo de turbinas de bombas, presas de vertedero, carenas de navíos, perfiles de submarinos, etc. Por lo general, se realizan estudios sobre maquetas a las que aplica las leyes de similitud. El cálculo del flujo en conductos, utilizado p.ej. para determinar las dimensiones de los oleoductos y definir la potencia del sistema de bombeo, hace uso igualmente de la hidrodinámica.

hidroeléctrico,a adj. Perteneciente a la energía eléctrica obtenida por fuerza hidráulica. • **hidroelectricidad** n.f. Energía eléctrica obtenida por fuerza hidráulica.
ENCICL Las centrales hidroeléctricas utilizan la energía suministrada por una caída de agua sobre turbinas acopladas a alternadores, lo que lleva a clasificarlas en centrales de alta caída (100 a 200 m), de media o baja caída (20 a 100 m) y de muy baja caída (inferior a 20 m). Actualmente se pueden distinguir: centrales de agua afluente, con depósitos de poca capacidad (tiempo de llenado inferior a 2 horas); centrales de esclusa (tiempo de llenado de 2 a 400 horas) y centrales con tiempo de llenado superior a 400 horas. La proporción de energía eléctrica de origen hidráulico va disminuyendo pese a la crisis de petróleo, pues el aumento del rendimiento de las centrales térmicas y el descenso del coste de la energía de origen nuclear llevan a elegir estos modos de producción.

hidrofilacio n.m. Concavidad subterránea y llena de agua, de que muchas veces se alimentan los manantiales.

hidrófilo,a **I.** adj. **1.** Que absorbe agua. **2.** QUIM *Grupo hidrófilo*. El que tiende a hacer soluble en el agua la molécula a la que pertenece. **II.** n.m. ZOOL Coleóptero acuático de cuerpo convexo y oval y de color negro. Las larvas son carnívoras y los adultos fitófagos. Vive en aguas estancadas.

hidrofita n.f. BOT Toda planta cuyos brotes pasan la estación fría bajo el agua, en el limo.

hidrofobia n.f. MED Horror patológico al agua. • **hidrófobo,a** adj. **1.** MED Que padece hidrofobia. **2.** QUIM Que no absorbe agua.

hidrófugo n.m. y adj. Se dice de las sustancias que evitan la humedad o las filtraciones.

hidrogel n.m. QUIM Coloide en estado de gel en medio acuoso.

hidrógeno n.m. Gas inflamable, incoloro, inodoro y 14 veces más ligero que el aire. Entra en la composición de multitud de sustancias orgánicas, y combinado con el oxígeno forma el agua. Núm. atómico 1. Símb. *H*. • **hidrogenar** v.tr. Combinar con hidrógeno.
ENCICL Se conocen tres isótopos del hidrógeno: el hidrógeno ligero (98,98 % del hidrógeno natural), el pesado (o deuterio) y el tritio. El núcleo del átomo del hidrógeno ligero está formado por un solo protón (v. ácido). El hidrógeno es con mucho el elemento más abundante del universo (v. estrella y nuclear). Forma parte de numerosas combinaciones, fundamentalmente del agua (H_2O), y constituye la casi totalidad de la materia interestelar. El cuerpo simple hidrógeno es, después del helio, el gas más difícil de licuar (ebullición a —252,7 °C y solidificación a —259,2 °C a la presión atmosférica normal). Es muy poco denso (0,09 kg/m³) y se difunde rápidamente a través de los tabiques porosos; se combina con casi todos los elementos dando hidruros; es un excelente reductor. Permite la síntesis del amoníaco y del cloruro de hidrógeno. Los carburantes sintéticos son obtenidos por hidrogenación. Se utiliza en los sopletes oxhídricos y de hidrógeno atómico. El hidrógeno líquido se utiliza como carburante en los motores de reacción. La fusión de núcleos de hidrógeno (por tanto de protones) libera una energía considerable, por lo que el dominio de esta fusión permitirá al hombre disponer de una fuente de energía prácticamente inagotable. Por otra parte, la producción de hidrógeno por medio de la descomposición del agua a alta temperatura proporcionará en un futuro próximo un combustible alternativo, fácil de transportar, que podrá ser utilizado para la fabricación directa de electricidad en las pilas de combustible.

hidrogeología n.f. Parte de la geología que estudia las aguas subterráneas y sus afloraciones.

hidrogogía n.f. Arte de canalizar aguas.

hidrografía n.f. Parte de la geografía física, que trata de la descripción de los mares y las corrientes de agua.

hidrolasa n.f. BIOQUIM Enzima que separa de las moléculas los iones OH^-, los iones H^+ y las moléculas de agua.

hidrólisis n.f. QUIM Desdoblamiento de la molécula de ciertos compuestos orgánicos, ya por exceso de agua, ya por la presencia de una corta cantidad de fermento o de ácido. • **hidrolizar** v.tr. QUIM Descomponer por hidrólisis.

hidrolita n.f. QUIM Hidruro de calcio que reacciona con el agua para dar hidrógeno.

hidrología n.f. Ciencia que trata de las aguas.

hidroma n.m. MED Tumor o quiste seroso.

hidromancia n.f. Arte de adivinar por las señales y observaciones del agua.

hidrometeoro n.m. Meteoro producido por el agua en estado líquido, sólido y de vapor.

hidrometría n.f. Parte de la hidrodinámica que trata del modo de medir el caudal, la velocidad o la fuerza de los líquidos en movimiento. • **hidrómetro** n.m. Instrumento que sirve para medir el caudal, la velocidad o la fuerza de un líquido en movimiento.

hidromiel n.m. Agua mezclada con miel.

hidroneumático,a adj. MECAN Que funciona con la ayuda de un líquido y un gas comprimido.

hidronimia n.f. Parte de la toponimia que estudia el origen y la significación de los nombres de ríos, arroyos, lagos, etc. • **hidrónimo** n.m. Nombre de río, arroyo, lago, etc.

hidronio n.m. QUIM *Ion hidronio*, protón hidratado cuya fórmula es H_3O^+.

hidropatía n.f. MED Tratado de las enfermedades que se curan por medio del agua.

hidropesía n.f. Nombre antiguo del edema y de la anasarca (edema generalizado). • **hidrópico,a** n. y adj. Que padece hidropesía, especialmente de vientre.

hidroplano n.m. **1.** Embarcación provista de aletas inclinadas. Alcanza de ordinario una velocidad muy superior a la de los otros buques. **2.** Avión con flotadores para posarse en el agua.

hidroponía n.f. Cultivo de plantas en soluciones acuosas, por lo general con algún soporte de arena, grava, etc.

hidropteríneo,a n.f. y adj. BOT Se dice de plantas criptógamas pteridofitas, acuáticas, con tallo horizontal. ▷ n.f.pl. BOT Clase de estas plantas

hidroquinona n.f. Difenol que se usa como revelador fotográfico.

hidrorrefinado n.m. TECN Procedimiento de refinado del petróleo por hidrogenación catalítica.

hidroscopia n.f. Arte de averiguar la existencia y condiciones de las aguas ocultas.

hidrosfera n.f. Conjunto de las partes líquidas del globo terráqueo por oposición a atmósfera y litosfera.

hidrosol n.m. QUIM Solución coloidal formada con agua.

hidrostática n.f. FIS Parte de la física que estudia las condiciones de equilibrio de los líquidos.

hidrotecnia n.f. Arte de construir máquinas y aparatos hidráulicos.

hidroterapia n.f. MED Técnica terapéutica que utiliza las virtudes curativas del agua.

hidrotimetría n.f. QUIM Parte de análisis químico que se ocupa de determinar la dureza de las aguas.

hidrotórax n.m. PAT Hidropesía del pecho.

hidroxi- QUIM Prefijo que indica la presencia del radical hidroxilo OH.

hidróxido n.m. QUIM Compuesto metálico de fórmula general $M(OH)_n$ donde M es un metal.

hidroxilamina n.f. QUIM Compuesto básico de fórmula NH_2OH.

hidroxilasa n.f. BIOQUIM Enzima que favorece la fijación del grupo OH en una molécula.

hidroxilo n.m. QUIM Radical OH; ion OH^-. Sinónimo: oxidrilo.

hidruro n.m. QUIM Compuesto binario hidrogenado en el que el hidrógeno posee como número de oxidación –1.

hiedra n.f. Planta trepadora, siempre verde, de la familia de las araliáceas. Aunque la hiedra no es una parásita verdadera, daña y aun ahoga con su espeso follaje los árboles a que se agarra. — *Hiedra terrestre.* Planta vivaz de la familia de las labiadas, con tallos duros. Se ha empleado en medicina como expectorante.

hiel n.f. **1.** Bilis. **2.** Fig. Amargura, aspereza o desabrimiento.

hielo n.m. **1.** Agua solidificada por un descenso suficiente de temperatura. **2.** Acción de helar o helarse. **3.** Fig. Frialdad.

hiena n.f. Mamífero carnicero pelaje gris con rayas atravesadas. Vive en Asia y África, es animal nocturno y se alimenta principalmente de carroña.

hier(o)- Prefijo procedente del griego *hieros,* «sagrado».

hierático,a adj. **1.** Perteneciente o relativo a las cosas sagradas o a los sacerdotes. **2.** Se aplica a cierta escritura de los antiguos egipcios. **3.** Se aplica a cierta clase de papel que se traía de Egipto. **4.** Se dice de la escultura y la pintura religiosas que reproducen formas tradicionales. **5.** Fig. Se dice también del estilo o ademán que tiene o afecta solemnidad extrema. • **hieratismo** n.m. **1.** Calidad hierática de la escultura y la pintura religiosas. **2.** Calidad hierática de los estilos y formas que afectan solemnidad extrema.

hierba n.f. **I. 1.** Toda planta pequeña cuyo tallo es tierno y perece, después de dar la simiente, en el mismo año, o a lo más al segundo. **2.** Conjunto de muchas hierbas que nacen en un terreno. **3.** Mancha de las esmeraldas. **II.** Pastos que hay en las dehesas para los ganados.

hierbabuena n.f. **1.** Planta herbácea, vivaz, de la familia de las labiadas. Se emplea como condimento. **2.** Nombre que se da a otras plantas labiadas parecidas a la anterior.

hieroscopia n.f. Arte de adivinar por las entrañas de los animales.

hierro n.m. **I.** Metal de número atómico 26 y masa atómica 55,85. Símbolo *Fe.* **II. 1.** Marca que con hierro candente se pone a los ganados. ▷ Instrumento o pieza de hierro con que se realiza esta operación. **2.** Señal, e instrumento para hacerla, que se pone en algunas cosas como garantía o contraste. **III. 1.** Pieza de hierro o de acero que se pone en el extremo en lanzas, flechas y armas semejantes. **2.** Fig. Arma, instrumento o pieza de hierro o acero; como la pica, la reja del arado, etc. **IV.** Fig. *Cuba.* Reja o labor de arado. **V.** pl. Prisiones de hierro como cadenas, grillos, etc.
ENCICL El hierro es un metal dúctil, de densidad 7,86, que funde a 1.535 °C y hierve a 2.750 °C. Constituye cerca del 5 % de la corteza terrestre (hematites, magnetita, pirita) y se encuentra en abundancia, junto con el níquel, en el núcleo terrestre (llamado por esta razón Nife). Es un metal ferromagnético que se combina con todos los elementos no magnéticos excepto con el hidrógeno. Su combinación con el carbono produce la cementita Fe_3C, que juega un papel importante en la obtención de diversas clases y calidades de aceros; con el nitrógeno, forma nitruros que permiten endurecer la superficie de las piezas. Los ácidos diluidos le atacan fácilmente y la humedad favorece su combinación con el oxígeno, dando lugar a la formación de una película de *herrumbre* que, permeable al aire, permite que el metal subyacente continúe siendo atacado; este fenómeno, conocido con el nombre de *corrosión*, puede evitarse protegiendo al hierro con un compuesto menos oxidable que él. La *siderurgia* tiene por objeto la fabricación de hierro y sus aleaciones, especialmente el acero, de destacada importancia industrial y económica. La fabricación de éste pasa por la elaboración de la *fundición* (carburo de hierro que contiene entre un 3 y un 6 % de carbono) en un alto horno. Dicha fundición se descarbura por oxidación de carbono en un *convertidor* (la mayoría de las veces con soplado de oxígeno) o en un *horno Martin*, lo que permite elaborar los aceros corrientes. Los de calidad se producen en un *horno eléctrico*. La actividad económica de los países industrializados depende en gran parte de la talla y calidad de sus instalaciones siderúrgicas y de su mayor o menor capacidad de autoabastecimiento de mineral de hierro (en este sentido, cada vez son más los países dependientes del Tercer Mundo).

hi-fi n.f. Abreviatura de *high fidelity*; alta fidelidad.

hígado n.m. ZOOL Víscera voluminosa, propia de los animales vertebrados, que segrega la bilis.
ENCICL El hígado humano, de consistencia bastante firme, pero desmenuzable y frágil, pesa aproximadamente 1.500 g. Su superficie, lisa, dividida en dos caras (superior e inferior), está recorrida por dos surcos anteroposteriores y uno transversal, el hilio, a través del cual penetran y salen los órganos aferentes y eferentes, respectivamente: arteria hepática, vena porta, vías biliares, venas suprahepáticas y conducto hepático. El hígado se compone de multitud de pequeños segmentos llamados *lóbulos hepáticos.* Este órgano vital tiene múltiples funciones: síntesis y secreción de la bilis, síntesis de proteínas (albúmina, fibrinógeno, factores de coagulación, etc.), metabolismo de los azúcares y síntesis del glucógeno, almacenamiento de vitamina B_{12} y de hierro, destoxificación de los productos amoniacados, metabolismo de los lípidos, etc. Sus principales enfermedades son la cirrosis, hepatitis, cáncer (primitivo y, sobre todo, secundario), litiasis biliar y colecistitis.

higiene n.f. **1.** Parte de la medicina, que tiene por objeto la conservación de la salud, precaviendo enfermedades. **2.** Fig. Limpieza, aseo de las viviendas y poblaciones. • **higienista** n. y adj. Se dice de la persona dedicada al estudio de la higiene. • **higienizar** v.tr. Disponer o preparar una cosa conforme a las prescripciones de la higiene.

higo n.m. Segundo fruto de la higuera; es blando, dulce y lleno de semillas menudas. — *Higo chumbo.* Fruto del nopal.

higr(o)- Prefijo procedente del griego *hygros,* «húmedo».

higroma n.m. MED Inflamación de las bolsas serosas, generalmente de origen traumático.

higrometría n.f. FIS Estudio y medida del grado de humedad del aire. • **higrómetro** n.m. FIS Aparato que sirve para medir el grado de humedad del aire.

higroscopio n.m. FIS Higrómetro que utiliza el cambio de color de una sustancia por la acción de la humedad.

higrostato n.m. TECN Aparato de climatización que sirve para mantener constante la humedad relativa de una atmósfera.

higuera n.f. BOT Árbol de la familia de las moráceas, de mediana altura, madera blanca y endeble; hojas grandes, lobuladas, verdes por encima, grises por abajo.

hijastro,a n.m. y f. Hijo o hija de uno de los cónyuges, respecto del otro que no los procreó.

hijo,a **I.** n.m. y f. **1.** Persona o animal respecto de su padre o de su madre. **2.** Fig. Cualquier persona, respecto del país, provincia o pueblo de que es natural. **3.** Fig. Persona que ha tomado el hábito de religioso, con relación al patriarca fundador de su orden y a la casa donde lo tomó. **4.** Fig. Cualquier obra del ingenio. **5.** Nombre que se suele dar al yerno y a la nuera, respecto de los suegros. **6.** Expresión de cariño entre las personas que se quieren. **II.** n.m. Lo que procede o sale de otra cosa por procreación. **III.** n.m. y f.pl. Descendientes.

hijuela n.f. **1.** Cosa aneja o subordinada a otra principal. **2.** Tira de tela que se pone en una pieza de vestir para ensancharla. **3.** Pedazo de lienzo circular que cubre la hostia sobre la patena hasta el momento del ofertorio. **4.** Cada uno de los canales que conducen al agua desde una acequia al campo que se ha de regar. **5.** Documento donde se reseñan los bienes que tocan en una partición a uno de los partícipes en la riqueza que dejó el difunto. ▷ Conjunto de los mismos bienes. **6.** Simiente que tienen las palmas y palmitos. **7.** *Chile* y *Ecuad.* Fondo rústico que se forma de la división de otro mayor. • **hijuelo** n.m. Retoño de planta.

1. hila n.f. **1.** Formación en línea. **2.** Tripa delgada. **3.** Hebra que se saca de un trapo de lienzo usado, y sirve, junta con otras, para curar las llagas y heridas. (Se usa casi siempre en pl.). • **hilada** n.f. **1.** Formación en línea. **2.** ARQUIT Serie horizontal de ladrillos o piedras que se van poniendo en un edificio. **3.** MAR Serie horizontal de tablones, planchas de blindaje u otros objetos puestos a tope, uno a continuación de otro.

2. hila n.f. Acción de hilar.

hilacha n.f. Pedazo de hilo que se desprende de la tela.

hilālíes, tribu árabe que fue enviada a África del N por el califa fatimí al-Mustansir hacia 1050 para restablecer el orden al escapar de su tutela los ziríes.

hilar v.tr. **1.** Reducir a hilo el lino, cáñamo, lana, seda, algodón, etc. **2.** Sacar de sí el gusano de seda la hebra para formar el capullo. Se dice también de otros insectos y de las arañas cuando forman sus capullos y telas. **3.** Fig. Discurrir con sutileza o proceder con sumo cuidado y exactitud. • **hilado,a** n.m. y f. **1.** Acción y efecto de hilar. **2.** Porción de fibra vegetal reducida a hilo. • **hilandería** n.f. **1.** Arte de hilar. **2.** Fábrica de hilados. • **hilandero,a** n.m. y f. Persona que tiene por oficio hilar. • **hilatura** n.f. Arte de hilar la lana, el algodón y otras materias análogas.

hilarante adj. Que inspira alegría o mueve a risa. • **hilaridad** n.f. Risa y algazara que excita en una reunión lo que se ve o se oye.

hilaza n.f. **1.** Hilado, porción de fibra textil reducida a hilo. **2.** Hilo que sale gordo y desigual. **3.** Hilo con que se teje cualquier tela.

hilera n.f. **I.** Orden o formación en línea de un número de personas o cosas. **II.** Instrumento de que se sirven los plateros y los metalúrgicos para reducir a hilo los metales. **III.** Hilo o hilaza fina. **IV.** ARQUIT Parhilera. **V.** pl. ZOOL Apéndices que sostienen las glándulas productoras del líquido con que forman los hilos.

hilio n.m. ANAT Depresión en la superficie de un órgano que señala el punto de entrada y salida de los vasos o de los conductores secretores.

hilo n.m. **I. 1.** Hebra larga y delgada que se forma retorciendo el lino, lana, cáñamo u otra materia textil. **2.** Ropa blanca de lino o cáñamo, por contraposición a la de algodón, lana o seda. **II.** Alambre muy delgado que se saca de los metales con la hilera. ▷ ELECTR Conductor de la corriente eléctrica. **III.** Hebra de que forman las arañas, gusanos de seda, etc., sus telas y capullos. **IV.** Filo. **V.** Fig. Chorro muy delgado y sutil de un líquido. **VI.** Continuación o serie del discurso. Se dice también de otras cosas.

hilomorfismo n.m. Teoría según la cual todo cuerpo se halla constituido por dos principios esenciales, que son la materia y la forma.

hilván n.m. **1.** Costura de puntadas largas. **2.** *Chile.* Hilo que se emplea para hilvanar. • **hilvanar** v.tr. **1.** Unir con hilvanes lo que se ha de coser después. **2.** Fig. Enlazar ideas, frases o palabras el que habla o escribe. **3.** Fig. y Fam. Trazar, proyectar o preparar una cosa con precipitación.

himen n.m. ANAT Membrana que obtura en parte la entrada de la vagina y que es desgarrada cuando tiene lugar la primera relación sexual. • **himeneo** n.m. **I.** Boda o casamiento. **II.** Composición poética en que se celebra un casamiento.

himen(o)-. Prefijo procedente del griego *hymen,* «membrana».

himenio n.m. BOT Membrana de ciertos hongos.

himenóptero n. y adj. ZOOL Se dice de insectos con metamorfosis complicadas, que tienen cuatro alas membranosas. El abdomen de las hembras de algunas especies lleva en su extremo un aguijón en el que desemboca el conducto excretor de una glándula venenosa. ▷ n.m. pl. ZOOL Orden de estos insectos.

himno n.m. **1.** Composición poética en honor de las divinidades. **2.** Poesía cuyo objeto es honrar a un gran hombre, celebrar una victoria, etc. **3.** Composición musical dirigida a cualquiera de estos fines.

himyaríes, antiguo pueblo de Arabia del S cuyos soberanos, algunos de los cuales fueron cristianos y otros adeptos al judaísmo, gobernaron (s. I a. J.C. — h. 525 d. J.C.) el país que se convertiría en el Yemen.

hincar **I.** v.tr. **1.** Introducir o clavar una cosa en otra. **2.** Apoyar una cosa en otra como para clavarla. **II.** v.prnl. *Hincarse de rodillas.* Arrodillarse. • **hincapié** n.m. Acción de hincar o afirmar el pie para sostenerse o para hacer fuerza. — Fig. y Fam. *Hacer uno hincapié.* Insistir con tesón y mantenerse firme en la propia opinión o en la solicitud de una cosa.

hinchar **I.** v.tr. y prnl. **1.** Hacer que aumente de volumen algún objeto, llenándolo de aire u otra cosa. **2.** Fig. Aumentar el agua de un río, arroyo, etc. **II.** v.tr. Fig. Exagerar, abultar una noticia o un suceso. **III.** v.prnl. **1.** Aumentar de volumen una parte del cuerpo, por herida o golpe o por haber acudido a ella algún humor. **2.** Hacer alguna cosa con exceso, como comer, trabajar, etc. **3.** Fig. Envanecerse, engreírse. • **hincha** n.f. **I.** Fam. Odio, encono o enemistad. **II.** n.m. y f. Partidario entusiasta de un equipo deportivo. • **hinchado,a** **I.** adj. Se dice del lenguaje, estilo, etc., que abunda en palabras y expresiones redundantes y afectadas. • **hinchazón** n.f. **1.** Efecto de hincharse. **2.** Fig. Vanidad, presunción. **3.** Fig. Vicio o defecto del estilo hinchado.

hindī n.m. Idioma de la India del N, que se convirtió en idioma oficial en 1949.

hindú **1.** n. y adj. Natural de India. **2.** adj. Perteneciente o relativo a la India, en especial en el aspecto religioso.

hinduismo n.m. Nombre dado a la actual religión predominante en la India, evolución del vedismo y brahmanismo antiguo.

1. hinojo n.m. Planta herbácea de la familia de las umbelíferas. Es aromática, de gusto dulce, y se usa en medicina y como condimento.

2. hinojo n.m. Rodilla, parte de unión del muslo y de la pierna. — *De hinojos.* De rodillas.

hioides n.m. y adj. Se dice del hueso en forma de herradura situado en la basa de la lengua.

hipar v.int. Sufrir reiteradamente el hipo. Gimotear.

hiper- Elemento compositivo que entra en la formación de algunas voces castellanas con el significado de «superioridad o exceso».

hiperacidez n.f. Sinónimo de hiperclorhidria.

hiperalgesia n.f. MED Aumento de la sensibilidad al dolor.

hiperbárico,a adj. TECN Con una presión superior a la presión atmosférica (medida al nivel del mar). ▷ *Cámara hiperbárica.* Cámara de descompresión utilizada en la inmersión submarina.

hipérbaton n.m. GRAM Figura de construcción, que consiste en invertir el orden de las palabras en el discurso.

hipérbola n.f. GEOM Curva con dos ramas y dos asíntotas, lugar de los puntos cuya diferencia de distancias a dos puntos fijos, llamados *focos,* es constante. • **hiperbólico,a** adj. **1.** RET Muy exagerado en su expresión. **2.** GEOM En forma de hipérbola. **3.** MAT Califica a ciertas funciones deducidas de las funciones exponenciales.

hipérbole n.f. RET Figura que consiste en exagerar aquello de que se habla.

hiperbóreo,a adj. Se aplica a las regiones muy septentrionales y a los pueblos, animales y plantas que viven en ellas.

hipercapnia n.f. MED Incremento patológico de la tasa de dióxido de carbono (CO_2) en la sangre.

hiperclorhidria n.f. MED Exceso de ácido clorhídrico en el jugo gástrico, que se traduce en dispepsia.

hipercrítica n.f. Crítica exagerada. • **hipercrítico, a** **1.** adj. Propio de la hipercrítica o del que la practica. **2.** n.m. Censor inflexible.

hiperemia n.f. MED Congestión local de los vasos sanguíneos, patológica o provocada.

hiperespacio n.m. MAT Espacio ficticio de más de tres dimensiones.

hiperestesia n.f. FISIOL Sensibilidad excesiva y dolorosa. • **hiperestesiar** **1.** v.tr. Causar hiperestesia. **2.** v.prnl. Padecerla.

hiperfocal adj. FOTOG Se dice de la distancia a partir de la cual todos los objetos tienen una imagen clara, con la cámara enfocada al infinito.

hiperfrecuencia n.f. TELECOM Frecuencia comprendida en la gama de 300 MHz a 300 GHz.

hiperglucemia n.f. Elevación de la tasa de glucosa en la sangre.

hipergol n.m. TECN Conjunto formado por un combustible y un carburante líquidos cuya combustión se produce espontáneamente cuando se pone uno en presencia de otro. Utilizado para la propulsión de los cohetes.

hiperhidrosis n.f. FISIOL Exceso de la secreción sudoral.

hipericáceas n.f.pl. BOT Familia de plantas dicotiledóneas dialipétalas de las que ciertos órganos contienen bolsas o canales secretores.

hipericíneo,a n.f. y adj. BOT Se dice de hierbas, matas, arbustos y árboles de la familia de las gutíferas, que suelen tener jugo resinoso. ▷ pl. Familia de estas plantas.

hiperleucocitosis n.f. MED Incremento patológico del número de glóbulos blancos en la sangre.

hipermercado n.m. Almacén que vende, en régimen de autoservicio, artículos alimenticios y otras mercancías y cuya superficie de venta es superior a 2.500 m^2.

hipermetamorfosis n.f. Metamorfosis que consta de mayor número de fases o mudanzas que la ordinaria, como la de la cantárida.

hipermetría n.f. Figura poética de muy poco uso, que consiste en dividir una palabra para acabar con su primera parte un verso y empezar otro con la segunda.

hipermetropía n.f. Defecto de la visión que consiste en una mala percepción de los objetos cercanos.

hipermnesia n.f. PSICOL Actividad anormalmente intensa de la memoria.

hipernervioso,a n. y adj. De un nerviosismo extremo.

hiperón n.m. FIS NUCL Partícula pesada, perteneciente a la familia de los bariones y cuya masa es superior a la del protón.

hiperostosis n.f. MED Engrosamiento de uno o varios huesos.

hiperoxia n.f. MED Estado que presenta un organismo sometido a un régimen respiratorio con exceso de oxígeno.

hiperplano n.m. MAT Subespacio vectorial de $n-1$ dimensiones de un espacio vectorial de n dimensiones (p. ej., un espacio de tres dimensiones para un hiperespacio de cuatro dimensiones).

hiperplasia n.f. MED y ZOOL Excesiva multiplicación de células normales en un órgano o tejido.

hiperrealismo, movimiento artístico nacido en los Estados Unidos en los años 1967-1968 que, apuntando a una reconstrucción objetiva de diferentes aspectos de la vida contemporánea, se funda en la imitación literal, minuciosa y voluntariamente «fría» de la realidad. (Principales representantes: R. Estes, J. Kacere, J. Salt, D. Eddy, R. Goings J.O. Hucleux.)

hipersecreción n.f. MED Secreción excesiva de una glándula o de una célula.

hipersensibilidad n.f. Sensibilidad excesiva.

hipersomnia n.f. MED Incremento patológico del tiempo de sueño.

hipersónico,a adj. AERON Se dice de las velocidades superiores a Mach 5.

hipertelia n.f. PALEONT Evolución exagerada que desemboca en la elaboración de órganos desmesurados o nocivos (ej. los caninos del *machairodus*).

hipertensión n.f. MED Elevación anormal de la presión arterial (tensión superior a 16/9,5).

hipertermia n.f. FISIOL Aumento patológico de la temperatura del cuerpo.

hipertiroidismo n.m. MED Hipersecreción hormonal de la glándula tiroidea.

hipertonía n.f. **1.** MED Incremento anormal de la tonicidad de uno o varios músculos. **2.** FIS Estado de una solución (llamada *hipertónica*) cuya concentración es superior a la del medio del que está separada por un tabique semipermeable. ● **hipertónico** adj. QUIM Se dice de una solución que, comparada con otra, tiene mayor presión osmótica que ella, siendo igual la temperatura de ambas.

hipertrofia n.f. **1.** Desarrollo excesivo de un órgano o de una parte del cuerpo. **2.** Fig. Crecimiento exagerado.

hipervitaminosis n.f. MED Perturbación debida al aporte excesivo de vitaminas.

hípico,a adj. Perteneciente o relativo al caballo. ● **hipismo** n.m. Conjunto de conocimientos relativos a la cría y educación del caballo.

hipn(o)- Prefijo procedente del griego *hypnos*, «sueño».

hipnosis n.f. Estado psíquico próximo al sueño, provocado por sugestión o por medios químicos. ● **hipnagógico,a** adj. Que conduce al sueño. ● **hipnótico,a** adj. **1.** Que provoca el sueño. **2.** Relativo a la hipnosis, al hipnotismo. ● **hipnotismo** n.m. **1.** Conjunto de fenómenos que constituyen el sueño artificialmente provocado, el estado de hipnosis. **2.** Conjunto de medios puestos en práctica para provocar el sueño hipnótico. ● **hipnotizar** v.tr. **1.** Sumergir (a alguien) en un sueño hipnótico. **2.** Fig. Fascinar, deslumbrar.

hipo n.m. Movimiento convulsivo del diafragma, que produce una respiración interrumpida y violenta, y causa algún ruido.

hipo- Elemento compositivo que entra en la formación de algunas voces españolas con el significado de «inferioridad o subordinación».

hipoacusia n.f. MED Disminución de la agudeza auditiva.

hipocampo n.m. Caballito de mar.

hipocapnia n.f. Disminución de la tasa de dióxido de carbono (CO_2) en la sangre.

hipocastanáceo,a n. y adj. BOT Se dice de árboles o arbustos angiospermos dicotiledóneos; como el castaño de Indias. ▷ n.f.pl. BOT Familia de estas plantas.

hipocentro n.m. GEOL Lugar subterráneo (de 10 a 700 km) donde se originan las ondas sísmicas cuando se produce un terremoto.

hipocicloide n.f. GEOM Curva engendrada por un punto de una circunferencia que rueda sin deslizar en el interior de otra fija.

hipoclorhidria n.f. FISIOL Escasez de ácido clorhídrico en el jugo gástrico.

hipocloroso adj. QUIM Califica al anhídrido Cl_2O y al monoácido HClO.

hipocondría n.f. PSIQUIAT Preocupación obsesiva de un sujeto por su estado de salud. ● **hipocondríaco** n. y adj. **1.** Que padece de hipocondría. **2.** De humor melancólico y desigual.

hipocondrio n.m. ZOOL Cada una de las dos partes laterales de la región epigástrica, situada debajo de las costillas falsas.

hipocresía n.f. Fingimiento y apariencia de cualidades o sentimientos. ● **hipócrita** n. y adj. Que finge o aparenta lo que no es o lo que no siente.

hipodérmico,a adj. Que está o se pone debajo de la piel.

hipódromo n.m. Lugar destinado para carreras de caballos y carros.

hipófisis n.f. ANAT FISIOL Glándula endocrina que tiene un papel principal en la regulación de las secreciones hormonales.

hipogastrio n.m. ANAT Parte inferior del abdomen, situada encima del pubis.

hipogénico,a adj. GEOL Se dice de los terrenos y rocas formados en lo interior de la Tierra.

hipogeo n.m. **1.** Bóveda subterránea donde los griegos y otras naciones antiguas conservaban los cadáveres sin quemarlos. **2.** Capilla o edificio subterráneo.

hipogloso adj. ANAT Se dice del nervio motor de la lengua.

hipoglucemia n.f. MED Disminución o insuficiencia de la tasa de glucosa en la sangre.

hipoide adj. Se dice de la pareja de engranajes cónicos de dentado espiral y ejes ortogonales.

hipólogo n.m. Veterinario de caballos. ● **hipología** n.f. Estudio general del caballo.

hipómanes n.m. VETER Sustancia que se desprende de la vulva de la yegua cuando está en celo.

hipopótamo n.m. Mamífero herbívoro del África tropical. Pasa la mayor parte de su vida en los ríos. — *Hipopótamo enano de Liberia*. Especie de menor tamaño. Escasamente anfibio.

hiposecreción n.f. MED Secreción insuficiente o inferior a la normal.

hipospadia o **hipospadias** n.m. MED Malformación congénita de la uretra, cuyo orificio se sitúa en la cara inferior del pene.

hipóstasis n.f. **1.** FILOS Sustancia real. **2.** TEOL El Padre, el Hijo, el Espíritu Santo, en tanto que personas sustancialmente distintas de las otras dos.

hipotálamo n.m. ANAT Región del diencéfalo situada bajo el tálamo y encima de la hipófisis.

hipoteca n.f. DER Derecho real otorgado a un acreedor sobre los bienes de un deudor para poder responder a un préstamo, crédito, etc. ● **hipotecar** v.tr. **1.** Someter (alguna cosa) a hipoteca. **2.** Fig. Empeñar. ● **hipotecario,a** adj. **1.** Perteneciente o relativo a la hipoteca. **2.** Que se asegura con hipoteca.

hipotecnia n.f. Estudio técnico de la cría, mejora y explotación del caballo.

hipotensión n.f. MED Tensión arterial inferior a la normal.

hipotenusa n.f. GEOM Lado opuesto al ángulo recto de un triángulo rectángulo.

hipotermia n.f. FISIOL Descenso de la temperatura del cuerpo por debajo de lo normal.

hipótesis n.f. **1.** MAT Punto de partida de una demostración lógica, a partir del cual se propone alcanzar la solución. **2.** En las ciencias experimentales explicación plausible de un fenómeno natural, admitida provisionalmente y destinada a ser sometida a un control metódico experimental. **3.** Corrientemente, suposición, conjetura que se efectúa sobre la explicación o la posibilidad de un acontecimiento. ● **hipotético,a** adj. **1.** Basado en una hipótesis. **2.** Dudoso, incierto.

hipotiroidismo n.m. MED Insuficiencia en el funcionamiento del tiroides.

hipotonía n.f. **1.** MED Disminución de la tonicidad muscular. **2.** FIS Estado de una solución en la que la presión osmótica es inferior a la de referencia.

hipotrofia n.f. MED Desarrollo insuficiente del cuerpo o de un órgano.

hipovitaminosis n.f. MED Carencia de vitaminas.

hipoxia n.f. MED Estado que presenta un organismo viviente sometido a un régimen respiratorio con déficit de oxígeno.

hipp(o)- Prefijo procedente del griego *hippos*, «caballo».

Hipparion n.m. PALEONT Género de équidos fósiles cuyas patas estaban provistas de tres dedos y que vivieron en Eurasia en el plioceno y el pleistoceno.

hippy n.m. y f. **1.** Miembro de un movimiento nacido en la costa californiana de Estados Unidos, cuyos adeptos pretendían denunciar mediante su conducta, sus vestidos, su modo de vida, a la «sociedad de consumo» y su conformismo. **2.** P. ext., joven que imita a los hippies californianos en su forma de vivir o en su vestimenta.

hirsuto,a adj. Se dice del pelo disperso y duro, y de lo que está cubierto de pelo de esta clase o de púas o espinas. ● **hirsutismo** n.m. FISIOL Brote anormal de vello recio en lugares de la piel generalmente lampiños. Es más frecuente en la mujer.

hirudíneos n.m. pl. ZOOL Clase de gusanos anélidos cuyo tipo es la sanguijuela.

hisopo n.m. **I.** Mata muy olorosa y común de la familia de las labiadas, que ha tenido alguna aplicación en medicina y perfumería. **II. 1.** Objeto que sirve en las iglesias para dar agua bendita o esparcirla. **2.** Manojo de ramitas que se usa con este mismo fin en algunas bendiciones solemnes. **III.** *Chile*. Brocha de afeitar. ● **hisopear** v.tr. Rociar o echar agua con el hisopo.

hispano,a adj. Denominación que reciben en EE.UU. las minorías hispanoamericanas existentes en el país.

hista-, histio-, histo- Prefijos procedentes del griego *histos*, «tejidos».

histamina n.f. BIOQUIM Amina derivada de la histidina que provoca la secreción del jugo gástrico, contrae las arterias, dilata los capilares y juega también un papel de mediador químico en las reacciones alérgicas.

hister(o)- Prefijo procedente del griego *hystera*, «útero».

histerectomía n.f. CIR Ablación, total o parcial, del útero.

histéresis n.f. FIS y QUIM Retraso en la evolución de un fenómeno.

histeria n.f. **1.** MED y PSIQUIAT Neurosis observada más a menudo en la mujer joven y caracterizada por una personalidad inmadura y una inestabilidad emocional. **2.** Gran excitación, agitación estrepitosa. ● **histérico,a 1.** adj. MED Que tiene relación con la histeria. **2.** n. y adj. Que sufre de histeria. Nervioso. ▷ Nervioso, sobreexcitado; que denota sobreexcitación.

histerografía n.f. MED Radiografía del útero.

histerología n.f. RET Figura que consiste en invertir o trastornar el orden de las ideas, diciendo antes lo que debería decirse después.

histerotomía n.f. MED Incisión del útero para extraer el feto (cesárea) o retirar un tumor.

histidina n.f. BIOQUIM Aminoácido cíclico que se encuentra en pequeñas cantidades en todas las proteínas y en relativa abundancia en la hemoglobina.

histocompatibilidad n.f. Compatibilidad entre los tejidos de un injerto y los del receptor, estrechamente ligada a su pertenencia a grupos de tejidos caracterizados por antígenos genéticamente definidos.

histogénesis n.f. BIOL **1.** Rama de la embriología que estudia el desarrollo de los tejidos. **2.** Estudio de la formación de los tejidos enfermos (principalmente los neoplasmas).

histograma n.m. Representación gráfica, por medio de bandas yuxtapuestas, de una serie estadística.

histología n.f. BIOL Estudio de los tejidos del organismo por medio del microscopio óptico y electrónico, y por métodos de coloración que permiten identificar su estructura, su morfología, su modo de formación y su función. • **histólisis** n.f. BIOL Destrucción de los tejidos.

histona n.f. BIOQUIM Proteína unida al ácido desoxirribonucleico de los núcleos celulares, que desempeña un papel importante en la síntesis de las proteínas.

historia n.f. **1.** Narración de los acontecimientos pasados. — *Historia natural.* Descripción de las producciones de la naturaleza en sus tres reinos animal, vegetal y mineral. **2.** Conjunto de los sucesos referidos por los historiadores. **3.** Obra histórica compuesta por un escritor. **4.** Obra histórica en que se refieren los acontecimientos o hechos de un pueblo o de un personaje. **5.** Fig. Relación de cualquier género de aventuras o sucesos. **6.** Fig. Fábula, narración inventada. **7.** PINT Cuadro o tapiz que representa un caso histórico o fabuloso. • **historiador,a** n.m. y f. Persona que escribe historia. • **historial I.** adj. Perteneciente a la historia. **II.** n.m. Reseña circunstanciada de los antecedentes de un negocio, o de los servicios o la carrera de un funcionario. • **historiar** v.tr. **1.** Componer, contar o escribir historias. **2.** Exponer las vicisitudes por que ha pasado una persona o cosa. **3.** Fam. *Amér.* Complicar, confundir, enmarañar. **4.** PINT Pintar o representar un suceso histórico o fabuloso. • **historicidad** n.f. Calidad de histórico. • **historicismo** n.m. Tendencia intelectual a reducir la realidad humana a su historicidad o condición histórica. • **histórico,a** adj. **1.** Perteneciente a la historia. **2.** Averiguado, comprobado, cierto. **3.** Digno de figurar en la historia. • **historieta** n.f. Fábula o relación breve de aventura o suceso de poca importancia.

ENCICL Herodoto de Halicarnaso señaló claramente, desde el principio, el objeto de la historia (la sociedad en su conjunto), su finalidad científica y sus métodos basados en el análisis de las fuentes. Desde entonces, los historiadores y las escuelas se han mantenido dentro de estos límites, dando preferencia ya al método, ya a la preocupación explicativa (Tucídides). Podría decirse que entre estos dos grandes historiadores griegos del s. V a. J.C. y los europeos del s. XVIII, la historia, como ciencia, se estancó e incluso retrocedió: durante veinte siglos no se hicieron, siguiendo el modelo de Plutarco (s. I d. J.C.), más que colecciones de hechos, fechas y anécdotas. No obstante, con César, Polibio, Tácito, san Agustín y sobre todo con Ibn Khaldūn (s. XIV), se llegó a concepciones más amplias. Commynes fue el único historiador entre los grandes cronistas franceses; en Italia, Maquiavelo dio al género una dimensión política. Los ss. XVI y XVII fueron un período de acumulación en el desarrollo de la ciencia histórica. Aunque en el s. XVIII no hubo historiadores que se limitasen a ese campo únicamente, Vico, Voltaire, Rousseau y Gibbon concibieron leyes históricas que se hallan en «la naturaleza de las cosas» (Montesquieu). Corresponderá a los historiadores románticos aplicar las nociones y conceptos elaborados en el Siglo de las Luces y los métodos eruditos inventados desde el Renacimiento. La historia, que nacía como tal en ese momento, triunfó como historia positivista, limitada a la crónica política y a la de las élites. Frente al positivismo, se desarrollaron entre 1920 y 1930 las corrientes de la historia social global bajo la influencia principalmente del desarrollo del marxismo y de la constitución de las ciencias sociales y humanas independientes. En nuestros días, los métodos *cuantitativos* (búsqueda de información estadística) se utilizan para intentar hacer una historia que no sea la de los dominadores, la de los vencedores. Además, se impone un nuevo punto de vista: al hablar del pasado, todo historiador expresa las preocupaciones de los hombres del presente. La *filosofía de la historia* se esfuerza en abstraer del conjunto de acontecimientos que integran la historia de la humanidad una serie de principios que la hagan inteligible, uniéndose a la afirmación de que la historia tiene un sentido, que esta historia concluye con el juicio final (Bossuet, *Discurso sobre la historia universal*, 1681), o que desemboca en la organización racional del Estado (Hegel, *Filosofía del Derecho*, 1830-1842), en el Estado positivo (A. Comte, *Curso de filosofía positiva*, 1830-1842), en la sociedad comunista (Marx), en el triunfo de la libertad (Croce), en el Eterno Retorno (Nietzsche), en la «respuesta» de los pueblos al «reto» de la supervivencia (Toynbee), etc.

historiado,a adj. **1.** Fig. y Fam. Recargado de adornos o de colores mal combinados. **2.** PINT Se aplica al cuadro o dibujo compuesto de varias figuras convenientemente colocadas respecto del suceso o escena que representan.

historiografía n.f. **1.** Arte de escribir la historia. **2.** Estudio bibliográfico y crítico de los escritos sobre historia, sus fuentes y sus autores. • **historiográfico,a** adj. Perteneciente o relativo a la historiografía. • **historiógrafo** n.m. El que cultiva la historia o la historiografía. • **historiología** n.f. Teoría de la historia.

histrión n.m. El que representaba disfrazado en la comedia o tragedia antigua. • **histriónico,a** adj. Perteneciente al histrión. • **histrionismo** n.m. **1.** Oficio de histrión. **2.** Conjunto de las personas dedicadas a este oficio. **3.** Afectación propia del histrión.

hititas, pueblo de Anatolia central que ejerció su dominio sobre Asia Menor del s. XVI al XIII a. J.C. Se formó a raíz de una fusión entre algunos elementos autóctonos de la cuenca del Halys (río actualmente conocido como el Kizil Irmak): los haltis o protohititas y los pueblos indoeuropeos que penetraron en Anatolia en oleadas sucesivas a comienzos del II milenio. Numerosos objetos y vestigios arquitectónicos, descubiertos a partir de 1893, permiten apreciar la riqueza del arte hitita.

hito n.m. Mojón o poste de piedra, por lo común labrada, que sirve para conocer la dirección de los caminos y para señalar los límites de un territorio.

hit-parade n.m. Clasificación por orden de popularidad de las canciones de moda.

HL-A MED Principal sistema de histocompatibilidad conocido en el hombre.

hm Abreviatura de hectómetro.

Ho QUIM Símbolo químico del holmio.

hobby n.m. Pasatiempo, afición.

hocico n.m. **1.** Parte más o menos prolongada de la cabeza de algunos animales, en que están la boca y la nariz. **2.** Boca de hombre cuando tiene los labios muy abultados. • **hocicar** v.t. Levantar la tierra con el hocico. ▷ MAR Hundir o calar la proa. • **hocicón,a** u **hocicudo,a** adj. **1.** Se dice de la persona que tiene boca saliente. **2.** Se dice del animal de mucho hocico.

1. hocino n.m. **1.** Instrumento de hierro que se usa para cortar la leña. **2.** El que usan los hortelanos para trasplantar.

2. hocino n.m. **1.** Terreno que dejan las quebradas o angosturas de las faldas de las montañas cerca de los ríos o arroyos. ▷ pl. Huertecillos que se forman en dichos lugares. **2.** Angostura de los ríos cuando se estrechan entre dos montañas.

hockey n.m. Deporte de equipo que se practica sobre patines, hierba o hielo y que consiste en enviar una pelota o un disco de caucho a la portería contraria empujándolos con un bastón.

hoco n.m. BOT *Bol.* Calabacín.

hogaño adv.t. Fam. En este año, en el año presente.

hogar n.m. **I. 1.** Sitio donde se coloca la lumbre en las cocinas, chimeneas, hornos de fundición, etc. **2.** Hoguera. **II. 1.** Fig. Casa o domicilio. **2.** Fig. Vida de familia. • **hogareño,a** adj. **1.** Amante del hogar y de la vida en familia. **2.** Se dice también de las cosas pertenecientes al hogar.

hogaza n.f. **1.** Pan grande que pesa más de un kilo. **2.** Pan de harina mal cernida, que contiene algo de salvado.

hoguera n.f. Porción de materias combustibles que, encendidas, levantan mucha llama.

hoja n.f. **I. 1.** Cada una de las partes, generalmente verdes, planas y delgadas, que nacen de los tallos y ramas de los vegetales. **2.** Pétalo. **II. 1.** Lámina delgada de cualquier materia; como metal, papel, etc. **2.** En los libros y cuadernos, cada una de las partes iguales que resultan al doblar el papel para formar el pliego. **3.** Laminilla delgada, a manera de escama, que se levanta en los metales al tiempo de batirlos. **4.** Cuchilla de las armas blancas y herramientas. **5.** En las puertas, ventanas, etc., cada una de las partes que se abren y se cierran.

ENCICL La hoja se presenta en todas las plantas superiores, tanto gimnospermas como angiospermas; la de las angiospermas dicotiledóneas tiene cuatro partes: la *base foliar*, parte integrante del tallo, el *limbo*, amplia y delgada superficie expuesta a la luz; el *pecíolo*, estrecho soporte del limbo, y las *nervaduras*, haces conductores de la savia, que recorren el conjunto del limbo. La de las monocotiledóneas rara vez tiene pecíolo y en cambio siempre tiene nervaduras paralelas. La forma, los recortes y la nervadura del limbo permiten identificar la especie vegetal considerada. Perennes o caducas, las hojas tienen una considerable importancia fisiológica, ya que en ellas tiene lugar: 1.°, la *fotosíntesis clorofílica* de los glúcidos (en especial el almidón); 2.°, la *reducción de los nitratos* absorbidos por la raíz y que entrarán en la composición de las proteínas; 3.°, la síntesis de numerosísimas sustancias necesarias para los restantes órganos de la planta, y 4.°, una intensa evaporación (por los estomas) que crea en la planta una depresión causante en parte de la ascensión de la savia bruta (aspiración foliar).

hojalata n.m. o f. Lámina de hierro o acero, estañada por las dos caras.

hojaldre n.m. o f. Masa de pastelería que al cocerse en el horno forma muchas hojas delgadas superpuestas unas a otras.

hojarasca n.f. **1.** Conjunto de las hojas que han caído de los árboles. **2.** Fig. Cosa inútil y de poca sustancia.

hojear v.tr. **1.** Mover o pasar ligeramente las hojas de un libro o cuaderno. **2.** Pasar las hojas de un libro, leyendo de prisa algunos pasajes.

hojoso,a u **hojudo,a** adj. Que tiene muchas hojas.

¡hola! Interj. que se emplea a modo de salutación familiar.

holanda n.f. **I.** Tela de hilo muy fina. **II.** Aguardiente obtenido por destilación directa de vinos puros y sanos, con una graduación máxima de 65 grados.

holandés,a **1.** n. y adj. Natural de Holanda. **2.** adj. Perteneciente o relativo a Holanda.

holding n.m. FIN Sociedad poseedora de una cartera de acciones que pueden representar a empresas relacionadas o no entre sí.

holgar v.int. **1.** Descansar. **2.** Estar ocioso, no trabajar. • **holgazán,a** n. y adj. Se aplica a la persona vagabunda y ociosa que no quiere trabajar.

holgura n.f. **1.** Anchura. **2.** Anchura excesiva.

holmio n.m. QUIM Elemento metálico de número atómico 67 y masa atómica 164,93 (símbolo *Ho*), perteneciente al grupo de las tierras raras.

holocausto n.m. Entre los judíos, sacrificio en que se quemaba totalmente a la víctima.

holograma n.m. TECN Cliché fotográfico que da la ilusión de relieve cuando está iluminado por el rayo de un láser.

ENCICL Un holograma es el registro sobre una superficie fotosensible de dos ondas procedentes de un mismo emisor: una onda directa y una onda difractada por el objeto fotografiado, que producen un sistema de interferencias. Iluminando con un emisor láser (holografía óptica) la fotografía obtenida, se obtiene una imagen en tres dimensiones. Si se utiliza un emisor ultrasonoro (holografía acústica), el holograma se forma sobre un cristal piezoeléctrico que transforma las ondas sonoras en señales eléctricas, y la imagen se visualiza en una pantalla catódica.

holoturia n.f. ZOOL Cualquiera de los equinodermos pertenecientes a la clase de los holotúridos. • **holotúrido** n. y adj. ZOOL Se dice de animales equinodermos de cuerpo alargado con tegumento blando; boca y ano en los extremos opuestos del cuerpo y tentáculos retráctiles. ▷ n.m.pl. ZOOL Clase de estos animales.

hollar v.tr. **1.** Pisar. **2.** Fig. Abatir, humillar.

hollín n.m. Sustancia crasa y negra que el humo deposita en los conductos pora donde pasa.

hombre n.m. **I. 1.** Animal racional. **2.** Varón. **3.** El que ha llegado a la edad viril o adulta. **4.** Vulg. Marido. **II.** Junto con algunos sustantivos por medio de la prep. *de,* el que posee las calidades o cosas significadas por los sustantivos. *Hombre de honor.*

ENCICL **Antrop.** — El grupo de los homínidos, al que se encuentra unido el de los prehomínidos (v.), no abarca más que al género *Homo,* que a su vez engloba a todos los pitecántropos *(Homo erectus),* de Java, China (hombre de Pekín), Mauritania; a los neanderthales *(Homo sapiens neanderthalensis),* que subsistieron durante cierto tiempo junto al *Homo sapiens,* y al hombre actual. El primer tipo de *Homo sapiens,* que apareció bruscamente hace menos de 50.000 años, es la del *Homo sapiens fossilis,* el hombre de Cro-Magnon, cuyo grado de civilización era mucho más elevado que el de los neanderthales. El descubrimiento en Swanscombe (Gran Bretaña) y en Steinheim (Württemberg), de fósiles de más de 250.000 años de antigüedad cuyas características eran intermediarias entre las del hombre de Cro-magnon y las del australopiteco (género *Australopithecus,* tipo A, grupo de los prehomínidos), refuerza la hipótesis según la cual el hombre actual, *Homo sapiens,* descendería a través de los homínidos de Swanscombe o de Steinheim, llamados presapiens (anteriores al *Homo sapiens*), del australopiteco A, siendo los australopitecos tipo B, los neanderthales y los pitecántropos ramas paralelas. La estructura general de los homínidos, esto es, la del hombre actual, pertenecía a la de los primeros primates; el estadio principal de hominización fue la adquisición de la postura vertical (bípeda) que liberó a las manos de su función locomotriz y favoreció el aumento constante del volumen del cerebro, y de esta forma del psiquismo. La industria lítica no es privativa del *Homo sapiens;* de hecho, numerosos neanderthales ya la practicaban. Precisaremos que la prehistoria, esto es, la «historia» de las primeras actividades industriales y artísticas del *Homo sapiens,* no cubre más que el período más reciente de la paleontología humana.

Filos. — El conocimiento del hombre fue el propósito esencial de todas las sabidurías (ciencia, filosofía, historia, etc.). La primera confesión de la dignidad humana aparece quizás en la tradición hebrea, cuando el hombre se afirma como «imagen y semejanza» de Dios. Es importante resaltar que esa afirmación resultaba insólita en una época en que sólo los reyes o los grandes magnates de su corte —ahí está el caso de Egipto— se presentaban como encarnaciones de la divinidad. Los egipcios creían ya, sin embargo, en la existencia de un espíritu capaz de sobrevivir a la muerte. Su antropomorfismo les llevó a momificar el cuerpo y a alimentar al cadáver en su propia tumba reflejada dicha idea en la construcción de pirámides para sus faraones. A esta corriente se sumó la influencia del pensamiento cristiano, que veía en el hombre una encarnación del *logos* universal («Y el verbo se hizo carne...»). El pensamiento griego (que concedía gran importancia a la morfología carnal del cuerpo) y el pensamiento cristiano (que proclamaba la supremacía del espíritu sobre la carne) dieron su fruto dorado en la época humanista del Renacimiento. Entonces surge también la idea de que el hombre, símbolo áureo de la creación, puede llegar a establecer su dominio sobre la naturaleza. Esta conclusión separa en dos vías divergentes la concepción oriental del hombre y la revolución tecnológica occidental. A partir del s. XIX la filosofía moderna insiste en los lazos que unen a hombre y sociedad. Y frente a esa concepción que sumerge al hombre en el devenir de la historia (Hegel, Marx) reacciona el pensamiento aristocrático de Nietzsche que llega a absolutizar la figura del «superhombre». El pensamiento moderno se halla, pues, entre estos dos umbrales: una corriente materialista que concibe al hombre como «instrumento» de transformación de la historia; y una corriente idealista que defiende la transformación interior del ser humano sin concesiones a las conveniencias sociales.

hombro n.m. Parte superior y lateral del tronco del hombre y de los cuadrumanos, de donde nace el brazo. • **hombrera** n.f. Pieza de paño en forma de almohadilla que refuerza los trajes por los hombros.

homenaje n.m. **1.** Juramento solemne de fidelidad hecho a un rey o señor. **2.** Acto o serie de actos que se celebran en honor de una persona.

homeo- Prefijo procedente del griego *homoios,* «semejante».

homeopatía n.f. Sistema curativo que aplica, en dosis mínimas, las mismas sustancias que en mayores cantidades producirían síntomas iguales o parecidos a los que se trata de combatir.

ENCICL El nacimiento de la homeopatía se atribuye a Hahnemann, pero ya Hipócrates (ss. V y IV a. J.C.) escribía: «la enfermedad está causada por sustancias similares a ella, y es por éstas por las que el enfermo recupera la salud». En 1790, Hahnemann, experimentando la quina en sí mismo, sin estar enfermo, comprobó pronto lo siguiente: «La quina, que destruye la fiebre, provoca en el sujeto sano las apariencias de la fiebre»; había descubierto la primera de las tres leyes de la homeopatía: la *ley de la similitud,* que completa una segunda ley, la de las *dosis infinitesimales:* «Los medicamentos, administrados en dosis infinitesimales a un enfermo, son las mismas sustancias que, en dosis considerables, provocarían en un sujeto sano molestias idénticas a las que sufre el enfermo». La segunda ley tiene un origen empírico: Hahnemann observó el poder creciente del medicamento (y la desaparición de las «enfermedades medicamentosas») al ser diluido: se preparan soluciones sucesivas al 1/100 (centesimales hahnemanianas, abreviatura CH) o al 1/10 (decimales significadas con una X); además la agitación del recipiente *(dinamización)* para producir la solución es capital. La tercera ley se refiere al «terreno mórbido»: no hay enfermedades (de carácter universal) ni enfermos (todos idénticos si sufren una misma enfermedad), sino un enfermo, global y fuertemente individualizado; si sufre, es porque su sistema de defensa es globalmente deficiente; conviene estimulárselo.

homeóstasis n.f. BIOL Conjunto de fenómenos de autorregulación, que mantienen relativa constancia en la composición y las propiedades del medio interno de un organismo.

homeotermo,a n.m. y adj. ZOOL Califica a los animales, llamados también «de sangre caliente», que mantienen constante la temperatura de sus cuerpos.

homicida n.m. y f. Que ocasiona la muerte de una persona. • **homicidio** n.m. Muerte causada a una persona por otra.

homilía n.f. Plática que se hace para explicar al pueblo las materias de religión.

hominal adj. ZOOL Perteneciente o relativo al hombre.

homínidos n.m.pl. Familia de primates que comprende una sola especie: el *Homo sapiens.*

hominización n.f. Proceso físico y psíquico por el cual la especie humana se ha constituido a partir de primates.

homo- Elemento procedente del griego *homos,* «semejante, el mismo».

homo n.m. Nombre latino del género de la especie humana *(Homo sapiens)* y de diversas especies colaterales ya desaparecidas.

homocéntrico,a adj. GEOM Concéntrico.

homocigoto,a u **homozigoto,a** adj. **1.** BIOL Híbrido. **2.** Se dice de los gemelos provenientes de un mismo huevo.

homófono,a adj. Se dice de las palabras que con distinta significación suenan de igual modo. **2.** Se dice del canto o música en que todas las voces tienen el mismo sonido.

homogéneo,a adj. **1.** De la misma naturaleza, formado por una misma sustancia. • **homogeneización** n.f. Acción de homogeneizar. ▷ TECN Tratamiento que se experimenta sobre ciertos líquidos (leche principalmente) para impedir la separación de los elementos que los constituyen.

homografía n.f. MAT Aplicación que transforma una recta de un primer espacio vectorial en una de un segundo.

homógrafo,a adj. GRAM Se dice de las palabras que poseen la misma ortografía y pronunciación, o una pronunciación distinta. *Cojo (que cojea) y (yo) cojo (verbo).*

homologar v.tr. **1.** Registrar y confirmar un organismo autorizado el resultado de una prueba deportiva. **2** FOR Confirmar el juez ciertos actos y convenios de las partes, para hacerlos más firmes y solemnes.

homología n.f. Relación existente entre dos elementos homólogos.

homólogo,a adj. **1.** GEOM Califica los lados o caras paralelas de las figuras homotéticas. **2.** QUIM ORG *Compuestos homólogos.* Aquellos cuyas fórmulas brutas no difieren más que por el número de grupos CH_2. **3.** BIOL Se dice de los órganos de especies y de grupos diferentes que tienen el mismo origen embriológico. *Entre los vertebrados, los brazos o las alas son homólogos.* **4.** Equivalente, análogo.

homónimo,a n. y adj. Se dice de dos o más personas o cosas que llevan un mismo nombre, y de las palabras que con el mismo significante tienen distinta significación.

homóptero n. y adj. ZOOL Se dice de insectos hemípteros cuyas alas anteriores son casi siempre membranosas como las posteriores, y más coloreadas que éstas. ▷ n.m.pl. ZOOL Suborden de estos animales.

homosexual n. y adj. Se dice del individuo afecto de homosexualidad. • **homosexualidad** n.f. Inclinación manifiesta u oculta hacia la relación erótica con individuos del mismo sexo.

homosfera n.f. METEOR Región de la atmósfera situada a una altitud inferior a los 100 km, donde la composición del aire permanece sensiblemente constante.

honda n.f. Tira de cuero u otra materia semejante, para lanzar piedras con violencia.

hondear v.tr. **1.** Reconocer el fondo con la sonda. **2.** Sacar carga de una embarcación.

hondo,a **I.** adj. **1.** Que tiene profundidad. **2.** Se aplica a la parte del terreno que está más baja que todo lo circundante. **3.** Fig. Profundo, intenso. **II.** n.m. Parte inferior de una cosa hueca o cóncava. • **hondonada** n.f. Espacio de terreno hondo. • **hondura** n.f. Profundidad de una cosa.

hondureño,a **1.** n. y adj. Natural de Honduras. **2.** adj. Perteneciente a esta nación de América.

honestidad n.f. **1.** Compostura, decencia y moderación en la persona, acciones y palabras. **2.** Recato, pudor. **3.** Urbanidad, decoro, modestia. • **honesto,a** adj. **1.** Decente o decoroso. **2.** Recatado, pudoroso. **3.** Razonable, justo. **4.** Honrado.

hongo n.m. **I.** BOT Cualquiera de las plantas acotiledóneas o celulares, sin clorofila, de consistencia carnosa o gelatinosa. Hay especies comestibles y otras venenosas. ▷ pl. Familia de las plantas de este nombre. **II.** MED Excrecencia fungosa que crece en las úlceras o heridas e impide la cicatrización de las mismas. **III.** Sombrero de copa aovada o chata. **IV.** *Hongo atómico.* Nube luminosa que acompaña a las explosiones nucleares.

honor n.m. **1.** Cualidad moral que lleva al más severo cumplimiento de los deberes respecto del prójimo y de uno mismo. **2.** Gloria o buena reputación. **3.** Honestidad y recato en las mujeres. **4.** Alabanza, aplauso o celebridad de una cosa. **5.** Dignidad, cargo o empleo. • **honorario,a** adj. **I.** Que sirve para honrar a uno. **II.** n.m. Retribución percibida de una vez y como sueldo fijo por un trabajo liberal. (Se usa más en pl.)

honoris causa, se dice de los títulos o diplomas conferidos a personalidades, aunque no cumplan las condiciones habitualmente exigidas para ello.

honra **I.** n.f. **1.** Estima y respeto de la dignidad propia. Pundonor. **2.** Buena fama, adquirida por la virtud y el mérito. **3.** Demostración de aprecio que se hace de uno por su virtud y mérito. **4.** Honestidad y recato de las mujeres. **II.** pl. Oficio solemne que se hace por los difuntos. • **honradez** n.f. **1.** Calidad de probo. **2.** Proceder recto y pundoroso.

honrar **I.** v.tr. **1.** Respetar a una persona. **2.** Enaltecer o premiar su mérito. **II.** v.prnl. **1.** Tener uno a honra ser o hacer alguna cosa. • **honroso,a** adj. **1.** Que da honra y estimación. **2.** Decente, decoroso.

hontanar n.m. Sitio en que nacen fuentes y manantiales.

hora **I.** n.f. **1.** Cada una de las veinticuatro partes en que se divide el día solar. **2.** Momento oportuno y determinado para una cosa. **3.** Últimos instantes de la vida. **II.** n.f. ASTRON Cada una de las 24 partes iguales y equivalentes a 15 grados, en que para ciertos usos consideran los astrónomos dividida la línea equinoccial. **III.** adv. t. Ahora. **IV.** n. pl. **1.** Devocionario en que está el oficio de Nuestra Señora. **2.** Este mismo oficio

ENCICL *La hora, unidad de tiempo.* Se distingue la hora *sideral* y la hora *solar*, iguales respectivamente a la venticuatroava parte del día sideral y del día solar. La hora sideral es algo más breve que la hora solar. Normalmente, cuando se expresa una duración en horas, se trata de horas solares medias. El día solar medio es el tiempo que transcurriría entre dos pasos del sol por el meridiano, si recorriese la eclíptica con un movimiento uniforme. — *La hora, medida del tiempo transcurrido.* El día solar utilizado en astronomía comienza al mediodía. En la vida práctica, se calcula la hora a partir de medianoche (hora *civil*). Al cambiar la hora civil *local* con la longitud del lugar (a causa de la rotación de la Tierra), ha habido que definir una hora *legal*, que permanece invariable en un momento dado en todo el territorio de un país. Esta hora legal se define generalmente en relación a la hora local del meridiano situado en el centro de un huso horario.

horadar v.tr. Agujerear una cosa atravesándola de parte a parte.

horario,a **I.** adj. Perteneciente a las horas. **II.** n.m. **1.** Saetilla o mano de reloj que señala las horas, y es siempre algo más corta que el minutero. **2.** Cuadro indicador de las horas en que deben ejecutarse determinados actos.

horca n.f. **1.** Conjunto de tres palos, dos hincados en la tierra y el tercero encima trabando los dos, en el cual morían colgados los condenados a esta pena. **2.** Palo que remata en dos o más púas hechas del mismo palo o sobrepuestas de hierro. Sirve para hacinar las mieses, remover la paja, etc. **3.** Palo que remata en dos puntas y sirve para sostener las ramas de los árboles, armar los parrales, etc.

horcadura n.f. Parte superior del tronco de los árboles, donde se divide éste en ramas.

horcajadura n.f. Ángulo que forman los dos muslos o piernas en su nacimiento.

horchata n.f. Bebida que se hace de chufas, almendras, etc., con agua y azúcar.

horda n.f. **1.** Comunidad nómada de rudimentarios vínculos sociales. **2.** Fig. Grupo de gente armada que no pertenece a un ejército regular.

horizontal n. y adj. Que está en el horizonte o paralelo a él.

horizonte n.m. **I.** **1.** Línea que, en la máxima lejanía a que alcanza la vita, parece formada por la unión del cielo y la tierra. **2.** Espacio circular de la superficie del globo, encerrado en dicha línea. ▷ ASTRON Plano perpendicular a la vertical y tangente a la superficie de la tierra. **II.** Fig. Conjunto de posibilidades o perspectivas que se ofrecen en un asunto o materia.

horma n.f. Molde con que se fabrica o forma una cosa, especialmente el que usan los zapateros y los sombrereros.

hormiga n.f. Insecto himenóptero cuyo cuerpo tiene dos estrechamientos, uno en la unión de la cabeza con el tórax y otro en la de éste con el abdomen; tiene antenas acodadas y patas largas.

ENCICL Todas las hormigas (más de 10.000 especies) están organizadas en sociedad, lo cual implica la existencia de individuos especializados. Un hormiguero comprende: una reina, la única que pone huevos; machos de vida muy corta que, como la reina, tienen alas y un aguijón (hormigas aladas), y las obreras estériles, ápteras y de abdomen pedunculado, que producen secreciones ricas en ácido fórmico. Algunos hormigueros cuentan hasta con un millón de obreras. Éstas realizan el trabajo y buscan el alimento, que consiguen a veces recuperando la miel de algunos pulgones o consumiendo los hongos que empujan al interior del hormiguero. Algunas especies tropicales devoran todo a su paso o saquean otros hormigueros, llevándose huevos y larvas (que crían para hacerlas esclavas). Las hormigas aparecieron en el cretácico y desde el principio se organizaron en sociedades. Se comunican emitiendo señales químicas.

hormigón n.m. Mezcla compuesta de piedras menudas y mortero de cemento y arena. • **hormigonera** n.f. Aparato para la confección del hormigón.

hormiguear v.int. **1.** Experimentar alguna parte del cuerpo una sensación de picor que cambia de sitio. **2.** Fig. Bullir, ponerse en movimiento una muchedumbre de gente o animales.

hormiguero n.m. **1.** Lugar donde se crían y se recogen las hormigas. **2.** Torcecuello (ave). **3.** Fig. Lugar en que hay mucha gente puesta en movimiento. **4.** Nombre genérico de los mamíferos xenartros que se alimentan de hormigas.

hormona n.f. BIOL Producto de la secreción de ciertos órganos del cuerpo de animales y plantas, que excita, inhibe o regula la actividad de otros órganos o sistemas de órganos.

ENCICL La noción de secreción interna fue establecida por Claude Bernard a partir de su descubrimiento de la función glicogénica del hígado. Starling, en 1905, definió a una hormona como «un mensajero químico, un regulador químico, un excitante funcional específico». Las hormonas son sustancias relativamente simples, de un peso molecular poco elevado. Son estructuras químicas muy variadas y derivan del colesterol, de los prótidos, de los aminoácidos, etc. Proyectadas en el torrente circulatorio que riega el conjunto de los tejidos de un organismo, actúan en concentraciones ínfimas. En efecto, toda hormona se comporta como un mensajero transmisor de una información a la cual son sólo sensibles las células provistas de receptores específicos o de proteínas citoplasmáticas capaces de transportar la molécula hormonal informativa. Según la naturaleza química de la hormona, la transmisión de la información a la célula blanco puede esquematizarse por tres mecanismos diferentes: **1.** Los aminoácidos, sus derivados y las pequeñas moléculas orgánicas diversas (tiroxina, adrenalina, etc.), se fijan sobre la cara externa de la membrana celular al nivel de los receptores membranales específicos, o bien su simple presencia determina sobre la cara interna de la membrana la síntesis del AMP cíclico responsable de una estimulación metabólica general de la célula. La acción de la hormona es, por consiguiente, indirecta. **2.** Las hormonas polipeptídicas poseen un intermediario enzimático en el interior de la membrana: la adenilciclasa, que induce la formación del AMP cíclico sobre la cara interna de la membrana. **3.** Las hormonas esteroides (hormonas sexuales) recorren directamente la membrana celular de las células-blanco. La molécula de hormona se une en el interior del citoplasma a una proteína específica convirtiéndose después de esta unión en directamente activa para modificar la transcripción de genes sobre el ARN mensajero.

hornablenda n.f. Variedad de anfíbol cristalizado compuesto por un silicato de calcio, magnesia y hierro que se encuentra en muchas rocas eruptivas. Es de color verdinegro o negruzco.

hornacina n.f. ARQUIT Hueco en forma de arco, que se suele dejar en el grueso de la pared maestra para colocar en él una estatua o un altar en templos.

hornada n.f. Cantidad o porción de pan, pasteles u otras cosas que se cuece de una vez en el horno.

hornaguear **I.** v.tr. Cavar o minar la tierra para sacar hornaguera. **II.** v.prnl. *Chile.* Moverse un cuerpo a un lado y otro. • **hornaguera** n.f. Carbón de piedra.

hornaza n.f. Horno pequeño que usan los plateros y fundidores de metales.

hornero,a n.m. y f. Persona que tiene por oficio cocer pan y templar para ello el horno.

hornillo n.m. Horno manual de barro refractario, o de metal, que se emplea en laboratorios, cocinas y usos industriales.

horno n.m. **I. 1.** Construcción de fábrica, de techo abovedado y provista de respiradero o chimenea y una o varias bocas por donde se introduce lo que se trata de someter a la acción del fuego. **2.** Montón de leña, piedra o ladrillo para la carbonización, calcinación o cochura. **3.** Aparato de forma muy variada que sirve para trabajar y transformar con ayuda del calor las sustancias minerales. **4.** Caja de hierro en los fogones de ciertas cocinas, para asar o calentar viandas. **II. 1.** Sitio o concavidad en que crían las abejas, fuera de las colmenas. **2.** Cada uno de los agujeros en que se meten y afianzan los vasos en el paredón del colmenar. **3.** Cada uno de estos vasos.

horóscopo n.m. Predicción del futuro realizada por los astrólogos y deducida de la posición relativa de los astros del sistema solar, y de los signos del Zodíaco en un momento dado. ▷ Gráfico que representa estas predicciones.

horquilla n.f. **I. 1.** Horca para sostener las ramas de los árboles. **2.** Vara larga, terminada en uno de sus extremos por dos puntas, que sirve para colgar y descolgar las cosas. **3.** TECN Elemento que une el eje de la rueda delantera con el manillar de un vehículo de dos ruedas. **II.** Pieza de alambre doblada por en medio, con dos puntas iguales, que emplean las mujeres para sujetar el pelo.

horrendo,a adj. Que causa horror.

hórreo n.m. Lugar donde se recogen los granos.

horrible adj. Que causa horror.

horripilar v.tr. y prnl. **1.** Hacer que se ericen los cabellos. **2.** Causar horror y espanto.

horro,a adj. **1.** Se dice del que habiendo sido esclavo, alcanza la libertad. **2.** Libre, exento.

horror n.m. **1.** Sensación causada por una cosa terrible y espantosa. **2.** Fig. Atrocidad, monstruosidad.

hortaliza n.f. Verduras y demás plantas comestibles que se cultivan en las huertas.

hortelano,a **I.** adj. Perteneciente a huertas. ▷ n.m. y f. Persona que por oficio cuida y cultiva huertas. **II.** n.m. Pájaro de plumaje gris verdoso y amarillento en la garganta, cola ahorquillada, uñas ganchudas y pico bastante largo.

hortensia n.f. Planta saxifragácea, con tallos ramosos de un metro de altura, hojas elípticas, agudas, opuestas, de color verde brillante, y flores hermosas, con corola rosa o azulada. **2.** Flor de esta planta.

hortera **I.** n.f. Cazuela de palo. **II.** n.m. y f. Desp. Persona de escasa consideración social.

horticultura n.f. **1.** Cultivo de los huertos y huertas. **2.** Arte que lo enseña.

hosanna n.m. Exclamación de júbilo usada en la liturgia católica.

hosco,a adj. Áspero e intratable.

hospedar v.tr. y prnl. Recibir uno huéspedes en su casa; darles alojamiento. • **hospedería** n.f. **1.** Habitación destinada en las comunidades para recibir a los huéspedes. **2.** Casa destinada al alojamiento de visitantes o viandantes.

hospicio n.m. **1.** Casa destinada para albergar y recibir peregrinos y pobres. **2.** Asilo en que se da mantenimiento y educación a niños pobres, expósitos o huérfanos. **3.** *Chile.* Asilo para menesterosos.

hospital n.m. Establecimiento en que se curan enfermos.

ENCICL Los hospitales y hospicios son generalmente establecimientos públicos. Los hospitales, beneficiados por concesiones de créditos cada vez más importantes para la compra de equipos, se han convertido en el centro del progreso médico. Todo esto sólo ha sido posible gracias a una cualificación cada vez más avanzada del personal encargado. Hoy, toda la política sanitaria se organiza alrededor de los hospitales; en sus laboratorios se llevan a cabo las principales investigaciones y los estudiantes de medicina se forman dentro de su recinto.

hospitalidad n.f. Buena acogida y recibimiento que se hace a los extranjeros o visitantes.

hostal u **hostería** n.f. Casa donde se da de comer y también alojamiento a todo el que lo paga. • **hostelería** n.f. Industria que se ocupa de proporcionar a huéspedes y viajeros alojamiento, comida y otros servicios, mediante pago.

hostia n.f. Hoja redonda y delgada de pan ázimo, que se hace para el sacrificio de la misa.

hostigar v.tr. **1.** Azotar, castigar con látigo, vara o cosa semejante. **2.** Fig. Perseguir, molestar a uno.

hostil adj. Contrario o enemigo. • **hostilidad** n.f. **1.** Calidad de hostil. **2.** Acción hostil. **3.** Agresión armada de un pueblo, ejército o tropa, que constituye de hecho el estado de guerra.

hot n.m. y adj. Se dice de un estilo expresionista y vigoroso de tocar jazz.

hotel n.m. Establecimiento donde se da alojamiento a huéspedes o viajeros.

hotentotes, pueblo del África meridional, de raza khoisan. Sus orígenes son poco conocidos. Su formación, cuando eran pastores nómadas, resultaría de la reunión y mezcla de dos tipos antropológicos muy diferentes: los proto-bosquimanos y los etíopes (rama primitiva de los camitas).

hoy adv. t. **1.** En este día, en el día presente. **2.** Actualmente, en el tiempo presente. — *Hoy día,* u *hoy en día.* En esta época, en estos días que vivimos.

hoya n.f. **1.** Concavidad u hondura grande formada en la tierra. **2.** Hoyo para enterrar un cadáver. ▷ Lugar en que se entierra. **3.** Llano extenso rodeado de montañas. **4.** Semillero.

hoyo n.m. **1.** Concavidad u hondura formada en la tierra natural o artificialmente. ▷ Sepultura.

hoyuelo n.m. **1.** Hoyo en el centro de la barba; y también el que se forma en la mejilla de algunas personas cuando se ríen. **2.** Hoyo en la parte inferior de la garganta.

hoz n.f. **I.** Instrumento que sirve para segar. **II.** Angostura de un valle profundo, espec. la que forma un río que corre por entre dos sierras.

HP FIS Abreviatura de *horse-power*, caballo de vapor.

huaquear v.tr. *Perú.* Excavar en los cementerios prehispánicos para extraer el contenido de las tumbas o huacas.

huaxtecas o **huastecas,** raza indígena de México que habitó la región que hoy corresponde al estado de Tamaulipas, conocida también como Huasteca. Su procedencia se remonta a las migraciones de pueblos mayas hacia el fin del primer milenio antes de Cristo. Desarrollaron una cultura original, aunque menos brillante que la maya. Se caracterizaron por ser un foco de resistencia al avance azteca. Unas 50.000 personas hablan todavía la lengua huasteca, derivada del maya.

hucha n.f. **1.** Recipiente de barro que tiene una hendedura para guardar dinero. **2.** Fig. Dinero que se ahorra y guarda para tenerlo de reserva.

hueco,a **I.** n. y adj. Cóncavo o vacío. *Allí hay un hueco.* **II.** adj. **1.** Fig. Presumido. **2.** Se dice de lo que tiene sonido retumbante y profundo. **3.** Fig. Se dice del lenguaje, estilo, etc., con que ostentosa y afectadamente se expresan conceptos triviales. **4.** Mullido y esponjoso. **III.** n.m. **1.** Intervalo de tiempo o lugar. **2.** ARQUIT Abertura en un muro, para servir de puerta, ventana, chimenea, etc.

huecograbado n.m. **1.** IMP Procedimiento para obtener fotograbados que puedan tirarse en máquinas rotativas. **2.** Estampa obtenida por este procedimiento.

huecú n.m. Sitio cenagoso y cubierto de hierba en la cordillera del centro y sur de Chile.

huelga n.f. Paro en el trabajo decidido por los asalariados en defensa de sus intereses.

huelgo n.m. **1.** Aliento, respiración. **2.** Holgura, anchura.

huella n.f. **I. 1.** Señal que deja el pie del hombre o del animal en la tierra por donde ha pasado. — **2.** Señal o vestigio que queda de una cosa en otra.

huemul n.m. *Arg.* y *Chile.* Cuadrúpedo semejante al ciervo; habita en los Andes.

huérfano,a **I.** n. y adj. Se dice del menor de edad a quien han faltado su padre y madre o alguno de los dos. **II.** n.m. y f. **1.** POET Dícese de la persona a quien han faltado los hijos. **2.** Fig. Falto de alguna cosa, y especialmente de amparo.

huero,a adj. Fig. Vano, vacío y sin sustancia.

huerta n.f. Terreno destinado al cultivo de legumbres y árboles frutales. Es mayor que el huerto y suele tener menos arbolado y más verduras.

huerto n.m. Sitio de corta extensión, en que se plantan verduras, legumbres y árboles frutales.

huesa n.f. Hoyo para enterrar un cadáver. • **huesera** n.f. *Chile.* Lugar en que se echan o guardan huesos de los muertos.

hueso n.m. **I. 1.** Cada una de las piezas duras que forman el neuroesqueleto de los vertebrados. **2.** Parte dura y compacta que está en lo interior de algunas frutas, como de la guinda, el melocotón, etc. **3.** Parte de la piedra de cal, que no se ha cocido. **II.** Fig. Lo que causa trabajo o incomodidad.

ENCICL **Anat.** y **Fisiol.** — Los huesos están constituidos por tejido esponjoso cubiertos en su periferia por tejido compacto. Duros, rígidos y calcificados, tienen varias funciones: sostén, protección, punto de inserción de los músculos, reserva de sales minerales del organismo, hematopoyesis en la médula ósea. Los huesos que constituyen el esqueleto humano suman 208. Se distinguen tres categorías de huesos: los huesos largos, cuya longitud predomina sobre las otras dos dimensiones y que poseen un cuerpo, la diáfisis, y dos extremidades abultadas, las epífisis; los huesos planos, cuya longitud y anchura predomina sobre el espesor y que presentan dos caras y dos bordes; los huesos cortos, cuyas tres dimensiones son aproximadamente iguales. La superficie de los huesos presenta protuberancias, o apófisis, y depresiones, eminencias o cavidades. La superficie de los huesos presenta numerosos orificios, que permiten el paso de los vasos nutricios del hueso. Los huesos tienen como origen un esbozo cartilaginoso en el que aparecen puntos de osificación. El crecimiento de los huesos largos se hace, en longitud, a partir de los cartílagos de conjunción situados entre la diáfisis y las epífisis, y, en espesor, a partir de la cara interna del periostio. Las laminillas óseas están dispuestas en sistemas de Havers, centrados por el canal de Havers. La sustancia ósea comprende osteocitos o células óseas, y sus precursores, los osteoblastos, situados alrededor del canal. La médula ósea se presenta con tres aspectos: médula roja, hematopoyética; médula amarilla, con gran cantidad de células grasas; médula gris, completamente grasa e inactiva. La médula roja, activa, abunda sobre todo en los huesos planos. La sustancia ósea fundamental está formada por diversas proteínas (sobre todo una escleroproteína: la oseína). Esta sustancia proteica se impregna de sales minerales (sales de calcio esencialmente); el metabolismo del esqueleto óseo, que se renueva constantemente, se encuentra bajo la dependencia de los sistemas hormonales y vitamínicos: parathormona, tirocalcitonina, vitamina D, etc. Las principales afecciones de los huesos son las siguientes: traumatismos (fracturas), infecciones (osteítis, osteomielitis), tumores benignos o malignos (osteosarcoma), distrofias, anomalías de calcificación.

huésped,a n.m. y f. **1.** Persona alojada en casa ajena. **2.** Mesonero o amo de posada. **3.** BOT y ZOOL El vegetal o animal en cuyo cuerpo se aloja un parásito. Por ejemplo, el hombre es el huésped de la lombriz solitaria.

hueste n.f. **1.** Ejército en campaña. (Se usa más en pl.) **2.** Fig. Conjunto de los secuaces o partidarios de una persona o de una causa.

hueva n.f. Masa que forman los huevecillos de ciertos pescados, encerrada en una bolsa oval.

huévil n.m. Planta de Chile, de las solanáceas, de su palo y hojas se extrae un tinte amarillo, y la infusión de los mismos se emplea contra la disentería.

huevo n.m. **1.** BIOL Célula resultante de la unión del gameto masculino con el femenino en la reproducción sexual de las plantas y de los animales. — *Huevo huero.* El que por no estar fecundado por el macho no produce cría, aunque se eche a la hembra clueca. — P. ext., el que por enfriamiento o por otra causa se pierde en la incubación. ▷ BIOL Cuerpo más o menos esférico que contiene el germen del nuevo individuo y, además, ciertas sustancias de que éste se alimenta durante las primeras fases de su desarrollo. ▷ Cualquiera de los óvulos de ciertos animales, que son fecundados por los espermatozoides del macho después de haber salido del cuerpo de la hembra. **2.** vulg. Testículo. (Se usa más en pl.)
ENCICL En sentido amplio, el huevo es el producto de la puesta externa de los animales ovíparos; está formado por distintos anexos: reservas, cáscara, membrana, etc. En sentido estricto, el huevo es la célula diploide que resulta de la fecundación del gameto femenino, más o menos cargado de reservas *(vitelo)*, por el gameto masculino. Inmediatamente después de realizada la fecundación, el huevo diploide se desarrolla, bien directamente en las vías genitales de la madre (animales vivíparos), bien en el exterior; en este último caso está protegido por una cáscara de naturaleza variable y eclosiona bajo la vigilancia de los padres (pájaros, algunos peces, insectos, etc.) o sin esta vigilancia (reptiles, peces, etc.). v. embriogénesis.

hugonote n. y adj. Dícese de los que en Francia seguían la secta de Calvino.
ENCICL El protestantismo calvinista se desarrolló en Francia gracias a la tolerancia del rey Francisco I (1515-1547) y se extendió sobre todo en las ciudades, entre los artesanos y algunos grupos de nobles. En 1560 comenzaron las guerras religiosas y los enfrentamientos entre la nobleza, que desembocaron en el episodio de la matanza de la noche de san Bartolomé (1572). Los disturbios se sucedieron hasta la firma del Edicto de Nantes (1598), que garantizaba la tolerancia a los calvinistas.

huich o **huiche** *Chile.* Voces usadas para burlarse de uno, o para provocarle.

huichí o **huichó** *Chile.* Voz para espantar a algunos animales.

huicholes, raza indígena de México que habitaba una vasta región montañosa en la Sierra Madre.

huida n.f. Acción de huir.

huilte n.m. *Chile.* Tallo o troncho del cochayuyo antes de ramificarse. Es comestible.

huillín n.m. Especie de nutria de Chile.

huincha n.f. *Chile.* Cinta de lana o de algodón.

huingán n.m. BOT Arbusto chileno, de la familia de las anacardiáceas, de flores blancas y pequeñas en racimos axilares, y frutos negruzcos.

huir **I.** v.tr., prnl. y tr. Apartarse con velocidad, para evitar un daño, disgusto o molestia. **II.** v.int. **1.** Con voces que expresen idea de tiempo, transcurrir velozmente. **2.** Fig. Alejarse velozmente una cosa. **III.** v.int. y tr. Apartarse de una cosa mala o perjudicial.

huira n.f. *Chile.* Corteza del maqui que, en forma de soga, sirve para atar.

huiro n.m. Nombre común a varias algas marinas muy abundantes en las costas de Chile.

hule n.m. **1.** Caucho o goma elástica. **2.** Tela que por su impermeabilidad tiene muchos usos.

hulla n.f. Carbón de piedra que conglutina al arder, y, calcinado en vasos cerrados, da coque.
ENCICL La densidad de la hulla varía entre 1,2 y 1,5 y su proporción de agua varía entre un 2 y 5 %. Contiene como mínimo un 75 % de carbono. Las antracitas (a las que puede considerarse como hullas en su estado más avanzado de evolución), poseen una densidad más elevada, una mayor proporción de carbono (98 %) y una proporción reducida de materias volátiles. Generalmente se encuentran mezcladas con tierra, pizarra, y resultan de la deshidrogenización, fuera del alcance del aire, de residuos vegetales, producida por microorganismos, de forma que se obtiene un progresivo enriquecimiento de los sedimentos de carbono. El examen microscópico permite identificar cuatro constituyentes: *los residuos leñosos,* pedazos de madera; *las esporas vegetales,* de las que solo se conserva la cutícula, a menudo triturada; *las hojas,* de las que también, sólo se conserva la cutícula; una *sustancia fundamental,* muy fina, que procede de la pulverización de los tres elementos precedentes. La combinación de estos cuatro elementos produce: *carboncillo,* mate, pulverulento (residuos leñosos); el *vitrain,* homogéneo, con destellos vítreos, producido en pequeños cubos (sustancia fundamental); el *durain,* duro mate, que va del gris al pardusco, de fractura granulada (los residuos vegetales son aún identificables al microscopio); el *clarain,* duro, brillante, de fractura concoidal (mezcla, en proporciones variables, de hojas y esporas embutidas en una argamasa amorfa). La clasificación de las hullas se hace en base a las proporciones de estos cuatro constituyentes, señalándose algunas veces la abundancia particular de esporas *(cannel-coal)* o de colonias de algas unicelulares *(boghead),* según el contenido de materias volátiles. Las hullas al arder desprenden calor (poder calorífico inferior comprendido entre los 32.600 y los 36.000 kJ/kg) siendo utilizadas como fuente de energía (calefacción industrial y doméstica). La pirogenación de la hulla produce hidrocarburos, alquitrán, amoníaco, etc., y un residuo, el coque. A partir de la hulla se fabrican materias plásticas, abonos, carburantes, etc. (carboquímica). La hulla se extrae de los yacimientos hulleros por explotación subterránea o descubierta (a cielo abierto) (v. mina). Las reservas mundiales de hulla se sitúan entre los 600.000 millones y los 5 billones de toneladas. El agotamiento progresivo del petróleo ha hecho que la mayoría de los países relancen la producción de hulla.

humanidad n.f. **I. 1.** Naturaleza humana. **2.** Género humano. **3.** Sensibilidad, compasión de las desgracias de nuestros semejantes. **4.** Benignidad, afabilidad. **II.** pl. Letras humanas.

humanismo n.m. **1.** Cultivo y conocimiento de las letras humanas. **2.** Doctrina de los humanistas del Renacimiento. • **humanista** n.m. y f. Persona que se dedica al estudio de la lengua y literatura clásica. ▷ Persona de gran cultura en humanidades.
ENCICL En el s. XIV se aplicó el término de «humanidades» al conjunto de disciplinas procedentes de la tradición grecolatina, tales como retórica, gramática, historia, etc., y se llamó humanista al estudioso de las mismas. En los siglos posteriores surgió un vasto movimiento, centrado principalmente en Italia, que sostenía que por medio del estudio de éstas y otras disciplinas el hombre alcanzaría el ideal de perfección establecido ya por los clásicos. Hacia los ss. XVIII y XIX, esta tendencia a apreciar el pasado como fuente de sabiduría se tornó en un humanismo con proyección de futuro, que hacía hincapié en el bien intrínseco del progreso. La culminación de esta última tendencia es el positivismo de Comte.

humanitarismo n.m. Compasión de las desgracias ajenas. • **humanitario,a** adj. **1.** Que mira o se refiere al bien del género humano. **2.** Benigno, caritativo.

humano,a adj. **1.** Perteneciente al hombre o propio de él. **2.** Fig. Se aplica a la persona que se compadece de las desgracias de sus semejantes. • **humanizar** v.tr. Hacer humano, familiar y afable a alguien o algo.
ENCICL Las ciencias que estudian al hombre y sus actos pueden agruparse esquemáticamente de la siguiente manera: por una parte, las ciencias que estudian la especie humana, zoología, antropología física, paleontología, biología, fisiología, medicina, medicina social; por otra, las que estudian la sociedad humana y sus productos: historia, arqueología, sociología, etnología, ciencias políticas, psicología, demografía, lingüística, filosofía. Estas últimas constituyen las ciencias humanas propiamente dichas. En inglés se utiliza el término *anthropology* para referirse a este conjunto de ciencias, mientras que el término castellano *antropología* suele utilizarse para designar la *antropología física.* Algunos autores agrupan la lingüística y la filosofía bajo el término «letras» y las consideran como grupo aparte, aun cuando los métodos científicos utilizados por los lingüistas (v., sobre todo, el estructuralismo) fueron y aún son utilizados en muchas otras disciplinas. En nuestros días, la metodología de las ciencias humanas se caracteriza por la multiplicidad de sus puntos de vista y teorías. Las principales son el marxismo, el estructuralismo y el psicoanálisis. A lo largo de toda la historia, los técnicos, en lugar de admitir la coexistencia de metodologías, han buscado imponer el predominio de aquélla por la que sentían preferencia. Cada teoría permite una interpretación más profunda de la realidad, pero el resultado que así se obtiene no ha de excluir al resto. Por lo demás, cada vez es más frecuente que los investigadores combinen los métodos de investigación (p.ej., el psicoanálisis marxista) o que abandonen las posiciones dogmáticas para volver al humanismo y al pensamiento libre.

humareda n.f. Abundancia de humo.

humazo n.m. Humo denso, espeso y copioso.

humear I. v.int. y prnl. Exhalar, arrojar y echar de sí humo. **II.** v.int. **1.** Arrojar una cosa vaho o vapor que se parece al humo.

humedad n.f. **1.** Calidad de húmedo. **2.** Agua de que está impregnado un cuerpo o que, vaporizada, se mezcla con el aire.

húmero n.m. ANAT Cada uno de los huesos del brazo que se articula por uno de sus extremos con la escápula y por el otro con el cúbito y el radio. • **humeral** n.m. y adj. ANAT Perteneciente y relativo al húmero.

humildad n.f. **1.** Calidad de humilde. **2.** Virtud cristiana contrapuesta a la vanidad. • **humilde** adj. **1.** Que tiene o ejercita humildad. **2.** Fig. Perteneciente a una clase social de las que viven pobremente de su trabajo.

humillar I. v.tr. **1.** Inclinar una parte del cuerpo, como la cabeza o rodilla, en señal de sumisión. **2.** Fig. Abatir el orgullo de uno. **II.** v.prnl. Hacer actos de humildad.

humita n.f. **1.** *Arg., Chile* y *Perú.* Pasta compuesta de maíz tierno rallado, ají y otros condimentos que, envuelta en hojas de mazorca, se cuece en agua y luego se tuesta al rescoldo. **2.** Cierto guiso hecho con maíz tierno.

humo n.m. **1.** Producto que en forma gaseosa se desprende de una combustión incompleta, y se compone principalmente de vapor de agua y ácido carbónico que llevan consigo carbón en polvo muy tenue. **2.** Vapor que exhala cualquier cosa que fermenta.

humor n.m. **1.** Cualquiera de los líquidos del cuerpo del animal. **2.** Fig. Genio que muestra una persona. **3.** Fig. Agudeza. **4.** Fig. Actitud positiva o negativa de una persona. **5.** Condición de la expresión irónica. • **humorada** n.f. Dicho o hecho festivo, caprichoso o extravagante.

humorismo n.m. Ironía de la expresión; estilo literario en que se da ésta. • **humorístico,a** adj. Perteneciente o relativo al humorismo de la expresión o del estilo literario.

humus n.m. **1.** AGRIC Tierra vegetal, mantillo. **2.** GEOL Mezcla de ácidos orgánicos provenientes de la descomposición de los vegetales.
ENCICL El *humus bruto* (humus en su sentido corriente), resultado de la descomposición de los residuos vegetales por los agentes atmosféricos o microbianos, es la materia orgánica total que contiene el suelo, mientras que el *humus verdadero* está formado por una mezcla proporcional (según los vegetales que se hallen en su origen), de ácidos fúlvicos y húmicos en solución coloidal en el suelo. Estos ácidos representan las reservas de materia orgánica que posee el suelo para el crecimiento de vegetales. Los principales tipos de humus (que se definen a partir de las proporciones de humus bruto y verdadero) son: el *mull,* el *moder,* el *mor* y la *turba.* Una buena tierra arable contiene de un 2 % a un 6 % de humus bruto, proporción muy inferior a la de las tierras de jardín fuertemente abonadas.

hundir I. v.tr. **1.** Sumir, meter en lo hondo. **2.** Fig. Abrumar, oprimir. **3.** Fig. Confundir a uno. **4.** Fig. Destruir, arruinar. **II.** v.prnl. Arruinarse un edificio, sumergirse una cosa.

húngaro,a I. **1.** n. y adj. Natural de Hungría. **2.** adj. Perteneciente a este país de Europa. **II.** n.m. Lengua que se habla en este país y en parte de Transilvania.

hunos, pueblo primitivo, quizá de origen mongol, de lengua altaica, que llegó a Europa entre los ss. IV y V d. J.C. Parece poco probable que hayan pertenecido a los pueblos Hing-nu (palabra china que significa «los vanidosos») de origen paleosiberiano, que hostigaron a China desde el s. IX a. J.C. En el s. V, conducidos por Atila, los hunos cruzaron el Rin por Maguncia, penetraron en las Galias del E, llegando hasta Orleans. Derrotados por el romano Aecio en Champaña (451, batalla de los Campos Cataláunicos), abandonaron las Galias, dirigiéndose al N de Italia. En el 453, Atila recuperó Panonia (llanura hoy compartida entre Hungría y Yugoslavia), donde murió el mismo año. Tras su muerte su imperio quedó deshecho.

huracán n.m. Viento sumamente impetuoso y temible que, a modo de torbellino, gira en grandes círculos.

huraño,a adj. Que huye y se esconde de las gentes.

hurgar v.tr. **1.** Menear o remover una cosa. **2.** Tocar una cosa sin asirla. **3.** Fig. Incitar, conmover.

hurguetear v.tr. *Arg.* y *Chile.* Hurgar, escudriñar, huronear.

hurí n.f. Cada una de las mujeres bellísimas del paraíso islámico.

hurón n.m. **1.** Mamífero carnicero de cuerpo muy flexible y prolongado que se emplea en la caza de conejos. **2.** n.m. y adj. Fig. y Fam. Persona huraña.

hurones, pueblo de América del Norte, integrado en la familia de los iroqueses. Este pueblo, asentado en la margen izquierda del río San Lorenzo, pasó a la región de los Grandes Lagos al tenerse que defender de la colonización. Los supervivientes habitan diversas reservas del estado de Oklahoma (EE.UU.).

huroniano,a adj. GEOL *Orogénesis huroniana, plegamiento huroniano.* Fenómenos que han afectado a América del N y Escocia en el precámbrico.

¡hurra! Interj. usada para expresar alegría y satisfacción o excitar el entusiasmo.

hurritas, pueblo asiático establecido en la alta Mesopotamia desde el III milenio. Fundaron el reino de Mitanni (s. XV), incorporado al Imperio hitita h. el 1355 a. J.C.

hurtar I. v.tr. **1.** Tomar bienes ajenos contra la voluntad de su dueño, sin intimidación en las personas ni fuerza en las cosas. **2.** Fig. Plagiar. **II.** v.prnl. Fig. Ocultarse, desviarse.

hurto n.m. **1.** Acción de hurtar. **2.** Cosa hurtada.

húsar n.m. Soldado de caballería vestido a la húngara.

husayníes, dinastía turca que gobernó en Túnez desde 1705 a 1957 (v. Lamine bey).

husmear v.tr. **1.** Rastrear con el olfato una cosa. **2.** Fig. y Fam. Andar indagando una cosa con arte y disimulo.

huso I. n.m. **1.** Instrumento de madera que sirve para hilar. **2.** Instrumento que sirve para unir y retorcer dos o más hilos. **3.** Cierto instrumento de hierro que sirve para devanar la seda. **4.** MIN cilindro de un torno. **II.** GEOM *Huso esférico.* Parte de la superficie de una esfera, comprendida entre las dos caras de un ángulo diedro que tiene por arista un diámetro de aquélla.

hutía n.f. Mamífero roedor semejante a la rata. Es comestible y se conocen de él varias especies.

¡huy! Interj. que denota dolor agudo, o asombro.

Hydnum n.m. Género de hongos basidiomicetos.

Hydrocharis n.m. BOT Género de plantas monocotiledóneas acuáticas (familia hydrocarídáceas), parecido al nenúfar.

Hypoderma n.f. Género de insectos dípteros que ponen sus huevos en las patas de los bóvidos.

Hz FIS Símbolo del hertzio.

I

i n.f. **1.** Décima letra del abecedario español. — *I griega.* Nombre de la letra *y*. **2.** Símbolo, que representa el número complejo $\sqrt{-1}$, unidad llamada imaginaria.

I n.f. **1.** Letra numeral romana que tiene el valor de uno. **2.** QUIM Símbolo del yodo. **3.** LOG Símbolo de la proposición particular afirmativa. **4.** FIS Símbolo de la intensidad de una corriente eléctrica.

iatro, iatra o **iatría** Partículas procedentes del griego *iatros*, «médico».

iberos, pueblo que habitaba la Europa occidental en el período Neolítico, cuyos orígenes son poco claros y que se expandieron por España, Italia y las islas Británicas. Almería fue el centro alrededor del que gravitó esta cultura; en el s. VIII a. J.C. los fenicios invadieron la región, y en los ss. VI y V a. J.C., los griegos. Se extendieron a la zona del Ebro y llegaron a Aquitania. Tras la ocupación celta en el s. V a. J.C., la fusión con los iberos dio lugar al nacimiento de la civilización celtíbera. En 133 a. J.C., los romanos invadieron la península y sometieron a este pueblo a su colonización. La cultura ibera se caracteriza por su amplitud; observancia de cultos astrales y lunares, y adoración de la naturaleza. El arte responde a una filosofía conectada con la religión y el reino animal. Importantes muestras son la Dama de Elche, la Dama del Cerro de los Santos, la Bicha de Balazote y la Esfinge de Haches. Otras representaciones escultóricas muestran figuras de lobos, toros, osos y leonas. La cerámica se caracteriza por los motivos zoomórficos y geométricos. Fue importante su numismática. Poseyeron una lengua particular, de origen preindoeuropeo.

íbice n.m. Cabra montés de largos y potentes cuernos anillados, arqueados hacia atrás.

ibicenco,a **1.** n. y adj. Natural de Ibiza. **2.** adj. Perteneciente o relativo a la isla o a la ciudad de Ibiza.

ibídem Adv. lat. En el mismo lugar. Se emplea en índices, citas, etc.

ibis n.f. Ave zancuda, de pico largo, de punta encorvada y parte de la cabeza y toda la garganta desnudas. Los antiguos egipcios creían que se alimentaba de los reptiles que infestan el país y por ello la veneraban.

-ible Sufijo (del latín *-ibilis*) que expresa la posibilidad de ser (*legible*, que puede ser leído) y que sirve para formar adjetivos. El sufijo correspondiente que sirve para formar nombres es *-ibilidad*.

ibn Voz árabe que significa «hijo» y que entra en la composición de numerosos nombres propios.

ibos, pueblo de raza negra, una de las principales etnias de Nigeria oriental. Los ibos, cristianizados, entraron en conflicto armado (1966) con otras etnias (musulmanas) de la federación, desencadenando la llamada *guerra de Biafra* (1967-1970).

icástico,a adj. Natural, sin disfraz ni adorno.

iceberg n.m. Bloque de hielo que flota en el mar.

icneumón n.m. Familia de mamíferos vivérridos que comprende a la mangosta.

icnografía n.f. ARQUIT Delineación de la planta de un edificio.

icon-, icono- Prefijos procedentes del griego *eikōn*, «imagen».

icono n.m. Representación devota portátil que es objeto de veneración entre los rusos y los griegos.
ENCICL Las escuelas bizantinas y rusas son las más representativas de un arte (nacido en los ss. V y VI, probablemente en Palestina) que ha conocido un considerable desarrollo en los Balcanes, Servia, Bulgaria y Rumania. Los iconos se agrupaban en el interior de la Iglesia ortodoxa sobre el iconostasio; también había en las habitaciones privadas. En la producción de las ciudades de Suzdal, Vladimir (ss. XII-XV), Yaroslavl (ss. XIII-XVII), Nóvgorod (ss. XI-XV) y Moscú (ss. XV-XVI) domina la escuela rusa.

iconoclasta n. y adj. **1.** HIST Cristiano sectario de Constantinopla (ss. VII-IX) que condenaba como idólatra el culto a las imágenes. **2.** El que rompe imágenes; vándalo, destructor de obras de arte. **3.** P. ext., enemigo de cualquier simbología.

iconografía n.f. **1.** Estudio, descripción de pinturas, estatuas y monumentos. **2.** Conjunto de ilustraciones de una obra impresa.

iconología n.f. **1.** Arte de la representación alegórica. **2.** Conocimiento de los símbolos y de los emblemas que utiliza.

iconómaco n. y adj. Iconoclasta.

icosaedro n.m. GEOM Sólido limitado por 20 caras.

ictericia n.f. MED Coloración amarilla de la piel y de las mucosas, síntoma de una acumulación anormal de pigmentos biliares en estos tejidos.

icti(o)- Prefijo del griego *ikhthys*, «pez».

ictíneo,a adj. Semejante a un pez.

ictiófago,a n. y adj. Que se mantiene de peces.

ictiol n.m. Aceite sulfuroso que tiene uso en dermatología.

ictiología n.f. Parte de la zoología, que trata de los peces.

ictiosauro n.m. Reptil fósil, marino, de tamaño gigantesco.

ictus n.m. MED Afección violenta que se acompaña a menudo de una pérdida de conciencia.

id. o **íd.** Abreviatura de idem o ídem.

ida n.f. Acción de ir de un lugar a otro.

idea n.f. **I. 1.** Primero y más obvio de los actos del entendimiento, que se limita al simple conocimiento de una cosa. **2.** Imagen de una cosa percibida por los sentidos. ▷ Conocimiento puro, racional. **3.** Plan que se ordena en la fantasía para la formación de una obra. *La idea de un sermón.* **4.** Intención de hacer una cosa. **5.** Concepto o juicio formado de una persona o cosa. **6.** Ingenio para inventar y trazar una cosa. **7.** Fam. Manía o imaginación extravagante. **II.** pl. Convicciones, creencias, opiniones. **III.** FILOS *Ideas de Platón.* Ejemplares perpetuos e inmutables que de todas las cosas creadas existen en la mente divina.

ideal **I.** adj. **1.** Perteneciente o relativo a la idea. **2.** Que sólo existe en la imaginación; inmaterial. **3.** Excelente, perfecto en su línea. **II.** n.m. Prototipo, modelo o ejemplar de perfección.

idealismo n.m. **1.** Condición de los sistemas filosóficos que consideran la idea como principio del ser y del conocer. **2.** Propensión a la idealización. **3.** Aptitud de la inteligencia para idealizar.

idealizar v.tr. Elevar las cosas sobre la realidad sensible por medio de la inteligencia o fantasía.

idear v.tr. **1.** Formar idea de una cosa. **2.** Trazar, inventar.

ideario n.m. Repertorio de las principales ideas de un autor, de una escuela o de una colectividad.

ídem o **idem** Pron. lat. que significa el mismo o lo mismo. — *Ídem por ídem.* Loc. lat. que significa lo mismo es lo uno que lo otro.

idéntico,a adj. **1.** Que es lo mismo que otro. — MAT *Aplicación idéntica.* Que asocia a todo elemento este mismo elemento. — *Idéntico,a* (≡). **2.** Que no cambia.

identidad **I.** n.f. **1.** Carácter de lo que es parecido o confundido. ▷ MAT Igualdad que se verifica cualesquiera sean los valores de los parámetros, denotada por el signo ≡. **2.** Estado de una cosa que permanece siempre parecida a ella misma. **II.** Conjunto de elementos que permiten establecer, sin confusión posible, que un individuo es aquél que dice ser o que se presume que es.
ENCICL **Mat.** — *Identidades importantes:*

$$(a+b)^2 \equiv a^2+2ab+b^2$$
$$(a-b)^2 \equiv a^2-2ab+b^2$$
$$a^2-b^2 \equiv (a+b)\,(a-b)$$
$$(a+b)^3 \equiv a^3+3a^2b+3ab^2+b^3$$
$$(a-b)^3 \equiv a^3-3a^2b-3ab^2-b^3$$
$$a^3+b^3 \equiv (a+b)\,(a^2-ab+b^2)$$
$$a^3-b^3 \equiv (a-b)\,(a^2+ab+b^2)$$

identificar **I.** v.tr. **1.** Reconocer, encontrar la identidad de alguien o de algo. **2.** Establecer la naturaleza, el origen de. *Identificar un ruido.* **II.** v.prnl. *Identificarse con.* Considerarse como parecido a, asimilarse mentalmente a él. *Novelista que se identifica con sus personajes.* • **identificación** n.f. Acción de identificar, de identificarse; resultado de esta acción. ▷ PSICOAN Mecanismo de defensa por el que un sujeto toma por modelo a otra persona y se identifica con ella.

ideo- Prefijo procedente del griego *idea*, «idea».

ideografía n.f. Escritura en que las ideas se representan por medio de símbolos. • **i-**

deográfico,a adj. Se aplica a la escritura en que no se representan las palabras por medio de signos fonéticos, sino las ideas por medio de símbolos; p. ej., pintando un león para expresar la idea de fuerza. • **ideograma** n.m. Cada uno de los signos o elementos de la escritura ideográfica.

ideología n.f. **1.** Ciencia que trata del origen y clasificación de las ideas. **2.** Conjunto de las ideas propias de una época o de un grupo social.

idilio n.m. **1.** Composición poética de carácter tierno y delicado, que tiene por asunto las cosas del campo y los amores de los pastores. **2.** Fig. Coloquio amoroso, y p. ext., relaciones entre enamorados.

idio- Prefijo procedente del griego *idios*, «propio, peculiar».

idiocia n.f. PAT Trastorno mental congénito o adquirido en las primeras edades de la vida.

idioma n.m. **1.** Lengua de un pueblo o nación. **2.** Modo particular de hablar de algunos o en algunas ocasiones.

idiopatía n.f. MED Enfermedad que no se asocia a ningún estado morboso conocido.

idiosincrasia n.f. **1.** MED Modo de reacción particular de cada individuo frente a un agente exterior (los medicamentos fundamentalmente). **2.** Temperamento propio de cada individuo.

idiota **I.** n. y adj. Que padece de idiocia. Fig. Persona engreída sin fundamento para ello. **II.** adj. Carente de toda instrucción. • **idiotez** n.f. **1.** Idiocia. **2.** Hecho o dicho propio del idiota. • **idiotismo** n.m. **I.** Ignorancia, falta de letras e instrucción. **II.** Modo de hablar contra las reglas ordinarias de la gramática, pero propio de una lengua.

ido,a adj. Se dice de la persona que está falta de juicio.

idólatra **1.** n. y adj. Que adora ídolos. **2.** adj. Fig. Que ama excesivamente a una persona o cosa.

ídolo n.m. **1.** Figura de una deidad a que se da adoración. **2.** Fig. Persona o cosa excesivamente amada.

idóneo,a adj. Que tiene buena disposición o suficiencia para una cosa.

idrisíes, dinastía marroquí (789-974) cuyos orígenes se remontan a Alí, primo y yerno de Mahoma. — **Idris I** (m. h. 792), construyó Fez. — **Idris II** (793-828), hijo póstumo del precedente, continuó su obra, pero sus sucesores no pudieron mantener la unidad del reino (guerras civiles).

idumeos. v. edomitas.

idus n.m. pl. En el antiguo cómputo romano y en el eclesiástico, el día 15 de marzo, mayo, julio y octubre, y el 13 de los demás meses.

iglesia n.f. **I. 1.** Sociedad religiosa fundada por Jesucristo. ▷ Cada una de las comunidades cristianas. **2.** Conjunto de clero y pueblo de un país. **3.** Estado eclesiástico, que comprende a todos los ordenados. **4.** Gobierno eclesiástico. **II.** Templo cristiano.

iglú n.m. Vivienda de forma semiesférica construida con bloques de hielo, donde habitan los esquimales.

ígneo,a adj. **1.** De fuego o que tiene alguna de sus calidades. **2.** De color de fuego. **3.** GEOL Se dice de las rocas volcánicas procedentes de la masa en fusión existente en el interior de la Tierra. • **ignición** n.f. FIS Estado de los cuerpos que desprenden calor y luz al quemarse.

igni- Prefijo procedente del latín *ignis*, «fuego».

ignifugar v.tr. TECN Hacer incombustible o poco combustible por medio de un producto ignífugo. • **ignífugo,a** adj. TECN Que hace incombustible o poco combustible.

ignito,a adj. Que tiene fuego o está encendido.

ignominia n.f. Afrenta pública que uno padece con causa o sin ella.

ignorancia n.f. Falta general de instrucción. ▷ Falta de conocimiento acerca de un tema o asunto determinado.

ignoto,a adj. No conocido ni descubierto.

igual **I.** adj. **1.** De la misma naturaleza, cantidad o calidad de otra cosa. **2.** Liso, que no tiene asperezas. **3.** Muy parecido o semejante. **4.** Proporcionado, en conveniente relación. **5.** Constante, no variable. **6.** Indiferente. **II.** n. y adj. De la misma clase o condición. **III.** n.m. MAT Signo de la igualdad, formado de dos rayas horizontales y paralelas (=). **IV.** *Por igual*, o *por un igual*. Igualmente. — *Sin igual*. Sin par.

iguala n.f. **I. 1.** Acción y efecto de igualar o igualarse. **2.** Ajuste o pacto. **3.** Estipendio o cosa que se da en virtud de ajuste. **II.** Listón de madera con que los albañiles reconocen la llanura de las tapias o de los suelos.

igualar **I.** v.tr. y prnl. **1.** Poner al igual con otra a una persona o cosa. **2.** Hacer ajuste o pacto sobre una cosa. **II.** v.tr. Fig. Juzgar con imparcialidad. **III.** v.int. y prnl. Ser una cosa igual a otra.

igualdad n.f. **1.** Conformidad completa de una cosa con otra. **2.** Correspondencia y proporción. **3.** MAT Expresión de la equivalencia de dos cantidades. • **igualitarismo** n.m. Tendencia política que propugna la desaparición o atenuación de las diferencias sociales.

iguana n.f. Nombre genérico de unos saurios parecidos a los lagartos, cuyos huevos y carne son comestibles.

iguanodonte n.m. Reptil saurio, que se encuentra fósil.

IHS Siglas de *Iesus Hominum Salvator* («Jesús, salvador de los hombres»).

ijada n.f. **1.** Cualquiera de las dos cavidades simétricamente colocadas entre las costillas falsas y los huesos de las caderas. ▷ Dolor o mal que se padece en aquella parte. **2.** En los peces, parte anterior e inferior del cuerpo.

ikastola, escuela popular vasca.

ikurriña, bandera del País Vasco, diseñada por Sabino Arana. Se compone de un aspa verde y una cruz blanca sobre fondo rojo.

ilación n.f. **1.** Acción y efecto de inferir una cosa de otra. **2.** Trabazón razonable y ordenada de las partes de un discurso. **3.** LOG Enlace o nexo del consiguiente con sus premisas.

ilapso n.m. Especie de éxtasis contemplativo.

ilegal adj. Que es contra ley. • **ilegalidad** n.f. Falta de legalidad.

ilegible adj. Que no puede o no debe leerse.

ilegitimar v.tr. Privar a uno de la legitimidad. • **ilegitimidad** n.f. Falta de alguna circunstancia o requisito para ser legítima una cosa.

íleo n.m. MED Obstrucción intestinal aguda o crónica.

íleon m. ANAT Tercera porción del intestino delgado de los mamíferos, que empieza donde acaba el yeyuno y termina en el ciego.

ilercaones o **ilercavones,** pueblo prerromano que habitaba una región de la Hispania Tarraconense correspondiente a parte de las actuales provincias de Tarragona y Castellón.

ilergetes, miembros de una tribu ibérica que habitaba en tiempos de los romanos en las actuales provincias de Huesca, Lérida y Zaragoza (España).

ileso,a adj. Que no ha recibido lesión o daño.

iletrado,a adj. Falto de cultura.

ilíaco,a adj. ANAT Relativo a los laterales. *Hueso ilíaco*. Cada uno de los dos huesos (isquion abajo, pubis delante) que forman la pelvis (pelvis ósea). v. ilion.

ilicáceas n.f. pl. BOT Familia de plantas dicotiledóneas dialipétalas que tiene como tipo el acebo.

ilícito,a adj. No permitido legal ni moralmente.

ilimitable adj. Que no puede limitarse.

ilion n.m. ANAT Parte superior del hueso ilíaco, llamado también *ala ilíaca*.

ilógico,a adj. Que carece de lógica, o va contra sus reglas y doctrinas.

ilota n.m. y f. **1.** Esclavo de los lacedemonios, originario de la ciudad de Helos. **2.** Fig. El que se halla o se considera desposeído de los derechos de ciudadano.

iluminados, miembros de sectas religiosas que pretendían ser iluminados directamente por Dios.

iluminar v.tr. **1.** Alumbrar, dar luz o bañar de resplandor. **2.** Adornar con luces. **3.** Dar color a las figuras, letras, etc., de una estampa, libro, etc. **4.** Fig. Ilustrar el entendimiento con ciencias o estudios. **5.** TEOL Ilustrar interiormente Dios al hombre.

iluminismo n.m. Tendencia mística que busca la vida espiritual directamente inspirada por Dios.

ilusión n.f. **1.** Concepto, imagen o representación sin verdadera realidad, sugeridos por la imaginación o causados por engaño de los sentidos. **2.** Esperanza acariciada sin fundamento racional. • **ilusionismo** n.m. Práctica y ejercicio del ilusionista. • **ilusionista** n.m. y f. Artista que produce efectos ilusorios mediante juegos de manos, artificios, trucos, etc.

iluso,a **1.** n. y adj. Engañado, seducido, preocupado. **2.** adj. Propenso a ilusionarse, soñador. • **ilusorio,a** adj. **1.** Capaz de engañar. **2.** De ningún valor o efecto, nulo.

ilustrar **I.** v.tr. y prnl. **1.** Dar luz al entendimiento. **2.** Fig. Instruir, civilizar. **3.** TEOL Alumbrar Dios interiormente al hombre. **II.** v.tr. **1.** Aclarar un punto o materia con palabras, imágenes, o de otro modo. **2.** Adornar un impreso con láminas o grabados. • **ilustración** n.f. **I. 1.** Acción y efecto de ilustrar o ilustrarse. **2.** Estampa, grabado o dibujo que adorna un libro. **II. 1.** Movimiento filosófico y literario imperante en el s. XVIII europeo y americano, caracterizado por la extremada confianza del hombre en la capacidad de su razón natural para resolver todos los problemas de la vida humana. **2.** Época de la cultura europea y americana en que prevaleció ese movimiento intelectual.

ENCICL La *Ilustración*, significó una ruptura con el espíritu de la Europa del Antiguo Régimen. Su fundamento es el culto a la luz de la razón. Recibe distintos nombres: *les lumières* en Francia, *Enlightenment* en Inglaterra, *Aufklärung* en Alemania, etc. En términos generales, puede ser considerada como una etapa de amplio movimiento innovador, racionalista y empírico que se inicia en el Renacimiento y que jalonan personalidades como Descartes, Bacon, Hobbes, Leibnitz, Locke, Newton, Bayle, Galileo y Spinoza. En Francia tuvo una floración brillante con hombres como Montesquieu, Voltaire, Diderot y Rousseau que informaron lo que se ha dado en llamar enciclopedismo. En España, la ilustración desarrolló su labor, fundamentalmente, a través de las *Sociedades de amigos del país* y fue fomentada por los Borbones, especialmente por Carlos III. Entre los ilustrados españoles destacan Feijoo, Azara, Cadalso, Jovellanos, Meléndez, Valdés, Olavide, etc. En el s. XIX la ilustración desembocó en el liberalismo, la soberanía nacional fundada en el voto y las constituciones escritas. Tuvo importancia en el espíritu de independencia de los Estados Unidos y las colonias españolas en América.

ilustre adj. **1.** De distinguida prosapia, casa, origen, etc. **2.** Insigne, célebre. **3.** Título de dignidad. • **ilustrísimo,a** Adj. sup. de *ilustre* que, como tratamiento, se da a ciertas personas por razón de su cargo o dignidad.

imada n.f. MAR Cada una de las explanadas de madera puestas a uno y otro lado de la cuna para la botadura.

imagen n.f. **1.** Figura, representación de una cosa. ▷ Estatua, efigie o pintura de Jesucristo, de la Virgen o de un santo. **2.** FIS Reproducción de la figura de un objeto por la combinación de los rayos de luz.

imaginación n.f. **1.** PSICOL Facultad que tiene el espíritu de reproducir las imágenes de objetos ya percibidas. **2.** Corrientemente, facultad de crear imágenes o de hacer nuevas combinaciones de imágenes. **3.** Poder de invención, de concebir nuevas ideas combinando otras.

imaginar n.tr. **1.** Representar idealmente una cosa; crearla en la imaginación. **2.** Presumir, sospechar.

imaginaria **1.** n.f. MILIT Guardia que no presta el servicio de tal, pero que está dispuesta para prestarlo en caso necesario. **2.** n.m. MILIT Soldado que por turno vela en cada dormitorio de un cuartel.

imaginario,a adj. **1.** Que sólo tiene existencia en la imaginación. **2.** MAT *Número imaginario*. Número complejo.

imaginativo,a adj. **1.** Perteneciente o relativo a la imaginación. **2.** Que continuamente imagina o piensa.

imaginería n.f. **1.** Bordado cuyo dibujo es de aves, flores y figuras, imitando en lo posible la pintura. **2.** Talla o pintura de imágenes sagradas. • **imaginero** n.m. Estatuario o pintor de imágenes.

1. imago n.f. BIOL Forma adulta del insecto sexuado apto para la reproducción.

2. imago n.f. PSICOAN Según Jung, prototipo inconsciente elaborado en la infancia a partir de las primeras relaciones con el entorno familiar («imagen» paterna, materna, etc.), que determina en la edad adulta el modo de aprehensión del *otro* por el sujeto.

1. imán n.m. **1.** Mineral de hierro que tiene la propiedad de atraer el hierro y el acero. Es una combinación de dos óxidos de hierro, que a veces se halla cristalizada. ▷ Barra o aguja imantada. — *Imán artificial.* Hierro o acero imanado. **2.** Fig. Atracción, encanto.

2. imán n.m. Ministro del culto que, en una mezquita, dirige la plegaria en común.

imbécil n. y adj. **1.** Alelado, escaso de razón. **2.** PSICOL Retrasado mental cuyo nivel intelectual está próximo al de un niño de tres años.

imbele adj. Incapaz de guerrear, indefenso.

imberbe adj. Dícese del joven que no tiene barba.

imbricado,a adj. **1.** BOT y ZOOL Se dice de las hojas, semillas y escamas, que están sobrepuestas unas en otras como las tejas de un tejado. **2.** ZOOL Se aplica a las conchas de superficie ondulada.

imbuir v.tr. Infundir, persuadir.

imbunche n.m. **1.** Brujo contrahecho, que, según los araucanos, roba a los niños para convertirlos en monstruos. **2.** *Chile.* Fig. Niño feo, gordo y rechoncho. **3.** Fig. Maleficio, hechicería **4.** Fig. Asunto embrollado y de difícil o imposible solución.

imida n.f. QUIM Compuesto que deriva de un diácido carboxílico por sustitución de un grupo =NH en dos grupos hidróxilos —OH.

imina n.f. QUIM Compuesto básico que deriva de un aldehído o una cetona por sustitución de un grupo =NH en el átomo de oxígeno.

imitar v.tr. Ejecutar una cosa a ejemplo o semejanza de otra.

impaciencia n.f. Falta de paciencia.

impacto n.m **1.** Choque de un proyectil en el blanco. **2.** Huella o señal que en él deja.

impagado,a adj. Que no se ha pagado. • **impago** adj. *Arg.*, *Chile* y *Ecuad.* Fam. Dícese de la persona a quien no se le ha pagado.

impala n.m. Antílope africano que se caracteriza por tener los cuernos finos, anillados y dispuestos en forma de lira.

impalpable adj. **1.** Que no produce sensación al tacto. **2.** Fig. Que apenas la produce.

impar adj. **1.** MAT Que no puede ser dividido en dos números naturales iguales. **2.** Que lleva número o números impares. **3.** Que no tiene par o igual.

imparcial **I.** n. y adj. Que juzga o procede con imparcialidad. *Juez imparcial.* **II.** adj. Que incluye o denota imparcialidad. *Historia imparcial.* • **imparcialidad** n.f. Falta de prejuicio anticipado o de prevención en favor o en contra de personas o cosas, de que resulta poder juzgar o proceder con rectitud.

impartir v.tr. Repartir, comunicar, dar.

impasible adj. **1.** Incapaz de padecer. **2.** Indiferente, imperturbable.

impasse n.m. **1.** Callejón sin salida. **2.** Fig. Atasco, crisis.

impávido,a adj. Libre de pavor; sereno ante el peligro, impertérrito.

impecable adj. **1.** Incapaz de pecar. **2.** Fig. Exento de tacha.

impedancia n.f. ELECTR Relación entre el valor eficaz de la tensión aplicada a los bornes de un circuito y el valor eficaz de la corriente alterna que lo atraviesa. (Es igual a la relación de los valores máximos de estas dos magnitudes.)

impedido,a n. y adj. Que no puede usar de sus miembros ni manejarse para andar.

impedimenta n.f. Bagaje que suele llevar la tropa, y que impide la celeridad.

impedimento n.m. **1.** Obstáculo, estorbo para una cosa. **2.** Cualquiera de las circunstancias que hacen ilícito o nulo el matrimonio.

impedir v.tr. Estorbar, imposibilitar la ejecución de una cosa.

impeler v.tr. **1.** Dar empuje para producir movimiento. **2.** Fig. Incitar, estimular.

impenetrable adj. **1.** Que no se puede penetrar. **2.** Fig. Dícese de las sentencias, opiniones o escritos que no se pueden comprender absolutamente sin mucha dificultad, y también de los secretos, designios, etc.

impenitencia n.f. Obstinación en el pecado; dureza de corazón para arrepentirse de él. • **impenitente** n. y adj. Que se obstina en el pecado; que persevera en él sin arrepentimiento.

impensable adj. Que no se puede racionalmente pensar; absurdo.

impepinable adj Fam. Cierto, seguro, que no admite discusión.

imperador,a adj. Que impera o manda. • **imperar** v.int. **1.** Ejercer la dignidad imperial. **2.** Mandar, dominar. • **imperativo,a** **1.** n.m. y adj. Que impera o manda. **2.** n.m. Mandato de la moral. — *Imperativo categórico* (Kant). El que no está subordinado a ninguna cuestión.

imperante adj. Se aplica al que, o a lo que, impera.

imperatoria n.f. Planta umbelífera, con tallo hueco, hojas inferiores grandes, flores en umbela casi plana, y fruto seco con semillas desnudas y estriadas. Se usó mucho en medicina el cocimiento de las hojas, tallos y raíz.

imperdible **I.** adj. Que no puede perderse. **II.** n.m. Alfiler que se abrocha quedando su punta dentro de un gancho para que no pueda abrirse fácilmente.

imperecedero,a adj. **1.** Que no perece. **2.** Fig. Se aplica a lo que hiperbólicamente se quiere calificar de inmortal o eterno.

imperfección n.f. **1.** Falta de perfección. **2.** Falta o defecto ligero en lo moral.

imperforación n.f. PAT Defecto o vicio orgánico que consiste en tener cerrados conductos que por su naturaleza deben estar abiertos.

imperial adj. Perteneciente al emperador o al imperio. • **imperialismo** n.m. POLIT Sistema y doctrina de los imperialistas.

impericia n.f. Falta de pericia.

imperio n.m. **I. 1.** Acción de mandar con autoridad. **2.** Dignidad de emperador. **3.** Espacio de tiempo que dura el gobierno de un emperador. **4.** Tiempo durante el cual hubo emperadores en determinado país. ▷ P. ext., potencia de alguna importancia, aunque su jefe no se titule emperador. **II.** Fig. Altanería, orgullo. **III.** *Estilo imperio.* Estilo característico de las obras de arte (especialmente mobiliario) de la época del Imperio napoleónico en Francia. — Fig. y Fam. *Valer un imperio una persona o cosa.* Ser excelente o de gran mérito.

imperioso,a adj. **1.** Que manda con imperio. **2.** Que lleva consigo exigencia o necesidad.

impermeable **1.** adj. Impenetrable al agua o a otro fluido. **2.** n.m. Sobretodo hecho con tela impenetrable.

impertérrito,a adj. Dícese de aquel a quien nada intimida.

impertinencia n.f. **1.** Dicho o hecho fuera de propósito. **2.** Importunidad molesta y enfadosa. • **impertinentes** n.m. pl. Anteojos con manija que solían usar las señoras.

imperturbable adj. Que no se perturba.

impétigo n.m. Dermatosis infantil radicada fundamentalmente en la cara y manos, caracterizada por vesículas que forman costras supurantes.

impetrar v.tr. **1.** Conseguir una gracia que se ha solicitado y pedido con ruegos. **2.** Solicitar una gracia con encarecimiento y ahínco.

ímpetu n.m. **1.** Movimiento acelerado y violento. **2.** La misma fuerza o violencia. **3.** MECAN Vector que resulta de multiplicar la masa de un móvil por su velocidad.

impío,a adj. **1.** Falto de piedad. **2.** Falto de religión.

implacable adj. Que no se puede aplacar o templar.

implantar v.tr. Establecer y poner en ejecución doctrinas nuevas, instituciones o costumbres. • **implantación** n.f. **1.** Acción y efecto de implantar. **2.** FISIOL Fragmento de tejido o comprimido medicamentoso que se coloca en el tejido subcutáneo para corregir una insuficiencia hormonal.

implicación n.f. **1.** Acción y efecto de implicar. **2.** Contradicción, oposición de los términos entre sí. **3.** MAT Relación que establece que una proposición, llamada *hipótesis*, lleva consigo otra llamada *conclusión*. (Si la proposición P se enuncia: «*x* termina en 0», y la Q: «*x* es múltiplo de 5», la implicación P⇒ Q es cierta, pues todo número que termine en 0 es divisible por 5, mientras que la implicación Q ⇒ P es falsa; en efecto, esta última se verifica para $x = 10$, pero no para $x=15$.)

implicar **I.** v.tr. y prnl. Envolver, enredar. **II.** v.tr. Fig. Contener, llevar en sí, significar. **III.** v.int. Obstar, impedir, envolver contradicción. Se usa más con adverbios de negación.

implícito,a adj. Se dice de lo que se entiende incluido en otra cosa sin expresarlo.

implorar v.tr. Pedir con ruegos o lágrimas una cosa.

implosión n.f. Acción de romperse con estruendo las paredes de una cavidad en cuyo interior existe una presión inferior a la que hay fuera.

impluvio n.m. Espacio descubierto de las casas romanas, por donde entraban las aguas de la lluvia, que eran recogidas en un pequeño depósito que tenía en el centro.

impoluto,a adj. Limpio, sin mancha.

imponderable adj. **1.** Que no puede pesarse. **2.** Fig. Que excede a toda ponderación.

imponencia n.f. *Col., Chile* y *Guat.* Cualidad de imponente, grandeza, majestad.

imponer **I.** v.tr. **1.** Poner carga, obligación u otra cosa. **2.** Poner dinero a rédito o en depósito. **II.** v.tr. y prnl. Atribuir falsamente a otro una cosa. Instruir a uno en una cosa. **III.** v.tr. e int. Infundir respeto, miedo o asombro. **IV.** v.prnl. Hacer uno valer su autoridad o poderío.

impopular adj. Que no es grato a la multitud.

importación n.f. **1.** Acción de importar géneros, costumbres, etc., de otro país. **2.** Conjunto de cosas importadas.

importancia n.f. **1.** Calidad de lo importante, conveniente o necesario. **2.** Representación de una persona por su dignidad o respeto. — *Darse uno importancia.* Afectar superioridad o influencia.

importar **I.** v.int. Convenir, interesar, hacer al caso, ser de mucha entidad o consecuencia. **II.** v.tr. **1.** Hablando del precio de las cosas, valer o llegar a tal cantidad la cosa comprada. **2.** Introducir en un país géneros artículos o costumbres extranjeros.

importe n.m. Cuantía de un precio, crédito, deuda o saldo.

importunar v.tr. Incomodar o molestar con una pretensión o solicitud.

imposibilidad n.f. Falta de posibilidad.

imposible **I. 1.** No posible. **2.** Inaguantable, enfadoso, intratable. **II.** n.m. y adj. Sumamente difícil. — Fig. y Fam. *Hacer los imposibles.* Apurar todos los medios para el logro de un fin.

imposición n.f. **1.** Acción y efecto de imponer o imponerse. **2.** Exigencia desmedida con que se trata de obligar a uno. **3.** Carga, tributo u obligación que se impone. **4.** Impostura, imputación falsa.

imposta n.f. **1.** ARQUIT Hilada de sillares, algo voladiza, a veces con moldura, sobre la cual va sentado un arco. **2.** ARQUIT Faja que corre horizontalmente en la fachada de los edificios a la altura de los diversos pisos.

impostar v.tr. Fijar la voz en las cuerdas vocales para emitir el sonido en su plenitud sin vacilación ni temblor.

impostura n.f. **1.** Imputación falsa y maliciosa. **2.** Fingimiento o engaño con apariencia de verdad.

impotencia n.f. **1.** Falta de poder para hacer una cosa. **2.** Incapacidad de engendrar o concebir.

impracticable adj. **1.** Que no puede practicar. **2.** Se dice de los lugares por donde no se puede caminar.

imprecación n.f. Acción de imprecar. • **imprecar** v.tr. Proferir palabras con que se pida o se manifieste desear vivamente que alguien reciba mal o daño.

imprecisión n.f. Falta de precisión.

impregnar v.tr. y prnl. Introducir entre las moléculas de un cuerpo las de otro en cantidad perceptible sin combinación.

impremeditación n.f. Falta de premeditación.

imprenta n.f. **1.** Arte de imprimir. **2.** Taller o lugar donde se imprime. **3.** Impresión, forma de letra con que está impresa una obra.

imprescindible adj. Se dice de aquello de que no se puede prescindir.

impresentable adj. Que no es digno de presentarse o de ser presentado.

impresión n.f. **1.** Acción y efecto de imprimir. **2.** Marca o señal que una cosa deja en otra apretándola. **3.** Obra impresa. **4.** Efecto o alteración que causa en un cuerpo otro extraño. **5.** Fig. Movimiento que las cosas causan en el ánimo.

impresionar **I.** v.tr. y prnl. Persuadir o causar emoción. **II.** v.tr. **1.** Fijar la imagen por medio de la luz en la placa fotográfica. **2.** Conmover el ánimo hondamente.

impresionismo n.m. Movimiento pictórico que se desarrolló en el último cuarto del s. XIX, como reacción contra las concepciones académicas del arte. (El término ha pasado p. ext. a la literatura y a la música.)
ENCICL El impresionismo, más que una escuela es el encuentro de un grupo de jóvenes artistas con un gusto común por la espontaneidad y la pintura al aire libre. El principio de la división de los tonos (la obtención de un tono verde resulta de la proximidad de un azul y un amarillo) se encuentra en la base misma de la técnica impresionista; de ahí que la pincelada juegue plenamente su papel de instrumento de la disolución de las formas en la atmósfera. La primera exposición del grupo tuvo lugar en París (15 de abril-15 de mayo de 1874); fue un escándalo, y el periodista Louis Leroy, tomando como pretexto el cuadro de Monet titulado *Impression, soleil levant* (París, museo Marmottant), calificó irónicamente a los expositores de «impresionalistas» (Le Charivari, 25 de abril de 1874). Los principales pintores impresionistas fueron Renoir, Degas, Monet, Manet, Sisley, Pissarro, Cézanne y Gauguin. En 1873, el estilo impresionista se generalizó y afirmó plenamente, mientras que 1877 marca su apogeo. La muerte de Manet en 1883, la llegada de una generación nueva compuesta principalmente por Seurat, Van Gogh y Toulouse-Lautrec marcaron el desmembramiento del grupo, cuyos componentes se orientaron en distintas direcciones.

impreso,a **1.** Part. pas. irreg. de *imprimir.* **2.** Libro, folleto u hoja impresos.

impresor,a **I.** n.m. y f. **1.** Operario que imprime. **2.** Dueño de una imprenta. **II.** n.f. INFORM Aparato que sirve para imprimir sobre papel o soporte fotográfico los resultados de un proceso, el listado de un programa, etc.

imprevisto,a **1.** adj. No previsto. **2.** n.m. pl. En lenguaje administrativo, gastos para los cuales no hay crédito especial. • **imprevisible** adj. Que no se puede prever.

imprimar v.tr. Preparar con los ingredientes necesarios las cosas que se han de pintar o teñir.

imprimátur n.m. Fig. Licencia que da la autoridad eclesiástica para imprimir un escrito.

imprimir v.tr. **1.** Señalar en el papel u otra materia las letras y otros caracteres de las formas, apretándolas en la prensa. **2.** Estampar un sello u otra cosa en papel, tela o masa por medio de la presión. **3.** Fig. Efecto causado en el ánimo o en la memoria.
ENCICL Los principales procedimientos de impresión utilizados en imprenta son la tipografía, el offset y el heliograbado. En la *tipografía*, la tinta se dispone sobre elementos impresores en relieve, antes de ser transferida al papel. En el procedimiento de *offset*, una película realizada a partir de la composición tipográfica se pone en contacto con una placa metálica recubierta de una capa fotosensible; después de la exposición y revelado, esta placa es entintada; los textos e ilustraciones de la placa se trasladan sobre el papel por medio de unos rodillos de caucho. En el procedimiento de *heliograbado*, se realiza una película positiva, que se copia sobre un papel fotográfico entramado; este papel se aplica sobre un cilindro; las regiones no impresoras son protegidas por un barniz; las otras son atacadas con percloruro de hierro, que abre alvéolos más o menos profundos, lo que, después del entintado, permite la reproducción de las medias tintas.

improbabilidad n.f. Falta de probabilidad. • **improbable** adj. No probable.

improbidad n.f. Falta de probidad; perversidad, iniquidad. • **ímprobo,a** adj. **1.** Falto de probidad, malo, malvado. **2.** Se aplica al trabajo excesivo y continuado.

improcedencia n.f. Falta de oportunidad, de fundamento o de derecho. • **improcedente** adj. **1.** No conforme a derecho. **2.** Inadecuado, extemporáneo.

impromptu n.m. Composición musical que improvisa el ejecutante y, p. ext., la que se compone sin plan preconcebido.

impronta n.f. **1.** Reproducción de imágenes en hueco o de relieve, en cualquier materia blanda o dúctil y especialmente en las monedas. **2.** Fig. Marca o huella que en el orden moral deja una cosa en otra.

impronunciable adj. **1.** Imposible de pronunciar o de muy difícil pronunciación. **2.** Inefable.

improperio n.m. **1.** Injuria grave de palabra dicha para echar a uno en cara una cosa. **2.** pl. RELIG Versículos que se cantan en el oficio del Viernes Santo, durante la adoración de la cruz.

impropio,a adj. Falto de las cualidades convenientes según las circunstancias.

impróvido,a adj. Desprevenido.

improvisar v.tr. **1.** Hacer una cosa de pronto, sin estudio ni preparación alguna. **2.** Hacer de este modo discursos, poesías, etc. • **improvisación** n.f. **1.** Acción y efecto de improvisar. **2.** Obra o composición improvisada.

improviso,a o **imprevisto,a** adj. Que no se prevé o previene. — *Al, o de improviso.* Sin prevención ni previsión.

imprudencia n.f. Falta de prudencia. — FOR *Imprudencia temeraria.* Falta de prudencia que puede dar lugar a una desgracia. Constituye una forma de delito.

impúber n. y adj. Que no ha llegado aún a la pubertad.

impudor n.m. **1.** Falta de pudor y de honestidad. **2.** Cinismo en defender cosas vituperables. • **impúdico,a** adj. Deshonesto, sin pudor.

impuesto,a **1.** Part. pas. irreg. de *imponer.* **2.** n.m. Tributo, carga. ▷ *Impuesto sobre el valor añadido* (IVA). Impuesto indirecto que grava los bienes de consumo.
ENCICL El i puesto es actualmente el modo

ordinario de cubrir los gastos públicos. Se pueden distinguir los impuestos *directos* (impuestos sobre la renta de las personas físicas, tasa sobre plusvalías, impuestos sobre sociedades) y los impuestos *indirectos* (tasa del valor añadido, tasa sobre el alcohol, tabaco, carburante, espectáculos). Los impuestos *locales*, recaudados por las corporaciones locales comprenden entre otros la contribución territorial. El impuesto sobre el *patrimonio* grava la riqueza; existe en algunos países tales como Alemania (RFA), Países Bajos, España, Suecia, etc. No debe confundirse con el impuesto sobre transmisiones patrimoniales, que gravan los derechos de sucesión y de donación, fundamentalmente. Los impuestos son *progresivos* cuando la tasa aumenta a medida que crece la base imponible; son proporcionales cuando la tasa es constante, cualquiera que sea la base imponible.

impugnar v.tr. Contradecir, refutar. • **impugnable** adj. **1.** Que se puede impugnar. **2.** Que no se puede tomar o conquistar.

impulsar v.tr. **1.** Empujar para producir movimiento. **2.** Fig. Estimular, promover una acción.

impulsivo,a **1.** n. y adj. Que actúa por impulsos, sin reflexionar. **2.** adj. Que imprime un impulso.

impulso n.m. **1.** Acción de imprimir un movimiento a un cuerpo; este movimiento. ▷ FIS Variación de la cantidad de movimiento. ▷ ELECTR Paso de una corriente por un circuito. **2.** Incitación a la actividad. *Dar un impulso a una empresa.* **3.** Deseo repentino e imperioso de realizar un acto. *Seguir sus impulsos.* • **impulsor,a** n. y adj. Que impele.

impune adj. Que queda sin castigo. • **impunidad** n.f. Falta de castigo.

impureza n.f. **1.** Mezcla de partículas extrañas a un cuerpo o materia. (Se usa más en pl.) **2.** Falta de pureza o castidad.

imputar v.tr. **1.** Atribuir a otro una culpa, delito o acción. **2.** Señalar la aplicación o inversión de una cantidad, sea al entregarla, sea al tomar razón de ella en cuenta. • **imputación** n.f. **1.** Acción de imputar. **2.** Cosa imputada.

in- **I.** prep. insep. Se convierte en *im* delante de *b* o *p*; en *i*, por *il*, delante de *l*, y en *ir* delante de *r*. Por regla general equivale a *en*, como en *imponer, implantar, insacular,* etc. **II.** Prefijo negativo o privativo, latino, que con ese mismo valor usamos en castellano con adjetivos, verbos y substantivos abstractos; como en *inacabable, incomunicar, inacción,* etc. La *n* final sufre los mismos cambios que la de la preposición inseparable.

In QUIM Símbolo del indio.

-ina Sufijo que se utiliza para designar las sustancias aisladas u obtenidas sintéticamente.

inacabable adj. Que no se puede acabar, que no se le ve el fin, o que se retarda éste con exceso.

inaccesible adj. No accesible. • **inaccesibilidad** n.f. Calidad de inaccesible.

inactínico adj. FIS Se dice de un rayo de luz sin acción apreciable sobre una superficie sensible.

inactivación n.m. BIOL Cesación de la actividad de una sustancia bioquímica o de un microorganismo.

inactividad n.f. Carencia de actividad. • **inactivo,a** adj. **1.** Sin acción o movimiento ocioso, inerte. **2.** FIS Se dice de un cuerpo que no hace girar el plano de polarización de la luz.

inadaptación n.f. Falta de adaptación. ▷ PSICOL Estado de los sujetos, sobre todo de los niños, que no pueden acomodarse a las exigencias de la vida en sociedad. • **inadaptabilidad** n.f. Calidad de inadaptable.

inadecuación n.f. Falta de adecuación. • **inadecuado,a** adj. No adecuado.

inadvertencia n.f. Falta de advertencia. • **inadvertido,a** adj. **1.** Se dice del que no advierte o repara en las cosas que debiera. **2.** No advertido.

inalámbrico,a adj. Se aplica a todo sistema de comunicación eléctrica sin alambres conductores.

in albis m. adv. En blanco, sin lograr lo que se esperaba, o sin comprender lo que se oye.

inalcanzable adj. Que no se puede alcanzar.

inalienable adj. Que no se puede enajenar.

inalterable adj. Que no se puede alterar. • **inalterabilidad** n.f. Calidad de inalterable.

inamovible adj. Que no es movible.

inane adj. Vano, fútil, inútil. • **inanidad** n.f. Futilidad, vacuidad.

inanición n.f. FISIOL Notable debilidad por falta de alimento o por otras causas.

inanimado,a adj. Que no tiene alma, en la acepción de sustancia espiritual y también principio sensitivo de los animales.

inapelable adj. **1.** Se aplica a la sentencia o fallo de que no se puede apelar. **2.** Fig. Irremediable, inevitable.

inapetencia n.f. Falta de apetito o de gana de comer.

inapreciable adj. Que no se puede apreciar, por su mucho valor o mérito, o por su extremada pequeñez u otro motivo.

inaprensible adj. Que no se puede coger.

inaprensivo,a adj. Que no tiene aprensión.

inarticulado,a adj. **1.** No articulado. **2.** Se dice también de los sonidos de la voz con que no se forman palabras.

inasible adj. Que no se puede asir o coger.

inasistencia n.f. **1.** Falta de asistencia. **2.** DER Delito que consiste en abstenerse voluntariamente de socorrer a alguien.

inatención n.f. Falta de atención.

inaudible adj. Que no se puede oír.

inaudito,a adj. **1.** Nunca oído. **2.** Fig. Monstruoso, extremadamente vituperable.

inaugurar v.tr. **1.** Dar principio a una cosa con cierta pompa. **2.** Abrir un establecimiento público. **3.** Celebrar el estreno de una obra, edificio o monumento. • **inauguración** n.f. Acto de inaugurar.

inaveriguable adj. Que no se puede averiguar.

inca **I.** n.m. Rey, príncipe o varón de estirpe regia entre los antiguos peruanos. **II.** Moneda de oro de la República del Perú, equivalente a 20 soles.

incalificable adj. **1.** Que no se puede calificar. **2.** Muy vituperable.

incandescente adj. Se dice del cuerpo, generalmente metálico cuando se enrojece o blanquea por la acción del calor. • **incandescencia** n.f. Calidad de incandescente.

incapacidad n.f. **1.** Falta de capacidad para hacer, recibir o aprender una cosa. **2.** Fig. Rudeza, falta de entendimiento. **3.** FOR Carencia de aptitud legal para ejecutar determinados actos. • **incapacitado,a** adj. **1.** Falto de capacidad legal. **2.** Falto de aptitudes.

incapaz adj. **1.** Que no tiene capacidad o aptitud para una cosa. **2.** Fig. Falto de talento. • **incapacitar** v.tr. **1.** Decretar la falta de capacidad civil de personas mayores de edad. **2.** Decretar la carencia, en una persona, de las condiciones legales para un cargo público.

incas, clan o familia del antiguo Perú, que entre los ss. XIII y XV creó y dominó uno de los grandes imperios americanos. Su origen legendario se remonta a Manco Cápac, hijo del Sol, divinidad civilizadora, y a su esposa Mama Ocllo, llegados al Cuzco desde el lago Titicaca. El reino inca no sobrepasaba un radio de 40 km alrededor del Cuzco hasta el s. XV, cuando el noveno soberano de la dinastía, Pachacutec, venció a los chancas de Abancay, iniciando una fulgurante expansión: durante el gobierno de Huayna Cápac (1493-1525), el imperio incaico abarcaba desde Pasto, al N del Ecuador, hasta el río Maule (centro de Chile), con cerca de un millón de km² y unos 12 millones de habitantes. Culturalmente, el imperio inca es tributario de las brillantes culturas peruanas que le precedieron (Paracas, Chimú, etc.), aunque creó excelente cerámica, y una lírica propia (los *yaravíes*) que recuerda a los *haiku* japoneses. Pero el genio inca descolló en la arquitectura y en las obras públicas (varios sistemas de regadío y de calzadas que se extendían hasta los confines del Imperio), y principalmente en la organización social, económica y militar, lo que ha sugerido a los historiadores frecuentes comparaciones con el Imperio romano.

incautarse v.prnl. Tomar posesión un tribunal, u otra autoridad competente, de dinero o bienes de otra clase. • **incautación** n.f. Acción y efecto de incautarse.

incauto,a adj. Que no tiene cautela.

incendiar v.tr. y prnl. Poner fuego a cosa que no está destinada a arder; como edificios, mieses, etc. • **incendiario,a** **I.** n. y adj. Que maliciosamente incendia un edificio, mieses, etc. **II.** adj. **1.** Destinado para incendiar o que puede causar incendio. **2.** Fig. Escandaloso, subversivo. *Artículo incendiario.* • **incendio** n.m. Fuego grande que abrasa lo que no está destinado a arder.

incensar v.tr. **1.** Dirigir con el incensario el humo del incienso hacia una persona o cosa. **2.** Fig. Lisonjear o adular a uno. • **incensario** n.m. Braserillo con cadenillas y tapa, que sirve para incensar.

incentivo,a n.m. y adj. Que mueve o excita a desear o hacer una cosa.

incertidumbre n.f. **1.** Falta de certidumbre; duda, perplejidad. **2.** FIS Error que perturba o enmascara una medida.

incesto n.m. Relación sexual entre parientes entre quienes no está permitido el matrimonio.

incidencia n.f. **I.** Repercusión, influencia. **II.** **1.** FIS Dirección según la cual un rayo llega a una superficie. ▷ *Ángulo de incidencia.* Ángulo formado por el radio y la perpendicular a la superficie en el punto de encuentro de ambos. **2.** TECN Dirección de un proyectil con relación a la perpendicular a la superficie que recibe el impacto.

incidente **I.** n. y adj. Cosa que sobreviene en el curso de un asunto o negocio y tiene con éste algún enlace. **II.** adj. FIS Califica a un rayo que llega a una superficie por oposición a *rayo reflejado* o *refractado.* **III.** n.m. FOR Cuestión distinta del principal asunto del juicio, pero con él relacionada, que se ventila y decide por separado. • **incidental** adj. Se dice de lo que sobreviene en algún asunto por tener alguna relación con él.

incidir v.intr. **I.** Caer o incurrir en una falta, error, extremo, etc. **II.** MED Hacer una incisión.

incienso n.m. **1.** Gomorresina que se quema como perfume en las ceremonias religiosas. **2.** Mezcla de sustancias resinosas que al arder despiden buen olor. **3.** Fig. Lisonja (sent. 1).

incierto,a adj. **1.** No cierto o no verdadero. **2.** Inconstante, no seguro, no fijo. **3.** Desconocido, ignorado.

incinerar v.tr. Reducir una cosa a cenizas.

incipiente adj. Que empieza.

incisión n.f. **1.** Hendidura que se hace con instrumento cortante. **2.** Cesura. • **incisivo,a** adj. **1.** Apto para abrir o cortar. **2.** Fig. Punzante, mordaz. • **incisorio,a** adj. Que corta o puede cortar.

inciso,a **I.** adj. Cortado, dicho del estilo. **II.** n.m. **1.** GRAM Cada uno de los miembros que, en los períodos, encierra un sentido parcial. **2.** GRAM Coma (signo ortográfico).

incitar v.tr. Mover o estimular a uno para que ejecute una cosa. • **incitativo,a** **1.** n.m. y adj. Que incita o tiene virtud de incitar. **2.** adj. FOR Aguijatorio.

incivil adj. Falto de civilidad o cultura.

inclemencia n.f. **1.** Falta de clemencia. **2.** Fig. Rigor de la estación, especialmente en el invierno.

inclinar **1.** v.tr. y prnl. Apartar una cosa de su posición perpendicular a otra o al horizonte. **2.** v.tr. Fig. Persuadir a uno a que haga o diga lo que dudaba hacer o decir. **3.** v.int. y prnl. Parecerse un tanto un objeto a otro. **4.** v.prnl. Propender a hacer, pensar o sentir una cosa. • **inclinación** n.f. **1.** Acción y efecto de inclinar o inclinarse. **2.** Reverencia que se hace con la cabeza o el cuerpo. **3.** Fig. Afecto, amor, propensión a algo. **4.** GEOM Dirección que una línea o una superficie tiene con relación a otra línea u otra superficie.

ínclito,a adj. Ilustre, esclarecido, afamado.

incluir v.tr. **1.** Poner una cosa dentro de otra o dentro de sus límites. **2.** Contener una cosa a otra, o llevarla implícita. **3.** Comprender un número menor en otro mayor, o una parte en su todo.

inclusa n.f. Casa en donde se recoge y cría a los niños expósitos. • **inclusero,a** n. y adj. Fam. Que se cría o se ha criado en la inclusa.

inclusión n.f. **1.** Acción y efecto de incluir. **2.** MAT Propiedad de un conjunto o de un elemento, de estar incluido en otro conjunto. **3.** BIOL Elemento heterogéneo contenido en una célula o en un tejido. **4.** MINER Cuerpo extraño, sólido o gaseoso, encerrado en un cristal. • **inclusive** adv. m. Con inclusión. • **incluso,a** **1.** Part. pas. irreg. de *incluir.* (Se usa sólo como adjetivo.) **2.** adv. m. Con inclusión de, inclusivamente. **3.** prep. y conj. Hasta, aun. *Incluso a los enemigos amó.*

incoar v.tr. Comenzar una cosa.

incoercible adj. Que no puede ser coercido.

incógnita n.f. MAT **1.** Cantidad desconocida que es preciso determinar en una ecuación o en un problema para resolverlos. **2.** Fig. Causa o razón oculta de un hecho que se examina.

incógnito,a n.m. y adj. No conocido. — *De incógnito.* Manera de actuar cuando no se desea ser reconocido.

incognoscible adj. Que no se puede conocer.

incoherente adj. No coherente. • **incoherencia** n.f. Falta de coherencia.

incoloro,a adj. Que carece de color.

incólume adj. Sano, sin lesión ni menoscabo.

incombustible adj. Que no se puede quemar.

incomodar v.tr. y prnl. Causar incomodidad. • **incomodidad** n.f. **1.** Falta de comodidad. **2.** Molestia. **3.** Disgusto, enojo.

incomparable adj. Que no tiene comparación.

incompartible adj. Que no se puede compartir.

incompatibilidad n.f. **1.** Calidad de incompatible. **2.** Impedimento legal para ejercer una función determinada, o para ejercer dos o más cargos a la vez.

incompetente adj. No competente. • **incompetencia** n.f. Falta de competencia o de jurisdicción.

incompleto,a adj. No completo.

incomprendido,a **1.** adj. Que no ha sido debidamente comprendido. **2.** n. y adj. Se dice de la persona cuyo mérito no ha sido generalmente apreciado.

incomprensible adj. Que no se puede comprender. • **incomprensión** n.f. Falta de comprensión.

incompresible adj. Que no se puede comprimir o reducir a menor volumen.

incomunicar **1.** v.tr. Privar de comunicación a personas o cosas. **2.** v.prnl. Aislarse, negarse al trato con otras personas. • **incomunicabilidad** n.f. Calidad de incomunicable. • **incomunicación** n.f. **1.** Acción y efecto de incomunicar o incomunicarse. **2.** FOR Aislamiento temporal de procesados o de testigos, que acuerdan los jueces, señaladamente los instructores de un sumario.

inconcebible adj. Que no puede concebirse o comprenderse.

inconcluso,a adj. No acabado, no terminado.

inconcreto,a adj. Que no es concreto; vago, impreciso.

incondicional **1.** adj. Absoluto, sin restricción ni requisito. **2.** n.m. y f. El adepto a una persona o idea, sin limitación o condición ninguna.

inconexión n.f. Falta de conexión o unión de una cosa con otra. • **inconexo,a** adj. Que no tiene conexión con una cosa.

inconfesable adj. Se dice de lo que, por ser vergonzoso y vil, no puede confesarse.

inconfeso,a adj. Se aplica al presunto reo que no confiesa el delito acerca del cual se le pregunta.

inconformista n.m. y f. **1.** HIST En Gran Bretaña, protestante que no pertenece a la Iglesia anglicana. **2.** P. ext., persona que no se conforma con las tradiciones, las costumbres o las actividades habituales. • **inconformismo** n.m. **1.** HIST Doctrina de los inconformistas. **2.** P. ext., actitud de un inconformista.

inconfundible adj. No confundible.

incongruencia n.f. Falta de congruencia. • **incongruente** adj. No congruente.

inconmensurable adj. No conmensurable.

inconmovible adj. Que no se puede conmover o alterar; perenne, firme.

inconmutable adj. **1.** Inmutable. **2.** No conmutable.

inconquistable adj. **1.** Que no se puede conquistar. **2.** Fig. Que no se deja vencer con ruegos y dádivas.

inconsciente **1.** n. (apl. a pers.) y adj. Que no mide la importancia de las cosas ni la gravedad de sus actos. **2.** adj. Algo de lo que no se tiene conciencia. *Gesto inconsciente.* **3.** n.m. PSICOL Región o dominio del psiquismo que escapa a la consciencia, que influye sobre la conducta del sujeto sin su conocimiento, y cuyo contenido aflora durante el sueño y en ciertos delirios.
ENCICL Durante mucho tiempo, la filosofía y la psicología clásicas han identificado la vida psíquica con la vida consciente, pero la existencia de un campo inconsciente ha sido admitida por moralistas tan diferentes como La Rochefoucauld, Kant o los jansenistas. Sin embargo, es indudablemente a Freud, a quien corresponde el mérito de haber situado el concepto de inconsciente en el seno del pensamiento contemporáneo. Para Freud, el inconsciente es el depósito donde se guardan los instintos fundamentales que el hombre hereda de su naturaleza animal: impulsos, libido, instinto de la muerte, etc. Altamente cargado de energía psíquica, intenta invadir la conciencia clara, pero encuentra resistencias de origen social o moral (rechazo, censura) que sólo le permiten expresarse mediante formaciones imaginarias de compromisos (sueños, frustraciones, neurosis) que el psicoanálisis descifrará. Ahora bien, el concepto de inconsciente no tiene únicamente un alcance individual. Detrás de los principios conscientemente reconocidos por los grupos humanos o clases sociales se esconden omnipotentes intereses colectivos que desvirtúan la conciencia de los que se valen de ellos.

inconsecuente **1.** adj. Que no se sigue o deduce de otra cosa. **2.** n. y adj. Que procede con inconsecuencia. • **inconsecuencia** n.f. Falta de consecuencia en lo que se dice o hace.

inconsiderado,a **1.** adj. No considerado ni reflexionado. **2.** n. y adj. Inadvertido, que no considera ni reflexiona.

inconsistente adj. Falto de consistencia. • **inconsistencia** n.f. Falta de consistencia.

inconsolable adj. Que no puede ser consolado o consolarse.

inconstante adj. **1.** No estable ni permanente. **2.** Que muda con demasiada facilidad y ligereza de pensamientos, opiniones o conducta.

inconstitucional adj. No conforme con la Constitución del Estado.

inconsútil adj. Sin costura. Se usa comúnmente hablando de la túnica de Jesucristo.

incontable adj. **1.** Que no puede contarse. **2.** Muy difícil de contar, numerosísimo.

incontenible adj. Que no puede ser contenido o refrenado.

incontestable adj. Que no se puede impugnar ni dudar con fundamento.

incontinente adj. **1.** Desenfrenado en las pasiones de la carne. **2.** Que no se contiene. ▷ n. y adj. MED Que no tiene dominio sobre sus micciones o defecaciones.

incontrastable adj. Que no puede impugnarse con argumentos ni razones sólidas.

incontrovertible adj. Que no admite duda ni disputa.

inconveniente **I.** n. y adj. No conveniente. **II.** n.m. **1.** Impedimento. **2.** Daño y perjuicio que resulta de alguna cosa. • **inconveniencia** n.f. **1.** Incomodidad, desconveniencia. **2.** Disconformidad e inverosimilitud de una cosa. **3.** Dicho o hecho fuera de razón o sentido.

inconvertible adj. No convertible.

incordio n.m. **1.** Buba, tumor. **2.** Fig. y Fam. Cosa incómoda, agobiante o muy molesta. • **incordiar** v.tr. Molestar.

incorporal adj. **1.** No corporal. **2.** Se aplica a las cosas que no se pueden tocar.

incorporar **1.** v.tr. Agregar, unir dos o más cosas para que hagan un todo entre sí. **2.** v.tr. y prnl. Sentar o reclinar el cuerpo que estaba echado y tendido. **3.** v.prnl. Agregarse uno o más personas a otras para formar un cuerpo.

incorpóreo adj. No corpóreo.

incorrecto,a adj. No correcto. • **incorrección** n.f. **1.** Calidad de incorrecto. **2.** Dicho o hecho incorrecto.

incorregible adj. **1.** No corregible. **2.** Se dice del que por su terquedad no se quiere enmendar.

incorrupto,a adj. **1.** Que está sin corromperse. **2.** Fig. No dañado ni pervertido. • **incorruptible** adj. **1.** No corruptible. **2.** Fig. Que no se puede pervertir. **3.** Fig. Muy difícil de pervertirse.

increado,a adj. No creado.

incrédulo,a **1.** n. y adj. Que no cree lo que debe, y especialmente que no cree los misterios de la religión. **2.** adj. Que no cree con facilidad. • **incredibilidad** n.f. Imposibilidad o dificultad que hay para que sea creída una cosa. • **incredulidad** n.f. **1.** Aversión o dificultad en creer una cosa. **2.** Falta de fe y de creencia católica.

incremento n.m. **1.** Aumento. **2.** GRAM Aumento de letras que tiene cualquier voz derivada sobre la primitiva.

increpar v.tr. Reprender con dureza y severidad. • **increpación** n.f. Represión fuerte y agria.

incriminar v.tr. **1.** Acriminar con fuerza o insistencia. **2.** Exagerar o abultar un delito, culpa o defecto, presentándolo como crimen.

incruento adj. No sangriento. Se dice especialmente del sacrificio de la misa.

incrustación n.f. **1.** Acción de incrustar. **2.** Cosa incrustada. ▷ Adorno incrustado. *Incrustaciones de oro.* **3.** TECN Depósito calcáreo en el interior de una instalación de calefacción por agua caliente. • **incrustar** v.tr. **1.** Embutir en una superficie lisa y dura piedras, metales, maderas, etc., formando dibujos para que sirvan de adorno. **2.** Cubrir una superficie con una costra dura.

incubación n.f. **1.** Acción y efecto de incubar. **2.** MED Período comprendido entre la infección y la aparición de los primeros síntomas de una enfermedad.

incubadora n.f. **1.** Aparato o local que sirve para la incubación artificial. **2.** Urna de cristal acondicionado donde los niños nacidos antes de tiempo, o en circunstancias anormales, permanecen para facilitar el desarrollo de sus funciones orgánicas. • **incubar** v.tr. Poner el ave sobre los huevos para sacar pollos.

íncubo n. y adj. Se dice del espíritu o demonio que tiene comercio carnal con una mujer, bajo la apariencia de varón.

incuestionable adj. No cuestionable.

inculcar **I.** v.tr. y prnl. Apretar una cosa contra otra. **II.** v.tr. **1.** Fig. Repetir con empeño muchas veces una cosa a uno. **2.** Fig. Imbuir, infundir en el ánimo de uno una idea, un concepto, etc.

inculpar v.tr. Culpar, acusar a uno de una cosa.

inculto,a adj. **1.** Que no tiene cultivo ni labor. **2.** Fig. Se aplica a la persona, pueblo o nación de modales rústicos y groseros o de corta instrucción. **3.** Fig. Hablando del estilo, desaliñado y grosero.

incumbir v.int. Estar a cargo de uno una cosa. • **incumbencia** n.f. Obligación y cargo de hacer una cosa.

incumplir v.tr. No llevar a efecto, dejar de cumplir.

incunable n.m. y adj. Se aplica a las ediciones hechas desde la invención de la imprenta hasta principios del s. XVI.

incurable **I.** n. (apl. a pers.) y adj. Que no se puede curar o no puede sanar. **II.** adj. **1.** Muy difícil de curarse. **2.** Fig. Que no tiene remedio.

incurioso,a n. y adj. Descuidado, negligente.

incurrir v.int. **1.** Construido con la prep. *en* y sustantivo que signifique culpa, error o castigo, ejecutar la acción, o merecer la pena, expresada por el sustantivo. **2.** Con la misma preposición y sustantivos como odio, ira, desprecio, etc., causarlo, atraérselo.

incursión n.f. **1.** Acción de incurrir. **2.** MILIT Correría de guerra.

incurso,a Part. pas. irreg. de *incurrir.*

indagar v.tr. Averiguar, inquirir una cosa. • **indagatoria** n.f. FOR Declaración que acerca del delito que se está averiguando se toma al presunto reo sin recibirle juramento.

indebido,a adj. **1.** Que no es obligatorio ni exigible. **2.** Ilícito, injusto y falto de equidad.

indecente adj. No decente, indecoroso. • **indecencia** n.f. **1.** Falta de decencia o de modestia. **2.** Dicho o hecho vituperable o vergonzoso.

indecible adj. Que no se puede decir o explicar.

indeciso,a adj. **1.** Se dice de la cosa sobre la cual no ha caído resolución. **2.** Perplejo, dudoso.

indeclinable adj. **1.** Que necesariamente tiene que hacerse o cumplirse. **2.** FOR Se aplica a la jurisdicción que no se puede declinar. **3.** GRAM Se aplica a las partes de la oración que no se declinan.

indecoroso,a adj. Que carece de decoro, o lo ofende.

indefectible adj. Que no puede faltar o dejar de ser.

indefenso adj. Que carece de medios de defensa, o está sin ella.

indefinido,a adj. **1.** No definido. **2.** Que no tiene término señalado o conocido.

indehiscente adj. BOT Que en la madurez no se abre espontáneamente. *Frutos indehiscentes.*

indeleble adj. Que no se puede borrar o quitar.

indemne adj. Libre o exento de daño.

indemnizar v.tr. y prnl. Resarcir de un daño o perjuicio. • **indemnización** n.f. **1.** Acción y efecto de indemnizar o indemnizarse. **2.** Cosa con que se indemniza.

indemostrable adj. No demostrable.

indeno n.m. QUIM Hidrocarburo C_9H_8 que se extrae de la hulla y entra en la composición de ciertas materias plásticas.

independencia n.f. **1.** Calidad o condición de independiente. **2.** Libertad, autonomía, y especialmente la de un Estado que no depende de otro. **3.** Entereza, firmeza de carácter.

independentismo n.m. En un país que no tiene independencia política, movimiento que la propugna o reclama.

independiente **I.** adj. **1.** Que no tiene dependencia, que no depende de otro. **2.** Autónomo. **3.** Fig. Se dice de la persona que sostiene sus derechos u opiniones. **II.** adv.m. Con independencia. • **independizar** v.tr. y prnl. Hacer independiente a una persona o cosa.

indescifrable adj. Que no se puede descifrar.

indescriptible adj. Que no se puede describir.

indeseable n. y adj. **1.** Se dice de la persona, cuya permanencia en un país se considera peligrosa. **2.** Se dice de la persona cuyo trato no es recomendable.

indesignable adj. Imposible o muy difícil de señalar.

indesmallable adj. Que sus mallas no pueden deshacerse.

indestructible adj. Que no se puede destruir.

indeterminable adj. **1.** Que no se puede determinar. **2.** Que no se resuelve a una cosa. • **indeterminación** n.f. **1.** Falta de determinación en las cosas, o de resolución en las personas. **2.** MAT Carácter de un sistema de ecuaciones que admite un número infinito de soluciones (p.ej. un sistema de dos ecuaciones con tres incógnitas). ▷ Carácter de una expresión en la que no se puede determinar el valor numérico.

indiana n.f. Tela de lino o algodón, o de mezcla de uno y otro, estampada por un solo lado.

indianista n.m. y f. Persona que cultiva las lenguas y literatura de la India.

indiano,a **I.** n. y adj. Natural, pero no originario de América. **II.** adj. **1.** Perteneciente a ella. **2.** Perteneciente a la India. **III.** n. y adj. Se dice también del que vuelve rico de América.

indicán n.m. QUIM Glucósido que se encuentra en el índigo.

indicar v.tr. Dar a entender o significar una cosa con indicios y señales. • **indicación** n.f. Acción y efecto de indicar. • **indicador,a** **I.** n. y adj. Que indica o sirve para indicar. ▷ Que indica una dirección. **II.** n.m. **1.** TECN Instrumento de medida que proporciona datos útiles para el mantenimiento y control de una máquina o aparato. **2.** QUIM *Indicador coloreado.* Sustancia cuyo color varía en función del pH del medio en el que se la sumerge.

índice n.m. **1.** Indicio o señal de una cosa. **2.** Lista o enumeración breve y ordenada de libros, capítulos o cosas notables. **3.** Catálogo de los autores o materias de las obras de una biblioteca. **4.** Gnomon de un cuadrante solar. **5.** MAT Pequeño signo (letra o número) situado a la derecha y bajo otro signo para caracterizarle. Ej.: a_1 *(a índice 1)*, a_2,..., a_n. **6.** Número que expresa una relación entre dos magnitudes. **7.** ANAT El segundo dedo de la mano, entre el pulgar y el medio.

indicio n.m. Signo aparente que hace posible la existencia de una cosa.

indiferente adj. **1.** No determinado por sí a una cosa más que a otra. **2.** Que no importa que sea o se haga de una o de otra forma. • **indiferencia** n.f. Estado del ánimo en que no se siente inclinación ni repugnancia a un objeto o asunto determinado.

indígena n. (apl. a pers.) y adj. Originario del país de que se trata.

indigencia n.f. Falta de medios para alimentarse, vestirse, etc.

indigenismo n.m. **1.** Estudio de los pueblos indios iberoamericanos. **2.** Ideología a favor de los indios en las repúblicas iberoamericanas. **3.** Expresión indígena que se incorpora a la lengua del invasor.

indigesto,a adj. **1.** Que no se digiere o se digiere con dificultad. **2.** Que está sin digerir. **3.** Fig. Áspero, árido. • **indigestarse** v.prnl. **1.** No sentar bien un manjar o comida. **2.** Fig. y Fam. No agradarle a uno alguien.

indigetes, pueblo hispánico prerromano. Habitaron parte de la actual provincia de Gerona y su capital fue Indika.

indignación n.f. Enojo, ira, enfado contra una persona o contra sus actos. • **indignar** v.tr. y prnl. Irritar, enfadar vehementemente a uno.

indigno,a adj. **1.** Que no tiene mérito ni disposición para una cosa. **2.** Que no corresponde a las circunstancias de un sujeto, o es inferior a la calidad y mérito de la persona con quien se trata. **3.** Vil, ruin.

índigo n.m. **1.** Añil (planta). **2.** Colorante que proporcionan las hojas del añil y sirve para teñir.

1. indio,a n. y adj. **1.** De la India. **2.** Relativo a los nativos de América (amerindios). ENCICL El nombre de *indio,* que se dio a los aborígenes americanos, perpetúa el error de Colón al creer, cuando descubrió el Nuevo Mundo, que había llegado a las costas de las Indias Orientales siguiendo la ruta del Oeste. Dichos aborígenes estaban divididos en grandes grupos por sus características raciales, por sus creencias y sus idiomas: aztecas, mayas, guaraníes, incas, caribes, araucanos, aimarás, etc., además del grupo de pieles rojas de América del Norte (apaches, cheyennes, siux, athabascanos, etc.), familias que, a su vez, se subdividían en una infinidad de grupos y tribus, cada uno de los cuales tenía un nombre distinto. Se calculan en unos 11.000.000 los indios puros que existen en la actualidad en la América Latina, siendo mucho mayor el número de mestizos, porque desde un principio fueron frecuentes los cruces entre los indígenas y los individuos de raza blanca. En América septentrional (Canadá y Estados Unidos), el número de indios puros se calcula en 500.000 y son escasos los mestizos.

2. indio n.m. QUIM Elemento de número atómico 49 y de peso atómico 114,8 (símbolo *In*). Se utiliza para recubrir los metales con una capa protectora y en las aleaciones antifricción.

indirecto,a **1.** adj. Que no va rectamente a un fin aunque se encamine a él. **2.** n.f. Dicho o hecho con una intención determinada, pero sin manifestarla claramente.

indisciplina n.f. Falta de disciplina.

indiscreto,a n. y adj. **1.** Que obra sin discreción. **2.** adj. Que se hace sin discreción.

indispensable adj. **1.** Que no se puede dispensar ni excusar. **2.** Que es necesario o muy regular que suceda.

indisponer **I.** v.tr. y prnl. Poner a mal a las personas, enemistar. **II.** v.prnl. Experimentar una indisposición. • **indisposición** n.f. Quebranto leve de la salud.

individual adj. Perteneciente o relativo al individuo. • **individualidad** n.f. Calidad particular de una persona por la cual se distingue.

individualismo n.m. **1.** Sistema filosófico que considera al individuo como fundamento y fin de todas las leyes y relaciones morales y políticas. **2.** Propensión a obrar según el propio albedrío y no de concierto con la colectividad.

individuo,a **I.** adj. **1.** Individual. **2.** Que no puede ser dividido. **II.** n.m. **1.** Cada ser organizado, sea animal o vegetal, respecto de la especie a que pertenece. **2.** Persona perteneciente a una clase o corporación. **III.** n.m. y f. Fam. Persona cuyo nombre y condición se ignoran o no se quieren decir.

indivisible adj. Que no puede ser dividido.

indiviso,a **1.** n. y adj. No separado o dividido en partes. **2.** adj. DER Poseído por varias personas a la vez sin ser materialmente dividido.

indocumentado,a n. y adj. **1.** Se dice de quien carece de documento oficial por el cual pueda identificarse. **2.** Fig. Se dice de la persona sin arraigo ni respetabilidad.

indoeuropeo,a n. y adj. Idioma que dio origen a numerosos idiomas europeos y asiáticos.

indofenol n.m. QUIM Nombre genérico de materias colorantes azules derivadas de las quinonas y utilizadas en tintorería.

indol n.m. QUIM Compuesto químico cuya fórmula es C_8H_7N, utilizado en perfumería y que se encuentra en las esencias de jazmín y de azahar.

índole n.f. **1.** Condición e inclinación natural propia de cada uno. **2.** Naturaleza, calidad y condición de las cosas.

indolente adj. Perezoso, descuidado.

indoloro,a adj. Que no causa dolor.

indómito,a adj. **1.** No domado. **2.** Que no se puede domar. **3.** Fig. Difícil de sujetar o reprimir.

indonesio,a **1.** n. y adj. Natural de Indonesia. **2.** adj. Perteneciente o relativo a esta república asiática.

inducción n.f. **1.** FILOS Método de razonamiento que partiendo de los efectos retrocede a la causa, y de los hechos particulares a las leyes que los rigen. **2.** ELECTR *Inducción eléctrica* o *electrostática*. Modificación del reparto de cargas eléctricas que posee un cuerpo bajo el efecto de un campo eléctrico. **3.** TECN Arrastre de un fluido por otro fluido. **4.** MED Primera fase de una anestesia antes de que el paciente quede dormido. **5.** BIOL Fenómeno por el que una enzima o un tejido facilita una reacción bioquímica. **6.** MAT Método para conocer la estructura de un conjunto tomando como base la estructura de una de sus partes.

inducido n.m. ELECTR Parte de una máquina eléctrica donde se produce una fuerza electromotriz por inducción electromagnética.

inducir v.tr. **1.** Instigar a uno. **2.** FILOS Realizar la inducción. **3.** FIS Producir los efectos de la inducción.

inductancia n.f. ELECTR Coeficiente que caracteriza la propiedad de un circuito para producir un flujo que lo atraviesa y que es igual al cociente de dicho flujo por la intensidad de la corriente que lo produce.

inductor,a **I.** n. y adj. **1.** FILOS Que sirve de punto de partida de una inducción. **2.** ELECTR Que produce inducción. ▷ n.m. Conjunto de electroimanes utilizados para producir un campo inductor. **II.** n.m. BIOL Sustancia que, mediante su presencia, efectúa una inducción.

indudable adj. Que no puede dudarse.

indulgencia n.f. **1.** Facilidad en perdonar las faltas. **2.** Remisión que hace la Iglesia de las penas debidas por los pecados. • **indulgente** adj. Fácil en perdonar las faltas.

indulto n.m. Gracia por la cual se remite el todo o parte de una pena o se conmuta. • **indultar** v.tr. Aplicar el indulto.

indumentaria n.f. **1.** Estudio histórico del traje. **2.** Conjunto de lo que sirve para vestirse.

induración n.f. Acción y efecto de endurecer.

indusio n.m. **1.** BOT Pequeña escama que protege los soros de numerosos helechos. **2.** PALEONT Envoltura de la larva del frígano.

industria n.f. **I. 1.** Conjunto de operaciones ejecutadas para la obtención, transformación o transporte de productos naturales. **2.** Instalación destinada a estas operaciones. **3.** Suma y conjunto de las industrias de uno o varios géneros, de todo un país o de parte de él. **II.** Destreza para hacer una cosa. • **industrialización** n.f. Acción y efecto de industrializar. • **industrializar** v.tr. **1.** Hacer que una cosa sea objeto de industria o elaboración. **2.** Dar predominio al desarrollo de las industrias en la economía de un país.

industriar **1.** v.tr. Instruir, enseñar a uno. **2.** v.prnl. Ingeniarse, sabérselas componer. • **industrioso,a** adj. **1.** Ingenioso, emprendedor. **2.** Trabajador.

inecuación n.f. MAT Desigualdad que contiene variables y que generalmente no es satisfecha más que por ciertos valores de estas variables.

inédito,a adj. Escrito y no publicado.

inefable adj. Que con palabras no se puede explicar.

ineficacia n.f. Falta de eficacia o de actividad.

ineluctable adj. Se dice de aquello contra lo cual no puede lucharse: inevitable.

ineludible adj. Que no se puede eludir.

inenarrable adj. Inefable.

inepcia n.f. **1.** Calidad de inepto. **2.** Dicho o hecho necio.

inepto,a **1.** adj. No apto o a propósito para una cosa. **2.** n. y adj. Necio o incapaz.

inequívoco,a adj. Que no admite duda o equivocación.

inercia n.f. **1.** Calidad de inerte. **2.** Ausencia de movimiento, de actividad, de energía.

inerme adj. **1.** Que está sin armas. **2.** Fig. Desprovisto de defensas.

inerte adj. **1.** Inactivo, ineficaz, estéril. **2.** Flojo, desidioso. **3.** QUIM Dícese de un cuerpo que no desempeña ningún papel en una reacción dada. **4.** Que no está vivo; inorgánico.

inervar v.tr. ANAT Activación (de un órgano, de un tejido), que afecta a las fibras nerviosas. • **inervación** n.f. ANAT Conjunto de nervios de una región anatómica o de un órgano; modo en que están distribuidos.

inescrutable adj. Que no se puede saber ni averiguar.

inesperado,a adj. Que sucede sin que se espere.

inestimable adj. Incapaz de ser estimado como corresponde.

inexacto,a adj. Que carece de exactitud. • **inexactitud** n.f. Falta de exactitud.

inexcusable adj. Que no puede ser excusado.

inexequible adj. No exequible, que no se puede hacer, conseguir o llevar a efecto.

inexistente adj. **1.** Fig. Dícese de aquello que aunque existe se considera totalmente nulo. **2.** Que carece de existencia.

inexorable adj. Que no se deja vencer por los ruegos.

inexperto,a n. y adj. Carente de experiencia.

inexpugnable adj. **1.** Que no se puede conquistar. **2.** Fig. Que no se deja vencer ni persuadir.

in extenso loc. adv. y adj. Completamente, íntegro (en lo que se refiere a un texto).

in extremis loc. adv. y adj. **1.** En los últimos momentos de la vida; en trance de muerte. **2.** En el último momento.

inextricable adj. Difícil de desenredar, confuso.

infalible adj. **1.** Que no puede engañar ni engañarse. **2.** Seguro, cierto, indefectible.

infamar v.tr. y prnl. Difamar. • **infame** n. y adj. **1.** Que carece de honra, crédito y estimación. **2.** Muy malo y despreciable en su especie. • **infamia** n.f. **1.** Descrédito, deshonra. **2.** Maldad, acción infame.

infancia **I.** n.f. **1.** Edad del niño desde que nace hasta la pubertad. **2.** Fig. Conjunto de los niños de tal edad. **II.** Fig. Primer estado de una cosa después de su nacimiento o constitución.

infante,a **I.** n.m. y f. **1.** POET Niño de corta edad. **2.** Cualquiera de los hijos legítimos del rey de España, no herederos del trono. **II.** n.m. Soldado que sirve a pie. • **infantado** n.m. Territorio de un infante o infanta real.

infantería n.f. Tropa que sirve a pie en la milicia. — *Infantería de marina*. La destinada a la armada y a la vigilancia de arsenales y departamentos marítimos.

infanticidio n.m. Muerte dada a un niño, especialmente si es recién nacido.

infantil adj. **1.** Perteneciente o relativo a la infancia. **2.** Fig. Inocente, cándido. • **infantilismo** n.m. PAT Persistencia en la adolescencia o en la edad adulta de los caracteres físicos y mentales propios de la infancia.

infanzón,a n.m. y f. Hijodalgo o hijadalgo que en sus heredamientos tenía potestad y señorío limitados.

infarto n.m. MED Lesión de una zona vascular obstruida por una trombosis. — *Infarto de miocardio.* El que provoca la necrosis de la pared muscular del corazón.
ENCICL El infarto puede producirse en todos los órganos (corazón, riñón, hígado, bazo, pulmón, intestinos), pero los que se producen más frecuentemente son el infarto de miocardio y el infarto pulmonar. El infarto de miocardio se debe, en la mayoría de los casos, a la obstrucción repentina de una arteria coronaria y se produce con más frecuencia en el hombre que en la mujer. El tratamiento, que debe iniciarse inmediatamente, tiene como misión inmediata calmar el dolor, impedir que la trombosis se extienda, mejorar la circulación miocárdica y luchar contra el shock. El origen del infarto pulmonar suele ser una embolia que sigue a una intervención quirúrgica, una fractura, una flebitis o también una cardiopatía.

infatigable adj. Incansable.

infausto,a adj. Desgraciado, infeliz.

infección n.f. Acción y efecto de infectar.

infectar **1.** v.tr. Transmitir gérmenes de cierta enfermedad a un organismo. **2.** v.prnl. Contraer una infección. ▷ Desarrollar gérmenes infecciosos una herida.

infecto,a adj. **1.** Contagiado, pestilente, corrompido. **2.** Fig. Fastidioso o muy malo.

infeliz n. y adj. **1.** De suerte adversa, no feliz. **2.** Fam. Bondadoso y apocado.

inferior **I.** adj. **1.** Que está debajo de otra cosa o más bajo que ella. **2.** Que es menos que otra cosa en su calidad o en su cantidad. **3.** GEOGR Aplícase a algunos lugares o tierras que respecto de otros están a nivel más bajo. **4.** BIOL Seres vivos cuya organización es rudimentaria. **II.** n. y adj. Dícese de la persona sujeta o subordinada a otra.

inferir v.tr. **1.** Sacar consecuencia o deducir una cosa de otra. **2.** Llevar consigo, ocasionar, conducir a un resultado. **3.** Hacer o causar ofensas, heridas, etc.

infernal adj. **1.** Que es del infierno o perteneciente a él. **2.** Fig. Muy malo. **3.** Fig. y Fam. Se dice de lo que causa sumo disgusto o enfado.

ínfero,a adj. BOT Se dice de un ovario situado por debajo del plano de inserción de las otras piezas florales. Antónimo: súpero.

infestar **I.** v.tr. y prnl. Contagiar. **II.** v.tr. **1.** Causar daños y estragos con hostilidades. **2.** Causar estragos y molestias los animales y las plantas perjudiciales.

infibular v.tr. Colocar un anillo u otro obstáculo en los órganos genitales de un animal para impedir el coito.

inficionar v.tr. y prnl. **1.** Infectar, contaminar. **2.** Fig. Corromper a alguien.

infidelidad n.f. Falta de fidelidad; deslealtad.

infiel **I.** adj. **1.** Falto de fidelidad; desleal. **2.** Falto de exactitud. **II.** n. y adj. Se aplica a los que no profesan la propia religión.

infiernillo n.m. Aparato metálico con lamparilla de alcohol para calentar agua o cocinar.

infierno n.m. **I. 1.** RELIG Lugar de suplicio de los condenados. **2.** pl. En la mitología grecorromana, lugar subterráneo, morada de las almas de los muertos. **II.** Fig. y Fam. Lugar en que hay mucho alboroto y discordia. ▷ Fig. y Fam. La misma discordia.

infijo adj. Afijo con función o significado propios, que se introduce en el interior de una palabra.

infiltrar v.tr. y prnl. **I.** Introducir suavemente un líquido entre los poros de un sólido. **II.** Fig. Infundir ideas o doctrinas. • **infiltración** n.f. **1.** Acción y efecto de infiltrar o infiltrarse. **2.** MED Inyección terapéutica de una sustancia en un tejido o articulación. ▷ Invasión de un tejido sano por células malignas o inocuas. **3.** MILIT Penetración, en la retaguardia de las líneas enemigas, de pequeños grupos armados.

ínfimo,a adj. **1.** Que en su situación está muy bajo. **2.** En el orden y graduación de las cosas, dícese de la que es última y menos que las demás. **3.** Se dice de lo más despreciable en su género.

infinidad n.f. **1.** Calidad de infinito. **2.** Fig. Gran número de cosas o personas.

infinitesimal adj. MAT Se aplica a las cantidades infinitamente pequeñas.

infinitivo n.m. GRAM Presente de infinitivo, o sea voz que da nombre al verbo.

infinito,a **I.** adj. **1.** Que no tiene ni puede tener fin ni término. **2.** Muy numeroso, grande y excesivo. **II.** n.m. MAT Se dice de un conjunto E tal que existe una parte P_2 de E que contiene estrictamente una parte cualquiera P_1 de E. **III.** adv. m. Excesivamente, muchísimo.
ENCICL Durante dos milenios, el concepto abstracto de infinito ha sido objeto de discusiones metafísicas y durante ese tiempo, distintos filósofos lo han asimilado a los conceptos de absoluto y de perfección; Descartes, por ejemplo, deduce de la presencia de la idea de infinito en el alma humana una prueba de la existencia de Dios. Desde el s. XIX, el infinito queda determinado por una serie de definiciones matemáticas desprovistas en absoluto de ambigüedad. En el análisis matemático (v.), el infinito se presenta en los problemas en los que una cantidad variable sobrepasa cualquier cantidad fija determinada con anterioridad. Por ejemplo, si una cantidad estrictamente positiva x se aproxima a 0 tanto como se quiera, su inversa $\frac{1}{x}$ tiende a sobrepasar cualquier número real dado, por grande que éste sea. Por lo tanto, es necesario introducir en el conjunto R de números reales dos elementos «en el infinito», representados respectivamente por $+\infty$ y $-\infty$ (se designan con el nombre de «más infinito» y «menos infinito»). El cálculo infinitesimal es la parte clásica del análisis matemático que comprende el cálculo diferencial y el cálculo integral. El primero consiste en encontrar el límite de la relación de dos infinitesimales: es el problema de las tangentes a una curva que representa una determinada función. El segundo, que resulta un complemento del primero, tiene por objeto encontrar el límite de una suma de infinitesimales: es el problema del cálculo de superficies. En la geometría clásica, la introducción de puntos en el infinito, etc., entra en el campo de la geometría proyectiva, establecida por J. V. Poncelet en 1822. Los puntos de vista analítico y geométrico están íntimamente ligados. Se trata de dos aspectos de un mismo problema de topología (v. topología). Por el contrario, el concepto de infinito que se utiliza en la teoría de conjuntos, aparte del nombre, no tiene nada en común con los anteriores puntos de vista. Se atribuye a todo conjunto E una propiedad llamada cardinal de E. El cardinal de E es un número entero natural, se trata simplemente del número de elementos de E: 0, +1, +2, ..., $+\infty$. Los cardinales infinitos, que desempeñan un papel análogo al de los enteros naturales, son a menudo llamados *números transfinitos.* El número transfinito más pequeño es el conjunto N de números enteros naturales y se le representa por $\aleph_0$ (se le denomina «alef subcero», siendo «alef» la primera letra del alfabeto hebreo). Los conjuntos equipotenciales con una parte del conjunto N reciben el nombre de *numerables*; p. ej.: el conjunto Z de los enteros racionales y el conjunto Q de los números racionales son infinitos numerables. Además, cualquier intervalo de Q que no se reduzca a un punto es también un conjunto infinito numerable; para hacerse una idea de esto (que en realidad pertenece al campo de la topología), existe una «infinidad» de puntos situados entre dos puntos cualesquiera de un segmento de recta, pero a cada uno de estos puntos se le puede asociar un número racional (1,111 p. ej.), con lo cual el intervalo es numerable. Por el contrario, el conjunto R de los números reales no es numerable; su cardinal se llama $\aleph_1$; es el cardinal del conjunto (N) de las partes de N. De este modo se construye una serie de cardinales transfinitos: $\aleph_0, \aleph_1, \aleph_2$, etc.

inflación n.f. **1.** Acción y efecto de inflar o inflarse. **2.** ECON Fenómeno económico que se traduce en un alza de precios generalizada y cuya causa principal reside en un exceso del poder de compra en relación con la oferta de bienes y de servicios disponible en el mercado. **3.** Aumento excesivo.

inflamación n.f. **1.** Acción y efecto de inflamar o inflamarse. **2.** Alteración patológica en una parte cualquiera del organismo, caracterizada por trastornos de la circulación de la sangre y, frecuentemente, por aumento de calor, enrojecimiento, hinchazón y dolor. • **inflamar** **I.** v.tr. y prnl. **1.** Encender una cosa levantando llama. **2.** Fig. Acalorar, enardecer las pasiones y afectos del ánimo. **II.** v.prnl. MED Producirse inflamación en una parte del organismo.

inflar **I.** v.tr. y prnl. **1.** Hinchar una cosa con aire u otra sustancia aeriforme. **2.** Fig. Engreír. **II.** v.tr. Exagerar hechos, noticias, etc.

inflexible adj. **1.** Incapaz de torcerse o de doblarse. **2.** Fig. Que por su firmeza y constancia no se conmueve ni se doblega, ni desiste de su propósito.

inflexión n.f. **1.** Torsión o comba de una cosa que estaba recta o plana. **2.** Hablando de la voz, elevación o atenuación que se hace con ella. **3.** GEOM Punto de una curva en que cambia de sentido su curvatura. **4.** GRAM Cada una de las terminaciones del verbo, en sus diferentes modos, tiempos, números y personas; del pronombre en sus casos, y de las demás partes variables de la oración en sus géneros y números. **5.** FIS Desviación.

infligir v.tr. Hablando de castigos y penas corporales, imponerlas.

inflorescencia n.f. BOT Orden o forma con que aparecen colocadas las flores al brotar en las plantas.
ENCICL La inflorescencia puede ser *uniflora* (flores aisladas) o *poliflora* (flores agrupadas); *definida* (el eje principal posee una flor y por lo tanto el crecimiento se ve detenido) o *indefinida* (el eje principal continúa creciendo y ramificándose para dar nuevas flores). Si los *pedúnculos* florales están en el eje, la inflorescencia es *simple*; si las ramificaciones que llevan a éstos son más o menos complejas, es *compuesta.* El estudio de las inflorescencias permite definir cinco grandes tipos: el racimo, la espiga, el corimbo, el capítulo y la cima.

influencia n.f. **1.** Acción y efecto de influir. **2.** Fig. Autoridad de una persona para con otras o para intervenir en un negocio.

influenza n.f. Gripe.

influir **I.** v.tr. e int. **1.** Producir unas cosas sobre otras ciertos efectos. **2.** Fig. Ejercer una persona o cosa predominio o fuerza moral en el ánimo. **3.** Fig. Contribuir con más o menos eficacia al éxito de un asunto. **II.** v.tr. RELIG Inspirar o comunicar Dios algún efecto o don de su gracia.

influjo n.m. **1.** Acción y efecto de influir. **2.** Flujo de la marea.

información **I.** n.f. **1.** Acción y efecto de informar o informarse. **2.** Averiguación jurídica y legal de un hecho o delito. **II.** INFORM Elemento de conocimiento, informe elemental susceptible de ser transmitido y conservado gracias a un soporte y un código.

informal **1.** adj. Que no guarda las reglas. **2.** n. y adj. Se aplica también a la persona que en su porte y conducta no observa los compromisos.

informar **I.** v.tr. y prnl. Enterar, dar noticia de una cosa. **II.** v.tr. Dar forma sustancial a una cosa. **III.** v.int. **1.** Dictaminar un cuerpo consultivo, un funcionario o cualquier persona perita, en asunto de su respectiva competencia. **2.** FOR Hablar en estrados los fiscales y los abogados.

informática **1.** n.f. Técnica de procesado automático de la información por medio de calculadoras y ordenadores. **2.** adj. Relativo a esta técnica.
ENCICL La informática cubre actualmente casi todas las ramas de la actividad humana. Tiene por objeto el tratamiento de las informaciones, codificadas en ordenadores mediante un sistema binario de bits (1 ó 0). El conjunto de elementos físicos que se utilizan para este tratamiento recibe el nombre de *material* (en inglés *hardware*), por oposición al *software*, conjunto de programas, lenguajes y sistemas de explotación. Un ordenador está comunicado con el exterior por medio de *órganos de entrada-salida* (lector de tarjetas, lector óptico, teclado, pantalla, impresor, etc.). Los resultados intermedios se almacenan en *memorias auxiliares* (cintas, discos, tambor). El órgano principal de un ordenador es la *unidad central* en donde se ejecutan las instrucciones de los programas y se efectúan los cálculos, por oposición a los *periféricos* (pasadores de cintas, órganos de entrada-salida). Los ordenadores tienen utilizaciones de muy variado signo (gestión, cálculo científico, mando de instalaciones en tiempo real) que necesitan utilizar lenguajes de programación adaptados a la aplicación de que se trate. La principal ventaja del ordenador es su rapidez de cálculo y de acceso a las informaciones. La aparición de los circuitos integrados de amplia escala y de las memorias de semiconductores ha permitido miniaturizar los ordenadores e incrementar su capacidad de tratamiento.

1. informe n.m. **1.** Noticia o instrucción que se da de un asunto o suceso, o bien acerca de una persona. **2.** Acción y efecto de informar o dictaminar.

2. informe adj. **1.** Que no tiene la forma que debiera. **2.** De forma vaga e indeterminada.

infortunio n.m. **1.** Suerte desdichada o fortuna adversa. **2.** Estado desgraciado en que se encuentra una persona. **3.** Hecho o acontecimiento desgraciado.

infra Prep. insep., que indica inferioridad.

infracción n.f. Transgresión, quebrantamiento de una ley, pacto o tratado; o de una norma moral, lógica o doctrinal.

infraestructura n.f. **1.** Conjunto de obras y equipamientos terrestres destinados a facilitar el tráfico por carretera, aéreo, marítimo o ferroviario. **2.** SOCIOL Conjunto de fuerzas productivas y de relaciones de producción que constituyen la base material de la sociedad y sobre la que se levanta la superestructura. **3.** Parte de una construcción que está bajo el nivel del suelo.

in fraganti adv. En el mismo momento.

infrahumano,a adj. Inferior a lo humano.

infrarrojo,a adj. FIS Radiación del espectro luminoso que se encuentra más allá del rojo visible y de mayor longitud de onda.
ENCICL Los rayos infrarrojos son radiaciones electromagnéticas cuya longitud de onda está comprendida entre 0,8 y 1.000 micrómetros; se imbrican (a partir de 125 micrómetros) con las ondas radioeléctricas. Todo cuerpo calentado emite radiaciones infrarrojas. Las aplicaciones de los rayos infrarrojos son numerosas: astronomía (estudio de la constitución de las estrellas), meteorología (fotografías tomadas por los satélites), observación nocturna (visor de infrarrojos), detección de misiles en vuelo y lanzamiento de cohetes, secado, estudio de la vegetación, investigaciones arqueológicas, etc.

infrascrito o **infrascripto,a** **1.** n. y adj. Que firma al fin de un escrito. **2.** adj. Dicho abajo o después de un escrito.

infrasonido n.m. FIS Vibración sonora de baja frecuencia (2 a 16 Hz) no percibida por el oído humano.

infringir v.tr. Quebrantar leyes, órdenes, etcétera.

infructuoso,a adj. Ineficaz, inútil para algún fin.

infrutescencia n.f. BOT Fructificación formada por agrupación de varios frutillos con apariencia de unidad, como la del moral, la del higo, etc.

ínfula **I.** n.f. **1.** Cinta de lana blanca, con dos tiras caídas a los lados, con que se ceñían la cabeza los sacerdotes. **2.** Cada una de las dos cintas anchas que penden por la parte posterior de la mitra episcopal. **II.** pl. Fig. Presunción o vanidad.

infundado,a adj. Que carece de fundamento real o racional.

infundíbulo n.m. ANAT Cada una de las cavidades del organismo que tienen una forma parecida a la del embudo.

infundio n.m. Mentira o noticia falsa.

infundir v.tr. Ser causa una cosa o persona de un impulso, un estado de ánimo. *Infundir miedo, cariño.*

infusión n.f. **1.** Acción y efecto de infundir. **2.** Preparado líquido que resulta de extraer los principios activos de ciertas plantas mediante la acción del agua hirviendo. ▷ Producto líquido así obtenido.

infusorio n.m. ZOOL Célula o microorganismo que tiene cilios para su locomoción en un líquido.

inga n.m. Árbol de la familia de las mimosáceas, parecido al timbó. Su madera es pesada y muy parecida a la del nogal.

ingeniar **1.** v.tr. Idear o inventar algo con ingenio. **2.** v.prnl. Discurrir sistemas para conseguir una cosa.

ingeniería n.f. Arte de aplicar los conocimientos científicos a la invención, perfeccionamiento o utilización de la técnica industrial en todas sus determinaciones. ● **ingeniero,a** n.m. y f. Persona que profesa o ejerce la ingeniería.

ingenio n.m. **I. 1.** Facultad en el hombre para discurrir o inventar con facilidad. **2.** Sujeto dotado de esta facultad. **3.** Intuición, entendimiento, facultades poéticas y creadoras. **4.** Actividad para conseguir lo que se desea. **II. 1.** Máquina o dispositivo mecánico. **2.** Cualquier máquina para atacar y defenderse. **3.** *Amér.* Fábrica de azúcar de caña. ▷ *Amér.* Explotación de caña de azúcar.

ingénito,a adj. **1.** No engendrado. **2.** Connatural y como nacido con uno.

ingente adj. Muy grande.

ingenuidad n.f. Sinceridad, buena fe, candor excesivo.

ingerir v.tr. Introducir algo en el cuerpo por la boca.

ingle n.f. Parte del cuerpo, en que se juntan los muslos con el vientre.

inglés,a **I.** n. y adj. Natural de Inglaterra. **II.** adj. Perteneciente a esta nación de Europa. **III.** n.m. Lengua inglesa.

inglete n.m. **1.** Ángulo de 45 grados que con cada uno de los catetos forma la hipotenusa del cartabón. **2.** TECN Unión a escuadra de los trozos de una moldura. **3.** GEOM Posición de volumen de una superficie de revolución comprendida entre dos planos que pasan por el eje de giro de esta superficie.

ingratitud n.f. Desagradecimiento, olvido o desprecio de los beneficios recibidos. ● **ingrato,a** adj. **1.** Desagradecido. **2.** Áspero, desagradable. **3.** Se dice de lo que no compensa el esfuerzo realizado.

ingrávido,a adj. Ligero, suelto y tenue.

ingrediente n.m. Cualquier cosa que entra con otras en un compuesto.

ingreso n.m. **1.** Acción de ingresar. **2.** Espacio por donde se entra. **3.** Acción de entrar. **4.** Acto de ser admitido en una corporación o de empezar a gozar de un empleo, etc. **5.** Dinero que entra en poder de uno. ● **ingresar** **I.** v.int. Ir uno adentro. **II.** v.tr. e intr. **1.** Meter algunas cosas en un lugar para su guarda. **2.** Entrar a formar parte de una corporación.

inguinal adj. Perteneciente a las ingles.

INH BIOQUIM Iniciales del isonicotinilhidrácido, más corrientemente llamado isoniacida.

inhábil adj. **1.** Falto de habilidad o que no tiene las calidades y condiciones necesarias para hacer una cosa. **2.** Que por falta de algún requisito, o por un delito, no puede obtener o servir para un cargo. **3.** Se dice también del proceder que es inadecuado para alcanzar un fin. **4.** FOR Dícese del día festivo y también de las horas durante las cuales, salvo habilitación expresa, no deben practicarse actuaciones. ● **inhabilitar** **1.** v.tr. Declarar a uno inhábil o incapaz de ejercer u obtener cargos públicos, o de ejercitar derechos civiles o políticos. **2.** v.tr. y prnl. Imposibilitar para una cosa.

inhabitable adj. No habitable.

inhalar v.tr. MED Aspirar, con un fin terapéutico, ciertos gases o líquidos pulverizados. ● **inhalador** n.m. MED Aparato para efectuar inhalaciones.

inherencia n.f. Unión de cosas inseparables por su naturaleza, o que sólo se pueden separar mentalmente y por abstracción.

inhibición n.f. **1.** FISIOL Suspensión temporal o definitiva de la actividad de un órgano, de un tejido o de una célula. **2.** PSICOL Bloqueo de las funciones intelectuales o de ciertos actos o conductas, en su mayor parte debido a una prohibición afectiva (v. censura). **3.** QUIM Disminución de la velocidad de una reacción. ● **inhibir** **I.** v.tr. **1.** FOR Impedir que un juez prosiga en el conocimiento de una causa. **2.** FISIOL, PSICOL Producir inhibición. **3.** QUIM Impedir o ralentizar. **II.** v.tr. y prnl. MED Suspender transitoriamente una función o actividad del organismo mediante la acción de un estímulo adecuado. **III.** v.prnl. Salirse o abstenerse de un asunto.

inhospitalario,a adj. **1.** Falto de hospitalidad. **2.** Poco humano para con los extraños. **3.** Se dice de lo que no ofrece seguridad ni abrigo. ● **inhóspito,a** adj. Inhospitalario, que no ofrece seguridad.

inhumano,a adj. Falto de humanidad.

inhumar v.tr. Enterrar un cadáver.

inicial adj. Perteneciente al original o principio de las cosas.

iniciar **I.** v.tr. **1.** Admitir a uno a la participación de una ceremonia o cosa secreta. **2.** Comenzar o promover una cosa. **II.** v.tr. y prnl. Fig. Instruir en cosas abstractas o de alta enseñanza. **III.** v.prnl. Recibir las primeras órdenes u órdenes menores.

iniciativa n.f. **1.** Derecho de hacer una propuesta. **2.** Acto de ejercerlo. **3.** Acción de adelantarse a los demás en hablar u obrar. **4.** Cualidad personal que inclina a esta acción. **5.** Procedimiento establecido en algunas constituciones políticas, por el cual interviene directamente el pueblo en la propuesta y adopción de medidas legislativas.

inicio n.m. Comienzo, principio.

inicuo,a adj. **1.** Contrario a la equidad. **2.** Malvado, injusto.

iniquidad n.f. Maldad, injusticia grande.

injerir **I.** v.tr. Meter una cosa en otra. **II.** v.prnl. Entrometerse. • **injerencia** n.f. Acción y efecto de injerirse.

injertar v.tr. **1.** Injerir en la rama o tronco de un árbol alguna parte de otro en la cual ha de haber yema para que pueda brotar. **2.** MED Aplicar una porción de tejido vivo a una parte del cuerpo lesionada, de manera que se produzca una unión orgánica. • **injerto,a** **I.** Part. pas. irreg. de *injertar*. **II.** n.m. **1.** Parte de una planta con una o más yemas, que aplicada al patrón se suelda con él. ▷ Acción de injertar. ▷ Planta injertada. **2.** CIR Tejido, órgano trasplantado.

ENCICL La acción de injertar consiste en trasladar una rama, una yema, etc., verde a otra planta de forma que la cicatrización de los tejidos conductores de savia suelde los de una planta a otra, y el injerto pueda desarrollarse normalmente. Los injertos permiten reproducir variedades vegetales económicamente rentables porque mantienen todas las características genéticas de la planta injertada (v. multiplicación vegetativa). El portainjerto o patrón puede ser una especie salvaje, generalmente más vigorosa que las variedades cultivadas, o una variedad resistente a determinadas enfermedades: p. ej. las vides francesas han sido injertadas sobre patrones norteamericanos resistentes a la filoxera.

injuria n.f. **1.** Insulto de obra o de palabra. **2.** Hecho o dicho contra razón y justicia. **3.** Fig. Daño o lesión que causa una cosa.

injusticia n.f. **1.** Acción contraria a la justicia. **2.** Falta de justicia.

inlandsis n.m. Nombre dado al casquete glaciar que cubre las tierras polares

inmaculado,a adj. Que no tiene mancha.

inmaduro,a adj. **1.** No maduro. **2.** BIOL Aún no apto para la reproducción sexuada.

inmanente adj. FILOS Que existe, que actúa en el interior de un ser y no resulta de una acción exterior. ▷ P. ext., lo que es inherente a la naturaleza misma de alguien o de alguna cosa. • **inmanentismo** n.m. FILOS Doctrina según la cual Dios o cualquier otro absoluto es inmanente al hombre, a la naturaleza. Antiguamente, trascendentalismo.

inmaterial adj. **1.** FILOS Que no comporta materia. **2.** Que no concierne al cuerpo, a los sentidos. • **inmaterialismo** n.m. FILOS Sistema metafísico que niega radicalmente la existencia de la materia.

inmediato,a adj. **1.** Contiguo o muy cercano a otra cosa. **2.** Que sucede en seguida. **3.** FILOS Que actúa, se alcanza o se produce sin intermediario. • **inmediación** **I.** n.f. Calidad de inmediato. **II.** pl. Proximidad en torno de un lugar.

inmemorable adj. Que no hay memoria de cuándo empezó.

in memoriam, palabras latinas que significan «en recuerdo de».

inmenso,a adj. **1.** Que no tiene medida; ilimitado. **2.** Fig. Muy grande.

inmensurable adj. **1.** Que no puede medirse. **2.** Fig. De muy difícil medida.

inmerecido,a adj. No merecido.

inmersión n.f. **1.** Acción de introducir o introducirse una cosa en un líquido. **2.** ASTRON Entrada de un astro en el cono de la sombra que proyecta otro. • **inmerso,a** adj. Sumergido, abismado.

inmigrar v.int. Llegar a un país para establecerse en él los que estaban domiciliados en otro. • **inmigración** n.f. Acción y efecto de inmigrar.

inminente adj. Que está próximo a suceder.

inmiscuir **1.** v.tr. Poner una sustancia en otra para que resulte una mezcla. **2.** v.prnl. Fig. Entrometerse en un asunto.

inmobiliario,a adj. Perteneciente a cosas inmuebles.

inmolar **1.** v.tr. Sacrificar, degollando una víctima. **2.** v.prnl. Fig. Sacrificarse en provecho u honor de una persona o cosa.

inmoral adj. Que se opone a la moral tradicional, especialmente en materia de sexo.

inmortal adj. **1.** No mortal, o que no puede morir. **2.** Fig. Que dura tiempo indefinido. • **inmortalizar** v.tr. y prnl. Hacer perpetua una cosa en la memoria de los hombres.

inmóvil adj. Que no se mueve; firme, invariable. • **inmovilismo** n.m. Actitud del que rechaza sistemáticamente toda transformación del estado actual de las cosas, toda innovación, todo progreso. • **inmovilizado** n.m. FIN Conjunto de bienes adquiridos o creados por una empresa para ser utilizados de manera permanente y que figuran en el activo de su balance. • **inmovilizar** **I.** v.tr. **1.** Hacer que una cosa quede inmóvil. **2.** COM Invertir un dinero en bienes de lenta o difícil realización. **3.** FOR Coartar la libre enajenación de bienes. **II.** v.prnl. Quedarse o permanecer inmóvil.

inmueble n.m. Casa o edificio.

inmundicia n.f. Suciedad, basura.

inmunidad n.f. **1.** Calidad de inmune. **2.** Privilegio local concedido a los templos e iglesias, en virtud del cual los delincuentes que a ellas se acogían no eran castigados con pena corporal en ciertos casos. — *Inmunidad parlamentaria.* Prerrogativa de los senadores y diputados a cortes, que los exime de ser detenidos o presos, salvo en casos que determinan las leyes, ni procesados o juzgados sin autorización del respectivo cuerpo colegislador. **3.** MED Estado del organismo que le impide contraer una enfermedad. v. ENCICL. • **inmune** adj. **1.** Libre, exento de ciertos oficios, cargos, gravámenes o penas. **2.** No atacable por ciertas enfermedades.

ENCICL La inmunidad depende de dos tipos de sistemas: humoral (anticuerpos y complemento) y celular (linfocitos, macrófagos). Cada tipo de inmunidad, p. ej. antibacteriana, puede ser adquirida naturalmente (transmisión por la madre, adquisición al padecer una infección atenuada o durante un embarazo) o artificialmente (vacunación, transfusión). La inmunidad provoca la evicción de los cuerpos extraños al organismo poniendo en juego diferentes sistemas: fagocitosis, neutralización y elaboración de anticuerpos. La inmunidad disminuye en casos de hemopatía maligna, cáncer o con algunos tratamientos; tal disminución favorece las infecciones. En los trasplantes, el rechazo puede explicarse por la respuesta específica del organismo, que se comporta como antígeno frente al órgano trasplantado.

inmunizar v.tr. Hacer inmune.

inmunodepresor,a o **inmunodepresivo,a** adj. Se dice de las sustancias capaces de provocar una disminución o una pérdida de las reacciones inmunitarias.

inmunoelectroforesis n.f. BIOQUIM Electroforesis que permite estudiar la migración de las diferentes inmunoglobulinas.

inmunoglobulina n.f. MED Anticuerpo (abreviatura: IG).

inmunología n.f. Parte de la medicina y de la biología que estudia la inmunidad, su patología y los medios artificiales de provocar o reforzar las reacciones inmunitarias (vacunación, sueroterapia, etc.).

inmutable adj. No mudable. • **inmutar** **1.** v.tr. Alterar o variar una cosa. **2.** v.prnl. Fig. Impresionarse visible y repentinamente.

innato,a adj. Connatural y como nacido con el mismo sujeto. • **innatismo** n.m. Sistema filosófico que enseña que las ideas son connaturales a la razón y nacen con ella.

innecesario,a adj. No necesario.

innegable adj. Que no se puede negar.

innoble adj. **1.** Que no es noble. **2.** Se dice comúnmente de lo que es vil y abyecto.

innominado,a adj. Que no tiene nombre especial.

innovación n.f. Acción y efecto de innovar. • **innovar** v.tr. Mudar o alterar las cosas, introduciendo novedades.

innumerable adj. Que no se puede reducir a número.

inobservancia n.f. Falta de observancia.

inocentada n.f. **1.** Broma del día de los santos inocentes. **2.** Fam. Acción o palabra ingenua. **3.** Fam. Engaño en que uno cae por falta de malicia.

inocente **I.** n. y adj. **1.** Libre de culpa. **2.** Cándido. **II.** adj. Que no daña, que no es nocivo. • **inocencia** n.f. **1.** Estado y calidad del alma que está limpia de culpa. **2.** Exención de toda culpa en un delito o en una mala acción. **3.** Candor, simplicidad, sencillez.

inocular v.tr. y prnl. **1.** MED Comunicar por medios artificiales una enfermedad contagiosa. **2.** Fig. Pervertir, contaminar a uno.

inocuo,a adj. Que no hace daño.

inodoro,a **1.** adj. Que no tiene olor. **2.** n.m. y adj. Se aplica especialmente a los aparatos que se colocan en los retretes.

inofensivo,a adj. **1.** Incapaz de ofender. **2.** Fig. Que no puede causar daño ni molestia.

inolvidable adj. Que no puede o no debe olvidarse.

inoperante adj. No operante, ineficaz.

inopia n.f. Indigencia, pobreza, escasez. • **inope** adj. Pobre, indigente.

inopinado,a adj. Que sucede sin haber pensado en ello, o sin esperarlo.

inoportuno,a adj. Fuera de tiempo o de propósito.

inorgánico,a adj. **1.** Se dice de cualquier cuerpo sin procesos metabólicos vitales, como son todos los minerales. **2.** Fig. Se dice también de cualquier conjunto desordenado o mal concertado.

inosilicato n.m. MINER Silicato caracterizado por cadenas y bandas de tetraedros SiO_4.

inosina n.f. BIOQUIM Nucleósido formado por una molécula de ribosa y una de xantina que desempeña un papel enzimático en forma de monofosfato (*inosina monofosfato*: IMP) o de trifosfato (ITP).

inoxidable adj. Que no se puede oxidar.

input n.m. INFORM Entrada de datos en un sistema de tratamiento informático.

inquietar **1.** v.tr. y prnl. Turbar la quietud. **2.** v.tr. FOR Intentar despojar a uno de la posesión de una cosa, o amenazarle con hacerlo.

inquilino,a n.m. y f. **1.** Persona que ha tomado una casa o parte de ella en alquiler para habitarla. **2.** FOR Arrendatario, comúnmente de finca urbana. **3.** *Chile.* Persona que vive en una finca rustica en la cual se le da habitación y un trozo de terreno, con la obligación de trabajar en el mismo campo en beneficio del propietario.

inquina n.f. Aversión, mala voluntad.

inquinar v.tr. Manchar, contagiar.

inquirir v.tr. Indagar una cosa.

inquisición **I.** n.f. Acción y efecto de inquirir. **II.** n.f.p. Tribunal eclesiástico de los ss. XIII y XIX. • **inquisidor,a** **I.** n. y adj. Que inquiere. **II.** n.m. Juez eclesiástico que conocía de las causas de fe. • **inquisitivo,a** adj. Perteneciente a la indagación o averiguación. • **inquisitorial** adj. **1.** Perteneciente o relativo al inquisidor o a la Inquisición. **2.** FIG Se dice de los procedimientos parecidos a los del tribunal de la Inquisición.

ENCICL La institución de la Inquisición tiene su origen en un decreto del Concilio de Verona (1184) relativo a los herejes de Lombardía. Los primeros inquisidores conocidos, dos monjes de la orden del Cister, aparecen en 1198, designados por el papa Inocencio III durante la herejía cátara (v. albigenses). En un principio presentada como un organismo judicial temporal, la Inquisición fue transformada en establecimiento regular y permanente por los Concilios de Letrán (1215) y de Toulouse (1229). Este nuevo tribunal especial, itinerante o fijo, fue organizado por Gregorio IX el cual confió la dirección exclusiva a los dominicos (1231). El proceso era secreto. Cualquier persona podía ser perseguida por una simple denuncia, y lo esencial para los jueces era conseguir la confesión de los acusados, lo que condujo, a partir de 1252, a la utilización de la tortura para conseguirlo. Debido a su brutal acción (aquellos que no aceptaban la abjuración eran sometidos al suplicio del fuego y sus bienes confiscados), la Inquisición logró eliminar la herejía cátara a finales del s. XIII, utilizándose también para combatir otras formas de herejía, para reprimir la brujería y para perseguir a los no cristianos o juzgados como tales. En el s. XV, los progresos de la centralización real hicieron caer poco a poco en desuso a los tribunales de la Inquisición en Francia. En España, por el contrario, fue potenciada por los Reyes Católicos como medio para asegurar la unificación religiosa del país, en calidad de órgano del estado encargado de desenmascarar y castigar a los falsos conversos judíos. El primer *auto de fe* tuvo lugar en Sevilla en 1481. Su creación fue resistida, primero, por el papa Sixto IV, que no aceptaba su sometimiento total a la Corona, y luego por el reino de Aragón, que recelaba de su fuerza política. A lo largo del s. XVI, su acción se extendió a la represión de las herejías iluministas y luteranas, actuando como muralla contra la penetración de la Reforma protestante; a finales del siglo, también los moriscos fueron objeto de su persecución. La llegada de los Borbones, en el s. XVII, limitó su poder; la Inquisición persiguió entonces con especial ahínco a los ilustrados cercanos al poder, manteniendo su monopolio ideológico mediante la censura de libros. Abolida por las Cortes de Cádiz (1812), fue restablecida por Fernando VII, antes de su definitiva extinción en 1834. — En América, la Inquisición fue establecida por Felipe II en 1570, y tuvo tribunales en México, Lima y Cartagena de Indias. Sólo tenía jurisdicción sobre españoles y criollos, y no sobre los indios. Las extraordinarias prerrogativas del tribunal fueron frente de continuos conflictos con los restantes poderes civiles y eclesiásticos, y sus acciones provocaron en ocasiones auténticas insurrecciones y motines populares. — El Tribunal del Santo Oficio (nombre oficial de la Inquisición española) no constituye un caso aislado en la historia de las persecuciones político-religiosas en Europa; es excepcional, en cambio, su aparición en plena época moderna, y su vigencia hasta bien entrado el s. XIX, lo que ha contribuido a su temible celebridad, que dura hasta nuestros días.

inri n.m. **1.** Iniciales de las palabras latinas *Iesus Nazarenus Rex Iudaeorum* (Jesús Nazareno, rey de los judíos), rótulo colocado en la cruz de Jesucristo, como escarnio. **2.** FIG. Burla. *Le puso el inri.*

insacular v.tr. Poner en un saco o urna, bolas o tarjetas para sacar una o más al azar en una rotación o un sorteo.

insalivar v.tr. Mezclar los alimentos con la saliva en la cavidad de la boca.

insalubre adj. Perjudicial a la salud, malsano.

insano,a adj. **1.** Insalubre. **2.** Loco, demente.

inscribir **I.** v.tr. **1.** Grabar, escribir algo en un sitio. **2.** Impresionar la voz, una imagen, etc. **3.** FOR Tomar razón, en algún registro, de documentos o declaraciones. **4.** GEOM Trazar una figura dentro de otra, de modo que, sin cortarse ni confundirse, estén ambas en contacto en varios de los puntos de sus perímetros. **II.** v.tr. y prnl. Apuntar el nombre de una persona entre los de otras para un objeto determinado. • **inscripción** n.f. **1.** Acción y efecto de inscribir o inscribirse. **2.** Escrito sucinto grabado en piedra, metal u otra materia, para conservar la memoria de una persona, cosa o suceso importante. **3.** Anotación de un título del Estado en el registro. ▷ Documento o título que expide el Estado para acreditar esta obligación.

insectívoro,a n. y adj. **1.** Se dice de los animales zoófagos que principalmente se alimentan de insectos. ▷ adj. Se dice también de algunas plantas que los aprisionan entre sus hojas y los digieren. **2.** ZOOL Se dice de mamíferos de pequeño tamaño, unguiculados y plantígrados, que tienen molares provistos de tubérculos agudos con los cuales mastican el cuerpo de los insectos de que se alimentan; como el topo y el erizo. ▷ n.m. pl. ZOOL Orden de estos animales.

insecto n.m. y adj. ZOOL Se dice del artrópodo de respiración traqueal, con el cuerpo dividido distintamente en cabeza, tórax y abdomen, con un par de antenas y tres de patas. ▷ n.m. pl. Clase de estos animales. • **insecticida** n.m. y adj. Que sirve para matar insectos.

ENCICL La clase de los insectos constituye con mucho el mayor conjunto del reino animal en lo que se refiere al número de especies (cerca de un millón) y de individuos. Aparecen en el Devónico, derivándose con toda seguridad de los miriápodos (ciempiés) y diversificándose en el Carbonífero, momento en el que ya habían adquirido su estructura actual, es decir, un cuerpo segmentado (metamerizado). La *cabeza* posee dos ojos compuestos, un par de antenas y piezas bucales que, en un principio trituradoras, se han ido modificando más o menos según el régimen alimenticio (lamedor, chupador, perforador). El *tórax* está constituido por tres segmentos (de delante a atrás: pretórax, mesotórax, metatórax) poseyendo cada uno un par de patatas y los dos segmentos posteriores provistos cada uno de un par de alas, cuya estructura es el criterio que los zoólogos han escogido para establecer la calificación de los insectos. El *abdomen* tiene once segmentos, algunos de los cuales están provistos lateralmente de *estigmas*, orificios donde terminan las tráqueas respiratorias; se termina en un oviscapto de puesta en ciertas hembras, en un aguijón (aciculados), en unas pinzas o en diversos apéndices sexuales (tijeretas). Los insectos son ovíparos; su tegumento quitinoso rígido e inextensible impone un crecimiento por mudas; el paso de larva a adulto (imago) se realiza bien progresivamente en el transcurso de varias mudas o bien abruptamente en la *ninfosis*. Aparecidos muy pronto, los insectos ocupan actualmente todos los biotopos, de los polos al ecuador, salvo el ambiente marino; merced a su desarrollado sistema nervioso (son los invertebrados más evolucionados después de los cefalópodos), también han realizado todos los tipos de vida: solitario, gregarismo y sociedades muy organizadas con especialización y división del trabajo (abejas, termitas, etc.). Numerosos insectos son temibles depredadores de vegetales cultivados (filoxera, dorífera o escarabajo de la patata, pulgones, etc.), otros son portadores de enfermedades: paludismo (anofeles), enfermedad del sueño (tsetsé), peste (pulga), tifus (piojo), etc.; algunos son criados industrialmente para aprovechar sus producciones: miel de las abejas, seda del bómbice, rojo de las cochinillas, etc. La clase de los insectos comprende dos subclases. Los *apterigógenos*, los más primitivos, están desprovistos de alas (colémbolos, dipluros, etc.). Los *pterigógenos* forman la otra subclase, inmensa, dividida en numerosas secciones: **1.º**, paleópteros (efímeras o cachipollas); **2.º**, odonatos (libélulas); **3.º**, neópteros polineópteros que se dividen en blatopteroideos (blatas o cucarachas, santateresas, termitas), ortopteroideos (perlarios o perlas, fasmos, saltamontes, langostas) y demopteroideos (tijeretas); **4.º**, neópteros oligoneópteros que se dividen en coleopteroideos (los coleópteros), neuropteroideos (sialis, ráfidas, hormiga león), mecopteroideos (mecópteros, tricópteros, lepidópteros, todas las mariposas), dípteros (moscas y mosquitos) y afanípteros o sifonápteros (las pulgas) e himenopteroideos (himenópteros, es decir las abejas, avispas, hormigas y tentredos o tentrídidos); **5.º**, neópteros paraneópteros que se dividen en psocopteroideos (psocos, piojos), tisanopteroideos (thrips) y hemipteroideos heterópteros (chinches) y homópteros (pulgones). Esta clasificación se basa por lo tanto en la naturaleza de las alas (en griego *pteron*). El sufijo *oideos* (del griego *eidos*, «en forma de») de los superórdenes se añade generalmente al del orden principal; así, por ejemplo, el orden de los ortópteros forma con otros tres órdenes el superorden de los ortopteroideos.

inseminación n.f. BIOL Llegada del semen al óvulo, tras la cópula sexual. — *Inseminación artificial.* Procedimiento para hacer llegar el semen al óvulo mediante un artículo cualquiera. Se usa en medicina para la fecundación del óvulo en ciertos casos de esterilidad femenina, y sobre todo en ganadería y piscicultura. • **inseminar** v.tr. BIOL Fecundar por medio de la inseminación artificial.

insensato,a n. y adj. Tonto, fatuo, sin sentido.

insensibilidad n.f. **1.** Falta de sensibilidad. **2.** FIG. Dureza de corazón, o falta de sentimiento. • **insensibilizar** v.tr. y prnl. Quitar la sensibilidad o privar a uno de ella. • **insensible** adj. **1.** Que carece de sensibilidad física o afectiva. **2.** Imperceptible.

inseparable **I.** adj. Que no se puede separar. **II.** n. y adj. FIG. Se dice de las personas estrechamente unidas entre sí con vínculos de amistad o de amor.

insepulto,a adj. No sepultado.

inserción n.f. **1.** Acción y efecto de insertar. **2.** Acción y efecto de insertar.

inserir v.tr. **1.** Incluir o introducir una cosa en otra. **2.** Injerir. **3.** Injertar plantas.

insertar **I.** v.tr. **1.** Incluir, introducir una cosa en otra. **2.** Dar cabida a un escrito en las columnas de un periódico. **II.** v.prnl. BOT y ZOOL Introducirse un órgano entre las partes de otro, o adherirse a su superficie.

inservible adj. No servible o que no está en estado de servir.

insidia n.f. Engaño para hacer daño a otro.

insigne adj. Célebre, famoso.

insignia n.f. **1.** Señal, distintivo, o divisa honorífica. **2.** Bandera o estandarte. ▷ MAR Bandera del buque que denota la graduación del jefe que lo manda o de otro que va en el.

insignificancia n.f. Pequeñez, insuficiencia.

insinuación n.f. **1.** Acción y efecto de insinuar o insinuarse. **2.** FOR Presentación de un instrumento público ante un juez, para que lo autorice. • **insinuar I.** v.tr. **1.** Dar a entender una cosa, sin más que indicarla o apuntarla ligeramente. **2.** FOR Hacer insinuación ante un juez. **II.** v.prnl. **1.** Ganarse el afecto o confianza de alguien. **2.** Fig. Introducirse en el ánimo un afecto, vicio, virtud, etc. **3.** Mostrarse accesible a una persona del otro sexo.

insípido,a adj. **1.** Falto de sabor. **2.** Que no tiene el grado de sabor esperado. **3.** Fig. Falto de espíritu o viveza.

insistir v.int. Instar reiteradamente; persistir en una cosa.

in situ loc. adv. En su medio natural.

insociable adj. Huraño o intratable e incómodo en la sociedad.

insolación n.f. **1.** Enfermedad causada por el excesivo ardor del sol. **2.** METEOR Tiempo que durante el día luce el sol sin nubes.

insolencia n.f. **1.** Acción desmedida. **2.** Descaro. **3.** Dicho o hecho ofensivo.

insólito,a adj. Desacostumbrado.

insoluble adj. **1.** Que no puede disolverse ni diluirse. **2.** Que no se puede resolver.

insolvencia n.f. Incapacidad de pagar una deuda.

insomnio n.m. Vigilia, desvelo.

insondable adj. **1.** Que no se puede sondear. **2.** Fig. Que no se puede averiguar.

insonorizar v.tr. Aislar de sonidos o de ruidos exteriores un local, o atenuar los que se producen en su interior, utilizando dispositivos adecuados.

insoportable adj. **1.** Insufrible, intolerable. **2.** Fig. Muy incómodo o molesto.

insoslayable adj. Ineludible.

insostenible adj. **1.** Que no se puede sostener. **2.** Fig. Que no se puede defender con razones.

inspección n.f. Acción y efecto de inspeccionar. • **inspeccionar** v.tr. Examinar, reconocer atentamente una cosa. • **inspector,a** n. y adj. **1.** Que reconoce y examina una cosa. **2.** Empleado público o particular que tiene a su cargo la inspección y vigilancia de algo.

inspirar I. v.tr. **1.** Introducir aire en los pulmones. **2.** Fig. Infundir afecto, ideas, etc. **3.** Fig. Sugerir ideas o temas para la composición de la obra literaria o artística. **II.** v.prnl. Fig. Tomar inspiración en algo o alguien. • **inspiración** n.f. **1.** Acción y efecto de inspirar. **2.** Efecto de sentir un estímulo creador. **3.** Fig. Cosa inspirada.

instalar I. v.tr. y prnl. **1.** Poner en posesión de un empleo, cargo o beneficio. **2.** Poner o colocar en su lugar debido algo. **II.** v.tr. Colocar en un lugar o edificio los enseres y servicios que en él se hayan de utilizar. **III.** v.prnl. Establecerse, fijar uno su residencia. • **instalación** n.f. **1.** Acción y efecto de instalar o instalarse. **2.** Conjunto de cosas instaladas.

instancia n.f. **1.** Acción y efecto de instar. **2.** Memorial, solicitud. **3.** FOR Cada uno de los grados jurisdiccionales que la ley tiene establecidos para ventilar y sentenciar los juicios y pleitos.

instantánea n.f. **1.** Plancha o placa fotográfica que se obtiene instantáneamente. **2.** Fotografía así obtenida.

instante n.m. Porción brevísima de tiempo. • **instantáneo,a** adj. **1.** Que sólo dura un instante. **2.** Que se produce en un instante.

instar I. v.tr. Repetir la súplica o petición, o insistir en ella con ahínco. **II.** v.int. Apretar o urgir la pronta ejecución de una cosa.

instaurar v.tr. **1.** Restablecer, restaurar. **2.** Establecer.

instigar v.tr. Incitar, provocar o inducir a uno a que haga una cosa.

instilar v.tr. **1.** Echar poco a poco un líquido en algún sitio. **2.** Fig. Infundir una cosa insensiblemente.

instinto n.m. Conjunto de reacciones comunes a todos los individuos de la misma especie y adaptadas a una finalidad. ▷ P. ext. Toda actividad, especialmente mental, adaptada a una finalidad, en la que no interviene la experiencia ni la educación.
ENCICL Hasta el s. XVIII la palabra *instinto* no adquirió su sentido actual, y aún hoy, este problema suscita siempre numerosas discusiones entre etólogos y psicólogos. El concepto clásico del instinto, y de su perfección, nos viene dado por el entomólogo Fabre que señala, p. ej. que la esfexa clava su aguijón en los tres puntos vitales del grillo que quiere matar; sin embargo, este insecto es incapaz de resolver un problema imprevisto, lo que demuestra lo absurdo de este mismo instinto. Para los partidarios del concepto clásico de instinto, éste sería un sistema compuesto por reacciones simples, o lo que es igual, de actos estereotipados. Para Tinbergen, todos los componentes de un comportamiento merecen el nombre de instinto, nombre que Lorenz reserva sólo para el acto de la ejecución. Otros zoopsicólogos opinan que la distinción entre innato y adquirido carece de fundamento: factores distintos de la herencia pueden tomar parte en la elaboración de un comportamiento que parece innato o instintivo; esta interpretación parece que tiende a reemplazar los conceptos de innato y de adquirido por los de maduración y de experiencia.

institución n.f. **I. 1.** Establecimiento o fundación de una cosa. **2.** Cosa establecida o fundada. Instrucción, educación. **II.** pl. **1.** Colección metódica de los principios de una ciencia, arte, etc. **2.** Cada una de las organizaciones fundamentales de un Estado, nación o sociedad.

instituir v.tr. Fundar, establecer algo de nuevo; dar principio a una cosa.

instituto n.m. **1.** Constitución o regla que prescribe cierta forma y método de vida o de enseñanza. **2.** Corporación científica, literaria, benéfica, etc. ▷ Edificio en que funciona alguna de estas corporaciones.

institutriz n f. Maestra encargada de la instrucción de uno o varios niños, en el hogar doméstico.

instrucción n.f. **I. 1.** Acción de instruir o instruirse. **2.** Caudal de conocimientos adquiridos. **3.** Curso que sigue un proceso o expediente que se está instruyendo. **II.** pl. **1.** Conjunto de reglas o advertencias para algún fin. **2.** Reglamento en que predominan las disposiciones técnicas o explicativas para el cumplimiento de un servicio administrativo. **3.** INFORM Secuencia de caracteres precedida a veces por una dirección o un número, que define las operaciones a efectuar por el ordenador.

instruir I. v.tr. **1.** Enseñar. **2.** Informar. **3.** FOR Formalizar un proceso o expediente conforme a las reglas de derecho. **II.** v.prnl. Adquirir instrucción o información.

instrumental I. adj. Perteneciente o relativo a los intrumentos músicos. **II.** n.m. **1.** FOR Perteneciente a los instrumentos o escrituras públicas. **2.** Conjunto de instrumentos de una orquesta o banda. **3.** Conjunto de instrumentos profesionales del médico o del cirujano. **4.** GRAM Uno de los ocho casos de la declinación sánscrita, con el que se denota, entre otras relaciones, la de medio o instrumento. • **instrumentalismo** n.m. FILOS Doctrina pragmática según la cual toda teoría es una herramienta, un instrumento para la acción.

instrumentar v.tr. MUS Componer en función de las posibilidades técnicas y sonoras de cada instrumento de la orquesta.

instrumento n.m. **1.** Conjunto de diversas piezas combinadas adecuadamente para que sirva para un fin determinado. **2.** Máquina. **3.** Aquello de que nos servimos para hacer una cosa. **4.** Escritura o documento con que se justifica o prueba alguna cosa. **5.** MUS Instrumento músico. **6.** Fig. Lo que sirve de medio para hacer una cosa o conseguir un fin.

insubordinar 1. v.tr. Introducir la insubordinación. **2.** v.prnl. Quebrantar la subordinación, sublevarse.

insuficiencia n.f. **1.** Falta de suficiencia o de inteligencia. **2.** Cortedad o escasez de una cosa.

insuflar v.tr. TERAP Introducir a soplos en un órgano o en una cavidad un gas, un líquido o una sustancia pulverulenta.

insufrible adj. **1.** Que no se puede sufrir. **2.** Fig. Muy difícil de sufrir.

ínsula n.f. **1.** Isla. **2.** Fig. Cualquier lugar pequeño o gobierno de poca entidad. • **insular 1.** n. y adj. Natural de una isla. **2.** adj. Perteneciente a una isla.

insulina n.f. ZOOL Hormona secretada por la porción endocrina del páncreas, que regula la cantidad de glucosa existente en la sangre. Sus preparados farmacológicos se utilizan en el tratamiento de ciertas enfermedades y muy especialmente en el de la diabetes sacarina.
ENCICL La insulina reduce la tasa de glucemia (transformación de la glucosa en glucógeno), favorece la penetración de la glucosa en las células y frena la degradación del glucógeno que tiene lugar en el hígado; su secreción depende de la glucemia, la cual es mantenida constante por la insulina bajo la acción de factores hormonales, nerviosos y metabólicos. Es en el hígado donde tiene lugar la destrucción de la insulina. La insulina, de peso molecular 6.000, se compone de dos cadenas de aminoácidos ligadas por dos puentes de disulfuro (v. sulfuro). La diabetes *insulinodependiente*, congénita, se debe a una carencia de insulina (la cual se suministra mediante inyecciones diarias de insulinas animales o semisintéticas).

insulso,a adj. **1.** Insípido, falto de sabor. **2.** Fig. Falto de gracia y viveza.

insultar v.tr. Dirigir a alguien expresiones ofensivas. • **insultante** adj. Se dice de las palabras o acciones con que se insulta. • **insulto** n.m. Acción y efecto de insultar.

insumergible adj. No sumergible.

insuperable adj. No superable.

insurgente n. y adj. Levantado o sublevado.

insurrección n.f. Levantamiento, sublevación o rebelión de un pueblo, nación, etc. • **insurreccionar 1.** v.tr. Concitar a la sublevación contra las autoridades. **2.** v.prnl. Alzarse contra las autoridades. • **insurrecto,a** n. y adj. Levantado o sublevado contra la autoridad pública.

insustancial adj. De poca o ninguna sustancia.

insustituible adj. Que no se puede sustituir.

intacto,a adj. **1.** No tocado o palpado. **2.** Fig. Que no ha padecido alteración, menoscabo o deterioro. **3.** Fig. Puro, sin mezcla. **4.** Fig. No tratado, omitido.

intachable adj. Que no admite o merece tacha.

intangible adj. Que no debe o no puede tocarse.

integrado,a adj. ELECTR Se dice del circuito constituido por componentes formados a partir de un bloque semiconductor y contenidos en una pastilla de silicio de pequeñas dimensiones.

integral **I.** adj. **1.** Que comprende todas las partes o aspectos de lo que se trata. **2.** FILOS Se aplica a las partes que entran en la composición de un todo, a distinción de las esenciales, sin las que no puede subsistir una cosa. **3.** MAT *Cálculo integral.* Parte del cálculo infinitesimal que busca la función F(x) siendo la función f(x) la derivada. **II.** n.f. MAT Función que admite por derivada una función dada.

ENCICL La integral de una función f(x) sólo está definida por una constante. Se escribe f(x) dx = F(x) + C. Para x = a, se tiene f(x) dx = F(a)+C. Se llama *integral definida* a la diferencia entre los valores de la integral para dos valores de la variable y se escribe a f(x) dx, que es igual a: F(b) + C − F(a) − C = F(b) − F(a). Representa el valor del área comprendida entre la curva que representa la función f(x) entre las ordenadas a y b y el eje de las x. *Integral doble (triple)* integral de superficie, (de volumen) cuyo cálculo se reduce a dos (tres) integrales simples sucesivas.

integrar v.tr. **1.** Formar las partes un todo. **2.** Completar uno un todo con las partes que faltaban. **3.** MAT Determinar por el cálculo una cantidad de la que sólo se conoce la expresión diferencial.

integrismo n.m. Partido político español fundado a fines del s. XIX, y basado en el mantenimiento de la integridad de la tradición española.

íntegro,a adj. **1.** Aquello a que no falta ninguna de sus partes. **2.** Fig. Se dice de la persona honesta.

intelecto n.m. Entendimiento, potencia cognoscitiva racional del hombre.

intelectual **I.** adj. **1.** Perteneciente o relativo al entendimiento. **2.** Mental. **II.** n. y adj. Dedicado preferentemente al cultivo de las ciencias y letras.

inteligencia n.f. **1.** Facultad intelectiva. **2.** Facultad de conocer. **3.** Conocimiento, comprensión, acto de entender. **4.** Habilidad y experiencia. **5.** Trato y correspondencia secreta de dos o más personas o naciones entre sí. **6.** Sustancia puramente espiritual. • **inteligente** **1.** n. y adj. Dotado de una inteligencia considerable. **2.** adj. Dotado de facultad intelectiva.

inteligible adj. **1.** Que puede ser entendido. **2.** Se dice de lo que es materia de puro conocimiento, sin intervención de los sentidos. **3.** Que se oye clara y distintamente.

intemperante adj. Destemplado o falto de templanza.

intemperie n.f. Inclemencia del tiempo. — *A la intemperie.* A cielo descubierto, sin techo ni otro reparo alguno.

intempestivo,a adj. Que es fuera de tiempo y sazón.

intención n.f. **1.** Determinación de la voluntad en orden a un fin. **2.** Idea que se tiene de lo que se quiere conseguir actuando de cierta forma **3.** Propósito (bueno o malo).

intendente n.m. **1.** Jefe superior económico. **2.** Jefe de fábrica u otras empresas explotadas por cuenta del Estado. **3.** MILIT Jefe superior de los servicios de la administración militar. • **intendencia** n.f. **1.** Dirección, cuidado y gobierno de una cosa. **2.** Distrito a que se extiende la jurisdicción del intendente. **3.** Casa u oficina del intendente. **4.** MILIT Cuerpo de oficiales y tropa destinado al abastecimiento de las fuerzas militares y a la distribución de los campamentos o edificios en que se alojan.

intensidad n.f. **1.** Grado de energía de un agente natural o mecánico, de una cualidad, de una expresión, etc. — *Intensidad luminosa.* Cociente del flujo luminoso emitido en un cono elemental, dividido por su ángulo sólido. *La unidad de intensidad luminosa es la candela* (símbolo *cd*). **2.** Fig. Vehemencia en un afecto, pasión, etc. **3.** ELECTR Cantidad de electricidad que atraviesa un circuito en la unidad de tiempo. (La unidad de intensidad es el amperio, cuyo símbolo es A; 1 A = 1 culombio/segundo.)

intensificar v.tr. y prnl. Hacer que una cosa adquiera mayor intensidad de la que tenía.

intenso,a adj. **1.** Que tiene intensidad. **2.** Fig. Muy vehemente y vivo.

intentar v.tr. **1.** Tener ánimo de hacer una cosa. **2.** Prepararla, iniciar la ejecución de la misma. **3.** Procurar o pretender. • **intentona** n.f. Fam. Intento temerario, y especialmente si se ha frustrado.

inter- Elemento compositivo que entra en la formación de algunas voces españolas con el significado de «entre o en medio».

ínter adv. t. Entretanto. Se usa más con el artículo *el*. *En el ínter.*

interacción n.f. Acción que se ejerce recíprocamente entre dos o más objetos, agentes, fuerzas, funciones, etc.

ENCICL En física, se distinguen cuatro tipos de interacciones: las interacciones nucleares *fuertes*, que se ejercen sobre las partículas llamadas hadrones (mesones y variones); las interacciones *electromagnéticas*; las interacciones *débiles*, que se ejercen sobre las partículas llamadas leptones (electrones y neutrinos), y por último, las interacciones de *gravitación*. Las interacciones fuertes son 1.000 veces más intensas que las interacciones electromagnéticas, 10^{14} veces más intensas que las interacciones débiles y 10^{40} veces más intensas que las interacciones de gravitación. La consideración de estos diferentes tipos de interacciones ha permitido elaborar una física unificada de todo el universo.

intercalar v.tr. Interponer o poner una cosa entre otras.

intercambiar v.tr. Cambiar mutuamente dos o más personas o entidades, ideas, proyectos, informes, publicaciones, etc. • **intercambio** n.m. **1.** Acción y efecto de intercambiar. **2.** Reciprocidad e igualdad de consideraciones y servicios entre corporaciones análogas de diversos países o del mismo país.

interceder v.int. Rogar o mediar por otro para alcanzarle una gracia o librarle de un mal.

interceptar v.tr. **1.** Apoderarse de una cosa antes que llegue al lugar o a la persona a que se destina. **2.** Detener una cosa en su camino. **3.** Interrumpir, obstruir una vía de comunicación. • **interceptor** **1.** adj. Que intercepta. **2.** n. y adj. Dícese especialmente del avión de gran velocidad destinado a interceptar a los aparatos del enemigo.

intercesor,a n. y adj. Que intercede. • **intercesión** n.f. Acción y efecto de interceder.

intercomunicación n.f. **1.** Comunicación recíproca. **2.** Comunicación telefónica entre las distintas dependencias de un edificio o recinto. • **intercomunicador** n.m. Aparato destinado a la intercomunicación.

intercontinental adj. Que llega de uno a otro continente, y especialmente de Europa a América.

intercostal adj. ZOOL Que está entre las costillas.

interdental **1.** adj. FON Dícese de la consonante que se pronuncia colocando la punta de la lengua entre los bordes de los dientes incisivos, como la *z*. **2.** n.f. y adj. FON Dícese de la letra que representa este sonido.

interdependencia n.f. Dependencia recíproca.

interdicto n.m. **1.** Entredicho. **2.** Prohibición.

interdigital adj. ZOOL Se dice de cualquiera de las membranas, músculos, etc., que se hallan entre los dedos.

interés n.m. **I.** **1.** Provecho, utilidad, ganancia. **2.** Valor que en sí tiene una cosa. **3.** Lucro producido por el capital. **4.** Inclinación más o menos vehemente del ánimo hacia un objeto, persona o narración que le atrae o conmueve. **II.** pl. **1.** Bienes de fortuna. **2.** Conveniencia o necesidad de carácter colectivo en el orden moral o material.

interesar **I.** v.int. y prnl. Tener interés en una cosa. **II.** v.tr. **1.** Dar parte a uno en una negociación o comercio en que pueda tener utilidad o interés. **2.** Hacer tomar parte o empeño a uno en los asuntos o intereses ajenos, como si fuesen propios. **3.** Cautivar la atención y el ánimo con lo que se dice o escribe. **4.** Inspirar interés o afecto a una persona. **5.** Producir impresión a uno una cosa. **6.** Producir una cosa alteración o daño en un órgano del cuerpo.

interestatal adj. Perteneciente a las relaciones de dos o más Estados.

interestelar adj. Dícese del espacio comprendido entre dos o más astros.

ENCICL El medio interestelar, estudiado por la cosmoquímica se compone de átomos, de moléculas y de partículas sólidas (polvo interestelar). A pesar de su baja densidad (10^{-22} a 10^{-24} g/cm^3), la masa del medio interestelar equivale probablemente a la masa total de las estrellas que pueblan el universo. La materia interestelar se condensa en «nubes» de variadas dimensiones, situadas en un medio de densidad más baja (10^{-24} g/cm^3). Los gases que constituyen lo esencial de esta materia están formados en su mayor parte por hidrógeno, lo que explica la raya de 21 cm observada en radioastronomía, en los espacios interestelares. La materia interestelar absorbe la energía luminosa emitida por las estrellas. Algunas nebulosas no están constituidas más que por materia interestelar. Aunque allí no hay estrellas, se observa una luminosidad provocada por la irradiación de las estrellas situadas en su proximidad.

interfecto,a n. y adj. FOR Dícese de la persona muerta violentamente.

interfecundidad n.f. Posibilidad de unión sexual entre dos individuos de una especie o de dos especies próximas, capaz de producir individuos viables y fecundos.

interferencia n.f. **1.** Acción y efecto de interferir. **2.** FIS Acción recíproca de las ondas que puede producir aumento, disminución o neutralización del movimiento ondulatorio en la propagación del sonido, del calor, de la luz, etc. • **interferir** **1.** v.tr. y prnl. Cruzar, interponer algo en el camino de otra cosa, o en una acción. **2.** v.tr. e int. FIS y RAD Causar interferencia.

ENCICL El fenómeno de la interferencia se obtiene en acústica (tubos sonoros, cuerdas vibrantes), en óptica (franjas de interferencia, anillos de Newton, coloración de láminas delgadas) y en radioelectricidad (ondas estacionarias, interferencias de ondas hertzianas). Las aplicaciones de las interferencias son muy numerosas: espectroscopia, control de superficies, producción de hologramas, radionavegación, etc.

interferón n.f. BIOQUIM Sustancia soluble que secretan las células infectadas por un virus y que protege a las otras células de la infección vírica.

interfluvio n.m. GEOGR Relieve que separa dos lechos fluviales.

interfono n.m. Instalación telefónica que permite la comunicación entre distintas dependencias de un local.

intergaláctico,a adj. ASTRON Perteneciente o relativo a los espacios existentes entre las galaxias.

interglaciar adj. Dícese de los depósitos que se han formado durante el período comprendido entre dos glaciaciones. ▷ n.m. El período mismo.

ínterin 1. n.m. Tiempo que dura el desempeño interino de un cargo, interinidad. 2. adv. t. Entretanto o mientras.

interino,a adj. El que realiza una función provisionalmente. • **interinidad** n.f. Período de tiempo durante el cual un cargo vacante es ejercido por una persona distinta de la titular.

interinsular adj. Dícese del tráfico y relaciones de otra índole, entre dos o más islas.

interior adj. **1.** Que está de la parte de adentro. **2.** Que está muy adentro. **3.** Se dice de la habitación o cuarto que no tiene vistas a la calle. **4.** Fig. Espiritual. **5.** Fig. Perteneciente a la nación de que se habla, en contraposición a lo extranjero. ▷ Parte central de un país en oposición a las zonas costeras o fronterizas. • **interioridad** n.f. **1.** Calidad de interior. **2.** pl. Cosas privativas, por lo común secretas, de las personas, familias o corporaciones.

interjección n.f. GRAM Voz que formando por sí sola una oración elíptica o abreviada, expresa alguna impresión súbita.

interlocutor,a n.m. y f. Cada una de las personas que toman parte en un diálogo.

interludio n.m. MUS Breve composición que ejecutaban los organistas entre las estrofas de un coral, y modernamente se ejecuta a modo de intermedio en la música instrumental.

interlunio n.m. ASTRON Tiempo de la conjunción, en que no se ve la Luna.

intermedio,a I. adj. Que está en medio de los extremos de lugar, tiempo, calidad, tamaño, etc. **II.** n.m. **1.** Espacio que hay de un tiempo a otro o de una acción a otra. **2.** Espacio de tiempo comprendido entre dos actos o partes de un espectáculo. • **intermediario,a** n. y adj. Que media entre dos o más personas, y especialmente entre el productor y el consumidor de géneros o mercaderías.

intermezzo n.m. MUS Composición de forma libre.

intermisión n.f. Interrupción.

intermitente 1. adj. Que se interrumpe o cesa y prosigue o se repite. **2.** n.m. Dispositivo del automóvil que enciende y apaga periódicamente una luz lateral para señalar un cambio de dirección en la marcha. • **intermitir** v.tr. Suspender por algún tiempo una cosa.

internacional adj. Relativo a dos o más naciones.

internacionalismo n.m. **1.** Doctrina o actitud que antepone la consideración o estima de lo internacional a lo nacional. **2.** POLIT Sistema que preconiza la unión internacional de los obreros para obtener ciertas reivindicaciones.

internacionalizar v.tr. Someter a la autoridad conjunta de varias naciones, o de un organismo que las represente, territorios o asuntos que dependían de la autoridad de un solo Estado.

internar I. v.tr. Conducir o mandar trasladar tierra adentro o en el interior de su recinto a una persona o cosa. **II.** v.int. Penetrar uno o una cosa en el interior de un espacio. **III.** v.prnl. **1.** Penetrar o adentrarse en un lugar. **2.** Fig. Profundizar en una materia.

interno,a n. y adj. **1.** Interior. — GEOM *Ángulos internos.* Los que están formados dentro de la zona comprendida entre dos paralelas, dos a cada lado de la secante. **2.** Alumno albergado y alimentado en el establecimiento escolar al que asiste. Se dice del alumno de una Facultad de Medicina que presta servicios auxiliares en alguna cátedra o clínica. • **internado,a** n.m. **1.** Estado y régimen del alumno interno. **2.** Conjunto de alumnos internos. **3.** Estado y régimen de personas que viven internas en establecimientos sanitarios o benéficos. **4.** Establecimiento donde viven personas internas.

internodio n.m. Espacio que hay entre dos nudos.

interoceánico,a adj. Que pone en comunicación dos océanos.

interpelar v.tr. **1.** Recurrir al auxilio de uno solicitando su amparo o protección. **2.** Requerir, compeler a uno para que dé explicaciones o descargos sobre un hecho cualquiera. **3.** Usar un diputado o senador de la palabra, para iniciar o plantear al gobierno una discusión amplia, ajena a los proyectos de ley y a las proposiciones.

interplanetario,a adj. Dícese del espacio existente entre dos o más planetas.

interpolar v.tr. **1.** Poner una cosa entre otras. **2.** Intercalar algunas palabras o frases en obras y escritos ajenos. **3.** Interrumpir la continuación de una cosa, volviendo luego a proseguirla. **4.** FIS Averiguar el valor de una magnitud en un intervalo cuando se conocen algunos de los valores que toma a uno y otro lado de dicho intervalo. **5.** MAT Efectuar una interpolación. • **interpolación** n.f. **1.** Acción y efecto de interpolar. **2.** MAT Estimación del valor de una función entre dos puntos de valores conocidos.

interponer I. v.tr. **1.** Interpolar. **2.** FOR Formalizar por medio de un pedimento alguno de los recursos legales. **II.** v.tr. y prnl. Poner por intercesor o medianero a uno.

interpretar v.tr. **I. 1.** Explicar o declarar el sentido de una cosa. **2.** Traducir de una lengua a otra. **3.** Entender o tomar en buena o mala parte una acción o palabra. **II.** Comprender y expresar bien o mal el asunto o materia de que se trata. • **intérprete** n.m. y f. **1.** Persona que interpreta. **2.** Persona que se ocupa en explicar a otras, en idioma que entienden, lo dicho en lengua que les es desconocida. **3.** Fig. Cualquier cosa que sirve para dar a conocer los afectos y movimientos del alma.

interregno n.m. Espacio de tiempo en que un Estado no tiene soberano.

interrogación n.f. **1.** Pregunta. **2.** Signo ortográfico (¿ ?) que se pone al principio y fin de palabra o cláusula en que se hace pregunta. **3.** RET Figura que consiste en interrogar, no para manifestar duda o pedir respuesta, sino para expresar indirectamente la afirmación, o dar más vigor y eficacia a lo que se dice. • **interrogatorio** n.m. **1.** Serie de preguntas, comúnmente formuladas por escrito. **2.** Papel o documento que las contiene. **3.** Acto de dirigirlas a quien las ha de contestar.

interrumpir v.tr. **1.** Cortar la continuidad de una acción en el lugar o en el tiempo. **2.** Atravesarse uno con su palabra mientras otro está hablando. • **interruptor,a** **1.** adj. Que interrumpe. **2.** n.m. Aparato destinado a interrumpir una corriente eléctrica en el conductor de un circuito.

intersecarse v.prnl. GEOM Cortarse o cruzarse dos líneas o superficies entre sí.

intersección n.f. Encuentro de dos líneas, de dos superficies, etc., que se cortan. — MAT *Intersección de dos conjuntos.* Conjunto de elementos que pertenecen a la vez a esos dos conjuntos. *El símbolo que define una intersección se escribe ∩ y se enuncia «intersección».*

intersexual adj. Se dice del individuo que muestra caracteres que no son típicos de varón o hembra.

intersideral adj. ASTRON Lo que se produce o se encuentra entre los astros.

intersticio n.m. **1.** Espacio pequeño que media entre dos cuerpos o entre dos partes de un mismo cuerpo. **2.** Espacio o distancia entre dos tiempos o dos lugares, intervalo.

intertrigo n.m. MED Inflamación erisipelatosa producida por el roce de dos superficies cutáneas.

intertropical adj. Perteneciente o relativo a los países situados entre los dos trópicos, y a sus habitantes.

interurbano,a adj. Se dice de las relaciones y servicios de comunicación entre distintos barrios o entre varias ciudades.

intervalo n.m. **1.** Espacio o distancia que hay de un tiempo a otro o de un lugar a otro. **2.** Conjunto de los valores que toma una magnitud entre dos límites dados. **3.** MUS Diferencia de tono entre los sonidos de dos notas musicales. v. ENCICL. **4.** MAT Parte P de un conjunto E tal que para todo par de elementos (a,b) de P, siendo a inferior a b, todo elemento x de E comprendido entre a y b pertenece a P.

ENCICL **Mús.** — Los intervalos reciben su nombre del número de grados de la escala que comprenden. Los intervalos *simples* son: intervalo de *segunda*, entre dos grados correlativos (*do* y *re*, p. ej.); de *tercera* (*do* y *mi*); de *cuarta*, etc. Los intervalos *compuestos* sobrepasan la extensión de ocho grados (u octava): intervalo de *novena*, de *décima*, etc.

intervención n.f. **1.** Acción y efecto de intervenir. **2.** Oficina del interventor. **3.** Operación quirúrgica.

intervencionismo n.m. **1.** Ejercicio reiterado o habitual de la intervención en asuntos internacionales. **2.** Sistema intermedio entre el individualismo y el colectivismo, que confía a la acción del Estado el dirigir y suplir, en la vida del país, la iniciativa privada. • **intervencionista** n. y adj. **1.** Que se refiere al intervencionismo. **2.** Partidario de él.

intervenir I. v.int. **1.** Tomar parte en un asunto. **2.** Interponer uno su autoridad. **3.** Mediar en desavenencias. **II.** v.tr. **1.** Inspeccionar cuentas. **2.** Tratándose de aduanas, fiscalizar su administración. **3.** Vigilar una autoridad la comunicación privada. **4.** En las relaciones internacionales, participar temporalmente uno o varios Estados en algunos asuntos interiores de otro. **5.** En países de régimen federal, ejercer el Gobierno central funciones propias de los estados o provincias. **6.** CIR Operar.

interventor, a n. y adj. **1.** Que interviene. **2.** Empleado que autoriza y fiscaliza ciertas operaciones a fin de que se hagan con legalidad. **3.** En las elecciones para diputados, concejales, etc., elector designado oficialmente por un candidato para vigilar la regularidad de la votación y autorizar el resultado de la misma.

intervertebral adj. ANAT Que está entre dos vértebras.

interviú n.f. Entrevista durante la que un periodista o informador interroga a una persona sobre su vida, sus opiniones, etc.

intervocálico,a adj. Dícese de la consonante que se halla entre dos letras vocales.

intestado,a 1. n. y adj. FOR Que muere sin hacer testamento válido. **2.** n.m. FOR Dinero sucesorio acerca del cual no existen o no rigen disposiciones testamentarias.

intestino,a 1. adj. Interior, interno. **2.** n.m. ZOOL Conducto membranoso, provisto de tejido muscular, que forma parte del aparato digestivo de los gusanos, artrópodos, moluscos, procordados y vertebrados. Se halla situado a continuación del estómago y está plegado en muchas vueltas en la mayoría de los vertebrados. En sus paredes hay numerosas glándulas secretoras de jugo intestinal, que coadyuvan a la digestión de los alimentos. v. ENCICL — ANAT *Intestino ciego.* Parte del intestino grueso, del hombre y de la mayoría de los mamíferos, situada entre el intestino delgado y el colon, que está muy desarrollada en los herbívoros y sobre todo en los roedores. — ANAT *Intestino delgado.* Parte del intestino de los mamíferos que tiene menor diámetro. — ANAT *Intestino grueso.* Parte del intestino de los mamíferos que tiene mayor diámetro. • **intestinal** adj. Perteneciente a los intestinos.

ENCICL El intestino comprende, de arriba a abajo (en el sentido que siguen los alimentos): el intestino delgado (de unos 8 m de longitud en el hombre), formado por el duodeno, el yeyuno y el íleon. Se une, al nivel del ciego, con el intestino grueso o colon, el cual se subdivide en colon ascendente, colon transverso y colon descendente. Se prolonga formando el colon sigmoide y termina en el recto y el ano. El intestino, regado por las arterias y las venas mesentéricas, es inervado por el nervio esplácnico. Es un largo tubo flexible (adherido al peritoneo, que le envuelve) en el cual la progresión del bolo alimenticio está asegurada por los movimientos peristálticos. El intestino juega un papel fundamental en la digestión. Las enfermedades intestinales pueden tener causas mecánicas (oclusión), inflamatorias (colitis, apendicitis, enteritis, enterocolitis), infecciosas (amebiasis), tumorales y cancerosas.

intimar **1.** v.tr. Declarar, notificar, hacer saber una cosa, especialmente con autoridad o fuerza para ser obedecido. **2.** v.prnl. Introducirse una materia por los poros o espacios huecos de otra. **3.** v.int. y prnl. Fig. Introducirse en el afecto o ánimo de uno.

intimidad n.f. **1.** Amistad íntima. **2.** Sentimientos, pensamientos, hábitos, etc., muy propios de una persona o de un grupo. • **íntimo,a** adj. **1.** Más interior o interno. **2.** Aplícase a la amistad muy estrecha y al amigo de confianza. **3.** Perteneciente o relativo a la intimidad.

intimidar v.tr. y prnl. Causar o infundir miedo.

intitular **1.** v.tr. Poner título a un libro u otro escrito. **2.** v.tr. y prnl. Dar un título particular a una persona o cosa.

intolerancia n.f. **1.** Falta de tolerancia. **2.** MED Incapacidad de un organismo para tolerar un producto, un alimento o un medicamento.

intoxicar v.tr. y prnl. Envenenar, impregnar de sustancias tóxicas. • **intoxicación** n.f. MED Afección debida a la acción de un producto tóxico, ya sea elaborado por el propio organismo y no eliminado (*intoxicación endógena*: uremia) o ya sea proveniente del exterior (*intoxicación exógena*).

intra Prep. insep. que significa interioridad.

intraatómico,a adj. FIS y QUIM Que ocurre o que se produce en el interior de un átomo.

intracelular adj. Que está situado u ocurre dentro de una célula o células.

intradermorreacción n.f. MED Inyección intradérmica de una sustancia, que se practica para estudiar la reacción del organismo ante dicha sustancia.

intradós n.m. **1.** ARQUIT Superficie inferior visible de un arco o bóveda. **2.** ARQUIT Cara de una dovela, que corresponde a esta superficie.

intramuros adv. l. Dentro de una ciudad, villa o lugar.

intramuscular adj. ANAT Que está o se pone dentro de un músculo. — Lat. *intra,* «dentro», y de *músculo.*

intranquilidad n.f. Falta de tranquilidad; inquietud, zozobra. • **intranquilizar** v.tr. Quitar la tranquilidad, inquietar, desasosegar.

intransferible adj. No transferible.

intransigente adj. **1.** Que no transige. **2.** Que no se presta a transigir. • **intransigencia** n.f. Condición del que no transige con lo que es contrario a sus gustos, hábitos, ideas, etc.

intransitable adj. Aplícase al lugar o sitio por donde no se puede transitar.

intransitivo,a **1.** n.m. y adj. GRAM *Verbo intransitivo.* Aquel que no puede llevar complemento directo. **2.** adj. Que es propio de los verbos intransitivos.

intratable adj. **1.** No tratable ni manejable. **2.** Se aplica a los lugares y sitios por donde es difícil transitar. **3.** Fig. Insociable o de genio áspero.

intrépido,a adj. **1.** Que no teme en los peligros. **2.** Fig. Que obra o habla sin reflexión.

intrigar **1.** v.int. Emplear intrigas, usar de ellas. **2.** v.tr. Inspirar viva curiosidad una cosa. • **intriga** n.f. **1.** Cautela, acción que se ejecuta con astucia y ocultamente para conseguir un fin. **2.** Enredo, embrollo.

intrincar v.tr. y prnl. **1.** Enredar o enmarañar una cosa. **2.** Fig. Confundir u oscurecer los pensamientos o conceptos. • **intrincado,a** adj. Enredado, complicado, confuso.

intríngulis n.f. Fam. Intención solapada o razón oculta que se entreve o supone en una persona o acción.

intrínseco,a adj. Íntimo, esencial.

intro- Prefijo procedente del latín *intro,* «dentro».

introducir **I.** v.tr. y prnl. **1.** Dar entrada a una persona en un lugar. **2.** Fig. Hacer que uno sea recibido o admitido en un lugar, o granjearle el trato, la amistad, la gracia, etc., de otra persona. **3.** Fig. Atraer, ocasionar. **II.** v.tr. **1.** Meter o hacer entrar o penetrar una cosa en otra. **2.** Fig. Hacer adoptar, poner en uso. **III.** v.prnl. Fig. Meterse uno en lo que no le toca. • **introducción** n.f. **1.** Acción y efecto de introducir o introducirse. **2.** Preparación, disposición, o lo que es propio para llegar al fin que uno se ha propuesto. **3.** Exordio de un discurso o preámbulo de una obra literaria o científica. **4.** Fig. Entrada y trato familiar e íntimo con una persona. **5.** MUS Parte inicial, generalmente breve, de una obra instrumental o de cualquiera de sus tiempos. **6.** MUS Pieza musical que precede a ciertas obras teatrales, sinfonía.

introito n.m. **1.** Lo primero que dice el sacerdote en el altar al dar principio a la misa. **2.** En el teatro antiguo, prólogo para explicar el argumento del poema dramático al que precedía.

intromisión n.f. Acción y efecto de entrometer o entrometerse.

introspección n.f. Estudio de los estados de conciencia por parte del propio sujeto.

introversión n.f. PSICOL Tendencia a conceder más importancia a la subjetividad que al mundo exterior. • **introvertido,a** n. y adj. Dado a la introversión.

introyección n.f. PSICOAN Incorporación inconsciente de la imagen de una persona al yo y al superyo.

intruso,a **I.** adj. Que se ha introducido sin derecho o propiedad. **II.** n. y adj. Detentador de alguna cosa alcanzada por intrusión. • **intrusismo** n.m. Ejercicio de actividades profesionales por persona no autorizada legalmente para ello.

intubar v.tr. MED Colocar un tubo metálico dentro de la laringe para permitir el acceso del aire y evitar la asfixia del enfermo.

intuición n.f. **1.** Conocimiento directo e inmediato, sin recurrir al razonamiento. **2.** Presentimiento. • **intuicionismo** n.m. FILOS Doctrina según la cual el conocimiento reside esencialmente en la intuición. • **intuir** v.tr. Percibir clara e instantáneamente una idea o verdad, y tal como si se la tuviera a la vista. • **intuitivo,a** **1.** adj. Perteneciente a la intuición. **2.** n. y adj. Que tiene desarrollada la facultad de la intuición.

intumescente adj. Que se va hinchando.

intususcepción n.f. HIST NAT Modo de crecer los seres orgánicos por los elementos que asimilan interiormente, a diferencia de los inorgánicos, que sólo crecen por yuxtaposición.

inulina n.f. BIOQUIM Azúcar complejo, polímero de la fructosa, que constituye la materia de reserva de numerosos vegetales.

inundar **I.** v.tr. y prnl. **1.** Cubrir el agua los terrenos o las poblaciones. **2.** Fig. Llenar un sitio de elementos extraños o de algo molesto por su gran número. **II.** v.tr. MAR Llenar de agua un tanque, compartimiento o buque. • **inundación** n.f. **1.** Acción y efecto de inundar o inundarse. **2.** Fig. Multitud excesiva de una cosa.

inusitado,a adj. Insólito.

inútil adj. No útil. • **inutilizar** v.tr. y prnl. Hacer inútil, vana o nula una cosa.

invadir v.tr. **1.** Acometer, entrar por fuerza en una parte. **2.** Fig. Usurpar funciones ajenas.

invaginar v.tr. Doblar los bordes de la boca de un tubo o de una vejiga, haciendo que se introduzcan en el interior del mismo. • **invaginación** n.f. **1.** Acción y efecto de invaginar. **2.** Introducción anormal de una porción del intestino en la que le precede o le sigue. **3.** Operación quirúrgica que consiste en introducir uno en otro los dos extremos del intestino dividido, con objeto de restablecer la continuidad del tubo intestinal.

invalidar v.tr. Hacer inválida, nula o de ningún valor y efecto una cosa.

inválido,a **I.** adj. **1.** Que no tiene fuerza ni vigor. **2.** Fig. Nulo y de ningún valor, por no tener las condiciones que exigen las leyes. **II.** n. y adj. Se dice de la persona que adolece de un defecto físico o mental, ya sea congénito, ya adquirido, el cual le impide o dificulta alguna de sus actividades.

invar n.m. Aleación de hierro y níquel que, por su escaso coeficiente de dilatación, se emplea para instrumentos de medida y aparatos de precisión.

invariable adj. **1.** Que no sufre variación. **2.** GRAM Dícese de la palabra cuya desinencia no sufre ninguna variación.

invariancia n.f. GEOM y FIS NUCL Propiedad que caracteriza a una magnitud que no se ve afectada por una transformación. • **invariante** n. y adj. **1.** GEOM Función que conserva el mismo valor en una transformación (cambio de ejes, p. ej.). **2.** FIS NUCL Magnitud o ley que se conserva después de una transformación.

invasión n.f. Acción y efecto de invadir.

invectiva n.f. Discurso o escrito acre y violento contra personas o cosas.

invención n.f. **1.** Acción y efecto de inventar. **2.** Cosa inventada. **3.** Engaño. **4.** RET Elección y disposición de los argumentos y temas del discurso oratorio.

inventar **I.** v.tr. Hallar o descubrir la manera de hacer una cosa nueva o no conocida, o una nueva manera de hacer algo. **II.** v.tr. y prnl. **1.** Hallar, imaginar, crear su obra el poeta o el artista. **2.** Fingir hechos falsos; levantar embustes.

inventario n.m. **1.** Asiento de cosas valorables. **2.** Documento en que se registran.

invernáculo o **invernadero** n.m. Lugar cubierto y abrigado artificialmente para defender las plantas de la acción del frío.

invernar v.int. **1.** Pasar el invierno en una parte. **2.** Ser tiempo de invierno. • **invernadero** n.m. **1.** Sitio cómodo y a propósito para pasar el invierno, y destinado a este fin. **2.** Paraje destinado para que pasten los ganados en dicha estación. **3.** Lugar preparado para defender las plantas contra el frío.

inverosímil adj. Que no tiene apariencia de verdad.

inversión n.f. **I.** Acción de invertir, hecho de invertirse. **II. 1.** GRAM Trastocamiento, cambio en el orden habitual de las palabras; construcción que resulta de ello. **2.** QUIM *Inversión del azúcar*. Desdoblamiento de la sacarosa (dextrógira) en glucosa y levulosa. **3.** GEOM Transformación de una figura en otra tal que, si M es un punto de la primera figura y O un punto fijo (llamado *polo de inversión*), el transformado M' de M esté situado sobre la recta OM y que se cumpla $\overline{OM}.\overline{OM'}$ = R (siendo R una constante real no nula, llamada *potencia de inversión*). **4.** METEOR *Inversión de temperatura*. Aumento de la temperatura con la altitud. **5.** GEOL *Inversión del relieve*. Transformación resultante de la erosión que lima las anticlinales y rellena las sinclinales. **6.** MED Anomalía congénita, en la cual uno o varios órganos están situados en el lado opuesto al que ocupan normalmente. **7.** Estado de un invertido sexual. **8.** MUS Cambio de sentido de los intervalos musicales. **9.** FIN Acción de invertir capitales en un negocio para desarrollarlo e incrementar los medios de producción.

inversionista n. y adj. Dícese de la persona natural o jurídica que hace una inversión de capitales.

inverso **I.** adj. **1.** Invertido en relación al sentido, al orden natural, habitual. **2.** MAT *Números inversos*. Números cuyo producto es igual a la unidad. — GEOM *Figuras inversas*. Que se deducen la una de la otra por inversión. **3.** LOG *Proposición inversa*. En la cual los términos están invertidos con relación a otra proposición. **II.** n.m. Que es inverso, opuesto.

inversor **1.** n.m. ELECTR Aparato destinado a cambiar el sentido de una corriente. **2.** n.m. y f. Persona que invierte capitales.

invertasa n.f. BIOQUIM Enzima del grupo de las oxidasas, que desdobla la sacarosa en glucosa y fructosa.

invertebrado,a n. y adj. ZOOL Dícese de los animales que no tienen columna vertebral. ▷ n.m.pl. ZOOL En la antigua clasificación zoológica, tipo de estos animales.

invertido,a **I.** adj. Cambiado. **II.** n.m. y adj. Afeminado.

invertir v.tr. **1.** Colocar en sentido, orden o posición inversa. ▷ TECN Cambiar el sentido de (una corriente eléctrica, un movimiento, etc.). **2.** Volver del revés simétricamente. **3.** FIN Colocar un capital para obtener un beneficio.

investidura n.f. **I.** Acción de investir. **II. 1.** DER ANTIG y DER CANON Toma de posesión de un feudo o bien eclesiástico. **2.** POLIT MOD Voto por el cual una asamblea legislativa da su aprobación para la designación de una personalidad llamada a formar gobierno. ▷ Designación oficial por un partido, de un candidato a las elecciones.

investigar v.tr Hacer diligencias para descubrir una cosa. • **investigación** n.f. Acción y efecto de investigar. • **investigador,a** n. y adj. Que investiga.

investir v.tr. Conferir una dignidad o cargo importante.

inveterado,a adj. Antiguo, arraigado

invicto,a adj. Siempre victorioso.

invidente n. y adj. Que no ve, ciego.

invierno n.m. **1.** Estación del año, que astronómicamente principia en el solsticio del mismo nombre y termina en el equinoccio de primavera. **2.** En el ecuador, temporada de lluvias que dura aproximadamente unos seis meses. **3.** Época la más fría del año.

inviolable adj. **1.** Que no se debe o no se puede violar o profanar. **2.** Que goza la prerrogativa de inviolabilidad. • **inviolabilidad** n.f. Calidad de inviolable.

invisible adj. Incapaz de ser visto.

invitar v.tr. **1.** Llamar a uno para un convite o para asistir a algún acto. **2.** Incitar, estimular a uno a algo. • **invitación** n.f. **1.** Acción y efecto de invitar. **2.** Cédula o tarjeta con que se invita. • **invitado,a** n.m. y f. Persona que ha recibido invitación.

in vitro loc. adv. En el laboratorio, fuera del organismo vivo.

in vivo loc. adv. En el ser vivo.

invocar v.tr. **1.** Llamar uno a otro en su favor y auxilio. **2.** Acogerse a una ley, costumbre o razón; exponerla, alegarla. • **invocación** n.f. **1.** Acción y efecto de invocar. **2.** Parte del poema en que el poeta invoca a un ser divino o sobrenatural, verdadero o falso.

involución n.f. **I.** Fase regresiva de un proceso biológico, o modificación retrógrada de un órgano, en especial del útero después del parto. **II.** MAT Aplicación *f* de un conjunto E a sí mismo, tal que f^2 es una aplicación idéntica de E. ▷ GEOM Transformación homográfica involutiva.

involucrar v.tr. **1.** Abarcar, incluir, comprender. **2.** Injerir en los discursos o escritos cuestiones o asuntos extraños al principal objeto de ellos.

involucro n.m. BOT Verticilo de brácteas, situado en la base de una flor o de una inflorescencia.

involuntario,a adj. No voluntario; independiente de la voluntad

involutivo,a adj. Que se refiere a una involución.

invulnerable adj. Que no puede ser herido.

inyectar v.tr. **1.** Introducir un líquido por vía venosa, intramuscular, subcutánea o articular. **2.** Hacer penetrar un líquido por presión. • **inyección** n.f. **1.** Acción y efecto de inyectar. **2.** Fluido inyectado.

Iodo n.m. QUIM Yodo.

ion n.m. **1.** QUIM Radical simple o compuesto que se disocia de las sustancias al disolverse éstas, y da a las disoluciones el carácter de la conductividad eléctrica. **2.** ELECTR Átomo, molécula, o grupo de moléculas con carga eléctrica. • **ionización** n.f. QUIM Acción y efecto de ionizar. ▷ MED Introducción en el organismo de elementos de una sustancia química descompuesta por electrólisis. • **ionizar** v.tr. y prnl. QUIM Disociar una molécula en iones o convertir un átomo o molécula en ion.

ENCICL Un ion es positivo *(catión)* cuando un átomo pierde uno o varios electrones y adquiere así una o varias cargas positivas; es negativo *(anión)* cuando un átomo gana electrones y adquiere de ese modo varias cargas negativas. Los iones positivos se representan con el signo + colocado como exponente (p.ej., H^+, NH_4^+) y los iones negativos por el signo − (p. ej., Cl^-, SO_4^{--} o mejor SO_4^{2-}). La ionización se puede producir en una reacción química (los átomos que pierden fácilmente sus electrones se llaman *electropositivos*, a diferencia de los *electronegativos* que los adquieren con facilidad), y bajo la acción de un agente ionizante (p.ej., bombardeo de átomos por electrones o por rayos electromagnéticos). Los iones están bajo la acción de los campos magnéticos y eléctricos. En la electrólisis, los aniones se desplazan hacia el ánodo y los cationes hacia el cátodo. En la materia viva, numerosas sustancias químicas en solución se disocian en iones. En el universo (y en el laboratorio), el *estado ionizado*, llamado *plasma*, es el cuarto estado de la materia.

ionograma n.m. BIOQUIM Fórmula que indica las concentraciones de los principales iones en el plasma sanguíneo.

ionosfera n.f. Capa de la atmósfera, situada sobre la estratosfera, entre 50 y 600 km de altitud, donde tienen lugar fenómenos de ionización.

iota n.f. Novena letra del alfabeto griego, que corresponde a nuestra *i* vocal.

ipecacuana n.f. **1.** Planta fruticosa de la familia de las rubiáceas propia de América Meridional. La raíz es muy usada en medicina como emética, tónica, purgante y sudorífica. ▷ Raíz de esta planta. **2.** *Ipecacuana de las Antillas*. Arbusto de la familia de las asclepiadáceas. Su raíz se usa como emético. ▷ Raíz de esta planta.

iperita n.f. MILIT Gas de combate a base de sulfuro de etilo, sofocante, tóxico y lacrimógeno, utilizado por primera vez durante la Primera Guerra Mundial (1917).

ipil n.m. BOT Árbol de gran tamaño, leguminoso, de las islas Filipinas, con hojas opuestas y aladas; hojuelas aovadas y lampiñas, y flores en panoja. La madera, dura y pesada, es incorruptible y muy apreciada para la construcción de muebles y otros objetos.

Ipomea n.f. Género de plantas ornamentales (familia convolvuláceas) apreciadas por sus flores en forma de embudo.

ipseidad n.f. FILOS Lo que hace que un ser sea él mismo y no otro.

ípsilon n.f. Vigésima letra del alfabeto griego, que corresponde a la que en el nuestro se llama *i griega* o *ye*.

ipso facto loc. adv. Por el hecho mismo, por eso mismo. P. ext. inmediatamente.

ir **I.** v.int. y prnl. Moverse de un lugar hacia otro. **II.** v.int. **1.** Venir, bien o mal, acomodarse una cosa con otra. **2.** Distinguirse una persona o cosa de otra. *¡Lo que va del padre al hijo!* **3.** Úsase para denotar hacia donde se dirige un camino. **4.** Extenderse una cosa desde un punto a otro. **5.** Obrar, proceder. **6.** Con la prep. *por,* declinarse o conjugarse un nombre o verbo como otro tomado como modelo. **7.** Considerar las cosas por un aspecto especial o dirigirlas a un fin determinado. *Ahora va de veras*. **8.** Con los gerundios de algunos verbos, denota la acción de éstos referida al tiempo en que se halla aquél. **9.** Con el participio pasivo de los verbos transitivos, significa padecer su acción, y con el de los reflexivos, ejecutarla. *Ir vendido*. **10.** En la acepción anterior, cuando el participio sea el verbo *apostar,* se calla, y queda *ir* con la significación que tendría si aquél fuera expreso. *Van cinco duros a que yo llego antes*. **11.** Con la prep. *a* y un infinitivo, significa disponerse para la acción del verbo con que se junta. **12.** Con la prep. *con,* tener lo que el nombre significa. **13.** Con la prep. *contra,* perseguir, y también sentir y pensar lo contrario de lo que significa el nombre a que se aplica. **14.** Con la prep. *en,* importar, interesar. **15.** Con la prep. *por,* traer una cosa. **III.** v.prnl. **1.** Estarse muriendo. **2.** Salirse un líquido insensiblemente del vaso o cosa donde está. **3.** Deslizarse, perder el equilibrio. **4.** Gastarse una cosa. **5.** Ventosear o hacer uno sus necesidades involuntariamente.

ir- Prefijo que indica privación. Variante de *in-* delante de *r*.

Ir QUIM Símbolo del iridio.

ira n.f. **1.** Irritación y enfado muy violento con pérdida del control sobre sí mismo. **2.** Apetito o deseo de venganza. **3.** Fig. Furia o violencia de los elementos. **4.** pl. Repetición de actos de saña, encono o venganza. • **iracundo,a 1.** n. y adj. Propenso a la ira. **2.** adj. Fig. POET Se aplica a los elementos alterados.

iraní 1. n. y adj. Natural de Irán. **2.** adj. Perteneciente o relativo a Irán.

iranio,a n. adj. Perteneciente o relativo al Irán antiguo.
ENCICL La rama irania de las lenguas indoeuropeas comprende: el baluchí (Pakistán), el persa (Irán), el afgano (Afganistán) y el kurdo (Irán, Irak, Turquía). Entre las lenguas conviene citar el pahlvi o huzvaresch, el persa antiguo y el avéstico.

iraquí 1. n. y adj. Natural de Irak. **2.** adj. Perteneciente o relativo a Irak.

irascible adj. Propenso a irritarse. • **irascibilidad** n.f. Calidad de irascible.

iridáceo,a n.f. y adj. BOT Se dice de hierbas angiospermas monocotiledóneas, con rizomas, tubérculos o bulbos, hojas estrechas y enteras; flores actinomorfas o cigomorfas; fruto en cápsula y semillas con albumen; como el lirio cárdeno, el lirio hediondo y el azafrán. ▷ n.f.pl. BOT Familia de estas plantas.

íride n.f. Lirio hediondo.

iridio n.m. QUIM Elemento de número atómico 77, de masa atómica 192,2 y de densidad 22,4. Funde a 2.435 °C y entra en ebullición a 5.000 °C. Su símbolo es *Ir.*

iridiscente adj. Que muestra o refleja los colores del iris.

iris n.m. **1.** Arco de colores que a veces se forma en las nubes cuando el Sol, a espaldas del espectador, refracta y refleja su luz en la lluvia. También se observa este arco en las cascadas y pulverizaciones de agua bañadas por el sol. **2.** Ópalo transparente con hermosos reflejos y colores en su interior, ópalo noble. **3.** ZOOL Disco membranoso del ojo de los vertebrados y cefalópodos, de color vario, en cuyo centro está la pupila.

irisar v.int. Presentar un cuerpo fajas variadas o reflejos de luz, con todos los colores del arco iris, o algunos de ellos.

iritis n.f. PAT Inflamación del iris del ojo.

irlanda n.f. **1.** Cierto tejido de lana y algodón. **2.** Cierta tela fina de lino.

irlandés,a 1. n. y adj. Natural de Irlanda. **2.** adj. Perteneciente a esta isla de Europa.

ironía n.f. **1.** Burla fina y disimulada. **2.** Figura retórica que consiste en dar a entender lo contrario de lo que se dice.

iroqués, nombre con que designaban los franceses a los indios que habitaban en el valle del San Lorenzo y en las riberas de los lagos Erie, Ontario y Hurón. En el s. XVII, estos cultivadores sedentarios, se organizaron en una confederación, ilamada de las Cinco Naciones. Tras la guerra de la Independencia americana, gran parte de ellos encontró refugio en Canadá. ▷ n.m. Lengua (aglutinante) de los iroqueses.

irracional adj. **1.** Que carece de razón. **2.** Opuesto a la razón o que va fuera de ella. **3.** MAT Se aplica a las raíces o cantidades radicales que no pueden expresarse exactamente con números enteros ni fraccionarios.

irradiación n.f. **1.** Acción y efecto de irradiar. **2.** FIS NUCL Acción de someter a una radiación ionizante. ▷ Exposición de una persona o de un organismo a la acción de radiaciones ionizantes • **irradiar** v.tr. **1.** Despedir un cuerpo rayos de luz, calor u otra energía en todas direcciones. **2.** Someter un cuerpo a la acción de ciertos rayos. **3.** FIS NUCL Someter a la acción de una radiación ionizante.

irredento,a adj. Que permanece sin redimir. Se dice especialmente del territorio que una nación pretende anexionarse por razones históricas, de lengua, raza, etc.

irreductible o **irreducible** adj. Que no puede ser reducido. — CIR *Luxación, fractura irreductible.* Fractura en la cual las partes afectadas no pueden volver a ser situadas en su lugar si no es recurriendo a una intervención. — MAT *Fracción irreductible.* Fracción que no puede ser reducida a otra fracción igual, cuyos términos sean de una menor cuantía (p.ej. 22/13).

irreflexivo,a adj. **1.** Que no reflexiona. **2.** Que se dice o hace sin reflexionar.

irregular adj. **1.** Que va fuera de regla; contrario a ella. **2.** Que no sucede común y ordinariamente. **3.** Que ha incurrido en una irregularidad canónica, o tiene defecto que le incapacita para ciertas dignidades. **4.** GEOM Se dice del polígono y del poliedro que no son regulares. **5.** GRAM Se aplica a la palabra derivada o formada de otro vocablo, que no se ajusta en su formación a la regla seguida generalmente por las de su clase.

irreligioso,a 1. n. y adj. Falto de religión. **2.** adj. Que se opone al espíritu de la religión.

irremisible adj. Que no se puede remitir o perdonar.

irresoluble adj. Se dice de lo que no se puede resolver o determinar.

irresponsabilidad n.f. **1.** Calidad de irresponsable. **2.** Impunidad que resulta de no residenciar a los que son responsables. • **irresponsable** adj. Se dice de la persona a quien no se puede exigir responsabilidad.

irreversible adj. **1.** Que no es reversible. **2.** TECN Que no funciona más que en un sentido o una posición determinada. **3.** Que no puede existir o producirse más que en un solo sentido.

irrigación n.f. **1.** Acción y efecto de irrigar una parte del cuerpo. **2.** Acción y efecto de irrigar un terreno. • **irrigar** v.tr. **1.** MED Rociar o regar con un líquido alguna parte del cuerpo. **2.** Aplicar el riego a un terreno.

irrisorio,a adj. Que mueve o provoca a risa o burla.

1. irritar v.tr. y prnl. **1.** Hacer sentir ira. **2.** Excitar vivamente otros afectos o inclinaciones naturales. **3.** MED Causar excitación morbosa en un órgano o parte del cuerpo. • **irritabilidad** n.f. Propensión a conmoverse o irritarse con violencia o facilidad.

2. irritar v.tr. FOR Anular, invalidar.

irrogar v.tr. y prnl. Tratándose de perjuicios o daños, causar, ocasionar.

irrumpir v.tr. Entrar violentamente en un lugar.

isabelino,a adj. Perteneciente o relativo a cualquiera de las reinas que llevaron el nombre de Isabel en España o Inglaterra. ▷ n. y adj. Con el mismo epíteto se distinguió a las tropas que defendieron la corona de Isabel II de España contra el pretendiente don Carlos.

isalobara adj. METEOR *Líneas isalobaras.* Líneas que, en un mapa meteorológico, unen los puntos de igual variación de la presión atmosférica, en un período dado.

isatis n.m. **1.** ZOOL Zorro gris azulado de las regiones árticas, cuyo pelaje se vuelve blanco en invierno. **2.** BOT Género de plantas herbáceas.

isba n.f. Casa rural de madera, propia de Rusia y otros países eslavos.

isla n.f. **1.** Porción de tierra rodeada de agua por todas partes. **2.** Manzana de casas. **3.** Fig. Conjunto de árboles o monte aislado y que no está junto a un río. **4.** Fig. *Chile.* Terreno próximo a un río, que ha estado o que está a veces bañado por las aguas de éste. • **islario** n.m. **1.** Descripción de las islas de un mar, continente o nación. **2.** Mapa en que están representadas. • **isleo** n.m. **1.** Isla pequeña situada a la inmediación de otra mayor. **2.** Porción de terreno circundada por todas partes de otros de distinta clase. • **islote** n.m. **1.** Isla pequeña y despoblada. **2.** Peñasco muy grande, rodeado de mar.

islam n.m. **1.** Conjunto de dogmas y preceptos de la religión de Mahoma. **2.** Conjunto de los hombres y pueblos que creen y aceptan esta religión. • **islámico,a** adj. Perteneciente o relativo al islam. • **islamismo** n.m. Conjunto de dogmas y preceptos morales que constituyen la religión de Mahoma. • **islamita** n. (apl. a pers.) y adj. Mahometano, musulmán. • **islamizar** v.int. y prnl. Adoptar la religión, prácticas, usos y costumbres islámicos.
ENCICL Según la tradición musulmana, hacia el año 610 Mahoma comenzó a recibir mediante un intermediario (el ángel Gabriel) la Palabra de Dios, la cual se presentaba en forma de textos que él debía recitar. El Profeta transmitió a sus semejantes los mensajes sagrados, cuya recopilación, realizada tras su muerte, constituye el Corán. El contexto político-religioso se revelaba particularmente favorable y propicio al nacimiento de una religión nueva. Los árabes paganos admitían un dios creador superior, pero lo asociaban a otras divinidades secundarias. Numerosos versículos del Corán hablan del fuego del Infierno, al que estarían destinados los «asociadores», ya que, según dicho libro, el islam es, esencialmente, una religión monoteísta revelada al mundo por una larga estirpe de profetas (Abraham, Moisés, Jesús), de la que Mahoma es el último eslabón: el «sello». Los principales dogmas del islam son: la creencia en un dios único, creador del mundo, increado, cuyos ministros son los ángeles; la creencia en la vida futura, la resurreción y el juicio final. Las obligaciones culturales son cinco: los cinco «pilares» *(askan).* 1.° La profesión de fe *(shăhāda): la ilāha illa Allāh, Muhammad rasūl Allāh* («no hay más Dios que Alá y Mahoma es su enviado»). Basta pronunciar esta frase para ser considerado como musulmán. 2.° Las cinco preces diarias *(salāt)* que, previa realización de las abluciones purificadoras, tienen lugar: al alba, inmediatamente después del mediodía, entre las 3 y las 5 horas, antes del crepúsculo y, finalmente, por la noche. Las oraciones se realizan mirando hacia La Meca. Ciertos ademanes y posturas acompañan la dicción de capítulos y versículos del Corán. El viernes, la oración del mediodía tiene lugar en la mezquita y es dirigida por un imán, aunque el islam no cuenta con organización eclesiástica alguna. 3.° La limosna legal *(zakāt),* es un impuesto que se paga en especie, a partir de la cosecha o ganancias obtenidas en un año, y que se destina a un fondo de beneficencia para auxilio de musulmanes. Actualmente, pocos países mantienen esta limosna, solo algunos musulmanes siguen cumpliendo este deber. La *zakāt,* especie de impuesto sobre capitales, constituía, indudablemente, una legislación social avanzada. 4.° El ayuno *(Ṣawm)* del mes de Ramadán (recordatorio de la revelación del Corán) se extiende desde el alba hasta la puesta de sol. El hambre y la sed hacen saber a los ricos las condiciones de vida de los pobres. 5.° El peregrinaje a La Meca *(haŷŷ),* realizado colectivamente, es obligatorio al menos una vez en la vida, para todo musulmán que tenga medios para llevarlo a cabo. Este ritual se remonta a la época de Abraham, que se supone edificó la Kaaba, pequeño templo cúbico, en el cual se halla situada una piedra en uno de sus ángulos, donada por el arcángel Gabriel, que constituye el objeto de adoración. Al no poderse extraer del Corán toda una legislación, los musulmanes han optado por entresacar reglas de existencia, a partir

de la vida y palabras del Profeta. Éste recurso a las Tradiciones (v. *kadith)* creó una ciencia crítica que hizo constar la autenticidad de los hechos recopilados (los transmisores deben remontarse hasta Mahoma). Se conformaron varios «corpus», siendo los de Bokhari y Muslim los que se impusieron. Al Corán y las Tradiciones se unen los principios emanados de los juristas: consenso sobre un asunto concreto *(idjmãa),* interés común *(istislah),* interpretación personal *(ra'y),* razonamiento por antología *(qiyas).* Las principales escuelas jurídicas son: las escuela hanafí (Turquía, India, China), malikí (Arabia, África del Norte, África occidental, Alto Egipto, Sudán), shafí (Bajo Egipto, Siria, Arabia del Sur, Malaysia, Indonesia) y hanbalí (Arabia). El mundo islámico, o Islam, comprende, actuamente, 600 millones de creyentes, que en su mayoría se encuentran repartidos entre África y Asia (si exceptuamos en Europa a Turquía, las comunidades balcánicas y a los trabajadores emigrados a Europa occidental y América). Antes de continuar hablando de la expansión del islam, conviene hacer referencia a un hecho. A diferencia de lo sucedido en las invasiones bárbaras, en el curso de las cuales los bárbaros eran asimilados por los países que conquistaban, el islam se impuso totalmente a las antiguas civilizaciones, conservando prácticamente todos los territorios conquistados, salvo los de Europa (España) y algunos sultanatos de la India. El primer período de expansión tuvo una duración de un siglo (desde la muerte de Mahoma hasta el fin del califato omeya): conquista de Siria-Palestina (634-640), Irak (636-641), Armenia y después Irán (642), Egipto (639-642), el Mogreb (669-705), España y Galia narbonense (711-750). Entre el 710 y el 713, se llegó hasta el río Indo. Durante el período de mandato de los abbasíes, conquistaron las Baleares, Sicilia y Malta. La conquista de la India comenzó hacia el año 1000: primero el valle del Ganges (1192-1209), y después toda la península (s. XIV), sin embargo, esta conquista no llegó a consolidarse. El islam llegó a Indonesia en el s. XIII. En el s. XIV, Java tenía soberanos musulmanes. A partir del año 1000, el islam irrumpió en la zona situada al S del Sáhara (Níger, 1009-1010), apareciendo seguidamente reinos musulmanes (Malí en el s. XIII), aunque únicamente fueron islamizados los letrados y los guerreros, ya que las masas no lo fueron hasta los ss. XVIII y XIX, lo que se debió, principalmente, a la acción de las cofradías. Entre los ss. XIV y XVI, se produjo la islamización de los reinos situados entre el Nilo y el Chad; entre el XIX y el XX, el islam avanzó en Kenia y Tanganika. En todos y cada uno de los países conquistados, la influencia islámica fue muy intensa en el desarrollo de la vida social, así como en los campos del arte y del pensamiento. La simplicidad del dogma y la tolerancia con respecto a antiguas costumbres favorecieron enormemente las conversiones, proporcionando al propio tiempo dicha conversión el orgullo de pertenecer a una inmensa comunidad (la *umma)* fraterna y orgullosa de su pasado y con influencia creciente en los destinos mundiales.

islandés,a **1.** n. y adj. Natural de Islandia. **2.** adj. Perteneciente a esta isla del norte de Europa. **3.** n.m. Idioma hablado en Islandia: desde su colonización por los vikingos noruegos.

ismailíes n.m.pl. Secta musulmana que nació en el s. VIII, en el seno de la doctrina chiíta, y que considera a Ismā'il como el último imán.

-ismo, -ista Sufijos de sustantivos: *-ismo* hace referencia a una doctrina o profesión; *-ista,* a una persona que la profesa o la practica.

iso- Elemento compositivo que entra en la formación de algunas voces españolas con el significado de «igual» o denotando «uniformidad o semejanza».

isoanticuerpo n.m. BIOL Anticuerpo que reacciona de forma específica con un antígeno procedente de un individuo de la misma especie.

isobárico,a adj. Se aplica a dos o más lugares de igual presión atmosférica media y a la línea que une estos lugares en un mapa meteorológico. • **isóbaro,a** **1.** n. y adj. FIS De igual presión. **2.** n.m. QUIM y FIS NUCL Designa elementos que tienen el mismo número de masa, pero números atómicos diferentes.

isobato,a adj. GEOGR De igual profundidad.

isocardia n.f. ZOOL Género de moluscos lamelibranquios, cuya concha, de dos valvas iguales, tiene forma de corazón.

isoclinal adj. GEOL Se dice del pliegue cuyos flancos poseen la misma inclinación. • **isoclino,a** adj. FIS Con la misma inclinación magnética.

isócoro,a adj. FIS *Transformación isócora.* Transformación en la que el volumen permanece constante.

isocromático,a adj. TECN De colorido uniforme.

isócrono,a adj. FIS Se aplica a los movimientos que se hacen en tiempos de igual duración.

isodinamia n.f. FISIOL Equivalencia entre alimentos que contienen el mismo número de calorías.

isodinámico,a adj. FIS Se dice de las fuerzas que se equilibran por ser de igual intensidad.

isoeléctrico,a adj. QUIM y BIOQUIM *Punto isoeléctrico.* Valor concreto del pH de una disolución ácido-base sometida a electroforesis, en la que ya no se produce migración de partículas.

Isoëtes n.m. BOT Género de criptógamas vasculares que incluye algunas especies acuáticas provistas de largas hojas en forma de aguja.

isofonía n.f. Igualdad de sonoridad.

isogamia n.f. BOT Fecundación entre dos gametos rigurosamente similares, primitivo proceso de reproducción que caracteriza a algunas talofitas.

isoglosa n.f. y adj. Línea imaginaria que en un atlas lingüístico pasa por todos los puntos en que se da un mismo fenómeno lingüístico.

isógono,a adj. **1.** GEOM Se dice de las figuras geométricas que tienen los ángulos respectivamente iguales. **2.** FIS *Líneas isógonas.* Líneas imaginarias que pasan por los puntos de la superficie terrestre que tienen la misma dirección magnética.

isohipso,a adj. GEOGR Que tiene la misma altura. — *Línea isohipsa.* Curva de nivel.

isoinmunización n.f. BIOL Inmunización contra un antígeno que proviene de un individuo distinto y que pertenece a la misma especie.

isoiónico,a adj. QUIM Que contiene el mismo número de iones.

isomerasa n.f. BIOQUIM Enzima que cataliza la isomerización de ciertas moléculas.

isómero,a adj. Se aplica a los cuerpos que con igual composición química tienen distintas propiedades físicas. • **isomerización** n.f. QUIM Transformación de un compuesto en un isómero.

ENCICL Cabe distinguir: la isomería de *posición,* en la cual los isómetros no se diferencian más que en la posición de un radical o de un grupo funcional (butano e isobutano, p. ej.); la isomería de *función,* que corresponde a la presencia de funciones diferentes (acetona y alcohol alílico, p. ej.); *la estereoisomería,* que se traduce en una configuración espacial diferente y se presenta en dos formas: isomería *geométrica* (estructura en forma de silla o de cubeta de los ciclos hexagonales) e isomería *óptica* (en la cual la molécula posee un átomo asimétrico, desviando el plano de polarización de la luz bien a la derecha, en los dextrógiros, o bien a la izquierda, en los levógiros). v. estereoquímica.

isometría n.f. Calidad de isométrico. • **isométrico,a** adj. **1.** Se dice de los cuerpos que tienen dimensiones iguales. **2.** MAT *Espacios isométricos.* Aquellos en los que existe una isometría de uno sobre otro. **3.** GEOM *Perspectiva isométrica.* Aquella en que los tres ejes de referencia forman ángulos de 120 ° y poseen la misma escala.

isomorfo adj. **1.** Con la misma forma. ▷ QUIM Que representa la misma forma cristalina. **2.** MAT Designa a dos conjuntos E y E' relacionados por un morfismo biyectivo.

isoniacida n.m. MED Antibiótico antituberculoso.

isoperímetro,a adj. GEOM Se aplica a las figuras que siendo diferentes tienen igual perímetro.

isópodo n. y adj. ZOOL Se dice de pequeños crustáceos de cuerpo deprimido y ancho, con los apéndices del pleon de aspecto foliáceo. Hay formas parásitas y libres, marinas, dulceacuícolas y terrestres. ▷ n.m. pl. ZOOL Orden de estos animales.

isopreno n.m. QUIM Sinónimo del metilbutadieno, materia prima de diversos cauchos sintéticos, de resinas y plásticos.

isoquímeno,a adj. METEOR Se dice de la línea imaginaria que pasa por todos los puntos de la Tierra que tienen la misma temperatura media en el invierno.

isósceles adj. GEOM Se dice de las figuras que tienen dos lados iguales.

isosilábico,a adj. Se dice de las formas y sistemas de versificación que asignan un número fijo de sílabas a cada verso.

isostasia n.f. GEOL Estado de equilibrio entre las diversas masas constituyentes de la corteza terrestre.

ENCICL Las variaciones de masa que actúan en una zona determinada del globo producen una perturbación del equilibrio isostático, que no se restablece más que a costa de un movimiento vertical de la corteza terrestre. Así, al fundirse los hielos que recubrían antaño el escudo escandinavo se ha producido el surgimiento relativamente rápido del mismo: el incremento de altitud en el centro de la península es actualmente de 1 cm por año.

isotermo,a adj. **1.** FIS De igual temperatura. **2.** TECN Donde se mantiene una temperatura constante.

isótero,a adj. METEOR Se dice de la línea imaginaria que pasa por todos los puntos de la Tierra que tienen la misma temperatura media en el verano.

isotonía n.f. BIOL Equilibrio molecular entre soluciones de la misma presión osmótica. • **isotónico,a** adj. QUIM Se dice de las soluciones que a la misma temperatura tienen igual presión osmótica.

isótopo n.m. FIS Se dice del nucleido que tiene el mismo número atómico que otro, cualquiera que sea su número másico. Todos los isótopos de un elemento dado ocupan un mismo lugar en el sistema periódico.

ENCICL La mayoría de los cuerpos simples se encuentran en la naturaleza en forma de una mezcla de diversos isótopos, siendo uno claramente más abundante que los demás. Al tener el mismo número de protones que de electrones tendrán el mismo número atómico y ocuparán el mismo lugar (de ahí su nombre de isótopos) en la clasificación de los elementos y se les designa por el mismo símbolo químico. Se les diferencia colocando arriba y a la izquierda del símbolo su número básico, por el cual se les distingue. Así, los isótopos 13, 14 y 15 del carbono (${}^{12}_{6}C$) se escriben ${}^{13}_{6}C$, ${}^{14}_{6}C$ y ${}^{15}_{6}C$; al ser el carbono, p. ej., como cuerpo simple, una mezcla de esos cuatro isótopos, el peso del carbono no será 12 (peso del isótopo principal), sino 12,01. Dos isótopos tienen idénticas propiedades químicas, pero distintas propiedades físicas. La separación de los isótopos, que permite enriquecer un elemento (el uranio, p. ej.) en uno de sus isótopos, se efectúa por difusión gaseosa, difusión térmica, cromatografía o por ultracentrifugación. Los isótopos son muy utilizados como trazadores radiactivos.

isótropo, a adj. FIS Se dice de un medio homogéneo que presenta las mismas propiedades físicas en todas direcciones.

isoyeto,a n.f. y adj. METEOR Se dice de la línea imaginaria que une los puntos donde la cantidad de lluvia ha sido la misma en un período dado.

isquemia n.f. MED Insuficiencia de circulación arterial de un órgano.

isquion n.m. ANAT Hueso que en los mamíferos adultos se une al ilion y al pubis para formar el hueso innominado, y constituye la parte posterior de éste.

israelí **1.** n. y adj. Natural o ciudadano del Estado de Israel. **2.** adj. Perteneciente o relativo a dicho Estado.

istmo m. GEOGR Lengua de tierra que une dos continentes o una península con un continente. — ANAT *Istmo de las fauces.* Abertura entre la parte posterior de la boca y la faringe.

-ita Sufijo (forma f. de *-ito*) que sirve para formar diminutivos femeninos, nombres de tribus, familias o grupos y formaciones minerales.

ita n. y adj. Indígena de las montañas de Filipinas, aeta.

italianismo n.m. **1.** Giro o modo de hablar propio y privativo de la lengua italiana **2.** Vocablo o giro de esta lengua empleado er otra. **3.** Empleo de vocablos o giros italianos en distinto idioma. • **itálico,a** adj. **1.** Perteneciente a Italia. Se dice en particular de lo perteneciente a Italia antigua. **2.** Natural de Itálica. **3.** Perteneciente a Itálica.

italiano,a **1.** n. y adj. Natural de Italia. **2.** adj. Perteneciente a esta nación de Europa.

italiotas, conjunto de diversos pueblos primitivos del centro de Italia (latinos, samnitas, umbrios).

ítem **I.** n.m. **1.** CIENC HUM Elemento, objeto considerado aparte. **2.** Pregunta, en un test o en una encuesta, a la que un mismo sujeto puede dar varias respuestas. **II.** adv. Se usa para hacer distinción entre partes de un escrito.

iterar v.tr. Repetir uno algo. • **iteración** n.f. **1.** Acción y efecto de iterar. **2.** MAT INFORM Repetición de un cálculo que permite obtener un resultado aproximado satisfactorio.

iterbio n.m. QUIM Metal de la familia de los lantánidos; elemento de número atómico 70, de masa atómica 173,04 (símbolo *Yb*). • **iterbina** n.f. Óxido de iterbio (Yb_2O_3).

itinerario,a **I.** adj. Perteneciente a caminos. **II.** n.m. **1.** Descripción de un camino o viaje con expresión de los lugares, accidentes, paradas, etc., que existen a lo largo de él. **2.** Ruta que se sigue para llegar a un lugar. • **itinerante** adj. Ambulante.

-itis Elemento compositivo que entra pospuesto en la formación de algunas voces españolas con el significado de «inflamación».

-ito Sufijo (del latín *-itus*) que sirve para formar diminutivos en m. ▷ QUIM Sirve para designar las sales de los ácidos terminados en *-oso* (las que menos oxígeno contienen). P. ej.: *sulfito* (sal del ácido sulfuroso).

itrio n.m. QUIM Metal de propiedades similares a las de las tierras raras; elemento de número atómico 39, de masa atómica 88,9 (símbolo *Y*). • **itria** n.f. Óxido de itrio (Y_2O_3).

itzas, pueblo maya que vivió en el Petén (Guatemala) y Belice, considerado como uno de los más antiguos pobladores de la península del Yucatán.

IVA, siglas de Impuesto al Valor Añadido. v. Impuesto.

izar v.tr. Hacer subir alguna cosa tirando de la cuerda de que está colgada.

izote n.m. BOT Árbol de la familia de las liliáceas, propio de América Central: es una especie de palma, de unos cuatro metros de altura, con ramas en forma de abanico y flores blancas.

izquierda n.f. **I.** Mano del lado izquierdo del cuerpo. **II.** Hablando de colectividades políticas, la que tiene opiniones avanzadas con respecto a la derecha. • **izquierdear** v.int. Fig. Apartarse de lo que dictan la razón y el juicio. • **izquierdismo** n.m. Doctrina o actitud de los grupos políticos de izquierda. • **izquierdo,da** adj. **1.** Se dice de lo que cae o mira hacia la mano izquierda o está en su lado. **2.** Zurdo.

J

j n.f. Undécima letra del abecedario español, y octava de sus consonantes. Su nombre es *jota.*

J FIS Símbolo del julio.

jabalcón n.m. ARQUIT Madero ensamblado en uno vertical para apear otro horizontal o inclinado.

jabalí n.m. Mamífero paquidermo. Constituye la variedad salvaje del cerdo. • **jabalina** n.f. Hembra del jabalí.
ENCICL El jabalí de Eurasia (treinta y dos subespecies), es el porcino más extendido del globo, en las zonas templadas y tropicales (hasta Malaysia). Su cabeza es grande, el cuello grueso y el tronco rechoncho. La raza más grande (Cáucaso) alcanza 1,10 m en la cruz y pesa 350 kg. Tiene el pelo generalmente oscuro y la cola corta. La cabeza, terminada en un hocico, está armada, sobre todo entre los machos adultos, con defensas encorvadas y cortantes; hocico y defensas le permiten desenterrar las raíces y tubérculos de que se alimenta. Vive en bandadas o manadas.

jabalina n.f. Arma, a manera de pica o venablo, que se usaba en la caza mayor. ▷ Arma arrojadiza que se lanza en ciertas pruebas de atletismo.

jabardillo n.m. Bandada de insectos o avecillas.

jabato,a **1.** n. y adj. Fam. Valiente, osado, atrevido. **2.** n.m. Cachorro del jabalí.

1. jábega n.f. Red de más de cien brazas de largo, compuesta de un copo y dos bandas, una de las cuales se tira desde tierra.

2. jábega n.f. Embarcación, pequeña, de pesca.

jabirú n.m. Ave semejante a la cigüeña.

jabón n.m. **1.** Pasta que resulta de la combinación de un álcali con los ácidos de un cuerpo graso; es soluble en el agua, y sirve comúnmente para lavar. **2.** Fig. Cualquier otra masa que tenga semejante uso. **3.** FARM Compuesto medicinal que resulta de la acción de un álcali, o de un óxido metálico, sobre aceites, grasas o resinas, y se mezcla a veces con otras sustancias que no producen saponificación. • **jaboncillo** n.m. **I. 1.** Pastilla de jabón duro mezclado con alguna sustancia aromática para los usos del tocador. **2.** FARM Jabón medicinal. **II.** Árbol de América, de la familia de las sapindáceas. • **jabonera** n.f. **I.** Recipiente para depositar o guardar el jabón de tocador. **II.** BOT Planta cariofílea.

jaca n.f. Caballo de poca alzada.

jácara n.f. **1.** Romance alegre. **2.** Cierta música para cantar o bailar. **3.** Danza, formada al tañido de la jácara. **4.** Ronda nocturna de gente alegre. **5.** Fig. y Fam. Molestia o enfado, por alusión al que causan los que andan de noche cantando jácaras. **6.** Fig. y Fam. Mentira ó patraña. **7.** Fig. y Fam. Cuento, historia razonamiento.

jacarandá n.m. Árbol de la familia de las bignoniáceas. Es propio de América tropical.

jácena n.m. ARQUIT Viga maestra.

jacinto n.m. **1.** Planta anual de la familia de las liliáceas, con hojas largas y un racimo simple de flores. Es originario del Asia Menor. ▷ Flor de esta planta. **2.** MINER Silicato de circonio, circón.

jack n.m. ELECTR Clavija de conexión de dos contactos coaxiales.

jaco n.m. Caballo pequeño y ruin.

jacobeo,a adj. Perteneciente o relativo al apóstol Santiago.

jacobino,a n.m. Miembro del grupo de los jacobinos, durante la Revolución Francesa.
ENCICL El *Club de los Jacobinos* fue una sociedad política francesa de la Revolución que celebraba sus sesiones en el antiguo convento de los Jacobinos de la calle Saint Hónoré (París). Moderado en sus comienzos, el grupo se escindió tras la huida del rey a Varennes y el suceso del Campo de Marte (1791); los moderados formaron con La Fayette *el Club des Feuillants,* mientras los jacobinos se orientaban, con Robespierre, hacia posturas republicanas y constituían el ala izquierda de la Asamblea Legislativa. Existieron numerosas filiales en provincias. El «espíritu jacobino», condenado por la derecha en el s. XIX, es el origen de la ideología republicana (que triunfó en 1875).

jacobita n. y adj. Partidario de la restauración en el trono de Inglaterra de Jacobo II Estuardo o de sus descendientes.

jactancia n.f. Alabanza propia.

jaculatoria n.f. Oración breve.

jachalí n.m. Árbol de América intertropical, de la familia de las anonáceas.

jade n.m. Piedra muy dura, de aspecto jabonoso, que suele hallarse formando nódulos entre las rocas estratificadas cristalinas.

jadear v.int. Respirar con dificultad por cansancio o enfermedad.

jaez **1.** Cualquier adorno que se pone a las caballerías. ▷ Adorno de cintas con que se enjaezan las crines del caballo en días de función o gala. **2.** Fig. Calidad o propiedad de una cosa.

jagua n.f. **1.** Árbol de América intertropical, de la familia de las rubiáceas, con tronco recto de 10 a 12 m de altura, de hojas opuestas, flores axilares y fruto drupáceo con pulpa agridulce. **2.** Fruto de este árbol.

jaguar n.m. Félido americano, parecido a la pantera.

jaguarzo n.m. BOT Arbusto de la familia de las cistáceas.

jainismo n.m. Religión de la India que se desarrolló en el s. VI a. J.C. al margen del brahmanismo, cuya fundación es atribuida a Mahāvīra y que propone alcanzar el nirvāna, mediante la meditación y el absoluto respeto por cuanto vive

ja, ja, ja! Interj. con que se manifiesta la risa.

¡jajay! Interj. que expresa burla o risa.

jalapa n.f. Raíz de una planta vivaz americana, de la familia de las convolvuláceas. Se usa en medicina como purgante.

jalar **I.** v.tr. **1.** Fam. Halar. **2.** Fam. Tirar, atraer. **3.** Fam. Comer. **II.** v.int. *Amér.* Fig. Correr o andar muy de prisa.

jalbegar v.tr. Enjalbegar.

jalea n.f. **1.** Conserva transparente, hecha del zumo de algunas frutas. **2.** FARM Medicamento muy azucarado, de los que tienen por base una materia vegetal o animal de consistencia gelatinosa.

jalear **1.** v.tr. Llamar a los perros a voces para cargar o seguir la caza. **2.** v.tr. y prnl. Animar con palmadas, ademanes y expresiones a los que bailan, cantan, etc. • **jaleo** n.m. **1.** Acción y efecto de jalear. **2.** Cierto baile popular andaluz. **3.** Tonada y coplas de este baile. **4.** Fam. Alboroto.

jalón n.m. TOPOGR Vara con regatón de hierro para clavarla en tierra y determinar puntos fijos. • **jalonar** v.tr. **1.** Alinear, por medio de jalones. **2.** Fig. Servir un acontecimiento como punto de referencia.

jamaicano **1.** n. y adj. Natural de Jamaica. **2.** adj. Perteneciente o relativo a esta isla.

jamás adv. t. Nunca.

jamba n.f. ARQUIT Cualquiera de las dos piezas labradas que, puestas verticalmente en los dos lados de las puertas o ventanas, sostienen el dintel o el arco de ellas.

jamelgo n.m. Fam. Caballo flaco y desgarbado.

jamón n.m. Carne curada de la pierna del cerdo. ▷ La propia pierna. — *Jamón en dulce.* El cocido que se come fiambre.

jam-session n.f. Reunión de músicos de jazz que se reunen para improvisar libremente.

jangada n.f. **1.** Balsa grande de madera que lleva una cabaña habitable. **2.** Fam. Salida o idea necia y fuera de tiempo. ▷ Fam. Trastada.

jansenismo n.m. HIST RELIG Doctrina de Jansenio y de sus partidarios, basada en la predestinación y las relaciones del libre albedrío y de la gracia.

japonés,a **1.** n. y adj. Natural de Japón. **2.** adj. Perteneciente a este país de Asia. **3.** n.m. Idioma de Japón.

japuta n.f. ZOOL Pez teleósteo del orden de los acantopterigios.

jaque n.m. **I.** Lance del juego de ajedrez en que el rey o la reina de un jugador están amenazados por alguna pieza del otro, quien tiene obligación de avisarlo. — *Jaque mate.* Mate, lance que pone término al juego de ajedrez. **II.** Fig. Ataque, amenaza, acción que perturba o inquieta a otro, o le impide realizar sus propósitos.

jaqueca n.f. Dolor de cabeza que no ataca sino a intervalos y solamente, por lo común, en un lado o en una parte de ella.

jaquetón n.m. ZOOL Elasmobranquio de la familia de los isúridos, de hasta 12 metros de longitud.

jara n.f. **1.** Arbusto de la familia de las cistáceas, de hojas perennes, frutos en cápsula y flores muy vistosas; sus especies son numerosas. **2.** Palo de punta aguzada y endurecido al fuego, que se emplea como arma arrojadiza.

jarabe n.m. **1.** Bebida que se hace cociendo azúcar en agua hasta que se espese sin formar hilos, y añadiendo zumos refrescantes o sustancias medicinales, de que toma nombre. **2.** Fig. Cualquier bebida excesivamente dulce.

jaraíz n.m. Lagar.

jaramago n.m. Hortaliza cultivada por su raíz de sabor picante. ▷ Esta raíz, utilizada en medicina por sus propiedades antiescorbúticas.

jaramugo n.m. Pececillo nuevo de cualquier especie.

jarana n.f. **1.** Fam. Diversión bulliciosa. **2.** Fam. Pendencia. **3.** Fam. Trampa, engaño.

jarcia n.f. **1.** Carga de muchas cosas distintas para un uso o fin. **2.** Aparejos y cabos de un buque. **3.** Conjunto de instrumentos y redes para pescar.

jardín n.m. **I.** Terreno en donde se cultivan plantas de adorno. **II.** Mancha que deslustra y afea la esmeralda. **III.** *Jardín de infancia.* Establecimiento de educación al que asisten niños de edad preescolar.

jareta n.f. **I.** Costura que se hace en la ropa y por la que se introduce una cinta o cordón a fin de encoger o ensanchar la vestidura. **II.** MAR Red de abordaje o de combate.

jāriŷismo n.m. Secta disidente del islam, que, en su origen, agrupaba a los adeptos de Alí, que se convirtieron en sus adversarios cuando Mu'āwiya lo derrocó.

jaro n.m. Mancha espesa de los montes bajos.

jarra n.f. Vasija generalmente de loza con cuello y boca anchos y una o más asas. — P. ext. El contenido de dicha vasija.

jarrar v.tr. Fam. Revocar, jaharrar.

jarrete n.m. **1.** Corva de la pierna humana. **2.** Corvejón de los cuadrúpedos. **3.** Parte alta y carnuda de la pantorrilla hacia la corva.

jarro n.m. **1.** Vasija de barro u otro material, con un asa. **2.** Cantidad de líquido que cabe en ella. • **jarrón** n.m. **1.** Pieza arquitectónica en forma de jarro, con que se decoran edificios, galerías, escaleras, jardines, etc., **2.** Vaso de forma estética que sirve de adorno.

jaspe n.m. **1.** Piedra silícea de grano fino, textura homogénea, opaca, y de colores variados. **2.** Mármol veteado.

¡jau! Interj. para animar e incitar a algunos animales, especialmente a los toros.

jauja n.f. Nombre con que se denota todo lo que quiere presentarse como tipo de prosperidad y abundancia.

jaula n.f. **1.** Caja hecha con listones de madera, alambres, etc., y dispuesta para encerrar animales pequeños. **2.** Encierro formado con enrejados de hierro o de madera. **3.** Embalaje de madera formado con tablas o listones, colocados a cierta distancia unos de otros. **4.** MIN Armazón generalmente de hierro, que se emplea en los pozos de las minas para subir y bajar los operarios y los materiales. **5.** *Jaula de Faraday.* Recinto metálico aislado que anula la influencia eléctrica de los cuerpos exteriores a él.

jauría n.f. Conjunto de perros que cazan dirigidos por el mismo perrero.

jázaros, pueblo que, llegado del Cáucaso, fundó en el s. VII un reino en las orillas del N del mar Caspio.

jazmín n.m. BOT **1.** Arbusto de la familia de las oleáceas, de hojas alternas, flores blancas muy olorosas y fruto en baya negra y esférica. ▷ Flor de este arbusto. **2.** *Jazmín amarillo.* Mata o arbustillo de la misma familia que el anterior, pero de flores amarillas. Se emplea en la industria perfumera. ▷ Flor de este arbusto.

jazz n.m. Género musical caracterizado por la improvisación y por una manera particular de tratar el tiempo musical (v. swing). ENCICL De acuerdo con la leyenda, el jazz nació en Nueva Orleans, pero, en realidad, surgió simultáneamente en varios puntos de EE.UU., cuando algunos antiguos esclavos del sur se instalaron en las ciudades industriales del norte. Nueva Orleans no deja de ser, sin embargo, el principal foco de esta renovación musical, resultado de la interacción de formas musicales occidentales (cuadrilla, polka, marcha) y de las tradiciones negras (cantos de trabajo, spirituals, blues). La evolución del jazz ha venido señalada por distintos estilos: Nueva Orleans (Buddy Bolden, King Oliver, Louis Armstrong, trompetas), Chicago (Bix Beiderbecke, cornetín), swing (Benny Goodman, clarinete), bop o be bop (Charlie Parker, saxofón; Dizzy Gillespie, trompeta; Thelonius Monk, piano), cool (Miles Davis, trompeta), hard bop (Eric Dolphy, John Coltrane, saxofón), free jazz (Ornette Coleman, Archie Sheep, saxofón). Numerosos jazzmen entre los más grandes, son, sin embargo, inclasificables: Art Tatum (piano), Fats Waller (piano), Coleman Hawkins, Lester Young (saxofón), etc. Varias personalidades dominan en el campo del canto: Bessie Smith, Louis Armstrong, Ella Fiztgerald, Billie Holiday, Sarah Vaughan, etc., Jimmy Lunceford, Duke Ellington y Count Basie, por su parte, representan las figuras más eminentes del jazz orquestal. La edad de oro del jazz se sitúa en los años cuarenta.

jeep n.m. Vehículo todo terreno.

jefe n.m. **1.** Superior de un cuerpo u oficio. **2.** En el ejército y en la marina, categoría superior a la de capitán e inferior a la de general. • **jefa** n.f. Superiora de un cuerpo u oficio. • **jefatura** n.f. Cargo de jefe.

¡je, je, je! Interj. con que se manifiesta la risa.

jején n.m. Insecto díptero, de picada muy irritante. Abunda en las costas de América del Sur y en las Antillas.

jeque n.m. Nombre que dan los musulmanes al gobernador de un territorio.

jerarca n.m. Personaje principal en la jerarquía eclesiástica.

jerarquía n.f. Orden entre los grados diversos de la Iglesia. ▷ P. ext., grados de otras personas y cosas. • **jerárquico,a** adj. Perteneciente o relativo a la jerarquía.

jerez n.m. Vino blanco y de fina calidad, que se elabora en Jerez.

jerga n.f. **1.** Argot que usan entre sí los individuos de la misma profesión o clase. **2.** Jerigonza, lenguaje difícil de entender.

jergón n.m. Colchón de paja, esparto o hierba y sin bastas.

jerigonza n.f. **1.** Jerga. **2.** Fig. y Fam. Lenguaje complicado y difícil de entender.

jeringa n.f. **1.** Instrumento que se acciona como una bomba y se utiliza, generalmente, para enemas o inyecciones. **2.** Instrumento de igual clase con el que se rellenan los embutidos. • **jeringar** v.tr. Fig. y Fam. Molestar o enfadar.

jeringuilla n.f. **I.** Jeringa pequeña para inyecciones. **II. 1.** BOT Arbusto de la familia de las sexifragáceas con flores blancas de gran fragancia. **2.** Flor de esta planta.

jeroglífico,a **I.** adj. Se aplica a la escritura basada en figuras o símbolos. Principalmenme usada por los egipcios. **II.** n.m. **1.** Cada uno de los caracteres usados en este género de escritura. **2.** Conjunto de signos y figuras con que se expresa una frase, ordinariamente por pasatiempo.
ENCICL Mediante la utilización no de letras sino de dibujos de hombres, pájaros, mamíferos, vegetales y objetos cotidianos, los jeroglíficos (alrededor de setecientos) pueden desempeñar dos funciones en la escritura: el *ideograma*, representación de objetos materiales y de acciones físicas cuya sola figuración evoca la idea significada pero sin permitir la expresión de ninguna idea abstracta, y el *fonograma*, jeroglífico que evoca un sonido. Es el principio del fonograma lo que nos permite transcribir fonéticamente todos los sonidos y por tanto escribir todas las palabras del lenguaje. Champollion fue el primero en descifrar los jeroglíficos egipcios.

jerónimos (orden religiosa), orden fundada en la península Ibérica en el s. XIV por algunos ermitaños, especialmente san Bartolomé de Lupiana (Guadalajara) y aprobada por el papa Grĝgorio XI (1373).

jersey n.m. Prenda de vestir, de punto, que cubre de los hombros a la cintura.

jesuita n. y adj. Miembro de la Compañía de Jesús.

jet n.m. Avión de reacción.

jeta n.f. **1.** Boca con los labios muy abultados. **2.** Fam. Cara humana. **3.** Hocico del cerdo.

jet-stream n.m. METEOR Corriente violenta en la estratosfera.

ji n.f. Vigésima segunda letra del alfabeto griego.

Jíbaros, pueblo indígena de América, que habita en la zona amazónica de Ecuador. Su carácter guerrero (reductores de cabezas) y el aislamiento del terreno en que vive le han permitido mantenerse relativamente independiente.

jibia n.f. ZOOL Cefalópodo dibranquial, decapodo, de cuerpo oval, que tiene en el dorso una concha calcárea cubierta por la piel. Es comestible. • **jibión** n.m. Pieza caliza de la jibia.

jícara n.f. Vasija pequeña que suele emplearse para tomar chocolate.

jienense o **jiennense** **1.** n. y adj. Natural de Jaén. **2.** adj. Perteneciente o relativo a Jaén.

¡ji, ji, ji! Interj. con que se manifiesta la risa.

jilguero n.m. Pájaro cantor muy común en España.

1. jineta n.f. Mamífero carnicero del tamaño de un gato, de cabeza pequeña y cuerpo esbelto.

2. jineta n.f. Arte de montar a caballo con los estribos cortos y las piernas dobladas en posición vertical.

jinete n.m. Persona que cabalga.

jipijapa **1.** n.f. Tira fina, flexible y fuerte que se saca de las hojas del bombonaje, y se emplea en América para tejer sombreros y otros objetos. **2.** n.m. Sombrero de jipijapa.

jiquilete n.m. BOT Planta de la familia de las papilionáceas común en las Antillas.

jira n.f. Viaje organizado en el que se recorren diversos lugares.

jirafa n.f. ZOOL Mamífero rumiante de África.
ENCICL La jirafa es actualmente el animal más alto (hasta 5,5 m) debido a su cuello, aunque éste, a pesar de su desmesurada longitud, no tiene más vértebras que el de los demás mamíferos (7). El pelambre es reticulado o con manchas amarillas; el vientre es blanco; la cabeza presenta dos cuernecillos recubiertos de piel. Se alimenta de hojas de árboles; para comer o beber en el suelo ha de separar las patas delanteras. La especie más difundida (desde el Chad hasta África del Sur) es *Giraffa camelopardalis*. El okapi es un jiráfido de pequeño tamaño.

jirón n.m. **1.** Pedazo desgarrado del vestido o de otra ropa. **2.** Fig. Parte pequeña de un todo.

jobo n.m. BOT Árbol americano de la familia de las anacardiáceas de fruto amarillo parecido a la ciruela.

jockey n.m. Jinete profesional de carreras de caballos.

jocoso,a adj. Gracioso, chistoso, festivo.

jocundo,a adj. Plácido, alegre y agradable.

jodhpurs n.m.pl. Pantalones de montar, ajustados debajo de las rodillas.

jofaina n.f. Palangana.

johannita n.m. RELIG Miembros de una secta muy antigua de cristianos de Oriente, en la que se administra el bautismo en nombre de Juan Bautista. v. mandeo.

jolgorio n.m. Fam. Diversión bulliciosa.

jora n.f. *Amér. Merid.* Maíz preparado para hacer chicha.

jordano,a **1.** n. y adj. Natural de Jordania. **2.** adj. Perteneciente o relativo a este país árabe.

jorfe n.m. **1.** Muro de sostenimiento de tierras. **2.** Peñasco tajado que forma despeñadero.

jornada n.f. **I. 1.** Camino que se anda regularmente en un día. **2.** Todo el camino recorrido de una vez, aunque pase de un día. **II. 1.** Día, desde el punto de vista de la actividad humana. **2.** Fig. Ocasión, circunstancia. • **jornal** n.m. **I. 1.** Estipendio que gana el trabajador por cada día de trabajo. **2.** Este mismo trabajo. • **jornalero,a** n.m. y f. Persona que trabaja a jornal.

joroba n.f. **1.** Giba, corcova. **2.** Fig. y Fam. Impertinencia y molestia enfadosa. • **jorobado,a** n. y adj. Cheposo. • **jorobar** v.tr. y prnl. Fig. y Fam. Fastidiar, molestar.

joropo n.m. Música y danza popular venezolana.

1. jota n.f. **1.** Nombre de la letra *j*. **2.** La cosa mínima que se puede saber de algo.

2. jota n.f. **1.** Baile popular propio de Aragón y de otras regiones españolas. **2.** Música y copla con que se acompaña este baile.

jote n.m. Especie de buitre de Chile, de color negro.

joule n.m. FIS Nombre del julio en la nomenclatura internacional.

joven adj. De poca edad.

jovial adj. **1.** Se dice de la persona que generalmente está contenta y de buen humor. **2.** Se dice del tono, aspecto, etc., alegre. • **jovialidad** n.f. Alegría y apacibilidad de genio.

joya n.f. **1.** Pieza de materiales ricos que sirve para adorno de las personas y especialmente de las mujeres. **2.** Fig. Cosa o persona de mucha valía. • **joyería** n.f. **1.** Trato y comercio de joyas. **2.** tienda donde se venden. **3.** Taller en que se construyen. • **joyero,a** **1.** n.m. y f. Persona que hace o vende joyas. **2.** n.m. Estuche, caja o armario para guardar joyas.

juanete n.m. Hueso del nacimiento del dedo grueso del pie, cuando sobresale demasiado.

jubilación n.f. **1.** Acción y efecto de jubilar o jubilarse. **2.** Haber pasivo que disfruta la persona jubilada. • **jubilado,a** n. y adj. Se dice del que ha sido jubilado. • **jubilar I.** v.tr. Disponer que, por razón de vejez o imposibilidad, y con derecho a pensión, cese un funcionario civil en el ejercicio de su carrera o destino y p. ext. cualquier persona empleada, en su trabajo. **II.** v.prnl. Conseguir la jubilación.

jubileo n.m. Entre los católicos, indulgencia plenaria, concedida por el Papa en ciertas ocasiones.

júbilo n.m. Viva alegría. • **jubiloso,a** adj. Alegre, lleno de júbilo.

jubón n.m. Vestidura que cubre hasta la cintura.

júcaro n.m. Árbol de las Antillas, de la familia de las combretáceas de fruto parecido a la aceituna y madera durísima.

judaica n.f. Púa de equinodermo fósil. Se encuentra en las rocas jurásicas y cretáceas.

judaísmo n.m. Religión judía. • **judaico,a** adj. Perteneciente a los judíos.
ENCICL Históricamente, el judaísmo es la primera de las grandes religiones monoteístas. Su fundamento es la Alianza que hizo Dios con Abraham y la Ley *(Tora)* que fue entregada a Moisés. Como religión de un pueblo que vio cómo transcurría su historia a la espera del Mesías, las bases de judaísmo descansan en las Escrituras (la Biblia), cuya interpretación mística constituye la Cábala, y en la principal recopilación de los comentarios a la Ley, el *Talmud*.

judas n.m. Fig. Hombre malvado, traidor.

judeo-cristianismo n.m. Conjunto de creencias y principios morales que comparten el cristianismo y el judaísmo.

judeoespañol,a **1.** adj. Perteneciente o relativo a las comunidades sefardíes y a la variedad de la lengua española que hablan. **2.** n.m. Se dice de la variedad de la lengua española hablada por los sefardíes.

judería n.f. Barrio destinado para las viviendas de los judíos.

judía n.f. BOT Planta herbácea anual, de la familia de las papilionáceas, cuyo fruto y semillas se comen verdes o secas. Se cultiva en las huertas y tiene una gran variedad de especies. ▷ Fruto y semilla de esta planta. • **judiar** n.m. Tierra sembrada de judías.

judicatura n.f. **1.** Dignidad de juez. **2.** Tiempo que dura. **3.** Cuerpo constituido por los jueces de un país. • **judicial** adj. Perteneciente al juicio, a la administración de justicia o a la judicatura.

judío,a n. (apl. a pers.) y adj. Israelita, hebreo. ▷ adj. Perteneciente o relativo a los que profesan la ley de Moisés.

judo n.m. Deporte de combate sin armas de origen japonés. • **judoka** n.m. y f. Persona que practica el judo.

jueces, jefes que los hebreos eligieron tras la muerte de Josué; el *período de los jueces* concluyó, h. 1035 a. J.C., con la proclamación del primer rey hebreo, Saúl.

juego n.m. **I. 1.** Acción y efecto de jugar. **2.** Ejercicio recreativo sometido a reglas, y en el cual se gana o se pierde. **II. 1.** Disposición con que están unidas dos cosas y que permite su movimiento; como las coyunturas. **2.** El mismo movimiento. **3.** Determinado número de cosas que sirven al mismo fin. **4.** Sucesión de cambios que sufre una cosa. **III.** pl. Fiestas y espectáculos públicos en la antigüedad. ▷ *Juegos Olímpicos.* Festejos de la antigua Grecia que se celebraban en Olimpia, desde el año 776 a. de J.C., cada cuatro años. Modernamente se celebran Juegos Olímpicos de carácter mundial, también cada cuatro años.

juerga n.f. Diversión bulliciosa de varias personas.

jueves n.m. Quinto día de la semana.

juez n.m. y f. **1.** Persona que tiene autoridad para juzgar y sentenciar. **2.** Persona que en los certámenes literarios, cuida de que se observen las leyes impuestas en ellos. ▷ DEP Persona encargada de hacer que se cumpla el reglamento en una competición.

jugar **I.** v.int. **1.** Hacer algo con el solo fin de entretenerse. **2.** Tomar parte en uno de los juegos sometidos a reglas. **3.** Llevar a cabo el jugador un acto propio del juego cuando tiene que intervenir. **4.** Con la prep. *con*, burlarse de alguien. **II.** v.tr. y prnl. Arriesgar, aventurar. *Jugarse la vida.* • **jugada** n.f. **1.** Acción de jugar el jugador cada vez que le toca hacerlo. **2.** Fig. Acción mala e inesperada contra uno. • **jugador,a** n. y adj. **1.** Que juega. **2.** Que tiene el vicio de jugar. • **jugarreta** n.f. Fig. y Fam. Truhanada, mala pasada.

juglandáceas n.f.pl. Familia de plantas dicotiledóneas cuyo tipo característico es el nogal.

juglar n.m. **1.** El que por dinero y ante el pueblo cantaba, bailaba o hacía juegos. **2.** El que por dinero recitaba o cantaba poesías de los trovadores. • **juglaresco,a** adj. Propio del juglar, o relativo a él. • **juglaría** n.f. Arte de los juglares, juglería.

jugo n.m. **1.** Zumo de las sustancias animales o vegetales sacado por presión, cocción o destilación. — ZOOL *Jugo gástrico.* Secreción ácida de las glándulas situadas en la mucosa del estómago, que contiene pepsina. **2.** Fig. Lo provechoso y sustancial de cualquier cosa material o inmaterial. • **jugoso,a** adj. **1.** Que tiene jugo. **2.** Se dice del alimento sustancioso. **3.** Fig. Valioso, estimable.

juguete n.m. **1.** Objeto que sirve para que juegen los niños. **2.** Persona o cosa dominada por fuerza material o moral que la mueve a su arbitrio. • **juguetería** n.f. **1.** Comercio de juguetes. **2.** Tienda donde se venden. • **juguetón,a** adj. Se aplica a la persona o animal que juega con frecuencia.

juicio n.m. **I. 1.** Facultad de la inteligencia por la que el hombre puede distinguir el bien del mal y lo verdadero de lo falso. **2.** LOG Operación del entendimiento, que consiste en comparar dos ideas para conocer y determinar sus relaciones. **3.** Cordura, como opuesto a locura. *Estar en su juicio.* **4.** Opinión, parecer o dictamen. **5.** Fig. Prudencia, sensatez. **II.** FOR Conocimiento de una causa, en la cual el juez ha de pronunciar la sentencia. ▷ TEOL El que Dios hace del alma en el instante en que se separa del cuerpo. ▷ TEOL Juicio final. • **juicioso,a** **1.** n. y adj. Que tiene juicio o procede con madurez y cordura. **2.** adj. Hecho con juicio.

julepe n.m. Juego de naipes.

juliano,a **I.** adj. Perteneciente a Julio César o instituido por él. — *Calendario juliano.* Calendario establecido por Julio César, en el cual el año *(año juliano)* tiene una media de 365,25 días (365 días normalmente y 366 días cada cuatro años). **II.** n.f. **1.** Planta ornamental. **2.** Sopa de verduras cortadas en pequeños trozos.

julio n.m. **1.** Séptimo mes del año: consta de treinta y un días. **2.** FIS Unidad de trabajo y energía equivalente al trabajo de una fuerza de 1 newton cuyo punto de aplicación se desplaza 1 m en su propia dirección.

jumbo-jet n.m. Avión a reacción de gran capacidad.

jumento n.m. Pollino, asno, burro.

juncáceo,a n.f. y adj. BOT Se dice de hierbas angiospermas monocotiledóneas, de tallos largos y cilíndricos, como el junco; propias de terrenos húmedos. ▷ n.f.pl. BOT Familia de estas plantas.

juncia n.f. Planta herbácea, vivaz, de la familia de las ciperáceas, con cañas triangulares. Es medicinal y abunda en los sitios húmedos. • **juncial** n.m. Sitio poblado de juncias.

1. junco n.m. **1.** BOT Planta de la familia de las juncáceas, con tallos lisos, cilíndricos y flexibles. Se cría en lugares húmedos. ▷ Cada uno de los tallos de esta planta. **2.** BOT Planta de la familia de las ciperáceas de tallos cilíndricos finamente estriados. — *Junco común.* Planta herbácea que se utiliza en cestería.

2. junco n.m. Especie de embarcación pequeña que usan en las Indias Orientales.

junio n.m. Sexto mes del año; consta de treinta días.

júnior n. y adj. **1.** DEP Deportista de más de 17 años y menos de 21. **2.** De los jóvenes.

junquillo n.m. Planta de jardinería, especie de narciso, parecido al junco.

juntar **I.** v.tr. **1.** Unir unas cosas con otras. **2.** Acumular, reunir en cantidad. **II.** v.tr. y prnl. Reunir, congregar. **III.** v.prnl. **1.** Acercarse mucho a uno. **2.** Andar con uno. **3.** Tener acto carnal. • **junta** n.f. **I. 1.** Reunión de varias personas para tratar de un asunto. ▷ Cada una de las sesiones que celebran. **2.** Conjunto de los individuos nombrados para dirigir los asuntos de una colectividad. **II.** Juntura. ▷ Pieza de cualquier material compresible que se coloca en la unión de dos tubos u otras piezas por donde pasa un fluído, para impedir el escape del cuerpo fluido que contienen. • **junto,a** **I.** adj. **1.** Unido. **2.** Que obra o que es juntamente con otro. (Se usa más en pl.) **II.** adv. Seguido de la prep. *a.* Cerca de. • **juntura** n.f. Parte o lugar en que se juntan y unen dos o más cosas.

jurar **I.** v.tr. **1.** Afirmar o negar una cosa, poniendo por testigo a Dios. **2.** Someterse solemnemente y con igual juramento a los preceptos constitucionales de un país, estatutos de las órdenes religiosas, etc. **II.** v.int. Echar votos y reniegos. • **jura** n.f. **1.** Acción de jurar solemnemente la sumisión a ciertos preceptos u obligaciones. **2.** Juramento. • **jurado,a** **1.** adj. Que ha prestado juramento. **2.** n.m. Tribunal no profesional ni permanente, cuyo esencial cometido es determinar la culpabilidad del acusado. **3.** Cada uno de los individuos que componen dicho tribunal. **4.** Cada uno de los individuos que constituyen el tribunal examinador en exposiciones, concursos, etc. • **juramentar** **1.** v.tr. Tomar juramento a uno. **2.** v.prnl. Obligarse con juramento. • **juramento** n.m. **1.** Acto de jurar. **2.** Voto o reniego.

jurel n.m. Pez teleósteo marino.

juridicidad n.f. Criterio favorable al predominio de las soluciones de estricto derecho en los asuntos políticos y sociales. • **jurídico,a** adj. Que atañe al derecho, o se ajusta a él. • **jurisconsulto** n.m. o f. El que profesa la ciencia del derecho, dedicándose más particularmente a escribir sobre él y a resolver las consultas legales que se le proponen.

jurisdicción n.f. **1.** Poder que tiene uno para gobernar y poner en ejecución las leyes. **2.** Término de un lugar o provincia. **3.** Territorio en que un juez ejerce sus facultades de tal. **4.** Autoridad sobre otro. • **jurisdiccional** adj. Perteneciente a la jurisdicción.

jurispericia n.f. Conocimiento o ciencia del derecho, jurisprudencia. • **jurisperito,a** n.m. y f. Persona que conoce el derecho civil y canónico.

jurisprudencia n.f. **1.** Ciencia del derecho. **2.** Enseñanza doctrinal que dimana de las decisiones de autoridades gubernativas o judiciales. **3.** Norma de juicio que suple omisiones de la ley, y que se funda en las prácticas seguidas en casos iguales o análogos.

jurista n.m. y f. Persona que estudia o profesa la ciencia del Derecho.

justa n.f. **1.** Pelea a caballo y con lanza. **2.** Torneo a caballo en que acreditaban los caballeros su destreza en el manejo de las armas.

justicia n.f. **1.** Virtud que inclina a dar a cada uno lo que le pertenece. **2.** Derecho, razón, equidad. — FOR *Administrar justicia.* Aplicar las leyes en los juicios civiles o criminales y hacer cumplir las sentencias. • **justiciero,a** adj. Que observa y hace observar estrictamente la justicia.

justificación n.f. **1.** Conformidad con lo justo. **2.** Prueba de la inocencia o bondad de una persona, un acto o una cosa. **3.** Prueba convincente de una cosa. • **justificado,a** adj. **1.** Conforme a justicia y razón. **2.** Que obra según justicia y razón. • **justificar** **I.** v.tr. Probar una cosa con razones convincentes. **II.** v.tr. y prnl. Probar la inocencia de uno en lo que se le imputa. • **justificativo,a** adj. Que sirve para justificar una cosa.

justo,a **I.** adj. **1.** Que obra según justicia y razón. **2.** Arreglado a justicia y razón. ▷ n. y adj. Que vive según la ley de Dios. **3.** Exacto, que no tiene ni más ni menos. **4.** Apretado o que ajusta bien con otra cosa. **II.** adv. m. Justamente.

juventud n.f. **1.** Edad que media entre la niñez y la edad viril. **2.** Conjunto de jóvenes. • **juvenil** adj. Perteneciente a la juventud.

juvia n.f. **1.** Árbol indígena de Venezuela, de la familia de las mirtáceas; de su semilla se extrae aceite. **2.** Fruto de este árbol.

juzgado n.m. **1.** Junta de jueces que concurren a dar sentencia. **2.** Tribunal de un solo juez. **3.** Término o territorio de su jurisdicción. **4.** Sitio donde se juzga. • **juzgar** v.tr. **1.** Deliberar, quien tiene autoridad para ello, acerca de la culpabilidad de alguien, y sentenciar lo procedente. **2.** Formar dictamen.

K

K **I.** n.f. Duodécima letra del abecedario español y novena de sus consonantes. Su nombre es *ka*. Se la suple muchas veces por *c* antes de la *a*, la *o* y la *u*, o con la *qu* antes de la *e* y la *i*. **II. 1.** Símbolo del kilo (mil). **2.** INFORM Símbolo que expresa la calidad de memoria de un ordenador.

K **1.** QUÍM símbolo del potasio. **2.** Símbolo del kelvin (unidad de temperatura).

ka n.f. Nombre de la letra *k*.

kabuki n.m. En Japón, género teatral tradicional, que mezcla cantos y bailes con el diálogo.

kainita n.f. PETROG Mezcla natural de cloruro de potasio y sulfato de magnesio.

káiser n.m. Emperador de Alemania (de 1871 a 1918).

kakemono n.m. Pintura japonesa ejecutada sobre seda o papel.

kala-azar n.m. Enfermedad endémica de la India, del Extremo Oriente y de la cuenca mediterránea. Se caracteriza por un aumento del volumen del hígado y del bazo.

kaliemia n.f. BIOQUIM Tasa de potasio en la sangre.

Kalmukos, grupo étnico de pueblos mongoles que habitan el centro, el N y el O de Asia.

kami n.m. Deidad de la religión sintoísta.

kamikaze n.m. Avión japonés cargado de explosivos que su piloto estrellaba voluntariamente en los navíos enemigos (Segunda Guerra Mundial).

kan n.m. Título que llevaban los soberanos mongoles (*Gengis* kan) y que luego tomaron para sí los jefes de la India musulmana, de Persia y de Turquía.

kappa n.f. Décima letra del alfabeto griego, correspondiente a la *k* castellana.

karakul v. caracul.

karate n.m. Arte marcial japonés que se fundamenta en el uso de golpes dados contra los puntos vitales del adversario. • **karateka** n.m. y f. Persona que practica el karate.

karma o **karman** n.m. En el hinduismo, encadenamiento de los actos y sus efectos.

Karmann (método), técnica de interrupción del embarazo por aspiración del contenido uterino. Desarrollada en China, esta técnica llegó a Estados Unidos, h. 1960, donde fue adaptada por el psicólogo norteamericano Karmann.

karst n.m. GEOMORF Relieve típico de las regiones donde predominan las rocas calcáreas.

ENCICL En las regiones kársticas, las aguas de infiltración, al disolver las calcitas, provocan la formación de *dolinas, poljés, lapiaz* y *uvalas*, frecuentemente comunicados por ríos subterráneos. Estos atraviesan salas, a veces cubiertas de *estalactitas* y *estalagmitas* y reaparecen a menudo en forma de fuentes *(resurgencias)*. Al ser las calcitas muy permeables los karsts constituyen extensas mesetas áridas más o menos desprovistas de vegetación.

kart n.m. Pequeño vehículo deportivo monoplaza de cuatro ruedas, sin carrocería.

kayak n.m. Embarcación tradicional de los esquimales. Se mueve por medio de un remo de doble extremo. ▷ Embarcación deportiva semejante al kayak esquimal.

kéfir n.m. Bebida gaseosa un poco agria, de origen caucasiano.

Kelvin n.m. FIS Unidad legal de temperatura absoluta, de símbolo K. (La temperatura absoluta T, expresada en kelvins, se relaciona con la temperatura *t*, expresada en grados Celsius, por medio de la relación T = t+273.15: 0 K = –273.15 °C = cero absoluto.)

ken n.m. División administrativa del Japón.

kendo n.m. Arte marcial japonés. Esgrima que se practica con sables de bambú.

kenotrón n.m. ELECTR Válvula electrónica de vacío que se utiliza como rectificador de corriente.

kermes n.m. Quermes.

kerria n.f. Arbusto ornamental originario de Japón.

kg Símbolo del kilogramo.

kgf Símbolo de kilogramo-fuerza.

khmers, pueblo de Indochina meridional, de origen etnolingüístico mōn-khmer; los actuales camboyanos son sus descendientes. La historia del pueblo khmer y de su arte se divide generalmente en dos períodos: pre-angkoriano (desde comienzos del s. VII hasta finales del VIII) y angkoriano (ss. IX-XV), cuando Angkor (v.) se convirtió en capital del reino. Los chams tomaron Angkor en 1177; cinco años después, Angkor fue reconquistada por el más importante monarca del Imperio: Jayavarman VII (1181-1201 aprox.), que construyó uno de los más famosos monumentos del arte khmer: el templo de la montaña del Bayón. En el s. XV, los khmers tuvieron que enfrentarse a nuevos enemigos, los siameses, que se adueñaron de la antigua Camboya. Angkor, que había caído entre sus manos en 1431, fue abandonada.

kibbutz n.m. Granja de explotación colectiva, en Israel.

kieselguhr o **kieselgur** n.m. PETROG Diatomita muy porosa, utilizada en la fabricación de dinamita.

kieserita n.f. MINER Sulfato hidratado de magnesio que se encuentra en estado natural.

kikapoos, grupo étnico de México. Proveniente del sur de Estados Unidos, esta tribu emigra a Texas, cuando este est. formaba aún parte de México. En la actualidad sobrevive un reducido número de sus miembros.

kikuyus, una de las principales tribus bantúes de Kenya.

kilo **1.** Voz que con la significación de mil, tiene uso como prefijo de vocablos compuestos. **2.** n.m. Forma abreviada de kilogramo.

kilocaloría n.f. FIS Unidad de energía térmica igual a 1.000 calorías.

kilociclo n.m. ELECTR Unidad de frecuencia equivalente a mil oscilaciones por segundo.

kilográmetro n.m. FIS Antigua unidad práctica de trabajo (símbolo *kgm*), hoy en día sustituida por el julio (símbolo *J*) (1 kgm = 9,81 J); trabajo desarrollado por una fuerza de 1 kgf cuyo punto de aplicación se desplaza 1 m en la dirección de la fuerza.

kilogramo n.m. **1.** Unidad métrica fundamental de masa (y peso) igual a la masa (o peso) de un cilindro de platino-iridio guardado en la Oficina Internacional de Pesos y Medidas cerca de París, y aproximadamente igual a la masa (o peso) de 1.000 cm³ de agua a la temperatura de su máxima densidad (4 grados centígrados). **2.** Cantidad de alguna materia que pesa un kilogramo.

kilohercio n.m. FIS Unidad de medida de frecuencia de las ondas radioeléctricas que equivale de 1.000 hercios (símbolo *kHz*).

kilolitro n.m. Medida de capacidad, que tiene 1.000 litros, o sea un metro cúbico.

kilómetro n.m. Unidad de longitud (símbolo *km*) equivalente a 1.000 m. — Kilómetros-hora (km/h). Velocidad de un móvil medida según los kilómetros que recorra en una hora a velocidad constante. *Ir a 100 km/h*. — *Kilómetro cuadrado* (símbolo *km²*). Superficie igual a la de un cuadrado de 1 km de lado. • **kilometraje** n.m. Acción de kilometrar; su resultado. • **kilométrico,a** adj. **1.** Perteneciente o relativo al kilómetro. **2.** Fig. De larga duración.

kilotonelada n.m. Unidad de potencia de los explosivos nucleares (símbolo *kt*), equivalente a la potencia de la explosión de 1.000 t de trinitrotolueno (TNT).

kilovatio n.m. FIS Unidad de potencia (símbolo *kW*), equivalente a 1.000 vatios. • **kilovatio-hora** n.m. Unidad de trabajo o de energía (símbolo *kWh*); trabajo o energía suministrados por una máquina de una potencia de 1 kW durante una hora.

kilt n.m. Falda tradicional de los escoceses, corta y plisada.

kímrico o **címrico** n.m. Lengua celta hablada en el País de Gales.

kinesi- Prefijo procedente del griego *kinesis*, «movimiento».

kinesiterapia n.f. Tratamiento de ciertas afecciones del aparato sustentador y del aparato locomotor que utiliza la electricidad o el masaje y la gimnasia correctora.

kinestesia n.f. Conjunto de sensaciones de origen muscular que informan acerca de las posiciones y movimientos de las distintas partes del cuerpo.

kinkajú n.m. Pequeño mamífero carnívoro de América del Sur.

kirie n.m. Deprecación que se hace a Dios al principio de la misa, tras el introito. • **kirieleisón** n.m. Kirie.

kirsch n.m. Aguardiente de cerezas fermentado con nueces.

kit n.m. Objeto vendido en piezas sueltas, cuyo montaje debe efectuar el comprador.

kitsch n.m. Se dice de toda producción artística de mal gusto.

kiwi n.m. Apteryx (pájaro).

km Símbolo del kilómetro.

knock-down n.m. DEP Estado del boxeador que cae al suelo pero que se levanta antes de diez segundos y, por lo tanto, no es eliminado.

knock-out o **k.o.** n.m. y adj. Estado del boxeador cuando no se levanta antes de diez segundos, quedando así fuera de combate.

know-how n.m. Conjunto de conocimientos aplicados, necesarios en los procesos tecnológicos modernos.

k.o. v. knock-out.

koala n.m. Mamífero marsupial trepador de Australia.

koljós n.m. Explotación agrícola de carácter colectivo en la URSS.

kollas v. collas.

Kondo (efecto), desaparición, a muy bajas temperaturas, llamadas de *Kondo*, del momento magnético de las impurezas que contiene un metal.

konzern n.m. Asociación de empresas que, por medio de participaciones financieras, intenta obtener el control de toda una rama de la industria.

kopeck n.m. Moneda rusa, centésima parte del rublo.

Kr QUIM Símbolo del criptón.

krausismo n.m. Movimiento filosófico creado por Friedrich Krause. Se funda en una conciliación entre el teísmo y el panteísmo, según la cual, Dios sin ser el Mundo ni estar exclusivamente fuera de él, lo contiene en sí y de él trasciende. Ejerció enorme influencia en España, especialmente entre los hombres de la Institución Libre de Enseñanza (v.).

krill n.m. ZOOL Crustáceo pelágico del cual se alimentan los cetáceos barbados.

kriptón n.m. Criptón (gas).

kru, pueblo negro de África occidental que vive en Liberia y Costa de Marfil.

Ku QUIM Símbolo del kurchatovio.

kümmel n.m. Licor alcohólico aromatizado con comino.

kurchatovio n.m. QUIM Uno de los nombres propuestos para el elemento de número atómico 104, radiactivo (símbolo *Ku*), descubierto en 1964 en Dubna (URSS).

kurdos, pueblo de más de 20 millones de habitantes, disperso entre Irán, Irak, Siria, Turquía y la URSS. De origen indoario, su lengua está emparentada con la persa, y en su mayoría con musulmanes sunitas. En el s. XVII fueron sometidos por los turcos. Tras el derrumbe del imperio otomán, el tratado de Sevres (1920), preconizó la creación de un estado kurdo, que no llegó a constituirse. Decepcionados, los kurdos se sublevaron en 1925, 1929 y 1937. En Irán, en 1946, formaron la república de Marhabad, aplastada por el ejército iraní en 1947. En Irak, la rebelión kurda estuvo en actividad desde 1961, al mando del general Barzani. Un acuerdo firmado en 1970 no produjo más que una corta tregua. Pero, en 1973, un tratado entre Irán e Iraq liquidó las posibilidades de Barzani. Desde 1979 existe una resistencia kurda muy activa en Irán, reprimida por el ejército de Jomeini. • **Kurdistán,** región del Asia occidental, sin entidad administrativa, habitada por los kurdos.

kuros o **curos** n.m. Estatua arcaica griega que representa a un hombre joven desnudo.

kwashiorkor (síndrome de) n.m. MED Grave desnutrición que afecta a los niños en la primera infancia, observada sobre todo en el África negra.

L

l n.f. **I.** Decimotercera letra del abecedario español, y décima de sus consonantes. Su nombre es *ele*. **II.** Símbolo de litro.

L n.f. **1.** Letra que tiene el valor de cincuenta en la numeración romana, y con una rayita encima, 50.000. **2.** QUIM Símbolo del litio. **3.** MAT Abreviatura de logaritmo neperiano. **4.** *L* o £. Abreviatura de *libra esterlina*. **5.** FIS Símbolo del coeficiente de autoinducción.

1. la GRAM Artículo en género femenino y número singular. — GRAM Acusativo del pronombre personal de tercera persona en género femenino y número singular. No admite preposición, y puede usarse como sufijo: *la miré; mírala*. Esta forma no debe emplearse en dativo. **3.** Empléase como pronombre de acusativo sin referencia a sustantivo expreso, frecuentemente con valor colectivo o cercano al del neutro *lo*. *Buena la hemos hecho*.

2. la n.m. MUS Sexta voz de la escala musical.

La QUIM Símbolo del lantano.

labelo n.m. BOT Gran pétalo de la corola de las orquídeas.

laberinto n.m. **1.** Lugar artificiosamente formado de calles, encrucijadas y plazuelas, para que sea muy dificultoso encontrar la salida. **2.** Fig. Cosa confusa y enredada. **3.** ZOOL Parte interna del oído de los vertebrados. • **laberíntico,a** adj. **1.** Perteneciente o relativo al laberinto. **2.** Fig. Enmarañado, confuso.

laberintodontos n.m.pl. PALEONT Orden de anfibios fósiles estegocéfalos, parecidos a grandes salamandras que se encuentran en el Devónico.

labia n.f. Fam. Verbosidad persuasiva y gracia en el hablar.

labiada adj. BOT Dícese de la corola gamopétala irregular que está dividida a manera de una boca.

labiado,a n. y adj. BOT Aplícase a plantas angiospermas dicotiledóneas que se distinguen por su corola labiada; como la albahaca, el espliego y la salvia. ▷ n.f. pl. BOT Familia de estas plantas.

labial n.f. y adj. **1.** Perteneciente a los labios. **2.** FON Dícese de la letra o sonido cuya pronunciación depende principalmente de los labios, como la *b*. • **labializar** v.tr. FON Dar carácter labial a un sonido.

labiérnago n.m. Arbusto o arbolillo de la familia de las oleáceas de ramas mimbreñas.

lábil adj. **1.** Que resbala fácilmente. **2.** Frágil. **3.** QUIM Dícese del compuesto fácil de transformar en otro más estable.

labio n.m. **I. 1.** Cada una de las dos partes exteriores, carnosas y movibles de la boca. **2.** Fig. Borde de ciertas cosas. **3.** Fig. Órgano del habla. (Se usa en sing. o en pl.) **II.** ANAT Pliegues cutáneos de la vulva. **III.** BOT Gran pétalo inferior de algunas flores zigomorfas (labiadas, escrofulariáceas, etc.). • **labiodental** n.f. y adj. FON Dícese de la letra o sonido cuya articulación se forma aplicando el labio inferior a los bordes de los dientes incisivos superiores, como la *f*.

labor n.f. **1.** Acción de trabajar y resultado de esta acción. **2.** Adorno tejido en la tela, o ejecutado de otro modo en otras cosas. (Se usa con frecuencia en pl). **3.** Obra de coser, bordar, etc., en que se ocupan las mujeres. **4.** Labranza, cultivo de los campos. **5.** Cada una de las vueltas de arado que se dan a la tierra. • **laboriosidad** n.f. Aplicación o inclinación al trabajo. • **laborioso,a** adj. **1.** Trabajador, aficionado al trabajo. **2.** Trabajoso, penoso.

laboratorio n.m. **1.** Oficina en que los químicos hacen sus experimentos y los farmacéuticos las medicinas. **2.** P. ext., oficina o taller donde se hacen trabajos de índole técnica, o investigaciones científicas.

labradorita n.f. Feldespato laminar de color gris, translúcido, iridiscente y que entra en la composición de diferentes rocas.

labrar v.tr. **1.** Trabajar una materia haciendo en ella adornos en relieve. **2.** Cultivar la tierra. **3.** Arar. **4.** Fig. Hacer, formar, causar. *Labrar la felicidad*. • **labrada** n.f. Tierra arada. • **labrado,a 1.** adj. Aplícase a las telas o géneros que tienen alguna labor. **2.** n.m. Acción y efecto de labrar. ▷ Campo labrado. (Se usa más en pl.) • **labrantío,a** n.m. y adj Aplícase al campo o tierra de labor. • **labranza** n.f. **1.** Cultivo de los campos. **2.** Hacienda de tierras de labor.

labriego,a n.m. y f. Labrador rústico.

laca n.f. **1.** Sustancia resinosa, translúcida, que se forma en las ramas de varios árboles de la India. **2.** Barniz duro y brillante hecho con esta sustancia resinosa y muy empleado por los chinos y japoneses. **3.** P. ext., objeto barnizado con laca. **4.** Sustancia aluminosa colorida que se emplea en la pintura.

lacandones, grupo étnico mexicano, de origen maya, que habita en una zona selvática aislada, en las cercanías de Bonampak, en el estado de Veracruz.

lacasa n.m. BIOQUIM Enzima que oxida los fenoles del látex del árbol de la laca; se encuentra en las frutas, la remolacha, las setas, etc.

lacayo n.m. Criado de librea, cuya principal ocupación es acompañar a su amo a pie, a caballo o en coche.

lacerar v.tr. y prnl. Lastimar, golpear, magullar, herir.

lacero n.m. **1.** Persona diestra en manejar el lazo para apresar toros, caballos, etc. **2.** El que se dedica a coger con lazos la caza menor, por lo común furtivamente. **3.** Empleado municipal encargado de recoger perros vagabundos.

lacinia n.f. BOT Cada una de las tirillas largas y de forma irregular en que se dividen las hojas o los pétalos de algunas plantas.

lacio,a adj. **1.** Marchito, ajado. **2.** Flojo sin vigor. **3.** Dícese del cabello que cae liso.

lacocito n.m. GEOL Masa lenticular de rocas eruptivas sacada a la luz por la erosión.

lacón n.m. Brazuelo del cerdo, y especialmente su carne curada.

lacónico,a adj. Breve, conciso.

lacra n.f. **1.** Secuela de una enfermedad. **2.** Defecto o vicio de una cosa, físico o moral.

lacre n.m. Pasta sólida, de color rojo, compuesta de goma laca y trementina. Se emplea derretido en cerrar y sellar cartas y en otros usos análogos. • **lacrar** v.tr. Cerrar con lacre.

lacrimógeno,a adj. Que produce lagrimeo. Dícese especialmente de ciertos gases. • **lacrimal** adj. Perteneciente a las lágrimas. • **lacrimoso,a** adj. **1.** Que tiene lágrimas. **2.** Que mueve a llanto.

lact-, lacti-, lacto- Prefijos procedentes del latín *lac, lactis*, «leche».

lactalbúmina n.f. BIOQUIM Albúmina existente en la leche.

lactancia n.f. FISIOL **1.** Secreción y excreción de leche por las glándulas mamarias, después del parto, provocada por una hormona hipofísica, la prolactina, y por un proceso reflejo que facilita la succión del pezón por parte del recién nacido. **2.** Etapa del desarrollo en que el ser se alimenta casi exclusivamente de leche, ya sea materna o artificial. • **lactante** MED Niño pequeño en edad de mamar. • **lactar** v.tr. **1.** Dar de mamar. **2.** Criar con leche. **3.** Mamar.

lactasa n.f. QUIM Enzima que hidroliza la lactosa en galactosa y glucosa.

lactato n.m. QUIM Sal o éster del ácido láctico.

lácteo,a adj. **1.** Que tiene relación con la leche. **2.** Que contiene leche. **3.** ASTRON *Vía Láctea*. Mancha blancuzca formada por millones de estrellas; se extiende en el sentido del plano de la galaxia (v.).

láctico,a adj. *Ácido láctico*. Ácido alcohol que se encuentra en gran cantidad en el suero de la leche. ▷ *Fermentos lácticos*. Los empleados en la industria lechera, principalmente en los yogures.

lactífero,a adj. ZOOL Aplícase a los conductos por donde pasa la leche hasta llegar a los pezones de las mamas.

lactina n.f. QUIM Azúcar de leche.

lactosa n.f. BIOQUIM Disacárido (azúcar) compuesto de galactosa y glucosa; se encuentra en abundancia en la leche.

lactumen n.m. PAT Enfermedad que suelen padecer los niños que maman, y consiste en ciertas llaguitas y costras que les salen en la cabeza y el cuerpo.

lacustre adj. Perteneciente a los lagos.

lada n.f. Jara (arbusto cistáceo). • **ládano** n.m. Producto resinoso que fluye de la jara.

ladear **I.** v.tr., int. y prnl. Inclinar una cosa hacia un lado. **II.** v.prnl. Fig. Inclinarse a una cosa; dejarse llevar de ella.

ladera n.f. Declive de un monte.

ladilla n.f. Insecto anopluro. Vive parásito en las partes vellosas del cuerpo humano, generalmente en las zonas genitales; se reproduce con gran rapidez y sus picaduras son muy molestas.

ladino,a adj. Fig. Astuto, sagaz, taimado.

lado n.m. **1.** Costado o parte del cuerpo de la persona comprendida entre el brazo y el hueso de la cadera. **2.** Lo que está a la derecha o a la izquierda de un todo. **3.** Costado o mitad del cuerpo del animal desde el pie hasta la cabeza. **4.** Cualquiera de las zonas que están alrededor de un cuerpo. **5.** Anverso o reverso de una medalla. **6.** Cada una de las dos caras de una tela o de otra cosa que las tenga. **7.** Sitio, lugar. *Déjale un lado.* **8.** Línea genealógica. *Por el lado de la madre es hidalgo.* **9.** Fig. Aspectos de un asunto o persona. **10.** GEOM Cada una de las líneas que forman un ángulo o un polígono. **11.** GEOM Arista de los poliedros. **12.** GEOM Generatriz de la superficie lateral del cono y del cilindro.

ladrar v.int. **1.** Dar ladridos el perro. **2.** Fig. y Fam. Amenazar sin acometer. • **ladra** n.f. Acción de ladrar. • **ladrido** n.m. Voz que forma el perro.

ladrillo n.m. **1.** Masa de barro, en forma de paralelepípedo rectangular, que, después de cocida, sirve para la construcción. **2.** P. ext., reciben este nombre otros elementos de construcción semejantes hechos de varias materias.

ladrón,a **I.** n. y adj. Que roba. — *El buen ladrón.* San Dimas, ladrón que murió al lado de Cristo y se arrepintió. — *El mal ladrón.* Ladrón que murió al lado de Cristo, sin arrepentirse. **II.** n.m. Cualquier dispositivo empleado para sustraer o desviar el caudal de un fluido. • **ladronzuelo,a** n.m. y f. El que hurta cosas generalmente de poco valor, ratero.

lady n.f. Título honorífico que se da en Inglaterra a las señoras de la nobleza.

lagar n.m. Lugar donde se prensa la uva, la aceituna y la manzana, para sacar de ellas el mosto, el aceite y la sidra, según el caso.

lagartija n.f. Especie de lagarto de color rojizo por encima y blanco por debajo.

lagarto **I.** n.m. **1.** Reptil terrestre del orden de los saurios. Es muy útil para la agricultura, porque devora muchos insectos. **2.** Músculo grande del brazo, que está entre el hombro y el codo. **II.** n. y adj. Fig. y Fam. Hombre pícaro, taimado. • **lagarta** **I.** n.f. Mariposa cuya oruga causa grandes daños a diversos árboles, y principalmente a la encina, siendo a veces una plaga. **II.** n. y adj. Fig. y Fam. Mujer pícara, taimada.

lágidas, dinastía egipcia fundada por Tolomeo. Debe su nombre al padre de éste, Lago, general de Alejandro Magno que consiguió el título de rey de Egipto al morir este último. Los lágidas reinaron desde el 306 hasta el 30 a. J.C.

lago n.m. Gran masa permanente de agua depositada en hondonadas del terreno.

lagomorfos n.m. pl. Orden de mamíferos que poseen dos incisivos en cada semimandíbula superior, como la liebre y el conejo.

lagópodo n.m. Pájaro galliforme llamado también *perdiz blanca.*

lágrima n.f. **I. 1.** Cada una de las gotas que secreta la glándula lagrimal. (Se usa más en pl.) **2.** Fig. Secreción que destilan las vides y otros árboles después de la poda. **II.** *Lágrima de Batavia, o de Holanda.* Gota de vidrio fundido que al echarse en agua fría se templa como el acero pero en cuanto se le rompe la punta, se reduce a polvo fino con una ligera detonación. — *Lágrima de David, o de Job.* Planta de la familia de las gramíneas, de caña elevada. Es originaria de la India y de las simientes se hacen rosarios y collares. • **lagrimal** **1.** adj. Se aplica a los órganos de secreción y excreción de las lágrimas. **2.** n.m. ANAT Extremidad del ojo próxima a la nariz. • **lagrimeo** n.m. **1.** Llorar frecuentemente. **2.** Lágrimas continuas. • **lagrimoso,a** adj. Lloroso.

laguna n.f. **I.** Depósito natural de agua de menores dimensiones que el lago. **II. 1.** Fig. En lo manuscrito o impreso, hueco en que se dejó de poner algo o en que algo ha desaparecido. **2.** Defecto, vacío en un conjunto o serie. **3.** FIS Emplazamiento que queda libre por la salida de un electrón de una red cristalina. ▷ GEOL Ausencia de una capa de terreno en una serie sedimentaria.

laico,a **1.** n. y adj. Que no tiene órdenes clericales, lego. **2.** adj. Se dice de la escuela o enseñanza no religiosa. • **laicado** n.m. Fieles legos. • **laicismo** n.m. Doctrina que defiende la independencia del Estado, de toda influencia religiosa.

laísmo n.m. Vicio en que incurren los laístas. • **laísta** n. y adj. GRAM Se aplica a los que dicen siempre *la* y *las*, tanto en el dativo como en el acusativo del pronombre *ella.*

laja n.f. Piedra lisa, arrancada de una roca.

lama n.m. Religioso budista del Tíbet y de Mongolia. v. Dalai Lama. • **lamaísmo** n.m. Forma original del budismo, tal como se practica en el Tíbet y en Mongolia.

lambda n.m. **1.** Undécima letra del alfabeto griego (Λ, λ), equivalente a la letra l. **2.** FIS λ, símbolo de la longitud de onda.

lambdacismo n.m. Problema de pronunciación que consiste en la palatalización defectuosa, tartamudez, sustitución de *l* por *r.*

Lamblia n.m. MED Género de protozoarios parásitos del intestino de los mamíferos.

lamelibranquios n.m. pl. ZOOL Clase de moluscos acuáticos de concha bivalva, que comprende las ostras, los mejillones, etc.
ENCICL Los lamelibranquios presentan generalmente simetría bilateral, cuyo plano pasa entre las dos valvas de la concha, unidas por una charnela dorsal y accionadas por músculos aductores. La cabeza no se distingue del cuerpo; la masa visceral comprende los aparatos digestivo, excretor y reproductor, así como el sistema nervioso; los nervios se prolongan hasta los bordes del manto, que rodea el cuerpo y secreta la concha calcárea. En las formas libres, el pie musculoso, que sobresale centralmente de la masa visceral, sirve para excavar y desplazarse; en los que viven fijos, está comparativamente muy reducido. Según la estructura de sus branquias, que tienen siempre aspecto laminar, se distinguen cinco subclases: los *protobranquios*, los *filibranquios* (mejillones), los *seudolamelibranquios* (ostras, conchas de peregrino), los *eulamelibranquios* (conchas) y los *septibranquios.* Muchos de ellos son comestibles y algunos se cultivan (ostricultura, miticultura), tanto para la alimentación como para la producción de nácar, perlas finas, etc.

lamelicornios n.m. pl. ZOOL Grupo de coleópteros, que comprende los escarabajos, abejorros, etc.

lamento n.m. Queja, lamentación. • **lamentación** n.f. Queja dolorosa. • **lamentar** v.tr., int. y prnl. Sentir pena, deplorar el haber hecho algo.

lamer v.tr. y prnl. **1.** Pasar repetidas veces la lengua por una cosa. **2.** Fig. Tocar blanda y suavemente una cosa. *El arroyo lame las arenas.*

lamia Especie de tiburón, de la misma familia que el cazón y la tintorera.

lámina n.f. **I. 1.** Porción de cualquier materia extendida en superficie y de poco grosor. **2.** Plancha de cobre o de otro metal en la cual está grabado un dibujo para estamparlo. **3.** Plancha delgada de cualquier materia. **II.** Estampa. **III.** ANAT Parte delgada y plana de los huesos, cartílagos, tejidos y membranas de los seres orgánicos. • **laminado,a** **1.** adj. Guarnecido de láminas de metal. **2.** n.m. Acción y efecto de laminar. • **laminador,a** **1.** n. Máquina que sirve para hacer láminas. • **laminar** **I.** adj. **1.** De forma de lámina. **2.** Se aplica al cuerpo que tiene láminas sobrepuestas. **II.** v.tr. **1.** Tirar láminas, planchas o barras con el laminador. **2.** Guarnecer con láminas.

Laminaria n.f. BOT Género de algas marrones de gran longitud.

lámpara n.f. **1.** Utensilio que sirve de soporte a una o varias luces de cualquier sistema. **2.** Elemento de los aparatos de radio, que en su forma más simple consta de tres electrodos metálicos: un filamento, una rejilla y una placa. • **lamparilla** n.f. **1.** Candelilla nocturna en una vasija con aceite. **2.** Plato o vasija en que ésta se pone. **3.** Álamo de hoja temblona.

lamparón n.m. Mancha que cae en la ropa y especialmente la de grasa.

lampazo n.m. Planta de la familia de las compuestas, con flores purpúreas cuyo cáliz tiene escamas con espinas en anzuelo.

lampiño,a adj. **1.** BOT Se dice del hombre que no tiene barba. **2.** Que tiene poco pelo o vello.

lampíridos n.m.pl. Familia de coleópteros que incluye la luciérnaga.

lamprea n.f. Vertebrado acuático de cuerpo cilíndrico y alargado, con un disco bucal adaptado para la succión.
ENCICL La *lamprea de mar*, de 1 m de longitud, remonta los ríos de Europa para la puesta; su carne es muy cotizada. Existe otra especie, exclusivamente de agua dulce, la *lamprea de río*, de 25 cm de longitud. Las lampreas son ectoparásitos de los peces, sobre los que se fijan con su disco bucal, una especie de ventosa provista de dientes internos. Son los principales representantes de la clase de los ciclóstomos (actualmente separada de los peces).

lampuga n.f. Pez marino del orden de los acantopterigios, comestible, que llega a un metro de longitud.

län n.m. inv. División administrativa de Suecia.

lana n.f. **1.** Pelo de las ovejas y carneros, que se hila y sirve para varios tejidos. **2.** Pelo de otros animales parecido a la lana. *Lana de vicuña.* **3.** Tejido de lana, y vestido que de él se hace. • **lanar** adj. Se dice del ganado o la res que tiene lana.
ENCICL La lana, fibra de origen animal y de naturaleza proteica, presenta al microscopio el aspecto de un cilindro de algunas μ de diámetro que puede alcanzar varios centímetros de longitud, con una superficie recubierta por escamas imbricadas unas en otras. Estas escamas permiten a las fibras de lana engancharse entre sí por frotamiento, sobre todo en presencia de un ácido o de un jabón, y convertirse en una masa esponjosa: el fieltro. Las fibras de lana son más o menos porosas, lo cual da al tejido una textura suave y la calidad de aislante térmico. La lana corriente proviene del esquileo periódico de las ovejas, cuya raza, forma de vida y alimentación, influyen en la calidad de la fibra. La lana de los animales muertos se recupera por medio de compuestos químicos que separan el pelo de la piel; este tipo de lana tiene menos valor que la que procede del animal vivo.

lance n.m. **1.** Trance u ocasión crítica. **2.** En una obra literaria, suceso, acontecimiento, situación interesante o notable. **3.** Encuentro, riña.

lanceado,a adj. BOT De figura semejante al hierro de la lanza, lanceolada.

lancear v.tr. Herir con lanza, alancear.

lancéola n.f. Especie de llantén de pequeño tamaño.

lanceolado,a adj. BOT De figura semejante a la lanza. Se dice de las hojas y de los lóbulos de ellas.

lancero n.m. Soldado que peleaba con lanza.

lanceta n.f. CIR Instrumento que sirve para sangrar y sajar.

lancha n.f. **1.** Bote grande de vela y remo, o de vapor, propio para servicios auxiliares a los buques, y para transportar carga y pasajeros en el interior de los puertos y entre puntos cercanos de la costa. **2.** La mayor de las embarcaciones menores que llevan a bordo los grandes buques para su servicio. **3.** Cualquier bote pequeño descubierto.

land n.m. Estado, en la República Federal de Alemania.

landa n.f. Gran extensión de tierra llana en que sólo se crían plantas silvestres.

landgrave n.m. Título de ciertos príncipes soberanos de la antigua Alemania. ▷ Magistrado que administraba justicia en nombre del emperador germánico. • **landgraviato** n.m. **1.** Territorio gobernado por un landgrave. **2.** Dignidad de landgrave.

landó n.m. Coche de cuatro ruedas, con capotas delantera y trasera, para poderlo usar descubierto o cerrado.

langosta n.f. **1.** ZOOL Insecto ortóptero de la familia de los acrídidos, de color gris amarillento, cabeza gruesa, ojos prominentes, antenas finas y alas membranosas; el tercer par de patas es muy robusto y a propósito para saltar. Es fitófago. Existen numerosas especies. A veces emigran formando nubes de millones de individuos que devastan toda la vegetación que encuentran a su paso. **2.** ZOOL Crustáceo marino decápodo, de gran tamaño, con todas sus patas terminadas en pinzas pequeñas. Tiene largas antenas laterales, ojos prominentes y cuerpo casi cilíndrico. Es de color pardo.

langostino o **langostín** n.m. Crustáceo decápodo marino, del suborden de los macruros, parecido a la langosta, pero mucho más pequeño. Su carne es muy apreciada.

langostón n.m. Insecto ortóptero semejante a la langosta, pero de mayor tamaño.

lánguido,a adj. **1.** Débil, fatigado. **2.** De poco espíritu y energía. • **languidecer** v.int. Adolecer de languidez. • **languidez** n.f. **1.** Flaqueza, debilidad. **2.** Falta de espíritu o energía.

langur n.m. ZOOL Mamíferos primates pertenecientes a los géneros *Presbytis* y *Pygathrix*.

lanilla n.f. **1.** Pelillo que le queda al paño por la haz. **2.** Tejido de poca consistencia hecho con lana fina. • **lanosidad** n.f. Pelusa y vello suave que tienen las hojas de algunas plantas, las frutas y otras cosas. • **lanoso,a** o **lanudo,a** adj. Que tiene mucha lana, lanudo.

lanolina n.f. Sustancia análoga a las grasas, que se extrae de la lana del cordero y se utiliza para la preparación de pomadas y cosméticos.

lantano n.m. QUIM Elemento de número atómico 57 y de masa atómica 138,9 (símbolo *La*). • **lantánido** n.m. y adj. Se dice de los elementos químicos, cuyo número atómico está comprendido entre el 57 y el 71. ▷ n.m.pl. Grupo formado por estos elementos, llamados también *tierras raras*.

ENCICL **El lantano es un metal maleable, de densidad 6,17; funde a 920 °C y entra en ebullición a 3.470 °C. Pertenece al grupo de las tierras raras, metales muy escasos entre los que se encuentran el escandio, el itrio y los lantánidos. El lantano se utiliza en óptica y en electrónica.**

lanuginoso,a adj. Que tiene pelusa o vello.

lanza n.f. **1.** Arma ofensiva compuesta de un palo largo en cuya extremidad está fijo un hierro puntiagudo y cortante a manera de cuchilla. **2.** Vara de madera que, en los carruajes se enganchan los caballos y sirve para darles dirección. **3.** Tubo de metal con que rematan las mangas de las bombas para dirigir bien el chorro de agua.

lanzada o **lanzazo** n.f. **1.** Golpe que se da con la lanza. ▷ Herida que con ella se hace.

lanzadera n.f. **1.** Instrumento que usan los tejedores para tramar. **2.** Pieza semejante que tienen las máquinas de coser. **3.** Instrumento parecido que se emplea en varias labores.

lanzado,a adj. Se dice de lo muy veloz o emprendido con mucho ánimo.

lanzador,a n. y adj. Que lanza o arroja.

lanzagranadas n.m.inv. Arma que sirve para lanzar granadas.

lanzallamas n.m.inv. Aparato usado en las guerras modernas para lanzar a corta distancia un chorro de líquido inflamado.

lanzamiento n.m. Acción de lanzar o arrojar una cosa.

lanzamisiles n.m.inv. Vehículo especialmente ideado para el disparo de misiles.

lanzar **I.** v.tr. y prnl. Arrojar. **II.** v.tr. Soltar, dejar libre. Se usa mucho en la volatería, hablando de las aves.

lanzatorpedos n.m.inv. Aparato instalado sobre algunas construcciones bélicas para el lanzamiento de torpedos.

laña n.f. Grapa, pieza de metal que sirve para unir o sujetar algunas cosas. • **lañar** v.tr. Trabar, unir o afianzar con lañas una cosa.

laosiano,a **1.** n. y adj. Natural de Laos. **2.** adj. Perteneciente o relativo a este Estado de Asia.

lapa n.f. **I. 1.** Telilla que diversos vegetales criptógamos forman en la superficie de algunos líquidos. **2.** BOT Lampazo, planta. **II.** ZOOL **1.** Molusco gasterópodo, de concha cónica aplastada, que vive fuertemente asido a las piedras de las costas. Existen numerosas especies, todas ellas comestibles. **2.** Persona excesivamente asistente e inoportuna.

lapacho n.m. Árbol de América meridional, de la familia de las bignoniáceas; se emplea en construcción y en ebanistería. ▷ Madera de este árbol.

laparoscopia n.f. CIR Exploración de la cavidad peritoneal con ayuda de un instrumento óptico.

lapicero n.m. **1.** Instrumento en que se pone el lápiz para servirse de él. **2.** Lápiz.

lápida n.f. Piedra llana en que ordinariamente se pone una inscripción. • **lapidario,a** **I.** adj. **1.** Perteneciente a las piedras preciosas. **2.** Perteneciente o relativo a las inscripciones que se ponen en lápidas. **II.** n.f. TECN Piedra de afilar que sirve para bruñir o pulir piedras preciosas y piezas metálicas.

lapidar v.tr. Apedrear, matar a pedradas. • **lapidación** n.f. Acción y efecto de lapidar.

lapilli n.m.pl. GEOL Pequeños fragmentos de piedras volcánicas.

lapislázuli n.m. Mineral de color azul intenso, tan duro como el acero, que suele usarse en objetos de adorno. Es un silicato de alúmina mezclado con sulfato de cal y pirita de hierro.

lapitas, individuo de un pueblo mitológico de Grecia, que habitaba en Tesalia, cerca del monte Olimpo, y se hizo famoso por su lucha con los centauros en las bodas de Piritoo.

lápiz n.m. **1.** Nombre genérico de varias sustancias minerales, que se usan generalmente para dibujar. **2.** Instrumento que lleva una barrita de grafito y que sirve para escribir.

lapso n.m. Curso de un espacio de tiempo.

lapsus n.m. Error que se comete al hablar o al escribir.

lapsus cálami Expr. lat. que significa el error cometido al correr de la pluma.

lapsus linguae Expr. lat. que significa tropiezo o error de lengua.

laque n.m. *Chile*. Boleadoras.

laquear v.tr. Cubrir una superficie con laca. • **laqueado,a** adj. Cubierto de laca.

lar n.m. **1.** MIT Cada uno de los dioses de la casa u hogar. Se usa más en pl. **2.** Sitio de la lumbre en la cocina. **3.** pl. Fig. Casa propia u hogar.

lardo n.m. Grasa o unto de los animales.

larga n.f. Dilación, retardación. Se usa más en la expresión *dar largas*.

largar **I.** v.tr. **1.** Soltar, dejar libre. Dícese especialmente de lo que es molesto, nocivo o peligroso. **2.** Aflojar, ir soltando poco a poco. Se usa mucho en la marina. **II.** v.prnl. Fam. Irse o ausentarse uno con presteza o disimulo.

larghetto adv. m. MUS Un tiempo algo menos lento que el largo. ▷ n.m. Fragmento interpretado en ese tiempo.

largo,a **I.** adj. **1.** Que tiene más o menos longitud. **2.** Que tiene longitud excesiva. **3.** Fig. Aplicado en plural a cualquiera división del tiempo, como días, meses, etc., suele tomarse por *muchos*. *Estuvo ausente largos años*. **II.** n.m. **1.** MUS Uno de los movimientos fundamentales de la música, que equivale a lento. **2.** Composición, o parte de ella, escrita en este movimiento.

larguero n.m. **1.** Cada uno de los palos o barrotes que se ponen a lo largo de una obra de carpintería. **2.** DEP Travesaño horizontal que une los postes de las porterías. **3.** TECN Cada una de las piezas longitudinales que forman el armazón principal de un chasis, un puente metálico, etc.

largueza n.f. **1.** Largura. **2.** Liberalidad.

larguirucho,a adj. Fam. Se aplica a las personas delgadas.

largura n.f. Largor.

lariformes n.m.pl. ZOOL Orden de aves marinas que comprende las gaviotas.

laringe n.f. ZOOL Órgano tubular, que por un lado comunica con la faringe y por otro con la tráquea. Es rudimentario en las aves y forma parte del aparato de la fonación en los mamíferos. • **laringitis** n.f. MED Inflamación aguda o crónica de la laringe. • **laringoscopia** n.f. MED Exploración de la laringe y de partes inmediatas a ella. • **laringotomía** n.f. CIR Incisión que se hace en la laringe para extraer cuerpos extraños, extirpar tumores, etc.

lark n.m. FIS NUCL Una de las subpartículas del átomo, perteneciente a la familia de los quarks.

larva n.f. Forma que adoptan algunas especies animales entre el estado embrionario y el estado adulto. • **larvado,a** adj. PAT Se aplica a las enfermedades que se presentan con síntomas falsos.

ENCICL La larva de cualquier animal (insecto, equinodermo, crustáceo, anfibio, pez, etc.), posee tres características: tiene vida independiente de los adultos; no posee todos los órganos de éstos y, salvo rarísimas excepciones (v. neotenia), está incapacitada para la reproducción sexual. La mayor parte del tiempo (pero no siempre) la forma y el medio de vida de la larva y del adulto son diferentes, así como su morfología; los renacuajos, las orugas, etc., son larvas. (v. metamorfosis).

las **1.** Artículo determinado en género femenino y número plural. **2.** Acusativo del pronombre personal de tercera persona en género femenino y número plural. Esta forma, propia del acusativo, no debe usarse en dativo, diciendo, p. ej., *las dije*, en vez de *les dije*.

lasca n.f. Trozo pequeño y delgado desprendido de una piedra.

lascivia n.f. Propensión a los deleites carnales.

láser n.m. Aparato que produce un haz de luz coherente.
ENCICL Un láser es un generador de ondas electromagnéticas monocromáticas con características de directividad, intensidad y coherencia de fase particularmente interesantes. Se compone de un medio activo, contenido en una cavidad resonante delimitada por dos espejos. Su principio consiste en *excitar* los átomos de un cuerpo y en provocar, cuando los átomos vuelven a su nivel de energía inicial, la emisión de fotones de características muy semejantes. El rendimiento de esta emisión aumenta cuando el número de átomos que poseen el nivel de energía más elevado es superior al de los átomos cuyo nivel de energía es el más débil (inversión de poblaciones). El medio activo de un láser puede estar constituido de diversas formas: por iones metálicos sumergidos en una matriz cristalina (láser de rubí, de neodimio); por iones de tierras raras en solución en un líquido; por un gas a baja presión (láser de helio-neón, de argón, de gas carbónico); por un material semiconductor (arseniuro de galio, p. ej.), o por un colorante líquido. El haz luminoso emitido por un láser es prácticamente un cilindro de pocos milímetros de diámetro, siendo la divergencia de los rayos muy pequeña. Puede ser focalizado, siendo el diámetro mínimo de la mancha focal del orden de la longitud de onda, lo que permite obtener intensidades de iluminación considerables. La frecuencia de un rayo láser está comprendida entre la del ultravioleta y la del infrarrojo lejano. Frecuencias menos elevadas se obtienen a partir de los máseres. Las propiedades de un rayo láser han llevado a su utilización en terrenos múltiples y variados: transmisión de energía a distancia, soldadura y mecanizado, cirugía, obtención de plasmas (especialmente con vistas a la fusión termonuclear controlada), fotografía de fenómenos muy rápidos, topografía, dirección de maquinaria de obras públicas (perforación de túneles), envío de informaciones, holografía, aplicaciones aeroespaciales y militares.

laserpicio n.m. **1.** Planta herbácea, vivaz, de la familia de las umbelíferas. **2.** Semilla de esta planta.

lasitud n.f. Desfallecimiento, cansancio. • **laso,a** adj. **1.** Cansado. **2.** Lacio. **3.** Se dice del hilo sin torcer.

lástex n.m. Hilo de caucho revestido de lana, algodón, seda artificial, etc.

lastimar **I.** v.tr. y prnl. Herir o hacer daño. **II.** v.tr. **1.** Compadecer. **2.** Fig. Agraviar, ofender. **III.** v.prnl. Quejarse, dar muestras de dolor y sentimiento. • **lástima** n.f. **1.** Compasión por los males de otro. **2.** Objeto que excita la compasión. **3.** Quejido. **4.** Cualquier cosa que cause disgusto, aunque sea ligero. • **lastimero,a** adj. **1.** adj. Se aplica a las demostraciones de dolor que mueven a lástima y compasión. **2.** Que hiere o hace daño. • **lastimoso,a** adj. Que mueve a compasión.

lastón n.m. Planta perenne de la familia de las gramíneas.

lastre **I.** n.m. **1.** CONST Piedra de mala calidad que sólo sirve para obras de mampostería. **2.** Cualquier cosa de peso que se pone en el fondo de la embarcación. **II.** Impedimento para llevar algo a buen término. **III.** *Chile.* Balastro. • **lastrar** **1.** v. tr. Poner lastre a una embarcación. **2.** v. tr. y prnl. Fig Afirmar una cosa cargándola de peso.

lata n.m. **1.** Hoja de lata. **2.** Envase hecho de hojalata. **3.** Tabla delgada sobre la cual se aseguran las tejas. **4.** Cualquier cosa que causa disgusto.

latente adj. Que no se manifiesta, que permanece oculto.

lateral adj. **1.** Perteneciente o que está al lado de una cosa. **2.** Fig. Lo que no viene por línea recta.

laterita n.f. GEOL Roca roja o marrón constituida por hidróxidos de aluminio y de hierro.

-látero Sufijo procedente del latín *latus, lateris*, «lado».

látex n.m. Secreción opaca blanca o de color, coagulable, de algunos vegetales. • **laticífero** adj. BOT Se dice de los vasos de los vegetales que conducen el látex.

latido n.m. **1.** Cada uno de los golpes producidos por el movimiento alternativo de dilatación y contracción del corazón o de las arterias. **2.** Sensación dolorosa intensa causada por ciertas inflamaciones.

latifundio n.m. Finca rústica de gran extensión. • **latifundista** n.m. y f. Persona que posee uno o varios latifundios.

látigo n.m. Cuerda o correa larga y flexible con que se aviva y castiga a las caballerías. • **latigazo** n.m. **1.** Golpe dado con el látigo. **2.** Fig. Golpe semejante al latigazo. **3.** Chasquido del látigo. **4.** Fam. Trago de vino o licor.

latiguillo n.m. Frase con que se termina un discurso, destinada a lograr el aplauso.

latín n.m. Lengua de la antigua Roma, de la que derivan las lenguas romances, entre ellas el español. • **latinajo** n.m. Desp. Voz o frase latina usada en castellano.

latino,a **I.** adj. **1.** Originario del Lacio. **2.** De la antigua Roma o de los pueblos romanizados. **3.** Que tiene relación con la lengua latina. **4.** Que habla una lengua derivada del latín. **II.** n.m. y f. **1.** Habitante del Lacio o de los antiguos países latinos. **2.** Persona que pertenece a un pueblo de origen latino.

latir v.int. Dar latidos el corazón, las arterias o venas.

latitud n.f. **1.** La menor de las dos dimensiones principales que tienen las cosas o figuras planas. **2.** ASTRON Distancia, contada en grados, que hay desde la eclíptica a cualquier punto considerado en la esfera celeste hacia uno de los polos. **3.** GEOG Distancia que hay desde un punto de la superficie terrestre al ecuador, contada por los grados de su meridiano.

lato,a adj. **1.** Dilatado, extendido. **2.** Fig Se aplica al sentido que por extensión se da a las palabras y no es el que exacta, literal o rigurosamente les corresponde.

latón n.m. Aleación de cobre y cinc, de color amarillo pálido y susceptible de gran brillo y pulimento.

lato sensu adv. En sentido amplio (en oposición a *stricto sensu*).

latoso,a adj. Fastidioso, molesto, pesado.

-latra, -latría Sufijos procedentes del griego *latreuo*, «servidor», utilizados en voces compuestas con el sentido de «adorador, adoración».

latrocinio n.m. Hurto o costumbre de hurtar.

laucha n.f. *Arg.* y *Chile.* Ratón.

laúd n.m. Instrumento músico de cuerda.

láudano n.m. Extracto de opio.

laudar v.tr. FOR Fallar o dictar sentencia el juez árbitro o el amigable componedor.

laudatorio,a **1.** n.f. Escrito u oración en alabanza de personas o cosas. **2.** adj. Que alaba o contiene alabanza.

laude o **lauda** n.f. Lápida.

laudes n.f. pl. Una de las partes del oficio divino, que se dice después de maitines.

laudo n.m. FOR Decisión o fallo que dictan los árbitros o amigables componedores.

laureado,a n. y adj. Que ha sido recompensado con honor y gloria. • **laurear** v. tr. **1.** Coronar con laurel. **2.** Fig Premiar, honrar.

laurel n.m. BOT Árbol lauráceo, de hojas siempre verdes, largas y aromáticas; son usadas como condimento en preparaciones farmacéuticas. • **lauráceo,a** **1.** adj. Parecido al laurel. **2.** n.f. y adj. BOT Se aplica a plantas angiospermas dicotiledóneas, arbóreas y similares al laurel. ▷ n.f.pl. BOT Familia de estas plantas.

lauroceraso n.m. Árbol exótico de la familia de las rosáceas. De sus hojas se obtiene por destilación un agua muy tóxica que se usa en medicina y perfumería.

1. lava n.f. Materias derretidas o en fusión que salen de los volcanes al tiempo de la erupción.
ENCICL A la misma temperatura, las distintas lavas son más o menos viscosas: las riolitas, muy ricas en sílice y pastosas, salen en forma de «aguja» (monte Pelado); los basaltos, pobres en sílice y extremamente fluidos, se extienden en inmensas coladas (basaltos de Decán); la traquita, las andesitas, etc., tienen una viscosidad intermedia. Una lava de una composición química determinada puede ser: globulosa (piedra pómez) si los gases disueltos se escapan al enfriarse; vidriosa si se enfría muy rápidamente (obsidiana); cristalina cuando el tiempo de enfriamiento, suficientemente largo, confiere a los cristales dimensiones importantes. Las lavas pueden darse en prismas (basaltos, sobre todo) o en almohadilla.

2. lava n.f. MIN Operación de lavar los metales para limpiarlos de impureza.

lavabo n.m. Recipiente de porcelana u otra materia, que recibe el agua de un grifo, y se usa para el aseo personal. ▷ Cuarto dispuesto para este aseo.

lavada n.f. Acción y efecto de lavar.

lavadero n.m. **I.** Lugar en que se lava. **II.** TECN Aparato destinado a lavar ciertas sustancias.

lavador,a **1.** n. y adj. Que lava. **2.** n.f. Máquina para lavar la ropa. • **lavado,a** **1.** p.p. de lavar. **2.** n.m. Acción y efecto de lavar o lavarse. **3.** Pintura a la aguada hecha con un solo color.

lavamiento n.m. **1.** Acción y efecto de lavar o lavarse. **2.** Lavativa.

lavanco n.m. Pato bravío que suele abundar en el N de Europa.

lavanda n.f. **1.** Espliego cultivado en Provenza por sus hojas y sus espigas florales azules, que secretan una esencia aromática utilizada en perfumería. **2.** Perfume extraído de esta planta.

lavandera n.m. Pájaro paseriforme de silueta esbelta, cuya larga cola se agita sin parar.

lavandería n.f. Establecimiento industrial para el lavado de la ropa.

lavar v.tr. y prnl. **1.** Limpiar una cosa con agua u otro líquido. **2.** Dar color con aguadas a un dibujo. **3.** Fig. Purificar, quitar un defecto. **4.** MIN Purificar los minerales por medio del agua.

lavativa n.f. **1.** Enema. **2.** Instrumento con que ésta se introduce en el recto.

lavatorio n.m. **1.** Acción de lavar o lavarse. **2.** Ceremonia de lavar los pies a algunos pobres, que se hace el Jueves Santo. **3.** Ceremonia que hace el sacerdote en la misa lavándose los dedos después de haber preparado el cáliz. **4.** Loción medicinal para limpiar una parte externa del cuerpo.

lawrencio n.m. QUIM Elemento transuránico radiactivo de número atómico 103, obtenido en 1961 a partir del californio.

laxo,a adj. **1.** Flojo o que no tiene la tensión que naturalmente debe tener. **2.** Fig. Se aplica a la moral relajada.

laya n.f. **I.** Pala fuerte de hierro con cabo de madera, que sirve para labrar la tierra y revolverla. **II.** Desp. Especie, género. • **layar** v.tr. Labrar la tierra con la laya.

lazada n.f. **1.** Nudo que se hace de manera que, tirando de uno de los cabos, pueda desatarse con facilidad. **2.** Lazo de cuerda o cinta.

lazar v.tr. Coger o sujetar con lazo.

lazareto n.m. Hospital de leprosos.

lazarillo n.m. Muchacho que guía y dirige a un ciego.

lazo n.m. **I. 1.** Atadura o nudo de cintas o cosa semejante que sirve de adorno. **2.** Cualquier adorno en forma de lazo. — ▷ Dibujo que se hace con plantas en los cuadros de los jardines. **II. 1.** Lazada. **2.** Cuerda de hilos de alambre con su lazada corrediza que sirve para cazar animales pequeños. **3.** Cuerda con una lazada corrediza en uno de sus extremos, que sirve para sujetar toros, caballos, etc. **III. 1.** Fig. Trampa. **2.** Fig. Vínculo, obligación.

le Dativo del pronombre personal de tercera persona en género masculino o femenino y número singular. *Le dije; díjele.* Se usa también como acusativo del mismo pronombre en igual número y sólo en género masculino. No admite preposición, y en ambos oficios se puede usar como sufijo: *le seguí; síguele.*

leal **I.** n. y adj. Que guarda a personas o cosas la debida fidelidad. **II.** adj. **1.** Se aplica a las acciones propias de un hombre fiel y de buena ley. **2.** Se aplica a algunos animales domésticos, que muestran al hombre cierta fidelidad. **3.** Legal y fiel, en el trato o en el desempeño de un oficio o cargo. • **lealtad** n.f. **1.** Cumplimiento de lo que exigen las leyes de la fidelidad, del honor, etc. **2.** Amor o gratitud que muestran al hombre algunos animales.

leasing n.f. FIN Forma particular de arrendamiento-financiación de un bien (inmueble o bienes de equipo para uso industrial) practicada por sociedades financieras especializadas y que dejan la posibilidad al arrendatario, al final del período de arrendamiento, de adquirir el bien mediante el pago del valor residual fijado en el momento de elaboración del contrato.

lebrillo n.m. Vasija más ancha por el borde que por el fondo.

lección n.f. **1.** Cada una de las partes en que se divide la materia de una disciplina y sirve para facilitar su estudio. **2.** Conjunto de enseñanzas dadas en una sesión a una o más personas. **3.** Discurso que en las oposiciones se compone dentro de un término prescrito, sobre un tema que luego se expone públicamente. **4.** Fig. Cualquier advertencia que nos enseña el modo de comportarnos.

lecitina o **lecitol** n.f. BIOQUIM Fosfolípido presente en numerosas células del organismo y en la yema de huevo.

lectivo,a adj. Se aplica al tiempo y a los días destinados para dar lección en los establecimientos de enseñanza.

lector,a **I.** n. y adj. Que lee. **II.** n.m. En algunas universidades, profesor de un idioma extranjero.

lectura **1.** Acción de leer. **2.** Obra o cosa leída. **3.** En las universidades, tratado o materia que un catedrático o maestro explica a sus discípulos. **4.** Disertación sobre un tema sorteado en oposiciones, o previamente determinado.

lecha n.f. **1.** Licor seminal de los peces. **2.** Cada una de las dos bolsas que lo contienen.

lechada n.f. **1.** Masa de cal, yeso o cemento con agua que sirve como argamasa o para blanquear. **2.** Masa suelta a que se reduce el trapo moliéndolo para hacer papel. **3.** Líquido que tiene en disolución cuerpos insolubles muy divididos.

lechal **1.** n.m. y adj. Se aplica al animal de cría que mama, y en especial al cordero. **2.** adj. Se aplica a las plantas y frutos que tienen un zumo blanco semejante a la leche. **3.** n.m. Este mismo zumo.

leche n.f. **I. 1.** Líquido blanco que se forma en las mamas de las hembras de los animales vivíparos para alimento de sus hijos o crías. **2.** Con la prep. *de* y algunos nombres de animales, significa que éstos maman todavía. **3.** Con la prep. *de* y algunos nombres de hembras de animales vivíparos, significa que éstas se tienen para aprovecharse de la leche que dan; *vacas de leche.* **II.** Fig. Primera educación o enseñanza que se da a uno. **III. 1.** Zumo blanco que tienen algunas plantas o frutos; como las higueras, lechugas, etc. **2.** Jugo blanco que se extrae de algunas semillas machacándolas. **IV.** vulg., semen. • **lechera** n.f. Vasija en que se tiene la leche. Vasija en que se sirve. • **lechería** n.f. Sitio donde se vende leche. • **lechero,a** **I.** adj. **1.** Que contiene leche o tiene algunas de sus propiedades. **2.** Se aplica a las hembras de animales que se tienen para que den leche; como ovejas, cabras, etc. **II.** n.m. y f. Persona que vende leche.

ENCICL La leche producida por las hembras de los mamíferos es el alimento base de los lactantes, que pueden ser alimentados *exclusivamente* por ésta hasta alrededor de los dos años de edad. Los componentes de este alimento completo son siempre los mismos, pero sus proporciones varían de una especie a otra: agua, proteínas en solución, grasas en emulsión (que le dan su color blanco y su opacidad), azúcares diversos, oligoelementos (sales minerales, calcio, fósforo, etc.); vitaminas (A, B, C, D, E, K, etc.). La leche contiene igualmente un gran número de microorganismos (principalmente levadura, moho y bacilos lácticos); para su conservación se requiere la pasteurización o la esterilización.

lechetrezna n.f. Planta de la familia de las euforbiáceas. Su jugo es lechoso, acre y mordicante, y se ha usado en medicina.

lechigada n.f. Conjunto de animalitos que han nacido de un parto y se crían juntos en un mismo sitio.

lecho n.m. **1.** Cama con colchón, sábana, etc. **2.** Especie de escaño en que los orientales y romanos se reclinaban para comer. **3.** Cama para el ganado. **4.** Fig. Suelo de los carros o carretas. **5.** Fig. Terreno por donde corren las aguas de un río. **6.** Fig. Fondo del mar o de un lago. **7.** Fig. Porción de algunas cosas que están o se ponen extendidas horizontalmente sobre otras. **8.** ARQUIT Superficie de una piedra sobre la cual se ha de asentar otra. **9.** GEOL Capa de los terrenos sedimentarios.

lechón **1.** n.m. Cochinillo que todavía mama. ▷ P. ext., puerco macho de cualquier tiempo. **2.** n. y adj. Fig. y Fam. Hombre sucio.

lechoso,a adj. **1.** Que tiene cualidades o apariencia de leche. **2.** Se aplica a las plantas y frutos que tienen un jugo blanco semejante a la leche.

lechuga n.f. Planta herbácea de la familia de las compuestas, con tallo ramoso. Las hojas son comestibles, y del tallo se puede extraer abundante látex. • **lechuguino,a** **1.** n.m. Lechuga pequeña antes de ser trasplantada. ▷ Conjunto de estas lechugas. **2.** n.m. y adj. Fig. y Fam. Muchacho que aparenta ser hombre hecho. ▷ Hombre joven que se compone mucho y sigue rigurosamente la moda.

lechuza n.f. Ave rapaz y nocturna, del tamaño de una paloma. Tiene cabeza redonda y cara circular. Se nutre ordinariamente de insectos y de pequeños mamíferos roedores.

lechuzo,a n. y adj. Fig. y Fam. Persona que se asemeja a la lechuza en alguna de sus propiedades.

leer v.tr. **1.** Pasar la vista por lo escrito o impreso, en voz alta o para enterarse de su significado. **2.** Enseñar o explicar un profesor a sus oyentes alguna materia sobre un texto. **3.** Entender o interpretar un texto de este o del otro modo. **4.** Decir en público la lección, en las oposiciones y otros ejercicios literarios. **5.** MUS Pasar la vista por el papel en que está representada la música, haciéndose cargo del valor de las notas. **6.** Fig. Penetrar una cosa oculta. **7.** INFORM Descodificar las informaciones registradas.

legado n.m. **I.** Herencia, cosa dejada a alguien en un testamento. **II.** Sujeto que una suprema potestad eclesiástica o civil envía a otra para tratar un asunto. **III.** Presidente de cada una de las provincias inmediatamente sujetas o reservadas a los emperadores romanos. ▷ En la milicia de los antiguos romanos, jefe o cabeza de cada legión. • **legación** n.f. **1.** Cargo que da un gobierno a un individuo para que le represente cerca de otro gobierno extranjero. **2.** Conjunto de los empleados que el legado tiene a sus órdenes, y otras personas de su comitiva oficial. **3.** Casa u oficina del legado.

legajo n.m. Conjunto de papeles reunidos por tratar de una misma materia.

legal adj. **1.** Prescrito por ley y conforme a ella. **2.** Verídico, puntual, fiel y recto en el cumplimiento de las funciones de su cargo. • **legalidad** n.f. **1.** Calidad de legal. **2.** Régimen político estatuido por la ley fundamental del Estado. • **legalización** n.f. **1.** Acción y efecto de legalizar. **2.** Certificado que acredita la autenticidad de un documento o de una firma. • **legalizar** v.tr. **1.** Dar estado legal a una cosa. **2.** Comprobar y certificar la autenticidad de un documento o de una firma.

légamo n.m. **1.** Cieno, lodo o barro pegajoso. **2.** Parte arcillosa de las tierras de labor.

legaña n.f. Humor procedente de la mucosa y glándulas de los párpados, que se cuaja en el borde de éstos y en los ángulos de la abertura ocular.

1. legar v.tr. **1.** Dejar una persona a otra alguna manda en su testamento o codicilo. **2.** Enviar a uno de legado o con una legacía. **3.** Fig. Transmitir ideas, artes, etc. • **legatario,a** n.m. y f. Persona natural o jurídica favorecida por el testador con una o varias mandas a título singular.

2. legar v.tr. Juntar, congregar, reunir. — Lat. *ligāre.*

legato n.m. MUS Obligación de mantener el sonido de cada nota hasta que se ataca la siguiente.

legendario,a **1.** adj. Perteneciente o relativo a las leyendas. **2.** n.m. Libro de vidas de santos. ▷ Colección o libro de leyendas de cualquier clase.

legión n.f. **1.** Unidad militar de los romanos. **2.** Fig. Gran número de algo. **3.** MILIT Nombre de ciertos cuerpos de tropas. • **legionario,a** **1.** adj. Perteneciente a la legión. **2.** n.m. Soldado que servía en una legión romana. ▷ En los ejércitos modernos, soldado de algún cuerpo de los que tienen nombre de legión.

legislación n.f. **1.** Conjunto o cuerpo de leyes por las cuales se gobierna un Estado o una materia determinada. **2.** Ciencia de las leyes. • **legislador,a** n. y adj. Que legisla. • **legislar** v.int. Dar, hacer o establecer leyes • **legislativo,a** adj. **1.** Se aplica al derecho o potestad de hacer leyes. **2.** Se aplica al cuerpo o código de leyes. **3.** Autorizado por una ley. • **legislatura** n.f. **1.** Tiempo durante el cual funcionan los cuerpos legislativos. **2.** Período de sesiones de Cortes durante el cual subsisten la mesa y las comisiones permanentes elegidas en cada cuerpo colegislador.

legítima n.f. FOR Porción de la herencia de que el testador no puede disponer libremente, por asignarla la ley a determinados herederos. • **legitimación** n.f. Acción y efecto de legitimar. • **legitimar** v.tr. **1.** Probar o justificar la verdad de una cosa o la calidad de una persona o cosa conforme a las leyes. **2.** Hacer legítimo al hijo que no lo era. **3.** Habilitar a una persona, para un oficio o empleo.

legítimo,a adj. **1.** Conforme a las leyes. **2.** Cierto, genuino en cualquiera línea.

lego,a **1.** n. (apl. a pers.) y adj. Que no tiene órdenes clericales. **2.** adj. Falto de instrucción.

legra n.f. **1.** CIR Instrumento que se emplea para legrar. **2.** Cuchilla de acero con el extremo libre encorvado y cortante, y mango de madera. «cucharilla». • **legrar** v.tr. **1.** CIR Raer la superficie de los huesos separando la membrana fibrosa que los cubre o la parte más superficial de la sustancia ósea. **2.** Raer la mucosa del útero.

legua n.f. Antigua medida itineraria.

leguleyo n.m. El que trata de leyes conociéndolas escasamente.

legumbre n.f. **1.** Todo género de fruto o semilla que se cría en vainas. **2.** P. ext., cualquier planta que se cultiva en las huertas.

leguminoso,a n.f. y adj. BOT Dícese de hierbas, matas, arbustos y árboles angiospermos dicotiledóneos, con hojas casi siempre alternas; flores de corola actinomorfa o cigomorfa y fruto en legumbre con semillas sin albumen. ▷ n.f.pl. Orden de estas plantas.

leíble adj. Que se puede leer. • **leído,a** adj. Dícese de quien ha leído mucho y es persona de cultura y erudición.

leísmo n.m. GRAM Empleo de la forma *le* del pronombre como única en el acusativo masculino singular.

leitmotiv n.m. **1.** MUS Motivo, tema que, caracterizando a un personaje o situación, se repite en varias ocasiones. **2.** Fig. Fórmula, idea que se repite con frecuencia o alrededor de la cual gira un discurso, tema, etc.

lejanía n.f. Parte remota o distante de un lugar, de un paisaje o de una vista panorámica. • **lejano,a** adj. Distante, apartado.

lejía n.f. **1.** Agua en que se han disuelto álcalis o sus carbonatos. ▷ TECN Solución alcalina empleada en la industria del jabón. **2.** Fig. y Fam. Represión fuerte o satírica.

lejos adv. l. y t. A gran distancia; en lugar o tiempo distante o remoto. (Se usa también en sent. Fig.).

lelo,a n. y adj. Fatuo, simple y como pasmado.

lema n.m. **1.** Texto que precede a ciertas composiciones literarias para indicar el tema de la obra. **2.** Símbolo que se pone en un escudo, emblema, etc. **3.** Tema de un discurso. **4.** Palabra o frase que se escriben en los pliegos cerrados de oposiciones y certámenes, para conocer, después del fallo, a quién pertenece cada escrito. **5.** MAT Proposición que es preciso demostrar antes de establecer un teorema.

lemming n.m. Pequeño mamífero roedor de las regiones árticas.
ENCICL Los lemmings de las tundras, de 14 cm de longitud y pelo amarillo y negro, realizan a veces migraciones masivas a través de Escandinavia; sus columnas avanzan hasta el mar, donde muchos se ahogan. Estos éxodos, que se dan cada tres o cuatro años, no son suicidas: buscando la comida que no encuentran, emprenden una huida alocada.

lemnáceo,a n.f. y adj. BOT Dícese de plantas angiospermas monocotiledóneas, acuáticas, con tallo y hojas transformadas en una fronda verde, pequeña y en forma de disco. ▷ n.f. pl. BOT Familia de estas plantas.

lempira n.m. Unidad monetaria de Honduras.

Lémur n.m. Género de mamíferos cuadrumanos propios de Madagascar. • **lemúridos** n.m.pl. Familia de prosimios arborícolas, de pequeño tamaño.

lémures n.m.pl. MIT Genios tenidos generalmente como maléficos entre romanos y etruscos. ▷ Fig. Fantasmas, duendes.

lenar n.m. GEOL Formaciones más o menos estriadas en la superficie de un carst.

lencas, pueblo de América Central (SO de Honduras y N de El Salvador). Conservan instituciones y costumbres tradicionales, y trabajan la tierra en régimen de propiedad comunal.

lencería n.f. **1.** Ropa blanca en general y especialmente, ropa interior. ▷ Comercio donde se vende esta ropa. **2.** Lugar donde en ciertos establecimientos se guarda la ropa blanca.

lengua n.f. **I.** Órgano muscular movible situado en la cavidad de la boca y que sirve para gustar, para deglutir y para articular los sonidos de la voz. **II. 1.** Conjunto de sonidos articulados, organizados en un sistema gramatical, que sirven para comunicarse. ▷ Conjunto de formas lingüísticas que constituyen el modo de hablar propio de una comunidad. ▷ Conjunto de términos y reglas gramaticales de un idioma. **2.** Noticia que se desea conocer. **III. 1.** La tira dorsal de la larda de una ballena. **2.** Badajo de la campana. **IV.** *Chile.* Cada uno de los cinco ovarios del erizo de mar.
ENCICL Actualmente, se hablan en el mundo entre tres y cuatro mil lenguas; el número exacto es difícil de precisar, por la dificultad para establecer si dos hablas son «idiomas» o «dialectos» de la misma lengua. Los lingüistas se han esforzado por elaborar una clasificación de las lenguas del mundo (vivas y muertas). La clasificación tipológica, que consiste en agrupar todas las que tienen estructuras gramaticales semejantes, no ha dado todavía resultados satisfactorios. La clasificación genética consiste en agrupar todas las que tienen un supuesto origen común: así, las lenguas indoeuropeas procederían todas de un mismo tronco (hipotético): el indoeuropeo común. Esta clasificación sigue, por lo general, criterios geográficos (lenguas negroafricanas, lenguas amerindias).
Familia indoeuropea (Europa y Asia). — Su territorio abarca desde los Urales hasta las Azores, desde Islandia hasta la India. Desde hace algunos siglos, han penetrado también en América, África y Oceanía. Algunas lenguas antiguas como el hitita, el sánscrito, el iranio, el griego clásico y el latín, pertenecen a la familia indoeuropea. Prácticamente la totalidad de las lenguas modernas se dividen en dos grandes grupos: **I.** El grupo indo-iranio, que se divide en dos subgrupos: **1.** La rama irania (Irán y países vecinos) está representada principalmente por el persa. **2.** La rama indoaria (Pakistán, India, Ceilán, Nepal) se caracteriza por una gran variedad de lenguas (alrededor de 22) y de dialectos. El hindī es un típico exponente de estos últimos. **II.** El grupo europeo se divide en cuatro: **A.** La rama eslava ocupa el E de Europa, desde el golfo de Pomerania hasta Trieste, con excepción de dos territorios (rumano y húngaro). El ruso es su principal representante. **B.** La rama báltica comprende el letón y el lituano. **C.** La rama ítalo-celta que se divide en dos: **1.** El grupo itálico, que comprende todas las lenguas románicas derivadas del latín: italiano, francés, español, portugués, rumano, catalán, etc. **2.** El grupo celta (en vías de desaparición): bretón, galés y gaélico (Irlanda). **D.** La rama germánica ocupa el NO de Europa: alemán, inglés, neerlandés, lenguas escandinavas. **III.** Hay tres lenguas, el griego, el armenio y el albanés, que no pueden clasificarse dentro de otro grupo más importante. El griego ha evolucionado relativamente poco desde la antigüedad.
Familia camitosemítica (SO de Asia, Oriente Medio y África). — **1.** El árabe, hablado en los «países árabes» (desde Marruecos hasta Siria e Irak), comprende: el árabe literario, lengua cultural, el koïne (árabe de los diarios de El Cairo) y el árabe popular, que difiere de un país a otro. **2.** El hebreo, que ha adquirido en Israel un carácter de lengua viva. **3.** Las lenguas etiópicas. **4.** Las lenguas egipcias, que comprenden el egipcio antiguo (lengua muerta) y el copto. **5.** Los dialectos bereberes, que se suman al árabe en los países del Mogreb. **6.** Las lenguas cusitas que se hablan principalmente en Somalia.

Familia altaica (turco-mongol; v. Altaï). — **1.** La rama turca ocupa una parte del Asia central y occidental, el S de la URSS y una pequeña parte de Europa. Existen una docena de lenguas de las que la más importante es el turco. **2.** Las lenguas mogoles se extienden por el centro de Asia. **3.** Las lenguas tungús (habladas por 50.000 personas en el N de Asia.
Familia urálica (ugrofinés) (Asia y Europa). — **1.** El finés, hablado en Finlandia; el estonio es similar. **2.** El lapón es la lengua de algunos millares de personas. **3.** La rama húngara comprende sólo el húngaro. **4.** La rama samoyeda.
Familia del japonés y del coreano (se ha demostrado recientemente su relación). — **1.** El japonés, hablado en Japón se habla igualmente en Taiwan, y en las islas Hawai; comprende tres grandes dialectos. **2.** El coreano, hablado en Corea, China y Japón, ha recibido influencias del chino.
Familia chinotibetana, la más importante de los grupos asiáticos. — **1.** La rama tibetobirmana se extiende desde Cachemira hasta Vietnam. **2.** La rama thai comprende una treintena de lenguas con numerosos dialectos. **3.** La rama china, es decir, el chino, propiamente dicho.
Lenguas meridionales de Asia. — **I.** La rama austro-asiática (del S de Asia), se extiende por el SE de Asia y la India. Comprende dos subgrupos: las lenguas mon-khmer (desde Birmania hasta el S del Vietnam) y las lenguas vietnamitas. **II.** La rama malayo-polinesia abarca el área comprendida entre Taiwan, Nueva Zelanda, Madagascar y la isla de Pascua. Comprende tres subgrupos: **1.** El subgrupo indonesio, hablado hasta Madagascar que comprende el malayo y el javanés: **2.** El polinesio; **3.** El melanesio.
Lenguas negro-africanas (África negra). — **1.** El grupo bantú abarca Senegal, Malí, Nigeria, Ghana y el Congo. **2.** El grupo sudanés comprende lenguas aún mal estudiadas. **3.** El grupo khoin (de la palabra hotentote *khoin,* «hombre») comprende el S de África.
Lenguas asiánicas y mediterráneas. — Todas las lenguas de este grupo que comprende las lenguas prehelénicas del Mediterráneo y el etrusco, son lenguas muertas.
Lenguas caucásicas (del Cáucaso). — **1.** La rama septentrional comprende una treintena de lenguas habladas principalmente en el Daghestán. **2.** La rama meridional, la más importante, comprende principalmente el georgiano.

Lenguas paleo-siberianas. — Estas lenguas, habladas en el extremo oriental de Siberia, tienden a desaparecer bajo la influencia del ruso.
Lenguas dravídicas. — Habladas por las poblaciones melano-indias del S de Asia (más de 110 millones).
Lenguas australianas y papúes. — **1.** Las 228 lenguas habladas por indígenas de Australia van desapareciendo. **2.** Las lenguas papúes se hablan en Nueva Guinea.
Lenguas americanas. — Tienden a desaparecer bajo la influencia del inglés y el español. **1.** Las lenguas de América del N cuentan con una veintena de familias: esquimal-aleutino, algonquino (Grandes Lagos); natchez (SE de los EE.UU.); iroqués (Canadá y estado de Nueva York); athabasco (California), etc. **2.** Las lenguas de América Central (desde el N de México, Nicaragua, Honduras); maya (México y Guatemala, una quincena de lenguas); utoazteca (México, Colorado, Arizona), comprende principalmente el nahua, la única lengua de esta región que tiene una escritura autóctona. **3.** Las lenguas de América del S comprenden, desde Colombia hasta la Tierra del Fuego, una cuarentena de familias.

lenguado n.m. ZOOL Pez teleósteo, del suborden de los anacantos, de cuerpo oblongo y muy comprimido.
ENCICL La cara superior del lenguado común (*Solea solea,* que puede alcanzar los 60 cm) tiene un color que varía del gris al marrón, con manchas sombreadas; en ella se encuentran los ojos; la cara inferior es blanca, es un animal nocturno que durante el día permanece enterrado en la arena. El *Solea vulgaris* se caracteriza por presentar una mancha negra en el extremo de la aleta dorsal derecha. Los lenguados y los demás peces aplastados forman la familia de los pleuronéctidos.

lenguaje n.m. **1.** Facultad humana de comunicarse por medio de signos vocales (palabra), que eventualmente pueden ser transcritos gráficamente (escritura). ▷ Uso de esta facultad. **2.** P. ext, todo sistema de signos, socialmente registrados, que no tienen relación con la palabra o la escritura. **3.** P. anal, conjunto de medios para comunicarse que existen entre ciertas especies animales. **4.** Forma de expresarse propia de un conjunto social determinado, de una persona, etc. **5.** El contenido mismo de la expresión oral o escrita.
ENCICL El lenguaje hablado se manifiesta por la existencia de lenguas naturales. Se puede hablar de «lenguaje» como sistema humano de comunicación (código de la carretera), como medio de expresión (lenguaje pictórico, musical) o como sistema de comunicación entre las personas, sin olvidar el «lenguaje matemático» y sus ramas especializadas, entre ellas, el lenguaje informático. Estos sistemas, muy diferentes del lenguaje tal como se manifiesta en las lenguas naturales, son el objeto de estudio de la semiología (o semiótica), mientras que la lingüística se ocupa del lenguaje humano, v. lengua, lingüística, semiología. **1.** La doble articulación del lenguaje consiste en lo siguiente: el hablante *(locutor)* puede construir con un número estrictamente limitado de unidades de nivel inferior (los sonidos), un número prácticamente ilimitado de unidades de nivel superior (las palabras). Las unidades de nivel inferior tienen únicamente una función distintiva; sirven sólo para distinguir entre las diferentes unidades superiores: p. ej., los sonidos (**p**) y (**b**) sirven para distinguir las palabras *paja* y *baja*; pero por sí mismos no tienen ningún sentido. Las unidades de nivel superior tienen una función significativa: la palabra *gato* designa al animal gato. **2.** La capacidad sintáctica de las lenguas naturales se manifiesta esencialmente por la posibilidad de expresar la misma idea de varias formas diferentes. «María ama a Pedro» quiere decir exactamente lo mismo que «Pedro es amado por María». **3.** Se llama *creatividad* a la capacidad del hombre para comprender y producir infinidad de frases nuevas, nunca oídas hasta entonces. *La adquisición del lenguaje* por el niño parece el resultado de la acción conjunta de una aptitud para la simbolización y de un estímulo externo: el habla de las personas que lo rodean. Se distinguen dos períodos. El primero, llamado prelingüístico, abarca los diez primeros meses de vida; al principio, los balbuceos son simples manifestaciones respiratorias; hacia el tercer mes aparecen las *lalaciones,* manifestaciones vocales involuntarias que contienen una gama de sonidos mucho más rica que la que se utilizará luego cuando se haya adquirido el lenguaje. El segundo período, llamado lingüístico, comienza hacia el principio del segundo año. El desarrollo del lenguaje está estrechamente unido al desarrollo general del niño: el retraso o los problemas en la adquisición del mismo están ligados a menudo a problemas psicológicos, psicomotrices u orgánicos y provocan un retraso intelectual.
Problemas de lenguaje. — Las afasias, problemas en la expresión o en la comprensión del lenguaje hablado o escrito, se deben a lesiones locales de los centros nerviosos (córtex o centro oval) y van unidas, generalmente, a una perturbación de la función simbólica (pensamiento abstracto). Se pueden distinguir cuatro clases: **1.** Afasias nominales: el sujeto comprende, pero utiliza muy mal el vocabulario. **2.** Afasias sintácticas: el sujeto comprende, pero construye mal las frases. **3.** Afasias globales (afección general del lenguaje): afasia de Broca (perturbación grave de la expresión: el sujeto habla muy poco); afasia de Wernicke (perturbación grave de la construcción: el sujeto habla mucho pero muy mal). **4.** Afasias de desarrollo: sordera verbal (incapacidad de comprender las palabras), ceguera verbal (incapacidad de comprender el lenguaje escrito); errores de articulación.

Lenguaje animal. — Consiste en una serie de códigos desprovistos de abstracción y simbolización. Los signos utilizados son muy diversos. Tres tipos de animales tienen un lenguaje particularmente evolucionado. El austríaco Karl von Fisch ha observado en las abejas que la obrera, de vuelta a la colmena, ejecuta una «danza rapidísima», indicando la distancia y la situación de la flor que ha encontrado. El lenguaje del delfín está formado por emisiones sonoras y no se excluye que este cetáceo pueda pronunciar algunas palabras. Algunos monos antropomórficos (chimpancé, gorila) pueden comunicarse con el hombre por medio de varios métodos (lenguaje gestual de los sordomudos y fichas de plástico coloreado).

lenguarada n.f. Lengüetada.

lengüeta n.f. **1.** Epiglotis. **2.** Fiel de la balanza, y más propiamente el de la romana. **3.** Laminilla movible que tienen algunos instrumentos musicales de viento y ciertas máquinas hidráulicas o de aire. **4.** Hierro en forma de anzuelo que tienen las flechas, banderillas, etc. **5.** Horquilla que sostiene abierta la trampa o armadijo de coger pájaros. **6.** Cierta moldura o adorno así llamado por su figura. **7.** Barrena que se usa para agrandar y terminar los agujeros empezados con el berbiquí. **8.** Tira de piel que suelen tener los zapatos en la parte del cierre por debajo de los cordones. **9.** ARQUIT Tabique pequeño de ladrillo con que se fortifican las embocaduras de las bóvedas, o se separan los cañones de algunas chimeneas. **10.** CARP Espiga prolongada que se labra a lo largo del canto de una tabla con objeto de encajarla en una ranura de otra pieza. **11.** CIR Especie de compresa larga y estrecha.

lenidad n.f. Blandura en exigir el cumplimiento de los deberes o en castigar las faltas.

lenificar v.tr. Suavizar, ablandar.

lenitivo,a **1.** adj. Que tiene virtud de ablandar y suavizar. **2.** n.m. Medicamento que sirve para ablandar o suavizar. ▷ Fig. Medio para mitigar los sufrimientos del ánimo.

lente n.f. **1.** Sistema óptico limitado por dos superficies de las cuales una al menos es esférica. **2.** Dispositivo óptico corrector de defectos de la visión. — *Lente de contacto.* Lentilla. ▷ pl. Anteojos.
ENCICL El eje principal de una lente es la recta que une los centros de curvatura de las dos caras que la delimitan. Si el espesor es pequeño en relación a los radios de curvatura de las caras se llama lente *delgada* y tiene un *centro óptico.* Se distingue entre lentes *convergentes,* cuyas caras se cortan a lo largo de un círculo, y lentes *divergentes,* cuyas caras no se cortan. Una lente es estigmática si a cada punto objeto corresponde un punto imagen. Una lente tiene dos *focos,* que son las imágenes de los puntos situados en el infinito a ambos lados de la lente. En el caso de las lentes convergentes, un punto en el infinito y su foco se sitúan a ambos lados de la lente; en el caso de las lentes divergentes, estos dos puntos se sitúan al mismo lado. La *distancia focal* de una lente es la distancia entre uno de los dos focos y el centro óptico. Si p y p' son las distancia respectivas del objeto y de la imagen de la lente, se tiene:

$$\frac{1}{p} + \frac{1}{p'} = \frac{1}{f}$$

f es la distancia focal de la lente, positiva en una lente convergente, negativa en una lente divergente (las distancias p y p' se cuentan negativamente si el objeto y la imagen son virtuales, positivamente si el objeto y la imagen son reales). La *ampliación* es: $\frac{\mathrm{P}}{p}$. Las lentes pueden tener defectos, llamados *aberraciones*; se distinguen las aberraciones cromáticas (irisación) y geométricas, como las distorsiones y manchas (también llamadas *comas*). Las lentes se utilizan para la construcción de gran número de instrumentos de óptica. El cristalino del ojo es una lente convergente de curvatura variable que permite hacer converger sobre la retina los rayos luminosos que entran en el ojo. Las lentes *electrostáticas* y *electromagnéticas* desempeñan respecto a los electrones el mismo papel que las lentes ópticas respecto a los fotones (constitutivos de los rayos luminosos); están formadas por condensadores con potenciales distintos o por bobinas dispuestas en una armadura de material ferromagnético.

lenteja n.f. **I. 1.** Planta herbácea, anual, de la familia de las papilionáceas. Nace entre los sembrados y se cultiva por sus semillas, que son alimenticias y muy nutritivas. **2.** Fruto de esta planta. **II.** Pesa, en forma de lenteja, en que remata el péndulo del reloj.

lentejuela n.f. Planchita redonda que se usa en los bordados como adorno.

lenticela n.f. BOT Poro que atraviesa la capa impermeable de la corteza de un vegetal.

lenticular **1.** adj. Parecido en la forma a la semilla de la lenteja. **2.** n.m. y adj. ANAT Pequeña apófisis del yunque, mediante la cual este huesecillo de la parte media del oído de los mamíferos articula con el estribo.

lentificar v.tr. Disminuir la velocidad.

lentilla n.f. TECN Pequeñas cúpulas que desempeñan el papel de lente correctora y que se aplican directamente sobre el globo ocular.

lentisco n.m. Mata arbusto siempre verde, de la familia de las anacardiáceas, con tallos leñosos.

lento adj. **1.** Tardo, pausado. **2.** Poco vigoroso y eficaz. • **lentitud** n.f. Tardanza o espacio con que se ejecuta o acaece una cosa.

leña n.f. **1.** Parte de los árboles, arbustos y matas que, cortada y hecha trozos, se destina para la lumbre. **2.** Fig. y Fam. Castigo, paliza. • **leñador,a** n.m. y f. **1.** Persona que se emplea en cortar leña. **2.** El que vende leña. • **leñazo** n.m. Fam. Golpe con un leño, garrote, etc. • **leñera** n.f. Sitio o mueble destinado para guardar o hacinar leña. • **leñero,a** n.m. y f. **1.** Persona que vende leña. **2.** Persona que tiene a su cargo el comprar la necesaria para una casa o comunidad. **3.** Sitio para guardar leña.

leño n.m. **I. 1.** Trozo de árbol después de cortado y limpio de ramas. **2.** Parte sólida de los árboles bajo la corteza. **II.** Fig. y Fam. Persona de poco talento y habilidad. • **leñoso,a** adj. **1.** Se dice de la parte más consistente de los vegetales. **2.** Hablando de arbustos, plantas, frutos, etc., que tiene dureza y consistencia como la de la madera.

león n.m. **1.** ZOOL Mamífero carnívoro de la familia de los félidos, de pelaje entre amarillo y rojo: tiene la cabeza grande, los dientes y las uñas muy fuertes y la cola larga. El macho se distingue por su larga melena. ▷ *Chile.* Puma (especie de tigre de pelo leonado). — *León marino.* Mamífero pinnípedo. **2.** Fig. Hombre audaz y valiente. • **leona** n.f. **1.** Hembra del león. **2.** Fig. Mujer audaz, imperiosa y valiente. • **leonera** n.f. **1.** Lugar en que se tienen encerrados los leones. **2.** Fig. y Fam. Aposento habitualmente desarreglado.

ENCICL El león, que antiguamente vivía en la India, en el Oriente Próximo, en Europa (Balcanes) y en África, no subsiste ya apenas más que en las sabanas africanas y en la reserva de Gir (India); la mayor parte de los gobiernos lo han declarado animal protegido. Temible cazador, ataca sobre todo a los mamíferos herbívoros como las cebras, antílopes, jirafas, etc. Puede alcanzar los 250 kg y una longitud de 1,60 a 2 m; vive 40 años. La gestación dura 4 meses (de 2 a 4 cachorros por camada).

leonés,a **1.** n. y adj. Natural de León. **2.** adj. Perteneciente o relativo a León.

leónidas n.f. pl. ASTRON Estrellas fugaces cuyo punto radiante está en la constelación de León.

leonino,a adj. **I.** Perteneciente o relativo al león. **II.** FOR Se dice del contrato oneroso en que toda la ventaja o ganancia se atribuye a una de las partes, sin equitativa conmutación entre éstas.

leopardo n.m. Mamífero carnicero. Vive en los bosques de Asia y África, y a pesar de su magnitud trepa con facilidad a los árboles en persecución de los monos y de otros animales.

lepidio n.m. Planta perenne de la familia de las crucíferas.

lepido- Prefijo procedente del griego *lepis, lepidos*, «escama».

Lepidodendron n.m. PALEONT Género de plantas fósiles arborescentes de tronco escamoso, característico de los bosques del Carbonífero.

lepidolita n.f. MINER Mica que se encuentra en las rocas eruptivas, muy rica en litio.

lepidóptero n.m. y adj. ZOOL Dícese de insectos que tienen boca chupadora constituida por una trompa que se arrolla en espiral, y cuatro alas cubiertas de escamitas imbricadas. Tienen metamorfosis completas. ▷ n.m.pl. ZOOL Orden de estos insectos.

Lepidosiren n.f. ZOOL Género de peces dipnoos del Amazonas. Pasan la estación seca ocultos en el limo, en una cavidad cuyas paredes recubren con mucus.

lepisma n.t. Insecto tisanuro de cuerpo cilíndrico cubierto de escamas plateadas.

lepóridos n.m.pl. ZOOL Familia de mamíferos lagomorfos que comprende las liebres y los conejos.

lepra n.f. Enfermedad infectocontagiosa debida al bacilo de Hansen y que tiene manifestaciones diversas. • **leprosería** n.f. Hospital donde se aísla y atiende a los leprosos. • **leproso,a** n. y adj. Que padece lepra.

lept(o)- Prefijo procedente del griego *leptos*, «delgado».

leptinita n.f MINER Roca metamórfica de estructura maciza, generalmente de color claro, rica en cuarzo y feldespatos, pobre en micas y anfíboles.

leptocéfalo n.m. ZOOL Forma larvaria de las anguilas, congrios y especies cercanas, con aspecto de lámina foliácea transparente.

leptoesporangio n.m. BOT Esporangio de ciertos helechos, originado por una sola célula y constituido por una sola capa celular.

leptón n.m. FIS NUCL Partícula elemental caracterizada por la debilidad de su masa.

leptorrino,a adj. **1.** Que tiene la nariz larga y delgada. **2.** ZOOL Dícese de los animales que tienen el pico o el hocico delgado y muy saliente.

Leptura n.f. ZOOL Género de coleópteros (familia de los cerambícidos), de color marrón o rojo, frecuentes sobre las flores.

lerdo,a adj. Fig. Torpe para comprender o ejecutar una cosa.

leridano,a **1.** n. y adj. Natural de Lérida. **2.** adj. Perteneciente o relativo a esta provincia y a su capital.

les Dativo del pronombre personal de tercera persona en género masculino o femenino y número plural. No admite preposición y se puede usar como sufijo: *les di; dales.*

lesa adj. (Empleado delante de algunos n.f.) *Lesa majestad.* — *Crimen de lesa majestad.* Atentado contra la persona o la autoridad del soberano. — P. anal.: *Crimen de lesa humanidad, de lesa nación, de lesa sociedad,* etc.

lesbianismo n.m. Amor lesbiano. • **lesbiano,a** n. y adj. **1.** De Lesbos. **2.** n.f. Mujer homosexual. • **lésbico** adj. Perteneciente o relativo al amor lésbico.

lesión n.f. **1.** Daño o detrimento corporal causado por una herida, golpe o enfermedad. ▷ MED Alteración de los caracteres de un órgano bajo la influencia de una causa mórbida. **2.** Fig. Cualquier daño o perjuicio. • **lesionar** v.tr. y prnl. Causar lesión. • **lesivo,a** adj. Que causa o puede causar lesión o daño.

1. leso adj. **1.** Agraviado, ofendido. Aplícase principalmente a la cosa que ha recibido el daño o la ofensa. *Lesa humanidad.* **2.** Hablando del juicio, trastornado.

2. leso,a adj. *Arg., Chile* y *Bol.* Tonto, necio.

letal adj. Mortífero.

letanía n.f. **1.** Oración en la que se suceden breves invocaciones. **2.** Fig. y Fam. Enumeración de muchos nombres, locuciones o frases.

letargo n.m. **1.** PAT Síntoma de varias enfermedades caracterizado por un estado de somnolencia profunda y prolongada. **2.** Fig. Torpeza, modorra, enajenamiento del ánimo. • **letárgico,a** adj. **1.** Que padece letargo. **2.** Perteneciente a esta enfermedad.

letón,a **1.** adj. Perteneciente o relativo a Letonia. **2.** n. y adj. Natural de Letonia. **3.** n.m. Lengua hablada en Letonia.

letra n.f. **I. 1.** Cada uno de los signos con que se representan los sonidos y articulaciones de un idioma. **2.** Cada uno de estos mismos sonidos. **3.** Forma de la letra. **4.** Pieza de metal fundida en forma de prisma rectangular, con una letra u otra figura cualquiera relevada en una de las bases. **5.** Conjunto de esas piezas. **6.** Sentido propio de las palabras empleadas en un texto. **II.** Conjunto de las palabras puestas en música para que se canten, a diferencia de la misma música. **III.** COM Documento mercantil. **IV.** Fig. y Fam. Astucia para manejarse. **V.** pl. **1.** Las diversas ramas del humano saber. **2.** Conjunto de las ciencias humanísticas.

letrado,a **I.** adj. Fam. Presuntamente instruido. **II.** n.m. y f. Abogado.

letrero n.m. Palabra o conjunto de palabras escritas para noticiar o publicar una cosa.

letrina n.f. **1.** Retrete. **2.** Fig. Cosa que parece sucia y asquerosa.

leuc(o)- Prefijo procedente del griego *leukos*, «blanco».

leucemia n.f. Enfermedad caracterizada por la proliferación de glóbulos blancos en la sangre (hasta 1 millón por mm³) y por la presencia de células anormales («cáncer de la sangre») que indican una afección grave de los órganos hematopoyéticos.

leucina n.f. BIOQUIM Aminoácido indispensable para el hombre y que entra en la composición de numerosas proteínas.

leucoblasto n.m. BIOL Célula precursora de la célula blanca (leucocitos), que se desarrolla en la médula ósea.

leucocito n.m. BIOL Célula blanca de la sangre.

leucocituria n.f. MED Emisión en la orina de leucocitos que indican una infección urinaria o un ataque renal.

leucodermia n.f. Alteración de la coloración cutánea por desaparición de sus pigmentos.

leucoma n.f. **1.** MED Mancha blanca de la córnea. **2.** ZOOL Subgénero de lepidópteros de la familia de los lipáridos.

leucopenia n.f. MED Disminución patológica del número de glóbulos blancos en la sangre.

leucoplaquia n.f. PAT Enfermedad caracterizada por unas manchas blancas que aparecen en las mucosas bucal y lingual.

leucoplasia n.f. MED Afección crónica caracterizada por el desarrollo de placas blanquecinas en la superficie del epitelio de una mucosa.

leucopoyesis n.f. MED Formación de los glóbulos blancos.

leucorrea n.f. MED Secreción vulvar blanquecina, que indica una hipersecreción del útero y de la vagina.

lev n.m. Unidad monetaria búlgara.

leva n.f. **1.** Partida de las embarcaciones del puerto. **2.** Recluta o enganche de gente para el servicio de un Estado. **3.** Espeque o palanca de que se sirven los artilleros. **4.** MECAN Álabe de una rueda. **5.** MECAN Excéntrica, pieza que gira alrededor de un punto que no es su centro.

levadizo,a adj. Se dice del puente que se levanta o puede levantar con algún dispositivo.

levadura n.f. **1.** BOT Nombre genérico de ciertos hongos unicelulares de forma ovoidea. **2.** Cualquier masa constituida principalmente por estos microorganismos y capaz de hacer fermentar el cuerpo con que se la mezcla.

ENCICL Las levaduras son hongos ascomicetos muy degenerados. Unicelulares, se multiplican por generación y fisión y esporulan cuando las condiciones de vida son malas; son aerobias o anaerobias. *Saccharomyces cerevisiae* es la *levadura de la cerveza*, utilizada para la fermentación de los mostos de cerveza y para hacer fermentar la masa de pan.

levantar I. v.tr. y prnl. **1.** Mover de abajo hacia arriba una cosa. **2.** Poner una cosa en lugar más alto. **3.** Poner derecha o en posición vertical a persona o cosa que esté inclinada, tendida, etc. **4.** Separar una cosa de otra sobre la cual descansa. **5.** Hacer que salte la caza del sitio en que estaba. **II.** v.tr. **1.** Tratándose de la mirada, la puntería, etc., dirigirla hacia arriba. **2.** Quitar una cosa de donde está. **3.** Alzar, recoger la cosecha. **4.** Construir, edificar. **5.** Abandonar un sitio, llevándose lo que en él hay para trasladarlo a otro lugar. **6.** Fig. Tratándose de la voz, darle mayor fuerza. **7.** Fig. Hacer que cesen ciertas penas impuestas por autoridad competente. **8.** Fig. Ensalzar. **9.** Fig. Impulsar hacia cosas altas. **10.** Fig. Animar. **11.** Fig. Fig. Imputar maliciosamente una cosa falsa. **III.** v.tr. y prnl. **1.** Fig. Sublevar. **2.** Fig. Ocasionar, formar. **IV.** v.prnl. **1.** Sobresalir sobre una superficie o plano. **2.** Dejar la cama el que estaba acostado o enfermo. **3.** Comenzar a alterarse el viento o la mar. • **levantamiento** n.m. **1.** Acción y efecto de levantar o levantarse. **2.** Sedición (alboroto popular). **3.** Hinchazón en una superficie.

levante n.m. **1.** Oriente, punto por donde sale el Sol. **2.** Viento que sopla de la parte oriental. **3.** Países que caen a la parte oriental del Mediterráneo. **4.** Nombre genérico de las comarcas mediterráneas de España, y especialmente las correspondientes a los antiguos reinos de Valencia y Murcia.

levantisco,a adj. De genio inquieto y turbulento.

levar **1.** v.tr. MAR Hablando de las anclas, recoger la que está fondeada. **2.** v.prnl. MAR Hacerse a la vela.

leve adj. **1.** Ligero. **2.** Fig. De poca importancia. • **levedad** n.f. **1.** Calidad de leve. **2.** Inconstancia.

leviatán RELIG Monstruo marino gigantesco que simboliza las potencias del mal. ▷ Fig. POET Ser monstruoso; cosa gigantesca.

levigar v.tr. Desleír en agua una materia en polvo para separar la parte más tenue de la más gruesa que se deposita en el fondo del recipiente.

levita n.f. Antigua vestidura masculina de etiqueta, más larga y amplia que el frac y cuyos faldones llegan a cruzarse por delante. • **levitón** n.m. Levita más larga, más holgada y de paño más grueso que la de vestir.

levitación n.f. **1.** Fenómeno por el cual una persona o un objeto se elevaría y desplazaría por encima del suelo sin causa material. **2.** FIS Técnica que permite sustraer un objeto a la acción de la gravedad.

levógiro,a adj. FIS Se refiere a una sustancia que desvía a la izquierda el plano de polarización de la luz (en oposición a dextrógiro).

levulosa n.f. BIOQUIM Azúcar simple, muy abundante en la célula vegetal, en estado libre o combinada con otras hexosas (v. fructosa).

lexema n.m. LING Unidad mínima de significación.

léxico n.m. **1.** Diccionario de una lengua. **2.** Vocabulario propio de un autor. • **lexicalizar** v.tr. y prnl. **1.** Convertir en uso léxico general el que antes era figurado. **2.** Hacer que un sintagma llegue a funcionar como una unidad léxica. • **lexicografía** n.f. **1.** Técnica de componer diccionarios. **2.** Parte de la lingüística que se ocupa de los principios teóricos en que se basa la composición de diccionarios. • **lexicología** n.f. LING Parte de la lingüística que estudia las unidades significativas, sus combinaciones, su historia y su funcionamiento en un sistema sociocultural determinado.

ley n.f. **I. 1.** Regla y norma constante e invariable de las cosas. **2.** Precepto dictado por la suprema autoridad, en que se manda o prohíbe una cosa en consonancia con la justicia. ▷ En el régimen constitucional, disposición votada por las Cortes y sancionada por el jefe del Estado. **II.** Cantidad de oro o plata finos que contienen las monedas u otros objetos. **III.** Conjunto de las leyes, o cuerpo del derecho civil. **IV.** FIS Cada una de las relaciones existentes entre las diversas magnitudes que intervienen en un fenómeno.

leyenda n.f. **I.** Relación de sucesos que tienen más de tradicionales o maravillosos que de históricos o verdaderos. ▷ Composición poética de alguna extensión en que se narra un suceso de esta clase. **II.** NUMISM Letrero que rodea la figura en las monedas o medallas.

lezna n.f. Instrumento que usan los zapateros y otros artesanos para agujerear, coser y pespuntar.

LH BIOQUIM Siglas de la hormona luteinizante (en inglés *luteinizing hormone*).

Li QUIM Símbolo del *litio.*

lía n.f. Soga de esparto machacado, tejida como trenza, para atar y asegurar los fardos, cargas y otras cosas.

liana n.f. **1.** Nombre que se aplica a diversas plantas de la selva tropical que, tomando como soporte los árboles, se encaraman sobre ellos hasta alcanzar la parte alta y despejada, donde se ramifican. **2.** P. ext., enredadera o planta trepadora de otros países.

liar I. v.tr. **1.** Envolver una cosa, sujetándola con papeles, cuerda, cinta, etc. **2.** Envolver la picadura en el papel de fumar. **3.** prnl. Seguido de la prep. *a* y un infinitivo, ponerse a ejecutar con vehemencia lo que éste significa. **II.** v.tr. y prnl. **1.** Fig. y Fam. Envolver a alguien en un compromiso. **2.** Con la prep. *a* y algunos nombres que significan golpes, darlos. **III.** v.prnl. Juntarse una pareja sin estar casados.

liásico,a **1.** n. y adj. GEOL Dícese del terreno sedimentario que sigue inmediatamente en edad al triásico. **2.** adj. GEOL Perteneciente a este terreno.

libación n.f. **1.** Acción de libar. **2.** Ceremonia religiosa que consistía en llenar un vaso de licor y derramarlo después de haberlo probado.

libanés,a **1.** n. y adj. Natural de este Estado de Asia. **2.** adj. Relativo o perteneciente al Líbano.

libar v.tr. **1.** Chupar los insectos el néctar de las flores. **2.** Hacer la libación para el sacrificio.

libelo n.m. Escrito en que se denigra o infama a personas o cosas.

libélula n.f. Insecto provisto de dos pares de alas membranosas desiguales de nervación abundante, frecuente cerca del agua dulce estancada.

líber n.m. BOT Parte del cilindro central de las plantas angiospermas dicotiledóneas.

liberación n.f. **1.** Acción de liberar. **2.** FIS Desprendimiento, producción.

liberal I. adj. **1.** Que obra con liberalidad. **2.** Se dice tradicionalmente de las artes o profesiones no manuales y no asalariadas. **3.** Tolerante. **II.** n. (apl. a pers.) y adj. Que profesa doctrinas favorables a la libertad política en los Estados. • **liberalidad** n.f. Generosidad, desprendimiento.

liberalismo n.m. **1.** Orden de ideas que profesan los partidarios del sistema liberal. **2.** Partido o comunión política que entre sí forman. **3.** Corriente doctrinal que preconiza la supremacía de las leyes naturales, la no injerencia del Estado en la vida social y económica y el origen parlamentario de las leyes. • **liberalizar** v.tr. y prnl. Hacer liberal en el orden político a una persona o cosa.

ENCICL **Hist.** — Corriente política cuyas doctrinas abogan por el orden natural, los derechos del individuo y el poder legislativo del Parlamento. Tiene sus antecedentes en el s. XVIII a partir de la Revolución Francesa. Recoge las ideas enciclopedistas y se concretiza en la Declaración de los Derechos del Hombre de 1793. Propugna la libertad de pensamiento, conciencia, palabra, expresión, asociación, y sienta la base del sistema parlamentario y de la democracia moderna. En España, toma forma a partir de las Cortes de Cádiz de 1812. En América, el pensamiento liberal informa toda la ideología de los jefes y caudillos de la independencia.

liberar v.tr. FIS Desprender, producir. • **liberatorio,a** adj. Que tiene virtud de libertar, eximir o redimir. ▷ DER FIN Que exime de una deuda, una obligación.

liberiano,a **1.** n. y adj. Natural de Liberia. **2.** adj. Perteneciente a este país de África.

libertad n.f. **I. 1.** Facultad del hombre para elegir su propia línea de conducta. **2.** Condición de una persona libre, no esclava. **II. 1.** Posibilidad asegurada por las leyes o el sistema político y social de actuar según la propia voluntad siempre que no se afecten los derechos de los demás ni de la seguridad pública. **2.** Principio político que asegura a los ciudadanos la libertad individual, la libertad civil y la libertad política. **3.** *Libertad de...* Cada una de las posibilidades que realizan ese principio de libertad (dentro de un campo determinado). **III.** Manera no limitada, de pensar, de actuar, de hablar, etc. **IV.** FILOS Posibilidad que tiene el hombre de actuar de manera autónoma, sin estar sometido a la fatalidad ni al determinismo.

ENCICL En su raíz etimológica el vocablo latino *libertas* (al igual que el griego *eleuthería*) significaba simplemente la condición del hombre no sujeto a esclavitud. Pero, a medida que el pensamiento moral socrático fue desarrollándose, se planteó también el alcance de la libertad interior. Para Kant la existencia de una moral exige la afirmación previa de la libertad. Para los revolucionarios románticos la libertad consistía en una capacidad de elección no constreñida por trabas de orden social. Para el pensamiento cristiano la libertad se conquista cuando se cede (quien pierde su vida la gana). En esta misma tendencia parece afirmarse Freud cuando define a la libertad como *liberación.* Así, mientras el pensamiento marxista recoge la tradición racional del *determinismo*, el humanismo clásico insiste en la importancia de una actitud interior. A través de unas normas de sabiduría el hombre es capaz de integrarse en su circunstancia. Mientras en el romántico se plantea angustiosamente la conquista de la libertad (existencialismo), en el humanismo clásico (y en la mística oriental) la liberación produce un estado de serenidad y de paz.

libertar v.tr. **1.** Poner en libertad. **2.** Librar a uno de una atadura moral. • **libertador,a** n. y adj. Que liberta.

libertario,a n. y adj. Partidario de una libertad sin límites (en el orden social y político).

libertinaje n.m. Desenfreno. • **libertino,a** n. y adj. Aplícase a la persona entregada al libertinaje.

liberto,a n.m. y f. Esclavo a quien se ha dado libertad, respecto de su patrono.

libido n.f. **1.** PSICOAN Energía vital que emana de la sexualidad. ▷ Energía psíquica en general. **2.** Instinto sexual. • **libidinoso,a** adj. Lujurioso, lascivo.

ENCICL El término libido, es decir, «todo aquello que se puede comprender bajo la palabra amor» (Freud), abarca, aparte del instinto sexual genital propiamente dicho, todas las satisfacciones obtenidas de la reducción de las tensiones provocadas por la excitación de las *zonas erógenas* (oral, anal, genital), cuya preponderancia sucesiva define las diferentes etapas del desarrollo desde el niño hasta el adulto. La libido desempeña un papel esencial en la etiología de las neurosis.

libio,a **1.** n. y adj. Natural de Libia. **2.** adj. Perteneciente o relativo a este país africano.

libra n.f. **I. 1.** Antigua medida de peso, de valor variable según los lugares. ▷ Unidad de masa anglosajona equivalente a 453,59 g (símbolo *lb*). **2.** Unidad monetaria del Reino Unido y algunos otros países. **II.** *Cuba.* Denominación dada a la hoja de tabaco de superior calidad.

libración n.f. **1.** Movimiento de oscilación de un cuerpo hasta recuperar el equilibrio. **2.** ASTRON Oscilación aparente de la cara visible de la Luna.

librar **I.** v.tr. y prnl. Sacar o preservar a uno de un trabajo, mal o peligro. **II.** v.tr. Construido con ciertos sustantivos, dar o expedir lo que éstos significan. *Librar sentencia.* COMER Expedir letras de cambio, cheques y otras órdenes de pago. **III.** v.int. **1.** Parir la mujer. **2.** Fam. Disfrutar de su día de descanso los empleados u obreros. • **libramiento** n.m. **1.** Acción y efecto de librar. **2.** Orden que se da por escrito para que el tesorero, depositario o banco pague una cantidad de dinero u otro género. • **libranza** n.f. Orden de pago que se da contra uno que tiene fondos a disposición del que la expide.

libre adj. **1.** Que tiene facultad para obrar o no obrar. — FILOS *Libre albedrío.* Capacidad de decidir libremente, sin más causa que la decisión de la propia voluntad. **2.** Que no es esclavo. **3.** Que no está preso. **4.** Disoluto, deshonesto. **5.** Atrevido. **6.** Suelto, no sujeto. **7.** Exento, dispensado. **8.** Soltero. **9.** Independiente. **10.** Exento de un daño o peligro. **11.** Que puede moverse o actuar sin trabas. **12.** Inocente, sin culpa.

librea n.f. **1.** Traje que algunas personas o entidades dan a sus subalternos o criados; por lo común uniforme y con distintivos. **2.** Fig. Paje o criado que usa librea.

librecambio n.m. ECON Sistema que preconiza la supresión de los derechos aduaneros y de todos los obstáculos al comercio internacional.

librepensador n. y adj. Quien declara no tener ninguna creencia religiosa.

librería n.f. **I. 1.** Tienda donde se venden libros. **2.** Ejercicio o profesión de librero. **II.** Mueble con estantes para colocar libros. • **librero,a** n.m. y f. Persona que tiene por oficio vender libros. • **librillo** n.m. Cuadernito de papel de fumar.

libreta n.f. Cuaderno o libro pequeño destinado a escribir en él anotaciones o cuentas. ▷ La que expide una caja de ahorros.

libreto n.m. Obra dramática escrita para ser puesta en música. • **libretista** n.m. y f. Autor de libretos.

libro n.m. **I. 1.** Conjunto de hojas impresas, que se han cosido o encuadernado juntas que forman un volumen. **2.** Cada una de ciertas partes principales en que suele dividirse la obra científica o literaria, y los códigos y leyes de gran extensión. **3.** Libreto. **4.** Según la ley, todo impreso no periódico cuyo número mínimo de páginas esté estipulado. **II.** ZOOL Tercera de las cuatro cavidades en que se divide el estómago de los rumiantes.

lic(o)- Elemento procedente del griego *lykos,* lobo.

licantropía n.f. PAT Manía en la cual el enfermo se imagina estar transformado en lobo, e imita los aullidos de este animal.

licencia n.f. **1.** Facultad o permiso para hacer una cosa. ▷ Autorización especial acordada por la administración de aduanas para importar o exportar ciertas mercancías. ▷ DEP Autorización, emitida por una federación deportiva, que da derecho al ejercicio de un deporte de competición. **2.** Documento en que consta la licencia. **3.** Abusiva libertad en decir u obrar. **4.** Grado de licenciado.

licenciado,a **I.** adj. **1.** Se dice de la persona que se precia de entendida. **2.** Dado por libre. **II.** n.m. y f. Persona que ha obtenido en una facultad el grado que le habilita para ejercerla. **III.** n.m. **1.** Tratamiento que se da a los abogados. **2.** Soldado que ha recibido su licencia absoluta.

licenciar **I.** v.tr. **1.** Dar permiso o licencia. **2.** Despedir a uno. **3.** Conferir el grado de licenciado. ▷ Dar a los soldados su licencia absoluta. **II.** v.prnl. **1.** Hacerse licencioso o desordenado. **2.** Tomar el grado de licenciado. • **licenciamiento** n.m. **1.** Licenciatura, acto de recibir el grado de licenciado. **2.** Acción y efecto de licenciar a los soldados. • **licenciatura** n.f. **1.** Grado de licenciado. **2.** Acto de recibirlo. **3.** Estudios necesarios para obtener este grado.

licencioso,a adj. Libre, atrevido, disoluto.

liceo n.m. **1.** Uno de los tres antiguos gimnasios de Atenas, donde enseñó Aristóteles. **2.** Nombre dado a la escuela filosófica que Aristóteles fundó en ese lugar. **3.** Nombre de ciertas sociedades literarias o de recreo. **4.** En algunos países, instituto de enseñanza media.

licitar v.tr. Ofrecer precio por una cosa en subasta. • **licitación** n.f. FOR Acción y efecto de licitar.

lícito,a adj. Justo, permitido por la ley o la moral. • **licitud** n.f. Calidad de lícito.

Licoperdáceas n.f.pl. BOT Género de setas gasteromicetes en forma de odre.

licopodio n.m. Planta de la clase de las licopodíneas, que crece en lugares húmedos y sombríos. • **licopodiales** n.f.pl. BOT Orden de criptógamas vasculares que comprende representantes herbáceas actuales y numerosas formas fósiles arborescentes. • **licopodíneo,a** n.f. y adj. BOT Dícese de plantas criptógamas del tipo de las pteridofitas, con hojas pequeñas y muy sencillas, y que se distinguen de los otros vegetales del mismo grupo por la ramificación dicótoma de sus tallos y raíces. ▷ n.f.pl. BOT Clase de estas plantas.

licor n.m. **1.** Bebida espiritosa obtenida por destilación, maceración o mezcla de diversas sustancias, y compuesta de alcohol, agua, azúcar y esencias aromáticas variadas. **2.** QUIM Cuerpo líquido. *Licor amoniacal.* • **licorera** n.f. Utensilio de mesa, donde se colocan las botellas o frascos de licor y a veces los vasitos o copas en que se sirve.

lictor n.m. Ministro de justicia entre los romanos, que precedía con las faces a los magistrados.

licuar v.tr. y prnl. **1.** Hacer líquida una cosa sólida o gaseosa. **2.** MIN Fundir un metal sin que se derritan las demás materias con que se encuentra combinado, a fin de separarlo de ellas. • **licuadora** n.f. Aparato eléctrico para licuar frutas u otros alimentos.

licuefacer v.tr. Licuar. • **licuefacción** n.f. Acción y efecto de licuefacer o licuefacerse.

lid n.f. **1.** Combate, pelea. **2.** pl. Actividad. *Experto en esas lides.*

líder n.m. **1.** Jefe o persona que ocupa el primer plano en un partido, organización, país. **2.** Deportista que ocupa el primer puesto de un campeonato. • **liderato** o **liderazgo** n.m. Autoridad, función de líder. ▷ Hegemonía.

lidiar **I.** v.int. **1.** Batallar, pelear. **2.** Fig. Tratar con personas que hay que saber manejar. **II.** v.tr. Torear. • **lidia** n.f. Acción y efecto de lidiar.

liebre n.f. Mamífero del orden de los roedores, semejante al conejo. Es un animal solitario, de veloz carrera. Vive preferentemente en las llanuras sin hacer madrigueras y descansa en camas que muda con frecuencia. Su carne es estimada.

lied n.m. Canción popular, especie de balada típica de los países germánicos. ▷ MUS Pequeña composición de música vocal con o sin acompañamiento, escrita basándose en la letra de un lied.

lienzo n.m. **1.** Tela que se fabrica de lino, cáñamo o algodón. **2.** Pintura que está sobre lienzo. **3.** Fachada del edificio o pared, que se extiende de un lado a otro.

liga n.f. **1.** Agrupación de individuos o colectividades humanas con algún fin común. ▷ Alianza, confederación de varios estados. **2.** Sustancia viscosa con que se untan juncos, árboles, etc. para cazar pájaros. **3.** DEP Competición entre varios equipos. **4.** Cualquier dispositivo usado para sujetar a la pierna las medias o calcetines. **5.** Aleación, mezcla. ▷ Aleación de estaño y plomo que se emplea para soldar. ▷ Cantidad de cobre que se mezcla con el oro o la plata en las monedas o joyas. • **ligar** **I.** v.tr. **1.** Atar. **2.** Alear, mezclar metales. ▷ Mezclar cierta cantidad de otro metal con el oro o con la plata cuando se fabrican joyas. **3.** Enlazar. **II.** v.tr. y prnl. Fig. Granjearse la simpatía de alguien. **III.** v.prnl. Confederarse, unirse para algún fin. • **ligado,a** n.m. **1.** Unión o enlace de las letras en la escritura. **2.** MUS Modo de ejecutar una serie de notas diferentes sin interrupción de sonido entre unas y otras. • **ligadura** n.f. **1.** Acción y efecto de ligar. **2.** Fig. Sujeción con que una cosa está unida a otra. **4.** CIR Operación que consiste en anudar un vaso; resultado de dicha acción. • **ligamiento** n.m. **1.** Acción y efecto de ligar o atar. **2.** Fig. Unión, conformidad en las voluntades. • **ligazón** n.f. **1.** Unión, trabazón. **2.** MAR Cualquiera de los maderos que se enlazan para componer las cuadernas de un buque.

ligamento n.m. **1.** Acción y efecto de ligar. **2.** ANAT Cordón fibroso que liga los huesos de las articulaciones. **3.** ANAT Pliegue membranoso que enlaza o sostiene cualquier órgano del cuerpo de un animal. **4.** ZOOL Materia que une las dos valvas de los caparazones de los moluscos.

ligero,a adj. **1.** Que pesa poco. **2.** Ágil, veloz. **3.** Se aplica al sueño que se interrumpe fácilmente con cualquier ruido. **4.** Leve, de poca importancia y consideración. **5.** Fig. Hablando de alimentos, que pronto y fácilmente se digiere. **6.** Fig. Inconstante, que muda fácilmente de opinión. • **ligereza** n.f. **1.** Presteza, agilidad. **2.** Poco peso de una cosa. **3.** Fig. Inconstancia. **4.** Fig. Hecho o dicho irreflexivo.

lignificar **1.** v.tr. BOT Dar contextura de madera. **2.** v.prnl. BOT Tomar consistencia de madera.

lignina n.f. Sustancia orgánica que impregna las paredes de los vasos de la madera y de diversas células vegetales, haciéndolas resistentes, impermeables e inextensibles.

lignito n.m. Carbón fósil que no produce coque cuando se calcina en vasos cerrados.

liguano,a adj. *Chile.* Se aplica a una raza de carneros de lana gruesa y larga, y a lo relacionado con lo que con ella se fabrica.

liguero. **I.** adj. Perteneciente o relativo a una liga deportiva. **II.** n.m. Especie de cinturón o faja estrecha a la que se sujeta el extremo superior de las medias de las mujeres.

lígula n.f. **1.** BOT Especie de estípula entre el limbo y el peciolo de las hojas de las gramineas. **2.** ANAT Lámina cartilaginosa que cierra la glotis al deglutir, epiglotis.

ligures antiguo pueblo instalado al SE de la Galia y junto el golfo de Génova. Opusieron una fuerte resistencia a los romanos, quienes no pudieron someterles hasta el año 14 a. J.C.

lija n.f. **I. 1.** ZOOL Pez selacio, del suborden de los escuálidos. **2.** Piel seca de este pez o de otro selacio, que por la dureza de sus granillos se emplea para limpiar y pulir metales y maderas. **II.** Papel con gránulos de vidrio o esmeril adheridos que sirve para pulir maderas o metales. • **lijar** v.tr. Alisar y pulir una cosa con lija o papel de lija.

1. lila n.f. **1.** Arbusto de la familia de las oleáceas, muy ramoso, con hojas pecioladas; flores olorosas, pequeñas, en grandes ramilletes y fruto capsular. Es planta originaria de Persia y muy cultivada en los jardines por la belleza de sus flores. **2.** Flor de este arbusto. **3.** Color morado claro, como la flor de la lila.

2. lila adj. Fam. Tonto, fatuo.

liliáceo,a n.f. y adj. BOT Dícese de plantas angiospermas monocotiledóneas, de raíz tuberculosa o bulbosa, con hojas opuestas, flores hermafroditas y fruto capsular, generalmente con muchas semillas; como el ajo. ▷ n.f.pl. BOT Familia de estas plantas.

liliputiense n. y adj. Fig. Enano.

1. lima n.f. **1.** Fruto del limero, de pulpa jugosa y de sabor algo dulce. **2.** Árbol que da la lima.

2. lima n.f. Instrumento de acero templado, con la superficie finamente estriada en uno o en dos sentidos, para desgastar y alisar los metales y otras materias duras.

limar v.tr. **1.** Cortar o alisar algo con la lima. **2.** Fig. Pulir una obra. **3.** Fig. Debilitar, cercenar alguna cosa material o inmaterial. • **limadura** n.f. **1.** Acción y efecto de limar. **2.** pl. Partecillas menudas que con la lima u otra herramienta se arrancan al limar.

limbo n.m. **I. 1.** Corona graduada que llevan los instrumentos destinados a medir ángulos. **2.** ASTRON Contorno aparente de un astro. **3.** BOT Lámina de las hojas, sépalos o pétalos. **II.** RELIG Lugar donde estaban las almas de los santos y patriarcas antiguos esperando la redención. ▷ RELIG Lugar donde van las almas de los que mueren antes del bautismo sin tener uso de razón.

limeño,a 1. n.m. y f. Natural de Lima. **2.** adj. Perteneciente o relativo a esta capital.

limero n.m. BOT Árbol de la familia de las rutáceas, cuyo fruto es la lima.

liminal adj. PSICOL y MED Que se encuentra en el umbral de la perceptibilidad.

limitar I. v.tr. **1.** Poner límites a un terreno. **2.** Fig. Fijar la mayor extensión que pueden tener la jurisdicción, la autoridad o los derechos y facultades de uno. **II.** v.tr. y prnl. Fig. Acortar, ceñir. **III.** v.int. Estar contiguos dos terrenos, lindar. • **limitación** n.f. **1.** Acción y efecto de limitar o limitarse. **2.** Término o distrito. • **limitado,a** adj. Se dice del que tiene corto entendimiento.

límite n.m. **1.** Término, confín o lindero de reinos, provincias, posesiones, etc. **2.** Fig. Fin, término. **3.** MAT Valor hacia el que tiende una expresión algebraica. • **limítrofe** adj. Colindante.

Limnea n.f. ZOOL Género de moluscos gasterópodos pulmonados de caparazón cónico y alargado; habitan las aguas dulces estancadas.

limnología n.f. Ciencia que estudia los fenómenos que se producen en las aguas dulces.

limo n.m. GEOL Sedimento muy fino, de origen detrítico, que se deposita en los fondos acuáticos tranquilos.

limón n.m. **1.** Fruto del limonero, de forma ovoide, corteza de color amarillo, pulpa amarillenta dividida en gajos, comestible, jugosa y de sabor ácido. **2.** Árbol que da este fruto. • **limonada** n.f. Bebida compuesta de agua, azúcar y zumo de limón. • **limoncillo** n.m. BOT Árbol de las mirtáceas cuyas hojas huelen algo a limón y cuya madera es de color amarillo. Se emplea en ebanistería. • **limonero,a 1.** adj. De los limones. **2.** n.m. BOT Árbol de la familia de las rutáceas. Su fruto es el limón.

limonita n.f. MINER Roca sedimentaria, marrón ocre, muy rica en óxido de hierro hidratado.

limosna n.f. Dinero u otra cosa que se da por caridad.

limoso,a adj. Lleno de limo o lodo.

limpiabotas n.m. El que tiene por oficio limpiar y lustrar botas y zapatos.

limpiachimeneas n.m. El que tiene por oficio deshollinar chimeneas.

limpiaparabrisas n.m. Mecanismo que se adapta a la parte exterior del parabrisas y que, moviéndose de un lado a otro, aparta la lluvia o la nieve que cae sobre aquél.

limpiar I. v.tr. y prnl. Quitar la suciedad de una cosa. **II.** v.tr. **1.** Fig. Quitar imperfecciones, o lo que molesta o sobra. **2.** Fig. Echar, ahuyentar de un lugar a los que son perjudiciales en él. **3.** Fig. y Fam. Hurtar o llevarse algo.

limpiauñas n.m. Utensilio que sirve para limpiar las uñas.

límpido,a adj. Limpio, puro. • **limpidez** n.f. Calidad de límpio.

limpio,a I. adj. **1.** Que no tiene mancha o suciedad. **2.** Que no tiene mezcla de otra cosa. **3.** Que tiene el hábito del aseo y la pulcritud. **4.** Fig. Libre, exento de cosa que dañe o infecte. **5.** Fig. y Fam. Se dice del que ha perdido todo su dinero. **II.** adv. m. Con limpieza, limpiamente. • **limpieza** n.f. **1.** Calidad de limpio. **2.** Acción y efecto de limpiar o limpiarse. **3.** Fig. Integridad y corrección. **4.** Fig. Precisión, destreza.

Limulus n.m. Género de artrópodos meróstomos de las costas del Pacífico (SE asiático) y de las Antillas. Son comestibles.

lináceo,a n.f. y adj. BOT Se dice de hierbas, matas o arbustos angiospermos dicotiledóneos, de hojas alternas, flores regulares pentámeras y fruto seco; como el lino. ▷ n.f.pl. BOT Familia de estas plantas.

linaje n.m. **1.** Ascendencia o descendencia de cualquier familia. **2.** Fig. Clase o condición de una cosa.

linaria n.f. Planta herbácea de la familia de las escrofulariáceas.

linaza n.f. Simiente del lino.

lince I. n.m. Mamífero carnicero muy parecido al gato, aunque de mayor tamaño. **II.** n. y adj. **1.** El que tiene una vista aguda. **2.** Fig. Persona aguda, sagaz.
ENCICL El lince común puede alcanzar hasta 70 cm de altura y 1,20 m de largo, con una cola de 20 cm. Su piel manchada es amarillenta; sus orejas terminan en un largo mechón de pelos. Subsiste aún en el N y E de Europa. Existen otras especies del mismo género en España, América y África.

linchar v.tr. Ejecutar la multitud a una persona presuntamente culpable, sin juicio previo o tras un juicio sumario.

lindar v.int. Estar contiguos dos territorios, terrenos o fincas. • **linde** n.m. o f. **1.** Límite de un país o provincia. **2.** Término o fin de algo. **3.** Término o línea que divide unas heredades de otras.

lindo,a adj. Hermoso, bonito. • **lindeza** n.f. Calidad de lindo. ▷ pl. Irón. Insultos o improperios.

línea n.f. **I.** GEOM Sucesión continua de puntos. **II. 1.** Raya. **2.** Renglón de un escrito o impreso. **III. 1.** Serie de personas o cosas situadas una detrás de otra o una al lado de otra. ▷ MILIT Formación de tropas en orden de batalla. **2.** En el fútbol y otros deportes, conjunto de jugadores que, al ordenarse el equipo para iniciar el juego, están a igual distancia de la divisoria entre los campos de los dos equipos y suelen desempeñar una misión semejante. **3.** Clase, género, especie. ▷ Serie de personas enlazadas por parentesco. **IV.** Vía terrestre, marítima o aérea. **V.** Fig. Término, límite. **VI.** pl. Rasgos. • **lineal** adj. **1.** Perteneciente a la línea. **2.** Se aplica al dibujo que se representa por medio de líneas solamente. **3.** BOT y ZOOL Largo y delgado casi como una línea. **4.** Cuya forma o disposición recuerda una línea.

linfa n.f. ANAT Líquido claro, blanquecino, rico en proteínas y en linfocitos, que circula por los vasos linfáticos.
ENCICL La linfa es un exudado del plasma sanguíneo que constituye el medio interno nutricio de las células (linfa intersticial) y que está canalizado por los vasos linfáticos (linfa vascular). Contiene un 95 % de agua y, en proporciones diferentes, los mismos componentes que el plasma. Rica en *linfocitos*, la linfa desempeña un papel importante en los procesos de inmunidad y de defensa del organismo. El *sistema linfático* comprende: **1.** Los *vasos linfáticos*. **2.** Los *ganglios linfáticos*. **3.** Los *vasos quilíferos*. Las vértebras inferiores no poseen sistema linfático autónomo. Los ganglios linfáticos se palpan en el cuello, en la axila o en la ingle. Cualquier modificación de su volumen o de su consistencia, dolorosa o indolora, es signo de una afección, benigna o grave.

linfadenia n.f. MED Afección que va acompañada de un aumento de volumen de los ganglios.

linfadenoma n.m. MED Tumor formado por tejido linfoide.

linfoblasto n.m. BIOL **1.** Célula joven normal de la que deriva el linfocito. **2.** Célula maligna, patológica, que caracteriza ciertas leucemias.

linfocito n.m. BIOL Célula blanca sanguínea presente en la sangre, la médula ósea, los ganglios y la linfa. • **linfocitosis** n.f. MED Aumento del número de linfocitos en la sangre o en la médula ósea.

linfoide adj. **1.** Perteneciente o relativo a la linfa. **2.** BIOL Que tiene el aspecto de una estructura linfática. • **linfografía** n.f. MED Examen radiológico de los vasos y los ganglios linfáticos después de su opacificación por una sustancia de contraste.

linfopenia n.f. MED Disminución del número de linfocitos.

linfopoyesis n.f. BIOL Formación de los linfocitos en la médula ósea y el tejido linfático.

linfosarcoma n.m. MED Hematosarcoma caracterizado por la proliferación de células de tipo linfocitario.

lingote n.m. **1.** Trozo o barra de metal en bruto, y principalmente de hierro, plata oro o platino. **2.** Masa sólida que se obtiene vaciando el metal líquido en un molde. • **lingotera** n.f. Molde metálico o de arena refractaria en donde se vierte el material fundido para que al enfriarse tome la forma de aquél.

lingual I. adj. **1.** Perteneciente a la lengua. **2.** FON Se dice de los sonidos que, como la *l*, se pronuncian con el ápice de la lengua. **II.**

n.f. y adj. FON Se dice de la letra que representa este sonido.

Linguatula n.f. ZOOL Género de gusanos de gran tamaño (10 cm), parásitos de las fosas nasales de varios mamíferos.

lingue n.m. **1.** Árbol chileno, de la familia de las lauráceas. Su madera se emplea en ebanistería, y su corteza es muy usada para curtir el cuero. **2.** Corteza de este árbol.

lingüística n.f. **1.** Ciencia del lenguaje. **2.** Estudio comparativo y filosófico de las lenguas. • **lingüista** n.m. y f. Persona versada en lingüística. • **lingüístico,a** adj. **1.** Perteneciente o relativo a la lingüística. **2.** Perteneciente o relativo al lenguaje.

ENCICL El interés por el lenguaje se remonta a la antigüedad griega. Con los latinos, el interés filosófico por el lenguaje decayó; se descubrió que un cierto número de categorías gramaticales eran comunes al griego y al latín, se llegó a la conclusión de que eran universales y se dio a los estudios gramaticales un aspecto *normativo*. El primer esfuerzo por romper con esta tradición se debió, en 1660, a Arnauld y Lancelot, profesores de Port-Royal, con su *Gramática general y razonada*. De todas formas, hasta el s. XX se siguió dando preferencia al punto de vista histórico. Ferdinand de Saussure, criticando los defectos de la lingüística histórica, creó su *Curso de lingüística general*, publicado en 1916 por sus alumnos y a partir del cual se ha elaborado toda la lingüística moderna. Saussure estableció los principios fundamentales: sincronía, sistema, distinción entre lenguaje y habla, etc. Tras Saussure se pueden distinguir tres grandes escuelas. **1.** La de Praga (Nikolai Trubetskoi, Roman Jakobson), que en los años 1920-1930 creó la fonología, estudio de los sonidos de una lengua por sus relaciones recíprocas, e intentó adaptar este estudio a los otros niveles de la lengua (morfología, sintaxis); la teoría de esta escuela lleva el nombre de funcionalismo. **2.** La de Copenhague (Hjelmslev y Togeby), que fundó la glosemática que intenta concretar más la idea de Saussure de que la lengua es *forma* y no *sustancia*; los llamados elementos constitutivos de una lengua no son más que haces de relaciones. **3.** La llamada *estructuralista*, que se ha desarrollado en EE.UU., especialmente en el terreno de la etnología. Bloomfield (h. 1930-1940) es el principal representante de esta corriente, hostil al «mentalismo» que abusa de las explicaciones psicológicas; para garantizar la objetividad de la descripción, rehúsa analizar el significado. El desarrollo más notable de estas tesis es el distribucionalismo de Z. S. Harris (h. 1950), quien hace inventario (dentro de un texto: *corpus*) de todas las distribuciones de las unidades (entendiendo por distribución el conjunto de los contextos en los que aparece una unidad), y considera como equivalentes a aquellas unidades que tienen la misma distribución y las reúne en una misma clase. Pero la gran revolución se debe a uno de sus discípulos, Noam Chomsky, quien emprendió, hacia 1957, una crítica radical de la lingüística de inspiración estructuralista y distribucionalista; p. ej., un grupo de palabras tal que «la crítica de Pedro», que no tiene más que una única fórmula distribucional: nombre-preposición-nombre, oculta de hecho dos estructuras diferentes: «Pedro critica a alguien» y «Pedro es criticado por alguien»; Chomsky ha fundado la gramática generativa y transformacional, que considera el lenguaje como un proceso por el que todo hablante puede generar una infinidad de frases pertinentes y nuevas. v. lengua, lenguaje y comunicación.

linimento n.m. FARM Preparación menos espesa que el ungüento, en la cual entran como base aceites o bálsamos, y se aplica exteriormente en fricciones.

lino n.m. **1.** Planta herbácea, anual, de la familia de las lináceas, con tallo recto y hueco, como de un metro de alto y ramoso en su extremidad. **2.** Materia textil que se saca de los tallos de esta planta. **3.** Tela hecha de lino.

ENCICL El lino, cuyas flores azules, regulares, tienen cinco pétalos, es cultivado por su tallo, del que se obtiene una excelente fibra textil, y por su semilla, de la que se obtiene el *aceite de linaza*.

linograbado n.m. TECN Grabado en relieve sobre linóleo, caucho o materia plástica.

linoleico adj. BIOQUIM Se dice del ácido graso dietilénico de fórmula bruta $C_{18}H_{32}O_2$, monoácido no saturado de cadena normal que entra en la composición de los lípidos.

linóleo n.m. Tela fuerte e impermeable, formada por un tejido de yute cubierto con una capa muy comprimida de corcho en polvo amasado con aceite de linaza.

linotipia n.f. **1.** IMP Máquina de componer, provista de matrices y de la cual sale la línea fundida formando una sola pieza. **2.** Arte de componer con esta máquina. • **linotipista** n.m. y f. IMP Persona que compone en la linotipia.

linterna n.f. **I. 1.** Farol con una sola cara de vidrio y un asa en la opuesta. **2.** Lámpara eléctrica portátil. **3.** Faro de las costas. — *Linterna mágica*. Aparato óptico con el cual, por medio de lentes, se hacen aparecer, amplificadas sobre un lienzo o pared, figuras pintadas en tiras de vidrio intensamente iluminadas. **II. 1.** ARQUIT Construcción rodeada de ventanas, que se pone como remate en algunos edificios y sobre las cúpulas de las iglesias. **2.** MECAN Rueda formada por dos discos paralelos fijos en el mismo eje y unidos en la circunferencia con barrotes cilíndricos en donde engranan los dientes de otra rueda.

lio- Prefijo procedente del griego *luein*, «disolver».

lío n.m. **1.** Porción de ropa o de otras cosas atadas. **2.** Fig. y Fam. Embrollo. **3.** Fig. y Fam. Barullo.

liofilia n.m. QUIM Propiedad que tiene un cuerpo de dispersarse en presencia de un líquido para formar una emulsión.

liofilización n.f. TECN Procedimiento de desecación por congelación brusca (entre −40 °C y −80 °C) y posterior sublimación al vacío. • **liofilizado,a** adj. TECN Que ha sido tratado por medio de la liofilización. • **liofilizar** v.tr. Desecar mediante el vacío productos o elementos orgánicos a fin de conservarlos.

liófilo adj. QUIM Dícese de las sustancias solubles en el medio en el que han sido dispersadas.

liófobo,a adj. QUIM Dícese de las sustancias insolubles en el medio en el que han sido dispersadas.

lioso,a adj. **1.** Fam. Embrollador. **2.** Se dice también de las cosas.

lipáridos n.m. pl. ZOOL Familia de lepidópteros que comprende numerosas nocturnas que atacan a menudo a los árboles.

lipasa n.m. BIOQUIM Enzima que hidroliza las grasas en ácidos grasos y glicerina aislando su función alcohol permitiendo así su absorción durante la digestión.

lipemanía n.f. PSIQUIAT Monomanía hacia las cosas tristes.

lípido n.m. y adj. BIOL Principio inmediato que se disuelve en disolventes orgánicos. • **lipemia** n.m. BIOL Tasa de lípidos en la sangre.

ENCICL Los lípidos poseen un papel biológico importante: estructural, como constituyentes de las membranas celulares y del tejido nervioso, y energético (la mayor reserva de energía del organismo); por otra parte intervienen en la circulación sanguínea, en la visión, etc. Su origen es doble: son tanto aportados por la alimentación como sintetizados por el organismo; su utilización no es posible más que bajo la forma de lipoproteína, asociación de un lípido y una proteína. Un exceso de lípidos en el organismo tiene consecuencias graves.

lipo- Prefijo procedente del griego *lipos*, «grasa».

lipodistrofia n.f. MED Trastorno en el metabolismo de las grasas.

lipogénesis n.f. BIOQUIM Formación de los lípidos en los organismos vegetales y animales (sucesión de reacciones enzimáticas).

lipoide o **lipoideo,a** **1.** adj. Del tipo de las grasas, que se parece a las grasas. **2.** n.m. Sustancia próxima a los lípidos, soluble en disolventes de los cuerpos grasos.

lipólisis n.f. BIOQUIM Hidrólisis, favorecida por la bilis, de las grasas en ácidos grasos y alcoholes durante la digestión.

lipoma n.m. MED Tumor, generalmente subcutáneo, que se desarrolla a expensas del tejido adiposo.

lipoproteína n.m. BIOQUIM Molécula orgánica que resulta de la asociación de una proteína con un lípido específico, forma lipída bajo la que las proteínas son transportadas en la sangre.

lipotimia n.f. PAT Pérdida súbita y pasajera del sentido y del movimiento, con palidez del rostro y debilidad de la respiración y circulación.

lipotrópico adj. BIOL Se dice de las sustancias que se fijan selectivamente sobre los cuerpos grasos de origen vivo.

liquen n.m. **1.** BOT Cuerpo resultante de la asociación simbiótica de hongos con algas unicelulares, cuyos caracteres morfológicos no se asemejan en nada a los que tenían los simbiontes antes de asociarse. **2.** MED Dermatosis caracterizada por la presencia de pápulas aglomeradas que se complican con el espesamiento de la piel y la exageración de los pliegues naturales.

ENCICL En la simbiosis liquénica, el hongo, vegetal no clorofílico, sintetiza diversos productos nitrogenados y obtiene sales minerales del soporte, mientras que el alga, clorofílica, sintetiza los glúcidos; el conjunto puede así vivir sobre soportes muy diversos y resiste extremadamente bien las malas condiciones (temperatura, sequía, etc.); al poder crecer sobre rocas desnudas, los líquenes son vegetales pioneros, tras lo cual pueden desarrollarse otros seres vivos. Se les clasifica entre las talofitas, distinguiéndose los líquenes foliáceos, fruticulosos, gelatinosos, etc.

Liquidámbar n.m. **1.** Género de árboles hamamelidáceos de Asia y América, que producen diversas resinas aromáticas. **2.** Bálsamo aromático, unas veces líquido y otras viscoso, procedente del ocozol. Tiene propiedades emolientes y detersivas.

liquidar **I.** v.tr. y prnl. Hacer líquida una cosa sólida o gaseosa. **II. 1.** Fig. Hacer el ajuste formal de una cuenta. **2.** Fig. Poner término a una cosa o a un estado de cosas; desistir de un negocio o de un empeño. Dícese también de la ruptura de relaciones personales. **3.** COM Hacer ajuste final de cuentas una casa de comercio para cesar en él. **4.** COM Vender mercancías en liquidación. • **liquidación** n.f. **1.** Acción y efecto de liquidar o liquidarse. **2.** COM Venta por menor con gran rebaja de precios. **3.** Operación por la que se liquida una cuenta, una sucesión, etc. **4.** Fig. Acción de desembarazarse de alguien o de algo; poner fin a una situación.

líquido,a **I.** n.m. y adj. **1.** Dícese de todo cuerpo cuyas moléculas tienen tan poca cohesión que se adaptan a la forma de la cavidad que las contiene, y tienden siempre a ponerse a nivel; como el agua, el vino, el mercurio, etc. **2.** Aplícase al saldo o residuo de cuantía cierta que resulta de la comparación del cargo con la data. **II.** n.f. y adj. GRAM Dícese de la consonante que, precedida de una muda y seguida de una vocal, forma sílaba con ellas; como en las voces *gloria* y *drama*. • **liquidez** n.f. **1.** Calidad de líquido. **2.** COM Calidad del activo de un banco que puede fácilmente transformarse en dinero efectivo. **3.** COM Relación entre el conjunto de dinero en caja y de bienes fácilmente convertibles en dinero y el total del activo, de un banco u otra entidad.

ENCICL Al igual que los gases, los líquidos no tienen forma propia, pero, a diferencia de ellos, no son expandibles, por lo que debido a la gravedad se depositan en el fondo de los recipientes que los contienen y toman su forma. Contrariamente a los gases, los líquidos son casi imposibles de comprimir. Sus moléculas están en perpetua agitación térmica. La *licuefacción* es la transformación inversa a la vaporización; también se la conoce por *condensación* si se produce de forma espontánea (p. ej., la formación de la niebla); el término *licuefacción* se reserva generalmente para un cambio de estado provocado por el hombre. La licuefacción de un cuerpo puro, como todo cambio de estado, se efectúa a temperatura constante para una misma presión de la fase gaseosa. Es una transformación exotérmica, es decir, que desprende calor.

1. lira n.f. **I.** Instrumento músico antiguo. **II. 1.** Combinación métrica de cinco versos. **2.** Combinación métrica que consta de seis versos de distinta medida. **III.** Fig. Inspiración de un poeta determinado. • **lirado,a** adj. BOT De figura de lira, instrumento músico.

2. lira n.f. Unidad monetaria de Italia.

lírico,a **I.** adj. **1.** Perteneciente a la lira o a la poesía propia para el canto. **2.** Se aplica a uno de los tres principales géneros en que se divide la poesía. **3.** Propio, característico de la poesía lírica, o apto o conveniente para ella. **4.** Se dice de las obras de teatro total o principalmente musicales. **II.** n. y adj. Dícese del poeta cultivador de este género en poesía. • **lirismo** n.m. **1.** Cualidad de lírico, inspiración lírica. **2.** Abuso de las cualidades características de la poesía lírica, o empleo indebido de este género de poesía o del estilo lírico en composiciones de otra clase.

lirio n.m. BOT Planta herbácea, vivaz, de la familia de las iridáceas.

lirón n.m. **1.** Mamífero roedor muy parecido al ratón. Pasa todo el invierno adormecido y oculto. **2.** Fig. Persona dormilona.

lis n.f. Lirio.

lisa n.m. **1.** ZOOL Pez teleósteo fluvial, del suborden de los fisóstomos. **2.** Mújol

lisérgico adj.m. BIOQUIM Se dice de cierto ácido, alcaloide proveniente del cornezuelo del centeno, del cual deriva la LSD.

lisiar v.tr. y prnl. Producir lesión en alguna parte del cuerpo. • **lisiado,a** **1.** n. y adj. Dícese de la persona que tiene alguna imperfección orgánica. **2.** adj. Excesivamente aficionado a una cosa o deseoso de conseguirla.

lisimaquia n.f. Planta herbácea de la familia de las primuláceas.

lisina n.f. **1.** FISIOL Anticuerpo que posee la facultad de disolver o destruir las células o las bacterias. **2.** BIOQUIM Aminoácido básico, indispensable para el crecimiento, obtenido por el organismo únicamente a través de la alimentación.

-lisis o **-lisia** Sufijos procedentes del griego lysis, «disolución, disociación» (p. ej.: electrólisis).

liso,a adj. **1.** Igual, sin aspereza. **2.** Se aplica a las telas que no son estampadas y a los vestidos que carecen de adornos. **3.** *Amér.* Desvergonzado, atrevido.

lisonja n.f. Alabanza afectada. • **lisonjear** **I.** v.tr. Adular. **II.** v.tr. y prnl. **1.** Dar motivo de envanecimiento. **2.** Fig. Deleitar, agradar.

lisozima n.f. Enzima capaz de hidrolizar las capas bacterianas.

lista n.f. **1.** Tira de tela, papel, cuero u otra cosa delgada. **2.** Línea larga y estrecha que, por combinación de un color con otro, se forma en telas o tejidos. **3.** Enumeración en forma de columna, de personas, cosas, cantidades, etc. • **listado,a** **1.** adj. Que forma o tiene listas. **2.** n.m. INFORM Conjunto de informaciones que salen de una impresora.

listo,a adj. **1.** Diligente, expedito. **2.** Dispuesto para hacer una cosa. **3.** Sagaz.

listón n.m. **1.** CARP Pedazo de tabla angosto que sirve para hacer marcos y para otros usos. **2.** CARP Moldura de sección cuadrada y poco saliente.

lisura n.f. **1.** Igualdad y tersura de la superficie de una cosa. **2.** Fig. Ingenuidad, sinceridad. **3.** *Perú.* Fig. Gracia, donaire.

litargirio n.m. Óxido de plomo, fundido en láminas o escamas muy pequeñas, de color amarillo más o menos rojizo y con lustre vítreo.

Litchi n.m. **1.** Género de árboles de Asia tropical de la familia de las sapindáceas, incluye el *Litchi sinensis,* que da un fruto comestible de sabor dulce. **2.** Dicho fruto.

litera n.f. **1.** Cada una de las camas que se usan una encima de otra, por economía de espacio. **2.** Cama fija en un buque. **3.** Vehículo, antiguo compuesto de un habitáculo para una o dos personas, con dos varas laterales, que llevaban dos hombres o dos caballerías.

literal adj. **1.** Conforme a la letra del texto, o al sentido exacto de las palabras empleadas en él. **2.** Se aplica a la traducción en que se vierten todas y por su orden las palabras del original.

literatura n.f. **1.** Arte que emplea como medio de expresión la palabra hablada o escrita. **2.** Teoría de las composiciones literarias. **3.** Conjunto de las producciones literarias de una nación, de una época o de un género. **4.** P. ext., conjunto de obras que versan sobre un arte o ciencia. • **literario,a** adj. Perteneciente o relativo a la literatura. • **literato,a** n. y adj. Persona versada en literatura.

Lithodomus n.m. ZOOL Género de moluscos lamelibranquios de los mares cálidos y templados.

litiasis n.m. MED Presencia de cálculos en las vías excretoras de una glándula o de un órgano.

lítico,a adj. Perteneciente o relativo a la piedra.

litigar **1.** v.tr. Pleitear, disputar en juicio sobre una cosa. **2.** v. intr. Fig. Altercar, contender. • **litigación** n.f. Acción y efecto de litigar. • **litigio** n.m. **1.** Pleito. **2.** Fig. Disputa, contienda. • **litigioso,a** adj. **1.** Se dice de lo que está en pleito; y p. ext., de lo que está en duda y se disputa. **2.** Propenso a mover pleitos y litigios.

litio n.m. QUIM Metal de color blanco de plata, tan poco denso, que flota sobre el agua, la nafta y el petróleo.

ENCICL **Quím.** — El litio, de número atómico 3, peso atómico 6,94 y símbolo *Li* es el menos denso (0,55) de todos los metales. Su punto de fusión es de 180,5 °C; el de ebullición de 1.330 °C. Tiene propiedades altamente reductoras; reduce el hidrógeno dando un hidruro. Se utiliza para fabricar aleaciones antifricción o catalizadores. En medicina, las sales de litio son utilizadas para cuidar los estados maníaco-depresivos.

-lito, -lítico,a, lito- Partículas procedentes del griego *lithos,* «piedra».

litófago,a adj. Se aplica a los moluscos que perforan las rocas y hacen en ellas su hábitat.

litogenesia n.f. Parte de la geología que trata de las causas que han originado las rocas.

litografía n.f. **1.** Técnica de grabar en piedra preparada al efecto, para multiplicar los ejemplares de un dibujo o escrito. **2.** Cada uno de estos ejemplares. **3.** Taller del litógrafo. • **litografiar** v.tr. Dibujar o escribir en piedra.

ENCICL Se realiza el inverso del dibujo en la piedra litográfica con un lápiz o una pluma de tinta grasa. Tras el efecto del ácido nítrico, se produce, salvo en el lugar ocupado por el trazo, una capa de nitrato de calcio, producto higroscópico que no toma la tinta. La prueba litográfica se obtiene por impresión sobre un papel. Este procedimiento exige mucha habilidad para trazar el dibujo original. La piedra litográfica ha sido reemplazada por una hoja de cinc tratada especialmente, procedimiento que ha dado lugar al nacimiento del offset. La litografía fue descubierta en Munich, en 1796, por Aloys Senefelder. Se hizo popular a principios del s. XIX y a partir de ese momento ha sido y sigue siendo utilizada por numerosos artistas.

litología n.f. Parte de la geología, que trata de las rocas.

litoral **1.** adj. Perteneciente a la orilla o costa del mar. **2.** n.m. Costa de un mar, país, etc.

Litorina n.m. Género de moluscos gasterópodos marinos, muy abundantes en las costas.

litosfera n.f. GEOL Conjunto de las partes sólidas del globo terráqueo.

litráceo,a o **litrarieo,a** n.f. y adj. BOT Se dice de hierbas y arbustos angiospermos dicotiledóneos, con hojas enteras, flores hermafroditas, y fruto en cápsula con semillas angulosas de tegumento coriáceo. ▷ n.f. pl. BOT Familia de estas plantas.

litre n.m. **1.** Árbol chileno, de la familia de las anacardiáceas. El contacto de sus ramas producen salpullido. **2.** *Chile.* Fam. Enfermedad producida por el contacto de este árbol.

litro n.m. **1.** Unidad de capacidad del sistema métrico decimal equivalente a 1 dm^3 (símbolo *l*). **2.** Cantidad de áridos o de líquido que cabe en tal medida.

lituano,a **1.** n. y adj. Natural de Lituania. **2.** adj. Perteneciente a esta república de la URSS. **3.** n.m. Lengua de la familia eslava, hablada en Lituania.

liturgia n.f. Orden y forma que ha aprobado la Iglesia para celebrar los oficios divinos, y especialmente la misa.

liviano,a adj. **1.** De poco peso. **2.** Fig. Fácil, inconstante. **3.** Fig. De poca importancia. **4.** Fig. Lascivo. • **liviandad** n.f. **1.** Calidad de liviano. **2.** Fig. Acción liviana.

lívido,a adj. Amoratado. • **lividecer** v.int. Ponerse lívido. • **lividez** n.f. Calidad de lívido.

liza n.f. **1.** Campo dispuesto para que luchen dos o más personas. **2.** Lid.

lizo n.m. **1.** Hilo fuerte que sirve de urdimbre para ciertos tejidos. **2.** Pieza del telar que divide los hilos para que pasen por la lanzadera.

lm FIS Símbolo del lumen.

lo **1.** Artículo determinado, en género neutro. **2.** Acusativo del pronombre personal de tercera persona, en género masculino o neutro y número singular. No admite preposición y se puede usar como sufijo: *lo probé; pruébalo.*

loa n.f. **1.** Acción y efecto de loar. **2.** En el teatro antiguo, prólogo con que solía iniciarse la representación. **3.** Poema dramático breve en que se celebra a una persona ilustre o un acontecimiento.

loar v.tr. Alabar.

loba n.f. **1.** Hembra del lobo. **2.** Lomo no removido por el arado, entre surco y surco.

lobanillo n.m. PAT Tumor superficial y que por lo común no duele, que se forma en algunas partes del cuerpo.

lobato n.m. Cachorro del lobo.

lobectomía n.f. CIR Ablación de un lóbulo de un órgano (pulmón, cerebro, etc.).

lobeliáceo,a n.f. y adj. BOT Se dice de hierbas o matas angiospermas dicotiledóneas, con látex, hojas alternas y sin estípulas, flores axilares, y fruto seco con muchas semillas de albumen carnoso. ▷ n.f.pl. BOT Familia de estas plantas.

lobo n.m. **I.** Mamífero carnicero, con aspecto de perro mastín. **II.** Máquina usada en hilandería para limpiar y desenlazar el algodón. **III.** Fig. y Fam. *Lobo de mar.* Marino viejo y experimentado en su profesión.
ENCICL El lobo común alcanza 80 cm de altura en la cruz y un peso de 60 kg; su pelaje es gris amarillento. Habita en los bosques y en las landas. Los lobos viven en manadas en el seno de una organización social muy desarrollada. Las parejas se forman para toda la vida; la hembra pare de 5 a 8 lobeznos por año en un solo parto.

lobotomía n.f. CIR Operación que consiste en seccionar ciertas fibras nerviosas del lóbulo frontal del cerebro.

lóbrego,a adj. **1.** Oscuro. **2.** Fig. Triste.

lóbulo n.m. **1.** ANAT Parte redondeada y bien delimitada de ciertos órganos. — *Lóbulo de la oreja.* Parte inferior del pabellón auditivo. **2.** BOT Saliente de las hojas o de los pétalos. **3.** ARQUIT Saliente en forma de arco de medio punto que aparece en el trazado de ciertos arcos y rosetones góticos. • **lobulado,a** adj. **1.** Dividido en lóbulos. **2.** ARQUIT Que tiene lóbulos.

locación n.f. FOR Acción de arrendar una cosa.

local **I.** adj. **1.** Perteneciente al lugar. **2.** Perteneciente o relativo a un territorio, comarca o país. **3.** Municipal o provincial, por oposición a general o nacional. **II.** n.m. Lugar cerrado y cubierto.

localidad n.f. **1.** Calidad de las cosas que las determina a lugar fijo. **2.** Lugar o pueblo. **3.** Cada una de las plazas en los locales destinados a espectáculos públicos.

localismo n.m. **1.** Calidad de local. **2.** Preferencia de uno por determinado lugar o comarca. **3.** Vocablo o locución que sólo tiene uso en un área distinguida.

localizar **1.** v.tr. y prnl. Encerrar en límites determinados. **2.** v.tr. Averiguar el lugar en que se halla una persona o cosa.

locativo,a **1.** adj. Perteneciente o relativo al contrato de locación o arriendo. **2.** n.m. y adj. Se dice del caso de la declinación que expresa fundamentalmente la relación de lugar en donde.

loción n.f. **1.** Fricción o lavado efectuado sobre una parte del cuerpo con un líquido como limpieza o medicación. **2.** Líquido destinado al cuidado de la piel o el cabello.

loco,a **I.** n. y adj. **1.** Que ha perdido la razón. **2.** Fig. y Fam. Persona que siempre está de chanza. **3.** De poco juicio, disparatado e imprudente. **II.** adj. **1.** Fig. Que excede en mucho a lo ordinario. **2.** Fig. Hablando de las ramas de los árboles, pujante.

loco- Prefijo procedente del latín *locus*, «lugar».

locomoción n.f. Traslación de un punto a otro. • **locomotor,a** **1.** adj. Propio para la locomoción. **2.** n.f. Máquina que montada sobre ruedas y movida de ordinario por vapor, electricidad o motor de combustión interna, arrastra los vagones de un tren. v. ENCICL.
ENCICL Las locomotoras de vapor han prestado valiosos servicios hasta 1950 aproximadamente. Casi todas han sido ya retiradas, siendo sustituidas progresivamente por las locomotoras eléctricas o Diesel. Las locomotoras eléctricas permiten aceleraciones importantes y altas velocidades; son alimentadas con corriente alterna de 50 ciclos a 25.000 voltios o con corriente continua de 1.500 voltios: Las locomotoras Diesel están equipadas con un motor Diesel que mueve un alternador; la corriente alterna producida por éste es transformada en corriente continua para alimentar el motor de tracción. Las locomotoras con turbinas de gas ofrecen numerosas ventajas para las comunicaciones rápidas a distancia media (turbotrenes).

locro n.m. Guiso de patatas o maíz, usado en América meridional. — Voz quechua.

locuaz adj. Que habla mucho o en exceso.

locución n.f. **1.** Modo de hablar. **2.** Grupo de palabras que forman sentido, frase. **3.** GRAM Combinación estable de dos o más palabras que funciona como elemento oracional.

locuelo,a n. y adj. Fam. Niño atolondrado.

locular adj. BOT Dividido en celdillas.

-locuo,a Sufijo procedente del latín *loqui*, «hablar».

locura n.f. **1.** Privación del juicio o del uso de la razón. **2.** Acción inconsiderada o gran desacierto. **3.** Fig. Exaltación del ánimo.

locutor,a n.m. y f. Persona que habla ante el micrófono, en las estaciones de radiotelefonía y televisión.

locutorio n.m. **1.** Lugar que se destina en las cárceles y en los conventos para que los visitantes puedan hablar con los presos y las monjas. **2.** Departamento aislado y de reducidas dimensiones que se destina al uso individual del teléfono.

locha n.f. ZOOL Pez teleósteo de agua dulce, del suborden de los fisóstomos.

lodazal n.m. Lugar lleno de lodo.

loden n.m. Tejido de lana impermeable. ▷ P. ext. prenda hecha con este tejido.

lodo n.m. **1.** Mezcla de tierra y agua, especialmente la que resulta de las lluvias en el suelo. **2.** TECN Residuo más o menos pastoso de varias operaciones industriales. • **lodoso,a** adj. Lleno de lodo.

loess n.m. GEOL Depósito eólico. Limo constituido por gránulos de cuarzo y caliza envueltos en arcilla; forma un suelo muy fértil.

lofobranquio n.m. y adj. ZOOL Se dice de peces teleósteos que tienen las branquias en forma de penacho; como el caballo marino. ▷ n.m. pl. ZOOL Suborden de estos animales.

log MAT Abreviatura de logaritmo decimal.

loganiáceo,a n.f. y adj. BOT Se dice de plantas exóticas angiospermas dicotiledóneas de la familia del maracure. ▷ n.f. pl. BOT Familia de estas plantas.

logaritmo n.m. MAT Exponente a que es necesario elevar una cantidad positiva para que resulte un número determinado.
ENCICL Para toda función logarítmica *f*, existe un único número real, simbolizado por *a*, estrictamente positivo y distinto de cero, de forma que $f(a) = 1$. El número *a* se llama base de la función logarítmica, simbolizada por log. *a*. Si $y = \log a(x)$, tenemos igualmente que $x = a^y$. En el caso particular en que la base sea igual a 10, tenemos los logaritmos decimales que son simbolizados por log. El logaritmo decimal de un número se compone de una parte entera, positiva o negativa, llamada *característica*, y una parte fraccionaria, llamada *mantisa*. Tomemos el log. 120=2,07918; 2 es la característica (es también el logaritmo de 100) y 07918 es la mantisa (0,07918 es también el log de 1,2). Los logaritmos *neperianos* tienen como base al número *e* (*e*=2,72838...) y su símbolo es L o ln.

logia n.f. **1.** Galería exterior cubierta de un edificio. **2.** Local donde se celebran asambleas de francmasones. **3.** Asamblea de francmasones.

-logía, -lógico,a, -logista, -logo,a Sufijos procedentes del griego *logia*, «teoría» y *logos*, «palabra, ciencia, tratado».

lógico,a **I.** n.f. Ciencia que expone las leyes, modos y formas del conocimiento científico. **II.** adj. **1.** Perteneciente a la lógica. ▷ Que la estudia y sabe. **2.** Se dice comúnmente de toda consecuencia natural.
ENCICL La dialéctica fue el primer sistema de lógica: simple método de discusión para Zenón de Elea y los sofistas, con Platón pasó a ser la filosofía misma. Aristóteles intentó crear la lógica como ciencia independiente. Roger Bacon fue el primero en indicar en su *Novum Organum* (nueva lógica) un instrumento nuevo para alcanzar la verdad: *la inducción*. Descartes completó su obra en lo referente a la extensión de las reglas del método matemático *(deducción)*. En el s. XIX, J. Stuart Mill, en su *Sistema de lógica*, trató de elevar la inducción al rango que ocupaba la deducción en el silogismo. En el s. XX se desarrolló la lógica matemática, mientras que, sobre ese modelo, la escuela de Viena establecía sus bases.

logística n.f. **I.** **1.** Técnica de cálculo por oposición a la aritmética teórica. **2.** Lógica simbólica que utiliza un sistema de signos análogo al del álgebra. **II.** **1.** Parte del arte militar que trata acerca de las actividades y medios que permiten a un ejército cumplir su misión en las mejores condiciones de eficacia; estas actividades y medios. **2.** P. ext., organización material (de una empresa, de una colectividad, etc.). • **logístico,a** **1.** adj. Perteneciente o relativo a la logística. **2.** n.m. y f. Especialista en logística matemática.

logo- Prefijo procedente del griego *logos*, «palabra, discurso».

logógrafo,a **I.** n.m. y f. FILOL Autor de un glosario. **II.** n.m. ACUST Aparato inventado por Barlow para registrar gráficamente la articulación de la voz humana.

logomaquia n.f. Discusión en que se atiende a las palabras y no al fondo del asunto.

logorrea n.f. MED Necesidad incontenible de hablar.

logos n.m. FILOS Palabra inteligible. Razón.

logotipo n.m. Diseño característico, que sirve de emblema a una sociedad, a una marca comercial, etc.

lograr **I.** v.tr. **1.** Alcanzar lo que se intenta o desea. **2.** Gozar o disfrutar una cosa. **II.** v.prnl. Llegar a su perfección una cosa.

logrero,a n.m. y f. Persona que procura lucrarse por cualquier medio. (Se usa más en *Amér.*)

logro n.m. **1.** Acción y efecto de lograr. **2.** Ganancia, lucro. **3.** Ganancia o lucro excesivo.

logroñés,a **1.** n. y adj. Natural de Logroño. **2.** adj. Perteneciente o relativo a esta provincia o a su capital.

loica n.f. Pájaro chileno. Se domestica con facilidad y es muy estimado por su canto.

loma n.f. Altura pequeña y prolongada.

lombarda n.f. **1.** Variedad de col de color morado. **2.** Cañón antiguo de gran calibre.

lombriz n.f. ZOOL Gusano de la clase de los anélidos, de cuerpo blando y cilíndrico. Vive en los terrenos húmedos. — *Lombriz intestinal.* Gusano de la clase de los nematelmintos, que vive parásito en el intestino del hombre y de algunos animales. Hay muchas especies.

lomo n.m. **1.** Parte inferior y central de la espalda. **2.** Carne del cerdo que forma esta parte del animal. **3.** Parte del libro opuesta al corte de las hojas. **4.** Tierra que levanta el arado entre surco y surco. **5.** Parte del cuchillo opuesta al filo. **6.** pl. Las costillas.

lona n.f. Tela fuerte de algodón o cáñamo.

longaniza n.f. Pedazo largo y estrecho de tripa rellena de carne de cerdo picada y adobada.

longevo,a adj. Muy anciano o de larga edad. • **longevidad** n.f. Largo vivir.

longi- Prefijo procedente del latín *longus*, «largo».

longilíneo,a adj. ANTROP Que tiene los miembros largos en relación al tronco.

longitud n.f. **1.** La mayor de las dos dimensiones principales que tienen las cosas o figuras planas. **2.** GEOG *Longitud de un lugar.* Una de las dos coordenadas que permiten situar este lugar sobre la superficie del globo terráqueo (v. latitud) **3.** FIS *Longitud de onda.* Distancia entre dos puntos correspondientes a una misma fase en dos ondas consecutivas.

longitudinal adj. Perteneciente a la longitud.

longobardos, v. lombardos.

1. lonja n.f. Cualquier cosa larga, ancha y poco gruesa, que se corta o separa de otra.

2. lonja n.f. Edificio público donde se juntan comerciantes para sus tratos.

lontananza n.f. PINT Términos de un cuadro más distantes del plano principal.

loor n.m. Elogio, alabanza.

loquero,a n.m y f. Persona cuya profesión es cuidar a los locos.

loquios n.m.pl. Líquido que sale por los órganos genitales de la mujer durante el puerperio.

lora n.f. *Chile.* Hembra del loro.

loran n.m. Sistema de ayuda a la navegación aérea y marítima que permite determinar la posición de la aeronave o del barco en relación con dos estaciones terrestres que emiten impulsos radioeléctricos sincronizados.

lorantáceo,a n.f. y adj. BOT Dícese de plantas angiospermas dicotiledóneas, como el muérdago. ▷ n.pl. BOT Familia de estas plantas.

lord n.m. Título honorífico inglés. ENCICL La Cámara de los Lores es la cámara alta del Parlamento del Reino Unido. Está compuesta por un millar de miembros. La Cámara de los Lores no dispone más que de un derecho de veto suspensivo (limitado a un año) sobre el voto de las leyes (a excepción de aquellas que conciernen al ámbito financiero). Forma también un tribunal de apelación integrado por nueve lores. La Cámara de los Lores es cuestionada actualmente, sobre todo a causa de su composición (por considerarse anacrónico el principio hereditario).

lordosis n.f. MED Deformación de la columna vertebral.

lori n.m. Papagayo de Oceanía, de colores vivos.

Loricaria n.f. Género de peces americanos, siluriformes, cuyo cuerpo está cubierto por una coraza de placas óseas.

loriga n.f. Antigua armadura hecha de láminas pequeñas de acero.

loro n.m. Papagayo, y más particularmente el que tiene el plumaje con fondo rojo.

lorza n.f. Pliegue para acortar una prenda.

los **1.** Forma del artículo determinado en género masculino y número plural. **2.** Acusativo del pronombre personal de tercera persona en género masculino y número plural.

losa n.f. **1.** Losa grande y plana que se coloca en los sepulcros. **2.** Baldosa que se emplea para pavimentar. • **loseta** n.f. Ladrillo fino para pavimentar, baldosa.

losange n.m. Figura de rombo colocado de modo que uno de los ángulos agudos quede como pie y su opuesto como cabeza.

lota n.f. Pez de agua dulce.

lote n.m. **1.** Cada una de las partes en que se divide un todo que se ha de distribuir entre varias personas. **2.** Lo que toca a cada uno en la lotería o en otros juegos en que se sortean sumas desiguales. **3.** Dote, en el juego de naipes. **4.** Conjunto de objetos similares que se agrupan con un fin determinado.

lotería n.f. **1.** Sorteo con mercancías o dinero autorizado legalmente. **2.** Juego de azar administrado por el Estado en que se premian con diversas cantidades varios billetes sacados al azar entre un gran número de ellos que se ponen en venta. ▷ Casa en que se despachan los billetes de lotería. **3.** Cosa en que interviene el azar. **4.** Juego de sobremesa. • **lotero,a** n.m. y f. Persona que tiene a su cargo un despacho de billetes de la lotería.

loto n.m. **1.** Planta acuática de la familia de las ninfeáceas, de hojas muy grandes, coriáceas, con pecíolo largo y delgado; flores terminales, solitarias, de gran diámetro, y fruto globoso ▷ Flor de esta planta. ▷ Fruto de la misma. **2.** BOT Árbol de África, de la familia de las ramnáceas. ▷ Fruto de este árbol.

loxodromia n.f. NAUT Curva que en la superficie terrestre forma un mismo ángulo en su intersección con todos los meridianos, y sirve para navegar con rumbo constante.

loza n.f. **1.** Barro fino, cocido y barnizado, de que están hechos los platos, tazas, etc. **2.** Conjunto de estos objetos destinados al uso doméstico.

lozano,a adj. **1.** Se dice de las plantas con mucho verdor y vitalidad. **2.** Se aplica a la persona de aspecto sano y joven. • **lozanía** n.f. **1.** Calidad de lozano. **2.** Orgullo, altivez.

LSD n.m. Dietilamida del ácido lisérgico, potente alucinógeno.

lúa n.f. Guante de esparto para limpiar las caballerías.

lubina n.f. Róbalo (pez).

lubricar v.tr. Lubrificar. • **lubricación** n.f. Acción y efecto de lubricar. • **lubricante** n.m. y adj. Se dice de toda sustancia útil para lubricar.

lúbrico,a adj. **1.** Resbaladizo. **2.** Fig. Propenso a la lujuria. **3.** Fig. Libidinoso, lascivo. • **lubricidad** n.f. Calidad de lúbrico.

lubrificar v.tr. Hacer suave y resbaladiza una cosa, especialmente una máquina.

Lucanus n.m. Género de coleóptero polífagos, que incluye el *Lucanus cervus*, llamado también ciervo volante.

lucerna n.f. **I. 1.** Araña grande para alumbrar. **2.** Abertura alta de una habitación que da ventilación y luz. **II.** Milano (pez marino). — Lat. *lucerna.*

Lucernaria n.f. Género de medusas acalefas cuya forma fija habita los mares fríos.

lucero n.m. **1.** Cualquier astro de los que aparecen más grandes y brillantes. ▷ El planeta Venus. **2.** Postigo de las ventanas, por donde entra la luz. **3.** Lunar blanco y grande que tienen en la frente algunos cuadrúpedos. **4.** Fig. Los ojos, cuando son bonitos.

lucido,a adj. Que hace o desempeña las cosas con gracia, liberalidad y esplendor.

lúcido,a adj. **1.** POET Luciente. **2.** Fig. Claro en el razonamiento, en las expresiones, en el estilo, etc.

luciérnaga n.f. ZOOL Insecto coleóptero, de tegumento blando. La hembra, carece de alas y élitros, y su abdomen está formado por anillos que despiden, particularmente los tres últimos, una luz fosforescente de color verdoso.

luciferina n.f. BIOQUIM Sustancia cuya oxidación, por efecto de una enzima específica (la luciferasa), produce la luminescencia de ciertos insectos.

lucio n.m. Pez, de agua dulce, del orden de los acantopterigios.

lución n.m. Reptil del orden de los saurios.

lucir **I.** v.int. **1.** Brillar, resplandecer. **2.** Fig. Sobresalir, aventajar. **II.** v.int. y prnl. Fig. Corresponder el provecho al trabajo en cualquier obra. **III.** v.tr. **1.** Iluminar, comunicar luz y claridad. **2.** Blanquear con yeso las paredes. **IV.** v.prnl. **1.** Vestirse y adornarse con esmero. **2.** Fig. Quedar uno muy bien en un empeño.

lucrativo,a adj. Que produce utilidad y ganancia. • **lucrar** **1.** v.tr. Conseguir uno lo que deseaba. **2.** v.prnl. Utilizarse, sacar provecho de un negocio o encargo. • **lucro** n.m. Ganancia o provecho que se saca de una cosa.

luctuoso,a adj. Triste.

lucubrar v.tr. Trabajar con aplicación en obras de ingenio. • **lucubración** n.f. **1.** Acción y efecto de lucubrar. **2.** Vigilia y tarea consagrada al estudio. **3.** Obra o producto de este trabajo.

lúcumo n.m. Árbol de Chile y de Perú, de la familia de las sapotáceas. • **lúcuma** n.f. **1.** Fruto del lúcumo. **2.** Lúcumo.

lucha n.f. **I. 1.** Acción de luchar. **2.** Lid, combate. **3.** Contienda, disputa. **II. 1.** Acción contra una fuerza, un fenómeno, un acontecimiento, nocivo u hostil. **2.** Conflicto entre dos fuerzas materiales o morales. • **luchador,a** n.m. y f. **1.** Persona que lucha. **2.** El que se dedica profesionalmente a algún deporte de lucha. • **luchar** v.int. **1.** Pelear, combatir. **2.** Disputar, abrirse paso en la vida.

luche n.m. Alga marina de Chile; es comestible.

lúdico,a adj. Relativo o perteneciente al juego.

luego **I.** adv.t. **1.** Prontamente, sin dilación. **2.** Después de este tiempo o momento. **II.** Conj. ilat. con que se denota la deducción o consecuencia inferida de un antecedente. *Pienso, luego existo.*

luengo,a adj. Largo.

lugar n.m. **1.** Espacio ocupado o que puede ser ocupado por un cuerpo. **2.** Sitio o paraje. **3.** Ciudad, villa o aldea. **4.** Población pequeña. **5.** Pasaje, texto, autoridad o sentencia; expresión o conjunto de expresiones de un autor, o de un libro escrito. **6.** Tiempo, ocasión, oportunidad. **7.** Puesto, empleo. **8.** Causa, motivo u ocasión para hacer o no hacer una cosa. **9.** Sitio que en una serie ordenada de hombres ocupa cada uno de ellos. • **lugareño,a** **I.** n. y adj. Campesino o pueblenno. II. adj. Perteneciente a las poblaciones pequeñas, o propio y característico de ellas.

lugarteniente n.m. El que tiene autoridad y poder para hacer las veces de otro en un ministerio o empleo.

lúgubre adj. Triste, melancólico.

lugués,a 1. n. y adj. Natural de Lugo. 2. adj. Perteneciente o relativo a esta provincia o a su capital.

luisa n.f. Planta fruticosa de la familia de las verbenáceas. Es originaria de Perú, y sus hojas suelen usarse en infusión estomacal y antiespasmódica.

lujo n.m. Riqueza ostentosa. • **lujoso,a** adj. Que ostenta lujo.

lujuria n.f. 1. Deseo sexual exagerado. 2. Exceso en la vegetación. • **lujuriante** adj. Fig. Abundante, exuberante. • **lujurioso,a** n. y adj. Dado o entregado a la lujuria.

lules, pueblo sudamericano, cuyos descendientes habitan a las orillas del río Bermejo (Argentina).

lulú n.m. Perrito de compañía, de pelo largo y abundante.

luma n.f. 1. Árbol chileno, de la familia de las mirtáceas. Su madera es dura, pesada y resistente. 2. Madera de este árbol.

lumbago n.m. Dolor lumbar que sobreviene súbitamente después de un esfuerzo o de un movimiento brusco del tronco.

lumbar adj. MED y ANAT Relativo o perteneciente a la región de los lomos, de los riñones.

lumbre n.f. I. 1. Carbón, leña u otra materia combustible encendida. 2. Luz de los cuerpos en combustión. II. Parte anterior de la herradura. III. 1. Espacio que una puerta, ventana, claraboya, tronera, etc., deja franco a la entrada de la luz. 2. Fig Esplendor, lucimiento, claridad.

lumbrera n.f. I. 1. Cuerpo que despide luz. 2. Abertura que desde el techo de una habitación, o desde la bóveda de una galería, proporciona luz o ventilación. ▷ MAR Escotilla para proporcionar luz y ventilación a determinados lugares del buque. 3. Abertura de los cepillos de carpintero, para que por ella salgan las virutas. II. Fig. Persona de talento.

lumen n.m. FIS Unidad de flujo luminoso del sistema internacional, de símbolo *lm*.

luminancia n.f. FIS Cociente de la intensidad luminosa que emite una fuente por su superficie aparente.

luminar n.m. 1. Astro que despide luz. 2. Fig. Lumbrera.

luminaria n.f. 1. Luz que se pone en señal de fiesta y regocijo público. 2. Luz que arde continuamente en las iglesias delante del Santísimo Sacramento.

lumínico,a 1. adj. Perteneciente o relativo a la luz. 2. n.m. FIS Principio o agente hipotético de los fenómenos de la luz.

luminiscencia n.f. Propiedad de despedir luz sin elevación de temperatura y visible casi sólo en la oscuridad.

luminismo n.m. Corriente pictórica caracterizada por contrastes vigorosos entre las partes iluminadas y las zonas oscuras de un cuadro.

luminoso,a adj. Que despide luz. ▷ OPT *Rayo luminoso*. Eje rectilíneo a lo largo del cual se propaga la luz. • **luminosidad** n.f. 1. Calidad de luminoso. 2. ASTRON Energía total irradiada por un astro en un segundo.

luminotecnia n.f. Arte de la iluminación con luz artificial para fines industriales o artísticos.

luna n.f. I. 1. Satélite de la Tierra. En esta acepción se escribe con mayúscula y lleva antepuesto generalmente el artículo *la*. 2. Luz nocturna que este satélite nos refleja de la que recibe del Sol. 3. Lunación. 4. Satélite. II. 1. Tabla de cristal o vidrio cristalino, de que se forra el espejo, o que se emplea en vidrieras, escaparates y otros usos. 2. Luneta de los anteojos. • **lunación** n.f. ASTRON Tiempo que gasta la Luna desde una conjunción con el Sol hasta la siguiente. • **lunar** adj. Perteneciente o relativo a la Luna.

ENCICL La Luna es el más grande de los satélites del sistema solar. Su diámetro es de 3.476 km y su distancia media con respecto a la Tierra es de 380.400 km, o sea un poco más de 30 diámetros terrestres. La Luna nos presenta siempre la misma cara ya que su período de rotación alrededor de su eje es exactamente igual al de su revolución en torno a la Tierra. No obstante, debido a los balanceos de la Luna alrededor de su eje (que constituyen la libración), nos es posible observar desde la Tierra casi el 60 % de la superficie lunar. Cuando la Luna está en conjunción con el Sol, es decir, entre el Sol y la Tierra, su cara iluminada nos es ocultada por entero: es la fase de la luna nueva. Inversamente, un cosmonauta que contemplase la Tierra desde la Luna, vería enteramente la cara iluminada de la Tierra (fase de tierra llena). De seis días y medio a siete días y medio después de la luna nueva, el disco lunar aparece bajo la forma de un semicírculo (cuarto creciente). A los 15 días de la luna nueva, el satélite se halla en oposición con el Sol (luna llena). La fase siguiente es la de cuarto menguante, que precede a una nueva conjunción. Las *mareas* terrestres se deben a la atracción de la Luna sobre las masas oceánicas. El Sol interviene, en un grado menor, para amplificar o contrarrestar esa acción.

El relieve lunar comprende extensas planicies unidas salpicadas de colinas, los *mares*, y regiones de aspecto desolado y caótico, con cadenas de montañas cuyas cumbres sobrepasan los 8.000 m de altitud, los *continentes*. El suelo lunar está salpicado de cráteres de origen meteorítico, los más grandes de los cuales, llamados *circos*, tienen diámetros que exceden a veces los 100 km; los meteoritos hacen impacto en la superficie del satélite porque, como no hay atmósfera, no se desintegran e incendian por fricción con la misma. El relieve lunar presenta igualmente hendiduras, crestas, cerros y surcos, que bordean ciertos circos (Copérnico, Tycho, etc.). La exploración de la Luna ha hecho progresar considerablemente nuestro conocimiento de la física y la química del suelo lunar. Las rocas más viejas traídas a la Tierra tienen alrededor de 4.600 millones de años; ésa es también la edad de las más viejas rocas terrestres. La gravedad en la superficie de la Luna es igual a 1/6 de la gravedad terrestre, y la velocidad de liberación de un cuerpo de la atracción lunar es sólo de 2,38 km/s (11,2 km/s para la Tierra). El campo gravitatorio lunar presenta irregularidades. Como el satélite carece de atmósfera, la temperatura del suelo presenta grandes variaciones entre el día (+110 °C) y la noche (−150 °C)

lunar n.m. 1. Pequeña mancha cutánea. 2. Fig. Defecto. 3. Fig. Cosa censurable de poca importancia en el carácter o conducta de alguien.

lunático,a 1. n. y adj. Que padece locura, no continua, sino por intervalos. 2. Maniático.

lunes n.m. Segundo día de la semana.

luneta n.f. 1. Cristal o vidrio pequeño, que es la parte principal de los anteojos. 2. Ventana semicircularl sobre una puerta.

lunfardo n.m. 1. *Arg.* Ratero, ladrón. 2. *Arg.* Chulo, rufián. 3. Argot propio de Buenos Aires y sus alrededores.

lúnula n.f. 1. Espacio blanquecino de la raíz de las uñas. 2. GEOM Media luna.

lupa n.f. Lente de aumento con montura.

lupanar n.m. Casa de mujeres públicas.

lupercales n.f.pl. Fiestas que en el mes de enero celebraban los romanos en honor del dios Pan.

lúpulo n.m. BOT Planta trepadora, de la familia de las cannabáceas. Los frutos, desecados, se emplean para aromatizar la cerveza.

lupus n.m. MED Dermatosis de extensión progresiva y destructiva, localizada en el rostro.

luquete n.m. ARQUIT Casquete esférico que cierra la bóveda vaída.

lusones, en la Antigüedad, celtíberos que habitaban la región del nacimiento del río Tajo, en la península Ibérica.

lustrabotas n.m. *Amér.* Limpiabotas.

lustrar v.tr. 1. Dar lustre y brillantez a una cosa. 2. Purificar con ceremonias las cosas que se creían impuras. • **lustre** n.m. 1. Brillo de las cosas tersas o bruñidas. 2. Fig. Esplendor, gloria.

lustro n.m. Espacio de cinco años.

lutecio n.m. QUIM Elemento metálico de número atómico 71, de peso atómico 175 (símbolo *Lu*), que forma parte del grupo de las tierras raras.

luteína n.f. BIOL Progesterona. • **luteinización** n.f. BIOL Transformación del folículo ovárico llegado a la madurez, en cuerpo amarillo secretor. • **luteinizante** adj. Se dice de la hormona hipofisaria que estimula la secreción de la progesterona en la mujer y de los andrógenos testiculares en el hombre.

lúteo,a adj. De lodo.

luteranismo n.m. Doctrina religiosa de Lutero; protestantismo luterano.

ENCICL La unidad doctrinal de los luteranos, que reconocían la Biblia como la única autoridad en materia de fe, descansa sobre el *Gran Catecismo* y el *Pequeño Catecismo* de Lutero (1529), la *Confesión de Augsburgo* (publicada por Melanchton en 1530 con la aprobación de Lutero), los *Artículos de Smalkalda* (redactados por Lutero, 1537) y la *Fórmula de concordia* de 1580. La piedra angular de la creencia luterana es la convicción de que sólo la fe que confía en la infinita misericordia de Dios salva al fiel. La organización de las iglesias luteranas difiere según los países donde están implantadas. Hoy se cuentan alrededor de 70 millones de luteranos en el mundo.

luterano,a 1. adj. Conforme o relativo a la doctrina de Lutero. 2. n.m. y f. Seguidor de esta doctrina.

luto n.m. 1. Signo exterior de duelo en ropas, y otros objetos, por la muerte de una persona. 2. Duelo, pena, aflicción.

lux n.m. FIS Unidad de intensidad de iluminación, de símbolo *lx*. • **luxímetro** n.m. FIS Aparato que sirve para medir la intensidad de iluminación.

luxación n.m. MED Desplazamiento de las superficies articulares de los huesos.

luxemburgués,a 1. n. y adj. Natural de Luxemburgo. 2. adj. Perteneciente o relativo a dicho Estado.

luz n.f. I. 1. FIS Conjunto de partículas elementales (llamadas *fotones*) que se desplazan a gran velocidad y presentan los caracteres de una onda. 2. Lo que ilumina o alumbra. 3. Fenómeno percibido espontáneamente por el ojo y capaz de alumbrar las cosas y de permitir ver. ▷ Representación de la luz en la pintura. 4. Punto luminoso, mancha luminosa. II. 1. Día o tiempo que dura la claridad del Sol sobre el horizonte. ▷ ARQUIT Ventana o tronera por donde se da luz a un edificio. ▷ Fig. Lo que ilumina o aclara. 2. Lo que permite comprender o saber. **III. 1.** Dimensión horizontal interior de un vano o de un habitación. **2.** ARQUIT Distancia horizontal entre los apoyos de un arco, viga, etc.

ENCICL **Fís.** — La luz presenta un doble aspecto, corpuscular y ondulatorio, que se ha explicado por la mecánica ondulatoria. A cada partícula (el *fotón* para la luz) de cantidad de movimiento *p* va asociada una onda de longitud de onda $\lambda = \frac{h}{p}$; *h* es la constante de Planck, equivalente a $6{,}62 \times 10^{-34}$ julios-segundo. La *velocidad de la luz* en el vacío, tradicionalmente designada *c*, se eleva a 299.792.457 km/s; esa velocidad, la más alta que se conoce en el universo, sirve de referencia en física (v. relatividad). Los cuerpos sometidos a elevadas temperaturas (como las estrellas), las llamas, las descargas eléctricas en el gas, producen luz. Existen, asimismo, cuerpos luminiscentes. Cuando atraviesa un prisma, la luz se descompone y forma un espectro cuya estructura varía con la fuente luminosa (arco iris para la luz blanca). Percibimos la luz gracias a nuestros ojos, que constituyen un sistema óptico complejo; las imágenes se forman en la retina, que contiene dos clases de elementos sensibles: los *bastones*, que captan las sensaciones de negro y blanco; y los *conos*, dotados de tres sustancias fotosensibles que permiten la sensación de los colores.

Luzula n.f. Género de plantas juncáceas, utilizadas como forraje y como planta de sostén de terrenos en pendiente.

Lw QUIM Símbolo químico del laurencio.

lx FIS Símbolo del lux, unidad de iluminación.

Lycaon n.m. Género de mamíferos cánidos de África, de pelaje negro y blanco.

Lycosa n.f. ZOOL Género de arácnidos que atrapa sus presas a la carrera y excava madrigueras.

LL

ll n.f. Decimocuarta letra del abecedario español y undécima de sus consonantes. Por su figura es doble, pero sencilla por su sonido, y en la escritura indivisible. Su nombre es *elle*.

llaca n.f. Especie de zarigüeya de Chile y la Argentina, de pelaje ceniciento.

llaga n.f. **1.** Úlcera de las personas y animales. **2.** Fig. Padecimiento moral. • **llagar** v.tr. Hacer o causar llagas.

1. llama n.f. **1.** Masa gaseosa en combustión. **2.** Fig. Eficacia y fuerza de un deseo vehemente.

2. llama n.f. Mamífero rumiante, variedad doméstica del guanaco, propio de América meridional.

llamar **I.** v.tr. **1.** Dar voces a uno o hacer ademanes para que venga o para advertirle alguna cosa. **2.** Invocar, pedir auxilio oral o mentalmente. **3.** Convocar, citar. **4.** Nombrar, apellidar. **5.** Designar con una palabra; aplicar una denominación, título o calificativo. **6.** Traer, inclinar hacia un lado una cosa. **7.** Fig. Atraer una cosa hacia una parte. **8.** FOR Hacer llamamiento, o designación de personas o estirpe para una sucesión, cargo, etc. **II.** v.int. **1.** Excitar la sed. Dícese más comúnmente de los alimentos picantes y salados. **2.** Hacer sonar una campanilla, un timbre, etc., para que alguien abra la puerta de una casa o acuda a algún lugar. **III.** v.prnl. **1.** Tener tal o cual nombre o apellido. **2.** MAR Cambiar el viento de dirección hacia parte determinada. • **llamada** n.f. **1.** Acción y efecto de llamar. **2.** Señal que en impresos o manuscritos sirve para llamar la atención desde un lugar hacia otro. **3.** Ademán con que se llama la atención de uno con el fin de distraerle de otro objeto principal. **4.** MILIT Toque para que la tropa tome las armas y entre en formación. ▷ MILIT Señal que se hace de un campo a otro para parlamentar. • **llamador,a** **I.** n.m. y f. **1.** Persona que llama. **2.** Avisador, que lleva avisos. **II.** n.m. **1.** Aldaba de las puertas para llamar con ella. **2.** Aparato que en una estación telegráfica intermedia avisa las llamadas de otra. **3.** Botón del timbre eléctrico. • **llamativo,a** adj. Fig. Que llama la atención exageradamente.

llamarada n.f. **1.** Llama que se levanta del fuego y se apaga pronto. **2.** Fig. Encendimiento repentino y momentáneo del rostro. **3.** Fig. Movimiento repentino del ánimo y de poca duración. • **llamear** v.int. Echar llamas.

llambria n.f. Parte de una peña que forma un plano muy inclinado y difícil de pasar.

1. llana n.f. Herramienta que usan los albañiles para extender y allanar el yeso o la argamasa.

2. llana n.f. Cada una de las caras de una hoja de papel.

llanca n.f. *Chile.* Mineral de cobre de color verde azulado.

llanero,a n.m. y f. Habitante de las llanuras.

llaneza n.f. **1.** Fig. Sencillez, moderación en el trato, sin aparato ni cumplimiento. **2.** Fig. Familiaridad, igualdad en el trato de unos con otros. **3.** Fig. Sencillez notable en el estilo.

llano,a adj. **1.** Igual y extendido sin altos ni bajos. **2.** Allanado. **3.** Fig. Accesible. **4.** Fig. Libre, franco. **5.** Fig. Sencillo. **6.** Fig. Claro, evidente. **7.** Fig. Corriente, que no tiene dificultad. **8.** Fig. Estilo sencillo y sin ornato. **9.** Fig. Palabra que carga el acento prosódico en la penúltima sílaba.

llanta n.f. **1.** Cerco metálico exterior de los coches y carros. **2.** Pieza de hierro mucho más ancha que gruesa.

llantén n.m. Planta herbácea, vivaz, de la familia de las plantagináceas. Es muy común en lugares húmedos, y el cocimiento de las hojas se usa en medicina.

llanto n.m. Efusión de lágrimas acompañada frecuentemente de lamentos y sollozos. • **llantera** o **llantina** n.f. Fam. Llanto ruidoso y continuo, llorera.

llanura n.f. **1.** Igualdad de la superficie de una cosa. **2.** Terreno dilatado, sin altos ni bajos.

llareta n.f. Planta de Chile, de la familia de las umbelíferas. Destila de su tallo una resina transparente, de olor agradable, que se usa como estimulante y estomacal.

llaullau n.m. Hongo chileno que se cría en los árboles: es comestible y se emplea también en la fabricación de cierta especie de chicha.

llave n.f. **1.** Instrumento con guardas que se acomodan a las de una cerradura, y que sirve para abrirla o cerrarla. **2.** Instrumento que sirve para apretar o aflojar las tuercas en los tornillos que enlazan las partes de una máquina o de un mueble. **3.** Instrumento que sirve para facilitar o impedir el paso de un fluido por su conducto. **4.** Mecanismo de las armas portátiles que sirve para dispararlas. **5.** Instrumento de metal que sirve para dar cuerda a los relojes. **6.** MUS Aparato de metal colocado en algunos instrumentos de viento, y que, movido por los dedos abre o cierra el paso del aire, produciendo diferentes sonidos. **7.** Cuña que asegura la unión de dos piezas, encajada entre ellas. **8.** Cierto instrumento usado por los dentistas para arrancar las muelas. **9.** Corchete en los manuscritos. **10.** Lance que consiste en hacer un luchador presa en el cuerpo o miembro del adversario para inmovilizarlo y vencerlo. **11.** Fig. Asignatura cuya aprobación previa se requiere para poder examinarse de otras. **12.** Fig. Medio para descubrir lo oculto o secreto. **13.** Fig. Principio que facilita el conocimiento de otras cosas. **14.** Fig. Cosa que sirve de defensa a otra u otras. **15.** Fig. Medio para quitar dificultades que se oponen a la consecución de un fin. **16.** MIN Porción de roca o mineral que se deja cortada en forma de arco para que sirva de fortificación en las minas. **17.** MUS Clave del pentagrama. • **llavero,a** n.m. Anillo de metal que se usa para llevar llaves. • **llavín** n.m. Llave pequeña.

llegar **I.** v.int. **1.** Arribar de un lugar a otro. **2.** Durar hasta época o tiempo determinados. **3.** Venir por su orden o tocar por su turno una cosa o acción a uno. **4.** Conseguir el fin a que se aspira. **5.** Tocar, alcanzar una cosa. **6.** Venir, verificarse, empezar a correr un cierto y determinado tiempo, o venir el tiempo de ser o hacerse una cosa. **7.** Ascender. *El gasto llegó a dos pesetas.* **8.** Junto con algunos verbos tiene la significación del verbo a que se junta. *Llegó a oír; llegó a entender,* por oyó, entendió. **II.** v.tr. **1.** Juntar. **2.** Arrimar una cosa hacia otra. **III.** v.prnl. **1.** Ir a un lugar cercano. **2.** Unirse, adherirse. • **llegada** n.f. Acción y efecto de llegar a un lugar.

llenar **I.** v.tr. y prnl. Ocupar con alguna cosa un espacio vacío de cualquier especie. **II.** v.tr. **1.** Fig. Ocupar dignamente un lugar o empleo. **2.** Fig. Parecer bien, satisfacer una cosa. **3.** Fig. Colmar abundantemente. **III.** v.int. Llegar la Luna al plenilunio. **IV.** v.prnl. **1.** Fam. Hartarse de comida o bebida. **2.** Fig. y Fam. Irritarse después de haber aguantado por algún tiempo. • **lleno,a** **I.** adj. Ocupado o henchido de otra cosa. **II.** n.m. **1.** Plenilunio. **2.** Concurrencia que ocupa todas las localidades de un espectáculo público.

llevar v.tr. **1.** Transportar, conducir una cosa de una parte a otra. **2.** Cobrar el precio a los derechos de una cosa. **3.** Producir los terrenos o plantas. **4.** Cortar, separar violentamente una cosa de otra. **5.** Tolerar, sufrir. **6.** Persuadir a uno. **7.** Guiar, dirigir. **8.** Tener, estar provisto de algo. **9.** Traer puesto el vestido, la ropa, etc., o en los bolsillos dinero, papeles u otra cosa. **10.** Introducir a alguien en el trato o amistad de otro. **11.** Lograr, conseguir. **12.** Manejar el caballo. **13.** Con nombres de tiempo, contar, pasar. **14.** Con algunos participios, vale lo que ellos significan. **15.** Con la prep. *por* y algunos nombres, ejercitar las acciones que éstos significan. **16.** Con un dativo de persona o cosa y un acusativo que exprese tiempo, distancia, peso, etc., exceder una persona o cosa a otra en la cantidad que determina dicho nombre. **17.** Con el complemento directo, *la cuenta, los libros,* etc., correr con. **18.** ARIT Reservar las decenas de una suma o multiplicación parcial para agregarlas a la suma o producto del orden superior inmediato. • **llevadero,a** adj. Fácil de soportar.

llorar **I.** v.tr. e int. **1.** Derramar lágrimas. **2.** Fig. Caer el licor gota a gota o destilar. **II.** v.int. Fluir un humor por los ojos. **III.** v.tr. Fig. Sentir vivamente una cosa. • **llorera** n.f. Lloro fuerte y continuado.

lloriquear v.int. Llorar sin fuerza y sin motivo.

lloro n.m. Acción de llorar. • **llorón,a** n. y adj. Que llora mucho o fácilmente. • **lloroso,a** adj. Que tiene señales de haber llorado.

llover **I.** v.tr. e int. **1.** Caer agua de las nubes. **2.** Fig. Venir, caer sobre uno con abundancia, etc. **II.** v.prnl. Calarse con las lluvias las bóvedas o los techos o cubiertos. • **llovedizo,a** adj. Dícese de las bóvedas, techos, etc. que, por defecto, dan fácil acceso al agua lluvia.

lloviznar v.int. Caer de las nubes gotas menudas. • **llovizna** n.f. Lluvia menuda.

lluvia **1.** Acción de llover. **2.** Agua llovediza. **3.** Fig Copia o muchedumbre. **4.** *Arg., Chile* y *Nicar.* Chorro de agua para lavarse, ducha. • **lluvioso,a** adj. Aplícase al tiempo en que llueve mucho, o al país en que son frecuentes las lluvias.

M

m n.f. **1.** Decimoquinta letra del abecedario español, y duodécima de sus consonantes. Su nombre es *eme*. **2.** Letra numeral que tiene el valor de mil en la numeración romana. **3.** *m*, m^2, m^3. Símbolos del metro, metro cuadrado y metro cúbico. **4.** *M*. Abreviatura de mega (millón). **5.** *m*. Abreviatura de mile- (milésima). **6.** QUIM *m-* Abreviatura de meta. ▷ *M* Símbolo de la molaridad de una solución.

mabolo n.m. Árbol de Filipinas.

macabro adj. Se dice de lo que participa de la fealdad de la muerte y de la repulsión a ésta. — *Danza macabra*. Ronda alegórica de la Muerte.

macaco,a **1.** n.m. y f. Mono catirrino, de estatura media y complexión robusta. **2.** n. y adj. *Amér*. Feo, deforme.

macagua n.f. **1.** Ave rapaz diurna, de unos 80 cm de largo. Habita en los linderos de los bosques de América meridional. **2.** Serpiente venenosa que tiene cerca de 2 m de largo y que vive en regiones cálidas de Venezuela. **3.** BOT Árbol silvestre de la isla de Cuba.

macagüita n.f. Palma espinosa de Venezuela.

macana n.f. **1.** Arma ofensiva de madera que usaban los indios americanos. **2.** Fig. *Arg*. Desatino, embuste.

macanudo,a adj. Fam. *Amér*. Bueno, magnífico, extraordinario, excelente.

macaón n.m. ZOOL Gran mariposa diurna con alas amarillas manchadas de negro, rojo y azul.

macareo n.m. Intumescencia grande del mar que sube río arriba al crecer la marea.

macarrón n.m. Pasta alimenticia, de harina de trigo, en forma de tubo.

macarrónico adj. **1.** Se dice del latín mezclado con otra lengua. **2.** Lenguaje o estilo incorrecto o falto de elegancia.

macaurel n.f. Serpiente de Venezuela.

macazuchil n.m. Planta mexicana de la familia de las piperáceas, empleada para aromatizar el chocolate.

macedonia n.f. Mezcla de frutas servida con almíbar.

macerar v.tr. Ablandar una cosa estrujándola, golpeándola o manteniéndola sumergida por algún tiempo en un líquido.

1. maceta n.f. Martillo de cantero.

2. maceta n.f. **I.** Vaso de barro cocido, que lleno de tierra sirve para criar plantas. **II.** BOT Corimbo. • **macetero** n.m. Aparato para colocar macetas.

macilento,a adj. Flaco, descolorido, triste.

macillo n.m. Pieza del piano con la cual, a impulso de la tecla, se hiere la cuerda correspondiente.

macis n.f. Corteza olorosa de la nuez moscada.

macizo,a **I.** n.m.f. y adj. Lleno, sin huecos; sólido. **II.** adj. Fig. Sólido y bien fundado. **III.** n.m. **1.** Grupo de alturas o montañas. **2.** Fig. Conjunto de construcciones cercanas entre sí. **3.** Fig. Agrupación de plantas de adorno. **4.** ARQUIT Parte de una pared que está entre dos vanos.

macla n.f. PETROG Asociación regular de dos o más cristales de la misma naturaleza.

macona n.f. Banasta grande.

macrobiótica n.f. Arte de vivir muchos años. • **macrobiótico,a** adj. Dícese del régimen alimenticio inspirado en las tradiciones filosófico-religiosas de Extremo Oriente.

macrocéfalo,a n. y adj. Se dice de todo animal que tiene la cabeza desproporcionada con relación al cuerpo.

macrocito n.m. MED Glóbulo rojo de dimensiones anormalmente grandes.

macrocosmos n.m. FILOS El universo.

Macrocystis n.m. BOT Género de algas gigantes.

macroelemento n.m. BIOL Elemento estructural que entra en una proporción importante en la composición de la materia viva.

macroestructura n.f. METAL Estructura general de una muestra observada por macrografía.

macrófago n.m. BIOL Célula derivada de los monocitos; se encuentra en la sangre y en los tejidos y tiene una función fagocitaria.

macrofotografía n.f. Fotografía de objetos de pequeñas dimensiones muy ampliada.

macrografía n.f. METAL Estudio de la estructura macrográfica de los metales.

macromolécula n.f. QUIM y BIOQUIM Molécula gigante obtenida por polimerización de moléculas simples idénticas o por policondensación.

ENCICL Siguiendo el orden de su estructura se distinguen las macromoléculas lineales (fibras de amianto, fibras textiles), laminares (grafito) y tridimensionales (diamante, sílice). Existen numerosas macromoléculas naturales, como el caucho y la celulosa. Otras, más complejas (proteínas y ácidos nucleicos, por ejemplo), juegan un papel biológico fundamental. La síntesis de las macromoléculas (polimerización) es la base de las industrias plásticas.

macronúcleo n.m. ZOOL Elemento constitutivo del núcleo de los infusorios.

Macrópodus n.m. ZOOL Género de peces tropicales de agua dulce, con largas aletas.

Macroscelides n.m. ZOOL Género de mamíferos insectívoros de África.

macroscópico,a adj. Se dice de lo que puede ser observado a simple vista.

macruro n.m. ZOOL Grupo de crustáceos decápodos con el abdomen alargado y muy musculoso.

macuba n.f. **1.** Tabaco de la Martinica. **2.** ZOOL Insecto coleóptero del suborden de los tetrámeros.

macuca n.f. **1.** Planta perenne de la familia de las umbelíferas, de raíz globosa y fruto parecido al del anís. **2.** Arbusto silvestre de la familia de las rosáceas. ▷ Fruto de este arbusto.

mácula n.f. **1.** Mancha. **2.** Fig. y Fam. Engaño, trampa. **3.** ANAT Depresión situada en la parte posterior de la retina. • **macular** v.tr. Manchar.

macuto n.m. Mochila, particularmente la de soldado.

macha n.f. *Chile*. Molusco comestible.

machacar **1.** v.tr. Golpear una cosa. **2.** v.int. Fig. Porfiar sobre una cosa. • **machacón,a** n. y adj. Importuno, pesado. • **machaconería** n.f. Fam. Pesadez, importunidad.

Machairodus n.m. PALEONT Familia de félidos fósiles (pleistoceno) de caninos muy desarrollados.

machete n.m. **1.** Arma más corta que la espada, es ancha, de mucho peso y de un solo filo. **2.** Cuchillo grande con que se corta la caña de azúcar.

machi n.m. y f. *Chile*. Curandero.

máchica n.f. Harina de maíz tostado, que comen los indios peruanos con azúcar y canela.

machihembrar v.tr. CARP Unir dos piezas de madera a caja y espiga o a ranura y lengüeta.

machín n.m. *Col.*, *Ecuad.* y *Venez.* Mono.

machina n.f. **1.** Grúa o cabria que se usa en puertos y arsenales. **2.** Martinete, mazo para batir.

machismo n.m. Discriminación basada en el sexo, que se ejerce contra las mujeres.

máchmetro n.m. AERON Instrumento que sirve para medir la velocidad de los aviones supersónicos; indica el número de Mach.

1. macho **I.** n.m. **1.** Animal del sexo masculino. ▷ Fam. Hombre que alardea de virilidad, considerada por él como elemento de superioridad. **2.** Mulo. **3.** Planta que fecunda a otra. **4.** En los artefactos, pieza que entra dentro de otra. **II.** adj. Fig. Fuerte, vigoroso, valiente.

2. macho n.m. Mazo grande del herrero.

machón n.m. ARQUIT Pilar de fábrica.

machote **I.** n.m. Desp. Especie de mazo. **II.** *Hond.* y *Nicar.* Borrador, dechado, modelo. **III.** Hombre de aspecto y comportamiento viril.

madeira o **madera** n.m. Licor fabricado en la isla de Madeira.

madeja n.f. **1.** Hilo enrollado sobre un torno o aspadera, para poderlo devanar fácilmente. **2.** Fig. Mata de pelo.

madera n.f. **1.** Parte sólida de los árboles. **2.** Pieza de madera labrada. **3.** Fig. y Fam. Disposición natural de las personas para determinada actividad. • **maderaje** n.m. Conjunto de maderas que sirven para un edificio.

madero n.m. Pieza larga de madera.

madianitas, pueblo nómada de la antigua Arabia, descendiente de Madián, hijo de Abraham y de Queturá; se enfrentaron a los hebreos y fueron derrotados en la época de los Jueces.

madonna n.f. **1.** La Virgen, en Italia. **2.** Representación pintada o esculpida de la Virgen.

madrás n.m. Tejido fino de algodón.

madre n.f. **I. 1.** Hembra que ha parido. **2.** Hembra respecto de su hijo o hijos. **II.** Título de algunas religiosas. **III. 1.** Cauce por donde corren las aguas de un río o arroyo. **2.** Heces del mosto, vino o vinagre que se sientan en el fondo de la cuba. **3.** TECN Pieza obtenida a partir de un original. • **madrastra** n.f. Mujer del padre respecto de los hijos llevados por éste al matrimonio. • **madrearse** v.prnl. Ahilarse la levadura, el vino.

madreperla n.f. ZOOL Molusco lamelibranquio, con concha casi circular. Se extrae de él la perla que suele contener y se aprovecha el nácar de su concha.

madrépora n.f. ZOOL Celentéreo antozoo, del orden de los hexacoralarios, que vive en los mares intertropicales y forma un polipero calcáreo y arborescente. ▷ Este mismo polipero.

madreselva n.f. Mata fruticosa de la familia de las caprifoliáceas, con tallos largos, sarmentosos; flores olorosas y fruto en baya pequeña y carnosa.

madrigal n.m. **1.** Composición poética breve en que se expresa un afecto o pensamiento delicado. **2.** Composición musical lírica para varias voces. • **madrigalista** n.m. y f. Persona que compone, o canta, madrigales.

madriguera n.f. **1.** Cuevecilla en que habitan ciertos animales. **2.** Fig. Escondite.

madrileño,a o **matritense** **1.** n. y adj. Natural de Madrid. **2.** adj. Perteneciente o relativo a Madrid.

madrina n.f. **1.** Mujer que presenta y acompaña a otra persona que recibe algún honor, grado, etc. **2.** La que favorece o protege a otra persona en sus pretensiones o designios. • **madrinazgo** n.m. **1.** Acto de asistir como madrina. **2.** Título o cargo de madrina.

madroncillo n.m. Fresa (fruto).

madroño n.m. **1.** Arbusto de la familia de las ericáceas, con tallos de 3 a 4 m de altura; hojas de pecíolo corto y fruto comestible. **2.** Árbol americano de hasta 10 m de altura.

madrugar v.int. Levantarse al amanecer o muy temprano. • **madrugada** n.f. El alba, el amanecer. • **madrugador,a** n. y adj. Que tiene costumbre de madrugar.

madurar **I.** v.tr. **1.** Dar sazón a los frutos. **2.** Fig. Meditar una idea, un proyecto. **II.** v.int. Fig. Crecer en edad, juicio y prudencia. • **madurez** n.f. **I.** Sazón de los frutos. **II.** Fig. Buen juicio o prudencia. • **maduro,a** adj. **1.** Que está en sazón. **2.** Fig. Prudente, juicioso, sesudo. **3.** Dicho de personas, entrado en años. **4.** BIOL Dícese de una célula vívida que ha llegado a su desarrollo completo.

maestoso adv.m. MUS Con movimiento lento y majestuoso.

maestra n.f. **I. 1.** Mujer que enseña un arte, oficio o labor. **2.** Mujer que enseña en una escuela o colegio. **3.** Abeja maestra. **II.** ALBAÑ Listón de madera que sirve de guía al construir una pared.

maestranza n.f. **1.** Sociedad para el ejercicio de la equitación. **2.** Conjunto de los talleres y oficinas donde se construyen y recomponen los montajes para las piezas de artillería.

maestrazgo n.m. **1.** Nombre de las posesiones de las órdenes militares. **2.** Dignidad del maestre.

maestre n.m. Superior de una orden militar.

maestría n.f. **1.** Arte y destreza en enseñar o ejecutar una cosa. **2.** Título de maestro.

maestro,a **I.** adj. Se dice de la obra de relevante mérito entre las de su clase. **II.** n.m. **1.** El que enseña una ciencia, arte u oficio, o tiene título para hacerlo. — *Maestro de escuela.* Maestro de niños. **2.** El que está aprobado en un oficio mecánico o lo ejerce públicamente. **3.** Compositor de música. **4.** MAR Palo mayor de una embarcación.

mafia n.f. **1.** Organización clandestina de criminales sicilianos. **2.** P. ext., cualquier organización clandestina de criminales.
ENCICL La mafia siciliana nació probablemente en 1282 (Vísperas Sicilianas), bajo el sangriento reinado de Carlos I de Anjou; los campesinos crearon un ejército clandestino al que pronto llamaron (MAFIA) siglas de su grito de guerra: «Morte alla Francia, Italia anela» (Muerte a Francia, grita Italia). Este origen no está reconocido por los lingüistas. Hasta el s. XIX la mafia luchó contra la tiranía y por el respeto de las tradiciones locales, pero, tras la independencia de Italia, se volvió contra la Administración y se dio al bandidaje, a la protección de los feudos y la rica burguesía, obligando a todos a pagar su «impuesto». Se trasladó a EE.UU. por la emigración de sicilianos, y adquirió poder merced a dos hechos: la «ley seca» (1919-1933), que sólo una organización clandestina importante y estructurada podía eludir, y el pronunciamiento de Mussolini en contra de la organización, que produjo una nueva remesa de emigrantes. Actualmente, tanto en Sicilia como en los EE.UU. (donde se llama *Cosa Nostra:* «la cosa nuestra») continúa ejerciendo una influencia nada despreciable tanto en lo económico como en lo político, muy a menudo gracias a la complicidad de altos personajes.

magdalena **1.** n.p.f. Mujer arrepentida después de una vida licenciosa. **2.** n.f. Bollo pequeño, hecho con huevo y harina.

magdaleniense n.m. y adj. Cultura prehistórica de finales del Paleolítico superior.

magenta o **fucsina** n.m. y adj. TECNOL Rojo carmesí muy vivo, complementario del verde.

magia n.f. **1.** Ciencia o arte que enseña a hacer cosas extraordinarias en contra de las leyes naturales. **2.** Fig. Encanto, hechizo o atractivo. • **mágica** n.f. Ciencia o arte de la magia.

magiar **1.** n. y adj. Dícese del individuo de un pueblo que habita en Hungría y Transilvania. **2.** n.m. Lengua hablada por los magiares.

magisterio n.m. **1.** Enseñanza y gobierno que el maestro ejerce con sus discípulos. **2.** Cargo o profesión de maestro. **3.** Conjunto de maestros.

magistrado n.m. **1.** Dignidad o empleo de juez o ministro superior. **2.** Miembro de una sala de audiencia territorial o provincial o del Tribunal Supremo de Justicia. • **magistral** **I.** adj. Se dice de lo que se hace con maestría. **II.** n.m. FARM Medicamento que sólo se prepara por prescripción facultativa. • **magistratura** n.f. **1.** Oficio y dignidad de magistrado. **2.** Tiempo que dura. **3.** Conjunto de los magistrados.

magma n.m. **1.** QUIM Residuo pastoso que resulta de exprimir la parte más fluida de una mezcla cualquiera. **2.** GEOL Mezcla pastosa, más o menos fluida, de materias minerales en fusión.

magnanimidad n.f. Grandeza y generosidad. • **magnate** n.m. Persona muy ilustre y principal por su cargo y poder.

magnesia n.f. QUIM Óxido de magnesio.

magnesio n.m. QUIM Metal de color y brillo semejantes a los de la plata, algo más pesado que el agua; arde con luz clara y muy brillante. Núm. atómico 12. Símb.: *Mg*. • **magnesia** n.f. Sustancia terrosa, blanca, suave, que, combinada con ciertos ácidos, forma sales. Es el óxido de magnesio. • **magnesita** n.f. Silicato de magnesia hidratado.
ENCICL El magnesio, muy abundante en la naturaleza, constituye alrededor del 2 % de la corteza terrestre. Funde a 650 °C. Su característica química principal es su gran afinidad con el oxígeno. Por su ligereza y maleabilidad es muy utilizado (sobre todo en las aleaciones) en la industria aeronáutica y del automóvil. Los compuestos orgánicos del magnesio permiten realizar numerosas síntesis. La farmacopea utiliza su óxido y su carbonato para neutralizar la acidez.

magnet (o)- Prefijo procedente del griego *magnēs, magnētos,* «imán».

magnético,a adj. **I. 1.** Relativo a los imanes, que posee sus propiedades; relativo al magnetismo. ▷ GEOGR *Polo magnético.* Punto cercano al polo geográfico hacia el cual se orienta la aguja imantada de una brújula. **2.** Que ejerce una influencia misteriosa sobre la voluntad ajena. **II.** Se dice de toda base (banda, cinta, etc.) recubierta de una capa de óxido magnético, sobre la cual se pueden grabar toda clase de informaciones. • **magnetismo** n.m. **1.** Fuerza atractiva de un imán. **2.** Conjunto de fenómenos producidos por los imanes. — *Magnetismo terrestre.* Acción que ejerce la Tierra sobre las agujas imantadas, obligándolas a orientarse hacia el N. **3.** Fig. Atracción, fascinación que una persona ejerce sobre otra. • **magnetizar** v.tr. **1.** Comunicar las propiedades del imán (a una sustancia). **2.** Someter (una persona o cosa) a la acción del fluido magnético, hipnotizar.
ENCICL Ciertos minerales que contienen óxido de hierro Fe_3O_4, tienen la propiedad de atraer las limaduras de hierro; se les llama *imanes naturales.* Es posible observar el mismo fenómeno, llamado *magnetismo,* con imanes *artificiales,* que adquieren su imantación en contacto con un imán natural o después de haber sido colocados en el interior de una bobina recorrida por una corriente eléctrica. Los imanes naturales generalmente son de acero o de ferrito y su imantación puede ser muy importante. En ciertas sustancias (hierro dulce, sobre todo), la imantación cesa con el fenómeno que la produce (interrupción de la corriente eléctrica, p. ej.). Igualmente se comprueba que si se acercan las extremidades de dos barras imantadas, se produce entre ellas una fuerza de atracción o de repulsión. La región de espacio donde se ejercen dichas acciones magnéticas se llama *campo magnético.* El magnetismo es el resultado de un desplazamiento de las cargas eléctricas (desplazamiento de los electrones en el átomo o rotación del electrón sobre sí mismo). En el campo magnético creado por un imán, una aguja imantada se orienta a lo largo de las líneas llamadas *líneas de campo* (y antiguamente *de inducción o de fuerza*). Estas líneas pueden materializarse salpicando de limaduras de hierro un cartón sobre el que se encuentre el imán *(espectro magnético).* Se comprueba que las líneas conducen a las dos extremidades (llamadas *polos*) del imán. La noción de campo magnético es de considerable importancia. La Tierra, concretamente, posee un campo magnético que se evidencia por la orientación de uno de los extremos de una aguja imantada hacia el polo N terrestre; este fenómeno es utilizado en las brújulas y compases de navegación; convencionalmente, el extremo que se orienta hacia el polo N se llama *polo norte* y el otro extremo *polo sur;* los extremos del mismo polo de dos imanes se repelen, los de polos opuestos se atraen. El campo magnético terrestre protege a los seres vivos de los rayos cósmicos cuya distribución se ha podido determinar mediante los satélites artificiales; de esta manera se ha dibujado el mapa del campo magnético terrestre (de más importancia donde no hay ra-

yos cósmicos), que ocupa una porción del espacio llamada *magnetosfera*. Se observa, además, un campo magnético solar y un campo magnético galáctico, a lo largo del cual se orientan las partículas interestelares. Para caracterizar un campo magnético en cada uno de sus puntos, se ha definido una magnitud física llamada B, antiguamente *inducción magnética,* hoy *campo magnético,* semejante a la fuerza que se ejerce sobre una partícula de carga q móvil con velocidad $\vec{v}$, o sea: $\vec{f} = q\,\vec{v} \wedge \vec{B}$ (el símbolo $\wedge$ representa el producto vectorial). El módulo (o intensidad) del campo magnético se expresa en teslas; es del orden de un tesla en el interior de electroimanes grandes, y de algunas milésimas de tesla en las proximidades del polo de un imán. Cuando se aleja un imán de la dirección de las líneas de fuerza del campo magnético, se ejerce un acoplamiento sobre aquél cuyo momento depende del vector campo y de otra magnitud vectorial característica del imán, su *momento magnético*. Las acciones magnéticas que sufre o ejerce un imán dependen esencialmente de su momento magnético por unidad de volumen. El *flujo magnético* que atraviesa una superficie situada en un campo magnético y atravesada por sus líneas de campo es una magnitud escalar cuya utilización en los cálculos es más práctica que la del vector campo. Cuando los vectores campo son iguales (campo uniforme) y perpendiculares a la superficie que recorre el flujo, éste es igual al producto del campo por la superficie. La unidad de flujo magnético en el sistema internacional es el weber. Otras magnitudes se utilizan igualmente: *permeabilidad magnética,* que caracteriza al medio en el que se desarrollan las acciones magnéticas; *excitación magnética,* igual al cociente del campo por la permeabilidad magnética; *susceptibilidad magnética,* coeficiente igual a la relación entre la imantación de un cuerpo y la excitación magnética. Las sustancias ferromagnéticas (a base de hierro, de níquel o de cobalto) y los ferritos (óxido de hierro y de otro metal) son utilizadas solamente por sus propiedades magnéticas, pues no sólo pueden ser imantadas fuertemente, sino que además muchas de ellas pueden permanecer en ese estado, gracias al fenómeno de *histéresis magnética*. Las aplicaciones del magnetismo y, en particular, las del electromagnetismo (v.), son considerables: brújulas y compases de navegación, prospección minera, motores eléctricos, tubos catódicos de receptores de televisión utilizando la desviación de un haz de electrones por un campo magnético, microscopio electrónico, memoria magnética en los ordenadores, magnetoscopios, aceleradores de partículas (el campo magnético o electromagnético de estos aparatos sirve para guiar las partículas que hay que acelerar y proveerlas de energía), confinamiento de plasma (con vista a conseguir la fusión nuclear controlada) en una «botella magnética», generadores magnetohidrodinámicos, etc. v. acelerador, imán, antiferromagnetismo, electromagnetismo, ferromagnetismo, motor, plasma.

magnetita n.f. MINER Óxido natural de hierro, Fe_3O_4, que posee la propiedad de atraer el hierro.

magneto n.f. Generador de corriente alterna compuesto por un inducido que gira entre los polos de uno o varios imanes permanentes.

magnetodinámico,a adj. Relativo a la magnetodinamo.
RADIOELECTR Dícese del altavoz electrodinámico que utiliza como excitador, un imán permanente, en lugar del electroimán utilizado ordinariamente.

magnetodinamo n.f. ELECTR Dinamo con campos magnéticos permanentes.

magnetófono o **magnetofón** n.m. Aparato que registra y reproduce los sonidos por imantación remanente de una cinta magnética.

magnetohidrodinámica 1. n.f. FIS Ciencia que estudia la dinámica de los fluidos conductores en presencia de un campo magnético.
ENCICL En un generador magnetohidrodinámico (MHD) un hornillo transforma el combustible (gas natural, hidrocarburo o carbón pulverizado) en plasma (gas ionizado a una temperatura de aproximadamente 2.500 K), mediante la adición de vapores de potasio o de cesio. Las cargas eléctricas que dicho plasma contiene, se desvían a un campo magnético producido por un electroimán y son recogidas en dos electrodos. El rendimiento teórico de los generadores MHD es de un 80 % (contra el 40% de los turborreactores) y la potencia de dichas máquinas puede alcanzar algunos megavatios. Su desarrollo es todavía limitado, ya que el comportamiento de los electrodos a altas temperaturas plantea aún numerosos problemas tecnológicos.

magnetometría n.f. Medición de las magnitudes magnéticas. • **magnetómetro** n.m. Instrumento de medición de las magnitudes magnéticas.

magnetosfera n.f. Zc. a del espacio afectada por el magnetismo terrestre.

magnetostricción n.f. FIS Deformación que sufren ciertas sustancias ferromagnéticas bajo la acción de los campos magnéticos.

magnetrón n.m. ELECTRON Tubo de cavidad resonante que emite ondas radioeléctricas ultracortas.

magnicidio n.m. Atentado contra la vida de un jefe de estado.

magnificencia n.f. 1. Liberalidad, disposición para grandes empresas. 2. Ostentación, grandeza. • **magnífico,a** adj. 1. Espléndido, suntuoso, excelente. 2. Título de honor.

magnitud n.f. 1. Tamaño de un cuerpo. 2. Fig. Grandeza, excelencia o importancia de una cosa. 3. ASTRON Tamaño aparente de las estrellas por su brillo. 4. MAT Todo lo que puede verse afectado por un valor, en un sistema de unidad de medida. ▷ *Magnitud escalar.* Se caracteriza por un único valor numérico. ▷ *Magnitud vectorial.* La que posee un valor numérico y una dirección. ▷ FIS *Magnitud periódica.* Aquella cuyo valor no cambia si al valor de la variable se añade el del período.

magno,a adj. Grande, ilustre.

magnolia n.f. 1. Árbol de la familia de las magnoliáceas, de 15 a 30 m de altura y flores muy blancas, de olor excelente. Es originaria de América. 2. Flor o fruto de este árbol. • **magnoliáceo,a** n. y adj. BOT Se dice de árboles y arbustos angiospermos dicotiledóneos, como la magnolia y el badián. ▷ n.f.pl. BOT Familia de estas plantas.

mago,a n. y adj. Que ejerce la magia.

magro,a 1. adj. Flaco o enjuto. 2. n.m. Fam. Carne magra próxima al lomo.

maguey n.m. Planta amarilidácea, originaria de México. Con ella se produce el *pulque*. v. pita.

maguillo n.m. Manzano silvestre.

magullar v.tr. y prnl. Causar a un cuerpo contusión, pero no herida.

mahārāja n.m. inv. Título de los príncipes de la India.

mahātmā n.m. Jefe espiritual en la India moderna.

mahdī n.m. En el islam, enviado de Alá.

mahometano,a n. y adj. Musulmán.

mahonesa 1. n.f. y adj. Salsa mahonesa. Se compone esencialmente de aceite y yema de huevo. 2. n.f. Planta de la familia de las crucíferas de flores pequeñas y moradas.

Mahonia n.f. BOT Género de arbustos ornamentales de América del N, con flores amarillas.

Maia n.f. ZOOL Género de malacostráceos decápodos de gran tamaño (centollo).

maicillo n.m. 1. Planta de la familia de las gramíneas, muy parecida al mijo, y de fruto muy nutritivo. 2. *Chile.* Arena gruesa para pavimentar.

maillot n.m. Vestido ceñido de punto.

maitén n.m. Árbol chileno, de la familia de las celastráceas.

maitines n.m. pl. Primera hora canónica.

maíz n.m. 1. Planta de la familia de las gramíneas, con el tallo grueso, de 1 a 3 m de altura. ▷ Grano de esta planta. 2. Zahína (planta gramínea). ▷ Semilla de esta planta. 3. *Maíz morocho.* Planta gramínea comestible. ▷ Fruto de esta planta. • **maizal** n.m. Tierra sembrada de maíz.
ENCICL Las panículas masculinas del maíz están situadas en la punta del tallo, mientras que las femeninas lo están en las axilas de las hojas. Esta gramínea, originaria de América del S se cultiva actualmente en todos los países del mundo gracias a variedades híbridas que se adaptan a los diversos climas. Tiene una considerable importancia económica. El maíz se utiliza como planta alimenticia (espiga, grano, harina, aceite) y forrajera (grano y hojas).

majá n.m. Culebra cubana de color amarillento. No es venenosa.

majada n.f. 1. Lugar donde duerme el ganado. 2. Estiércol de los animales. 3. Manada o hato de ganado lanar.

majadería n.f. Dicho o hecho necio o imprudente. • **majaderear** v.tr. e int. *Amér.* Molestar.

majadero,a n. y adj. Fig. Necio y porfiado.

majado,a n.m. 1. *Chile.* Trigo o maíz que, remojado en agua caliente, se tritura y se come guisado de distintas maneras. 2. *Chile.* Postre o guiso.

majagua n.f. Árbol americano de la familia de las malváceas, que crece hasta 12 m de altura, muy común en Cuba; se utiliza su madera para lanzas y jalones, y del líber se hacen sogas. • **majagüego** n.m. *Cuba.* El que saca tiras de la majagua para hacer sogas.

majar v.tr. Quebrantar una cosa a golpes.

majareta n.m. y f. Persona chiflada.

majestad n.f. 1. Calidad que constituye una cosa grave, sublime y capaz de infundir respeto. 2. Título o tratamiento que se da a emperadores y reyes.

majo,a n. y adj. Fam. Ataviado, adornado, hermoso, vistoso. • **majeza** n.f. Fam. Calidad de majo.

majuelo n.m. Espino de hojas cuneiformes y flores blancas en corimbo y muy olorosas.

1. mal I. adj. Apócope de malo. II. n.m. 1. Negación del bien. 2. Daño u ofensa en persona o en hacienda. 3. Desgracia, calamidad. 4. Enfermedad, dolencia. — III. *Mal de ojo.* Influjo maléfico que una persona ejerce sobre otra.

2. mal adv. m. 1. Contrariamente a lo que es debido, se apetece o requiere; sin razón, desacertadamente. 2. Difícilmente. 3. Insuficientemente.

malabar I. 1. n. y adj. Natural de Malabar. 2. n.m. Lengua de los malabares. II. adj. Juegos malabares.

malabarismo n.m. Fig. Arte de juegos de destreza y agilidad. • **malabarista** n.m. y f. Persona que hace juegos malabares.

malacate n.m. **1.** Máquina a manera de cabrestante. **2.** *Hond.* y *Méx.* Huso de hilar.

malacia n.f. FISIOL Deseo de comer materias extrañas e impropias para la nutrición.

malaco- Prefijo procedente del griego *malakós,* «blando».

malacología n.f. Parte de la zoología, que trata de los moluscos.

malacopterigio n. y adj. ZOOL Se dice de los peces teleósteos de aletas blandas. ▷ n.m.pl. Orden de estos peces.

malacostráceos n.m. ZOOL Subclase de crustáceos llamados también *crustáceos superiores,* cuyo cuerpo está dividido en diecinueve segmentos.

malagueño,a **1.** n. y adj. Natural de Málaga. **2.** Perteneciente o relativo a esta provincia o a su capital.

malagueta n.m. **1.** Fruto pequeño, aovado, de color de canela y que suele usarse como especia.

malaleuca viridiflora n.f. Árbol de Oceanía, cuyas hojas dan el *gomenol,* antiséptico de las vías respiratorias.

malaquita n.f. Mineral concrecionado, de color verde tan duro como el mármol. Es un carbonato de cobre. — *Malaquita azul.* Azurita.

malar **1.** n. y adj. ANAT Perteneciente a la mejilla. **2.** n.m. ANAT Hueso de cada mejilla.

malaria n.f. Fiebre palúdica, paludismo.

malayo,a **1.** n. y adj. Habitante del archipiélago Malayo, o de la actual Federación de Malaysia. **2.** adj. Perteneciente a los malayos. **3.** n.m. Lengua malaya.

malbaratar v.tr. Vender la hacienda a bajo precio. ▷ Disiparla.

malcasar v.tr., int. y prnl. Casar a una persona sin las circunstancias necesarias para la felicidad del matrimonio.

malcomer v.tr. Comer poco y mal.

malcriar v.tr. Educar mal a los hijos. • **malcriadez** o **malcrianza** n.f. *Amér.* Calidad de malcriado.

maldad n.f. **1.** Calidad de malo. **2.** Acción mala.

maldecir **1.** v.tr. Echar maldiciones contra una persona o cosa. **2.** v.int. Hablar con mordacidad en perjuicio de uno, denigrándole. • **maldiciente** n. y adj. Detractor por hábito. • **maldición** n.f. Imprecación que se dirige contra una persona o cosa, manifestando enojo y aversión hacia ella.

maldito,a adj. **1.** Perverso, de mala intención, ruin, miserable. **2.** Fam. Ninguno, ni una sola cosa.

maleable adj. Aplícase a los metales que pueden batirse y extenderse en planchas o láminas.

malear v.tr. y prnl. **1.** Dañar, echar a perder una cosa. **2.** Fig. Pervertir. • **maleante** n. y adj. Delincuente.

malecón n.m. Muelle.

maledicencia n.f. Acción de maldecir.

maleico,a adj. QUIM Se dice del ácido $CO_2H—CH=CH—CO_2H$, que forma parte de la composición de determinadas materias plásticas.

malentendido n.m. Mala interpretación o desacuerdo.

maléolo n.m. ANAT Cada una de las eminencias óseas formadas por los extremos inferiores de la tibia y del peroné; tobillo.

malestar n.m. Desazón, incomodidad.

1. maleta n.f. **1.** Cofre pequeño que sirve para transportar ropa u otros efectos. **2.** Chile. Alforja. **3.** *Ecuad.* Lío de ropa.

2. maleta n.m. y f. Fam. Torero que practica mal su profesión. ▷ P. ext., persona que practica con torpeza o desacierto cualquier actividad. • **maletilla** n.m. Persona que, sin medios, aspira a abrirse camino en el toreo y lo practica eventualmente.

malevolencia n.f. Mala voluntad. • **malévolo,a** n. y adj. Inclinado a hacer mal.

maleza n.f. **1.** Abundancia de hierbas malas en los sembrados. **2.** Espesura formada por arbustos. **3.** *Col.* y *Chile.* Cualquier hierba mala. **4.** *Nicar.* y *Sto. Domingo.* Achaque, enfermedad.

malformación n.f. FISIOL Deformidad o defecto en alguna parte del organismo.

malgache **1.** n. y adj. Natural de la isla de Madagascar. **2.** adj. Perteneciente o relativo a esta isla.

malgastar v.tr. Gastar el dinero, el tiempo, etc., en cosas malas o inútiles.

malhablado,a n. y adj. Desvergonzado o atrevido en el hablar.

malhechor,a n. y adj. Que comete o ha cometido un delito.

malhumor n.m. Mal humor. • **malhumorado,a** adj. De mal humor, desabrido o displicente.

malicia n.f. **1.** Calidad de malo. **2.** Inclinación a lo malo y contrario a la virtud. **3.** Perversidad. **4.** Forma solapada de hacer o decir una cosa. **5.** Penetración, sutileza, sagacidad.

málico,a adj. QUIM *Ácido málico.* Diácido alcohol que existe en las frutas y las plantas.

malignidad n.f. **1.** Propensión a pensar u obrar mal. **2.** Calidad de maligno. ▷ MED Carácter de gravedad (de una enfermedad).

maligno,a **1.** n. y adj. Propenso a pensar u obrar mal. **2.** adj. De índole perniciosa.

mālikī, escuela jurídica de la España musulmana. Se trata de una de las cuatro que existían en el Islam, creada por Mālik ibn Anas. Se caracteriza por la importancia que da al jurista y por interpretar la ley atendiendo más al bien común que la letra estricta.

malintencionado,a n. y adj. Que tiene mala intención.

malmirado,a adj. Poco estimado.

malo,a **I.** adj. **1.** Que carece de la bondad que debe tener según su naturaleza o destino. **2.** Dañoso o nocivo a la salud. **3.** Que se opone a la razón o a la ley. **II.** n. y adj. **1.** Que es de mala vida y costumbres. **2.** Enfermo. **3.** Dificultoso. **4.** Desagradable, molesto. **5.** Fam. Travieso. **6.** Malicioso. **7.** Deslucido, deteriorado.

malófagos n.m. ZOOL Orden de insectos ápteros que comprende los piojos de aves.

malograr **I.** v.tr. Perder, no aprovechar una cosa; como la ocasión, el tiempo, etc. **II.** v.prnl. **1.** Frustrarse lo que se pretendía o esperaba conseguirse. **2.** No llegar una persona o cosa a su natural desarrollo o perfección.

maloja n.f. *Cuba.* Planta de maíz que sólo sirve para pasto de las caballerías; malojo.

maloliente adj. Que exhala mal olor.

malónico,a adj. QUIM Se aplica al ácido homólogo del ácido oxálico, cuyos derivados se utilizan en la fabricación de barbitúricos.

malpensado,a n. y adj. Dícese de la persona generalmente inclinada a pensar mal.

Malpighia n.m. BOT Género de plantas dicotiledóneas de América del S (familia de las malpigiáceas); algunas de sus especies producen frutos comestibles. • **malpigiáceo,a** n.f. y adj. BOT Dícese de algunos arbustos o arbolitos angiospermos dicotiledóneos, que viven en países intertropicales, especialmente en América. ▷ n.f.pl. BOT Familia de estas plantas.

malquerer v.tr. No apreciar a alguien o algo.

malquistar v.tr. y prnl. Poner mal a una persona con otra u otras.

malsano,a adj. **1.** Dañino. **2.** Enfermizo.

malsonante adj. **1.** Que suena mal. **2.** Se aplica a las palabras obscenas.

malta **1.** n.f. Cebada germinada que se emplea en la fabricación de la cerveza. **2.** Esta misma cebada, preparada para hacer un cocimiento.

maltés,a **1.** n. y adj. Natural de Malta. **2.** adj. Perteneciente o relativo a esta isla del Mediterráneo.

maltasa n.f. BIOQUIM Enzima de origen salivar o intestinal que cataliza el desdoblamiento de la maltosa en dos moléculas de glucosa.

malthusianismo n.m. Doctrina de Malthus según la cual, al tender la población a crecer más rápidamente que el incremento de la producción de alimentos, la única forma de remediar la miseria es la limitación voluntaria de nacimientos.

maltosa n.f. BIOL Azúcar dextrógiro formado de moléculas de glucosa, cristalizable, producto de la descomposición del almidón mediante la diastasa.

maltratar **1.** v.tr. y prnl. Tratar mal. **2.** v.tr. Menoscabar, echar a perder.

maltrecho,a adj. Maltratado, malparado.

malucho,a adj. Fam. Que está algo malo.

malva n.f. **I.** Planta de la familia de las malváceas, de flores moradas y fruto con muchas semillas secas. Es planta abundante y muy usada en medicina. **II.** adj. Se dice de lo que es de color morado, parecido al de la malva. • **malváceo,a** n.f. y adj. BOT Dícese de plantas angiospermas dicotiledóneas, como la malva, la altea, el algodonero y la majagua. ▷ n.f.pl. BOT Familia de estas plantas.

malvado,a adj. Persona perversa.

malvarrosa n.f. Planta ornamental de tallo alto y grandes flores de colores vivos.

malvasía n.f. **1.** Uva muy dulce. **2.** Vino que se produce con ella.

malvavisco n.m. Planta perenne de la familia de las malváceas, con tallo de un metro de altura. La raíz se usa como emoliente.

malvender v.tr. Vender a bajo precio.

malversar v.tr. Invertir ilícitamente los caudales públicos, o equiparados a ellos, en usos distintos de aquellos para que están destinados. • **malversación** n.f. **1.** Acción y efecto de malversar. **2.** Hurto de caudales del erario público.

malvís o **malviz** n.m. Tordo de plumaje verde y manchas negras y rojas.

malvivir v.intr. Vivir mal.

malvón n.m. *Arg., Méx., Par.* y *Urug.* Planta de la familia de las geraniáceas.

malla n.f. **1.** Cada uno de los cuadriláteros que constituyen el tejido de la red. **2.** Tejido metálico de pequeños anillos enlazados entre sí. ▷ Cada uno de estos eslabones. ▷ P. ext., tejido semejante al de la malla de la red. **3.** MINER Estructura geométrica tridimensional.

mallorquín,a **1.** n. y adj. Natural de Mallorca. **2.** adj. Perteneciente a esta isla. **3.** n.m. Variedad de la lengua catalana, que se habla en la isla de Mallorca.

mama n.f. Cada uno de los órganos secretores de leche en las hembras de los mamíferos. • **mamada** n.f. **1.** Fam. Acción de mamar. **2.** Cantidad de leche mamada de una vez. • **mamadera** n.f. **1.** *Bol., Chile, Ecuad.* y *Nicar.* Utensilio para la lactancia artificial, biberón. **2.** *Cuba* y P. Rico. Tetilla del biberón. • **mamado,a** adj. Ebrio, borracho.

mamá n.f. Fam. Madre.

mamacona n.f. Cada una de las mujeres vírgenes y ancianas dedicadas al servicio de los templos entre los antiguos incas, y a cuyo cuidado estaban las vírgenes del Sol.

mamalogía n.f. Parte de la zoología que estudia los mamíferos.

mamalón,a adj. *Cuba* y *P. Rico.* Holgazán, mangón.

mamandurria n.f. *Amér. Merid.* Sueldo disfrutado y no merecido; sinecura.

mamar **I.** v.tr. **1.** Chupar la leche de las mamas. **2.** Fam. Comer, engullir. **3.** Fig. Aprender algo en la infancia. **4.** Fig. y Fam. Obtener, conseguir. **II.** v.prnl. Embriagarse, emborracharse.

mamarracho n.m. **1.** Fam. Figura o adorno ridículos. **2.** Fam. Hombre informal, no merecedor de respeto.

mambí o **mambís** n.m. Insurrecto de Santo Domingo y Cuba contra la soberanía de España.

mameluco n.m. **1.** Soldado de una milicia privilegiada de los sultanes de Egipto. **2.** Fig. y Fam. Hombre necio y bobo.
ENCICL El cuerpo de los mamelucos, constituido por jóvenes esclavos, fue creado h. 1230 por el sultán de Egipto Malik al-Sālih. Tras alcanzar con rapidez una gran potencia, llevaron a sus jefes al poder (1250) manteniéndose éstos en él a pesar de la conquista turca (1517). La expedición francesa de Egipto (1798) los debilitó. Mehmet 'Alī, bajá de Egipto, mandó asesinar a sus jefes en 1811.

mamella n.f. Apéndice del cuello en el ganado, particularmente el de las cabras.

mamertinos, mercenarios campanianos que conquistaron Messina (h. 283 a. J.C.). En conflicto, primero con Hieron de Siracusa y después con Cartago, reclamaron la ayuda de los romanos: fue el principio de la primera guerra Púnica (264 a. J.C.).

mamey n.m. **1.** Árbol americano de la familia de las gutíferas, que crece hasta 15 m de altura y cuyo fruto, casi redondo, contiene una pulpa aromática y sabrosa. ▷ Fruto de este árbol. **2.** Árbol americano de la familia de las sapotáceas, que crece hasta 30 m de altura, con tronco grueso y copa cónica; fruto ovoide y pulpa roja, dulce y muy suave. ▷ Fruto de este árbol.

mamífero n. y adj. ZOOL Dícese de animales vertebrados de temperatura constante, el desarrollo de cuyo embrión se verifica dentro del cuerpo materno. ▷ n.m. pl. ZOOL Clase de estos animales.
ENCICL Los mamíferos constituyen la clase de vertebrados más evolucionada. Las hembras (a excepción de los monotremas) se caracterizan por sus glándulas mamarias, que secretan leche para alimentar a sus pequeños. Su corazón está dividido en cuatro cavidades y poseen un voluminoso encéfalo. Sus cuerpos están, en su mayor parte, cubiertos de pelo. Los órganos de los sentidos están muy desarrollados. Pueblan todos los medios de la naturaleza: algunos viven bajo tierra *(topo)*, otros son anfibios *(nutria, castor)*, marinos *(cetáceos))*, o adaptados al vuelo *(murciélago)*; muchos son terrestres *(león, cebra)* o arborícolas *(ardilla, mono)*. Los mamíferos, que provienen de los reptiles mamiferoides, aparecieron en el triásico. La mayor parte de los órdenes actuales existen desde la era terciaria. Los mamíferos se dividen en tres subclases: los *prototerios*, fósiles, a excepción de algunos raros monotremas *(ornitorrinco)*, *los marsupiales* o *metaterios (canguro, zarigüeya)* y los *placentarios* o *euterios*. Estos últimos comprenden a su vez, once órdenes: ungulados; carnívoros, fisípedos terrestres (felinos, perros, osos) o pinnípedos marinos (foca); cetáceos, con barbas (misticetos: ballenas) o con dientes (odontocetos: delfines); xenartros (tatú, perezosos); pangolines, recubiertos de escamas; roedores (ratas, ardilla); lagomorfos (liebre, conejo); quirópteros (murciélago); galeopitecos o dermópteros, aptos para el vuelo; insectívoros (erizo, topo) y primates (tarsioideos, lemúridos, simios, homínidos). Los ungulados constituyen un superorden o bien un orden dividido en cinco subórdenes: artiodáctilos (cerdo, vaca, jirafa), perisodáctilos (caballo, rinoceronte), proboscídeos (elefante), sirenios (manatí) y tubulidentados (oricteropo).

mamiferoide adj. ZOOL y PALEONT Se aplica a los reptiles fósiles, provistos de mamas.

mamila n.f. **1.** ANAT Parte principal de la mama, exceptuando el pezón. **2.** ANAT Tetilla en el hombre.

mamografía n.f. MED Radiografía de los senos.

mamola o **mamona** n.f. Caricia hecha debajo de la barbilla de otro.

mamón,a **I.** n. y adj. **1.** Que todavía está mamando. **2.** Que mama mucho. **II.** n.m. Árbol sapindáceo de la América intertropical. ▷ Fruto de este árbol. **III.** n.m. Bizcocho que se hace en México.

mamotreto n.m. **1.** Libro de apuntes. **2.** Libro o legajo muy abultado. **3.** Armatoste.

mampara n.f. Cancel movible que sirve para dividir una habitación, para cubrir las puertas y para otros usos.

mamporro n.m. Golpe, coscorrón.

mampostería n.f. **1.** Obra de albañilería, hecha de piedras pequeñas unidas con argamasa.

mampuesto,a **I.** adj. Dícese del material que se emplea en la obra de mampostería. **II.** n.m. **1.** Parapeto. **2.** *Amér.* Cualquier objeto en que se apoya el arma de fuego.

mamut n.m. Especie de elefante fósil de la época cuaternaria; con dientes incisivos superiores de hasta 3 metros.

1. mana n.f. *Col.* Maná, líquido azucarado que fluye de algunas plantas.

2. mana n.f. *Col.* Manantial.

3. mana n.m. Fuerza, influencia impersonal e indiferenciada, en algunas religiones de Oceanía.

maná n.m. **1.** RELIG Alimento que, según la Biblia, fue enviado por Dios al pueblo de Israel en el desierto. **2.** Líquido azucarado que fluye espontáneamente o por incisión de algunas plantas.

manada n.f. **1.** Hato o rebaño de ganado que está al cuidado de un pastor. **2.** Conjunto de animales de una misma especie.

manager n.m. o f. Persona que se ocupa de la organización de espectáculos, que lleva los intereses de un artista, de un deportista, etc. (Anglicismo.)

managüero,a **1.** n.m. y f. Natural de Managua. **2.** adj. Perteneciente o relativo a esta capital.

manar **1.** v.int. y tr. Brotar un líquido. **2.** v.int. Fig. Abundar, tener mucha cantidad de una cosa. • **manantial** **1.** n.m. Nacimiento de las aguas. **2.** Fig. Origen y principio de donde proviene una cosa.

manatí o **manato** n.m. **1.** Mamífero sirénido de unos 5 m de longitud que tiene los miembros torácicos en forma de aletas terminadas por manos. **2.** Tira de la piel de este animal que, después de seca, sirve para hacer látigos y bastones.

mancebo,a **I.** n. y adj. Joven. **II.** n.m. Hombre soltero.

-mancia Sufijo que indica adivinación.

mancilla n.f. Fig. Mancha, desdoro. • **mancillar** v.tr. y prnl. Manchar.

manco,a n. y adj. Se aplica a la persona o animal a quien falta un brazo o mano, o ha perdido el uso de cualquiera de estos miembros.

mancomunar **1.** v.tr. y prnl. Unir personas, fuerzas o caudales para un fin. **2.** v.tr. FOR Obligar a dos o más personas de mancomún a la paga o ejecución de una cosa. • **mancomunidad** n.f. **1.** Acción y efecto de mancomunar o mancomunarse. **2.** Corporación y entidad legalmente constituidas por municipios o provincias.

mancornar v.tr. **1.** Atar o colocar una res de forma que se impidan o dificulten sus movimientos. **2.** Atar dos reses por los cuernos para que anden juntas.

mancha n.f. **I.** **1.** Señal que una cosa hace en un cuerpo, ensuciándolo o echándolo a perder. **2.** Parte de alguna cosa con distinto color del general en ella. **II.** Banco de peces. **III.** Fig. Deshonra, desdoro. **IV.** ASTRON *Mancha solar.* Región oscura de la fotosfera, de temperatura menos elevada. **V.** PINT Pintura de estudio en boceto sin concluir. **VI.** IMP Superficie impresa de una página. • **manchado,a** adj. Que tiene manchas. • **manchar** v.tr. y prnl. **1.** Poner sucia una cosa. **2.** Fig. Deslustrar la buena fama de una persona, familia o linaje.

manchego,a n. y adj. Natural de La Mancha, comarca de España que se extiende por las provincias de Cuenca, Albacete, Ciudad Real y Toledo.

manchú **1.** n. y adj. Natural de Manchuria. **2.** adj. Perteneciente a esta región asiática. **3.** n.m. Lengua de Manchuria, del grupo de las tunguses.

manchúes, pueblo tungú que invadió China en el s. XVII y formaron su última dinastía real: la de los Ts'ing (1644-1912).

manda n.f. **1.** Ofrecimiento, promesa. **2.** Legado de un testamento.

mandado,a n.m. **1.** Orden, precepto, mandamiento. **2.** Comisión, encargo.

mandala n.m. Imagen pintada, constituida por un grupo de figuras geométricas que en el budismo y el tantrismo ilustran simbólicamente un aspecto del mundo psíquico en relación mística con lo divino.

mandamiento n.m. **1.** Precepto u orden de una autoridad.

mandante n. FOR Persona que en el contrato llamado mandato, confía a otra su representación personal, o la gestión de un negocio.

mandar **I.** v.tr. **1.** Ordenar, imponer un precepto. **2.** Legar, dejar en testamento. **3.** Ofrecer, prometer una cosa. **4.** Enviar. **5.** Encomendar o encargar algo. **6.** Manifestar uno la voluntad de que se haga una cosa. **II.** v.int. y tr. Regir, gobernar, tener el mando.

mandarín n.m. El que en China y otros países asiáticos tenía a su cargo el gobierno de una ciudad o la administración de justicia. • **mandarina** n. y adj. Dícese de la lengua culta de China.

mandarino n.m. Árbol anrianceáceo cuyo fruto es la naranja *mandarina.*

mandatario n.m. FOR Persona que, en virtud del contrato consensual llamado mandato, acepta del mandante el representarle personalmente, o la gestión o desempeño de uno o más negocios.

mandato n.m. **1.** Orden que el superior impone a los súbditos. **2.** FOR Contrato consensual por el que una de las partes confía su representación personal o la gestión o desempeño de uno o más negocios a la otra, que lo toma a su cargo. **3.** Encargo o representación que para la elección se confiere a los diputados, concejales, etc.

mandí n.m. Especie de bagre de la Argentina

mandíbula n.f. **1.** ANAT Cada una de las dos piezas, óseas o cartilaginosas, que limitan la boca de los animales vertebrados y en las cuales están implantados los dientes. **2.** ZOOL Cada una de las dos piezas córneas que forman el pico de las aves. **3.** ZOOL Cada una de las dos piezas duras, quitinosas, que tienen en la boca los insectos masticadores.

mandil n.m. **1.** Prenda de cuero o tela fuerte, que, colgada del cuello, sirve para proteger la ropa. ▷ Prenda atada a la cintura para cubrir la falda, delantal. **2.** Insignia que usan los masones, en representación del mandil de los obreros. **3.** Red de mallas muy estrechas para pescar.

mandingas, grupo étnico del África occidental (alto Senegal y alto Níger), reúne principalmente a los malinké, los tambara, los susu y los diula. Son musulmanes. Crearon un imperio que tuvo su apogeo en el s. XIV y que desapareció en el s. XVIII.

mandioca n.f. Arbusto originario de América del S, cultivado por sus raíces comestibles.

mando n.m. **1.** Autoridad del superior. **2.** MECAN Dispositivo que actúa sobre un mecanismo para iniciar, suspender o regular su funcionamiento. • **mandón,a I.** n. y adj. Que ostenta demasiado su autoridad. **II.** n.m. *Amér.* Capataz de mina.

mandoble n.m. Golpe dado con un arma blanca.

mandolina n.f. Instrumento músico de cuatro cuerdas y cuerpo curvado. Bandolina.

mandrágora o **mandrágula** n.f. Planta herbácea de la familia de las solanáceas, sin tallo, con muchas hojas de color verde oscuro y flores de mal olor. Se ha usado en medicina como narcótico.

1. mandril n.m. Cuadrumano de cabeza pequeña, hocico largo, pelaje espeso y nariz chata.

2. mandril n.m. **1.** Pieza en que se asegura lo que se ha de tornear. **2.** CIR Vástago que, introducido en ciertos instrumentos huecos, sirve para facilitar la penetración de éstos en determinadas cavidades.

manducar v.int. Fam. Comer.

manecilla n.f. **1.** Broche con que se cierran algunas cosas. **2.** Signo que se suele poner en los impresos y manuscritos para llamar la atención. **3.** Saetilla que en el reloj y en otros instrumentos sirve para señalar las horas, grados, etc. **4.** BOT Zarcillo de las plantas trepadoras.

manejar I. v.tr. **1.** Traer entre las manos una cosa. **2. Amér.** Conducir un automóvil. **II.** v.tr. y prnl. Fig. Gobernar, dirigir. **III.** v. prnl. Adquirir agilidad después de haber tenido algún impedimento. • **manejo** n.m. Acción y efecto de manejar o manejarse.

manera n.f. **1.** Modo y forma de hacer algo. **2.** Porte y modales de una persona. **3.** Artificio, astucia. **4.** PINT Modo y carácter que un artista da a sus obras.

manes n.m. pl. MIT Dioses infernales que purificaban las almas de diversos modos.

1. manga n.f. **I.** Parte del vestido en que se mete el brazo. **II.** Parte del eje de un carruaje, donde entra y voltea la rueda. **III.** Tubo largo para aspirar o dirigir el agua u otro líquido. **IV. 1.** Red de forma cónica que se mantiene abierta con un aro que le sirve de boca. **2.** Tela dispuesta en forma cónica que sirve para colar líquidos. **3.** Utensilio de tela, de forma cónica, provisto de un pico de metal u otro material duro, que se utiliza en repostería. **V.** Brazo de mar o estrecho. **VI** MAR Anchura mayor de un buque.

2. manga n.f. **1.** Árbol intertropical, variedad del mango. **2.** Fruto de este árbol.

mangachapuy n.m. BOT Árbol de Filipinas, de la familia de las dipterocarpáceas. Su madera se emplea en la construcción naval.

manganato n.m. QUIM Sal del ácido mangánico.

manganesa o **manganesia** n.f. Mineral de color negro, pardo o gris azulado, muy empleado en la industria. Es el peróxido de manganeso y la mena más abundante de este metal.

manganeso n.m. QUIM Metal muy refractario, de color y brillo acerados, quebradizo, casi tan pesado como el cobre. Número atómico 25. Símb.: *Mn*. • **mangánico,a** adj. QUIM Califica a los compuestos del manganeso trivalente. • **manganita** n.f. QUIM Sal derivada del bióxido de manganeso. • **manganoso,a** adj. QUIM Califica a los compuestos del manganeso divalente.

ENCICL El manganeso es un metal gris, de densidad 7,2, que funde a 1.260 °C y entra en ebullición a 2.100 °C, prácticamente inoxidable a temperatura ordinaria. Presenta grandes analogías con el hierro, el níquel y el cobalto. Mejora las propiedades mecánicas de los aceros y forma parte de la composición de numerosas aleaciones muy resistentes. Los permanganatos son utilizados como antisépticos y para purificar las aguas. El manganeso es un oligoelemento indispensable para el organismo.

mangangá n.m. **1.** *Arg.* y *Par.* Insecto himenóptero parecido al abejorro.

manganimetría n.f. QUIM Método de análisis volumétrico que utiliza como reactivo una solución de permanganato potásico.

manganina n.f. METAL Aleación de cobre, manganeso y níquel.

mangar v.tr. Hurtar, robar. • **mangante** n.m. Sinvergüenza.

manglar n.m. Formación vegetal característica de las regiones litorales de la zona tropical.

ENCICL Los manglares se encuentran en las zonas del litoral donde tiene asegurada agua salada por la subida de las mareas y agua dulce a través de la tierra, pues necesitan ambos tipos de agua. La vegetación comprende especies muy particulares, principalmente los *mangles*, llamados ellos mismos *manglares* (así como también la *Avicennia* y otras especies arborescentes). Con numerosas raíces aéreas y un potente aparato subterráneo, se aseguran su estabilidad, ya que el medio cenagoso es inestable; por otra parte, unas raíces especiales *(neumatóforas)*, aseguran la aireación del sistema subterráneo, pues el cieno es asfixiante.

mangle n.m. BOT Arbusto de la familia de las rizoforáceas, de 3 a 4 m de altura, cuyas ramas, largas y extendidas, dan unos vástagos que descienden hasta tocar el suelo y arraigar en él.

1. mango n.m. Asidero de un objeto.

2. mango n.m. **1.** BOT Árbol de la familia de las anacardiáceas, originario de la India, que crece hasta 15 m de altura, con tronco recto de corteza negra y rugosa. **2.** Fruto de este árbol.

mangonear v.int. Fam. Entremeterse uno en cosas que no le incumben, ostentando autoridad e influencia en su manejo. • **mangoneo** n.m. Fam. Acción y efecto de mangonear o entremeterse.

mangosta n.f. Cuadrúpedo semejante a la civeta, con pelaje de color ceniciento oscuro.

mangostán n.m. Arbusto de las Molucas, de la familia de las gutíferas, con fruto carnoso, comestible y muy estimado.

mangual n.m. Arma antigua compuesta por un mango de madera del que, por medio de unas cadenas, colgaban varias bolas de hierro.

manguardia n.f. ARQUIT Murallón que refuerza los estribos de un puente.

manguera n.f. **1.** MAR Pedazo de lona en figura de manga, que sirve para sacar el agua de las embarcaciones. **2.** Manga para aspirar o dirigir agua u otro líquido.

mangueta n.f. **1.** Tubo que en los retretes une la parte inferior del bombillo con el conducto de bajada. **2.** AUTOM En algunos vehículos automóviles, cada una de las piezas que corresponden a los extremos del eje delantero, articuladas de manera que permiten el cambio de dirección de la rueda.

manguito n.m. **1.** Rollo o bolsa, con aberturas en ambos lados, generalmente de piel, en que se introducen las manos para abrigarlas del frío. **2.** Media manga de punto que cubre desde el codo a la muñeca. **3.** Anillo de hierro o acero con que se refuerzan los cañones, vergas, etc. **4.** MECAN Cilindro hueco que sirve para sostener o empalmar dos piezas cilíndricas iguales unidas al tope en una máquina.

manguruyú n.m. Pez muy grande de los ríos y arroyos de la Argentina, Brasil y Paraguay.

maní n.m. Cacahuete.

manía n.f. **1.** PSIQUIAT Síndrome caracterizado por cambios de humor con una evolución cíclica. **2.** Gusto desenfrenado e irracional por algo. **3.** Hábito raro, a menudo ridículo, al cual se está particularmente aficionado. **4.** Fam. Mala voluntad contra otro, ojeriza. • **maníaco** adj. PSIQUIAT Afectado de manía. Característico de la manía. • **maniático,a** adj. Que tiene una o varias manías.

-manía v. -mano.

maniatar v.tr. Atar las manos.

manicomio n.m. Hospital para locos.

manido,a adj. Sobado, ajado, pasado.

manierismo n.m. **1.** Estilo artístico desarrollado en el s. XVI entre el Renacimiento y el Barroco. **2.** Afectación, falta de naturalidad.

ENCICL Nacido en Italia en la primera mitad del s. XVI, el manierismo, que afecta principalmente a la pintura, se difundió por toda Europa a fines del s. XVI y principios del XVII. Esencialmente, es un arte cortesano, preciosista, intelectual y teatral, caracterizado en su forma por personajes alargados y un cierto irrealismo en el decorado. Principales representantes: en Italia, Rosso, J. Romano, Parmesano, Pontormo; en Francia, los pintores y escultores de la escuela de Fontainebleau (p. ej. A. Caron); en los Países Bajos, Maerten van HeemsKerck, J. van Scorel; en España, el Greco, Luis de Morales, Sánchez Coello y Pedro Machuca, entre otros.

manifestación n.f. **1.** Acción y efecto de manifestar o manifestarse. **2.** Reunión pública para expresar opiniones políticas. • **manifestante** n.m. y f. Persona que toma parte en una manifestación pública. • **manifestar** v.tr. y prnl. **1.** Declarar, dar a conocer. **2.** Descubrir, poner a la vista. • **manifiesto,a I.** adj. Descubierto, patente, claro. **II.** n.m. Escrito en que se hace pública declaración de doctrinas o propósitos de interés general.

manilla n.f. Cerco de metal para las muñecas.

manillar n.m. Pieza de la bicicleta que sirve para dirigir la máquina.

maniobra n.f. **I. 1.** Cualquier operación material que se ejecuta con las manos. **2.** Fig. Artificio y manejo con que uno entiende en un negocio. **II. 1.** MAR Arte de gobernar la embarcación. **2.** MAR Conjunto de los cabos o aparejos de una embarcación. **III.** MILIT Evoluciones y simulacros en que se ejercita la tropa. **IV.** pl. **1.** Operaciones que se hacen en las estaciones y cruces de las vías férreas para la formación, división o paso de los trenes. **2.**

Operaciones que se hacen con otros vehículos para cambiar de rumbo. • **maniobrar** v.int. **1.** Efectuar una maniobra. **2.** Hablando de un ejército en campaña, ejecutar un movimiento estratégico o táctico. **3.** Actuar sobre un aparato o un vehículo, para dirigirlo o hacerlo funcionar.

maniota n.f. Cuerda o cadena con que se atan las manos de una bestia.

manipular v.tr. **1.** Operar con las manos o con cualquier instrumento. **2.** Fig. y Fam. Manejar uno los negocios a su modo, o mezclarse en los ajenos. • **manipulación** n.f. Acción de manipular. • **manipulador,a** n. y adj. Que manipula.

maniqueo,a n. y adj. Aplícase al que sigue las creencias de Maniqueo o Manes, que admitía un principio creador del bien y otro del mal. • **maniqueísmo** n.m. Secta de los maniqueos.
ENCICL Nacido de la antigua religión naturista de Babilonia, del mazdeísmo, del budismo y del cristianismo, el maniqueísmo admitía, además de las ideas fundamentales cristianas basadas en el Nuevo Testamento, la existencia simultánea de un principio del bien y un principio del mal y la doble creación emanada de cada uno de ellos. Su influencia parece haber subsistido hasta la Edad Media, especialmente en la doctrina de los bogomilas y los albigenses.

maniquí **I.** n.m. Figura movible que puede ser colocada en diversas actitudes. **II.** n.m. y f. Modelo, persona que exhibe ropa.

manir v.tr. Ablandar.

manirroto,a n. y adj. Despilfarrador.

manita n.f. QUIM Hexalcohol saturado que se extrae principalmente del maná del fresno.

manitú n.m. Principio del bien (manitú bueno) o del mal (manitú malo), según las creencias de algunos amerindios del N.

manivela n.f. **1.** Manubrio, cigüeña. **2.** Mecanismo de biela y corredera, que sirve para transformar un movimiento de rotación en un movimiento rectilíneo alternativo.

manjar n.m. Cualquier cosa de comer, especialmente si es delicada.

mano n.f. **I. 1.** Parte del cuerpo humano, unida a la extremidad del antebrazo. ▷Fig. Habilidad. ▷ Fig. Poder, facultades. **2.** En algunos animales, extremidad cuyo dedo pulgar puede oponerse a los otros. **3.** En los cuadrúpedos, cualquiera de las dos patas delanteras. **4.** En las reses de carnicería, cualquiera de los cuatro pies o extremos después de cortados. **II. 1.** Cada uno de los dos lados, derecho e izquierdo, a que cae o en que sucede una cosa respecto de la situación de otra. **2.** Capa de color, barniz, etc., que se da sobre lienzo, pared, etc. **III. 1.** Lance entero de varios juegos. **2.** En el juego, el primero en orden de los que juegan. **3.** Fig. Vez o vuelta en una labor material. **IV.** FOR *Manos muertas.* Poseedores de una finca, en quienes se perpetúa el dominio por no poder enajenarla.
ENCICL La mano está constituida por el carpo, el metacarpo y las falanges. El carpo consta de dos filas de huesos cortos. Sobre todos estos huesos se insertan músculos extensores, flexores, abductores y aductores. Dos grupos importantes de músculos forman, por fuera, la eminencia tenar, y por dentro, la eminencia hipotenar. La mano, irrigada por las ramificaciones de las arterias radial y cubital, está inervada por ramificaciones de los nervios mediano, radial y cubital.

-mano Sufijo procedente del latín *manus,* «mano».

-mano, -manía Sufijos procedentes del griego mania, «locura».

manojo **1.** n.m. Hacecillo de cosas que se puede coger con la mano. **2.** Fig. Abundancia de cosas, conjunto, copia.

manómetro n.m. Instrumento que sirve para medir la presión de un gas o de un líquido. • **manometría** n.f. FIS Medida de la presión de los gases y de los líquidos.

manopla n.f. **1.** Guante sin separaciones para los dedos, salvo el pulgar. ▷ Pieza de la armadura que protegía la mano. **2.** *Chile.* Pieza de metal en forma de eslabón, con agujeros para meter cuatro dedos y para golpear con ella; llave inglesa.

manorreductor n.m. TECN Aparato que sirve para reducir la presión de un gas comprimido.

manosa n.f. QUIM Azúcar natural isómera de la glucosa.

manosear v.tr. Tentar o tocar repetidamente una cosa.

manóstato n.m. TECN Aparato que sirve para mantener una presión entre dos valores determinados.

manotada n.f. Golpe dado con la mano.

manotear **1.** v.tr. Dar golpes con las manos. **2.** v.int. Hacer ademanes al hablar.

mansalva (a) m. adv. Sin ningún peligro.

mansedumbre n.f. Condición de manso.

manseque n.m. Baile infantil de Chile.

mansión n.f. **1.** Detención o estancia en una parte. **2.** Morada, albergue.

manso,a **I.** adj. **1.** Benigno y suave en la condición. **2.** Fig. Apacible, sosegado, suave. **II.** n.m. Macho que sirve de guía a los demás en un rebaño. • **mansurrón,a** adj. Fam. Manso con exceso.

manta n.f. **I.** Prenda rectangular de lana o algodón que sirve para abrigar. **II.** Fig. Tunda, paliza. **III.** *Manta de algodón.* Porción de algodón en rama con un ligero baño de goma.

mantear v.tr. Levantar en el aire a una persona o un muñeco puesto en una manta, tirando a un tiempo de las orillas varias personas. • **manteamiento** n.m. Acción y efecto de mantear.

manteca n.f. **1.**Grasa obtenida de los animales o de algunos frutos. **2.** Pomada. **3.** Nata de la leche. • **mantecada** n.f. **1.** Rebanada de pan untada con manteca de vaca y azúcar. **2.** Especie de bollo compuesto de harina de flor, huevos, azúcar y manteca de vacas. • **mantecado** **1.** n.m. Bollo amasado con manteca de cerdo. **2.** Compuesto de leche, huevos y azúcar, de que se hace un género de sorbete.

mantel n.m. **1.** Cubierta que se pone en la mesa para comer. **2.** Lienzo mayor con que se cubre la mesa del altar. • **mantelería** n.f. Juego de mantel y servilletas.

manteleta n.f. Especie de chal.

mantener **I.** v.tr. y prnl. Proveer a uno del alimento necesario. **II.** v.tr. **1.** Conservar una cosa en su ser, o sostenerla para que no caiga o se tuerza. **2.** Proseguir en lo que se está ejecutando. **3.** Defender una opinión o sistema. **4.** Sostener un torneo, justa, etc. **5.** FOR Amparar a uno en la posesión o goce de una cosa. **III.** v.prnl. **1.** Estar un cuerpo en un medio, sin caer o haciéndolo muy lentamente. **2.** No variar de estado o resolución. **3.** Fig. Fomentarse, alimentarse. • **mantenedor,a** **1.** adj. Que mantiene. **2.** n.m. El encargado de mantener un torneo, justa, etc. • **mantenimiento** n.m. **I.** TECN Conjunto de operaciones que permiten mantener en perfecto estado de conservación un material susceptible de degradarse. **II. 1.** Efecto de mantener o mantenerse. **2.** Manjar o alimento.

manteo n.m. Acción y efecto de mantear.

mantequilla n.f. Producto obtenido por el batido y posterior maduración de la crema de la leche. • **mantequería** n.f. Tienda donde se venden mantequilla, quesos, fiambres y otros artículos semejantes. • **mantequillero,a** n.m. y f. *Amér.* **1.** Persona que hace o vende manteca. **2.** Vasija en que ésta se sirve.

mántidos n.m. ZOOL Suborden de insectos con el cuerpo estrecho y fuertes patas.

mantilla n.f. Paño que usan las mujeres para cubrirse la cabeza.

mantillo n.m. **1.** Capa superior del suelo, formada en gran parte por la descomposición de materias orgánicas. **2.** Abono.

mantis n.f. ZOOL Insecto carnívoro de las regiones cálidas, con el cuerpo estrecho y alargado.

mantisa n.f. MAT Parte decimal de un logaritmo.

manto n.m. **I. 1.** Vestido amplio, a modo de capa, usado en ciertas ceremonias. **2.** Especie de mantilla grande. **II. 1.** Capa grasienta en que nace envuelta la criatura. **2.** MINER Capa de mineral que yace casi horizontalmente. **3.** ZOOL Repliegue cutáneo que envuelve el cuerpo de los moluscos y de algunos gusanos. **4.** GEOL Capa del globo terrestre situada entre la corteza y el núcleo.

mantón n.m. Pieza cuadrada o rectangular de abrigo, que se echa sobre los hombros.

manual **I.** adj. **1.** Que se ejecuta con las manos. **2.** Fácil de manejar. **3.** Que exige más habilidad de manos que inteligencia. **II.** **1.** n.m. Libro en que se compendia lo más sustancial de una materia. **2.** Libro o cuaderno que sirve para hacer apuntes.

manubrio n.m. Empuñadura o manija.

manuelino,a adj. Dícese del estilo, y principalmente del arquitectónico, usado en Portugal durante el reinado de Manuel I.
ENCICL En arquitectura, el estilo manuelino se caracteriza por la fusión de elementos moriscos y orientales con elementos góticos. La decoración es abundante, sobrecargada, inspirada en motivos vegetales o marinos: monasterio de los jerónimos de Belém (Portugal).

manufactura n.f. **1.** Obra hecha a mano o con auxilio de máquina. **2.** Establecimiento donde se fabrican productos de lujo o productos que exigen un alto nivel de acabado. • **manufacturar** v.tr. Fabricar con medios mecánicos.

manu militari loc. adv. latina. Utilizando la fuerza.

manuscrito,a **1.** adj. Escrito a mano. **2.** n.m. Papel o libro escrito a mano.

manutener v.tr. FOR Mantener o amparar. • **manutención** n.f. **1.** Acción y efecto de mantener o mantenerse. **2.** Conservación y amparo.

manzana n.f. **1.** BOT Fruto del manzano. — *Amér. Manzana de Adán.* Nuez de la garganta. **2.** En las poblaciones, conjunto aislado de varias casas contiguas. **3.** *Arg.* y *Chile.* Espacio cuadrado de terreno, con casas o sin ellas, pero circunscrito por calles por sus cuatro lados. • **manzanar** n.m. **1.** Terreno poblado de manzanos. **2.** Árbol que da manzanas. • **manzanera** n.f. Manzano silvestre. • **manzano** n.m. Árbol de la familia de las rosáceas, cuyo fruto es la manzana.

manzanilla n.f. **I. 1.** n.f. Hierba de la familia de las compuestas, con flores olorosas con centro amarillo y circunferencia blanca. **2.** Flor de esta planta. **3.** Infusión de esta flor, que se usa mucho como estomacal, antiespasmódica y febrífuga. **II.** Vino blanco que se hace en Sanlúcar de Barrameda y en otros lugares de Andalucía. **III.** Especie de aceituna pequeña.

manzanillo adj. Árbol de la familia de las euforbiáceas. Su fruto, semejante a una manzana, es venenoso.

maña n.f. **1.** Destreza, habilidad. **2.** Astucia. **3.** Vicio o mala costumbre; resabio.

mañana **1.** n.f. Tiempo que transcurre

desde que amanece hasta mediodía. ▷ Espacio de tiempo desde la medianoche hasta el mediodía. 2. n.m. Tiempo futuro próximo a nosotros. ▷ Fig. En tiempo venidero. ▷ Fig. Pronto. • **mañanero,a** adj. Madrugador.

mañíu n.m. *Chile.* Árbol semejante al alerce, cuya madera es muy apreciada.

mañoco,a n.m. Tapioca.

mañosear v.int. *Chile.* Actuar con maña.

mañoso,a adj. Que tiene maña.

mapa n.m. Representación geográfica de la Tierra o parte de ella en una superficie plana. • **mapamundi** n.m. Mapa que representa la superficie de la Tierra en dos hemisferios.

mapache n.m. Mamífero carnicero de América del Norte, del tamaño y aspecto del tejón.

mapanare n.f. Culebra de Venezuela muy venenosa.

mapuches o **araucanos,** antiguo pueblo sudamericano, asentado principalmente en el sur de Chile, protagonista de fuertes resistencias frente a la conquista y la asimilación. *Auca* (rebelde) es el nombre que les dieron los incas, mientras que ellos se autodenominaban *mapuches* (hombres de la tierra). De cultura más primitiva que la de las etnias del norte (agricultura rudimentaria, pesca), su organización era la de clanes familiares, que sólo se aliaban para la guerra, eligiendo entonces un jefe común (el *toqui)* para la duración de la contienda. Al inicio de la conquista alternaron los pactos con los enfrentamientos, pero la penetración de Pedro de Valdivia hacia el sur dio origen a la guerra de Arauco, que no cesaría realmente durante tres siglos. Aprendieron de los conquistadores el uso del caballo y otras tácticas militares. Caudillos como Caupolicán y Lautaro rechazaron a Valdivia hacia el norte, derrotando y dando muerte al conquistador (1553). *La Araucana,* de Alonso de Ercilla, es el gran monumento literario de esta guerra. Durante la colonia resistieron al sur del Biobío, a pesar de los positivos esfuerzos realizados por algunos misioneros. Fueron definitivamente sometidos en 1879 y confinados en reservas, principalmente en las provincias de Arauco, Malleco y Biobío, donde aún se conservan importantes núcleos de población, lengua y tradiciones mapuches.

mapurite n.m. Especie de mofeta de América Central.

maqueta n.f. Modelo plástico en tamaño reducido de un monumento, edificio, barco, etc. • **maquetista** n.m. y f. Constructor de maquetas.

maqui n.m. Arbusto chileno, de la familia de las liliáceas, de unos 3 m de altura y fruto redondo, dulce y un poco astringente, que se emplea en confituras y helados.

-maquia Sufijo procedente del griego *makhe*, «combate».

maquiavélico,a adj. 1. Perteneciente al maquiavelismo. 2. Que sigue las máximas de Maquiavelo. • **maquiavelismo** n.m. 1. Doctrina de Maquiavelo. 2. Fig. Modo de proceder con astucia.

maquila n.f. Porción de grano, harina o aceite que corresponde al molinero por la molienda.

maquillar v.tr. y prnl. Componer con cosméticos el rostro.

máquina n.f. 1. Artificio para aprovechar o regular la acción de una fuerza, o para producirla. 2. Conjunto de aparatos combinados para recibir cierta forma de energía, transformarla y restituirla en otra más adecuada, o para producir un efecto determinado. ▷ P. anton. Locomotora. • **maquinaria** n.f. 1. Conjunto de máquinas para un fin determinado. 2. Mecanismo que da movimiento a un artefacto. • **maquinilla** n.f. Máquina de afeitar. • **maquinismo** n.m. Empleo predominante de las máquinas en la industria moderna.

maquinar v.tr. Urdir, tramar algo. • **maquinación** n.f. Proyecto dirigido regularmente a mal fin. • **maquinador,a** n. y adj. Que maquina.

mar n.m. o f. 1. Masa de agua salada que cubre la mayor parte de la superficie de la Tierra. ▷ Cada una de las partes en que se considera dividida. — *Mar de fondo.* Agitación de las aguas causada en alta mar por los temporales o vientos tormentosos. — MAR *Mar gruesa.* Cuando las olas alcanzan una altura media de 6 a 9 m (*muy gruesa,* de 9 a 14 m). — *Alta mar.* Parte del mar que está a bastante distancia de la costa.

marabú n.m. 1. Ave zancuda semejante a la cigüeña que vive en África.

maraca n.f. I. *Ant., Col.* y *Venez.* Instrumento músico de los guaraníes, que consiste en una calabaza con granos de maíz o chinas en su interior, para acompañar el canto. II. *Chile.* Fig. Ramera, prostituta.

maracayá n.m. *Amér.* Pequeño carnicero de cola larga y piel con manchas, tigrillo.

maracure n.m. Bejuco de Venezuela, del cual se extrae el curare.

Maranta n.f. BOT Género de plantas monocotiledóneas tropicales parecidas a las *Canna* (caña de Indias).

marantáceo,a n.f. y adj. BOT Dícese de ciertas angiospermas monocotiledóneas, herbáceas, con hojas asimétricas y pecioladas. ▷ n.f.pl. BOT Familia de estas plantas.

maraña n.f. I. 1. Árbol semejante a la encina, coscoja. 2. Fig. Enredo de los hilos o del cabello. II. Fig. Enredo de un asunto.

marañón n.m. BOT Árbol de las Antillas y de América Central, de la familia de las anacardiáceas, de 4 a 5 m de altura.

marasca n.f. BOT Cereza ácida de las regiones mediterráneas.

Marasmius n.m. BOT Género de pequeños hongos basidiomicetos, cuya especie más común, el níscalo, puede conservarse seca.

marasmo n.m. Suspensión, paralización, inmovilidad, en lo moral o en lo físico.

maratón n.m. 1. Carrera a pie de gran fondo (42,195 km). 2. Fig. Competición, sesión, etc., prolongada.

Marattiales n.m. BOT Orden de helechos con leptosporangios de los países cálidos.

maravedí n.m. Moneda española antigua.

maravilla n.f. I. 1. Suceso o cosa extraordinarios que causan admiración. 2. Acción y efecto de maravillarse o admirarse. II. 1. Planta herbácea de la familia de las compuestas, de 30 a 40 cm de altura, cuyas flores han sido usadas en medicina como antiespasmódico. ▷ Flor de esta planta. 2. Especie de enredadera.

marbete n.m. 1. Etiqueta que se adhiere a las piezas de tela, cajas u otros objetos, y en que está inscrita la marca, el precio, etc. 2. Etiqueta que en los ferrocarriles se pega en los equipajes, etc., y en la cual van anotados el punto a que se envían y el número del registro.

marca n.f. I. 1. Acción de marcar. 2. Señal hecha en una persona, animal o cosa, para distinguirla de otra, o denotar calidad o pertenencia. 3. Instrumento con que se marca una cosa. II. Provincia, distrito fronterizo. III. 1. Instrumento para medir la estatura de las personas o la alzada de los caballos. 2. Medida cierta y segura del tamaño que debe tener una cosa. IV. DEP Resultado obtenido por un deportista en una competición. V. MAR Punto fijo en la costa que sirve de señal para conocer la situación del buque, o indicar peligro.

marcación n.f. 1. MAR Acción y efecto de marcar o marcarse. 2. MAR Ángulo que la visual dirigida a una marca o un astro forma con el rumbo que lleva el buque o con otro determinado.

marcantiáceas n.f. BOT Familia de hepáticas con tallo, que crecen en los lugares húmedos.

marcar I. v.tr. 1. Señalar, poner una marca. 2. Fig. Aplicar, destinar. 3. MAR Determinar una marcación. II. v.int. 1. Tratándose de géneros de comercio, poner en los mismos la indicación de su precio. 2. Fig. En los deportes en que luchan equipos combinados, contrarrestar eficazmente un jugador el juego de su contrario respectivo. • **marcado,a** I. adv.m. Muy perceptible. II. n.m. Operación que consiste en dar forma a los cabellos. III. adj. 1. Fig. Perseguido por la fatalidad. 2. BIOL *Sustancia marcada.* La que contiene un isótopo radiactivo que permite seguir su desplazamiento en un organismo. • **marcador,a** I. n. y adj. Que marca. II. n.m. 1. El que contrasta monedas, metales, pesos y medidas. 2. Aparato en que se marcan los tantos en el juego del balón y otros análogos. • **marcaje** n.m. DEP Acción y efecto de marcar a un jugador del equipo contrario.

marcasita n.f. MINER Variedad de pirita (FeS_2), amarilla con brillo metálico.

marcear 1. v.tr. Esquilar las bestias. 2. v.int. Hacer el tiempo propio del mes de marzo.

marceño,a adj. Propio del mes de marzo.

marceo n.m. Corte que hacen los colmeneros para quitar lo reseco y sucio.

marcescente adj. BOT Se aplica a los cálices y corolas que después de marchitarse persisten alrededor del ovario, y a las hojas que permanecen secas en la planta hasta que brotan las nuevas.

marcial adj. 1. Perteneciente a la guerra. 2. Fig. Firme, franco. — *Artes marciales.* Disciplinas individuales de ataque y de defensa, de origen japonés.

marciano,a n. y adj. Relativo al planeta Marte, o propio de él.

1. marco n.m. Cerco que rodea, ciñe o guarnece algunas cosas.

2. marco n.m. Unidad monetaria de la República Federal de Alemania (R.F.A.), de la República Democrática Alemana (R.D.A.) y de Finlandia.

marcha n.f. I. 1. Acción de marchar. 2. Grado de celeridad en el andar de un buque, locomotora, etc. 3. Actividad o funcionamiento de un mecanismo, órgano o entidad. ▷ MECAN En el cambio de velocidad, cualquiera de las posiciones motrices. 4. Desarrollo de un proyecto o empresa. II. MUS Pieza de música destinada a indicar el paso reglamentario de la tropa, o de un numeroso cortejo en ciertas solemnidades.

marchamo n.m. Señal o marca que se pone en los fardos o bultos en las aduanas.

marchar I. v.int. y prnl. Caminar, hacer viaje, ir o partir de un lugar. II. v.int. 1. Andar, funcionar un artefacto. 2. Fig. Caminar funcionar o desenvolverse una cosa. 3. MILIT Ir o caminar la tropa con cierto orden y compás.

marchitar v.tr. y prnl. 1. Ajar, deslucir las hierbas, flores y otras cosas. 2. Fig. Debilitar, quitar el vigor o la hermosura. • **marchito,a** adj. Ajado, falto de vigor y lozanía.

marea n.f. Movimiento periódico y alternativo de ascenso y descenso de las aguas del mar, producido por las acciones atractivas del Sol y de la Luna. — *Marea negra.* Capa de hidrocarburos esparcida en la superficie del mar.

ENCICL La marea se debe a la atracción que ejercen sobre los fluidos del globo terrestre las masas de la Luna y del Sol. La teoría de las mareas es muy compleja. En efecto, su intensidad no depende sólo de la atracción de los cuerpos celestes, sino también del relieve del fondo marino, de la viscosidad de los continentes y, de la rotación de la Tierra. La atracción lunar, a causa de la proximidad de nuestro satélite, es la preponderante (2,17 veces la del Sol). Es máxima cuando la Luna se halla en el plano del meridiano, hecho que se produce cada 24 horas y 50 minutos. Cada 12 horas y 25 minutos el mar sube, permanece así unos instantes y vuelve a bajar. Cuando el Sol y la Luna están alineados del mismo lado de la Tierra, sus atracciones se combinan para producir las *mareas vivas*; las más fuertes se producen en septiembre y en marzo (equinoccios). La amplitud de las mareas varía desde unos cuantos centímetros en el Mediterráneo hasta más de 20 m en la bahía de Fundy (Canadá).

marear **I.** v.tr. e int. Fig. y Fam. Enfadar, molestar. **II.** v.prnl. **1.** Sufrir o sentir mareo. **2.** Emborracharse ligeramente. • **mareo** n.m. **1.** Trastorno consistente en malestar y angustia, con vómitos o desvanecimiento. **2.** Fig. y Fam. Molestia, enfado, ajetreo.

marejada n.f. **1.** Movimiento tumultuoso de grandes olas. **2.** Fig. Exaltación y señal de disgusto manifestada sordamente por varias personas.

maremoto n.m. Agitación violenta de las aguas del mar a consecuencia de una sacudida del fondo.

mareógrafo n.m. Instrumento que mide la altura del nivel de las aguas en las distintas horas del día.

mareomotor,triz adj. Que concierne o que utiliza la energía de las mareas.

marfil n.m. ZOOL Materia dura, compacta y blanca de que principalmente están formados los dientes de los vertebrados, que en la corona está cubierta por el esmalte y en la raíz por el cemento. — *Marfil vegetal.* Tagua; semilla de esta planta. • **marfileño,a** adj. **1.** De marfil. **2.** Perteneciente o semejante al marfil. • **marfilina** n.f. Cierta pasta que imita al marfil.

marga n.f. Arena rica en conchas fósiles.

margajita n.f. Marcasita, pirita.

margallón n.m. Palmito (planta).

margarina, n.f. Mezcla de grasas depuradas utilizada en sustitución de la mantequilla.

margarita n.f. **I. 1.** Perla de los moluscos. **2.** ZOOL Molusco gasterópodo marino. **II.** BOT Planta herbácea de la familia de las compuestas, de 40 a 60 cm de altura, con flores terminales de centro amarillo y corola blanca.

margen n.m. o f. **1.** Extremidad y orilla de una cosa. **2.** Espacio que queda en blanco a cada uno de los cuatro lados de una página. **3.** Ocasión, oportunidad, motivo para un acto o suceso. **4.** COM Cuantía del beneficio que se puede obtener en un negocio teniendo en cuenta el precio de coste y el de venta.

marginado,a adj. BOT Que tiene reborde.

marginalismo n.m. ECON Teoría que define el valor por su utilidad marginal.

marginar v.tr. **1.** Poner acotaciones o apostillas al margen de un texto. **2.** Hacer o dejar márgenes. **3.** Fig. Dejar al margen a una persona o cosa. • **marginal** adj. **1.** Perteneciente al margen. **2.** Que está al margen.

margrave n.m. Título de dignidad de algunos príncipes de Alemania.

mariachi n.m. **1.** Música y baile popular mexicanos procedentes del estado de Jalisco. **2.** Conjunto instrumental que acompaña a los cantantes de ciertas danzas y aires populares mexicanos.

marianistas n.m.pl. Miembros de la Sociedad de María.

mariano,a adj. Relativo a la Virgen María.

marica **1.** n.f. Picaza, urraca. **2.** n.m. Fig. y Fam. Hombre afeminado.

maricón n.m. y adj. Fig. y Fam. Hombre homosexual.

marido n.m. Hombre casado, con respecto a su mujer.

marigot n.m. GEOGR En los países ecuatoriales, depresión de terreno inundada durante la estación de lluvias, o brazo muerto de un río.

mariguana o **marihuana** n.f. Nombre del cáñamo índico, cuyas hojas producen efecto narcótico.

marimacho n.m. Fam. Mujer que en su corpulencia o acciones parece hombre.

marimandona n.f. Mujer autoritaria.

marimba n.f. **1.** Especie de tambor que usan los negros de algunos lugares de África. **2.** Instrumento músico en que se percuten listones de madera, como en el xilófono. **3.** *Amér.* Instrumento músico en que se percuten con un macillo blando tiras de vidrio, como en el tímpano.

marimorena n.f. Fam. Riña, pendencia.

marina **I. 1.** Arte o profesión que enseña a navegar. **2.** Conjunto de los buques de una nación. **3.** Conjunto de las personas que sirven en la marina de guerra. **II. 1.** Parte de tierra junto al mar. **2.** Cuadro o pintura que representa el mar.

ENCICL Como el arte de navegar, que incluye tanto lo referente a los buques de guerra (marina de guerra) como a los comerciales y de pesca (marina mercante), la marina ha tenido un papel considerable en la historia de la humanidad. Aún hoy, a pesar del desarrollo de otros medios de transporte, en particular la aviación, la marina sigue siendo vital en el aspecto militar, así como en el civil (transporte de mercancías). Por otra parte, la importancia que hoy se le concede al ocio dio un impulso espectacular a la marina de recreo y provocó la transformación de barcos de transporte en cruceros.

Marina de guerra. — La función de una marina militar consiste en proteger en el mar y desde el mar, la política del país al que pertenece. La primera misión confiada a la Marina es la de participar en la *disuasión nuclear*; la cumplen los submarinos nucleares. La segunda tiene por objeto asegurar la presencia del país interesado en las zonas neurálgicas del globo, misión realizada en general por portaaviones y lanzadores de misiles. *Las fuerzas navales de intervención,* anfibias (capaces de intervenir en tierra después de haber desembarcado), se articulan alrededor de portahelicópteros y de barcos o lanchones de desembarco. La misión de *protección* de la marina mercante se lleva a cabo por las patrullas costeras y por equipos especializados en la lucha antisubmarina: aviones y helicópteros, fragatas y buques de escolta, submarinos, etc. Sólo las grandes potencias (URSS y Estados Unidos) son capaces de dominar los océanos, dada la importancia de los recursos necesarios. Los otros Estados se limitan a intervenir según sus posibilidades. La marina militar se ha beneficiado de los progresos realizados en el campo de la electrónica, la informática, las telecomunicaciones, la detección y las armas. Sus intervenciones están estrechamente ligadas con las de la aviación (fuerza aeronaval) y del ejército terrestre.

Marina mercante. — La competencia de los medios aéreos limita en general el transporte de pasajeros a distancias medias o cortas recorridas por transbordadores; los vehículos sobre cojín de aire tienen un gran futuro, pero por el momento su coste resulta elevado. El transporte de mercancías se hace por *tramping* o *líneas regulares.* La reducción de costes se obtiene aumentando la capacidad de los buques, especializándolos (petroleros, butaneros, bananeros), reduciendo el personal (por medio de la automatización) y también la duración de la carga y descarga (portacontenedores). Muchos armadores colocan sus barcos bajo *pabellones de conveniencia* (Liberia, principalmente), en especial para pagar impuestos más bajos. La *pesca marítima,* en plena expansión, se practica en lanchas para pesca costera y en grandes navíos o en barcos-factoría para la pesca en alta mar; los problemas ecológicos que suscitan su funcionamiento y su futuro son cruciales.

Mariner, nombre de una serie de sondas espaciales norteamericanas destinadas al estudio de los planetas.

marinero,a **I.** adj. Se dice de lo que pertenece a la marina o a los marineros. **II.** n.m. **1.** Hombre de mar, que presta servicio en las embarcaciones. **2.** Argonauta (molusco). • **marinera** n.f. **1.** Prenda del vestido, a modo de blusa que usan los marineros. **2.** Baile popular de Chile, el Ecuador y el Perú. • **marinería** n.f. **1.** Profesión o ejercicio de hombre de mar. **2.** Conjunto de marineros.

marinista n. (apl. a pers.) y adj. Dícese del pintor de marinas.

marino,a **I.** adj. Perteneciente al mar. **II.** n.m. **1.** El que se ejercita en la náutica. **2.** El que sirve en la marina.

mariología n.f. Tratado de lo referente a la Virgen María.

marión n.m. Esturión (pez).

marioneta n.f. Títere que se mueve por medio de hilos. ▷ pl. Espectáculo así representado.

mariposa n.f. **1.** Insecto lepidóptero. **2.** Pájaro común en la isla de Cuba, de unos 14 cm de longitud. **3.** Especie de candelilla que se pone en un recipiente con aceite.

mariposear v.int. Fig. **1.** Variar con frecuencia de aficiones y amores. **2.** Andar en torno de alguien. • **mariposón** **1.** n.m. y adj. Hombre conquistador de amores. **2.** adj. m. *Amér.* Homosexual.

1. mariquita **I.** n.f. **1.** ZOOL Insecto coleóptero del suborden de los trímeros, de cuerpo semiesférico, de unos 7 mm de largo negruzco por debajo y encarnado brillante por encima, con varios puntos negros. **2.** Insecto hemíptero, sin alas membranosas, con el cuerpo aplastado, estrecho, oval y aproximadamente un centímetro de largo. Es por debajo de color pardo oscuro y por encima encarnado con tres manchitas negras. **3.** Perico, ave trepadora. **II.** n.m. Fam. Hombre afeminado.

2. mariquita n.f. **1.** *Arg.* Baile popular. **2.** Música y cante con que se acompaña este baile.

marisabidilla n.f. Fam. Mujer presumida y sabia.

mariscal n.m. Antigua graduación militar, equivalente al grado de general.

marisco n.m. Cualquier animal marino invertebrado y especialmente el crustáceo o molusco comestible.

marisma n.f. Terreno bajo y pantanoso que se inunda por las aguas del mar.

ENCICL Las marismas pueden ser continentales, litorales u ocupar una zona de estuario. Son focos de paludismo, por lo cual se desecan y sanean mediante drenajes y plantación de árboles tales como el pino y el eucalipto (Sologne, Landas, Languedoc o las Marismas Pontinas en Italia). Las marismas marítimas son zonas litorales a menudo rellenas de depósitos sedimentarios; forman zonas bajas, parcialmente inundadas por la marea alta. La región española de las marismas es una zona pantanosa originada por el relleno aluvial del antiguo *Sinus Ligustinus.* Se extiende por las provincias de Huelva, Sevilla y Cádiz. Algunas marismas, cegadas por los aluviones de los ríos costeros y del mar, forman llanuras fértiles de suelo húmedo, auténticos pólders aptos para la ganadería y los cultivos hortícolas.

marista n. (apl. a pers.) y adj. Perteneciente al Instituto de los Hermanos Maristas de la Enseñanza, o a la Sociedad de María.

marital adj. Perteneciente al marido o a la vida conyugal.

maritata n.f. **1.** *Chile.* Canal con el fondo cubierto de pellejos de carnero por donde se hace pasar una corriente de agua con minerales pulverizados, para que se deposite en ellos el polvo metalífero que arrastra. **2.** *Chile.* Cedazo de tela metálica usado en las minas.

marítimo,a adj. Perteneciente al mar.

marjoleto n.m. **1.** Espino arbóreo de uno 8 m de altura, corteza nítida y madera dura. **2.** Majuelo.

marketing n.m. ECON Conjunto de gestiones y técnicas fundadas en el conocimiento del mercado, cuyo objeto es la determinación de una estrategia comercial.

marmita n.f. Olla de metal, con tapadera ajustada y una o dos asas. — GEOL *Marmita de gigante.* Cavidad excavada en el lecho rocoso de una corriente de agua por el movimiento giratorio de los trozos de roca que arrastra dicha corriente.

marmitón n.m. Pinche de cocina.

mármol n.m. Piedra caliza metamórfica, de textura compacta y cristalina. • **marmolería** n.f. **1.** Conjunto de mármoles que hay en un edificio. **2.** Obra de mármol. **3.** Taller donde se trabaja.

marmoración n.f. Estuco.

marmóreo,a adj. **1.** De mármol. **2.** Semejante al mármol en alguna de sus cualidades.

marmosa n.f. Especie de zarigüeya.

marmota n.f. **1.** Mamífero roedor, de unos 50 cm de longitud desde el hocico hasta la cola, y poco más de 20 cm de altura. Pasa el invierno dormida en su madriguera y se la domestica fácilmente. **2.** Fig. Persona que duerme mucho.

maro n.m. Planta herbácea de la familia de las labiadas, usada en medicina como excitante y antiespasmódico.

marojo n.m. **1.** Planta muy parecida al muérdago. **2.** Árbol semejante al roble.

maroma n.f. **1.** Cuerda gruesa. **2.** *Amér.* Pirueta de un acróbata. **3.** *Amér.* Fig. Cambio oportunista de opinión o partido.

marón n.m. Esturión (pez).

maronita n. y adj. Perteneciente o relativo a un grupo de católicos de rito sirio.
ENCICL Independientes del papado hasta las cruzadas, los maronitas se le acercaron a partir del s. XII y sus ritos sufrieron la influencia latina. Bajo la dominación otomana, fueron a menudo perseguidos, sobre todo por los drusos a mediados del s. XIX. Actualmente hay alrededor de un millón de maronitas; la mitad de ellos vive en el Líbano y la otra mitad emigró a África o América.

marqués n.m. **1.** Señor de una tierra que estaba en la comarca del reino. **2.** Título honorífico intermedio entre el de conde y el de duque. • **marquesa** n.f. Mujer del marqués, o la que por sí goza este título. • **marquesado** n.m. **1.** Título o dignidad de marqués. **2.** Territorio o lugar sobre el que recaía este título o en que ejercía jurisdicción un marqués.

marquesina n.f. **1.** Cubierta o pabellón que se pone sobre la tienda de campaña para guardarse de la lluvia. **2.** Cobertizo, generalmente de cristal y hierro, que avanza sobre una puerta, escalinata, andén o terraza de café para resguardarlos.

marquesita n.f. Marcasita, pirita.

marquetería n.f. **1.** Trabajo con maderas finas, ebanistería. **2.** Embutido en las tablas con pequeñas chapas de madera de varios colores.

marrajo,a **I.** adj. **1.** Se aplica al toro o buey que arremete a golpe seguro. **2.** Fig. Cauto, astuto, difícil de engañar . **II.** n.m. ZOOL Tiburón que alcanza frecuentemente 2 a 3 m de longitud.

marrana **1.** n.f. Hembra del marrano. **2.** n. y adj. Fig. y Fam. Mujer sucia y desaseada. ▷ Fig. y Fam. La que se comporta mal o bajamente. • **marranada** o **marranería** n.f. Fig. y Fam. Acción indecorosa o grosera.

1. marrano n.m. y adj. **1.** Cerdo. **2.** Fig. y Fam. Hombre sucio y desaseado. **3.** Fig. y Fam. El que procede o se porta mal o bajamente. **4.** Fig. Se aplicaba como despectivo a los falsos conversos.

2. marrano n.m. **1.** Cada uno de los maderos que en las ruedas hidráulicas traban con el eje la pieza circular en que están colocados los álabes. **2.** Cada uno de los maderos que forman la cadena del fondo de un pozo.

marraqueta n.f. *Chile.* **1.** Pan de forma parecida a la de la bizcochada. **2.** *Chile.* Conjunto de varios panes pequeños en una sola pieza.

marrar v.int. y tr. Faltar, errar.

marras adv. Antaño. — Fam. *De marras.* Loc. que, referida a un sustantivo, significa ques es bien conocido.

marrasquino n.m. Licor hecho con zumo de cierta variedad de cerezas amargas y azúcar.

marrón adj. De color castaño.

marroquí **1.** n. y adj. Natural de Marruecos. **2.** adj. Perteneciente o relativo a esta nación de África.

marrubio n.m. Planta herbácea de la familia de las labiadas, cuyas flores blancas en espiga se usan en medicina.

marrullería o **marrulla** n.f. Astucia con que halagando a uno se pretende alucinarle.

marsopa n.f. Cetáceo parecido al delfín, que se encuentra en todos los mares y suele penetrar en los ríos persiguiendo a los salmones y lampreas.

marsos, pueblo de Italia central, que habitaba cerca del lago Fucino. Posiblemente procedía de Germania y fue sometido por Roma hacia el 308 a. J.C.

marsupial n. y adj. ZOOL Orden de mamíferos primitivos, únicos representantes actuales de la subclase de los metaterios, que se caracterizan por un desarrollo embrionario inacabado en el nacimiento. — ZOOL *Bolsa marsupial.* Bolsa ventral, que contiene las mamas, en la cual las crías de los marsupiales acaban su desarrollo embrionario.
ENCICL Después de una gestación muy breve los pequeños marsupiales nacen sin haber terminado su desarrollo y permanecen en el marsupio de la madre para completarlo. Viven en Australia, Nueva Guinea y Tasmania, donde con escasa competencia por parte de los euterios, se adaptaron tomando varias formas: así se puede hablar de lobos marsupiales, ratones marsupiales, etc. Su primitivo cerebro carece de circunvalaciones. La hembra tiene dos vaginas y el macho un pene bífido. Los marsupiales se dividen en poliprodóntidos (es decir «dotados de numerosos dientes primitivos»: dos caninos para cada mandíbula), que comprenden a los oposum, los dasiúridos y los peramélidos; y diprodóntidos (dos caninos sólo para la mandíbula superior), que comprenden a los falangéridos (familia cuyo representante típico es el falangero), los fascolómidos (es decir, los «ratones con bolsa»: uombat) y los macropódidos (es decir «provistos de grandes pies»: canguro). Los marsupiales aparecieron en el cretáceo: habitaron Europa durante la era terciaria y durante el pleistoceno, en Australia, algunas de sus especies llegaron a alcanzar tallas gigantescas.

marta n.f. **1.** Mamífero carnicero de unos 25 cm de altura y 80 de longitud, de pelaje espeso, suave, leonado, más oscuro por el lomo que por el vientre. ▷ Piel de este animal. **2.** *Marta cebellina.* Especie de marta algo menor que la común cuya piel es de las más estimadas por su finura. ▷ Piel de este animal.

martagón n.m. Planta herbácea de la familia de las liliáceas.

martensita n.f. Solución sólida sobresaturada de carbono en el hierro que constituye los aceros templados.

martes n.m. Tercer día de la semana.

martillo n.m. **1.** Herramienta de percusión, compuesta de una cabeza, por lo común de hierro, y un mango. — *Martillo perforador.* Martillo accionado por aire comprimido (martillo neumático) o por electricidad, que sirve para excavar los materiales duros. — *Martillo pilón.* Máquina que posee un bloque pesado de acero que se eleva por medios mecánicos y se deja caer sobre la pieza colocada en el yunque. **2.** Llave con que se templan algunos instrumentos de cuerda. **3.** ANAT Uno de los tres huesecillos que hay en la parte media del oído de los mamíferos.

martín cazador n.m. Pájaro de Australia, pariente del martín pescador, que se alimenta de insectos, de crustáceos y de pequeños reptiles.

martín del río, m. Martinete (ave zancuda).

martín pescador n.m. Pájaro coraciforme, de colores vivos, que se alimenta de peces.

martina n.f. ZOOL Pez teleósteo del suborden de los fisóstomos, muy parecido al congrio.

martineta n.f. *Arg.* y *Urug.* Ave de unos 40 cm de largo, que tiene un copete de plumas.

1. martinete n.m. Ave del orden de las zancudas, de unos 60 cm de longitud total y un metro de envergadura.

2. martinete n.m. **1.** Macillo del piano. **2.** Mazo de gran peso que sirve para batir algunos metales o piezas metálicas, abatanar paños, etc. **3.** Cante de los gitanos andaluces.

martingala n.f. Artimaña, astucia, treta.

mártir n.m. y f. **1.** Persona que padece muerte por mantenerse fiel a la religión cristiana. ▷ P. ext., persona que muere o padece en defensa de otras ideas. **2.** Fig. Persona que padece grandes sufrimientos. • **martirio** n.m. **1.** Muerte o sufrimientos padecidos por causa de la religión. **2.** Fig. Cualquier trabajo largo y muy penoso. • **martirizar** **1.** v.tr. Atormentar a uno o quitarle la vida por causa de la religión. **2.** v.tr. y prnl. Fig. Afligir, atormentar, maltratar.

marueco n.m. Carnero padre, morueco.

marxismo n.m. Doctrina de C. Marx y F. Engels, base del socialismo, y de las corrientes derivadas de aquélla. — *Marxismo leninismo.* El marxismo tal y como fue teorizado por Lenin y sus continuadores.
ENCICL En contraposición a las filosofías idealistas y dualistas, el marxismo es un *materialismo* que se puede llamar *histórico* si se considera el objeto que estudia, y *dialéctico* si se considera su método. Para Marx, el estudio de las leyes del desarrollo histórico conduce a una *praxis* revolucionaria: el *socialismo científico*, que él opone al socialismo utópico (de Fourier, Saint Simon, etc.). Marx asimiló de Hegel la dialéctica, pero al contrario que éste, consideró que el movimiento del pensamiento es «tan sólo el reflejo del movimiento

real, transportado y transformado por el cerebro humano». Este «movimiento real» es el de las relaciones vitales que mantienen los hombres entre sí: las *relaciones de producción* que corresponden a un estado de desarrollo dado de las *fuerzas productivas* materiales. Las *fuerzas de producción* son la *infraestructura* de la sociedad, y las relaciones de producción, su *estructura*, sobre las que se levanta una *superestructura* jurídica y política, pero también ideológica (la religión, la moral, la filosofía). Tratando de descubrir la ley general del desarrollo de la historia, Marx llegó a afirmar que todas las sociedades están fundadas sobre los modos de producción. Para Marx, la historia hasta nuestros días no ha sido otra cosa que una «lucha de clases». Según su análisis, lo que domina a la sociedad capitalista es la producción de *mercancías*, que por ser *valores* son trabajo humano cristalizado; y que en su origen la magnitud del *valor de cambio* debió corresponder a su valor de uso. A un cierto nivel de producción de las mercancías, el dinero se transformó en capital: es el dinero, que permite comprar para *vender*, para tener un beneficio. A este supuesto crecimiento del valor primitivo del dinero Marx lo llamó (inspirándose en Ricardo) *plusvalía*. Según él la plusvalía proviene de que el obrero no cambia su cantidad de trabajo por una cantidad de valores de cambio correspondientes, sino que para vivir se ve obligado a *alienar* la totalidad de su fuerza al poseedor de los medios de producción. Para Marx la solución de esta contradicción no tiene más que un camino: la revolución del proletariado, llamada también socialista, y finalmente el advenimiento de una nueva sociedad, sin clases y sin estado, el *comunismo*, en su última fase, que vería extinguirse la «explotación del hombre por el hombre», y permitiría la realización del hombre total, *desalienado*. El paso del capitalismo a esta sociedad ideal comportaría dos etapas: la dictadura del proletariado y una larga edificación del socialismo (colectivización de los medios de producción y de cambio). La teoría marxista tuvo un período de influencia considerable, pero ya no se halla al nivel histórico de nuestro tiempo. Su análisis es excesivamente unilateral y materialista. La complejidad de las sociedades humanas ha superado ampliamente sus previsiones, demasiado esquematizadas.

marzo n.m. Tercer mes del año, según nuestro cómputo; tiene treinta y un días.

marzoleta o **marzoleto** n.m. Majuelo.

mas conj. advers. Pero.

más **I.** Adv. comp. con que se denota idea de exceso, aumento o superioridad en comparación expresa o sobreentendida. **II.** n.m. ALG y ARIT Signo de la suma o adición, que se representa por una crucecita (+). **III.** *Más bien.* Loc. adv. que en la contraposición de dos términos acompaña al que se considera más adecuado, sin serlo por completo. — *Por más que.* Aunque. — Fam. *Sin más ni más.* Sin consideración; precipitadamente.

masa n.f. **I.** FIS Magnitud invariable igual a la relación constante entre cualquier fuerza aplicada a un punto y la aceleración que éste adquiere por acción de la fuerza. **II.** **1.** Mezcla que proviene de la incorporación de un líquido con una materia pulverizada, de la cual resulta un todo espeso, blando y consistente. **2.** Volumen, conjunto, reunión. **3.** Fig. Muchedumbre. **4.** FIS Cantidad de materia que contiene un cuerpo. **III.** *Masa atómica.* Peso atómico. — FIS *Masa gravitatoria.* Magnitud física de que depende la acción atractiva que cada cuerpo ejerce sobre los demás. — FIS *Masa inerte.* Magnitud física característica de cada cuerpo, que se manifiesta por ser mayor o menor la fuerza que se requiere para imprimirle un movimiento determinado. — FIS *Masa molecular.* Peso molecular. — FIS *Centro de masa.* Baricentro de las masas elementales de un cuerpo. — FIS *Masa crítica.* Masa de materia fisible más allá de la cual se puede originar una reacción en cadena. — METEOR *Masa de aire.* Región de la atmósfera cuyas propiedades presentan una cierta homogeneidad.

ENCICL Masa y peso son dos magnitudes esencialmente diferentes. La masa es un número que caracteriza la inercia de un cuerpo, es decir, la resistencia que este cuerpo opone a un cambio de velocidad, independientemente del lugar donde se efectúe la medición. El peso es una fuerza que se ejerce sobre un cuerpo inmóvil y es proporcional a la intensidad del campo de gravedad. En un lugar dado, la masa m y el peso p de un cuerpo están ligados por una relación $p = mg$, siendo g la aceleración gravitacional $g = 9{,}81$ m/s². La unidad másica del sistema internacional (SI) es el *kilogramo*: la masa del patrón internacional de platino iridiado depositado en la Oficina Internacional de Pesos y Medidas en Sèvres. La unidad de peso del sistema SI es el *newton*; es la fuerza que, actuando sobre un elemento de masa 1 kg, le imprime una aceleración de 1 m/s². (El kilogramo-peso o kilogramo-fuerza actualmente no está autorizado.) Recordemos que si se aplica a un cuerpo de masa m una fuerza $\vec{F}$, le imprime una aceleración $\vec{\gamma}$ tal que $\vec{F} = m\vec{\gamma}$ (principio fundamental de la dinámica). La *masa gravitacional (masa pesada)* es una magnitud que permite cuantificar la fuerza que se ejerce entre dos cuerpos. Esta fuerza F tiene por valor

$$F = k\,\frac{mm'}{d^2}$$

siendo m y m' las masas de dos cuerpos, d la distancia entre ellos y k una constante igual a $6{,}67 \cdot 10^{-11}$ unidades del sistema SI. Esta relación deriva del principio de la gravedad universal, enunciado por Newton, que permite explicar un gran número de fenómenos tanto a escala astronómica como a escala atómica. La relación de la masa pesada y de la masa inerte es una constante para un campo de gravedad dado: el producto de la masa pesada por la intensidad del campo de gravedad es igual al producto de la masa de inercia por la aceleración. Basta con una buena elección de las unidades para que esta constante sea igual a 1. Esta comprobación es el punto de partida de la teoría de la relatividad generalizada, enunciada por Einstein. En dinámica relativista, la noción de masa está ligada a la de energía. La *masa relativista m* de un cuerpo se define por la relación

$$m = \frac{m_0}{\sqrt{1 - \frac{v^2}{c^2}}}$$; siendo m_0 la masa en reposo del cuerpo, v su velocidad y c la velocidad de la luz. La diferencia $m - m_0$ es apreciable sólo para los cuerpos cuya velocidad es próxima a la de la luz, de manera que en dinámica clásica, la relación

$\frac{v^2}{c^2}$ es prácticamente igual a cero y tenemos

que $m = m_0$. La equivalencia de la masa y de la energía (E) se expresa por la relación de Einstein $E = mc^2$.

masai o **massai,** pueblo de África, que vive en Kenya y Tanzania. Son pastores nómadas, de origen desconocido, que hablan una lengua nilótica.

masaje n.m. Operación que consiste en presionar con intensidad adecuada ciertas regiones del cuerpo. • **masajista** n.m. y f. Profesional que aplica el masaje.

mascar **I.** v.tr. Masticar. ▷ Fig. y Fam. Mascullar. **II.** v.prnl. MAR Dicho de un cabo, rozarse.

máscara **I.** n.f. **1.** Figura, a veces ridícula, hecha de cartón, tela o alambre, con que una persona puede taparse el rostro para no ser conocida. **2.** Traje singular o extravagante con que alguno se disfraza. **3.** Careta de colmenero. **4.** Careta que se usa para impedir la entrada de gases nocivos en las vías respiratorias. **5.** Fig. Pretexto, disfraz, velo. **II.** n.m. y f. **1.** Fig. Persona enmascarada. **2.** pl. Reunión de gentes vestidas de máscara, y sitio en que se reúnen. ▷ Fiesta popular de personas disfrazadas. • **mascarada** n.f. **1.** Festín o sarao de personas enmascaradas. **2.** Comparsa de máscaras.

mascarilla n.f. **1.** Máscara que sólo cubre el rostro desde la frente hasta el labio superior. **2.** Vaciado que se saca sobre el rostro de una persona o escultura, y particularmente de un cadáver.

mascarón n.m. Cara deforme o fantástica usada como adorno en ciertas obras de arquitectura.

mascota n.f. Persona, animal o cosa que sirve de talismán, que trae buena suerte.

masculino,a adj. **1.** Se dice del ser que está dotado de órganos para fecundar. **2.** Perteneciente o relativo a este ser. **3.** Fig. Varonil, enérgico. • **masculinizar** v.tr. y prnl. BIOL Provocar la adquisición de caracteres sexuales secundarios masculinos (por la acción de hormonas).

mascullar v.tr. Fam. Hablar entre dientes.

máser n.m. FIS Generador de ondas electromagnéticas coherentes en la gama de las hiperfrecuencias (más allá del infrarrojo), utilizado como amplificador o como oscilador.

ENCICL El principio del máser es, para las ondas de frecuencia más débil, análogo al del láser. Amplifica señales sin producir ruidos de fondo. Es especialmente utilizado en astronomía como receptor de fuentes de radiación. Algunos relojes astronómicos utilizan un máser como oscilador. El primer máser (al amoníaco) data de 1954.

masera n.f. Crustáceo marino.

masetero n. y adj. ANAT Músculo que sirve para elevar la mandíbula inferior de los vertebrados.

másico,a adj. Perteneciente o relativo a la masa. — FIS *Volumen másico.* Volumen de la unidad de masa de un cuerpo. — FIS *Calor másico.* Cantidad de calor necesaria para elevar en un grado la unidad de masa de un cuerpo.

masicote n.m. Óxido de plomo que se obtiene haciendo pasar una corriente de aire sobre el metal fundido.

masilios, antiguo pueblo nómada que habitaba la parte oriental de Numidia.

masilla n.f **1.** Pasta hecha de tiza y aceite de linaza, que usan los vidrieros. **2.** TECN Pasta utilizada para cerrar herméticamente un recipiente, o para proteger un objeto de la acción directa del fuego.

masivo,a adj. **1.** MED Se dice de la dosis de un medicamento cuando se acerca al límite máximo de tolerancia del organismo. **2.** Fig. Se dice de lo que se aplica en gran cantidad.

masón n.m. Que pertenece a la masonería. • **masonería** n.f. v. Francmasonería.

ENCICL En España surgió la primera logia masónica en 1727. Reunió a políticos burgueses liberales, que tenían la oposición de la Iglesia y de los gobiernos conservadores. En 1876, tras varias crisis internas, Sagasta (v.) fue nombrado Gran Maestre, pero las divisiones siguieron existiendo. Al terminar la Guerra Civil de 1936, los masones seguían divididos (Gran Oriente y Gran Logia de España), y fueron prohibidos. La masonería se extendió también en América y sus miembros participaron directamente en las luchas de la independencia de sus respectivos países.

masoquismo n.m. PAT Perversión sexual del que goza con verse humillado o maltratado por otra persona.

masora n.f. Doctrina crítica de los rabinos acerca del sagrado texto hebreo, para conservar su genuina lectura e inteligencia.

mastaba n.m. Tumba del antiguo Egipto.

mastectomía n.f. CIR Extirpación quirúrgica de la glándula mamaria.

mastelero n.m. MAR Palo o mástil menor que se pone en los navíos y demás embarcaciones de vela redonda sobre cada uno de los mayores.

masticar v.tr. **1.** Triturar los alimentos con los dientes, mascar. **2.** Fig. Rumiar o meditar. • **masticador** n.m. ZOOL Se dice del aparato bucal apto para la masticación y del animal que tiene este aparato.

mastienos o **massienos,** miembros de un antiguo pueblo que habitaba al SE de la península Ibérica (Alicante, cabo de Palos). Su capital era Mastia.

mástil **I.** n.m. **1.** Palo de una embarcación. **2.** Palo menor de una vela. **3.** Cualquiera de los palos derechos que sirven para mantener una cosa; como cama, coche, etc. **II.** Parte más estrecha de la guitarra y de otros instrumentos de cuerda.

mastín n.m. Gran perro, parecido al dogo.

mastitis n.f. MED Inflamación aguda del tejido mamario.

mastocito n.m. BIOL Célula de la sangre y del tejido conjuntivo cuyo citoplasma contiene numerosas granulaciones; es importante en los fenómenos de cicatrización y en las reacciones alérgicas.

mastodonte n.m. Mamífero fósil, parecido al elefante.

mastoides n.m. y adj. ZOOL De forma de pezón. Se dice de la apófisis del hueso temporal de los mamíferos, situada detrás y debajo de la oreja. • **mastoiditis** n.f. MED Inflamación de la mucosa de las cavidades mastoides.

mastoplastia n.f. CIR Intervención quirúrgica reparadora o estética de los senos.

mastozoología n.f. Parte de la zoología que trata de los mamíferos.

mastranzo o **mastranto** n.m. Planta herbácea anual, de la familia de las labiadas, de fuerte olor aromático. Se usa en medicina y contra los insectos parásitos.

mastuerzo **I.** n.m. **1.** Planta herbácea anual, hortense, de la familia de las crucíferas. **2.** Berro. **II.** n.m. y adj. Fig. Hombre necio, torpe.

masturbación n.f. Acción de tocarse las partes genitales, para obtener goce sexual.

1. mata n.f. **1.** Planta de tallo bajo, ramificado y leñoso. **2.** Ramito de una hierba.

2. mata n.f. METAL Sulfuro múltiple que se forma al fundir menas azufrosas.

matabuey n.f. Amarguera.

matacallos n.m. Planta de Chile y del Ecuador, semejante a la siempreviva.

matacandil n.m. Planta herbácea anual, de la familia de las crucíferas.

matacandiles n.m.pl. Planta herbácea de la familia de las liliáceas.

matachín n.m. **1.** El que mata las reses, jifero. **2.** Fig. y Fam. Hombre pendenciero, camorrista.

matadero n.m. Sitio donde se mata y desuella el ganado destinado para el consumo público.

matador,a **1.** n. y adj. Que mata. **2.** n.m. y f. El que mata en la fiesta de toros, el espada.

matadura n.f. VETER Eritema local de los animales causado por rozaduras de los aparejos.

matalahúva o **matalahúga** n.f. **1.** Anís, planta umbelífera. **2.** Semilla de esta planta.

matamoscas n.m. Instrumento para matar moscas.

matanza n.f. **1.** Acción y efecto de matar. **2.** Mortandad de personas ejecutada en una batalla, asalto, etc. **3.** Faena de matar los cerdos y de preparar y adobar la carne. **4.** Época del año en que ordinariamente se matan los cerdos. **5.** Porción de ganado de cerda destinado para matar. **6.** Conjunto de piezas que resultan de la matanza del cerdo y que son para el consumo doméstico.

matapalo n.m. BOT Árbol americano de la familia de las anacardiáceas, que da caucho.

matapiojos n.m. *Col.* y *Chile.* Caballito del diablo (insecto).

matar **I.** v.tr. y prnl. **1.** Quitar la vida. ▷ Apagar. **2.** Herir y llagar la bestia por rozarle el aparejo u otra cosa. **II.** v.tr. Hablando de la cal o el yeso, quitarles la fuerza echándoles agua. **III.** v.tr. En los juegos de cartas, echar una superior a la que ha jugado el contrario. **IV.** v.tr. **1.** Apagar el brillo de los metales. **2.** Tratándose de aristas, vértices, etc., redondearlos o achaflanarlos. **V.** Fig. Extinguir, aniquilar. **VI.** v.int. Hacer la matanza del cerdo. **VII.** v.int. PINT Rebajar un color o tono fuerte o desapacible. **VIII.** v.prnl. Fig. Trabajar con afán y sin descanso.

matarife n.m. El que mata las reses, jifero.

matarratas n.m. Fam. Aguardiente de ínfima calidad y muy fuerte.

matasanos n.m. Fig. y Fam. Mal médico.

matasellos n.m. Estampilla con que se inutilizan los sellos de las cartas.

matasiete n.m. Fig. y Fam. Fanfarrón.

matasuegras n.f. Tubo enroscado de papel por el que se sopla para que se desenrosque bruscamente el tubo y asuste por broma.

matazón n.m. *Amér.* Mortandad de personas.

match n.m. Lucha, competición en la que se enfrentan dos adversarios o dos equipos.

1. mate **I.** n.m. Lance que pone término al juego de ajedrez. **II.** adj. Amortiguado, sin brillo.

2. mate n.m. **1.** *Amér. Merid.* Calabaza que sirve para vasija doméstica. **2.** *Chile* y *Perú.* Lo que cabe en una de estas calabazas. **3.** Arbusto de América del Sur parecido al acebo, cuyas hojas en infusión producen una bebida tónica. Bebida que se obtiene por infusión de las hojas de mate.

matemáticas n.f. Ciencia que trata de la cantidad. (Se usa más en pl.) • **matemático,a** **I.** adj. **1.** Perteneciente o relativo a las matemáticas. **2.** Fig. Exacto, preciso. **II.** n.m. y f. Persona que profesa las matemáticas o tiene en ellas especiales conocimientos.

ENCICL Las matemáticas son una ciencia abstracta, de carácter esencialmente deductivo, construida únicamente en base al razonamiento. Sin ella la práctica de otras ciencias y de numerosas técnicas sería imposible. La *lógica* es un requisito previo indispensable para la teoría matemática porque aporta los medios necesarios para resumir y exponer sus postulados y proposiciones. La *teoría de conjuntos,* después de la lógica, es el fundamento de las matemáticas. Su lenguaje, a la vez generalizador y codificado, es un poderoso instrumento que se aplica a todas las ramas de las matemáticas. La *aritmética* es el estudio del conjunto N de los números naturales (N = 0,1,2,...), del conjunto Z de los enteros (Z = ..., —2,—1,0,1,2...), del conjunto Q de los racionales, o fracciones de la forma *a/b* (siendo *a* y *b* números enteros), y del conjunto R de los reales (p. ej., números decimales). El *álgebra* tiene por objeto principal el estudio de las estructuras, o sea, el examen de las relaciones, operaciones y leyes de composición definidas para uno o varios conjuntos. Las estructuras principales son los grupos, los anillos, los cuerpos y los espacios vectoriales. El fin del álgebra es llegar a obtener todas las consecuencias posibles partiendo de un número restringido de axiomas, con el propósito de establecer las propiedades generales de un conjunto conociendo sólo su estructura. El álgebra lineal se ocupa de los espacios vectoriales. Se aplica en muchos campos del conocimiento, sus instrumentos principales son el cálculo matricial y el cálculo tensorial. El *cálculo infinitesimal* o *análisis* estudia los infinitésimos, utiliza el cálculo diferencial y el cálculo integral, las nociones del límite y de continuidad. Constituye un elemento indispensable en todos los terrenos de la matemática aplicada. v. infinitivo. La *geometría* trata sobre las propiedades del espacio. La época contemporánea se caracteriza por dos grandes fenómenos: **1.** Reducción de la geometría al álgebra y al análisis; **2.** Aparición de geometrías no euclidianas que rechazan el axioma base de la geometría de Euclides: «Por un punto exterior a una recta, siempre se puede trazar una, y sólo una, paralela a esa recta». Estas geometrías tienen amplias posibilidades de aplicación tanto en lo infinitamente grande como en lo infinitamente pequeño (física nuclear y astronomía). La *topología* es el estudio de la continuidad en geometría y de la conservación de esa continuidad en las transformaciones. En topología, dos figuras son equivalentes si se puede pasar de una a otra por medio de una deformación continua. La *trigonometría* tiene por objeto la medición de los lados y los ángulos de los triángulos, y más generalmente, de los polígonos. Constituye el principal instrumento de la geodesia y de la astronomía de posición. El *cálculo de probabilidades* estudia la frecuencia con que se producen determinados sucesos aleatorios (p. ej., relativos a los juegos de azar). Se utiliza en *estadística,* que a su vez es un instrumento de distintas ciencias (demografía, economía, física nuclear, biología, etc.). El deseo de unificar las distintas ramas de las matemáticas ha surgido en diferentes etapas de su desarrollo. El camino seguido actualmente para lograr ese objetivo es el de la axiomatización y formalización de las matemáticas.

matematismo n.m. Tendencia de algunos filósofos modernos a tratar los problemas filosóficos según el espíritu y método propios de las matemáticas.

materia n.f. **I.** **1.** Sustancia extensa e impenetrable, capaz de recibir toda especie de formas. **2.** Fig. Cualquier punto o negocio de que se trata. **3.** Tema de una obra literaria, científica, etc. **II.** *Materia prima.* La que una industria o fabricación necesita emplear en sus labores.

ENCICL **Fís.** — El elemento fundamental de la materia es el átomo, formado por un núcleo y electrones periféricos (v. átomo y núcleo). El núcleo se compone a su vez de nucleones (protones y neutrones), partículas sometidas a ciertas fuerzas que aseguran su cohesión. La fisión de los núcleos y la fusión de los nucleones se acompañan de variaciones de masa, fenómenos energéticos y emisión de partículas que también forman parte de la materia; estas partículas estarían formadas por subpartículas llamadas *quarks.* A la materia se opone la *antimateria,* compuesta por antipartículas (v. partícula). El *estado sólido* es el estado más ordenado de la materia. Los átomos están ligados entre sí de forma rígida (v. enlace). El *estado líquido* es el intermedio entre el sólido y el gaseoso. Un líquido toma la forma del recipiente que lo contiene. El *estado gaseoso* se caracteriza por una agitación térmica de las moléculas que produce elasticidad y compresibilidad. Los *plasmas* se componen de átomos ionizados (electrones negativos e iones positivos). Este cuarto estado de la materia, propio de la atmósfera de las estrellas, se obtiene sometiendo un gas a temperaturas muy elevadas (más de 3.000 K).

material I. adj. Perteneciente o relativo a la materia. **II.** n.m. **1.** Ingrediente. **2.** Conjunto de máquinas, herramientas, etc., necesarias para el desempeño de un servicio o el ejercicio de una profesión.

materialidad n.f. **1.** Calidad de material. **2.** Realidad de algo.

materialismo n.m. Doctrina filosófica que consiste en admitir como única sustancia la material. • **materialista 1.** n. (apl. a pers.) y adj. Se dice del partidario del materialismo. **2.** Fig. Apegado al dinero.

ENCICL El materialismo es una corriente filosófica que sostiene que la materia, el mundo, existe independientemente de las ideas. Las opiniones sobre la naturaleza y las propiedades de la materia varían considerablemente según los distintos filósofos y el nivel de desarrollo de los conocimientos científicos; sin embargo, existen características constantes en todos los sistemas. Una de las más importantes es la estrecha relación que todos los materialistas establecen entre la materia y el movimiento (o la energía), concebido como su atributo esencial. Hay que distinguir: **1.** El *materialismo mecanicista,* sus principales representantes son: en la Antigüedad, Leucipo, Demócrito, Epicuro y Lucrecio; en el s. XVIII, Diderot, Holbach, Helvetius, La Mettrie, etc.; en el s. XIX, Fuerbach y K. Vogt; es una tentativa de comprender y explicar las leyes de la vida, del pensamiento y de la sociedad reduciéndolas a fenómenos mecánicos o físicos. **2.** El *materialismo histórico,* doctrina de C. Marx, que afirma que la base material de la sociedad (fuerzas productivas y relaciones de producción) condiciona los fenómenos culturales (conciencia social, superestructura). **3.** El *materialismo dialéctico* (directamente ligado al materialismo histórico), expresión creada por Engels para designar la cosmovisión según la cual todos los fenómenos del universo son producto de la materia en un movimiento progresivo hacia estadios de organización cada vez más complejos cualitativamente (vida, sensación, consciencia, ciencia). v. marxismo.

materialización n.f. **1.** Acción de materializar algo. **2.** FIS NUCL Creación de un par electronpositrón a partir de un fotón. • **materializar** v.tr. Dar realidad a una idea, un proyecto, etc.

maternidad n.f. **1.** Estado o calidad de madre. **2.** Establecimiento donde se atiende a las parturientas. • **materno,a** adj. Perteneciente a la madre.

matico n.m. Planta de la familia de las piperáceas, cuyas hojas se usan como astringentes.

matinal adj. De la mañana.

matiz n.m. **1.** Cada uno de los tonos de un mismo color. **2.** Fig. Aspecto indefinible que da a una cosa un carácter determinado. • **matización** n.f. Acción y efecto de matizar. • **matizar** v.tr. **1.** Utilizar distintos matices o tonos. **2.** Fig. Comunicar cierto matiz a una cosa.

matlazincas, grupo étnico mexicano que habitó el valle de Toluca. Fueron aliados de los aztecas durante las sucesivas guerras en que éstos conquistaron el valle del Anáhuac; posteriormente se separaron de ellos. A la llegada de los españoles los mazatlincas se alían a las tropas de Hernán Cortés y participan en el sitio y captura de Tenochtitlán. En la actualidad viven en un poblado entre Tenango y Toluca, practicando la agricultura, la apicultura y artesanías.

matojo n.m. **1.** Desp. de *mata,* planta de tallo bajo, ramificado y leñoso. **2.** Mata de la familia de las quenopodiáceas, con tallos muy ramosos.

matón n.m. Fig. y Fam. Chulo, bravucón.

matorral n.m. Campo lleno de malezas.

matraca n.f. **1.** Instrumento de madera que produce un ruido desapacible. **2.** Fig. Molestia que se causa a alguien.

matraquear v.int. Fam. Hacer ruido continuado y molesto con la matraca.

matraz n.m. Frasco esférico de cuello largo que se emplea en los laboratorios.

matrero,a n. (apl. a pers.) y adj. *Arg., Bol., Chile, Perú* y *Urug.* Fugitivo, que va huyendo de la justicia.

matriarcado n.m. Sistema de organización social basado en la primacía del parentesco por línea materna. • **matrilineal** adj. ETNOL Se dice del modo de filiación y de organización social basado únicamente en la ascendencia materna.

matricaria n.f. Planta herbácea anual, de la familia de las compuestas; manzanilla.

matricial adj. MAT Perteneciente o relativo al cálculo con matrices.

matrícula n.f. **1.** Lista o catálogo de personas o cosas, que se establece con un fin determinado. **2.** Placa de un automóvil en la que figura su número correspondiente de matrícula. • **matricular** v.tr. y prnl. Inscribir o hacer inscribir en la matrícula.

matrimonio n.m. **1.** Unión concertada mediante determinados ritos o formalidades legales, entre un hombre y una mujer. **2.** Sacramento cristiano, por el cual hombre y mujer se unen con arreglo a las prescripciones de la Iglesia. **3.** Fam. Marido y mujer. • **matrimonial** adj. Perteneciente o relativo al matrimonio.

matriz I. n.f. **1.** Órgano situado en la pelvis de la mujer y de las hembras de los mamíferos, en cuyo interior se desarrolla el feto. **2.** Molde de fundición. **3.** Parte que queda en un talonario de cheques después de utilizarlos. **4.** Original de una escritura. **5.** MAT Conjunto de números o símbolos algebraicos colocados en líneas horizontales y verticales y dispuestos en forma de rectángulo. **6.** MIN Roca en cuyo interior se ha formado un mineral. **II** n.f. Rey de codornices (ave zancuda). **III.** adj. Fig. Principal, original.

matrona n.f. **1.** Madre de familia, noble y respetable. **2.** Partera, comadrona.

Matthiola n.f. BOT Género de crucíferas ornamentales, llamadas *alhelí de jardín.*

maturranga n.f. Treta, marrullería. • **maturrango,a** n. y adj. *Amér. Merid.* Se dice del mal jinete. **2.** adj. *Chile.* Persona torpe y pesada.

matute n.m. Introducción clandestina de géneros. — *De matute.* Clandestinamente.

matutino,a adj. Perteneciente o relativo a las horas de la mañana.

maula I. n.f. Cosa inútil. **II.** n.m. y f. Persona perezosa. **III.** n. y adj. *Arg.* y *Urug.* Cobarde, despreciable.

maullar v.int. Dar maullidos el gato. • **maullido** n.m. Voz del gato.

Maurandia n.f. BOT Género de plantas ornamentales con grandes flores (familia de las escrofulariáceas).

mauritano,a **1.** n. y adj. Natural de Mauritania. **2.** adj. Perteneciente o relativo a este país de África.

mausoleo n.m. Sepulcro suntuoso.

maxi- Prefijo que indica una idea de gran tamaño.

maxila n.m. Mandíbula de los artrópodos antenados (insectos, crustáceos).

maxilar **1.** n. y adj. ANAT Cualquiera de los dos huesos que forman las mandíbulas. **2.** adj. Relativo a los maxilares o a las mandíbulas.

máxima n.f. **1.** Regla, principio o proposición generalmente admitida por todos los que profesan una facultad o ciencia. **2.** Idea, norma o designio a que se ajusta la manera de obrar.

máxime adv. m. En primer lugar, principalmente.

máximo,a **1.** adj. sup. de *grande.* Se dice de lo que es tan grande en su especie, que no lo hay mayor ni igual. **2.** n.m. Límite superior o extremo a que puede llegar una cosa. — MAT *Máximo de una función.* Valor de esta función, superior a todos los valores cercanos.

máximum n.m. Límite o extremo, máximo.

maya n.f. Planta herbácea perenne, de la familia de las compuestas, con hojas radicales. Es común en los prados.

mayar v.int. Dar su voz el gato.

mayas, pueblo americano precolombino, creador de una de las grandes culturas originarias en América. Sus primeras realizaciones tienen lugar en territorio de la actual Guatemala. Su apogeo corresponde a los ss. IV y VI y se conoce como Viejo Imperio. Posteriormente emigraron a Yucatán, por razones que no han sido suficientemente aclaradas, donde comienza el Nuevo Imperio, que se prolonga hasta el s. XII. Entonces tuvo lugar un tercer éxodo, esta vez hacia El Petén. Su sistema político era una suerte de confederación de ciudades-estados, no propiamente un imperio. Tres grupos diferenciados componían su organización social: la nobleza (jefes, magistrados), la clase sacerdotal y el resto del pueblo, compuesto por agricultores, artesanos y esclavos. Los mayas alcanzaron un alto grado de desarrollo en las ciencias y en las artes (cerámica, arquitectura, pintura, escultura, astronomía, navegación y matemáticas). Su concepción religiosa ya había superado el culto primitivo de la naturaleza.

mayear v.int. Hacer el tiempo propio del mes de mayo.

mayestático,a adj. Majestuoso.

mayéutica n.f. Arte de alumbrar el maestro en el discípulo nociones que éste poseía sin haber llegado a formulárselas.

mayido n.m. Sonido emitido por el gato, maullido.

mayo n.m. **1.** Quinto mes del año: tiene treinta y un días. **2.** Palo adornado que se pone durante el mes de mayo en un lugar público en el que han de celebrarse diversos festejos.

mayólica n.f. Loza con esmalte metálico.

mayonesa n.f. Salsa que se hace batiendo aceite crudo y yema de huevo, mahonesa.

mayor I. adj.comp. de *grande.* Que excede a una cosa en cantidad o calidad. ▷ Se dice de la persona entrada en años, de edad avanzada. **II.** n.m. **1.** Superior o jefe de una comunidad o cuerpo. **2.** Oficial primero de una secretaría u oficina. **III.** n.f. LOG Primera proposición del silogismo. **IV.** MAT *Mayor que.* Signo matemático que tiene esta figura (>) y, colocado entre dos cantidades, indica ser mayor la primera que la segunda.

mayoral n.m. Pastor principal de un ganado.

mayorana n.f. Mejorana (hierba).

mayorante adj. MAT Elemento de una parte de un conjunto ordenado, que es superior al resto de los elementos de dicha parte.

mayorazgo n.m. **1.** Institución destinada a preservar ciertos bienes de una familia, heredándolos en el hijo mayor. **2.** Conjunto o agregación de estos bienes. **3.** Hijo mayor de una persona que goza y posee mayorazgo.

ENCICL **Hist.** — Este derecho estaba ya legalizado en Castilla en el s. XIII, y así figura en las *Siete Partidas* (v. Alfonso X) aunque referido solamente a las herencias nobiliarias. A partir de 1505, las leyes de Toro, generalizan esta institución a todas las clases sociales e imposibilitan las ventas de cualquier propiedad posterior a la constitución del mayorazgo. En el s. XVI se admitió la división del patrimonio entre los dos hermanos mayores con el fin de evitar las grandes acumulaciones de propiedades. Esta tendencia se acentuó en los siglos posteriores, pero hasta 1820, con el período liberal, no se permitieron las ventas patrimoniales. Los absolutistas incorporaron de nuevo esta ley (1824) con carácter retroactivo, pero el estancamiento de la producción y la oposición generalizada desembocaron en su definitiva anulación en 1836.

mayordomo n.m. Criado principal de una casa.

mayoría n.f. **1.** Calidad de mayor. **2.** Edad que la ley fija para tener uno pleno derecho de sí y de sus bienes, mayor edad. **3.** Mayor número de votos conformes en una votación. — *Mayoría absoluta*. La que consta de más de la mitad de los votos. — *Mayoría relativa*. La que obtiene una persona o cuestión que, entre varias, consigue el mayor número de votos. **4.** Parte mayor de los individuos que componen una nación, ciudad o cuerpo. • **mayoritario,a** adj. Perteneciente o relativo a la mayoría.

mayorista n.m. y f. Comerciante que vende al por mayor. ▷ adj. Se aplica al comercio en que se vende o compra por mayor.

mayos, grupo étnico mexicano. En la actualidad viven dispersos en distintos territorios de los est. de Sonora y Sinaloa. Su historia precolombina se conoce muy poco, aunque se los supone emparentados a los aztecas.

mayúsculo,a adj. Algo mayor que lo ordinario en su especie.

maza n.f. **1.** Arma antigua. **2.** Instrumento de madera dura que sirve para machacar. **3.** Pelota gruesa con mango que sirve para tocar el bombo. **4.** En el juego de billar, extremo más grueso de los tacos. **5.** Insignia que llevan los maceros delante de los reyes o gobernadores.

mazacote n.m. **1.** Cenizas de la planta llamada barrilla. **2.** Hormigón. **3.** *Arg.* y *Urug.* Pasta hecha de los residuos del azúcar después de refinada. **4.** Fig. y Fam. Comida seca y espesa.

mazahuas, grupo étnico mexicano. En la actualidad sobreviven unos 20.000 indígenas de este grupo —lengua mazahua— en los municipios de Atlacomulco, Jocotitlán y San Felipe del Progreso. Viven de la agricultura.

mazapán n.m. Pasta hecha con almendras molidas y azúcar y cocida al horno.

mazarota n.f. Masa de metal que queda sobrante en la parte superior de los moldes de fundición.

mazatecas, grupo étnico mexicano que ocupaba un extendido territorio en los est. de Oaxaca y Puebla. Fueron tributarios de los mixtecas y después de los aztecas. En la actualidad practican un catolicismo en el que sobreviven creencias y cultos de origen prehispánico.

mazazo n.m. Golpe con maza o mazo.

mazdeísmo n.m. Religión de los antiguos persas.
ENCICL Los autores de la Antigüedad y la tradición iraní han considerado a Zoroastro (o Zaratustra, h. 700, 630 o 600 a. J.C.) como el fundador del mazdeísmo: él es el depositario de la verdad que le ha sido revelada directamente por Ahura Mazdā (el dios bueno), y a él se atribuye todo lo que contiene el *Avesta*. El antagonismo del bien y del mal conduce, en el mazdeísmo, a divididir minuciosamente y sin matices todo lo que existe en seres y cosas puras o impuras. Es una doctrina básicamente dualista (maniqueísta) que aún hoy inspira las religiones de los guebras y de los parsis.

mazmorra n.f. Prisión subterránea.

mazo n.m. **1.** Martillo grande de madera. **2.** Manojo de cosas.

mazorca n.f. **I.** Espiga del maíz. **II.** Fig *Chile*. Junta de personas que forman un gobierno despótico.

mazurca n.f. Danza de origen polaco. ▷ Música de esta danza.

me Dativo o acusativo del pronombre personal de primera persona en género masculino o femenino y número singular.

mea culpa n.m. Confesión, arrepentimiento por una falta cometida.

meada n.f. Porción de orina que se expele de una vez. ▷ Sitio que moja o señal que hace una meada. • **meadero** n.m. Lugar destinado o usado para orinar.

Meandrina n.f. ZOOL Género de madréporas de los mares cálidos.

meandro n.m. Recoveco de un camino o río.

mear v.int. y prnl. Expeler orina, orinar.

meato n.m. **1.** BOT Cada uno de los diminutos espacios huecos intercelulares que hay en los tejidos parenquimatosos de las plantas. **2.** ZOOL Cada uno de ciertos orificios o conductos del cuerpo. *Meato urinario, auditivo*.

meauca n.f. Especie de gaviota de plumaje grisáceo y blanco, y pico amarillo con la punta encarnada.

mecánica n.f. **1.** Parte de la física, que trata del equilibrio y del movimiento de los cuerpos sometidos a fuerzas cualesquiera. **2.** Aparato o resorte interior que da movimiento a un artefacto. • **mecánico,a I.** adj. **1.** Perteneciente a la mecánica. **2.** Dícese de los oficios u obras que exigen más habilidad manual que intelectual. **II.** n. y adj. Dícese de las personas que se dedican a estos oficios. **III.** n.m. Obrero dedicado al manejo y reparación de máquinas. • **mecanismo** n.m. **1.** Dispositivo que produce un movimiento. **2.** Fig. Estructura. • **mecanizar** v.tr. **1.** Implantar el empleo de máquinas en alguna actividad. **2.** Trabajar los metales con máquinas.
ENCICL La *mecánica* es el estudio de los cuerpos sólidos, líquidos o gaseosos cuando se ejercen sobre ellos determinadas acciones, llamadas fuerzas. Comprende dos ramas esenciales: la *cinemática*, que tiene por objeto el estudio y descripción del movimiento de los puntos materiales en función del tiempo, sin buscar las causas de esos movimientos; la *dinámica*, que estudia las relaciones entre los movimientos y sus causas, que son las fuerzas. La cinemática y la dinámica se complementan con la *cinética*, que considera la masa de un cuerpo en movimiento como un número constante, y la *estática*, que estudia las condiciones de equilibrio de los cuerpos. La mecánica *newtoniana*, o clásica, se basa en la existencia de señales llamadas *galileanas*, en las cuales se aplica la relación $\vec{F} = m\vec{\gamma}$, la aceleración $\vec{\gamma}$ comunicada a un cuerpo de masa *m* bajo la acción de una fuerza $\vec{F}$, es proporcional a esa fuerza; y tiene su mismo sentido y dirección. La *mecánica relativista* se funda en el carácter relativo del tiempo cuando las velocidades se aproximan a la de la luz. El movimiento contrae las longitudes y dilata la duración, siendo la velocidad de la luz constante sin importar qué señal se utilice. La *mecánica cuántica* y la *mecánica ondulatoria* nacieron de la teoría de los cuantos de Planck. La idea central de la mecánica cuántica es que el momento cinético (momento de la cantidad de movimiento) y la energía sólo pueden variar en forma discontinua. La mecánica ondulatoria, creada fundamentalmente por De Broglie, parte de la idea de que a toda partícula corresponde una onda. Una de las afirmaciones más importantes de la mecánica cuántica es la imposibilidad de conocer con exactitud en un instante dado, la posición y la velocidad (a la vez) de una partícula (Relación de indeterminación de Heisenberg) (v.) El estudio del comportamiento de un conjunto de partículas es el objeto de la *mecánica estadística*. Se basa en las diferentes estadísticas utilizadas para los distintos tipos de partículas: estadística de Bose-Einstein para los fotones y los mesones (grupo de los bosones), estadística Fermi-Dirac para los electrones, los protones y los neutrones (grupo de los fermiones). A altas temperaturas, las previsiones de estas estadísticas se funden con las de la estadística clásica de Maxwell-Boltzmann, que considera a las partículas como entes discernibles. v. partícula.

mecanicismo n.m. Sistema que pretende explicar los fenómenos naturales por las leyes de la mecánica.

mecano- Prefijo procedente del griego *mekhané*, «máquina».

mecanografía n.f. Arte de escribir con máquina. • **mecanografiar** v.tr. Escribir con máquina. • **mecanógrafo,a** n.m. y f. Persona que tiene por oficio escribir a máquina.
ENCICL El nombre de mecanografía se reserva cada vez más para designar la utilización de máquinas que sólo son limitadamente automáticas y que sólo pueden realizar unas cuantas funciones: calculadoras, máquinas de contabilidad, máquinas perforadoras de tarjetas. El desarrollo de la microelectrónica y de las memorias de semiconductores ha llevado a la desaparición progresiva de los talleres de mecanografía, y las calculadoras que funcionan con tarjetas perforadas se van sustituyendo por miniordenadores cuyo empleo resulta más práctico. Los trabajos administrativos y de contabilidad, que antes efectuaban los talleres mecanográficos, pueden también realizarse mediante un ordenador más potente que transmita los datos a una terminal.

mecanoterapia n.f. MED Terapéutica que consiste en favorecer los movimientos de las articulaciones mediante aparatos mecánicos especiales.

mecate n.m. *Guat.*, *Hond.*, *Méx.* y *Nicar.* Bramante, cordel o cuerda de pita.

mecenas n.m. y f. Fig. Príncipe o persona poderosa que patrocina a los literatos o artistas. • **mecenazgo** n.m. Protección dispensada por una persona a un escritor o artista.

mecer v.tr. y prnl. Mover una cosa compasadamente de un lado a otro sin que mude de lugar. • **mecedora** n.f. Silla de brazos en la cual puede mecerse el que se sienta.

meconio n.m. **1.** Excremento de los niños recién nacidos. **2.** FARM Jugo que se saca de las cabezas de las adormideras.

mecopteroides n.m. ZOOL Superorden de insectos neurópteros con alas membranosas. • **mecópteros** n.m. ZOOL Orden de insectos mecopteroides carnívoros.

mecha n.f. **I. 1.** Cuerda o cinta que se pone dentro de las velas y bujías. **2.** Tubo de algodón, trapo o papel relleno de pólvora, utilizado para dar fuego a minas y barrenos. **II. 1.** Porción de hilas que se emplea para la curación de enfermedades externas y operaciones quirúrgicas. **2.** Lonjilla de tocino gordo para mechar aves, carne, etc. **3.** Porción o mechón de pelos. **III.** *Amer. Merid.* Burla, broma. • **mechar** v.tr. Rellenar la carne con tiras de jamón, tocino, etc., antes de asarla. • **mechero** n.m. **1.** Boquilla de los aparatos de alumbrado. **2.** Pequeño aparato de encender con una chispa o una llama.

mechoacán n.m. Raíz de una planta vivaz de la familia de las convolvuláceas, oriunda de México, parecida a la enredadera de campanillas.

mechón n.m. Porción de pelos, hebras o hilos.

medalla n.f. **1.** Pieza de metal acuñada, comúnmente redonda, con alguna figura, inscripción, símbolo o emblema. **2.** Distinción honorífica o premio que suele concederse en exposiciones o certámenes. **3.** Bajorrelieve redondo o elíptico. • **medallón** n.m. **1.** Medalla. **2.** Joya en forma de medalla.

médano o **medaño** n.m. Duna.

1. media n.f. **1.** Mitad de algunas cosas, especialmente de unidades de medida. **2.** Promedio.

2. media n.f. Prenda de vestir que cubre el pie y la pierna hasta la rodilla o poco más arriba. ▷ *Amer.* Calcetín.

mediacaña n.f. **1.** Moldura de sección semicircular. **2.** Listón de madera con molduras.

mediación n.f. Acción y efecto de mediar. ▷ DER INT Acción de conciliación que intenta un Gobierno entre dos países que están en litigio o en guerra, con la finalidad de prevenir un conflicto o poner término a las hostilidades.

mediado,a adj. Dícese de lo que sólo contiene la mitad, poco más o menos, de su cabida. — *A mediados del mes, del año,* etc. Hacia la mitad del tiempo que se indica.

mediador,a n.m. y f. Que media. ▷ BIOQUIM *Mediador químico.* Sustancia elaborada por una fibra nerviosa y cuya liberación, en el momento de la estimulación de ésta, provoca una respuesta de la célula efectora.

medial adj. Dícese de la consonante que se halla en el interior de una palabra.

mediana n.f. GEOM Segmento de recta que une un vértice de un triángulo con el punto medio del lado opuesto.

medianería n.f. Pared, vallado, seto, etc., común a dos casas u otras propiedades colindantes.

mediano,a adj. **1.** De calidad intermedia. **2.** Moderado; ni muy grande ni muy pequeño. • **medianero,a** adj. Dícese de la cosa que está en medio de otras dos. • **medianía** o **medianidad** n.f. Término medio entre dos extremos; como entre la opulencia y la pobreza. ▷ Fig. Persona de escasas dotes intelectuales, o de limitada capacidad en un campo determinado.

medianoche n.f. Hora en que el Sol está en el punto opuesto al de mediodía.

mediante adv.m. Respecto, por medio de.

mediar v.int. **1.** Llegar a la mitad de una cosa, real o figuradamente. **2.** Interceder o rogar por uno. **3.** Interponerse entre dos o más que riñen. **4.** Dicho del tiempo, pasar, transcurrir.

mediastino n.m. ANAT Espacio irregular comprendido entre una y otra pleura y que divide el pecho en dos partes laterales.

mediatizar v.tr. Privar al gobierno de un Estado de la autoridad suprema que pasa a otro Estado, pero conservando aquél la soberanía nominal.

mediato,a adj. Se dice de lo que en tiempo, lugar o grado está próximo a una cosa, mediando otra entre las dos.

mediatriz n.f. GEOM Recta perpendicular a un segmento en su punto medio.

medicable adj. Capaz de curarse con medicina.

medicamento n.m. Cualquier sustancia, simple o compuesta, que, aplicada interior o exteriormente al cuerpo del hombre o del animal, puede producir un efecto curativo. • **medicación** n.f. **1.** Administración metódica de uno o más medicamentos con un fin terapéutico determinado. **2.** MED Conjunto de medicamentos y medios curativos que tienden a un mismo fin.

medicina n.f. **1.** Ciencia y técnica de prevenir y curar las enfermedades del cuerpo humano. **2.** Medicamento. • **medicinal** adj. Perteneciente a la medicina. Se dice de aquellas cosas que tienen virtud saludable.

ENCICL Es la rama de la biología concerniente al ser humano. Dentro del complejo conjunto de la medicina podemos distinguir: las ciencias fundamentales (anatomía, fisiología, histología, etc.) y las ciencias aplicadas (patología, terapéutica, etc.). La ciencia médica se beneficia de las aportaciones de otras muchas disciplinas: matemáticas, psicología, física, química, bioquímica, electrónica, informática, meteorología, etc. El ejercicio de la medicina general se complementa a menudo con la colaboración de un especialista. Las especialidades estudian un órgano o sistema en particular: cardiología (corazón), nefrología (riñones), neurología (sistema nervioso), etc., o alguna enfermedad, p.ej. oncología (cáncer). También existen las especialidades referidas a un «instrumento» (radiología, anestesia y reanimación, laboratorio de análisis, etc.). Las enfermedades y las consecuencias de los accidentes se pueden todas englobar en dos clases: patología interna, o médica, y la patología externa o quirúrgica. El estudio de una enfermedad comprende diversos aspectos: la etiología (estudio de las causas); la patogenia (estudio de los mecanismos de acción de las causas); la fisiopatología (estudio de la reacción del organismo ante el agente patógeno); la anatomía patológica (estudio de las modificaciones anatómicas que produce la enfermedad); la sintomatología (estudio de los signos constatados objetiva y subjetivamente en el curso de la enfermedad; la ciencia de estos signos es la semiología). Entonces es posible formular un diagnóstico, es decir, identificar la enfermedad. La nosología se ocupa de los caracteres distintivos que permiten definir las enfermedades; la nosografía las describe y clasifica. Después de todo lo cual, el médico puede dar un pronóstico y establecer la terapéutica más adecuada. A nivel internacional, la OMS (Organización Mundial de la Salud), creada en 1946, se propone «conducir a todos los pueblos al nivel sanitario más alto posible». Actualmente se han desarrollado varias formas de medicina no tradicional en función de las nuevas necesidades que han surgido. La medicina legal comprende tres ramas: judicial (auxiliar de la justicia), profesional (control del ejercicio de la medicina) y social. Esta última está relacionada con la medicina laboral, que estudia los posibles efectos patológicos de las profesiones, la higiene de la vida en el lugar de trabajo y las repercusiones accidentales o crónicas de una determinada ocupación sobre los individuos que la practican. Juega un importante papel en el descubrimiento del origen de las enfermedades. Se corresponde con la medicina escolar en lo referido a niños y adolescentes. La profundización del conocimiento psicológico y psiquiátrico permitió la elaboración de la medicina psicosomática. La medicina deportiva comprende: la traumatología deportiva, la selección de jóvenes deportistas, el control fisiológico del entrenamiento y la educación sobre higiene y dietética. La medicina ambiental trata sobre las reacciones del individuo ante el medio físico (biometeorología médica) y psicosocial (patología de la vida contemporánea). La medicina espacial tiene por objeto la selección, preparación y protección de las personas que tendrán que vivir en vehículos espaciales y salir de la nave al espacio. La medicina aeronáutica resuelve los problemas relativos a la altitud (baja presión) y a los aviones en sí (velocidad, aceleración, vibraciones, ruido, etc.). Finalmente, existen numerosas profesiones paramédicas: anestesista, logopeda, fisioterapeuta, enfermero, masajista-quinesiólogo, dietista, podólogo, asistente social, ATS (Asistente Técnico Sanitario), etc.

medicinar v.tr. y prnl. Medicar.

medición n.f. Acción y efecto de medir.

médico,a **1.** adj. Perteneciente o relativo a la medicina. **2.** n.m. y f. Persona que se halla legalmente autorizada para profesar y ejercer la medicina.

medida n.f. **1.** Resultado de la evaluación de una magnitud en relación con otra magnitud constante de la misma especie tomada como referencia. **2.** Lo que sirve para medir. **3.** Acción de medir. **4.** Proporción de una cosa con otra. *Se paga el jornal a medida del trabajo.* **5.** Grado, proporción, intensidad.

ENCICL Una medida es una aplicación realizada en el conjunto de los números reales positivos. Una magnitud (p.ej. una longitud) es directamente mensurable cuando es posible definir la relación, la igualdad y la suma de dos magnitudes; por tanto, las temperaturas señaladas mediante la escala Celsius no son mensurables, ya que no es posible realizar su suma. La naturaleza de las magnitudes mensurables es muy diversa. Su medida se realiza mediante sistemas de unidades. La medida de magnitudes físicas sólo se puede realizar con una cierta aproximación, dependiendo de la naturaleza, de la magnitud, del método utilizado y del aparato de medición. Toda medida se ve afectada por errores *sistemáticos* (debidos a la imperfección del aparato de medida) o *accidentales* (debidos a un suceso fortuito, como la variación de un parámetro que no se tuvo en cuenta). Los aparatos de medida son muy variados (calibre, micrómetro, palmer, pie de rey, cuentarrevoluciones, galga, reloj de cuarzo, etc.).

medidor,a **I.** n. (apl. a pers.) y adj. Que mide una cosa. **II.** n.m. *Amér.* Contador de agua, gas o energía eléctrica.

medieval adj. Perteneciente o relativo a la Edad Media. • **medievalista** n.m. y f. Persona versada en el conocimiento de lo medieval. • **medievo** n.m. Edad Media.

medina n.f. En África del N, parte antigua de una ciudad, por oposición a los barrios modernos, de inspiración europea.

medio,a **I.** adj. **1.** Igual a la mitad de una cosa. **2.** Que corresponde a los caracteres o condiciones más generales de un grupo social, pueblo, época, etc.: **II.** n.m. **1.** Parte que una cosa equidista de sus extremos. **2.** Diligencia conveniente para conseguir una cosa. **3.** Elemento en que viven una persona o un grupo humano. **4.** Conjunto de circunstancias culturales, económicas y sociales en que vive una persona. **5.** ARIT Quebrado que tiene por denominador el número 2. **6.** FIS Sustancia fluida o sólida en que se desarrolla un fenómeno determinado. **7.** pl. Caudal, renta o hacienda que uno posee o disfruta. **III.** adv.m. No del todo, no enteramente.

ENCICL El clima, la geología, la edafología, la hidrología, la flora y la fauna son los elementos principales del paisaje natural. La acción humana, bajo diferentes formas (desmonte, repoblación forestal, nuevos cultivos, construcción de presas, carreteras y fábricas, apropiación de lugares habitados, etc.), es el factor determinante del paisaje artificial. La ordenación racional del territorio, la preservación de los parajes, la protección de la flora y de la fauna y la lucha contra la contaminación son las grandes líneas de actuación en la política moderna del medio ambiente.

mediocre adj. De calidad media.

mediodía n.m. **1.** Hora en que está el Sol en el punto más alto de su elevación sobre el horizonte. **2.** Período de imprecisa extensión alrededor de las doce de la mañana. **3.** GEOGR Punto opuesto al Norte, Sur.

medioevo n.m. Medievo.

medir **I.** v.tr. **1.** Comparar una cantidad con su respectiva unidad, con el fin de averiguar cuántas veces la primera contiene la segunda. **2.** Fig. Igualar y comparar una cosa no material con otra. *Medir las fuerzas.* **II.** v.int. Tener determinada dimensión. **III.** v.prnl. Fig.

Moderarse en decir o ejecutar una cosa.

meditabundo,a adj. Que medita, cavila, o reflexiona en silencio.

meditar v.tr. Aplicar con profunda atención el pensamiento a la consideración de una cosa, o discurrir sobre los medios de conocerla o conseguirla. • **meditación** n.f. Acción y efecto de meditar.

mediterráneo,a I. adj. Lo que está rodeado de tierra; se aplica especialmente a países o territorios sin acceso al mar. II. 1. n. y adj. Habitante de la cuenca del mar Mediterráneo. 2. adj. Perteneciente o relativo al mar Mediterráneo y a su cuenca.

médium n.m. y f. Persona capaz de percibir realidades parapsicológicas.

medos, pueblo indoeuropeo, habitante de Media desde el I milenio a. J.C., unido a los persas por Ciro el Grande (h. 550 a. J.C.). Su lengua era indoeuropea.

medrar v.int. 1. Crecer los animales y plantas. 2. Fig. Mejorar uno de posición económica o social.

medroso,a n. y adj. Miedoso.

médula o **medula** n.f. 1. Sustancia grasa, que se halla dentro de algunos huesos de los animales. 2. BOT Sustancia esponjosa que se halla dentro de los tallos de las plantas fanerógamas. 3. Fig. Sustancia principal de una cosa no material. 4. ANAT *Médula espinal*. Prolongación del encéfalo, la cual ocupa el conducto vertebral. • **medular** adj. Perteneciente o relativo a la médula.

meduloblastoma n.m. MED Tumor maligno primitivo del sistema nervioso central.

medulosuprarrenal n.f. FISIOL Parte interna de las glándulas suprarrenales que secreta distintas hormonas.

medusa n.f. ZOOL Una de las dos formas que aparecen en la generación alternante de muchos animales celentéreos.
ENCICL Las medusas son animales de consistencia gelatinosa, contienen hasta un 99 % de agua. Tienen forma de sombrilla con tentáculos provistos de células urticantes: los nidoblastos. Las medusas son el producto de la gemación de un pólipo, del cual se separan. Son las portadoras de las células sexuales; los huevos, al desarrollarse, producirán nuevas colonias de pólipos. Los únicos nidarios cuyo ciclo no comprende una fase de medusa son las hidras.

mefítico,a adj. Fétido, irrespirable.

mega- Elemento compositivo inicial que con el significado de un millón se emplea para formar nombres de múltiplos de determinadas unidades.

megacaloría n.f. FIS Unidad térmica equivalente a un millón de calorías (símbolo *Mcal*).

megacariocito n.m. FISIOL Célula de la médula ósea, de gran tamaño, que produce las plaquetas sanguíneas.

Megaceros n.f. PALEONT Género de artiodáctilos selenodontes.

megaciclo n.m. RADIO Unidad de frecuencia equivalente a un millón de ciclos.

megacolon n.m. MED Dilatación del colon, innata o adquirida.

megáfono n.m. Aparato usado para reforzar la voz cuando hay que hablar a gran distancia. • **megafonía** n.f. 1. Técnica que se ocupa de los aparatos e instalaciones precisos para aumentar el volumen del sonido. 2. Conjunto de aparatos utilizados para aumentar el volumen del sonido.

megahertzio n.m. TELECOM Unidad de frecuencia equivalente a un millón de hertzios (símbolo *MHz*).

megalito n.m. Monumento prehistórico construido con grandes piedras sin labrar.

megalo- Partícula procedente del griego, que se utiliza con el significado de «grande».

megaloblasto n.m. MED Eritroblasto de gran tamaño que se encuentra en la médula ósea de los sujetos afectados de avitaminosis.

megalomanía n.f. Deseo desmesurado de poder, gusto por las realizaciones grandiosas. ▷ MED Delirio de grandeza.

megapódidos n.m.pl. ZOOL Familia de galliformes de Oceanía, que entierran sus huevos en la arena.

Megáptera n.m. ZOOL Género de mamíferos cetáceos que viven cerca de las costas.

megaterio n.m. Mamífero fósil del período cuaternario, de unos 6 metros de longitud y cola de reptil.

megatón n.m. Unidad que sirve para medir la potencia de un explosivo nuclear.

megavatio n.m. Unidad de potencia eléctrica equivalente a un millón de vatios (símbolo *MW*).

meiji, palabra japonesa que designa la «era del gobierno ilustrado» (1867-1912), durante la cual el emperador Mutsu Hito, recobrando el poder (hasta entonces en manos de los shoguns), realizó profundas reformas inspiradas en las instituciones y costumbres europeas.

mejilla n.f. Parte más carnosa de la cara a cada lado de la misma, carrillo.

mejillón n.m. ZOOL Molusco lamelibranquio comestible, de concha negra.
ENCICL El mejillón comestible, común a lo largo de las costas atlánticas, es objeto de cultivo (miticultura) sobre postes o estacas plantadas en las zonas de movimiento de las mareas. En el Mediterráneo, los mejillones se crían sobre cuerdas. Éstas, más o menos tensas, crean artificialmente las mareas, pues los mejillones, para tener un buen desarrollo, deben estar sumergidos durante una parte del día.

mejor I. adj. comp. de *bueno*. Superior a otra cosa y que la excede en una cualidad natural o moral. II. adv. m. comp. de *bien*. Más bien, de manera más conforme a lo bueno o lo conveniente.

mejora n.f. I. Acción y efecto de mejorar. II. 1. Aumento de precio que cada licitador ofrece en las ventas, subastas, arriendos, etc.; puja. 2. FOR Gastos útiles y reproductivos que con determinados efectos legales hace en propiedad ajena quien tiene respecto de ella algún derecho similar o limitativo.

mejorana n.f. Hierba vivaz de la familia de las labiadas. Se conoce también como orégano.

mejorar I. v.tr. 1. Adelantar, acrecentar una cosa, haciéndola pasar de un estado bueno a otro mejor. 2. Poner mejor, hacer recobrar la salud perdida. 3. Aumentar cada licitador el precio puesto a una cosa que se ofrece en venta, subasta, etc. II. v.int. y prnl. 1. Ir cobrando la salud perdida; restablecerse. 2. Ponerse el tiempo más favorable. • **mejoría** n.f. 1. Aumento o medro de una cosa. 2. Alivio en una dolencia, padecimiento o enfermedad.

mejunje n.m. Cosmético o medicamento formado por la mezcla de varios ingredientes.

mela-, melan-, melano- Prefijos procedentes del griego *melas, melanos*, «negro».

melado,a I. adj. De color de miel. II. n.m. *Amér.* En la fabricación del azúcar de caña, jarabe obtenido antes de la cristalización.

melamina n.f. QUIM Base orgánica que se utiliza en la industria de materiales plásticos.

Melampyrum n.m. BOT Género de plantas herbáceas, hemiparásitas, que desarrollan una especie de ampollas en las raíces de ciertos vegetales.

melancolía n.f. Propensión habitual a la tristeza. ▷ PSIQUIAT Monomanía en que dominan las afecciones morales tristes. • **melancólico,a** 1. adj. Perteneciente o relativo a la melancolía. 2. n. y adj. Que tiene melancolía.

melanina n.f. FISIOL Pigmento de color negro o pardo negruzco al cual deben su coloración especial la piel, el pelo, la coroides, etc. • **melanismo** n.m. BIOL Coloración oscura de los tegumentos debida a un exceso de melanina en las células.

melanita n.f. Variedad del granate, muy brillante, negra y opaca.

melanocito n.m. HISTOL Célula que sintetiza la melanina.

melanodermia n.f. MED Aumento patológico de la coloración de los tegumentos debido a un exceso de melanina.

melanóforo n.m. FISIOL Célula que contiene melanina.

melanoma n.m. MED Tumor que se desarrolla a expensas de las células del sistema pigmentario.

melanosis n.f. 1. MED Acumulación anormal en la dermis de melanina o de otro pigmento de color negro. 2. BOT Enfermedad de la vid y de los cítricos debida a diversos hongos.

melar v.tr. e int. Hacer las abejas la miel.

melastomatáceo,a n.f. y adj. BOT Se dice de plantas, angiospermas dicotiledóneas, intertropicales, como el cordobán. ▷ n.f. pl. BOT Familia de estas plantas.

melaza n.f. Líquido pardusco más o menos viscoso, que queda como residuo de la fabricación del azúcar de caña o remolacha.

melca n.f. Zahína (planta).

melcocha n.f. Miel cocida y sobada.

Meleagrina n.f. ZOOL Género de moluscos bivalvos originarios del mar Rojo y del océano Índico, cultivados industrialmente en Japón para la producción de perlas.

mêlée n.f. DEP En rugby, fase del juego en que dos grupos de jugadores buscan asegurarse la posesión del balón luchando cuerpo a cuerpo.

1. melena n.f. 1. Cabello suelto que cae sobre los hombros. 2. Crin del león. • **melenudo,a** adj. Que tiene abundante y largo el cabello.

2. melena n.f. PAT Sangre expulsada por el ano, como consecuencia de una hemorragia interna.

melero n.m. El que vende miel o trata en este género.

melgacho n.m. Lija (pez).

Melia n.f. BOT Género de árboles de origen asiático de la familia de las meliáceas.

meliáceo,a n.f. y adj. BOT Se aplica a árboles y arbustos angiospermos dicotiledóneos, de climas cálidos, como la caoba y el cinamomo. ▷ n.f. pl. BOT Familia de estas plantas.

melificar v.tr. e int. Hacer las abejas la miel.

melifluo,a o **melificado,a** adj. Que tiene miel o es parecido a ella en sus propiedades. ▷ Fig. Dulce, suave.

meliloto n.m. BOT Planta de la familia de las papilionáceas, de flores olorosas que se usan en medicina como emolientes.

melillense 1. n. y adj. Natural de Melilla. 2. adj. Perteneciente o relativo a esta ciudad española del norte de África.

melindre n.m. 1. Nombre dado a diversos

dulces. **2.** Fig. Afectación en palabaras y ademanes.

melinita n.f. Sustancia explosiva cuyo componente principal es el ácido pícrico.

melión n.m. Ave rapaz, pigargo.

melisa n.f. Toronjil (planta).

melocotón n.m. Árbol que da melocotones, melocotonero. ▷ Fruto de este árbol. Es una drupa de olor agradable, piel amarilla con manchas rojas y hueso duro y rugoso. • **melocotonero** n.m. Árbol, variedad del pérsico, cuyo fruto es el melocotón.

melodía **1.** n.f. Serie de sonidos compuesta según las reglas musicales y agradable al oído. **2.** MUS Composición en que se desarrolla una idea musical, simple o compuesta, con independencia de su acompañamiento. Se usa en oposición a armonía, combinación de sonidos simultáneos diferentes, pero acordes. • **melodioso,a** adj. Dulce y agradable al oído.

melodrama n.m. **1.** Drama que se representaba acompañado de música instrumental en varios de sus pasajes. **2.** Obra teatral en que se exageran los trozos sentimentales y patéticos. • **melodramático,a** adj. Falso, exagerado o burdamente patético.

Meloe n.m. ZOOL Género de coleópteros con élitros reducidos, mandíbulas truncadas, cuyas larvas son parásitos de las abejas solitarias.

melojo n.m. BOT Árbol de la familia de las fagáceas, semejante al roble albar.

melolonta n.m. ZOOL Insecto coleóptero pentámero, abejorro.

melomanía n.f. Amor a la música. • **melómano,a** n.m. y f. Persona muy aficionada a la música.

1. melón n.m. **1.** Planta herbácea anual, de la familia de las cucurbitáceas, con tallos tendidos y ramosos. **2.** Fruto de esta planta, de carne abundante y dulce.

2. melón n.m. Tejón, meloncillo. • **meloncillo** n.m. Mamífero carnicero nocturno del mismo género que la mangosta, de larga cola, cabeza redonda y hocico saliente. Se alimenta de roedores.

melopea n.f. **I.** Canto monótono. **II.** Borrachera.

Melophagus n.m. ZOOL Género de moscas desprovistas de alas. Son parásitos del cordero.

meloso,a adj. De calidad o naturaleza de miel. ▷ Fig. Se aplica a la persona, palabra, carácter, actitud, etc.

melquita n.m. y f. RELIG Cristiano de Oriente, de rito bizantino.
ENCICL Los melquitas recibieron este nombre en el Concilio de Calcedonia (451) de los monofisitas, que los llamaron así para denotar su sumisión al decreto del emperador *(melek)* Marciano. Actualmente se dividen en ortodoxos (tres patriarcados) y católicos (un solo patriarcado), generalmente llamados «católicos griegos». Sus lenguas litúrgicas son el árabe y el griego.

melva n.f. ZOOL Pez muy parecido al bonito.

mellar v.tr. y prnl. Producir una rotura o deterioro en algo. ▷ Fig. Menoscabar. • **mella** n.f. **1.** Rotura en el borde de una cosa. **2.** Fig. Merma en cosa no material. • **melladura** n.f. *Chile* Mella.

mellizo,a n. y adj. **1.** Nacido del mismo parto, gemelo. **2.** BOT Igual a otra cosa.

melloco n.m Planta herbácea vivaz de Sudamérica.

membrana n.f. **I.** BOT y ZOOL Cualquier tejido o agregado de tejidos que presenta forma laminar y es de consistencia blanda. **II.** ANAT Membrana mucosa. La que tapiza cavidades del cuerpo de los animales. **III.** BIOL *Membrana celular.* Condensación de protoplasma que envuelve a la célula. **IV.** ZOOL *Membrana interdigital.* Membrana que une los dedos de diversos vertebrados acuáticos. **V.** TECN Hoja delgada que forma parte del sistema vibratorio de un altavoz, de un auricular.

membrete n.m. Nombre, dirección, etc. de una persona o entidad, que va impreso en su correspondencia.

membrillo n.m. Arbusto de la familia de las rosáceas, que da un fruto del mismo nombre, de carne de color amarillo, muy aromática y que suele tomarse en dulce.

membrudo,a adj. Fornido y robusto de cuerpo y miembros.

memela n.f. *Hond.* y *Méx.* Tortilla de maíz.

memnónida n.f. MIT Cada una de las aves que, según la fábula, iban desde Egipto a Troya, al sepulcro de Memnón, y volaban alrededor de él, y al tercer día se herían unas a otras.

memo,a n. y adj. Tonto, simple, mentecato. • **memez** n.f. Simpleza.

memorable adj. Digno de memoria.

memorando o **memorándum** n.m. **1.** Libro de notas. **2.** Nota diplomática en la que se informa brevemente de un asunto.

memoria n.f. **I.** Capacidad de recordar hechos pasados. ▷ FIS Dispositivo electrónico en que se almacena la información sobre datos y procesos, para emplearlos en el momento adecuado. ▷ INFORM Dispositivo que sirve para registrar, almacenar y restituir informaciones. **II. 1.** Relación de gastos hechos en una dependencia. **2.** Exposición de hechos o motivos referentes a determinado asunto. **3.** Estudio o disertación escrita sobre alguna materia. **III.** pl. Obra que contiene recuerdos personales de quien la escribe.
ENCICL **Bioquím.** — Desde los trabajos de Ribot (1881) y de W. James (1890), numerosos investigadores han tratado de descubrir la base material de los fenómenos de la memoria. El método biológico ha probado ser el más prometedor: se ha logrado transmitir de un animal a otro una conducta aprendida aislando en el primero un polipéptido que se inyecta en el segundo; este polipéptido parece ser el agente activo específico de una proteína sintetizada a partir de ciertos genes particulares que se desinhiben con el paso de la corriente nerviosa. Estas sustancias forman la base de un código molecular cuyo funcionamiento se podría comparar con el de una cinta magnética que registra informaciones venidas del exterior. La preservación del mensaje en el tiempo estaría asegurada por la síntesis continua de la proteína y por la presencia de su agente específico.
Psicol. — La memoria psicológica, como prolongación de la memoria orgánica, es una función de adquisición (imágenes, movimientos, conceptos, comportamientos) al servicio de la adaptación al medio biológico y social. El recuerdo debe ser *fijado, evocado, reconocido* y *localizado.* Una buena *fijación* depende de la frecuencia de las repeticiones y de las motivaciones, es decir, de los intereses del sujeto. Se puede relacionar *fijación* y *evocación* teniendo en cuenta que la primera tiene lugar previendo la segunda. El *reconocimiento* significa a menudo un verdadero esfuerzo de reconstrucción del recuerdo. Mientras que la evocación espontánea procede por asociación de ideas, la rememoración llamada *lógica,* restablece entre los acontecimientos del pasado unas relaciones de causalidad que contribuyen a consolidar su conservación. El estudio de las perturbaciones de la memoria en las enfermedades mentales, muestra que no existe *una* memoria, sino varios niveles de memoria. **1.** El más elemental (existe también en los animales), es el de la memoria *sensoriomotriz,* que responde con movimientos determinados a una serie de estímulos sensoriales. Asegura la adaptación del ser vivo a su medio ambiente, generalmente funciona por debajo del nivel de la conciencia y no implica el reconocimiento del recuerdo. **2.** La forma más elevada de la memoria es la *memoria social.* Se inserta en *cuadros sociales,* que corresponden a los diversos grupos que sostienen y nutren, por sus exigencias, la memoria individual (grupo familiar, religioso, profesional, clase social, etc.). Cuanto mejor «encuadrado», más rico es el recuerdo. **3.** Entre estos dos niveles, la *memoria autística* se manifiesta en los sueños y en las fantasmagorías del delirio neurótico. El recuerdo sufre en este caso una serie de transformaciones (condensación, desplazamiento, dramatización).
Las enfermedades de la memoria o amnesia. — La *agnosia* es la incapacidad de reconocer un objeto correctamente percibido; la *apraxia* es el olvido de algún comportamiento motor que el sujeto podría llevar a cabo perfectamente. Las amnesias de la memoria afectan o bien a la rememoración: pérdida progresiva de los elementos del lenguaje (v.); o bien la *memoria* en sí: el sujeto es incapaz de formar nuevos recuerdos aun cuando puede evocar los antiguos. v. también *inconsciente.*

memorial n.m. Escrito en que se pide una merced o gracia.

memorioso,a o **memorión** n. y adj. Que tiene buena memoria.

memorismo n.m. Práctica pedagógica en que se da más importancia a la memoria que a la inteligencia.

memorizar v.tr. Fijar en la memoria alguna cosa, como discurso, conjunto de datos, etc.

1. mena n.f. MIN Mineral metalífero, principalmente el de hierro, tal como se extrae del criadero y antes de limpiarlo.

2. mena n.f. Pez marino teleósteo del suborden de los acantopterigios.

ménade n.f. Cada una de las sacerdotisas de Baco.

menaje n.m. Muebles, utensilios y ropas de una casa.

menapios, antiguos pobladores de la Galia belga, rebeldes a César; éste acabó por someterlos h. 56-55 a. J.C.

mención n.f. Alusión a una persona o cosa. • **mencionar** v.tr. Hacer mención de una persona. ▷ Referir, recordar y contar una cosa.

menchevique n.m. Miembro del ala moderada del partido socialdemócrata ruso.

menda **1.** pron. pers. Fam. El que habla. (Se usa con el verbo en 3.ª pers.) **2.** pron. indef. Uno, uno cualquiera.

mendaz n. y adj. Mentiroso.

mendelevio n.m. QUIM Elemento artificial de número atómico 101 y de masa atómica 256 (símbolo *Md*), descubierto en 1955 por Seaborg.

mendeliano,a n. y adj. Perteneciente o relativo al mendelismo.

mendelismo n.m. Conjunto de leyes acerca de la herencia de los caracteres de los seres orgánicos, derivadas de los experimentos del fraile agustino Mendel sobre el cruzamiento de variedades de guisantes.

mendigar v.tr. e intr. Pedir limosna. ▷ Fig. Solicitar el favor de uno con humillación. • **mendicidad** n.f. Estado y situación de mendigo. • **mendigo,a** n.m. y f. Persona que habitualmente pide limosna.

mendrugo n.m. Pedazo de pan duro.

menear v.tr. y prnl. Mover una cosa de una parte a otra. • **meneo** n.m. **1.** Acción y efecto de menear o menearse. **2.** Fig. y Fam. Vapuleo.

menester n.m. **1.** Falta o necesidad de una cosa. **2.** Ocupación o empleo de alguien. • **menesteroso,a** n y adj. Falto, necesitado.

menestra n.f. Guiso compuesto con diferentes hortalizas y trozos pequeños de carne o jamón.

menestral,a n.m. y f. Persona que trabaja en un oficio manual; artesano.

mengano,a n.m y f. Voz que se usa después de *fulano* para referirse a una persona real o imaginaria.

mengua n.f. **1.** Acción y efecto de menguar. **2.** Disminución, detrimento. **3.** Fig. Descrédito, deshonra.

menguado,a **I.** n. y adj. Falto de carácter. **II.** n.m. Cada punto que se mengua.

menguante **I.** adj. Que mengua. **II.** n.f. **1.** Descenso del agua del mar por efecto de la marea. ▷ Tiempo que dura. **2.** *Menguante de la Luna.* Intervalo durante el cual va siempre disminuyendo la parte iluminada del satélite, visible desde la Tierra.

menguar **I.** v.int. **1.** Disminuirse o irse consumiendo física o moralmente una cosa. **2.** Hacer los menguados en las labores de punto. **3.** Hablando de la Luna, disminuir la parte iluminada del astro, visible desde la Tierra. **II.** v.tr. Disminuir.

menhir n.m. Monumento megalítico que consiste en una piedra larga hincada verticalmente en el suelo por uno de sus extremos.

meninge n.f. ANAT Cada una de las tres membranas que envuelven el encéfalo y la médula espinal. • **meningitis** n.f. Inflamación de las meninges.

meningococo n.m. BACT Microorganismo que es causa de diversas enfermedades y principalmente de una forma de meningitis llamada cerebroespinal epidémica.

menino,a n.m. y f. Miembro de la nobleza que desde niño entraba al servicio real.

menisco n.m. **I.** ANAT Cartílago que forma parte de la articulación de la rodilla y sirve para facilitar el juego de ésta. **II. 1.** Vidrio cóncavo por una cara y convexo por la otra. **2.** FIS Superficie libre, cóncava o convexa, del líquido contenido en un tubo estrecho.

menispermáceo,a n. y adj. BOT Dícese de arbustos angiospermos dicotiledóneos, con hojas provistas de un aguijón en su ápice, como la coca de Levante. ▷ n.f.pl. BOT Familia de estas plantas.

menopausia n.f. FISIOL Cesación natural de la ovulación y la menstruación en la mujer. • **menopáusico,a** adj. Relativo a la menopausia.

menor **I.** adj. **1.** Comp. de *pequeño.* Que tiene menos cantidad que otra cosa de la misma especie. **2.** MUS Uno de los dos modos o tonos de la escala musical. **II.** n. y adj. Que no ha alcanzado la mayoría de edad. **III.** n.m. Religioso de la Orden de San Francisco. **IV.** n.f. LOG Segunda proposición de un silogismo.

menorragia n.f. MED Flujo menstrual anormalmente abundante o prolongado.

menorrea n.f. MED Flujo menstrual.

menos **I.** adv.comp. **1.** Denota la idea de falta, disminución, restricción o inferioridad en comparación expresa o sobrentendida. *Gasta menos, Juan es menos prudente que su hermano.* **2.** Denota a veces limitación indeterminada de cantidad expresa. *Son menos de las diez.* **3.** Denota asimismo idea opuesta a la de preferencia. **II.** n.m. ALG y ARIT Signo de sustracción o resta, que se representa por una rayita horizontal (—). **III.** adv.m. Excepto, a excepción de.

menoscabar **1.** v.tr. y prnl. Quitar, reducir a menos. **2.** v.tr. Perjudicar.

menospreciar v.tr. Desdeñar, despreciar. • **menosprecio** n.m. Desprecio, desdén.

mensaje n.m. **1.** Comunicación de algo. **2.** Lo que se transmite. **3.** Contenido de una obra dotada de un sentido profundo e importante. ▷ INFORM Conjunto de datos procedentes de la computadora transcritos por el teletipo y destinados al operador.

mensajería n.f. Transporte público con servicio periódico.

mensajero,a **I.** n.m. y f. **1.** Persona encargada de transmitir un mensaje. **2.** Lo que anuncia una cosa. **II.** n.m. BIOL Ácido ribonucleico que lleva el mensaje genético desde los genes hasta los ribosomas.

menstruación n.f. MED Flujo sanguíneo de origen uterino que se produce con un ritmo aproximadamente mensual, en las mujeres que no están embarazadas, desde la pubertad hasta la menopausia. • **menstrual** adj. Relativo a la menstruación.

mensual adj. **1.** Que sucede o se repite cada mes. **2.** Que dura un mes. • **mensualidad** n.f. Sueldo o salario que se paga mensualmente.

ménsula n.f. ARQUIT Adorno que sobresale de un plano vertical y sirve para recibir o sostener alguna cosa.

mensurable adj. Que se puede medir.

mensurar v.tr. Medir.

menta n.f. **1.** Planta herbácea cuyas hojas aromáticas son ricas en mentol. **2.** Jarabe de menta.

mentado,a adj. Que tiene fama o nombre.

mental adj. Relativo a la mente o a la inteligencia.

mentalidad n.f. Cultura y modo de pensar que caracteriza a una persona, a un pueblo, etc.

mentar v.tr. Nombrar o mencionar una cosa.

mente n.f. **1.** Inteligencia. **2.** Pensamiento.

-mente Sufijo procedente del latín *mente,* «con tal actitud», «de tal manera», y que permite formar adverbios de modo a partir de adjetivos.

mentecato,a n. y adj. Tonto, insensato.

mentidero n.m. Fam. Lugar de tertulia.

mentilo n.m. QUIM Radical $C_{10}H_{19}$ contenido en el mentol y sus ésteres.

mentir v.int. **1.** Decir o manifestar lo contrario de lo que se sabe, cree o piensa. **2.** Inducir a error. • **mentira** n.f. Expresión o manifestación contraria a lo que se sabe, cree o piensa. • **mentiroso,a** n. y adj. Que tiene costumbre de mentir.

mentís n.m. Hecho o demostración que contradice o niega categóricamente un aserto.

mentol n.m. Alcohol secundario utilizado por sus propiedades antisépticas y anestésicas, muy abundante en las hojas de la menta.

mentón n.m. Barbilla.

mentor n.m. Fig. Guía, consejero idóneo.

menudear v.int. Caer o suceder una cosa con frecuencia. *Menudean las gotas, los trabajos.*

menudencia n.f. Cosa de poco aprecio y estimación.

menudo,a **I.** adj. **1.** De tamaño muy pequeño. **2.** Insignificante, de poca importancia. **II.** n.m.pl. Despojos de las reses o de las aves. **III.** *A menudo.* Frecuentemente.

Menyathes n.f. BOT Género de plantas acuáticas (familia de las gencianáceas), llamadas también *trébol de agua.*

meñique n. y adj. Dícese del dedo más pequeño de la mano.

meollo n.m. **1.** Médula. **2.** Fig. Sustancia de una cosa; fondo de ella.

meos, pueblo que habita el SO de Vietnam y de Laos (es mejor decir *hmongs*).

mequetrefe n.m. Fam. Hombre sin juicio ni formalidad.

mercachifle n.m. Desp. Comerciante.

mercader n.m. y f. Antiguamente, comerciante. • **mercadería** n.f. Mercancía.

mercado n.m. **1.** Lugar público destinado para vender y comprar. **2.** Plaza o país de especial importancia en un orden comercial cualquiera. — *Mercado negro.* Tráfico clandestino de divisas monetarias, mercancías no autorizadas o mercancías escasas en el mercado a precios superiores a los legales.

mercancía n.f. **1.** Cualquier cosa mueble que se hace objeto de trato o venta. **2.** Todo género vendible.

mercante adj. **1.** Mercantil. **2.** Perteneciente o relativo al comercio marítimo. • **mercantil** adj. Perteneciente o relativo al comercio.

mercantilismo n.m. **1.** Espíritu mercantil aplicado a cosas que no deben ser objeto de comercio. **2.** Sistema económico que atiende en primer término al desarrollo del comercio, principalmente al de exportación, y considera la posesión de metales preciosos como signo característico de riqueza.

mercaptano n.m. QUIM Alcohol sulfurado muy volátil, de olor particularmente desagradable.

merced n.f. **1.** Gracia. **2.** Cualquier beneficio o favor que se hace a alguien gratuitamente. **3.** Voluntad o arbitrio de uno. *Está a merced de su amigo.* **4.** Antiguo tratamiento de cortesía. *Vuesa* o *Vuestra merced.*

mercenario,a **I.** adj. Se aplica al soldado que sirve en la guerra a un país extranjero por un salario. **II.** n. y adj. Que percibe un salario por su trabajo.

mercería n.f. Tienda de cosas menudas y de poco valor o entidad; como alfileres, botones, cintas, etc.

mercurial **I.** adj. **1.** Perteneciente al dios mitológico o al planeta Mercurio. **2.** Perteneciente al mercurio. **II.** n.f. Planta euforbiácea cuyo jugo se ha empleado como purgante.

mercurio n.m. Elemento metálico de número atómico 80 y masa atómica 200,6, que se encuentra bajo la forma de líquido plateado (símbolo *Hg*).

ENCICL El mercurio es el único metal líquido a temperatura ambiente (temperatura de fusión: 839 °C, temperatura de ebullición: 356,9 °C). Por su alta densidad (13,6) es utilizado en numerosos instrumentos de física, particularmente el barómetro con columna de mercurio. El mercurio es un buen conductor de la electricidad. Forma aleaciones líquidas (llamadas amalgamas) con la mayor parte de los metales. Se utiliza en iluminación (lámparas a vapor por mercurio, tubos fluorescentes). Las sales de mercurio son tóxicas. La contaminación de los alimentos por ellas provoca graves intoxicaciones (perturbaciones neurológicas, malformaciones fetales) que pueden incluso causar la muerte (contaminación de los cereales por los pesticidas y del pescado por las sales de mercurio arrojadas al mar).

mercurocromo n.m. Solución alcohólica utilizada como antiséptico.

merchandising n.m. Desarrollo de técnicas comerciales durante el período de distribución.

merdoso,a adj. Asqueroso, sucio.

merecer v.tr. Hacerse uno digno de premio o de castigo. • **merecedor,a** adj. Que merece. • **merecido** n.m. Castigo de que se juzga digno a uno. • **merecimiento** n.m. Mérito.

merendar v.tr. e intr. Tomar la merienda. • **merendero** n.m. Establecimiento público donde se va a comer, a veces llevando la propia comida.

merengue n.m. **1.** Dulce hecho con claras de huevo y azúcar. **2.** *Col.* y *Chile*. Fig. Persona de complexión delicada.

meretriz n.f. Prostituta.

mergo n.m. Cuervo marino.

mérgulo n.m. Pájaro negro y blanco que puebla en gran número los acantilados árticos.

meridiano,a **I.** adj. **1.** Relativo al mediodía. **2.** Clarísimo, luminosísimo. **II.** n.m. Círculo máximo de la esfera terrestre que pasa por los polos. — *Primer meridiano.* El que se toma como base del cálculo de la longitud de un lugar determinado (desde 1914 y por convención internacional, el meridiano de Greenwich). — FIS *Meridiano magnético de un lugar.* Gran círculo que pasa por ese lugar y por los polos magnéticos de la Tierra.

meridional n. (apl. a pers.) y adj. Perteneciente o relativo al Sur o Mediodía.

merienda n.f. Comida ligera que se hace por la tarde antes de la cena.

merino,a **I.** n. y adj. Se dice de una variedad de carneros y ovejas que dan una lana muy fina. **II.** n.m. Juez de un territorio.
ENCICL **Hist.** — Hacia el s. XI se creó este cargo en la España medieval, primero en Castilla y León y, más tarde, en Navarra y Aragón. En el s. XV fueron abolidos por los Reyes Católicos.

meristema n.m. BOT Tejido vegetal formado por células que se dividen rápidamente y que constituye la zona de crecimiento de las plantas.

mérito n.m. **1.** Acción que hace al hombre digno de premio o de castigo. **2.** Resultado de las acciones que hacen digno de aprecio a un hombre. **3.** Hablándose de las cosas, lo que les hace tener valor. • **meritorio,a** adj. Digno de premio.

merlo n.m. **1.** Mirlo (pájaro). **2.** Zorzal marino (pez).

merluza n.f. ZOOL Pez teleósteo muy apreciado por su carne.

mermar v.int. y prnl. Disminuir de volumen una cosa. • **merma** n.f. Acción y efecto de mermar.

mermelada n.f. Conserva hecha con fruta cocida con miel o azúcar.

1. mero n.m. ZOOL Pez teleósteo marino de cuerpo casi oval y carne muy apreciada.

2. mero, adj. Puro, simple, solo.

3. mero Partícula procedente del griego *meros,* parte.

merodear v.int. Vagar por un sitio cualquier persona o grupo en busca de algo o para curiosear. • **merodeador,a** n. y adj. Que merodea.

merostomas n.m.pl. ZOOL Clase de artrópodos marinos, todos fósiles, excepto el género *Limulus*.

merquén n.m. *Chile.* Ají con sal que se lleva preparado para condimentar la comida.

Merullius n.m. Género de hongos basidiomicetes, que se desarrollan en la madera.

merzlota n.f. GEOL Capa del suelo y del subsuelo permanentemente helada en las regiones circumpolares.

mes n.m. **I. 1.** Cada una de las doce partes en que se divide el año. **2.** Tiempo transcurrido desde un día señalado hasta otro de igual fecha en el mes siguiente. **3.** Menstruación de las mujeres. **4.** Sueldo de un mes. **II.** ASTRON *Mes solar astronómico.* Tiempo que emplea el Sol en recorrer un signo del Zodíaco.

mesa n.f. **I.** Mueble que se compone de una tabla lisa sostenida por uno o varios pies, y que sirve para comer, escribir, etc. **II.** En las asambleas, conjunto de las personas que las dirigen.

mesana n.f. **1.** MAR Mástil que está más a popa en el buque de tres palos. **2.** MAR Vela que va contra este mástil.

mesar v.tr. y prnl. Tirar de los cabellos o barba con las manos.

mescalina n.f. Alcaloide con propiedades alucinógenas que se extrae del peyote.

mescolanza n.f. Fam. Mezcla rara o mal hecha.

mesencéfalo n.m. ANAT Parte del cerebro del adulto que corresponde a la región media del encéfalo del embrión.

mesénquima n.m. ANAT Tejido conjuntivo embrionario.

mesenterio n.m. ANAT Repliegue del peritoneo que mantiene en su posición los intestinos, sujetándolos a las paredes abdominales.

mesero,a n.m. y f. *Col.*, *Guat.* y *Méx.* Camarero o camarera de café.

meseta n.f. Región poco accidentada, con nivel de cumbres bastante constante, que se halla elevada respecto a las regiones vecinas.

mesías n.m. RELIG Salvador prometido por los profetas al pueblo de Israel, y al que los cristianos reconocen en Jesucristo. • **mesiánico,a** adj. Perteneciente o relativo al Mesías. • **mesianismo** n.m. **1.** Doctrina relativa al Mesías. **2.** Fig. Confianza desmedida en un agente bienhechor que se espera.
ENCICL La espera mesiánica es una constante en el judaísmo. Después de haber conocido la revelación del Sinaí, el pueblo judío se asentó en la Tierra prometida y se organizó políticamente. Pero los monarcas y los jueces no siempre colmaron sus esperanzas en un reino ideal. Sobre todo, después de David el pueblo sintió la falta de un rey santo. Y los profetas mantuvieron viva esa esperanza popular de «un hijo de David», como forma de reaccionar frente a un poder real débil y a menudo corrupto. Aparecieron numerosos mesías, llamándose a sí mismos el Elegido de Dios. Uno de esos mesías tuvo un destino único: Jesús de Nazaret. Entonces apareció otro tipo de mesianismo entre los cristianos: la espera de la vuelta de Jesús que debe instaurar en la tierra el reino de Dios. A lo largo de estos dos mil años nacieron numerosos movimientos mesiánicos en las distintas Iglesias cristianas. Los hubo en Europa en la Edad Media y en Norteamérica en los ss. XVIII y XIX. Se dieron también numerosos fenómenos mesiánicos en África (v. kinbanguista), en Brasil, en Oceanía, a menudo como reacción contra la dominación extranjera.

mesidor n.m. Décimo mes del calendario republicano francés.

mesilla n.f. Mesa de noche.

mesnada n.f. **1.** Compañía de gente de armas que servía bajo el mando del rey o de un señor. **2.** pl. Fig. Conjunto de los partidarios de una persona.

meso- Prefijo procedente del griego *mesos,* «medio».

mesocarpio n.m. BOT Capa media de las tres que forman el pericarpio de los frutos.

mesocéfalo adj. Se dice de la persona cuyo cráneo tiene las proporciones intermedias entre la braquicefalia y la dolicocefalia.

mesocracia n.f. Forma de gobierno en que la clase media tiene preponderancia.

mesodermo n.m. BIOL Hoja embrionaria situada entre el exodermo y el endodermo.

mesolítico,a n.m. y adj. Dícese del período prehistórico comprendido entre el Épipaleolítico y el Neolítico.

mesomería n.f. QUIM Estructura de los cuerpos para los cuales la probabilidad de presencia de electrones es la misma en cada uno de los enlaces de la molécula.

mesomorfo,a adj. QUIM Dícese de los estados de la materia intermedios entre el estado cristalino y el líquido.

1. mesón n.m. **1.** Casa de huéspedes. **2.** Restaurante típico. • **mesonero,a** n.m. y f. Patrón o dueño de un mesón.

2. mesón n.m. FIS NUCL Partícula inestable cuya masa es intermedia entre la del electrón y la del protón.

mesosfera n.f. METEOR Capa de la atmósfera entre la estratosfera y la termosfera.

mesotórax n.m. **1.** ANAT Parte media del pecho. **2.** ZOOL Segmento medio del tórax de los insectos.

mesozoico,a n.m. y adj. GEOL De la era Secundaria.

mester n.m. Arte, oficio.
ENCICL **Mester de clerecía.** — Se caracteriza por la regularidad de sus versos, los temas religiosos, el tono culto y el propósito moralizador. Las rimas del Mester de Clerecía, escritas en lenguaje popular, incluyen cultismos y latinismos en los que se adivina la mano de los clérigos que las escribían. Escritas en cuaderna vía, los versos tienen un ritmo monótono, que sólo consiguió algo de vida en el s. XIV, con el arcipreste de Hita (*Libro de buen amor*), al alargar los versos. Las obras de Berceo (*Milagros de Nuestra Señora*), el *Libro de Apolonio*, el *Libro de Aleixandre* y el *Poema de Fernán González* son las principales obras que se conservan del s. XIII. **Mester de juglaría.** — Se caracteriza por la irregularidad métrica, los temas históricos de actualidad, etc. Los juglares creaban la obra al tiempo que la ejecutaban, interrumpiéndola y haciendo participar al público en ella, y utilizando recursos dramáticos para mejorarla. El resultado era una mayor espontaneidad, que gustaba a la gente, por lo que algunos monasterios utilizaban los juglares para propagar obras del mester de clerecía. El concepto del mester de juglaría procede del *Libro de Aleixandre*. No existen obras del mester de juglaría, ya que por su naturaleza, eran cantadas y recitadas, de memoria, por los juglares.

mestizo,a **1.** n. y adj. Se aplica a la persona nacida de padre y madre de raza diferente. **2.** adj. Se aplica al animal o vegetal que resulta de haberse cruzado dos razas distintas. • **mestizaje** n.m. Cruzamiento de razas diferentes.

mesura n.f. **1.** Gravedad y compostura en la actitud y el semblante. **2.** Moderación, comedimiento. • **mesurado,a** adj. Moderado, modesto, circunspecto.

met(a)- Prefijo procedente del griego *meta,* «después, más allá de». ▷ QUIM Prefijo utilizado para designar un cuerpo menos hidratado que otro, para diferenciar ciertos compuestos bencénicos de sus isómeros orto o para, y para designar ciertos polímeros.

meta n.f. **1.** Término señalado a una carrera. **2.** Portería del fútbol. **3.** Fig. Fin a que se dirigen las acciones o deseos de una persona.

metabolismo n.m. BIOL Conjunto de reacciones bioquímicas que se producen en todo ser vivo mediante las cuales se elaboran ciertas sustancias o se degradan éstas liberando energía.
ENCICL Las reacciones metabólicas son básicamente de dos tipos: **1.** *Las reacciones anabólicas,* partiendo de cuerpos simples, elaboran las moléculas o estructuras más complejas que el organismo necesita. **2.** *Las reacciones catabólicas,* por el contrario, degradan las moléculas complejas para transformarlas en elementos más simples destinados a ser alma-

cenados o ser base de nuevas síntesis. La presencia de catalizadores que aceleren las reacciones es imprescindible: enzimas, hormonas, vitaminas. La noción de metabolismo no se puede disociar de la de energética. La transformación de la energía por las células vivas reviste tres formas esenciales: transformación de la energía luminosa en energía química durante los fenómenos de fotosíntesis vegetal; transformación de la energía química en trabajo durante la digestión; utilización de la energía liberada por la combustión de las estructuras moleculares de toda clase en el transcurso de la respiración para sintetizar las moléculas adaptadas a la vida de cada célula. El estudio de los procesos metabólicos está artificialmente subdividido en varias ramas según la clase de las moléculas estudiadas. v. glúcidos, lípidos, proteínas, etc.

metábolo,a adj. ZOOL Dícese de un insecto que sufre metamorfosis.

metacarpo n.m. ANAT Conjunto de los huesos de la mano situados entre la muñeca y los dedos. • **metacarpiano** adj. Se dice de cada uno de los cinco huesos de metacarpo.

metacentro n.m. En un cuerpo simétrico flotante, punto ideal en que se cortan la recta que une el centro de gravedad y el centro de empuje, cuando el cuerpo está en equilibrio, con la vertical que pasa por el centro de empuje, cuando el cuerpo se inclina.

metacrílico,a adj. QUIM *Ácido metacrílico*. Ácido de fórmula $CH_2 = C(CH_3) — COOH$. — *Resinas metacrílicas*. Resinas resultantes de la polimerización de los ésteres del ácido.

metafase n.f. BIOL Segunda fase de la división del núcleo celular.

metafísica n.f. Parte de la filosofía que estudia la esencia del universo. • **metafísico,a** adj. Perteneciente o relativo a la metafísica.

ENCICL En un principio, la palabra *metafísica* designaba los libros de Aristóteles que trataban de la «filosofía inicial» y que en su obra, aparecían *después* (meta) de los libros de física; posteriormente y por extensión, esta palabra designó el conjunto de especulaciones (sobre las Ideas, la Verdad, Dios, etc.) que van más allá de las ciencias de la naturaleza y permiten fundamentarlos remontándose a sus principios. Bajo los distintos aspectos que revistió históricamente (en Aristóteles, Platón, Descartes, Kant, etc.), la metafísica se caracteriza por el esfuerzo por alcanzar, trascendiendo la multiplicidad y la unilateralidad respectivas de varias ciencias, la unidad del saber, por conocer, más allá de las apariencias, al ser en su pureza, y más allá de lo relativo, el absoluto.

metáfisis n.f. ANAT Parte de un hueso largo comprendida entre la diáfisis y la epífisis.

metáfora n.f. RET Tropo que consiste en trasladar el sentido recto de las voces en otro figurado, en virtud de una comparación tácita; p. ej. *la primavera de la vida; refrenar las pasiones*. • **metafórico,a** adj. Concerniente a la metáfora.

metafosfórico,a adj. QUIM Dícese de los ácidos derivados del fósforo, de fórmula $(HPO_3)_n$.

metahemoglobina n.f. BIOL Hemoglobina cuyo átomo de hierro está en estado férrico y por lo tanto no es apto para el transporte del oxígeno.

metal n.m. Cuerpo simple, sólido a la temperatura ordinaria, a excepción del mercurio, conductor del calor y de la electricidad, y que se distingue de los demás sólidos por su brillo especial. — *Metal precioso*. Oro o plata. • **metálico,a I.** adj. De metal, o perteneciente a él. **II.** n.m. Dinero en monedas o en billetes. • **metalizar** v.tr. QUIM Hacer que un cuerpo adquiera propiedades metálicas.

ENCICL Los metales se caracterizan por su brillo, su poder de reflexión y su conductibilidad térmica y eléctrica. Tienen tendencia a perder electrones y en ello difieren de los no metales. En la tabla periódica de los elementos, los metales se sitúan bajo una diagonal que va del boro al polonio, mientras que los no metales se sitúan encima de dicha diagonal. A lo largo de la diagonal, se hallan elementos como el silicio y el arsénico, llamados *semimetales*, cuyas propiedades son intermedias entre las de los metales y las de los no metales. La mayoría de los metales cristalizan en sistemas simples de estructura muy compacta. Las propiedades físicas de un metal, particularmente su conductividad, se explican debido a la naturaleza del enlace entre sus átomos (v. enlace). En el *enlace metálico*, los electrones cedidos por los átomos forman una nube electrónica que se desplaza libremente dentro del cristal por los espacios libres entre los iones. Es necesario suministrar una energía importante para extraer esos electrones del metal (efecto fotoeléctrico y termoelectrónico). Cuando se aplica una diferencia de potencial entre dos puntos de un metal, los electrones libres se desplazan hacia el punto cuyo potencial es más alto, y son frenados por los iones (resistencia eléctrica). Al aumentar la temperatura, crece dicha resistencia debido a la mayor agitación de los iones. Por el contrario, a temperaturas muy bajas, se presenta el fenómeno de superconductividad (resistencia prácticamente nula). Los cambios de temperatura producen transformaciones de su estructura cristalina, llamadas *alotrópicas*, que tienen lugar a temperaturas perfectamente definidas. Las propiedades mecánicas de los metales (dureza, resistencia a la tracción y al choque, ductilidad y maleabilidad) están estrechamente relacionadas con su estructura cristalina. Bajo tensiones débiles, la deformación es elástica. Al ser más fuertes, y hasta la rotura, la deformación es plástica. Los metales son tanto más reductores cuanto más baja es su potencia de oxirreducción; los más oxidables son el litio, el potasio y el rubidio. Los menos oxidables, llamados metales nobles, son el oro, el platino, el paladio, el rodio y la plata. Los metales tienen la propiedad de formar *aleaciones* entre ellos o con algunos no metales. Algunos poseen además propiedades magnéticas (v. magnetismo). Los átomos metálicos pueden formar, al asociarse con otros átomos, *complejos* más o menos estables que conservan una cierta individualidad en las reacciones en que participan, p. ej., el níqueltetracarbonilo $Ni(CO)_4$, formado por el enlace de un átomo de níquel y el grupo (CO). El cromo, el hierro y el cobalto forman también numerosos complejos (v. transición). En la industria se diferencian los metales ferrosos y los metales no ferrosos. Los metales entran en forma de oligoelementos en la composición de los organismos vivos.

metaldehído n.m. QUIM Polímero del aldehído etílico, que se utiliza como combustible sólido.

metalepsis n.f. RET Tropo, especie de metonimia, que consiste en tomar el antecedente por el consiguiente, o al contrario.

metalografía n.f. TECN Estudio de los metales y de las aleaciones.

metaloide n.m. QUIM Elemento intermedio entre un metal y un no metal.

metaloterapia n.f. MED Aplicación terapéutica externa de los metales.

metalurgia n.f. **1.** Conjunto de técnicas y operaciones necesarias para la extracción, el afino y la elaboración de los metales. **2.** Conjunto de instalaciones y establecimientos industriales que realizan dichas funciones. • **metalúrgico,a** adj. Perteneciente a la metalurgia.

ENCICL Los metales se hallan en la naturaleza bien en estado nativo o, más corrientemente, en forma de minerales. Los minerales deben ser sometidos a una serie de tratamientos cuya finalidad es enriquecerlos, antes de afinarlos, de separarlos de las impurezas que contienen. El afino se realiza por electrólisis (para obtener un producto de gran pureza) o por fusión oxidante (que sólo se puede realizar cuando el metal considerado tiene menos afinidad hacia el oxígeno que las impurezas que contiene). Una vez afinado, el metal se moldea en una fundición o se le da forma en caliente (forjado, laminado, estirado o estampado). Para alcanzar el producto terminado, se le da forma mediante un proceso en frío sin reducción de material (laminado en frío, embutición, estirado, estampado, formado con explosivos, etc.) o mediante mecanización (torneado, fresado, etc.). Los *tratamientos térmicos* modifican la estructura del metal: el temple aumenta la dureza; el revenido disminuye las tensiones internas; el recocido mejora la homogeneidad. Los *tratamientos de superficie* (cementación, nitruración especialmente) aumentan la dureza superficial de los metales. El *endurecimiento por envejecimiento* aumenta notablemente la dureza de las aleaciones; su principio se basa en la dispersión en el seno del metal de partículas de mayor dureza que la suya. El *fritado* o *sinterización* pemite dar forma a metales refractarios y obtener *cermets*, mezclas de metal y cerámica resistentes a temperaturas muy elevadas; consiste en comprimir el metal, en forma de polvo, en una matriz calentada a fuerte temperatura. La elaboración de metales de *composición mixta* con estructura fibrosa (fibras de silicio, de berilio, de wolframio o de tántalo) permite obtener estructuras cuya enorme resistencia es imprescindible en los campos aeroespacial y nuclear.

metámero n.m. ZOOL Cada uno de los segmentos del cuerpo de los anélidos y de los artrópodos.

metamorfismo n.m. GEOL Conjunto de las transformaciones (mineralógicas, estructurales, etc.) que sufre una roca sometida a condiciones de temperatura y de presión distintas de las de su formación.

ENCICL El metamorfismo se caracteriza por la desaparición de un mineral o de un conjunto de minerales y por la aparición de otro mineral o de otra asociación de minerales sin que cambie la composición química global de la roca. Estas transformaciones son progresivas y se llevan a cabo sin fusión. Existen dos tipos de metamorfismo. *El metamorfismo de contacto*, de alcance limitado, forma aureolas concéntricas alrededor de un batolito, ya que las rocas encajantes han sufrido esencialmente una fuerte elevación de temperatura durante la formación del batolito (Flamanville en el Cotentin, Andlau en los Vosgos). *El metamorfismo regional* se da en grandes extensiones; su última fase es la *anatexia* (bajo Lemosín: cerca de Argentat, Allasac, Tulle, etc.), fusión de las rocas a gran profundidad.

metamorfosis n.f. **1.** Transformación de una forma en otra. **2.** Conjunto de las transformaciones morfológicas y fisiológicas sucesivas que sufren las larvas de ciertos animales para alcanzar el estado adulto. **3.** Fig. Cambio total en una persona o cosa. • **metamorfosear I.** v.tr. Realizar la metamorfosis de alguien o de algo. **II.** v.prnl. ZOOL Sufrir una metamorfosis.

metanal n.m. QUIM Aldehído fórmico.

metano n.m. QUIM Hidrocarburo gaseoso e incoloro, producido por la descomposición de sustancias vegetales. Mezclado con el aire es inflamable. • **metanol** n.m. QUIM Alcohol metílico.

ENCICL El metano es el primer término de la serie de los hidrocarburos saturados. A temperatura ambiente es un gas incoloro e inodoro, más ligero que el aire (densidad 0,559). Se licúa a —164 °C bajo presión atmosférica normal. Su combustión desprende una gran cantidad de calor; puede acompañarse de explosión cuando su proporción en el aire oscila entre el 6 % y el 16 % (grisú). El metano es el componente esencial del gas natural utilizado como combustible industrial y doméstico.

metaplasia n.m. BIOL Transformación de un tejido diferenciado en otro, histológicamente normal pero anormal en cuanto a su localización en el organismo.

metaplasmo n.m. GRAM Nombre genérico de las figuras de dicción.

metapsíquica **1.** n.f. Estudio de los fenómenos psíquicos inexplicados en el estado actual de la ciencia. **2.** adj. Que rebasa los límites del mundo psíquico.

metastable adj. QUIM Dícese de un sistema fisicoquímico sólo aparentemente estable.

metástasis n.f. MED Localización secundaria, alejada de la lesión inicial, de una afección infecciosa o cancerosa.

metatarso n.m. ANAT Conjunto de los huesos del pie comprendidos entre el tarso y las falanges. • **metatarsiano,a** n.m. ANAT Cada uno de los cinco huesos que componen el metatarso.

metate n.m. Tipo de molino de mano utilizado por diversos pueblos amerindios.

metátesis n.f. GRAM Cambio de lugar de algún sonido en un vocablo, (*perlado* por *prelado*).

metatórax n.m. ZOOL Parte posterior del tórax de los insectos.

metazoo n.m. y adj. ZOOL Se dice de los animales cuyo cuerpo está constituido por un grandísimo número de células diferenciadas y agrupadas en forma de tejidos, órganos y aparatos; como los vertebrados, los moluscos y los gusanos. ▷ n.m. pl. ZOOL Subreino de estos animales.

metempsicosis o **metempsícosis** n.f. Doctrina religiosa según la cual transmigran las almas después de la muerte a otros cuerpos.

meteorismo n.m. PAT Abultamiento del vientre por gases acumulados en el tubo digestivo.

meteorito n.m. Fragmento de materia sólida que cae sobre la Tierra, aerolito.

ENCICL Los meteoritos penetran en la alta atmósfera a velocidades considerables lo que ocasiona que su superficie se ponga incandescente; se les suele llamar *estrellas fugaces*. Los pequeños meteoritos se vaporizan totalmente a una altitud de unos 50 km. Los más grandes pueden llegar a la superficie de la Tierra y, cuando son muy voluminosos, excavan en el suelo unos cráteres similares a los que se observan en la Luna (donde, gracias a la falta de atmósfera, no se desintegran); el mayor meteorito conocido, cuya masa debía llegar aproximadamente a un millón de toneladas, excavó el Meteor Crater en Arizona.

Se ha desarrollado un sistema de observación y de detección de los meteoritos destinado a poder determinar con precisión el emplazamiento de su caída. Según su composición, se dividen en sideritos (compuestos de hierro niquelado) y en aerolitos (compuestos de silicatos). Del mismo modo que los planetas y los cometas, los meteoritos forman parte del sistema solar.

meteorizar **I.** v.tr. Causar meteorismo. **II.** v.prnl. AGRIC Recibir la tierra la influencia de los meteoros. • **meteoro** o **metéoro** n.m. Fenómeno atmosférico. • **meteorólogo,a** n.m. y f. Persona que profesa la meteorología.

meteorología n.f. Ciencia que trata de la atmósfera y los meteoros.

ENCICL La meteorología se basa en la observación constante de los fenómenos meteorológicos y en las leyes que rigen los gases de la atmósfera, sus cambios de composición y sus movimientos. Los principales factores observados son la presión atmosférica, la temperatura, la humedad, el viento, las precipitaciones y las nubes. Los movimientos de la atmósfera se deben a las variaciones, según las latitudes, de la energía que la tierra recibe o emite por radiación. Generalmente, a lo largo del año, la diferencia entre la energía recibida por el conjunto tierra-atmósfera y la energía perdida por radiación es positiva al S del paralelo 38 y negativa al N. Más allá del paralelo 70, el balance es negativo a lo largo de todo el año, mientras en las regiones ecuatoriales y tropicales es permanentemente positivo. El aire tiende a desplazarse desde las regiones de alta presión (anticiclón) hacia las de baja presión (depresión). Sin embargo, la rotación de la Tierra desvía todos los movimientos que se producen en la superficie del globo. En el hemisferio N, el viento sopla en el sentido de las agujas de un reloj alrededor de los anticiclones y en sentido contrario alrededor de las depresiones; este movimiento se hace a la inversa en el hemisferio S. La circulación de la atmósfera está sujeta a la distribución media de la presión sobre el globo, la cual queda establecida de la siguiente manera: una zona de altas presiones (anticiclones), poco acentuadas, en las regiones polares; una zona de bajas presiones relativas (depresiones) en las regiones templadas; una zona de altas presiones subtropicales; una zona de bajas presiones ecuatoriales. A este esquema corresponde un componente medio de las corrientes atmosféricas que incluye: vientos de componente EO en las regiones polares; vientos de componente OE en las regiones templadas; vientos de componente EO en las regiones intertropicales. La zona de bajas presiones ecuatoriales subsiste a lo largo de todo el año lo cual explica la permanencia de los vientos alisios. Los intercambios térmicos entre las regiones cálidas y frías del globo se llevan a cabo mediante gigantescos torbellinos que nacen en las regiones templadas al unirse los vientos de origen polar con los de origen tropical, creando de este modo una serie de *frentes fríos* y *frentes cálidos*. La observación de los fenómenos meteorológicos por medio de satélites representó un considerable progreso en el conocimiento de esos fenómenos y la posibilidad de prever el tiempo a más largo plazo. Las informaciones proporcionadas por la meteorología, la cual utiliza mucho la informática y la teletransmisión de datos (en particular por medio de facsímiles), son indispensables para todas las empresas cuya actividad está sujeta a las condiciones meteorológicas (aviación, marina, agricultura, obras públicas, servicios hidroeléctricos, etc.).

meteorológico,a adj. Perteneciente a la meteorología o a los meteoros.

meter **I.** v.tr. y prnl. Encerrar, introducir o incluir una cosa dentro de otra o en alguna parte. **II.** v.tr. **1.** Con voces como *miedo, ruido*, etc., ocasionar. **2.** Inducir a uno a algo. **3.** Embeber o encoger en las costuras de una prenda de ropa la tela que sobra. **4.** Poner. **III.** v.prnl. **1.** Introducirse en un lugar sin ser llamado. **2.** Seguir una profesión u oficio (Con la preposición *a*).

meticón,a n. y adj. Fam. Entrometido.

meticuloso,a adj. Escrupuloso, concienzudo.

metileno n.m. **1.** COM Alcohol metílico. **2.** QUIM Radical bivalente CH_2. ▷ *Azul de metileno*. Líquido de color azul utilizado como antiséptico.

metilo n.m. QUIM Radical monovalente CH_3. • **metílico,a** adj. QUIM Que contiene el radical metilo. — *Alcohol metílico o metanol*. Alcohol de fórmula CH_3OH, se utiliza en la fabricación del formol y como disolvente.

metionina n.f. BIOL Aminoácido sulfurado esencial que produce los grupos metilos necesarios para la célula.

metodismo n.m. Movimiento protestante basado en la doctrina de Wesley, que concede una gran libertad a la iniciativa individual. • **metodista** n. y adj. Adepto al metodismo.

método n.m. **1.** FILOS Ordenación racional del espíritu para alcanzar el conocimiento o la demostración de la verdad. **2.** Conjunto de procedimientos y de medios destinados a obtener un resultado. **3.** Obra de enseñanza elemental. • **metódico,a** adj. **1.** Hecho siguiendo un método. **2.** Que actúa siguiendo un método, un orden.

metodología n.f. **1.** FILOS Parte de la lógica que estudia los métodos de las distintas ciencias. **2.** Conjunto de métodos que se siguen en una investigación científica.

metomentodo n.m. y f. Fam. Entrometido.

metonimia n.f. RET Tropo que consiste en designar una cosa con el nombre de otra; p. ej. *las canas* por *la vejez*.

metraje n.m. Longitud de una película cinematográfica.

metralla n.f. **1.** Conjunto de fragmentos en que se divide un proyectil al estallar. **2.** Cada uno de esos fragmentos. • **metralleta** n.f. Arma de fuego portátil de repetición.

-metría Sufijo que se utiliza con el significado de «medida».

métrica n.f. Arte que trata de la medida o estructura de los versos, de sus varias especies y de las distintas combinaciones que con ellos pueden formarse. • **métrico** adj. Perteneciente o relativo al metro o medida.

1. metro n.m. **1.** Unidad fundamental de las medidas de longitud. — *Metro cuadrado* (m^2): unidad de superficie equivalente al área de un cuadrado de un metro de lado. — *Metro cúbico* (m^3): unidad de volumen equivalente al volumen de un cubo de un metro de lado. — *Metro por segundo* (m/s): unidad de velocidad. **2.** Regla o cinta graduada de un metro de longitud.

ENCICL El sistema métrico es el conjunto de pesas y medidas más utilizado para definir las magnitudes más usuales. El metro es la unidad principal de las medidas de longitud de este sistema. En 1790, la Asamblea Constituyente francesa decretó la supresión de las antiguas medidas que variaban según las provincias, y su sustitución por un sistema simple de base universal. El proyecto fue realizado por una comisión científica y adoptado por el gobierno francés en 1795. Dicho proyecto fijaba el uso del sistema decimal y definía la unidad de longitud, el metro, como la diezmillonésima parte del cuadrante del meridiano terrestre (v. Méchain), y la unidad de peso, el gramo, como el peso de 1 cm^3 de agua a 4 °C. El sistema métrico, declarado obligatorio en Francia en 1837, fue paulatinamente adoptado por los demás países (excepto los países anglosajones que sin embargo, hoy en día, lo están adoptando progresivamente); después de una serie de conferencias internacionales, en 1875, la *Convención del metro* instituyó una Oficina Internacional de Pesas y Medidas cuya sede se fijó en el pabellón de Breteuil (en el parque de Saint-Cloud) donde desde 1889, se guardan el *metro internacional* (de platino e iridio) y el *kilogramo internacional*.

En 1960 se procedió a una nueva definición del sistema métrico hoy llamado sistema internacional (SI). Este sistema incluye siete unidades básicas: el metro, el kilogramo, el segundo, el amperio, el kelvin, el mol y la candela. Los adelantos de las técnicas de metrología y la creciente precisión que exigen han llevado a definir el metro de la siguiente forma, legal desde el 1 de enero de 1961: «El metro es la longitud igual a 1.650.763,73 veces la longitud de onda del vacío, de la radiación correspondiente a la transición entre los niveles $2p_{10}$ y $5d_5$ del átomo de kriptón 86».

2. metro n.m. Ferrocarril urbano de tracción eléctrica, total o parcialmente subterráneo.

-metro Sufijo procedente del griego *metron,* «medida».

metrología n.f. Ciencia que tiene por objeto el estudio de los sistemas de pesas y medidas.

metrónomo n.m. Máquina a manera de reloj, para medir el tiempo e indicar el compás de las composiciones musicales.

metrópoli n.f. **1.** Ciudad principal de un estado, especialmente si éste tiene colonias. **2.** La nación, respecto de sus colonias. • **metropolitano,a I.** adj. Perteneciente o relativo a la metrópoli. **II.** n.m. Tranvía o ferrocarril subterráneo o aéreo que pone en comunicación los barrios extremos de las grandes ciudades.

metrorragia n.f. MED Hemorragia de la matriz, fuera del período menstrual.

MeV FIS NUCL Símbolo del megaelectronvoltio.

mexicano,a 1. n. y adj. Natural de México. **2.** adj. Perteneciente a esta república de América o a su capital. **3.** n.m. Idioma azteca. • **mexicanismo** n.m. Vocablo, giro o modo de hablar propio de los mexicanos.

méxicas, grupo étnico mexicano. Nombre que adopta, tras la toma de Tenochtitlán, la corriente nómada y guerrera que acaba por conquistar el valle de Anáhuac, más conocido como aztecas, denominación que este pueblo consideraba impropia (v. aztecas).

meya n.f. Especie de centolla, noca.

meyoespora n.f. Espora que resulta de una meyosis.

meyosis n.f. BIOL Modo de división celular que conduce a una reducción de la mitad del número de cromosomas de cada célula hija.
ENCICL La meyosis, también llamada casiocinesis, sólo se produce en las células cuyo núcleo es diploide (es decir, que comprende $2n$ cromosomas). Se da únicamente en las especies en que existe la fecundación. Se compone de dos etapas sucesivas; la primera (división reduccional) da como resultado dos células hijas cuyo número de cromosomas es la mitad de los que poseía la célula madre; la segunda es una división clásica (mitosis) de las células hijas, todo lo cual produce cuatro células genéticamente idénticas dos a dos. Durante la división reduccional, se separan los genes alelos. La meyosis conduce a la formación de gametos, contenidos en los órganos genitales. La fecundación reúne los gametos que tienen solamente n cromosomas y da lugar a una nueva célula con $2n$ cromosomas.

mezcal n.m. **1.** Variedad de pita. **2.** Aguardiente que se saca de esta planta.

mezclar I. v.tr. y prnl. Juntar, unir, incorporar una cosa con otra. **II.** v.prnl. Introducirse o meterse uno entre otros. **III.** Fig. *Mezclarse uno en una cosa.* Introducirse o tomar parte en ella. • **mezcla** n.f. **1.** Acción y efecto de mezclar o mezclarse. **2.** QUIM, FIS Sustancia que resulta de la unión sin combinación, de varios cuerpos, por diseminación de sus moléculas unas en el seno de las otras. **3.** ALBAÑ Argamasa. • **mezclado** n.m. AUDIOV Procedimiento que consiste en la combinación de varias grabaciones (voz, música, fondo sonoro, etc.) en una misma cinta. • **mezclilla** n.f. Tejido hecho de hilos de diferentes clases y colores. • **mezcolanza** n.f. Fam. Mezcla extraña y confusa, y algunas veces ridícula.

mezquino adj. **1.** Pobre, falto de lo necesario. **2.** Avaro, escaso. **3.** Pequeño. • **mezquindad** n.f. **1.** Calidad de mezquino. **2.** Cosa mezquina.

mezquita n.f. Templo musulmán.
ENCICL Una gran mezquita se divide tradicionalmente en un patio amplio descubierto y una sala de rezos techada. El muro de *quibla* a lo largo del cual los fieles se alinean para rezar, está indicado por un nicho *(el mihrāb)* que señala la dirección de La Meca. Al lado del mihrāb hay un púlpito (almimbar) para la predicación de los viernes. La mezquita, a veces coronada de una o varias cúpulas, está flanqueada por un minarete, desde el cual resuena cinco veces al día la voz del muecín llamando a los fieles a la oración. Entre las más bellas mezquitas del mundo se encuentran la de Kairuan (Tunicia), de El Cairo (Al-Azhar), de Córdoba, de Jerusalén (Al-Aksa), de Ispahan y Sultan Ahmet de Istanbul.

mezquite n.m. BOT Árbol de América, de la familia, de las mimosáceas, parecido a la acacia.

mezzosoprano n.f. **1.** Voz de mujer intermedia entre la soprano y la contralto. **2.** La que tiene esa voz.

Mg QUIM Símbolo del magnesio.

mg Símbolo del miligramo.

1. mi n.m. MUS Tercera nota de la escala.

2. mi Forma de genitivo, dativo y acusativo del pronombre personal de primera persona en género masculino o femenino y número singular.

3. mi, mis pron. poses. Apócope de mío, mía, míos, mías.

mi(o)- Prefijo procedente del griego *mys,* «músculo».

miaja n.f. Migaja.

mialgia n.f. PAT Dolor muscular, miodinia.

miasma n.m. Hedor que se desprende de cuerpos enfermos, materias corruptas o aguas estancadas. (Se usa más en pl.)

miastenia n.f. MED Trastorno muscular caracterizado por una fatigabilidad anormal de los músculos voluntarios, con agotamiento progresivo de la fuerza muscular.

mica n.f. Silicato compuesto de hojas transparentes y sumamente delgadas. • **micáceo,a** adj. Que contiene mica o se asemeja a ella.
ENCICL Las micas pueden dividirse en dos tipos: la *mica negra (biotita),* que es un silicato de magnesio y la *mica blanca (moscovita),* silicato de aluminio. Las dos se hallan en rocas eruptivas y metamórficas, encontrándose también la moscovita en ciertas rocas sedimentarias. Tiene numerosos usos debido a su transparencia, su homogeneidad, y sus propiedades aislantes térmicas

micacita n.f. Roca compuesta de cuarzo y mica, de textura pizarrosa y colores verdosos.

micado n.m. Nombre que se da al emperador del Japón.

micción n.f. Acción de mear.

-mice, mic(o)- Partículas procedentes del griego *mýkes,* «hongo».

micelio n.m. BOT Talo de los hongos que constituye su aparato de nutrición.

micet(o)-, -miceto Partículas que figuran en los términos cultos para designar a los hongos.

micetología n.f. Micología.

micmac o **suriqués,** indios algonquinos de la costa E del Canadá (prov. de Quebec, Nueva Escocia, isla del Príncipe Eduardo, Gaspesia) de los que hoy en día quedan pocos individuos.

mico n.m. Mono de cola larga.

micobacteriáceas n.f. BIOL Familia de bacterias con caracteres similares a ciertos hongos.

micodermo n.m. BOT Levadura que, como un velo, se forma en la superficie de los líquidos fermentados o azucarados.

micología n.f. Ciencia que trata de los hongos.

micoplasma n.m. MED Bacteria polimorfa de pequeño tamaño, desprovista de pared y a veces patógena para el ser humano.

micorriza n.f. BOT Hongo asociado por simbiosis a las raíces de un vegetal.

micosis n.f. PAT Infección producida por ciertos hongos parásitos en alguna parte del organismo.

micra n.f. Millonésima parte de un metro.

micro- Elemento compositivo que entra en la formación de algunas voces españolas con el significado de «pequeño».

microamperio n.m. ELECTR Una millonésima de amperio.

microanálisis n.m. QUIM Análisis realizado sobre cantidades muy pequeñas.

microbio n.m. Organismo microscópico patógeno (bacteria, virus, protista, etc.).

microcéfalo,a n. y adj. Se dice del animal que tiene la cabeza de tamaño menor al normal en su especie.

microcirugía n.f. MED Micromanipulación de carácter quirúrgico.

microclima n.m. Clima propio de una zona poco extensa cuyas características dependen de las condiciones locales.

microclina n.f. PETROG Feldespato potásico de la misma composición que la ortoclasa, pero de cristalización diferente.

micrococo n.m. BOT Bacteria de forma esférica.

microcomponente n.m. Componente electrónico de escasas dimensiones.

microcosmos n.m. Mundo en pequeño (contrario de *macrocosmos,* el universo).

microdiómetro n.m. FIS Aparato que sirve para medir las intensidades de radiación térmica muy bajas.

microelectrónica n.f. ELECTRON Conjunto de técnicas utilizadas para realizar microestructuras electrónicas.

microelemento n.m. Oligoelemento.

microfaradio n.m. ELECTR Medida de capacidad equivalente a una millonésima de faradio.

microficha n.f. TECN Reproducción sobre microfilme de un documento.

microfilme n.m. Película que se usa principalmente para fijar en ella, en tamaño reducido, imágenes de impresos, manuscritos, etc., y ampliarlas después en proyección o fotografía.

microfísica n.f. FIS Rama de la física que estudia el átomo y su núcleo.

micrófito n.m. BOT Microbio de naturaleza vegetal.

micrófono n.m. ELECTR Aparato que transforma las vibraciones sonoras en corrientes eléctricas.
ENCICL Un micrófono está compuesto por una membrana que permite modificar la intensidad de una corriente (micrófono de carbón, micrófono electrostático) o generar una tensión eléctrica (micrófonos piezoeléctricos, electromagnéticos o electrodinámicos). Las principales características de un micrófono son su sensibilidad, su respuesta en frecuencia, su directividad y su impedancia interna.

microfotografía n.f. **1.** TECN Fotografía sobre microfilme. **2.** Reproducción fotográfica de la imagen proporcionada por un microscopio.

micrografía n.f. Ciencia y técnica de la preparación de los objetos para su estudio con el microscopio.

microlita n.f. PETROG Pequeño cristal de feldespato, característico de las rocas eruptivas.

micrómetro n.m. **1.** FIS Millonésima de metro. **2.** TECN Instrumento de medida para las longitudes muy pequeñas. • **micrometría**

n.f. FIS Medición de las dimensiones pequeñas.

micromilímetro n.m. Millonésima parte de un milímetro.

micrón n.m. Micra.

micronúcleo n.m. ZOOL Elemento que, junto con el macronúcleo constituye el núcleo de los infusorios.

microorganismo o **microrganismo** n.m. BIOL Organismo microscópico.

micrópilo n.m. BOT Orificio en el óvulo de las plantas y en de algunos animales, por el cual penetra el elemento fecundador masculino.

microprocesador n.m. INFORM Conjunto de circuitos integrados de escaso volumen que constituyen la unidad central de un ordenador.

micropsia n.f. MED Trastorno de la vista que consiste en ver los objetos más pequeños de lo que son.

microquímica n.f. QUIM Conjunto de métodos y técnicas que permiten investigar sobre cantidades muy pequeñas de materia.

microscopio n.m. Instrumento óptico destinado a observar de cerca objetos diminutos. • **microscopia** n.f. **1.** Construcción y empleo del microscopio. **2.** Conjunto de métodos para la investigación por medio del microscopio. • **microscópico,a** adj. **1.** Perteneciente o relativo al microscopio. **2.** Tan pequeño, que no puede verse sino con el microscopio.

ENCICL El microscopio óptico se compone de dos sistemas ópticos: el objetivo, que da una imagen aumentada del objeto observado; el ocular, que permite examinar dicha imagen. La *potencia* de un microscopio es la relación entre el ángulo bajo el cual se ve la imagen observada y la longitud del objeto. El *aumento* es la relación entre los ángulos bajo los cuales se ven respectivamente la imagen y el objeto a simple vista. La característica esencial de un microscopio es su *poder separador*, o sea su capacidad para dar dos imágenes separadas de dos puntos próximos. El *microscopio electrónico* permite obtener la imagen de un objeto de unas decenas de nanómetros (milmillonésimas de metro) mediante la utilización de un haz de electrones. Se compone de un cañón de electrones, de sistemas de concentración del haz y de dispositivos de formación de la imagen. En el microscopio de *emisión iónica* (o de *emisión fría*), la muestra se coloca en un gas noble que se ioniza y que tras chocar con la muestra va a parar a una pantalla. El microscopio permite la identificación de microorganismos, la realización del análisis fisicoquímico de las aleaciones, la observación de la estructura de los cristales, de las fibras naturales o sintéticas, de las células vivas y de su entramado (tejido), la obtención de imágenes de los virus, el análisis de la estructura de las bacterias, etc.

microsegundo n.m. FIS Millonésima parte de un segundo.

micróspora n.f. BOT La más pequeña espora, de potencialidad macho, de los vegetales que producen dos tipos de espora, (contrario de *macróspora*). • **microsporangio** n.m. BOT Esporangio de micrósporas.

microsurco n.m. AUDIOV Disco fonográfico de vainilita que lleva unas cien espiras por centímetro de radio, en el que el grabado de los surcos permite una audición de larga duración.

micrótomo n.m. HISTOL Instrumento que sirve para preparar en los tejidos animales o vegetales lámicas finísimas para su estudio con microscopio.

micuré n.m. Especie de zarigüeya.

midriasis n.f. MED Dilatación de la pupila.

miedo n.m. **1.** Sentimiento de angustia por un riesgo o mal. **2.** Recelo o aprensión. • **miedoso,a** n. y adj. Fam. Que de cualquier cosa tiene miedo.

miel n.f. **1.** Sustancia viscosa, amarillenta y muy dulce, que producen las abejas. **2.** En la fabricación de azúcar, jarabe saturado obtenido entre dos cristalizaciones o cocciones sucesivas.

miel(o)-, -mielitis Elementos procedentes del griego *myelós*, «médula».

1. mielga n.f. Planta herbácea anual, de la familia de las papilionáceas, con flores azules en espiga.

2. mielga n.f. ZOOL Pez selacio comestible, del suborden de los escuálidos.

3. mielga n.f. AGRIC Faja de tierra que se señala para la siembra.

mielina n.f. ANAT Sustancia que forma la parte esencial de la vaina del cilindroeje de ciertas células nerviosas. • **mielínico,a** adj. Se dice de una célula nerviosa provista de una funda de mielina. • **mielitis** n.f. MED Inflamación de la médula espinal.

mieloblasto n.m. BIOL Célula generadora de mielocitos.

mielocito n.m. BIOL Célula de la médula ósea, precursora de los leucocitos polinucleares.

mielografía n.f. MED Radiografía de la médula espinal tras inyectar en el canal raquídeo un producto opaco a los rayos X. • **mielograma** n.m. MED Determinación de la naturaleza y del porcentaje de las diferentes células que constituyen la médula ósea.

mieloide adj. MED Relativo a la médula ósea.

mieloma n.m. MED Hemopatía maligna caracterizada por una proliferación de plasmocitos anormales en el seno de la médula ósea.

mielopatía n.f. MED Afección de la médula espinal.

miembro n.m. **1.** Cualquiera de las extremidades del hombre o de los animales. **2.** Órgano de la reproducción en el hombre y en algunos animales. **3.** Individuo que forma parte de una comunidad. **4.** Parte de un todo **5.** MAT Cualquiera de las dos cantidades de una ecuación separadas por el signo de igualdad (=), o de una desigualdad separadas por los signos (>) o (<).

mientras adv. t. y conj. Durante el tiempo en que.

miera n.f. **1.** Aceite espeso, muy amargo del enebro. **2.** Trementina de pino.

miércoles n.m. Cuarto día de la semana. — *Miércoles de ceniza.* Primer día de la cuaresma.

mierda n.f. **1.** Excremento. **2.** Fig. y Fam. Suciedad.

mies n.f. **1.** Cereal maduro. **2.** Tiempo de la siega y cosecha de granos. ▷ pl. Los sembrados.

miga n.f. **1.** Parte interior y blanda del pan. ▷ pl. Pan desmenuzado, humedecido con agua, y frito en aceite o grasa. **2.** Migaja. **3.** Fig. y Fam. Sustancia y virtud interior de las cosas. **4.** Fig. y Fam. *Hacer buenas, o malas, migas dos o más personas.* Avenirse bien en su trato y amistad, o al contrario. • **migaja** n.f. Porción pequeña y menuda de cualquier cosa. • **migar** v.tr. Desmenuzar el pan.

migala n.f. Araña grande de las regiones tropicales.

migmatita n.f. Roca metamórfica de composición análoga a la del granito, pero que conserva la foliación del gneis.

migración n.f. **1.** Desplazamiento de población de una región a otra para establecerse en ésta. **2.** Desplazamiento estacional en grupos que realizan regularmente ciertos animales. **3.** MED Desplazamiento (de un cuerpo extraño, de células) en el organismo. **4.** FIS y MÉTAL Desplazamiento (de partículas) en una sustancia bajo el efecto de un factor exterior (campo eléctrico, calor, etc.). • **migratorio,a** adj. Perteneciente o relativo a la migración.

ENCICL Las migraciones que realizan numerosos animales (peces, mamíferos, aves) están directamente relacionadas con las condiciones climáticas y las reservas alimenticias disponibles. Ocurre que los animales emigran con el único propósito de reproducirse en un medio favorable (algunas ballenas, salmones, anguilas, etc.). Las distancias recorridas son a menudo considerables. Los animales se orientan gracias al sol, a las estrellas, a detalles topográficos, etc. Este comportamiento es instintivo (aparentemente debido a un mecanismo hormonal): en las aves, las crías de numerosas especies salen después de sus padres y emprenden solos su primera migración.

migraña n.f. Jaqueca.

miguelete n.m. **1.** Antiguo fusilero de montaña en Cataluña. **2.** Individuo perteneciente a la milicia foral de la provincia de Guipúzcoa.

mihrāb n.m. Nicho abierto en el muro de una mezquita, orientado hacia La Meca, donde se sienta el imán para dirigir la plegaria.

mijo n.m. Planta de la familia de las gramíneas, que se utiliza para la alimentación humana y como forraje.

mil **I.** adj. **1.** Diez veces ciento. **2.** Milésimo. **II.** n.m. Conjunto de mil unidades, millar.

milagro n.m. **1.** RELIG Acto del poder divino, superior al orden natural y a las fuerzas humanas. **2.** Cualquier suceso o cosa rara, extraordinaria y maravillosa. • **milagroso,a** adj. **1.** Que ocurre por milagro. **2.** Que hace milagros. **3.** Sorprendente.

milano n.m. **I. 1.** Ave rapaz de plumaje rojizo. **2.** Pez marino, teleósteo, del suborden de los acantopterigios, de aletas pectorales muy desarrolladas que le permiten saltar elevándose sobre la superficie del agua. **II. 1.** Apéndice de pelos de algunos frutos. **2.** Flor del cardo.

mildiu n.m. Enfermedad de las plantas (viña, patata, etc.) debida a varios hongos y que se manifiesta con manchas pardas seguidas de un ajamiento general.

milenario,a **I.** adj. Perteneciente al número mil o al millar. **II.** n.m. **1.** Espacio de mil años. **2.** Milésimo aniversario de algún acontecimiento notable. • **milenarismo** n.m. Doctrina o creencia según la cual Jesucristo reinaría en la tierra 1000 años antes del juicio final y de los que pensaban que el fin del mundo acaecería en el año 1000. • **milenio** n.m. Período de mil años.

milenrama n.f. Planta herbácea medicinal con flores blancas o rojizas y fruto seco con una semilla suelta.

mileón n.m. Especie de águila que caza ratas.

milésimo,a **1.** adj. Cada una de las mil partes en que se divide un todo. **2.** adj. num. ord. Que ocupa el último lugar en una serie de mil.

mili- Prefijo que indica la milésima parte de una unidad.

miliamperio n.m. ELECTR Milésima de amperio.

miliárea n.f. Milésima parte de un área, es decir, 10 cm^2.

milibar n.m. Unidad de presión equivalente a una milésima de bar.

milicia n.f. **1.** Arte de hacer la guerra y de disciplinar a los soldados para ella. **2.** Servicio o profesión militar. • **miliciano,a** **1.** adj. Perteneciente a la milicia. **2.** n.m. y f. Individuo de una milicia.

miliequivalente n.m. QUIM Milésima parte del equivalente-gramo de un ión (Símbolo *mEq*). v. valencia-gramo.

miligramo n.m. FIS Milésima parte del gramo.

mililitro n.m. FIS Milésima parte del litro.

milímetro n.m. Unidad de longitud equivalente a una milésima de metro. • **milimetrado,a** adj. Graduado en milímetros. • **milimétrico,a** adj. De una magnitud del orden del milímetro.

1. militar 1. adj. Perteneciente o relativo a las fuerzas armadas o a la guerra. 2. n.m. El que tiene como profesión la carrera de las armas.

2. militar v.int. 1. Servir en la guerra o pertenecer a las fuerzas armadas. 2. Fig. Figurar en un partido o en una colectividad.

militarismo n.m. 1. Predominio del ejército en el gobierno de un estado. 2. Modo de pensar de quien propugna dicho predominio. • **militarista** 1. adj. Perteneciente o relativo al militarismo. 2. n. y adj. Partidario del militarismo.

militarizar v.tr. 1. Infundir el espíritu militar. 2. Someter a la disciplina militar. 3. Dar carácter u organización militar a una colectividad. • **militarización** n.f. Acción y efecto de militarizar.

militermia n.f. FIS Kilocaloría.

milivoltio n.m. ELECTR Milésima de voltio.

miloca n.f. Ave rapaz y nocturna, muy parecida al búho en forma y tamaño.

milocha n.f. Cometa.

milonga n.f. Tonada y baile populares del Río de la Plata.

milord n.m. Tratamiento que se da a los *lores*, o señores de la nobleza inglesa.

milpa n.f. *Amér. Central* y *Méx.* Tierra destinada al cultivo del maíz y a veces de otras semillas.

milpiés n.m. Cochinilla de tierra o de humedad.

miltomate n.m. *Guat.* y *Méx.* Planta herbácea cuyo fruto es parecido al tomate.

milla n.f. 1. Medida náutica equivalente a 1.852 m. 2. Unidad itineraria que equivale aproximadamente a 1.609 m.

millar n.m. Conjunto de mil unidades.

millo n.m. Mijo (planta).

millón n.m. Mil millares. • **millonada** n.f. Cantidad muy grande. • **millonario,a** n. y adj. Muy rico. • **millonésimo,a** n. y adj. Se dice de cada una del millón de partes iguales en que se divide un todo.

mimar v.tr. Tratar a alguien con excesiva condescendencia.

mimbre o **mimbrera** n.m. 1. Nombre corriente de diversos sauces utilizados en cestería. 2. Cada una de las varitas correosas y flexibles que produce la mimbrera. • **mimbrear** v.int. y prnl. Moverse o agitarse con flexibilidad. • **mimbreño,a** adj. De naturaleza de mimbre.

mimeografía n.f. 1. Acción y efecto de mimeografiar. 2. Copia mimeografiada. • **mimeografiar** v.tr. Reproducir en copias por medio del mimeógrafo. • **mimeógrafo** n.m. Multicopista que reproduce textos o figuras grabados en una lámina de papel especial, a través de cuyas incisiones pasa tinta mediante la presión de un cilindro metálico.

mimetismo n.m. Propiedad que poseen algunos animales y plantas de asemejarse, principalmente en el color, a los seres u objetos inanimados entre los cuales viven. • **mimético,a** adj. BIOL Perteneciente o relativo al mimetismo.

ENCICL Existen varios tipos de mimetismo. Los animales que, bien por reacción de defensa, bien para acechar, se confunden con su entorno, tienen un *camuflaje* llamado *homocromía* cuando adoptan un color *(cripsis)* y *homomorfía* cuando adoptan una forma: p. ej. el lenguado adopta el color de la arena; la mantis, la de un vegetal; el pelaje de los armiños se vuelve blanco en invierno. Otras especies aprovechan su aspecto parecido al de animales peligrosos. Algunas moscas y mariposas toman el aspecto de una avispa para ahuyentar a sus depredadores; otras consiguen a la perfección parecerse a una especie particularmente hedionda para alejarla de sus enemigos. La eficacia del mimetismo es función del número de imitadores y de imitados; la proporción de los primeros no debe ser excesiva, ya que ocurre que los depredadores atacan a especies a las que debieran temer debido a que, al encontrar a más imitadores que imitados, se vuelven más atrevidos.

mímica n.f. Arte de imitar, representar o darse a entender por medio de gestos, ademanes, etc.

mimo n.m. 1. En las literaturas griega y latina, género de comedia realista que imita la vida y las costumbres. 2. Actor que las representaba. ▷ P. ext. Hombre que imita la voz y los gestos de otra persona. 3. Cariño, demostración expresiva de ternura. • **mimodrama** n.m. Pantomina. • **mimoso,a** adj. Inclinado a hacer o pedir mimos.

mimosa n.f. Planta de la familia de las mimosáceas, cuyas hojas se contraen al tocarlas. • **mimosáceo,a** n.f. y adj. BOT Se dice de matas, arbustos o árboles angiospermos y dicotiledóneos como la sensitiva y la acacia. ▷ n.f.pl. BOT Familia de estas plantas.

mina n.m. I. 1. Criadero de minerales. 2. Excavación que se hace por pozos, galerías y socavones o a cielo abierto, para extraer un mineral. II. Artefacto explosivo que se fija en tierra o en el mar. III. Barrita de grafito que va en el interior del lápiz.

miná del Himalaya n.m. ZOOL Paseriforme de Asia del SE, parecido a un gran estornino.

minar v.tr. 1. Abrir caminos o galerías por debajo de tierra. 2. Fig. Consumir, destruir poco a poco. 3. MILIT Colocar minas.

minarete. v. alminar.

mineral I. adj. Perteneciente a las sustancias inorgánicas. II. n.m. 1. Sustancia inorgánica que se halla en la superficie o en las diversas capas de la corteza del globo. 2. Origen y principio de las fuentes. • **mineralizar** 1. v.tr. y prnl. MIN Comunicar a una sustancia en el seno de la tierra las condiciones de mineral o mena. 2. v.prnl. Cargarse las aguas de sustancias minerales en su curso subterráneo. • **mineralización** n.f. Acción y efecto de mineralizar o mineralizarse. • **mineralogía** n.f. Parte de la historia natural que trata de los minerales. • **mineralógico,a** adj. De la mineralogía, relativo a ella.

ENCICL La mineralogía es parte de la geología y, al igual que ésta, abarca diversos campos. Se pueden distinguir: la *prospección*, cuyo objeto es la búsqueda de minerales y el estudio del tipo de sus yacimientos, así como de las condiciones de su formación *(mineralización)*; el estudio del mineral en sí *(mineralogía descriptiva* y *cristalografía)*. La mineralogía está estrechamente ligada a varias disciplinas tales como la geoquímica y la petrografía (ciencia de las rocas y no de los minerales que son los componentes de las rocas); utiliza muchas de las técnicas instrumentales químicas (especialmente para determinar la fórmula química de un mineral) y físicas. Así, p. ej., la difracción de los rayos X por el mineral estudiado permite determinar la posición de los átomos que constituyen dicho mineral, o sea *la malla, el motivo* y la *red* cristalina. La microscopia con luz polarizada permite (mediante el examen de *láminas delgadas*) la determinación de la naturaleza exacta del mineral, con gran rapidez y exactitud. Cuando se trata de un mineral *automorfo*, es decir, cuando su cristalización es del todo característica, basta medir con un goniómetro los ángulos que forman entre sí las distintas caras del cristal para proceder a su identificación; en otros casos, la diferenciación se realiza fundándose en diversas propiedades de los minerales (propiedades eléctricas, magnéticas, ópticas, fluorescencia, etc.). Después de establecer el catálogo de los diversos (y muy numerosos) minerales, es preciso clasificarlos. La clasificación *genética*, basada en el modo de formación del mineral, no es muy satisfactoria; en efecto, el mismo mineral puede aparecer en condiciones muy diversas. Se prefiere pues la clasificación *química* mediante la cual se dividen las 2.000 especies minerales en: 1. *Elementos nativos*, es decir puros, como el oro, el platino, el cobre, etc. 2. *Óxidos* e *hidróxidos*, tales como la magnetita (Fe_3O_4), el corindón (Al_2O_3), el rutilo (TiO_2), etc. 3. Sales de varios ácidos, como cloruros, fluoruros, sulfuros, nitratos, boratos, etc. 4. Aparte se clasifican los *silicatos* que constituyen alrededor del 90 % del total de los minerales terrestres (v. silicato). Una vez establecida la clasificación de los minerales, su estructura se puede precisar mediante el estudio de los cristales que los componen (v. cristal). Los cristales se clasifican según sus elementos de simetría (planos, ejes y centro de simetría) obteniéndose así la *malla* o *red* del cristal. Las múltiples formas de los distintos cristales se pueden reducir a sólo siete poliedros o mallas elementales que son: la *cúbica* (seis caras cuadradas), la *cuadrática* (prisma recto de base cuadrada, o sea dos caras cuadradas y dos rectangulares), la *ortorrómbica* (prisma recto de base rectangular o en rombo: seis caras rectangulares o cuatro rectangulares y dos rombos), la *monoclínica* (prisma oblicuo de base rectangular: dos caras rectangulares, cuatro con forma de paralelogramo), la *triclínica* (seis caras con forma de paralelogramo), la *hexagonal* (prisma recto de base hexagonal: dos caras hexagonales, seis caras rectangulares) y la *romboédrica* (seis caras iguales con forma de rombo). Dado que todo cristal está formado por la repetición de la malla elemental, su forma a simple vista puede variar considerablemente, ya que el número de mallas puede ser muy distinto en cada una de las tres direcciones del espacio. Sin embargo, cualquiera que sea la forma del cristal, el ángulo diedro formado por dos de sus caras siempre será igual al de las dos caras homólogas de la malla (ley de constancia de los diedros).
Cuando un mineral puede cristalizar con varias mallas, se le llama *polimorfo*: el diamante, que es carbono puro, cristaliza con una malla cúbica; el grafito, con una hexagonal. En cambio, dos minerales distintos se llaman *isomorfos* cuando cristalizan del mismo modo; al poder mezclarse y cristalizar unidos, tienen propiedades semejantes. En el momento de la cristalización pueden formarse simultáneamente varios cristales elementales; si están entrelazados, constituyen una *macla*.

minería n.f. 1. Arte de laborear las minas. 2. Conjunto de las minas y explotaciones mineras de una nación o comarca. • **minero,a** I. adj. Perteneciente a la minería. II. n.m. El que trabaja en las minas.

minerva n.f. IMP Máquina tipográfica de pequeñas dimensiones.

minestrone n.f. Sopa italiana espesa de verduras y arroz (o pasta).

mingitorio,a 1. adj. Perteneciente o relativo a la micción. 2. n.m. Urinario en forma de columna.

mini- Prefijo que se utiliza con el significado de «pequeño, breve, etc.».

minjar v.tr. PINT Pintar de miniatura.

miniatura n.f. **1.** Arte de ejecutar pinturas de pequeñas dimensiones. **2.** Obra realizada según este arte. **3.** Modelo de un objeto a escala muy pequeña. • **miniaturista** n.m. y f. Pintor de miniaturas. • **miniaturizar** v.tr. TECN Reducir al máximo el volumen de algo. ENCICL Los griegos y los romanos ya ilustraban sus manuscritos, pero los que sobresalieron en este arte fueron los bizantinos (*Evangeliario de Rábula*, biblioteca de Viena). En el s. VIII las miniaturas de los países francos sufrieron la influencia del estilo irlandés de entrelazados (*Evangeliario de Lindisfarne*, h. 700); más tarde, en los ss. IX y X, se retornó a las fuentes «clásicas» bizantinas y romanas. Las grandes escuelas de Reichenau, Saint-Gall, Echternach, Metz, Reims, Tours, etc., son testimonio de la destreza de los monjes de los ss. XI, XII y XIII. En el s. XVI alcanza su esplendor la escuela francoflamenca. En esta misma época, Jean Fouquet realiza el *Libro de las Horas* de Étienne Chevalier (Museo Condé, Chantilly). En España la miniatura mozárabe, continuadora de la visigótica, alcanza su mejor momento en el s. X (*Biblia Hispalense, Beato de Gerona*, etc.). A fines del s. XII se afirma el estilo caligráfico europeo a excepción de la escuela de Compostela. *Las Cantigas de Alfonso X* y el *Misal de Santa Eulalia* figuran entre las obras cumbres hispanas. Tras la aparición de la imprenta, en el s. XVI se aceleró la decadencia de la miniatura.

minicassette n.m. Magnetófono de reducidas dimensiones.

minifundio n.m. Pequeña finca rústica.

mínimo,a **I.** adj. **1.** Sup. de *pequeño*. **2.** Se dice de lo que es tan pequeño en su especie, que no lo hay menor ni igual. — MAT *Mínimo de una función*. Valor de la función inferior a todos los valores vecinos. **II.** n.m. Límite inferior o extremo a que se puede reducir una cosa. • **minimizar** v.tr. Quitarle importancia a una cosa.

mínimos (orden de los), orden religiosa (espiritualmente franciscanos) fundada en Cosenza por san Francisco de Paula en 1452.

minino,a n.m. y f. Fam. Gato (animal).

minio n.m. Óxido de plomo de color rojo, algo anaranjado, que se emplea mucho como pintura.

miniordenador n.m. INFORM Ordenador de pequeñas dimensiones cuya unidad central está miniaturizada.

minios, pueblo prehelénico de Beocia establecido en torno a Orcómenos, donde se dice reinó el legendario rey epónimo, Minias.

ministerio n.m. **1.** Gobierno del Est.; considerado en el conjunto de los varios depart. en que se divide. **2.** Empleo de ministro. **3.** Tiempo que dura su ejercicio. **4.** Cada uno de los depart. en que se divide la gobernación del Est. **5.** Edificio en que se halla la oficina o secretaría de cada depart. ministerial. **6.** Cargo, empleo, oficio u ocupación. • **ministerial** adj. Perteneciente al ministerio.

ministro,a n.m. y f. **1.** El que ejerce un oficio. **2.** Jefe de cada uno de los depart. en que se divide la gobernación del Est. — *Ministro sin cartera*. El que participa de la responsabilidad del Gobierno, pero no tiene ningún departamento a su cargo. — *Primer ministro*. Presidente del Gobierno. **3.** Juez de la administración de justicia. **4.** El que ayuda en misa.

minnesänger (los), poetas líricos cortesanos de la Edad Media alemana (especialmente en el s. XIII); recibieron influencias de los trovadores y troveros provenzales. Los más famosos fueron Walther von der Vogelweide y Wolfram von Eschenbach.

minoico,a n. y adj. Que pertenece al período más antiguo de la historia cretense.

minoría n.f. **1.** Conjunto de votos dados en contra de lo que opina el mayor numero de los votantes. **2.** Parte menor de los individuos que componen una nación, ciudad o cuerpo. **3.** Menor edad legal de una persona. • **minoridad** n.f. Minoría de edad legal de una persona. • **minoritario,a** adj. Perteneciente o relativo a la minoría.

minorista **1.** n.m. y f. Comerciante que vende al por menor. **2.** adj. Se aplica al comercio al por menor.

minucia n.f. Menudencia, cosa de poco valor y entidad. • **minucioso,a** adj. Que se detiene en los menores detalles. • **minuciosidad** n.f. Calidad de minucioso.

minué o **minuete** n.m. **1.** Baile francés que estuvo de moda en el s. XVII. **2.** Composición musical de compás ternario, que se canta y se toca para acompañar este baile. • **minueto** n.m. Composición instrumental que se intercala entre los tiempos de una sonata, cuarteto o sinfonía.

minuendo n.m. ALG y ARIT Cantidad de la que ha de restarse otra.

minúsculo adj. Que es de muy pequeñas dimensiones, o de muy poca entidad.

minusvalía n.f. Detrimento o disminución del valor de alguna cosa.

minusválido,a n. y adj. Se dice de la persona que adolece de invalidez parcial.

minusvalorar v.tr. Subestimar.

minuta n.f. **1.** Extracto o borrador que se hace de un contrato, oficio, exposición, orden, etc. **2.** Cuenta de honorarios. **3.** Lista de los platos de una comida.

minutero n.m. Manecilla del reloj que señala los minutos.

minutisa n.f. Planta herbácea de la familia de las cariofiláceas, con hojas lanceoladas y puntiagudas y flores olorosas, de colores variados.

minuto,a n.m. **1.** Sexagésima parte de un grado de círculo. **2.** Sexagésima parte de una hora.

miñona n.f. IMP Carácter de letra de siete puntos tipográficos.

miñosa n.f. Lombriz de tierra.

mío, mía, míos, mías Pronombre posesivo de primera persona en género masculino y femenino y ambos números singular y plural. Con la terminación del masculino en singular, se usa también como neutro.

mioblasto n.m. ANAT Célula de donde derivan las fibras musculares.

miocardio n.m. ANAT Parte musculosa del corazón de los vertebrados. • **miocardia** n.f. MED Afección del miocardio que determina insuficiencia cardíaca. • **miocarditis** n.f. MED Afección inflamatoria del miocardio.

mioceno n. y adj. GEOL Tercer período de la era terciaria, caracterizado por la tendencia de los mamíferos al gigantismo.

miodinia n.v. PAT Dolor de los músculos.

miofibrilla n.f. ANAT Filamento proteico contráctil contenido en el citoplasma de las fibras musculares.

mioglobina n.f. BIOL Proteína del tejido muscular cuya estructura, similar a la de la hemoglobina, permite el almacenamiento de oxígeno.

miografía n.f. FISIOL Registro gráfico de las contracciones musculares.

miolema n.m. PAT Membrana fina que envuelve cada fibra muscular, sarcolema. • **miología** n.f. Parte de la anatomía descriptiva, que trata de los músculos. • **mioma** n.m. MED Tumor benigno formado a partir de tejido muscular. • **miopatía** n.f. MED Afección del tejido muscular. • **miosis** n.f. PAT Contracción permanente de la pupila del ojo.

miope n. y adj. Corto de vista. Que padece miopía. • **miopía** n.f. Trastorno de la visión en el que la imagen del objeto se forma delante de la retina.

miosota n.f. Raspilla (planta).

mira n.f. **1.** Toda pieza que en ciertos instrumentos sirve para dirigir la vista o tirar visuales. **2.** En las armas de fuego, pieza que se coloca convenientemente para asegurar por su medio la puntería. **3.** Fig. Intención, reparo que observa uno para el arreglo de su conducta, o en la ejecución de alguna cosa. **4** Intención, propósito concreto. **5.** TOPOGR Regla graduada que se coloca verticalmente en los puntos del terreno que se quiere nivelar.

mirabel n.m. **1.** Planta herbácea de la familia de las quenopodiáceas. **2.** Girasol (planta).

mirada n.f. Acción, efecto y modo de mirar. • **miradero** n.m. Lugar desde el que se contempla algo. • **mirado,a** adj. **1.** Se dice de la persona cauta y reflexiva, que obra con miramientos. **2.** Merecedor de buen o mal concepto. • **mirador,a** **I.** adj. Que mira. **II.** n.m. **1.** Lugar acondicionado para contemplar desde él un paisaje u otra cosa. **2.** Balcón cerrado de cristales. • **miramiento** n.m. **1.** Acción de mirar o considerar una cosa. **2.** Respeto.

mirage, nombre dado a los aviones militares de ataque, reconocimiento, etc. construidos por la empresa francesa Marcel Dassault.

miraguano n.m. **1.** BOT Pequeña palmera cuyo fruto es una baya llena de una materia semejante al algodón. **2.** Esta materia, que se emplea para rellenar almohadas, cojines, edredones, etc.

miramamolín n.m. Califa.

miramelindos n.m. Balsamina (planta).

mirar **I.** v.tr. y prnl. Fijar la vista en un objeto, aplicando a la vez la atención. **II.** v.tr. **1.** Tener o llevar uno por fin u objeto alguna cosa en lo que ejecuta. *Sólo mira a su provecho*. **2.** Observar las acciones de uno. **3.** Apreciar, atender, estimar una cosa. **4.** Estar situado, puesto o colocado un edificio o cualquier cosa enfrente de otra. **5.** Concernir, pertenecer, tocar. **6.** Fig. Pensar, juzgar. **7.** Fig. Cuidar, atender, proteger, amparar o defender a una persona o cosa. **8.** Fig. Inquirir, reconocer, buscar una cosa; informarse de ella.

mirbana n.f. QUIM Nitrobenceno utilizado en perfumería.

miria- Prefijo que se utiliza con el significado de diez mil.

miríada n.f. Cantidad muy grande, indefinida.

miriámetro n.m. Diez mil metros.

miriápodo n. y adj. ZOOL Se dice de los animales artrópodos terrestres con dos antenas y numerosos pares de patas; como el ciempiés.

mirífico,a adj. Admirable, maravilloso.

mirilla n.f. **1.** Abertura practicada en la pared, la puerta, etc, para observar quién llama. **2.** Pequeña abertura que tienen algunos instrumentos topográficos.

miriñaque n.m. Prenda interior femenina a veces con aros, que usaban las mujeres para ahuecarse la falda.

mirística n.f. BOT Árbol de la India, de la familia de las miristicáceas, cuya semilla es la nuez moscada.

miristicáceo,a n.f. y adj. BOT Se dice de árboles angiospermos dicotiledóneos, de fruto carnoso; como la mirística. ▷ n.f.pl. BOT Familia de estas plantas.

mirlo n.m. Pájaro de plumaje negro o pardo oscuro que se domestica con facilidad y aprende a repetir sonidos y aun la voz humana.

mirmidones, pueblo de Tesalia, que, según la leyenda, tendría su origen en las hormigas que Zeus transformó en seres humanos. Aquiles habría sido su rey.

mirobálano o **mirobálanos** n.m. **1.** Árbol de la India, de la familia de las combretáceas, cuyos frutos se usan en medicina y en tintorería. **2.** Fruto de este árbol.

mirón,a n. y adj. Que mira demasiado o con curiosidad morbosa.

mirra n.f. Gomorresina en forma de lágrimas, de gusto amargo, aromática y medicinal.

mirsináceo,a n.f. y adj. BOT Dícese de plantas intertropicales angiospermas dicotiledóneas, con fruto en drupa o baya. ▷ n.f.pl. BOT Familia de estas plantas.

mirtáceo,a n.f. y adj. BOT Dícese de árboles y arbustos angiospermos dicotiledóneos, como el arrayán, el clavero y el eucalipto. ▷ n.f.pl. BOT Familia de estos árboles y arbustos.

mirto n.m. Arrayán (arbusto).

mirza n.m. Título honorífico entre los persas.

mis(o)- Prefijo procedente del griego *miséo,* odiar.

misa n.f. Ceremonia ritual del culto católico, oficiada por el sacerdote que ofrece a Dios, en nombre de la Iglesia, el cuerpo y la sangre de Jesucristo bajo las apariencias de pan y vino. • **misacantano** n.m. Sacerdote que dice la primera misa. • **misal** n.m. y adj. Se aplica al libro en que se contiene el orden y modo de celebrar la misa.

misántropo,a n.m. Persona que se aparta del trato de la gente. • **misantropía** n.f. Calidad de misántropo.

miscelánea n.f. **1.** Mezcla de cosas diversas. **2.** Obra o escrito en que se tratan muchas materias inconexas y mezcladas. • **misceláneo,a** adj. Mixto, vario. • **miscible** adj. QUIM Mezclable.

miserable adj. **1.** Desdichado, infeliz. **2.** Abatido. **3.** Avariento. **4.** Perverso, canalla. • **miseria** n.f. **1.** Infortunio. **2.** Pobreza extremada. **3.** Mezquindad. **4.** Fig. y Fam. Cosa escasa. • **mísero,a** adj. Miserable. • **misérrimo,a** Adj. sup. de *mísero.*

miserere n.m. Salmo cincuenta en la traducción latina de la Vulgata, que empieza con esta palabra.

misericordia n.f. Sentimiento de compasión ante las desgracias ajenas. • **misericordioso,a** n. y adj. Se dice del que se apena de las desgracias ajenas.

misil o **mísil** n.m. Nombre que se aplica a las cabezas o cápsulas de los cohetes militares o espaciales. ▷ P.ext., artefacto explosivo con sus propios dispositivos de propulsión y de dirección.

ENCICL Un misil está compuesto por un sistema de propulsión (motor-cohete), un sistema de dirección y una carga útil (p.ej., cabeza nuclear). Según su alcance, se distinguen los misiles estratégicos (alcance superior a 2.000 km), los antimisiles (destinados a la destrucción de misiles enemigos) y los tácticos (alcance generalmente inferior a 40 km). Según su medio de partida y el de su objetivo se dividen en misiles tierra-tierra, tierra-aire, mar-aire, etc. *Los misiles de crucero (Cruise missiles)* son misiles estratégicos con un alcance del orden de 4.000 km que escapan de los radares enemigos volando a muy baja altura; son capaces de reconocer su itinerario comparando el relieve que sobrevuelan, con ayuda de un altímetro, con las informaciones contenidas en la memoria de un ordenador.

misión n.f. **1.** Encargo, cometido. ▷ RELIG Cargo apostólico confiado a los evangelizadores. **2.** Conjunto de personas a quienes se confía tal encargo. • **misional** adj. Relativo a las misiones o a los misioneros. • **misionero,a** n.m. y f. Religioso o religiosa que trabaja en las misiones.

ENCICL El carácter misional del cristianismo pertenece a lo más esencial de la tradición evangélica («id y enseñad a todas las gentes...»), y ha constituido una práctica invariable de todas las confesiones cristianas a lo largo de los siglos. En su sentido moderno, la actividad misional se asocia más específicamente con la expansión colonial de las potencias europeas, desde el s. XV hasta bien entrado el s. XX: los misioneros portugueses, españoles, franceses, ingleses, norteamericanos acompañaron siempre el esfuerzo colonizador de sus países en América, Asia, África y Oceanía, y a ellos cabe atribuir los mayores beneficios culturales y espirituales de la colonización, especialmente en la América española, única «tierra de misión» en la que los fines evangelizadores adquirieron el rango de objetivo principal de la conquista, y único caso también en el que la legislación colonial (leyes de Indias) se redactó en gran medida bajo la influencia de los propios misioneros. Los nombres de los grandes misioneros españoles en América ilustran esta afirmación: Bartolomé de Las Casas, Juan de Zumárraga y Pedro de Gante (México), Francisco Solano (Perú), el padre Anchieta (Brasil), Junípero Serra (California). En el siglo XX, sobre todo en el catolicismo, la práctica misional sufrirá cambios radicales. En primer lugar, el proceso de secularización de la sociedad europea hace que también sean definidos como «tierra de misión» los grandes países europeos de tradición católica; al mismo tiempo, el concilio Vaticano II, al reconocer las particularidades culturales de las antiguas misiones del Tercer Mundo, auspicia una mayor autonomía de las iglesias nacionales, dotándolas de jerarquías propias, y tratando de evitar con la acción misional cualquier residuo neocolonista.

Misiones jesuíticas del Paraguay. — Constituyeron un caso específico, y sin duda el más célebre, en la historia de la evangelización en América. Se iniciaron a comienzos del s. XVII, entre los ríos Paraná y Paraguay, con misioneros españoles y de otros países europeos, y rápidamente absorbieron a gran parte de la población guaraní, reducida en poblados que quedaban al margen de las autoridades coloniales, y en los que el latín y el guaraní eran las dos lenguas utilizadas. Las misiones jesuíticas, con su organización económica de tipo paternalista y comunitario, casi teocrática, promovieron una típica arquitectura y una floración de las artesanías, tanto nativas como importadas, de la música y de la arquitectura. Sufrieron, en cambio, la permanente hostilidad de los colonos, que ambicionaban la mano de obra indígena concentrada en las reducciones, y en los ataques de los *bandeirantes* paulistas, en sus frecuentes expediciones de caza de esclavos. Con la expulsión de los jesuítas (1768), desaparecieron en pocos años. El juicio sobre estas misiones ha sido objeto de debates apasionados; sin embargo, es un hecho cierto que su desaparición significó un breve plazo el exterminio de la mayor parte de la población guaraní.

misivo,a n.f. y adj. Se aplica al papel, billete o carta que se envía a uno.

mismo,a adj. **1.** Indica que una persona o cosa es aquella de que se trata y no otra. **2.** Semejante o igual. • **mismidad** n.f. FILOS Condición de ser uno mismo.

misógino n. y adj. Que odia a las mujeres. • **misoginia** n.f. Aversión las mujeres.

misoneísmo n.m. Aversión a las novedades.

miss n.f. **1.** Señorita. **2.** Título dado a las ganadoras de concursos de belleza. *Miss Mundo.*

mistagogo n.m. ANTIG GR Sacerdote que iniciaba en los misterios sagrados.

mistela n.f. **1.** Bebida que se hace con aguardiente, agua, azúcar y otros ingredientes. **2.** Líquido resultante de la adición de alcohol al mosto de uva.

misterio n.m. **I. 1.** ANTIG Doctrina religiosa que no era revelada más que a los iniciados. ▷ pl. Ceremonias de culto con relación a estas doctrinas. **2.** Dogma revelado del cristianismo, inaccesible a la razón. **3.** Lo que se tiene por secreto e incomprensible. **II.** LITER Drama religioso que se interpretaba en la Edad Media en el atrio de las iglesias. • **misterioso,a** adj. Que implica misterio.

mística n.f. Parte de la teología, que trata de la vida espiritual y contemplativa. • **misticismo** n.m. Doctrina religiosa y filosófica que enseña la posibilidad de un conocimiento de lo Absoluto por vía intuitiva o suprarracional. • **místico,a** adj. **1.** Perteneciente o relativo a la mística. **2.** Remilgado.

ENCICL **Lit.** — Movimiento literario español que alcanzó su máximo desarrollo en la segunda mitad del s. XVI, con la obra de santa Teresa de Jesús (v.) y san Juan de la Cruz (v.). Recibió influencias de autores franceses y flamencos, pero sobre todo en Castilla adquirió un carácter muy particular que lo diferencia de todos sus antecedentes. Su principal mérito fue la ampliación del lenguaje con comparaciones, metáforas y nuevas formas de sintaxis que surgieron de la necesidad de expresar lo que está más allá de la realidad sensorial.

misticetos n.m.pl. ZOOL Suborden de cetáceos.

mistificar v.tr. Engañar a alguien ofreciendo algo de forma seductora pero falaz. • **mistificación** n.f. Engaño o ilusión colectiva.

mistol n.m. *Arg.* y *Par.* Planta de la familia de las ramnáceas con cuyo fruto suele elaborarse arrope y otros alimentos.

mistral n. y adj. Se dice del viento entre poniente y tramontana.

mita, nombre con que se conoce en la América Latina la prestación personal de indígenas en turnos de alquiler forzoso. Fue establecida por los españoles a fines del s. XVI por la falta de mano de obra en tareas duras. Existieron diversos tipos de mitas (agrícolas, de la construcción, etc.) pero las más típicas fueron las de mineros. Debido a su mal funcionamiento, en el s. XVII hubo que hallar otras soluciones para la explotación de las minas.

mitad n.f. **1.** Cada una de las dos partes iguales en que se divide un todo. **2.** Parte que en una cosa equidista de sus extremos.

miticultura o **mitilicultura** n.f. Cultivo de los mejillones.

mitificar v.tr. **1.** Convertir en mito cualquier hecho natural. **2.** Rodear de extraordinaria estima determinadas teorías, personas, sucesos, etc. • **mítico,a** adj. Relativo al mito. • **mitificación** n.f. Acción de mitificar: su resultado.

mitigar v.tr. y prnl. Moderar, suavizar. • **mitigación** n.f. Acción y efecto de mitigar o mitigarse.

mitil(i)-, mitil(o)- Prefijos procedentes del latín *mytilus,* del griego *mytilos,* «concha, mejillón».

mitilotoxina n.f. BIOQUIM Toxina contenida en el hígado de los mejillones envenenados y que puede causar una intoxicación grave (mitilismo).

mitin n.m. Reunión donde se discuten públicamente asuntos políticos o sociales.

mito n.m. Relato que bajo forma alegórica, traduce una generalidad histórica, sociocultural, física o filosófica. ▷ Fantasía, producto de la imaginación. • **mitología** n.f.

Conjunto de mitos propios de una civilización, de un pueblo, de una religión y particularmente de la antigüedad grecolatina. • **mitológico,a** adj. Perteneciente a la mitología. ENCICL Todos los pueblos de la tierra, en algún estadio de su desarrollo, han tenido mitologías, elaboradas o rudimentarias. Una de las fuentes más abundantes de la creación mítica es el conjunto de los fenómenos naturales. Así pues, en la mitología griega, del Caos salen la Tierra y el Deseo, después nacen el Erebo, la Noche, el Mar, y por fin el Cielo estrellado, Urano y Gea, la Tierra, que forman la pareja de donde salen los otros dioses. A Urano sucederá Zeus y a los Uránidas, sus descendientes, los Olímpicos. A pesar de la diversidad existente entre las mitologías de las sociedades arcaicas, se encuentran curiosas analogías entre tal o cual tema. En ciertos casos, se puede explicar las semblanzas a través de los contactos de civilización. El estudio de los mitos apela a la historia comparada, a la lingüística, a la etnología y al psicoanálisis.

mito- Prefijo procedente del griego *mythos*, «fábula».

mitocondria n.f. BIOL Gránulo, presente en el citoplasma de todas las células, que juega un papel esencial en los fenómenos de oxidación y de almacenamiento de energía en forma de ATP.

mitomanía n.f. PSIQUIAT Tendencia patológica a elaborar explicaciones y relatos poco veraces.

mitón n.m. Especie de guante de punto que deja los dedos al descubierto.

mitosis n.f. Conjunto de fenómenos de transformación y división de los cromosomas que se caracteriza por la formación de dos células hijas con el mismo número de cromosomas que la célula madre. • **mitótico,a** adj. BIOL Perteneciente o relativo a la mitosis. ENCICL Precedida por la *interfase*, durante la cual tiene lugar la duplicación de la masa de ADN, la mitosis se inicia con la *profase:* los cromosomas se individualizan y se escinden longitudinalmente en dos cromatinas. Inmediatamente comienza la *metafase* con la formación del huso acromático a partir de los ásteres; después, los cromosomas se agrupan en el plano ecuatorial del huso. La *anafase* se caracteriza por la escisión total de los cromosomas hijos; de esta forma se realiza un reparto de cromosomas en dos grupos rigurosamente idénticos. En la *telofase*, los cromosomas pierden su individualidad, el huso desaparece, y se forma una membrana plasmática que separa las dos células hijas, idénticas a la célula madre desde el punto de vista cromosómico. v. meyosis.

mitote n.m. **1.** Baile antiguo de los indios americanos. **2.** *Amér.* Fiesta casera. **3.** *Amér.* Aspaviento. **4.** Bulla, pendencia, alboroto.

mitra n.f. **I.** Toca con que en las grandes solemnidades se cubren la cabeza las jerarquías eclesiásticas. **II.** Gorro alto y puntiagudo que usaban los persas. • **mitrado,a** adj. Dícese de la persona que puede usar mitra. • **mitral** adj. En forma de mitra. ▷ ANAT *Válvula mitral.* Válvula del corazón entre la aurícula y el ventrículo izquierdos.

mitridatizar v.tr. y prnl. Inmunizar o inmunizarse contra un veneno, habituando el organismo.

mítulo n.m. Mejillón.

miura, toro de lidia español de la ganadería sevillana fundada en 1848 por Eduardo Miura y continuada por sus descendientes.

mixedema n.m. MED Afección debida a la insuficiencia o a la supresión de la secreción tiroidea, caracterizada por un edema blanquecino de la piel y por trastornos sexuales e intelectuales.

mixínido,a n. y adj. Familia de ciclóstomos, parásitos internos de los peces.

mixomatosis n.f. VETER Enfermedad infecciosa de los conejos, caracterizada por tumefacciones en la piel y membranas de estos animales. ENCICL Verdadera plaga contra la que no se dispone de ninguna terapéutica eficaz, la mixomatosis, originaria de América del S, fue introducida en Francia en 1952 por un médico que quería erradicar de sus fincas los conejos que la devastaban. En algunos años, la enfermedad mató, sólo en Francia, el 35 % de los conejos domésticos y el 45 % de los conejos salvajes. No se transmite al hombre.

mixomicetes n.m.pl. Hongos inferiores cercanos al reino animal por las afinidades que presentan con ciertos protozoarios. ENCICL El aparato vegetativo de los mixomicetes está constituido por un plasmodio. Sus desplazamientos se efectúan gracias a la emisión de seudópodos. Estos hongos producen esporas que germinan y dan zoidos, flagelados o ameboides, los cuales se multiplican y reconstituyen un plasmodio. Ciertas especies de mixomicetes son parásitos.

mixtecas, grupo étnico mexicano cuyos orígenes son inciertos. Según algunos autores habrían compartido con los zapotecas la región del Panuco; para otros cronistas, habrían vivido en el est. de Oaxaca. En el s. XV se alían estrechamente a los aztecas. Posteriormente se rebelan contra éstos y soportan sucesivas expediciones punitivas. A la llegada de los españoles los mixtecas adoptan una postura de rechazo radical y mantienen una encarnizada resistencia, hasta que las tropas de Hernán Cortés los someten en 1527. En la actualidad sobreviven unos 200.000 indígenas de este grupo conservando gran parte de sus tradiciones.

mixtilíneo,a adj. GEOM Formado por rectas y curvas.

mixto,a n. y adj. **1.** Compuesto de varios elementos de distinta naturaleza. **2.** Que incluye, que admite personas de los dos sexos. • **mixtura** n.f. Mezcla.

mízcalo n.m. Hongo comestible.

ml Símbolo de mililitro.

mm Símbolo del milímetro.

Mn QUIM Símbolo del manganeso.

mnemotecnia o **mnemotécnica** n.f. Arte de aumentar la capacidad retentiva de la memoria.

-mnesia, -mnésico, -mnesis Elementos procedentes del griego *mnēmē*, «memoria».

Mo QUIM Símbolo del molibdeno.

moaxaja n.f. Composición estrófica perteneciente a la poesía hispanoárabe del s. X.

mobiliario,a **1.** adj. Mueble. Se aplica por lo común a los efectos públicos al portador o transferibles por endoso. **2.** n.m. Conjunto de muebles de una casa.

1. mocasín n.m. **1.** Calzado que usan los indios, hecho de piel sin curtir. **2.** Calzado moderno a imitación del anterior.

2. mocasín n.m. ZOOL Serpiente de la familia de los crotálidos.

mocedad n.f. Época de la vida humana que comprende desde la pubertad hasta la edad adulta. • **mocetón** n.m. y f. Persona joven, alta y corpulenta.

mocejón n.m. ZOOL Molusco lamelibranquio, cuya concha tiene las valvas casi negras y más largas que anchas.

moción n.f. **1.** Acción de moverse o ser movido. **2.** Proposición que se hace en una junta que delibera. — POLIT *Moción de censura.* Desaprobación, votada por la mayoría del Parlamento, de la política general del Gobierno. **3.** En las lenguas semíticas, nombre que se da a las vocales y a los signos que las representan.

moco n.m. **1.** Humor espeso y pegajoso que secretan las membranas mucosas. **2.** *Moco de pavo.* Apéndice carnoso y eréctil que esta ave tiene sobre el pico. **3.** Escoria que sale del hierro encendido cuando se martilla. **4.** Planta herbácea de adorno, de la familia de las amarantáceas, de algo más de un metro de altura. • **mocoso,a** n. y adj. Fig. Se aplica al niño que presume de mozo.

mocheta n.f. **1.** Extremo contundente opuesto a la parte cortante de ciertas herramientas. **2.** ARQUIT Telar del vano de una puerta o ventana.

mochete n.m. Cernícalo (ave).

mochicas, nombre de un antiguo pueblo de Perú, establecido desde el s. V en los valles de Chicama y de Moché, cerca de Lambayeque. Debieron ser numerosos, a juzgar por la gran cantidad de tumbas y templos (pirámides truncadas) hallados; para el cultivo de los campos desarrollaron un complejo sistema de canalizaciones de regadío que aún son utilizados. — *La cultura mochica* (ss. I-IX) es una de las más importantes del período incaico, y un precedente próximo de la cultura chimú (por lo que ha sido también llamada cultura *protochimú*). Sus manifestaciones más brillantes se dieron en la joyería, en la metalurgia (oro, plata, cobre, plomo, mercurio), y sobre todo en la cerámica, que supera el utilitarismo en obras pictóricas y escultóricas de gran belleza, con retratos y escenas eróticas de notable realismo.

mochila n.f. Bolsa, generalmente de lona, que se lleva a la espalda, sujeta a los hombros con correas.

mocho,a **I.** adj. Se dice de todo aquello a lo que le falta la punta o la debida terminación. **II.** n.m. Remate grueso y romo de un instrumento o utensilio largo; como la culata de un arma de fuego.

mochuelo n.m. **1.** Ave rapaz y nocturna de unos 20 cm de longitud, cabeza redonda, pico corto y encorvado, ojos grandes de iris amarillo y cara circular. **2.** Fig. y Fam. Asunto o trabajo difícil o enojoso, del que nadie quiere encargarse.

moda n.f. Uso, modo o costumbre que está en boga durante algún tiempo.

modal **I.** adj. Relativo al modo. **II.** n.m.pl. Acciones externas de cada persona que permiten conocer su buena o mala educación. • **modalidad** n.f. Modo de ser o de manifestarse una cosa.

modelar **I.** v.tr. **1.** Formar de cera, barro u otra materia blanda una figura o adorno. **2.** PINT Presentar con exactitud el relieve de las figuras. **II.** v.prnl. Fig. Ajustarse a un modelo. • **modelado** n.m. Acción y efecto de modelar.

modelo **I.** n.m. **1.** Ejemplar o forma que uno se propone y sigue en la ejecución de una cosa. **2.** Persona o casa digna de ser imitada. **3.** Representación en pequeño de alguna cosa. **II.** n.m. y f. **1.** Persona que exhibe modelos de prendas de vestir, joyas, peinados, etc. **2.** ESCULT y PINT Persona u objeto que copia el artista. **III.** LOG Estructura lógica o matemática que se utiliza para la comprensión de un conjunto de fenómenos. ENCICL El establecimiento de modelos ha permitido en numerosos campos el progreso de los conocimientos de fenómenos o sistemas muy complejos (astrofísica, física nuclear, economía, gestión de empresas, etc.). El modelo constituye una simplificación del sistema estudiado. Permite efectuar simulaciones destinadas a predecir el comportamiento de este sistema en casos determinados.

moderar v.tr. y prnl. Templar una cosa, evitando el exceso. • **moderación** n.f. **1.** Acción y efecto de moderar o moderarse. **2.** Cordura, sensatez. • **moderado,a** adj. **1.** Se aplica a un partido político conservador o que guarda moderación en las reformas.

• **moderador,a** I. n. y adj. Que modera. II. n.m. 1. Persona que preside o dirige un debate, asamblea, mesa redonda, etc. 2. FIS NUCL Sustancia capaz de reducir la velocidad de los neutrones generados en una fisión nuclear con el fin de permitir que a su vez provoquen más fisiones.

moderato adv. MUS Con un movimiento moderado, entre *lento* y *presto*.

modernismo n.m. 1. Cualidad de moderno. 2. Afición a lo moderno. 3. ART Movimiento artístico y literario de Hispanoamérica y España que se desarrolló entre finales del s. XIX y principios del XX.
ENCICL El *modernismo* se conoce fuera de España con diferentes nombres que son otras tantas etiquetas nacionales: Art Nouveau, Style 1900, Jugendstil, Modern Style, Sezessionstil, Arte joven, Niuwe Kunst, Style Liberty. Se sitúa en las perspectivas abiertas por el decorador inglés William Morris, discípulo de Ruskin y sobre todo Mackintosh. Entre sus principales representantes debemos citar: los arquitectos Otto Wagner, Joseph Hoffmann, Paul Hankar, Victor Horta, Henry van de Velde, Hertor Guimard, Antoni Gaudí, Josep Puig i Cadafalch, Lluís Doménech i Montaner; el dibujante Eugène Grasset; los creadores de carteles Alfons Mucha y Jules Chéret; los ebanistas Gaspar Homar y Louis Majorelle; el decorador Eugène Gaillard; el vidriero y ceramista Émile Gallé, los orfebres René Lalique y Lluís Masriera, los escultores Pablo Gargallo y Josep Llimona, los pintores Ramón Casas y Santiago Rusiñol, el dibujante Beardsley. En la literatura castellana, el modernismo fue un poderoso movimiento de renovación cuya figura estelar fue Rubén Darío, en la poesía, mientras que en la prosa alcanzó su máxima virtualidad en la obra de Valle-Inclán.

moderno,a I. adj. Que existe desde hace poco tiempo. II. n.m. 1. Lo que en cualquier tiempo se ha considerado contrapuesto a lo clásico. 2. pl. Los que viven en la actualidad o han vivido hace poco tiempo. • **modernizar** v.tr. Dar forma o aspecto moderno a cosas antiguas.

modestia n.f. Recato que observa uno en su porte y en la estimación que muestra de sí mismo.

módico,a adj. Moderado, escaso, limitado.

modificar I. v.tr. y prnl. Limitar las cosas a un cierto estado o calidad en que se singularicen y distingan unas de otras. II. v.tr. 1. Transformar o cambiar una cosa. 2. FILOS Dar un nuevo modo de existir a la sustancia material. • **modificación** n.f. 1. Acción y efecto de modificar o modificarse. 2. BIOL cualquier cambio que por influencia del medio se produce en los caracteres anatómicos o fisiológicos de un ser vivo y que no se transmite por herencia a los descendientes.

modillón n.m. ARQUIT Soporte real o ficticio de una cornisa.

modismo n.m. Locución o expresión que se introduce como un todo invariable en el lenguaje.

modista n.f. Mujer que tiene por oficio hacer prendas de vestir para señoras y niños.

modo n.m. 1. Forma variable y determinada que puede recibir o no un ser sin que cambie su esencia. 2. Forma o manera particular de hacer una cosa. 3. GRAM Cada una de las distintas maneras generales de manifestarse la significación del verbo. Los modos del verbo castellano son cinco: *infinitivo, indicativo, potencial, imperativo* y *subjuntivo*. 4. MUS Disposición o arreglo de los sonidos que forman una escala musical.

modorra n.f. Sueño muy pesado. VETER Vértigo que sobreviene al ganado lanar por la presencia de los huevos de cierto helminto en el cerebro.

modoso,a adj. Prudente y mesurado.

modulación n.f. 1. Conjunto de las variaciones de un sonido musical, en cadencia y enlazadas sin romper la armonía. 2. MUS Paso de una tonalidad a otra. 3. TELECOM Operación que consiste en hacer variar una de las características (amplitud, intensidad, frecuencia, fase) de una corriente o de una oscilación para transmitir una señal dada. • **modulador** n.m. TELECOM Aparato que sirve para modular las señales destinadas a ser transmitidas por una línea de transmisión.
ENCICL La modulación permite obtener una onda de alta frecuencia, fácil de transportar, a partir de una señal de baja frecuencia y de una onda de alta frecuencia de características dadas. En la emisión, la modulación necesita un oscilador de alta frecuencia que produce la onda portadora, y un modulador que combina las señales de alta y de baja frecuencias. En la recepción, un demodulador permite extraer de la onda recibida la señal sonora transmitida.

módulo n.m. I. 1. ANTROP Medida comparativa de las partes del cuerpo humano en los tipos étnicos de cada raza. 2. ARQUIT Medida que sirve para establecer las relaciones de proporción entre las distintas partes de un edificio. 3. MAT Raíz cuadrada del producto de la multiplicación de un número complejo por su conjugado. 4. HIDRAUL Obra o aparato dispuesto para regular la cantidad de agua que se introduce en una acequia o canal, o que pasa por un caño u orificio. II. *Módulo lunar*. Elemento de una nave espacial.

modulor, serie armónica de módulos (donde interviene el número áureo, 1,618), que Le Corbusier aplicó en arquitectura.

modus vivendi n.m. inv. Locución latina que significa «modo de vivir» y que se aplica a un acuerdo concluido entre dos partes en litigio, así como a una regla de conducta.

mofa n.f. Burla. • **mofar** v.int. y prnl. Hacer mofa.

mofeta n.f. 1. Cualquiera de los gases perniciosos que se desprenden de las minas y otros sitios subterráneos. 2. Mamífero carnicero de unos 50 cm de largo, parecido a la comadreja, que lanza un líquido fétido que secretan dos glándulas situadas cerca del ano.

moflete n.m. Fam. Carrillo abultado.

mogoles, nombre dado al pueblo turco no mongol sobre el que reinaron los descendientes del Kan Tamerlán (Tīmūr Lang, ss. XVI-XVIII); a estos soberanos se les conocía en Occidente bajo el título de *Gran mogol*.

mogote n.m. 1. Montículo aislado, de forma cónica y rematado en punta roma. 2. Cada una de las dos cuernas de los gamos y venados, hasta que tienen como un palmo de largo.

moharra n.f. Punta de la lanza.

mohawk, una de las tribus amerindias del Canadá que constituían antiguamente la confederación iroquesa. Hoy viven en Ontario y en los alrededores de Montréal.

mohicanos, pueblo indio del grupo de los algonquinos. Sus descendientes, muy poco numerosos, viven en el est. de Connecticut (Estados Unidos). Fennimore Cooper los ha retratado novelescamente en *El último mohicano*.

mohín n.m. Mueca o gesto.

mohíno,a adj. Triste, disgustado.

moho n.m. 1. Planta muy pequeña de la familia de los hongos, que se cría formando capas en la superficie de los cuerpos orgánicos, produciendo su descomposición. 2. Capa que se forma en la superficie de un cuerpo metálico por alteración química de su materia.

moi, pueblo de una región del Vietnam.

mojado,a adj. FON Se dice del sonido pronunciado con un contacto relativamente amplio del dorso de la lengua contra el paladar.

mojama n.f. Cecina de atún.

mojar I. v.tr. y prnl. Humedecer una cosa con agua u otro líquido. II. v.prnl. Fig. Introducirse o tener parte en un negocio. • **mojador,a** n. y adj. Que moja. • **mojadura** n.f. Acción y efecto de mojar o mojarse.

mojardón n.m. Seta comestible de la familia de las agaricáceas.

mojarra n.f. 1. Pez teleósteo del suborden de los acantopterigios, de unos 20 cm de largo. 2. *Amér.* Cuchillo ancho y corto.

mojera n.f. Mostellar o mostajo (árbol).

mojí n.m. Mojicón. (2º sent.). • **mojicón** n.m. 1. Especie de bizcocho bañado. 2. Golpe con el puño en la cara.

mojiganga n.f. 1. Fiesta pública que se hacía con varios disfraces. 2. Cierto género dramático menor de carácter cómico.

mojigato,a n. y adj. 1. Se dice de la persona que se escandaliza fácilmente. 2. Hipócrita.

mojón n.m. Señal permanente que se pone para fijar los linderos de fincas, términos y fronteras, o en despoblado para que sirva de guía. • **mojonera** n.f. Serie de mojones que señalan la confrontación de dos términos o jurisdicciones.

mol QUIM Abreviatura y símbolo de la *molécula-gramo*.

mola n.f. PAT Masa carnosa e informe que en algunos casos se produce dentro de la matriz, y ocasiona apariencias de la preñez.

molar adj. I. 1. Perteneciente o relativo a la muela. 2. Apto para moler. II. QUIM Relativo al mol o molécula-gramo. • **molaridad** n.f. QUIM Concentración molar de una solución.

molde n.m. 1. Pieza o conjunto de piezas acopladas cuyo interior ahuecado dará su forma a la materia que en él se vacíe. 2. Cualquier instrumento, que sirve para estampar o para dar forma o cuerpo a una cosa. 3. IMP Conjunto de letras o forma ya dispuesta para imprimir. • **moldear** v.tr. 1. Hacer molduras en una cosa. 2. Sacar el molde de una figura. 3. Formar una materia echándola en un molde, vaciar.

moldura n.f. Adorno saliente de perfil uniforme empleado en arquitectura y carpintería.

1. mole n.f. Cosa o persona de gran bulto o corpulencia.

2. mole n.m. Guiso de carne usado en México.

molécula n.f. FIS En los fluidos, cada una de las partículas que se mueven con independencia de las restantes, y en los sólidos, agrupación de átomos ligados entre sí más fuertemente que con el resto de la masa. — QUIM *Molécula-gramo*. Masa se un cuerpo químico, expresada según el sistema internacional SI.
ENCICL La molécula es la parte más pequeña de un cuerpo que puede existir sin que éste pierda su individualidad. Las moléculas de los cuerpos simples están formadas por uno o varios átomos idénticos: así la molécula de hidrógeno está constituida por dos átomos (H_2): es biatómica. Las dimensiones de las moléculas son extremadamente pequeñas, del orden de la millonésima de mm. Sólo las mayores pueden ser observadas con microscopio electrónico. La composición de una molécula puede ser representada por una fórmula indicadora del número y la naturaleza de los átomos en ella contenidos, y de los enlaces que existen entre ellos (fórmula desarrollada). El peso molecular se obtiene fácilmente sumando los pesos atómicos de los átomos que constituyen la molécula. Por ejemplo, una molécula de agua (fórmula H_2O) contiene dos átomos de hidrógeno

(peso atómico 1) y un átomo de oxígeno (peso atómico 16); su peso molecular es, pues, igual a (2×1)+16=18. Ciertas moléculas gigantes (de la celulosa, del caucho, del almidón, etc.) llamadas *macromoléculas*, poseen varios cientos de millares de átomos. La industria de los plásticos recurre a la síntesis de numerosísimas macromoléculas (poliestireno, polietileno, policloruro de vinilo). v. macromolécula y polimerización.

moler v.tr. **1.** Quebrantar un cuerpo hasta hacerlo polvo. **2.** Fig. Cansar o fatigar mucho materialmente. • **molienda** n.f. **1.** Acción de moler granos y algunas otras cosas. **2.** Temporada que dura la operación de moler la aceituna o la caña de azúcar.

molestar v.tr. y prnl. Causar molestia.

molestia n.f. **1.** Fatiga, perturbación. **2.** Desazón originada de leve daño físico o falta de salud. • **molesto,a** adj. **1.** Que causa molestia. **2.** Fig. Que la siente.

moli n.m. **1.** MIT Planta maravillosa que en la *Odisea* preserva a Ulises de los encantamientos. **2.** BOT Ajo silvestre.

molibdeno n.m. QUIM Metal de color y brillo semejante al plomo. Núm. atómico 42. Símb.: *Mo.* • **molibdato** n.m. QUIM Sal del ácido molíbdico.
ENCICL Las propiedades del molibdeno son similares a las del cromo y del tungsteno o wolframio. Su temperatura de fusión es elevada (2.620 ° C). En caliente posee una gran resistencia mecánica. Se utiliza en forma de ferromolibdeno para la elaboración de aceros especiales (aceros de corte rápido y aceros inoxidables).

molicie n.f. **1.** Blandura de la cosas al tacto. **2.** Fig. Excesiva comodidad.

molificar v.tr. y prnl. Ablandar o suavizar. • **molificación** n.f. Acción y efecto de molificar o molificarse.

molinero,a **I.** adj. Perteneciente al molino o a la molinería. **II.** n.m. El que tiene a su cargo un molino y trabaja en él.

molinismo n.m. Doctrina, que afirma que Dios conoce de antemano el uso que hará cada hombre de la gracia divina y que la concede teniéndolo en cuenta.

molino n.m. **1.** Máquina para moler movida por agua, viento, vapor u otro agente mecánico. **2.** Casa o edificio en que hay molino. • **molinete** n.m. **1.** Ruedecilla con aspas, generalmente de hojalata, que se pone en las vidrieras de una habitación para que girando renueve el aire de ésta. **2.** Juguete infantil. **3.** DANZA Figura de baile. **4.** ESGR Movimiento circular que se hace con la lanza, sable, etc., alrededor de la cabeza, para defenderse de los golpes del enemigo. • **molinillo** n.m. **1.** Instrumento pequeño para moler. **2.** Platillo cilíndrico utilizado para batir el chocolate.

molo n.m. *Chile.* Murallón o terraplén para contener las aguas, malecón.

moloch n.m. ZOOL Lagarto del desierto australiano, de unos 20 cm de largo y cubierto de pinchos.

molothrus n.m. Pájaros americanos, de pico fuerte y que, tienen costumbres parasitarias.

molto adv. MUS Mucho.

moltura n.f. Acción y efecto de molturar • **molturar** v.tr. Moler granos o frutos.

molusco n.m. y adj. ZOOL Dícese de animales metazoos con tegumentos blandos. ▷ n.m.pl. ZOOL Tipo de estos animales.
ENCICL Los moluscos son metazoos celomados provistos de un sistema nervioso central y de simetría bilateral. Su tamaño varía entre 1 mm y 8 m de longitud. Su cuerpo consta de dos partes: la cabeza y el tronco. La cara ventral lleva habitualmente un órgano locomotor: *el pie*; el tegumento forma un amplio repliegue: *el manto*, que secreta la concha. En el espacio situado entre el manto y el cuerpo se halla la cavidad peleal, que contiene las branquias. La boca está provista de una lámina quitinosa dentada: la *rádula*. El corazón, de dos cavidades, es el órgano motor de un aparato circulatorio lagunar. Los moluscos son hermafroditas o de sexos separados; su desarrollo se produce muy frecuentemente en forma helicoidal; la mayor parte de las especies pasa por un estado larvario. Casi todos los moluscos son marinos; muchos se arrastran; algunos son excavadores (navaja), agujeadores (taraza), nadadores (pulpo); hay moluscos de agua dulce (limnea) y terrestres (caracol, babosa). Muchos son comestibles (ostra, mejillón, calamar, caracol, etc.). Aparecieron en el cámbrico y se dividen en siete clases de las cuales las más importantes son los gasterópodos (p.ej., caracoles), los lamelibranquios (p.ej., ostras) y los cefalópodos (p.ej., pulpos).

molla n.f. Parte magra de la carne. • **mollar** adj. Que es blando y fácil de partir o quebrantar.

molle n.m. BOT Árbol de mediano tamaño, de la familia de las anacardiáceas, propio de América Central y Meridional.

molleja n.f. **1.** Apéndice carnoso, de las reses formado generalmente por hinchazón de las glándulas. **2.** ZOOL Estómago muscular de las aves que les sirve para triturar y ablandar por medio de una presión mecánica los alimentos.

mollera n.f. **1.** Fig. Seso. **2.** ZOOL Fontanela situada en la parte más alta de la frente.

mollisol n.m. GEOL Capa superficial del suelo, sometida a las acciones del hielo y del deshielo.

momento n.m. **I. 1.** Pequeña parte de tiempo. **2.** Lapso indeterminado de tiempo. **3.** Circunstancia, ocasión. **II.** MAT *Momento de un vector* $\overrightarrow{AB}$ con respecto a un punto O: vector $\overrightarrow{OM}$ tal que $\overrightarrow{OM} = \overrightarrow{OA} \triangleright \overrightarrow{AB}$, perpendicular al plano OAB en sentido directo, y cuyo módulo es igual al producto de AB por la distancia de 0' a la recta AB. ▷ FIS *Momento de una fuerza con respecto a un punto*. Momento del vector que representa esta fuerza con respecto a ese punto. ▷ *Momento cinético, momento dinámico en un punto*. Momento del vector mV (cantidad de movimiento), del vector Mr (fuerza) con respecto a ese punto. ▷ ELECTR *Momento eléctrico*. Producto de la cantidad de electricidad que contiene cada carga de un doblete eléctrico por la distancia que separa estas cargas. • **momentáneo,a** adj. Que no dura o no tiene permanencia.

momia n.f. Cadáver que se deseca con el transcurso del tiempo sin entrar en putrefacción. • **momificación** n.f. Acción y efecto de momificar o momificarse. • **momificar** v.tr. y prnl. Convertir en momia un cadáver.

momórdiga n.f. Balsamina (planta).

mon(o)- Prefijo procedente del griego *mónos*, «único, solo».

môn, pueblo que constituye la base de la población birmana. • **môn-khmer** adj. LING *Lenguas môn-khmer.* Las habladas desde Birmania hasta el sur de Vietnam.

mona n.f. **I.** Hembra del mono. **II.** Fig. y Fam. Borrachera. **III.** Cierto juego de naipes. • **monada** n.f. **1.** Acción propia de mono. **2.** Gesto o figura afectada. **3.** Cosa pequeña, delicada y primorosa. **4.** Fig. Acción graciosa de los niños.

monacal adj. Perteneciente o relativo a los monjes.
ENCICL La vida monacal tomó forma, en sus estructuras esenciales, entre los ss. III y XIII. Sus fundadores son los padres del desierto, monjes que, desde finales del s. III, habitaron en los desiertos de Egipto, de Palestina y de Siria. La vida monacal occidental se diferencia por el predominio de la regla.

monacordio n.m. Instrumento músico de teclado, parecido a la espineta.

mónada n.f. **1.** Cada uno de los seres indivisibles, pero de naturaleza distinta, que componen el universo, según el sistema de Leibniz (v.). **2.** ZOOL Cualquiera de los protozoos flagelados que viven en las aguas estancadas.

monadelfos adj. pl. BOT Dícese de los estambres de una flor que forman un solo haz.

monaguillo n.m. Niño que desempeña servicios auxiliares en las iglesias católicas.

monaquismo n.m. Profesión de monje.

monarca n.m. Príncipe soberano de un Estado. • **monarquía** n.f. **1.** Forma de organización de un Estado en la cual el poder o la representación de la soberanía popular es detentado por un solo jefe, casi siempre un rey hereditario. — *Monarquía parlamentaria.* Monarquía constitucional en la cual el Gobierno es responsable ante el Parlamento. **2.** Estado presidido por un monarca. • **monárquico,a** n. y adj. Partidario de la monarquía.

monasterio n.m. Casa o convento donde viven en comunidad los monjes. • **monástico,a** adj. Perteneciente al estado de los monjes o al monasterio.

mondadientes n.m. Palillo que sirve para limpiarse los dientes.

mondar v.tr. **1.** Quitar a una cosa lo superfluo o extraño a ella. **2.** Limpiar el cauce de un río, canal o acequia. **3.** Quitar la cáscara a las frutas, la corteza o piel a los tubérculos, o la vaina a las legumbres. • **monda** n.f. **1.** Acción y efecto de mondar. **2.** Cáscara o mondadura de las frutas y de otras cosas. • **mondadura** n.f. **1.** Acción y efecto de mondar. **2.** Despojo, cáscara o desperdicio de las cosas que se mondan. • **mondo,a** adj. Limpio y libre de cosas superfluas, mezcladas, añadidas o adherentes.

mondongo n.m. Intestinos y panza de las reses, y especialmente los del cerdo.

moneda n.f. Pieza de metal, regularmente en figura de disco, que sirve de medida común para el precio de las cosas y para facilitar los cambios. ECON Conjunto de signos representativos del dinero circulante en cada país. —*Papel moneda.* Billetes de banco. — *Moneda corriente.* La legal y usual. • **monedero** n.m. Bolsa o cartera en cuyo interior se lleva dinero en metálico.
ENCICL Intermediario indispensable desde la desaparición del trueque, la moneda es un crédito no definido, convertible en todo momento en bienes económicos. A este respecto, no solamente es un instrumento de intercambio, sino también de ahorro. Se distinguen tres clases de moneda: la moneda *metálica*, que, única en vigor durante largo tiempo, estaba basada fundamentalmente en dos metales preciosos, el oro y la plata; la moneda *fiduciaria* (billetes de banco), cuya creación corresponde a la aceleración y al desarrollo de las transacciones; finalmente, la *moneda escritural*, que es el conjunto de saldos crediticios inscritos en las cuentas corrientes de los bancos. La velocidad de circulación de la moneda y la relación entre la masa monetaria y el producto nacional son los parámetros de la salud económica de un país. Por otra parte, la organización de un sistema monetario internacional que instituya un régimen satisfactorio de paridades entre las diferentes monedas está a la cabeza de las preocupaciones de los gobernantes actuales. Después del abandono del *patrón oro (gold standard)* (convertibilidad ilimitada en oro), y posteriormente del *patrón cambios-oro (gold exchange standard)* (convertibilidad en oro limitada a ciertas monedas: dólar y libra), y después del hundimiento del sistema fijado en Bretton Woods en 1944 para asegurar,

bajo la égida del Fondo Monetario Internacional (FMI), una paridad estable de las monedas, el mundo conoce una flotación general de las monedas, con la consiguiente crisis monetaria.

monegasco,a **1.** n. y adj. Natural de Mónaco. **2.** adj. Perteneciente o relativo a este principado.

monema n.m. LING Unidad mínima de primera articulación obtenida por conmutación.

monergol n.m. TECN Propergol constituido por un solo ergol.

monería n.f. **1.** Acción propia de un mono. **2.** Fig. Gesto, ademán o acción graciosa de los niños.

monetario,a **I.** adj. Perteneciente o relativo a la moneda. **II.** n.m. **1.** Colección ordenada de monedas y medallas. **2.** Mueble donde se guardan monedas y medallas.

mongo n.m. Especie de judía cultivada en Filipinas.

mongoles, nombre genérico dado a las etnias originarias del Asia central. — Pueblos de la estepa, eran unos conquistadores natos Un año de sequía podía empujar a poblaciones enteras a ir a buscar lejos la hierba que alimentase sus ganados. Los hiong-nu (o hiun-yu, hien-yu, «los hediondos») que antiguamente eran identificados con los hunos por error, eran un pueblo que desde el s. IX a. J.C. acosó a los chinos, obligándoles a construir la Gran Muralla. Los emperadores Han consiguieron dividirlos. El relevo lo tomaron los protomongoles sên pei. Hacia el año 150, su imperio se extendía desde Manchuria al Turkestán ruso. Éstos cedieron el puesto a los turcos t'opa *(tabghach)*, que conquistaron la China del Norte, donde fundaron la dinastía de los Wei. Inmediatamente tuvieron que hacer frente a los yuan-yuan (ávaros), derrotados (552) por los turcos t'uliu que se afirmaron a fines del s. VII como dueños del Asia central, y después desaparecieron. Algunos fueron hacia el O donde reaparecieron con el nombre de turkemenos (Turkestán ruso), y sobre todo de turcos, en Turquía, donde fundaron el Imperio selyúcida. En Asia central cedieron el puesto a los uigurs que dominaron la región desde el año 744 al 840, y se difuminaron ante los turcos kirguz, quienes a su vez fueron arrojados por los mongoles k'i-tan. Tras una larga hegemonía turca, Mongolia se convirtió definitivamente en el país de los mongoles. Cuando nació Gengis Kan (1162 o 1167), Mongolia gozaba desde hacía varios años de un clima excepcional (abundante hierba fresca). A pesar de ello, Gengis, proclamado kan universal en 1206, se lanzó a la conquista del mundo. A su muerte, en 1227, el Imperio quedó dividido en cuatro «ulus»: su nieto Batú, hijo de Yŭčí, recibió «las tierras conquistables al Oeste»; sus hijos Yagatāi, Ogoday (kan universal) y Tuli, el Turkestán, la Mongolia occidental y la Mongolia oriental respectivamente. Reunidos en 1235 en Karakorum, decidieron una nueva ofensiva general: Corea es conquistada, China es atacada (resistirá 43 años) y los turcos selyúcidas de Asia Menor reconocen su vasallaje ante los mongoles. El principal asalto se dio hacia el O; Batú se apoderó de los ricos principados de la Rusia del N (Riazán), saqueó Kiev (1240) y Ucrania y sometió a Hungría. Batú destrozó la caballería europea en la primavera de 1241, aproximándose la vanguardia mongola a Viena. Poco después, Batú se enteró de la muerte de Ogoday y volvió al E. En 1259, Hūlāgū, el hijo de Tuli, conquistó Siria y el califato de Bagdad. En 1279, el gran kan Qūbīlāy, descendiente de Ogoday se anexionó China; Birmania lo había sido en 1277. A raíz de la muerte de Mongke, el hijo mayor de Tuli (1259), el Imperio perdió su unidad.
A fines del s. XIV el prestigio mongol aún era importante, y Tamerlán (Tīmūr Lang) se decía descendiente de Gengis Kan. Los principados mongoles aún permanecerían largo tiempo: junto al bajo Volga, la potente Horda de Oro no fue destruida hasta el s. XVI; el último descendiente de Gengis, un príncipe de Kiva, fue depuesto por el ejército rojo en 1920. En el s. XVII, el sometimiento de los mongoles orientales a los ts'ing permitió a los occidentales, los calmucos, reformar el Imperio oirat (Mongolia, Turkestán, Tíbet) enemigo de China. Desde entonces, la historia de los mongoles se confunde con la de los dos grandes imperios que, del s. XVII al XX, se reparten la alta Asia: Rusia y China. • **mongoloide** n. y adj. Se dice de las personas pertenecientes a la raza blanca que recuerdan, por la oblicuidad de los ojos, a los individuos de las razas mongólicas.

mongolismo n.m. MED Enfermedad congénita que se manifiesta en los rasgos faciales mongoloides y conlleva una debilidad mental profunda. • **mongólico,a** n. y adj. Persona que padece mongolismo.

moni n.m. Fam. *Amér.* Moneda, dinero.

moniato n.m. Boniato.

monicaco n.m. Desp. Monigote, persona insignificante.

monigote n.m. **1.** Fig. y Fam. Persona ignorante y sin carácter. **2.** Fig. y Fam. Muñeco o figura ridícula hecha de trapo o cosa semejante.

Monilia n.f. Género de hongos deuteromicetos que incluye el moho que se desarrolla en las frutas y provoca su podredumbre en círculos concéntricos.

monimiáceo,a n.f. y adj. BOT Dícese de plantas leñosas angiospermas dicotiledóneas. como el boldo. ▷ n.f.pl. BOT Familia de estas plantas.

monismo n.m. FILOS Doctrina que considera al mundo como formado por una sola sustancia.

1. monitor n.m. **1.** El que amonesta o avisa. **2.** Persona encargada de enseñar ciertos deportes o técnicas.

2. monitor n.m. Cualquier aparato que revela la presencia de las radiaciones y da una idea más o menos precisa de su intensidad.

monitorio,a adj. Dícese de lo que sirve para avisar o amonestar, y de la persona que lo hace.

monja n.f. Mujer ligada por votos solemnes a una orden religiosa católica. • **monjil** adj. Propio de las monjas, o relativo a ellas. • **monjío** n.m. Estado de monja.

monje n.m. **I. 1.** Solitario o anacoreta. **2.** Individuo de una de las órdenes religiosas católicas que vive en monasterios. **II.** ZOOL Carbonero común (pájaro).

monjita n.f. Avecilla de la Argentina.

mono,a **I.** n.m. y f. **1.** ZOOL Nombre genérico con que se designa a cualquiera de los animales del suborden de los simios. **2.** n.m. Fig. Persona que hace gestos o figuras parecidas a las del mono. **3.** Fig. Monigote. **4.** Fig. Traje de faena de tela fuerte y color sufrido que consta de cuerpo y pantalones en una pieza. **II.** adj. Fig. y Fam. Bonito, atractivo.

monoácido adj. QUIM Que posee una sola función ácida.

monoaminooxidasa n.f. Enzima degradante de las catecolaminas, que desempeña un papel muy importante en la transmisión nerviosa.

monoatómico,a adj. QUIM Dícese de los cuerpos simples cuya molécula no contiene más que un átomo.

monoblasto n.m. BIOL Célula matriz de los monocitos.

monobloc adj. inv. y n.m. TECN Constituido por un solo bloque, o una sola pieza.

monocameralismo n.m. DER Sistema político unicameral.

monocárpico,a adj. BOT Que florece o fructifica una sola vez y después muere.

monocasco adj. AUTOM Dícese de las carrocerías cuyos elementos forman un solo bloque que permite la supresión del chasis.

monocelular adj. BIOL Que está constituido por una sola célula, unicelular.

monocíclico,a adj. BIOL Que sólo tiene un ciclo sexual anual.

monocigótico,a adj. BIOL Se dice de los gamelos nacidos de un mismo óvulo.

monocilíndrico,a adj. TECN Dícese de un motor de explosión de un solo cilindro.

monocito n.m. BIOL Cierto tipo de leucocito.

monoclamídeo,a n.f. y adj. BOT Se dice de las plantas angiospermas dicotiledóneas cuyas flores tienen cáliz pero carecen de corola.

monoclínico,a adj. MINER Se dice del mineral que cristaliza en forma de prisma oblicuo con dos facetas rectangulares y cuatro facetas en paralelogramo.

monocorde adj. **1.** Se dice del instrumento musical que tiene una sola cuerda. **2.** P.ext., se dice del grito, canto y otra sucesión de sonidos que repiten una misma nota.

monocordio n.m. Instrumento antiguo de caja armónica, como la guitarra, y una sola cuerda.

monocotiledóneo,a n.f. y adj. **1.** BOT Se dice del vegetal o planta cuyo embrión posee un solo cotiledón. **2.** n.f.pl. BOT Familia de estas plantas.

monocristal n.m. QUIM Muestra metálica formada por un solo cristal.

monocromático,a adj. **1.** De un solo color, monocromo. **2.** FIS Se aplica al cristal que únicamente deja pasar luz de un solo color. • **monocromador** n.m. FIS Aparato óptico (prisma o red) que permite aislar una radiación monocromática.

monocromo,a adj. De un solo color.

monóculo,a n.m. **1.** Lente para un solo ojo. **2.** CIR Vendaje que se aplica a uno solo de los dos ojos. • **monocular** adj. MED Relativo o perteneciente a un solo ojo.

monocultivo n.m. Cultivo único o predominante de una especie de vegetal en una región.

monodia n.f. MUS Canto ejecutado por una sola voz, con o sin acompañamiento.

monofásico,a adj. ELECTR Que sólo presenta una fase.

monofilo,a adj. BOT Se dice de los órganos de las plantas que constan de una sola hojuela.

monofisita n. y adj. Se dice del que niega la doble naturaleza de Jesucristo según la doctrina del monofisismo.
ENCICL El verdadero promotor de la herejía monofisita fue el archimandrita (abad) de un monasterio de Constantinopla, Eutiques (m. h. 454), cuyas tesis fueron condenadas en el Concilio de Calcedonia el año 451. Los monofisitas constituyen hoy tres iglesias independientes: *Iglesia jacobita* de Siria, *Iglesia armenia* e *Iglesia copta* (dos ramas, una en Egipto, otra en Etiopía).

monofonía n.f. Procedimiento de reproducción de los sonidos en el que la transmisión de señal acústica se hace por un solo canal.

monógamo,a **I.** n. y adj. Casado con una sola mujer. **II.** adj. ZOOL Dícese de los animales en que el macho sólo se aparea con una hembra. • **monogamia** n.f. **1.** Calidad de monógamo. **2.** Régimen familiar que veda la pluralidad de esposas.

monogenismo n.m. Doctrina que sostiene que todas las razas humanas descienden de un solo origen común.

monografía n.f. Tratado sobre un aspecto restringido de una ciencia o cualquier otra materia.

monograma n.m. Abreviatura realizada enlazando en un dibujo las iniciales del nombre de una persona o entidad.

monoico,a adj. BOT Se aplica a las plantas que tienen separadas las flores de cada sexo, pero en un mismo pie.

monolingüe n. y adj. Que se expresa en un solo idioma.

monolito n.m. Monumento de piedra de una sola pieza.

monólogo n.m. Acción de hablar una persona consigo misma, o ella sola cuando está con otras. ▷ LITER Técnica que consiste en reproducir en primera persona el pensamiento de los personajes.

monomanía n.f. PSICOL Alteración parcial de la razón, caracterizada por la divagación sobre un solo tema obsesivo. • **monomaníaco,a** n. y adj. Que padece monomanía.

monómero n.m. y adj. QUIM Constituido por moléculas simples susceptibles de reaccionar unas sobre otras y formar uno o varios polímeros.

monometalismo n.m. Sistema monetario en que rige un patrón único.

monomiario adj. ZOOL Se dice de los moluscos lamilebranquios que tienen un solo músculo aductor para cerrar la concha.

monomio n.m. MAT Expresión algebraica que consta de un solo término.

mononuclear adj. BIOL Se dice de los glóbulos blancos que sólo poseen un núcleo.

mononucleosis n.f. MED Aumento del número de leucocitos mononucleares en la sangre.

monoplano n.m. Avión que sólo tiene un plano de sustentación.

monoplejía n.f. MED Parálisis localizada en un solo miembro o en un solo grupo muscular.

monopolio n.m. **1.** Aprovechamiento exclusivo de alguna industria o comercio. **2.** Convenio entre comerciantes para vender los géneros a un determinado precio. • **monopolizar** v.tr. Beneficiarse uno de algo en exclusiva o atribuírselo.

monóptero,a adj. ARQUIT Se aplica al templo, u otro edificio redondo, que tiene, en vez de muros, un círculo de columnas que sustentan el techo.

monoptongo n.m. Vocal que resulta de una monoptongación. • **monoptongación** n.f. Acción y efecto de fundir.

monorquidia n.f. MED Existencia de un solo testículo en el escroto.

monorraíl n.m. Ferrocarril de un solo raíl.

monorrimo,a adj. De una sola rimá.

monorrítmico,a adj. De un solo ritmo.

monosabio n.m. Mozo que ayuda al picador en la plaza de toros.

monosílabo,a n.m. y adj. GRAM Aplícase a la palabra de una sola sílaba. • **monosilábico,a** adj. Dícese del idioma cuyas palabras constan generalmente de una sola sílaba. • **monosilabismo** n.m. **1.** Conjunto de los caracteres propios de las lenguas monosilábicas. **2.** Calidad o condición de monosilábico.

monospermo,a adj. BOT Aplícase al fruto que sólo contiene una semilla.

monostrófico,a adj. Dícese del poema de una sola estrofa.

monosustituido,a adj. QUIM Dícese del derivado obtenido sustituyendo en una molécula un átomo por otro o por un radical.

monoteísmo n.m. Doctrina teológica de los que reconocen un solo Dios.

monotipia n.f. **1.** IMP Máquina de componer que funde los caracteres uno en uno a medida que son necesarios. **2.** Arte de componer con esta máquina.

monotonía n.m. Uniformidad, igualdad en el tono o en cualquier otra acción o realidad. Fig. Que carece de variedad. **2.** MAT *Función monótona en un intervalo.* La que crece o decrece en este intervalo.

monotrema n. y adj. ZOOL Dícese de los mamíferos que ponen huevos y alimentan a sus crías con la leche que se derrama de las mamas carentes de pezón. ▷ n.m. ZOOL Orden de estos animales.

monovalente, adj. QUIM Que tiene valencia 1.

monoxeno,a adj. ZOOL Se dice del parásito cuyo desarrollo completo se lleva a cabo en un solo huésped.

monóxido n.m. QUIM Óxido que contiene un solo átomo de oxígeno.

monóxilo n.m. Barco hecho de un solo tronco o leño.

monseñor n.m. Título de honor que concede el Papa a determinados eclesiásticos.

monserga n.f. Fam. Exposición o petición pesada y tonta. (Se usa en plural.)

monstruo n.m. **1.** Ser de características físicas extraordinarias. **2.** Persona muy cruel y perversa. • **monstruosidad** n.f. **1.** Cualidad de monstruoso. **2.** Hecho monstruoso. • **monstruoso,a** adj. Que es contrario al orden natural por sus cualidades físicas o morales.

monta n.f. **1.** Acción y efecto de montar. **2.** Suma de varias partidas.

montacargas n.m. Ascensor destinado para elevar mercancías o cosas.

montado,a adj. Aplícase al que sirve en un empleo de caballería.

montador n.m. **1.** El que monta. **2.** Operario especializado en el montaje de máquinas y aparatos. **3.** AUDIOV Persona encargada del montaje de una película.

montagnais, amerindios del Canadá que hablan una lengua algonquina y viven en la provincia de Quebec, entre el bajo San Lorenzo y el Labrador. Se conocen, asimismo, con este nombre (o el de chippewyans) a las tribus canadienses asentadas entre el río Churchill y el gran lago del Esclavo.

montaje n.m. **1.** Acción y efecto de montar un aparato o una máquina. **2.** Operación por la cual se van seleccionando y empalmando los distintos planos de una película o las partes de una grabación. ▷ ELECTR Conjunto de componentes siguiendo un esquema determinado.

montante **I.** n.m. **1.** Todo elemento vertical que sirve como refuerzo de una estructura. **2.** Pie derecho de una máquina o armazón. **3.** ARQUIT Jamba que divide el vano de una ventana. **II.** n.f. MAR Flujo o pleamar.

montaña n.f. **1.** Gran elevación natural de terreno. **2.** Territorio cubierto y erizado de montes. — *Montaña rusa.* Vía férrea estrecha y en declive, con altibajos y revueltas, para deslizarse por ella en carritos como diversión. • **montañero,a** **1.** adj. Perteneciente o relativo a la montaña. **2.** n.m. y f. Persona que practica el montañismo. • **montañés,a** n. y adj. Se dice de la persona que habita en la montaña, en un país montañoso, o que procede de él. • **montañismo** n.m. Deporte de montaña. • **montañoso,a** adj. **1.** Perteneciente o relativo a las montañas. **2.** Abundante en ellas.

montar **I.** v.int. y prnl. Subir encima de una cosa, animal o vehículo. **II.** v.tr. e int. Ir a caballo, cabalgar. **III.** Fig. Ser una cosa de importancia, consideración o entidad. **IV.** v.tr. **1.** Armar, o poner en su lugar, las piezas de cualquier aparato o máquina. **2.** Cubrir el macho a la hembra. **3.** Tratándose de piedras preciosas, engastar. **4.** Hablando de armas de fuego portátiles, amartillarlas o ponerlas en condiciones de disparar. **5.** MAR Aplicado a un buque, mandarlo.

montaraz adj. Que anda o está hecho a andar por los montes.

monte n.m. **I. 1.** Gran elevación natural de terreno. **2.** Tierra inculta cubierta de árboles, arbustos o matas. **II. 1.** En ciertos juegos, cartas o fichas que quedan para robar después de haber repartido a cada uno de los jugadores las que le tocan. **2.** Cierto juego de baraja. **III.** *Monte alto.* El poblado de árboles grandes; como pinos, encinas, etc. — Estos mismos árboles. — *Monte bajo.* El poblado de arbustos, matas o hierbas. — Estas matas o hierbas. — *Monte de Venus.* Pubis de la mujer. — Pequeña eminencia en la palma de la mano en la raíz de cada uno de los dedos.

montepío n.m. **1.** Depósito de dinero, formado por un grupo profesional para el socorro de sus miembros y de los familiares de éstos. **2.** Establecimiento fundado para los mismos fines. **3.** Pensión que se recibe de un montepío.

montera n.f. Gorro que usan los toreros. • **montereria** n.f. Lugar donde se fabrican o venden monteras.

montería n.f. Caza mayor.

montero,a n.m. y f. Persona que busca y persigue la caza en el monte.

montés adj. Que está o se cría en el monte.

montesco n.m. Individuo de una familia de Verona, célebre en la tradición por su enconada rivalidad con la de los Capuletos.

montevideano,a **1.** n.m. y f. Natural de Montevideo. **2.** adj. Perteneciente o relativo a esta capital.

montículo n.m. Pequeña elevación de terreno, natural o artificial.

monto n.m. Suma de varias partidas, monta.

montón n.m. **1.** Conjunto de cosas puestas sin orden unas encima de otras. **2.** Fig. y Fam. Número considerable de cosas. • **montonera** n.f. *Amér. Merid.* Partida de rebeldes. • **montonero** n.m. *Amér.* Guerrillero.

montuoso,a adj. Relativo a los montes.

montura n.f. **1.** Cabalgadura. **2.** Conjunto de los arreos de una caballería. **3.** Armadura o soporte sobre el que va montado un objeto.

monumental adj. **1.** Perteneciente o relativo a un monumento. **2.** Fig. y Fam. Muy excelente o señalado.

monumento n.m. **1.** Obra arquitectónica o escultórica erigida para conmemorar algo. **2.** Objeto o documento de utilidad para la historia, o para la averiguación de cualquier hecho.

monzón n. m. Viento periódico propio de ciertos mares, particularmente océano Índico.

ENCICL Asia está sometida a un régimen de monzones. Durante el verano, de abril a septiembre, el monzón sopla en dirección SO-NE, del océano Índico hacia el continente, descargando lluvias muy abundantes sobre las regiones occidentales de la India e Indochina (monzón húmedo). Durante el invierno, de octubre a marzo, el monzón sopla en dirección contraria de Siberia hacia el océano (monzón seco). Los ríos del Asia monzónica experimentan enormes crecidas durante el verano y forman inmensos deltas que constituyen las regiones más fértiles y más pobladas de Asia.

1. moña n.f. **1.** Lazo con que se adorna la cabeza. **2.** Adorno que suele colocarse en lo alto de la divisa de los toros.

2. moña n.f. Fig. y Fam. Borrachera.

moño n.m. **1.** Cabello arrollado y sujeto encima, detrás o a los lados de la cabeza. **2.** Lazo de cintas. **3.** Grupo de plumas que sobresale en la cabeza de algunas aves. • **moñudo,a** adj. Que tiene moño.

moquear v.int. Echar mocos. • **moqueo** n.m. Secreción nasal abundante.

moqueta n.f. Tejido fuerte del cual se hacen alfombras y tapices.

moquillo **I.** n.m. **1.** Enfermedad catarral de algunos animales. **2.** Pepita de las gallinas. **II.** *Ecuad.* Nudo corredizo con que se sujeta el labio superior del caballo para domarlo.

moquitear v.int. Moquear, especialmente llorando.

1. mora n.f. FOR Dilación o tardanza en cumplir una obligación.

2. mora n.f. **1.** Fruto del moral, la morera y la zarzamora. **2.** *Hond.* Frambuesa.

morabito, morabuto o **marabuto** n.m. **1.** Místico musulmán. **2.** P.ext., pequeña capilla levantada sobre la tumba de un morabito.

moráceo,a n.f. y adj. BOT Dícese de árboles y arbustos angiospermos dicotiledóneos, como el moral o la higuera. ▷ n.f.pl. BOT Familia de estas plantas.

morada n.f. **1.** Casa o habitación. **2.** Estancia o residencia algo continuada en un lugar. • **morador,a** n. y adj. Que habita en un lugar.

morado,a n. y adj. De color entre carmín y azul.

1. moral **I.** adj. **1.** Perteneciente o relativo a la moral. **2.** Que no concierne al orden jurídico, sino al fuero interno o al respeto humano. — DER *Persona moral.* Ser colectivo o impersonal a quien la ley reconoce parte de los derechos civiles ejercidos por los ciudadanos. **II.** n.f. **1.** Ciencia que trata del bien en general y de las acciones humanas en orden a su bondad o malicia. **2.** Conjunto de facultades del espíritu por contraposición a físico. **3.** Estado de ánimo individual o colectivo.

2. moral n.m. BOT Árbol de la familia de las moráceas, cuyo fruto es la mora.

moraleja n.f. Lección o enseñanza provechosa que se deduce de un cuento.

moralidad n.f. **1.** Cualidad de moral. **2.** Moraleja de un cuento, etc. • **moralista** n.m. y f. **1.** Persona que se ocupa de la moral. • **moralizar** **1.** v.tr. y prnl. Reformar las malas costumbres. **2.** v.int. Hacer reflexiones morales.

morapio n.m. Vino, especialmente el tinto.

morar v.int. Habitar o residir en un lugar.

moratoria n.f. Plazo que se otorga para solventar una deuda vencida.

morbo n.m. Enfermedad. • **morbidez** n.f. Calidad de mórbido. • **mórbido,a** adj. **1.** Que padece enfermedad o la ocasiona. **2.** Blando, delicado. • **morbilidad** n.f. Proporción de personas que enferman en un sitio y tiempo determinados. • **morbosidad** n.f. **1.** Calidad de morboso. **2.** Conjunto de casos patológicos que caracterizan el estado sanitario de un país. • **morboso,a** adj. **1.** Que causa o padece enfermedad. **2.** Patológico.

morcilla n.f. **I.** Embutido hecho con sangre de cerdo cocida y otros ingredientes. **II.** Fig. y Fam. Añadidura de palabras de su invención que hacen los actores al desempeñar su papel.

morcillo n.m. **1.** Parte carnosa del brazo. **2.** Parte alta, carnosa, de las patas de los bovinos.

morcón n.m. **1.** Tripa gruesa de algunos animales para hacer embutido. **2.** Embutido hecho del intestino ciego de las tripas de un animal.

mordacidad n.f. Calidad de mordaz.

mordaz adj. **1.** Que corroe. **2.** Fig. Que murmura, ironiza o critica con acritud o malignidad.

mordaza n.f. **1.** Instrumento que se pone en la boca para impedir hablar. **2.** MAR Máquina que detiene e impide la salida de la cadena del ancla. **3.** TECNOL Piezas enjamelgadas que se juntan para fijar un objeto. **4.** VETER Instrumento utilizado para evitar derrames en la castración.

mordente n.m. **I.** Sustancia que se emplea para fijar los colores. **II.** MUS Adorno del canto.

morder v.tr. **1.** Asir y apretar con los dientes una cosa clavándolos en ella. **2.** Asir una cosa a otra, haciendo presa en ella. **3.** Gastar una cosa poco a poco. **4.** Corroer el agua fuerte la plancha que se somete a su acción. **5.** Fig. Murmurar o satirizar, hiriendo y ofendiendo en la fama o crédito. • **mordedura** n.f. **1.** Acción de morder. **2.** Daño ocasionado con ella.

mordiente n.m. Mordente.

mordisco n.m. **1.** Acción y efecto de morder. **2.** Pedazo que se saca de una cosa mordiéndola.

mordisquear v.tr. Morder repetidamente y con poca fuerza.

moreda n.f. **1.** Moral (árbol). **2.** Sitio poblado de moreras.

1. morena n.f. ZOOL Pez teleósteo marino, del suborden de los fisóstomos, parecido a la anguila y de carne comestible.

2. morena n.f. **1.** Montón de mieses que los segadores, después de segarlas, hacen en las tierras. **2.** Montón formado por acumulación de piedras y barro transportados por un glaciar.

morenez n.f. Calidad de moreno.

moreno,a **I.** adj. **1.** Aplícase al color oscuro que tira a negro. **2.** Hablando del color de la piel en la raza blanca, el menos claro. **II.** n. y adj. Fig. y Fam. Negro, persona de esta raza.

morenura n.f. Morenez.

morera n.f. BOT Árbol de la familia de las moráceas, cuya hoja se aprovecha para alimentar al gusano de seda.

morería n.f. **Barrios donde, a partir del s. XV, vivieron los mudéjares y los moriscos.**
ENCICL **Hist.** — Tras la victoria cristiana, los musulmanes fueron autorizados a conservar sus propiedades y su religión. Éstos se organizaron entonces en sus propios barrios, de los que era difícil salir, incluso convirtiéndose al cristianismo. Su rápido crecimiento demográfico preocupaba a las autoridades, y fueron un elemento importante en la decisión de expulsión (v. moriscos, expulsión de los).

moretón n.m. Fam. Moradura de la piel.

morf(o)-, -morfo, -mórfico, -morfismo Partículas procedentes del griego *morphé*, «forma».

morfema n.m. LING Unidad gramatical que se combina con los lexemas siguiendo las reglas de la morfología.

morfina n.f. Alcaloide sólido que se extrae del opio. Sus sales se emplean como anestésico. • **morfinomanía** n.f. Toxicomanía de los morfinómanos. • **morfinómano,a** n. y adj. Que se intoxica con morfina.

morfismo n.m. MAT Aplicación de un conjunto E en un conjunto F, verificándose en E y F una ley de composición interna.

morfogénesis n.f. BIOL Conjunto de procesos que determinan la estructura de los tejidos y órganos de un ser vivo en el curso de su crecimiento. • **morfogénico** adj. Relativo a la morfogénesis.

morfología n.f. **1.** Estudio de las formas exteriores de los seres vivos y de sus órganos. **2.** Forma, conformación. **3.** LING Estudio de la estructura de las palabras y de las variaciones de sus formas.

morfopsicología n.f. Estudio de la correspondencia entre la psicología de los individuos y su aspecto físico.

morganático adj. Dícese del matrimonio celebrado entre un príncipe y una mujer de condición inferior.

moribundo,a n. y adj. Que se está muriendo.

moriche n.m. **I.** Árbol de América intertropical, de la familia de las palmas. **II.** Pájaro americano muy estimado por su canto.

morigerar v.tr. y prnl. Moderar.

morillo n.m. Caballete de hierro que se pone en el hogar para sustentar la leña.

moringa n.f. BOT Ben (árbol). • **moringáceo,a** n.f. y adj. BOT Dícese de plantas leñosas angiospermas dicotiledóneas, como el ben. ▷ n.f.pl. BOT Familia de estas plantas.

morir v.int. y prnl. **1.** Acabar la vida. **2.** Fig. Acabar del todo cualquier cosa su actividad o movimiento. **3.** Fig. Estar dominado por un deseo, pasión o necesidad. **4.** Fig. Entorpecerse o quedarse insensible un miembro del cuerpo.

morisco,a n. y adj. Dícese de los musulmanes que, finalizada la reconquista, permanecieron en la península ibérica.
ENCICL En Aragón, en Valencia y en Andalucía, la derrota de los reinos musulmanes no significó la expulsión de las poblaciones musulmanas, convertidas, más o menos artificialmente, al cristianismo. La política de los Reyes Católicos tras la conquista del reino de Granada fue inicialmente muy tolerante con la cultura y las instituciones de la población, pero el cardenal Cisneros hizo quemar los libros islámicos, introdujo la Inquisición, y promovió las conversiones en masa y forzosas. Estas acciones dieron lugar a los primeros levantamientos moriscos en el Albaicín y en las Alpujarras (1499-1502). La rebelión prendió con mayor intensidad, en los mismos lugares, de 1568 a 1571, bajo el liderazgo de Aben Humeya, siendo dominada por Juan de Austria. La definitiva expulsión de los moriscos fue considerada con frecuencia por Felipe II, que tenía razones para sospechar de una posible alianza entre moriscos españoles y el imperio otomano, su principal rival en el Mediterráneo; pero la gran importancia económica del artesanado y la agricultura moriscas, de los que se beneficiaron principalmente la nobleza de Aragón y de Valencia, impidió que dicha expulsión se decretara en firme hasta 1609 y 1614, ya bajo Felipe III. Se calcula que debieron abandonar España cerca de medio millón de personas, depauperando considerablemente regiones enteras, que tardarían varias generaciones en recuperar sus antiguos niveles de actividad económica. Los moriscos expulsados se asentaron, con no pocas dificultades, en Marruecos y N de África, donde frecuentemente fueron considerados extranjeros («andaluces») y hostigados.

morisma n.f. **1.** Desp. Islam. **2.** Multitud de moros.

morlaco n.m. y adj. Se dice del toro grande.

mormón,a n.m. y f. Miembro de un movimiento religioso norteamericano. • **mormonismo** n.m. Religión, doctrina de los mormones.

ENCICL En 1820, un joven, Joseph Smith, declaró haber tenido, por intermedio de un mensajero indio, la revelación de un libro sagrado de origen hebraico, *El libro de Mormón*, que publicó en 1830. Inspirándose en esta obra, así como en la Biblia, la secta se organizó bajo la presidencia de Smith, asistido por un «consejo de doce apóstoles». Instalados en Missouri y más tarde en Illinois, los mormones fueron expulsados por las poblaciones locales. Después del linchamiento de Joseph Smith (1844), se establecieron, bajo la dirección de Brigham Young, en el valle del Gran Lago Salado cuya colonización comenzaron (fundación de Salt Lake City) en condiciones muy difíciles. Practicando la poligamia (oficialmente abolida en 1890), creían en la identidad de la naturaleza humana y de la naturaleza divina y en el próximo advenimiento de Dios. Actualmente la «Iglesia de Jesucristo de los santos de los últimos días» cuenta con 3.600.000 adeptos.

moro,a n. y adj. Perteneciente o relativo al África del N. ▷ Perteneciente o relativo a la población musulmana del al-Andalus.

morocho,a adj. Fig. y Fam. *Amér.* Tratándose de personas, robusto, fresco, bien conservado.

morosidad n.f. Lentitud, dilación. • **moroso,a** adj. Que incurre en morosidad.

morral n.m. **1.** Saco para el pienso que se cuelga de la cabeza de las caballerías. **2.** Saco que se usa para echar la caza, llevar provisiones o transportar alguna ropa.

morralla n.f. **1.** Pescado menudo. **2.** Fig. Conjunto de gentes o cosas despreciables.

morrena n.f. Depósito de materiales de naturaleza heterogénea arrancados y transportados por un glaciar.
ENCICL Se distinguen varios tipos de morrenas: *las morrenas laterales* y *de fondo* bordean un glaciar; las *medias* resultan de la reunión de las laterales en la confluencia de dos glaciares; la *frontal* se encuentra en la extremidad inferior del glaciar. Constituidas por materiales muy diversos (sobre todo bloques de arcilla), las morrenas, impermeables, provocan la formación de un *lago de obstrucción* cuando el glaciar se retrae.

morrillo n.m. Testuz de las reses.

morriña n.f. **I.** Hidropesía de las ovejas y otros animales. **II.** Tristeza, melancolía, especialmente la nostalgia de la tierra natal.

morrión n.m. **1.** Armadura de la parte superior de la cabeza. **2.** Antiguo gorro militar.

morro n.m. **1.** Hocico de los animales. **2.** Saliente de cualquier cosa que por su forma se parezca a un hocico.

morrocotudo,a adj. **1.** Fam. De mucha importancia, magnitud o dificultad. **2.** *Col.* Rico, acaudalado. **3.** *Chile.* Dicho de obras literarias o artísticas, falto de proporción, gracia y variedad. **4.** *Méx.* Grande, formidable.

morrocoy o **morrocoyo** n.m. Galápago americano, común en la isla de Cuba.

1. morrón adj. Se dice de una variedad de pimiento muy grueso.

2. morrón n.m. Fam. Golpe, porrazo.

morrudo,a adj. Que tiene morro.

morsa n.f. Mamífero carnicero muy parecido a la foca.

morsana n.f. Arbolillo de Asia y África, de la familia de las cigofiláceas.

morse n.m. TELECOM Sistema de telegrafía inventado por Morse.

mortadela n.f. Embutido de origen italiano que se hace con carne de cerdo y tocino.

1. mortaja n.f. **1.** Vestidura, sábana u otra cosa en que se envuelve el cadáver para sepultarlo. **2.** Fig. *Amér.* Hoja de papel con que se lía el tabaco del cigarrillo.

2. mortaja n.f. Hueco que se hace en una cosa para encajar otra, muesca.

mortal adj. **1.** Que ha de morir o sujeto a la muerte. **2.** Que ocasiona o puede ocasionar muerte espiritual o corporal. **3.** Muy cercano a morir o que parece estarlo. **4.** Fig. Fatigoso, abrumador. **5.** Fig. Decisivo, concluyente. • **mortalidad** n.f.Calidad de mortal. • **mortandad** n.f. Multitud de muertes causadas por epidemia, cataclismo, o guerra. • **mortecino,a** adj. **1.** Dícese del animal muerto naturalmente y de su carne. **2.** Fig. Bajo, apagado y sin vigor.

mortero n.m. **I. 1.** Utensilio de madera, piedra o metal que sirve para machacar en él especias, semillas, etc. **2.** Piedra del alfarje de los molinos de aceite sobre la cual se echa la aceituna para molerla. **II.** ALBAÑ Conglomerado o masa constituida por arena, conglomerante y agua. **III.** Pieza de artillería destinada a proyectar bombas. • **morterete** Pieza pequeña de artillería. • **morteruelo** Guiso que se hace de hígado de cerdo machacado y desleído con especias y pan rallado.

mortífero,a Que ocasiona o puede ocasionar la muerte.

mortificar v.tr. y prnl. **1.** MED Privar de vitalidad alguna parte del cuerpo. **2.** Fig. Castigar el cuerpo con privaciones y penitencias. **3.** Fig. Afligir, desazonar o causar pesadumbre o molestia. • **mortificación** n.f. Acción y efecto de mortificar o mortificarse.

mortinatalidad n.f. En demografía, relación entre el número total de nacimientos y el de los nacidos muertos. • **mortinato,a** n. y adj. Dícese de la criatura que nace muerta.

mortuorio,a **1.** adj. Perteneciente o relativo al muerto. **2.** n.m. Preparativos y actos convenientes para enterrar los muertos.

morueco n.m. Carnero padre o que ha servido para la procreación.

mórula n.f. BIOL Pequeña esfera, con aspecto de mora, que se forma en la primera fase del desarrollo embrionario.

moruno,a adj. De moro.

moruro n.m. Especie de acacia de Cuba.

1. mosaico,a adj. Perteneciente a Moisés. • **mosaísmo** n.m. **1.** Ley de Moisés. **2.** Civilización mosaica.

2. mosaico,a **I.** n.m. y adj. Aplícase a la obra taraceada de piedras o vidrios, generalmente de varios colores. **II.** adj. BOT Cierta enfermedad de las plantas causada por virus.
ENCICL El arte del mosaico floreció en la Antigüedad en la época helenística (Delos) y en tiempos de la dominación romana (Pompeya). Los más hermosos ejemplares de mosaicos del período bizantino se encuentran en Constantinopla (Santa Sofía), en Rávena (basílicas de San Apolinario y San Vital) y en Roma (basílicas primitivas cristianas). Este arte renació con esplendor a principios del s. XI en Venecia (basílica de San Marcos). Durante el Renacimiento copió exageradamente a la pintura, luego entró en decadencia hasta su utilización por el Modernismo en la transición del s. XIX al XX.

mosca n.f. **I. 1.** Insecto díptero. **2.** ZOOL Cualquiera de los insectos dípteros del suborden de los braquíceros. **II. 1.** Fig. y Fam. Persona molesta, impertinente y pesada. **2.** Fig. y Fam. Desazón picante que inquieta y molesta.
ENCICL La mosca doméstica es grisácea y alcanza unos 4 a 8 mm de largo. Una especie cercana, la pequeña mosca doméstica *(Fannia canicularis)*, se propaga en verano. Estas moscas, provistas de una trompa esponjosa, sólo absorben los alimentos líquidos. Otras moscas tienen una trompa rígida, que pica, y pueden transmitir enfermedades; así, la mosca tsetsé *(Glossina)* transmite la enfermedad del sueño. De forma más general, se da el nombre de *moscas* a dípteros: mosca del vinagre *(Drosophila)*, mosca azul o de la carne *(Calliphora)*. En muchos casos las larvas, son más dañinas que el insecto adulto.

moscarda n.f. Especie de mosca que se alimenta de carne muerta.

moscardón n.m. **1.** Mosca grande y vellosa. **2.** Especie de avispa grande. **3.** Fig. y Fam. Hombre impertinente que molesta con pesadez y picardía.

moscareta n.f. Ave paseriforme de pequeño tamaño.

moscatel adj. Se dice de la uva blanca muy dulce. ▷ Se aplica también al viñedo que la produce y al vino que se hace de ella.

moscón n.m. **1.** Moscardón. **2.** Arce (árbol).

mosconear **I.** v.tr. Importunar, molestar con impertinencia y pesadez. **II.** v.int. Porfiar para lograr un propósito, fingiendo ignorancia.

mosén n.m. Tratamiento que reciben los sacerdotes en algunas regiones españolas.

mosquear v.tr. **1.** Espantar o ahuyentar las moscas. **2.** v.tr. y prnl. Fig. Resentirse uno por el dicho de otro. • **mosqueo** n.m. Acción de mosquear o mosquearse.

mosqueta n.f. Rosal con tallos flexibles, muy espinosos, de 3 a 4 m de longitud.

mosquete n.m. Arma de fuego antigua, mucho más larga y de mayor calibre que el fusil, la cual se disparaba apoyándola sobre una horquilla. • **mosquetería** n.f. Tropa formada de mosqueteros. • **mosquetero** n.m. Soldado armado de mosquete.

mosquetón n.m. **1.** Antigua carabina corta. **2.** Hebilla metálica que se abre y se cierra con un muelle.

mosquita n.m. Pájaro muy parecido a la curruca.

mosquito n.m. **1.** Insecto díptero de cuerpo cilíndrico y cabeza provista de un aguijón. **2.** Cualquiera de los insectos dípteros del suborden de los nematóceros. **3.** Larva de la langosta. • **mosquitero** n.m. Tela metálica o de otro material que se usa para protegerse de los mosquitos. • **mosquitera** n.f. Mosquitero.
ENCICL El mosquito común tiene de 3 a 6 mm de largo y su picadura provoca intensa comezón. Sólo las hembras son hematófagas (se alimentan de sangre). Las numerosas especies de mosquitos se agrupan, junto con las moscas, en el orden de los dípteros, subgrupo de los nematóceros. Las hembras de diversas especies transmiten enfermedades infecciosas como el paludismo y la malaria. Se combate a los mosquitos de dos maneras: desecación de los estanques (propicios a su desarrollo) y empleo de insecticidas.

mosquitos, o **misquitos,** nombre dado por los conquistadores españoles a un pueblo indígena que habitaba la costa oriental de Nicaragua. Sus descendientes se mezclaron durante la colonización con los esclavos negros.

mostacilla n.f. Munición empleada para cazar animales pequeños.

mostacho m. **I.** Bigote del hombre. **II.** MAR Cada uno de los cabos gruesos con que se asegura el bauprés a una y otra banda.

mostachón n.m. Bollo pequeño hecho con pasta de almendra, azúcar y canela u otra especie fina.

mostajo n.m. Mostellar.

mostaza n.f. **1.** Planta anual de la familia de las crucíferas, cuya semilla se usa en medicina y como condimento. **2.** Semilla de esta planta. **3.** Salsa hecha con semillas de mostaza. • **mostazal** n.m. Terreno poblado de mostaza.
ENCICL La *mostaza negra* de flores amarillas en racimos y de hojas de un verde azulado, pro-

duce unas semillas marrones ricas en sinigrina, azúcar compleja de sabor picante utilizada como revulsivo (sinapismo). Los granos de la *mostaza blanca* dan una harina más suave. La mostaza para condimento se compone de una mezcla de harinas de mostaza negra y de mostaza blanca maceradas en vinagre (o en agraz) con aditivos aromáticos.

mostear v.int. Arrojar o destilar las uvas el mosto.

mostellar n.m. Árbol de la familia de las rosáceas, con tronco liso, ramas gruesas y copa abierta.

mosto n.m. Zumo exprimido de la uva, antes de fermentar y hacerse vino. • **mostillo** n.m. Masa de mosto cocido, que suele condimentarse con anís, canela o clavo.

mostrador,a **I.** n. y adj. Que muestra. **II.** n.m. Mesa o tablero que hay en las tiendas para presentar los géneros.

mostrar **I.** v.tr. **1.** Manifestar o exponer a la vista una cosa. **2.** Hacer patente un efecto real o simulado. **II.** v.prnl. Adoptar alguien cierta actitud.

mostrenco,a n. y adj. **1.** Fig. y Fam. Ignorante o tardo en el discurrir o aprender. **2.** Fig. y Fam. Se dice del sujeto muy gordo y pesado.

mota n.f. **1.** Partícula de una sustancia cualquiera. **2.** Defecto insignificante.

1. mote n.m. Sobrenombre que se da a una persona por una cualidad o condición suya. • **motejar** v.tr. Notar, censurar las acciones de uno con motes o apodos.

2. mote n.m. **1.** Maíz desgranado y cocido con sal, que se come en algunas partes de América. **2.** *Chile.* Plato dulce a base de trigo. • **motero,a** n.m. y adj. *Chile.* Que vende o consume mote.

motear v.tr. Salpicar de motas una tela.

motel n.m. Hotel en carretera destinado al hospedaje de los automovilistas.

motete n.m. **1.** Breve composición musical religiosa. **2.** Apodo. **3.** *C. Rica., Hond., Nicar.* y *P. Rico.* Atado, lío, envoltorio.

motilones, nombre dado por los españoles a un pueblo indígena, de la familia de los caribes, que habita aún al O del lago Maracaibo y en las laderas de la cordillera de Perijá (Colombia). El nombre les fue impuesto por su costumbre de raparse la cabeza.

motín n.m. Agitación de una muchedumbre, contra la autoridad constituida.

motivo,a **I.** adj. Que mueve o tiene eficacia o virtud para mover. **II.** n.m. MUS Tema o asunto de una composición. • **motivación** n.f. **1.** Acción y efecto de motivar. **2.** Motivo, causa de algo. **3.** PSICOL Conjunto de los factores conscientes o inconscientes que determinan un acto, una conducta. • **motivar** v.tr. Dar causa o motivo para una cosa.

moto n.f. Apócope de motocicleta.

motocicleta n.f. Vehículo automóvil de dos ruedas. • **motociclismo** n.m. Deporte practicado con motocicleta. • **motociclista** n.m. y f. Persona que conduce una motocicleta.

motocross n.m. Carreras de motos con un recorrido natural muy accidentado.

motocultivo n.m. Utilización en la agricultura de máquinas motorizadas. • **motocultivador** n.f. Aparato automotor conducido a mano.

motonáutica n.f. Práctica deportiva de la navegación en pequeñas motoras.

motonave n.f. Nave de motor.

motor **1.** n.m. y adj. Que produce movimiento. **2.** n.m. Máquina destinada a producir movimiento. • **motorizar** v.tr. y prnl. Dotar de medios mecánicos de tracción o transporte a un ejército, industria, etc. • **motorización** n.f. Acción y efecto de motorizar o motorizarse.

ENCICL Un motor transforma una energía (química, térmica, hidráulica, eléctrica, etc.) en energía mecánica utilizable para mover una máquina o un vehículo. Parte de la energía de arranque se pierde generalmente bajo forma de calor.

Motor de vapor. — Utiliza la energía que, producida en un generador, alimenta a una máquina de pistón (antiguas locomotoras de vapor) o una turbina (centrales eléctricas, propulsión de navíos). El rendimiento de un motor es mayor cuanto mayor sea la diferencia de temperatura entre la fuente caliente y la fuente fría (principio de Carnot).

Motor de combustión interna. — La energía procede de la combustión y posterior expansión de un gas. Se distingue, por una parte, el motor Diesel, en el cual la mezcla comburente-carburante (gasóleo y aire) se inflama espontáneamente bajo el efecto de la elevada temperatura que provoca la compresión; por otra parte, el motor de explosión utiliza generalmente una mezcla de gasolina y aire, en la cual el encendido se provoca con una chispa. Los motores de explosión funcionan en ciclos de 2 o de 4 tiempos. El movimiento de los pistones es alternativo o circular (motor de pistón rotativo).

Motor hidráulico. — Transforma la energía hidráulica (salto de agua, aceite bajo presión) en energía mecánica (motores de engranajes, de paletas o de pistones).

Motor eléctrico. — Transforma la energía eléctrica en energía mecánica. Comprende una parte fija (estátor) y una parte móvil (rotor). Las fuerzas que provocan el movimiento son las resultates de la acción de un campo magnético sobre un conductor que recorre una corriente. Se distinguen motores de corriente continua y de corriente alterna. *Un motor de corriente continua es reversible:* puede ser utilizado como generador de electricidad o como motor. La velocidad es proporcional a la tensión aplicada al inducido. *Los motores de corriente alterna* son generalmente de campo rotativo.

Motor a reacción. — Obtiene su fuerza motriz de la eyección de un fluido (lo más frecuentemente, gases producto de una combustión). Es la modificación de la cantidad de movimiento de este fluido lo que produce la fuerza motriz (y no la reacción del fluido sobre el aire).

Motor cohete. — Los motores cohetes son motores a reacción capaces de funcionar fuera de la atmósfera. Los motores cohetes de *propulsión química* utilizan propergoles sólidos (el comburente y el carburante se transportan en forma de bloques), propergoles líquidos (oxígeno e hidrógeno líquidos, p.ej.) o litergoles (comburente sólido y carburante líquido).

Motor de plasma y motor iónico. — Un *motor de plasma* está compuesto de un generador de plasma (hidrógeno, vapor de litio) y un dispositivo que acelera su eyección por expansión o por acción de un campo electromagnético). El *motor iónico* obtiene su energía motora de la eyección de un haz de iones acelerados por un poderoso campo eléctrico. La energía eléctrica necesaria para los motores de plasma y los motores iónicos, se obtiene por pilas de comburente o bien por un reactor nuclear. Estos motores producen ligeras aceleraciones utilizadas para modificar la trayectoria de las aeronaves espaciales.

motorismo n.m. Deporte que se practica con un vehículo de motor y especialmente con motocicleta. • **motorista** n.m. y f. Persona que conduce una motocicleta.

mototractor n.m. AGRIC Tractor automóvil equipado con herramientas para el cultivo.

motricidad n.f. FISIOL Conjunto de funciones que permiten los movimientos.

motriz adj. f. Que mueve.

motu proprio loc. adv. latina. De forma espontánea, por propia iniciativa.

mover **I.** v.tr. y prnl. Hacer que un cuerpo deje el lugar o espacio que ocupa y pase a ocupar otro. **II.** v.tr. **1.** P.ext., menear o agitar una cosa o parte de algún cuerpo. **2.** Fig. Dar motivo para una cosa. **3.** AGRIC Empezar a echar o brotar las plantas por la primavera. **4.** ARQUIT Principiar un arco o bóveda. • **movedizo,a** adj. **1.** Fácil de moverse o ser movido. **2.** Inseguro, que no está firme. **3.** Fig. Inconstante o fácil en mudar de dictamen o intento. **4.** Que se mueve o agita continua o frecuentemente. • **movible** adj. **1.** Que por sí puede moverse, o es capaz de recibir movimiento por ajeno impulso. **2.** Fig. Variable, voluble. ▷ ASTROL Dícese de cualquiera de los cuatro signos cardinales, Aries, Cáncer, Libra y Capricornio. • **movido,a** adj. **1.** Dícese de lo que ha transcurrido o se ha desarrollado con agitación o con incidencias imprevistas. **2.** *Chile* y *Col.* Dícese del huevo puesto en fárfara. **3.** *Guat.* y *Hond.* Enteco, raquítico. • **móvil** **I.** adj. **1.** Que por sí puede moverse. **2.** Que no tiene estabilidad o permanencia. **3.** n.m. BELL ART Composición artística no figurativa, compuesta por placas ligeras unidas por varillas articuladas que se ponen en movimiento al menor soplo de aire. **II.** n.m. Lo que mueve material o moralmente a una cosa. • **movilidad** n.f. **1.** Calidad de movible. **2.** QUIM Aptitud de una partícula cargada eléctricamente (electrón o ion) para desplazarse en un medio determinado.

movilizar v.tr. **1.** Poner en actividad o movimiento tropas, etc. **2.** convocar, incorporar a filas, poner en pie de guerra tropas u otros elementos militares. **3.** FIN Facilitar la circulación de un crédito o capital. • **movilización** n.f. Acción y efecto de movilizar.

movimiento n.m. **1.** Acción y efecto de mover o moverse. **2.** Estado de los cuerpos mientras cambian de lugar o de posición. **3.** Alzamiento, rebelión. **4.** Fig. Primera manifestación de un afecto, pasión o sentimiento. **5.** ASTRON Adelanto o atraso de un reloj en un intervalo fijo. — MECAN *Movimiento compuesto.* El que resulta de la concurrencia de dos o más fuerzas en diverso sentido. —MECAN *Movimiento de rotación.* Aquel en que un cuerpo se mueve alrededor de un eje. — ASTRON *Movimiento de traslación.* El de los astros a lo largo de sus órbitas. — ASTRON *Movimiento propio.* El de un astro cualquiera en su órbita o alrededor de su eje.

ENCICL La noción de movimiento está ligada a la de *localización espacial* (sistema de referencias con relación al cual se observan las modificaciones en la posición de un cuerpo) y a la de *tiempo.* Un movimiento es *rectilíneo* si su trayectoria es una recta, *circular* si su trayectoria es un círculo, *uniforme* si su velocidad es constante, *uniformemente acelerado* si su aceleración es constante, *acelerado* si su velocidad y su aceleración tienen un mismo sentido. En mecánica newtoniana, *la cantidad de movimiento* de un sistema material es igual al producto de la masa de este sistema por la velocidad de su centro de gravedad. En mecánica relativista, la cantidad de movimento de una partícula de masa m y de velocidad v es:
$\vec{p} = \gamma m \vec{v}$; $\gamma = 1/\sqrt{1 - v^2} / c^2$, siendo c la velocidad de la luz. En el sistema de referencias, de Galileo, la derivada con relación al tiempo de la cantidad de movimiento es igual a la resultante de las fuerzas aplicadas. La existencia de fricciones y el principio de Carnot hacen imposible el *movimiento continuo.*

moviola n.f. CINEM Pequeño aparato de proyección que se utiliza en las operaciones de montaje de una película.

moxos o **mojos,** pueblo sudamericano de la familia *arawak*, establecido en el N y NE de Bolivia (Beni), y proveniente de la hoya amazónica. Fueron evangelizados por los jesuitas hasta su expulsión en el s. XVIII; del período misional datan la mayoría de las poblaciones de la zona: Trinidad, Loreto, San Ignacio de Moxos, etc.

moya n.m. *Chile.* Fulano.

moyuelo n.m. Salvado muy fino, el último que se separa al apurar la harina.

moza n.f. Criada que servía en menesteres humildes.

mozalbete n.m. Mozo de pocos años, mocito.

mozambiqueño,a **1.** n. y adj. Natural de Mozambique. **2.** adj. Perteneciente o relativo a esta República africana.

mozárabe **1.** n. y adj. Se aplica al cristiano que, en España, vivía entre los musulmanes. **2.** adj. Perteneciente o relativo a los mozárabes.

ENCICL **Arte.** — Hasta el s. XX no se han catalogado las manifestaciones artísticas de los mozárabes, que, al parecer, realizaron obras arquitectónicas y decoración de manuscritos. Las iglesias, construidas en territorio musulmán fueron destruidas y sólo quedan restos de la de Bobastro (Málaga) y de la de Santa María de Melque (Toledo). En la zona cristiana realizaron numerosas construcciones religiosas, pertenecientes en su mayoría al s. X y que se han conservado, como San Miguel de Escalada, Santa María de Lebeña, San Millán de la Cogolla, Santiago de Peñalba, etc. Se caracterizan estas iglesias por la conjunción de elementos visigóticos y musulmanes, como el arco de herradura, de radio prolongado y trasdós desviado. Para la iluminación de manuscritos utilizaron la miniatura, en la que la influencia carolingia y árabe se une a una gran originalidad, dando un producto de gran expresividad.
Hist. — Los mozárabes fueron tolerados perfectamente, al principio, permitiéndoseles incluso el acceso a cargos públicos. La actuación de un grupo de mozárabes que insultaban públicamente a Mahoma (850), provocó la persecución de 'Abd al-Raḥmān II y la ejecución de numerosos mártires. A partir de entonces (860), los mozárabes empezaron a trasladarse hacia el N de la península.

mozo,a **I.** n. y adj. **1.** Joven. **2.** Célibe. **II.** n.m. **1.** Hombre que sirve en las casas o al público en oficios humildes. **2.** Individuo sometido a servicio militar, desde que es alistado hasta que ingresa en la caja de reclutamiento.

m/s FIS Símbolo de metro por segundo. ▷ m/s²: símbolo de metro por segundo en cada segundo.

MSH MED Sigla de *melanocyte stimulating hormone,* nombre inglés de una hormona secretada por la antehipófisis que favorece la pigmentación de la piel.

Mt Abreviatura de un millón de toneladas.

MTS FIS *Sistema MTS.* Sistema de medidas cuyas unidades fundamentales son el metro (m), la tonelada (t) y el segundo (s).

mu Duodécima letra del alfabeto griego (M, μ) utilizada para la notación del prefijo *micro-*, que indica la división de la unidad por un millón.

muaré n.m. Tela confeccionada de manera que hace aguas.

mucamo,a n.m. y f. *Arg., Chile, Perú* y *Urug.* Sirviente, criado.

muceta n.f. Esclavina que usan los prelados, doctores, licenciados, etc.

mucilago o mucílago n.m. Sustancia viscosa que se obtiene de ciertas plantas o gomas.

mucina n.f. BIOQUIM Proteína que da consistencia viscosa a la mucosa gástrica.

Mucor n.m. BOT Género de hongos sifonomicetes, de la familia de las mucoráceas, constituido por mohos de miscelio claro

mucosa n.f. ANAT Membrana que recubre el interior de algunos órganos y secreta mucosidades. • **mucosidad** n.f. Materia glutinosa semejante al moco. ▷ ZOOL Sustancia viscosa secretada por los tegumentos de algunos animales.

mucronato,a adj. **1.** Terminado en punta. **2.** ANAT Cartílago xifoides del esternón.

múcura n.f. *Bol., Col.* y *Venez.* Ánfora de barro que se usa para conservar el agua.

muchacho,a n.m. y f. **I.** Adolescente. **II.** Criado, o más comúnmente, criada. • **muchachada** n.f. **1.** Acción propia de muchachos. **2.** Conjunto de muchachos.

muchedumbre n.f. Multitud de personas o cosas.

mucho,a **I.** adj. Abundante, numeroso. **II.** adv. c. **1.** Con abundancia, en alto grado. **2.** Antepónese a otros adverbios denotando idea de comparación. *Mucho antes.* **3.** Con los tiempos del verbo *ser,* o en cláusulas interrogativas, admirativas o exclamativas, precedido de la partícula *que* y a veces seguido también de la misma, denota idea de dificultad o extrañeza. *Mucho será que no llueva esta tarde.* **4.** Empleado con verbos expresivos de tiempo, denota larga duración.

muda n.f. **1.** Acción de mudar una cosa. **2.** Conjunto de ropa que se muda de una vez. **3.** ZOOL Cambio de pelo de los animales. **4.** Tránsito o paso de un timbre de voz a otro que experimentan los muchachos cuando entran en la pubertad.

mudanza n.f. **1.** Acción y efecto de mudar o mudarse. **2.** Traslado de una casa o de una habitación a otra. **3.** Cierto movimiento de baile. • **mudada** n.f. *Amér.* Mudanza de casa.

1. mudar n.m. BOT Arbusto asclepiadáceo de la India.

2. mudar **I.** v.tr. **1.** Dar o tomar otro ser o naturaleza. **2.** Dejar una cosa y tomar en su lugar otra. **3.** Cambiar de pelo los animales. v. ENCICL. **4.** Efectuar un muchacho la muda de la voz. **5.** Fig. Variar, cambiar. **II.** v.prnl. **1.** Cambiar de ropa. **2.** Cambiar de domicilio.

ENCICL Las mudas están relacionadas con el crecimiento (animales con tegumentos inextensibles como los artrópodos) o con ciclos estacionales de origen climático o sexual. Están reguladas por unas hormonas de origen nervioso (ganglios cerebroides en los invertebrados, hipotálamo en los vertebrados), cuya secreción se desencadena por diversos factores externos (duración de la iluminación cada 24 horas, temperatura, etc.) o internas (envejecimiento, etc.).

mudéjar **I. 1.** n. y adj. Nombre dado en España a los musulmanes vasallos de los reyes cristianos. **2.** adj. Perteneciente a los mudéjares. **II.** adj. Estilo arquitectónico que combina elementos del arte cristiano y del árabe.

ENCICL **Hist.** — Los mudéjares seguían siendo musulmanes, a diferencia de los moriscos, que se habían convertido al cristianismo. La convivencia pacífica entre ellos y los cristianos duró poco tiempo. A partir de 1499, los mudéjares se vieron perseguidos y obligados a renunciar a su religión. Hubo quemas de libros, destrucción de minaretes, se prohibió la oración de la tarde, etc. Los que no se sometieron fueron deportados.

mudo,a n. y adj. **1.** Privado físicamente del habla. **2.** *Ecuad.* Tonto, bobo. • **mudez** n.f. Imposibilidad fisiológica de hablar.

mueble n.m. Cada uno de los enseres, que sirven para la comodidad o adorno en las casas. • **mueblaje** n.m. Conjunto de muebles de una casa.

mueca n.f. Contorsión del rostro.

muecín n.m. Cantor de una mezquita que convoca a la oración desde lo alto del minarete.

muela n.f. **1.** Disco de piedra. **2.** Cada uno de los dientes posteriores a los caninos. **3.** Cerro.

1. muelle **I.** adj. **1.** Delicado, blando. **2.** Voluptuoso. **II.** n.m. Pieza elástica, dispuesta de modo que puede utilizarse la fuerza que hace para recobrar su posición natural cuando ha sido separada de ella.

2. muelle n.m. **1.** Obra a orillas del mar o de un río, en la que atracan las embarcaciones. **2.** Andén alto, destinado para carga y descarga en las estaciones de tren.

muérdago n.m. Planta parásita, siempre verde, de la familia de las lorantáceas.

muergo n.m. ZOOL Navaja (molusco).

muermo n.m. VETER Enfermedad respiratoria de las caballerías, transmisible al hombre.

muerte n.f. **1.** Cesación o término de la vida. **2.** RELIG Separación del cuerpo y del alma. **3.** Figura del esqueleto humano como símbolo de la muerte. **4.** Fig. Destrucción, aniquilación, ruina. • **muerto,a** **I. 1.** Part.pas.irreg. de *morir.* **2.** Fig. Se usa con significación transitiva, como si procediese del verbo *matar. He muerto una liebre.* **II.** n. y adj. Que está sin vida. **III.** adj. **1.** Se aplica al yeso o a la cal apagados con agua. **2.** Apagado, desvaído. — MECAN *Punto muerto.* Punto en el que un mecanismo no recibe un impulso motor. — Posición de la palanca de cambios de un automóvil, en la cual ningún piñón queda engranado. — DEP *Tiempo muerto.* Tiempo de parada de un juego.

muesca n.f. Concavidad o hueco que hay o se hace en una cosa para encajar otra.

muestra n.f. **1.** Trozo de tela o porción de un producto o mercancía que sirve para conocer la calidad del género. **2.** Ejemplo o modelo. **3.** Parte representativa de un todo. ▷ ESTAD Conjunto de individuos representativos de una población. • **muestrario** n.m. Colección de muestras. • **muestreo** n.m. **1.** Acción de escoger muestras representativas de algo. **2.** Técnica empleada para esta selección.

mufla n.f. Hornillo semicilíndrico, o en forma de copa, que se coloca dentro de un horno para reconcentrar el calor y conseguir la fusión de diversos cuerpos.

muflón n.m. Carnero salvaje de Europa.

muftí n.m. Jurisconsulto musulmán.

mugido n.m. Voz del toro y de la vaca. • **mugir** v.int. **1.** Dar mugidos la res vacuna. **2.** Fig. Producir gran ruido el viento o el mar. **3.** Manifestar uno su ira con gritos.

mugre n.f. Grasa o suciedad. • **mugrería** n.f. *Chile.* Mugre. • **mugriento,a** adj. Lleno de mugre.

mugrón n.m. **1.** Sarmiento de la vid que se entierra para que arraigue y produzca nueva planta. **2.** Vástago de otras plantas.

muguet n.m. **1.** BOT Muguete (planta). **2.** Enfermedad contagiosa de las mucosas bucales y faríngeas.

muguete n.m. Planta vivaz de la familia de las liliáceas, con sólo dos hojas radicales, pecíolo largo y flores blancas.

mujer n.f. **1.** Persona del sexo femenino. **2.** La casada, con relación al marido. • **mujeriego** adj. Dícese del hombre dado a mujeres. • **mujerío** n.m. Conjunto de mujeres.

mújol n.m. ZOOL Pez teleósteo, del suborden de los acantopterigios, de cuerpo casi cilíndrico.

mula n.f. Hija de asno y yegua o de caballo y burra. • **mulada** n.f. Hato de ganado mular.

muladar n.m. Lugar donde se echa el estiercol a la basura.

muladí n. y adj. Dícese del cristiano que durante la dominación árabe abrazaba el islamismo.
ENCICL **Hist.** — Los moros habían establecido unos impuestos más altos para los cristianos que para los musulmanes, por lo que muchos propietarios se convirtieron al islamismo. Pero, al ver la reducción de las entradas fiscales, los musulmanes mantuvieron los impuestos a los conversos, lo que provocó frecuentes sublevaciones.

mulata n.f. ZOOL Crustáceo decápodo, braquiuro, de color pardo.

mulato,a **I.** n. y adj. Se aplica a la persona que ha nacido de negra y blanco, o al contrario. **II.** n.m. *Amér.* Mineral de plata de color oscuro. • **mulatear** v.int. *Chile.* Empezar a negrear la fruta madura.

mulero n.m. El encargado de cuidar las mulas.

muleta n.f. **1.** Palo con un travesaño que sirve para apoyarse al andar. **2.** Bastón que sujeta un paño rojo, con que el torero engaña al toro. • **muletilla** n.f. Fig. Voz o frase que se repite mucho por hábito.

muletada n.f. Hato de ganado mular.

muletón n.m. Tela suave y afelpada.

mulo,a n.m. y f. ZOOL Híbrido resultante del cruce de asno y yegua, o caballo y burra. • **mulada** n.f. Hato de ganado mular. • **mulillas** n.f. pl. Tiro de mulas que arrastra los toros y caballos muertos en las corridas.

multa n.f. Pena pecuniaria que se impone por una infracción. • **multar** v.tr. Imponer una multa.

multi Prefijo que expresa multiplicidad.

multicaule adj. BOT Dícese de la planta que echa muchos vástagos desde el pie.

multicolor adj. De muchos colores.

multicopista n.f. y adj. Aparato que reproduce en numerosas copias un original, según diversos procedimientos. • **multicopiar** v.tr. Reproducir en multicopista.

multifilar adj. De varios hilos.

multiforme adj. Que tiene muchas formas.

multigrado,a adj. TECN Se aplica al aceite cuya viscosidad varía poco según la temperatura.

multigrafo n. y adj. *Méx.* y *Venez.* Multicopista.

multilateral, adj. POLIT Que concierne a tres o más Estados.

multilátero,a adj. GEOM Aplícase a los polígonos de más de cuatro lados.

multimillonario,a adj. Dícese de la persona cuya fortuna asciende a muchos millones.

multinacional adj. y n. Que comprende, que concierne a varias naciones. ▷ *Sociedad multinacional.* Gran empresa cuyas actividades se desarrollan en varios países.

multípara adj. **1.** Dícese de las hembras que tienen varias crías de un solo parto. **2.** OBST Dícese de la mujer que ha tenido más de un parto.

múltiple adj. **1.** Vario, de muchas maneras. **2.** Compuesto.

multiplicar **I.** v.tr. **1.** ALG y ARIT Aumentar una cantidad, llamada multiplicando, tantas veces como indique otra cantidad, llamada multiplicador. **2.** MECAN Aumentar el número de vueltas de una pieza giratoria mediante un engranaje en el que ésta tiene una rueda con un número de dientes menor que otra que actúa sobre ella. **II.** v.tr., int. y prnl. Aumentar en número considerable los individuos de una especie. • **multiplicación** n.f. **1.** Acción y efecto de multiplicar o multiplicarse. ▷ ALG y ARIT Operación de multiplicar. **2.** TECN Relación de las velocidades angulares de un alternador y de una turbina que gira más lentamente. • **multiplicador,a** n. y adj. ALG y ARIT Aplícase al factor que indica las veces que el otro, o multiplicando, se ha de incrementar. • **multiplicando** n. y adj. ALG y ARIT Aplícase al factor que ha de ser multiplicado

múltiplo n.m. y adj. Se dice del número que contiene a otro varias veces.
ENCICL **Mínimo común múltiplo de varios números.** — Un grupo de números cualesquiera tienen en común una infinidad de múltiplos; el más pequeño de ellos se llama *mínimo común múltiplo* (abreviado m.c.m.). Para calcular el m.c.m. de varios números se descompone cada uno de ellos en factores primos, luego se multiplican los factores (comunes o no) tomados con el mayor exponente; p. ej. el m.c.m. de 60 y de 378 es igual a 3.780: en efecto 60 ϑ$2^2\times3\times5$ y 378 ϑ$2^2\times3^3\times7$, entonces su m.c.m. es igual a $2^2\times3^3\times5\times7$ ϑ3.780. El m.c.m. de varios números primos es igual a su producto.

multitud n.f. Número grande de personas o cosas. • **multitudinario,a** adj. Que forma multitud.

mullah n.m. Doctor en derecho islámico.

mullir v.tr. Ahuecar y esponjar algo para que esté blando.

mullo n.m. **I.** Salmonete. **II.** *Amér.* Abalorio.

mundanal adj. Perteneciente o relativo al mundo humano. • **mundano,a** adj. **1.** Perteneciente o relativo al mundo. **2.** Se dice de la persona a quien le gusta exageradamente la vida social.

mundillo n.m. **1.** Entorno social o profesional en que se desenvuelven personas de una misma actividad o categoría. **2.** BOT Arbusto de la familia de las caprifoliáceas de flores blancas y fruto rojo.

mundo n.m. **I. 1.** Conjunto de todas las cosas creadas. **2.** Totalidad de los hombres. **3.** Sociedad humana. **4.** Parte de la sociedad humana, caracterizada por alguna cualidad o circunstancia común. **5.** Experiencia de la vida y del trato social. **II.** GEOGR Planeta Tierra. ▷ Globo que representaba la esfera terrestre. **III.** RELIG Uno de los enemigos del alma, según la doctrina cristiana. **IV.** BOT Arbusto caprifoliáceo y flores del mismo, mundillo. **V.** *Mundo antiguo.* Porción del globo conocida de los antiguos, y que comprendía la mayor parte de Europa, Asia y África. — Sociedad humana, durante el período histórico de la Edad Antigua.

mundovisión n.f. Sistema de difusión simultánea de emisiones de televisión en varios países por medio de satélites.

munición n.f. **1.** Carga de las armas de fuego. **2.** MILIT Pertrechos y provisiones necesarios en un ejército o en una plaza fuerte. • **municionar** v.tr. Proveer y abastecer de municiones una plaza fuerte, o a los soldados.

municipio n.m. Conjunto de habitantes de un mismo término jurisdiccional, regido por un ayuntamiento. ▷ El mismo ayuntamiento. ▷ El término municipal. • **municipal** **I.** adj. Perteneciente o relativo al municipio, • **municipalidad** n.f. Ayuntamiento de un término municipal. • **munícipe** n.m. Vecino de un municipio.

munificente adj. Generoso con largueza. • **munificencia** n.f. Generosidad espléndida.

muñeca n.f. **I.** Parte del cuerpo humano, en donde se articula la mano con el antebrazo. **II.** Figurilla de mujer o niña, que sirve de juguete.

muñeco n.m. Figurilla de hombre que sirve de juguete.

muñeira n.f. Baile popular de Galicia.

muñequear v.int. **1.** ESGR Jugar las muñecas meneando la mano. **2.** *Arg.* y *Par.* Mover influencia para obtener algo. **3.** *Chile.* Empezar a echar la muñequilla el maíz.

muñequera n.f. **1.** Pulsera de reloj. **2.** Tira de cuero o tela que sujeta la muñeca.

muñequilla n.f. *Chile.* Mazorca tierna de maíz.

muñir v.tr. **1.** Llamar o convocar. **2.** Concertar, disponer. • **muñidor** n.m. Persona que gestiona tratos o fragua intrigas.

muñón n.m. **1.** Parte de un miembro cortado que permanece adherida al cuerpo. **2.** El músculo deltoides y la región del hombro limitada por él.

murajes n.m. pl. Hierba de la familia de las primuláceas, con tallos tumbados, flores rojas y azules, y fruto capsular.

mural adj. **1.** Perteneciente o relativo al muro. **2.** Se aplica a las cosas que, extendidas, ocupan una buena parte de pared o muro.

muralla n.f. Muro u obra defensiva.

murar v.tr. Cercar con muro.

murciano,a **1.** n. y adj. Natural de Murcia. **2.** adj. Perteneciente o relativo a Murcia.

murciélago n.m. Quiróptero insectívoro volador y de hábitos nocturnos.

murecillo n.m. ZOOL Músculo del cuerpo.

murena n.f. Morena (pez).

murga n.f. **1.** Fam. Compañía de músicos callejeros. **2.** Fam. Molestia. Fastidio.

murgón n.m. Cría del salmón, esguín.

muriacita n.f. Roca de sulfato de cal anhidro.

múrice n.m. ZOOL Molusco gasterópodo marino. **2.** POET Color de púrpura.

múrido n.m. y adj. ZOOL Dícese de mamíferos del orden de los roedores, con el hocico largo y puntiagudo y la cola larga y escamosa. ▷ n.m. pl. ZOOL Familia de estos roedores.

murmullo n.m. **1.** Ruido que se hace al hablar en voz baja. **2.** Ruido continuado y confuso de algunas cosas.

murmuración n.f. Conversación en perjuicio de un ausente. • **murmurador,a** adj. Que murmura.

murmurar **I.** v.int. Hacer ruido suave y apacible la corriente de las aguas, el viento, las hojas, etc. **II.** v.int. y tr. **1.** Fig. Hablar entre dientes, manifestando queja o disgusto. **2.** Fig. y Fam., Conversar en perjuicio de un ausente.

muro n.m. **1.** Pared o tapia. — CONSTR *Muro de contención.* Pared que protege, contra la acción del agua o los corrimientos de tierra. **2.** Muralla.

murria n.f. Fam. Abatimiento, melancolía.

murtilla o **murtina** n.f. **1.** Arbusto de la familia de las mirtáceas de flores blancas, y fruto de baya roja, de olor y sabor agradables. **2.** Fruto de este arbusto. **3.** Licor fermentado que se hace con este fruto.

murtón n.m. BOT Fruto del arrayán.

mus n.m. Cierto juego de naipes.

musa n.f. **1.** MIT Cada una de las nueve diosas que presidían las artes liberales. **2.** Fig. Numen o inspiración del poeta.

musáceo,a n.f. y adj. BOT Dícese de hierbas angiospermas monocotiledóneas, perennes, como el banano. ▷ n.f. pl. BOT Familia de estas plantas.

musaraña n.f. Mamífero insectívoro, parecido a la rata.

muscardina n.f. Enfermedad mortal de los gusanos de seda, producida por un hongo.

Muscardinus n.m. Género de roedores que incluye el lirón enano.

Muscari n.m. Género de plantas ornamentales (familia de las liliáceas).

muscarina n.f. Alcaloide tóxico presente en algunas setas venenosas.

muscícapa n.f. Moscareta (pájaro).

múscidos n.m. pl. ZOOL Familia de dípteros que incluye las moscas comunes.

muscíneas n.f. pl. Clase de vegetales briofitos vulgarmente llamados «musgos».

1. músculo n.m. ANAT Cualquiera de los órganos compuestos principalmente de fibras dotadas de la propiedad específica de contraerse. — ANAT *Músculo abductor.* El capaz de ejecutar una abducción; como el que sirve para mover el ojo humano hacia la sien. — ANAT *Músculo aductor.* El capaz de ejecutar una aducción; como el que sirve para mover el ojo humano hacia la nariz. • **muscular** adj. Perteneciente a los músculos. • **musculatura** n.f. Conjunto y disposición de los músculos. • **musculoso,a** adj. **1.** Aplícase a la parte del cuerpo que tiene músculos. **2.** Que tiene los músculos muy abultados y visibles.
ENCICL Según las fibras que los componen, se distinguen: los músculos rojos estriados (llamados también esqueléticos por estar en relación con el hueso), agentes del movimiento voluntario y los músculos lisos o involuntarios, que obedecen al sistema neurovegetativo. El músculo cardíaco debe ser clasificado aparte por tener, a la vez, fibras lisas y fibras estriadas.

2. músculo n.m. ZOOL Rorcual (especie de ballena).

muselina n.f. Tela fina y poco tupida.

museo n.m. Institución abierta al público donde se conservan objetos de interés científico o artístico. • **museología** n.f. Técnica de la conservación y de la presentación de las colecciones en los museos.
ENCICL Primitivamente, el término designaba el santuario destinado a las musas que se encontraba en una colina de Atenas. Se aplicó también a una academia dotada de amplias instalaciones como la que Ptolomeo Filadelfo había instalado en su palacio de Alejandría. En nuestros días, el museo ha perdido su función religiosa para convertirse en un lugar donde se reúnen colecciones de objeto de arte o científicos. Los museos se han formado generalmente a partir de colecciones privadas. El verdadero problema de la museología no es el de la instalación, sino el de su función real y el de su inserción en la vida cultural y social.

muserola n.f. Correa de la brida, que rodea el hocico del caballo.

musgo n.m. Planta pequeña que crece en lugares húmedos, agrupándose en matas. • **musgoso,a** adj. **1.** Cubierto de musgo.
ENCICL Los musgos, plantas criptógamas que forman la clase (o rama) de los muscíneos (llamadas también briofitas), se extienden sobre el suelo en las zonas húmedas, su tamaño varía desde unos pocos milímetros a varios decímetros. Están constituidos por un tallo con hojas, erecto o tumbado, desprovisto de raíces. Estos pies son *haploides* y llevan en sus extremidades los órganos sexuales: *anteridios* (machos) y *arquegonios* (hembras). Después de la fecundación, el huevo se desarrolla sobre el pie hembra y origina un esporofito, diploide, formado por un pedúnculo (seda) que consta de una cápsula cubierta de una caperuza. En esta cápsula se efectúa la maduración, que da como resultado unas esporas haploides que a su vez producirán nuevos pies foliados.

música n.f. **I. 1.** Melodía y armonía, y las dos combinadas. **2.** Sucesión de sonidos modulados para recrear el oído. **3.** Concierto de instrumentos o voces, o de ambos. **II.** Arte de combinar los sonidos de suerte que produzca deleite el escucharlos. **III. 1.** Composición musical. **2.** Colección de papeles en que están escritas las composiciones musicales. **IV.** *Música concreta.* Música que utiliza sonidos previamente grabados haciendo variar su forma, su timbre, su tesitura, etc., obteniendo de esta manera «objetos sonoros», agrupados según ciertas leyes de similitud. — *Música electrónica.* La que utiliza sonidos musicales creados a partir de oscilaciones eléctricas amplificadas. — *Música instrumental.* La compuesta sólo para instrumentos. — *Música vocal.* La compuesta para voces, solas o acompañadas de instrumentos. • **musical** adj. Perteneciente o relativo a la música. • **músico,a 1.** adj. Perteneciente o relativo a la música. **2.** n.m. y f. Persona que se dedica a la música.

music-hall n.m. Establecimiento destinado a presentar espectáculos de variedades.

musicógrafo n.m. y f. Autor, crítico que escribe sobre música.

musicología n.f. Estudio científico de la teoría y de la historia de la música.

musicomanía n.f. Afición desmedida a la música, melomanía.

musitar v.int. Susurrar o hablar entre dientes. • **musitación** n.f. MED Movimiento de los labios sin emisión de sonido, sintomático de algunos trastornos cerebrales.

muslim o **muslime** n. y adj. Musulmán.

muslo n.m. Parte de la pierna, desde la cadera hasta la rodilla.

musmón n.m. ZOOL Especie de carnero, que vive en Córcega y Cerdeña.

musófago n.m. Suborden de aves cuculiformes de África que se alimentan con plátanos.

mustela n.f. ZOOL Tiburón muy parecido al cazón, de poco más de un metro de largo.

mustélidos n.m. pl. ZOOL Familia de mamíferos carnívoros de espeso pelaje y provistos de glándulas almizcleras.

musteriense adj. PREHIST Dícese del conjunto de las industrias del Paleolítico medio en Europa (hombre de Neandertal), Asia y el N de África.
ENCICL La época musteriense comienza en Europa occidental poco antes de la última glaciación cuaternaria (Wurm), aproximadamente h. —90000, y se termina entre —40000 y —35000. Entre los utensilios encontrados en los refugios musterienses, destacan por ser lo más representativo, las puntas triangulares, raederas y otros utensilios de talla bifacial o cordiforme. Durante el período musteriense aparece la práctica de la inhumación.

mustio,a adj. **1.** Triste. **2.** Marchito. • **mustiarse** v.prnl. Marchitarse.

musulmán,a n. y adj. Mahometano.

mutación n.f. **I.** BIOL Cualquiera de las alteraciones producidas en los genes o cromosomas de un organismo vivo, que se transmiten por herencia. **II.** Acción y efecto de mudar o mudarse. • **mutabilidad** n.f. Calidad de mudable. • **mutacionismo** n.m. BIOL Teoría que explica la evolución de los seres vivos por las mutaciones. • **mutágeno,a** adj. BIOL Que produce una mutación. • **mutante 1.** n.m. Ser vivo portador de una o varias mutaciones. **2.** adj. Que ha sufrido una mutación.
ENCICL Una mutación es el resultado de la modificación bioquímica del gen (*recesivo* o *dominante*) responsable de un carácter. Esta modificación puede ser natural o bien producida artificialmente, sobre todo con ayuda de radiaciones ionizantes (rayos X, γ, β). En un cromosoma, la tasa de mutaciones no es idéntica para todos los genes; también se distinguen genes *inestables*, que cambian fácilmente, y genes *estables*. También existen mutaciones causadas por modificaciones hereditarias de los cromosomas sin alteración de los genes. Se distinguen varios tipos de mutaciones. **1.** Modificación de un segmento completo de cromosoma: translocaciones, anillos de inversión, pérdidas de segmentos de un cromosoma, etc. **2.** Modificación de una secuencia de base de una molécula de ácido desoxirribonucleico (v. código genético); la secuencia modificada puede o no ser portadora de información, o bien ser portadora de una nueva información (mutaciones, recesivas, intermedias o dominantes). Las mutaciones son responsables de la evolución de las especies.

mutarrotación n.f. QUIM Evolución del poder rotatorio de una solución ópticamente activa.

mutatis mutandis loc. adv. lat. Haciendo los cambios necesarios.

mu'tazilī, miembro de una secta musulmana fundada por Wāṣil ibn 'Aṭā' en el s. VIII, para luchar contra el islam ortodoxo (sunnitas). Esta doctrina tiende a racionalizar los conocimientos religiosos y declara que el hombre es libre en sus actos y rechaza la eternidad del Corán. Sólo Alá es eterno.

mutilar 1. v.tr. y prnl. Cortar o cercenar una parte del cuerpo. **2.** v.tr. Cortar o quitar una parte o porción de otra cosa. • **mutilación** n.f. Acción y efecto de mutilar o mutilarse.

mutis n.m. **1.** TEAT Voz que indica al actor que se retire de la escena. **2.** El acto de retirarse. • **mutismo** n.m. **1.** PSIQUIAT Actitud del que rehúsa hablar, determinada por factores psicológicos (neurosis, psicosis). **2.** Estado, actitud del que voluntariamente rehúsa hablar o expresarse, o está obligado al silencio.

mutualidad n.f. **1.** Calidad de mutual. **2.** Régimen de prestaciones mutuas, que sirve de base a determinadas asociaciones. **3.** Denominación que suelen adoptar algunas de estas asociaciones. • **mutual** adj. Mutuo, recíproco. • **mutualista 1.** n.m. y f. Accionista de una mutualidad.

mutuo,a n. y adj. Aplícase a lo que recíprocamente se hace entre dos o más personas, animales o cosas.

muy Adv. que denota grado sumo o superlativo.

muz n.m. MAR Extremo superior y más avanzado del tajamar.

Mv QUIM Símbolo del mendelevio.

MW FIS Símbolo del megavatio.

my n.f. Duodécima letra del alfabeto griego (*M*, μ), que corresponde a la que en el nuestro se llama *eme*.

myosotis n.m. Pequeña planta de hojas velludas y de flores azules, blancas o rosas.

Myriophyllum n.m. Género de plantas acuáticas cuyas hojas tienen forma de cintas.

N

n n.f. **1.** Decimosexta letra del abecedario español y decimotercera de sus consonantes. Su nombre es *ene*. **2.** ALG y ARIT Exponente de una potencia indeterminada. **3.** BIOL Número haploide de cromosomas (v.). **4.** Símbolo del neutrón. **5.** Símbolo de nano.

N **1.** QUIM Símbolo del nitrógeno. **2.** Símbolo del número de Avogadro. **3.** FIS Símbolo del newton. **4.** Abreviatura de norte. **5.** MAT Símbolo del conjunto de números naturales.

N.º Abreviatura de número.

Na QUIM Símbolo del sodio.

naba n.f. Planta bienal de la familia de las crucíferas, con hojas grandes, flores pequeñas, amarillas, fruto seco en vainillas cilíndricas. ▷ Nabo. Raíz comestible de esta planta.

nabab o **nababo** n.m. Gobernador de una provincia en la India mahometana.

nabal o **nabar** **1.** adj. Perteneciente a los nabos. **2.** n.m. Tierra sembrada de nabos. • **nabicol** n.m. BOT Naba. • **nabiza** n.f. **1.** Hoja tierna del nabo, cuando empieza a crecer. **2.** Raicillas tiernas de la naba. • **nabo** n.m. **1.** Planta anual de la familia de las crucíferas, de raíz comestible. **2.** Raíz de esta planta.

nabateos, antiguo pueblo de Arabia del NO. Fundaron en el s. V a. J.C. un poderoso reino cuya capital era *Petra* (conquistada a los edomitas). Trajano los sometió en el año 106 d. J.C.

nabí n.m. Entre los árabes, profeta.

nabla n.f. **1.** Antiguo instrumento músico hebreo de diez cuerdas, semejante a la lira. **2.** MAT Operador (utilizado en el cálculo vectorial y diferencial) simbolizado por un delta invertido (∇).

nácar n.m. Capa de carbonato cálcico y una sustancia orgánica que recubre el interior de la concha de los moluscos. • **nacarado,a** adj. **1.** Del color y brillo del nácar. **2.** Adornado con nácar. • **nacarar** v.tr. TECN Dar el aspecto del nácar a perlas falsas de vidrio. • **nacarino,a** adj. Propio del nácar, parecido a él.

nacela n.f. ARQUIT Escocia, moldura cóncava.

nacer v.int. **1.** Salir el animal del vientre materno. **2.** Salir del huevo un animal ovíparo. **3.** Empezar a salir un vegetal de su semilla. **4.** Fig. Empezar a dejarse ver un astro en el horizonte. **5.** Fig. Tomar principio una cosa de otra. **6.** Fig. Prorrumpir o brotar. • **naciente** **I.** adj. Fig. Que principia a ser o a manifestarse. **II.** n.m. Oriente, Este, punto cardinal. • **nacimiento** n.m. **I. 1.** Acción y efecto de nacer. **2.** Lugar o sitio donde brota un manantial. **3.** Principio de una cosa o tiempo en que empieza. **4.** Origen y descendencia de una persona. **II.** Representación del de Jesucristo en el portal de Belén. — BELL ART Obra grabada, pintada o esculpida que representa el nacimiento de Jesús.

nación n.f. **1.** Comunidad humana caracterizada por la conciencia de su identidad histórica o cultural, y generalmente por la unidad lingüística o religiosa. **2.** Esa comunidad organizada en Estado. • **nacional** adj. Perteneciente o relativo a una nación. • **nacionalidad** n.f. **1.** Conjunto de caracteres propios de una nación. **2.** Vínculo de pertenencia de una persona física o jurídica a un Estado determinado. • **nacionalismo** n.m. **1.** Exaltación de los valores nacionales. **2.** Movimiento fundado en la toma de conciencia, por una comunidad, de sus razones de hecho y de derecho para formar una nación. • **nacionalización** n.f. Estatalización de los medios de producción. • **nacionalizar** v.tr. **1.** Proceder a la nacionalización. **2.** Admitir en un país como nacional a un extranjero. **3.** Hacer que pasen a manos de naturales de un país, empresas particulares que se hallaban en poder de extranjeros.

nacionalsocialista n. y adj. Relativo al nacionalsocialismo; partidario de esta doctrina. v. nazi.

naco n.m. *Amér.* Andullo de tabaco.

nada **I.** n. f. El no ser, o la carencia absoluta de todo ser. **II.** pron.indet. **1.** Ninguna cosa, la negación absoluta de las cosas. **2.** Poco o muy poco. **III.** adv.neg. De ninguna manera, de ningún modo.

nadar v.int. **1.** Mantenerse y avanzar una persona o un animal sobre el agua, o ir por ella sin tocar el fondo. **2.** Flotar en un líquido cualquiera. **3.** Mantenerse sin hundirse en el agua o en otro líquido. **4.** Fig. Abundar en una cosa. • **nadador,a** **1.** n. y adj. Que nada. **2.** n.m. y f. Persona diestra en nadar.

nadería n.f. Cosa sin importancia.

nadie **I.** pron.indet. Ninguna persona. **II.** n.m. Fig. Persona insignificante.

nadir n.m. ASTRON Punto imaginario de la esfera celeste local, opuesto al cenit. — *Nadir del Sol.* Punto de la esfera celeste diametralmente opuesto al que ocupa el Sol.

nafta n.m. **1.** Aceite mineral, petróleo bruto. **2.** COM Parte ligera del petróleo destilado, de densidad aproximada 0,70. **3.** QUIM Mezcla de hidrocarburos, componente del petróleo bruto o extraída de las gasolinas por refinado y de los supercarburantes por destilación. • **naftaleno** n.m. QUIM Hidrocarburo de fórmula $C_{10}H_8$, formado por dos núcleos unidos de benceno, extraído por destilación de alquitranes de hulla, que se presenta en forma de cristales blancos brillantes de olor aromático. • **naftalina** n.f. COM Naftaleno impuro utilizado sobre todo para matar polillas. • **naftol** n.m. QUIM Fenol derivado del naftaleno, utilizado en la fabricación de materias colorantes y como antiséptico.

naguapate n.m. *Hond.* Planta crucífera cuyo cocimiento se usa contra las enfermedades venéreas.

nahua o **náhuatl,** grupo étnico de México. Corriente indígena muy antigua de la que derivan, entre otros, los aztecas y la casi totalidad de las tribus que poblaron el valle del Anáhuac. La base lingüística común de todos estos pueblos se denomina, precisamente, nahua o náhuatl.

naïf adj. BELL ART *Arte naïf.* Nombre dado al arte de ciertos autodidactas que reproducen en sus obras la ingenuidad infantil y el «primitivismo» medieval.

naipe n.m. **1.** Cada una de las cartulinas de una serie determinada que, diferenciadas mediante ciertos números o figuras, se utilizan para determinados juegos. **2.** Conjunto de naipes, baraja.

naire n.m. **1.** El que cuida los elefantes y los adiestra. **2.** Título de dignidad entre los malabares.

Naja n.f. Género de ofidios venenosos, al que pertenecen, entre otros, la cobra y el áspid de Cleopatra.

nalca n.f. *Chile.* El pecíolo del pangue.

nalga n.f. Cada una de las dos porciones carnosas y redondeadas que constituyen el trasero.

namaquas, una de las principales fracciones del pueblo hotentote, habitantes de Namaqualand o Namaland, al S del desierto de Namibia. Fueron diezmados en 1903, después de una insurrección.

1. nana n.f. **I. 1.** Fam. Abuela. **2.** *Méx.* Niñera. **3.** *Méx.* Nodriza. **II.** En algunas partes, canto con que se arrulla a los niños.

2. nana n.f. *Arg.* y *Chile.* Daño o pupa, entre los niños.

nanay Expresión familiar y humorística con que se niega rotundamente una cosa.

nance n.m. **1.** *Hond.* y *Nicar.* Arbusto malpigiáceo, de fruto pequeño y sabroso. **2.** BOT Fruto de este arbusto. • **nancer** n.m. *Cuba.* Nance.

nanjea n.f. BOT Árbol moráceo de Filipinas, de fruto oval y madera fina y amarilla.

nano- Prefijo procedente del griego, «pequeño». ▷ FIS Prefijo (símbolo: *n*) que, seguido del nombre de una unidad de medida, forma el nombre de la milmillonésima parte (10^{-9}) de esta unidad.

nanómetro n.m. Medida de longitud; es la milmillonésima parte del metro.

nansa n.f. **1.** Nasa de pescar. **2.** Estanque pequeño para tener peces.

nansú n.m. Tela fina de algodón.

nao n.f. Nave.

naos n.m. ARQUEOL Parte interior y principal de un templo griego, que albergaba la estatua de una divinidad.

napalm n.m. Esencia gelificada por palmitato de aluminio o de sodio, que se utiliza para fabricar bombas incendiarias.

napea n.f. MIT Cualquiera de las ninfas que residían en los bosques.

napias n.f.pl. Fam. Narices.

napoleón n.m. Moneda francesa de oro de 20 francos con la efigie de Napoleón.

naranja n.f. Fruto del naranjo, de forma globosa, corteza rugosa, y pulpa comestible dividida en gajos. — ARQUIT Cúpula de un edificio. • **naranjada** n.f. Agua de naranja. • **naranjero,a** adj. **1.** Perteneciente o relativo a la naranja. **2.** Dícese del caño cuyo diámetro interior es de 8 a 10 cm.

naranjo n.m. **1.** BOT Árbol de la familia de las rutáceas, de 4 a 6 m de altura, siempre verde, florido y con fruto. Su flor es el azahar y su fruto la naranja. **2.** Madera de este árbol.
ENCICL El naranjo, importado de Asia, se cultiva hoy intensamente en la cuenca mediterránea, en California y en África del S, donde la temperatura es elevada durante todo el año. Sus hojas completas, tupidas, son perennes. De sus pequeñas flores se extrae una esencia con la cual se fabrica un agua aromatizada sedante *(agua de azahar)*. Hay muchas variedades de naranjos cultivados por su fruta: *Citrus aurantium amara* que da la naranja amarga; *Citrus aurantium dulcis*, de naranja dulce. De la piel de las naranjas se obtiene un aceite esencial (el *neroli*). La ebanistería utiliza la madera de algunas variedades.

narceína n.f. QUIM Alcaloide del opio, con propiedades semejantes a las de la morfina.

1. narciso n.m. Planta herbácea de la familia de las amarilidáceas, con flores blancas o amarillas muy apreciadas por su belleza. ▷ Flor de esta planta.

2. narciso n.m. Fig. El que cuida excesivamente su apariencia exterior, o está muy satisfecho de sí mismo. • **narcisismo** n.m. **1.** Excesiva complacencia en la consideración de las propias facultades u obras. **2.** PSICOAN Amor morboso de sí mismo. • **narcisista 1.** n.m. y f. Narciso. **2.** adj. Perteneciente o relativo al narcisismo.

narco- Prefijo procedente del griego, «entumecimiento».

narcolepsia n.f. MED Necesidad patológica e irreprimible de dormir.

narcosis n.f. Sueño producido artificialmente mediante una sustancia química; anestesia general.

narcótico,a n. y adj. Sustancia que produce sopor intelectual o entumecimiento de los sentidos. • **narcotina** n.f. Alcaloide extraído del opio, de efectos narcóticos débiles.

nardo n.m. **1.** Espicanardo. **2.** Planta de la familia de las liliáceas, de flores blancas y olorosas, muy empleada en perfumería.

narguile n.m. Pipa para fumar, en que el humo pasa a través de un vaso lleno de agua perfumada y se aspira por un tubo largo.

narigón,a o **narigudo,a** adj. Que tiene grande la nariz.

nariz n.f. Órgano saliente de la cabeza del hombre y de la mayor parte de los vertebrados, entre la frente y la boca, con dos orificios que comunican con el aparato respiratorio. — Fig. y Fam. *Meter uno las narices en una cosa.* Curiosear, entremeterse, sin ser llamado, a saberla o entenderla. • **narizotas** n.m. y f.pl. **1.** Persona que tiene la nariz grande. Se usa frecuentemente como insulto. **2.** Narices muy grandes.

nark n.m. FIS NUCL Subpartícula perteneciente a la familia de los quarks.

narra n.m. **1.** BOT Árbol de Filipinas, de la familia de las papilionáceas. Su madera, de color rojo, se usa en ebanistería. **2.** Madera de este árbol.

narrar v.tr. Contar, referir lo sucedido. • **narración** n.f. **1.** Acción y efecto de narrar. **2.** RET Una de las partes del discurso retórico en que se refieren los hechos que fundamentan la argumentación. • **narrador,a** n. y adj. Que narra. • **narrativa** n.f. **1.** Acción y efecto de narrar. **2.** Habilidad o destreza en narrar las cosas.

nártex n.m. ARQUIT Vestíbulo o pórtico de las basílicas románicas y bizantinas.

narval n.m. Cetáceo de unos 6 m de largo, con cabeza grande y un incisivo que llega a alcanzar 3 m de largo.

nasa n.f. **1.** Arte de pesca que consiste en un cilindro de juncos entretejidos, con una especie de embudo dirigido hacia adentro en un extremo, y una tapa en el otro. **2.** Arte parecido al anterior, formado por una manga de red y ahuecado por aros de madera. **3.** Cesta para echar la pesca o guardar alimentos.

nasal adj. **1.** Perteneciente o relativo a la nariz. **2.** GRAM Dícese del sonido en cuya pronunciación la corriente espirada sale por la nariz. **3.** n. y adj. GRAM Dícese de la letra que representa este sonido. • **nasalización** n.f. Acción de nasalizar. ▷ MED Alteración de la voz de una persona que habla dejando pasar la totalidad del aire espirado por las cavidades nasales. • **nasalizar** v.tr. FON Dar una pronunciación nasal a sonidos que no lo requieren.

násico n.m. Mono cercopitécido de Borneo, de nariz muy larga.

naso n.m. Pez ciprínido de agua dulce, de labios córneos cortantes y boca muy ventral.

nasofaríngeo,a adj. ANAT Dícese de lo que está situado en la faringe por encima del velo del paladar y detrás de las fosas nasales.

Nassa n.m. Género de moluscos gasterópodos marinos de concha en espiral.

nastia n.f. BOT Movimiento de un órgano vegetal debido a variaciones del medio exterior.

nata n.f. **1.** Sustancia espesa que se forma sobre la leche en reposo. **2.** Sustancia espesa de algunos licores que sobrenada en ellos. **3.** Fig. Lo principal y más estimado en cualquier línea. **4.** MIN *Amér.* Escoria de la copelación. • **natillas** n.f.pl. Plato de dulce que se hace con huevo, leche y azúcar.

natación n.f. **1.** Acción y efecto de nadar. **2.** Arte de nadar. • **natatorio,a** adj. **1.** Perteneciente a la natación. **2.** Que sirve para nadar.

natal **1.** adj. Perteneciente al nacimiento o lugar donde uno ha nacido. **2.** n.m. Acción y efecto de nacer. ▷ Día del nacimiento de una persona. • **natalicio,a** n.m. y adj. Perteneciente al día del nacimiento. • **natalidad** n.f. Número proporcional de nacimientos en población y tiempo determinados.

natchez, antiguo pueblo amerindio de América del N. Instalados al SO del Mississippi, fueron aniquilados por los franceses (1729-1731).

nativo,a **I.** n. y adj. Perteneciente al país o lugar en que uno ha nacido. **II.** adj. **1.** Innato, natural. **2.** Dícese de los metales y minerales que se encuentran en estado puro. • **nato,a** **1.** Part.pas.irreg. de *nacer*. **2.** adj. Aplícase al título o cargo inherente a un sujeto o empleo.

natri n.m. Arbusto chileno de la familia de las solanáceas, de 2 a 3 m de altura, hojas aovadas, oblongas y puntiagudas, y flores blancas. • **natral** n.m. *Chile.* Terreno poblado de natris.

natrón n.m. Sal blanca (carbonato sódico hidratado).

natural adj. **I. 1.** Perteneciente a la naturaleza o conforme a la calidad o propiedad de las cosas. **2.** Nativo de un pueblo o nación. **II. 1.** Sin artificio. **2.** Ingenuo. **3.** Dícese también de las cosas que imitan a la naturaleza. **4.** Fácilmente creíble. **III.** MUS Dícese de la nota no modificada por sostenido ni bemol. **IV.** n.m. **1.** Temperamento, carácter. **2.** ESCULT y PINT Forma exterior de una cosa que se toma por modelo y ejemplar para la pintura y escultura. — MAT *Números naturales:* los enteros positivos (1, 2, 3, 4, etc.). • **naturalidad** n.f. **1.** Calidad de natural. **2.** Sencillez en el comportamiento. **3.** Conformidad de las cosas con las leyes ordinarias y comunes.

naturaleza n.f. **1.** Esencia y propiedad característica de cada ser. **2.** Conjunto de todas las entidades que componen el universo. **3.** Virtud, calidad o propiedad de las cosas. **4.** Instinto. **5.** Sexo, especialmente en las hembras. **6.** Origen que uno tiene según el lugar en que ha nacido. **7.** Índole, temperamento. **8.** Especie, género, clase. El mundo físico y sus leyes. **9.** ESCULT y PINT La que se toma por modelo. — PINT *Naturaleza muerta.* Cuadro que representa animales muertos o cosas inanimadas.

naturalismo n.m. **I. 1.** FILOS Doctrina que considera a la naturaleza como la única realidad y niega lo sobrenatural. **2.** Doctrina que ve en la naturaleza la única fuente de valores. **II.** BELL ART, HIST, LITER Teoría según la cual el arte debe reproducir fielmente la naturaleza sin interpretarla. • **naturalista** **1.** n. y adj. FILOS Adepto al naturalismo (sent. 1). **2.** BELL ART, HIST, LITER Partidario del naturalismo artístico o literario.

naturalizar **I.** v.tr. y prnl. Conceder o ser concedidos oficialmente a un extrajero, los derechos y privilegios de los naturales del país. **II.** v.tr. y prnl. Introducir y emplear en un país, como si fueran propias de él, cosas de otros países. • **naturalización** n.f. Acción y efecto de naturalizar o naturalizarse.

naturismo n.m. **1.** FILOS Doctrina que considera la adoración de las fuerzas naturales fuente de la religión. **2.** MED Sistema terapéutico que recomienda el uso de la medicación natural. **3.** Doctrina que propugna la vuelta a la naturaleza y la organización de la vida de acuerdo con ella. • **naturista** n. y adj. Adepto al naturismo.

naufragar v.int. Irse a pique la embarcación o personas que van en ella. • **naufragio** n.m. Pérdida o ruina de la embarcación en el agua. • **náufrago,a** **I.** n. y adj. Que ha padecido naufragio. **II.** n.m. Tiburón.

naumaquia n.f. **1.** ANTIG ROM Representación de un combate naval. **2.** Estanque donde tenía lugar este espectáculo.

nauplius n.m. ZOOL Primera forma larvaria de los crustáceos.

náusea n.f. **1.** Ansia de vomitar. **2.** Fig. Repugnancia. • **nauseabundo,a** adj. Que produce náuseas.

nauta n.m. Hombre de mar.

-nauta, -naútico Sufijos procedentes del griego «navegante», «relativo a la navegación».

náutico,a adj. Perteneciente o relativo a la navegación. • **náutica** n.f. Ciencia o arte de navegar.

nautilo n.m. ZOOL Molusco cefalópodo tetrabranquial. Es propio del océano Índico.
ENCICL El *Nautilus* es el único género de moluscos conocido desde la era primaria. Su concha de tipo espiral y tabicada alcanza 25 cm de diámetro. El animal, que posee hasta 90 tentáculos filiformes, habita en el último recinto; está unido al primer recinto por un cordón fibroso.

nava n.f. Tierra baja llana entre montañas.

navaja n.f. **I.** Cuchillo cuya hoja puede doblarse sobre el mango y guardarse entre dos cachas. **II.** ZOOL Molusco lamelibranquio marino, cuya concha se compone de dos valvas simétricas. • **navajada** n.f. **1.** Golpe que se da con la navaja. **2.** Herida que resulta de este golpe. • **navajazo** n.m. Navajada. • **navajero** n.m. **1.** Estuche en que se guardan las navajas. **2.** Persona que se sirve de la navaja como arma para atracar.

navajos, indios de América del N que en la actualidad viven en las reservas de Arizona y de Nuevo México, formando el grupo indio más importante de los Estados Unidos (cerca de 100.000 individuos).

naval adj. Perteneciente o relativo a las naves y a la navegación.

navarro,a **1.** n. y adj. Natural de Navarra. **2.** adj. Perteneciente o relativo a Navarra.

nave n.f. **I.** Embarcación barco. — ESP *Nave espacial.* Ingenio capaz de evolucionar en el espacio, navío espacial. **II.** ARQUIT Cada uno de los espacios que entre muros o filas de arcadas se extienden a lo largo de los templos u otros edificios.

navegación n.f. **1.** Acción de navegar. **2.** Viaje que se hace con la nave. **3.** Tiempo que éste dura. **4.** Ciencia y arte de navegar, náutica. **5.** AERON Arte de determinar la ruta que debe seguir un avión y su posición en vuelo.
ENCICL **Navegación marítima.** — Los procedimientos de navegación marítima comprenden esencialmente: la navegación costera, que consiste en definir la posición del navío estimando los acimuts de varias marcas situadas a lo largo de la costa; la navegación *por estimas,* en la cual se traza en el mapa la ruta seguida por el navío calculando los sucesivos rumbos y la velocidad del navío; la *navegación astronómica,* que consiste en calcular por medio del sextante, en determinados momentos, la altura del Sol o de otros astros; la *radionavegación* que utiliza las ondas radioeléctricas emitidas por los radiofaros o por satélites especializados (v. también sonar y radar). Estos procedimientos diversos, lejos de excluirse, se complementan. La ruta seguida por un navío es llamada *loxodromía*: se navega manteniendo un rumbo constante, o sea, una *ortodromía:* se recorre el arco de gran amplitud que pasa por el punto de partida y por el punto que uno se propone alcanzar; este trayecto, que es el camino más corto de un lugar a otro (ya que la Tierra es esférica), se utiliza sobre todo en la navegación transoceánica. La navegación es más fácil hoy, gracias al empleo de *centrales inerciales,* que permiten, al medir las aceleraciones que sufre el navío, determinar la posición de éste en un momento dado con gran precisión.
Navegación aérea. — Se observan reglas destinadas a facilitar el tráfico y a asegurar la seguridad de los aviones. Los planes de vuelo, establecidos y sometidos, antes de partir, a la aprobación de los servicios de control aéreo, deben ser estrictamente respetados durante todo el curso del viaje. Los diferentes tipos de navegación aérea descansan sobre los mismos principios que los de la navegación marítima: navegación por estima, navegación astronómica, navegación inercial y radionavegación; esta última, hoy día la más importante, utiliza en particular los sistemas Decca, Loran o Consol. Las vías aéreas, sobre todo cerca de los aeropuertos, están jalonadas de radiobalizas que, al emitir ondas de alta frecuencia en un plano vertical, permiten a los aviones dirigirse a su destino. El aterrizaje se facilita por sistemas de guía radioeléctrica como el ILS *(Instrument Landing System).* Cada Estado es libre de organizar en su territorio los servicios de navegación aérea que juzgue útiles, en la medida en que se ajusten a las reglamentaciones de la OACI (Organización de la Aviación Civil Internacional).
Navegación espacial. — La navegación espacial se distingue de la navegación marítima y aérea por el hecho de que las trayectorias de los vehículos espaciales están sujetas a las leyes de la mecánica celeste y que los vehículos (cuando escapan, por ejemplo, de la atracción terrestre) sólo consumen energía para rectificar su trayectoria. Al deber ser, por razones económicas, la relación de la masa de la carga útil y de la masa total del vehículo (incluyendo el combustible que lleva a la salida) lo más elevada posible, la trayectoria a seguir por el vehículo está determinada por cálculos muy minuciosos hechos de antemano, y debe ser rigurosamente respetada en el curso de la misión. Es necesario verificar los desvíos eventuales entre trayectoria real y trayectoria prevista, de forma que se pueda proceder a verificar las correcciones que se impongan; la precisión y la complejidad de estos cálculos han exigido siempre el empleo de ordenadores.

navegar **I.** v.tr. e int. Viajar por el agua con embarcación o nave. **II.** v.int. **1.** Andar el buque o embarcación. **2.** P. anal., hacer viaje o andar por el aire en globo, avión u otro vehículo. • **navegable** adj. **1.** Dícese del río, lago, canal, etc., donde se puede navegar. **2.** Que puede navegar. • **navegante** n. y adj. El que navega.

Navidad n.f. Festividad cristiana del nacimiento de Jesús, que se celebra el día 25 de diciembre. ▷ En pl., *las Navidades,* ciclo festivo y litúrgico entre la Navidad y la Epifanía. • **navideño,a** adj. Perteneciente o relativo a la Navidad o Navidades.

navío n.m. **I. 1.** Embarcación de grandes dimensiones. **2.** Buque de guerra. **II.** ASTRON *Navío argos.* Constelación del hemisferio austral. • **naviero,a 1.** adj. Concerniente a naves o a navegación. Dueño de un navío u otra embarcación capaz de navegar en alta mar. **2.** n. y adj. El que avitualla un buque mercante.

1. náyade n.f. MIT Cualquiera de las ninfas que vivían en los ríos y en las fuentes.

2. náyade Planta monocotiledónea acuática.

nayuribe n.f. Planta herbácea de la familia de las amarantáceas de flores moradas.

nazareno,a **I.** n. y adj. **1.** Natural o perteneciente a Nazaret. **2.** Dícese del hebreo que se consagraba al culto de Dios. **3.** Imagen de Jesucristo vistiendo un ropón morado. **II.** BOT Árbol americano de la familia de las ramnáceas. **III.** n.m.pl. Grupo de pintores alemanes, que preconizaban la vuelta a la estética de inspiración cristiana de los italianos primitivos.

nazarí **1.** n.m.pl. y adj. Dícese de los descendientes de Yúsuf ben Názar, fundador de la dinastía musulmana que reinó en Granada desde el s. XIII al XV. v. ENCICL. **2.** adj. Perteneciente o relativo a esta dinastía.
ENCICL Su primer soberano fue Muḥammad I (v.) (1231-1272). Tras Muḥammad III (1301-1308), ostentó el poder Naṣr y en 1313 accedió al trono Ismā'īl I bajo cuyo reinado se inició la construcción de la Alhambra (v.), miembro de otra rama familiar. Tras el esplendor cultural de la época de Muḥammad V (1354-1390), comenzó la decadencia de esta dinastía que terminó con la conquista del reino de Granada por los Reyes Católicos en 1492, triunfo cristiano propiciado por las disputas internas entre Boabdil, Muley Macen y el Zagal (v.).

nazi adj. Perteneciente o relativo al nacionalsocialismo. • **nazismo** n.m. Movimiento, régimen y doctrina nazis.
ENCICL Elaborado por Hitler en *Mein Kampf,* el nazismo fue la doctrina oficial del Estado alemán de 1933 a 1945. Los nazis exaltaban la superioridad de los germanos, considerados como la rama más pura de la raza blanca, digna de dominar a los pueblos inferiores (incluyendo en ellos a los hombres de color). El concepto del Estado nazi era totalitario; del nacimiento a la muerte, y en todos los campos (educación, prensa, artes), la nación alemana estaba militarizada. Se fomentaba el culto al jefe, el Führer, al mismo tiempo que la negación del individuo en beneficio del grupo. No se admitía la oposición política. Anticapitalista en la medida en que predicaba la nacionalización de la política económica y difundía consignas contra la gran propiedad, el propósito de la doctrina nazi estaba más en la línea de captar a la clase obrera que modificar las estructuras sociales. De hecho, el nazismo era expansionista. Hitler pedía la reunión de todos los alemanes en el marco de una Gran Alemania, tras la derogación del Tratado de Versalles. Preconizaba la constitución de un Ejército nacional

Nb QUIM Símbolo del niobio.

NB Abreviatura de las palabras latinas *nota bene,* «fíjese».

Nd QUIM Símbolo del neodimio.

Ne QUIM Símbolo del neón.

nébeda n.f. Planta herbácea de la familia de las labiadas.

nebli o **nebí** n.m. Ave de rapiña parecida al halcón, utilizada en cetrería.

neblina n.f. Niebla espesa y baja. • **neblinoso,a** adj. Que abunda en niebla.

neblinear v.int. *Chile.* Lloviznar.

nebulizar v.tr. Pulverizar un líquido en gotas finísimas. • **nebulizador** n.m. TECN Aparato que sirve para proyectar un líquido en finísimas gotas.

nebulosa n.f. ASTRON Materia cósmica celeste, que asemeja a una nube luminosa en el cielo. • **nebular** adj. Perteneciente o relativo a las nebulosas.
ENCICL Una nebulosa está constituida o bien por una multitud de estrellas (nebulosa extragaláctica o simplemente galaxia), o bien por una nube de gas situada en la Galaxia (nebulosa gaseosa). La luminosidad de las nebulosas gaseosas se debe a la difusión de la luz de las estrellas por la materia interestelar. Ciertas nebulosas, llamadas oscuras, se interponen entre la Tierra y las estrellas, formando así puentes sombríos que parecen desprovistos de estrellas. Las nebulosas más conocidas son la nebulosa de Orión, que puede observarse a simple vista, y la nebulosa del Cangrejo, residuo de la explosión (en 1054) de una supernova.

nebuloso,a adj. **1.** Que abunda de nieblas, o cubierto de ellas. **2.** Oscurecido por las nubes. **3.** Fig. Poco claro.

necedad n.f. Idiotez, imbecilidad.

necesario,a adj. **1.** Que precisa, forzosa o inevitablemente que ha de ser o suceder. **2.** Dícese de lo que se hace y ejecuta obligado de otra cosa. **3.** Que hace falta para un fin. — LOG MAT *Condición necesaria y suficiente.* La que hace cierta una proposición si, y solamente si, esta condición se cumple. — LOG Que se deduce lógica e inevitablemente de determinadas condiciones e hipótesis. • **necesidad** n.f. **1.** Impulso irresistible que hace que las causas obren infaliblemente en cierto sentido. **2.** Todo aquello a lo cual es imposible sustraerse, faltar o resistir. **3.** Pobreza, miseria. **4.** pl. Evacuación corporal. • **necesitado,a** n. y adj. Pobre, que carece de lo necesario. • **necesitar 1.** v.tr. Obligar y precisar a ejecutar una cosa. **2.** v.int. y tr. Haber menester o tener precisión o necesidad de una persona o cosa.

neceser n.m. Caja o estuche con diversos objetos de tocador, costura, etc.

necio,a n. y adj. **1.** Ignorante, terco o falto de razón que podía o debía saber. **2.** Imprudente, terco o falto de razón. **3.** adj. Aplícase también a las cosas ejecutadas con ignorancia, imprudencia o presunción.

neck n.m. GEOL Pico rocoso originado por una antigua chimenea volcánica rellena de lava solidificada y puesta al descubierto por la erosión.

nécora n.f. ZOOL Cangrejo comestible.

Necrobia n.f. Género de coleópteros que viven sobre las materias animales en descomposición.

necrófago,a adj. Que se alimenta de cadáveres.

necrofilia n.f. Perversión sexual que se caracteriza por cierta inclinación hacia los cadáveres.

necróforo,a n. y adj. ZOOL Dícese de los insectos coleópteros que entierran los cadáveres de otros animales para depositar en ellos sus huevos.

necrolatría n.f. Adoración a los muertos.

necrología n.f. **1.** Biografía de una persona notable muerta hace poco tiempo. **2.** Lista o noticia de muertos. • **necrológico,a** adj. Perteneciente o relativo a la necrología.

necromancia o **necromancía** n.f. Adivinación por evocación de los muertos.

necrópolis n.f. **1.** Conjunto grande de sepulturas antiguas. **2.** Gran cementerio de una ciudad.

necroscopia o **necropsia** n.f. Autopsia o examen de los cadáveres.

necrosis n.f. **1.** PAT Destrucción de los tejidos del organismo. **2.** P. ext., destrucción íntima de un tejido. • **necrósico,a** o **necrótico,a** adj. MED Afectado de necrosis.

néctar n.m. **1.** BOT Jugo azucarado, de las flores. **2.** Bebida agradable al paladar. **3.** MIT Bebida de los dioses. • **nectario** n.m. BOT Glándula que secreta el néctar.

nectón n.m. BIOL Conjunto de los animales marinos o lacustres que pueden moverse por su propio impulso a través del agua.

neerlandés,a **I.** n. y adj. Holandés. **II.** n.m. Lengua germánica hablada por los habitantes de los Países Bajos.

nefando,a adj. Indigno, indecible. • **nefandario,a** adj. Aplícase a la persona que comete pecado nefando. • **nefario,a** adj. Sumamente malvado.

nefasto adj. **1.** ANTIG ROM *Días nefastos.* En los que estaba prohibido por la ley divina ocuparse de los asuntos públicos. **2.** Desgraciado, desastroso

nefelismo n.m. Conjunto de caracteres con que se nos presentan las nubes.

nefelómetro n.m. Instrumento para medir la turbidez de un fluido o la concentración y tamaño de las partículas en suspensión. • **nefelometría** n.f. Procedimiento de análisis químico y bacteriológico que se vale del nefelómetro.

nefr(o)- Prefijo procedente del griego *nephros*, «riñón».

nefrectomía n.m. CIR Ablación quirúrgica del riñón.

nefridio n.m. ZOOL Órgano excretor de ciertos invertebrados (anélidos, lamelibranquios, etc.).

nefrina n.f. BIOQUIM Sustancia proteica secretada por el riñón que causa hipertensión arterial.

nefrita n.f. PETROG Variedad de jade.

nefritis n.f. MED Ataque inflamatorio de riñón. • **nefrítico,a** **1.** adj. Renal. — MED *Cólico nefrítico.* Crisis dolorosa originada por la migración a través del uréter de un cálculo renal. **2.** n. y adj. Que padece de nefritis.

nefrología n.f. MED Parte de la medicina que trata de la fisiología y la patología renales.

nefrón n.m. ANAT Unidad funcional renal formada por el glomérulo, los tubos contorneados proximal y distal, el asa de Henle y los tubos de Bellini.

nefropatía n.f. MED Afección genérica del riñón.

nefrosis n.f. MED Afección degenerativa del riñón.

negador,a adj. Que niega.

negar **I.** v.tr. **1.** Decir uno que no es verdad alguna cosa. **2.** No admitir la existencia de algo. **3.** No conceder aquello que se solicita. **4.** Prohibir. **II.** v.prnl. Excusarse de hacer una cosa, o repugnar mezclarse en ella. • **negación** n.f. Acción de negar. ▷ LOG *Negación de una proposición P.* Proposición, anotada no P o Γ P, que es falsa si P es verdadera, y al revés. • **negado,a** n. y adj. **1.** Incapaz o inepto para una cosa.

negativa n.f. **1.** Negación o denegación. **2.** Repulsa o no concesión de lo que se pide. • **negatividad** n.f. **1.** FIS Carácter de un cuerpo portador de una carga negativa. **2.** Carácter de lo que es negativo (sent. 2). • **negativismo** n.m. **1.** MED Perturbación de la voluntad caracterizada por el rechazo a toda solicitud, interna o externa. **2.** Actitud caracterizada por la negación, el rechazo sistemático de todo. • **negativo,a** **I.** adj. **1.** Que expresa una negación. **2.** Que no es constructivo, que no hace más que oponerse. **3.** MAT *Número negativo.* Inferior o igual a cero. ▷ METEOR *Temperatura negativa.* La inferior a 0 °C. **4.** *Electricidad negativa.* La constituida de electrones. ▷ *Polo negativo.* Aquel por el que llega la corriente en un generador de corriente continua. ▷ QUIM *Ion negativo.* Anión. **II.** n.m. FOTOG Fase en la obtención de una fotografía, en la que las partes claras y las sombrías están invertidas con relación al modelo.

negatón o **negatrón** n.m. FIS NUCL Sinónimo de electrón.

negatoscopio n.m. TECN Pantalla luminosa para el examen de clichés radiográficos.

negligencia n.f. **1.** Descuido, omisión. **2.** Falta de aplicación. • **negligente** n. (apl. a pers.) y adj. Descuidado.

negociado,a n.m. **1.** Cada uno de los despachos de una organización administrativa. **2.** *Arg., Bol., Chile, Ecuad., Par.* y *Perú.* Negocio ilegítimo y escandaloso.

negociar v.int. **1.** Tratar y comerciar. **2.** Tratar asuntos públicos o privados procurando su mejor logro. • **negociación** n.f. Acción y efecto de negociar. • **negociador,a** n. (apl. a pers.) y adj. Que negocia.

negocio n.m. **1.** Cualquier ocupación, quehacer, o trabajo. **2.** Dependencia, pretensión, tratado o agencia. **3.** Todo lo que es objeto de lucro. **4.** Utilidad o interés que se logra en lo que se trata, comercia o pretende. • **negociante,a** n.m. y f. Comerciante.

negrear **I.** v.int. Mostrar color negro o ennegrecerse. **II.** v.tr. *Pan.* Insultar a una persona tratándola de negro. • **negrecer** v.int. y prnl. Poner, o ponerse, negro.

negrero,a **1.** n. (apl. a pers.) y adj. Dedicado a trata de negros. **2.** n.m. y f. Fig. Persona de condición dura, cruel, para sus subordinados.

negreta n.f. Ave palmípeda que habita en las orillas del mar y se alimenta de pececillos.

negrilla n.f. **1.** Especie de congrio que tiene el lomo de color oscuro. **2.** BOT Hongo microscópico que vive parásito del olivo y de otras plantas. **3.** n.f. y adj. Letra especial más gruesa que resalta en el texto.

negrillo n.m. **1.** Olmo. **2.** *Amér.* Mena de plata cuprífera cuyo color es muy oscuro.

negrismo o **afroamericanismo,** tendencia literaria latinoamericana. Su cultivo es relativamente reciente, ya que no se puede equiparar con la atención prestada al tema por los románticos. Hasta ahora su importancia ha residido en la poesía. Sus características son la sencillez y la búsqueda de una expresión que recuerda el ritmo de la danza negra. Cuando se la compara con la producción africana auténtica se encuentran analogías: el empleo de la onomatopeya, las repeticiones de versos, el tema que recuerda vivencias ancestrales. A esto hay que añadir la atención por lo folklórico y popular y la introducción de temas humanos y sociales: el mestizaje, la separación racial, etc. Cuba es el país que mayor número y quizá mejores cultivadores ha tenido de estos géneros: Nicolás Guillén Emilio Ballagas, José Zacarías Tallet. En Uruguay ha sobresalido Ildefonso Pereda Valdés, y, en Puerto Rico, Luis Palés Matos En la prosa, la novela *Ecue Yamba-O*, de escritor cubano Alejo Carpentier, es la obra que mejor se corresponde con esta tendencia poética.

negrita n.f. y adj. IMP Letra negrilla.

negrito n.m. Pájaro cubano, de color negro, parecido al canario.

negritos, poblaciones primitivas melanoindonesias (Filipinas, Malaysia, islas Andamán). Su pequeña estatura y sus caracteres negroides les hizo ser comparados a los pigmeos, con los que no guardan ninguna relación.

negro,a **I.** n. y adj. **1.** De color totalmente oscuro, falto de todo color. **2.** Individuo de piel negra. **II.** adj. **1.** Moreno, o que no tiene la blancura que le corresponde. **2.** Oscuro u oscurecido y deslucido, o que ha perdido o mudado el color que le corresponde. **III.** n.m. El que trabaja anónimamente para provecho de otro. **IV.** n.m. y f. *Amér.* Voz de cariño. — *Chile.* Fig. y Fam. *Con la negra.* Sin dinero. **V.** *Cuerpo negro.* Cuerpo que absorbe totalmente la radiación térmica que recibe. ▷ FIS *Luz negra.* Radiación ultravioleta utilizada para obtener ciertos efectos decorativos de fluorescencia. **VI.** QUIM *Negro de platino.* Platino muy poroso que se obtiene por reducción de cloruro de platino y se utiliza como catalizador. • **negroide** (apl. a pers.) y adj. Se dice de lo que presenta alguno de los caracteres de la raza negra o de su cultura. • **negrura** n.f. Negror. • **negruzco,a** o **negrizco,a** adj. De color moreno algo negro.

negro espiritual, canto religioso de los negros cristianos de EE.UU.

negrón n.m. ZOOL Pato marino nórdico.

neguilla n.f. **I.** **1.** Planta herbácea anual, de la familia de las cariofiláceas. ▷ Semilla de esta planta. **2.** Arañuela (planta). **II.** Mancha negra en la cavidad de los dientes de las caballerías.

negundo n.m. BOT Árbol de la familia de las aceráceas, próximo del arce, pero con las flores dioicas y sin pétalos.

negus n.m. Título que se daba al emperador de Etiopía.

neis n.m. Granito pizarroso, gneis.

nelumbo n.m. Planta de agua dulce.

Nemalion n.m. BOT Género de algas marinas cuyo talo ramificado está formado por cordones bicilíndricos elásticos.

nemat(o)- Prefijo procedente del griego, que significa, «hilo».

nematelminto n. y adj. ZOOL Se dice de gusanos de cuerpo fusiforme o cilíndrico y no segmentado, desprovistos de apéndices locomotores. ▷ n.m. pl. ZOOL Clase de estos gusanos.

ENCICL La piel de los nematelmintos, provista de una cutícula inextensible, sufre crecimiento por mudas. La mayoría de estos gusanos son parásitos (ácaros, oxiuros, triquinas, etc.); algunas especies tienen una vida libre. Se distinguen dos clases: los nematodos, con el tubo digestivo completo, y los gordianos, con el tubo digestivo atrofiado.

nematoblasto n.m. ZOOL Sinónimo de cnidoblasto.

nematócero n. y adj. ZOOL Dícese de los insectos dípteros que tienen cuerpo esbelto, alas estrechas y largas, patas delgadas y antenas largas. ▷ n.m. pl. ZOOL Suborden de estos animales, que se conocen con el nombre de mosquitos.

nematocisto o **nematocito** n.m. ZOOL Vesícula de veneno de los cnidarios.

nematodo n. y adj. ZOOL Se dice de los nematelmintos que tienen aparato digestivo. ▷ n.m. pl. ZOOL Orden de estos nematelmintos.

nematorrincos n.m. pl. ZOOL Rama de metazoos seudocelomados microscópicos.

nemertinos n.m. pl. ZOOL Tipo de metazoos celomados con tubo digestivo completo.

nemotecnia, nemónica o **nemotécnica** n.f. Arte de la memoria, mnemotecnia.

nene,a n.m. y f. Fam. Niño pequeñito.

nenia n.f. Canto fúnebre de a la antigüedad.

nenúfar n.m. Planta acuática de la familia de las ninfeáceas, con flores blancas y fruto globoso.

neo- Prefijo que se utiliza con el significado de «nuevo».

neoblasto n.m. BIOL Célula de regeneración que existe en algunos animales primitivos.

neocatolicismo n.m. Doctrina político-religiosa que aspira a restablecer en todo su rigor las tradiciones católicas.

Neoceratodus n.m. ZOOL Género de peces crosopterigios dipnoiformes.

neoclasicismo n.m. Corriente literaria y artística de la segunda mitad del s. XVIII, que restauró el gusto por el clasicismo. • **neoclásico,a I.** adj. **1.** Perteneciente o relativo al neoclasicismo. **2.** Se dice del arte o estilo que imita el clasicismo griego y romano. **II.** n. (apl. a pers.) y adj. Partidario del neoclasicismo.

ENCICL Aparecido en Roma hacia la mitad del s. XVIII, el neoclasicismo se extendió por todos los países europeos, así como en los Estados Unidos (*Capitolio* de Washington), y se prolongó hasta 1830 aproximadamente. En el origen de este movimiento se ve claramente una reacción contra el arte «aristócrata» (barroco, rococó), así como una gran admiración por la República romana. El arte antiguo, que gracias a las excavaciones de Herculano (1720) y de Pompeya (1748) comenzaba a ser mejor conocido, adquirió desde entonces fuerza de símbolo. La generación de los arquitectos neoclásicos franceses comprende sobre todo a E. L. Boullée, C. de Wailly *(Odeón)*, C. N. Ledoux, A. T. Brongniart *(Bolsa de París)*, J. F. Chalgrin *(Arco de Triunfo de la Estrella)*, P. A. Vignon *(iglesia de la Madeleine)*. El escultor italiano A. Canova fue el que sometió más fácilmente su arte a la estética del «noble contorno». En pintura, el *Juramento de los Horacios* ejecutado por David en 1784, se presentó como el manifiesto genuino de esta escuela. Al neoclasicismo pertenecen algunos monumentos españoles (*Palacio Real* y *Museo del Prado* en Madrid, *iglesia de San Felipe Neri, Parlamento* y *Lonja* en Barcelona). Se fundan la Real Academia de la Lengua, la Real Academia de la Historia, etc. En literatura destacan Samaniego, Iriarte y Moratín.

neocolonialismo n.m. Situación de dominación económica y cultural mantenida por las metrópolis sobre las antiguas colonias.

neocriticismo n.m. FILOS Doctrina filosófica de inspiración kantiana.

neodarvinismo o **neodarwinismo** n.m. BIOL Teoría de la evolución fundamentada sólo en la selección de la especie por el medio, negando la herencia de los caracteres adquiridos.

neodimio n.m. QUIM Metal del grupo de los lantánidos; elemento de número atómico 60, de masa atómica 144,24 (símbolo *Nd*).

neófito,a n.m. y f. **1.** Persona recién convertida a una religión. **2.** Persona recién admitida al estado eclesiástico o religioso. ▷ P. ext., persona recientemente adherida a una causa o grupo.

neoformación n.f. MED Sinónimo de neoplasia.

neogeno n.m. GEOL Última etapa de la era terciaria; comprende el mioceno y el plioceno.

neoglucogénesis n.f. BIOQUIM Transformación de las proteínas en glucosa en el hígado.

neogótico,a adj. ARQUIT Que se inspira en el gótico. ▷ n.m. Estilo arquitectónico y decorativo de finales del s. XIX.

neoimpresionismo n.m. BELL ART Movimiento pictórico que se afirmó entre 1884 y 1891, y cuyos adeptos (Seurat, Signac, Cross, Luce, etc.) utilizaban la división sistemática de los tonos.

neokantismo n.m. FILOS Doctrina filosófica de la segunda mitad del s. XIX, que se inspiró en el idealismo trascendental de Kant.

neolamarquismo n.m. Teoría evolucionista inspirada en las ideas de Lamarck, que consideraba el medio y la costumbre como determinantes en la evolución de las especies.

neoliberalismo n.m. ECON POLIT Forma renovada del liberalismo, que permite al Estado una limitada intervención en los planos económico y jurídico.

neolítico,a adj. Perteneciente o relativo a la edad de la piedra pulimentada.

ENCICL Los hombres del neolítico conocían la organización social (pueblos, fortificaciones), la ganadería, la cerámica, la piedra pulimentada. Se hicieron sedentarios, comenzaron a talar los bosques y practicar la agricultura y el comercio. El neolítico (en Europa Occidental), comenzó hacia el 5000 y acabó hacia el 2500 (a. J.C.), pero estas fechas varían considerablemente según los sitios. Así, la ciudad neolítica más antigua que se conoce es la de Jericó (hacia 8000 ó 7000 a. J.C.).

neología n.f. Invención, introducción de palabras nuevas en una lengua. ▷ LING Proceso de formación de nuevas palabras en una lengua. • **neologismo** n.m. Vocablo, acepción o giro nuevo en una lengua.

neomicina n.f. FARM Antibiótico de amplio espectro obtenido a partir del *Streptomyces fradiae*.

neón n.m. QUIM Gas noble y raro que se utiliza para la iluminación; elemento de número atómico 10, de masa atómica 20,17 (símbolo *Ne*).

neonatal adj. **1.** MED Relativo al período que sigue al nacimiento. **2.** Del recién nacido.

neoplasia o **neoplasma** n.m. y f. MED Proliferación celular constituyente de un tumor. • **neoplásico,a** adj. MED Tumoral, canceroso.

neoplasticismo n.m. BELL ART Doctrina pictórica que preconiza el uso exclusivo de las figuras geométricas simples y de los tres colores primarios (a los que se puede añadir el negro, el blanco y el gris).

neoplatonismo o **neoplatonicismo** n.m. Doctrina filosófica del siglo III, que intentaba conciliar las doctrinas religiosas de Oriente con la filosofía de Platón.

neopositivismo n.m. Movimiento filosófico del s. XX, llamado también *positivismo lógico*. • **neopositivista** adj. Que pertenece al neopositivismo.

neopreno n.m. TECN Caucho sintético incombustible, resistente a los aceites y al frío.

neópteros n.m. pl. ZOOL Vasta división que agrupa a los insectos cuyas alas, en reposo, se repliegan hacia atrás.

neoráceo,a adj. BOT Cneoráceo.

neorrealismo n.m. **1.** Doctrina artística o literaria inspirada en el realismo. **2.** Escuela cinematográfica italiana de la post-guerra.

neotenia n.f. ZOOL Capacidad de ciertos animales de reproducirse en estado larvario.

neotomismo n.m. Doctrina filosófica que integra en el tomismo las adquisiciones de la ciencia moderna.

Neottia n.f. BOT Género de plantas sin clorofila, saprofitas, que viven en el humus.

neozelandés,a 1. n. y adj. Natural de Nueva Zelanda. **2.** adj. Perteneciente o relativo a este archipiélago.

neozoico,a adj. GEOL Sinónimo de *terciario*.

Nepa n.f. Género de chinches carnívoras de agua dulce, de unos 20 mm de largo.

nepalés,a 1. n. y adj. Natural de Nepal. **2.** adj. Perteneciente o relativo a este Estado de Asia.

nepentáceo,a n.f. y adj. BOT Se dice de arbustos angiospermos dicotiledóneos que se alimentan de insectos. ▷ n.f. pl. BOT Familia de estas plantas.

nepente n.m. BOT Planta tipo de la familia de las nepentáceas.

néper n.m. FIS Unidad utilizada en radioelectricidad, que sirve para medir las relaciones entre dos magnitudes de la misma naturaleza (tensión, potencia, etc.). (Abreviatura, Np; 1 Np=8,69 dB.) — MAT *Logaritmo neperiano*. Aquel cuya base es el número *e* (símbolo *log* o *ln*).

Nepeta n.f. Género de plantas herbáceas (familia labiadas).

nepotismo n.m. **1.** HIST Forma de favoritismo en la corte pontificia, que consistía en conceder altos cargos a los parientes del papa. **2.** Concesión de cargos y favores a familiares, en detrimento de otros.

neptuniano,a o **neptúnico,a** adj. GEOL Se dice de los terrenos y rocas de formación sedimentaria.

neptunio n.m. QUIM Elemento artificial de número atómico 93, cuyo isótopo más estable tiene una masa atómica de 237 (símbolo *Np*).

neptunismo n.m. GEOL Hipótesis que atribuye exclusivamente a la acción del agua la formación de la corteza terrestre.

nerita n.f. Molusco gasterópodo marino de concha gruesa y abertura semicircular.

nerítico,a adj. GEOL Se aplica a los sedimentos marinos acumulados sobre la plataforma continental.

neroli n.m. TECN Esencia o aceite extraído de la flor del naranjo, utilizado en perfumería.

nerviación n.f. BOT Haz liberoleñoso de una hoja. — ZOOL Disposición de los nervios en las alas membranosas de los insectos.

nervio n.m. **I. 1.** ANAT Cada uno de los cordones blanquecinos, compuestos de muchos filamentos o fibras nerviosas que conducen los impulsos nerviosos. — *Nervio ciático*. El más grueso del cuerpo, terminación del plexo sacro, que se distribuye por las extremidades inferiores. — *Nervio óptico*. El que desde el ojo transmite al cerebro las impresiones luminosas. **2.** Aponeurosis, o cualquier tendón o tejido blanco, duro y resistente. **II. 1.** Cuerda de los instrumentos músicos. **2.** Haz fibroso que corre a lo largo del envés de las hojas. **3.** Fig. Fuerza y vigor. **4.** ARQUIT Arco que, cruzándose con otro u otros, sirve para formar la bóveda de crucería. **III.** n.m. pl. *Los nervios* (considerados como centro de emociones tales como la irritación, cólera, etc.). • **nervadura** n.f. **1.** ARQUIT Moldura saliente. **2.** BOT Conjunto de los nervios de una hoja. • **nerviosismo** n.m. Estado pasajero de excitación nerviosa. • **nervioso,a** adj. **1.** Que tiene nervios. **2.** Perteneciente o relativo a los nervios. **3.** Se aplica a la persona cuyos nervios se excitan fácilmente. • **nervudo,a** adj. Que tiene fuertes y robustos nervios.

ENCICL **Zool.** — En los animales, el sistema nervioso es de origen ectodérmico (esto es, que originariamente está situado en el exterior de la gástrula). Su evolución es parecida a la del mundo animal: ausencia de células nerviosas en los protozoos; aparición de algunas fibras nerviosas en los espongiarios, sistema nervioso muy complejo de los vertebrados (cerebro, médula espinal y múltiples nervios que inervan todo el cuerpo). El aumento de sus capacidades llega al máximo en el hombre. Los animales se clasifican en: *hiponeurios,* de sistema nervioso central (gusanos, moluscos, artrópodos, etc.); y *epineurios,* de sistema nervioso dorsal (cordados: tunicados, cefalocordados y vertebrados).

Anat. y fisiol. — El sistema nervioso es un conjunto de estructuras, muy complejas y heterogéneas, que concurren en la actividad consciente o inconsciente, voluntaria o involuntaria, del hombre. Se le puede dividir en los grandes sistemas: el sistema cerebroespinal y el sistema neurovegetativo o simpático. Los centros de estos dos sistemas son los mismos y se constituyen a partir de una única unidad básica: la célula nerviosa o neurona. El sistema cerebroespinal está constituido por dos conjuntos: el sistema nervioso central, compuesto por el encéfalo y la médula espinal, y los ganglios nerviosos. Pone al individuo en relación con el mundo exterior. El sistema neurovegetativo o simpático, se subdivide en sistema simpático, llamado también ortosimpático, y parasimpático, que inervan las vísceras y regulan su funcionamiento según las necesidades del organismo. Coordina las funciones del organismo humano controlando la vida vegetativa (o visceral). Los nervios craneales, en número de doce pares, salen del encéfalo, del bulbo y de la protuberancia. Los nervios raquídeos (31 pares) nacen de la médula por dos raíces (anterior y posterior), se reúnen en un tronco común para salir del canal raquídeo, y después se separan de nuevo. Los nervios del sistema simpático se separan de los ganglios de la cadena simpática, con los cuales forman los plexos: plexo cardíaco, pulmonar, solar, mesentérico e hipogástrico. Estos nervios (de los que el principal es el nervio neumogástrico) están formados de fibras procedentes de ciertos nervios del cráneo y de centros particulares. Los nervios simpáticos tienen una acción antagonista de la de los nervios parasimpáticos. Todo *nervio* se compone de una reunión de fibras nerviosas (axones) que prolongan las células nerviosas (neuronas). Cada neurona consta de: — un cuerpo, rodeado de una membrana y provisto de núcleo y citoplasma; éste contiene mitocondrios, un dictiosoma y una sustancia que forma el cuerpo de Nissil, cuya disposición en la célula caracteriza tal o cual tipo de neurona; — unas prolongaciones cortas y muy ramificadas, las dentritas, que transmiten el influjo al cuerpo celular; — el axón, o cilindro-eje. Cada axón comprende, de dentro a fuera: una envoltura, la *axolema*; una vaina de mielina, interrumpida por secciones que delimita unos segmentos anulares; una capa de protoplasma, que contiene los núcleos: *la neurilema,* o vaina de Schwann. Algunas neuronas son sensitivas, otras motoras. Las células nerviosas no poseen capacidad para reproducirse por división, como algunas otras células del organismo; su número es fijo, desde el nacimiento. A lo largo de los axones se propaga el influjo nervioso, que es un fenómeno eléctrico. Una célula nerviosa está cargada eléctricamente, con una diferencia de potencial entre el interior y el exterior (potencial de reposo). Cuando la célula es excitada, aparece un potencial de acción: se traduce por una onda de despolarización que se desplaza a lo largo del nervio, seguida de una inmediata repolarización, producida por los procesos metabólicos. Las neuronas está conectadas por *sinapsis,* que permiten l transmisión del impulso nervioso de neuron a neurona y de neurona a órgano receptor El fenómeno eléctrico que alcanza la parte terminal de la célula está asociado a una actividad secretora que libera un mediador químico (acetilcolina y noradrenalina) capaz de actuar sobre la membrana sináptica de la siguiente célula.

netáceo,a adj. Gnetáceo.

neto,a **I.** adj. **1.** Limpio y puro. **2.** Que resulta líquido en cuenta, después de deducir los gastos. ▷ FIN Cantidad que resulta después de deducir todo gasto. ▷ *Peso neto.* Peso del contenido excluido el continente o envase. **II.** n.m. ARQUIT Pedestal de la columna, sin molduras.

1. neuma n.m. MUS Signo que se empleaba para escribir la música antes del sistema actual.

2. neuma n.m. o f. RET Declaración de lo que se siente o quiere, por medio de movimientos o señas.

neumático,a **I.** adj. y n. **1.** Relativo al aire o a los cuerpos gaseosos. **2.** Que funciona con aire comprimido. **3.** Lleno, hinchado de aire. **II.** n.f. Parte de la física que trata de las propiedades mecánicas de los gases. **III.** n.m. Llanta neumática de una rueda.

neumato- o **pneumato-** Prefijo procedente del griego *pneuma, pneumatos,* «soplo».

neumatófora n.f. BOT Excrecencia de las raíces, típica de los árboles del manglar.

neumectomía n.f. CIR Escisión parcial o ablación de un pulmón.

neumo- o **pneumo-** Prefijo procedente del griego «pulmón».

neumococo n.m. MED Bacilo lanceolado, causante de la neumonía y de otras infecciones.

neumoconiosis n.f. MED Afección crónica de los pulmones y de los bronquios, causada por la inhalación repetida del polvo de sustancias minerales u orgánicas.

neumogástrico adj. ANAT Se dice de cada uno de los nervios sensitivos y motores del décimo par craneal, que constituyen la vía principal del sistema nervioso parasimpático.

neumografía n.f. MED Registro gráfico de los movimientos respiratorios.

neumología n.f. MED Estudio o tratado de las enfermedades de las vías respiratorias.

neumonía n.f. MED Inflamación aguda del pulmón. • **neumónico,a** **1.** adj. PAT Perteneciente o relativo al pulmón. **2.** n. y adj. PAT Que padece neumonía.

neumoperitoneo n.m. MED Presencia de aire o gases en la cavidad peritoneal. ▷ Introducción de aire o de un gas en esta cavidad, para un examen radiológico o con fines terapéuticos.

neumotórax n.m. **1.** MED Presencia de aire en la cavidad pleural. **2.** Inyección de aire o gas en la cavidad pleural, a fin de inmovilizar el pulmón y adelantar la cicatrización de lesiones tuberculosas.

neur(o)- Prefijo procedente del griego *neuron,* «nervio».

neural adj. BIOL Relativo al sistema nervioso en su período embrionario.

neuralgia n.f. PAT Dolor continuo a lo largo de un nervio y de sus ramificaciones. • **neurálgico,a** adj. Perteneciente o relativo a la neuralgia. — *Centro neurálgico.* Centro de capital importancia.

neurastenia n.f. **1.** MED Estado depresivo caracterizado por una gran fatiga, acompañada de melancolía. **2.** Predisposición general a la tristeza.

neurisma n.f. Aneurisma.

neurita n.f. ZOOL Prolongación filiforme que arranca de la célula nerviosa y termina a mayor o menor distancia de la célula de que procede, formando una ramificación en contacto con otras células. • **neuritis** n.f. PAT Inflamación de un nervio y de sus ramificaciones.

neuroblasto n.m. BIOL Célula matriz de las neuronas.

neuroblastoma n.m. MED Tumor maligno que se desarrolla a partir de células embrionarias del tubo neural.

neurocirugía n.f. Cirugía del sistema nervioso. • **neurocirujano** n.m. y f. Especialista en neurocirugía.

neuroeje n.m. ANAT Conjunto formado por el cerebro y la médula espinal.

neuroendocrinología n.f. Estudio de las relaciones entre los sistemas endocrino y nervioso central.

neuroepitelio n.m. ZOOL El epitelio de los órganos de los sentidos.

neuroesqueleto n.m. ZOOL Parte del esqueleto que protege la médula espinal.

neurofibrilla n.f. ANAT Estructura microscópica de la neurona que se prolonga en el cilindro-eje.

neurofisiología n.f. MED Estudio del funcionamiento del sistema y tejidos nerviosos.

neuroglia n.f. ANAT Tejido intersticial que alimenta al sistema nervioso.

neurohormona n.f. BIOQUIM Hormona secretada por las células nerviosas.

neuroléptico,a adj. MED Que ejerce una acción sedativa sobre el sistema nervioso.

neurología n.f. MED Rama de la medicina que estudia las afecciones del sistema nervioso. • **neurólogo,a** n.m. y f. Persona especializada en neurología.

neuroma n.m. PAT Tumor nervioso que se forma en el espesor del tejido nervioso.

neurona n.f. ANAT Célula que asegura la conducción del fluido nervioso.

neurópata n.m. y f. Persona que padece enfermedades nerviosas. • **neuropatía** n.f. MED Afección de tipo psíquico y funcional unida a perturbaciones del sistema nervioso.

neuropsicología n.f. Disciplina que trata de las funciones mentales superiores en sus relaciones con las estructuras cerebrales.

neuropsiquiatra n.m. y f. Médico especialista de neuropsiquiatría. • **neuropsiquiatría** n.f. MED Parte de la medicina que estudia las afecciones nerviosas y enfermedades mentales.

neuróptero n. y adj. ZOOL Se dice de insectos con metamorfosis complicadas, que tienen boca dispuesta para masticar, cabeza redonda, y cuatro alas membranosas y reticulares. ▷ n.m. pl. ZOOL Orden de estos insectos. • **neuropteroides** n.m. pl. Superorden de insectos neurópteros provistos de boca trituradora y alas membranosas de densa nerviación.

neuroquímica n.f. BIOL Disciplina que estudia el funcionamiento químico del sistema nervioso.

neurosis n.f. Afección nerviosa que, sin lesión anatómica aparente, determina perturbaciones en el comportamiento, sin alterar gravemente la personalidad del sujeto. — *Neurosis obsesiva.* La que se caracteriza por un comportamiento de tipo ritual destinado a precaverse de representaciones o impulsos obsesivos.

neurótomo n.m. Instrumento de dos cortes, largo y estrecho, que principalmente se usa para disecar los nervios.

neurótropo,a adj. MED Sustancia que se fija electivamente sobre el sistema nervioso.

neurovegetativo,a adj. BIOL Dícese del sistema nervioso que regula las funciones vegetativas del organismo.

néurula n.f. Embrión vertebrado que ha alcanzado el estadio de la formación del eje cerebroespinal. v. embriogénesis.

neuston n.m. Conjunto de organismos que viven en contacto con la película superficial de las aguas.

neutonio n.m. FIS Unidad de fuerza equivalente a cien mil dinas.

neutral n. y adj. Que entre dos partes que contienden, permanece sin inclinarse a ninguna de ellas. • **neutralidad** n.f. **1.** Estado de una persona, grupo, país, etc., que permanece neutral. **2.** QUIM Estado de un cuerpo neutro. **3.** ELECTR Estado de un cuerpo portador de cargas eléctricas cuya suma algebraica es nula.

neutralismo n.m. Doctrina en nombre de la cual una potencia renuncia a cualquier adhesión a un sistema de alianzas militares

neutralizar I. v.tr. y prnl. **1.** Hacer neutro. **2.** Dar a algo o a alguien la cualidad de neutro. **3.** Suprimir o aminorar el efecto de una cosa. **4.** QUIM Efectuar la neutralización. **II.** v.prnl. Compensarse, anularse mutuamente. • **neutralización** n.f. **1.** Acción de neutralizar; hecho de neutralizarse. **2.** Disminución de la acidez de un cuerpo bajo el efecto de una base (o, inversamente, de la alcalinidad bajo el efecto de un ácido).

neutrino n.m. FIS NUCL Partícula de masa nula y desprovista de carga eléctrica.

neutro,a o **neutral** A. adj. **I. 1.** Que no toma partido. **2.** Que no posee carácter marcado. **3.** GRAM Que no entra en las categorías gramaticales de masculino y femenino. **II. 1.** CIENC, TECN, ELECTR Dícese de un cuerpo que no tiene ninguna carga eléctrica o cuyas cargas, de signos contrarios, se compensan. **2.** QUIM Que no es ni ácido ni básico. **3.** ZOOL *Individuos neutros.* Individuos cuyos órganos sexuales están atrofiados en las comunidades de insectos sociales. **B.** n.m. **1.** Individuo, nación neutral. **2.** GRAM El género neutro.

neutrófilo,a adj. BIOL Que presenta afinidades tanto a los colorantes ácidos como a los básicos. *Polinuclear de granulaciones neutrófilas.*

neutrón n.m. FIS Partícula eléctricamente neutra. — *Bomba de neutrones.* Bomba termonuclear de pequeña potencia, que aniquila todo tipo de vida produciendo daños materiales de escasa consideración. • **neutrónica** n.f. Rama de la física nuclear que estudia los neutrones.

ENCICL **Fís. nucl.** — El neutrón tiene una masa muy similar a la del protón, una carga eléctrica nula y un spín igual a 1/2. Un núcleo atómico comprende Z protones (Z=número atómico) y (A—Z) neutrones (A=número de masa). Protones y neutrones están ligados al seno del núcleo por las fuerzas internucleares; durante las reacciones nucleares, los neutrones pueden ser liberados por el núcleo, constituyendo entonces verdaderos proyectiles que, si son suficientemente retardados (neutrones térmicos), provocan la fisión de determinados núcleos. Esta fisión es utilizada en los reactores nucleares y en la bomba atómica.

Astron. — Al parecer, según modernas teorías, una estrella de neutrones constituye el último estadio de evolución de una estrella antes de colapsarse y convertirse en «agujero negro». Se forma tras la explosión de una supernova y se nos manifiesta por la actividad de los púlsars. La densidad de una estrella de neutrones es considerable (radio de una decena de kilómetros para una masa igual a la del Sol). v. púlsar y agujero (negro).

nevada n.f. **1.** Acción y efecto de nevar. **2.** Porción o cantidad de nieve que ha caído de una vez. • **nevado,a** adj. Cubierto de nieve. • **nevar** v.int. Caer nieve.

nevadilla n.f. **1.** BOT Planta herbácea anual, de la familia de las cariofiláceas, de tallos tumbados. **2.** BOT Aladierna (arbusto).

ne varietur loc. adv. y adj. Para que ya no sea cambiado. (Se dice para atestiguar que un documento procesal ha recibido su redacción definitiva.)

nevazo n.m. **1.** Acción de nevar. **2.** Nieve caída. **3.** Nevada intensa. • **nevazón** n.f *Arg.*, *Chile* y *Ecuad.* Nevasca o temporal de nieve.

nevera n.f. Mueble o cámara frigorífico para el enfriamiento o conservación de alimentos y bebidas.

nevero n.m. **1.** Lugar de las montañas elevadas, donde se conserva la nieve todo el año. **2.** Esta misma nieve.

neviscar v.int. Nevar ligeramente. • **nevisca** n.f. Nevada corta de copos menudos.

nevoso,a adj. Que frecuentemente tiene nieve.

nevus n.m. MED Malformación de la piel, de origen embrionario que se presenta en forma de manchas o tumores.

newton n.m. FIS Unidad de fuerza del sistema SI (símbolo *N*); fuerza que comunica a un cuerpo cuya masa es de 1 kg una aceleración de 1 m/s^2. — *metro-newton.* Unidad de medida del sistema SI (símbolo *mN*); momento, con relación a un eje, de una fuerza de 1 newton cuyo soporte, perpendicular a dicho eje, se encuentra a una distancia de 1 m de éste.

nexo n.m. Nudo, unión de una cosa con otra.

nez percé (en francés, nariz agujereada), indios de América del N cuyo territorio correspondía a Idaho y Oregón.

ni **1.** Conj. copulat. que denota negación. **2.** adv. neg. Y no. **3.** Decimotercera letra del alfabeto griego.

Ni QUIM Símbolo del níquel.

nibelungos («hijos de la niebla»), en la mitología germánica, enanos poseedores de riquezas subterráneas, súbditos del rey Nibelungo. Los compañeros de Sigfrido y luego los burgundios tomaron sucesivamente el apelativo de nibelungos, tras haberse adueñado de aquellos legendarios tesoros. — *Los nibelungos.* Epopeya heroica alemana anónima de principios del s. XIII, compuesta de dos partes: la primera cuenta la juventud de Sigfrido, su boda con Crimilda y su asesinato a manos del traidor Hagen; la segunda es el relato de la venganza de Crimilda: se casa con Etzel (Atila), consigue atraer a Hagen y a los burgundios al país de los hunos, donde son aniquilados (Crimilda en persona decapita a Hagen, y más tarde muere bajo los golpes del caballero Hildebrando). Basándose en este poema, Wagner compuso *El anillo de los nibelungos.*

nicaragüense **1.** n. y adj. Natural de Nicaragua. **2.** adj. Perteneciente o relativo a este país centroamericano.

nicaraos, antiguo pueblo centroamericano, hoy extinguido o mestizado, establecido desde fines del s. XI entre el lago Nicaragua y el Pacífico y en la península de Nicoya. Se dice que practicaba el canibalismo, y se le atribuye el juego de los *voladores*, de carácter ritual, practicado todavía en algunos lugares de México.

nicle n.m. MINER Calcedonia listada.

nicociana n.f. Tabaco (planta).

nicol n.m. FIS Prisma formado por dos partes talladas en espato de Islandia y utilizado para obtener luz polarizada a partir de la luz natural.

nicolaíta n.m. y f. Miembro de una comunidad cristiana heterodoxa.

nicotina n.f. QUIM Alcaloide sin oxígeno, líquido, oleaginoso, incoloro, que se pone amarillo en contacto con el aire. Se extrae del tabaco y es un veneno violento. • **nicótico,a** adj. Referente al nicotismo. • **nicotinamida** n.f. BIOQUIM Amida del ácido piridino 3 carbónico (ácido nicotínico) que forma parte de los nucleótidos que aseguran el transporte de hidrógeno. • **nicotinismo** o **nicotismo** n.m. Conjunto de molestias provocadas por el abuso del tabaco.

nicromo n.m. TECN Aleación inoxidable de níquel, cromo y hierro, de gran resistencia eléctrica.

nictagináceo o **nictagíneo,a** n.f. y adj. BOT Se dice de hierbas y plantas leñosas angiospermas dicotiledóneas, casi todas originarias de países tropicales como el dondiego. ▷ n.f.pl. BOT Familia de estas plantas.

nictálope n. y adj. Se dice de la persona o del animal que ve mejor de noche que de día. • **nictalopía** n.f. Defecto del nictálope.

nictámero n.m. BIOL Duración de 24 horas, correspondientes a un ciclo biológico. • **nictameral** adj. MED, BIOL Que se refiere al nictámero.

nictitación n.f. MED Parpadeo espasmódico.

nictitante adj. ZOOL Se dice del tercer párpado de los pájaros, que parpadea y se desplaza horizontalmente para preservar el ojo de la luz viva.

nicho n.m. Concavidad en el espesor de un muro, para colocar una estatua u otra cosa.

nidación n.f. BIOL Implantación del huevo fecundado de los mamíferos en la mucosa uterina.

nidarios n.m.pl. ZOOL Rama de los metazoos diploblásticos con simetría radiada, cubiertos de células urticantes y cuya cavidad digestiva posee un solo orificio.

nidícola adj. ZOOL Dícese del pájaro que permanece mucho tiempo en el nido después de su nacimiento.

nidificación n.f. Construcción de un nido.

nidífugo adj. ZOOL Dícese del ave que abandona rápidamente el nido.

nido n.m. **1.** Especie de lecho que forman las aves con materiales blandos, para poner sus huevos y criar los pollos. **2.** Fig. Casa, patria o habitación de uno. • **nidada** n.f. **1.** Conjunto de los huevos puestos en el nido. **2.** Conjunto de los pajarillos mientras están en el nido. • **nidificar** v.int. Hacer nidos las aves.

nidoblasto n.m. Célula urticante de la epidermis de los nidarios.

niebla n.f. **1.** Nube en contacto con la Tierra y que oscurece la atmósfera. **2.** Nube o mancha en la córnea. **3.** Fig. Confusión y oscuridad que no deja percibir debidamente las cosas.

niel n.m. Labor en hueco sobre metales preciosos, rellena con un esmalte negro hecho de plata y plomo fundidos con azufre.

nieto,a n.m. y f. Respecto de una persona, hijo o hija de su hijo o de su hija.

nieve n.f. **1.** Agua helada que se desprende de las nubes en cristales, los cuales, agrupándose al caer, llegan al suelo en copos blancos. **2.** Fig. Suma blancura de cualquier cosa. — *Nieve carbónica.* Anhidrido carbónico en estado sólido.

nife n.m. GEOL Núcleo de la Tierra, formado principalmente por hierro y níquel (v. Tierra).

night-club n.m. Lugar de diversión nocturno, que ofrece espectáculos y atracciones.

nigromancia o **nigromancía** n.f. Arte de adivinar el futuro evocando a los muertos.

nigua n.f. ZOOL Insecto díptero del suborden de los afanípteros, parecido a la pulga. Las hembras fecundadas penetran bajo la piel de los animales y del hombre, principalmente en los pies, y allí depositan la cría, que ocasiona mucha picazón y úlceras graves.

nihil obstat Loc. latina que significa «nada impide», empleada por la censura eclesiástica para autorizar la impresión de un libro.

nihilismo n.m. **1.** FILOS Escepticismo absoluto. **2.** POLIT Doctrina elaborada en Rusia en el s. XIX que no admite coacción alguna de la sociedad sobre el individuo. • **nihilista** **1.** n. (apl. a pers.) y adj. Que profesa el nihilismo. **2.** adj. Perteneciente al nihilismo.

nilad n.m. Arbusto de Filipinas, de la familia de las rubiáceas, con tallos ramosos, hojas aovadas y flores blancas.

nilón n.m. Nylon.

nilótico,a adj. GEOGR Relativo al Nilo. ▷ LING *Lenguas nilóticas.* Lenguas neoafricanas habladas en la región sudanesa.

nimbo n.m. **1.** Disco luminoso de la cabeza de las imágenes, aureola. **2.** METEOR Capa de nubes formada por cúmulos tan confundidos que presenta un aspecto casi uniforme.

nimboestrato o **nimbostratus** n.m. Nube desarrollada verticalmente y muy extensa.

nimiedad n.f. **1.** Cualidad de nimio. **2.** Insignificancia. ● **nimio,a** adj. **1.** Excesivo, exagerado. **2.** Minucioso. **3.** Insignificante, pequeño.

ninfa n.f. **1.** MIT Cualquiera de las deidades de las aguas, bosques, etc., llamadas también nereidas. **2.** ZOOL Insecto que ha pasado ya del estado de larva. ● **ninfal** adj. ZOOL Relativo a la ninfa de los insectos. ● **ninfeo** n.m. ANTIG Gruta natural dedicada a las ninfas.

ninfea n.m. Nenúfar. ● **ninfeáceo,a** n. y adj. BOT Se dice de plantas angiospermas dicotiledóneas, acuáticas, de hojas flotantes, flores regulares y fruto globoso. ▷ n.f.pl. BOT Familia de estas plantas.

ninfómana n. y adj. Se aplica a quien padece ninfomanía. ● **ninfomanía** n.f. Exageración patológica de los deseos sexuales en la mujer o en las hembras de algunos animales.

ninfosis n.f. ZOOL Transformación de una larva de insecto en ninfa.

ninguno,a **I.** adj. Ni uno solo. **II.** pron. indef. **1.** Nulo y sin valor. **2.** Ninguna persona, nadie. ● **ningún** adj. Apócope de *ninguno*.

niña n.f. Pupila del ojo.

niñez n.f. Período de la vida humana, desde el nacimiento hasta la adolescencia.

niño,a n. y adj. **1.** Que se halla en la niñez. **2.** Fig. Que tiene poca experiencia. ● **niñada** n.f. Hecho o dicho impropio de la edad madura. ● **niñear** v.int. Portarse uno como si fuera niño. ● **niñera** n.f. Criada destinada a cuidar niños. ● **niñería** n.f. **1.** Acción de niños o propia de ellos. **2.** Fig. Hecho o dicho poco razonable.

niobio n.m. QUIM Metal gris y brillante; elemento de número atómico 41 y peso atómico 92,906 (símbolo *Nb*).

nioto n.m. Cazón.

nipa n.f. Planta de la familia de las palmas, de unos 3 m de altura, hojas casi circulares, flores verdosas y fruto en drupa aovada.

níquel n.m. **1.** QUIM Metal de color y brillo semejantes a los de la plata. **2.** *Cuba* y *P. Rico.* Moneda de cinco centavos. **3.** *Urug.* Moneda. ● **niquelar** v.tr. Cubrir con un baño de níquel.

ENCICL Elemento de número atómico 28 y de masa atómica 58,71. Símbolo *Ni*. El níquel, metal de densidad igual a 8,9 funde a 1.445 °C, hierve a 2.900 °C y posee excelentes propiedades mecánicas. Resiste a los agentes atmosféricos y a la mayoría de los agentes químicos, a la vez que está dotado de propiedades magnéticas. Se utiliza para proteger a los metales de la corrosión. Sus aleaciones se emplean en la fabricación de monedas, orfebrería, industria, etc.

nirvana n.m. RELIG En el budismo, suprema felicidad de que goza quien ha renunciado a toda atadura.

níscalo n.m. Almizcle, hongo, mízcalo.

niscome n.m. *Méx.* Olla en que se cuece el maíz dispuesto para tortilla.

níspero n.m. **1.** Árbol de la familia de las rosáceas, con tronco tortuoso, hojas pecioladas, flores blancas, y cuyo fruto es la níspola, o níspero. **2.** *Amér.* Zapote, chicozapote, árbol. ● **níspola** n.f. Fruto del níspero. Es pulposo, dulce y comestible.

nistagmo n.m. MED Serie de movimientos involuntarios cortos y rápidos de los globos oculares.

nit n.m. FIS Unidad de luminancia en el sistema SI; símbolo: *nt*.

nítido,a adj. Limpio, puro, resplandeciente. ● **nitidez** n.f. Calidad de nítido.

nitral n.m. Criadero de nitro.

nitrar v.tr. QUIM Introducir el radical nitrilo (NO_2) en la molécula de un compuesto en sustitución de un átomo de hidrógeno. ● **nitración** n.f. Acción de nitrar.

nitratar v.tr. Efectuar la nitratación de un suelo. ● **nitratación** n.f. Transformación en el suelo de los nitritos en nitratos por las bacterias nítricas.

nitrato n.m. QUIM Sal o éster del ácido nítrico. — *Nitrato de Chile.* Abono nitrogenado natural extraído del caliche, que se encuentra en yacimientos situados en la zona desértica del norte de Chile. ● **nitrería** n.f. Lugar donde se extraen nitratos.

nítrico,a adj. QUIM **1.** Dícese de los derivados oxigenados del nitrógeno en el grado de oxidación + 2 o + 5. ▷ *Ácido nítrico.* Ácido HNO_3, utilizado en la industria química (explosivos, barnices, etc.) y en el grabado (aguafuerte). **2.** *Bacterias nítricas.* Las que dan lugar a la nitratación.

nitrificar v.tr. y prnl. QUIM Transformar en nitratos. ● **nitrificación** n.f. QUIM Transformación de los compuestos orgánicos azoados en nitratos asimilables por las plantas clorofílicas. ● **nitrificante** adj. QUIM Que asegura la nitrificación.

nitrilo n.m. **1.** QUIM Radical monovalente $-NO_2$ contenido en los compuestos nitrados. **2.** QUIM Producto de la deshidratación de una amida, que tiene el radical $-C \equiv N$.

nitrito n.m. QUIM Sal formada por la combinación del ácido nitroso con una base.

nitro n.m. Nitrato potásico que se encuentra en forma de agujas o de polvillo blanquecino en la superficie de los terrenos húmedos y salados.

nitrobenceno n.m. QUIM Derivado nitrado del benceno.

nitrobencina n.f. QUIM Cuerpo resultante de la combinación del ácido nítrico con la bencina.

nitrocelulosa n.f. QUIM Éster resultante de la acción del ácido nítrico sobre la celulosa.

nitrógeno n.m. QUIM Gas incoloro, transparente, insípido e inodoro, que constituye aproximadamente las cuatro quintas partes del aire atmosférico. ● **nitrogenado,a** adj. Que contiene nitrógeno.

ENCICL Elemento (símbolo *N*) de número atómico 7 y de masa atómica 14,0067; en su estado natural (N_2) es un gas incoloro, inodoro, poco reactivo y poco soluble en agua, de densidad 0,97. Su temperatura de ebullición es de −196 °C, y su temperatura de fusión, −210 °C. Algunos de sus compuestos desempeñan un importante papel en la industria (amoníaco y ácido nítrico) y en la agricultura (abonos nitrogenados). El nitrógeno se obtiene mediante destilación del aire líquido. Junto al hidrógeno, el oxígeno y el carbono, el nitrógeno constituye uno de los elementos más abundantes en el universo; es de fundamental importancia en la descomposición de la materia viva.

Bioquím. — *Ciclo del nitrógeno.* Los vegetales superiores absorben los nitratos del suelo e incorporan el nitrógeno en compuestos orgánicos (ácidos nucleicos, proteínas). Los animales, incapaces de utilizar el nitrógeno mineral, se alimentan de los vegetales, y el nitrógeno pasa a formar parte de sus constituyentes. Tras la muerte de éstos, los microorganismos provocan la putrefacción de los cadáveres y liberan los productos amoniacales, que son transformados en nitritos por las nitrosobacterias, y en nitratos por las nitrobacterias. Dichos nitratos pueden volver a ser utilizados por los vegetales superiores.

nitroglicerina n.f. QUIM Éster nítrico de la glicerina que detona violentamente por choque.

nitromonas n.m.pl. MICROB Microorganismos que transforman los compuestos amoniacales en nitritos.

nitrosación n.f. QUIM **1.** Transformación de los compuestos orgánicos nitrogenados en nitritos. **2.** Introducción del grupo NO en una molécula.

nitroso,a adj. QUIM **1.** Que contiene nitro. **2.** Dícese de los derivados oxigenados del nitrógeno, en el grado de oxidación + 1 o + 3. **3.** MICROB Dícese de las bacterias que realizan la nitrosación. ● **nitrosidad** n.f. Calidad de nitroso.

nitrotolueno n.m. QUIM Derivado nitrado del tolueno.

nitruro n.m. QUIM Combinación del nitrógeno con un cuerpo simple. ● **nitruración** n.f. METAL Tratamiento de superficie de aceros por formación de nitruros. ● **nitrurar** v.tr. METAL Someter a nitruración.

nival adj. GEOGR Relativo a la nieve.

nivel n.m. **1.** Instrumento para averiguar la diferencia de altura entre dos puntos. **2.** Calidad de horizontal. **3.** Altura a que llega la superficie de un líquido. **4.** Grado o altura de la vida social. **5.** ELECTR Tensión o intensidad llevada a un valor fijo y determinado. ● **nivelación** n.f. Acción y efecto de nivelar. ● **nivelar** **I.** v.tr. **1.** Echar el nivel para reconocer la horizontalidad. **2.** Poner un plano en la posición horizontal justa. **II.** v.tr. y prnl. **1.** Fig. Igualar una cosa con otra. **2.** TOPOGR Hallar la diferencia de altura entre dos puntos de un terreno.

niveladora n.f. OB PUBL Máquina aplanadora provista de una pala orientable que sirve para perfilar el terreno.

níveo,a adj. POET De nieve o semejante a ella.

nivo- Prefijo procedente del latín *nivĕus*, níveo «de nieve».

nivoglaciar adj. GEOGR Curso de agua alimentado por el deshielo de las nieves y los glaciares.

nivopluvial adj. GEOGR Curso de agua alimentado por el deshielo de las nieves y las lluvias.

nivoso,a **1.** adj. Que frecuentemente tiene nieve. **2.** n.m. Cuarto mes del calendario republicano francés.

no adv. neg. **1.** Se emplea principalmente respondiendo a pregunta. **2.** En sentido interrogativo, se usa para pedir contestación afirmativa. **3.** Antecede al verbo a que sigue el adverbio *nada* u otro vocablo que expresa negación. *Eso no vale nada.* **4.** Se usa a veces solamente para avivar la afirmación de la frase a que pertenece, haciendo que la atención se fije en una idea contrapuesta a otra. *Él lo podrá decir mejor que no yo.* **5.** En frases en que va seguido de la preposición *sin*, forma con ella sentido afirmativo. *Sirvió, no sin gloria, en la última guerra.*

No QUIM Símbolo del nobelio.

nō n.m. **1.** En Japón, drama lírico instrumental escenificado por medio de canto y mimo. **2.** Género teatral al que pertenece ese tipo de obras.

no alineamiento n.m. Política de los países que no se alinean en una política extranjera común (el *alineamiento* generalmente tiene lugar al apoyar las posiciones de una gran potencia; en especial, Estados Unidos o la URSS).

nobelio n.m. QUIM Elemento transuránico artificial. Número atómico 102 (símbolo *No*).

noble **I.** adj. **1.** Generoso. **2.** Fiel. **3.** Honroso, estimable. **4.** QUIM Se dice de los cuerpos inactivos y especialmente de ciertos gases. **5.**

Se aplica a ciertos materiales de calidad (metal, madera, etc.). **II.** n. y adj. Persona que por su nacimiento o por concesión personal usa algún título. • **nobiliario,a** adj. Perteneciente o relativo a la nobleza. • **nobleza** n.f. **1.** Calidad de noble. **2.** Conjunto de los nobles de un Estado. • **noblote,a** adj. Fam. Que procede con nobleza.

noca n.f. Crustáceo marino, comestible, parecido a la centolla.

noceda o **nocedal** n.m. Sitio plantado de nogales.

noción n.f. Conocimiento o idea elemental que se tiene de una cosa.

nocivo,a adj. Perjudicial u ofensivo. • **nocividad** n.f. Cualidad de dañoso o nocivo.

nocla n.f. Especie de centolla.

noctámbulo,a n. y adj. Que anda vagando durante la noche. • **noctambulismo** n.m. Cualidad de noctámbulo.

noctiluca n.f. **1.** Luciérnaga. **2.** ZOOL Protozoo flagelado, marino, de cuerpo voluminoso y esférico y con un solo flagelo.

noctívago,a n. y adj. POET Que anda vagando durante la noche.

nóctulo n.m. Murciélago arborícola de gran tamaño, común en Europa.

nocturno,a **I.** adj. **1.** Perteneciente a la noche. **2.** BOT y ZOOL Se aplica a los animales que de día están ocultos y buscan el alimento durante la noche, y a las plantas que sólo de noche tienen abiertas sus flores. **II.** n.m. MUS Pieza de música vocal o instrumental, de melodía dulce. ▷ Serenata en que se cantan o tocan composiciones de carácter sentimental. • **nocturnidad** n.f. FOR Circunstancia agravante de responsabilidad, resultante de ejecutarse de noche ciertos delitos.

noche n.f. **1.** Tiempo en que falta sobre el horizonte la claridad del Sol. **2.** Tiempo que hace durante la noche o gran parte de ella. • **nochebuena** n.f. Noche de vigilia de Navidad. • **nochero** n.m. *Chile* y *Urug.* Vigilante nocturno de un local, obra, etc.

nochizo n.m. Avellano silvestre.

nodo n.m. **1.** ASTRON Cada uno de los dos puntos en que la órbita de un cuerpo celeste que gravita alrededor de otro corta el plano de referencia. **2.** FIS Punto de intersección de dos ondulaciones en el movimiento vibratorio. Punto de una onda en el que la amplitud de la vibración es nula. **3.** PAT Tumor producido por el depósito del ácido úrico en los huesos, tendones o ligamentos. • **nodal** adj. Perteneciente o relativo al nodo.

nodriza n.f. **1.** Ama de cría. **2.** MAR, AVIAC Navío, avión especialmente equipado para proveer de combustible a los barcos en el mar, a los aviones en vuelo. **3.** TECN Depósito auxiliar de carburante.

nódulo n.m. Concreción de poco volumen. — *Nódulo linfático.* Cada uno de los órganos, de pequeño tamaño y forma esferoidal, constituidos por la acumulación de linfocitos que se encuentran principalmente en el tejido conjuntivo de las mucosas. — MED *Nódulo hemorroidal.* Pequeña tumefacción del contorno del ano debida a la transformación fibrosa de un hemorroide externo. • **nodular** adj. Que presenta nudos o nódulos.

noesis n.f. **1.** FILOS Acto del pensamiento. **2.** En fenomenología, acto intencional de intelección o intuición.

nogal n.m. **1.** BOT Árbol de la familia de las juglandáceas, de tronco corto y robusto, hojas compuestas de hojuelas ovales, flores blanquecinas, y cuyo fruto es la nuez. **2.** Madera de este árbol.

nogalina n.f. Color de la cáscara de la nuez, usado para pintar imitando el color del nogal.

noguera n.f. Nogal, árbol.

nogueruela n.f. Planta euforbiácea que se usa en medicina.

nokau n.m. LING Familia de lenguas habladas por los amerindios de México, Honduras y Guatemala.

nolí o **noli** n.m. *Col.* Palma cuyo fruto da aceite.

nolición o **noluntad** n.f. FILOS Acto de no querer.

noma n.f. MED Gangrena de la boca y de la cara.

nómada n. y adj. Dícese de la familia o pueblo que anda vagando sin domicilio fijo. • **nomadismo** n.m. ETNOL Estado social, consistente en cambiar de lugar con frecuencia.

nombrar v.tr. **1.** Decir el nombre de una persona o cosa. **2.** Hacer mención particular, de una persona o cosa. **3.** Elegir o señalar a uno para un cargo o empleo • **nombrado,a** adj. Célebre, famoso. • **nombramiento** n.m. **1.** Acción y efecto de nombrar. **2.** Documento en que se designa a uno para un cargo u oficio.

nombre n.m. **1.** Palabra que se da a los objetos y a sus calidades para hacerlos conocer y distinguirlos de otros. **2.** Título de una cosa por el cual es conocida. **3.** Fama, reputación. **4.** Apodo. **5.** GRAM Categoría de palabras que comprende el nombre sustantivo y el adjetivo. — *Nombre comercial.* Denominación distintiva de un establecimiento, registrada como propiedad industrial. — GRAM *Nombre común.* El que designa a todas las personas o cosas de una misma especie. — GRAM *Nombre propio.* El que se da a una persona o cosa determinada para distinguirla de las demás de su especie o clase.

nomenclátor n.m. Catálogo de nombres.

nomenclatura n.f. **1.** Lista de nombres de personas o cosas. **2.** Conjunto de voces técnicas propias de una facultad.

nomeolvides n.f. Miosotis.

nómina n.f. **1.** Lista de nombres de personas o cosas. **2.** Relación nominal de los individuos que en una oficina han de percibir haberes. **3.** Estos haberes.

nominal adj. **1.** Perteneciente al nombre. **2.** Que tiene nombre de una cosa y le falta la realidad de ella en todo o en parte. **3.** ECON *Valor nominal.* Valor teórico inscrito en un billete de banco, un efecto comercial, una obligación, etc. • **nominar** v.tr. Dotar de un nombre a una persona o cosa. • **nominación** n.f. Acción y efecto de nombrar.

nominalismo n.m. FILOS **1.** Doctrina según la cual las ideas abstractas y generales se reducen a nombres, a palabras. **2.** Modernamente, *nominalismo científico*: doctrina que ve en la ciencia una simple construcción de la mente, con valor puramente práctico, que no puede alcanzar la naturaleza real de los objetos a los que se aplica.

nominativo,a **1.** adj. COM Se aplica a los títulos que han de extenderse a nombre de uno. **2.** n.m. GRAM Caso de la declinación que designa el sujeto.

nomo n.m. División administrativa de la Grecia moderna.

nomo- Partícula procedente del griego *nomos*, «ley».

nomon n.m. Reloj de sol, gnomon. • **nomónica** n.f. Arte de los relojes solares, gnomónica. • **nomónico,a** adj. Perteneciente a la nomónica.

nomoteta n.m. ANTIG GR Miembro de una comisión ateniense encargada de revisar las leyes.

non n. y adj. Impar.

nona n.f. Última de las cuatro partes iguales en que dividían los romanos el día.

nonada n.f. Cosa de insignificante valor.

nonagenario,a n. y adj. Que ha cumplido la edad de noventa años y no llega a la de ciento.

nonagésimo,a **1.** adj. Que sigue inmediatamente en orden al o a lo octogésimo nono. **2.** n. y adj. Se dice de cada una de las 90 partes iguales en que se divide un todo.

nonágono,a n.m. y adj. GEOM Se dice del polígono de nueve ángulos y nueve lados.

nonato,a adj. No nacido naturalmente, sino sacado del claustro materno mediante la operación cesárea.

nonio n.m. Instrumento que se utiliza para la medición de objetos muy pequeños.

nono,a adj. Que sigue al octavo, noveno.

non plus ultra n.m. inv. Lo que constituye un término, un estado que no ha sido o no sabría ser igualado.

noña n.f. *Chile.* Estiércol.

noológico,a adj. FILOS Relativo al pensamiento.

noosfera n.f. Conjunto que forman los seres inteligentes con el medio en que viven.

nopal n.m. BOT Planta de la familia de las cactáceas, de tallos aplastados, flores grandes, y cuyo fruto es el higo chumbo.

nopalito n.m. *Méx.* Hoja tierna de tuna.

noradrenalina n.f. BIOQUIM Precursor de la adrenalina secretada por las fibras simpáticas y por la médula suprarrenal.

noray n.m. MAR Poste, bolardo o cualquier cosa que se utiliza para afirmar las amarras de los barcos.

nordeste n.m. **1.** Punto del horizonte entre el Norte y el Este. **2.** Viento que sopla de esta parte.

nórdico,a adj. **1.** Perteneciente o relativo a los pueblos del norte de Europa. **2.** Grupo de las lenguas germánicas del Norte.

no retorno (punto de) n.m. Momento a partir del cual una aeronave ya no puede interrumpir su vuelo para volver a su punto de partida. ▷ Fig. Situación a partir de la cual un proceso camina de forma irreversible.

noria n.f. **1.** Máquina hidráulica compuesta generalmente de dos grandes ruedas, una horizontal, movida con una palanca, y otra vertical, que engrana en la primera con recipientes para sacar agua de los pozos. **2.** Aparato de feria que consiste en una rueda que gira verticalmente de la que penden asientos.

norma n.f. **1.** Regla que se debe seguir. **2.** Escuadra que usan los albañiles. • **normativo,a** adj. **1.** Que sirve de norma. **2.** n.f. Conjunto de normas aplicables a una determinada materia o actividad.

normal adj. **1.** Se dice de lo que se halla en su estado natural. **2.** Que sirve de norma o regla. **3.** Que se ajusta a ciertas normas fijadas de antemano. **4.** GEOM Se aplica a la línea recta o al plano perpendiculares a la recta o al plano tangentes, en el punto de contacto. • **normalidad** n.f. Calidad o condición de normal.

normalizar v.tr. Regularizar o poner en buen orden lo que no lo estaba. • **normalización** n.f. Acción y efecto de normalizar.

normando,a n. y adj. **1.** HIST *Los normandos.* Saqueadores escandinavos que se instalaron en la actual Normandía (v. vikingos). **2.** Habitante, persona originaria de Normandía. ▷ adj. Relativo a Normandía, a los normandos.

noroeste n.m. **1.** Punto del horizonte entre el N y el O. **2.** Viento que sopla de esta parte.

norte n.m. **1.** Polo ártico. **2.** Lugar de la Tierra o de la esfera celeste que cae del lado del polo ártico. **3.** Viento que sopla de esta parte. **4.** Fig. Dirección, guía, con alusión a la Estrella polar. • **norteño,a** adj. Perteneciente o relativo al norte.

norteamericano,a **1.** n. y adj. Natural de América del Norte. **2.** adj. Perteneciente o relativo a América del Norte. — Se utiliza como sinónimo de *estadounidense*.

noruego,a **1.** n. y adj. Natural de Noruega. **2.** adj. Perteneciente a esta nación de Europa. **3.** n.m. Idioma de Noruega.

nos Una de las dos formas del pronombre personal de primera persona en número plural.

noso- Prefijo procedente del griego *nosos*, «enfermedad».

nosocomio n.m. MED Hospital de enfermos.

nosogenia n.f. MED Parte de la nosología que estudia el origen y desarrollo de las enfermedades.

nosología n.f. MED Parte de la medicina, que tiene por objeto describir, diferenciar y clasificar las enfermedades. • **nosografía** n.f. MED Parte de la nosología, que trata de la clasificación y descripción de las enfermedades.

nosotros,as Nominativos masculino y femenino del pronombre personal de primera persona en número plural.

nostalgia n.f. Pena de verse ausente de la patria lejos de parientes, amigos, etc.

Nostoc n.m. Género de algas azules formadas por una hilera de células globulosas.

nota n.f. **I. 1.** Marca o señal que se pone en una cosa para darla a conocer. **2.** Advertencia, explicación, etc. que va fuera del texto en impresos y manuscritos. **3.** MUS Cualquiera de los signos con que se representan los sonidos. **4.** Anotación de algunas cuestiones o materias para extenderlas después o acordarse de ellas. **II.** Calificación de un examen. **III.** Comunicación diplomática entre gobiernos.

notable **I.** adj. **1.** Digno de atención. **2.** Que destaca de la generalidad. **3.** Una de las calificaciones usadas en los exámenes. **II.** n.m.pl. Personas principales de una localidad. • **notabilidad** n.f. Calidad de notable.

notación n.f. **1.** Acción y efecto de notar, señalar, anotar. **2.** MUS Figuración de los sonidos musicales. **3.** MAT Sistema de signos convencionales que se adopta para expresar ciertos conceptos matemáticos. **4.** *Notación química.* Sistema convencional de representación de los cuerpos químicos por letras que simbolizan los elementos, y fórmulas que representan sus combinaciones. • **notar** v.tr. **1.** Señalar una cosa. **2.** Advertir. **3.** Apuntar brevemente una cosa. **4.** Poner notas o comentarios a los escritos.

notario n.m. y f. Funcionario público autorizado para dar fe de los contratos, testamentos y otros actos extrajudiciales, conforme a las leyes. • **notaría** n.f. **1.** Oficio de notario. **2.** Oficina donde despacha el notario. • **notarial** adj. **1.** Perteneciente o relativo al notario. **2.** Hecho o autorizado por notario.

noticia n.f. **1.** Conocimiento. **2.** Divulgación de un hecho. • **noticiario** n.m. Película corta en que se ilustran brevemente los sucesos de actualidad.

notificar v.tr. Hacer saber una resolución de la autoridad. • **notificación** n.f. **1.** Acción y efecto de notificar. **2.** Documento en que se hace constar algo.

1. noto n.m. Austro, viento sur.

2. noto,a adj. Sabido, publicado y notorio.

3. noto adj. Ilegítimo. *Hijo noto.*

notocordio n.m. ANAT Cordón celular macizo que en los animales cordados sirve de sostén a la médula espinal.

notorio,a adj. Público y sabido. • **notoriedad** n.f. **1.** Calidad de notorio. **2.** Fama.

notro n.m. *Chile.* Árbol de la familia de las proteáceas, de hojas oblongas y flores en corimbos.

nova n.f. ASTRON La estrella que adquiere temporalmente un brillo superior al normal suyo.

novato,a n. y adj. Nuevo en cualquier materia. • **novatada** n.f. Broma que suele darse a los de nuevo ingreso en algunos cuarteles, colegios, etc. ▷ Acción propia de quien es nuevo e inexperimentado en algo.

novecentismo, tendencia literaria de principios del s. XX. Frente al romanticismo y al modernismo, el novecentismo, resalta la estética clásica, la sobriedad y el orden. Eugenio d'Ors principalmente, y Ortega, Marañón, Gerardo Diego, Salinas y Guillén fueron algunos representantes de esta tendencia.

novecientos,as adj. Nueve veces ciento.

novedad n.f. **1.** Calidad de nuevo. **2.** Mutación de las cosas. **3.** Ocurrencia reciente, noticia. **4.** pl. Géneros o mercaderías adecuadas a la moda. • **novedoso,a** adj. Que implica novedad.

novel adj. Principiante, sin experiencia.

novela n.f. Obra literaria en la que se narra alguna ficción, de manera extensa y en prosa. • **novelar** **I.** v.tr. Referir un suceso con forma o apariencia de novela. **II.** v.int. Componer o escribir novelas. • **novelesco,a** adj. Propio o característico de las novelas. • **novelista** n.m. y f. Persona que escribe novelas.

novelero,a n. y adj. **1.** Amigo de novedades, ficciones y cuentos. **2.** Inconstante.

novena n.f. Ejercicio devoto que se practica durante nueve días. • **novenario** n.m. Período de nueve días durante el que se celebran actos religiosos en memoria de un difunto.

noveno,a **1.** adj. Que sigue inmediatamente en orden al o a lo octavo. **2.** n. y adj. Se dice de cada una de las nueve partes iguales en que se divide un todo.

noventa adj. Nueve veces diez.

noviazgo n.m. **1.** Condición o estado de novio o novia. **2.** Tiempo que dura.

novicio,a **I.** n.m. y f. Se dice del que pasa por el convento un tiempo de prueba. **II.** n. y adj. Fig. Principiante. • **noviciado** n.m. **1.** Tiempo destinado para la probación en las religiones. **2.** Casa en que habitan los novicios.

noviembre n.m. Undécimo mes del año.

novilunio n.m. Conjunción de la Luna con el Sol.

novillo,a **I.** n.m. y f. Res vacuna de dos o tres años. **II.** n.m. *Chile* y *Méx.* Ternero castrado. • **novillada** n.f. **1.** Conjunto de novillos. **2.** Lidia o corrida de novillos. • **novillero** n.m. **1.** El que cuida de los novillos cuando los separan de la vaca. **2.** Lidiador de novillos.

novio,a n.m. y f. Persona recién casada o próxima a casarse.

novísimo,a **I. 1.** Adj. sup. de *nuevo.* **2.** Último en el orden de las cosas. **II.** n.m.pl. RELIG Cada una de las postrimerías.

novocaína, n.f. Sucedáneo de la cocaína, utilizado como anestésico local.

Np **1.** QUIM Símbolo del neptunio. **2.** FIS Símbolo del néper.

nt FIS Símbolo del nit.

nubada o **nubarrada** n.f. Lluvia abundante y repentina.

nube n.f. **1.** Masa de vapor acuoso suspendida en la atmósfera. **2.** Agrupación de cosas que oscurece el Sol, a semejanza de las nubes. **3.** Fig. Abundancia, multitud de una cosa. **4.** Pequeña mancha blanquecina que se forma en la capa exterior de la córnea.

ENCICL Las gotas y los cristales de hielo que forman las nubes están animados por un movimiento muy débil de caída (algunas décimas de milímetro por segundo), de forma que el menor movimiento ascendente del aire basta para mantenerlos en suspensión. Según su forma y su altura decreciente, se distinguen: los cirros (hilachos), cirrostratos (velos transparentes), cirrocúmulos (manchas blancas), altocúmulos (pelotas), altostratos (aspecto grisáceo o azulado), nimbostratos (nubes de lluvia, muy espesas), estratocúmulos (pelotas o rollitos), estratos (capa nubosa a baja altura), cúmulos (nubes separadas de contornos claros) y cumulonimbos (nubes de tormenta desarrolladas verticalmente). Las nubes se asocian en amplios conjuntos llamados *sistemas nubosos*.

núbil n. y adj. Se dice de la persona que ha llegado a la edad en que es apta para el matrimonio.

nublar v.tr. y prnl. Cubrirse el cielo de nubes. • **nublado,** n.m. Nube. Se toma regularmente por la que amenaza tempestad. • **nublo,a** **I.** adj. Cubierto de nubes. **II.** n.m. Nube que amenaza tempestad. • **nubosidad** n.f. Estado o condición de nuboso.

nuca n.f. Parte alta de la cerviz donde une el espinazo con la cabeza.

nucleado,a adj. BIOL Provisto de uno o varios núcleos.

nuclear adj. **I.** Perteneciente al núcleo. **II. 1.** FIS Perteneciente o relativo al núcleo de los átomos. ▷ *Química nuclear.* Parte de la física nuclear que se dedica especialmente al estudio de las reacciones entre núcleo y partículas. — *Energía nuclear.* Energía liberada en una reacción nuclear. **2.** Que se refiere a la energía nuclear. — *Central nuclear.* Que utiliza la energía nuclear para producir electricidad. **III.** BIOL Perteneciente o relativo al núcleo de las células.

ENCICL **Fís. nucl.** — La *física nuclear* es el estudio de los constituyentes del núcleo atómico. La física nuclear de las bajas energías tiene por objeto el estudio de las interacciones de las partículas de algunas décimas a algunas decenas de megaelectronesvoltio (0,1 a 100 MeV). Cuando la energía es superior a 100 MeV, se habla de física de altas energías. La interacción de las partículas con la materia tiene varios aspectos según su energía y su velocidad. A bajas energías, el choque del proyectil es elástico. Con energías cercanas a 1 MeV, el choque se realiza a nivel de los electrones del átomo; se dice que *excita* o que *ioniza* el átomo. Con energías más altas, la partícula penetra en el núcleo; rebota entonces sobre uno de los nucleones o es captada por el núcleo. La naturaleza de las interacciones también depende de la naturaleza de las partículas. El neutrón es difícil de parar, pues no tiene carga eléctrica. Lo mismo pasa con el fotón, que no tiene ni carga ni masa. Los electrones, partículas cargadas negativamente y con una masa débil, provocan especialmente una ionización. El estudio de las interacciones de las partículas a altas energías necesita el uso de aparatos destinados a comunicar a las partículas una alta energía: los aceleradores de partículas (ciclotrón, sincrotrón, aceleradores lineales). Estos aparatos provocan transmutaciones artificiales, es decir, transformaciones de un elemento en otro. Tienen una importancia considerable: búsqueda de nuevas partículas, determinación de la constitución de la materia. El estudio de estas transmutaciones pertenece al ámbito de *la química nuclear*. Estas reacciones van acompañadas por intercambios de cantidades de energía considerables y por emisión de partículas. Tales reacciones tienen lugar en las estrellas; se trata, en este caso, de reacciones termonucleares, es decir de reacciones de fusión entre núcleos de átomos ligeros, v. estrella y núcleo.
La energía nuclear debida a *la fisión* del núcleo del átomo (v. núcleo) se utiliza para pro-

ducir electricidad o calor (centrales nucleares, propulsión de barcos y submarinos, alimentación eléctrica de los satélites). La primera bomba atómica se basaba en este fenómeno de fisión. *Un reactor nuclear* utiliza un combustible fisible (uranio 233, uranio 235 o plutonio 239). Cuando la reacción de fisión empieza a mantenerse sin aportación externa de energía, se dice que el reactor *diverge*. El número de neutrones producidos por la fisión es entonces ligeramente superior al número de neutrones que utiliza. Un reactor nuclear posee un *moderador*, cuyo papel consiste en frenar los neutrones (si su velocidad es demasiado alta, la fisión no puede efectuarse), y un reflector, que impide que los neutrones producidos escapen hacia el exterior. La regulación del funcionamiento se realiza mediante *barras de regulación* ávidas de neutrones. Algunos reactores que utilizan como proyectiles a neutrones rápidos y que, en consecuencia, no poseen moderador, presentan la particularidad de producir más materia fisible que la que consumen. v. superregenerador. La energía nuclear de *fusión*, o energía termonuclear, que también es la de las estrellas, sólo se utiliza hoy en día en el arma termonuclear. Las investigaciones iniciadas para controlar las reacciones de fusión nuclear deberían permitir al hombre el disponer de una energía inagotable, que sustituya a las energías convencionales. v. plasma.

nucleasa n.f. BIOQUIM Enzima del grupo de las hidrolasas que escinde los ácidos nucleicos.

nucleico,a adj. BIOQUIM Se dice de los ácidos constituyentes fundamentales de la célula viva, portadores de la información genética. ENCICL Los ácidos nucleicos fueron descubiertos primero en el núcleo celular (experiencias de Miescher); a esta circunstancia deben su nombre. Se los divide en dos grupos según el tipo de osa (azúcar) que entra en su composición: el ácido desoxirribonucleico (ADN), esencialmente localizado en el núcleo, contiene desoxirribosa; los ácidos ribonucleicos (ARN), más abundantes en el citoplasma, contienen ribosa. Los ácidos nucleicos son portadores de la información genética.

nucleido n.m. FIS Núcleo atómico.

núcleo n.m. **1.** FIS NUCL Parte central del átomo. **2.** Elemento primordial al cual se van agregando otros para formar un todo. **3.** BIOL Corpúsculo contenido en el citoplasma de las células que actúa como órgano rector de las funciones de nutrición y reproducción de la célula. **4.** GEOL Parte central de la esfera terrestre. v. Tierra. **5.** ANAT Pequeña aglomeración de materia gris en un centro nervioso. • **nucléolo** n.m. BIOL Corpúsculo único o múltiple, situado en el interior del núcleo celular. • **nucleón** n.m. FIS Cada uno de los corpúsculos, neutrones o protones, que intervienen en la constitución de los núcleos atómicos.

ENCICL **Fís. nucl.** — El núcleo de un atomo (cuyo estudio es la física nuclear), está formado por protones y neutrones, partículas que se agrupan bajo el apelativo común de nucleones. *El protón* es una partícula que posee una carga eléctrica igual y opuesta a la del electrón (cargado negativamente). Su masa es 1.836 veces superior a la del electrón. *El neutrón* es una partícula de masa cercana a la del protón pero de carga nula (de ahí su nombre). El átomo de un elemento tiene siempre un número fijo de protones, igual al número de sus electrones. Sin embargo, existen varios tipos de átomos correspondientes a un mismo elemento (isótopos), que sólo difieren por el número de sus neutrones. El núcleo de cada uno de estos átomos se llama nucleido. Para distinguir un nucleido, se precisa su número atómico, llamado Z, igual al número de protones contenidos en el núcleo (dos nucleidos de un mismo elemento poseen pues el mismo número atómico) y su número de masa A, igual al número de nucleones del núcleo. Las reacciones entre los núcleos se llaman *reacciones nucleares*. Para expresarlas, se utilizan los símbolos de los nucleidos introducidos en estas reacciones, ya que la suma de los números atómicos y de los números de masa sigue siendo la misma antes y después de la reacción. Ejemplo: la reacción ${}^4_2He + {}^{14}_7N \rightarrow {}^{17}_8O + {}^1_1H$ indica que un átomo de helio con cuatro nucleones, de los cuales dos son protones, en reacción con un átomo de nitrógeno con catorce nucleones, de los cuales siete son protones, se transforma en un átomo de oxígeno con 17 nucleones, de los cuales ocho son protones, y un átomo de hidrógeno (uno solo nucleón, es decir un protón); se observa que los dieciocho nucleones (4 + 14) del helio y del nitrógeno se han combinado para dar oxígeno 17 (isótopo inestable del oxígeno que contiene diecisiete nucleones) y del hidrógeno (un nucleón): 17 + 1 = 18; entre estos dieciocho nucleones, los nueve protones se han mantenido: 2 + 7 = 9 = 8 + 1. Protones y neutrones están relacionados con fuerzas considerables: *las fuerzas nucleares*, que se ejercen a una distancia muy corta, mediante partículas de masa muy débil: los mesones π. Para separarlos, es decir, para conseguir un núcleo de masa más débil, hay que gastar una energía muy alta, que corresponde a la energía de enlace. Se puede decir pues (como Einstein puso en evidencia) que la masa y la materia sólo son una forma especial de la energía. La energía desprendida por la fisión de un núcleo o la fusión de varios núcleos procede de la disminución de masa (defecto de masa) que se realiza durante estas reacciones nucleares.

La *fisión* de un núcleo de uranio 235 se consigue bajo la acción de un bombardeo de neutrones. La diferencia de masa entre este núcleo y los fragmentos resultantes de la fisión libera una cantidad considerable de energía, así como neutrones, que permiten que prosiga la reacción (reacción en cadena). La fisión nuclear se utiliza con fines pacíficos para producir electricidad (reactores nucleares). *La fusión* de los núcleos ligeros (deuterio, tritio) en un núcleo más pesado (helio) también provoca una pérdida de masa que produce energía. Sólo es posible a temperaturas muy altas, que alcancen varios millones de kelvins (bomba de hidrógeno, fusión termonuclear controlada); se realiza naturalmente en las estrellas. v. átomo, nuclear, partícula y plasma.

Algunos núcleos, llamados *radiactivos*, son inestables, pues contienen más neutrones que protones. Tienen tendencia a transformarse en otros núcleos más estables, emitiendo radiaciones. Se dice que se desintegran. v. radiactividad.

nucleófilo adj. QUIM Dícese de un átomo, ion o molécula susceptibles de ceder uno o varios dobletes electrónicos.

nucleoproteido n.m. BIOQUIM Heteroproteína básica formada por una proteína y un ácido nucleico.

nucleósido n.m. BIOQUIM Sustancia compuesta por un azúcar y una base púrica o pirimídica.

nucleosíntesis n.f. ASTRON Conjunto de reacciones nucleares que permiten explicar la formación de todos los elementos químicos presentes en el universo a partir del núcleo del hidrógeno.

nucleotidasa n.f. BIOQUIM Enzima que hidroliza los nucleótidos en nucleósidos.

nucleótido n.m. BIOQUIM Unidad elemental de los ácidos nucleicos formada por la unión de un azúcar, un ácido ortofosfórico y una base púrica o pirimídica.

nuco n.m. *Chile.* Ave de rapiña, nocturna.

nuche n.m. *Col.* Larva que se introduce en la piel de los animales.

nudillo n.m. Parte exterior de cualquiera de las articulaciones de los dedos.

nudismo n.m. Doctrina que invita a vivir desnudo en plena naturaleza; su práctica. • **nudista** n.m. y f. y adj. Se dice de la persona que practica el nudismo.

nudo n.m. **I. 1.** Entrelazamiento obtenido al cruzar las extremidades de dos cuerdas, cintas, etc., tirando luego de éstas, o al atar una cuerda, cinta, etc., sobre sí misma. ▷ *Nudo gordiano*. v. Gordión. **2.** LITER Momento capital de una obra a partir del cual la intriga se encamina hacia su desenlace. **3.** Punto de una red de comunicaciones donde varios caminos se cruzan. **4.** ANAT *Nudo vital* Punto del bulbo raquídeo que contiene los centros nerviosos vitales. **II. 1.** BOT Punto del tallo de una planta por donde nace una rama. **2.** ANAT *Nudos cardíacos.* Formaciones especializadas del tejido miocárdico que gobiernan las contracciones del corazón. **III.** MAR Unidad de velocidad utilizada en buques, equivalente a 1 milla (1.852 m) por hora. • **nudosidad** n.f. **1.** Estado de un vegetal que tiene nudos. **2.** Nudo de la madera. • **nudoso,a** adj. Que tiene nudos.

nuececilla n.f. BOT Masa parenquimatosa que constituye la mayor parte del óvulo de los vegetales.

nuera n.f. Respecto de una persona, mujer de su hijo.

nuestro,a,os,as Pronombre posesivo de primera persona. Con la terminación del primero de estos dos géneros en singular, empléase también como neutro.

nueva n.f. Noticia.

nueve **I.** adj. Ocho y uno. **II.** n.m. Signo o cifra con que se representa el número nueve. ENCICL *Prueba del nueve.* Todo número es igual a un múltiplo de 9 aumentado en la suma de las cifras de que está formado. Así, 153.400 es un múltiplo de 9 al que se añade 13 (en 153.400, 1 + 5 + 3 + 4 + 0 + 0 = 13) y que puede reducirse a 4 (sumando 1 y 3, ya que 13 = 9 + 4). Para comprobar una multiplicación, p. ej. 19.175 × 8 = 153.400, se suman las cifras que forman el primer número (se obtiene 23, que se reduce a 2 + 3 =5), se suman las del segundo (se obtiene 8) y se multiplican (5 × 8 = 40, reducible a 4 + 0 = 4) para obtener 4 que, confrontado con la suma de las cifras del resultado de la multiplicación (153.400 lleva igualmente a 4), nos da la prueba de que la operación es exacta.

nuevo,a adj. **1.** Recién hecho o fabricado. **2.** Que se ve o se oye por primera vez. **3.** Distinto o diferente de lo que antes había. **4.** Que sobreviene o se añade a una cosa que había antes. **5.** Recién llegado a un país o lugar.

nuez n.f. **1.** BOT Fruto del nogal. ▷ BOT Fruto de otros árboles que tiene alguna semejanza con el del nogal. **2.** ANAT Prominencia que forma el cartílago tiroides en la parte anterior del cuello del varón adulto.

nueza n.f. BOT Planta herbácea vivaz, de la familia de las cucurbitáceas, flores dioicas, y bayas encarnadas por fruto.

nulidad n.f. **1.** DER Carácter de un acto jurídico que no tiene valor legal. **2.** Carácter de una cosa sin valor. **3.** Persona incapaz.

nulípara n.f. y adj. MED Mujer que nunca ha dado a luz.

nulo,a adj. **1.** MAT Igual a cero. **2.** Inútil por no estar hecho conforme a lo que disponen las leyes. **3.** Inepto, incapaz.

numen n.m. Cualquiera de los dioses adorados por los antiguos.

numerar v.tr. **1.** Contar por el orden de los números. **2.** Marcar con números. • **numerable** adj. Que se puede reducir a número. • **numeración** n.f. **1.** Acción y efecto de numerar. **2.** ARIT Arte de expresar de palabra o por escrito todos los números con una cantidad limitada de vocablos y de caracteres o guarismos. — *Numeración arábiga*, o *decimal*. La que utiliza los diez símbolos introducidos por los árabes en Europa. — *Numeración romana*. La que usaban los romanos y que expresa los números por medio de siete letras del alfabeto latino, que son, I, V, X, L, C, D y M. • **numerador** n.m. MAT Término de una fracción que indica cuántas partes de la unidad contiene ésta. • **numeradora** n.f. Máquina para numerar correlativamente.

número **I.** n.m. **1.** ARIT Expresión de la cantidad computada con relación a una unidad. **2.** Cifra o guarismo. — QUIM *Número atómico*. Número de cargas elementales positivas del núcleo de un átomo. — *Número cardinal*. Cada uno de los números enteros en abstracto. — ARIT *Número entero*. El que consta exclusivamente de una o más unidades. — ARIT *Número impar*. El que no es exactamente divisible por dos. — ARIT *Número ordinal*. El que expresa ideas de orden o sucesión. — ARIT *Número par*. El que es exactamente divisible por dos. — ARIT *Número primero*, o *primo*. El que sólo es exactamente divisible por sí mismo y por la unidad. — ARIT *Número quebrado*, o *fraccionario*. El que expresa una o varias partes alícuotas de la unidad. — *Número romano*. El que se significa con letras del alfabeto latino. **3.** Signo o conjunto de signos con que se representa el número. **4.** Cantidad de personas o cosas de determinada especie. **II.** En publicaciones periódicas, cada uno de los cuadernos correspondientes a distinta fecha de edición. **III.** GRAM Accidente gramatical que expresa, por medio de cierta diferencia en la terminación de las palabras, si éstas se refieren a una sola persona o cosa o a más de una. • **numeral** adj. Relativo al número. • **numerario,a** **1.** adj. Que es del número o perteneciente a él. **2.** n.m. Moneda acuñada o dinero efectivo. • **numérico,a** adj. Perteneciente o relativo a los números.

numeroso,a adj. Que incluye gran número de cosas.

numerus clausus n.m. Número límite de candidatos que se admiten en una facultad universitaria, oposición, etc.

numismática n.f. Ciencia que trata del conocimiento de las monedas y medallas. • **numismático,a** **1.** adj. Perteneciente o relativo a la numismática. **2.** n.m. y f. El que profesa esta ciencia o tiene en ella especiales conocimientos.

numulita n.f. ZOOL Protozoo foraminífero fósil, que vivió en el período eoceno.

nunca adv. t. **1.** En ningún tiempo. **2.** Ninguna vez.

nuncio n.m. **1.** El que lleva aviso, noticia o encargo de un sujeto a otro. **2.** Representante diplomático del papa. • **nunciatura** n.f. **1.** Cargo o dignidad de nuncio. **2.** Casa en que vive el nuncio.

nuño n.m. BOT *Chile*. Planta de la familia de las iridáceas, de raíces fibrosas y flores rosadas.

nupcias n.f.pl. Casamiento, boda. • **nupcial** adj. Perteneciente o relativo a las nupcias. • **nupcialidad** n.f. Número proporcional de nupcias o matrimonios en un tiempo y lugar determinados.

nurse n.f. Niñera extranjera.

nutación n.f. **1.** FIS, ASTRON Movimiento de oscilación de poca amplitud que afecta al eje de rotación de un sólido móvil alrededor de un punto y que gire sobre sí mismo. **2.** BOT Movimiento helicoidal de la extremidad de un tallo durante su crecimiento.

nutria n.f. **1.** Mamífero carnicero muy apreciado por su piel. **2.** Piel de este animal. ENCICL La nutria europea, hoy muy rara, mide 80 cm, con una cola de 50 cm. Es una hábil nadadora que se alimenta de peces. La nutria de Brasil alcanza los 2 m de largo. La nutria de mar del Pacífico N, cazada por su piel, está actualmente protegida por leyes internacionales.

nutrir v.tr. Aumentar la sustancia del cuerpo animal o vegetal por medio del alimento. • **nutricio,a** adj. Capaz de nutrir. • **nutrición** n.f. Acción y efecto de nutrir o nutrirse. • **nutrido,a** adj. Fig. Lleno, abundante. • **nutritivo,a** adj. Capaz de nutrir.

ny n.f. Decimotercera letra del alfabeto griego.

nylon n.m. Fibra sintética a base de poliamida, utilizada para fabricar hilos y tejidos.

Ñ

ñ n.f. Decimoséptima letra del abecedario español, y decimocuarta de sus consonantes. Su nombre es *eñe*. Su articulación es nasal, palatal y sonora.

ña n.f. En algunos lugares de América, tratamiento vulgar que se da a las mujeres de cierta edad.

ñacanina n.f. *Arg.* Víbora grande y venenosa.

ñaco n.m. *Chile.* Gachas de harina de trigo o maíz tostadas con azúcar, o miel.

ñacundá n.f. ZOOL Ave nocturna, de la familia de los caprimúlgidos, de unos 20 cm de longitud, con el pico hendido y el vientre blanco.

ñacurutú n.m. *Amér.* Ave nocturna, especie de lechuza, de color amarillento y gris.

ñagaza n.f. Señuelo para coger aves, añagaza.

ñame n.m. BOT **1.** Planta herbácea, de la familia de las dioscoreáceas, con tallos endebles, y raíz tuberculosa, de carne parecida a la de la batata, que cocida o asada es comestible. **2.** Raíz de esta planta. **3.** Aje (planta). • **ñamal** n.m. *Venez.* BOT Plantío de ñame.

ñanco o **ñancu** n.m. ZOOL *Chile.* Aguilucho.

ñandú n.m. Avestruz de América, algo más pequeño que el africano.

ñandubay n.m. BOT Árbol americano de la familia de las mimosáceas, de madera rojiza muy dura.

ñandutí n.m. *Amér. Merid.* Tejido muy fino que hacían principalmente las mujeres de Paraguay, y luego se generalizó en América del Sur para toda clase de ropa blanca.

ñanga n.f. **1.** *Amér. Central.* Estero de fondo pantanoso. **2.** *Ecuad.* Migaja, pedacito.

ñangado,a n. y adj. *Cuba.* Se aplica a las personas o animales de miembros torcidos.

ñangapire n.m. *Amér.* Árbol mirtáceo. Da un fruto de color rojizo muy parecido a la cereza.

ñangar v.tr. *Cuba* Desfigurar una cosa.

ñángara n.f. *Hond.* Llaga, úlcera.

ñangotado,a n. (apl. a pers.) y adj. **1.** *P. Rico.* Servil, adulador. **2.** Alicaído, sin ambiciones. • **ñangotarse** v.prnl. **1.** *P. Rico.* Ponerse en cuclillas. **2.** *P. Rico.* Humillarse, someterse. **3.** *P. Rico.* Perder el ánimo.

ñangué n.m. *Cuba.* Túnica de Cristo (planta solanácea silvestre).

ñaña n.f. **1.** *Chile.* Niñera. **2.** *Arg.* y *Chile.* Hermana mayor.

ñáñigo,a n. (apl. a pers.) y adj. Afiliado a una sociedad secreta formada en Cuba durante la dominación española.

ñaño,a **I.** adj. **1.** *Col.* Consentido. **2.** *Ecuad.* y *Perú.* Unido por amistad íntima. **II.** n.m. *Chile.* Hermano mayor.

ñapa n.f. **1.** *Col., P. Rico* y *Sto. Dom.* Propina. **2.** *Méx.* Robo, hurto.

ñapango,a adj. *Col.* Mestizo, mulato.

ñapindá n.m. BOT *Río de la Plata.* Planta de la familia de las mimosáceas; especie de acacia.

ñapo n.m. *Chile.* Especie de mimbre que se utiliza para hacer canastos.

ñaque n.m. **1.** Conjunto o montón de cosas inútiles y ridículas. **2.** Compañía antigua de dos cómicos, naque.

ñaruso,a adj. *Ecuad.* Se dice de la persona picada de viruelas.

ñato,a adj. *Amér.* De nariz corta y aplastada.

ñeco n.m. *Méx.* y *Ecuad.* Puñetazo.

ñeque **1.** adj. *C. Rica* y *Nicar.* Fuerte. **2.** n.m. *Chile, Ecuad., Hond.* y *Perú.* Fuerza.

ñequear v.tr. *Méx.* y *Ecuad.* Golpear, dar puñetazos.

ñinquil n.m. BOT *Chile* Planta de la familia de las mirtáceas, usada en medicina.

ñipa n.f. BOT *Chile.* Nombre por el que se conocen varios arbolitos y arbustos saxifragáceos de olor fuerte y desagradable.

ñipe n.m. BOT *Chile.* Arbusto de la familia de las mirtáceas, cuyas ramas se emplean para teñir.

ñique n.m. *Amér. Central.* Puñetazo.

ñiquiñaque n.m. Fam. Sujeto o cosa muy despreciable.

ñire n.m. BOT *Chile.* Árbol de la familia de las fagáceas, con flores solitarias y hojas elípticas.

ñirivilo, animal fabuloso, mitad zorro y mitad culebra, que habita en las aguas y ataca a los que se bañan, según una antigua leyenda araucana perpetuada en Chile.

ñisñil n.m. *Chile.* Especie de anea que crece en los pantanos y con cuyas hojas tejen canastillos.

ñizca n.f. *Chile, Perú.* Pequeña porción o fragmento de una cosa. ▷ pl. Añicos.

ñoclo n.m. Especie de galleta hecha de harina, azúcar, mantequilla, huevos, vino y anís.

ñocha n.f. *Chile.* Hierba bromeliácea, cuyas hojas sirven para hacer sogas, canastos, etc.

ñongue n.m. Planta de la familia de las solanáceas, que se usa en medicina.

ñoña n.f. *Chile.* Estiércol.

ñoño,a adj. Fam. Se dice de la persona sumamente apocada y remilgada. • **ñoñería** n.f. Acción o dicho propio de persona ñoña.

ñoqui n.m. *Arg., Chile* y *Urug.* Masa hecha con patatas, mezcladas con harina de trigo, mantequilla, leche, huevo y queso rallado.

ñorbo n.m. *Ecuad.* y *Perú.* Flor pequeña, muy fragante, de adorno en las ventanas.

ñu n.m. ZOOL Antílope propio de África del Sur, perteneciente a la familia de los bóvidos.

ñuaras, tribu de indios del Paraguay que habitaba la región comprendida entre los ríos Ipané y Jejuí.

ñubloso,a adj. Nubloso.

ñucurutú n.m. *Amér.* Búho.

ñudo n.m. Nudo. • **ñudillo** n.m. Nudillo. • **ñudoso,a** adj. Nudoso.

ñufla n.f. *Chile.* Cosa insignificante y sin valor.

ñulñul n.m. ZOOL *Chile.* Chinchimén, nutria de mar.

ñusta n.f. Entre los antiguos incas; princesa.

ñuto,a n. y adj. *Col., Ecuad., N. Arg.* y *Perú.* Se dice de lo que está molido o convertido en polvo.

O

1. o n.f. **1.** Decimoctava letra del abecedario español y cuarta de sus vocales. **2.** DIAL Signo de la proposición particular negativa.

2. o Conj. disyunt. que denota diferencia, separación o alternativa entre dos o más personas, cosas o ideas. ▷ Denota además idea de equivalencia, significando *o sea, o lo que es lo mismo. El protagonista, o el personaje principal de la fábula, es Hércules.*

O **1.** QUIM Símbolo del oxígeno. **2.** Abreviatura de oeste.

O' Partícula que precede los nombres propios irlandeses, y que significa «hijo de».

oasis n.m. Lugar con vegetación y a veces con manantiales, que se encuentra aislado en los desiertos de África y Asia.

ob Prep. insep. que significa por causa, o virtud, o en fuerza, de.

obcecación n.f. Ofuscación tenaz y persistente. • **obcecar** v.tr. y prnl. Cegar.

obedecer **I.** v.tr. **1.** Cumplir la voluntad de quien manda. **2.** Ceder. **II.** v.int. Fig. Tener origen una cosa, proceder.

obediencia n.f. **1.** Acción de obedecer. **2.** Precepto del superior, en las órdenes religiosas. — FOR *Obediencia debida.* La que se rinde al superior jerárquico y es circunstancia eximente de responsabilidad en los delitos. • **obediente** adj. Propenso a obedecer.

obelisco n.m. Pilar muy alto, de cuatro caras iguales un poco convergentes, y terminado por una punta piramidal muy achatada.

obenque n.m. MAR Cada uno de los cabos gruesos que sujetan la cabeza de un palo.

obertura n.f. MUS Pieza con que se da principio a una composición lírica.

obeso,a adj. Se dice de la persona anormalmente gorda. • **obesidad** n.f. Calidad de obeso.

obi n.f. Largo cinturón de seda, anudado en la espalda, del traje tradicional japonés.

óbice n.m. Obstáculo, embarazo, estorbo.

obispo n.m. **1.** Prelado superior de una diócesis. **2.** ZOOL Pez selacio del suborden de los ráyidos, de más de 2,50 m de largo, con el hocico prolongado en forma de mitra. • **obispado** n.m. **1.** Dignidad de obispo. **2.** Territorio o distrito asignado a un obispo. **3.** Sede de la curia episcopal.
ENCICL En la Iglesia católica, los obispos, sucesores de los Apóstoles, tienen el poder de orden (que les permite administrar los dos sacramentos del orden y la confirmación) y el jurisdiccional (por el que son pastores de una diócesis). Las Iglesias reformadas (excepto la anglicana) confieren diversos significados al término: las diócesis luteranas tienen a su frente a dignatarios que no siempre son nombrados obispos y que tienen pocos poderes; otras Iglesias protestantes no tienen más que un episcopado administrativo. En las Iglesias ortodoxas (y en las no calcedónicas), las funciones de los obispos, obligatoriamente célibes (el clero parroquial puede contraer matrimonio), son idénticos a las de los obispos católicos y, como tales, son reconocidas por Roma.

óbito n.m. Fallecimiento de una persona. • **obituario** n.m. Libro parroquial en que anotan las partidas de defunción y de entierro.

obiubi n.m. *Venez.* Mono de color negro, que duerme de día con la cabeza metida entre las patas.

objeción n.f. Dificultad que se presenta en contrario de una opinión o para impugnar una proposición.

objetar v.tr. Poner reparo a una opinión o designio. • **objetor,a** adj. Que objeta. — *Objetor de conciencia.* El que por escrúpulo de conciencia o por religión rehúsa cumplir sus deberes militares.

objetivo,a **I.** adj. **1.** Perteneciente o relativo al objeto en sí. **2.** FILOS Se dice de lo que existe realmente, fuera del sujeto que lo conoce. **3.** Desinteresado, desapasionado. **II.** n.m. **1.** Lente, o sistema de lentes, colocadas en los anteojos y otros aparatos de óptica en la parte que se dirige hacia los objetos. **2.** Objeto, fin o intento. **3.** MILIT Blanco para ejercitarse en el tiro. • **objetivar** v.tr. Dar carácter objetivo a una idea o sentimiento. • **objetividad** n.f. Calidad de objetivo.

objeto n.m. **1.** Lo que afecta a los sentidos, especialmente a la vista. **2.** Cosa generalmente manejable, destinada a un uso especial. **3.** ASTRON Cuerpo celeste cuyas características aún son imperfectamente conocidas. ▷ *Objeto volador no identificado*: v. OVNI. **4.** FILOS La cosa en que se piensa por oposición al sujeto pensador. **5.** Materia, tema. **6.** Objetivo, fin.

oblación n.f. Ofrenda y sacrificio que se hace a Dios.

oblata n.f. **1.** Dinero que se da en una iglesia en razón de los gastos por decir las misas. **2.** En la misa, la hostia y el vino antes de ser consagrados.

oblato,a n. y adj. Religioso de algunas congregaciones.

oblea n.f. **1.** Hoja muy delgada de masa de harina y agua, cocida en molde. **2.** Hoja delgada de pan ázimo de la que se sacan las hostias.

oblicuángulo adj. GEOM Se dice de la figura en que no es recto ninguno de sus ángulos.

oblicuar **I.** v.tr. Dar a una cosa dirección oblicua con relación a otra. **2.** v.int. MILIT Marchar con dirección diagonal. • **oblicuo,a** adj. **1.** Sesgado, inclinado al través. **2.** GEOM Se dice del plano o línea que se encuentra con otro u otra, y hace con él o ella ángulo que no es recto. • **oblicuidad** n.f. **1.** Dirección al sesgo, al través, con inclinación. **2.** GEOM Inclinación que aparta del ángulo recto la línea o el plano que se considera respecto de otra u otro.

obligación n.f. **I. 1.** Imposición o exigencia moral que debe regir la voluntad libre. **2.** Vínculo que sujeta a hacer o abstenerse de hacer una cosa. **3.** Correspondencia que uno debe tener y manifestar al beneficio que ha recibido de otro. **II. 1.** Documento notarial o privado en que se reconoce una deuda. **2.** FIN Título, comúnmente amortizable, al portador y con interés fijo. • **obligado,a** adj. Forzoso, inexcusable.

obligar **I.** v.tr. **1.** Mover e impulsar a hacer o cumplir una cosa. **2.** Ganar la voluntad de uno con beneficio u obsequios. **3.** Hacer fuerza en una cosa para conseguir un efecto. **II.** v.prnl. Comprometerse a cumplir una cosa.

obligatorio,a adj. Se dice de lo que obliga a su cumplimiento. • **obligatoriedad** n.f. Calidad de obligatorio.

obliterar v.tr. y prnl. MED Obstruir un conducto. • **obliteración** n.f. MED Acción y efecto de obliterar u obliterarse.

oblongo,a adj. Más largo que ancho.

obnubilar v.tr. y prnl. Anublar, oscurecer, ofuscar. • **obnubilación** n.f. Acción y efecto de obnubilar u obnubilarse.

oboe n.m. **1.** MUS Instrumento de viento, de 50 a 60 cm de largo, con seis agujeros y desde dos hasta trece llaves. **2.** Persona que toca este instrumento.

óbolo n.m. **1.** Moneda de plata de la antigua Grecia. **2.** Cantidad exigua con la que se contribuye a un fin determinado.

obra n.f. **I. 1.** Cosa hecha o producida por un agente. **2.** Cualquier producción del entendimiento. **3.** Tratándose de libros, volumen o volúmenes que contienen un trabajo literario completo. **II. 1.** Edificio en construcción. ▷ MAR *Obra muerta.* Parte del casco de un barco, que está encima de la línea de flotación. — MAR *Obra viva.* Fondo, parte de un buque que va debajo del agua. **2.** Compostura o innovación que se hace en un edificio. **III. 1.** Medio, virtud o poder. **2.** Acción moral.

obraje n.m. **1.** Obra hecha a mano o con una máquina. **2.** Prestación de trabajo, que se imponía a los indios de América.

obrar **I.** v.tr. **1.** Hacer una cosa. **2.** Ejecutar o practicar una cosa no material. **3.** Causar, producir o hacer efecto una cosa. **4.** Construir, edificar. **II.** v.int. Existir una cosa en sitio determinado. • **obrador,a** **1.** n. y adj. Que obra. **2.** n.m. Taller (sent. 1) de obras manuales.

obrero,a **1.** n. y adj. Que trabaja. **2.** n.m. y f. Trabajador manual retribuido. • **obrerismo** n.m. Régimen económico fundado en el predominio del trabajo obrero como elemento de producción y creador de riqueza.

obsceno,a adj. Impúdico. • **obscenidad** n.f. **1.** Calidad de obsceno. **2.** Cosa obscena.

obscurantismo n.m. Oscurantismo.

obscuro,a n. y adj. Oscuro,a. • **obscurecer** v. tr., intr. y prnl. Oscurecerse. • **obscuridad** n.f. Oscuridad.

obsecración n.f. Ruego, instancia.

obsequiar v.tr. Agasajar a uno con atenciones, servicios o regalos. • **obsequio** n.m. **1.** Acción de obsequiar. **2.** Regalo que se hace. • **obsequioso,a** adj. Dispuesto a hacer la voluntad de otro.

observador,a n. y adj. Que observa.

observancia n.f. Cumplimiento exacto y puntual de lo que se manda ejecutar.

observar v.tr. **1.** Examinar atentamente. **2.** Guardar y cumplir exactamente lo que se manda. **3.** Advertir, reparar. **4.** ASTRON Contemplar atentamente a la simple vista, o con el auxilio de instrumentos, los astros. • **observación** n.f. Acción y efecto de observar. • **observatorio** n.m. Lugar o posición que sirve para hacer observaciones.

obsesión n.f. **1.** Perturbación anímica producida por una idea fija. **2.** Idea que con tenaz persistencia asalta la mente. • **obsesionar** v.tr. y prnl. Causar obsesión. • **obsesivo,a** adj. Perteneciente o relativo a la obsesión. • **obseso** adj. Que padece obsesión.

obsidiana n.f. Mineral volcánico vítreo, de color negro o verde muy oscuro.

obsoleto,a adj. **1.** Poco usado. **2.** Anticuado. • **obsolescencia** n.f. Estado de lo que se encuentra anticuado.

obstáculo n.m. Impedimento, dificultad. • **obstaculizar** v.tr. Dificultar la consecución de un propósito.

obstante adj. Que obsta. — *No obstante*. Sin embargo.

obstar v.int. Impedir, estorbar, oponerse.

obstetricia n.f. MED Parte de la medicina, que trata de la gestación, el parto y el puerperio.

obstinación n.f. Pertinacia, terquedad. • **obstinado,a** adj. Perseverante, tenaz. • **obstinarse** v.prnl. Mantenerse tenazmente en una resolución.

obstrucción n.f. **1.** Acción y efecto de obstruir u obstruirse. **2.** MED Estrangulamiento u oclusión de un conducto del organismo. • **obstruccionismo** n.m. Táctica política de los que hacen obstrucción. • **obstruir** v.tr. **1.** Estorbar el paso, cerrar un conducto o camino. **2.** Impedir la acción.

obtener v.tr. Alcanzar, conseguir una cosa que se merece, solicita o pretende. • **obtención** n.f. Acción y efecto de obtener.

obturar v.tr. Tapar o cerrar una abertura o conducto introduciendo o aplicando un cuerpo. • **obturación** n.f. Acción y efecto de obturar. • **obturador** n. y adj. **1.** Se dice de lo que sirve para obturar. **2.** ARTILL Pieza que tapona la culata de un arma de fuego. **3.** FOTOG Dispositivo que deja penetrar la luz en una máquina fotográfica durante el tiempo de exposición.

obtusángulo,a adj. GEOM Se dice del triángulo que tiene un ángulo obtuso.

obtuso,a adj. **1.** Romo. **2.** Fig. Torpe. **3.** v. ángulo obtuso.

obús n.m. **1.** MILIT Pieza de artillería de menor longitud que el cañón en relación a su calibre. **2.** AUTOM Piececita que sirve de cierre a la válvula del neumático.

obvención n.f. Utilidad, fija o eventual, además del sueldo que se disfruta. • **obvencional** adj. Perteneciente o relativo a la obvención.

obviar v.tr. Evitar, apartar de en medio obstáculos. • **obvio,a** adj. **1.** Que se encuentra o pone delante de los ojos. **2.** Fig. Que no tiene dificultad.

oc Partícula afirmativa que significa «sí» en uno de los dialectos hablados al S del Loira, en la Edad Media. — *Lengua de oc*. Conjunto de las lenguas habladas al S del Loira (excepto el vasco y el catalán) y en las que «sí» se decía oc (por oposición a la lengua de oíl). v. oíl.

1. oca n.f. **1.** Ganso (ave); ánsar. **2.** Cierto juego de mesa.

2. oca n.f. BOT **1.** Planta anual de la familia de las oxalidáceas, con tallo herbáceo y raíz con tubérculos feculentos. **2.** Raíz de esta planta.

ocalear v.int. Hacer los gusanos los capullos ocales.

ocarina n.f. MUS Instrumento de forma ovoide más o menos alargada con ocho agujeros que modifican el sonido según se tapan con los dedos.

ocasión n.f. **1.** Oportunidad que se ofrece para ejecutar o conseguir una cosa. **2.** Causa o motivo por que se hace o acaece una cosa. • **ocasional** adj. **1.** Se dice de lo que ocasiona. **2.** Que sobreviene accidentalmente. • **ocasionar** v.tr. **1.** Ser causa para que suceda una cosa. **2.** Mover o excitar.

ocaso n.m. **1.** Puesta del Sol al transponer el horizonte. **2.** Occidente. **3.** Fig. Decadencia.

occidental n. y adj. **1.** Que está a occidente. **2.** Que se refiere a occidente. **3.** ASTRON Se dice del planeta que se pone después que el Sol. • **occidentalizar** v.tr. y prnl. Transformar, tomando como modelo los valores de Occidente.

occidente n.m. **1.** Uno de los cuatro puntos cardinales. v. oeste, poniente. **2.** Región situada al oeste con respecto a un determinado sitio. **3.** Conjunto de los países de Europa del Oeste y norteamericanos.

occipital adj. Relativo al occipucio. • **occipucio** n.m. Parte de la cabeza por donde ésta se une con las vértebras del cuello.

occiso,a adj. Muerto violentamente.

oceánico,a adj. **1.** Del océano. **2.** Que está cerca del océano, que sufre su influencia.

oceano n.m. **1.** Gran mar que cubre la mayor parte de la superficie terrestre. **2.** Cada una de las subdivisiones de este mar. • **oceanografía** n.f. Ciencia que estudia los océanos. • **oceanográfico,a** adj. Relativo a la oceanografía.
ENCICL La oceanografía, disciplina compuesta, está formada especialmente por la biología marina, que se divide en algología y en zoología marina. La algología estudia las algas. Los demás seres vivos se dividen en *plancton* (zooplancton y fitoplancton), *nectón y bentos* (v. estas palabras). Los océanos constituyen la mayor reserva de materia viva y de alimentos, pues, de la Tierra. La constancia relativa del medio oceánico ha permitido la aparición de un gran número de especies biológicas que, por el juego de la selección natural, ha dado todas las formas actuales (animales y vegetales), tanto marinas como continentales; los océanos son pues el medio primitivo de cualquier vida. La geología de los océanos permite definir: *la plataforma continental*, que es la prolongación de los continentes por debajo del mar, de anchura variable y que contiene lo esencial de los seres marinos vivos: *el talud continental*, abrupto, que desciende hasta *las llanuras abisales*; éstas, de una profundidad media de 2.000 a 3.000 m, son muy pobres en seres vivos y ricas en sedimentos terráqueos muy finos (barro de los grandes fondos). Los fondos oceánicos también están recorridos por las crestas o dorsales (v.). Las zonas más profundas están muy localizadas, y han recibido el nombre de *fosa* (v.); corresponden a puntos de hundimiento del material de superficie hacia las capas profundas de la tierra (v. placa). Además de los productos de la pesca, algunas sales de magnesio, potasio y sodio se extraen directamente del agua del mar. El yodo se consigue de las algas. Las riquezas procedentes del subsuelo marino son de dos tipos: los minerales y el petróleo. El mar también posee una energía potencial colosal bajo la forma de mareas, olas y corrientes. Otra forma de energía es la energía térmica procedente de la diferencia de temperatura entre las aguas de superficie y las que están a mayores profundidades.

oceanología n.f. Oceanografía aplicada a la explotación de los recursos oceánicos.

ocelo n.m. **1.** Cada ojo simple de los que forman un ojo compuesto de los artrópodos. **2.** Mancha redonda y bicolor en las alas de algunos insectos o en las plumas de ciertas aves.

ocelote n.m. ZOOL Mamífero carnívoro americano, de la familia de los félidos.

ocena n.f. MED Atrofia de las mucosas y del esqueleto de las fosas nasales.

ocio n.m. **1.** Cesación del trabajo. **2.** Diversión u ocupación reposada. • **ociar** v.int. y prnl. Dejar el trabajo, darse al ocio. • **ociosidad** n.f. Vicio de no trabajar; perder el tiempo o gastarlo inútilmente. • **ocioso,a** n. y adj. **1.** Se dice de la persona que está sin hacer alguna cosa. **2.** Desocupado o exento de hacer cosa que le obligue.

ocluir v.tr. y prnl. MED Cerrar un conducto con algo que lo obstruya. • **oclusión** n.f. **1.** CIENC Acercamiento de los bordes de una apertura natural. **2.** QUIM Propiedad que tienen algunos cuerpos de absorber gases y retenerlos enérgicamente. • **oclusivo,a** adj. **1.** MED Que produce oclusión. **2.** FON Se dice de la consonante cuya articulación se hace por un cierre completo y momentáneo del canal bucal.

ocosial n.m. *Perú*. Terreno deprimido, húmedo y con alguna vegetación.

ocote n.m. *Guat.* y *Méx*. Especie de pino muy resinoso.

ocozoal n.m. Serpiente de cascabel de México.

ocozol n.m. BOT Árbol norteamericano de la familia de las hamamelidáceas, de tronco grueso y liso, hojas alternas, flores verdosas unisexuales.

ocre **I.** n.m. **1.** Mineral terroso, de color amarillo. **2.** Cualquier mineral terroso que tiene color amarillento. **II.** adj. De color amarillo oscuro.

oct-, octa-, octi-, octo- Elementos compositivos procedentes del latín *octo*, «ocho».

octa n.m. METEOR Unidad de medida de la nubosidad, extensión de nubes que cubre la octava parte del cielo.

octacordio n.m. MUS **1.** Instrumento griego que tenía ocho cuerdas. **2.** Sistema compuesto de ocho sonidos.

octaedro n.m. GEOM Poliedro regular de ocho caras, que son otros tantos triángulos.

octano n.m. QUIM Hidrocarburo saturado de fórmula C_8H_{18}. • **octanaje** n.m. Número de octanos de un carburante.

octante n.m. Instrumento astronómico parecido al sextante y de análoga aplicación.

octava n.f. **I.** **1.** MUS Sonido que forma la consonancia más sencilla y perfecta con otro, y en la octava alta es producido por un número exactamente doble de vibraciones que éste. **2.** MUS Serie diatónica en que se incluyen los siete sonidos constitutivos de una escala y la repetición del primero de ellos. **II.** POET Combinación métrica de ocho versos endecasílabos. **III.** Espacio de ocho días, durante los cuales celebra la Iglesia una fiesta solemne.

octaviano,a adj. Perteneciente o relativo a Octavio César Augusto.

octavilla n.f. **1.** Octava parte de un pliego de papel. **2.** Volante de propaganda política. **3.** POET Estrofa de ocho versos cortos.

octavo,a adj. Que sigue inmediatatamente en orden al séptimo.

octeto n.m. **1.** MUS Composición para ocho instrumentos. ▷ Conjunto de estos ocho instrumentos. **2.** QUIM Grupo de ocho electrones pertenecientes a la misma órbita atómica.

octocoralario n. y adj. ZOOL Se dice de los celentéreos antozoos cuya boca está rodeada por ocho tentáculos. ▷ n.m. pl. ZOOL Orden de estos animales.

octogenario,a n. y adj. Que ha cumplido la edad de ochenta años y no llega a la de noventa.

octogésimo,a **1.** adj. Que sigue inmediatamente en orden al septuagésimo nono. **2.** n. y adj. Se dice de cada una de las 80 partes iguales en que se divide un todo.

octógono,a n.m. y adj. GEOM Se aplica al polígono de ocho ángulos y ocho lados. • **octogonal** adj. Relativo al octógono.

octópodo,a n. y adj. ZOOL Se dice de los moluscos cefalópodos dibranquiales que tienen ocho tentáculos provistos de ventosas. ▷ n.m.pl. ZOOL Orden de estos animales.

octosílabo,a u **octosilábico,a** adj. De ocho sílabas.

octubre n.m. Octavo mes del año. Tiene treinta y un días.

óctuple u **óctuplo** adj. Que contiene ocho veces una cantidad.

ocular **1.** adj. Perteneciente a los ojos. **2.** n.m. Combinación de cristales que los anteojos y otros aparatos de óptica tienen en la parte por donde mira el observador. • **oculista** n.m. y f. Médico que se dedica a las enfermedades de los ojos.

1. ocultar **I.** v.tr. y prnl. Esconder, encubrir a la vista. **II.** v.tr. Callar lo que se pudiera o debiera decir. • **oculto,a** adj. **1.** Escondido. **2.** Que se ejerce en secreto. **3.** *Ciencias ocultas.* Las que se basan en la creencia en influencias y fuerzas que el conocimiento racional no podría explicar. • **ocultismo** n.m. Conocimiento, práctica de las ciencias ocultas.

2. ocultar v.tr. **1.** ASTRON Impedir (un astro) que otro se vea al pasar delante de él. **2.** Esconder a la vista. • **ocultación** n.f. ASTRON Paso de un astro detrás de otro que le esconde a la vista de un observador terrestre.

ocume n.m. Árbol propio de la Guinea ecuatorial que se usa en ebanistería.

ocumo n.m. BOT *Venez.* Planta de la familia de las aráceas, con tallo corto, hojas triangulares, flores amarillas y rizoma con mucha fécula.

ocupación n.f. **1.** Acción y efecto de ocupar. **2.** Empleo, oficio. **3.** FOR Modo natural de adquirir la propiedad de ciertas cosas que carecen de dueño.

ocupada adj. Se dice de la hembra preñada.

ocupante DER Persona que ocupa una vivienda sin ser titular de un contrato de alquiler.

ocupar **I.** v.tr. **1.** Tomar posesión, apoderarse de una cosa. **2.** Gozar un empleo, dignidad, etc. **3.** Llenar un espacio o lugar. **4.** Habitar una casa. **II.** v.prnl. Emplearse en un trabajo, ejercicio o tarea. • **ocupador,a** n. y adj. Que ocupa o toma una cosa.

ocurrir **I.** v.int. Acaecer, acontecer, suceder una cosa. **II.** v.tr., int. y prnl. Venir una cosa a la mente repente. • **ocurrencia** n.f. Dicho agudo u original que ocurre a la imaginación. • **ocurrente** adj. Se dice del que tiene ocurrencias o dichos agudos.

ochavado,a adj. Se dice de la figura con ocho ángulos iguales y cuyo contorno tiene ocho lados, cuatro alternados iguales y los otros cuatro también iguales entre sí, pero desiguales a los primeros.

ochavo, moneda usada hasta mediados del s. XIX cuyo valor era de dos maravedíes. Acuñada por vez primera por los Reyes Católicos (ochavo de vellón), tomó distintas formas (en especial redondas o cuadradas) y pesos, aunque con idéntico valor, hasta su extinción.

ochavón,a adj. *Cuba.* Se dice al mestizo de blanco y cuarterón.

ochenta **I.** adj. **1.** Ocho veces diez. **2.** Octogésimo, ordinal. *Número ochenta, año ochenta.* **II.** n.m. Conjunto de signos con que se representa el número ochenta. • **ochentavo,a** adj. ARIT Octogésimo. • **ochentón,a** n. y adj. Fam. Octogenario.

ocho **1.** adj. Siete y uno. **2.** n. y adj. Octavo, ordinal. *Número ocho, año ocho.* Se aplica a los días del mes. *El ocho de octubre.* **3.** n.m. Signo o cifra con que se representa el número ocho.

ochocientos,as **1.** adj. Ocho veces ciento. ▷ Octingentésimo, ordinal. *Número ochocientos, año ochocientos.* **2.** n.m. Conjunto de signos con que se representa el número ochocientos.

oda n.f. POET Composición lírica que se divide frecuentemente en estrofas o partes iguales.

odalisca n.f. **1.** ANT Esclava de las mujeres del sultán. **2.** Mujer de un harén.

odeón n.m. **1.** ANTIG GR Edificio dedicado a la música y al canto. **2.** Nombre dado a algunas salas de espectáculos.

odio n.m. Aversión hacia alguna cosa o persona cuyo mal se desea. • **odiar** v.tr. Tener odio.

odioso,a adj. Digno de odio.

odisea n.f. Serie de aventuras y de imprevistos.

-odo u **-hodo** Sufijos procedentes del griego *hodós*, «camino».

odógrafo,a n.m. TECN Aparato que sirve para registrar el perfil de una carretera, de una vía férrea, etc.

odómetro n.m. **1.** Aparato que cuenta los pasos, podómetro. **2.** Taxímetro.

odonatos n.m. pl. ZOOL Orden de insectos de boca trituradora, buenos voladores, provistos de dos pares de alas membranosas con abundantes nerviaciones.

odont(o)- Prefijo procedente del griego *odón, odóntos*, «diente».

odontalgia n.f. PAT Dolor de dientes o de muelas.

odontocetos n.m. pl. Suborden de cetáceos provistos de dientes.

odontoide adj. ANAT Que tiene forma de diente.

odontología n.f. MED Estudio de los dientes y de sus enfermedades. • **odontólogo,a** n.m. y f. Persona que ejerce la odontología.

odorífero,a adj. Que huele bien, que tiene buen olor o fragancia.

odre n.m. Cuero que, cosido y empegado, sirve para contener líquidos.

Oenanthe n.m. BOT Género de plantas herbáceas acuáticas desnudas y venenosas (familia umbilíferas).

oenoteráceo,a n.f. y adj. BOT Dícese de matas o arbustos angiospermos dicotiledóneos, con hojas simples, flores axilares o terminales y fruto capsular abayado o drupáceo; como la fucsia. ▷ n.f.pl. Familia de estas plantas.

oeste n.m. **1.** Occidente, punto cardinal **2.** Viento que sopla de esta parte.

ofender **I.** v.tr. **1.** Hacer daño a uno físicamente o de palabra. **2.** Molestar (p. ej. un olor). **II.** v.prnl. Picarse o enfadarse por un dicho o hecho. • **ofendido,a** n. y adj. Que ha recibido alguna ofensa. • **ofensa** n.f. Acción y efecto de ofender. • **ofensiva** n.f. Situación o estado del que trata de ofender o atacar. • **ofensivo,a** adj. Que ofende o puede ofender. • **ofensor** n. y adj. Que ofende.

oferente n. y adj. Que ofrece.

oferta n.f. **1.** Promesa que se hace de dar, cumplir o ejecutar una cosa. **2.** Don que se presenta a uno para que lo acepte. **3.** Propuesta para contratar. • **ofertar** v.tr. **1.** Ofrecer en venta un producto. **2.** *Amér.* Ofrecer, prometer algo.

ofertorio n.m. CATOL Parte de la misa.

office n.m. Sala contigua a la cocina donde se prepara el servicio de mesa.

offset n.m. Procedimiento de impresión industrial en el que un cilindro especial recoge la imagen y la traslada después al papel.

off shore adj. inv. TECN Que se refiere a las técnicas de investigación, de perforación y explotación de los yacimientos petrolíferos marinos.

ofic(o)- Prefijo procedente del griego *ophis*, «serpiente».

oficial **I.** adj. Que es de oficio, o sea que tiene autenticidad y emana de la autoridad derivada del Estado, y no particular o privado. **II.** n.m. **1.** El que ocupa o trabaja en un oficio y no es maestro todavía. **2.** Empleado de una oficina **3.** MILIT Militar que posee un grado o empleo, desde alférez hasta capitán, inclusive. • **oficiala** n.f. **1.** La que se ocupa o trabaja en un oficio y no es maestra todavía. **2.** Empleada de una oficina. • **oficialía** n.f. Calidad o categoría de oficial que los faculta para trabajar libre y privadamente en su oficio. • **oficialidad** n.f. Conjunto de oficiales de ejército.

oficializar v.tr. Dar carácter o validez oficial.

oficiar v.tr. **1.** Celebrar de preste la misa y demás oficios divinos. **2.** Comunicar una cosa oficialmente y por escrito.

oficina n.f. **1.** Sitio donde se hace, se ordena o trabaja una cosa. **2.** Departamento donde trabajan los empleados públicos o particulares. **3.** Laboratorio de farmacia. • **oficinal** adj. FARM y MED Se dice de cualquier planta que se use como medicina. • **oficinista** n.m. y f. El que está empleado en una oficina pública o particular.

oficio n.m. **I.** **1.** Ocupación habitual. **2.** Cargo, profesión. **3.** Función propia de alguna cosa. **II.** Acción o gestión en beneficio o en daño de alguno. **III.** Comunicación escrita, referente a los asuntos del servicio público en las dependencias del Estado. — *De oficio.* Con carácter oficial. **IV.** **1.** Rezo diario a que los eclesiásticos están obligados. **2.** pl. Funciones de iglesia, y más particularmente las de Semana Santa. — *Santo oficio.* Inquisición, tribunal.

oficiosidad n.f. **1.** Cualidad de oficioso. **2.** Importunidad del que se entremete en asuntos que no le incumben.

oficioso,a adj. Se aplica a lo que procede de alguien o de alguna oficina relacionadas con el gobierno, pero que no tiene carácter oficial.

ofidio n.m. y adj. ZOOL Se dice de reptiles que carecen de extremidades, con boca dilatable y cuerpo largo y estrecho revestido de epidermis escamosa que se muda todos los años. Algunos inoculan a sus víctimas un líquido venenoso: como la víbora.

ofiolatría n.f. Culto de las serpientes.

ofiómaco n.m. Especie de langosta, insecto ortóptero.

ofita n.m. **1.** Miembro de una secta gnóstica del s. II, que rendía culto a la serpiente como símbolo del Mesías. **2.** MINER Mármol verde oscuro con vetas amarillas.

ofiuro n.m. ZOOL Equinodermo de la subclase de los ofiuroideos.

ofiuroideos ZOOL Subclase de equinodermos cuyo cuerpo está constituido por un disco central y cinco brazos radiales largos y delgados.

ofrecer I. v.tr. 1. Prometer, obligarse a uno a algo. 2. Presentar y dar voluntariamente una cosa. 3. Dedicar o consagrar algo a Dios o a un santo. 4. Decir o exponer qué cantidad se está dispuesto a pagar por algo. II. v.prnl. 1. Venirse impensadamente una cosa a la imaginación. 2. Ocurrir o sobrevenir. 3. Entregarse voluntariamente a otro para ejecutar alguna cosa. • **ofrecimiento** n.m. Acción y efecto de ofrecer u ofrecerse.

ofrenda n.f. Don que se hace a una divinidad con intención religiosa. • **ofrendar** v.tr. Hacer ofrendas.

oftalm(o)- Prefijo procedente del griego *ofthalmós*, «ojo».

oftalmía n.m. MED Enfermedad inflamatoria del ojo. • **oftálmico,a** adj. MED Perteneciente o relativo a los ojos.

oftalmología n.f. Rama de la medicina que trata de las afecciones de los ojos y sus órganos anejos. • **oftalmólogo,a** n.m. y f. Médico especialista en oftalmología.

oftalmómetro n.m. MED Instrumento de óptica que sirve para medir la curvatura de la córnea.

oftalmoscopio n.m. MED Aparato que permite examinar el fondo de ojo.

ofuscación n.f. Ofuscamiento.

ofuscar I. v.tr. y prnl. 1. Deslumbrar, turbar la vista. 2. Fig. Trastornar, confundir las ideas. II. v.tr. Oscurecer y hacer sombra. • **ofuscamiento** n.m. 1. Molestia ocasionada a la vista por un exceso de luz, vapores, etc. 2. Fig. Obcecación que impide razonar.

ogro n.m. Gigante que, según las mitologías, se alimentaba de carne humana.

¡oh! Interj. de que se usa para manifestar asombro, pena o alegría.

ohm n.m. Nombre del ohmio, en la nomenclatura internacional. • **ohm** n.m. ELECTR Instrumento para medir las resistencias eléctricas.

oíble adj. Que se puede oír.

oída n.f. Acción y efecto de oír. — *De o por, oídas.* m. adv. que se usa hablando de las cosas que uno sabe a través de la información dada por otro.

-oide, -e, -eo, -es Elemento compositivo que entra pospuesto en la formación de algunas voces españolas con el significado de «parecido a, en forma de».

oídio n.m. BOT Hongo parásito de la vid que produce en esta planta una grave enfermedad.

oído n.m. I. 1. Sentido que permite percibir los sonidos. 2. ZOOL Cada uno de los órganos que sirven para la audición. 3. Aptitud para percibir con exactitud la altura relativa de los sonidos musicales. II. Agujero que en la recámara tienen algunas armas de fuego para comunicar éste a la carga.

ENCICL El oído es un órgano de audición y de equilibrio. Los invertebrados inferiores están desprovistos de órgano auditivo, pero poseen una sensibilidad a las vibraciones difusas. Algunos invertebrados más evolucionados poseen una vesícula auditiva, el *otocisco* o *estatocisto* (anélidos, moluscos, etc.). Los peces tienen un oído interno; los anfibios, los reptiles y los pájaros tienen oído interno y medio: tienen el tímpano a flor de piel. Todos los mamíferos poseen un oído comparable al del hombre. El oído externo se compone del pabellón auditivo y del conducto auditivo externo, que describe una doble curva y que está tapizado por glándulas ceruminosas. El oído medio está constituido por varias cavidades situadas en el peñasco y que se comunican entre sí: la caja del tímpano, la trompa de Eustaquio, y las cavidades mastoideas; la caja del tímpano está limitada al exterior por el tímpano y, al interior, por la ventana redonda y la ventana oval cerradas por una membrana; el tímpano es una membrana que transmite sus vibraciones al oído interno por medio de tres huesecillos: el martillo, el yunque y el estribo. El oído interno, contenido en el laberinto óseo del peñasco, se compone de dos partes: el laberinto, membranoso, que está formado por canales semicirculares y por el vestíbulo, responsable de las funciones de equilibrio, y el caracol o cóclea, que se encarga de la función de audición propiamente dicha. El receptor sensorial del oído es el órgano de Corti, que contiene las células sensoriales y se prolonga en su extremidad inferior por el nervio coclear, rama del nervio auditivo que llega al lóbulo temporal. Varias enfermedades pueden afectar al oído externo, medio (otitis aguda o crónica) e interno (otospongiosis). La sordera se puede originar en el interior o en el exterior; las sorderas congénitas o de la primera infancia vienen acompañadas de mutismo.

oidor,a 1. n. y adj. Que oye. 2. n.m. Funcionario que en las audiencias del reino oía y sentenciaba las causas y pleitos.

ENCICL **Hist.** — Los oidores trataban asuntos civiles y no podían recibir más remuneración que la derivada de sus funciones, ni defender otras causas que las asignadas. Tuvieron su origen en las audiencias de Castilla (s. XIV). Posteriormente los hubo en Cataluña, Navarra y América. Estos últimos eran designados por el Consejo de Indias y asesoraban al virrey o gobernador.

oíl Lengua hablada en Francia durante la Edad Media al N de Loira (opuesta a *oc*).

oír v.tr. 1. Percibir con el oído los sonidos. 2. Atender un ruego o petición. 3. Hacerse uno cargo de aquello de que le hablan.

ojal n.m. Hendidura ordinariamente reforzada en sus bordes para pasar por ella los botones.

¡ojalá! Interj. con que se denota vivo deseo de que suceda una cosa.

ojaranzo n.m. 1. Variedad de jara. 2. Adelfa.

1. ojear v.tr. Mirar con atención a determinada parte. • **ojeada** n.f. Mirada rápida.

2. ojear v.tr. Espantar la caza con voces, tiros, golpes o ruido, para que se levante. • **ojeo** n.m. Acción y efecto de ojear.

ojén n.m. Aguardiente preparado con anís.

ojera n.f. Mancha alrededor de la base del párpado inferior. • **ojeroso,a** adj. Que tiene ojeras.

ojeriza n.f. Enojo y mala voluntad contra uno.

ojete n.m. 1. Abertura pequeña y redonda para meter por ella un cordón o cualquier otra cosa que afiance. 2. Fam. Ano. • **ojetear** v.tr. Hacer ojetes en alguna cosa.

ojituerto,a adj. Bizco, bisojo.

ojiva n.f. 1. Arco extendido en diagonal bajo una bóveda para reforzarla. 2. Arcada formada por dos arcos que se cortan en ángulo agudo. • **ojival** adj. 1. De figura de ojiva. 2. ARQUIT Se aplica a la arquitectura gótica.

ojo n.m. I. 1. Órgano de la vista en el hombre y en los animales. 2. Fig. Aptitud singular para apreciar rápidamente las circunstancias que concurren en algún caso. II. 1. Agujero que tiene la aguja para que entre el hilo. 2. Abertura o agujero que atraviesa de parte a parte alguna cosa. 3. Agujero por donde se mete la llave en la cerradura. 4. Manantial que surge en un llano. 5. Espacio entre dos estribos o pilas de un puente. 6. Atención, cuidado o advertencia que se pone en una cosa. 7. pl. Anillos de la tijera en los cuales entran los dedos. III. — *Ojo de buey.* Planta herbácea de la familia de las compuestas, común en los sembrados. — *Ojo de pez.* Objetivo fotográfico gran angular que da a la imagen efecto de curvatura. — Fig. *Abrir los ojos a uno.* Desengañarle en cosas que le pueden importar. — *A ojo.* Sin peso, sin medida, a bulto. — Fig. y Fam. *No pegar ojo.* No poder dormir. — *Ojo avizor.* Alerta, con cuidado.

ENCICL El ojo humano es un órgano irregularmente esférico, de 2 a 3 cm de diámetro, que pesa de 7 a 8 g. Fijado a la órbita por un cojinete adiposo, está unido al hueso por seis músculos motores: cuatro rectos y dos oblicuos. Está formado por tres capas (del exterior hacia el interior): *la esclerótica, la coroides* y *la retina*. La esclerótica (el «blanco» del ojo), cartilaginosa, es transparente en la parte anterior del ojo, formando *la córnea*. Detrás, la coroides se prolonga por el *cuerpo ciliar y el iris,* que limita *la pupila,* apertura de diámetro variable, detrás de la cual se encuentra una lente biconvexa, *el cristalino*. La retina, única membrana sensible a los rayos luminosos, contiene las células visuales, en forma de conos y bastones. En ésta, se distinguen dos puntos especiales: *la mancha amarilla,* donde se forman más claramente las imágenes, y *el punto ciego,* donde se desarrolla el nervio óptico y que es insensible a los rayos luminosos. Entre la córnea y el cristalino se encuentra un líquido, *el humor acuoso,* y dentro del ojo, *el humor vítreo*. Las anomalías oculares conllevan dificultades de la visión.

ojoche n.m. *C. Rica.* Árbol de gran altura cuyo fruto sirve de alimento al ganado.

ojota n.f. *Amér. Merid.* Calzado a manera de sandalia, hecho de cuero o de filamento vegetal.

okapi n.m. Rumiante (familia jiráfidos) del Zaire, de 1,60 m de alzada, con pelaje marrón y con la grupa y patas anteriores rayadas de blanco.

okoumé n.m. Árbol de Gabón cuya madera rosada y blanda se utiliza en ebanistería.

ola n.f. 1. Onda de gran amplitud que se forma en la superficie de las aguas. 2. Fenómeno atmosférico que produce variación repentina en la temperatura de un lugar. *Ola de frío.* • **oleaje** n.m. Sucesión continuada de olas.

olambre u olambrilla n.f. Azulejo decorativo.

olcades, pueblo celtíbero de la península Ibérica, citado por Polibio y Tito Livio. Se cree que estaban asentados entre el Tajo, el Júcar y el Guadiana. Fueron atacados por Aníbal (221 a. J.C.), quien tomó Altia, su capital, de dudosa localización.

ole(i)-, ole(o)- Prefijos del latín *olea*, «olivo», *olĕum*, «aceite».

¡olé! u **¡ole!** Interj. con que se anima y aplaude.

oleáceo,a n.f. y adj. BOT Dícese de árboles y arbustos angiospermos dicotiledóneos, que tienen hojas opuestas y alternas, flores hermafroditas y fruto en drupa o en baya; como el olivo, el fresno y el jazmín. ▷ n.f. pl. BOT Familia de estas plantas.

oleada n.f. 1. Ola grande. 2. Fig. Movimiento impetuoso de mucha gente apiñada.

oleaginoso,a adj. Oleoso, aceitoso.

1. olear v.tr. Dar a un enfermo el sacramento de la extremaunción.

2. olear v.int. Hacer o producir olas.

oleato n.m. QUIM Sal o éster del ácido oleico.

olécranon n.m. ANAT Apófisis del cúbito, que forma el relieve óseo del codo.

oledor,a n. y adj. Que exhala olor o lo percibe.

olefina n.f. QUIM Hidrocarburo no saturado que contiene por lo menos un doble enlace carbono-carbono.

oleico,a adj. QUIM Se dice del ácido graso

natural muy extendido en las grasas animales y vegetales, utilizado para fabricar jabón y pintura.

oleicultura n.f. Arte de cultivar el olivo y mejorar la producción del aceite. • **oleícola** adj. Perteneciente o relativo a la oleicultura.

oleína n.f. QUIM Éster triglicérico del ácido oleico.

óleo n.m. **1.** Aceite de oliva. **2.** Por antonom., el que usa la Iglesia en los sacramentos. **3.** Acción de olear.

oleoducto n.m. Tubería para conducir el petróleo a larga distancia.

oleografía n.f. Cromo que imita la pintura al óleo.

oleolato n.m. FARM Aceite esencial.

oleómetro n.m. Instrumento usado para medir la densidad de los aceites.

oleorresina n.f. Jugo líquido de varias plantas, formado por resina disuelta en aceite volátil.

oleoso,a adj. Aceitoso.

oler **I.** v.tr. **1.** Percibir los olores. **2.** Fig. Conocer o adivinar una cosa que se juzgaba oculta. **II.** v.int. **1.** Exhalar fragancia o hedor. **2.** Fig. Parecerse o tener señas y visos de una cosa, que por lo regular es mala.

óleum n.m. QUIM Solución de trióxido de azufre en el ácido sulfúrico anhídrido, utilizada en la fabricación de los fenoles, colorantes y explosivos.

olfacción n.f. Acción de oler.

olfato n.m. **1.** ZOOL Sentido con que los seres animados perciben los olores. **2.** Fig. Sagacidad para descubrir o entender lo que está disimulado o encubierto. • **olfatear** v.tr. **1.** Oler con ahínco y persistentemente. **2.** Fig. y Fam. Indagar. • **olfativo,a** adj. Perteneciente o relativo al sentido del olfato. • **olfatorio,a** adj. Perteneciente al olfato.
ENCICL El olfato de los animales está desarrollado en distintos grados; en el perro y, en general, en todos los cánidos, lo está muy altamente y les permite seguir a sus presas por el rastro. Desempeña un papel importante en el comportamiento sexual gracias a la emisión, por parte de las hembras, de ciertas sustancias que atraen a los machos. Tiene también otro papel importante para numerosas especies: muchos mamíferos utilizan su orina, su almizcle, etc., para delimitar su territorio.

olíbano n.m. Incienso aromático.

olig(o)- Prefijo procedente del griego *oligos,* «pequeño, poco numeroso».

oligisto n.m. Mineral opaco, de color gris negruzco o pardo rojizo, muy duro y pesado. Es un óxido de hierro muy apreciado en siderurgia.

oligoceno **1.** n.m. GEOL Tercer periodo de la era terciaria. **2.** adj. GEOL Perteneciente a este período.

oligoclasa n.f. MINER Variedad de feldespato sódico cálcico.

oligoelemento n.m. BIOL Todo elemento químico que es indispensable, en pequeñísimas cantidades, para completar el crecimiento y el ciclo reproductivo de plantas y animales.
ENCICL Los principales oligoelementos son, por orden de concentración decreciente: el magnesio, hierro, silicio, cinc, rubidio, cobre, bromo, estaño, manganeso, yodo, aluminio, plomo, molibdeno, boro, arsénico, cobalto y litio. Actúan raramente en estado puro, pero forman complejos. Tienen el papel de portadores de oxígeno. Son bioactivadores de la mayoría de las enzimas.

oligofrenia n.f. MED Debilidad mental. • **oligofrénico,a** **1.** n. y adj. MED Dícese del que padece oligofrenia. **2.** adj. Perteneciente o relativo a la oligofrenia.

oligopolio n.m. ECON Mercado caracterizado por un pequeño número de vendedores frente a un gran número de compradores.

oligoquetos n.m. pl. ZOOL Clase de anélidos en los que cada segmento lleva un pequeño número de quetas.

oliguria n.f. MED Disminución de la cantidad de orina expulsada en un tiempo determinado.

olimpiada o **olimpíada** n.f. **1.** Fiesta o juego que se hacía cada cuatro años en la antigua ciudad de Olimpia. **2.** Competición universal de juegos deportivos que se celebra modernamente cada cuatro años, con exclusión de los profesionales del deporte.

olímpico,a adj. **1.** Perteneciente al Olimpo. **2.** Perteneciente a los juegos de las olimpiadas. **3.** Fig. Altanero, soberbio.

olingo n.m. *Hond.* Mono aullador.

olisquear v.tr. **1.** Oler uno o un animal alguna cosa. **2.** Husmear uno, curiosear.

oliva n.f. **1.** Olivo (árbol). **2.** Fruto del olivo, aceituna. **3.** Lechuza (ave). **4.** Fig. Paz.

1. olivar n.m. Sitio plantado de olivos.

2. olivar v.tr. Enfaldar o podar las ramas bajas de los árboles, como se hace a los olivos.

1. olivarda n.f. Ave, variedad del neblí.

2. olivarda n.f. Planta de la familia de las compuestas, de 50 cm a 1 m, de tronco leñoso, flores en cabezuelas amarillas, y fruto seco con una sola semilla.

olivarero,a **1.** adj. Perteneciente al cultivo del olivo y aprovechamiento. **2.** n. y adj. Que se dedica a este cultivo.

olivicultura n.f. Cultivo y mejoramiento del olivo. • **olivícola** adj. Relativo a la olivicultura.

olivillo n.m. BOT Arbusto de la familia de las oneoráceas de flores axilares amarillas y fruto en baya.

olivino n.m. Peridoto (mineral).

olivo n.m. **1.** Árbol de la familia de las oleáceas, con tronco corto, grueso y torcido y copa ancha y ramosa. Tiene por fruto la aceituna, que es una drupa ovoide. **2.** Madera de este árbol.

olmecas, grupo étnico de México. Su influencia ha sido extraordinaria sobre la mayoría de los pueblos aztecas. Son especialmente apreciadas las artesanías de jade que representan una figura mitad hombre, mitad jaguar. Y en particular las colosales cabezas (una de ellas pesa más de 20 t) que hoy se encuentran en el parque nacional de La Venta, en Villahermosa, Tabasco. Las piedras con que fueron construidas provenían de un lugar distante 100 km de la región en que habitaban, y por entonces los olmecas no conocían ni la rueda ni los animales de tiro.

olmeda n.f. Sitio plantado de olmos.

olmo n.m. Árbol de la familia de las ulmáceas, que crece hasta la altura de 20 m, con tronco robusto y derecho; copa ancha y espesa; hojas elípticas, o trasovadas; flores precoces, de color blanco rojizo y frutos secos, con una semilla oval, aplastada. • **olmedo** n.m. Sitio plantado de olmos.

ológrafo,a n.m. y adj. Se aplica al testamento o a la memoria testamentaria de puño y letra del testador.

olopopo n.m. *C. Rica.* Especie de mochuelo de gran tamaño, que abunda en la costa del Pacífico.

olor n.m. **1.** Impresión que los efluvios de los cuerpos producen en el olfato. **2.** Olfato, sentido corporal. **3.** Fig. Fama, opinión.

oloroso,a **I.** adj. Que exhala de sí fragancia. **II.** n.m. Vino de Jerez de color dorado oscuro y mucho aroma.

olvido n.m. **1.** Cesación de la memoria que se tenía. **2.** Cesación del afecto que se tenía. **3.** Descuido de una cosa que se debía tener presente. • **olvidadizo,a** adj. **1.** Que con facilidad se olvida de las cosas. **2.** Fig. Desagradecido. • **olvidar** **I.** v.tr. **1.** Dejar de tener en la memoria lo que se tenía o debía tener. **2.** Dejar de tener afecto o interés por alguien o algo. **II.** v.tr. y prnl. No tener en cuenta alguna cosa.

olla n.f. **I.** **1.** Recipiente alto, abombado y con dos asas, que se usa para cocer alimentos. **2.** Cocido preparado con carne, tocino, legumbres y hortalizas, a lo que se añade a veces algún embuchado. **II.** Remolino que forman las aguas de un río en ciertos lugares.

ollar n.m. Cada uno de los dos orificios de la nariz de las caballerías.

-oma MED Elemento compositivo que entra pospuesto en la formación de algunas voces con el significado de «tumor». *Epitelioma, fibroma.*

omaguas, tribu amerindia, de la familia lingüística tupí, que habita en el N de Perú, entre los ríos Napo y Ucayali.

omaso n.m. Tercer estómago de los rumiantes.

ombligo n.m. **I.** **1.** ANAT Apertura de la pared abdominal del feto, por la que pasa el cordón umbilical. ▷ Cicatriz que deja esta apertura poco después del nacimiento. **2.** Fig. Medio o centro de cualquier cosa. **II.** *Ombligo de Venus.* Planta herbácea anual de la familia de las crasuláceas.

ombría n.f. Parte sombría de un terreno.

ombú n.m. Árbol de América Meridional, de la familia de las fitolacáceas, de madera fofa y copa muy densa.

ombudsman n.m. Persona encargada de arbitrar las diferencias que pueden surgir entre la Administración y los ciudadanos y de defender los derechos de estos últimos, en algunos países. La Constitución española de 1978 introduce esta figura con el nombre de «defensor del pueblo».

omega n.m. Ultima letra del alfabeto griego que corresponde a *o* larga (ω, Ω). ▷ Fig. *El alfa y el omega.* El inicio y el final.

omento n.m. ZOOL Tejido que une el estómago y los intestinos con las paredes intestinales.

omero n.m. Aliso (árbol).

omeya (en árabe: *Banū' Umayya*: los «descendientes de Umayya»), dinastía califal que gobernó del 660 al 750 el mundo musulmán entonces en la cumbre de su expansión. Muāwiyya, su fundador, pertenecía a la tribu de los jāriŷíes; gobernador de Siria, se hizo proclamar califa en el año 661. Con él, la función califal —antes electiva— se convirtió en hereditaria y más monárquica que religiosa. Se sucedieron dos ramas en el poder: los sufyāníes y los marwāníes. Fueron derrocados por los abbasíes, excepto en España, donde se mantuvo un califato omeya en Córdoba hasta 1031. Cuando empezó a reinar Mu'āwiyya (661-680), ya se habían realizado las conquistas de los países del Próximo Oriente, Egipto y de una gran parte de Irán; a estos territorios, los omeyas adjuntaron Irán oriental, África del N, Irak, Hedjaz, Transoxiana, y los confines de la India. Del Magreb, donde la implantación árabe era sólida, Tāriq salió para conquistar España (711 a 712) y llegó hasta la Galia. Sin embargo, la extensión de las conquistas, las intrigas alrededor del poder y el peso de la fiscalidad arruinaron al régimen, que se hundió en la anarquía. Tras la proclamación del califato abbasí en Kufa (749), el último omeya, Marwān II, fue vencido a orillas del Tigris en el 750. Todos los miembros de la familia fueron asesinados, pero 'Abd al-Rahmān, nieto del califa Hišām, consiguió huir al Magreb y, de ahí, desembarcó con algunas tropas en España conquistando Córdoba (756), donde fundó un emirato. La sumisión de los jefes árabes y bereberes se hizo lentamente. 'Abd al-Rahmān III (912 a 961) concluyó la unidad del territorio y se declaró califa. Córdoba se convirtió en una gran capital; sede de una civilización brillante, rivalizó con Bagdad. Bajo los omeyas, se construyeron la Cúpula de la Roca (691), y la mezquita Al-Aqsa (705) en Jerusalén, y la mezquita llamada de los omeyas en Damasco (705).

ómicron n.m. Decimoquinta letra del alfabeto griego, que corresponde a *o* breve (o, O).

ominoso,a adj. Azaroso, abominable.

omisión n.f. **1.** Abstención de hacer o decir. **2.** Falta por haber dejado de hacer algo necesario o conveniente en la ejecución de una cosa o por no haberla ejecutado. **3.** Descuido del que está encargado de un asunto. • **omisible** adj. Que se puede omitir. • **omitir 1.** v.tr. Dejar de hacer una cosa. **2.** v.tr. y prnl. Pasar en silencio una cosa.

omni- Prefijo procedente del latín *omnis*, «todo».

ómnibus n.m. Vehículo de gran capacidad, que sirve para transportar personas.

omnidireccional adj. TECN Que tiene las mismas propiedades en cualquier dirección.

omnímodo,a adj. Que lo abraza y comprende todo.

omnipotencia n.f. Fig. Poder muy grande. • **omnipotente** adj. Fig. Que todo lo puede.

omnipresencia n.f. Presencia a la vez en todas partes. • **omnipresente** adj. El que está presente a la vez en todas partes.

omnisciencia n.f. Conocimiento de muchas ciencias o materias. ▷ Conocimiento de todas las cosas reales y posibles. • **omnisciente** adj. Que tiene omnisciencia.

omnívoro,a n. y adj. ZOOL Aplícase a los animales que se alimentan de toda clase de sustancias orgánicas.

omóplato u **omoplato** n.m. ZOOL Cada uno de los dos huesos anchos, casi planos, situados a uno y otro lado de la espalda, donde se articulan los húmeros y las clavículas.

onagra n.f. BOT Arbusto de la familia de las enoteráceas cuya raíz, seca, huele a vino.

onagro n.m. **I.** Asno salvaje o silvestre que vive en India e Irán. **II.** Máquina antigua de guerra con la que se arrojaban piedras por medio de una palanca con el extremo en forma de oreja de burro.

onanismo n.m. Masturbación.

onas, pueblo de América del Sur, que se suele incluir dentro del grupo tehuelche. Un reducido número habita actualmente en la Tierra del Fuego (Isla Grande), donde llevan una vida precaria dedicada a la pesca. De menor estatura que los tehuelches, tienen la cabeza braquicéfala, cara ancha y aplanada, pómulos salientes, marcados arcos superciliares y ojos pequeños y oblicuos. Su número se ha reducido a 300 individuos.

once I. n. y adj. Diez y uno. ▷ Undécimo, ordinal. *Número once.* ▷ Se aplica a los días del mes. *El once de octubre.* **II.** n.m. Conjunto de signos con que se representa el número once.

oncejo n.m. Vencejo (pájaro).

onceno,a n. y adj. Undécimo.

oncocercosis n.f. MED Parasitosis frecuente en África, debida a una filaria y caracterizada por nódulos, lesiones cutáneas y daños oculares graves.

oncógeno,a adj. MED Que provoca o favorece la aparición de tumores.

oncología n.f. Parte de la medicina, que trata de los tumores.

onda n.f. **I. 1.** Perturbación que se propaga en un medio desde un punto a otros, sin que en dicho medio se produzca ningún desplazamiento permanente. **2.** Cada una de las elevaciones que se forman al perturbar la superficie de un líquido. **3.** Cada una de las curvas, a manera de eses, que se forman natural o artificialmente en algunas cosas flexibles; como el pelo, las telas, etc. **II.** — *Onda herciana* o *hertziana.* Onda descubierta por Hertz, que transporta energía electromagnética y que tiene la propiedad de propagarse en el vacío a la misma velocidad que la luz. — *Onda larga.* La que tiene una longitud de mil metros o menos. — FIS *Onda luminosa.* La que se origina en un cuerpo luminoso y transmite su luz. — *Onda radioeléctrica.* Onda electromagnética empleada en la radiodifusión, televisión, etc. — FIS *Onda sonora.* La que se origina en un cuerpo elástico y transmite el sonido.

ENCICL Se llama onda *material* aquella que se propaga en un medio deformándolo (onda sonora en el aire atmosférico, p. ej.). La propagación de la onda se debe, en este caso, a la transmisión del movimiento a través de las moléculas del medio de propagación. No siempre es así, y algunas ondas, llamadas ondas *electromagnéticas* (luz, ondas radioeléctricas), se propagan sin soporte material, concretamente en el vacío. Una partícula, llamada *fotón*, está asociada a cada una de estas ondas. La *velocidad* de propagación de una onda depende de la naturaleza de esta onda y del medio en que se propaga. Toda onda puede ser considerada como la suma de un número más o menos grande de ondas sinusoidales. El *período* de una onda sinusoidal es la duración al cabo de la cual la situación de un punto cualquiera en la curva sinusoidal vuelve a ser la misma; ejemplo: duración al cabo de la cual un punto vuelve a alcanzar la cumbre de la curva. La *longitud de onda* es la distancia recorrida por la onda durante un período. La inversa de la longitud de onda se llama *número de onda* y la inversa del período *frecuencia.* Cuanto más corta es la longitud de una onda, más elevada es la frecuencia.

ondámetro n.m. TELECOM Aparato que permite medir las longitudes de onda.

ondina n.f. Ninfa, espíritu elemental del agua.

ondulación n.f. **1.** Acción y efecto de ondular. **2.** Movimiento que se propaga en un fluido o en un medio elástico sin traslación permanente de sus moléculas. **3.** Formación en ondas de una cosa. — FIS *Ondulación periódica.* La producida por perturbaciones que se suceden con intervalos iguales. • **ondulador** n.m. ELECTR Aparato que sirve para transformar una corriente continua en corriente alterna. • **ondular 1.** v.int. Moverse una cosa formando giros en forma de ese. **2.** v.tr. Poner ondulado. • **ondulatorio,a** adj. **1.** Que se extiende en forma de ondulaciones. **2.** Que ondula, ondulante. **3.** FIS Relativo a las ondas. ▷ *Mecánica ondulatoria.* Teoría física, debida a L. de Broglie, que, a toda partícula elemental de cantidad de movimiento p, asocia una onda cuya longitud es: $\lambda = \frac{h}{p}$, siendo *h* la constante de Planck ($h = 6{,}62\ 10^{-34}$ J.s).

oneroso,a adj. Caro, gravoso.

ónice n.f. Ágata listada de colores alternativamente claros y muy oscuros.

onico- Prefijo que proviene del griego *onyx, onykhos*, «uña».

onicofagia n.f. MED Costumbre de comerse las uñas.

onicomancia u **onicomancía** n.f. Adivinación del porvenir mediante el examen de las uñas, untadas previamente con aceite y hollín.

onírico,a adj. Perteneciente o relativo a los sueños. • **onirismo** n.m. MED Estado de delirio agudo relacionado con las imágenes del sueño. • **oniromancia** u **oniromancía** n.f. Arte supersticioso de adivinar el porvenir interpretando los sueños.

ónix n.f. Ónice.

onixis n.f. MED Inflamación de la dermis debajo de una uña.

onocrótalo n.m. Pelícano (pájaro).

onomancia u **onomancía** n.f. Arte supersticioso de adivinar por el nombre de una persona lo que le ha de suceder.

onomasiología n.f. LING Rama de la semántica que estudia las denominaciones partiendo del concepto.

onomástico,a 1. adj. Perteneciente o relativo a los nombres y especialmente a los propios. **2.** n.f. Ciencia que trata de la catalogación y estudio de los nombres propios.

onomatopeya n.f. **1.** Imitación del sonido de una cosa en el vocablo que se forma para significarla. **2.** El mismo vocablo.

onoquiles n.f. Planta herbácea anual, de la familia de las borragináceas, de 20 a 30 cm de altura; con flores acampanadas, de color azul purpúreo y fruto seco. Se usa en perfumería.

onosma n.f. Especie de orcaneta u onoquiles, planta.

ont(o)- Prefijo procedente del griego *ōn, ontos*, «el ser, lo que es».

ontina n.f. Planta de la familia de las compuestas, de tallo leñoso y flores amarillentas muy pequeñas.

ontogenia u **ontogénesis** n.f. BIOL Formación y desarrollo del individuo considerado con independencia de la especie.

ontología n.f. FILOS Parte de la metafísica, que trata del ser en general y de sus propiedades trascendentales. • **ontológico,a** adj. FILOS Perteneciente a la ontología. • **ontologismo** n.m. FILOS Teoría de Gioberti, filósofo italiano del s. XIX, que pretende explicar el origen de las ideas mediante la adecuada intuición del Ser absoluto.

onubense 1. n. y adj. Natural de Huelva. **2.** adj. Perteneciente o relativo a esta provincia o a su capital.

1. onza n.f. **1.** Antigua medida de peso con diversos valores, comprendidos entre 24 y 33 g. **2.** Porción de chocolate que inicialmente tenía ese peso. Hoy se aplica a cualquiera de las porciones en que está dividida una tableta de chocolate. **3.** Duodécima parte de varias medidas antiguas. — *Onza de oro.* Moneda de este metal, con peso de una onza aproximadamente, que se acuñó en España desde la época de Felipe III hasta la de Fernando VII.

2. onza n.f. Gran félido de pelaje claro, manchado y espeso, de las montañas de Asia central. Sinónimo: ocelote.

onzavo,a n.m. y adj. Undécimo (partitivo).

oo- Partícula procedente del griego, *ōon*, «huevo».

oolito n.m. GEOL Caliza compuesta de concreciones semejantes a las huevas de pescado.

oosfera n.f. BOT Célula sexual femenina que en el momento de la fecundación se une con el elemento masculino para dar origen a un nuevo individuo.

oóspora n.f. BOT Célula fecundante de las algas y los hongos.

ooteca n.f. ZOOL Envoltura que protege los huevos en la puesta de ciertos insectos.

opacidad n.f. FIS Relación entre el flujo luminoso transmitido y el flujo incidente. • **opacímetro** n.m. TECN Aparato que sirve para medir la opacidad de una sustancia.

opaco,a adj. **1.** Que impide el paso a la luz. ▷ FIS Que no deja pasar tal o cual radiación. **2.** Oscuro, sombrío. **3.** Fig. Triste y melancólico. • **opacar** v.tr. y prnl. *Amér.* Oscurecer, nublar.

ópalo n.m. Mineral silíceo con algo de agua, lustre resinoso, translúcido u opaco, duro, pero quebradizo y de colores diversos. • **opalescencia** n.f. Reflejos de ópalo. • **opalino,a** adj. De color entre blanco y azulado con reflejos irisados.

op art n.m. Movimiento de arte abstracto que se formó en Estados Unidos hacia 1960 como reacción contra el arte gestual no figurativo.
ENCICL En la medida en que las diversas tendencias europeas del arte cinético han tenido todas alguna relación con él, se puede decir que el op art abarca el conjunto de las investigaciones visuales fundadas en los efectos ópticos y cromáticos de ciertas composiciones elaboradas a partir de elementos simples o complejos de la geometría y de la física. v. cinética.

ópatas, grupo étnico de México. Originarios de la región que abarca el actual est. de Sonora, en una zona próxima a Nogales. Según la tradición serían parientes cercanos de los pimas y los tarahumaras, distintas ramas provenientes de la nación mixteca. Viven actualmente de la agricultura y practican la religión católica, aunque fuertemente impregnada de ritos paganos.

opción n.f. **1.** Libertad o facultad de elegir. **2.** La elección misma. **3.** Derecho que se tiene a un oficio, dignidad, etc. • **opcional** adj. Perteneciente o relativo a la opción.

-ope u **-opia.** Sufijo procedente del griego *ōps, opos,* «ojo».

open adj. DEP Se dice de una competición en la que participan a la vez profesionales y aficionados.

ópera n.f. **I. 1.** Poema dramático puesto en música en el que a veces se intercala un trozo declamado. **2.** Poema dramático escrito para este fin; letra de la ópera. **3.** Música de la ópera. **II.** Teatro donde se representa este género de obras. • **opereta** n.f. Especie de ópera de asunto frívolo y carácter alegre.
ENCICL Jacopo Peri, al introducir el recitario en el espectáculo musical (*Dafnis,* 1597), inauguró el género operístico, pero fue Monteverdi quien produjo, con su *Orfeo* (1607), la primera obra lírica verdadera. La ópera italiana conoció enseguida una popularidad inmensa, para luego caer poco a poco en decadencia, mientras que se desarrollaba la *ópera bufa* (*La sirvienta señora* de Pergolesi, 1733), que predomina en Italia a lo largo de todo el s. XVIII. En el s. XIX, Rossini, Donizetti, Bellini, Verdi y sus sucesores (Puccini, Leoncavallo) dieron un nuevo impulso a la ópera italiana.
En el s. XVIII, Rameau, con sus innovaciones armónicas, regeneró la ópera francesa; después de él, Mondonville y Philidor, imitando la ópera cómica italiana, abrieron el camino a la ópera cómica. El alemán Gluck, verdadero creador de la ópera trágica, inició una reacción, pero el público prefería las óperas cómicas de Duni, Monsigny y Grétry a las óperas llamadas «serias». El s. XIX fue pobre al principio: después de Berlioz, que permaneció ignorado, el renovador del arte dramático francés fue de hecho Gounod (*Fausto,* 1859). Le siguieron Bizet (*Carmen,* 1875), Massenet, Chabrier, Charpentier, Fauré; *Peleas y Melisenda* (1902), de Debussy, señala brillantemente la aparición de una nueva sensibilidad musical, que debe algo a Músorgski, autor de *Boris Godunov* (1874). La ópera italiana, introducida en Alemania en 1627, se instaló en Viena (Cesti), Munich (Steffani), Hamburgo. Mozart resumió magistralmente todas las tendencias musicales de su época en *Las bodas de Fígaro* (1786), *Don Juan* (1787), etc. Después de *La flauta mágica* (1791), primera ópera alemana, Beethoven produjo la primera obra lírica romántica (*Fidelio,* 1805). Weber se confirmó más tarde como el más típico de los autores románticos alemanes. Finalmente, Wagner cambió las reglas tradicionales del género. A fines del s. XIX y ya en el XX, R. Strauss, Schönberg, y Berg, junto con Bartók, Prokofiev, Nono y Henze, producen obras importantes.

operación n.f. **I. 1.** Acción y efecto de operar. **2.** Ejecución de una cosa. ▷ COM Negociación o contrato sobre valores o mercancías. ▷ MAT Conjunto de reglas que permiten, partiendo de una o varias cantidades o expresiones, llamadas datos, obtener otras cantidades o expresiones llamadas resultados. **II.** MILIT Conjunto de movimientos estratégicos. • **operacional** adj. Se dice de lo que está en condiciones de operar. • **operador,a I.** n. y adj. CIR Que opera. **II.** n.m. y f. **1.** CINEM y TV Técnico encargado de la parte fotográfica del rodaje. **2.** INFORM Persona encargada del manejo y vigilancia de un ordenador.

operando n.m. MAT Elemento del que trata una operación.

operar I. v.tr. CIR Ejecutar sobre el cuerpo animal vivo, por medio de la mano, generalmente ayudada de instrumentos apropiados, diversos actos curativos. **II.** v.intr. **1.** Obrar una cosa, especialmente las medicinas, y hacer el efecto para que se destina. **2.** Ejecutar diversas acciones o trabajos. • **operativo,a** adj. Dícese de lo que obra y hace su efecto. — • **operatorio,a** adj. Relativo a las operaciones quirúrgicas.

operario,a n.m. y f. Obrero,a; trabajador manual.

opérculo n.m. Pieza móvil que sirve para tapar algún orificio.

Ophioglossum n.f. BOT Género de helechos de lugares húmedos llamados corrientemente *lengua de serpiente,* con frondas ovaladas no partidas prolongadas por una espiga que lleva los esporangios.

Ophrys n.m. BOT Géneros de orquídeas europeas cuyo coloreado lábelo recuerda el aspecto de diversos insectos (abeja, abejorro, mosca, etc.).

opiáceo,a 1. adj. Dícese de los compuestos de opio. ▷ Fig. Que calma como el opio. **2.** n.m. *Un opiáceo.* Medicamento que contiene opio.

opilación n.f. **1.** Obstrucción en general. **2.** Supresión del flujo menstrual. **3.** Acumulación del humor seroso en el cuerpo, hidropesía.

opiliones n.m.pl. ZOOL Orden de arácnidos cuyo cefalotórax, está unido directamente al abdomen.

ópimo,a adj. Rico, fértil, abundante.

opinar v.int. **1.** Formar o tener opinión. **2.** Expresarla de palabra o por escrito. • **opinable** adj. Que puede ser defendido en pro y en contra. • **opinión** n.f. **1.** Concepto o parecer que se forma de una cosa cuestionable. **2.** Fama o concepto en que se tiene a una persona o cosa.

opio n.m. **1.** Resultado de la desecación del jugo que se hace fluir por incisiones de las cabezas de adormideras verdes. Se emplea como excitante y como estupefaciente. **2.** Fig. Lo que adormece insidiosamente (la voluntad, el espíritu crítico, etc.).

opíparo,a adj. Copioso y espléndido, tratándose de banquete, comida etc.

opisto- Prefijo procedente del griego *opisthen,* «detrás».

opistobranquios n.m.pl. ZOOL Subclase de moluscos gasterópodos marinos hermafroditas con branquias situadas detrás del corazón.

oploteca n.f. Galería o museo de armas.

opo- Prefijo procedente del griego *opos,* «jugo».

opobálsamo n.m. BOT Resina verde amarillenta y astringente, que fluye de un árbol indígena de Siria, Somalia y Arabia, de la familia de las burseráceas, y se emplea en medicina.

oponer I. v.tr. y prnl. **1.** Poner una cosa contra otra para estorbarle o impedirle su efecto. **2.** Proponer una razón o discurso contra lo que otro dice o siente. **II.** v.prnl. **1.** Ser una cosa contraria o repugnante a otra. **2.** Estar una cosa situada o colocada enfrente de otra. **3.** Pretender un cargo o empleo por oposición.

opopánace, opopanaco u **opopánax** n.m. Umbelífera de la que se extrae una gomorresina utilizada en farmacia y perfumería.

oporto n.m. Vino fabricado principalmente en Oporto, ciudad de Portugal.

oportunidad n.f. Sazón, coyuntura, conveniencia de tiempo y de lugar. • **oportunismo** n.m. En política, sistema carente de principios ideológicos, que aprovecha las circunstancias. • **oportunista** n.m. y adj. Persona que practica el oportunismo. • **oportuno** adj. **1.** Que sucede cuando conviene. **2.** Ocurrente, ingenioso.

oposición n.f. **I. 1.** Acción y efecto de oponer u oponerse. **2.** Disposición de algunas cosas de modo que estén unas enfrente de otras. **3.** Contrariedad o repugnancia de una cosa con otra. **II.** Concurso en que los aspirantes a una cátedra u otro cargo muestran su respectiva competencia, juzgada por un tribunal. **III.** Conjunto de los grupos o partidos que en un país se oponen a la política del Gobierno. • **oposicionista 1.** adj. Perteneciente o relativo a la oposición. **2.** n.m. y f. Persona que pertenece o es adicta a la oposición política. • **opositar** v.int. Oponerse a un cargo o empleo, hacer oposiciones a él. • **opositor,a** n.m. y f. **1.** Aspirante a una cátedra, empleo, cargo o destino. **2.** *Amér.* Partidario de la oposición política.

oposum n.m. Marsupial de América de unos 50 cm de largo, con pelaje gris muy apreciado.

opoterapia n.f. MED Procedimiento curativo por el empleo de órganos animales crudos, de sus extractos o de las hormonas aisladas de las glándulas endocrinas.

opresión n.f. Acción y efecto de oprimir. • **opresivo,a** adj. Que oprime. • **opresor,a** n. y adj. Que violenta a alguno, le oprime y obliga con vejación o molestia. • **oprimir** v.tr. **1.** Ejercer presión sobre una cosa. **2.** Fig. Tiranizar.

oprobiar v.tr. Vilipendiar, infamar, causar oprobio. • **oprobio** n.m. Ignominia, deshonra.

-opsi(s) u **-opsia-.** Sufijo procedente del griego *opsis,* «visión».

opsonina n.f. BIOQUIM Sustancia serosa que facilita la ingestión de las bacterias por los leucocitos.

optar I. v.tr. e int. Escoger una cosa entre varias. **II.** v.tr. Entrar en la dignidad, empleo u otra cosa a que se tiene derecho. • **optativo,a** adj. Que pende de opción o la admite.

óptica n.f. **I. 1.** Parte de la física, que estudia las leyes y los fenómenos de la luz y de la visión. **2.** Conjunto de un sistema óptico. **II.** Tienda de aparatos ópticos. **III.** Fig. Manera de interpretar; punto de vista. • **óptico,a** adj. Perteneciente o relativo a la óptica.
ENCICL **Fís.** — La *óptica geométrica* es la parte de la óptica que trata del trayecto seguido por la luz sin tener en cuenta el mecanismo real de la propagación de ésta. Numerosas observaciones indican que, en los medios homogéneos como el agua o el aire, la luz se propaga siguiendo líneas rectas llamadas *rayos luminosos,* que obedecen a las leyes de la reflexión y de la refracción enunciadas por

Descartes. La velocidad de desplazamiento de la luz en el vacío se aproxima a 300.000 km/s. Es un invariante, es decir que su valor sigue siendo el mismo en cualquier sistema de referencia en que se mida. La relación n entre la velocidad c de la luz en el vacío y la velocidad v en un medio homogéneo se llama *índice absoluto* del medio. El índice absoluto del agua es igual a 1,33 (v = 226.000 km/s) y el del diamante a 2,42 (v = 124.000 km/s). Una *superficie de onda* es el lugar de los puntos alcanzados al mismo tiempo por la luz salida de una fuente puntual. Los rayos luminosos salidos de tal fuente permanecen normales en las superficies de onda, incluso después de cierto número de reflexiones y refracciones.

Un *sistema óptico* está constituido por una sucesión de espejos, que provocan la reflexión de la luz, y de dioptras (superficies que separan dos medios de índices diferentes), que provocan su refracción. Las láminas de caras paralelas, los prismas y las lentes están delimitadas por dioptras (planas o esféricas, por ejemplo). Los *instrumentos de óptica* están constituidos por uno o varios sistemas ópticos. Sólo un instrumento compuesto únicamente por espejos planos da una imagen puntual de un punto cualquiera del espacio (astigmatismo). Los demás tienen *aberraciones*. Un instrumento de óptica se caracteriza: por su *poder separador*, que es su capacidd de dar dos imágenes distintas de dos puntos lo más próximos posibles; por su *potencial* (relación entre el ángulo en que se ve la imagen del objeto y la longitud real de este objeto), que se expresa en dioptrías; por su *aumento* (relación entre el diámetro aparente de la imagen y el del objeto), y por su *claridad* (relación entre el flujo luminoso recibido a través del instrumento y el que recibe el ojo solo). Los principales instrumentos de óptica son las lupas, los visores, los prismáticos, los telescopios y los microscopios. La *óptica ondulatoria,* llamada generalmente *óptica física,* asimila la luz a una vibración electromagnética que se propaga a una velocidad determinada. Una onda de frecuencia dada produce en el ojo la impresión de un color determinado; se llama *monocromática*. En el vacío, una onda luminosa monocromática es un conjunto de dos campos sinusoidales: un campo eléctrico y un campo magnético, perpendiculares entre sí, y que vibran en fase. La propagación se efectúa perpendicularmente al plano formado por estos dos campos. El estudio de los procesos de emisión de las vibraciones luminosas por fuentes tales como filamentos incandescentes, arcos eléctricos o descargas en gases, muestra que esta emisión se efectúa en el nivel de los electrones de los átomos. Cada átomo emite una serie de vibraciones de duración limitada (tren de ondas), que se traducen en una luz no coherente. Cada uno de los puntos de la fuente emite trenes de ondas sin relación de fase (incoherencia temporal) y no monocromáticos, de la misma manera que, en un instante determinado, la fase de los trenes de ondas emitidos por todos los puntos no es la misma (incoherencia espacial). Los *láseres* permiten obtener una luz que presenta una perfecta coherencia espacial, que les confiere una notable directividad y una excelente coherencia temporal; son fuentes luminosas prácticamente monocromáticas. Sus aplicaciones son hoy día cada vez más numerosas.

La *óptica electrónica* es el conjunto de técnicas que permiten formar una imagen de un objeto con ayuda de un haz de electrones sometidos a la acción de campos magnéticos o eléctricos. Con ayuda de tales campos, es posible desviar un haz de electrones de la misma manera que se desvía un rayo luminoso con una dioptra. Para hacer visible la imagen de un objeto, basta recibir el haz de electrones en una pantalla fluorescente o en una placa fotográfica. El microscopio electrónico y la televisión constituyen dos de los campos de aplicación más importantes de la óptica electrónica. La luz se puede transmitir por trayectos sinuosos en el interior de fibras de vidrio. Estas *fibras ópticas* desempeñan un papel de guía de la onda y permiten transportar con la misma sección un caudal de informaciones mucho más elevado que los conductores eléctricos.

optimación n.f. Acción y efecto de optimar. • **optimar** v.tr. Buscar la mejor manera de realizar una actividad.

optimismo n.m. **1.** Sistema filosófico que consiste en atribuir al universo la mayor perfección posible. **2.** Propensión a ver y juzgar las cosas en un aspecto más favorable. • **optimista** n. y adj. **1.** Que considera las cosas en su aspecto más favorable.

optimizar v.tr. Hacer óptimo.

óptimo,a Adj. sup. de *bueno*. Sumamente bueno; que no puede ser mejor.

optoelectrónica n.f. TECN Conjunto de técnicas que permiten transmitir información por medio de ondas electromagnéticas cuyas longitudes de onda son próximas a las de la luz visible.

optometría n.f. **1.** MED Medida de las desviaciones de la visión. **2.** FIS Parte de la óptica que se relaciona con la visión. • **optómetro** n.m. MED Instrumento que se utiliza para medir el grado de astigmatismo.

opuesto,a **I.** Part. pas. irreg. de *oponer*. **II.** adj. **1.** Enemigo o contrario. **2.** BOT Dícese de las hojas, flores, ramas y otras partes de la planta, cuando están encontradas o las unas nacen enfrente de las otras.

opugnación n.f. **1.** Oposición con fuerza y violencia. **2.** Contradicción por fuerza de razones. • **opugnar** v.tr. **1.** Hacer oposición con fuerza y violencia. **2.** Asaltar o combatir una plaza o ejército.

opulencia n.f. Abundancia, riqueza y sobra de bienes.

opus n.m. MUS Término que designa una obra numerada del catálogo de obras de un músico.

opúsculo n.m. Obra científica o literaria de poca extensión.

oquedad n.f. Espacio que en un cuerpo sólido queda vacío, natural o artificialmente.

oquedal n.m. Monte sólo de árboles.

ora conj. distrib. Aféresis de *ahora*.

oración n.f. **I.** Obra de elocuencia, razonamiento pronunciado en público. **II.** RELIG Súplica, deprecación, ruego. **III.** GRAM Palabra o conjunto de palabras con que se expresa un sentido completo.

oráculo n.m. Contestación que las pitonisas y sacerdotes de la antigüedad pronunciaban como dada por los dioses a las consultas que se hacían ante sus ídolos.

ENCICL Entre los griegos, la palabra divina que constituía el oráculo, expresaba, más que la voluntad de uno u otro dios, la de una esencia divina superior a los dioses olímpicos, el Destino. Sin embargo, otra interpretación hace de los oráculos de Apolo la expresión de la voluntad del dios supremo del panteón helénico: Zeus.

orador,a n.m. y f. Persona que ejerce la oratoria; que habla en público para persuadir a los oyentes o mover su ánimo.

oral adj. Expresado con la boca o con la palabra, a diferencia de escrito. **2.** FON *Fonema oral* ([a], [o], [u], etc.), por oposición a fonema nasal ([õ], [ã], [æ̃], etc.). ▷ PSICOAN *Estadio oral.* Primera fase de la organización libidinal (desde el nacimiento al destete), en la cual la satisfacción autoerótica está ligada a la actividad de la zona erógena bucal.

-(o)rama Sufijo procedente del griego *orama,* «espectáculo».

orangután n.m. Mono antropomorfo que alcanza hasta 2 m de altura, con cabeza gruesa, frente estrecha, nariz chata y brazos muy desarrollados.

orar **I.** v.int. **1.** Hacer oración a Dios. **2.** Pronunciar un discurso. **II.** v.tr. Rogar, pedir, suplicar.

orate n.m. y f. **1.** Loco. **2.** Fig. Insensato.

oratoria n.f. Arte de hablar con elocuencia; de deleitar y persuadir por medio de la palabra. • **oratorio,a** adj. Perteneciente o relativo a la oratoria.

oratorio n.m. **I.** Drama lírico de carácter normalmente religioso, a veces profano. **II.** Lugar destinado para retirarse a hacer oración a Dios.

orbe n.m. **I. 1.** Redondez o círculo. **2.** Esfera celeste o terrestre. **3.** Conjunto de todas las cosas creadas, mundo. **II.** ZOOL Pez teleósteo del suborden de los plectognatos.

orbicular adj. **1.** Redondo o circular. ▷ ANAT Se dice de los músculos con fibras circulares. **2.** Que describe una circunferencia.

órbita n.f. **1.** ANAT Cuenca del ojo. **2.** Trayectoria descrita por un cuerpo celeste, natural o artificial, en torno a otro. **3.** Fig. Esfera en la que se manifiesta la influencia, la actividad de alguien o algo.

orca n.f. Cetáceo que llega a unos 10 m de largo, con cabeza redondeada, de color azul oscuro por el lomo y blanco por el vientre. Vive en los mares del Norte y persigue las focas y ballenas.

orcaneta n.f. Planta herbácea de flores azules de las zonas mediterráneas sin cultivar, cuya raíz proporciona una sustancia colorante roja.

orchilla n.f. BOT Nombre corriente de diversos líquenes mediterráneos de donde antiguamente se extraían ciertos colorantes para la industria textil.

Orchis, género de orquidáceas cuyas flores llevan un rejón, relacionado con el labelo, y que poseen dos tubérculos, uno que da nacimiento a la planta y otro que le permite reproducirse al año siguiente.

órdago n.m. Envite del resto en el juego del mus. — Fam. *De órdago*. Excelente, impresionante.

ordalías n.f. pl. Pruebas diversas que en la Edad Media hacían los acusados.

ENCICL En la Edad Media, un acusado podía recurrir a la ordalía, entonces llamada *juicio de Dios*. A veces el acusador y el acusado se batían en duelo ante el juez, a veces el acusado sólo se sometía a una prueba (ordalía del hierro al rojo, del agua hirviendo, de la inmersión, etc.). Las ordalías, en especial la del veneno, se usan todavía en algunas civilizaciones, sobre todo africanas y oceánicas.

orden **I.** n.m. **1.** Colocación de las cosas en el lugar que les corresponde. **2.** Concierto, buena disposición de las cosas entre sí. **3.** Regla o modo que se observa para hacer las cosas. **4.** Serie o sucesión de las cosas. **5.** ARQUIT Estilo, disposición y forma de los elementos de una fachada. **6.** Cada uno de los grupos taxonómicos en que se dividen las clases y que se subdividen en familias. **II.** n.f. **1.** Instituto religioso. **2.** n.f. Mandato que se debe obedecer, observar y ejecutar. **3.** Cada uno de los institutos civiles o militares creados para premiar por medio de condecoraciones a ciertas personas. **4.** pl. Orden sagrada. • **ordenamiento** n.m. **1.** Acción y efecto de ordenar. **2.** Ley u ordenanza. **3.** Breve código de leyes promulgadas al mismo tiempo, o colección de disposiciones referentes a determinada materia.

ordenación n.f. **1.** Disposición, prevención. **2.** Acción y efecto de ordenar u ordenarse. **3.** Colocación de las cosas en el lugar que les corresponde. **4.** Mandato, orden, precepto. **5.** Oficina de ministerio en que se dan las órdenes de pago. **6.** *Ordenación del territorio.* Conjunto de disposiciones politicoadministrativas encaminadas a favorecer el desarrollo de una región. v. ENCICL.

ENCICL La ordenación del territorio tiene por objeto la conservación y valoración del patrimonio nacional, el desarrollo de infraestructuras y la creación de un marco favorable a la expansión económica de una región, teniendo en cuenta las necesidades socioeconómicas de la nación. Ha dado origen a la creación de *metrópolis de equilibrio,* destinadas a dar a los habitantes de las grandes aglomeraciones un nivel de servicios suficiente, y de *ciudades nuevas,* cuyo propósito es retardar el crecimiento de las grandes urbes. La ordenación del territorio aspira a mejorar la infraestructura de carreteras y autopistas, así como las vías navegables, el transporte aéreo y las telecomunicaciones. Se le otorga gran importancia a la protección del medio ambiente. A nivel internacional, la ordenación del planeta se ocupa de los mismos problemas.

ordenada MAT Coordenada vertical que permite, en unión de la abscisa, definir la posición de un punto en un espacio de dos dimensiones.

ordenador,a **I.** n. y adj. Que ordena. **II.** n.m. Computador electrónico.

ENCICL **Inform.** — Un ordenador es una máquina capaz de tratar informaciones, es decir, de efectuar una sucesión de operaciones aritméticas y lógicas, siguiendo las instrucciones que le son asignadas en programas. La utilización del ordenador se basa en la *informática.* Un ordenador está constituido por elementos físicos *(hardware)* y funciona a partir de un conjunto de componentes lógicos *(software).* Un ordenador se caracteriza por su gran rapidez de cálculo y su capacidad de almacenar informaciones en órganos llamados *memorias.* Las operaciones sucesivas que se deben realizar para tratar informaciones están inscritas en el interior de un programa redactado en un lenguaje convencional, que se traducirá al lenguaje binario que utiliza el ordenador. Estas operaciones se realizan en un conjunto de órganos relacionados entre sí llamados *unidades.* Las *unidades de entrada* (lectura de fichas, teclado, etc.) permiten introducir el programa y los datos iniciales. La *unidad central* recibe las informaciones suministradas por las unidades de entrada y realiza las instrucciones del programa; consta de una memoria central, circuitos de mando y órganos capaces de realizar las operaciones matemáticas y lógicas. Las *memorias auxiliares* (discos, tambores y bandas magnéticas) sirven para almacenar las informaciones antes o después de su paso a la memoria central. Las *unidades de salida* (impresora, visual, etc.) suministran los resultados del tratamiento. Los órganos de entrada-salida y las memorias auxiliares se llaman *periféricos.* El ordenador presenta numerosas posibilidades de funcionamiento. Puede servir a la vez a varios usuarios equipados con *terminales,* órganos de entrada-salida unidos al ordenador por líneas de transmisión de datos a distancia (teletratamiento), o al contrario funcionar de manera autónoma, cuando está instalado en los locales del usuario. El tratamiento puede efectuarse *por lotes,* es decir, reagrupando los programas a realizar, *en tiempo compartido* (cada usuario tiene acceso permanente al ordenador sin molestar a los otros, lo que permite el sistema de conversación) o *en tiempo real,* es decir, recibiendo de forma permanente los datos a tratar. El ordenador desempeña un papel fundamental en la mayor parte de las actividades humanas.

ordenancista adj. Se dice del que es exagerado en el cumplimiento de ordenanzas o deberes.

ordenando n.m. El que está para recibir alguna de las órdenes sagradas.

ordenanza **I.** n.f. **1.** Método, orden y concierto en las cosas que se ejecutan. **2.** Conjunto de preceptos referentes a una materia. **3.** La que está hecha para el régimen de los militares y buen gobierno en las tropas, o para el de una ciudad o comunidad. **II.** n.m. y f. MILIT Soldado que está a las órdenes de un oficial o de un jefe para los asuntos del servicio. **III.** n.m. Empleado subalterno.

ordenar v.tr. **1.** Poner en orden y buena disposición una cosa. **2.** Mandar y prevenir que se haga una cosa. **3.** Encaminar y dirigir a un fin.

ordeñar v.tr. Extraer la leche exprimiendo la ubre.

ordinal adj. Atinente al orden.

ordinario,a **I.** adj. **1.** Común, regular. **2.** Bajo, vulgar. **3.** Que no tiene grado o distinción en su línea. **II.** n. y adj. **1.** Dícese del gusto de cada día. **2.** Dícese del juez o tribunal de la justicia civil en oposición a los del fuero privilegiado; y también del obispo diocesano. • **ordinariez** n.f. **1.** Falta de urbanidad y cultura. **2.** Acción o expresión ordinaria.

ordinativo,a adj. Perteneciente a la ordenación o arreglo de una cosa.

ordinograma n.m. INFORM Esquema que representa el proceso utilizado para tratar las informaciones en un ordenador.

ordovícico,a u **ordoviciense** adj. GEOL Relativo a la primera parte del silúrico.

oréade, oréada, u **órea** n.f. MIT Cualquiera de las ninfas que, según las mitologías griega y romana, residían en los bosques y montes.

orear **1.** v.tr. Dar el viento en una cosa, refrescándola. **2.** v.tr. y prnl. Dar en una cosa el aire para que se seque o se le quite la humedad o el olor que ha contraído. **3.** v.prnl. Salir uno a tomar el aire.

orégano n.m. Planta herbácea vivaz, de la familia de las labiadas, con flores purpúreas en espigas terminales, y fruto seco y globoso. Es aromático.

oreja n.f. **I. 1.** Órgano de la audición. **2.** Sentido de la audición. **3.** Ternilla que en el hombre y en muchos animales forma la parte externa del órgano del oído. **II.** Parte del zapato que se ajusta. **III.** *Oreja de monje.* Ombligo de Venus (planta). — *Oreja de oso.* Planta herbácea vivaz, de la familia de las primuláceas, originaria de los Alpes. — *Oreja marina.* Molusco gasterópodo de concha ovalada. • **orejera** n.f. **1.** Cada una de las dos piezas de la gorra o montera que cubren las orejas y se atan debajo de la barbilla. **2.** Rodaja que se metían los indios en un agujero abierto en la parte inferior de la oreja.

orejón n.m. **I.** Pedazo de melocotón o de otra fruta, secado al aire. **II.** Tirón de orejas. **III. 1.** Entre los antiguos peruanos, persona noble que llevaba las orejas horadadas y ensanchadas por medio de una rodaja. **2.** Nombre que se dio en la conquista a varias tribus de América. **IV.** *Col.* Sabanero de Bogotá y, p. ext., persona zafia y tosca.

orensano,a **1.** n. y adj. Natural de Orense. **2.** adj. Perteneciente o relativo a esta provincia o a su capital.

oreo n.m. Soplo suave de aire.

oreoselino n.m. Planta herbácea de la familia de las umbelíferas, de hojas grandes y flores en umbela.

orfandad n.f. **1.** Estado de huérfano. **2.** Pensión que disfrutan algunos huérfanos. • **orfanato** n.m. Asilo de huérfanos.

orfebre n.m. y f. El que labra objetos artísticos de oro, plata y otros metales preciosos.

orfeón n.m. Sociedad de cantantes en coro.

orfismo n.m. **1.** Doctrina teológica y filosófica que se desarrolló en Grecia desde el s. VII al IV a. J.C. **2.** Tendencia pictórica elaborada por R. Delaunay. • **órfico,a** adj. Relativo a Orfeo.

ENCICL El orfismo, cuyo apogeo se sitúa en Grecia en el s. VI a. J.C., era un conjunto de doctrinas cosmogónicas y escatológicas. Poseía ritos místicos. Después de una iniciación larga y compleja, los adeptos del orfismo llevaban una vida ascética y buscaban obstinadamente la purificación del alma y del cuerpo. Sus concepciones ejercieron una influencia profunda, a la vez sobre la religión griega y sobre el pitagorismo naciente.

orfo n.m. Pez semejante al besugo.

organdí n.m. Tela blanca de algodón, muy fina.

organicismo n.m. **1.** FILOS Teoría según la cual la vida es el resultado de la actividad propia del conjunto de los órganos. **2.** SOCIOL Doctrina que asimila las sociedades a organismos vivos.

orgánico,a adj. **1.** Aplícase al cuerpo que está con disposición o aptitud para vivir. **2.** Que tiene armonía y consonancia. **3.** Fig. Dícese de lo que atañe a la constitución de corporaciones o entidades colectivas o a sus funciones o ejercicios. **4.** MED Se dice de la alteración patológica de los órganos que va acompañada de lesiones visibles. **5.** QUIM Se dice de la sustancia cuyo componente constante es el carbono.

organigrama n.m. Esquema de la organización de una entidad.

organillo n.m. Órgano pequeño y portátil, que se hace sonar por medio de un cilindro con púas movido por un manubrio.

organismo n.m. **I.** Conjunto de órganos del cuerpo animal o vegetal. **II. 1.** Fig. Conjunto de leyes, usos y costumbres por que se rige un cuerpo o institución social. **2.** Fig. Conjunto de oficinas, dependencias o empleos que forman un cuerpo o institución.

organista n.m. y f. Persona que ejerce o profesa el arte de tocar el órgano.

organizar v.tr. y prnl. Fig. Establecer o reformar una cosa. • **organización** n.f. **1.** Acción y efecto de organizar u organizarse. **2.** Cosa organizada. **3.** Conjunto organizado de personas o cosas.

organo- Prefijo que significa «órgano» u «orgánico»

órgano n.m. **I. 1.** Cualquiera de las partes del cuerpo animal o vegetal que ejercen una función. **2.** FIG. Medio o conducto que pone en comunicación dos cosas. **3.** Fig. Persona o cosa que sirve de instrumento para la ejecución de algo. **II.** Instrumento músico de viento, equipado de numerosos tubos, en los cuales se produce el sonido.

organogénesis n.f. BIOL Formación de los órganos de un ser vivo en el curso de su desarrollo embrionario.

organogenia n.f. Estudio de la formación y desarrollo de los órganos.

organografía n.f. Parte de la zoología y de la botánica que tiene por objeto la descripción de los órganos de los animales o de los vegetales.

organoléptico,a adj. Se dice de las propiedades de los cuerpos perceptibles por los sentidos.

organología n.f. Tratado de los órganos de los animales o de los vegetales.

organometálico,a n.m. y adj. QUIM Dícese del compuesto orgánico que contiene un átomo de metal directamente ligado a un átomo de carbono.

orgasmo n.m. Culminación del placer sexual.

orgía n.f. **1.** ANTIG Fiestas consagradas a Dionisos, entre los griegos, y a Baco, entre los romanos. **2.** Fiesta disoluta, en la que, a los excesos en la comida, se unen el desenfreno sexual. **3.** Profusión.

orgullo n.m. Arrogancia, vanidad, exceso de estimación propia.

orientar **I.** v.tr. **1.** Colocar una cosa en posición determinada respecto a los puntos cardinales. **2.** Determinar la posición o dirección de una cosa respecto de los puntos cardinales. **3.** Fig. Dirigir o encaminar una cosa hacia un fin determinado. **II.** v.tr. y prnl. Informar a uno de lo que ignora y desea saber, del estado de un asunto o negocio, para que sepa mantenerse en él. • **orientación** n.f. Acción y efecto de orientar u orientarse.

oriente n.m. **I. 1.** Lugar de la Tierra o de la esfera celeste que, respecto de otro con el cual se compara, cae hacia donde sale el Sol. **2.** Asia y las regiones inmediatas a ella de Europa y África. **3.** Viento que sopla de la parte de oriente. **II.** Sede de una o varias logias masónicas. **III.** Nacimiento de una cosa. • **oriental** n. y adj. Perteneciente al Oriente. • **orientalismo** n.m. **1.** Conocimiento de la civilización y costumbres de los pueblos orientales. **2.** Predilección por las cosas (cultura, costumbres, etc.) de Oriente.

orificar v.tr. Rellenar con oro la picadura de una muela o de un diente.

orificio n.m. **1.** Boca o agujero. **2.** ZOOL Abertura de ciertos conductos, y más comúnmente, ano.

oriflama n.f. **1.** Estandarte.

origen n.m. **1.** Principio, nacimiento y causa de una cosa. **2.** Patria, país donde uno ha nacido o de donde una cosa proviene. **3.** Ascendencia o familia.

original **I.** adj. **1.** Perteneciente al origen. **2.** Se dice asimismo de la lengua en que se escribió una obra. **3.** Se dice igualmente de lo que en letras y artes denota cierto carácter de novedad. **II.** n. y adj. **1.** Dícese de cualquier obra producida directamente por su autor. **2.** Singular, extraño. **III.** n.m. **1.** Manuscrito. **2.** Cualquier escrito que se tiene a la vista para sacar de él una copia. • **originalidad** n.f. Calidad de original.

originar **1.** v.tr. Ser instrumento, motivo, principio u origen de una cosa. **2.** v.prnl. Traer una cosa su principio u origen de otra.

originario,a adj. **1.** Que da origen a una persona o cosa. **2.** Que trae su origen de algún lugar, persona o cosa.

orilla n.f. **1.** Término, límite o extremo de la extensión superficial de algunas cosas. **2.** Extremo o remate de un material tejido o de un vestido. **3.** Límite de la tierra que la separa del mar, lago, río, etc. **4.** pl. *Arg.* y *Méx.* Arrabales, afueras de una población. • **orillar** **I.** v.int. y prnl. Llegarse o arrimarse a las orillas. **II.** v.int. Dejar orillas a una tela. • **orillero,a** **1.** n. y adj. *Amér. Central, Arg., Cuba, Urug.* y *Venez.* Arrabalero. **2.** n.m. El que caza junto a los límites exteriores de un coto.

1. orín n.m. Óxido rojizo formado en la superficie del hierro por la acción del aire húmedo.

2. orín n.m. Orina. • **orina** n.f. Líquido excrementicio, por lo común de color amarillo cetrino, que, secretado en los riñones, pasa a la vejiga, de donde es expelido fuera del cuerpo por la uretra. • **orinal** n.m. Vaso de vidrio, loza, metal, etc., para recoger la orina. • **orinar** v.int. y prnl. Expeler naturalmente la orina.

oriundo,a adj. Que trae su origen de algún lugar. • **oriundez** n.f. Procedencia, ascendencia.

orla n.f. **1.** Orilla de paños, telas, vestidos u otras cosas, con algún adorno que la distingue. **2.** Adorno en las orillas de una hoja de papel. • **orlar** v.tr. Adornar un vestido u otra cosa con guarniciones al canto.

1. orlo n.m. Oboe rústico de los Alpes.

2. orlo n.m. Base cuadrada de poca altura.

ornamento n.m. **1.** Adorno, compostura, atavío que hace vistosa una cosa. **2.** ARQUIT y ESC Ciertas piezas que se ponen para acompañar a las obras principales. • **ornamentar** v.tr. Engalanar con adornos, adornar.

ornar v.tr. y prnl. Adornar. • **ornato** n.m. Adorno.

Ornithogalum n.f. BOT Género de pequeñas plantas bulbosas herbáceas (familia liliáceas), de flores blancas, amarillas o verdes.

ornito- Prefijo procedente del griego *ornis, ornithos*, «pájaro».

ornitodelfo,a adj. ZOOL Que tiene un solo orificio de expulsión de los huevos, del excremento y de la orina; monotrema.

ornitología n.f. ZOOL Parte de la zoología que trata de las aves.

ornitomancia u **ornitomancía** n.f. Adivinación por el vuelo y canto de las aves.

ornitópodos n.m.pl. PALEONT Orden de reptiles dinosaurios, con pelvis similar a la de las aves, que vivieron desde el triásico al cretácico.

ornitorrinco n.m. ZOOL Mamífero australiano del orden de los monotremas; su boca se asemeja al pico de un pato.

ornitosis n.f. Infección pulmonar aguda, de origen viral, transmitida por algunos pájaros.

oro **I.** n.m. **1.** QUIM Metal amarillo, el más dúctil y maleable de todos y uno de los más pesados, sólo atacable por el cloro, el bromo y el agua regia; se encuentra siempre nativo en la naturaleza. Es uno de los metales preciosos. Núm. atómico 79 y de masa atómica 196,967. Símb.: *Au.* **2.** Moneda o monedas de oro. **II.** n.m.pl. Uno de los cuatro palos de la baraja española, en cuyos naipes se representan una o varias monedas de oro. **III.** n. y adj. Color amarillo como el de este metal.

ENCICL El oro es un metal blando, amarillo por reflexión, verde por transparencia, muy denso (d = 19,3) que se funde a 1.063 °C y hierve aprox. a 2.600 °C. Es prácticamente inalterable, pero forma con el mercurio una amalgama pulverulenta. El oro se utiliza en orfebrería, en pasamanería, en electricidad y en la industria aeroespacial. Además, el uso monetario del oro es muy antiguo. Ha sido, en la historia económica, un patrón de cambio predominante. Pero su papel, en este sentido, no ha dejado de disminuir desde que se ha hecho clara la dificultad de adaptación de la masa de metal precioso disponible a las necesidades del negocio. Muy pronto se vieron aparecer medios de pago paralelos que se transformaron en moneda corriente. v. moneda.

oro- Prefijo procedente del griego *óros*, «montaña».

orobanca n.f. Planta anual de la familia de las orobancáceas, que vive parásita sobre las raíces de algunas leguminosas. • **orobancáceo,a** n. y adj. BOT Dícese de plantas angiospermas dicotiledóneas, herbáceas, que viven parásitas sobre las raíces de otras plantas. ▷ n.f.pl. BOT Familia de estas plantas.

orobias n.m. Incienso en granos menudos.

orogénesis u **orogenia** n.f. GEOL Parte de la Geología que trata de la formación de las montañas.

orografía n.f. Parte de la geografía física que trata de la descripción de las montañas.

orondo,a adj. **1.** Se aplica a las vasijas de mucha concavidad. **2.** Fam. Hueco, hinchado. **3.** Fig. y Fam. Lleno de presunción.

oronimia n.f. Parte de la toponimia que estudia el origen y significación de los nombres de cordilleras, montañas, colinas, etc.

oronja n.f. Seta comestible, con sombrerillo rojo-naranja y laminillas amarillas.

oropel n.m. **1.** Lámina de latón, muy batida y adelgazada, que imita al oro. **2.** Fig. Cosa de poco valor y mucha apariencia. **3.** Fig. Adorno o requisito de una persona.

oropéndola n.f. Ave del orden de los pájaros de plumaje amarillo, con las alas y la cola negras.

oropimente n.m. Mineral compuesto de arsénico y azufre, de color de limón. Es venenoso. Se emplea en pintura y tintorería.

orozuz n.m. Planta herbácea vivaz de la familia de las papilionáceas.

orquesta n.f. **1.** Conjunto de instrumentos, principalmente de cuerda y de viento, que tocan unidos en los teatros y otros lugares. **2.** Conjunto de músicos que no son de banda y tocan en el teatro o en un concierto. **3.** Lugar destinado para los músicos, y comprendido entre la escena y las lunetas o butacas. • **orquestación** n.f. Acción y efecto de orquestar. • **orquestal** adj. Perteneciente o relativo a la orquesta. • **orquestar** v.tr. Instrumentar para orquesta. • **orquestina** n.f. Orquesta de pocos y variados instrumentos que ejecuta música bailable.

orquídea **1.** n.f. y adj. BOT Orquidáceo. **2.** n.f. Flor de una planta de la familia de las orquidáceas. ▷ n.f.pl. Familia de plantas monocotiledóneas, del género ginandras. • **orquidáceo,a** n.f. y adj. BOT Dícese de hierbas angiospermas monocotiledóneas vivaces, con flores de forma y coloración sin albumen, y raíz con dos tubérculos elipsoidales y simétricos. ▷ n.f.pl. BOT Familia de estas plantas.

ENCICL Las orquídeas (aprox. 5.000 especies) son plantas herbáceas extendidas por todo el mundo; entre ellas está la vainilla. Sus raíces son muchas veces en forma de tubérculo, entre las especies que se dan en Europa. La flor, zigomorfa, consta de tres pétalos y tres sépalos petaloideos. El pétalo mediano o labelo puede tener o no un espolón. Los granos de polen se agrupan en polinios. La fecundación la aseguran los insectos, pues la disposición del estambre y de los estigmas impide la autofecundación. Las orquídeas viven en simbiosis específica con un hongo, indispensable para la germinación de las semillas. Su cultivo se hace en la actualidad de forma industrial.

orquitis n.f. PAT Inflamación del testículo.

ortega n.f. Ave del orden de las gallináceas, poco mayor que la perdiz, con las alas cortas y el plumaje de color ceniciento rojizo.

órtesis n.f. MED Aparato que suple una deficiencia corporal de naturaleza mecánica sin reemplazar ningún elemento anatómico del que el cuerpo carezca.

orticón u **orthicón** n.m. ELECTR Tubo analizador de imágenes que se utiliza en la mayor parte de las cámaras de televisión en blanco y negro.

ortiga n.f. Planta herbácea de la familia de las urticáceas, con hojas opuestas y cubiertas de pelos que secretan un líquido urente. • **ortigal** n.m. Terreno cubierto de ortigas.

orto n.m. Salida o aparición del Sol o de otro astro por el horizonte. • **ortivo,a** adj. ASTRON Perteneciente o relativo al orto.

orto- Prefijo procedente del griego *orthos*, «recto» y, en sentido figurado, «correcto».

ortocentro n.m. GEOM Punto de intersección de las alturas de un triángulo.

ortocromático,a adj. TECN Se dice de una emulsión fotográfica sensible a todos los colores, excepto al rojo.

ortodoncia n.f. CIR Rama de la odontología, que procura corregir las malformaciones y defectos de la dentadura.

ortodoxia n.f. **1.** Doctrina oficialmente enseñada por una Iglesia. **2.** P. ext., conjunto de dogmas, principios establecidos. **3.** Carácter de lo que es ortodoxo. • **ortodoxo,a** adj. **1.** Conforme al dogma, a la doctrina de una religión. ▷ Se dice de las iglesias cristianas de Oriente que no admiten la autoridad de Roma. **2.** Conforme a una tradición.

ortodromia n.f. MAR Camino más corto

que puede seguirse en la navegación entre dos puntos.

ortoepía n.f. Arte de pronunciar correctamente.

ortofonía n.f. **1.** Pronunciación sin defectos. **2.** Corrección de los defectos de la voz y de la pronunciación. • **ortofonista** n.m. y f. Especialista que se ocupa del tratamiento de las dificultades de habla.

ortogénesis n.f. BIOL Proceso evolutivo que parece estar orientado hacia un fin preciso.

ortogenia n.f. MED Control de los nacimientos.

ortogonal adj. GEOM Dícese de lo que está en ángulo recto.

ortografía n.f. **1.** GRAM Parte de la gramática, que enseña a escribir correctamente. **2.** GEOM Delineación del alzado de un edificio u otro objeto.

ortología n.f. Arte de pronunciar correctamente y, en sentido más general, de hablar con propiedad. • **ortológico,a** adj. Perteneciente o relativo a la ortología. • **ortólogo,a** n.m. y f. Persona versada en ortología.

ortonormal adj. MAT Se dice de la base de un espacio vectorial constituido por vectores unitarios ortogonales de dos en dos.

ortopedia n.f. Arte de corregir o de evitar las deformidades del cuerpo humano por medio de ciertos aparatos.

ortóptero n. y adj. ZOOL Dícese de insectos masticadores, con un par de élitros consistentes y otro de alas membranosas plegadas longitudinalmente; como los saltamontes y los grillos. ▷ n.m. pl. ZOOL Orden de estos insectos.

ortóptica n.f. MED Reeducación del ojo.

ortosa n.f. Feldespato de estructura laminar, de color blanco o gris amarillento, opaco.

ortoscópico,a adj. Que da una imagen sin deformación.

ortostático,a adj. MED Relativo al hecho de estar de pie. ▷ Que se produce estando de pie.

oruga n.f. **I.** ZOOL Larva de los insectos lepidópteros que es vermiforme, con doce anillos casi iguales y de colores muy variados. **II.** MECAN Llanta articulada, a manera de cadena sin fin. **III.** BOT Planta herbácea anual, de la familia de las crucíferas, con flores axilares y fruto en vainilla.

orujo n.m. **1.** Hollejo de la uva. **2.** Residuo de la aceituna molida y prensada, del cual se saca aceite de calidad inferior.

orvalle o **gallocresta** n.m. BOT Salvia.

Orycteropus n.m. Género de mamíferos de las sabanas africanas, único representante del orden de los tubulidentados.

1. orza n.f. Vasija vidriada de barro, alta y sin asas, que sirve comúnmente para guardar conserva.

2. orza n.f. **1.** MAR Acción y efecto de orzar. **2.** MAR Pieza suplementaria metálica que se aplica a la quilla de los balandros de regata. • **orzar** v. int. MAR Inclinar la proa hacia la parte de donde viene el viento.

orzaga n.f. Planta fruticosa de la familia de las quenopodiáceas.

orzuelo n.m. Grano o absceso pequeño que se forma en el borde de un párpado.

os Dativo y acusativo del pronombre de segunda persona en género masculino o femenino y número plural. En el tratamiento de *vos* hace indistintamente oficio de singular o plural. Cuando se emplea como sufijo con las segundas personas de plural del imperativo de los verbos, pierden estas personas su *d* final. (Única excepción, *id.*)

Os QUIM Símbolo del osmio.

1. osa n.m. BIOQUIM Azúcar simple no hidrolizable que contiene varias funciones alcohol y una función reductora.

2. osa n.f. Hembra del oso.

-osa Sufijo extraído de *(gluc)osa*, que sirve para formar los nombres de los glúcidos.

osadía n.f. Atrevimiento, audacia, resolución.

osambre u **osamenta** n.f. **1.** Esqueleto. **2.** Los huesos sueltos del esqueleto.

osamina n.f. BIOQUIM Derivado aminado de un hueso.

1. osar u **osario** n.m. **1.** Lugar donde se reúnen los huesos sacados de las sepulturas. **2.** Cualquier lugar donde se hallan huesos.

2. osar v.int. y tr. Atreverse.

oscense **1.** n. y adj. Natural de Huesca. **2.** adj. Perteneciente o relativo a esta provincia o a su capital.

oscilación n.f. **1.** Acción y efecto de oscilar. **2.** Cada uno de los vaivenes en un movimiento oscilatorio. **3.** Fig. Fluctuación. **4.** FIS Movimiento de un punto o de un sistema a un lado y otro de una posición de equilibrio; variación periódica de una magnitud. • **oscilador** n.m. FIS Aparato destinado a producir oscilaciones eléctricas o mecánicas. • **oscilante** àdj. **1.** Que oscila. **2.** Fig. Que cambia de valor sin cesar. • **oscilar** v.int. **1.** Efectuar movimientos de vaivén. **2.** Fig. Crecer y disminuir alternativamente la intensidad de algunas manifestaciones o fenómenos. **3.** Fig. Titubear, vacilar. • **oscilatorio,a** adj. Aplícase al movimiento de los cuerpos que oscilan.

oscilógrafo n.m. FIS Aparato que registra las variaciones de una tensión eléctrica en función del tiempo. • **oscilograma** n.m. FIS Curva obtenida con ayuda de un oscilógrafo.

oscilómetro n.m. MED Instrumento provisto de un manómetro, para medir la presión arterial.

oscos, antiguo pueblo de la Italia central (Lacio), cuyo dialecto contribuyó a la formación del latín.

osculador,triz adj. GEOM Se dice de una línea o plano que presenta un contacto de orden superior con otra línea u otra plano.

oscurantismo n.m. Oposición sistemática a la instrucción de las clases populares.

oscuro,a **I.** adj. **1.** Que carece de luz o claridad. **2.** Fig. Humilde. **3.** Fig. Confuso, falto de claridad, poco inteligible. **4.** Fig. Incierto, peligroso, temeroso. **II.** n. y adj. Se dice del color que casi llega a ser negro. • **oscurecer** **I.** v.tr. **1.** Privar de luz y claridad. **2.** Fig. Disminuir el valor o la apreciación de las cosas. **II.** v.int. Ir anocheciendo, faltar luz y claridad desde que el Sol empieza a ocultarse. **III.** v.prnl. Aplicado al día, a la mañana, al cielo, etc., nublarse. • **oscuridad** n.f. **1.** Falta de luz. **2.** Fig. Falta de claridad en un asunto.

oseína n.f. BIOQUIM Proteína constitutiva de la sustancia ósea.

óseo,a adj. **1.** De hueso. **2.** De la naturaleza del hueso.

osezno n.m. Cachorro del oso.

osidasa n.f. BIOQUIM Enzima del grupo de las hidrolasas que cataliza la ruptura de la unión osídica de los glúcidos.

ósido n.m. BIOQUIM Compuesto que da por hidrólisis una o varias osas. • **osídico,a** adj. BIOQUIM Relativo a los ósidos.

osificar v.tr. **1.** Convertir en hueso. **2.** v.prnl. Adquirir consistencia de tal una materia orgánica. • **osificación** n.f. FISIOL Formación del tejido óseo.

ENCICL *La osificación fibrosa,* por la cual el hueso aumenta en grosor, se hace a partir de la cara profunda del periostio, sin inicio cartilaginoso intermedio. *La osificación endocondral*, por la que el hueso aumenta en longitud, se hace por medio de los cartílagos de conjunción. La osificación depende del aporte cálcico, de la vitamina D y de las secreciones hormonales de diversas glándulas (tiroides, paratiroides, hipófisis, glándulas genitales).

-osis Sufijo, del griego *-osis*, que designa enfermedades no inflamatorias (*psicosis, avitaminosis*).

osmanlíes («descendientes de Osmán»), miembros de una tribu turcomana que se instaló en Anatolia en el s. XIII. v. Osmán I.

osmio n.m. QUIM Metal semejante al platino, de color gris azulado, fácilmente atacable por los ácidos. Núm. atómico 76, masa atómica 190,2. Símbolo: *Os*.

osmol n.f. BIOQUIM Unidad de medida del número de partículas osmóticamente activas en una solución.

osmómetro n.m. FIS Instrumento que sirve para medir la presión osmótica.

ósmosis u **osmosis** n.f. FIS Paso recíproco de líquidos de distinta densidad a través de una membrana que los separa

ENCICL Cuando dos soluciones que tienen concentraciones diferentes están separadas por una membrana semipermeable, la solución menos concentrada atraviesa la membrana hasta que la presión ejercida sobre la solución más concentrada alcanza un valor llamada *presión osmótica*. Inversamente, si se ejerce una presión sobre la solución más concentrada, su concentración aumentará (ósmosis inversa). Este procedimiento se utiliza para desalinizar el agua del mar. Los fenómenos de ósmosis desempeñan un papel muy importante entre los seres vivos, sobre todo a nivel de la membrana celular.

oso n.m. Gran mamífero plantígrado carnívoro, de cuerpo pesado, cubierto con una piel espesa; de hocico puntiagudo, cola corta, extremidades fuertes y gruesas, con cinco dedos en cada una.

ENCICL Los osos, que aparecieron en el plioceno, corresponden a diversas especies incluidas en los géneros *Tremarctos, Melursus, Selenarctos, Thalarctos, Euarctos, Helarctos* y *Ursus*. Son de andar perezoso y, por lo general, se ponen de pie para acometer y defenderse. — *Oso baribal o de América*. Buen nadador, se alimenta a menudo de peces, aves y sustancias vegetales, aunque a veces caza animales mayores. Experimenta letargo invernal. — *Oso blanco o marítimo*. Especie mayor que la común, con cabeza aplastada, hocico puntiagudo y pelaje blanco y liso. Habita en los países marítimos más septentrionales, es muy feroz. — *Oso gris o grizzly*. Especie mayor que el oso pardo, de pelaje gris plateado. Habita en Estados Unidos y Canadá. Es pacífico, salvo el situación de peligro. — *Oso hormiguero*. Mamífero desdentado de América, que se alimenta de hormigas, recogiéndolas con su lengua larga, delgada y casi cilíndrica. — *Oso huacamarí o de los anteojos*. Especie que habita en los bosques andinos. De contextura similar al oso negro, se caracteriza por dos grandes manchas amarillentas que rodean sus ojos. — *Oso kodiak o de Alaska*. Puede alcanzar hasta 3 m y 700 kg de peso. Aunque carnívoro, se alimenta también de peces. — *Oso marino*. Especie de foca de 2 m aproximadamente de largo, cabeza parecida a la del oso, ojos prominentes, orejas puntiagudas y pelaje pardo rojizo muy suave. Habita en el océano polar Antártico. — *Oso marsupial*. Mamífero marsupial australiano semejante a un oso pequeño. Carece de cola y su pelaje es muy tupido, blando, suave y de color ceniciento. Es inofensivo y se alimenta de las partes verdes de los eucaliptos. — *Oso negro*. Especie de oso mayor que el común, con el hocico más prolongado, pelaje más liso, de color negro, que come hormigas con preferencia a otros alimentos. Es el más familiar de los parques nacionales estadounidenses. — *Oso panda.* Denominación general de dos mamíferos carnívoros ailurinos de la familia de los prociónidos. El panda mayor u oso del bambú alcanza una longitud de 1 m aproximadamente; se caracteriza por su particular pelaje, blanco y negro, con dos anillos negros en los ojos similares a anteojos. Habita en el Himalaya y el Tíbet. El panda menor u oso pato posee una larga cola con anillos y semeja a un gran gato. Habita asimismo en el Himalaya. — *Oso pardo.* Especie que alcanza 1 m de altura en la cruz y 1,5 m desde la punta del hocico hasta la cola; pelaje pardo, abundante, largo y lacio; cabeza grande, ojos pequeños, extremidades fuertes y gruesas. Habita en los Pirineos, zonas boscosas del norte de España y en Europa del E. Se alimenta con preferencia de vegetales aunque, acosado por el hambre, ataca a toda clase de ganado y aun al hombre.

ososo,a adj. **1.** Perteneciente al hueso. **2.** Que tiene hueso o huesos. **3.** De hueso o de la naturaleza del hueso.

osso-buco n.m. Jarrete de ternera, con su hueso, estofado.

ostalgia n.f. MED Dolor agudo de los huesos.

ostego- Prefijo procedente del griego *stegos*, «techo».

osteítis n.f. MED Afección inflamatoria del tejido óseo.

ostensible adj. **1.** Que puede manifestarse o mostrarse. **2.** Claro, manifiesto, patente.

ostensorio n.m. Custodia que se emplea para la exposición del Santísimo Sacramento.

ostentación n.f. **1.** Acción y efecto de ostentar. **2.** Jactancia y vanagloria. **3.** Magnificencia exterior y visible. • **ostentar** v.tr. **1.** Mostrar o hacer patente una cosa. **2.** Hacer gala de grandeza, lucimiento y boato.

ostentoso,a adj. Suntuoso, aparatoso.

osteo- Prefijo procedente del griego *osten*, «hueso».

osteoblasto n.m. BIOL Célula indispensable para el proceso de osificación.

osteocito n.m. ANAT Célula ósea definitiva.

osteocondritis n.f. MED Inflamación del hueso todavía parcialmente cartilaginoso, en el niño. ▷ Inflamación que afecta a la vez al hueso y al cartílago articular.

osteofito n.m. MED Producción ósea patológica.

osteogénesis n.f. BIOL Osificación.

osteolito n.m. PALEONT Hueso fósil.

osteología n.f. Parte de la anatomía, que trata de los huesos.

osteoma n.m. PAT Tumor de naturaleza ósea.

osteomalacia n.f. Enfermedad caracterizada por un reblandecimiento general del esqueleto.

osteomielitis n.f. MED Inflamación simultánea del hueso y de la médula ósea, aguda o crónica.

osteoplastia n.f. CIR Restauración quirúrgica de un hueso.

osteoporosis n.f. MED Rarefacción patológica del tejido óseo.

osteosarcoma n.m. MED Tumor maligno primitivo de los huesos, más frecuente en el niño.

osteotomía n.f. CIR Resección parcial o completa de un hueso con fines terapéuticos.

ostiakos, pueblo de la Sibera occidental establecido entre el Ob medio y el Ural.

ostíolo n.m. BIOL Pequeño orificio.

ostra n.f. ZOOL Molusco acéfalo, lamelibranquio marino, monomiario, con concha de valvas desiguales, ásperas. Es comestible muy apreciado.
ENCICL Las ostras, incluidas en los géneros *Ostrāea* y *Gryphaea*, viven hasta veinte años y ponen cada año 50.000 huevos; son hermafroditas o de sexo diferenciado. En su estado natural, forman densos bancos fijados a las rocas. Su cultivo (ostricultura) se realiza recogiendo las larvas microscópicas que formarán las nuevas ostras y proporcionándoles objetos a los que adherirse. Todo esto se introduce en depósitos especiales, los *criaderos*. Un año después, son separadas de su soporte y se meten en sacos de nylon que se colocan en los *ostreros*, donde engordan de dos a cuatro años antes de ser comercializadas.

ostracismo n.. **1.** ANTIG Entre los griegos, pena de destierro durante diez años. **2.** P. ext., exclusión de una persona decidida por un grupo, una colectividad.

ostral n.m. **1.** Lugar donde se crían las ostras. **2.** Lugar en que se crían las perlas.

ostreidos n.m.pl. ZOOL Familia de moluscos lamelibranquios que incluye a las ostras.

ostrero n.m. Pájaro caradriforme que se nutre de mariscos.

ostrícola adj. Perteneciente o relativo a la cría y conservación de las ostras.

ostro n.m. **1.** Viento del Sur, austro. **2.** Sur, punto cardinal.

ostrogodos, parte del pueblo godo que después de abandonar éste Escandinavia, estuvo establecida al oriente del Dniéper, y fundó un reino en Italia.

osudo,a adj. De mucho hueso, huesudo.

osuno,a adj. Perteneciente al oso.

otacústico,a adj. Dícese del aparato que ayuda y perfecciona el sentido del oído.

otalgia n.f. PAT Dolor de oídos.

otario n.m. Mamífero marino del Pacífico y de los mares australes parecido a la foca.
ENCICL Algunos otarios alcanzan 3,50 m de longitud y 1.100 kg de peso, y los machos son siempre mucho mayores. Las principales especies de otarios son el otario de California, que se exhibe en los circos, el otario de Steller, del Pacífico N, y el oso de mar de las islas Pribilof, perseguido por su piel lanosa.

otear v.tr. **1.** Registrar desde lugar alto lo que está abajo. **2.** Escudriñar, registrar con cuidado.

otero n.m. Cerro aislado que domina un llano.

oti-, oto- Prefijos procedentes del griego *ous, otos*, «oído».

ótico,a adj. ANAT Que pertenece al oído.

otitis n.f. PAT Inflamación del órgano del oído.

otoba n.f. Árbol de América tropical, y cuyo fruto es muy parecido a la nuez moscada.

otocisto n.m. ZOOL Vesícula auditiva de ciertos invertebrados.

Otocyon n.m. Género de cánidos de grandes orejas originarios de África del S.

otolito n.m. ANAT Concreción calcárea del oído interno, que influye en el equilibrio.

otología n.f. MED Parte de la patología, que estudia las enfermedades del oído. • **otólogo** n.m. y f. Médico especialista en otología.

otomán n.m. Tela de tejido acordonado.

otomano,a **I.** n. y adj. HIST Habitante de la Turquía de los sultanes. **II.** n.f. Sofá alargado de respaldo envolvente.

otomí, grupo étnico de México. Habitaron un vasto territorio que comprende los actuales estados de México, Querétaro, Hidalgo, Guanajuato, Puebla, Veracruz y Tlaxcala. Sus orígenes son apenas conocidos. En el s. XIII fueron sometidos por los aztecas; posteriormente se plegaron fácilmente al poder español y contribuyeron a la pacificación de los chichimecas. En la actualidad su población se calcula en unas 300.000 personas.

otomí-pame, grupo étnico de México. Habitaron una zona próxima al valle de Toluca-Ixtlahuaca. Artesanos del cuero y las cuerdas trenzadas.

otoño n.m. **I.** Estación del año que en el hemisferio boreal corresponde a los meses de septiembre, octubre y noviembre. **II.** Período de la vida humana en que ésta declina de la plenitud hacia la vejez. • **otoñal** **I.** adj. Propio del otoño o perteneciente a él. **II.** n. y adj. Se aplica a personas de edad madura.

otorgar v.tr. **1.** Consentir, condescender o conceder una cosa. **2.** FOR Disponer, establecer, ofrecer, estipular o prometer una cosa. • **otorgamiento** n.m. Permiso, consentimiento. • **otorgante** n.m. y f. Que otorga.

otorrea n.f. MED Flujo mucoso o purulento procedente del conducto auditivo.

otorrinolaringología n.f. Parte de la patología, que trata de las enfermedades del oído, nariz y laringe. • **otorrinolaringólogo,a** n.m. y f. Especialista en otorrinolaringología.

otosclerosis n.f. Esclerosis de los tejidos del oído que conduce a la sordera.

otoscopio n.m. MED Instrumento óptico que permite el examen de los oídos.

otospongiosis n.f. MED Anquilosamiento de las articulaciones del oído medio.

otro,a **I.** n. y adj. Se aplica a la persona o cosa distinta de aquella de que se habla. **II.** adj. Se usa muchas veces para explicar la suma semejanza entre dos cosas o personas distintas. *Es otro Atila.*

otrora adv.t. En otro tiempo.

otrosí adv.c. Además. Se usa en lenguaje forense.

ov (o)-, ovi- Prefijos procedentes del latín *ovum*, «huevo».

ova n.f. BOT Cualquiera de las algas unicelulares, de color verde, que se crían en el mar o en los ríos y estanques.

ovación n.f. Aplauso ruidoso que colectivamente se tributa a una persona o cosa. • **ovacionar** v.tr. Aclamar, tributar una ovación, aplauso ruidoso.

ovado,a adj. Aplícase al ave después de haber sido sus huevos fecundados por el macho.

óvalo n.m. Cualquier curva cerrada, con la convexidad vuelta siempre a la parte de afuera, como en la elipse. • **oval** u **ovalado,a** adj. De figura de óvalo.

ovar v.int. Poner huevos, aovar.

ovario n.m. **1.** ANAT Glándula sexual femenina, par, que contiene los óvulos. **2.** BOT Parte inferior del pistilo, que contiene los óvulos. • **ovárico,a** adj. BOT y ZOOL Perteneciente o relativo al ovario.
ENCICL Los ovarios son las glándulas genitales de la mujer; pares y simétricos, están situados en la cavidad peritoneal, en contacto con el pabellón de las trompas de Falopio. Los ovarios tienen dos funciones de secreción: la secreción externa está representada por la expulsión del óvulo; la secreción interna, por dos hormonas: la foliculina y la progesterona. Las actividades del ovario, controladas por las hormonas hipofisarias (FSH y LH) se desarrollan en la mujer entre la pubertad y la menopausia.

ovas n.f.pl. Huevecillos juntos de algunos peces, hueva.

oveja n.f. Mamífero rumiante de vellón espeso y rizado. Se cría para aprovechar su lana, su leche y su carne. • **ovejería** n.f. **1.** *Amér. Merid.* Ganado ovejuno y hacienda destinada a su crianza. **2.** *Chile.* Crianza de ovejas.

ENCICL La oveja doméstica (varias razas), de tamaño variable, puede tener cuernos o no. Su vellón comprende dos clases de pelo: la lana (pelo largo, fino y rizado) y el vello (pelo corto y tieso). La oveja vive unos diez años. El macho o *carnero*, con 1,50 m de largo, puede llegar a pesar 150 kg. La hembra, sólo pare un cordero al año, después de cinco meses de gestación; su leche sirve para la fabricación de quesos.

overa n.f. Ovario de las aves.

overbooking n.m. TRANSP Hecho de registrar más reservas que plazas ofrecidas, en previsión de posibles defecciones.

overdrive n.m. AUTOM Mecanismo de la caja de cambios de algunos automóviles, superdirecta.

overo **1.** n. y adj. Aplícase a los animales de color parecido al del melocotón, y especialmente al caballo. **2.** adj. *Amér.* Se dice de las caballerías de color pío.

overol n.m. *Amér.* Mono (traje de faena).

ovetense **1.** n. y adj. Natural de Oviedo. **2.** adj. Perteneciente o relativo a esta provincia o a su capital.

óvido n.m. y adj. ZOOL Dícese de mamíferos rumiantes de la familia de los bóvidos, como los carneros y cabras.

oviducto n.m. ZOOL Conducto por el que los óvulos de los animales salen del ovario para ser fecundados.

ovillejo n.m. Combinación métrica que consta de tres versos octosílabos, seguidos cada uno de ellos de un pie quebrado que con él forma consonancia, y de una redondilla cuyo último verso se compone de los tres pies quebrados. Antiguamente se dio el mismo nombre a otras combinaciones métricas. — *Decir de ovillejo.* Decir coplas de repente dos o más sujetos, de modo que con el último verso de la que uno de ellos dice, forme consonante el primero de la que dice otro.

ovillo n.m. **1.** Bola o lío que se forma devanando hilo de lino, de algodón, seda, lana, etc. **2.** Fig. Cosa enredada y de figura redonda. • **ovillar 1.** v.int. Hacer ovillos. **2.** v.prnl. Encogerse y recogerse haciéndose un ovillo.

ovino,a adj. Se aplica al ganado lanar.

ovíparo,a n. y adj. ZOOL Dícese de los animales cuyas hembras ponen huevos.

oviscapto n.m. ZOOL Órgano perforador de las hembras de muchos insectos, que usan para depositar sus huevos en tierra o en tejidos vegetales o animales.

OVNI u **ovni** (siglas de Objeto Volante No Identificado). Los ovnis han sido observados por docenas de millares de testigos repartidos por toda la faz de la tierra. Los objetos observados tienen generalmente la forma de discos («platillos volantes») o de cilindros («cigarros»). El estudio detallado de las observaciones muestra que en más del 94 % de los casos pueden ser explicados por causas naturales: meteoritos, globos-sonda, satélites artificiales, nubes, meteoros, etc.

ovoalbúmina n.f. BIOQUIM Proteína de la clara del huevo.

ovocito n.m. BIOL Gameto femenino que aún no ha llegado a madurar.

ovogénesis n.f. BIOL Formación de los óvulos, en los animales.

ovoide n. y adj. De figura de huevo.

ovónica n.f. ELECTRON Técnica basada en la propiedad que presentan las combinaciones en láminas delgadas de ciertos elementos (teluro, silicio, germanio y arsénico, en particular) caracterizada por un descenso brusco de su resistencia cuando la tensión que se les aplica sobrepasa un cierto valor.

ovoso,a adj. Que tiene ovas.

ovovivíparo,a n. y adj. ZOOL Dícese del animal de generación ovípara cuyos huevos se detienen durante algún tiempo en las vías genitales, y no salen del cuerpo materno hasta que está muy avanzado su desarrollo embrionario; como la víbora.

óvulo n.m. **1.** BIOL Cada una de las células sexuales femeninas que se forman en el ovario de los animales. **2.** BOT Cada uno de los cuerpos esferoidales en el ovario de la flor. • **ovulación** n.f. FISIOL Desprendimiento natural de un óvulo, en el ovario, para que pueda recorrer su camino y ser fecundado.

ENCICL **Bot.** — El óvulo es un órgano unido a la placenta del ovario por el funículo. Está formado por uno o dos tegumentos que rodean a un tejido de reserva, la nucela que, a su vez, contiene el saco embrionario donde se forma el gameto femenino, y la oosfera, que después de su fecundación, dará lugar al huevo. Éste originará el embrión; el resto del óvulo suministrará los demás elementos de la semilla (tegumentos, albumen, etc.).

Biol. — El óvulo fecundado da lugar a una célula diploide o huevo. El huevo, después de un principio de maduración y de la secreción de una capa de naturaleza variable (córnea, quitinosa, calcárea, etc.), es incubado por los animales ovíparos; alcanza pues su desarrollo gracias a sus reservas. En los vivíparos, el huevo, siempre desprovisto de caparazón impermeable, se fija en la mucosa uterina (anidación) y termina en ella su desarrollo gracias a las sustancias nutritivas que aporta la madre.

ox(i)- Prefijo procedente del griego *oxus* «agudo, ácido», que indica la presencia de oxígeno en una molécula.

oxácido n.m. QUIM Ácido cuya molécula contiene oxígeno.

oxalato n.m. QUIM Combinación del ácido oxálico y un radical.

oxálico,a adj. QUIM *Ácido oxálico.* Diácido de fórmula HOOC—COOH presente en numerosos vegetales (acedera, especialmente), utilizado como corrosivo y como decolorante.

oxalidáceo,a n.f. y adj. BOT Dícese de las plantas angiospermas dicotiledóneas y herbáceas, como la aleluya y el carambolo. ▷ n.f.pl. BOT Familia de estas plantas.

oxalme n.m. Salmuera con vinagre.

oxhídrico adj. QUIM Que contiene oxígeno e hidrógeno.

oxiacanta n.f. Espino (arbolillo).

oxiacetilénico,a adj. Perteneciente o relativo a la mezcla de oxígeno y acetileno.

oxicloruro n.m. QUIM Combinación de un cuerpo con el oxígeno y el cloro.

oxicorte n.m. TECN Corte de piezas metálicas con la ayuda de un soplete de oxígeno.

oxidasa n.f. BIOQUIM Enzima que activa la fijación del oxígeno sobre otros cuerpos.

óxido n.m. QUIM Combinación de oxígeno con un radical. • **oxidación** n.f. QUIM Fijación de oxígeno en un cuerpo. ▷ Reacción en la cual un cuerpo pierde electrones. • **oxidante** n.m. Que oxida o sirve para oxidar. • **oxidar** v.tr. y prnl. Transformar un cuerpo por la acción del oxígeno o de un oxidante.

ENCICL La oxidación es una fijación de oxígeno por un elemento (en el curso de la combustión de un cuerpo, p. ej.) y más generalmente una pérdida de electrones por este elemento: otros elementos, además del oxígeno (cloro, p. ej.) son capaces de hacer perder electrones a otros cuerpos. Un cuerpo sólo puede ser oxidado en presencia de otro capaz de aceptar sus electrones. Los cuerpos que captan electrones son *oxidantes*; los que los ceden, *reductores*. Muchos óxidos se encuentran en estado natural (óxidos de hierro, p. ej.). La combustión de un cuerpo en el aire o en el oxígeno da lugar a óxidos. El óxido de un elemento puede ser reducido por el hidrógeno, el carbono, o por un elemento más oxidable que él. Los óxidos son elementos importantes en numerosas industrias.

oxidorreducción n.f. QUIM Reacción en el curso de la cual se producen intercambios de electrones entre los elementos que reaccionan.

oxígeno n.m. QUIM Gas incoloro, insípido e inodoro, indispensable para la respiración de los seres vivos, que constituye aproximadamente la quinta parte del volumen de la atmósfera terrestre; elemento de número atómico 8 y de masa atómica 15,9994 (símbolo: *O*). — Gr. *oxýs*, «ácido», y *gennao*, «engendrar». • **oxigenar I.** v.tr. y prnl. QUIM Combinar el oxígeno formando óxidos. **II.** v.prnl. Fig. Airearse, respirar el aire libre. • **oxigenado,a** adj. Que tiene oxígeno. ▷ *Agua oxigenada.* Peróxido de hidrógeno, de fórmula H_2O_2

ENCICL El oxígeno es el elemento más abundante de la superficie de la tierra (89 % en masa de las aguas naturales y el 47 % de las rocas). Representa el 21 % del volumen de la atmósfera. De densidad 1,423 kg/m³, el oxígeno se licúa a −183 °C y se solidifica a −218,4 °C. Las combinaciones del oxígeno con los demás elementos se llaman óxidos (a excepción del flúor, cuya electronegatividad es más importante). Las reacciones con el oxígeno se llaman combustiones si se hacen con incandescencia, oxidaciones, en caso contrario. La respiración de los seres vivos supone un consumo muy importante de oxígeno, el cual se regenera por la función clorofílica. La industria química y la metalúrgica son grandes consumidores de oxígeno. El oxígeno, utilizado en estado puro o disuelto en el aire, es el más importante de los combustibles. El oxígeno y el hidrógeno líquidos son utilizados como propergol en los motores de cohetes.

oxigenoterapia n.f. MED Administración terapéutica de oxígeno.

oxihemoglobina n.f. BIOQUIM Compuesto que asegura el transporte de oxígeno de los alvéolos pulmonares a las células, y que da a la sangre su color rojo vivo.

oxipétalo n.m. BOT Planta trepadora del Brasil.

oxisulfuro n.m. QUIM Compuesto resultante de la unión de un cuerpo con el oxígeno y el sulfuro.

oxitócico n. y adj. BIOQUIM Dícese de las sustancias que producen la contracción del músculo uterino; se utilizan para provocar el parto.

oxítono,a adj. GRAM Agudo (que carga el acento en la última sílaba).

oxiuro n.m. ZOOL Cualquiera de los gusanos filiformes que habitan en el intestino del hombre.

oxonio n.m. y adj. QUIM *Ion oxonio.* Protón monohidratado H_3O^+. ▷ P. ext., ion orgánico resultante de la fijación de un radical carbonado positivo sobre un átomo de oxígeno de una molécula orgánica.

oxte Voz que se emplea para rechazar a persona o cosa que molesta, ofende o daña. — Fam. *Sin decir oxte ni moxte.* adv. Sin pedir licencia, sin hablar palabra, sin desplegar los labios.

oyente **1.** Adj. Que oye. **2.** n.m. Asistente a un aula, no matriculado como alumno. pl. Conjunto de personas que están escuchando un discurso, una conferencia, etc.

ozocerita n.f. MINER Mezcla de hidrocarburos similares a la parafina y al betún.

ozono n.m. QUIM Estado alotrópico del oxígeno. • **ozonización** n.f. QUIM Transformación del oxígeno en ozono.

ENCICL **Quím.** — La molécula de ozono contiene tres átomos de oxígeno. El ozono se licúa a −112 °C y se solidifica a −250 °C. Oxidante muy potente, oxida en frío a todos los metales, incluso al oro y al platino. La estrecha capa de ozono de la atmósfera, situada a una altura de 20 a 35 km, absorbe la casi totalidad de los rayos ultravioleta, protegiéndonos así de su acción. Esta capa protectora de ozono podría ser destruida por los freones (v. flúor) usados como gases propulsores en las bombas de aerosoles; en efecto, el cloro liberado por la disociación de los freones bajo la acción de los rayos ultravioleta transforma el ozono en oxígeno. El monóxido de nitrógeno liberado por los reactores de los aviones que vuelan a la altura de la capa de ozono (supersónicos, en particular) provoca igualmente la disociación del ozono. El ozono destruye los gérmenes patógenos; se utiliza para purificar el aire y esterilizar las aguas. Se emplea igualmente para blanquear tejidos y envejecer alcoholes.

P

p n.f. **I.** Decimonona letra del abecedario español, y decimoquinta de sus consonantes. Su nombre es *pe*, y su articulación es bilabial, oclusiva y sorda. **II.** FIS *p*: símbolo de la presión. **III.** MUS *p*: abreviatura de *piano* (despacio).

P **I.** QUIM Símbolo del fósforo. **II.** Símbolo de potencia.

1. Pa QUIM Símbolo químico del protactinio.

2. Pa FIS Símbolo del pascal.

pabellón n.m. **I. 1.** Tienda de campaña en forma de cono, sostenida interiormente por un palo grueso hincado en el suelo y sujeta al terreno alrededor de la base con cuerdas y estacas. **2.** Edificio que constituye una dependencia de otro mayor. **3.** Cada una de las habitaciones donde se alojan en los cuarteles los jefes y oficiales. **II.** Ensanche cónico con que termina la boca de algunos instrumentos de viento como la corneta y el clarinete. **III.** Bandera de una nación. **IV.** *Pabellón de la oreja.* Su parte externa.

pabilo n.m. Mecha de una vela.

pábulo n.m. Pasto, comida, alimento. — *Dar pábulo a.* Fomentar.

1. paca n.f. Mamífero roedor propio de América del Sur; su carne es muy estimada.

2. paca n.f. Fardo o lío, especialmente de lana o de algodón en rama.

pacana n.f. **1.** BOT Árbol de la familia de las yuglandáceas, propio de América del Norte, cuyo fruto, parecido a la nuez, es muy apreciado. **2.** Fruto de este árbol.

pacato,a n. y adj. Timorato.

pacay n.m. **1.** *Amér. Merid.* Guamo (árbol). **2.** Fruto de este árbol. Plural, pacayes o pacaes.

pacaya n.f. BOT *C. Rica, Hond.* y *Nicar.* Arbusto de la familia de las palmas.

pacedero,a adj. Que tiene hierba para pasto.

pacense **1.** n. y adj. Natural de Badajoz. **2.** adj. Perteneciente o relativo a esta ciudad.

paceño,a **1.** n. y adj. Natural de La Paz. **2.** adj. Perteneciente o relativo a esta ciudad boliviana.

pacer v.int. y tr. Comer el ganado la hierba en los campos y montes.

paciencia n.f. **I. 1.** Capacidad de padecer o soportar molestias sin rebelarse. **2.** Facultad de saber esperar. **3.** Aptitud para realizar trabajos entretenidos o pesados. **II.** Resalte inferior del asiento de un sillón de coro, dispuesto de tal modo que al levantarse el asiento pueda servir de apoyo a quien está de pie. • **paciente I.** adj. **1.** Que tiene paciencia. **2.** GRAM Se dice del sujeto en las oraciones pasivas. **II.** n.m. y f. Persona enferma que está sometida a tratamiento médico.

pacificar **I.** v.tr. Establecer la paz donde había guerra o disputa. **II.** v.prnl. Fig. Sosegarse y aquietarse. • **pacificador,a** n. y adj. **1.** Que pacifica. **2.** Que pone paz entre los que están opuestos. • **pacífico,a** adj. Quieto, amigo de paz.

pacifismo n.m. Conjunto de doctrinas encaminadas a mantener la paz entre las naciones. • **pacifista** n. y adj. Dícese del partidario del pacifismo.

pack n.m. **1.** DEP En el rugby, conjunto de los ocho delanteros. **2.** OCEANOG Plataforma de hielo a la deriva dislocada en grandes placas.

paco n.m. **1.** Paca (animal). **2.** *Amér.* Mineral de plata con ganga ferruginosa. **3.** Llama (animal).

pacotilla n.f. Porción de géneros que los tripulantes de un barco pueden embarcar libres de flete. — Fig. *Ser de pacotilla una cosa.* Ser de inferior calidad. • **pacotillero,a** **1.** n. y adj. Que negocia con pacotillas. **2.** n.m. y f. *Amér.* Buhonero o mercader ambulante.

pacto n.m. **1.** Acuerdo entre dos o más personas o entidades, que se obligan a su observancia. **2.** Tratado entre países. • **pactar** v.tr. **1.** Concertar un acuerdo entre partes, obligándose a su observancia. **2.** Contemporizar una autoridad con los sometidos a ella.

pacú n.m. *Arg.* Pez de río, de gran tamaño y muy estimado por su carne.

pacha n.f. *Nicar.* Botella pequeña y aplanada.

pachá n.m. Forma francesa de bajá.

pachaco,a adj. **1.** *Amér. Central.* Enclenque, inútil. **2.** *C. Rica.* Aplastado.

pachacho,a adj. *Chile.* Se dice de la persona o animal de piernas o patas demasiado cortas.

pachamanca n.f. *Amér.* Carne que se asa entre piedras calientes.

pachango,a adj. *Hond.* y *Nicar.* Regordete.

Pachiura n.f. ZOOL Género de minúsculas musarañas.

pachón,a n. y adj. **1.** Variedad de perros de caza. **2.** *Chile, Hond., Méx.* y *Nicar.* Peludo, lanudo.

pachorra n.f. Fam. Flema, tardanza, indolencia.

pachucho,a adj. **1.** Maduro en exceso. **2.** Flojo, alicaído, ligeramente enfermo.

pachulí n.m. **1.** Planta labiada muy olorosa. **2.** Perfume de esta planta.

paddock n.m. Recinto, en un hipódromo o canódromo, donde se exhiben los caballos o perros que van a competir.

padecer v.tr. **1.** Sentir físicamente un daño, dolor, enfermedad, etc. **2.** Sentir agravios, injurias, pesares, etc. **3.** Soportar, tolerar, sufrir. • **padecimiento** n.m. Acción de padecer o sufrir daño, injuria, enfermedad etcétera.

padre n.m. **I. 1.** El que tiene uno o varios hijos. **2.** Cabeza de una estirpe, familia o pueblo. **3.** Creador, iniciador, promotor. **II** Religioso o sacerdote, en señal de respeto. — *Santo padre.* Papa. **III.** TEOL Primera persona de la Santísima Trinidad. • **padrastro** n.m. Marido de la madre, respecto de los hijos habidos por ella en otra unión. ▷ Fig. Pedacito de pellejo que se levanta de la carne inmediata a las uñas de las manos. • **padrazo** n.m. Fam. Padre muy indulgente con sus hijos.

padrenuestro n.m. Padre nuestro, oración que comienza con dichas palabras.

padrino n.m. **1.** El que asiste a otra persona que recibe un sacramento. **2.** El que presenta y acompaña a otro que recibe algún honor, grado, etc. **3.** El que acompaña o asiste a otro para defender sus derechos en certámenes literarios, desafíos, etc. ▷ Fig. El que favorece o protege a otro. **4.** pl. El padrino y la madrina.

1. padrón n.m. **1.** Relación nominal de los habitantes de una población. **2.** Patrón, modelo.

2. padrón n.m. *Bol., Col., Cuba, Nicar., Pan., Sto. Dom.* y *Venez.* Caballo semental.

padrote n.m. *Amér. Central, Col., Pan., P. Rico* y *Venez.* Padre o semental, macho que se destina a la procreación.

paella n.f. Plato de arroz seco, con carne, pescado, mariscos, legumbres, etc., típico de la región valenciana. • **paellera** n.f. Recipiente de hierro, de poco fondo y con dos asas, que sirve para hacer la paella.

paers, cargos creados por Jaime I, en Cataluña, en 1249. Eran cuatro y regían la ciudad con vistas a la mejora y fomento de la universidad; eran elegidos entre los ciudadanos y ostentaban el cargo por un año, tras el cual, los cesantes escogían a sus sustitutos, aconsejados por los *consellers.* A partir de 1258, estos últimos pasaron a asumir las funciones de los primeros, que desaparecieron.

paga n.f. **1.** Retribución económica periódica que se recibe por un trabajo fijo. **2.** Acción de pagar. **3.** Cantidad de dinero que se da en pago. **4.** Correspondencia del amor u otro beneficio. • **pagado,a** adj. Ufano, satisfecho de alguna cosa. • **pagano,a** n. y adj. El que paga, generalmente por abusos de otros.

págalo n.m. Gran pájaro de las regiones polares.

paganismo n.m. RELIG Nombre con que los antiguos cristianos designaban al politeísmo. ▷ P. ext. nombre dado por los cristianos al estado de un pueblo sin evangelizar. • **pagano,a** n. y adj. Perteneciente o relativo al paganismo.

pagar v.tr. **1.** Dar a uno lo que se le debe. **2.** Costear, sufragar. **3.** Fig. Satisfacer el delito, falta o yerro por medio de la pena correspondiente. **4.** Fig. Corresponder al afecto, cariño o cualquier otra actitud. • **pagadero,a** adj. **1.** Que se ha de pagar y satisfacer a cierto tiempo señalado. **2.** Que puede pagarse fácilmente. • **pagador,a** **1.** n. y adj. Que paga. **2.** n.m. Empleado o funcionario encargado de pagar. • **pagaduría** n.f. Casa, sitio o lugar público donde se paga. • **pagaré** n.m. Papel de obligación por una cantidad que ha de pagarse a tiempo determinado.

pagaya n.f. Remo filipino.

pagel n.m. ZOOL Pez teleóstero comestible, de unos 20 cm de largo.

página n.f. **1.** Cada lado escrito de la hoja de un libro o cuaderno. **2.** Lo escrito o impreso en cada página. **3.** Fig. Suceso o episodio en el curso de una vida o de la historia. • **paginar** v.tr. Numerar páginas.

1. pago n.m. **1.** Acción de pagar. ▷ Dinero o cosa con que se paga. **2.** Satisfacción, premio o recompensa.

2. pago n.m. **1.** División de un término municipal. **2.** pl. *R. de la Plata.* Lugar en que ha nacido o está arraigada una persona.

pagoda n.f. Templo de los pueblos de Extremo Oriente.

pagro n.m. ZOOL Pez teleósteo, muy semejante al pagel.

paguro n.m. ZOOL Crustáceo decápodo asimétrico desprovisto de concha.

paidofilia n.f. Atracción sexual hacia los niños.

paidología n.f. Ciencia que estudia todo lo relativo a la infancia.

paila n.f. **1.** Vasija grande de metal, redonda y poco profunda. **2.** *Amér.* Sartén, vasija.

pailebot o **pailebote** n.m. Goleta pequeña, sin gavias.

paipai n.m. Abanico de palma en forma de pala.

país n.m. **1.** Territorio que constituye una unidad geográfica o política, limitada natural o artificialmente. **2.** Conjunto de habitantes de este territorio.

paisaje n.m. **1.** Extensión de terreno visto desde un lugar determinado. **2.** BELL ART Pintura o dibujo que representa cierta extensión natural o urbana. • **paisajista** n. y adj. Dícese del pintor de paisajes.

paisano,a **1.** n. y adj. Que es del mismo país, provincia o lugar que otro. **2.** n.m. y f. Campesino. **3.** n.m. El que no es militar.

paja n.f. **I. 1.** Caña de las gramíneas, después de seca y separada del grano. **2.** Fig. Cosa ligera, de poca consistencia o entidad. **3.** Fig. Lo inútil y desechado en cualquier materia. **II.** Pajilla para sorber líquido. • **pajar** n.m. Sitio donde se guarda y conserva paja.

pájara n.f. Mujer astuta y granuja.

pajarel n.m. Pardillo (ave).

pajarería n.f. **1.** Abundancia de pájaros. **2.** Tienda donde se venden pájaros y otros animales como gatos, perros, etc. • **pajarero,a** **1.** *Amér. Central, Col., Ecuad., Méx.* y *Venez.* Asustadizo, receloso. Dícese especialmente de las caballerías. **2.** n.m. y f. El que caza, cría o vende pájaros.

pajarilla n.f. **I.** Aguileña (planta). **II.** Bazo del cerdo.

pajarita n.f. Figura en forma de pájaro hecha de papel.

pájaro **I.** n.m. **1.** ZOOL Cualquiera de las aves terrestres voladoras. ▷ pl. ZOOL Orden de estas aves. **2.** Perdiz macho que se usa como reclamo. — *Pájaro carpintero.* Ave del orden de las trepadoras que anida en los agujeros que hace en los troncos viejos y dañados. — *Pájaro mosca.* Ave de unos 3 cm de longitud, propia de América intertropical, que se alimenta del néctar de las flores. — Fig. y Fam. *Matar dos pájaros de un tiro.* Hacer o lograr dos cosas con una sola acción. **II.** n. y adj. Fig. Hombre astuto y granuja.

pajarraco n.m. Desp. Pájaro grande desconocido, o cuyo nombre no se sabe.

paje n.m. Criado joven que servía a un caballero, un noble, etc.

pajea n.f. Ajea (planta).

pajel n.m. Pagel (pez).

pajilla n.f. **1.** Cigarrillo hecho de una hoja de maíz. **2.** Caña delgada o tubo artificial de forma semejante, que sirve para sorber líquidos.

pajizo,a adj. **1.** Hecho o cubierto de paja. **2.** De color de paja.

pajolero,a adj. Se dice de toda cosa despreciable y molesta a la persona que habla. (Se usa también en tono afectivo.)

pajón n.m. Caña alta y gruesa de las rastrojeras. • **pajonal** n.m. Terreno cubierto de pajón.

pajoso,a adj. **1.** Que tiene mucha paja. **2.** De paja o semejante a ella.

pajote n.m. Estera de cañas y paja con que los agricultores cubren ciertas plantas.

pajuela n.f. Paja cubierta de azufre, que puede encenderse y arder con llama.

pajuerano,a n.m. y f. *Arg., Bol.* y *Urug.* Persona procedente del campo.

pakistaní **1.** n. y adj. Natural de Pakistán. **2.** adj. Perteneciente o relativo a dicho país.

pala n.f. **I. 1.** Instrumento compuesto de una plancha de hierro, comúnmente de forma rectangular, y un mango grueso y largo. — *Pala mecánica.* Máquina que sirve para cavar zanjas, nivelar el suelo, efectuar dragados, etc. **2.** Tabla de madera fuerte, con mango, que se utiliza para jugar a la pelota. **3.** Parte superior del calzado, que cubre el empeine. **II. 1.** Parte ancha de diversos objetos. **2.** Parte ancha del remo, con la cual se hace la fuerza en el agua. **3.** Cada una de las aletas o partes activas de una hélice (barco, avión) o de un rotor (helicóptero).

palabra n.f. **I. 1.** Sonido o conjunto de sonidos articulados que expresan una idea. **2.** Representación gráfica de estos sonidos. **3.** Facultad de hablar. **4.** Promesa basada en el sentimiento del honor. **5.** Derecho, turno para hablar en las asambleas políticas y otras corporaciones. **II.** *Palabra compuesta.* Palabra formada por unidades de léxico que funcionan de modo autónomo en el idioma, o por un prefijo y una palabra. • **palabrería** n.f. Abundancia de palabras sin contenido ni utilidad. • **palabrota** n.f. Desp. Dicho ofensivo, indecente o grosero.

palacete n.m. Palacio pequeño.

palacio n.m. **1.** Casa destinada para residencia de los reyes y nobles. **2.** Cualquier casa suntuosa, destinada a cometidos oficiales. • **palaciego,a** **I.** adj. Perteneciente o relativo a palacio. **II.** n. y adj. Fig. Cortesano.

palada n.f. **1.** Porción que la pala puede coger de una vez. **2.** Golpe que se da al agua con la pala del remo.

paladar n.m. **1.** ANAT Parte interior y superior de la boca del animal vertebrado. **2.** Fig. Capacidad de apreciación de los sabores. • **paladear** v.tr. y prnl. Saborear una cosa, recreándose en ella. • **paladial** adj. FON Dícese del sonido que se articula en cualquier punto del paladar, palatal.

paladín n.m. Caballero fuerte y valeroso, que se distingue por sus hazañas. • **paladino,a** n. y adj. Público, claro y patente.

paladio n.m. QUIM Metal blanco, muy duro y muy dúctil, del grupo de los platinoides; densidad 11.920 kg/m³; funde a 1.552 °C y hierve a 2.900 °C. Elemento de número atómico 46, de masa atómica 106,4 (símbolo *Pd*). El paladio susceptible en estado de división, de absorber grandes cantidades de hidrógeno, es utilizado como catalizador.

paladión n.m. ANTIG Estatua de Palas Atenea.

palafito n.m. Vivienda primitiva construida sobre estacas en un lago, pantano, etc.

palafrén n.m. Caballo manso que se utilizaba para viajar. • **palafrenero** n.m. Criado que lleva el caballo del freno.

palanca n.f. **1.** Barra rígida, recta, angular o curva, que se apoya y puede girar sobre un punto, y sirve para transmitir una fuerza. **2.** Fig. Influencia que se emplea para lograr algún fin. • **palancada** n.f. Golpe dado con la palanca.

ENCICL La palanca es la máquina más sencilla (se le ha dado el nombre de Arquímedes, que expuso su teoría). Se utiliza para levantar pesos y para aumentar o reducir la intensidad de fuerzas o movimientos. La palanca es de primer orden cuando el apoyo está situado entre los dos puntos de aplicación (tijeras), de segundo orden cuando está colocado más allá del punto de aplicación de la resistencia (cascanueces) y de tercer orden cuando está colocado más acá del punto de aplicación de fuerza (pinzas).

1. palangana n.f. Jofaina. • **palanganero** n.m. Mueble de madera o hierro donde se coloca la palangana.

2. palangana n. y adj. *Perú.* Fanfarrón.

palangre n.m. Cordel largo y grueso del cual penden a trechos unos ramales con anzuelos en sus extremos.

palanquear v.tr. *Arg.* y *Urug.* Emplear alguien su influencia para que una persona consiga un fin determinado.

palanqueta n.f. Barra de hierro que sirve para forzar las puertas o las cerraduras.

palanquín n.m. Silla de manos usada en Oriente.

palastro n.m. **1.** Chapa o planchita sobre la que se coloca el pestillo de una cerradura. **2.** Hierro o acero laminado.

palatal adj. **1.** Perteneciente o relativo al paladar. **2.** FON Dícese del sonido cuya articulación se forma en cualquier punto del paladar, como la *i* y la *ñ*. ▷ n.f. Letra que representa este sonido. • **palatalizar** v.tr. y prnl. FON Dar articulación palatal a un fonema o sonido.

palatinado n.m. **1.** Dignidad o título de uno de los príncipes palatinos de Alemania. **2.** Territorio de los príncipes palatinos.

1. palatino,a **1.** adj. Perteneciente al paladar. **2.** n. y adj. ZOOL Dícese del hueso par que contribuye a formar la bóveda del paladar.

2. palatino,a adj. Perteneciente a palacio o propio de los palacios.

palazo n.m. Golpe dado con la pala.

palco n.m. Localidad independiente con balcón, en los teatros y otros espectáculos. ▷ Tabladillo donde se coloca la gente para ver una función.

paleal adj. ZOOL Relativo al manto de los moluscos y de los braquiópodos.

palear v.tr. Trabajar con pala.

paleártico,a adj. BIOGEOG *Región paleártica.* Una de las cinco divisiones del globo, siguiendo los criterios biogeográficos, que comprende Europa, el N de África y Asia septentrional y central.

palemón n.m. Gamba grande que abunda en el mar del Norte, carabinero.

palenque n.m. Valla de madera o estacada que se hace para cerrar el terreno en que se ha de hacer una fiesta pública, o para otros fines.

palentino,a **1.** n. y adj. Natural de Palencia. *2.* adj. Perteneciente o relativo a esta provincia o a su capital.

paleo- Elemento compositivo que entra en la formación de palabras con el significado de «antiguo».

paleobotánica n.f. Paleontología vegetal.

paleoclima n.m. CIENC NAT Clima de una región en un período geológico antiguo • **paleoclimatología** n.f. CIENC NAT Parte de la paleogeografía que estudia los paleoclimas.

paleocristianismo n.m. Cristianismo de los primeros cristianos. • **paleocristiano,a** adj. Dícese del arte cristiano primitivo, hasta el s. VI.

paleoetnología n.f. Estudio de los pueblos desaparecidos.

paleógeno n.m. PALEONT Primera parte (paleoceno, eoceno, oligoceno) del terciario.

paleogeografía n.f. Rama de la geografía que trata de la descripción y el estudio de la Tierra en los diversos períodos geológicos.

paleografía n.f. Ciencia para descifrar las escrituras antiguas. • **paleográfico,a** adj. Que concierne a la paleografía.

paleolítico,a n. y adj. GEOL Perteneciente o relativo a la primitiva edad de piedra.
ENCICL El paleolítico se divide en tres períodos: *paleolítico inferior* o *antiguo*, caracterizado por grandes y burdos instrumentos de piedra, obtenidos por simple fragmentación del sílex; *paleolítico medio*, caracterizado por tallas medianas obtenidas a base de retocar la piedra golpeada; *paleolítico superior*, caracterizado por útiles cada vez más perfeccionados, y por la aparición de huesos esculpidos y de manifestaciones artísticas (pinturas rupestres).

paleólogo,a n. y adj. Que conoce los idiomas antiguos.

paleomagnetismo n.m. CIENC NAT Parte de las ciencias de la Tierra que estudia las variaciones del geomagnetismo a través de las épocas antiguas.

paleontografía n.f. Descripción de los seres orgánicos cuyos restos o vestigios se encuentran fósiles.

paleontología n.f. Tratado de los seres orgánicos cuyos restos o vestigios se encuentran fósiles. • **paleontólogo,a** n.m. y f. Persona dedicada al estudio de la paleontología.
ENCICL La paleontología es una ciencia de síntesis que utiliza numerosas ciencias instrumentales (métodos de datación, microscopio óptico, electrónico, rayos X, etc.). Se la divide en paleontología animal, paleontología vegetal, paleobotánica; micropaleontología, estudio de los microfósiles (foraminíferos, algas microscópicas, etc.) que se utiliza mucho para determinar los yacimientos petrolíferos a los cuales están siempre asociados dichos microfósiles. La paleontología animal y vegetal permite identificar las especies que vivieron en los diversos períodos geológicos. Confirma la teoría de la evolución con la ayuda de las series de fósiles que muestran el paso progresivo de una forma a otra. De esta manera, se ha podido demostrar que los peces dieron lugar a los anfibios en el transcurso de la era primaria, que éstos a su vez dieron lugar a los reptiles (finales del primario), algunas de cuyas especies dieron lugar a los mamíferos (triásico superior). Otras especies se transformaron en aves (archaeópterix del jurásico). La especie humana, de la que se pensaba que había aparecido recientemente, es decir al comienzo del cuaternario, se ha revelado más antigua gracias al descubrimiento de fósiles humanos cada vez más primitivos. La paleobotánica ha permitido la filogénesis de las plantas superiores: partiendo de las criptógamas vasculares (helechos, colas de caballo del carbonífero), se pasa progresivamente a las pteridospermas (helechos con semillas) después a las gimnospermas dicotiledóneas; las monocotiledóneas son las más recientes.

paleosiberiano,a adj. 1. ANTROP *Raza paleosiberiana.* Raza, de características mongoloides poco señaladas, que puebla todavía actualmente el Ural y el este de Siberia (ej., los ostiacos). 2. LING *Lenguas paleosiberianas.* Lenguas muy diversas, mal conocidas, habladas aún en la Siberia extremo-oriental.

paleosuelo n.m. PALEONT Suelo fósil.

paleoterio n.m. PALEONT Mamífero perisodáctilo que vivió en el período oligoceno, al que se considera como uno de los antepasados del caballo.

paleozoico,a n. y adj. PALEONT Relativo a las capas geológicas que contienen los fósiles más antiguos de animales y vegetales.

palestino, pueblo originario de Palestina (más de tres millones de personas). Religión: islámica, con una importante minoría cristiana (alrededor del 10 %). Fueron expulsados del nuevo estado de Israel a partir de 1948, y se refugiaron en Cisjordania, en Gaza, en Jordania, en el Líbano, donde viven en campos de refugiados. Una gran parte de esta población, que cuenta con la mayor proporción de graduados universitarios de todo el mundo árabe, se ha establecido en los países árabes, donde ejercen importantes funciones al servicio de los respectivos gobiernos. Políticamente y militarmente están organizados en la OLP (Organización para la Liberación de Palestina), que agrupa distintos movimientos bajo la dirección de Yasser Arafat. En 1975 la **ONU ha pedido que la OLP «sea invitada a participar en las conferencias de la ONU relativas al Medio Oriente, en pie de igualdad con todas las partes». La OLP, se opone a los acuerdos entre EE.UU., Egipto e Israel (Camp David, 1979).**

palestra n.f. 1. Sitio donde se lidia o lucha. 2. Fig. Lugar en que se celebran ejercicios literarios públicos o se discute sobre cualquier asunto.

paleta n.f. I. Tabla pequeña, sin mango y con un agujero por donde mete el pintor el dedo pulgar y en la cual tiene ordenados los colores. II. 1. Espumadera. 2. Badil con que se remueve la lumbre. 3. Utensilio de figura triangular y mango de madera, que usan los albañiles. III. Pala de hélice, ventilador, etc. • **paletada** n.f. Porción que la paleta puede coger de una vez.

paletilla n.f. Cada uno de los dos huesos anchos de la espalda, omóplato.

paleto,a I. n.m. Gamo. II. n.m. y f. Fig. Campesino tosco.

paletón n.m. Parte de la llave en que se forman los dientes y guardas de ella.

palhuén n.m. *Chile.* Arbusto muy espinoso de la familia de las papilionáceas.

pali n.m. y adj. Antigua lengua de la India, muy parecida al sánscrito, hablada todavía por los monjes budistas de Srī Lanka.

paliar v.tr. 1. Encubrir, disimular. 2. Mitigar. • **paliativo,a** n.m. y adj. Dícese de lo que sirve para paliar.

palícaro n.m. En el s. XIX, nombre de los guerrilleros griegos o albaneses que combatieron contra los invasores turcos.

palidecer v.int. 1. Ponerse pálido. 2. Fig. Perder una cosa su importancia o esplendor. • **palidez** n.f. Decoloración de la piel humana y, p. ext., de otros objetos. • **pálido,a** adj. Que presenta o manifiesta palidez. • **paliducho,a** adj. Desp. Que tiende a pálido.

palier n.m. MECAN En algunos vehículos automóviles, cada una de las dos mitades en que se divide el eje de las ruedas motrices.

palilalia n.f. MED Trastorno del habla consistente en la repetición involuntaria de las palabras.

palillo n.m. I. 1. Varilla donde se encaja la aguja para hacer media. 2. Mondadientes de madera. 3. Cualquiera de las dos varitas para tocar el tambor. 4. Vena gruesa de la hoja del tabaco. II. pl. Palitos de madera dura que emplean los escultores para modelar el barro. • **palillero,a** I. n.m. y f. Persona que hace o vende palillos para mondar los dientes. II. n.m. Pieza en que se colocan los palillos o mondadientes.

palimpsesto n.m. Manuscrito antiguo que conserva huellas de una escritura anterior.

palin- Prefijo procedente del griego *palin,* «de nuevo».

palíndromo,a n.m. y adj. Dícese de una palabra, un verso o una frase que pueden leerse de derecha a izquierda y de izquierda a derecha.

palingenesia o **palingénesis** n.f. FILOS Regeneración universal de todos los seres.

palinodia n.f. Retractación pública de lo que se había dicho.

palinología n.f. Estudio del polen y de las esporas de las plantas, fósiles y actuales. v. paleoclima.

palio n.m. 1. Vestidura que, en la Grecia antigua, se usaba sobre la túnica. 2. Insignia pontifical que da el papa a los arzobispos y a algunos obispos. 3. Dosel portátil.

palique n.m. Fam. Charla intrascendente.

palisádico,a adj. BOT Relativo al parénquima clorofílico del haz de las hojas.

palisandro n.m. Madera del guayabo, compacta y de hermoso color rojo oscuro.

palista n.m. y f. Jugador de pelota con pala.

palitroque n.m. Palo pequeño.

paliza n.f. 1. Conjunto de golpes propinados a alguien. 2. Fig. y Fam. Trabajo o esfuerzo agotador.

palizada n.f. 1. Sitio cercado de estacas. 2. Defensa hecha de estacas y terraplenada para impedir la salida de los ríos o dirigir su corriente.

palma n.f. I. 1. Árbol de las palmas (palmera). 2. Hoja de la palmera. 3. Datilera. 4. Palmito (planta). 5. BOT Cualquiera de las plantas angiospermas monocotiledóneas, como la palmera, el cocotero, el burí y el palmito. ▷ BOT Palmácea. II. Fig. Gloria, triunfo. III. Parte de la mano, desde la muñeca hasta los dedos. ▷ pl. Palmadas de aplauso. • **palmáceo,a** n.f. y adj. Aplícase a las plantas de la familia de las palmas. ▷ n.f. pl. Familia de estas plantas. • **palmada** n.f. Golpe dado con la palma de la mano. • **palmar I.** adj. Perteneciente a la palma de la mano y a la palma del casco de los animales. II. n.m. Lugar donde se crían palmas. • **palmario,a** adj. Claro, patente, manifiesto. • **palmatoria** n.f. Especie de candelero bajo. • **palmeado,a** adj. 1. De figura de palma. 2. BOT Aplícase a las hojas, raíces, etc., que semejan una mano abierta. 3. ZOOL Dícese de los dedos de aquellos animales que los tienen ligados entre sí por una membrana. • **palmear** v.int. Dar golpes con las palmas de las manos, una con otra.

palmar v.int. Fam. Morir una persona.

palmarés n.m. Lista de condecorados en un concurso, en un reparto de premios, etc.

palmense 1. n. y adj. Natural de Las Palmas de Gran Canaria. 2. adj. Perteneciente o relativo a esta provincia o a su capital.

pálmer n.m. TECN Instrumento con un tambor micrométrico, que sirve para medir con gran precisión el diámetro o el espesor de una pieza.

palmera n.f. Árbol de la familia de las palmáceas, que crece hasta 20 m de altura y cuyo fruto son los dátiles. • **palmeral** n.m. Bosque de palmeras.
ENCICL Las palmeras (aparecidas en el cretácico) son árboles en los que la estípite (tronco) puede reducirse mucho (en forma de liana) o alcanzar 2 m de diámetro. Las hojas perennes, que se encuentran en la copa, en forma de racimo, son muy recortadas. Son generalmente monoicas; las flores están reagrupadas

sobre un eje: el espádice; la flor macho posee seis estambres y la flor hembra cuenta con tres carpelos de los que dos abortan frecuentemente. La polinización se produce por el viento o por los insectos. El fruto es una baya o una drupa. Las palmeras son árboles tropicales de los que ciertas especies han sido aclimatadas en el sur de Europa. Desde el punto de vista de la importancia económica, las palmeras ocupan el segundo puesto detrás de las gramíneas. El cocotero (*cocos nucífera*) da el fruto del coco, del que se obtiene una fibra tosca, y sobre todo la *copra* o blanco de coco. La palmera datilera (*Phoenix dactylifera*) produce los dátiles. El género *Raphia* produce fibras (rafia). Otras muchas palmeras son utilizadas por el hombre.

palmesano,a **1.** n. y adj. Natural de Palma de Mallorca. **2.** adj. Perteneciente o relativo a esta ciudad.

palmeta n.f. Instrumento que se usaba en las escuelas para castigar a los niños, golpeándoles en la mano. • **palmetazo** n.m. Golpe dado con la palmeta.

palmiche n.m. **1.** Palma real. **2.** Fruto de este árbol.

palmípedo,a n. y adj. ZOOL Dícese de las aves que tienen los dedos palmeados, como el ganso, el pelícano, etc. ▷ n.f.pl. ZOOL Orden de estas aves.

palmítico,a adj. Relativo al *ácido palmítico*, ácido graso presente en las grasas animales y vegetales.

palmitina n.f. Éster del glicerol.

1. palmito n.m. **1.** BOT Planta de la familia de las palmas, con tronco subterráneo o apenas saliente. ▷ BOT Cogollo comestible de esta planta. **2.** BOT Género de palmera que produce fibra vegetal.

2. palmito n.m. Fig. y Fam. Cara bonita o talle esbelto de mujer.

palmo n.m. Medida de longitud, equivalente a unos 21 cm.

palmotear v.int. Dar una palma de la mano con otra. • **palmoteo** n.m. Acción de palmotear.

palo n.m. **I. 1.** Trozo de madera mucho más largo que grueso, generalmente cilíndrico. **2.** Madera de árbol. **3.** Cada uno de los maderos fijos en una embarcación, destinados a sostener las velas. **4.** Golpe que se da con un palo. **5.** Cada una de las cuatro series en que se divide la baraja de naipes. **6.** Trazo de algunas letras que sobresale de las demás por arriba o por abajo, como el de la *d* y la *p*. **II.** BOT *Chile. Palo blanco.* Árbol de la familia de las compuestas. Tiene aplicaciones medicinales. — MAR *Palo mayor.* El más alto del buque y que sostiene la vela principal.

paloduz n.m. Palo dulce, orozuz.

paloma n.f. **1.** Ave de la familia de los colúmbidos, de plumaje espeso y pico provisto de una membrana donde se abren los orificios nasales. — *Paloma mensajera.* Variedad que se distingue por su instinto de volar al palomar desde largas distancias. **2.** Fig. Persona de genio apacible y quieto. • **palomar** n.m. Lugar donde se crían palomas. • **palomo** n.m. **1.** Macho de la paloma. **2.** Paloma torcaz.

ENCICL Existen numerosas especies de palomas salvajes. En Europa: la *paloma torcaz*, una de las de mayor tamaño, con muchas manchas blancas en el cuello; la *paloma bravía*, gris con patas rojas y cola blanca, que es la forma salvaje de la paloma doméstica, y la *paloma zurita*, de color totalmente gris, que vive en los bosques y anida en los árboles. En el centro y S de América pueden citarse: *la paloma araucana*, que vive en el S de la Argentina, tiene la nuca blanca, el cuello verdoso y el cuerpo gris azulado; *la paloma cenicienta*, que vive en la Argentina Central, de plumaje gris; la *paloma colorada*, que vive en los bosques tropicales, de color rojizo, y la *paloma turca*, que vive en el *chaco*, de plumaje gris azulado y cabeza y cuello rojizos. Las palomas alimentan a los pequeños durante los primeros días con un líquido secretado por la mucosa del buche llamado *leche de paloma*.

palometa n.f. **1.** Pez comestible, parecido al jurel, aunque algo mayor que éste. **2.** Japuta (pez).

palomilla n.f. **I. 1.** Mariposa nocturna que causa grandes daños en los graneros. **2.** Cualquier mariposa muy pequeña. **3.** Ninfa de un insecto. **II. 1.** Fumaria (hierba). **2.** Onoquiles (planta). **3.** Pieza con una muesca en que descansa y gira cualquier eje de maquinaria.

palomita n.f. Roseta de maíz tostado.

palote n.m. Palo mediano, como el que se usa para tocar el tambor.

palotear v.int. Entrechocar unos palos con otros o hacer ruido con ellos.

palpallén n.m. BOT *Chile.* Arbusto de la familia de las compuestas.

palpar v.tr. **1.** Tocar con las manos una cosa para percibirla o reconocerla. **2.** Andar a tientas o a oscuras. • **palpable** adj. **1.** Que puede tocarse con las manos. **2.** Fig. Patente, evidente. • **palpación 1.** n.f. Acción y efecto de palpar. **2.** MED Método exploratorio que se ejecuta aplicando los dedos sobre las partes externas del cuerpo o las cavidades accesibles.

párpebra n.f. ANAT Párpado.

palpi n.m. *Chile.* Arbusto de la familia de las escrofulariáceas, de unos 30 cm de alto.

palpitar v.int. **1.** Contraerse y dilatarse alternativamente el corazón. **2.** Aumentarse la palpitación natural del corazón por una emoción. **3.** Moverse o agitarse una cosa con movimientos regulares y poco perceptibles. **4.** Manifestarse o producirse vehementemente un sentimiento. • **palpitación** n.f. **1.** Acción y efecto de palpitar. **2.** FISIOL Movimiento interior, involuntario y trémulo de algunas partes del cuerpo. **3.** FISIOL Latido del corazón más frecuente que el normal.

pálpito n.m. Presentimiento, corazonada.

palpo n.m. ZOOL Cada uno de los apéndices articulados y movibles que tienen los artrópodos alrededor de la boca para palpar y sujetar lo que comen.

palqui n.m. Arbusto americano de la familia de las solanáceas, de uso medicinal.

paltas, pueblo que habitaba en lo que es actualmente la prov. de Loja, en el Ecuador. Junto con los purúas, pertenecen a la familia de los jívaros, y formaron parte del imperio cara.

palto,a n.m. y f. *Amér. Merid.* Aguacate (árbol).

paludícola adj. Que habita en pantanos.

paludina n.f. Molusco gasterópodo ovovivíparo de agua dulce.

paludismo n.m. PAT Enfermedad febril transmitida al hombre por la picadura de mosquitos anofeles. • **palúdico,a** adj. **I.** Dícese de cualquier trastorno producido por el paludismo. ▷ n. y adj. Persona que padece esta enfermedad. **II.** Relativo a los lagos y terrenos pantanosos.

ENCICL El paludismo o malaria es una parasitosis, descubierta por Laveran, debida a un protozoo, el *Plasmodium*, que parasita los hematíes. Hace estragos en estado endémico, en las zonas tropicales e intertropicales, donde es transmitido por un insecto, el anofeles. Hay tres especies de plasmodium patógeno para el hombre: *Plasmodium vivax*, *Plasmodium falciparum*, *Plasmodium malariae*. Su repartición geográfica y su efecto patológico son diferentes. La enfermedad se traduce esencialmente en fiebre intermitente; el diagnóstico estriba en el reconocimiento de la evidencia del parásito en la sangre. El tratamiento y la profilaxis individual se realizan con derivados de la quinina.

palurdo,a n. y adj. Tosco, grosero.

1. palustre n.m. Paleta de albañil.

2. palustre adj. Perteneciente a laguna o pantano.

pallaco n.m. *Chile.* Mineral bueno que se recoge entre los escombros de una mina abandonada.

pallador n.m. Coplero y cantor popular y errante, en América del Sur.

pallar n.m. Judía de Perú, gruesa, redonda y muy blanca.

pallidum n.m. ANAT Una de las dos formaciones que constituyen el núcleo lenticular del cerebro.

pallón n.m. Esferilla de oro o plata que resulta en la copela al hacer el ensayo de menas auríferas o argentíferas.

pamela n.f. Sombrero femenino, ancho de alas.

pamema n.f. Fam. Hecho o dicho fútil.

pampa n.f. Cualquiera de las llanuras extensas de América Meridional que no tienen vegetación arbórea.

pámpana n.f. Hoja de la vid.

pampanada n.f. Zumo que se saca de los pámpanos para suplir el del agraz.

pámpano n.m. **1.** Sarmiento verde, tierno y delgado. **2.** Hoja de la vid. **3.** ZOOL Salpa (pez).

pampas, nombre genérico de varias etnias argentinas, cuyas tribus, algunas de origen araucano, vagaban por la pampa austral, confinante con la Patagonia, entre el Río de la Plata y la cordillera de los Andes.

pampero,a n. y adj. **1.** Natural de las pampas. ▷ adj. P. ext., perteneciente a estas llanuras. **2.** n.m. Dícese del viento impetuoso procedente de la región de las pampas.

pamplina n.f. **I. 1.** Álsine (planta). **2.** Planta herbácea anual, de la familia de las papaveráceas. **II.** Fig. y Fam. Dicho o cosa de poca entidad, simpleza.

pamplonés,a o **pamplonica** **1.** n. y adj. Natural de Pamplona. **2.** adj. Perteneciente o relativo a esta ciudad.

pamporcino n.m. **1.** Planta herbácea, vivaz, de la familia de las primuláceas, con rizoma grande y en forma de torta. **2.** Fruto de esta planta.

pamues, pueblo de África Occidental que habita en los territorios de Guinea Ecuatorial y de la República del Congo.

pan n.m. **I. 1.** Alimento hecho de masa de harina y agua, fermentado y cocido en horno. **2.** Masa para pasteles y empanadas. **3.** Fig. Todo lo que en general sirve para el sustento diario. **4.** Fig. Trigo. **II.** Fig. Hoja muy batida de oro, plata u otros metales. **III.** *Pan ázimo.* El que se ha hecho sin poner levadura en la masa. — *Pan integral.* El fabricado con harina que conserva todos los componentes del trigo, previamente sometido a limpieza. — BOT *Pan y quesillo.* Planta herbácea de la familia de las crucíferas, abundantísima en todos los terrenos incultos. Su cocimiento es astringente y se ha empleado contra las hemorragias.

pan-, pant(o)- Prefijos procedentes del griego *pan, pantos,* «todo».

pana n.f. Tela gruesa semejante, en el tejido, al terciopelo.

pánace n.f. Planta herbácea de la familia

de las umbelíferas, de donde se saca el opopónaco.

panacea n.f. Medicamento al que se atribuía eficacia para curar diversas enfermedades.

panadero,a n.m. y f. Persona que tiene por oficio hacer o vender pan. • **panadería** n.f. **1.** Oficio de panadero. **2.** Sitio, casa o lugar donde se hace o vende el pan.

panadizo n.m. Inflamación aguda del tejido celular de los dedos, principalmente junto a la uña.

panafricanismo n.m. Doctrina que tiende a promover la unidad y la solidaridad de los pueblos africanos. • **panafricano,a** adj. Relativo al conjunto de los países o de los pueblos de África.

panal n.m. **1.** Conjunto de celdillas prismáticas hexagonales de cera que las abejas forman dentro de la colmena para depositar la miel. **2.** Cuerpo de estructura semejante, que fabrican las avispas.

panamá n.m. Sombrero muy flexible, generalmente de paja.

panameño,a **1.** n. y adj. Natural de Panamá. **2.** adj. Perteneciente o relativo a Panamá.

panamericanismo n.m. Doctrina que preconiza la solidaridad de los paises americanos. • **panamericano,a** n. y adj. Perteneciente o relativo a toda América.

panárabe adj. Relativo al conjunto de los países árabes. • **panarabismo** n.m. Doctrina política que pretende la unión de los países de lengua y civilización árabes.

Panax n.m. Género de árboles o arbustos tropicales (familia araliáceas), cuya raíz es utilizada por sus propiedades tónicas con el nombre de *ginseng*.

panca n.f. *Amér.* Hoja que cubre la mazorca de maíz.

pancarta n.f. Cartelón que se exhibe en reuniones públicas, y contiene letreros de grandes caracteres.

pancismo n.m. Tendencia o actitud de quienes acomodan su comportamiento a lo que creen más conveniente y menos arriesgado para su provecho y tranquilidad.

panclastita n.f. TECN Explosivo rompedor.

pancracio n.m. Combate gimnástico de origen griego.

páncreas n.m. ANAT Glándula, propia de los animales vertebrados, que elabora un jugo que contribuye a la digestión y produce la hormona llamada insulina. • **pancreático,a** adj. Perteneciente al páncreas.

pancromático,a adj. FOTOG Se dice de las emulsiones sensibles a todos los colores.

panches, antiguo pueblo indígena de América del Sur, habitante de lo que hoy es territorio colombiano, cerca de Bogotá. Astutos, orgullosos y temidos por las demás tribus vecinas, que llegaron a cercar su poblado para contenerlos. Se dedicaban a la agricultura, la caza y pesca. Fabricaban una bebida alcohólica. Sacrificaban a todas las hijas hasta que no naciera un hijo varón y eran antropófagos. Están extinguidos.

1. pancho n.m. Cría del besugo.

2. pancho,a adj. Tranquilo, inalterado.

panda **I.** n.m. ZOOL Mamífero de Asia (familia prociónidos) parecido al oso, del que existen dos especies; el panda menor del Himalaya y el panda gigante de China, actualmente amenazado de extinción. **II.** n.f. Pandilla.

pandanáceo,a n.f. y adj. **1.** BOT Dícese de unas plantas angiospermas monocotiledóneas, propias de los países tropicales. **2.** n.f.pl. BOT Familia de estas plantas.

Pandanjus n.m. Género de arbustos monocotiledóneos tropicales (familia pandanáceas, orden pandanales) de fruto comestible.

pandear v.int. y prnl. Torcerse una cosa encorvándose, especialmente en el centro.

pandectas n.f.pl. **1.** Recopilación de varias obras, especialmente las del derecho civil que el emperador Justiniano puso en los 50 libros del Digesto. **2.** Código del mismo emperador, con las Novelas y demás constituciones que lo componen. **3.** Conjunto del Digesto y del Código.

pandemia n.f. PAT Enfermedad epidémica que se extiende a muchos países.

Pandemónium **1.** Capital imaginaria del infierno. **2.** n.m. Fig. y Fam. Lugar en que hay mucho ruido y confusión.

pandeo n.m. Acción y efecto de pandear, o pandearse.

pandero n.m. Instrumento músico formado por uno o dos aros superpuestos provistos de sonajas o cascabeles. • **panderada** n.f. Conjunto de muchos panderos. • **pandereta** n.f. Instrumento músico de percusión semejante al pandero, pero de menor tamaño.

pandilla n.f. **1.** Grupo de chicos y chicas, o de amigos, que se reúnen para conversar, divertirse, etc. **2.** Desp. Grupo de gente despreciable.

pandit n.m. Título dado en la India a los brahmanes eruditos.

panecillo n.m. Pan pequeño.

panegírico,a **I.** adj. Dícese del discurso hecho en alabanza de una persona. **II.** n.m. **1.** Discurso oratorio en alabanza de una persona. **2.** Elogio de alguna persona, hecho por escrito.

1. panel n.m. **1.** Cada uno de los compartimientos en que se dividen los lienzos de pared, las hojas de puertas, etc. **2.** Elemento prefabricado que se utiliza para construir divisiones verticales en las viviendas y otros edificios.

2. panel n.m. ESTAD Muestra de personas sometidas a ciertos intervalos de tiempo a las mismas preguntas.

panenteísmo n.m. FILOS Teoría de Krause de que Dios contiene al mundo y éste trasciende de Dios.

panera n.f. **1.** Recipiente que se utiliza para colocar el pan en la mesa. **2.** Cesta para transportar pan. **3.** Lugar donde se guardan los cereales, el pan o la harina.

panero n.m. **1.** Canasta usada en las tahonas para echar el pan. **2.** Estera pequeña y redonda.

paneslavismo n.m. Tendencia política que aspira a la confederación de todos los pueblos de origen eslavo.

pánfilo,a n. y adj. Se dice de la persona muy calmosa y lenta en sus acciones.

panfleto n.m. Pequeña obra satírica; escrito corto que ataca con vigor a una persona, o a un régimen, unas instituciones, etc. • **panfletario,a** adj. Dícese del estilo propio de los panfletos.

pangelín n.m. BOT Árbol leguminoso de Brasil.

pangermanismo n.m. Doctrina que tiende agrupar en el mismo Estado a todos los pueblos germánicos.

pangolín n.m. Mamífero del orden de los desdentados, parecido al lagarto y propio de África y Asia.

pangue n.m. BOT *Chile.* Planta acaule, de la familia de las gunneráceas, frecuente en los lugares pantanosos y a lo largo de los arroyos.

panhelénico adj. ANTIG Que concernía a toda Grecia. • **panhelenismo** n.m. Doctrina que tiende al reagrupamiento de todos los griegos en una sola nación.

pánico,a n.m. y adj. Aplícase al miedo grande, o al temor excesivo, sin causa justificada.

panícula n.f. BOT Panoja o espiga formada de flores.

panículo n.m. ZOOL Capa de tejido adiposo situada debajo de la piel de los vertebrados.

Panicum n.m. BOT Género de gramíneas que comprende ciertos mijos.

panificar v.tr. Convertir la harina en pan. • **panificable** adj. Que se puede panificar. • **panificación** n.f. Acción y efecto de panificar.

panislamismo n.m. Sistema que tiende a la unión de todos los pueblos musulmanes.

panizo n.m. **I.** **1.** Planta anual de la familia de las gramíneas, cuyo grano sirve como alimento para aves. **2.** Maíz. **II.** *Chile.* Criadero de minerales. **III.** *Chile.* Persona de la que se obtiene, o se piensa obtener, gran provecho.

panoja o **panocha** n.f. **1.** Mazorca del maíz, del panizo o del mijo. **2.** BOT Conjunto de espigas que nacen de un eje o pedúnculo común.

panoli n. y adj. Se dice de la persona simple; necio.

panoplia n.f. **1.** Armadura completa. **2.** Colección de armas ordenadamente colocadas.

panorama n.m. **1.** Vista representada en un gran cilindro hueco, en cuyo centro hay una plataforma circular, para los espectadores. **2.** P. ext., vista de un horizonte muy dilatado. • **panorámico,a** **1.** adj. Perteneciente o relativo al panorama. **2.** n.f. AUDIOV Toma de vistas efectuada explorando el espacio circundante mediante una rotación de la cámara en el plano horizontal.

Panorpa n.f. Género de insectos de 12 mm de largo, que viven en la maleza; frecuentemente se les llama *moscas escorpión* debido a la púa en que termina el abdomen del macho.

panos, pueblo primitivo de América del Sur, que habita en la cuenca peruana del río Ucayali.

panoso,a adj. Harinoso.

panque n.m. BOT Pangue (planta).

pantagruélico,a adj. Dícese, hablando de comidas, de las de cantidades excesivas.

pantalán n.m. Muelle que avanza algo en el mar.

pantalón n.m. Prenda de vestir ceñida a la cintura, que baja más o menos cubriendo cada pierna por separado. (Se usa más en pl.)

pantalla n.f. **I.** **1.** Lámina que se sujeta delante o alrededor de la luz artificial. **2.** Mampara que se pone delante de las chimeneas. **3.** Telón puesto verticalmente, sobre el que se proyectan las figuras del cinematógrafo u otro aparato de proyecciones. **4.** FIS NUCL Blindaje de protección. **II.** *Amér. Merid.* Instrumento para hacer o hacerse aire. **III.** Fig. Persona o cosa que, puesta delante de otra, la oculta o le hace sombra. • **pantallear** v.tr. *Amér. Merid.* Hacer aire con una pantalla.

pantano n.m. **1.** Hondonada donde se recogen y naturalmente se detienen las aguas, con fondo más o menos cenagoso. **2.** Gran depósito artificial de agua. • **pantanoso,a** adj. **1.** Dícese del terreno donde hay pantanos. **2.** Dícese del terreno donde abundan charcos y cenagales.

panteísmo n.m. Creencia metafísica que identifica a Dios con el mundo. • **panteísta** **1.** n (apl. a pers.) y adj. Que sigue la doctrina del panteísmo. **2.** adj. Perteneciente al panteísmo. • **panteístico,a** adj. Perteneciente o relativo al panteísmo.

panteón n.m. **1.** Monumento funerario destinado a enterramiento de una o varias personas. **2.** *Amér.* Cementerio.

pantera n.f. Leopardo cuyas manchas circulares de la piel son todas anilladas.
ENCICL La pantera o leopardo alcanza 1,20 m con una cola de 75 cm. Su bella piel, amarilla clara salpicada de negro, era muy buscada por los peleteros, quienes ahora generalmente rehúsan utilizarla, ya que la especie está amenazada de extinción. Es un excelente trepador. Existen numerosas subespecies: así, la pantera negra debe su color a una mutación; es frecuente en la India y Java. Otros dos felinos, denominados *panteras*, no pertenecen al género *Panthera* (que comprende igualmente al tigre, al león y al jaguar) y son transición entre los grandes y pequeños felinos: *la pantera longibanda* que, pequeña, se parece a un gran gato pardo; *la pantera de las nieves* (v. onza).

pantocrátor n.m. Representación de Jesucristo en las obras de arte bizantinas y románicas.

pantógrafo n.m. **1.** Instrumento que permite reproducir mecánicamente un dibujo, reduciéndolo o aumentándolo. **2.** FERROC Trole articulado de una locomotora.

pantómetro n.m. Instrumento de topografía para medir ángulos horizontales.

pantomima n.f. Representación por figura y gestos sin que intervengan palabras.

pantorrilla n.f. Parte carnosa y abultada de la pierna, por debajo de la corva.

pantoténico,a adj. BIOQUIM *Ácido pantoténico.* Vitamina B_5, que juega un papel importante en el metabolismo y en la resistencia de las mucosas a las infecciones.

pantufla n.m. Zapatilla sin talón.

panul n.m. *Chile.* Apio.

panza n.f. **1.** Vientre. **2.** Parte convexa y más saliente de ciertas vasijas o de otras cosas. **3.** ZOOL Primera de las cuatro cavidades en que se divide el estómago de los rumiantes. • **panzada** n.f. **1.** Golpe que se da con la panza. **2.** Fam. Hartazgo o atracón. • **panzudo,a** adj. Que tiene mucha panza.

pañal n.m. Pieza rectangular de tela con que se envuelve a los lactantes. (Se usa más en pl.)

pañería n.f. Comercio de paños.

pañil n.m. *Chile.* Árbol de la familia de las escrofuliáceas cuyas hojas se usan para la curación de úlceras.

paño n.m. **1.** Tela de lana muy tupida. **2.** Tela de diversas clases de hilos. **3.** Ancho de una tela cuando varias piezas se cosen unas al lado de otras. **4.** Tapiz u otra colgadura. **5.** Cualquier pedazo de lienzo u otra tela usado en limpieza. **6.** Mancha oscura en el rostro. **7.** Lienzo de pared. **8.** pl. Cualquier género de vestiduras.

pañol n.m. MAR Cualquiera de los compartimientos que se hacen en diversos lugares del buque, para guardar víveres, municiones, pertrechos, etc.

pañoleta n.f. Prenda triangular que usan las mujeres sobre los hombros.

pañolón n.m. Pañuelo grande, de abrigo.

pañuelo n.m. **1.** Pedazo de tela cuadrado y de una sola pieza, que se usa para sonarse. **2.** Pieza de tejido de fantasía que sirve para diversos usos.

1. papa n.m. Sumo Pontífice de la Iglesia católica.
ENCICL El papado representa el gobierno supremo de la Iglesia católica, cuya sede está en Roma. El Concilio Vaticano I (1869-1870) precisó el lugar que ocupa esta institución en la Iglesia, así como su origen: san Pedro instituyó el papado; el Papa, obispo de Roma, ha heredado la autoridad suprema otorgada por Cristo al príncipe de los apóstoles (Pedro). La célebre fórmula: «Tú eres Pedro, y sobre esta piedra edificaré mi Iglesia» justifica el papel del papado. Para los cristianos no católicos, el Papa está considerado simplemente como el *obispo de Roma* y jefe de la Iglesia católica.

2. papa n.f. Patata.

3. papa n.f. **1.** Fam. Tontería, vaciedad. **2.** pl. Fig. y Fam. Papilla.

papá n.m. Fam. Nombre que se da al padre.

papacho n.m. *Méx.* Caricia, en especial la que se hace con las manos. • **papachar** v.tr. *Méx.* Hacer papachos.

papada n.f. Abultamiento carnoso debajo de la barbilla.

papadilla n.f. Papada de las reses.

papado n.m. Gobierno, administración y ministerio de un papa.

papafigo n.m. Ave del orden de los pájaros, que se alimentan de insectos e higos. ▷ Nombre corriente de varios pajarillos paseriformes y migradores.

papagayo n.m. **I. 1.** ZOOL Ave del orden de las prensoras, propio de los países tropicales y con plumaje de brillantes colores. **2.** ZOOL Pez marino del orden de los acantopterigios, de colores rojo, verde, azul y amarillo y de carne comestible. **3.** ZOOL Víbora de Ecuador muy venenosa. **II. 1.** BOT Planta herbácea anual, de la familia de las amarantáceas, con hojas de colores rojo, amarillo y verde. **2.** BOT Planta vivaz de la familia de las aráceas, con hojas de colores muy vivos.

pápagos grupo étnico de México. Los españoles no lograron someterlos y permanecieron largo tiempo nómadas. Actualmente la mayor parte de los sobrevivientes de la tribu viven en el estado de Arizona (USA).

papahígo n.m. Papafigo (ave).

papaína n.f. BIOQUIM Enzima extraída del látex de la papaya, utilizada en terapéutica como sustituto de la pepsina.

papal adj. Perteneciente o relativo al Sumo Pontífice.

papalina n.f. **1.** Gorra o birrete con dos puntas, que cubre las orejas. **2.** Cofia de mujer.

papamoscas n.m. **1.** Pájaro de unos 15 cm de largo que se alimenta de moscas. **2.** Fig. y Fam. Hombre simple y crédulo, bobalicón.

papanatas n.m. y f. Fig. y Fam. Persona simple y crédula o demasiado cándida y fácil de engañar.

papar v.tr. **1.** Comer cosas blandas sin mascar; como sopas, papas y otras semejantes. **2.** Fam. Comer.

paparote,a n.m. y f. Bobalicón.

paparrucha n.f. **1.** Fam. Noticia falsa. **2.** Asunto, obra literaria, etc., sin valor.

papaveraceo,a n. y adj. BOT Dícese de plantas angiospermas dicotiledóneas, como la adormidera, la amapola y la zadorija. ▷ n.f. pl. BOT Familia de estas plantas.

papaverina n.f. QUIM Alcaloide cristalino, contenido en el opio, de acción antiespasmódica.

papaya n.f. Fruto del papayo del que se hace una confitura muy estimada.

papayo n.m. BOT Árbol de la familia de las cariáceas, propio de los países cálidos.

papazgo n.m. Papado.

papear v.int. Balbucir, tartamudear, hablar sin sentido.

papel n.m. **I. 1.** Materia hecha de una pasta de fibras vegetales puesta a la venta en forma de lámina delgada ya seca. — *Papel cuché.* El muy satinado y barnizado que se emplea principalmente en revistas y obras que llevan grabados o fotograbados. — *Papel de tornasol.* El impregnado en la tintura de tornasol, que sirve como reactivo para reconocer los ácidos. — *Papel pautado.* El que tiene pauta para aprender a escribir o pentagrama para la música. — *Amér. Papel picado.* Confeti, pedacitos de papel de colores. **2.** Pliego, hoja o pedazo de papel en blanco, manuscrito o impreso. **3.** Conjunto de resmas, cuadernos o pliegos de papel. **II. 1.** Carta credencial, título, documento o manuscrito, de cualquier clase. **2.** COM Documento que contiene la obligación de pago de una cantidad. — *Papel moneda.* El que por autoridad pública sustituye al dinero en metálico y tiene curso como tal. **3.** COM Conjunto de valores mobiliarios que salen a negociación en el mercado. **4.** pl. Documentos con que se acredita el estado civil o calidad de una persona. **III. 1.** Parte de la obra dramática que ha de representar cada actor. **2.** Fig. Carácter, representación, encargo con que se interviene en las acciones de la vida.
ENCICL La pasta de papel se fabrica por procesos mecánicos o químicos (disolución de la lignina en un ácido o una base), o por reciclaje de papeles o trapos viejos. Después de haber sufrido un tratamiento previo (depuración, adición de colas y colorantes, evacuación del agua), la pasta se prensa en unos cilindros calentados al vapor, después en cilindros de acabado para perfeccionar el estado de la superficie del papel.

papelear v.int. Revolver papeles en busca de algo. • **papeleo** n.m. **1.** Acción y efecto de papelear o revolver papeles. **2.** Trámites múltiples de un asunto en las oficinas públicas.

papelera n.f. **1.** Cesto de los papeles. **2.** Fábrica de papel. • **papelería** n.f. Tienda en que se vende papel y objetos de escritorio.

papeleta n.f. **1.** Cédula. **2.** Fig. y Fam. Asunto difícil de resolver.

papelillo n.m. **1.** Cigarro de papel. **2.** Paquete de papel que contiene una pequeña dosis medicinal en polvo.

papelón **I.** n.m. Situación ridícula en que se ve una persona por culpa de otra. **II.** n.m. *Amér.* Meladura ya cuajada en una horma cónica.

papelorio n.m. Desp. Fárrago de papeles.

papelote n.m. **1.** Papel o escrito despreciable. **2.** Desperdicios de papel que se emplean para fabricar nueva pasta.

papelucho n.m. Desp. Papel o escrito despreciable.

papera n.f. **1.** Inflamación del tiroides, bocio. **2.** PAT Inflamación de las glándulas de la saliva.

papiamento,a n. y adj. Se dice del idioma o lengua criolla de Curaçao.

papila n.f. **1.** BOT Cada una de las pequeñas prominencias cónicas que tienen ciertos órganos de algunos vegetales. **2.** ZOOL Cada una de las pequeñas prominencias cónicas formadas en la piel y en las membranas mucosas, especialmente de la lengua. **3.** ZOOL Prominencia que forma el nervio óptico en el fondo del ojo. • **papilar** adj. BOT y ZOOL Perteneciente o relativo a las papilas.

papilionáceo,a **1.** n. y adj. BOT Se dice de plantas angiospermas dicotiledóneas, con fruto casi siempre en legumbre. ▷ n.f.pl. Familia de estas plantas. **2.** adj. De figura de mariposa.
ENCICL Las papilionáceas, extendidas en todos los climas, pueden ser herbáceas (algarroba, arveja, guisante, etc.), arbustivas (genista, citiso, aliaga), arborescente (algarrobo, robinia). Se las cultiva como alimento para el hombre (guisante, judías, soja, etc.), como forraje para los animales (alfalfa, trébol, cuernecillo, pipirigallo, etc.) y como pasto verde; enriquecen el suelo en nitrógeno orgá-

nico, como todas las leguminosas. Algunas papilionáceas son ornamentales.

papiloma n.m. PAT Variedad de epitelioma caracterizada por el aumento de volumen en las papilas de la piel o de las mucosas.

papilla n.f. Comida deshecha que se da a los niños, generalmente dulce.

Papio n.m. ZOOL Género de primates catirrinos.

papión n.m. Cualquier simio catirrino perteneciente al género *Papio*.

papiro n.m. **1.** Planta vivaz, indígena de Oriente, de la familia de las ciperáceas. **2.** Lámina sacada del tallo de esta planta y que empleaban los antiguos para escribir en ella.

papirotazo n.m. Golpe en la cabeza.

papisa n.f. Voz que quiere significar *mujer papa*; se ha usado únicamente para designar a un personaje fabuloso llamado la papisa Juana.

papista n. y adj. Partidario de la autoridad absoluta del papa. • **papismo** n.m. Nombre bajo el cual los protestantes designan al catolicismo romano.

1. papo n.m. **1.** Parte abultada del animal entre la barbilla y el cuello. **2.** Nombre vulgar del bocio.

2. papo n.m. Flor peluda volante vilano.

paprika n.m. Pimentón de Hungría.

papudo,a adj. Que tiene mucho papo. Dícese comúnmente de las aves.

pápula n.f. MED Pequeña erupción cutánea, rosa o roja, sin contener líquido.

paquebote o **paquebot** n.m. Buque mercante que lleva correspondencia y pasajeros.

paquete n.m. **1.** Bulto cerrado que contiene una o más cosas. **2.** Conjunto de cartas o papeles que forman mazo, o contenidos en un mismo sobre o cubierta. **3.** Fig. En las motocicletas, persona que va detrás o al lado del conductor. **4.** IMP Trozo de composición tipográfica en que entran aproximadamente mil letras.

paquetería n.f. Mercancías de poco volumen que se guardan en paquetes.

paqui- prefijo procedente del gr. *pakhýs* que se utiliza en voces compuestas, con el significado de *grueso*.

paquidermia n.f. **1.** PAT Espesamiento patológico de la piel. **2.** PAT Mixedema.

paquidermo,a n.m. y adj. ZOOL Dícese del mamífero artiodáctilo, omnívoro o herbívoro, de piel muy gruesa y dura; como el jabalí y el hipopótamo. ▷ n.m.pl. ZOOL Suborden de estos animales.

par **I.** adj. **1.** Igual o semejante totalmente. **2.** ZOOL Se dice del órgano que corresponde simétricamente a otro igual. **II.** n.m. **1.** Conjunto de dos personas o dos cosas de una misma especie. **2.** ELECTR *Par termoeléctrico*. Conjunto de dos conductores de naturaleza diferente soldados entre sí en dos puntos. **3.** MECAN Sistema de dos fuerzas paralelas, iguales y de sentido contrario. **4.** Antiguo título de gran dignidad, que todavía se da actualmente a los miembros de la Cámara de los Lores en Gran Bretaña. **III.** n.f.pl. Placenta del útero. **IV.** *A la par*. Juntamente o a un tiempo. — Tratándose de monedas, efectos públicos u otros negociables, con igualdad entre su valor nominal y el que obtienen en cambio.

para **1.** Prep. con que se denota el fin o término a que se encamina una acción. **2.** Hacia, denotando el lugar que es el término de un viaje o movimiento o la situación de aquél. **3.** Se usa indicando el lugar o tiempo a que se difiere o determina el ejecutar una cosa o finalizarla. *Pagará para san Juan.* **4.** Se utiliza también determinando el uso que conviene o puede darse a una cosa. *Esto es bueno para el cocido.* **5.** Se usa como partícula adversativa, significando el estado en que se halla actualmente una cosa, contraponiéndolo a lo que se quiere aplicar o se dice de ella. *Con buena calma te vienes para la prisa que yo tengo.* **6.** Denota la relación de una cosa con otro, o lo que es propio o le toca respecto de sí misma. *Poco le alaban para lo que merece.* **7.** Significando el motivo o causa de una cosa, por que, o por lo que. *¿Para qué madrugas tanto?* **8.** Por, o a fin de. *Para que se callara, le dí un caramelo.* **9.** Significa la aptitud y capacidad de un sujeto. *Antonio es para todo, para mucho, para nada.* **10.** Junto con verbo, significa unas veces la resolución, disposición o aptitud de hacer lo que el verbo denota, y otras la proximidad o inmediación a hacerlo, y en este último sentido se junta con el verbo *estar*. *Estoy para marchar de un momento a otro.* **11.** Junto con los pronombres personales *mí, sí,* etc., y con algunos verbos, denota la particularidad de la persona, o que la acción del verbo es interior, secreta y no se comunica a otro. *Leer para sí.* **12.** Junto con algunos nombres, se usa supliendo el verbo *comprar* o con el sentido de *entregar a, obsequiar a*, etc. *Estos libros son para los amigos.* **13.** Usado con la partícula *con*, explica la comparación de una cosa con otra. *¿Quién es usted para conmigo? — Para eso.* Loc. que se usa despreciando una cosa, o por fácil o por inútil. *Para eso no me hubiera molestado en venir.*

1. para- Prefijo procedente del griego *para*, «al lado de» (indica en química una modificación isomérica o polimérica).

2. para- Prefijo procedente del latín *parare*, «proteger».

-para, -paridad Partículas procedentes del latín *-parus*, de *parere*, «engendrar».

parabellum n.m. inv. Pistola automática, en otro tiempo utilizada por el ejército alemán.

parabién n.m. Felicitación.

parábola **1.** n.f. Relato alegórico (particularmente del Evangelio) que contiene una verdad, una enseñanza. **2.** n.m. GEOM Curva que constituye el lugar geométrico de los puntos equidistantes de un punto fijo, el foco, y de una recta fija, la directriz. • **parabólico,a** adj. **1.** Perteneciente o relativo a la parábola. **2.** GEOM Perteneciente a la parábola. **3.** GEOM De figura de parábola o parecido a ella.

parabolizar v.tr. e intr. Expresar con parábolas.

paraboloide n.m. **1.** GEOM Superficie que puede dar una sección parabólica en cualquiera de sus puntos. **2.** GEOM Sólido limitado por un paraboloide elíptico y un plano perpendicular a su eje.

parabrisas n.m. Bastidor con cristal que lleva el automóvil en su parte anterior para resguardar a los viajeros del aire.

paraca n.f. *Amér.* Brisa muy fuerte del Pacífico.

paracaídas n.m. **1.** Artefacto hecho de tela resistente que, al extenderse en el aire, toma la forma de una sombrilla grande. Se usa para moderar la velocidad de caída de los cuerpos que se arrojan desde las aeronaves. **2.** P. ext., lo que sirve para evitar o disminuir el golpe de una caída desde un sitio elevado. • **paracaidista** n.m. y f. Persona adiestrada en el manejo del paracaídas.

paracentesis n.f. CIR Punción de una cavidad llena de serosidad.

paracristalino,a adj. QUIM Mesomorfo.

paracronismo n.m. Anacronismo que consiste en suponer acaecido un hecho después del tiempo en que sucedió.

parachoques n.m. Pieza o aparato que llevan exteriormente los vehículos, en la parte delantera y trasera, para amortiguar los efectos de un choque.

parada n.f. **I. 1.** Acción de parar o detenerse. **2.** Lugar o sitio donde se para. **3.** Fin o término del movimiento de una cosa. **4.** Suspensión o pausa. **II.** Lugar donde se recogen o juntan las reses. **III.** Presa de un río. **IV.** Cantidad de dinero que en el juego se expone a una sola suerte. **V.** MILIT Formación de tropas para pasarles revista o hacer alarde de ellas en una solemnidad. **VI.** ZOOL *Parada nupcial.* Conjunto de actitudes que preceden al apareamiento en numerosas especies animales.

paradero n.m. **1.** Lugar o sitio donde se para o se va a parar. **2.** *Cuba.* Estación de ferrocarril. **3.** *Col.* Parada de autobuses.

paradiclorobenceno n.m. QUIM Derivado diclorado del benceno, empleado como antipolilla.

paradigma n.m. **1.** Ejemplo o ejemplar. **2.** GRAM Palabra que sirve de modelo para una conjugación, una declinación. **3.** LING Conjunto de formas de una morfema lexical combinado con sus desinencias eventuales o verbales. **4.** LING Conjunto virtual de elementos de una misma clase gramatical, que pueden aparecer en un mismo contexto. • **paradigmático,a** adj. **1.** Perteneciente o relativo al paradigma. **2.** Ejemplar. **3.** LING Dícese de las relaciones que existen entre los elementos de un paradigma.

paradisiaco,a o **paradisíaco,a** adj. Perteneciente o relativo al Paraíso. ▷ Digno del paraíso.

parado,a **I.** adj. Tímido, sin reacciones ni iniciativas. **II.** n. y adj. Desocupado, o sin empleo. **III.** adj. **1.** *Amér.* Derecho o en pie. **2.** *Chile* y *P. Rico.* Engreído.

paradoja n.f. **1.** Aserción inverosímil o absurda, que se presenta con apariencias de razonable. **2.** RET Figura de pensamiento que consiste en emplear expresiones o frases que envuelven contradicción. • **paradójico,a** adj. Que incluye paradoja o que usa de ella.

parador,a **1.** adj. Que para o se para. **2.** n.m. Mesón.

paraestatal adj. Se dice de las instituciones, organismos y centros que, por delegación del Estado, cooperan a los fines de éste sin formar parte de la administración pública.

parafasia n.f. MED Trastorno del lenguaje que consiste en la sustitución de sílabas o palabras por otras.

parafina n.f. QUIM Nombre genérico de los hidrocarburos saturados, de fórmula $C_nH_{2n}+2$. ▷ Sólido graso de consistencia cérea, constituido por una mezcla de estos hidrocarburos. • **parafinado,a** adj. Bañado o impregnado de parafina.

parafrasear v.tr. Hacer una paráfrasis.

paráfrasis n.f. **1.** Explicación o interpretación amplificativa de un texto. **2.** Traducción libre en verso. **3.** BOT Filamento estéril presente en los órganos reproductores de numerosos vegetales inferiores.

paragoge n.f. GRAM Adición de algún sonido al fin de un vocablo, como en *fraque* por *frac*.

paragonar v.tr. Comparar, parangonar.

paragrafía n.f. PAT Errores de la escritura, de origen psíquico.

paraguas n.m. Utensilio portátil para resguardarse de la lluvia.

paraguatán n.m. *Amér.* Árbol de la familia de las rubiáceas, que se da profusamente en el territorio venezolano.

paraguay n.m. Papagayo de Paraguay.

paraguayo,a **I.** adj. **1.** Natural de Paraguay. **2.** Perteneciente a Paraguay. **II.** n.m.

Cuba. Machete de hoja larga y recta. **III.** n.f. **1.** Fruta de hueso y sabor semejantes al melocotón. **2.** *Bol.* Rosquete que se hace de azúcar, clavo y almidón.

paragüero,a **1.** n.m. y f. Persona que hace o vende paraguas. **2.** n.m. Mueble dispuesto para colocar los paraguas y bastones.

parahúso n.m. Instrumento manual usado para taladrar metales.

paraíso n.m. **1.** Lugar en que, según la Biblia, colocó Dios al primer hombre. **2.** Cielo. **3.** Conjunto de asientos del piso más alto de algunos teatros. **4.** Fig. Lugar muy agradable.

paraje n.m. Lugar, sitio.

paral n.m. **1.** Madero que sostiene un andamio. **2.** MAR Madero untado de sebo por el que se desliza una embarcación al botarla.

paraláctico,a adj. **1.** ASTRON Perteneciente a la paralaje. **2.** ASTRON Aplícase al dispositivo que permite seguir el movimiento aparente de los astros.

paralaje n.f. **1.** ASTRON Ángulo bajo el que se vería, desde un astro, un segmento de recta tomado como referencia. **2.** TECN *Corrección de paralaje.* Ángulo por el que se debe corregir una visual para tener cómputo de la distancia entre el eje de la visual y el eje óptico de un aparato. ▷ *Error de paralaje.* Error cometido cuando se lee oblicuamente una graduación.

paralelepípedo n.m. GEOM Sólido terminado por seis paralelogramos iguales y paralelos de dos en dos.

paralelo,a **I.** adj. **1.** Aplícase a las líneas o planos que se mantienen siempre equidistantes entre sí. **2.** Correspondiente o semejante. **II.** n.m. **1.** Cotejo o comparación. **2.** GEOGR Cada uno de los círculos menores que sirven para determinar la latitud imaginaria, paralelo, ecuador. **3.** GEOM Cada uno de los círculos que corta una superficie de revolución por planos perpendiculares a su eje. **III.** n.f.pl. Barras en que se hacen ejercicios gimnásticos. • **paralelismo** n.m. Calidad de paralelo.

paralelogramo n.m. GEOM Cuadrilátero cuyos lados opuestos son paralelos entre sí.

paralipómenos n.m.pl. Libros canónicos del Antiguo Testamento.

paralipsis n.f. RET Figura que consiste en aparentar que se quiere omitir una cosa, preterición.

parálisis n.f. PAT Privación o disminución del movimiento de una o varias partes del cuerpo. • **paralítico,a** n. y adj. Enfermo de parálisis. • **paralizar** v.tr. y prnl. **1.** Causar parálisis. **2.** Fig. Detener, impedir la acción y movimiento de una cosa. • **paralización** n.f. Fig. Detención de una cosa dotada de acción o de movimiento.

ENCICL La parálisis se presenta de numerosas formas, ligadas a su localización, a su evolución y a su origen. La parálisis puede afectar a la mitad del cuerpo (hemiplejía), a los cuatro miembros (cuadriplejía), a los dos miembros inferiores o superiores (paraplejía), a un solo miembro (monoplejía). Puede ser laxa, con hipotonía de los músculos atacados, o espasmódica con hipertonía muscular.

paralogismo n.m. LOG Razonamiento falso, pero hecho sin intención de inducir a error.

paramagnético,a adj. FIS Dícese de las sustancias que pueden adquirir una imantación inducida, menor que la de las sustancias ferromagnéticas, en el mismo sentido del campo inductor. • **paramagnetismo** n.m. FIS Propiedad de las sustancias paramagnéticas.

paramecio n.m. ZOOL Protozoo ciliado común en las aguas dulces estancadas.

paramento n.m. **I.** Adorno con que se cubre una cosa. **II.** Colgadura (en balcón, pared, etc.). **III.** ARQUIT Cualquiera de las dos caras de una pared.

paramera n.f. Región de los páramos.

parámetro n.m. MAT Letra que designa en una ecuación una magnitud dada a la que se pueden atribuir valores diferentes. ▷ Fig. Dato que es preciso conocer para juzgar una cuestión, resolver un problema. • **paramétrico,a** adj. MAT Que contiene, que utiliza un parámetro.

paramilitar adj. Que está organizado como un ejército, que tiene sus características.

paramnesia n.f. MED Perturbación de la memoria caracterizada por el olvido de palabras, de su filiación, la confusión del lenguaje, una localización errónea de los recuerdos, o alucinaciones visuales.

páramo n.m. **1.** Terreno yermo, raso y desabrigado. **2.** Fig. Cualquier lugar sumamente frío. **3.** *Bol.*, *Col.* y *Ecuad.* Llovizna.

parancero n.m. Cazador que caza con lazos.

parangón n.m. Comparación o semejanza.

parangona n.f. IMP Grado de letra.

parangonar v.tr. **1.** Comparar. **2.** IMP Justificar en una línea la composición de cuerpos desiguales.

paraninfo n.m. Salón de actos académicos en algunas universidades.

paranoia n.f. MED Psicosis caracterizada por la sobrestimación del «yo» y por la desconfianza, que engendra un delirio de persecución. • **paranoico,a** **1.** adj. Perteneciente o relativo a la paranoia. **2.** n. y adj. Que la padece.

paranomasia n.f. Semejanza de voces que se distinguen por la vocal acentuada, paronomasia.

paranormal adj. Dícese de un fenómeno que sólo puede ser explicado por la intervención de fuerzas desconocidas.

Paranthropus n.m. PALEONT Australopiteco de gran tamaño descubierto en el Transvaal en 1948.

paranza n.f. **1.** Puesto para esperar la caza. **2.** Pequeño corral de cañizo para pescar.

parao n.m. Embarcación grande filipina.

paraparo n.m. *Amér.* Árbol de la familia de las sapindáceas, cuya corteza y parte exterior del fruto se usa en Venezuela en vez de jabón. • **parapara** n.f. Fruto del paraparo.

parapeto n.m. ARQUIT Pared o baranda. • **parapetarse** v.prnl. Fig. Protegerse.

paraplejía n.f. MED Parálisis de los miembros superiores o inferiores.

parapoco n.m. y f. Fig. y Fam. Persona débil, físicamente, y de carácter.

parapsicología n.f. Estudio de los fenómenos paranormales. • **parapsicólogo,a** n. y adj. Que cultiva la parapsicología.

1. parar n.m. Juego de cartas.

2. parar **I.** v.int. y prnl. Cesar en el movimiento o en la acción. **II.** v.int. **1.** Llegar al fin. **2.** Recaer en alguien una cosa que ha sido propiedad de otros. **3.** Reducirse o convertirse una cosa en otra distinta de la que se esperaba. **4.** Habitar, hospedarse. **III.** v.tr. **1.** Detener e impedir el movimiento o acción de uno. **2.** Prevenir o preparar. **3.** Detener una cosa (p. ej., un golpe). **IV.** v.tr. y prnl. Poner a uno en otro estado. **V.** v.prnl. **1.** Fig. Detener o suspender la ejecución de un designio. **2.** Ponerse en pie.

pararrayo o **pararrayos** n.m. Utensilio que protege contra el rayo los edificios y los buques.

parartrópodos n.m. pl. ZOOL Rama de invertebrados más primitivos que los artrópodos.

paraselene n.f. METEOR Imagen de la Luna, que se representa en una nube.

para sí n.m. FILOS Ser humano en tanto que sujeto consciente.

parasimpático,a n.m. y adj. *Sistema nervioso parasimpático.* Parte del sistema vegetativo que comprende las formaciones nerviosas que dependen por un lado de los centros craneales *(parasimpático craneal)* y por otra parte del segmento sacro de la medula espinal (parasimpático *pelviano*).

parasíntesis n.f. GRAM Formación de vocablos en que intervienen la composición y la derivación.

parásito,a **I.** n. y adj. **1.** Aplícase al animal o vegetal que se alimenta y crece a expensas de otro. **2.** Fig. Dícese de los ruidos que perturban las transmisiones de radiodifusión. **II.** n.m. **1.** Fig. El que se arrima a otro para vivir a costa ajena. **2.** pl. Perturbación en la recepción de las señales radioeléctricas. • **parasitario,a** adj. **1.** Perteneciente o relativo a los parásitos. **2.** MED Se aplica a la enfermedad debida a la presencia de parásitos en el organismo. • **parasitología** n.f. Parte de la biología, que trata de los seres parásitos. • **parasitar** v.tr. TECN Perturbar la recepción de señales eléctricas por medio de parásitos.

ENCICL Las especies parásitas se caracterizan (con respecto a las formas próximas no parásitas) por una exageración de la función de reproducción, que compensa las fuertes pérdidas en individuos que se producen en el curso de un ciclo (cambio de huésped, o cambio de región) y por el desarrollo de diversas adaptaciones: órganos de fijación al huésped, reducción del tubo digestivo (parásitos que se encuentran inmersos generalmente en un medio nutritivo), resistencia a los jugos digestivos del huésped, etc., en función de las distintas regiones en donde el parásito habita, durante el curso del ciclo de reproducción. Se pueden distinguir los endoparásitos (que viven en el interior del huésped) y los ectoparásitos (en la superficie del huésped); en otro aspecto se distinguen los monoxenos, que efectúan su ciclo completo sobre un solo huésped, y los heteroxenos, que lo efectúan sobre varios huéspedes.

parasol n.m. Quitasol.

parástade n.m. ARQUIT Pilastra colocada junto a una columna y detrás de ella.

parata n.f. Bancal pequeño y estrecho, formado en un terreno pendiente.

parataxis n.f. **1.** GRAM Coordinación. **2.** LING Procedimiento sintáctico consistente en yuxtaponer frases sin explicitar la relación que las liga por medio de partículas de subordinación. (Ej.: *llueve, no saldré*, en lugar de: *no saldré porque llueve.*)

parathormona n.f. MED Hormona sintetizada por las glándulas paratiroideas, que actúa sobre el metabolismo fosfocálcico.

paratifoidea n.f. PAT Infección intestinal parecida a la fiebre tifoidea. • **paratífico,a** **1.** adj. Relativo a la paratifoidea. **2.** n. y adj. Que padece paratifoidea.

paratiroides n.f. y adj. ANAT Cada una de las cuatro glándulas de secreción interna situadas en el tiroides, que secretan la parathormona.

paraulata n.f. *Venez.* Ave semejante al tordo y del mismo tamaño.

parcela n.f. **1.** Porción pequeña de terreno. **2.** En el catastro, cada una de las tierras de distinto dueño que constituyen un pago o término. **3.** Parte pequeña de algunas cosas. • **parcelación** n.f. Acción y efecto de parcelar. • **parcelar** v.tr. **1.** Medir, señalar las parcelas para el catastro. **2.** Dividir una finca grande en porciones más pequeñas.

parcial I. adj. 1. Relativo a una parte del todo. 2. No cabal o completo. 3. Que juzga o procede con parcialidad. 4. Partícipe. II. n. y adj. Que sigue el partido de otro, o está siempre de su parte.

parcialidad n.f. 1. Actitud del que no procede con equidad. 2. Unión de algunos que se confederan para un fin, formando una facción.

parcísimo,a Adj. sup. de *parco*.

parco,a adj. Escaso, moderado, sobrio.

parcha n.f. Nombre genérico con que se conocen en algunas partes de América diversas plantas de la familia de las pasifloráceas.

parchazo n.m. MAR Golpazo que pega una vela contra su palo o mastelero.

parche n.m. 1. Pedazo de lienzo u otra cosa, en que se pega una sustancia curativa y se pone en una herida o parte enferma del cuerpo. 2. Pedazo de tela, papel, piel, etc., que se pega sobre una cosa. 3. Fig. Tambor, instrumento músico. 4. Fig. Cualquier cosa sobrepuesta a otra que desdice de la principal.

parchís n.m. Juego que se practica en un tablero con cuatro salidas en el que cada jugador, provisto de cuatro fichas del mismo color, trata de hacerlas llegar, tirando un dado, a la casilla central.

pardal I. adj. Paleto. II. n.m. 1. Leopardo. 2. — *Camello pardal* Jirafa. 3. Gorrión. 4. Pardillo, ave. 5. Acónito (planta).

pardear v.int. 1. Sobresalir o distinguirse el color pardo. 2. Ir tomando una cosa color pardo.

pardela n.f. ZOOL Ave acuática, palmípeda, parecida a la gaviota, pero más pequeña.

pardillo,a 1. n. y adj. Palurdo. 2. n.m. Pajarillo cantor, familia de los fringílidos, de color pardo rojizo.

pardo,a I. adj. 1. Se dice del color mezcla de tonos amarillentos, rojizos y negruzcos. 2. Voz no clara y poco vibrante. II. n. y adj. *Cuba, P. Rico* y *Urug.* Mulato.

pardusco,a adj. De color que tira a pardo.

parear v.tr. 1. Juntar, igualar dos cosas comparándolas entre sí. 2. Formar pares.

1. parecer n.m. 1. Opinión, juicio o dictamen. 2. Aspecto del rostro y disposición del cuerpo.

2. parecer I. v.int. 1. Aparecer alguna cosa. 2. Hallar lo que se tenía por perdido. 3. Tener determinada apariencia o aspecto. 4. Opinar, creer. II. v.prnl. Tener semejanza, asemejarse.

parecido,a I. adj. 1. Que se parece a otro. 2. Con los adverbios *bien* o *mal,* que tiene un físico agradable o desagradable. II. n.m. Semejanza.

pared n.f. I. 1. Obra de fábrica para cerrar un espacio o sostener las techumbres. 2. Fig. Superficie plana y alta que forman las cebadas y los trigos crecidos. 3. Fig. Conjunto de cosas o personas que se aprietan o unen estrechamente. 4. FIS Cara o superficie lateral de un cuerpo. 5. MIN Cara lateral de una excavación. II. *Pared maestra.* Cualquiera de las principales que sostienen el edificio.

paredaño,a adj. Que está pared por medio del lugar a que se alude.

paredón n.m. 1. Pared que queda en pie, como ruina de un edificio antiguo. 2. MILIT Pared junto a la que se fusila a los condenados.

pareja n.f. 1. Conjunto de dos personas o cosas semejantes o correlativas. 2. Cada una de estas personas o cosas respecto a la otra. 3. Compañero o compañera en los bailes. 4. MAT Grupo de dos elementos (a, b) que pertenecen a dos conjuntos diferentes A y B. 5. pl. En el juego de dados, los dos números o puntos iguales que salen de una tirada. 6. Dos naipes iguales en número o semejantes en figura. 7. Arte de pesca compuesta de dos barcos que arrastran una red barredera de profundidad.

parejero,a I. adj. 1. Que corría parejas. 2. Se aplicaba al caballo o yegua adiestrados para correrles. II. n. y adj. *P. Rico, Sto. Dom.* y *Venez.* Vanidoso, presumido.

parejo,a adj. 1. Igual o semejante. 2. Liso, llano.

paremia n.f. Refrán, proverbio, adagio. • **paremiología** n.f. Tratado de refranes.

parénesis n.f. Exhortación o amonestación.

parénquima n.m. 1. ANAT Tejido funcional de un órgano. 2. BOT Tejido formado por células vivas poco diferenciadas, de paredes delgadas. • **parenquimático,a** o **parenquimatoso,a** adj. Perteneciente o relativo al parénquima.

parentela n.f. 1. ETNOL Consanguinidad. 2. Conjunto de los parientes.

parenteral adj. MED Que tiene lugar fuera del intestino.

parentesco n.m. 1. Vínculo por consanguinidad o afinidad. ▷ SOCIOL *Sistema de parentesco.* Conjunto de relaciones que determinan un cierto número de grupos y caracterizan las obligaciones y prohibiciones a las que deben someterse sus miembros (prohibición del incesto, p. ej.). 2. Relación fundada en una comunidad de origen.

ENCICL El parentesco es una realidad social y las relaciones de parentesco son variaciones sociológicas sobre un tema impuesto por la naturaleza. La estructura de parentesco tiene una importancia sociológica fundamental. Así, en las sociedades arcaicas, muy pobres, la mujer es un bien, por productora, agente de reproducción y símbolo de alianza con otros grupos, por lo que existen numerosas reglas de parentesco dirigidas a asegurar al grupo, a más o menos largo plazo, el retorno de tantas mujeres como haya cedido. Las reglas de parentesco constan siempre de los siguientes elementos: 1. *La terminología.* Conjunto de términos utilizados en una sociedad dada para designar a los parientes; 2. *La alianza.* Conjunto de procedimiento al término de los cuales un matrimonio, al constituirse, liga a las familias de los consortes; *las estructuras elementales del parentesco* (Lévi-Strauss) son «los sistemas donde la terminología permite establecer inmediatamente el círculo de los parientes y el de los allegados»; es el caso de todas las sociedades llamadas primitivas donde los matrimonios están proscritos con una cierta categoría de parientes y prescritos con otra; las *estructuras complejas* (p. ej., las de nuestra sociedad) comprenden todos los sistemas que, una vez delimitado el grupo de compañeros prohibidos, no tienen reglas expresas para precisar el consorte, respetando, sin embargo, implícitamente las diferencias de clase; 3. *La filiación*: a) *los sistemas de filiación unilineal* hacen hincapié en la relación con respecto a uno de los padres; en la *filiación patrilineal*, el nombre de familia, los bienes, los derechos, etc., se transmiten a través del padre; en la *filiación matrilineal,* la transmisión del nombre, de los bienes, etc., se opera no de la madre a sus hijos, sino desde el clan de la madre, representado por el tío materno, a los hijos; b) *el parentesco de consanguinidad*, el que nosotros conocemos, se basa en ambas líneas, cada uno tiene obligaciones de la misma naturaleza hacia sus parientes, paternos o maternos; 4. *La residencia.* Lugar de asentamiento del matrimonio, llamada *patrilocal* cuando la pareja se instala cerca de los parientes del marido, *matrilocal* en el caso contrario y *neolocal* si se escoge un lugar distinto del que viven los parientes.

paréntesis n.m. 1. Oración o frase incidental, sin enlace necesario con los demás miembros del período. 2. Signo ortográfico (). ▷ Fig. Suspensión o interrupción. ▷ MAT Estos signos, que aíslan una expresión algebraica, indican que a toda ella debe aplicársele una misma operación.

pareo n.m. Acción y efecto de parear.

paresia n.f. MED Parálisis parcial o incompleta, a veces transitoria, de uno o de varios músculos.

parestesia n.f. MED Trastorno de la sensibilidad, anestesia ligera.

parhelio n.m. METEOR Aparición simultánea de varias imágenes del Sol reflejadas en las nubes.

parhilera n.f. ARQUIT Madero en que se afirman los pares y que forma el lomo de la armadura.

paria n.m. En la India, individuo sin casta. ▷ Fig. ersona despreciada, excluida del grupo social.

pariambo n.m. Pie de la poesía griega y latina, que consta, de una sílaba breve y dos largas, o de una larga y cuatro breves.

parias n.f. pl. 1. Placenta del útero. 2. Tributo de sumisión que paga un príncipe a otro.

parición n.f. Tiempo de parir el ganado.

parida n. y adj. Dícese de la hembra que hace poco tiempo que parió.

paridad n.f. 1. Comparación de una cosa con otra por ejemplo o símil. 2. Igualdad de las cosas entre sí. 3. FIN Equivalencia entre el valor relativo de la unidad monetaria de un país y la de otro. — *Paridad de cambio.* Equivalencia de la tasa de cambio en dos plazas. 4. MAT Carácter de par o impar.

paridera I. adj. Se dice de la hembra fecunda. II. n.f. 1. Sitio y tiempo en que pare el ganado. 2. Acción de parir el ganado.

paridora adj. Hembra que es muy fecunda.

páridos n.m. Familia de aves del orden de los paseriformes, insectívoras, de 10 a 14 cm de largo, plumaje de varios colores y movimientos vivos.

pariente,a I. n. y adj. Respecto de una persona, dícese de otra unida a ella por consanguinidad o afinidad. II. adj. Fig. y Fam. Allegado, semejante o parecido. III. n.m. y f. Fam. Cada uno de los cónyuges, respecto del otro.

parietal 1. adj. Perteneciente o relativo a la pared. 2. n.m. y adj. ANAT Se dice de uno de los huesos que forman el esqueleto del cráneo.

parietaria n.f. Planta herbácea anual, de la familia de las urticáceas, que crece ordinariamente junto a las paredes.

parificar v.tr. Probar o apoyar con una paridad o ejemplo lo que se ha dicho o propuesto.

parigual adj. Igual o muy semejante.

parihuela n.f. 1. Artefacto compuesto de dos varas gruesas con unas tablas atravesadas en medio en forma de mesa o cajón, donde colocan el peso o carga para llevarla entre dos. 2. Camilla.

parima n.f. *Arg.* Garza grande y de color violado.

paripinnado,a adj. BOT *Hoja paripinnada.* Hoja pinnada cuyo número de folíolos es par.

parir I. v.int. y tr. Expeler la hembra el feto en tiempo oportuno. II. v.int. 1. Poner huevos las aves u otros animales. 2. Fig. Producir o causar una cosa otra.

parisiena n.f. IMP Carácter de letra de cinco puntos.

parisílabo,a o **parisilábico,a** adj. Se aplica al vocablo o al verso que consta de igual número de sílabas que otro.

paritario,a adj. Que está formado por un número igual de representantes de cada parte.

park n.m. FIS Subpartícula que pertenece a la familia de los quarks.

parlamentario,a adj. *Régimen parlamentario.* Régimen político en el que la preponderancia pertenece al poder legislativo.

parlamento n.m. **1.** Acción de parlamentar. **2.** Reunión, sesión en que se parlamenta. **3.** Cámara o asamblea legislativa en los países democráticos. **4.** Exposición que se dirigía a una asamblea. **5.** En el teatro, recitado largo, en verso o prosa, de un actor. • **parlamentar** v.int. **1.** Hablar o conversar. **2.** Tratar de ajustes; capitular para la rendición de una plaza o para un contrato. • **parlamentario,a I.** adj. Perteneciente al parlamento. **II.** n.m. **1.** Persona que va a parlamentar. **2.** Miembro de un parlamento.

parlanchín,a n. y adj. Fam. Que habla mucho y sin oportunidad, o que dice lo que debía callar.

parlar v.int. Hablar, charlar. • **parlería** n.f. **1.** Flujo de hablar o parlar. **2.** Chisme, cuento o hablilla.

parlotear v.int. Fam. Hablar mucho, diciendo tonterías. • **parloteo** n.m. Acción y efecto de parlotear.

Parmelia n.f. BOT Género de líquenes de talo foliáceo que crece en los troncos de árbol, viejos muros, etc.

parmesano,a **1.** n. y adj. Natural de Parma. **2.** adj. Perteneciente a esta ciudad y antiguo ducado de Italia. **3.** n.m. Queso de pasta muy dura, textura granulosa y gusto y aroma fuertes, que se fabrica en la región de Parma.

parnaso n.m. **1.** Fig. Conjunto de todos los poetas, o de los de un pueblo o tiempo determinados. **2.** Fig. Colección de poesías de varios autores.

1. paro n.m. Nombre genérico de diversos pájaros con pico recto y fuerte, alas redondeadas, cola larga y tarsos fuertes.

2. paro n.m. **1.** Fam. Suspensión o término de la jornada industrial o agrícola. **2.** Interrupción de una explotación industrial o agrícola por parte de los empresarios o patronos. **3.** Huelga.

parodia n.f. Imitación burlesca de algo (obra literaria, musical, etc.) • **parodiar** v.tr. **1.** Poner algo en parodia. **2.** Imitar.

parodoncio n.m. ANAT Conjunto de los tejidos de sostén que fijan el diente al maxilar. • **parodontosis** n.f. MED Afección del parodoncio.

parónimo,a adj. Se aplica a cada uno de dos o más vocablos que tienen entre sí relación o semejanza por su etimología o solamente por su forma o sonido. • **paronimia** n.f. Calidad de parónimo.

paroniquieo,a n. y adj. BOT Se dice de plantas pertenecientes a la familia de las cariofiláceas.

paronomasia n.f. **1.** Semejanza entre dos o más vocablos que no se diferencian sino por la vocal acentuada en cada uno de ellos. p.ej.: *azar y azor; lago, lego* y *Lugo; jácara y jícara.* **2.** Semejanza de distinta clase que entre sí tienen otros vocablos; como *adaptar* y *adoptar; acera* y *acero; Marte* y *mártir.* **3.** Conjunto de dos o más vocablos que forman paronomasia.

parótida n.f. ANAT Cada una de las dos glándulas que secretan la saliva. • **parotiditis** n.f. Inflamación de la parótida.

paroxismo n.m. **1.** PAT Exacerbación o acceso violento de una enfermedad. **2.** PAT Accidente en que el paciente pierde el sentido por largo tiempo. **3.** Fig. Exaltación extrema de los afectos y pasiones.

paroxítono,a adj. GRAM Dícese del vocablo cuyo acento tónico recae en la penúltima sílaba.

párpado n.m. Cada una de las membranas movibles, que sirven para resguardar el ojo. • **parpadear** v.int. Mover los párpados.

parpar v.int. Gritar el pato.

parque n.m. **1.** Terreno cercado y arbolado, destinado a recreo. **2.** Conjunto de instrumentos, aparatos o materiales destinados a un servicio público. **3.** Lugar destinado en las ciudades para estacionar automóviles y otros vehículos. **4.** MILIT Lugar donde se colocan las municiones de guerra en los campamentos, y también aquel en que se sitúan los víveres.

parqué o **parquet** n.m. Entarimado.

parquedad n.f. Moderación.

parquímetro n.m. Aparato para controlar la duración de estacionamiento de un vehículo.

parra n.f. **1.** Vid. **2.** *Amér. Central.* Especie de bejuco que destila agua. — Fig. y Fam. *Subirse uno a la parra.* Montar en cólera.

parrafada n.f. Fam. Conversación detenida y confidencial.

párrafo n.m. **1.** Cada una de las divisiones de un escrito señaladas por letra mayúscula al principio y punto y aparte al final. **2.** GRAM Signo ortográfico (§).

parragón n.m. Barra de plata de ley que usan los ensayadores para deducir la calidad de los objetos que han de contrastar.

1. parral n.m. **1.** Conjunto de parras sostenidas con un armazón. **2.** Sitio donde hay parras. **3.** Viña sin podar que cría muchos vástagos.

2. parral n.m. Vaso grande de barro.

parranda n.f. **1.** Fam. Jolgorio, fiesta, jarana. **2.** Cuadrilla de músicos que salen de noche tocando o cantando para divertirse.

parricida n.m. y f. Persona que mata a su padre, o a su madre, o a los que son tenidos por tales, o a su cónyuge. • **parricidio** n.m. Muerte violenta que uno da a su ascendiente, descendiente o cónyuge.

parrilla n.f. **1.** Rejilla de hierro para poner a la lumbre lo que se ha de asar o tostar. **2.** Comedor público en que se preparan asados a la vista de la clientela.

parriza n.f. Parra o vid silvestre.

párroco n.m. y adj. Cura que tiene una feligresía.

parrocha n.f. ZOOL Sardina joven.

parrón n.m. Parra o vid silvestre.

parroquia n.f. **1.** Iglesia en que se administran los sacramentos a los fieles de una feligresía. **2.** Conjunto de feligreses y territorio que están bajo la administración de la parroquia. • **parroquiano,a 1.** n. y adj. Perteneciente a determinada parroquia. **2.** n.m. y f. Persona que acostumbra comprar a un mismo comerciante o industrial.

parsec n.m. ASTRON Unidad de longitud igual a la distancia a la Tierra de una estrella cuyo paralaje anual sea de 1″ (1 parsec = 3,2615 años-luz = 3,08568 • 10^{13} km).

parsimonia n.f. **1.** Moderación en los gastos. **2.** Calma.

parsis, pueblo procedente de la antigua Persia que habita en la India, en la región del Gujarāt. En la actualidad son unos 90.000, concentrados la mayor parte de ellos en Bombay. Descienden de los mazdeístas que abandonaron su país ante las persecuciones de los musulmanes. Otra rama mazdeísta, los bagaríes (v.), permaneció en Persia. • **parsi** n.m. Antigua lengua indoeuropea que deriva del antiguo persa. • **parsismo** n.m. Religión de los parsis, de una divinidad creadora y otra destructora.

parte **I.** n.f. **1.** Porción de un todo. **2.** Sitio o lugar. **3.** División que suele haber en una obra científica o literaria. **4.** Cada uno de los bandos o de las personas que se oponen, luchan o contienden. **5.** Litigante. — *De parte de.* A favor de. **6.** Cada una de las personas que contratan entre sí o que tienen participación o interés en un mismo negocio. **7.** Tiempo presente o época de que se trata con relación a tiempo pasado. *De poco tiempo a esta parte, muchos se quejan de los nervios.* **8.** Papel representado por un actor en una obra dramática. **II.** n.m. **1.** Escrito que se envía a una persona para darle aviso o noticia urgente. **2.** Comunicación transmitida por el telégrafo o el teléfono. — *Dar parte.* Informar de lo que ha sucedido. — Dar participación en un negocio. **III.** n.f.pl. **1.** Facción o partido. **2.** Órganos genitales externos.

partear v.tr. Asistir a la parturienta.

parteluz n.m. ARQUIT Mainel o columna delgada que divide en dos un vano.

partenocarpia n.f. BOT Desarrollo del fruto sin fecundación del óvulo.

partenogénesis n.f. BIOL Modo de reproducción que consiste en la formación de un nuevo ser por división reiterada de células sexuales femeninas sin intervención de gametos masculinos.

ENCICL La partenogénesis es habitual en algunas especies animales. Entre las abejas, la reina puede controlar la fecundación de sus óvulos; los óvulos no fecundados darán los machos (partenogénesis *arrenotocia*), aptos para fecundar a la nueva reina después del enjambrazón. Los pulgones presentan también este fenómeno; en primavera todas las hembras son partenogenéticas (partenogénesis *telitocia*); solamente en otoño aparecen los machos para asegurar la reproducción. La partenogénesis puede ser provocada artificialmente; por cepillado de los huevos (gusano de seda), por inmersión en ácido sulfúrico o en otras soluciones, etc. Entre los vertebrados y entre numerosos invertebrados, se puede observar un principio de desarrollo del huevo partenogenético provocado artificialmente, pero éste no da nunca un individuo viable. La partenogénesis puede llevar a la desaparición completa de los machos (como en algunos lepidópteros).

partero,a n.m. y f. Persona que tiene por oficio asistir a la mujer que está de parto.

parterre n.m. Jardín o parte de él con césped, flores y anchos paseos.

partesana n.f. Arma ofensiva, a modo de alabarda.

partible adj. Que se puede o se debe partir o dividir.

partición n.f. **1.** División, reparto. **2.** MAT *Partición de un conjunto.* Familia de partes no vacías de E, disjuntas dos a dos y cuya unión da el conjunto E.

particionero,a adj. Partícipe.

participar **1.** v.int. Tener uno parte en una cosa. **2.** v.tr. Dar parte, noticiar, comunicar. • **participación** n.f. **1.** Acción y efecto de participar. **2.** Aviso, parte o noticia que se da a uno. • **participante** n.m. y f. El que participa. • **partícipe** n. y adj. Que tiene parte en una cosa.

participio n.m. GRAM Forma verbal que participa de las cualidades del verbo y del adjetivo. Puede ser activo, o de presente, y pasivo, o de pretérito.

partícula n.f. **1.** Parte pequeña. **2.** GRAM Parte indeclinable de la oración. Generalmente se usa como parte componente de otros vocablos; p.ej. *ab* (abjurar), *trans* (transoceánico). **3.** FIS NUCLEAR *Partícula alfa.* Núcleo de helio procedente de alguna desintegración o reacción nuclear. — *Partícula beta.* Electrón. — *Partícula elemental* o simplemente *partícula.* Constituyente elemental y fundamental de los átomos (neutrón, protón, electrón) o de la luz (fotón) — Corpúsculo de vida generalmente corta que aparece en ocasión de choques entre partículas elementales.

ENCICL Las partículas elementales poseen un cierto número de características correspondientes a magnitudes físicas bien conocidas (masa, carga, tiempo de vida media) o relacionadas con la mecánica cuántica (spín, paridad, etc.). Las partículas se clasifican en dos grandes grupos: **1.** Los *fermiones*, que obedecen la estadística de Fermi-Dirac y que comprenden a los leptones (neutrino, electrón y muón), ligeros, y los bariones (protón, neutrón, etc.), pesados. **2.** Los *bosones*, que obedecen la estadística de Bose-Einstein y que incluyen a los fotones y a los mesones. Por otra parte, se reagrupa bajo el nombre de hadrones a los bariones y a los mesones. Los leptones son los responsables de las interacciones nucleares débiles, mientras que los hadrones intervienen en las interacciones fuertes. El fotón es la partícula constituyente de la luz y, más general, de las radiaciones electromagnéticas. Algunas partículas como el electrón, el protón y el neutrino son estables (su tiempo de vida media es infinito). El neutrón tiene un tiempo de vida media relativamente largo (1.000 segundos) en relación a otras partículas actualmente conocidas, cuyo tiempo de vida media varía entre la millonésima de segundo (muón) e inferior a 10^{-16} segundos (mesón eta). Estas partículas pueden ser observadas en los choques provocados sobre los blancos de los aceleradores de partículas. A cada partícula le corresponde una *antipartícula* de la misma masa y de carga opuesta. Al conjunto de las antipartículas se le llama antimateria. A veces las partículas elementales no son los corpúsculos más pequeños de la materia. La teoría de los *quarks*, llamada también simetría unitaria (por referencia al modelo matemático que ha utilizado su creador, Gell-Mann), postula la existencia de cuatro subpartículas (lark, park, nark y charme) cuya asociación produce las partículas elementales. La teoría de los *partones* considera asimismo que los nucleones y los mesones están constituidos por subpartículas responsables de las interacciones fuertes y débiles. v. quark.

particular I. adj. **1.** Propio y privativo de una cosa. **2.** Especial, extraordinario, raro. **3.** Singular o individual. **4.** Se dice de lo privado. **II.** n. y adj. Se dice del que no tiene título o empleo distintivos. **III.** n.m. Materia de que se trata. • **particularidad** n.f. **1.** Singularidad, especialidad, individualidad. **2.** Distinción que en el trato o cariño se hace de una persona respecto de otras. **3.** Cada una de las circunstancias o partes menudas de una cosa. • **particularizar** I. v.tr. **1.** Expresar una cosa con todas sus circuntancias y particularidades. **2.** Hacer distinción especial de una persona. **II.** v.prnl. Distinguirse, singularizarse en una cosa.

partida n.f. **I.** Acción de partir o salir de un punto. **II. 1.** Registro o asiento de bautismo, confirmación, matrimonio o entierro. **2.** Copia certificada de alguno de estos registros o asientos. **III. 1.** Cada uno de los artículos y cantidades parciales que contiene una cuenta. **2.** Cantidad o porción de un género de comercio. **IV.** Pequeño grupo de tropas que hace la descubierta y grupo de paisanos armados. **V.** Conjunto de personas de ciertos trabajos y oficios. **VI. 1.** Cada una de las manos de un juego, o conjunto de ellas previamente convenido. **2.** Conjunto de compañeros que juegan contra otros tantos. **VII.** Fam. Comportamiento o proceder. **VIII.** Parte o lugar.

partidario,a I. n. y adj. **1.** Que sigue un partido o bando, o entra en él. **2.** Adicto a una persona, idea, tendencia, etc. **II.** n.m. Guerrillero.

partido I. n.m. **1.** Grupo de personas que tienen y defienden las mismas opiniones o intereses. **2.** Provecho. **3.** En el juego, conjunto o agregado de varios que entran en él como compañeros, contra otros tantos. **4.** Trato. **5.** Medio apto para conseguir una cosa. **6.** Distrito o territorio de una jurisdicción o administración. **7.** Territorio o lugar en que el médico o cirujano tiene obligación de asistir a los enfermos. **8.** Competencia concertada entre los jugadores. **II.** adj. Generoso, liberal. **III.** *Partido judicial.* Distrito o territorio en que ejerce jurisdicción un juez de primera instancia. • **partidismo** n.m. Adhesión o sometimiento a las opiniones de un partido con preferencia a los intereses generales.

ENCICL **Polit.** A diferencia de los *grupos de presión*, los partidos políticos se constituyen con la finalidad expresa de intervenir en la vida pública para conducir en una determinada dirección los asuntos de un Estado. Conocidos en el mundo antiguo y en el Renacimiento, adquieren sus características actuales con la aparición del régimen liberal y parlamentario, y con la generalización de las elecciones por sufragio universal para la designación de los poderes públicos.

partiquino,a n.m. y f. Cantante de ópera que ejecuta una parte muy breve o poco importante.

partir I. v.tr. **1.** Dividir en partes o en clases. **2.** Hender, rajar. **3.** Repartir o distribuir una cosa entre varios. **4.** Romper o cascar los huesos o cáscaras de algunas frutas. **5.** Distinguir o separar lo que pertenece a cada cual. **6.** ALG y ARIT Dividir. **II.** v.int. Tomar un antecedente como base para un razonamiento o cómputo. **III.** v.int. y prnl. Ponerse en camino. **IV.** v.int. Fig. y Fam. Desbaratar, desconcertar a uno. **V.** v.prnl. Dividirse en opiniones. • **partidor** n.m. **1.** El que parte o reparte alguna cosa. **2.** Instrumento con que se parte o rompe. **3.** Obra destinada para repartir por medio de compuertas en diferentes conductos las aguas que corren por un cauce. **4.** ARIT Divisor.

partisano,a n.m. y f. Guerrillero.

partitivo,a adj. **1.** Que puede partirse o dividirse. **2.** GRAM Dícese del nombre y del adjetivo numeral que expresan división de un todo en partes.

partitura n.f. MUS **1.** Reunión de todas las partes de una composición. **2.** Texto de una obra musical; parte de cada instrumento.

parto n.m. **1.** Acción de parir. **2.** Fig. Cualquier producción física o intelectual.

partos, pueblo originario de Escitia, establecido en el s. III a. J.C. en Asia occidental, al SE del mar Caspio. Bajo el mando de Arsaces, y a expensas de los seléucidas, fundaron hacia el año 255 a. J.C. un imperio que afirmaría su poder con Mitrídates I (h. 170-138 a. J.C.) y que se extendería progresivamente a Media, Asiria y Babilonia, Bactriana, Persia y una parte de la India hasta el Hidaspe (río llamado hoy Jhelum). Lucharon contra los romanos, aplastando las tropas del triunviro Craso en el año 53 a. J.C. Augusto logró contenerlos y Trajano los combatió y tomó sus territorios, abandonados más tarde por Adriano. Fueron derrotados por Marco Aurelio y Séptimo Severo y sucumbieron en el año 224 d. J.C., bajo los sasánidas.

parturienta o **parturiente** n. y adj. Aplícase a la mujer que está de parto o recién parida.

párulis n.m. PAT Flemón de las encías.

parva n.f. Mies tendida en la era para trillarla.

parvedad o **parvidad** n.f. Cualidad de parvo. • **parvo,a** adj. Pequeño.

párvulo,a I. adj. **1.** De muy corta edad. **2.** Fig. Inocente; fácil de engañar. **II.** n. y adj. Niño.

pasa n.f. Uva seca.

pasable adj. **1.** Que se puede pasar. **2.** Tolerable.

pasabola n.m. Lance del juego del billar en que la bola impulsada por el jugador toca lateralmente a otra y va a dar en la banda opuesta desde donde vuelve para tocar a la tercera.

pasacalle n.m. MUS Marcha popular de compás muy vivo.

pasada n.f. **1.** Acción de pasar de una parte a otra. **2.** Acción y efecto de dar un último repaso o retoque a un trabajo cualquiera. **3.** Paso geométrico. **4.** Partida de juego. **5.** TECN Cada uno de los pasos de la herramienta de una máquina. **6.** Fig. y Fam. Mal comportamiento de una persona con otra. **7.** Sitio por donde se pasa. **8.** Puntada larga.

pasadera n.f. **1.** Objeto que, caminando sobre él, permite atravesar una corriente de agua. **2.** MAR Cordel de tres o más filásticas.

pasadero,a I. adj. **1.** Que se puede pasar con facilidad. **2.** Tolerable. **II.** n.f. y adj. Piedra que atraviesa la pared de mampostería y sobresale por el paramento exterior.

pasadizo n.m. Paso estrecho.

pasado n.m. Tiempo que pasó, cosas que sucedieron en él.

pasador,a I. n. y adj. Que pasa de una parte a otra. **II.** n.m. **1.** Cualquier pieza que se pasa de un lado a otro para sujetar una cosa. ▷ Barrita de hierro que sirve para cerrar una puerta, ventana, etc. **2.** Alfiler u objeto similar para sujetar el pelo. **3.** Imperdible que se clava en los uniformes, y al cual se sujetan medallas. **4.** Colador. **5.** Botón suelto con que se abrochan dos o más ojales.

pasaje n.m. **I. 1.** Acción de pasar de una parte a otra. ▷ Sitio por donde se pasa. **2.** Precio que se paga en los viajes marítimos y aéreos. ▷ *Amér.* Boleto o billete para un viaje. **3.** Totalidad de los pasajeros. **4.** Estrecho que está entre dos islas o entre una isla y la tierra firme. **II.** Parte de una obra.

pasajero,a I. adj. **1.** Se aplica al lugar por donde pasa continuamente mucha gente. **2.** Que pasa presto o dura poco. **3.** Se dice de la persona que viaja en un vehículo, sin pertenecer a la tripulación. **II.** n. y adj. Viajero, transeúnte.

pasamanería n.f. Obra o fábrica de pasamanos. ▷ Oficio de pasamanero. ▷ Taller donde se fabrican pasamanos. ▷ Tienda donde se venden. • **pasamano** n.m. **1.** Galón o trencilla que se usa como adorno. **2.** Listón que se coloca sobre las barandillas. **3.** MAR Paso que hay en los navíos de popa a proa, junto a la borda.

pasamontañas n.m. Gorro que sólo descubre los ojos y la nariz.

pasante n.m. **1.** Auxiliar de abogado, que así adquiere práctica. **2.** Profesor que asistía a los estudiantes que iban a examinarse. • **pasantía** n.f. **1.** Ejercicio del pasante. **2.** Tiempo que dura este ejercicio.

pasaporte n.m. **1.** Documento de identificación que se exige para viajar a ciertos países. **2.** Licencia que el soberano daba para poder pasar libre y seguramente de un pueblo o país a otro.

pasar I. v.tr. **1.** Llevar, conducir de un lugar a otro. **2.** Atravesar. **3.** Enviar, transmitir. **4.** Ir más allá de un punto. **5.** Penetrar o traspasar. **6.** Introducir contrabando. **7.** Sufrir, tolerar. **8.** Llevar una cosa por encima de otra. **9.** Introducir. **10.** Colar un líquido.

11. Cerner, cribar. **12.** Deglutir, tragar. **13.** No poner reparo. **14.** Callar u omitir algo. **15.** Disimular, no darse por enterado. **16.** Estudiar privadamente con uno una ciencia o facultad. **17.** Asistir o acompañar al maestro de una facultad. **18.** Explicar privadamente una facultad o ciencia a un discípulo. **19.** Recorrer un libro o repasar una lección. **20.** Leer o estudiar sin reflexión, o rezar sin devoción o sin atención. **21.** Desecar. **22.** Moverse, trasladarse. **II.** v.tr. y prnl. Exceder, aventajar, superar. **III.** v.tr. e int. Transferir. **IV.** v.int. **1.** Comunicarse, contagiarse una infección. **2.** Convertirse una cosa en otra. **3.** Tener lo necesario para vivir. **4.** No realizar jugada. **5.** Conceder graciosamente algo. **6.** Hablando de cosas inmateriales, correr de una parte a otra. **7.** Proceder a una acción. **8.** Ocupar el tiempo. **9.** Morir. **10.** Valer o tener precio una mercancía. **11.** Vivir, tener salud. **12.** Ser admitida una moneda sin reparo por su valor. **13.** Durar. **14.** Ser tratado o manejado por uno un asunto. **15.** Fig. Ofrecerse ligeramente una cosa al discurso o a la imaginación. **V.** v.int. y prnl. Cesar. **VI.** v. impers. Ocurrir, suceder. **VII.** v.prnl. **1.** Mudar de partido o ponerse de la parte opuesta. **2.** Acabarse o dejar de ser. **3.** Olvidarse una cosa. **4.** Perder la sazón. **5.** Perder eficacia. **6.** Exceder en una calidad o propiedad, o usar de ella con demasía. **7.** Filtrar, rezumar. **8.** Exponerse a examen.

pasarela n.f. Puente pequeño, generalmente provisional.

pasatiempo n.m. Diversión, entretenimiento.

pasavante n.m. MAR Salvoconducto.

pascal n.m. FIS Unidad de presión en el Sistema Internacional (1 Pa = 1N/m²).

pascana n.f. **1.** *Arg., Bol., Col., Ecuad.* y *Perú.* Etapa o parada en un viaje. **2.** Posada.

Pascua n.p. f. **1.** Fiesta de los hebreos, en memoria de la libertad del cautiverio de Egipto. **2.** En la Iglesia católica, fiesta de la Resurrección. **3.** Cualquiera de las solemnidades del nacimiento de Cristo, de la adoración de los Reyes Magos y de la venida del Espíritu Santo. **4.** pl. Tiempo desde la Natividad de Jesucristo hasta el día de Reyes inclusive. • **pascual** adj. Perteneciente o relativo a la Pascua.

ENCICL La Pascua, cuyos orígenes son anteriores al mosaísmo, fue instituida por Moisés en memoria de la salida de Egipto. A partir de esta época, es una fiesta que dura 7 días y durante la cual se consume pan sin levadura y un cordero del año. En tiempos más modernos se celebraba del 15 al 22 nisan (hoy en marzo o abril) y termina con un servicio religioso familiar, el Seder, en el curso del cual se recuerdan los dolores y la alegría de los hebreos al escapar de la esclavitud egipcia; la familia hace igualmente una comida en la que figura el pan sin levadura (ácimo). La fiesta cristiana de Pascua deriva de la Pascua judía: en el año 30, Jesús celebró la Eucaristía por primera vez coincidiendo con la Pascua judía. La fecha de las Pascuas cristianas fue largo tiempo controvertida; unos la situaban el mismo día que la fiesta judía: otros la llevaban al domingo siguiente. El Concilio de Nicea (325) la fijó en el primer domingo después de la primera luna que sigue al equinoccio de primavera (siendo diferente la fecha de este equinoccio en los calendarios juliano y gregoriano, la Pascua ortodoxa rusa tiene una fecha diferente a la fiesta católica). v. cómputo. Actualmente, la Iglesia estudia la posibilidad de dar a las Pascuas una fecha fija. Fue el IV Concilio de Letrán (1215) el que prescribió a todos los fieles comulgar durante el tiempo pascual (entre Pascua y Pentecostés).

1. pase n.m. **1.** Acción y efecto de pasar. **2.** Cada una de las veces que el torero, después de haber llamado o citado al toro con la muleta, lo deja pasar, sin intentar clavarle la espada.

2. pase n.m. **I. 1.** Permiso que se da para entrar en algún sitio, viajar gratuitamente, pasar por algún sitio, etc. **2.** *Amér.* Pasaporte. **II. 1.** Acción y efecto de pasar en el juego. ▷ DEP Acción de pasar el balón a un compañero de equipo. **2.** ESGR Amago de golpe, finta. **III.** Cada uno de los movimientos que hace con las manos el hipnotizador.

pasear **1.** v.int., tr. y prnl. Ir andando, en coche o a caballo por placer o por hacer ejercicio. **2.** v.tr. Hacer pasear. ▷ Fig. Llevar una cosa de una parte a otra. • **paseante** n.m. y f. Que pasea o se pasea.

paseo n.m. Acción de pasear o pasearse. ▷ Lugar o sitio público para pasearse. ▷ Distancia corta. — Fig. y Fam. *A paseo.* Loc. con que se manifiesta desagrado o desaprobación.

paseriformes n.m. pl. ZOOL Orden de aves que presentan tres dedos dirigidos hacia adelante y uno hacia atrás, de modo que pueden asirse con facilidad a las ramas.

ENCICL El orden de los paseriformes es muy homogéneo, pues sus representantes tienen todos morfología similar. Los individuos jóvenes viven en los nidos en régimen de «mendicidad»: abren su gran pico para obtener el alimento de los padres. Los paseriformes, cosmopolitas, comprenden más de 5.000 especies, o sea más de la mitad de las aves conocidas (8.500 especies) y por tanto numerosas familias: ploceidos (gorriones), túrdidos (mirlo), córvidos (cuervos), sílvidos (currucas), alaudidos (alondra), hirondínidos (golondrina), etc.

pasero,a adj. Dícese de la caballería enseñada al paso

pashto o **paštō** n.m. Lengua afgana.

pasiflora n.f. Pasionaria (planta). • **pasifloráceo,a** o **pasiflóreo** n.f. y adj. BOT Se dice de las hierbas o arbustos angiospermos dicotiledóneos, trepadores, originarios de países cálidos. ▷ n.f. pl. BOT Familia de estas plantas.

pasillo n.m. **1.** Pieza de paso, larga y angosta. **2.** Puntada larga con que se preparan ciertos bordados. **3.** TEAT Paso.

pasión n.f. **1.** Acción de padecer. ▷ P. anton., la de Nuestro Señor Jesucristo. ▷ Sermón o parte de los Evangelios que tratan sobre la pasión de Jesucristo. **2.** Lo contrario a la acción. **3.** Sentimiento violento de amor, odio, ira, etc. **4.** Apetito o afición vehemente a una cosa. ▷ Inclinación o preferencia muy vivas de una persona a otra. • **pasional** adj. Perteneciente o relativo a la pasión, especialmente amorosa. • **pasionario** n.m. Libro de canto por donde se canta la Pasión en Semana Santa.

pasionaria n.f. **1.** BOT Planta originaria de Brasil, de la familia de las pasifloráceas, utilizada en jardinería. **2.** Flor de esta planta.

pasito adv.m. Con gran tiento, blandamente.

pasitrote n.m. Trote corto.

pasivación n.f. **1.** TECN Preparación de la superficie de un metal ferroso antes de pintarla. **2.** QUIM Formación de una capa protectora de óxido insoluble en la superficie de un metal sumergido en un ácido concentrado. • **pasivado,a** n. y adj. QUIM Que ha experimentado una pasivación.

pasivo,a **I.** adj. **1.** Se aplica al sujeto que recibe la acción del agente, sin cooperar con ella. ▷ Se aplica al que deja obrar a los otros, sin hacer por sí cosa alguna. **2.** Se aplica al haber o pensión que disfrutan algunas personas en virtud de servicios que prestaron o de un derecho adquirido. **3.** GRAM Que implica o denota pasión, en sentido gramatical. **II.** n.m. COM Importe total de los débitos y gravámenes que tiene contra sí una persona o entidad.

pasmar **I.** v.tr. y prnl. Enfriar mucho o bruscamente. ▷ Causar suspensión o pérdida de los sentidos y del movimiento. **II.** v.tr., int. y prnl. Fig. Asombrar con extremo. **III.** v.prnl. **1.** Contraer la enfermedad llamada pasmo. **2.** *Chile.* Desmedrarse, encanijarse. • **pasmado,a** adj. Se dice de la persona alelada, absorta o distraída.

pasmo n.m. **1.** Enfriamiento que causa dolor de huesos y otras molestias. **2.** Tétanos. ▷ Rigidez y tensión convulsiva de los músculos. **3.** Fig. Admiración y asombro extremados. • **pasmoso,a** adj. Fig. Que causa pasmo.

1. paso n.m. **I. 1.** Movimiento de cada uno de los pies y espacio recorrido en ese movimiento. — Fig. *A ese paso.* Según eso, de ese modo. — Fig. *Cortar los pasos a uno.* Impedirle la ejecución de lo que intenta. — Fig. *Dar pasos.* Gestionar. — *De paso.* Al ir a otra parte. — Fig. Al tratar de otro asunto. — *Llevar el paso.* Seguirle en una forma regular. — MILIT *Marcar el paso.* Figurarle en su compás y duración sin avanzar ni retroceder. — Fig. y Fam. *Salir uno del paso.* Desembarazarse de cualquier manera de un asunto. — Fig. *Seguir los pasos de uno.* Imitarle en sus acciones. **2.** Movimiento regular y cómodo con que camina todo cuadrúpedo. **3.** Acción de pasar. **4.** Lugar o sitio por donde se pasa de una parte a otra. — *Paso a nivel.* Sitio en que un ferrocarril se cruza con otro camino al mismo nivel. — *Ceder el paso.* Dejar una persona por cortesía, que otra pase antes que ella. **5.** Diligencia que se hace en solicitud de una cosa. **6.** Peldaño. **7.** Estampa o huella. **8.** Progreso conseguido en algo. **II.** Efigie o grupo que representa un suceso de la Pasión de Cristo. **III.** Cada uno de los movimientos que se hacen en los bailes. **IV.** Acción o acto de la vida o conducta del hombre. **V.** Pieza dramática muy breve. **VI.** GEOG Estrecho de mar. **VII.** Tránsito de las aves de una región a otra.

2. paso,a adj. Se dice de la fruta desecada por cualquier procedimiento.

pasodoble n.m. MUS Danza de dos tiempos con ritmo de marcha.

paspié n.m. Danza parecida al minué.

pasquín n.m. Escrito anónimo, de carácter satírico, que se fija en sitio público.

Passerina n.f. Género de pequeñas aves paseriformes de América.

passim o **pássim** adv. En diversos lugares de una obra escrita.

passing-shot n.m. TENIS Tiro potente destinado a desbordar al adversario.

pasta n.f. **I. 1.** Masa hecha de cosas machacadas. **2.** Masa que sirve para hacer pasteles, empanadas, etc. **3.** Masa de harina de que se hacen los fideos, tallarines, etc.; y también cada uno de estos productos. **4.** Pieza pequeña compuesta con masa de harina, azúcar y otros ingredientes. **II.** Porción de oro, plata u otro metal fundido y sin labrar. **III. 1.** Cartón que se hace de papel deshecho y machacado. **2.** Masa para hacer papel. **3.** Encuadernación de los libros que se hace de cartones cubiertos con piel. **IV.** PINT Empaste, unión perfecta de los colores. — Fig. *Buena pasta.* Índole apacible; genio blando o pacífico.

pastar o **pastear** **1.** v.tr. Llevar o conducir el ganado al pasto.

paste n.m. **1.** *C. Ric., Guat.* y *Hond.* Planta cucurbitácea cuyo fruto contiene un tejido poroso usado como esponja. **2.** *Hond.* Planta parásita que vive sobre los árboles.

pasteca n.f. MAR Especie de motón o polea con una abertura lateral.

pastel n.m. **I. 1.** Masa de harina y manteca ordinariamente rellena, que se cuece al horno. — Fig. y Fam. *Descubrirse el pastel.* Hacerse pública y manifiesta una cosa oculta. **2.** Pasta hecha con las hojas verdes de la hierba pastel, que da un hermoso color azul. **II.** Planta de flores amarillas, llamada también *glastro,* de la que antiguamente se extraía un colorante. **III.** IMP Defecto causado por exceso de tinta o estar ésta muy espesa. **IV.** PINT Lápiz constituido por una pasta acuosa de carbonato de calcio, pigmentada de diversos colores. ▷ Pintura realizada con estos lápices. • **pastelería** n.f. **1.** Local donde se hacen pasteles o pastas. ▷ Tienda donde se venden. **2.** Arte de trabajar pasteles, pastas, etc. **3.** Conjunto de pasteles o pastas. • **pastelero,a** n.m. y f. **1.** Persona que tiene por oficio hacer o vender pasteles. **2.** Fig. y Fam. Persona acomodadiza.

pastelear v.int. Fig. y Fam. Contemporizar por interés. • **pasteleo** n.m. Acción de pastelear.

pasterización n.f. Pasteurización.

pasteurización n.f. Operación que consiste en calentar hasta unos 75 °C, y luego enfriar bruscamente, ciertos líquidos para destruir la mayor parte de los gérmenes patógenos que contienen y aumentar así el tiempo de conservación. • **pasteurizador** n.m. TECN Aparato usado para pasteurizar. • **pasteurizar** v.tr. Someter a pasteurización.

pastiche n.m. Imitación del estilo, de la forma de un escritor, de un artista; obra literaria o artística producida por tal imitación.

pastilla n.f. Porción de pasta generalmente pequeña y cuadrangular o redonda.

pastinaca n.f. **1.** Chirivía, planta. **2.** ZOOL Pez selacio marino del suborden de los ráyidos, de cabeza puntiaguda, cuerpo aplastado, redondo, liso y como de 50 cm de diámetro.

pasto n.m. **1.** Acción de pastar. ▷ Hierba que el ganado pace. — *A todo pasto.* Copiosamente y sin restricciones. **2.** Fig. Hecho, noticia u ocasión que sirve para fomentar alguna cosa. • **pastizal** n.m. Terreno de abundante pasto.

pastor,a **1.** n.m. y f. Persona que cuida el ganado. **2.** n.m. Prelado o cualquier otro eclesiástico. • **pastoral** **I.** adj. Perteneciente al pastor. **II.** n.f. **1.** Especie de drama bucólico, cuyos interlocutores son pastores y pastoras. **2.** Carta pastoral. • **pastorear** v.tr. Cuidar los ganados. • **pastoreo** n.m. Acción y efecto de pastorear el ganado. • **pastoril** adj. Propio de los pastores.

pastorela n.f. **1.** Música y canto sencillo y alegre. **2.** Composición poética de los provenzales.

pastos, pueblo amerindio, descendiente de antiguas tribus precolombinas, establecido en el SO de Colombia y N de Ecuador. Integrado en la actualidad por más de 35.000 personas, su danza tradicional es el *bambuco;* una gran parte de la población trabaja en la construcción, en las ciudades.

1. pastoso,a adj. **1.** Se aplica a las cosas suaves y blandas como la masa. — FIS *Fusión pastosa.* Aquella en cuyo curso la materia pasa por un estado intermedio entre el sólido y el líquido. **2.** Dícese de la voz que, sin resonancias metálicas, es agradable al oído. • **pastosidad** n.f. Calidad de pastoso.

2. pastoso,a adj. *Amér.* De buenos pastos.

pastura n.f. **1.** Pasto de que se alimentan los animales. **2.** Sitio con pasto. • **pasturaje** n.m. **1.** Lugar de pasto abierto o común. **2.** Derechos que se pagan por llevar los ganados a pastar.

pasudo,a n. y adj. *Col., Méx., Sto. Dom.* y *Venez.* Se dice del pelo ensortijado como el de los negros y de la persona que tiene este pelo.

pata n.f. **1.** Pie y pierna de los animales. **2.** Base o apoyo de algo. **3.** Hembra del pato. **4.** En las prendas de vestir, cartera, tapa. **5.** Fam. Pierna. — *Pata de gallo.* Arruga que se forma en el ángulo externo de cada ojo. — Fam. *A cuatro patas.* A gatas. — *A la pata coja.* Juego infantil. — *A la pata la llana.* Llanamente, sin afectación. — *Amér.* Fam. *Bailar en una pata.* Estar muy contento. — Fig. y Fam. *Meter uno la pata.* Intervenir en alguna cosa de forma inoportuna. — Fig. y Fam. *Patas arriba.* Al revés. — Fig. y Fam. Desconcierto o trastorno de una cosa. — Fam. *Tener uno mala pata.* Tener poca o mala suerte.

patabán n.m. *Cuba.* Árbol de la familia de las combretáceas, variedad del mangle.

pataca n.f. **1.** Aguaturma. **2.** Tubérculo de la raíz de esta planta.

pataco,a n. y adj. Patán, aldeano.

patacón n.m. **1.** Antigua moneda de plata de una onza. **2.** Moneda de cobre de dos cuartos de valor.

patada n.f. **1.** Golpe dado con el pie o la pata. **2.** Fig. y Fam. Estampa, huella. **3.** pl. Pasos.

patagones, pueblo amerindio pampeano que habitaba la Patagonia (tehuelches) y la Tierra de Fuego (onas). El nombre les fue aplicado por Magallanes a causa de las enormes huellas que dejaban sus pies por estar envueltos en pieles de guanaco.

patagua n.f. Árbol de Chile, perteneciente a la familia de las titiliáceas, de madera blanca, ligera y útil para carpintería.

patajú n.m. *Amér.* Planta de tallo herbáceo, cuyas hojas recogen y filtran en el tronco el agua de la lluvia.

pataleo n.m. **1.** Acción de patalear. **2.** Ruido hecho con las patas o los pies. • **patalear** v.int. Mover las piernas o patas violentamente. • **pataleta** n.f. Fam. Convulsión fingida.

patán **1.** n.m. Fam. Aldeano burdo. **2.** n. y adj. Fig. y Fam. Hombre zafio y tosco. • **patanería** n.f. Fam. Grosería, simpleza, ignorancia.

patao n.m. *Cuba.* Pez comestible, de unos 30 cm de largo.

patarata n.f. **1.** Cosa ridícula y despreciable. **2.** Demostración afectada de un sentimiento.

patarinos, partidarios milaneses de la reforma del clero aprobada por el Papa en el s. XI. Su nombre fue tomado en los ss. XII y XIII por unos herejes lombardos de doctrina cercana a la de los valdenses y cátaros; en el s. XIII acogieron en su seno a los albigenses fugitivos.

patasca n.f. **1.** *Arg.* Guiso de cerdo cocido con maíz. **2.** *Pan.* Disputa, pendencia.

patata n.f. BOT Planta herbácea anual, de las solanáceas, originaria de América, cuyos tubérculos, carnosos y muy feculentos, son uno de los alimentos más útiles para el hombre. ▷ Cada uno de los tubérculos de esta planta. • **patatal** o **patatar** n.m. Terreno plantado de patatas.
ENCICL La patata, originaria de los Andes chilenos y peruanos, fue introducida en Europa en el s. XVI por los españoles, pero su consumo no se generalizó hasta el reinado de Luis XVI, gracias a Parmentier y Turgot. La patata se cultiva industrialmente y aproximadamente la mitad de la producción mundial la aseguran los países del Este (URSS, Polonia). Los tubérculos, sensibles a las heladas, se conservan al fresco, en la oscuridad. La patata se siembra en primavera; la recolección se hace en verano (variedad temprana) o en otoño (variedad tardía). Se utilizan en cocina variedades de carne firme y con preferencia blanca y poco harinosa y que no se deshace con la cocción; en las industrias de la fécula y para la alimentación de los animales, variedades ricas en fécula (más del 20 %). Las patatas se ven atacadas por la dorífora, el mildiu y diversos virus (frisolea, mosaico, etc.).

patatús n.m. Fam. Desmayo, lipotimia.

patay n.m. *Amér. Merid.* Pasta seca hecha del fruto del algarrobo.

pate n.m. *Hond.* Árbol corpulento, de corteza amarga y cáustica que se usa como medicamento.

patear **I.** v.tr. **1.** Fam. Dar golpes con los pies. **2.** Mostrar el público su desaprobación golpeando con los pies en el suelo. **3.** Fig. y Fam. Tratar desconsiderada y rudamente a uno. **II.** v.int. **1.** Fam. Dar patadas. **2.** Fig. y Fam. Andar mucho, haciendo diligencias. **3.** Fig. y Fam. Estar sumamente encolerizado o enfadado.

patena n.f. Platillo de oro o plata o de otro metal, dorado, en el cual se pone la hostia en la misa.

patencia n.f. Cualidad o condición de patente.

patente **I.** adj. **1.** Manifiesto visible. **2.** Fig. Claro, perceptible. **II.** n.f. **1.** Documento en que se acredita un derecho o se permite algo. **2.** Documento expedido por la hacienda pública, que permite el ejercicio de algunas profesiones o industrias. — *Patente de inversión.* Documento en que oficialmente se otorga un privilegio de invención y propiedad industrial. • **patentar** v.tr. **1.** Conceder y expedir patentes. **2.** Obtenerlas, tratándose de las de propiedad industrial. • **patentizar** v.tr. Hacer patente o manifiesta una cosa.

pateo n.m. Fam. Acción de patear.

paternal adj. Propio del afecto del padre. • **paternalismo** n.m. Actitud de quien reproduce el comportamiento de un padre frente a sus subordinados. • **paternidad** n.f. Calidad de padre. — Calidad de autor.

patero,a **1.** n. y adj. *Chile.* Adulador, lisonjeador. **2.** n.m. Cazador de patos salvajes.

pateta n.m. Fam. Patillas, o el diablo.

patético,a adj. Que conmueve el ánimo, infundiéndole sentimientos de dolor, tristeza o melancolía. — ANAT *Nervio patético.* Nervio craneano relacionado con el músculo gran oblicuo del ojo, llamado *músculo patético,* que eleva la mirada hacia arriba. • **patetismo** n.m. Cualidad de patético.

pathos n.m. Emoción, pasión exageradas.

-patía, -pático,a, -pata Sufijos procedentes del griego *patheia, pathes, pathos,* «lo que se padece o sufre».

patialbillo n.m. Jineta.

patialbo,a o **patiblanco,a** adj. Se dice del animal que tiene blancas las patas.

patíbulo n.m. Tablado o lugar en que se ejecuta la pena de muerte.

paticojo,a n. y adj. Fam. Cojo.

patidifuso,a adj. Fig. y Fam. Parado de asombro.

patilla n.f. **1.** Pieza de ciertas llaves de las armas de fuego. **2.** Porción de barba que se deja crecer en los carrillos. **3.** Gozne de las hebillas. **4.** ARQUIT Hierro plano y estrecho que sujeta algún madero o hierro.

1. patín n.m. ZOOL Petrel (ave).

2. patín n.m. Aparato de patinar.

3. patín n.m. Pequeña embarcación, de flotadores paralelos, utilizada en las playas.

pátina n.f. **1.** Especie de barniz duro que se forma en los objetos antiguos de bronce. **2.** Tono sentado y suave que da el tiempo a las pinturas al óleo.

1. patinar v.int. **1.** Deslizarse o resbalar accidentalmente una persona o un vehículo. **2.** Fig. y Fam. Errar, equivocarse. **3.** Deslizarse con patines sobre el hielo o sobre un pavimento duro, llano, y muy liso. • **patinaje**

n.m. **1.** Acción de patinar. **2.** Práctica de este ejercicio como deporte. • **patinazo** n.m. **1.** Acción y efecto de patinar bruscamente. **2.** Fig. y Fam. Desliz notable en que incurre una persona.

2. patinar v.tr. Dar pátina a un objeto.

patio n.m. **1.** Espacio descubierto situado en el interior de las casas. **2.** TEAT Planta baja que ocupan las butacas o lunetas.

patitieso,a adj. **1.** Fam. El que se queda sin sentido ni movimiento en las piernas o pies. **2.** Fig. y Fam. Que se queda sorprendido.

patituerto,a adj. **1.** Que tiene torcidas las piernas o patas. **2.** Fig. y Fam. Mal hecho, torcido.

patizambo,a n. y adj. Que tiene las piernas torcidas hacia fuera y junta las rodillas.

pato n.m. ZOOL Ave palmípeda, de pico más ancho en la punta que en la base y tarsos cortos, por lo que anda con dificultad. — Fig. y Fam. *Pagar uno el pato.* Padecer castigo no merecido.

ENCICL Los patos son buenos voladores, la mayoría emigrantes. Son micrófagos a menudo y filtran el agua mediante las laminillas córneas que tienen alrededor del pico. Las especies más importantes son el *Anas platyrhynchos,* azulón o pato salvaje, origen del pato doméstico europeo, el *Cairina moschata,* pato almizclado o de Berbería, procedente de Sudamérica, que tiene una carúncula roja en la base del pico, el *Anas crecca,* o cerceta común, y el *Tadorna atadorna* o pato común.

pato- Prefijo procedente del griego *pathos*, «afección, enfermedad».

patochada n.f. Disparate, despropósito.

patofobia n.f. MED Temor exagerado a padecer una enfermedad.

patogenia n.f. MED Parte de la medicina que estudia el origen y desarrollo de las enfermedades. • **patógeno,a** adj. Dícese de los elementos y medios que originan y desarrollan las enfermedades.

patognomónico,a adj. MED Dícese de los signos que permiten diagnosticar certeramente una enfermedad.

patología n.f. Parte de la medicina, que trata del estudio de las enfermedades. • **patológico,a** adj. Perteneciente a la patología.

patoso,a **I.** adj. Persona que, sin serlo, presume de chistosa y aguda. **2.** Persona inhábil o desmañada.

patraña n.f. Mentira o noticia inventada.

patria n.f. **1.** Nación en que se ha nacido, con la suma de cosas materiales e inmateriales, pasadas, presentes y futuras asociadas con ella. **2.** Lugar, ciudad o región en que se ha nacido.

patriarca n.m. **1.** Nombre dado a algunos personajes bíblicos, por haber sido cabezas de numerosas familias. **2.** Título de dignidad eclesiástico. **3.** Fundador de una orden religiosa. **4.** Fig. Persona que por su edad y sabiduría ejerce autoridad moral. • **patriarcado** n.m. **I. 1.** Dignidad de patriarca. **2.** Territorio de la jurisdicción de un patriarca y tiempo que dura ésta. **II.** SOCIOL Organización social en que la autoridad se ejerce por un varón jefe de cada familia. • **patriarcal I.** adj. **1.** Perteneciente o relativo al patriarca. **2.** Fig. Se dice de la autoridad y gobierno ejercidos con sencillez y benevolencia. **II.** n.f. Iglesia o territorio del patriarca.

patricio,a n. y adj. ANTIG ROM Miembro de la nobleza romana.

patrilineal adj. ETNOL Organización social que sólo tiene en cuenta la ascendencia paterna.

patrimonio n.m. **1.** Hacienda que una persona ha heredado de sus ascendientes. **2.** Fig. Bienes propios adquiridos por cualquier título. • **patrimonial** adj. **1.** Perteneciente al patrimonio. **2.** Perteneciente a uno por razón de su patria, padre o antepasados.

patrio,a adj. **1.** Perteneciente a la patria. **2.** Perteneciente al padre o que proviene de él. • **patriota** n.m. y f. Persona que ama a su patria. • **patriotero,a** n. y adj. Fam. Que alardea de patriotismo. • **patriótico,a** adj. Perteneciente al patriota o a la patria. • **patriotismo** n.m. **1.** Amor a la patria. **2.** Sentimiento y conducta propios del patriota.

patrística n.f. Parte de la teología que estudia la doctrina de los padres de la Iglesia.

patrocinar v.tr. Defender, proteger, amparar. • **patrocinador,a** n. y adj. Que patrocina.

patrocinio n.m. Amparo, protección, auxilio.

patrología n.f. **1.** Estudio sobre los padres de la Iglesia. **2.** Colección de los escritos de los antiguos autores eclesiásticos.

patrón,a **I.** n.m. y f. Patrono. **II.** n.m. **1.** El que manda y dirige un pequeño buque mercante o pesquero. **2.** Modelo. **3.** Metal que se toma como tipo para la evaluación de la moneda. ▷ FIN *Patrón oro.* Sistema monetario basado en la equivalencia o tipo fijo entre una moneda y una cantidad de oro determinada. **4.** Planta en que se hace un injerto.

patronato o **patronazgo** n.m. **1.** Derecho y funciones del patrono. **2.** Corporación que forman los patronos. **3.** Cargo de administrar una fundación benéfica. ▷ La propia fundación benéfica. • **patronal** adj. Perteneciente al patrono o al patronato.

ENCICL **Hist.** — Esta prerrogativa regia fue concedida a los Reyes Católicos por la Santa Sede entre 1482 y 1485, como continuación del antiguo derecho de las coronas de Castilla y Aragón de designar cargos eclesiásticos. En 1501 esta regalía se hizo extensiva a América, donde se mantuvo hasta 1869. La acumulación de estos poderes regios frente a los papas constituyó una fuente de controversias regulada por los concordatos de 1753 y 1851, que modificaron las prerrogativas reales del derecho de presentación y establecieron un régimen mixto de elección entre la Corona y el Papado. El rey Juan Carlos I renunció a los últimos privilegios ostentados por el Jefe del Estado en España en lo que se refiera al nombramiento de obispos.

patronímico,a n. y adj. Se aplica al apellido formado del nombre de los padres, p. ej., *Fernández*, de *Fernando.*

patrono,a n.m. y f. **1.** Defensor, protector. **2.** El que tiene derecho o cargo de patronato. **3.** Santo elegido como protector de un pueblo, iglesia o congregación. **4.** Dueño de la casa donde uno se hospeda. **5.** Persona que emplea obreros para que trabajen bajo su dependencia.

patrullar v.int. Rondar una patrulla. • **patrulla** n.f. **1.** Pequeña partida de soldados u otra gente armada, que ronda para mantener el orden y la seguridad. **2.** Grupo de buques o aviones que prestan servicio para la defensa o para observaciones meteorológicas. ▷ Este mismo servicio. • **patrullero,a** n.m. y adj. Dícese del buque, avión o soldado, destinado a patrullar.

patulea n.f. Fam. Soldadesca desordenada. ▷ Fam. Conjunto de chiquillos o de gente maleante.

patuleco,a adj. *Amér.* Persona que tiene un defecto físico en los pies o en las piernas.

patullar v.int. **1.** Pisar con fuerza y desatentadamente. **2.** Fig. y Fam. Hacer muchas diligencias. **3.** Fam. Hablar varios ruidosamente.

paturro,a adj. *Col.* Rechoncho, chaparro.

paují o **paujil** n.m. Ave de Perú, perteneciente al orden de las gallináceas, del tamaño de un pavo, cuya carne es parecida a la del faisán.

1. paúl n.m. Sitio pantanoso cubierto de hierbas.

2. paúl n. y adj. Perteneciente a la congregación de misioneros fundadada por san Vicente de Paúl.

paular n.m. Pantano.

paulatino,a adj. Que procede u obra despacio.

paulilla n.f. Palomilla (mariposa nocturna).

paulina n.f. **1.** Carta de excomunión que se expide en ciertos casos. **2.** Fig. y Fam. Represión áspera y fuerte. **3.** Fig. y Fam. Carta ofensiva anónima.

paulinia n.f. Arbusto de la familia de las sapindáceas, propio del Brasil.

paulonia n.f. Árbol de la familia de las escrofulariáceas, que se cría en el Japón y se cultiva en los jardines de Europa.

pauperismo n.m. SOCIOL Estado permanente de indigencia de un grupo humano. • **pauperización** n.f. Empobrecimiento continuo de un grupo humano. • **paupérrimo,a** adj. sup. Muy pobre.

pausa n.f. **1.** Breve interrupción de la acción. ▷ MUS Signo de la pausa en la música escrita. **2.** Tardanza, lentitud. • **pausado,a I.** adj. Que obra con pausa. **II.** adv. m. Con pausa, pausadamente.

pauta n.f. Instrumento o aparato para rayar el papel en que los niños aprenden a escribir. ▷ Fig. Guía, modelo. • **pautado,a** n.f. Pentagrama.

pava n.f. **1.** Hembra del pavo. **2.** Fuelle grande usado en ciertos hornos metalúrgicos. **3.** Fig. y Fam. Mujer sosa. • **pavada** n.f. **1.** Manada de pavos. **2.** Fig. y Fam. Soserías. • **pavero,a 1.** n.m. y f. Persona que cuida de las manadas de pavos o anda vendiéndolos. **2.** n.m. Sombrero de ala ancha y recta y copa cónica.

pavana n.f. Danza antigua de origen italiano o español, lenta y grave; música de esta danza.

pavés n.m. Escudo oblongo y grande.

pavesa n.f. Partecilla ligera que salta de una materia inflamada y se convierte en ceniza.

pavía n.f. Variedad del melocotón, cuyo fruto tiene la piel lisa y la carne jugosa y pegada al hueso. ▷ Fruto de este árbol.

pavimento n.m. Suelo, piso artificial. • **pavimentar** v.tr. Hacer o colocar un pavimento.

pavo **I.** n.m. Ave del orden de las gallináceas, oriunda de América del Norte, de cabeza y cuello cubiertos de carúnculas rojas, así como la membrana eréctil que lleva encima del pico. ▷ *Pavo marino.* Ave del orden de las zancudas. ▷ *Pavo real.* Ave del orden de las gallináceas, de hermoso plumaje azul y verde matizados de oro, especialmente vistoso en la cola del macho. **II. 1.** *Chile.* Polizón. **2.** Fig. y Fam. Hombre soso o incauto. **III.** Fig. y Fam. *Subirse a uno el pavo.* Ruborizarse. • **pavón** n.m. **1.** Pavo real. **2.** Nombre de algunas mariposas que tienen manchas redondeadas en sus alas.

pavonar v.tr. Dar pavón al hierro o al acero. • **pavonado,a** adj. Azulado oscuro. **2.** n.m. Acción y efecto de pavonar el hierro o el acero.

pavonear v.int. y prnl. Hacer ostentación de algo. • **pavoneo** n.m. Acción de pavonear o pavonearse.

pavor n.m. Temor, con espanto o sobresalto. • **pavoroso,a** adj. Que causa pavor.

payada n.f. *Arg., Chile* y *Urug.* Canto del payador. • **payador** n.m. *Amér.* Cantor popular errante.

payaguas o **payaguás,** pueblo indio del grupo guaycurú que habitó en el Chaco paraguayo frente a la Asunción.

payar v.int. *Arg.* y *Chile.* Cantar payadas.

payaso n.m. Personaje que hace de gracioso, con traje, ademanes y gestos ridículos. • **payasada** n.f. Acción o dicho propio de payaso.

payés,esa Campesino de Cataluña o de las Baleares (España).

payo,a **I.** n.m. y adj. Aldeano. **II.** n.m. **1.** Campesino ignorante y rudo. **2.** Para el gitano, el que no pertenece a su raza.

paz n.f. **I. 1.** Tranquilidad de espíritu. **2.** Pública tranquilidad y quietud de los Estados. **3.** Tratado o convenio para poner fin a una guerra. **4.** Buenas relaciones entre personas. **5.** Reconciliación. **II.** Carácter pacífico, sosegado y apacible. — *Dejar en paz a uno.* No inquietarle ni molestarle.

pazguato,a n. y adj. Simple, mojigato.

pazo n.m. En Galicia, casa solariega.

pazote n.m. BOT Planta herbácea anual, de la familia de las quenopodiáceas, cuyas hojas se toman en infusión.

Pb QUIM Símbolo del plomo.

PC Siglas de Partido Comunista.

Pd QUIM Símbolo del paladio.

pe n.f. Nombre de la letra *p.* — Fig. y Fam. *De pe a pa.* Enteramente, desde el principio al fin.

pea n.f. vulg. Embriaguez, borrachera.

peaje n.m. Derecho de acceso o paso a pagar por los usuarios de un puerto, una vía de comunicación, etc. ▷ Lugar de percepción de este derecho.

peal n.m. *Amér.* Cuerda o soga con que se amarran o traban las patas de un animal. ▷ *Amér.* Lazo que se arroja a un animal para derribarlo.

peana n.f. Basa, apoyo o pie para colocar encima una figura u otra cosa.

peatón,a n.m. y f. Persona que camina o anda a pie.

pebete,a **1.** n.m. y f. *Arg.* y *Urug.* Niño, niña. **2.** Pasta hecha con polvos aromáticos que encendida exhala un humo muy fragante. **3.** Canutillo que sirve para encender los fuegos artificiales.

pebetero n.m. Vaso para quemar perfumes.

pebre **I.** n.m. o f. **1.** Salsa en que entran pimienta, ajo, perejil y vinagre. **2.** Pimienta (especia). **II.** n.m. *Chile.* Puré de patatas.

peca n.f. Cualquiera de las manchas oscuras, que suelen salir en el cutis, especialmente después de la exposición al sol.

pecado n.m. **1.** RELIG Hecho, dicho, deseo, pensamiento u omisión contra los preceptos de la religión católica. **2.** Cualquier falta (en sentido irónico o hiperbólico). • **pecador,a** n. y adj. Que peca. • **pecaminoso,a** adj. Perteneciente o relativo al pecado o al pecador • **pecar** v.tr. **1.** RELIG Quebrantar los preceptos de la religión católica. **2.** Faltar a las reglas en general.

pécari n.m. Mamífero suido de América similar al cerdo.

pecblenda n.f. MIN Mineral de uranio que contiene varios metales raros y entre ellos el radio.

peceño,a adj. Que tiene el color de la pez.

pecera n.f. Recipiente de cristal, que se llena de agua y sirve para tener peces vivos

pecina n.f. Lodo negruzco que se forma en los charcos o cauces donde hay materias orgánicas en descomposición.

pecio n.m. Trozo o fragmento de una nave que ha naufragado.

pecíolo o **peciolo** n.m. BOT Pezón de la hoja. • **peciolado,a** adj. BOT Se dice de las hojas que tienen pecíolo.

Pecopteris n.m. PALEONT Género de helechos fósiles del carbonífero.

pécora n.f. **1.** Res o cabeza de ganado lanar. **2.** Mujer maligna y astuta.

pecoso,a adj. Que tiene pecas.

Pecten n.m. ZOOL Género de moluscos lamelibranquios, una de cuyas especies es la vieira o concha del peregrino.

péctico,a adj. BIOQUIM Dícese de ciertos poliósidos vegetales que por hidrólisis dan galactosa y derivados de ésta.

pectina n.f. QUIM Producto ternario, semejante a los hidratos de carbono, que está disuelto en el jugo de muchos frutos.

pectinado o **pectiniforme** adj. BOT y ZOOL De figura de peine o dentado como él

pectíneo n.m. ZOOL Músculo del muslo que hace girar el fémur.

pectoral adj. **1.** ANAT Perteneciente al pecho. **2.** Que se usa en el tratamiento de las afecciones bronquiales y pulmonares. **3.** Que se lleva en el pecho.

pectosa n.f. QUIM Sustancia parecida a la pectina, que está unida a la celulosa en la membrana de las células vegetales.

pecuario,a adj. Perteneciente al ganado.

peculiar adj. Propio o privativo de cada persona o cosa. • **peculiaridad** n.f. Calidad de peculiar.

peculio n.m. Dinero que particularmente tiene cada uno.

pecunia n.f. Fam. Moneda o dinero. • **pecuniario,a** adj. Perteneciente al dinero efectivo.

pechar v.tr. **1.** Pagar pecho o tributo. **2.** *Amér.* Estafar.

pechenegos o **patzinak,** tribus mongolas que se establecieron a orillas del mar Negro, en el s. IX y constituyeron una amenaza para Bizancio. Fueron definitivamente aniquiladas por Juan II Comneno en 1122-1123.

pechera n.f. **1.** Parte de la camisa y otras prendas de vestir, que cubre el pecho. **2.** Pedazo de vaqueta forrado que se pone a los caballos y mulas en el pecho. **3.** Fam. Parte exterior del pecho, especialmente el de la mujer, si es voluminoso.

pechero n.m. Babero.

pechiblanco,a adj. Se aplica al animal que tiene el pecho blanco.

pechicolorado n.m. Pechirrojo.

pechina n.f. Pequeño lamelibranquio comestible, común en los fondos rocosos.

pechirrojo n.m. Pardillo (ave).

pecho n.m. **1.** Parte del cuerpo humano, que se extiende desde el cuello hasta el vientre. **2.** Parte anterior del tronco de los cuadrúpedos entre el cuello y las patas anteriores. **3.** Cada una de las mamas de la mujer.

pechuga n.f. **1.** Pecho de las aves. **2.** Fig. y Fam. Pecho de hombre o de mujer.

pechugón,a n. y adj. **1.** Se dice de la mujer de pecho abultado. **2.** Se dice de la persona con mucho empuje y resolución. **3.** *Amér. Central, Col., Chile, Perú y Venez.* Sinvergüenza, gorrón.

pedagogía n.f. **1.** Ciencia de la educación. **2.** Arte de enseñar o educar a los niños. • **pedagógico,a** adj. Perteneciente o relativo a la pedagogía. • **pedagogo,a** n.m. y f. Titulado en pedagogía.

pedal n.m. **1.** Palanca que se pone en movimiento con el pie. **2.** MUS En la armonía, sonido prolongado sobre el cual se suceden diferentes acordes. **3.** MUS Cada una de las piezas de un órgano o piano que se accionan con los pies. • **pedalada** n.f. Cada uno de los impulsos dados a un pedal con el pie. • **pedalear** v.int. Poner en movimiento un pedal.

pedaleo n.m. Acción y efecto de pedalear.

pedaliáceo,a **1.** n.f. y adj. BOT Se dice de unas hierbas angiospermas dicotiledóneas, bastante difundidas en África, Asia suboccidental y Australia, como la alegría. **2.** n.f. pl. BOT Familia de estas plantas.

pedante n. y adj. Se aplica a la persona que hace alarde de erudición. • **pedantería** n.f. Actitud de pedante.

pedazo n.m. Parte o porción de una cosa separada del todo. — Fig. y Fam. *Pedazo de alcornoque, de animal,* o *de bruto.* Persona incapaz y necia. — Fig. y Fam. *Ser uno un pedazo de pan.* Ser de condición afable y bondadosa.

pederastia n.f. Relación homosexual de un hombre con un niño. ▷ P. ext., homosexualidad masculina. • **pederasta** n.m. El que practica la pederastia.

pedernal n.m. Variedad de cuarzo, que produce chispas al ser golpeado con el eslabón. ▷ Fig. Suma dureza en cualquier especie.

pedestal n.m. **1.** Cuerpo sólido con basa y cornisa, que sostiene una columna, estatua, etc. **2.** Fig. Fundamento en que se asegura o afirma una cosa, o la que sirve de medio para alcanzarla.

pedestre adj. **1.** Que anda a pie. **2.** Se dice del deporte que consiste en andar y correr. **3.** Fig. Llano, vulgar, inculto, bajo. • **pedestrismo** n.m. Conjunto de deportes pedestres.

pediatra o **pedíatra** n.m. y f. Especialista de niños. • **pediatría** n.f. MED Medicina de los niños.

pedicelo n.m. **1.** BOT Columna carnosa que sostiene el sombrerillo de las setas. **2.** BOT Última ramificación del pedúnculo, que lleva la flor. **3.** ZOOL Pieza alargada que sirve de soporte a diversos órganos.

pedicular adj. Perteneciente o relativo al piojo. • **pediculosis** n.m. PAT Enfermedad de la piel producida por la abundancia de piojos.

Pedicularis n.m. BOT Género de plantas herbáceas (familia escrofulariáceas) de hojas pinnatipartidas, una de cuyas especies es el *gallarito.*

pedículo n.m. **1.** BOT En ciertas plantas, soporte delgado y alargado. **2.** ZOOL Pedicelo (sent. 3). **3.** ANAT Conjunto de elementos vasculares y nerviosos que unen un órgano al resto del cuerpo o a un conjunto funcional.

pedicuro,a n.m. y f. Callista.

pedido n.m. **1.** Encargo de géneros hecho a un fabricante o vendedor. **2.** Acción y efecto de pedir.

pedigrí n.m. Genealogía de un animal. ▷ Documento en que consta.

pedigüeño,a n. y adj. Que pide con frecuencia e importunidad.

pediluvio n.m. Baño de pies tomado por medicina.

pedimento n.m. **1.** Acción y efecto de pedir, petición. **2.** FOR Escrito que se presenta ante un juez solicitando una cosa.

pedir v.tr. **1.** Rogar o solicitar a uno que dé o haga una cosa. ▷ P. anton. pedir limosna. **2.** Poner precio a la mercancía el que vende. **3.** Requerir una cosa. **4.** Proponer a los padres de una mujer el deseo de que la concedan por esposa.

pedo n.m. **1.** Ventosidad que se expele por el ano. **2.** Borrachera. — *Pedo de lobo*. Bejín (hongo).

pedo- Prefijo procedente del griego *pedon*, «suelo».

pedogénesis n.f. GEOL Conjunto de los procesos de formación y evolución de los suelos.

pedología n.f. Rama de la geología que estudia los caracteres químicos, físicos y biológicos de los suelos.

pedorrear v.int. Echar pedos repetidos. • **pedorreta** n.f. Sonido que se hace con la boca, imitando el pedo.

pedrada n.f. **1.** Acción de arrojar una piedra. ▷ Golpe que se da con la piedra tirada. ▷ Señal que deja. **2.** Fig. y Fam. Expresión dicha con intención de molestar.

pedrea n.f. **1.** Acción de apedrear. **2.** Combate a pedradas. **3.** Granizo. **4.** Fam. Conjunto de los premios menores de la lotería nacional.

pedregal n.m. Lugar cubierto de piedras sueltas.

pedregoso,a adj. Se aplica al terreno naturalmente cubierto de piedras.

pedrera n.f. Cantera, sitio o lugar de donde se sacan las piedras.

pedrería n.f. Conjunto de piedras preciosas.

pedrisca n.f. Granizo grueso. • **pedrisco** n.m. Piedra o granizo muy crecido que cae de las nubes en abundancia.

pedrizo,a adj. Se dice del terreno cubierto de piedras.

pedrusco n.m. Fam. Pedazo de piedra sin labrar.

pedunculado,a adj. BOT Se dice de las flores y de los frutos que tienen pedúnculo. • **pedúnculo** n.m. **1.** BOT Pezón de la hoja, flor o fruto. **2.** ZOOL Prolongación del cuerpo, mediante la cual están fijos al suelo algunos animales de vida sedentaria.

peeling n.m. MED Tratamiento de la piel que consiste en lograr la descamación de la capa superficial de la epidermis cuando ésta presenta cicatrices o defectos con el fin de provocar el crecimiento de una nueva capa epidérmica. Sinónimo: exfoliación. — Voz inglesa.

peer v.int. y prnl. Arrojar o expeler pedos.

pega n.f. **I. 1.** Acción y efecto de pegar una cosa con otra. **2.** Baño con que se recubren los vasos o vasijas. **II. 1.** Obstáculo, contratiempo. **2.** Pregunta capciosa o difícil de contestar. **III.** Rémora (pez marino). **IV.** Fam. Zurra. **V.** Urraca. **VI.** *Col., Cuba, Chile* y *Perú*. Trabajo, empleo. **VII.** *Chile*. Período en que se transmiten las enfermedades contagiosas. **VIII.** *Chile*. Edad en que culminan los atractivos de una persona. **IX.** *Chile*. Entretenimiento, jarana.

pegadizo,a adj. **1.** Que con facilidad se pega o adhiere. **2.** Que con facilidad se graba en la memoria.

pegado n.m. Parche o emplasto.

pegadura n.f. **1.** Acción de pegar. **2.** Unión que resulta de haberse pegado una cosa con otra.

pegajosidad n.f. Calidad de pegajoso. • **pegajoso,a** adj. **1.** Que fácilmente se pega. **2.** Contagioso o que con facilidad se comunica. **3.** Fig. y Fam. Suave, atractivo, meloso. **4.** Fig. y Fam. Que con su excesiva familiaridad y caricias se hace fastidioso.

pegamento n.m. Sustancia para pegar.

pegamoide n.m. Celulosa disuelta con que se impregna una tela o papel y se obtiene una especie de hule resistente.

pegamoscas n.f. BOT Planta cariofilácea, cuya flor tiene el cáliz cubierto de pelos pegajosos, en los cuales quedan pegados los insectos.

pegar I. v.tr. **1.** Adherir una cosa con otra. **2.** Unir una cosa con otra atándola, cosiéndola o encadenándola con ella. **3.** Arrimar una cosa a otra, de modo que entre las dos no quede espacio alguno. **4.** Fig. Dar, golpear. **II.** v.int. **1.** Tener efecto una cosa. **2.** Caer bien una cosa. **3.** Estar una cosa próxima o contigua a otra. **4.** Dar o tropezar en una cosa con fuerte impulso. **III.** v.prnl. **1.** Reñir, pelearse dos o más personas. **2.** Hablando de guisos, quemarse por haberse adherido a la olla. **3.** Entrometerse adonde no se es llamado. **IV.** v.tr. y prnl. Comunicar una cosa por el contacto, contagiar.

pegásides n.f. pl. Las musas.

Pegasus n.m. ZOOL Género de peces teleósteos de los mares asiáticos, con coraza y natatorias pectorales en forma de ala.

pegmatita n.f. Roca de color claro y textura laminar, compuesta de feldespato y algo de cuarzo.

pego n.m. *Dar el pego*. Fig. y Fam. Engañar con la apariencia.

pegote n.m. **1.** Emplasto que se hace de engrudo u otra cosa pegajosa. **2.** Fruto del cadillo. **3.** Fig. Adición o intercalación inútil e impertinente. **4.** Fig. y Fam. Guiso espeso y adelmazado. **5.** Fig. y Fam. Persona impertinente que no se aparta de otra.

pegual n.m. *Amér. Merid*. Cincha con argollas para sujetar los animales cogidos con lazo.

pegujar o **pegujal** n.m. **1.** Hacienda, fortuna. **2.** Pequeña porción de siembra, ganado, etc.

peguntar v.tr. Marcar o señalar las reses con pez derretida.

pehuén n.m. *Chile*. Araucaria (árbol).

peinar I. v.tr. y prnl. Desenredar y ordenar el cabello. **II.** v.tr. Fig. Desenredar o limpiar el pelo o lana de algunos animales. • **peinada** n.f. Acción de peinar o peinarse. • **peinado** n.m. Forma de peinar y dejar ordenado el cabello.

peine n.m. **1.** Utensilio con púas, con el cual se ordena el pelo. **2.** Carda (instrumento para cardar). **3.** Barra con púas entre las cuales pasan en el telar los hilos de la urdimbre. **4.** En algunas armas de fuego, pieza metálica que contiene una serie de proyectiles. • **peinilla** n.f. *Col., Ecuad., Pan.* y *Venez.* Especie de machete.

peineta n.f. Peine convexo que sirve de adorno o para asegurar el peinado.

peje n.m. Pez. — *Peje ángel*. Angelote (pez selacio). — ZOOL *Peje araña*. Pez teleósteo marino del suborden de los acantopterigios, comestible, con espinas venenosas.

pejegallo n.m. *Chile*. Pez que tiene una especie de cresta carnosa que le baja hasta la boca.

pejepalo n.m. Abadejo sin aplastar y curado al humo.

pejerrey n.m. ZOOL Pez del orden de los acantopterigios.

pejesapo n.m. ZOOL Pez teleósteo marino del suborden de los acantopterigios, comestible, con cabeza enorme, redonda y aplastada.

pejiguera n.f. Fam. Cosa molesta y engorrosa.

pelada n.f. **1.** Piel de carnero u oveja, a la cual se le arranca la lana después de muerta la res. **2.** Fruto de un cacto, tuna, chula.

peladero n.m. *Amér*. Terreno pelado, desprovisto de vegetación.

peladilla n.f. **1.** Almendra confitada. **2.** Canto rodado pequeño.

peladillo n.m. **1.** Variedad del melocotonero. **2.** Fruto de este árbol.

pelado,a I. adj. **1.** Fig. Se dice de las cosas principales que carecen de aquellas otras que las visten, adornan, cubren o rodean. **2.** Se dice del número que consta de decenas, centenas o millares justos. **II.** n. y adj. Se dice de la persona pobre o sin dinero.

pelagatos n.m. Fig. y Fam. Hombre pobre.

pelágico,a adj. **1.** Perteneciente al piélago. **2.** BIOL Se dice de los animales y plantas que flotan o nadan en el mar, a diferencia de los bentónicos.

pelagoscopio n.m. FIS Aparato que sirve para estudiar el fondo del mar.

pelagra n.f. Enfermedad debida a una carencia en vitamina PP que se caracteriza por lesiones cutáneas, mucosas, digestivas y por trastornos nerviosos.

pelaje n.m. **1.** Naturaleza y calidad del pelo o de la lana que tiene un animal. **2.** Fig. y Fam. Apariencia, calidad de una persona o cosa.

pelambre n.m. **1.** Porción de pieles que se apelambran. **2.** Conjunto de pelo en todo o en parte del cuerpo. **3.** Mezcla de agua y cal en que se sumerjen las pieles para que pierdan el pelo. **4.** Alopecia. • **pelambrar** v.tr. Meter las pieles en pelambre. • **pelambrera** n.f. **1.** Sitio donde se apelambran las pieles. **2.** Porción de pelo o de vello espeso y crecido. **3.** Alopecia.

Pelamys n.m. **1.** Género de peces teleósteos del Mediterráneo parecidos al atún. **2.** Género de serpientes marinas venenosas de los océanos Índico y Pacífico.

pelanas n.m. Fam. Persona inútil y despreciable.

pelandusca n.f. Prostituta, ramera.

pelar I. v.tr. y prnl. Cortar, arrancar, quitar o raer el pelo. **II.** v.tr. **1.** Desplumar. **2.** Fig. Quitar la piel, la película o la corteza a una cosa. **3.** Fig. Quitar con engaño, los bienes a otro. **4.** Fig. y Fam. Dejar a uno sin dinero. **III.** v.prnl. Perder el pelo por enfermedad u otro accidente.

pelargonio n.m. BOT Planta de la familia de las geraniáceas, de flores parecidas a las del geranio común.

pelasgos, pueblo de incierto origen que en la antigüedad se estableció en territorios de Grecia y de Italia. En la tradición clásica griega, nombre dado a las gentes que precedieron a la llegada de los helenos en las dos orillas del mar Egeo, en Asia Menor y en la península griega. Parecen haber ocupado sobre todo una parte de Tesalia.

peldaño n.m. Cada uno de los escalones de una escalera.

peleano,a adj. GEOGR Que es del mismo tipo que el monte Pélée (v. Pelada, montaña), hablando de un volcán.

pelear I. v.int. **1.** Batallar, combatir. **2.** Contender o reñir de palabra. **3.** Fig. Combatir entre sí u oponerse las cosas unas a otras. **4.** Fig. Afanarse por conseguir una cosa. **II.** v.prnl. **1.** Reñir dos o más personas. **2.** Fig. Desavenirse, enemistarse, separarse en discordia. • **pelea** n.f. **1.** Combate, batalla, contienda. **2.** Fig. Riña de los animales. **3.** Fig. Afán por conseguir una cosa.

pelecaniformes n.m.pl. Orden de aves que comprende los pelícanos, los cormoranes, etc.

pelechar v.int. Echar o mudar el pelo o pluma los animales.

pelele n.m. **1.** Muñeco de paja o trapos que se manteaba en los carnavales. **2.** Fig. y Fam. Persona simple o inútil.

pelendones, antiguo pueblo de la península Ibérica, que se asentaba cerca de Soria y Numancia. Eran celtíberos dedicados al pastoreo.

peleón,a **1.** adj. Pendenciero, camorrista. **2.** *Vino peleón* Vino ordinario y barato.

peletero,a n.m. y f. Persona que tiene por oficio trabajar en pieles finas o venderlas. • **peletería** n.f. Oficio y tienda de peletero.

peliagudo,a Se dice del negocio o cosa que entraña gran dificultad.

pelícano o **pelicano** n.m. ZOOL Ave acuática que en la mandíbula inferior lleva una membrana a modo de bolsa donde deposita los alimentos.
ENCICL Los pelícanos (género *Pelecanus*, familia pelecánidos, orden de los pelecaniformes) son aves caracterizadas por sus largas alas, su cuello alargado y su bolsa cutánea extensible en la mandíbula inferior. Suelen medir 1,70 m de longitud; algunos llegan a los 3 m y pesan 14 kg. Viven a orillas de las grandes extensiones de agua dulce y de los océanos en las regiones cálidas y templadas (América, SE de Europa) donde forman grupos. El pelícano pardo de América es el único que pesca con destreza hundiendo rápidamente el pico en el agua. Sólo existen dos especies europeas: el pelícano blanco y el pelícano ceñudo (bajo Danubio). En América del Sur, figuran entre los principales productores de guano de Perú.

pelicorto,a adj. Que tiene corto el pelo.

película n.f. **1.** Piel delgada y delicada. **2.** Cinta de celuloide dispuesta para ser impresionada fotográficamente. ▷ Cinta de celuloide que contiene una serie continua de imágenes fotográficas para reproducirlas proyectándolas en la pantalla del cinematógrafo o en otra superficie adecuada. ▷ Asunto representado en dicha cinta.

pelignos, pueblo de la antigua Italia que habitaba en la vertiente oriental de los Apeninos.

peligro n.m. Riesgo inminente de que suceda algún mal. • **peligrar** v.int. Estar en peligro.

peligroso,a adj. Que tiene riesgo o puede ocasionar daño. • **peligrosidad** n.f. Calidad de peligroso.

pelillo n.m. Fig. y Fam. Causa o motivo muy leve de disgusto. — Fig. y Fam. *Echar pelillos a la mar.* Reconciliarse dos o más personas.

pelinegro,a adj. Que tiene negro el pelo.

pelirrojo,a n. y adj. Que tiene rojo el pelo.

pelirrubio,a adj. Que tiene rubio el pelo.

pelitieso,a adj. Que tiene el pelo tieso.

pelitre n.m. Planta herbácea anual de la familia de las compuestas. Es propia del norte de África y se cultiva en los jardines.

pelma n.m. y f. Fam. Persona molesta e importuna. • **pelmazo,a** **I.** n.m. Cualquier cosa apretada o aplastada. **II.** n.m. y f. Fig. y Fam. Persona pesada, molesta e inoportuna.

pelo n.m. **I. 1.** Filamento de naturaleza córnea, que nace y crece entre los poros de la piel de casi todos los mamíferos y de algunos otros animales de distinta clase. **2.** Cabello de la cabeza humana. **3.** Plumón de las aves. **4.** Vello de algunas frutas y plantas. **5.** Hebra delgada de lana, seda, etc. **II.** — Fig. y Fam. *Pelos y señales.* Pormenores y circunstancias de una cosa. — Fig. y Fam. *A contrapelo.* Fuera de tiempo, fuera de propósito. — Fig. y Fam. *No tener uno un pelo de tonto.* Ser listo y avisado.
ENCICL El pelo de los mamíferos nace de una invaginación en la epidermis, el *folículo piloso*, al que están frecuentemente asociadas una glándula sebácea y una glándula sudorípara. Sobre el folículo se inserta el músculo horripilador. El pelo está formado por tres capas concéntricas celulares fuertemente queratinizadas (la cutícula, la corteza, la médula). Se distinguen: *lanugo del feto, vello, vibrizas o pelos táctiles, cerdas* y *púas*.

Pelobates n.m. pl. Género de anfibios parecidos al sapo, que se entierran en el suelo gracias a la espuela córnea que tienen en las patas.

Pelodytes n.m. pl. Género de pequeños sapos cavadores con piel gris manchada de verde.

pelón,a n. y adj. Que no tiene pelo o tiene muy poco.

pelota n.f. **I. 1.** Bola pequeña de goma elástica para jugar, que puede estar recubierta de lana u otra materia y forrada de cuero o paño. — *Pelota vasca.* Deporte de origen vasco que, en sus distintas modalidades, consiste en lanzar una pelota contra un frontón. **2.** Balón. **3.** Juego que se hace con ella. **4.** Bola de materia blanda, como nieve, barro, etc., que se amasa fácilmente. **II.** Batea de piel de vaca que usan en América para pasar los ríos personas y cargas.

pelotari n.m. y f. Persona que tiene por oficio jugar a la pelota.

pelotazo n.m. Golpe dado con una pelota.

pelote n.m. Pelo de cabra.

pelotera n.f. Fam. Riña, pelea.

pelotero,a **1.** n.m. y f. Persona que tiene por oficio hacer pelotas. **2.** *Amér.* Jugador de pelota, especialmente el de fútbol y el de béisbol.

pelotilla n.f. Adulación, halago.

pelotillero,a adj. Fig. Que adula.

pelotón n.m. **1.** Conjunto de personas en tropel. **2.** MILIT Cuerpo de soldados, menor que una sección y que suele mandar un cabo o un sargento. ▷ MILIT *Pelotón de ejecución.* Grupo de militares encargados de fusilar a un condenado. **3.** DEP Grupo de corredores que permanecen juntos en el curso de una prueba.

peltre n.m. TECN Aleación de óxidos de plomo y de estaño.

pelú n.m. BOT *Chile.* Árbol leguminoso.

peluca n.f. **1.** Cabellera postiza. **2.** Fig. y Fam. Persona que la lleva.

pelucona n.f. Fam. Moneda de oro en circulación durante el reinado de los Borbones del s. XVIII en España.

pelucones nombre dado en Chile, en el s. XIX a los miembros del partido conservador. Sus oponentes, los liberales, eran conocidos con el nombre de pipiolos.

peludo,a **I.** adj. Que tiene mucho pelo. **II.** n.m. **1.** Felpudo. **2.** *R. de la Plata.* Armadillo.

peluquear v.tr. y prnl. *Arg., Col., Par.* y *Venez.* Cortar el pelo a una persona. • **peluqueada** n.f. *Arg., Col., Par.* y *Venez.* Corte de pelo.

peluquero,a **I.** n.m. y f. **1.** Persona que tiene por oficio peinar, cortar el pelo o hacer y vender pelucas. **2.** Dueño de una peluquería. **II.** n.f. Mujer del peluquero. • **peluquería** n.f. **1.** Tienda del peluquero. **2.** Oficio de peluquero.

peluquín n.m. Peluca pequeña, que sólo cubre la parte superior de la cabeza.

pelusa n.f. **1.** Pelusilla de algunas frutas. **2.** Pelo menudo que con el uso se desprende de las telas. **3.** Fig. y Fam. Envidia propia de los niños.

pelusilla n.f. Vellosilla (planta).

pelvi n.m. y adj. Se aplica a la lengua de los parsis.

pelvis n.f. **1.** ANAT Porción inferior ósea del tronco humano, de donde arrancan los miembros inferiores. **2.** ZOOL Cavidad en forma de embudo situada en los riñones de los mamíferos. • **pelviano,a** adj. ZOOL Perteneciente o relativo a la pelvis.

pella n.f. **1.** Masa que se une y aprieta, regularmente en forma redonda. **2.** Conjunto de los tallitos de la coliflor, antes de florecer. **3.** Manteca del cerdo tal como se quita de él. **4.** Fig. y Fam. Cantidad o suma de dinero que se debe o defrauda. • **pellada** n.f. **1.** Porción de yeso o argamasa que un albañil puede sostener en la mano, o con la llana. **2.** Masa unida y prieta generalmente redondeada, pella.

pelleja n.f. Piel quitada del cuerpo del animal.

pellejo n.m. **I. 1.** Piel de los animales o las frutas. **2.** Cuero cosido para contener líquidos, odre. **II.** Fig. y Fam. Persona ebria.

pellica n.f. **1.** Manta de pellejos finos. **2.** Pellico hecho de pieles finas. • **pellico** n.m. **1.** Zamarra de pastor. **2.** Abrigo de pieles parecido a la zamarra.

pellín n.m. **1.** BOT *Chile.* Especie de haya cuya madera es muy dura e incorruptible. **2.** *Chile.* Corazón de ese mismo árbol. **3.** *Chile.* Fig. Persona o cosa muy fuerte y de gran resistencia.

pelliza n.f. Prenda de abrigo hecha o forrada de pieles.

pellizcar **I.** v.tr. y prnl. Asir con dos dedos una cosa, apretando a continuación. **II.** v.tr. **1.** Asir y herir leve o sutilmente una cosa. **2.** Tomar una pequeña cantidad de una cosa. • **pellizco** n.m. **1.** Acción y efecto de pellizcar. **2.** Porción pequeña de una cosa, que se toma o se quita.

pellón n.m. *Amér.* Pelleja curtida que a modo de caparazón forma parte del recado de montar.

pelluzgón n.m. Porción de pelo, lana o estopa que se coge de una vez con todos los dedos.

1. pena n.f. **1.** FOR Castigo impuesto al que ha cometido un delito o falta. — *Pena capital.* La de muerte. — *Pena pecuniaria.* Multa. **2.** Aflicción o sentimiento de dolor. **3.** *Col., C. Rica, Méx., Nicar., Pan.* y *Venez.* Vergüenza.

2. pena n.f. Cada una de las plumas mayores del ave, que sirven principalmente para dirigir el vuelo.

penable adj. Que puede recibir pena.

penacho n.m. **1.** Grupo de plumas que tienen algunas aves en la cabeza. **2.** Adorno de plumas. **3.** Fig. Lo que tiene forma o figura de tal.

penado,a n.m. y f. Delincuente condenado a una pena.

penal **I.** adj. Perteneciente o relativo a la pena. **II.** n.m. Lugar en que los penados cumplen condenas superiores a las del arresto. • **penalidad** n.f. **1.** Dificultad, incomodidad. **2.** FOR Sanción impuesta por la ley . • **penalista** n. (apl. a pers.) y adj. Que se dedica al estudio de la ciencia o derecho penal.

penalty n.m. DEP En el fútbol, sanción consiste en un tiro libre desde corta distancia, impuesta contra un equipo cuando uno de sus jugadores comete una falta grave dentro del área de castigo.

penar **I.** v.tr. Imponer pena. **II.** v.int. Padecer, sufrir, un dolor o pena.

penates n.m.pl. Dioses domésticos en la antigua Roma.

penca n.f. Hoja carnosa de ciertas plantas, como la de la acelga.

penco n.m. **1.** Fam. Caballo flaco. **2.** Fig. y Fam. Persona despreciable.

pencudo,a adj. Que tiene pencas.

pendejo n.m. **1.** Pelo del pubis y las ingles. **2.** Fig. y Fam. Hombre cobarde y pusilánime. **3.** Fig. y Fam. Mujer de vida desordenada, pendón.

pendencia n.f. Contienda, riña. • **pendenciero,a** n. y adj. Propenso a riñas o pendencias.

pender v.int. **1.** Estar colgada, suspendida o inclinada alguna cosa. **2.** Estar subordinado a una persona o a una cosa, depender. **3.** Fig. Estar pendiente un pleito o negocio.

pendiente **I.** adj. **1.** Que pende. **2.** Que está por resolverse o terminarse. **II.** n.m. Arete que se ponen algunas personas en las orejas. **III.** n.f. Cuesta o declive de un terreno.

péndola n.f. **1.** Varilla o varillas metálicas con un peso en su parte interior y que con sus oscilaciones regula el movimiento de los relojes de pared y de mesa. **2.** Fig. Reloj que tiene péndola. **3.** ARQUIT Cualquiera de las varillas verticales que sostienen el piso de un puente colgante.

pendolaje n.m. Derecho de apropiarse en las presas de mar todos los géneros que están sobre cubierta.

pendón n.m. **1.** Insignia militar que consistía en una bandera más larga que ancha. ▷ Estandarte que tienen las iglesias y cofradías para guiar las procesiones. **2.** Fig. y Fam. Persona de vida irregular y desordenada.

pendonear v.int. Callejear.

péndulo n.m. **1.** Péndola del reloj. — MECAN Cuerpo grave que puede oscilar suspendido de un punto por un hilo o varilla. **2.** Pendiente, colgante. • **pendular** adj. Propio del péndulo o relativo a él.

ENCICL El péndulo simple es un péndulo ideal, formado por un punto material suspendido de un hilo inextensible de masa despreciable. Su período es igual a $2\pi\sqrt{\frac{l}{g}}$, siendo l la longitud del hilo y g la aceleración de la gravedad. Esta fórmula es la traducción de las leyes de Galileo y particularmente de la ley del *isocromismo de las pequeñas oscilaciones*: la duración de las oscilaciones es independiente de su amplitud, siempre que ésta sea reducida. El péndulo se utiliza para la regulación de los relojes clásicos, en los que compone el balancín.

pene n.m. Miembro viril.

peneca n.m. *Chile.* Niño, chiquillo.

penetrar **I.** v.tr. **1.** Introducir un cuerpo en otro por sus poros. **2.** Introducirse dentro de un espacio. **3.** Hacerse sentir con violencia una cosa; como el frío, los gritos, etc. **II.** v.tr., int. y prnl. Fig. Comprender el sentido de una cosa dificultosa. • **penetrable** adj. **1.** Que se puede penetrar. **2.** Fig. Que fácilmente se penetra o se entiende. • **penetración** n.f. **1.** Acción y efecto de penetrar. **2.** Comprensión de una cosa difícil. **3.** Perspicacia. • **penetrante** adj. **1.** Que entra mucho en alguna cosa, profundo. **2.** Fig. Agudo, alto, subido o elevado, hablando de la voz, del grito, etc.

pénfigo n.m. PAT Enfermedad cutánea caracterizada por producir ampollas.

penicilina n.f. FARM Sustancia antibiótica extraída de los cultivos del moho *Penicillium notatum*.

ENCICL Las penicilinas son un grupo de antibióticos naturales y semisintéticos derivados de la penicilina G, que fue el primer antibiótico conocido. La descubrió Fleming en 1928, pero no se fabricó industrialmente hasta 1943; se administra por vía intramuscular o intravenosa únicamente. Fueron creadas otras penicilinas semisintéticas para poder ampliar el campo de acciones antibacterianas y para permitir una administración por vía digestiva o una disminución de riesgos de alergia. Las penicilinas actúan sobre numerosas bacterias en el momento de la división celular; impiden su multiplicación y por lo tanto la propagación de las infecciones.

penillanura n.f. GEOGR Superficie plana resultante de la erosión de una región montañosa.

península n.f. Tierra cercada por el agua, y que sólo por una parte está unida con otra tierra de extensión mayor. • **peninsular** n. y adj. Natural de una península o relativo a ella.

penique n.m. Moneda inglesa, equivalente desde 1971 a una centésima parte de la libra esterlina.

penitencia n.f. RELIG **1.** Sacramento por el cual se perdonan los pecados. ▷ Pena que impone el confesor. **2.** RELIG Cualquier acto de mortificación por motivos religiosos. • **penitencial** adj. Perteneciente a la penitencia.

penitenciaría n.f. Establecimiento penitenciario en que cumplen sus condenas los penados. • **penitenciario,a** adj. Se aplica a cualquiera de los sistemas de corrección de los penados y al régimen o al servicio de los establecimientos destinados a este objeto. • **penitente** **I.** adj. Perteneciente a la penitencia. **II.** n.m. y f. **1.** Persona que en las procesiones va vestida de túnica en señal de penitencia. **2.** Persona que se confiesa con un sacerdote.

penoso,a adj. **1.** Trabajoso, que causa pena o tiene gran dificultad. **2.** Que padece una aflicción.

pensamiento n.m. Planta ornamental (género *Viola*, familia violáceas) de grandes flores aterciopeladas con dos pétalos dirigidos hacia arriba.

pensar v.tr. **1.** Imaginar, considerar o discurrir. **2.** Reflexionar, examinar con cuidado una cosa para formar dictamen. **3.** Intentar o proponerse hacer una cosa. • **pensado,a** adj. Con el adverbio *mal*, propenso a interpretar desfavorablemente las acciones, intenciones o palabras ajenas. • **pensador,a** **I.** adj. **1.** Que piensa. **2.** Que medita o reflexiona con intensidad. **II.** n.m. Filósofo o persona que escribe sobre temas profundos. • **pensamiento** n.m. **I.** **1.** Potencia o facultad de pensar. **2.** Acción y efecto de pensar. **II.** **1.** Cada una de las ideas o sentencias notables de un escrito. **2.** Conjunto de ideas propias de una persona o colectividad. • **pensativo,a** adj. Que medita intensamente y está absorto.

pensil o **pénsil** adj. Pendiente o colgado.

pensión n.f. **1.** Asignación que recibe una persona por jubilación, viudedad, orfandad, etc. **2.** Renta que perpetua o temporalmente se impone sobre una finca. **3.** Pupilaje, casa donde se reciben huéspedes mediante precio convenido. **4.** *Amér.* Pena, pesar. • **pensionado,a** **I.** n. y adj. Que tiene o cobra una pensión. **II.** adj. Internado. ▷Edificio o lugar donde se alojan los alumnos internos de un colegio. • **pensionar** v.tr. Conceder pensión a una persona o establecimiento. • **pensionista** n.m. y f. **1.** Persona que tiene derecho a percibir y cobrar una pensión. **2.** Persona que se aloja en un colegio o casa particular.

pentacordio n.m. Lira antigua de cinco cuerdas.

Pentacrinus n.m. Género de equinodermos crinoideos que viven fijados por un pedúnculo a los fondos marinos.

pentadáctilo,a adj. BIOL Que tiene cinco dedos.

pentadecágono adj. Se dice del polígono de quince ángulos y quince lados.

pentaedro n.m. GEOM Sólido que tiene cinco caras.

pentágono,a n.m. y adj. GEOM Se aplica al polígono de cinco ángulos y cinco lados. • **pentagonal** adj. GEOM De figura semejante a un pentágono.

pentagrama o **pentágrama** n.m. MUS Renglonadura formada con cinco rectas paralelas y equidistantes, sobre la cual se escribe la música.

pentámero,a **1.** adj. BOT Se dice del verticilo que consta de cinco piezas y de la flor que tiene corola y cáliz con este carácter. **2.** n.m. y adj. ZOOL Se dice de los insectos coleópteros que tienen cinco artejos en cada tarso; como el cárabo. ▷ n.m.pl. ZOOL Suborden de estos animales.

pentámetro n. y adj. Verso griego o latino, de cinco pies.

pentano n.m. QUIM Hidrocarburo saturado de fórmula C_5H_{12}.

pentarquía n.f. Gobierno formado por cinco personas.

pentasílabo,a n. y adj. Que consta de cinco sílabas.

Pentastómidos n.m.pl. ZOOL Clase de partrópodos con aspecto de gusanos transparentes, cuya cabeza está provista de cinco papilas. (El prototipo es la linguátula.)

Pentateuco, nombre griego dado a los cinco primeros libros de la Biblia.

pentathlon o **pentatlón** n.m. ANTIG Conjunto de cinco ejercicios (salto, carrera, lanzamiento de disco y de javalina, lucha) que realizaban los atletas griegos y romanos. ▷ Actualmente, modalidad y prueba olímpica.

pente-, pent(a)- Prefijos procedentes del griego *pente*, «cinco».

pentecostés n.m. **1.** Fiesta judía celebrada siete semanas después del segundo día de la Pascua. **2.** Fiesta cristiana que conmemora la venida del Espíritu Santo entre los apóstoles y que se celebra el séptimo domingo después de la Pascua.

pentedecágono,a n.m. y adj. Se aplica al polígono de quince ángulos y quince lados.

pentobarbital n.m. MED Barbitúrico utilizado como anestésico general y en narcoanálisis.

pentodo n.m. ELECTR Válvula electrónica compuesta de cinco electrodos.

pentosa n.f. BIOQUIM Azúcar de cinco átomos de carbono que desempeña un papel importante en el metabolismo de los glúcidos.

pentotal n.m. Pentobarbital.

penúltimo,a n. y adj. Inmediatamente anterior a lo último o postrero.

penumbra n.f. Sombra débil entre la luz y la oscuridad. • **penumbroso,a** adj. Que está en la penumbra.

penuria n.f. Escasez, falta de las cosas más precisas o de alguna de ellas.

peña n.f. **1.** Piedra grande sin labrar. **2.** Monte o cerro peñascoso. **3.** Corro o grupo de amigos o camaradas. **4.** Nombre que toman algunos círculos de recreo.

peñasco n.m. **1.** Peña grande y elevada. **2.** Múrice (molusco). **3.** ANAT Porción del hueso temporal que encierra el oído interno. • **peñascal** n.m. Sitio cubierto de peñascos. • **peñascoso,a** adj. Lleno de peñascos.

péñola n.f. Pluma de ave para escribir.

peñón n.m. Monte peñascoso.

1. peón n.m. **1.** Jornalero que trabaja en cosas materiales que no requieren arte ni habilidad. **2.** Infante o soldado de a pie. **3.** Juguete de madera, de figura cónica y terminado en una púa de hierro, al cual se arrolla una cuerda para lanzarlo y hacerle bailar. **4.** Cualquiera de las piezas de menor valor del ajedrez, y de otros juegos. • **peonaje** n.m. **1.** Conjunto de peones, de infantería. **2.** Conjunto de peones que trabajan en una obra.

2. peón n.m. Pie de la poesía griega y latina, que se compone de cuatro sílabas, cualquiera de ellas larga y las demás breves.

peonía n.f. *Amér. Merid.* y *Cuba.* Planta leguminosa, especie de bejuco trepador con flores pequeñas, blancas o rojas.

peonza n.f. **1.** Juguete de madera, semejante al peón, pero sin punta de hierro, y que se hace bailar con un látigo. **2.** Fig. y Fam. Persona chiquita y bulliciosa.

peor **1.** Adj. comp. de *malo.* De inferior calidad respecto de otra cosa. **2.** Comp. de *mal.* Más mal.

pepermint n.m. Licor de menta piperita.

pepinillo n.m. Cucurbitácea cultivada por su fruto verde, del mismo nombre.

pepino n.m. Planta herbácea anual, de la familia de las cucurbitáceas, de fruto pulposo, comestible. ▷ Fruto de esta planta. • **pepinar** n.m. Sitio o terreno sembrado de pepinos.

1. pepita n.f. VETER Enfermedad que las gallinas suelen tener en la lengua.

2. pepita n.f. **1.** Simiente de algunas frutas; como el melón, la pera, la manzana, etc. **2.** Trozo rodado de oro u otros metales nativos, que suele hallarse en los terrenos de aluvión.

pepitoria n.f. Guiso que se hace con carne de ave, y cuya salsa tiene yema de huevo.

peplo n.m. Especie de vestidura exterior que usaban las mujeres en la Grecia antigua.

pepón n.m. Sandía (fruto).

pepona n.f. Muñeca grande y tosca.

pepónide n.f. BOT Fruto carnoso con una sola celda como la calabaza, el pepino y el melón.

-pepsia Sufijo procedente del griego *pepsis,* «digestión».

pepsina n.f. BIOQUIM Enzima secretada por las células de la mucosa gástrica que descompone las proteínas y las transforma en peptona.

péptido n.m. BIOQUIM Prótido formado por la unión de un reducido número de aminoácidos.

peptización n.f. QUIM Transformación de un floculado en solución coloidal.

peptona n.f. BIOQUIM Producto resultante de la digestión de materias albuminoideas. • **peptonización** n.f. BIOQUIM Transformación en peptona.

pequén n.m. *Chile.* Ave rapaz, diurna, del tamaño de un palomo, muy semejante a la lechuza.

pequeño,a adj. **1.** Corto, limitado. **2.** De muy corta edad. • **pequeñez** n.f. **1.** Calidad de pequeño. **2.** Infancia, corta edad. **3.** Cosa de poca importancia. **4.** Mezquindad.

pequinés n.m. Perro pequeño de pelo largo.

per Prep. insep. que aumenta la significación de las voces españolas simples a que se halla unida. *Perdurable; perturbar.*

pera n.f. **1.** Fruto del peral, comestible. **2.** Llamador de timbre o interruptor de luz de forma parecida a una pera. **3.** Fig. Porción de pelo que se deja crecer en la punta de la barba, perilla. • **peral** n.m. Árbol de la familia de las rosáceas, cuyo fruto es la pera. • **peralada** n.f. Terreno poblado de perales.

peralejo n.m. Árbol de la familia de las malpigiáceas, propio de América.

peraltar v.tr. **1.** ARQUIT Levantar la curva de un arco, bóveda o armadura más de lo que corresponde al semicírculo. **2.** TECN Levantar el carril exterior en las curvas de ferrocarriles. • **peralte** n.m. **1.** ARQUIT Lo que en la altura de un arco, bóveda o armadura excede al semicírculo. **2.** En las carreteras, vías férreas, etc., mayor elevación de la parte exterior de una curva en relación con la interior.

Perameles n.m.pl. ZOOL Género de marsupiales australianos terrestres.

perantón n.m. Mirabel (planta de forma piramidal).

perborato n.m. QUIM *Perborato de sodio.* Peroxiborato que entra en la composición de algunos detergentes.

perca n.f. **1.** ZOOL Pez teleósteo fluvial, del suborden de los acantopterigios, comestible. **2.** Raño (pez).

percal n.m. Tela de algodón que sirve para vestidos de mujer y otros varios usos. • **percalina** n.f. Percal de un color solo, que sirve para forros de vestidos y otros usos.

percance n.m. Contratiempo, daño, perjuicio imprevistos.

percatar v.int. y prnl. Advertir, considerar.

percebe **1.** n.m. ZOOL Crustáceo cirrópodo que se adhiere a los peñascos de las costas. Es comestible. **2.** n.m. y f. Fig. y Fam. Persona torpe o ignorante.

percepción n.f. **1.** Acción y efecto de percibir. **2.** Sensación interior que resulta de una impresión material hecha en nuestros sentidos.

perceptible adj. **1.** Que se puede comprender o percibir. **2.** Que se puede recibir o cobrar. • **perceptibilidad** n.f. Calidad de perceptible.

percibir v.tr. **1.** Cobrar, recibir una cantidad a la que uno tiene derecho. **2.** Recibir impresiones por medio de los sentidos. **3.** Comprender o conocer una cosa. • **perceptivo,a** adj. Que tiene virtud de percibir. • **perceptor,a** n. y adj. Que percibe. • **percibo** n.m. Acción y efecto de percibir o recibir una cosa.

Perciformes n.m.pl. ZOOL Orden de peces teleósteos acantopterigios cuya vejiga natatoria no comunica con el esófago.

perclorato n.m. QUIM Sal del ácido perclórico.

perclórico,a adj. QUIM Se dice de un ácido fuerte, de fórmula $HClO_4$, muy oxidante en caliente.

percloruro n.m. QUIM Cloruro que contiene la cantidad máxima de cloro.

percudir v.tr. Penetrar la suciedad en alguna cosa.

percusión n.f. **1.** Acción y efecto de percutir. — MUS *Instrumentos de percusión.* Aquellos que se tocan golpeándolos. **2.** FIS Acción de una fuerza que se ejerce durante un corto tiempo. **3.** MED Modo de examen consistente en determinar el estado de ciertos órganos escuchando la transmisión de un sonido emitido al golpear la piel al nivel de una cavidad del cuerpo.

ENCICL Los instrumentos de percusión se utilizan en las formaciones instrumentales para marcar el ritmo, para subrayar una acentuación o para favorecer un efecto de colorido orquestal. Algunos de ellos pueden dar sonidos incluidos en la escala tonal (timbal, xilófono, vibráfono), otros dan sonidos indefinidos (tambor, castañuelas, etc.).

percusor n.m. Pieza de las armas de fuego, percutor.

percutir v.tr. **1.** Dar repetidos golpes, golpear. **2.** MED Examinar una región del cuerpo, mediante la percusión. • **percutor** n.m. MILIT Pieza que hace denotar el cebo del cartucho en las armas de fuego.

percha n.f. **1.** Madero o estaca larga para sostener una cosa. **2.** Pieza de madera o metal en que se pone ropa. **3.** Lazo para cazar animales.

perchero n.m. Conjunto de perchas o lugar en que las hay.

percherón,a n. y adj. Se dice del caballo o yegua perteneciente a una raza francesa que por su fuerza se utiliza para arrastrar grandes pesos.

perder **I.** v.tr. **1.** Dejar de tener una cosa que se poseía. **2.** Desperdiciar, disipar o malgastar una cosa. **3.** No conseguir lo que se espera, desea o ama. **4.** Ocasionar un daño a las cosas. **5.** Ocasionar a uno ruina o daño. **6.** Dicho de juegos, batallas, oposiciones, pleitos, etc., no obtener lo que en ellos se disputa. **7.** Padecer un daño, ruina o disminución en lo material, inmaterial o espiritual. **II.** v.int. Decaer uno del concepto, crédito o situación en que estaba. **III.** v.prnl. **1.** Errar uno el camino o rumbo que llevaba. **2.** Fig. No hallar modo de salir de una dificultad. **3.** Fig. Conturbarse o arrebatarse por un accidente, sobresalto o pasión. **4.** Fig. Entregarse ciegamente a los vicios. **5.** Fig. Padecer un daño o ruina espiritual o corporal. **IV.** v.tr. y prnl. Fig. No aprovecharse una cosa que podía y debía ser útil. • **perdedor,a** n. y adj. Que pierde.

perdición n.f. **1.** Acción de perder o perderse. **2.** Fig. Ruina o daño grave en lo temporal o espiritual. **3.** Fig. Pasión desenfrenada. **4.** Fig. Condenación eterna. **5.** Fig. Desbarate o desarreglo en las costumbres. **6.** Fig. Causa o sujeto que ocasiona un grave daño.

pérdida n.f. **1.** Carencia, privación de lo que se poseía. **2.** Daño o menoscabo que se recibe en una cosa. **3.** Cantidad o cosa perdida.

perdido,a **I.** adj. Que no tiene o no lleva destino determinado. **II.** n.m. Hombre inmoral.

perdigar v.tr. **1.** Soasar la perdiz o cualquier otra ave o carne para que se conserve algún tiempo sin dañarse. **2.** Preparar la carne en cazuela con alguna grasa para que esté más sustanciosa.

perdigón n.m. **1.** Pollo de la perdiz. **2.** Perdiz nueva. **3.** Perdiz macho que emplean los cazadores como reclamo. **4.** Cada uno de los granos de plomo que forman la munición de caza. • **perdigonada** n.f. **1.** Tiro de perdigones. **2.** Herida que produce.

perdiguero,a **1.** n. y adj. Se dice del animal que caza perdices. **2.** n.m. Persona que compra de los cazadores la caza para revenderla.

perdiz n.f. Ave del orden de las gallináceas, que es muy apreciada como caza y por su carne.

ENCICL Las perdices son aves robustas, sedentarias, que corren a gran velocidad y viven en bandadas y anidan en el suelo. En América del S vive la perdiz de la cordillera, de color gris, con alas y cola negras manchadas de blanco, mientras que en América del N vive la perdiz de California, de unos 25 cm de longitud que presenta un pequeño copete de plumas negras sobre la cabeza.

perdón n.m. **1.** Remisión de alguna deuda u obligación pendiente. **2.** RELIG Remisión de los pecados.

perdonar v.tr. **1.** Remitir la deuda, ofensa, falta, delito, etc. **2.** Exceptuar a uno de la obligación que tendría por la ley general. **3.** Precedido del adverbio *no,* atribuye gran intensidad a la acción del verbo que seguidamente se expresa. *No perdonar modo o medio de conseguir una cosa.* **4.** Fig. Renunciar a algo. • **perdonavidas** n.m. Fig. y Fam. El que presume de valiente, fanfarrón.

perdurar v.int. Durar mucho, subsistir. • **perdurabilidad** n.f. Calidad de perdurable o perpetuo. • **perdurable** adj. Perpetuo o que dura mucho tiempo.

perecer **I.** v.int. **1.** Acabar o dejar de existir. **2.** Fig. Padecer un daño, trabajo, fatiga o molestia de una pasión que reduce al último extremo. **3.** RELIG Fig. Padecer ruina espiritual. **4.** Fig. Tener suma pobreza. **II.** v.prnl. **1.** Fig. Desear o apetecer con ansia una cosa. **2.** Fig. Padecer con violencia un efecto o pasión. • **perecedero,a** adj. Poco durable, que ha de perecer o acabarse.

perecuación n.f. FIN Reparto equitativo de cargas, impuestos y gastos entre las diferentes personas que deban soportarlos.

peregrinación n.f. Viaje que se hace a un santuario por motivos religiosos. • **peregrinaje** n.m. Peregrinación.

peregrino,a **I.** n. y adj. Se dice de la persona que por motivos religiosos va a visitar un santuario. **II.** adj. **1.** Hablando de aves, que pasan de un lugar a otro. **2.** Fig. Extraño, sorprendente. **3.** Insensato. • **peregrinar** v.int. **1.** Ir de un sitio a otro para gestionar algo. **2.** Ir de peregrinación religiosa.

pereion n.m. ZOOL Cefalotórax de los crustáceos comúnmente cubierto por un caparazón.

perejil n.m. **1.** Planta herbácea vivaz, de la familia de las umbelíferas, que se cultiva mucho en las huertas, por ser un condimento muy usado. **2.** Fig. y Fam. Adorno o compostura excesiva.

perendengue n.m. Adorno de poco valor.

perengano,a n.m. y f. Voz que se usa para aludir a persona cuyo nombre se ignora o no se quiere expresar.

perenne adj. **1.** Continuo, incesante. **2.** BOT Que vive más de dos años, es decir, que permanece viva en invierno.

perentorio,a adj. **1.** Se dice del último plazo que se concede en cualquier asunto. **2.** Concluyente, decisivo, determinante. **3.** Urgente, apremiante.

pereza n.f. **1.** Negligencia, tedio o descuido en lo que se debe hacer. **2.** Flojedad en las acciones o movimientos. ▷ MED Falta de actividad de un órgano.

perezoso,a **I.** n. y adj. Negligente. **II.** adj. Tardo, lento o pesado en el movimiento o en la acción. ▷ MED De actividad anormalmente débil y lenta. **III.** n.m. ZOOL Mamífero desdentado, de la familia de los bradipódidos, propio de América tropical, de andar muy lento.

perfección n.f. **1.** Acción de perfeccionar o perfeccionarse. **2.** Calidad de perfecto. **3.** Cosa perfecta. • **perfeccionamiento** n.m. Acción y efecto de perfeccionar o perfeccionarse. • **perfeccionar** v.tr. y prnl. Acabar enteramente una obra, dándole el mayor grado posible de perfección. • **perfeccionista** n.m. y f. Persona que tiende a perfeccionar indefinidamente un trabajo. • **perfectible** adj. Capaz de perfeccionarse o de ser perfeccionado. • **perfecto,a** adj. **1.** Que tiene todas las mayores cualidades. **2.** LING Aspecto del verbo que presenta la acción como acabada.

perfidia n.f. Deslealtad, traición.

pérfido,a n. y adj. Desleal, infiel o traidor.

perfil n.m. **I. 1.** Postura en que se deja ver una sola de las dos mitades laterales del cuerpo. **2.** Aspecto peculiar o llamativo con que una cosa se presenta ante la vista o la mente. **3.** GEOM Figura que presenta un cuerpo cortado real o imaginariamente por un plano vertical. **4.** PINT Contorno aparente de la figura. **5.** TECN Corte o sección. **II.** PSICOL Curva que da la «fisonomía mental» de un sujeto. — P. ext., conjunto de características psicológicas y profesionales de un individuo. • **perfilar** **I.** v.tr. **1.** Sacar los perfiles a una cosa. **2.** Fig. Rematar esmeradamente una cosa. **II.** v.prnl. Colocarse de perfil.

perfoliada o **perfoliata** n.f. Planta herbácea de la familia de las umbelíferas.

perforar v.tr. Agujerear una cosa. • **perforación** n.f. Acción y efecto de perforar. ▷ MED Abertura accidental o patológica de un órgano. • **perforador,a** n. y adj. Que perfora u horada.

perfumar **1.** v.tr. y prnl. Aromatizar una cosa con materias olorosas. **2.** v.int. Exhalar perfume, fragancia, olor agradable. • **perfumador,a** n.m. Vaso o aparato para pulverizar y esparcir perfumes.

perfume n.m. **1.** Materia fragante y olorosa. **2.** El mismo olor que exhalan las materias olorosas. **3.** Fig. Sustancia líquida o sólida elaborada para que desprenda un olor agradable. **4.** Fig. Cualquier olor bueno o muy agradable. • **perfumería** n.f. **1.** Fabricación de perfumes. **2.** Tienda donde se venden. **3.** Conjunto de productos y materias de esta industria.

perfusión n.f. Baño, untura. ▷ MED Inyección lenta y continua de suero.

pergamino n.m. **1.** Piel de la res, limpia y estirada, que sirve para diferentes usos. **2.** Título o documento escrito en pergamino. **3.** pl. Fig. Antecedentes nobiliarios.

pergeño o **pergenio** n.m. Fam. Traza, apariencia. • **pergeñar** v.tr. Fam. Disponer o ejecutar una cosa.

pérgola n.f. Armazón que sirve para sostener plantas.

peri Prep. insep. que significa alrededor.

periambo n.m. Pie griego y latino de dos sílabas breves, pariambo.

periantio n.m. BOT Envoltura de los órganos sexuales de una planta, perigonio.

periartritis n.f. MED Afección inflamatoria de los tejidos que rodean una articulación.

pericardio n.m. ANAT Envoltura membranosa del corazón. • **pericarditis** n.f. PAT Inflamación del pericardio.

pericarpio n.m. BOT Parte exterior del fruto de las plantas, que cubre las semillas.

pericia n.f. Experiencia y habilidad en una ciencia o arte.

pericial adj. Relativo al perito.

periciclo n.m. BOT En las raíces y tallos, capa celular que separa la corteza del cilindro central.

periclitar v.int. **1.** Peligrar, estar en peligro. **2.** Decaer, declinar.

perico n.m. **I.** Ave de las trepadoras, especie de papagayo de pequeño tamaño, indígena de Cuba y de América Meridional. **II.** Fig. Espárrago de gran tamaño. **III.** Fig. Mujer de vida airada.

pericón,a **I.** n. y adj. Se aplica al que suple por todos. **II.** n.m. **1.** Abanico muy grande. **2.** *Arg.* y *Urug.* Baile popular, de ritmo vivo.

pericráneo n.m. ANAT Membrana fibrosa que cubre exteriormente los huesos del cráneo.

pericúes, grupo étnico de México, que habitaba el extremo S de la península de California, en los alrededores de El Triunfo, cerca de La Paz.

Peridinias n.f. pl. BOT Clase de algas pardas planctónicas unicelulares generalmente marinas, que tienen dos flagelos.

peridoto n.m. Silicato de magnesia y hierro, de color verde, que se emplea como piedra fina de poco valor.

perieco,a n. y adj. GEOGR Se aplica al morador del globo terrestre con relación a otro que ocupa un punto del mismo paralelo que el primero y diametralmente opuesto a él. (Se usa más en pl.)

periferia n.f. **1.** Contorno de un círculo o de una figura curvilínea. **2.** Fig. Espacio que rodea un núcleo cualquiera. • **periférico,a** **1.** adj. Perteneciente o relativo a la periferia. ▷ MED *Sistema nervioso periférico.* Parte del sistema nervioso cerebroespinal que comprende los nervios craneanos y raquídeos.

perifollo n.m. **1.** Planta herbácea anual, de la familia de las umbelíferas, usada como condimento. **2.** pl. Fig. y Fam. Adornos ridículos en el traje y peinado.

perífrasis n.f. RET Circunlocución. • **perifrástico,a** adj. Perteneciente o relativo a la perífrasis.

perigallo n.m. Pellejo que pende de la garganta, a causa de la vejez o por haber adelgazado.

perigeo n.m. ASTRON Punto de la órbita de un astro o de un satélite más próximo a la Tierra. ▷ Época en que un astro se encuentra en ese punto.

periglacial adj. GEOL Se aplica a la erosión debida a la alternancia del hielo y deshielo.

perigonio n.m. BOT Envoltura sencilla o doble de los órganos sexuales de una planta.

perihelio n.m. ASTRON Punto en que un planeta se halla más inmediato al Sol.

perilla n.f. **1.** Adorno en figura de pera. **2.** Porción de pelo que se deja crecer en la punta de la barba.

perillán,a n. y adj. Fam. Persona pícara, astuta.

perímetro n.m. **1.** Contorno de una superficie. **2.** GEOM Contorno de una figura. • **perimétrico,a** adj. Perteneciente o relativo al perímetro.

perinatal adj. MED Relativo al período que precede y sigue inmediatamente el nacimiento. • **perinatología** n.f. MED Rama de la medicina que trata de la perinatalidad.

perínclito,a adj. Grande, heroico.

perindola n.f. Pequeña peonza que se baila con los dedos, perinola.

perineo n.m. ANAT Zona comprendida entre el ano y los órganos genitales. • **perineal** adj. Perteneciente o relativo al perineo.

perinola n.f. Peonza pequeña que baila cuando se hace girar rápidamente con dos dedos un manguillo que tiene en la parte superior.

períoca n.f. Sumario, argumento de un libro o tratado.

periódico,a **I.** adj. **1.** Se dice de lo que sucede a intervalos regulares de tiempo. **2.** MAT Se dice de la fracción decimal que tiene período. *Fracción periódica.* — *Función periódica.* Aquella que vuelve a tener el mismo valor al añadir a la variable una cantidad fija (periodo). **II.** n.m. Nombre dado a los impresos que se publican con periodicidad regular. • **periodicidad** n.f. Naturaleza de lo periódico, de lo que sucede a intervalos regulares.

periodismo n.m. Ejercicio o profesión de periodista. • **periodista** n.m. y f. Persona que compone, escribe o edita un periódico. • **periodístico,a** adj. Perteneciente o relativo a periódicos y periodistas.

período o **periodo** n.m. **I. 1.** Espacio de tiempo. ▷ Época. **2.** Fase en el transcurso de un proceso. **3.** Espacio de tiempo determinado por la reproducción, a intervalos fijos, de un fenómeno. ▷ ASTRON Tiempo que tarda un astro en recorrer su órbita. ▷ FIS Intervalo de tiempo que debe transcurrir para que un sistema vibratorio vuelva a recobrar el mismo valor. ▷ FISIOL *Período menstrual.* Menstruación. **II. 1.** Conjunto de elementos y de fenómenos susceptibles de reproducirse. **2.** MAT Serie de cifras que se reproduce en un número fraccionario. **3.** QUIM Conjunto de los elementos que se encuentran en una misma línea de la tabla periódica de los elementos.

periostio n.m. ANAT Membrana fibrosa que envuelve los huesos y sirve para su desarrollo y vascularización. • **periostitis** n.f. MED Inflamación del periostio.

peripato n.m. Sistema filosófico de Aristóteles. • **peripatético,a** n. y adj. **1.** Que sigue la filosofía de Aristóteles. **2.** Perteneciente a este sistema. **3.** Fig. y Fam. Ridículo o extravagante.

peripecia n.f. **1.** En el drama o cualquier otra composición análoga, cambio repentino de situación. **2.** Fig. Accidente de esta misma clase en la vida real.

periplo n.m. **1.** Circunnavegación. **2.** Viaje prolongado (en los relatos antiguos). **3.** Fig. Suma de gestiones múltiples e infructuosas, generalmente.

períptero,a n.m. y adj. Dícese del templo clásico rodeado por columnas.

peripuesto,a adj. Fam. Que se arregla con afectación.

periquete n.m. Fam. Breve espacio de tiempo.

periquito n.m. Sitácido trepador similar al loro, aunque más pequeño.

periscio,a n. y adj. GEOGR Dícese del habitante de las zonas polares, en torno del cual gira su sombra cada veinticuatro horas en la época del año en que no se pone el Sol en dichas zonas.

periscopio n.m. Aparato óptico de prismas (o espejos) que permite observar objetos situados fuera del campo de visión inmediato.

perisodáctilo n.m. y adj. ZOOL Dícese de los mamíferos que tienen los dedos en número impar, como el rinoceronte o el caballo. ▷ n.m.pl. ZOOL Orden de estos animales.

perisología n.f. RET Vicio de la elocución, que consiste en repetir o amplificar inútilmente los conceptos, o en expresarlos con verbosidad superflua y enojosa.

perista n.m. y f. Comprador de cosas robadas.

peristáltico,a adj. FISIOL Relativo al peristaltismo. • **peristaltismo** n.m. FISIOL Contracción del esófago y del intestino, que permite la progresión del contenido del tubo digestivo.

peristilo n.m. **1.** Entre los antiguos, lugar o sitio rodeado de columnas por la parte interior. **2.** Galería de columnas que rodea un edificio.

perístole n.f. FISIOL Acción peristáltica del conducto intestinal.

perito,a **I.** n. y adj. Experimentado en una ciencia o arte. **II.** n.m. El que en alguna materia tiene título de tal, conferido por el Estado. • **peritación** o **peritaje** n.f. Trabajo o estudio que hace un perito.

peritoneo n.m. ANAT Membrana serosa que reviste la cavidad abdominal y forma pliegues que envuelven las vísceras situadas en esta cavidad. • **peritoneal** adj. ZOOL Perteneciente o relativo al peritoneo. • **peritonitis** n.f. PAT Inflamación del peritoneo.

perjudicar v.tr. y prnl. Ocasionar daño o menoscabo material o moral. • **perjuicio** n.m. Efecto de perjudicar o perjudicarse. • **perjudicial** adj. Que perjudica o puede perjudicar.

perjurar **1.** v.int. y prnl. Jurar en falso. **2.** v.int. Jurar mucho o por costumbre. **3.** v.prnl. Faltar al juramento. • **perjurio** n.m. **1.** Juramento en falso. **2.** Quebrantamiento del juramento. • **perjuro,a** **1.** n. y adj. Que jura en falso. **2.** adj. Que quebranta intencionadamente el juramento que ha hecho.

perla n.f. **1.** Concreción nacarada que se forma accidentalmente en el interior de las conchas de diversos moluscos lamelibranquios. **2.** Fig. Persona o cosa excelente o muy valiosa. • **perlado,a** o **perlino,a** adj. De color de perla.

ENCICL Las perlas más finas las producen generalmente las ostras de los mares cálidos (meleagrina, en particular) o moluscos de agua dulce (almeja de río). Las perlas de cultivo se obtienen injertando impurezas (generalmente fragmentos de perlas de mala calidad) en ostras. El color irisado de las perlas se debe a que las finísimas capas de nácar superpuestas constituyen un filtro dispersor de la luz.

perlesía n.f. **1.** Parálisis. **2.** Debilidad muscular acompañada de temblor. • **perlático,a** n. y adj. Que padece perlesía.

perlita n.f. Fonolita, mineral.

perlongar v.int. **1.** MAR Ir navegando a lo largo de una costa. **2.** MAR Extender un cabo para que se pueda tirar de él.

permafrost n.m. GEOL Capa del subsuelo permanentemente helada en las regiones frías.

permalloy n.m. METAL Aleación de hierro y níquel de gran permeabilidad magnética.

permanecer v.int. Mantenerse sin mutación en un mismo lugar, estado o calidad. • **permanencia** n.f. Duración firme, constancia, perseverancia, estabilidad, inmutabilidad. • **permanente** **1.** adj. Que permanece. **2.** n.f. y adj. Fam. Dícese de la ondulación artificial del cabello.

permanganato n.m. QUIM *Ion permanganato.* Ion oxidado del manganeso (MnO_4^-).

permeable adj. Que puede ser penetrado por el agua u otro fluido. • **permeabilidad** n.f. **1.** Calidad de permeable. **2.** FIS Propiedad de los cuerpos de dejarse atravesar por los líquidos, los gases, etc.

permeancia n.f. ELECTR Inversa de la reluctancia.

pérmico,a **1.** adj. GEOL Se dice de la capa o terreno superior y más moderno que el carbonífero. **2.** n.m. Período o tiempo de formación de dicho terreno.

permisible adj. Que se puede permitir.

permisión n.f. **1.** Acción de permitir. **2.** Permiso. **3.** RET Figura que se comete cuando el que habla finge permitir o dejar al arbitrio ajeno una cosa.

permisividad n.f. Condición de permiso.

permisivo,a adj. Que tiene más bien tendencia a permitir que a reprimir.

permiso n.m. Licencia o consentimiento para hacer o decir una cosa.

permitir **I.** v.tr. y prnl. Dar consentimiento, para que otros hagan o dejen de hacer una cosa. **II.** v.tr. No impedir lo que se pudiera y debiera evitar.

permitividad n.f. ELECTR Característica eléctrica de un medio poco conductor.

permutar v.tr. Cambiar una cosa por otra. • **permuta** n.f. Acción y efecto de permutar una cosa por otra. • **permutable** adj. Que se puede permutar. ▷ MAT *Elementos permutables.* Los que pueden permutarse sin que varíe el resultado. • **permutación** n.f. Acción y efecto de permutar.

perna n.f. Molusco acéfalo propio de los mares tropicales.

pernada n.f. **1.** Golpe o movimiento violento que se da con la pierna. **2.** v. derecho de pernada.

pernear v.int. Mover violentamente las piernas. • **pernera** n.f. Parte del pantalón que cubre cada pierna.

perniabierto,a adj. Que tiene las piernas abiertas o apartadas una de otra.

pernicioso,a adj. **1.** Moralmente dañino, perjudicial. **2.** MED Dícese de ciertas formas graves de enfermedades.

pernil n.m. Anca y muslo del animal. ▷ P. antonom., el del cerdo.

pernio n.m. Gozne que se pone en las puertas y ventanas para que giren las hojas.

Pernis n.m. ZOOL Género de aves falconiformes de unos 5 cm, del mismo color que el cernícalo. El halcón ovejero, única especie europea, se alimenta esencialmente de gusanos, orugas, lagartijas, etc., aunque a veces también de avispas y de abejorros, desenterrando sus nidos, y de abejas.

perno n.m. **1.** Pieza de hierro con cabeza redonda por un extremo y que por el otro se asegura con una tuerca. **2.** Pieza del pernio o gozne, en que está la espiga.

pernoctar v.int. Pasar la noche en determinado lugar, especialmente fuera del propio domicilio.

1. pero n.m. **1.** Variedad de manzano. **2.** Fruto de este árbol.

2. pero **I.** Conj.advers. con que a un concepto se contrapone otro diverso o ampliativo del anterior. ▷ Empléase a principio de frase sin referirse a otra anterior, sólo para dar énfasis o fuerza de expresión a lo que se dice. *Pero ¿dónde vas a meter tantos libros?* ▷ Sino (sent. 2). **II.** n.m. Fam. Defecto o dificultad.

perogrullada n.f. Fam. Verdad que por notoriamente sabida es innecesario decir.

perol n.m. Vasija de metal. • **perola** n.f. Pequeño perol.

peroné n.m. ANAT Hueso largo situado en la parte externa de la pierna, que se articula con la tibia.

peronosporáceas n.f.pl. BOT Orden de hongos oomicetos.

perorar v.int. **1.** Pronunciar un discurso u oración. **2.** Fam. Hablar uno como si estuviera pronunciando un discurso. • **perorata** n.f. Oración o razonamiento molesto o inoportuno.

peroxi- QUIM Prefijo que indica la presencia del grupo —O—O—.

peroxidar v.tr. QUIM Transformar (un compuesto) en peróxido.

peroxidasa n.f. BIOQUIM Enzima que descompone los peróxidos liberando oxígeno activo.

peróxido n.m. QUIM Compuesto que contiene el grado mayor de oxidación.

perpendicular n.f. y adj. GEOM Aplícase a la línea o al plano que forma ángulo recto con otra línea o con otro plano.

perpetrar v.tr. Cometer, consumar. Aplícase sólo a delito o culpa grave.

perpetua n.f. **1.** Planta herbácea anual, de la familia de las amarantáceas, cuyas flores, una vez cortadas, persisten meses enteros sin padecer alteración. **2.** *Perpetua amarilla.* Planta herbácea vivaz, de la familia de las compuestas, de flores amarillas, de conservación análoga a las de la anterior. ▷ Flor de esta planta.

perpetuar v.tr. y prnl. **1.** Hacer perpetua una cosa. **2.** Dar a las cosas una larga duración. • **perpetuidad** n.f. **1.** Duración sin fin. **2.** Fig. Duración muy larga o incesante. • **perpetuo,a** adj. Que dura y permanece para siempre.

perplejo,a adj. Dudoso, incierto, confuso. • **perplejidad** n.f. Irresolución, confusión, duda.

perquirir v.tr. Investigar, buscar una cosa con cuidado y diligencia.

perra n.f. **I.** Hembra del perro. **II.** Fam. Rabieta de niño.

perrada n.f. **1.** Conjunto de perros. **2.** Fig. y Fam. Mala jugada.

perrera n.f. Lugar o sitio donde se guardan o encierran los perros.

perrería n.f. **I.** Muchedumbre de perros. **II. 1.** Fig. Expresión de enojo o ira. **2.** Acción mala o inesperada.

perrero n.m. **1.** Empleado municipal encargado de recoger perros abandonados. **2.** El que cuida o tiene a su cargo los perros de caza.

perrillo n.m. **1.** Gatillo de las armas de fuego. **2.** Pieza de hierro que se pone en los frenos a las caballerías muy duras de boca.

perro **I.** n.m. **1.** ZOOL Mamífero doméstico, de la familia de los cánidos, de tamaño, forma y pelaje muy diversos, según las razas. **2.** Fig. Persona muy fiel. **3.** Fig. Persona despreciable. **II.** adj. Fig. y Fam. Muy malo, atroz, indigno.

ENCICL El perro *Canis familiaris,* de la familia de los cánidos, ha sido, desde la prehistoria, un compañero habitual del hombre. Sus orígenes son discutidos: algunas razas vendrían del chacal; otras del lobo. Actualmente se tiende a ver un origen común para todas ellas: el lobo. El perro tiene 42 dientes, entre ellos 4 colmillos muy desarrollados y 4 incisivos; fundamentalmente carnívoro, está acostumbrado a un régimen casi omnívoro. Es un trotador infatigable, desprovisto de glándulas sudoríparas: el menor esfuerzo le hace jadear y sacar la lengua para luchar contra la elevación de temperatura de su cuerpo. Su edad media límite es de veinte años. La hembra pare, en una camada, de tres a diez cachorros después de 60 a 90 días de gestación.

perruno,a adj. Perteneciente o relativo al perro.

per se expr. lat. Por sí o por sí mismo.

perseguir v.tr. **1.** Seguir al que va huyendo, con ánimo de alcanzarle. **2.** Fig. Seguir o buscar a alguien en todas partes. **3.** Fig. Molestar a uno; procurar hacerle el mayor daño posible. **4.** Fig. Solicitar con frecuencia o molestia. **5.** FOR Proceder judicialmente contra uno. • **persecución** n.f. **1.** Acción de perseguir o insistencia en hacer o procurar daño. ▷ P. antonom., cada una de las que ordenaron algunos emperadores romanos contra los cristianos. **2.** Fig. Molestia continua con que se acosa a alguien. • **persecutorio** n. y adj. **1.** Que persigue al que huye. **2.** Que molesta, fatiga o hace sufrir a otro. • **perseguidor,a** adj. Que persigue.

perseverancia n.f. **1.** Firmeza y constancia en la ejecución de los propósitos. **2.** Duración permanente o continua de una cosa. • **perseverar** v.int. **1.** Mantenerse constante en la prosecución de lo comenzado. **2.** Durar por largo tiempo.

persiana n.f. **1.** Especie de celosía, formada de tablillas fijas o movibles. **2.** Cierta tela de seda.

persicaria n.f. Centinodia de sitios húmedos.

pérsico,a **I.** adj. Persa, perteneciente a Persia. **II.** n.m. BOT **1.** Melocotonero (árbol frutal de la familia de las rosáceas, originario de Persia). **2.** Fruto de este árbol.

persignar v.tr. y prnl. Signar, hacer la señal de la cruz.

persistir v.int. **1.** Mantenerse firme en una cosa. **2.** Durar por largo tiempo. • **persistencia** n.f. **1.** Insistencia en el intento de una cosa. **2.** Duración permanente de una cosa.

persona n.f. **I. 1.** Individuo de la especie humana. **2.** Hombre o mujer cuyo nombre se ignora o se omite. **II.** Sujeto de Derecho. **III. 1.** GRAM Accidente gramatical con que el verbo denota si el sujeto de la oración es el que habla o aquel a quien se habla, o aquel de quien se habla. **2.** GRAM Nombre substantivo relacionado mediata o inmediatamente con la acción del verbo. **IV.** TEOL El Padre, el Hijo o el Espíritu Santo.

personada adj. BOT Dícese de la corola gamopétala irregular cuyo labio inferior tiene una protuberancia que se junta con el labio superior.

personaje n.m. **1.** Persona importante. **2.** Cada uno de los seres humanos, sobrenaturales o simbólicos, ideados por el escritor, que intervienen en una obra literaria, de cine, de teatro, etc.

personal **I.** adj. Perteneciente a la persona o propio de ella. **II.** n.m. Conjunto de los empleados de una entidad.

personalidad n.f. **I.** Diferencia individual que constituye a cada persona. **II.** FOR Aptitud legal para intervenir en un negocio o para comparecer en juicio. **III.** Persona notable.

personalismo n.m. Tendencia a subordinar el interés común a miras personales. • **personalista** n. y adj. Que practica el personalismo.

personalizar v.tr. **1.** Referirse expresamente a alguien hablando o escribiendo. **2.** Dar carácter personal a algunos verbos generalmente impersonales.

personarse v.prnl. **1.** Presentarse personalmente en una parte. **2.** FOR Comparecer como parte interesada en un juicio o pleito.

personificar v.tr. **1.** Atribuir cualidades propias de ser racional a las cosas inanimadas, o abstractas o a los animales. **2.** Representar persona determinada un suceso, sistema, opinión, etc. • **personificación** n.f. Acción y efecto de personificar.

perspectiva n.f. **1.** Arte de representar en una superficie los objetos, en la forma y disposición con que aparecen a la vista. **2.** Fig. Conjunto de objetos que desde un punto determinado se presentan a la vista del espectador. **3.** Fig. Apariencia de las cosas. **4.** Fig. Contingencia que puede preverse en algún negocio.

perspicacia n.f. **1.** Agudeza y penetración de la vista. **2.** Fig. Penetración de ingenio. • **perspicaz** adj. **1.** Dícese de la vista, la mirada, etc., muy aguda y que alcanza mucho. **2.** Fig. Aplícase al ingenio agudo y penetrativo y al que lo tiene.

perspicuo,a adj. **1.** Transparente. **2.** Fig. Dícese de la persona que se explica con claridad.

persuadir v.tr. y prnl. Convencer con razones. • **persuasión** n.f. **1.** Acción y efecto de persuadir o persuadirse. **2.** Aprehensión o juicio que se forma en virtud de un fundamento. • **persuasivo,a** o **persuasorio,a** adj. Que tiene fuerza y eficacia para persuadir.

persulfato n.m. QUIM Peroxisulfato.

persulfuro n.m. QUIM Sulfuro más rico en azufre que un sulfuro normal.

pertenecer v.int. **1.** Tocar a uno, o ser propia de él una cosa, o serle debida. **2.** Ser una cosa del cargo u obligación de uno. **3.** Referirse o hacer relación una cosa a otra, o ser parte integrante de ella.

pertenencia n.f. **I.** Derecho que uno tiene a la propiedad de una cosa. **II.** Espacio o término que toca a uno por jurisdicción o propiedad. **III.** Cosa accesoria que entra en la propiedad. ▷ MAT *Relación de pertenencia.* Relación que expresa que ciertos elementos pertenecen a un conjunto dado (símbolo $\in$).

pértiga n.f. Vara larga.

pertinaz adj. **1.** Persistente. **2.** Obstinado. • **pertinacia** n.f. Cualidad de pertinaz.

pertinente adj. **1.** Perteneciente a una cosa. **2.** Dícese de lo que viene a propósito. • **pertinencia** n.f. Cualidad de pertinente.

pertrechos n.m. pl. **1.** Municiones, armas y demás cosas que forman el equipo de un ejército. **2.** P. ext., instrumentos necesarios para cualquier operación. • **pertrechar** **I.** v.tr. Abastecer de pertrechos. **II.** v.tr. y prnl. Fig. Disponer lo necesario para una cosa.

perturbar **1.** v.tr. y prnl. Trastornar el orden y concierto de las cosas. **2.** v.prnl. Perder el juicio una persona. • **perturbación** n.f. Acción y efecto de perturbar o perturbarse. • **perturbado,a** n. y adj. Dícese de la persona que tiene perturbadas sus facultades mentales.

peruano,a **1.** n. y adj. Natural de Perú. **2.** adj. Perteneciente o relativo a esta nación suramericana.

peruétano n.m. **I. 1.** Peral silvestre, cuyo fruto es pequeño, aovado, de corteza verde y sabor acerbo. **2.** Fruto de este árbol. **II.** Fig. Porción saliente y puntiaguda de una cosa.

perulero n.m. Vasija de barro, angosta de suelo, ancha de barriga y estrecha de boca.

pervertir **1.** v.tr. Perturbar el orden o estado de las cosas. **2.** v.tr. y prnl. Volver malo o vicioso. • **perversidad** n.f. Calidad de perverso. • **perversión** n.f. Acción y efecto de pervertir o pervertirse. ▷ PSICOL Desviación de las tendencias o los instintos, que se traduce por un trastorno del comportamiento. • **perverso,a** n. y adj. Que causa daño intencionadamente.

pervigilio n.m. Falta y privación del sueño; vela o vigilia continua.

pervinca n.f. Vincapervinca (planta).

pervivir v.int. Seguir viviendo a pesar de las dificultades. • **pervivencia** n.f. Acción y efecto de pervivir.

pervulgar v.tr. Hacer público y notorio.

pesa n.f. **1.** Pieza que sirve para equilibrar la balanza. **2.** Contrapeso.

pesabebés n.m. Balanza o báscula diseñada para pesar lactantes.

pesacartas n.m. Balanza propia para pesos muy ligeros, con un platillo para pesar las cartas.

pesada n.f. Cantidad que se pesa de una vez. ▷ FIS Determinación de la masa de un cuerpo.

pesadez n.f. **1.** Calidad de pesado. **2.** Gravedad terrestre. **3.** Fig. Terquedad o impertinencia. **4.** Fig. Molestia, trabajo, fatiga.

pesadilla n.f. **1.** Sueño angustioso. **2.** Opresión respiratoria que se experimenta mientras se duerme. **3.** Fig. Preocupación grave y continua.

pesado,a adj. **I. 1.** Que pesa mucho. **2.** Fig. Intenso, profundo, hablando del sueño. **3.** FIS NUCL Dícese del agua constituida por la combinación del oxígeno con el isótopo de masa atómica 2 del hidrógeno. **II. 1.** Fig. Tardo. **2.** Fig. Molesto, impertinente.

pesador,a n. y adj. Que pesa.

pesadumbre n.f. **1.** Preocupación, disgusto, pena. **2.** La causa del pesar.

pésame n.m. Expresión con que se significa a uno el sentimiento que se tiene de su pena.

pesantez n.f. Gravedad o peso.

1. pesar n.m. **1.** Sentimiento o dolor interior. **2.** Arrepentimiento.

2. pesar **I.** v.int. **1.** Tener gravedad o peso. **2.** Fig. Tener una cosa estimación o valor. **3.** Fig. Causar un hecho o dicho arrepentimiento o dolor. **II.** v.tr. **1.** Determinar el peso de una cosa. **2.** Fig. Examinar con atención una cosa.

pesario n.m. **1.** MED Anillo que se coloca en la vagina para corregir el descenso del útero. **2.** Preservativo femenino, diafragma.

pesaroso,a adj. **1.** Arrepentido. **2.** Que por causa ajena tiene pesadumbre.

pescante n.m. **I.** En los carruajes, asiento exterior desde donde el conductor dirige el vehículo. **II. 1.** Pieza saliente que sirve para sostener o colgar de ella alguna cosa. **2.** Brazo de una grúa. **3.** En los teatros, tramoya que sirve para hacer bajar o subir en el escenario personas o figuras.

pescar v.tr. **1.** Sacar del agua peces, animales u otra cosa. **2.** Fig. y Fam. Contraer una dolencia o enfermedad. **3.** Fig. y Fam. Coger a uno en las palabras o en los hechos, cuando no lo esperaba. • **pesca** n.f. **1.** Acción y efecto de pescar. **2.** Lo que se pesca. — *Pesca de altura.* La que se efectúa en aguas relativamente alejadas del litoral. — *Pesca de bajura.* La que se efectúa por pequeñas embarcaciones en las proximidades de las costas. • **pescada** n.f. Merluza (pez). • **pescadería** n.f. Sitio donde se vende pescado. • **pescadero,a** n.m. y f. Persona que vende pescado. • **pescadilla** n.f. Cría de la merluza. • **pescado** n.m. **1.** Pez comestible sacado del agua. **2.** Abadejo salado. • **pescador,a 1.** n. y adj. Que pesca. **2.** n.m. Pejesapo.

pescuezo n.m. Parte del cuerpo del animal desde la nuca hasta el tronco. • **pescozón** n.m. Golpe que se da con la mano en el pescuezo o en la cabeza. • **pescozudo,a** adj. Que tiene muy grueso el pescuezo.

pesebre n.m. Especie de cajón donde comen los animales. • **pesebrejo** n.m. Cada uno de los alvéolos en las quijadas de las caballerías.

peseta n.f. Unidad monetaria de España. • **pesetero,a** adj. Se aplica a la persona aficionada al dinero; ruin, tacaño, avaricioso.
ENCICL **Hist.** — Moneda de plata de cuatro reales, vigente desde la época de los Austrias, que ha sufrido numerosas modificaciones con el paso del tiempo. En 1868 se constituyó esta unidad como base de moneda en España, dividida en cien céntimos. Desde 1937 desapareció la de plata y se acuñó en latón, hasta 1944, fecha en que empezó a acuñarse en aluminio y cobre.

pesgua n.f. *Venez.* Árbol semejante al madroño, cuyas hojas secas son aromáticas.

pésicos, antiguos habitantes de una parte de la región de los astures, en la España primitiva.

pesimismo n.m. Disposición de la mente que lleva a pensar que todo terminará mal. • **pesimista** n. y adj. Propenso al pesimismo.

pésimo,a Adj. sup. de *malo.* Sumamente malo.

peso n.m. **I. 1.** Gravedad de la tierra. **2.** Fuerza de gravitación universal ejercida sobre la materia. **3.** El que por ley o convenio debe tener una cosa. **II.** Unidad monetaria de diversos países americanos. **III.** Balanza para pesar. **IV. 1.** Fig. Importancia de una cosa. **2.** Fig. Aquello que causa preocupación. **V. 1.** DEP Esfera metálica utilizada en atletismo. **2.** DEP Categoría en que se encuadran los boxeadores. **VI.** QUIM *Peso atómico.* El correspondiente al átomo de cada cuerpo simple referido al del hidrógeno tomado como unidad. — *Peso bruto.* El total, incluida la tara. — FIS *Peso específico.* El de un cuerpo en comparación con el de otro de igual volumen tomado como unidad. — QUIM *Peso molecular.* El de una molécula de un cuerpo o sustancia, que es igual a la suma de los pesos atómicos que constituyen dicha molécula. — *Peso neto.* El que resta del peso bruto, deducido de la tara.
ENCICL **Hist.** — Moneda de plata de ocho reales, vigente desde la época de los Austrias, que en la actualidad subsiste como unidad monetaria en la Argentina, Bolivia, Colombia, Cuba, Chile, República Dominicana, Filipinas, México y Uruguay, pero con distintos valores. Se llamó así el duro de ocho reales en Nueva España (México) y en las Indias durante el s. XVIII.

pésol n.m. Bisalto (guisante).

pesor n.m. *Amér. Central* y *Ant.* Peso.

pespuntar v.tr. Hacer pespuntes.

pespunte n.m. Labor de costura, con puntadas unidas. • **pespuntear** v.tr. Hacer pespuntes.

pesquería n.f. Sitio donde se pesca. • **pesquero,a 1.** adj. Que pesca. **2.** n.m. Barco pesquero.

pesquis n.m. Agudeza, perspicacia.

pesquisa n.m. Indagación. • **pesquisar** v.tr. Hacer pesquisa de una cosa.

pestaña n.f. **1.** Cada uno de los pelos que hay en los bordes de los párpados, para protección de los ojos. **2.** Adorno estrecho que se pone al canto de las telas. **3.** Orilla o extremidad del lienzo, que dejan las costureras para que no se vayan los hilos de la costura. **4.** Parte saliente y estrecha en el borde de alguna cosa. • **pestañear** v.int. Mover los párpados. • **pestañeo** n.m. Movimiento rápido y repetido de los párpados.

peste n.f. **I. 1.** Enfermedad contagiosa y grave debida al bacilo de Yersin. ▷ MED VETER Enfermedades virales de los animales de corral y ganadería. **2.** P. ext., cualquier enfermedad, aunque no sea contagiosa, que cause gran mortandad. **II.** Mal olor. **III.** Fig. Cualquier cosa mala. **IV.** pl. Palabras de enojo o amenaza y execración. *Echar pestes.*
ENCICL Se puede con toda seguridad llamar peste a la epidemia que, bajo el reinado de Justiniano (542), azotó parte del Imperio y también a la que diezmó al ejército de los cruzados frente a Túnez y de la que murió Luis IX de Francia (1270) y por fin a la famosa *peste negra* que, a mediados del s. XIV, después de hacer estragos en Asia, mató a unos 25 millones de personas en Europa. En la época moderna, las epidemias de peste más célebres fueron la de Londres (1665), y la de Marsella (1720). La gran epidemia de 1799 hizo estragos en Oriente Próximo (sobre todo en Egipto). En la actualidad la peste se sigue dando de forma endémica desde Oriente Medio hasta Extremo Oriente, sobre todo en la India; Latinoamérica también la padece. La peste es una enfermedad de las ratas que se transmite a los hombres a través de las pulgas; también puede contagiarse de un enfermo a otro. Se debe al bacilo de Yersin (*Yersinia pestis*) y se presenta bajo tres formas. La *peste bubónica,* la más frecuente, transmitida generalmente por la picadura de la pulga, se caracteriza por la formación de bubones en la ingle y axilas. La *peste pulmonar,* transmitida por contacto humano directo, se traduce en una neumopatía aguda. La *peste septicémica* produce un cuadro septicémico gravísimo. El tratamiento consiste en la administración de fuertes dosis de suero y antibióticos, pero el pronóstico no deja de ser preocupante. El tratamiento preventivo de vacuna tiene efectos positivos. La profilaxis comprende: medidas de higiene, desinfección y eliminación de las ratas.

pesticida n.m. Producto que impide el desarrollo de los animales o de las plantas perjudiciales, o que los destruye.
ENCICL La lucha contra los enemigos de los cultivos está basada hoy en día especialmente en el uso de pesticidas. Los *fungicidas,* también llamados *anticriptogámicos,* destruyen los hongos parasitarios y por tanto los «mohos». Los «caldos» (caldo bordelés, p. ej.) a base de sulfato de cobre, utilizados antiguamente, se sustituyen hoy en día por compuestos orgánicos de síntesis: derivados del benceno (hexaclorobenceno, p. ej.), fenilos, quinones, diazinas, etc. Los *bactericidas,* usados para luchar contra las enfermedades bacterianas, están compuestos por antibióticos. Los *insecticidas,* destinados a destruir los insectos nocivos para los cultivos, y en particular a los insectos roedores (coleópteros, lepidópteros, himenópteros), comprenden los organoclorados, como el DDT, el lindano, etc., y los organofosforados. Los insecticidas actúan por contacto (por asfixia o parálisis del insecto), o por ingestión en el sistema digestivo del insecto. Los herbicidas, usados para eliminar las malas hierbas que dificultan el desarrollo de los cultivos, queman la materia vegetal, descompensan la función clorofílica de las plantas o inhiben su desarrollo. Se diferencian en herbicidas minerales, como el nitrato de cobre y el clorato sódico, y en herbicidas orgánicos: colorantes nitrados o derivados del cresol o del fenol, y fitohormonas. A diferencia de los fungicidas, los insecticidas y los herbicidas suponen un riesgo para el hombre. La remanencia de los organoclorados, o sea el tiempo al cabo del cual son eliminados de la cadena alimentaria, es a menudo importante, lo que ha llevado a la prohibición del DDT, que se concentra en el tejido adiposo del organismo. La inhalación de insecticidas organofosforados es causante de intoxicaciones graves. Algunos herbicidas contienen productos tóxicos o cancerígenos. La protección del entorno lleva la sustitución del uso de los pesticidas por la *lucha biológica,* que consiste en modificar el equilibrio ecológico favoreciendo el desarrollo de los depredadores (mariquitas, p. ej.) que se encargarán de destruir las especies nocivas.

pestífero,a adj. **1.** Que puede ocasionar peste o daño grave. **2.** Que tiene muy mal olor.

pestilencia n.f. **1.** Peste. **2.** Mal olor. • **pestilente** o **pestilencial** adj. **1.** Que origina peste. **2.** Que da mal olor.

pestillo n.m. **1.** Pasador con que se asegura una puerta corriéndolo a modo de cerrojo. **2.** Pieza de la cerradura que entra en el cerradero.

petaca n.f. **1.** Arca de cuero o mimbre muy usada en América para colocar la carga en las caballerías. **2.** Estuche que sirve para llevar cigarros o tabaco picado.

pétalo n.m. BOT Cada una de las piezas que forman la corola de la flor.

petanca n.f. Juego de bolas en el que la meta es una bola más pequeña llamada boliche.

petanque n.m. MIN Mineral de plata nativa.

petaquita n.f. *Col.* Enredadera de flores rosadas.

petardo n.m. **I.** Canuto que se llena de explosivo para que produzca una gran detonación. **II. 1.** Fig. Estafa, petición de una cosa con ánimo de no devolverla. **2.** Fig. y Fam. Persona o cosa muy fea o de escasas cualidades.

petate n.m. **1.** Esterilla de palma, que se usa en los países cálidos para dormir sobre ella. **2.** Lío hecho con ropas.

Petaurus n.m. Género de marsupiales australianos, llamados también *ardillas voladoras,* que pueden planear gracias a las membranas que ligan sus extremidades anteriores y posteriores.

petenera n.f. Aire popular parecido a la malagueña.

petequia n.f. PAT Mancha parecida a la picadura de la pulga, que se observa en enfermedades ordinariamente graves.

peticano o **peticanon** n.m. IMP Carácter de letra de 26 puntos.

petición n.f. **1.** Acción de pedir. **2.** Escrito o palabras con que se pide. • **peticionario,a** n. y adj. Que pide o solicita oficialmente una cosa.

petigrís n.m. Nombre dado en el comercio peletero a la piel de la ardilla común.

petimetre,a n.m. y f. Persona que cuida demasiado de su compostura y de seguir las modas.

petirrojo n.m. Pequeña ave paseriforme.

petitorio,a **I.** adj. Perteneciente o relativo a la petición. **II.** n.m. **1.** Fam. Petición repetida e impertinente. **2.** Cualquier escrito con una lista de peticiones.

petizo,a **I.** adj. *Arg., Bol., Chile, Par.* y *Urug.* Pequeño. **II.** n.m. **1.** *Arg., Chile, Par.* y *Urug.* Caballo de poca alzada. **2.** Chico que en la casa suele hacer toda clase de trabajos.

peto n.m. **I. 1.** Armadura de pecho. **2.** Adorno o vestidura que se pone en el pecho. **3.** TAUROM Cuero o tela acolchada que protege a los caballos de los picadores. **II.** *Cuba.* Pez comestible de gran tamaño.

petra n.f. *Chile.* Mirtácea de bayas comestibles y propiedades medicinales. También se usa como insecticida.

petrel n.m. Ave del orden de las palmípedas, común en todos los mares.

pétreo,a adj. **1.** De piedra, o como la piedra. **2.** Pedregoso.

petrificar v.tr. y prnl. Transformar una casa en piedra, o endurecerla mucho. • **petrificación** n.f. Acción y efecto de petrificar o petrificarse. • **petrífico,a** adj. Que petrifica o que tiene virtud de petrificar.

petro- Prefijo procedente del griego *petros,* «piedra».

petrodólar n.m. En el mercado de los eurodólares, dólar que proviene de un país exportador de petróleo.

petroglifo n.m. ARQUEOL Piedra o roca sobre la que hay grabados signos simbólicos.

petrografía n.f. Estudio de las rocas.

petróleo n.m. **1.** Líquido natural oleaginoso e inflamable, que consiste en una mezcla de hidrocarburos con pequeñas cantidades de otros materiales. **2.** Queroseno. • **petrolear** **I.** v.tr. Dar petróleo a alguna cosa. **II.** v.intr. Abastecerse de petróleo un buque. • **petrolero,a** **I.** adj. Perteneciente o relativo al petróleo. **II.** n.m. Buque aljibe destinado al transporte de petróleo. • **petrolífero,a** adj. Que contiene petróleo. • **petroquímico,a** **1.** adj. Perteneciente o relativo a la industria de los productos derivados del petróleo. **2.** n.f. Ciencia y técnica correspondientes a esta industria.

ENCICL El petróleo o el aceite mineral, conocido desde la Antigüedad en forma de betún, era ya utilizado en Babilonia en el I milenio a. J.C. como combustible y para el calafateo de los barcos. Numerosos autores lo mencionan. Su industria, sin embargo, sólo se remonta al s. XIX. En 1857, la ciudad de Bucarest fue alumbrada por petróleo y entraron en el mercado los primeros petróleos rumanos. En EE.UU., el primer pozo fue abierto por Drake en Pennsylvania en 1859. El petróleo es el resultado y la transformación de materias orgánicas en hidrocarburos bajo la acción de bacterias aerobias. Estos hidrocarburos están contenidos en rocas porosas y permeables situadas en configuraciones geológicas llamadas «trampas», que favorecen la acumulación de petróleo. La *prospección* de los yacimientos viene precedida por un profundo estudio geológico que se realiza midiendo las variaciones del campo de gravedad (método gravimétrico), y determinando la naturaleza de los suelos mediante ondas provocadas por explosiones (método sísmico). La *perforación* de un pozo se efectúa en el interior de un entubado, por rotación de un trépano arrastrado desde la superficie por una mesa giratoria y unido a ésta mediante vástagos de perforación en cuyo interior se inyecta un lodo de composición apropiada a los terrenos atravesados, destinado a lubrificar el trépano y evitar que el pozo sea invadido por la tierra o por los fluidos que contiene. El lodo y los detritos de la perforación suben a la superficie por el espacio comprendido entre el entubado y los vástagos. *En el mar,* la perforación se efectúa desde plataformas fijas (asentadas en el fondo) o flotantes (ancladas al fondo), o mediante navíos especiales equipados de un dispositivo automático de posición. En la actualidad el desarrollo de las técnicas de trabajo submarino permite efectuar perforaciones bajo el agua a una profundidad del orden de los 1.000 m. Los petróleos brutos son mezclas de hidrocarburos cuya masa volúmica es inferior a la del agua (de 760 a 960 kg/m³). La *destilación* del petróleo permite separar los productos ligeros (gasolinas) de los pesados (gasóleos). Los aceites pesados son transformados en productos más ligeros mediante el *fraccionamiento.* La *desulfuración* permite elevar el índice de octanos de las gasolinas pesadas. *El refino* permite eliminar las sustancias residuales de estos productos, y la obtención de gases combustibles, gasolinas, gasóleos, fuel, parafina, aceites y betunes.
Todos los derivados del petróleo tienen una importancia considerable. La creciente necesidad de productos petrolíferos y el agotamiento progresivo de las reservas obligan a la investigación de nuevos yacimientos de explotación onerosa (mesetas continentales submarinas, Alaska, mar del Norte, continente Antártico); esta investigación llevará a la puesta en marcha o al perfeccionamiento de nuevas técnicas.
El petróleo constituye, junto con el carbón, el gas natural y el uranio, una de las fuentes energéticas más utilizadas en la actualidad (en 1920, el petróleo representaba sólo el 12 % de la energía utilizada en el mundo; esta cifra es hoy superior al 40 %). Hasta 1973 (guerra del Yom Kippur), fue un producto barato que contribuyó enormemente al auge económico de los países industrializados (p. ej., desarrollo de la industria automovilística y de materias plásticas). Hasta esa fecha, las grandes compañías petrolíferas conservaron el control del ritmo de producción y el dominio del precio del bruto, logrando ajustar la oferta a la creciente demanda, por parte de las sociedades industriales, y a la vez dedicar una parte suficiente de sus beneficios a inversiones de investigación e incremento de la productividad. Esta situación, sumamente favorable para los países desarrollados, se ha invertido en 1973 tras la decisión de los miembros de la OPEP (Organización de los Países Exportadores de Petróleo) de fijar unilateralmente los precios del crudo, que se han multiplicado por 6 desde 1973 hasta finales de 1978. Esta nueva situación ha aumentado la dependencia de los países consumidores (en particular la Comunidad Económica Europea y Japón) con respecto a los países productores (el 75 % de la producción se consume en los países que sólo poseen el 10 % de reservas mundiales) y ha contribuido al mayor empobrecimiento de los países del Tercer Mundo. Por otra parte, los países productores han tomado conciencia de las ventajas que representa para ellos la disminución de los ritmos de explotación, con lo cual aseguran su porvenir retrasando el agotamiento de sus reservas. Al limitar la oferta, estos países favorecen la subida de los precios, mientras que el petróleo permanece en el subsuelo, a salvo de las fluctuaciones monetarias. Además, el petróleo constituye un arma política segura en sus manos. La estrategia de los países consumidores, en particular los EE.UU., frente a los productores, consiste en tratar de detener esta política de un petróleo cada vez más escaso y caro haciendo ver sus riesgos a largo plazo en caso de gran inflación, paro y recesión. Frente a esta amenaza, los países industrializados deben mantener el equilibrio de la balanza de pagos, reducir el derroche de energía y materias primas, y desarrollar la explotación de yacimientos submarinos, así como las energías de sustitución (nuclear, solar y geotérmica, y, a más largo plazo, fusión nuclear controlada). Las reservas mundiales de petróleo son del orden de 100.000 millones de t de las cuales el 30 % están situadas en Kuwait y Arabia Saudí. Sobre la base de las cifras de consumo, actuales y futuras, el mundo se verá amenazado por su escasez después del año 2000. Sin embargo, el monto real de las reservas es de difícil estimación, ya que depende del descubrimiento de nuevos yacimientos e incluso de una mejor explotación de los actuales. Por otra parte, existen reservas «no convencionales», aunque sin explotar, compuestas por arena, esquistos bituminosos, e incluso carbón del que puede ser extraído el petróleo por destilación. El verdadero problema radica en el costo de la explotación de todas estas reservas y en su accesibilidad (problema de orden político). El precio del petróleo aumentará sin duda, hasta que se le pueda sustituir por nuevas energías que puedan competir con él.

petroso,a adj. **1.** Aplícase al lugar en que hay muchas piedras. **2.** ZOOL Dícese también de cierta porción del hueso temporal.

petulancia n.f. Insolencia o presunción ridículas. • **petulante** n. y adj. Que tiene petulancia.

petunia n.f. BOT Planta de la familia de las solanáceas de flores infundibuliformes y olorosas.

peucédano n.m. Servato (planta).

peuco n.m. *Chile.* Ave de rapiña, diurna, semejante al gavilán.

peul, etnia musulmana de África del O (Senegal, Guinea, Malí, etc.). Probables descendientes de pastores de bovinos del Sahara prehistórico, tuvieron un gran período de extensión entre los ss. XVI y XVII. Su organización social, aunque variable de una comunidad a otra, se caracterizaba por la filiación patrilineal y la endogamia.

peumo n.m. BOT Boldo (arbusto).

-pexia MED Sufijo que sirve para formar nombres de operaciones destinadas a remediar la movilidad anormal o la ptosis de un órgano.

peyorativo,a adj. Que expresa una idea desfavorable.

peyote o **peyótl** n.m. Cactácea que contiene la mescalina.

1. pez n.m. ZOOL Animal vertebrado acuático, de respiración branquial y extremidades en forma de aletas; generación ovípara. ▷ pl. Clase de los peces. — *Pez espada.* Pez teleósteo marino de carne comestible. — *Pez luna.* Pez teleósteo marino, de cuerpo comprimido y truncado por detrás. — *Pez martillo.* Pez cuya cabeza tiene dos grandes prolongaciones laterales.

2. pez n.f. Sustancia resinosa que se obtiene a partir de la trementina.

pezón n.m. **I.** Parte central y eréctil de cada pecho en los mamíferos. **II.** BOT Ramita que sostiene la hoja, la inflorescencia o el fruto en las plantas. **III.** Se aplica a las cosas, objetos, o partes de piezas similares al pezón de los mamíferos.

pezuña n.f. Conjunto de dedos y uñas de una misma pata en los animales de pata hendida.

pfennig n.m. Moneda fraccionaria alemana.

pH n.m. QUIM Coeficiente que caracteriza la acidez o la basicidad de una solución.

ph FIS Símbolo del fot.

Phacochoerus n.m. Género de mamíferos suídeos de las sabanas africanas, con defensas curvas, parecidos al jabalí.

Phalanger n.m. Género de pequeños marsupiales australianos.

Phalera n.f. Género de mariposas nocturnas.

Phasma n.m. Género de insectos de forma alargada notables por su adaptación mimética que les da el aspecto de una ramita.

phi n.f. Vigésima primera letra del alfabeto griego, que se pronuncia *fi*.

Philodendron n.m. Género de bejucos (familia aráceas) originarios de América Central, de hojas decorativas.

Phlox n.m. Género de plantas ornamentales con flores de colores variados, originarias de América (familia palemoniáceas).

Phoenix n.m. Género de palmeras, una de cuyas especies, el *Phoenix canariensi*, se cultiva como planta de interior, y otra *(Phoenix dactylifera)* es la planta datilera.

Pholas n.f. Género de moluscos lamelibranquios sifonados que viven en los agujeros que cavan en las rocas.

Pholiota n.m. Género de hongos basidiomicetos comestibles.

Phormium n.m. Género de plantas vivaces (familia liliáceas), una de cuyas especies, el lino de Nueva Zelanda *(Phormium tenax)* da una fibra textil.

Phragmites n.m. Género de plantas herbáceas (familia gramíneas) una de cuyas especies es la caña común.

Phyllium n.f. ZOOL Género de insectos ortópteros de Malaysia.

Physalia n.f. Género de medusas de los mares calientes.

Phytelephas n.m. Género de palmeras tropicales, una de cuyas especies *(Phytelephas macrocarpa)* produce semillas con albumen córneo muy duro, que industrialmente se utiliza con el nombre de *marfil vegetal* o *corojo*.

pi n.f. **1.** Decimosexta letra del alfabeto griego. **2.** MAT Número trascendente, de símbolo π, equivalente a la relación entre la circunferencia y su diámetro correspondiente, y cuyo valor se aproxima a 3,1416.

piada n.f. Acción o modo de piar.

piadoso,a adj. **1.** Misericordioso. **2.** Religioso, devoto.

piafar v.int. Dar patadas el caballo, rascando el suelo.

piamadre o **piamáter** n.f. ZOOL Meninge interna de las tres que tienen los batracios, reptiles, aves y mamíferos.

pian n.m. MED Enfermedad cutánea contagiosa.

1. piano n.m. Instrumento musical de teclado y percusión. — *Piano vertical.* Aquel cuyas cuerdas y caja de resonancia son verticales. — *Piano de cola.* Aquel cuyas cuerdas y caja de resonancia están en posición horizontal. — *Piano de media cola.* Modelo más pequeño que el piano de cola. • **pianista** n.m. y f. **1.** Artista que toca el piano. **2.** Fabricante o vendedor de pianos. • **pianístico,a** adj. Relativo al piano, al arte de tocar el piano. • **pianola** n.f. **1.** Piano que puede tocarse mecánicamente por pedales o por medio de corriente eléctrica. **2.** Aparato que se une al piano y sirve para ejecutar mecánicamente las piezas preparadas al objeto.

2. piano adv.m. MUS Suavemente. ▷ n.m. Fragmento musical que debe tocarse piano. • **pianissimo** adj. m. Muy suavemente.

pianoforte n.m. Piano.

piar v.int. Emitir las aves el sonido que les es propio.

piara n.f. Manada de cerdos.

piastra n.f. Unidad monetaria o fraccionaria de numerosos países orientales.

PIB (Siglas de *Producto Interior Bruto*), el PIB de un país en un tiempo determinado, generalmente un año, se obtiene sumando los costos de los factores que intervienen en el proceso productivo (trabajo, tierra y capital), a los gastos de amortización.

pibe,a **1.** n.m. y f. *R. de la Plata.* Pebete,a. **2.** n.m. Fam. *Arg.* Chiquillo. • **piberío** n.m. *R. de la Plata.* Conjunto de pibes o chiquillos.

1. pica **I.** n.f. **1.** Especie de lanza. **2.** Garrocha del picador de toros. **3.** Medida para profundidades, equivalente a 3,89 m. **4.** pl. Palo de la baraja francesa. **II.** n.m. ZOOL Mamífero lagomorfo de las montañas de Norteamérica.

2. pica n.f. MED Afición del apetito a comer materias extrañas, tierra, etc.

picabuey n.m. Pequeña garza blanca de África y Asia.

picacho n.m. Punta aguda, a modo de pico, que tienen algunos montes y riscos.

picadero n.m. Sitio donde se adiestran los caballos, y donde se aprende a montar.

picadillo n.m. Guiso que se hace con carne picada y otros ingredientes.

picado,a **I.** adj. **1.** Se aplica a lo que está labrado con picaduras. **2.** Dícese de la persona que tiene cicatrices de viruela. **II.** n.m. **1.** Picadillo, cierto guiso. **2.** MUS Modo de ejecutar una serie de notas interrumpiendo momentáneamente el sonido entre unas y otras.

picador n.m. **1.** Hombre que doma caballos. **2.** Torero montado a caballo que pica al toro con la garrocha.

picadura **1.** Acción y efecto de picar una cosa. **2.** Señal que queda de una mordedura o picadura de ave, insecto o reptil. **3.** Tabaco picado. **4.** Caries de la dentadura.

picaflor n.m. Pájaro mosca.

picagallina n.f. Alsine (planta).

picajón o **picajoso,a** n. y adj. Que fácilmente se pica o da por ofendido.

picamaderos n.m. Pájaro carpintero.

picante **I.** adj. Fig. Aplícase a lo dicho con cierta mordacidad, o a las expresiones escabrosas. **II.** n.m. Sabor que pica al paladar.

picapedrero n.m. El que pica piedras, cantero.

picapica n.f. Polvos que aplicados sobre la piel, causan una gran comezón.

picapleitos n.m. **1.** Fam. Abogado enredador y rutinario. **2.** Fam. Pleitista.

picaporte n.m. Instrumento que sirve para mantener cerrada una puerta o ventana.

picaposte n.m. Picamaderos (pájaro).

picapuerco n.m. Ave del orden de las trepadoras, que se alimenta de insectos que saca del estiércol.

picar **I.** v.tr. y prnl. Herir leve y superficialmente con un instrumento punzante. **II.** v.tr. **1.** Herir el picador al toro en el morrillo con la garrocha. **2.** Punzar o morder las aves, los insectos y ciertos reptiles. **3.** Cortar o dividir en trozos muy menudos. **4.** Tomar las aves la comida con el pico. **5.** Morder el pez el anzuelo y p. ext., acudir a un engaño. **6.** Corroer un metal por efecto de la oxidación. **III.** v.tr. e int. **1.** Causar o experimentar escozor o comezón en alguna parte del cuerpo. **2.** Fig. Mover, excitar o estimular. **IV.** v.tr. **1.** Espolear. **2.** Adiestrar el picador al caballo. **3.** Recortar o agujerear papel o tela haciendo dibujos. **4.** Golpear con pico, piqueta u otro instrumento. **5.** Fig. Enojar y provocar a otro con palabras o acciones. **6.** MUS Hacer sonar una nota de manera muy clara, dejando un cortísimo silencio que la desligue de la siguiente. **V.** v.int. **1.** Calentar mucho el sol. **2.** Tomar una ligera porción de comida. **3.** Volar las aves o los aviones veloz y verticalmente hacia tierra. **VI.** v.prnl. **1.** Agujerearse la ropa por la acción de la polilla. **2.** Dañarse o empezar a pudrirse una cosa. **3.** Cariarse un diente, una muela, etc. **4.** Agitarse la superficie del mar formando olas pequeñas a impulso del viento. **5.** Fig. Ofenderse o enfadarse. **6.** Fig. Preciarse, jactarse de alguna cualidad o habilidad que se tiene.

picaraza n.f. Urraca.

picardear **I.** v.tr. Enseñar a alguno a hacer o decir picardías. **II.** v.intr. Decirlas o ejecutarlas. **III.** v.prnl. Adquirir algún vicio o mala costumbre.

picardía n.f. **1.** Acción ruin. **2.** Astucia en decir una cosa. **3.** Travesura de muchachos.

picaresca (novela), género novelístico que se popularizó en España durante el Siglo de Oro. Se puede decir que nació como reacción frente a la novela pastoril y heroica, de moda entonces. El nombre proviene del protagonista habitual de este tipo de novela, el «pícaro», individuo miserable que sobrevivía a base de argucias y trampas, quizá con algún oficio ocasional (mozo, criado, etc.). Aparte de la ya citada, otras características comunes de las novelas picarescas son: su estilo autobiográfico, la utilización de un lenguaje popular y realista, a veces grosero para los cánones de la época, su tono satírico y realista, con el que se ridiculiza la vida social del país y de todos sus estamentos haciendo referencia a lugares, personas, pasiones y necesidades reales, y una estructura temporal que se corresponde con la vida del pícaro contada en secuencia lineal. Las principales novelas picarescas son: *El lazarillo de Tormes* (anónimo, 1553), *Guzmán de Alfarache*, de Mateo Alemán (1559-1604); *La pícara Justina*, de F. López de Úbeda (1605); *El lazarillo de Manzanares*, de J. Cortés de Tolosa (1620); *Alonso, mozo de muchos amos*, de J. Alcalá Yáñez (1624-1626); *La vida del buscón, llamado don Pablos*, de F. de Quevedo (1626).

pícaro,a **I.** n. y adj. **1.** Falto de honra y vergüenza. **2.** Astuto, taimado. **II.** n.m. Persona descarada y de mal vivir. • **picaresco,a** adj. **1.** Perteneciente o relativo a los pícaros. **2.** LITER Cierto género novelístico. **3.** Fig. y Fam. Picante, malicioso. • **picaronazo,a** o **picarote** adj. Muy pícaro.

picarrelincho o **picarro** n.m. Picamaderos (pájaro).

picatoste n.m. Rebanadilla de pan frita.

pica y huye n.f. *Venez.* Insecto himenóptero, cuya picadura produce fiebre.

picaza n.f. Urraca.

picazón n.f. **1.** Desazón y molestia que causa una cosa que pica. **2.** Fig. Enojo.

picazuroba n.f. Ave del orden de las gallináceas común en casi toda América.

piccolo n.m. MUS Pequeña flauta afinada a la octava superior de la flauta normal.

piciformes n.m. pl. ZOOL Orden de aves cuyas patas están provistas de dos dedos dirigidos hacia adelante y otros dos hacia atrás.

pick-up n.m. TECN Dispositivo de lectura que sirve para transformar en oscilaciones eléctricas las vibraciones mecánicas grabadas en un disco.

picnic n.m. Comida en el campo.

picnogónidos n.m.pl. ZOOL Clase de artrópodos quelicerados cuyos ojos son parecidos a los de los arácnidos y la trompa al pico de los ácaros.

picnómetro n.m. FIS Recipiente que sirve para medir la densidad de sólidos y líquidos.

picnosis n.f. PAT Alteración del núcleo de la célula por condensación de la cromatina.

1. pico n.m. **I. 1.** Parte saliente de la cabeza de las aves. **2.** Parte puntiaguda que sobresale en la superficie o en el borde o límite de alguna cosa. **3.** Herramienta formada por una barra de hierro o acero, algo encorvada.

4. Punta acanalada que tienen en el borde algunos recipientes para que se vierta con facilidad el líquido que contengan. **5.** Cúspide aguda de una montaña. **6.** Parte pequeña en que una cantidad excede a un número redondo. **II.** Fig. y Fam. Boca del ser humano. **III.** *Chile.* **Crustáceo del género *Balanus*. IV. Prefijo que indica la billonésima parte (10−12) de las respectivas unidades. — *Pico de cigüeña.* Planta herbácea anual, de flores pequeñas y amoratadas. — *Cuba. Pico de gallo.* Árbol de hojas pareadas y flores blancas en ramillete.**

2. pico n.m. **1.** Picamaderos (pájaro). **2.** *Pico verde.* Ave del orden de las trepadoras.

picofaradio n.m. FIS Unidad de capacidad eléctrica que equivale a una millonésima de microfaradio.

picofeo n.m. *Col.* Tucán (ave).

picofino n.m. Nombre corriente de varios pájaros paseriformes de pico muy afilado.

picón,a I. adj. Se dice de la caballería cuyos dientes incisivos superiores sobresalen de los inferiores. **II.** n.m. **1.** Pez pequeño de agua dulce. **2.** Especie de carbón para braseros.

piconero,a n.m. y f. Persona que fabrica o vende el carbón llamado picón.

picor n.m. Escozor o desazón que causa algo picante

picota n.f. **1.** Columna donde se exponía a los reos a la vergüenza pública. **2.** Fig. Parte superior, en punta, de una torre o montaña muy alta. **3.** Variedad de cereza, algo apuntada, carnosa y de muy escasa adherencia al pedúnculo.

picotazo n.m. Acción y efecto de picar un ave, un reptil o un insecto. • **picotada** n.f. Picotazo.

picotear I. v.tr. **1.** Golpear o herir las aves con el pico. **2.** Picar, comer pequeñas cantidades de diversas cosas. **II.** v.int. Fig. Cabecear el caballo. • **picoteado,a** adj. Dícese de la fruta picoteada por las aves. • **picoteo** n.m. Acción y efecto de picotear.

picr(o)- Prefijo procedente del griego, *pikros*, «amargo».

picrato n.m. QUIM Sal del ácido pícrico.

pícrico,a adj. QUIM Dícese del ácido derivado del fenol.

pictografía n.f. Escritura ideográfica basada en dibujos de lo que se quiere expresar. • **pictográfico,a** adj. Relativo a la pictografía.

pictograma n.m. Ideograma.

pictórico,a adj. Perteneciente o relativo a la pintura.

pictos, pueblo de las tierras bajas de la antigua Escocia. — *El muro de Adriano* o *muro de los pictos* es una monumental obra de defensa construida por los romanos en tiempos de Adriano (122-127 d. J.C.).

picuda n.f. *Cuba.* Pez semejante a la aguja.

picudilla n.f. Ave del orden de las zancudas, que vive en lugares húmedos y se alimenta de insectos y gusanos.

picudo,a adj. Que tiene pico o forma de pico.

pichagüero n.m. *Venez.* Especie de calabaza. • **pichagua** n.f. *Venez.* Fruto del pichagüero.

pichana n.f. *Amér.* Escoba rústica hecha con un manojo de ramillas.

pichanga n.f. *Col.* Escoba de barrer.

pichi n.m. *Chile.* Arbusto de la familia de las solanáceas, con propiedades medicinales.

pichí n.m. *Arg.* y *Chile.* Orina.

pichihuén n.m. Pez acantopterigio comestible.

pichoa n.f. *Chile.* Planta de la familia de las euforbiáceas, con propiedades purgantes.

pichón n.m. Cría de la paloma casera.

pidén n.m. *Chile.* Ave parecida a la gallareta o foja española, domesticable y de canto melodioso.

pidgin n.m. Lengua asiática de relación que contiene elementos tomados del inglés y de una lengua autóctona. *Pidgin de China* (inglés y chino). — *Pidgin melanesio* (o *beach-la-mar*, inglés y malayo).

pídola n.f. Juego de muchachos que consiste en saltar por encima de uno encorvado.

pie n.m. **I. 1.** Extremidad de cualquiera de los dos miembros inferiores del hombre y de muchos animales. **2.** Base o parte en que se apoya alguna cosa. **3.** Tallo de las plantas y tronco de los árboles. **II.** En las medias, calcetines o botas, parte que cubre el pie. **III.** Elemento rítmico de la métrica clásica. **IV.** Medida de longitud usada en muchos países, aunque con diferente dimensión. **V. 1.** Parte final de un escrito. **2.** Parte opuesta a la cabecera. **VI.** *Chile.* Parte del precio de algo que se anticipa en una compra. **VII.** Ocasión o motivo de hacerse o decirse una cosa. **VIII.** *Pie de imprenta.* Datos sobre el lugar y año de la impresión de una publicación, que suele ponerse al principio o al fin de la misma. — *Pie de león.* Planta herbácea anual, de flores pequeñas y verdosas.

piedad n.f. **1.** RELIG Devoción a las cosas santas. **2.** Inclinación afectiva hacia una persona desgraciada, misericordia, conmiseración. **3.** Representación en pintura o escultura de la Virgen sosteniendo el cadáver de Jesucristo.

piedra n.f. **I. 1.** Sustancia mineral, más o menos dura y compacta. — *Piedra filosofal.* La materia con la que los alquimistas pretendían hacer oro. **2.** Cálculo urinario. **3.** Granizo grueso. **4.** Pedernal que, al chocar con el rastrillo, produce fuego en las armas de chispa. **5.** Muela (disco para moler). **II.** *Piedra litográfica.* Mármol algo arcilloso, de grano fino, en cuya superficie alisada se dibuja o graba lo que se quiere estampar. — *Piedra pómez.* Piedra volcánica, esponjosa, frágil, de color agrisado y textura fibrosa, que raya el vidrio y el acero y es muy usada para desgastar y pulir. — *Piedra preciosa.* La que es fina, dura, rara y por lo común transparente, o al menos traslúcida, y que tallada se emplea en adornos de lujo. — PALEONT *Edad de Piedra.* Período prehistórico caracterizado por la fabricación de herramientas de piedra tallada (Paleolítico), y posteriormente pulimentada (Neolítico).

piel n.f. ZOOL **1.** Tegumento extendido sobre todo el cuerpo del animal, que en los vertebrados está formado por varias capas. **2.** Cuero curtido. **3.** BOT Epicarpio de ciertos frutos. • **pielero** n.m. El que compra pieles crudas o comercia con ellas.
ENCICL La piel comprende la dermis y la epidermis. La dermis, tejido conjuntivo, contiene las glándulas sebáceas y sudoríparas, las raíces de vello, las terminaciones nerviosas, así como los vasos sanguíneos y linfáticos; tiene una función de sostén y nutrición. La epidermis, que la recubre, es un epitelio queratinizado cuyas células se cargan progresivamente de queratina para formar la capa córnea, la más superficial. Las células cutáneas contienen un pigmento, la melanina, que da a la piel su coloración y cuyas variaciones explican la diferencia de color de la piel según las razas.

piélago n.m. **1.** POET. Mar. **2.** Fig. Gran cantidad de algo.

pieles rojas, nombre dado a los indios de América del N, debido a que se teñían el cuerpo con tierra roja o con el jugo de ciertos frutos y a que su piel es de tonalidad ocre.

pielitis n.f. MED Inflamación de la mucosa de la pelvis renal y de los cálices renales.

pielonefritis n.f. MED Lesión inflamatoria e infecciosa del parénquima renal y de las vías altas excretoras urinarias.

pienso n.m. Porción de alimento seco que se da al ganado.

piérido n.m. Mariposa de alas blancas, cuyas orugas se alimentan de las hojas de las crucíferas.

pierna n.f. **1.** En las personas, parte del miembro inferior comprendido entre la rodilla y el pie. ▷ P. ext., todo el miembro inferior. ▷ En los cuadrúpedos y aves, muslo. **2.** Cada una de las dos piezas, agudas por uno de sus extremos, que forman el compás.

pierrot n.m. **1.** (Con mayúscula.) Personaje de la antigua comedia italiana, vestido de blanco y con la cara empolvada. **2.** (Con minúscula.) Hombre vestido o disfrazado de pierrot.

pietista 1. n. y adj. Se aplica a los protestantes de una secta que practica un riguroso ascetismo. **2.** adj. Perteneciente o relativo al pietismo. • **pietismo** n.m. Secta de los pietistas.

pieza n.f. **I. 1.** Pedazo o parte de una cosa. **2.** Cada una de las partes que suelen componer un aparato. **3.** Porción de tejido que se fabrica de una vez. **4.** Trozo de tela con que se remienda una prenda de vestir. **II. 1.** Moneda. **2.** Alhaja, herramienta, utensilio o mueble trabajados con arte. **3.** Espacio de tiempo o lugar. **4.** Figura de madera u otra materia, que sirve para jugar a ciertos juegos. **III.** Cualquier sala de una casa. **IV. 1.** Obra dramática, y con particularidad la que no tiene más que un acto. **2.** Composición suelta de música vocal o instrumental. **V.** FIS Unidad de presión en el sistema MTS (símbolo *pz*). **VI.** *Pieza de autos.* Conjunto de papeles cosidos, pertenecientes a una causa o pleito.

piezo- Prefijo procedente del griego *piezō*, «apretar».

piezoelectricidad n.f. Conjunto de fenómenos eléctricos que se manifiestan en algunos cuerpos sometidos a presión u otra acción mecánica. • **piezoeléctrico,a** adj. Perteneciente o relativo a la piezoelectricidad.
ENCICL El efecto piezoeléctrico, sensible en los cristales, principalmente en el cuarzo, tiene un carácter reversible, ya que permite transformar una fuerza en una diferencia de potencial y a la inversa. Se utiliza en diversos campos: medidas de presión, cabeza lectora de los tocadiscos, micrófonos, producción de ultrasonidos (en el sonar p. ej.), osciladores utilizados en radioelectricidad y en relojería para la producción de frecuencias constantes.

piezógrafo n.m. FIS Aparato para medir presiones débiles.

piezómetro n.m. FIS Instrumento que sirve para medir el grado de compresibilidad de los líquidos. • **piezometría** n.f. FIS Estudio de la compresibilidad de los líquidos.

pífano n.m. **1.** Flautín de tono muy agudo. **2.** Persona que toca este instrumento.

pifiar v.int. Cometer una pifia. • **pifia** n.f. **1.** Intervención desacertada en algún asunto o conversación. **2.** *Chile* y *Perú.* Burla.

pigargo n.m. **1.** Ave del orden de las rapaces, de gran tamano, que vive de ordinario en las costas. **2.** Ave del orden de las rapaces, de unos 60 cm de longitud, que se alimenta ordinariamente de reptiles.

pigmento n.m. **1.** BIOL Materia colorante que se encuentra en el protoplasma de muchas células vegetales y animales. **2.** TECN Cualquier sustancia, natural o artificial, que se utiliza como colorante. • **pigmentación** n.f. **1.** BIOL Formación de pigmento en ciertos tejidos. **2.** TECN Coloración por pigmentos. • **pigmentar I.** v.tr. Colorar, dar color a algo.

II. v.tr. y prnl. Producir coloración anormal y prolongada en la piel y otros tejidos, por diversas causas. • **pigmentario,a** adj. Perteneciente o relativo al pigmento.
ENCICL Pigmento es aquella sustancia que absorbe la luz visible. Se distinguen tres tipos: los nitrogenados (melaninas, clorofilas, flavonas), los no nitrogenados (carotenos) y otros (índigos, antocianos). Las melaninas producen los colores oscuros; las clorofilas el color verde de las plantas; los carotenos los colores amarillos, naranjas y rojos; los antocianos las coloraciones azules y los flavonas las coloraciones amarillas vivas.

pigmeo,a n. y adj. Perteneciente o relativo a ciertos grupos humanos africanos que se caracterizan por tener escasa estatura.

pignorar v.tr. Dar o dejar en prenda. • **pignoración** n.f. Acción y efecto de pignorar. • **pignoraticio,a** adj. Perteneciente o relativo a la pignoración.

-pigo, -pigio Elementos procedentes del griego *qugē*, «nalga».

pijada n.f. vulg. **1.** Cosa insignificante. **2.** Dicho o hecho inoportuno.

pijama n.m. Ropa de noche o interior compuesta por una chaqueta y un pantalón.

pijaos, pueblo sudamericano que habitó a las márgenes del río Magdalena, Colombia. En tiempos de la conquista ocupaban la extensa zona de los actuales depart. de Tolima, Huila y parte de Cauca. Los colonizadores sufrieron más de medio siglo las hostilidades de los pijaos, unidos a los manipos. Atacaban las ciudades recién fundadas en las proximidades de sus territorios.

pijibay n.m. *C. Rica* y *Hond.* Variedad del corojo.

pijije n.m. ZOOL *Amér. Central.* Ave de la familia de las zancudas de carne comestible.

pijo,a **I.** n. y adj. Se aplica despectivamente a los jóvenes de posición acomodada que se comportan de forma afectada. **II.** n.m. Vulgarmente, órgano sexual masculino.

pijojo n.m. *Cuba.* Cierto árbol silvestre.

pijota n.f. Pescadilla.

pijotero,a adj. Se dice despectivamente de lo que molesta o fastidia. • **pijotería** n.f. Menudencia molesta.

1. pila n.f. **I.** Montón de cosas colocadas las unas sobre las otras. **II.** ARQUIT Cada uno de los machones que sostienen dos arcos contiguos o los tramos metálicos de un puente.

2. pila n.f. **I. 1.** Recipiente donde cae o se echa el agua para varios usos. **2.** *Pila bautismal.* Pila para administrar el sacramento del bautismo. **II.** METAL Receptáculo en la delantera de los hornos de fundición en el cual cae el metal fundido. **III.** FIS Generador de corriente eléctrica que utiliza la energía liberada en una reacción química. — FIS NUCL *Pila nuclear.* Reactor nuclear utilizado para investigación, pruebas o producción de elementos radiactivos.

1. pilada n.f. Montón.

2. pilada n.f. Mezcla de cal y arena que se amasa de una vez.

pilapila n.f. *Chile.* Planta de la familia de las malváceas utilizada en medicina.

1. pilar n.m. **1.** Mojón. **2.** Especie de pilastra.

2. pilar n.m. Abrevadero.

pilastra n.f. Columna de sección cuadrangular.

pilcha n.f. *Arg., Chile* y *Urug.* Prenda de vestir usada para montar a caballo.

pilche n.m. *Perú.* Vasija de madera.

píldora n.f. FARM Medicamento de forma esférica y administración oral. • **pildorero** n.m. FARM Aparato para hacer píldoras.

píleo n.m. Capelo de los cardenales.

pileta n.f. **1.** MIN Sitio en que se recogen las aguas dentro de las minas. **2.** *Arg., Urug.* y *Par.* Pila de cocina, de lavar o de abrevadero. **3.** *R. de la Plata.* Piscina.

pilme n.m. *Chile.* Coleóptero de color negro.

pilo n.m. *Chile.* Arbusto cuya corteza se utiliza como vomitivo.

pilocarpina n.f. Alcaloide que se obtiene de las hojas del jaborandi.

Pilocarpus n.m. Género de arbustos de América del S (familia rutáceas), una de cuyas especies es el jaborandi.

1. pilón n.m. **1.** Pan de azúcar refinado, de figura cónica. **2.** Pesa que se coloca en el brazo de la romana. **3.** Cualquier montón de forma piramidal.

2. pilón n.m. Receptáculo de piedra, que se construye en las fuentes para usos diversos. Abrevadero.

píloro n.m. ANAT Abertura de comunicación entre el estómago y el duodeno, por la cual pasan los alimentos al intestino. • **pilórico,a** adj. ZOOL Perteneciente o relativo al píloro.

pilosebáceo,a adj. ANAT Relativo al pelo y a la glándula sebácea que está en su base.

pilosismo n.m. Anormal crecimiento de pelos en un determinado sitio.

piloso,a adj. De mucho pelo.

1. pilotaje n.m. **1.** Ciencia y arte de pilotar un vehículo. **2.** Cierto derecho que pagan las embarcaciones en algunos puertos y entradas de ríos para utilizar los servicios de un práctico.

2. pilotaje n.m. Conjunto de pilotes. • **pilote** n.m. Madero que se hinca en tierra para consolidar los cimientos.

piloto **I.** n.m. Persona que dirige un vehículo, embarcación o aeronave. **II.** adj. **1.** Dícese del barco conducido por el práctico del puerto. **2.** Fig. Dícese de lo establecido sólo como experimentación. • **pilotar** o **pilotear** v.tr. Dirigir un vehículo, embarcación o aeronave.

pilpil n.m. *Chile.* Bejuco que produce el cóguil.

pilpilén n.m. *Chile.* Ave zancuda y ribereña, que se alimenta de mariscos.

piltrafa n.f. Trozo de carne poco aprovechable. ▷ pl. P. ext., residuos menudos de alimentos o de otras cosas.

pilvén n.m. *Chile.* Pez de agua dulce.

pillar **I.** v.tr. **1.** Hurtar. **2.** Aprehender a una persona o cosa. **3.** Atropellar embistiendo. **4.** Sobrevenir a uno alguna cosa. **II.** v.tr. e int. Hallarse algo en determinada situación local respecto a una persona. • **pillada** n.f. Fam. Acción propia de un pillo. • **pillaje** n.m. Hurto o saqueo.

1. pillo n.m. Ave zancuda, especie de ibis.

2. pillo,a n.m. y adj. Fam. Se dice de la persona astuta. • **pillastre** n.m. Fam. Pillo. • **pillería** n.f. **1.** Fam. Acción propia de pillos. **2.** Fam. Calidad de pillo.

pillopillo n.m. *Chile.* Especie de laurel.

pimas, grupo étnico de México. A la llegada de los españoles vivían como nómadas en los territorios que ocupan el actual est. de Arizona y el est. mexicano de Sonora. A fines del s. XVII los jesuitas inician su evangelización. Ya en el s. XVIII los pimas participan junto a los españoles en las operaciones punitivas contra los seris y sobre todo contra los que fueron sus principales enemigos, los comanches de Texas.

pimentero n.m. **1.** Arbusto trepador, de la familia de las piperáceas cuyo fruto es la pimienta. **2.** Recipiente en que se sirve la pimienta molida.

pimentón n.m. Polvo que se obtiene moliendo pimientos encarnados secos. • **pimentonero** n.m. Pájaro cuyas plumas son de color negruzco, salvo las del pecho, que son rojas.

pimienta n.f. Fruto del pimentero de gusto picante, y muy usada para condimento. — *Pimienta blanca.* Aquella a que se le ha quitado la corteza y queda de color casi blanco. — *Pimienta falsa.* Fruto del turbinto, de olor y gusto parecidos al de la pimienta común. — *Pimienta negra.* Aquella que conserva la película o corteza

pimiento n.m. **1.** Planta herbácea anual, de la familia de las solanáceas, cuyo fruto es hueco y tiene multitud de semillas sujetas a expansión interior del pedúnculo. **2.** Fruto de esta planta. **3.** Pimentero (arbusto). **4.** Pimentón. **5.** Hongo parásito de varios vegetales. • **pimental** n.m. Terreno sembrado de pimientos.

pimpampum n.m. Juego en que se procura derribar a pelotazos muñecos en fila.

pimpante adj. Vistoso, garboso.

pimpido n.m. Pez muy parecido a la mielga.

pimpinela n.f Planta herbácea vivaz, de la familia de las rosáceas.

pimplar v.tr. y prnl. Fam. Beber vino.

pimpollo n.m. **1.** Árbol nuevo. **2.** Vástago o tallo nuevo de las plantas. **3.** Rosa por abrir. **4.** Fig. y Fam. Persona joven de aspecto atractivo. • **pimpollecer** o **pimpollear** v.int. Echar pimpollos las plantas. • **pimpolludo,a** adj. Que tiene muchos pimpollos.

pina n.f. **1.** Mojón terminado en punta. **2.** BOT Pinna.

pinabete n.m. Abeto (árbol).

pinacate n.m. *Méx.* Escarabajo que suele criarse en lugares húmedos.

pinacoteca n.f. Galería o museo de pinturas.

pináculo n.m. **1.** Parte más alta de un edificio. **2.** Remate de la arquitectura gótica.

pinada adj. BOT Dícese de la hoja compuesta de hojuelas insertas a uno y otro lado del pecíolo.

pinar n.m. Sitio o lugar poblado de pinos. • **pinariego,a** adj. Perteneciente al pino.

pinatífido,a adj. BOT Hendido al través en tiras largas.

pinaza n.f. Hojarasca del pino y demás coníferas.

pincarrasco n.m. Especie de pino del litoral mediterráneo.

pincel n.m. Instrumento compuesto de un mechón de cerdas o fibras sujeto a una varilla, que se utiliza para pintar. • **pincelada** n.f. **1.** Trazo o golpe que el pintor da con el pincel. **2.** Fig. Expresión que recoge una idea o un rasgo muy característico.

pinchar n. y v.tr. **1.** Picar con una cosa aguda. **2.** v.tr. Fig. Zaherir. • **pinchadura** n.f. Acción y efecto de pinchar o pincharse.

pinchazo n.m. Acción y efecto de pinchar.

pinche n.m. y f. Persona que presta servicios auxiliares en la cocina.

pincho n.m. Aguijón o varilla de hierro u otra materia.

pinchudo,a adj. Que tiene pinchos o fuertes púas.

pineal adj. Relativo a la epífisis.

pineda n.f. Sitio poblado de pinos.

pinedo n.m. *Amér.* Sitio poblado de pinos.

pingajo n.m. Fam. Harapo colgante.

pingo n.m. **1.** Fam. Pingajo. ▷ pl. Fam. Vestidos de mujer cuando son de poca calidad. **2.** *Arg., Chile* y *Urug.* Caballo.

pingopingo n.m. BOT *Chile.* Arbusto de la familia de las efedráceas.

pingorota n.f. La parte más alta y aguda de las montañas y otras cosas elevadas.

pingorote n.m. Fam. Porción saliente y puntiaguda de una cosa.

pingüe adj. **1.** Mantecoso. **2.** Fig. Abundante. • **pinguosidad** n.f. Calidad de pingüe.

pingüino n.m. Ave del orden de las palmípedas, de pico negro, lomo negro y pecho y vientre blancos.
ENCICL El pingüino común tiene la región dorsal negra y el vientre blanco, una longitud de 40 cm y anida generalmente en pequeñas colonias. Sus alas, aunque cortas, le permiten volar. El pingüino gigante, extinguido, llegaba a los 78 cm, y era un excelente nadador y buceador, aunque no podía volar. La caza y las diversas catástrofes naturales acaecidas han acabado con esta especie, cuyos dos últimos representantes fueron abatidos en 1844.

pinífero,a adj. Abundante en pinos.

pinillo n.m. BOT **1.** Planta herbácea anual de las labiadas. **2.** Mirabel, planta herbácea.

pinito n.m. **1.** Cada uno de los primeros pasos que da el niño o el convaleciente. **2.** pl. Fig. Primeros pasos que se dan en algún arte o ciencia.

pinnado,a adj. **1.** Que tiene forma o figura de pluma. **2.** BOT Dícese de la hoja compuesta de hojuelas insertas a uno y otro lado del pecíolo.

pinnípedo n.m. y adj. ZOOL Dícese de mamíferos marinos con cuerpo algo pisciforme. ▷ n.m.pl. ZOOL Orden de estos animales.

Pinnotheres n.m. ZOOL Género de pequeños cangrejos que viven en simbiosis con diversos bivalvos, sobre todo los mejillones.

1. pino n.m. **1.** Árbol de las coníferas, cuyo fruto es la piña, la cual contiene las semillas llamadas piñones. **2.** Madera de este árbol. — *Pino albar.* Especie de pino de madera muy estimada en construcción. — *Pino melis.* Variedad del pino negral muy estimada en carpintería. — *Pino negral.* Especie de pino de madera muy elástica y bastante rica en resina. — *Pino negro.* Especie de pino de color pardo oscuro. — *Pino rodeno.* Especie de pino de madera muy resinosa. — *Pino tea.* Especie de pino utilizado en carpintería. • **pinocha** n.f. Hoja o rama del pino. • **pinocho** n.m. **1.** Pino nuevo. **2.** Ramo de pino. **3.** Piña de pino rodeno.
ENCICL El pino albar, pino carrasco, pino piñonero, pino rodeno, pino negral y el pino negro son especies autóctonas de la península Ibérica. El pino marítimo, del que cuelgan grandes piñas, es originario de los países mediterráneos. Se utiliza en la repoblación de terrenos pobres; produce resina y esencia de trementina. La madera de pino se aprovecha en la fabricación de pasta de papel, en la construcción, en carpintería, etc.

2. pino,a **1.** adj. Muy pendiente o muy derecho. **2.** n.m. Fam. Pinito.

pinocitosis n.f. BIOL Mecanismo de captura por una célula de sustancias extracelulares bajo la forma de pequeñas gotas.

pinol n.m. *Guat., Hond.* y *Nicar.* Harina de maíz tostado, a la que se añade cidrayota, cacao y azúcar.

pinole n.m. Mezcla de polvos de vainilla y otras especias aromáticas. • **pinolate** n.m. *Guat.* Bebida de pinole, agua y azúcar.

pinolillo n.m. **1.** *Méx.* Insecto de color rojo y muy pequeño. **2.** *C. Rica, Hond.* y *Nicar.* Pinol con que se hace una bebida refrescante.

pinsapo n.m. BOT Árbol del género del abeto.

pinta n.f. **1.** Mancha o señal pequeña en el plumaje, pelo o piel de los animales y en la masa de los minerales. **2.** Gota de agua u otro líquido. **3.** Carta que, en los naipes, designa el palo de triunfos. **4.** Adorno en forma de lunar. **5.** Aspecto de una persona o cosa.

pintacilgo o **pintadillo** n.m. Jilguero.

pintada n.f. Galliforme de plumaje negruzco.

pintar **I.** v.tr. **1.** Representar un signo o un objeto en una superficie. **2.** Cubrir con un color la superficie de las cosas. **3.** Fig. Describir. **II.** v.int. y prnl. Empezar a madurar ciertos frutos. **III.** v.intr. **1.** Mostrar la pinta de las cartas en la baraja. **2.** Fig. Importar. **IV.** v.prnl. Darse cosméticos y maquillaje en el rostro. • **pintado,a** adj. Naturalmente matizado de diversos colores. • **pintamonas** n.m. y f. Fig. y Fam. Pintor de corta habilidad.

pintarrajar o **pintarrajear** v.tr. Fam. Manchar de varios colores y sin arte una cosa. • **pintarrajo** n.m. Fam. Pintura mal hecha.

pintiparar v.tr. Asemejar una cosa a otra. • **pintiparado,a** adj. **1.** Parecido a otro. **2.** Dícese de lo que viene a propósito.

pintón,a adj. Dícese de ciertos frutos al madurar.

pintonear v.int. Enverar las frutas.

pintor,a n.m. y f. Persona que profesa o ejercita el arte de la pintura.

pintoresco,a adj. **1.** Se aplica a las cosas dignas de ser pintadas. **2.** Fig. Se dice del lenguaje o estilo expresivos. **3.** Fig. Estrafalario.

pintura n.f. **1.** Arte de pintar. **2.** Tabla, lámina o lienzo en que está pintada una cosa. **3.** La misma obra pintada. — *Pintura a dos visos.* La que se forma artificialmente, de suerte que mirada de un modo representa una figura, y mirada de otro, otra distinta. — *Pintura a la aguada.* Aguada, dibujo o pintura hecha con colores disueltos en agua. — *Pintura a la chamberga.* Manera de pintar esculturas de madera, puertas, ventanas, paredes y otras cosas no expuestas a la intemperie, usando colores preparados con barniz de pez griega y aguarrás. — *Pintura al encausto.* La que se hace empleando colores mezclados con cera y se aplica en caliente. Tuvo uso principalmente en la antigüedad. — *Pintura al fresco.* La que se hace en paredes y techos con colores disueltos en agua de cal y extendidos sobre una capa de estuco fresco. — *Pintura al óleo.* La hecha con colores desleídos en aceite secante. — *Pintura al pastel.* La que se hace sobre papel con lápices blandos, pastosos y de colores variados. — *Pintura al temple.* La hecha con colores preparados con líquidos glutinosos y calientes; como agua de cola, etc. — *Pintura bordada.* La que se hace con sedas de varios colores, mediante la aguja, sobre piel o tejido. — *Pintura cerífica.* Pintura al encausto hecha con cera de varios colores. — *Pintura de porcelana.* La hecha de esmalte, usando de colores minerales y uniéndolos y endureciéndolos con el fuego. — *Pintura embutida.* La que imita objetos de la naturaleza, embutiendo fragmentos de varias materias con la debida unión, según conviene a lo que se intenta representar. — *Pintura figulina.* La hecha con colores metálicos sobre vasijas de barro, perfeccionándolos con el fuego. — *Pintura metalizada.* La que contiene polvos metálicos que le dan un aspecto brillante y ligeramente granulado. — *Pintura rupestre.* La prehistórica, que se encuentra en rocas o en cavernas. — *Pintura tejida.* La que se hace en tela, imitando objetos de la naturaleza por medio del tejido. — *Pintura vítrea.* La hecha con colores preparados, usando del pincel y endureciéndolos al fuego. — Fig. y Fam. *Hacer pinturas un caballo.* Hacer escarceos y gallardear, o por sí mismo, o excitado por el jinete. — Fam. *No poder ver a uno ni en pintura.* Con que se denota grande aversión. **4.** Color preparado para pintar. **5.** Fig. Descripción o representación viva y animada de personas o cosas por medio de la palabra. — Lat. *pictūra*, con la *n* de *pingĕre.*

pinturero,a n. y adj. Fam. Dícese de la persona presumida.

pínula n.f. Tablilla metálica de los instrumentos topográficos y astronómicos.

pinza n.f. **1.** Instrumento de extremos flexibles que sirve para sujetar alguna cosa. **2.** Último artejo de algunas patas de ciertos artrópodos. • **pinzar** v.tr. **1.** Sujetar con pinza. **2.** Plegar a manera de pinza una cosa.

pinzón n.m. Ave del orden de los pájaros, del tamaño de un gorrión y colores muy variados. — *Pinzón real.* El de pico muy grueso y robusto, que se alimenta principalmente de piñones.

piña n.f. **I. 1.** Fruto del pino y otros árboles, que se compone de varias piezas leñosas, colocadas en forma de escama a lo largo de un eje común, y cada una con dos piñones y rara vez uno. **2.** Ananás. **II.** Fig. Conjunto de personas o cosas unidas estrechamente. **III.** *Arg.* y *Urug.* Trompada, puñetazo.

piñata n.f. Olla que en algunas fiestas se cuelga, llena de dulces, en el techo, para que los concursantes, con los ojos vendados, procuren romperla de un bastonazo.

1. piñón n.m. **1.** Simiente del pino. ▷ Almendra comestible de la semilla del pino piñonero. Fig. y Fam. Haber unidad de miras y estrecha unión. **2.** Arbusto de la familia de las euforbiáceas, de dos a cinco metros de altura, que se cría en las regiones cálidas de América.

2. piñón n.m. **1.** Rueda pequeña y dentada que engrana con otra mayor en una máquina. **2.** ARQUIT Remate triangular de los hastiales góticos.

3. piñón m. CETR Cualquiera de las plumas pequeñas que los halcones tienen debajo de las alas.

piñonero n.m. Pinzón real.

piñuela n.f. **1.** Tela de seda. **2.** Gálbula del ciprés. **3.** *Ecuad.* y *Nicar.* Planta bromeliácea, algo parecida al cacto.

pio- Prefijo procedente del griego *puo-*, de *puon*, «pus».

1. pío n.m. Voz que forma el pollo de cualquier ave.

2. pío,a adj. RELIG Devoto. ▷ Compasivo.

3. pío,a adj. Dícese del caballo, mulo o asno blancos, que tienen manchas de otro color.

piocha n.f. ALBAÑ Herramienta con una boca cortante.

piodermitis n.f. MED Lesión supurante de la piel.

piogenia n.f. MED Formación de pus. • **piógeno,a** adj. MED Dícese de los gérmenes que desencadenan una supuración.

piojo n.m. ZOOL Insecto hemíptero, parásito externo del hombre y de diversos animales. — ZOOL *Piojo de mar.* Crustáceo de 3 a 4 cm de largo, parásito de la ballena y de otros grandes mamíferos marinos. • **piojento,a** adj. **1.** Perteneciente o relativo a los piojos. **2.** Que tiene piojos. • **piojillo** n.m. ZOOL Insecto anopluro, que vive parásito sobre las aves. • **piojoso,a** n. y adj. **1.** Que tiene muchos piojos. **2.** Fig. Miserable. • **piojuelo** n.m. Pulgón.
ENCICL Los piojos constituyen dos órdenes. **1.** Los *malófagos*, con aparato bucal triturador, que se alimentan de desechos orgánicos (pelos, células descamadas, etc.) de tamaño pequeño (máx. 1,4 mm); son parásitos sobre

todo de las aves. **2.** Los *anopluros*, con aparato bucal chupador, se nutren de la sangre de los mamíferos; tres especies son parasitarias del hombre: el *piojo de la cabeza* y el *piojo del cuerpo* (género *Pediculus*), cuyos huevos o liendres se adhieren a los cabellos y el *piojo genital*, vulgarmente llamado *ladilla*.

piolar v.int. Piar los pollos.

pión,a **I.** adj. Que pía mucho. **II.** n.m. FIS NUCL Partícula de masa muy débil asociada al campo nuclear, responsable de las interacciones entre los nucleones.

pionero,a n.m. y f. **1.** Persona que inicia la exploración de nuevas tierras. **2.** El que da los primeros pasos en alguna actividad humana.

pionía n.f. Semilla del bucare parecida a la alubia.

piorno n.m. **1.** Gayomba (arbusto). **2.** Citiso, codeso (planta). • **piornal** n.m. Sitio poblado de piornos. • **piorneda** n.f. Terreno poblado de piornos.

piorrea n.f. PAT Flujo de pus, especialmente en las encías.

1. pipa n.f. **1.** Tonel que sirve para guardar vino u otros licores. **2.** Utensilio para fumar que consiste en una boquilla terminada en un recipiente, en que se coloca el tabaco picado. **3.** Espoleta (sent. 1).

2. pipa n.f. Pepita de frutas.

3. pipa n.m. Sapo de América tropical.

pipe-line n.m. Canalización que sirve para transportar líquidos, gases u otras sustancias.

piperáceo,a n. y adj. BOT Dícese de plantas angiospermas dicotiledóneas, herbáceas o leñosas, de flores hermafroditas en espigas o en racimos. ▷ n.f. pl. BOT Familia de estas plantas.

pipería n.f. **1.** Conjunto o provisión de pipas. **2.** MAR Conjunto de pipas en que se lleva la aguada y otros géneros.

piperina n.f. QUIM Alcaloide extraído de la pimienta.

pipeta n.f. Tubo de cristal que sirve para trasladar pequeñas porciones de líquido de un vaso a otro. • **pipetear** v.int. y tr. Tomar con la pipeta cierta cantidad de líquido.

1. pipí n.m. Pitpit (pájaro).

2. pipí n.m. En lenguaje infantil, orina.

pipián n.m. Guiso americano que se compone de carne, tocino y almendra machacada.

pipiles, antiguo pueblo de Centroamérica, que habitaba principalmente lo que hoy es El Salvador, parte de Guatemala y Honduras.

Se cree que fueron una rama de los toltecas, o restos de alguna población preazteca. Se dieron una estructura política hereditaria, con un consejo o senado que asesoraba u opinaba sobre la madurez del heredero para gobernar. El gobernante juraba las leyes tradicionales. De su religión se sabe que adoraban a dos dioses, uno femenino y otro masculino, a los cuales se les ofrecían sacrificios de niños ilegítimos. Los vestigios más importantes fueron descubiertos en el s. XIX por Hobel. Su número, se situaba en unos 15.000, en los primeros años del s. XX.

pipiola n.f. *Méx.* Especie de abeja pequeña.

pipiolo n.m. Fam. Persona inexperta.

pipirigallo n.m. BOT Planta herbácea vivaz, de la familia de las papilionáceas, de unos 40 cm de altura.

Pipistrellus n.m. Género de murciélagos que viven en gran parte del hemisferio oriental, América septentrional y Europa meridional.

pipo n.m. Ave del orden de las trepadoras; es el pájaro carpintero más pequeño de Europa.

pipote n.m. Tonel pequeño.

pique n.m. **I. 1.** Resentimiento. **2.** Sentimiento de rivalidad. **II.** Acción y efecto de picar poniendo señales en un libro, etc. **III.** Nigua (insecto). **IV.** MAR Se dice de la costa cuya orilla está cortada a plomo.

piqué n.m. Tela de algodón que se emplea en prendas de vestir y otras cosas.

piquera n.f. **1.** Agujero que se hace en las colmenas para que las abejas puedan entrar y salir. **2.** Agujero que tienen los toneles y alambiques, para que pueda salir el líquido. **3.** Agujero que en los altos hornos sirve para dar salida al metal fundido. **4.** *Cuba.* Parada de taxis.

piquero n.m. *Chile, Ecuad.* y *Perú.* Ave palmípeda que anda en grandes bandadas y se alimenta de peces.

piqueta n.f. **1.** Zapapico. **2.** Herramienta de albañilería. • **piquetilla** n.f. Piqueta pequeña que en lugar de la punta tiene el remate ancho y afilado.

piquete n.m. **I.** Jalón pequeño. **II.** Grupo poco numeroso de personas que realizan actividades extraordinarias.

piquillín n.m. BOT *Arg.* Árbol de la familia de las ramnáceas de cuya fruta se hace arrope y aguardiente.

piquituerto n.m. Pájaro del tamaño de un gorrión grande.

pir(o)- Elemento procedente del griego *puro-*, de *pur, puros*, «fuego». ▷ QUIM Prefijo que indica descomposición bajo la acción del calor.

pira n.f. Hoguera.

piragón n.m. Mariposilla del fuego. Pirausta.

piragua n.f. **I.** Embarcación larga y estrecha, que navega a remo y vela. **II.** BOT Planta trepadora sudamericana, de la familia de las aráceas, con tallos escamosos. • **piragüero** n.m. El que gobierna la piragua. • **piragüista** n.m. y f. Deportista que tripula o forma parte de la tripulación de una piragua.

piral n.m. Mariposa dañina cuya larva roe las hojas de la vid.

pirámide n.f. GEOM Sólido que tiene por base un polígono cualquiera y cuyas caras se juntan en un solo punto, llamado vértice. ▷ ARQUIT. Monumento en forma piramidal. — *Pirámide óptica.* La que forman los rayos ópticos principales, que tiene por base el objeto y por vértice el punto impresionado en la retina. — *Pirámide de edades* o *de población.* Representación gráfica de la distribución por edades y sexos de una población en una época dada. • **piramidal** adj. **1.** De figura de pirámide. **2.** ANAT Dícese de cada uno de dos músculos pares.

ENCICL **Geom.** — El volumen de una pirámide es igual a la tercera parte del producto de la superficie B de la base por su altura H; $V = \frac{1}{3}BH$. Una pirámide es *regular* si su base es un polígono regular y si la perpendicular trazada desde el vértice sobre el plano de la base pasa por el centro de esta última. La distancia desde el vértice de una pirámide regular hasta un lado de la base se llama *apotema.* La superficie lateral de una pirámide regular hasta un lado de la base se llama *apotema.* La superficie lateral de una pirámide regular es igual a la mitad del producto del apotema A por el perímetro P de la base; $S = \frac{1}{2}AP$.

Arquit. — Lugar de sepultura que alberga los sarcófagos de la familia real; la pirámide egipcia estaba construida en el interior de un conjunto arquitectónico compuesto por un recinto, varios monumentos y templos funerarios anejos. Es característica sobre todo del Antiguo Imperio (dinastías III-VI, 2780-2380 a. J.C.). Es en Gizeh, a 8 km de El Cairo, donde se alzan las tres pirámides más célebres: la del rey Keops (o Gran Pirámide, una de las siete maravillas del mundo; tiene actualmente 138 m de altura, 227 m de lado), las de Kefrén y Mikerinos. Pero es en Saqqāra donde se encuentra la más antigua, la pirámide escalonada del rey Zoser (dinastía III). En América (México, Honduras, Guatemala, Perú) varios pueblos precolombinos han edificado igualmente pirámides: civilización llamada de Teotihuacán (pirámides del Sol y de la Luna en el lugar del mismo nombre, cerca de México), tolteca (gran pirámide de Tula), maya (pirámides de Palenque, Uxmal, Chichén Itza, Tikal, etc.), preincaica (pirámides gemelas de Moche, en la costa septentrional del Perú). Las pirámides de la América precolombina no estaban destinadas a albergar tumbas, sino que servían de basamento a templos. Formadas por terrazas superpuestas, tienen forma de pirámide truncada.

pirano n.m. BIOQUIM Compuesto carbonado cuyo anillo presenta un átomo de oxígeno.

piranosa n.f. BIOQUIM Azúcar cuya molécula contiene un ciclo de pirano.

piraña n.f. Pez carnívoro común en los ríos de América del S.

pirar v.int. y prnl. vulg. Escaparse de un sitio.

pirata **I.** adj. Perteneciente o relativo a la piratería. **II.** n.m. **1.** Ladrón que actúa en el mar. **2.** Fig. Sujeto cruel. **3.** Dícese de la persona que, mediante amenazas, desvía un avión de su ruta. • **piratear** v.int. Practicar la piratería. • **piratería** n.f. **1.** Ejercicio de pirata. **2.** Robo o presa que hace el pirata.

pirausta n.f. Mariposilla del fuego.

pirca n.f. *Amér. Merid.* Pared de piedra en seco. • **pircar** v.tr. *Amér. Merid.* Cerrar un paraje con pircas.

pirco n.m. Guiso de frijoles, maíz y calabaza.

pircún n.m. *Chile.* Arbustillo cuya raíz se usa como purgante y emético.

pireno n.m. QUIM Hidrocarburo cíclico $C_{16}H_{10}$.

pirenomicetales n.m. pl. BOT Orden de hongos ascomicetes.

pirético,a adj. MED Que tiene relación con la fiebre o la produce. • **piretógeno,a** n.m. y adj. MED Que produce fiebre. • **piretología** n.f. Parte de la patología, que trata de las fiebres denominadas esenciales.

pirexia n.f. PAT Fiebre esencial, no sintomática.

pirgüín o **pirhuín** n.m. *Chile.* **1.** Especie de sanguijuela. **2.** Enfermedad causada por este parásito.

pírico,a adj. Perteneciente o relativo al fuego.

piridoxina n.f. MED Vitamina B_6.

pirimidina n.f. BIOQUIM Núcleo nitrogenado de fórmula cuantitativa $C_4H_4N_2$. • **pirimidínico,a** adj. Dícese de las bases nitrogenadas.

pirincho n.m. *Arg., Par.* y *Urug.* Ave parecida a la urraca.

pirita n.f. Mineral brillante compuesto generalmente de hierro y azufre (FeS_2) y a veces también de otros materiales.

pirlitero n.m. **1.** Especie de espino que da majuelas. **2.** Rosal silvestre.

piro- Elemento compositivo que entra en la formación de algunas voces españolas con el significado de «fuego» o relativo a la «acción del calor».

pirobolista n.m. MILIT Ingeniero que construye minas militares.

piroelectricidad n.f. FIS Conjunto de cargas eléctricas engendradas por los cambios de temperatura. • **piroeléctrico,a** adj. Relativo a la piroelectricidad.

piróforo n.m. QUIM Sustancia que se inflama al contacto con el aire.

pirogálico,a adj. QUIM Dícese de un ácido que se emplea como revelador fotográfico.

pirogalol n.m. QUIM Derivado del benceno, a menudo llamado *ácido pirogálico*. Se utiliza como revelador en fotografía.

pirogenación n.f. QUIM Reacción química obtenida por la acción del calor sobre un cuerpo.

pirograbado n.m. Grabado en madera, cuero, etc. hecho con un utensilio puntiagudo incandescente. • **pirograbador,a** n.m. y f. Persona que se dedica al pirograbado. • **pirograbar** v.tr. Decorar por el procedimiento del pirograbado. • **pirógrafo** n.m. TECN Instrumento utilizado por los pirograbadores.

piroleñoso adj. QUIM Dícese del ácido acético obtenido por pirólisis de la madera.

pirólisis n.f. Descomposición química provocada por el calor.

pirolusita n.f. Manganesa.

pirómetro n.m. Instrumento para medir temperaturas muy elevadas. • **pirometría** n.f. TECN Medida de altas temperaturas. • **pirométrico,a** adj. Relativo a la pirometría.

piromorfita n.f. MINER Variedad de fosfato de plomo natural.

piropo n.m. I. Fam. Lisonja. II. 1. Variedad de granate. 2. Rubí. • **piropear** v.tr. Fam. Decir piropos. • **piropeo** n.m. Acción de piropear.

piroscopio n.m. FIS Termómetro diferencial que se emplea en el estudio de los fenómenos de reflexión y de radiación del calor.

pirosfera n.f. GEOL Masa candente que, según se cree, ocupa el centro de la Tierra.

pirotecnia n.f. Arte de preparar explosivos con fines militares o festivos. • **pirotécnico,a** 1. adj. Perteneciente a la pirotecnia. 2. n.m. El que conoce y practica el arte de la pirotecnia.

ENCICL **Técn.** — La pirotecnia es la técnica de fabricación de los fuegos de artificio, señales luminosas, fumígenos y, más generalmente, de todo lo que concierne a los dispositivos de encendido de cargas explosivas. Tiene, en la actualidad, un gran desarrollo en el campo aeroespacial.

piroxeno,a n.m. o f. Mineral de gran dureza formado por un silicato de hierro, cal y magnesia.

pirquén n.m. *Chile.* Manera de trabajar una mina cuyo único condicionante es el pago de lo convenido al dueño. • **pirquinear** v.int. *Chile.* Trabajar al pirquén. • **pirquinero,a** n.m. 1. *Chile.* El que trabaja al pirquén. 2. Persona mezquina o ruin.

pirrarse v.prnl. Fam. Desear con vehemencia una cosa. Sólo se usa con la preposición *por.*

pirrol n.m. BIOQUIM Compuesto nitrogenado, del que deriva la hemoglobina y otros pigmentos.

pirueta n.f. Movimiento ágil y hábil. • **piruetear** v.int. Hacer piruetas.

piruétano n.m. Peral silvestre y su fruto.

pirulí n.m. Caramelo, con un palillo que sirve de mango.

pirúvico adj. BIOQUIM Dícese del ácido cetónico de fórmula CH_3—CO—COOH.

pis n.m. Pipí (sent. 2).

pisapapeles n.m. Utensilio que se pone sobre los papeles para que no se muevan.

pisar v.tr. 1. Poner el pie sobre alguna cosa. 2. Apretar una cosa con los pies. 3. En las aves, cubrir el macho a la hembra. 4. Cubrir en parte una cosa a otra. 5. Fig. y Fam. Anticiparse a otro. 6. Pisotear moralmente a uno. • **pisa** n.f. 1. Acción de pisar. 2. Porción de aceituna o uva que se estruja de una vez en el molino o lagar. • **pisada** o **pisadura** n.f. 1. Acción y efecto de pisar. 2. Huella del pie estampada en la tierra.

pisci- Prefijo procedente del latín *piscis*, «pez».

piscicultura n.f. Arte de repoblar de peces los estanques, viveros etc. • **piscícola** adj. Perteneciente o relativo a la piscicultura. • **piscicultor,a** n.m. y f. Persona dedicada a la piscicultura. • **piscifactoría** n.f. Establecimiento de piscicultura.

pisciforme adj. De forma de pez.

piscina I. n.f. 1. Estanque donde se practica la natación. 2. Estanque para albergar peces. II. adj. FIS NUCL *Pila piscina.* Reactor nuclear que utiliza el agua de un estanque como moderador.

piscívoro,a n. y adj. ZOOL Que se alimenta de peces.

pisco n.m. Aguardiente de uva peruano (de Pisco).

pisiforme n.m. y adj. ZOOL Dícese de uno de los huesos del carpo.

piso n.m. 1. Pavimento. 2. Vivienda independiente en una casa de varias plantas.

pisón n.m. Instrumento de madera que sirve para apretar la tierra, piedras, etc. • **pisonear** v.tr. Apisonar.

pisotear v.tr. 1. Pisar repetidamente. 2. Fig. Humillar. • **pisoteo** n.m. Acción de pisotear. • **pisotón** n.m. Pisada fuerte sobre el pie de otro.

pista n.f. I. Huella o rastro de alguien o algo. II. 1. Sitio dedicado a las carreras y demás ejercicios, en los estadios, circos, velódromos e hipódromos. 2. Camino carretero. 3. Terreno para el despegue y aterrizaje de aviones. III. TECN Línea continua de un soporte magnético en el que están registradas las señales electromagnéticas.

pistacho n.m. Fruto del alfóncigo. • **pistache** n.m. Dulce o helado que se prepara con el fruto del pistachero. • **pistachero** n.m. Alfóncigo (árbol).

pistilo n.m. BOT Órgano femenino de la flor.

pisto n.m. Fritada de pimientos, tomates y otros ingredientes. ▷ Fig. Mezcla confusa de temas en un escrito.

pistola n.f. Arma de fuego. ▷ Pulverizador de forma semejante a la de una pistola. • **pistolera** n.f. Estuche de cuero en que se guarda una pistola . • **pistolero** n.m. El que utiliza de ordinario la pistola para realizar atentados personales.

pistolete n.m. Arma de fuego más corta que la pistola.

pistón n.m. 1. Émbolo. 2. Parte o pieza central de la cápsula, donde está colocado el fulminante. 3. Llave en forma de émbolo que tienen diversos instrumentos músicos.

pistonudo,a adj. vulg. Muy bueno.

1. pita n.f. 1. Planta vivaz, oriunda de México, con hojas o pencas carnosas, en pirámide triangular, con espinas en el margen y en la punta. 2. Hilo que se hace de las hojas de esta planta. • **pitaco** n.m. Bohordo de la pita.

2. pita n.f. 1. Voz que se usa repetida para llamar a las gallinas. 2. Gallina (ave).

pitada n.f. Pitido insistente.

pitahaya n.f. *Amér.* Planta trepadora de la familia de los cactos.

pitajaña n.f. *Amér. Merid.* Planta de la familia de las cactáceas, cuyos tallos sin hojas serpean ciñéndose a otras plantas.

pitanga n.f. 1. BOT *Arg.* Árbol de las mirtáceas, de fruto comestible. 2. BOT Fruto de este árbol.

pitanza n.f. 1. Ración de comida que se distribuye a los pobres. 2. Fam. Alimento cotidiano.

pitao n.m. BOT *Chile.* Árbol de la familia de las rutáceas, siempre verde.

pitar I. v.int. Tocar o sonar el pito. II. v.tr. Silbar en señal de desagrado.

pitarra n.f. Legaña. • **pitarroso,a** adj. Legañoso.

pitchpín n.m. Variedad de pino americano.

pitec(o)-, -piteco Partículas procedentes del griego *píthekos*, «mono».

pithecanthropus o **pitecántropo** n.m. Homínido fósil *(Homo erectus).*

pitiático,a adj. PSIQUIAT Se dice de los trastornos funcionales dependientes de un mecanismo de sugestión. • **pitiatismo** n.m. PSIQUIAT Cualidad de pitiático.

pitido n.m. Silbido del pito o de los pájaros.

pitihué n.m. *Chile.* Ave trepadora que habita en los bosques y matorrales.

pitillo n.m. Cigarrillo. • **pitillera** n.f. 1. Cigarrera. 2. Petaca para guardar pitillos.

pitiminí n. Variedad del rosal de flor menuda.

pitiriasis n.m. MED Dermatosis caracterizada por una fina descamación de la piel.

pitirre n.m. *Cuba* y *P. Rico.* Pájaro algo más pequeño que el gorrión, pero de cola más larga.

pito n.m. I. 1. Flauta pequeña, como un silbato, de sonido agudo. 2. Persona que toca este instrumento. 3. Silbato. II. Garrapata de América Meridional.

pitoitoy n.m. *Amér.* Ave zancuda de las costas.

1. pitón n.m. 1. Cuerno que empieza a salir, y también la punta del cuerno del toro. 2. Renuevo del árbol. 3. Bohordo de la pita.

2. pitón n.f. Serpiente no venenosa de las regiones cálidas de África, Asia y Australia, que mata a sus presas asfixiándolas.

pitonisa n.f. 1. Sacerdotisa de Apolo que daba los oráculos en el templo de Delfos. 2. Encantadora, hechicera.

pitorá o **pitora** n.f. *Col.* Serpiente venenosa.

pitorrearse v.prnl. Burlarse de otro. • **pitorreo** n.m. Acción y efecto de pitorrearse.

pitorro n.m. Pitón de los botijos.

pitpit n.m. Ave del orden de los pájaros, de color amarillento y blanco.

pituita n.f. MED *Mucosidad nasal.* • **pituitaria** adj. 1. Se dice de la mucosa que tapiza las fosas nasales. 2. MED *Glándula pituitaria.* La hipófisis.

piu adv. MUS Más. *Piu forte.*

piune n.m. BOT *Chile.* Arbolillo que se usa como medicamento.

piuquén n.m. *Chile.* Especie de avutarda que se alimenta de hierbas. Su carne es muy apreciada.

piure n.m. ZOOL *Chile*. Animal procordado, sedentario, de carne muy apreciada.

piuria n.f. MED Presencia de pus en la orina.

pivotar v.int. Girar sobre un pivote. • **pivotante** adj. Que pivota. • **pivote** n.m. Extremo inferior de un eje vertical giratorio.

pixidio n.m. BOT Cápsula cuya parte superior se abre a modo de tapadera.

pizarra n.f. **1.** Roca homogénea que se divide con facilidad en hojas planas y delgadas. **2.** Trozo de pizarra oscura en que se escribe o dibuja. • **pizarral** n.m. Lugar o sitio en que se hallan las pizarras. • **pizarrín** n.m. Barrita de lápiz o de pizarra, que se usa para escribir o dibujar. • **pizarroso,a** adj. **1.** Abundante en pizarra. **2.** Que tiene apariencia de pizarra.

pizca n.f. Fam. Porción mínima de una cosa.

pizcar v.tr. Fam. **1.** Pellizcar en la piel. **2.** Tomar una porción mínima de una cosa.

pizote n.m. *C. Rica, Guat., Hond.* y *Nicar.* Plantígrado de color pardo, semejante a la ardilla.

pizza n.f. Plato italiano hecho con masa de pan a la que se recubre de tomates y otros ingredientes. • **pizzería** n.f. Restaurante donde se sirven pizzas.

pizzicato **1.** adj. MUS Dícese del sonido que se obtiene en los instrumentos de arco pellizcando las cuerdas con los dedos. **2.** n.m. MUS Trozo de música que se ejecuta en esta forma.

pK n.m. QUIM Constante que caracteriza la fuerza de un electrólito a una temperatura dada

placa n.f. **1.** Lámina o película que se forma o está superpuesta en un objeto. **2.** FOTOG Vidrio en que puede obtenerse una prueba negativa. **3.** ELECTRON Ánodo de un tubo electrónico. **4.** GEOL *Teoría de las placas.* Aquélla según la cual la litosfera estaría formada por grandes placas rígidas que constituirían las cortezas oceánica y continental.

ENCICL La teoría de las placas o tectónica de las placas, o nueva tectónica global, confirma la teoría de la deriva de los continentes, enunciada por Wegener, que trató de explicar, principalmente, la semejanza de las líneas de las costas atlánticas de África y de Sudamérica. Hoy, los satélites de observación han medido las distancias intercontinentales con precisión y la exploración de los océanos ha puesto en evidencia la existencia de cadenas montañosas (dorsales oceánicas) nacidas de la afloración del magma subyacente, solidificado. Aprovechando estos datos, Vine y Matthews supusieron que alguna variación en los fondos oceánicos podría provocar el desplazamiento de los continentes; recordemos que en un principio sólo existía un continente, Pangea. Las diversas placas continentales, que se prolongan bajo los océanos hasta las dorsales, se desplazan con total independencia —gracias a corrientes de convección— a la velocidad de algunos centímetros por año sobre el magma subyacente (o astenosfera), que está dotado de cierta plasticidad a altas temperaturas y es capaz de hacerse fluido. Apoyándose en cálculos matemáticos, numerosas hipótesis han apoyado esta teoría fundamental. Xavier le Pichon estima que la litosfera está compuesta por seis bloques (otros proponen el número de veinte), limitados por sus zonas de actividad sísmica: los bloques eurasiático, americano, africano y antártico. Cuando dos placas entran en colisión, una de ellas puede hundirse bajo la otra, desplazando la corteza oceánica; de este modo se crean fosas oceánicas muy profundas, ya que la corteza continental, mucho menos densa, flota sobre el conjunto y se resiste a hundirse, como lo haría un corcho en el agua. La colisión de dos placas continentales provoca un plegamiento gigantesco, como la cordillera del Himalaya, que resultó de la colisión de la placa índica con la placa asiática; este choque se inició hace aproximadamente diez millones de años, aunque estas dos placas todavía se mueven, lo que explica la frecuencia de los terremotos en esas regiones.

placebo n.m. MED Preparado con el que se sustituye un medicamento para evaluar la parte de sugestión psíquica del efecto de éste o destinado a que haga efecto por sugestión.

pláceme n.m. Felicitación.

placenta n.f. **1.** ANAT Órgano que sirve de intermediario durante la gestación entre la madre y el feto. **2.** BOT Parte vascular del fruto a la que están unidos los huevecillos o semillas. **3.** BOT Borde del carpelo en el que se insertan los óvulos. • **placentación** n.f. BOT Disposición de las placentas en el ovario de los vegetales. • **placentario,a** adj. Perteneciente a la placenta.

ENCICL **Bot.** — Según la disposición de la placenta se distinguen tres tipos de placentación: *axil*, cuando los óvulos están dispuestos sobre un eje central (azucena); *parietal*, cuando están alineados en la pared del ovario (violeta); *central*, si están alineados sobre la base de la masa central (prímula).
Zool. — La placenta, fijada por una parte a la mucosa uterina e irrigada por la otra a través de los vasos umbilicales, controla todos los intercambios (oxígeno, gas carbónico, sustancias nutritivas, etc.) que se realizan entre la madre y el feto; secreta además gran cantidad de hormonas que aseguran el mantenimiento de la gestación. En el parto, la placenta es expulsada con los anexos embrionarios.

placentero,a adj. Agradable.

1. placer n.m. **1.** Alegría. **2.** Sensación agradable. **3.** Consentimiento.

2. placer v.tr. Agradar o dar gusto.

plácido,a adj. Apacible. • **placidez** n.f. Calidad de plácido.

placodermos n.m.pl. PALEONT Subclase de peces cartilaginosos de agua dulce.

plafón n.m. ARQUIT Plano inferior del saliente de una cornisa.

plaga n.f. **1.** Gran calamidad que aflige a un pueblo o persona. **2.** Llaga, úlcera. **3.** Fig. Abundancia de una cosa nociva. **4.** Fig. Azote que aflige a la agricultura.

plagal adj. MUS Dícese de un modo del canto llano.

plagar v.tr. y prnl. Llenar de algo nocivo o no conveniente. • **plagado,a** adj. Herido o castigado.

plagiar v.tr. **1.** Fig. Copiar en lo sustancial obras ajenas, dándolas como propias. **2.** *Amér.* Raptar a una persona. • **plagiario,a** n. y adj. Que plagia. • **plagio** n.m. Acción y efecto de plagiar.

plagióstomo n.m. ZOOL Selacio.

plaguicida n. y adj. Se dice del agente que combate las plagas del campo.

plan n.m. **I.** Intento, proyecto. **II.** Plano de un terreno o de una construcción. **III.** Altitud o nivel.

1. plana n.f. Plana de albañil.

2. plana n.f. **I.** Cada una de las dos caras de una hoja de papel escrita o no. **II.** Porción extensa de país llano. **III.** IMP Conjunto de líneas ya ajustadas, que componen cada página. **IV.** MAR *Plana mayor.* En una escuadra, el conjunto de generales, jefes, oficiales y marinería que, sin formar parte de la dotación en ninguno de sus buques, está afecto al de la insignia. • **planada** n.f. Terreno llano dilatado.

plancton n.m. Conjunto de los organismos, generalmente microscópicos, que viven en aguas saladas o dulces. Constituye el principal alimento de muchos animales marinos. • **planctónico,a** adj. Perteneciente o relativo al plancton.

plancha n.f. **I. 1.** Lámina o pedazo de metal llano y delgado. **2.** Utensilio antiguamente de hierro y hoy día eléctrico que se utiliza para planchar. **3.** Acción y efecto de planchar la ropa. ▷ Conjunto de ropa planchada. **II.** Postura horizontal del cuerpo en el aire, sin más apoyo que el de las manos, o la misma posición del cuerpo flotando de espaldas en el agua. **III.** Fig. y Fam. Conducta desacertada y ridícula. **IV.** IMP Reproducción estereotípica o galvanoplástica preparada para la impresión. **V.** MAR Tablón que se pone como puente entre la tierra y una embarcación, o entre dos embarcaciones.

planchar v.tr. Pasar la plancha caliente sobre la ropa. • **planchado** n.m. Acción y efecto de planchar. • **planchador,a** n.m. y f. Persona que tiene por oficio planchar.

planchazo n.m. Desacierto o error.

planchear v.tr. Cubrir una cosa con planchas.

plancheta n.f. Instrumento de topografía, que consiste en un tablero en el que se trazan las visuales dirigidas a los diferentes puntos del terreno.

planear **I.** v.tr. Hacer planes o proyectos. **II.** v.int. AVIAC Descender un avión en planeo. • **planeador,a** **1.** n. y adj. Que planea. **2.** n.m. Aeronave sin motor, que se mantiene en el aire aprovechando las corrientes de éste. • **planeamiento** n.m. Acción y efecto de planear. • **planeo** n.m. AVIAC Descenso de un avión sin la acción del motor y en condiciones normales.

planeta n.m. ASTRON Cuerpo sólido celeste que gira alrededor de una estrella.

ENCICL Los planetas del sistema solar son, por orden de distancia creciente desde el Sol: Mercurio, Venus, la Tierra, Marte (planetas terrestres), Júpiter, Saturno, Urano, Neptuno y Plutón (planetas jovianos o jupiterinos). Entre la órbita de Marte y la de Júpiter circulan los asteroides, entre los que podemos contar varios miles. Los planetas obedecen a las leyes de Kepler. Describen órbitas elípticas, uno de cuyos focos ocupa el Sol.

planetario,a **I.** adj. Perteneciente a los planetas. ▷ TECNOL *Rueda planetaria.* Piñón cónico que lleva cada semiárbol de un diferencial. **II.** n.m. **1.** Aparato que representa los planetas del sistema solar y reproduce los movimientos respectivos. **2.** Sala donde se encuentra instalado y se utiliza.

planetoide n.m. Asteroide.

planga n.f. Ave del orden de las rapaces diurnas, que vive de la caza y la pesca.

planicie n.f. Terreno igual de alguna extensión.

planificar v.tr. Organizar según un plan. • **planificación** n.f. Plan de gran amplitud, para obtener un objetivo determinado. ▷ *Planificación familiar.* Organización del control de nacimientos. • **planificador,a** n. y adj. Persona que se ocupa de la planificación.

planimetría n.f. **1.** OB PUBL Representación de un terreno, de una carretera, mediante su proyección horizontal. **2.** GEOM Parte de la geometría que estudia las superficies planas. • **planimétrico,a** adj. Perteneciente o relativo a la planimetría. • **planímetro** n.m. Instrumento que sirve para medir el área de una superficie plana.

planisferio n.m. Mapa en el que están representadas la esfera terrestre y la celeste.

plano,a **I.** adj. **1.** Llano. **2.** Perteneciente o relativo al plano. **II.** n.m. **1.** GEOM Superficie plana. **2.** TOPOGR Representación gráfica de un terreno u otra cosa. **3.** TECN Representación gráfica, casi siempre en proyección ortogonal, de una máquina, un aparato, etc. **4.** Mapa hecho a gran escala (de una ciudad, un lugar, etc.). **III.** FOTOG CINEM Toma definida por el alejamiento del objetivo con relación a la escena representada, y por el encuadre. ▷ CINEM Serie de imágenes filmadas por la cámara de una sola vez. **IV.** TOPOGR *Plano de nivel.* El paralelo al nivel del mar, que se elige para contar desde él las alturas de los diversos puntos del terreno. — PERSP *Plano óptico.* Superficie del cuadro donde deben representarse los objetos y que se considera siempre como vertical.

Planorbis n.m. ZOOL Género de moluscos gasterópodos, pulmonados, de agua dulce.

planta n.f. **I.** Superficie inferior del pie. **II.** **1.** BOT Especie vegetal. **2.** Lugar plantado de árboles y otras plantas. **III.** **1.** Diseño en que se da idea para la formación de un edificio u otra cosa. **2.** Plantilla. **3.** Plano de la sección horizontal de un edificio. **4.** Instalación industrial. **5.** PERSP Pie de la perpendicular bajada desde un punto al plano horizontal. • **plantación** n.f. **1.** Acción de plantar. **2.** Conjunto de lo plantado. **3.** Explotación agrícola. • **plantador,a** **1.** n. y adj. Que planta. **2.** adj. *Arg.* Colono o dueño de una plantación.

plantagináceo,a n. y adj. BOT Dícese de las plantas angiospermas dicotiledóneas, como el llantén. ▷ n.f.pl. BOT Familia de estas plantas.

plantaina n.f. Llantén (planta).

plantar **I.** v.tr. **1.** Meter en tierra una planta, esqueje, etc., para que arraigue. **2.** Poblar de plantas un terreno. **3.** Fig. Fijar y poner derecha y enhiesta una cosa. **4.** Fig. y Fam. Poner o introducir a alguien en una parte contra su voluntad. **5.** Fig. y Fam. Dejar a alguien burlado o abandonarle. **II.** v.prnl. **1.** Fig. y Fam. Llegar con brevedad a un lugar, o en menos tiempo del que regularmente se gasta. **2.** Fig. y Fam. Pararse un animal en términos de que cuesta mucho trabajo hacerle salir del punto en que lo hace. **III.** v.prnl. e int. Fig. Resolverse a no hacer o a resistir alguna cosa. • **plantel** n.m. **1.** Criadero de plantas. **2.** Fig. Establecimiento en que se forman personas aptas para alguna profesión o actividad.

plante n.m. Acción o actitud de plantarse.

plantear v.tr. **1.** Fig. Tratándose de sistemas, instituciones, reformas, etc., establecerlos o ponerlos en ejecución. **2.** Tratándose de problemas, dificultades o dudas, proponerlos, suscitarlos o exponerlos. • **planteamiento** o **planteo** n.m. Acción y efecto de plantear.

plantificar **I.** v.tr. **1.** Establecer sistemas, instituciones, reformas, etc. **2.** Poner a uno en alguna parte contra su voluntad. **II.** v.prnl. Fig. y Fam. Plantarse, llegar pronto a un lugar.

plantígrado,a n. y adj. ZOOL Se dice de los cuadrúpedos que al andar apoyan en el suelo toda la planta de los pies y las manos, como el oso.

plantilla n.f. **I.** **1.** Suela sobre la cual los zapateros arman el calzado. **2.** Pieza de badana, tela, corcho o palma con que interiormente se cubre la planta del calzado. **3.** Pieza que sirve de patrón para ejecutar o dar forma a una cosa. **4.** Plano reducido, o porción del plano total, de una obra. **II.** Conjunto de empleados fijos de una empresa.

plantío,a **I.** adj. Se aplica a la tierra o sitio plantado o que se puede plantar. **II.** n.m. Acción y efecto de plantar.

plantón n.m. **1.** Pimpollo o arbolito nuevo que ha de ser trasplantado. **2.** Estaca o rama de árbol plantada para que arraigue. **3.** *Dar un plantón.* Retrasarse uno mucho en acudir a donde otro le espera.

plañir n. y v.tr. Gemir y llorar en voz alta. • **plañidera** n.f. Mujer a la que se pagaba por llorar en los entierros. • **plañidero,a** adj. Lloroso y lastimero. • **plañido** n.m. Queja unida a llanto.

plaqueta n.f. BIOL Elemento constituyente de la sangre que interviene en su coagulación.

plasma n.f. **1.** BIOL Parte líquida de la sangre que contiene en suspensión los elementos sólidos componentes de ésta. **2.** BIOL Linfa privada de sus células. **3.** FIS Materia gaseosa fuertemente ionizada. • **plasmático,a** adj. **1.** Perteneciente o relativo al plasma. **2.** BIOL *Membrana plasmática* o *citoplásmica.* Membrana lipoproteica que limita todas las células.

ENCICL Un plasma se caracteriza: por su *temperatura* (que puede alcanzar varios millones de grados kelvin, principalmente en las estrellas), por su *densidad* (número de partículas por unidad de volumen) y por su *presión.* El plasma es un excelente conductor de la electricidad, llega a poder ser confinado por medio de campos magnéticos, siendo su temperatura demasiado alta para poder contenerlo en el interior de un recipiente. Se utilizan sus propiedades para fundir, soldar, o para cortar piezas, incluso de materiales muy refractarios. La posibilidad de conseguir la fusión termonuclear controlada se basa en la producción de plasmas cuya temperatura, densidad y tiempo de confinamiento sean lo suficientemente altos para que puedan tener lugar las reacciones de fusión.

-plasma, plasmo- Partículas procedentes del griego *plasma,* «formación».

plasmagén n.m. BIOL Partículas del citoplasma dotadas de continuidad genética.

plasmágeno n.m. FIS Dícese del gas que sirve para producir un plasma.

plasmar v.tr. Hacer o formar una cosa. • **plasmación** n.f. Acción y efecto de plasmar.

plasmocito n.m. BIOL Célula de tejido conjuntivo con núcleo excéntrico. • **plasmocitosis** n.f. Proliferación de plasmocitos en la médula ósea o en la sangre.

plasmodio n.m. BIOL Masa de citoplasma que encierra dentro de una sola membrana nuclear varios núcleos.

plasmodium n.m. MED Hematozoario agente causal del paludismo.

plasmólisis n.f. BIOL Pérdida de agua, por ósmosis, de una célula situada en un medio hipertónico.

plasta n.f. Cualquier cosa que está blanda o aplastada.

plastia n.f. MED Operación quirúrgica con la cual se pretende restablecer o embellecer la forma de una parte del cuerpo, o modificar favorablemente una alteración morbosa subyacente a ella.

plástica n.f. Arte de modelar.

plástico,a **I.** adj. **1.** Perteneciente a la plástica. **2.** Capaz de ser moldeado. **3.** Que forma o da forma. **4.** *Cirugía plástica.* Parte de la cirugía que tiene como finalidad la corrección de ciertas malformaciones o lesiones traumáticas. **5.** Se aplica al estilo o a la frase expresivos. **II.** n. y adj. Material sintético, que puede ser transformado por procedimientos de moldeo para fabricar objetos de muy diversos usos y variada consistencia. • **plasticidad** n.f. Calidad de plástico. • **plastificar** v.tr. **1.** Convertir en plástico por la utilización de un plastificante. **2.** Recubrir con una hoja o una capa de materia plástica.

ENCICL **Hist.** — Hasta la segunda mitad del s. XIX no aparecen las primeras materias plásticas artificiales; el celuloide fue obtenido por primera vez en 1865 y fue puesto a punto en 1869 por los hermanos Hyatt, partiendo del alcanfor y de la nitrocelulosa; la galalita se obtuvo en 1897, partiendo del formol y de la caseína de la leche. El desarrollo de las materias plásticas no se hizo notable hasta 1945, cuando los trabajos de Standinger, padre de la química de las macromoléculas, y posteriormente los de Ziegler y los de Natta, tuvieron una ampliación industrial.
Nat. y clasif. — Las materias plásticas están constituidas por macromoléculas a las que se han añadido *plastificantes,* compuestos químicos destinados a darles flexibilidad y plasticidad. **1.** Las materias plásticas *naturales,* como el asta, la concha y la gelatina no tienen hoy más que aplicaciones artesanales. **2.** Las materias plásticas *artificiales* se obtienen partiendo de productos naturales; p. ej. la galactita (caseína y formol) y los plásticos celulósicos, derivados de la celulosa, como el nitrato de celulosa, o nitrocelulosa, utilizada para fabricar las pólvoras y esmaltes; el celofán, utilizado para envase de productos alimenticios, hoy en competencia con el polipropileno. **3.** Las materias plásticas *sintéticas* se fabrican partiendo de resinas sintéticas, extraídas de derivados del petróleo (petroquímica) o del carbón (carboquímica); están constituidas por macromoléculas de estructura lineal o tridimensional; las materias *termoplásticas* están constituidas por macromoléculas lineales obtenidas por polimerización o policondensación (poliacrílicas, poliamidas, poliestirenos, politenos, policloruro de vinilo, poliuretanos, teflón, etc.); las materias *termoendurecibles* tienen una estructura tridimensional; se obtienen modificando la estructura de la materia (reticulación), por policondensación (aminoplastos, poliéster, resinas epóxidas, siliconas). Las resinas termoendurecibles pueden ser moldeadas bajo presión. Las resinas termoplásticas se obtienen por formación, por inyección, por extrusión, por calandrado, por soldadura o por sinterización. Las materias plásticas han reemplazado en gran parte a los materiales tradicionales en muy numerosas aplicaciones. Sin embargo, su biodegradación plantea problemas que los materiales «nobles» (hierro, madera, etc.) no han presentado jamás a la sociedad.

plasto n.m. BOT Orgánulo celular característico de todos los vegetales, salvo los hongos.

ENCICL Se distinguen los *leucoplastos,* desprovistos de pigmento, muy abundante en los tejidos ricos en almidón (y otros glúcidos de reserva) sintetizado por ellos, y los *cromoplastos,* ricos en diversos pigmentos, principalmente en *clorofila* (cloroplasto). Los plastos, portadores de su propio ADN, serían responsables de la transmisión *no mendeliana* de ciertos caracteres (*herencia citoplásmica*).

plata **I.** n.f. **1.** Metal noble de color blanco. **2.** Dinero en general. **II.** adj. Plateado, de color semejante al de la plata.

ENCICL La plata es un metal de número atómico 47, peso atómico 107,87 y símbolo *Ag.* Su densidad es igual a 10,5 y su temperatura de fusión llega a 962 °C. Existe en estado nativo *(metal noble)* y principalmente en forma de sulfuros (argirosa Ag_2S), y de cloruros (cerargirita AgCl), de los que se extrae por cianuración (tratamiento con cianuro de sodio). Es muy dúctil y maleable; posee una conductividad térmica y eléctrica muy alta; resiste bien el ataque del aire, y los ácidos *(metal precioso),* lo que explica su larga coexistencia con el oro como moneda *(bimetalismo).* Su ductilidad ha permitido a la platería desarrollarse desde la más remota antigüedad, alcanzando su máximo esplendor en el s. XVIII. Se utiliza en fotografía (halogenuro de plata), en cirugía dental, en terapéutica (plata coloidal), en electricidad (contactos), en soldadura (soldaduras con plata) y en la construcción de espejos.

plataforma n.f. **1.** Tablero horizontal, descubierto y elevado sobre el suelo, donde se colocan personas o cosas. — *Plataforma continental.* Suelo submarino, inmediato a la costa, que desciende nuevamente hasta unos 200 m de ésta. **2.** Lugar llano, más alto que lo que le rodea. **3.** Vagón descubierto y con bordes de poca altura en sus cuatro lados. **4.** Medio que alguien utiliza para encumbrarse.

platalea n.f. ZOOL Cuchareta (ave).

platanáceo,a n. y adj. BOT Se dice de árboles angiospermos, dicotiledóneos, de la misma familia que el plátano. ▷ n.f.pl. BOT Familia de estos árboles.

plátano n.m. **1.** BOT Planta musácea de fruto comestible. ▷ Fruto de esta planta. **2.** BOT Árbol de la familia de las aceráceas. • **platanar** n.m. Sitio poblado de plátanos. • **platanero,a I.** adj. **1.** Perteneciente o relativo al plátano. **2.** *Cuba* y *P. Rico*. Dícese del viento moderado que tiene fuerza suficiente para desarraigar los plátanos. **II.** n.m. y f. *Col.* Persona que cultiva plátanos o negocia con su fruto.
ENCICL Los plátanos son grandes plantas herbáceas, que se cultivan en las regiones tropicales de ambos hemisferios, crece en lugares húmedos y umbríos. Da un fruto en racimo que madura entre 75 y 150 días, por lo que se procede a la maduración artificial colocándolo en cámaras, donde se mantiene durante tres días a 17 °C. Los principales países productores son Brasil, la India, Ecuador, Venezuela, Colombia, Guatemala y Honduras.

platea n.f. Patio o parte baja de los teatros.

platear v.tr. Cubrir de plata una cosa. • **plateado,a** adj. **1.** Bañado en plata. **2.** De color semejante al de la plata.

platelminto n. y adj. ZOOL Se dice de gusanos, parásitos en su mayoría, sin aparato circulatorio ni respiratorio, como la tenia. ▷ n.m.pl. ZOOL Clase de estos animales.

plateresco n. y adj. ARQUIT y ESCULT Estilo arquitectónico perteneciente al Renacimiento español, extendido a todos los terrenos artísticos. Está caracterizado por finas labores en piedra que recuerdan el trabajo de los plateros y se extendió por España y América desde fines del s. XV. En él se conjugan los ornamentos suntuosos propios del gusto de la época por una decoración minuciosa. En una primera época se encuentra la decoración plateresca añadida a edificios de líneas maestras basadas aún en el gótico; en una segunda, se observa la influencia del Renacimiento italiano del *Cinquecento* sobre construcciones ya en su totalidad platerescas. Entre las muestras más importantes en este estilo, encontramos el colegio de Santa Cruz de Valladolid; el hospital de Santa Cruz, Toledo; Universidad de Salamanca; convento de San Esteban, Salamanca; Ayuntamiento de Sevilla; fachada de la Universidad de Alcalá de Henares; patio del palacio de los duques del Infantado, Guadalajara..

platero,a n.m. y f. **1.** Artífice que labra la plata. **2.** El que vende objetos de plata y oro. • **platería** n.f. **1.** Arte y oficio de platero. **2.** Obrador en que trabaja el platero. **3.** Tienda en que se venden obras de plata u oro.

plática n.f. **1.** Conversación. **2.** Sermón breve y poco solemne. • **platicador,a** adj. Que platica. • **platicar** v.tr. e int. Conversar.

platija n.m. Pez plano del que sólo el lado derecho, que lleva los ojos, está pigmentado.

platillo I. n.m. **1.** Plato pequeño, cualquiera que sea su uso. — *Platillo volante*. Objeto volador no identificado (OVNI) en forma de disco. **2.** Plato de la balanza. **II.** MUS pl. Instrumento de percusión constituido por dos chapas metálicas circulares que se hacen chocar entre sí.

platina n.f. **1.** Parte del microscopio, en que se coloca el objeto que se quiere observar. **2.** Disco de vidrio deslustrado o de metal, y perfectamente plano para que ajuste en su superficie el borde del recipiente de la máquina neumática. **3.** IMP Mesas o superficies de diverso tipo sobre las que se trabajan las formas.

platino n.m. QUIM Metal noble, muy pesado y de color de plata. Núm. atómico 78 Símb.: *Pt*. • **platinado** n.m. Acción y efecto de platinar. • **platinar** v.tr. Cubrir un objeto con una capa de platino. • **platinífero,a** adj Que contiene platino.
ENCICL El platino es un metal muy dúctil, maleable, de gran densidad (21,4) e inalterable en el aire; funde a 1.770 °C y hierve a 3.800 °C. Es, con el oro, el más precioso de los metales. Se utiliza en la industria como catalizador (esponja de platino) y en joyería. El metro-patrón y sus copias son de platino iridiado, aleación constituida por un 90 % de platino y un 10 % de iridio.

platinoide n.m. **1.** QUIM Nombre genérico de los elementos cuyas propiedades son análogas a las del platino. **2.** TECN Aleación usada como sucedáneo industrial del platino.

platirrino n. y adj. ZOOL Se dice de simios indígenas de América que tienen la nariz dividida por un tabique cartilaginoso, y muy achatada. ▷ n.m.pl. ZOOL Grupo de estos animales. • **platirrinia** n.f. Anchura exagerada de la nariz.

plato n.m. **1.** Recipiente bajo y redondo, con una concavidad en medio y borde comúnmente plano alrededor. **2.** Platillo de la balanza. **3.** Alimento preparado para ser comido.

plató n.m. CINEM Cada uno de los recintos cubiertos acondicionados en los estudios de rodaje para servir de escenario.

platónico,a adj. **1.** FILOS Relativo a la filosofía de Platón. **2.** Puramente ideal. — *Amor platónico*. Exento de toda relación carnal. • **platónicamente** adv. De modo platónico. • **platonismo** n.m. FILOS **1.** Sistema filosófico de Platón y de sus discípulos. **2.** Carácter del amor platónico.

platudo,a adj. Fam. *Amér.* Rico, adinerado.

Platycerium n.m. BOT Género de helechos tropicales que se utilizan como plantas ornamentales.

plausible adj. Digno o merecedor de aplauso, recomendable. • **plausibilidad** n.f. Calidad de plausible.

playa n.f. **1.** Ribera del mar o de un río grande, formada de arenales en superficie casi plana. **2.** Porción de mar contigua a esta ribera. • **playero,a** adj. Perteneciente a la playa.

play-back n.m. AUDIOV Técnica que consiste, para un actor, cantante, etc., en actuar o cantar sincronizando sus gestos con una grabación de su voz realizada anteriormente.

playboy n.m. Hombre seductor, conocido por su vida fácil y sus éxitos con las mujeres.

plaza n.f. **I. 1.** Espacio amplio dentro de la población, al cual suelen afluir varias calles. **2.** Lugar donde se celebran las ferias, mercados y fiestas públicas. **3.** Lugar destinado para ser ocupado por una persona o cosa. **4.** Destino o empleo. **5.** Población. **II.** *Plaza de abastos*. Plaza, mercado. — *Plaza de toros*. Lugar donde lidian toros. • **plazoleta** n.f. Plaza pequeña ajardinada.

plazo n.m. **1.** Término o tiempo señalado para una cosa. **2.** Cada parte de una cantidad pagadera en dos o más veces.

pleamar n.f. **1.** MAR Estado más alto de la marea. **2.** Tiempo que ésta dura.

plebe 1. n.f. Personas sin jerarquía o posición económica especiales. **2.** Despectivo de pueblo. • **plebeyo,a** n. y adj. Propio de la plebe o perteneciente a ella. • **plebeyez** n.f. Calidad de plebeyo.

plebiscito n.m. Consulta popular efectuada por medio del voto para obtener la ratificación de una resolución política especialmente importante. • **plebiscitario,a** adj. Relativo al plebiscito.

plectognato adj. ZOOL Dícese de peces teleósteos que tienen la mandíbula superior fija y carecen de aletas abdominales y escamas, como el orbe y el pez luna. ▷ n.m.pl. ZOOL Suborden de estos peces.

plegar I. v.tr. y prnl. Hacer pliegues en una cosa. **II.** v.tr. Doblar los pliegos de que se compone un libro. **III.** v.prnl. Fig. Someterse. • **plegable** adj. Capaz de plegarse. • **plegadera** n.f. Utensilio que se emplea para plegar o cortar papel. • **plegado,a** n.m. Acción y efecto de plegar. • **plegamiento** n.m. GEOL Flexión producida en la corteza terrestre por el movimiento conjunto de rocas sometidas a una presión lateral.

plegaria n.f. Oración o súplica.

pleistoceno adj. PREHIST Se dice de la época glacial del período cuaternario.

pleitesía n.f. Muestra reverente de acatamiento.

pleito n.m. **1.** Contienda, litigio judicial entre partes. **2.** Batalla que se determina por las armas. **3.** Disputa, riña o pendencia doméstica o privada. **4.** Proceso o cuerpo de autos sobre cualquier causa. — FOR *Pleito civil*. Aquel en que se litiga sobre una cosa, hacienda, posesión o regalía. — FOR *Pleito criminal*. Causa (proceso). • **pleiteador,a** n. y adj. **1.** Que pleitea. **2.** Que tiene afición a pleitear. • **pleitear** v. tr. Litigar o contender judicialmente.

-plejía Sufijo procedente del griego *plessein*, «golpear».

plenamar n.f. Pleamar.

plenario,a adj. **1.** Lleno, entero. **2.** FOR Parte del proceso criminal que sigue al sumario hasta la sentencia.

plenilunio n.m. Luna llena.

plenipotencia n.f. Poder pleno para ejecutar, concluir o resolver una cosa. • **plenipotenciario,a** n. y adj. Agente diplomático extraordinario, investido de plenos poderes para firmar con otros países convenios o tratados de paz con valor ejecutivo.

plenitud n.f. Totalidad, calidad de pleno.

pleno,a 1. adj. Completo, lleno. **2.** n.m. Reunión o junta general de una corporación.

pleon n.m. ZOOL Abdomen de los crustáceos, formado por varios segmentos.

pleonasmo n.m. GRAM Figura que consiste en emplear en la oración uno o más vocablos innecesarios, pero con los cuales se da gracia o vigor a la expresión. • **pleonástico,a** adj. Perteneciente al pleonasmo.

plesímetro n.m. MED Placa de marfil, caucho, etc., que se aplica sobre los puntos que se exploran, percutiendo con el dedo o un martillo adecuado.

plesiosauro n.m. PALEONT Reptil gigantesco perteneciente al período geológico secundario.

pletina n.f. Pieza rectangular de metal, de dos a cuatro milímetros de espesor.

plétora n.f. **1.** FISIOL Exceso de sangre o de otros humores en el cuerpo o en una parte de él. **2.** Fig. Abundancia excesiva de alguna cosa. • **pletórico,a 1.** adj. Perteneciente o relativo a la plétora. **2.** Que tiene abundancia de cosas buenas.

pleura n.f. ANAT Membrana serosa que envuelve los pulmones y recubre la cara interna del tórax. • **pleural** adj. Perteneciente a la pleura. • **pleuresía** n.f. PAT Inflamación de la pleura. • **pleurítico,a** n. y adj. Relativo a la pleuresía. • **pleuritis** n.f. PAT Pleuresía.

pleuro- Elemento procedente del griego *pleuron*, «costado».

pleuronéctidos n.m.pl. ZOOL Familia de peces planos que comprende la platija, el lenguado, etc.

pleuronectiformes n.m.pl. ZOOL Orden de peces actinopterigios con el cuerpo muy aplanado, como la platija, el lenguado, etc.

pleuroneumonía n.f. MED Neumonía acompañada de una pleuresía.

Pleurotus n.m. Género de hongos (agáricos) comestibles y parásitos cuyos carpóforos se desarrollan en los troncos de los árboles.

plexiglás n.m. Materia plástica transparente y flexible.

plexo n.m. ANAT Red formada por varios filamentos nerviosos o vasculares entrelazados. — *Plexo sacro.* El constituido por las anastomosis que forman entre sí la mayoría de las ramas nerviosas sacras. — *Plexo solar.* Red nerviosa que rodea a la arteria aorta ventral.

pléyade n.f. **1.** Nombre adoptado por un grupo de siete poetas de la Grecia antigua. **2.** P. ext., conjunto de escritores que brillan en cierta época.
ENCICL El nombre de *pléyade* designó a siete poetas griegos que vivieron durante el reinado de Tolomeo Filadelfo: Alejandro el Etolio, Filisco de Corcira, Sositeo de Alejandría, Sosífanes de Siracusa, Dionisíade o Eántides de Tarso, Homero de Bizancio, Licofrón de Calcis. En Francia, en el s. XVI, Ronsard pensó en crear una *Pléyade* (o «Brigade idéale»), imitando la Pléyade alejandrina. Se agruparon alrededor de Ronsard y de J. du Bellay: Dorat (que sustituyó en 1582 a J. Peletier du Mans, éste a su vez sucesor de Guillaume des Autels), J. A. de Baïf, Ponthus de Tyard, E. Jodelle, R. Belleau (sucesor de J. de la Péruse, desde 1554).

plica n.f. **1.** Sobre cerrado y sellado en que se reserva según documento o noticia que no debe publicarse hasta fecha u ocasión determinada. **2.** PAT Aglutinación del pelo por suciedad.

pliego n.m. **1.** Pieza de papel de forma cuadrangular, doblada por la mitad. **2.** P. ext., hoja de papel. **3.** Memorial comprensivo de las condiciones de un contrato, una concesión gubernativa, una subasta, etc. — *Pliego de cargos.* Resumen de las faltas que aparecen en un expediente contra el funcionario a quien se le comunica para que pueda contestar defendiéndose. — *Pliego de condiciones.* Documento en que constan las cláusulas de un contrato o subasta. **4.** Documento de cualquier clase que se envía cerrado.

pliegue n.m. **1.** Doblez, arruga. **2.** GEOL Cada una de las ondulaciones que se forman en los niveles superiores de la corteza terrestre bajo la acción de una presión tangencial.

plinto n.m. ARQUIT Parte cuadrada inferior de la basa de una columna.

plioceno **1.** n.m. GEOL Último período de la era terciaria. **2.** adj. GEOL Perteneciente a este período.

plisar v.tr. Hacer que una tela quede formando pliegues iguales y muy menudos.

ploceidos n.m.pl. ZOOL Familia de aves paseriformes que construyen sus nidos en forma de bolsa.

plomada n.f. **1.** Pesa de plomo que, sujeta al extremo de una cuerda, sirve para comprobar la verticalidad de un elemento de construcción. **2.** Conjunto de plomos que se ponen en la red para pescar. **3.** Golpe o herida de los perdigones.

plombagina n.f. Grafito, plumbagina.

plomo n.m. **1.** Metal gris azulado, muy pesado, maleable en frío y fácilmente fusible; elemento de número atómico 82 y de masa atómica 207,19 (símbolo *Pb*). **2.** Fig. Bala de las armas de fuego. **3.** Fig. y Fam. Persona pesada y molesta. **4.** TECN Cortacircuitos hecho de una aleación fusible (generalmente a base de plomo). • **plomería** n.f. **1.** Cubierta de plomo que se pone en los edificios. **2.** Taller del plomero. • **plomero** n.m. *Amér.* Fontanero. • **plomizo,a** adj. Parecido al plomo.
ENCICL El plomo es un metal muy denso (11,34), blando, maleable y dúctil; funde a 327,5 °C y hierve a 1.740 °C. Se alea con la mayoría de los metales, en particular con el estaño; esta aleación permite sobre todo la soldadura llamada «al estaño». Se utiliza el plomo o las aleaciones en revestimientos, en fontanería, para fabricar perdigones y plomos tipográficos, para acumuladores y, por su gran densidad, para protegerse contra los rayos X y gamma. Los minerales explotados son la galena (PbS), la cerusita ($PbCO_3$) y la anglesita ($PbSO_4$). Se encuentran en la naturaleza diversos isótopos del plomo, pues constituye la etapa final de las desintegraciones del uranio.

pluma n.f. **I.** Cada una de las piezas de que está cubierto el cuerpo de las aves. **II. 1.** Pluma de ave, o instrumento que la sustituye, para escribir. **2.** Fig. Escritor. **3.** Fig. Estilo o manera de escribir. • **plumada** n.f. Rasgo o letra adornada que se hace sin levantar la pluma del papel. • **plumaje** n.m. **1.** Conjunto de plumas del ave. **2.** Penacho de plumas que se pone por adorno en los sombreros, morriones y cascos. • **plumazo** n.m. Trazo fuerte de pluma y especialmente el que se hace para tachar lo escrito. • **plumear** v.tr. PINT Formar líneas con el lápiz o la pluma para sombrear un dibujo. • **plumero** n.m. **1.** Conjunto de plumas que, sujeto a un mango, sirve para quitar el polvo. **2.** Caja donde se guardan los utensilios de escribir (antiguamente, las plumas). • **plumífero** n. y adj. POET Que tiene o lleva plumas.

plumbagina n.f. Grafito.

plumbagináceo,a n. y adj. BOT Dícese de plantas angiospermas dicotiledóneas, fruticosas o herbáceas, como la belesa. ▷ n.f.pl. BOT Familia de estas plantas.

plúmbeo,a adj. **1.** De plomo. **2.** Fig. Que pesa como el plomo.

plúmbico,a adj. QUIM Perteneciente o relativo al plomo.

plumbicón n.m. ELECTR Tubo analizador de imágenes derivado del vidicón, utilizado en las cámaras de televisión en color.

plúmula n.f. BOT Yemecilla que en el embrión de la planta es rudimento del tallo.

plural n. y adj. Que indica pluralidad. • **pluralizar** v.tr. Referir o atribuir una cosa que es peculiar de uno a dos o más sujetos.

pluralidad n.f. **1.** Multitud. **2.** Calidad de ser más de uno.

pluralismo n.m. **1.** FILOS Doctrina que defiende la idea de la pluralidad de seres y fenómenos en el universo. **2.** POLIT Sistema por el cual se acepta o reconoce la **pluralidad** de doctrinas. • **pluralista** adj. Relativo al pluralismo.

pluricelular adj. BIOL Constituido por varias células, tratándose de un organismo vivo.

plurilingüe n. y adj. **1.** adj. Dícese del que habla varias lenguas. **2.** adj. Escrito en diversos idiomas.

pluripartidismo n.m. POLIT Existencia simultánea de varios partidos en un sistema político.

plurivalencia n.f. Pluralidad de valores.

plus n.m. **1.** Cantidad suplementaria que se añade a algo. **2.** Gratificación o sobresueldo.

pluscuamperfecto n. y adj. v. pretérito pluscuamperfecto.

plusvalía n.f. **1.** Aumento del valor de un bien que no ha sufrido ninguna transformación material. *Plusvalía inmobiliaria. Tasación de las plusvalías mobiliarias.* **2.** En el marxismo, diferencia, que constituye la remuneración del capitalista, entre el salario pagado al obrero por comprar su fuerza de trabajo y lo que esta fuerza de trabajo produce.

plutocracia n.f. Preponderancia de los ricos en el gobierno del Estado. • **plutócrata** n.m. y f. Persona poderosa a causa de sus riquezas.

plutonio n.m. QUIM Elemento radiactivo artificial que se obtiene en los reactores nucleares por desintegración del neptunio.
ENCICL Bombardeando uranio 238 con neutrones se forma uranio 239, que sufre dos desintegraciones sucesivas antes de dar origen a un átomo de plutonio 239. Más fácil de obtener que el uranio 235, ha sido utilizado desde las primeras pruebas nucleares francesas. El plutonio presenta un polimorfismo excepcional y existe en seis fases sólidas diferentes. Su radiación externa no es peligrosa desde el punto de vista biológico, pero su manipulación es delicada y su absorción por el hombre muy peligrosa; la utilización médica y terapéutica del plutonio es por este motivo muy estricta.

plutonismo n.m. GEOL Teoría que atribuía a la acción del «fuego central» la formación de la rocas y la configuración de la corteza terrestre. • **plutónico,a** o **plutoniano,a** adj. **1.** Perteneciente o relativo al plutonismo. **2.** GEOL Que ha sido producido en las profundidades de la tierra por la acción de fuerzas internas.

pluvio- Prefijo procedente del latín *pluvia,* «lluvia».

pluviómetro n.m. Aparato que sirve para medir la lluvia que cae en lugar y tiempo dados. • **pluviometría** n.f. Rama de la climatología que estudia cómo están repartidas las lluvias en el espacio y en el tiempo.

pluvionival adj. GEOGR Dícese de los cursos de agua alimentados por las lluvias y la nieve fundida.

pluvioso n.m. HIST Quinto mes del calendario republicano francés, que empezaba el 20 o 21 de enero y terminaba el 19 o 20 de febrero.

Pm QUIM Símbolo del promecio.

p.m. Abrev. de la loc. latina *post meridiem,* «después del mediodía».

PNB n.m. Abreviatura de producto nacional bruto.

p.o. Abreviatura de *por orden.*

Po **1.** QUIM Símbolo del polonio. **2.** FIS Símbolo del poise.

poa n.f. Espiguilla, género de gramíneas muy corrientes utilizadas como forraje.

pobeda n.f. Lugar poblado de pobos.

población n.f. **1.** Accion y efecto de poblar. **2.** Número de habitantes de un pueblo, nación, etc. **3.** Ciudad, villa o lugar. • **poblado** n.m. Población. • **poblador,a** n. y adj. Que puebla. • **poblar** **I.** v.tr. **1.** Ocupar un lugar con habitantes o cualquier clase de seres vivos. **2.** Habitar. **II.** v. prnl. Llenarse un lugar de personas, animales o cosas.

poblacho n.m. Desp. Pueblo destartalado.

1. poblano,a n. y adj. *Amér.* Aldeano.

2. poblano,a n. y adj. Natural del estado mexicano de Puebla. ▷ adj. Perteneciente o relativo a dicho estado. — *Azulejos poblanos.* Revestimiento cerámico aplicado en la arquitectura que se desarrolló en México como elemento expresivo del arte barroco. La portada de la iglesia de San Martín Texmelucan; las cúpulas y el cimborrio resaltan por la perfección del revestimiento de azulejos de Puebla. La fachada y las torres de San Francisco Acatepec están totalmente cubiertas de azulejos. La decoración se ha concebido y realizado trabajándose previamente las piezas de cerámica que constituyen, en sí mismas, capiteles, molduras, voleos, etc. — *Yeserías poblanas.* Ornamentación a base de yeso dorado y coloreado, de gran inventiva, que se usó para el decorado interior de iglesias de estilo barroco, en México. Los más representativos ejemplos se encuentran en Puebla (capilla del Rosario, 1690). El interior de la capilla del Santo Cristo en Tlacolula (Oaxaca). Las decoraciones del templo de Santo Domingo en Oaxaca. El espíritu de este barroco popular irrumpió por todo el territorio. El Santuario de Atotonilco, en Guanajuato, gracias a la adición progresiva de nuevas capillas al cuerpo central, dio por resultado una fachada singular. El altar de la capilla del Rosario está ornado con pinturas sobre espejos. El concepto de estilo llega a lo sublime en Santa María Tonantzintla.

pobo n.m. Álamo blanco.

pobre **I.** n. y adj. Necesitado, menesteroso. **II.** adj. **1.** Escaso y que carece de alguna cosa para su entero complemento. **2.** Fig. Infeliz, desdichado y triste. **III.** n.m. y f. Mendigo,a. • **pobrería** n.f. Conjunto de pobres. • **pobrete,a** n. y adj. **1.** Desdichado, infeliz, abatido. **2.** Fam. Dícese del sujeto inútil pero de buen natural. • **pobretón,a** n. y adj. Muy pobre. • **pobreza** n.f. **1.** Carencia de lo necesario para el sustento de la vida. **2.** Falta, escasez.

pocero n.m. El que fabrica o limpia los pozos.

pocilga n.f. **1.** Establo para ganado de cerda. **2.** Fig. y Fam. Cualquier lugar hediondo y asqueroso.

pocillo n.m. Jícara.

pócima n.f. Bebida medicinal. Fig. Cualquier bebida desagradable.

poción n.f. Líquido que se bebe, especialmente el medicinal.

poco,a **I.** adj. Escaso en cantidad o calidad. **II.** n.m. Cantidad corta o escasa. **III.** adv.c. **1.** Con escasez, en corto grado, ordinario o preciso. **2.** Corta duración de tiempo. *Por poco.* M. adv. Casi.

pocho,a adj. **1.** Descolorido. **2.** Dícese de lo que está podrido. **3.** Enfermo.

podagra n.f. PAT Enfermedad de gota, y especialmente cuando se padece en los pies.

podálico,a adj. MED Dícese de una maniobra obstétrica por la cual el tocólogo ayuda al parto tirando de los pies del feto.

podar v.tr. Cortar o quitar las ramas superfluas de las plantas. • **poda** n.f. **1.** Acción y efecto de podar. **2.** Tiempo en que se ejecuta. • **podadera** n.f. Herramienta acerada, que se usa para podar. • **podador,a** n.f. y adj. Que poda.

1. poder n.m. **1.** Dominio, facultad para mandar o ejecutar una cosa. **2.** Acto o instrumento en que consta la facultad que uno da a otro para que en lugar suyo y representándole pueda ejecutar una cosa. **3.** Suprema potestad rectora y coactiva del Estado. **4.** pl. Fig. Facultades, autorización para hacer una cosa. **5.** — *Poder ejecutivo.* En los gobiernos representativos, el que tiene a su cargo gobernar el Estado y hacer observar las leyes. — *Poder judicial.* El que ejerce la administración judicial. — *Poder legislativo.* Aquel en que reside la potestad de hacer y reformar las leyes. • **poderdante** n.m. y f. Persona que da poder o facultades a otra para que la represente. • **poderhabiente** n.m. y f. Persona que tiene poder o facultad de otra para representarla. • **poderío** n.m. **1.** Facultad de hacer o impedir una cosa. **2.** Riquezas. **3.** Poder, imperio. **4.** Potestad, facultad, jurisdicción. **5.** Vigor, fuerza grande. • **poderoso,a** **I.** n. y adj. Que tiene poder. **II.** adj. Activo, eficaz.

2. poder **I.** v.tr. **1.** Tener expedita la facultad o potencia de hacer una cosa. **2.** Tener facilidad, tiempo o lugar de hacer una cosa. Se usa más con negación. **II.** v.int. Ser posible. **III.** *No poder más.* Estar sumamente fatigado. — Fam. *Poder a uno.* Tener más fuerza que él.

podestá n.m. HIST Primer magistrado de algunas ciudades en Italia y en Provenza.

podíatra o **podiatra** n.m. *Amér.* Podólogo.

podio n.m. Estrado sobre el que los deportistas vencedores en una competición son presentados al público y reciben sus trofeos.

podo- Prefijo procedente del griego *pous, podos,* «pie».

podología n.f. MED Estudio y tratamiento de las afecciones y deformidades de los pies. • **podólogo,a** n.m. y f. MED Especialista en podología.

podón n.m. Podadera grande y fuerte.

podre n.f. **1.** Putrefacción. **2.** Pus. • **podredumbre** n.f. Putrefacción o corrupción material de las cosas. ▷ BOT y AGRIC Nombre de varias enfermedades criptogámicas de los vegetales que causa su putrefacción.

podsol n.m. GEOL Suelo formado sobre una roca madre silícea cubierta por una vegetación acidificante (coníferas, brezos, etc.).

poema n.m. Obra en verso, o perteneciente a la esfera de la poesía. — MUS *Poema sinfónico.* Composición para orquesta de forma libre y desarrollo sugerido por una idea poética u obra literaria. • **poemario** n.m. Conjunto de colección de poemas. • **poemático,a** adj. Perteneciente o relativo al poema.

poesía n.f. **1.** Expresión artística de la belleza por medio del verso. **2.** Arte de componer versos y obras en verso. **3.** Obra o composición en verso. **4.** Encanto que emana de personas o cosas, y produce una emoción estética o emotiva.

poeta n.m. El que compone obras poéticas. • **poetastro** n.m. Mal poeta. • **poetisa** n.f. Mujer que compone obras poéticas.

poética n.f. Arte y tratado de la composición en verso. • **poético,a** adj. Perteneciente o relativo a la poesía.

poetizar v.tr. Embellecer alguna cosa con el encanto de la poesía; darle carácter poético.

pogonóforos n.m.pl. ZOOL Grupo de invertebrados marinos vermiformes que viven en unos tubos quitinosos que ellos mismos secretan.

pogrom n.m. Algarada antisemita que iba acompañada de pillajes y matanzas.

poiquilotermo n.m. y adj. ZOOL Dícese de ciertos vertebrados cuya temperatura corporal varía con la del medio ambiente.

poise n.m. FIS Antigua unidad de viscosidad.

poiseuille n.m. FIS Unidad de viscosidad del sistema internacional SI, de símbolo *Pl.*

polaco,a **1.** n. y adj. Natural de Polonia. **2.** adj. Perteneciente a este país de Europa. **3.** n.m. Lengua de los polacos, una de las eslavas.

polacra n.f. Buque de cruz, de dos o tres palos enterizos y sin cofas.

polaina n.f. Especie de media que cubre la pierna hasta la rodilla.

polaquiuria n.f. PAT Frecuencia exagerada de micciones poco abundantes.

polar adj. **1.** Relativo a los polos. **2.** Que caracteriza a las regiones cercanas a los polos. **3.** GEOM Relativo a los polos de una esfera, de un círculo. **4.** ELECTRON Relativo a los polos de un imán o de un circuito eléctrico.

polaridad n.f. Estado de un cuerpo, de un sistema, en el cual se pueden distinguir dos polos opuestos. ▷ FIS Propiedad de las agujas imantadas de orientarse según el meridiano magnético.

polarímetro n.m. FIS Aparato destinado a medir el sentido y la extensión del poder rotatorio de un cuerpo sobre la luz polarizada.

polarizar **I.** v.tr. y prnl. FIS Modificar los rayos luminosos de modo que no puedan refractarse o reflejarse en ciertas direcciones. **II.** v.prnl. Concentrar la atención o el ánimo en una cosa. • **polariscopio** n.m. FIS Instrumento para averiguar si un rayo de luz emana directamente de un foco o está ya polarizado. • **polarización** n.f. FIS Acción y efecto de polarizar o polarizarse.

ENCICL Toda luz reflejada está parcial o totalmente polarizada, es decir; los vectores que representan la vibración de los rayos luminosos están contenidos en un plano, llamado *plano de polarización*, perpendicular a la dirección de propagación. La luz natural puede ser considerada como la superposición de luces polarizadas en planos diferentes, efectuándose la vibración en todas las direcciones. Cuando un rayo de luz totalmente polarizada cae sobre otro espejo, la intensidad de la luz reflejada varía según el ángulo de incidencia, pasando por un mínimo y un máximo. La polarización de la luz puede igualmente ser obtenida por refracción en algunos cristales (cuarzo, espato). Un rayo luminoso atravesando estas sustancias se desdobla en dos rayos polarizados en planos ortogonales (birrefringencia). Algunas sustancias tienen la propiedad de no transmitir las vibraciones más que en un plano de polarización determinado; esta propiedad es utilizada en las polaroids. Por último, algunas moléculas poseen igualmente la propiedad de hacer girar el plano de polarización, bien a la derecha (dextrógiras), bien a la izquierda (levógiras), siendo el ángulo de rotación proporcional al espesor atravesado *(polarización rotatoria)*. v. isomería. El fenómeno de polarización es utilizado para estudiar las tensiones y esfuerzos que se producen en una maqueta transparente, en plexiglás, p. ej. (fotoelasticimetría), y para suprimir los reflejos, sobre todo en fotografía.

polarografía n.f. QUIM Método de electroanálisis basado en el empleo del aparato llamado *polarógrafo*. • **polarógrafo** n.m. QUIM Aparato en el que los valores de la tensión e intensidad de la corriente son registrados gráficamente y, partiendo de las curvas obtenidas, pueden determinarse los componentes de una solución química sometida a electrólisis sin que esta solución sea alterada.

polaroid **1.** n.m. FIS Lámina transparente que provoca la polarización de la luz. **2.** En fotografía se denomina así a una cámara provista de revelador instantáneo.

polca **1.** n.f. Danza de origen polaco de movimiento rápido y en compás de dos por cuatro. **2.** Música de esta danza.

pólder n.m. Terreno pantanoso ganado al mar y que una vez desecado se dedica al cultivo.

polea n.f. **1.** Rueda acanalada en su circunferencia y móvil alrededor de un eje. Por la canal o garganta pasa una cuerda o cadena en cuyos dos extremos actúan, respectivamente, la potencia y la resistencia. **2.** Rueda metálica de llanta plana que se usa en la transmisión por correas.

polemarca n.m. En la antigua Grecia, uno de los arcontes que era, a la vez, general del ejército.

polémica n.f. Controversia, discusión sobre cierta materia. • **polémico,a** adj. Perteneciente o relativo a la polémica. • **polemista** n.m. y f. Persona aficionada a la polémica. • **polemizar** v.int. Sostener o entablar una polémica.

polemoniáceo,a n.f. y adj. BOT Se dice de plantas angiospermas dicotiledóneas, con flores en corimbo y fruto capsular, como el polemonio. ▷ n.f. pl.BOT Familia de estas plantas.

polemonio n.m. Planta herbácea de la familia de las polemoniáceas, con flores olorosas, de corola azul, morada o blanca.

polen n.m. BOT Polvillo fecundante, constituido por microsporas, contenido en los estambres de las flores.
ENCICL El grano de polen, procedente de una célula madre, corresponde al prótalo de las criptógamas vasculares. Tras la germinación sobre el estigma, libera un gameto macho que fecundará la oosfera. El diámetro de los granos de polen varía entre 2,5 μ (miosotis) y 200 μ (algunas cucurbitáceas); tienen todas sus paredes muy resistentes, de aspecto más o menos regular. v. también palinología.

polenta n.m. Puches de harina de maíz o de castañas.

poleo n.m. BOT Planta herbácea anual, de la familia de las labiadas, con flores azuladas o moradas, que se usa en infusión como estomacal.

poli- Elemento compositivo que entra en la formación de algunas voces españolas con el significado de «pluralidad».

poliacetal n.m. QUIM Resina termoplástica derivada del fenol.

poliácido n.m. QUIM Cuerpo que posee varias funciones ácidas.

poliacrílico,a adj. QUIM *Resina poliacrílica.* Resina termoplástica obtenida partiendo del nitrilo acrílico o del ácido acrílico (orlón, plexiglás, etc.)

poliadelfos adj. BOT Se dice de los estambres de una flor cuando están soldados entre sí por sus filamentos, formando tres o más haces distintos.

poliadición n.f. QUIM Polimerización por adiciones sucesivas de una misma molécula.

polialcohol n.m. QUIM Cuerpo que posee varias funciones alcohólicas.

poliamida n.f. QUIM Polímero que resulta de la policondensación de compuestos orgánicos, formado por uno o varios grupos aminos.

poliandria n.m. **1.** Estado de la mujer casada simultáneamente con dos o más hombres. **2.** BOT Condición de la flor que tiene muchos estambres. • **poliandro,a** adj. **1.** BOT Se dice de una planta que tiene un número indefinido de estambres. **2.** ZOOL Se dice del animal en que una sola hembra fecunda vive con varios machos.

poliarquía n.f. Gobierno de muchos.

poliartritis n.f. MED Inflamación simultánea de varias articulaciones.

poliatómico,a adj. QUIM Dícese de los cuerpos formados por varios átomos.

polibutadieno n.m. QUIM Polímero obtenido por polinerización del butadieno.

policárpico,a adj. BOT Se aplica a las plantas cuyas flores poseen numerosos carpelos libres.

pólice n.m. Dedo pulgar.

policéfalo,a adj. De varias cabezas.

policía n.f. **1.** Conjunto de reglas impuestas a los ciudadanos, para que reine el orden y la seguridad dentro del cuerpo social. ▷ Cortesía, urbanidad. **2.** Cuerpo encargado de vigilar por el mejor mantenimiento del orden público y la seguridad de los ciudadanos. **3.** n.m. y f. Agente de este cuerpo. • **policial** adj. Perteneciente o relativo a la policía. • **policíaco,a** adj. **1.** Que se refiere a la policía. **2.** Dícese de las obras literarias, cinematográficas, etc., que describen el mundo del crimen y la represión de éste.
ENCICL La paternidad de la novela policíaca es atribuida a Edgar Allan Poe. En Francia se pueden citar entre los autores que aseguraron el éxito de este género a E. Gaborian (principal héroe: Lecoq), M. Leblanc (Arsenio Lupin); en Inglaterra, Conan Doyle (Sherlock Holmes) y Coryel (Nick Carter). Después de la Primera Guerra Mundial, se impusieron en el género dos escritoras inglesas: Agatha Christie (Hércules Poirot) y Dorothy Sayers, así como dos norteamericanas: E. Queen y J. Dickson Carr. Hoy se tiende a dar menos importancia al enigma, en favor de descripciones más ásperas de los «duros», de sus crímenes y del oscuro mundo del espionaje. Citemos, entre otros, a los anglosajones Peter Cheyney, y J.-Hadley Chase, Carter Brown, Chester Himes, D. Hammet, R. Chandler, H. MacCoy, I. Fleming (James Bond), J. le Carré; y a los belgas S. A. Steeman y G. Simenon.

policíclico,a adj. QUIM Se aplica al compuesto cuya molécula está formada por más de un anillo de átomos.

policlínica n.f. Clínica donde se atiende a enfermos de diversas especialidades.

policondensación n.f. QUIM Sucesión de reacciones de condensación, que originan una macromolécula.

policopia n.f. **1.** Reproducción de un documento por calco sobre una pasta de gelatina, o por medio de un cliché de multicopista. **2.** Cada uno de los ejemplares reproducidos.

policristal n.m. QUIM Sólido formado por varios cristales. • **policristalino,a** adj. Formado por varios cristales.

policroísmo n.m. OPT Propiedad que poseen algunos cristales de aparecer con colores diferentes, cuando son examinados a través de un analizador que se hace girar.

policromar v.tr. Aplicar o poner diversos colores. • **policromado,a** n. y adj. Dícese de lo que está pintado de varios colores. • **policromía** n.f. Estado de un objeto policromo. • **policromo,a** adj. De varios colores.

policultivo n.m. Práctica simultánea de cultivos diferentes en una misma explotación agrícola.

polichinela n.m. Personaje burlesco de las farsas; pulchinela.

polidactilia n.f. Característica de un miembro o de un ser polidactílico. • **polidactílico,a** adj. Que tiene mayor número de dedos de lo normal.

polidipsia n.f. PAT Necesidad de beber con frecuencia y abundantemente.

poliedro n.m. GEOM Sólido terminado por superficies planas. — GEOM *Poliedro regular.* Aquél cuyas caras on polígonos. • **poliédrico,a** adj. GEOM Perteneciente o relativo al poliedro.

poliembrionía n.f. BIOL Formación de varios embriones partiendo de un mismo huevo.

poliéster n.m. Polímero obtenido por condensación de poliácidos y polialcoholes.

poliestireno n.m. QUIM Materia plástica sintética obtenida por polimerización del estireno.

polietileno n.m. Materia plástica obtenida por polimerización del etileno, utilizada principalmente para fabricar láminas para envases.

polifacético,a adj. Que ofrece varias facetas o aspectos. ▷ P. ext., se aplica a las personas de variada condición o de múltiples aptitudes.

polifagia n.f. Aumento exagerado de la sensación de hambre.

polifásica adj. ELECTR Se dice de la corriente eléctrica alterna, constituida por la combinación de varias corrientes monofásicas del mismo período, pero cuyas fases no concuerdan.

polifonía n.f. MUS Conjunto de voces ordenadas según el principio del contrapunto. — Canto de diversas voces. • **polifónico,a** adj. Perteneciente o relativo a la polifonía.

polígala n.f. BOT Planta dicotiledónea de la familia de las poligaláceas, cuya raíz se usa en medicina en el tratamiento del reumatismo y las vías respiratorias. • **poligaláceo,a** o **poligáleo,a** n.f. y adj. BOT Se dice de las plantas angiospermas dicotiledóneas, con fruto en cápsula o drupa como la polígala y la ratania. ▷ n.f. pl. Familia de estas plantas.

poligamia n.f. **1.** Estado o calidad de polígamo. **2.** Régimen de sociedad humana o animal en que se practica la pluralidad de ayuntamiento con varios individuos de sexo opuesto. • **poligámico,a** adj. Relativo a la poligamia. • **polígamo,a I.** n. y adj. Dícese de la persona o del animal que practica la poligamia. **II.** adj. BOT Aplícase a las plantas que tienen en uno o más pies flores masculinas, femeninas y hermafroditas.

poligenismo n.m. ANTROP Teoría según la cual las diferentes razas humanas actuales derivarían de razas o especies distintas.

poliginia n.f. Condición de la flor que tiene muchos pistilos.

poliglobulia n.f. MED Aumento del número de glóbulos rojos.

políglota,a **1.** adj. Escrito en varias lenguas. **2.** n. y adj. Persona versada en varias lenguas. • **poliglotismo** n.m. Dominio de varios idiomas.

poligonáceo,a n.f. y adj. BOT Se dice de plantas angiospermas dicotiledóneas, cuyos frutos son cariópsides o aquenios, como el ruibarbo y la acedera. ▷ n.f. pl. BOT Familia de estas plantas.

polígono n.m. **1.** Figura plana limitada por segmentos de recta. — *Polígono regular.* El que tiene sus lados y sus ángulos iguales. — FIS *Polígono de fuerzas.* Construcción geométrica que permite hacer la suma de los vectores que representan un sistema de fuerzas. **2.** URB Superficie tratada urbanísticamente como una unidad. • **poligonal** adj. GEOM Perteneciente o relativo al polígono.

polígrafo,a n. y adj. Autor que escribe sobre materias diferentes.

polilla n.f. Mariposa nocturna cuya larva se alimenta de la materia donde anida (lana, tejidos, papel, etc.).

polimerización n.f. QUIM Reacción química consistente en la unión de moléculas de un mismo compuesto y una macromolécula. • **polímero** n.m. QUIM Compuesto formado por la polimerización de las moléculas de un mismo compuesto, llamado monómero. • **polimería** n.f. QUIM Propiedad de dos cuerpos con la misma composición centesimal, pero donde uno posee una masa molecular 2,3...*n* veces mayor que la de otro cuerpo.
ENCICL La polimerización propiamente dicha produce una molécula que contiene monómeros. *La policondensación* produce, además de las macromoléculas, productos de eliminación. *La poliadición* consiste en adiciones sucesivas de una misma molécula a una molécula inicial. *La copolimerización* es una polimerización efectuada partiendo de varios monómeros distintos. v. plástico.

polimetacrilato n.m. QUIM Resina termoplástica obtenida a parti. del ácido metacrílico.

polimetría n.f. RET Variedad de metros en una misma composición. • **polimétrico,a** adj. Se dice de la composición poética escrita en diversas clases de metro.

polimorfo,a adj. **1.** QUIM Que se presenta bajo diferentes formas cristalinas, cuyas propiedades físicas son diferentes. **2.** Que se presenta bajo diversas formas. • **polimorfismo** n.m. QUIM Propiedad de los cuerpos que pueden cambiar de forma sin variar su naturaleza.

polinesio,a o **polinésico,a** n.m. Lengua hablada por los habitantes de Polinesia.

polineuritis n.f. MED Inflamación simultánea de varios nervios periféricos.

polinización n.f. BOT Paso o tránsito del polen desde el estambre hasta el pistilo. • **polinosis** n.f. Reacción alérgica al polen.

polinomio n.m. ALG Expresión que consta de varios términos.

polinuclear adj. BIOL Se aplica a la célula compuesta de varios núcleos.

polinucleótido n.m. BIOQUIM Compuesto constituido por gran número de nucléolos asociados mediante uniones fosfato (ARN, ADN).

polio n.f. Fam. Poliomielitis.

poliomielitis n.f. Inflamación y degeneración de la sustancia gris de la médula espinal que provoca parálisis locales y atróficas musculares. • **poliomielítico,a** n. y adj. Perteneciente o relativo a la poliomielitis.

poliorcética n.f. Arte de atacar y defender las plazas fuertes.

poliósido n.m. BIOQUIM Compuesto formado por la condensación de varios monosacáridos (almidón, celulosa, etc.).

polipasto n.m. Aparejo o sistema de poleas, una fija y otra móvil.

polipéptido n.m. BIOQUIM Molécula formada por dos o más aminoácidos.

polipero n.m. ZOOL Masa de naturaleza quitinosa o calcárea, producida por los pólipos de una misma colonia de antozoos.

polipétala adj. BOT Se dice de las corolas con muchos pétalos.

poliploide adj. BIOL *Célula poliploide.* Aquella cuyos núcleos contienen varias veces el número normal de cromosomas.

pólipo n.m. **I.** ZOOL Celentéreo que vive fijo en el fondo de las aguas por uno de sus extremos, y tiene en el otro la boca. **II.** PAT Tumor blando, de forma pediculada, que se forma y crece en las membranas mucosas de diferentes cavidades.

ENCICL **Zool.** — El pólipo tiene forma de un saco cuya pared está constituida por dos capas de células; comprende un único orificio situado en la parte superior, rodeado de tentáculos provistos de células urticantes *(cnidoblastos).* Se reproduce por brotes y por vía sexual, con formación o no de la forma medusoide.

polipodio n.m. BOT Helecho de frondas recortadas, cuyo rizoma crece por encima del suelo. • **polipodiáceo,a** n.f. y adj. BOT Se dice de helechos esporangios en el envés de su fronda; como el polipodio. ♦ n.f.pl. BOT Familia de estas plantas.

poliporo n.m. Hongo cuyo himenóforo está formado por pequeños tubos.

polipreno n.m. QUIM Hidrocarburo macromolecular que constituye el caucho natural.

políptero n.m. Pez actinoptérido de las aguas dulces del África central; tiene la aleta dorsal larga y dividida.

políptico n.m. Pintura realizada sobre varios paneles articulados para que puedan cerrarse sobre el panel central. v. díptico, tríptico.

poliquetos n.m.pl. ZOOL Clase de gusanos anélidos que viven en el agua.

ENCICL Los poliquetos son anélidos con sexos separados con metamerización perfecta. Cada metámero lleva unas expansiones laterales *(parápodos)* provistas de cerdas quitinosas, con funciones locomotriz y respiratoria. Los poliquetos se dividen en dos subclases: *los poliquetos errantes* (nereida, principalmente) llevan una vida libre; *los poliquetos sedentarios* comprenden los *tubícolas* (sabélidos y serpúlidos), que viven en el interior de tubos construidos por ellos, y los *cavadores,* que viven en la arena o en el fango.

polisacárido n.m. BIOQUIM Poliósido.

polisarcia n.f. MED Obesidad.

polisemia n.f. LING Pluralidad de significados de una palabra o frase. • **polisémico,a** adj. LING Relativo a la polisemia.

polisépalo adj. BOT De muchos sépalos.

polisílabo,a n.m. y adj. GRAM Que tiene varias sílabas.

polisíndeton n.m. RET Figura que consiste en emplear repetida e innecesariamente las conjugaciones.

polisintético,a adj. LING Se aplica a la lengua en que predominan las formas soldadas y no puede distinguirse la palabra de la frase.

polista n.m. y f. Jugador de polo.

Polistes n.m. ZOOL Género de avispas que viven en colonias y en nidos fijados a los árboles.

polistilo,a adj. **1.** ARQUIT Que tiene muchas columnas. **2.** BOT De muchos estilos.

polisulfuro n.m. QUIM Sulfuro cuya molécula contiene más átomos de azufre que las de los compuestos normales.

politécnico,a adj. Que abarca diversas artes o diversas ciencias, que las concierne.

politeísmo n.m. Religión que admite la existencia de varios dioses. • **politeísta** n. y adj. Relativo al politeísmo. ▷ Adepto de un determinado politeísmo.

política n.f. **1.** Arte, doctrina u opinión referente al gobierno de los Estados. **2.** Actividad de los que rigen o aspiran a regir los asuntos públicos. • **politicastro** n.m. Desp. Mal político. • **político,a** adj. Perteneciente o relativo a la política. ▷ n. y adj. Se dice de quien interviene en las cosas del gobierno y asuntos del Estado. • **politiquear** v.int. **1.** Intervenir en política. **2.** Tratar de política con superficialidad o ligereza. • **politiquero,a** n. y adj. *Amér.* Se dice del político marrullero e intrigante. • **politiqueo** n.m. Acción y efecto de politiquear. • **politizar** v.tr. Dar carácter político.

politonal adj. MUS Caracterizado por la politonalidad. • **politonalidad** n.f. MUS Independencia total de las diversas partes de una polifonía desde el punto de vista tonal.

poliuretano n.m. Materia plástica que sirve para fabricar productos de estructura celular de muy pequeña densidad.

poliuria n.f. PAT Secreción y excreción de gran cantidad de orina. • **poliúrico,a** adj. y n. MED Que sufre poliuría.

polivalente adj. **1.** QUIM Que posee varias valencias. **2.** MED Se aplica principalmente a sueros y vacunas, cuando poseen acción contra varios microbios.

polivalvo,a adj. ZOOL Se aplica a los testáceos cuya concha tiene más de dos valvas.

polivinilo n.m. QUIM Polímero de los compuestos vinílicos de fórmula general CH_2 = CHX, en la que X puede ser un grupo cualquiera (cloro, acetilo, ácido, éster, etc.). • **polivinílico,a** adj. Se aplica a la resina termoplástica resultante de la polimerización de un compuesto vinílico.

póliza n.f. **1.** Libranza o instrumento en que se da orden para percibir o cobrar algún dinero. **2.** Documento justificativo del contrato de seguros y otras negociaciones comerciales. **3.** Sello suelto con que se satisface el impuesto del timbre en determinados documentos.

polizón n.m. Persona que embarca clandestinamente en un buque o aeronave.

polizonte n.m. Desp. Agente de policía.

poljé n.m. GEOL Llanura cársica con fondo cubierto de arcilla de descalcificación.

1. polo **I.** n.m. **1.** Cualquiera de los dos extremos del eje de rotación de una esfera o cuerpo redondeado, especialmente de la Tierra. **2.** Región contigua a un polo terrestre. — *Polo magnético.* Cada uno de los puntos del globo terrestre situados en las regiones polares, adonde se dirige naturalmente la aguja imantada. **3.** ELECTR Cada una de las extremidades del circuito de una pila o de ciertas máquinas eléctricas. **4.** FIS Cualquiera de los dos puntos opuestos de un cuerpo, en los cuales se acumula en mayor cantidad la energía de un agente físico. **5.** GEOM En las coordenadas polares, punto que se escoge para trazar desde él los radios vectores. **II.** Fig. Helado que se chupa cogiéndolo de un palillo hincado en su base.

2. polo n.m. DEP Juego entre grupos de jinetes que, con mazas de astiles largos, impulsan una bola sobre el césped del terreno.

pololear v.tr. *Amér.* Molestar, importunar.

polonés,a **1.** n. y adj. Polaco. **2.** n.f. Composición que imita cierto aire de danza y canto polacos, y se caracteriza por incorporar las dos primeras notas de cada compás.

polonio n.m. QUIM Elemento radiactivo de número atómico 84 y de masa atómica 210 (símbolo *Po*).

poltrón,a **1.** adj. Perezoso, haragán. **2.** n.f. Sillón muy confortable.

polución n.f. **1.** Derrame involuntario del semen. **2.** Contaminación del agua o del aire. • **poluto,a** adj. Sucio, inmundo.

polvareda n.f. **1.** Cantidad de polvo que se levanta de la tierra. **2.** Fig. Efecto causado entre las gentes por dichos o hechos que las alteran.

polvera n.f. Vaso de tocador, o estuche portátil, que sirve para contener los polvos y la borla con que suelen aplicarse.

polvo n.m. **1.** Parte más menuda y desecha de la tierra muy seca, que con cualquier movimiento se levanta en el aire. **2.** Lo que queda de otras cosas sólidas, moliéndolas hasta reducirlas a partes muy menudas. **3.** Partículas de sólidos que flotan en el aire y se posan sobre los objetos. **4.** pl. Los que se usan como cosmético.

pólvora n.f. Mezcla, por lo común del salitre, azufre y carbón, que a cierto grado de calor se inflama, desprendiendo bruscamente gran cantidad de gases. • **polvorín** n.m. Lugar o edificio para guardar la pólvora y otros explosivos.

ENCICL **Tecn.** — Las pólvoras son sustancias explosivas deflagrantes. No son detonantes como los explosivos. La combustión de la pólvora viene acompañada por un desprendimiento de gas y humo susceptibles de propulsar un proyectil por reacción. Su velocidad de combustión es relativamente lenta (de milímetro a metro por segundo), por lo que su empleo puede propagar una llama hacia cargas explosivas. La *pólvora negra* es una mezcla de azufre, carbón y nitrato potásico (salitre). Ha sido durante siglos la única sustancia explosiva utilizada. Se emplea hoy para la fabricación de mechas, llamadas mechas de Bickford, destinadas a transmitir el encendido. Las *pólvoras sin humo*, llamadas también *pólvoras coloidales*, son básicamente nitrocelulosas gelatinosas. Se presentan bajo forma de fragmentos sólidos que sirven para la carga de cañones; la expansión de los gases liberados en la combustión de la pólvora provoca la salida del proyectil. Las *pólvoras compuestas* son propergoles sólidos constituidos por la mezcla íntima de un comburente y de un carburante. Se utilizan en la propulsión de motores a chorro (cohetes espaciales y misiles).

polvoriento,a adj. Que tiene polvo, o mucho polvo.

polvorón n.m. Torta de harina, manteca y azúcar, que se deshace en polvo al comerla.

polla n.f. **1.** Gallina joven que aún no pone huevos. — *Polla de agua.* Zancuda del tamaño de la codorniz con plumaje algo parecido. — Pequeña zancuda semejante a la fúlica o al rascón. — Ave del orden de las zancudas, de unos 25 cm de longitud desde la punta del pico hasta la extremidad de la cola y 50 de envergadura, con plumaje rojizo, verdoso en las partes superiores y ceniciento azulado en las inferiores. Vive en lugares pantanosos y se alimenta de animalillos acuáticos. **2.** Fig. y Fam. Jovencita. • **pollada** n.f. Conjunto de pollos que de una vez sacan las aves, particularmente las gallinas.

pollera n.f. **I. 1.** Lugar o sitio en que se crían los pollos. **2.** Especie de cesto de mimbre para criar los pollos y tenerlos guardados. **II.** *Amér.* Falda.

pollino,a n.m. y f. **1.** Asno joven. **2.** P. ext., cualquier borrico.

1. pollo n.m. **1.** Cría que sacan de cada huevo las aves y particularmente las gallinas. **2.** Cría de las abejas. **3.** Fig. y Fam. Joven. • **pollería** n.f. Sitio donde se venden gallinas y otras aves comestibles. • **pollero,a** n.m. y f. Persona que tiene por oficio criar o vender pollos. • **polluelo,a** adj. Pollo de pocos días.

2. pollo n.m. Fig. y Fam. Escupitajo, esputo.

poma n.f. **1.** Fruta de árbol. **2.** Manzana (fruto). Casta de manzana pequeña y chata, de color verdoso y de buen gusto. • **pomáceo,a** n.f. y adj. BOT Se dice de plantas pertenecientes a la familia de las rosáceas, con fruto en pomo, como el peral y el manzano. • **pomar** n.m. Sitio, lugar o huerta donde hay árboles frutales, especialmente manzanos.

pomada n.f. Mixtura de una sustancia grasa y otros ingredientes, que se emplea como aceite o medicamento.

pomarrosa n.f. Fruto del yambo.

pomelo n.m. **1.** Planta arbórea, de talla media y copa redondeada. Da un fruto grande, de color amarillo, muy ácido. **2.** Fruto de esta planta.

pómez n.f. Piedra pómez; roca muy porosa y ligera, de color gris, que raya el acero y el vidrio.

pomo n.m. **1.** BOT Fruto con mesocarpio carnoso y endocarpio coriáceo que contiene varias semillas o pepitas; como la manzana y la pera. **2.** Frasco o vaso pequeño de vidrio, cristal, porcelana o metal, que sirve para contener licores o perfumes. **3.** Extremo de la guarnición de la espada.

pomología n.f. Parte de la agricultura, que trata de los frutos comestibles.

pompa n.f. **1.** Acompañamiento suntuoso, que se hace en una función. **2.** Fausto. **3.** Ampolla que forma el agua por el aire que se le introduce. **4.** MAR Bomba para elevar agua.

pompier n. y adj. BELL ART Se dice de los artistas, y de las obras por ellos realizadas, que se caracterizan por su falta de originalidad y por su adocenamiento.

pompílidos n.m.pl. Familia de himenópteros provistos de aguijón, con el abdomen rayado.

pompón n.m. **1.** MILIT Esfera metálica o bola de estambre o seda con que se adornaba la parte anterior y superior de los morriones y chacós militares en el ejército español a principios del s. XIX. **2.** Cualquier borla de forma semiesférica que se pone de adorno.

pomposo,a adj. **1.** Ostentoso. **2.** Fig. Dícese del lenguaje, estilo, etc., altisonantes. • **pomposidad** n.f. Calidad de pomposo.

pómulo n.m. Hueso y prominencia de cada una de las mejillas.

poncí adj. Poncil.

poncil o **poncidre** n.m. y adj. Se dice de una especie de limón o cidra de corteza muy gruesa.

ponche n.m. Bebida que se hace mezclando ron u otro licor con agua, limón y azúcar. • **ponchada** n.f. *Arg., Chile, Urug.* y *Par.* Gran cantidad de cosas. • **ponchera** n.f. Vaso en el cual se prepara el ponche.

poncho n.m. **1.** *Amér. Merid.* Prenda de abrigo, que consiste en una manta, cuadrada o rectangular, que tiene en el centro una abertura para pasar la cabeza, y cuelga de los hombros generalmente hasta más abajo de la cintura. **2.** Capote militar con mangas y esclavina, ceñido al cuerpo con cinturón.

ponderación n.f. **1.** Acción de ponderar; su resultado. **2.** Fig. Calma, equilibrio, moderación. **3.** MAT ESTAD Operación consistente en ponderar (una variable). • **ponderable 1.** CIENC Que se puede pesar. **2.** Digno de ponderación. • **ponderado,a** adj. Que da prueba de ponderación. • **ponderador,a** adj. Que ejerce una influencia moderadora, que atempera. • **ponderar** v.tr. **1.** Equilibrar (fuerzas, tendencias). **2.** Elogiar en exceso. **3.** Pesar, examinar. **4.** MAT ESTAD Afectar (a una variable) con un coeficiente que modifica la incidencia de un resultado. • **ponderativo,a** adj. Que pondera o encarece una cosa.

ponedero,a **I.** adj. **1.** Que se puede poner. **2.** Dícese de las aves que ya ponen huevos. **II.** n.m. Nidal.

ponedor,a **I.** adj. **1.** Que pone. **2.** Ponedero. **II.** n.m. y f. Postor.

ponencia n.f. **1.** Persona o comisión designada para actuar como ponente; su función. **2.** Informe o dictamen dado por el ponente. **3.** Comunicación o propuesta sobre un tema concreto que se somete al examen y resolución de una asamblea. • **ponente** n. y adj. Se aplica a la persona designada para hacer relación de un asunto y proponer la resolución.

poner **I.** v.tr. **1.** Disponer o prevenir una cosa con lo que ha menester para algún fin. **2.** Contar o determinar, dar por sentada una cosa. **3.** Escribir una cosa sobre el papel. **4.** Soltar o deponer el huevo las aves. **5.** Escotar o concurrir con otros, dando cierta cantidad. **6.** Añadir voluntariamente una cosa a la narración. **7.** En algunos juegos de naipes, tener un jugador la obligación de meter en el fondo una cantidad igual a la que había de percibir si ganara. **8.** Tratar a uno mal de palabra. **9.** Representar una obra de teatro. **II.** v.tr. más prep. **1.** Con la preposición *a* y el infinitivo de otro verbo, empezar a ejecutar la acción de lo que el verbo significa. **2.** Con la preposición *en* y algunos nombres, ejercer la acción de los verbos a que los nombres corresponden. **3.** Con algunos nombres precedidos de las palabras *de, por, cual, como,* tratar a uno como expresan los mismos nombres. **III.** v.tr. y prnl. **1.** Colocar en un sitio o lugar una persona o cosa. ▷ Dedicar a uno a un empleo u oficio. **2.** Tratándose de nombres, motes, etc., aplicarlos a personas o cosas. **3.** Con ciertos adjetivos o expresiones calificativas, hacer adquirir a una persona la condición o estado que estos adjetivos o expresiones significan. **IV.** v.prnl. **1.** Hablando de los astros, ocultarse debajo del horizonte. **2.** Llegar a un lugar determinado.

poney o **pony** n.m. Caballo de talla pequeña.

póngidos n.m.pl. Familia de grandes simios desprovistos de cola, como el gorila, el chimpancé, etc.

poniente n.m. **1.** Occidente, punto cardinal. **2.** Viento que sopla del Occidente.

pontederiáceo,a n. y adj. BOT Dícese de plantas angiospermas monocotiledóneas acuáticas, como el camalote. ▷ n.f.pl. BOT Familia de estas plantas.

pontevedrés,a **1.** n. y adj. Natural de Pontevedra. **2.** adj. Perteneciente o relativo a esta provincia o a su capital.

pontificado n.m. **1.** Dignidad de pontífice. **2.** Tiempo en que cada uno de los sumos pontífices ostenta esta dignidad. — *Guerra del Pontificado y del Imperio.* Conflicto que, en Alemania y en Italia, enfrentó al Pontificado y al Imperio (1154-1250). Deseoso de afirmar el poderío imperial en detrimento de la autoridad pontificia, Federico I Barbarroja invadió las ciudades lombardas y, a la muerte del papa Adrián IV, opuso un antipapa a su sucesor Alejandro III; finalmente, Federico fue vencido por este último (Tregua de Venecia, 1177). Sin embargo, la lucha se reanudó con el advenimiento del papa Gregorio IX (1227) y el conflicto alcanzó su punto culminante bajo el reinado de Federico II, señor de Sicilia. Dos veces excomulgado, el emperador murió en 1250 dejando sus estados en plena guerra. El Pontificado, que parecía haber quedado vencedor, salió en realidad muy debilitado por todas estas guerras.

pontífice n.m. **1.** Magistrado sacerdotal que presidía los ritos y ceremonias religiosas en la antigua Roma. **2.** Obispo o arzobispo de una diócesis. ▷ P. antonom., prelado supremo de la Iglesia católica romana. • **pontifical** adj. Perteneciente o relativo al pontífice. • **pontificar** v.int. Fig. Hablar con tono suficiente y dogmatizando. • **pontificio,a** adj. Pontifical.

pontil n.m. TECN Barra de hierro que se utiliza para manipular el vidrio fundido.

ponto n.m. POET Mar.

pontón n.m. **1.** Barco chato, para pasar los ríos o construir puentes. **2.** MILIT Buque viejo que, amarrado de firme en los puertos, sirve de almacén, de hospital o de depósito de prisioneros. **3.** Puente formado de maderos o de una sola tabla.

ponzoña n.f. Sustancia venenosa. • **ponzoñoso,a** adj. **1.** Que tiene o encierra en sí ponzoña. **2.** Fig. Nocivo.

pool n.m. Acuerdo temporal entre productores cuyos beneficios revierten a una caja común.

pop o **música pop** n. y adj. Música popular de origen anglonorteamericano, procedente del *rock-and-roll* y enriquecida con diversas aportaciones.

popa n.f. Parte posterior de las naves.

pop-art n.m. Movimiento artístico de la década de los años sesenta, modo de creación plástica que recurre ampliamente a los objetos más cotidianos, considerados como significativos de una cierta cultura popular, y también a los procedimientos gráficos de la publicidad y de la moda, para evocar el ambiente urbano propio de la civilización industrial. (Nació en Inglaterra entre 1954 y 1957 con las obras de Richard Hamilton, Richard Smith, etc., y se impuso a partir de 1959 en los Estados Unidos; principales representantes: Roy Lichtenstein, Andy Warhol, Tom Wesselmann, James Rosenquist, Claes Oldenburg.)

pope n.m. Sacerdote de la Iglesia ortodoxa griega.

popelín o **popelina** n.f. Tela de algodón de mayor densidad de urdimbre que de trama.

poplíteo,a adj. ZOOL Perteneciente a la corva.

popote n.m. Especie de paja de que en México hacen comúnmente escobas, semejante al bálago.

populacho n.m. Desp. de *pueblo.* • **populachería** n.f. Fácil popularidad que se alcanza entre el pueblo, halagando sus pasiones.

popular adj. **1.** Perteneciente o relativo al pueblo. **2.** Que es acepto y grato al pueblo. • **popularidad** n.f. Aceptación que uno tiene en el pueblo. • **popularizar** v.tr. y prnl. **1.** Acreditar a una persona o cosa. **2.** Dar carácter popular a una cosa. • **populismo** n.m. Práctica política que se dice defensora de los intereses del pueblo.

populista adj. Perteneciente o relativo al populismo.

populoso,a adj. Muy poblado.

popurrí n.m. **1.** Composición musical que consiste en una serie de fragmentos de obras diversas. **2.** Mezcla confusa de cosas diversas.

poquedad n.f. Timidez, apocamiento.

póquer n.m. Juego de cartas de origen norteamericano. ▷ Reunión de cuatro cartas del mismo valor, en este juego.

poquil n.m. BOT *Chile.* Hierba de la familia de las compuestas, cuyas flores se emplean para teñir de amarillo.

por I. prep. **1.** Indica la persona agente en las oraciones en pasiva. **2.** Se junta con los nombres de lugar para determinar tránsito por ellos. *Ir a Toledo por Illescas.* **3.** Se junta con los nombres de tiempo, determinándolos. *Por agosto.* **4.** En clase o calidad de. *Recibir por esposa.* **5.** Se usa para denotar la causa. *Por una delación la detuvieron.* **6.** Se usa para denotar el medio de ejecutar una cosa. *Por señas; por escrito.* **7.** Denota el modo de ejecutar una cosa. *Por fuerza.* **8.** Se usa para denotar el precio o cuantía. *Por cien duros lo compré; por la casa me ofrece la huerta.* **9.** A favor o en defensa de alguno. *Por él dará la vida.* **10.** En lugar de. *Tiene sus maestros por padres.* **11.** En juicio u opinión de. *Dar por buen soldado.* **12.** Junto con algunos nombres, denota que se da o reparte con igualdad una cosa. *A mil pesetas por barba; a peseta por persona.* **13.** Denota multiplicación de números. *Tres por cuatro doce.* **14.** También denota proporción. *A tanto por ciento.* **15.** Se usa para comparar entre sí dos o más cosas. **16.** En orden a, o acerca de. *Se alegaron varias razones por una y otra sentencia.* **17.** Sin, cuando equivale a no. *Esto está por pulir.* **18.** Se pone muchas veces en lugar de la preposición *a* y el verbo *traer* u otro, supliendo su significación. *Ir por leña, por vino, por pan.* **19.** Con el infinitivo de algunos verbos, para. *Por no incurrir en la censura.* **20.** Con el infinitivo de otros verbos, denota la acción futura de estos mismos verbos. *Está por venir, por llegar.* **II.** *Por donde.* Por lo cual. — *Por que.* conj. causal. Porque. — Conj. final. Para que. *Hice cuanto pude por que no llegara este caso.* — *Por qué.* Por cuál razón, causa o motivo. Se usa con interrogación y sin ella. *No acierto a explicarme por qué le tengo tanto cariño.*

porcelana n.f. **1.** Especie de loza fina, transparente, clara y lustrosa, inventada en China e imitada en Europa. **2.** Vasija o figura de porcelana. **3.** Esmalte blanco con una mezcla de azul con que los plateros adornan las joyas y piezas de oro.

Porcellana n.f. Género de moluscos gasterópodos muy comunes en los mares cálidos.

porcentaje n.m. **1.** Tanto por ciento; cantidad de rendimiento útil que dan cien unidades de alguna cosa en su estado normal. **2.** Tasa de interés o de comisión. • **porcentual** adj. Se dice de la composición, distribución, etc., calculadas o expresadas en tantos por ciento.

porcicultura n.f. Arte de criar cerdos. • **porcino,a** adj. Perteneciente al cerdo.

porción n.f. **1.** Cantidad segregada de otra mayor. **2.** Cuota individual en cosa que se disribuye entre varios partícipes. • **porcionista** n.m. y f. Persona que tiene acción o derecho a una porción.

porcuno,a adj. Porcino.

porche n.m. **1.** Soportal, cobertizo. **2.** Espacio alto y por lo común enlosado que hay delante de algunos templos y palacios.

pordiosear v.int. **1.** Mendigar o pedir limosna. **2.** Fig. Pedir porfiadamente y con humildad una cosa. • **pordiosero,a** n. y adj. Mendigo.

porfiar v.int. **1.** Discutir obstinadamente y con tenacidad. **2.** Importunar y hacer instancia con repetición y porfía por el logro de una cosa. **3.** Continuar insistentemente una acción para el logro de un intento en que se halla resistencia. • **porfía** n.f. Acción de porfiar. • **porfiado,a** n. y adj. Dícese del sujeto terco y obstinado en su dictamen y parecer, que se mantiene en él con tesón y necedad.

pórfido n.m. Roca de origen volcánico, muy dura, formada por pasta feldespática vidriosa. Parecido al pórfido.

porfirina n.f. BIOL Pigmento de estructura policíclica, muy importante en los fenómenos respiratorios.

porfirizar v.tr. FARM Reducir un cuerpo a polvo finísimo, desmenuzándolo sobre una losa de materia mineral de gran dureza.

pormenor n.m. **1.** Reunión de circunstancias menudas y particulares de una cosa. **2.** Cosa o circunstancia secundaria en un asunto. • **pormenorizar** v.tr. Describir o enumerar minuciosamente.

pornografía n.f Producción de libros, películas, etc., obscenos; carácter obsceno de éstos. • **pornográfico,a** adj. Que está relacionado con la pornografía. • **pornógrafo,a** n.m. y f. Autor, artista especializado en obras obscenas.

poro n.m. **1.** Espacio que hay entre las moléculas o partículas de un cuerpo. **2.** Cada uno de los orificios diminutos de la piel.

porongo n.m. **I.** Planta de la familia de las cucurbitáceas, de frutos blancos o amarillentos que se emplean como recipientes para diversos usos. **II.** *R. de la Plata.* Calabaza en forma de pera y con cuello, usada especialmente para cebar mate.

pororó n.m. *Amér. Merid.* Rosetas de maíz.

poroso,a adj. Que tiene poros. • **porosidad** n.f. Calidad de poroso.

poroto n.m. *Amér. Merid.* Especie de alubia.

porque 1. conj. causal. Por causa o razón de que. **2.** conj. final. Para que.

porqué n.m. Fam. Causa, razón o motivo.

porquera n.f. Lugar donde se cobijan los jabalíes en el monte. • **porquería** n.f. **1.** Fam. Suciedad, inmundicia o basura. **2.** Fam. Acción sucia. **3.** Fam. Cualquier cosa de poco valor. • **porquero,a** o **porquerizo,a** n.m. y f. Persona que guarda los cerdos.

porra n.f. **1.** Clava. **2.** Cachiporra. **3.** Martillo de bocas iguales y mango largo algo flexible, que se maneja con las dos manos a la vez. **4.** Fig. y Fam. Vanidad o presunción. **5.** Fig. y Fam. *A la porra.* Expresión con que se ridiculiza a alguien o a algo.

porrada n.f. **1.** Golpe que se da con la porra. **2.** Conjunto o montón de cosas, cuando es muy abundante.

porrazo n.m. **1.** Golpe que se da con la porra. **2.** Fig. El que se recibe por una caída, o por topar con un cuerpo duro.

porreta n.f. **1.** Hojas verdes del puerro. ▷ P. ext., las de ajos y cebollas. — Fam. *En porreta.* En cueros.

porretada n.f. Conjunto o montón de cosas de una misma especie.

porrillo (a) m.adv. Fam. En abundancia.

porrina n.f. Estado de los sembrados cuando están muy pequeños y verdes.

porrino n.m. Planta del puerro criada en sementero, cuando está en disposición de trasplantarse.

porro n.m. Fam. Cigarrillo de marihuana.

1. porrón n.m. Recipiente de vidrio usado para beber vino a chorro

2. porrón n.m. Diversos anseriformes que anidan en el suelo o en agujeros. — *Porrón común.* Pato nadador. El macho es gris, con el pecho negro y la cabeza rojiza. La hembra es de color gris-pardo.

1. porta n.f. MAR Cada una de las aberturas, a modo de ventanas, que se dejan en los costados y en la popa de algunos buques.

2. porta n.f. y adj. ANAT Se aplica a la vena que conduce la sangre procedente de los órganos digestivos al hígado.

porta- Prefijo procedente del verbo *portar:* llevar, traer.

portaagujas n.m. pl. CIR Pequeña pinza de acero que sirve para asir las agujas de suturar.

portaaviones o **portaviones** n.m. inv. MAR Buque de guerra preparado especialmente para transportar aviones de guerra y permitirles el despegue y aterrizaje

portabandera n.f. Especie de bandolera con una cuja, donde se mete el asta de la bandera.

portacaja n.f. MILIT Correa de donde se cuelga el tambor o caja.

portada n.f. **1.** Fachada principal (se dice especialmente de la de las iglesias, en la que está la puerta principal). **2.** Primera plana de los libros impresos. **3.** Fig. Frontispicio.

portadilla n.f. IMP Anteportada.

portado,a adj. Con los adverbios *bien* y *mal* que se trata y viste con decoro, o al contrario.

portador,a I. n. y adj. Que lleva una cosa de una parte a otra. **II.** n.m. **1.** COM Tenedor de efectos públicos o valores comerciales emitidos a favor de quienquiera que sea poseedor de ellos. **2.** MÉD Persona que lleva en su cuerpo el germen de una enfermedad y actúa como propagador de la misma.

portaequipaje o **portaequipajes** n.m. **1.** Espacio que, cubierto por una tapa, suelen tener los automóviles de turismo para guardar la rueda de repuesto, las herramientas y el equipaje. **2.** Baca del automóvil.

portaestandarte n.m. **1.** El que lleva la bandera de un regimiento. **2.** Fig. Cabecilla de un movimiento, de una organización.

portafolios n.m. Cartera usada para llevar papeles, documentos.

portafusil n.m. Correa para llevar colgado el fusil.

portahelicópteros n.m. inv. Buque de guerra habilitado especialmente para el transporte, aterrizaje y despegue de helicópteros.

portaherramientas n.m. En las máquinas de labrar metales, pieza que sujeta la herramienta.

portaje n.m. Portazgo.

portal n.m. **1.** Zaguán o primera pieza de la casa, en la cual está la puerta principal. **2.** Soportal. **3.** Pórtico de un edificio. • **portalada** n.f. Pórtico de acceso al patio de las casas.

portalámpara o **portalámparas** n.m. Parte metálica destinada a recibir el casquillo y asegurar la conexión de la lámpara con el circuito eléctrico.

portalápiz n.m. Estuche o tubo de metal para resguardar la punta afilada de los lápices.

portalibros n.m. Correas en que los escolares llevan sus libros y cuadernos.

portalón n.m. MAR Abertura a manera de puerta, hecha en el costado del buque.

portaminas n.m. Tubo metálico con forma de lápiz, dentro del cual se introduce una mina.

portamira n.m. TOPOGR El que en los trabajos de nivelación conduce la mira o regla graduada.

portamonedas n.m. Bolsita o cartera, comúnmente con cierre, para llevar dinero a mano.

portanario n.m. ZOOL Píloro.

portante I. adj. Que sostiene o sustenta. II. n.m. 1. Asa, empuñadura. 2. Andares y piernas del hombre — Fig. y Fam. *Coger* o *tomar el portante.* Irse, marcharse. • **portantillo** n.m. Paso menudo y apresurado de un animal.

portañola n.f. MAR Cañonera, tronera.

portañuela n.f. Tira de tela con que se tapa la bragueta o abertura que tienen los pantalones por delante.

portaobjeto o **portaobjetos** n.m. Pieza del microscopio o lámina adicional en que se coloca lo que se va a observar.

portaplumas n.m. Mango en que se inserta una plumilla metálica para escribir.

portar I. v.tr. Traer el perro al cazador la pieza cobrada, herida o muerta. II. v.prnl. 1. Con los adverbios *bien, mal* u otros semejantes, comportasrse en una situación de la forma que se califica. 2. Lucirse.

portarretrato n.m. Marco que se usa para colocar retratos en él.

portátil adj. Movible y fácil de transportar.

portavoz n.m. Persona que habla en nombre de otra, de un grupo, etc.

portazgo n.m. Derechos que se pagan por pasar por un sitio determinado de un camino. ENCICL **Hist.** — Durante la Edad Media, tasa de contribución sobre el tránsito de personas o animales y sobre las operaciones de compraventa en los mercados.

portazo n.m. Golpe recio que se da con la puerta, o el que ésta da movida por el viento.

porte n.m. 1. Acción de portear (sent. 1). 2. Cantidad que se da o paga por llevar o transportar una cosa de un lugar a otro. 3. Modo de gobernarse y portarse en conducta y acciones.

portear v.tr. Conducir o llevar de una parte a otra una cosa por el porte o precio convenido. • **porteador,a** n. y adj. Que portea.

portento n.m. Cosa portentosa. • **portentoso,a** adj. Que causa admiración, sorpresa o terror.

porteño,a n. y adj. Se aplica a los naturales de diversas ciudades de España y América, en las que hay puerto. ▷ Natural del Puerto de Santa María; perteneciente a esta ciudad. ▷ Bonaerense.

porteo n.m. Acción y efecto de portear.

portería n.f. I. 1. Pieza del zaguán de los edificios públicos o particulares, donde está el portero. 2. Empleo u oficio de portero. ▷ Su habitación. II. En el juego del fútbol y otros semejantes, meta.

portero,a n.m. y f. 1. Persona que tiene a su cargo el guardar, cerrar y abrir el portal, vigilar la entrada, escalera, etc. 2. Guardameta.

portezuela n.f. Puerta de vehículo.

porticado,a adj. Que tiene soportales.

pórtico n.m. 1. Galería al aire libre cuyo techo está sostenido por columnas o arcadas. 2. Soporte constituido por dos elementos verticales unidos en su vértice por un elemento horizontal. — *Grúa de pórtico móvil.* Rodante sobre raíles con un carro móvil al que está añadido un aparejo. — Lat. *porticus.*

portilla n.f. MAR Cada una de las aberturas pequeñas que se hacen en los costados de los buques.

portillo n.m. 1. Abertura que hay en las murallas, paredes o tapias. 2. Postigo. 3. Camino angosto entre dos alturas.

portland n.m. CONST Cemento hidráulico obtenido antiguamente por calcinación de calizas silicoaluminosas de la península de Portland y que se fabrica hoy con una mezcla de arcilla y de carbonato de calcio *(portland artificial).* — De *Portland*, península del S de Gran Bretaña.

portorriqueño,a o **puertorriqueño,a** 1. n. y adj. Natural de Puerto Rico. 2. adj. Perteneciente o relativo a esta isla.

portuario,a adj. Perteneciente o relativo al puerto de mar o a las obras del mismo.

portugués,a 1. n. y adj. Natural o relativo a Portugal. 2. n.m. Lengua que se habla en Portugal, en Brasil y en las antiguas posesiones portuguesas. • **portuguesismo** n.m. Voz o giro propio de la lengua portuguesa.

portulacáceo,a n.f. y adj. BOT Se dice de plantas angiospermas dicotiledóneas, con fruto en cápsula; como la verdolaga. ▷ n.f. pl. BOT Familia de estas plantas.

portulano n.m. Antigua carta marina (ss. XIII al XVI) que indica principalmente la posición de los puertos en las costas.

porvenir n.m. Suceso o tiempo futuro.

pos Prep. insep. que significa detrás o después de.

posada n.f. 1. Casa propia de cada uno, donde habita o mora. 2. Lugar donde por precio se hospeda o alberga. 3. Casa de huéspedes, o de posadas. 4. Alojamiento que se da a una persona. • **posadero,a** n.m. y f. Persona que tiene casa de posadas.

posaderas n.f.pl. Nalgas.

posar I. v.int. 1. Permanecer en determinada postura para retratarse o para servir de modelo a un pintor o escultor. 2. Descansar, reposar. II. v.int. y prnl. Hablando de las aves, asentarse después de haber volado. III. v.prnl. Depositarse en el fondo las partículas sólidas que están en suspensión en un líquido, o caer el polvo sobre las cosas o en el suelo.

posbélico,a adj. Posterior a una guerra.

posdata n.f. Lo que se añade a una carta ya concluida y firmada • **posdatar** v.tr. Fechar una carta con posterioridad a la fecha real.

posdiluviano,a adj. Posterior al diluvio universal.

posdorsal 1. adj. FON Se dice del sonido cuya articulación se forma principalmente con la parte posterior del dorso de la lengua. 2. n.f. y adj. FON Se dice de la letra que representa este sonido, como la *k.*

poseer v.tr. 1. Tener uno en su poder una cosa. 2. Saber suficientemente una cosa; como arte, doctrina, idioma, etc. 3. Ser el dueño de una cosa. • **poseedor,a** n. (apl. a pers.) y adj. Que posee. • **poseído,a** n. (apl. a pers.) y adj. Poseso.

posesión n.f. 1. Acto de poseer o tener algo en su poder una persona. 2. Apoderamiento del espíritu del hombre por otro espíritu. 3. Cosa poseída. Se dice principalmente de las fincas rústicas. 4. Territorio situado fuera de las fronteras de una nación, pero que le pertenece por convenio, ocupación o conquista. (Se usa más en pl.) • **posesional** adj. Perteneciente a la posesión o que la incluye. • **posesionar** v.tr. y prnl. Poner en posesión de una cosa. • **posesivo,a** adj. 1. Perteneciente o relativo a la posesión. 2. PSICOL Que se complace en dominar a otros impidiendo su libertad. • **poseso,a** n. y adj. Se dice de la persona que padece posesión o apoderamiento de algún espíritu. • **posesor,a** adj. Se dice del que posee, poseedor. • **posesorio,a** adj. Posesivo.

posfijo n.m. y adj. Sufijo.

posglaciar adj. GEOL Que sigue a una glaciación.

posguerra n.f. Tiempo inmediato a la terminación de una guerra y durante el cual subsisten las perturbaciones ocasionadas por la misma.

posibilidad n.f. 1. Aptitud u ocasión para ser o existir las cosas. 2. Facultad para hacer o no hacer una cosa.

posibilismo n.m. Doctrina política que reconoce la posibilidad de la evolución de ideas e instituciones con independencia de las formas de gobierno. • **posibilista** 1. adj. Perteneciente o relativo al posibilismo. 2. n. (apl. a pers.) y adj. Partidario de esta doctrina. — *Partido Posibilista.* Grupo político español. De ideario republicano, fue dirigido por Castelar. Sus afiliados eran conservadores, opuestos a las ideas del federalismo y del socialismo y muchos de ellos se pasaron al Partido Liberal de Sagasta, cuando Castelar sugirió el reconocimiento de la institución monárquica (1893).

posible I. adj. Que puede ser o se puede ejecutar. II. n.m. pl. Bienes, rentas o medios que uno posee o goza. • **posibilitar** v.tr. Facilitar y hacer posible una cosa dificultosa y ardua.

posición n.f. I. 1. Figura, actitud o modo en que alguno o algo está puesto. 2. Acción de poner. 3. Categoría o condición social de cada persona respecto de las demás. 4. Situación o disposición. II. *Posición militar.* Punto fortificado o naturalmente ventajoso para las acciones de guerra.

positivismo n.m. 1. Calidad de positivista. 2. Sistema filosófico que admite únicamente el método experimental y rechaza toda noción *a priori* y todo concepto universal y absoluto. • **positivista** 1. adj. Perteneciente o relativo al positivismo. 2. n. (apl. a pers.) y adj. Partidario del positivismo. ▷ Realista, práctico.
ENCICL El positivismo de Auguste Comte (v.) reposa en dos afirmaciones esenciales: — no podemos alcanzar las cosas por ellas mismas; — sólo sobre los fenómenos podemos emitir juicios exactos con valor universal. Respetando lo específico de cada ciencia, esta filosofía trata de describir la jerarquía que relaciona a los objetos estudiados y cuyo estudio trasciende al de los cuerpos concretos para convertirse en el de los cuerpos organizados; esta última constituye una sociología, es decir, una teoría científica de la evolución humana.

positivo,a adj. I. 1. Cierto, efectivo, verdadero, manifiesto. 2. Se aplica al derecho o ley promulgados, en contraposición principalmente del natural. 3. LOG Afirmativo, en contraposición de negativo. II. MAT Superior a cero. III. FIS *Electricidad positiva.* La adquirida por el vidrio cuando se le frota con una tela. — MED *Examen bacteriológico positivo.* El que revela la presencia del microbio buscado. — FOTOG *Prueba positiva* o *un positivo.* Prueba definitiva obtenida a partir de un negativo.

pósito n.m. 1. Instituto de carácter municipal y de muy antiguo origen, destinado a mantener acopio de grano para uso comunitario. 2. Casa en que se guarda el grano de dicho instituto. ▷ P. ext., ciertas asociaciones formadas para cooperación o mutuo auxilio entre trabajadores.

positrón o **positón** n.m. FIS NUCL Partícula elemental con carga eléctrica igual al electrón, pero positiva.

positura n.f. **1.** Postura. **2.** Estado o disposición de una cosa.

posma **1.** n.f. Fam. Flema, cachaza. **2.** n. y adj. Fig. y Fam. Persona lenta y pesada.

posmeridiano,a adj. Perteneciente o relativo a la tarde.

posnominal adj. Se dice de la palabra que se deriva de un sustantivo o de un adjetivo; *decanato,* de *decano.*

poso n.m. Sedimento de un líquido.

posología n.f. FARM Dosis total de un medicamento que se debe administrar a un enfermo.

pospalatal **1.** adj. FON Se dice del sonido para cuya pronunciación choca la raíz de la lengua contra el velo del paladar. **2.** n.f. y adj. FON Se dice de la letra que representa este sonido, como la *k* ante vocal.

pospelo m.adv. Contrapelo.

posponer v.tr. **1.** Poner o colocar a una persona o cosa después de otra. **2.** Fig. Apreciar a una persona o cosa menos que a otra. • **posposición** n.f. Acción de posponer.

post- Prefijo procedente del latín *post,* «detrás o después de».

posta n.f. **I.** Conjunto de caballerías prevenidas o apostadas en los caminos a distancia establecida, que se disponían para que, cambiando los tiros, los correos y otras personas pudieran viajar con rapidez. **II.** **1.** Tajada. **2.** Bala pequeña de plomo. **III.** ARQUIT Dibujo de ornamentación compuesto de líneas curvas en forma de ondas, volutas, etc.

postal adj. Concerniente al ramo de correos.

poste n.m. **1.** Madero, piedra o columna colocada verticalmente para servir de apoyo o de señal. **2.** Cada uno de los dos palos verticales de la portería de fútbol y de otros deportes.

postelero n.m. MAR Puntal que sostiene y sujeta las mesas de guarnición.

postema n.f. PAT Absceso supurado.

póster n.m. Cartel decorativo.

postergar v.tr. **1.** Hacer sufrir atraso a una persona o cosa. **2.** Tener en menos. **3.** Relegar. • **postergación** n.f. Acción y efecto de postergar.

posteridad n.f. Descendencia o generación venidera.

posterior adj. Que está o viene después o detrás. • **posterioridad** n.f. Calidad de posterior.

posthipófisis n.f. ANAT Lóbulo posterior de la hipófisis.

postigo n.m. **1.** Puerta falsa en una casa. **2.** Puerta chica abierta en otra mayor. **3.** Cada una de las puertecillas que hay en las ventanas o puertaventanas.

postila n.f. Apostilla. • **postilar** v.tr. Glosar o apostillar un texto.

1. postilla n.f. Costra que se forma en las llagas o granos cuando se van secando.

2. postilla n.f. Apostilla.

postillón n.m. Mozo que iba a caballo delante de los que corrían la posta, o montado en una caballería de las delanteras del tiro de un carruaje.

postín n.m. Vanidad. Presunción, boato sin fundamento. • **postinero,a** adj. Se dice de la persona que se da postín.

postizo,a **1.** adj. Que no es natural ni propio, sino fingido o sobrepuesto. **2.** n.m. Entre peluqueros, añadido o tejido de pelo que sirve para suplir la falta o escasez de éste.

postmeridiano,a adj. Posmeridiano.

postnominal adj. Posnominal.

postónico,a adj. Se dice de los elementos de la palabra que están después de la sílaba tónica.

postoperatorio,a n.m. y adj. MED Que sigue a una operación quirúrgica.

postor n.m. El que ofrece precio en una subasta, licitador.

postrar **1.** v.tr. Rendir, derribar. **2.** v.tr. y prnl. Quitar el vigor y fuerzas a uno. **3.** v.prnl. Hincarse de rodillas humillándose. • **postración** n.f. **1.** Acción y efecto de postrar o postrarse. **2.** Abatimiento por enfermedad o aflicción.

postre **1.** adj. Postrero. **2.** n.m. Fruta, dulce u otras cosas que se sirven al fin de las comidas.

postrer adj. Apócope de postrero.

postrero,a adj. Último en una serie o lugar.

postrimero,a adj. Postrero. • **postrimería** n.f. **1.** Último período de la vida o de la duración de una persona o cosa. **2.** TEOL La muerte.

post scriptum n.m. Lo que se añade a una carta tras la firma (abreviatura: P.S.).

postulado,a n.m. **1.** Proposición cuya verdad se admite sin pruebas. **2.** GEOM Supuesto que se establece para fundar una demostración.

postular v.tr. Pedir, pretender. • **póstula** o **postulación** n.f. Acción y efecto de postular. • **postulante** n.m. y f. Que postula.

póstumo,a adj. Que sale a luz después de la muerte del padre o autor. Se dice también de los honores, elogios, etc., que se tributan a un difunto.

postura n.f. **I.** **1.** Situación, actitud. **2.** Planta o arbolillo tierno que se trasplanta. **II.** **1.** Precio que el comprador ofrece por una cosa que se vende o arrienda **2.** Apuesta. **3.** En los juegos de azar, cantidad que arriesga un jugador en cada suerte. **III.** **1.** Huevo del ave. **2.** Acción de ponerlo.

pota n.f. ZOOL Calamar basto.

potable adj. **1.** Que se puede beber. **2.** Fam. Pasable, ni muy bueno, ni francamente malo. • **potabilidad** n.f. Cualidad de potable.

potaje n.m. **1.** Caldo de olla u otro guiso. — P. antonom., legumbres guisadas. **2.** Fig. Conjunto de varias cosas inútiles mezcladas y confusas.

potala n.f. **1.** MAR Piedra que, atada a la extremidad de un cabo, sirve para hacer fondear los botes o embarcaciones menores. **2.** MAR Buque pesado y lento.

potámide n.f. MIT Ninfa de los ríos.

potamo- Prefijo procedente del griego *potamos,* «río».

potasa n.f. QUIM **1.** Hidróxido de potasio. Es muy caústico y soluble en agua. **2.** AGRIC Mezcla de sales de potasio utilizada como abono.

potasio n.m. QUIM Metal alcalino de color blanco que se oxida rápidamente por la acción del aire. Núm. atómico 19. Peso atómico 39,10 (símb. *K).*
ENCICL **Quím.** — El potasio funde a 63,5 °C y hierve a 760 °C. Monovalente, como los otros metales alcalinos, descompone el agua en frío, con formación de potasa cáustica. Entre sus sales, citemos el cianuro de potasio (veneno violento), el clorato de potasio (carburante utilizado en la preparación de ciertos explosivos) y el nitrato de potasio (oxidante enérgico que sirve en la preparación de mezclas detonantes). Es utilizado en la agricultura en forma de abono. Juega un importante papel en el equilibrio electrolítico del organismo. Es absorbido por el intestino delgado y expulsado en la orina por el riñón. La insuficiencia de potasio en el plasma sanguíneo provoca fatiga.

pote n.m. **1.** Recipiente cilíndrico de barro, vidrio, metal, etc. **2.** Recipiente redondo de boca ancha y con tres pies, que sirve para guisar.

potencia n.f. **I.** **1.** Capacidad para ejecutar una cosa o producir un efecto. **2.** Imperio, dominación. **3.** Posibilidad, aptitud u ocasión para ser o existir las cosas. **II.** Nación o Estado soberano. **III.** FIS Energía que suministra un generador en cada unidad de tiempo. **IV.** ELECTR Potencia eléctrica. Capacidad de un aparato eléctrico para desarrollar un trabajo determinado en una unidad de tiempo. Se expresa en vatios. **V.** MAT Producto que resulta de multiplicar una cantidad por sí misma una o más veces. — ALG y ARIT *Elevar a potencia.,* Multiplicar una cantidad por sí misma tantas veces como su exponente indica. • **potencial** **I.** adj. **1.** FILOS Que existe en potencia (opuesto a *actual*). **2.** GRAM Que indica o expresa la posibilidad. **3.** FIS *Energía potencial.* Energía de un sistema material susceptible de producir energía cinética o trabajo. **II.** n.m. **1.** Conjunto de recursos de que dispone una colectividad. **2.** FIS ELECTR *Potencial eléctrico en un punto.* Energía que se necesita para transportar en el vacío una carga unitaria desde el infinito a este punto. ▷ *Diferencia de potencial entre dos puntos de un circuito* (en abreviatura: d.d.p.). Cociente de la potencia absorbida entre estos puntos y la intensidad de la corriente. • **potencialidad** n.f. Carácter de lo que es potencial o virtual. • **potenciar** v.tr. Comunicar potencia a una cosa o incrementar la que ya tiene. • **potenciómetro** n.m. **1.** ELECTR Aparato que sirve para medir las diferencias de potencial. **2.** Resistencia graduable que permite variar el valor de una tensión.

potentado n.m. Cualquier monarca, príncipe o persona poderosa y opulenta.

potente adj. **1.** Que tiene poder o virtud para una cosa. **2.** Se dice del que tiene capacidad y medios de dominar. **3.** Se dice del hombre capaz de engendrar.

potera n.f. Aparejo para pescar calamares, formado por una pieza de plomo cuya parte inferior está erizada de afilados ganchitos.

potestad n.f. Dominio, poder, jurisdicción que se tiene sobre una cosa. — *Patria potestad.* Autoridad que los padres tienen, con arreglo a las leyes, sobre sus hijos no emancipados. • **potestativo,a** adj. Que está en la facultad o potestad de uno.

potingue n.m. Fam. y Fest. Cualquier preparado de farmacia.

potlatch n.m. ETNOL Fiesta ritual de ciertas tribus indias de la costa O de los Estados Unidos, en el curso de la cual se procede a intercambio de regalos. P. ext. *Sistema del potlatch*: todo sistema ritualizado de intercambio de bienes en el que el hecho de recibir un regalo implica la obligación de hacer al donante otro de valor equivalente o superior.

potoco,a n. y adj. *Chile.* Rechoncho.

potómetro n.m. Aparato que permite medir la cantidad de agua absorbida por una planta.

potorillo n.m. Arbusto de vistosas flores encarnadas, de la región seca de la costa ecuatoriana.

potosí n.m. Fig. Riqueza extraordinaria. — Fig. y Fam. *Valer una cosa un Potosí.* Valer mucho.

1. potra n.f. Yegua desde que nace hasta los cuatro años y medio de edad. • **potrada** n.f. Conjunto de potros. • **potranco,a** n.m. o f. Caballo o yegua que no tiene más de tres años.

2. potra n.f. **1.** Fam. Hernia. **2.** Fig. y Fam. Buena suerte. • **potroso,a** **1.** n. y adj. Que tiene hernia. **2.** adj. Fam. Afortunado.

potrero n.m. **1.** El que cuida de los potros cuando están en la dehesa. **2.** Sitio destinado a la cría y pasto de ganado caballar. **3.** *Arg.* Terreno inculto y sin edificar, donde suelen jugar los muchachos.

potro n.m. **I.** Caballo desde que nace hasta los cuatro años y medio de edad. **II. 1.** Aparato de madera en el cual sentaban a los procesados, para obligarles a declarar por medio del tormento. **2.** Sillón que usaban las parturientas en el momento del parto. **III.** DEP Aparato de gimnasia montado sobre patas, que se utiliza para diversos saltos. • **potrillo** n.m. Potranco.

poujadismo n.m. Movimiento de defensa de los pequeños comerciantes, bajo el liderazgo de Pierre Poujade, que se constituyó en un partido político de derechas, el grupo Unión y Fraternidad Francesas. ▷ P. ext. (con intención polémica). Actitud reivindicativa estrechamente corporatista, asociada a un rechazo de la evolución económica y social; conservadurismo pequeñoburgués.

poya n.f. **1.** Derecho que se paga en pan o en dinero, en el horno común.

poyal n.m. Poyo.

poyo n.m. Banco o asiento de piedra, yeso u otra materia, que suele ponerse arrimado a las paredes o junto a las puertas.

poza n.f. **1.** Charca. **2.** Pozo de un río.

pozo n.m. **I. 1.** Hoyo que se hace en la tierra hasta encontrar vena de agua. — *Pozo artesiano.* Pozo perforado, generalmente a gran profundidad, para que el agua contenida entre dos capas subterráneas impermeables encuentre salida y suba naturalmente al nivel de donde procede. **2.** Lugar donde los ríos tienen mayor profundidad. **3.** Hoyo profundo, aunque esté seco. — *Pozo negro.* El que para depósito de aguas fecales se hace junto a las casas, cuando no hay desagües. **II.** MAR Cantina de un barco. **III.** MIN Hoyo profundo para bajar a las minas. • **pozal** n.m. Cubo para sacar el agua del pozo.

pozole n.m. **1.** *Méx.* Guiso de maíz tierno, carne y chile con mucho caldo. **2.** *Méx.* Bebida hecha de maíz morado y azúcar.

Pr QUIM Símbolo del praseodimio.

pracrito o **prácrito** n.m. Prakritī.

práctica n.f. **1.** Ejercicio de cualquier arte o facultad, conforme a sus reglas. **2.** Destreza adquirida con este ejercicio. **3.** Uso continuado, costumbre. **4.** Ejercicio que tienen que hacer algunos para habilitarse. **5.** Aplicación de una idea o doctrina. • **practicable** adj. **1.** Que se puede practicar o poner en práctica. **2.** Transitable, aplicado a un camino o paso. **3.** Que puede abrirse o cerrar, hablando de ventanas, puertas, techos, etc.

practicaje n.m. MAR Ejercicio de la profesión de piloto práctico.

practicante **I.** n. y adj. **1.** Que practica. **2.** Se dice de la persona que profesa y practica su religión. **II.** n.m. y f. Asistente técnico sanitario.

practicar v.tr. **1.** Ejercitar, poner en práctica. **2.** Usar o ejercer continuamente una cosa. **3.** Ejecutar, hacer, llevar a cabo.

práctico,a **I.** adj. **1.** Perteneciente a la práctica. **2.** Se aplica a las facultades que enseñan el modo de hacer una cosa. **3.** Experimentado, diestro en una cosa. **II.** n.m. MAR El que, por el conocimiento del lugar en que navega, dirige a ojo el rumbo de las embarcaciones.

pradial n.m. HIST Noveno mes del calendario republicano francés (del 20 de mayo al 18 de junio).

prado n.m. **1.** Tierra en la cual se deja crecer la hierba para pasto. **2.** Lugar entre árboles y césped que sirve de paseo en algunas poblaciones. • **pradera** n.f. **1.** Conjunto de prados. **2.** Prado grande. **3.** Lugar del campo llano y con hierba. • **pradería** n.f. Conjunto de prados.

pragmática n.f. HIST Edicto promulgado por un soberano para decidir de manera definitiva sobre una cuestión fundamental.
ENCICL Esta disposición legislativa era dictada por el monarca, el cual se basaba, estrictamente, en su propio criterio y no recurría al parecer de un consejo u otro órgano consultivo. Se empezaron a utilizar en el s. XV y, pese a las protestas de las Cortes, siguieron en uso hasta el s. XVIII.

pragmático,a adj. Perteneciente o relativo al pragmatismo. • **pragmatismo** n.m. Método filosófico, divulgado principalmente por el psicólogo norteamericano William James, según el cual el único criterio válido para juzgar de la verdad de toda doctrina científica, moral o religiosa, se ha de fundar en sus efectos prácticos. • **pragmatista** n. y adj. Partidario del pragmatismo o perteneciente a él.

prakritī n.m. LING Lengua de la antigua India.

prao n.m. Velero de Malaysia y Java.

praseodimio n.m. QUIM Metal amarillo del grupo de tierras raras, elemento de número atómico 59, y peso atómico (140,9) (símbolo *Pr*).

prasio n.m. Cristal de roca en cuya masa se encierran cristales de silicato de magnesia, cal y hierro.

pratense adj. Que se produce o vive en el prado.

pravedad n.f. Iniquidad, perversidad. • **pravo,a** adj. Perverso, malvado.

praxia MED Coordinación normal de los movimientos.

praxis n.f. FILOS Conjunto de actividades humanas susceptibles de transformar el medio natural o modificar las relaciones sociales.

pre- Prep. insep. que denota antelación, prioridad o encarecimiento.

preámbulo n.m. **1.** Exordio. **2.** Rodeo antes de entrar en materia.

preamplificador n.m. ELECTRON Amplificador de tensión cuyas señales son magnificadas por un amplificador de potencia.

prebenda n.f. **1.** Renta aneja a un canonicato u otro oficio eclesiástico. **2.** Beneficio eclesiástico. **3.** Fig. y Fam. Oficio o empleo lucrativo y de poco trabajo.

preboste n.m. Sujeto que es cabeza de una comunidad y la gobierna. • **prebostal** adj. Perteneciente a la jurisdicción del preboste.

precalentamiento n.m. TECN Calentamiento previo destinado a facilitar operaciones técnicas.

precámbrico,a **1.** n. y adj. Que precede al cámbrico. **2.** n.m. GEOL Conjunto de terrenos anteriores al cámbrico.

precario,a adj. **1.** De poca estabilidad o duración. **2.** FOR Que se tiene sin título. • **precarista** n. y adj. Dícese del que posee, retiene o disfruta en precario cosas ajenas.

precaución n.f. Cautela para prevenir inconvenientes o daños.

precautorio,a adj. Preventivo.

precaver v.tr. y prnl. Prevenir un daño o peligro. • **precavido,a** adj. Sagaz.

precedencia n.f. **1.** Anterioridad. **2.** Preeminencia o preferencia. **3.** Superioridad.

precedente n.m. **1.** Antecedente, acción o circunstancia anterior que sirve para juzgar hechos posteriores. **2.** Resolución anterior en caso igual o semejante. • **preceder** v.tr. e int. **1.** Ir delante en tiempo, orden o lugar. **2.** Anteceder. **3.** Fig. Tener primacía.

precepto n.m. **1.** Mandato u orden que el superior hace observar al inferior. **2.** Cada una de las reglas que se establecen para el conocimiento o manejo de un arte o facultad. ▷ P. antonom., cada uno de los mandamientos de la ley de Dios. • **preceptiva** n.f. Conjunto de preceptos aplicables a determinada materia. • **preceptivo,a** adj. Que incluye o encierra en sí preceptos. • **preceptor,a** n.m. y f. **1.** Persona que convive con una familia y enseña a los niños. **2.** Persona que enseñaba gramática latina.

preces n.f. **1.** Oraciones destinadas a Dios, a los Santos o a la Virgen. **2.** Ruegos, súplicas.

precesión n.f. ASTRON Movimiento de rotación del eje terrestre, según las generatrices de un cono cuyo vértice es el centro de la Tierra.
ENCICL **Astron.** — Los polos terrestres giran alrededor de un eje prependicular al plano de la eclíptica, en sentido inverso al movimiento aparente del Sol (retrógrado), durante un período de 25.765 años aprox. Este movimiento de precisión se debe a la atracción ejercida por el Sol y por la Luna sobre la zona ecuatorial, ya que la Tierra no es perfectamente esférica: sus polos están achatados. A este movimiento se añade el de nutación, cuya duración es de 18 años y 8 meses. Como consecuencia de la precesión se produce un lento desplazamiento del punto γ, llamado punto gamma o vernal (también conocido como equinoccio de primavera) a lo largo de la eclíptica (precesión de los equinoccios) y una variación de los astros en el cielo; p. ej., la estrella polar ni ha indicado ni indicará siempre la dirección del N. La precesión explica especialmente el desplazamiento de los signos del Zodíaco (establecidos hace 2.000 años) en relación con las constelaciones cuyo nombre llevan.

preciar **1.** v.tr. Apreciar. **2.** v.prnl. Gloriarse, jactarse. • **preciado,a** adj. **1.** De mucha estimación. **2.** Jactancioso, vano.

precinto n.m. **1.** Acción y efecto de precintar. **2.** Ligadura o señal sellada con que se cierran cajones, legajos, puertas, etc. • **precintar** v.tr. Poner precinto.

precio n.m. **1.** Valor pecuniario en que se estima una cosa. **2.** Fig. Esfuerzo para conseguir una cosa.

preciosismo n.m. Extremado atildamiento del estilo. • **preciosista** n. (apl. a pres.) y adj. Perteneciente o relativo al preciosismo.
ENCICL Este movimiento surgió en Francia, a mediados del s. XVI, como un estilo literario y como una forma de comportamiento. En los salones, como el de Mlle. de Scudéry, se celebraban tertulias, cuyo tema principal era la literatura; en ellas se desarrolló un gusto extremado por el refinamiento y la cortesía, y se impuso un lenguaje culto, ingenioso y afectado, en el que abundaban las metáforas y los neologismos. En esta corriente literaria se incluyen Ménage, Segrais, La Calprenède, Pellisson y otros.

precioso,a adj. **1.** Excelente, digno de estimación y aprecio. **2.** De mucho valor o de elevado coste. **3.** Hermoso. • **preciosidad** n.f. **1.** Calidad de precioso. **2.** Cosa preciosa.

precipicio n.m. Despeñadero.

precipitar **I.** v.tr. **1.** Echar desde un lugar elevado a un lugar profundo. **2.** Empujar violentamente. *Un golpe me precipitó contra la pared.* **3.** Apresurar, acelerar. **4.** QUIM Provocar la precipitación. **II.** v.prnl. **1.** Caer de arriba a abajo. **2.** Tirarse, lanzarse. • **precipitación** n.f. **I.** Gran prisa, exceso de ésta. **II.** **1.** QUIM Paso al estado sólido de una solución o de uno de sus componentes. **2.** METEOR *Precipitaciones atmosféricas:* la niebla, la lluvia, la nieve, el granizo. • **precipitado,a 1.** n. y adj. Rápido, acelerado. **2.** n.m. QUIM Sustancia sólida que se forma en una solución por precipitación de uno de los componentes.

precipuo,a adj. Señalado o principal.

precisar I. v.tr. **1.** Fijar o determinar. **2.** Obligar a ejecutar una cosa. **II.** v.int. Ser necesario.

precisión n.f. **1.** Obligación que fuerza a ejecutar una cosa. **2.** Determinación, exactitud, concisión. — *De precisión.* Se dice de los aparatos, máquinas, instrumentos, etc., construidos con singular esmero para obtener resultados exactos. • **preciso,a** adj. **1.** Necesario, indispensable. **2.** Puntual, fijo, exacto. **3.** Distinto, claro y formal. **4.** Tratándose del lenguaje, estilo, etc., conciso y rigurosamente exacto.

precitado,a adj. Antes citado.

preclaro,a adj. Esclarecido, ilustre.

preclásico,a adj. Se dice de lo que antecede a lo clásico en artes y en letras.

precocidad n.f. Calidad de precoz.

precognición n.f. Conocimiento anterior.

precolombino,a adj. Anterior a la llegada a América de Cristóbal Colón (1492).

preconcebir v.tr. Establecer previamente algún pensamiento o proyecto que ha de ejecutarse.

preconizar v.tr. **1.** Elogiar públicamente a una persona o cosa. **2.** Recomendar, patrocinar. • **preconizador,a** n. y adj. Que preconiza.

preconocer v.tr. Prever, conjeturar, conocer anticipadamente una cosa.

precordial adj. ANAT Se dice de la región o parte del pecho que corresponde al corazón.

precoz adj. **1.** Se dice del fruto temprano prematuro. **2.** Fig. Se aplica al niño que muestra cualidades que de ordinario son más tardías.

precursor 1. n.m. El que precede a otro para anunciar su venida. ▷ Persona que ha abierto el camino de otras personas, a un movimiento, etc. **2.** adj. Que precede y anuncia.

predator adj. ZOOL Depredador.

predecesor,a n.m. y f. **1.** Persona que precedió a otra en un cargo. **2.** Antepasado.

predecir v.tr. Profetizar por adivinación o métodos científicos. • **predecible** adj. Que puede predecirse.

predefinir v.tr. TEOL Determinar el tiempo en que han de existir o suceder las cosas.

predela n.f. BELL ART Parte inferior o banco de un retablo, habitualmente dividido en pequeños compartimientos, donde se desarrollan temas complementarios del principal.

predestinación n.f. TEOL Voluntad de Dios, quien dispondría de antemano la salvación o condena de cada hombre. • **predestinado,a** n. y adj. **1.** Destinado por Dios para la salvación. **2.** Que parece destinado a algo de antemano. • **predestinar** v.tr. **1.** TEOL Destinar desde toda la eternidad a la condenación eterna o a la salvación. **2.** Destinar de antemano.

predeterminación n.f. **1.** FILOS Determinación de una cosa de antemano. **2.** TEOL Acción mediante la cual Dios mueve y determina la voluntad humana. • **predeterminar** v.tr. **1.** Determinar por anticipado. **2.** TEOL Ha blando de Dios, determinar de antemano la voluntad del hombre sin atentar por ello contra su libertad. • **predeterminismo** n.m. FILOS Sistema que considera la evolución de los acontecimientos como resultado de la determinación anterior según la voluntad de Dios.

predial adj. Perteneciente o relativo al predio. *Servidumbre predial.*

prédica n.f. Sermón o plática. ▷ P. ext., perorata, discurso vehemente.

predicable 1. adj. Digno de ser predicado. **2.** n.m. LOG Cada una de las clases a que se reduce todo lo que se puede decir.

predicación n.f. Acción de predicar.

predicado n.m. **1.** LOG Atributo, afirmado o negado, de un sujeto. **2.** LOG Expresión que contiene una o varias variables y que es verdadera o falsa según el valor que se les atribuya o según los cuantificadores que las relacionen. **3.** LING Lo que en un enunciado se dice del objeto del que se habla (sujeto).

predicador,a 1. n. y adj. Que predica. **2.** n.m. Orador evangélico que predica.

predicamento n.m. **1.** LOG Cada una de las clases o categorías a que se reducen todas las cosas y entidades físicas. **2.** Dignidad o grado de estimación que uno ha merecido por sus obras.

predicar v.tr. **1.** Publicar, hacer patente una cosa. **2.** Pronunciar un sermón. **3.** Fig. y Fam. Amonestar o aconsejar.

predicativo,a adj. LOG LING Perteneciente al predicado.

predicción n.f. **1.** Profecía basada en la adivinación, en procedimientos esotéricos. **2.** Declaración de lo que va a pasar fundada en el razonamiento, en la inducción científica. **3.** Lo que se ha predicho.

predicho,a Part. pas. irreg. de *predecir.*

predigerido adj. MED Dícese del alimento sometido a una digestión artificial antes de su ingestión.

predilecto,a adj. Preferido, favorito. • **predilección** n.f. Cariño especial con que se distingue a una persona o cosa entre otras.

predio n.m. Finca, hacienda, tierra o posesión inmueble.

predisponer v.tr. y prnl. Preparar, disponer anticipadamente para un fin determinado. • **predisposición** n.f. Acción y efecto de predisponer o predisponerse. • **predispuesto,a** Part. pas. irreg. de *predisponer.*

predominar v.tr. e int. Prevalecer, preponderar. • **predominio** n.m. Poder, fuerza dominante que se tiene sobre una persona o cosa.

predorsal I. adj. **1.** ANAT Situado en la parte anterior de la espina dorsal. **2.** FON Se dice del sonido articulado principalmente con el predorso. **II.** n.f. y adj. FON Se dice de la letra que representa este sonido. • **predorso** n.m **1.** FON Parte anterior del dorso de la lengua. **2.** FON y MED Primer elemento de compuestos que indica carácter o situación predorsal.

preeminente adj. Sublime, superior. • **preeminencia** n.f. Ventaja o preferencia sobre otro.

preestablecer v.tr. Establecer por adelantado. • **preestablecido,a** adj. Dícese de lo establecido con anterioridad a un momento dado.

preexistencia n.f. **1.** FILOS Existencia anterior a la naturaleza u origen. **2.** FOR Existencia real de una cosa antes del momento en que haya de tratarse de ella. • **preexistente** adj. Lo que existe antes. • **preexistir** v.int. FILOS Existir con antelación de naturaleza u origen.

prefabricar v.tr. TECNOL Fabricar en taller elementos que serán montados posteriormente. • **prefabricado,a** adj. Se dice de las construcciones cuyas partes han sido fabricadas de antemano y se ensamblan en su lugar de desplazamiento.

prefacio n.m. **1.** Prólogo o introducción de un libro. **2.** Parte de la misa inmediatamente al que precede al canon.

prefanerógamas n.f.pl. BOT Grupo de vegetales gimnospermos, en los que la transformación de los óvulos en semillas no depende de la fecundación.

prefecto n.m. **1.** Entre los romanos, dignidad militar o civil. ▷ En Francia, gobernador de un departamento. **2.** Presidente de un tribunal, junta o comunidad eclesiástica. **3.** Persona a quien compete cuidar de que se desempeñen debidamente ciertos cargos. • **prefectura** n.f. **1.** Dignidad o cargo de prefecto. **2.** Territorio gobernado por un prefecto. **3.** Oficina o despacho del prefecto.

preferencia n.f. **1.** Primacía de una persona sobre otra. **2.** Elección de una cosa o persona, entre varias.

preferir I. v.tr. y prnl. **1.** Dar la preferencia. **2.** Exceder, aventajar. **II.** v.prnl. Jactarse. • **preferente** adj. **1.** Que se prefiere. **2.** DER *Voto preferente.* Posibilidad que se ofrece en el escrutinio de lista de señalar la preferencia por uno de los candidatos de la misma, modificando el orden de presentación. • **preferible** adj. Digno de preferirse.

prefiguración n.f. Representación anticipada de una cosa. • **prefigurar** v.tr. Representar anticipadamente una cosa.

prefijar v.tr. Determinar con anticipo.

• **prefijación** n.f. GRAM Modo de formar nuevas voces por medio de prefijos.

prefijo,a 1. Part. pas. irreg. de *prefijar.* **2.** adj. GRAM Se dice del afijo que va antepuesto.

prefinanciación n.f. FIN Apertura de créditos que permiten cubrir los primeros gastos de un proyecto.

prefloración n.f. BOT Disposición de las distintas piezas florales en las el capullo.

prefoliación n.f. BOT Disposición de unas hojas respecto de otras, antes de abrirse la yema.

preglaciar adj. GEOL Anterior a un período glaciar. ▷ Generalmente, el período glaciar cuaternario.

pregnante adj. PSICOL *Estructura pregnante.* La que predomina. • **pregnancia** n.f. PSICOL *Ley de la pregnancia.* En la teoría de la forma, predominio de una forma sobre las otras.

pregneno n.m. BIOQUIM Estructura carbonada, llamada también *núcleo fenantreno.*

pregón n.m. Promulgación o publicación que, en voz alta y en lugar público, se hace de una noticia de interés general.

pregonar v.tr. **1.** Publicar en voz alta una cosa de interés general. **2.** Anunciar a voces la mercancía. **3.** Fig. Publicar lo que debía callarse. • **pregonero,a** n. y adj. Que hace un pregón.

preguntar v.tr. y prnl. **1.** Interrogar o hacer preguntas a alguien. **2.** Exponer en forma interrogativa una cuestión. • **pregunta** n.f. Demanda o interrogación.

prehelénico,a adj. HIST Relativo a las civilizaciones que se desarrollaron en el mar Egeo antes de la invasión dórica (siglo XII a. J.C.).

prehipófisis n.f. ANAT Lóbulo anterior de la hipófisis.

prehispánico,a adj. Se dice de la América anterior a la conquista española, y de sus pueblos y civilizaciones.

prehistoria n.f. Período de la vida de la humanidad desde sus orígenes hasta la edad de los metales. • **prehistórico,a** adj. **1.** Perteneciente o relativo a la prehistoria. **2.** Fig. Anticuado, viejo.

ENCICL La *prehistoria* arranca de la era cuaternaria, período geológico en el que se produjo la aparición del hombre sobre la Tierra, según han demostrado los hallazgos efectuados, y abarca hasta la aparición de los primeros grandes imperios de Asia. Actualmente el estudio de la *prehistoria* tiene sólidos fundamentos científicos: se basa en la búsqueda minuciosa de yacimientos que contengan objetos de piedra o hueso labrados por los hombres prehistóricos, así como sus propios restos y los de animales; también son importantes los restos de lugares en los que vivían. Se clasifican los útiles hallados en base al estudio tecnológico y tipológico de las industrias, situándolos en su contexto paleontológico. El estudio de la *prehistoria* se beneficia por los avances de la *geología estratigráfica,* que permite el establecimiento de una cronología relativa de las sucesivas capas de tierra en las que se encuentran los objetos prehistóricos; la *petrografía,* la *granulometría,* la *sedimentología* y la *edafología* explican la génesis de las capas arqueológicas, el mecanismo del depósito de sedimentos y las condiciones climáticas. En el paleolítico inferior, la noción de hábitat debe ser tomada en el sentido de «suelo de hábitat», compuesto por un lecho de guijarros aparejados mezclados con guijarros tallados (Etiopía). El intenso frío durante el período wurmiense hizo que el hombre buscara su refugio en las grutas o al abrigo de las rocas; sin embargo, los hombres del paleolítico medio, hombres de Neanderthal, vivían en campamentos al aire libre, eligiendo los lugares protegidos del viento en las laderas de los valles. En el paleolítico superior, el *Homo sapiens* ocupó a menudo los mismos lugares que los hombres de Neanderthal. Los lugares de hábitat están bien individualizados: cabaña, tienda, choza, todas ellas construidas al nivel del suelo o semisubterráneas, empedradas o no con guijarros. Las industrias líticas más antiguas se encuentran en África. El yacimiento de Olduvai, en Tanzania, ha puesto de manifiesto especialmente una industria de guijarros tallados: la primera invención que atestigua la inteligencia del hombre es el hecho de golpear un guijarro con la ayuda de otro y desprender lascas del primero: notemos a este respecto que el uso del fuego ya sea natural (conservado) o provocado por el frotamiento de trozos de sílex es muy anterior: los primeros homínidos que conocieron el fuego pertenecen a la especie *Homo erectus.* El achelense, último estadio del paleolítico inferior, se caracteriza por la profusión de bifaces, así como por la persistencia de guijarros tallados. En Europa occidental, el musteriense típico se reconoce por la presencia de numerosos rascadores de puntas y de algunos bifaces. Las industrias más antiguas del paleolítico superior contaban aún con numerosas formas musterienses. Sin embargo, la evolución es más rápida que en las épocas anteriores, las diferencias regionales más acentuadas y el espectro de los tipos de útiles líticos más amplio. El hombre del paleolítico superior no se limitó a la fabricación de útiles diversos, tanto en piedra como en asta o marfil, sino que además concibió y realizó obras de arte. Los grabados, murales o móviles, y las esculturas (solutrense) se realizaban con un buril de sílex. El elemento colorante de las pinturas era siempre a base de tierras naturales. El tema preferido por el arte rupestre paleolítico es el mundo animal. Su apogeo se sitúa en el magdaleniense inferior y medio, con los grandes frescos policromos de Lascaux (Francia) y de Altamira (España). La agricultura apareció en el neolítico, así como los pueblos, fortificados o no; se conocía ya la pulimentación; la cerámica presenta una gran variedad de formas y de decoraciones. En la época final del neolítico se construyeron monumentos funerarios gigantes, los *megalitos,* por toda Europa occidental. El trabajo del sílex conoció su esplendor final. Un arte más esquemático que el magdaleniense comenzó a expandirse, especialmente en África. Unos 4.000 años a. de J.C., el hombre dejó en buena parte sus costumbres nómadas, aprendió a fabricar vasijas de barro cocido, a labrar la tierra y, finalmente, descubrió el cobre y el estaño, iniciándose así la edad *de los metales* con el *período del bronce,* metal empleado para construir las armas, joyas y utensilios, y al que siguió el *período del hierro* (900 a. de J.C.), caracterizado por el descubrimiento y empleo de este metal. En la edad de los metales se inician ya los albores de la historia con los hechos de los imperios asiáticos y egipcio y las expediciones mediterráneas de los fenicios y griegos.

prehomínidos n.m.pl. Subfamilia de homínidos fósiles.

preinserto,a adj. Insertado antes.

preislámico,a adj. Anterior al islam.

prejudicial adj. **1.** FOR Que requiere decisión anterior a la sentencia principal. **2.** FOR Se dice de la acción o excepción que ante todas las cosas se debe examinar y definir.

prejuzgar v.tr. Juzgar con precipitación o sin conocimiento suficiente. • **prejuicio** n.m.**1.** Acción y efecto de prejuzgar. **2.** Idea preconcebida.

prelación n.f. Antelación o preferencia con que una cosa debe ser atendida respecto de otra.

prelado n.m. **1.** Dignatorio eclesiástico **2.** Superior de un convento. • **prelatura** o **prelacía** n.f. Dignidad y oficio de prelado.

prelavado n.m. Lavado preliminar.

preliminar **1.** adj. Que sirve de preámbulo. **2.** n. y adj. Fig. Que antecede o se antepone a algo.

prelógico,a adj. PSICOL Se aplica al estadio durante el cual el niño aún no reconoce las leyes de la causalidad.

preludio n.m. **1.** Lo que precede y sirve de entrada, preparación o principio a una cosa. **2.** MUS Pieza que antecede a una obra musical. • **preludiar** **1.** v.int. y tr. MUS Ensayar antes de comenzar la pieza principal. **2.** v.tr. Fig. Preparar o iniciar una cosa.

prematuro,a adj. **1.** Que no está en sazón. **2.** Que ocurre antes de tiempo. — *Niño prematuro.* Aquel que al nacer tiene un peso inferior a 2,5 kg. — Niño nacido antes del término, pero viable. **3.** FOR Se aplica a la mujer que no ha llegado al pleno desarrollo sexual.

premedicación n.f. MED Administración de medicamentos antes de una anestesia.

premeditar v.tr. **1.** Pensar reflexivamente una cosa antes de ejecutarla. **2.** FOR Proponerse perpetrar un delito, tomando al efecto previas disposiciones. • **premeditación** n.f. **1.** FOR Acción de premeditar. **2.** FOR Circunstancia agravante de un delito.

premenstrual adj. MED Que antecede a la regla.

premiar v.tr. Remunerar, galardonar.

premio n.m. **1.** Recompensa, galardón. **2.** Cantidad que se añade al precio como compensación o como incentivo. **3.** Cada uno de los lotes sorteados en la lotería nacional.

premioso,a adj. **1.** Tan ajustado o apretado que dificultosamente se puede mover. **2.** Que apremia o estrecha. **3.** Rígido, estricto. **4.** Fig. Dícese de la persona falta de agilidad. • **premiosidad** n.f. Calidad de premioso.

premisa n.f. **1.** LOG Cada una de las dos primeras proposiciones del silogismo, de donde se infiere la conclusión. **2.** Fig. Indicio por donde se infiere una cosa.

premiso,a adj. **1.** Prevenido, propuesto o enviado con anticipación. **2.** FOR Que precede. (Sólo usado en algunas fórmulas.)

premolar n. y adj. Se dice de los molares que en la dentición del mamífero adulto han reemplazado a los de la primera dentición; están situados al lado de los caninos y su raíz es más sencilla que la de las otras muelas. En la especie humana hay cuatro en cada mandíbula.

premonición n.f. Presentimiento; presagio. • **premonitorio,a** adj. **1.** Relativo a la premonición. **2.** MED Dícese de los signos que preceden a veces a la aparición de una enfermedad.

premonstratense o **premostratense** n. (apl. a pers.) y adj. Miembro de una de las órdenes religiosas de Prémontré o San Agustín.

premorir v.int. FOR Morir una persona antes que otra. • **premoriencia** n.f. FOR Muerte anterior a otra.

premostrar v.tr. Mostrar con anticipación a otra condición o circunstancia.

premura n.f. Aprieto, apuro, prisa.

prenatal adj. Que precede al nacimiento.

prenda n.f. **I. 1.** Objeto que se entrega o compromete como garantía del cumplimiento de una obligación. — FOR *Prenda pretoria.* La constituida por autoridad del juez. **2.** Cualquier cosa que se hace o da como prueba de amistad, amor. **3.** pl. Juego en que el que pierde paga prenda. **II.** Cualquier pieza de vestir y cualquier pieza hecha de tela. **III.** Se usa como apelativo cariñoso. • **prendar** **I.** v.tr. **1.** Sacar una prenda como pago o garantía. **2.** Ganar el aprecio de alguien. **II.** v.prnl. Encapricharse de una persona o cosa.

prender **I.** v.tr. **1.** Asir, agarrar, sujetar una cosa. **2.** Arrestar, detener encarcelar. **3.** Cubrir o fecundar el macho, o fecundarse la hembra. **4.** Encender o incendiar. **II.** v.int. **1.** Arraigar la planta en la tierra. **2.** Empezar a ejecutar su cualidad o comunicar su virtud una cosa a otra. • **prendedor,a** **I** n.m. y f. Persona que prende. **II.** n.m. **1.** Cualquier instrumento que sirve para prender. **2.** Broche. • **prendimiento** n.m. **1.** Acción de prender. **2.** P. antonom., el de Jesucristo.

prenoción n.f. **1.** FILOS Conocimiento natural y espontáneo de lo general, anterior a toda reflexión. **2.** Noción formada antes del estudio científico de los hechos.

prensa n.f. **1.** Máquina que sirve para comprimir. **2.** Fig. Taller donde se imprime, imprenta. **3.** Fig. Conjunto o generalidad de las publicaciones periódicas, y especialmente las diarias.

prensaestopas n.m. MECAN Pieza metálica roscada con que se aprieta la estopa alrededor del vástago movible de un grifo, llave de paso u otro objeto, para evitar la salida de líquidos o gases.

prensar v.tr. Apretar en la prensa una cosa • **prensado,a** n.m. y f. Acción y efecto de prensar.

prensatelas n.m. Pieza acodada, plana y hendida de una máquina de coser, que sujeta la tela sobre el tablero; al coser, la aguja sube y baja entre las dos partes que la hendidura forma en el prensatelas.

prensil adj. Que sirve para asir o coger.

prensión n.f. Acción y efecto de prender una cosa.

prensor,a n. y adj. ZOOL Se dice de las aves de pico curvo, que tienen las patas con dos dedos dirigidos hacia atrás. ▷ n.f.pl. ZOOL Orden de estas aves.

prenupcial adj. Anterior al matrimonio.

preñar v.tr. Fecundar o hacer concebir a la hembra. • **preñado,a** adj. **1.** Embarazada, dícese de la hembra que ha concebido. **2.** Fig. Lleno o cargado. **3.** Fig. Que contiene algo oculto. • **preñez** n.f. **1.** Embarazo de la mujer. **2.** Tiempo que dura el embarazo.

preocupación n.f. **1.** Pensamiento o idea que preocupa. **2.** Anticipación o prevención por algo. **3.** Cuidado, desvelo, previsión de alguna contingencia adversa.

preocupar **I.** v.tr. **1.** Ocupar anticipadamente una cosa. **2.** Tener insistentemente en el pensamiento un asunto que causa intranquiliadad. **3.** Fig. Prevenir el ánimo de alguien, de modo que dificulte el asentir a otra opinión. **II.** v.tr. y prnl. Encargarse de una cosa. **III.** v.prnl. **1.** Sentir preocupación por alguien o algo. **2.** Tener prejuicio en favor o en contra de algo.

preoperatorio adj. CIR Que precede a una operación quirúrgica.

prepalatal **1.** adj. FON Se dice del sonido que se pronuncia aplicando o acercando el dorso de la lengua a la parte anterior del paladar. **2.** n.f. y adj. Se dice de la letra que representa este sonido, como la *ch*.

preparar **I.** v.tr. **1.** Prevenir, disponer una cosa para que cumpla un fin. **2.** Prevenir a alguien o disponerle para una acción. **3.** Hacer las operaciones necesarias para obtener un producto. **4.** FARM Graduar la fuerza del principio activo de las medicinas hasta reducirlas al grado conveniente para la curación. **II.** v.prnl. Disponerse, prevenirse para un fin. • **preparación** n.f. **1.** Acción y efecto de preparar o prepararse. **2.** BIOL Porción de una sustancia orgánica, dispuesta sobre un portaobjeto para su observación microscópica. **3.** FARM Preparado farmacológico. • **preparado,a** n. y adj. FARM Se dice de la droga o medicamento preparado. • **preparativo,a** **1.** adj. Se dice de lo que se prepara para algo. **2.** n.m. Cosa dispuesta y preparada.

preponderar v.int. **1.** Fig. Prevalecer o predominar una opinión u otra cosa sobre otra. **2.** Fig. Ejercer un influjo dominante. • **preponderancia** n.f. Prevalencia, predominio.

preponer v.tr. Anteponer o preferir una cosa a otra.

preposición n.f. GRAM Parte invariable de la oración que tiene por oficio denotar el régimen que entre sí tienen dos palabras o términos. — GRAM *Preposición inseparable*. Prefijo. • **preposicional** adj. Se dice de la voz que tiene caracteres propios de las preposiciones o pueden usarse como tales.

prepósito n.m. Jefe de una junta o comunidad.

prepotente adj. Más poderoso que otros, muy poderoso. • **prepotencia** n.f. Poder superior al de otros, gran poder.

prepucio n.m. ANAT Repliegue cutáneo que recubre el glande del pene.

prepuesto,a Part. pas. irreg. de *preponer*.

prerrafaelismo n.m. BELL ART Doctrina estética de los pintores británicos del siglo XIX que imitaban a los pintores italianos anteriores a Rafael. • **prerrafaelista** **1.** adj. BELL ART Relativo al prerrafaelismo. **2.** n.m. y f. Partidario del prerrafaelismo.

prerrogativa n.f. **1.** Privilegio anejo regularmente a una dignidad. **2.** Facultad importante de alguno de los poderes supremos del Estado.

prerrománico (arte), denominación genérica dada al conjunto de estilos artísticos europeos medievales, previos a la aparición del románico (ss. V al XI). Pese a su diversidad —debida a la desigual influencia de la romanización y a las variedades culturales propias de cada zona—, todos ellos poseen un denominador común: la escasez de manifestaciones escultóricas y pictóricas, el cultivo de la miniatura y las artes aplicadas, en especial la orfebrería, la pobreza de medios económicos y técnicos en la construcción, que da lugar a edificios sencillos, de madera o mampostería, en los que aparecen el arco de herradura, la bóveda de cañón y los ábsides cuadrados, y, sobre todo, la marcada influencia del mundo cristiano. En Europa, en un primer período, el prerrománico se divide en los estilos *merovingio, ostrogodo, celta* o *irlandés* y *visigodo*. En un segundo período, tenemos el arte *carolingio*. En España encontramos, en primer lugar, el arte *visigodo* (ss. VI y VII), y, posteriormente, el arte *mozárabe* (s. X) y el *asturiano* (ss. VIII y IX). **Arte merovingio.** En arquitectura se caracteriza por la construcción de edificios religiosos y palacios-granjas, de anchos patios y con alguna torre, construidos a base de vigas de madera. Se da el arco de medio punto, a veces peraltado, capiteles tallados y vano triangular; se encuentra la planta cuadrada. De este estilo son el baptisterio de Saint Jean, en Poitiers, y las criptas de San Lorenzo, en Grenoble. — **Arte ostrogodo.** Encontramos importantes muestras en Ravena, Italia: en el baptisterio de los Arrianos; la basílica de San Apolinar Nuevo, y el mausoleo de Teodorico. — **Arte celta o irlandés.** Se caracteriza por sencillas iglesias de planta rectangular con cubiertas de madera muy apuntadas y torres redondas llamadas *cloictech*. Muestras de este arte son el oratorio de San Miguel de Skelling Rock, el monasterio de Nendrum y el de la isla de Ilaun Mac Dara, en Irlanda. — **Arte carolingio.** Se dan los palacios de gran patio y las iglesias de planta basilical u octogonal, ábside de gran tamaño, coro, deambulatorio y crucero generalizado y cabecera benedictina. Ejemplos notorios de este arte son: la capilla Palatina de Aquisgrán, la iglesia de Saint Philibert-de-Grand-Lieu, y la de Germigny-des-Prés, en Francia. La pintura es de tema religioso o épico. — **Arte visigodo.** Se dan en él dos períodos: el del s. VI, coexistente con las formas paleocristianas, y el del s. VII, con influencia del arte bizantino. Se caracteriza por el empleo sistemático del muro de sillería, columna de capitel oriental y bizantino, arco de herradura, bóveda de cañón o aristas y, a veces, cúpula sobre pechinas. Decoración de motivos vegetales y geométricos. Los templos son de ábside único y rectangular, con cancel o iconostasio; planta basilical o de cruz griega inscrita en rectángulo. Muestras de este arte son las iglesias de Segóbriga, en Cuenca; de Algezares, en Murcia; de San Juan de Baños, Palencia, etc. La escultura es decorativa, con relieves de hojas, cruces, racimos, estrellas y animales y escenas evangélicas. — **Arte asturiano** (ss. VIII y IX). Se funden en él elementos del visigodo y del románico local con técnicas carolingias. Se caracteriza su arquitectura por los muros de sillarejo y mampostería, arcos de medio punto de ladrillo, de medio punto peraltados y de herradura; cubiertas de madera o cañón semicircular y bóvedas de cañón reforzadas con arcos o fajones y contrarrestadas exteriormente por contrafuertes. Decoración de soga o cuerda. Iglesias de planta basilical de tres naves, pórtico a los pies y cámara del tesoro. Se puede dividir en tres períodos: *prerramirense* (s. VIII, reinado de Alfonso II el Casto de Asturias), con las iglesias de San Julián de los Prados o Santullano; Santa María de Bendones y San Pedro de Nova; *ramirense* (reinado de Ramiro I de Asturias, del 842 al 850), el más importante de los períodos, con las iglesias de Santa María del Naranco, San Miguel de Lillo y Santa Cristina de Lena; *posramirense* (reinado de Alfonso III el Magno de Asturias, del 866 al 910), representado por las iglesias de San Salvador de Valdediós, San Adrián de Tuñón, Santiago de Gobiendes y San Salvador de Priesca. La pintura es escasa en este arte, pero destaca la orfebrería, con la cruz de la Victoria. — **Arte mozárabe** (v. mozárabes).

prerromanticismo n.m. LITER Período durante el cual comenzaron a surgir las grandes tendencias del romanticismo. • **prerromántico,a** adj. LITER Que precede al período romántico.

presa n.f. **I. 1.** Acción de prender o tomar una cosa. **2.** Cosa apresada o robada. **3.** DEP Llave. **II. 1.** Acequia. **2.** Obra que se construye para almacenar el agua de un curso de agua y derivarla fuera del cauce. **3.** Represa, lugar donde las aguas están detenidas o almacenadas. **III.** Tajada. **IV.** Uña de halcón u otra ave de rapiña. • **presada** n.f. Agua que se retiene en el caz del molino para servir de fuerza motriz accesoria.
ENCICL Las *presas de gravedad* tienen en su base una anchura equivalente a su altura; resisten la presión del agua por su propia masa. Las *presas de bóveda sencilla*, gracias a su forma, revierten el empuje del agua sobre los flancos del valle. Las *presas de rebosamiento* comportan una cortina de estanqueidad sostenida por pilares espaciados de forma regular.

presagio n.m. **1.** Señal que anuncia un suceso del futuro. **2.** Especie de adivinación por presentimientos o indicios. • **presagiar** v.tr. Anunciar o prever una cosa, a partir de presagios o conjeturas razonables.

présbita o **présbite** n. y adj. MED Se dice de quien padece presbicie. • **presbicie** n.f. MED Dificultad para ver de cerca, debida a un defecto del cristalino.

presbítero n.m. Clérigo ordenado de misa, o sacerdote. • **presbiteriano,a** **1.** n. y adj. Se dice del protestante ortodoxo que no reconoce la autoridad episcopal. **2.** adj. Perteneciente a los presbiterianos. • **presbiterianismo** n.m. Doctrina e Iglesia de los presbiterianos. • **presbiterio** n.m. **1.** Área del altar mayor hasta el pie de las gradas por donde se sube a él. **2.** Reunión de los presbíteros con el obispo.

presciencia n.f. Conocimiento del futuro. • **presciente** adj. Poseedor de presciencia.

prescindir v.int. **1.** Hacer abstracción de una persona o cosa; pasarla en silencio; omitirla. **2.** Abstenerse. • **prescindible** adj. Se dice de aquello de que se puede prescindir.

prescribir **I.** v.tr. Preceptuar, ordenar. **II.** v.int. **1.** Extinguirse un derecho, una acción o una responsabilidad. **2.** FOR Adquirir o extinguirse un derecho u obligación por el transcurso del tiempo. • **prescripción** n.f. Acción y efecto de prescribir.

preselección n.f. **1.** Primera selección. **2.** TECN Selección de un modo de funcionamiento, de un circuito, etc., operada previamente a su puesta en marcha.

presencia n.f. **1.** Asistencia o estado de la persona o cosa que se halla delante de otra u otras o en el mismo paraje que ellas. **2.** Talle, figura y disposición del cuerpo. • **presenciar** v.tr. Hallarse presente en un acontecimiento, ver como se produce.

presentar **I.** v.tr. y prnl. Mostrar, manifestar una cosa. **II.** v.tr. **1.** Dar o regalar. **2.** Proponer a alguien para un cargo. **3.** Introducir a uno a otra persona que no conoce. **4.** Introducir a un orador, conferenciante, etc. **III.** v.prnl. **1.** Ofrecerse voluntariamente para un fin. **2.** Comparecer en algún lugar o acto. **3.** Comparecer ante un jefe o autoridad. **4.** FOR Comparecer en juicio. • **presentable** adj. Que está en condiciones de presentarse o ser presentado. • **presentación** n.f. **1.** Acción y efecto de presentar o presentarse. **2.** Aspecto exterior de algo. **3.** MED Forma en que se introduce el feto en el estrechamiento superior de la pelvis, durante el parto. • **presentador,a** **I.** n. y adj. Que presenta. **II.** n.m. y f. TELECOM Persona que presenta los artistas al público.

presente **I.** adj. **1.** Que esta en presencia de uno o en el mismo lugar. **2.** Se dice del tiempo en que está uno cuando refiere una cosa. **II.** n.m. Regalo.

presentir v.tr. **1.** Prever interiormente lo que ha de suceder. **2.** Adivinar una cosa por indicios o señales que la preceden. • **presentimiento** n.m. Indicación interior que hace prever lo que ha de acontecer.

presera n.f. Amor de hortelano (planta).

preserie n.f. TECN Primera serie de un producto fabricada tras el perfeccionamiento del prototipo y antes de comenzar la producción en serie.

preservar v.tr. y prnl. Poner a cubierto anticipadamente a una persona o cosa, de algún daño o peligro. • **preservación** n.f. Acción y efecto de preservar o preservarse. • **preservativo,a** **1.** n.m. y adj. Que tiene virtud o eficacia de preservar. **2.** n.m. Capuchón de caucho muy fino, destinado a ser adaptado al pene antes de una relación sexual, para servir de anticonceptivo o para proteger contra las enfermedades venéreas.

presidencia n.f. **1.** Dignidad o cargo de presidente. **2.** Acción de presidir. **3.** Sitio que ocupa el presidente, o su oficina o residencia. **4.** Tiempo que dura el cargo. • **presidencial** adj. Perteneciente a la presidencia. • **presidencialismo** n.m. Sistema político en que el presidente de la nación es también jefe del poder ejecutivo. • **presidencialista** adj. Perteneciente al presidencialismo, o partidario de este sistema político.

presidente n.m. **1.** El que preside. **2.** Jefe de un gobierno, consejo, tribunal, etc. **3.** En los regímenes republicanos, el jefe electivo del Estado.

presidio n.m. **1.** Establecimiento penitenciario en que cumplen sus condenas los penados por graves delitos. **2.** Pena señalada para varios delitos. • **presidiario,a** n.m. y f. Penado que cumple en presidio su condena.

presidir v.tr. **1.** Ocupar la presidencia. **2.** Predominar, ejercer el principal influjo.

presidium n.m. Comité que dirige al Soviet Supremo en la URSS (v. soviet).

presilla n.f. **1.** Cordón pequeño en forma de lazo, con que se asegura una cosa. **2.** Costurilla que impide que la tela se abra.

presión n.f. **1.** Acción y efecto de apretar o comprimir. **2.** FIS Fuerza que ejerce un cuerpo sobre cada unidad de superficie. — *Presión atmosférica.* La que por su peso ejerce la atmósfera sobre la Tierra. — *Presión sanguínea.* La ejercida por la sangre sobre las paredes de los vasos. **3.** Fig. Influencia que se ejerce sobre alguien. • **presionar** v.tr. **1.** Hacer presión. **2.** Ejercer apremio o coacción.

ENCICL **Fís.** — FIS Cuando se ejerce una fuerza perpendicularmente a una superficie, se dice que esta última sufre una presión media igual a la relación entre la intensidad de la fuerza y el área de la superficie. La unidad de presión en el sistema internacional es el pascal (1 Pa=1N/m^2). También se utiliza el bar o baria (1 bar=10^5 Pa). Por el contrario, las unidades tales como la atmósfera y kgf/cm^2 están en desuso actualmente. La presión de los gases y de los líquidos se mide por medio de manómetros. En un fluido se distingue la presión *estática* (presión en reposo) y la presión *dinámica* (medida con el tubo de Pitot), que se diferencia de la anterior por un término proporcional al cuadrado de la velocidad del fluido.

Meteor. — La presión atmosférica, que se mide por medio de un barómetro, se expresa en pascales, en milímetros de mercurio o en milibares: 1 milibar=0,75 mm de mercurio=100 pascales. Varía con la altitud y la presión: 760 mm de mercurio o 1.013 milibares al nivel del mar y a 15 °C (presión atmosférica *normal*); 899 milibares a 1.000 de altitud y 8,5 °C; 11 milibares a 30.000 m y −47 °C. Las zonas en donde la presión es más elevada que la media corresponden a los anticiclones; e inversamente, aquellas en donde la presión es más baja, corresponden a zonas de depresiones. Las variaciones, en un lugar dado, de la presión atmosférica se analizan para poder prever el tiempo.

Med. — *Presión arterial.* Se mide en un esfigmógrafo. Hay que considerar dos cifras: la presión máxima, que responde a la sístole ventricular, y la presión mínima que expresa el conjunto de resistencias vasculares periféricas durante la diástole. La presión arterial no es constante. Se adapta a los diversos estados del organismo. Las cifras medias superiores más allá de las cuales aparecen riesgos de hipertensión, han sido fijadas por la Organización Mundial de la Salud en 16 cm para la máxima y 9,5 cm para la mínima.

preso,a **1.** part. pas. irreg. de *prender.* **2.** n. y adj. Se dice de la persona que sufre prisión.

prestación n.f. **1.** Acción y efecto de prestar. **2.** Cosa o servicio exigido por una autoridad o en un pacto. **3.** Renta, tributo.

prestamista n.m. y f. Persona que da dinero a préstamo. • **prestatario,a** adj. Que toma dinero a préstamo.

préstamo n.m. **1.** El dinero que el Estado o una corporación toma de los particulares con una garantía, empréstito. **2.** El dinero o valor que toma un particular para devolverlo. **3.** Denominación contractual genérica que abarca las dos especies de mutuo o simple préstamo y comodato.

prestancia n.f. **1.** Excelencia o calidad superior entre los de su clase. **2.** Aspecto de distinción.

prestar **I.** v.tr. **1.** Entregar a uno dinero u otra cosa por algún tiempo con la obligación de restituírlo. **2.** Ayudar al logro de una cosa. **3.** Dar o comunicar. **II.** v.int. **1.** Ser útil para un fin. **2.** Dar de sí, extendiéndose. **III.** v.prnl. Ofrecerse, avenirse a una cosa.

preste n.m. Sacerdote que celebra la misa cantada o el que preside con capa pluvial los oficios divinos.

presteza n.f. Diligencia y brevedad en hacer o decir una cosa.

prestidigitador,a n.m. y f. El que hace juegos de manos. • **prestidigitación** n.f. Arte o habilidad para hacer juegos de manos.

prestigio n.m. **1.** Ascendiente, influencia, autoridad. **2.** Realce, estimación, renombre. • **prestigiar** v.tr. Dar prestigio, autoridad o realce. • **prestigioso,a** adj. **1.** Que causa prestigio. **2.** Que tiene prestigio.

presto,a **I.** adj. Pronto, diligente, rápido. **II.** adv. Al instante, con gran prontitud. • **prestísimo** adv. MUS Muy rápidamente.

presumir **1.** v.tr. Sospechar o conjeturar por indicios. **2.** v.int. Vanagloriarse, tener alto concepto de sí mismo. • **presumible** adj. Que se puede presumir. • **presumido,a** n. y adj. Que presume; vano, jactancioso.

presunción n.f. **1.** Acción y efecto de presumir. **2.** FOR Cosa que, por ministerio de la ley, se tiene como verdad. • **presunto,a** part. pas. irreg. de *presumir.* • **presuntuosidad** n.f. Presunción, vanagloria. • **presuntuoso,a** n. y adj. Lleno de presunción y orgullo.

presuponer v.tr. **1.** Dar por sentada una cosa para pasar a otra. **2.** Hacer cálculo previo de gastos e ingresos. • **presuposición** n.f. **1.** Suposición previa. **2.** Lo que se supone que es causa o motivo de una cosa.

presupuesto,a **I.** part. pas. irreg. de *presuponer.* **II.** n.m. **1.** Motivo con que se ejecuta una cosa. **2.** Supuesto o suposición. **3.** Cómputo anticipado de gastos o ingresos, o de ambos juntos. • **presupuestar** v.tr. **1.** Hacer el presupuesto de una cosa. **2.** Calcular aproximadamente el valor de una obra o acción proyectada. • **presupuestario,a** adj. Perteneciente o relativo al presupuesto del Estado.

presura n.f. **1.** Prisa, prontitud y ligereza. **2.** Ahínco, porfía. • **presuroso,a** adj. Pronto, ligero, veloz.

presurizar v.tr. TECN Mantener un recinto a la presión atmosférica normal. • **presurización** n.f. Acción de presurizar, su resultado.

pretal n.m. Correa que rodea el pecho de la cabalgadura; petral.

prêt-à-porter n.m. Ropa de confección, por oposición a la ropa hecha a medida.

pretender v.tr. Querer conseguir algo. • **pretencioso,a** adj. Presuntuoso. • **pretendiente,a** n. y adj. Se aplica al que pretende o solicita una cosa. • **pretensión** n.f. **1.** Solicitación para conseguir una cosa que se desea. **2.** Derecho que uno juzga tener sobre una cosa.

pretensado,a **1.** n.m. TECN Técnica que consiste en someter el hormigón a unas tensiones de compresión elevadas para aumentar su resistencia. **2.** adj. TECN Que ha sufrido unas tensiones de compresión.

preterir v.tr. **1.** Hacer caso omiso. **2.** FOR Omitir en el testamento a los herederos forzosos, sin desheredarlos expresamente. • **preterición** n.f. **1.** Acción y efecto de preterir. **2.** RET Figura que consiste en aparentar que se quiere omitir aquello mismo que se dice expresamente.

pretérito,a adj. Se dice de lo que ya ha pasado o sucedió. — GRAM *Pretérito imperfecto.* Tiempo que indica haber sido presente la acción del verbo, coincidiendo con otra acción ya pasada. — GRAM *Pretérito perfecto.* Tiempo que denota ser ya pasada la significación del verbo, y se divide en simple y compuesto. — GRAM *Pretérito pluscuamperfecto.* Tiempo que enuncia que una cosa estaba ya hecha, o podía estarlo, cuando otra se hizo.

pretermisión n.f. **1.** Omisión, falta de cuidado al hacer algo. **2.** Descuido del que tiene a su cargo un asunto. **3.** RET Preterición. • **pretermitir** v.tr. Dejar a un lado, omitir.

preternatural adj. Que se halla fuera del ser y estado natural de una cosa.

pretexto n.m. Motivo aparente que se alega para hacer o excusarse de hacer algo. • **pretextar** v.tr. Valerse de un pretexto.

pretil n.m. Valla que se pone en los puentes y en otros parajes para preservar de caídas.

pretina n.f. **1.** Correa para sujetar en la cintura una prenda. **2.** Cintura donde se ciñe la pretina. **3.** Parte de la prenda que se ciñe a la cintura.

pretónico,a adj. Se dice del elemento de la palabra que va antes de la sílaba tónica, protónico.

pretor n.m. Magistrado romano. • **pretoría** n.f. Dignidad de pretor. • **pretorianismo** n.m. Influencia política abusiva ejercida por algún grupo militar. • **pretoriano,a** n. y adj. Se aplica a los soldados de la guardia de los emperadores romanos. • **pretura** n.f. Empleo o dignidad de pretor.

ENCICL En sus comienzos reservada a los patricios, la pretoría pasó a ser accesible a los plebeyos en el año 337 a. J.C. Cada pretor, durante su magistratura, que duraba un año, legislaba en función de un *edicto* que él mismo había promulgado al entrar en posesión de su cargo; por lo tanto no era sólo juez, sino también legislador.

prevalecer v.int. **1.** Sobresalir una persona o cosa entre otras. **2.** Obtener una cosa en oposición de otros.

prevaler **1.** v.int. Prevalecer. **2.** v.prnl. Valerse o servirse de una cosa.

prevaricar v.int. **1.** Delinquir los funcionarios públicos dictando o proponiendo a sabiendas o por ignorancia inexcusable, resolución de manifiesta injusticia. **2.** FOR Cometer el crimen de prevaricato. ▷ P.ext., cometer una falta menos grave en el ejercicio de sus deberes. • **prevaricación** n.f. Acción y efecto de prevaricar. • **prevaricato** n.m. FOR Acción del funcionario, análoga a la prevaricación, que falta a los deberes de su cargo.

prevención n.f. **1.** Acción y efecto de prevenir. **2.** Preparación anticipada para evitar un riesgo o ejecutar una cosa. **3.** Provisión de víveres u otra cosa. **4.** Desconfianza. **5.** Puesto de policía donde se lleva preventivamente a un delincuente. **6.** FOR Acción y efecto de prevenir el juez las primeras diligencias.

prevenir **I.** v.tr. **1.** Preparar con anticipación lo necesario para un fin. **2.** Prever de antemano un mal. **3.** Precaver o impedir una cosa. **4.** Avisar a uno de una cosa. **5.** Preocupar a uno, induciéndole a prejuzgar personas o cosas. **6.** FOR Instruir un juzgado las diligencias iniciales de un juicio. **II.** v.prnl. Disponer con anticipación; prepararse de antemano. • **prevenido,a** adj. **1.** Apercibido, dispuesto para algo. **2.** Advertido, cuidadoso. • **preventivo,a** adj. Se dice de lo que previene.

prever v.tr. Ver con anticipación; conocer de antemano lo que sucederá.

previo,a **1.** adj. Anterior, que va delante o que sucede primero. **2.** n.m. CINEM Grabación del sonido realizada antes de impresionar la imagen.

previsible adj. Que puede ser previsto. • **previsión** n.f. Acción y efecto de prever. • **previsor,a** n. y adj. Que prevé. • **previsto,a** Part. pas. irreg. de *prever*.

prez n.m. o f. Honor, estima o consideración que se adquiere o gana con una acción gloriosa.

priapismo n.m. FISIOL Erección continua y dolorosa del pene.

prieto,a adj. **1.** Se aplica al color casi negro. **2.** Apretado. **3.** Fig. Mísero, codicioso.

prima n.f. **I. 1.** Primera de las cuatro partes iguales en que dividían los romanos el día artificial. **2.** Una de las siete horas canónicas, que se dice después de laudes. **II.** En algunos instrumentos de cuerda, la que es primera en orden. **III. 1.** Cantidad que se paga en el traspaso de un derecho por añadidura del coste originario. **2.** Premio concedido como incentivo. **3.** COM Suma que en ciertas operaciones de bolsa se obliga el comprador a plazo a pagar al vendedor por el derecho a rescindir el contrato. **4.** Precio que el asegurado paga al asegurador.

primacía n.f. **1.** Superioridad de una cosa sobre otra de su especie. **2.** Dignidad o empleo de primado.

primada n.f. Fam. Acción propia del primo.

primado n.m. Primero de los prelados de un país.

prima donna n.f. Cantante de ópera, famosa.

primar v.int. Prevalecer, sobresalir.

primario,a **I.** adj. **1.** Primero en orden o grado. — ECON *Sector primario.* Conjunto de las actividades que producen materias primas. — GEOL *Era primaria.* La más antigua de las eras geológicas. **2.** ELECTR En una bobina de inducción, se dice de la corriente inductora y el circuito por donde fluye. **II.** Peyorativo. Simplista, un poco limitado.

primate n.m. y adj. ZOOL Se aplica a los mamíferos plantígrados, con extremidades terminadas en cinco dedos, de los cuales el pulgar es oponible a los demás. ▷ n.m.pl. ZOOL Orden de estos animales.

ENCICL Los primates se caracterizan por tener el dedo pulgar de la mano y del pie oponible a los otros y por tener mamas generalmente pectorales. Son los animales más evolucionados; su cerebro tiene numerosas circunvoluciones. Los primates aparecieron durante el eoceno y provienen de los insectívoros; han evolucionado en varias direcciones, una de las cuales conduce hasta el hombre. La mayor parte de los primates actuales, salvo el hombre, son arborícolas y habitan en las regiones tropicales excepto la mona de Gibraltar. Se dividen en cuatro subórdenes: los *lemuriformes* (lemúridos y tupaideos, muy próximos a los insectívoros), los *lorisiformes* (loris), los *tarsioideos* (tarsero) y los *antropoides* (simios y homínidos).

primavera n.f. **I. 1.** Estación del año, que astronómicamente abarca desde el equinoccio del mismo nombre hasta el solsticio de verano. **2.** Época templada del año, que en el hemisferio boreal corresponde a los meses de marzo, abril y mayo, y en el austral a los meses de septiembre, octubre y noviembre. **3.** Fig. Tiempo de mayor vigor y hermosura. **II.** BOT Planta herbácea perenne, de la familia de las primuláceas. • **primaveral** adj. Perteneciente o relativo a la primavera.

primazgo n.m. **1.** Parentesco que tienen entre sí los primos. **2.** Primacía (dignidad).

primer adj. Apócope de *primero*.

primerizo,a n. y adj. Que hace por vez primera una cosa, o es novicio en arte o ejercicio. ▷ Se aplica especialmente a la hembra que pare por primera vez.

primero,a **I.** n. y adj. Se dice de la persona o cosa que precede a las demás de su especie. **II.** adj. **1.** Excelente, y que aventaja a otros. **2.** Antiguo, y que antes se ha poseído y logrado. **III.** adv. Antes, más bien, de mayor gana.

primicia n.f. **1.** Fruto primero de cualquier cosa. **2.** Prestación de frutos y ganados que se daba a la Iglesia. **3.** pl. Fig. Primeros frutos que produce una cosa no material.

primípara n.f. Hembra que pare por primera vez.

primitivo,a **I.** adj. **1.** Primero, que no tiene origen. **2.** Perteneciente o relativo a los orígenes o primeros tiempos de alguna cosa. **3.** Rudimentario, elemental. **4.** GRAM Se aplica a la palabra que no se deriva de otra de la misma lengua. **5.** MAT *Función primitiva* o *la primitiva de una función $f(x)$.* Función $F(x)$ cuya derivada es la función $f(x)$. **II.** n.m. y adj. **1.** Se dice de los pueblos poco desarrollados y de su civilización. **2.** ESCULT y PINT Se aplica al artista y a la obra artística anteriores al período clásico de una civilización. • **primitivismo** n.m. **1.** Condición o actitud propia de los pueblos primitivos. **2.** Tosquedad, rudeza **3.** Carácter peculiar del arte primitivo.

ENCICL **Arte primitivo.** — La escultura del África negra, enriquecida por el arte de la corte de los reinos de Ifé y de Benín, ha conocido un extraordinario desarrollo en el aspecto dedicado al culto, sobre todo entre los pueblos de organización tribal. Este arte, representado sobre todo por objetos esculpidos en madera (estatuillas, máscaras) ofrece una extrema diversidad de estilos, explicable por la gran variedad étnica de la población negra de África. Entre los pueblos cuya producción artística ha sido más notable, debemos citar: en Camerún, los bamilékés; en la República Democrática del Congo, los bakotas y los bakongos; en el Zaire, los bakubas; en Costa de Marfil, los baulés y los dans; en Dahomey, los fons y los yorubas; en Gabón, los fangs; en Ghana, los ashantis; en Alto-Volta, los bobós; en Mali, los dogons, los bambaras y los senufas, y por último en Nigeria, los ibos, y los yorubas. Son escasos los objetos de más de dos siglos de antigüedad; sin embargo, existen excepciones, por ejemplo, algunas estatuillas de los tellem (antepasados de los dogons) en corteza patinada que datan de los ss. XII y XIV. Los movimientos de renovación que animaron la poesía y las artes plásticas en Occidente durante el primer cuarto de siglo centraron la atención en la escultura negro-africana, y también en el arte de los pueblos de Oceanía, que presenta un considerable número de obras de notable calidad estética.

primo,a **I.** adj. **1.** Primero. **2.** Primoroso, excelente. **II.** n.m. y f. **1.** Respecto de una persona, hijo o hija de su tío o tía. **2.** Fam. Persona incauta.

primogénito,a n. y adj. Se aplica al hijo que nace primero. • **primogenitura** n.f. Dignidad o derecho del primogénito.

primoinfección n.f. Primera infección producida por un microorganismo.

primor n.m. **1.** Esmero o excelencia en hacer o decir una cosa. **2.** Artificio y hermosura. • **primoroso,a** adj. **1.** Delicado y perfecto. **2.** Que hace o dice con perfección alguna cosa.

primordial adj. Primitivo, primero.

prímula n.f. Primavera (planta).

primuláceo,a n. y adj. BOT Dícese de plantas herbáceas angiospermas dicotiledóneas, como la primavera. ▷ n.f.pl. BOT Familia de estas plantas.

princeps adj. inv. Dícese de la primera edición de una obra.

princesa n.f. **1.** Mujer que goza o posee un principado. **2.** Mujer del príncipe.

principal **I.** adj. **1.** Se dice de la persona o cosa que tiene el primer lugar y se antepone y prefiere a otras. **2.** Ilustre, noble. **3.** Esencial o fundamental. **4.** Piso que se halla sobre el bajo o el entresuelo. **II.** n.m. Capital de una obligación o censo. • **principalidad** n.f. Calidad de principal.

príncipe n.m. **1.** Título dado a un miembro de la realeza, especialmente al heredero de la corona. ▷ Título nobiliario. **2.** El primero en una cosa. • **principado** n.m. Título o dignidad de príncipe y territorio sujeto a su potestad. • **principesco,a** adj. Se dice de lo que es o parece propio de un príncipe o princesa.

principiante,a n. y adj. Que empieza a estudiar, aprender o ejercer un oficio, arte o profesión. • **principiar** v.tr. y prnl. Comenzar, empezar.

principio n.m. **I. 1.** Origen, causa primera. **2.** En ciencias, ley general, no demostrada, verificada sólo experimentalmente. ▷ Proposición fundamental sobre la que se establece un sistema. **3.** Fundamento teórico. **4.** pl. Primeros rudimentos de un arte o de una ciencia. **II. 1.** Regla de conducta. **2.** pl. Convicciones morales.

pringado,a Part. pas. de *pringar*.

pringar **I.** v.tr. **1.** Empapar con pringue el pan. **2.** Fig. y Fam. Denigrar, difamar. **II.** v.tr. y prnl. Manchar con pringue. **III.** v.int. Fig. y Fam. Tomar parte en un negocio. **IV.** v.prnl. Fig. y Fam. Interesarse indebidamente en un negocio. • **pringoso,a** adj. Que tiene pringue. • **pringue** n.m. o f. **1.** Grasa que suelta el tocino u otra cosa semejante sometida a la acción del fuego. **2.** Fig. Suciedad, grasa pegajosa.

prionodonte n.m. PALEONT Especie de armadillo fósil de gran tamaño.

prior **I.** adj. En la escolástica, se dice de lo que precede a otra cosa en cualquier orden. **II.** n.m. **1.** En algunas órdenes religiosas, superior de un convento; en otras, segundo después del abad. **2.** Dignidad en algunas catedrales. • **priora** n.f. Prelada de algunos conventos; segunda prelada, en otras órdenes.

priori (a) m. adv. Se dice de los conocimientos que son independientes de la experiencia.

prioridad n.f. **1.** Anterioridad de una cosa respecto de otra. **2.** Anterioridad o precedencia de una cosa a otra que depende o procede de ella. • **prioritario,a** adj. Se dice de lo que tiene prioridad.

prisa n.f. Prontitud y rapidez con que sucede o se ejecuta una cosa.

priscal n.m. Lugar en el campo, donde se recogen los ganados por la noche.

prisco n.m. Albérchigo (árbol). ▷ Su fruto.

prisión n.f. **I. 1.** Acción de prender o coger. **2.** Presa que hace el halcón en el vuelo bajo. **3.** Atadura que sujeta a las aves de caza. **4.** FIG. Cualquier cosa que ata o detiene. **5.** FIG. Afecto que liga a una persona con otra u otras. **II. 1.** Cárcel. **2.** Pena de privación de libertad. — *Prisión preventiva.* Prisión en que está el acusado durante el proceso judicial. **3.** pl. Cualquier instrumento con que se sujeta a los presos. • **prisionero,a** n.m. y f. Se aplica a la persona que está presa, especialmente la que cae en poder del enemigo.

prisma n.m. **1.** GEOM Cuerpo terminado por dos caras planas, paralelas e iguales que se llaman bases, y por tantos paralelogramos cuantos lados tenga cada base. **2.** OPT Prisma triangular de cristal, que refleja, refracta y descompone la luz. — ASTRON *Prisma cenital.* Sistema óptico cuyo principal elemento es un prisma de reflexión adaptable al ocular astronómico para facilitar las observaciones cenitales. **3.** FIS Cuerpo transparente que presenta dos caras planas que tienen una arista común. • **prismático,a** adj. De figura de prisma. **2.** Anteojo prismático.

ENCICL Un rayo luminoso RI que incide sobre un prisma, se refracta según II' en el interior de este y sale al exterior según I'R'. Las fórmulas del prisma se han establecido con los siguientes elementos: A, el ángulo del prisma (ángulo refringente); *i, i'* y *r, r'*, los ángulos de incidencia y de refracción; *n*, el índice de refracción del prisma y Δ, la desviación de RI.

$$\text{seno } i = n \cdot \text{seno } r \qquad \text{seno } i' = n \cdot \text{seno } r'$$
$$A = r + r' \qquad \Delta = i + i' - A$$

El prisma descompone la luz blanca; su índice varía en función de la longitud de onda. La condición necesaria para que el rayo luminoso emerja después de atravesar el prisma es: seno $i \geqslant n \cdot$seno $(A - l)$ donde l designa el ángulo límite. Por tanto es necesario que *i* esté comprendido entre los valores: arco seno $[n \cdot \text{seno}\,(A - l)]$ y $\frac{\pi}{2}$. Si $i = \frac{\pi}{2}$, la condición de emergencia se convierte en: $A \leqslant 2l$

priste n.m. ZOOL Pez espada.

prístino,a adj. Antiguo, primero, original.

privación n.f. **1.** Acción de despojar o privar. **2.** Carencia o falta de una cosa. **3.** Pena con que se desposee a uno de su cargo o dignidad.

privado,a **I.** adj. **1.** Que se ejecuta familiar y domésticamente, sin ceremonia. **2.** Particular y personal de cada uno. **II.** n.m. Persona de confianza de un soberano.

privar **I.** v.tr. **1.** Despojar a uno de una cosa que poseía. **2.** Prohibir o vedar. **II.** v.tr. y prnl. Quitar o suspender el sentido. **III.** v.int. Tener general aceptación. **IV.** v.prnl. Dejar voluntariamente una cosa de gusto o conveniencia. • **privanza** n.f. Primer lugar en la confianza de un alto personaje, y p. ext., de cualquier otra persona. • **privativo,a** adj. **1.** Que causa privación o la significa. **2.** Propio y exclusivo de algo o alguien. • **privatizar** v.tr. Devolver al sector privado una empresa o industria nacionalizada. • **privatización** n.f. Acción de privatizar una empresa o industria.

privilegio n.m. **1.** Gracia o prerrogativa de que no gozan otros. **2.** Documento en que consta la concesión de un privilegio. • **privilegiar** v.tr. Conceder privilegio.

1. pro n.m. o f. Provecho, ventaja.

2. pro Prep. insep. que tiene su recta significación de *por* o *en vez de*, o *delante*; a veces denota publicación, como en *proclamar*, continuidad de acción, o negación, como en *proscribir*.

proa n.f. Parte delantera de la nave.

proartrópodos n.m.pl. ZOOL Subtipo de artrópodos que comprende únicamente a los trilobites.

probabilidad n.f. **1.** Verosimilitud o apariencia fundada de verdad. **2.** Calidad de probable, que puede suceder. **3.** MAT *Cálculo de probabilidades.* Ciencia cuyo fin es determinar la probabilidad de que un acontecimiento se produzca. v. ENCICL. ▷ MAT Número positivo e inferior a uno que caracteriza la previsión de que se produzca un suceso. • **probabilista** adj. MAT Relativo a las probabilidades.

ENCICL El cálculo de probabilidades se fundamenta en la medida de la aparición o no aparición de ciertos acontecimientos. Tiene gran importancia en todos los problemas de predicción: juegos de azar, seguros, meteorología, investigación operacional, pronósticos electorales, mecánica ondulatoria, creación de nuevos productos, etc. Una ley de probabilidad hace corresponder a cada acontecimiento un número real positivo e inferior a 1 llamado probabilidad. La probabilidad de un acontecimiento cierto es igual a 1; la de un acontecimiento imposible es igual a 0. Cuando se echa un dado (que tiene 6 caras), la probabilidad del suceso «obtener la cifra 2» es igual a $\frac{1}{6}$ es decir, a la relación entre el número de casos favorables y el número de casos posibles. La probabilidad de dos sucesos independientes es igual a la suma de sus probabilidades; así, la probabilidad de sacar un 2 o un 3 cuando se echa un dado es igual a $\frac{1}{6} + \frac{1}{6} = \frac{1}{3}$. La suma de probabilidades de dos sucesos contrarios es igual a 1; por ejemplo, la probabilidad de sacar cara o cruz lanzando una moneda es igual a 1. En el cálculo de probabilidades, se definen funciones llamadas *variables aleatorias*, susceptibles de tomar un cierto número de valores reales. Por tanto es posible asociar a cada uno de estos valores su probabilidad (siendo la suma de sus probabilidades igual a 1) y de trazar la curva correspondiente, llamada curva de *distribución*. Si se acumulan las probabilidades de cada uno de los valores (siendo la acumulación igual a 1 para el último valor) se obtiene la *curva de repartición*, que permite conocer la probabilidad de que la variable aleatoria tome un valor inferior a un valor dado. Existe un cierto número de modelos o leyes probabilísticas, que permiten calcular la probabilidad de la variable aleatoria: ley binomial, ley de Bernoulli, ley de Poisson, ley de Laplace-Gauss, etc. La ley de los *grandes números* podría expresarse así: si se efectúan muchas experiencias, el número de apariciones de un resultado dado tenderá hacia la probabilidad de este resultado.

probar **I.** v.tr. **1.** Examinar y experimentar las cualidades de personas o cosas. **2.** Examinar si una cosa tiene la medida o proporción a que se debe ajustar. **3.** Justificar y hacer patente la verdad de algo. **4.** Gustar una pequeña porción de un alimento o licor. **II.** v.int. Con la preposición *a* y un infinitivo, experimentar o intentar una cosa. • **probable** adj. **1.** Verosímil. **2.** Que se puede probar. **3.** Se dice de aquello que es fácil que suceda. • **probado,a** adj. **1.** Acreditado por la experiencia. **2.** Se dice de la persona que ha sufrido grandes adversidades. **3.** FOR Acreditado como verdad en los autos. • **probador,a** **1.** n y adj. Que prueba. **2.** n.m. En las tiendas de confección, habitación en que los clientes se prueban la ropa. • **probatoria** n.f. FOR Término concedido judicialmente o por ley para hacer las pruebas.

probeta n.f. **1.** Manómetro de mercurio que mide el grado de enrarecimiento del aire en la máquina neumática. **2.** Máquina para probar la pólvora. **3.** Tubo de cristal cerrado por un extremo y destinado a contener líquidos o gases. **4.** Vasija de poco fondo, usada en fotografía.

probidad n.f. Integridad y honradez en el obrar.

problema n.m. **1.** Cuestión dudosa que se trata de aclarar. **2.** Hechos o circunstancias que dificultan la consecución de algún fin. **3.** MAT Proposición dirigida a averiguar el modo de obtener un resultado cuando ciertos datos son conocidos. • **problemático,a** **1.** adj. Dudoso, incierto. **2.** n.f. Conjunto de problemas pertenecientes a una ciencia o actividad.

probóscide n.f. ZOOL Aparato bucal de los insectos dípteros. • **proboscidio** n. y adj. ZOOL Se dice de los mamíferos que tienen trompa prensil, como el elefante. ▷ n.m.pl. ZOOL Orden de estos animales.

procariota n. y adj. BIOL Dícese de los seres unicelulares cuyo núcleo está morfológicamente mal definido.

procaz adj. Desvergonzado, atrevido. • **procacidad** n.f. **1.** Desvergüenza. **2.** Dicho o hecho insolente.

1. proceder n.m. Modo de portarse.

2. proceder v.int. **1.** Ir algunas personas o cosas unas tras otras guardando cierto orden. **2.** Originarse una cosa de otra. **3.** Portarse uno bien o mal. **4.** Ejecutar o continuar una cosa, a la que precedieron algunas diligencias. **5.** Ser conforme a razón, derecho o conveniencia. — FOR *Proceder contra uno.* Iniciar procedimiento criminal contra él. • **procedencia** n.f. **1.** Origen de una cosa. **2.** Punto de salida de un vehículo o persona. **3.** Conformidad con la moral, la razón o el derecho. **4.** FOR Fundamento legal y oportunidad de una demanda o recurso. • **procedente** Conforme a derecho, razón o prudencia.

procedimiento n.m. **1.** Acción de proceder. **2.** Método de ejecutar algunas cosas. **3.** FOR Actuación por trámites judiciales o administrativos.

procela n.f. POET Borrasca, tormenta. • **proceloso,a** adj. Borrascoso, tormentoso.

procelariformes n.m.pl. ZOOL Orden de aves neognatas, marinas, palmípedas.

prócer **I.** adj. Eminente o elevado. **II.** n.m. Persona de alta dignidad. • **procerato** n.m. Dignidad de prócer.

procesador n.m. INFORM Unidad funcional de un ordenador, que interpreta y ejecuta las instrucciones o programas de aplicación.

procesar v.tr. **1.** Formar autos y procesos. **2.** FOR Declarar y tratar a una persona como presunto reo. **3.** TECN Someter alguna cosa a un proceso. • **procesado,a** **1.** adj. Se aplica al escrito y letra de proceso. **2.** n. y adj. Declarado y tratado como presunto reo en un proceso criminal. • **procesal** adj. Perteneciente o relativo al proceso. • **procesamiento** n.m. Acto de procesar.

procesión n.f. **1.** Acción de proceder una cosa de otra. **2.** Acto de ir marchando ordenadamente muchas personas con algún fin público, generalmente religioso. • **procesional** adj. **1.** Ordenado en forma de procesión. **2.** Perteneciente a ella.

procesionaria n.f. Nombre común a las orugas de varias especies de lepidópteros que se trasladan en hileras ordenadas y causan estragos en ciertos árboles.

proceso n.m. **1.** Progreso (acción de ir adelante). **2.** Transcurso del tiempo. **3.** Conjunto de las fases sucesivas de un fenómeno. — INFORM *Proceso de datos.* Conjunto de técnicas que permiten almacenar datos, tener acceso a ellos y combinarlos con vistas a su utilización.

prociónidos n.m.pl. ZOOL Familia de mamíferos carnívoros, fisípedos generalmente plantígrados.

proclamar **I.** v.tr. **1.** Publicar en alta voz una cosa para que se haga notoria. **2.** Declarar solemnemente el principio de un reinado, etc. **3.** Dar voces la multitud en honor de una persona. **4.** Conferir a una voz algún cargo. **II.** v.prnl. Declararse uno investido de un cargo o mérito. • **proclama** n.f. **1.** Notificación pública. **2.** Alocución política o militar. • **proclamación** n.f. **1.** Publicaciones solemnes de un decreto, bando o ley. **2.** Actos públicos con que se inaugura un nuevo reinado, principado, etc.

proclítico,a adj. GRAM Se dice de la voz monosílaba que, sin acentuación prosódica, se liga en la cláusula con el vocablo subsiguiente. • **proclisis** n.f. GRAM Unión de una palabra proclítica a la que le sigue.

proclive adj. Inclinado o propenso a una cosa.

procónsul n.m. Gobernador de una provincia entre los romanos.

procordado n.m. y adj. ZOOL Se dice de animales cordados que no tienen encéfalo, siendo su sistema nervioso central un cordón equivalente a la médula espinal de los vertebrados. ▷ n.m.pl. ZOOL Subtipo de estos animales.

procrear v.tr. Engendrar, multiplicar una especie. • **procreación** n.f. Acción y efecto de procrear.

proct(o)- Prefijo procedente del griego *proktos*, «ano».

proctología n.f. MED Conjunto de conocimientos y prácticas relativos al recto y sus enfermedades. • **proctológico,a** adj. MED Perteneciente o relativo a la proctología. • **proctólogo,a** n.m. y f. MED Persona especializada en proctología.

procurador,a **I.** n. y adj. Que procura. **II.** n.m. **1.** El que en nombre de otro ejecuta una cosa. **2.** El que representa a cada interesado en un juicio. **3.** Encargado de asuntos económicos de una comunidad. • **procuración** n.f. **1.** Cuidado con que se trata un negocio. **2.** Comisión o poder que uno da a otro para que en su nombre haga o ejecute una cosa. **3.** Oficio o cargo de procurador. • **procurar** v.tr. **1.** Hacer diligencias para conseguir un fin. **2.** Ejercer el oficio de procurador.

procurrente n.m. GEOGR FIS y HUM Gran pedazo de tierra que se adelanta y avanza mar adentro.

prodigioso,a adj. **1.** Maravilloso, extraordinario. **2.** Excelente, exquisito. • **prodigio** n.m. **1.** Suceso extraño que excede los límites regulares de la naturaleza. **2.** Cosa especial o primorosa en su línea. **3.** Milagro.

pródigo,a **I.** n. y adj. Disipador, gastador, manirroto. **II.** adj. **1.** Que desprecia generosamente la vida u otra cosa estimable. **2.** Muy dadivoso. • **prodigalidad** n.f. **1.** Despilfarro de la hacienda propia. **2.** Abundancia o multitud. • **prodigar** **I.** v.tr. **1.** Disipar, gastar con exceso. **2.** Dar con profusión. **3.** Fig. Dispensar elogios, favores, etc. **II.** v.prnl. Excederse profusamente en la exhibición personal.

pródromo n.m. **1.** Signo precursor de un acontecimiento. **2.** MED Conjunto de síntomas que marcan el comienzo de una enfermedad. • **prodrómico,a** adj. MED Perteneciente o relativo al comienzo de una enfermedad.

producción n.f. **I. 1.** Acción de producir. **2.** Cosa producida. **3.** Acto o modo de producirse. **4.** Suma de los productos del suelo o de la industria. **II. 1.** Acción de producir. **2.** Los bienes producidos. **3.** Obra literaria o artística. **4.** Acción de producir una película, una emisión; la película, la emisión.

producir v.tr. **1.** Engendrar, procrear, criar. **2.** Rendir fruto los terrenos, árboles, etc. **3.** Rentar. **4.** Fig. Procurar, originar, ocasionar. **5.** FOR Presentar uno las pruebas que pueden apoyar su justicia. • **productividad** n.f. **1.** Capacidad de producir. **2.** Cantidad de bienes producidos en un tiempo dado. • **productivo,a** adj. Que produce riqueza o beneficio.

producto n.m. **1.** Lo que reporta un trabajo, una tierra, etc. *Producto interior bruto* (PIB). Producción disponible en todas las ramas de la actividad de un país, suma de valores añadidos por las empresas. — *Producto nacional bruto* (PNB). Agregado formado por el producto interior bruto al que se añaden los servicios realizados por la administración pública, los organismos financieros y domésticos, así como el saldo de los cambios exteriores de servicios. **2.** Cosa material creada por el trabajo o resultante de una operación natural. ▷ ECON Producción concreta, agrícola o industrial. **3.** MAT Resultado de una multiplicación.

productor,a **I.** n. y adj. Que produce. **II.** n.m. **1.** Persona o sociedad que produce bienes o presta servicios. **2.** El que organiza la realización de una obra cinematográfica y aporta el capital necesario.

proejar v.int. Remar contra la corriente o el viento.

proel **I.** adj. MAR Aplícase a la parte de cualquier componente de una embarcación que está más cerca de la proa. **II.** n.m. MAR Marinero que maneja el remo de proa y el bichero.

proemio n.m. Prólogo.

proeza n.f. Hazaña, valentía o acción valerosa.

profanar v.tr. **1.** Tratar una cosa sagrada sin el debido respeto, o aplicarla a usos profanos. **2.** Fig. Deshonrar, hacer uso indigno de cosas respetables. • **profanación** n.f. Acción y efecto de profanar. • **profanador,a** n. y adj. Que profana

profano,a **I.** adj. Secular. **II.** n. y adj. **1.** Libertino, irreverente. **2.** Que carece de conocimientos y autoridad en una materia.

profase n.f. BIOL Primera fase de la mitosis y de la meiosis, en la que se individualizan los cromosomas.

profecía n.f. **1.** Don sobrenatural que permite conocer por inspiración divina el futuro. **2.** Predicción hecha en virtud de don sobrenatural. **3.** pl. Libro canónico del Antiguo Testamento, en que se contienen los escritos de los doce profetas menores.

proferir v.tr. Pronunciar palabras.

profesar **I.** v.tr. **1.** Ejercer o enseñar una ciencia, arte, oficio, etc. **2.** Ejercer voluntariamente una cosa. **3.** Creer, confesar. **II.** v.tr. e int. Obligarse a cumplir los votos de una orden religiosa.

profesión n.f. **1.** Acción y efecto de profesar. **2.** Empleo, facultad u oficio. • **profesional** n. y adj. Se dice de la persona que ejerce una profesión. • **profesionalismo** n.m. Cultivo o utilización de ciertas disciplinas, artes o deportes, como medio de lucro. • **profesionalizar** **1.** v.tr. y prnl. Dar carácter de profesión a una actividad. **2.** Pasar de aficionado a profesional.

profesor,a n.m. y f. Persona que ejerce o enseña una ciencia o arte. • **profesorado** n.m. **1.** Cargo de profesor. **2.** Cuerpo de profesores.

profeta n.m. **1.** El que posee el don de profecía. **2.** Fig. El que acierta a predecir acontecimientos futuros. • **profético,a** adj. Perteneciente o relativo a la profecía o al profeta. • **profetisa** n.f. Mujer que posee el don de profecía. • **profetizar** v.tr. **1.** Anunciar el futuro en virtud del don de profecía. **2.** Fig. Prever por indicios.

ENCICL La Biblia distingue cuatro *profetas mayores*: Isaías, Jeremías, Ezequiel y Daniel, y doce *profetas menores*: Oseas, Joel, Amós, Abdías, Miqueas, Jonás, Nahum, Habacuc, Sofonías, Ageo, Zacarías, Malaquías; cada uno de ellos ha dado su nombre a un libro de la Biblia.

proficiente adj. Se dice del que va aprovechando en una cosa.

profilaxis n.f. MED Parte de la medicina que trata de la prevención de las enfermedades. ▷ Conjunto de medidas tomadas con este fin. • **profiláctica** n.f. MED Ciencia médica de conservar la salud y preservar de la enfermedad. • **profiláctico,a** adj. MED Relativo a la profilaxis.

pro forma loc. adj. inv. *Factura pro forma*. Factura no exigible establecida a título indicativo antes de la entrega o ejecución de un pedido. — Voz latina: «por la forma».

prófugo,a **1.** n. y adj. El que anda huyendo, fugitivo. **2.** n.m. Se aplica al que huye para eludir el servicio militar.

profundo,a **I.** adj. **1.** Que tiene el fondo muy distante de la boca o borde de la cavidad. **2.** Muy hondo. **3.** Extendido a lo largo, o que tiene gran fondo. **4.** Que penetra o se adentra mucho. **5.** Fig. Intenso, o muy vivo **6.** Fig. Difícil de penetrar o comprender. **II.** n.m. **1.** La parte más honda de una cosa. **2.** Lo más íntimo de uno. • **profundidad** n.f. **1.** Calidad de profundo. ▷ FOTOG, CINEM *Profundidad de campo*. Distancia mínima y máxima a la que debe encontrarse el objeto fotografiado para que su imagen sea clara. **2.** Dimensión de los cuerpos perpendicular a una superficie dada. **3.** Fig. Hondura del pensamiento. • **profundizar** **1.** v.tr. Ahondar. **2.** v.tr. e int. Fig. Examinar o penetrar una cosa para llegar a su perfecto conocimiento.

profuso,a adj. **1.** Abundante, copioso. **2.** Prodigado superfluamente. • **profusión** n.f. **1.** Abundancia, copiosidad. **2.** Prodigalidad.

progenie n.f. Linaje o familia de la cual procede uno. • **progenitor,a** n.m. y f. Pariente en línea recta ascendente. • **progenitura** n.f. Casta de que uno procede.

progestativo,a n.m. y adj. Dícese de la sustancia que posee las propiedades de la progesterona.

progesterona n.f. BIOQUIM Hormona sexual femenina.

proglotis n.m. ZOOL Cada uno de los segmentos del cuerpo de los gusanos cestodos.

prognato,a n. y adj. Se dice de la persona que tiene salientes las mandíbulas. • **prognatismo** n.m. Calidad de prognato.

prognosis n.f. Conocimiento anticipado de algún suceso.

programa n.m. **1.** Declaración previa de lo que se piensa hacer. **2.** Sistema y distribución de las materias de un curso o asignatura. **3.** Anuncio de las partes de que se han de componer ciertas cosas o de las condiciones a que han de sujetarse. **4.** INFORM Serie de instrucciones, redactadas en un lenguaje particular para efectuar un proceso determinado. • **programación** n.f. Acción de programar. ▷ INFORM Determinación de un programa. — *Lenguaje de programación*. El utilizado para la programación de un proceso de la información. • **programador,a** **1.** n. y adj. Que programa. **2.** n.m. Aparato que ejecuta un programa automáticamente. — TECN Dispositivo que dirige las operaciones que componen el programa de un aparato. — INFORM Especialista en programación. • **programar** v.tr. **1.** Preparar programas. **2.** Diseñar un proyecto. **3.** MAT Determinar el valor máximo de una función de muchas variables cuyos valores extremos son conocidos. — INFORM Organizar datos según un programa. • **programático,a** adj. Perteneciente o relativo al programa.

progresar v.int. Hacer progresos o adelantos en una materia.

progresión n.f. Acción de avanzar. — MAT *Progresión aritmética*. Aquella en que cada dos términos consecutivos se diferencian en una misma cantidad. — MAT *Progresión geométrica*. Aquella en que cada dos términos consecutivos dan un mismo cociente.

progreso n.m. **1.** Acción de ir hacia adelante. **2.** Aumento, adelantamiento, perfeccionamiento. • **progresismo** n.m. Ideas y doctrinas progresivas. • **progresista 1.** adj. Partidario del progresismo. **2.** n.m. y f. Persona de ideas políticas y sociales avanzadas. • **progresivo,a** adj. Que avanza o progresa.

prohibir v.tr. Vedar o impedir algo. • **prohibición** n.f. Acción y efecto de prohibir. • **prohibitivo,a** o **prohibitorio,a** adj. Se dice de lo que prohíbe.

prohijar v.tr. **1.** Adoptar por hijo. **2.** FIG. Acoger como propias las opiniones o doctrinas ajenas.

prohombre n.m. El que goza de especial consideración entre los de su clase.

proindivisión n.f. DER Situación de los bienes que no han sido repartidos.

prójimo,a n.m. Cualquier persona respecto de otra.

prolactina n.f. BIOQUIM Hormona secretada por la hipófisis, que excita la secreción láctea.

prolamina n.f. BIOQUIM Proteína vegetal contenida en los cereales.

prolapso n.m. MED Desplazamiento patológico de un órgano hacia abajo.

prole n.f. Linaje, hijos o descendencia de uno.

prolegómenos n.m.pl. **1.** Larga introducción al principio de un libro, dirigida a facilitar la comprensión de la obra. **2.** Nociones preliminares de una ciencia.

prolepsis n.f. **1.** RET Figura de dicción en que anticipa el autor la objeción que pudiera hacerse. **2.** FILOS Conocimiento anticipado de alguna cosa.

proletario,a I. n.m. y f. Trabajador manual asalariado. **II.** adj. Relativo a la clase obrera. • **proletariado** n.m. Clase social que constituyen los proletarios.

proliferar v.int. Reproducirse en formas similares. ▷ FIG. Multiplicarse abundantemente. • **proliferación** n.f. **1.** Multiplicación de formas similares. **2.** Acción y efecto de proliferar.

prolífico,a o **prolífero,a** adj. Que tiene virtud de engendrar.

prolígero adj. BIOL Que contiene gérmenes.

prolijo,a adj. **1.** Largo, dilatado con exceso. **2.** Demasiado cuidadoso. **3.** Pesado, molesto. • **prolijidad** n.f. Calidad de prolijo.

prolina n.f. BIOQUIM Aminoácido que contribuye a la formación de azúcares.

prólogo n.m. **1.** Escrito que antecede a una obra, comentándola o dando noticia de su autor. **2.** FIG. Cualquier cosa que sirva de preparación para otra. • **prologar** v.tr. Escribir el prólogo de una obra.

prolongar v.tr. y prnl. **1.** Alargar extender una cosa a lo largo. **2.** Alargar la duración de algo. • **prolongación** n.f. **1.** Acción y efecto de prolongar o prolongarse. **2.** Parte prolongada de una cosa. • **prolongamiento** n.m. Prolongación.

promecio o **prometio** n.m. QUIM Elemento radiactivo de número atómico 61 y masa atómica 145, identificado como uno de los productos de la fisión del uranio (símb. *Pm*).

promedio n.m. **1.** Suma de varias cantidades dividida por el número de ellas, término medio. **2.** Punto en que una cosa se divide por la mitad o casi por la mitad. • **promediar I.** v.tr. Igualar o repartir una cosa en dos partes iguales. **II.** v.int. Interponerse entre dos o más personas para ajustar un asunto.

promesa n.f. **1.** Acción de prometer. **2.** Cosa prometida. **3.** Indicio que promete algo. **4.** FOR Contrato preparatorio de otro más solemne o detallado al cual precede.

prometer I. v.tr. **1.** Obligarse a cumplir algo. **2.** Asegurar la certeza de lo que se dice. **II.** v.int. Dar muestras anticipadas de una cualidad o defecto. **III.** v.prnl. **1.** Esperar una cosa o mostrar gran confianza en lograrla. **2.** Darse mutuamente palabra de casamiento. • **prometido,a** n.m. y f. Persona que ha contraído esponsales legales o que tiene una mutua promesa de casarse.

prominente adj. Que destaca sobre lo que está a su alrededor. • **prominencia** n.f. Elevación de una cosa sobre lo que la rodea.

promiscuo,a adj. **1.** Mezclado confusa o indiferentemente. **2.** Que tiene dos sentidos o se puede usar igualmente de un modo o de otro, por ser ambos equivalentes. • **promiscuidad** n.f. Mezcla, especialmente de sexos distintos.

promisión n.f. **1.** Promesa. Sólo se usa en la expresión *Tierra de promisión.* **2.** FOR Oferta o promesa de dar o de hacer algo, sin mediar pacto con el favorecido.

promitente n. y adj. *Amér.* Que promete.

promoción n.f. **1.** Acción y efecto de promover. **2.** Conjunto de los individuos que al mismo tiempo han obtenido un grado o empleo. • **promocionar** v.tr. y prnl. Elevar o hacer valer artículos comerciales, cualidades, personas, etc.

promontorio n.m. **1.** Altura considerable de tierra. **2.** Altura considerable de tierra que avanza dentro del mar.

promover v.tr. **1.** Iniciar o adelantar una cosa, procurando su logro. **2.** Elevar a una persona a un cargo superior. • **promotor,a** n. y adj. Que promueve una cosa, haciendo las diligencias conducentes para su logro.

promulgar v.tr. **1.** Publicar una cosa solemnemente; hacerla saber a todos. **2.** FOR Publicar formalmente una ley u otra disposición de la autoridad. • **promulgación** n.f. Acción y efecto de promulgar. • **promulgador,a** n. y adj. Que promulga.

pronación n.f. Movimiento del antebrazo que hace girar la mano de fuera a dentro presentando el dorso de ella. • **pronador** n.m. y adj. ANAT Dícese de los músculos de los antebrazos que sirven para el movimiento de pronación.

prono,a adj. **1.** Inclinado excesivamente a una cosa. **2.** Que está echado sobre el vientre.

pronombre n.m. GRAM Parte de la oración que suple al nombre o lo determina. — *Pronombre demostrativo.* Aquel con que se demuestran o señalan personas, animales o cosas. — *Pronombre indefinido indeterminado.* El que vagamente alude a personas o cosas. — *Pronombre personal.* El que directamente representa personas, animales o cosas. — *Pronombre posesivo.* El que denota posesión o pertenencia. — *Pronombre relativo.* El que se refiere a persona, animal o cosa que anteriormente se ha hecho mención. • **pronominal** adj. GRAM Perteneciente al pronombre o que participa de su naturaleza.

pronóstico n.m. **1.** Acción y efecto de pronosticar. **2.** Señal por donde se conjetura o adivina el futuro. **3.** MED Juicio médico sobre la evolución de una enfermedad. • **pronosticar** v.tr. Conocer por algunos indicios lo futuro.

prontitud n.f. **1.** Celeridad en ejecutar una cosa. **2.** Viveza del ingenio.

pronto,a I. adj. **1.** Veloz, acelerado, ligero. **2.** Dispuesto para la acción. **II.** n.m. Fam. Movimiento o arranque repentino del ánimo. **III.** adv. t. **1.** Presto, prontamente. **2.** Con anticipación al momento fijado; con sobra de tiempo.

prontuario n.m. **1.** Libro de notas, dietario. **2.** Compendio de las reglas de una ciencia o arte.

pronunciamiento n.m. **1.** Alzamiento militar. **2.** FOR Cada una de las declaraciones, condenas o mandatos del juez.

ENCICL **Hist.** — Palabra española que designa un cierto tipo de golpe de mano militar contra el Gobierno. Busca desencadenar un movimiento general de apoyo a las ideas del pronunciado, que le secunde sin necesidad de llegar a las armas. No es, por lo tanto, asimilable al golpe de Estado, ni a la rebelión o sublevación militar. En España, dichas manifestaciones han sido de todo signo, desde el radicalismo liberal, caso del levantamiento de Riego en Las Cabezas de San Juan en 1820, hasta el derechista más extremo, caso de Bessières en 1825. Otros pronunciamientos famosos fueron los de Espoz y Mina en Navarra (1814) y el de Porlier en La Coruña (1815), o el golpe de Estado de Primo de Rivera en 1923 que condujo a la Dictadura y que en un principio adoptó el matiz de pronunciamiento.

pronunciar I. v.tr. **1.** Emitir y articular sonidos para hablar. **2.** FOR Publicar la sentencia o auto. **II.** v.tr. y prnl. Determinar, resolver. **III.** v.prnl. Sublevarse, rebelarse. • **pronunciación** n.f. Acción y efecto de pronunciar.

prop- QUIM Prefijo que se antepone al nombre de los compuestos formados por tres átomos de carbono.

propaganda n.f. **1.** Acción o efecto de dar a conocer una cosa. ▷ Material o actividad destinada a este fin. **2.** Asociación cuyo fin es propagar ideas, doctrinas, opiniones, etc. • **propagandista** n. y adj. Persona que hace propaganda.

propagar v.tr. y prnl. **1.** Multiplicar, reproducir. **2.** FIG. Extender, dilatar o aumentar una cosa. **3.** FIG. Extender el conocimiento de una cosa o la afición a ella. • **propagación** n.f. **1.** Acción y efecto de propagar o propagarse. **2.** FIS Desplazamiento de un fenómeno vibratorio en el espacio.

propágulo n.m. BOT Fragmento del aparato vegetativo de una planta, apto para volver a dar una nueva planta idéntica a la planta madre.

propalar v.tr. Divulgar una cosa oculta. • **propalador,a** adj. Que propala.

propano n.m. QUIM Hidrocarburo saturado de fórmula $CH_3-CH_2-CH_3$; gas incoloro, se licúa a −44 °C; es utilizado como combustible (poder calorífico 10 kJ/m³).

propanol n.m. TECN Alcohol propílico, utilizado en farmacia, en la industria de los colorantes, como anticongelante y como disolvente.

proparoxítono,a adj. GRAM Que se acentúa en la antepenúltima sílaba, esdrújulo.

propasar v.tr. y prnl. Exceder lo razonable, lo debido.

propender v.int. Tender hacia algo. • **propensión** n.f. Inclinación de una persona o cosa a lo que es de su gusto o naturaleza. • **propenso,a** adj. Con inclinación a lo que es natural a uno.

propergol n.m. TECN Combustible de los cohetes a reacción.

ENCICL **Tecn.** — Un propergol se compone de una sustancia o de un conjunto de sustancias que contienen un carburante y combustible. Los propergoles líquidos comprenden *los monergoles* (un solo ergol; como el agua oxigenada, la hidracina o el nitrometano) y *los diergoles* (un ergol comburente, como el oxígeno líquido, y un ergol combustible, como el queroseno o el hidrógeno líquido). Los propergoles sólidos se presentan bajo la forma de bloques. Los *litergoles* son propergoles híbridos, constituidos de un ergol líquido y otro sólido.

propicio,a adj. Favorable, benigno. • **propiciar** v.tr. **1.** Favorecer uno la ejecución de algo. **2.** Hacer favorable y propicio. • **propi-**

ciatorio,a adj. Que tiene virtud de hacer propicio.

propiedad n.f. **I. 1.** Derecho o facultad de disponer de una cosa. **2.** Cosa que es objeto del dominio, sobre todo si es inmueble o raíz. — *Propiedad horizontal.* La que recae sobre uno o varios pisos, viviendas o locales de un edificio, adquiridos separadamente por diversos propietarios. **II.** Atributo o cualidad esencial de una persona o cosa. **III.** Fig. Semejanza o imitación perfecta. **IV.** FILOS Accidente necesario e inesperable. **V.** GRAM Significado exacto de las voces o frases.

propietario,a n. y adj. **1.** Que tiene derecho de propiedad sobre una cosa. **2.** Que tiene cargo u oficio que le pertenece.

propileno n.m. QUIM Hidrocarburo etilénico con fórmula CH_3—$CH=CH_2$, derivado del propano y que sirve para la fabricación de plásticos.

propileo n.m. **1.** ANTIG GR Puerta monumental de un templo. **2.** pl. Peristilo de columnas a la entrada de un templo o ciudadela.

propina n.f. **1.** Gratificación con que se recompensa un servicio eventual. **2.** Gratificación que sobre el precio convenido y como muestra de satisfacción se da por algún servicio.

propinar v.tr. **1.** Ordenar, administrar una medicina. **2.** Fig. Pegar, maltratar a uno.

propincuo,a adj. Allegado, cercano, próximo.

propio,a **I.** adj. **1.** Perteneciente a uno, en propiedad. **2.** Característico de cada persona o cosa. **3.** Conveniente, adecuado, natural. **4.** Referente a la misma persona que habla o de la que se habla. **II.** n.m. y adj. FILOS Dícese del accidente que es inseparable de la esencia y naturaleza de las cosas. **III.** n.m. Hacienda que tiene una población para satisfacer los gastos públicos.

propioceptivo,a adj. FISIOL Se dice de la sensibilidad del sistema nervioso ante diversos estímulos.

propionato n.m. QUIM Sal o éster del ácido propanoico.

propóleos n.m. ZOOL Sustancia resinosa recolectada por las abejas.

proponer **I.** v.tr. **1.** Manifestar con razones una cosa para conocimiento de uno, o para inducirle a adoptarla. **2.** Presentar los argumentos en prc y en contra de una cuestión. **3.** Presentar a uno para un empleo o beneficio. **4.** Hacer una propuesta. **II.** v.prnl. Determinar o hacer propósito de ejecutar o no una cosa.

proporción n.f. **1.** MAT Igualdad de dos razones. **2.** Conformidad de las partes con el todo o entre sí. **3.** Coyuntura, conveniencia. **4.** La mayor o menor dimensión de una cosa. • **proporcionado,a** adj. **1.** Regular o apto para lo que se necesita. **2.** Que guarda proporción. • **proporcional** adj. **1.** Perteneciente a la proporción o que la incluye en sí. **2.** *Representación proporcional.* Sistema electoral que otorga a los diversos partidos una representación proporcional a los sufragios obtenidos. • **proporcionalidad** n.f. Proporción. • **proporcionar** **I.** v.tr. Disponer y ordenar una cosa con la debida correspondencia en sus partes. **II.** v.tr. y prnl. **1.** Disponer las cosas para un fin. **2.** Poner a disposición de uno lo que necesita.

ENCICL La igualdad $\frac{a}{b} = \frac{c}{d}$ (v. fracción) es una proporción. El producto de los extremos *a* y *d* es igual al producto de los medios *b* y *c*: $ad = bc$. Cuando tres de estos números son conocidos (p. ej., *a*, *b* y *c*) y se busca el cuarto (en este caso *d*), llamado la *cuarta proporcional,* se resuelve la ecuación $ad = bc : d = \frac{bc}{a}$. La media proporcional (*o geométrica*) de dos números *b* y *c* es igual a la raíz cuadrada de sus productos; tiene su origen en la proporción $\frac{x}{b} = \frac{c}{x}$, donde $x^2 = bc$, y $x = \sqrt{bc}$. Dos cantidades son *directamente proporcionales* si su razón es constante; serán *inversamente proporcionales* si su producto es constante.

proposición n.f. **1.** Acción y efecto de proponer. **2.** Oración que expresa un concepto cabal. **3.** MAT Enunciación de una verdad demostrada o que se trata de demostrar. **4.** LOG Expresión de un juicio entre dos términos, sujeto y predicado. **5.** GRAM Oración gramatical.

propósito n.m. **1.** Intención de hacer o de no hacer una cosa. **2.** Objeto, mira. **3.** Materia de que se trata.

propuesta n.f. **1.** Proposición que se hace para un fin. **2.** Consulta hecha al superior para un empleo o beneficio. **3.** Consulta de un asunto o negocio a quien lo ha de resolver.

propuesto,a part. pas. irreg. de *proponer.*

propugnar v.tr. Defender, amparar. • **propugnación** n.f. Acción y efecto de propugnar.

propulsar v.tr. **1.** Impulsar, hacer avanzar. **2.** Fig. y Fam. Proyectar, empujar hacia adelante. • **propulsión** **1.** n.f. Acción de empujar hacia adelante. **2.** Movimiento que proyecta hacia adelante. — *Propulsión a reacción* o *propulsión a chorro.* Procedimiento empleado para que un avión, proyectil, cohete, etc., avance en el espacio por efecto de la reacción producida por la descarga de un fluido que es expulsado a gran velocidad por la parte posterior.

1. propulsor n.m. TECN Dispositivo que produce una fuerza que impele un móvil.

2. propulsor, adj. Que propulsa.

prorrata n.f. Cuota o porción que toca a alguien de lo que se reparte entre varios. • **prorratear** v.tr. Repartir proporcionalmente una cantidad entre varios. • **prorrateo** n.m. Repartición proporcionada, entre varios, de una cantidad, obligación o carga.

prorrogar v.tr. **1.** Continuar, dilatar una cosa por tiempo determinado. **2.** Suspender, aplazar. • **prorrogable** adj. Que se puede prorrogar. • **prórroga** o **prorrogación** n.f. **1.** Continuación de una cosa por un tiempo determinado. **2.** DEP Tiempo añadido al final de un partido para deshacer un empate.

prorrumpir v.int. **1.** Salir con ímpetu una cosa. **2.** Fig. Manifestar súbita o violentamente dolor o pasión.

prosa n.f. Estructura o forma natural del lenguaje, que no está sujeta a las leyes del verso. • **prosaico,a** adj. **1.** Perteneciente o relativo a la prosa, o escrito en prosa. **2.** Dícese de la obra poética que adolece de prosaísmo. **3.** Fig. Dicho de personas y de ciertas cosas, insulso, vulgar. • **prosaísmo** n.m. **1.** Defecto de la obra en verso consistente en la falta de armonía poética o en la excesiva llaneza. **2.** Fig. Insulsez y trivialidad.

prosapia n.f. Ascendencia de una persona.

proscenio n.m. Parte del escenario más inmediata al público, que es la media entre el borde del escenario y el primer orden de bastidores.

proscribir v.tr. **1.** Desterrar, exiliar. **2.** Prohibir, impedir formalmente. • **proscripción** n.f. Acción de proscribir. • **proscrito,a** n. y adj. Se dice de quien ha sido desterrado.

prosecretario n.m. *Amér.* Vicesecretario.

proseguir v.tr. Seguir lo que se tenía empezado. • **prosecución** n.f. **1.** Acción y efecto de proseguir. **2.** Seguimiento, persecución.

prosélito n.m. Persona recientemente convertida a una religión. ▷ P. ext., partidario recientemente ganado por una secta, un movimiento o doctrina. • **proselitismo** n.m. Celo de ganar nuevos adeptos.

prosénquima n.m. BOT y ZOOL Tejido fibroso de los animales y de las plantas.

prosificar v.tr. Poner en prosa una composición poética.

prosimio n.m. y adj. ZOOL Aplícase a ciertos mamíferos primates nocturnos, de pequeño tamaño, con dentición muy parecida a la de los insectívoros; tienen las cuatro extremidades terminadas en mano, la cara cubierta de pelo y ojos muy grandes. ▷ n.m.pl. ZOOL Suborden de estos animales.

prosista n.m. y f. Escritor o escritora de obras en prosa.

prosobranquios n.m.pl. ZOOL Subclase de moluscos gasterópodos caracterizados por tener las branquias delante del corazón.

prosodia n.f. GRAM **1.** Parte de la gramática que enseña la correcta pronunciación y acentuación. **2.** Estudio de los rasgos fónicos que afectan a la métrica. **3.** Parte de la fonología que estudia los rasgos fónicos de las unidades inferiores o superiores al fonema. **4.** MUS *Prosodia musical.* Reglas concernientes a la aplicación de la música a un texto o viceversa. • **prosódico,a** adj. GRAM Perteneciente o relativo a la prosodia.

prosopografía n.f. RET Descripción del exterior de una persona o de un animal.

prosopopeya n.f. RET Figura que consiste en atribuir a las cosas inanimadas cualidades propias del ser animado o las del hombre al irracional. ▷ Fig. Afectación de gravedad y pompa.

prospección n.f. Exploración del subsuelo en busca de yacimientos minerales, agua, etc. • **prospectiva** n.f. Conjunto de investigaciones que tienen por objeto conocer la evolución de las sociedades en un futuro previsible.

prospecto n.m. Exposición o anuncio breve que se hace al público sobre una obra, escrito, etc.

prosperidad n.f. Curso favorable de las cosas. • **prosperar** **1.** v.tr. Ocasionar prosperidad. **2.** v.int. Gozar prosperidad. • **próspero,a** adj. Favorable, propicio.

prostaféresis n.f. ASTRON Diferencia entre la anomalía media y la verdadera de un astro.

prostaglandina n.f. BIOQUIM Sustancia derivada de un ácido específico (llamado *prostanoico*).

próstata n.f. ANAT Glándula del aparato genital masculino. • **prostatectomía** n.f. CIR Extirpación de la próstata. • **prostatitis** n.f. MED Inflamación de la próstata.

prosternarse v.prnl. Arrodillarse o postrarse. • **prosternación** n.f. Acción y efecto de prosternarse.

prótesis n.f. GRAM Adición de un sonido al principio de un vocablo, prótesis.

prostético,a adj. GRAM Protético.

prostíbulo n.m. Casa de mujeres públicas.

prostituir v.tr. y prnl. **1.** Entregar a alguien a la actividad sexual a cambio de dinero u otra recompensa. **2.** Fig. Hacer alguien un empleo deshonroso de su cargo, conocimiento, inteligencia, etc. por interés. • **prostitución** n.f. Acción y efecto de prostituir o prostituirse. • **prostituto,a** **I.** part. pas. irreg. de *prostituir.* **II.** n.m. y f. Aquel o aquella que practica la prostitución.

prostomio n.m. ZOOL Región del cuerpo de los anélidos que contiene el sistema nervioso central.

prot(o)- Prefijo procedente del griego *prôtos,* «primero, primitivo».

protactinio n.m. QUIM Elemento radiactivo de número atómico 91, cuyo isótopo de masa 231 se desintegra dando el actinio (símbolo *Pa*).

protagonista n.m. y f. Personaje principal de una obra literaria o cinematográfica. ▷ P. ext., persona que en un suceso cualquiera tiene la parte principal. • **protagonismo** n.m. **1.** Condición de protagonista. **2.** Afán de constituir el centro de atención. • **protagonizar** v.tr. Representar un papel en calidad de protagonista.

protalo n.m. BOT En los helechos, pequeña placa de células clorofílicas sobre la que se forman los órganos reproductores.

protamina n.f. BIOQUIM Sustancia polipeptídica de peso molecular alto.

protandria n.f. Proterandria.

prótasis n.f. **1.** Primera parte del poema dramático; exposición. **2.** RET Primera parte del período, cuyo sentido completa la apódosis.

proteáceo,a n.f. y adj. BOT Se aplica a plantas angiospermas dicotiledóneas, por lo general árboles y arbustos, como el ciruelillo. ▷ n.f.pl. BOT Familia de estas plantas.

protección n.f. Acción y efecto de proteger.

proteccionismo n.m. **1.** Doctrina económica que grava la importación de productos extranjeros para proteger la producción nacional. **2.** Régimen aduanero fundado en esta doctrina. • **proteccionista** n. y adj. **1.** Partidario del proteccionismo. **2.** adj. Perteneciente o relativo al proteccionismo.

protector,a adj. **1.** Que protege. **2.** Que por oficio cuida de los intereses de una comunidad. • **protectorado** n.m. **1.** Dignidad, cargo o virtud de protector y su ejercicio. **2.** Parte de soberanía que un Estado ejerce en territorio que no ha sido incorporado plenamente al de su nación y en el cual existen autoridades autóctonas. **3.** Territorio en que se ejerce esta soberanía compartida.

proteger v.tr. **1.** Amparar, favorecer, defender. **2.** ECON Fomentar el desarrollo económico con medidas proteccionistas. • **protegido,a** n.m. y f. Favorito, ahijado.

proteido n.m. BIOQUIM Proteína.

proteína n.f. BIOQUIM Compuesto orgánico, a base de carbono, hidrógeno, oxígeno y nitrógeno como elementos fundamentales. • **proteico** adj. BIOQUIM Relativo a las proteínas. ▷ Relativo a los prótidos. • **proteinemia** n.f. BIOL Presencia de proteínas en la sangre. • **proteínico,a** adj. QUIM Perteneciente o relativo a las proteínas. • **proteinuria** n.f. BIOL Presencia de proteínas en la orina. • **proteólisis** n.f. BIOQUIM Hidrólisis de las proteínas que permite su degradación y libera sus elementos constitutivos. • **proteolítico** adj. BIOQUIM Que hidroliza y desdobla las proteínas. • **proteosíntesis** n.f. BIOQUIM Síntesis de las proteínas por el organismo.
ENCICL Las proteínas están presentes en todos los tejidos del organismo, bajo la forma de proteínas estructurales o de enzimas; la hemoglobina, mioglobina, fibrina, son también proteínas. Su síntesis *(síntesis proteica)* se realiza en las células (principalmente en el hígado y los músculos) a nivel de los ribosomas; su estructura está determinada por el código genético inscrito en el ADN y transmitido por el ARN mensajero. Las proteínas pueden estar formadas únicamente por aminoácidos *(holoproteínas)* o contener otros compuestos, glucídicos o lipídicos *(proteínas conjugadas* o *heteroproteínas).* La estructura primaria de una proteína consiste en la asociación de aminoácidos, unidos por enlaces peptídicos; varias cadenas polipeptídicas pueden estar unidas por enlaces no peptídicos. La estructura terciaria, o forma global de la proteína, representa un orden superior de organización en varios segmentos y en pliegues. La desnaturalización de las proteínas puede realizarse por calentamiento, acidificación o adición de solventes. Las enzimas proteolíticas catalizan la rotura de los enlaces peptídicos, ya sea a nivel de los aminoácidos terminales o en el interior de la cadena. Las proteínas son aportadas por los alimentos y absorbidas por el intestino en forma de aminoácidos.

proterandria o **protandria** n.f. BIOL Estado de un ser vivo hermafrodita en el que los órganos masculinos maduran antes que los femeninos.

proteroginia o **protoginia** n.f. BIOL Estado de un organismo protógino. • **proterogínico,a** o **protógino,a** adj. BIOL Se dice de los organismos hermafroditas en que los gametos femeninos se desarrollan antes que los masculinos.

prótesis n.f. **1.** Sustitución o consolidación de un miembro, de una parte de un miembro o de un órgano por un aparato apropiado. ▷ Este aparato. **2.** GRAM Figura de dicción que consiste en añadir algún sonido al principio de un vocablo. • **protésico,a 1.** adj. Perteneciente o relativo a la prótesis. **2.** n.m. y f. Ayudante de odontólogo encargado de preparar y ajustar las prótesis dentales.

protesta n.f. **1.** Acción y efecto de protestar. **2.** FOR Declaración jurídica, que se hace para que no se perjudique el derecho de uno.

protestante **I.** adj. Que protesta. **II.** n. y adj. **1.** Perteneciente o relativo al protestantismo. **2.** Que profesa alguna de las confesiones religiosas surgidas de la Reforma. • **protestantismo** n.m. **1.** Creencia religiosa de los protestantes. **2.** Conjunto de ellos.
ENCICL La Reforma era ya un movimiento bien definido cuando sus partidarios (discípulos de Lutero) recibieron el sobrenombre de «protestantes», que debe ser entendido en un doble sentido: cuando la Dieta de junio de 1529 fue reunida en Spira por el emperador Carlos V, algunos príncipes y ciudadanos del Partido Reformado se opusieron a su voluntad de «unificar» la religión de los estados alemanes y «protestaron», testificaron, solemnemente su fe; pero, al oponerse a los proyectos imperiales, asumieron también una postura de protesta y éste es el sentido que se dio a su sobrenombre. Desde el punto de vista doctrinal, el protestantismo reduce la ortodoxia a algunos temas fundamentales: la salvación por medio de la fe en Jesucristo y no por las obras, ni por la mediación de la Virgen y los santos; la preponderancia de las Escrituras sobre las prescripciones de la jerarquía, y, por consiguiente, la participación de todos los fieles, inspirados por el Espíritu Santo, en la interpretación de las Escrituras (facilitada por su difusión gracias a la imprenta y por su traducción al lenguaje común). Resulta de ello una simplificación del *culto* (ya que la salvación proviene sólo de la fe, no siendo los sacramentos más que un símbolo) y de la *organización eclesiástica* (ya que el conjunto de los fieles constituye el sacerdocio universal, la jerarquía se convierte así en un simple ministerio al servicio de la comunidad). Actualmente, los protestantes y anglicanos (que constituyen ambos un caso particular de iglesia reformada) son aproximadamente 330 millones, repartidos entre los cinco continentes. Es en Europa (120 millones) y en Estados Unidos (90 millones) donde son más numerosos.

protestar **I.** v.tr. **1.** Declarar la intención de ejecutar una cosa. **2.** COM Hacer el protesto de una letra de cambio. **II.** v.int. **1.** Con la prep. *de,* aseverar con ahínco y con firmeza. **2.** Con la prep. *contra,* negar la validez o legalidad de un acto. **3.** Manifestar oposición o descontento. **4.** Quejarse. • **protesto** n.m. **1.** Acción y efecto de protestar. **2.** COM Diligencia notarial que, por no ser aceptada o pagada una letra de cambio, se practica para que no se perjudiquen los derechos de los interesados. **3.** COM Testimonio por escrito del mismo requerimiento.

protético,a adj. GRAM Perteneciente o relativo a la prótesis.

proteus n.m. MICROB Bacteria intestinal.

prótido n.m. BIOQUIM Compuesto orgánico nitrogenado. • **protídico,a** adj. BIOQUIM Que contiene prótidos.

protisto n.m. ZOOL Organismo unicelular.

proto- Prefijo que significa prioridad.

protobranquios n.m.pl. ZOOL Subclase de moluscos lamelibranquios con branquias plumosas.

protocloruro n.m. QUIM Cuerpo resultante de la combinación del cloro con un radical simple o compuesto, en la proporción menor que aquél puede combinarse con éstos.

protococales n.m.pl. BOT Orden de algas unicelulares.

1. protocolar v.tr. Protocolizar.

2. protocolar adj. Relativo al protocolo.

protocolo n.m. **1.** HIST Formulario que contiene los modelos de los actos públicos. **2.** Conjunto de costumbres que rigen las ceremonias y las relaciones oficiales. ▷ Servicio encargado de hacer que se cumpla el ceremonial oficial. **3.** Acta de declaración de una conferencia internacional. • **protocolario,a** adj. Conforme a las reglas del protocolo. • **protocolizar** v.tr. Incorporar al protocolo.

protogina n.f. PETROG Granito verdoso.

protoginia n.f. Proteroginia.

protohistoria n.f. **1.** Período anterior a la historia, del que se conocen leyendas y tradiciones, aunque no documentos escritos. **2.** Estudio de ese período. • **protohistórico,a** adj. Perteneciente o relativo a la protohistoria.
ENCICL La protohistoria o Edad de los Metales (Edad de Bronce y posterior Edad de Hierro), que, en Europa Occidental, comprende los dos últimos milenios a. J.C., es la historia de las primeras civilizaciones que utilizaron el metal sin poseer todavía tradición escrita.

protólisis n.f. QUIM Reacción química consistente en un intercambio de protones.

protomártir n.m. El primero de los mártires.

protón n.m. FIS NUCL Partícula constituyente del núcleo del átomo, cuya carga, positiva, es igual a la del electrón (de carga negativa) y cuya masa es 1.840 veces superior a la del electrón. • **protónico,a** adj. **1.** FIS NUCL Que se refiere a los protones o los utiliza. **2.** Dícese de un elemento de la voz que está antes de la sílaba tónica.

protonema n.m. BOT En los musgos, conjunto de filamentos producidos por la germinación de una espora, que dan origen a nuevos pies.

protoplaneta n.m. Planeta recién formado.

protoplasma n.m. BIOL Sustancia constitutiva de las células, de estructura coloidal y composición química muy compleja. • **protoplasmático,a** o **protoplásmico** adj. BIOL y BOT Perteneciente o relativo al protoplasma.

protoplasto n.m. MICROB Unidad básica funcional, formada por el citoplasma.
ENCICL La noción de *protoplasto* constituye el antiguo concepto de protoplasma, palabra en la actualidad totalmente caduca, ya que implicaba la existencia de una sola sustancia base de la que estaba compuesta toda la célula. El concepto de protoplasto tiene particular importancia en referencia a la célula bacteriana.

Protopterus n.m. ZOOL Género de peces africanos dipnoos.

protórax n.m. ZOOL Primer segmento torácico de los insectos. • **protorácico** adj. Relativo al protórax.

protosol n.m. Masa cósmica que dio origen a un sistema planetario.

protosulfuro n.m. QUIM Primer grado de combinación de un radical con el azufre.

prototerios n.m.pl. ZOOL Subclase de mamíferos primitivos, ovíparos.

prototipo n.m. **1.** Original, modelo. ▷ Primer ejemplar de un producto industrial, antes de fabricarse en serie. **2.** El más perfecto ejemplo y modelo.

protóxido n.m. QUIM *Protóxido de nitrógeno.* Óxido nitroso (N_2O).

protozoo n.m. ZOOL Se dice de los animales formados por una sola célula o por células iguales. ▷ n.m.pl. ZOOL Subreino o tipo de estos animales.

ENCICL Los protozoos son células muy diferenciales, que cumplen las numerosas funciones necesarias para la vida y presentan orgánulos complejos: vacuolas pulsátiles, cilios, flagelos, etc.; son pues muy diferentes de las que constituyen los tejidos de los metazoos. Los protozoos han conquistado todos los medios biológicos; algunos son parásitos. Su reproducción, sexual o asexual, es extremadamente compleja. Se distinguen cinco subtipos: **1.** Rizoflagelados (flagelados y rizópodos, incluyendo entre éstos a los foraminíferos); **2.** Actinópodos (radiolarios, principalmente); **3.** Esporozoos (coccidios, principalmente); **4.** Cnidosporidios; **5.** Infusorios (ciliados, principalmente).

protráctil adj. Se dice de la lengua que puede proyectarse mucho fuera de la boca.

protrombina n.f. BIOL Globulina.

protuberancia n.f. **1.** Prominencia más o menos redonda. **2.** ANAT Eminencia, saliente en un órgano. **3.** ASTRON Masa gaseosa en forma de filamentos arqueados que destaca en la cromosfera solar.

provecho n.m. **1.** Beneficio o utilidad que obtiene o se proporciona. **2.** Aprovechamiento o adelanto en las ciencias, artes o virtudes. • **provechoso,a** adj. Que causa provecho o es de provecho o utilidad.

proveer **I.** v.tr. y prnl. Prevenir o suministrar las cosas necesarias para un fin. **II.** v.tr. **1.** Disponer, resolver un asunto. **2.** Dar o conferir una dignidad, empleo u otra cosa. **3.** FOR Dictar un juez o tribunal una resolución. • **proveedor,a** n.m. y f. **1.** Persona, empresa o entidad que suministra mercancías. **2.** Persona que tiene a su cargo proveer o abastecer a otros.

provenir v.int. Nacer, proceder. • **proveniencia** n.f. Procedencia, origen de una cosa.

proverbio n.m. Sentencia, adagio o refrán. • **proverbial** adj. **1.** Perteneciente o relativo al proverbio o que lo incluye. **2.** Muy notorio.

providencia n.f. **1.** Prevención encaminada al logro de un fin. **2.** Disposición que se toma para remediar un daño. **3.** FOR Resolución judicial a la que no se exigen por ley fundamentos. **4.** n.p. Fig. Dios. • **providencial** adj. Perteneciente o relativo a la Providencia. • **providenciar** v.tr. Dar disposiciones para lo que se va a hacer. • **providente** adj. Avisado, prudente, diligente.

provincia n.f. **1.** Cada una de las grandes divisiones de un territorio o Estado. **2.** Cada uno de los distritos en que dividen un territorio las órdenes religiosas. • **provincial** **1.** adj. Perteneciente o relativo a una provincia. **2.** n.m. Religioso que gobierna todos los conventos de una provincia. • **provinciala** n.f. Superiora religiosa que gobierna las casas religiosas de una provincia. • **provincialismo** n.m. **1.** Voz o giro propio de una provincia o comarca. **2.** Predilección por los usos, producciones, etc., de una provincia. • **provincianismo** n.m. **1.** Condición de provinciano. **2.** Apego excesivo a la mentalidad o costumbres particulares de una provincia. • **provinciano,a** **1.** n. y adj. Dícese del habitante de una provincia. **2.** adj. Perteneciente o relativo a la provincia.

provisión n.f. **1.** Acción y efecto de proveer. **2.** Prevención de víveres u otras cosas. **3.** Víveres o cosas que se previenen. **4.** Despacho o mandamiento judiciales. — COM *Provisión de fondos.* Existencia en poder del pagador del valor de una letra, cheque, etc.

provisional adj. **1.** Dispuesto o mandado interinamente. **2.** DER Dícese de una decisión judicial tomada antes de un juicio definitivo.

provisor n.m. **1.** Proveedor. **2.** Juez diocesano nombrado por el obispo.

provisto,a Part. pas. irreg. de *proveer.*

provocar v.tr. **1.** Excitar, mover, inducir a alguien a que ejecute una cosa. **2.** Irritar o enojar. **3.** Facilitar, ayudar. • **provocación** n.f. Acción y efecto de provocar. • **provocativo,a** adj. Que provoca, excita o estimula.

proxeneta n.m. y f. Alcahuete. • **proxenetismo** n.m. Acto u oficio de proxeneta.

proximal adj. ANAT Se dice de lo que está más próximo al eje o línea media del organismo o del arranque de un miembro u otro órgano.

próximo,a adj. Cercano, que dista poco. • **proximidad** n.f. **1.** Calidad de próximo. **2.** Lugar próximo.

proyección n.f. **1.** Acción y efecto de proyectar. **2.** Imagen que, por medio de un foco luminoso, se fija temporalmente sobre una superficie plana. **3.** GEOM Figura que resulta en una superficie, de proyectar en ella todos los puntos de un sólido u otra figura. **4.** PSICOAN Proceso por el cual un sujeto se libera de un estado afectivo atribuyéndoselo a otro.

ENCICL La proyección *cónica* también llamada *central* se obtiene hallando la intersección del plano de proyección con la recta que une el punto fijo (punto de vista) con el punto que se proyecta. La proyección *cilíndrica,* también llamada *perspectiva caballera,* es una proyección efectuada paralelamente a una dirección fija. La proyección *ortogonal* es una proyección cilíndrica cuya dirección es perpendicular al plano de proyección; constituye la base de la geometría descriptiva. En cartografía se utilizan, entre otras, la proyección *ortográfica* (proyección ortogonal de la esfera terrestre sobre un plano, generalmente perpendicular al eje del ecuador) y la proyección *esterográfica* (proyección cónica con el punto de vista sobre la esfera).

proyectar **I.** v.tr. **1.** Lanzar hacia adelante o a distancia. **2.** Idear, disponer el plan y los medios para ejecutar una cosa. Diseñar. **3.** GEOM Trazar líneas rectas desde todos los puntos de un sólido a otra figura hasta que encuentren una superficie. **II.** v.tr y prnl. Hacer visible sobre una superficie la figura de un cuerpo. • **proyectante** adj. GEOM Se dice de la línea recta que sirve para proyectar un punto en una superficie. • **proyector** n.m. Aparato óptico que sirve para proyectar.

proyectil n.m. **1.** Cualquier cuerpo o arma arrojadizos. **2.** Cualquier cuerpo arrojado violentamente. **3.** FIS NUCL Partícula utilizada para producir una reacción nuclear.

proyectivo adj. **1.** GEOM *Propiedades proyectivas.* Que se conservan durante la proyección de una figura. **2.** PSICOL *Test proyectivo.* Aquel que induce al sujeto a exteriorizar su personalidad.

proyecto,a **I.** adj. GEOM Representado en perspectiva. **II.** n.m. **1.** Plan pormenorizado que se elabora para la ejecución de una cosa — *Proyecto de ley.* Texto de una nueva ley sometido a la aprobación del poder legislativo. **2.** Intención o pensamiento de ejecutar algo. • **proyectista** n.m. y f. Dibujante de proyectos.

proyectura n.f. ARQUIT Saliente del paramento de una pared, vuelo.

prudencia n.f. **1.** Templanza, moderación, cautela. **2.** Discernimiento, buen juicio. • **prudencial** adj. Perteneciente o relativo a la prudencia. • **prudente** adj. Que tiene prudencia.

prueba n.f. **1.** Acción y efecto de probar. **2.** Razón o medio con que se pretende demostrar la verdad o falsedad de una cosa. **3.** Indicio o muestra de una cosa. **4.** Ensayo o experiencia. **5.** Muestra de un género comestible. **6.** En algunos deportes, competición. **7.** ARIT Operación que se ejecuta para averiguar la exactitud de otra ya hecha. **8.** FOR Justificación, por medios legales, de la verdad de los hechos sometidos a juicio. **9.** IMP Muestra de la composición tipográfica para corregir las erratas. **10.** MAT En la teoría de probabilidades, ensayo.

prurigo n.m. PAT Nombre genérico de ciertas afecciones cutáneas. • **pruriginoso** adj. De la naturaleza del prurigo o que lo produce.

prurito n.m. PAT Comezón, picazón. ▷ Fig. Amor propio.

prusiato n.m. QUIM Sal compuesta de ácido prúsico combinado con una base.

prúsico adj. m. (denominación antigua en química). — *Ácido prúsico.* Ácido cianhídrico.

P.S. Abrev. de *post-scriptum.*

pseudo adj. Seudo.

pseudología n.f. MED Transtorno mental que consiste en considerar como reales sucesos fantásticos.

psi n.m. Vigésima tercera letra del alfabeto griego (ψ). ▷ FIS Símbolo (ψ), que sirve para designar una fase o función de onda en mecánica cuántica.

psic(o)- Elemento compositivo que entra en la formación de algunas voces españolas con el significado de «alma o actividad mental».

psicagogia n.f. Arte de conducir y educar el alma.

psicastenia n.f. PSIQUIAT Neurosis caracterizada principalmente por abulia, obsesión, duda, sensación de imperfección y aprensiones irracionales. • **psicasténico** **1.** adj. Perteneciente o relativo a la psicastenia. **2.** n. y adj. Que la padece.

psicoanaléptico,a adj. MED Que estimula la actividad psíquica.

psicoanálisis n.m. **1.** Método de exploración o tratamiento de ciertas enfermedades nerviosas o mentales, puesto en práctica por el médico vienés S. Freud, y basado en el análisis retrospectivo de las causas morales y afectivas que determinaron el estado patológico. **2.** Conjunto de técnicas que sirven de base a este tratamiento en el que se concede importancia decisiva a la permanencia en el subconsciente de los impulsos instintivos reprimidos por la conciencia, y en los cuales se ha pretendido ver una explicación de los sueños. • **psicoanalizar** v.tr. **1.** Tratar mediante psicoanálisis. **2.** LITER Interpretar por medio de psicoanálisis. *Psicoanalizar los textos literarios.* • **psicoanalítico** adj. Relativo al psicoanálisis, propio de él. • **psicoanalista** n.m. y f. Psicoterapeuta que practica el psicoanálisis.

Freud, el psicoanálisis es un método de terapia para ciertas perturbaciones psíquicas (neurosis principalmente), basado en la investigación de los procesos mentales inconscientes de un «enfermo» que, a medida que

avanza en el análisis, toma conciencia del origen de sus perturbaciones y de la forma en la que éstas se articulan en él. Así podrá afrontar (con un *yo* reforzado) el conflicto por el cual ha sufrido, y esto después de haber revivido simbólicamente su drama personal y haberlo «exteriorizado» en la persona del analista (fenómeno de transferencia). La terapia psicoanalítica (mejor llamada *análisis*) consiste en una serie de «conversaciones» entre el analista y el analizado (generalmente llamado *analizando*). Puede prolongarse varios años, con un ritmo semanal variable.
Freud no inventó la noción de inconsciente psíquico, pero emprendió su exploración sistemática: las conductas humanas se explican, a grandes rasgos, por procesos inconscientes que regulan los flujos de la energía psíquica, habida cuenta de las resistencias interiores que éstos encuentran, y que rigen igualmente la vida sexual del individuo. La sexualidad comienza en el nacimiento y atraviesa una serie de estados caracterizados por la fijación a una zona precisa del cuerpo (zona erógena); éstos son los estadios llamados oral, anal, fálico y por fin genital. El equilibrio de la sexualidad adulta está, según Freud, íntimamente ligado a un drama infantil: el complejo de Edipo. La universalidad de este complejo es ampliamente admitida y, a la vez, muy discutida. Freud también se propuso definir su idea de las pulsiones y del aparato psíquico. La pulsión es una fuerza de naturaleza biológica, pero que, en función de los acontecimientos que hayan marcado la vida de un sujeto, adopta objetos y escoge modos de satisfacción muy diversos. Una primera teoría de las pulsiones opone la libido o las pulsiones del *yo*. Éstas obedecen al «principio de realidad», que subordina la satisfacción de nuestras tendencias a las exigencias de la vida social, las cuales, cuando predominan, contribuyen al retroceso de las pulsiones sexuales. Freud sustituyó luego el dualismo libido-pulsión del *yo* por un dualismo más trágico que opone las pulsiones de vida a las pulsiones de muerte y organiza la vida psíquica profunda bajo el signo de la lucha de Eros (el Amor) y de Thanatos (la Muerte).
Antes de 1920, su primer tópico (esquema) del aparato psíquico opone dos sistemas: el sistema inconsciente (ICS) y el sistema preconciente-consciente (PCS-CS). El inconsciente contiene el conjunto de los datos psíquicos que no están presentes actualmente en la conciencia (recuerdos, conocimientos, costumbres), pero que pueden empezar a estarlo con la llamada de la voluntad. Entre el inconsciente y el preconciente hay una barrera: la censura, que reprime los deseos «peligrosos»; esta barrera se «desvela» en los sueños. A partir de 1920, Freud, en un segundo tópico, distinguió tres estratos: el *ello*, el *yo* y el *superyó*. El *ello* indica el conjunto de las pulsiones inconscientes, innatas o rechazadas; no tiene estructura, es intemporal, indiferente al pensamiento lógico y está sometido únicamente a la búsqueda del placer. El *superyó*, por el contrario, es una especie de juez permanente del *yo*, del que emanan prohibiciones y constricciones, así como la imagen de los comportamientos que habría que adoptar para ser agradable al *yo* (ideal del *yo*); es de carácter social y se forma en el momento de la finalización del complejo de Edipo, por la interiorización de las prohibiciones parentales. El *yo*, diferenciado del *ello*, que se prolonga en el inconsciente, asegura la síntesis de la personalidad por medio de un compromiso, siempre cuestionado, entre las exigencias contradictorias del *ello*, de la realidad social y del *superyó*. A partir de 1902, muchos médicos e investigadores redescubrieron a Freud y se fundaron sociedades de psicoanálisis en Europa Occidental y en los Estados Unidos. Desde 1910 se manifestaron disidencias (v. Adler, Jung, Malinowski), que aún persisten en la actualidad. El psicoanálisis ha marcado también a la etnología, sociología, estética, arte, crítica literaria y artística, lingüística, etc. v. Freud, inconsciente, libido, frustrado, Edipo, sueño, transferencia.

psicocirugía n.f. Terapéutica de las deficiencias mentales por medio de la cirugía.

psicocrítico,a **1.** n.f. LITER Método de estudio de los textos literarios basado en el psicoanálisis. **2.** adj. Relativo a la psicocrítica.

psicodélico,a adj. PSIQUIAT Dícese de los efectos producidos por la absorción de drogas alucinógenas y del estado psíquico que provocan. • **psicodelismo** n.m. PSIQUIAT Estado provocado por ciertas drogas alucinógenas.

psicodisléptico,a adj. MED Que perturba la actividad mental.

psicodrama n.m. PSICOL Representación teatral terapéutica, en la cual los participantes realizan un papel que reproduce sus conflictos reales.

psicofarmacología n.f. Ciencia que estudia el poder y los efectos de las sustancias activas sobre el psiquismo humano.

psicofísica n.f. Ciencia que trata de las manifestaciones físicas o fisiológicas de los fenómenos psicológicos.

psicofisiología n.f. Ciencia que estudia las relaciones entre el psiquismo y la fisiología.

psicoléptico,a n. y adj. FARM Dícese de las sustancias que reducen la actividad mental y emotiva.

psicolingüística n.f. Estudio de los comportamientos lingüísticos en sus aspectos psicológicos.

psicología n.f. **1.** Estudio científico de los hechos psíquicos. **2.** Conocimiento empírico de los sentimientos de los demás. • **psicológico,a** adj. Concerniente a la psicología. • **psicólogo,a** **1.** n.m. y f. Especialista en psicología. **2.** Persona que da pruebas de un cierto conocimiento empírico de los sentimientos de los demás.
ENCICL El término *psicología* no tuvo un uso frecuente antes del s. XVIII. Originalmente unida a la filosofía, la psicología se ha convertido en científica cuando ha utilizado sistemáticamente el método experimental. Cuando en 1887 el fisiólogo ruso Pavlov descubrió el reflejo condicionado, demostró que se podía estudiar científicamente sobre un animal el equivalente de una función psicológica: la formación de una costumbre. (Destaquemos a este respecto que la observación en el laboratorio de animales tales como el gato o la rata constituye una aportación nada desdeñable a la psicología humana.) Poco después, el norteamericano Watson llevaba a cabo la «revolución behaviorista», haciendo de la psicología «el estudio de los comportamientos objetivamente observables en los seres humanos»: todo comportamiento es el conjunto de las reacciones R (musculares o glandulares) del organismo ante los estímulos E, conjunto de ellos, que actúan sobre él, en un momento dado, procedentes del medio. Las ideas se reducen al «comportamiento verbal», a las reacciones «laringobucales»: en su origen, el behaviorismo despreciaba el papel de la conciencia en el comportamiento humano. Al mismo tiempo nacía la teoría de la forma (en alemán *Gestalttheorie*). Mientras que el behaviorismo divide el comportamiento en una serie de circuitos E-R, sumados a continuación, la Gestalttheorie afirma que no existen las sensaciones aisladas; la más simple no es percibida si no destaca sobre un determinado fondo (punto negro en una página blanca, p. ej.). Todo comportamiento es una reacción de conjunto a unas «formas» (o estructuras) susceptibles de transposición (como lo es una melodía, cuya comprensión es casi global por el oyente). En la actualidad, el positivismo estricto parece aventajado: la psicología es la investigación de los modelos teóricos complejos, teniendo en cuenta todos los hechos y leyes conocidas, y poseyendo un valor indicativo, pero se duda todavía entre modelos estructuralistas y modelos genéticos. ¿Podemos pues considerar un modelo a la vez genético y estructural? Para el suizo Piaget, las etapas de la inteligencia en los niños, p. ej., ponen en marcha estructuras sencillas, dotadas de autorregulación de la misma forma que los mecanismos biológicos, y de las que cada una da lugar a la siguiente.
Psicología diferencial. — Debida al alemán Stern (1900), se concentra sobre las diferencias individuales (en las aptitudes humanas) y no sobre el comportamiento global. En 1905, el francés Binet, al elaborar la primera escala métrica de medida de la inteligencia, creó el método de los test mentales. En 1926, el inglés Spearman creó el *análisis factorial:* el éxito en un test no se debe a la inteligencia general, sino a la acción simultánea de ese *factor* y de un *factor* específico. El norteamericano Thurstone discutió la importancia todavía concedida al factor general y llegó a una concepción no jerarquizada de las «aptitudes mentales» (1938-1945); actualmente, los *factores* de Thurstone se encuentran en la base de innumerables tets de orientación profesional.
Psicología social. — Se sitúa entre la psicología general y la sociología de las instituciones (de aquí su otro nombre, poco empleado actualmente, de psicosociología). Nacida de los trabajos de Tarde, fue fundada, principalmente, por Moreno; comprende el estudio de grupos pequeños, las interacciones entre el individuo y los grupos a los que pertenece, y la influencia ejercida por los grupos sociales sobre la percepción, memoria, inventiva, motivación, etc. Se distingue el grupo de pertenencia, del que el sujeto forma realmente parte, y el grupo de referencia, con el que compara su grupo para envidiarlo o despreciarlo. La psicología social utiliza los métodos de la sociología (sondeos de opinión, escalas de actitud, entrevistas) y los de la psicología total (tets sobre todo). Además, ha creado las técnicas sociométricas, el psicodrama, el sociodrama, la dinámica de grupo, y las nociones de *actitud, modelo de conducta, status* y *rol.* La *actitud,* polarización estable de las conductas de un sujeto, tiene un aspecto unificador, dinámico. La expresión *modelo de conducta* (o *pattern*) se refiere a la fuerte atracción ejercida por un modo de comportamiento o de pensamiento que puede concernir a todos los aspectos de la vida (desde la longitud del pelo hasta los valores morales). El *status* es, más que la situación del individuo en la jerarquía social, el conjunto de relaciones a que tiene derecho una persona (en razón de su edad, sexo, salud, etc.), el *rol,* al contrario, es el conjunto de las conductas que los demás tienen derecho a exigir de nosotros. Como todo individuo tiene varios *status*, cada uno de los cuales implica varios roles a menudo contradictorios, los «conflictos de rol» caracterizan al hombre social.

psicometría n.f. Estudio cuantitativo de los fenómenos psíquicos. • **psicometrólogo,a** n.m. y f. Especialista en psicometría.

psicomotor,a adj. FISIOL Que tiene relación a la vez con las funciones psíquicas y motrices.

psicópata n.m. y f. PSIQUIAT El que padece enfermedades mentales. • **psicopatía** n.f. PSIQUIAT Enfermedad mental. • **psicopatología** n.f. MED Estudio de las causas y naturaleza de las enfermedades mentales.

psicopedagogía n.f. Psicología aplicada a la pedagogía. • **psicopedagogo,a** n.m. y f. Psicólogo especialista en psicopedagogía.

psico-senso-motor,a adj. FISIOL Dícese de las perturbaciones que afectan a la vez a las facultades psíquicas, a los órganos sensoriales y a la motricidad.

psicosensorial adj. PSICOL Referente a la vez a las funciones psíquicas y sensoriales.

psicosis n.f. **1.** PSIQUIAT, PSICOAN Enfermedad mental caracterizada por la pérdida del contacto con la realidad y por una grave alteración de la personalidad. **2.** Obsesión, angustia colectiva.

psicosociología n.f. Estudio de las relaciones entre hechos sociales y hechos psíquicos.

psicosomático,a adj. PSICOL Dícese de las perturbaciones físicas de origen psíquico. • **psicosomatólogo,a** Especialista en psicosomática.

psicotecnia n.f. PSICOL Disciplina que regula la aplicación de los datos de la psicología experimental y de la psicología a los problemas humanos.

psicoterapia n.f. PSIQUIAT Toda terapéutica por medios psíquicos. • **psicoterapeuta** n.m. y f. MED Especialista en psicoterapia.

psicótico,a **1.** adj. Relativo a las psicosis. **2.** n. y adj. Afecto de psicosis.

psicotónico,a n. y adj. MED Dícese de las sustancias que estimulan la actividad psíquica.

psicotropo,a n. y adj. MED Dícese de toda sustancia que actúa sobre el psiquismo.

psicrómetro n.m. FIS Higrómetro para medir el grado de humedad del aire.

psique n.f. FILOS *La psique.* Conjunto de fenómenos psíquicos que constituyen la personalidad.

psiquiatría n.f. Parte de la medicina que estudia las enfermedades mentales y deficiencias psíquicas. • **psiquiatra** n.m. y f. Médico en enfermedades mentales. • **psiquiátrico,a** adj. Relativo a la psiquiatría.

psíquico,a adj. Concerniente al alma, espíritu o pensamiento. • **psiquismo** n.m. Conjunto de los caracteres y funciones de orden psíquico.

Pt QUIM Símbolo del platino.

-pter(o), -ptera Partícula procedente del griego *pterón,* «pluma de ala, ala, columnata».

pteranodóntidos n.m.pl. PALEONT Familia de reptiles voladores de la era secundaria.

pteridofito,a adj. BOT Se dice de plantas criptógamas de generación alternante bien manifiesta. ▷ n.f.pl. BOT Familia de estas plantas.

pteridospermas n.f.pl. PALEONT Orden de vegetales fósiles de terrenos primarios.

pterigógenos n.m.pl. ZOOL Subclase de insectos que comprende todos los insectos alados.

pterodáctilo n.m. Reptil fósil, volador del orden de los pterosaurios.

pterópodos n.m.pl. ZOOL Orden de moluscos gasterópodos opistobranquios cuyo pie presenta dos excrecencias laterales que le sirven para nadar.

pterosaurios n.m.pl. PALEONT Orden de reptiles fósiles voladores del jurásico y el cretácico.

ptialina n.f. BIOQUIM Amilasa salivar.

ptialismo n.m. MED Secreción salivar excesiva.

ptosis n.f. MED Descenso de un órgano, debido a un relajamiento de un medio de fijación.

Pu QUIM Símbolo del plutonio.

púa n.f. **1.** Cuerpo delgado y rígido que acaba en punta aguda. **2.** Diente de un peine. **3.** Cada uno de los ganchitos o dientes de alambre de la carda. **4.** Chapa triangular que se usa para tocar ciertos instrumentos de cuerda. **5.** Cada uno de los pinchos o espinas del erizo, puerco espín, etc.

pub n.m. En Inglaterra, establecimiento público donde se consumen bebidas alcohólicas.

púber o **púbero,a** n. y adj. Que ha llegado a la pubertad.

pubertad n.f. Época de la vida en que empieza a manifestarse la aptitud para la reproducción.
ENCICL La pubertad aparece entre los diez o catorce años en las chicas y entre los doce y dieciocho en los chicos. Precoz en los países cálidos, en las regiones templadas sobreviene *en general* hacia los trece años en la joven y a los quince en el muchacho; se caracteriza por el desarrollo de los órganos genitales y por la aparición de caracteres sexuales secundarios (pilosidad axilar y púbica, modificación de la voz en el varón, desarrollo mamario en la muchacha). Está acompañada por un crecimiento rápido que después se detiene, y por un desarrollo muscular. En el plano biológico, se verifica una importante secreción de gonadotropinas hipofisarias, el establecimiento del ciclo menstrual en la chica y la producción de espermatozoides en los testículos del muchacho. La pubertad precoz o el retraso puberal de carácter patológico tienen un origen hipofisario, suprarrenal o gonadal.

pubescer v.int. Llegar a la pubertad. • **pubescencia** n.f. **1.** Pubertad. **2.** BOT Estado de una planta pubescente. • **pubescente** adj. **1.** Dícese del que ha llegado a la pubertad. **2.** BOT Dícese de un órgano, planta, etc., recubierto de pelillos o de un fino vello.

pubis n.m. **1.** Parte inferior del vientre, que en la especie humana se cubre de vello en la pubertad. **2.** ANAT Hueso que en los mamíferos adultos se une al ilion y al isquion para formar el innominado. • **púbico,a** adj. ANAT Del pubis.

publicar v.tr. **1.** Hacer pública una cosa. ▷ Revelar lo que se debía callar. **2.** Imprimir o editar una obra. **3.** Difundir por medio de la imprenta o de otro procedimiento cualquiera un escrito, etc. **4.** Correr las amonestaciones para el matrimonio y las órdenes sagradas. • **publicación** n.f. **1.** Acción y efecto de publicar. **2.** Obra literaria, artística o informativa publicada.

publicidad n.f. **1.** Carácter de lo que es público. **2.** Conjunto de medios para promocionar un producto o una empresa. • **publicista** n.m. y f. **1.** Agente de publicidad. **2.** Autor que escribe del derecho público o persona muy versada en esta ciencia. • **publicitario,a** adj. **1.** Que tiene carácter de publicidad. **2.** Que se ocupa de la publicidad.
ENCICL La publicidad constituye modernamente un factor esencial en la vida mercantil, hasta el punto de que se considera imprescindible para la introducción de un artículo en el mercado, para sostener el consumo después y, finalmente, para contrarrestar los esfuerzos de la competencia. Hoy en día constituye una técnica perfectamente estudiada, que comprende múltiples aspectos (psicología de clientes, estudio de mercados, redacción publicitaria, ilustración de los anuncios, verificación de resultados, etc.), con el fin de obtener el máximo rendimiento de las elevadas sumas que se invierten en la publicidad. Llámanse *medios publicitarios* a los diferentes medios que se emplean para difundir los anuncios.

público,a **I.** adj. **1.** Notorio, patente, manifiesto. **2.** Vulgar, común y notado de todos. **3.** Aplícase a la potestad y autoridad para hacer una cosa, como contrapuesto a privado. **4.** Perteneciente a todo el pueblo. **II.** n.m. **1.** Común del pueblo o ciudad. **2.** Conjunto de las personas que participan de unas mismas aficiones o con preferencia concurren a determinado lugar. **3.** Conjunto de personas que asisten a un espectáculo.

Puccinia n.f. BOT Género basidiomicetes (orden de los uredinales); sus especies, parásitas, provocan la roya de diversos vegetales.

pucha n.f. Arg. **1.** Eufemismo por puta. **2.** Interj. de sorpresa, disgusto, etc.

puchero n.m. **1.** Recipiente para hacer la comida. **2.** Cocido que se prepara en dicho recipiente. **3.** Fig. y Fam. Alimento diario y regular. **4.** Fig. y Fam. Gesto o movimiento que precede al llanto verdadero o fingido. (Se usa más en pl. y con el verbo *hacer.*) • **pucherazo** n.m. Golpe dado con un puchero. — Fig. Computar votos no emitidos en una elección.

puches n.m.pl. Comida de harina cocida, aderezada muchas veces con varios ingredientes.

pucho n.m. **1.** *Amér. Merid.* Resto, residuo. **2.** *Amér. Merid.* Colilla del cigarro.

pudding n.m. Pastel inglés hecho con harina, grasa de buey, pasas de Corinto, etc., generalmente perfumado al ron.

pudelar v.tr. Hacer dulce el hierro colado, quemando parte de su carbono en hornos de reverbero. • **pudelación** n.f. Acción y efecto de pudelar. • **pudelaje** n.m. METAL Antiguo procedimiento de refinar consistente en descarburar la fundición en un horno de reverbero con la ayuda de una corriente de aire superficial, para obtener el acero.

pudendo,a adj. Vergonzoso. ▷ desus. Se aplica especialmente a los órganos genitales externos: partes pudendas.

pudibundo,a adj. De exagerado pudor. • **pudibundez** n.f. Afectación o exageración del pudor. • **púdico,a** adj. Lleno de pudor.

pudiente n. y adj. Poderoso, rico, hacendado.

pudinga n.f. GEOL Conglomerado de almendrilla.

pudor n.m. **1.** Recato, escrupulosidad. **2.** Vergüenza. • **pudoroso,a** adj. Lleno de pudor.

pudrir **I.** v.tr. y prnl. **1.** Corromper, descomponerse una materia orgánica. **2.** Fig. Consumir, molestar. **II.** v.int. Haber muerto, estar sepultado. • **pudrimiento** n.m. Putrefacción, corrupción.

pudú n.m. *Chile.* Especie de cabra montés de tamaño menor que la europea, de color pardo, y el macho provisto de cuernos pequeños y rectos.

pueblo n.m. **1.** Ciudad o villa. **2.** Población de menor categoría. **3.** Conjunto de personas de un lugar, región o país. **4.** Gente común. **5.** País con gobierno independiente. • **pueblerino,a** **1.** n. y adj. desp. Habitante de un pueblo pequeño o aldea. **2.** adj. Perteneciente o relativo a un pueblo o aldea.

pueblo o **pueblos,** indios de los Estados Unidos que viven en Arizona, Nuevo México y Colorado. Principales grupos étnicos: zuñis, hopis. Son agricultores; su actividad artística se expresa a través de la cestería, tejidos y alfarería. Su organización social es de tipo matriarcal.

puelche n.m. *Chile.* Viento de los Andes.

puelches, primitivos habitantes de la parte oriental de la cordillera de los Andes, sobre todo en la región del río Negro y del Colorado; fueron uno de los pueblos más importantes del grupo de los pampas. Pusieron en peligro, en tiempos de la conquista, la fundación de Buenos Aires. Dedicados a la ganadería, mantenían un modo de vida nómada. Para algunos etnólogos, eran representantes, como los huarpes, de una primitiva capa de población; otros los consideran una mezcla de araucanos, guaicurúes y patagones. Escasos descendientes de este pueblo habitan actualmente en las cercanías del río Negro.

puente n.m. **I. 1.** Construcción sobre ríos, fosos y otros sitios para poder pasarlos. **2.** Suelo que se hace poniendo tablas sobre barcas u otros cuerpos flotantes para pasar un río. **II. 1.** Tablilla colocada perpendicularmente en la tapa de los instrumentos de arco para mantener levantadas las cuerdas. **2.** Cordal, pieza que sujeta las cuerdas de instrumentos musicales. **III.** Pieza metálica que usan los dentistas para sujetar los dientes artificiales. **IV. 1.** MAR Cada una de las cubiertas que llevan batería en los buques de guerra. **2.** MAR Plataforma sobre la cubierta desde donde se imparten las órdenes en un barco. **V.** AUTOM Conjunto de los órganos mecánicos que sirven para transmitir el movimiento del motor a las ruedas de un vehículo. **VI.** QUIM Configuración de la estructura constituida por un átomo o una cadena atómica no ramificada que conecta dos átomos de una molienda ligados a otros. ▷ QUIM *Puente peroxo.* Agrupación —O—O—, característica de los peróxidos. **VII.** Cable tendido entre dos que conducen electricidad. **VIII.** Día o días que entre dos festivos o sumándose a uno festivo se aprovechan para vacación. **IX.** ANAT *Puente de Varolio.* Órgano situado en la parte inferior del encéfalo, que comunica el cerebro, el cerebelo y la médula oblonga.

puerco,a **I.** n.m. y f. **1.** Cerdo. **2.** *Puerco espín,* o *espino.* Mamífero roedor de cuello cubierto de púas córneas. **II.** n. y adj. **1.** Fig. y Fam. Persona sucia. **2.** Persona grosera y despreciable. **III.** n.f. **1.** Cochinilla (crustáceo). **2.** Escrófula. **3.** TECN Pieza del gozne en que entra la espiga.

ENCICL La gran familia de los histricomorfos se divide en dos familias que no tienen en común más que la presencia de los pinchos: **1.** El *puerco espín del Nuevo Mundo,* arborícola, que tiene el pelaje parecido al del cobayo, transformado en pinchos cortos y puntiagudos, a menudo dentados. **2.** El *puerco espín del Viejo Mundo* (Asia, África, Europa), que constituye la familia de los histrícidos. El puerco espín de Europa, de costumbres nocturnas, de 65 cm de largo, posee en los flancos y el tronco largos pinchos redondos y eréctiles, y, como todos los puercos espines del Viejo Mundo, la cola presenta formaciones particulares: cápsulas córneas, que el animal agita como una campanilla.

puericultura n.f. Conjunto de reglas y cuidados para el mejor desarrollo de los niños. • **puericultor,a** n.m. y f. Persona dedicada al estudio y práctica de la puericultura.

pueril adj. **1.** Perteneciente o relativo al niño. **2.** Fig. Fútil, trivial, infundado. • **puerilidad** n.f. **1.** Calidad de pueril. **2.** Hecho o dicho propio de niño, o que lo parece.

puerperio n.m. **1.** Tiempo que inmediatamente sigue al parto. **2.** Período que transcurre después del parto hasta que los órganos genitales recobran la normalidad.

puerro n.m. Planta herbácea anual, de la familia de las liliáceas. El bulbo de su raíz es comestible.

puerta n.f. **1.** Vano abierto en pared, cerca o verja, para entrar o salir. **2.** Armazón que encajado en el quicio sirve para impedir la entrada y salida. **3.** Cualquier agujero que sirve para entrar y salir. **4.** Fig. Camino para entablar una pretensión u otra cosa. **5.** DEP En el esquí cada una de las parejas de postes que delimitan la trayectoria a seguir en una pista de slalom.

puerto n.m. **I. 1.** Lugar resguardado en la costa donde fondean las naves y realizan las operaciones de carga y descarga. **2.** Paso entre montañas. **II.** Fig. Asilo, amparo o refugio.

pues **1.** Conj. causal que denota causa, motivo o razón. **2.** Puede tener carácter condicional, continuativo o ilativo. **3.** En forma interrogativa, equivale a *¿cómo?* **4.** A principio de cláusula sirve de apoyo o énfasis. **5.** Introduciendo una respuesta, equivale a una afirmación.

puesta n.f. **I.** Acción de ponerse un astro. **II. 1.** En algunos juegos, apuesta. **2.** En una subasta, puja o licitación.

puesto,a **I.** n. y adj. Vestido, ataviado o arreglado. **II.** n.m. **1.** Sitio o espacio que ocupa una cosa. **2.** Lugar, sitio determinado para la ejecución de una cosa. ▷ TECN *Puesto de trabajo.* Lugar donde se efectúa una tarea que forma parte de una secuencia de operaciones. **3.** Tienda ambulante. **4.** Empleo o ministerio. **5.** *Arg., Chile* y *Urug.* Lugar en que está establecido el puestero. **6.** MIL Lugar ocupado por soldados o policías en acto de servicio. **7.** Destacamento permanente de guardia civil o de carabineros al mando de un suboficial o inferior. **III.** *Puesto que.* Loc. conjunt. advers. Aunque. — Loc. conjunt. causal. Pues. • **puestero,a** **1.** n.m. y f. Persona que tiene o atiende un puesto de venta. **2.** n.m. *Arg., Chile, Urug.* y *Par.* Encargado de una parte de la estancia, que cuida de los animales.

¡puf! Interj. que denota molestia o asco.

pufo n.m. Fam. Estafa, engaño, petardo.

púgil n.m. Luchador. • **pugilato** n.m. Contienda o pelea a puñetazos. ▷ Fig. Disputa en que se extrema la porfía. • **pugilismo** n.m. Técnica y organización de los combates entre púgiles. • **pugilista** n.m. Luchador profesional, boxeador.

pugna n.f. **1.** Batalla, pelea. **2.** Oposición entre personas, naciones o bandos. • **pugnar** v.int. **1.** Batallar, contender o pelear. **2.** Fig. Solicitar, con ahínco, procurar con eficacia.

pujamen o **pujame** n.m. MAR Orilla inferior de una vela.

1. pujar **I.** v.tr. Hacer fuerza para pasar adelante, intentando vencer un obstáculo. **II.** v.int. **1.** Tener dificultad en explicarse. **2.** Vacilar y detenerse en la ejecución de una cosa. • **puja** n.f. Acción de pujar. • **pujanza** n.f. Fuerza grande o robustez para impulsar una cosa o ejecutarla.

2. pujar v.tr. Aumentar los licitadores el precio puesto a una cosa que se vende o arrienda. • **puja** n.f. **1.** Acción y efecto de pujar. **2.** Cantidad que un licitador ofrece. • **pujador,a** n.m. y f. Persona que hace puja en una subasta.

pujo n.m. Sensación muy penosa, que consiste en la gana continua o frecuente de orinar, con gran dificultad de lograrlo y acompañada de dolores. • **pujamiento** n.m. Abundancia de humores, y más comúnmente de sangre.

pulcro,a adj. **1.** Aseado, esmerado. **2.** Delicado en la conducta y el habla. • **pulcritud** n.f. **1.** Esmero y apariencia en la ejecución de un trabajo manual delicado y también en el aseo. **2.** Fig. Delicadeza conducta.

pulga n.f. **1.** ZOOL Insecto del orden de los dípteros, con patas fuertes y a propósito para dar grandes saltos. **2.** ZOOL *Pulga acuática,* o *de agua.* Pequeño crustáceo del orden de los cladóceros que vive en las aguas estancadas. **3.** *Pulga de mar.* Pequeño crustáceo del orden de los anfípodos, que en la bajamar queda en las playas debajo de las algas.

ENCICL Las pulgas, que constituyen el orden de los sifonápteros (cercanos al orden de los dípteros), están desprovistas de alas; esta ausencia es una regresión genética. Las larvas, ápodas, se alimentan de materias animales o vegetales muertas. El insecto adulto succiona sangre (hematófago) mediante sus piezas bucales picadoras-succionadoras. El cuerpo es achatado por los lados; las patas posteriores están adaptadas al salto. Las pulgas aparecieron al comienzo del terciario. Son pues posteriores a los mamíferos, de los que son parásitos en su mayoría (del hombre: *Pulex irritans;* del perro y del gato: las del género *Ctenocephalides,* principalmente). Las pulgas son portadoras de gérmenes patógenos (p. ej. el de la peste).

pulgada n.f. **1.** Medida que es la duodécima parte del pie y equivale a algo más de 23 mm. **2.** Medida inglesa equivalente a 25,4 mm.

pulgar n.m. y adj. Dedo primero y más grueso de los de la mano.

pulgón n.m. Insecto hemíptero, de uno a dos milímetros de largo, sin alas las hembras y con cuatro los machos.

ENCICL Los pulgones constituyen el suborden de los áfidos. Su ciclo biológico es muy complicado (alternancia de generaciones, con cambios de huésped). El individuo que nace de un huevo fecundado es una hembra: la *fundadora,* que por partenogénesis da hembras vivíparas (aladas o ápteras según las generaciones y las especies), que a su vez dan hembras, durante diez generaciones sucesivas. Hasta el final del verano, en la undécima y última generación, no aparecen los machos, unos alados y otros ápteros. Fecundan a las hembras, que ponen entonces huevos de invierno cuya eclosión no tendrá lugar hasta la primavera siguiente. Las especies son muy numerosas: pulgón del roble, pulgón del rosal, pulgón lanígero *(Eriosoma lanigerum)* que parasita al manzano. Las cochinillas, los sirfos, son enemigos naturales de los pulgones y el hombre intenta utilizarlos para luchar contra ellos (lucha biológica). Los pulgones se sacian de savia elaborada devolviendo (deyecciones) una gran cantidad (hasta el 90 %); esta melaza es buscada por las hormigas y abejas.

pulgoso,a adj. Que tiene pulgas.

pulguera n.f. **1.** Lugar donde hay muchas pulgas. **2.** Zaragatona (planta).

Pulicaria n.f. Género de plantas herbáceas (familia de las compuestas), con flores amarillas.

pulido,a adj. De buen parecer, pulcro.

pulidor,a **1.** n. y adj. Que pule, compone y adorna una cosa. **2.** n.m. Instrumento con que se pule una cosa.

pulimento n.m. Acción y efecto de pulir. • **pulimentar** v.tr. Alisar o dar tersura a una cosa.

pulir **I.** v.tr. **1.** Alisar o dar tersura y lustre a una cosa. **2.** Perfeccionar una cosa, dándole la última mano. **3.** Derrochar, dilapidar. **II.** v.tr. y prnl. **1.** Adornar, componer. **2.** Fig. Enseñar a una persona a comportarse de una forma aceptablemente correcta en sociedad.

pulmón n.m. **1.** Órgano de la respiración del hombre y de los vertebrados que viven o pueden vivir fuera del agua. — *Pulmón de acero.* Cámara metálica destinada a provocar los movimientos respiratorios del enfermo tendido en su interior. **2.** ZOOL Órgano respiratorio de los moluscos terrestres, que consiste en una cavidad cuyas paredes están provistas de numerosos vasos sanguíneos y que comunica con el exterior mediante un orificio por el cual penetra el aire atmosférico. • **pulmonar** adj. Perteneciente a los pulmones.

ENCICL **Pulmones del hombre.** — Los pulmones son masas esponjosas, elásticas, envueltas en una membrana sedosa, la pleura. El pulmón derecho, algo más grande, comprende de tres lóbulos; el pulmón izquierdo comprende dos. Los pulmones son ventilados por los bronquios y sus ramificaciones, que constituyen el árbol bronquial; los conductos bronquiales terminan al nivel de los alvéolos pulmonares, que es donde se producen los intercambios de gases respiratorios.

pulmonado n.m. y adj. ZOOL Se dice de los moluscos gasterópodos que respiran por medio de un pulmón; como la babosa. ▷ n.m.pl. ZOOL Orden de estos animales.

ENCICL Los gasterópodos pulmonados, herbívoros, casi todos terrestres, buscan la humedad; las especies acuáticas suben a respirar a la superficie del agua. Todos los pulmonados, aunque son hermafroditas, se acoplan: no hay autofecundación. Se distinguen: pulmonados terrestres, cuyos ojos se encuentran en el ápice de los tentáculos; pulmonados acuáticos, cuyos ojos están en la base de los tentáculos.

pulmonaria n.f. **1.** Planta herbácea anual, de la familia de las borragináceas. **2.** Liquen coriáceo que vive sobre los troncos de diversos árboles.

pulmonía n.f. PAT Inflamación del pulmón o de una parte de él.

pulpa n.f. **1.** Parte mollar de las carnes o frutas. **2.** Médula o tuétano de las plantas leñosas. **3.** ANAT *Pulpa dentaria.* Tejido contenido en el interior de los dientes de los vertebrados. • **pulpejo** n.m. **1.** Parte carnosa y mollar de un miembro pequeño del cuerpo humano. **2.** Parte blanda del interior de los cascos de las caballerías.

pulpería n.f. Tienda, en América, donde se venden diferentes géneros para el abasto

pulpero,a **1.** adj. Relativo al pulpo o a su pesca. **2.** n.m. El que tiene o atiende una pulpería.

púlpito n.m. Plataforma pequeña que hay en las iglesias para predicar desde ella. ▷ Fig. En las órdenes religiosas, empleo de predicador.

pulpo n.m. ZOOL Molusco cefalópodo dibranquial, octópodo.

pulposo,a adj. Que tiene pulpa.

pulque n.m. Bebida espiritosa que se usa en México y otros países de América. • **pulquería** n.f. Tienda donde se vende pulque.

pulsación n.f. **1.** Palpitación, latido del corazón. **2.** FIS Velocidad angular (símbolo ω) del movimiento circular uniforme por el cual se representa una magnitud sinusoidal. ($\omega = \frac{2\Pi}{T}$, T representa el período de este movimiento.)

pulsar **I.** v.tr. **1.** Tocar, golpear. **2.** Tomar el pulso. **3.** Fig. Tantear un asunto. **II.** v.int. Latir. • **pulsador,a** **1.** n. y adj. Que pulsa. **2.** Llamador o botón de un timbre eléctrico. • **pulsátil** adj. **1.** Dícese de lo que pulsa o golpea. **2.** MED Se dice del dolor provocado por la pulsación de las arterias en una zona inflamada.

púlsar n.m. ASTRON Fuente de radiaciones galácticas cuya emisión se caracteriza por una sucesión de impulsos breves espaciados muy regularmente.
ENCICL — Las radiaciones electromagnéticas emitidas por los púlsares (objetos astronómicos cuya existencia no se conoce más que por sus emisiones, captadas desde 1968 gracias a los radiotelescopios) se deberían a un movimiento de rotación muy rápido de las estrellas de neutrones (última fase de la evolución de una estrella). Haciendo una comparación con un objeto del dominio visible, la emisión (para un observador fijo) de un púlsar es análoga a la de un faro. El período de los impulsos, generalmente comprendido entre treinta milisegundos y algunos segundos, es notablemente constante. La disminución del período de algunos púlsares (ciertamente muy débil: menos de una millonésima de segundo por año) se deberían a la rotación retardada de la estrella. Actualmente se conoce un centenar de púlsares; el más joven, situado en la nebulosa del Cangrejo, constituye el resultado de la explosión de una supernova observada en China en 1054. v. estrella.

pulsatila n.f. Planta perenne de la familia de las ranunculáceas. El jugo de sus hojas y de su flor, se emplea en medicina.

pulsear v.int. Probar dos personas, asida mutuamente la mano derecha y puestos los codos en lugar firme, quién de ellas tiene más fuerza.

pulsera n.f. **1.** Ce. que se lleva en la muñeca. **2.** Correa del reloj.

pulsímetro n.m. Instrumento de medir el número y la frecuencia de los movimientos del pulso.

pulsión n.f. PSICOAN Manifestación del inconsciente que empuja a un individuo a actuar para reducir un estado de tensión orgánica. • **pulsional** adj. PSICOAN Relativo a las pulsiones.

pulso n.m. **I. 1.** Latido intermitente de las arterias que se siente en varias partes del cuerpo y se observa especialmente en la muñeca. **2.** Parte de la muñeca donde se siente el latido de la arteria. **3.** Seguridad o firmeza en la mano. **II.** MED *Pulso formicante.* Pulso bajo, débil y frecuente. — MED *Pulso lleno.* El que produce al tacto sensación de plenitud en la arteria examinada. — MED *Pulso sentado.* El quieto, sosegado y firme. — *A pulso.* Haciendo fuerza con la muñeca y la mano y sin apoyar el brazo en parte alguna, para levantar o sostener una cosa.

pulsorreactor n.m. TECN Motor a reacción que funciona según un ciclo de dos tiempos y cuyo empuje es intermitente.

pultáceo,a adj. **1.** Que es de consistencia blanda. **2.** MED Que tiene apariencia de podrido o gangrenado, o que de hecho lo está.

pulular v.int. **1.** Empezar a brotar y echar vástagos un vegetal. **2.** Originarse una cosa de otra. **3.** Abundar, multiplicarse brevemente en un lugar los animales perniciosos. **4.** Fig. Abundar y bullir en un lugar personas o cosas.

pulverizar v.tr. y prnl. **1.** Reducir a polvo una cosa. **2.** Reducir un líquido a partículas muy tenues, a manera de polvo. **3.** Fig. Deshacer por completo una cosa incorpórea. • **pulverizador** n.m. Aparato para pulverizar un líquido.

pulverulento,a adj. Polvoriento.

1. pulla n.f. **1.** Palabra o dicho obsceno. **2.** Dicho con que indirectamente se zahiere o reconviene a una persona. **3.** Expresión aguda y picante dicha con prontitud.

2. pulla n.f. Planga (ave).

pullman n.m. Antiguamente, vagón de ferrocarril lujosamente decorado.

pullover n.m. Jersey.

puma n.m. Mamífero carnicero de América.

puna n.f. **1.** Tierra alta, próxima a la cordillera de los Andes. **2.** *Amér. Merid.* Extensión grande de terreno raso y yermo. **3.** *Amér. Merid.* Angustia que se sufre en ciertos lugares elevados.

punción n.f. MED CIR Extracción de un líquido de una cavidad normal o patológica del cuerpo, operando por medio de una aguja hueca. • **puncionar** v.tr. MED CIR Hacer una punción.

punch n.m. **1.** Gran potencia de pegada en un boxeador. **2.** Fam. Energía, vitalidad.

punching-ball n.m. Balón fijado por ligaduras elásticas, en el que golpean los boxeadores para entrenarse.

pundonor n.m. Punto de honor, punto de honra.

pungir v.tr. **1.** Herir de punta, punzar. **2.** Fig. Herir las pasiones el ánimo.

punicáceo,a n.f. y adj. BOT Se dice de arbolitos angiospermos, oriundos de Oriente, de fruto que contiene muchas semillas alojadas en celdas; como el granado. ▷ n.f.pl. BOT Familia de estas plantas.

púnico,a adj. Perteneciente a Cartago.

punir v.tr. Castigar a un culpado. • **punible** adj. Que merece castigo.

punk, movimiento juvenil inglés. Surgido en los barrios obreros, se caracterizó por la agresividad de su indumentaria y de su música (los *Sex Pistols* son el grupo más representativo), imitadas en todo el mundo.

punta n.f. **I. 1.** Extremo de una cosa. **2.** Extremo agudo de un instrumento punzante. **3.** Pequeña porción de ganado que se separa del hato. **4.** Cantidad considerable e indeterminada de personas, animales o cosas. **5.** Asta del toro. **6.** Lengua de tierra que penetra en el mar. **7.** Sabor que va tirando a agrio en una cosa. **8.** *Cuba.* Hoja pequeña de tabaco, de exquisito aroma y superior calidad. **9.** IMP Instrumento cónico a modo de punzón, para sacar de la composición letras o palabras. **II.** pl. **1.** Primeros afluentes de un río, arroyo u otro caudal de agua. **2.** Cabecera de un río, arroyo u otro caudal de agua. **3.** DANZA *Hacer puntas.* Sostenerse y evolucionar sobre la punta de los dedos de los pies. **III.** *Punta de diamante.* Diamante pequeño que, engastado en una pieza de acero, sirve para cortar el vidrio y labrar en cosas muy duras.

puntada n.f. **I. 1.** Cada uno de los agujeros que se hacen con aguja, lezna, o instrumento semejante al coser. **2.** Espacio que media entre estos agujeros y porción de hilo que los une. **II.** Fig. Razón o palabra que se dice como al descuido para recordar una cuestión o motivar que se hable de ella.

puntal n.m. **I. 1.** Madero sólido que sostiene un muro, techo, edificio, etc. **2.** Fig. Persona o cosa que es el apoyo de otra. **3.** MIN Cualquier elemento de sostén dispuesto verticalmente. **4.** MAR Cada una de las piezas verticales que sostienen la cubierta. ▷ Cada uno de los maderos con que se apuntala un buque en el dique. ▷ Altura de un buque. **II.** Fig. *Amér.* Tentempié, refrigerio.

puntapié n.m. Golpe que se da con la punta del pie.

puntazo n.m. **1.** Herida hecha con la punta de un instrumento punzante. **2.** Herida penetrante menor que una cornada, causada por una res vacuna al cornear. **3.** Fig. Pulla, indirecta.

puntear **I.** v.tr. **1.** Marcar, señalar puntos en una superficie. **2.** Trazar la trayectoria de un móvil a partir de algunos de sus puntos. **3.** Tocar un instrumento músico pulsando las cuerdas cada una con un solo dedo. **II.** v.int. y tr. MAR Ir orzando todo lo posible para aprovechar el viento escaso. **III.** v.int. *Arg., Col.* y *Urug.* Marchar a la cabeza de un grupo de personas o animales. • **punteo** n.m. Acción y efecto de puntear.

puntera n.f. **1.** Remiendo, en el calzado, y renovación, en los calcetines y medias, de la parte que cubre la punta del pie. **2.** Contrafuerte de piel que se coloca en la punta de la pala del calzado.

puntería n.f. **1.** Acción de apuntar un arma. **2.** Dirección del arma apuntada. **3.** Destreza del tirador para dar en el blanco.

puntero,a **I.** adj. Se aplica a la persona que tiene buena puntería. **II.** n.m. **1.** Punzón o vara con que se señala una cosa para llamar la atención sobre ella. **2.** Cincel de los canteros. **3.** *Amér.* En algunos deportes, el que juega en primera fila, delantero. **4.** *Arg.* y *Urug.* Persona o animal que va delante de un grupo. **III.** n. y adj. Se dice de la persona que sobresale en alguna actividad.

puntiagudo,a adj. Que tiene aguda la punta.

puntilla n.f. **1.** Encaje muy estrecho hecho de puntas. **2.** Instrumento con punta redonda para trazar. **3.** Especie de puñal corto, y especialmente el que sirve para rematar las reses. • **puntillero** n.m. Cachetero, persona que remata al toro.

puntillismo n.m. Técnica pictórica impresionista que consiste en la aplicación del color puro en pequeños y ligeros toques. • **puntillista** n. y adj. Pintor que practica el puntillismo.

puntillo n.m. **1.** Orgullo exagerado. **2.** MUS Signo que consiste en un punto que se pone a la derecha de una nota y aumenta en la mitad su duración y valor. • **puntilloso,a** adj. Quisquilloso.

punto n.m. **I. 1.** Señal pequeña y ordinariamente circular, que puede percibirse en una superficie. **2.** Granito de metal en la boca de las armas de fuego, que sirve de mira. **3.** Piñón de las armas de fuego. **4.** En obras de costura, puntada. ▷ Cada una de las lazadillas o nuditos que forman el tejido de las medias, calcetines, jerseys, etc. ▷ Rotura pequeña que se hace en las medias. ▷ Cada una de las diversas maneras de trabar y enlazar entre sí los hilos que forman ciertas telas. **5.** Medida tipográfica, duodécima parte del cícero. **6.** Sitio, lugar. **7.** Unidad de tanteo, en algunos juegos y en otros ejercicios. **8.** Cosa muy corta, parte mínima de una cosa. **9.** Instante, momento. **10.** Cada uno de los asuntos que se tratan en un sermón, discurso, conferencia, etc. **11.** Estado actual de cualquier asunto o negocio. **12.** Estado perfecto que llega a tomar cualquier cosa que se elabora al fuego. **13.** Pundonor. **14.** CIR Puntada que da el cirujano al coser una herida. **15.** GEOM Límite mínimo de la extensión, que se considera sin longitud, latitud ni profundidad. **16.** MUS En los instrumentos músicos, tono determinado de consonancia para que estén acordes. **17.** ORTOGR Signo ortográfico (.) con que se indica el fin del sentido gramatical y lógico de un período o de una sola oración. **II.** PERSP *Punto accidental.* Aquel en que parecen concurrir todas las rectas paralelas a determinada dirección, que no son perpendiculares al plano óptico. — ORTOGR *Punto cardinal.* Cada uno de los cuatro que dividen el horizonte en otras tantas partes iguales: Norte, Sur, Este y Oeste. — MECAN *Punto de apoyo.* Lugar fijo sobre el cual estriba una palanca u otra máquina, para que la potencia pueda vencer a la resistencia. — FIS *Punto de congelación.* Temperatura a la que se hiela un líquido. — FIS *Punto de ebullición.* Temperatura a que hierve un líquido bajo la presión atmosférica normal. — MAR *Punto de escuadría.* El que se coloca en la carta de navegar, deduciéndolo del rumbo que se ha seguido y de la latitud observada. — MAR *Punto de estima.* El que se coloca en la carta de navegar, deduciéndolo del rumbo seguido y de la distancia recorrida en un tiempo determinado. — FIS *Punto de fusión.* Temperatura a que se funde una sustancia cualquiera. — PERSP *Punto de la vista.* Aquel en que el rayo principal corta la tabla o plano óptico y al cual parecen concurrir todas las líneas perpendiculares al mismo plano. — *Punto de mira.* En las armas de fuego, pieza situada en la parte superior del cañón y junto a la boca del mismo, que sirve para dirigir la puntería. — FIS *Punto de solidificación.* Temperatura a la cual una sustancia líquida pasa al estado sólido. — ASTRON y GEOGR *Punto equinoccial.* Cada uno de los dos, el de primavera y el de otoño, en que la eclíptica corta el ecuador. — ORTOGR *Punto final.* El que acaba un escrito o una división importante del texto. — MECAN *Punto muerto.* En los motores, posición en que el motor y el eje de transmisión se hallan sin acoplar, por lo que no hay movimiento efectivo. — MED *Punto neurálgico.* Aquel en que el nervio se hace superficial o en donde nacen sus ramas cutáneas. — ORTOGR *Punto y aparte.* El que se pone cuando termina párrafo y el texto continúa en otro renglón. — ORTOGR *Punto y seguido.* El que se pone cuando termina un período y el texto continúa inmediatamente después del punto en el mismo renglón. — ASTRON *Punto radiante.* Lugar de la esfera celeste de donde parecen irradiar, como de su centro, las estrellas fugaces cuando aparecen en gran cantidad. — OPT *Punto visual.* El término de la distancia necesaria para ver los objetos con toda claridad. — ORTOGR *Punto y coma.* Signo ortográfico (;) con que se indica pausa mayor que con la coma y menor que con los dos puntos. — ARQUIT *Medio punto.* Arco o bóveda cuya curva está formada por una arco de 180 grados. — ORTOGR *Puntos suspensivos.* Signo ortográfico (...) con que se denota quedar incompleto el sentido de una oración. — ORTOGR *Dos puntos.* Signo ortográfico (:) con que se indica haber terminado completamente el sentido gramatical, pero no el sentido lógico.

puntual adj. **1.** Pronto, diligente, exacto en hacer las cosas a su tiempo y sin dilatarlas. **2.** Indubitable, cierto. **3.** Conforme, adecuado. **4.** Perteneciente o relativo al punto. • **puntualidad** n.f. **1.** Cuidado y diligencia en hacer las cosas a su debido tiempo. **2.** Conveniencia precisa de las cosas, para el fin a que se destinan. • **puntualizar** v.tr. **1.** Grabar profundamente en la memoria. **2.** Pormenorizar un suceso o una cosa. **3.** Perfeccionar una cosa. **4.** FOR Concretar los derechos y deberes de los contratantes antes de celebrar el contrato.

puntuar **1.** v.tr. Poner en la escritura los signos ortográficos necesarios. **2.** v.int. Ganar algún punto en una competición deportiva. • **puntuación** n.f. **1.** Acción y efecto de puntuar. **2.** Conjunto de los signos que sirven para puntuar.

puntura n.f. **1.** Herida con instrumento o cosa punzante. **2.** IMP Cada una de las dos puntas de hierro de una prensa de imprimir, en las cuales se clava y sujeta el pliego que ha de tirarse. **3.** VETER Sangría que se hace en la cara plantar del casco de las caballerías.

punzar v.tr. **1.** Herir de punta. **2.** Fig. Avivarse un dolor de cuando en cuando. **3.** Fig. Afligir interiormente el ánimo una cosa. • **punzada** n.f. **1.** Herida de punta. **2.** Fig. Dolor agudo, repentino y pasajero que suele repetirse intermitentemente. **3.** Fig. Aflicción interior que causa una cosa.

punzón n.m. **1.** Instrumento de hierro que remata en punta. **2.** Buril. **3.** Instrumento de acero que en la boca tiene de realce una figura, la cual, hincada por presión o percusión, queda impresa en el troquel de monedas, medallas, botones u otras piezas semejantes. **4.** Pitón (cuerno que empieza a salir a los animales). • **punzonería** n.f. Colección de todos los punzones necesarios para una fundición de letras.

puñada n.f. Golpe con la mano cerrada. • **puñado** n.m. **1.** Porción de cualquier cosa que se puede contener en el puño. **2.** Fig. Escasez de una cosa.

puñal n.m. Arma ofensiva de acero, de hoja corta, que sólo hiere de punta. • **puñalada** n.f. **1.** Golpe que se da de punta con el puñal u otra arma semejante. **2.** Herida que resulta de este golpe. **3.** Fig. Pesadumbre grande dada de repente.

puño n.m. **1.** Mano cerrada. **2.** Puñado. **3.** Parte de la manga que rodea la muñeca. **4.** Mango del bastón, el paraguas o la sombrilla. — Esta misma pieza. **5.** MAR Cualquiera de los vértices de los ángulos de las velas. • **puñetazo** n.m. Golpe que se da con el puño.

pupa n.f. **1.** Erupción en los labios. **2.** Postilla que queda cuando se seca un grano. **3.** Lesión cutánea bien circunscrita.

pupilo,a n.m. y f. **1.** Huérfano o huérfana menor de edad, respecto de su tutor. **2.** Persona que se hospeda en casa particular por precio ajustado. • **pupila** n.f. **1.** Huérfana menor de edad, respecto de su tutor. **2.** Prostituta. **3.** ZOOL Abertura del iris del ojo que da paso a la luz. • **pupilaje** n.m. **1.** Estado o condición del pupilo o de la pupila. **2.** Estado de aquel que está sujeto a la voluntad de otro porque le da de comer. **3.** Casa de huéspedes. • **pupilar** adj. **1.** Perteneciente o relativo al pupilo o a la menor de edad. **2.** ZOOL Perteneciente o relativo a la pupila del ojo.

pupinización n.f. TELECOM Introducción, en un circuito telefónico, de bobinas de inducción para evitar el debilitamiento de las señales con la distancia.

pupíparos n.m.pl. ZOOL Grupo de insectos dípteros, cuyas larvas salen al exterior como ninfas.

pupitre n.m. Mueble de madera, con tapa en forma de plano inclinado, para escribir sobre él.

puquío n.m. *Amér. Merid.* Manantial de agua.

purāna,o colección de textos sagrados indostánicos, redactados en sánscrito, de carácter épico y compilados entre el s. IV a. J.C. y el s. XV, destinados a las mujeres y a todos aquellos que no tenían acceso a los Veda. Los dieciocho purānas mayores y los dieciocho purānas menores, tratan de temas religiosos, místicos, históricos y enciclopédicos. Entre los más conocidos se hallan el *Bhāgavata-purāṇa* y el *Visnú-purāna.*

purasangre n.m. inv. Caballo de carreras, de raza, inscrito en los *stud-book* (registro genealógico de los caballos).

puré n.m. **1.** Pasta de legumbres u otras cosas comestibles, cocidas, pasadas por colador. **2.** Sopa formada por esta pasta desleída en caldo.

purépecha, grupo étnico de México. Formaban parte del pueblo tarasco y habitaban en una región lacustre dominada por el lago de Petén Itzá.

purera n.f. Estuche para cigarros puros.

pureza n.f. **1.** Calidad de puro. ▷ QUIM Estado de un cuerpo que no contiene sustancias extrañas. **2.** Fig. Virginidad, doncellez.

purgar **I.** v.tr. **1.** Limpiar, purificar una cosa. **2.** Satisfacer con una pena una culpa o delito. **3.** RELIG Pagar el alma las penas del purgatorio. **4.** Expiar una culpa. **5.** FOR Desvanecer las sospechas o cargos que hay contra una persona. **II.** v.prnl. Fig. Libertarse de cualquier cosa no material que causa perjuicio o gravamen. **III.** v.tr. y prnl. Dar al enfermo la medicina conveniente para evacuar el vientre. **IV.** v.tr., int. y prnl. Evacuar un humor. • **purga** n.f. Medicina para descargar el vientre. • **purgación** n.f. **1.** Acción y efecto de purgar o purgarse. **2.** Menstruación. **3.** Flujo mucoso de una membrana. • **purgante** n.m. y adj. Se dice comúnmente de la medicina que evacúa el vientre.

purgatorio,a **I.** adj. Purgativo. **II.** n.m. **1.** RELIG Lugar de expiación de las almas de los justos. **2.** Fig. Cualquier lugar donde se pasa la vida con trabajo y penalidad. **3.** Esta misma penalidad.

puridad n.f. **1.** Calidad de puro. **2.** Lo que se tiene reservado y oculto. **3.** Reserva, sigilo.

purificar **I.** v.tr. y prnl. Limpiar de toda imperfección o elemento extraño una cosa. RELIG Perfeccionar Dios las almas por medio del purgatorio. **II.** v.prnl. FOR Cumplirse o suprimirse la condición de que un derecho dependía o que lo modificaba. • **purificación** n.f. **1.** Acción y efecto de purificar o purificarse.

purim o **fiesta de las suertes,** fiesta judía en la que se conmemora el triunfo de Ester sobre Hamán (Libro de Ester, IX, 20-28).

purina n.f. BIOQUIM Base nitrogenada heterocíclica. • **púrico,a** adj. BIOQUIM *Bases púricas.* Derivados de la purina, constituyentes importantes de los ácidos nucleicos y de los nucleótidos.

purista n. y adj. Que escribe o habla con pureza. Se aplica igualmente al que, por afán de perfección adolece de afectación viciosa. • **purismo** n.m. Calidad de purista.

puritano,a **I.** n. y adj. **1.** RELIG Miembro de una secta de presbiterianos caracterizada por su rigor. **2.** Persona austera e intransigente a los principios morales. **II.** adj. **1.** Propio de los puritanos. **2.** Austero, dominado por el puritanismo. • **puritanismo** n.m. **1.** Doctrina de los puritanos. **2.** Rigor en la moral, en las costumbres.

puro,a adj. **1.** Libre y exento de toda mezcla de otra cosa. ▷ QUIM *Cuerpo puro.* El constituido por moléculas idénticas y caracterizado por la constancia de sus caracteres físicos. **2.** Que no incluye ninguna condición o restricción. **3.** Casto. **4.** Fig. Libre y exento de imperfecciones morales. **5.** Fig. Solo, no acompañado de otra cosa. **6.** Fig. Tratándose del lenguaje o del estilo, correcto.

púrpura n.f. **1.** Molusco gasterópodo marino, que secreta una tinta utilizada antiguamente en tintorería y en pintura. **2.** Tinte que se preparaba con esta tinta. **3.** Tela teñida con este tinte. **4.** Fig. Color rojo subido que tira a violado. **5.** Fig. Dignidad imperial, real, consular, cardenalicia, etc. **6.** PAT Estado morboso, caracterizado por hemorragias, petequias o equimosis. **7.** FISIOL *Púrpura retiniana.* Pigmento fotosensible propio de los bastones de la retina, que permite la visión nocturna. • **purpurado** n.m. Cardenal de la Iglesia Romana. • **purpurina** n.f. **1.** Sustancia colorante roja, extraída de la raíz de la rubia. **2.** Polvo finísimo de bronce o de metal blanco, que se aplica a las pinturas para darles aspecto dorado o plateado.

purpúrea n.f. Lampazo (planta).

purrela n.f. Vino inferior, aguapié.

puruhuas o **purhuoas,** antigua etnia que habitaba a las orillas del río Chambo, en Ecuador. Formaban un est. poderoso, con monarca propio, rival del de Quito. Posteriormente se unieron los dos reinos. De sus costumbres se cuenta que sacrificaban a los primogénitos.

purulento,a adj. MED Que tiene pus. • **purulencia** n.f. MED Calidad de purulento.

pus n.m. MED Humor que secretan accidentalmente los tejidos inflamados, de color amarillento o verdoso, y constituido por leucocitos.

push-pull adj. inv. ELECTR *Montaje push-pull,* o n.m. inv. *un push-pull.* Montaje electrónico destinado a disminuir la tasa de distorsión.

pusilánime n. y adj. Falto de ánimo y valor. • **pusilanimidad** n.f. Falta de ánimo, cobardía.

pústula n.f. **1.** Lesión cutánea que contiene pus. **2.** Pequeña eminencia sobre el tallo o las hojas de una planta. ▷ Pequeña protuberancia de la piel en algunos animales.

puta n.f. Prostituta, ramera, mujer pública. • **putería** n.f. Vida, profesión de prostituta. • **putero** adj. Fam Que frecuenta habitualmente prostitutas.

putativo,a adj. Reputado o tenido por padre, hermano, etc., no siéndolo.

puto,a **I.** adj. **1.** Se dice como calificación denigratoria, aunque por antífrasis puede resultar encarecedor. **2.** Necio, tonto. **II.** n.m. Hombre que tiene relaciones sexuales a cambio de dinero u otra cosa.

putrefacción n.f. Acción y efecto de pudrir o pudrirse. • **putrefacto,a** adj. Podrido, corrompido.

pútrido,a adj. **1.** Podrido, corrompido. **2.** Acompañado de putrefacción. • **putridez** n.f. Calidad de pútrido.

putrílago n.m. MED Materia pultácea producida por la necrosis de los tejidos gangrenados.

putsch n.m. Golpe de Estado.

putt n.m. Golpe de golf realizado sobre el green con el putter. • **putter** n.m. Palo de golf.

putto n.m. BELL ART Amorcillo.

pututo o **pututu** n.m. *Bol* y *Perú.* Instrumento indígena hecho de cuerno de buey.

1. puya n.f. Punta acerada que tienen en una extremidad las varas o garrochas de los picadores y vaqueros. • **puyazo** n.m. Herida que se hace con puya.

2. puya n.f. *Chile.* Planta de la familia de las bromeliáceas, de que existen varias especies.

puyo adj. *Arg.* Se dice de una especie de poncho corto y basto.

puzzle n.m. Juego que consiste en pequeñas piezas que hay que reunir para formar una imagen.

PVC n.m. TECN Policloruro de vinilo.

pyrex n.m. Vidrio que resiste los choques térmicos y los agentes químicos.

pz FIS Símbolo de pieza.

Q

q n.f. Vigésima letra del abecedario español. Su nombre es *cu*, y representa el mismo sonido de la *c* ante *a, o, u*, o de la *k* ante cualquier vocal. En vocablos españoles se usa solamente ante la *e* o la *i*, mediante interposición gráfica de una *u*, que no suena, p. ej.: *quema, quite*.

Q 1. MAT Símbolo del cuerpo de los números racionales. **2.** FIS Símbolo de cantidad de electricidad o de calor, de potencia reactiva, de factor de sobretensión. — *q*, símbolo de carga eléctrica.

qānūn n.m. MUS Instrumento musical árabe, de forma trapezoidal, semejante a la cítara. — Voz árabe.

qaṣba n.f. **1.** Antiguamente palacio del soberano en una ciudad de África del N. **2.** Hoy, barrio antiguo de las ciudades de África del N.

quark n.m. FIS NUCL Partícula elemental hipotética de carga eléctrica fraccionaria, que forma parte de la constitución de los bariones y los mesones.

ENCICL **Fís. nucl.** — La existencia de los quarks fue postulada en 1963 por el físico norteamericano Gell-Mann, quien extrajo este nombre de una canción introducida por James Joyce en *Finnegans Wake* («three more quarks for Muster Mark»). Existen tres quarks de carga eléctrica fraccionaria: el *park* (Q=2/3), el *nark* (Q=1/3) y el *lark* (Q=—1/3), a los que hay que añadir el *quark de charme*; cuya existencia no fue postulada hasta 1974. El *charme* constituye una de las propiedades que permiten caracterizar a cualquier partícula (masa, momento angular, spin, carga eléctrica, extrañeza). Los hadrones (bariones y mesones) están constituidos por quarks. Un barión está constituido por tres quarks unidos entre sí; así, el protón comprende dos parks y un nark; el neutrón dos narks y un park. Un mesón comprende un quark y su antiquark; el mesón phi comprende un quark de charme y su antiquark. Los quarks de la misma forma que los leptones (electrón, muón y neutrino), son partículas fundamentales. A diferencia de los leptones, los quarks son responsables de interacciones fuertes. Los quark y los leptones actúan entre sí con interacciones débiles e interacciones electromagnéticas. Los quarks interactúan entre sí con interacciones fuertes. v. interacción y partícula.

quartet n.m. FIS NUCL Conjunto de dos neutrones y dos protones que forman la partícula

quasar n.m. ASTRON Radiofuente muy intensa cuyo espectro visible posee rayas de emisión.

ENCICL Las longitudes de onda de las rayas de los espectros del quasar presentan desplazamientos hacia el rojo. Los quasars son objetos celestes que no pueden observarse por medios ópticos simples; pero los radiotelescopios han podido captar sus emisiones eléctricas a partir de 1963. Su diámetro es de diez a veinte veces inferior al de una galaxia, en cambio su energía es cien mil veces más elevada. Es probable que los quasars, que se encuentran a distancias muy grandes, no sean más que un caso particular de galaxias elípticas gigantes.

que I. pron. relat. **1.** Con esta sola forma conviene a los géneros masculino, femenino y neutro y a los números singular y plural. Puede construirse con el artículo determinado en todas sus formas. **2.** A veces equivale a *cual, cuan* o *cuanto*. **3.** Como neutro, equivale a *qué cosa. No sé qué decir.* **II.** conj. copulat. **1.** Su función más común es enlazar un verbo con otro. *Quiero que estudies.* **2.** Sirve también para enlazar con el verbo otras partes de la oración. **3.** Forma parte de varios modos adverbiales y conjuntivos. **4.** Se emplea como conjunción comparativa; copulativa (en vez de y); causal (equivaliendo a *porque* o *pues*); disyuntiva; dativa; y final (con el significado de *para que*). **5.** Precede a oraciones no enlazadas con otras o a oraciones incidentales de sentido independiente. **6.** Significa *de manera que* en giros como: *corre que rueda.* **7.** Se emplea con sentido frecuentativo de encarecimiento, equivaliendo a *y más. Dale que dale.* **8.** Se emplea después de los adverbios *sí* y *no* para dar fuerza a lo que se dice. *Sí, que lo haré.* **9.** Precedida y seguida de la tercera persona de indicativo de un mismo verbo, denota el progreso o eficacia de la acción de este verbo. *Corre que corre.*

quebracho n.m. *Amér.* Nombre de dos maderas muy ricas en taninos propias de América Meridional, muy apreciadas en carpintería.

quebrada n.f. **1.** Abertura estrecha entre montañas. **2.** Quiebra honda en una montaña. **3.** *Amér.* Arroyo o riachuelo que corre por una quiebra.

quebradizo,a adj. Fácil de quebrarse.

quebrado,a I. adj. **1.** Que ha hecho bancarrota o quiebra. **2.** Quebrantado, debilitado. **3.** Se aplica al terreno desigual, tortuoso. **II.** n.m. *Cuba.* Hoja de tabaco de superior calidad, pero agujereada. **III.** *Número quebrado.* El que expresa varias partes alícuotas de una cantidad.

quebradura n.f. **1.** Grieta. **2.** Hernia.

quebrantahuesos n.m. **1.** Ave del orden de las rapaces. Es la mayor de las aves de rapiña de Europa, y persigue los mamíferos pequeños. **2.** Pigargo (ave rapaz).

quebrantar I. v.tr. **1.** Romper, separar con violencia las partes de un todo. **2.** Moler o machacar una cosa parcialmente. **3.** Fig. Traspasar, violar una ley, palabra u obligación. **4.** Fig. Forzar, romper, venciendo una dificultad. **5.** Fig. Causar quebranto moral. **II.** v.prnl. Dolerse de un golpe, enfermedad o disgusto. **III.** v.tr. y prnl. Cascar o hender una cosa. • **quebrantamiento** n.m. Acción y efecto de quebrantar o quebrantarse. • **quebranto** n.m. **1.** Acción y efecto de quebrantar o quebrantarse. **2.** Fig. Desaliento. **3.** Fig. Aflicción o pena grande.

quebrar I. v.tr. **1.** Romper, separar con violencia las partes de un todo. **2.** Traspasar, violar una ley u obligación. **3.** Fig. Interrumpir la continuación de una cosa no material. **4.** Fig. Templar, suavizar la fuerza o el rigor de una cosa. **5.** Fig. Vencer una dificultad. **II.** v.int. **1.** Ceder, flaquear. **2.** COM Cesar en el comercio por sobreseer en el pago corriente de las obligaciones contraídas y no alcanzar el activo a cubrir el pasivo. **III.** v.prnl. **1.** Formársele una hernia a uno. **2.** Hablando de cordilleras, cuestas o cosas semejantes, interrumpirse su continuidad. **IV.** v.tr. y prnl. Doblar o torcer.

quebrazón n.m. *Col.* y *Chile.* Destrozo grande de objetos o vidrio.

quechol n.m. *Méx.* Flamenco (ave).

quechuas, pueblo sudamericano que, en la época de la conquista de Perú, habitaban el territorio que se extiende al N y al O del Cuzco. Fueron los creadores de la cultura incaica. En la actualidad viven agrupados en pequeñas comunidades, cuya estructura se vio modificada por la llegada de los españoles. Su economía se basa en la agricultura y en la ganadería (corderos y llamas). Cerámica, de influencia incaica e hispánica. • **quechua** n.m. Lengua hablada por estos pueblos. En la actualidad es hablada por 4 millones de personas en Perú, Bolivia, Ecuador, Colombia y la Argentina.

queda n.f. **1.** Hora de la noche, señalada con la campana para que todos se recojan. **2.** Campana destinada a ese fin. ▷ Toque que se daba con ella.

quedar I. v.int. y prnl. Estar, detenerse en un lugar. **II.** v.tr. **1.** Permanecer o restar parte de una cosa. **2.** Permanecer una persona o cosa en su estado, o pasar a otro. **3.** Terminar, convenir definitivamente en una cosa. **III.** v.prnl. Junto con la preposición *con*, retener en su poder una cosa.

quedo,a I. adj. Quieto. **II.** adv. m. **1.** Con voz baja o que apenas se oye. **2.** Con tiento.

quehacer n.m. Ocupación, negocio.

quejar I. v.tr. Aquejar. **II.** v.prnl. **1.** Expresar con la voz el dolor o pena que se siente. **2.** Manifestar resentimiento contra alguien. • **queja** n.f. **1.** Expresión de dolor. **2.** Resentimiento, desazón. **3.** Acusación ante juez o tribunal competente. • **quejica** adj. Que se queja con frecuencia o exageradamente. • **quejido** n.m. Voz lastimosa, motivada por un dolor o pena. • **quejoso,a** Se dice del que tiene queja de otro.

quejigo n.m. BOT Árbol de la familia de las fagáceas, que da por fruto bellotas parecidas a las del roble. **2.** Roble pequeño.

quejigueta n.f. BOT Arbusto de la familia de las fagáceas, de poca altura.

quejumbroso,a adj. Que se queja con poco motivo, o por hábito.

quelato n.m. Cuerpo químico que puede fijar cationes metálicos formando un compuesto estable. • **quelación** n.f. MED Formación de un compuesto mediante un quelato.

quelenquelen n.m. BOT *Chile.* Planta medicinal de la familia de las poligaláceas.

quelicerados n.m.pl. ZOOL Subtipo de animales artrópodos comprendiendo los arácnidos, merostomas y pantópodos, todos ellos provistos de quelíceros. • **quelícero** n.m. ZOOL Primer apéndice cefálico prebucal de los artrópodos *quelicerados*.

queloide n.m. MED Tumor cutáneo que se forma a veces en una cicatriz.

quelonio n.m. y adj. ZOOL Se dice de los reptiles que tienen el cuerpo protegido por un caparazón duro; como la tortuga. ▷ n.m.pl. ZOOL Orden de estos reptiles.

queltehue n.m. Ave zancuda de Chile.

quemar **I.** v.tr. **1.** Abrasar o consumir con fuego. **2.** Secar una planta el excesivo calor o frío. **3.** Causar una sensación muy picante en la boca o hacer señal, llaga o ampolla una cosa caústica o muy caliente. **4.** Destilar el vino. **II.** v.int. Estar algo demasiado caliente. **III.** v.prnl. **1.** Padecer o sentir mucho calor. **2.** Fig. Padecer la fuerza de una pasión o afecto. **3.** Fig. Quedarse sin recursos o posibilidades en una actividad. • **quema** n.f. **1.** Acción y efecto de quemar o quemarse. **2.** Incendio, combustión. • **quemadura** n.f. **1.** Descomposición de un tejido orgánico, producida por una sustancia cáustica o corrosiva. **2.** Señal, llaga que deja el fuego o una cosa muy caliente o cáustica. **3.** BOT Enfermedad de las plantas ocasionada por cambios grandes y repentinos de temperatura. **4.** Hongo de algunas plantas. • **quemazón** n.f. **1.** Acción y efecto de quemar o quemarse. **2.** Calor excesivo.

Quemes n.m. ZOOL Género de pulgones parásitos de las coníferas.

quemosis n.f. MED Edema de la conjuntiva, que forma un anillo circular alrededor de la córnea. • **quemótico,a** adj. MED Debido a una quemosis.

quena n.f. Flauta que usan los indios de algunas comarcas de América.

quenopodiáceo,a n.f. y adj. BOT Se dice de plantas angiospermas dicotiledóneas, herbáceas, como la espinaca. ▷ n.f. pl. BOT Familia de estas plantas.

quepis n.m. Gorra militar de forma ligeramente cónica y con visera horizontal.

querandíes. pueblo sudamericano de la familia lingüística puelche, que habitaba cierta región del Río de la Plata.

querat(o)- Prefijo procedente del griego *keras, keratos,* «cuerno, córnea».

queratina n.m. BIOQUIM Proteína fibrosa, principal constituyente de las formaciones epidérmicas de los vertebrados superiores. • **queratinizár** v. prnl. Endurecerse a causa de la formación de queratina las formaciones epidérmicas.

queratitis n.f. MED Inflamación de la córnea. • **queratosis** n.f. MED Hipertrofia de las capas córneas de la epidermis.

quercitrón n.m. BOT Roble verde de América del N. • **quercitrina** n.f. Colorante amarillo extraído del quercitrón.

querella n.f. **1.** Discordia, pendencia. **2.** FOR Acusación ante juez o tribunal competente. **3.** FOR Reclamación que los herederos forzosos hacen ante el juez, pidiendo la invalidación de un testamento por inoficioso. • **querellarse** **I.** v.prnl. FOR Presentar querella contra uno. **II.** v.prnl. Manifestar resentimientos contra alguien.

querencia n.f. **1.** Acción de amar o querer bien. **2.** Inclinación del hombre o algunos animales a volver al sitio en que se han criado. **3.** Ese mismo sitio. **4.** Tendencia natural hacia alguna cosa. • **querendón,a** adj. *Amér.* Muy cariñoso.

1. querer n.m. Cariño, amor.

2. querer **I.** v.tr. **1.** Desear o apetecer. **2.** Amar, tener cariño. **3.** Tener voluntad o determinación de ejecutar una cosa. **4.** Resolver, determinar. **5.** Intentar o procurar. **6.** Ser conveniente una cosa a otra; pedirla, requerirla. **7.** Conformarse o avenirse. **II.** v.impers. Estar próxima a ser o verificarse una cosa.

queresa n.f. Larva de dípteros o montón de huevecillos de materias en descomposición, cresa

querido,a **1.** n. y adj. Amado. **2.** n.m. y f. Hombre, respecto de la mujer, o mujer respecto del hombre, con quien tiene relaciones amorosas fuera de las matrimoniales.

quermes n.m. Cochinilla de la encina.

queroseno n.m. Una de las fracciones del petróleo natural que se destina al alumbrado y se usa como combustible en los propulsores a chorro.

querubín n.m. **1.** Espíritu celeste. **2.** Fig. Persona de gran belleza.

querulomanía n.f. PSIQUIAT Tendencia patológica a quejarse por causas injustificadas.

querva n.f. Ricino (planta).

querusco,a **1.** n. y adj. Se dice del individuo de cierto pueblo ant. de Germania que vivía entre los ríos Weser y Elba. Su jefe fue Arminio. **2.** Perteneciente a este pueblo.

queso n.m. Producto obtenido por maduración de la cuajada de la leche. • **quesera** n.f. Utensilio que se destina para guardar y conservar los quesos. • **quesería** n.f. **1.** Lugar donde se fabrican quesos. **2.** Tienda en que se vende queso.

quetodóntidos n.m.pl. Nombre de numerosos peces teleósteos de los arrecifes de coral.

quetognatos n.m. Clase de lofofóridos planctónicos, hermafroditas, de 1 cm de longitud.

quetonemia n.f. MED Concentración de cuerpos cetónicos en la sangre. • **quetonuria** n.f. MED Presencia de cuerpos cetónicos en la orina.

quetro n.m. *Chile.* Pato muy grande que tiene las alas sin plumas.

quetzal n.m. **1.** ZOOL Ave del orden de las trepadoras, propia de la América tropical. **2.** Unidad monetaria de Guatemala.

queule n.m. **1.** *Chile.* Mirobálano (árbol). **2.** Fruto de este árbol.

quiaca n.f. *Chile.* Árbol de 3 a 6 m de alto, ramas largas y flores pequeñas, blancas.

quianti n.m. Chianti, vino italiano.

quiasma n.m. **1.** ANAT Parte de las vías ópticas donde se cruzan las fibras procedentes de las cintas ópticas. **2.** BIOL Fenómeno consistente en el intercambio de fragmentos homólogos en un sistema de cromáticas.

quibey n.m. Planta de las Antillas, herbácea, anual, de la familia de las lobeliáceas.

quicio n.m. **1.** Parte de las puertas o ventanas en que entra el espigón del quicial, y en que éste se mueve y gira. **2.** Ángulo formado por la puerta y el muro en la parte de la puerta que gira. • **quicial** Quicio.

quichés, grupo étnico centroamericano que en la época precolombina se extendía por la península de Yucatán y la zona limítrofe de la actual Guatemala; su población se acerca al medio millón de personas. En la actualidad habitan en Guatemala. Su lengua pertenece al grupo maya-quiché.

quid n.m. Esencia, razón, porqué de una cosa.

quididad n.f. FILOS Lo que hace que una cosa sea lo que es; la esencia de esta cosa.

quiebra n.f. **1.** Rotura o abertura de una cosa. **2.** Hendedura o abertura de la tierra. **3.** Pérdida o menoscabo de una cosa. **4.** COM Acción y efecto de quebrar un comerciante. **5.** FOR Juicio universal para liquidar y calificar la situación del comerciante quebrado.

quiebrahacha n.m. Jabí (árbol).

quiebro n.m. **1.** Ademán que se hace con el cuerpo, como quebrándolo por la cintura. **2.** MUS Adorno que consiste en acompañar una nota de otras muy ligeras, que le dan mayor dulzura. **3.** Gorgorito hecho con la voz.

quien **1.** Pron. relat. que con esta sola forma conviene a los géneros masculino y femenino y que en plural hace *quienes.* Se refiere a personas y cosas, pero más generalmente a las primeras. **2.** Pron. relat. con antecedente implícito. **3.** Pron. interrog. y excl. *quién, quiénes,* con acento prosódico y ortográfico. **4.** Pron. indef., también con acento prosódico y ortográfico.

quienesquiera Pron. indet. pl. de *quienquiera.*

quienquiera pron. indet. Persona indeterminada, alguno, sea el que fuere.

quietismo n.m. **1.** RELIG Doctrina mística según la cual la perfección cristiana consiste en un estado de contemplación pasivo y de unión con Dios. **2.** Inacción, quietud, inercia.

quieto,a adj. **1.** Que no se mueve. **2.** Fig. Pacífico, sosegado. • **quietud** n.f. **1.** Carencia de movimiento. **2.** Fig. Sosiego, reposo, descanso.

quijada n.f. ZOOL Cada una de las dos mandíbulas de los vertebrados que tienen dientes.

quijo n.m. *Amér.* Cuarzo que en los filones sirve regulamente de matriz al mineral de oro o plata.

quijones n.m. Planta herbácea anual de la familia de las umbelíferas.

quijongo n.m. *C. Rica* y *Nicar.* Instrumento músico de cuerda que usan los indios.

1. quijote n.m. **1.** Pieza del arnés destinada a cubrir el muslo. **2.** En el cuarto trasero de las caballerías, la parte comprendida entre el cuadril y el corvejón.

2. quijote n.m. **1.** Fig. Idealista. **2.** Fig. Hombre que quiere ser juez de causas que no le atañen. • **quijotismo** n.m. Exageración en los sentimientos caballerosos.

quila n.f. *Amér. Merid.* Especie de bambú, de usos muy variados.

quilate n.m. **1.** Unidad de peso para las perlas y piedras preciosas, que equivale a 205 mg. **2.** Cada una de las veinticuatroavas partes en peso de oro puro que contiene cualquier aleación de este metal. **3.** Pesa de un quilate. **4.** Fig. Grado de perfección en cualquier cosa no material. • **quilatar** v. tr. Aquilatar.

quilífero,a adj. ANAT Se dice de cada uno de los vasos linfáticos de los intestinos, que absorben el quilo.

quilificar v.tr. y prnl. FISIOL Convertir en quilo el alimento. • **quilificación** n.f. FISIOL Acción y efecto de quilificar o quilificarse.

quilmay n.m. *Chile.* Planta trepadora, de la familia de las apocináceas; su raíz es medicinal.

1. quilo n.m. FISIOL Linfa de aspecto lechoso que circula por los vasos linfáticos intestinales durante la digestión.

2. quilo n.m. Peso de 1.000 gramos, kilo.

3. quilo n.m. **1.** *Chile.* Arbusto de la familia de las poligonáceas. **2.** *Chile.* Fruto de este arbusto.

quilópodos n.m.pl. ZOOL Subtipo de miriápodos en los que cada segmento posee únicamente un par de patas (p. ej., escolopendras o ciempiés).

quilquil n.m. *Chile.* Helecho arbóreo de la familia de las polipodiáceas.

quilla n.f. **1.** Pieza que va de popa a proa por la parte inferior del barco, en la que se asienta toda su armazón. **2.** Parte saliente y afilada del esternón de las aves.

quillay n.m. *Arg.* y *Chile.* Árbol de la familia de las rosáceas, de gran tamaño, madera útil y cuya corteza interior se usa como jabón.

quimbayas, pueblo sudamericano, cuyos descendientes habitan principalmente el depart. colombiano de Antioquia. Los principales vestigios de la cultura quimbaya son sus monumentos funerarios, de los que se han extraído las figurillas y adornos, casi siempre de oro, que constituyen la más espléndida muestra de orfebrería americana anterior a la conquista.

quimbombó n.m. *Cuba.* Quingombó (planta).

quimera n.f. **1.** Monstruo mitológico. **2.** Fig. Lo que se cree verdadero, no siéndolo. • **quimérico,a** adj. Fabuloso, fingido.

química n.f. Ciencia que estudia las transformaciones conjuntas de la materia y de la energía. — *Química biológica.* La de los seres vivos. — *Química inorgánica.* La que agrupa todos los elementos distintos del carbono, y las combinaciones que éstos pueden producir. — *Química orgánica.* La de los compuestos que contienen carbono. • **químico,a I.** adj. **1.** Perteneciente a la química. **2.** Concerniente a la composición de los cuerpos. **II.** n.m. y f. Persona que profesa la química.

ENCICL La química se divide en pura y aplicada. La primera comprende la química *general,* que estudia las leyes fundamentales, y la *mineral,* que describe las propiedades de los cuerpos metálicos, no metálicos y de sus compuestos, a excepción de los compuestos de carbono, cuyo estudio es el objeto de la química *orgánica.* Ésta comprende el estudio de los cuerpos presentes en los tejidos vivos *(bioquímica).* La química pura tiene ramificaciones interdisciplinarias: termoquímica, radioquímica, fotoquímica, geoquímica, fisicoquímica, electroquímica, etc. La aplicada beneficia a la industria con sus trabajos y la enriquece con nuevos productos. El análisis inmediato y el análisis elemental han permitido determinar la composición de las combinaciones y luego de los cuerpos puros compuestos y simples (v. análisis). Cada elemento está representado por un *símbolo* (por ejemplo: O para el oxígeno, Cu para el cobre, Na para el sodio) al que se asocia la *masa atómica* del elemento: 16 para el oxígeno, 63,55 para el cobre, 22,99 para el sodio, lo que quiere decir que las masas de una molécula de átomos de oxígeno, de cobre y de sodio, correspondientes a los símbolos O, Cu y Na son, respectivamente, iguales a 16 g, 63,55 g y 22,99 g (v. átomo y elemento). Las fórmulas de los cuerpos compuestos se escriben yuxtaponiendo los símbolos de los elementos que forman la molécula, y precisando en el índice las proporciones relativas a los elementos que la constituyen: así, la molécula de cloruro de bario $BaCl_2$ contiene un átomo de bario por cada dos de cloro. La *masa molecular* de un cuerpo (es decir, la masa de $6{,}02 \cdot 10^{23}$ moléculas de este cuerpo) puede calcularse a partir de su fórmula; así, la masa molecular del ácido sulfúrico $H_2SO_4 = (2 \times 1{,}00) + (1 \times 32{,}06) + (4 \times 16) = 98{,}06$. Las fórmulas *desarrolladas* permiten dar cuenta de la estructura molecular de un cuerpo. La del alcohol metílico CH_4O se escribe $CH_3 - OH$ (sustitución del radical oxidrilo OH por un átomo de hidrógeno en el metano CH_4). La *estereoquímica* estudia la distribución en el espacio de los átomos que constituyen la molécula, distribución que puede determinar medidas radiocristalográficas. Las *reacciones* químicas se representan por ecuaciones: la ecuación $H_2SO_4 + Zn \rightarrow ZnSO_4 + H_2$, significa que la reacción del ácido sulfúrico sobre el cinc produce sulfato de cinc y va acompañado de un escape de hidrógeno. Estas reacciones pueden ser endotérmicas (absorbiendo calor, pues exige aportación de energía) o exotérmicas (desprendiendo calor, pues se prosigue sin aportación de energía después del comienzo del proceso) y a veces necesitan un catalizador. Durante mucho tiempo empírica y dependiente de la práctica de los alquimistas, la química obtuvo poderosas bases teóricas a partir del s. XVIII. En el s. XX se ha desarrollado la química-física que ha permitido dar cuenta de las *relaciones* entre los átomos de una molécula y de ese modo conocer mejor su estructura. En cuanto a la *química nuclear,* procede de la física del núcleo.

quimificar v.tr. y prnl. FISIOL Convertir en quimo el alimento. • **quimificación** n.f. FISIOL Acción y efecto de quimificar o quimificarse.

quimio- Partícula procedente del término *química;* suele utilizarse como prefijo.

quimioluminiscencia n.f. FIS Luminiscencia producida por una oxidación lenta.

quimioprofilaxis n.f. MED Tratamiento preventivo contra la infección por medios químicos.

quimiorreceptor o **receptor químico** adj. ANAT Órgano o región del cuerpo sensible a los excitantes químicos.

quimiosensibilidad n.f. Sensibilidad a los excitantes químicos.

quimiosíntesis n.f. BIOQUIM Síntesis de cuerpos orgánicos realizada por los vegetales inferiores.

quimiotactismo n.m. BIOL Propiedad que poseen algunas células (espermatozoides, glóbulos blancos, etc.) de ser atraídas o rechazadas por algunas sustancias químicas.

quimioterapia n.f. Tratamiento por sustancias químicas.

quimiotrofía n.f. BIOL Nutrición de un ser vivo autótrofo por quimiosíntesis.

quimiotrofismo n.m. BIOL Orientación de los órganos vegetales en desarrollo, debido a sustancias químicas, atractivas o repulsivas.

quimo n.m. FISIOL Pasta homogénea y agria en que los alimentos se transforman en el estómago por la digestión. • **quimosina** n.f. QUIM Fermento de la mucosa del estómago de los mamíferos que cuaja la leche.

quimono n.m. **1.** Túnica larga cruzada de mangas anchas que se usa en el Japón. **2.** Bata similar al quimono japonés, que se usa en occidente. **3.** Traje de los judokas, karatekas, etc.

quina n.f. **1.** Corteza del quino (árbol), de propiedades febrífugas. **2.** Líquido confeccionado con la corteza de dicho árbol y otras sustancias, que se toma como medicina. • **quinado,a** adj. Se dice del vino u otro líquido que se prepara con quina y se usa como medicamento.

quinasa n.f. BIOQUIM Enzima.

quincalla n.f. Conjunto de objetos de metal de escaso valor. • **quincallería** n.f. Fábrica, tienda de quincalla. • **quincallero,a** n.m. y f. Fabricante o vendedor de quincalla.

quince I. adj. Diez y cinco. ▷ Aplicado a los días del mes, decimoquinto, ordinal. **II.** n.m. Conjunto de signos o cifras con que se representa el número quince.

quincena n.f. **1.** Espacio de quince días. **2.** Paga que se recibe cada quince días. **3.** MUS Intervalo que comprende las quince notas sucesivas de dos octavas. • **quincenal** adj. **1.** Que sucede o se repite cada quincena. **2.** Que dura una quincena.

quincuagenario,a n. y adj. **1.** Que consta de cincuenta unidades. **2.** Que tiene cincuenta años cumplidos.

quincuagésimo,a 1. adj. Que sigue inmediatamente en orden al o a lo cuadragésimo nono. **2.** n. y adj. Se dice de cada una de las cincuenta partes iguales en que se divide un todo.

quincha n.f. **1.** *Amér. Merid.* Tejido de junco con que se afianza un techo o pared de paja. **2.** *Chile.* Pared hecha de cañas, varillas u otra materia semejante.

quinchamalí n.m. *Chile.* Planta medicinal, de la familia de las santaláceas.

quinchihue n.m. *Amér. Merid.* Planta anual, medicinal, de color verde claro.

quinchoncho n.m. BOT Arbusto de la familia de las papilionáceas, procedente de la India.

quindenio n.m. Espacio de quince años.

quingombó n.m. Planta herbácea de la familia de las malváceas, que se empleó como textil.

quingos n.m. *Amér.* Eses, zigzag.

quiniela n.f. **1.** Sistema reglamentado de apuestas en varios deportes: fútbol, carreras de caballos, etc. ▷ Boleto de quinielas. **2.** *Arg., Par., Sto. Dom.* y *Urug.* Juego que consiste en apostar a la última o a las últimas cifras del número premiado en la lotería.

quinientista n. y adj. Perteneciente o relativo al s. XVI; escritor o artista de dicho siglo.

quinina n.f. Alcaloide vegetal que se extrae de la quina; usado en farmacia como tratamiento del paludismo. • **quinismo** n.m. MED Conjunto de fenómenos que produce en el organismo el uso o abuso de la quinina.

quino n.m. **1.** BOT Árbol americano de la familia de las rubiáceas cuya corteza es la quina. **2.** Zumo que se extrae de varios vegetales muy usado como astringente. **3.** Quina, corteza del quino.

quínoa n.f. BOT Cereal de América Central, parecido al alforfón.

quinoleína n.f. QUIM Compuesto extraído del alquitrán de hulla, que entra en la composición de numerosos medicamentos sintéticos. • **quinoleico,a** adj. QUIM Dícese de los derivados de la quinoleína. v. oleína.

quinona n.f. QUIM Compuesto bencénico con dos funciones cetona.

quinque- Prefijo procedente del latín *quinque,* «cinco».

quinqué n.m. Lámpara de petróleo provista de un tubo de cristal que resguarda la llama.

quinquefolio n.m. Cincoenrama (hierba).

quinquenal adj. **1.** Que sucede o se repite cada quinquenio. **2.** Que dura un quinquenio.

quinquenio n.m. Tiempo de cinco años.

quinqui n.m. y f. Grupo étnico español, de origen oriental, comúnmente asimilado a los gitanos. Sus miembros se autodenominan *mecheros.*

quinta n.f. **1.** Acción de quintar. **2.** Casa de recreo en el campo. **3.** Reemplazo anual para el ejército. ▷ Operación administrativa de reclutamiento. v. ENCICL **4.** MUS Intervalo que consta de tres tonos y un semitono mayor.

ENCICL **Hist.** — Nombre con que se designaba el sistema de reclutamiento, aplicado por Carlos III de España, mediante el cual se sorteaba, entre cinco hombres aptos, uno que debía prestar servicio. Generalmente la obligación recaía sobre los integrantes de las clases bajas, lo cual despertó una gran oposición popular, particularmente en Cataluña y País Vasco, que tras algunos levantamientos, fueron declarados exentos de la obligación.

quintacolumnista n. y adj. **1.** Perteneciente o relativo a la quinta columna. **2.** Persona que forma parte de ella.

quintaesencia n.f. Última esencia o extracto de alguna cosa.

quintal n.m. *Quintal métrico.* Peso de cien kilogramos.

quinteto n.m. **1.** Composición musical para cinco partes concertantes. **2.** Formación musical de cinco miembros. **3.** Combinación métrica de cinco versos de arte mayor aconsonantados y ordenados como los de la quintilla.

quintilla n.f. **1.** Combinación métrica de cinco versos octosílabos, con dos diferentes consonancias. **2.** Combinación de cinco versos de cualquier medida con dos distintas consonancias.

quintillizo adj. Se dice de cada uno de los hermanos nacidos de un parto quíntuple.

quinto,a **I.** adj. Que sigue inmediatamente en orden al o a lo cuarto. **II.** n.y adj. Dícese de cada una de las cinco partes iguales en que se divide un todo. **III.** n.m. **1.** Denominación que se da al soldado mientras recibe instrucción militar. **2.** FOR Quinta parte de la herencia, que, aun teniendo hijos, podía el testador legar libremente.

quintral n.m. **1.** *Chile.* Muérdago de flores rojas. **2.** *Chile.* Cierta enfermedad que sufren las sandías y porotos.

quíntuplo,a n.m. y adj. Que tiene un número cinco veces exactamente. • **quintuplicar** v.tr. y prnl. Hacer cinco veces mayor una cantidad.

quinua. n.f. BOT *Arg., Bol., Chile, Perú* y *Urug.* Planta anual, de la familia de las quenopodiáceas, de hojas y raíz comestibles.

quiosco n.m. **1.** Templete desde donde se dan conciertos. **2.** Pequeña construcción donde se venden periódicos, flores, etc.

quipu, instrumento utilizado por los incas a modo de ayuda mnemotécnica. Está formado por varios cordeles sujetos a otro a la manera de un peine. Los nudos de los cordeles indicaban las cifras ordenadas según el sistema decimal, expresándose el cero por la ausencia de cordel.

quique n.m. *Amér.* Especie de comadreja.

quir(o)- Prefijo que proviene del griego *kheir,* «mano».

quirófano n.m. CIR Sala donde se efectúan operaciones quirúrgicas.

quirógrafo,a n. y adj. Relativo al contrato que no está legalizado.

quiromancia o **quiromancía.** n.f. Adivinación por las rayas de la mano. • **quiromántico,a** **1.** adj. Perteneciente o relativo a la quiromancia. **2.** n.m. y f. Persona que la profesa.

quiropráctica o **quiropraxia** n.f. Método de tratamiento de los dolores raquídeos por manipulación vertebral.

quiróptero n. y adj. ZOOL Se dice de mamíferos crepusculares o nocturnos, con alas formadas por una membrana, que se extiende sobre cuatro de los dedos de las extremidades anteriores. ▷ n.m.pl. ZOOL Orden de estos animales.

quirquincho n.m. *Amér. Merid.* Mamíferos del suborden de los dasipodoideos, que tienen el caparazón formado por placas yuxtapuestas.

quirúrgico,a adj. Perteneciente o relativo a la cirugía.

Quiscalus n.m. Género de paseriformes de América Central; tienen el plumaje negro rojizo.

quisco n.m. *Chile.* Especie de cacto espinoso.

quisquilla n.f. **1.** Reparo o dificultad de poca importancia. **2.** Camarón, crustáceo pequeño.

quisquilloso,a n. y adj. **1.** Que se para en tonterías. **2.** Demasiado susceptible.

quiste n.m. **1.** MED Formación patológica constituida por una bolsa que contiene una sustancia líquida de origen diverso. **2.** BIOL Forma que adoptan algunos seres unicelulares al deshidratarse, rodeándose de una capa protectora.

quita n.f. FOR Remisión o liberación que de la deuda o parte de ella hace el acreedor al deudor.

quitameriendas n.f. BOT Planta de la familia de las liliáceas, muy parecida al cólquico, de característico mal sabor.

quitamiedos n.m. Listón o cuerda que se coloca en lugares elevados para evitar el vértigo.

quitanieves n.f. Máquina para limpiar de nieve las carreteras y vías de comunicación en general.

quitar **I.** v.tr. **1.** Apartar una cosa de otras, o del lugar o sitio en que estaba. **2.** Tomar o coger algo ajeno, hurtar. **3.** Impedir o prohibir. **4.** Derogar una ley, sentencia, etc., o librar a uno de una pena, cargo o tributo. **5.** Despojar o privar de una cosa. **6.** Libertar o desembarazar a uno de una obligación. **7.** ESGR Defenderse de una estocada. **II.** v.prnl. **1.** Dejar una cosa o apartarse totalmente de ella. **2.** Irse de un lugar.

quitasol n.m. Especie de paraguas para resguardarse del sol.

quitasolillo n.m. **1.** *Cuba.* Planta umbelífera. **2.** *Cuba.* Cierto hongo comestible.

quite n.m. **1.** Acción de quitar o estorbar. **2.** ESGR Movimiento defensivo. **3.** Intervención de un torero para librar a otro de la acometida del toro.

quiteño,a **1.** n.m. y f. Natural de Quito. **2.** adj. Perteneciente o relativo a esta capital.

quitina n.f. QUIM Hidrato de carbono nitrogenado, insoluble en agua y en los líquidos orgánicos.

quitón n.m. ZOOL Molusco de la clase de los anfineuros, con concha formada de ocho piezas.

quizá o **quizás** Adv. de duda con que se denota la posibilidad de una cosa.

quórum n.m. Número mínimo de miembros que deben estar presentes en una asamblea para que se pueda tomar una decisión válida.

qurayši o **quraychí,** miembro de la tribu árabe (Quṣay) que desde el s. V impuso su supremacía política y económica en La Meca. El profeta Mahoma y los cuatro primeros califas del Islam surgieron de esta tribu.

R

r n.f. **1.** Vigésima primera letra del abecedario español, y decimoséptima de sus consonantes. Su nombre generalmente es *erre*; pero se llama *ere* cuando se quiere hacer notar su sonido simple. El sonido simple se representa con una sola *r* (cara, piedra, amor). El múltiple se representa con *r* sencilla a principio de vocablo y siempre que va después de *b* con que no forma sílaba o de *l*, *n* o *s* (rama, subrepticio, enredo, israelita), y se representa con dos erres en cualquier otro caso (tierra). La erre transcrita con dos erres representa un fonema único y no puede dividirse en la escritura. **2.** MAT R, símbolo del cuerpo de los números reales. ▷ FIS Símbolo de la resistencia eléctrica y de la reluctancia magnética. ▷ *R*, símbolo de la constante universal de los gases perfectos (R = 8,3145 J/ K. mol). ▷ Símbolo del roentgen.

Ra QUIM Símbolo del radio.

rabāb n.m. Instrumento musical árabe, de cuerda, considerado como el más antiguo instrumento de arco.

rabada n.f. Cuarto trasero de las reses después de matarlas.

rabadán n.m. **1.** Mayoral que cuida el ganado de una cabaña. **2.** Pastor que gobierna uno o más hatos de ganado, a las órdenes del mayoral.

rabadilla n.f. **1.** Punta o extremidad del espinazo. **2.** En las aves, extremidad movible de la cola.

rábano n.m. **1.** Planta herbácea anual, de la familia de las crucíferas, de raíz comestible. **2.** Raíz de esta planta. • **rabanillo** n.m. Planta herbácea anual, de la familia de las crucíferas. Es hierba nociva. • **rabaniza** n.f. **1.** Simiente del rábano. **2.** Planta herbácea anual, de la familia de las crucíferas.

rabassa n.f. DER *Rabassa morta.* Contrato por el que el propietario arrienda al cultivador una finca para que plante viñas y las cultive hasta que mueran.
ENCICL La gran longevidad conseguida en las cepas en el s. XVIII, provocó entre los propietarios el intento de limitar la duración de los contratos de arrendamiento de las tierras, que se fijaron en cincuenta años. Esta medida y otras favorables a los propietarios provocaron un grave conflicto social. En los períodos liberales, las reivindicaciones *rabassaires* se centraron en la mejora de los pactos y en el derecho de rendención.

rabdomancia n.f. Búsqueda de capas de agua, de yacimientos de metales, etc., por medio de una varilla. v. radiestesia.

rabel n.m. Instrumento músico pastoril, pequeño, y compuesto de tres cuerdas solas que se tocan con arco.

rabí n.m. **1.** Título de dignidad judío. **2.** Rabino.

rabia n.f. **1.** PAT Enfermedad que afecta gravemente a los centros nerviosos y a las glándulas salivales; se transmite por mordedura. Hidrofobia. **2.** Roya que padecen los garbanzos. **3.** Fig. Ira, enojo. • **rabiar** v.int. **1.** Padecer rabia. **2.** Fig. Padecer un dolor intenso. **3.** Fig. Construido con la preposición *por*, desear una cosa con vehemencia. **4.** Fig. Impacientarse o enojarse con muestras de cólera. **5.** — *A rabiar.* Mucho; con exceso.
ENCICL En otro tiempo, la rabia era transmitida sobre todo por el lobo y el perro; actualmente, en su forma selvática aún hace estragos en América (mofetas, coyotes), en África (chacal, hiena) e incluso en Europa (zorro, perros, ratas, ganadería ovina). Es una enfermedad endémica del lobo, del tejón, la mangosta, el hurón y los murciélagos; se debe al virus rábico, que se transmite por mordedura. El período de incubación va de doce días a un año, al cual sigue un abatimiento profundo y un estado de excitación con contracciones, fotofobia y espasmo hidrofóbico de la laringe, muy doloroso. Por fin sobreviene la parálisis. La temperatura se eleva mucho: 41 °C y a veces hasta 42 °C en el momento de la muerte. Los sujetos mordidos pueden ser tratados (seroterapia) y vacunados. Pasteur, el 6 de julio de 1885, probó su vacuna por primera vez con un joven alsaciano que había sido mordido por un perro rabioso.

rabiacana n.f. Arísaro (planta).

rábico,a adj. Perteneciente o relativo a la enfermedad de la rabia.

rabicorto,a adj. Se dice del animal que tiene corto el rabo.

rabieta n.f. Fig. y Fam. Impaciencia, enfado por leve motivo y que dura poco.

rabihorcado n.m. Ave del orden de las palmípedas, propia de los países tropicales, de 3 m de envergadura y uno aproximadamente de largo.

rabilargo,a I. adj. Se aplica al animal que tiene largo el rabo. **II.** n.m. Determinado pájaro de vistoso plumaje.

rabillo n.m. **1.** Ramita que sostiene la hoja o el fruto. **2.** Prolongación de una cosa en forma de rabo. — *Rabillo del ojo.* Ángulo extremo del ojo. **3.** Cizaña (planta). **4.** Mancha negra en los granos de los cereales atacados por el tizón. **5.** Trabilla del chaleco y del pantalón. **6.** *Rabillo de conejo.* Planta anual de la familia de las gramíneas.

rabino n.m. Maestro hebreo que interpreta la Sagrada Escritura.

rabioso,a I. n. y adj. Que padece rabia. **II.** adj. **1.** Colérico, enojado. **2.** Fig. Vehemente, violento.

rabo n.m. **1.** Cola, extremidad de la columna vertebral de algunos animales. **2.** Pedúnculo de hojas y frutos. **3.** Fig. y Fam. Cualquier cosa que cuelga a semejanza de la cola de un animal. **4.** ZOOL *Rabo de junco.* Palmípeda americana del tamaño de un mirlo. • **rabón,a** adj. Se dice del animal que tiene el rabo más corto que de ordinario o que no lo tiene. • **rabopelado** n.m. Zarigüeya. • **rabudo,a** adj. Que tiene grande el rabo.

racamenta o **racamento** n.m. MAR Especie de anillo que sujeta las vergas a sus palos o masteleros respectivos.

raccord n.m. CINEM Unión entre dos planos, entre dos secuencias.

racémico,a adj. QUIM Dícese de la sustancia obtenida por asociación de un isómero dextrógiro y de un isómero levógiro, que no desvía el plano de polarización de la luz.

racial n. y adj. Perteneciente o relativo a la raza.

racimo n.m. **1.** BOT Conjunto de flores o frutos sostenidos por un eje común; especialmente el formado por las uvas de la vid. **2.** Fig. Conjunto de cosas menudas dispuestas en racimo. • **racimar** v.tr. Recoger los redrojos de la viña y los racimos caídos en la vendimia.

raciocinio n.m. **1.** Facultad de raciocinar. **2.** Acción y efecto de raciocinar. **3.** Razonamiento. • **raciocinar** v.int. Usar de la razón para conocer y juzgar.

ración n.f. **1.** Parte o porción que se da para alimento en cada comida. **2.** Asignación diaria para alimento en especies o dinero. **3.** Porción de comida o plato que se da en bares o restaurantes por un determinado precio. **4.** Medida de líquidos.

racional I. adj. **1.** Que se basa en la razón. **2.** De acuerdo con la razón, con el sentido común. ▷ Bien dispuesto y práctico. **3.** MAT *Número racional* o *fraccionario.* El que puede expresarse como una relación entre dos números enteros. **II.** n. y adj. Dotado de razón. • **racionalidad** n.f. Carácter de lo que es racional.

racionalismo n.m. **1.** FILOS Doctrina filosófica según la cual todo lo existente es inteligible. **2.** FILOS Doctrina según la cual todo conocimiento cierto proviene de unos principios a priori, universales y necesarios (opuesto a *empirismo*). **3.** Toda doctrina que tiende a atribuir a la razón un valor principal. ▷ Especialmente, actitud de quienes rechazan cualquier explicación metafísica del mundo. **4.** TEOL Doctrina según la cual los dogmas de fe no deben ser admitidos hasta haber sido examinados a la luz de la razón natural. **5.** BELL ART Doctrina estética que subordinaba la estética a la adecuación del objeto o del edificio a su función. • **racionalista** n. y adj. Que profesa la drloctrina del racionalismo.

racionalizar v.tr. **1.** Hacer racional, conforme a la razón. ▷ En especial, intentar comprender, de una forma racional, lo que parece escapar a un intento de esta naturaleza. **2.** Someter a la racionalización (sent. 2). • **racionalización** n.f. **1.** Acción de racionalizar; su resultado. **2.** Organización, según principios racionales, de una empresa, de una actividad económica, etc.

racionar 1. v.tr. y prnl. MILIT Distribuir raciones a las tropas. **2.** v.tr. Limitar la distribución de artículos de primera necesidad en caso de escasez. • **racionamiento** n.m. Acción y efecto de racionar o racionarse.

racismo n.m. **1.** Exacerbación del sentido racial de un grupo étnico. **2.** Doctrina antropológica o política basada en este sentimiento. • **racista** 1. adj. Perteneciente o relativo al racismo. **2.** n.m. y f. Partidario del racismo.

racket n.m. **1.** Organización de malhechores, que practican la extorsión. **2.** Actividad de estos malhechores.

racor n.m. TECN Pieza metálica, que sirve para unir tubos y otros perfiles cilíndricos. ▷ AUTOM Tubo utilizado para conectar las canalizaciones de los motores de explosión.

racha n.f. **1.** MAR Ráfaga de aire. **2.** Fig. y Fam Período breve de buena o mala suerte. **3.** Período de confluencia de numerosas cosas de un mismo tipo. *Racha de atentados.* • **racheado,a** adj. Se dice del viento que sopla a rachas.

rad n.m. FIS NUCL Unidad de irradiación que corresponde a la absorción de 100 erg/g (símbolo *rd*).

rada n.f. Bahía, ensenada.

radal n.m. *Chile.* Árbol de la familia de las proteáceas, cuya corteza se usa en medicina.

radar n.m. ELECTR Sistema de detección de un cuerpo, mediante la emisión de ondas eléctricas. ▷ Aparato para aplicar este sistema.

Hist. — Hülfsmeyer (Alemania) poseía desde 1904 las patentes para la utilización de las ondas hertzianas con fines de detección, ya que éstas, de longitud mucho mayor que las de la luz, se propagan incluso a través de la niebla. En 1922, Taylor y Young (Estados Unidos) observaron que un haz de ondas cortas era interceptado por un navío que lo atravesaba. En 1924, Appleton y Barnett (Gran Bretaña) aplicaron un método de impulsos para medir la altura de la capa atmosférica que reflejaba las ondas cortas. A partir de 1930, Ponte y Gutton (Francia) estudiaron la emisión de ondas muy cortas y pusieron a punto, en 1934, un potente tubo emisor; al año siguiente la instalaron sobre el buque *Normandie* un aparato destinado a la detección de los icebergs. Ya en 1934, en las afueras de París, Pierre David consiguió detectar aviones a cerca de 5.000 m. Watson-Watt (Gran Bretaña) montó una primera cadena operacional de radar de ondas métricas en 1938; en 1940, Randall y Boot (Gran Bretaña) pusieron a punto el magnetrón de cavidades. El radar fue ya muy utilizado durante la batalla de Inglaterra.
Tecn. — El principio del radar consiste en emitir señales electromagnéticas de breve duración, y en recoger las señales reflejadas por los obstáculos. La medición del recorrido de ida y vuelta de las señales (las cuales se propagan a la velocidad de la luz) permite calcular la distancia de los obstáculos, cuya dirección se conoce por la posición de la antena durante la recepción. El tratamiento de las informaciones recogidas se suele hacer actualmente por ordenador. El alcance de un radar depende de la potencia del emisor y de la superficie de la antena. La antena del *radar de vigilancia panorámica* gira sobre sí misma: el movimiento de los objetivos detectados se visualiza en una pantalla especial. Los *radares de seguimiento* miden de manera continua la posición y la velocidad del objetivo (avión, missil). Los missiles crucero *(cruise)* están provistos de un *radar-altímetro*, que les permite evolucionar a muy baja altura. Los radares se emplean en fotografía aérea y en astronomía (cartografía de Venus, cuyo suelo está oculto por nubes).

radiación n.f. **1.** Acción y efecto de radiar. **2.** FIS Propagación de energía en forma de partículas (radiación corpuscular) o de vibraciones (radiación térmica, acústica, electromagnética). ▷ Generalmente, flujo de partículas.

radiactividad n.f. FIS Calidad de radiactivo. Se mide por el número de desintegraciones que se producen cada segundo. Su unidad es el curio, que equivale a 37.000 millones de desintegraciones por segundo. • **radiactivo,a** adj. FIS Se dice del cuerpo cuyos átomos se desintegran espontáneamente.
ENCICL Algunos elementos pesados como el uranio, el radio o el torio, se desintegran espontáneamente emitiendo radiaciones α (núcleos de helio), β (electrones) y γ (fotones de alta energía). Se les llama *radionúclidos* (o *radioelementos* o *radioisótopos*) *naturales*. Bombardeando elementos no radiactivos con la ayuda de partículas (neutrones, p. ej.), se obtienen *radionúclidos artificiales* cuya desintegración produce radiaciones α, γ y β^+ (positrones). La radiactividad necesariamente se acompaña de una transmutación de elementos; un cuerpo radiactivo da lugar a otros que pueden serlo a su vez. El conjunto de cuerpos obtenidos a partir de uno radiactivo natural constituye una *familia* radiactiva, cuyo último elemento es estable (plomo, p. ej.). Todos los elementos de número atómico igual o superior a 84 son radiactivos. Es preciso añadir el prometio (61) y el tecnetio (43). Un elemento radiactivo se caracteriza por su *período de semidesintegración* (tiempo durante el cual la mitad de sus núcleos se ha desintegrado) y por su *actividad* (número de desintegraciones por unidad de tiempo), expresada en *curies* (símbolo *Ci*); 1 $Ci=3{,}7 \cdot 10^{10}$ desintegraciones por segundo; es la actividad de un gramo de radio. La medida de la actividad del cuerpo radiactivo permite deducir desde cuando se desintegra el cuerpo y, en particular, proceder a la *datación* de muestras, con la condición de que el período del radioelemento utilizado no sea demasiado corto en la relación con la edad a determinar. Así, el *carbono 14*, cuyo período de semidesintegración es de 5.600 años, permite medir edades de hasta 10.000 años; y el *potasio 40*, de hasta 80 millones de años. Los radionúclidos son utilizados para estudiar la difusión de un elemento en un sólido o en un líquido (investigaciones sobre el metabolismo, experiencias encaminadas a detectar la vida en el planeta Marte, etc.); ahora llevan el nombre de *trazadores*.

Los cuerpos radiactivos actúan sobre el organismo por irradiación (acción de las radiaciones) o por contaminación (inhalación, ingesta o contaminación externa). Provocan ionizaciones que entrañan modificaciones bioquímicas más o menos graves. La dosis de radiaciones recibidas se expresa en *roentgens o en rems.* Cualquiera que sea el origen de la irradiación, las lesiones debidas a éstas aparecen, en general, cuando la dosis recibida sobrepasa los 50 rems. Una dosis de 500 rems entraña una probabilidad de muerte del 50 %. El efecto destructor de las radiaciones sobre los organismos vivos es aprovechado para el tratamiento de ciertos tumores (radioterapia), para esterilizar los productos alimenticios (leche, carne) y para crear, por mutación, nuevas especies (horticultura, agronomía). El hombre está sometido a la radiactividad natural, a la que se une la artificial (exámenes radiológicos, contaminación por los desechos nucleares, etc.); el desarrollo incontrolado de los procesos productores de radiactividad (reactores nucleares, explosiones nucleares, etc.) podría a largo plazo, por acumulación de las dosis recibidas y de las mutaciones genéticas derivadas de ello, poner en peligro a la especie humana.

Hist. — En 1896, H. Becquerel se dio cuenta de que las sales de uranio emitían de una manera continua una débil radiación que impresionaba las placas fotográficas e ionizaba el gas. Pierre y Marie Curie, y también Rutherford, estudiaron el fenómeno, descubriendo igualmente *la radiactividad inducida* (radiactividad temporal de un cuerpo sometido a las radiaciones de un cuerpo radiactivo). En 1898, P. y M. Curie llegaron a aislar el *polonio* y el *radio* del mineral de uranio. Los trabajos de los Curie, Rutherford, Debierne, Soddy demostraron que la radiactividad se acompaña de una *transmutación* del elemento. En 1919, Rutherford provocó la primera transmutación artificial (del nitrógeno en oxígeno) y, en 1934, I. y F. Joliot-Curie obtuvieron el radiofósforo a partir del aluminio. Actualmente, se producen centenares de elementos radiactivos en las pilas nucleares.

radiado,a **I.** adj. **1.** BOT Se dice de lo que tiene sus diversas partes situadas alrededor de un punto o de un eje. **2.** BOT Se dice, en las plantas compuestas, de la cabezuela formada por flósculos en el centro y por semiflósculos en la circunferencia. **II.** n. y adj. ZOOL Se dice del animal invertebrado cuyas partes están dispuestas a manera de radios. **III.** n.f.pl. BOT Grupo de plantas compuestas que tienen forma radiada.

radiador n.m. **1.** Aparato alimentado por una fuente calorífica o energética que sirve de calefactor. **2.** P. anal. Aparato que sirve para enfriar ciertos motores de explosión.

radial adj. **1.** TECN Relativo al radio. ▷ Dispuesto según los radios de una circunferencia. **2.** URBAN *Vía radial* o n.f., *una radial.* Vía que une, como el radio de una circunferencia, el centro de una ciudad con una vía periférica. **3.** ANAT Que está en contacto con el radio. — *Nervio radial.* Nervio sensitivo y motor del antebrazo y de la mano.

radián n.m. GEOM Unidad de medida de ángulos (símbolo *rd*) del sistema SI que corresponde al ángulo central que abarca un arco de cincunferencia de igual longitud a la del radio.

radiar **I.** v.tr. **1.** RAD Difundir por medio de la radio. **2.** MED Tratar una lesión con los rayos X. **II.** v.tr. e int. Despedir rayos de luz, o calor, o energía de otra clase. • **radiancia** n.f. FIS Cociente de flujo luminoso que irradia una superficie por su área. • **radiante** adj. **1.** FIS Que radia. **2.** Fig. Brillante, resplandeciente. **3.** ASTRON *Punto radiante.* Punto del cielo del que parecen salir los grupos de estrellas fugaces.

radicación n.f. **1.** Acción y efecto de radicar o radicarse. **2.** Fig. Establecimiento, larga permanencia, práctica y duración de un uso, costumbre, etc.

radical **I.** adj. **1.** BOT Relativo a las raíces, que nace de ellas. **2.** Que afecta a la naturaleza de un ser o una cosa. **II.** n. y adj. Partidario de reformas absolutas en materia política. v. ENCICL. ▷ P. ext. que ataca los fundamentos, la causa básica de lo que se quiere modificar. **III.** n.m. **1.** LING Forma de una palabra despojada de las desinencias que constituyen su flexión, su declinación, su conjugación, etc. **2.** QUIM Agrupación de átomos susceptible de ser separada en bloques de una molécula y entrar en la composición de otra de estructura diferente. — *Radical libre.* Radical con una duración de vida muy breve, que se puede observar en el estado no combinado. **3.** MAT Símbolo $\sqrt{\ }$ que sirve para representar la extracción de la raíz. **IV.** POLIT Miembro de una tendencia extremista. • **radicalismo** n.m. Doctrina de los que pretenden reformar profundamente una sociedad. ▷ P. ext., el modo extremado de tratar los asuntos. • **radicalizar** v.tr. y prnl. Hacer que alguien adopte una aptitud extremista.
ENCICL El término *radicalismo* apareció a finales del s. XVIII en Inglaterra para designar la tendencia «dura» en el seno de los whigs. — En *Francia* surgió durante la monarquía de Luis Felipe. Bajo Napoleón III se desarrolló un nuevo radicalismo, cuya primera manifestación oficial fue el programa de Gambetta, en la elección de Belleville de 1869. A comienzos de la III República, el radicalismo fue todopoderoso, aunque no constituía un verdadero partido. Se caracterizó al principio por una tendencia anticlerical, confianza en el sufragio universal, en el progreso de las ciencias y de las ideas (principalmente, gracias a la escuela laica) sin tener, en el terreno social, más que posiciones teóricas partidarias de las propiedad privada. — En *Francia, el Partido Republicano Radical y Radical-Socialista* (Partido Radical) fue fundado en 1901; de 1902 a 1914 sus dirigentes (Combes, Clemenceau, Caillaux) gobernaron el país. Posteriormente sufrió sucesivas divisiones que lo

debilitaron. En 1936 decidió asociarse con los socialistas y los comunistas que formaban el Frente Popular y después se alió, en 1938-1940 con los moderados. — El *Partido Radical de Chile* fue fundado en 1861 por oposición al Partido Conservador. En 1920 empezó a virar hacia la izquierda. Dominó el Gobierno del Frente Popular (1939-1941) bajo Aguirre Cerda, quien fue sucedido por A. Ríos y González Videla (radicales de derecha, 1942-1952). En 1970, un sector se escindió constituyendo la Izquierda Radical dirigida por Baltra. Otra escisión determinó la formación de la Democracia Radical dirigida por Durán. Ambos grupos escindidos se integrarían más tarde en la Confederación de la Democracia (CODE). El antiguo Partido Radical, dirigido por Miranda, se integró en la Unidad Popular, y es miembro de la Internacional Socialista. — En *España* existió el llamado Partido Radical, nacido de la unión de los cimbrios y el ala izquierda del progresismo, dirigido por Ruiz Zorrilla, en tiempos del reinado de Amadeo I. Alcanzaron el poder en diversas ocasiones (v. I República). El Partido Republicano Radical, fundado por Lerroux en 1908, agrupó a los contrarios al partido Solidaridad Catalana. Se afirmó en posiciones demagógicas venciendo las elecciones complementarias a Cortes en Barcelona en 1908, en las municipales de mayo de 1909 y en las legislativas de 1910 (12 diputados). Por el Pacto de San Gervasio (1914) se unió a los republicanos catalanistas de izquierda. Después de practicar una política demagógica, vio mermada su influencia (v. II República). — En 1891 se creó en la *Argentina* la Unión Cívica Radical que se escindiría, más tarde, en Unión Cívica Radical del Pueblo y Unión Cívica Radical Intransigente.

radicar **1.** v.int. y prnl. Echar raíces, arraigar. **2.** v.int. Estar o encontrarse ciertas cosas en un sitio. • **radicante** adj. BOT Dícese de las plantas cuyos tallos emiten raíces sobre diferentes puntos de su longitud. • **radicela** n.f. BOT Raíz secundaria. • **radicícola** adj. BOT y ZOOL Se dice del animal o el vegetal que vive parásito sobre las raíces de una planta. • **radícula** n.f. BOT Parte del embrión destinada a ser la raíz de la planta. • **radicular** adj. MED Concerniente a la raíz de los nervios raquídeos o craneales o a la raíz de los dientes.

radiestesia n.f. **1.** Supuesta facultad de algunas personas de ser sensibles a las radiaciones emitidas por diferentes cuerpos. **2.** Procedimiento para la detección de objetos escondidos. • **radiestesista** n.m. y f. Persona que practica la radiestesia.

1. radio n.m. **1.** Rayo de la rueda. **2.** ANAT El más corto de los dos huesos del antebrazo. **3.** GEOM Línea recta tirada desde el centro del círculo a cualquier punto de la circunferencia. **4.** *Radio de acción.* Máximo alcance o eficacia de un agente o instrumento. **5.** GEOL *Radio vector.* Línea recta tirada en una curva desde su foco, o desde uno de sus focos, a cualquier punto de la curva misma.

2. radio n.m. QUIM Metal descubierto en Francia, en 1898, por los químicos Pierre y Marie Curie. Es conocido principalmente por sus sales, que, por desintegración espontánea y muy lenta de sus núcleos atómicos, emiten elementos de dichos núcleos. Número atómico 88, masa atómica 226,025 (símbolo *Ra*).
ENCICL El radio es un metal alcalinotérreo que funde a 700 °C y hierve a 1.140 °C. Muy raro en estado natural, puede ser extraído de algunos minerales como la pecblenda, donde se encuentra en ínfimas proporciones. Su período de semidesintegración se eleva a 1.620 años. La actividad de una masa de un gramo de radio es casi igual a la de un curie. El radio, antes utilizado en radioterapia, ha sido reemplazado por el cobalto 60 y el cesio 137, que no son tóxicos. La desintegración del radio engendra el radón o *emanación del radio*.

3. radio **1.** n.f. Término general que se aplica al uso de las ondas radioeléctricas. ▷ Apócope de radiofonía, radiotecnia, radioemisora. ▷ *Radio pirata.* Emisora ilegal. **2.** n.m. Apócope de radiograma. **3.** n.f. Receptor de emisiones radiofónicas.

radio- Elemento compositivo que, antepuesto a otras palabras, añade la idea de radiación o radiactividad.

radioalineación n.m. AERON, MAR Dispositivo de materialización de un eje de navegación, con dos radiofaros que emiten en la misma frecuencia señales morse complementarias.

radioaltímetro n.m. AERON Aparato que sirve para medir, por medio de ondas radioeléctricas, la altitud y la velocidad vertical de un avión.

radioastronomía n.f. Rama de la astronomía dedicada al estudio de las ondas radioeléctricas emitidas por los astros.

radiobaliza n.f. AERON Radiofaro que emite señales en un plano vertical y situado en un punto del pasillo de acceso a un terreno de aterrizaje o sobre el trayecto de una ruta aérea.

radiobiología n.f. BIOL Ciencia que estudia la acción de los rayos (X, α, β, γ, ultravioleta, etc.) sobre los seres vivos.

radiocompás n.m. Radiogoniómetro que mantiene al avión o al navío en la dirección de los haces radioeléctricos emitidos por los radiofaros.

radioconductividad n.f. Conductividad debida a la ionización adquirida bajo el efecto de ondas electromagnéticas.

radiocristalografía n.f. FIS Rama de la cristalografía que tiene por objeto el estudio de la difracción de los rayos X, de los electrones y de los neutrones en las estructuras cristalinas.

radiodermitis n.f. MED Lesión cutánea debida a una excesiva exposición a los rayos X.

radiodiagnóstico n.m. MED Diagnóstico basado en los datos obtenidos mediante el empleo de los rayos X.

radiodifusión n.f. Conjunto de procedimientos utilizados para la transmisión de programas sonoros mediante ondas electromagnéticas.

radioelectricidad n.f. **1.** Producción, propagación y recepción de las ondas hertzianas. **2.** Ciencia que estudia esta materia.
ENCICL La radioelectricidad constituye un dominio que abarca la producción, la transmisión y la recepción de las ondas electromagnéticas con una frecuencia comprendida entre 3.000 hertzios (3 kHz) y 300.000 millones de hertzios (300 gHz o gigahertzios), y con una longitud de onda comprendida entre 100 km y 0,1 cm. A estas ondas se les llama *hertzianas* o *radioeléctricas* y según su longitud de onda se las clasifica en: kilométricas, entre 1.000 y 10.000 m, es decir de 300 a 30 kHz; hectométricas, de 100 a 1.000 m, es decir de 3 MH a 300 kHz; decamétricas, de 10 a 100 m, es decir de 30 MHz a 3 MHz; métricas, de 1 a 10 m, es decir de 300 MHz a 30 MHz; y centimétricas, de 0,1 cm a 10 cm, es decir de 300 GHz a 3 GHz.
Las ondas radioeléctricas se producen en la naturaleza; así, los astros las emiten permanentemente. Se pueden producir artificialmente haciendo pasar corriente alterna de frecuencia suficientemente grande por un circuito eléctrico llamado *antena*. La potencia irradiada por una antena es pues tanto mayor cuanto mayores sean la frecuencia y la intensidad de la corriente. Las ondas radioeléctricas se propagan directamente por reflexión sobre el suelo o sobre las altas capas de la atmósfera (ionosfera) y por difracción sobre los obstáculos que encuentran en su camino. Su detección se efectúa mediante una antena que recoge las señales emitidas, gracias al fenómeno de inducción eléctrica (creación de una corriente en el circuito eléctrico constituido por la antena). Las señales se amplifican entonces gracias al fenómeno de la resonancia. La transmisión de informaciones por ondas radioeléctricas se efectúa por medio de una *onda portadora* de alta frecuencia a la que se modula en amplitud, frecuencia o fase, en función de las señales de baja frecuencia que representan las informaciones a transmitir. Las aplicaciones de la radioelectricidad son muy numerosas: radiodifusión, televisión, radionavegación, radioguía, radar, telecomunicaciones, etc.

radioelemento n.m. FIS NUCL Elemento radiactivo.

radioescucha n.m. y f. Persona que oye las emisiones radiotelefónicas y radiotelegráficas.

radiofaro n.m. TELECOM Emisor de ondas radioeléctricas que permite a los navíos y a las aeronaves determinar su posición por radiogonometría.

radiofonía n.f. TELECOM Transmisión de sonidos por medio de ondas radioeléctricas. • **radiofónico,a** adj. Relativo a la radiofonía y a la radiodifusión.

radiofuente n.f. ASTRON Objeto celeste conocido por las ondas radioeléctricas que emite.
ENCICL Los radiotelescopios han permitido captar las emisiones de estos objetos invisibles ópticamente, e incluso identificar varios miles —de los miles de millones existentes— como si de objetos visibles se tratara. Hay radiofuentes discretas, cuya emisión proviene de un punto determinado del universo, como los pulsares, los quasars y las radiogalaxias; y radiofuentes no discretas, cuya emisión proviene de todas direcciones, como la radiación cósmica. v. radiación.

radiogalaxia n.f. ASTRON Galaxia conocida únicamente por las ondas radioeléctricas que emite.

radiogoniómetro n.m. TECN Aparato receptor de ondas hertzianas que permite determinar con precisión la dirección de un emisor. • **radiogoniometría** n.f. TECN Conjunto de procedimientos utilizados para determinar la posición de emisores de ondas radioeléctricas.

radiografía n.f. **1.** Procedimiento para hacer fotografías por medio de los rayos X. **2.** Película fotográfica obtenida por este procedimiento. • **radiografiar** v.tr. **1.** Transmitir por medio de la telegrafía o telefonía sin hilos. **2.** Hacer fotografías por medio de los rayos X.
ENCICL Un aparato de radiografía está constituido por un tubo electrónico que emite rayos X y una pantalla fluorescente sobre la que aparece la imagen del objeto observado (radioscopia) o de una película fotográfica especial (radiografía propiamente dicha). La radiografía y su variante, la *tomografía*, constituyen un medio muy eficaz de investigación de los órganos profundos del cuerpo humano. Cabe distinguir entre las radiografías simples, que consisten en tomar placas bajo incidencias variables (cara, perfil), y aquellas en las que se utilizan medios de contraste (aire, productos yodados, barita) para visualizar el tubo digestivo, las vías urinarias y biliares, los vasos sanguíneos y diversas cavidades del organismo. La tomografía permite observar muy claramente un plano del organismo, mientras el resto permanece borroso. Una variante reciente (1975) del tomógrafo es el *scanner*, que mide, mediante células fotoeléctricas, la absorción de los rayos X por el órgano observado; las informaciones recogidas son tratadas por ordenador y puestas de nuevo sobre una pantalla de visualización; la ventaja de estos aparatos respecto de los radiográficos se basa en la posibilidad de examinar órganos comprendidos entre dos planos paralelos y así identificar con exactitud la

naturaleza de una lesión. La radiografía, además de ser patrimonio de la medicina, se utiliza en disciplinas tan diversas como la arqueología, la metalurgia, la criminología, etc.

radiograma n.m. Mensaje transmitido por radiotelegrafía.

radioinmunología n.f. BIOL Conjunto de técnicas que permiten establecer una dosificación o un diagnóstico con la ayuda de métodos inmunológicos, utilizando un isótopo como reactivo.

radioisótopo n.m. FIS NUCL Isótopo radiactivo de un elemento.

radiolario n.m. y adj. ZOOL Se dice de protozoos marinos de la clase de los rizópodos, con seudópodos radiales. ▷ n.m. pl. ZOOL Orden de estos animales.

radiología n.f. Parte de la medicina que utiliza los rayos X con fines diagnósticos o terapéuticos. • **radiólogo,a** n.m. y f. Médico especialista de radiología.

radiometalografía n.f. METAL Estudio de la estructura de los metales y de las aleaciones, mediante rayos X o rayos γ.

radiometría n.f. FIS Medida de la intensidad de las radiaciones, en particular de los rayos X y γ. • **radiómetro** n.m. **1.** ASTRON Instrumento náutico para tomar la altura de los astros. **2.** FIS Aparato que sirve para medir la energía de las radiaciones.

radionavegación n.f. MAR y AERON Modo de navegación en el que la posición se determina mediante aparatos radioeléctricos.

radionúclido n.m. FIS NUCL Núclido radiactivo.

radioquímica n.f. QUIM Rama de la química que estudia los fenómenos radiactivos.

radiorreceptor n.m. TECN Aparato empleado en radiotelegrafía y radiotelefonía para recoger y transformar en señales o sonidos las ondas emitidas por el radiotransmisor.

radioscopia n.f. Examen del interior de los cuerpos opacos por medio de los rayos X.

radiosonda n.f. METEOR Aparato transportado por un globo-sonda, que transmite, por medio de ondas radioeléctricas, los resultados de las medidas que efectúa en las alturas. • **radiosondeo** n.m. **1.** AVIAC Determinación de la altitud de un avión por medio de un altímetro-radar. **2.** METEOR Medida meteorológica efectuada por una radiosonda.

radio-taxi n.m. Taxi equipado con un emisor-receptor radioeléctrico, mediante el cual se comunica con un centro que le transmite las llamadas de eventuales clientes.

radiotecnia n.f. Conjunto de técnicas relativas a la radioelectricidad y a sus aplicaciones.

radiotelefonía n.f. TELECOM Procedimiento de transmisión de sonidos por ondas radioeléctricas.

radiotelegrafía n.f. TELECOM Procedimiento de transmisión por ondas radioeléctricas de mensajes traducidos en signos convencionales. • **radiotelegrafista** n.m. y f. **1.** Persona que instala y conserva aparatos de radiotelegrafía. **2.** Operador de radiotelegrafía. • **radiotelegrama** n.m. TELECOM Telegrama transmitido por ondas radioeléctricas.

radiotelescopio n.m. ASTRON Aparato que sirve para captar las ondas electromagnéticas emitidas por los astros.

radiotelevisado,a adj. AUDIOV Difundido por radio y televisión. • **radiotelevisión** n.f. AUDIOV Conjunto de procedimientos de difusión de sonidos y de imágenes por medio de ondas radioeléctricas.

radioterapia n.f. **1.** Tratamiento de las enfermedades por rayos. **2.** Empleo terapéutico del radio y de las sustancias radiactivas. • **radioterapeuta** n.m. y f. MED Persona especializada en radioterapia.

ENCICL Hay que distinguir tres tipos de radioterapia: la externa (irradiación a distancia con la ayuda de una bomba de cobalto, de un betatrón o de una irradiación X); la de contacto (colocación de una fuente radiactiva en contacto con el tumor); y la radioterapia por inyección de un isótopo que tenga una especial afinidad con el tumor a tratar.

radiotransmisor n.m. Aparato emisor empleado en radiotelegrafía y radiotelefonía.

radioyente n.m. y f. Persona que oye lo que se transmite por la radiotelefonía.

radón n.m. QUIM Elemento radiactivo de número atómico 86 (símbolo *Rn*).

rádula n.f. ZOOL Lámina córnea raspadora, situada en la boca de los moluscos, gasterópodos y cefalópodos.

raer v.tr. **1.** Raspar pelos, barba, vello, etc., con instrumento áspero o cortante. **2.** Igualar con el rasero las medidas de áridos. • **raedera** n.f. **1.** Instrumento para raer.

ráfaga n.f. **1.** Movimiento violento y repentino del aire, de poca duración. **2.** Afluencia brusca y breve de algo. **3.** Golpe de luz vivo o instantáneo. **4.** MILIT Conjunto de proyectiles que en sucesión rapidísima lanza un arma automática.

rafania n.f. PAT Enfermedad ocasionada por la ingestión de semilla del rábano silvestre mezclada con el trigo, que provoca contracciones musculares violentas y dolorosas.

rafe n.m. y f. **1.** BOT Cordoncillo saliente que forma el funículo en algunas semillas. **2.** ZOOL Rugosidad, a modo de costura, en el perineo y el escroto.

rafia n.f. BOT Género de palmeras que dan una fibra resistente y flexible. ▷ Esta fibra.

raflesiáceas n.f.pl. BOT Familia de dicotiledóneas apétalas, de flores gigantes.

raglán **I.** n.m. Abrigo de hombre con esclavina que se llevó a mediados del siglo pasado. **II.** adj.inv. *Mangas raglán*. Las que llegan hasta el cuello y van unidas a la espalda y delanteros con costuras sesgadas.

ragtime n.m. MUS Estilo de música para piano que fue una de las fuentes del jazz.

ragú n.m. COC Estofado de carne y legumbres.

ragua n.f. Remate de la caña de azúcar.

raicilla o **raicita** n.f. **1.** BOT Raíz secundaria. **2.** BOT Órgano del embrión de la planta, del que se forma la raíz.

raid n.m. **1.** Rápido ataque en territorio enemigo. ▷ Bombardeo aéreo de un objetivo lejano.

raído,a adj. Se dice del vestido o la tela muy gastados por el uso.

raiformes n.m. pl. ZOOL Suborden de los selacios que comprenden las rayas.

raigambre n.f. **1.** Conjunto de raíces de los vegetales. **2.** Fig. Conjunto de factores que hacen firme una cosa o impiden su transformación.

raigón n.m. Raíz de las muelas y los dientes. — BOT *Raigón del Canadá*. Árbol de la familia de las papilionáceas.

raíl n.m. **1.** Cada uno de los carriles que forman una vía férrea. **2.** P. anal. Riel a lo largo del cual se puede deslizar una pieza móvil.

raimiento n.m. **1.** Acción y efecto de raer. **2.** Descaro, desvergüenza.

rais n.m. Jefe árabe, soberano. ▷ Especialmente, *el rais*; el presidente egipcio.

raíz n.fr. **1.** Parte de los vegetales (a excepción de las talofitas y los musgos) que los fija al suelo y por donde absorben las materias necesarias (agua y sales minerales) para su nutrición. **2.** Fig. Base de la estabilidad de cualquier cosa. ▷ Causa profunda, principio. **3.** P. anal. Parte por la que está implantado un órgano. — ANAT *Raíz nerviosa*. Cada una de las dos ramas de un nervio raquídeo que emergen de la médula. **4.** Fig. MAT *Raíz cuadrada de un número A*. Número, representado $\sqrt{A}$, cuyo cuadrado es igual al número A. — *Raíz cúbica de un número A. Número, representado* $\sqrt[3]{A}$, cuyo cubo es igual al número A. — *Raíz n de un número A*. Número, representado ($\sqrt[n]{A}$): número B tal que B^n = A (v. irracional). ▷ *Raíz de una ecuación*. Valor de la incógnita que satisface la ecuación. **5.** LING Elemento irreductible, común a todas las palabras de una misma familia y que constituye un soporte de significación siempre igual.

ENCICL Las raíces, generalmente de forma alargada más o menos cónica, fijan la planta al suelo, del que extraen las sales minerales. Su modo de fijación, su longitud, su grosor, etc., varían considerablemente según las especies vegetales. Desempeñan a veces diversos papeles anexos, como ocurre con las *tuberosas* (nabos, zanahorias, etc.) y las *aéreas* de las plantas epifitas. Todos los órganos vegetales (tallos, hojas, yemas etc.) pueden llevar *raíces adventicias*.

raja n.f. **1.** Una de las partes de un leño que resultan de abrirlo a lo largo. **2.** Hendedura, abertura o quiebra de una cosa. **3.** Pedazo que se corta, generalmente, en forma de cuña.

rajá n.m. Soberano de la India.

1. rajar **I.** v.tr. **1.** Dividir en rajas. **2.** Hender, partir, abrir. **II.** v.prnl. Fig. y Fam. Volverse atrás o desistir de algo a última hora.

2. rajar v.int. **1.** Hablar mucho. **2.** *Amér.* Hablar mal de alguien, desacreditarlo.

raki n.m. Aguardiente perfumado con anís característico de los países del Próximo Oriente.

ralea n.f. Especie, género. **2.** Raza, casta.

ralentí n.m. AUTOM Régimen bajo de un motor de combustión interna.

ralentizador n.m. **1.** AUTOM Dispositivo auxiliar de frenado utilizado para impedir que un vehículo alcance una velocidad excesiva. **2.** FIS NUCL Sustancia que frena los neutrones emitidos durante una reacción de fisión.

ralo,a adj. Se dice de las cosas cuyas partes están separadas más de lo habitual. • **raleza** n.f. Calidad de ralo.

rallar v.tr. Desmenuzar una cosa restregándola con el rallador. • **rallador,a** n.m. Utensilio de cocina, que sirve para desmenuzar ciertos alimentos. • **ralladura** n.f. **1.** Surco que deja el rallador. **2.** Lo que queda rallado.

rállidos n.m.pl. ZOOL Familia de aves cuyo representante principal es el rascón.

ralliformes n.m.pl. ZOOL Orden de aves, que comprende principalmente a los rállidos, los gruidos y los otídidos.

rallye n.m. Prueba deportiva en la que los participantes deben reunirse en un punto determinado, después de un cierto número de etapas.

1. rama n.f. **1.** Cada una de las partes que nacen del tronco o tallo principal de la planta y en las que brotan por lo común las hojas, las flores y los frutos. **2.** Fig. Serie de personas que traen su origen en el mismo tronco. **3.** Fig. Parte secundaria de una cosa. **4.** ANAT Subdivisión. • **ramada** n.f. **1.** Ramaje. **2.** *Amér.* Enramada (cobertizo de ramas). • **ramaje** n.m. Conjunto de ramas o ramos.

2. rama n.f. IMP Cerco de hierro cuadrangular con que se ciñe el molde que se ha de imprimir.

-rama. v. -orama.

ramadán n.m. Noveno mes del año lunar musulmán, durante el cual hay que guardar ayuno.

ramal n.m. **1.** Cada uno de los cabos de que se componen las cuerdas. **2.** Cada uno de los tramos que concurren en el rellano de una escalera. **3.** Parte que arranca de la línea principal de un camino, acequia, etc. **4.** Fig. Parte secundaria que resulta o nace de una cosa. • **ramalazo** n.m. **1.** Acometida brusca de un dolor. **2.** Golpe que se da con el ramal y señal que deja.

rambla n.f. **1.** Lecho natural o suelo por donde corren las aguas cuando llueve copiosamente. **2.** Calle ancha y con árboles.

rameal o **rámeo,a** adj. BOT Perteneciente o relativo a la rama.

ramera n.f. Vulg. Mujer que por oficio tiene relación sexual con hombres.

ramificación n.f. **1.** Acción y efecto de ramificarse. **2.** Fig. Conjunto de consecuencias necesarias de algún hecho o acontecimiento. **3.** ZOOL División y extensión de las venas, arterias, nervios, que, como ramas, nacen de un mismo principio o tronco. • **ramificado,a** adj. **1.** Que se ramifica. **2.** QUIM *Cadena ramificada.* Estructura de una molécula orgánica en la que uno de los átomos de carbono está unido a tres o cuatro átomos de carbono cercanos. • **ramificarse** v.prnl. **1.** Esparcirse y dividirse en ramas una cosa. **2.** Fig. Propagarse, extenderse las consecuencias de un hecho.

ramilla n.f. Rama de tercer orden o que sale del ramo. • **ramillete** n.m. **1.** Ramo pequeño de flores. **2.** BOT Conjunto de flores que forman una cima o copa contraída.

ramio n.m. Planta de la familia de las urticáceas que se utiliza como textil en Europa. • **ramina** n.f. Hilaza del ramio.

ramito n.m. BOT Cada una de las subdivisiones de los ramos de una planta.

ramnáceo,a o **rámneo,a** n.f. y adj. BOT Se dice de árboles y arbustos dicotiledóneos, de hojas sencillas, flores pequeñas y fruto de drupa. ▷ n.m.pl. BOT Familia de estas plantas.

ramo **I.** n.m. **1.** Rama de segundo orden o que sale de otra principal. **2.** Rama cortada del árbol. **II.** **1.** Manojo de flores, ramas o plantas. **2.** Ristra de ajos o cebollas. **III.** Fig. Cada una de las partes en que se considera divide una ciencia, arte, industria, etc.

ramonear v.int. **1.** Podar. **2.** Pacer los animales las hojas de los ramos. **3.** DEP En alpinismo, escalar entre dos paredes muy próximas.

ramoso,a adj. Que tiene muchas ramas.

rampa n.f. Plano inclinado dispuesto para subir y bajar por él. — *Rampa de lanzamiento.* Dispositivo que permite el despegue de cohetes u otros ingenios autopropulsados. • **rampante** adj. ARQUIT Se dice de la construcción en declive como el arco y la bóveda.

ramplón,a adj. Vulgar, chabacano. • **ramplonería** n.f. **1.** Calidad de ramplón. **2.** Dicho o hecho ramplón.

rana n.f. **I.** ZOOL Batracio del orden de los anuros que vive en aguas corrientes o estancadas. — *Rana de zarzal.* Batracio semejante a un sapillo, con el cuerpo lleno de verrugas. **II.** pl. VETER Tumor blando bajo la lengua, ránula.
ENCICL El hábitat de la rana aparece ligado de forma más o menos estrecha a la existencia de agua dulce. Las principales especies, todas insectívoras, son: la rana verde (ríos y estanques), la parda y la saltadora. Las ranas y renacuajos han jugado un importante papel en la historia de la biología: estudios sobre fecundación, embriología, reflejos y propiedades de los nervios, pruebas de embarazo, funciones de la tiroides y de la hipófisis en el crecimiento y la metamorfosis, etc.

ranales n.f.pl. BOT Orden de dicotiledóneas cuyas flores están dispuestas en espiral.

rancio,a **I.** adj. **1.** Se dice del vino y los comestibles grasientos que con el tiempo adquieren sabor y olor más fuertes. **2.** Fig. Se dice de las cosas antiguas y de las personas apegadas a ellas. **II.** n.m. **1.** Calidad de rancio. **2.** Tocino rancio. • **rancidez** o **ranciedad** n.f. Calidad de rancio.

rancho n.m. **I.** **1.** Comida que se hace para muchos. **2.** Reunión de personas que comen el rancho. **II.** **1.** Lugar fuera de poblado, donde se albergan diversas familias o personas. **2.** Fig. y Fam. Grupo de personas que se separan de otras para tratar asuntos particulares. **3.** *Amér.* Granja donde se crían caballos y otros cuadrúpedos. **4.** MAR Lugar de las embarcaciones, donde se aloja la dotación. **5.** MAR Cada una de las divisiones que se hacen de la marinería en los buques de guerra. • **ranchero** n.m. **1.** El que guisa el rancho y cuida de él. **2.** El que gobierna un rancho.

rand n.m. Unidad monetaria de Sudáfrica.

randa n.m. Fam. Ratero, granuja.

rangífero n.m. Reno.

rango n.m. **1.** Índole, clase, categoría, calidad. **2.** *Amér.* Situación social elevada. **3.** *C. Rica, Chile, Ecuad., P. Rico* y *Salv.* Rumbo, esplendidez.

ránidos n.m.pl. ZOOL Familia de anfibios anuros.

ranilla n.f. **1.** Parte del casco de las caballerías situada entre los dos pulpejos o talones. **2.** VETER Enfermedad intestinal del ganado vacuno.

ranqueles, pueblo americano, perteneciente a las parcialidades que habitaron, en los ss. XVIII y XIX, en las llanuras del noroeste de la Pampa, al sudeste de San Luis y al sur de Córdoba (Argentina). • **ranquel** n.m. Lengua de estos indios.

ránula n.f. VETER Tumor carbuncoso que se forma en la lengua del ganado caballar y vacuno.

ranúnculo n.m. Planta herbácea anual de la familia de las ranunculáceas, de fruto seco que tiene un jugo muy venenoso. • **ranunculáceo,a** n.f. y adj. BOT Se dice de plantas angiospermas dicotiledóneas. ▷ n.f.pl. BOT Familia de estas plantas.

ranura n.f. Canal estrecha y larga.

raña n.f. Instrumento para pescar pulpos.

raño n.m. 1. ZOOL Pez marino teleósteo, familia serránidos, del suborden de los acantopterigios. **2.** Garfio de hierro con mango largo de madera, que sirve para arrancar de las peñas las ostras, lapas, etc.

rapa n.f. Flor de olivo.

rapacejo n.m. **1.** Alma de hilo o cáñamo sobre el cual se tuerce estambre, seda o metal para formar los cordoncillos de los flecos. **2.** Fleco liso.

rapacería o **rapacidad** n.f. Condición del dado al robo o al hurto.

rapaces n.f.pl. Grupo de aves carnívoras dividido hoy en falconiformes y estrigiloformes.

rapapiés n.m. Buscapiés.

rapapolvo n.m. Fam. Represión áspera.

rapar **I.** v.tr. y prnl. Rasurar o afeitar la barba. **II.** v.tr. Cortar el pelo al rape.

rapaz **1.** adj. Inclinado al robo o rapiña. **2.** n.f. y adj. Se dice de las aves pertenecientes al grupo de las rapaces. **3.** n.m. Muchacho de corta edad. • **rapaza** n.f. Muchacha de corta edad.

1. rape n.m. Fam. Rasura o corte de la barba hecho deprisa y sin cuidado. — *Al rape.* Hablando del pelo, cortado a raíz.

2. rape n.m. Pejesapo (pez).

rapé n.m. y adj. Se dice del tabaco reducido a polvo que se inhala por la nariz.

rápido,a adj. Veloz, pronto. — TECN *Acero rápido.* Acero especial muy duro, utilizado para la fabricación de herramientas para metales. — FOTOG *Película rápida.* La que su elevada sensibilidad permite un tiempo de exposición reducido. • **rapidez** n.f. Velocidad impetuosa o movimiento acelerado.

rapiña n.f. Robo o saqueo que se ejecuta con violencia. • **rapiñar** v.tr. Fam. Hurtar o quitar una cosa como arrebatándola.

rapo n.m. Raíz del nabo.

rapónchigo n.m. Planta perenne de la familia de las campanuláceas, de raíz comestible.

raposa n.f. Zorra (animal). • **raposear** v.tr. Usar de ardides o trampas. • **raposo** n.m. Zorro (animal). — *Raposo ferrero.* Zorro propio de los países glaciales, cuyo pelaje es muy estimado en peletería.

rapsoda n.m. ANTIG GR Recitador ambulante de los poemas homéricos. ▷ P. ext., poeta. ▷ P. ext., recitador de versos. • **rapsodia** n.f. Composición musical de forma libre y de inspiración a menudo popular.

rapto n.m. **I.** **1.** Impulso, acción de raptar. **2.** Delito que consiste en llevarse de su domicilio, con miras deshonestas, a una mujer por la fuerza o mediante engaño. **II.** PSIQUIAT Impulso violento y repentino, o éxtasis místico. **III.** FIS NUCL Reacción nuclear en la que el proyectil coge uno de los nucleones del núcleo utilizado como blanco. • **raptar** v.tr. **1.** LLevarse un hombre consigo a una mujer con engaño o haciendo uso de violencia. **2.** Secuestrar. • **raptor,a** n. y adj. Que comete el delito de rapto.

raque n.m. Acto de recoger por las costas los objetos perdidos en algún naufragio. • **raquear** v.int. Buscar restos de naufragios.

raqueta n.f. **1.** Instrumento con que se golpea la pelota en el tenis, badminton, etc. **2.** Suela ancha en forma de raqueta para andar sobre la nieve. **3.** Utensilio que se usa en las mesas de juego para mover el dinero de las posturas.

raquialgia n.f. PAT Dolor a lo largo del raquis.

raquianestesia n.f. MED Método de anestesia parcial que consiste en inyectar en el canal raquídeo una sustancia que inhibe la sensibilidad.

raquis n.m. **1.** ANAT Columna vertebral. **2.** CIENC NAT Eje central de diversos órganos. • **raquídeo,a** adj. ANAT Relativo o perteneciente a la columna vertebral. — *Canal raquídeo.* El formado por los espacios intervertebrales y que contiene la médula espinal. — *Nervios raquídeos.* Los que nacen de la médula espinal.

raquítico,a adj. Afectado de raquitismo. ▷ P. ext., flaco, poco desarrollado. • **raquitismo** n.m. **1.** MED Enfermedad del crecimiento que afecta al esqueleto, debida a un defecto de mineralización de los huesos por carencia de vitamina D. **2.** MED Tumefacción de las epífisis en el raquítico. ▷ Endurecimiento circunscrito al tejido subcutáneo. • **raquitis** n.f. Raquitismo.

raquítomo n.m. CIR Instrumento para abrir el conducto vertebral sin interesar la médula.

rara n.f. *Amér. Merid.* Ave del tamaño de la codorniz; es dañosa en las huertas y sembrados.

rarefacer o **rarificar** v.tr. y prnl. Hacer menos denso un cuerpo gaseoso, enrarecer.

• **rarefacción** n.f. Acción y efecto de rarefacer o rarefacerse.

raro,a adj. **1.** Que tiene poca densidad y consistencia. **2.** Poco común o frecuente. **3.** Escaso. **4.** Extravagante, singular. • **rareza** n.f. **1.** Calidad de raro. **2.** Cosa rara. **3.** Acción característica de la persona rara.

ras n.m. Igualdad en la superficie o la altura de las cosas.

rasar v.tr. **1.** Igualar con el rasero. **2.** Pasar rozando. • **rasante 1.** adj. m. y f. Se dice de lo que pasa rozando el suelo o cierta superficie. **2.** n.f. Línea de una calle o camino considerada en su inclinación respecto al plano horizontal.

rascacielos n.m. Edificio de gran altura.

rascacio n.m. Pez teleósteo de cabeza.

rascalino n.m. Cuscuta, parásito del lino.

rascar **I.** v.tr. y prnl. Refregar o frotar fuertemente la piel, particularmente con las uñas. **II.** v.tr. **1.** Arañar. **2.** Limpiar con rascador o rasqueta. • **rascadera** n.f. Instrumento de rascar metales, pieles, etc. • **rascador** n.m. Rascadera. • **rascadura** n.f. Acción y efecto de rascar o rascarse.

rasero n.m. Palo cilíndrico que sirve para rasar las medidas de los áridos. • **rasera** n.f. Paleta de metal con varios agujeros, que se emplea en la cocina.

1. rasgar v.tr. y prnl. Romper o desgarrar cosas de poca consistencia; como tejidos, pieles, papel, etc. • **rasgado,a** **I. 1.** Se aplica a los ojos largos y poco abiertos, similares a los de los chinos. **2.** Se, aplica a las ventanas más anchas que altas. **II.** Rasgón. • **rasgadura** n.f. **1.** Acción y efecto de rasgar. **2.** Rotura de una tela.

2. rasgar v.tr. Tocar la guitarra rozando a la vez varias cuerdas.

rasgo n.m. **1.** Línea trazada con la pluma. **2.** FIG. Acción gallarda, notable y muy significativa. **3.** Facción del rostro. (Se usa más en pl.) **4.** Peculiaridad, propiedad o nota distintiva.

rasguear **1.** v.tr. Tocar la guitarra u otro instrumento rozando varias cuerdas a la vez con las puntas de los dedos. **2.** v.int. Hacer rasgos con la pluma. • **rasgueo** n.m. Acción y efecto de rasguear.

rasguñar v.tr. **1.** Arañar o rascar con las uñas o con algún instrumento cortante. **2.** PINT Dibujar en apuntamiento o tanteo. • **rasguño** n.m. **1.** Pequeña herida o corte hecho con las uñas o con un instrumento cortante. **2.** PINT Dibujo en apuntamiento o tanteo.

rasilla n.f. Ladrillo hueco y muy delgado.

rasión n.f. Acción y efecto de raer. — Lat. *rasus.*

rasmillar v.tr. *Chile.* Arañar ligeramente.

raso,a **I.** n. y adj. Plano, liso, desembarazado de estorbos. **II.** adj. **1.** Se dice del que no tiene un título u otro adherente que le distinga. **2.** Se dice también de la atmósfera cuando está libre y desembarazada de nubes y nieblas. **III.** n.m. Tela de seda lustrosa.

raspa n.f. **I. 1.** Filamento del cascabillo del grano del trigo y de otras gramíneas. **2.** En los pescados, cualquier espina. **3.** BOT Eje o pedúnculo común de las flores, y frutos de una espiga o un racimo. **II.** *Amér.* Reproche, reprimenda.

raspar v.tr. **1.** Raer ligeramente una cosa. **2.** Picar el vino u otro licor al paladar. **3.** Hurtar, quitar una cosa. **4.** Pasar rozando. • **raspado 1.** n.m. Acción y efecto de raspar. **2.** Logrado. • **raspador** n.m. Instrumento que sirve para raspar.

raspilla n.f. BOT Planta herbácea de la familia de las borragináceas.

raspón o **rasponazo** n.m. Lesión o erosión superficial causada por un roce violento.

rasqueta n.f. Planchuela de hierro, con mango de madera, que se usa para raer y limpiar los palos, cubiertas y costados de las embarcaciones.

rastra n.f. **1.** Rastro de recoger hierba, broza, etc. **2.** Vestigio, señal. **3.** Grada, para allanar la tierra después de arada. **4.** Tabla que, arrastrada por una caballería, sirve para recoger la parva de la era. — *A rastras.* FIG. De mal grado, obligado o forzado.

rastrear **I.** v.tr. **1.** Seguir el rastro o buscar alguna cosa por él. **2.** Llevar arrastrando por el fondo del agua una rastra, un arte de pesca, etc. **3.** FIG. Averiguar una cosa, discurriendo por conjeturas o señales. **II.** v.int. Hacer alguna labor con el rastro. • **rastreador,a** n. y adj. Que rastrea. • **rastrero,a** adj. **1.** Que va arrastrando. **2.** FIG. Bajo, vil y despreciable. **3.** BOT Dícese del tallo de una planta que, tendido por el suelo, echa raicillas de trecho en trecho.

rastreo n.m. Acción de rastrear.

rastrillar v.tr. **1.** Limpiar con el rastrillo. **2.** Recoger con el rastro la parva en las eras o la hierba segada en los prados. **3.** Pasar la rastra por los sembrados. • **rastrillado** n.m. Acción y efecto de rastrillar. • **rastrillo** n.m. **1.** Especie de carda, sobre los que se pasa el lino o cáñamo para apartar la estopa y separar bien las fibras. **2.** Verja levadiza de algunas fortalezas y castillos. **3.** Rastro.

rastro n.m. **1.** Instrumento armado de púas a manera de dientes, que sirve para recoger hierba, paja, broza, etc. **2.** Herramienta a manera de azada que, en vez de pala, tiene dientes fuertes y gruesos. **3.** Vestigio, señal o indicio de algo. **4.** Señal, huella. **5.** Matadero.

rastrojo n.m. **1.** Residuo de las cañas de la mies, que queda en la tierra después de segar. **2.** El campo después de segada la mies. • **rastrojar** v.tr. Arrancar el rastrojo. • **rastrojera** n.f. **1.** Rastrojal. **2.** Temporada en que los ganados pastan los rastrojos.

rasurar v.tr. y prnl. Afeitar o raer el pelo del cuerpo, especialmente de la barba y el bigote. • **rasura** n.f. Acción y efecto de rasurar o raer.

rata **1.** n.f. Mamífero roedor (especie múridos) del que existen diversas especies. **2.** n.m. Ratero, que hurta.

ratafía n.f. Rosoli de cerezas o de guindas.

ratania n.f. BOT Arbusto americano de la familia de las poligaláceas, con tallos rastreros. La corteza de su raíz se usa en medicina como astringente.

rataplán n.m. Voz onomatopéyica con que se imita el sonido del tambor.

ratel, n.m. Mamífero carnívoro mustélido parecido al tejón.

ratero,a **I.** n. y adj. Se dice del ladrón que hurta con maña y cautela cosas de poco valor. **II.** adj. Que va a ras del suelo. • **ratear** **1.** v.tr. Hurtar con destreza. **2.** v.int. Andar arrastrándose. • **ratería** n.f. Hurto de cosas de poco valor.

raticida n.m. Sustancia que se emplea para exterminar ratas y ratones.

ratificar v.tr. y prnl. Aprobar o confirmar algo. • **ratificación** n.f. Acción y efecto de ratificar o ratificarse. • **ratificatorio,a** adj. Que ratifica o denota ratificación.

ratites n.f.pl. ZOOL Superorden de aves corredoras.

rato n.m. Espacio de tiempo corto.

ratón n.m. Mamífero roedor pequeño, de color gris, muy prolífico y dañino. • **ratona** n.f. Hembra del ratón. • **ratonera** n.f. **1.** Trampa para cazar ratones. **2.** Madriguera de ratones.

rauco,a adj. POET Ronco, afónico.

raudal n.m. **1.** Caudal de agua que corre violentamente. **2.** FIG. Abundancia o cúmulo de cosas que ocurren.

raudo,a adj. Rápido, violento, precipitado.

raulí n.m. BOT *Chile.* Árbol de la familia de las fagáceas; suele llegar a 50 m de altura.

rauwolfia n.f. BOT Planta tropical (familia apocináceas) de la que se extrae la reserpina, utilizada como calmante y para luchar contra la hipertensión.

ravenala n.m. BOT Planta monocotiledónea tropical (familia musáceas), próxima al banano.

ravioli n.m. Emparedado de pasta relleno de carne picada.

1. raya n.f. **I. 1.** Señal larga y estrecha que se hace en un cuerpo cualquiera. **2.** Término, confín o límite. **3.** Señal que resulta en la cabeza, de dividir los cabellos con el peine. **4.** Cada una de las estrías en espiral que se hacen en el ánima de las armas de fuego. **5.** GRAM Guión algo más largo que se usa para separar oraciones incidentales o indicar el diálogo en los escritos. **II.** *A raya.* Dentro de los justos límites. • **rayadillo** n.m. Tela de algodón rayada. • **rayado,a** n.m. Conjunto de rayas o listas de una tela, papel, etc. • **rayano,a** adj. FIG. Cercano, con semejanza que se aproxima a igualar. • **rayar** **I.** v.tr. **1.** Hacer o tirar rayas. **2.** Subrayar. **II.** v.int. **1.** Confinar una cosa con otra. **2.** Con las voces *alba, día, luz, sol, amanecer, alborear.*

2. raya n.f. ZOOL Pez selacio del suborden de los ráyidos, cuyo cuerpo tiene la forma de un disco romboidal.

ENCICL Las rayas forman, junto con los tiburones, el orden de los seláceos. Algunas (los peces sierra) parecen tiburones. La boca, situada sobre la cara ventral está provista de dientes trituradores, muy fuertes; las aletas anteriores forman unas alas que se mueven muy despacio. A excepción de las verdaderas rayas, ovíparas, las demás son ovovivíparas. Habitan todos los mares desde las zonas costeras hasta las grandes profundidades. Algunas tienen sobre la cara dorsal de la cola un aguijón provisto de una glándula venenosa (pastinaca); otras (torpedos) poseen órganos eléctricos (50 V) que utilizan para defenderse y, quizá, para guiarse, gracias al campo eléctrico. Se dividen en cinco grupos: raya manta, águila de mar, pastinaca, torpedo y diablo de mar.

ray-grass n.m. Zizaña muy vivaz que se utiliza como césped.

ráyido n. y adj. ZOOL Se dice de peces selacios que tienen el cuerpo de forma discoidal o romboidal, como la raya. ▷ n.m.pl. ZOOL Suborden de estos animales.

rayo n.m. **1.** Cada una de las líneas que parten del punto en que se produce una manifestación de energía y señalan la dirección en que ésta es transmitida. — *Rayos catódicos.* Los formados sobre el cátodo en los tubos catódicos. — *Rayos X.* Radiaciones electromagnéticas semejantes a los rayos luminosos, pero de frecuencia mucho mayor y longitud de onda menor que las radiaciones ultravioleta. Se utilizan en medicina. **2.** Chispa eléctrica producida por descarga entre dos nubes o entre una nube y la Tierra. **3.** Línea de luz que procede de un cuerpo luminoso. **4.** FIG. Cualquier cosa que tiene mucha fuerza o eficacia en su acción.

rayón n.m. Filamento textil artificial, de propiedades parecidas a la de la seda.

rayuela n.f. Juego de muchachos que consiste en sacar de varias divisiones trazadas en el suelo un tejo al que se da con un pie, llevando el otro en el aire y cuidando de no pisar las rayas y que el tejo no se detenga en ellas.

raza n.m. **I. 1.** Grupo natural de personas que presentan caracteres físicos y culturales semejantes. — *Razas humanas.* Grupos de seres humanos que por el color de su piel y otros caracteres se distinguen en raza blanca, amarilla, cobriza y negra. **2.** Cada uno de los grupos en que se subdividen algunas especies botánicas y zoológicas, y cuyos caracteres diferenciales se perpetúan por herencia. **II. 1.** Grieta, hendedura. **2.** Grieta que se forma a veces en el casco de las caballerías.
ENCICL Entre los animales domésticos, la raza es el resultado de una mutación seleccionada por el hombre. Entre los animales salvajes, las razas *locales* (o subespecies geográficas) son las distintas poblaciones, pertenecientes a una misma especie, que comparten el área de expansión de esta especie. Si p. ej. un mamífero determinado habita en Europa, las poblaciones de esta especie que pueblan Italia, los Balcanes, la URSS, son *razas locales.* La noción clásicamente admitida de *raza humana* es similar a la de raza local, aunque en el curso de los años ha evolucionado y hoy es discutida, ya que entre las poblaciones humanas sólo se dan diferencias genéticas (p. ej. en las características sanguíneas) y poco delimitadas. v. antropología.
Hist. — El concepto de raza, actualmente discutido, va íntimamente, asociado al de *racismo.* Ya los antiguos griegos consideraban a los otros pueblos como «bárbaros» y prohibían toda unión con ellos. Más tarde, la expansión de los blancos a través del mundo reforzó esta actitud (colonialismo). En 1853, Gobineau publicó su *Ensayo sobre la desigualdad de las razas humanas*, en el que, con la ayuda de argumentos carentes de todo rigor científico, pretendía demostrar que todas las cualidades humanas habrían estado reunidas en los antiguos habitantes de Persia, los arios. Esta teoría fundamentó el antisemitismo de los nazis.

razón n.f. **I. 1.** Facultad de pensar. **2.** Palabras o frases con que se expresa el pensamiento. **3.** Argumento que se hace en apoyo de alguna cosa. **4.** Motivo o causa. **5.** Aquello que es conforme al derecho, a la justicia, al deber. — *Razón de Estado.* Consideración de interés superior que se invoca en un Estado, para hacer algo contrario a la ley o al derecho. — DER *Razón social.* Nombre con que se designan las compañías o sociedades colectivas. **II.** MAT Coeficiente entre dos cantidades. — *Razón aritmética.* Aquella en que se trata de averiguar el exceso de un término sobre el otro. — *Razón geométrica.* Aquella en que se comparan dos términos para averiguar cuántas veces el uno contiene al otro. • **razonable** adj. Conforme a la razón. • **razonamiento** n.m. **1.** Acción y efecto de razonar. **2.** Se dice de conceptos encaminados a demostrar una cosa. • **razonar** v.int. **1.** Pensar, ordenando ideas en la mente, para llegar a deducir una consecuencia o conclusión. **2.** Dar las razones o motivos de una cosa.

razzia n.f. Invasión de un territorio enemigo para robar los ganados, las cosechas, etc.

Rb QUIM Símbolo del rubidio.

rd FIS NUCL Símbolo del radián.

1. re- Elemento compositivo que denota reintegración o repetición, aumento, movimiento hacia atrás, negación, etc.

2. re n.m. MUS Segunda nota de la escala.

Re QUIM Símbolo del renio.

reabsorción n.f. MED Desaparición más o menos completa de un tejido degradado, de un producto patológico o de un cuerpo extraño, que es destruido y asimilado por los tejidos cercanos.

reacción n.f. **1.** Acción provocada por otra y de efectos contrarios a ésta. **2.** Respuesta a un estímulo. **3.** CIB Retroacción; acción de retorno. **4.** FIS Fuerza que un cuerpo, sujeto a la acción de otro, ejerce sobre él en dirección opuesta. — *Propulsión a reacción.* Sistema de propulsión fundado en este principio. **5.** QUIM Acción recíproca entre dos o más sustancias. **6.** FIS NUCL *Reacción en cadena.* Reacción nuclear en la cual los primeros átomos o núcleos que toman parte de ella liberan partículas con energía suficiente para hacer reaccionar los átomos cercanos, por lo cual la reacción se propaga más o menos rápidamente a toda la masa. — *Reacción nuclear.* Desintegración nuclear inducida. **7.** POLIT Tendencia política tradicionalista, opuesta a las innovaciones.

reaccionar v.int. Modificarse una cosa en virtud de una acción opuesta a otra anterior.

reaccionario,a n. y adj. Opuesto a las innovaciones.

reacio,a adj. Inobediente, remolón, renuente.

reactancia n.f. ELECTR Impedancia de un circuito formado sólo por inductancias y condensadores.

reactivación n.f. Acción y efecto de reactivar. • **reactivar** v.tr. Volver a activar. • **reactividad** n.f. ▷ PSICOL y FISIOL Capacidad de un sujeto para reaccionar a los estímulos externos. • **reactivo,a 1.** n. y adj. Que reacciona, que hace reaccionar. **2.** n.m. QUIM Sustancia que se utiliza para determinar la naturaleza de un cuerpo mediante la absorción de la reacción que se produce al entrar en contacto ambos.

reactor n.m. **1.** Motor a reacción. **2.** TECN Aparato en el que se efectúa una reacción. ▷ *Reactor nuclear.* Aparato que produce energía a partir de las reacciones de la fisión nuclear. **3.** Avión que usa motor a reacción.
ENCICL Un reactor nuclear es una vasija en la que tienen lugar reacciones nucleares de fisión, que producen un calor susceptible de ser transformado en energía mecánica, y, posteriormente, en eléctrica (v. fisión). Un reactor nuclear está compuesto por un *núcleo,* en el que están situados los elementos combustibles (uranio natural o enriquecido, plutonio) y por *dispositivos de regulación y seguridad* (barras de control que sirven para controlar la reacción en cadena y barras de seguridad destinadas a detener la reacción en caso de accidente). Todo este conjunto está rodeado por una espesa capa aislante que detiene las radiaciones emitidas. Existen dos tipos de reactores: de neutrones rápidos (v. sobrerregeneador); de neutrones térmicos. Este último tipo, el más utilizado, posee un *moderador,* formado por elementos de núcleos ligeros (hidrógeno, p. ej.), destinado a frenar los neutrones emitidos durante la fusión. La energía desprendida durante ésta es extraída del núcleo del reactor por un *fluido refrigerante* (agua, gas carbónico, helio, un metal líquido como el sodio o el potasio). La elección del combustible, el moderador y el fluido refrigerante define una *línea,* es decir, un conjunto de características específicas de un reactor. Los principales *tipos* son: uranio natural-grafito-gas carbónico; uranio ligeramente enriquecido-agua pesada o grafito-gas carbónico; uranio enriquecido-agua ligera (a la vez como moderador y refrigerante), que tiene dos variantes: *reactor de agua hirviendo* (BWR, abreviatura del inglés «boiling water reactor), en el que el agua puede ser llevada hasta la ebullición; *reactor de agua a presión* (PWR, abreviatura del inglés «pressurised water rector), en el que el agua, calentada a una temperatura de unos 300 °C, es mantenida a una presión suficiente (140 bares) para evitar su evaporación. La energía calorífica que transporta el fluido refrigerante es cedida a un circuito agua-vapor en el interior de unos *intercambiadores de calor;* aquí la temperatura es más baja que en las calderas clásicas, excepto en los reactores de alta temperatura del tipo uranio-grafito-helio. El vapor producido alimenta los grupos turboalternadores, que transforman la energía mecánica en energía eléctrica. El conjunto formado por un reactor nuclear y su instalación de producción de vapor y electricidad se llama *central nuclear.* Los reactores nucleares son utilizados igualmente para la propulsión de navíos. Sus subproductores (isótopos radiactivos artificiales) se utilizan en radioquímica y radiobiología.

readmisión n.f. Admisión por segunda o más veces. • **readmitir** v.tr. Volver a admitir.

reafirmar v.tr. y prnl. Afirmar de nuevo.

reagravación n.f. Acción y efecto de reagravar o reagravarse. • **reagravar** v.tr. y prnl. Volver a agravar o agravar más.

reagrupación n.f. **1.** Acción y efecto de reagrupar. **2.** QUIM Migración de radicales o de átomos en el interior de una molécula. • **reagrupamiento** n.m. Reagrupación. • **reagrupar** v.tr. Agrupar de nuevo.

reajustar v.tr. **1.** Ajustar de nuevo. **2.** Por eufemismo, hablando de precios, salarios, impuestos, etc., aumentar su cuantía.

1. real **I.** adj. **1.** Que existe efectivamente y no sólo como idea o palabra. **2.** Que existe o ha existido realmente. **3.** Verdadero, sensible. **II.** n.m. Lo que existe efectivamente.

2. real **1.** adj. Perteneciente o relativo al rey o a la realeza. **2.** n.m. Campamento de un ejército.

3. real n.m. **1.** Antigua unidad monetaria de diversos países latinos. **2.** Moneda antigua de distintos países.
ENCICL El real se instauró en Castilla como unidad de plata durante el reinado de Pedro I (1350-1369). En el anverso figuraba una P coronada y en el reverso los emblemas de los reinos de Castilla y León; su peso era de unos 3,48 g. Fueron los Trastamara quienes introdujeron en el anverso la imagen del busto real a la vez que continuaban con la acuñación de los tipos antiguos. El sistema *real* se mantuvo hasta 1848, al instaurarse el sistema *escudo de plata,* pero al acuñarse una moneda de 10 céntimos de escudo, equivalente a la cuarta parte de una peseta, se extendió popularmente el uso de la denominación *real,* para cualquier moneda de dicho valor.

realce n.m. **1.** Adorno o labor que sobresale en la superficie de una cosa. **2.** Fig. Lustre, estimación.

realejo n.m. Órgano pequeño manual.

realengo, a adj. Se aplica a los pueblos que no eran de señorío ni de las órdenes, y a los terrenos pertenecientes al Estado.
ENCICL **Hist.** — Nombre con que en la baja Edad Media española se designaba a los pueblos o tierras que dependían directamente de la autoridad real, sin que mediase la de ningún señor feudal. A partir del reinado de los Reyes Católicos disminuyeron notablemente y, durante el s. XIX, los aún existentes pasaron a manos particulares para paliar la deuda pública.

realeza n.f. Dignidad o soberanía real.

realidad n.f. **1.** FILOS Calidad de lo que tiene una existencia real. **2.** Cosa real. **3.** Cada uno de los hechos que constituyen la trama de nuestra existencia.

1. realismo n.m. **1.** FILOS Doctrina platónica según la cual las apariencias sensibles y los seres individuales no son más que el reflejo de las verdaderas realidades, las ideas. ▷ Doctrina según la cual el mundo exterior tiene una existencia independiente de la persona que lo percibe (opuesta a *idealismo*). **2.** Sistema estético que asigna como fin a las obras artísticas o literarias la imitación fiel de la naturaleza. • **realista 1.** n. (apl. a pers.) y adj. Partidario del realismo. **2.** adj. Perteneciente al realismo o a los realistas.
ENCICL El término *realista* se aplica normalmente a los escritores franceses que, a partir de 1850, reaccionaron contra el sentimentalismo romántico e, inspirándose en los métodos científicos, trataron de atenerse estricta-

mente al estudio y descripción de los hechos. La teoría de esta escuela se inició con Champfleury (*El realismo,* 1857), pero, a decir verdad, hubo tantos realismos como realistas: Flaubert, Daudet, Maupassant, los hermanos Goncourt, Zola (v. naturalismo). Entre los pintores llamados realistas, hay que citar a Coubert, Daumier y Millet. El *realismo socialista* es la teoría literaria y artística dominante en la URSS a partir de los años 30. Aspira a la transformación del arte «burgués» en «una cultura proletaria por su contenido y nacional por su alcance» (Stalin). Su principal teórico fue Jdanov. El *neorrealismo* es una corriente del arte contemporáneo (Duchamp, Schwitters) aparecida tras las formación de 1960 por el crítico P. Restany, de un grupo llamado de los «neorrealistas», cuyos principales representantes son Arman, Kelin, Tinguely.

2. realismo n.m. Doctrina u opinión favorable a la monarquía. • **realista** n. y adj. Partidario del realismo.

realizar 1. v.tr. y prnl. Efectuar, hacer real y efectiva una cosa. **2.** v.tr. COM Vender, convertir en dinero mercaderías o cualesquiera otros bienes. • **realización** n.f. **1.** Acción y efecto de realizar o realizarse. **2.** CINEM Puesta en escena de una película o de una emisión televisada, puesta en antena de una emisión de radiodifusión. • **realizador,a** Persona que dirige la preparación y el rodaje de una película, o el registro de una emisión de radio o de televisión.

realquilar v.tr. Alquilar un piso o un local una persona que no es el dueño, sino que es, a su vez, arrendatario.

realzar **I.** v.tr. y prnl. **1.** Levantar o elevar una cosa más de lo que estaba. **2.** Fig. Ilustrar o engrandecer. **II.** v.tr. Labrar de realce.

reanimar v.tr. y prnl. **1.** Confortar, dar vigor. **2.** Fig. Infundir ánimo y valor al que está abatido.

reanudar v.tr. y prnl. Fig. Renovar o continuar el trato, estudio, trabajo, conferencia, etc. • **reanudación** n.f. Acción y efecto de reanudar.

reaparecer v.int. Volver a aparecer o a mostrarse. • **reaparición** n.f. Acción y efecto de reaparecer.

reapertura n.f. DER Medida por la que se reabre un debate que había estado cerrado.

rearmar v.tr. y prnl. Equipar nuevamente con armamento militar o reforzar el que ya existía. • **rearme** n.m. Renovación y reforzamiento de la potencia militar de un país.

reaseguro n.m. Contrato por el cual un asegurador toma a su cargo, en totalidad o parcialmente, un riesgo ya cubierto por otro asegurador, sin alterar lo convenido entre éste y el asegurado.

reasumir v.tr. Volver a tomar lo que antes se tenía o se había dejado.

reata n.f. Hilera de caballerías que van atadas una detrás de otra • **reatar** v.tr. Volver a atar.

reavivar v.tr. y prnl. Volver a avivar.

rebaba n.f. Porción de materia sobrante que forma resalto en los bordes o en la superficie de un objeto cualquiera.

rebajar **I.** v.tr. **1.** Hacer más bajo el nivel o superficie horizontal de un terreno u otro objeto. **2.** Hacer nueva baja de una cantidad en las posturas. **3.** PINT Declinar el claro hacia el oscuro. **II.** v.tr. y prnl. Fig. Humillar, abatir. • **rebaja** n.f. Disminución, reducción o descuento. Se usa especialmente hablando de precios. • **rebaje** o **rebajo** n.m. Parte del canto de un madero u otra cosa, donde se ha disminuido el espesor por medio de un corte.

rebalsar v.tr., int. y prnl. Detener y recoger el agua u otro líquido, de suerte que haga balsa.

rebanada n.f. Porción delgada que se saca de una cosa, cortando de un extremo a otro. • **rebanar** v.tr. Hacer rebanadas una cosa o de alguna cosa.

rebañar v.tr. Juntar y recoger alguna cosa sin dejar nada. • **rebañadera** n.f. Instrumento de hierro, provisto de un gancho, para sacar los objetos caídos en un pozo. • **rebañador,a** n. y adj. Que rebaña. • **rebañadura** n.f. pl. Residuos que se recogen rebañando.

rebaño n.m. Hato grande de ganado.

rebasar v.tr. **1.** Pasar o exceder de cierto límite. **2.** MAR Pasar, navegando, más allá de un buque, cabo, escollo u otro cualquier estorbo o peligro.

rebatir v.tr. **1.** Rechazar o contrarrestar la fuerza o violencia de uno. **2.** Batir mucho. **3.** Redoblar. **4.** Impugnar, refutar.

rebato n.m. **1.** Convocación de los vecinos de uno o más pueblos, hecha por medio de campana, tambor u otra señal, ante un peligro. **2.** Fig. Alarma. — Fig. *Tocar a rebato.* Dar la señal de alarma ante cualquier peligro.

rebautizar v.tr. Volver a bautizar.

rebeco n.m. Gamuza (animal).

rebelarse v.prnl. **1.** Levantarse, faltando a la obediencia debida. **2.** Fig. Oponer resistencia. • **rebelde** **I.** n. y adj. **1.** Que se rebela o subleva. **2.** FOR Se dice del que no comparece, tras ser convocado, en un juicio. **II.** adj. **1.** Indócil, desobediente. **2.** Se dice de las enfermedades resistentes a los remedios. • **rebeldía** n.f. **1.** Calidad de rebelde. **2.** Acción propia del rebelde. **3.** FOR *En rebeldía.* En situación jurídica de rebelde. • **rebelión** n.f. **1.** Acción y efecto de rebelarse. **2.** FOR Delito contra el orden público.

rebenque n.m. **1.** Látigo con el cual se castigaba a los galeotes. **2.** *Amér. Merid.* Látigo recio de jinete.

reblandecer v.tr. y prnl. Ablandar una cosa o ponerla tierna. • **reblandecimiento** n.m. Acción y efecto de reblandecer o reblandecerse.

rebollo n.m. BOT Árbol de la familia de las fagáceas, de unos 25 m de altura, con tronco grueso y copa ancha.

reborde n.m. Faja estrecha y saliente a lo largo del borde de alguna cosa.

rebosar 1. v.tr. y prnl. Derramarse un líquido por encima de los bordes de un recipiente. **2.** v.int. y tr. Fig. Abundar mucho una cosa. • **rebosadero** n.m. Lugar u orificio por donde rebosa un líquido.

rebotar **I.** v.int. **1.** Botar repetidamente un cuerpo elástico. **2.** Retroceder o cambiar de dirección un cuerpo en movimiento. **II.** v.tr. **1.** Redoblar o volver la punta de una cosa aguda. **2.** Resistir un cuerpo a otro forzándole a retroceder, rechazar. **III.** v.tr. y prnl. Fam. Conturbar, sofocar, poner fuera de sí a una persona. • **rebote** n.m. **1.** Acción y efecto de rebotar un cuerpo elástico. **2.** Cada uno de los botes que después del primero da el cuerpo que rebota. — Fig. *De rebote.* De rechazo.

rebotica n.f. Trastienda.

rebozar **I.** v.tr. y prnl. Cubrir casi todo el rostro con la capa o manto. **II.** v.tr. Bañar un alimento en huevo batido, harina, etc. • **rebozo** n.m. **1.** Embozo. **2.** Fig. Simulación.

rebrotar v.int. Volver a brotar las plantas. • **rebrote** n.m. Nuevo brote.

rebujado,a adj. Enmarañado, enredado.

rebujar v.tr. Envolver o cubrir algunas cosas.

rebujo n.m. **1.** Embozo. **2.** Envoltorio hecho con desaliño y sin orden.

rebullir v.int. y prnl. Empezar a moverse.

rebuscar v.tr. **1.** Escudriñar o buscar con empeño. **2.** Recoger el fruto que queda en los campos después de alzadas las cosechas. • **rebusca** n.f. Acción y efecto de rebuscar. • **rebuscado,a** adj. Dícese del lenguaje o de la expresión que muestra rebuscamiento. • **rebuscamiento** n.m. **1.** Acción y efecto de rebuscar. **2.** Exceso de atildamiento en el lenguaje y estilo que degenera en afectación. También se aplica a las personas.

rebutir v.tr. Embutir, rellenar.

rebuznar v.int. Dar rebuznos. • **rebuzno** n.m. Voz del asno.

recabar v.tr. **1.** Alcanzar, conseguir lo que se desea. **2.** Pedir, reclamar algo.

recado n.m. **I.** Mensaje o respuesta que de palabra se da o se envía a otro. **II.** Desus. Regalo.• **recadero,a** o **recadista** n.m. y f. Persona que tiene por oficio llevar recados de un punto a otro.

recaer v.int. **1.** Volver a caer. **2.** Caer nuevamente enfermo. **3.** Reincidir en los vicios, errores, etc. **4.** Caer en uno o sobre uno beneficios o gravámenes. • **recaída** n.f. Acción y efecto de recaer.

recalar **I.** v.tr. y prnl. Penetrar un líquido por los poros de un cuerpo seco. **II.** v.int. MAR Llegar el buque a la vista de un punto de la costa.

recalcar **I.** v.tr. **1.** Ajustar, apretar mucho una cosa con otra o sobre otra. **2.** Fig. Tratándose de palabras, decirlas con lentitud y exagerada fuerza de expresión. **II.** v.prnl. Fig. y Fam. Repetir una cosa muchas veces.

recalcificación n.f. Fijación de calcio en los tejidos de un organismo.

recalcitrante adj. Terco, obstinado.

recalentar **I.** v.tr. **1.** Volver a calentar. **2.** Calentar demasiado. **II.** v.prnl. Tratándose de ciertos frutos, echarse a perder por el excesivo calor. • **recalentamiento** n.m. Acción y efecto de recalentar o recalentarse.

recalzar v.tr. **1.** AGRIC Arrimar tierra alrededor de las plantas o árboles. **2.** ARQUIT Hacer un recalzo. • **recalzo** n.m. ARQUIT Refuerzo que se hace en los cimientos de un edificio ya construido.

recamar v.tr. Bordar una cosa de realce. • **recamado** n.m. Bordado de realce.

recámara n.f. **I.** Cuarto contiguo a la cámara. **II.** Sitio en el interior de una mina, destinado a contener los explosivos. **III.** En las armas de fuego, lugar en el cual se coloca el cartucho.

recambiar v.tr. Hacer segundo cambio. • **recambio** n.m. **1.** Acción y efecto de recambiar. **2.** Pieza destinada a sustituir en caso necesario a otra igual de una máquina, aparato o instrumento.

recapacitar v.tr. e int. Recorrer la memoria refrescando ideas y meditando sobre ellas.

recapitular v.tr. Recordar sumaria y ordenadamente lo que se ha manifestado con extensión. • **recapitulación** n.f. Acción y efecto de recapitular.

recargar v.tr. **1.** Volver a cargar. **2.** Fig. Agravar una cuota de impuesto u otra prestación que se adeuda. **3.** Fig. Adornar con exceso. • **recargo** n.m. Nueva carga o aumento de carga.

recatar v.tr. y prnl. Encubrir u ocultar lo que no se quiere que se vea o se sepa. • **recatado,a** adj. **1.** Circunspecto. **2.** Honesto.

recato n.m. **1.** Cautela, reserva. **2.** Honestidad.

recauchar o **recauchutar** v.tr. Volver a cubrir de caucho una llanta o cubierta desgastada.

recaudar v.tr. **1.** Cobrar o percibir caudales o efectos. **2.** Asegurar, poner o tener en custodia, guardar. • **recaudación** n.f. **1.** Acción de recaudar. **2.** Cantidad recaudada. • **recaudador** n.m. Encargado de la cobranza de caudales. • **recaudatorio,a** adj. Perteneciente o relativo a la recaudación. • **recaudo** n.m. **1.** Acción de recaudar. **2.** Precaución, cuidado.

recazo n.m. **1.** Cazoleta o taza de la espada. **2.** Parte del cuchillo opuesta al filo.

recebo n.m. Arena o piedra muy menuda que se extiende sobre el firme de una carretera para igualarlo y consolidarlo.

recelar v.tr. y prnl. Temer, desconfiar. • **recelo** n.m. Acción y efecto de recelar. • **receloso,a** adj. Que tiene recelo.

recensión n.f. Noticia o reseña crítica de un libro en un diario, una revista.

recepción n.f. **1.** Acción y efecto de recibir. **2.** Admisión en un cargo o empleo. **3.** Reunión con carácter de fiesta.

receptáculo n.m. **1.** Cavidad en que se contiene o puede contenerse cualquier sustancia. **2.** BOT Extremo ensanchado o engrosado del pedúnculo, donde se asientan los verticilos de la flor.

receptivo,a adj. Que recibe o es capaz de recibir. • **receptividad** n.f. Hecho de ser receptivo; carácter de lo que es receptivo.

receptor,a **I.** n.m. y f. Persona o cosa que tiene la función de recibir. **II.** n.m. **1.** LING Destinatario del mensaje lingüístico. **2.** TECN Aparato utilizado para la recepción de las ondas radioeléctricas. **3.** MED Persona objeto de una transfusión o trasplante.

recesión n.f. **1.** Acción, hecho de retirarse. **2.** ECON Disminución de la actividad económica de un país.

receso n.m. **1.** Separación, apartamiento **2.** *Amér.* Suspensión temporaria de actividades en los cuerpos colegiados, asambleas, etc.

receta n.f. **1.** Prescripción facultativa. **2.** Nota escrita de esta prescripción. **3.** Fig. Nota que comprende aquello de que debe componerse una cosa, y el modo de hacerla. • **recetar** v.tr. Prescribir un medicamento. • **recetario** n.m. Conjunto de recetas o fórmulas de determinada clase de cosas.

recibir **I.** v.tr. **1.** Tomar uno lo que le dan o le envían. **2.** Sustentar, sostener un cuerpo a otro. **3.** Padecer un daño. **4.** Admitir dentro de sí una cosa a otra. **5.** Admitir, aceptar. **6.** Admitir uno a otro en su compañía o comunidad. **7.** Esperar o hacer frente al que acomete. **8.** RADIOELECTR Captar (las ondas). **II.** v.prnl. Tomar uno la investidura o el título conveniente para ejercer alguna facultad o profesión. • **recibidor,a** n.m. En algunas partes, antesala. • **recibimiento** n.m. **1.** Recepción. **2.** Acogida buena o mala que se hace al que viene de fuera. • **recibo** n.m. Escrito o resguardo firmado en que se declara haber recibido dinero u otra cosa.

reciclaje n.m. **1.** TECN Reintroducción en un ciclo de operaciones complejas. **2.** Enseñanza impartida a personas ya introducidas en la vida activa para poner al día sus conocimientos profesionales.

recidiva n.f. PAT Repetición de una enfermedad algún tiempo después de terminada la convalecencia.

reciedumbre n.f. Fuerza, fortaleza o vigor.

recién adv.t. Recientemente.

reciente adj. **1.** Nuevo, fresco o acabado de hacer. **2.** Que ha ocurrido hace poco.

recinto n.m. Espacio comprendido dentro de ciertos límites.

recio,a adj. **1.** Fuerte, vigoroso. **2.** Abultado. **3.** Áspero, duro de genio. **4.** Difícil de soportar. **5.** Hablando del tiempo, riguroso, rígido.

recipiendario n.m. El que es recibido solemnemente como miembro de una corporación.

recipiente **I.** adj. **1.** Que recibe. **2.** Utensilio destinado a guardar o conservar algo. **II.** n.m. **1.** Receptáculo, cavidad. **2.** Vaso donde se reúne el líquido que destila un alambique.

recíproco,a adj. **1.** Igual en la correspondencia de uno a otro. **2.** GRAM *Verbos recíprocos.* Verbos pronominales que indican que la acción es realizada simultáneamente al menos por dos sujetos, siendo cada uno de ellos a la vez agente y objeto de esta acción. • **reciprocar** v.tr. **1.** Hacer que dos cosas se correspondan. **2.** Responder a una acción con otra semejante. • **reciprocidad** n.f. Correspondencia mutua de una persona o cosa con otra.

recitar v.tr. **1.** Referir, contar o decir en voz alta un discurso u oración. **2.** Decir o pronunciar de memoria y en voz alta versos, discursos, etc. • **recital** n.m. MUS Concierto compuesto de varias obras ejecutadas por un solo artista en un mismo instrumento.

reciura n.f. Calidad de recio.

reclamar **I.** v.int. **1.** Oponerse a una cosa de palabra o por escrito. **2.** POET Resonar. **II.** v.tr. **1.** Pedir o exigir con derecho o con instancia una cosa. **2.** Llamar a las aves con el reclamo. **3.** FOR Llamar una autoridad a un prófugo. • **reclamación** n.f. Acción y efecto de reclamar.

reclamo n.m. **1.** Ave amaestrada que se lleva a la caza para que con su canto atraiga otras de su especie. **2.** Voz con que un ave, u otro animal, llama a otra de su especie. **3.** Instrumento para llamar a las aves en la caza imitando su voz. **4.** Voz o grito con que se llama a uno. **5.** Fig. Cualquier cosa que atrae.

reclinar v.tr. y prnl. **1.** Inclinar el cuerpo, o parte de él, apoyándolo sobre alguna cosa. **2.** Inclinar una cosa apoyándola sobre otra. • **reclinatorio** n.m. Mueble acomodado para arrodillarse y orar.

recluir v.tr. y prnl. Encerrar o poner en reclusión. • **reclusión** n.f. Encierro o prisión voluntaria o forzada. • **recluso,a** n.m. y f. Preso.

recluta n.m. **1.** El que libre y voluntariamente sienta plaza de soldado. **2.** P. ext., mozo alistado por sorteo para el servicio militar. • **reclutador** n.m. Que recluta o alista reclutas. • **reclutamiento** n.m. **1.** Acción y efecto de reclutar. **2.** Conjunto de los reclutas de un año. • **reclutar** v.tr. **1.** Alistar reclutas. **2.** P. ext., buscar o allegar adeptos.

recobrar **I.** v.tr. Volver a tomar o adquirir lo que antes se tenía o poseía. **II.** v.prnl. **1.** Reponerse de un daño recibido. **2.** Volver en sí.

recodo n.m. Ángulo o revuelta que forman las calles, caminos, ríos y otras cosas, torciendo notablemente la dirección que traían.

recoger **I.** v.tr. **1.** Volver a coger. **2.** Coger una cosa caída. **3.** Coger la cosecha. **4.** Dar asilo. **II.** v.prnl. **1.** Retirarse a alguna parte. **2.** Retirarse a descansar. **3.** Fig. Abstraerse en la meditación. • **recogedor** **I.** adj. Que recoge. **II.** n.m. Instrumento para recoger las basuras. • **recogida** n.f. Acción y efecto de recoger, juntar lo disperso.

recolección n.f. **1.** Acción y efecto de recolectar. **2.** Recopilación. **3.** Cosecha de los frutos. • **recolectar** v.tr. **1.** Juntar personas o cosas dispersas. **2.** Recoger la cosecha. • **recolector,a** n. y adj. Que recolecta.

recoleto n. y adj. Lugar apartado y solitario.

recomendación n.f. **1.** Acción y efecto de recomendar o recomendarse. **2.** Encargo o súplica que se hace a otro, poniendo a su cuidado una cosa. **3.** Alabanza o elogio de una persona para relacionarla con otra. • **recomendable** adj. Digno de recomendación o aprecio. • **recomendado,a** n. y adj. Persona en cuyo favor se ha hecho una recomendación. • **recomendar** v.tr. **1.** Encargar a uno que tome a su cuidado una persona o negocio. **2.** Hablar de alguien elogiándole.

recomenzar v.tr. Volver a comenzar.

recompensar v.tr. **1.** Compensar el daño hecho. **2.** Retribuir o remunerar un servicio. **3.** Premiar un beneficio o mérito. • **recompensa** o **recompensación** n.f. **1.** Acción y efecto de recompensar. **2.** Lo que sirve para recompensar.

recomponer v.tr. Reparar.

reconcentrar **I.** v.tr. y prnl. **1.** Dirigir el interés, afecto, etc., a una persona o cosa con mayor intensidad que a las demás. **2.** Reunir en un punto las personas o cosas que estaban esparcidas. **II.** v.prnl. Fig. Abstraerse, ensimismarse. • **reconcentración** n.f. Reconcentramiento. • **reconcentramiento** n.m. Acción y efecto de reconcentrar o reconcentrarse.

reconciliar v.tr. y prnl. Volver a las amistades, o atraer y acordar los ánimos desunidos. • **reconciliación** n.f. Acción y efecto de reconciliar o reconciliarse.

reconcomerse v.prnl. Impacientarse.

recóndito,a adj. Muy escondido, oculto.

reconfortar v.tr. Confortar de nuevo o con eficacia. • **reconfortante** n.m. Que conforta.

reconocer **I.** v.tr. **1.** Examinar con cuidado a una persona o cosa para enterarse de su identidad, naturaleza y circunstancias. **2.** Registrar. **3.** En las relaciones internacionales, aceptar un nuevo estado de cosas. **4.** Confesar. **5.** Admitir, aceptar. **II.** v.prnl. **1.** Dejarse comprender por ciertas señales una cosa. **2.** Confesarse culpable. • **reconocido,a** adj. Agradecido. • **reconocimiento** n.m. **1.** Acción y efecto de reconocer o reconocerse. **2.** Gratitud.

reconquistar v.tr. **1.** Volver a conquistar. **2.** Fig. Recuperar. • **reconquista** n.f. Acción y efecto de reconquistar. • **reconquistador,a** adj. Que reconquista.

reconsiderar v.tr. Volver a considerar.

reconstituir v.tr. y prnl. **1.** Volver a constituir. **2.** MED Dar o devolver a la sangre y al organismo sus condiciones normales. • **reconstituyente** n.m. FARM Dícese del remedio que tiene virtud de reconstituir.

reconstruir v.tr. **1.** Volver a construir. **2.** Fig. Evocar especies, recuerdos o ideas para completar el conocimiento de un hecho o el concepto de una cosa. • **reconstrucción** n.m. Acción y efecto de reconstruir.

recontar v.tr. **1.** Contar o volver a contar el número de cosas. **2.** Referir un hecho.

reconvenir v.tr. **1.** Censurar a alguien. **2.** FOR Ejercitar el demandado, cuando contesta, acción contra el promovedor del juicio. • **reconvención** n.f. Acción de reconvenir.

reconversión n.f. ECON Adaptación de la economía de un país, de una región, a unas nuevas condiciones financieras, políticas, económicas. • **reconvertir** v.tr. ECON Practicar la reconversión.

recopilación n.f. **1.** Compendio, resumen o reducción breve de una obra o un discurso. **2.** Colección de escritos diversos. — *Recopilación de las leyes.* Colección y ordenamiento oficial de las leyes de España publicada por mandato de Felipe II en 1567. — Nombre genérico dado a las distintas compilaciones de leyes realizadas en España a partir del s. XV. — *Recopilaciones aragonesas.* Publicadas a finales del s. XV. Existen dos series: la primera, publicada en 1496, sigue sólo un criterio cronológico; la segunda, editada en 1547, está ordenada según un criterio temático. — *Recopilaciones catalanas.* La primera se creó en 1413 cuando las Cortes pidieron a Fernando I la traducción del latín de los *Usatges.* A esa obra se agregaron otras y tuvo fuerza de ley desde 1495. La segunda fue publicada en 1589 y la tercera se editó durante el reinado de Felipe V. — *Recopilaciones mallorquinas*. Editadas con carácter privado a partir del s. XVII. En estos documentos figuran los privilegios del reino de Mallorca, así como la legislación de las Cortes. — *Recopilaciones navarras*. Conjunto de leyes aprobadas por las Cortes navarras desde que el reino se incorporó a la Corona de Castilla. Las primeras fueron publicadas en 1557. Las segundas se editaron en 1614 y adquirieron carácter oficial. — *Recopilaciones valencianas*. Compuestas a partir del s. XV. La primera fue la llamada *Furs e ordinacions de Valencia* (1482). — *Recopilaciones vascongadas*. Las de cada provincia del País Vasco, publicadas a partir del s. XVI. La primera fue la de Vizcaya, publicada en 1528 y aceptada por Carlos I. Posteriormente, aparecieron las de Guipúzcoa y Álava. — *Novísima Recopilación*. Libro en que aparecen reunidas ordenadamente cuantas disposiciones de carácter legal no habían caído en desuso y estaban incluidas en la recopilación o corrían en pliegos sueltos. Fue mandada promulgar y ejecutar como ley del reino a 15 de julio de 1805. — *Nueva recopilación*. Edición novena de la recopilación, hecha en el año 1775. — *Recopilaciones de leyes de Indias*. v. Leyes de Indias.

recopilador n.m. El que recopila.

recopilar v.tr. Juntar en compendio.

récord n.m. DEP **1.** Hazaña deportiva que sobrepasa todo lo hecho hasta entonces. **2.** P. ext., hecho que sobrepasa todo lo visto en ese aspecto.

recordar v.tr. e int. **1.** Traer a la memoria una cosa. **2.** Excitar y mover a uno a que tenga presente algo. • **recordatorio** n.m. Aviso, advertencia. ▷ Esquela con que se conmemora algún acontecimiento.

recorrer v.tr. **1.** Con nombre que exprese espacio o lugar, ir o transitar por él. **2.** Registrar, mirar con cuidado. **3.** Repasar o leer ligeramente un escrito. • **recorrido** n.m. **1.** Acción y efecto de recorrer. **2.** Espacio recorrido.

recortar v.tr. **1.** Cortar lo que sobra de una cosa. **2.** Cortar con arte el papel u otra cosa en varias figuras. **3.** PINT Señalar los perfiles de una figura. • **recortado,a** adj. BOT Dícese de las hojas y otras partes de las plantas cuyos bordes tienen muchas y muy señaladas desigualdades. • **recorte** n.m. **1.** Acción y efecto de recortar. **2.** pl. Porciones excedentes de cualquier materia recortada.

recoser v.tr. **1.** Volver a coser. **2.** Zurcir o remendar la ropa. • **recosido** n.m. Zurcido.

recostar v.tr. y prnl. Reclinar.

recoveco n.m. **1.** Vuelta y revuelta de un callejón, pasillo, etc. **2.** Fig. Rodeo.

recrear **I.** v.tr. Crear o producir de nuevo alguna cosa. **II.** v.tr. y prnl. Divertir, alegrar o deleitar. • **recreación** n.f. **1.** Acción y efecto de recrear o recrearse. **2.** Diversión para alivio del trabajo. • **recreativo,a** adj. Que recrea.

recreo n.m. Acción de recrearse o divertirse. ▷ En los colegios, suspensión de la clase para descansar o jugar.

recriar v.tr. Fomentar el desarrollo de animales criados en región distinta.

recriminar **I.** v.tr. Responder a cargos o acusaciones con otros u otras. **II.** v.prnl. Hacerse cargos unas personas a otras. • **recriminación** n.f. Acción y efecto de recriminar o recriminarse.

recrudecer v.int. y prnl. Tomar nuevo incremento un mal físico o moral después de haber empezado a remitir. • **recrudecimiento** n.m. Acción y efecto de recrudecer o recrudecerse.

recruzar v.tr. Cruzar de nuevo.

rect(i) Prefijo procedente del latín *rectus*, «derecho».

rectal adj. Relativo al intestino recto.

rectángulo,a **1.** adj. GEOM Que tiene ángulos rectos. **2.** n.m. GEOM Paralelogramo que tiene los cuatro ángulos rectos. • **rectangular** adj. GEOM Perteneciente o relativo al ángulo recto o al rectángulo.

rectificar v.tr. **1.** Reducir una cosa a la exactitud que debe tener. **2.** Corregir lo que no es cierto o conveniente. **3.** GEOM Tratándose de una línea curva, hallar una recta cuya longitud sea igual a la de aquélla. **4.** QUIM Purificar los líquidos. • **rectificable** adj. Que se puede rectificar. • **rectificación** n.f. Acción de rectificar, de corregir lo que no es exacto. ▷ TECN Operación consistente en rectificar una pieza, en particular una pieza metálica. **2.** Acto de convertir en recto. • **rectificador,a** **I.** adj. Que rectifica. **II.** n. y adj. Dícese de la máquina o aparato que sirve para transformar una corriente alterna en corriente de dirección constante.

rectilíneo,a adj. GEOM Que se compone de líneas rectas.

rectitis Inflamación del recto.

recto,a **I.** adj. **1.** Que no se inclina a un lado ni a otro. **2.** Fig. Justo, firme. **3.** Fig. Dícese del sentido primitivo o literal de las palabras. **II.** n.m. y adj. ZOOL Dícese de la última porción del intestino que termina en el ano. • **rectitud** n.f. **1.** Distancia más breve entre dos puntos o términos. **2.** Fig. Calidad de recto o justo.

rector **I.** n. y adj. Que rige o gobierna. **II.** n.m. y f. Superior de una universidad, comunidad, colegio, etc. • **rectorado** n.m. Cargo y oficina del rector. • **rectoral** adj. Perteneciente o relativo al rector. • **rectoría** n.f. Oficina del rector.

recua n.f. Conjunto de animales de carga, que sirve para transporte.

recuadrar v.tr. PINT Cuadrar o cuadricular.

recuadro n.m. **1.** ARQUIT División de forma cuadrada o rectangular en un muro u otra superficie. **2.** Espacio encerrado por líneas para hacer resaltar un texto o dibujo.

recubrimiento n.m. **1.** Cualquier cosa que cubre a otra en su totalidad. **2.** GEOL Capa geológica que cubre otra más reciente. • **recubrir** v.tr. **1.** Cubrir. **2.** Retejar.

recuento n.m. Cuenta o segunda cuenta o enumeración que se hace de una cosa.

recuerdo n.m. **1.** Memoria que se hace de una cosa pasada. **2.** pl. Saludo afectuoso a un ausente por escrito o por medio de otra persona.

recuero n.m. El que guía la recua.

recuestar v.tr. Demandar o pedir. • **recuesta** n.f. Requerimiento, intimación.

recular v.int. Cejar o retroceder.

reculo,a adj. Aplícase al ave que no tiene cola.

recuperar **I.** v.tr. Volver a tomar o adquirir. **II.** v.tr. y prnl. Volver en sí. • **recuperación** n.f. Acción y efecto de recuperar o recuperarse. • **recuperador** n.m. TECN Todo aparato que permite recuperar materias o energía. • **recuperativo,a** adj. Dícese del que recupera o tiene virtud de recuperar.

recurrencia n.f. Repetición, retorno periódico.

recurrente **I.** adj. **1.** ANAT Que parece desplazarse hacia su origen. **2.** MAT *Serie recurrente*. Aquella en la que cada término es función de un número determinado de términos anteriores. **II.** n.m. y f. FOR Persona que entabla o tiene entablado un recurso.

recurrir v.int. **1.** Acudir a un juez o autoridad con una demanda o petición. **2.** Acogerse en caso de necesidad al favor de uno. **3.** FOR Entablar recurso contra una resolución.

recurso n.m. **I. 1.** Acción y efecto de recurrir. **2.** Solicitud, petición por escrito. ▷ FOR Acción que concede la ley al interesado en un juicio o en otro procedimiento para reclamar contra las resoluciones. **II.** pl. **1.** Bienes, medios de subsistencia. **2.** Elementos que constituyen la riqueza de una colectividad. ENCICL La insuficiencia de los recursos naturales y su repartición desigual entre los países industrializados y los del Tercer Mundo provocan, en éstos, un déficit en calorías y en proteínas. La noción de los recursos va estrechamente vinculada a la de *reservas*, es decir, lo que es económicamente posible deducir con antelación. Ciertos recursos se renuevan al cabo de cierto tiempo. Otros no se renuevan o se caracterizan por un ciclo de formación demasiado largo con relación a las realizaciones humanas (varios millones de años en el caso del carbón o el petróleo). El agotamiento progresivo de las reservas energéticas y de materias primas, implica un aumento del precio de los productos manufacturados y la aceleración de la inflación. Los *recursos agrícolas* dependen de la superficie de las tierras cultivables y del rendimiento de estas tierras. Los *recursos de agua dulce* son renovables: al ser actualmente consumido cada año el 4 % de las disponibilidades, se estima que no se planteará ningún problema grave antes del año 2015 para el conjunto del planeta, pero estos recursos están distribuidos de manera muy desigual: como media un habitante de Estados Unidos consume 2.000 m³ de agua por año, un francés 600 m³ y un habitante de un país árido del Tercer Mundo alrededor de 20 m³. Los *recursos energéticos y minerales* son particulamente limitados. Los *recursos del mar* son muy variados y difíciles de enumerar (sales, yodo, minerales, petróleo). Son actualmente difíciles de explotar más allá de una profundidad de algunos centenares de metros. El agotamiento progresivo de los recursos naturales exige su preservación a través de diversas medidas a escala planetaria.

recusar v.tr. **1.** No querer admitir o aceptar una cosa. **2.** FOR Poner tacha legítima al juez, al oficial, al perito que interviene en un procedimiento o juicio. • **recusación** n.f. Acción y efecto de recusar.

rechazar v.tr. **1.** Resistir un cuerpo a otro, forzándole a retroceder. **2.** Fig. Resistir al enemigo, obligándolo a ceder. **3.** Fig. No admitir lo que otro propone u ofrece. • **rechazo** n.m. MED Conjunto de reacciones que provocan la eliminación de un injerto por el organismo del sujeto receptor.

rechiflar **I.** v.tr. Silbar con insistencia. **II.** v.prnl. Burlarse de uno o ridiculizarlo. • **rechifla** n.f. Acción de rechiflar.

rechinar v.int. Hacer una cosa un sonido, generalmente, desagradable, por rozar con otra.

rechistar v.int. Iniciar una voz, chistar.

rechoncho,a adj. Fam. Se dice de la persona o animal gruesos y de poca altura.

red n.f. **1.** Aparejo hecho con hilos, cuerdas o alambres trabados en forma de mallas, y convenientemente dispuesto para pescar, cazar, etc. ▷ DEP *Red de tenis, de voleibol,* etc. Red por encima de la cual debe pasar la pelota que se devuelven los jugadores. **2.** Labor o tejido de mallas. **3.** Redecilla para el pelo. **4.** Fig. Ardid o engaño. **5.** Fig. Conjunto sistemático de caños, hilos conductores, de vías de comunicación, de agencias y servicios, etc., para determinado fin. **6.** FIS *Red cristalina*. Situación en el espacio de las partículas elementales (iones, moléculas, átomos) que constituyen los cuerpos cristalinos.

redactar v.tr. Poner por escrito cosas sucesivas, acordadas o pensadas con anterioridad. • **redacción** n.f. **1.** Acción y efecto de redactar. **2.** Lugar u oficina donde se redacta.

3. Conjunto de redactores de una publicación periódica. • **redactor,a** n. y adj. Que redacta.

redada n.f. **1.** Lance de red. **2.** Fig. y Fam. Conjunto de personas o cosas que se cogen de una vez.

redaño n.m. **1.** ZOOL Mesenterio. **2.** pl. Fig. Fuerzas, bríos, valor.

redar v.tr. Echar la red de pescar.

redargüir v.tr. **1.** Convertir el argumento contra el que lo hace. **2.** FOR Impugnar una cosa por algún vicio que contiene.

redecilla n.f. **I.** Prenda de malla, en figura de bolsa, y con cordones o cintas, usada para recoger el pelo o adornar la cabeza. **II.** ZOOL Segundo estómago de los rumiantes.

redecir v.tr. Repetir uno o más vocablos.

rededor n.m. Contorno o redor.

redención n.f. **1.** Acción y efecto de redimir o redimirse. ▷ P. antonom., la que Jesucristo hizo del género humano. **2.** Fig. Remedio, recurso.

redentor,a n. y adj. Que redime. ▷ n.m. P. antonom., Jesucristo. • **redentorista 1.** n. y adj. Dícese del religioso de la congregación del Redentor.

redero,a **I.** adj. Perteneciente a las redes. **II.** n.m. y f. Persona que hace o arma las redes.

redescuento n.m. COM Nuevo descuento.

redición n.f. Repetición de lo que se ha dicho.

redicho,a adj. Fam. Que habla pronunciando las palabras con una perfección afectada.

redil n.m. Aprisco cercado con un vallado.

redimir **I.** v.tr. y prnl. Rescatar a un cautivo mediante precio. **II.** v.tr. Comprar de nuevo una cosa que se había poseído. **III.** v.tr. y prnl. Librar de una obligación.

redingote n.m. Capote de poco vuelo y con mangas ajustadas.

redintegración n.f. PSICOL Fenómeno por el que un recuerdo hace resurgir, al evocarlo, la totalidad de un antiguo estado de ánimo.

rédito n.m. Renta que rinde un capital.

redituar v.tr. Producir utilidad. • **redituable** adj. Que rinde utilidad o beneficio.

redivivo,a adj. Aparecido, resucitado.

redoblar **I.** v.tr. y prnl. Aumentar una cosa otro tanto o el doble de lo que antes era. **II.** v.tr. **1.** Volver la punta del clavo tras ser clavado. **2.** Repetir, reiterar. **III.** v.int. Tocar redobles en el tambor. • **redoblante** n.m. Tambor de caja prolongada. • **redoble** n.m. **1.** Acción y efecto de redoblar. **2.** Toque de tambor, vivo y sostenido.

redoblegar v.tr. Doblegar o redoblar.

redolar v.int. Dar vueltas. • **redola** n.f. Círculo, contorno.

redoma n.f. Recipiente de vidrio ancho en su fondo que va estrechándose hacia la boca.

redomado,a adj. **1.** Rematado. **2.** Astuto.

redonda n.f. **I. 1.** Comarca. **2.** Dehesa o coto de pasto. **II.** MUS Semibreve. **III.** IMP Letra redonda. — *A la redonda.* m.adv. En torno, alrededor.

redondeado,a adj. De forma que tiende a ser redonda.

redondear **I.** v.tr. y prnl. Poner redonda una cosa. **II.** v.tr. Fig. Sanear un caudal, un negocio o una finca etc. • **redondeo** n.m. Acción y efecto de redondear.

redondel n.m. **1.** Fam. Circunferencia y superficie contenida dentro de ella. **2.** Terreno circular destinado a la lidia de toros.

redondilla n.f. **1.** Combinación métrica de cuatro versos octosílabos. **2.** Letra redondilla.

redondo,a **I.** adj. **1.** De figura circular, esférica o semejante a ella. **2.** Fig. Claro, sin rodeo. **II.** n.m. **1.** Cosa de figura circular o esférica. **2.** Perfil de sección circular. • **redondez** n.f. **1.** Calidad de redondo. **2.** Circuito de una figura curva. **3.** Superficie de un cuerpo redondo.

redor n.m. **1.** Rededor, alrededor. **2.** Esterilla redonda.

redox adj.inv. QUIM *Par redox.* El compuesto por las formas oxidada y reducida de un mismo elemento.

redrojo o **redruejo** n.m. **1.** Cada uno de los racimos pequeños que van dejando atrás los vendimiadores. **2.** Fruto o flor tardía, que no suelen llegar a sazón.

reducción n.f. **1.** Acción de reducir; su resultado. **2.** Hecho de convertir una cosa compleja en otra más simple. **3.** Operación para colocar en su lugar los huesos luxados o fracturados, los órganos desplazados. **4.** QUIM Reacción contraria a la oxidación, en la que un *cuerpo reductor* cede electrones a un *cuerpo oxidante*. **5.** *Reducciones de indios.* Núcleos de población organizados en América por las autoridades españolas, bajo la tutela de los misioneros. **reducible** adj. **1.** Que puede ser reducido. **2.** Que puede expresarse de una forma más simple. • **reducido,a** adj. **1.** Que ha sufrido una reducción, en dimensiones, en número, etc. **2.** MAT Dícese de la curva o ley cuya expresión ha sido simplificada por un cambio variable.

ENCICL **Hist.** — Institución de sentido opuesto al de la encomienda, la *reducción de indios* aislaba a masas de población indígena, vedando todo contacto con colonos, esclavos negros, mestizos y mulatos, protegiéndolos así del proceso de destrucción resultante de la esclavización forzosa. Las reducciones dependían directamente de la Corona, y en su organización interna presentaban fórmulas de democracia similares a las castellanas de la época, manteniéndose además, en ocasiones, la primacía de los caciques; la influencia de los misioneros condicionaba en la práctica todo el sistema social. Las primeras reducciones datan de 1531, y se establecieron en los territorios de la Audiencia de México. Entre los beneficios culturales de esta institución cabe mencionar la conservación de muchas lenguas indígenas, y la enseñanza de las artes y oficios europeos.

reducir **I.** v.tr. **1.** Volver una cosa al lugar donde antes estaba o al estado que tenía. **2.** Disminuir, estrechar. **3.** Cambiar una cosa en otra equivalente. **4.** Resumir. **5.** Dividir un cuerpo en partes menudas. **6.** CIR Restablecer en su situación natural los huesos dislocados o rotos. **7.** MAT Expresar el valor de una cantidad en unidades de especies distintas de la dada. **8.** QUIM Descomponer un cuerpo en sus principios o elementos. **II.** v.prnl. Moderarse en el modo de vida.

reductor,a **I.** adj. QUIM Capaz de ceder electrones. **II.** n.m. TECN Dispositivo que sirve para reducir la velocidad de rotación de un eje.

redundancia n.f. Carácter superfluo de algunas explicaciones o repeticiones en un discurso. • **redundante** adj. Superfluo. ▷ Que tiene redundancias.

redundar v.int. **1.** Rebosar. **2.** Venir a parar una cosa en beneficio o daño de alguien.

reduplicar v.tr. **1.** Aumentar una cosa al doble de lo que antes era. **2.** Repetir. • **reduplicación** n.f. **1.** Acción y efecto de reduplicar. **2.** RET Figura que consiste en repetir consecutivamente un mismo vocablo en una cláusula.

reduvio n.m. ZOOL Insecto hemíptero. Chinche del suborden de los heterópteros.

reedificar v.tr. Volver a edificar o construir • **reedificación** n.f. Acción de reedificar.

reeditar v.tr. Volver a editar.

reeducar v.tr. MED Enseñar a un enfermo la práctica de actos o movimientos dificultados por alguna lesión o enfermedad. • **reeducación** n.f. Acción de reeducar.

reelegir v.tr. Volver a elegir. • **reelección** n.f. Acción y efecto de reelegir.

reembarcar v.tr. y prnl. Volver a embarcar. • **reembarque** n.m. Acción y efeto de reembarcar.

reembolsar v.tr. y prnl. Volver una cantidad a poder del que la había desembolsado. • **reembolso** n.m. Acción y efecto de reembolsar o reembolsarse.

reemplazar v.tr. **1.** Sustituir una cosa por otra. **2.** Suceder a uno en el empleo o suplirlo. • **reemplazante** n. y adj. Que reemplaza o sucede en un empleo o cargo. • **reemplazo** n.m. **1.** Acción y efecto de reemplazar. **2.** Sustitución que se hace de una persona o cosa por otra. **3.** Renovación parcial del contingente del ejército. MILIT *De reemplazo.* Dícese del oficial que no tiene plaza efectiva pero sí opción a ella en las vacantes que ocurran.

reencarnación n.f. Acción y efecto de reencarnar o reencarnarse. • **reencarnar** v.int. y prnl. Volver a encarnar.

reencontrar **1.** v.tr. y prnl. Volver a encontrar. **2.** v.prnl. Fig. Recobrar una persona cualidades, facultades, hábitos, etc. • **reencuentro** n.m. Encuentro de dos cosas que chocan una con otra, como tropas enemigas.

reenganchar v.tr. y prnl. MILIT Volver a enganchar a un soldado. • **reenganche** n.m. **1.** MILIT Acción y efecto de reenganchar o reengancharse. **2.** MILIT Dinero que se da al que se reengancha.

reenviar v.tr. Enviar alguna cosa que se ha recibido. • **reenvío** n.m. Acción y efecto de reenviar.

reestructurar v.tr. Modificar la estructura de una obra, disposición, etc.

reexaminar v.tr. Volver a examinar.

reexpedir v.tr. Expedir cosa que se ha recibido. • **reexpedición** n.f. Acción y efecto de reexpedir.

reexportar v.tr. COM Exportar lo que se había importado.

refacción n.f. **1.** Comida ligera que se toma para reparar las fuerzas. **2.** Reparación de lo estropeado.

refajo n.m. Falda de tela gruesa que usaban las mujeres como prenda interior de abrigo.

refectorio n.m. Habitación destinada a comedor en algunas comunidades y colegios.

referencia n.f. **1.** Narración o relación de una cosa. **2.** Relación de una cosa respecto de otra. **3.** Indicación en un escrito del lugar del mismo o de otro al que se remite al lector. **4.** Informe que sobre un tercero, da una persona a otra.

referéndum n.m. **1.** Voto directo mediante el cual los ciudadanos se pronuncian sobre una propuesta legislativa o constitucional procedente del poder ejecutivo. **2.** DIPLOM Petición de nuevas instrucciones, que un agente diplomático hace a su Gobierno.

referente adj. LING El o los objetos reales (pertenecientes a la realidad extralingüística) o imaginarios (constituidos como objetos solamente en el universo del discurso), que designa un signo lingüístico.

referir **I.** v.tr. Dar a conocer, un hecho. **II.** v.prnl. **1.** Remitirse a lo dicho o hecho. **2.** Aludir. **III.** v.tr. y prnl. Dirigir una cosa a cierto y determinado fin u objeto.

refinar v.tr. **1.** Someter (una materia bruta) a una serie de operaciones para hacerla más pura o utilizable. **2.** Fig. Perfeccionar una cosa. • **refinación** n.f. Acción y efecto de refinar. • **refinado,a I.** n.m. Refinación. **II.** adj. **1.** Fig. Sobresaliente, primoroso. **2.** Fig. Consumado. • **refinamiento** n.m. **1.** Esmero, cuidado. **2.** Dureza o crueldad refinada. • **refinería** n.f. Instalación industrial donde se refina un producto. • **refino,** n.m. Refinación de los metales.

reflectar v.int. FIS Reflejar. • **reflectante** adj. Que refleja (una onda, la luz, principalmente). • **reflector,a I.** n. y adj. Se dice del cuerpo que refleja. **II.** n.m. **1.** ASTRON Telescopio. **2.** FIS Aparato de superficie bruñida para reflejar los rayos luminosos.

reflejo,a I. adj. **1.** Que ha sido reflejado. **2.** FISIOL Se aplica a los actos que obedecen a excitaciones no percibidas por la conciencia. **II.** n.m. **1.** Luz reflejada. **2.** Representación, imagen. • **reflejar 1.** v.int. y prnl. FIS Hacer retroceder o cambiar de dirección la luz, el calor, el sonido o algún cuerpo elástico, oponiéndoles una superficie lisa. **2.** v.tr. Manifestar o hacer patente una cosa. **3.** v.prnl. Fig. Dejarse ver una cosa en otra.

ENCICL Los reflejos instintivos (o naturales) son inherentes a la constitución del organismo y responden a una excitación *(estímulo)* que actúa sobre los centros nerviosos, poniendo en acción las estructuras nerviosas preexistentes. Este excitante produce, bien una respuesta motriz o secretora elemental, bien una respuesta que produce la intervención de procesos más complejos, aptos para determinar automáticamente este comportamiento «instintivo». Los centros nerviosos inferiores (médula, bulbo, cerebelo) intervienen en los reflejos naturales; sus arcos reflejos están localizados (principalmente, a nivel medular). Los reflejos condicionados ponen en acción circuitos nerviosos mucho más complejos, que tienen todos su origen en la corteza cerebral. Se basan en la propiedad del sistema nervioso de adquirir, por asociación, nuevas estructuras nerviosas. Cuando la asociación entre un estímulo natural y otro artificial, ha sido repetida numerosas veces, se adquiere una nueva estructura nerviosa; en el caso del perro que secreta saliva, con la sola *visión* de un alimento: la *imagen* de este alimento, asociada a su consumición, es un excitante eficaz. El aprendizaje provoca la adquisición de reflejos condicionados complejos que desempeñan un papel muy importante en la vida cotidiana del hombre. El estudio de la actividad refleja permitió fundar (Pavlov) la psicofisiología.

reflex n. y adj.inv. FOTOG Aparato fotográfico provisto de un visor que, gracias a un dispositivo de espejo, permite ver una imagen encuadrada, exactamente igual a la que se formará en la película sensible.

reflexión n.f. **I.** Cambio de dirección de una onda originado por un obstáculo. **II. 1.** Nueva mirada del pensamiento sobre sí mismo. **2.** Acción del pensamiento al considerar atentamente entre una idea, un tema, un problema. **3.** Pensamiento expresado, como resultado de esta acción. • **reflexionar** v.int. y prnl. Considerar determinante una cosa.

reflexivo,a adj. **1.** Que refleja. **2.** Que actúa o habla con reflexión (sent. 2). ▷ GRAM *Pronombre reflexivo.* Pronombre personal que, como complemento del verbo, representa a la persona o cosa que es sujeto del mismo. — *Verbo reflexivo.* El que tiene como complemento un pronombre reflexivo.

reflorecer v.int. **1.** Volver a florecer. **2.** Fig. Recobrar esplendor una cosa inmaterial. • **reflorecimiento** n.m. Acción y efecto de reflorecer.

refluir v.int. **1.** Volver hacia atrás un líquido. **2.** Fig. Redundar.

reflujo n.m. Movimiento de descenso de la marea.

refocilar v.prnl. Regodearse. • **refocilamiento, refocilación** o **refocilo.** n.f. Acción y efecto de refocilarse.

reforestar v.tr. Repoblar un bosque.

reformar I. v.tr. **1.** Rehacer. **2.** Reparar, restaurar. **3.** Arreglar, poner en orden. **4.** Reducir o restituir una orden religiosa u otro instituto a su primitiva observancia o disciplina. **II.** v.prnl. Enmendarse, arreglarse o corregirse. • **reforma** n.f. **1.** Acción y efecto de reformar o reformarse. **2.** Lo que se propone, proyecta o ejecuta como innovación o mejora en alguna cosa. • **reformatorio,a 1.** adj. Que reforma o arregla. **2.** n.m. Establecimiento en donde, por medios educativos severos, se trata de reeducar a los jóvenes. • **reformismo** n.m. Tendencia política de los que no son partidarios de la desaparición del capitalismo sino de transformarlo realizando una serie de reformas en el sentido de una mayor justicia social. • **reformista** n. y adj. Partidario de reformas o ejecutor de ellas.

reforzar I. v.tr. **1.** Engrosar o añadir nuevas fuerzas. **2.** Fortalecer. **II.** v.tr. y prnl. Animar, alentar. • **reforzado,a** adj. Que tiene refuerzo. Se aplica especialmente a piezas de artillería y maquinaria.

refracción n.f. FIS Acción y efecto de refractar o refractarse. — OPT *Doble refracción.* Propiedad que tienen ciertos cristales de duplicar las imágenes de los objetos. • **refractar** v.tr. y prnl. OPT Hacer que cambie de dirección el rayo de luz que pasa oblicuamente de un medio a otro de diferente densidad. • **refractario,a** adj. **1.** Se aplica a la persona que rehúsa cumplir una promesa u obligación. **2.** FIS y QUIM Se dice del cuerpo que resiste la acción del fuego sin cambiar de estado ni descomponerse. • **refractómetro** n.m. FIS Aparato empleado para determinar el índice de refracción.

ENCICL **Fís.** — La refracción se rige por las leyes de Descartes: el rayo refractado se encuentra en el plano de incidencia definido por el rayo incidente y la recta perpendicular a la superficie de refracción en el punto de incidencia; el ángulo *i* de incidencia y el ángulo *r* de refracción están relacionados por la fórmula n_1 sen $i = n_2$ sen r, siendo n_1 el índice absoluto del medio en el que se propaga el rayo incidente y n_2 aquel en el cual es refractado; el índice absoluto de una sustancia es igual a la relación entre la velocidad de la luz en el vacío y la que tiene en dicha sustancia. Este índice varía según la longitud de onda de la luz.

refrán n.m. Dicho agudo y sentencioso. • **refranero** n.m. Colección de refranes.

ENCICL **Lit.** — Estas sentencias, a menudo de tipo moral, se transmiten oralmente de generación en generación y su recopilación constituye el refranero, propio de cada cultura. El refrán consta de dos partes, en la primera se presenta la situación y en la segunda se extraen las conclusiones: *Quien escucha, su mal oye.*

refrangible adj. Que puede refractarse. • **refrangibilidad** n.f. FIS Propiedad de lo que es refrangible.

refregar v.tr. y prnl. Frotar una cosa con otra. • **refregadura** n.f. **1.** Acción de refregar o refregarse. **2.** Señal que queda de haber o haberse refregado una cosa.

refreír v.tr. **1.** Volver a freír. **2.** Freír mucho.

refrenar 1. v.tr. Sujetar y reducir al caballo con el freno. **2.** v.tr. y prnl. Fig. Contener, reprimir o corregir.

refrendar v.tr. Autorizar un documento por medio de la firma de persona autorizada para ello. • **refrendario** n.m. El que con autoridad pública refrenda o firma, después del superior, un despacho. • **refrendata** n.f. Firma del refrendario. • **refrendo** n.m. Acción y efecto de refrendar.

refrescar I. v.tr. y prnl. Atemperar, rebajar el calor de una cosa. **II.** v.tr. Fig. Renovar un sentimiento, dolor, o costumbre antiguos. **III.** v.int. **1.** Fig. Tomar fuerzas, vigor o aliento. **2.** Templarse o moderarse el calor del aire. **3.** Beber cosas frescas. **IV.** v.int. y prnl. Tomar el fresco. • **refresco** n.m. Bebida refrescante.

refriega n.f. Combate poco importante.

refrigerar I. v.tr. **1.** Refrescar. **2.** Enfriar en cámaras especiales, hasta una temperatura próxima a cero grados. **II.** v.tr. y prnl. Fig. Reparar las fuerzas con un refrigerio. • **refrigeración** n.f. Reducción de la temperatura por medios artificiales. • **refrigerador** n.m. Aparato provisto de un dispositivo productor de frío, destinado a conservar (sin congelarlos) los alimentos. • **refrigerante** adj. Que sirve para refrigerar, para producir frío. • **refrigerio** n.m. Tentempié. Alimento ligero que se toma entre las comidas principales.

refringir v.tr. y prnl. OPT Refractar. • **refringencia** n.f. FIS Poder de refractar la luz. • **refringente** adj. FIS Que tiene el poder de refractar los rayos luminosos y las ondas electromagnéticas.

refrito,a I. Part. pas. irreg. de *refreír.* **II.** n.m. **1.** Aceite frito con ajo, cebolla, pimentón y otros ingredientes que se añaden en caliente a algunos guisos. **2.** Fig. Cosa rehecha.

refuerzo n.m. **1.** Mayor grueso que se da a una cosa para hacerla más resistente. **2.** Protección que se pone para fortalecer y afirmar una cosa que amenaza ruina. **3.** Socorro o ayuda que se presta en ocasión de necesidad. **4.** FOTOG Operación correctiva utilizada para aumentar los contrastes de una imagen.

refugio n.m. **1.** Asilo, acogida o amparo. **2.** Edificio erigido en una zona montañosa para cobijo de deportistas o excursionistas. **3.** Zona situada dentro de la calzada, protegida del tránsito rodado. • **refugiado,a** n.m. y f. Persona que a consecuencia de guerras, revoluciones o persecuciones políticas, se ve obligada a buscar refugio fuera de su país. • **refugiar** v.tr. y prnl. Acoger o amparar a uno, sirviéndose de resguardo y asilo.

refulgente adj. Que emite resplandor. • **refulgencia** n.f. Resplandor. • **refulgir** v.int. Resplandecer, emitir fulgor.

refundir I. v.tr. **1.** Volver a fundir. **2.** Fig. Dar nueva forma y disposición a una obra literaria. **II.** v.int. Fig. Redundar. **III.** v.tr. y prnl. Comprender o incluir. • **refundición** n.f. **1.** Acción y efecto de refundir o refundirse. **2.** La obra refundida. • **refundidor,a** n.m. y f. Persona que refunde.

refunfuñar v.int. Emitir palabras confusas o entre dientes, en señal de enojo o desagrado.

refutar v.tr. Contradecir, rebatir. • **refutación** n.f. **1.** Acción y efecto de refutar. **2.** Argumento o prueba cuyo objeto es destruir las razones del contrario.

regadío,a 1. n.m. y adj. Se aplica al terreno que se puede regar. **2.** n.m. Terreno dedicado a cultivos que se fertilizan con riego. • **regadera** n.f. Recipiente portátil que sirve para regar.

regala n.f. MAR Tablón que forma el borde de las embarcaciones.

regalar I. v.tr. **1.** Dar alguna cosa a alguien sin recibir nada a cambio. **2.** Halagar. **II.** v.prnl. Recrear o deleitar. **III.** v. prnl. Tratarse bien, procurando tener comodidades. • **regalado,a** adj. Placentero.

regalía n.f. **1.** Prerrogativa que ejerce un soberano en su reino o Estado **2.** Fig. Privilegio o excepción.

ENCICL Las *regalías* eran el conjunto de los bienes y derechos que en la Edad Media se consideraban de propiedad inalienable del monarca y que posteriormente se fueron confundiendo con los del Estado (propiedad sobre los cursos de agua, derecho de acuñación de moneda, etc.). Hacia el s. XVI surgió el *regalismo*, por el que el Estado se arrogaba algunos derechos de carácter eclesiástico. Esto provocó conflictos entre España y la Santa Sede que se fueron solucionando mediante concordatos a lo largo de los ss. XVIII y XIX.

regaliz n.m. Planta (familia papilionáceas) cuya raíz se utiliza por sus propiedades medicinales.

regalo n.m. **1.** Obsequio que se hace voluntariamente. **2.** Comida o bebida delicada y exquisita. **3.** Conveniencia, comodidad.

regante n.m. El que tiene derecho de regar o lo hace por oficio.

regañar **I.** v.int. **1.** Dar muestras de enfado con palabras y gestos. **2.** Fam. Reñir con otro. **3.** Gruñir el perro. **II.** v.tr. Fam. Reñir. • **regañina** n.f. Reprimenda. • **regañón,a** n. y adj. Fam. Que regaña por costumbre.

regaño n.m. **1.** Gesto con que se muestra enfado o disgusto. **2.** Fig. Reprimenda.

regar v.tr. **1.** Esparcir agua sobre el suelo para limpiarlo o refrescarlo. **2.** Atravesar un río o canal una comarca o territorio. **3.** Echar agua a las plantas. **4.** Fig. Esparcir, desparramar alguna cosa.

1. regata n.f. Regato.

2. regata n.f. MAR Carrera entre dos o más lanchas u otros buques ligeros.

regate n.m. Movimiento rápido que se hace llevando el cuerpo a una parte u otra.

regatear **I.** v.tr. Debatir el comprador y el endedor el precio de una cosa puesta en venta. **II.** v.int. Hacer regates. • **regateo** n.m. Acción y efecto de regatear.

regato n.m. Arroyuelo de riego.

regatón n.m. Casquillo que se pone en el extremo inferior de las lanzas, bastones, etc.

regazo n.m. **1.** Parte de la falda, que hace seno desde la cintura hasta la rodilla. **2.** Parte del cuerpo donde se forma éste. **3.** Fig. Cosa que recibe en sí a otra, dándole amparo, gozo o consuelo.

regencia n.f. **1.** Acción de regir o gobernar. **2.** Empleo de regente. **3.** Gobierno de un Estado durante la menor edad, ausencia o incapacidad de su soberano. ▷ Tiempo que dura tal gobierno.

regeneración n.f. **1.** BIOL Reconstitución natural de un tejido o de un órgano destruido. **2.** Fig. Renovación moral. • **regenerador,a** **1.** n. y adj. Que regenera. **2.** n.m. TECN Aparato que sirve para regenerar un catalizador. • **regenerar** v.tr. y prnl. **1.** BIOL Reconstituir. **2.** Renovar moralmente. **3.** QUIM Reactivar (un catalizador).

regente **I.** n.m. y f. Persona que gobierna un Estado en la menor edad de un príncipe o por otro motivo. **II.** n.m. Magistrado que presidía una audiencia territorial. • **regentar** v.tr. Desempeñar temporalmente ciertos cargos o empleos.

reggae n.m. Música de baile originaria de Jamaica.

regicida n. y adj. El que mata a un soberano. • **regicidio** n.m. Muerte violenta dada a un soberano.

regidor,a **I.** adj. Que rige o gobierna. **II.** n.m. y f. **1.** Concejal. **2.** Persona que en una obra dramática es responsable de la realización de los movimientos y efectos escénicos.

régimen n.m. **I.** **1.** Orden, constitución, forma de un Estado; manera de gobernarlo. **2.** Conjunto de disposiciones que rigen ciertas instituciones y cosas. **3.** Regla a seguir en la manera de vivir. — *Régimen dietético.* Uso razonable de los alimentos para corregir ciertos trastornos o evitar que éstos se produzcan. **II.** **1.** Modo en el que se producen ciertos fenómenos. **2.** Velocidad de rotación de un motor.

regimiento n.m. **1.** Acción y efecto de regir o regirse. **2.** Unidad orgánica de una misma arma o cuerpo militar, cuyo jefe es un coronel.

regio,a adj. **1.** Real, perteneciente o relativo al rey o a la realeza. **2.** Fig. Suntuoso, magnífico.

región n.f. **1.** Porción de territorio determinada por caracteres étnicos o circunstancias especiales, de clima, producción, topografía, administración, gobierno, etc. **2.** Fig. Todo espacio que se imagina ser de mucha capacidad. **3.** ANAT Cada una de las partes en que se considera dividido al exterior del cuerpo. • **regional** adj. Perteneciente o relativo a una región. • **regionalismo** n.m. **1.** Tendencia o doctrina política según las cuales en el gobierno de un Estado debe atenderse especialmente al modo de ser y a las aspiraciones de cada región. **2.** Vocablo o giro privativo de una región determinada. • **regionalista** n. y adj. Partidario del regionalismo.

regir **I.** v.tr. **1.** Dirigir, gobernar o mandar. **2.** Guiar, llevar o conducir una cosa. **3.** GRAM Tener una palabra bajo su dependencia otra palabra de la oración. **II.** v.int. **1.** Estar vigente. **2.** Funcionar bien un artefacto u organismo.

registro n.m. **I.** **1.** Acción de registrar. **2.** Padrón. **3.** Lugar y oficina en donde se registra. **4.** Asiento que queda de lo que se registra. **5.** INFORM Elemento de información contenido en un fichero. **II.** Abertura con su tapa o cubierta, para examinar, conservar o reparar lo que está subterráneo o empotrado. **III.** Pieza movible del órgano por medio de la cual se modifica el timbre o la intensidad de los sonidos. ▷ Cada género de voces del órgano. **IV.** Libro a manera de índice, donde se apuntan noticias o datos. • **registrador,a** **I.** adj. Que registra. **II.** n.m. y f. Funcionario que tiene a su cargo algún registro público. • **registrar** **I.** v.tr. **1.** Mirar, examinar una cosa con cuidado y atención. **2.** Anotar en un registro. **3.** Grabar la imagen o el sonido. **II.** v.prnl. Presentarse y matricularse.

regla n.f. **I.** **1.** Instrumento de madera u otra materia rígida de figura rectangular, que sirve principalmente para trazar líneas rectas. **2.** Ley universal que comprende lo sustancial que debe observar un cuerpo religioso. **3.** Estatuto, modo de ejecutar una cosa. **4.** Principio o máxima en las ciencias o artes. **5.** Menstruación. **6.** MAT Método de hacer una operación. **II.** ARIT *Regla de aligación.* La que sirve para calcular el promedio de varios números, atendiendo a la proporción en que cada uno entra a formar un todo. — MAT *Regla de cálculo.* Instrumento que se emplea para hallar rápidamente productos numéricos, cocientes, raíces y potencias.

reglaje n.m. Reajuste que se hace de las piezas de un mecanismo para mantenerlo en perfecto funcionamiento.

reglamentar v.tr. Sujetar a reglamento. • **reglamentación** n.f. **1.** Acción y efecto de reglamentar. **2.** Conjunto de reglas. • **reglamentario,a** adj. Perteneciente o relativo al reglamento. • **reglamento** n.m. Colección ordenada de reglas o preceptos que rigen una cosa.

reglar **I.** v.tr. **1.** Tirar o hacer líneas o rayas derechas. **2.** Sujetar a reglas una cosa. **II.** v.prnl. Medirse, templarse.

regletear v.tr. IMP Espaciar la composición poniendo regletas entre los renglones. • **regleta** n.f. IMP Planchuela de metal, que sirve para regletear.

regocijar **1.** v.tr. Alegrar, causar gusto o placer. **2.** v.prnl. Recrearse. • **regocijo** n.m. Alegría expansiva, júbilo.

regodearse v.prnl. **1.** Fam. Alegrarse malignamente ante una adversidad de otro. **2.** Fam. Deleitarse, complacerse con alguna cosa. • **regodeo** n.m. Acción y efecto de regodearse.

regoldo n.m. Castaño borde o silvestre.

regolfar **1.** v.int. y prnl. Retroceder el agua contra su corriente, haciendo un remanso. **2.** v.int. Cambiar la dirección del viento por la oposición de algún obstáculo. • **regolfo** n.m. Vuelta o retroceso del agua o del viento contra su curso.

regordete,a adj. Fam. Se dice de la persona pequeña y gruesa.

regresar v.int. Volver al lugar de donde se partió. • **regreso** n.m. Acción de regresar.

regresión n.f. **1.** Retroceso a un estado anterior. ▷ BIOL Evolución de un tejido, de un órgano, de una especie que lleva a formas asimilables a un estado anterior. ▷ PSICOL, PSICOAN Retroceso del sujeto a un estadio anterior de su desarrollo. **2.** Disminución en fuerza, intensidad o número. • **regresivo,a** adj. Que constituye una regresión o proviene de una regresión.

regüeldo n.m. Acción y efecto de regoldar.

reguero n.m. **1.** Corriente, a modo de chorro o de arroyo pequeño, que se hace de una cosa líquida. **2.** Línea o señal continuada que queda de una cosa que se va vertiendo.

1. regular **I.** adj. **1.** Ajustado y conforme a regla. **2.** Ajustado, medido. **3.** De tamaño o condición media o inferior a ella. **4.** GEOM Se dice de la figura cuyos lados y ángulos son iguales entre sí. **5.** Se aplica a la palabra derivada según la regla de formación de las de su clase. **II.** n. y adj. Se aplica a las personas que viven bajo una regla o instituto religioso, y a lo que pertenece a su estado. • **regularidad** n.f. Calidad de regular.

2. regular v.tr. **1.** Medir, ajustar. **2.** Poner en orden una cosa. • **regulación** n.f. Acción y efecto de regular. • **regulado,a** adj. Regular o conforme a regla. • **regulador,a** **I.** adj. Que regula. **II.** n.m. Mecanismo que sirve para ordenar o normalizar el movimiento o los efectos de una máquina o de alguno de los órganos o piezas de ella.

regularizar v.tr. Reglar, ajustar o poner en orden una cosa.

régulo n.m. **1.** Dominante o señor de un Estado pequeño. **2.** Basilisco, animal fabuloso. **3.** Reyezuelo (pájaro). **4.** QUIM Parte más pura de los minerales después de separadas las impuras.

regurgitar v.int. FISIOL Expeler por la boca sustancias contenidas en el esófago o en el estómago. • **regurgitación** n.f. Acción y efecto de regurgitar.

regusto n.m. **1.** Gusto o sabor que queda de la comida o bebida. **2.** Sensación o evocación que despiertan la vivencia de cosas pretéritas.

rehabilitar v.tr. y prnl. Habilitar de nuevo o restituir una persona o cosa a su antiguo estado. • **rehabilitación** n.f. Acción y efecto de rehabilitar o rehabilitarse.

rehacer **I.** v.tr. Volver a hacer lo que se había deshecho. **II.** v.tr. y prnl. Reponer, reparar. **III.** v.prnl. **1.** Reforzarse, fortalecerse o tomar nuevo brío. **2.** Fig. Serenarse.

rehala n.f. Rebaño formado por los de diversos dueños y conducido por un solo mayoral. • **rehalero** n.m. Mayoral de la rehala.

rehén n.m. Persona que queda en poder del enemigo como prenda de la ejecución de un convenio.

rehervir **I.** v.int. y tr. Volver a hervir. **II.** Fig. Enojarse o excitarse mucho. **III.** v.prnl. Hablando de las conservas, fermentarse.

rehidratación n.f. Administración terapéutica de agua a un organismo que carece de ella.

rehilar I. v.tr. Hilar demasiado o torcer mucho lo que se hila. II. v.int. Moverse una persona o cosa como temblando. • **rehilero** o **rehilete** n.m. 1. Flechilla que se lanza por para clavarla en un blanco. 2. Banderilla de toros. • **rehilandera** n.f. Molinete (juguete).

rehogar v.tr. Sazonar un alimento a fuego lento, sin agua y muy tapada.

rehuir I. v.tr., int. y prnl. Retirar, apartar una cosa con temor. II. v.tr. Rehusar o excusar el admitir algo.

rehundir v.tr. 1. Hundir o sumergir en lo más hondo. 2. Hacer más honda una cavidad.

rehusar v.tr. No querer o no aceptar una cosa.

reidor,a n. y adj. Que ríe con frecuencia.

reilar v.int. Rehilar, rilar.

reimportar v.tr. Importar en un país lo que se había exportado de él. • **reimportación** n.f. Acción y efecto de reimportar.

reimprimir v.tr. Volver a imprimir, o repetir la impresión de una obra o escrito. • **reimpresión** n.f. 1. Acción y efecto de reimprimir. 2. Conjunto de ejemplares reimpresos de una vez.

reina n.f. I. 1. Soberana de un reino. 2. Mujer del rey. 3. Pieza del juego de ajedrez. 4. Fig. Mujer, animal o cosa del género femenino, que por su excelencia sobresale entre las demás de su clase o especie. II. *Reina de los prados.* Hierba perenne de la familia de las rosáceas, de flores blancas o rosáceas en umbela. • **reinado** n.m. Espacio de tiempo en que gobierna un rey o reina. • **reinar** v.int. 1. Regir un rey o príncipe un Estado. 2. Dominar o tener predominio una persona o cosa sobre otra. 3. Fig. Prevalecer o persistir.

reincidir v.int. Volver a caer o incurrir en un error, falta o delito. • **reincidencia** n.f. 1. Reiteración de una misma culpa o defecto. 2. FOR Circunstancia agravante de la responsabilidad criminal, que consiste en haber sido el reo condenado antes por un delito análogo al que se le imputa.

reincorporar v.tr. y prnl. Volver a incorporar a un cuerpo político o moral lo que se había separado de él. • **reincorporación** n.f. Acción y efecto de reincorporar o reincorporarse.

reingresar v.int. Volver a ingresar. • **reingreso** n.m. Acción y efecto de reingresar.

reino n.m. 1. Territorio o Estado con sus habitantes sujetos a un rey. 2, Fig. Espacio real o imaginario en que actúa algo material o inmaterial. 3. HIST NAT Cada uno de los grandes grupos en que se consideran distribuidos todos los seres naturales por razón de sus caracteres comunes.

reinserción n.m. Hecho de readaptar (socialmente, en particular). • **reinsertar** v.tr. Conseguir una nueva adaptación social.

reinstalar v.tr. y prnl. Volver a instalar.

reintegrar I. v.tr. 1. Restituir o satisfacer íntegramente una cosa. 2. Reconstruir la mermada integridad de una cosa. II. v.prnl. Recobrarse enteramente de lo perdido. • **reintegración** n.f. Acción y efecto de reintegrar o reintegrarse. • **reintegro** n.m. 1. Acción y efecto de reintegrar. 2. Pago de un dinero o especie que se debe. 3. En la lotería, premio igual a la cantidad jugada.

reír I. v.int. y prnl. Manifestar alegía y regocijo con la expresión de la mirada y con determinados movimientos de la boca y otras partes del rostro. II. v.int., tr. y prnl. Fig. Hacer burla. III. v.tr. Celebrar con risa alguna cosa.

reiterar v.tr. y prnl. Volver a decir o ejecutar. • **reiteración** n.f. Acción y efecto de reiterar o reiterarse. • **reiterativo,a** adj. 1. Que tiene la propiedad de reiterarse. 2. Que denota reiteración.

reivindicar v.tr. Reclamar o recuperar uno lo que por algún motivo le pertenece. • **reivindicación** n.f. Acción y efecto de reivindicar. • **reivindicatorio,a** adj. Que sirve para reivindicar, o atañe a la reivindicación.

1. reja n.f. 1. Hierro del arado. 2. Fig. Labor o vuelta que se da a la tierra con el arado.

2. reja n.f. Conjunto de barrotes que se ponen en las ventanas y otras aberturas de los muros para seguridad o adorno. Se instalan también en interiores para formar un recinto aislado. • **rejado** n.m. Verja, enrejado. • **rejería** n.f. 1. Arte de construir rejas o verjas. 2. Conjunto de obras de rejero. • **rejero** n.m. El que tiene por oficio labrar o fabricar rejas.

rejal n.m. Pila de ladrillos colocados de canto y cruzados unos sobre otros.

rejalgar n.m. Mineral de color rojo, combinación muy venenosa de arsénico y azufre.

rejilla n.f. 1. Celosía fija o movible. 2. Tejido claro hecho con tiritas de los talos de ciertas plantas, que sirve para respaldos de sillas y para otros usos. . 3. Braserillo. 4. ELECTRON Electrodo de un tubo electrónico que, colocado entre el ánodo y el cátodo, permite regular el flujo de electrones.

rejo n.m. 1. Punta o aguijón de hierro. 2. En el embrión de la planta, órgano del que se forma la raíz.

rejón n.m. 1. Barra de hierro cortante. 2. Asta para rejonear. 3. Especie de puñal. 4. Púa del trompo. • **rejoneador,a** n.m. y f. Persona que rejonea. • **rejonear** v.tr. En el toreo a caballo, herir con el rejón al toro. • **rejoneo** n.m. Acción de rejonear.

rejuntar 1. v.tr. y prnl. Juntar. 2. v.tr. ALBAÑ Repasar y tapar las juntas de un paramento.

rejuvenecer 1. v.tr., int. y prnl. Remozar, dar a uno fortaleza y vigor. 2. v.tr. Fig. Renovar, actualizar. • **rejuvenecimiento** n.m. Acción y efecto de rejuvenecer o rejuvenecerse.

relabrar v.tr. Volver a labrar.

relación n.f. I. 1. Referencia de un hecho. 2. Finalidad de una cosa. 3. Conexión, correspondencia, trato. ▷ *Relaciones públicas.* Conjunto de medios utilizados para mejorar y extender la imagen de un organismo e informar al público de sus actividades. 4. GRAM Conexión entre dos términos de una misma oración. 5. MAT Unión determinada entre dos conjuntos o entre sus elementos. — *Relación binaria,* o *de equivalencia.* La que enlaza parejas de elementos de un mismo conjunto. II. 1. LITER Trozo narrativo de alguna extensión. 2. FOR Informe de lo sustancial de un proceso. — *Relación jurada.* Razón que se da con juramento en ella expreso. • **relacionar** 1. v.tr. Hacer relación de un hecho. 2. v.tr. y prnl. Poner en relación.

relajación n.m. 1. Acción y efecto de relajar o relajarse. 2. MED Disminución del tono muscular destinada a provocar un descanso psíquico. 3. ELECTR *Oscilaciones de relajación.* **Las producidas por un sistema que recibe constantemente energía y se mueve entre un estado en el que su energía potencial es mínima, y otro en el que ésta es máxima.** 4. FIS Nombre genérico que designa aquellos fenómenos en los que es necesario un tiempo perceptible para que un sistema reaccione ante cambios bruscos de las condiciones físicas a que está sometido. 5. METAL Pérdida de tensiones que sufre un material que ha estado sometido a una deformación constante. • **relajante** n.m. y adj. Que tiene la virtud de relajar. • **relajar** I. v.tr. y prnl. 1. Aflojar, distender. 2. Fig. Hacer menos severa la observancia de las normas. II. v.tr. 1. FOR Relevar de un voto, juramento u obligación. 2. FOR Aliviar a uno la pena . III. v.prnl. 1. Distenderse un músculo o ligamento. 2. Descansar el cuerpo y la mente. 3. Fig. Viciarse. • **relajo** n.m. 1. Desorden, falta de seriedad. 2. Holganza, laxitud en el cumplimiento de las normas. 3. Degradación de costumbres.

relamer I. v.tr. Volver a lamer. II. v.prnl. 1. Lamerse los labios. 2. Fig. Encontrar satisfacción en algo. • **relamido,a** adj. Afectado, excesivamente pulcro.

relámpago n.m. 1. Resplandor producido por el rayo. ▷ Fig. Cualquier cosa que pasa rápidamente. 2. Fig. Cuestión viva, pronta e ingeniosa. • **relampaguear** v.int. 1. Haber relámpagos. 2. Fig. Centellear, brillar mucho.

relance n.m. 1. Segundo lance. 2. Suceso casual y dudoso. 3. JUEG Suerte que sigue a otras.

relanzar v.tr. Repeler, rechazar.

relatar v.tr. 1. Referir un hecho. 2. Relacionar un proceso. • **relato** n.m. 1. Conocimiento que se da de un hecho. 2. Narración, cuento. • **relator,a** 1. n. y adj. Que relata o refiere una cosa. 2. n.m. y f. Letrado que hace relación de los autos en los tribunales.

relatividad n.f. 1. Calidad de relativo. 2. FIS Teoría formulada por Einstein.

ENCICL **Fís.** — Partiendo de las experiencias de interferometría de Michelson (1881 y 1887) y de los trabajos de Lorentz, Einstein puso en tela de juicio las nociones de tiempo absoluto y de espacio universal, particularmente la noción de simultaneidad de dos acontecimientos que se produjeran en distintos lugares: dos señales pueden ser simultáneas para un observador situado en un punto P sin serlo para otro situado en un punto P' que se mueve con respecto al punto P. La experiencia de Michelson había demostrado, además, que la velocidad de la luz es independiente del punto en el cual se mide. Einstein propuso en 1905 los postulados de la relatividad restringida. **1. Puntos animados, unos con respecto a otros, de movimientos rectilíneos uniformes, son equivalentes; no es posible distinguir entre ellos un punto privilegiado que pudiera considerarse *absoluto*. A estos puntos se les llama *galileos*. Las leyes físicas tienen la misma formulación matemática en todos estos puntos. 2. La luz se propaga en el vacío de una manera isótropa, y su velocidad es la misma cualquiera que sea el punto en el cual es medida** (v. luz). **De esta teoría se desprende que, si l_o es la longitud de un objeto medida en el punto P de éste, la longitud l del mismo objeto medida en un punto P que se mueve paralelamente a la velocidad v, es inferior a l_o;** haciendo $\gamma = \frac{1}{\sqrt{1-\frac{v^2}{c^2}}}$, se obtiene $l = \frac{l_o}{\gamma}$. De la misma manera si t_o es la duración que separa dos acontecimientos en un punto P_o cuando éstos se producen en un mismo lugar, esta duración tiene un valor t superior en cualquier otro punto P; $t = \gamma\, t_o$. Se desprende de las fórmulas anteriores que ninguna velocidad puede ser superior a c. La energía cinética Ec de una partícula de masa m que se desplazara a la velocidad v viene dada por la fórmula: $Ec = E - E_o$, donde $E = \gamma\, mc^2$ representa la energía total de la partícula y $E_o = mc^2$ su energía en reposo, o *energía de masa.* La fórmula de Einstein $E_o = mc^2$ muestra que una partícula en reposo posee una energía considerable debido a su masa misma; ésta es la energía que puede ser liberada en el transcurso de las reacciones nucleares. La relatividad *general,* que constituye una extensión de la teoría anterior (relatividad *restringida*) a los puntos no galileos, postula que las fuerzas de inercia son asimilables a las fuerzas gravitacionales.

relativismo n.m. 1. FILOS Doctrina según la cual el conocimiento humano sólo tiene por objeto relaciones. 2. Doctrina según la cual la realidad carece de substrato permanente y consiste en la relación de los fenómenos.

relativo,a adj. **1.** Que hace relación a una persona o cosa. **2.** Que no es absoluto. **3.** MUS Se dice de dos gamas que poseen las mismas alteraciones constitutivas, pero que tienen un tono diferente.

relavar v.tr. Volver a lavar una cosa.

relazar v.tr. Enlazar o atar con varios lazos.

relé n.m. **1.** ELECTR Aparato que, en determinadas condiciones, produce un cambio en el circuito. **2.** TECN Dispositivo utilizado para recibir señales radioeléctricas y para emitirlas de nuevo.

releasing factor n.m. Hormona que estimula la producción hormonal de la hipófisis.

releer v.tr. Leer de nuevo una cosa.

relegar v.tr. **1.** Desterrar. **2.** Fig. Apartar, posponer.

relejar **1.** v.int. Formar releje la pared. **2.** v.tr. Relajar, atenuar. • **relej** o **releje** n.m. **1.** Rodada. **2.** Sarro. **3.** Faja brillante a lo largo del corte de las navajas. **4.** ARQUIT Lo que dista la parte superior de un paramento en talud de la vertical que pasa por su pie.

relente n.m. **1.** Humedad atmosférica en las noches serenas. **2.** Fig. y Fam. Sorna, frescura.

relentecer v.int. y prnl. Ablandarse.

relevar **I.** v.tr. **1.** Hacer algo de relieve. **2.** Exonerar. **3.** Remediar. **4.** Absolver. **5.** Fig. Exaltar una cosa. **6.** MILIT Mudar un centinela o cuerpo de tropa. **7.** PINT Pintar una cosa a modo de relieve. **II.** v.int. ESC Resaltar una figura fuera del plano. • **relevancia** n.f. Calidad o condición de relevante. • **relevante** adj. **1.** Sobresaliente, excelente. **2.** Significativo. • **relevo** n.m. **1.** MILIT Acción de relevar la guardia. **2.** MILIT Soldado o cuerpo que releva.

relicario n.m. Caja o estuche para guardar reliquias.

relieve n.m. **1.** Labor que resalta sobre el plano. — ESC *Alto relieve,* o *todo relieve.* Aquel en que las figuras salen del plano más de la mitad de su bulto. — ESC *Bajo relieve.* Aquel en que las figuras resaltan poco del plano. — ESC *Medio relieve.* Aquel en que las figuras salen del plano la mitad de su grueso. **2.** Fig. Mérito, renombre. **3.** PINT Realce aparente.

religa n.f. Porción de metal que se añade en una liga para alterar sus proporciones.

religar v.tr. **1.** Volver a atar. **2.** Ceñir más estrechamente. **3.** Volver a ligar un metal con otro.

religión n.f. **1.** Conjunto de creencias, dogmas, normas morales, sentimientos y ritos referidos a la divinidad. **2.** Virtud que nos mueve a dar a Dios el culto debido. **3.** Profesión y observancia de la doctrina religiosa. **4.** Obligación de conciencia, cumplimiento de un deber. **5.** Orden, instituto religioso. • **religiosidad** n.f. **1.** Práctica y esmero en cumplir las obligaciones religiosas. **2.** Puntualidad, exactitud en hacer, observar y cumplir una cosa. • **religioso,a** **I.** adj. **1.** Relacionado con la religión, propio de ella. **2.** Piadoso, creyente. **3.** Relativo a las órdenes regulares. **4.** Fig. Que participa de la veneración o respeto que se manifiestan en las prácticas religiosas. **II.** n.m. y f. Persona que profesa en una orden religiosa.

relimpiar v.tr. y prnl. **1.** Volver a limpiar. **2.** Limpiar mucho. • **relimpio,a** adj. Fam. Muy limpio.

relinchar v.int. Emitir con fuerza su voz el caballo. • **relinchido** o **relincho** n.m. Voz del caballo.

relinga n.f. MAR Cabo que refuerza la orilla de una vela, una red, etc.

reliquia n.f. **1.** Residuo. **2.** Parte del cuerpo de un santo u objeto a él perteneciente. **3.** Fig. Vestigio de cosas pasadas.

reloj n.m. **1.** Mecanismo que sirve para medir el tiempo y señalar la hora que es. — *Reloj de arena.* El que se compone de dos ampolletas unidas por el cuello, y sirve para medir el tiempo por medio de la arena que va cayendo de una a otra. — *Reloj de péndola.* Aquel cuyo movimiento se debe a las oscilaciones de un péndulo. — *Reloj de pulsera.* El que se lleva en la muñeca formando parte de una pulsera. — *Reloj de sol* o *solar.* El que señala las diversas horas del día por medio de la variable iluminación de un cuerpo expuesto al sol, o por medio de la sombra que un gnomon arroja sobre una superficie. **2.** pl. Pico de cigüeña (planta herbácea). • **relojería** n.f. **1.** Arte de hacer relojes. **2.** Taller donde se hacen o componen relojes. **3.** Tienda donde se venden. • **relojero,a** n.m. y f. Persona que hace, compone o vende relojes. ENCICL Un reloj consta de un dispositivo que genera una base de tiempo, un sistema que, partiendo de esa base, define el tiempo a fijar y un dispositivo de fijación. En los relojes mecánicos, la base de tiempo viene dada por la oscilación de un péndulo o de un balancín unido a un resorte principal. En los relojes electrónicos, las oscilaciones del balancín en espiral son sostenidas por un amplificador a transistores y por dos bobinas, actuando una de ellas sobre el transistor y la otra sobre los imanes del balancín. La base de tiempo puede estar suministrada por la vibración de un diapasón o por un oscilador de cuarzo *(relojes de cuarzo).* La fijación del tiempo se efectúa mediante un dispositivo analógico (agujas que se desplazan) o digital (cifras fijadas en medio de diodos electroluminiscentes o de cristales líquidos). El paso de la base del tiempo a la fijación se realiza mecánicamente (por un sistema de rodamientos) o bien electrónicamente (por un sistema de división de frecuencia).

relucir v.int. **1.** Despedir o reflejar luz una cosa. **2.** Resplandecer una cosa. **3.** Fig. Resplanceder uno en alguna cualidad. — Fig. y Fam. *Sacar,* o *salir, a relucir.* Mentar inesperadamente algún hecho o razón.

reluctancia n.f. ELECTR Capacidad expresada en henrios elevados a (—1), que tiene un circuito para oponerse a la penetración de un flujo magnético. • **reluctante** adj. Reacio, opuesto.

relumbrar v.int. Brillar, relucir. • **relumbre** n.m. Brillo, destello.

relvar v.tr. Levantar el barbecho.

rellano n.m. **1.** Meseta de escalera. **2.** Llano que interrumpe la pendiente de un terreno. • **rellanar** **1.** v.tr. Volver a allanar una cosa. **2.** v.prnl. Arrellanarse.

rellenar **I.** v.tr. y prnl. **1.** Volver a llenar. **2.** Llenar enteramente. **II.** v.tr. Llenar de carne picada u otros ingredientes un ave u otro manjar. • **relleno,a** **I.** adj. Muy lleno. **II.** n.m. **1.** Picadillo con que se rellena un manjar. **2.** Acción y efecto de rellenar. **3.** Fig. Parte superflua que alarga un escrito. **4.** CONST Mampuesto con el que se rellena entre los dos paramentos de un muro de piedra. **5.** ARQUIT Armadura de piedra en el vano de una ventana gótica.

rem n.m. FIS BIOL Unidad que mide la cantidad de radiación absorbida por el organismo.

remachar v.tr. **1.** Machacar o aplastar el clavo o el roblón. **2.** Sujetar con remaches. **3.** Fig. Recalcar. • **remachador,a** **1.** adj. Que remacha. **2.** n.f. Máquina que sirve para remachar. • **remache** n.m. **1.** Acción y efecto de remachar. **2.** Clavo cuya punta se remacha. **3.** Lance del juego de billar.

remador,a n.m. y f. El que o la que rema.

remallar v.tr. Componer, reforzar las mallas.

remamiento n.m. Acción y efecto de remar.

remanecer v.int. Aparecer de nuevo.

remanencia n.f. FIS Persistencia de un fenómeno una vez desaparecida su causa. ▷ FISIOL, PSICOL Capacidad de ciertas sensaciones de subsistir una vez desaparecida la excitación. • **remanente** **1.** adj. Que presenta el fenómeno de remanencia. **2.** n.m. y adj. Se aplica a lo que queda o se aparta de una cosa.

remanga n.f. Arte para la pesca del camarón.

remangar **1.** v.tr. y prnl. Levantar las mangas o la ropa. **2.** v.prnl. Fig. y Fam. Tomar enérgicamente una resolución. • **remangado,a** adj. Levantado o vuelto hacia arriba.

remanso n.m. Detención de la corriente de un líquido. • **remansarse** v.prnl. Detenerse el curso de un líquido.

remar v.int. Mover el remo para impeler la embarcación.

remarcar v.tr. Volver a marcar.

rematar v.tr. **1.** Acabar o finalizar una cosa. **2.** Poner fin a la vida de una persona o del animal que está en trance de muerte. **3.** Hacer remate en la venta o arrendamiento de una cosa. **4.** En el fútbol y otros deportes, dar término a una serie de jugadas lanzando el balón hacia la meta contraria. • **rematador** **1.** adj. Que remata. **2.** n.m. Subastador. • **rematante** n.m. Persona a quien se adjudica la cosa subastada. • **remate** n.m. **1.** Extreminad o conclusión de una cosa. **2.** Acción de rematar. **3.** Adjudicación de una cosa subastada.

remecer v.tr. y prnl. Mover reiteradamente una cosa de un lado a otro. • **remecedor** n.m. **1.** El que varea los olivos. **2.** Palo para mover el vino de las tinajas.

remedar v.tr. **1.** Imitar. **2.** Seguir uno el ejemplo de otro.

remediar **I.** v.tr. y prnl. Poner remedio al daño o evitarlo. **II.** v.tr. **1.** Socorrer una necesidad. **2.** Librar de un riesgo. • **remedio** n.m. **1.** Medio para reparar un daño o enfermedad. **2.** Enmienda. **3.** Recurso, auxilio o refugio. **4.** Permiso en el peso de las monedas. **6.** FOR Recurso.

remedo n.m. Imitación de una cosa.

remejer v.tr. Revolver, remezclar.

remellado,a adj. Que tiene mella.

remembrar v.tr. Rememorar, recordar. • **remembranza** n.f. Recuerdo.

rememorar v.tr. Recordar.

remendar v.tr. **1.** Reforzar con remiendo. **2.** Enmendar. **3.** Aplicar una cosa a otra para suplir lo que le falta. • **remendado,a** adj. Fig. Que tiene manchas como recortadas. • **remendón,a** n. y adj. Que tiene por oficio remendar.

remeneo n.m. Movimientos rápidos y continuos en ciertos bailes.

remera n.f. Cada una de las plumas grandes con que terminan las alas de las aves.

remero,a n.m. y f. Persona que rema.

remesa n.f. Remisión que se hace de una cosa. ▷ La cosa enviada en cada vez.

remesón n.m. **1.** EQUIT Carrera corta que el jinete hace dar al caballo, parándolo después bruscamente. **2.** ESGR Treta para herir al contrario.

remiel n.f. Segunda miel de la caña dulce.

remiendo n.m. **1.** Pedazo de tela, que se cose a lo que está viejo o roto. **2.** Compostura. **3.** Mancha en la piel de los animales. **4.** Fig. Composición, enmienda o añadidura. **5.** Fig. y Fam. Insignia de las órdenes militares, cosida al lado izquierdo de la capa. **6.** IMP Obra de corta entidad o extensión.

rémige Cada pluma mayor de las alas.

remilgo n.m. Porte, gesto o acción que muestra afectación. • **remilgado,a** adj. Que hace remilgos.

reminiscencia n.f. **1.** Acción de recordar. **2.** En literatura y música, lo que es idéntico o muy semejante a lo compuesto por otro autor.

remirar **I.** v.tr. Volver a mirar o reconocer lo ya visto. **II.** v.tr. y prnl. **1.** Esmerarse en lo que se hace o resuelve. **2.** Mirar con deleite una cosa. • **remirado,a** adj. Que reflexiona escrupulosamente sobre sus acciones.

remisión n.f. Acción y efecto de remitir.

remitir **I.** v.tr. **1.** Enviar algo a alguien. ▷ Indicar en un escrito otro lugar o pasaje qué se refiere a lo tratado. **2.** Perdonar la pena u obligación. **3.** Dejar, diferir o suspender. **II.** v.tr., int. y prnl. Perder intensidad una cosa. **III.** v.tr. y prnl. Dejar algo al juicio de otro. **IV.** v.prnl. Atenerse a lo dicho o hecho. • **remiso,a** adj. **1.** Flojo, dejado o detenido en la resolución de una cosa. **2.** De escasa actividad. • **remisoria** n.f. FOR Despacho con que el juez remite la causa o al preso a otro tribunal. • **remitente** n.m. y f. Que remite.

remo n.m. **1.** Instrumento de madera que sirve para mover las embarcaciones. **2.** Extremidad en el hombre o en los animales.

remoción n.f. Acción de remover o removerse.

remojar v.tr. **1.** Empapar o poner en remojo una cosa. **2.** Fig. Invitar a beber. • **remojo** n.m. Acción de remojar una cosa.

remol n.f. Pez plano parecido al rodaballo, de la familia de los escoftálmidos.

remolacha n.f. **1.** BOT Planta herbácea anual, de la familia de las quenopodiáceas, de cuya raíz se extrae el azúcar. **2.** Esta raíz.

remolcar v.tr. **1.** MAR Arrastrar una embarcación por medio de un cabo o cuerda. ▷ P. ext., llevar por tierra un vehículo a otro. **2.** Fig. Incitar a una persona a que haga lo que no quería.

remoler **1.** v.tr. Moler mucho una cosa. **2.** v.int. *Chile* y *Perú*. Fig. Parrandear, jaranear. • **remolido** n.m. MIN Mineral menudo que ha de someterse al lavado para purificarlo.

remolinar v.int. y prnl. **1.** Formar remolinos. **2.** Juntarse desordenadamente muchas personas. • **remolino** n.m. **1.** Movimiento giratorio y rápido del aire, el agua, el polvo, el humo, etc. **2.** Retorcimiento del pelo en redondo. **3.** Fig. Amontonamiento de gente, o confusión de unos con otros. **4.** Fig. Disturbio.

1. remolón n.m. **1.** Colmillo de la mandíbula superior del jabalí. **2.** Cualquiera de las puntas que coronan las muelas de las caballerías.

2. remolón,a n. y adj. Flojo, pesado, holgazán. • **remolonear** v. int. y prnl. Rehusar a moverse, detenerse en hacer o admitir una cosa.

remolque n.m. **1.** Acción y efecto de remolcar. **2.** Cabo o cuerda para remolcar. **3.** Cosa que se remolca.

remontar **I.** v.tr. **1.** Subir una pendiente. **2.** Navegar contra la corriente. **3.** Fig. Superar algún obstáculo o dificultad. **4.** Ahuyentar la caza. **5.** Rehenchir una silla de montar. **II.** v.tr. y prnl. **1.** Fig. Elevar. **2.** Fig. Subir hasta el origen de una cosa. • **remonta** n.f. **I. 1.** Compostura del calzado. **2.** Rehenchido de las sillas de las caballerías. **3.** Parche que se pone al pantalón de montar. **II. 1.** MILIT Compra, cría y cuidado de los caballos, y establecimiento a ello dedicado. **2.** MILIT Conjunto de los caballos o mulas destinados a cada cuerpo. • **remonte** n.m. **1.** Acción y efecto de remontar o remontarse. **2.** Aparato que permite subir una pendiente. **3.** Variedad de juego de pelota.

remoque n.m. Fam. Palabra picante.

rémora n.f. **1.** ZOOL Pez teleósteo marino, del suborden de los acantopterigios, que se adhiere fuertemente a los objetos flotantes. **2.** Fig. Cosa opuesta al progreso de algo.

remorder **I.** v.tr. **1.** Morder reiteradamente. **2.** Exponer por segunda vez a la acción del ácido partes determinadas de una lámina. **3.** Fig. Inquietar la conciencia; punzar un escrúpulo. **II.** v.prnl. Manifestar el sentimiento reprimido. • **remordimiento** n.m. Inquietud provocada por una mala acción.

remosquearse v.prnl. **1.** Fam. Recelar. **2.** IMP Borrarse o mancharse el pliego recién tirado.

remostar **I.** v.int. y tr. Echar mosto en el vino añejo. **II.** v.prnl. **1.** Mostear los racimos de uva antes de llegar al lagar. **2.** Estar dulce el vino.

remoto,a adj. **1.** Distante. **2.** Fig. Que no es verosímil. • **remotamente** adv. **1.** En un tiempo o lugar remotos. **2.** Fig. De una manera confusa.

remover **I.** v.tr. y prnl. **1.** Cambiar algo de sitio. **2.** Conmover, alterar, revolver. **II.** v.tr. **1.** Deponer a uno de su empleo o destino. **2.** Evitar un inconveniente.

remozar v.tr. y prnl. Dar aspecto de nuevo.

remudar v.tr. y prnl. Reemplazar.

remugar v.tr. Rumiar.

remunerar v.tr. Recompensar, premiar. • **remuneración** n.f. **1.** Acción y efecto de remunerar. **2.** Lo que se da o sirve para remunerar. • **remunerativo,a** adj. Que produce recompensa o provecho. • **remuneratorio,a** adj. Se dice de lo que se hace o da en premio de una cosa.

remusgar v.int. Barruntar o sospechar. • **remusgo** n.m. **1.** Barrunto. **2.** Vientecillo tenue y frío.

renacer v.int. **1.** Volver a nacer. **2.** Fig. Adquirir por el bautismo la vida de la gracia.

renacimiento n.m. **1.** Acción de renacer. **2.** Nombre dado a un período de transformación y renovación sociocultural de los estados de Europa occidental que se extiende desde finales del s. XV a principios del XVII. • **renacentista** **1.** adj. Relativo o perteneciente al Renacimiento. **2.** n. y adj. Se dice del que cultiva los estudios o arte propios del Renacimiento.
ENCICL El Renacimiento, que tuvo un punto de partida en las ciudades-estado de Italia, cobró diversas formas; aunque comenzó siendo una mera imitación del sistema de vida italiano, cada pueblo adaptó estos principios a su genio peculiar, a sus tradiciones. No se puede hablar de una ruptura total con la Edad Media, pero los cambios en la economía engendraron mutaciones sociales que aceleraron la transformación de las monarquías feudales en estados con tendencia al absolutismo. La aparición de la noción de Estado sigue siendo la característica esencial del Renacimiento. Otros rasgos destacables son: el crecimiento demográfico, el desarrollo de las técnicas (imprenta) y de los intercambios, la urbanización, el nacimiento de una burguesía mercantil y la brillantez cultural. En lo que a la cultura se refiere, el Renacimiento ofrece dos aspectos fundamentales: uno intelectual, el neoplatonismo, que integró en el pensamiento cristiano el culto a lo bello; y otro, plástico, caracterizado por el abandono definitivo de la estética bizantina y por la instauración del modelado y del realismo. Aunque la Roma de Julio II y de León X fue el centro a partir del cual se elabora la arquitectura nueva, las concepciones romanas (inspiradas en la Antigüedad) encontraron pronto su aplicación en Florencia (Vasari), Venecia (I. Sansovino), Mantua (J. Romain), Génova (G. Alessi). Con Palladio y sus discípulos, la arquitectura italiana alcanza hacia 1550 una perfección clásica que, al correr los ss. XVII y XVIII, servirá de modelo a Europa entera. En pintura y escultura se asocian los nombres de Leonardo da Vinci, Rafael y Miguel Ángel con el apogeo del Renacimiento. Sin embargo, los primeros años de la actividad de Leonardo da Vinci (nacido en 1452) le unen al final del Quattrocento, tradicionalmente considerado como el primer período renacentista. En el s. XVI, la pintura italiana florece en Milán, Roma, Parma y sobre todo en Venecia (Ticiano, Tintoreto, Veronés).
En España destacan en pintura, si bien la producción es escasa, Berruguete, Juan de Juanes y su padre Juan Masip. En cuanto a escultura aparecen autores interesantes como Bigarry y, más tarde, Berruguete y Juan de Juni. En arquitectura renacentista, España posee dos estilos propios: el *plateresco*, llamado así por su labor de adornos inspirados en la orfebrería, y el *herreriano*, cuyo iniciador fue Juan de Herrera.
En América las formas renacentistas se juntaron con las autóctonas y dieron como resultado un arte mixto de gran atractivo.

renacuajo n.m. **1.** ZOOL Larva de la rana o de cualquier batracio. **2.** Fig. Muchacho enclenque y molesto.

renadío n.m. Sembrado que retoña después de cortado en hierba.

renal adj. Perteneciente o relativo a los riñones.

rencilla n.f. Riña de la que queda rencor.

renco,a n. y adj. Rengo.

rencor n.m. Resentimiento arraigado y tenaz. • **rencoroso,a** adj. Que tiene o guarda rencor.

rencoso adj. VETER Se dice del cordero que padece criptorquidia unilateral.

renda n.f. Segunda cava a la viña.

rendaje n.m. Conjunto de riendas y demás correas que forman la brida de las caballgaduras.

rendija n.f. Abertura larga y angosta.

rendir **I.** v.tr. **1.** Vencer. **2.** Dar o restituir a uno lo que le toca. **3.** Dar fruto o utilidad. **4.** Vomitar. **5.** Dar, entregar. **6.** MILIT Culminar una bordada, un viaje, etc. **7.** MILIT Entregar una cosa al cuidado de otro. **8.** MILIT Hacer con ciertas cosas actos de sumisión y respeto. **II.** v.tr. y prnl. Sujetar, someter una cosa al dominio de uno. **III.** v.prnl. MAR Romperse un palo de la arboladura. • **rendición** n.f. **1.** Acción y efecto de rendir o rendirse. **2.** Producto que da una cosa. **3.** Cantidad de moneda acuñada, cuya circulación no ha sido autorizada. • **rendido,a** adj. Sumiso, galante. • **rendimiento** n.m. **1.** Producto o utilidad que da una cosa. ▷ FIS Relación entre la energía útil restituida por un aparato y la energía absorbida. ▷ QUIM *Rendimiento de una reacción*. Relación entre el número de moles realmente obtenidos y el número de moles que corresponden a la reacción total. **2.** Sumisión. **3.** Amabilidad con que una persona trata a otra para complacerla.

rendzina n.f. GEOL Suelo carbonado, de estructura granulosa, que contiene piedra calcárea.

rene n.f. Riñón.

renegar **I.** v.tr. **1.** Negar con insistencia una cosa. **2.** Detestar. **3.** Gruñir. **II.** v.int. **1.** Cometer apostasía. **2.** Blasfemar. **3.** Fig. y Fam. Injuriar. • **renegado,a** n. y adj. **1.** Persona que renuncia a su religión o creencias. **2.** Fig. y Fam. Persona mal hablada o de mal carácter.

renegrear v.int. Negrear intensamente. • **renegrido,a** adj. Se dice del color oscuro.

renga n.f. Joroba, jiba. • **rengar** v.tr. Descaderar, derrengar. • **rengo,a** n. y adj. Cojo por lesión a las caderas.

renglón n.m. **1.** Serie de palabras o caracteres escritos o impresos en línea recta. **2.** Fig. Parte de renta que uno tiene, o del gasto que hace. **3.** pl. Fig. y Fam. Cualquier escrito o impreso. — Fig. y Fam. *A renglón seguido.* A continuación, inmediatamente. — Fig. *Leer entre renglones.* Penetrar en la intención de un escrito.

reniego n.m. Blasfemia, injuria.

renio n.m. QUIM Metal raro, de difícil fusión, cuyas propiedades están muy próximas a las del manganeso; elemento de número atómico 75; de peso atómico 186,2 (símbolo *Re*).

reno n.m. Especie de ciervo de los países septentrionales, con astas muy ramosas y pelaje espeso.

renombre n.m. **1.** Apellido o sobrenombre propio. **2.** Fama, celebridad. • **renombrado,a** adj. Célebre, famoso.

renoval n.m. Terreno poblado de renuevos.

renovar **I.** v.tr. y prnl. **1.** Hacer como de nuevo una cosa. **2.** Restablecer una cosa interrumpida. **II.** v.tr. **1.** Remudar, reemplazar una cosa por otra nueva. **2.** Reiterar o publicar de nuevo.

renquear v.int. **1.** Andar como renco, cojear. **2.** Fig. No decidirse a algo. • **renquera** n.f. *Amér.* Cojera del renco.

renta n.f. **1.** Utilidad o beneficio que rinde una cosa, o lo que de ella se cobra. — *Impuesto sobre la renta,* que grava las rentas anuales de los contribuyentes. — *Renta nacional.* Conjunto de rentas anuales en relación con la producción nacional de bienes y servicios. **2.** Lo que paga un arrendatario. • **rentabilidad** adj. **1.** Calidad de rentable. **2.** Capacidad de rentar. **3.** COM Condición o aptitud de una empresa mercantil de producir beneficios. • **rentable** adj. Que renta o puede rentar. • **rentar** v.tr. Producir beneficio. • **rentero,a** n.m. y f. Colono que tiene en arrendamiento una posesión o finca rural. • **rentista** n.m. y f. **1.** Persona versada en materias de hacienda pública. **2.** Persona que vive principalmente de sus rentas.

renuente adj. Indócil, remiso. • **renuencia** n.f. Aversión a hacer una cosa.

renuevo n.m. **1.** Vástago que echa el árbol después de podado. **2.** Renovación.

renunciar v.tr. **1.** Desprenderse de algo que se tiene. **2.** Privarse de algo. **3.** Despreciar o abandonar. • **renuncia** n.f. **1.** Acción de renunciar. **2.** Instrumento o documento que contiene la renuncia. **3.** Dejación voluntaria de una cosa que se posee. • **renuncio** n.m. Mentira o contradicción.

renvalso n.m. CARP Rebajo que se hace en el canto de las hojas de puertas y ventanas para que encajen. • **renvalsar** v.tr. CARP Hacer el renvalso.

reñir **I.** v.int. **1.** Contender o disputar. **2.** Enemistarse. **II.** v.tr. **1.** Reprender. **2.** Llevar a cabo un desafío o batalla. • **reñidero** n.m. Sitio destinado a la riña de algunos animales. • **reñido,a** adj. Que está enemistado con otro.

1. reo n.m. Trucha de mar.

2. reo n.m. Vez, turno.

3. reo,a **I.** n.m. y f. **1.** Persona merecedora de castigo. **2.** FOR El demandado en juicio civil o criminal. **II.** adj. Inculpado.

reo- Prefijo procedente del griego *rheó, rhein,* «correr, deslizar».

reobase n.f. FISIOL Intensidad mínima de corriente continua necesaria para obtener una respuesta de una estructura orgánica excitable.

reóforo n.m. FIS Conductor que comunica un aparato eléctrico con un origen de electricidad.

reojo (mirar de) **1.** Mirar con disimulo por encima del hombro. **2.** Fig. Mirar con hostilidad.

reología n.f. FIS Rama de la mecánica que estudia las relaciones entre la viscosidad, la plasticidad y la elasticidad de la materia y el comportamiento de ésta bajo la influencia de las presiones.

reómetro n.m. **1.** FIS Instrumento para medir las corrientes eléctricas. **2.** HIDRAUL Aparato para medir la velocidad de la corriente de un fluido.

reorganizar v.tr. y prnl. Volver a organizar una cosa.

reóstato n.m. FIS Instrumento que sirve para hacer variar la resistencia en un circuito eléctrico.

repacer v.tr. Apurar el ganado la hierba.

repajo n.m. Terreno cerrado con arbustos.

repantigarse o **repanchigarse** v.prnl. Arrellanarse cómodamente en el asiento.

reparar **I.** v.tr. **1.** Arreglar una cosa. **2.** Mirar con cuidado; advertir una cosa. **3.** Atender, considerar. **4.** Enmendar, remediar. **5.** Desagraviar. **6.** Defenderse, parar un golpe. **7.** Remediar o precaver un daño. **8.** Restablecer las fuerzas. **II.** v.tr. y prnl. Detenerse por algún inconveniente. **III.** v.prnl. Contenerse o reportarse. • **reparación** n.f. **1.** Acción y efecto de reparar. **2.** Desagravio, satisfacción de una ofensa, daño o injuria. • **reparada** n.f. Movimiento brusco que hace el caballo. • **reparador,a** **I.** n. y adj. **1.** Que repara una cosa. **2.** Que propende a notar defectos. **II.** adj. Se dice de la caballería que hace reparadas. • **reparo** n.m. **1.** Advertencia sobre una cosa. **2.** Duda, dificultad o inconveniente. **3.** Cualquier cosa que se pone por defensa o resguardo. **4.** ESGR Parada, quite.

repartir **I.** v.tr. **1.** Distribuir una cosa dividiéndola en partes. **2.** Dar a cada cosa el destino conveniente. **II.** v.tr. y prnl. Cargar un gravamen por partes. • **repartidor,a** **I.** n. y adj. Que reparte o distribuye. **II.** n.m. Persona que lleva a domicilio alguna cosa. ▷ TELECOM Dispositivo al que llegan las líneas telefónicas principales y que éste reparte entre los usuarios. • **repartimiento** n.m. Acción y efecto de repartir. ▷ *Repartimiento de indios.* Institución colonial que supuso la primera forma jurídica de esclavitud en la América española. • **reparto** n.m. Acción y efecto de repartir.

repasar **I.** v.tr. e int. Volver a pasar. **II.** v.tr. **1.** Esponjar y limpiar la lana para cardarla. **2.** Volver a mirar, examinar o registrar una cosa. **3.** Recorrer lo estudiado o repetirlo para fijarlo en la memoria. **4.** Reconocer muy por encima un escrito. **5.** Recoser la ropa. **III.** v.prnl. Rezumarse un recipiente. • **repasadera** n.m. Garlopa para sacar perfiles en la madera. • **repaso** n.m. Acción y efecto de repasar.

1. repastar v.tr. Añadir harina, agua u otro líquido a una pasta, para amasarla de nuevo.

2. repastar v.tr. Volver el ganado a pastar.

repatriar v.tr., int., y prnl. Hacer que uno regrese a su patria. • **repatriación** n.f. Acción y efecto de repatriar o repatriarse.

repecho n.m. Cuesta corta y empinada.

repeinar v.tr. Peinar cuidadosamente. • **repeinado,a** adj. Fig. Se dice de la persona acicalada con afectación y exceso.

repelar v.tr. **1.** Tirar del pelo o arrancarlo. **2.** Hacer dar al caballo una carrera corta. **3.** Cortar las puntas a la hierba. **4.** Fig. Cercenar.

repeler v.tr. **1.** Rechazar una cosa o una idea. **2.** Causar repugnancia o aversión. • **repelente** adj. Fig. Repulsivo, repugnante.

repelo n.m. **1.** Contrapelo. **2.** Parte pequeña de cualquier cosa que se levanta contra su sentido natural. **3.** Conjunto de fibras torcidas de una madera. **4.** Fig. y Fam. Repugnancia. • **repelón** n.m. **1.** Tirón que se da al pelo. **2.** En los tejidos de punto, hebra que, encoge los puntos inmediatos. • **repeluzno** n.m. Escalofrío leve y pasajero.

repellar v.tr. Arrojar pelladas a la pared.

repensar v.tr. Reflexionar.

repente **1.** n.m. Fam. Movimiento súbito o no previsto. **2.** adv.m. De repente. — *De repente.* Prontamente, sin pensar. —• **repentino,a** adj. Pronto, impensado, no prevenido. • **repentizar** **1.** v.tr. e int. Ejecutar a la primera lectura piezas de música. **2.** v.tr. Improvisar un discurso, una poesía.

repercutir **I.** v.int. Retroceder o rebotar un cuerpo al chocar con otro. **II.** v.prnl. **1.** Reverberar. **2.** Producir eco el sonido. **3.** Fig. Trascender. • **repercusión** n.f. Acción y efecto de repercutir.

repertorio n.m. **1.** Prontuario en que sucintamente se hace mención de cosas notables, remitiéndose a otros escritos. **2.** Conjunto de obras dramáticas o musicales que habitualmente ejecuta un artista. **3.** Recopilación de obras o de noticias de una misma clase.

repesar v.tr. Volver a pesar una cosa. • **repeso** n.m. **1.** Acción y efecto de repesar. **2.** Lugar que se tiene destinado para repesar.

repetir **I.** v.tr. **1.** Volver a hacer lo que se había hecho, o decir lo que se había dicho. **2.** FOR Reclamar contra tercero. **II.** v.int. Venir a la boca el sabor de lo que se ha comido o bebido. • **repetición** n.f. **I.** Acción y efecto de repetir o repetirse. **II.** **1.** Mecanismo que sirve en el reloj para que dé la hora al tocar un muelle. **2.** Reloj de repetición. **III.** **1.** RET Figura que consiste en repetir palabras o conceptos. **2.** MUS Signo que indica que un pasaje sea repetido. • **repetidor,a** **I.** **1.** adj. Que repite. **2.** Se dice del alumno que repite un curso o una asignatura. **3.** El que repasa a otro la lección. **II.** n.m. TELECOM Dispositivo amplificador que retransmite las señales que recibe.

repicar **I.** v.tr. **1.** Picar mucho una cosa. **2.** Volver a picar o punzar. **II.** v.tr. e int. Tañer festivamente las campanas. **III.** v.prnl. Presumir de una cosa.

repicotear v.tr. Adornar un objeto con picos, ondas o dientes.

repinaldo n.m. Cierta variedad de manzana.

repinarse v.prnl. Remontarse, elevarse.

repipi adj. Afectado y pedante.

repique n.m. **1.** Acción y efecto de repicar. **2.** Fig. Riña ligera. • **repiquete** n.m. **1.** Repique vivo y rápido de campanas. **2.** Lance o reencuentro. **3.** MAR Bordada corta. • **repiquetear** **1.** v.tr. Repicar con mucha viveza las campanas u otro instrumento sonoro. **2.** v.prnl. Fig. y Fam. Reñir dos o más personas injuriándose mutuamente.

repisa n.f. **1.** ARQUIT Elemento que sobresale del muro y sirve de sostén a algo. **2.** Estante.

repisar v.tr. **1.** Volver a pisar. **2.** Apisonar.

repiso n.m. Vino de la uva repisada.

replantar v.tr. **1.** Volver a plantar. **2.** Trasplantar un vegetal.

replantear v.tr. **1.** Plantear de nuevo un asunto. **2.** ARQUIT Trazar la planta de una obra.

replegar **1.** v.tr. Plegar o doblar muchas veces. **2.** v.tr. y prnl. MILIT Retirarse en orden.

repleto,a adj. Muy lleno. • **repletar** **1.** v.tr. Rellenar, colmar. **2.** v.prnl. Hartarse.

replicar **I.** v.int. **1.** Argüir contra la respuesta o argumento. **2.** FOR Presentar el actor el escrito de réplica. **II.** v.tr. e int. Responder. • **réplica** n.f. **1.** Acción de replicar. **2.** Argumento con que se replica. — *Derecho de réplica.* Derecho que tiene toda persona citada en un periódico, a obtener la publicación en éste de una respuesta de rectificación. **3.** Copia de una obra artística. **4.** FOR Segundo escrito del actor para impugnar la contestación de la reconvención.

repliegue n.m. **1.** Pliegue doble. **2.** MILIT Acción y efecto de replegarse las tropas.

repoblar v.tr. y prnl. Volver a poblar. • **repoblación** n.f. Acción y efecto de repoblar.

repollo n.m. BOT **1.** Cabeza redonda que forman las hojas apiñadas de ciertas plantas. **2.** Col de esa forma. • **repolludo,a** adj. **1.** Se dice de la planta que forma repollo. **2.** De figura de repollo. **3.** Fig. Se dice de la persona gruesa y chica.

reponer **I.** v.tr. **1.** Volver a poner, construir. **2.** Reemplazar lo que falta. **3.** Replicar. **4.** FOR Retrotraer la causa a un estado determinado. **II.** v.prnl. **1.** Recobrar la salud o la hacienda. **2.** Serenarse.

reportaje n.m. Género periodístico de carácter informativo.

reportar **I.** v.tr. y prnl. Refrenar una pasión o al que la tiene. **II.** v.tr. **1.** Alcanzar, conseguir. **2.** Traer o llevar. **3.** Pasar una prueba litográfica a la piedra. **4.** Retribuir, proporcionar.

reportero,a n. y adj. Se dice del periodista que se dedica a los reportes o noticias. — *Reportero gráfico.* Periodista que efectúa reportajes fotográficos, o filmados en película o vídeo.

reposacabezas n.m. **1.** Parte superior de un sillón. **2.** Dispositivo para apoyar la cabeza.

reposar **I.** v.int. y tr. Descansar. **II.** v.int. y prnl. **1.** Dormir un breve sueño. **2.** Permanecer en quietud y paz. **3.** Yacer. **4.** Posarse un líquido. • **reposadero** n.m. METAL Pileta que recibe en los hornos el metal fundido. • **reposo** n.m. Acción y efecto de reposar.

reposición n.f. Acción y efecto de reponer.

repostar v.tr. y prnl. Reponer provisiones.

repostero,a n.m. y f. Pastelero. • **repostería** n.f. **1.** Arte y oficio del repostero. **2.** Productos de este arte. **3.** Establecimiento donde se hacen y venden dulces, pastas, etc.

reprender o **reprehender** v.tr. Corregir, amonestar a uno. • **reprensión** o **reprehensión** n.f. **1.** Acción de reprender. **2.** Expresión o razonamiento con que se reprende.

represa n.f. **1.** Acción de represar o recobrar. **2.** Obra con que se regula el curso de las aguas. **3.** Detención que se hace de una cosa.

represalia n.f. **1.** Derecho que se arrogan los enemigos para responder con violencia al daño recibido. **2.** Medida o trato de rigor que adopta un Estado contra otro. ▷ P. ext., el mal que un particular causa a otro, en venganza o satisfacción de un agravio.

represar **I.** v.tr. y prnl. **1.** Detener o estancar el agua corriente. **2.** Detener, contener, reprimir. **II.** v.tr. Recobrar una embarcación apresada.

representar **I.** v.tr. y prnl. Hacer presente una cosa imaginándola. **II.** v.tr. **1.** Informar, declarar o referir. **2.** Manifestar afecto. **3.** Ejecutar en público una obra dramática. **4.** Sustituir a uno. **5.** Ser imagen de una cosa, o imitarla. **6.** Aparentar una persona determinada edad. • **representación** n.f. **1.** Acción y efecto de representar. **2.** Nombre antiguo de la obra dramática. **3.** Autoridad, dignidad, carácter de la persona. **4.** Imagen o idea que sustituye a la realidad. **5.** Súplica razonada dirigida a un superior. **6.** Conjunto de personas que representa a una entidad, colectividad o corporación. **7.** FOR Derecho de una persona a ocupar el lugar de otra persona. **8.** *Representación proporcional.* Procedimiento electoral que establece una proporción entre el número de votos obtenidos por cada partido o tendencia y el número de sus representantes elegidos. • **representante** n.m. y f. Persona que representa algo o a alguien. • **representativo,a** adj. Que sirve para representar otra cosa.

reprimenda n.f. Reprensión vehemente.

reprimir v.tr. y prnl. Contener, refrenar. • **represión** n.f. **1.** Acción de reprimir. **2.** PSICOL Acción de prohibirse uno mismo la expresión de un deseo o sentimiento interno o de impedirles su paso a la conciencia. **3.** Medidas orientadas a contener o castigar con violencia actuaciones políticas o sociales. • **represor,a** n. y adj. **1.** Que reprime. **2.** BIOQUIM Proteína que impide el funcionamiento de un gen.

reprobar v.tr. No aprobar, dar por malo. • **reprobación** n.f. Acción y efecto de reprobar.

reprochar v.tr. y prnl. Reconvenir, echar en cara. • **reproche** n.m. **1.** Acción de reprochar. **2.** Expresión con que se reprocha.

reproducción n.f. **1.** Acción y efecto de reproducir o reproducirse. **2.** Cosa reproducida. • **reproducir** **I.** v.tr. y prnl. Volver a producir. **II.** v.tr. Copiar, sacar copia de obras de arte, textos, etc., por cualquier procedimiento adecuado. • **reproductor,a** **1.** adj. Que reproduce. **2.** n.m. Animal destinado a la reproducción. **3.** n.f. INFORM Máquina electromecánica que efectúa la duplicación de tarjetas perforadas.

ENCICL La *reproducción asexual* en los vegetales se efectúa a partir de un solo individuo. Su resultado es la producción de individuos rigurosamente similares al primero desde el punto de vista genético. Esta forma de reproducción está extendida entre las bacterias, los vegetales y los invertebrados inferiores, y no se da entre los animales superiores más que en raros casos de multiembriones. La *reproducción sexual,* propia de numerosos vegetales y de la mayor parte de los animales, se caracteriza por la fusión (fecundación) de dos células, procedentes de individuos de diferente sexo, con sólo la mitad de la dotación genética; la resultante (huevo o cigoto), después de la fusión, posee la dotación genética completa.

repromisión n.f. Promesa repetida.

repropiarse v.prnl. Resistirse la caballería a obedecer.

reps n.m Tela fuerte usada en obras de tapicería.

reptar v.int. Andar arrastrándose.

reptil n. y adj. ZOOL Se dice de los animales vertebrados que caminan rozando la tierra con el vientre. ▷ n.m.pl. ZOOL Clase de estos animales.

ENCICL Los reptiles constituyen una clase de vertebrados tetrápodos. Sus huevos, cuya puesta se efectúa en tierra, están provistos de un amnios, por lo que estos animales pertenecen al grupo de los amniotas. Su cuerpo está cubierto de escamas epidérmicas. Son en su mayoría terrestres, aunque también hay numerosas especies acuáticas, abundantes en las regiones cálidas. Su cráneo se caracteriza a menudo por la desaparición de los huesos de la región temporal, sustituidos, según los grupos, por una o dos fosas temporales. Los crocodilios y los mamiferoides poseen un paladar secundario. Las extremidades, de tipo tetrápodo, se han transformado en alas o en aletas en distintas familias fósiles; las serpientes y los lagartos ápodos han *perdido* sus extremidades. Las glándulas salivares de las serpientes se han convertido, a menudo, en glándulas que contienen veneno. Los pulmones están poco desarrollados en numerosos lagartos; en algunas especies sólo se desarrolla el pulmón derecho. Su corazón se compone generalmente de dos aurículas y un solo ventrículo. El encéfalo contiene sobre todo vías olfativas. La mayoría son carnívoros; algunas tortugas son herbívoras.
La fecundación puede ser retardada, ya que los espermatozoides son capaces de permanecer largo tiempo vivos. En su inmensa mayoría, los reptiles son ovíparos, aunque hay algunos ovovivíparos (víboras) o vivíparos (algunos lagartos). Por lo general viven mucho tiempo. La muda constituye un fenómeno suyo característico. Las grandes serpientes (pitones, boas, anacondas) alcanzan al menos 10 m. Los reptiles fósiles fueron mucho mayores (hasta 30 m para los saurópodos). Se considera que en general descienden de los anfibios estegocéfalos. Los más antiguos datan del carbonífero. La clase se diversifica en el secundario e invade tierras, mares y aire; es la época de los dinosaurios, de los pterodáctilos, de los plesiosauros, de los ictiosaurios, etc. Todas estas ramas se extinguieron, como muy tarde, en el cretáceo, pero durante millones de años su importancia retrasó considerablemente la expansión de los mamíferos. Dos ramas de reptiles son particularmente importantes: la de los reptiles mamiferoides, que originó los mamíferos, y la de los dinosaurios avepílvicos, entre los cuales algunos son los antepasados del arqueóptero y por lo tanto de los pájaros.

república n.f. Estado gobernado por representantes elegidos por un tiempo determinado y responsables ante el pueblo. ▷ Forma de organización de un Estado, en la que su jefe o presidente es elegido por un período determinado. • **republicano,a** **I.** adj. Perteneciente o relativo a la república. **II.** n. y adj. **1.** Partidario de este género de gobierno. **2.** Aplícase al ciudadano de una república.

ENCICL **República española** (primera). Régimen establecido en España tras la caída de Amadeo I, por mayoría absoluta en las Cortes (11 de febrero de 1873). Los primeros gabinetes estuvieron presididos por Figueras y posteriormente por Pi y Margall, que intentó, sin éxito, realizar una serie de reformas. Al gobierno de Pi y Margall, sucedió el de Salmerón. El 6 de septiembre subió al poder Castelar, quien giró a la derecha, desarrolló una política represiva y suspendió las Cortes. El 3 de enero de 1874 finalizó esta etapa republicana con el golpe de mano del general Pavía.

repudiar v.tr. **1.** Rechazar el marido a la mujer propia. **2.** Renunciar. • **repudiable** **1.** n. y adj. Que puede ser repudiado. **2.** adj. Recusable. • **repudio** n.m. Acción y efecto de repudiar.

repudrir **1.** v.tr. y prnl. Pudrir mucho. **2.** Fig. Consumirse.

repuesto,a **I.** Part. pas. irreg. de *reponer.* **II.** adj. Apartado, oculto. **III.** n.m. **1.** Prevención de algunas cosas. **2.** Aparador en que se dispone de lo necesario para una comida. **3.** Cuarto donde se pone el aparador. **4.** Pieza de recambio.

repugnancia n.f. **1.** Oposición entre dos cosas. **2.** Tedio, aversión. **3.** FILOS Incompatibilidad de dos atributos de una misma cosa. • **repugnar** **I.** v.tr. y prnl. Oponerse una cosa a otra. **II.** v.tr. **1.** Contradecir o negar una cosa. **2.** Rehusar, hacer de mala gana una cosa. **3.** FILOS Implicar o no poderse unir y concertar dos cosas o cualidades. **III.** v.int. Causar tedio o aversión.

repujar v.tr. Labrar a martillo, dando relieve, chapas metálicas o de cuero. • **repujado** n.m. **1.** Acción y efecto de repujar. **2.** Obra repujada. **3.** TECN Conformación en frío de piezas metálicas delgadas conteniendo un eje de revolución.

repulgo n.m. **1.** Dobladillo. **2.** Borde labrado que hacen a las empanadas o pasteles. **3.** Cicatriz de los cortes de los árboles. **4.** Fig. y Fam. Escrúpulos sobre la bondad o necesidad de algún acto propio.

repulsar v.tr. **1.** Desechar, repeler o despreciar una cosa. **2.** Negar lo que se pide o pretende. • **repulsa** n.f. Acción y efecto de repulsar.

repulsión n.f. **1.** Aversión, ascò. **2.** FIS Acción recíproca de dos sistemas que tienden a alejarse uno del otro. • **repulsivo,a** adj. **1.** Que provoca repulsión. **2.** FIS Que repele.

repuntar **I.** v.int. **1.** MAR Empezar a subir o bajar la marea. **2.** *Amér.* Empezar a manifestarse alguna cosa. **II.** v.prnl. **1.** Empezar a volverse el vino. **2.** Fig. y Fam. Desazonarse, indisponerse levemente una persona con otra. • **repunta** n.f. **1.** Punta o cabo de tierra. **2.** Fig. Indicio de alguna cosa. **3.** Fig. y Fam. Desazón, disgusto leve.

reputación n.f. Fama, renombre. • **reputar** **1.** v.tr. y prnl. Conceptuar la calidad de una persona o cosa. **2.** v.tr. Apreciar el mérito.

requebrar v.tr. **1.** Volver a quebrar. **2.** Fig. Adular, especialmente a una mujer.

requemar **I.** v.tr. y prnl. **1.** Volver a quemar. **2.** Tostar con exceso. **3.** Estropear las plantas por exceso de calor o de sol. **II.** v.tr. Requemar. **III.** v.prnl. Fig. Dolerse interiormente y sin darlo a conocer. • **requemado,a** adj. Ennegrecido.

requerir v.tr. **1.** Intimar, comunicar una cosa con autoridad pública. **2.** Reconocer o examinar una cosa. **3.** Necesitar. **4.** Solicitar amorosamente. **5.** Inducir, persuadir. • **requerimiento** n.m. **1.** Acción y efecto de requerir. **2.** FOR Acto judicial por el que se intima que se haga o se deje de ejecutar una cosa. **3.** FOR Aviso, manifestación, o pregunta que se hace a alguna persona exigiendo que exprese su actitud o su respuesta.

requesón n.m. Masa blanca y mantecosa de leche majada.

requete- Elemento compositivo que, antepuesto a algunos adjetivos y adverbios, encarece la significación de éstos. *Requetebueno, requetebién.*

requeté n.m. **1.** Cuerpo de voluntarios defensores de la tradición religiosa y monárquica. **2.** Individuo afiliado a este cuerpo.
ENCICL **Hist.** — Durante la Guerra Civil (1936-1939) en España, lucharon junto a Franco, y uno de sus sectores, la formación tradicionalista, se incorporó a la Falange Española.

requetebién adv.m. Fam. Muy bien.

requiebro n.m. **1.** Acción y efecto de requebrar. **2.** Dicho o expresión con que se requiebra. **3.** MIN Mineral vuelto a quebrantar.

réquiem n.m. Composición musical que se canta con el texto litúrgico de la misa de difuntos.

requilorio n.m. Fam. Formalidad nimia o rodeo innecesario.

requinto n.m. **I. 1.** Segundo quinto que se saca de una cantidad. **2.** Puja de quinta parte que se hace en los arrendamientos después de haberse rematado y quintado. **II. 1.** Clarinete pequeño de tono agudo. **2.** Guitarrillo.

requirente n.m. y f. FOR Que requiere en juicio.

requisa n.f. **1.** Revista o inspección. **2.** Recuento y embargo que se hace en tiempo de guerra. • **requisar** v.tr. Hacer una requisa para el servicio militar.

requisito,a n.m. Condición necesaria para una cosa. • **requisitorio,a** n. y adj. FOR Se aplica al despacho en que un juez requiere a otro para que ejecute un mandamiento.

1. res n.f. Cualquier animal cuadrúpedo de ciertas especies domésticas.

2. res- Prep. insep. que atenúa la significación de las voces simples a que se halla unida. *Resquebrajar, resquemar.* También denota encarecimiento, como en *resguardar.*

resabido,a adj. Que se precia de entendido.

resabio n.m. **1.** Sabor desagradable que deja una cosa. **2.** Vicio que se adquiere. • **resabiar** **I.** v.tr. y prnl. Hacer tomar resabio. **II.** v.prnl. **1.** Disgustarse o desazonarse. **2.** Fig. Deleitarse.

resaca n.f. **1.** Movimiento en retroceso de las olas desde la orilla. **2.** Malestar que el que ha bebido con exceso padece al día siguiente. **3.** COM Letra de cambio que gira al tenedor para resarcirse de otra que ha sido protestada.

resacar v.tr. MAR Halar de un cabo.

resalado,a adj. Fig. y Fam. Gracioso.

resalga n.f. Salmera que resulta en la pila donde se salan los pescados.

resalir v.int. ARQUIT Sobresalir un cuerpo de otro.

resaltar v.int. **1.** Fig. Distinguirse, sobresalir una cosa de otra. **2.** Botar repetidamente un cuerpo elástico. • **resalte** n.m. Parte que sobresale.

resalvo n.m. Vástago que al rozar un monte se deja en cada mata para formar un árbol.

resanar v.tr. **1.** Cubrir con oro las partes de un dorado que han quedado defectuosas. **2.** Reparar los desperfectos de una cosa. **3.** Eliminar la parte dañada de algo.

resarcir v.tr. y prnl. Indemnizar, reparar un daño o agravio.

resbalar v.int. y prnl. **1.** Escurrirse, deslizarse. **2.** Fig. Incurrir en un desliz. • **resbaladizo,a** adj. **1.** Que se resbala fácilmente. **2.** Se aplica al lugar en que hay peligro de resbalar. **3.** Fig. Se dice de lo que expone a incurrir en algún desliz. • **resbalón** n.m. **1.** Acción y efecto de resbalar o resbalarse. **2.** Pestillo de algunas cerradura.

rescacio n.m. ZOOL Pez marino teleósteo, del suborden de los acantopterigios.

rescaño n.m. Resto o parte de alguna cosa.

rescatar **I.** v.tr. **1.** Recobrar lo que pasó a mano ajena. **2.** Devolver la libertad. **3.** Fig. Recobrar el tiempo o la ocasión perdidos. **II.** v.tr. y prnl. Fig. Redimir la vejación; libertar del trabajo o contratiempo. • **rescate** n.m. **1.** Acción y efecto de rescatar. **2.** Dinero con que se rescata. **3.** DER Redención de un gravamen o una obligación.

rescindir v.tr. Dejar sin efecto un contrato, obligación, etc. • **rescisión** n.f. Acción y efecto de rescindir.

rescoldo n.m. **1.** Brasa menuda resguardada por la ceniza. **2.** Fig. Escozor, recelo o escrúpulo.

rescripto,a n.m. Decisión del papa o de cualquier soberano para resolver una consulta o responder a una petición.

1. resecar v.tr. CIR Efectuar la resección de un órgano. • **resección** n.f. CIR Operación para separar el todo o parte de uno o más órganos.

2. resecar v.tr. y prnl. Secar mucho. • **reseco,a** **I.** adj. **1.** Muy seco. **2.** Seco, flaco. **II.** n.m. **1.** Parte seca del árbol o arbusto. **2.** Parte de cera que queda en una colmena.

reseda n.f. **1.** Planta herbácea, de la familia de las resedáceas originaria de Egipto. **2.** Gualda (hierba).

resedáceo,a n. y adj. BOT Dícese de plantas dicotiledóneas herbáceas, cuyo tipo es la reseda. ▷ n.f.pl. BOT Familia de estas plantas.

resegar v.tr. **1.** Volver a segar. **2.** Recortar los tocones a ras del suelo.

reseguir v.tr. Rectificar el filo de la espada.

resellar **1.** v.tr. Volver a sellar. **2.** v.prnl. Fig. Cambiar de partido.

resembrar v.tr. Volver a sembrar un terreno.

resentirse v.prnl. **1.** Empezar a flaquear o sentirse una cosa. **2.** Fig. Tener sentimiento por una cosa. **3.** Sentir molestias como resultado de una dolencia pasada. • **resentido,a** adj. Que muestra algún resentimiento. • **resentimiento** n.m. Acción y efecto de resentirse.

reseñar v.tr. Hacer una reseña. • **reseña** n.f. **1.** Revista que se hace de la tropa. **2.** Nota que se toma de los rasgos distintivos de una persona, animal o cosa para su identificación. **3.** Noticia y examen de una obra literaria o científica. **4.** Narración sucinta.

reserpina n.f. Alcaloide extraído de la rauwolfia, de propiedades sedantes.

reserva n.f. **I. 1.** Acción de reservar. **2.** Cosa que se tiene reservada. **3.** Prevención para no descubrir algo que se sabe o piensa. **4.** Discreción. **II. 1.** Parte del ejército que no está en servicio activo. **2.** DEP Suplente. **III. 1.** FOR Declaración que hace el juez de que la resolución que dicta no perjudicará algún derecho. **2.** Obligación impuesta por la ley a una persona de reservar ciertos bienes para transmitirlos, en su tiempo y caso, a otras personas. **IV.** Territorio destinado a la preservación y protección de animales y plantas. • **reservista** n. (apl. a pers.) y adj. Se dice del militar perteneciente a la reserva.

reservar **I.** v.tr. **1.** Guardar algo para el futuro. **2.** Destinar algo para uso o persona determinados. **3.** Exceptuar, dispensar de una ley común. **4.** Separar algo de lo que se distribuye. **5.** Retener o no comunicar una cosa. **6.** Encubrir, ocultar. **II.** v.tr. y prnl. Dilatar para otro tiempo lo que se podía o se debía ejecutar al presente. **III.** v.prnl. **1.** Conservarse para mejor ocasión. **2.** Cautelarse, precaverse. • **reservado,a** **I.** adj. **1.** Cauteloso. **2.** Comedido, discreto. **3.** Que se reserva o debe reservarse. **II.** n.m. Departamento destinado a personas o a usos determinados.

resfriar **I.** v.tr. Enfriar. **II.** v.tr. y prnl. Fig. Entibiar, templar el ardor o fervor. **III.** v.int. Empezar a hacer frío. **IV.** v.prnl. **1.** Contraer resfriado. **2.** Fig. Entibiarse. • **resfriado** n.m. **1.** Catarro, enfriamiento. **2.** Riego que se da para poder arar la tierra. • **resfriamiento** n.m. Acción y efecto de resfriar o resfriarse. • **resfriante** n.m. Depósito de agua fría para refrigerar el serpentín del alambique. • **resfrío** n.m. Resfriado.

resguardar **1.** v.tr. Defender. **2.** v.prnl. Precaverse contra un daño. • **resguardo** n.m. **1.** Guardia que se pone en una cosa. **2.** Documento que se hace en las deudas o contratos. **3.** Cuerpo de empleados destinados a impedir el contrabando. **4.** MAR Distancia prudencial que toma el buque al pasar cerca de un punto peligroso.

residencia n.f. **1.** Acción y efecto de residir. **2.** Lugar en que se reside. **3.** Casa o conjunto de viviendas donde residen y conviven personas afines. **4.** Establecimiento público donde se alojan huéspedes estables. **5.** Proceso de autos instruido al residenciado. ▷ *Juicio de residencia.* v. ENCICL. • **residencial** adj. **1.** Se aplica al empleo o beneficio que pide residencia personal. **2.** Se dice de la parte de una ciudad donde residen las clases más acomodadas. • **residenciar** v.tr. Tomar cuenta un juez de la conducta observada por una persona en el desempeño de un cargo público.
ENCICL *Juicio de residencia.* — Institución jurídica, por la cual los altos funcionarios de la Corona española se veían obligados a some-

terse a un examen de sus actividades, tiene sus raíces en la Baja Edad Media, pero se generalizó únicamente en las Indias, donde llegó a ser una institución clave de la vida colonial. Podía afectar a cualquier funcionario durante el período de su mandato, por iniciativa privada o pública, pero afectaba fundamentalmente a los virreyes. El *residenciado* se veía obligado a permanecer en el lugar de su antigua jurisdicción, donde respondía de su actuación ante un juez nombrado por la Audiencia; éste remitía toda la información al Consejo de Indias, que dictaba sentencia.

residir v.int. **1.** Estar de asiento en un lugar. **2.** Hallarse uno en un lugar por razón de su empleo, dignidad o beneficio. **3.** Fig. Estar en una persona cualquier cosa inmaterial. **4.** Fig. Radicar en un punto o en una cosa el quid de la cuestión.

residuo n.m. **1.** Parte que queda de un todo. **2.** ALG y ARIT Resultado de la operación de restar. **3.** LOG *Método de residuo o residual.* El que consiste en excluir de un fenómeno los efectos de causas conocidas y examinar el resto buscando su explicación. • **residual** adj. Perteneciente o relativo al residuo.

resiembra n.f. **1.** Acción y efecto de resembrar. **2.** Siembra que se hace en un terreno sin dejarlo descansar.

resignar 1. v.tr. Entregar el mando a otro. **2.** v.prnl. Conformarse, someterse. • **resignación** n.f. **1.** Acción de resignar un cargo. **2.** Conformidad en las adversidades.

resiliencia n.f. METAL Resistencia de un metal al choque.

resina n.f. **1.** Sustancia compleja secretada por diversos vegetales. **2.** GEOL y PALEONT Sustancia vegetal fósil rica en carbono. **3.** QUIM Toda sustancia orgánica que sirve para la fabricación de una materia plástica. • **resinado,a** adj. Se dice de un vino que contiene resina. • **resinar** v.tr. **1.** Extraer la resina. **2.** Untar de resina. • **resinoso,a** adj. **1.** Que tiene mucha resina. **2.** Que participa de alguna de las cualidades de la resina.

resistencia n.f. **1.** Acción o propiedad de un cuerpo que resiste. ▷ FIS Fuerza que se opone a un movimiento. **2.** ELECTR Magnitud (expresada en ohmios) que traduce la mayor o menor aptitud de un cuerpo para oponerse al paso de una corriente eléctrica. ▷ Conductor que resiste al paso de la corriente.

ENCICL **Electr.** Si un conductor disipa en forma de calor una potencia *P* cuando es recorrido por una corriente de intensidad *I*, su resistencia *R* es igual al cociente de la potencia por el cuadrado de la intensidad $R = \frac{P}{I^2}$. Si se expresa *P* en vatios e *I* en amperios, se obtiene *R* en ohmios. La inversa de la resistencia es la *conductancia.* La resistencia de un conductor es proporcional a su longitud *l* e inversamente proporcional a su sección S; se tiene: $R = \rho \frac{l}{S}$; el coeficiente de proporcionalidad ρ, que depende de la sustancia del conductor (y no de sus dimensiones), se llama *resistividad,* y varía con la temperatura.

Resistencia de materiales. — La resistencia de materiales es una disciplina tecnológica que determina las dimensiones óptimas de los elementos de construcción, para que éstos resistan a las diversas tensiones sin deformación permanente. Los cálculos de resistencia de materiales tienen en cuenta la forma en que los materiales se comportan bajo estos esfuerzos.

resistir I. v.int. y prnl. Oponerse un cuerpo o una fuerza a la acción o violencia de otra. **II.** v.int. Repugnar, contradecir. **III.** v.tr. **1.** Tolerar. **2.** Combatir las pasiones, deseos, etc. **IV.** v.prnl. Bregar, forcejar. • **resistividad** n.f. ELECTR Resistencia específica de un conductor, expresada en ohmios-metros.

resma n.f. Conjunto de veinte manos de papel.

resobado,a adj. Usado con exceso, manido.

resobrino,a n.m. y f. Hijo de sobrino carnal.

resol n.m. Reverberación del sol.

resolver I. v.tr. **1.** Tomar una determinación. **2.** Resumir, epilogar, recapitular. **3.** Desatar una dificultad. **4.** Solucionar. **5.** Deshacer, destruir. **6.** Analizar un compuesto en sus partes o elementos. **II.** v.tr. y prnl. **1.** Deshacer un agente natural alguna cosa. **2.** FIS y MED Hacer que se disipe una cosa; dividir, atenuar. **III.** v.prnl. **1.** Arrestarse a decir o hacer una cosa. **2.** Reducirse. **3.** Desaparecer una inflamación u obstrucción. • **resoluble** adj. Que se puede resolver. • **resolución** n.f. **1.** MED Desaparición sin supuración de una inflamación o de una obstrucción. **2.** DER Anulación de un contrato con efecto retroactivo. **3.** FIS *Poder de resolución de un instrumento óptico.* Distancia mínima de dos puntos que aparecen distintos cuando se los observa con ayuda de ese instrumento. **4.** Acción de resolver un problema. **5.** Decisión firmemente tomada. ▷ POLIT Decisión adoptada por una asamblea. **6.** Cualidad de una persona resuelta. • **resolutivo,a 1.** adj. Se aplica al método en que se procede analíticamente. **2.** n.m. y adj. MED Dícese de los medicamentos que hacen desaparecer las inflamaciones y las obstrucciones. • **resoluto,a** adj. Resuelto. • **resolutorio,a** adj. Que tiene, motiva o denota resolución.

resollar v.int. Respirar fuertemente. ▷ Fig. Hablar (en sent. negativo).

resonancia n.f. **1.** Prolongación del sonido. **2.** Sonido producido por repercusión de otro. — *Caja de resonancia.* Espacio cerrado donde se producen fenómenos de resonancia. **3.** Cada uno de los sonidos elementales que acompañan al principal en una nota musical. **4.** Fig. Gran divulgación que adquiere un hecho. **5.** FIS Crecimiento de la amplitud de una vibración cuando el período de las vibraciones producidas es igual al período propio del sistema. **6.** QUIM Fenómeno observado en compuestos que reaccionan como si poseyeran varias estructuras atómicas, debido a una variación en el reparto de los electrones de enlace.

resonar v.int. Hacer sonido por repercusión o sonar mucho. • **resonador,a 1.** adj. Que resuena. **2.** n.m. FIS Cuerpo sonoro que entra en vibración cuando recibe ondas acústicas de determinada frecuencia y amplitud.

resoplar v.int. Dar resoplidos. • **resoplido** o **resoplo** n.m. Respiración fuerte.

resorber v.tr. Absorber una persona o cosa un líquido procedente de sí misma.

resorcina n.f. o **resorcinol** n.m. QUIM Derivado del benceno utilizado en la industria química y farmacéutica.

resorte n.m. **1.** Pieza que puede recobrar su posición inicial si se la separa de ella. **2.** Fuerza elástica de una cosa. **3.** Fig. Medio de que uno se vale para lograr un fin.

1. respaldar n.m. **1.** Respaldo. **2.** Derrame de savia producido por golpes violentos. • **respaldo** n.m. **1.** Parte de la silla o banco, en que descansan las espaldas. **2.** Espaldera o pared para resguardar las plantas. **3.** Vuelta del papel o escritos. **4.** Lo que allí se escribe. **5.** Fig. Apoyo moral, garantía.

2. respaldar I. v.tr. **1.** Apuntar algo en el respaldo de un escrito. **2.** Fig. Proteger, garantizar. **II.** v.prnl. **1.** Inclinarse de espaldas o arrimarse al respaldo de la silla o banco. **2.** VETER Despaldarse una caballería.

respectar v.defect. Tocar, pertenecer.

respectivo,a adj. Que atañe a persona o cosa determinada.

respecto n.m. Razón de una cosa a otra.

résped o **respe** n.m. **1.** Lengua de la culebra o de la víbora. **2.** Aguijón de la abeja o de la avispa. **3.** Mala intención.

respetar v.tr. Tener respeto y consideración. • **respetabilidad** n.f. Calidad de respetable.

respeto n.m. **1.** Consideración que se tiene hacia alguien o algo. — Fig. y Fam. *Campar uno por sus respetos.* Obrar uno a su antojo, sin miramientos. **2.** Tolerancia. **3.** Miedo. • **respetuoso,a** adj. Que observa respeto.

réspice n.m. **1.** Fam. Respuesta seca y desabrida. **2.** Fam. Reprensión corta, pero fuerte.

respigar v.tr. Coger las espigas abandonadas.

respigón n.m. **1.** Padrastro de los dedos. **2.** VETER Llaga de los pulpejos de las caballerías.

respingar v.int. **1.** Sacudirse un animal y gruñir. **2.** Fam. Arremangar, elevarse una prenda. • **respingo** n.m. **1.** Acción de respingar. **2.** Sacudida violenta del cuerpo. **3.** Fig. y Fam. Expresión con que uno muestra la repugnancia que tiene en ejecutar algo. • **respingona** adj. Dícese de la nariz que tiene la punta levantada.

respirar v.int. **1.** Absorber el aire los seres vivos, tomando parte de las sustancias que lo componen, y expelerlo modificado. **2.** Exhalar, tomar aliento. **3.** Fig. Tener comunicación con el aire externo. **4.** Fig. Descansar. **5.** Fig. y Fam. Hablar. **6.** Fig. Manifestar una pasión. • **respiración** n.f. **1.** Acción y efecto de respirar. **2.** Aire que se respira. **3.** Entrada y salida libre del aire en un lugar cerrado. • **respiradero** n.m. **1.** Abertura por donde entra y sale el aire. **2.** Lumbrera, tronera. • **respirador,a** adj. **1.** Que respira. **2.** ZOOL Aplícase a los músculos que sirven para la respiración. **3.** n.m. MED Aparato destinado a garantizar la ventilación artificial de una persona. • **respiratorio,a** adj. Que sirve para la respiración o la facilita. *Órgano, aparato respiratorio.* • **respiro** n.m. **1.** Acción y efecto de respirar. **2.** Fig. Rato de descanso en el trabajo. **3.** Fig. Alivio, descanso. **4.** Fig. Prórroga para el pago de una deuda.

ENCICL Toda célula aerobia, todo protisto aerobio, toda célula vegetal, toda célula animal, respira: sus mitocondrios absorben oxígeno, que oxida las diversas sustancias celulares (lípidos, glúcidos, proteínas); el dióxido de carbono (CO_2) así producido es expelido a continuación. La energía liberada es utilizada por la célula para mantener su existencia, crecer, dividirse, etc. En los organismos rudimentarios (protistos, vermes, etc.) el oxígeno (del aire o del agua) llega a todas las células por simple difusión a través de la membrana celular, y, si se da el caso, de los tejidos. En los organismos dotados de un tamaño y de una actividad metabólica importantes, los aparatos respiratorios pueden ser de tres tipos: **1.** Las branquias, que sirven para tomar el oxígeno disuelto en el agua (peces, renacuajos, etc.); **2.** Los pulmones, que toman el oxígeno gaseoso de la atmósfera (peces dípneos, anfibios adultos, reptiles, pájaros, mamíferos); **3.** Las tráqueas, largos tubos ramificados en todo el cuerpo de los insectos y de los miriápodos. En las plantas clorifílicas, la fotosíntesis es la función inversa de la respiración: dichas plantas fijan el carbono y expulsan el oxígeno. En los animales provistos de pulmones, entre ellos el hombre, la respiración consta de dos fases: la *inspiración,* activa (durante la cual el aire penetra en las vías respiratorias), que se produce por una contracción del diafragma y de los músculos intercostales, dilatando la caja torácica y, por consiguiente, los pulmones; la *espiración,* pasiva (en la que el aire es expelido), que se debe a la elasticidad de la caja torácica y de los pulmones. Estos movimientos son automáticos y dependen del centro respiratorio bulbar. En el adulto en reposo, la frecuencia respiratoria alcanza una media de 11 a 14 respiraciones por minuto. En la ventilación cabe distinguir los volúmenes y las capacidades: especialmente el volumen corriente (VC), constituido durante la respiración normal por el aire que entra y sale (0,51), el volumen residual (VR), que queda en los pulmones al término de una inspiración normal (1,51), y la capacidad total, cantidad de aire contenida en los pulmones al cabo de una inspiración máxima, etc. Los intercambios gaseosos se realizan a nivel de los alvéolos pulmonares entre el aire inspirado y la sangre venosa: es el fenómeno de la *hematosis,* por la cual el oxígeno, que se ha difundido a través de la pared de los alvéolos, llega a la sangre, donde se combina, en su mayor parte, con la hemoglobina para formar la oxihemoglobina; la sangre oxigenada, de color rojo vivo, una vez llegada a los tejidos abandona su oxígeno y vuelve a cargarse de gas carbónico. La respiración puede presentar trastornos del ritmo: *disnea* (retardo) o *polipnea* (aceleración). Las enfermedades de las vías respiratorias modifican, por lo general, el murmullo vesicular.

resplandecer v.int. **1.** Despedir rayos de luz una cosa. **2.** FIG. Sobresalir. • **resplandor** n.m. **1.** Luz muy clara que arroja un cuerpo luminoso. **2.** FIG. Brillo de algunas cosas. **3.** FIG. Lucimiento, gloria.

resplandina n.f. Regañina.

résponder **I.** v.tr. **1.** Contestar a una pregunta, llamada, carta, etc. **2.** Corresponder con su voz los animales a la de los otros o al reclamo. **3.** Cantar o recitar en correspondencia con lo que otro canta o recita. **4.** Replicar. **II.** v.int. **1.** Corresponder. **2.** Mostrarse agradecido. **3.** FIG. Rendir o fructificar. **4.** FIG. Surtir efecto. **5.** Guardar proporción dos cosas. **6.** Replicar. **7.** Estar situado en una parte determinada. **8.** Estar uno obligado a resarcir un daño o a penar por una culpa. **9.** Asegurar una cosa. — *Responder por uno.* Abonarle, salir fiador por él. • **respondón,a** n. y adj. FAM. Que replica irrespetuosamente.

responsabilidad n.f. **1.** Calidad de responsable. **2.** Deuda, obligación de reparar el daño causado a otro. **3.** Cargo u obligación moral que resulta para uno del posible yerro cometido. — DER *Responsabilidad civil.* Obligación de reparar los daños causados a otro. • **responsabilizar** **1.** v.tr. Hacer a una persona responsable de alguna cosa. **2.** v.prnl. Asumir la responsabilidad de alguna cosa. • **responsable** adj. **1.** Obligado a responder de alguna cosa o por alguna persona. **2.** Se dice de la persona que pone cuidado y atención en lo que hace o decide.

responso n.m. Responsorio dicho por los difuntos.

responsorio n.m. Canto ejecutado tras las lecturas de la misa.

respuesta n.f. **1.** Satisfacción a una pregunta o duda. **2.** Réplica, refutación. **3.** Contestación a un escrito. **4.** Acción con que uno corresponde a la de otro. **5.** FISIOL Reacción a un estímulo.

resquebradura n.f. Hendedura, grieta.

resquebrajar v.tr. y prnl. Hender ligeramente algunos cuerpos duros. • **resquebrajadura** n.f. Hendedura. • **resquebrajamiento** n.m. Acción y efecto de resquebrajar.

resquebrar v.int. y prnl. Empezar alguna cosa a resquebrajarse o descascarillarse.

resquemar **1.** v.tr. e int. Causar resquemo. **2.** v.tr. y prnl. Requemar. **3.** v.tr. FIG. Producirse en el ánimo una impresión molesta. • **resquemo** n.m. **1.** Calor mordicante que producen en la lengua y paladar algunos alimentos o bebidas. **2.** Sabor y olor de los alimentos resquemados al fuego. • **resquemor** n.m. Sentimiento causado por algo penoso, resentimiento.

resquicio n.m. **1.** Abertura pequeña. **2.** FIG. Coyuntura y ocasión que se proporciona para un fin.

resta n.f. **1.** ALG y ARIT Operación de restar. **2.** ALG y ARIT Residuo.

restablecer **1.** v.tr. Volver a establecer una cosa. **2.** v.prnl. Recuperarse de una dolencia, enfermedad u otro daño. • **restablecimiento** n.m. Acción y efecto de restablecer o restablecerse.

restado,a adj. Audaz, arrojado.

restallar v.int. **1.** Chasquear, estallar una cosa. **2.** Crujir, hacer un ruido fuerte.

restante n.m. Que resta o queda.

restañadero n.m. Estuario.

1. restañar v.tr. Volver a estañar.

2. restañar v.tr., int. y prnl. Detener la salida de sangre por una herida.

restañasangre n.f. Ágata roja, cornalina.

restar **I.** v.tr. **1.** Sacar el residuo de una cosa. **2.** Disminuir, cercenar. **3.** En el juego de pelota, devolver el saque. **4.** Arriesgar. **5.** ALG y ARIT Hallar la diferencia entre dos cantidades. **II.** v.int. Faltar o quedar.

restauración n.f. **1.** Acción y efecto de restaurar. **2.** Restablecimiento en un país del régimen político que existía. **3.** Reposición en el trono de una dinastía derrocada. • **restaurador,a** **1.** Que restaura. **2.** Persona que tiene por oficio restaurar muebles, pinturas y otros objetos artísticos o valiosos. • **restaurar** v.tr. **1.** Recuperar. **2.** Reparar, renovar.

restaurante n.m. Establecimiento público donde se sirven comidas y bebidas.

restinga n.f. Punta o lengua de arena o piedra debajo del agua y a poca profundidad.

restituir **I.** v.tr. **1.** Volver una cosa a quien la tenía antes. **2.** Restablecer. **II.** v.prnl. Volver uno al lugar de donde había salido. • **restitución** n.f. Acción y efecto de restituir.

resto n.m. **1.** Residuo. ▷ ALG y ARIT Resultado de la operación de restar. **2.** pl. Desperdicios.

restregar v.tr. Estregar con ahínco. • **restregón** n.m. **1.** Acción de restregar. **2.** Señal que queda de restregar.

restricción n.f. Limitación o modificación. • **restrictivo,a** adj. Que restringe. • **restricto,a** adj. Limitado, ceñido o preciso. • **restringir** v.tr. **1.** Ceñir, circunscribir. **2.** Apretar, constreñir.

restriñimiento n.m. Acción y efecto de restriñir. • **restriñir** v.tr. Apretar, constreñir.

resucitar **I.** v.tr. **1.** Volver la vida a un muerto. **2.** FIG. y FAM. Restablecer, renovar, dar nuevo ser a una cosa. **II.** v.int. Volver uno a la vida. • **resucitación** n.f. MED Acción de volver a la vida, a los seres vivos en estado de muerte aparente.

resudar **I.** v.int. **1.** Sudar ligeramente. **2.** Quedar los árboles tendidos para que pierdan la humedad superflua. **3.** METAL *Hacer resudar un metal.* Extraer las sustancias heterogéneas que contiene. **II.** v.prnl. e int. Rezumar. • **resudor** n.m. Sudor ligero y tenue.

resuelto,a **I.** Part. pas. irreg. de *resolver.* **II.** adj. **1.** Audaz. **2.** Pronto, diligente.

resuello n.m. **1.** Aliento o respiración, especialmente la violenta. **2.** Bienes de cualquier clase.

resultar v.int. **1.** Redundar una cosa en provecho o daño de una persona o de algún fin. **2.** Nacer, provenir. **3.** Aparecer, manifestarse o comprobarse una cosa. **4.** Llegar a ser. **5.** Tener buen o mal resultado. **6.** Resaltar o resurtir. **7.** Producir agrado. • **resulta** n.f. **1.** Efecto, consecuencia. **2.** Resolución última de una deliberación o conferencia. **3.** Vacante que queda de un empleo, por ascenso del que lo tenía. **4.** pl. Atenciones que pasan de un presupuesto a otro. — *De resultas.* Por consecuencia, por efecto. • **resultado** n.m. Efecto y consecuencia de un hecho, operación o deliberación. • **resultando** n.m. FOR Cada uno de los fundamentos de hecho enumerados en sentencias, autos judiciales, etc. • **resultante** n.f. y adj. **1.** MECÁN Se dice de una fuerza que equivale al conjunto de otras varias. **2.** MAT y FÍS Vector igual a la suma geométrica de varios vectores.

resumir **1.** v.tr. y prnl. Reducir a lo esencial un asunto o materia. **2.** v.tr. Repetir el actuante el silogismo del contrario. **3.** v.prnl. Convertirse una cosa en otra. • **resumen** n.m. **1.** Acción y efecto de resumir o resumirse. **2.** Exposición resumida de un asunto o materia.

resurgir v.int. **1.** Surgir de nuevo. **2.** Volver a la vida. • **resurgimiento** n.m. Acción y efecto de resurgir.

resurrección n.f. Acción de resucitar. ▷ Pascua de Resurrección de Cristo. — TEOL *Resurrección de la carne.* La de todos los muertos, en el día del juicio final.

ENCICL El cristianismo considera la resurrección de Cristo como un hecho histórico, atestiguado por los apóstoles y los primeros discípulos. La transcendencia religiosa del acontecimiento fue puesta especialmente de relieve por san Pablo en sus cantos y en el conjunto de su predicación («si Cristo no resucitó, vana es nuestra fe»). En la resurrección de Cristo se fundamenta la creencia cristiana en la *resurrección de los muertos*, diferente de cualquier otra teoría religiosa o filosófica de la inmortalidad en cuanto que postula recuperación de la vida después de la muerte con plena preservación de la identidad personal.

retablo n.m. **1.** Conjunto de figuras pintadas o de talla, que representan en serie un suceso. **2.** Obra que compone la decoración de un altar. **3.** Teatrillo de títeres.

retacar v.tr. Golpear dos veces la bola con el taco en el juego de trucos y billar.

retacear v.tr. **1.** Retrazar, dividir en pedazos. **2.** Recortar. **3.** Hacer de retazos alguna cosa.

retacería n.f. Conjunto de retazos.

retaco,a adj. **I.** n. y adj. Se dice de la persona baja y rechoncha. **II.** n.m. **1.** Escopeta corta muy reforzada en la recámara. **2.** En el juego de billar, taco corto.

retador,a n. y adj. Que reta o desafía.

retaguardia n.f. Postrer cuerpo de tropa, que cubre las marchas y movimientos de un ejército.

retahíla n.f. Serie de muchas cosas que están, suceden o se mencionan por su orden.

retajar v.tr. Cortar en redondo una cosa.

retal n.m. Pedazo sobrante de una cosa recortada.

retallar v.tr. **1.** Volver a pasar el buril por las rayas de una lámina ya gastada. **2.** ARQUIT Dejar o hacer retallos en un muro. • **retallo** n.m. ARQUIT Resalto que forma en un muro el distinto grosor de dos partes sobrepuestas.

retallecer v.int. Volver a echar tallos. • **retallo** n.m. Nuevo tallo, pimpollo.

retama n.f. BOT Mata de la familia de las papilionáceas con muchas ramas delgadas, largas y flexibles. • **retamal** o **retamar** n.m. Sitio poblado de retamas.

retar v.tr. **1.** Desafiar, provocar a duelo. **2.** FIG. Reprender, tachar.

retardar v.tr. y prnl. Diferir, detener, entorpecer. • **retardatorio,a** adj. Se dice de lo que tiende a producir retraso en la ejecución de alguna cosa o proyecto. • **retardo** n.m. **1.** Demora, tardanza, detención. **2.** MED Prolongación de la acción de un medicamento, por adición de productos que retrasen la eliminación. **3.** MUS Prolongación de una nota de un acorde sobre el acorde siguiente. **4.** TECN Hecho de funcionar con un cierto retraso en el tiempo.

retartalillas n.f. pl. Charlatanería.

retasar v.tr. **1.** Tasar por segunda vez. **2.** Rebajar el precio de las cosas puestas en subasta. • **retasa** o **retasación** n.f. Acción y efecto de retasar.

retazar v.tr. **1.** Hacer pedazos de una cosa. **2.** Dividir el rebaño en hatajos. • **retazo** n.m. **1.** Retal. **2.** Fig. Trozo de un razonamiento o discurso.

rete Prefijo que encarece o pondera como *archi*.

retejar v.tr. **1.** Reparar los tejados. **2.** Fig. y Fam. Proveer de vestido o calzado al necesitado.

retejer v.tr. Tejer unida y apretadamente.

retemblar v.int. Temblar repetidamente.

retén n.m. **1.** Repuesto que se tiene de una cosa. **2.** MILIT Tropa con que se refuerza uno o más puestos militares.

retener v.tr. **1.** Conservar, guardar en sí. **2.** Recordar. **3.** Suspender el uso de un rescripto que procede de la autoridad eclesiástica. **4.** Suspender en todo o en parte el pago del sueldo a un empleado. **5.** Imponer prisión preventiva, arrestar. **6.** FOR Asumir un tribunal superior la jurisdicción para ejercitarla por sí. • **retención** n.f. **1.** Acción y efecto de retener. **2.** Parte o totalidad retenida en un sueldo. **3.** FISIOL Detención por el organismo de una secreción que debería eliminar. **4.** DER *Derecho de retención.* El que autoriza al acreedor a retener un bien recibido en prenda hasta el pago completo de lo que se le debe. **5.** GEOGR Inmovilización del agua de las precipitaciones.

retenida n.f. Cuerda, aparejo o palo, que sirve para contener o guiar un cuerpo en su caída.

retentar v.tr. Reproducirse el mal padecido o resentirse de él.

retentiva n.f. Memoria.

reteñir v.tr. Volver a teñir.

retesar v.tr. Atiesar o endurecer una cosa. • **reteso** n.m. **1.** Acción y efecto de retesar. **2.** Teso pequeño.

reticencia n.f. **1.** Efecto de no decir sino en parte, o de dar a entender que se oculta o se calla algo. **2.** RET Figura que consiste en dejar incompleta una frase dando a entender el sentido de lo que no se dice.

rético **1.** adj. Perteneciente a la Retia. **2.** n.m. Lengua de origen latino hablada en lo que fue la antigua Retia.

retícula n.f. **1.** Retículo. **2.** MAT Conjunto C tal que dos elementos cualesquiera de C tengan una cota superior e inferior que a su vez pertenezca a C. • **reticulación** n.m. **1.** Estado de una superficie reticulada. **2.** QUIM Formación de enlaces transversales entre cadenas macromoleculares lineales, que origina modificaciones profundas de las propiedades de esas macromoléculas. • **reticulado,a** adj. Que representa o lleva en sí una red. • **reticular** adj. En forma de red. ▷ ANAT *Sustancia reticular.* Red de fibras entrelazadas del tronco cerebral.

reticulina n.f. BIOQUIM Proteína presente en las fibras elásticas de tejido conjuntivo.

retículo n.m. **1.** Tejido en forma de red. **2.** Conjunto de hilos o líneas cruzadas que se ponen en el foco de ciertos instrumentos ópticos para precisar la visual. **3.** ZOOL Segunda de las cuatro cavidades del estómago de los rumiantes. **4.** ANAT Red fibrosa o vascular. ▷ BIOL *Retículo protoplasmático.* Prolongamiento reticulado de la membrana nuclear en el citoplasma, que encierra los ribosomas.

reticuloendotelial adj. BIOL *Sistema reticuloendotelial.* Conjunto de células diseminadas por el organismo, que desempeñan un importante papel de defensa del mismo. ▷ *Tejido reticuloendotelial.* Tejido que constituye la trama de numerosos órganos.

reticulosarcoma n.m. MED Tumor maligno desarrollado a expensas del tejido reticuloendotelial.

retín n.m. Sonido vibrante, retintín.

retina n.f. ZOOL Membrana interior del ojo en la que se reciben las impresiones luminosas.

1. retinte n.m. Segundo tinte.

2. retinte o **retintín** n.m. **1.** Sonido que deja en los oídos la campana u otro cuerpo sonoro. **2.** Fig. y Fam. Tonillo irónico con que se dice algo.

retinto,a **1.** Part. pas irreg. de *reteñir.* **2.** adj. De color castaño muy oscuro.

retiñir v.int. Resonar el metal o el cristal.

1. retirar **I.** v.tr. y prnl. Apartar, separar. **II.** v.tr. **1.** Ocultar una cosa. **2.** Obligar a uno a que se aparte. **III.** v.int. Tirar, parecerse una cosa a otra. **IV.** v.prnl. **1.** Apartarse del trato de una persona. **2.** Irse a dormir a casa. **3.** Cesar de prestar servicio. • **retirada** n.f. **1.** Acción y efecto de retirarse. **2.** Sitio que sirve de acogida segura. **3.** Retreta. **4.** Terreno que queda en seco cuando cambia el cauce de un río. **5.** MILIT Acción de retroceder en orden. • **retirado,a** **1.** adj. Apartado, desviado. **2.** n. y adj. Se dice de quien ha dejado de prestar servicio. • **retiro** n.m. **1.** Acción y efecto de retirarse. **2.** Lugar apartado. **3.** Recogimiento, apartamiento y abstracción. **4.** Situación del empleado o militar retirado. **5.** Sueldo o haber que éstos disfrutan.

2. retirar v.tr. IMP Estampar por el revés el pliego que ya lo está por la cara.

reto n.m. **1.** Provocación o citación al desafío. **2.** Amenaza. **3.** Reprimenda. **4.** *Chile.* Insulto.

retocar **I.** v.tr. **1.** Volver a tocar. **2.** Tocar repetidamente. **3.** Eliminar imperfecciones de un dibujo, cuadro o fotografía. **4.** PINT Restaurar. **5.** Fig. Dar la última mano. **II.** v.prnl y tr. Perfeccionar el afeite.

retoño n.m. **1.** Vástago nuevo de la planta. **2.** Fig. y Fam. Hijo pequeño. • **retoñar** o **retoñecer** v.int. **1.** Volver a echar vástagos la planta. **2.** Fig. Reproducirse.

retoque n.m. Nueva mano que se da a cualquier obra para perfeccionarla.

retor n.m. Tela de algodón fuerte y ordinaria.

retorcer **I.** v.tr. y prnl. Torcer mucho una cosa. **II.** v.tr. **1.** Fig. Volver un argumento contra otro. **2.** Fig. Interpretar mal una cosa. • **retorcido,a** **1.** adj. Fam. Dícese de la persona de intención sinuosa. **2.** n.m. Especie de dulce que se hace de diferentes frutas.

retórica n.f. **1.** Conjunto de procedimientos que constituye el arte de la elocuencia. **2.** Desp. Uso impropio de este arte. **3.** pl. Fam. Razones que no son del caso.

retornar **I.** v.tr. **1.** Devolver, restituir. **2.** Retorcer una cosa. **3.** Hacer que una cosa retroceda. **II.** v.int. y prnl. Volver al punto en que se estuvo. • **retorno** n.m. **1.** Acción de retornar. ▷ FILOS *Doctrina del eterno retorno.* Doctrina estoica según la cual la historia del mundo es la historia del retorno cíclico de los mismos seres y sucesos. **2.** Paga del beneficio recibido. **3.** Trueque. **4.** MAR Motón puesto para variar la dirección de un cabo de labor.

retornelo n.m. MUS Repetición de la primera parte del aria.

retorrománico,a n. y adj. Se dice de los dialectos románicos de la antigua Retia.

retorsión n.f. **1.** Acción y efecto de retorcer. **2.** Fig. Acción de devolver o inferir a uno el mismo daño o agravio que de él se ha recibido.

retorta n.f. **1.** Vasija con cuello largo encorvado, a propósito para diversas operaciones químicas. **2.** Tela de hilo entrefina y de gran resistencia.

retortero n.m. Vuelta alrededor. — Fam. *Andar al retortero.* Andar sin sosiego de acá para allá.

retortijón n.m. Retorcimiento o ensortijamiento de una cosa. — *Retortijón de tripas.* Dolor breve y agudo que se siente en ellas.

retostar v.tr. **1.** Volver a tostar una cosa. **2.** Tostarla mucho.

retozar **I.** v.tr. Saltar y brincar alegremente. **II.** v.tr. e int. Coquetear. • **retozo** n.m. Acción y efecto de retozar. • **retozón,a** adj. Inclinado a retozar.

retracción n.f. **1.** Acción y efecto de retraer. **2.** MED Reducción persistente de volumen en ciertos tejidos orgánicos.

retractar **1.** v.tr. y prnl. Revocar lo que se ha dicho. **2.** v.tr. FOR Ejercitar el derecho de retracto. • **retractación** n.f. Acción de retractarse.

retráctil adj. ZOOL Dícese de las partes del cuerpo animal que pueden retraerse, quedando ocultas.

retracto n.m. FOR Derecho que compete a ciertas personas para quedarse, por el tanto de su precio, con la cosa vendida a otro.

retraer **I.** v.tr. **1.** Volver a traer. **2.** Reproducir una cosa. **3.** FOR Ejercitar el derecho de retracto. **II.** v.tr. y prnl. Apartar o disuadir de un intento. **III.** v.prnl. **1.** Acogerse, guarecerse. **2.** Retirarse. **3.** Apartarse temporalmente un partido o colectividad de sus funciones políticas. • **retraído,a** adj. **1.** Que gusta de la soledad. **2.** Fig. Tímido. • **retraimiento** n.m. **1.** Acción y efecto de retraerse. **2.** Sitio de refugio. **3.** Cortedad.

retranca n.f. **1.** Correa ancha del atalaje que coopera a frenar el vehículo. **2.** CINEG Línea de puestos situada a espaldas de los que baten. • **retrancar** v.tr. Frenar una caballería.

retranquear v.tr. ARQUIT Remeter el muro de fachada de un edificio, llevarlo más atrás de la alineación general; especialmente la planta superior.

retransmitir v.tr. **1.** Volver a transmitir. **2.** Transmitir desde una emisora de radiodifusión lo que se ha transmitido a ella desde otro lugar. **3.** Transmitir un satélite de telecomunicación, a varias estaciones secundarias. • **retransmisión** n.f. Acción y efecto de retransmitir.

retrasar **1.** v.tr. y prnl. Atrasar o suspender la ejecución de una cosa. **2.** v.prnl. Quedar retrasado. **3.** v.int. Ir atrás o a menos. • **retrasado,a** n. y adj. **1.** Que no ha llegado al desarrollo normal de su edad. **2.** Se dice del que no tiene el desarrollo mental corriente. • **retraso** n.m. Acción y efecto de retrasar o retrasarse.

retratamiento n.m. Acción de volver a tratar.

retratar **I.** v.tr. **1.** Hacer un retrato. **2.** Imitar, asemejarse. **3.** Describir fielmente una cosa. **II.** v.tr. y prnl. **1.** Hacer la descripción de la figura o del carácter de una persona. **2.** Retractar. • **retrato** n.m. **1.** Pintura o efigie que representa alguna persona o cosa. **2.** Descripción de la figura o carácter de una persona. **3.** Fig. Lo que se asemeja mucho a una persona o cosa.

retrechar v.int. Retroceder, recular el caballo.

retrechería n.f. Fam. Artificio disimulado y mañoso para eludir la confesión de la verdad o el cumplimiento de lo debido. • **retrechero,a** adj. **1.** Cicatero, mañoso. **2.** Que tiene mucho atractivo.

retreparse v.prnl. Recostarse.

retreta n.f. Toque militar de retirada, o para avisar a los soldados que se recojan por la noche en el cuartel.

retrete n.m. Cuarto con instalaciones para evacuar la orina y los excrementos. ▷ Estas instalaciones.

retribuir v.tr. **1.** Recompensar, pagar. **2.** *Amér.* Corresponder a un favor o a un obsequio. • **retribución** n.f. Recompensa o pago de una cosa.

retro- Partícula prepositiva que lleva a lugar o tiempo anterior la significación de las voces simples a que se halla unida. *Retrotraer, retrovender.*

retroacción n.f. **1.** Regresión. **2.** FIS y BIOL Acción que el resultado de un proceso material ejerce sobre el sistema de que procede.

retroactivo adj. Que obra sobre lo pasado. • **retroactividad** n.f. Calidad de retroactivo.

retroceder v.int. Volver hacia atrás. • **retroceso** n.m. **1.** Acción y efecto de retroceder. **2.** Cierto lance del juego de billar. **3.** MED Recrudescencia de una enfermedad en regresión.

retroflexión n.f. MED Flexión hacia atrás de la parte superior de un órgano.

retrogradar v.int. **1.** Retroceder. **2.** ASTRON Retroceder aparentemente los planetas en su órbita. • **retrógrado** adj. **1.** Que retrocede. ▷ ASTRON *Sentido retrógrado.* Sentido de rotación inverso del sentido trigonométrico. **2.** Fig. Opuesto a todo progreso.

retronar v.int. Hacer un gran ruido o estruendo.

retropilastra n.f. ARQUIT Pilastra que se pone detrás de una columna.

retropulsión n.f. **1.** PAT Variedad de metástasis que consiste en la desaparición de un exantema o tumor, que se reproduce en un órgano distante. **2.** ESP Frenaje de una nave por retrocohetes.

retrospectivo,a adj. Referente a tiempo pasado. • **retrospección** n.f. Examen retrospectivo.

retrotraer v.tr. y prnl. Fingir que una cosa sucedió en un tiempo anterior al verdadero.

retrovender v.tr. FOR Volver el comprador una cosa al mismo de quien la compró.

retroversión n.f. MED Desviación hacia atrás de algún órgano del cuerpo.

retrovisor n.m. Pequeño espejo colocado en los vehículos automóviles, de manera que el conductor pueda ver lo que está detrás de él.

retrucar v.int. En el juego de billar, volver la bola impelida de la banda, y herir a la que le causó el movimiento. • **retruque** n.m. Acción de retrucar.

retruécano n.m. Inversión de los términos de una proposición en otra subsiguiente para que el sentido de ambas forme contraste. ▷ RET Figura que consiste en aquella inversión de términos.

retumbar v.int. Resonar mucho o hacer mucho ruido o estruendo una cosa.

retundir v.tr. **1.** Igualar el paramento de una obra de fábrica concluida. **2.** MED Repeler, repercutir.

reuma o **reúma** n.m. o f. PAT Reumatismo. • **reumátide** n.f. PAT Dermatosis originada o sostenida por el reumatismo. • **reumatismo** n.m. MED Enfermedad que se manifiesta generalmente por inflamaciones dolorosas en las partes musculares y fibrosas del cuerpo. • **reumatoide** adj. De aspecto reumático. • **reumatología** n.f. Parte de la medicina que trata de los reumatismos y, en general, de las enfermedades y heridas de las articulaciones. • **reumatólogo,a** n.m. y f. MED Médico especialista en reumatología.

reunión n.f. **1.** Acción y efecto de reunir o reunirse. **2.** Conjunto de personas reunidas. • **reunir** v.tr. y prnl. **1.** Volver a unir. **2.** Juntar, congregar.

revacunar v.tr. y prnl. Volver a vacunar.

reválida n.f. Acción y efecto de revalidarse. • **revalidar** **1.** v.tr. Ratificar, confirmar o dar nuevo valor a una cosa. **2.** v.prnl. Recibirse o ser aprobado en una facultad ante tribunal superior.

revalorizar v.tr. Devolver a una cosa el valor perdido.

revancha n.f. Desquite.

revejecer v.int. y prnl. Avejentarse.

revelar v.tr. **1.** Descubrir o manifestar un secreto. **2.** RELIG Manifestar una divinidad a los hombres lo futuro u oculto. **3.** FOTOGR Hacer visible la imagen impresa en la placa fotográfica. • **revelación** n.f. **1.** Acción y efecto de revelar. **2.** Manifestación de una verdad secreta u oculta. • **revelado** n.m. Conjunto de operaciones necesarias para revelar una imagen fotográfica. • **revelador,a** **1.** n. y adj. Que revela. **2.** n.m. Líquido para revelar la placa o película fotográfica.

revenar v.int. Echar brotes los árboles por la parte en que han sido desmochados. • **reveno** n.m. Brote que echan los árboles cuando revenan.

revender v.tr. Volver a vender lo comprado. • **reventa** n.f. Acción y efecto de revender.

revenir **I.** v.int. Retornar una cosa a su estado propio. **II.** v.prnl. **1.** Encogerse, consumirse una cosa poco a poco. **2.** Hablando de conservas y licores, acedarse o avinagrarse. **3.** Escupir una cosa hacia fuera la humedad que tiene. **4.** Ponerse una masa blanda y correosa. • **revenido,a** n.f. Operación que consiste en recocer el acero a temperatura inferior a la del temple para mejorar éste.

reventar **I.** v.int. y prnl. Abrirse una cosa por impulso interior. **II.** v.int. **1.** Romper las olas del mar. **2.** Brotar, nacer con ímpetu. **III.** v.int. **1.** Fig. Tener deseo vehemente de una cosa. **2.** Fig. y Fam. Estallar, manifestar una pasión violentamente. **3.** Fam. Morir violentamente. **IV.** v.tr. y prnl. **1.** Hacer enfermar o morir a un caballo por exceso en la carrera. **2.** Fig. Fatigar mucho a uno con exceso de trabajo. **V.** v.t. **1.** Fig. y Fam. Molestar, cansar. **2.** Fig. y Fam. Causar gran daño. **3.** Deshacer una cosa aplastándola con violencia. • **reventón** **I.** adj. Aplícase a ciertas cosas que revientan o parece que van a reventar. **II.** n.m. **1.** Acción y efecto de reventar o reventarse. **2.** Fig. Cuesta muy pendiente. **3.** Fig. Aprieto grave en que uno se halla. **4.** Fig. Trabajo o fatiga necesarios y urgentes. **5.** *Arg.* y *Chile.* MIN Afloramiento a la superficie del terreno de un filón.

rever v.tr. **1.** Volver a ver. **2.** Examinar, registrar con cuidado una cosa. **3.** FOR Ver por segunda vez un tribunal superior el pleito visto y sentenciado en otra sala del mismo.

reverberar v.int. Reflejarse la luz o el sonido. • **reverberación** n.f. **1.** QUIM Acción y efecto de reverberar. **2.** QUIM Calcinación hecha en el horno de reverbero. • **reverbero** n.m. **1.** Reverberación. **2.** Cuerpo en que la luz reverbera. **3.** *Amér.* Cocinilla, infiernillo.

reverdecer v.int. y tr. **1.** Cobrar nuevo verdor las plantas. **2.** Fig. Renovarse o tomar nuevo vigor.

reverencia n.f. **1.** Respeto que tiene una persona a otra. **2.** Inclinación del cuerpo en señal de respeto.

reverendísimo,a adj. sup. de *reverendo,* que se aplica como tratamiento a los cardenales, arzobispos y otras altas dignidades eclesiásticas.

reverendo,a adj. **1.** Digno de reverencia. **2.** adj Fam. Demasiado circunspecto.

reverente adj. Que muestra reverencia.

reversible adj. **1.** Que puede volver a un estado o condición anterior. **2.** Se dice de la prenda que puede usarse por el derecho o por el revés. **3.** BIOL Se dice de la alteración de una función o de un órgano cuando puede volverse a su estado normal. **4.** DER Dícese de la cosa o derecho que puede o debe volver a su antiguo dueño o a su causahabiente. **5.** Que se puede efectuar en sentido inverso. ▷ QUIM *Reacción reversible.* Aquella en la cual los cuerpos formados reaccionan unos con otros para volver a dar en parte las sustancias iniciales. • **reversión** n.f. **1.** Restitución de una cosa al estado que tenía. **2.** FOR Acción y efecto de revertir. **3.** BIOL Vuelta al fenotipo primitivo tras dos mutaciones.

reverso,a n.m. **1.** Revés, espalda. **2.** En las monedas y medallas, faz opuesta al anverso.

reverter v.int. Rebosar una cosa de sus límites.

revertir n.m. **1.** Volver una cosa al estado o condición que tuvo antes. **2.** FOR Volver una cosa a su anterior dueño, o pasar a otro.

revés n.m. **1.** Espalda o parte opuesta de una cosa. **2.** Golpe que se da con la mano vuelta. **3.** Golpe que con la mano vuelta da el jugador de pelota para volverla. **4.** Fig. Infortunio. **5.** Fig. Cambio brusco en el trato o el carácter de alguien. **6.** TENIS Cierto golpe para restar la pelota.

revesa n.f. MAR Corriente derivada de otra principal y de distinta dirección a la de ésta.

revesado,a adj. **1.** Difícil, intrincado. **2.** Fig. Travieso, indomable, pertinaz.

revesar v.tr. Vomitar.

revesino n.m. Juego de cartas.

revestir **I.** v.tr. y prnl. Vestir una ropa sobre otra. **II.** v.tr. **1.** Cubrir con un revestimiento. **2.** Adornar una cosa, disfrazarla con adornos. **3.** Afectar o simular una pasión. **4.** Fig. Presentar una cosa determinado aspecto, cualidad o carácter. **5.** ELECTR Enfundar un conductor eléctrico en un aislante. **III.** v.prnl. **1.** Fig. Imbuirse en algo. **2.** Fig. Engreírse o envanecerse. **3.** Poner a contribución la voluntad de ánimo necesaria. • **revestido** o **revestimiento** n.m. **1.** Acción y efecto de revestir. **2.** Capa o cubierta con que se resguarda o adorna una superficie. **3.** ELECTR Funda aislante formada por hilos yuxtapuestos, destinada a la protección mecánica o al aislamiento de un conductor eléctrico.

revezar v.tr. y prnl. Reemplazar, relevar. • **revezo** n.m. **1.** Acción de revezar. **2.** Par de mulas, caballos o bueyes con que se releva el par que trabaja.

reviejo,a **1.** adj. Muy viejo. **2.** n.m. Rama reseca e inútil de un árbol.

revindicar v.tr. Defender al injuriado.

revirar **1.** v.tr. Torcer, desviar. **2.** v.int. MAR Volver a virar. • **revirado,a** adj. Aplícase a las fibras de los árboles que están retorcidas.

revisión n.f. **1.** Acción de revisar. **2.** FOR Nuevo examen por una jurisdicción superior, de la decisión de otra jurisdicción. • **revisada** n.f. *Amér.* Revisión, acción de revisar. • **revisar** v.tr. **1.** Ver con atención y cuidado. **2.** Someter una cosa a nuevo examen para corregirla o repararla. • **revisionismo** n.m. Posición de quienes cuestionan las bases de una doctrina.

revisor,a **I.** adj. Que revisa con cuidado una cosa. **II.** n.m. y f. El que tiene por oficio revisar.

revista n.f. **1.** Examen hecho con cuidado. **2.** Inspección. **3.** Examen que se hace y publica de producciones literarias, representaciones teatrales, funciones, etc. **4.** Formación de las tropas para su inspección. **5.** Publicación periódica. **6.** Espectáculo de variedades. • **revistar** v.tr. Pasar revista una autoridad.

revividero n.m. Lugar donde se aviva la simiente de los gusanos de seda.

revivificar v.tr. Vivificar, reavivar.

revivir v.int. **1.** Resucitar. **2.** Volver en sí el que parecía muerto. **3.** Fig. Renovarse o reproducirse una cosa.

reviviscencia n.f. BIOL Propiedad que presentan ciertos seres que se encuentran en vida latente de recuperar su actividad normal.

revocable adj. Que puede o debe revocarse.

revocar **I.** v.tr. **1.** Anular una concesión o una resolución. **2.** Apartar, disuadir a uno de un designio. **3.** Enlucir la fachada de un edificio. **II.** v.tr. e int. Hacer retroceder ciertas cosas. • **revocación** n.f. **1.** Acción y efecto de revocar. **2.** FOR Anulación, sustitución o enmienda de orden o fallo por autoridad distinta de la que había resuelto. **3.** FOR Acto jurídico que anula otro anterior por la voluntad del otorgante. • **revoco** n.m. **1.** Acción y efecto de revocar. **2.** Revoque.

revolar **1.** v.int. y prnl. Dar segundo vuelo el ave. **2.** v.int. Volar haciendo giros.

revolcar **I.** v.tr. **1.** Derribar a uno y maltratarlo. **2.** Fig. y Fam. Vencer y deslucir al adversario. **3.** Fam. Reprobar, suspender en un examen. **II.** v.prnl. **1.** Echarse sobre una cosa, restregándose en ella. **2.** Fig. Obstinarse en una cuestión. • **revolcón** n.m. Fam. Acción y efecto de revolcar.

revolotear v.int. **1.** Volar dando vueltas. **2.** Venir una cosa con el aire girando.

revoltijo o **revoltillo** n.m. **1.** Conjunto desordenado de cosas. **2.** Trenza de tripas de una res. **3.** Confusión o enredo.

revoltón n.m. **1.** Bóveda pequeña entre viga y viga del techo. **2.** ARQUIT Sitio en que una moldura cambia de dirección.

revoltoso,a **I.** n. y adj. Sedicioso, alborotador. **II.** adj. Travieso.

revolución n.f. **I. 1.** Movimiento de un cuerpo describiendo una curva cerrada; la duración de dicho movimiento. **2.** GEOM Movimiento de un cuerpo sobre su eje. — *Eje de revolución de una superficie.* Eje alrededor del cual una línea (llamada *generatriz*) engendra por rotación, invariablemente, una superficie (llamada *de revolución*). **II. 1.** Conmoción violenta, cambio importante. ▷ Derrocamiento de un régimen político y social, debido generalmente a una acción violenta. ▷ P. ext., los acontecimientos que determinan ese derrocamiento. **2.** Fam. Agitación, efervescencia. • **revolucionar** v.tr. **1.** Agitar, soliviantar. **2.** Transformar profundamente. **3.** MECAN Imprimir más o menos revoluciones en un tiempo determinado, a un cuerpo que gira o al mecanismo que produce el movimiento. • **revolucionario,a** **I.** adj. **1.** Relativo a una revolución. **2.** Que favorece o aporta cambios radicales en cualquier campo. **II.** n. y adj. Partidario, instigador, actor de una revolución.

revolver **I.** v.tr. **1.** Menear una cosa. **2.** Mirar o registrar moviendo y separando algunas cosas. **3.** Inquietar, enredar; mover sediciones, causar disturbios. **4.** Discurrir, reflexionar. **5.** Meter en pendencia. **6.** Alterar el buen orden de las cosas. **II.** v. prnl. **1.** Moverse de un lado a otro. **2.** Cambiar el tiempo, ponerse borrascoso. **III.** v.tr. y prnl. **1.** Envolver. **2.** Volver la cara al enemigo. **3.** Dar una cosa vuelta entera. **IV.** v.tr., prnl. e int. **1.** Volver el jinete al caballo en poco terreno y con rapidez. **2.** Volver a andar lo andado.

revólver n.m. Arma de fuego, de corto alcance, provista de un tambor para colocar las balas.

revoque n.m. **1.** Acción y efecto de revocar las casas y paredes. **2.** Capa con que se revoca.

revuelco n.m. Acción y efecto de revolcar o revolcarse.

revuelo n.m. **1.** Segundo vuelo de las aves. **2.** Vuelta y revuelta del vuelo. **3.** Fig. Agitación, movimiento confuso. **4.** *Amér.* Salto que da el gallo en la pelea asestando el espolón al adversario.

revuelta n.f. **1.** Alboroto, sedición. **2.** Riña, disensión. **3.** Punto en que una cosa empieza a cambiar su dirección. **4.** Cambio de estado o de parecer.

revuelto,a adj. **1.** Aplícase al caballo que se vuelve en poco terreno. **2.** Travieso. **3.** Intrincado, revesado.

revuelvepiedras n.m. Ave marina del orden de las zancudas, algo mayor que el mirlo.

revulsión n.f. MED Medio curativo que consiste en producir congestiones en la superficie de la piel o las mucosas. • **revulsivo,a** n.m. y adj. FARM Dícese del medicamento o agente que produce la revulsión.

rexismo n.m. HIST Movimiento de carácter fascista fundado en Bélgica en 1935.

rexistasia n.f. GEOL Período geológico en cuyo transcurso una erosión intensa barre los suelos y acumula depósitos detríticos en los mares.

rey n.m. **I. 1.** Soberano de un reino. **2.** Pieza principal del juego de ajedrez. **3.** Carta duodécima de cada palo de la baraja. **4.** El que en un juego manda a los demás. **5.** Abeja maesa, o reina. **6.** Fig. Hombre, animal o cosa del género masculino, que sobresale por su excelencia. **II.** — *Rey de codornices.* Ave del orden de las zancudas que acompaña a las codornices en sus migraciones. — *Reyes Magos.* Los que fueron a adorar a Jesucristo recién nacido. — ASTRON *Tres Reyes.* Cinturón de Orión.

reyerta n.f. Contienda, altercación o cuestión.

reyezuelo n.m. **1.** Desp. dimin. de *rey*. **2.** Pájaro común, de alas cortas y plumaje vistoso.

rezador,a n. y adj. Que reza mucho.

rezagar **I.** v.tr. **1.** Dejar atrás una cosa. **2.** Atrasar la ejecución de una cosa. **3.** Separar las reses endebles. **II.** v.prnl. Quedarse atrás. • **rezaga** n.f. Retaguardia.

rezar **I.** v.tr. **1.** Decir una oración. **2.** Fam Decir en un escrito una cosa. **II.** v.int. Fig. y Fam Gruñir. **III.** Referirse una cosa a alguien o a algo. • **rezo** n.m. **1.** Acción de rezar. **2.** Oficio eclesiástico.

rezno n.m. **1.** ZOOL Larva de estro o moscardón que vive y se desarrolla en las paredes estomacales de los rumiantes. **2.** Ricino.

rezón n.m. Ancla pequeña de cuatro uñas.

rezongar v.int. Refunfuñar. • **rezongón,a** adj. Fam. Que rezonga con frecuencia.

rezumar **1.** v.tr. y prnl. Dejar pasar un cuerpo, a través de sus poros, gotitas de algún líquido. **2.** v.int. y prnl. Filtrarse un líquido. **3.** v.prnl. Fig. y Fam. Traslucirse y susurrarse una especie. • **rezumadero** n.m. **1.** Sitio por donde se rezuma una cosa. **2.** Lo rezumado. **3.** Sitio donde se junta lo rezumado.

rH n.m. BIOQUIM Índice que cuantifica el valor del poder reductor u oxidante de un medio.

Rh BIOL Abreviatura del factor Rhesus.

Rh QUIM Símbolo del rodio.

rhesus n.m. **1.** Macaco empleado en investigaciones sobre la sangre humana. **2.** MED *Factor Rhesus* o *rhesus.* Aglutinógeno existente en los hematíes del 85 % de las sangres humanas y que crea una incompatibilidad hacia las que no lo poseen.
ENCICL En los individuos que no poseen el *factor rhesus (rhesus negativos)* la transfusión de hematíes que llevan un rhesus positivo (Rh +) determina la elaboración de anticuerpos anti-Rh responsables de accidentes de transfusión. Asimismo, las mujeres encinta pertenecientes al grupo Rh− pueden elaborar anticuerpos dirigidos contra los hematíes Rh+ del feto. Esta incompatibilidad entre el feto y la madre es responsable de innumerables enfermedades hemolíticas del neonato; hoy se evitan esos accidentes administrando un tratamiento preventivo a todas las mujeres que presentan semejante riesgo.

Rhizocarpon n.m. BOT Género de helechos acuáticos de pequeño tamaño, con esporas perfectamente protegidas.

Rhizoctonia n.f. BOT Género de hongos, imperfectos, sin esporas, saprofitos o parásitos de las raíces de numerosos vegetales superiores (alfalfa, remolacha, etc.).

Rhizostoma n.m. ZOOL Género de medusas gigantes sin tentáculos periféricos.

rho n.f. Decimoséptima letra del alfabeto griego, que corresponde a nuestra *erre*.

Rhodites n.m. ZOOL Insecto que produce el *bodegar* de los rosales.

Rhynchonella n.f. ZOOL Género de branquiópodos, muy abundante en el primario y secundario y del que subsisten algunas especies en los mares polares.

rhytón o **ritón** n.m. Antiguo vaso de cerámica, empleado principalmente en Grecia y Roma; su perfil imita un asta de toro o una cabeza de animal.

ría n.f. **1.** Penetración del mar en la costa. **2.** Ensenada amplia en la que vierten al mar aguas profundas.

riachuelo o **riacho** n.m. Río pequeño.

riada n.f. Avenida, inundación, crecida.

rial n.m. Unidad monetaria de Irán.

riba n.f. Ribazo.

ribazo n.m. **1.** Porción de tierra con elevación y declive. **2.** Caballón que divide dos fincas o cultivos.

ribazón n.f. Arribazón, gran afluencia de peces hacia la costa.

ribera n.f. **1.** Margen y orilla del mar o río. ▷ P. ext., tierra cercana a los ríos. **2.** Ribero. **3.** Huerto que linda con un río.

riberiego,a **I.** adj. **1.** Perteneciente a la ribera o propio de ella. **2.** Se aplica al ganado que no es trashumante. **II.** n. y adj. Se dice de los dueños de este género de ganado.

ribero n.m. Valla de estacas y céspedes que se hace a la orilla de una presa.

ribete n.m. **1.** Cinta o cosa análoga con que se guarnece y refuerza la orilla del vestido, calzado, etc. **2.** Añadidura, aumento. **3.** JUEG Interés que pacta el que presta a otro una cantidad de dinero. **4.** pl. Fig. Asomo, indicio. • **ribetear** v.tr. Echar ribetes.

ribo- Prefijo, que indica el radical *ribosa*.

riboflavina n.f. BIOQUIM Vitamina B_2.

ribonucleasa n.f. BIOQUIM Enzima del grupo de las fosfatasas que hidroliza el ácido ribonucleico.

ribonucleico,a adj. **1.** Relativo al ácido ribonucleico. **2.** BIOQUIM *Ácido ribonucleico.* El formado por una cadena de nucleósidos trifosfatos en los que la osa es la ribosa y las bases nitrogenadas la adenina, la citosina, la

uracila y la guanina.
ENCICL Existen tres tipos de ácido ribonucleico (ácido designado por su sigla española ARN o por la anglosajona, RNA). **1.** El ARN de transferencia (ARN*t*) transporta los ácidos aminados hasta los ribosomas: existe al menos un ARN*t* específico de cada ácido aminado. **2.** El ARN mensajero (ARN*m*) transporta la información genética contenida en el ácido desoxirribonucleico (ADN) cromosómico a los ribosomas, donde esta información, una vez descifrada, controla la integración de los ácidos aminados en proteínas (proteosíntesis). **3.** El ARN ribosómico se encuentra a nivel de los ribosomas, donde se efectúa la síntesis proteica. En la célula, el ARN está localizado en el núcleo, en los mitocondrios, en el citoplasma y en los ribosomas.

ribosa n.f. BIOQUIM Azúcar que forma los ácidos ribonucleicos.

ribosoma n.m. Corpúsculo celular que descifra las secuencias del ARN mensajero y agrupa los ácidos aminados en cadenas proteicas.

ricacho,a o **ricachón,a** n. y adj. Fam. Persona acaudalada pero vulgar.

ricia n.f. **1.** Campo sembrado con las espigas que quedaron sin recoger. **2.** Rastrojo del alcacer.

ricial adj. **1.** Se aplica a la tierra en que vuelven a retoñar las mieses cortadas verdes. **2.** Dícese de la tierra sembrada de verde para que se lo coma el ganado.

ricino n.m. Planta originaria de África, de la familia de las euforbiáceas, de cuyas semillas se extrae un aceite purgante.

rico,a **I.** n. y adj. Adinerado. **II.** adj. **1.** Abundante, opulento. **2.** Sabroso, agradable. **3.** Muy bueno en su línea. **4.** Aplícase a las personas como expresión de cariño.

ricohombre n.m. El que en lo antiguo pertenecía a la primera nobleza de España.
ENCICL **Hist.** — Hacia el s. XII, el término sustituyó al de *magnate* o *barón*. Designaba a los grandes señores hispanocristianos vasallos del rey que gozaban de ciertos privilegios. Hacia fines del s. XV pasaron a ser los grandes de España.

rictus n.m. **1.** MED Contracción espasmódica de los músculos del rostro. **2.** Contracción de los labios que produce una sonrisa forzada y gesticulante.

ricura n.f. Fam. Calidad de rico.

ridículo,a **I.** adj. **1.** Involuntariamente cómico. **2.** Demasiado pequeño. **II.** n.m. Situación ridícula en que cae una persona. — *En ridículo.* Expuesto a la burla. • **ridiculez** n.f. Dicho o cosa ridícula. • **ridiculizar** v.tr. Burlarse de una persona o cosa.

riego n.m. **1.** Acción y efecto de regar. **2.** Agua disponible para regar. **3.** *Riego sanguíneo.* Cantidad de sangre que circula por el cuerpo.

riel n.m. **1.** Barra pequeña de metal en bruto. **2.** Carril de una vía férrea.

rielar v.int. **1.** POET Brillar con luz trémula. **2.** Vibrar, temblar.

rienda n.f. **I.** **1.** Cada una de las dos correas, cintas o cuerdas que sirven para gobernar las caballerías. **2.** Fig. Sujeción, moderación. **3.** pl. Fig. Gobierno, dirección de una cosa. **II.** Fig. *Aflojar las riendas.* Aliviar, disminuir el trabajo, el rigor o la sujeción. — Fig. *A rienda suelta.* Con violencia o celeridad. — Fig. Sin sujeción y con toda libertad.

riesgo n.m. Contingencia, peligro.

riesling n.f. Variedad de vid blanca. ▷ Vino elaborado con esas cepas.

rifa n.f. **1.** Juego en el que se sortea una cosa. **2.** Contienda, pendencia, enemistad. • **rifar** **I.** v.tr. Efectuar el juego de la rifa. **II.** v.int. Reñir, contender. **III.** v.prnl. **1.** Disputarse una cosa dos o varias personas. **2.** v.prnl. MAR Romperse.

rifle n.m. Fusil rayado.

rift-valley n.m. GEORG Gran valle producido por el hundimiento de la corteza terrestre.

rígido,a adj. **1.** Inflexible. **2.** Fig. Riguroso, severo. • **rigidez** n.f. Calidad de rígido.

rigodón n.m. Cierta especie de contradanza.

rigor n.m. **I.** **1.** Severidad escrupulosa. **2.** Aspereza en el genio o en el trato. **3.** Último término a que pueden llegar las cosas. **4.** Intensidad del frío o del calor. **5.** Propiedad y precisión. **6.** PAT Tiesura o rigidez preternatural de los tejidos fibrosos, que los hace inflexibles. **II.** *En rigor.* En realidad, estrictamente. • **rigurosidad** n.f. Calidad de riguroso. • **riguroso,a** o **rigoroso,a** adj. **1.** Áspero y acre. **2.** Muy severo, cruel. **3.** Rígido. **4.** Duro de soportar.

1. rija n.f. PAT Fístula que se hace debajo del lagrimal.

2. rija n.f. Riña.

rijo n.m. Lujuria. • **rijosidad** n.f. Calidad de rijoso. • **rijoso,a** adj. **1.** Pendenciero. **2.** Lujurioso.

rikettsia n.f. BIOQUIM Microorganismo parasitario intermedio entre las bacterias y los virus. • **rikettsiosis** n.f. MED Enfermedad causada por rikettsias.

rilar **1.** v.int. Tiritar. **2.** v.prnl. Temblar.

1. rima n.f. **1.** Consonancia o consonante. **2.** Asonancia o asonante. **3.** Composición lírica en verso. **4.** Conjunto de los consonantes de una lengua. — *Rima imperfecta,* o *media rima.* Asonancia. — *Sexta rima.* Sextina. — *Tercera rima.* Composición poética formada por tercetos. • **rimar** **I.** v.int. **1.** Componer en verso. **2.** Ser una palabra asonante o consonante de otra. **II.** v.tr. Hacer el poeta una rima.

2. rima n.f. Montón de cosas.

rimaya n.f. GEOGR Grieta que separa a un glaciar de su canal de alimentación.

rimbombar v.int. Retumbar. • **rimbombancia** n.f. Calidad de rimbombante. • **rimbombante** adj. Fig. Ostentoso, llamativo.

rímel n.m. Cosmético para las pestañas.

rimero n.m. Montón de cosas superpuestas.

rimú n.m. BOT *Chile.* Planta de la familia de las oxalidáceas, de flores amarillas.

rinco- o **-rrinco** Partículas procedentes del griego *rynkos,* «hocico, pico».

rincocéfalos n.m.pl. ZOOL Orden de reptiles del que sólo subsiste hoy el sphenodon.

rincón n.m. **1.** Ángulo entrante formado en el encuentro de dos superficies. **2.** Escondrijo o lugar retirado. **3.** Espacio pequeño. • **rinconera** n.f. **1.** Mueble que se coloca en un rincón de una sala. **2.** ARQUIT Parte de muro comprendida entre una esquina o un rincón de la fachada y el hueco más próximo.

rinencéfalo n.m. ANAT Estructura nerviosa situada en la base del encéfalo, que regula la percepción de los olores y las reacciones instintivas y emocionales.

rinforzando adv.it. MUS Reforzando. Indica un aumento rápido del volumen.

ring n.m. Cuadrilátero sobre el que se disputan combates de boxeo y de lucha.

ringlera n.f. Fila o línea de cosas puestas en orden unas tras otras.

ringorrango m.m. **1.** Fam. Rasgo de pluma exagerado e inútil. **2.** Fig. y Fam. Adorno superfluo.

rinitis n.f. PAT Inflamación de la mucosa de las fosas nasales.

rino-, -rino- Partículas procedentes del griego *rhis, rhinós,* «nariz».

rinoceronte n.m. Gran mamífero perisodáctilo hervíboro de Asia y de África, que tiene uno o dos cuernos en la extremidad del hocico.
ENCICL Los rinocerontes son, después de los elefantes, los mamíferos terrestres más grandes. Se han hecho extremadamente escasos, con excepción del rinoceronte negro de África *(Diceros bicornis),* bicorne. En África vive asimismo el rinoceronte blanco *(Ceratotherium simum),* bicorne, giboso, que alcanza 4 m de longitud y 3 t de peso. En Asia vive el rinoceronte pequeño (2,80 m de longitud) de Sumatra *(Dicerorhinus sumatrensis),* bicorne, y las diverses especies del género *Rhinoceros,* unicornes y de piel delgada.

rinofaringe n.m. ANAT Parte alta de la faringe, detrás de las fosas nasales. • **rinofaringitis** n.f. MED Inflamación de la mucosa de la rinofaringe.

rinología n.f. Parte de la patología que estudia las enfermedades de las fosas nasales.

rinoplastia n.f. CIR Operación quirúrgica para restaurar la nariz.

rinoscopia n.f. MED Examen de las fosas nasales.

riña n.f. Acción de reñir.

riñón n.m. **1.** ANAT Cada una de las glándulas secretorias de la orina. **2.** MIN Trozo redondeado de mineral, contenido en otro de distinta naturaleza. **3.** pl. Parte del cuerpo que corresponde a la pelvis. • **riñonada** n.f. **1.** Tejido adiposo que envuelve los riñones. **2.** Lugar del cuerpo en que están los riñones. **3.** Guiso de riñones.
ENCICL Los riñones son dos órganos en forma de habichuela, situados a ambos lados de la columna vertebral, detrás del peritoneo. Cada uno de ellos va cubierto por una glándula endocrina: la cápsula suprarrenal. El tejido funcional renal se compone de dos partes: una zona central o medular y una zona cortical periférica. La zona medular está compuesta de ocho a diez pirámides de Malpighi cuyos vértices perforados conforman las papilas. De estas últimas salen vasos capilares (los pequeños cálices) que se unen de tres en tres o de cuatro en cuatro para formar los grandes cálices. Éstos desembocan en la pelvis renal. Cada vértice de una pirámide de Malpighi da entrada a un tubo contorneado (colector de orina). Este tubo largo y tortuoso se ensancha en una cápsula, la cápsula de Bowman, la cual a su vez recoge un ovillo vascular, el glomérulo. El conjunto compuesto por el tubo urinífero y el glomérulo forma una nefrona, unidad fisiológica que asegura la elaboración de orina. Cada riñón posee del orden de dos millones a dos millones y medio de nefronas. Dado que la totalidad de la sangre del cuerpo humano atraviesa el riñón en cuatro o cinco minutos, se puede decir que cada día son 1.700 los litros de sangre que pasan por el aparato renal para ser depurados. Los riñones mantienen el equilibrio del medio interno al eliminar las sustancias tóxicas de la sangre, compensando las «entradas» en el medio interno por «salidas» (secreción de orina). Además, participan del control de presión arterial mediante la secreción de renina. El riñón puede ser la sede de numerosas afecciones. Si los riñones no funcionan, el individuo muere en el espacio de unos días (si no se realiza una depuración extrarrenal). Los trasplantes de riñón han podido salvar a numerosos individuos aquejados de insuficiencia renal.

río n.m. **1.** Corriente de agua continua que va a desembocar en otra, en un lago o en el mar. — Fig. *Río revuelto.* Confusión, desorden. **2.** Fig. Gran abundancia de una cosa.

rioja n.m. Vino de fina calidad, que se cría y elabora en la región española de La Rioja.

riojano,a **1.** n. y adj. Natural de la Rioja. **2.** adj. Perteneciente o relativo a la Rioja.

riolita n.f. PETROG Lava granítica con incrustaciones de cuarzo.

riostra n.f. ARQUIT Pieza que asegura la invariabilidad en la forma de una armazón. • **riostrar** v.tr. ARQUIT Poner riostras.

riparios, grupo de tribus francas que se establecieron en el s. V alrededor de Colonia y hasta el alto Mosela.

ripia n.f. Tabla delgada, desigual y sin pulir.

ripiar v.tr. Enripiar.

ripio n.m. **I.** Residuo que queda de una cosa. **II.** Palabra o frase inútil que se usa para dar al verso la consonancia o asonancia requerida.

riqueza n.f. **1.** Abundancia de bienes. **2.** Abundancia de cualidades o atributos excelentes.

risa n.f. Movimiento del rostro, que demuestra alegría. • **risión** n.f. **1.** Burla, irrisión. **2.** Persona o cosa objeto de esta burla.

riscar v.tr. **1.** Cortar. **2.** Arriesgar. • **riscal** n.m. Sitio de muchos riscos. • **risco** n.m. **1.** Hendidura, corte. **2.** Peñasco.

risi n.m. En el hinduismo, sabio, santo.

risibilidad n.f. Facultad de reír. • **risible** adj. **1.** Capaz de reírse. **2.** Que causa risa.

risorio n.m. ANAT Músculo de la comisura de los labios, que contribuye a la expresión de la risa.

risotear v.int. Dar risotadas. • **risotada** n.f. Carcajada, risa estrepitosa y descompuesta.

ríspido,a o **rispo,a** adj. Áspero, violento, riguroso.

ristra n.f. **1.** Trenza hecha de los tallos de ajos. **2.** Fig. y Fam. Conjunto de cosas, colocadas una tras otra.

ristre n.m. Hierro que se fijaba en la parte derecha del peto, donde encajaba la lanza.

ristrel n.m. ARQUIT Listón grueso de madera.

risueño,a adj. **1.** Que muestra risa. **2.** Que ríe o sonríe con facilidad. **3.** Fig. Próspero, favorable.

ritidoma n.m. BOT Conjunto de tejidos periféricos muertos de un árbol.

ritmo n.m. **1.** Grata y armoniosa combinación de voces, pausas y cortes en el lenguaje. **2.** Metro o verso. — FISIOL *Ritmo circadiano.* Organización secuencial de las diversas funciones de un organismo durante un período de 24 horas. **3.** MUS Proporción guardada entre el tiempo de un movimiento y el de otro diferente. • **ritmar** v.tr. Sujetar a ritmo. • **rítmico,a** adj. Perteneciente al ritmo o al metro.

rito n.m. **1.** Costumbre o ceremonia. **2.** Conjunto de reglas establecidas para el culto. • **ritual** **1.** adj. Relativo al rito. **2.** n.m. Conjunto de los ritos de una religión o de una iglesia.

rival n.m. y f. El que a la vez que otro aspira a obtener una cosa. • **rivalidad** n.f. **1.** Oposición. **2.** Enemistad. • **rivalizar** v.int. Competir.

rivera n.f. Arroyo.

rixdale n.f. NUMISM Antigua moneda de diversos países de Europa oriental y septentrional.

riyal n.m. Unidad monetaria de Arabia Saudí, Qatar, República del Yemen.

riza n.f. **1.** Rastrojo del alcacer. **2.** Destrozo.

1. rizo **1.** adj. Ensortijado naturalmente. **2.** n. y adj. Se aplica a un terciopelo no cortado en el telar. **3.** n.m. Mechón de pelo que tiene forma de sortija. • **rizar** v.tr. y prnl. **1.** Formar en el pelo anillos o sortijas. **2.** Mover el viento la mar, fomando olas pequeñas.

2. rizo n.m. MAR Cada uno de los pedazos de cabo blanco que sirve para aferrar las velas a la verga.

rizo-, -rizo,a Partículas procedentes del griego *rhiza*, «raíz».

rizobiáceas n.f. Bacterias simbióticas, que se desarrollan en las raíces de ciertos vegetales.

rizófago,a n. y adj. ZOOL Dícese de los animales que se alimentan de raíces.

rizoflagelados n.m.pl. ZOOL Subtipo de protozoarios que comprende los rizópodos y los flagelados.

rizoforáceo,a o **rizofóreo** n.f. y adj. BOT Dícese de árboles o arbustos angiospermos dicotiledóneos de hojas sencillas, flores actinomorfas, y fruto indehiscente. ▷ n.f.pl. BOT Familia de estas plantas.

rizoide n. y adj. BOT Dícese de los pelos o filamentos que hacen las veces de raíces en ciertas plantas.

rizoma n.m. BOT Tallo horizontal y subterráneo.

rizópodo n. y adj. ZOOL Dícese del protozoo cuyo cuerpo es capaz de emitir seudópodos. ▷ n.m.pl. ZOOL Clase de estos animales.

rizoso,a adj. Dícese del pelo que tiende a rizarse naturalmente.

Rn QUIM Símbolo del radón.

RNA. v. ARN y ribonucleico.

ro Voz para arrullar a los niños.

roa n.f. MAR Roda.

roano,a adj. Aplícase al caballo o yegua cuyo pelo está mezclado de blanco, gris y bayo.

rob n.m. FARM Arrope o zumo de frutos maduros, mezclado con miel o azúcar cocido.

robadera n.f. Cogedor grande para igualar el terreno.

robador,a n. y adj. Que roba.

róbalo o **robalo** n.m. ZOOL Pez teleósteo marino, del suborden de los acantopterigios. • **robaliza** n.f. Hembra del róbalo.

robar v.tr. **1.** Quitar lo ajeno, hurtar. **2.** Raptar a una persona. **3.** Tomar del mazo en ciertos juegos de cartas.

robellón n.m. Mízcalo o agárico comestible.

robín n.m. Orín o herrumbre de los metales.

robinia n.f. Árbol (familia papilionáceas) de ramas espinosas y flores blancas.

roblar v.tr. **1.** Hacer la robla. **2.** Remachar una pieza de hierro. • **robla** n.f. **1.** Robra. **2.** Comida con que se obsequia al terminar un trabajo. • **robladura** n.f. Redobladura de la punta de un clavo.

roble n.m. **1.** BOT Árbol de la familia de las foráceas, de tronco grueso y ramas tortuosas. Su madera es dura y muy apreciada. **2.** Fig. Persona fuerte, recia y de gran resistencia. • **robledal** n.m. Robledo de gran extensión.

roblonar v.tr. Sujetar con roblones remachados. • **roblón** n.m. **I.** Clavo especial destinado a roblarse. **II.** Lomo que forman las tejas por su parte convexa.

robo n.m. **1.** Acción y efecto de robar. **2.** Cosa robada.

roborar v.tr. Dar fuerza y firmeza a una cosa.

robot n.m. **1.** Máquina automática dotada de una memoria y de un programa, capaz de sustituir al hombre para efectuar ciertos trabajos. **2.** Persona que actúa como un autómata.

robra n.f. Agasajo del comprador o del vendedor a los que intervienen en una venta.

robustecer v.tr. y prnl. Dar robustez. • **robustecimiento** n.m. Acción y efecto de robustecer. • **robustez** n.f. Calidad de robusto. • **robusto,a** adj. Fuerte, vigoroso.

roca n.f. **1.** GEOL Sustancia mineral que por su extensión forma parte importante de la masa terrestre. **2.** Peñasco que se levanta en la tierra o en el mar. **3.** Fig. Cosa muy dura, firme y constante.

ENCICL Las rocas pueden clasificarse siguiendo numerosos criterios, más o menos arbitrarios, como el de su dureza: rocas líquidas (petróleo, etc.), deleznables (arena, marga caliza, etc.), blandas (tiza, etc.), duras (granito, arenisca, etc.); su composición: rocas calcáreas, silíceas, carbónicas, etc.; su origen: rocas sedimentarias, volcánicas, metamórficas, etc. El estudio de las rocas constituye la *petrografía* o *petrología,* que debemos distinguir de la mineralogía. En efecto, las rocas están formadas generalmente por muchos minerales, cada uno de los cuales es estudiado por la mineralogía.

rocada n.f. Copo de materia textil que se pone de cada vez en la rueca.

rocalla n.f. **1.** Conjunto de piedrecillas desprendidas de las rocas. **2.** Decoración disimétrica inspirada en el arte chino. • **rocalloso,a** adj. Abundante en rocalla.

rocambola n.f. Planta de la familia de las liliáceas, que se cultiva en las huertas.

roce n.m. **1.** Acción y efecto de rozar o rozarse. **2.** Fig. Trato frecuente con algunas personas.

rocería n.m. *Col.* Roza, desmonte, derribo.

rociar **I.** v.intr. Caer sobre la tierra el rocío. **II.** v.tr. **1.** Esparcir en menudas gotas el agua u otro líquido. **2.** Fig. Arrojar algunas cosas de modo que caigan diseminadas. • **rociada** n.f. **1.** Acción y efecto de rociar. **2.** Rocío. **3.** Fig. Conjunto de cosas que se esparcen al arrojarlas. • **rociadura** n.f. Acción y efecto de rociar.

rocín o **rocino** n.m. Caballo de mala traza. • **rocinante** n.m. Fig. Rocín matalón.

rocío n.m. **1.** Vapor que con la frialdad de la noche se condensa en la atmósfera en gotas muy menudas que se posan después sobre la superficie. **2.** Lluvia corta y pasajera.

rock and roll n.m. Baile en cuatro tiempos que se acompaña con la música del mismo nombre. ▷ Música popular, esencialmente vocal, nacida en los Estados Unidos alrededor de 1955, que tiene elementos del *rythm and blues* (blues urbano dirigido sobre todo al público de color), y de la música de variedades; se caracteriza por recurrir en gran medida a la amplificación eléctrica, por la acentuación vigorosa, subrayada por las baterías, de los tiempos segundo y cuarto del compás, y por la búsqueda de timbres poco comunes y violentamente expresivos.

Rockwell (prueba) TECN Prueba de dureza que se realiza midiendo la penetración de una bola de acero o de un cono de diamante en un cuerpo. — *Dureza Rockwell.* Dureza medida en el transcurso de esta prueba.

rococó adj. inv. BELL ART Estilo artístico originario de Francia, que sucedió al barroco.

rocoso,a **1.** adj. Dícese del lugar lleno de rocas. **2.** n.m. ANAT Pieza ósea que constituye la parte interna del hueso temporal.

rocote n.m. *Amér. Merid.* Planta de la familia de las solanáceas.

rochar v.tr. Rozar la tierra.

rocho n.m. Ave fabulosa a la cual se atribuye desmesurado tamaño y extraordinaria fuerza.

1. roda n.f. Robla.

2. roda n.f. MAR Pieza gruesa y curva, de madera o hierro, que forma la proa de la nave.

rodaballo n.m. **1.** ZOOL Pez teleósteo, del suborden de los anacantos de cuerpo aplanado. **2.** Fig. y Fam. Hombre taimado y astuto.

rodada n.f. Señal que deja impresa la rueda de un vehículo en el suelo por donde pasa.

rodadero,a **I.** adj. Que rueda con facilidad. **II.** n.m. Terreno pedregoso y con fuerte declive.

rodadizo,a adj. Que rueda con facilidad.

rodado,a **I.** adj. **1.** Se dice del tráfico de vehículos que tienen ruedas. **2.** *Canto rodado.* Se dice de las piedras redondeadas por la erosión. **II.** n.m. *Arg.* y *Chile.* Cualquier vehículo de ruedas.

rodador,a **I.** adj. Que rueda. **II.** n.m. **1.** Mosquito de algunos países de América. **2.** ZOOL Pez luna.

rodadura n.f. Acción de rodar.

rodaja n.f. **1.** Pieza circular y plana de madera u otra materia. **2.** Tajada circular de algunos alimentos.

rodaje n.m. **1.** Conjunto de ruedas. **2.** Acción y efecto de rodar una película. **3.** Primera época del funcionamiento de un motor durante la cual se realiza el ajuste total de sus piezas. ▷ Fig. Adaptación progresiva.

rodal n.m. Terreno de pequeñas dimensiones.

rodalán m. BOT *Chile.* Planta de la familia de las oenoteráceas, cuyas flores se abren al ponerse el sol.

rodamiento n.m. MECAN Cojinete formado por dos cilindros concéntricos, entre los que se intercala una corona de bolas.

rodamina n.f. QUIM Materia colorante roja.

rodapié n.m. **1.** Friso. **2.** Tabla o celosía que se coloca en la parte inferior de un balcón.

rodaplancha n.f. CONST Abertura que divide el paletón hasta la tija.

rodar **I.** v.int. **1.** Dar vueltas un cuerpo alrededor de su eje. **2.** Moverse una cosa por medio de ruedas. **3.** Caer dando vueltas. **II.** v.tr. **1.** Hacer que rueden ciertas cosas. **2.** Impresionar una película.

rodear **I.** v.int. **1.** Andar alrededor. **2.** Ir por camino más largo. **3.** Fig. Usar de rodeos en lo que se dice. **II.** v.tr. **1.** Poner una o varias cosas alrededor de otra. **2.** Cercar una cosa. **3.** Hacer dar vuelta a una cosa. **4.** *Arg., Col., Cuba, Chile* y *Nicar.* Reunir el ganado mayor en un sitio.

rodeno,a adj. Que tira a rojo.

rodeo n.m. **I. 1.** Acción de rodear. **2.** Camino más largo. **3.** Vuelta o regate para librarse de quien persigue. **II. 1.** Sitio donde se reúne el ganado mayor para pasar la noche, efectuar su recuento, etc. **2.** Fiesta en la que se realizan ejercicios de destreza relacionados con el encierro o recogida del ganado. **III.** Fig. Manera de decir algo indirectamente y con ambigüedad.

rodera n.f. **1.** Rodada de un vehículo. **2.** Camino abierto por el paso de los carros.

rodete n.m. **1.** Moño en forma de rosca. **2.** Rosca de lienzo, u otra materia que se pone en la cabeza. **3.** Chapa circular fija dentro de la cerradura. **4.** Rueda horizontal donde gira el juego delantero del coche. **5.** MECAN Rueda hidráulica horizontal con paletas.

rodezno n.m. **1.** Rueda hidráulica. **2.** Rueda dentada que mueve la muela de la tahona.

rodilla n.f. **1.** Conjunto de partes que forman la unión del muslo con la pierna. **2.** En los cuadrúpedos, unión del antebrazo con la caña. • **rodillazo** n.m. Golpe dado con la rodilla. • **rodillera** n.f. **1.** Cualquier cosa que se pone para comodidad, defensa o adorno de la rodilla. **2.** Pieza o remiendo que se echa a los pantalones, en la parte que sirve para cubrir la rodilla.

rodillo n.m. **1.** Madero redondo y fuerte para llevar sobre él cargas pesadas. **2.** COC Cilindro de madera, que se usa para alisar la masa. **3.** Cilindro metálico o de otra materia, que forma parte de numerosos mecanismos.

rodio n.m. Metal raro, cuyo brillo blanco recuerda al aluminio. Número atómico 45, masa atómica 102,9 (símbolo *Rh*).

rodo- Prefijo procedente del griego *rhodon,* «rosa» (la flor) o *rhodos,* «rojo».

rododafne n.f. **1.** Adelfa, arbusto. **2.** Flor de este arbusto.

rododendro n.m. Arbolillo de la familia de las ericáceas, de hojas persistentes; flores en corimbo, y fruto capsular.

rodofíceas n.f.pl. BOT Importante grupo de algas, llamadas corrientemente «algas rojas».

rodoide n.m. Materia plástica a base de acetato de celulosa.

rodomiel n.m. Jarabe de miel y agua de rosas.

rodonita n.f. MINER Silicato de manganeso.

rodriga n.f. Rodrigón para sostener plantas. • **rodrigar** v.tr. Poner rodrigones a las plantas. • **rodrigón** n.m. **1.** Tutor (vara o caña). **2.** Fig. y Fam. Criado anciano.

roedor **1.** adj. Que roe. **2.** n.m.pl. Orden de mamíferos.

ENCICL Los roedores se caracterizan por tener un par de incisivos que crecen continuamente, y un espacio libre (barra) en cada maxilar, entre los incisivos y los molares; efectivamente, no tienen ni caninos ni premolares. Los lagomorfos (conejos, p. ej.) forman un orden diferenciado, pues poseen dos incisivos a cada lado del maxilar superior. El tamaño de los roedores varía desde el de la rata (12 cm) al del carpincho (1 m); hay una o varias especies adaptadas a cada medio (bosque, río, desierto, ciudad). Su gran número (cuentan con tantas especies como todos los otros mamíferos uterinos juntos) y su gregarismo explican su importancia y los problemas a los que dan origen: arrasan las cosechas y las reservas alimenticias; son portadores de parásitos (pulgas, piojos, etc.) que pueden ser los transmisores de graves enfermedades (peste, tifus, etc.). Las ardillas, marmotas, castores, lirones, ratas, ratones, puerco espines, son los roedores más conocidos. Aparecieron en el eoceno y se multiplicaron durante el oligoceno, en el que se desarrollaron formas gigantes.

roela n.f. Disco de oro o de plata en bruto.

roentgen n.m. FIS Unidad radiológica, que equivale a la cantidad de rayos X que, a través de 1 cm³ de aire, a una presión de 760 mm y a una temperatura de cero grados, es igual, en electricidad transportada, a la unidad electrostática.

roer v.tr. **1.** Cortar menudamente con los dientes. **2.** Quitar con los dientes la carne a un hueso. **3.** Fig. Molestar, o atormentar interiormente. • **roedura** n.f. Acción de roer.

roete n.m. Vino medicinal hecho con zumo de granadas.

rogar v.tr. **1.** Pedir algo. **2.** Instar con súplicas. • **rogativa** n.f. RELIG Oración pública hecha a Dios.

rogo n.m. POET Hoguera, pira.

roído,a adj. Fig. y Fam. Corto, despreciable.

rojo,a **I.** n. y adj. Encarnado muy vivo, primer color del espectro solar. **II.** adj. **1.** Dícese del pelo rubio muy vivo. **2.** Perteneciente o relativo a la izquierda radical. • **rojizo,a** adj. Que tira a rojo.

rol n.m. **1.** Papel que desempeña una persona. **2.** MAR Licencia que da el comandante de una prov. marítima al capitán o patrón de un buque, donde consta la lista de la marinería que lleva.

rolar v.int. MAR Dar vueltas en círculo.

roldana n.f. Rueda de la polea.

roleo n.m. ARQUIT Voluta de capitel.

rolo n.m. *Col.* y *Venez.* Rodillo de imprenta.

1. rolla n.f. Trenza gruesa de espadaña, forrada de piel, que se pone en el yugo.

2. rolla n.f. Niñera.

rollizo,a adj. Robusto y grueso.

rollo n.m. **1.** Cualquier materia que toma forma cilíndrica. **2.** Porción de tejido, papel, etc., enrollado en forma cilíndrica.

romadizarse v.prnl. Contraer romadizo. • **romadizo** n.m. Catarro de la membrana pituitaria.

romaico,a n.m. y adj. Aplícase a la lengua griega moderna.

romana n.f. Instrumento para pesar, compuesto de una palanca de brazos desiguales, con el fiel sobre el punto de apoyo. • **romanar** o **romanear** v.tr. **1.** Pesar con la romana. **2.** MAR Trasladar pesos de un lugar a otro del buque.

romanato n.m. ARQUIT Especie de alero volteado con moldura.

romance **I.** n.m. y adj. **1.** Aplícase a cada una de las lenguas modernas derivadas del latín. **2.** Idioma español. **II.** n.m. **1.** Novela de caballerías. **2.** Composición poética de origen español. v. ENCICL • **romancero** n.m. Colección de romances.

ENCICL **Hist.** — Composición épico-lírica con un número indeterminado de versos octosílabos con rima asonante los pares y libres los impares, que se suceden en serie continua o separados en cuartetas u otra medida. Se solían cantar con acompañamiento musical. Los romances son fragmentos desgajados de los cantares de gesta por su particular interés dramático o lírico; existen cientos de versiones de cada romance, ya que se transmitían oralmente y cada recitador los modificaba según su gusto.

Según los primeros cronistas, el romance pasa a Indias con los primeros conquistadores. Gómara, Cieza de León y Bernal Díaz del Castillo reproducen fragmentos que prueban su traslado oral o la formación de algunos, imitando los ya conocidos. Después hay que añadir los que se difunden en pliegos de cordel o romanceros impresos. Por su carácter popular y su condición española se adapta tanto a los escritores cultos como a los cantores populares de la colonia. Herederos del romance son géneros populares como el corrido mexicano, el galerón venezolano y las canciones populares de Cuba, Chile y la Argentina.

romanche n.m. LING Lengua de origen románico de los grisones, del Tirol y del Friuli.

romanesco,a adj. **1.** Perteneciente o relativo a los romanos. **2.** Novelesco.

románico,a adj. **1.** ARQUIT Estilo arquitectónico que dominó en Europa durante los ss. XI, XII y parte del XIII. **2.** FILOL Derivado del latín.

ENCICL El estilo románico se caracteriza sobre todo por una arquitectura religiosa cuyas formas se desarrollan de diversas formas a través de Europa en el momento en que, hacia el año 1000, la cristiandad occidental conoció una nueva era de prosperidad. La nave cubierta por una estructura de madera vista, típica de la arquitectura carolíngia, se fue sustituyendo poco a poco por la bóveda de piedra, heredada de los antiguos romanos. La formación de los elementos estilísticos, ligada a cierto progreso tecnológico (arco perpiaño), se afirma en el transcurso del s. XI. A partir de esta época, se observa un gran número de particularismos provincianos y regionales, pero las estructuras arquitectónicas comunes a muchos edificios permiten aislar las características generales de la iglesia románica: planta de cruz latina, nave principal flanqueada por naves laterales, coro a menudo rodeado por un deambulatorio, cripta habilitada bajo el coro, ábside provisto de absidiolas paralelas, ventanas desprovistas de cruceros. Algunas de las iglesias románicas más famosas (La Madeleine de Vézelay, Saint-Benoit-sur-Loire, las catedrales de Spira, en Alemania, y San Vicente de Cardona, en Cataluña) poseen un nártex. Los campanarios románicos no tiene formas fijas; los más notables están coronados por una aguja piramidal con base hexagonal u octogonal. El arte expresivo y decorativo de los escultores románicos es una especie de enseñanza en imágenes que la Iglesia quería entonces proporcionar a los fieles iletrados, valiéndose de la ornamentación de los capiteles, las pilas de agua bendita, las pilas bautismales, los altares y, sobre todo, los pórticos. La decoración mural es plana, es decir, sin perspectiva, y policroma. Si exceptuamos ciertas construcciones de explotación rural u hospitalarias integradas en los conjuntos monásticos (abadía cisterciense de Pontigny, p. ej.), no queda casi nada de la arquitectura civil románica.

Del mismo modo, las murallas medievales aún en pie pertenecen casi todas a la época gótica. La orfebrería (estatua relicario de oro de Sainte Foy en Conques, s. X), el trabajo del marfil, de la madera, el bronce y el cobre, el del esmalte, el arte del tejido (tapiz de Bayeu, llamado «de la reina Matilde», finales del s. XI, el tapiz de La Creación, en Gerona s. XI), el de la miniatura (Liber Fendorum de Barcelona, «Libro de los testamentos», de Oviedo) expresan, a través del reducido número de obras maestras que nos han llegado, la diversidad y el poder decorativo de todo lo que hubo de fastuoso en el arte románico. En España, donde se sucedieron algunas de las obras maestras del románico, destaca por su unidad *el románico catalán*, de influencia lombarda.

romanilla **1.** n.f. *Venez.* Cancel corrido, a manera de celosía. **2.** n.f. y adj. v. letra.

romanismo n.m. Conjunto de instituciones, cultura o tendencias políticas de Roma. • **romanista** n. y adj. **1.** Especialista en derecho romano. **2.** Especialista en lenguas romanas.

romanizar v.tr. Difundir la civilización romana. • **romanización** n.f. Acción y efecto de romanizar o romanizarse.

romano **I.** n. y adj. **1.** Natural de Roma. **2.** Natural o habitante del imperio romano (por oposición a bárbaro). **II.** adj. **1.** Perteneciente o relativo a Roma. **2.** Se aplica a la religión católica.

romanticismo n.m. **1.** Movimiento cultural de la primera mitad del s. XIX. v. ENCICL **2.** Calidad de romántico. • **romántico,a** **I.** n. y adj. Perteneciente al romanticismo. **II.** adj. Sentimental.

ENCICL El romanticismo se desarrolló en Europa en la primera mitad del s. XIX. Los precursores, o «prerrománticos» aparecieron en Inglaterra con Young (*Las noches,* poema) y en Escocia con Macpherson («traducción» de Ossián) y Robert Burus (poesías en dialecto). En Alemania, el movimiento *Sturm und Drang* (Schiller, y sobre todo Goethe, cuyo *Werther* se leería en toda Europa) tuvo un amplio eco. En Francia, en el Siglo de las Luces, Diderot y, especialmente, Rousseau, participaban ya de la sensibilidad romántica, que adquirirá carta de naturaleza después de la Revolución con Nodier, Senancour, Chateaubriand y Mme. de Staël.

Para reaccionar contra el clasicismo francés, racional e impersonal, que había marcado a toda Europa, Alemania e Inglaterra se inclinaron hacia sus fuentes poéticas nacionales. A través de los cantantes del romanticismo europeo (auge de la poesía lírica, ruptura con las reglas y los modelos, retorno a la naturaleza, búsqueda de la belleza en los aspectos originales y particulares), cada nación deja que eclosione su propio genio. El romanticismo inglés se encarnó sobre todo en las novelas históricas de Walter Scott y en la obra poética de Wordsworth y Coleridge, y luego en Keats, Byron y Shelley. La poesía romántica alemana (los hermanos Schlegel, Novalis, Tieck, Hölderlin, Heine), muy influida por la filosofía (Schelling, Fichte), no debe hacer que se olvide el teatro (Kleist, Wermer) y sobre todo los cuentos y relatos en prosa (los hermanos Grimm, Jean Paul Richtes, Hoffmann).

En Francia, el romanticismo, prefigurado por Chateaubriand, no aparece hasta 1820 con la publicación de las *Meditaciones* de Lamartine, a las que seguirán los primeros poemas de Vigny y Victor Hugo y luego los de Musset y Gautier. En la patria del clasicismo, adquirió la forma de una auténtica revolución literaria, pero las preocupaciones estéticas, léase estilísticas, la apartan de las tendencias patrióticas, nacionalistas. Agrupados en cenáculos, los escritores románticos lucharán durante diez años para que prevalezca su concepción de la literatura, hasta definir el drama romántico por oposición a la tragedia clásica (prefacio de *Cromwell,* por V. Hugo, 1827). En 1830, la batalla de *Hernani* les proporcionó una victoria aplastante: «el romanticismo es el liberalismo en literatura», proclama Hugo en el prólogo de *Hernani.* A partir de entonces, el romanticismo, sobrepasando el marco de la sensibilidad individual, adquiere un carácter más social y se forma una «literatura de oposición». Además de la poesía lírica, abarcaba el teatro (A. Dumas), la novela (George Sand, Stendhal, Merimée, Balzac), la historia (Michelet, A. Thierry). Victor Hugo, será el único en prolongar el romanticismo hasta finales de siglo.

En España el romanticismo llega de la mano de Juan Nicolás Böhl de Faber y Cecilia Böhl de Faber (*Fernán Caballero,* su hija), si bien había tenido predecesores como José Cadalso, Gaspar Melchor de Jovellanos, Juan Meléndez Valdés. En 1797, el aragonés Mor de Guentes tradujo el *Werther*, al que siguieron las traducciones de Rousseau y Bernardino de Saint-Pierre. José Alonso Ortiz, de Valladolid, traduce los Cantos de Ossián en 1788. La guerra de la Independencia, liberalizadora de las ideas, significa la consolidación del Romanticismo. En 1823 se funda *El Europeo,* en el que Buenaventura Carlos Aribau expone los caracteres del Romanticismo a la par que crea las bases del renacimiento *(renaixença)* catalán, publicando traducciones y alabando a Schiller y Walter Scott. El Romanticismo, dio en España representantes famosos en todos los géneros literarios: Martínez de la Rosa, el duque de Rivas, Zorrilla, etc., en el teatro. Bécquer, Espronceda y Campoamor en la poesía. Milá y Fontanals en los estudios históricos, Larra en el periodismo. Fernán Caballero y el padre Coloma en la novela.

En pintura, fueron varios los artistas franceses cuyas concepciones se oponían a un neoclasicismo estrecho surgido de David y que se consideraron actualmente como los maestros de la pintura romántica: Gros, Géricault, Delacroix. Constable y Turner introdujeron un cierto romanticismo visionario en la escuela inglesa.

Si se exceptúa a Berlioz, Liszt, Chopin y Verdi, el romanticismo musical fue ante todo obra de los grandes compositores alemanes y austríacos: Beethoven y Weber (en parte), Schubert, Schumann, Brahms y Wagner.

El movimiento aparece en Hispanoamérica con la misma rapidez que en España. En México y la Argentina surgen dos focos, casi al mismo tiempo que la escuela daba su batalla en Europa. La fecha convencional aceptada es el regreso de Echevarría al Plata, en 1830, después de una estancia en París. El enfrentamiento con Rosas hace que los intelectuales argentinos difundan la tendencia romántica, que pasa rápidamente a Uruguay y Chile. Más tarde Venezuela y Colombia y después Perú, habían de seguir la misma ruta. En México se inicia el otro foco con Rodríguez Galván. La influencia inicial francesa es pronto sustituida por la española, y Larra, Espronceda y más tarde Zorrilla se transforman en modelos. La inexistencia del medievo conduce a buscar temas en el pasado colonial (como en el caso de las *Tradiciones* de Palma) o en la lucha independentista. Típico del romanticismo latinoamericano es el predominio de lo lírico, que se hace arrebatado y constante.

romanza n.f. MUS **1.** Aria de carácter sencillo. **2.** Composición música del mismo carácter.

romaza n.f. Hierba perenne de la familia de las poligonáceas.

rómbico,a adj. MIN Dícese de un cristal de base rómbica o rectangular.

rombo n.m. GEOM Paralelogramo que tiene los lados iguales y dos de sus ángulos mayores que los otros dos.

rombo- Prefijo procedente del griego *rhombos,* «peonza, losange».

romboide n.m. GEOM Paralelogramo cuyos lados contiguos son desiguales y dos de sus ángulos mayores que los otros dos. • **romboedro** n.m. GEOM Prisma oblicuo de bases y caras rombales. • **romboidal** adj. GEOM De figura de romboide.

romeo,a n. y adj. Griego bizantino.

1. romero n.m. Arbusto de la familia de las labiadas, de hojas opuestas y aromáticas. • **romeral** n.m. Terreno poblado de romeros. • **romerillo** n.m. *Amér.* Nombre de varias plantas silvestres.

2. romero,a **I.** n. y adj. Que va en romería. **II.** n.m. **1.** ZOOL Pez marino teleósteo, del suborden de los anacantos. **2.** ZOOL Pez marino teleósteo, del suborden de los acantopterigios. • **romería** n.f. Viaje o peregrinación a un santuario. ▷ Fiesta popular que con ese motivo suele celebrarse.

romo,a adj. Obtuso y sin punta.

rompecabezas n.m. Juego que consiste en recomponer una figura previamente cortada en pequeños trozos. ▷ Fig. y Fam. Problema o acertijo de difícil solución.

rompedera n.f. Puntero o punzón grande para abrir agujeros en el hierro.

rompehielos n.m. Buque acondicionado para navegar por mares donde abunda el hielo.

rompeolas n.m. Dique avanzado en el mar.

romper **I.** v.tr. y prnl. **1.** Quebrar o hacer pedazos una cosa. **2.** Gastar, destrozar. **II.** v.tr. **1.** Desbaratar un cuerpo de gente armada. **2.** Roturar la tierra. **3.** Fig. Traspasar el límite. **4.** Fig. Interrumpir la continuidad de algo. **III.** v.int. **1.** Deshacerse en espuma las olas. **2.** Fig. Tener principio. • **rompiente** n.m. Bajo, escollo o costa donde rompe y se levanta el agua. • **rompimiento** n.m. **1.** Acción y efecto de romper o romperse. **2.** MIN Comunicación entre dos excavaciones subterráneas.

rompope n.m. *C. Rica, Ecuad., Hond.* y *Méx.* Bebida hecha con aguardiente.

ron n.m. Licor alcohólico que se obtiene por destilación de la melaza.

ronca n.f. Grito que da el gamo cuando está en celo.

roncador,a **I.** n. y adj. Que ronca. **II.** n.m. ZOOL Pez teleósteo marino, del suborden de los acantopterigios, que produce un sonido ronco cuando se le saca del agua.

roncal n.m. Ruiseñor.

roncar v.int. **1.** Hacer ruido bronco con la respiración cuando se duerme. **2.** Llamar el gamo a la hembra. **3.** Hacer un ruido sordo o bronco ciertas cosas (mar, viento, etc.).

roncear **I.** v.int. **1.** Entretener la ejecución de una cosa. **2.** Fam. Halagar con acciones y palabras para lograr un fin. **3.** MAR Ir lenta la embarcación. **II.** v.tr. *Arg., Chile* y *Méx* Voltear una cosa pesada ladeándola a un lado y otro. ● **roncería** n.f. **1.** Tardanza, lentitud. **2.** Halago para conseguir un fin.

ronco,a adj. **1.** Que padece ronquera. **2.** Dícese de la voz o sonido áspero y bronco.

roncón n.m. Tubo de la gaita gallega que hace el bajo del instrumento.

1. roncha n.f. Bulto enrojecido que se levanta sobre la piel.

2. roncha n.f. Tajada delgada de cualquier cosa, cortada en redondo.

ronchar **1.** v.tr. Hacer ruido al comer una cosa quebradiza. **2.** Crujir una cosa al masticarla.

rondana n.f. Rodaja de plomo o cuero engrasado, agujereado en el centro, que se utiliza para asiento de tuercas y cabezas de tornillos.

rondar **I.** v.int. y tr. **1.** Recorrer un lugar por la noche en servicio de vigilancia. **2.** Seguir a una persona insistentemente para conseguir algo de ella. **II.** v.int. MILIT Visitar los diferentes puestos de una plaza fuerte. **III.** v.tr. Fig. Dar vueltas alrededor de una cosa. ● **ronda** n.f. **I. 1.** Acción de rondar. **2.** Grupo de personas que rondan. **3.** CINEG Caza mayor practicada de noche. **II.** Cada uno de los paseos que circunda una ciudad o la parte antigua de ella. **III. 1.** En varios juegos de naipes, vuelta o suerte de todos los jugadores. **2.** Fam. Distribución de bebida o tabaco a personas reunidas en corro. **IV.** *Chile.* Juego del corro. ● **rondador** n.m. **I.** El que ronda. **II. 1.** *Ecuad.* Especie de zampoña, siringa. **2.** *Ecuad.* Instrumento músico similar a la flauta. ● **rondalla** n.f. Conjunto musical (generalmente de instrumentos de cuerda) que toca por las calles.

rondó n.m. MUS Pieza vocal o instrumental. Se caracteriza por la alternancia de un estribillo y de varias estrofas.

rondón (de) m.adv. De repente.

ronquear v.int. Padecer ronquera al hablar.

ronquedad n.f. Bronquedad de la voz o del sonido.

ronquera n.f. PAT Afección de la laringe que hace ronca la voz.

ronquido n.m. Ruido que se hace roncando.

ronrón n.m. *Hond.* y *Nicar.* Especie de escarabajo pelotero.

ronronear v.int. Producir el gato una especie de ronquido, en demostración de contento. ● **ronroneo** n.m. Acción y efecto de ronronear.

1. ronzal n.m. Cuerda que se ata al pescuezo o a la cabeza de las caballerías para sujetarlas.

2. ronzal n.m. MAR Cabo que sirve para cargar los puños de las velas mayores, palanquín.

ronzar v.tr. **1.** Comer una cosa quebradiza partiéndola ruidosamente con los dientes. **2.** Mover una cosa pesada ladeándola con palancas.

roña **I. 1.** n.f. Sarna del ganado ovino. **2.** Porquería pegada fuertemente. **II.** n.f. Fig. y Fam. Mezquindad. **III.** n.m. y f. Fig. y Fam. Persona roñosa. ● **roñería** n.f. Fam. Tacañería. ● **roñica** n.m. y f. Fam. Persona roñosa. ● **roñosería** n.f. Mezquindad, roñería. ● **roñoso,a** adj. Fig. y Fam. Tacaño.

ropa n.f. **1.** Todo género de tela para el uso de personas o cosas. **2.** Cualquier prenda para vestir. ● **ropaje** n.m. **1.** Vestido. **2.** Vestidura larga, vistosa y de autoridad. **3.** Conjunto de ropas.

ropero n.m. **1.** Armario o cuarto donde se guarda ropa. **2.** Asociación benéfica destinada a distribuir ropas entre los necesitados.

ropón n.m. **1.** Ropa larga sobre los demás vestidos. **2.** *Chile.* Traje de mujer para montar a caballo.

1. roque n.m. Torre del ajedrez.

2. roque adj. Fam. Dormido.

roqueda n.f. Lugar abundante en rocas. ● **roquedal** n.m. Roqueda.

roquefort n.m. Queso de leche de oveja, tratado con un moho especial.

1. roquete n.m. Especie de sobrepelliz cerrado.

2. roquete n.m. Hierro de la lanza de torneo.

rorcual n.m. Especie de ballena con aleta dorsal.

rorro n.m. Fam. Niño pequeñito.

ros n.m. Especie de chacó pequeño.

rosa **I.** n.f. **1.** Flor del rosal. **2.** Lazo u otra cosa que se le asemejen. — *Rosa de los vientos.* Círculo que tiene marcados los 32 rumbos en que se divide el horizonte. **3.** ARQUIT Rosetón de los techos. **4.** pl. Rosetas de maíz. **II.** adj. Dícese de lo que es de color encarnado. **III.** n.m. Color rosa. ● **rosáceo,a** **I.** adj. De color parecido al de la rosa. **II.** n.f. y adj. BOT Dícese de plantas angiospermas dicotiledóneas, como el rosal, la fresa y el peral. ▷ n.f.pl. BOT Familia de estas plantas.

rosacruz n.f. Miembro de una secta de iluminados que se formó en Alemania en el s. XVII.

rosada n.f. Rociada o escarcha.

rosadelfa n.f. **1.** BOT Azalea. **2.** Rododendro.

rosado,a adj. Dícese de la bebida helada que está a medio cuajar.

rosal n.m. Arbusto tipo de la familia de las rosáceas de tallos ramosos con aguijones, hojas alternas, y cuya flor es la rosa. ● **rosaleda** o **rosalera** n.f. Sitio en que hay muchos rosales.

ENCICL Las rosales figuran entre las angiospermas más antiguas; ciertas formas (el género *Pirus,* por ejemplo, que agrupa a los perales) existía en el cretáceo. Este orden abarca numerosas familias: rosáceas, crasuláceas (jusbarba), saxifragáceas (grosellero), etc.; también se incluyen en las leguminosas. Las 3.500 especies agrupadas en la familia de las rosáceas pueden tener un fruto con receptáculo (manzano, peral, membrillero, majuelo, etc.), aquenios (fresal, rosal, etc.), drupas múltiples (frambuesa, zarzamora), o drupas simples (ciruelo, cerezo, almendro, albaricoque). El género *Rosa* agrupa más de 100 especies (rosales). Las rosas tienen 5 pétalos y numerosos estambres; se encuentran aisladas o reunidas en corimbos.

rosalbina n.f. Cacatúa de Austria.

rosanilina n.f. QUIM Base orgánica obtenida oxidando una mezcla de toluidina y anilina.

rosario n.m. **1.** Rezo de la Iglesia que conserva los misterios principales de la vida de Jesucristo y de la Virgen. **2.** Sarta de cuentas, separadas de diez en diez por otras de distinto tamaño, que se utiliza para el rezo del mismo. **3.** Fig. Serie.

rosbif n.m. Carne de vaca soasada.

roscar v.tr. Labrar las espiras de un tornillo. ● **rosca** n.f. **1.** Máquina que se compone de tornillo y tuerca. **2.** Cualquier cosa redonda que forma un círculo, dejando en medio un espacio vacío. **3.** Cada una de las vueltas de una espiral, o el conjunto de ellas. **4.** Rodete para llevar pesos en la cabeza. **5.** Grasa que rebosa a las personas gruesas, especialmente a los niños, alrededor del cuello, las muñecas y las piernas. ● **roscado,a** **1.** adj. En forma de rosca. **2.** n.m. Acción y efecto de roscar.

rosco n.m. Rosca de pan. ● **roscón** n.m. Bollo en forma de rosca grande.

roséola n.f. MED Erupción cutánea formada por manchitas de color rosa que se presenta en algunas enfermedades e intoxicaciones.

roseta n.f. **I.** Mancha rosada en las mejillas. **II.** MIN Costra de cobre puro. **III.** pl. Granos de maíz que al tostarse se abren en forma de flor.

rosetón n.m. ARQUIT Ventana circular calada con adornos.

rosicler n.m. Color rosado claro y suave de la aurora.

rosillo,a adj. **1.** Rojo claro. **2.** Dícese de la caballería de pelo blanco, negro y castaño.

rosmaro n.m. ZOOL Morsa (especie de foca).

rosoli o **rosolí** n.m. Licor de aguardiente con azúcar, canela y anís.

rosón n.m. Rezno, larva del moscardón.

rosquilla n.f. Dulce en forma de rosca pequeña.

rostrado,a adj. Que remata en una punta semejante al pico del pájaro.

rostritorcido,a o **rostrituerto,a** adj. Fig. y Fam. Que en el semblante manifiesta enojo, enfado.

rostro n.m. **1.** Cara de las personas. **2.** MAR Espolón de la nave.

1. rota n.f. **I.** Rumbo que lleva una embarcación. **II.** Fuga de un ejército vencido.

2. rota n.f. Tribunal de la Iglesia Católica que decide en grado de apelación, de todas las causas eclesiásticas.

3. rota n.f. Planta vivaz, de la familia de las palmas de hojas abrazadoras en los nudos, flores de tres pétalos, y fruto abayado y rojo.

rotáceo,a adj. En forma de rueda.

rotación n.f. **1.** CIENC Movimiento de un cuerpo que gira alrededor de un eje. **2.** Serie de permutaciones en la cual cada uno de los elementos de un todo toma sucesivamente todos los lugares ocupados anteriormente por los otros elementos. **3.** Sucesión, alternancias cíclicas de operaciones. **4.** Alternancia de cultivos en un mismo suelo. ● **rotar** v.int. Rodar. ● **rotativo,a** **1.** adj. Que actúa girando. **2.** n.f. TECN Prensa de formas cilíndricas que se utiliza principalmente para la impresión de diarios y periódicos. ▷ n.m. P. ext., periódico. ● **rotatorio,a** adj. Que gira, que describe un círculo.

rotacismo n.m. **1.** MED Vicio de pronunciación caracterizado por la dificultad de pronunciar las *r.* **2.** LING Sustitución de la *r* por otra consonante.

rotario,a **1.** n.m. Miembro de la asociación Rotary Club. **2.** adj. Perteneciente o relativo a los rotarios.

rotíferos n.m. ZOOL Rama de los metazoos microscópicos provistos de un órgano ciliado.

roto,a **I.** Part. pas. irreg. de *romper*. **II.** n. y adj. Andrajoso. **III.** n.m. *Chile*. Individuo de la clase más baja del pueblo. ▷ *Arg.* y *Perú*. Apodo con que se designa al chileno.

rotonda n.f. Construcción circular (edificio, galería, etc.).

rotor n.m. **1.** ELECTR Parte que gira en las máquinas eléctricas. **2.** TECN Parte móvil de una turbina. **3.** AERON Planos sustentadores giratorios.

rótula n.f. **1.** ZOOL Hueso en la parte anterior de la articulación de la tibia con el fémur. **2.** FARM Cada uno de los fragmentos en que se divide una masa medicinal. • **rotular** adj. Relativo a la rótula.

rotular v.tr. Poner rótulo. • **rotulación** n.f. Acción y efecto de rotular. • **rotulado** n.m. Rotulación. • **rotulador,a** **1.** n. y adj. Que rotula o sirve para rotular. **2.** n.f. Máquina para rotular. • **rótulo** n.m. **1.** Título de un escrito. **2.** Letrero o inscripción. **3.** Cartel público para dar noticia o aviso de una cosa.

rotundo,a adj. **1.** Redondo. **2.** Fig. Aplicado al lenguaje, lleno y sonoro. **3.** Fig. Preciso y terminante. • **rotundidez** n.f. Calidad de rotundo.

rotura n.f. **1.** Acción y efecto de romper o romperse. **2.** Raja o quiebra de un cuerpo sólido.

roturar v.tr. Arar o labrar por primera vez las tierras eriales. • **roturación** n.f. **1.** Acción y efecto de roturar. **2.** Terreno recién roturado.

round n.m. Asalto, en un combate de boxeo.

roya n.f. BOT Hongo parásito de diversos vegetales.

ENCICL **Agric.** — La roya no es más que un síntoma: las hojas de las plantas (cereales, boj, azucenas, peral), se llenan de manchas rojizas. La mayoría de los tipos de roya se deben a los hongos del grupo de los uredinales. Del mismo modo, la roya del trigo se debe a la *Puccinia graminis*; el ciclo empieza con las hojas de agracejo y termina en el trigo, cuyos granos se cubren enteramente de esporas negras, que resisten la sequedad del verano y el clima invernal.

royalty n.f. Compensación monetaria pagada al propietario de una patente por el usufructo de la misma

roza n.f. **1.** Acción y efecto de rozar. **2.** Tierra rozada para sembrar en ella.

rozadura n.f. **1.** Acción y efecto de rozar una cosa con otra. **2.** BOT Cierta enfermedad que ataca a la madera. **3.** CIR Herida superficial de la piel.

rozagante adj. Fig. Vistoso, ufano.

rozar **I.** v.tr. **1.** Limpiar las tierras antes de labrarlas. **2.** Cortar los animales con los dientes la hierba para comerla. **II.** v.int. y tr. Pasar una cosa tocando y oprimiendo ligeramente la superficie de otra o acercándose mucho a ella. **III.** v.prnl. **1.** Sufrir una rozadura. **2.** Fig. Tratarse dos o más personas. **3.** Desgastarse por el roce. • **rozamiento** n.m. **1.** Acción y efecto de rozar o rozarse. **2.** Fig. Disensión entre dos o más personas. **3.** MECAN Resistencia que se opone a la rotación o al resbalamiento de un cuerpo sobre otro.

1. roznar v.tr. **1.** Comer con ruido. **2.** Mover una cosa pesada ladeándola con palancas, ronzar. • **roznido** n.m. Ruido que, al roznar, se hace con los dientes.

2. roznar v.int. Rebuznar. • **roznido** n.m. Rebuzno. • **rozno** n.m. Borrico.

rozo n.m. Terreno que se ha rozado.

r.p.m. Abreviatura de *revoluciones por minuto*.

r.p.s. Abreviatura de *revoluciones por segundo*.

-rragia Sufijo procedente del griego *-rragia*, de *rhêgnumi* «romper», en pasivo *erragen*, «brotar».

-rrea Sufijo procedente del griego *-rroia*, de *rheiu*, «fluir».

Ru QUIM Símbolo del rutenio.

rúa n.f. Calle de un pueblo.

ruana n.f. **1.** Tejido de lana. **2.** Manta raída. **3.** *Col.* y *Venez.* Especie de poncho.

1. ruano,a adj. Dícese del caballo roano.

2. ruano,a adj. Que tiene forma de rueda.

rubato adv. MUS Indica que se puede interpretar un pasaje con cierta libertad rítmica.

rubefacción n.f. MED Rubicundez de la piel por la acción de un medicamento o por un trastorno interno.

rubelita n.f. Variedad roja de turmalina.

rúbeo,a adj. Que tira a rojo.

rubéola n.f. PAT Enfermedad caracterizada por una erupción semejante a la del sarampión.

rubescente adj. Que tira a rojo.

rubeta n.f. Rana pequeña arborícola.

rubí n.m. Mineral cristalizado, más duro que el acero, de color rojo y brillo intenso.

1. rubia n.f. Planta vivaz, de la familia de las rubiáceas, con cuya raíz se prepara una sustancia de color rojo utilizada en tintorería.

2. rubia n.f. ZOOL Pececillo teleósteo de agua dulce, del suborden de los fisóstomos.

3. rubia n.f. Moneda árabe de oro.

rubiáceas n.f. pl. BOT Familia de plantas dicotiledóneas gamopétalas de hojas decusadas con estípulas y cuyo gineceo posee dos carpelos.

rubial **1.** adj. Que tira al color rubio. **2.** n. y adj. pl. Fam. Dícese de la persona rubia y joven.

rubicán,a adj. Aplícase al caballo o yegua que tiene el pelo mezclado de blanco y rojo.

rubicela n.f. Espinela de color vinoso.

rubicundo,a adj. **1.** Rubio que tira a rojo. **2.** Aplícase a la persona de buen color.

rubidio n.m. QUIM Metal blanco brillante, cuyas propiedades son parecidas a las del potasio. Elemento de número atómico 37 y peso atómico 85,47 (símbolo *Rb*).

rubificar v.tr. Poner colorada una cosa.

rubio,a **1.** n. y adj. De color rojo claro parecido al del oro. **2.** n.m. ZOOL Pez teleósteo marino, del suborden de los acantopterigios.

rublo n.m. Unidad monetaria de la URSS.

rubor n.m. **1.** Color encarnado. **2.** Color rojo de que se ponen las mejillas bajo el efecto de la vergüenza. • **ruborizar** **I.** v.tr. Causar rubor o vergüenza. **II.** v.prnl. Fig. Sentir vergüenza.

rúbrica n.f. **1.** Rasgo que pone cada cual después de su nombre o título. **2.** Epígrafe o rótulo. • **rubricar** v.tr. **1.** Poner uno su rúbrica. **2.** Fig. Suscribir o dar testimonio de una cosa.

rubro,a **1.** adj. Rojo. **2.** n.m. *Amér.* Título, rótulo.

ruca n.f. BOT Planta silvestre de la familia de las crucíferas.

rucio,a n. y adj. De color pardo claro o canoso.

ruda n.f. Planta perenne, de la familia de las rutáceas, con hojas alternas, flores pequeñas y fruto capsular.

rudbeckia n.f. Planta ornamental (familia compuestas) original de América del N.

ruderal adj. BOT Que crece entre los escombros.

rudimento n.m. **1.** Embrión o estado primordial de un ser orgánico. **2.** pl. Primeros estudios de cualquier ciencia o profesión. • **rudimental** o **rudimentario** adj. Perteneciente o relativo al rudimento o a los rudimentos.

rudo,a adj. **1.** Tosco, naturalmente basto. **2.** Descortés, áspero. • **rudeza** n.f. Calidad de rudo.

rueca n.f. Instrumento que sirve para hilar.

rueda n.f. **1.** Máquina elemental, en forma circular que puede girar sobre un eje. **2.** Círculo o corro. **3.** Pez marino plectognato, de forma casi circular.

ruedo n.m. **1.** Acción de rodar. **2.** Parte puesta o colocada alrededor de una cosa. **3.** Círculo o circunferencia de una cosa. **4.** Redondel de la plaza de toros.

ruego n.m. Súplica, petición.

ruejo n.m. **1.** Piedra redonda. **2.** Rodillo de piedra.

ruezno n.m. Corteza exterior del fruto del nogal.

rufián n.m. **1.** El que trafica con prostitutas. **2.** Fig. Hombre que vive del engaño y del fraude.

rufo,a adj. **1.** Rubio o bermejo. **2.** De pelo ensortijado.

rugar v.tr. y prnl. Arrugar.

rugby n.m. Deporte que enfrenta a dos equipos de quince jugadores cada uno y que consiste en colocar un balón de forma oval, jugándolo con el pie o con la mano, detrás de la línea de meta contraria, o en hacerlo pasar por medio de una patada entre los postes de gol.

ruginoso,a adj. Mohoso, o con herrumbre.

rugir v.int. **1.** Bramar el león. **2.** Fig. Gritar una persona enojada. **3.** Crujir o rechinar. • **rugido,a** n.m. **1.** Voz del león. **2.** Fig. Grito colérico.

rugosidad n.f. **1.** Calidad de rugoso. **2.** Arruga. • **rugoso,a** adj. Que tiene arrugas, arrugado.

ruibarbo n.m. Planta herbácea, de la familia de las poligonáceas, con hojas radicales, flores amarillas o verdes y fruto seco.

ruido n.m. **1.** Sonido inarticulado y confuso. **2.** Fig. Alboroto o discordia. • **ruidoso,a** Que causa mucho ruido.

ENCICL El ruido constituye uno de los mayores inconvenientes de la vida moderna (circulación de automóviles, aviones, industrias, etc.). La lucha contra el ruido se ha convertido en una necesidad y es objeto de una reglamentación cada vez más rigurosa. En la teoría de la comunicación, la noción de ruido es muy importante, ya que se opone al signo (y por lo tanto al mensaje).

ruin adj. **1.** Vil y despreciable. **2.** Pequeño y humilde. **3.** Mezquino y avariento. • **ruindad** n.f. **1.** Calidad de ruin. **2.** Acción ruin.

ruina n.f. **1.** Acción de caer o destruirse una cosa. **2.** Fig. Pérdida grande de los bienes de fortuna. **3.** Fig. Perdición, decadencia. **4.** pl. Restos de uno o más edificios arruinados. • **ruinoso,a** adj. Que amenaza ruina.

ruiniforme adj. GEOL Dícese de las rocas o relieves a los que la erosión ha dado un aspecto de ruinas.

ruipóntico n.m. Planta vivaz de la familia de las poligonáceas.

ruiseñor n.m. Ave del orden de los pájaros, con plumaje pardo. Se alimenta de insectos.

ruleta n.f. Juego de azar que consiste en hacer rodar una bola sobre un plato giratorio, hasta que se detiene al azar en una de las casillas numeradas del mismo.

rulo n.m. **1.** Bola gruesa u otra cosa redonda que rueda fácilmente. **2.** Rodillo para allanar la tierra. **3.** Pequeño cilindro en que se arrolla el cabello para rizarlo. **4.** *Chile.* Secano, tierra de labor sin riego.

rumano,a **1.** n. y adj. Natural de Rumania. **2.** adj. Perteneciente a esta nación de Europa. **3.** n.m. Lengua rumana.

rumazón n.f. MAR Conjunto de nubes.

rumba n.f. Cierto baile popular y su música.

rumbear v.int. **1.** *Amer.* Orientarse, tomar el rumbo. **2.** *Cuba.* Andar de rumba o parranda. **3.** Bailar la rumba.

1. rumbo n.m. **1.** Dirección trazada en el plano del horizonte. **2.** Camino que uno se propone seguir. **3.** MAR Cualquier agujero que se hace o se produce en el casco de la nave.

2. rumbo n.m. Fig. y Fam. Pompa, ostentación. • **rumboso,a** adj. **1.** Fam. Pomposo. **2.** Fam. Generoso.

rumí n.m. Nombre dado por los musulmanes a los cristianos y a los europeos.

rumiajo n.m. **1.** Corazón de las peras o manzanas que queda después de haberlas comido. **2.** Fig. Persona pequeña y ruin.

rumiar v.tr. **1.** Masticar segunda vez, volviéndolo a la boca el alimento que ya estuvo en el depósito que a este efecto tienen algunos animales. **2.** Fig. y Fam. Considerar despacio y pensar con reflexión una cosa. **3.** Fig. y Fam. Rezongar. • **rumiador,a** n. y adj. Que rumia. • **rumiante** n. y adj. ZOOL Se dice de mamíferos artiodáctilos patihendidos, que se alimentan de vegetales. Carecen de dientes incisivos en la mandíbula superior y tienen el estómago compuesto de cuatro cavidades. ▷ n.m.pl. ZOOL Suborden de estos animales.

ENCICL Merced a la rumia, los rumiantes pueden utilizar la celulosa, principal elemento de los vegetales. Al no poseer enzima destructora de la celulosa, trituran un poco la hierba con sus dientes y después la tragan almacenándola en la panza, en donde es sometida a la acción de bacterias y de protozoos ciliados capaces de digerir la celulosa. A continuación, el bolo vuelve a subir a la boca sufriendo una segunda masticación antes de ser tragado y digerido normalmente. Por lo tanto, los rumiantes recuperan una gran parte de la celulosa engullida; además, las bacterias y los ciliados se han multiplicado al hacer fermentar la hierba. Si se favorece el desarrollo de estos microorganismos, el animal engordará; es por esto que, en el establo, los ganaderos añaden al forraje una gran cantidad de urea, sustancia industrial barata que los microorganismos utilizan para multiplicarse a un ritmo muy superior al normal. Este engorde de los animales, más rápido, perjudica la calidad de la carne. Los rumiantes, como todos los herbívoros, poseen *dientes de crecimiento continuo.*

rumo n.m. Primer aro de los cuatro con que se aprietan las cabezas de los toneles o cubas.

rumor n.m. **1.** Voz que corre entre el público. **2.** Ruido confuso de voces. **3.** Ruido vago y continuado. • **rumorearse** v.prnl. Correr un rumor entre la gente.

runa n.f. Cada uno de los caracteres que empleaban en la escritura los antiguos escandinavos.

runfla o **runflada** **1.** n.f. Cierto juego de naipes. **2.** Fig. Muchedumbre de personas o cosas.

rúnico,a o **runo** adj. Relativo a las runas o escrito en ellas.

runrún n.m. **1.** Fam. Voz que corre entre el público. **2.** Ruido confuso de voces. **3.** *Chile.* Ave de plumaje negro que vive a las orillas de los ríos.

ruñar v.tr. Labrar la cavidad en que se encajan las tiestas de los toneles o cubas.

ruolz n.m. TECN Aleación blanca, compuesta de cobre, níquel y plata.

rupestre adj. Relativo a las rocas. — *Pintura rupestre.* Se aplica especialmente a las pinturas y dibujos prehistóricos existentes en alguna rocas y cavernas.

1. rupia n.f. Unidad monetaria de diversos países asiáticos.

2. rupia n.f. PAT Enfermedad de la piel caracterizada por la aparición de ampollas y costras.

rupicabra o **rupicapra** n.f. Gamuza (animal).

ruptura n.f. Fig. Acción y efecto de romper o romperse.

ruqueta n.f. **1.** Oruga (planta). **2.** Jaramago (planta).

rural adj. **1.** Relativo al campo y a sus labores. **2.** Fig. Inculto, apegado a cosas lugareñas. • **ruralismo** n.m. Calidad de rural.

rusalca n.f. En la mitología eslava, ninfa acuática que atrae a los hombres para darles muerte.

rusco n.m. BOT Brusco, planta esmilácea.

rusel n.m. Tejido de lana asargado.

rusiente adj. Rojo o candente con el fuego.

ruso,a **1.** adj. Del antiguo Imperio ruso o de la RSFSR. **2.** n. y adj. Individuo del antiguo Imperio ruso o ciudadano de la RSFSR. Erróneamente, ciudadano soviético. **3.** n.m. Lengua eslava que es el idioma oficial de la URSS.

rústico,a **I.** adj. **1.** Perteneciente o relativo al campo. **2.** Fig. Tosco, grosero. **II.** n.m. Hombre del campo. • **rusticidad** n.f. Calidad de rústico.

ruta n.f. **1.** Itinerario de un viaje. **2.** Fig. Camino o dirección.

rutáceo,a n. y adj. BOT Se dice de plantas angiospermas dicotiledóneas, con hojas alternas, flores pentámeras y fruto dehiscente. ▷ n.f.pl. BOT Familia de estas plantas.

rutenio n.m. QUIM Metal blanco, duro y quebradizo, del grupo de los platinoides; elemento químico de número atómico 44 y peso atómico 101,07 (símbolo *Ru*).

ruteno,a **1.** n. y adj. Habitante de Rutenia. **2.** adj. Perteneciente o relativo a Rutenia. **3.** n.m. Lengua rutena.

rutilar v.int. POET Brillar como el oro.

rutilo n.m. MINER Óxido natural de titanio.

rutina n.f. Costumbre, hábito de hacer las cosas sin razonarlas. • **rutinario,a** adj. Que se hace o practica por rutina.

rútulos, habitantes de la Italia antigua que vivían en el Lacio, en un territorio que bordeaba el mar Tirreno.

S

s **1.** n.f. Vigésima segunda letra del abecedario español, y decimoctava de sus consonantes. **2.** Símbolo de segundo.

S **1.** Abreviatura de sur. **2.** QUIM Símbolo del azufre. **3.** FIS Símbolo del siemens. **4.** ANAT *S ilíaca.* Último tramo del colon.

S.A. Siglas de Sociedad Anónima.

SA Siglas de la expresión alemana *Sturm*

sábado n.m. Séptimo día de la semana.

sábalo n.m. ZOOL Pez teleósteo marino del suborden de los fisóstomos. Desova por la primavera en los ríos que desembocan en el mar, en los cuales penetra a gran distancia aguas arriba. • **sabalar** n.m. Red para pescar sábalos. • **sabalera** n.f. **1.** Rejilla de hierro donde se coloca el combustible en los hornos de reverbero. **2.** Arte de pesca, parecido a la jábega, para pescar sábalos.

sabana n.f. Llanura muy dilatada, sin vegetación arbórea. • **sabanear** v.int. *Amér.* Recorrer la sabana donde se ha establecido un hato.

sábana n.f. Cada una de las dos piezas de tela, de tamaño suficiente para cubrir la cama y colocar el cuerpo entre ambas.

sabandija n.f. **1.** Cualquier reptil pequeño. **2.** Fig. Persona despreciable.

sabanera n.f. *Venez.* Culebra de vientre amarillo y lomo salpicado de negro, verde y pardo; vive en las sabanas y limpia el terreno de sabandijas.

sabanero,a **I.** n. y adj. Habitante de una sabana. **II.** adj. Perteneciente o relativo a la sabana. **III.** n.m. **1.** *Amér.* Hombre encargado de sabanear. **2.** Pájaro muy parecido al estornino, que vive en las praderas en América del Norte y en las Antillas.

sabanilla n.f. **1.** Cubierta exterior de lienzo con que se cubre el altar. **2.** *Chile.* Tejido de lana muy fino que se usa en la cama a manera de cobertor.

sabañón n.m. Hinchazón o ulceración de la piel, con ardor y picazón, causada por frío excesivo.

sabático,a adj. **1.** Perteneciente o relativo al sábado. **2.** Se aplica al séptimo año, en que los hebreos dejaban descansar sus tierras, viñas y olivares. • **sabatina** n.f. Oficio divino propio del sábado. • **sabatino,a** **1.** adj. Perteneciente al sábado o ejecutado en él. **2.** n.m. y f. HIST Miembro de una secta cristiana fundada por Sabateo en el s. IV que celebraba la Pascua el mismo día que los judíos.

šabbat n.m. Sábado judío; día de fiesta entre los judíos.

sabedor,a adj. Conocedor de una cosa.

sabela n.f. ZOOL Gusano marino sedentario, de la clase de los anélidos.

sabelección n.m. o f. *Cuba.* Planta silvestre de la familia de las crucíferas, que crece en las sabanas y lugares húmedos.

sabélico,a n.m. LING Grupo de dialectos itálicos localizados al E del Lacio.

sabelios, antiguo pueblo de los Apeninos, del que los samnitas formaban parte.

sabelotodo n.m. y f. Fam. Que presume de tener muchos conocimientos.

sabeo,a n. y adj. **1.** RELIG Miembro de una secta judeocristiana que se menciona en el Corán. **2.** Nombre de un grupo sudarábigo antiguo, y también de su dialecto.

1. saber n.m. **1.** Conocimiento. **2.** Ciencia o facultad.

2. saber **I.** v.tr. **1.** Conocer una cosa. **2.** Ser docto en alguna cosa. **3.** Tener habilidad para una cosa. **II.** v.int. Estar informado de la existencia, paradero o estado de una persona o cosa. **III.** Tener sabor una cosa. **IV.** Sujetarse o acomodarse a una cosa.

sabicú n.m. BOT *Cuba.* Árbol grande, de la familia de las papilionáceas, con flores blancas o amarillas, y madera rojiza.

sabidillo,a n. y adj. Sabelotodo.

sabiduría n.f. **1.** Conducta prudente. **2.** Conocimiento profundo en ciencias, letras o artes.

sabiendas (a) m. adv. Con conocimiento y deliberación.

sabihondo,a n. y adj. Se dice de la persona que presume de sabio sin serlo. • **sabihondez** n.f. Cualidad de sabihondo.

sabina n.f. BOT Arbusto o árbol de poca altura, de la familia de las cupresáceas, siempre verde, con tronco grueso y madera encarnada y olorosa.

sabinilla n.f. *Chile.* Arbusto de la familia de las rosáceas, con fruto carnoso y comestible.

sabino,a adj. Rojo claro, rosillo.

sabinos, pueblo latino que se estableció cerca de Roma, emparentado con los oscos y los umbros. — ***Rapto de las sabinas.*** Leyenda de la antigua Roma según la cual los compañeros de Rómulo, ante la falta de mujeres, invitaron a sus vecinos los sabinos a una fiesta para apoderarse de sus esposas e hijas. Como consecuencia del rapto, se declaró una guerra entre los dos pueblos que finalizó con un tratado de alianza (los sabinos y su rey Tacio se establecieron en Roma) y la fusión de ambos pueblos.

sabio,a n. y adj. **1.** Se dice de la persona que posee conocimientos científicos poco comunes, se dedica a la investigación, etc **2.** De buen juicio, cuerdo. • **sabiondo,a** n. y adj. Sabihondo. • **sabiondez** n.f. Sabihondez.

sable n.m. **1.** Arma blanca semejante a la espada, pero algo corva y de un solo corte. **2.** Fig. y Fam. Habilidad para sacar dinero a otro. • **sablazo** n.m. **1.** Golpe dado con sable. **2.** Fig. y Fam. Acto de sacar dinero a uno.

sablear v.int. Dar sablazos, sacar dinero con maña. • **sableador,a** n.m. y f. Persona hábil para sablear o sacar dinero a otra.

sablón n.m. Arena gruesa.

saboga n.f. Sábalo (pez).

saboneta n.f. Reloj de bolsillo, cuya esfera, cubierta con una tapa de oro, plata u otro metal se descubre apretando un muelle.

sabor n.m. **1.** Sensación que ciertos cuerpos producen en el órgano del gusto. **2.** Fig. Propiedad que tienen algunas cosas de parecerse a otras con que se las compara. *Un poema de sabor clásico.*

saborear **I.** v.tr. Dar sabor a las cosas. **II.** v.tr. y prnl. **1.** Percibir detenidamente y con deleite un sabor. **2.** Fig. Apreciar detenidamente y con deleite una cosa grata. **III.** v.prnl. **1.** Comer o beber una cosa despacio, con particular deleite. **2.** Fig. Deleitarse en las cosas que agradan. • **saboreamiento** n.m. Acción y efecto de saborear o saborearse.

sabotaje n.m. **1.** Daño o deterioro que en la maquinaria, productos, etc., se hace como procedimiento de lucha contra los patronos, contra el Estado o contra las fuerzas de ocupación en conflictos sociales o políticos. ▷ P. ext., se da este nombre a los actos más o menos solapados que, con destrucción de riqueza, se realizan para socavar la estabilidad de un régimen político o de un Gobierno, y también a los actos efectuados de manera subrepticia en una nación en beneficio de otra. **2.** Fig. Oposición u obstrucción disimulada contra proyectos, decisiones, etc. • **saboteador,a** n. y adj. Que sabotea. • **sabotear** v.tr. Realizar actos de sabotaje.

saboyana n.f. Especie de bizcocho empapado en almíbar y rociado con ron.

sabroso,a adj. **1.** Sazonado y grato al sentido del gusto. **2.** Fig. Interesante, gracioso.

sabueso,a **1.** n.m. y adj. Variedad de perro podenco, de olfato muy fino. **2.** n.m. Policía, detective.

sábulo n.m. Arena gruesa y pesada.

saburra n.f. **1.** FISIOL Secreción mucosa espesa que se acumula en las paredes del estómago. **2.** Capa blanquecina que cubre la lengua por efecto de dicha secreción. • **saburroso,a** adj. Que indica la existencia de saburra gástrica.

1. saca n.f. **1.** Acción y efecto de sacar. **2.** Exportación de géneros de un país a otro. **3.** Copia autorizada de un documento protocolizado.

2. saca n.f. Costal muy grande de tela fuerte, que sirve regularmente para conducir y transportar la correspondencia, u otros efectos.

sacabocado o **sacabocados** n.m. Instrumento de hierro, que sirve para taladrar, en forma de punzón, de tenaza, etc.

sacabotas n.m. Tabla con una muesca en la cual se encaja el talón de la bota para descalzarse.

sacabuche n.m. **1.** Especie de trompeta, que se alarga y acorta para que haga los diferentes sones. **2.** Músico que toca este instrumento.

sacaclavos n.m. Herramienta formada por una barra de hierro curvada y con una hendidura en un extremo, que se utiliza como palanca y para sacar clavos.

sacacorchos n.m. Instrumento consistente en una espiral metálica con un mango o una palanca. Sirve para quitar los tapones de corcho a los frascos y botellas.

sacacuartos n.m. Fam. Sacadineros.

sacadinero o **sacadineros** n.m. y f. Fam. Persona que tiene arte para sacar dinero al público con cualquier engaño.

sacador,a n. y adj. Que saca.

sacadura n.f. Corte en sesgo que hacen los sastres para que siente bien una prenda.

sacaleche n.m. MED Pequeño aparato que se coloca en la punta del seno para protegerlo en el curso de la lactancia materna o para sacar la leche.

sacaliña n.f. Vara con un arponcillo en el extremo para sacar o quitar algo.

sacamanchas n.m. Quitamanchas.

sacamantecas n.m. y f. Fam. Criminal que destripa a sus víctimas.

sacamolero o **sacamuelas** n.m. y f. **1.** Persona que tenía por oficio sacar muelas. **2.** Fig. Persona que habla mucho insustancialmente.

sacapuntas n.m. Instrumento para afilar los lápices.

sacar v.tr. **1.** Poner una cosa fuera del lugar donde estaba encerrada o contenida. **2.** Quitar, apartar a una persona o cosa del sitio o condición en que se halla. **3.** Averiguar, resolver. **4.** Hacer que uno diga o dé una cosa. **5.** Extraer de una cosa alguno de los principios o partes que la componen. **6.** Elegir por sorteo o por votos. **7.** Ganar por suerte una cosa, o ganar al juego. **8.** Conseguir. **9** Alargar, adelantar una cosa. **10.** Exceptuar, excluir. **11.** Hacer una fotografía o retrato. **12.** Quitar. **13.** Desenvainar. **14.** En algunos juegos iniciarlos o reanudarlos después de cada tanto, jugada o interrupción. **15.** Tratándose de apodos, motes, faltas, etc., aplicarlos, atribuirlos.

sacar(i)-, sacar(o)-. Prefijos procedentes del latín *saccharum,* y del griego *sakkharos,* «azúcar».

sacárido adj. QUIM Se aplica a los ácidos obtenidos por la acción del ácido nítrico sobre la invertina, la glucosa, la lactosa y el almidón. • **sacarato** n.m. QUIM Sal del ácido sacárico.

sacarificar v.tr. Convertir por hidratación las sustancias sacarígenas en azúcar. • **sacarífero,a** adj. Que produce o contiene azúcar. • **sacarificación** n.f. BIOQUIM Transformación de sustancias amiláceas o celulósicas en azúcares simples. • **sacarígeno,a** adj. Se dice de la sustancia capaz de convertirse en azúcar mediante la hidratación. • **sacarimetría** n.f. QUIM Conjunto de procesos que permiten determinar la cantidad y la naturaleza de los azúcares de una solución. • **sacarina** n.f. QUIM y comúnmente. Sustancia blanca (amida sulfobenzoica) utilizada como sucedáneo del azúcar. • **sacarino,a 1.** Que tiene azúcar. **2.** Que se asemeja al azúcar. **3.** Relativo al azúcar o a su fabricación. • **sacaroide** adj. Que tiene el aspecto del azúcar. • **sacarosa** n.f. BIOQUIM Azúcar alimenticio, compuesto por glucosa y fructosa.

sacasebo n.m. BOT *Cuba.* Planta herbácea, silvestre, de la familia de las gramíneas, que sirve de pasto al ganado.

sacatinta n.m. *Amér. Central.* Arbusto de cuyas hojas se extrae un tinte azul violeta que usan los indios para teñir los hilos o pintarse la piel.

Sacculina n.m. Género de crustáceos cirrípedos que incluye el *Sacculina carcini,* parásito del cangrejo que después de la fijación toma el aspecto de un saco adherido al abdomen del huésped en cuyo cuerpo desarrolla sus filamentos alimentarios.

Saccharomyces n.m. BOT Género de levaduras que incluye las que descomponen los glúcidos. • **sacaromicetales** n.m. pl. Grupo de hongos ascomicetes cuyo tipo genérico es el *Saccharomyces.*

sacerdote n.m. **1.** Hombre dedicado y consagrado a hacer, celebrar y ofrecer sacrificios religiosos. **2.** Hombre consagrado a Dios, ungido y ordenado para celebrar y ofrecer el sacrificio de la misa. • **sacerdocio** n.m. **1.** Dignidad y estado de sacerdote. **2.** Ejercicio y ministerio propio del sacerdote. **3.** Fig. Consagración al desempeño de una profesión o ministerio elevado y noble. • **sacerdotal** adj. Perteneciente al sacerdote. • **sacerdotisa** n.f. Mujer dedicada a ofrecer sacrificios a ciertas deidades y a cuidar de sus templos.

saciar v.tr. y prnl. **1.** Hartar y satisfacer de bebida o de comida. **2.** Fig. Hartar y satisfacer en las cosas del ánimo. • **saciedad** n.f. Hartura producida por satisfacer con exceso el deseo de una cosa.

saco n.m. **I. 1.** Receptáculo de tela, cuero, papel, etc., de forma rectangular o cilíndrica, abierto por uno de los lados. **2.** Lo contenido en él. **3.** Vestidura tosca y áspera de paño burdo o sayal. **4.** Fig Cualquier cosa que en sí incluye otras muchas, en la realidad o en la apariencia. **5.** *Amér.* Chaqueta, americana. **II.** BOT *Saco embrionario.* Parte de la nucela de las angiospermas donde se forma el óvulo. — ZOOL *Sacos aéreos.* Depósitos de aire que prolongan los bronquios de un ave.

sacoleva n.m. MAR Velero utilizado por griegos y turcos para la pesca de esponjas.

sacramento n.m. Acto religioso que tiene como fin la santificación de quien lo recibe. • **sacramental I.** adj. **1.** Perteneciente a los sacramentos. **2.** Rito instituido por la Iglesia católica para obtener un efecto espiritual. **II.** n.m. Individuo de una especie de cofradía. **III.** n.f. Cofradía dedicada a dar culto al Sacramento del altar. • **sacramentar** v.tr. Administrar a un enfermo el viático y la extremaunción. • **sacramentario,a** n. y adj. HIST Nombre dado en el s. XVI por los luteranos a los protestantes que negaban la presencia divina en la eucaristía. • **sacramentino,a** n. y adj. Perteneciente a la orden religiosa de la Adoración Perpetua del Santísimo Sacramento.

ENCICL En la Iglesia católica existen siete sacramentos: bautismo, confirmación, eucaristía, matrimonio, orden sacerdotal, penitencia y el sacramento de los enfermos (hasta 1963 llamado extremaunción). En su mayor parte, las Iglesias reformadas han conservado únicamente dos sacramentos: el bautismo y la eucaristía, a los cuales no atribuyen los mismos efectos que los católicos y los ortodoxos.

sacratísimo,a Adj. superl. de *sagrado.*

sacre n.m. Halcón de Europa y Asia central, empleado antiguamente para la caza.

sacrificio n.m. **1.** Ofrenda a una deidad en señal de homenaje o expiación. **2.** Acto del sacerdote al ofrecer en la misa el cuerpo de Cristo bajo las especies de pan y vino. **3.** Fig. Acción a que uno se sujeta con gran repugnancia por consideraciones que a ello le mueven. **4.** Fig. Acto de abnegación inspirado por la vehemencia del cariño. • **sacrificar** v.tr. **1.** Hacer sacrificios. **2.** Matar las reses para el consumo.

sacrilegio n.m. Lesión o profanación de cosa, persona o lugar sagrados. • **sacrílego,a I.** n. (apl. a pers.) y adj. Que comete o contiene sacrilegio. **II.** adj. Perteneciente o relativo al sacrilegio.

sacristán n.m. El que en las iglesias tiene a su cargo ayudar al sacerdote y cuidar de la limpieza de la iglesia y sacristía. • **sacristana** n.f. **1.** Mujer del sacristán. **2.** Religiosa destinada en su convento a cuidar de las cosas de la sacristía.

sacristía n.f. Lugar, en las iglesias, donde se revisten los sacerdotes y están guardados los ornamentos y otras cosas pertenecientes al culto.

sacro,a 1. n.m. ANAT Hueso simétrico y triangular constituido por cinco vértebras soldadas (llamadas *sacras*) situadas en la base de la columna vertebral. **2.** adj. Sagrado. • **sacrolumbar** adj. ANAT Perteneciente o relativo al sacro y a las vértebras lumbares a la vez.

sacro- ANAT Prefijo que indica una relación con el hueso sacro.

sacrosanto adj. Que reúne las cualidades de sagrado y santo.

sacudir I v.tr. y prnl. **1.** Mover violentamente una cosa. **2.** Arrojar, tirar o despedir una cosa o apartarla violentamente de sí. **II.** v.tr. **1.** Golpear una cosa o agitarla en el aire con violencia para quitarle el polvo, enjugarla, etc. **2.** Golpear, dar golpes. **III.** v.prnl. Apartar de sí con aspereza de palabras a una persona, o rechazar una acción, proposición o dicho, con libertad, viveza o despego. • **sacudida** n.f. Acción y efecto de sacudir o sacudirse.

sáculo n.m. ANAT Vesícula del oído interno en la parte inferior del vestíbulo.

sachaguasca n.f. *Arg.* Planta enredadera bignoniácea.

sachar v.tr. Escardar la tierra sembrada, para quitar las malas hierbas. • **sacho** n.m. **1.** Instrumento de hierro, en figura de azadón, que sirve para sachar. **2.** *Chile.* Instrumento formado por una armazón de madera con una piedra que sirve de lastre. Se usa en lugar de ancla en las embarcaciones menores.

sadismo n.m. **1.** PSIQUIAT Perversión sexual en la cual la satisfacción depende del sufrimiento físico o moral infringido a la pareja. **2.** Gusto, complacencia en hacer o en ver sufrir al prójimo. • **sádico,a** n. (apl. a pers.) y adj. Perteneciente o relativo al sadismo. • **sádico-anal** adj. PSICOAN *Etapa sádico-anal* o *anal.* Segunda fase de la evolución libidinal (entre 2 y 5 años) en la que la zona erógena es el ano y en la que el niño efectúa el aprendizaje del control de esfínteres.

sadomasoquismo n.m. PSIQUIAT Combinación de sadismo y de masoquismo. • **sadomasoquista** n. y adj. PSIQUIAT Que es al mismo tiempo sádico y masoquista.

saduceo,a n. y adj. Miembro de una secta judía que negaba la resurrección futura y la inmortalidad del alma.

SAE (clasificación), sistema por el que se establece la calidad de un aceite para motor según su viscosidad. Esta gradación fue puesta en práctica por la *Society of Automotive Engineers* de Estados Unidos y actualmente se utiliza en todo el mundo.

saeta n.f. **1.** Arma arrojadiza disparada con arco. ▷ Flecha. **2.** Manecilla del reloj. **3.** Brújula. **4.** Copla breve que se canta durante ciertas solemnidades religiosas. • **saetazo** n.m. **1.** Acción de tirar o herir con la saeta. **2.** Herida hecha con ella. • **saetar** o **saetear** v.tr. Herir con saetas, asaetear. • **saetera** n.f. Aspillera para disparar saetas.

saetía, n.f. **1.** Embarcación latina de tres palos y una sola cubierta, menor que el jabeque y mayor que la galeota, que servía para las expediciones de corso y para mercancía. **2.** Abertura o ventana para disparar saetas. **3.** *Cuba.* Planta de la familia de las gramíneas, que sirve de pasto al ganado.

saetilla n.f. **1.** Manecilla del reloj. **2.** Brújula.

saetín n.m. **1.** Clavito delgado y sin cabeza. **2.** En los molinos, canal estrecho por donde se precipita el agua desde la presa a la rueda hidráulica, para hacerla andar.

safari n.m. **1.** Excursión de caza mayor, que se realiza en algunas regiones de África. P. ext., se aplica a excursiones similares efectuadas en otros territorios. ▷ *Safari fotográfico.* Excursión en el transcurso de la cual se fotografían en su hábitat natural los animales salvajes. **2.** Lugar en que se realizan esas excursiones.

safawíes, dinastía persa (1502-1736). Su nombre procede del de Ṣafī al Dīn (1253-1334), cuyos descendientes se impusieron como jefes chiítas. Con el acceso al trono de Ismā'īl I, coronado sha en Tabriz, en 1502, los safawíes extendieron el chiísmo. Su reinado se caracterizó por una renovación artística. Lucharon contra los turcos y los uzbekos, en especial, bajo 'Abbās I el Grande (1587-1629), que condujo el Imperio a su apogeo. A principios del s. XVIII, el Imperio se desmoronó y, en 1736, Nādir sha tomó el poder.

safena n.f. ANAT Cada una de las dos venas que recogen la sangre de las venas superficiales de la pierna. *Gran* y *pequeña safena.*

sáfico,a adj. **1.** Perteneciente a Safo o a su poesía. — *Verso sáfico.* Verso griego o latino de once sílabas que, al parecer, inventó Safo. **2.** Relativo al safismo. • **safismo** n.m. Homosexualidad femenina.

safio n.m. *Cuba.* Pez parecido al congrio.

1. saga n.f. Mujer que hace hace encantos o maleficios.

2. saga n.f. Cada una de las leyendas poéticas de la antigua Escandinavia. ▷ P. ext., ciclo novelesco que narra la historia de una familia o de una dinastía.

sagacidad n.f. Calidad de sagaz. • **sagaz** adj. Avisado, astuto.

sagapeno n.m. Gomorresina que se usaba en medicina como antiespasmódico.

sagatí n.m. Especie de estameña, que tiene la urdimbre blanca y la trama de color.

sagita n.f. GEOM Porción de recta comprendida entre el punto medio de un arco de círculo y el de su cuerda.

sagital adj. **1.** De figura de saeta. **2.** MAT *Esquema sagital.* El constituido por flechas que representan relaciones. **3.** ANAT Mediano y orientado en el sentido anteroposterior. *Corte sagital.* — *Sutura sagital.* Sutura que une los parietales del cráneo.

sagitaria n.f. BOT Planta herbácea anual, de la familia de las alismatáceas, con hojas en figura de saeta, y flores terminales, blancas.

sagitario n.m. Que usa arco y saetas para luchar.

ságoma n.f. ARQUIT Escantillón.

sagradas (guerras), nombre de tres guerras que tuvieron lugar en Grecia, entre el 590 y el 346 a. J.C., marcadas principalmente por la lucha de los focenses contra tebanos y tesalios para lograr el control del templo de Apolo en Delfos. La última sirvió de pretexto a Filipo II de Macedonia para conquistar la Fócida (346). En el 339, intervino de nuevo venciendo a los atenienses (guerra llamada a veces *cuarta guerra sagrada*).

sagrado,a **I.** adj. **1.** Que según rito está dedicado a Dios y al culto divino. **2.** Que es venerable por alguna relación con lo divino. **3.** Perteneciente o relativo a la divinidad o a su culto. **II.** n.m. Cualquier recurso o sitio que asegura de un peligro.

sagrario n.m. **1.** Parte interior del templo, en que se guardan las cosas sagradas. **2.** Lugar donde se guarda y deposita a Cristo sacramentado.

saguaipe n.m. *Arg.* Gusano parásito hermafrodita.

sah n.m. Rey de Persia o del Irán.

sahariana n.f. Especie de chaqueta propia de climas cálidos.

sahariano o **sahárico,a** **I.** adj. **1.** Perteneciente o relativo al desierto del Sahara. **2.** Referente o relativo al Sahara. **II.** n. y adj. Natural de este territorio.

sahel n.m. En Africa del norte, región costera formada por colinas arenosas.

sahib n.m. Tratamiento dado en la India a los blancos, por parte de los indígenas, durante el período colonial.

sahornarse v.prnl. Escocerse. • **sahorno** n.m. Efecto de sahornarse.

sahumado,a adj. Fam. Ahumado, achispado. • **sahumar** v.tr. y prnl. Dar humo aromático a una cosa. • **sahumerio** o **sahúmo** n.m. **1.** Acción y efecto de sahumar o sahumarse. **2.** Humo que produce una materia aromática que se echa en el fuego para sahumar. **3.** Esta materia.

saiga n.m. Antílope de Asia central, de pelaje claro, largo hocico y cuernos en forma de lira.

Saimiri n.m. Género de pequeños primates arborícolas de América del Sur con larga cola no prensil.

saín n.m. **1.** Grasa de los animales. **2.** Aceite extraído de algunos peces y cetáceos. • **sainar** v.tr. Engordar a los animales.

sainete n.m. **I.** Pieza dramática jocosa, en un acto, y por lo común de carácter popular, que se presentaba al final de las funciones teatrales. **II.** Fig. Bocadito delicado y gustoso al paladar. • **sainetesco,a** adj. Perteneciente al sainete o propio de él, cómico.

saíno n.m. Mamífero paquidermo cuyo aspecto general es el de un jabato de seis meses; sin cola, con cerdas largas y fuertes, colmillos pequeños y una glándula en lo alto del lomo, de forma de ombligo, por donde secreta un humor fétido. Vive en los bosques de América Meridional y su carne es apreciada.

saja n.f. Cortadura hecha en la carne. • **sajador** n.m. **1.** El que tiene por oficio sajar o sangrar. **2.** CIR Instrumento para escarificar. • **sajadura** n.f. Cortadura hecha en la carne. • **sajar** v.tr. CIR Cortar en la carne.

sajelar v.tr. Limpiar el barro que preparan los alfareros para sus labores.

sajones, pueblo germánico establecido hacia el s. II en la desembocadura del Elba. Se dispersó hacia el S y el O, implantándose la rama frisona en el s. V en el S de Inglaterra. Tras varias campañas difíciles, Carlomagno los sometió (797) y les impuso el cristianismo.

sajumaya n.f. *Cuba.* Enfermedad que ataca a los cerdos y que los ahoga.

sajuriana n.f. *Perú.* Baile antiguo que se baila entre dos.

sake n.m. Bebida alcohólica japonesa, obtenida a partir de la fermentación del arroz.

sakem n.m. Anciano que forma parte del consejo de la tribu, entre los indios de Norteamérica.

saki n.m. Pequeño mono (familia cébidos) de América del Sur, de larga cola y espeso pelo gris.

sal n.f. **1.** Sustancia compuesta de cloro y sodio, ordinariamente blanca, cristalina, muy soluble en agua, y que se emplea para sazonar. **2.** Fig. Agudeza, chiste en el habla. **3.** Garbo, gentileza en los ademanes. **4.** QUIM Cuerpo resultante de la sustitución de los átomos de hidrógeno de un ácido por radicales básicos.

ENCICL Algunas sales son muy comunes en la naturaleza, donde se encuentran en estado sólido: carbonato de calcio, importante constituyente de las rocas sedimentarias; fosfatos (sobre todo de calcio); sulfuros de cinc, de plomo, de mercurio, de plata, etc.; nitratos, de donde se extraen los abonos nitrogenados; cloruro sódico, la más abundante y la más importante para el hombre, es la sal de mesa (v. más abajo). A temperatura ambiente las sales son sólidos generalmente bien cristalizados. Todos los cristales, fundidos o en solución acuosa, son buenos conductores de la electricidad. Un gran número de estas sales poseen agua de cristalización; cuando el agua se evapora, los cristales se rompen: hay *eflorescencia.* Otras sales absorben el agua atmosférica y se disuelven, son *delicuescentes.* El cloruro sódico (la *sal*) proviene del agua de los océanos, de la que representa el 3,5 %, término medio (o sea 35 g por un litro de agua de mar). La sal se obtiene del mar o, generalmente, de las minas de sal *gema.* En efecto, la evaporación de antiguos mares ha dejado en los terrenos sedimentarios, considerables depósitos (capas de hasta 200 m de espesor) de cloruro sódico en estado casi puro, es la llamada sal gema. La sal se ha conocido siempre. Sirvió como moneda de intercambio (v. salario). En Francia fue objeto de un impuesto (v. gabela). El cloruro sódico, soluble en agua, se funde a 801 °C y entra en ebullición a 1.413 °C. Una mezcla eutéctica compuesta de un 30 % de sal disuelta en agua, se funde a —21 °C; esta propiedad se utiliza para descongelar las carreteras heladas o nevadas. La sal es un alimento indispensable para el hombre, que debe consumir 20 g por día, pero una absorción demasiado abundante puede provocar hipertensión arterial. Según las condiciones elegidas, la electrólisis de la sal proporciona cloro, hidrógeno, sodio, o sosa; esta producción tiene un papel fundamental en la industria química.

sala n.f. **1.** Pieza principal de la casa, donde se reciben las visitas de cumplimiento. **2.** Aposento principal de grandes dimensiones. **3.** Pieza donde se constituye un tribunal de justicia para celebrar audiencia. **4.** Conjunto de los jueces que forman un tribunal.

salab n.m. Arbusto de la familia de las sapindáceas, y cuyas hojas son de color rojo vivo.

salabardo n.m. Saco o manga de red, colocado en un aro de hierro con tres o cuatro cordeles que se atan a un cabo delgado. Se emplea para sacar la pesca de las redes grandes.

salabre n.m. Arte de pesca menor.

salacidad n.f. Calidad de salaz.

salacot n.m. Sombrero en forma de casquete esférico hecho de un tejido de tiras de caña.

saladar n.m. **1.** Lagunazo en que se cuaja la sal en las marismas. **2.** Terreno esterilizado por abundar en él las sales.

saladería n.f. *Arg.* Industria de salar carnes.

saladero n.m. Casa o lugar destinado para salar carnes o pescados.

saladilla n.f. Planta salsolácea, parecida a la barrilla, que crece en terrenos salobreños.

salado,a **I.** adj. **1.** Se dice del terreno estéril por demasiado salitroso. **2.** Se aplica a los alimentos que tienen más sal de la necesaria. **3.** Fig. Gracioso, agudo o chistoso. **II.** n.m. Caramillo (planta).

saladura n.f. Acción y efecto de salar.

salamandra n.f. **1.** ZOOL Batracio insectívoro del orden de los urodelos, de piel negra con manchas amarillas. **2.** Ser fantástico, espíritu elemental del fuego, según los cabalistas. **3.** Especie de estufa de combustión lenta. • **salamandrino,a** adj. Relativo a la salamandra o semejante a ella.

salamanquesa o **salamandria** n.f. ZOOL Saurio insectívoro de la familia de los gecónidos; alcanza hasta 16 cm de longitud.

salamanquina n.f. *Chile.* Lagartija.

salami n.m. Salchichón seco de procedencia italiana, hecho con carne de cerdo finamente picada.

salamunda n.f. Planta de la familia de las timeleáceas.

salangana n.f. Pájaro, especie de golondrina, cuyos nidos contienen ciertas sustancias gelatinosas que son comestibles.

salar v.tr. **1.** Echar en sal carnes, pescados y otras sustancias. **2.** Echar la sal conveniente a un alimento. **3.** *Amér.* Salinas.

salario n.m. Estipendio con que se retribuyen ciertos servicios personales. • **salarial** adj. Perteneciente o relativo al salario.
ENCICL El salario nominal es el salario tal como se expresa en moneda corriente en la nómina; el salario real es la cantidad de bienes y servicios que el asalariado puede comprar con un salario nominal. Está ligado al coste de la vida y unido a la noción de poder adquisitivo; un salario nominal fijo o creciente en una tasa inferior a la del alza de los precios equivale a un salario real inferior a otro abonado antes de este alza. El Estado sólo participa indirectamente en la fijación de los salarios: alienta los convenios colectivos, fija las líneas maestras de la legislación laboral e interviene en los conflictos sociales, bien a título de árbitro, bien a título de tercer interesado, limitando las subidas o favoreciéndolas y actúa como indicador del sector público, a través de los salarios. Existe un salario base por debajo del cual ningún asalariado puede ser remunerado; existe asimismo un salario mínimo interprofesional que, en España, varía por decreto ley, en función de la evolución de los precios y coste de vida.

salaz adj. Muy inclinado a la lujuria.

salazón n.f. **1.** Acción y efecto de salar carnes o pescados. **2.** Acopio de carnes o pescados salados.

salce n.m. Sauce. — Lat. *salix, -ĭcis.* • **salceda** n.f. Sitio poblado de sauces. • **salcedo** n.m. Salceda.

salcochar v.tr. Cocer carnes, pescados, legumbres u otras viandas, sólo con agua y sal. • **salcochado,a** adj. Cocido con agua y sal. • **salcocho** n.m. *Amér.* Preparación de un alimento cociéndolo en agua y sal para después condimentarlo.

salchicha n.f. Embutido, en tripa delgada, de carne de cerdo. • **salchichería** n.f. Tienda donde se venden embutidos. • **salchichero,a** n.m. y f. Persona que hace o vende embutidos.

salchichón n.m. Embutido de jamón, tocino y pimienta en grano.

saldo n.m. **1.** Pago o finiquito de deuda u obligación. **2.** Cantidad que de una cuenta resulta a favor o en contra de uno. **3.** Resto de mercancías que el fabricante o el comerciante venden a bajo precio para deshacerse de ellas. • **saldar** v.tr. **1.** Liquidar enteramente una cuenta. **2.** Vender a bajo precio una mercancía para desprenderse pronto de ella.

saledizo,a **1.** adj. Saliente, que sobresale. **2.** n.m. ARQUIT Parte que sobresale de la pared maestra, salidizo.

salegar v.int. Tomar el ganado la sal que se le da. • **salega** o **salera** n.f. Piedra en que se da sal a los ganados en el campo.

salema n.f. ZOOL Salpa (pez).

salep n.m. Fécula que se saca de los tubérculos del satirón y de otras orquídeas.

salero n.m. **1.** Recipiente en que se sirve la sal en la mesa. **2.** Fig. y Fam. Gracia. • **saleroso,a** adj. Fig. y Fam. Que tiene salero y gracia.

salesa n. y adj. Se dice de la religiosa que pertenece a la orden de la Visitación de Nuestra Señora.• **salesiano,a** **1.** n. y adj. Dícese del religioso que pertenece a la Sociedad de san Francisco de Sales. **2.** adj. Perteneciente o relativo a dicha congregación.

saliáceo,a n.f. y adj. BOT Se dice de árboles y arbustos angiospermos dicotiledóneos, como el sauce, el álamo y el chopo. ▷ n.f.pl. BOT Familia de estas plantas.

salicaria n.f. BOT Planta herbácea anual, de la familia de las litráceas, que crece a orillas de los ríos y arroyos, con hojas parecidas a las del sauce.

salicilato n.m. QUIM MED Sal o éster del ácido salicílico.

salicílico,a adj. QUIM *Ácido salicílico.* Ácido fenol utilizado como antitérmico, antiséptico y antirreumático. (Uno de sus ésteres, el ácido *acetil-salicílico,* es la aspirina.)

salicina n.f. Glucósido cristalizable, que se emplea en medicina como tónico.

salicíneo,a adj. BOT Salicáceo.

sálico,a adj. Perteneciente o relativo a los salios o francos.
ENCICL Las tierras sálicas eran los dominios distribuidos a los francos a medida que se establecían en la Galia. La *ley sálica* fue redactada en la época de Clodoveo. Uno de sus artículos excluía a las mujeres de la sucesión a la tierra sálica; fue invocada para justificar la subida al trono de Felipe VI de Valois (1328) y se consideró ley fundamental de la monarquía francesa y española.

salicor n.m. BOT Planta de la familia de las quenopodiáceas. Vive en los saladares y da barrilla por incineración.

salida n.f. **1.** Acción y efecto de salir. **2.** Parte por donde se sale fuera de un sitio o lugar. **3.** Partida de data o de descargo en una cuenta. **4.** Fig. Escapatoria, pretexto. **5.** Fig. y Fam. Ocurrencia, dicho agudo. *Tener buenas salidas.* **6.** MAR Arrancada de un buque al emprender la marcha. ▷ Velocidad con que navega un buque, en especial la remanente que le queda al parar la máquina. **7.** MILIT Acometida repentina de tropas de una plaza sitiada contra los sitiadores. **8.** INFORM Información que sale del ordenador después de un tratamiento.

salidizo n.m. ARQUIT Saledizo.

salido,a adj. **1.** Se aplica a lo que sobresale en un cuerpo más de lo regular. **2.** Se dice de algunos animales cuando están en celo.

saliente n.m. **1.** Oriente, levante. **2.** Parte que sobresale en una cosa.

salífero,a adj. GEOL Que contiene sal.

salificar v.tr. QUIM Transformar en sal por la reacción de un ácido sobre una base. • **salificación** n.f. QUIM Formación de una sal por reacción de un ácido con la base correspondiente.

salina n.f. **1.** Mina de sal. **2.** Establecimiento donde se beneficia la sal de las aguas del mar o de ciertos manantiales. • **salinero,a** adj. **1.** Perteneciente o relativo a la salina. **2.** Se dice del toro que tiene el pelo jaspeado de colorado y blanco.

salinidad n.f. **1.** Calidad de salino. **2.** En oceanografía, cantidad proporcional de sales que contiene el agua del mar.

salino,a adj. **1.** Que naturalmente contiene sal. **2.** Que participa de los caracteres de la sal.

salio,a **1.** adj. Perteneciente o relativo a los sacerdotes de Marte. **2.** n.m. Sacerdote de Marte en la Roma antigua.

salios, antiguo pueblo franco que habitaba la Germania inferior.

salipirina n.f. FARM Salicilato de antipirina usado para combatir las neuralgias y como antipirético.

salir **I.** v.int. y prnl. Pasar de la parte de adentro a la de afuera. **II.** v.tr. **1.** Partir de un lugar a otro. **2.** Libertarse, desembarazarse de algo que ocupa o molesta. **3.** Aparecer, manifestarse. **4.** Nacer, brotar. **5.** Tratándose de manchas, quitarse, borrarse, desaparecer. **6.** Nacer, proceder. **7.** Decir o hacer una cosa inesperada o intempestiva. **8.** Importar, costar. **9.** Venir a ser, quedar. **10.** Parecerse, asemejarse. **III.** v.prnl. **1.** Derramarse por una rendija o rotura el contenido de una vasija o receptáculo. **2.** Rebosar un líquido al hervir.

salisipán n.m. Embarcación peculiar del sur del archipiélago filipino.

salitre n.m. **1.** Nombre corriente de algunos nitratos, especialmente del nitrato de potasio obtenido por la acción del nitrato de sodio (llamado también *salitre de Chile*) sobre el cloruro de potasio. **2.** Eflorescencias de nitratos que se forman en las paredes húmedas. **3.** *Chile.* Nitrato de Chile. • **salitrado,a** adj. Compuesto o mezclado con salitre. • **salitral** **1.** adj. Que tiene salitre. **2.** n.m. Lugar donde se forma y halla el salitre. • **salitroso,a** adj. Cubierto de salitre.

saliva n.f. ZOOL Líquido de reacción alcalina, algo viscoso, secretado por las glándulas de la boca. • **salivación** n.f. **1.** Acción de salivar. **2.** Secreción excesiva continua de saliva, tialismo. • **salivadera** n.f. *Amér. Merid.* Pequeño recipiente para echar la saliva, escupidera. • **salivar** v.int. Arrojar saliva. • **salivazo** o **salivajo** n.m. Porción de saliva que se escupe de una vez.

salmantino,a **1.** n. y adj. Natural de Salamanca. **2.** adj. Perteneciente o relativo a esta provincia o a su capital.

salmer n.m. ARQUIT Piedra del machón o muro, cortada en plano inclinado, de donde arranca un arco adintelado o escarzano.

salmo n.m. **1.** Cada uno de los cánticos o cantos sagrados del pueblo hebreo. **2.** MUS Pieza vocal compuesta sobre el texto de un salmo.

salmodia n.f. **1.** MUS RELIG Acción de salmodiar. **2.** Declamación monótona. • **salmodiar** **1.** v.int. MUS RELIG Cantar los salmos sin inflexión. **2.** v.tr. Recitar (algo) de forma monótona.

salmón n.m. ZOOL Pez fluvial y marino, malacopterigio abdominal, de la familia de los salmónidos. • **salmonado,a** adj. **1.** Que se parece en la carne al salmón. **2.** De color parecido al de la carne del salmón. • **salmonera** n.f. Rampa que se construye en las cascadas de los ríos para facilitar la subida de los salmones. • **salmónido** n.m. y adj. ZOOL Dícese de los peces teleósteos fisóstomos que tienen el cuerpo cubierto de escamas muy adherentes, como el salmón. ▷ n.m.pl. ZOOL Familia de estos animales.
ENCICL El *salmón común* era antaño corriente en el Atlántico N y los ríos de Europa. Nace y vive poco tiempo en el cauce superior de los ríos; poco después, cuando el esguín (nombre del salmón joven), alcanza 30 cm, emigra hacia el mar y termina su crecimiento; puede recorrer distancias muy grandes, pero, llegado el estado adulto, regresa a su sitio exacto de nacimiento para desovar; a la edad de tres años, puede alcanzar un metro de largo y pesar 13 kg. El *salmón del Pacífico* (género *Oncorhynchus*) difiere de los *Salmo* por sus pequeñas escamas y su larga aleta caudal. El *salmón perro* abunda en las aguas de Japón, Canadá, Alaska y California septentrional. El *salmón del Danubio* sólo vive en este río, entre Ulm y Rumania: es hoy escaso.

Salmonella n.f. MED Género de bacterias, agentes de la salmonelosis. • **salmonelosis** o **salmonellosis** n.f. MED Infección producida por una salmonella.
ENCICL Tres tipos de salmonelosis pueden afectar al ser humano: fiebre tifoidea y las fiebres paratifoideas que son infecciones generales; las intoxicaciones alimenticias, puramente digestivas; y las gastroenteritis epidérmicas del lactante (en medios hospitalarios). La salmonelosis ataca también a los équidos, bovinos y porcinos, a menudo provocando abortos; hay asimismo formas de esta enfermedad que atacan a las aves de corral.

salmonete n.m. ZOOL Pez teleósteo marino, acantopterigio, de color rojo en el lomo y blanco sonrosado en el vientre.

salmonicultura n.f. Piscicultura de los salmónidos (sobre todo, de truchas).

salmorejo n.m. Salsa compuesta de agua, vinagre, aceite, sal y pimienta.

salmuera n.f. Agua cargada de sal. ▷ Conserva de pescado impregnada de sal.

salobreño,a adj. Aplícase a la tierra que es salobre o contiene alguna sal en abundancia . • **salobre** adj. Que tiene sabor de alguna sal. • **salobridad** n.f. Calidad de salobre.

saloma n.f. Son cadencioso con que acompañan los marineros y otros operarios su faena, para simultanear el esfuerzo de todos.

salomón n.m. Fig. Hombre de gran sabiduría. • **salomónico,a** adj. Perteneciente o relativo a Salomón.

salón n.m. **1.** Pieza de grandes dimensiones donde celebra sus juntas una corporación. ▷ P. ext., pieza de una casa donde se reunían regularmente gente de fama y renombre, intelectuales, artistas, etc. **2.** Galicismo por exposición.

saloncillo n.m. En los establecimientos públicos, sala reservada para reuniones.

salpa n.f. ZOOL Pez marino teleósteo, muy semejante a la boga marina.

salpicar **I.** v.tr. e int. Hacer que salte un líquido esparcido en gotas menudas. **II.** v.tr. y prnl. Mojar o manchar con un líquido que salpica. **III.** v.tr. Fig. Esparcir. • **salpicadero** n.m. En los vehículos automóviles, tablero situado delante del asiento del conductor, en el que se hallan algunos mandos y aparatos indicadores. (El nombre proviene del antiguo tablero que, en los carruajes, preservaba al conductor de salpicaduras de lodo.) • **salpicadura** n.f. Acción y efecto de salpicar. • **salpicón** n.m. **I.** Salpicadura, acción y efecto de salpicar. **II.** Fiambre de trozos de pescado o marisco condimentados con cebolla, sal y otros ingredientes.

salpimentar v.tr. Adobar una cosa con sal y pimienta.

salping(o)- Prefijo procedente del griego *salpingx, salpingos,* «trompa», que forma parte de palabras del vocabulario médico concernientes a las trompas de Falopio o de Eustaquio.

salpingitis n.f. MED Inflamación aguda o crónica de una o de las dos trompas uterinas (trompas de Falopio).

salpique n.m. Acción y efecto de salpicar.

salsa n.f. Composición o mezcla de varias sustancias comestibles desleídas, que se hace para aderezar o condimentar la comida. • **salsera** n.f. **1.** Recipiente en que se sirve salsa. **2.** Taza pequeña para mezclar colores.

salsereta o **salserilla** n.f. Taza pequeña y de poco fondo en que se mezclan algunos ingredientes.

salsifí n.m. Planta herbácea bienal, de la familia de las compuestas, con raíz fusiforme, blanca, tierna y comestible.

salsoláceas n.f. pl. BOT Grupo de dicotiledóneas, entre las que algunos autores distinguen la familia de las quenopodiáceas y otras de menor importancia (nictagináceas, amarantáceas, etc.), y que otros identifican con las quenopodiáceas. • **salsoláceo,a** adj. BOT Quenopodiáceo.

saltamontes n.m. ZOOL Insecto ortóptero de la familia de los acrídidos, de patas anteriores cortas, y muy robustas y largas las posteriores con las cuales da grandes saltos. ENCICL Los insectos ortópteros, llamados corrientemente saltamontes, se dividen en dos grupos: *los de antenas largas,* como los verdaderos saltamontes (género *Tettigonia*) y los grillos, y *los de antenas cortas,* llamados normalmente langostas. Todos ellos están adaptados para el salto. La hembra posee un oviscapto más o menos largo, en forma de sable.

saltana n.f. *Arg.* Cosa que se pone a trechos en la corriente de un río para pasar.

saltaojos n.m. Planta perenne de la familia de los ranunculáceas, de 60 a 80 cm de altura, que se ha usado en medicina como antiespasmódico.

saltaperico n.m. *Cuba.* Hierba silvestre, acantácea, de flores azules.

saltar **I.** v.int. **1.** Levantarse del suelo con impulso y ligereza. **2.** Arrojarse desde una altura para caer de pie. **3.** Moverse una cosa de una parte a otra, levantándose con violencia. **4.** Salir un líquido hacia arriba con ímpetu. **5.** Romperse violentamente una cosa. **6.** Fig. Ofrecerse repentinamente una cuestión a la imaginación o a la memoria. **7.** Fig. Picarse o resentirse, dándolo a entender exteriormente. **II.** v.tr. **1.** Salvar de un salto un espacio o distancia. **2.** Pasar de una cosa a otra, dejándose las que debían suceder por orden o por opción. **III.** v.int. y prnl. Fig. Omitir voluntariamente o por error parte de un escrito, al leerlo o copiarlo. • **saltadizo,a** adj. Propenso a saltar o quebrarse por excesiva tirantez. • **saltador,a** adj. Que salta.

saltarelo o **saltarel** n.m. Especie de baile de la escuela antigua española.

saltarén n.m. Cierto son o aire de guitarra, que se tocaba para bailar.

saltarilla n.f. Nombre de diversas especies de hemípteros homópteros de pequeño tamaño que viven sobre las plantas y pueden dar grandes saltos.

saltarín,a n. y adj. **1.** Que danza o baila. **2.** Fig. Dícese del joven inquieto y de poco juicio.

saltarregla n.f. Instrumento formado de dos reglas movibles alrededor de un eje, que trazan ángulos de diferentes aberturas. ▷ Falsa escuadra.

saltear v.tr. **1.** Salir a los caminos y robar a los pasajeros. **2.** Acometer. **3.** Hacer una cosa discontinuamente sin seguir el orden natural, o dejando sin hacer parte de ella. **4** Sofreír un manjar a fuego vivo en manteca o aceite hirviendo. • **salteador** n.m. El que saltea y roba en los despoblados o caminos.

salterio n.m. **I.** Instrumento músico de cuerdas metálicas que se tocan con un macillo, con un plectro, etc. **II.** Libro canónico del Antiguo Testamento que consta de 150 salmos.

saltígrado,a adj. Dícese del animal que anda a saltos.

saltimbanqui n.m. Fam. Titiritero.

salto n.m. **1.** Acción y efecto de saltar. **2** Lugar alto y proporcionado para saltar, o que no se puede pasar sino saltando. **3.** Despeñadero muy profundo. **4.** Caída de un caudal importante de agua. **5.** Espacio comprendido entre el punto de donde se salta y aquel a que se llega. **6.** Fig. Tránsito de una cosa a otra, sin tocar las cosas intermedias. **7.** Fig. Omisión voluntaria, o por inadvertencia, de una parte de un escrito. **8.** Fig. Ascenso a puesto más alto que el inmediato superior dejando éste sin ocuparlo. • **saltón,a** adj. **1** Que anda a saltos o salta mucho. **2.** Se dice de algunas cosas, como los ojos o los dientes que sobresalen más de lo que regular.

salubre adj. Bueno para la salud, saludable. • **salubridad** n.f. Calidad de salubre.

salud n.f. **1.** Estado de un ser orgánico exento de enfermedades. **2.** Libertad o bien público o particular de cada uno. **3.** RELIG Estado de gracia. • **saludable** adj. Sano.

saludar **I.** v.tr. **1.** Dirigir a otro, al encontrarlo o despedirse de él, palabras corteses interesándose por su salud o deseándosela. **2** Enviar saludos. **II.** v.tr. y prnl. Estar enemistado con alguien. *No saludar.* • **saludo** n.m Acción y efecto de saludar. • **salutación** n.f Saludo.

salumbre n.f. Especie de espuma rojiza que produce la sal.

salutífero,a adj. Saludable.

salva n.f. **I. 1.** Saludo, bienvenida. **2.** Saludo hecho con armas de fuego. **II.** Prueba que se hacía de la comida y bebida servida a los reyes y grandes señores. **III.** Juramento. **IV.** FIS NUCL Aparición brusca de pares de iones en una cámara de ionización.

salvabarros n.m. Pieza de un vehículo destinada a impedir que salpique el barro.

salvación n.f. **1.** Acción y efecto de salvar o salvarse. **2.** RELIG Consecución de la gloria y bienaventuranza eterna.

salvado n.m. Cáscara del grano desmenuzada por la molienda.

salvador,a **1.** n. y adj. Que salva. **2.** n.p. P. antonom., Jesucristo.

salvadoreño,a **1.** n. y adj. Natural de El Salvador. **2.** adj. Perteneciente a esta nación de América Central.

salvaguardar v.tr. Defender, amparar, proteger. • **salvaguardia** o **salvaguarda** **I.** n.m. Guarda que se pone para la custodia de una cosa. **II.** n.f. Documento o señal que se da a uno para que no sea detenido. **2.** Custodia, amparo, garantía.

salvaje **I.** adj. **1.** Se aplica a las plantas silvestres y sin cultivo. **2.** Se dice del animal que no es doméstico. **3.** Se aplica al terreno de monte, áspero, inculto. **II.** n. y adj. **1.** Natural de aquellos países de cultura rudimentaria. **2.** Fig. Sumamente necio, terco. • **salvajada** n.f. Dicho o hecho propio de un salvaje. • **salvajismo** n.m. **1.** Modo de ser o de obrar propio de los salvajes. **2.** Calidad de salvaje.

salvamanteles n.m. Pieza de cristal, loza o madera que se pone en la mesa debajo de las fuentes, botellas, vasos, etc.

salvar **I.** v.tr. y prnl. Librar de un riesgo, daño o peligro. **II.** v.tr. **1.** RELIG Dar Dios la gloria y bienaventuranza eterna. **2.** Evitar un inconveniente o riesgo. **3.** Excluir. **4.** Vencer un obstáculo, pasando por encima o a través de él. **5.** Recorrer la distancia que media entre dos lugares. **6.** Rebasar una altura elevándose por encima de ella. **7.** Exculpar. **III.** v.prnl. Alcanzar la gloria eterna, ir al cielo. • **salvamento** n.m. Acción y efecto de salvar o salvarse.

salvariego n.m. Pez marino comestible, de cuerpo alargado, que vive en los fondos arenosos y cuya aleta dorsal está provista de espinas venenosas.

salvavidas n.m. Aparato con que los náufragos pueden salvarse sobrenadando.

salve **I.** Interj. que se emplea para saludar. **II.** n.f. Una de las oraciones a la Virgen.

salvedad v.f. Razonamiento o advertencia que se emplea como excusa, descargo, limitación o cortapisa de lo que se va a decir o hacer.

salvia n.f. Mata de la familia de las labiadas, con cuyas hojas se hace un cocimiento que se usa como sudorífero y astrigente.

salvilora n.f. *Arg.* Cierto arbusto de la familia de las loganiáceas. Se usa en medicina.

salvo,a **I.** adj. **1.** Ileso, librado de un peligro. **2.** Exceptuado, omitido. **II.** adv. m. Fuera de, con excepción de, excepto.

salvoconducto n.m. Documento expedido por una autoridad para que el que lo lleva pueda transitar sin riesgo por donde aquélla es reconocida.

sama n.m. Pajel.

sámago n.m. **I.** Albura o parte más blanda de las maderas, que no es conveniente para la construcción. **II.** Interior del cuerpo de los animales.

samán n.m. BOT Árbol americano (familia mimosáceas) parecido al cenízaro.

sámara n.f. BOT Fruto seco, indehiscente,

con pocas semillas y pericarpio a manera de ala (como en el olmo).

samarilla n.f. Matita rastrera de la familia de las labiadas.

samario n.m. QUIM Metal del grupo de tierras raras; elemento de número atómico 62 y peso atómico 150,35 (símbolo *Sm*).

samba n.f. Danza popular brasileña a un ritmo de dos tiempos.

sambenito n.m. **1.** Capotillo o escapulario que se ponía a los penitentes reconciliados por el tribunal de la Inquisición. **2.** Fig. Difamación, descrédito.

samblaje n.m. Ensamble.

sambrano n.m. BOT *Hond.* Planta leguminosa, cuya raíz se usa como sudorífico.

sambuca n.f. **I.** Antiguo instrumento músico de cuerda, semejante al arpa. **II.** Máquina antigua de guerra, utilizada para caer como puente sobre los muros de una ciudad y facilitar el asalto.

sambumbia n.f. **I. 1.** *Cuba.* Bebida que se hace con miel de caña, agua y ají. **2.** *Méx.* Refresco hecho de piña, agua y azúcar. **II.** *Col.* Fig. Cosa desmoronada o deshecha en pequeñísimas partes.

samnitas, antiguo pueblo de Italia establecido en Campania el s. V a. J.C. Opusieron una feroz resistencia a la conquista romana, y no fueron reducidos hasta el s. III a. J.C. tras tres guerras encarnizadas, llamadas *guerras samnitas:* 343-342, victoria romana en el sitio de Capua por los samnitas; 327-304, derrota romana en el desfile de las Horcas Caudinas (321); y finalmente 298-291, victoria romana de Sentinum (295).

samovar n.m. Utensilio usado en Rusia para hervir el agua destinada a la preparación del té.

samoyedos, tribus de origen mongol y lengua ugrofinesa que habitan la tundra siberiana entre el curso inferior del Ob y la península de Taimir. Viven básicamente de la cría de renos.

sampa n.f. *Arg.* Arbusto ramoso, copudo, de color verde claro. Se cría en lugares salitrosos.

sampaguita n.f. BOT Mata fruticosa del mismo género que el jazmín, con tallos sarmentosos y flores olorosas, blancas, en embudo.

sampán o **sampang** n.m. Embarcación descubierta, de fondo plano, característica de las costas chinas y japonesas.

samurai n.m. En el antiguo sistema feudal japonés, individuo perteneciente a una clase inferior de la nobleza, constituida por los militares que estaban al servicio de los daimios.

samuro n.m. *Col.* y *Venez.* Aura, zopilote.

san adj. Apócope de santo.

sanador,a n. y adj. Que sana.

sanamunda n.f. Planta timeleácea.

sanar **I.** v.tr. Restituir a uno la salud que había perdido. **II.** v.int. Recobrar el enfermo la salud. • **sanatorio** n.m. Establecimiento convenientemente dispuesto para la estancia de enfermos que han de someterse a tratamientos médicos, quirúrgicos o climatológicos.

san bernardo n.m. Perros de una raza alpina de gran tamaño, adiestrado para el salvamento de personas perdidas en la montaña.

sanción n.f. **1.** Acto solemne por el que el jefe del Estado confirma una ley o estatuto **2.** Pena que la ley establece para el que la infringe. **3.** • **sancionable** adj. Que merece sanción. • **sancionador,a** n. y adj. Que sanciona. • **sancionar** v.tr. **1.** Dar fuerza de ley a una disposición. **2.** Autorizar o aprobar. **3.** Aplicar una sanción o castigo.

sanco n.m. *Chile.* Gachas de harina tostada de maíz o de trigo.

sancocho n.m. *Amér. Central, Merid.* y *P. Rico.* Olla compuesta de carne, yuca, plátano y otros ingredientes.

sancta n.m. RELIG Parte anterior del tabernáculo y del templo de Jerusalén. • **sanctasantórum** n.m. **1.** Parte interior del tabernáculo erigido en el desierto, y del templo de Jerusalén, separada del sancta por un velo. **2.** Fig. Lo muy reservado y misterioso.

sanctus n.m. **1.** RELIG Canto latino que empezaba con esta palabra. **2.** Parte de la misa dicha en latín, en cuyo transcurso se cantaba este himno.

sanchecia n.f. Cierta planta herbácea de Perú, de la familia de las escrofulariáceas.

sandalia n.f. Calzado compuesto de una suela que se asegura con correas o cintas.

sándalo n.m. **1.** Planta herbácea, olorosa, de la familia de las labiadas. **2.** Árbol de la familia de las santaláceas, muy semejante en su aspecto al nogal, de madera amarillenta de excelente olor. **3.** Leño oloroso de este árbol. — BOT *Sándalo rojo.* Árbol del Asia tropical, de la familia de las papilionáceas, que crece hasta 10 o 12 m de altura, con tronco recto y madera tintórea, pesada, dura, de color rojo muy encendido.

sandáraca n.f. Resina amarillenta que se emplea principalmente para barnices.

sandez n.f. **1.** Calidad de sandio. **2.** Tontería, despropósito.

sandía n.f. **1.** Planta herbácea anual, de la familia de las cucurbitáceas, de fruto grande casi esférico, con pulpa encarnada, aguanosa y dulce. **2.** Fruto de esta planta.

sandialabuén n.m. *Chile.* Planta de la familia de las verbenáceas.

sandiego n.m. *Cuba.* Planta amarantácea de jardín, con flores moradas y blancas.

sandio,a n. y adj. Necio o simple.

sandunga n.f. Fam. Gracia, salero. • **sandunguero,a** adj. Fam. Que tiene sandunga.

sandwich n.m. Emparedado constituido por dos rebanadas de pan entre las que se coloca jamón, queso, etc.

sanear v.tr. **1.** Dar condiciones de salubridad a un terreno, edificio, etc. **2.** Remediar o reparar el daño causado a una cosa. **3.** Afianzar o dar garantía del daño que puede sobrevenir. • **saneado,a** adj. Aplícase a los bienes, la renta o el haber que están libres de cargas o descuentos. • **saneamiento** n.m. Acción y efecto de sanear.

sanedrín n.m. **1.** HIST Tribunal civil y religioso de los judíos de la antigua Palestina. **2.** Sitio donde se reunía este consejo.

sangrar **I.** v.tr. **1.** Abrir o punzar una vena y dejar salir determinada cantidad de sangre. **2.** Fig. Dar salida a un líquido en todo o en parte, abriendo conducto por donde corra. **3.** Fig. y Fam. Hurtar, sisar. **4.** IMP Empezar un renglón más adentro que los otros de la plana. **II.** v.int. Arrojar sangre. **III.** v.prnl. Hacerse, practicarse una sangría. • **sangradera** n.f. **1.** Lanceta de sangrar. **2.** Vasija que sirve para recoger la sangre cuando sangran a uno. **3.** Fig. Compuerta por donde se da salida al agua sobrante de un caz. • **sangrado,a** n.m. IMP Acción y efecto de sangrar.

sangre n.f. ZOOL Humor que circula por ciertos vasos del cuerpo de los animales vertebrados, de color rojo vivo en las arterias y oscuro en las venas. ▷ P. ext., se llama sangre al líquido análogo que en muchos invertebrados es de color blanquecino y no contiene hematíes. — Fig. *Sangre azul.* Sangre noble. — *Sangre de drago.* Resina encarnada que, mediante incisiones, se saca del tronco del drago y se usa en medicina como astringente. Otros árboles tropicales de Asia y América dan también resinas rojas a que se aplica este mismo nombre. — *A sangre fría.* Con premeditación y cálculo, una vez pasado el arrebato de la cólera. — Fig. y Fam. *Chupar la sangre.* Ir uno quitando o mermando la hacienda ajena en provecho propio. — Fig. *Sudar sangre.* Costar algo un gran esfuerzo. • **sangraza** n.f. Sangre corrompida. • **sangriento,a** adj. **1.** Que echa sangre. **2.** Teñido en sangre o mezclado con sangre. **3.** Sanguinario.

ENCICL La sangre, roja en el hombre y los vertebrados, blanca o de otros colores en los restantes animales, circula por un sistema de vasos y se distribuye a todos los órganos. El hombre posee de 4 a 5 l, constituyendo del 7 al 9 % del peso del cuerpo. La sangre asegura las siguientes funciones: respiración; nutrición: lleva a las células las sustancias nutritivas absorbidas por el intestino al término de la digestión o elaboradas por el propio organismo; excreción: arrastra los desperdicios del metabolismo celular hasta los órganos excretores (riñón y piel sobre todo); protección y defensa: contiene numerosas células que intervienen en la lucha contra las infecciones y en las reacciones inmunológicas; correlación humoral: transporta, sobre todo, las hormonas y las enzimas; regulación del equilibrio hidromineral (agua y electrolitos) y químico (ácido-base) y regulación de la presión (llamada corrientemente «tensión») arterial. Desde un punto de vista patológico, la sangre puede transmitir numerosos agentes patógenos: infecciosos, parasitarios y tóxicos. Está compuesta de *plasma* y *elementos figurados* (suspensos en el plasma). **I.** El plasma es la parte líquida de la sangre (55 % aprox. del volumen total) cuando ésta se vuelve incoagulable. Contiene: **1.** Elementos nutritivos: sales minerales, proteínas (albúminas y globulinas), líquidos y glucosa: **2.** Sustancias procedentes del catabolismo: urea, ácido úrico; **3.** La protrombina y el fibrinógeno; **4.** Enzimas y hormonas. El pH normal de la sangre es 7,4; el mantenimiento de esta tasa está asegurado por la eliminación (pulmonar) del gas carbónico y por la excreción renal; su perturbación acarrea consecuencias patológicas muy graves. **II.** Los elementos figurados se dividen en tres grandes grupos: los hematíes, también llamados eritrocitos o glóbulos rojos; los leucocitos o glóbulos blancos y los trombocitos o plaquetas. **1.** Los hematíes (4,5 a 5 millones por mm^3 de sangre) son discos bicóncavos desprovistos de núcleo; su volumen es de 90 μm^3 por término medio; contienen la hemoglobina (v.), que da su color rojo a la sangre; su vida es de 120 días en la especie humana. **2.** Los leucocitos (5.000 a 8.000 por mm^3 de sangre) se reparten en dos grandes grupos, según la forma de su núcleo: los mononucleares y polinucleares. *a*) Los mononucleares comprenden sobre todo los linfocitos, igualmente presentes en la linfa vascular; los linfocitos (linfocitos «memoria» de vida extremadamente larga: varios años, contrariamente a los demás glóbulos blancos, cuya vida es de algunas horas) tienen una importante función inmunológica; los linfocitos B participan de la inmunidad humoral y los linfocitos T de la inmunidad relativa a los tejidos. Otros mononucleares, los monocitos (entre los que se encuentran los macrófagos) tienen una función fagocitaria. *b*) Los polinucleares, o granulocitos, tienen un núcleo provisto de varios lóbulos; según sus granulaciones protoplásticas, se distinguen los neutrófilos, los basófilos y los eosinófilos; son capaces de atravesar los espacios intercelulares y atacan a los gérmenes patógenos. **3.** Los trombocitos o plaquetas (200.000 a 400.000 por μm^3 de sangre), pequeños elementos anucleados de 2 a 4μm de diámetro, son factores de hemostasis. La médula ósea produce la mayor parte de los elementos sanguíneos. Los hematíes tienen por precursores a los eritroblastos, células que pierden su núcleo y cuyo citoplasma se carga de hemoglobina. Entre los leucocitos, los polinucleares salen de los mieloblastos, cuyo citoplasma se carga de granulaciones específicas, mientras que el núcleo se segmenta; los monocitos y los mieloblastos tienen un origen común. Las plaquetas nacen de los megacariocitos, células muy voluminosas de núcleo provisto de varios lóbulos; las plaquetas se desprenden del borde del citoplasma (por una especie de descamación). Los linfocitos (leucocitos mononucleares) constituyen un caso particular: se consideraba que habían salido de ganglios y de las formaciones linfoideas del bazo; de hecho, procedían en parte de la médula y del timo. Los hematíes de todo individuo son portadores de antígenos hereditarios. Cada individuo tiene en sus hematíes, bien antígenos A, bien antígenos B, bien a la vez antígenos A y B, bien ningún antígeno. Por otra parte, posee en su plasma un anticuerpo (llamado aglutinina) que destruye los antígenos que no posee. Así, un individuo portador del antígeno A, únicamente, y por tanto de la aglutinina anti-B, individuo que pertenece, pues, al grupo A, no puede recibir sangre del grupo B: una transfusión así implicaría la hemólisis. Todos estos datos definen el sistema AB0. El sistema AB0 determina las modalidades de transfusión de un individuo (y por tanto, de un grupo) a otro; el carácter hereditario de los antígenos, permite que la determinación de la no paternidad repose sobre estos datos. La proporción de los grupos en el seno de una población dada varía mucho según las etnias. Los hematíes contienen numerosos antígenos además de los A o B, de manera que existen otros sistemas además del sistema AB0, en especial el sistema Rhesus. El 85 % de los individuos blancos poseen el antígeno Rhesus; tales individuos se llaman Rh^+. Los demás, llamados Rh-, desarrollan un anticuerpo Rh^+ si se le administra sangre Rh^-; por eso las transfusiones ulteriores de sangre Rh^+ tendrían graves consecuencias. Una incompatibilidad tal está en el origen de la enfermedad hemolítica del recién nacido que se produce cuando la madre es Rh– mientras que el padre y el feto son Rh^+; los exámenes preventivos actuales hacen rarísimo este accidente. Hoy, el sistema Rhesus se presenta como mucho más complejo. Los leucocitos y las plaquetas son portadoras de iguales factores de grupo que los hematíes; además son portadores de antígenos de los tejidos, determinantes para la elección de donantes para injertos o trasplantes de órganos. (v. trasplante, histocompatibilidad, HL-A, inmunidad). La hematología es la ciencia biomédica que estudia la sangre y trata sus enfermedades. La patología sanguínea consiste en una alteración cuantitativa y cualitativa de los elementos formes. **1.** Disminución del número de hematíes (anemia), de leucocitos (leucopenia, cuya forma más corriente es la agranulocitosis), de plaquetas (trombopenia). **2.** Aumento del número de hematíes (poliglobulia), de leucocitos (leucocitosis benigna y leucemia). **3.** Enfermedades ganglionares como la enfermedad de Hodgkin (o linfogranulomatosis) y el linfosarcoma. **4.** Enfermedades hemorrágica (hemofilia, p. ej.)

sangría n.f. **I. 1.** Acción y efecto de sangrar. **2.** Salida que se da a las aguas de un río o canal. **3.** Incisión que se hace en un árbol para que fluya la resina. **4.** Fig. Extracción o hurto de una cosa, que se hace por pequeñas partes. **II.** Fig. Bebida refrescante que se compone de agua y vino con azúcar, limón y otros aditamentos. **III.** IMP Comienzo de un renglón más adentro que los otros.

sanguaraña n.f. **1.** *Perú.* Cierto baile popular. **2.** *Ecuad.* y *Perú.* Circunloquio, rodeo de palabras. (Se usa más en pl.)

sanguífero,a adj. Que contiene sangre.

sanguificar v.tr. Fomentar la formación de sangre. • **sanguificación** n.f. FISIOL Función fisiológica que consiste en la oxidación de la hemoglobina, por la cual la sangre venosa se convierte en arterial.

sanguijuela n.f. **1.** ZOOL Anélido casi cilíndrico, de 8 a 12 cm de largo y uno de grueso, de cuerpo muy contráctil. **2.** Fig. y Fam. Persona que va poco a poco sacando a otro el dinero u otros bienes.
ENCICL Las sanguijuelas son gusanos anélidos que constituyen la clase de los hirudíneos; existen numerosos géneros. *Hirudo medicinalis,* o sanguijuela común, que era utilizada antiguamente para desangrar a los enfermos. Es un gusano anillado muy flexible, de color oscuro, que posee una ventosa dorsal posterior y otra bucal provista de tres mandíbulas cortantes dispuestas en forma de estrella, lo que le permite cortar la piel del animal parasitado. Su saliva contiene un anticoagulante y un anestésico que le permiten succionar la sangre sin que el parasitado se dé cuenta; una comida así le bastará durante doce a dieciocho meses. Esta sanguijuela vive en los pantanos y puede alcanzar 15 cm de largo.

sanguina n.f. **1.** Lápiz rojo oscuro fabricado con hematites en forma de barritas. **2.** Dibujo hecho con ese lápiz.

sanguinaria n.f. Piedra semejante al ágata, de color de sangre, a la cual se atribuía la virtud de contener las hemorragias.

sanguinario,a adj. Feroz, vengativo, iracundo, que se goza en derramar sangre.

sanguíneo,a adj. **1.** Perteneciente o relativo a la sangre. **2.** Que contiene sangre. **3.** De color sangre.

sanguino,a **1.** adj. y n.f. Sanguíneo. **2.** Dícese de una variedad de naranja de pulpa rojiza.

sanguinolento,a adj. **1.** Que echa sangre. **2.** Mezclado con sangre. • **sanguinolencia** n.f. Calidad de sanguinolento.

sanguinoso,a adj. Que participa de la naturaleza o accidentes de la sangre.

sanguis n.m. RELIG El vino transformado en la sangre de Jesucristo.

sanguisorba n.f. Pimpinela (planta).

sanícula n.f. Planta herbácea anual, de la familia de las umbelíferas, que se ha usado en medicina como vulneraria.

sanidad n.f. **1.** Calidad de sano, o saludable. **2.** Conjunto de servicios gubernativos ordenados para preservar la salud pública.

sanie o **sanies** n.f. MED Líquido seroso sin pus de ciertas úlceras malignas.

sanitario,a **I.** n.m. y adj. Perteneciente o relativo a la sanidad. **II.** n.m. **1.** Empleado de los servicios de sanidad. **2.** pl. Conjunto de instalaciones de que se componen los cuartos de baño.

sano,a adj. **1.** Que goza de perfecta salud. **2.** Que es bueno para la salud. **3.** Fig. Sin daño o corrupción. **4.** Fig. Sincero, de buena intención. **5.** Fig. y Fam. Entero, no estropeado.

sánscrito,a **1.** n. y adj. Antigua lengua de la India, de la familia indoeuropea. **2.** adj. Relativo a esta lengua.

sans-culotte n.m. Los *sans-culotte:* los partidarios de la Revolución Francesa de 1789, que, en lugar del *culotte* (calzón) de la aristocracia, llevaban el pantalón de los hombres del pueblo.

sanseacabó Fam. Expr. con que se da por terminado un asunto.

Sansevieria n.f. Género de plantas monocotiledóneas (familia amarilidáceas) de África occidental, de largas hojas rígidas bordeadas de blanco, una de cuyas especies produce una fibra textil.

sansimonismo n.m. Doctrina socialista de Saint-Simon, conforme a la cual debe ser cada uno clasificado según su capacidad, y remunerado según sus obras.

santabárbara n.f. MAR Pañol o lugar destinado en las embarcaciones para custodiar la pólvora.

santaláceo,a n.f. y adj. BOT Dícese de plantas angiospermas dicotiledóneas, con fruto en drupa, como el guadalobo y el sándalo de la India. ▷ n.f.pl. BOT Familia de estas plantas.

santanderino o **santanderiense** **1.** n. y adj. Natural de Santander. **2.** adj. Perteneciente o relativo a Santander.

santateresa n.f. ZOOL Insecto ortóptero, zoófago, de patas anteriores prensoras.

santero,a **I.** adj. y n. Dícese del que tributa a las imágenes un culto supersticioso. **II.** n.m. y f. **1.** Persona que cuida de un santuario. **2.** Persona que pide limosna. **3.** Persona que pinta o esculpe y vende santos. **4.** *Cuba.* Auxiliar del ladrón, encargado de vigilar para que éste no sea sorprendido.

santiaguino,a **1.** n.m. y f. Natural de Santiago de Chile. **2.** adj. Perteneciente o relativo a esta capital.

santidad n.f. **1.** Calidad de santo. **2.** Tratamiento honorífico que se da al Papa. • **santificable** adj. Que merece o puede santificarse. • **santificación** n.f. Acción y efecto de santificar. • **santificador,a** n. y adj. Que santifica. • **santificar** v.tr. **1.** Hacer a uno santo. **2.** Dedicar a Dios una cosa. **3.** Hacer venerable una cosa. **4.** Rendir culto a los santos.

santiguar v.tr. y prnl. Hacer la señal de la cruz. • **santiguo** n.m. Acción de santiguar.

santo,a **I.** adj. **1.** Perfecto y libre de toda culpa. ▷ n. y adj. Dícese de la persona a quien la Iglesia declara tal. **2.** Dícese de lo que está consagrado a Dios. **3.** Aplícase a algunas cosas que traen al hombre especial provecho. ▷ Con ciertos nombres, encarece el significado de éstos. **II.** n.m. **1.** Imagen de un santo. ▷ Respecto de una persona, festividad del santo cuyo nombre lleva. **2.** MILIT Término que junto a la seña y la contraseña, se utiliza como clave de identificación. • **santón** n.m. El que profesa vida austera y penitencia fuera de la religión cristiana.

santónico,a **I.** adj. Perteneciente o relativo a los santones. **II.** n.m. **1.** Planta perenne cuyas flores se usan en medicina como tónicas y vermífugas. **2.** Cabezuela de esta planta.

santonina n.f. Sustancia neutra que se extrae del santónico y se emplea en medicina como vermífugo.

santoral n.m. **1.** Libro que contiene vidas o hechos de santos. **2.** Libro de coro que contiene los oficios de los santos. **3.** Lista de los santos cuya festividad se conmemora.

santuario n.m. **1.** Templo en que se venera a un santo. **2.** Parte anterior del tabernáculo. **3.** Lugar en que se mantienen las condiciones naturales de flora y fauna.

santurrón,a o **santucho,a** n. y adj. Beato. • **santurronería** n.f. Calidad de santurrón.

sānusī o **senusí,** miembro de una cofradía musulmana fundada h. 1837 por Muhammad ibn'Alī al-Sanūsī (al-Wásita, Argelia, 1787 — Ŷarabūb, Libia, 1859) e implantada sobre todo en Libia, donde el jefe de la cofradía, en 1951, fue el primer rey (Idrīs I).

saña n.f. **1.** Furor. **2.** Intención rencorosa y cruel.

sao n.m. **1.** Labiérnago (arbusto). **2.** *Cuba.* Sabana pequeña.

sapenco n.m. Caracol terrestre con rayas pardas transversales.

saperda n.f. Género de insectos coleópteros longicornios.

sápido,a adj. Aplícase a la sustancia que tiene algún sabor. • **sapidez** n.f. Calidad de sápido.

sapiencia n.f. Sabiduría.

sapillo n.m. Tumor blanco bajo la lengua.

sapindáceo,a n. y adj. BOT Aplícase a plantas angiospermas dicotiledóneas, como el farolillo y el jaboncillo. ▷ n.f.pl. BOT Familia de estas plantas.

sapino n.m. Abeto (árbol).

sapo n.m. **1.** Batracio de la familia de los bufónidos, con cuerpo rechoncho y ojos saltones. **2.** Fam. Cualquier bicho semejante cuyo nombre se ignora. **3.** Fig. Persona con torpeza física. **4.** *Chile.* Chiripa, chamba. **5.** *Cuba.* Pez pequeño que vive en la desembocadura de los ríos.

sapon- Prefijo procedente del latín *sapo, saponis,* «jabón».

saponáceo,a adj. De naturaleza o de aspecto de jabón. — Lat. *sapo, -ōnis,* «jabón».

Saponaria n.f. Género de plantas de la familia cariofiláceas, de flores amarillas o rosa, una de cuyas especies, *Saponaria officinale,* es particularmente rica en saponinas.

saponificar v.tr. QUIM TECN Transformar un éster en sal del ácido correspondiente. ▷ Transformar un cuerpo graso en jabón. • **saponificable** adj. Que se puede saponificar. • **saponificación** n.f. QUIM TECN **1.** Conversión de un éster en alcohol y en sal del ácido correspondiente bajo la acción de una base (corrientemente la sosa), reacción utilizada en la fabricación de jabones. **2.** Reacción que da una sal mineral a partir de una base y de otro cuerpo. • **saponina** n.f. QUIM Nombre genérico de heterósidos, que tienen la propiedad de hacer espuma con agua.

saponita n.f. Hidrosilicato de magnesio y aluminio.

saporífero,a adj. Que causa o da sabor.

sapotáceo,a n.f. y adj. BOT Dícese de arbustos y árboles angiospermos dicotiledóneos como el zapote ▷ n.f. pl. Familia de estas plantas.

saprófago,a adj. y n.m. ZOOL Que se alimenta de materias orgánicas en descomposición.

saprofito,a n. y adj. **1.** Dícese de un ser vivo que extrae de las materias ogánicas en descomposición las sustancias que le son necesarias. **2.** MED Dícese de todo microbio que vive en el organismo sin ser patógeno.

saque n.m. **1.** Acción de sacar la pelota. — *Saque de esquina.* Córner. **2.** Raya o sitio desde el cual se saca la pelota.

saquear v.tr. **1.** Apoderarse violentamente los soldados de lo que hallan en un lugar, causando destrucción y devastación. **2.** Entrar en un lugar robando cuanto se halla. • **saqueador,a** n. y adj. Que saquea. • **saqueo** n.m. Acción y efecto de saquear.

saraguate n.m. *Amér. Central.* Especie de mono.

sarampión n.m. PAT Enfermedad febril, contagiosa y muchas veces epidémica.
ENCICL El sarampión ataca básicamente a los niños. La incubación dura unos diez días, seguida de un período de invasión marcado por la existencia de catarro oculonasal. La etapa siguiente se caracteriza por la erupción generalizada de manchas rojizas. Generalmente benigno en Europa, el sarampión sigue siendo la principal causa de mortalidad infantil en el África negra. Sus complicaciones son numerosas: otitis, laringitis, bronconeumonía, meningitis, encefalitis.

sarandí n.m. *Arg.* Arbusto de la familia de las euforbiáceas, que se cría en las costas y riberas.

sarao n.m. **1.** Desus. Reunión o fiesta de sociedad. **2.** Fig. Lío. *Meterse en un buen sarao.*

sarape n.m. *Méx.* Especie de capote de monte.

sarapia n.f. **1.** BOT Árbol leguminoso de América Meridional, de más de un metro de diámetro y unos 20 de altura. **2.** Fruto de este árbol.

sarapico n.m. Zarapito (ave).

sarazo adj. **1.** *Col., Cuba, Méx.* y *Venez.* Se aplica al maíz que empieza a madurar. **2.** *P. Rico.* Se aplica al agua del coco maduro, y p. ext., se dice de todo éste.

sarc(o)- Prefijo procedente del griego *sarx, sarkos,* «carne».

sarcasmo n.m. Ironía mordaz. • **sarcástico,a** adj. **1.** Que denota o implica sarcasmo o es concerniente a él. **2.** Aplícase a la persona propensa a emplearlo.

sarcina n.f. MICROB Bacteria saprofita, agente de la gangrena pulmonar.

sarcocarpio n.m. BOT Mesocarpio carnoso; como el de la ciruela.

sarcocele n.m. PAT Tumor duro y crónico del testículo.

sarcocola n.f. Goma casi transparente, de color amarillento o rojizo, sabor amargo y olor ambarino, que en granillos oblongos fluye de la corteza de un arbusto de Arabia parecido al espino negro. Se ha usado en medicina para curar heridas.

sarcófago n.m. Sepulcro.

sarcoide n.m. MED Pequeño tumor cutáneo de naturaleza benigna.

sarcolema n.m. ZOOL Membrana de las fibras musculares.

sarcoma n.m. PAT Tumor maligno constituido por tejido conjuntivo embrionario.

Sarcophylus n.m. Género de marsupiales carnívoros, una de cuyas especies, llamada corrientemente *diablo de Tasmania,* semeja un osito.

sarcoplasma n.m. BIOL Citoplasma que rodea las fibrillas de las fibras musculares.

Sarcoptes n.m. Género de ácaros parásitos del hombre y de diversos mamíferos, cuya hembra excava galerías bajo la piel donde deposita los huevos, ocasionando la sarna.

1. sarda n.f. Caballa (pez).

2. sarda n.f. Matorral.

sardana n.f. Danza tradicional de Cataluña.

sardina n.f. ZOOL Pez teleósteo marino del suborden de los fisóstomos parecido al arenque. • **sardinal** n.m. Red que se mantiene entre dos aguas en posición vertical. • **sardinero,a** adj. y n. Perteneciente o relativo a las sardinas. • **sardineta** n.f. Adorno formado por dos galones apareados y terminados en punta.

sardinel n.m. **1.** ARQUIT Obra hecha de ladrillos sentados de canto y de modo que se toquen sus caras mayores. **2.** *Col.* Escalón que forma el borde exterior de la acera.

sardo,a n. y adj. Dícese del ganado vacuno cuya capa tiene mezcla de negro, blanco y colorado. ▷ P. ext., dícese de lo que tiene manchas o pecas de diverso color.

sardonia n.f. Especie de ranúnculo cuyo jugo produce en los músculos de la cara una contracción que imita la risa.

sardónico,a adj. Se dice de la risa, gesto, etc., maligno y que no manifiesta alegría. — MED *Rictus sardónico.* El debido a un espasmo de los músculos faciales.

1. sarga n.f. **1.** Tela de seda. **2.** Tela pintada para decorar las paredes de las habitaciones.

2. sarga n.f. BOT Arbusto de la familia de las salicáceas, de tres a cinco metros de altura. • **sargal** n.m. Terreno poblado de sargas. • **sargatillo** n.m. Especie de sauce de hojas lanceoladas y estrechas.

sargadilla n.f. BOT Planta perenne de la familia de las quenopodiáceas, de 60 a 80 cm de altura.

sargazo n.m. BOT Alga marina, en la que el talo está diferenciado en una parte que tiene aspecto de raíz y otra que se asemeja a un tallo.

sargento n.m. Suboficial que cuida del orden, administración y disciplina de una compañía o parte de ella. • **sargenta** n.f. **1.** Mujer del sargento. **2.** Mujer corpulenta y hombruna.

sargo n.m. ZOOL Pez teleósteo marino, que tiene el cuerpo comprimido lateralmente y el dorso y el vientre muy encorvados junto a la cola.

sari n.m. Vestido femenino en la India, compuesto por una tela ajustada.

sariá o **sariama** n.f. *Arg.* Ave zancuda, de cuello largo y color rojo sucio.

sarilla n.f. Mejorana (hierba).

sármatas, pueblo nómada que, procedente de Asia central, invadió en el s. III a. J.C. los territorios ocupados por los escitas entre el Don y el mar Caspio. Llegaron hasta el Danubio en el s. I d. J.C. y luego se integraron con los germanos (s. IV d. J.C.). — *Sarmacia.* Antigua comarca ocupada por los sármatas, del Báltico al mar Negro.

sarmiento n.m. Vástago de la vid de donde brotan las hojas, las tijeretas y los racimos. • **sarmentera** n.f. **1.** Lugar donde se guardan los sarmientos. **2.** Cogida de los sarmientos podados.

sarna n.f. **1.** PAT Enfermedad contagiosa, producida por el ácaro o arador. **2.** BOT Enfermedad de los árboles frutales debida a varios mohos. • **sarnoso,a** n. y adj. Que tiene sarna.

sarpullir v.tr. y prnl. Producir un sarpullido. • **sarpullido** n.m. Erupción cutánea.

Sarracenia n.f. BOT Género de plantas carnívoras (tipo de la familia de las sarraceniáceas) de los pantanos de América del Norte cuyas hojas, dispuestas en rosetas, son auténticas trampas para los insectos.

sarracenos, tribu del N de Arabia que opuso viva resistencia a los emperadores bizantinos y posteriormente se convirtió al islam. El término fue utilizado posteriormente como genérico de *árabes, musulmanes* y *moros.*

sarracina n.f. Pelea confusa entre muchos.

sarro n.m. **1.** Sedimento que queda al depositarse las sustancias en suspensión o disueltas de un líquido. **2.** Sustancia amarillenta, que se adhiere al esmalte de los dientes. **3.** Saburra de la lengua. **4.** Roya de los vegetales. • **sarroso,a** adj. Que tiene sarro.

sarta n.f. **1.** Serie de cosas metidas por orden en un hilo, cuerda, etc. **2.** Fig. Serie de sucesos o cosas no materiales, iguales o análogas.

sartén n.f. **1.** Utensilio de hierro, que sirve para freír. **2.** Sartenada. • **sartenada** n.f. Lo que de una vez se fríe en la sartén.

sarteneja n.f. Grieta que se forma con la sequía en algunos terrenos y también hoyo que dejan las aguas al evaporarse • **sartenejal** n.m. *Ecuad.* Parte de la sabana en que abundan las sartenejas y donde la vegetación es escasa.

sartorio n.m. y adj. v. músculo sartorio.

sasafrás n.m. Árbol americano de la familia de las lauráceas cuyas partes leñosas se usan en medicina.

sasánidas, dinastía persa fundada por Ardachêr (nieto de un sacerdote de Persépolis llamado Sâssân), vencedor de Artaban IV, último rey parto arsácida, en 224. Esta dinastía, que reinó de 226 a 651, creó un poderoso imperio que se extendía de Jorasán a Mesopotamia. Soberanía por derecho divino, centralismo estatal, influencia de la religión oficial (mazdeísmo) y desarrollo de un brillante arte cortesano caracterizan a la civilización sasánida, destruida por la conquista árabe (derrota de Al-Qādisiyya, 637).

sastre,a n.m. y f. Persona que tiene por oficio hacer trajes o abrigos de hombre y, eventualmente, de mujer. ● **sastrería** n.f. **1.** Oficio de sastre. **2.** Taller de sastre.

satélite **I.** n.m. **1.** ASTRON Cuerpo celeste que gira alrededor de un planeta primario. ▷ *Satélite artificial.* Ingenio puesto en órbita por el hombre y que gira alrededor de la Tierra, la Luna u otro astro. **2.** Fig. Persona que depende de otra o la sigue y acompaña de continuo. **II.** adj. **1.** Se dice de una población situada fuera del recinto de una ciudad importante, pero vinculada a ésta de algún modo. **2.** Se dice despectivamente de un estado dominado por otro. ● **satelización** n.f. **1.** Puesta en órbita de un ingenio espacial. **2.** Acción de hacer dependiente. **3.** Sometimiento. ● **satelizar** v.tr. Transformar en satélite.
ENCICL **Esp.** — El primer satélite artificial, el Sputnik I, fue lanzado por los soviéticos en octubre de 1957. Los norteamericanos realizaron poco después, el 1 de febrero de 1958, la misma hazaña con el Explorer 1. Se reserva el nombre de satélites a los ingenios espaciales no tripulados que gravitan alrededor de un planeta. Cuando estos ingenios son ocupados por el hombre, se les llama a menudo *estación, compartimiento* o *laboratorio orbital*; si se trata de ingenios destinados a un vuelo no orbital, se habla de *vehículos espaciales.* Un satélite que gravita en torno a la Tierra describe una elipse, uno de cuyos focos es el centro de aquélla. Cuando ha efectuado una vuelta completa en torno a la Tierra, se dice que ha cumplido una revolución. El tiempo necesario para efectuarla se llama *período de revolución.* La casi totalidad de los satélites son lanzados hacia el E, para aprovechar la velocidad inicial que comunica la rotación de la Tierra al lanzador espacial; así, la órbita es recorrida en el sentido de la rotación del planeta (inversa a las agujas del reloj). La velocidad mínima que debe alcanzar un cuerpo lanzado desde la Tierra para ser satelizado, llamada primera velocidad cósmica, asciende a 7,9 km/s. La segunda velocidad cósmica (liberación de la atracción de la Tierra) asciende a 11,2 km/s y la tercera (evasión del sistema solar), a 16,6 km/s. Podemos distinguir tres tipos de satélites: los *geosincrónicos*, cuyo período de revolución es igual al de la rotación terrestre; los *geoestacionarios*, aquellos que describen una órbita circular en el plano ecuatorial y que parecen inmóviles a los ojos de un observador terrestre; y los *heliosincrónicos*, cuyo plano orbital forma un ángulo sensiblemente constante con la recta Tierra-Sol y que pasan a una latitud dada sensiblemente a la misma hora local (la ascensión recta de cada uno de los dos nodos de su órbita tiene una deriva de 360° por año en sentido directo). La duración de la vida de un satélite, que depende de la altitud de su perigeo (punto más próximo a la Tierra) es del orden de una semana a 200 km, y de un mes a 300 km; esta altitud debe ser superior a 150 km para que el satélite cumpla más de una revolución, debido al rozamiento atmosférico que tiende a reducir la velocidad y así acercar el satélite a la Tierra. Los satélites geoestacionarios, que están situados a una altitud del orden de 36.000 km, tienen, pues, una duración de vida muy elevada. Son a menudo utilizados para las *telecomunicaciones* como repetidores amplificadores; el primero de ellos, el Echo I (Estados Unidos), lanzado en agosto de 1960, era un satélite pasivo, simple reflector de ondas radioeléctricas. Se utilizan con fines pacíficos, como los Symphonie franceses, o con fines militares. Los *meteorológicos* transmiten imágenes de la capa nebulosa de la Tierra. Los satélites de observación astronómica han hecho posibles considerables progresos en nuestro conocimiento del Sol, estrellas y planetas, ya que la atmósfera terrestre no perturba las observaciones. Los de *reconocimiento* y *vigilancia* se utilizan con fines civiles (detección de incendios) o militares (detección de lanzamiento de cohetes, misiles, submarinos y explosiones nucleares). Los de *ayuda a la navegación* emiten las señales hertzianas que facilitan la navegación de aviones, barcos y submarinos.

satén n.m. Tejido arrasado.

satín n.m. Madera americana semejante al nogal.

satinar v.tr. Dar al papel o a la tela tersura y lustre. ● **satinado,a** n.m. Acción y efecto de satinar.

sátira n.f. Escrito, discurso o dicho en que se ridiculiza a personas o cosas. ● **satírico,a** adj. Perteneciente o relativo a la sátira. ● **satirizar** **1.** v.int. y vr. Ridiculizar mediante sátiras.

satiriasis n.f. MED Incremento patológico del deseo sexual del varón.

satirio n.m. Mamífero roedor de forma semejante a la rata.

satirión n.m. BOT Planta herbácea, vivaz, de cuyas raíces puede sacarse salep.

sátiro n.m. MIT Semidiós que solía representarse con cuernos, patas y rabo de macho cabrío. ▷ P. anal., hombre lascivo. ● **satírico,a** adj. Perteneciente o relativo al sátiro.

satisfacción n.f. **1.** Acción y efecto de satisfacer o satisfacerse. **2.** Presunción, vanagloria. **3.** Cumplimiento del deseo o del gusto. ● **satisfacer** v.tr. **1.** Pagar enteramente lo que se debe. **2.** Saciar un apetito, pasión, etc. **3.** Dar solución a una duda o a una dificultad. ● **satisfactorio,a** adj. **1.** Que puede satisfacer. **2.** Grato, próspero. ● **satisfecho,a** adj. Presumido. ▷ Complacido, contento.

sátrapa m. Gobernador de una prov. de la antigua Persia.

saturación n.f. **1.** Acción y efecto de saturar. **2.** Fig. Estado de quien (o de lo que) no puede recibir más de algo. **3.** ELECTR Estado correspondiente al valor máximo que puede alcanzar una magnitud (tensión, intensidad, etc.). ▷ *Saturación magnética.* Estado de una sustancia ferromagnética cuya intensidad de imantación ya no aumenta con la del campo magnético. ● **saturado,a** adj. QUIM Dícese de una sustancia que ha alcanzado la saturación. *Solución saturada.* ▷ *Hidrocarburo saturado.* Aquel cuyos átomos de carbono ya no pueden fijar otros átomos de hidrógeno. ● **saturar** v.tr. **1.** Llenar completamente. **2.** QUIM *Saturar un líquido.* Disolver un cuerpo en este líquido hasta el grado de concentración máxima. ▷ *Saturar un cuerpo.* Fijar elementos sobre dicho cuerpo de tal modo que sus átomos se encuentren ligados por un enlace simple. **3.** Fig. Hartar hasta el enfado.

saturnal **I.** adj. Perteneciente o relativo a Saturno. **II.** n.f. Fig. Orgía desenfrenada.

saturnismo m.m. MED Enfermedad crónica producida por intoxicación con sales de plomo.

sauce n.m. BOT Árbol de la familia de las salicáceas, común en las orillas de los ríos. — BOT *Sauce cabruno.* Árbol de la familia de las salicáceas, de hojas mayores que las del sauce blanco. — BOT *Sauce de Babilonia,* o *llorón.* Árbol de la familia de las salicáceas, de ramas y ramillas muy largas, flexibles y péndulas. ● **sauceda** o **saucera** n.f. Saucedal. ● **saucedal** n.m. Sitio poblado de sauces.

saucillo n.m. Centinodia (planta).

saúco n.m. **1.** Arbusto cuyas flores se usan en medicina como diaforético y resolutivo. — *Chile. Saúco falso.* Árbol de unos cinco metros de altura. **2.** Segunda tapa de que se componen los cascos de los pies de los caballos.

saudí o **saudita** **1.** n. y adj. Natural de Arabia Saudí. **2.** adj. Perteneciente o relativo a dicho Estado.

sauna n.f. Establecimiento donde se toman baños de vapor. ▷ Este mismo baño.

saurio n. y adj. ZOOL Se dice de los reptiles que tienen cuatro extremidades cortas, mandíbulas con dientes, y cuerpo largo con cola. ▷ n.m. pl. ZOOL Orden de estos reptiles.
ENCICL Los saurios, los más numerosos representantes de la clase de los reptiles, son tetrápodos (con excepción del *lución,* ápodo). Su cuerpo está recubierto de escamas córneas, su boca, muy grande, está provista de numerosos dientes, sus tímpanos están a flor de piel (no tiene oídos externo ni medio). Son generalmente ovíparos. Entre ellos están los lagartos, las salamanquesas, las iguanas, etc.

-saurio Sufijo procedente del griego *sauros* o *saura,* «lagarto».

sauripelvianos n.m.pl. PALEONT Orden de reptiles fósiles caracterizados por una pelvis de tipo reptiliano.

sauzgatillo n.m. Arbusto mediterráneo de flores violetas o blancas.

savia n.f. **1.** BOT Líquido que circula por los vasos de las plantas pteridofitas y fanerógamas. **2.** Fig. Elemento unificador.
ENCICL La *savia bruta* es una solución acuosa y diluida de sales minerales absorbidas por las raíces y cuya ascensión se realiza en la madera primaria, que aporta a las hojas, flores, etc., las sustancias minerales necesarias para su crecimiento. La *savia elaborada* es una solución concentrada y viscosa rica en azúcares, aminoácidos y en diversas sustancias más o menos complejas, sintetizadas en las hojas a partir de la savia bruta (la energía necesaria la da la luz) y aportadas a toda la planta por *el líber.* Diversos intercambios de sustancias minerales y orgánicas tienen lugar entre la corriente ascendente de la savia bruta y la corriente descendente de la savia elaborada.

saxátil adj. BOT y ZOOL Se dice de las plantas y animales que viven entre las peñas o están adheridos a ellas.

saxi- Prefijo procedente del latín *saxum,* «roca, piedra».

saxífraga o **saxifragia** n.f. Planta herbácea, vivaz de raíz bulbosa llena de granillos, cada uno de los cuales puede reproducir la planta. ● **saxifragáceo,a** n. y adj. BOT Se dice de hierbas, arbustos o árboles angiospermos dicotiledóneos, como la saxífraga y la hortensia. ▷ n.f.pl. BOT Familia de estas plantas.

saxofón o **saxófono** n.m. Instrumento musical de viento. ● **saxofonista** n. y adj. Persona que toca el saxófono.

saya n.f. Falda.

sayal m.m. Tela de lana burda.

sayama n.f. *Ecuad.* Especie de culebra.

sayo n.m. Prenda de vestir holgada y sin botones que cubría el cuerpo hasta la rodilla.

sayón n.m. BOT Mata ramosa de la familia de las quenopodiáceas, de color ceniciento por las escamitas que la cubren.

saz n.m. Sauce (árbol).

sazón n.f. **1.** Estado de madurez o de pefección de las cosas. **2.** Ocasión. **3.** Gusto y sabor que se percibe en los alimentos.

Sb QUIM Símbolo del antimonio.

Sc QUIM Símbolo del escandio.

scanner n.m. **1.** TECN Aparato utilizado en fotograbado para la reproducción de los colores. **2.** MED Aparato de rayos X que permite obtener la imagen tomodensitométrica de un órgano.

Scaphites n.m. PALEONT Género de cefalópodos del cretácico, con espira desenrollada.

Scincus n.m. Género de reptiles saurios que constituyen la familia de los escíncidos, con más de 800 especies. Habitan las regiones arenosas desérticas.

-scopia,o Sufijo que indica «exploración, vista».

scout **1.** n. y adj. Niño o adolescente que participa en el movimiento creado por Baden Powell, basado en la idea del servicio a la comunidad y la vida al aire libre. **2.** adj. Relativo a los scouts.

Scutellaria n.f. BOT Género de plantas herbáceas (familia labiadas) de flores rosas, violáceas o azules, que crecen en los lugares húmedos.

Scyllarus n.m. Género de crustáceos decápodos macruros, con antenas en forma de placas, que incluye la *cigarra de mar*.

scherzo n.m. MUS Pieza de carácter vivo y brillante. ▷ adv. Con tiempo de scherzo.

schilling n.m. Unidad monetaria de Austria, Kenya, Tanzania y Uganda.

schorre n.m. GEOMORF Parte alta de las marismas litorales donde crecen plantas halófilas.

1. se Forma reflexiva del pronombre personal de tercera persona. Se usa en dativo y acusativo en ambos géneros y números, y no admite preposición. Puede usarse proclítico o enclítico: *se cae; cáese*. Sirve además para formar oraciones impersonales y de pasiva.

2. se Dativo masculino o femenino de singular o plural del pronombre personal de tercera persona en combinación con el acusativo *lo, la,* etc.: *Diósele, se las dio.*

Se QUIM Símbolo del selenio.

S.E. Abreviatura de Su Excelencia.

sebáceo,a adj. Relativo al sebo.

sebestén n.m. **1.** BOT Arbolito de la familia de las borragináceas, cuyo fruto es parecido a la ciruela. **2.** Fruto de este arbolito.

sebo n.m. **1.** Grasa que se saca de los animales herbívoros, y que sirve para hacer velas, jabones y para otros usos. **2.** Cualquier género de gordura. **3.** FISIOL Sustancia grasa secretada por las glándulas sebáceas. • **seboso,a** adj. **1.** Que tiene sebo. **2.** Untado de sebo o grasa.

seborrea n.f. Aumento patológico de la secreción de las glándulas sebáceas de la piel. • **seborreico,a** adj. MED Relativo a la seborrea.

secácul n.m. BOT Planta de Oriente, que tiene una raíz muy aromática.

secadero,a n.m. Lugar destinado para poner a secar una cosa.

secado n.m. Acción y efecto de secar o secarse.

secador,a **I.** adj. Que seca. **II.** n.m. y f. Nombre de diversos aparatos que se utilizan para secar alguna cosa.

secamiento n.m. Acción y efecto de secar o secarse.

secano n.m. Tierra de labor que no tiene riego, y sólo participa del agua llovediza.

1. secante n.m. y adj. **1.** Se dice de un papel poroso, que se emplea para secar lo escrito. **2.** Substancia que se añade a las pinturas para acelerar su secado.

2. secante **1.** n.f. y adj. GEOM Se aplica a las líneas o superficies que cortan a otras líneas o superficies. **2.** n.f. TRIG Inversa del seno de un ángulo ($\sec\theta = \frac{1}{\operatorname{sen}\theta}$).— TRIG *Secante de un ángulo*. La del arco que sirve de medida al ángulo. — TRIG *Secante de un arco*. Parte de la recta secante que pasa por el centro del círculo y por un extremo del arco, comprendida entre dicho centro y el punto donde encuentra a la tangente tirada por el otro extremo del mismo arco. — TRIG *Secante segunda de un ángulo*. La segunda del arco que sirve de medida al ángulo. — TRIG *Secante segunda de un arco*. Cosecante.

secar **1.** v.tr. y prnl. Dejar o quedar seca una cosa. **2.** Limpiar las lágrimas, la sangre, etc. **3.** v.prnl. Perder una planta o un ser animado su vigor. **4.** Fig. Tener mucha sed. **5.** Fig. Dicho de los sentimientos, embotarse.

sección n.f. **I.** Corte que se hace en un cuerpo sólido. **II.** **1.** Cada una de las partes en que se divide un todo continuo o un conjunto de elementos. **2.** GEOM Figura que resulta de la intersección de una superficie o un sólido con otra superficie. **3.** Dibujo resultante de cortar un objeto, por un plano. **III.** MILIT Cada uno de los grupos mandados por un oficial en que se divide la compañía, el escuadrón, etc. • **seccionar** v.tr. Dividir en secciones.

seccionador n.m. ELECTR Aparato que sirve para aislar una o varias secciones de una línea eléctrica.

secesión n.f. **1.** Acto de separarse de una nación parte de un pueblo y territorio. **2.** Acto de apartarse de los negocios públicos. — • **secesionista** **1.** n. (apl. a pers.) y adj. Partidario de la secesión. **2.** adj. Perteneciente o relativo a ella.

seceso n.m. Deposición o evacuación del vientre. — Lat. *secessus*.

seco,a adj. **I.** **1.** Que no está mojado o húmedo. **2.** Falto de agua. **3.** Se aplica a los guisos en que se prolonga la cocción hasta que quedan sin caldo. **4.** Se aplica a las frutas, de cáscara dura y también a aquellas a las cuales se quita la humedad excesiva para que se conserven. **II.** Tratándose de las plantas, faltas de vigor, sin vida. **III.** Flaco o de muy pocas carnes. **IV.** **1.** Fig. Áspero en el modo o trato. **2.** Fig. Riguroso. **3.** Fig. Aplicado a obras del espíritu, inexpresivo. **V.** **1.** Fig. Tratándose de ciertos sonidos, fuerte, rápido y que no resuena. **2.** MUS Se dice del sonido brevísimo y cortado. **VI.** n.m. *Chile*. Golpe, coscorrón.

secoya n.f. BOT Secuoya.

secretar v.tr. FISIOL Salir de las glándulas materias elaboradas por ellas. • **secreción** n.f. **1.** Acción de segregar o secretar. **2.** Sustancia segregada o secretada. — MED *Secreción interna*. Conjunto de hormonas elaboradas en las glándulas endocrinas.

1. secretario,a n.m. y f. **1.** Persona encargada de la administración en una oficina o corporación. — *Secretario general*. Persona encargada de la organización general del trabajo en algún organismo de la Administración, un partido político o un sindicato. **2.** El que redacta la correspondencia de la persona a quien sirve para este fin. • **secretaría** n.f. **1.** Destino o cargo de secretario. **2.** Oficina donde éste despacha los negocios. • **secretariado** n.m. **1.** Secretaría. **2.** Carrera o ejercicio de secretario o secretaria. **3.** Cuerpo o conjunto de secretarios.

2. secretario n.m. ZOOL Ave falconiforme moñuda que se alimenta de serpientes. Sinónimo: serpentario.

secreter n.m. Escritorio.

secretina n.f. BIOQUIM Hormona polipeptídica secretada por el duodeno y el yeyuno.

1. secreto n.m. **1.** Lo que cuidadosamente se tiene reservado y oculto. — *Secreto de Estado*. El que no puede revelar un funcionario público sin incurrir en delito. — *Secreto profesional*. Deber que tienen los miembros de ciertas profesiones, como médicos, abogados, notarios, etc., de no descubrir a tercero los hechos que han conocido en el ejercicio de su profesión. **2.** Reserva, sigilo. **3.** Conocimiento que exclusivamente alguno posee de una cosa. **4.** Misterio, cosa cercana. • **secretear** v.mt. Fam. Hablar en secreto una persona con otra.

2. secreto,a adj. **1.** Oculto a la vista o al conocimiento de los demás. **2.** Callado.

secretorio,a o **secretor,a** adj. Que secreta.

secta n.f. Doctrina particular enseñada por un maestro y seguida y defendida por otros. • **sectario,a** **1.** n. y adj. Que profesa y sigue una secta. **2.** adj. Secuaz, fanático e intransigente de un partido o de una idea. • **sectarismo** n.m. Celo propio de sectario.

sector n.m. **1.** GEOM Porción de círculo comprendida entre un arco y los dos radios que pasan por sus extremidades. — GEOM *Sector esférico*. Porción de esfera comprendida entre un casquete y la superficie cónica formada por los radios que terminan en su borde. **2.** Fig. Parte de una clase o de una colectividad que presenta caracteres peculiares. **3.** Conjunto de actividades económicas de la misma naturaleza. — *Sector público*. Conjunto de empresas que dependen del Estado.

secua n.f. *Cuba*. Planta cucurbitácea de flores grandes en racimo.

secuanos, pueblo de la antigua Galia céltica que habitaba la región del Sena superior en la época de César.

secuaz n. y adj. Partidario de las ideas de otro.

secuela n.f. Consecuencia de una cosa.

secuencia n.f. **1.** Sucesión ordenada. ▷ Serie o sucesión de cosas que guardan entre sí cierta relación. **2.** MAT Conjunto de cantidades u operaciones ordenadas de tal modo que cada una determina la siguiente. **3.** MUS Progresión o marcha armónica. **4.** CINEM, AUDIOV Serie de planos constitutivos de una de las divisiones del relato cinematográfico. • **secuencial** adj. Perteneciente o relativo a la secuencia. • **secuenciar** v.tr. Establecer una serie o sucesión de cosas que guardan entre sí cierta relación.

secuestrar v.tr. **1.** Apoderarse de una persona, embarcación, avión, etc., para exigir dinero por su rescate, o para otros fines. **2.** Embargar judicialmente. • **secuestrador,a** n. y adj Que secuestra. • **secuestro** n.m. **1.** Acción y efecto de secuestrar. **2.** Bienes secuestrados.

secular **I.** adj. **1.** Seglar. **2.** Que se repite cada siglo. **3.** Que dura un siglo, o desde hace siglos. **II.** n.m. y f. y adj. Se dice del clero que no vive en clausura. • **secularización** n.f. Acción y efecto de secularizar o secularizarse. • **secularizar** v.tr. y prnl. Hacer secular lo que era eclesiástico.

secundar v.tr. Ayudar, favorecer.

secundario,a **I.** adj. **1.** Accesorio. **2.** ELECTR Dícese de la corriente inducida y del circuito por donde fluye. **3.** MED Califica la segunda etapa de ciertas enfermedades. **4.** QUIM Dícese de un átomo de carbono o nitrógeno unido a otros dos átomos de carbono y, p. ext., de una función contenida en tal tipo de átomo. **5.** ECON *El sector secundario*. El de las actividades de transformación de materias primas. **II.** n.m. y adj. GEOL Se dice de la era geológica comprendida entre el pérmico y el paleoceno.

ENCICL La era secundaria abarca aprox. desde hace 230 millones de años hasta hace 75 millones de años. Se caracteriza por la aparición y el desarrollo rápido y espectacular de los reptiles, que adquirieron formas gigantes (tiranosaurio, diplodoco, etc.) y conquistaron todos los medios habitables, así como por la aparición de los primeros mamíferos (especialmente los insectívoros). En el reino vegetal es el momento en que las gimnospermas alcanzan su apogeo y aparecen las angiospermas.

secundinas n.f. BOT Placenta y membranas que envuelven el feto.

secuoya n.f. BOT Cualquier taxodiácea del género Sequoia (v.).

sed n.f. **1.** Sensación que produce la falta de agua en el organismo. **2.** Fig. Necesidad de agua o de humedad que tienen los campos. **3.** Fig. Apetito o deseo ardiente de una cosa.

seda n.f. **1.** Hebra con que forman sus capullos ciertos gusanos u orugas. **2.** Hilo formado con varias de estas hebras y a propósito para coser o tejer. **3.** Cualquier obra o tela hecha con este hilo.
ENCICL **Tecn.** — La seda se obtiene del capullo en que se encierran las larvas de *Bombyx movi* para transformarse en mariposa. La cría del gusano de seda o sericultura se remonta a tiempos muy lejanos y constituye, junto con la apicultura, uno de los extraños casos en que el hombre cría insectos. La seda cruda se obtiene escaldando y devanando los capullos, que se someten a cocción, batido y purga, antes de la obtención de la hebra maestra. La seda natural, ante la competencia de los tejidos artificiales y sobre todo sintéticos, es hoy un artículo de lujo.

sedal n.m. **1.** Hilo de la caña de pescar. **2.** CIR y VETER Cinta o cordón que se hace pasar por el interior de una herida para facilitar el drenaje de ésta.

sedán n.m. Cierto tipo de automóvil de carrocería cerrada.

sedante n. y adj. MED Que modera la actividad funcional de un órgano o de un sistema. • **sedación** n.f. Acción y efecto de sedar. • **sedar** v.tr. Calmar. • **sedativo,a** adj. FARM Que tiene virtud de calmar.

sede n.f. **1.** Lugar donde tiene su domicilio una entidad económica, literaria, deportiva, etc. **2.** RELIG Capital de una diócesis.

sedentario,a adj. **1.** Se aplica al oficio o vida de poca agitación o movimiento. **2.** Se dice del pueblo o tribu que se dedica a la agricultura, asentado en algún lugar, por oposición al nómada. **3.** ZOOL Se dice de animales que carecen de órganos de locomoción y permanecen siempre en el mismo lugar.

sedería n.f. **1.** Comercio o elaboración de géneros de seda. **2.** Conjunto de géneros de esta clase. • **sedero,a** adj. Perteneciente a la seda y a su industria.

sedición n.f. Alzamiento colectivo y violento contra la autoridad establecida. • **sedicioso,a 1.** n. y adj. Se dice de la persona que promueve una sedición o toma parte en ella. **2.** adj. Actos o palabras de esta persona.

sediento,a I. n. y adj. Que tiene sed. **II.** adj. **1.** Se aplica a los campos, tierras o plantas con falta de agua. **2.** Fig. Que desea una cosa con ansia.

sedimentar 1. v.tr. Depositar sedimentos un líquido. **2.** v.prnl. Formar sedimento las materias suspendidas en un líquido. • **sedimentación** n.f. Acción y efecto de sedimentar o sedimentarse. • **sedimentario,a** adj. **1.** Perteneciente o relativo al sedimento. **2.** *Roca sedimentaria.* La que procede de un sedimento y no ha experimentado transformaciones importantes. • **sedimento** n.m. **1.** Materia que se posa en el fondo de un líquido. **2.** GEOL Depósito dejado por las aguas, los hielos o el viento.

sedoso,a adj. Parecido a la seda.

seducción n.f. Acción y efecto de seducir. • **seducir** v.tr. **1.** Engañar con astucia. ▷ Conseguir un hombre por engaño poseer a una mujer. **2.** Cautivar, atraer • **seductivo,a** adj. Se dice de lo que seduce. • **seductor,a** n. y adj. Que seduce.

Sedum n.m. BOT Género de plantas herbáceas (familia crasuláceas) de hojas carnosas, aplastadas o cilíndricas, muy corrientes en los viejos muros.

sefardí o **sefardita** n. y adj. Se dice del judío descendiente de judíos españoles.
ENCICL **Hist.** — Los sefardíes ejercieron una gran labor cultural, económica y política en la España medieval. Expulsados masivamente en 1492 por negarse a convertirse al catolicismo, se instalaron en el N de África, Turquía, Italia, Países Bajos, y muchos de ellos pasaron posteriormente a América y a Israel (s. XX). Conservaron la lengua de la zona de que procedían, pero, a la larga, se impusieron sólo el castellano y el portugués. En nuestros días, el ladino, o dialecto judeo-español, es utilizado tanto en la comunicación oral como en periódicos y publicaciones.

segar v.tr. **1.** Cortar mieses o hierba. **2.** Fig. Cortar, impedir bruscamente el desarrollo de algo. • **segadera** n.f. Hoz para segar. • **segador** n.m. **1.** El que siega. **2.** Arácnido pequeño, de patas muy largas. • **segadora** n.f. **1.** Máquina cosechadora de cereales. **2.** Mujer que siega.

seglar n. y adj. Laico.

segmento n.m. **1.** Pedazo o parte cortada de una cosa. **2.** GEOM Porción, parte. **3.** MECAN Aro elástico que, encajado en el émbolo, se ajusta a las paredes del cilindro. **4.** ZOOL Cada una de las partes, dispuestas en serie lineal, de que está formado el cuerpo de los gusanos y artrópodos. • **segmentación** n.f. BIOL División reiterada de la célula huevo de animales y plantas. • **segmentar** v.tr. y prnl. Dividir algo en segmentos.

segoviano,a 1. n. y adj. Natural de Segovia. **2.** adj. Perteneciente o relativo a esta provincia o a su capital.

segregar v.tr. **1.** Separar o apartar una cosa de otra u otras. **2.** Secretar. • **segregación** n.f. **1.** Acción y efecto de segregar. **2.** *Segregación racial.* Discriminación organizada y reglamentada entre los diversos grupos raciales de algunos países, especialmente entre blancos y negros (v. apartheid). **3.** METAL En una aleación en curso de solidificación, separación de las partes de composición química diferente. • **segregacionismo** n.m. Sistema que preconizan los partidarios de la segregación racial. • **segregacionista** n. y adj. **1.** Partidario del segregacionismo. **2.** Que se refiere a la segregación.

seguida n.f. Acción y efecto de seguir.

seguidilla n.f. **1.** Composición métrica de cuatro o siete versos en combinaciones de pentasílabos y heptasílabos. **2.** pl. Danza popular española y su música correspondiente.

seguir v.tr. **1.** Ir después o detrás de uno. **2.** Continuar lo empezado. **3.** Ir en compañía de uno. **4.** Profesar o ejercer una ciencia, arte o estado. **5.** Ser de la opinión o ideas de una persona. **6.** Perseguir a uno. **7.** Ser consecuencia una cosa de otra. • **seguido,a** adj. **1.** Continuo. **2.** Que está en línea recta. • **seguidor,a** n. y adj. Que sigue a una persona o cosa. • **seguimiento** n.m. **1.** Acción y efecto de seguir o seguirse. **2.** TECN Control y vigilancia de la trayectoria de un objeto móvil.

según prep. **1.** Conforme o con arreglo a. **2.** Toma carácter de adverbio, denotando relaciones de conformidad, correspondencia o modo, y equivaliendo más comúnmente a: con arreglo o en conformidad a lo que, o a como: *según veamos; según se encuentre mañana el enfermo.* Con proporción o correspondencia a: *se te pagará según lo que trabajes.* De la misma suerte o manera que: *todo queda según estaba.* **3.** Precediendo inmediatamente a nombres o pronombres personales, significa con arreglo o conformemente a lo que opinan o dicen las personas de que se trate. *Según él.* **4.** Con carácter adverbial y en frases elípticas, indica eventualidad o contingencia. *Iré o me quedaré, según.*

segundar 1. v.tr. Repetir uno un acto que acaba de hacer. **2.** v.int. Ser segundo o seguirse al primero.

segundero,a n.m. Manecilla que señala los segundos en el reloj.

segundo,a I. adj. Que sigue inmediatamente en orden al o a lo primero. **II.** n.m. y f. Persona que en una institución sigue en jerarquía al principal. **III.** n.m. **1.** Sexagésima parte del minuto. ▷ P. ext., lapso de tiempo muy corto. **2.** GEOM Sexagésima parte de un minuto angular, 3.600.ª parte del grado (símbolo ").

segundón n.m. Hijo segundo.
ENCICL **Hist.** Los segundones formaron toda una clase social mientras estuvo vigente el régimen de mayorazgos en España. Los primogénitos de las familias nobles acaparaban la casi totalidad de las tierras y títulos, y los hijos restantes, al no poseer patrimonio propio, debían dedicarse a la carrera militar, ocupar cargos eclesiásticos, o ser funcionarios estatales.

seguridad n.f. **1.** Calidad de seguro. **2.** Se aplica a ciertos mecanismos que aseguran el buen funcionamiento de una cosa. **3.** *Seguridad Social.* Conjunto de organismos públicos que aseguran a los trabajadores contra los diversos riesgos a que están sometidos. • **seguro,a I.** adj. **1.** Libre y exento de todo peligro. **2.** Cierto. **3.** Estable, firme. **4.** Ajeno de sospecha. **II.** n.m. **1.** Contrato por el cual una persona, natural o jurídica, se obliga a resarcir pérdidas o daños que ocurran en las personas o cosas que corren un riesgo. **2.** Dispositivo de seguridad. ▷ Muelle destinado en algunas armas de fuego a evitar que se disparen solas.
ENCICL En la mayor parte de los países occidentales, la crisis económica de 1929 y la Segunda Guerra Mundial precipitaron la evolución de los sistemas de seguros ya existentes y los transformaron en sistemas de seguridad social. Los objetivos de los mismos son: **1.** Conservar la salud de los trabajadores o recuperarla en caso de enfermedad o accidente, sea cual sea el coste de los cuidados necesarios. **2.** Salvar las dificultades de subsistencia en caso de paro, enfermedad, accidente, imposibilidad física o vejez. **3.** Proporcionar sistemas de educación. Todos los países industrializados (ya sean capitalistas o socialistas) disponen de sistemas de seguridad social basados en estos tres objetivos. En la mayoría de estos países la organización de la seguridad social está asumida por el Estado, y a su financiación se destina una parte importante del presupuesto anual.
En España, el sistema de seguridad social se inicia en 1908, con la creación del Instituto Nacional de Previsión; en 1936 se proveyó el seguro de enfermedades profesionales y las Cortes tenían en estudio la introducción del seguro obligatorio de enfermedad. A partir de 1939 se desarrolló el actual sistema de seguridad social, que cuenta con una nueva estructura desde 1967, con la ley de bases de la seguridad social, que ha ampliado sus prestaciones a los trabajadores del mar y a los obreros agrícolas.
La seguridad social se ha extendido en los últimos años a los países del Tercer Mundo a medida que éstos accedían a la independencia. En América Latina, el proceso ha evolucionado de acuerdo con las diversas políticas de los distintos países, alcanzando sus mayores avances en México, Venezuela, Cuba y Costa Rica.

seis I. adj. Cinco y uno. **II.** n. y adj. Sexto, ordinal. *Número seis; año seis.* **III.** n.m. **1.** Signo o conjunto de signos con que se representa el número seis. **2.** Naipe que tiene seis señales.

seisavo,a n.m. y adj. Cada una de las seis partes en que se divide un todo.

seise n.m. Cada uno de los niños de coro que cantan en las catedrales en ciertas festividades. *Los seises de Sevilla.*

seísmo n.m. Terremoto.
ENCICL El estudio de los seísmos permite definir el *epicentro,* punto de la superficie terrestre donde la intensidad del temblor alcanza su grado máximo, y el *hipocentro,* punto situado en el interior de la corteza terrestre (generalmente en la vertical del epicentro) desde donde parte la onda del temblor como consecuencia del movimiento o frotamiento de dos placas de la corteza una contra otra

(v. placa). El estudio de la distribución de los seísmos conduce a la definición de dos tipos de regiones: **1.** Los seísmos son muy poco frecuentes en las regiones centrales de las placas y en aquellos lugares donde las uniones entre dichas placas se han estabilizado; se trata de regiones sin formaciones montañosas recientes (anteriores a la era terciaria); **2.** Los seísmos son frecuentes en el «cinturón de fuego» del Pacífico, en la región mediterránea, prolongada por el Himalaya, y en las cordilleras submarinas que corresponden a las zonas de frotamiento de las placas. Se distinguen, según la profundidad del hipocentro, los *seísmos superficiales* (menos de 50 km de profundidad), los *intermedios* (entre 50 y 300 km) y los *profundos* (más de 300 km de profundidad), muy raros. Los hipocentros poco profundos corresponden al frotamiento de dos placas; los hipocentros profundos, a una zona donde una placa se sumerge bajo otra. Existen varias escalas para determinar la intensidad sísmica según sus efectos (apreciados por la destrucción de las viviendas); por otra parte, la escala de Richter mide en julios la energía sísmica liberada.

seje n.m. Árbol de América Meridional, de la familia de las palmas, muy semejante al coco.

selacio,a n. y adj. ZOOL Se dice de peces marinos cartilagíneos, como la tintorera y la raya. ▷ n.m. pl. ZOOL Orden de estos peces.

Selaginella n.f. Género de plantas criptógamas con aspecto de musgo, similares a los licópodos.

selección n.f. Acción y efecto de elegir a una persona, animal o cosa entre otras. — *Selección natural.* Teoría de Darwin, según la cual ciertas especies de animales o vegetales evolucionan o desaparecen para ser sustituidos por otras de condiciones superiores. • **seleccionador,a** adj. Que selecciona. • **seleccionar** v.tr. Elegir por medio de una selección.

selectividad n.f. Calidad de selectivo. • **selectivo,a** adj. **1.** Que implica selección. **2.** TELECOM Dícese de un receptor que efectúa una satisfactoria separación de las ondas de frecuencia próxima.

selecto,a adj. Que es o se reputa por mejor entre otras cosas de su especie.

selector,triz n.m. o f. TECN Dispositivo de selección. ▷ Conmutador de varias direcciones.

selector,a adj. Que selecciona o escoge.

selenio n.m. QUIM Metaloide de número atómico 34 y masa atómica 78,96 (símbolo *Se*). • **selénico,a** adj. QUIM Dícese del ácido H_2SeO_4 y del anhídrido correspondiente. • **seleniato** n.m. Sal del ácido selénico • **selenioso,a** adj. Dícese del ácido H_2SeO_3 y del anhídrido correspondiente • **selenito** n.m. Sal del ácido selenioso.

ENCICL El selenio es un elemento raro en la corteza terrestre; sus propiedades químicas son similares a las del azufre. Es un semiconductor; su conductividad eléctrica aumenta con la luz. Se utiliza para fabricar rectificadores de corriente y dispositivos fotoeléctricos.

selenita **1.** n.m. y f. Supuesto habitante de la Luna. **2.** n.f. Yeso cristalizado en láminas brillantes, espejuelo.

selenitoso,a adj. QUIM Que contiene sulfato de calcio.

seleniuro n.m. Compuesto del selenio con otro cuerpo simple.

seleno- Prefijo procedente del griego *selēnē*, «Luna».

selenodonto,a adj. ZOOL Dícese de los molares de los rumiantes cuyos tubérculos tienen forma de media luna. ▷ P. ext., Los rumiantes.

selenografía n.f. Parte de la astronomía, que trata de la descripción de la Luna. • **selenógrafo,a** n.m. y f. Persona que profesa la selenografía. • **selenología** n.f. ASTRON Estudio de la Luna. • **selenólogo,a** n.m. y adj. ASTRON Especialista en selenología.

self-service n.m. Bar o restaurante en el que los clientes se sirven por sí mismos.

selva n.f. **1.** Terreno extenso, inculto y muy poblado de árboles. **2.** Fig. Abundancia desordenada de alguna cosa.

selyúcidas o **selŷūquíes,** dinastía turcomana descendiente de Salŷūq, que se estableció en el s. X en la desembocadura del Syr-Daria. Ţugrīl Beg (1038-1063) realizó grandes conquistas (Jorasan, Irán, califato de Bagdad). El Imperio llegó a su apogeo durante el reinado de Malik Sha (1072-1092), cuyo poder se extendió por toda Asia Menor. Pero las divisiones territoriales para contentar a todas las ramas de la familia llevaron a la formación de varios estados: el de Kerman (1041-1186) en el S de Persia, el de Irak (1118-1194), los de Siria (1078-1117) y el de Rum (1081-1302), en Asia Menor. En el s. XIII, este último se vio amenazado por otra tribu turcomana y tuvo que concederle un feudo, a partir del cual Osmán fundó la dinastía otomana (h. 1290).

sello n.m. **1.** Utensilio, de metal o caucho, que sirve para estampar los dibujos, leyendas o cifras en él grabadas. **2.** Lo que queda estampado, con el mismo sello. **3.** Trozo pequeño de papel, con timbre oficial, que se pega a ciertos documentos y a las cartas. — *Sello postal.* El de papel que se adhiere a las cartas para franquearlas o certificarlas. **4.** Carácter distintivo comunicado a una cosa. **5.** FARM Conjunto de dos obleas redondas entre las cuales se cierra una dosis de medicamento, para poderlo tragar sin percibir su sabor. • **sellar** v.tr. **1.** Imprimir el sello. **2.** Fig. Estampar, una cosa en otra o comunicarle determinado carácter. **3.** Fig. Concluir, poner fin a una cosa.

sema n.m. LING Elemento semántico que constituye la unidad mínima de significado.

semáforo n.m. **1.** Aparato eléctrico de señales luminosas para regular la circulación. **2.** Telégrafo óptico de las costas, para comunicarse con los buques por medio de señales.

semana n.f. **1.** Serie de siete días naturales consecutivos, de domingo a sábado. **2.** Fig. Salario ganado en una semana. • **semanal** adj. **1.** Que sucede o se repite cada semana. **2.** Que dura una semana o a ella corresponde. • **semanario,a** **I.** adj. Que sucede o se repite cada semana. **II.** n.m. Periódico que se publica semanalmente. • **semanero,a** n. y adj. Se aplica a la persona que ejerce un empleo o encargo por semanas.

semantema n.m. LING Elemento de una palabra donde se encierra el contenido semántico.

semántica n.f. LING Estudio del lenguaje desde el punto de vista del significado.• **semántico,a** adj. Referente a la significación de las palabras.

semblante n.m. **1.** Cara o rostro humano, como representación de un estado de ánimo. **2.** Fig. Apariencia de las cosas.

semblanza n.f. Bosquejo biográfico.

sembrar v.tr. **1.** Arrojar y esparcir las semillas en la tierra preparada para este fin. **2.** Fig. Desparramar, esparcir. **3.** Fig. Dar principio a una cosa. **4.** Fig. Hacer algunas cosas de que ha de seguir fruto. • **sembrado** n.m. Tierra sembrada. • **sembrador,a** n. y adj. Que siembra. • **sembradora** n.f. Máquina para sembrar.

semejante **I.** n. y adj. **1.** Que se parece a una persona o cosa. ▷ Se usa con sentido de comparación o ponderación. ▷ Empleado con carácter de demostrativo, equivale a tal. **2.** GEOM Se dice de dos figuras distintas sólo por el tamaño y cuyas partes guardan todas respectivamente la misma proporción. **II.** n.m. Cualquier hombre respecto a uno, prójimo. • **semejanza** n.f. **1.** Calidad de semejante. **2.** Símil retórico. • **semejar** v.int. y prnl. Parecerse una persona o cosa a otra.

semen n.m. **1.** FISIOL Líquido que secretan las glándulas genitales de los animales del sexo masculino, en el cual se encuentran los espermatozoides. **2.** BOT Semilla de los vegetales.

semental n. y adj. Se aplica al animal macho que se destina a la reproducción. • **sementera** n.f. **1.** Acción y efecto de sembrar. **2.** Tierra sembrada. **3.** Cosa sembrada.

semestre **I.** adj. Semestral. **II.** n.m. **1.** Espacio de seis meses. **2.** Renta o sueldo que se cobra al fin de cada semestre. • **semestral** adj. Que sucede o se repite cada semestre. ▷ Que dura un semestre o a él corresponde.

semi- Elemento compositivo que entra en la formación de algunas voces españolas con el significado de "medio" o de "casi", como en *semicírculo* y *semidifunto.* — Lat. *semi.*

semibreve n.f. MUS Nota musical que vale un compasillo entero.

semicadencia n.f. MUS Paso sencillo de la nota tónica a la dominante.

semicircular adj. **1.** Perteneciente o relativo al semicírculo. **2.** De figura de semicírculo o semejante a ella. • **semicírculo** n.m. GEOM cada una de las dos mitades del círculo separadas por un diámetro.

semicircunferencia n.f. GEOM Cada una de las dos mitades de la circunferencia.

semiconductor n.m. ELECTR Todo cuerpo dotado de una débil conductividad eléctrica. ENCICL Los principales semiconductores son el germanio, el silicio y el selenio. A baja temperatura, un semiconductor contiene muy pocos electrones libres y su conductividad eléctrica es tan débil que se le puede comparar con un aislante. La elevación de temperatura produce una liberación de electrones, una disminución de la resistencia y la aparición de lagunas, llamadas «huecos», en los sitios dejados por los electrones. Si se aplica una corriente eléctrica a un semiconductor, los electrones se desplazan en sentido inverso al del campo eléctrico, y los huecos en el mismo sentido del campo. Los semiconductores son *intrínsecos* si están formados por cuerpos puros, y *extrínsecos* si sus propiedades se han logrado por la adición de impurezas (antimonio, indio, etc.), que se insertan en la red cristalina en lugar de un atomo de la sustancia semiconductora. Un semiconductor extrínseco es: de tipo n. (negativo), si comprende gran número de portadores de carga negativa (los átomos del elemento agregado son donantes de electrones); o de tipo p. (positivo) en el caso inverso, en el cual los átomos del cuerpo extraño son receptores de electrones. Los semiconductores de tipo p. y n. son interesantes cuando se asocian en un mismo monocristal; la superficie de contacto de la zona p. con la zona n. presenta una conductividad eléctrica muy grande desde p. a n. y muy débil en el sentido inverso. Esta propiedad se utiliza en numerosos componentes electrónicos (diodos, tiristores, transistores, rectificadores, etc.). El desarrollo de componentes de estructura compleja permite actualmente asegurar, con la ayuda de los semiconductores, todas las funciones de la electrónica moderna: amplificación, conmutación, automatismos, cálculo, informática, etc.

semiconserva n.f. En la industria conservera, alimentos envasados en recipientes cerrados, sin previa esterilización.

semiconsonante n.f. y adj. GRAM Se aplica a las vocales *i, u,* en principio de diptongo o triptongo.

semicorchea n.f. MUS Nota musical cuyo valor es la mitad de una corchea.

semicromático,a adj. MUS Género de música que participa del diatónico y del cromático.

semidiós,a n.m. y f.MIT Hijo de dios y mortal.

semiditono n.m. MUS Intervalo de un tono y un semitono mayor.

semiesfera n.f. Hemisferio. • **semiesférico,a** adj. Perteneciente o relativo a la semiesfera.

semifinal n.f. Cada una de las dos penúltimas competiciones de un campeonato o concurso.

semifusa n.f. MUS Nota musical cuyo valor es la mitad de una fusa.

semilunio n.m. ASTRON Mitad de una lunación.

semilla n.f. **1.** BOT Cada uno de los cuerpos que forman parte del fruto de los vegetales, y que contienen el embrión de un nuevo individuo. ▷ P. ext., se aplica este nombre a los fragmentos de vegetal provistos de yemas. **2.** Fig. Cosa que es causa u origen de que proceden otras. ▷ pl. Granos que se siembran. • **semillero** n.m. **1.** Sitio donde se siembran y crían los vegetales que después han de trasplantarse. **2.** Sitio donde se guardan y conservan para estudio colecciones de diversas semillas. **3.** Fig. Origen y principio de algunas cosas.

semimetal n.m. QUIM Elemento de transición entre los metales y los no metales como el silicio.

seminal adj. **1.** Perteneciente o relativo al semen de los animales masculinos. **2.** Perteneciente o relativo a la semilla.

seminario,a n.m. **1.** Semillero de vegetales. **2.** Establecimiento donde se forman los jóvenes que aspiran al sacerdocio. **3.** Clase en que se reúne el profesor con los alumnos para realizar trabajos de investigación. • **seminarista** n.m. Alumno de un seminario conciliar.

seminífero,a adj. ZOOL Que produce o contiene semen.

semínolas, indígenas de los Estados Unidos. Tras largas luchas (1817, luego 1836-1846), tuvieron que abandonar el territorio de la Florida y trasladarse a las reservas de Oklahoma.

semio- Prefijo procedente del griego *sēmeion*, «signo».

semioclusivo,a adj. FON Dícese de un sonido resultante de una articulación compleja que combina una oclusiva y una fricativa.

semiología n.f. **1.** MED Parte de la medicina consagrada al estudio de los signos de las enfermedades. **2.** LING Ciencia que estudia los signos y los sistemas de signos en el seno de la vida social. • **semiológico,a** adj. Referente a la semiología.

ENCICL F. de Saussure, que introdujo el término «semiología» en la lingüística moderna, pone como ejemplo de sistemas de signos los ritos simbólicos, el alfabeto de los sordomudos, las fórmulas de cortesía, las señales militares y el propio idioma. En este sentido, la lingüística es la rama privilegiada de la semiología, ya que es el idioma el más importante de los sistemas de signos. Por su parte, el lógico E. Cassirer ve en la capacidad de simbolización la característica más propia del ser humano y propone que los símbolos no tienen por objeto nombrar o imitar una realidad preexistente, sino estructurarla y articularla; ha estudiado los sistemas simbólicos (mitos, arte, ciencia, lenguaje, etc.) y las leyes que los gobiernan. Posteriormente, otros lingüistas como Jakobson, Hjelmslev y Benveniste, han tratado de determinar el lugar que ocupa el lenguaje en el seno de los otros sistemas de signos. Semiólogos, como R. Barthes y etnólogos, como C. Lévi-Strauss, han estudiado las formaciones sociales (mitos, sistemas de parentesco, moda, costumbres culinarias) funcionando como lenguaje.

semiotecnia n.f. Conocimiento de los signos gráficos que sirven para la notación musical.

semiótico,a n.f. y adj. Semiológico.

semiperíodo o **semiperiodo** n.m. ELECTR Mitad del período correspondiente a un sistema de corrientes bifásicas.

semipermeable adj. FIS BIOL *Membrana, tabique semipermeable*. La que, separando dos soluciones del mismo solvente, deja difundir el solvente pero detiene el soluto (ósmosis).

semiplano n.m. GEOM Cada una de las dos porciones de plano limitadas por una cualquiera de sus rectas.

semirrecta n.f. MAT Segmento de recta, uno de cuyos extremos se prolonga hasta el infinito.

semitas, familia de pueblos asiáticos originarios del N de Arabia, llamados así por suponerles descendientes de Sem. Tras emigraciones sucesivas se desplazaron por el S y SO de Asia, y por el E y el N de África. • **semítico,a** adj. Perteneciente o relativo a los semitas. — *Lenguas semíticas*. Lenguas de Asia occidental y del N, del sistema de consonantes, por las raíces formadas en su mayoría por tres consonantes («raíces trilíteras») y por ser vocales las que expresan los elementos de significación accesoria de la palabra.

semitono n.m. MUS Intervalo que vale la mitad de un tono.

semivida n.f. Tiempo en que tardan en quedar reducidos a la mitad los átomos de un nucleido radiactivo.

semivocal n.f. y adj. **I.** Se aplica a la vocal *i* o *u* al final de un diptongo. **II.** n.f. LING Fonema intermedio entre la consonante y la vocal.

Semnopithecus n.m. Género de monos cercopitecos asiáticos que viven en bandadas en los árboles y se alimentan de frutas y brotes, como el langur rojo.

sémola n.f. **1.** Trigo candeal desnudo de su corteza. **2.** Pasta de harina de cereal reducida a granos muy menudos y que se usa para sopa.

sempervirente adj. Se dice de la vegetación cuyo follaje se conserva verde todo el año.

sempiterno,a adj. Que durará siempre.

1. sen n.m. Árbol de África tropical cuyas vainas tienen propiedades laxantes. • **sena** n.f. Sen.

2. sen n.m. Moneda fraccionaria japonesa.

senado n.m. **1.** Asamblea de patricios que formaba el Consejo supremo de la antigua Roma. (Se aplicó también por analogía a ciertas asambleas políticas de otros Estados.) **2.** En algunos países, una de las cámaras parlamentarias. ▷ Edificio o lugar donde los senadores celebran sus sesiones. • **senador,a** n.m. y f. Miembro del Senado. • **senatorial** o **senatorio,a** adj. Perteneciente o relativo al Senado o al senador.

sencillo,a adj. **1.** Formado de una sola cosa. **2.** Sin dificultad. **3.** Débil, flojo. **4.** Sin recargos ni adornos superfluos. • **sencillez** n.f. Calidad de sencillo.

senda n.f. Camino más estrecho que la vereda, • **sendero** n.m. Senda.

sendos,as adj.pl. Uno o una para cada cual de dos o más personas o cosas.

senectud n.f. Edad senil.

senegalés,a **1.** n. y adj. Natural de Senegal. **2.** adj. Perteneciente o relativo a este país africano.

senescente adj. Que empieza a envejecer. • **senescencia** n.f. Calidad de senescente.

senil adj. Perteneciente a los viejos o a la vejez.

seno n.m. **1.** Concavidad o hueco. **2.** Pecho de la mujer. **3.** Regazo. **4.** Fig. Parte interna de alguna cosa. **5.** ANAT Cavidad existente en el espesor de un hueso o formada por la reunión de varios huesos. **6.** ARQUIT Espacio comprendido entre los trasdoses de arco o bóvedas contiguas. **7.** GEOGR Golfo, porción de mar que se interna en la tierra. **8.** MAT Ordenada de la extremidad de un arco que se traslada al círculo trigonométrico. — TRIG *Seno de un ángulo*. El del arco que sirve de medida al ángulo.

sensación n.f. **1.** Acción de sentir algo o de sentirse de cierta manera. **2.** Efecto que algunas cosas físicas producen en los sentidos. **3.** Emoción viva. • **sensacional** adj. **1.** Que causa sensación. **2.** Que gusta extraordinariamente. • **sensacionalismo** n.m. Tendencia a causar sensación, a difundir noticias sensacionales. • **sensacionalista** n. y adj. Que implica o denota sensacionalismo.

sensato,a adj. Prudente. • **sensatez** n.f. Calidad de sensato.

sensibilidad n.f. **1.** Característica de un individuo o cosa sensibles. ▷ FISIOL Conjunto de las funciones sensoriales. **2.** Propiedad de un elemento anatómico de ser excitado por estímulos. **3.** Propiedad de un instrumento, de una cosa sensible. ▷ FOTOG *Sensibilidad de una emulsión fotográfica*. La mayor o menor rapidez con que esa emulsión puede registrar una imagen. ▷ FIS Relación entre la variación del ancho de salida de un aparato y la correspondiente variación del ancho de entrada. • **sensibilización** n.f. **1.** BIOL Mecanismo inmunológico que el organismo da como respuesta a la presencia de un antígeno o de una sustancia sensibilizadora. **2.** FOTOG Operación que consiste en sensibilizar una emulsión. **3.** Acción de sensibilizar a alguien. • **sensibilizador,a** n. y adj. **1.** BIOL Dícese de una sustancia que puede provocar una sensibilización del organismo en el momento en que se reincorpora al cuerpo. **2.** FOTOG Que sensibiliza o puede sensibilizar. — *Sensibilizador cromático*. Sustancia utilizada para hacer que una emulsión sea sensible a determinados colores. • **sensibilizar** v.tr. Hacer sensible. • **sensible I.** adj. **1.** Capaz de sentir, física y moralmente. **2.** Que puede ser conocido por medio de los sentidos. **3.** Perceptible. **4.** Se dice de las cosas que ceden fácilmente a la acción de ciertos agentes naturales. **II.** n.f. y adj.Que reacciona ante estímulos muy débiles. ▷ FOTOG Se dice de lo que puede registrar una imagen fotográfica. • **sensiblería** n.f. Sentimentalismo exagerado. • **sensiblero,a** adj. Se dice de la persona que muestra sensiblería.

sensitiva n.f. BOT Planta de la familia de las mimosáceas, con tallo lleno de aguijones ganchosos.

sensitivo,a adj. **1.** Perteneciente a las sensaciones. **2.** Capaz de tener sensibilidad. **3.** Que tiene la virtud de excitar la sensibilidad.

sensitivomotor adj. FISIOL Que concierne a la vez a la sensibilidad y al movimiento.

sensitometría n.f. TECN Estudio de la sensibilidad de una emulsión fotográfica.

sensorial adj. Relativo a los sentidos o a sus órganos correspondientes. • **sensorio,a** **1.** adj. Perteneciente o relativo a la sensibilidad. **2.** n.m. Centro común de todas las sensaciones.

sensual adj. **1.** Perteneciente a las sensaciones de los sentidos. **2.** Se dice de las cosas que proporcionan placer a los sentidos, de las personas inclinadas a estos placeres y de estos mismos placeres. **3.** Perteneciente al deseo sexual. • **sensualidad** n.f. Calidad de sensual. • **sensualismo** n.m. FILOS Doctrina que expone exclusivamente en los sentidos el origen de las ideas.

sentar **I.** v.tr. y prnl. Poner o colocar a uno de manera que quede apoyado sobre las nalgas. **II.** v.int. **1.** Fig. y Fam. Hacer provecho o daño. **2.** Fig. y Fam. Agradar a uno una cosa. **3.** Cuadrar una cosa a otra o a una persona. **III.** v.prnl. **1.** Asentarse. **2.** *Arg. Chile y Ecuad.* Parar un caballo por medio del freno, haciendo que levante las manos y se apoye sobre los cuartos traseros. • **sentada** n.f. **1.** Acción de permanecer sentadas en el suelo un grupo de personas con objeto de reivindicar algo. **2.** Tiempo durante el cual se permanece en posición sentada. • **sentado,a** adj. **1.** Juicioso. **2.** BOT Aplícase a las partes de la planta que carecen de pedúnculo. • **sentamiento** n.m. ARQUIT Asiento de unos materiales sobre otros.

sentencia n.f. **1.** Dicho o frase corta que encierra un principio de moralidad o de sabiduría popular. **2.** Declaración del juicio y resolución del juez. — FOR *Sentencia firme.* La que por estar confirmada y no ser apelable causa ejecutoria. **3.** Decisión de quien actúa como árbitro en una disputa extrajudicial. • **sentenciar** v.tr. **1.** Dar o pronunciar sentencia. **2.** Condenar por sentencia en materia penal. • **sentencioso,a** adj. Se aplica al dicho, oración o escrito que encierra una sentencia. ▷ También se aplica al tono de la persona que habla con afectada gravedad.

sentido,a **I.** adj. **1.** Que incluye un sentimiento. **2.** Se dice de la persona que se ofende con facilidad. **II.** n.m. **1.** Órgano especializado capaz de recibir y transmitir las sensaciones externas. — *Sentido común.* Facultad de juzgar razonablemente de las cosas. **2.** Modo particular de entender una cosa. **3.** Razón de ser, finalidad. **4.** Significación cabal de una proposición. **5.** GEOM Modo de apreciar una dirección desde un determinado punto a otro. **6.** MAT Orientación de un vector.

sentimiento n.m. Acción y efecto de sentir o sentirse. • **sentimentalismo** n.m. Calidad de sentimental. • **sentimental** adj. **1.** Que expresa o excita sentimientos tiernos. **2.** Propenso a ellos. **3.** Que afecta sensibilidad.

sentina n.f. Cavidad baja de la bodega de un buque donde se reúnen las aguas que se filtran en éste.

1. sentir n.m. **1.** Sentimiento del ánimo. **2.** Parecer o juicio de uno.

2. sentir **I.** v.tr. **1.** Experimentar sensaciones producidas por causas externas o internas. **2.** Oír o percibir con el sentido del oído. **3.** Lamentar. **4.** Presentir. **II.** v.prnl. **1.** Seguido de algunos adjetivos, hallarse o estar como éstos expresan. **2.** Seguido de ciertos adjetivos, considerarse.

senufos, pueblo africano que habita el N de Costa de Marfil, Malí y Alto Volta. Son agricultores sedentarios y han creado un arte de gran originalidad.

señalar **I.** v.tr. **1.** Poner o hacer una señal en una cosa. **2.** Designar a una persona o cosa. **3.** Hacer una herida que deje cicatriz. **II.** v.prnl. Distinguirse o singularizarse. • **seña** n.f. **1.** Nota o indicio para dar a entender o recordar una cosa. **2.** Lo que está determinado entre dos o más personas para entenderse. **3.** pl. Indicación del paradero y domilio de una persona. • **señal** n.f. **I. 1.** Lo que muestra o indica la existencia de algo. **2.** Cicatriz. **3.** Cantidad de dinero que se adelanta en determinados contratos. **II.** Signo convenido que se utiliza como aviso o para transmitir una información. ▷ P. ext., hecho que anuncia una cosa. • **señalado,a** adj. Insigne, famoso. • **señalamiento** n.m. Acción de señalar o determinar lugar, hora, etc. • **señalización** n.f. **1.** Acción y efecto de señalizar. **2.** Conjunto de las señales por las que se regula la circulación de vehículos. • **señalizar** v.tr. Colocar en las vías de comunicación señales de tráfico.

señero,a adj. **1.** Único, sin par. **2.** Solo, solitario, separado de toda compañía.

señor,a **I.** n. y adj **1.** Dueño de una cosa. **2.** Fam. Antepuesto a algunos nombres, sirve para encarecer el significado de los mismos. **II.** n.m. **1.** P. antonom., Dios y especialmente Jesucristo. **2.** Hombre, en contraposición a mujer. **3.** Título nobiliario. **4.** Amo, con respecto a los criados. **5.** Título que se antepone al apellido de un varón. • **señora** n.f. **1.** Mujer del señor. **2.** Ama, con respecto a los criados. **3.** Término de cortesía que se aplica a una mujer. **4.** Mujer en contraposición a hombre. **5.** Título que se antepone al apellido de una mujer casada o viuda • **señorear** **I.** v.tr. Dominar o mandar en una cosa como dueño de ella. **II.** v.tr. y prnl. Apoderarse de una cosa. • **señoría** n.f. **1.** Tratamiento que se da a las personas a quienes compete por su dignidad. **2.** Persona a quien se da este tratamiento. • **señorial** adj. Majestuoso, noble. • **señorita** n.f. Término de cortesía que se aplica a la mujer soltera. ▷ Fam. Ama, con respecto a los criados. • **señoritingo,a** n.m. y f. Desp. de señorito. • **señorito** n.m. **1.** Fam. Amo, con respecto a los criados. **2.** Fam. Joven acomodado y ocioso.

señorío n.m. **1.** Dominio o mando sobre una cosa. **2.** Territorio perteneciente al señor. **3.** Fig. Gravedad y mesura en el porte o en las acciones.

ENCICL **Hist.** — Régimen feudal de dominio y disfrute de la tierra en el que los campesinos se encontraban sometidos al dueño mediante una relación de dependencia política y jurisdiccional, el vasallaje, base de todo el sistema feudal de la Edad Media. Existían varias clases de señorío: el *territorial,* en el que el señor era dueño de las tierras y de sus vasallos, los cuales le servían con su trabajo; el señorío *jurisdiccional,* en el que el señor tenía el derecho de administrar justicia, recaudar impuestos, reclutar ejércitos y otras funciones administrativas, sin poseer la tierra. En otra clasificación se recogen los señoríos de *realengo,* que dependían directamente de la autoridad del rey. El sistema señorial cobró gran auge durante la Edad Media, pero, a partir del s. XVI, los poderes de los señores y de los nobles disminuyeron ante la autoridad real. Los señoríos jurisdiccionales y territoriales fueron abolidos por las Cortes de Cádiz, en 1812, pero reimplantados posteriormente durante el absolutismo de Fernando VII, en 1814 y 1823. El problema se zanjó definitivamente en 1837, fecha en que desapareció el señorío. A esto coadyuvaron las leyes de 1841 (supresión del mayorazgo) y de 1932 (ley de reforma agraria).

señuelo n.m. **1.** Cualquier cosa que sirve para atraer a otras. **2.** *Arg.* y *Bol.* Grupo de cabestros para conducir el ganado. **3.** AVIAC y ELECTR Aparato emisor de señales electrónicas.

sépalo n.m. BOT Cada una de las piezas que forman el cáliz de la flor.

separación n.f. **1.** Acción y efecto de separar o separarse. **2.** FOR Interrupción de la vida conyugal sin quedarse extinguido el vínculo matrimonial. **3.** Cosa que separa un espacio o un objeto de otro. • **separador,a** n. y adj. **1.** Que separa. **2.** FIS *Poder separador de un instrumento óptico.* Mínima distancia angular entre dos puntos que dan imágenes separadas. • **separar** **I.** v.tr. y prnl. **1.** Apartar a una persona o cosa de otras. **2.** Destituir de un empleo a alguien. **II.** v.prnl. Retirarse uno de algún ejercicio u ocupación. • **separativo,a** adj. Se dice de lo que separa.

separata n.f. Impresión por separado de un artículo o capítulo publicado en una revista o libro.

separatismo n.m. Tendencia a independizar de un Estado algún territorio. • **separatista** n. (apl. a pers.) y adj. Partidario o defensor del separatismo.

sepe n.m. *Bol.* Comején (insecto).

sepedón n.m. Culebra de cristal.

sepelio n.m. Inhumación.

sepia n.f. **1.** Jibia (molusco). **2.** Materia colorante que se saca de la jibia.

Seps n.m. Género de reptiles saurios mediterráneos (actual *Chalcides*) ovovivíparos.

septena n.f. Conjunto de siete cosas por orden. • **septenio** n.m. Tiempo de siete años. • **septeno,a** adj. **1.** Séptimo en orden. **2.** Se dice de cada una de las siete partes de un todo.

septentrión n.m. Norte.

septentrional adj. Perteneciente o relativo al Septentrión.

septeto n.m. **1.** MUS Composición para siete ejecutantes. **2.** MUS Conjunto de estos siete ejecutantes.

septicemia n.f. PAT Infección generalizada de la sangre por el paso a ésta, y su posterior multiplicación, de diversos gérmenes patógenos. • **septicémico,a** adj. Perteneciente o relativo a la septicemia.

séptico,a adj. MED **1.** Que provoca o puede provocar infección. **2.** Contaminado por gérmenes patógenos. ▷ *Fosa séptica.* Fosa en la que se descomponen las materias orgánicas. • **septicidad** n.f. Carácter de lo séptico.

septiembre n.m. Noveno mes del año. Tiene treinta días.

septillo n.m. MUS Conjunto de siete notas iguales que se deben cantar o tocar en el tiempo correspondiente a seis de ellas.

séptima n.f. MUS Intervalo de una nota a la séptima ascendente o descendente en la escala.

séptimo,a **1.** adj. Que sigue inmediatamente en orden al o a lo sexto. **2.** n. y adj. Se dice de cada una de las siete partes iguales en que se divide un todo.

septuagenario,a n. y adj. Que tiene entre setenta y ochenta años.

septum n.m. ANAT, CIENC NAT Tabique que separa dos cavidades, dos partes de un órgano.

septuplicar v.tr. y prnl. Multiplicar por siete una cantidad.

séptuplo,a n.m. y adj. Se aplica a la cantidad que incluye en sí siete veces a otra.

sepulcro n.m. Obra que se construye para enterrar en ella a un difunto. • **sepulcral** adj. Perteneciente o relativo al sepulcro.

sepultar **I.** v.tr. Poner en la sepultura a un difunto. **II.** v.tr. y prnl. Fig. Ocultar alguna cosa como enterrándola. • **sepultura** n.f. **1.** Acción y efecto de sepultar. **2.** Hoyo que se hace en tierra para enterrar un cadáver. • **sepulturero** n.m. El que tiene por oficio sepultar a los muertos.

sequedad n.f. Calidad de seco.

sequía n.f. Tiempo seco de larga duración.

sequillo n.m. Pedazo pequeño de masa azucarada, en forma de bollo, rosquilla, etc.

séquito n.m. Agregación de gente que acompaña a una persona ilustre.

Sequoia n.f. BOT Género de árboles perteneciente a las coníferas, de la familia de las taxodiáceas, que comprende dos especies: la *Sequoia gigantea,* que se encuentra en Sierra Nevada (California), que puede alcanzar 100 m de altura y más de 8 m de diámetro; y la *Sequoia sempervivens,* que crece en las sierras costeras de California. Ambas especies viven más de 3.000 años.

1. ser n.m. **1.** FILOS Esencia de las cosas. **2** Existencia de las cosas. **3.** Persona humana.

2. ser **I.** Verbo sustantivo que afirma de sujeto lo que significa el atributo. **II.** Verbo auxiliar que sirve para la conjugación de todos los verbos en la voz pasiva. **III.** v.int. **1.** Haber o existir. **2.** Estar en lugar o situación. **3.** Suceder o acontecer. **4.** Valer, costar. **5.** Pertenecer a alguien o algo. **6.** Corresponder, tocar.

serac n.m. GEOL Bloque de hielo producto de la fragmentación de un glaciar.

serafín n.m. Espíritu celeste.

serbal n.m. Árbol de la familia de las rosáceas, de seis a ocho metros de altura. • **serba** n.f. Fruto del serbal, de figura de pera pequeña.

serbo n.m. Sorbo (árbol).

serbocroata n. y adj. Servocroata.

serenar v.tr., int. y prnl. Tranquilizar, apaciguar.

serenata n.f. **1.** Música en la calle y durante la noche, para festejar a una persona. **2.** Composición poética o musical destinada a este objeto. • **serenero** n.m. *Arg.* Pañuelo de cabeza.

serenidad n.f. Calidad de sereno (sent. 2).

1. sereno n.m. **1.** Humedad de la noche. **2.** Vigilante nocturno.

2. sereno,a adj. **1.** Despejado de nubes o nieblas. **2.** Fig. Apacible.

seriar v.tr. Poner en serie. • **seriación** n.f. Acción y efecto de seriar. • **serial** adj. Perteneciente o relativo a una serie. — MUS *Música serial.* La que está basada en la utilización de series.

seric(i)- Prefijo procedente del latín *sericum,* «de seda», en griego *serikos,* «de Serica o Seres», nombre dado en la antigüedad greco-latina a un pueblo de China.

sericicultura o **sericultura** n.f. Industria que tiene por objeto la producción de la seda.

sericita n.f. MINER Variedad de mica blanca.

sérico,a adj. **1.** De seda. **2.** MED Relativo al suero.

serie n.f. **1.** Conjunto de cosas relacionadas entre sí y que se suceden unas a otras. — *En serie.* Se aplica a la fabricación de muchos objetos iguales entre sí, según un mismo patrón. **2.** MAT Sucesión de cantidades que se derivan unas de otras según una ley determinada. **3.** MAT Función numérica definida sobre el conjunto de los números enteros naturales. **4.** QUIM Conjunto de compuestos que tienen propiedades comunes. **5.** FIS *Serie espectral.* Conjunto de rayas correspondientes a las transiciones entre dos niveles de energía de un átomo. **6.** ELECTR *En serie.* Dícese de un montaje de conductores que colocados uno tras otro son recorridos por la misma corriente. ENCICL Dada una sucesión $x_1, x_2..., x_n$... La serie correspondiente a esta sucesión tiene por términos $U_1 = x_1, U_2 = x_1 + x_2 ..., U_n = x_1 + x_2 + ... + x_n$. Si U_n admite un límite cuando n aumenta indefinidamente, la serie se llama *convergente*; se llama *divergente* cuando se da lo contrario. Por ejemplo, la serie cuyo término general es $1 + x + \frac{x^2}{2!} + \frac{x^3}{3!} + ... + \frac{x^n}{n!}$ converge hacia e^x. Inversamente, se llama *desarrollo en serie de* e^x a la expresión $1 + x + \frac{x^2}{2!} + ... + \frac{x^n}{n!} + ...$ Cualquier vibración puede ser representada por una serie de Fourier, que es la suma de funciones sinusoidales de las frecuencias *f, 2f, 3f,* etc...

seriedad n.f. Calidad de serio.

serigrafía n.f. Procedimiento de impresión basado en el principio de estarcido. ▷ Imagen conseguida por este procedimiento • **serigráfico,a** adj. Perteneciente o relativo a la serigrafía.

serina n.f. BIOQUIM Aminoácido que tiene una función alcohol, presente en las proteínas.

serio,a adj. **1.** Que obra con reflexión. **2.** Severo en el modo de mirar o hablar. **3.** Verdadero, sin engaño. **4.** Grave.

seris, grupo étnico de México. Habitaban una zona próxima a la bahía Kino, en los alrededores de Hermosillo, en el est. de Sonora. Eran individuos de gran talla. Nómadas, vivían principalmente de la caza y de la pesca; sus artesanías eran rudimentarias. Las guerras y las enfermedades terminaron por reducir su número a unos pocos cientos.

sermón n.m. **1.** Discurso de asunto religioso. **2.** Fig. Amonestación o reprensión insistente y larga. • **sermoneador,a** adj. Que sermonea o acostumbra reprender. • **sermonear** **I.** v.int. Predicar. **II.** v.tr. Amonestar o reprender. • **sermoneo** n.m. Fam. Acción de sermonear.

seroalbúmina n.f. BIOL Proteína del suero.

serodiagnóstico n.m. MED Diagnóstico de algunas enfermedades microbianas a partir del suero.

seroglobulina n.f. Proteína sérica.

serología n.f. BIOL Estudio de los sueros.

serosidad n.f. **1.** Líquido normal o patológico que secretan ciertas membranas. **2.** Líquido que se acumula en las ampollas de la epidermis. • **seroso,a** adj. Perteneciente o relativo al suero.

seroterapia n.f. MED Empleo terapéutico de un suero humano o animal.

serotonina n.f. BIOQUIM Amina secretada especialmente por el hipotálamo.

serovacunación n.f. MED Inmunización por la acción asociada de un suero y una vacuna.

serpear v.int. Serpenterar.

serpentaria n.f. Dragoneta (planta).

serpentear v.int. Andar o moverse como la serpiente. • **serpenteo** n.m. Acción y efecto de serpentear.

serpentín n.m. **1.** Pieza de acero en las llaves de las armas de fuego y chispa. **2.** Tubo largo que sirve para facilitar el enfriamiento de la destilación en los alambiques. **3.** Variedad de mármol verde. • **serpentina** n.f. **1.** Piedra de color verdoso y propiedades semejantes al mármol. **2.** Tira de papel arrollada que se arrojan unas personas a otras en días de carnaval . • **serpentón** n.m. Instrumento músico de viento, de tonos graves.

serpiente n.f. **I.** Reptil ofidio de cuerpo alargado desprovisto de patas. **II.** ECON FIN *Serpiente monetaria.* Sistema que fija la fluctuación autorizada de las tasas de cambio de las monedas relacionadas entre sí.

serpigo n.m. Llaga que mientras cura en un extremo, se extiende por el otro. • **serpiginoso,a** adj. Perteneciente o relativo al serpigo.

serpol n.m. Tomillo de tallos rastreros.

Serpula n.f. Género de gusanos anélidos poliquetos que secretan un tubo calcáreo.

serrallo n.m. **1.** Palacio del sultán, de un gobernador de prov. en la Turquía otomana. ▷ El conjunto de los servicios administrativos, políticos, militares del sultán, de un gobernador. **2.** Harén; totalidad de las mujeres de un harén.

serranía n.f. Espacio ocupado por montañas y sierras.

serranilla n.f. Composición lírica de asunto campesino escrita por lo general en metros cortos. • **serrana** n.f. Composición poética parecida a la serranilla.

serrano,a o **serraniego,a** n. y adj. **1.** Que habita en una sierra, o nacido en ella. **2.** adj. Perteneciente a las sierras o a sus moradores.

serrar v.tr. Cortar con sierra.

serrasuelo n.m. *P. Rico.* Árbol mirtáceo, de corteza agrietada.

Serratula n.f. Género de plantas anuales (familia compuestas) de hojas finamente dentadas, una de cuyas especies *(Serratula tinctoria)* proporciona un colorante amarillo.

serrería n.f. Taller para aserrar maderas.

serrín n.m. Conjunto de partículas que se desprenden de la madera cuando se sierra.

serrucho n.m. **1.** Sierra de hoja ancha y regularmente con sólo una manija. **2.** *Cuba.* Pez de rostro en forma de sierra muy cortante.

sertão n.m. GEOGR En Brasil, zona semiárida donde se practica la ganadería extensiva.

serval n.m. Pequeño mamífero félido africano.

servato n.m. Planta herbácea de la familia de las umbelíferas. Su fruto es seco y elipsoidal.

serventesio n.m. **1.** Género de composición de la poética provenzal, de tendencia satírica. **2.** Cuarteto en que riman el primer verso con el tercero y el segundo con el cuarto.

servicio n.m. **I. 1.** Acción y efecto de servir. **2.** Estado de criado o sirviente. **3.** Culto rendido a Dios. **4.** Mérito que se hace sirviendo. **5.** Servicio militar. **II. 1.** Acción en beneficio de alguien. **2.** Utilidad o provecho. **III** pl. Retretes. **IV.** Vajilla. **V.** Organización y personal destinados a cuidar intereses o satisfacer necesidades del público o de alguna entidad. **VI.** Actividades económicas que no producen directamente bienes concretos. • **servicial** adj. Pronto a complacer y servir a otros. • **servidor,a** n.m. y f. **1.** Persona que sirve como criado. **2.** Vulg. Nombre que se da a sí misma una persona respecto de otra. • **servidumbre** n.f. **1.** Conjunto de criados que sirven en una casa. **2.** Sujeción grave u obligación inexcusable de hacer una cosa. **3.** FOR Derecho en predio ajeno que limita el dominio en éste.

servil adj. **1.** Perteneciente a los criados. **2.** Bajo, humilde. **3.** Que obra con servilismo. • **servilismo** n.m. Ciega adhesión a la autoridad de uno, con adulación.

servilleta n.f. Paño que sirve en la mesa para aseo y limpieza de cada persona. • **servilletero** n.m. Aro en que se pone arrollada la servilleta.

servio o **serbio** **1. n. y adj. Natural de Serbia. 2. adj. Perteneciente o relativo a Serbia. 3. n.m. Lengua hablada en Serbia.**

serviola n.f. **1.** MAR Pescante muy robusto instalado hacia la parte exterior del costado del buque. **2.** MAR Vigía que se establece de noche cerca de este pescante.

servir **I.** v.int. y tr. **1.** Estar al servicio de otro. **2.** Ejercer un empleo o cargo propio o en lugar de otro. **II.** v.int. **1.** Aprovechar, valer. **2.** Ser soldado en activo. **3.** Asistir con naipe del mismo palo a quien ha jugado primero. **4.** Sacar la pelota de modo que se pueda jugar fácilmente. **5.** Asistir a la mesa distribuyendo los alimentos o las bebidas. **III.** v.tr. **1.** RELIG Dar culto a Dios o a los santos. **2.** Hacer una cosa en favor de uno. **IV.** v. tr. y prnl. Llenar el plato o el vaso. **V** v.prnl. **1.** Querer o tener a bien hacer alguna cosa. **2.** Valerse de una cosa.

servo-croata o **serbocroata** **1. adj. Relativo a Serbia y a Croacia. 2. n.m. Lengua eslava hablada en Serbia, en Croacia, en Bosnia-Herzegovina y en Montenegro.**

servodirección n.f. AUTOM Servomando que acciona el mecanismo de dirección de un vehículo.

servofreno n.m. AUTOM Servomando que actúa sobre los mecanismos de frenado.

servomando n.m. TECN Dispositivo mecánico que amplía el esfuerzo y lo transmite.

servomecanismo n.m. Sistema electromecánico que se regula por sí mismo.
ENCICL Un servomecanismo tiene por objeto regular automáticamente cualquier magnitud (posición, velocidad de rotación, presión, temperatura, etc.), tras la programación de un valor consignado. El funcionamiento de un servomecanismo se basa en la medida de la diferencia entre la magnitud regulada y aquella a la que debe responder, llamada *señal de error*, así como en el mando del órgano a regular en función de esta diferencia.

servomotor n.m. **1.** MAR Aparato mediante el cual se da movimiento al timón. **2.** Motor auxiliar con que se aumenta en un momento dado la energía disponible. **3.** TECN Motor que sirve para regular un componente en un servomecanismo.

servoválvula n.f. TECN Pistón o válvula accionada por un servomotor.

sesada n.f. Sesos de un animal.

sésamo n.m. Planta pedaláceа, de la especie del ajonjolí y alegría.

Sesbania n.f. Género de arbustos de la India (familia papilionáceas) cuyos tallos producen una hilaza utilizada para fabricar papel de cigarrillos.

sesear v.int. Pronunciar la *z* o la *c* como *s*. ● **seseo** n.m. Acción y efecto de sesear.

sesera n.f. **1.** Parte de la cabeza del animal en que están los sesos. **2.** Fig. y Fam. Inteligencia.

sesgar v.tr. **1.** Cortar o partir en sesgo. **2.** Torcer a un lado. ● **sesgadura** n.f. Acción y efecto de sesgar. ● **sesgo,a** **I.** adj. Torcido, cortado o situado oblicuamente. ▷ Fig. Grave, de semblante. **II.** n.m. **1.** Oblicuidad o torcimiento en la dirección o posición de una cosa. **2.** Curso, rumbo.

sesí n.m. *Cuba* y *P. Rico*. Pez muy parecido al pargo.

sésil adj. BOT Dícese de las partes de la planta sentadas, que carecen de pedúnculo.

sesión n.f. **1.** Cada una de las juntas de una corporación. **2.** Fig. Conferencia o consulta entre varios para determinar una cosa.

seso n.m. Masa encefálica. ▷ Fig. Prudencia; madurez.

sesqui Voz latina que solamente se usa en composición, para denotar una unidad y media en peso o medida de las cosas; como *sesquihora*, hora y media. Unida a un ordinal, significa la unidad más una fracción cuyo numerador es la unidad misma, y el denominador el número ordinal. Así, *sesquitercio* equivale a *uno y un tercio*.

sesquióxido n.m. QUIM Óxido que contiene una vez y media el oxígeno contenido en el protóxido, en la misma cantidad del elemento oxidado.

sestear v.int. **1.** Pasar la siesta durmiendo o descansando. **2.** Recogerse el ganado durante el día en paraje sombrío.

sestercio n.m. Moneda de plata de los romanos que valía dos ases y medio.

sesudo,a adj. Que tiene seso, prudencia.

set n.m. Una de las partes en que se divide un partido de tenis, ping-pong o balonvolea.

seta n.f. BOT Corrientemente, vegetal sin clorofila, provisto de un pie y un sombrerillo que crece en lugares húmedos.

setenta **I.** adj. **1.** Siete veces diez. **2.** Septuagésimo, ordinal. **II.** n.m. Conjunto de signos con que se representa el número setenta.

setentón,a adj. Fam. Septuagenario.

setica n.f. BOT *Perú*. Cierto árbol artocar páceo.

setiembre n.m. Septiembre.

seto n.m. Cercado hecho de palos o arbustos.

seudo- Prefijo procedente del griego *pseudês*, «mentiroso», implicando una idea de falsedad, aproximación o apariencia engañosa.

seudoartrosis n.f. MED Falsa articulación entre dos fragmentos óseos no consolidados.

seudocelomados n.m.pl. ZOOL Metazoarios de constitución más primitiva que los celomados.

seudónimo n.m. Nombre empleado por un autor en vez del suyo verdadero.

seudópodo n.m. BIOL Cualquiera de las prolongaciones protoplasmáticas transitorias de algunos seres unicelulares que les sirven para moverse y para la prensión de partículas orgánicas, bacterias, etc.

seudosuquios n.m.pl. ZOOL Reptiles fósiles del triásico, antecesores de los pájaros.

severidad n.f. **1.** Rigor. **2.** Exactitud en la observancia de una ley. **3.** Gravedad, seriedad. ● **severo,a** adj. **1.** Riguroso. **2.** Exacto en la observancia de una ley. **3.** Grave, serio.

sevicia n.f. **1.** Crueldad excesiva. **2.** Trato cruel.

seviche n.m. *Ecuad.*, *Pan.* y *Perú*. Guiso de pescado o marisco crudo.

sevillanas n.f.pl. **1.** Aire musical propio de Sevilla. **2.** Danza que se baila con esta música.

sevillano,a **1.** n. y adj. Natural de Sevilla. **2.** adj. Perteneciente o relativo a esta provincia o a su capital.

sexagenario,a n. y adj. Que ha cumplido la edad de sesenta años y no llega a setenta.

sexagésimo,a **1.** adj. Que sigue inmediatamente al quincuagésimo. **2.** n. y adj. Se dice de cada una de las 60 partes iguales en que se divide un todo.

sexenio n.m. Tiempo de seis años.

sexo n.m. **1.** Condición orgánica que distingue al macho de la hembra. **2.** Conjunto de individuos del mismo sexo. **3.** Órganos genitales externos. ● **sexología** n.f. Estudio del sexo y de las cuestiones con él relacionadas.
ENCICL **Biol.** — Hay que distinguir entre *sexo aparente*, es decir, el aspecto de un individuo, que sólo es el resultado de un proceso de diferenciación celular controlado por diversas hormonas, y *sexo genético*, determinado a partir de la fecundación. De esta forma, el último par cromosómico del hombre está constituido por dos cromosomas sexuales distintos (XY), mientras que son iguales en la mujer (XX), aunque diversas anomalías pueden producir individuos genéticamente machos (XY) con una morfología (sexo aparente) femenina, o viceversa (v. free-martin). Además, se distinguen *los caracteres sexuales primarios*, visibles a partir del nacimiento (determinación del sexo, p. ej.) y *los caracteres sexuales secundarios*, que sólo aparecen con la madurez sexual (pubertad), como el cambio de voz y el desarrollo de la barba en el hombre y de los pechos en la mujer.

sex-shop n.f. Tienda especializada en la venta de publicaciones y objetos pornográficos.

sexta n.f. **1.** Tercera de las cuatro partes iguales en que dividían los romanos el día. **2.** MUS Intervalo de una nota a la sexta ascendente o descendente.

sextante n.m. Instrumento utilizado para medir distancias angulares y alturas de astros.

sexteto n.m. **1.** MUS Composición para seis instrumentos o seis voces. **2.** MUS Conjunto de estos seis instrumentos o voces.

sextilla n.f. POET Combinación de seis versos de arte menor.

sextina n.f. POET Composición que consta de seis estrofas de seis versos endecasílabos cada una, y de otra que sólo se compone de tres.

sexto,a n. y adj. **1.** Que sigue inmediatamente en orden al quinto. **2.** Se dice de cada una de las seis partes iguales en que se divide un todo.

sextuplicar v.tr. y prnl. Multiplicar por seis una cantidad. ● **séxtuplo,a** n. y adj. Que incluye en sí seis veces una cantidad.

sexuado,a adj. BIOL Dícese de la planta o del animal que tiene órganos sexuales.

sexual adj. BIOL Relativo al sexo. – *Caracteres sexuales*. Conjunto de los caracteres que diferencian a los machos de las hembras.

sexualidad n.f. Conjunto de condiciones anatómicas y fisiológicas que caracterizan a cada sexo.
ENCICL **Psicoan.** — Según Freud, la sexualidad no designa sólo a las actividades y al placer que dependen del funcionamiento del aparato genital, sino también a un modo de satisfacción relacionado indirectamente con la genitalidad y que se expresa ya en la infancia. La sexualidad infantil evoluciona en varias etapas: la fase oral (primer año), siendo la boca la zona erógena; la fase sádico-anal (segundo y tercer año), en que la zona erógena es el ano; la fase fálica (cuarto y quinto año), en que la zona erógena es el pene o el clítoris, y el placer puede ser provocado por la masturbación; el final de esta etapa (relacionada con la toma de conciencia no ambigua de la diferenciación de los sexos) coincide con la desaparición del complejo de Edipo. De la edad de seis años a la pubertad se desarrolla un período de latencia, las pulsiones sexuales disminuyen en intensidad, la energía se desvía hacia intereses sociales y morales. En la pubertad, se expresa la fase genital propiamente dicha.

sforzando adv. MUS Pasando bastante rápidamente del piano al forte.

sfumato n.m. BELL ART Modelado difuminado, vaporoso.

sha n.m. Título de los soberanos de Irán.

sham o **cham,** etnia que poblaba el reino de Shampa y de la que subsisten algunos miembros (¿20.000?) en Vietnam y Camboya. ● **Shampa** o **Champa**, reino hinduizado de los sham (ss. III-XVII), situado en el centro del actual Vietnam (cerca de Hué), en lucha durante un milenio con los khmers y los vietnamitas, que lo redujeron y finalmente lo absorbieron.

shan, etnia del E de Birmania perteneciente al grupo thai, localizada en las *llanuras shan* (est. de los shans, 158.217 km²; 3.500.000 hab.), territorio entre China y Tailandia. Su lengua es el *shan*.

shantung n.m. Tejido ligero de seda.

sheriff n.m. **1.** En Gran Bretaña, primer magistrado de cada condado. **2.** En Estados Unidos, jefe de la policía de un condado.

sherpas, pueblo que habita en el Nepal, en las laderas del Himalaya. Actúan como guías y porteadores en las escaladas a las cimas.

shōgun n.m. HIST Nombre de los jefes militares que tuvieron el poder en Japón de 1192 a 1868.

shorts n.m. Pantalón corto.

show n.m. Espectáculo de variedades.

shunt n.m. **1.** ELECTR Resistencia colocada en derivación entre los bornes de una porción de circuito para reducir la corriente que la cruza. **2.** MED Comunicación patológica entre dos cavidades.

1. si Conj. con que se denota condición o suposición. *Si llegas el lunes, llegarás a tiempo.* — A veces denota aseveración terminante. *Si ayer lo aseguraste aquí mismo, ¿cómo lo niegas hoy?* — Otras veces denota circunstancia dudosa. *Ignoro si es soltero o casado.* — En ciertas expresiones indica ponderación o encarecimiento. *Es atrevido, si los hay.* — A principio de cláusula tiene a veces por objeto dar énfasis o energía a las expresiones de duda, aseveración. *¿Si será verdad lo del testamento?* — Introduce oraciones desiderativas. *¡Si Dios quisiera tocarle en el corazón!* — Precedida del adverbio *como* o de la conjunción *que*, se emplea en conceptos comparativos. *Andaba como si fuera un pato.* — Empléase también como conjunción adversativa, equivaliendo a *aunque*. *No; no lo haré si me matan.* — Toma carácter de conjunción distributiva cuando se emplea repetida para contraponer una cláusula a otra. *Malo, si uno habla; si no habla, peor.* — Precede al adverbio de negación *no* en frases como esta: *Callaré si no quieres oírme.* — Forma a veces con el mismo adverbio de negación expresiones elípticas que equivalen a «de otra suerte» o «en caso diverso». *Pórtate bien: si no, deja de frecuentar mi casa.*

2. si n.m. MUS Séptima nota de la escala de do.

3. sí Forma reflexiva del pronombre personal de tercera persona.

4. sí **1.** Adv. afirm. que se emplea más comúnmente respondiendo a preguntas. **2.** Se usa como sustantivo por consentimiento o permiso.

Si QUIM Símbolo del silicio.

Si. Sistema Internacional.

sial n.m. GEOL Corteza terrestre.

sialismo n.m. MED Salivación exagerada.

siamés,a n. y adj. **1.** Natural u oriundo de Siam, antiguo nombre de Tailandia. ▷ P. ext., perteneciente a esta nación de Asia. ▷ n.m. Idioma siamés. **2.** Se aplica a cada uno de los hermanos gemelos que nacen unidos por alguna parte de sus cuerpos.

sibarita n. y adj. **1.** De Sybaris. **2.** Fig. Dícese de la persona que vive con lujo refinado.

sibil n.m. Gruta subterránea.

sibila n.f. ANTIG Mujer que tenía el don de la profecía. • **sibilino,a** adj. **1.** Relativo a la sibila. **2.** Fig. Misterioso.

sibilante n.f. y adj. FON Dícese del sonido que se pronuncia como una especie de silbido.

siboneyes, pueblo precolombino de la isla de Cuba, extinguido como tal un siglo después de la conquista. Emparentados con los guanajutabeyes, alcanzaron un grado de civilización superior a aquellos, y los restos de su cultura (adornos de basalto y hueso, pictogramas en cuevas y grutas) abundan en toda la isla, especialmente en La Habana, Las Villas y Camagüey.

sibucao n.m. BOT Arbolito de Filipinas, de la familia de las papilionáceas, cuya madera se utiliza en tintorería.

sic Adv. lat. que se usa entre paréntesis, para dar a entender que una palabra que pudiera parecer inexacta, es textual.

sicamor n.m. Ciclamor (árbol).

sicanos, pueblo primitivo de la Sicilia meridional y occidental. v. sículos.

sicario n.m. Asesino a sueldo.

sicigia n.f. ASTRON Conjunción u oposición de la Luna con el Sol.

sicoanálisis n.m. o f. MED Psicoanálisis.

sicofanta o **sicofante** n.m. **1.** ANTIG Nombre dado en Atenas y otras ciudades a los delatores de profesión. **2.** P. ext. Calumniador.

sicofísica n.f. Psicofísica.

sicología n.f. Psicología.

sicomoro n.m. **1.** BOT Planta de la familia de las moráceas, que es una higuera propia de Egipto. **2.** Plátano falso.

siconeurosis n.f. PAT Psiconeurosis.

sicópata n.m. y f. PAT Psicópata.

sicosis n.f. **1.** MED Enfermedad inflamatoria de la piel. **2.** MED Psicosis.

sicrómetro n.m. TECN Instrumento para medir el grado higrométrico del aire.

sículos, pueblo primitivo que, venido de la península italiana, ocupó Sicilia antes del año 1000 a. J.C.

SIDA n.m. Siglas de síndrome de inmunodeficiencia adquirida.

sidecar n.m. Asiento adicional, apoyado en una rueda, que se adosa al costado de una motocicleta.

1. sider(o)- Prefijo procedente del latín, *sidus, sideris*, «astro».

2. sider(o)- Prefijo procedente del griego *sideros*, «hierro».

sideración n.f. MED Anulación súbita de las funciones vitales, producida por ciertos shocks.

sideral adj. Que se refiere a los astros.

siderita n.f. **1.** MINER Carbonato natural de hierro ($FeCO_3$). **2.** Planta herbácea de la familia de las labiadas, con flores amarillas y fruto seco con semillas menudas.

siderosa n.f. Carbonato de óxido de hierro, de color pardo amarillento.

siderosis n.f. MED Neumoconiosis debida a la inhalación prolongada de polvos de hierro.

siderostato n.m. ASTRON Aparato que anula el movimiento aparente de un astro, permitiendo su observación con un instrumento fijo.

Sideroxylon n.m. Género de árboles tropicales (familia sapotáceas) de madera muy dura.

siderurgia n.f. Metalurgia del hierro y sus aleaciones. • **siderúrgico,a** adj. Relativo a la siderurgia.

sidra n.f. Bebida alcohólica obtenida de la fermentación del zumo de manzana.

siega n.f. **1.** Acción y efecto de segar. **2.** Tiempo en que se siega. **3.** Mieses segadas.

siembra n.f. **1.** Acción y efecto de sembrar. **2.** Tiempo en que se siembra. **3.** Tierra sembrada.

siempre adv. t. **1.** En todo tiempo. **2.** En todo caso. — *Para siempre.* Por todo tiempo o por tiempo indefinido. — *Siempre que.* Con tal que.

siempreviva n.f. Perpetua amarilla.

sien n.f. Cada una de las dos partes laterales de la cabeza a la altura de la frente.

sienita n.f. Roca compuesta de feldespato, anfíbol y algo de cuarzo, de color generalmente rojo.

sierpe n.f. **1.** Culebra de gran tamaño. **2.** BOT Vástago que brota de las raíces leñosas.

sierra n.f. **I. 1.** Herramienta que sirve para cortar madera y otros cuerpos duros. **2.** Lugar donde se sierra. **II.** Cordillera.

siervo,a n.m. y f. Esclavo de un señor.

sieso n.m. ANAT Parte inferior del intestino recto.

siesta n.f. **1.** Tiempo después del mediodía, en que aprieta más el calor. **2.** Tiempo para descansar después de comer.

siete **I.** adj. Seis y uno. **II.** n. (apl. a los días del mes) y adj. Séptimo. **III.** n.m. **1.** Signo o conjunto de signos con que se representa el número siete. **2.** Fam. Rasgón en forma de ángulo que se hace en los trajes. **3.** *Arg., Col.* y *Nicar.* Ano.

sietecolores n.m. *Chile* y *Ecuad.* Pajarillo variopinto que habita en las orillas de las lagunas.

sietecueros n.m. **1.** *Col., Chile, Ecuad.* y *Hond.* Tumor que se forma en el talón del pie. **2.** *C. Rica, Cuba, Nicar.* y *Perú.* Panadizo de los dedos.

sietemesino,a n. y adj. Se aplica a la criatura que nace a los siete meses de engendrada.

sievert n.m. Unidad equivalente a 100 rems.

sífilis n.f. PAT Enfermedad infecciosa causada por el treponema *pallidum.* • **sifílide** n.f. MED Dermatosis originada o sostenida por la sífilis. • **sifilítico,a** **1.** adj. Perteneciente o relativo a la sífilis. **2.** n. y adj. Que la padece. ENCICL Se distinguen diversas fases evolutivas en la sífilis: estadio primario, caracterizado por el chancro sifilítico; estadio secundario, durante el cual se manifiestan signos cutáneos y fiebre; estadio terciario, tardío, marcado por lesiones viscerales graves e irreversibles (sistema nervioso, aparato cardiovascular). Transmitida a la descendencia, esta enfermedad es muy grave; la sífilis hereditaria precoz (de nacimiento) es causante de monstruosidades y es raro que la criatura sobreviva; la sífilis hereditaria tardía se manifiesta por afecciones (sordera, deformaciones óseas o viscerales, etc.) difíciles de tratar. El diagnóstico de la sífilis depende de la investigación del treponema y de distintas reacciones serológicas (sobre todo de Bordet-Wassermann). El tratamiento exige fuertes dosis de penicilina que, tomada a tiempo, resulta muy eficaz.

sifomicetes n.m. pl. BOT Conjunto de hongos cuyo micelio está formado por tubos continuos.

sifón n.m. **1.** Tubo encorvado que sirve para sacar líquidos del vaso que los contiene. **2.** Botella con una tapa por la que pasa este tubo con una llave para dejar salir el agua cargada de ácido carbónico que aquella contiene. **3.** Tubo doblemente acodado que en las cañerías impide la salida de los gases al exterior. **4.** ARQUIT Canal cerrado para hacer pasar el agua por un punto inferior a sus dos extremos. **5.** ZOOL Cada uno de los dos largos tubos que tienen ciertos moluscos lamelibranquios para la renovación del agua utilizada en la respiración.

sifonápteros n.m. pl. ZOOL Orden de insectos, que se conocen corrientemente como pulgas.

sifonóforos n.m. pl. ZOOL Clase de hidrozoos cnidarios que forman colonias en alta mar.

sifosis n.f. Corvadura de la columna vertebral.

sigilo n.m. **1.** Secreto que se guarda de una cosa. **2.** Prudencia, cautela. • **sigiloso,a** adj. Que guarda sigilo.

Sigillaria n.f. Género de árboles fósiles del carbonífero (orden de los licopodiales).

sigla n.f. Conjunto de letras iniciales que sirven de abreviatura (p. ej.: *ONU*, en vez de *Organización de las Naciones Unidas*).

siglo n.m. **1.** Espacio de cien años. **2.** Fig. Mucho tiempo.

sigma n.f. **1.** Decimoctava letra del alfabeto griego. **2.** FIS NUCL *Partículas sigma.* Familia de partículas con dos bariones cargados y un barión neutro.

sigmoide adj. ANAT Que tiene la forma de una sigma mayúscula (Σ).

sigmoideo,a adj. Que se parece a la sigma.

signar I. v.tr. **1.** Imprimir el signo. **2.** Poner uno su firma. **II.** v.tr. y prnl. Hacer la señal de la cruz sobre una persona o cosa. • **signatario,a** adj. Dícese del que firma. • **signatura** n.f. Marca o nota puesta en las cosas para distinguirlas de otras.

significar I. v.tr. **1.** Ser una cosa representación de otra distinta. **2.** Ser una palabra signo de una idea o de una cosa material. **3.** Hacer saber. **II.** v.tr. intr. Representar. **III.** v.prnl. Hacerse notar o distinguirse. • **significación** n.f. **1.** Acción y efecto de significar. **2.** Sentido de una palabra o frase. **3.** Objeto que se significa. **4.** LING Necesaria relación que mantienen el significante y el significado. • **significado,a** I. adj. Conocido, reputado. **II.** n.m. **1.** Significación de una palabra. **2.** LING Concepto que se une al significante para constituir un signo lingüístico. • **significante** n.m. **1.** Que está cargado de sentido. **2.** LING Término ligado, y opuesto en el signo, al significado. • **significativo,a** adj. **1.** Que da a entender una cosa. **2.** Que tiene importancia por representar algún valor.

signo n.m. **I. 1.** Cosa que evoca la idea de otra. **2.** Cualquiera de los caracteres que se emplean en la escritura y en la imprenta. **II.** ASTRON Cada una de las doce partes iguales en que se divide el Zodiaco. **III. 1.** MAT Señal que se usa en los cálculos para indicar la naturaleza de las cantidades o las operaciones a realizar. **2.** MUS Cualquiera de los signos con que se escribe la música.

siguapa n.f. *C. Rica* y *Cuba.* Ave de rapiña.

siguiente adj. Ulterior, posterior.

sijú n.m. Ave rapaz nocturna de las Antillas.

sikh n. y adj. Adepto de una secta religiosa hindú fundada por Nānak Dev.
ENCICL La doctrina de los sikhs se inspira a la vez en el brahmanismo y en el Islam; su liturgia y su credo están contenidos en el *Granth.* Han formado, a partir de finales del s. XVII. una especie de teocracia militar. Notables soldados, se hicieron famosos en guerras contra el Islam (de 1738 a 1780) y campañas contra los ingleses (de 1845 a 1849). Hoy en día, son aproximadamente 14 millones: sus signos distintivos son el turbante, la barba y el pelo sin cortar, una pulsera de acero y un cuchillo.

sil n.m. Ocre.

sílaba n.f. Sonido o sonidos articulados que constituyen un solo núcleo fónico entre dos depresiones sucesivas de la emisión de voz. • **silabear** o **silabar** v.int. y tr. Ir pronunciando separadamente cada sílaba. • **silábico,a** adj. Perteneciente a la sílaba.

sílabo n.m. Índice, lista, catálogo.

silbar I. v. int. Producir silbos o silbidos. **II.** v.int. y tr. Fig. Manifestar desagrado y desaprobación el público, con silbidos. • **silbante,a** adj. Se dice del sonido que se pronuncia con una especie de silbido. • **silbato** n.m. Instrumento pequeño y hueco que suena como el silbo. • **silbido** n.m. Acción y efecto de silbar.

silencio n.m. **I. 1.** Abstención de hablar. **2.** Fig. Falta de ruido. **II.** FOR Desestimación tácita de una petición. **III.** MUS Pausa musical. • **silenciador,a** n.m. Dispositivo que sirve para disminuir el ruido del escape de un motor de explosión. ▷ El que se utiliza para atenuar el ruido de un arma de fuego. • **silenciar** v.tr. Callar, omitir. • **silencioso,a** adj. **1.** Dícese del que calla. **2.** Aplícase al lugar en que hay silencio. **3.** Que no hace ruido.

Silene n.m. Género de plantas herbáceas (familia cariofiláceas), una de cuyas especies, la *Silena armeria,* se cultiva como planta ornamental.

silepsis n.f. **1.** GRAM Figura de construcción que consiste en quebrantar las leyes de la concordancia en el género o el número de las palabras. *La mayor parte* (singular) *murieron* (plural). **2.** RET Tropo que consiste en usar a la vez una misma palabra en sentido recto y figurado; p. ej.: *Poner a uno más suave que un guante.*

sílex n.m. Variedad de cuarzo, pedernal.

sílfide n.f. **1.** Ninfa del aire. **2.** Fig. Mujer muy graciosa.

silfo n.m. Ser sobrenatural en la mitología germánica.

silicato n.m. QUIM Mineral formado por el anión SiO_4^{4-} (llamado *anión silicato*) y por un catión.

sílice n.f. QUIM Combinación del silicio con el oxígeno, de la que existen muchas variedades. • **silíceo,a** adj. De sílice. • **silícico,a** adj. QUIM Perteneciente o relativo a la sílice.
ENCICL La sílice funde a 1.710 °C y entra en ebullición alrededor de los 2.600 °C. Sus usos son numerosos: *el vidrio de sílice,* conseguido mediante calentamiento y enfriamiento de *la sílice gelatinosa* (sílice hidratada), transparente a los rayos ultravioleta, se utiliza en óptica; por otra parte, las sílices gelatinosas tienen un papel en la industria química por sus propiedades absorbentes. Bajo la forma impura de arenas, la sílice entra en la composición de los vidrios para cristales.

silicícola adj. BOT Dícese de las plantas que crecen mejor en los terrenos silícicos.

silicio n.m. QUIM Metaloide que se extrae de la sílice, amarillento, insoluble en el agua. Núm. atómico 14, masa atómica 28,086 (símbolo *Si*).
ENCICL El silicio es, después del oxígeno, el elemento más abundante en la litosfera; se encuentra especialmente en la sílice y los silicatos. Funde alrededor de 1.420 °C y hierve alrededor de los 2.700 °C. El silicio arde con el oxígeno para dar la sílice mediante una reacción altamente exotérmica. Resiste a los ácidos, excepto al ácido fluorhídrico, y es atacado por las bases, lo que da los silicatos. El silicio es un semiconductor. Se utiliza también para desoxigenar en la preparación del acero.

silico- QUIM Elemento procedente de la raíz de *sílice,* que sirve para señalar la presencia de silicio en un compuesto (ejemplo: silicoaluminato).

silicosis n.f. PAT Neumoconiosis, padecida por los mineros. • **silicótico,a** n. y adj. MED Perteneciente o relativo a la silicosis.

silicua n.f. BOT Fruto de las crucíferas.

silo n.m. **1.** Lugar seco en donde se guarda el trigo u otros granos, semillas o forrajes. **2.** MILIT Cavidad excavada en el suelo, donde se guardan misiles o proyectiles intercontinentales.

silofitinas n.f.pl. BOT, PALEONT Criptógamas vasculares fósiles del devónico.

silogismo n.m. LOG Tipo de argumento formal tal que, de dos proposiciones, se puede deducir una tercera. • **silogístico,a 1.** adj. Relativo al silogismo. **2.** n.f. Parte de la lógica que trata del silogismo.

Silpha n.f. Género de insectos coleópteros de las regiones templadas y frías, algunas de cuyas especies fitófagas son perjudiciales.

silueta n.f. **1.** Dibujo sacado siguiendo los contornos de la sombra de un objeto. **2.** Perfil de una figura.

silúrico,a **1.** n. y adj. GEOL Segundo período de la era primaria. **2.** adj. GEOL Perteneciente a este período.

siluro n.m. ZOOL **1.** Pez teleósteo fluvial, del suborden de los fisóstomos. **2.** MAR Fig. Torpedo automóvil.

silv(i)- Prefijo procedente del latín *silva,* «bosque, selva».

silva n.f. **1.** Colección de varias materias o especies, escritas sin método ni orden. **2.** Cierta composición poética.

silvestre adj. **1.** Criado naturalmente y sin cultivo. **2.** Inculto, agreste y rústico.

silvícola adj. **1.** CIENC NAT Que habita los bosques. **2.** Relativo a la silvicultura. • **silvicultura** n.f. **1.** Cultivo de los bosques o montes. **2.** Ciencia que trata de este cultivo.

sílvidos n.m.pl. ZOOL Familia de paseriformes con el pico fino y el plumaje mate.

silvina n.f. MINER Cloruro de potasio natural.

silla n.f. **1.** Asiento con respaldo, por lo general con cuatro patas, y en que sólo cabe una persona. **2.** Aparejo para montar a caballo.

sillar n.m. Piedra labrada que se usa en una construcción.

1. sillería n.f. **1.** Conjunto de sillas iguales. **2.** Conjunto de asientos unidos unos a otros. **3.** Taller donde se fabrican sillas. **4.** Tienda donde se venden.

2. sillería n.f. Fábrica hecha de sillares asentados unos sobre otros y en hileras.

sillín n.m. Asiento de la bicicleta y otros vehículos análogos.

sillón n.m. Silla de brazos.

sim-. v. sin-.

sima n.f. **1.** Cavidad grande y muy profunda en la tierra. **2.** GEOL Zona situada bajo el sial.

simaruba o **simarruba** n.f. BOT *Arg., Col.* y *C. Rica.* Árbol corpulento de la familia de las simarubáceas • **simarubáceo,a** o **simarrubáceo,a** n.f. y adj. BOT Se dice de árboles o arbustos, angiospermos dicotiledóneos de flores regulares unisexuales, fruto generalmente en drupa. ▷ n.f.pl. BOT Familia de estas plantas.

simbiosis n.f. BIOL Asociación de dos seres vivos de diferentes especies, que resulta beneficiosa para ambos. • **simbiótico,a** adj. BIOL Relativo a la simbiosis.

simbol n.m. *Arg.* Gramínea de tallos largos y flexibles que se usan para hacer cestos.

simbolismo n.m. **1.** Sistema de símbolos. **2.** Escuela poética, aparecida en Francia a fines del s. XIX. v. ENCICL • **simbolista** I. n. y adj. Partidario del simbolismo. **II.** adj. Relativo al simbolismo.
ENCICL El simbolismo literario se constituyó principalmente como reacción contra el naturalismo y la poesía parnasiana, promoviendo una estética esencialmente fundada en el principio de la trasposición: el «hecho de naturaleza» (Mallarmé) debe ser traspuesto en una imagen que signifique misteriosamente otra cosa que lo que represente. Prefigurado por Baudelaire (*Correspondencias,* poema de *Las flores del mal*), habiendo hallado en Verlaine, Rimbaud y Mallarmé sus grandes iniciadores, el simbolismo aparece como el heredero directo de Tristán Corbière, Maurice Rollinat, Huysmans *(Al revés),* J. Laforgue. El *Manifiesto del simbolismo,* que Jean Moréas publicó en *Le Figaro* en 1886, pide al poeta no nombrar la cuestión, sólo la impresión que produjo en su espíritu: «¡Nada de reportaje!» (Mallarmé), sin descripción objetiva ni naturalista. El poema tendrá múltiples significados; las palabras sugieren la sensación y la idea, la apariencia y la realidad trascendental, la forma y la verdad interior; el poeta rivalizará con el músico. Los principales simbolistas, G. Kahn, Henri de Régnier, E. Verhaeren, G. Rodenbach, M. Maeterlinck, E. Dujardin intentaron más o menos afortunadamente responder a estas exigencias. El simbolismo marcó también profundamente ciertas obras de Oscar Wilde, Saint-Pol Roux, Claudel, Valéry. — El *simbolismo en arte* se presenta como una continuación de reacciones individuales dirigidas, entre otros, contra el impresionismo, declarado responsa-

ble de la decadencia de la forma. Fue representado en Francia por F. Moreau, Puvis de Chavannes, O. Redon, E. Carrière, M. Denis, P. Gauguin, E. Bernard y P. Sérusier, cuyas diversas teorías no siempre coinciden con la de la estética pictórica simbolista: vestir la idea de una forma sensible.

símbolo n.m. **1.** Cosa sensible que se toma como signo figurativo de otra. ▷ Representación convencional, generalmente unificada, de una operación o una relación matemática, de una magnitud física, de un componente electrónico, etc. **2.** QUIM Letra o letras convenidas con que se designa un cuerpo simple. • **simbólico,a** adj. Relativo al símbolo o expresado por medio de él. • **simbolizar** v.tr. Servir una cosa como símbolo de otra. • **simbología** n.f. **1.** Estudio de los símbolos. **2.** Conjunto o sistema de símbolos.

simetría n.f. **1.** Proporción adecuada de las partes de un todo entre sí y con el todo mismo. **2.** GEOM Correspondencia punto por punto de dos figuras de forma que los puntos correspondientes de una y otra estén a igual distancia de una parte y de la otra de un punto, de un eje o de un plano • **simétrico,a** adj. **1.** Que presenta cierta simetría. **2.** MAT *Relación simétrica R.* La que, para todo par (x, y), $xRy = yRx$.

simiente n.f. Semilla.

símil n.m. Comparación, semejanza. • **similar** adj. Que tiene semejanza o analogía con una cosa.

similigrabado n.m. Procedimiento de fotograbado que permite reproducir una imagen en medias tintas.

similitud n.f. Semejanza, parecido.

similor n.m. Aleación de cobre y cinc, que tiene el color y el brillo del oro.

simio n.m. **1.** Mono. **2.** pl. ZOOL Suborden de estos animales.

simonía n.f. RELIG Convención ilícita por la cual se da o se recibe una retribución económica a cambio de valores espirituales. • **simoniaco,a, simoníaco,a 1.** adj. Perteneciente a la simonía. **2.** n. y adj. Que la comete.

simpatectomía n.f. CIR Sección de los nervios o de los ganglios simpáticos.

simpatía n.f. **1.** Conformidad, analogía en una persona respecto de los afectos o sentimientos de otra. **2.** Modo de ser y carácter de una persona que la hacen atractiva. **3.** Relación de actividad fisiológica y patológica de algunos órganos que no tienen entre sí conexión directa. • **simpático,a** adj. **I.** Que inspira simpatía. **II. 1.** Que opera por «simpatía», a distancia. **2.** MED Se dice de las afecciones debidas a la repercusión del mal funcionamiento de un órgano sobre otro u otros. — ANAT, FISIOL *Gran simpático.* Conjunto de nervios que rigen el funcionamiento visceral. • **simpatizante** n. y adj. Que simpatiza. ▷ Quien sin adherirse a un partido comparte sus ideas. • **simpatizar** v. int. Sentir simpatía.

simpaticolítico n.m. FARM Sustancia que ejerce una acción inhibidora del sistema nervioso simpático.

simpaticomimético n.m. FARM Sustancia que ejerce una acción estimulante sobre el sistema simpático.

simple **I.** adj. **1.** Sin composición. **2.** Sencillo. **3.** Se dice de la copia que no está legalizada. **4.** BOT Se aplica a la flor que tiene el número normal de pétalos. **II.** n. y adj. **1.** Fig. Manso, apacible. **2.** Fig. Tonto. • **simpleza** n.f. Bobería. • **simplicidad** n.f. **1.** Sencillez. **2.** Calidad de ser sin composición. • **simplón,a** adj. Ingenuo.

simplificar v.tr. Hacer más sencilla una cosa. • **simplificación** n.f. Acción y efecto de simplificar.

simplista n. y adj. Que simplifica. • **simplismo** n.m. Calidad de simplista.

simposio n.m. Conferencia o reunión en que se examina y discute determinado tema.

simulación n.f. **1.** Acción de simular. **2.** FIS Establecimiento de un modelo matemático destinado al estudio de un sistema. • **simulacro** n.m. **1.** Imagen a semejanza de una cosa. **2.** Simulación de algo para su mejor conocimiento. • **simular** v.tr. Representar una cosa, fingiendo o imitando lo que no es. ▷ TECN Proceder a la simulación. • **simulador,a 1.** n. y adj. Que simula. **2.** n.m. TECN Instalación que permite reproducir con mucha exactitud las condiciones de funcionamiento de un sistema.

ENCICL **Tecn.** — Se llama *simulación* o *simulacro* la reproducción experimental de algunos estados, de algunas condiciones, con el fin de estudiar sus influencias sobre fenómenos determinados. Durante la preparación de vuelos espaciales, una simulación de las condiciones existentes en el espacio (radiaciones, falta de gravedad, etc.) es absolutamente indispensable por motivos económicos y de seguridad. El ordenador ha extendido ampliamente el ámbito de la simulación: las relaciones a estudiar (crecimiento económico, circulación urbana, etc.) están representadas por un modelo matemático al que se hacen variar los distintos parámetros.

simúlidos n.m.pl. ZOOL Familia de insectos dípteros, mosquitos cuyas hembras pican al ganado infligiendo picaduras a veces mortales.

simultanear v.tr. Realizar en el mismo espacio de tiempo dos operaciones. • **simultaneidad** n.f. Calidad de simultáneo. • **simultáneo,a** adj. Se dice de lo que se hace al mismo tiempo que otra cosa.

simún n.m. Viento violento y cálido del desierto.

1. sin **1.** Prep. separat. y negat. que denota carencia o falta de alguna cosa. **2.** Fuera de o además de. *Llevó tanto en dinero, sin las alhajas.* **3.** Cuando se junta con el infinitivo del verbo, vale lo mismo que *no* con su participio o gerundio. *Me fui sin comer; esto es, no habiendo comido.*

2. sin Prep. insep. que significa unión o simultaneidad.

sinagoga n.f. Lugar de oración de los judíos.

sinalagmático,a adj. FOR Se dice del contrato bilateral.

sinalefa n.f. Trabazón o enlace de sílabas. Enlace en una sola sílaba de la última de una palabra y de la primera de la siguiente, cuando coinciden dos vocales.

sinantéreo,a adj. BOT Dícese de las flores cuyos estambres están unidos por sus anteras.

sinanthropus n.m. Fósil homínido de la especie *Homo erectus*, llamado también *hombre de Pekín.*

ENCICL En el emplazamiento de Cheu k'eu t'ien, a 40 km de Pekín, fueron descubiertos entre 1921 y 1939 los restos óseos de unos cuarenta individuos (llamados sinanthropus) que presentan numerosos parecidos con los esqueletos de los pithecanthropus. El sinanthropus poseía unos instrumentos líticos y conocía el fuego. Habría vivido hace aprox. 500.000 años.

sinapismo n.m. **1.** MED Tópico hecho con polvo de mostaza. **2.** Fig. y Fam. Persona molesta.

sinapsis n.f. BIOL Zona de contacto entre dos células nerviosas (neuronas) o entre una célula nerviosa y una célula de otro tipo.

sinarquía n.f. Autoridad compartida por varias personas.

sinartrosis n.f. ANAT Articulación no movible.

sincelejo, c. del N de Colombia; cap. del depart. de Sucre; 76.701 hab. Situada en las Sabanas de Bolívar. Centro comercial. Cereales, bananas, tabaco, caña de azúcar, ganadería vacuna y porcina. Ind. alimentarias, materiales para la construcción, textil y química. Aeropuerto. Obispado.

sincerar v.tr. y prnl. **1.** Justificar la inculpabilidad. **2.** Abrirse a alguien. • **sinceridad** n.f. Sencillez, veracidad. • **sincero,a** adj. Ingenuo, veraz.

sinclinal **1.** n.m. GEOL Parte cóncava de un pliegue simple. **2.** adj. GEOL Relativo a un sinclinal.

síncopa n.f. **1.** GRAM Figura de dicción que consiste en la supresión de uno o más sonidos dentro de un vocablo. **2.** MUS Enlace de dos sonidos iguales, de los cuales el primero se halla en el tiempo o parte débil del compás, y el segundo en el fuerte. • **sincopado,a** adj. Se dice del ritmo o canto que tiene notas sincopadas. • **sincopar** v.tr. **1.** GRAM y MUS Hacer síncopa. **2.** Fig. Abreviar.

síncope n.m. **1.** Síncopa. **2.** PAT Pérdida repentina del conocimiento. • **sincopizar** v.tr. y prnl. MED Causar síncope.

sincretismo n.m. **1.** Combinación de varios sistemas de pensamiento. ▷ ETNOL Fusión de varios elementos culturales heterogéneos. **2.** PSICOL Percepción global donde los elementos heterogéneos no se estiman como tales. • **sincrético,a** adj. Perteneciente o relativo al sincretismo.

sincrociclotrón n.m. FIS NUCL Acelerador circular de partículas derivado del ciclotrón, en el cual la frecuencia de la tensión aceleradora, en lugar de permanecer constante, se adapta al período de rotación.

sincronía n.f. **1.** Coincidencia de hechos o fenómenos en el tiempo. **2.** LING Conjunto de hechos que se refiere a un sistema lingüístico dado en una época precisa. • **sincrónico,a** adj. **1.** Que se hace al mismo tiempo. **2.** Que estudia acontecimientos, hechos producidos a un mismo tiempo en lugares diferentes. • **sincronismo** n.m. Circunstancia de ocurrir dos o más cosas a un mismo tiempo. • **sincronización** n.f. Hecho de sincronizar o de estar sincronizado. • **sincronizar** v.tr. **1.** Hacer sincrónicos. **2.** Hacer cumplir al mismo tiempo por varios grupos de personas la misma acción.

sincronismo, movimiento de arte abstracto, fundado en París en 1912 por los pintores norteamericanos McDonald Wright y Morgan Russell.

sincrotron n.m. **1.** FIS NUCL Acelerador circular de partículas. **2.** FIS *Radiación sincrotrón.* Radiación electromagnética producida por electrones que se desplazan a gran velocidad en un campo magnético.

sindactilia n.f. MED Malformación congénita consistente en una fusión de dos o más dedos de la mano o del pie. • **sindáctilo** n. y adj. ZOOL Se dice de los pájaros que tienen el dedo externo unido al medio hasta la penúltima falange y el pico largo y ligero. ▷ n.m. pl. ZOOL Suborden de estos animales.

sindéresis n.f. Discreción, capacidad natural para juzgar rectamente.

sindicación n.f. Acción y efecto de sindicar o sindicarse.

sindicato n.m. **1.** Asociación formada para la defensa de intereses económicos o políticos comunes a todos los asociados. **2.** Junta de síndicos. • **sindical** adj. **1.** Relativo al sindicato. **2.** Relativo al síndico. • **sindicalista 1.** adj. Relativo al sindicalismo. **2.** n.m. y f. Partidario del sindicalismo. • **sindicalismo** n.m. **1.** Sistema de organización obrera en sindicatos. **2.** Acción de militar en un sindicato de trabajadores. • **sindicar I.** v.tr. **1.** Acusar o delatar. **2.** Agrupar a varias personas de una misma profesión, en un sindicato. **II.** v.prnl. Agruparse en un sindicato.

ENCICL Las organizaciones profesionales (cofradías, corporaciones, sociedades mutuas, etc.) se remontan en Europa al florecimiento de la vida urbana durante la Edad Media eran asociaciones cerradas, que agrupaban a la élite de una profesión y controlaban su ejercicio. El sindicalismo, tal como se conoce en nuestros días se corresponde históricamente con el desarrollo de la revolución industrial, primero en Europa, y poco a poco en el resto del mundo, y su historia se confunde con la historia del movimiento obrero. En Inglaterra aparece ya hacia 1820, y la libertad de asociación otorgada en 1824 le permite un auge y una influencia que las organizaciones obreras no tendrán hasta mucho más adelante en ningún otro país. El carácter reivindicativo del sindicalismo cobró su empuje definitivo con la creación en 1864 de la Asociación Internacional de Trabajadores (I Internacional, dirigida por Karl Marx), sustentada principalmente por los obreros ingleses y franceses, desde la cual se dirigió la expansión del movimiento obrero por Europa y América. Disuelta en 1876, tras la ruptura con la tendencia anarquista del sindicalismo (Bakunin), en 1889 se crea la II Internacional (socialista), en cuyo seno, a raíz de la revolución soviética (1917) se produce una segunda ruptura, entre socialistas y comunistas. A partir de entonces, el sindicalismo carecerá de un centro único mundial, y su desarrollo reflejará principalmente las condiciones internas de cada país, apareciendo una nueva tendencia de ámbito universal con la aparición, desde principios del s. XX, de un sindicalismo católico. Las principales reivindicaciones históricas del movimiento (libertad sindical, derecho de huelga, jornada de ocho horas, vacaciones pagadas, negociación y convenios colectivos, seguridad social), etc., se encuentran vigentes actualmente en todos los países avanzados. En la actualidad, superada la etapa meramente reivindicativa, y reconocidos los sindicatos como uno de los principales agentes económicos en las sociedades modernas, la acción sindical comprende principalmente la negociación acerca de las políticas económicas globales de los gobiernos en función del modelo de sociedad propio de cada organización sindical.

síndico n.m. **1.** Sujeto encargado de liquidar el activo y el pasivo del deudor en una quiebra. **2.** Persona elegida por una comunidad para cuidar de sus intereses. • **sindicatura** n.f. Oficio de síndico.

síndrome n.m. MED Conjunto de síntomas que caracterizan una enfermedad.

sinécdoque n.f. RET Tropo que consiste en designar un todo con el nombre de una de sus partes, o viceversa.

sinecura n.f. Empleo o cargo retribuido que ocasiona poco o ningún trabajo.

sine die loc. adv. No fijar fecha para la continuación de una discusión, reunión, etc.

sine qua non loc. adv. *Condición sine qua non.* Condición obligatoria indispensable.

sinéresis n.f. GRAM Reducción a una sola sílaba, en una misma palabra, de vocales que normalmente se pronuncian en sílabas distintas.

sinergia n.f. Conjunto de elementos que forman un todo organizado

sinestesia n.f. **1.** FISIOL Sensación que se produce en una parte del cuerpo a consecuencia de un estímulo aplicado en otra parte del mismo. **2.** PSICOL Imagen o sensación subjetiva, propia de un sentido, determinada por otra sensación que afecta a un sentido diferente.

sinfín n.m. Infinidad, sinnúmero.

sinfisandrios adj. BOT Dícese de los estambres de una flor cuando están soldados entre sí por sus filamentos y por sus anteras. (Se usa sólo en pl.).

sínfisis n.f. **1.** ANAT Articulación fibrosa fija que une dos huesos. **2.** MED Adherencia patológica entre dos hojas serosas.

sínfito n.m. Consuelda (hierba).

sinfonía n.f. Composición instrumental para orquesta. • **sinfónico,a** adj. Relativo a la sinfonía.

ENCICL El término *sinfonía* designó, hasta mediados del s. XVIII, sólo a una pieza instrumental. Hacia 1750, la sinfonía se organizó según el mismo procedimiento que la sonata; por lo cual, se la puede considerar como una verdadera sonata para orquesta, cuyo corte clásico en varios movimientos es el siguiente: allegro; adagio, largo o andante; minueto o scherzo y finale.

singenésicos adj. BOT Se dice de los estambres de una flor cuando están soldados entre sí por sus anteras. (Se usa sólo en pl.)

singlar v.int. MAR Navegar. • **singladura** n.f. MAR Distancia recorrida por una nave en veinticuatro horas.

singular adj. **1.** Solo, sin otro de su especie. **2.** Fig. Extraordinario. • **singularidad** n.f. **1.** Calidad de singular. **2.** Particularidad. • **singularizar I.** v.tr. **1.** Distinguir una cosa entre otras. **2.** GRAM Dar número singular. **II.** v.prnl. Distinguirse, apartarse del común. • **singuleto** o **singleto** n.m. ELECTRON Electrón único que puede realizar una relación química entre dos átomos.

siniestra n.f. La mano izquierda.

siniestro,a I. adj. **1.** Se aplica a la parte que está a la mano izquierda. **2.** Fig. Avieso y malintencionado. **3.** Fig. Infeliz, funesto o aciago. **II.** n.m. **1.** Propensión o inclinación a lo malo. **2.** Pérdida importante que sufren las personas o la propiedad. • **siniestrado,a** n. y adj. Se dice de la persona o cosa que ha padecido un siniestro.

sinigrina n.f. QUIM Principio activo de la harina de mostaza.

sinnúmero n.m. Número incalculable.

1. sino n.m. Hado.

2. sino conj. advers. **1.** Se contrapone a un concepto negativo. **2.** Con la negación que le preceda, suele equivaler a *solamente* o *tan sólo.*

sínodo n.m. **I. 1.** Concilio. **2.** Junta del clero de una diócesis para tratar asuntos eclesiásticos. **II.** ASTRON Conjunción de dos planetas en el mismo grado de la Eclíptica o en el mismo círculo de posición. • **sinodal** adj. Perteneciente al sínodo. • **sinódico,a** adj. ASTRON *Revolución sinódica.* Tiempo comprendido entre dos pasajes consecutivos de un planeta o de un satélite por un mismo punto (fijo con respecto al Sol y a la Tierra). ▷ *Mes sinódico.* Duración de una revolución sinódica de la Luna, comprendida entre dos lunas nuevas (29,5 días).

sinología n.f. Estudio de la lengua, la literatura y las instituciones de China.

sinónimo,a n.m. y adj. Se dice de los vocablos que tienen una misma significación. • **sinonimia** n.f. **1.** Circunstancia de ser sinónimos dos o más vocablos. **2.** RET Figura que consiste en usar adrede voces sinónimas.

sinopsis n.f. **1.** Disposición gráfica que muestra cosas relacionadas entre sí, facilitando su visión conjunta. **2.** Exposición general de una materia presentada en sus líneas esenciales. **3.** Resumen. **4.** CINEM Esquema de un guión. • **sinóptico,a** adj. Que permite abarcar de una vez las distintas partes de un conjunto.

sinovia n.f. ZOOL Humor viscoso que lubrica las articulaciones de los huesos. • **sinovial** adj. ANAT Se dice de las glándulas que secretan la sinovia y de lo concerniente a ella.

sinovitis n.f. PAT Inflamación de la membrana sinovial de las grandes articulaciones.

sinrazón n.f. Acción hecha contra justicia y fuera de lo razonable o debido.

sinsabor n.m. Pesar, desazón moral.

sinsonte n.m. Pájaro americano semejante al mirlo.

sintagma n.m. LING Grupo de elementos lingüísticos que funciona como una unidad.

sintaxis n.f. GRAM Parte de la gramática, que enseña a coordinar y unir las palabras. • **sintáctico,a** adj. GRAM Relativo a la sintaxis.

sinterizar v.tr. METAL Soldar o conglomerar metales pulverulentos sin alcanzar la temperatura de fusión.

síntesis n.f. **1.** Composición de un todo por la reunión de sus partes. **2.** Suma y compendio de una materia o cosa. **3.** QUIM Formación de una sustancia compuesta mediante la combinación de elementos químicos o de sustancias más sencillas. v. ENCICL. **4.** FILOS Operación intelectual que permite ir de lo simple a lo compuesto, del elemento al conjunto. • **sintético,a** adj. Perteneciente o relativo a la síntesis. • **sintetizador,a** n. y adj. **1.** Que sintetiza. **2.** MUS Órgano electrónico. • **sintetizar** v.tr. Hacer síntesis.

ENCICL La síntesis química permite fabricar productos útiles y nuevos, por lo cual tiene una considerable importancia en la industria química y farmacéutica, en investigación científica, etc. Entre los productos sintéticos, las materias plásticas representan sin duda el grupo más interesante. Los organismos vivos realizan numerosas síntesis, sin las cuales la vida misma no sería posible. De esta manera, los vegetales sintetizan (v. fotosíntesis) los compuestos orgánicos; de los que se alimentarán, sobre todo, los animales; estos últimos sintetizan las proteínas a partir de los aminoácidos, etc.

sintoísmo o **sinto** n.m. Religión oficial de Japón hasta 1945, basada esencialmente en el culto de los antepasados y en la veneración de las fuerzas de la naturaleza.

síntoma n.m. **1.** Cada una de las manifestaciones de un proceso patológico. **2.** Fig. Presagio, signo. • **sintomático,a** adj. MED Relativo a los síntomas. • **sintomatología** n.f. MED Estudio de los síntomas de las enfermedades.

sintonía n.f. **1.** Calidad de sintónico. **2.** ELECTR Estado de los sistemas que oscilan en la misma frecuencia. **3.** AUDIOV Música que introduce y permite la identificación de una emisión de radio o televisión.

sintonizar v.tr. **1.** En la telegrafía sin hilos, hacer que el aparato de recepción vibre al unísono con el de transmisión. **2.** RADIO Adaptar convenientemente las longitudes de onda de dos o más aparatos. • **sintonizador** n.m. ELECTR Sistema que permite aumentar o disminuir la longitud de onda propia del aparato receptor, adaptándolo a la longitud de las ondas que se trata de recibir.

sinuoso,a adj. **1.** Que tiene senos, ondulaciones. **2.** Fig. Se dice del carácter de las acciones que tratan de ocultar el propósito o fin a que se dirigen. • **sinuosidad** n.f. **1.** Calidad de sinuoso. **2.** Concavidad o hueco.

sinusitis n.f. Inflamación de los senos del cráneo.

sinusoidal adj. GEOM Relativo a la sinusoide. • **sinusoide** n.f. GEOM Curva que refleja la razón trigonométrica seno.

sinvergüenza n. y adj. Pícaro. • **sinvergüencería** n.f. Fam. Falta de vergüenza.

sionismo n.m. Movimiento que propugnaba la restauración de un Estado judío en Palestina. • **sionista 1.** adj. Relativo al sionismo. **2.** n. y adj. Partidario del sionismo.

ENCICL Nacido de un antiguo anhelo, el sionismo se marcó como objetivo la restauración de un Estado judío independiente en la tierra ancestral. T. Herzl, al organizar el primer congreso sionista en Basilea (1897), le proporcionó sólidas bases. Encontró fuerte oposición, incluso en el seno de los judíos de la Diáspora, pero se constituyó en la esperanza de las comunidades perseguidas de Europa oriental. La Declaración Balfour (1917) admitió la creación de un *Hogar Judío,* cuyo desarrollo suscitó graves dificultades y luchas armadas entre judíos, árabes e ingleses. La creación del Estado de Israel en 1948 supuso una gran victoria del sionismo.

sipedón n.m. Sepedón.

siquiatría n.f. Psiquiatría.

siquiera **1.** Conj. advers. que equivale a bien que o aunque. **2.** Adv. c. y m. que da idea de limitación o restricción.

sirdāb n.m. ARQUEOL Pequeña sala que en las tumbas egipcias estaba reservada para las representaciones del muerto.

sirena n.f. **1.** Cualquiera de las ninfas marinas con busto de mujer y cuerpo de pez o pájaro. **2.** Pito que se oye a mucha distancia y que se emplea en los buques, automóviles, fábricas, etc., para avisar.

sirénido,a n.m. y adj. Se dice de los anfibios urodelos que presentan rasgos larvarios en su fase adulta. ▷ n.m.pl. Familia de estos animales.

sirenio n.m. y adj. ZOOL Dícese de mamíferos marinos que tienen el cuerpo pisciforme. n.m.pl. ZOOL Orden de estos animales.
ENCICL Los sirenios, herbívoros, viven en las aguas marinas de los litorales y en los ríos donde la vegetación acuática es abundante. De formas macizas, puede alcanzar cuatro metros de largo y pesar hasta 360 kg; sus miembros anteriores están transformados en aletas; los posteriores se han transformado en una aleta caudal. Se distinguen el manatí y el dugón. La ritina del estrecho de Bering (ocho metros de largo) se extinguió hacia 1768. Los sirenios más antiguos son del eoceno medio. El dugongo hembra, con sus mamas pectorales, es sin duda la base de la leyenda griega de las sirenas.

Sirex n.m. ZOOL Género de insectos himenópteros con un dimorfismo sexual muy marcado.

sírfidos n.m.pl. ZOOL Familia de dípteros braquíceros.

sirga n.f. MAR Maroma que sirve para tirar las redes y para otros usos. • **sirgar** v.tr. Llevar a la sirga una embarcación.

sirguero n.m. Jilguero, sietecolores, pintacilgo.

siriaco,a **1.** adj. Sirio. **2.** n.m. Dícese especialmente de la lengua semítica (del grupo arameo) hablada sobre todo por los primeros cristianos del reino de Edesa y de Persia y que continúa siendo la lengua litúrgica de ciertas iglesias de Oriente.

sirimiri n.m. Lluvia muy fina y persistente.

siring(o)- Prefijo procedente del griego *syrinx, syringos,* «canal, tubo».

siringa n.f. **1.** Especie de flauta. **2.** *Bol.* y *Perú.* Árbol de la familia de las euforbiáceas que produce la goma elástica.

siringe n.f. ZOOL Aparato de fonación de las aves.

siringomielia n.f. MED Afección neurológica crónica que produce la pérdida de sensaciones táctiles y dolorosas.

sirio,a **1.** n. y adj. Natural de Siria. **2.** adj. Perteneciente o relativo a este país.

sirle n.m. Excremento del ganado lanar.

siroco n.m. Viento del sudeste, caliente y seco que sopla desde el Sahara.

sirte n.f. Bajo de arena

sirviente,a n.m. y f. Servidor o criado.

sisa n.f. **1.** Parte que se hurta, en la compra diaria. **2.** Impuesto que se cobraba menguando las medidas.

sisal n.m. Fibra textil muy resistente obtenida de una variedad de agave.

sisallo n.m. Caramillo (planta).

sisar v.tr. Cometer el hurto llamado sisa.

sisear v.int. y tr. Emitir repetidamente el sonido inarticulado de *s* y *ch.* • **siseo** n.m. Acción y efecto de sisear.

sisimbrio n.m. Planta herbácea campestre (familia crucíferas) de flores blancas. Jaramago.

sismo n.m. Seísmo. • **sismicidad** n.f. GEOL Frecuencia e intensidad de los seísmos en una determinada región. • **sísmico,a** adj. Que se refiere a los terremotos. • **sismógrafo** n.m. Aparato que registra la frecuencia y amplitud de los movimientos sísmicos. • **sismología** n.f. Parte de la geología que estudia los seísmos. • **sismológico,a** adj. Perteneciente o relativo a la sismología. • **sismómetro** n.m. Instrumento que mide la intensidad de ún terremoto.

sisón n.m. Ave del orden de las zancudas, de plumaje leonado con rayas negras en la espalda.

sistema n.m. **1.** Conjunto coherente de nociones sobre una materia determinada. **2.** Conjunto organizado de reglas. **3.** Fam. Medio ingenioso. **4.** Conjunto de elementos que forma un todo estructurado. • **sistemático,a I.** adj. Que obedece a un sistema. **II.** n.f. CIENC NAT Ciencia de clasificación de los seres vivos. • **sistematizar** v.tr. Organizar (elementos) en un sistema.

sistémico,a adj. **1.** Perteneciente o relativo a la totalidad de un sistema; general, por oposición o local. **2.** MED Perteneciente o relativo a la circulación general de la sangre.

sístilo adj. ARQUIT Se dice del edificio cuyos intercolumnios tienen cuatro módulos de claro.

sístole n.f. **1.** FISIOL Movimiento de contracción del corazón y de las arterias para empujar la sangre que contienen. **2.** Licencia poética que consiste en usar como breve una sílaba larga. • **sistólico,a** adj. MED Relativo a la sístole.

sistro n.m. Instrumento músico de metal, usado en el antiguo Egipto.

sitácida n.f. y adj. ZOOL Se dice de aves prensoras con plumas de colores vivos y pico corto, alto y muy encorvado. ▷ n.m.pl. ZOOL Única familia de estas aves. • **sitaciformes** n.m.pl. ZOOL Orden de aves trepadoras, con el pico curvo.

sitial n.m. Asiento de ceremonia.

sitiar v.tr. **1.** Cercar una plaza. **2.** Fig. Cercar a uno cerrándole todas las salidas.

1. sitio n.m. **1.** Espacio que es ocupado o puede serlo por algo. **2.** Lugar o terreno determinado para alguna cosa.

2. sitio n.m. Acción y efecto de sitiar. — *Estado de sitio.* Régimen excepcional en el que la responsabilidad del mantenimiento del orden pasa a la autoridad militar. — Sitiar, asediar.

sito,a adj. Situado o fundado.

situar v.tr. y prnl. Poner a una persona o cosa en determinado sitio. • **situación** n.f. **1.** Acción y efecto de situar. **2.** Disposición de una cosa respecto del lugar que ocupa. **3.** Estado o constitución de las cosas y personas.

síu n.m. *Chile.* Pájaro semejante al jilguero.

siux, indios de las llanuras occidentales de EE.UU., formado por cuatro grupos principales.

sizigía n.f. ASTRON Conjunción u oposición de un planeta o de la Luna con el Sol.

skai n.m. Materia sintética que imita al cuero.

skull n.m. DEP Embarcación de dos remos para un solo remero.

slalom n.m. DEP Descenso en esquís por un recorrido sinuoso jalonado de postes.

slip n.m. Calzón muy corto y ajustado.

slogan n.m. Eslogan.

sloop n.m. MAR Barco de vela de un mástil.

Sm QUIM Símbolo del samario.

S.M. Abreviatura de Su Majestad.

smash n.m. En el tenis, golpe violento que hace rebotar en el suelo una pelota alta.

smithsonita n.f. MINER Carbonato de cinc.

smog n.m. Niebla espesa y mezclada con humo.

smoking n.m. Traje de vestir, a modo de frac sin faldones.

Sn QUIM Símbolo del estaño.

snack-bar o **snack** n.m. Café-restaurante donde se sirven comidas rápidas a todas las horas.

snob n.m. y f. Esnob.

1. so n.m. Fam. Se usa solamente seguido de adjetivos despectivos para reforzar la significación de aquéllos.

2. so prep. Bajo, debajo de.

3. so Voz que se emplea para hacer que se paren o detengan las caballerías.

soas n.m. ANAT Músculos que unen la parte anterior de las vértebras lumbares al trocánter menor.

soasar v.tr. Medio asar o asar ligeramente.

soba n.f. **1.** Acción de sobar. **2.** Fig. Zurra.

sobaco n.m. Concavidad que forma el arranque del brazo con el cuerpo.

sobado,a **I.** n.m. Acción y efecto de sobar. **II.** adj. Manido, muy usado.

sobaquera n.f. **1.** Pieza con que se refuerza el vestido por la parte del sobaco. **2.** Pieza de tela impermeable con que se resguarda del sudor la parte del vestido correspondiente al sobaco.

sobar v.tr. **1.** Manosear una cosa repetidamente para que se ablande. **2.** Fig. Palpar, manosear a una persona. **3.** Fig. y Fam. Molestar.

sobarbo n.m. Álabe de una rueda hidráulica.

soberano,a **1.** n. y adj. Que ejerce la autoridad suprema. **2.** adj. Elevado y no superado. • **soberanía** n.f. **1.** Calidad de soberano. **2.** Autoridad suprema. **3.** Alteza o excelencia no superada. — *Soberanía nacional.* La que reside en el pueblo y se ejerce por medio de sus órganos constitucionales representativos.

soberbia n.f. **1.** Obsesión o creencia de ser superior a otros. **2.** Intolerancia. **3.** Cólera e ira expresadas con acciones descompuestas. • **soberbio,a** adj. **1.** Que tiene soberbia. **2.** Altivo, arrogante. **3.** Fig. Grandioso, magnífico.

sobo n.m. Soba.

sobón,a n. y adj. **1.** Fam. Persona empalagosa. **2.** adj. Muy aficionado a sobar o palpar.

sobornal n.m. Lo que se añade a una carga.

1. soborno n.m. **1.** Acción y efecto de sobornar. **2.** Dádiva con que se soborna. • **sobornar** v.tr. Corromper a uno con dádivas.

2. soborno n.m. *Bol.* y *Chile.* Sobornal.

sobra n.f. **1.** Demasía y exceso. **2.** pl. Lo que queda de la comida al levantar la mesa. ▷ P. ext., lo que sobra o queda de otras cosas. ▷ Desperdicios o desechos.

sobrado,a **I.** adj. **1.** Demasiado. **2.** Rico y abundante de bienes. **3.** *And.* y *Chile.* Sobras. **II.** n.m. Desván.

sobrar v.int. **1.** Haber más de lo que se necesita. **2.** Estar de más. **3.** Quedar, restar. • **sobrante 1.** n.m. y adj. Que sobra. **2.** adj. Excesivo, demasiado, sobrado.

sobrasada n.f. Embutido típico de Baleares.

sobre **I.** prep. **1.** Encima de. **2.** Acerca de. **3.** Además de. **4.** Se usa para indicar aproximación en una cantidad o un número. *Tengo sobre mil pesetas.* **5.** Cerca de otra cosa, con más altura que ella y dominándola. **6.** Con dominio y superioridad. **7.** En prenda de una cosa. *Sobre esta alhaja préstame veinte duros.* **8.** En el comercio se usa para denotar la persona contra quien se gira una cantidad, o la plaza donde ha de hacerse efectiva. **9.** En composición, o aumenta la significación, o añade de la suya al nombre o verbo con que se junta. *Sobresueldo, sobreagudo, sobreponer, sobrecargar.* **10.** A o hacia. **11.** Se usa precediendo al nombre de la finca o fondo que tiene afecta una carga o gravamen. *Un censo sobre tal casa.* **12.** Precedida y seguida de un mismo sustantivo, denota idea de reiteración o acumulación. **II.** n.m. Cubierta de papel, en que se incluye una la carta, tarjeta, etc.

sobre- Prefijo del latín *super*, «encima de, además de».

sobreabundar v.int. Abundar mucho.

sobrealimentar v.tr. Proporcionar una alimentación más abundante de lo normal • **sobrealimentación** n.f. **1.** Alimentación más abundante de lo normal. **2.** TECN Alimentación de un motor de combustión interna, mediante aire a una presión superior a la atmósfera.

sobrearco n.m. ARQUIT Arco de descarga.

sobrecalentar v.tr. **1.** Calentar excesivamente. **2.** FIS Llevar (un líquido) a una temperatura superior a su punto de ebullición sin que se vaporice.

sobrecaña n.f. VETER Tumor óseo en la caña de las extremidades anteriores de las caballerías.

sobrecapitalización n.f. FIN Atribución a una empresa de un valor superior a su valor real.

sobrecarga n.f. **1.** Carga añadida a la habitual. **2.** Excedente de carga. ▷ CONST Posibles esfuerzos suplementarios que tenga que soportar una construcción. • **sobrecargar** v.tr. Cargar excesivamente.

sobrecincho,a n.m. y f. Faja o correa que en las caballerías sujeta la manta, la mantilla o el caparazón.

sobrecoger **I.** v.tr. Coger de repente. **II.** v.prnl. Sorprenderse, intimidarse. • **sobrecogedor,a** adj. Que sobrecoge. • **sobrecogimiento** n.m. Efecto de sobrecogerse.

sobrecubierta n.f. Segunda cubierta que se pone a una cosa para resguardarla mejor.

sobrecuello n.m. Cuello que se pone sobre otro.

sobredicho,a adj. Dicho arriba o antes.

sobredorar v.tr. Dorar los metales, y especialmente la plata.

sobredosis n.f. Dosis excesiva de droga.

sobreentender v.tr. Sobrentender.

sobreexcitar v.tr. Excitar al más alto grado. • **sobreexcitación** n.f. Estado de una persona sobreexcitada.

sobreflor n.f. Flor que nace del centro de otra.

sobrefusión n.f. FIS Estado de un cuerpo líquido por debajo de su temperatura de solidificación.

sobregirar v.tr. Exceder en un giro del crédito disponible.

sobrehilar v.tr. Dar puntadas sobre el borde de una tela cortada, para que no se deshilache.

sobrehumano,a adj. Por encima de lo que puede hacer el hombre normalmente.

sobreimpresión n.f. FOTOGR, CINEM Operación consistente en sobreponer dos o varias imágenes.

sobrelecho n.m. ARQUIT Superficie inferior de la piedra, que descansa sobre la que está debajo.

sobrellevar v.tr. **1.** Llevar uno encima o a cuestas una carga o peso para aliviar a otro. **2.** Fig. Ayudar a sufrir las molestias de la vida.

sobremanera adv. m. En extremo, muchísimo.

sobremarcha n.f. AUTOM Dispositivo integrado en la caja de cambio de velocidades para multiplicar la velocidad de rotación del motor.

sobremesa n.f. **1.** Tapete que se pone sobre la mesa por adorno, limpieza o comodidad. **2.** Tiempo que se está a la mesa después de comer.

sobremesana n.f. MAR Gavia del palo mesana.

sobremodo adv. m. En extremo, sobremanera.

sobrenadar v.int. Mantenerse encima del agua o de otro líquido sin hundirse.

sobrenatural adj. Que excede los términos de la naturaleza.

sobrenombre n.m. **1.** Nombre que se añade a veces al apellido para distinguir a dos personas que tienen el mismo. **2.** Apodo.

sobrentender v.tr. y prnl. Entender una cosa que no está expresa, suponerla.

sobrepasar v.tr. y prnl. **1.** Rebasar un límite. **2.** Superar, aventajar.

sobrepelliz n.f. Vestidura blanca de lienzo fino, con mangas muy anchas, que usan los eclesiásticos.

sobreponer **I.** v.tr. Añadir una cosa. **II.** v.prnl. Fig. Dominar los impulsos del ánimo, no dejarse abatir por una adversidad.

sobreprecio n.m. Recargo en el precio.

sobrepuesto,a **I.** Part. pas. irreg. de *sobreponer.* **II.** n.m. Ornamento de materia distinta de aquella a que se sobrepone, aplicación.

sobrepujar v.tr. Exceder una cosa o persona a otra en cualquier línea.

sobrequilla n.f. MAR Madero colocado de popa a proa por encima de la trabazón de las varengas, y fuertemente empernado a la quilla.

sobrero,a adj. **1.** Que sobra. **2.** Se aplica al toro que se tiene de más en una corrida.

sobrerregenador FIS NUCL Reactor nuclear que produce más materia fisil que la que consume.

sobresalir v.int. Exceder en figura, tamaño, etc. • **sobresaliente 1.** n. y adj. Que sobresale. **2.** n.m. En los exámenes, calificación máxima, superior a la de notable.

sobresaltar **I.** v.tr. Saltar, acometer de repente. **II.** v.tr. y prnl. Asustar, acongojar. • **sobresalto** n.m. **1.** Sensación que proviene de un acontecimiento repentino e imprevisto. **2.** Temor o susto repentino.

sobresdrújulo,a n.m. y adj. Se dice de las voces cuyo acento primero y principal va siempre en sílaba anterior a la antepenúltima.

sobreseer **I.** v.int. **1.** Desistir de la pretensión que se tenía. **2.** Cesar en el cumplimiento de una obligación. **II.** v.int. y tr. FOR Cesar en una instrucción sumarial. • **sobreseimiento** n.m. Acción y efecto de sobreseer.

sobrestadía n.f. **1.** COM Cada uno de los días que pasan después del plazo que se establece para cargar o descargar un buque. **2.** COM Cantidad que por tal demora se paga.

sobrestante n.m. El que dirigiendo a cierto número de obreros ejecuta determinadas obras bajo la dirección de un técnico.

sobrestimar v.tr. Estimar alguna cosa por encima de su valor.

sobresueldo n.m. Retribucion o consignación que se añade al sueldo fijo.

sobretasa n.f. Tasa que se añade a otra.

sobretensión n.f. ELECTR Tensión anormalmente elevada.

sobretodo n.m. Prenda de vestir ancha, larga, y con mangas, que se lleva sobre el traje.

sobrevenir v.int. **1.** Acaecer o suceder una cosa además o después de otra. **2.** Venir improvisadamente.

sobrevivir v.int. Vivir uno después de la muerte de otro o después de un determinado suceso.

sobrevolar v.tr. Volar sobre un lugar, territorio, etc.

sobrexcitar v.tr. y prnl. Sobreexcitar.

sobrino,a n.m. y f. Respecto de una persona, hijo o hija de su hermano o hermana.

sobrio,a adj. Templado, moderado. • **sobriedad** n.f. Calidad de sobrio.

socaire n.m. MAR Abrigo o defensa que ofrece una cosa en su lado opuesto a aquel de donde sopla el viento.

socalzar v.tr. Reforzar por la parte inferior un edificio o muro que amenaza ruina.

socarrar v.tr. y prnl. Quemar superficialmente una cosa.

socarrena n.f. **1.** Hueco, concavidad. **2.** ARQUIT Hueco entre cada dos maderos.

socarronería n.f. Astucia o disimulo acompañados de burla encubierta. • **socarrón,a** n. y adj. El que obra con socarronería.

socavar v.tr. Excavar por debajo alguna cosa, dejándola en falso.

socavón n.m. Hundimiento que se produce en el suelo.

sociable adj. Naturalmente inclinado a la sociedad. • **sociabilidad** n.f. Calidad de sociable.

social adj. **1.** Perteneciente o relativo a la sociedad. **2.** Perteneciente o relativo a una sociedad mercantil, cultural, etc. **3.** *Ciencias sociales.* Aquellas que estudian las estructuras y el funcionamiento de los grupos humanos.

social (guerra), guerra que enfrentó a Roma con sus aliados de Italia *(socii)* a los que había negado el derecho a la ciudadanía romana y amenazado con la expropiación de tierras (91-88 a. J.C.). Los picentinos, los marsos, los samnitas, los apulios y los lucanios se sublevaron y formaron una confederación que obtuvo algunos éxitos en un principio pero que se desmembró cuando Roma prometió el derecho de ciudadanía a los aliados (de Cisalpina, Etruria y Umbría) que habían permanecido fieles (*ley Julia,* 90 a. J.C.) y, posteriormente, a todos los que depusieran las armas en los dos meses siguientes (*ley Plautia Papiria,* noviembre del 89 a. J.C.).

socialdemocracia n.f. Denominación genérica del socialismo moderado. • **socialdemócrata** n. y adj. Partidario de la socialdemocracia.

socialismo n.m. Denominación de diversas doctrinas económicas, sociales y políticas que propugnan una distribución colectiva de la riqueza. • **socialista** n. y adj. Perteneciente o relativo al socialismo. • **socialización** n.f. Transferencia al Estado de los medios de producción con el fin de que sus beneficios reviertan sobre toda la sociedad. • **socializar** v.tr. Realizar la socialización de un medio de producción.

ENCICL El socialismo, que como pensamiento económico y político empezó a adquirir plenitud y desarrollo a partir del primer tercio del s. XIX, no es fruto exclusivo del mismo. La idea de una distribución más o menos igualitaria de las riquezas tiene antecedentes venerablemente remotos. Licurgo, Tiberio, Graco, Curio, Dentato, etc., expusieron sus ideas y utopías de mejoramiento social entre los antiguos, aunque el caso más famoso fue el de Platón, en su *República*. Sin embargo, es en los tiempos modernos, conjuntamente en Francia e Inglaterra, alrededor de 1830, cuando esta idea empieza a adquirir cuerpo y sistema. Claude E. de Rouvoy, el conde de Saint-Simon, Charles Fourier, Louis Blanc, Pierre Leroux, Josep Proudhon y Robert Owen, fueron los más importantes impulsores. Pero casi todos sus postulados pecaban de exceso de idealismo y de utopías: desde la abolición de la propiedad hasta la instalación de falansterios, pasando por el intercambio recíproco de bienes, trabajo, etc., por lo que los analistas marxistas, más adelante, calificaron todos estos ideales más de anarquistas que de auténticamente socialistas. Karl Marx y Friedrich Engels rompieron esta directriz. La profunda crisis revolucionaria de 1848 en Europa fue la gran línea divisoria, sobre todo en los países más industrializados (Gran Bretaña, Alemania, Francia). Calificaron los intentos de sus predecesores de utopías, y denominaron los principios que acababan de lanzar de *socialismo científico* o *revolucionario*. Marx, fundador de la teoría socialista contemporánea, a mediados del s. XIX expuso su pensamiento en las obras *Fundamentos de la crítica de la economía política, Contribución a la crítica de la economía política* y, sobre todo, *El Capital*. Introdujo la concepción materialista y dialéctica de la historia, y analizó sistemáticamente las estructuras y funcionamiento del estado capitalista. Se opuso a los principios igualitaristas de Rodbertus, Marlo y Lasalle, y preconizó el proceso revolucionario como única manera de establecer la sociedad auténticamente socialista, en la que el proletariado sería el elemento fundamental, ya que capitalismo y socialismo no podían coexistir en una misma sociedad. El medio para llevar a cabo la destrucción del estado burgués-capitalista sería la lucha de clases, hasta conseguir la «dictadura del proletariado» en un nuevo Estado en que cada uno recibiría lo justo según «su trabajo y sus necesidades», hasta llegar al estadio auténticamente socialista, en que el Estado desaparecería, incluso el obrero, por la perfección de las condiciones de una «sociedad humana nueva». El *socialismo científico* o *revolucionario* elaborado por Marx y Engels, y desarrollado más tarde por Lenin, Rosa Luxemburg, Gramsci, Trotsky, Mao Tsé-tung, es el resultado de un análisis del llamado capitalismo internacional. El movimiento socialista se desarrolló en el seno de un proletariado urbano nacido con la gran industria. Hasta la Primera Guerra Mundial la influencia de las ideas socialistas progresó con la creciente democratización de las instituciones (ampliación del derecho a voto y desarrollo de la instrucción pública). Sin embargo, y paralelamente a su afirmación, el socialismo se diversifica. Aparecen , de hecho, distintos modelos de sociedades políticas que intentan ponerlo en práctica; unas, calificadas de comunistas (URSS y China, p. ej.), y otras, de socialistas (países escandinavos y del Tercer Mundo). No obstante, los países llamados comunistas dicen encontrarse en el estadio de la socialización de los medios de producción, y no en la sociedad comunista propiamente dicha. En los países escandinavos la propiedad de los medios de producción es en gran parte privada.

Algunos estados del Tercer Mundo que se proclamaban socialistas sólo poseen, de hecho, el régimen de partido único. La existencia en los países con régimen europeo u occidental de partidos comunistas y socialistas contribuye a aumentar la extraordinaria complejidad de la situación, y también las diferencias en el «campo socialista». Estas diferencias no se manifiestan tanto en los fines a conseguir como en los medios a utilizar para alcanzarlos. Hay que señalar que la denominación *partido comunista* fue adoptada por las fracciones revolucionarias de los partidos socialistas, tras la revolución rusa de 1917, para diferenciarse claramente de éstos; por otro lado estas fracciones se afirmaron en su apoyo a la joven URSS (v. Internacional). Sin embargo, capitalismo y socialismo, hijos de la revolución industrial del s. XIX, así como de la Revolución francesa, están hoy asistiendo a una profunda transformación de las sociedades, que los fundadores de las teorías socialistas y prácticas capitalistas no podían ni tan siquiera imaginar: la paulatina desaparición del proletariado y de las clases sociales, en el sentido que tuvieron estas denominaciones durante el s. XIX. Un nuevo tipo de sociedades está apareciendo, sobre todo después de la Segunda Guerra Mundial, en las que, por evolutiva perfección de los mecanismos económicos de los estados, la riqueza producida tiene cada día una más amplia y equitativa distribución; de tal manera que hacen tambalear los principios de la denominada «interpretación materialista y dialéctica de la historia», fruto de unas mentalidades extraordinarias del s. XIX, pero que, como supuestos principios motores del desenvolvimiento humano, empiezan ya a arrinconarse por la nueva y prometedora dinámica de los hombres del último tercio del s. XX, poseedores de una más amplia visión de Universo y mayor complejidad y sentido del futuro. Por esto, el desarrollo socioeconómico del Tercer Mundo tendrá que enfocarse desde esta nueva perspectiva, ya que la acumulación de experiencias adquiridas por los estados durante los últimos decenios hacen posible la solución de sus problemas sin tener que recurrir a la traumática convulsión de sus sociedades.

sociedad n.f. **1.** Reunión mayor o menor de personas, familias, pueblos o naciones. **2.** Agrupación natural o pactada de personas. **3.** — *Sociedad anónima*. La que se forma por acciones, con responsabilidad circunscrita al capital que éstas representan. — *Sociedad comanditaria*, o *en comandita*. Aquella en que hay dos clases de socios: unos con derechos y obligaciones, como en la sociedad colectiva, y otros, llamados comanditarios, que tienen limitados a cierta cuantía su interés y su responsabilidad en los negocios comunes. — *Sociedad de consumo*. Forma de sociedad en la que se estimula la adquisición y consumo desmedidos de bienes. — *Sociedad limitada*. Aquella en que la responsabilidad de cada uno de los socios está limitada estrictamente al capital aportado.

socio,a n.m. y f. **1.** Persona asociada con otra u otras para algún fin. **2.** Individuo de una sociedad.

socio- Elemento que entra en la formación de algunas palabras con el signo de «social».

sociocultural adj. Lo que se refiere a una sociedad o a un grupo social y a su cultura.

sociodrama n.m. Procedimiento dramático de psicoterapia de grupo cuyo objetivo es hacer conscientes las relaciones existentes entre los miembros de un grupo o entre los distintos estamentos de una institución.

socioeconómico adj. Dícese de lo que se refiere a la vez a la sociedad y a la economía.

sociograma n.m. PSICOL, SOCIOL Esquema que representa las relaciones interindividuales en el seno de un grupo.

sociolingüística n.f. y adj. Parte de la lingüística cuyo objeto es el estudio de las relaciones entre el lenguaje, la sociedad y la cultura.

sociología n.f. Ciencia que tiene por objeto estudiar los fenómenos sociales. • **sociológico,a** adj. Perteneciente o relativo a la sociología. • **sociólogo,a** n.m. y f. Persona que profesa la sociología.

ENCICL La sociología es una disciplina reciente. Su nacimiento se liga normalmente a la obra de Auguste Comte, que fue el primero en utilizar esta palabra aunque extendiese su objeto a la historia de la especie humana. Otros precursores fueron Tocqueville, Marx y Spencer. Pero los verdaderos fundadores de la sociología fueron Émile Durkheim, Vilfredo Pareto y Max Weber: su obra permitió considerar a la sociología como una ciencia general de las sociedades. Durkheim se centró en el estudio de los problemas metodológicos: la sociología debe «considerar a los hechos sociales como si fueran cosas» y reconocerlos por las obligaciones externas que imponen a los individuos. Pareto centró su reflexión en la política, insistiendo en el papel de las élites; además, desarrolló el concepto de «residuos» (factores inconscientes a la acción humana). Para Weber, la sociología debe describir ciertas constantes regulares que se deducen de la historia comparada; para cada época estudiada, Weber se esforzó en construir un «tipo ideal». Estos tres fundadores de la sociología «científica» influyeron en la escuela norteamericana, en boga a partir de 1945, pero a la que se reprocha su actuación excesivamente pragmática, descriptiva y cuantitativa. Una investigación cuantitativa obtiene de un conjunto de elementos (individuos, grupos, instituciones, sociedades) informaciones comparativas entre dichos elementos; estas investigaciones se sirven de documentos, estadísticas, cuestionarios y sondeos. La sociología comienza por plantear hipótesis, después las verifica y acaba construyendo variables (esto es, convierte conceptos como individualismo, solidaridad, etc., en unidades más concretas), entre las que determina sus relaciones. Se puede comprobar que la hipótesis y el modo de establecerla encierran grandes dosis de subjetividad. Esta es la razón por la cual hoy la crítica social ha cobrado un nuevo auge: la sociología se plantearía tanto la condena de la sociedad industrial como la búsqueda de un fundamento «científico» al modelo social al cual se refiere.

sociologismo n.m. FILOS Doctrina según la cual la totalidad de los hechos sociales puede ser explicada por la sociología.

sociometría n.f. SOCIOL Técnica de evaluación cuantitativa de las relaciones interpersonales.

socorrer v.tr. Ayudar en un peligro. • **socorrido,a** adj. **1.** Se dice del que con facilidad socorre la necesidad de otro. **2.** Se aplica a aquello en que se halla con facilidad lo que es menester. **3.** Se dice de los recursos que fácilmente y con frecuencia sirven para resolver una dificultad. • **socorrismo** n.m. Asistencia de primeros auxilios a los heridos. • **socorrista** n.m. y f. Persona adiestrada para prestar socorro en caso de accidente. • **socorro** n.m. **1.** Acción y efecto de socorrer. **2.** Dinero, alimento u otra cosa con que se socorre.

soda n.m. Bebida gaseosa.

sodio n.m. QUIM Metal de color y brillo argentinos, blando como la cera. Núm. atómico 11 y peso atómico 23. Símb., *Na*. • **sódico,a** adj. QUIM Perteneciente o relativo al sodio.

ENCICL **Quím.** — Su símbolo, Na, proviene de su antiguo nombre: natrio; se oxida fácilmente con el aire, funde a 97,8 °C y hierve a 88 °C. Se encuentra disuelto en el mar, como cloruro de sodio, o en estado sólido en la sal gema (v. sal). Comunica a las llamas un color amarillo anaranjado característico. Es el más empleado de los metales alcalinos y entra en la composición de la sosa, del peróxido de sodio y del hipoclorito de sodio. El sodio líquido sirve de fluido transportador del calor en algunos reactores nucleares. Las lámparas de vapor de sodio se utilizan para el alumbrado público. El sodio desempeña una importante función bioquímica; está presente en estado iónico en los líquidos extracelulares; la sustancia ósea contiene una reserva considerable de sodio, que puede ser utilizada en caso de carencia.

sodomía n.f. Práctica del coito anal. • **sodomizar** v.tr. Practicar la sodomía. • **sodomita** n. y adj. Que practica la sodomía.

soez adj. Ofensivo, grosero, de mal gusto.

sofá n.m. Asiento cómodo para dos o más personas, que tiene respaldo y brazos.

sofista 1. n. y adj. Que se vale de sofismas. 2. n.m. ANTIG GR El que se dedicaba a la filosofía. • **sofisma** n.m. Razón o argumento aparente con que se quiere defender lo que es falso. • **sofístico,a** adj. 1. Perteneciente o relativo al sofisma. 2. Aparente, fingido con sutileza.

ENCICL Los sofistas eran pensadores presocráticos que desarrollaron la dialéctica en un sentido relativista y escéptico. Profesaban una filosofía empirista y sensualista y criticaron las creencias religiosas de la Grecia antigua. Los más célebres sofistas fueron Protágoras, Pródicos, Gorgias, Hippias y Antifonte. Platón, que los atacó insistentemente a lo largo de toda su obra, ha contribuido a su descrédito.

sofisticación n.m. Acción y efecto de sofisticar. • **sofisticado,a** adj. Fig. Extremadamente rebuscado, poco natural. • **sofisticar** Fig. Cuidar extremadamente algo, hacerlo sofisticado.

sofito n.m. ARQUIT Plano inferior del saliente de un cuerpo voladizo.

soflama n.f. Arenza revolucionaria. • **soflamar** v.tr. Chamuscar en la llama.

sofocar I. v.tr. 1. Ahogar, impedir la respiración. 2. Apagar, oprimir, dominar, extinguir. II. v.tr. y prnl. Fig. Avergonzar, abochornar. • **sofoco** n.m. 1. Efecto de sofocar o sofocarse. 2. Fig. Grave disgusto que se da o se recibe. • **sofocón** n.m. Fam. Desazón, disgusto. • **sofoquina** n.f. Fam. Sofoco.

sófora n.f. BOT Árbol de la familia de las papilionáceas, de flores pequeñas, amarillas y fruto en vainas nudosas.

sofreír v.tr. Freír un poco una cosa.

sofrenar v.tr. 1. Reprimir el jinete a la caballería tirando violentamente de las riendas. 2. Fig Refrenar una pasión.

sofrito,a 1. Part. pas. irreg. de *sofreír*. 2. n.m. Condimento que se añade a un guiso.

sofrología n.f. MED Estudio de los cambios de los estados psicofisiológicos del hombre. ▷ Psicoterapia basada en ese estudio.

software n.m. INFORM Conjunto de programas y sistemas disponibles en un ordenador.

soga n.f. I. 1. Cuerda gruesa de esparto. 2. *Arg*. Tira de cuero para atar las caballerías. II. ARQUIT Parte de un sillar o ladrillo al descubierto. • **soguilla** n.f. Trenza delgada del esparto.

soja n.f. Planta leguminosa de fruto parecido al frijol, muy nutritivo.

ENCICL La soja tiene una gran importancia económica, ya que sus granos oleaginosos, ricos en proteínas y glúcidos, constituyen un alimento excelente para el hombre y los animales. Los principales países productores son los de Extremo Oriente, aunque también se cultiva en América del Norte (los EE.UU. son el mayor productor mundial con una producción doble a la China), América del Sur y la URSS.

sojuzgar v.tr. Sujetar, mandar con violencia.

1. sol n.m. I. Estrella luminosa, centro de nuestro sistema planetario, situado, por término medio, a 149.500.000 km de la Tierra y 1.301.000 veces más voluminoso que ella. ▷ Fig. Luz, calor de este astro. II. Unidad monetaria del Perú. III. MUS Quinta voz de la escala música.

ENCICL **Astron.** — El Sol está situado en el plano ecuatorial de la galaxia, a 30.000.000 años luz de su centro (esto es, a 285.000 billones de km). Participa de la rotación galáctica, recorriendo, en 250 millones de años, una órbita de 170.000 años luz. A este movimiento de rotación se añade el suyo propio, que le lleva a una velocidad de 20 km/s hacia la constelación de Hércules. El radio del disco solar visible es de 700.000 km. Igual que las demás estrellas gira sobre sí mismo; esta rotación dura entre 25 y 32 días, según la latitud. Al observarlo visualmente, parece tener unos límites muy precisos. Esta apariencia se debe al débil espesor de la atmósfera solar observable (menos de 300 km). Esta delgada capa, emisora de la luz visible, de la *fotosfera,* cuya temperatura se aproxima a los 6.000 K. El disco solar que vemos es la proyección sobre el fondo del cielo de la fotosfera. Por encima, la atmósfera es tan transparente que la vista la atraviesa sin verla. Por debajo, la materia es tan densa que la vista no puede penetrarla. Envolviendo a la fotosfera se encuentran la *cromosfera*; el espesor de la primera es de 8.000 km y resulta visible durante los eclipses de Sol en forma de un delgado anillo rosa. La *corona solar* es una nube de electrones, de átomos ionizados y de polvo, a una temperatura muy elevada (1 millón de grados K). A gran distancia del Sol, predomina el polvo cósmico, desciende la temperatura y la corona se hace cada vez más tenue, hasta perderse en el medio interplanetario. Desde principios del s. XVII se han observado las manchas solares, que durante mucho tiempo fueron el único signo de la actividad del Sol. Hoy se sabe que sólo son la manifestación más visible de un *centro activo*: conjunto de regiones con propiedades provisionalmente diferentes a las de la atmósfera circundante. Primero aparece una mancha que forma una zona sombreada sobre la fotosfera brillante. A menudo, una segunda mancha se forma junto a la primera. En unos días, ambas van desarrollándose, alcanzando a veces los 100.000 km de largo; son la sede de un intenso campo magnético y su temperatura se aproxima a los 5.000 K. Cuando una mancha se aproxima al borde solar, puede verse cómo vibra en su contorno una red de crestas brillantes: las *fáculas.* Súbitamente brota un chorro de materia, se arrancan filamentos de la superficie solar, que se elevan más allá de la cromosfera, llegan a la corona y vuelven a caer en un inmenso arco. Estas *protuberancias* tienen una existencia muy efímera, mientras que las manchas a las que están asociadas pueden evolucionar durante varios meses. Todos estos fenómenos emergen de la intensa actividad reinante en el centro solar, donde la temperatura alcanza los 15 millones de grados K, y donde el hidrógeno, principal componente del Sol, se transforma en helio como consecuencia de reacciones termonucleares (v. estrella). La actividad solar es uniforme en el tiempo; cada once años alcanza su nivel máximo.

2. sol n.m. QUIM Solución coloidal carente de rigidez, constituida por micelas emulsionadas en un líquido.

solana n.f. 1. Lugar donde el sol da de lleno. 2. Lugar de la casa donde se toma el sol.

solanáceo,a n.f. y adj. BOT Se aplica a hierbas, matas y arbustos angiospermos dicotiledóneos, como la patata. ▷ n.f.pl. BOT Familia de estas plantas.

ENCICL Las solanáceas, plantas herbáceas o arbustivas, contienen alcaloides que les confieren propiedades medicinales (la belladona, sobre todo). Numerosas especies son comestibles (tomate, berenjena, patata, etc.); otras, ornamentales (petunia) o industriales (tabaco).

solanera n.f. 1. Efecto que produce en una persona el tomar mucho sol. 2. Lugar expuesto sin resguardo a los rayos solares cuando son más molestos y peligrosos.

solanina n.f. Glucósido muy venenoso contenido en algunas plantas de la familia de las solanáceas.

1. solano n.m. Viento que sopla de oriente.

2. solano n.m. Hierba mora (planta solanácea).

solapa n.f. 1. Parte del vestido, correspondiente al pecho, y que suele ir doblada hacia fuera sobre la misma prenda de vestir. 2. Prolongación lateral de la cubierta o camisa de un libro, que se dobla hacia dentro. 3. Fig. Apariencia para disimular una cosa. • **solapado,a** adj. Fig. Se dice de la persona que disimula sus verdaderos pensamientos. • **solapar** I. v.tr. 1. Poner solapas a los vestidos. 2. Cubrir en parte una cosa a otra. 3. Fig. Ocultar maliciosa y cautelosamente la verdad o la intención. II. v.int. Caer cierta parte del cuerpo de un vestido doblada sobre otra.

1. solar n.m. 1. Casa, descendencia. 2. Porción de terreno que se destina a edificar en él.

2. solar adj. Perteneciente al Sol.

ENCICL **Energía solar.** — La energía solar llega a la superficie terrestre tras haber sido absorbida en parte por la atmósfera. En consecuencia, aumenta ligeramente con la altitud y varía con la latitud: la recibida en 24 horas en los trópicos es aproximadamente el triple de la recibida en los polos. Puede ser captada: *por el efecto* de invernadero, que permite obtener temperaturas de unos 200 °C; por medio de espejos orientables, los *heliostatos,* que dirigen los rayos solares hacia un punto fijo, situado por ejemplo en lo alto de una torre; por medio de espejos situados a lo largo de una superficie parabólica, que igualmente concentran los rayos en el punto que se quiere calentar, en el que pueden obtenerse temperaturas de 2.000 a 3.000 °C. La energía solar no contamina y resulta especialmente interesante en los países soleados (con frecuencia subdesarrollados por falta de recursos energéticos). Puede ser utilizada para la calefacción doméstica y la producción de agua caliente sanitaria, para la desalinización del agua marítima y de las aguas salobres, para la metalurgia a altas temperaturas (hornos solares) y para la producción de electricidad. Esto puede realizarse directamente por medio de pilas solares o fotopilas, cuyo rendimiento es del 10 al 15 % y que se utilizan sobre todo para la producción de energía en los satélites. En las centrales solares, la producción de electricidad se realiza indirectamente: se calienta un fluido transmisor del calor (sales fundidas, p. ej.) que intercambia su calor con un circuito de vapor de agua, el cual acciona un turboalternador; el rendimiento global se aproxima a un 20 %.

Sistema solar. — El sistema solar lo forman el Sol y el conjunto de cuerpos que giran en torno suyo (planetas mayores y sus satélites, pequeños planetas o asteroides, cometas), los meteoritos y el polvo cósmico. Físicamente, los planetas se dividen en dos grupos; los terrestres son los más próximos al Sol (Mercurio, Venus, la Tierra y Marte), sus dimensiones son modestas pero tienen gran densidad (5,5 en la Tierra); tienen atmósferas muy tenues o casi inexistentes; giran lentamente sobre sí mismos y tienen pocos satélites. Los planetas grandes (Júpiter, Saturno, Urano y Neptuno) son muy voluminosos pero poco densos (la densidad de Saturno es 0,7); sus atmósferas son muy espesas, giran velozmente sobre sí mismos y tienen muchos satélites. Estos dos grupos están separados por un enjambre de asteroides. Plutón, el planeta más lejano conocido actualmente, escapa a esta clasificación. Las órbitas planetarias son prácticamente circulares y su plano, excepto en Plutón, es casi elíptico. Todas ellas (excepto las de Venus y Urano) son recorridas en un mismo sentido: el de la rotación de los planetas sobre sí mismos. La distancia de éstos al Sol crece aproximadamente en progresión geométrica (ley de Bode-Titius). Las distancias medias varían entre los 59 millones de km de Mercurio y los 6.000 millones de km de Plutón (150 millones para la Tierra). El Sol y su cortejo de planetas se formaron posiblemente (hace entre 5.000 y 10.000 millones de años) a partir de una nebulosa primitiva constituida sobre todo por hidrógeno, algo de helio y pequeñas cantidades de elementos pesados.

3. solar adj. ANAT *Plexo solar.* Plexo nervioso situado en la boca del estómago.

4. solar v.tr. Revestir el suelo con ladrillos, losas u otro material.

solariego,a I. n. y adj. Perteneciente al solar de antigüedad y nobleza. **II.** adj. Antiguo y noble.

solarígrafo n.m. TECN Aparato que sirve para medir la irradiación solar.

solárium n.m. **1.** ANTIG ROM Terraza que corona ciertas casas. **2.** Establecimiento de helioterapia. **3.** Lugar en que se toman baños de sol.

solarización n.f. FOTOG Exposición prolongada al sol de una superficie sensible.

solaz n.m. Consuelo, placer, esparcimiento. • **solazar** v.tr. y prnl. Dar solaz.

solazo n.m. Fam. Sol fuerte y ardiente que calienta y se deja sentir mucho.

soldado n.m. **1.** El que sirve en la milicia. **2.** Militar sin graduación. • **soldada** n.f. Salario o haber del soldado. • **soldadesca** n.f. **1.** Ejercicio y profesión de soldado. **2.** Conjunto de soldados. **3.** Tropa indisciplinada. • **soldadesco,a** adj. Perteneciente a los soldados.

soldador n.m. **1.** El que tiene por oficio soldar. **2.** Herramienta para soldar.

soldadura n.f. **1.** Acción y efecto de soldar. **2.** Material que sirve y está preparado para soldar.
ENCICL **Tecn.** — La soldadura, que puede realizarse con o sin metal añadido, necesita una fuente de calor, dirigida sobre los bordes de las piezas a soldar. La *soldadura oxiacetilénica* se efectúa mediante un soplete alimentado por oxígeno y acetileno (temperatura de 3.100 °C). En la *soldadura por arco,* el calor se obtiene por medio de un arco eléctrico que se establece entre el electrodo de la soldadura y la pieza a soldar (temperatura próxima a los 6.000 °C). La *soldadura por resistencia,* muy utilizada en la industria, en particular en la automovilística (soldadura por puntos o continua, con la ayuda de una moleta), consiste en hacer pasar una corriente de gran intensidad entre las piezas que se van a soldar. La soldadura se efectúa también por bombardeo electrónico, por fluido de plasma y por láser.

Soldanella n.f. BOT Plantas herbáceas que crecen en las zonas montañosas (familia de las primuláceas) y en las arenas y las rocas litorales.

soldar v.tr. Pegar y unir sólidamente dos cosas, o dos partes de una misma cosa.

solear v.tr. y prnl. Tener expuesta al sol una cosa por algún tiempo.

solecismo n.m. Falta de sintaxis; error cometido contra la exactitud o pureza de un idioma.

soledad n.f. **I. 1.** Carencia voluntaria o involuntaria de compañía. **2.** Pesar y melancolía que se sienten por la ausencia de alguna persona o cosa. **II.** Tonada andaluza de carácter melancólico.

solemne adj. **1.** Celebrado o hecho públicamente con pompa o ceremonias extraordinarias. **2.** Formal, grave, firme. **3.** Grave, majestuoso, imponente. • **solemnidad** n.f. **1.** Calidad de solemne. **2.** Acto solemne. **3.** Festividad eclesiástica. • **solemnizar** v.tr. **1.** Festejar o celebrar de manera solemne un suceso. **2.** Engrandecer, aplaudir.

solenodóntidos n.m.pl. ZOOL Familia de mamíferos insectívoros de las Antillas.

solenoide n.m. ELECTR Bobina formada por un conductor arrollado en espiral, que al ser atravesado por la corriente produce un campo magnético.

sóleo n.m. ZOOL Musculo de la pantorrilla unido a los gemelos por su parte inferior para formar el tendón de Aquiles.

1. soler n.m. MAR Entablado que tienen las embarcaciones en lo bajo del plan.

2. soler v.int. **1.** Apl. a seres vivos, tener costumbre. **2.** Apl. a hechos o cosas, ser frecuente.

solera n.f. **I. 1.** Madero de sierra de dimensiones varias. **2.** Muela de molino que está fija debajo de la volandera. **3.** Suelo del horno. **II. 1.** Madre del vino. **2.** Fig. Cualidad, generalmente recibida por tradición, que tiene una colectividad, una persona o una cosa, y le imprime un carácter especial.

solería n.f. Material que sirve para solar.

solfa n.f. **I. 1.** Arte que enseña a leer y entonar diversas voces de la música. **2.** Conjunto o sistema de signos con que se escribe la música. **II.** Fig. y Fam. Paliza. • **solfear** v.tr. Cantar marcando el compás y pronunciando los nombres de las notas. • **solfeo** n.m. Acción y efecto de solfear.

solfatara n.f. Abertura en los terrenos volcánicos, por donde salen vapores sulfurosos.

solicitar v.tr. **I. 1.** Pretender o buscar una cosa con diligencia y cuidado. **2.** Gestionar los negocios propios o ajenos. **3.** Requerir a una persona su amor, afecto, etc. **II.** FIS Atraer una o más fuerzas a un cuerpo. • **solicitante** n.m. y f. Que solicita. • **solícito,a** adj. Diligente, cuidadoso. • **solicitud** n.f. **1.** Diligencia o instancia cuidadosa. **2.** Documento en que se solicita algo.

solidario,a adj. Adherido o asociado a la causa de otro. • **solidaridad** n.f. Adhesión circunstancial a la causa de otros. • **solidarizar** v.tr. y prnl. Hacer a una persona o cosa solidaria con otra.

solidificar **1.** v.tr. Convertir en sólido. **2.** v.prnl. Pasar del estado líquido al sólido. • **solidificación** n.f. Acción de solidificar, hecho de volverse sólido.

sólido,a I. n.m. y adj. **1.** Firme, macizo. **2.** Se aplica al cuerpo cuyas moléculas tienen entre sí mayor cohesión que las de los líquidos. **3.** Fig. Asentado firmemente. **II.** n.m. GEOM Objeto material de tres dimensiones. ▷ FIS y QUIM Solución sólida. • **solidez** n.f. **1.** Calidad de sólido. **2.** GEOM Volumen de un cuerpo.
ENCICL **Fís.** — Un sólido cristalizado es una reunión más o menos compacta de átomos que forman una red cristalina. Las propiedades eléctricas de los sólidos (conducción, p. ej.) se explican mediante los principios de la mecánica cuántica. La física del estado sólido cuyo objeto es el estudio de las propiedades mecánicas, ópticas y eléctricas, en especial, de las materias cristalinas, puede asimismo explicar sus propiedades magnéticas. Su campo de actividad se ha extendido a los cuerpos amorfos (vidrio, p. ej.) y mesomorfos (cristales líquidos, p. ej.).

solifluxión n.f. GEOL Desplazamiento masivo del suelo superficial a lo largo de una pendiente.

soliloquio n.m. **1.** Habla o discurso de una persona que no dirige a otra la palabra. **2.** Lo que habla de este modo un personaje de obra dramática.

solimán n.m. Sublimado corrosivo.

solio n.m. Trono, silla real con dosel.

solípedo adj. ZOOL Que tiene los dedos del pie fundidos en un casco, como el caballo y el asno.

solipsismo n.m. FILOS Doctrina según la cual sólo existe el yo individual; la naturaleza y los demás sólo serían imágenes de un sueño.

solista n.m. y f. MUS Persona que ejecuta un solo de una pieza vocal o instrumental.

solitaria n.f. **1.** Silla de posta capaz para una sola persona. **2.** Tenia, gusano intestinal.

solitario,a I. n. y adj. **1.** Desamparado, desierto. **2.** Solo, sin compañía. **3.** Retirado, que ama la soledad o vive en ella. **II.** n.m. Diamante grueso que se engasta solo en una joya. **III.** n.m. Juego que ejecuta una sola persona.

soliviantar v.tr. y prnl. Alterar el ánimo de una persona para que adopte una actitud hostil. • **soliviantado,a** adj. Inquieto.

1. solo,a I. adj. **1.** Único en su especie. **2.** Dicho de personas, sin compañía. **3.** Que no tiene quien le ampare. **II.** n.m. MUS Composición o parte de ella que canta o toca una persona sola.

2. sólo adv.m. Únicamente, solamente.

solomillo n.m. En los animales de matadero, capa muscular que se extiende por entre las costillas y el lomo.

solsticio n.m. Época en la cual la altura del Sol sobre el plano ecuatorial es máxima (solsticio vernal o de verano) o mínima (solsticio hiemal o de invierno).

soltar I. v.tr. **1.** Desatar. **2.** Romper en una señal de afecto. **3.** Fam. Decir con violencia o franqueza algo que se tenía contenido. **II.** v.tr. y prnl. **1.** Dejar ir o dar libertad al que estaba detenido o preso. **2.** Desasir lo que estaba sujeto. **3.** Dar salida a lo que estaba detenido. **III.** v.prnl. **1.** Fig. Adquirir desenvoltura. **2.** Fig. Empezar a hacer algunas cosas; como hablar, andar, etc.

soltero,a adj. **1.** Que no está casado. **2.** Suelto o libre. • **soltería** n.f. Estado de soltero. • **solterón,a** n. y adj. Desp. Célibe ya entrado en años.

soltura n.f. **1.** Agilidad, desenvoltura en la forma de actuar. **2.** Acción y efecto de soltar.

soluble adj. **1.** Que puede disolverse en un líquido. **2.** Fig. Que se puede resolver. • **solubilidad** n.f. Calidad de soluble.

solución n.f. **I. 1.** Resultado de una reflexión que permite resolver un problema. **2.** Desenlace, conclusión. **II. 1.** QUIM Proceso por el cual un cuerpo se disuelve en un líquido. **2.** QUIM Mezcla homogénea de dos o varios cuerpos. **3.** Líquido que contiene un cuerpo disuelto. • **solucionar** v.tr. Resolver un asunto.

solutivo,a n.m. y adj. MED Se dice del medicamento laxante.

soluto n.m. QUIM Cuerpo disuelto en un disolvente.

solutrense n.m. y adj. Período del paleolítico superior.

solvato n.f. QUIM Asociación de moléculas del disolvente y el soluto, en una solución.

solvencia n.f. **1.** Acción y efecto de solver o resolver. **2.** Carencia de deudas. **3.** Capacidad de satisfacerlas.

solvente adj. **1.** Que desata o resuelve. **2.** Sin deudas. ▷ Capaz de satisfacerlas. • **solventar** v.tr. **1.** Arreglar cuentas, pagando la deuda a que se refieren. **2.** Dar solución a un asunto difícil.

solvólisis n.f. QUIM Reacción química que se produce entre un soluto y un solvente polar, al término de la cual se obtiene un compuesto de adición, resultante de la ruptura de una o varias uniones de la molécula del disolvente.

solla n.f. Pez muy parecido a la platija.

sollado n.m. MAR Uno de los pisos o cubiertas inferiores del buque.

sollar v.tr. Arrojar aire por medio de fuelles u otros artificios.

sollo n.m. Esturión (pez).

sollozar v.int. Llorar, acompañando el llanto de convulsiones del diafragma. • **sollozo** n.m. Acción y efecto de sollozar.

1. soma n.m. **I.** BIOL Conjunto de células no reproductoras de un organismo. **II.** El cuerpo, por oposición a la psique. **III.** Harina gruesa.

2. soma n.m. Planta que crece en las montañas del N de la India, con cuyo jugo se elabora una bebida embriagadora que se usa en las ceremonias rituales.

somalíes, musulmanes no árabes, por lo general nómadas, que habitan sobre todo en Somalia.

somanta n.f. Fam. Paliza.

somatén n.m. **1.** Cuerpo de gente armada, que no pertenece al ejército. Es institución propia de Cataluña. **2.** Fig. y Fam. Bulla, alarma, alboroto.

ENCICL **Hist.** — Movilización de personas civiles en Cataluña que acudían al toque de alarma de robo, asesinato o incendio. En tiempos de guerra, actuaba como fuerza armada espontánea que auxiliaba al ejército regular. Tuvo especial relevancia en los ss. XII y XIII, y participó activamente en la defensa de los intereses políticos de Cataluña en los ss. XIV y XV. Fue disuelta y reimplantada varias veces a lo largo de la historia. Primo de Rivera extendió a toda España esta modalidad particular de milicia civil.

somático adj. **1.** MED, PSICOL Que se refiere al cuerpo. **2.** BIOL Relativo al soma. • **somatización** n.f. PSICOL Acción y efecto de somatizar. • **somatizar** v.tr. Hablando de un sujeto con problemas psíquicos, convertir éstos en síntomas corporales.

somato- Prefijo procedente del griego *soma, somatos*, «cuerpo».

somatología n.f. Tratado de las partes sólidas del cuerpo humano.

somatostatina n.f. BIOQUIM Hormona secretada por el hipotálamo, que inhibe la secreción de somatotrofina.

somatotrofina n.f. BIOQUIM Hormona secretada por la hipófisis, que interviene en el mecanismo del crecimiento.

somatotropo adj. BIOQUIM *Hormona somatotropa*: somatotrofina.

sombra n.f. **1.** Oscuridad, falta de luz. **2.** Imagen oscura que sobre una superficie cualquiera proyecta el contorno de un cuerpo opaco, interceptando los rayos directos de la luz. **3.** Lugar al que no llegan las imágenes, sonidos o señales transmitidos por un aparato o estación emisora. **4.** Espectro o aparición vaga y fantástica. ▷ Fig. Mácula, defecto. **5.** Fig. y Fam. Persona que sigue a otra por todas partes. **6.** *Arg.*, *Chile* y *Hond.* Falsilla. **7.** *Chile.* Sombrilla, quitasol. **8.** PINT Color oscuro con que se representa la falta de luz. **9.** *Sombras chinescas.* Espectáculo que consiste en unas figurillas que se mueven detrás de una cortina de papel o lienzo blanco, iluminadas por la parte opuesta a los espectadores. — Fig. *Tener uno mala sombra.* Ejercer mala influencia sobre los que le rodean. — Ser desagradable y antipático. • **sombrar** v.tr. Sombrear.

sombrear v.tr. **1.** Dar o producir sombra. **2.** PINT Poner sombra en una pintura o dibujo. • **sombreado** n.m. Acción y efecto de sombrear una pintura.

sombrero n.m. **1.** Prenda de vestir que sirve para cubrir la cabeza. **2.** Sombrerillo de los hongos. • **sombrerazo** n.m. Fam. Saludo extremoso que se hace quitándose el sombrero. • **sombrerera** n.f. **1.** Caja para guardar el sombrero. **2.** BOT Planta de la familia de las compuestas. • **sombrerería** n.f. **1.** Oficio de hacer sombreros. **2.** Fábrica donde se hacen. **3.** Tienda donde se venden. • **sombrerero,a** n.m. y f. Que hace sombreros y los vende. • **sombrerillo** n.m. **1.** Ombligo de Venus (planta). **2.** BOT Parte abombada de las setas, a modo de sombrilla sostenida por el pedicelo.

sombrilla n.f. Quitasol.

sombrío,a adj. **1.** Se dice del lugar de poca luz en que frecuentemente hay sombra. **2.** Fig. Tétrico, melancólico. • **sombría** n.f. Terreno sombrío.

somera n.f. Cada una de las dos piezas fuertes de madera en que se apoya todo el juego de la máquina antigua de imprimir.

somero,a adj. **1.** Fig. Ligero, superficial. **2.** Casi encima o muy inmediato a la superficie.

someter **I.** v.tr. y prnl. Conquistar, subyugar. **II.** v.tr. **1.** Subordinar el juicio, decisión o afecto propios a los de otra persona. **2.** Proponer a la consideración de uno razones, reflexiones, etc. • **sometimiento** n.m. Acción y efecto de someter o someterse.

somier n.m. Bastidor rectangular de las camas.

somnámbulo,a adj. Sonámbulo.

somnífero,a adj. Que da o causa sueño. • **somnílocuo,a** n. y adj. Que habla durante el sueño. • **somnolencia** n.f. **1.** Pesadez y torpeza de los sentidos motivadas por el sueño. **2.** Gana de dormir.

somorgujo o **somorgujón** n.m. Ave palmípeda, con un pincel de plumas detrás de cada ojo, que puede mantener mucho tiempo la cabeza sumergida bajo el agua. • **somorgujar** **I.** v.tr. y prnl. Sumergir, chapuzar. **II.** v.int. Bucear bajo el agua.

sompopo n.m. **1.** *Hond.* y *Nicar.* Especie de hormiga amarilla. **2.** *Hond.* Guiso de carne rebozada en manteca.

sonado,a adj. **1.** Que tiene en público fama, famoso. **2.** Divulgado con mucho ruido.

sonador,a n. y adj. Que suena o hace ruido.

sonaja n.f. **1.** Par o pares de chapas de metal que se colocan en algunos juguetes e instrumentos primarios para hacerlas sonar agitándolas. **2.** pl. Instrumento rústico que consiste en un aro de madera delgada con varias sonajas. • **sonajero** n.m. Juguete que tiene sonajas o cascabeles, y sirve para entretener a los niños muy pequeños.

sonámbulo,a n. y adj. Se dice de la persona que padece sueño anormal durante el que realiza actos inconscientes, como los de levantarse, andar y hablar. • **sonambulismo** n.m. Estado de sonámbulo.

sonante adj. Sonoro.

1. sonar **I.** v.int. **1.** Hacer o causar ruido una cosa. **2.** Tener una letra valor fónico. **3.** Mencionarse, citarse. **4.** Tener visos o apariencias de algo. **5.** Fam. Ofrecerse vagamente al recuerdo alguna cosa. **6.** Rumorearse, decirse. **II.** v.tr. Tañer una cosa para que suene con arte y armonía. **III.** v.tr. y prnl. Limpiar de mocos la nariz. **IV.** *Como suena* Literalmente.

2. sonar n.m. Aparato que sirve para detectar la presencia y situación de los objetos sumergidos mediante vibraciones de alta frecuencia que son reflejadas por los mencionados objetos.

sonata n.f. MUS Pieza de música instrumental en tres o cuatro movimientos. • **sonatina** n.f. MUS Sonata corta y de fácil ejecución.

sonda n.f. **1.** Instrumento que sirve para medir la profundidad del agua y determinar la naturaleza del fondo. **2.** CIR Instrumento utilizado para penetrar en un conducto del cuerpo con fines diagnósticos o terapéuticos. **3.** TECN Aparato que sirve para perforar el suelo. **4.** ESP *Sonda espacial.* Vehículo no habitado, utilizado para transmitir información sobre la alta atmósfera terrestre o sobre los planetas del sistema solar.

sondar v.tr. **1.** Averiguar la naturaleza del subsuelo con una sonda. **2.** CIR Introducir en el cuerpo instrumentos de formas diversas para combatir estrecheces, destruir obstáculos o para conducir al interior sustancias o bien para extraerlas. • **sondable** adj. Que se puede sondar.

sondear v.tr. **1.** TECN Inquirir y corrientemente, explorar, reconocer por medio de una sonda. ▷ Examinar con cuidado antes de comprometerse. **2.** Fig. Tratar de penetrar en una persona, de adivinar sus intenciones. • **sondeo** n.m. **1.** Acción de sondear; su resultado. ▷ TECN Operación consistente en perforar el suelo para determinar sus características geológicas o para buscar bolsas de agua, de petróleo, etc. **2.** Fig. Encuesta, investigación. — *Encuesta por sondeo* o *sondeo de opinión.* Encuesta realizada entre un cierto número de personas, consideradas representativas de un conjunto social determinado (consumidores, usuarios, electores, etc.), con vistas a determinar su opinión o a obtener informaciones estadísticas sobre una cuestión definida.

soneto n.m. Composición poética que consta de catorce versos endecasílabos distribuidos en dos cuartetos y dos tercetos.

songay, etnia de África occidental instalada al E de Malí y al O del Níger. Formaron en el s. VII un reino que, tras hacer de Gao su capital (comienzos del s. X), conoció su máxima expansión bajo una dinastía musulmana a fines del s. XV.

sonido n.m. **1.** Sensación producida en el oído por el movimiento vibratorio de los cuerpos, transmitido por el aire. **2.** Valor y pronunciación de las letras. • **sónico** adj. FIS Relativo al sonido. — FIS Relativo a fenómenos producidos a velocidades próximas a la del sonido.

ENCICL Todo sonido es el resultado de una vibración mecánica. Las partículas del medio puestas en contacto con el sistema vibrador se ponen a vibrar. La velocidad de propagación del sonido varía según el medio: 340 m/s en el aire, velocidad llamada *velocidad del sonido*, que sirve de referencia en aerodinámica; 1.460 m/s en el agua; 5.000 m/s en el acero. Un sonido *puro* es el producido por una vibración sinusoidal (su frecuencia es constante). La mayor parte de los sonidos son *complejos* y pueden considerarse como la superposición de un sonido *fundamental*, de una frecuencia dada, y de sus *armónicos*, cuyas frecuencias son múltiplos de la frecuencia de su fundamental. Un sonido, en tanto que fenómeno fisiológico, se caracteriza por su *intensidad* (expresada en decibelios), por su *altura* (directamente ligada a su frecuencia) y por su *timbre*, que depende del número, de la altura y de la intensidad de sus armónicos.

soniquete n.m. **1.** Desp. de *son.* **2.** Son que se percibe poco. **3.** Sonsonete.

sono- Prefijo procedente del latín *sonus*, «sonido».

sonómetro n.m. **1.** FIS Aparato destinado al estudio de las cuerdas vibrantes sonoras. **2.** TEC Aparato utilizado para la medida de los niveles de intensidad acústica de los ruidos.

sonorizar I. v.tr. 1. Equipar con los aparatos necesarios para la amplificación y la difusión del sonido. 2. Efectuar la sonorización. II. v.prnl. FON Hacerse sonora una consonante sorda. • **sonorización** n.f. 1. Acción de sonorizar. 2. Conjunto de aparatos utilizados para sonorizar un lugar. 3. *Sonorización de una película.* Operación consistente en incorporar el sonido a la película que contiene las imágenes.

sonoro adj. 1. Lo que es susceptible de producir sonido. 2. Que posee un sonido potente, ruidoso. — FON *Fonema sonoro.* Aquel cuya emisión va unida a una vibración de las cuerdas vocales. 3. Lo que resuena o retiene el sonido. 4. Lo que está relacionado con el sonido. • **sonoridad** n.f. 1. Carácter de lo que es sonoro. 2. Propiedad que tienen algunos lugares de reproducir los sonidos. 3. Calidad del sonido.

sonreír I. v.int. y prnl. Reírse un poco o levemente, y sin ruido. II. v.int. Fig. Mostrarse favorable algún asunto, suceso, etc. • **sonrisa** n.f. Acción de sonreírse.

sonrojar v.tr. y prnl. Hacer salir los colores al rostro por vergüenza. • **sonrojo** n.m. Acción y efecto de sonrojar o sonrojarse.

sonrosar o **sonrosear** v.tr. y prnl. Dar, poner o causar color como de rosa.

sonsacar v.tr. 1. Sacar furtivamente una cosa del sitio en que está. 2. Conseguir de alguien cierta cosa con insistencia y astucia.

sonso,a n. y adj. *Amér.* Bobo, tonto.

sonsonete n.m. 1. Sonido repetido y monótono. 2. Fig. Tonillo, entonación monótona y desagradable al hablar, leer o recitar.

soñar I. v.tr. e int. 1. Representarse en la fantasía cuestiones o sucesos mientras dormimos. 2. Fig. Discurrir fantásticamente y dar por cierto y seguro lo que no lo es. II. v.int. Fig. Anhelar persistentemente una cosa. • **soñador,a** I. adj. 1. Que sueña mucho. 2. Fig. Que discurre sin tener en cuenta la realidad. II. n. y adj. Que cuenta patrañas y ensueños o les da crédito fácilmente.

ENCICL **Psicol** y **Psicoan.** — La antigüedad (bíblica, clásica, de Extremo Oriente) veía símbolos en las imágenes de los sueños, pero los interpretaba de forma mística. Abandonando cualquier especulación de este tipo, la psicología clásica (s. XIX-principios del s. XX) estudió las relaciones existentes entre los sueños y las actividades del estado de vigilia y las otras funciones mentales o fisiológicas. La aparición, en 1900, de la obra de Freud *Die Traumdeutung (La interpretación de los sueños)* marcó un hito decisivo: bajo las imágenes del sueño tal como las relata el durmiente *(contenido manifiesto)*, se esconde otro contenido, en el que expresa el psiquismo profundo del sujeto *(el contenido latente)*. Todo sueño es la expresión de uno o varios deseos profundos, de manera clara u oculta. En el adulto, el sueño aparece a veces como un conglomerado de imágenes heteróclitas, absurdas o contradictorias, al que es difícil asignar un significado: de hecho, se trata de deseos que no sabrían manifestarse sin disfrazar ante la conciencia clara. El *trabajo del sueño* consiste en proporcionar ese disfraz; la *labor de análisis*, y posteriormente la de *interpretación* consiste en descodificar el relato de los sueños para desentrañar el deseo enmascarado. El soñador almacena los materiales en su memoria (acontecimientos vividos, próximos o lejanos) y, sobre ellos, el sueño actúa mediante un proceso de *dramatización* (un espectáculo en el que se realiza el deseo oculto), de *condensación* (un elemento del sueño remite a otras ideas), de *desplazamiento* (los detalles más insignificantes resultan ser los portadores de los significados latentes básicos) y de *simbolización* (un arado, p. ej., representa el órgano sexual masculino, un jarrón, los femeninos).

soñoliento,a adj. 1. Acometido del sueño o muy inclinado a él. 2. Que está dormitando. 3. Que causa sueño. 4. Fig. Tardo o perezoso.

sopa n.f. 1. Plato compuesto de fécula, arroz, fideos, etc., y el caldo de la olla en que se han cocido. 2. Plato compuesto de un líquido alimenticio y de rebanadas de pan. 3. Pasta, fécula o verduras que se mezclan con el caldo. 4. Pedazo de pan empapado en cualquier líquido alimenticio. 5. pl. Rebanadas de pan para echarlas en el caldo. • **sopera** n.f. Vasija honda en que se sirve la sopa. • **sopero** n.m. y adj. Se dice del plato hondo para sopa. • **sopicaldo** n.m. Caldo con muy pocas sopas.

sopapo n.m. 1. Golpe que se da con la mano en la papada. 2. Golpe que se da con la mano en la cara. • **sopapear** v.tr. 1. Fam. Dar sopapos. 2. Fig. y Fam. Maltratar o ultrajar a uno.

sopar v.tr. Hacer sopa. • **sopear** v.tr. Sopar. • **sopetear** v.tr. Mojar repetidas veces o frecuentemente el pan en el caldo de un guiso.

sopesar v.tr. Levantar una cosa como para tantear el peso que tiene.

sopetón n.m. Golpe fuerte dado con la mano. — *De sopetón.* Pronta e impensadamente, de improviso.

soplamocos n.m. Fig. y Fam. Golpe dado a la cara.

soplar I. 1. v.int. y tr. Despedir aire con violencia por la boca o por un fuelle. 2. Correr el viento, haciéndose sentir. II. v.tr. 1. Apartar con el soplo una cosa. 2. Hurtar o quitar una cosa a escondidas. 3. Inspirar o sugerir ideas. III. v.prnl. Fig. y Fam. Beber o comer mucho. • **soplillo** n.m. 1. Utensilio de forma circular, con mango, para avivar el fuego. 2. *Chile.* Trigo aún no maduro que se come tostado. • 1. **soplo** n.m. 1. Acción y efecto de soplar. 2. Fig. y Fam. Instante o brevísimo tiempo. 3. Fig. y Fam. Aviso que se da con cautela. 4. Fig. y Fam. Denuncia, delación. • 2. **soplo** n.m. MED Ruido anormal percibido al auscultar el aparato respiratorio o circulatorio.

soplete n.m. Instrumento con el que se aplica una llama sobre objetos que se han de fundir.

soplón,a n. y adj. Fam. Se dice de la persona que acusa en secreto y cautelosamente.

soponcio n.m. Fam. Desmayo, síncope.

sopor n.m. 1. MED Somnolencia patológica persistente. 2. Fig. Adormecimiento, somnolencia. • **soporífero,a** n. y adj. Que mueve o inclina al sueño.

soportal n.m. 1. Espacio cubierto que en algunas casas precede a la entrada principal. 2. Pórtico que tienen algunos edificios en sus fachadas.

soportar v.tr. 1. Sostener o llevar sobre sí una carga o peso. 2. Fig. Sufrir, tolerar. • **soporte** n.m. Apoyo o sostén.

soprano I. n.m. 1. La más aguda de las voces (voz de mujer o de muchacho). 2. Instrumento de tesitura más elevada en una familia. II. n.m. y f. Persona que tiene voz de soprano.

sor n.f. Tratamiento que se da a algunas monjas.

sorabos, pueblo eslavo de Lusacia (llamados también vendos).

sorber v.tr. 1. Beber aspirando. 2. Fig. Atraer o chupar cosas aunque no sean líquidas. 3. Fig. Absorber, tragar. 4. Fig. Escuchar algo muy atentamente.

sorbete n.m. Refresco al que se da cierto grado de congelación pastosa.

sorbo n.m. 1. Acción y efecto de sorber. 2. Porción de líquido que se puede tomar de una vez. 3. Fig. Cantidad pequeña de un líquido.

sordera n.f. Privación o disminución de la facultad de oír.

sórdido,a adj. I. 1. Fig. Mezquino, avariento. 2. Fig. Indecente, deshonesto. II. CIR Dícese de la úlcera que produce supuración. • **sordidez** n.f. Calidad de sórdido.

sordina n.f. 1. Pieza que se coloca a los instrumentos de música para disminuir y variar el sonido. 2. Muelle que sirve en los relojes para impedir que suene la campana o el timbre.

sordino n.m. Instrumento músico de cuerda, parecido al violín, que tiene dos tablas y a veces una sola, sin concavidad, por lo que sus voces son menos sonoras.

sordo,a n. y adj. 1. Que no oye, o no oye bien. 2. Callado, silencioso y sin ruido. 3. Que suena poco. 4. FON Dícese del fonema o sonido que se articula sin vibración de las cuerdas vocales.

sordomudo,a n. y adj. Persona sorda y muda. • **sordomudez** n.f. Calidad de sordomudo.

sorgo n.m. Cereal (familia gramíneas) muy cultivado por sus granos y como forraje.

soriano,a 1. n. y adj. Natural de Soria. 2. adj. Perteneciente o relativo a esta provincia o a su capital.

soriasis n.m. MED Dermatosis escamosa, que afecta principalmente a las rodillas, codos y cuero cabelludo.

sorícidos n.m.pl. ZOOL Familia de pequeños mamíferos insectívoros, musarañas.

sorna n.f. 1. Disimulo y burla con que se hace o se dice una cosa. 2. Ironía.

soro n.m. BOT Conjunto de esporangios de los helechos.

soroche n.m. 1. *Amér. Merid.* Mal de montaña. 2. *Bol.* y *Chile.* Galena.

sororato n.m. ETNOL Sistema social que obliga al marido viudo a tomar por esposa a la hermana de su mujer.

sorprender I. v.tr. 1. Coger desprevenido. 2. Descubrir lo que otro ocultaba. II. v.tr. y prnl. Conmover, suspender o maravillar. • **sorprendente** adj. Raro, extraordinario.

sorpresa n.f. 1. Acción y efecto de sorprender. 2. Cosa que da motivo para que alguien se sorprenda.

sortear v.tr. 1. Someter a personas o cosas al resultado de la suerte. 2. Lidiar a pie y hacer suertes a los toros. 3. Fig. Evitar con maña o eludir un compromiso, obstáculo, etc. • **sorteo** n.m. Acción de sortear.

sortija n.f. 1. Anillo que se lleva por adorno en los dedos de la mano. 2. Rizo del cabello.

sortílego,a n. y adj. Hechicero. • **sortilegio** n.m. 1. Adivinación por hechicería. 2. Hechizo, maleficio.

sos prep. insep. Sub.

SOS n.m. Señal radiotelegráfica de peligro.

sosa n.f. I. 1. Barrilla (planta). 2. Cenizas de esta planta. II. QUIM Hidróxido de sodio, de fórmula NaOH, base muy fuerte y cáustica.

sosaina n. y adj. Fam. Persona sosa.

sosegar I. v.tr. y prnl. 1. Aplacar, pacificar, aquietar. 2. Fig. Serenar el ánimo. II. v.int. y prnl. Descansar, reposar. • **sosegado,a** adj. Quieto, pacífico.

sosería o **sosera** n.f. 1. Insulsez, falta de gracia o de viveza. 2. Dicho o hecho insulso y sin gracia.

sosia n.m. Persona que se parece tanto a otra persona que puede confundirse con ella.

sosiego n.f. Quietud, tranquilidad, serenidad

soslayo,a adj. Oblicuo, ladeado. • **soslayar** v.tr. **1.** Poner una cosa ladeada. **2.** Pasar por alto o de largo, dejando de lado alguna dificultad.

soso,a adj. **1.** Que no tiene sal, o tiene poca. **2.** Fig. Que carece de gracia y viveza.

sospechar **I.** v.tr. Creer o imaginar una cosa por conjeturas fundadas en apariencias. **II.** v.int. y tr. Desconfiar, dudar de una persona. • **sospecha** n.f. Acción y efecto de sospechar. • **sospechoso,a** n. y adj. Que da motivo para sospecha.

sostener **I.** v.tr. y prnl. Sustentar, mantener firme una cosa. **II.** v.tr. **1.** Sustentar o defender una proposición. **2.** Fig. Sufrir, tolerar. **3.** Fig. Prestar apoyo o auxilio. **III.** v.prnl. Mantenerse sin caer. • **sostén** n.m. **I. 1.** Acción de sostener. **2.** Persona o cosa que sostiene. **3.** Fig. Apoyo moral, protección. **II.** Prenda interior que usan algunas mujeres para ceñir el pecho. • **sostenimiento** n.m. **1.** Acción y efecto de sostener o sostenerse. **2.** Mantenimiento o sustento. • **sostenido,a** **I.** adj. MUS Se dice de la nota cuya entonación excede en un semitono mayor a la que corresponde a su sonido natural. **II.** n.m. MUS Signo que representa la alteración de la nota sostenida.

sostenuto adv. MUS Indica que la pieza ha de interpretarse de modo homogéneo y ligado.

sota **I.** n.f. **1.** Carta décima de cada palo de la baraja española. **2.** Mujer desvergonzada. **II.** n.m. *Chile.* Sobrestante, capataz.

sotabanco n.m. **1.** Ático. **2.** Desván.

sotabarba n.f. **1.** Papada. **2.** Barba que se deja crecer por debajo de la barbilla.

sotana n.f. Vestidura que usan algunos eclesiásticos.

sótano n.m. Pieza subterránea de un edificio.

sotavento n.m. MAR Costado de la nave opuesto al barlovento.

sotechado n.m. Cobertizo, techado.

sōtēr adj. Epíteto aplicado a diversos dioses, en tanto que protectores materiales y, durante el Imperio romano, como garantizadores de un más allá paradisíaco.

soterrar v.tr. **1.** Enterrar, poner una cosa debajo de tierra. **2.** Fig. Esconder o guardar una cosa.

1. soto n.m. Sitio poblado de árboles y arbustos.

2. soto- prep. insep. Debajo.

soviet n.m. **1.** Consejo de obreros y militares en las revoluciones rusas de 1905 y 1917. **2.** Nombre de las dos cámaras electivas de la URSS; la reunión de las dos cámaras se denomina *Soviet Supremo,* que elige el Presidium. • **soviético** **I.** adj. **1.** Relativo a los soviets de 1917. **2.** Relativo a la Rusia socialista. **II.** n. y adj. Habitante de la URSS.

Soyuz («Unión»), nombre de las naves espaciales soviéticas puestas en órbita alrededor de la Tierra y destinadas a acoplarse a una estación orbital o a otros aparatos espaciales.

spaghetti n.m.pl. Pasta alimenticia alargada.

Spalax n.m. Género de roedores de piel abundante y espesa, de 15 a 30 cm de longitud, adaptados a la vida subterránea. Carecen de cola y de orejas externas y habitan en las estepas de Europa Oriental y de Asia Menor.

Sparganium n.m. BOT Género de plantas monocotiledóneas acuáticas (familia de las esparganiáceas), llamadas corrientemente *cintas de agua.*

sparring-partner n.m. Boxeador con el que se pelea en los entrenamientos.

Spatangus n.m. ZOOL Género de equinodermos en forma de corazón, que viven en las arenas litorales cenagosas.

speaker n.m. **1.** Presidente de la Cámara de los Comunes en Gran Bretaña. **2.** Locutor o presentador en radio y televisión.

Spergula n.f. BOT Género de plantas herbáceas (familia de las cariofiláceas) con flores blancas y con hojas en forma de tiras, características de los terrenos arenosos.

Sphenodon n.m. ZOOL Género de reptiles de Nueva Zelanda que parecen grandes lagartos y cuya cresta dorsal tiene una hilera de espinas. v. rinecocéfalos.

Sphyraena n.f. ZOOL Género de peces marinos muy voraces, con el cuerpo alargado y la mandíbula prominente.

spiegel n.m. METAL Aleación con una gran proporción de carbono que contiene hasta un veinticinco por ciento de manganeso.

spin n.m. FIS NUCL Movimiento de rotación de las partículas elementales sobre sí mismas.

spinnaker n.m. MAR Vela triangular que se utiliza en la parte delantera de los yates.

Spiraea n.f. BOT Arbustos o arbolillos con flores (familia de las rosáceas) cuyas diversas especies son ornamentales, entre los que se encuentra la *Spiraea ulmaria (reina de los prados* o *ulmaria).*

Spirifer n.m. PALEONT Género de braquiópodos fósiles del devónico.

Spirographis n.m.pl. ZOOL Género de gusanos marinos sedentarios que viven en unos tubos membranosos que ellos mismos secretan.

Spirorbis n.m. ZOOL Género de anélidos marinos sedentarios, de pequeño tamaño, que viven en un tubo calcáreo arrollado en espiral fijado a las algas, a los guijarros, etc.

Spondias n.f. BOT Género de plantas arbóreas tropicales (familia de las anacardiáceas), con hojas compuestas. Algunas de sus especies tienen frutos comestibles.

spot n.m. **1.** FIS Mancha luminosa producida sobre una pantalla catódica. **2.** TECN Aparato de iluminación con un haz luminoso de abertura muy pequeña. **3.** AUDIOV Mensaje publicitario de corta duración.

spray n.m. Sistema de pulverización de líquidos, que consiste en envasarlos junto con un gas a presión. ▷ Envase que contiene un líquido así envasado.

springbok n.m. Antílope de África del S.

sprint n.m. **1.** Aceleración de la velocidad al final de una carrera. **2.** Carrera de velocidad sobre distancias cortas. • **sprinter** n.m. y f. **1.** Corredor de sprint. **2.** Atleta o ciclista especialista en el sprint.

sprue n.f. MED Diarrea endémica.

squash n.m. Juego de pelota de origen inglés.

squatter n.m. **1.** HIST Pionero que se establecía en territorios no roturados durante el período de colonización de los Estados Unidos. **2.** En Australia, propietario de rebaños de ovejas que pacen en terrenos alquilados al gobierno.

squaw n.f. Entre los amerindios del N, mujer casada.

sr FIS Símbolo del estereorradián.

Sr QUIM Símbolo del estroncio.

staccato adv. MUS Separación de las notas.

Stachys n.f. BOT Género de labiadas que comprende las *betónicas* y el *estáquide del Japón.*

staff n.m. Conjunto de colaboradores de un hombre de negocios o de un político.

stand n.m. En una exposición, espacio reservado para un expositor.

standard n.m. Estándar.

standing n.m. Posición social elevada.

Staphylea n.f. BOT Género de arbustos con flores en racimo, una de cuyas especies produce unos frutos rojos comestibles.

Staphylynus n.m. Género de insectos coleópteros que tienen los élitros cortos, con el abdomen al descubierto y muy móvil.

starter n.m. Dispositivo que facilita el arranque de un motor de explosión.

Statice n.m. BOT Género de plantas (familia de las plumbagináceas) con flores rosas o violetas. Una de sus especies, la *acelga silvestre* o *espantazorras,* crece sobre las arenas de las costas atlánticas europeas.

statu quo n.m. inv. Situación actual.

steeple-chase n.m. HIP Carrera de caballos con obstáculos.

Stegosaurus n.m. PALEONT Género de reptiles dinosaurios que alcanzaban 6 m de largo y tenían dos hileras de placas óseas a lo largo de la espina dorsal.

Stellaria n.f. BOT Género de plantas herbáceas (familia cariofiláceas) cuyas flores, de color blanco, tienen pétalos divididos en dos. Entre sus especies se cuenta la *Stellaria media* o pajarera.

Sterna n.f. ZOOL Género de aves caradriformes, parecidas a las gaviotas con las alas largas y estrechas y la cola generalmente dividida. El plumaje es claro con una calota negra en la cabeza; se los llama comúnmente *golondrinas de mar.*

stick n.m. DEP Bastón de golf o de hockey.

stock n.m. Cantidad de mercancía en reserva.

stop n.m. **1.** Señal luminosa de la parte trasera de los coches, conectada al freno. **2.** Señal de carretera que indica la obligación de parar en un cruce. **3.** Término utilizado en los telegramas con el significado de «punto».

Strelitzia n.f. BOT Género de plantas herbáceas ornamentales originarias de África austral (familia de las musáceas), con grandes inflorescencias naranjas y violetas que se abren en abanico. La más conocida es la llamada *ave del paraíso.*

streltsí n.m.pl. Cuerpo de arcabuceros rusos, creado en 1550 por Iván el Terrible. (Los streltsí formaban la guardia del zar, sublevándose en numerosas ocasiones, destacando la rebelión de 1682 y 1696.) En 1698 fueron disueltos por Pedro el Grande.

streptomicina n.f. MED Antibiótico activo contra gran número de bacterias.

Streptomyces n.m. BOT Género de microbacterias aerobias. Varias de sus especies sintetizan antibióticos.

stress n.m. inv. Conjunto de perturbaciones fisiológicas y metabólicas producidas en el organismo por agentes agresores variados.

strip-tease n.m. Espectáculo que consiste en que una o varias mujeres o travestis se van desnudando en público con un fondo musical.

Strombus n.m. ZOOL Género de moluscos gasterópodos tropicales cuya concha presenta unas prolongaciones en forma de alas.

Strongylus n.m. ZOOL Género de nematodos muy largos y afilados, parásitos de los pulmones e intestinos de los mamíferos.

Strychnos n.m. BOT Género de plantas arbóreas o arbustivas; una de sus especies produce la nuez vómica.

stud-book n.m. Registro que contiene el nombre, la genealogía y las victorias de los caballos de pura sangre.

stūpa n.m. Monumento funerario budista.

1. su prep. insep. Sub.

2. su, sus Pronombre posesivo de tercera persona en género masculino y femenino y en ambos números singular y plural.

suaheli o **swaheli** n.m. Lengua bantú hablada por pueblos llamados también suahelis o swahelis.

suasorio,a adj. Perteneciente a la persuasión.

suave adj. **1.** Liso y blando al tacto. **2.** Blando, dulce, grato a los sentidos. **3.** Fig. Tranquilo, quieto, manso. **4.** Fig. Lento, moderado. **5.** Fig. Dócil, apacible. • **suavidad** n.f. Calidad de suave. • **suavizador,a** adj. Que suaviza. • **suavizar** v.tr. y prnl. Hacer suave.

sub- Prefijo que indica posición inferior.

subafluente n.m. Río o arroyo que desagua en un afluente.

subalimentación n.f. Insuficiencia alimenticia.

subalterno,a n.m. Empleado de categoría inferior.

subarrendar v.tr. Dar o tomar en arriendo una cosa de otro arrendatario de la misma. • **subarrendatario,a** n.m. y f. Persona que toma en subarriendo alguna cosa. • **subarriendo** o **subarrendamiento** n.m. **1.** Acción y efecto de subarrendar. **2.** Contrato por el cual se subarrienda una cosa. **3.** Precio en que se subarrienda.

subasta n.f. **1.** Venta pública que se hace al mejor postor. **2.** Adjudicación que en la misma forma se hace de una contrata. • **subastador** n.m. El que subasta. • **subastar** v.tr. Vender efectos o contratar servicios en pública subasta.

subclase n.f. BOT y ZOOL Cada uno de los grupos taxonómicos en que se dividen las clases de plantas y animales.

subclavio,a adj. ZOOL Se dice de lo que en el cuerpo del animal está debajo de la clavícula.

subcomisión n.f. Grupo de individuos de una comisión que tiene cometido determinado.

subconjunto n.m. MAT Conjunto contenido en otro conjunto.

subconsciencia o **subconciencia** n.f. Estado inferior de la conciencia psicológica. • **subconsciente** adj. Que se refiere a la subconsciencia, o que no llega a ser consciente.

subconsumo n.m. ECON Consumo inferior al normal.

subcontinente n.m. GEOGR Gran porción, delimitada, de un continente.

subcostal adj. Que está debajo de las costillas.

subcutáneo,a adj. ANAT MED Situado o practicado bajo la piel.

subdelegar v.tr. FOR Trasladar o dar el delegado su jurisdicción o potestad a otro. • **subdelegación** n.f. **1.** Acción y efecto de subdelegar. **2.** Distrito, oficina y empleo del subdelegado. • **subdelegado,a** n. y adj. Se dice de la persona que sirve inmediatamente a las órdenes del delegado o le sustituye en sus funciones.

subdelirio n.m. PSIQUIAT Delirio tranquilo.

subdesarrollo n.m. Situación de un país subdesarrollado. • **subdesarrollado,a** adj. Se dice del país, o región cuya economía presenta formas arcaicas y cuyos habitantes tienen un nivel de vida muy inferior al existente en los países con una economía moderna y potente.

subdiácono n.m. Clérigo ordenado de epístola.

subdirector,a n.m. y f. Persona que sirve inmediatamente a las órdenes del director o le sustituye en sus funciones. • **subdirección** n.f. **1.** Cargo de subdirector. **2.** Oficina del subdirector.

subdistinguir v.tr. Distinguir en lo ya distinguido.

súbdito,a **1.** n. y adj. Sujeto a la autoridad de un superior con obligación de obedecerle. **2.** n.m. y f. Natural o ciudadano de un país.

subdividir v.tr. y prnl. Dividir una parte señalada por una división anterior. • **subdivisión** n.f. Acción y efecto de subdividir o subdividirse.

subdominante n.f. MUS Cuarto grado de la escala diatónica.

subduplo,a adj. MAT Aplícase al número o cantidad que es mitad exacta de otro u otra.

subecuatorial adj. GEOGR Cercano al ecuador.

subempleo n.m. ECON Empleo de sólo una parte de los trabajadores disponibles.

suberina n.f. QUIM Sustancia orgánica que forma la membrana de las células del corcho.

subespecie n.f. CIENC NAT División de una especie, también denominada *raza* o *variedad*.

subestación n.f. TECN Estación secundaria en una red de distribución eléctrica.

subestimar v.tr. Estimar una cosa por debajo de su valor.

subexponer v.tr.FOTOG. Someter una película a un tiempo de exposición insuficiente. • **subexposición** n.f. Acción de subexponer; su resultado.

subfamilia n.f. CIENC NAT División de la familia.

subfebril adj. MED Se dice del que tiene una temperatura anormal.

subgénero n.m. Cada uno de los grupos particulares en que se divide un género.

subgobernador n.m. Empleado inferior al gobernador y que le sustituye en sus funciones.

subida n.f. **1.** Acción y efecto de subir o subirse. **2.** Sitio o lugar en declive, que va subiendo. **3.** MAR Período entre la marea baja y la marea alta. • **subido,a** adj. **1.** Se dice del color o del olor que impresiona fuertemente. **2.** Muy elevado.

subíndice n.m. MAT Letra o número que se añade a un símbolo.

subinspector n.m. Jefe inmediato después del inspector. • **subinspección** n.f. **1.** Cargo de subinspector. **2.** Oficina del subinspector.

subintendente n.m. El que sirve inmediatamente a las órdenes del intendente o le sustituye en sus funciones. • **subintendencia** n.f. Cargo de subintendente.

subintrar v.int. **1.** CIR Colocarse un hueso o fragmento de él debajo de otro, como sucede en algunas fracturas del cráneo. **2.** MED Comenzar una ascensión febril antes de terminar la anterior. • **subintración** n.f. CIR y MED Acción y efecto de subintrar.

subir **I.** v.int. **1.** Pasar de un lugar a otro más alto. **2.** Cabalgar, montar. **3.** Crecer en altura ciertas cosas. **4.** Ponerse el gusano en las ramas o matas para hilar el capullo. **5.** Importar una cuenta. **6.** Fig. Ascender en dignidad o empleo. **7.** Fig. Agravarse ciertas enfermedades. **II.** v.tr. **1.** Recorrer yendo hacia arriba, remontar. **2.** Hacer más alta una cosa. **3.** Enderezar una cosa. **III.** v.tr. y prnl. Trasladar a lugar más alto. **IV.** v.tr. e int. **1.** Dar a las cosas más precio. **2.** MUS Elevar el sonido desde un tono grave a otro más agudo.

súbito,a adj. **1.** Improvisto, repentino. **2.** Precipitado, impetuoso.

subjefe n.m. Suplente y adjunto del jefe.

subjetivo,a adj. **1.** Perteneciente o relativo al sujeto, considerado en oposición al mundo externo. **2.** Relativo a nuestro modo de pensar o de sentir. • **subjetividad** n.f. Calidad de subjetivo. • **subjetivismo** n.m. Predominio de lo subjetivo. ▷ FILOS Sistema que no admite otra realidad más que la del sujeto pensante.

subjuntivo,a n. y adj. GRAM v. modo subjuntivo.

sublevar **I.** v.tr. y prnl. Alzar en sedición o motín. **II.** v.tr. Fig. Excitar indignación, promover sentimiento de protesta. • **sublevación** n.f. Acción y efecto de sublevar o sublevarse. • **sublevamiento** n.m. Acción y efecto de sublevar o sublevarse.

sublimar v.tr. **1.** FIS Hacer pasar directamente (un cuerpo) del estado sólido al gaseoso. **2.** PSICOAN Transformar los impulsos por medio de la sublimación. **3.** Engrandecer, ensalzar. • **sublimación** n.f. **1.** FIS Paso directo del estado sólido al gaseoso. **2.** PSICOAN Mecanismo por el cual los impulsos que generan conflictos interiores son detraídos de su objetivo inicial y orientados hacia fines más conformes con las normas morales. • **sublimado** n.m. QUIM Producto obtenido por sublimación.

sublime adj. Excelso, eminente, de elevación extraordinaria. • **sublimidad** n.f. Calidad de sublime.

subliminal adj. PSICOL Carácter de aquellas percepciones sensoriales u otras actividades psíquicas, de las que el sujeto no llega a tener conciencia.

sublingual adj. ZOOL Perteneciente a la región inferior de la lengua.

sublitoral adj. BIOL *Región sublitoral.* Zona submarina alrededor de la costa.

sublunar adj. Que está debajo de la Luna.

submarinismo n.m. Conjunto de técnicas de inmersión y exploración subacuática. • **submarinista** **1.** n. y adj. Persona que practica el submarinismo. **2.** adj. Perteneciente o relativo al submarinismo.

submarino **1.** n.m. Buque de guerra capaz de combatir sumergido. **2.** adj. Que está o se efectúa bajo la superficie del mar.
ENCICL Las primeras experiencias sobre un ingenio que pudiese navegar sumergido, se realizaron en Inglaterra en 1580, pero hasta mediados del s. XIX no se diseñaron los primeros submarinos: modelos de Bauer (1851), los *David* norteamericanos (1862), el *Narval* de Laubeuf, el diseñado por Isaac Peral en Cádiz (1888), y el *Ictíneo* de Narciso Monturiol en Barcelona (1859). Estos submarinos eran propulsados por máquinas de vapor; que más tarde se combinaron con el motor eléctrico alimentado por pilas para la navegación en inmersión (Alsitt, 1863). Durante la Primera Guerra Mundial se utilizaron gran cantidad de sumergibles. El submarino clásico dispone de una propulsión mixta: en la inmersión utiliza motores eléctricos alimentados por una batería de acumuladores; en la superficie, para cargar las baterías, utiliza motores diesel; éstos se alimentan por un *schnorchel*, respiradero cuyo extremo permanece fuera del agua durante la inmersión y que suministra aire a los motores. El submarino posee: un fuselaje interior grueso, concebido para resistir la presión de la inmersión; otro exterior fino que asegura el hidrodinamismo. Entre ambos se coloca el lastre; la introducción o descarga de agua de mar permite que el submarino se sumerja o emerja. Dispone de varios sistemas de detección y puede ir armado con torpedos y misiles.
En un submarino nuclear, el aparato motor está constituido por un reactor de uranio enriquecido cuyo moderador es el agua. Ésta refrigera el centro del reactor y vaporiza, en un intercambiador, el agua que circula en un circuito independiente. El vapor así obtenido acciona unas turbinas convencionales. El funcionamiento en circuito cerrado y la gran lon-

gevidad del reactor permiten que el submarino nuclear permanezca sumergido indefinidamente.

submaxilar adj. ZOOL Se dice de lo que está debajo de la mandíbula inferior.

submúltiplo,a n. y adj. MAT Se aplica al número o cantidad que otro u otra contiene exactamente dos o más veces.

subnitrato n.m. QUIM Nitrato básico.

suboccipital adj. ANAT, MED Situado o practicado por debajo del hueso occipital.

suboficial n.m. Categoría militar entre las de oficial y sargento.

suborden n.m. BOT y ZOOL Cada uno de los grupos taxonómicos en que se dividen los órdenes de plantas y animales.

subordinar I. v.tr. y prnl. 1. Sujetar personas o cosas a la dependencia de otras. 2. GRAM Regir un elemento gramatical a otro de categoría diferente. 3. GRAM Estar una oración en dependencia de otra. II. v.tr. Clasificar algunas cosas como inferiores en orden respecto de otras. • **subordinación** n.f. 1. Sujeción a la orden, mando o dominio de uno. 2. GRAM Relación de dependencia entre dos elementos de categoría gramatical diferente. • **subordinado,a** n. y adj. 1. Dícese de la persona sujeta a otra o dependiente de ella. 2. GRAM Se dice de todo elemento gramatical regido o gobernado por otro. 3. GRAM Oración que depende de otra. • **subordinante** n.f. I. GRAM Oración de la que otra depende. II. n. y adj. GRAM Se dice de todo elemento que rige o gobierna otro de diferente categoría, como el sustantivo al adjetivo, la preposición al nombre, el verbo al adverbio, etc.

subprefecto n.m. Jefe o magistrado inmediatamente inferior al prefecto.

subproducto n.m. Producto secundario que resulta en un proceso industrial.

subprograma n.m. INFORM Programa integrado dentro de un programa más amplio.

subranquial adj. ZOOL Situado debajo de las branquias.

subrayar v.tr. 1. Señalar por debajo con una raya. 2. Fig. Pronunciar con énfasis y fuerza las palabras. • **subrayado,a** 1. adj. Se dice de la letra, palabra o frase que en lo impreso va de carácter cursivo. 2. n.m. Acción y efecto de subrayar.

subraza n.f. ANTROP División secundaria de una raza.

subreino n.m. ZOOL Cada uno de los dos grupos taxonómicos en que se divide el reino animal.

subrepción n.f. Acción oculta y a escondidas. • **subrepticio,a** adj. Que se hace o toma ocultamente y a escondidas.

subrogar v.tr. y prnl. FOR Sustituir o poner una persona o cosa en lugar de otra. • **subrogación** n.f. Acción y efecto de subrogar.

subsanar v.tr. 1. Disculpar un desacierto o delito. 2. Reparar o remediar un defecto. • **subsanación** n.f. Acción y efecto de subsanar.

subscribir v. suscribir. • **subscripción.** v. suscripción. • **subscriptor,a.** v. suscriptor,a.

subsecretario,a 1. n.m. y f. Persona que hace las veces del secretario. 2. n.m. Secretario general de un ministro. • **subsecretaría** n.f. 1. Empleo de subsecretario. 2. Oficina del subsecretario.

subseguir v.int. y prnl. Seguir una cosa inmediatamente a otra.

subsidencia n.f. GEOL Movimiento de descenso del fondo de una depresión.

subsidiario,a adj. 1. Que se da como subsidio. 2. FOR Se aplica a la acción o responsabilidad que suple a otra principal o la refuerza. • **subsidio** n.m. Ayuda financiera concedida por una organización o una persona a otra.

subsiguiente o **subsecuente** adj. Que viene después del que sigue inmediatamente.

subsistir v.int. 1. Permanecer, durar una cosa. 2. Mantener la vida. • **subsistencia** n.f. 1. Permanencia, estabilidad de las cosas. 2. Conjunto de medios necesarios para el sustento de la vida humana.

subsolar v.tr. Remover el suelo por debajo de la capa arable, o roturar a bastante profundidad, sin voltear la tierra. • **subsolador** n.m. Apero para subsolar.

substancia. v. sustancia.

substantivar. v. sustantivar.

substituir. v. sustituir.

substraer. v. sustraer.

substrato. v. sustrato.

subsuelo n.m. 1. Terreno que está debajo de la capa laborable. 2. Parte profunda del terreno.

subteniente n.m. Segundo teniente.

subterfugio n.m. Pretexto, escapatoria.

subterráneo,a I. adj. Que está debajo de tierra. II. n.m. Cualquier lugar o espacio que está debajo de tierra.

subtipo n.m. BOT y ZOOL Cada uno de los grupos taxonómicos en que se dividen los tipos de plantas y de animales.

subtítulo n.m. Título secundario. • **subtitular** v.tr. Poner subtítulo.

subtropical adj. Situado bajo los trópicos.

suburbano,a 1. n. y adj. Próximo a la ciudad. 2. n.m. Habitante de un suburbio. • **suburbio** n.m. Barrio cerca de la ciudad o dentro de su jurisdicción.

subvenir v.int. Venir en auxilio de alguno. • **subvención** n.f. 1. Acción y efecto de subvenir. 2. Cantidad con que se subviene. • **subvencionar** v.tr. Favorecer con una subvención.

subversión n.f. Revolución del orden existente. • **subversivo,a** adj. Que incita a la subversión.

subvertir v.tr. Trastornar, revolver, destruir.

subyacente adj. Que yace o está debajo.

subyugar v.tr. y prnl. Avasallar, sojuzgar. • **subyugación** n.f. Acción y efecto de subyugar o subyugarse. • **subyugador,a** n. y adj. Que subyuga.

succenturiado,a adj. ZOOL *Ventrículo succenturiado.* Porción anterior del estómago de las aves.

succión n.f. Acción de chupar. • **succionar** v.tr. 1. Chupar. 2. Absorber.

sucedáneo n.m. Producto que sustituye a otro.

suceder v.int. 1. Entrar una persona o cosa en lugar de otra o seguirse a ella. 2. Ser heredero de los bienes de un difunto. 3. Efectuarse un hecho, ocurrir. • **sucesivo,a** adj. Se dice de lo que sucede o se sigue a otra cosa. • **sucesión** n.f. 1. Acción y efecto de suceder. 2. Entrada de una persona o cosa en lugar de otra. 3. Continuación ordenada de personas, cosas, sucesos, etc. 4. Conjunto de bienes, derechos y obligaciones que, al morir una persona, son transmisibles a sus herederos o a sus legatarios. • **sucesor,a** I. n.m. y f. Persona que ocupa el lugar de otra. II. n. y adj. Que sucede a otro. • **sucesorio,a** adj. Perteneciente o relativo a la sucesión.

suceso n.m. 1. Cosa que sucede, acontecimiento. 2. Transcurso del tiempo. 3. Éxito, resultado. 4. Hecho delictivo o accidente desgraciado.

sucinto,a adj. Breve.

sucio,a I. adj. 1. Que tiene manchas o impurezas. 2. Que se ensucia fácilmente. 3. Que produce suciedad. 4. Fig. Deshonesto u obsceno. 5. Fig. Dícese del color confuso y turbio. 6. Fig. Con daño o impureza. II. adv.m. Fig. Hablando de algunos juegos, sin la debida observancia de sus reglas. • **suciedad** n.f. 1. Calidad de sucio. 2. Inmundicia, porquería. 3. Fig. Dicho o hecho sucio.

sucre n.m. Unidad monetaria de Ecuador.

súcubo adj. Se dice del espíritu o demonio con apariencia de mujer.

suculento,a adj. 1. Sustancioso, muy nutritivo. 2. BOT *Planta suculenta.* Planta con las hojas y el tallo llenos de agua.

sucumbir v.int. 1. Ceder. 2. Morir.

sucursal n.f. y adj. Se dice del establecimiento que depende de otro principal.

suche *Chile* y *Nicar.* Desp. Empleado de última categoría, subalterno.

sud n.m. Sur (prefijo).

sudación n.f. 1. Exudación. 2. Exhalación de sudor provocada con fines terapéuticos.

sudamericano,a 1. n. y adj. Natural de Sudamérica o América del Sur. 2. adj. Perteneciente o relativo a esta parte de América.

sudanés,a 1. n. y adj. Natural de Sudán. 2. adj. Perteneciente o relativo a esta república africana.

sudar I. v.int. y tr. 1. Exhalar y expeler el sudor. 2. Fig. Destilar los árboles, plantas y frutos algunas gotas de su jugo. II. v.int. 1. Fig. Destilar agua algunas cosas. 2. Fig. y Fam. Trabajar con fatiga. III. v.tr. 1. Empapar en sudor. 2. Fig. y Fam. Dar una cosa a la fuerza. • **sudario** n.m. Lienzo en que se envuelven los difuntos.

sudeste n.m. Sureste.

sudista n. y adj. Partidario de los est. esclavistas del sur de los EE.UU., durante la guerra de Secesión.

sudoeste n.m. Suroeste.

sudor n.m. 1. Líquido que secretan las glándulas sudoríparas de la piel. 2. Fig. Jugo que sudan las plantas. 3. Fig. Gotas que salen de las peñas u otras cosas. 4. Fig. Trabajo y fatiga. • **sudorífico,a** o **sudorífero,a** n. y adj. Se aplica al medicamento que hace sudar. • **sudorípara** adj. ZOOL Se dice de la glándula que secreta el sudor. • **sudoroso,a** adj. 1. Que está sudando mucho. 2. Muy propenso a sudar.

sudsudeste n.m. Sursureste.

sudsudoeste n.m. Sursuroeste.

sueco,a 1. n. y adj. Natural u oriundo de Suecia. 2. adj. Perteneciente o relativo a esta nación de Europa. — *Gimnasia sueca.* Método de educación física del sueco Per Henrik Ling (1776-1839), y basado en la repetición de movimientos simples destinados a hacer trabajar todos los músculos del cuerpo. 3. n.m. Idioma sueco, uno de los dialectos del nórdico.

suegro,a I. n.m. Padre del marido respecto de la mujer, o de la mujer respecto del marido. II. n.f. Madre del marido respecto de la mujer; o de la mujer respecto del marido.

suela n.f. I. 1. Parte del calzado que toca al suelo. 2. Cuero vacuno curtido. 3. Zócalo, cuerpo inferior de un edificio u obra. 4. Fig. Madero que se pone debajo de un tabique para levantarlo. II. Lenguado (pez).

sueldacostilla n.f. Planta de la familia de las liliáceas, de flores blancas con una línea verde.

sueldo n.m. 1. Moneda antigua. 2. Remuneración por el desempeño de un servicio profesional.

suelo n.m. **1.** Superficie de la tierra. **2.** Terreno en que viven las plantas. **3.** Fig. Superficie inferior de algunas cosas. **4.** Piso de un cuarto o vivienda. **5.** Territorio. **6.** Fig. Tierra o mundo.

suelta n.f. Acción y efecto de soltar.

suelto,a **I.** Part. pas. irreg. de *soltar*. **II.** adj. **1.** Ligero, veloz. **2.** Poco compacto, disgregado. **3.** Ágil o hábil en la ejecución de una cosa. **4.** Libre, atrevido. **5.** Aplícase al que padece diarrea. **6.** Tratándose del lenguaje, fácil, corriente. **7.** Separado y que no hace juego con otras cosas. **III.** n. y adj. Se aplica al conjunto de monedas fraccionarias. **IV.** n.m. Cualquiera de los artículos pequeños en un periódico.

sueño n.m. **1.** Acto de dormir. **2.** Acto de representar en la mente de uno, mientras duerme, hechos irreales. **3.** Estos mismos hechos irreales. **4.** Gana de dormir. **5.** Fig. Cosa que carece de realidad o fundamento.

suero n.m. **1.** Parte de la leche, que se separa por coagulación. **2.** *Suero sanguíneo* o *suero*. Parte líquida de la sangre. ▷ *Suero terapéutico*. Suero de un animal que se inyecta a título preventivo o curativo. **3.** *Suero fisiológico*. Solución que se administra en caso de pérdida salina con deshidratación. • **sueroterapia** n.f. Tratamiento con sueros medicinales.

suerte n.f. **I. 1.** Encadenamiento fortuito o casual de los sucesos. **2.** Circunstancia de ser favorable o adverso lo que ocurre o sucede. **3.** Fortuna favorable. **4.** Azar a que se fía la resolución de una cosa. **II.** Estado, condición. **III.** — *Echar suertes*, o *a suertes*. Valerse de medios fortuitos o casuales para resolver o decidir una cosa. **IV.** Género o especie de una cosa. **V.** Manera de hacer una cosa. **VI.** TAUROM Cada una de las tres partes en que se considera dividida la lidia de toros. • **suertero,a** adj. *Amér.* Afortunado, dichoso.

suéter n.m. Jersey de lana o algodón.

suevos, liga de varias tribus germánicas que en el s. III se hallaba establecida entre el Rin, el Danubio y el Elba. En el s. V, junto a los vándalos y alanos, y dirigidos por su rey Hermerico (v.) invadieron las Galias y parte de España, principalmente Galicia, fundando un reino (409) que fue destruido por los visigodos (585).

sufí n. y adj. Sufista.

suficiente adj. **1.** Bastante. **2.** Apto o idóneo. **3.** Fig. Pedante. • **suficiencia** n.f. **1.** Capacidad, aptitud. **2.** Fig. Presunción, engreimiento.

sufijo,a n.m. y adj. GRAM Se aplica al afijo que va pospuesto.

sufismo n.m. RELIG Doctrina mística esotérica del islam. • **sufista** o **sufí** n. (apl. a pers.) y adj. Se dice del que profesa el sufismo.

sufragar **I.** v.tr. **1.** Ayudar o favorecer. **2.** Costear, satisfacer. **II.** v.int. *Arg., Col., Chile, Ecuad.* y *Par.* Votar, dar el voto a un candidato.

sufragio n.m. **1.** Ayuda, favor o socorro. **2.** Manifestación de la voluntad de uno. **3.** Sistema electoral para la provisión de cargos. — *Sufragio universal*. Aquel en que son electores y elegibles todos los ciudadanos que hayan llegado a cierta edad y posean sus derechos cívicos. — *Sufragio directo*. Aquel en el que un candidato es elegido por los electores mismos. — *Sufragio indirecto*. Aquel en el que el elegido ha sido designado por ciertos electores que han sido elegidos a su vez. • **sufragismo** n.m. Sistema político que concede a la mujer el derecho de sufragio. • **sufragista** n. (apl. a pers.) y adj. Partidario del voto femenino.

sufrir **I.** v.tr. **1.** Sentir físicamente un daño o castigo. **2.** Sentir un daño moral. **3.** Sostener, resistir. **4.** Aguantar, tolerar. **5.** Permitir, consentir. **6.** Satisfacer por medio de la pena. **II.** v.tr. y prnl. Recibir con resignación un daño moral o físico. • **sufrido,a** adj. **1.** Que sufre con resignación. **2.** Se aplica al color que disimula lo sucio. • **sufrimiento** n.m. **1.** Paciencia, conformidad con que se sufre una cosa. **2.** Padecimiento, dolor.

sufusión n.f. **1.** PAT Cierta enfermedad que padecen los ojos. **2.** MED Infiltración difusa de un líquido en un tejido.

sugerir v.tr. Hacer entrar en el ánimo una idea o cuestión. • **sugerencia** n.f. Insinuación, idea que se sugiere.

sugestión n.f. **1.** Acción de sugerir. **2.** PSICOL Hecho de aceptar ciertas creencias, de cumplir ciertos actos bajo el efecto de una influencia externa. **3.** Cuestión sugerida. **4.** Acción y efecto de sugestionar. • **sugestionar** **I.** v.tr. **1.** Inspirar una persona a otra hipnotizada palabras o actos involuntarios. **2.** Dominar la voluntad de una persona. **II.** v.prnl. Experimentar sugestión. • **sugestivo,a** adj. Que sugiere.

suicida **1.** n. y adj. Persona que se suicida. **2.** adj. Fig. Se dice del acto o la conducta que daña o destruye al propio agente. • **suicidarse** v.prnl. Quitarse voluntariamente la vida. • **suicidio** n.m. Acción y efecto de suicidarse.

suido,a n.m. y adj. ZOOL Se dice de mamíferos artiodáctilos, paquidermos, como el jabalí. ▷ n.m.pl. ZOOL Familia de estos animales.

sui generis loc. latina. Característico de la especie, que sólo pertenece a ésta.

suimanga n.m. Pequeña ave paseriforme de vistoso plumaje, que vive en África tropical.

suite n.f. **1.** MUS Composición instrumental que se desarrolla en varios trozos. **2.** Apartamento en un hotel.

suizo n.m. Bollo de harina, huevo y azúcar.

suizo,a **1.** n. y adj. Natural de Suiza. **2.** adj. Perteneciente o relativo a este país europeo.

sujetar **1.** v.tr. y prnl. Someter al dominio. **2.** v.tr. Afirmar o contener una cosa. • **sujeción** n.f. **1.** Acción de sujetar o sujetarse. **2.** Fig. Obligación impuesta por algo. • **1. sujetador,a** n. y adj. Que sujeta. • **2. sujetador** n.m. Sostén, prenda interior femenina. • **sujetapapeles** n.m. Objeto para sujetar papeles.

sujeto,a **I.** Part. pas. irreg. de *sujetar*. **II.** adj. Expuesto o propenso a una cosa. **III.** n.m. **1.** Lo que da lugar a la reflexión, a la discusión; lo que constituye el tema principal de una obra. **2.** LOG Eso de que se habla. **3.** LING *Sujeto gramatical*. Término de un predicado que incide en el verbo. **4.** FILOS El ser conocedor por oposición al objeto (el ser conocido). **5.** Ser viviente sometido a experimentos. **6.** Persona, individuo.

sulf(o)- QUIM Prefijo procedente del latín *sulfur, sulfuris*, «azufre».

sulfamida n.f. MED Sustancia utilizada como antiinfeccioso y como antidiabético oral.

sulfato n.m. QUIM Sal del ácido sulfúrico. • **sulfatación** n.f. Acción y efecto de sulfatar. • **sulfatado,a** adj. **1.** Que contiene sulfato. **2.** Que ha sido objeto de una sulfatación. • **sulfatador,a** **1.** n.m. y f. Persona que sulfata. **2.** n.m. Aparato que sirve para sulfatar. • **sulfatar** v.tr. **1.** Esparcir sulfato. **2.** Vaporizar sobre plantas algún sulfato.

sulfhídrico,a adj. QUIM Se aplica al gas que se desprende de todas las materias orgánicas en estado de fermentación.

sulfito n.m. QUIM Sal del ácido sulfuroso.

sulfobacterias, sulfobacteriaceas v. tiobacterias.

sulfona n.f. QUIM Compuesto cuya molécula tiene dos radicales carbonados unidos al grupo —SO_2. • **sulfonal** n.m. Sustancia derivada del ácido sulfhídrico que se emplea como hipnótico.

sulfurar **1.** v.tr. Combinar un cuerpo con el azufre. **2.** v.tr. y prnl. Fig. Irritar, encolerizar.

sulfúrico,a adj. QUIM *Ácido sulfúrico*. Cuerpo líquido, inodoro, incoloro, de consistencia oleosa. ▷ *Anhídrido sulfúrico*. Trióxido de azufre, fórmula SO_3.

ENCICL **Quím.** — El anhídrido sulfúrico o trióxido de azufre, de fórmula SO_3, funde a 16,8 °C y hierve a 44,5 °C; es un oxidante energético y un deshidratante. El ácido sulfúrico H_2SO_4 se solidifica a 10,4 °C y se descompone antes de la ebullición en trióxido de azufre y agua. Es un disolvente ionizante, un deshidratante y un oxidante cuando está concentrado y caliente. Posee dos funciones ácidas: ataca, diluido y frío, los metales más electropositivos que el hidrógeno. Extremadamente cáustico, puede causar quemaduras gravísimas y profundas. El ácido sulfúrico se obtiene mediante oxidación del dióxido de azufre en presencia de un catalizador (esencialmente óxido de vanadio). Se utiliza para preparar otros ácidos, numerosos sulfatos, colorantes, plásticos, explosivos, medicinas, perfumes, etc. Constituye el electrólito de los acumuladores de plomo.

sulfuro n.m. QUIM Sal del ácido sulfhídrico. ▷ Combinación de azufre con otro elemento.

súlidos n.m.pl. ZOOL Familia de aves pelecaniformes que comprende los alcatraces.

sultán n.m. **1.** Soberano del Imperio otomano. **2.** Título de algunos príncipes musulmanes. • **sultana** n.f. **1.** Mujer del sultán. **2.** Embarcación que usaban los turcos. • **sultanato** n.m. Territorio gobernado por un sultán.

suma n.f. **1.** MAT Acción y efecto de sumar. Resultado de una adición. **2.** Cantidad de dinero **3.** Conjunto de cosas consideradas globalmente. **4.** Obra que resume todo lo que se conoce sobre un tema. • **sumando** n.m. ALG y ARIT Cada una de las cantidades parciales que han de sumarse. • **sumar** **I.** v.tr. **1.** Recopilar, abreviar una materia. **2.** ALG y ARIT Reunir en una sola varias cantidades homogéneas. **3.** ALG y ARIT Componer de varias cantidades una total. **II.** v.prnl. Fig. Agregarse a una doctrina u opinión.

sumaca n.f. Embarcación pequeña de dos palos, empleada en Sudamérica para cabotaje.

sumamente adv. m. Muy.

sumario,a **I.** adj. **1.** Breve, sucinto. **2.** FOR Se aplica a determinados juicios civiles en que se procede brevemente. **II.** n.m. **1.** Resumen, compendio o suma. **2.** FOR Conjunto de actuaciones encaminadas a preparar un juicio. • **sumarial** adj. FOR Perteneciente al sumario. • **sumarísimo,a** adj. FOR Se dice de cierta clase de juicios en que por su urgencia o gravedad, señala la ley una tramitación brevísima.

sumergir v.tr. y prnl. **1.** Meter debajo del agua. **2.** Fig. Abismar, hundir. • **sumergible** **1.** adj. Que se puede sumergir. **2.** n.m. Buque sumergible. • **sumersión** n.f. Acción y efecto de sumergir.

suministrar v.tr. Proveer a uno de algo. • **suministrador,a** n. y adj. Que suministra. • **suministro** n.m. **1.** Acción y efecto de suministrar. **2.** Provisión de víveres o utensilios.

sumir **I.** v.tr. y prnl. Hundir debajo de la tierra o del agua. **II.** v.prnl. Hundirse alguna parte del cuerpo. • **sumidero** n.m. Conducto por donde se sumen las aguas.

sumisión n.f. **1.** Sometimiento de personas a otras. **2.** Acatamiento, subordinación. • **sumiso,a** adj. **1.** Obediente, subordinado. **2.** Rendido, subyugado.

súmmum n.m. El punto más alto, el máximo grado.

1. sumo,a adj. **1.** Supremo o que no tiene superior. **2.** Fig. Muy grande, enorme.

2. sumo n.m. Lucha japonesa tradicional.

súmulas n.f.pl. Compendio o sumario que contiene los principios elementales de la lógica.

sunco,a n. y adj. *Chile.* Manco.

sunlight n.m. Potente proyector que se utiliza para tomas de vista cinematográficas.

sunna n.f. Recopilación de preceptos atribuidos a Mahoma; ortodoxia musulmana.

suntuario,a adj. Relativo al lujo. • **suntuoso,a** adj. **1.** Magnífico, grande y costoso. **2.** Se dice de la persona magnífica en su aspecto y comportamiento. • **suntuosidad** n.f. Calidad de suntuoso.

supeditar **I.** v.tr. Sujetar, oprimir. **II.** v.tr. y prnl. **1.** Dominar, sojuzgar. **2.** Subordinar una cosa a otra.

super- **1.** Elemento procedente del latín *super,* «encima, sobre». **2.** Prefijo aumentativo de nombres y adjetivos.

superable adj. Que se puede superar o vencer.

superabundancia n.f. Abundancia muy grande.

superar v.tr. Sobrepujar, exceder, vencer. • **superación** n.f. Acción y efecto de superar.

superávit n.m.inv. Exceso de los ingresos sobre los gastos.

superciliar adj. ANAT Se dice del reborde en forma de arco que tiene el hueso frontal en la parte correspondiente a la sobreceja.

superconductividad n.f. FIS Conductividad muy elevada. • **superconductor,a** adj.Que presenta el fenómeno de la superconductividad.

ENCICL **Fís.** — La superconductividad está relacionada con la modificación de la colocación de los electrones libres entre los átomos a temperaturas muy bajas; se ha comprobado este fenómeno en gran número de metales o de aleaciones metálicas. La temperatura de transición, por debajo de la cual estos metales se vuelven superconductores, oscila entre 0,14 K para el iridio y 11,2 K para el tecnecio; recordemos que el cero absoluto (0 kelvins) corresponde a —273,15 °C. La temperatura de transición de ciertas aleaciones (niobio-germanio-aluminio) puede alcanzar 21 K, temperatura muy ligeramente superior a la del hidrógeno líquido (20,45 K). Los cuerpos superconductores dejan de ofrecer resistencia eléctrica y por consiguiente dejan de calentarse cuando son atravesados por una corriente eléctrica a una temperatura inferior a la de su temperatura de transición. Esta propiedad se utiliza para producir campos magnéticos muy intensos y para fabricar aparatos de medición sensibles a los campos magnéticos muy débiles, elementos de sustentación magnética y cables destinados a la conducción de potencias muy elevadas.

supercheria n.f. Engaño, dolo, fraude.

superdominante n.f. MUS Sexta nota de la escala diatónica.

super-ego n.m. Super-yo.

supereminencia n.f. Superioridad de una persona o cosa respecto de otras. • **supereminente** adj. Muy elevado.

superestructura n.f. **1.** Parte situada por encima del terreno o base. **2.** Conjunto formado por las ideas y las instituciones en la terminología marxista.

superfetación n.f. BIOL Fecundación de dos óvulos, llevada a cabo en dos coitos, en períodos de ovulación distintos, que se observa en algunas especies animales.

superficial adj. **1.** Que sólo concierne a la superficie. **2.** Que sólo concierne a la apariencia, futil. • **superficialidad** n.f. Frivolidad, falta de solidez.

superficie n.f. **1.** Parte exterior, visible de un cuerpo. ▷ Extensión horizontal que separa la atmósfera de un volumen de líquido. **2.** Extensión de una superficie; área. **3.** GEOM Lugar geométrico de puntos que delimitan una porción de espacio. **4.** Extensión en que sólo se consideran dos dimensiones. **5.** Fig. Apariencia externa.

superfino,a adj. Muy fino.

superfluo,a adj. No necesario, que está de más. • **superfluidad** n.f. **1.** Calidad de superfluo. **2.** Cosa superflua.

superfosfato n.m. Fosfato ácido de cal que se emplea como abono.

superheterodino n.y adj. RADIOELECTR Aparato receptor de señales moduladas en amplitud.

superhombre n.m. **1.** FILOS Para Nietzsche, tipo de hombre superior. **2.** Hombre por encima de la media.

superintendente n.m. y f. Persona a cuyo cargo está la dirección superior de una cosa. • **superintendencia** n.f. Empleo, cargo y jurisdicción del superintendente.

1. superior adj. **1.** Se dice de lo que está más alto que otra cosa. **2.** Fig. Mayor o mejor que las demás cosas. **3.** Fig. Excelente, muy bueno. **4.** De notable virtud (apl. a pers.). • **superioridad** n.f. **1.** Preeminencia o ventaja en una persona o cosa respecto de otra. **2.** Persona o conjunto de personas de superior autoridad.

2. superior,a n.m. y f. Persona que gobierna una congregación religiosa.

superlativo,a adj. Muy grande y excelente.

superman n.m. **1.** Héroe al servicio del bien. **2.** Fam. Hombre superior, superhombre.

supermercado n.m. Establecimiento comercial en el que el cliente, se sirve a sí mismo.

supernova n.f. Estrella cuyo resplandor aumenta repentinamente y se vuelve muy superior al de una nova.

ENCICL **Astron.** — La explosión de las supernovas desprende una energía varios miles de veces superior a la irradiada por el Sol. Tras la explosión, la estrella se transforma en enana blanca o en estrella de neutrones. La nebulosidad de la constelación de Toro constituye el resto de la explosión de una supernova observada en Extremo Oriente h. el año 1054.

supernumerario,a **I.** adj. Que está fuera del número señalado. **II.** n.m. y f. Empleado que trabaja sin figurar en plantilla.

superorden n.m. CIENC NAT Unidad que reagrupa varios órdenes dentro de una clase o subclase.

superpetrolero n.m. MAR Petrolero de gran capacidad (100.000 tm y más).

superpoblación n.f. Exceso de población. • **superpoblado,a** adj. Que padece superpoblación.

superponer v.tr. y prnl. Añadir una cosa o ponerla encima de otra. • **superposición** n.f. Acción y efecto de superponer.

superpotencia n.f. Estado cuya importancia política, militar y económica es preponderante.

superproducción n.f. Película muy espectacular.

superrealismo n.m. Doctrina artística y literaria de quienes extreman el realismo.

superregenerador n.m. FIS NUCL Reactor nuclear, supergenerador.

ENCICL Los superregeneradores son reactores de neutrones rápidos que utilizan como combustible el uranio 235 enriquecido o el plutonio 239. Colocando alrededor del núcleo del reactor una materia *fértil* constituida por uranio 238 o torio 232, estos isótopos no fisibles se transforman, al capturar un neutrón, en plutonio 239 y en uranio 233, isótopos fisibles. Si las reacciones que permiten la producción de materia fisible, al captar neutrones la materia fértil, son más numerosas que las reacciones de fisión, el reactor produce más materia fisible de la que consume. Generalmente se da el nombre de *superregenerador* sólo a los reactores que producen la misma materia fisible que consumen; los que producen una materia fisible distinta son llamados *superconvertidores.*

supersónico,a adj. Que tiene una velocidad superior a la del sonido en el aire.

superstición n.f. **1.** Tendencia a atribuir carácter sobrenatural u oculto a determinados acontecimientos. **2.** Fe desmedida. • **supersticioso,a** **1.** adj. Perteneciente o relativo a la superstición. **2.** n. y adj. Se dice de la persona que cree en ella.

supervisar v.tr. Ejercer inspección superior. • **supervisión** n.f. Acción y efecto de supervisar. • **supervisor,a** n. y adj. Que supervisa.

supervivencia n.f. **1.** Acción y efecto de sobrevivir. **2.** Gracia para gozar una renta después de haber fallecido el que la obtenía. • **superviviente** adj. Que sobrevive.

super-yo n.m. PSICOAN Elemento del psiquismo que ejerce un control de los impulsos instintivos.

supinación n.f. Posición de una persona tendida sobre el dorso, o de la mano con la palma hacia arriba. • **supino,a** **I.** adj. **1.** Que está tendido sobre el dorso. **2.** Referente a la supinación. **3.** Aplicado a ciertos estados de ánimo, acciones o cualidades morales, necio, estólido. **II.** n.m. En la gramática latina, una de las formas nominales del verbo.

suplantar v.tr. **1.** Falsificar un escrito. **2.** Ocupar el lugar de otro. • **suplantación** n.f. Acción y efecto de suplantar. • **suplantador,a** n. y adj. Que suplanta.

suplemento n.m. **1.** Acción y efecto de suplir. **2.** Cosa que se añade a otra para hacerla íntegra. **3.** Hoja o cuaderno que publica un periódico o revista, independiente del número ordinario. **4.** GEOM Ángulo que falta a otro para componer dos rectos. • **suplementario,a** o **suplemental** adj. Que sirve para suplir una cosa o complementarla. • **suplencia** n.f. Acción y efecto de suplir una persona a otra. • **supletorio,a** **1.** adj. Se dice de lo que suple una falta. **2.** n.m. y adj. Se dice del aparato telefónico conectado con un teléfono principal.

suplicar v.tr. **1.** Rogar, pedir con humildad una cosa. **2.** FOR Recurrir contra una sentencia. • **súplica** n.f. **1.** Acción y efecto de suplicar. **2.** Escrito en que se suplica. **3.** FOR Cláusula final de un escrito. • **suplicación** n.f. **1.** Súplica. **2.** FOR Apelación de una sentencia. • **suplicatorio,a** **I.** adj. Que contiene súplica. **II.** n.m. FOR Oficio que pasa un tribunal o juez a otro superior.

suplicio n.m. **1.** Lesión corporal o muerte, infligida como castigo. **2.** Fig. Dolor físico o moral.

suplir v.tr. **1.** Añadir lo que falta en una cosa, o remediar la carencia de ella. **2.** Ponerse en lugar de uno. **3.** Disimular uno un defecto de otro.

suponer **I.** v.tr. **1.** Dar por sentada una cosa. **2.** Fingir. **3.** Traer consigo, importar. **II.** v.int. Tener representación o autoridad.

suposición n.f. **1.** Acción y efecto de suponer. **2.** Lo que se supone. **3.** Impostura o falsedad.

supositorio n.m. FARM Preparación farmacéutica que se introduce en el recto, en la vagina o en la uretra.

supra- Prefijo con la significación de sobre, arriba, más allá.

supranacional adj. Que se sitúa por encima de las soberanías nacionales. • **supranacionalidad** n.f. Carácter de lo que es supranacional.

suprarrenal adj. Que está situado sobre los riñones. ▷ n.f.pl. *Las suprarrenales.* Glándulas de secreción interna que envuelven los riñones.

suprasensible adj. Imperceptible por los sentidos.

supraterreno,a adj. Que no pertenece al mundo terrenal.

supremacía n.f. **1.** Superioridad de potencia, de rango. **2.** Excelencia, maestría.

suprematismo n.m. Término escogido por Maliévich para designar la forma de arte abstracto geométrico.

supremo,a adj. **1.** Sumo, altísimo. **2.** Que no tiene superior. **3.** Refiriéndose al tiempo, último.

suprimir v.tr. **1.** Hacer cesar, hacer desaparecer. **2.** Omitir, callar. • **supresión** n.f. Acción y efecto de suprimir. • **supresor,a** adj. Que suprime.

supuesto,a **I.** Part. pas. irreg. de *suponer.* — *Por supuesto.* Ciertamente. **II.** n.m. **1.** Objeto y materia que no se expresa en la proposición. **2.** Suposición, hipótesis.

supurar v.int. Formar o echar pus. • **supuración** n.f. Acción y efecto de supurar.

sura n.m. Cualquiera de las lecciones o capítulos en que se divide el Corán.

sural adj. ZOOL Perteneciente a la pantorrilla.

suramericano,a n. y adj. Sudamericano.

surco n.m. **1.** Hendedura que se hace en la tierra con el arado. **2.** Señal que deja una cosa sobre otra. **3.** Arruga en el rostro. **4.** TECN Ranura en forma de espiral impresa en la superficie de un disco. • **surcar** v.tr. **1.** Hacer surcos en la tierra. **2.** Hacer en alguna cosa rayas. **3.** Fig. Ir o caminar por un fluido cortándolo.

súrculo n.m. BOT Vástago del que no han brotado otros. • **surculado,a** adj. BOT Se aplica a las plantas que no echan más de un tallo.

sureño,a adj. Perteneciente o relativo al S.

sureste n.m. **1.** Punto del horizonte entre el S y el E. **2.** Viento que sopla de esta parte.

surf n.m. Deporte náutico consistente en desplazarse sobre el agua montado en una tabla, aprovechando las olas.

surgir v.int. **1.** Brotar el agua. **2.** Fig. Alzarse, manifestarse.

suri n.m. ZOOL *Arg.* y *Bol.* Avestruz de América.

suripanta n.f. Desp. Mujer ruin, de mala vida.

suroeste n.m. **1.** Punto del horizonte que está entre el S y el O. **2.** Viento que sopla de esta parte.

surrealismo n.m. Movimiento literario y artístico v. ENCICL. • **surrealista** **1.** adj. Relativo al surrealismo. **2.** n. y adj. Artista perteneciente al movimiento surrealista.

ENCICL El surrealismo, derivado del movimiento dadaísta, nació en 1919 (primer número de la revista *Littérature,* fundada y dirigida por Breton, Aragón y Soupault), pero la ruptura con el dadaísmo no tuvo lugar oficialmente hasta 1922. En 1924, el *Manifiesto surrealista* de Breton afirmó la existencia del movimiento, fundamentalmente definido por referencia a la escritura automática y al «poder absoluto del deseo». El surrealismo reunió a numerosos poetas (P. Eluard, B. Péret, R. Crevel, R. Desnos), pintores (Ernst, S. Dalí, Y. Tanguy), fotógrafos (Man Ray), cineastas (L. Buñuel), etc., pero las desavenencias y las escisiones se fueron multiplicando.

surtir **1.** v.tr. y prnl. Proveer a uno de alguna cosa. **2.** v.int. Brotar el agua. • **surtido,a** **I.** n. y adj. Se aplica al artículo de comercio de diversas clases. **II.** n.m. **1.** Acción y efecto de surtir o surtirse. **2.** Lo que sirve para surtir. • **surtidor,a** **I.** n. y adj. Que surte o provee. **II.** n.m. **1.** Chorro de agua hacia arriba. **2.** Bomba que extrae gasolina para repostar automóviles.

surto adj. MAR Se dice del buque que está fondeado.

suruví n.m. *Arg., Bol., Par.* y *Urug.* Pez de río.

1. sus- prep.insep. Sub.

2. sus Voz que se emplea para infundir ánimo.

susceptible adj. **1.** Capaz de recibir modificación. **2.** Quisquilloso, picajoso. • **susceptibilidad** n.f. Calidad de susceptible.

suscitar v.tr. Levantar, promover.

suscribir **I.** v.tr. **1.** Firmar al pie de un escrito. **2.** Fig. Convenir con el dictamen de alguien. **II.** v.prnl. Obligarse a contribuir al pago de una cantidad. **III.** v.tr. y prnl. Abonarse a una publicación periódica. • **suscripción** n.f. Acción y efecto de suscribir o suscribirse. • **suscriptor,a** n.m. y f. Persona que suscribe o se suscribe.

susodicho,a adj. Dicho arriba.

suspender **I.** v.tr. **1.** Levantar, colgar o detener una cosa en alto. **2.** Fig. Causar admiración. **3.** Fig. Privar temporalmente del sueldo o empleo. **4.** Fig. Negar la aprobación a un examinando. **II.** v.tr. y prnl. Detener o diferir una acción.

suspense n.m. En un filme, una novela, etc., ansiosa espera de lo que va a ocurrir.

suspensión n.f. **1.** Acción y efecto de suspender. **2.** Privación temporal de un empleo o de sus emolumentos. **3.** Mecanismo destinado a suspender la caja del coche. **4.** TECN Todo elemento que trabaja en tracción vertical. **5.** QUIM Compuesto que resulta de disolver cualquier cuerpo en un fluido. **6.** COM *Suspensión de pagos.* Situación en que el comerciante no puede temporalmente atender al pago puntual de sus obligaciones.

suspenso,a **I.** Part. pas. irreg. de *suspender.* **II.** adj. Admirado, perplejo. **III.** n.m. **1.** Nota de haber sido suspendido en un examen. **2.** *Amér.* Expectación ansiosa por el desarrollo de una acción. • **suspensivo,a** adj. Que tiene virtud o fuerza de suspender. • **suspensorio,a** **1.** adj. Que suspende. **2.** n.m. Vendaje para sostener el escroto.

suspicaz adj. Propenso a tener desconfianza. • **suspicacia** n.f. Calidad de suspicaz.

suspiro n.m. **1.** Aspiración fuerte y prolongada que suele denotar una emoción. **2.** Golosina. **3.** Pito de vidrio, de silbido penetrante. **4.** *Chile.* Trinitaria. **5.** *Arg.* y *Chile.* Planta enredadera, de la familia de las convolvuláceas. **6.** MUS Pausa breve. • **suspirado,a** adj. Fig. Deseado con ansia. • **suspirar** v.int. Dar suspiros.

sustancia n.f. **I. 1.** Cualquier cosa con que otra se nutre. **2.** Jugo de ciertas materias alimenticias. **3.** Elementos nutritivos de los alimentos. **II.** Ser, esencia de las cosas. **III. 1.** Hacienda, bienes. **2.** Valor que tienen las cosas. ▷ Fig. y Fam. Juicio, madurez. • **sustanciación** n.f. Acción y efecto de sustanciar. • **sustancial** adj. **1.** Perteneciente o relativo a la sustancia. **2.** Se dice de lo esencial de una cosa. **3.** Importante, no desdeñable. • **sustanciar** v.tr. Compendiar, extractar. • **sustancioso,a** adj. **1.** Que tiene valor o estimación. **2.** Que tiene virtud nutritiva.

sustantivar v.tr. GRAM Dar valor de nombre sustantivo a otra parte de la oración. • **sustantivación** n.f. GRAM Acción y efecto de sustantivar. • **sustantividad** n.f. Existencia real, individualidad. • **sustantivo,a** **I.** adj. Que tiene existencia real, independiente. **II.** n.m. GRAM *Nombre sustantivo.* El que designa seres que pueden ser sujetos u objetos de una acción, un estado, o cualquier accidente que pueda expresarse con un verbo.

sustentar **I.** v.tr. **1.** Proveer a uno del alimento necesario. **2.** Conservar una cosa en su ser. **3.** Sostener una cosa para que no se caiga. **4.** Defender determinada opinión. **II.** v.tr. y prnl. Mantener, sostener. **III.** v.prnl. Mantenerse un cuerpo en un medio. • **sustentación** n.f. **1.** Acción y efecto de sustentar. **2.** AERON Hecho de que un aparato se sostenga en el aire. **3.** Sustentáculo. • **sustentáculo** n.m. Apoyo o sostén de una cosa. • **sustentador,a** n. y adj. Que sustenta. • **sustentamiento** n.m. Acción y efecto de sustentar o sustentarse. • **sustento** n.m. **1.** Mantenimiento, alimento. **2.** Sostén o apoyo.

sustituir v.tr. Poner a una persona o cosa en lugar de otra. • **sustitución** n.f. Acción y efecto de sustituir. • **sustitutivo** n. y adj. Se dice de lo que puede reemplazar a otra cosa. • **sustituto,a** n.m. y f. Persona que hace las veces de otra.

susto n.m. Impresión repentina causada por sorpresa, miedo, etc.

sustraer **I.** v.tr. **1.** Apartar, separar. **2.** Hurtar, robar. **3.** ALG y ARIT Restar. **II.** v.prnl. Separarse de lo que es de obligación. • **sustracción** n.f. **1.** Acción y efecto de sustraer. **2.** ALG y ARIT Operación de restar, resta. • **sustraendo** n.m. ALG y ARIT Cantidad que ha de restarse de otra.

sustrato n.m. **1.** FILOS Lo que, estando detrás de los fenómenos, les sirve de base. **2.** LING Lengua que ha sido eliminada en una comunidad lingüística. **3.** BIOQUIM Molécula sobre la que actúa una enzima. **4.** GEOL Capa inferior o anterior.

susurrar v.int. **1.** Hablar quedo, produciendo un murmullo. **2.** Empezarse a divulgar una cosa secreta. **3.** Fig. Moverse con ruido suave el aire, el arroyo, etc. • **susurro** n.m. **1.** Murmullo. **2.** Fig. Ruido suave.

sutil adj. **1.** Delgado, tenue. **2.** Fig. Agudo, perspicaz. • **sutileza** o **sutilidad** n.f. **1.** Calidad de sutil. **2.** Fig. Dicho o concepto excesivamente agudo.

sutura n.f. **1.** CIR Reunión con ayuda de hilos de los extremos de una herida. **2.** ANAT Articulación fibrosa entre las piezas óseas. **3.** BOT Línea de soldadura de diferentes partes de un organismo. • **suturado,a** adj. CIENC NAT Que presenta suturas. • **suturar** v.tr. CIR Reunir por medio de una sutura.

suyo,a,os,as. N. y pronombre posesivo de tercera persona en género masculino y femenino y número singular y plural. — *A los suyos.* Personas propias y unidas a otra por parentesco, amistad, servidumbre, etc. — Fig. *Salir, o salirse, uno con la suya.* Lograr su intento a pesar de contradicciones y dificultades.

svástica n.f. Esvástica.

swazi, tribu africana, rama del grupo oriental de los zulúes, que habita en el extremo SO del Transvaal.

swing n.m. **1.** DEP En boxeo, puñetazo dado lateralmente. ▷ En golf, movimiento de balanceo. **2.** MUS Estilo de jazz.

syllabus n.m. RELIG Lista de errores doctrinales condenados por la Iglesia católica.

Syngnathus n.m. ZOOL Género de peces marinos con el cuerpo largo y delgado y con el hocico alargado.

T

t n.f. Vigésima tercera letra del abecedario español, y decimonona de sus consonantes. Su nombre es *te*, y su articulación es dental, oclusiva y sorda.

T FIS Símbolo del período, de la temperatura absoluta y del tesla. ▷ QUIM Símbolo del tritio.

Ta QUIM Símbolo del tantalio.

taba n.f. **1.** Astrágalo, hueso del pie. **2.** Cierto juego de muchachos.

tabaco n.m. **1.** Planta de la familia de las solanáceas, originaria de América, de olor fuerte y narcótica. ▷ Hoja de esta planta, curada y preparada para fumar, mascar o aspirar en polvo. **2.** Enfermedad de algunos árboles. • **tabacal** n.m. Sitio sembrado de tabaco. • **tabacalero,a I.** adj. Perteneciente o relativo al tabaco. **II.** n. y adj. **1.** Se dice de la persona que cultiva el tabaco. **2.** Tabaquero.

tabanco n.m. **1.** Puesto ambulante para la venta de comestibles. **2.** *Amér. Central.* Desván.

tábano n.m. ZOOL Insecto díptero, de la familia de los tabánidos, que se alimenta de la sangre de los mamíferos.

tabanque n.m. Rueda del torno de los alfareros.

tabaquera n.f. **1.** Caja para tabaco en polvo. **2.** Petaca para llevar tabaco picado.

tabaquismo n.m. MED Intoxicación aguda o crónica, debida al abuso del tabaco.

tabardillo o **tabardete** **1.** n.m. Fam. Insolación. **2.** n.m. y f. Fig. y Fam. Persona molesta.

tabardo n.m. Prenda de abrigo.

tabarra n.f. Persona o cosa molesta y pesada.

tabarro n.m. Tábano.

tabasco n.m. Salsa muy picante hecha con pimienta de Tabasco o con ají.

taberna n. f. **1.** Tienda donde se vende al por menor vino y otras bebidas. **2.** Establecimiento público donde se sirven bebidas y comidas. • **tabernario,a** adj. **1.** Propio de la taberna. **2.** Fig. Bajo, grosero. • **tabernero,a** n.m. y f. Persona que vende vino en la taberna.

tabernáculo n.m. **1.** Lugar donde los hebreos tenían colocada el arca del Testamento. **2.** Sagrario donde se guarda la custodia. **3.** Tienda en que habitaban los antiguos hebreos.

tabes n.f. PAT Manifestación neurológica tardía de la sífilis.

tabicar **1.** v.tr. Cerrar con tabique. **2.** v.tr. y prnl. Fig. Cerrar o tapar, obstruir.

tábido,a adj. PAT Extenuado por consunción.

tabique n.m. Pared delgada que sirve de separación de las distintas habitaciones de una casa. ▷ P. ext., división, separación.

tabla n.f. **I. 1.** Pieza de madera, plana, más larga que ancha, y cuyas dos caras son paralelas entre sí. **2.** Pieza plana y de poco espesor de alguna otra materia. **3.** Cara más ancha de un madero. **4.** Tablilla en la que se anuncia algo. **5.** Parte algo plana de ciertos miembros del cuerpo. **6.** PINT Pintura hecha en tabla. **II. 1.** Parte que se deja sin plegar en un vestido. **2.** Doble pliegue en una tela. **III. 1.** Indice por orden alfabético en los libros. **2.** Lista o catálogo. **3.** Cuadro para facilitar los cálculos. **IV. 1.** Faja de tierra. **2.** Cuadro o plantel de verduras. **3.** Bancal de un huerto. **V.** pl. **1.** Empate, especialmente en el juego de damas o en el de ajedrez. **2.** Barrera de la plaza de toros. **3.** Piedras en que se escribió la ley del Decálogo en el Sinaí. **4.** Fig. Escenario del teatro.

tablado n.m. **1.** Suelo plano formado de tablas. **2.** Suelo de tablas sobre un armazón. **3.** Pavimento del escenario de un teatro. **4.** Conjunto de tablas de la cama sobre la que se tiende el colchón. • **tablaje** n.m. Conjunto de tablas.

tablazo n.m. **1.** Golpe dado con una tabla. **2.** Pedazo de mar o de río, extendido y de poco fondo.

tablazón n.f. **1.** Agregado de tablas. **2.** Conjunto de tablas con que se hacen las cubiertas de las embarcaciones .

tableado,a **1.** adj. Plegado con tablas. **2.** n.m. Acción y efecto de tablear.

tablear v.tr. **1.** Dividir un madero o un terreno en tablas. **2.** Hacer tablas en la tela. • **tableo** n.m. Acción y efecto de tablear.

tablero **I.** adj. Se dice del madero para hacer tablas. **II.** n.m. **1.** Tabla o conjunto de tablas unidas. **2.** Tabla de una materia rígida. — TECN Panel en el que están agrupados aparatos de medida, de control y de señalización. **3.** Tabla cuadrada con cuadros de dos colores alternados, para jugar al ajedrez o a las damas. **4.** Mostrador de una tienda. **5.** Casa de juego. **6.** Mesa grande en que cortan los sastres. **7.** Grupo de espacios de una huerta.

tableta n.f. **1.** Madera de sierra de distintas medidas. **2.** Pastilla de chocolate. **3.** FARM Pequeña porción de pasta medicinal. • **tabletear** v.int. **1.** Hacer chocar tablas para producir ruido. **2.** Sonar algún ruido a manera de tableteo. • **tableteo** n.m. Acción y efecto de tabletear. • **tablilla** n.f. **1.** Tableta. **2.** Tabla pequeña en la cual se expone un anuncio.

tabloide n.m. Periódico de dimensiones menores que las ordinarias.

tablón n.m. **1.** Tabla gruesa. — *Tablón de anuncios.* Tablero donde se exponen noticias, avisos, etc. **2.** Fig. y Fam. Embriaguez.

tabolango n.m. *Chile.* Insecto díptero.

tabor n.m. HIST Unidad de tropa regular marroquí cuyos mandos eran españoles o franceses durante el Protectorado.

tabú n.m. **1.** Prohibición religiosa que afecta a determinadas acciones u objetos. ▷ P. ext., prohibición supersticiosa o fundada en prejuicios. **2.** Objeto sobre el que recae esa prohibición.

tabular **1.** adj. Que tiene forma de tabla. **2.** v.tr. Expresar valores, magnitudes u otros datos por medio de tablas. • **tabulación** n.f. Acción y efecto de tabular. • **tabulador** n.m. TECN Dispositivo que poseen algunas máquinas de despacho.

taburete n.m. **1.** Asiento sin brazos ni respaldo. **2.** Silla con el respaldo muy estrecho, guarnecida de terciopelo.

tacada n.f. **1.** Golpe dado con la maza del taco a la bola de billar. **2.** Serie de carambolas.

tacamaca, tacamacha o **tacamahaca** n.f. BOT Árbol americano de la familia de las gutíferas, que da una resina sólida del mismo nombre.

tacana n.f. Mineral de plata negruzco.

tacaño,a n. y adj. Miserable, ruin, mezquino. • **tacañear** v.int. Obrar con tacañería. • **tacañería** n.f. Calidad y acción del tacaño.

tacatá o **tacataca** n.m. Andador, generalmente metálico y con asiento de lona.

tacazo n.m. Golpe dado con el taco.

Tacca n.f. BOT Género de plantas herbáceas tropicales, similares a las amarilidáceas.

tácito,a adj. **1.** Callado, silencioso. **2.** Que no se oye o dice formalmente, sino que se supone e infiere.

taciturno,a adj. **1.** Callado, silencioso. **2.** Fig. Triste, melancólico.

taclobo n.m. ZOOL Molusco lamelibranquio de gran tamaño.

taco n.m. **I. 1.** Pedazo de madera u otra materia, corto y grueso. **2.** Cilindro de trapo, papel, estopa o cosa parecida, que se metía en las armas de fuego, para que el tiro saliera con fuerza. **3.** Cilindro de trapo, estopa, arena u otra materia, con que se aprieta la carga del barreno. **4.** Baqueta para atacar las armas de fuego. **5.** Vara de madera con la cual se impelen las bolas de billar. **6.** Conjunto de las hojas de un calendario. **7.** *P. Rico* y *Amér. Merid.* Tacón. **II.** Fig. y Fam. Bocado o comida muy ligera. **III. 1.** Fam. Embrollo, lío. **2.** Fig. y Fam. Juramento; palabrota.

tacómetro n.m. TECN Aparato destinado a medir la velocidad de rotación de una máquina.

tacón n.m. Pieza más o menos alta del zapato, en la parte del talón del pie. • **taconazo** n.m. Golpe dado con el tacón. • **taconear** v.int. Pisar causando ruido con los tacones. • **taconeo** n.m. Acción y efecto de taconear.

táctica n.f. **1.** Arte que enseña a poner en orden las cosas. **2.** MILIT Conjunto de reglas a que se ajustan en su ejecución las operaciones militares. **3.** En sentido figurado, conducta adoptada para conseguir algo. • **táctico,a** **1.** n.m. Persona que opera hábilmente. ▷ MILIT Experto en táctica. **2.** adj. Relativo a la táctica. • **tactismo** n.m. BIOL Reacción de orientación de un ser vivo provocada por un factor externo.

tacto n.m. **1.** Uno de los cinco sentidos, con el cual se percibe la aspereza o suavidad, dureza o blandura, etc., de las cosas. **2.** Acción de tocar o palpar. **3.** Fig. Tino, acierto, maña. • **táctil** adj. FISIOL Que se refiere al tacto.

tacuara n.f. *Arg.*, *Chile* y *Urug.* Planta gramínea, especie de bambú.

tacuates, grupo étnico de México. Habitaban en el pueblo de Zacatepec, en el est., de Oaxaca.

tacurú n.m. **1.** *Arg.* y *Par.* Especie de hormiga pequeña. **2.** *Arg.* y *Par.* Cada uno de los montículos arcillosos que se encuentran en los terrenos anegadizos del Chaco.

tacha n.f. **I.** Falta o defecto. **II.** Clavo mayor que la tachuela. **III. 1.** *Amér.* Tacho. **2.** *Amér.* En la fabricación de azúcar, aparato donde se evapora el jarabe.

tachar v.tr. **1.** Poner en una cosa falta o tacha. **2.** Borrar lo escrito. **3.** Fig. Culpar, censurar. • **tachadura** n.f. Acción y efecto de tachar lo escrito.

tachero n.m. **1.** *Amér.* Operario que maneja los tachos en la fabricación del azúcar. **2.** *Amér.* El que hace o arregla tachos u otras vasijas de metal.

Tachina n.f. Género de insectos dípteros de color oscuro.

tachismo n.m. Estilo pictórico contemporáneo.

ENCICL La palabra tachismo fue introducida en el vocabulario de la crítica artística contemporánea por Pierre Guégen, en 1951. Su empleo compitió con los términos *arte informal* y *abstracción lírica*. Pintores de temperamento muy distinto fueron calificados de tachistas por la crítica de los años cincuenta, especialmente los franceses C. Bryen, J. Fautrier, el canadiense J. P. Riopelle, los norteamericanos C. Still, S. Francis, W. De Kooning, el alemán Wols, el español A. Tàpies y el inglés A. Davie.

tacho n.m. *Arg.* y *Chile.* Vasija de metal.

1. tachón n.m. **1.** Raya o señal que se hace sobre lo escrito para borrarlo. **2.** Galón o cinta para adornar.

2. tachón n.m. Tachuela grande. • **tachonar** v.tr. **1.** Adornar una cosa sobreponiéndole tachones. **2.** Clavetear con tachones.

tachuela n.f. **1.** Clavo corto y de cabeza grande. **2.** *Chile* y *Nicar.* Fig. y Fam. Persona de estatura muy baja.

tafetán n.m. **1.** Tela delgada de seda. **2.** pl. Fig. Las banderas. **3.** pl. Fig. Galas de mujer.

tafia n.f. Aguardiente de caña.

tafilete n.m. Cuero delgado, bruñido y lustroso. • **tafiletear** v.tr. Adornar con tafilete. • **tafiletería** n.f. **1.** Arte de adobar el tafilete. **2.** Tienda donde se vende.

tafón n.m. Molusco marino gasterópodo.

tagalos, pueblo deuteromalayo que habita en el archipiélago de Filipinas. Constituye el principal grupo indígena de la isla de Luzón, aunque se extiende también por Mindoro, Mindanao y las islas Marianas. Su cultura es la más elevada entre las culturas indígenas. • **tagalo** n.m. Lengua hablada por los tagalos.

tagarnina n.f. **1.** Cardillo (planta). **2.** Fam. y Fest. Cigarro puro muy malo.

tagarote n.m. Baharí (ave).

tagua, n.f. **I.** *Chile.* Ave que vive en las lagunas. **II.** BOT Semilla de una palma americana.

tahalí n.m. Tira de cuero u otro material, que cruza desde el hombro derecho y sostiene la espada. ▷ P. ext., pieza de cuero que sostiene el machete o la bayoneta.

tahona n.f. **1.** Molino de harina cuya rueda se mueve con caballería. **2.** Casa en que se cuece pan y se vende para el público.

tahúr,a n. y adj. Se dice de quien se dedica al juego como profesión o hace trampas en él.

taifa n.f. **1.** Facción. **2.** Fig. y Fam. Reunión de personas de mala vida.

taifas (reinos de), pequeñas entidades autónomas en las que se fraccionó el califato de Córdoba desde 1009 a 1031. Esta situación terminaría con la reagrupación de estos reinos mediante la conquista almorávid (v. Yūsuf ibn Tašfīn, y su unificación en al-Andalus. Sus pobladores eran de diverso origen: eslavos, bereberes, y árabes. Este período se caracterizó por las luchas intestinas que alentaron los miembros de esta comunidad entre sí y por su debilidad política frente a la supremacía de los reinos cristianos, a los que rendían vasallaje y estaban obligados a pagar altos tributos. El florecimiento de la cultura en los reinos de taifas contribuyó a un relajamiento de la fuerza militar y la disciplina castrense, lo que los convirtió en fácil presa de hispanocristianos y almorávides.

taiga o **taigá** n.f. GEOGR Selva propia del norte de Canadá y Eurasia.

tailandés,a **1.** n. y adj. Natural de Tailandia. **2.** adj. Perteneciente o relativo a país asiático.

taima n.f. **1.** Picardía, malicia, astucia. **2.** *Chile.* Murria. • **taimado,a** **1.** n. y adj. Astuto, disimulado. **2.** adj. *Chile.* Obstinado. • **taimarse** v.prnl. **1.** *Arg.* y *Chile.* Hacerse taimado. **2.** *Chile.* Obstinarse.

tainos o **taínos,** pueblo de América Meridional que habitaba en las Antillas. Procedía, al parecer, de la zona amazónica y se extendió hasta Cuba y Santo Domingo. Actualmente se halla extinguido. • **taino** n.m. Dialecto caribe que hablaban estas tribus.

taja n.f. Cortadura.

tajamar n.m. **1.** MAR Tablón recortado en forma curva que sirve para hender el agua cuando el buque marcha. **2.** Saliente en las pilas de los puentes para cortar el agua de la corriente. **3.** *Chile* y *Ecuad.* Malecón, dique. **4.** *Arg.* y *Ecuad.* Presa o balsa.

tajar v.tr. Dividir con instrumento cortante. • **tajada** n.f. **I.** Porción cortada de una cosa. **II.** Fam. Embriaguez, borrachera. • **tajadera** n.f. Cuchilla en forma de media luna. • **tajadero** n.m. Tajo en que se parte la carne. • **tajado,a** adj. Dícese de la costa cortada verticalmente. • **tajador,a** **1.** n. y adj. Que taja. **2.** n.m. Tajo en que se parte la carne. • **tajadura** n.f. Acción y efecto de tajar. • **tajante** adj. Fig Concluyente, terminante, contundente.

tajo n.m. **1.** Corte hecho con instrumento adecuado. **2.** Sitio hasta donde llega en su faena una cuadrilla de trabajadores. **3.** Tarea, trabajo. **4.** Escarpa alta y cortada casi a plomo. **5.** Filo o corte. **6.** Pedazo de madera grueso que sirve para partir y picar la carne. **7.** Banquillo rústico de madera. **8.** Trozo de madera sobre el cual se cortaba la cabeza a los condenados. **9.** ESGR Corte que se da con la espada u otra arma blanca.

tal **I.** adj. **1.** Se aplica a las cosas indefinidamente, para determinar en ellas lo que por su correlativo se denota. *Su fin será tal cual ha sido su principio.* **2.** Igual, semejante. *Tal cosa jamás se ha visto.* **3.** Tanto o tan grande. *Tal falta no pudo cometer él.* **4.** Se usa también para determinar lo que no está especificado. *Haced tales y tales cosas.* **5.** Se usa a veces como pronombre demostrativo. *Tal origen tuvo su ruina.* **6.** Empleado como neutro equivale a *cosa* o *cosa tal.* **II. 1.** También se emplea como pronombre indeterminado. *Tal* (alguno) *habrá que lo sienta así.* **2.** Aplicado a un nombre propio, da a entender que es poco conocido. *Estaba allí un tal Cárdenas.* **III.** adv. m. Así, de esta manera, de suerte. **IV. 1.** *Con tal que, con tal de.* En el caso de o de que. **2.** *Tal cual.* Igual que está, sin cambio. — Pasadero, mediano, regular. — Así, así; medianamente.

1. tala n.f. **I. 1.** Corta de árboles en masa. **2.** Destrucción o arrasamiento de edificios. **3.** Poda de árboles. **II.** *Chile.* Acción de pacer los ganados la hierba inalcanzable con la hoz.

2. tala n.f. **1.** Juego de muchachos. **2.** Palo pequeño que se emplea en este juego.

3. tala n.f. *Arg.* Árbol de la familia de las urticáceas.

talabarte n.m. Pretina o cinturón del que cuelga la espada o el sable.

talador,a n. y adj. Que tala.

taladro n.m. **I. 1.** Instrumento cortante con que se agujerea una cosa. **2.** Agujero hecho con el taladro. **II.** ZOOL Órgano con el que ciertas hembras de insectos depositan sus huevos. • **taladrador,a** n. y adj. Que taladra. • **taladrar** v.tr. **1.** Horadar una cosa. **2.** Fig. Herir los oídos algún sonido agudo.

talamiflora n. y adj. BOT Dícese de la planta en cuyas flores es bien manifiesta la inserción de los estambres en el receptáculo.

tálamo n.m. **1.** Lecho conyugal. **2.** BOT Extremo ensanchado del pedúnculo donde se asientan las flores. — ANAT *Tálamo óptico.* Conjunto de núcleos nerviosos situados encima del hemisferio, que intervienen en la regulación de la sensibilidad y de la actividad de los sentidos.

talanquera n.f. Valla o pared que sirve de protección.

talante n.m. **1.** Modo de ejecutar una cosa. **2.** Semblante o disposición personal, o estado o calidad de las cosas. **3.** Voluntad, deseo, gusto.

1. talar **1.** adj. Dícese del traje o vestidura que llega hasta los talones. **2.** n.m. y adj. Dícese de las alas que tenía el dios Mercurio en los talones.

2. talar v.tr. **1.** Cortar por el pie masas de árboles. **2.** Destruir, arrasar.

talas(o)- Prefijo procedente del griego *thalassa*, «mar».

talasemia n.f. MED Anomalía hereditaria de la síntesis de la hemoglobina.

talasocracia n.f. El gobierno de las ciudades marítimas griegas en la antigüedad.

talasoterapia n.f. MED Cura marina.

talasotoco,a adj. ZOOL Dícese de los peces migradores que viven en las aguas dulces y se reproducen en el mar.

talayot n.m. Monumento megalítico.

talco n.m. **1.** Silicato hidratado natural de magnesio; polvo de este mineral, untuoso al tacto, utilizado para los cuidados de la piel. **2.** Lámina metálica muy delgada que se emplea en bordados. • **talcoso,a** adj. Compuesto de talco o abundante en él.

taled n.m. Pieza o tejido de lana con el que se cubren los judíos la cabeza y el cuello en sus ceremonias religiosas.

talega n.f. **1.** Saco o bolsa ancha y corta. **2.** Lo que se guarda o se lleva en ella.

talego n.m. **1.** Saco largo y estrecho. **2.** Fig. y Fam. Persona gorda y ancha de cintura. • **talegazo** n.m. **1.** Golpe que se da con un talego. **2.** Caída en el suelo.

taleguilla n.f. Pantalón de los toreros.

talento n.m. **I. 1.** Disposición, aptitud natural o adquirida. **2.** Aptitud en el campo artístico y literario. **3.** Persona que tiene talento. **II.** ANTIG Peso y moneda de la Grecia antigua. • **talentoso,a** o **talentudo,a** adj. Que tiene mucho talento.

tálero n.m. Antigua moneda alemana de plata.

talidomida n.f. Tranquilizante cuya utilización por mujeres embarazadas resultó ser la causa de malformaciones fetales graves (1962).

talio n.m. QUIM Metal blando y gris, de número atómico 81 y de masa atómica 204,37 (símbolo *Tl*).

talión n.m. DER ANTIG Castigo infligido en relación con la culpa cometida. *Ley del talión.* Código que se basa en este tipo de sanciones.

talismán n.m. **1.** Objeto al cual se atribuyen virtudes mágicas. **2.** Fig. Poder infalible.

Talitrus n.m. Género de pequeños crustáceos que vive entre las algas estancadas.

talo n.m. BOT Cuerpo de las talofitas.

talofita n.f. y adj. BOT Dícese de la planta cuyo cuerpo vegetativo puede estar constituido por una sola célula o por un conjunto de células dispuestas en forma de filamento. ▷ n.f. pl. BOT Tipo de estas plantas.

talón n.m. **I. 1.** Parte posterior del pie humano. **2.** Parte del calzado que la cubre. **3.** Pulpejo del casco de una caballería. **4.** Parte del arco del violín inmediata al mango. **II.** Cheque. • **talonario** Libro o cuadernillo de talones o cheques. • **talonazo** n.m. Golpe dado con el talón. • **talonear** v.int. **1.** Fam. Andar a pie con mucha prisa. **2.** *Arg., Chile* y *Méx.* Incitar el jinete a la caballería, picándola con los talones. • **talonera** n.f. *Chile.* Pieza de cuero de la bota.

talpa o **talparia** n.f. CIR Absceso que se forma dentro de los tegumentos de la cabeza.

talque n.m. Tierra talcosa muy refractaria.

talquita n.f. Roca pizarrosa.

talud n.m. Inclinación del paramento de un muro o de un terreno.

talla n.f. **I. 1.** Estatura de la persona. **2.** Instrumento para medir la estatura de las personas. **3.** Fig. Altura moral o intelectual. **II.** Obra de escultura en madera.

tallado n.m. Acción y efecto de tallar.

tallador n.m. Grabador en hueco o de medallas.

1. tallar **I.** adj. Que puede ser talado o cortado. **II.** n.m. Monte o bosque nuevo en que se puede hacer la primera corta.

2. tallar **I.** v.tr. **1.** Llevar la baraja en el juego. **2.** Cargar de tallas o impuestos. **3.** Hacer obras de talla o escultura. **4.** Labrar piedras preciosas. **5.** Abrir metales, grabar en hueco. **6.** Tasar, apreciar, valuar. **7.** Medir la estatura de una persona. **II.** v.int. *Chile.* Hablarse los enamorados.

tallarín n.m. Tira estrecha de pasta para sopa.

talle n.m. **1.** Disposición o proporción del cuerpo humano. **2.** Cintura del cuerpo humano. **3.** Parte del vestido que corresponde a la cintura.

taller n.m. Lugar en que se realiza un trabajo manual.

tallista n.m. y f. Persona que hace obras de talla.

tallo n.m. **1.** Órgano de las plantas que sirve de sustentáculo a las hojas, flores y frutos. **2.** Renuevo de las plantas. **3.** Germen de una planta, una semilla, bulbo o tubérculo. **4.** *Chile.* Cardo santo.
ENCICL Sobre el origen del tallo de las fanerógamas se proponen dos teorías: algunos lo consideran como un órgano que produce hojas, yemas y flores; otros estiman que las hojas son los órganos primordiales y que el tallo resulta de la acumulación de las bases foliares. Esta segunda teoría es la más verosímil. El tallo tiene los mismos tejidos que las hojas; son, de la periferia al centro: los tejidos de protección *(epidermis)*; un *parénquima cortical*; los tejidos conductores, de los cuales el central es el *parénquima medular* o *corazón.*

talludo,a adj. **1.** Que ha echado tallo grande. **2.** Fig. Crecido y alto. **3.** Fig. Dícese de una persona cuando va pasando de la juventud.

tamal n.m. **1.** *Amér.* Especie de empanada de masa de harina de maíz, envuelta en hojas de plátano. **2.** Fig. *Amér.* Lío, embrollo. • **tamalero,a** n.m. y f. *Amér.* Persona que hace o vende tamales.

tamanacos, tribu amerindia, de la familia lingüística caribe, que habitaba en Venezuela a orillas del Orinoco. Actualmente está extinguida.

tamanduá n.m. Pequeño mamífero terrestre y arborícola.

tamango n.m. *Arg., Chile, Par.* y *Urug.* Calzado rústico de cuero.

tamañito,a adj. Fig. Achicado, confuso.

tamaño,a **1.** adj.comp. Tan grande o tan pequeño. **2.** adj.sup. Muy grande o muy pequeño. **3.** n.m. Mayor o menor volumen de una cosa.

1. támara n.f. **1.** Palmera de Canarias. **2.** Terreno poblado de palmas. **3.** pl. Dátiles en racimo.

2. támara n.f. **1.** Rama de árbol. **2.** Leña muy delgada.

tamaricáceo,a n.f. y adj. BOT Árboles o arbustos angiospermos dicotiledóneos, abundantes en los países mediterráneos y en el Asia Central. ▷ n.f. pl. BOT Familia de estas plantas.

tamarilla n.f. BOT Mata leñosa de la familia de las cistáceas.

tamarindo n.m. **1.** BOT Árbol de la familia de las papilionáceas, cuyo fruto, de sabor agradable, se usa en medicina como laxante. **2.** Fruto de este árbol.

tamariscíneo,a adj. BOT Dícese de los árboles o arbustos semejantes al tamariz.

tamarisco o **tamariz** n.m. Taray (arbusto).

tambalear v.int. y prnl. Menearse una cosa como si fuera a caerse. • **tambaleo** n.m. Acción de tambalear o tambalearse.

tambero,a **I.** adj. **1.** *Arg.* Dícese del ganado manso. **2.** *Amér. Merid.* Perteneciente al tambo. **II.** n.m. y f. *Amér. Merid.* Persona que tiene un tambo.

también adv.m. **1.** Se usa para afirmar la igualdad, o relación de una cosa con otra ya nombrada. **2.** Tanto o así.

tambor n.m. **I. 1.** Instrumento músico de percusión de forma cilíndrica, hueco, cubierto con piel estirada y el cual se toca con dos palillos. **2.** El que toca el tambor en el ejército. **3.** Tamiz por donde pasan el azúcar los reposteros. **4.** Cilindro de hierro que sirve para tostar café, cacao, etc. **5.** Aro de madera sobre el cual se tiende una tela para bordarla. **6.** ARQUIT Muro cilíndrico que sirve de base a una cúpula. **7.** MECAN Rueda de canto liso. **II.** ANAT Tímpano del oído.

tamboril n.m. Tambor pequeño. • **tamborilear** v.int. **1.** Tocar el tamboril. **2.** Hacer son con los dedos imitando el ruido del tambor. • **tamborileo** n.m. Acción y efecto de tamborilear. • **tamborilero** n.m. El que toca el tamboril.

tamiz n.m. Cedazo muy tupido. • **tamizar** v.tr. Pasar una cosa por tamiz.

tamo n.m. **1.** Pelusa del lino, algodón o lana. **2.** Polvo o paja muy menuda.

tampico n.m. Fibra vegetal.

tampoco Adv.neg. con que se niega una cosa después de haberse negado otra.

tampón n.m. Almohadilla para entintar sellos.

tamujo n.m. Mata de la familia de las euforbiáceas. • **tamujal** n.m. Sitio poblado de tamujos.

tamules o **tamiles,** pueblo melano-indio de la India del SE y de Srī Lanka, que habla una lengua dravídica, el tamul.

Tamus n.f. BOT Género de plantas trepadoras vivaces (familia de las dioscoreáceas), de bayas rojas y carnosas, comunes en los setos y los bosques.

1. tan n.m. Sonido o eco que resulta del tambor u otro instrumento semejante.

2. tan n.m. Corteza de encina.

3. tan Adv. c., apócope de *tanto.*

tanaceto n.m. Hierba lombriguera.

tanate n.m. *Amér. Central.* Lío, fardo, envoltorio.

tanato- Prefijo procedente del griego *thanatos,* «muerte».

tanatología n.f. Estudio de la muerte.

tanda n.f. **1.** Alternativa o turno. **2.** Cada uno de los trabajos que han de hacerse. **3.** Capa o tonga. **4.** Grupo de las personas o las bestias empleadas en un trabajo por turnos. **5.** Número indeterminado.

tándem n.m. **1.** Bicicleta para dos personas, provista de pedales para ambos. **2.** Tiro de dos caballos, uno detrás del otro. **3.** Fig. Equipo de personas trabajando juntas.

tangente **I.** adj. GEOM Que sólo tiene un punto de contacto con una curva, o con una superficie. **II.** n.f. **1.** GEOM Recta que toca a una curva en un sólo punto. **2.** MAT Cociente del seno de un arco por su coseno, de símbolo tg (v. trigonometría). **3.** *Salirse por la tangente.* Evitar la mención de algo. • **tangencia** n.f. GEOM Posición de lo que es tangente. • **tangencial** adj. GEOM Relativo a la tangente, al plano tangente.

tangible adj. **1.** Que se puede tocar. **2.** Fig. Que se puede percibir de manera precisa.

tango n.m. **1.** Fiesta y baile popular en algunos países de América. **2.** Baile argentino. ▷ Música de este baile y letra con que se canta.
ENCICL El origen del tango argentino se remonta a la primera mitad del s. XIX. Nace en los arrabales de Buenos Aires, como una danza que manifiesta el desarraigo de los inmigrantes y su ritmo violento hace que sea rechazado por la buena sociedad de la capital. Unido en sus inicios a la milonga, penetra en el viejo Buenos Aires en los primeros años del s. XX y pasa a ser el símbolo nacional argentino. En la época anterior de entreguerras se introduce en Europa.

tanino n.m. QUIM Sustancia astringente que sirve para curtir las pieles y para otros usos.

tanker n.m. Buque cisterna.

1. tanque n.m. Sustancia cérea con que las abejas recubren las celdas del panal.

2. tanque n.m. **1.** Automóvil de guerra blindado y articulado. **2.** Depósito montado sobre ruedas. **3.** MAR Barco para transportar agua potable. **4.** *Amér.* Estanque, depósito de agua.

tantalio n.m. QUIM Metal blanco refractario, de número atómico 73 y masa atómica 180,947 (símbolo *Ta*).

tántalo n.m. Ave zancuda de plumaje blanco, que habita en el trópico americano.

tantán n.m. **1.** Gongo. **2.** Tambor africano.

tantear **I.** v.tr. **1.** Medir o parangonar una cosa con otra. **2.** Fig. Considerar con prudencia las cosas antes de ejecutarlas. **3.** Fig. Examinar con cuidado a una persona o cosa. **4.** Fig. Explorar la intención de uno sobre un asunto. **5.** Fig. Calcular aproximadamente. **II.** v.tr. e int. Señalar o apuntar los tantos en el juego. • **tanteador** n.m. **1.** El que tantea en el juego. **2.** Marcador donde se señalan los tantos de cada bando. • **tanteo** n.m. **1.** Acción y efecto de tantear. **2.** Número de tantos en el juego.

tanto,a **I.** adj. **1.** Se aplica a la cantidad de una cosa indeterminada o indefinida. **2.** Tan grande o muy grande. **II.** pron.dem. Eso. — *A tanto arrastra la codicia.* **III.** n.m. **1.** Cantidad determinada de una cosa. **2.** Objeto con que se señalan los puntos que se ganan en ciertos juegos. **3.** Unidad de cuenta en muchos juegos. **4.** COM Cantidad proporcional respecto de otra. **5.** pl. Número que se ignora. *A tantos de julio.* **IV.** adv. De tal modo o en tal grado. **V.** adv.c. **1.** Hasta tal punto. **2.** Con verbos de tiempo, denota larga duración relativa. *En ir allá no puede tardarse tanto.* **3.** En sentido comparativo se corresponde con *cuanto* o *como. Tanto vales cuanto tienes.*

tantra n.m. Libro esotérico hindú. • **tántrico,a** adj. Relacionado con el tantrismo. • **tantrismo** n.m. Conjunto de doctrinas y de ritos pertenecientes al hinduismo o al budismo.

tanzano,a **1.** n. y adj. Natural de Tanzania. **2.** adj. Perteneciente o relativo a esta República africana.

tañer v.tr. Tocar un instrumento músico. • **tañido** n.m. Son particular que se toca en cualquier instrumento.

tao n.m. En el taoísmo, principio indefinido de todo lo existente.
ENCICL Se atribuye a menudo su creación a Lao-Tsê, el supuesto autor, hacia el s. VI o V a. J.C., del *Tao-te-king.* Esta obra es una «selección de aforismos» sobre el tao y sobre el ideal del sabio, quien, disminuyendo cada día su actividad exterior y mental, llega a no intervenir más en el curso de las cosas. Después del s. II d. J.C., se desarrolló, alrededor del taoísmo, una especie de sincretismo mágico-religioso que agrupa un conjunto de creencias y de prácticas presididas por numerosos dioses y genios.)

taoísmo n.m. Sistema filosófico y religioso de China. • **taoísta** n. y adj. Persona que practica el taoísmo.

tapa n.f. **I. 1.** Pieza que cierra por la parte superior las cajas, cofres, vasos o cosas semejantes. ▷ *Chile.* Tapón de una vasija. **2.** Capa de suela de que se compone el tacón de una bota o zapato. **3.** Cada una de las dos cubiertas de un libro encuadernado. **4.** Compuerta de una presa. **5.** En la ternera de matadero, carne que corresponde al medio de la pierna trasera. **II.** Nombre que se da a pequeñas porciones de comida que se sirven como acompañamiento de una bebida.

tapaboca n.m. **1.** Golpe que se da en la boca. **2.** Prenda para cubrir el cuello, bufanda. **3.** Fig. y Fam. Razón, dicho o acción con que a uno se le obliga a que calle.

tapabocas n.m. **1.** Bufanda. **2.** Taco cilíndrico de madera, con que se cierra y preserva el ánima de las piezas de artillería.

tapacete n.m. Toldo o cubierta en una carroza y en un barco.

tapacubos n.m. MECAN Tapa metálica de la rueda de un automóvil.

tapadera n.f. **1.** Pieza para cubrir la boca de los pucheros, pozos, etc. **2.** Fig. Persona que encubre o disimula algo.

tapadillo n.m. **1.** Acción de taparse la cara las mujeres con el manto. — Fig. *De tapadillo.* A escondidas. **2.** Uno de los registros de flautas que hay en el órgano.

tapado n.m. *Arg.* y *Chile.* Abrigo o capa de señora o de niño.

tapador,a **1.** n. y adj. Que tapa. **2.** n.m. Cierto género de tapa o tapadera.

tapamiento n.m. Acción y efecto de tapar.

tapar **I.** v.tr. **1.** Cubrir o cerrar lo que está abierto. **2.** Fig. Encubrir, disimular un defecto. **3.** Estar una cosa encima o delante de otra. **II.** v.tr. y prnl. Abrigar o cubrir con la ropa.

tapara n.f. Fruto del taparo. • **taparo** n.m. Árbol de los países cálidos de América, muy semejante a la güira.

taparrabo o **taparrabos** n.m. **1.** Pedazo de tela para cubrirse los órganos sexuales. **2.** Calzón muy corto.

tapera n.f. **1.** *Amér. Merid.* Ruinas de un pueblo. **2.** *Amér. Merid.* Habitación ruinosa.

tapete n.m. **1.** Alfombra pequeña. **2.** Cubierta de tejido, que se suele poner en las mesas y otros muebles.

tapia n.f. **1.** Cada uno de los trozos de pared apisonada en una horma. **2.** Muro de cerca. • **tapiador** n.m. Oficial que hace tapias. • **tapiar** v.tr. **1.** Cerrar con tapias. **2.** Fig. Cerrar con un muro o tabique.

tapicería n.f. **1.** Labor tejida en el telar de mano. ▷ Arte de fabricar tapices. **2.** Lugar donde se guardan los tapices. **3.** Tienda de tapicero. • **tapicero** n.m. **1.** Oficial que teje tapices. **2.** El que tiene por oficio poner alfombras, tapices o cortinajes, guarnecer muebles.

tapiería n.f. Conjunto de tapias que forman una cerca.

tapioca n.f. Fécula que se saca de la raíz de la mandioca, y con la que se hace sopa.

tapir n.m. ZOOL Mamífero de Asia y América del Sur, que tiene el hocico en forma de trompa.

tapisca n.f. *Amér. Central* y *Méx.* Recolección del maíz. • **tapiscar** v.tr. *C. Rica, Hond.* y *Nicar.* Cosechar el maíz, desgranando la mazorca.

tapiz n.m. Paño grande, tejido con lana o seda, que sirve como adorno de las paredes. • **tapizado** n.m. Acción y efecto de tapizar. • **tapizar** v.tr. **1.** Entapizar. **2.** Cubrir, forrar con tela los muebles o las paredes. **3.** Fig. Forrar una superficie.

tapón n.m. **1.** Pieza con que se tapan botellas, toneles y otras vasijas. **2.** CIR Masa de hilas o de algodón en rama con que se obstruye una herida o una cavidad del cuerpo. **3.** Fig. y Fam. Persona muy gruesa y pequeña. • **taponamiento** n.m. Acción y efecto de taponar. • **taponar** v.tr. **1.** Cerrar con tapón. **2.** CIR Obstruir con tapones una herida o una cavidad del cuerpo. • **taponazo** n.m. **1.** Golpe dado con el tapón de una botella, al destaparla. **2.** Estruendo que este acto produce. • **taponero,a** n.m. y f. Persona que fabrica o vende tapones.

tapsia n.f. Planta herbácea vivaz, de la familia de las umbelíferas, usada como revulsivo.

tapujo n.m. Engaño, ocultación de la verdad.

tapuyos o **tapuias,** antiguo pueblo sudamericano, habitante de lo que hoy es Brasil, que comprende varias tribus extendidas por los actuales estados de Maranhão y Ceará. Los tupíes daban este nombre a los que no pertenecían a su raza. Los etnógrafos han distinguido hasta siete etnias o grupos bien diferenciados: djeicó, camacán, macahcali, patacho, botocudo, opayé y carnichó.

taqué n.m. MECAN Cada uno de los vástagos que transmiten la acción del árbol de levas a las válvulas de admisión y de escape del motor.

taqui- Elemento compositivo procedente del griego *taknys,* «rápido».

taquiarritmia n.f. MED Ritmo cardíaco rápido e irregular.

taquicardia n.f. MED Aceleración del ritmo cardíaco.

taquifilaxia n.f. MED Inmunización o habituamiento rápido del organismo a la acción de ciertos venenos por inoculación paulatina de una débil dosis de la misma sustancia. v. mitridatización.

taquigénesis n.f. BIOL Desarrollo embrionario acelerado de ciertos invertebrados.

taquigrafía n.f. Arte de escribir por medio de ciertos signos y abreviaturas. • **taquigrafiar** v.tr. Escribir taquigráficamente. • **taquigráfico,a** adj. Perteneciente o relativo a la taquigrafía. • **taquígrafo,a** **1.** n.m. y f. Persona que se dedica profesionalmente a la taquigrafía. **2.** n.m. TECN Aparato que mide y registra una velocidad.

taquilla n.f. **1.** Armario con casillas. **2.** Despacho de billetes, y también lo que en él se recauda. • **taquillero,a** n.m. y f. Persona encargada de un despacho de billetes o taquilla.

taquimecanografía n.f. Empleo combinado de la taquigrafía y la mecanografía.

taquimecanógrafo,a n.m. y f. Persona que practica la taquimecanografía.

taquimetría n.f. Parte de la topografía, que enseña a levantar planos. • **taquimétrico,a** adj. Perteneciente o relativo a la taquimetría o al taquímetro. • **taquímetro** n.m. **1.** TOPOGR Instrumento que sirve para medir a un tiempo distancias y ángulos horizontales y verticales. **2.** MECAN Contador de velocidad.

tara n.f. **1.** Peso del envase de una mercancía, que se rebaja en la pesada total. **2.** Defecto físico o psíquico.

1. tarabilla n.f. **1.** Cítola del molino. **2.** Fig. y Fam. Persona que habla mucho. **3.** Fig. y Fam. Tropel de palabras.

2. tarabilla n.f. **1.** Zoquetillo de madera que sirve para cerrar las puertas o ventanas. **2.** Listón de madera que mantiene tirante la cuerda de una sierra.

tarabita n.f. **1.** Palito de la cincha para apretarla. **2.** *Amér. Merid.* Maroma por la cual corre la oroya.

taracea n.f. Labor de incrustación. • **taracear** v.tr. Adornar con taracea.

tarahumaras, grupo étnico de México. Ocupaban una vasta región que comprende los actuales estados de Chihuahua (este) y Durango (noroeste), en la zona de los cañones y tierras bajas de la Sierra Madre Occidental. A la llegada de los españoles se retiraron a las montañas, donde viven actualmente. Al descubrir la agricultura se sedentarizan.

tarambana n.m. o f. y adj. Fam. Persona alocada, de poco asiento y juicio.

tarando n.m. Especie de ciervo, reno.

tarángana n.f. Especie de morcilla.

taranta n.f. *Arg., C. Rica* y *Ecuad.* Repente, locura, vena.

tarantela n.f. **1.** Baile popular, procedente del S de Italia. **2.** Aire musical con que se ejecuta este baile.

tarantín n.m. **1.** *Amér. Central.* y *Cuba.* Cachivache, trasto. **2.** *Venez.* Tenducha.

tarántula n.f. Araña muy común en el sur de Europa.

tarar v.tr. Señalar la tara.

tararear v.tr. Cantar entre dientes. • **tarareo** n.m. Acción de tararear.

tarasca n.f. **1.** Figura de sierpe monstruosa. **2.** Fig. y Fam. Mujer descarada o de carácter agresivo. **3.** *C. Rica* y *Chile.* Boca grande.

tarascar v.tr. Morder o herir con los dientes. • **tarascada** n.f. **1.** Golpe, mordedura. **2.** Fig. y Fam. Respuesta áspera o airada.

tarascas, grupo étnico de México. En el Museo Nacional de Antropología, la Sala Purépecha reúne una abundante información sobre el país Tarasco. Los tres paisajes donde se desarrolló su cultura: montañas, valles y regiones lacustres. La lengua purépecha conserva muchos signos de su filiación maya-totoneca. Se informa asimismo de sus técnicas de cultivo, de navegación, su vestimenta y las características de su artesanía.

taray n.m. **1.** BOT Arbusto de la familia de las tamaricáceas, común en las orillas de los ríos. **2.** Fruto de este arbusto.

taraza n.m. **I.** Broma (molusco). **II.** Polilla.

tarazar v.tr. Morder o partir con los dientes, atarazar.

tarco n.m. *Arg.* Árbol de la familia de las saxifragáceas; su madera se utiliza para muebles.

tardar **I.** v.int. y prnl. Detenerse, no llegar oportunamente. **II.** v.int. Emplear tiempo en hacer las cosas. • **tardador,a** n. y adj. Que tarda o se tarda. • **tardanza** n.f. Detención, demora, lentitud, pausa.

tarde **I.** n.f. **1.** Tiempo que hay desde mediodía hasta anochecer. **2.** Últimas horas del día. **II.** adv. t. **1.** A hora avanzada del día o de la noche. **2.** Fuera de tiempo. • **tardíamente** adv.t. Tarde, después de tiempo oportuno.

tardígrados n.m.pl. ZOOL **1.** Antiguo suborden de mamíferos xenartros que incluía los perezosos. **2.** Clase de metazoarios de pequeño tamaño.

tardío,a adj. **1.** Que tarda en venir a sazón y madurez. **2.** Que sucede después del tiempo oportuno. **3.** Pausado, lento.

tardo,a adj. **1.** Lento, perezoso en obrar. **2.** Que sucede después de lo que convenía o se esperaba. **3.** Torpe en la comprensión.

tardón,a n. y adj. **1.** Fam. Que tarda mucho. **2.** Fam. Que comprende tarde las cosas.

tarea n.f. **1.** Cualquier obra o trabajo. **2.** Trabajo que debe hacerse en tiempo limitado.

tarifa n.f. Tabla o catálogo de precios, derechos o impuestos. • **tarifar** **I.** v.tr. Señalar o aplicar una tarifa. **II.** v.int. Fam. Reñir con uno, enemistarse.

tarima n.f. Entablado movible.

tarja n.f. **I.** Escudo grande. **II.** **1.** Moneda de vellón. **2.** Tablita que sirve de contraseña. **III.** *Amér.* Tarjeta de visita.

tarjeta n.f. **1.** Pedazo de cartulina, de forma rectangular, con el nombre y dirección de una persona, o con una invitación, notificación o cosa semejante. — *Tarjeta de identidad.* La que sirve para acreditar la personalidad del titular. **2.** Adorno plano sobrepuesto a un miembro arquitectónico, y que lleva inscripciones. **3.** Membrete de los mapas y cartas. • **tarjetero** n.m. Cartera para llevar tarjetas.

taro n.m. Planta (familia de las aráceas) cultivada en África tropical y en Polinesia.

taropé n.m. BOT Planta acuática de la familia de las ninfeáceas, especie de nenúfar.

tarot o **taroco** n.m. Juego de naipes de formato grande para adivinar el porvenir.

tarpón n.m. Pez marino de gran tamaño.

tarquín n.m. Légamo de las aguas estancadas o de las avenidas de un río.

tarragonés,a o **tarraconense** **1.** n. y adj. Natural de Tarragona. **2.** adj. Perteneciente o relativo a esta provincia o a su capital.

tarreña n.f. Especie de castañuelas.

tarro n.m. **1.** Recipiente de vidrio o porcelana. **2.** Anátido migratorio.

társidos n.m.pl. ZOOL Familia de primates. • **Tarsius** n.m. ZOOL Género de pequeños primates arborícolas de Asia insular.

tarta n.f. Pastel grande, de forma generalmente redonda, relleno.

tártago n.m. **1.** Planta herbácea anual de la familia de las euforbiáceas, que tiene virtud purgante y emética. **2.** Fig. y Fam. Suceso infeliz.

tartajear v.int. Hablar pronunciando las palabras con torpeza. • **tartaja** n.m. y f. y adj. Fam. Que tartajea. • **tartajeo** n.m. Acción y efecto de tartajear.

tartamudear v.int. Hablar o leer con pronunciación entrecortada y repitiendo las sílabas. • **tartamudeo** n.m. Acción y efecto de tartamudear. • **tartamudez** n.f. Calidad de tartamudo. • **tartamudo,a** n. y adj. Que tartamudea.

1. tartán n.m. **1.** Tela de lana de Escocia. **2.** Tejido con dibujo escocés.

2. tartán n.m. Revestimiento de suelos.

tartana n.f. **I.** Embarcación menor, para la pesca y el tráfico de cabotaje. **II.** Carruaje con cubierta abovedada y asientos laterales.

tártaro n.m. **1.** Tartrato ácido de potasio impuro que forma costra en los toneles. **2.** Sarro de los dientes. • **tartárico,a** adj. QUIM Perteneciente o relativo al tártaro del mosto.

tártaros, pueblo nómada turco-mongol; se ha comprobado su presencia al O de la actual Mongolia en el s. VIII. Fueron aniquilados por Gengis Kan en 1202, pero los europeos llamaron durante mucho tiempo «tártaros» a todos los invasores mongoles, y más tarde a diversos pueblos turcos de Rusia. En la actualidad se distinguen esencialmente los tártaros del Volga y los tártaros de Crimea. Estos últimos, deportados por Stalin al final de la Segunda Guerra Mundial, luchan aún por recuperar su territorio nacional.

tartera n.f. Cacerola con tapa, fiambrera.

tartrato n.m. QUIM Sal del ácido tartárico.

tártrico,a adj. QUIM Perteneciente o relativo al tártaro del mosto.

tartufo n.m. Hipócrita.

taruga n.f. Mamífero rumiante americano parecido al ciervo.

tarugo n.m. **1.** Pedazo de madera preparado para encajarlo en un taladro, clavija. **2.** Pedazo de pan. **3.** Fig. Persona inculta o torpe.

tarumá n.m. *Arg.* Árbol de la familia de las verbenáceas que produce un fruto morado oleoso.

tas n.m. Yunque pequeño y cuadrado.

tasa n.f. Relación entre dos sumas de dinero expresada en porcentaje.

tasajo n.m. **1.** Pedazo de carne seco y salado. **2.** P. ext., pedazo de cualquier carne.

tasar v.tr. **1.** Poner tasa a las cosas vendibles. **2.** Graduar el valor de las cosas. **3.** Regular o estimar lo que cada uno merece por su trabajo. **4.** Fig. Poner medida para que no haya exceso. **5.** Fig. Restringir o reducir. • **tasa** n.f. **1.** Acción y efecto de tasar. **2.** Documento en que consta la tasa. **3.** Precio a que por disposición de la autoridad puede venderse una cosa. **4.** Medida, regla. • **tasación** n.f. Justiprecio, avalúo de las cosas. • **tasador,a** n. y adj. **1.** Que tasa. **2.** El que ejerce el oficio público de tasar.

tasca n.f. **I.** Garito o casa de juego de mala fama. ▷ Taberna. **II.** *Perú.* Olas revueltas.

tascar v.tr. **1.** Quebrantar el lino o el cáñamo. **2.** Fig. Quebrantar con ruido la hierba las bestias cuando pacen. • **tasco** n.m. Estopa gruesa.

tasi n.m. BOT *Arg.* Enredadera silvestre.

tasquil n.m. Fragmento o pedazo pequeño que salta de la piedra al labrarla.

tasugo n.m. Tejón.

tata n.f. **I.** Fam. Nombre infantil con que se designa a la niñera. **II.** n.m. *Amér.* Padre, papá.

tatabro n.m. ZOOL Especie de jabalí pequeño.

tatami n.m. Gruesa estera destinada a amortiguar las caídas en la práctica de las artes marciales.

tatarabuelo,a n.m. y f. Tercer abuelo.

tataranieto,a n.m. y f. Tercer nieto.

tataré n.m. BOT *Arg.* y *Par.* Árbol grande, de la familia de las mimosáceas, cuya madera se utiliza en la construcción de barcos.

tate Voz que denota extrañeza o asombro.

tato,a n.m. y f. Fam. *Chile.* Voz de cariño con que se designa a un hermano pequeño.

tatú n.m. Mamífero xenartro de América tropical, armadillo.

tatuar v.tr. y prnl. Grabar dibujos en la piel humana. • **tatuaje** n.m. Acción y efecto de tatuar o tatuarse.

taula, construcción megalítica propia de las islas Baleares, compuesta por dos piedras formando una *T.* Abundan principalmente en Menorca.

taumaturgo,a n.m. y f. Persona admirable en sus obras; autor de cosas prodigiosas. • **taumaturgia** n.f. Facultad de realizar prodigios. • **taumatúrgico,a** adj. Perteneciente o relativo a la taumaturgia.

taurino,a adj. Perteneciente o relativo al toro, o a las corridas de toros.

taurófilo,a adj. Que tiene afición a las corridas de toros.

tauromaquia n.f. Arte de lidiar toros. • **tauromáquico,a** adj. Perteneciente o relativo a la tauromaquia.

tauto- Elemento procedente del griego *tautos,* «lo mismo».

tautología n.f. Carácter redundante de una proposición. • **tautológico,a** adj. Que concierne a la tautología.

tautomería n.f. QUIM Propiedad que tienen algunos compuestos de existir bajo diversas formas en equilibrio.

taxáceo,a n. y adj. BOT Se dice de la planta arbórea gimnosperma, conífera, como el tejo. ▷ n.f.pl. Familia de estas plantas.

taxativo,a adj. FOR Que limita, circunscribe y reduce un caso a determinadas circunstancias.

taxi n.m. Automóvil de alquiler con chófer, provisto de taxímetro. • **taxímetro** n.m. Contador que indica la cantidad a pagar por un trayecto en taxi. • **taxista** n.m. y f. Persona que conduce un taxi.

taxi-, taxo-, taxia- Partículas procedentes del griego *taxis,* «arreglo, orden».

taxidermia n.f. Arte de disecar los animales. • **taxidermista** n.m. y f. Disecador, persona que se dedica a practicar la taxidermia.

taxis n.f. BIOL Movimiento que presentan los organismos cuando se orientan según una dirección.

taxodiáceas n.f.pl. BOT Familia de plantas gimnospermas de la clase de las coníferas.

Taxodium n.m. Género de grandes coníferas ornamentales originarias de los pantanos de América del Norte.

taxon n.m. Unidad sistemática (especie, género, familia, etc.).

taxonomía n.f. **1.** Ciencia de la clasificación de los seres vivos. **2.** P. ext., ciencia de la clasificación, en general. • **taxonómico,a** adj. Perteneciente o relativo a la taxonomía.

tayuyá n.m. *Arg.*, *Par.* y *Urug.* Planta rastrera de la familia de las cucurbitáceas.

taza n.f. **1.** Vasija pequeña con asa, que se usa para tomar líquidos. **2.** Receptáculo de las fuentes. **3.** Receptáculo del retrete.

tazar v.tr. y prnl. Romperse la ropa por el roce.

tazón n.m. Vasija algo mayor que la taza y sin asa.

Tb QUIM Símbolo del terbio.

Tc QUIM Símbolo del tecnecio.

1. te n.f. Nombre de la letra *t*.

2. te Dativo o acusativo del pronombre personal de segunda persona en género masculino o femenino y número singular.

Te QUIM Símbolo del telurio.

té n.m. BOT Arbusto del Extremo Oriente, de la familia de las teáceas. ▷ Hoja seca de este arbusto. ▷ Infusión de las hojas de ese arbusto. ▷ Reunión de personas por la tarde durante la cual se sirve el té.

tea n.f. Astilla impregnada en resina, para alumbrar.

teáceo,a n.f. y adj. BOT Se dice de árboles y arbustos angiospermos dicotiledóneos, siempre verdes, como la camelia y el té. ▷ n.f. pl. BOT Familia de estas plantas.

teatina n.f. *Chile*. Planta gramínea, especie de avena, cuya paja se usa para tejer sombreros.

teatinos (orden de los), orden de clérigos regulares fundada en Roma en 1524 por Cayetano de Thiene y Pietro Carafa (el futuro papa Paulo IV), obispo de Chieti cuya principal misión era ayudar a bien morir a los que iban a ser ajusticiados (en latín *Theate* o *Teate*).

teatro n.m. **1.** Edificio o lugar destinado a la representación de obras dramáticas o a otros espectáculos públicos. **2.** Escenario o escena. **3.** Práctica en el arte de representar comedias. **4.** Conjunto de todas las producciones dramáticas de un pueblo, de una época o de un autor. **5.** Profesión de actor. *Dedicarse al teatro; dejar el teatro*. **6.** Arte de componer obras dramáticas. **7.** Fig. Lugar en que ocurren acontecimientos notables. • **teatral** adj. **1.** Perteneciente o relativo al teatro. **2.** Se aplica a cosas en que se descubre deliberado propósito de llamar la atención. • **teatralidad** n.f. Calidad de teatral. • **teatralizar** v.tr. **1.** Dar forma teatral a un tema o asunto. **2.** Dar carácter espectacular o efectista.

tebaína n.f. BIOQUIM Alcaloide muy tóxico contenido en el opio.

tebeo n.m. Revista infantil de historietas.

1. teca n.f. Árbol de la familia de las verbenáceas, que se cría en la India, cuya madera se emplea para construcciones navales.

2. teca n.f. BIOL Cubierta resistente que protege a algunos seres unicelulares.

-teca Sufijo procedente del griego *theke*, «caja, recipiente, armario».

tecla n.f. **1.** Cada una de las piezas que, tocadas con los dedos, hacen sonar un instrumento musical o funcionar un aparato. **2.** Fig Materia o cuestión delicada. • **teclado** n.m Conjunto ordenado de teclas de piano, órgano u otro instrumento semejante.

teclear **I.** v.int. **1.** Mover las teclas. **2.** Fig. y Fam. Menear los dedos a manera del que toca las teclas. **II.** v.tr. Fig. y Fam. Intentar diversos medios para la consecución de algún fin. • **tecleo** n.m. Acción y efecto de teclear.

tecnecio n.m. QUIM Metal radiactivo producido artificialmente, de número atómico 43 (símbolo *Tc*).

-tecnia Partícula inseparable que entra pospuesta en la formación de algunas voces españolas con el significado de arte, oficio.

técnica n.f. **1.** Método particular que se utiliza para llevar a cabo una operación concreta. **2.** Conjunto de métodos utilizados en la práctica de un arte, de una actividad cualquiera. ▷ Destreza, conocimiento de un conjunto de métodos. **3.** *La técnica*. Conjunto de aplicaciones de los conocimientos científicos a la producción de bienes y productos materiales. • **tecnicismo** n.m. **1.** Calidad de técnico. **2.** Conjunto de voces técnicas. ▷ Cada una de estas voces. • **técnico,a** **I.** adj. Perteneciente o relativo a las ciencias y las artes. **II.** n. y adj. **1.** Persona que conoce una técnica determinada. **2.** Especialista en la aplicación de las ciencias.

tecnicolor n.m. Procedimiento que permite reproducir en la pantalla cinematográfica los colores.

tecno- Prefijo procedente del griego *tekhnē*, «arte, oficio».

tecnocracia n.f. Sistema de organización política y social en el que los técnicos ejercen una influencia preponderante. • **tecnócrata** n. y adj. Persona que, en el ejercicio del poder, tiende a situar los aspectos técnicos de los problemas por encima de los aspectos humanos.

tecnología n.f. **1.** Estudio de las técnicas industriales. **2.** Medios y procedimientos industriales. • **tecnológico,a** adj. Perteneciente o relativo a la tecnología.

tecolote n.m. *Hond.* y *Méx.* Búho (ave).

tecomate n.m. **1.** *Amér. Central*. Especie de calabaza de la cual se hacen vasijas. **2.** *Amér. Central*. Esa clase de vasijas.

tectónico,a **I.** adj. GEOL Perteneciente o relativo a la estructura de la corteza terrestre. **II.** n.f. Parte de la geología, que trata de dicha estructura.

tectriz n.f. ZOOL Pluma del cuerpo y de la parte delantera del ala de las aves.

techo n.m. **1.** Parte superior de un edificio, que lo cubre y cierra, o de cualquiera de las estancias que lo componen. **2.** Fig. Casa, domicilio. • **techado** n.m. Techo. • **techar** v.tr. Cubrir un edificio formando el techo. • **techumbre** n.f. **1.** Techo de un edificio. **2.** Conjunto de la estructura y elementos de cierre de los techos.

Te Deum n.m. inv. Cántico de acción de gracias. — Composición musical basada en el texto latino del *Te Deum*.

tedio n.m. Repugnancia, fastidio o molestia. • **tedioso,a** adj. Fastidioso, que causa tedio.

teflón n.m. Materia plástica, polímero del tetrafluoretileno, de gran resistencia a los agentes químicos y al calor, utilizado principalmente para la fabricación de revestimientos aislantes y de utensilios de cocina (sartenes, etc.).

Tegenaria n.f. ZOOL Género de grandes arañas.

teguillo n.m. Pieza de madera de sierra.

tegumento n.m. **1.** BOT Tejido que cubre algunas partes de las plantas. **2.** ZOOL Membrana que cubre el cuerpo del animal o alguno de sus órganos internos. • **tegumentario,a** adj. BOT y ZOOL Perteneciente o relativo al tegumento.

tehuelches, pueblo sudamericano, del grupo pampeano, que junto con los *ona*, constituye el grupo patagón (nombre dado por los españoles a los pobladores de la Patagonia argentina debido al aparente tamaño de sus pies, al estar cubiertos de pieles). Poseían un sistema numérico más adelantado que el resto de las tribus; creían en un espíritu bueno que gobernaba el cielo. Destacaban por su elevada estatura, rostro alargado y piel amarillo-rojiza. Actualmente, desde el río Negro hasta el estrecho de Magallanes, se pueden encontrar unos 2.000 descendientes de este pueblo.

teína n.f. QUIM Principio activo del té.

teísmo n.m. Creencia en un dios providencial. • **teísta** n. Persona que profesa el teísmo. ▷ adj. Relativo al teísmo.

teja n.f. **I. 1.** Pieza de barro cocido, para cubrir los techos. **2.** Cada una de las dos partes de una barra de acero que envuelven el alma de la espada. **3.** Fig. Sombrero de los eclesiásticos. **II.** — *A toca teja*. En dinero contante, sin dilación en la paga.

tejadillo n.m. **1.** ARQUIT Tejado de una sola vertiente. **2.** Tapa de la caja de un coche.

tejado n.m. Parte superior del edificio, cubierta comúnmente por tejas.

1. tejar n.m. Sitio donde se fabrican tejas, ladrillos y adobes.

2. tejar v.tr. Cubrir de tejas.

tejavana n.f. Cobertizo.

tejazo n.m. Golpe de teja.

tejemaneje n.m. **1.** Fam. Afán, destreza agilidad. **2.** *Amér.* Manejos enredosos.

tejer v.tr. **1.** Entrelazar hilos, cordones, etc., para formar telas u otras cosas semejantes. **2.** Fig. Componer, ordenar con método y disposición. **3.** Fig. Discurrir, maquinar. **4.** *Chile* y *Perú*. Fig. Intrigar, enredar. • **tejedor,a** **I.** adj. Que teje. **II.** n. y adj. *Chile* y *Perú*. Fig. y Fam. Intrigante, enredador. **III.** n.m. y f. Persona que tiene por oficio tejer. **IV.** n.m. **1.** Insecto hemíptero acuático. **2.** ZOOL Paseriforme africano (familia de los ploceidos). • **tejedura** n.f. **1.** Acción y efecto de tejer. **2.** Disposición de los hilos de una tela.

tejero,a n.m. y f. Persona que fabrica tejas y ladrillos. • **tejera** n.f. Lugar donde se fabrican tejas, ladrillos y adobes.

tejido,a n.m. **1.** Disposición de los hilos de una tela. **2.** Cosa tejida. **3.** BOT y ZOOL Cada uno de los diversos agregados de células que desempeñan en conjunto una determinada función.

ENCICL En botánica se distinguen: los *tejidos protectores* (epidermis de los órganos aéreos, súber de los subterráneos y corcho); los *tejidos conductores* (en especial el xilema); los *tejidos de sostén* (colénquima y esclerénquima); los parénquimas, tejidos de relleno que sirven muchas veces de lugar de almacenaje de materias de reserva o que aseguran otras funciones, muy variables (parénquimas palisádico, aerífero, etc.). Los *meristemos* son conjuntos de células embrionarias que dan lugar a todos los tejidos precedentes. En anatomía animal y humana, se distinguen los tejidos conjuntivos, epiteliales (piel, epitelio), secretores, musculares y nerviosos. El estudio de los tejidos (vegetales, animales o humanos) se llama *histología*.

1. tejo n.m. **1.** Pedazo redondo de teja que sirve para jugar. **2.** Plancha metálica.

2. tejo n.m. BOT Árbol siempre verde de la familia de las taxáceas.

tejoleta n.f. **1.** Pedazo de teja. **2.** Castañuela de barro, tarreña.

1. tejón n.m. Mamífero carnicero, que habita en madrigueras profundas y se alimenta de animales pequeños y de frutos. • **tejonera** n.f. Madriguera donde se crían los tejones.

2. tejón n.m. Tejo, pedazo redondo de oro en pasta.

tejuelo n.m. **1.** Cuadrito que se pega al lomo de un libro para poner el rótulo. **2.** MECAN Pieza donde se apoya el gorrón de un árbol.

tela n.f. **1.** Obra hecha de muchos hilos entrelazados, tejido. **2.** Lo que se pone de una vez en el telar. **3.** Membrana, tela del cerebro, del corazón. **4.** Sitio cerrado dispuesto para espectáculos o fiestas. **5.** Película que se forma en la superficie de algunos líquidos. **6.** Túnica, en algunas frutas, que los cubre. **7.** Tejido que forman la araña y otros animales. **8.** Nubecilla sobre la niña del ojo. **9.** PINT Lienzo, cuadro, pintura. **10.** Fig. Asunto o materia. • **telar** n.f. **1.** Máquina para tejer. **2.** Parte superior del escenario. **3.** Aparato en que los encuadernadores colocan los pliegos para coserlos.

telamón n.m. ARQUIT Atlante.

telaraña n.f. **1.** Tela que forma la araña. **2.** Fig. Cosa sutil, de poca entidad. • **telarañoso,a** adj. Cubierto de telarañas.

tele- Prefijo que tiene el significado de «lejos».

tele n.f. Fam. Forma apocopada de televisión.

telecinema n.m. Aparato que permite transmitir por televisión una película cinematográfica.

telecomunicación n.f. Sistema de comunicación a distancia.
ENCICL Numerosas técnicas han contribuido al desarrollo de las modernas telecomunicaciones: telegrafía, teléfono, televisión, etc. Como la red telefónica, la red telegráfica, hoy llamada *télex,* está equipada con autoconmutadores especiales que permiten establecer automáticamente la comunicación entre los abonados. Cada abonado posee un teleimpresor, utilizado para el envío y la recepción de mensajes. El golpe de cada letra del teclado del teleimpresor se traduce por medio de la emisión de impulsos eléctricos que son transmitidos de la misma forma que las señales telefónicas. Las comunicaciones por ondas radioeléctricas, que permiten abandonar la utilización de cables, se efectúan por ondas cortas (radiotelegrafía, p. ej.) o por ondas ultracortas (haces hertzianos). Un *haz hertziano* está constituido por un conjunto de relés separados entre ellos por una distancia de 50-80 km. La capacidad de transmisión de los haces hertzianos pueden alcanzar varios millares de líneas telefónicas. Los *satélites de telecomunicaciones* utilizan haces hertzianos. Se utilizan generalmente satélites geoestacionarios; bastan tres de ellos para que dos puntos cualquiera de la superficie terrestre puedan establecer una comunicación. Entre otras formas de transmitir las informaciones, podemos citar las *guías de ondas* (cilindros en cuyo interior las ondas ultracortas se propagan por reflexiones sucesivas) que han sido reemplazadas por las fibras *ópticas,* que permiten transmitir señales luminosas con una capacidad muy superior a la de los cables o haces hertzianos. Estas señales luminosas, emitidas por *láser,* son de hecho ondas radioeléctricas cien mil veces más cortas que las ondas ultracortas. Las telecomunicaciones se han desarrollado igualmente para formar redes de *ordenadores,* que difunden y transmiten a larga distancia las señales de informática: se habla entonces de *telemática.*

teledifusión n.f. TECN Difusión por cable de las emisiones de televisión.

teledirección n.f. Dirección de móviles a distancia. • **teledirigir** v.tr. **1.** Guiar por telemando. **2.** Fig. Manipular, inspirar por un poder lejano.

teleférico n.m. Sistema de transporte en que los vehículos van suspendidos de un cable de tracción.

telefio n.m. Planta herbácea de la familia de las crasuláceas, cuyos hojas suelen usarse como cicatrizantes.

teléfono n.m. Conjunto de aparatos e hilos conductores con los cuales se transmiten a distancia la palabra y toda clase de sonidos por la acción de la electricidad. • **telefonazo** n.m. Llamada telefónica. • **telefonear** v.tr. Dirigir comunicaciones por medio del teléfono. • **telefonía** n.f. Arte de construir, instalar y manejar los teléfonos. • **telefónico,a** adj. Perteneciente o relativo al teléfono o a la telefonía. • **telefonista** n.m. y f. Persona que se ocupa en el servicio de los aparatos telefónicos.
ENCICL **Telecom.** — El principio del teléfono consiste en transformar las vibraciones sonoras de la voz en señales eléctricas que son transmitidas al destinatario tras ser amplificadas para compensar las pérdidas de línea. Al ser recibidas, las señales eléctricas se transforman en vibraciones sonoras. Como en la reproducción de una conversación no se necesita transmitir fielmente todos los sonidos, la banda de frecuencias utilizada corresponde a un intervalo de 300 a 3.400 Hz (mientras que la gama de frecuencias audibles se extiende de 20 a 20.000 Hz), lo que permite conducir un gran número de comunicaciones por el mismo cable. Un *aparato telefónico* consta de un micrófono, un auricular y varias piezas accesorias, en particular, un timbre, un disco o un teclado de llamado y un transformador, llamado también bobina de inducción, que permite mejorar el rendimiento del conjunto aparato-línea. El aparato está alimentado generalmente por corriente continua desde una central telefónica; la llamada de un abonado solicitante se efectúa por medio de impulsos que provocan la interrupción de esta corriente. La *conmutación* telefónica (es decir, la comunicación entre dos abonados) se realiza hoy automáticamente por medio de autoconmutadores electromecánicos o electrónicos que establecen progresivamene el enlace. Los sistemas de conmutación electrónica cuentan con un ordenador que trabaja en tiempo real y que sirve para efectuar el mejor enlace posible. La transmisión telefónica se realiza por cables o por ondas radioeléctricas. Cada vez se utilizan más para esta actividad los satélites de telecomunicaciones (v. satélite). La unión del teléfono y de la televisión constituye la *videofonía:* los interlocutores se ven mutuamente sobre una pantalla de televisión. Cada aparato consta de un teléfono, un receptor de televisión y una cámara de televisión, unidos a una central a la que las señales de la televisión llegan simultáneamente.

telégrafo n.m. Conjunto de aparatos que sirven para transmitir despachos con rapidez y a distancia. • **telegrafía** n.f. **1.** Arte de construir, instalar y manejar los telégrafos. **2.** Servicio público de comunicaciones telegráficas. • **telegrafiar** v.tr. **1.** Manejar el telégrafo. **2.** Dictar comunicaciones para su expedición telegráfica. • **telegráfico,a** adj. Perteneciente o relativo al telégrafo o a la telegrafía. • **telegrafista** n.m. y f. Persona que se ocupa en la instalación o el servicio de los aparatos telegráficos. • **telegrama** n.m. Despacho transmitido por telegrafía.
ENCICL **Telecom.** — Las telecomunicaciones se han desarrollado a partir del telégrafo óptico. El primer telégrafo fue construido por Chappe en 1793. Estaba formado por un conjunto de estaciones distantes unos 9 o 12 km entre sí; cada una emitía señales ópticas por medio de un indicador móvil situado en lo alto de un mástil. Tras haber efectuado varios intentos, el primer sistema de telégrafo eléctrico fue inventado por Morse en 1843. La primera comunicación telegráfica por cable submarino a través del Atlántico data de 1866. Actualmente las comunicaciones telegráficas entre abonados se realizan por *télex.*

teleimpresor n.m. TECN Aparato telegráfico que permite el envío de textos sin intervención de un operador.

teleinformática n.f. INFORM Conjunto de métodos que permiten la utilización a distancia del ordenador.

telele n.m. Soponcio, patatús.

telemando n.m. Mando a distancia.

telemática n.f. INFORM Conjunto de técnicas utilizadas para conectar las redes de comunicación y los materiales informáticos.

telemedición n.f. TECN Emisión a distancia de los resultados de medidas.
ENCICL La telemedición se emplea corrientemente en la industria (control del funcionamiento de un reactor nuclear, p. ej.), en los laboratorios de investigación, en meteorología (medidas atmosféricas por medio de globos sonda) y para la transmisión a tierra de las magnitudes que sirven para controlar el funcionamiento de un vehículo espacial.

telémetro n.m. TOPOGR Sistema óptico que permite apreciar la distancia a que se halla un objeto lejano. • **telemetría** n.f. Arte de medir distancias entre objetos lejanos.
ENCICL **Técn.** — Los telémetros *ópticos* se componen de un tubo que lleva dos espejos en sus extremos. Las imágenes del punto observado son retomadas por un ocular situado en mitad del tubo, determinándose la distancia que se quiere medir por la posición de las imágenes finales o haciéndolas coincidir. El telémetro de *láser* tiene un láser de impulsos cuyo haz se refleja en un espejo situado en el objeto que se quiere observar. Los *radares* son telémetros radioeléctricos.

telencéfalo n.m. CIENC NAT Vesícula anterior del encéfalo embrionario de los vertebrados.

teleo-, telo- Prefijos procedentes del griego *telos, teleos,* «fin», y *teleios,* «completo, acabado».

teleobjetivo n.m. Objetivo fotográfico utilizado para fotografiar objetos lejanos.

teleología n.f. FILOS Estudio de la finalidad. — Doctrina según la cual el mundo tiende a una finalidad. • **teleológico,a** adj. Que tiene relación con la teleología.

teleósteo n. y adj. ZOOL Se dice del pez que tiene el esqueleto completamente osificado. ▷ n.m.pl. ZOOL Orden de estos animales.
ENCICL Los teleósteos aparecieron al final del período jurásico. Este superorden comprende la mayoría de los peces actuales. Su cuerpo está recubierto de escamas imbricadas como las tejas de un techo. Están divididos en treinta órdenes, y los principales son: los *anguiliformes* (anguila, morena, etc.), los *salmoniformes* (salmón, sollo, anchoa, etc.), los *gadiformes* (lota, bacalao, pescadilla, merluza, etc.), los *perciformes* (perca, mero, salmonete, caballa, atún, etc.), etc.

telepatía n.f. Comunicación a distancia por medio del pensamiento, transmisión del pensamiento. • **telepático,a** adj. Perteneciente a la telepatía.

telequinesia n.f. Fenómeno paranormal que consiste en poner en movimiento a distancia objetos pesados.

telera n.f. **1.** Travesaño del arado que gradúa la profundidad del surco. **2.** Redil formado con tablas. **3.** Cada uno de los dos maderos paralelos que forman las prensas de carpinteros y otros artesanos. **4.** Travesaño de madera. **5.** Cada una de las secciones móviles del vallado.

telescopio n.m. ASTRON Instrumento óptico utilizado para la observación de objetos lejanos. • **telescópico,a** adj. **1.** Que se hace con auxilio del telescopio. **2.** Dícese del objeto cuyos diferentes elementos se insertan unos en otros.
ENCICL **Fís.** — El objetivo de un telescopio es un espejo cóncavo, generalmente parabólico, que da una imagen real perfecta de un punto situado en el infinito sobre el eje del espejo y que se puede observar utilizando una lupa como ocular. Los espejos de los telescopios son, al contrario de las lentes de los anteojos, perfectamente acromáticos y de dimensiones muy superiores: el telescopio soviético de Zelenchuk, en el Cáucaso, posee un objetivo de 6 m de diámetro. Los radiotelescopios sirven para detectar las ondas radioeléctricas emitidas por los astros; son completamente dife-

rentes de los telescopios ópticos, están formados por una antena de gran dimensión y por una serie de instrumentos que realizan el análisis de las señales recibidas. Los telescopios electrónicos, de una potencia netamente superior a la de los telescopios ópticos, están formados por un amplificador de imágenes unido a un telescopio óptico.

telesilla n.m. Especie de teleférico con sillas colgantes, para uso de esquiadores.

telespectador,a n.m. y f. Espectador de televisión.

telesquí n.m. Teleférico para esquiadores.

telestesia n.f. Telepatía.

teletipo n.m. Nombre comercial de un teleimpresor.

teletransmisión n.f. TECN Transmisión a distancia de señales (telegráficas, de video, etc.).

teletratamiento n.m. INFORM Tratamiento a distancia de datos.

televidente n.m. y f. Persona que contempla las imágenes transmitidas por la televisión.

televisión n.f. **1.** Sistema de transmisión de imágenes a distancia por medio de ondas. **2.** Organismo que produce y distribuye emisiones por televisión. • **televisado,a** adj. Transmitido por televisión. • **televisar** v.tr. Transmitir imágenes por televisión. • **televisivo,a** adj. Relativo a la televisión. • **televisor** n.m. Aparato receptor de televisión.

télex n.m. Sistema de telegrafía que permite la transmisión de mensajes.

telilla n.f. **1.** Tejido de lana ligero. **2.** Tela o nata de algunos líquidos. **3.** Capa delgada que cubre la masa fundida de la plata.

telofase n.f. BIOL Última fase de la mitosis.

telolecito,a adj. BIOL *Huevo telolecito.* Dícese de aquel cuyo vitelo, muy abundante, está localizado en uno de los polos (huevos de los reptiles, pájaros y de la mayoría de los peces).

telón n.m. Lienzo grande pintado que se pone en el escenario de un teatro de modo que pueda bajarse y subirse.

telson n.m. ZOOL Último segmento del cuerpo de los crustáceos.

telúrico,a adj. Perteneciente o relativo a la Tierra como planeta.

telurio n.m. QUIM Cuerpo simple parecido al azufre y al selenio, de número atómico 52 y masa atómica 127,60 (símbolo *Te*).

telurismo n.m. Influencia del suelo de una comarca sobre sus habitantes.

tellina n.f. ZOOL Molusco lamelibranquio marino del género *Tellina.*

telliz n.m. Cubierta que se pone al caballo.

tema **I.** n.m. **1.** Asunto o materia. **2.** GRAM Parte esencial, fija o invariable de un vocablo. **3.** MUS Pequeño trozo de una composición, con arreglo al cual se desarrolla el resto de ella. **II.** n.f. **1.** Porfía, obstinación o contumacia. **2.** Idea fija. • **temario** n.m. Conjunto de temas que se proponen para su estudio. • **temática** n.f. Conjunto de los temas parciales contenidos en un asunto general. • **temático,a** adj. **1.** Que se dispone según el tema de cualquier materia. **2.** Se dice del que sostiene tenazmente un tema o idea. **3.** GRAM Relativo al tema de una palabra.

tembladera n.f. **1.** Acción de temblar. **2.** Torpedo (pez). **3.** Planta anual de la familia de las gramíneas. **4.** *Arg.* Enfermedad que ataca a los animales en ciertos lugares de los Andes.

tembladerilla n.f. **1.** *Chile.* Planta de la familia de las papilionáceas, que produce temblor en los animales que la comen. **2.** *Chile.* Planta herbácea de la familia de las umbelíferas.

temblador,a n. y adj. Que tiembla.

temblar **I.** v.int. **1.** Agitarse con movimiento frecuente e involuntario. **2.** Vacilar, moverse rápidamente a uno y otro lado. **II.** v.tr. e int. Fig. Tener mucho miedo de algo o alguien. • **tembleque** n.m. Temblor. • **temblor** n.m. Movimiento involuntario del cuerpo o de algunas partes de él. — *Temblor de tierra.* Terremoto. • **tembloroso,a** adj. Que tiembla mucho.

temer **I.** v.tr. **1.** Tener temor a una persona o cosa. **2.** Recelar un daño. **3.** Sospechar, recelar. **II.** v.int. Sentir temor. • **temerario,a** adj. **1.** Inconsiderado, imprudente. **2.** Que se dice, hace o piensa sin fundamento. • **temeridad** n.f. **1.** Calidad de temerario. **2.** Acción temeraria. **3.** Juicio temerario. • **temeroso,a** adj. **1.** Que causa temor. **2.** Medroso, cobarde. **3.** Que recela un daño. • **temible** adj. Digno o capaz de ser temido. • **temor** n.m. **1.** Sentimiento que mueve a rechazar las cosas que se consideran arriesgadas. **2.** Presunción o sospecha. **3.** Recelo de un daño futuro.

témpano n.m. **1.** Pedazo o fragmento plano de alguna cosa. **2.** Plancha de hielo. **3.** Timbal, instrumento músico. **4.** Piel del pandero, tambor, etc. **5.** Hoja de tocino. **6.** Tapa de tonel. • **tempanador** n.m. Instrumento que sirve para abrir las colmenas.

temperamento n.m. **I. 1.** FISIOL Constitución particular de cada individuo. **2.** Fig. Vitalidad, vivacidad. ▷ P. ext., capacidad expresiva de un artista. **II.** Temperie, estado de la atmósfera. • **temperamental** adj. Perteneciente al temperamento.

temperar **1.** v.tr. y prnl. Atemperar. **2.** v.tr. MED Templar el exceso de acción por medio de calmantes. • **temperancia** n.f. Moderación, templanza. • **temperante** n.m. *Amér. Merid.* Abstemio.

temperatura n.f. **1.** Grado de calor o frío de los cuerpos. **2.** Estado térmico de la atmósfera.

ENCICL **Fís.** — La temperatura de un cuerpo mide la agitación microscópica de las partículas que lo forman. Cuando se aporta energía a un cuerpo, esta agitación térmica crece y la temperatura aumenta. Si esta agitación sobrepasa un cierto límite, los enlaces que mantienen la estructura del cuerpo pueden romperse y se produce un cambio de estado (fusión o evaporización, p. ej.). Si se enfría un cuerpo, su agitación térmica disminuye. El estado particular para el que esta agitación es mínima corresponde al origen de la escala de Kelvin, el *cero absoluto*, llamado así porque corresponde a un estado límite hacia el que se tiende sin poder alcanzarlo. En las cercanías del cero absoluto se producen algunos fenómenos especiales (v. supraconductividad). Para determinar la temperatura de un cuerpo, se puede medir una de las magnitudes (dilatación, variación de presión o de resistencia eléctrica, etc.) en las que se produce una variación al mismo tiempo que varía la agitación térmica, tras haber definido la relación entre la temperatura y la magnitud medida.

La escala de temperatura del sistema internacional (SI), es la *escala termodinámica*, llamada todavía escala absoluta. En esta escala, la temperatura se expresa en grados Kelvin (símbolo *K*); la temperatura del *punto triple del agua* (estado de equilibrio entre el hielo, el agua líquida y el vapor de agua) es, por definición, igual a 273,16 K. En la vida corriente se utiliza la escala Celsius o centígrada, definida por la relación: n °C=nK—273,15; ejemplo: la temperatura del punto triple del agua es 273,16 K=0,01 °C; el cero absoluto (0 K) corresponde a —273,15 °C. En la práctica, la escala Celsius difiere muy poco de la antigua *escala centesimal*, cuyos puntos de referencia 0 y 100 corresponden respectivamente a los puntos de fusión y de ebullición del agua destilada a presión normal.

En astrofísica, se mide la temperatura superficial de las estrellas, que varía normalmente entre 5.000 y 30.000 K, comparando la energía emitida en una gama de longitudes de onda con la del cuerpo negro, o midiendo la energía total, emitida en todas las longitudes de onda. La temperatura en el interior de las estrellas es todavía mucho más elevada que la de la atmósfera que las rodea; puede alcanzar varios millones de grados Kelvin, temperatura de las reacciones de fusión nuclear. Para alcanzar la fusión nuclear controlada, sería necesario llevar un plasma a una temperatura similar a la de las estrellas durante un tiempo suficiente (v. fusión y plasma).

Med. — La temperatura del cuerpo humano puede establecerse midiendo la temperatura rectal, bucal o axilar; en los dos últimos casos, la temperatura medida es inferior en 0,5 °C a la rectal. Ésta es normalmente inferior a 37 °C por la mañana, antes de levantarse (entre 36,5 °C y 37 °C) y es más elevada por la tarde. Durante el ciclo menstrual, la temperatura es más elevada en su segunda parte (influencia de la progesterona). La temperatura corporal se eleva durante numerosos procesos patológicos (infecciones, principalmente).

temperie n.f. Estado de la atmósfera.

tempestad n.f. **1.** Perturbación del aire que va acompañada de violentos fenómenos atmosféricos, tanto en tierra como en el mar. **2.** Fig. Conjunto de palabras ásperas o injuriosas. **3.** Fig. Agitación de los ánimos. • **tempestuoso,a** adj. Que causa una tempestad o está expuesto a ella.

tempestivo,a adj. Oportuno.

templa n.f. PINT Agua para desleír los colores de la pintura al temple.

templanza n.f. **I. 1.** Moderación, sobriedad. **2.** Benignidad del clima. **3.** PINT Armonía de los colores. **II.** RELIG Una de las cuatro virtudes cardinales.

templar **I.** v.tr. **1.** Moderar la fuerza de una cosa. **2.** Quitar el frío de una cosa. **3.** Enfriar bruscamente un material calentado. **4.** Poner en tensión una cosa. **5.** Fig. Mezclar una cosa con otra. **6.** Fig. Sosegar la cólera. **7.** MUS Afinar un instrumento. **8.** PINT Armonizar los colores. **II.** v.int. Empezar a calentarse una cosa. **III.** v.prnl. **1.** Fig. Contenerse. **2.** *Chile.* Enamorarse. • **templado,a** adj. **1.** Moderado, contenido. **2.** Que no está frío ni caliente. **3.** Tratándose del estilo, medio. **4.** Fam. Valiente con serenidad.

templarios o **caballeros del Temple,** orden religiosa y militar creada en 1119 por Hugues de Payns para proteger a los peregrinos en Tierra Santa. El Temple, que recibió una regla relativamente ascética en 1128, se enriqueció rápidamente gracias a numerosas donaciones. Creó en seguida una organización internacional: el gran maestre, asistido por el capítulo general, dirigía, desde Jerusalén, a los comendadores de Oriente latino y de Occidente; de hecho, cada establecimiento templario era un señorío, llamado encomienda (se han señalado unos 9.000). Tras la caída del Oriente latino, los templarios se replegaron hacia Europa, donde gracias a sus riquezas, se convirtieron en tesoreros del rey de Francia y del papa Clemente V. En 1307, Felipe IV de Francia, acusando de corrupción a la orden y queriendo apropiarse de sus bienes, ordenó la disolución del Temple (3 de abril de 1312). En España llegaron en el s. XII convirtiéndose en poderosos propietarios de tierras. Al ser abolida la orden, sus bienes pasaron a la Corona, en Castilla; a la Orden de San Juan, en Aragón y Cataluña, y en Valencia, a la Orden de Montesa.

1. temple n.m. **1.** Temperatura de los cuerpos. **2.** METAL Tratamiento que consiste en enfriar bruscamente una pieza muy caliente con el fin de aumentar su resistencia. **3.** Carácter. **4.** Fig. Arrojo, valentía.

2. temple adj. PINT Se dice de un color diluido en agua y mezclado con un aglutinante.

templete n.m. **1.** Armazón pequeña, en figura de templo. **2.** Pabellón o quiosco.

templo n.m. **1.** Edificio consagrado al culto de una divinidad. **2.** Edificio consagrado a un culto.

tempo n.m. MUS Carácter y ritmo con los que debe ser interpretada una pieza.

temporada n.f. **1.** Espacio de tiempo de cierta duración. **2.** Tiempo durante el cual se realiza habitualmente alguna cosa.

1. temporal adj. **1.** Perteneciente al tiempo. **2.** Que dura por algún tiempo. **3.** Secular, profano. **4.** Que pasa con el tiempo. **5.** Tempestad. **6.** Tiempo de lluvia persistente. • **temporalidad** n.f. Calidad de temporal.

2. temporal adj. ZOOL Perteneciente o relativo a la sien.

temporero,a n. y adj. Se dice de la persona destinada temporalmente al ejercicio de un oficio o empleo.

temporizar v.int. **1.** Acomodarse al gusto o parecer ajeno. **2.** Ocuparse en alguna cosa por mero pasatiempo.

temprano,a **I.** adj. Adelantado o que es antes del tiempo regular. **II.** adv.t. **1.** En las primeras horas del día o de la noche. **2.** En tiempo anterior al convenido. • **tempranero,a** adj. Que es antes del tiempo regular.

temu n.m. *Chile.* Árbol de la familia de las mirtáceas, con la madera muy dura.

tenacidad n.f. Calidad de tenaz.

tenacillas n.f.pl. Dim. de *tenaza.* Nombre que reciben varios utensilios en forma de tenaza.

tenáculo n.m. CIR Instrumento en forma de aguja, que se emplea para coger y sostener las arterias que deben ligarse.

tenada n.f. Cobertizo de ganado.

tenaz adj. **1.** Que se pega y es dificultoso de separar. **2.** Que opone mucha resistencia a romperse. **3.** Fig. Firme, porfiado.

tenaza n.f. **1.** Instrumento de metal, compuesto de dos brazos trabados por un clavillo, que sirve para sujetar fuertemente una cosa, o arrancarla o cortarla. **2.** Instrumento de metal para coger la leña o el carbón de las chimeneas. **3.** ZOOL Último artejo de las patas de algunos artrópodos.

tenca n.f. **1.** ZOOL Pez teleósteo de agua dulce. **2.** *Arg.* y *Chile.* Ave del orden de los pájaros, especies de alondra.

tendai, secta budista japonesa fundada en el año 807 por el bonzo Dengyō Daishí, que se inspiró en la doctrina de los monjes chinos de T'ien-t'ai (montaña sagrada de la provincia de Cho-kiang) donde residió durante los años 804 y 805. La secta tendai ejerció una gran influencia en Japón hasta el s. XVI.

tendal n.m. **1.** Toldo, cubierta. **2.** Trozo de lienzo que se pone debajo de los olivos para que caigan en él las aceitunas. **3.** En algunas partes, tendedero. **4.** *Arg., Chile* y *Perú.* Tendalera. **5.** *Chile.* Tienda en que se venden tejidos, arreos, etc. **6.** Secadero de frutos. • **tendalada** n.f. *Amér.* Conjunto de personas o cosas que han quedado tendidas en el suelo. • **tendalera** n.f. Fam. Desorden de las cosas tendidas por el suelo. • **tendedero** n.m. Dispositivo de alambres, cuerdas, etc., donde se tiende la ropa.

tendejón n.m. **1.** Tienda pequeña. **2.** Barraca mal construida; cobertizo.

tendencia n.f. **1.** Lo que empuja a adoptar un comportamiento determinado. ▷ PSICOL Fuerza afectiva susceptible de motivar una conducta. **2.** Orientación política, intelectual, artística, etc. **3.** Probable evolución en un sentido. • **tendenciosidad** n.f. Calidad de tendencioso. • **tendencioso,a** adj. Que no presenta los hechos con objetividad. • **tendente** adj. Que tiende.

tender **I.** v.tr. **1.** Desdoblar, extender. **2.** Echar por el suelo una cosa. **3.** Extender la ropa mojada, para que se seque. **4.** Suspender, colocar una cosa apoyándola en dos o más puntos. **5.** Alargar o extender. **6.** Propender algún fin. **II.** v.prnl. **1.** Echarse, tumbarse. **2.** Encamarse las mieses. **3.** Presentar el jugador todas sus cartas. **4.** Extenderse en la carrera el caballo, aproximando el vientre al suelo. • **tenderete** n.m. Puesto de venta instalado al aire libre.

ténder n.m. Vagón que se engancha a la locomotora de vapor.

tendero,a n.m. y f. Persona que tiene una tienda en la que vende al por menor.

tendido,a **I.** adj. Se aplica al galope del caballo cuando éste se tiende. **II.** n.m. **1.** Acción de tender. **2.** Gradería en las plazas de toros. **3.** Conjunto de ropa que se tiende. **4.** Masa puesta en el tablero para meterla en el horno.

tendón n.m. Extremo de un músculo por medio del cual se inserta en un hueso. • **tendinitis** n.f. MED Inflamación de un tendón. • **tendinoso,a** adj. ANAT Que pertenece a un tendón.

tenducha n.f. Desp. Tienda pobremente abastecida. • **tenducho** n.m. Desp. Tenducha.

Tenebrio n.m. Género de insectos coleópteros (familia de los tenebriónidos) que viven en los lugares oscuros.

tenebriónido,a n.m. y adj. Coleópteros característicos de países cálidos. ▷ n.m. pl. Familia de estos insectos.

tenebrismo n.m. Tendencia pictórica que opone con fuerte contraste luz y sombra.

tenebroso,a adj. Oscuro, cubierto de tinieblas. • **tenebrosidad** n.f. Calidad de tenebroso.

tenedor **I.** n.m. El que tiene o posee una cosa. — COM *Tenedor de libros.* El que tiene a su cargo los libros de contabilidad. **II.** Utensilio de mesa. • **teneduría** n.f. Cargo y oficina del tenedor de libros.

tener **I.** v.tr. **1.** Asir una cosa. **2.** Poseer y gozar. **3.** Contener o comprender en sí. **4.** Poseer, dominar, sujetar. **5.** Guardar, cumplir. **6.** Hospedar o recibir en su casa. **7.** Poseer, estar dotado de una cosa. **8.** Estar en precisión de hacer una cosa. **9.** Pasar algún espacio de tiempo en un lugar o sitio, o de cierta manera. **10.** Construido con el pronombre que, expresa la trascendencia o importancia de una acción. **II.** v.tr. y prnl. **1.** Mantener, sostener. **2.** Juzgar, reputar y entender. **3.** Detener, parar. **III.** v.prnl. **1.** Afirmarse para no caer. **2.** Hacer asiento un cuerpo sobre otro. **3.** Atenerse, adherirse. **4.** Como verbo auxiliar, *haber.* • **tenencia** n.f. **1.** Ocupación y posesión de una cosa. **2.** Cargo u oficio de teniente. **3.** Oficina en que lo ejerce.

tenesmo n.m. MED Sensación dolorosa en el esfínter anal o uretral, con ardores y deseos continuos de defecar u orinar.

tenia n.f. ZOOL Gusano platelminto del orden de los cestodos, de forma de cinta y de color blanco.

ENCICL La *tenia armada* o *solitaria (Taenia solium),* parasitaria del hombre, mide de dos a seis metros de longitud; su cabeza (escólex) tiene cuatro ventosas y una doble corona de ganchos, con los que se adhiere a la pared del intestino delgado. El escólex produce incesantemente nuevos anillos *(proglotis)* cargados de huevos, que se desprenden y son expulsados con los excrementos. Ingeridos por un cerdo, los huevos producen larvas que se enquistan en los músculos (principalmente bajo la lengua) y si su carne es consumida sin estar suficientemente cocida, la larva (llamada cisticerco por su enquistamiento) termina su desarrollo en el intestino delgado del hombre, donde se convierte en adulto. La *tenia inerme (Taenia saginata),* es aún más frecuente. Existen otras tenias como parásitos de los vertebrados: la *taenia serrata* (en la que el cisticerco se forma en el interior del conejo) vive en su estado adulto en el intestino del perro, la *taenia multiceps,* cuyos cisticercos, producidos por numerosos escólex en el encéfalo del cordero, provocan la pérdida del equilibrio (mareos).

teniente **I.** adj. **1.** Se aplica a la fruta no madura. **2.** Fam. Algo sordo. **II.** n.m. MILIT Oficial inmediatamente inferior al capitán. — *Teniente coronel.* Jefe inmediato después del coronel. — *Teniente general.* Oficial general de categoría superior a la del general de división e inferior a la de capitán general.

tenífugo,a n.m. y adj. FARM Se dice del medicamento eficaz para la expulsión de la tenia.

tenis n.m. **1.** Deporte en el que participan dos o cuatro jugadores que se arrojan una pelota por medio de raquetas, sobre un terreno separado por una red. **2.** *Tenis de mesa.* Juego de principios análogos a los del tenis, pero que se juega en una mesa. • **tenista** n.m. y f. Persona que juega al tenis.

1. tenor n.m. Texto literal de un escrito. — *A este tenor.* De este modo.

2. tenor n.m. **1.** La más aguda de las voces masculinas. ▷ adj. Se dice de los instrumentos de viento cuyo registro corresponde al de tenor. **2.** Cantante que tiene esta voz. • **tenora** n.f. MUS Instrumento de viento parecido al oboe. • **tenorino** n.m. Tenor ligero, que canta en falsete. • **contratenor** n.m. Voz masculina en el mismo registro de la contralto.

tenorio n.m. Galanteador audaz y pendenciero.

tenrec n.m. ZOOL Pequeño mamífero insectívoro de Madagascar, parecido al erizo y a la musaraña. • **tenrécidos** n.m.pl. ZOOL Familia de mamíferos insectívoros que comprende los tenrec.

tensar v.tr. Poner tensa alguna cosa.

tensión n.f. **I. 1.** Estado de un cuerpo tensado. ▷ TECN Resultante de las fuerzas resistentes que equilibran en un cuerpo el esfuerzo de tracción a que está sometido. **2.** FISIOL Resistencia ofrecida a los líquidos o al gas contenidos en un espacio. ▷ Presión de la sangre. **3.** ELECTR Diferencia de potencial. **4.** FIS Fuerza expansiva de un gas. **II. 1.** Gran concentración del espíritu sobre un objeto único. ▷ Nerviosismo. **2.** Discordia, hostilidad.

tenso,a adj. Se dice del cuerpo en tensión.

tensoactivo,a adj. QUIM Que modifica (normalmente, disminuyéndola) la tensión superficial.

tensor,a **I.** n. y adj. Se dice de lo que tensa. **II.** n.m. **1.** Muelle, resorte. **2.** MAT Elemento de un espacio vectorial que tiene propiedades particulares. • **tensorial** adj. MAT Relativo a los tensores.

tentación n.f. **1.** Instigación a una cosa mala. **2.** Impulso repentino. **3.** Fig. Sujeto que induce o persuade. • **tentador,a** n. y adj. **1.** Que tienta. **2.** Que hace caer en la tentación.

tentáculo n.m. ZOOL Cualquiera de los apéndices móviles que tienen muchos animales invertebrados.

tentar **I.** v.tr. y prnl. Tocar o palpar una cosa. **II.** v.tr. **1.** Examinar y reconocer por medio del sentido del tacto. **2.** Instigar, inducir. **3.** Intentar o procurar. **4.** Examinar o experimentar. **5.** Probar a uno. **6.** CIR Reconocer una herida. 7. TAUROM Practicar la tienta. • **tentadero** n.m. Lugar donde se hace la tienta.

tentativa n.f. 1. Acción con que se experimenta o tantea una cosa. 2. FOR Principio de ejecución de un delito por actos externos que no llegan a ser los suficientes para que se realice el hecho. • **tentativo,a** adj. Que sirve para tantear o probar una cosa.

tentemozo n.m. 1. Puntal que se aplica a una cosa que amenaza ruina. 2. Muñeco que movido en cualquier dirección vuelve a quedar derecho.

tentempié n.m. Fam. Refrigerio, piscolabis.

tentetieso n.m. Juguete que movido queda siempre derecho.

Tenthredo n.m. Género de insectos himenópteros de colores vivos.

tentón n.m. Fam. Acción de tentar brusca y rápidamente.

tenue adj. 1. Delicado, delgado y débil. 2. De poco valor o importancia.

tenuirrostro adj. ZOOL Se dice del pájaro que tiene el pico alargado, tenue, generalmente recto. ▷ n.m. pl. ZOOL Suborden de estos animales.

tenuto adv. MUS Palabra situada sobre algunas notas para indicar que su ejecución ha de ser algo más débil, retenida.

teñir I. v.tr. y prnl. Dar a una cosa un color distinto del que tenía. II. v.tr. 1. Fig. Imbuir de una opinión. 2. PINT Rebajar o apagar un color. • **teñido** n.m. Acción y efecto de teñir o teñirse.

teo- Prefijo procedente del griego *theos*, «dios».

teobroma n.m. Semilla del cacao (árbol).

teobromina n.f. BIOQUIM Alcaloide extraído del cacao.

teocracia n.f. Forma de gobierno en el que la autoridad la ejercen los representantes de una casta sacerdotal, en nombre de un dios. • **teocrático,a** adj. Perteneciente o relativo a la teocracia.

teodicea n.f. Parte de la filosofía que trata de Dios, teología natural. 'Dios.

teodolito n.m. CIENC Instrumento que se utiliza en topografía para medir el relieve.

teofilina n.f. BIOQUIM Alcaloide contenido en las hojas de té.

teogonía n.f. Entre los pueblos politeístas, genealogía de los dioses, historia de su nacimiento.

teología n.f. 1. Estudio de las cuestiones religiosas, reflexión sobre Dios y sobre la salvación del hombre. 2. Doctrina teológica. 3. Conjunto de obras teológicas de un autor. • **teologal** adj. RELIG Relativo a Dios. • **teológico,a** adj. Perteneciente o relativo a la teología. • **teólogo,a** n.m. y f. Persona que profesa la teología.

teorema n.m. Proposición demostrable que se desprende de proposiciones previamente establecidas.

teoría n.f. 1. Conjunto de opiniones, de ideas sobre una materia concreta. 2. Conocimiento abstracto, especulativo. 3. Sistema conceptual organizado en que se apoya la explicación de un orden de fenómenos. • **teórica** n.f. Conocimiento especulativo. • **teórico,a** I. adj. Que pertenece al campo de la teoría. II. n. y adj. Persona que cultiva la parte teórica de una ciencia. • **teorización** n.f. Acción de teorizar; su resultado. • **teorizar** v.int. Expresar una o varias teorías.

teoso,a adj. Perteneciente o relativo a la tea.

teosofía n.f. Sistema filosófico-religioso de inspiración mística y esotérica. • **teosófico,a** adj. Perteneciente o relativo a la teosofía. • **teósofo,a** n.m. y f. Persona que profesa la teosofía.

tep n.f. TECN Abreviatura de «tonelada equivalente petróleo».

tépalo n.m. BOT Cada una de las piezas que componen los perigonios sencillos.

tepehuanas, grupo étnico de México. En la actualidad este pueblo vive disperso en una amplia zona montañosa en los estados de Chihuahua (municipios de Guadalupe y Calvo), Durango y Nayarit (región de Huajicori). Formaron parte de la gran migración de pueblos nahuas que partieron del SO de los actuales Estados Unidos. Su lengua pertenece a la familia uto-azteca.

tepemechín n.m. *C. Rica, Hond.* y *Guat.* Pez de río de carne muy sabrosa.

Teques, pueblo sudamericano, que habitaba el N de Venezuela, cerca de la costa del Caribe. Ofrecieron una durísima resistencia a la colonización española en el s. XVI.

tequila n.f. Bebida mexicana de alta graduación.

tequistlatecas, grupo étnico de México. También llamados chontales, están emparentados a numerosos grupos indígenas del NO del país, sobre todo a los seris y también a los xincas, de América Central. Ocupan una zona de la Sierra Madre del Sur que se extiende sobre los municipios de Yautepec, Tehuantepec y Tequisistlán, cerca de la costa del océano Pacífico.

tera- FIS Prefijo que se coloca delante de una unidad para multiplicarla por 10^{12} (símbolo *T*).

terapéutica o **terapia** n.f. Parte de la medicina, que enseña los preceptos y remedios para el tratamiento de las enfermedades. • **terapeuta** n.m. y f. Persona que profesa la terapéutica. • **terapéutico,a** adj. Perteneciente o relativo a la terapéutica.

-terapia Elemento compositivo que entra pospuesto en la formación de algunas voces españolas con el significado de «curación, tratamiento».

terápsidos n.m.pl. PALEONT Orden de reptiles fósiles.

teratogénesis n.f. BIOL Desarrollo de formas anormales o monstruosas entre las especies vegetales o animales. • **teratógeno** adj. BIOL Que provoca el desarrollo de órganos o de organismos (vegetales o animales) anormales, monstruosos.

teratología n.f. BIOL Parte de la biología que estudia las anomalías y monstruosidades entre los seres vivos.

terbio n.m. QUIM Elemento de número atómico 65 y masa atómica 159 (símbolo *Tb*); metal del grupo de las tierras raras y de la familia de los lantánidos.

tercer adj. Apócope de tercero.

tercero,a I. n. y adj. 1. Que sigue inmediatamente a lo segundo. 2. Que media entre dos o más personas. II. adj. 1. Se dice de cada una de las tres partes iguales en que se divide un todo. 2. *Tercer Mundo.* Conjunto de los países en vías de desarrollo. III. n.m. y f. Persona que no es ninguna de dos o más de quienes se trata. • **tercería** n.f. Oficio o cargo de tercero, que media entre dos o más personas.

terceto n.m. 1. Combinación métrica de tres versos endecasílabos. 2. Composición de tres versos. 3. MUS Composición para tres voces o instrumentos. 4. MUS Conjunto de estas tres voces o instrumentos.

tercia n.f. 1. Cada una de las tres partes iguales en que se divide un todo. 2. Segunda de las cuatro partes iguales en que dividían los romanos el día. 3. Una de las horas menores del oficio divino.

terciado,a adj. 1. Atravesado o cruzado. 2. Con un tercio ya gastado. 3. Se dice del animal que no alcanza el tamaño que debiera tener a su edad.

terciador,a n. y adj. Que tercia o media.

terciana n.f. y adj. MED *Fiebre terciana.* Fiebre intermitente.

terciar I. v.tr. 1. Poner una cosa atravesada diagonalmente o al sesgo, o ladearla. 2. Dividir una cosa en tres partes. II. v.prnl. Venir bien una cosa, disponerse bien. III. v.int. Interponerse y mediar en una disputa.

terciario,a I. adj. 1. Tercero en orden o grado. 2. GEOL Perteneciente al terreno posterior al cretáceo. 3. ECON *Sector terciario.* Sector de la economía cuya actividad no está directamente relacionada con la producción de bienes de consumo. II. n. y adj. GEOL Se dice del terreno posterior al cretáceo.

ENCICL El terciario es un período geológico corto: alrededor de setenta millones de años si se incluye dentro de él al cuaternario, fase final (4,1 millones de años), arbitrariamente separado. El terciario está dividido en cuatro sistemas, agrupados de a dos: el *eoceno* y el *oligoceno* forman el *paleogeno o nummulítico* (de —70 a —37 millones de años); el *mioceno* y el *plioceno* forman el *neogeno* (de —37 a —4 millones de años). Estos límites son muy variables. En el terciario, la historia de la fauna está dominada por la expansión de los mamíferos (con una tendencia al gigantismo, análoga a la de los reptiles del secundario) y por la de los nummulites en el paleogeno. En el reino vegetal, comienza la extensión de las monocotiledóneas.

tercio,a I. adj. Que sigue al segundo. II. n.m. 1. Cada una de las tres partes iguales en que se divide un todo. 2. Cada una de las tres partes en que se divide la lidia de toros. 3. MAR *Tercio naval.* Cada uno de los cuerpos formados por la marinería de un departamento.

terciopelo n.m. 1. Tela de seda velluda y tupida. 2. *C. Rica* y *Venez.* Macagua terciopelo (serpiente). 3. *Chile.* Planta perenne de la familia de las bignoniáceas. • **terciopelado,a** adj. Semejante al terciopelo.

tercios, compañías militares españolas de infantería creadas en 1534 en sustitución de las coronelías o escuadrones. Conquistaron fama mundial en las campañas en Flandes, pero su prestigio decreció tras el fracaso de la batalla de Rocroi en 1643. En 1704 se extinguieron, siendo sustituidos por regimientos.

terco,a adj. Pertinaz, obstinado.

Terebella n.f. Género de gusanos marinos sedentarios provistos de branquias arborescentes.

terebenteno n.m. QUIM Carburo terpénico.

terebinto n.m. BOT Arbolillo de la familia de las anacardiáceas, con tronco ramoso y lampiño. • **terebintáceo,a** adj. BOT Anacardiáceo.

terebrante adj. 1. MED Se dice del dolor en forma de punzadas penetrantes. ▷ MED Que tiende a invadir los tejidos en profundidad. 2. ZOOL Que perfora.

terebrátula n.f. ZOOL Animal braquiópodo cuyo cuerpo está protegido por una concha calcárea.

tereftálico,a adj. QUIM *Ácido tereftálico.* Diácido bencenoparadicarboxílico, isómero del ácido ftálico, utilizado para la fabricación de ciertas fibras sintéticas.

tereniabín n.m. Sustancia viscosa que fluye de las hojas de un arbusto de Persia y Arabia.

teresa n.f. y adj. Se dice de la monja carmelita descalza que profesa la reforma de Santa Teresa.

teresiano,a adj. Perteneciente o relativo a santa Teresa de Jesús.

tergal n.m. Fibra sintética de gran resistencia; tejido hecho con esa fibra.

tergiversar v.tr. Interpretar de forma torcida las palabras y razonamientos de alguien. • **tergiversación** n.f. Acción y efecto de tergiversar. • **tergiversador,a** n. y adj. Que tergiversa.

teridofito,a adj. BOT Pteridofito.

term(o)- Prefijo procedente del griego *thermê*, «calor», o *thermos*, «caliente».

termas n.f.pl. **1.** ANTIG ARQUEOL Establecimiento de baños públicos. **2.** Establecimiento termal. • **termal** adj. **1.** Se dice de las aguas minerales calientes con propiedades terapéuticas. **2.** Donde se hace uso de aguas medicinales. • **termalidad** n.f. Cualidad de un agua termal. • **termalismo** n.m. Uso de aguas termales e industria que se relaciona con ello.

termes n.m. ZOOL Carcoma.
ENCICL Muy abundantes sobre todo en los países cálidos, los termes se caracterizan por su aparato bucal de tipo masticador, por tener el abdomen unido al tórax y por su metamorfosis imperfecta (las larvas son similares al adulto). La colonia se inicia con una pareja real de la que nacen larvas que, tras varias mudas, se convierten en obreros y soldados. Otras se transforman en ninfas, que a su vez dan lugar a individuos adultos capaces de reproducirse. Los obreros horadan y limpian las galerías, y recogen los huevos puestos por la reina. Los soldados, provistos de mandíbulas, muerden; otros tienen una trompa con la que lanzan sobre el enemigo una sustancia viscosa. El termitero está formado por celdas unidas por galerías. Los *termes inferiores* viven gracias a unos protozoos flagelados intestinales que descomponen celulosa, lo cual les permite construir su nido en la madera. Las termes *superiores* utilizan champiñones o bacterias para descomponer la celulosa y construyen su nido bajo tierra prolongándolo a veces en altura en un montículo de tierra amasada (el *termitero*) que puede alcanzar tres o cuatro metros.

termia n.f. FIS Unidad de cantidad de calor equivalente al SI, julio.

termicidad n.f. FIS Propiedad de un sistema de intercambiar calor con el medio exterior.

térmico,a **1.** adj. Que tiene relación con el calor. — *Central térmica.* En la que la electricidad se produce a partir del calor. **2.** n.f. FIS Estudio del calor y de los fenómenos caloríficos.

termidor n.m. HIST Undécimo mes del calendario republicano francés.

terminación n.f. **1.** Acción y efecto de terminar o terminarse. **2.** Parte final de algo. **3.** GRAM Letra o letras de una palabra situada tras la raíz, que modifican su significación, determinan su género, número, etc.

terminal **I.** adj. **1.** Que pone término a una cosa. **2.** BOT Se dice de lo que está en el extremo de cualquier parte de la planta. **II.** n.m. ELECTR Extremo de un conductor preparado para facilitar su conexión con un aparato.

terminante adj. Claro, preciso, concluyente.

terminar **I.** v.tr. Poner término a una cosa. **II.** v.int. Tener término una cosa, acabar. **III.** v.prnl. Dirigirse una cosa a otra como a su fin y objeto. • **terminativo,a** adj. Respectivo o relativo al término u objeto de una acción.

término n.m. **1.** Último punto hasta donde llega o se extiende una cosa. — *Término municipal.* Porción de territorio sometido a la autoridad de un ayuntamiento. **2.** Mojón, límite o línea divisoria. **3.** Tiempo determinado. **4.** Objeto, fin. **5.** Palabra, expresión. **6.** Estado o situación en que se halla una persona o cosa. **7.** GRAM Cada uno de los dos elementos necesarios en la relación gramatical. **8.** MAT El numerador o el denominador de un quebrado. **9.** MAT En una expresión analítica, cada una de las partes ligadas entre sí por el signo de sumar o de restar. — *Término medio.* Cantidad que resulta de sumar otras varias y dividir la suma por el número de ellas. — ASTRON *Término eclíptico.* Distancia de la Luna a uno de los nodos de su órbita. • **terminología** n.f. Conjunto de términos propios de determinada profesión, ciencia o materia. • **terminológico,a** adj. Perteneciente o relativo a la terminología.

termistor n.m. ELECTR, ELECTRON Resistencia cuya conductividad cambia muy rápidamente en función de la temperatura.

termita n.f. TECN Mezcla de óxido de hierro y de polvo de aluminio.

térmite n.f. Termes. • **termitero** n.m. Nido de termes.

1. termo n.m. Vasija de dobles paredes de cierre hermético, que sirve para que lo introducido en ella conserve su temperatura.

2. termo n.m. Fam. Termosifón.

termo- Elemento compositivo que entra en la formación de algunas voces españolas con el significado de «calor». — Gr. *therme.*

termobomba n.f. TECN Sistema de calentamiento cuyo funcionamiento es análogo al de una máquina frigorífica.

termocinética n.f. FIS Estudio de las leyes de propagación del calor.

termoconducción n.f. FIS Conducción del calor.

termodinámica n.f. Parte de la física, en que se estudian las relaciones entre el calor y las restantes formas de energía.
ENCICL **Fís.** — La termodinámica *clásica* se basa en tres principios y en la noción de sistema. Un sistema es un conjunto de cuerpos, delimitado en el espacio, susceptible de intercambiar con el medio exterior trabajo (W) y calor (Q), y caracterizado por su estado en un momento dado. Cuando un sistema cambia de un estado a otro, la variación de su *energía interna*, igual a la suma W+Q no depende más que del estado inicial y del estado final (primer principio de la termodinámica); W y Q se cuentan positivamente si el intercambio se efectúa del medio exterior hacia el sistema y negativamente en el caso contrario. En el caso de un ciclo, la energía interna del sistema es la misma al comienzo y al final del ciclo: W+Q=0. Además, un sistema que describe un ciclo y que no está en contacto más que con una sola fuente de calor es incapaz de producir trabajo (segundo principio de la termodinámica). Un motor no puede funcionar, es decir, producir un trabajo W, a no ser que exista una fuente *caliente*, que ceda una cantidad de calor Q_c al sistema, y una fuente fría, a la que el sistema suministra una cantidad de calor Q_f. El rendimiento de un motor térmico, definido como $\varrho = \frac{W}{Q_c}$, es siempre inferior a 1 debido a la existencia de Q_f; no puede exceder $\varrho o = 1 - \frac{T_f}{T_c}$, designando T_f y T_c las temperaturas termodinámicas de la fuente fría y de la fuente caliente (teorema de Carnot). El segundo principio de la termodinámica permite afirmar que no se puede transformar íntegramente el calor en trabajo: le *entropía* de un sistema aislado tiene tendencia a aumentar. El tercer principio de la termodinámica indica que la entropía de un sistema es nula, con el cero absoluto. La termodinámica *estadística* parte del principio de que los fenómenos macroscópicos observados son la consecuencia de gran número de fenómenos microscópicos. En especial, cuando un gas está en equilibrio, ninguna de sus moléculas está inmóvil, pero en conjunto no hay movimiento.

termoelectricidad n.f. **1.** FIS Electricidad producida por conversión de la energía térmica. **2.** Parte de la física, que estudia esta energía. • **termoeléctrico,a** adj. Relativo a la termoelectricidad.

termoelectrónico,a adj. FIS *Emisión termoelectrónica.* Emisión de electrones por un cátodo bajo los efectos del calor.
ENCICL Cuando se calienta lo suficiente una placa de metal (cátodo), ésta libera electrones que pueden ser recogidos por otra placa a la que se ha llevado a un potencial superior (ánodo). De esta forma, se crea una corriente eléctrica cuyo sentido es, por convección, opuesto al de los electrones.

termoelemento n.m. TECN Interruptor que funciona bajo el efecto de las variaciones de temperatura.

termoendurecible adj. y n.m. TECN Se dice de las resinas plásticas que se endurecen a partir de cierta temperatura.

termogénesis n.f. FISIOL Producción de calor por los seres vivos. • **termógeno,a** adj. Que produce calor.

termografía n.f. Conjunto de procedimientos de medida de la temperatura basados en la propiedad que poseen los rayos infrarrojos de impresionar las superficies sensibles. • **termógrafo** n.m. Termómetro registrador. • **termograma** n.f. Curva inscrita sobre el tambor del termógrafo.

termolábil adj. QUIM y BIOQUIM Se dice de una sustancia que se destruye o que pierde sus propiedades a una temperatura determinada.

termólisis n.f. **1.** QUIM Descomposición de un cuerpo por el calor. **2.** FISIOL Pérdida de calor por los organismos vivos, en la termorregulación.

termología n.f. Parte de la física, que trata de los fenómenos en que interviene el calor.

termomagnetismo n.m. FIS Conjunto de fenómenos magnéticos relacionados con la elevación de la temperatura de un cuerpo. • **termomagnético,a** adj. Relativo al termomagnetismo.

termómetro n.m. FIS Instrumento que sirve para medir la temperatura. — *Termómetro diferencial.* Instrumento que sirve para medir diferencias pequeñas de temperatura. • **termometría** n.f. Medición de la temperatura. • **termométrico,a** adj. Perteneciente o relativo al termómetro.
ENCICL **Fís.** — Existe gran cantidad de termómetros. Los más simples se basan en el hecho de que los cuerpos (mercurio, helio, etc.) se dilatan cuando aumenta la temperatura: termómetros de líquido (mercurio o alcohol), de gas (helio, hidrógeno, pentano) y de termoelementos. El principio de los termómetros eléctricos (de resistencias o termistancias) se basa en la variación de la resistencia eléctrica de acuerdo con la temperatura. Los termopares y los pirómetros se utilizan para mediciones superiores a los 800 °C. En temperaturas muy bajas, se mide la susceptibilidad magnética, que varía con la temperatura.

termonuclear adj. FIS Que tiene relación con la fusión de los núcleos atómicos.

termopila ELECTR n.f. Dispositivo de conversión de los rayos caloríficos en energía eléctrica.

termopropulsión n.f. TECN Propulsión obtenida directamente por energía térmica.

termoquímica n.f. Ciencia que estudia las cantidades de calor puestas en juego en las reacciones químicas. • **termoquímico,a** adj. Relativo a la termoquímica.

termorregulación n.f. BIOL Regulación de la temperatura interna del cuerpo, en los animales homotermos. • **termorregulador** n.m. TECN Dispositivo que sirve para regular automáticamente la temperatura.

termorresistente adj. Que resiste al calor.

termoscopio n.m. FIS Termómetro diferencial.

termosfera n.f. METEOR Región de la atmósfera en la cual la temperatura aumenta con la altura.

termosifón n.m. TECN Dispositivo en el cual la circulación de un líquido está asegurada por las diferencias de temperatura ntre las partes del circuito que recorre éste.

termostato n.m. Dispositivo que sirve para mantener una temperatura constante en un recinto cerrado.

termotecnia n.f. Técnica del calor.

terna n.f. **1.** Conjunto de tres personas propuestas para un cargo o empleo. **2.** ELECTR Conjunto de tres conductores de una línea trifásica.

ternario,a adj. Compuesto de tres elementos. ▷ MAT *Sistema de numeración ternaria.* El de base tres.

ternera n.f. **1.** Cría hembra de la vaca. **2.** Carne de ternera o de ternero.

ternero n.m. Cría macho de la vaca.

terneza n.f. **1.** Calidad de tierno. **2.** Dicho lisonjero.

ternilla n.f. ZOOL Cartílago. • **ternilloso,a** adj. **1.** Compuesto de ternillas. **2.** Parecido a ellas.

terno n.m. **1.** Conjunto de tres cosas de una misma especie. **2.** *Cuba.* Aderezo de joyas compuesto de pendientes, collar y alfiler. **3.** IMP Conjunto de tres pliegos impresos metidos uno dentro de otro.

ternura n.f. **1.** Calidad de tierno. **2.** Actitud cariñosa.

terpeno n.m. QUIM Hidrocarburo aromático natural. • **terpénico,a** adj. QUIM Dícese de los terpenos y de sus derivados.

terquedad n.f. **1.** Calidad de terco. **2.** Porfía. • **terquear** v.int. Mostrarse terco. • **terquería** o **terqueza** n.f. Calidad de terco.

terracota n.f. Escultura de barro cocida.

terrado n.m. Azotea.

terramare n.f. AGRIC Tierra rica en materias nitrogenadas.

terranova, raza de perros de gran tamaño, cabeza fuerte y ancha, pelaje negro, fino y corto en la cabeza, largo y ondulado en el cuerpo y los miembros; es originaria de Terranova.

terraplén n.m. Macizo de tierra que se levanta como fortificación o para salvar o rellenar un desnivel.

terráqueo,a adj. Se aplica al globo o esfera terrestre.

terrario n.m. CIENC NAT Recinto cerrado en cuyo interior se ha reconstituido el medio natural de un pequeño animal terrestre.

terrateniente n.m. y f. Dueño o poseedor de tierra o hacienda.

terraza n.f. **1.** Terrado. **2.** En un edificio, espacio descubierto o parcialmente cubierto, de nivel superior al del terreno. **3.** Cada uno de los espacios de terreno llano dispuestos en forma de escalones en la ladera de un terreno elevado. ▷ *Cultivos en terrazas.* Los que se realizan de forma escalonada en las laderas de colinas, de montañas. *Arrozales en terrazas.* **4.** Terreno situado al aire libre de un café, bar, restaurante, etc.

terrazo n.m. Pavimento formado por piedrecillas o trozos de mármol aglomerados.

terregoso,a adj. Se aplica al campo lleno de terrones.

terremoto n.m. Sacudida del terreno, ocasionada por fuerzas internas del globo.

terreno,a **I.** adj. Perteneciente o relativo a la tierra. **II.** n.m. **1.** Sitio o espacio de tierra. **2.** GEOL Conjunto de sustancias minerales que tienen origen común, o cuya formación corresponde a una misma época. • **terrenal** adj. Perteneciente a la tierra.

térreo,a adj. **1.** De tierra. **2.** Parecido a ella.

terrera n.f. Alondra (pájaro).

terrero,a adj. **1.** Perteneciente o relativo a la tierra. **2.** Se aplica al vuelo rastrero de ciertas aves. **3.** Dícese de la caballería que al caminar levanta poco los brazos. **4.** Fig. Bajo y humilde. **5.** *P. Rico.* Se dice de la casa de un solo piso.

terrestre adj. Perteneciente o relativo a la tierra.

terrible adj. **1.** Digno de ser temido; que causa terror. **2.** Áspero y duro de genio o condición. **3.** Desmesurado, extraordinario.

terrícola n.m. y f. Habitante de la Tierra.

terrífico,a adj. Que amedrenta.

territorio n.m. **1.** Porción extensa de tierra, determinada de modo natural o como ámbito de una jurisdicción. **2.** *Arg.* Demarcación sujeta al mando de un gobernador. **3.** ZOOL Zona en la que vive un animal y donde no permite entrar a sus congéneres. • **territorial** adj. Perteneciente al territorio. • **territorialidad** n.f. **1.** Consideración especial en que se toman las cosas en cuanto están dentro del territorio de un Est. **2.** Ficción jurídica por la cual los barcos y edificios diplomáticos de una nación se consideran parte del territorio de ésta.

terrizo,a adj. **1.** Que es de tierra o está hecho de tierra. **2.** Dícese del suelo de tierra, sin pavimentar.

terrón n.m. Masa pequeña y suelta de tierra compacta u otra materia.

terror n.m. Sentimiento de miedo intenso. • **terrorífico,a** adj. Que infunde terror. • **terrorismo** n.m. Método que utiliza las violencias sistemáticas para conseguir sus fines y al que recurren algunos movimientos políticos extremistas. • **terrorista** **1.** n.m. y f. Miembro de un movimiento político que recurre al terrorismo. **2.** adj. Del terrorismo, relativo a él.

terroso,a adj. Que participa de la naturaleza y propiedades de la tierra o que tiene mezcla de ésta. • **terrosidad** n.f. Calidad de terroso.

terruño n.m. **1.** Terrón o trozo de tierra. **2.** Comarca o tierra, especialmente el país natal.

terso,a adj. **1.** Limpio y resplandeciente. **2.** Liso, sin arrugas. • **tersura** n.f. Calidad de terso.

tertulia n.f. Reunión de personas que se juntan habitualmente para conversar. • **tertuliano,a** n. y adj. Se dice del que concurre a una tertulia. • **tertuliar** v.int. *Amér.* Estar de tertulia.

teruteru n.m. ZOOL *Amér. Merid.* Ave zancuda.

tesar v.tr. MAR Poner tirantes los cabos y cosas semejantes.

tesela n.f. Cada una de las piezas con que se forman los pavimentos de mosaico. • **teselado,a** adj. Dícese del pavimento formado con teselas.

tesina n.f. Nombre aplicado a la tesis de menor importancia que la doctoral.

tesis n.f. **1.** Proposición u opinión que se trata de mantener, de defender. **2.** Obra presentada ante un tribunal universitario para la obtención de un título de doctorado. — P. ext., esta obra impresa. **3.** FILOS En Hegel, primer término de un razonamiento dialéctico, por oposición a la antítesis y a la síntesis.

tesitura n.f. MUS Extensión de la escala de sonidos abarcada por la voz de una cantante y, p. ext., por un instrumento.

tesón n.m. Firmeza, constancia. • **tesonería** n.f. Terquedad. • **tesonero,a** adj. Dícese del que tiene tesón o constancia.

tesoro n.m. **1.** Cantidad de dinero, valores u objetos preciosos, reunida y guardada. **2.** Erario de la nación. — *El Tesoro Público.* Servicio del Estado, que funciona como agente de la política monetaria del Estado, como recaudador de ingresos y como órgano de control del gasto público. **3.** Fig. Persona o cosa de mucho precio o muy dignas de estimación. • **tesorería** n.f. **1.** Cargo u oficina del tesorero. **2.** Parte del activo de un comerciante disponible en metálico o fácilmente realizable. • **tesorero,a** n.m. y f. Persona encargada de los caudales de una entidad pública o particular.

test n.m. **1.** Prueba que sirve para evaluar las aptitudes (intelectuales o físicas) de los individuos o para determinar las características de su personalidad. **2.** MED Prueba que permite evaluar las capacidades funcionales de un órgano o de un sistema de órganos. ▷ Análisis biológico o químico, examen de laboratorio.

testa n f. Cabeza del hombre y de los animales.

Testacella n.f. Géneros de moluscos gasterópodos parecidos a las babosas.

testáceo,a n.m. y adj. Se dice de los animales que tienen concha.

testación n.f. Acción y efecto de testar.

testado,a adj. Dícese de la persona que ha muerto habiendo hecho testamento, y de la sucesión por éste regida. • **testador,a** n.m. y f. Persona que hace testamento.

testaferro n.m. El que presta su nombre en un contrato, o cualquier asunto en vez del interesado.

testamento n.m. **1.** Declaración que hace una persona, disponiendo de sus bienes y de asuntos para después de su muerte. **2** Documento donde consta en forma legal la voluntad del testador. — *Testamento ológrafo.* El que deja el testador escrito y firmado de su propia mano. — *Antiguo,* o *Viejo Testamento.* Libro que contiene los escritos canónicos, anteriores a la venida de Jesucristo. — *Nuevo Testamento.* Libro que contiene los Evangelios y demás obras canónicas posteriores al nacimiento de Jesús. • **testamentario,a** **1.** n. y adj. Perteneciente o relativo al testamento. **2.** n.m. y f. Persona encargada por el testador de cumplir su última voluntad. • **testamentifacción** n.f. FOR Facultad de testar o de recibir herencia. • **testamentaría** n.f. **1.** Ejecución de lo dispuesto en el testamento. **2.** Junta de los testamentarios. **3.** Conjunto de documentos y papeles útiles a la ejecución de la voluntad del testador.

testar v.int. Hacer testamento.

testarada n.f. **1.** Testarazo. **2.** Terquedad. • **testarazo** n.m. Golpe dado con la cabeza.

testarudo,a n. y adj. Porfiado, terco. • **testarudez** n.f. **1.** Calidad de testarudo. **2.** Acción propia del testarudo.

teste n.m. Testículo.

testera n.f. **1.** Parte frontal de una cosa. **2.** Parte anterior y superior de la cabeza de un animal.

testerillo,a n.f. y adj. *Arg.* Dícese de la caballería que tiene una mancha en la frente.

testero n.m. **1.** Testera. **2.** Muro de una habitación. **3.** Trashoguero de la chimenea.

testículo n.m. ZOOL Cada una de las dos gónadas masculinas. • **testicular** adj. Perteneciente o relativo a los testículos.
ENCICL En el hombre y la mayoría de los mamíferos machos, los testículos son dos y están situados en una especie de bolsa, cuyo revestimiento externo se llama *escroto.* Cada testículo está rodeado por una membrana nacarada, llamada albugínea. Los espermatozoides se forman en los tubos seminíferos, que convergen en los vasos eferentes y luego se reúnen para formar el epidídimo; éste termina en un canal exterior o canal deferente, que desemboca en la uretra al nivel de la próstata. La secreción endocrina de los testículos está formada por los andrógenos masculinos, y en particular, por la testosterona. Las afecciones del testículo son numerosas: agenesia, torsión del testículo, tumor benigno o maligno; las inflamaciones, debidas principalmente a las paperas, a la tuberculosis o a la blenorragia se llaman orquitis.

testificar v.tr. **1.** Afirmar o probar de oficio una cosa, con referencia a testigos o documentos auténticos. **2.** Deponer como testigo en algún acto judicial. • **testificación** n.f. Acción y efecto de testificar. • **testifical** adj. Referente a los testigos.

testigo **I.** n.m. y f. **1.** Persona que da testimonio de una cosa, o lo atestigua. — FOR *Testigo de cargo.* El que depone en contra del procesado. — FOR *Testigo de conocimiento.* El que conocido a su vez por el notario, asegura a éste sobre la identidad del otorgante. — *Testigo de descargo.* El que depone en favor del procesado. — FOR *Testigo instrumental.* El que en documentos notariales afirma con el notario el hecho y contenido del otorgamiento. **2.** Persona que presencia una cosa. **II.** n.m. **1.** Cualquier cosa, aunque sea inanimada, por la cual se arguye o infiere la verdad de un hecho. **2.** DEP Palo que se van pasando los miembros de un equipo en una carrera de relevos.

testimonio n.m. **1.** Atestación o aseveración de una cosa. — *Falso testimonio.* FOR Delito que comete el testigo o perito que declara faltando a la verdad. **2.** Instrumento autorizado por escribano o notario, en que se da fe de un hecho. • **testimonial** **I.** adj. Que hace fe y verdadero testimonio. **II.** n.f.pl. Instrumento auténtico que asegura y hace fe de lo contenido en él. • **testimoniar** v.tr. Atestiguar.

testosterona n.f. BIOQUIM Hormona sexual masculina secretada por el testículo.

testuz n.m. y f. En algunos animales, frente y, en otros, nuca.

tesura n.f. Calidad de tieso.

teta n.f. Ubre o mama de las hembras de los mamíferos.

tetania n.f. PAT Enfermedad producida por secreción insuficiente de las glándulas paratiroides.

tétanos n.m. PAT Enfermedad muy grave producida por un bacilo que penetra generalmente por las heridas y ataca al sistema nervioso. • **tetánico,a** adj. Perteneciente o relativo al tétanos.
ENCICL El primer síntoma del tétanos es el trismos (contracción de los músculos de la mandíbula, que el paciente no puede abrir). El tratamiento consiste en sumir al enfermo en un coma artificial, asegurando las funciones vitales del organismo por medio de la traqueotomía o la ventilación artificial. Sin embargo, sólo la prevención es realmente eficaz (vacunación, segura e inocua). También es útil la seroterapia antitetánica en las heridas. El tétanos afecta también a los animales (principalmente al caballo).

tetera n.f. **1.** Vasija con tapadera que se usa para hacer y servir el té. **2.** *Amér.* Tetilla, mamadera.

tetero n.m. *Col.* Biberón.

tetilla n.f. **I. 1.** Cada una de las tetas de los machos en los mamíferos. **2.** Especie de pezón de goma que se pone al biberón. **II. 1.** *Chile.* Hierba anual cuyas hojas contienen mucha agua. **2.** BOT Planta de la familia de las compuestas, parecida al alazor.

tetra- Prefijo procedente del griego *téssares,* «cuatro».

tetrabranquial **1.** adj. ZOOL Dícese del cefalópodo cuyo aparato respiratorio está formado por cuatro branquias. **2.** n.m.pl. ZOOL Grupo taxonómico que constituyen los cefalópodos de cuatro branquias.

tetraciclina n.f. MED Antibiótico con un amplio espectro de actividad.

tetracloruro n.m. QUIM Compuesto formado por cuatro átomos de cloro y un átomo de otro elemento.

tetracromía n.f. Técnica empleada para la reproducción de imágenes en color.

tetradáctilo,a adj. ZOOL Que tiene cuatro dedos.

tetraedro n.m. GEOM Solido de cuatro caras triangulares.

tetrafluoruro n.m. QUIM Compuesto formado por cuatro átomos de flúor.

Tetragonia n.f. Género de plantas anuales, originarias de Nueva Zelanda.

tetrágono **1.** n. y adj. GEOM Aplícase al polígono de cuatro ángulos y cuatro lados. **2.** n.m. Superficie de cuatro ángulos y cuatro lados.

tetralogía n.f. Conjunto de cuatro obras cualesquiera que presentan una cierta unidad.

tetrámero,a adj. **1.** BOT Dícese del verticilo que consta de cuatro piezas. **2.** ZOOL Dícese de los insectos coleópteros que tienen cuatro artejos en cada tarso. ▷ n.m.pl. ZOOL Suborden de estos insectos.

Tetrao n.m. Género de aves galliformes de gran tamaño que viven en el hemisferio norte.

tetraplejía n.f. MED Parálisis de los cuatro miembros.

tetraploide adj. BIOL *Célula tetraploide.* Aquella en la que el número normal de cromosomas se encuentra duplicado.

tetrápodo,a adj. ZOOL Que tiene cuatro miembros.

tetrástilo,a adj. ARQUIT Se dice del edificio cuya fachada tiene cuatro columnas.

tetrástrofo,a adj. Dícese de la composición que consta de cuatro estrofas.

tetravalente adj. QUIM Que tiene cuatro valencias. • **tetravalencia** n.f. QUIM Carácter de los cuerpos tetravalentes.

tétrico,a adj. Triste, excesivamente serio.

Tetrodon n.m. Género de peces de los mares cálidos; presentan un divertículo gástrico que, al poder llenarse de agua, les permite hinchar su cuerpo como un globo espinoso.

tetrosa n.m. QUIM Azúcar simple (osa) que contiene cuatro átomos de carbono.

teucali n.m. Templo de los antiguos mexicanos, teocali.

teucrio n.m. Arbusto de la familia de las labiadas, como de un metro de altura.

teutón,a n. y adj. Fam. Alemán.
ENCICL Los *teutones* son un pueblo germánico originario de las costas del Báltico que fue exterminado por Mario cerca de Aix-en-Provence en el año 102 a. J.C. Este nombre (*Teutsch* o *Deutsch* en alemán) ha sido utilizado para designar al conjunto de los pueblos germánicos.

textil **1.** n. y adj. Se dice de la materia capaz de reducirse a hilos y ser tejida. **2.** adj. Perteneciente o relativo a los tejidos.
ENCICL **Técn.** — Se distinguen los textiles *naturales* (algodón, lana, lino, yute, seda, etc.) y los textiles *químicos.* Entre estos últimos, se pueden considerar los textiles *artificiales,* obtenidos a partir de productos naturales como la celulosa, y los textiles *sintéticos,* formados por macromoléculas sintetizadas. Son necesarias dos operaciones para preparar los textiles naturales: el *hilado* tiene por objeto conseguir, a partir de fibras discontinuas, un hilo que tenga suficiente calidad; el *tejido* consiste en entrelazar dos capas de hilos de tal manera que una de ellas forma la urdimbre y la otra la trama de la tela. Los textiles artificiales se preparan mediante el tejido de fibras previamente hiladas o directamente, a partir de hilos. Los principales textiles artificiales se obtienen a partir de la celulosa, por hilos, y de *fibrana* en el caso de que sean fibras. Los textiles sintéticos comprenden: *las poliamidas,* p. ej., el nylon; *las fibras de poliéster,* obtenidas a partir de un derivado del glicol y utilizadas en tapicería y en la confección de camisas y prendas deportivas; las *fibras polivinílicas,* formadas por policloruro de vinilo; las *fibras acrílicas,* obtenidas a partir de nitrilo acrílico, que se caracterizan por su ligereza y poder aislantes (orlón, dralón) y las *fibras de vidrio,* utilizadas para fabricar aislantes eléctricos.

texto n.m. Lo dicho o escrito por un autor, o por una ley.

textual adj. **1.** Conforme con el texto o propio de él. **2.** Exacto.

textura n.f. **1.** Disposición y orden de los hilos en una tela. **2.** Operación de tejer, **3.** Fig. Estructura de una obra. **4.** HIST NAT Disposición que tienen entre sí las partículas de un cuerpo.

texturización n.f. TECN Conjunto de operaciones destinadas a dar a una fibra sintética las características más apropiadas a su futura utilización.

tez n.f. Rostro humano.

th FIS Símbolo de la termia.

Th QUIM Símbolo del torio.

thai, grupo étnico mongoloide que puebla Laos, Thailandia, las zonas montañosas de Vietnam del N y ciertas regiones de China del S y de Birmania. ▷ n.m. Grupo de lenguas monosilábicas y variotónicas que se hablan en Thailandia, Laos y en parte de Yun-nan.

thesaurus n.m. **1.** Léxico exhaustivo de filología, arqueología. **2.** INFORM, LING Conjunto documental de términos científicos, técnicos, etc., que sirven de descriptores para analizar un corpus.

theta n.f. Octava letra del alfabeto griego.

Thrips n.m. Género de insectos diminutos provistos de cuatro alas largas y estrechas; viven como parásitos en las plantas y bajo la corteza de los árboles.

thug n.m. Miembro de una antigua secta religiosa de la India (ss. XII-XIX) cuyos fieles, adoradores de la diosa Kālī, practicaban el asesinato ritual por estrangulación.

ti Forma del pronombre personal de segunda persona de singular.

Ti QUIM Símbolo del titanio.

tía n.f. **1.** Respecto de una persona, hermana o prima de su padre o madre. — *Tía abuela.* Respecto de una persona, hermana de uno de sus abuelos. **2.** Fam. Mujer, chica.

tiaca n.f. *Chile.* Árbol de la familia de las saxifragáceas, cuyas ramas se utilizan en tonelería.

tialina n.f. FISIOL Fermento que forma parte de la saliva.

tiamina n.f. BIOQUIM Sinónimo de *vitamina* B_1.

tianguis, tiánguez o **tiangue** n.m. **1.** *Méx.* Contratación pública de géneros. **2.** Lugar donde se realiza.

tiara n.f. Tocado alto, usado por el papa.

tiazina n.f. QUIM Nombre de los compuestos que poseen por núcleo una cadena de seis átomos.

tibe n.m. **1.** *Col.* Corindón. **2.** *Col.* y *Cuba.* Piedra que se usa para afilar instrumentos.

tiberio n.m. Fam. Ruido, confusión, alboroto.

tibetano,a **1.** adj. y n. Del Tibet. **2.** n.m. Lengua del grupo tibetano-birmano que se habla en el Tibet, Nepal y Bhután.

tibia n.f. **1.** ANAT Hueso principal y anterior de la pierna. **2.** ZOOL Una de las piezas, alargada en forma de varilla, de las patas de los insectos.

tibio,a **1.** adj. Templado. **2.** Fig. Poco fervoroso. • **tibieza** n.f. Calidad de tibio.

tibisí n.m. *Cuba.* Especie de carrizo silvestre.

tiburón n.m. ZOOL Pez selacio marino, del suborden de los escuálidos, de cuerpo fusiforme y hendiduras branquiales laterales.
ENCICL Los tiburones o escualos constituyen, junto con las rayas, el orden de los seláceos (elevados al rango de una subclase: la de los elasmobranquios). Su cabeza presenta cinco hendiduras branquiales laterales. Algunas especies no pasan del metro; otras son los peces más grandes. Potentes y rápidos, pueden atacar al hombre, en particular el tiburón blanco de nueve metros de longitud, que vive en todos los mares tropicales, subtropicales y templados, así como el tiburón azul del Mediterráneo. Los tiburones gigantes son inofensivos para el hombre; el tiburón ballena de los mares tropicales, con una longitud de 18 m se alimenta de plancton, pequeños peces cefalópodos, etc.; el tiburón peregrino, el mayor de los tiburones de los mares europeos (14 m, 4 t), sólo se alimenta de pequeños crustáceos, de huevas y larvas de peces.

tic n.m. **1.** Onomatopeya que describe un ruido breve, de poca intensidad. **2.** *Tic nervioso.* Movimiento convulsivo repetido automáticamente.

ticket n.m. Billete que acredita un derecho de entrada, de transporte, etc.

Tichodroma n.m. Género de aves paseriformes de alas rojas, que vive en las rocas de alta montaña.

tiemblo n.m. Álamo temblón.

tiempo n.m. **I. 1.** Medida del devenir de lo existente. **2.** Parte de este devenir. — ASTRON *Tiempo medio.* El que se mide por el movimiento uniforme de un astro ficticio. — ASTRON *Tiempo verdadero.* El que se mide por el movimiento aparente del Sol. — FIS *Tiempo de reverberación.* En un auditorio, es el tiempo que ha de transcurrir para que el sonido se reduzca en una proporción determinada. **3.** Época durante la cual vive alguna persona o sucede alguna cosa. **4.** Estación del año. **5.** Edad de una persona. **6.** MAR Temporal. **II.** Oportunidad de hacer algo. **III. 1.** Cada uno de los actos sucesivos en que se divide la ejecución de una cosa. **2.** GRAM Cada una de las modificaciones del verbo que expresan el momento en el que se realiza la acción. — GRAM *Tiempo compuesto.* El que se forma con el participio pasado y un tiempo del auxiliar haber. — GRAM *Tiempo simple.* Tiempo del verbo que se conjuga sin auxilio de otro verbo. **3.** MUS Cada una de las partes de igual duración en que se divide el compás. **IV.** Estado atmosférico.
ENCICL **Fís.** — El tiempo no es una magnitud física propiamente dicha. Constituye más bien, igual que el espacio, una magnitud en relación con la cual el mundo evoluciona. Como es imposible establecer un patrón de tiempo, su medida se efectúa relacionándolo con un fenómeno simple que se reproduce periódicamente. La *unidad de tiempo* del sistema SI es el *segundo,* que se define a partir de las vibraciones del átomo de cesio. Debe distinguirse de la *escala de tiempo,* que nos permite asignar una fecha determinada a cada hecho. Un intervalo de tiempo está limitado por dos fechas en la escala de tiempo. En física, la noción de *tiempo absoluto* debe ser sustituida por la de *tiempo relativo.* Dos hechos que un observador cree simultáneos, no lo serán para otro observador en movimiento con relación al primero, si se producen en puntos distintos del espacio.
Astron. — La escala de *tiempo universal* (TU en abreviatura) se deduce de la rotación de la Tierra alrededor de su eje y de su movimiento alrededor del Sol. El *tiempo solar real* es igual al ángulo horario del Sol: son las 0 h reales cuando el Sol atraviesa el meridiano. *El tiempo solar medio* se calcula suponiendo un sol ficticio cuyo ángulo horario varía uniformemente, lo cual no se verifica con el Sol real, teniendo en cuenta la oblicuidad de la eclíptica. En el tiempo solar medio, al *tiempo civil* se le suman doce horas. El día civil comienza pues a medianoche. El *tiempo universal* es igual, por definición, al tiempo civil de Greenwich. Los *tiempos legales* se deducen del tiempo universal según el sistema de husos horarios. Esta regla tiene excepciones, en concreto para España, que adopta el TU+ una hora en invierno y el TU+dos horas en verano, aunque se encuentra en el huso 0, es decir, el de Greenwich, Existe un segundo tiempo astronómico, el *tiempo de las efemérides,* cuya escala se deduce del movimiento de la Tierra alrededor del Sol. Su período fundamental es el año. Se distingue el año *trópico,* comprendido entre dos pasos consecutivos del Sol por el equinoccio de primavera (365,242 días de media); el año *sidéreo,* comprendido entre dos conjunciones del Sol con una misma estrella (365,256 días de media), y el año *anomalístico,* comprendido entre dos pasos por el perigeo (365,259 días de media). El tiempo *atómico* internacional se ha definido a partir de la vibración del átomo de cesio. Constituye la escala de tiempo oficial. Esta escala coincidía con la de tiempo universal al 1 de enero de 1958; la desviación entre estos dos tiempos es del orden de un segundo por año. Para conseguir reducir ficticiamente esta desviación consiguiendo un tiempo tan uniforme como sea posible, se ha definido el tiempo *universal coordenado,* que se obtiene añadiendo un segundo cada año al tiempo atómico.

tienda n.f. **I. 1.** Establecimiento comercial donde se venden artículos, generalmente al por menor ▷ *Arg., Cuba, Chile* y *Venez.* P. antonom., aquella en que se venden tejidos. **2.** Armazón de palos hincados en tierra y cubierta con telas u otros materiales, que sirve de alojamiento, en el campo. **II.** ANAT *Tienda del cerebelo.* Prolongación de la duramadre que forma un tabique entre la parte superior del cerebelo y la parte inferior de los lóbulos occipitales.

tienta n.f. **1.** Prueba que se hace con las reses a fin de apreciar su bravura. **2.** Sagacidad con que se pretende averiguar una cosa. **3.** CIR Instrumento destinado a la exploración de cavidades y conductos naturales o de las heridas.

tiento n.m. **1.** Ejercicio del sentido del tacto. **2.** Seguridad y firmeza de la mano para ejecutar alguna acción. **3.** Fig. Consideración prudente, en lo que se hace o emprende. **4.** MUS Ensayo que hace el músico para ver si está bien templado el instrumento. **5.** Balancín de los equilibristas. **6.** ZOOL Tentáculo de algunos animales.

tientos n.m.pl. Cante andaluz y baile correspondiente.

tierno,a adj. **1.** Blando. **2.** Fig. Reciente. **3.** Fig. Se dice de la edad de la niñez. ▷ Fig. Propenso al llanto. **4.** Fig. Afectuoso, cariñoso.

tierra n.f. **I. 1.** Planeta que habitamos. **2.** Parte no ocupada por el mar. **II. 1.** Materia de que principalmente se compone el suelo natural. **2.** Suelo o piso. **3.** ELECTRON El suelo como conductor de potencial eléctrico nulo. **III. 1.** Patria. **2.** País, región. **IV.** *Tierra firme.* Continente. — Terreno sólido y capaz de admitir sobre sí un edificio. — *Tierra vegetal.* La que está impregnada de gran cantidad de elementos orgánicos. — *Tierras raras.* Nombre genérico con que se designan una serie de minerales de elementos poco abundantes en la Naturaleza.
ENCICL **Astron.** — La Tierra es el tercer planeta por orden de distancia con respecto al Sol y el sexto por su tamaño. Tiene un único satélite, la Luna. El planeta gira sobre sí mismo en 23 h 56 m 4 s,y alrededor del Sol a una distancia media de 149.600.000 km. En un año, recorre una órbita de 940 millones de km a una velocidad de 30 km/s. Su eje de rotación forma, con el plano de su trayectoria alrededor del Sol, un ángulo de 23° 27'. Durante su órbita, no se presenta siempre al Sol bajo el mismo ángulo y de ahí el fenómeno de las estaciones. Tiene la forma de un globo casi esférico, llamado *geoide.* Los polos están ligeramente aplastados, lo que contribuye al aumento de la aceleración gravitacional al acercarse a ellos. El ecuador, por otra parte, es ligeramente elíptico. La Tierra tiene, por tanto, la forma general de un elipsoide cuyos tres ejes son ligeramente distintos. El radio de la Tierra varía entre 6.356 y 6.378 km.
Geol. y geof. — La Tierra tiene unos 5.000 millones de años. La propagación de las ondas sísmicas prueba la existencia de varias capas concéntricas. La más superficial es la *corteza terrestre;* la corteza oceánica, de 15 km de espesor, está formada por placas que soportan los continentes. Después, el *manto* está separado del *núcleo* por la discontinuidad de Gutenberg, situada a 2.900 km de profundidad. El núcleo contiene al nucléolo, limitado por una discontinuidad situada a 5.000 km de profundidad. La naturaleza del núcleo, muy rico en níquel y hierro, ha sido confirmada por el estudio de los meteoritos, considerados como restos de planetas que han explotado.

tieso,a **I.** adj. **1.** Duro, firme. **2.** Tenso, tirante. **3.** Fig. Afectadamente estirado. **4.** Fig. Terco. **II.** adv.m. Recia o fuertemente. • **tiesura** n.f. Calidad de tieso.

tiesto n.m. **1.** Vaso de barro que sirve para criar plantas. **2.** *Chile.* Vasija de cualquier clase.

tifáceo,a n. y adj. BOT Se dice de plantas angiospermas monocotiledóneas, como la espadaña. ▷ n.f.pl. BOT Familia de estas plantas.

tífico adj. MED Relativo al tifus o a las fiebres tifoideas. ▷ n. y adj. Persona que sufre una de estas enfermedades.

tiflitis n.f. MED Inflamación del ciego.

tifo- Prefijo procedente del griego *typhos,* «estupor, torpeza».

tifobacilosis n.f. MED Forma inicial de infección tuberculosa que recuerda la fiebre tifoidea.

tifoideo,a n. y adj. *Fiebre tifoidea* o *tifoidea.* Enfermedad contagiosa, infecciosa y muy a menudo epidémica, debida al bacilo de Eberth (*Salmonella typhi*).

tifón n.m. **1.** Ciclón de los mares del SE asiático y el océano Índico. **2.** Tromba marina.

tifosis n.f. MED VETER Enfermedad contagiosa de la gallina, causada por el bacilo *Salmonella pullorum gallinarum.*

tifus n.m. **1.** MED Enfermedad infecciosa causada por una rickettsia, transmitida por el piojo. **2.** MED *Tifus murino.* Enfermedad infecciosa, causada por una rickettsia transmitida al hombre por la pulga del ratón. **3.** MED Nombre de distintas otras enfermedades infecciosas.

tigre n.m. **1.** Mamífero carnicero muy feroz y de gran tamaño, parecido al gato en la figura. **2.** Fig. Persona cruel y sanguinaria. **3.** *Amér.* Jaguar. **4.** *Ecuad.* Pájaro de mayor tamaño que una gallina.
ENCICL El tigre es el mayor y más fuerte de los felinos. El tigre de Siberia alcanza 2,80 m de largo (incluyendo el rabo). El tigre soporta los grandes calores y el frío: en el N habita en los grandes bosques de Siberia oriental y en el sotobosque montañoso, al S en los bosques tropicales húmedos y las junglas secas. Las ocho subespecies de tigres son escasas y están amenazadas en todas partes. La caza intensa de que ha sido objeto explica su desaparición de numerosas regiones de Asia del S y del SE, donde hoy está confinado a las reservas.

tijera n.f. **I. 1.** Instrumento compuesto de dos hojas de acero, unidas por un eje y de un solo filo, que sirve para cortar. **2.** Fig. Nombre de ciertas cosas compuestas de dos piezas cruzadas que giran alrededor de un eje. **II. 1.** Aspa que sirve para apoyar un madero que se ha de aserrar o labrar. **2.** VOL Pluma primera del ala del halcón. • **tijeral** n.m. *Chile.* Tablas o cuchillos que sostienen la cubierta de un edificio. • **tijereta** n.f. Ave palmípeda de pico aplanado, cortante y desigual. • **tijeretazo** n.m. Corte hecho de un golpe con la tijera. • **tijeretear** v.tr. Dar varios cortes con las tijeras. • **tijereteo** n.m. **1.** Acción y efecto de tijeretear. **2.** Ruido que hacen las tijeras movidas repetidamente.

tila n.f. Inflorescencia seca del tilo que se utiliza para preparar una infusión. ▷ Esta infusión.

tílburi n.m. Carruaje de dos ruedas grandes, ligero y sin cubierta, de dos plazas, y tirado por una sola caballería. — Ingl. *Tilbury,* nombre del inventor de este carruaje.

tildar v.tr. **1.** Poner tilde a las letras que lo necesitan. **2.** Fig. Señalar con alguna nota denigrativa a una persona. • **tilde I.** m. o f. Virgulilla o rasgo que se pone sobre algunas abreviaturas, el que lleva la *ñ* y cualquier otro signo que sirva para distinguir una letra de otra o denotar su acentuación. **II.** n.f. Cosa mínima.

tiliáceo,a n. y adj. BOT Dícese de plantas angiospermas dicotiledóneas como el tilo y la patagua. ▷ n.f. pl. BOT Familia de estas plantas.

tilín n.m. Sonido de la campanilla. — *Hacer tilín.* Caer en gracia.

tilo n.m. **1.** Árbol de la familia de las tiliáceas de flores de cinco pétalos, blanquecinas, olorosas y medicinales. **2.** *Col.* Yema floral del maíz.

Tillandsia n.f. BOT Género de plantas de América tropical de las que se obtiene una fibra vegetal.

tímalo n.m. ZOOL Pez teleósteo del suborden de los fisóstomos parecido al salmón.

timar v.tr. **1.** Quitar o hurtar con engaño. **2.** Engañar a otro con promesas o esperanzas. • **timador,a** n.m. y f. Personaje que tima.

timba n.f. **I. 1.** Fam. Partida de juego de azar. **2.** Casa de juego, garito. **II.** *Amér. Central* y *Méx.* Barriga, vientre.

timbal n.m. Especie de tambor de un solo parche, con caja metálica en forma de media esfera. • **timbalero** n.m. El que toca los timbales.

timbó n.m. BOT *Arg.* y *Par.* Árbol leguminoso cuya madera se utiliza para hacer canoas.

timbre n.m. **I. 1.** Sello, y especialmente el que se estampa en seco. **2.** Sello que estampa el Estado, indicando la cantidad que debe pagarse al fisco en concepto de derechos. **II. 1.** Aparato de llamada o de aviso, compuesto de una campana y un macito que la golpea. **2.** Sonido característico de un instrumento músico o la voz de una persona. • **timbrar** v.tr. Estampar un timbre, sello o membrete. • **timbrazo** n.m. Toque fuerte de un timbre.

timeleáceo,a n.f. y adj. BOT Se dice de plantas angiospermas dicotiledóneas, como la adelfilla y el torvisco. ▷ n.f. pl. BOT Familia de estas plantas.

timia n.f. PSICOL Humor, estado afectivo. • **tímico,a** adj. PSICOL Relativo a la timia, a la afectividad.

-timia Sufijo procedente del griego *thymos,* «aliento».

timidina n.f. BIOQUIM Nucleósido constituido por la asociación de la timina y la ribosa.

tímido,a adj. Temeroso, medroso. • **timidez** n.f. Calidad de tímido.

timina n.f. BIOQUIM Base pirimídica, constitutivo normal del ácido desoxirribonucleico.

1. timo n.m. Fam. Acción y efecto de timar.

2. timo n.m. ANAT Glándula endocrina cuya secreción estimula el crecimiento de los huesos y favorece el desarrollo de las glándulas genitales.

timocracia n.f. Gobierno en que detentan el poder los ciudadanos más ricos.

timón n.m. **1.** MAR Pieza de madera o de hierro que sirve para gobernar una nave y p. ext., las piezas similares de un aeroplano, un submarino, etc. **2.** Varilla del cohete, que le sirve de contrapeso y le da dirección. **3.** Dirección de un negocio. • **timonear** v.int. Gobernar el timón. • **timonel** n.m. El que gobierna el timón de la nave. • **timonera** n.f. y adj. Dícese de las plumas grandes que tienen las aves en la cola. • **timonero,a 1.** n. y adj. Perteneciente o relativo al timón. **2.** n.m. Timonel. • **timonería** n.f. AERON Planos móviles sustentadores de un avión que sirven para modificar su posición.

timorato,a adj. Tímido, indeciso, encogido.

timotes, antiguo pueblo sudamericano. Emparentado con los eturias colombianos de Cundinamarca, habitaba la región andina de Mérida (Venezuela).

timpanitis n.f. FISIOL Hinchazón de alguna cavidad del cuerpo producida por gases, y en especial, abultamiento del vientre. • **timpanítico,a 1.** n. y adj. Que padece timpanitis. **2.** adj. Perteneciente a esta enfermedad. • **timpanización** n.f. FISIOL Acción y efecto de timpanizarse. • **timpanizarse** v.prnl. FISIOL Abultarse el vientre con timpanitis.

tímpano n.m. **1.** ANAT Cavidad del oído medio. ▷ Membrana que limita el oído medio por fuera y lo separa del conducto auditivo externo. **2.** ARQUIT Espacio triangular, comprendido entre el dintel y las dos cornisas inclinadas de un frontón. **3.** MUS Atabal, tamboril. ▷ Cualquier instrumento de la familia de las cítaras de cuerdas percutidas. **4.** IMP En las minervas, superficie sobre la cual se dispone el papel que se ha de imprimir.

tina n.f. Tinaja, vasija grande de barro o madera.

tinaja n.f. **1.** Vasija grande de barro cocido, y a veces vidriado. **2.** Líquido que cabe en una tinaja. • **tinajero** n.m. **1.** El que hace o vende tinajas. **2.** Sitio o lugar donde se ponen o empotran las tinajas. • **tinajón** n.m. Vasija tosca de barro cocido parecida a la mitad inferior de una tinaja.

tinamú n.m. Ave de América que anida en el suelo.

tincazo n.m. *Arg.* y *Ecuad.* Capirotazo.

tinción n.f. Acción y efecto de teñir.

tinco,a adj. *Arg.* Dícese del animal vacuno que roza y golpea una pata con otra al caminar.

tindalo n.m. BOT Árbol leguminoso de Filipinas, que crece hasta 30 m de altura.

tineidos n.m.pl. ZOOL Familia de lepidópteros que incluye a las polillas.

tinerfeño,a 1. n. y adj. Natural de Tenerife. **2.** adj. Perteneciente o relativo a esta isla.

tinge n.m. Búho mayor y más fuerte que el común.

tingible adj. Que se puede teñir.

tinglado n.m. **1.** Cobertizo. **2.** Tablado armado a la ligera. **3.** Fig. Artificio, enredo, maquinación.

tiniebla n.f. **1.** Falta de luz. **2.** pl. Fig. Ignorancia que se tiene de algo. ▷ Fig. Oscuridad, confusión.

tino n.m. **1.** Hábito y destreza. **2.** Acierto y destreza para dar en el blanco. **3.** Fig. Juicio y cordura para el gobierno y dirección de un negocio.

tinta n.f. **I. 1.** Color con que se tiñe. **2.** Líquido que se emplea para escribir. — *Tinta simpática.* Composición líquida que tiene la propiedad de que no se vea lo escrito con ella hasta que se le aplica el reactivo conveniente. **3.** Acción y efecto de teñir. **4.** PINT Mezcla de colores que se hace para pintar. — *Media tinta.* Capa general de pintura que se da primero para pintar al temple y al fresco. **II.** Líquido que secretan algunos animales, como los calamares. • **tintar** v.tr. Teñir.

tinte n.m. **1.** Acción y efecto de teñir. **2.** Color con que se tiñe. **3.** Tintorería. **4.** Fig. Artificio mañoso con que se desfiguran los hechos.

tintero n.m. Recipiente en que se pone la tinta de escribir para mojar en ella la pluma.

tintín n.m. Sonido que hacen, al recibir un ligero choque, la campanilla, las copas o cosas parecidas. • **tintinar** o **tintinear** v.int. Producir el tintín. • **tintineo** n.m. Acción y efecto de tintinear.

tinto,a I. 1. Part. pas. irreg. de *teñir.* **2.** adj. Rojo oscuro. **II.** n. y adj. *Col.* Infusión de café.

tintóreo,a adj. BOT Se aplica a las plantas de donde se extraen sustancias colorantes.

tintorera n.f. ZOOL Tiburón muy semejante al cazón, que alcanza de tres a cuatro metros de longitud.

tintorero n.m. El que tiene por oficio teñir o dar tintes. • **tintorería** n.f. Taller o tienda donde se tiñe.

tintura n.f. **1.** Acción y efecto de teñir. **2.** Sustancia con que se tiñe. **3.** FARM Solución de cualquier sustancia medicinal, en un líquido que disuelve de ella ciertos principios. **4.** Fig. Noción superficial de una facultad o ciencia.

tiña n.f. **1.** PAT Cualquiera de las enfermedades producidas por diversos parásitos en la piel del cráneo. ▷ Fig. y Fam. Tacañería. **2.** Oruga de los lepidópteros pirálidos. — PAT Tiña mucosa. Eccema. • **tiñoso,a** n. y adj. **1.** Que padece tiña. **2.** Fig. y Fam. Escaso, miserable y ruin.

tio o **tion** Prefijo procedente del griego *theion,* «azufre».

tío n.m. **1.** Respecto de una persona, hermano o primo de su padre o madre. **2.** Fam. Persona cuyo nombre y condición se ignoran o no se quieren decir. **3.** Fam. Hombre, chico

4. *Arg.* Aplicábase en sentido afectuoso a los negros viejos.

tioácido n.m. QUIM Compuesto resultante del reemplazamiento de un átomo de oxígeno por un átomo de azufre en un ácido orgánico.

tioalcohol o **tiol** n.m. QUIM Alcohol en el que un átomo de oxígeno ha sido reemplazado por un átomo de azufre.

tiobacterias n.f.pl. MICROB Clase de bacterias capaces de fijar el azufre.

tiofeno n.m. QUIM Compuesto monosulfurado (C_4H_4S) asociado al benceno en los productos de destilación del alquitrán de hulla.

tiónico,a adj. QUIM Se dice de los ácidos que contienen azufre, y de sus derivados.

tionina n.f. QUIM Materia colorante del grupo de las tiazinas, llamada también *violeta de Lauth*.

tiosulfato n.m. QUIM Sinónimo de *hiposulfito*.

tiosulfúrico,a adj. QUIM Sinónimo de *hiposulfuroso*.

tiourea n.f. QUIM Derivado sulfurado de la urea.

tiovivo n.m. Recreo de feria que consiste en varios asientos colocados en un círculo giratorio.

tipa n.f. BOT Árbol leguminoso sudamericano, que crece hasta 20 m de altura.

tipejo n.m. Se aplica a una persona ridícula y despreciable.

típico,a adj. Característico de una persona, cosa, grupo o país. • **tipismo** o **tipicismo** n.m. **1.** Calidad o condición de típico. **2.** Conjunto de caracteres o rasgos típicos.

tipificar v.tr. **1.** Ajustar varias cosas semejantes a un tipo o norma común. **2.** Representar una persona o cosa el tipo de la es[illegible]cie o clase a que pertenece. • **tipificación** [illegible] Acción y efecto de tipificar.

tiple **I.** n.m. **1.** La más aguda de las vo[illegible] humanas. **2.** MUS Guitarra de voces ag[illegible] **II.** n.m. y f. **1.** Persona que tiene voz de [illegible]ple. **2.** Persona que [illegible] el tiple

tipo n.m. **I. 1.** M[illegible]elo ej[illegible]plar. **2.** Letra de imprenta y cada una de las clases de esta letra. **II.** Figura o talle de una persona. ▷ Persona, individuo. **III.** HIST NAT Cada un[illegible] de las clases en que se dividen los reinos animal y vegetal. **IV.** NUMIS Figura principal de una moneda o medalla.

tipo- Prefijo procedente del griego *typos*, «impronta, modelo».

tipografía n.f. **1.** Procedimiento de reproducción por impresión de una forma en relieve. **2.** Procedimiento por el que un texto es impreso. • **tipográfico,a** adj. Relativo a la tipografía. • **tipógrafo,a** n. y adj. Profesional que se ocupa de la tipografía.

tipología n.m. **1.** Parte de la psicología que estudia los distintos tipos humanos. **2.** Ciencia que intenta elaborar los tipos a partir de conjuntos. — *Tipología lingüística.* Disciplina que estudia las relaciones entre las diferentes lenguas. • **tipológico,a** adj. Relativo a la tipología.

tipometría n.f. Medición de los puntos tipográficos. • **tipómetro** n.m. TECN Regla utilizada en la imprenta para medir las composiciones tipográficas.

típula n.f. Insecto díptero semejante al mosquito, que se alimenta del jugo de las flores.

tique n.m. *Chile.* Árbol euforbiáceo, cuyo fruto es parecido a una aceituna pequeña.

tiquismiquis n.m.pl. Escrúpulos o reparos vanos o de poquísima importancia.

tiquizque n.m. BOT *C. Rica.* Planta de la familia de las aráceas.

tira n.f. Pedazo largo y estrecho de tela, papel, cuero u otra cosa delgada.

tirabeque n.m. Guisante mollar.

tirabuzón n.m. Rizo de cabello, largo y pendiente en espiral.

tirachinas n.m. Juguete que se utiliza para disparar piedrecillas.

tirada n.f. **I.** Acción de tirar. **II.** Distancia que hay de un lugar a otro, o de un tiempo a otro. **III.** Serie de cosas que se dicen o escriben de un tirón. **IV. 1.** IMP Acción y efecto de imprimir. **2.** IMP Número de ejemplares de que consta una edición. — IMP *Tirada aparte.* Impresión por separado que se hace de algún artículo o capítulo ya publicado y que se vuelven a editar en ejemplares sueltos.

tiradero n.m. Lugar o paraje donde el cazador, se pone para tirar.

tirado,a **I.** adj. **1.** Dícese de las cosas que se dan muy baratas. **2.** Fam. Dícese de la persona despreciable. **3.** MAR Dícese del buque que tiene mucha eslora y poca altura de casco. **II.** n.m. Acción y efecto de imprimir.

tirador,a **I.** n.m. y f. Persona que tira. **II.** n.m. **1.** Tirachinas. **2.** Instrumento con que se estira. **3.** Asidero del cual se tira para cerrar una puerta, o abrir un cajón, etc. **4.** *Arg.* Cinturón ancho que usa el gaucho.

tiragomas n.m. Tirachinas.

tiralíneas n.m. Instrumento de metal, a modo de pinzas, que sirve para trazar líneas de tinta más o menos gruesas.

tiramiento n.m. Acción y efecto de tirar, estirar o extender.

tirano,a **I.** n. y adj. **1.** Se aplica a quien obtiene contra derecho el gobierno de un Estado o lo rige sin justicia. **2.** Fig. Se dice del que abusa de su poder, superioridad o fuerza. **II.** adj. Fig. Se dice de la pasión o afecto que ejerce demasiado dominio sobre alguien. • **tiranía** n.f. **1.** Gobierno ejercido por un tirano. **2.** Fig. Abuso de cualquier poder, fuerza o superioridad. ▷ Fig. Dominio excesivo que un afecto o pasión ejerce sobre la voluntad. • **tiranicida** n. y adj. Que da muerte a un tirano. • **tiranicidio** n.m. Muerte dada a un tirano. • **tiránico,a** adj. Perteneciente o relativo a la tiranía. • **tiranizar** v.tr. **1.** Gobernar un tirano algún Estado. **2.** Fig. Dominar tiránicamente.

tirante **I.** adj. Tenso. **II.** n.m. **1.** Cada una de las dos tiras que sirven para suspender de los hombros el pantalón u otras prendas de vestir. **2.** ARQUIT Pieza que impide la separación de los pares. **3.** MECAN Pieza destinada a soportar un esfuerzo de tensión. • **tirantez** n.f. **1.** Calidad de tirante. **2.** ARQUIT Dirección de los planos de hilada de un arco o bóveda.

tiratrón n.m. ELECTR Tríodo de gas utilizado sobre todo como rectificador.

tireotropa adj. BIOQUIM Hormona secretada por el lóbulo anterior de la hipófisis.

tiristor n.m. ELECTR Componente semiconductor de tres electrodos, que permite obtener una corriente del mismo sentido e intensidad regulable.

tiritar v.int. Temblar o estremecerse de frío. — • **tiritera** n.f. Temblor producido por el frío o la fiebre. • **tiritón** n.m. Cada uno de los estremecimientos que siente el que tirita. • **tiritona** n.f. Fig. Temblor al iniciarse la fiebre.

tiro n.m. **I. 1.** Acción y efecto de tirar. **2.** Fig. Indirecta o alusión desfavorable contra una persona. **3.** DEP En fútbol, acción de tirar el balón hacia la portería. **4.** Disparo de un arma de fuego. ▷ Estampido que éste produce. ▷ Lugar en que se tira al blanco. **5.** Alcance de cualquier arma arrojadiza. **II. 1.** Conjunto de caballerías que tiran de un carruaje. **2.** Cuerda puesta en garrucha o máquina, para subir una cosa. **3.** Corriente de aire que produce el fuego de un hogar. **4.** Distancia entre la unión inferior de las perneras de un pantalón y la cintura. **5.** Anchura del vestido, de hombro a hombro, por la parte del pecho. **III. 1.** Tramo de escalera. **2.** MIN Pozo abierto en el suelo de una galería. lo de una galería.

tirocalcitonina n.f. BIOQUIM Hormona secretada por el tiroides, inhibidora del catabolismo óseo.

tiroglobulina n.f. Proteína cuya función es transportar las hormonas tiroideas desde la glándula secretoria hasta los órganos en los que son utilizadas.

tiroidectomía n.f. CIR Ablación total o parcial de la tiroides.

tiroides n.m. ANAT Glándula endocrina de los animales vertebrados que en el hombre está situada delante y a los lados de la tráquea y de la parte inferior de la laringe. — ANAT *Cartílago tiroides.* Principal cartílago de la laringe que en el hombre forma la nuez. ENCICL Las dos hormonas *(tiroxinas)* que secreta el tiroides tien[illegible] como funciones principales aumentar el metabolismo basal y favorecer el crecimiento Su síntesis se efectúa en cuatro etapas: **1.** Transporte activo del yodo plasmático por captación en las vesículas tiroideas. **2.** Reacción de oxidación del yodo por una peroxidasa. **3.** Formación de tirosinas. **4.** Reacciones de condensación de las tirosinas, que llevan a la formación de dos tiroxinas. La perturbación del funcionamiento del tiroides corresponde, bien a la disminución de la secreción y de la excreción de las hormonas tiroideas (hipotiroidismo), bien a un hiperfuncionamiento de la glándula (hipertiroidismo). El tiroides puede igualmente ser afectado por tumores, benignos o malignos. Su hipertrofia forma el bocio.

tirón n.m. **1.** Acción y efecto de tirar con violencia. **2.** Acción y efecto de estirar o aumentar de golpe de tamaño. • **tironear** v.tr. Dar tirones.

tironina n.f. Aminoácido monoyodado, precursor de las hormonas tiroideas.

tirosina n.f. BIOQUIM Ácido aminado muy frecuente en las proteínas.

tirotear v.tr. Disparar repetidamente tiros contra algo o alguien. • **tiroteo** n.m. Acción y efecto de tirotear.

tiroxina n.f. Principal hormona tiroidea.

tirria n.f. Fam. Manía contra uno, ojeriza.

tirso n.m. BOT Panoja de forma aovada; como la de la vid y la lila.

tisana n.f. Bebida medicinal hecha con hierbas cocidas.

tisanuro n. y adj. ZOOL Dícese de insectos de pequeño tamaño, que carecen de alas y se desarrollan sin metamorfosis, como la lepisma. ▷ n.m.pl. ZOOL Orden de estos animales.

tisis n.f. Nombre común de la tuberculosis pulmonar. • **tísico,a** n. y adj. Enfermo de tuberculosis pulmonar. • **tisiología** n.f. Especialidad médica que estudia y trata la tuberculosis.

tisú n.m. Tela de seda entretejida con hilos de oro o plata que pasan desde la haz al envés.

tisuria n.f. FISIOL Debilidad causada por la excesiva secreción de orina.

tita n.f. D. familiar de tía.

titánico,a o **titanio,a** adj. **1.** Perteneciente o relativo a los titanes. **2.** Fig. Desmesurado, excesivo.

titanio n.m. QUIM Metal pulverulento de color gris. Núm. atómico, 22 (simb. *Ti*). ENCICL **Quím.** — El titanio funde a 1668 °C y hierve a 3.260 °C. Posee cualidades mecánicas análogas a las de los aceros, pero es mucho más ligero que éstos (masa volumínica: 4.340 kg/m³). El titanio se utiliza en pintura en forma de aleaciones de aluminio, de estaño, molibdeno. Las estructuras de los aviones supersónicos concebidos para velocidades superiores a 2,2 Mach deben estar constituidas por una fuerte proporción de titanio para resistir el recalentamiento aerodinámico.

títere n.m. **1.** Muñeco que se mueve con alguna cuerda o introduciendo la mano en su interior. **2.** Fig. y Fam. Sujeto de figura ridícula o fácilmente manejable. **3.** pl. Fam. Espectáculo público hecho con muñecos.

tití n.m. ZOOL Mamífero cuadrumano, tipo de la familia de los hapálidos, que se alimenta de pajarillos y de insectos.

tiritar v.int. Temblar de frío o de miedo.

titiritero,a n.m. y f. **1.** Persona que fabrica o gobierna los títeres. **2.** Acróbata de circo ambulante.

titubear v.int. **1.** Oscilar, perdiendo la estabilidad y firmeza. **2.** Tropezar en la pronunciación de las palabras. **3.** Vacilar con inconstancia. • **titubeo** n.m. Acción y efecto de titubear.

1. titular **I.** adj. **1.** Que tiene algún título. **2.** Que da su propio nombre por título a otra cosa. **II.** n. y adj. Se dice del que ejerce una profesión con sentido especial y propio.

2. titular **I.** v.tr. Poner título o nombre a una cosa. **II.** v.int. QUIM Valorar una disolución.

título .n.m. **I. 1.** Palabra o frase con que se da a conocer el asunto de un escrito. **2.** Cada una de las partes principales en que suelen dividirse las leyes, reglamentos, etc. **II. 1.** Demostración auténtica del derecho con que se posee una hacienda o bienes. — *Título al portador.* El que no es nominativo, sino pagadero a quien lo lleva o exhibe. **2.** Testimonio dado para ejercer un empleo. **III. 1.** Dignidad nobiliaria. **2.** Cierto documento que representa deuda pública o valor comercial. • **titulación** n.f. **I. 1.** En general, acción de titular. **2.** Conjunto de títulos de propiedad. **II.** QUIM Acción y efecto de titular o valorar una disolución. • **titulado,a** **1.** n. y adj. Persona que posee un título académico. ▷ Persona que tiene una dignidad nobiliaria. **2.** adj. QUIM *Solución titulada.* Aquella cuya composición se conoce.

tixotropía n.f. FIS Propiedad de ciertos coloides de comportarse como geles o soles. • **tixótropo,a** adj. FIS Se dice de un gel que se vuelve líquido cuando se le agita.

tiza n.f. **I.** Arcilla blanca que se usa para escribir en los encerados. **II.** Compuesto de yeso y greda con que se frota la punta de los tacos de billar.

tiznar v.tr. y prnl. Manchar con tizne u otra materia semejante. • **tiznado,a** adj. *Amér. Central* y *Arg.* Borracho, ebrio. • **tiznadura** n.f. Acción de tiznar o tiznarse. • **tizne** n.m. y f. Humo que se pega en los recipientes que han estado a la lumbre.

tizón n.m. **1.** Palo a medio quemar. **2.** ARQUIT Parte de un sillar o ladrillo, que entra en la fábrica. **3.** BOT Hongo de pequeño tamaño que vive parásito en el trigo y otros cereales. • **tizoncillo** n.m. Honguillo de los cereales.

tizona n.f. Fig. y Fam. Espada (arma).

Tl QUIM Símbolo del talio.

tlapanecas, grupo étnico de México. Habitaban una región de la Sierra Madre del Sur, en los actuales municipios de Malinaltepec, Atlamajalcingo y Tlacopa. Llegados del SO de los actuales Estados Unidos, probablemente hacia el s. X, ocuparon originariamente una región más amplia de la que fueron expulsados por otros pueblos, sobre todo por los aztecas. Sembraban caña de azúcar, maíz, tabaco, frijoles, plátanos y otras frutas y hortalizas.

tlatoanis, institución azteca. Nombre dado al emperador de los méxicas. El cargo — la más alta magistratura azteca— era vitalicio y hereditario.

Tm QUIM Símbolo del tulio.

tmesis n.f. LING Separación de los elementos de una palabra por intercalado de una o varias palabras distintas.

TNT Abreviatura de trinitrotolueno.

toalla n.f. **1.** Pieza de tela para limpiarse y secarse el cuerpo. **2.** Tela de rizo de que suelen hacerse las toallas. • **toallero** n.m. Dispositivo para colgar toallas.

toar v.tr. MAR Llevar a remolque una nave.

tobera n.f. TECN Pequeña tubería que se adapta a un depósito o a una cañería con el fin de regular la salida o la forma del chorro.

tobillo n.m. ANAT Protuberancia de cada uno de los dos huesos de la pierna llamados tibia y peroné. • **tobillera** n.f. Venda con la que se sujeta el tobillo en algunas lesiones dolorosas.

toboba n.f. *C. Rica* y *Nicar.* Especie de víbora.

tobogán n.m. **1.** Deslizadero artificial en declive. **2.** Especie de trineo bajo. **3.** Pista hecha en la nieve, por la que se deslizan los trineos.

toca n.f. **1.** Prenda de tela con que se cubría la cabeza. **2.** Prenda de lienzo blanco que ceñida al rostro usan algunas monjas.

tocadiscos n.m. Aparato que reproduce los sonidos grabados en un disco.

1. tocado n.m. **1.** Prenda con que se cubre la cabeza. **2.** Peinado de la mujer.

2. tocado,a adj. **1.** Fig. Medio loco, algo perturbado. **2.** Fig. Se dice de la fruta que ha empezado a dañarse.

1. tocador n.m. Mueble para el peinado y aseo de una persona.

2. tocador,a n. y adj. Que toca.

1. tocar v.tr. **1.** Ejercitar el sentido del tacto. **2.** Llegar a una cosa con la mano, sin asirla. **3.** Hacer sonar un instrumento musical u otro objeto. **4.** Tropezar ligeramente una cosa con otra. **5.** Fig. Tratar o hablar superficialmente de una materia. **6.** Fig. Haber llegado el momento oportuno de ejecutar algo. **7.** PINT Dar toques o pinceladas sobre lo pintado. **8.** Llegar de paso a algún lugar. **9.** Ser de la obligación o cargo de uno. **10.** Importar, ser de interés. **11.** Caer en suerte una cosa. • **tocamiento** n.m. Acción y efecto de tocar.

2. tocar **1.** v.tr. y prnl. Peinar el cabello; adornarlo con cintas, lazos, etc. **2.** v.prnl. Cubrirse la cabeza.

tocata n.f. Pieza de música, destinada por lo común a instrumentos de teclado.

tocateja (a) m.adv. En dinero contante.

tocayo,a n.m. y f. Respecto de una persona, otra que tiene su mismo nombre.

toccata n.f. MUS Composición instrumental de forma libre, escrita para un instrumento de teclado.

tocino n.m. **1.** Panículo adiposo de ciertos mamíferos. **2.** Carne grasa del cerdo. **3.** BOT *Cuba.* Arbusto trepador de la familia de las mimosáceas, con ramas cubiertas de multitud de espinas. — *Tocino del cielo.* Dulce compuesto de yemas de huevo y almíbar. • **tocinería** n.f. Tienda, puesto o lugar donde se vende tocino. • **tocinero,a** n.m. y f. Persona que vende tocino.

toco n.m. *Perú.* Nicho u hornacina rectangular muy usado en la arquitectura incaica.

tocoferol n.m. BIOQUIM Sinónimo de *vitamina B.*

tocografía n.f. MED Registro gráfico de las contracciones uterinas efectuado durante el parto.

tocología n.f. Parte de la medicina que trata de la gestación, del parto y del puerperio. • **tocólogo,a** n.m. y f. MED Especialista en tocología.

tocón n.m. Parte del tronco de un árbol que queda unida a la raíz cuando lo cortan por el pie. • **tocona** n.f. Tocón de diámetro grande. • **toconal** n.m. Sitio donde hay muchos tocones.

tocororo n.m. Ave cubana del orden de las trepadoras, de unos 20 cm de largo.

tocte n.m. *Ecuad.* y *Perú.* Árbol yuglandáceo que da una madera fina, semejante al nogal.

tochimbo n.m. Horno de fundición usado en Perú.

todabuena o **todasana** n.f. BOT Planta herbácea anual, de la familia de las gutíferas, que tiene propiedades medicinales.

todavía **1.** adv.t. Hasta un momento determinado desde tiempo anterior. *Está durmiendo todavía.* **2.** adv.m. Sin embargo. ▷ Tiene sentido concesivo corrigiendo una frase anterior. *¿Para qué ahorras? Todavía si tuvieras hijos estaría justificado.* ▷ Denota encarecimiento o ponderación. *El vino de esta cosecha es todavía más bueno que el de la anterior.*

todo,a **I.** adj. **1.** Se dice de lo que se toma o se comprende por entero. **2.** Se usa también para ponderar el exceso de alguna calidad o circunstancia. **3.** En plural equivale a veces a cada. **II.** n.m. Cosa íntegra. **III.** adv.m. Enteramente.

todopoderoso,a **1.** adj. Que todo lo puede. **2.** n.p.m. P. antonom., Dios.

todoterreno n. y adj. Dícese del vehículo concebido para circular sobre cualquier terreno.

tofo n.m. **1.** MED Depósito de sales de ácido úrico, en forma de nódulos. **2.** *Chile.* Arcilla blanca refractaria.

toga n.f. Traje de ceremonia, que usan los magistrados, letrados, catedráticos, etc. • **togado,a** n. y adj. Que viste toga.

toisón n.m. Vellocino. — Fr. *toison,* vellón, y éste del lat. *tonsĭo, -ōnis,* «esquileo». — *Orden del Toisón de Oro.* Orden creada, en 1429, por el duque Felipe el Bueno de Borgoña. Es una orden de caballería a título honorífico y vitalicio. Pasó por herencia a la casa de Habsburgo y consecuentemente, a la Corona de España con Carlos V. Después de Felipe V de Borbón (1700), se acordó que ostentarían el privilegio de su concesión, el rey de España y el representante de la rama Habsburgo de Austria simultáneamente. En la actualidad, en España, esta función está reservada al rey Juan Carlos I.

tojo n.m. **1.** BOT Planta perenne de la familia de las papilionáceas, variedad de aulaga. **2.** *Bol.* Alondra. • **tojal** n.m. Terreno poblado de tojos.

tokamak n.m. FIS NUCL Aparato en forma de bocel para el confinamiento de plasmas.

tola n.f. *Amér. Merid.* Nombre de diversos arbustos de la familia de las compuestas.

tolano n.m. VETER Enfermedad que padecen las bestias en las encías.

toldo n.m. Pabellón o cubierta que se coloca para hacer sombra en algún lugar. • **toldar** v.tr. Cubrir con toldo.

toledano,a **1.** n. y adj. Natural de Toledo. **2.** adj. Perteneciente o relativo a esta provincia o a su capital.

tolerantismo n.m. Opinión favorable al libre ejercicio de todo culto religioso.

tolerar v.tr. **1.** Soportar con paciencia. **2.** Admitir algo que no se aprueba. • **tolerabilidad** n.f. Calidad o condición de tolerable. • **tolerancia** n.f. **I. 1.** Acción y efecto de tolerar. **2.** MED Ausencia de reacción molesta del organismo ante un agente químico, físico o ante medicamentos. **II. 1.** Margen que se consiente en la calidad o cantidad de las cosas. **2.** Diferencia consentida entre el valor nominal y el valor real o efectivo en las características físicas y químicas de un material

tolete n.m. **1.** MAR Estaquilla a la cual se ata el remo. **2.** *Amér. Central, Col., Cuba* y *Venez.* Garrote corto.

tolita n.f. TECN Explosivo rompedor.

tolobojo n.m. *Guat.* Pájaro bobo.

toltecas, pueblo amerindio precolombino, perteneciente al grupo nahua, que ocuparon el valle de México en el s. IX d. J.C. Sobre las bases culturales y artísticas que les ofrecían la gran ciudad Estado de Teotihuacán, desarrollaron una brillante civilización hasta 1168, fecha de la toma de Tollan Xicocotitlán (actual *Tula*) por las invasiones chichimecas. Los toltecas penetraron en el s. X en territorio maya, en la península de Yucatán, donde establecieron su capital en Chichén Itzá. El arte típicamente tolteca está representado por los monumentos y la estatuaria de Tula.

tolueno n.m. Hidrocarburo aromático extraído del benzol o a partir del benceno.

tolva n.f. Recipiente con una abertura inferior, dentro del cual se echan granos u otros cuerpos para que caigan en el molino.

tolvanera n.f. Remolino de polvo.

tolla n.f. *Cuba.* Artesa grande para dar de beber a los animales.

tollo n.m. **1.** ZOOL Pintarroja. **2.** Mielga (pez). **3.** Carne que tiene el ciervo junto a los lomos.

toma n.f. **1.** Acción de tomar o recibir una cosa. **2.** Porción de alguna cosa, que se coge o recibe de una vez. **3.** Abertura u orificio en los canales o depósitos de agua. **4.** Lugar por donde se deriva una corriente de fluido o electricidad. ▷ ELECTR *Toma de corriente.* Dispositivo que permite a una instalación móvil abastecerse de corriente de un conductor fijo. ▷ ELECTR *Toma a tierra.* Órgano o conductor que conecta una instalación a tierra. • **tomador,a** n. y adj. **1.** Que toma. **2.** *Arg.* y *Chile.* Bebedor, aficionado a la bebida. **3.** COM Aquel a la orden de quien se gira una letra de cambio. • **tomadura** n.f. **1.** Acción y efecto de tomar. **2.** Porción de alguna cosa que se toma.

tomaína n.f. BIOQUIM Alcaloide tóxico producido por la putrefacción de materias animales.

tomar **I.** v.tr. **1.** Coger con la mano o por cualquier otro medio una cosa. **2.** Recibir o aceptar algo. **3.** Ocupar o adquirir por la fuerza. **4.** Comer o beber. **5.** Adoptar. **6.** Contraer, adquirir. **7.** Contratar a una persona para que preste un servicio. **8.** Alquilar. **9.** Entender, interpretar una cosa en determinado sentido. **10.** Seguido de la preposición *por,* suele indicar juicio equivocado. **11.** Quitar o hurtar. **12.** Sobrevenir a uno de nuevo algo como la risa, el sueño, etc. **13.** Cubrir el macho a la hembra. **14.** Construido con un nombre de instrumento, ponerse a ejecutar la acción para la cual sirve el instrumento. **II.** v.int. Empezar a seguir una dirección.

tomate n.m. **1.** BOT Fruto de la tomatera; es una baya casi roja, de superficie lisa y brillante. ▷ Planta que da este fruto, tomatera. **2.** Fam. Roto o agujero hecho en una prenda de punto. • **tomatal** n.m. Plantación de tomateras. • **tomatera** n.f. Planta herbácea anual, cuyo fruto es el tomate, de la familia de las solanáceas. • **tomaticán** n.m. *Chile.* Guiso o salsa de tomate. • **tomatillo** n.m. *Chile.* Arbusto solanáceo lampiño, con fruto amarillo o rojo.

tomavistas n.m.inv. Cámara de fotografías usada en cine y televisión.

tómbola n.f. Rifa pública de objetos diversos. ▷ Local en que se efectúa esta rifa.

tómbolo n.m. GEOMORF Brazo de guijarros y arena que une un antiguo islote con la tierra firme.

tome n.m. *Chile.* Especie de espadaña.

tomento n.m. BOT Capa de pelos cortos, que cubre algunas partes de ciertas plantas. • **tomentoso,a** adj. Que tiene tomento.

tomillo n.m. Planta perenne de la familia de las labiadas, muy olorosa y de tallos leñosos. — *Tomillo blanco.* Santónico, planta. — *Tomillo salsero.* Planta de la misma familia que el tomillo común, pero con los tallos menos leñosos. • **tomillar** n.m. Sitio poblado de tomillo.

tominejo n.m. Pájaro mosca.

tomismo n.m. Sistema escolástico contenido en las obras de santo Tomás de Aquino. • **tomista** n. y adj. Que sigue la doctrina de santo Tomás de Aquino.

tomo n.m. Cada una de las partes con paginación independiente en que se divide un libro de cierta extensión.

tomo- o **-tomía** Partículas procedentes del griego *tomē,* «sección».

tomografía n.f. MED Técnica radiológica que permite obtener imágenes por planos de un órgano.

ton n.m. Apócope de tono.

tonada n.f. **1.** Composición métrica para cantarse. **2.** Música de esta canción. **3.** *Amér.* Dejo, modo de acentuar las palabras al final. • **tonadilla** n.f. Composición corta y ligera, destinada a ser cantada. • **tonadillero,a** n.m. y f. Persona que compone o canta tonadillas.

tonalidad n.f. **1.** Organización de los sonidos que sirve de base a una composición musical. **2.** Tono. **3.** PINT Sistema de colores y tonos. • **tonal** adj. **1.** Relativo al tono. **2.** Que utiliza la tonalidad.

tonel n.m. Cuba grande. • **tonelería** n.f. **1.** Oficio o taller del tonelero. **2.** Conjunto o provisión de toneles. • **tonelero,a** adj. Perteneciente o relativo al tonel.

tonelada n.f. **1.** Unidad de masa, equivale a 1.000 kg (símbolo *t*). **2.** Cantidad muy grande de algo. — MAR *Tonelada de arqueo.* Unidad de volumen equivalente a 2,83 m³. • **tonelaje** n.m. MAR Capacidad interior, medida en toneladas de arqueo, de un barco o flota.

tonga n.f. **1.** *Cuba.* Pila o porción de cosas apiladas en orden. **2.** *Col.* Tanda, tarea.

tongo n.m. Acción de dejarse ganar en un deporte de competición.

-tonia Sufijo procedente del griego *tonos,* «tensión».

tónico,a **I.** adj. **1.** Que aumenta el vigor del organismo. — MED *Tónico cardíaco.* El que ejerce una acción tónica sobre el corazón. **2.** PROS Se aplica a la vocal o sílaba que recibe el impulso del acento prosódico. **II.** n.f. y adj. MUS Aplícase a la nota primera de una escala musical. **III.** n.m. Loción utilizada para el cuidado de la piel del rostro. • **tonicidad** n.f. **1.** Cualidad de lo que es tónico. **2.** Tono muscular.

tonificar v.tr. **1.** Hacer más firme y elástico. **2.** Fortalecer, estimular. • **tonificador,a** o **tonificante** adj. Que tonifica.

tonillo n.m. **1.** Tono monótono y desagradable. **2.** Acento particular de un lugar, dejo.

tonina n.f. **1.** Atún (pez). **2.** Delfín (cetáceo).

tono n.m. **I. 1.** Mayor o menor elevación del sonido. **2.** Inflexión de la voz y modo particular de decir una cosa, según la intención o estado de ánimo del que habla. **3.** Carácter particular de la expresión de una obra literaria o de una voz. **4.** MUS Modo, cierta disposición de los sonidos de la escala. **5.** MUS Cada una de las escalas que se forman, partiendo de una nota fundamental, que le da nombre. **6.** MUS Diapasón normal. **7.** MUS Cada una de las piezas que en los instrumentos de bronce se mudan para hacer subir o bajar el tono. **8.** MUS Intervalo que media entre una nota y su inmediata, excepto del *mi* al *fa* y del *si* al *do.* **II.** MED Tensión ligera a la que está sometido todo músculo en estado de reposo. ▷ Excitabilidad del tejido nervioso.

-tono Sufijo procedente del griego *tonos,* «tensión».

tonometría n.f. FIS Determinación de las masas moleculares de los cuerpos disueltos en una solución, midiendo la disminución de la tensión del vapor.

tonsila n.f. ZOOL Amígdala. • **tonsilar** adj. ZOOL Perteneciente o relativo a las tonsilas.

tonsura n.f. **1.** Acción y efecto de tonsurar. **2.** Grado preparatorio para recibir las órdenes menores, y ceremonia en que se corta al aspirante un poco de cabello de la coronilla. • **tonsurar** v.tr. Cortar el pelo o la lana a personas o animales.

tonto,a **I.** n. y adj. Falto o escaso de entendimiento. **II.** adj. Se dice del hecho o dicho propios de un tonto. **III.** n.m. *Col., C. Rica* y *Chile.* Cierto juego de naipes. • **tontada** n.f. Tontería. • **tontaina** n. y adj. Fam. Persona tonta. • **tontear** v.int. **1.** Hacer o decir tonterías. **2.** Fig. y Fam. Coquetear. • **tontería** n.f. **1.** Calidad de tonto. **2.** Dicho o hecho tonto o sin importancia.

top(o)- Prefijo procedente del griego *topos,* «lugar»

topacio n.f. Piedra fina, amarilla, compuesta de silicato de aluminio con dos átomos de fluoruro de aluminio.

topar **I.** v.tr. **1.** Chocar una cosa con otra. **2.** *Amér.* Echar a pelear los gallos para probarlos. **II.** v.prnl. Encontrar casualmente algo o alguien (con la prep. *con*).

1. tope n.m. **1.** Parte por donde una cosa puede topar con otra. **2.** Pieza que sirve para impedir o deterner el movimiento de otra. **3.** Pieza terminada por un resorte que se pone en los extremos de los vagones de tren.

2. tope n.m. Límite o extremo de algo.

topear v.tr. *Chile.* Empujar un jinete a otro para desalojarlo de su puesto.

topera n.f. Madriguera del topo.

topetar o **topetear** **1.** v.tr. e int. Golpear con la cabeza los carneros y otros animales cornudos. **2.** v.tr. Chocar una cosa con otra. • **topetada** n.f. Topetazo. • **topetazo** n.m. **1.** Golpe que dan con la cabeza los toros, carneros, etc. **2.** Golpe al chocar dos cuerpos.

tópico **I.** adj. **1.** Relativo a un lugar determinado. **2.** MED Dícese de todo medicamento de aplicación externa, que actúa localmente. **II.** n.m. Lugar común.

topinambur n.m. BOT *Arg.* y *Bol.* Planta de la familia de las compuestas, que produce unos tubérculos semejantes a las batatas.

topinaria n.f. CIR Absceso en la piel de la cabeza, talparia.

topo n.m. Mamífero insectívoro del tamaño del ratón que vive en galerías subterráneas. ▷ OB PUBL Máquina excavadora utilizada para hacer los túneles.

ENCICL El topo común europeo, de 17 cm de longitud y casi ciego, es perseguido por jardineros y agricultores, aunque los desperfectos que causa son ampliamente compensados por la destrucción de los animales dañinos (insectos, gusanos) con que se alimenta. Existen numerosas especies, en Asia y en América del Norte.

topocho,a adj. *Venez.* Se dice de la persona o animal rechonchos.

topografía n.f. **1.** Arte de describir y delinear detalladamente sobre el papel la superficie de un terreno **2.** Conjunto de particularidades que presenta un terreno en su configuración superficial. • **topográfico,a** adj. Perteneciente o relativo a la topografía. • **topógrafo,a** n.m. y f. Persona que se dedica a la topografía.
ENCICL Un terreno se representa en un levantamiento topográfico por su *planimetría* (proyección sobre un plano horizontal de diferentes detalles del terreno) y por su *altimetría* (representación del relieve, en especial mediante curvas de nivel). Los levantamientos topográficos se efectúan con la ayuda de numerosos instrumentos, radares en particular, y de algunas técnicas, como la fotogrametría.

topología n.f. **1.** GEOGR Parte de la geografía física dedicada al estudio de la forma y constitución de los terrenos. **2.** MAT Rama de las matemáticas que estudia las propiedades del espacio y de los conjuntos de funciones.
ENCICL Una *estructura topológica* (o *topología*) sobre un conjunto X es un conjunto T de partes de X que cumple las siguientes condiciones: la reunión de toda familia de elementos del T, pertenece a T; la intersección de toda familia finita de elementos del T, pertenece a T (luego el conjunto X y su parte vacía pertenecen a T). El par formado por X y T se llama *espacio topológico.* Los elementos del T son llamados *abiertos* del X y los complementarios de éstos en X, *cerrados* del X. Así, en un plano euclidiano, un anillo (llamado antes «círculo») se llamaría *abierto* si se considera el conjunto de los puntos cuya distancia al centro es *estrictamente inferior* al radio del disco, y *cerrado* si se consideran los puntos cuya distancia al centro es *inferior* (se decía antes «inferior o igual») al radio; dicho de otra manera, un anillo abierto no comprende los puntos pertenecientes al círculo (llamado antes «circunferencia»); éstos pertenecen a la *cerradura* del anillo abierto. La topología define muchas otras nociones, en especial las de vecindad, de adherencia y de filtro, que permiten formalizar las nociones intuitivas de margen, de límite, de frontera y de continuidad.

topometría n.f. TECN Medición de los terrenos o territorios mediante las técnicas topográficas.

toponimia n.f. Estudio del origen y significación de los nombres propios del lugar. • **toponímico,a** adj. Perteneciente o relativo a la toponimia. • **topónimo** n.m. Nombre propio de lugar.

toque n.m. **1.** Acción de tocar una cosa. **2.** Ensayo de cualquier objeto de oro o plata hecho con la piedra de toque. **3.** Variedad de jaspe negro que emplean los orfebres para ensayar el metal. **4.** Tañido de las campanas o de ciertos instrumentos con que se anuncia alguna cosa. — *Toque de queda.* Medida gubernativa que prohíbe el tránsito o permanencia en las calles de una ciudad durante determinadas horas. **5.** Fig. Llamamiento, advertencia que se hace a uno. **6.** PINT Pincelada ligera.

toquetear v.tr. Tocar reiteradamente una cosa.

toquilla n.f. **I. 1.** Pañuelo que se ponen algunas mujeres en la cabeza o al cuello. **2.** Pañuelo de punto generalmente de lana, que usaban para abrigo las mujeres y los niños. **II.** *Bol.* y *Ecuad.* Especie de palmera sin tronco.

toracentesis o **toracocentesis** n.f. CIR Punción de la pared torácica.

torácico,a adj. Del tórax. — *Caja torácica.* Esqueleto del tórax.

toracoplastia n.f. CIR Operación destinada a modificar la estructura torácica y, en consecuencia, el funcionamiento pulmonar, por resección de una o de varias costillas.

toracotomía n.f. CIR Apertura quirúrgica de la cavidad torácica.

tórax n.m. ANAT Parte superior del tronco, limitada por las costillas y el diafragma. ▷ ZOOL Región intermedia del cuerpo de los insectos y de los crustáceos superiores.

torbellino n.m. **1.** Remolino de viento. **2.** Fig. Concurrencia o abundancia de cosas que ocurren a un mismo tiempo. **3.** Fig. y Fam. Persona demasiadamente viva e inquieta.

torcaz n.f. y adj. Se dice de una variedad de paloma de campo de gran tamaño.

torcecuello n.m. ZOOL Ave del tipo del pájaro carpintero del orden de las trepadoras.

torcer **I.** v.tr. y prnl. **1.** Dar vueltas a una cosa sobre sí misma. **2.** Encorvar o doblar una cosa recta. **3.** Dar violentamente dirección a un miembro u otra cosa, contra el orden natural. **4.** Fig. Cambiar la voluntad o decisión de alguien. **II.** v.tr. **1.** Dicho del gesto o el semblante, dar al rostro expresión de desagrado. **2.** Fig. Tergivesar. • **torcedor,a** n. y adj. Que tuerce. • **torcedura** n.f. **1.** Acción y efecto de torcer o torcerse. **2.** CIR Distensión de las partes blandas que rodean las articulaciones de los huesos.

torcido,a adj. **1** Que no es recto. **2.** Fig. Dícese de la persona que no obra con rectitud, y de su conducta.

torcimiento n.m. Acción y efecto de torcer.

tórculo n.m. Prensa, y en especial la que usa para estampar grabados en cobre, acero, entre otros.

tordella n.f. Especie de tordo más grande que el ordinario.

tordo,a **I.** n. y adj. Dícese de la caballería que tiene el pelo mezclado de negro y blanco. **II.** n.m. **1.** Pájaro de unos 24 cm de largo, cuerpo grueso, pico delgado y negro, y plumaje moteado. **2.** *Amér. Central, Arg.* y *Chile.* Estornino (pájaro). ~ *Tordo de agua.* Pájaro semejante al tordo que se alimenta de insectos y moluscos. — *Tordo serrano.* Pájaro semejante al estornino y de color negro uniforme.

torear **I.** v.int. y tr. Lidiar los toros en la plaza. **II.** v.tr. Fig. Engañar a alguien. • **toreo** n.m. Acción y arte de torear.

torero,a **1.** adj. Fam. Perteneciente o relativo al toreo. **2.** n.m. y f. Persona que por oficio torea en las plazas. • **torería** n.f. Gremio o conjunto de toreros.

toril n.m. Sitio donde se tienen encerrados los toros que han de lidiarse.

torillo n.m. Pez acantopterigio de piel desnuda y cubierta de mucosidad.

torina n.f. QUIM Óxido de torio, utilizado como catalizador.

torio n.m. QUIM Elemento de número atómico 90, y masa atómica 232,038 (símbolo *Th*), uno de cuyos isótopos se utiliza en los reactores nucleares.

toriondo,a adj. Se dice de la res vacuna en celo. • **toriondez** n.f. Calidad de toriondo.

torita n.f. MINER Silicato hidratado de torio.

tormenta n.f. **1.** Perturbación o tempestad de la atmósfera o del mar. **2.** Fig. Adversidad, desgracia. **3.** Fig. Violenta manifestación del estado de ánimo de alguien. • **tormentar** v.int. Padecer tormenta. • **tormentoso,a** adj. **1.** Que ocasiona tormenta. **2.** Dícese del tiempo en que hay o amenaza tormenta.
ENCICL **Tormenta magnética.** — La magnetosfera, es decir la región que rodea a la Tierra y en la que se observa su campo magnético, está continuamente sometida a la acción del *viento solar* (flujo de partículas, tales como protones y electrones, que escapan de la corona solar), pero nuestra atmósfera nos protege de él (lo que no ocurre, p. ej., en la Luna). Cuando hay una erupción solar, la energía de estas partículas es tal que llegan a penetrar en la ionosfera, a nivel de los polos, provocando auroras boreales y *tormentas magnéticas:* éstas se manifiestan en bruscas variaciones o en oscilaciones del campo magnético, provocando sobre todo la interrupción de la transmisión de las ondas radioeléctricas.

tormento n.m. **1.** Acción y efecto de atormentar o atormentarse. **2.** Angustia o dolor físico. **3.** Dolor corporal al que se sometía al reo contra el cual había prueba o indicios, para obligarle a confesar o declarar. **4.** Fig. Congoja, angustia o aflicción del ánimo. **5.** Fig. Especie o sujeto que la ocasiona.

torna n.f. **1.** Acción de tornar, devolver o regresar. **2.** Obstáculo que se pone en una reguera para cambiar el curso del agua.

tornachile n.m. *Méx.* Pimiento gordo.

tornada n.f. **1.** Acción de tornar, regresar. **2.** Estrofa que se ponía al fin de ciertas composiciones poéticas provenzales. **3.** VETER Enfermedad producida en el carnero por *Taenia coenurus.*

tornadizo,a n. y adj. Que se torna o varía fácilmente.

tornado n.m. Viento impetuoso giratorio.

tornar **I.** v.tr. Devolver, restituir. **II.** v.tr. y prnl. Cambiar a una persona o cosa su naturaleza o su estado. **III.** v.int. **1.** Regresar al lugar de donde se partió. **2.** Seguido de la preposición *a* y otro verbo en infinitivo, volver a hacer lo que éste expresa. **3.** Recobrar el conocimiento uno. • **tornamiento** n.m. Acción y efecto de tornar o mudar de naturaleza o de estado una persona o cosa.

tornasol n.m. **1.** Girasol (planta). **2.** Reflejo o viso que hace la luz en algunas telas o en otras cosas muy tersas. **3.** Materia colorante azul violácea producida en la fermentación de algunos líquenes y de otras plantas y cuya tintura sirve de reactivo para reconocer los ácidos, que la tornan roja. • **tornasolado,a** adj. Que tiene o hace visos. • **tornasolar** v.tr. y prnl. Hacer o causar tornasoles.

tornear v.tr. **1.** Labrar o redondear una cosa al torno. **2.** Dar vueltas alrededor o en torno. • **torneador** n.m. Artífice que hace obras al torno. • **torneadura** n.f. Viruta que se saca de lo que se tornea.

torneo n.m. **1.** Fiesta guerrera medieval. **2.** Competición deportiva.

tornero,a n.m. y f. Persona que trabaja en el torno. • **tornería** n.f. **1.** Taller o tienda de tornero. **2.** Oficio de tornero.

tornillo n.m. **1.** Vástago cilíndrico o en forma de tronco que presenta un relieve en espiral (fileteado) y que se utiliza para hacer ensamblajes o para transmitir un esfuerzo o un movimiento. — *Tornillo sin fin.* Tornillo de cuerpo cilíndrico cuyo fileteado arrastra una rueda dentada. **2.** Escalera de caja cilíndrica cuyos ajustes están sostenidos por un eje vertical. **3.** BOT *Amér. Central* y *Venez.* Arbusto de la familia de las esterculiáceas, usado en medicina.

torniquete n.m. **1.** Especie de torno en forma de cruz de brazos iguales, que sirve para controlar las entradas, al dejar pasar una a una las personas. **2.** CIR Instrumento quirúrgico para evitar o contener la hemorragia.

torno n.m. **1.** Máquina simple que consiste

en un cilindro dispuesto para girar alrededor de su eje, y que ordinariamente actúa sobre la resistencia por medio de una cuerda que se va arrollando al cilindro. **2.** Armazón giratorio que sirve para pasar objetos de una estancia a otra sin que se vean las personas que los dan o reciben. **3.** Máquina en que se hace que alguna cosa dé vueltas sobre sí misma. **4.** Máquina para labrar en redondo piezas de madera, metal, hueso, etc. — *Torno paralelo.* Aquel que sirve para roscar. — *En torno.* Alrededor.

1. toro n.m. **1.** Mamífero rumiante, de la familia de los bóvidos, de unos dos metros y medio de largo. — *Toro de muerte.* El destinado a ser muerto en el ruedo. **2.** pl. Fiesta o corrida de toros. **3.** Fig. Hombre muy robusto y fuerte.

2. toro n.m. **1.** ARQUIT Moldura convexa de sección semicilíndrica. **2.** GEOM Superficie de revolución engendrada por una circunferencia que gira alrededor de una recta de su plano. **3.** INFORM *Toro magnético.* Anillo de ferrita utilizado en los ordenadores para almacenar los datos.

torón n.m. QUIM Isótopo radiactivo del radón, de masa atómica 220, obtenido por desintegración del torio X.

toronja n.f. **1.** Variedad esférica del fruto del cidro. **2.** Fruto del pomelo. • **toronjo** n.m. Variedad de cítrico que produce las toronjas.

toronjil o **toronjina** n.m. Planta herbácea anual, de la familia de las labiadas.

torpe adj. **1.** Que no tiene movimiento libre, o si lo tiene, es lento, falto de habilidad. **2.** Rudo, tardo en comprender. • **torpecer** v.tr. **1.** Fig. Oscurecer el entendimiento. **2.** Retardar o dificultar. • **torpeza** n.f. **1.** Calidad de torpe. **2.** Acción o dicho torpe.

torpedo n.m. **1.** ZOOL Pez selacio del suborden de los ráyidos, de unos 40 cm de largo. **2.** MAR Proyectil explosivo submarino. • **torpedear** v.tr. MAR Lanzar torpedos. • **torpedeo** n.m. MAR Acción y efecto de torpedear. • **torpedero,a** n.m. y adj. Dícese del barco de guerra destinado a disparar torpedos.

torr n.m. Unidad de presión que corresponde a una altura de 1 mm de mercurio.

torrar v.tr. Tostar al fuego.

torre n.f. **1.** Construcción más alta que ancha. **2.** Pieza del juego de ajedrez. **3.** En los buques de guerra, reducto acorazado que se alza sobre la cubierta. **4.** AERON *Torre de control.* Edificio desde donde se lleva a cabo la regulación del tráfico aéreo.

torrefacción n.f. Acción y efecto de tostar al fuego. • **torrefacto,a** adj. Tostado al fuego.

torrente n.m. **1.** Corriente impetuosa de aguas. **2.** Fig. Abundancia o muchedumbre de personas. • **torrencial** adj. Parecido al torrente. • **torrentera** n.f. Cruce de un torrente. • **torrentoso,a** adj. *Amér.* Dícese de los ríos o arroyos de curso rápido e impetuoso.

torreón n.m. Torre grande, para defensa de una plaza o castillo.

torreta n.f. En los buques de guerra y en los tanques, torre acorazada.

torrezno n.m. Pedazo de tocino frito o para freír.

tórrido,a adj. Muy ardiente o quemado.

torrija n.f. Rebanada de pan empapada en vino u otro líquido, frita y endulzada.

tórsalo n.m. *Amér. Central.* Gusano parásito que se desarrolla bajo la piel del hombre y de algunos animales.

torsión n.f. Acción y efecto de torcer.

torso n.m. Tronco del cuerpo humano.

torta n.f. **1.** Masa de harina que y otros ingredientes se cuece a fuego lento. **2.** Fig. y Fam. Bofetada.

tortazo n.m. Fig. y Fam. Bofetada en la cara.

torteruelo n.m. BOT Planta de la familia de las papilionáceas, del mismo género que la alfalfa.

tortícolis n.m. MED Posición anormal de la cabeza y del cuello, acompañada de una rigidez muscular dolorosa.

tortilla n.f. **1.** Fritada de huevos batidos y mezclados, a veces, con algún otro ingrediente. **2.** *Amér. Central, Ant.* y *Méx.* Pan ázimo que se hace con maíz.

tórtola n.f. Ave del orden de las palomas de plumaje ceniciento azulado en la cabeza y cuello. ▷ Ave del mismo orden que la anterior cuyo plumaje es de color ceniciento rojizo. • **tórtolo** n.m. **1.** Macho de la tórtola. **2.** Fig. y Fam. Hombre amartelado. **3.** pl. Pareja de enamorados.

tortrícidos n.m.pl. ZOOL Familia de mariposas cuyas alas anteriores son cuadrangulares.

tortuga n.f. Reptil marino del orden de los quelonios, que llega a tener hasta dos metros y medio de largo y uno de ancho. ▷ Reptil terrestre del orden de los quelonios, de 20 a 30 cm de largo.

tortuoso,a adj. **1.** Que tiene vueltas y rodeos. **2.** Fig. Solapado. • **tortuosidad** n.f. Calidad de tortuoso.

tortura n.f. **1.** Acción de torturar. **2.** Fig. Dolor, angustia. • **torturador,a** adj. Que tortura. • **torturar** v.tr. y prnl. Dar tortura, atormentar.

torunda n.f. Pelota de algodón envuelta en gasa esterilizada, que se emplea para impedir las hemorragias durante las operaciones.

torvisco n.m. Mata de la familia de las timeleáceas, cuya corteza sirve para cauterios. • **torvisca** n.f. Torvisco. • **torviscal** n.m. Sitio en que abunda el torvisco.

torvo,a adj. Fiero, que da miedo. *Mirada torva.*

tory, nombre dado en Inglaterra a los partidarios de Jacobo de York (el futuro Jacobo II), que en los años 1679-1680, defendieron el absolutismo real y el poder de la Iglesia anglicana; después recibieron este nombre los miembros del partido opuesto a los whigs. — Los tories ejercieron excepcionalmente el poder en el s. XVIII y más tarde, a partir de 1807, dirigieron la lucha de su país contra Francia. El partido se dividió en la mitad del s. XIX, y dio origen al Partido Conservador.

torzal n.m. **1.** Cordoncillo delgado de seda hecho de varias hebras torcidas. **2.** *Arg.* y *Nicar.* Lazo o maniota de cuero retorcido.

tos n.f. Movimiento convulsivo y ruidoso del aparato respiratorio del hombre y de algunos animales. — PAT *Tos ferina.* Enfermedad infecciosa caracterizada por un estado catarral del árbol respiratorio.

toscano,a **1.** adj. y n. De Toscana. ▷ ARQUIT *Orden toscano.* Uno de los cinco órdenes de la arquitectura clásica. **2.** n.m. Dialecto hablado en Toscana.

tosco,a **1.** adj. Grosero, basto. **2.** n. y adj. Fig. Inculto.

toser Tener y padecer la tos.

tosquedad n.f. Calidad de tosco.

tostar v.tr. y prnl. **1.** Exponer algo a la acción directa del fuego hasta que tome color dorado. **2.** Fig. Calentar demasiado. **3.** Fig. Curtir, el sol o el viento la piel del cuerpo. **4.** Fig. *Chile.* Zurrar, vapular. • **tostada** n.f. Rebanada de pan tostada. • **tostadero** n.m. **1.** Lugar o instalación donde se tuesta algo. **2.** Fig. Lugar donde hace excesivo calor. • **tostado,a I.** adj. Dícese del color subido y oscuro. **II.** n.m. **1.** Acción y efecto de tostar. **2.** *Ecuad.* Maíz tostado. • **tostador,a** **1.** n. y adj. Que tuesta. **2.** n.m. Instrumento o vasija para tostar alguna cosa.

1. tostón n.m. **1.** Garbanzo tostado. **2.** Rebanada de pan tostado empapada en aceite. **3.** Cosa demasiado tostada. **4.** Cochinillo asado. **5.** Tabarra, lata. **6.** BOT *Cuba y P. Rico.* Planta de la familia de las nictagináceas.

2. tostón n.m. **1.** Moneda mexicana de 50 centavos. **2.** Tejo para jugar al chito.

total **1.** adj. Que lo comprende todo en su especie. **2.** n.m. ALG y ARIT Suma. **3.** adv. En suma, en resumen. • **totalidad** n.f. **1.** Calidad de total. **2.** Todo, cosa íntegra. • **totalizar** v.tr. Sacar el total que forman varias cantidades.

totalitario,a adj. **1.** Que incluye o abarca la totalidad de atributos de una cosa. **2.** POLIT Dícese del régimen que no tolera ninguna oposición. • **totalitarismo** n.m. Cualidad de lo totalitario. • **totalitarista** adj. Partidario del totalitarismo.

tótem n.m. Entidad natural venerada como protectora o progenitora en algunas sociedades primitivas. ▷ Emblema tallado o pintado, que representa el tótem. • **totémico,a** adj. Perteneciente o relativo al tótem. • **totemismo** n.m. Sistema de creencias y organización de tribu basado en el tótem.

totí n.m. *Cuba.* Cierto pájaro de plumaje muy negro y pico encorvado.

totonecas, grupo étnico de México. Antiguo pueblo de la época clásica emparentado con los huastecas.

totoposte n.m. *Amér. Central* y *Méx.* Torta o rosquilla de harina de maíz, muy tostada.

totora n.f. *Amér. Merid.* Especie de anea que se cría en terrenos pantanosos.

totorero n.m. *Chile.* Pájaro que vive en los pajonales de las vegas.

totovía n.f. Cogujada, alondra moñuda.

totumo n.m. *Perú.* Güira (árbol). • **totuma** n.f. **1.** *Amér.* Fruto del totumo o güira. **2.** *Amér.* Vasija hecha con ese fruto.

tox(o)-, toxi-, toxico- Prefijos procedentes del latín *toxicum,* «veneno», del griego *toxicon,* «veneno para flechas», de *toxon,* «arco, flecha».

toxemia n.f. MED Paso de toxinas a la sangre.

tóxico,a **1.** adj. Dícese de la sustancia que tiene un efecto nocivo sobre el organismo o sobre un órgano. **2.** n.m. Veneno. • **toxicidad** n.f. Carácter de lo que es tóxico.

toxicodermia n.f. MED Lesión cutánea debida a un producto tóxico.

toxicología n.f. MED Ciencia que estudia los tóxicos. • **toxicológico,a** adj. Perteneciente o relativo a la toxicología. • **toxicólogo** n.m. Especialista en toxicología.

toxicomanía n.f. MED Intoxicación crónica o periódica inducida por el consumo de medicamentos y sustancias tóxicas. • **toxicómano,a** adj. y n. MED Afecto de toxicomanía.

toxicosis n.f. MED Intoxicación endógena.

toxina n.f. MED Sustancia tóxica y antigénica elaborada por un microorganismo.

toxinfección n.f. MED Enfermedad infecciosa acompañada de una producción de toxinas.

toxoplasma n.m. MICROB Protozoario parásito, cuya especie es responsable de la toxoplasmosis. • **toxoplasmosis** n.f. MED Enfermedad parasitaria debida al protozoo *Toxoplasma gondii,* que puede ser responsable de malformaciones fetales cuando se contrae durante el embarazo.

tozudo,a adj. Obstinado, testarudo. • **tozudez** n.f. Calidad de tozudo.

traba n.f. **1.** Acción y efecto de trabar o triscar. **2.** Instrumento con que se junta, une y sujeta una cosa con otra. **3.** Fig. Cualquier cosa que impide o estorba la fácil ejecución de otra. **4.** FOR Embargo de bienes, o retención de derechos.

trabadura n.f. Acción y efecto de trabar.

trabajar **I.** v.int. **1.** Ocuparse en cualquier ejercicio, obra o actividad. **2.** Solicitar, procurar e intentar alguna cosa. **3.** Fig. Sufrir una máquina u otra cosa cualquiera, la acción de los esfuerzos a que se hallan sometidas. **II.** v.tr. Formar, disponer o ejecutar una cosa, arreglándose a método y orden. • **trabajado,a** adj. **1.** Cansado por haber trabajado mucho durante años, envejecido. **2.** Elaborado. • **trabajador,a** **I.** adj. **1.** Que trabaja. **2.** Muy aplicado al trabajo. **II.** n.m. y f. **1.** Jornalero, obrero. **2.** *Chile.* Torero (pájaro). • **trabajo** n.m. **1.** Acción y efecto de trabajar. **2.** Dificultad o perjuicio. **3.** MECAN Producto de la fuerza por el camino que recorre su punto de aplicación y por el coseno del ángulo que forma la una con el otro. — *Trabajos forzados,* o *forzosos.* Aquellos en que se ocupa por obligación el presidiario. • **trabajoso,a** adj. **1.** Que da mucho trabajo. **2.** Que está falto de espontaneidad por ser fruto de mucho trabajo.

ENCICL **Fís.** — Cuando, bajo una acción de una fuerza F, un cuerpo pasa de un punto A a un punto B, el trabajo W producido por esta fuerza es igual al producto de la distancia AB por la proyección de la fuerza sobre AB, es decir el producto escalar F.AB. En particular, si el cuerpo se desplaza paralelamente a la fuerza, el trabajo W es igual al producto de la fuerza por el desplazamiento. Un trabajo positivo se llama *motor* y un trabajo negativo, *resistente.* El trabajo de las fuerzas aplicadas a un sólido es igual a la variación, durante el mismo tiempo, de la energía cinética. En termodinámica, se da el nombre de trabajo a la parte de la energía transferida a un sistema y que se traduce por un movimiento macroscópico, llamándose el complemento cantidad de calor o energía calorífica. Hay equivalencia entre el trabajo y el calor; estas dos magnitudes se expresan por la misma unidad: el julio, joule en SI.

trabalenguas n.m. Palabra o locución difícil de pronunciar.

trabanco n.m. Palo corto grueso que se pone a los perros pendiente del collar para que no persigan la caza, trangallo.

trabar **I.** v.tr. Juntar o unir una cosa con otra. **II.** v.tr. e int. **1.** Prender, agarrar o asir. **2.** Espesar o dar mayor consistencia a un líquido o a una masa. **3.** Fig. Emprender o comenzar una batalla, contienda, disputa, conversación, etc. **4.** Fig. Enlazar, concordar o conformar. **5.** FOR Embargar o retener bienes o derechos. **6.** *Amér.* Tartamudear. • **trabazón** n.f. **1.** Juntura o enlace de dos o más cosas. **2.** Espesor o consistencia que se da a un líquido o masa.

trabilla n.f. **1.** Tira de tela o de cuero que sirve para sujetar los bordes inferiores del pantalón. **2.** Tira de tela utilizada para reducir el vuelo de la prenda.

trabucar **I.** v.tr. y prnl. **1.** Desordenar. **2.** Fig. Confundir. **II.** v.tr. **1.** Fig. Trastocar y confundir cuestiones o noticias. **2.** Fig. Pronunciar o escribir equivocadamente unas palabras, sílabas o letras por otras. • **trabucación** n.f. Acción y efecto de trabucar o trabucarse.

trabuco n.m. Arma de fuego antigua más corta y de mayor calibre que la escopeta ordinaria.

traca n.f. Artificio de pólvora que se hace con unos petardos que estallan sucesivamente.

tracción n.f. **1.** Acción y efecto de tirar de algo para arrastrarlo. **2.** Especialmente, acción y efecto de arrastrar carruajes sobre la vía. **3.** TECN *Tracción delantera.* Dispositivo de transmisión en el cual las ruedas motrices de un automóvil, están en la parte delantera del vehículo.

tracería n.f. Decoración arquitectónica formada por combinaciones de figuras geométricas.

tracoma n.m. MED Enfermedad ocular de origen vírico, que produce una conjuntivitis granulosa.

tractarianismo n.m. Doctrina religiosa surgida del movimiento de Oxford.

tracto n.m. ANAT Nombre de distintos órganos de forma de tubo. *Tracto intestinal.*

tractor n.m. **1.** Máquina que produce tracción. **2.** Vehículo que se emplea para arrastrar arados, remolques, etc.

tractriz n.f. GEOM Curva tal que en cada uno de sus puntos el segmento tangente comprendido entre el punto de tangencia y el eje de las abscisas es constante.

trade-union n.m. En Gran Bretaña, asociación sindical de obreros de una misma industria. • **trade-unionismo** n.m. Concepción sobre las luchas obreras basada en las acciones de las trade-unions.

tradición n.f. **1.** Transmisión de costumbres, noticias o creaciones colectivas de generación en generación. **2.** Conjunto de lo así transmitido. **3.** FOR Entrega a uno de una cosa. • **tradicional** adj. Perteneciente o relativo a la tradición.

tradicionalismo n.m. **1.** Apego a las cosas tradicionales. **2.** Sistema político basado en la defensa de las instituciones antiguas. • **tradicionalista** **1.** n. y adj. Partidario del tradicionalismo. **2.** adj. Perteneciente a esta doctrina o sistema.

ENCICL **Hist.** — Corriente sociopolítica que propugna la idea de monarquía absoluta apoyada en el valor de las tradiciones y en la fuerza de la creencia religiosa. En España el tradicionalismo, a nivel político, tuvo su aparición concreta en las Cortes de Cádiz (v.), defendido por los diputados, que recogían en su ideario las normas sociales vigentes en el país desde tiempos remotos, absolutistas y tendentes al fanatismo religioso. Más tarde, esta doctrina se afianzó en los programas políticos de los partidarios de Fernando VII (Manifiesto de los persas; v. persas, manifiesto de los) y de los seguidores de Carlos María Isidro, cuyas reivindicaciones trajeron las guerras carlistas. Esta tendencia tuvo arraigo especialmente en las provincias Vascongadas, Navarra y Aragón, regiones más apegadas al inmovilismo de sus fueros, en las que el carlismo y el integrismo del s. XIX triunfaron con más frecuencia que el progresismo y las ideas liberales.

traducir v.tr. Trasladar un texto de una lengua a otra. ▷ Fig. Explicar, interpretar. • **traducción** n.f. Acción y efecto de traducir. • **traductor,a** n. y adj. Que traduce.

traer **I.** v.tr. **1.** Conducir o trasladar una cosa al lugar en donde se habla. **2.** Atraer o tirar hacia sí. **3.** Causar, ocasionar. **4.** Tener a uno en determinado estado o situación. **5.** Llevar puesta una cosa. **II.** v.tr. y prnl. Fig. Tratar, andar haciendo una cosa. • **traedor,a** n. y adj. Que trae.

trafagar v.int. Trajinar, trabajar moviéndose de un sitio para otro. • **tráfago** n.m. Trajín.

traficar v.int. Comerciar, generalmente con mercancía prohibida o fuera de la legalidad. • **traficante** n.m. y f. Que trafica.

tráfico n.m. **1.** Acción de traficar. **2.** Comunicación, tránsito y transporte de personas, equipajes y mercancías.

tragacanto n.m. y f. BOT Arbusto de la familia de las papilionáceas que produce una goma blanquecina muy usada en farmacia y en la industria. ▷ Esta misma goma.

tragaderas n.f.pl. **1.** Faringe. **2.** Fig. y Fam. Facilidad de creer o tolerar cualquier cosa.

tragadero n.m. Desagüe.

tragaldabas n.m. y f. Fam. Persona muy tragona.

tragaluz n.m. Ventana pequeña, generalmente con derrame hacia dentro.

tragallón,a n. y adj. *Chile.* Tragón, comilón.

tragaperras n.f. Aparato que funciona mediante la introducción de una moneda.

tragar **I.** v.tr. **1.** Hacer que una cosa pase por el tragadero. **2.** Fig. Comer vorazmente. **II.** v.tr. y prnl. Fig. **1.** Absorber. **2.** Fig. Dar fácilmente crédito a las cosas. **3.** Fig. Soportar o tolerar una cosa repulsiva o vejatoria. **4.** Disimular, no darse por entendido de una cosa. • **tragante** n.m. METAL Abertura en la parte superior de los hornos de cuba.

tragavenado n.f. *Venez.* Serpiente de unos cuatro metros de largo que se alimenta de venados y otros cuadrúpedos corpulentos.

tragedia n.f. **1.** Género dramático formado por obras que representan un conflicto de desenlace fatal. ▷ Obra de este género. **2.** Fig. Cualquier suceso desgraciado. • **trágico,a** n. y adj. Perteneciente o relativo a la tragedia.

tragicomedia n.f. **1.** Género dramático en el que se alternan elementos propios de los géneros trágico y cómico. **2.** Fig. Suceso que juntamente mueve a la risa y a la compasión. • **tragicómico,a** adj. Perteneciente o relativo a la tragicomedia.

1. trago n.m. **1.** Porción de líquido que se bebe o se puede beber de una vez. **2.** *Col.* Copa de licor; p. ext., licor. **3.** Fig. Adversidad, infortunio.

2. trago n.m. Prominencia cartilaginosa situada delante del conducto auditivo.

tragón,a n. y adj. Fam. Que traga mucho.

tragontina n.f. Aro (planta).

traición n.f. **1.** Delito que se comete quebrantando la fidelidad o lealtad. **2.** FOR Delito que se comete sirviendo al enemigo. — *Alta traición.* La cometida contra la soberanía o contra el honor, la seguridad y la independencia del Estado. • **traicionar** v.tr. Hacer traición a una persona o cosa. • **traicionero,a** n. y adj. Traidor. • **traidor,a** **I.** n. y adj. Que comete traición. **II.** adj. **1.** Se aplica a lo que produce otro efecto distinto del esperado. **2.** Que implica o denota traición.

traída n.f. Acción y efecto de traer.

traído,a adj. Usado, gastado.

traílla n.f. Cuerda o correa con que se lleva atado al perro.

traje n.m. **1.** Indumentaria (regional, histórica). **2.** Vestido exterior completo de una persona, especialmente el que se compone de una chaqueta y pantalón o falda. — *Traje de luces.* El que se ponen los toreros para torear. — *Traje sastre.* Vestido femenino de dos piezas: falda y chaqueta. • **trajeado,a** adj. Con los advs. *bien* o *mal*, se aplica a la persona que va vestida de ese modo. • **trajear** v.tr. y prnl. Proveer de traje a una persona.

trajinar **I.** v.tr. Acarrear o llevar mercancías de un lugar a otro. **II.** v.int. Andar de un sitio a otro con cualquier diligencia u ocupación. • **trajín** o **trajino** n.m. Acción de trajinar. • **trajinante** o **trajinero** n.m. El que trajina.

tralhuén n.m. BOT *Chile.* Arbusto espinoso cuya madera se utiliza para hacer carbón.

tralla n.f. **1.** Cuerda más gruesa que el bramante. **2.** Trencilla que se pone en la punta del látigo para que restalle. • **trallazo** n.m. **1.** Golpe dado con la tralla. **2.** Chasquido de la tralla.

trama n.m. **1.** Conjunto de hilos que, cruzados con los de la urdimbre, forman una tela. **2.** Fig. Artificio, intriga. **3.** Enredo de una obra dramática o novelesca. **4.** TECN Cristal cuadriculado utilizado en similigrabado. **5.** CONSTR Elemento geométrico repetitivo alrededor del cual se estructura una construcción. **6.** AUDIOV Conjunto de líneas de una imagen de televisión. • **tramar** v.tr. **1.** Atravesar los hilos de la trama por entre los de la urdimbre, para tejer. **2.** Fig. Disponer un engaño o traición.

trámite n.m. **1.** Paso de una parte a otra, o de una cosa a otra. **2.** Cada una de las diligencias que hay que recorrer en un negocio. • **tramitación** n.f. **1.** Acción y efecto de tramitar. **2.** Serie de trámites prescritos para un asunto. • **tramitar** v.tr. Hacer pasar un negocio por los trámites debidos.

tramo n.m. **1.** Trozo de terreno contiguo a otro u otros pero separado de ellos por una señal cualquiera. **2.** Parte de una escalera, comprendida entre dos descansos. **3.** Cada uno de los trechos o partes en que está dividido un andamio, camino, etc.

tramontana n.f. **1.** Norte o septentrión. **2.** Viento que sopla de esta parte.

tramoya n.f. **1.** Conjunto de máquinas con que se realizan en los teatros los cambios de decoración y los efectos. **2.** Enredo dispuesto con ingenio. • **tramoyista** n.m. Persona que idea, dirige o maneja las tramoyas.

trampa n.f. **I.** Artificio para cazar. ▷ ELECTRON *Trampa de iones*. Dispositivo magnético destinado a impedir que los iones negativos vayan a chocar contra la pantalla del tubo catódico. **II. 1.** Puerta en el suelo, para poner en comunicación dos plantas. **2.** Tablero horizontal, que suelen tener los mostradores de las tiendas, para entrar y salir con facilidad. **3.** Contravención disimulada a una ley, convenio o regla. **4.** Infracción maliciosa de las reglas de un juego o de una competición. **5.** Fig. Ardid para burlar o perjudicar a alguno. **6.** Fig. Deuda cuyo pago se demora. • **trampero** n.m. El que pone trampas para cazar. • **trampilla** n.f. **1.** Ventanilla en el suelo de las habitaciones altas, que comunica con el piso inferior. **2.** Portezuela. • **tramposo,a** **1.** n. y adj. Embustero. **2.** adj. Que hace trampas en el juego.

trampear v.int. **1.** Fam. Pedir prestado o fiado con engaños. **2.** Fam. Arbitrar medios lícitos para hacer más llevadera la penuria o alguna adversidad.

trampolín n.m. **1.** Plano inclinado y elástico que presta impulso al gimnasta para dar grandes saltos. **2.** Fig. Aquello que ayuda a conseguir lo que se pretende.

tranca n.f. Palo grueso y fuerte.

trancar v.tr. Cerrar una puerta con una tranca o un cerrojo.

trance n.m. **1.** Momento crítico y decisivo de algún suceso o acción. **2.** Estado de suspensión de las funciones anímicas en la hipnosis, el éxtasis y otras situaciones similares.

tranco n.m. **1.** Paso largo; salto que se da abriendo mucho las piernas. **2.** Umbral de una puerta.

trancho n.m. Pez muy parecido al sábalo.

trangallo n.m. Trabanco.

tranquil n.m. ARQUIT Línea vertical o del plomo.

tranquilo,a adj. Quieto, sosegado, pacífico. • **tranquilidad** n.f. Calidad de tranquilo. • **tranquilizador,a** adj. Que tranquiliza. • **tranquilizante** n.m. y adj. Se dice de los fármacos sedantes. • **tranquilizar** v.tr. y prnl. Poner tranquila a una persona o cosa.

tranquillo n.m. Fig. Modo mediante el cual una operación se realiza con más éxito.

trans- Prep. insep. que significa *del otro lado, más allá,* o *a través de*.

transacción n.f. Acción y efecto de transigir. ▷ DER Acta por la cual se transige, se zanja una diferencia. ▷ COM FIN Operación bursátil o comercial. ▷ P. ext., trato, convenio. • **transaccional** adj. Perteneciente o relativo a la transacción.

transactínido n.m. QUIM Elemento de número atómico superior al del actinio.

transalpino,a adj. Del otro lado de los Alpes.

transaminasa n.f. BIOQUIM Enzima que transporta los radicales NH_2 de un aminoácido a otro.

transandino,a adj. Se dice de las regiones situadas al otro lado de la cordillera de los Andes.

transatlántico,a **I.** adj. Dícese de las regiones situadas al otro lado del Atlántico. **II.** n.m. Buque de grandes dimensiones destinado a hacer largas travesías.

transbordador,a **I.** adj. Que transborda. **II.** n.m. **1.** Barquilla que sirve para transportar viajeros. **2.** Vehículo que traslada viajeros y objetos de un lado a otro de un río. • **transbordar** v.tr. y prnl. Trasladar efectos o personas de un barco a otro, o de un ferrocarril a otro. • **transbordo** n.m. Acción y efecto de transbordar o transbordarse.

transcanadiense (La), Importante carretera de Canadá que va de Victoria a San Juan de Terra Nova, cubriendo aprox. 7.800 km.

transcender v.tr. Trascender.

transcontinental adj. Que atraviesa un continente.

transcribir v.tr. **1.** Escribir en una parte lo escrito en otra. **2.** Transliterar. **3.** MUS Arreglar para un instrumento la música escrita para otro. • **transcripción** n.f. **1.** Acción y efecto de transcribir. **2.** MUS Pieza musical que resulta de transcribir otra. **3.** BIOL Etapa de la síntesis de las proteínas.

transcriptasa inversa n.f. BIOQUIM Enzima presente en el ARN de varios virus.

transcúridos n.m. QUIM Dícese de los elementos cuyo número atómico es superior a 96.

transcurrir v.int. Pasar, correr el tiempo. • **transcurso** n.m. Paso o carrera del tiempo.

transducción n.f. BIOL Paso de un fragmento de ADN de una bacteria a otra.

transductor n.m. ELECTR Dispositivo que transforma una energía en otra.

transeúnte **I.** n. y adj. **1.** Que transita o pasa por un lugar. **2.** Pasajero. **II.** adj. Transitorio.

transexualismo n.m. PSIQUIAT Sentimiento que sufre un sujeto de pertenecer al sexo opuesto. • **transexual** n. y adj. Afecto de transexualismo.

transferasa n.f. BIOQUIM Enzima que cataliza las reacciones de transferencia de radicales de carbonatos y no carbonatos.

transferir v.tr. **1.** Pasar o llevar una cosa desde un lugar a otro. **2.** Retardar o suspender la ejecución de una cosa. **3.** Extender o trasladar el sentido de una voz a una acepción figurada. **4.** Ceder el derecho que se tiene sobre una cosa. • **transferencia** n.f. **1.** Acción de transferir de un lugar a otro. ▷ INFORM Transporte de una información de una zona de memoria a otra. **2.** DER Documento por el cual se transfiere algo a alguien. ▷ FIN *Transferencia bancaria*. Operación consistente en trasladar una cantidad de una cuenta a otra. **3.** Acción de transferir un estado afectivo. — PSICOAN Relación afectiva que un sujeto establece con una persona y que es repetición de la establecida en el pasado con otra distinta. • **transferidor,a** n. y adj. Que transfiere.

transfigurar v.tr. y prnl. Hacer cambiar de figura o aspecto a una persona o cosa. • **transfiguración** n.f. **1.** Acción y efecto de transfigurar o transfigurarse. **2.** P. antonom., la de Jesucristo.

transfinito,a adj. MAT Se dice de un número infinito.

transfixión n.f. CIR Procedimiento de amputación consistente en cortar la carne de dentro afuera.

1. transflorar v.int. Transparentarse o dejarse ver una cosa a través de otra.

2. transflorar o **transflorear** v.tr. **1.** PINT Adornar con transflor. **2.** PINT Copiar un dibujo al trasluz. • **transflor** n.m. PINT Pintura que se da sobre plata, oro, estaño, etc.

transformar v.tr. y prnl. **1.** Hacer cambiar de forma a una persona o cosa. **2.** Transmutar una cosa en otra. • **transformación** n.f. **1.** Acción y efecto de transformar o transformarse. **2.** ELECTR Acción de modificar la tensión de una corriente. **3.** GEOM Operación que hace corresponder un punto con otro según una ley determinada. **4.** BIOL Integración en los genes de una bacteria de un fragmento de ADN libre procedente de otra bacteria. **5.** LING En gramática generativa, cada una de las operaciones que consisten en convertir las estructuras profundas de las oraciones en estructuras de superficie. • **transformador,a** **I.** adj. y n. Que transforma. **II.** n.m. FIS Aparato eléctrico para cambiar la tensión de la corriente. • **transformativo,a** adj. Que tiene virtud o fuerza para transformar.

transformismo n.m. BIOL Doctrina según la cual los caracteres típicos de las especies animales y vegetales pueden variar, no son fijos. • **transformista** **I.** adj. Perteneciente o relativo al transformismo. **II.** n.m. y f. **1.** Partidario de esta doctrina. **2.** Actor o payaso que hace mutaciones rapidísimas en sus trajes y en los tipos que representa.

tránsfuga n.m. y f. **1.** Persona que pasa huyendo de una parte a otra. **2.** Fig. Persona que pasa de un partido a otro.

transfundir v.tr. Echar un líquido poco a poco de un vaso en otro.

transfusión n.f. Acción y efecto de transfundir o transfundirse. — CIR *Transfusión de sangre*. Operación por medio de la cual se hace pasar directa o indirectamente la sangre de un individuo a las arterias o venas de otro. • **transfusor,a** n. y adj. Que transfunde.

transgredir v.tr. Quebrantar, un precepto, ley o estatuto. • **transgresión** n.f. Acción y efecto de transgredir. • **transgresor,a** n. y adj. Que comete transgresión.

transiberiano,a adj. **1.** GEOGR Situado del otro lado de Siberia. **2.** Que atraviesa Siberia. — *Ferrocarril transiberiano*. Línea de ferrocarril (9.000 km) que atraviesa Siberia meridional de Moscú a Vladivostok (construida de 1891 a 1904).

transición n.f. **1.** Acción y efecto de pasar de un modo de ser o estar a otro distinto. **2.** Cambio repentino. **3.** MUS Pasaje de un modo, de un tono a otro.

transido,a adj. Fig. Afectado de alguna angustia o necesidad.

transigir v.int. y tr. Ceder en parte a los deseos u opiniones de alguien, en contra de las propias, convenir. • **transigencia** n.f. **1.** Condición de transigente. **2.** Lo que se hace o consiente transigiendo.

transiluminación n.f. MED Procedimiento consistente en examinar un órgano por transparencia.

transistor n.m. Dispositivo electrónico que sirve para rectificar y amplificar los impulsos eléctricos. ▷ P. ext., radiorreceptor provisto de transistores.
ENCICL Los transistores más extendidos actualmente fueron inventados en Estados Unidos

en 1948; en 1949, Shockley estableció la teoría definitiva: son transistores de enlace, constituidos por la asociación de zonas de conductibilidades diferentes, caracterizadas por un exceso de electrones (zona N) o por falta de los mismos (zona P). La zona central se llama base; las dos zonas situadas de uno y otro lado, el *emisor* y el *colector*. Se distinguen los transistores NPN (la base es una zona P) y PNP (la base es una zona N). Los transistores se utilizan para amplificar las señales; en efecto, la corriente que pasa por el colector (corriente de salida) es proporcional a la que pasa por la base (corriente de entrada), pero su intensidad es mucho más elevada. El descubrimiento de los transistores condujo al abandono de los tubos en los montajes electrónicos, a una disminución del gasto de energía en estos montajes y a la miniaturización de los circuitos.

transitar v.int. Ir o pasar caminando de un punto a otro.

transitivo,a adj. **1.** GRAM Verbo que pide o admite un complemento directo. **2.** MAT, LOG Dícese de la relación binaria R, tal que xRy y yRz, suponen xRz. • **transitividad** n.f. Carácter de lo que es transitivo.

tránsito n.m. **1.** Acción de transitar. **2.** Sitio por donde se pasa de un lugar a otro. **3.** FISIOL Avance del bolo alimenticio en el tubo digestivo. ▷ *Tránsito bárico*. Progresión de un bolo alimenticio al que se ha adicionado sulfato bárico, para facilitar el examen radiológico del tubo digestivo. **4.** Paso de la vida a la muerte.

transitorio,a adj. **1.** Que no dura mucho tiempo. **2.** Que forma una transición entre dos estados. • **transitoriedad** n.f. Calidad de transitorio.

transliteración n.f. Representación de sonidos de una lengua con los signos alfabéticos de otra.

translocación n.f. BIOL Desplazamiento de un segmento de cromosoma sobre un cromosoma no homólogo.

transmediterráneo,a adj. Dícese del comercio y de los medios de locomoción que atraviesan el Mediterráneo.

transmigrar v.int. **1.** Pasar a otro país. **2.** Pasar un alma de un cuerpo a otro. • **transmigración** n.f. RELIG Hecho de transmigrar (almas).

transmitir v.tr. e int. **1.** Poner por vía legal algo en posesión de otro. **2.** Hacer pasar (algo) a otros. • **transmisión** n.f. **1.** Acción y efecto de transmitir. **2.** FIS Propagación. **3.** MEC Comunicación del movimiento, de un órgano a otro. — Lo que transmite un movimiento. ▷ AUTOM Conjunto de órganos que transmiten a las ruedas de tracción el movimiento del motor. **4.** pl. MILIT Conjunto de medios que permiten a las tropas y a los estados mayores comunicarse. • **transmisor,a** **I.** n. y adj. FIS Que transmite sonidos, señales. **II.** n.m. **1.** Aparato telefónico que transforma las vibraciones acústicas en eléctricas. **2.** Aparato telegráfico que produce señales que se transmiten por un circuito.

transmutar v.tr. Transformar (un cuerpo) en otro de naturaleza completamente diferente. • **transmutación** n.f. Acción de transmutar. ▷ FIS NUCL Transformación de un elemento simple en otro por la modificación del número de sus protones. • **transmutativo,a** y **transmutatorio,a** adj. Que puede transmutar.

transoceánico,a adj. **1.** Que está situado al otro lado del océano. **2.** Que atraviesa el océano.

transónico,a adj. AVIAC Dícese de las velocidades próximas a las del sonido.

transparente **1.** adj. Dícese del cuerpo a través del cual pueden verse los objetos. **2.** Translúcido. **3.** Fig. Que se deja adivinar o vislumbrar sin declararse o manifestarse. • **transparencia** n.f. Calidad de transparente. • **transparentarse** v.prnl. **1.** Dejarse ver la luz u otra cosa cualquiera a través de un cuerpo transparente. **2.** Ser transparente un cuerpo. **3.** Fig. Dejarse descubrir un sentimiento, un propósito, etc.

transpirar **I.** v.int. y prnl. Sudar. **II.** v.int. Fig Destilar una cosa agua a través de sus poros. • **transpirable** adj. Dícese de lo que puede transpirar o transpirarse. • **transpiración** n.f. **1.** Acción y efecto de transpirar o transpirarse. **2.** BOT Salida de vapor de agua a través de las membranas de las células superficiales de las plantas.

transpirenaico,a adj. Dícese de las regiones situadas al otro lado de los Pirineos.

transponer v.tr. y prnl. Trasponer.

transportar **I.** v.tr. **1.** Llevar cosas o personas de un lugar a otro. **2.** MUS Trasladar una composición de un tono a otro. **3.** GEOM Trazar sobre el papel (una figura semejante a otra). **II.** v.prnl. Fig. Enajenarse. • **transportador,a** **1.** n. y adj. Que transporta. **2.** n.m. Círculo graduado, que sirve para medir o trazar los ángulos de un dibujo geométrico. • **transporte** n.m. **1.** Acción y efecto de transportar. **2.** Conjunto de los medios que permiten transportar personas o mercancías. ENCICL **Biol.** — *Transporte membranoso*. La célula controla todas las sustancias que atraviesan la membrana plasmática gracias a los sistemas de transporte. La sustancia que debería entrar o salir se une a una proteína membranosa específica, el *transportador*, que, por una modificación de conformación, provoca el movimiento de la sustancia transportada.

transposición n.f. Acción y efecto de transponer o transponerse.

transuránico adj. Dícese de cualquiera de los elementos o cuerpos simples, que ocupan en el sistema periódico un lugar superior al 92.

transustanciación n.f. Conversión total de una sustancia en otra. • **transustanciar** v.tr. y prnl. Convertir totalmente una sustancia en otra. ▷ RELIG Se dice especialmente del cuerpo y sangre de Cristo en la Eucaristía.

transverberación n.f. Transfixión.

transversal adj. **1.** Que se halla o se extiende atravesado de un lado a otro. **2.** Que se aparta o desvía de la dirección principal o recta. • **transverso,a** adj. Colocado o dirigido al través.

tranvía n.m. **1.** Ferrocarril de tracción eléctrica. **2.** Transporte que circula sobre raíles en una ciudad.

trapacear o **trapazar** v.int. Usar de trapazas u otros engaños. • **trapacería** n.f. Trapaza. • **trapacero,a** n. y adj. Que usa de trapazas.

trapatiesta n.f. Fam. Riña, alboroto, desorden.

trapaza n.f. Engaño con que se defrauda a una persona.

trapecio **I.** n.m. **1.** GEOM Cuadrilátero con dos lados paralelos y desiguales (las bases). **2.** Aparato gimnástico o circense compuesto de una barra de madera horizontal, suspendida en sus extremidades por dos cuerdas. **II.** adj. ANAT *Hueso trapecio*. Primer hueso de la segunda fila del carpo. ▷ *Músculo trapecio*. Músculo de la parte posterior del cuello y del hombro. • **trapecista** n.m. y f. Acróbata que realiza ejercicios en el trapecio.

trapense n.m. Religioso perteneciente a la orden de la Trapa.

trapería n.f. **1.** Conjunto de muchos trapos. **2.** Sitio donde se venden trapos y otros objetos usados. • **trapero,a** n.m. y f. Persona que recoge, compra y vende trapos y otros objetos usados.

trapezoide n.m. **I** GEOM Cuadrilátero irregular que no tiene ningún lado paralelo a otro. **II.** ANAT Uno de los huesos del carpo. • **trapezoedro** n.m. GEOM MINER Sólido delimitado por 24 caras que son cuadriláteros. • **trapezoidal** adj. **1.** GEOM Perteneciente o relativo al trapezoide. **2.** GEOM De figura de trapezoide.

trapiche n.m. Molino de la aceituna o de la caña de azúcar. • **trapichear** v. int. **1.** Ingeniarse para el logro de algún objeto. **2.** Comerciar al menudeo. • **trapicheo** n.m. Acción y efecto de trapichear.

trapío n.m. Aspecto gallardo del toro de lidia.

trapisonda n.f. **1.** Fam. Bulla o riña con voces o acciones. **2.** Fam. Embrollo, enredo. • **trapisondear** v.int. Fam. Armar con frecuencia trapisondas o embrollos. • **trapisondista** n.m. y f. Persona que anda en trapisondas.

trapo n.m. **1.** Pedazo de tela desechado por viejo, por roto o por inútil. **2.** Vela de una embarcación. **3.** Fam. Tela, de la muleta del espada. **4.** pl. Fam. Prendas de vestir, especialmente de la mujer.

tráquea n.f. **1.** ANAT Conducto que forma parte del aparato respiratorio de los reptiles, aves y mamíferos. **2.** BOT Vaso conductor de la savia. **3.** ZOOL Cada una de las cavidades que en conjunto forman el aparato respiratorio de muchos artrópodos. • **traqueados** n.m.pl. ZOOL Grupo de artrópodos que respiran por tráqueas. • **traqueal** adj. **1.** Perteneciente o relativo a la tráquea. **2.** ZOOL Se dice del animal que respira por medio de tráqueas. • **traqueítis** n.f. MED Afección inflamatoria aguda o crónica de la tráquea. • **traqueotomía** n.f. CIR Abertura que se hace artificialmente en la tráquea para impedir en ciertos casos la sofocación de los enfermos.

traquetear **I.** v.int. Hacer ruido, estrepitoso. **II.** v.tr. Mover o agitar una cosa de una parte a otra. • **traqueteo** n.m. Movimiento de una persona o cosa que se golpea al transportarla de un punto a otro.

tras prep. **1.** Después de, a continuación de. Tiene uso como prefijo en voces compuestas; p. ej.: *trastienda*. **2.** Fig. En busca o seguimiento de. **3.** Detrás de. **4.** Fuera de esto, además. **5.** Prep. insep. *trans*.

trascender **I.** v.int. **1.** Exhalar olor vivo y subido. **2.** Empezar a ser conocido algo que estaba oculto. **3.** Extender o comunicarse los efectos de unas cosas a otras. **II.** v.tr. Averiguar alguna cosa que está oculta. • **trascendencia** n.f. **1.** Penetración, perspicacia. **2.** Resultado, consecuencia de índole grave o muy importante. • **trascendental** adj. **1.** Que se comunica o extiende a otras cosas. **2.** Fig. Que es de mucha importancia o gravedad. **3.** FILOS Se dice de lo que traspasa los límites de la ciencia experimental. • **trascendentalismo** n.m. **1.** Calidad de trascendente. **2.** FILOS Escuela filosófica que tiende a fundir Dios, la naturaleza y el hombre. **3.** Apriorismo. • **trascendente** adj. **1.** Que trasciende. ▷ Trascendental. **2.** FILOS Que supera el mundo de la experiencia o el mundo finito en su totalidad.

trasconejarse v.prnl. **1.** Quedarse la caza detrás de los perros que la siguen. **2.** Fig. y Fam. Perderse, extraviarse alguna cosa.

trascoro n.m. Sitio que en las iglesias está detrás del coro.

trasdós n.m. **1.** ARQUIT Superficie exterior convexa de un arco o bóveda. **2.** ARQUIT Pilastra que está inmediatamente detrás de una columna. • **trasdosar** o **trasdosear** v.tr. ARQUIT Recubrir de material el trasdós.

trasegar v.tr. **1.** Trastornar, revolver. **2.** Mudar las cosas de un lugar a otro.

trasero,a **I.** adj. Que está, se queda o viene detrás. **II.** n.m. Parte posterior del animal. ▷ Nalgas. • **trasera** n.f. Parte de atrás o posterior de un coche, una casa, etc.

trasfondo n.m. Lo que está tras la apariencia visible de una cosa o acción.

trasgo n.m. **1.** Duende. **2.** Fig. Niño despierto.

trashoguero,a n.m. Losa o plancha que está detrás del hogar o en la pared de las chimeneas para su resguardo.

trashojar v.tr. **1.** Pasar ligeramente las hojas de un libro. **2.** Pasarlas leyendo por encima algo del contenido.

trashumar v.int. Pasar el ganado desde las dehesas de invierno a las de verano, y viceversa. • **trashumancia** o **trashumación** n.f. Acción y efecto de trashumar. • **trashumante** adj. **1.** Que trashuma. **2.** Perteneciente o relativo a la trashumancia.

trasiego n.m. Acción y efecto de trasegar.

traslación n.f. **I. 1.** Acción y efecto de trasladar a una persona o cosa. **2.** GEOM Transformación en la cual a todo punto M se le hace corresponder un punto M', de manera que el vector $\overrightarrow{MM'}$ sea constante. — FÍS *Movimiento de traslación* (de un cuerpo). Aquel por el cual todos los puntos del cuerpo se desplazan a lo largo de curvas paralelas. **II. 1.** Traducción a una lengua distinta. **2.** GRAM Figura de construcción, que consiste en usar un tiempo del verbo fuera de su natural significación.

traslado n.m. **I.** Copia de un escrito. **II.** Acción y efecto de trasladar. **III.** FOR Comunicación que se da a alguna de las partes que litigan, de las pretensiones de otra u otras. • **trasladar I.** v.tr. y prnl. Llevar o mudar a una persona o cosa de un lugar o puesto a otro. **II.** v.tr. **1.** Cambiar de puesto o cargo de la misma categoría a un empleado o funcionario. **2.** Cambiar el día de la celebración de una junta, una función, etc. **3.** Traducir. **4.** Copiar un escrito.

traslaticio,a o **traslato** adj. Se aplica al sentido figurado en que se utiliza algunas veces un vocablo.

traslúcido,a adj. Se dice del cuerpo a través del cual pasa la luz, pero que no deja ver sino confusamente lo que hay detrás de él. • **traslucirse I.** v.prnl. Ser traslúcido un cuerpo. **II.** v.prnl. y tr. Fig. Conjeturarse o inferirse una cosa.

trasluz n.m. **1.** Luz que pasa a través de un cuerpo translúcido. **2.** Luz reflejada de soslayo por la superficie de un cuerpo.

trasmano n.m. y f. Fuera del alcance de la mano.

trasminar I. v.tr. Abrir camino por debajo de tierra. **II.** v.tr. y prnl. Penetrar o pasar a través de alguna cosa un olor, un líquido, etcétera.

trasnochar v.int. **1.** Pasar uno la noche o gran parte de ella, velando o sin dormir. **2.** Pasarla en un lugar distinto del propio domicilio. • **trasnochado,a** adj. **1.** Fig. Dícese de la persona desmejorada y macilenta. **2.** Fig. Falto de novedad y de oportunidad. • **trasnochador,a** n. y adj. Que trasnocha. • **trasnocho** o **trasnoche** n.m. Fam. Acción de trasnochar.

traspapelarse v.prnl. y tr. Confundirse, desaparecer un papel entre otros.

traspasar v.tr. y prnl. **1.** Pasar de un sitio a otro. **2.** Atravesar. **3.** Renunciar o ceder a favor de otro el derecho o dominio de una cosa. **4.** Transgredir, violar una ley. **5.** Fig. Hacerse sentir un dolor físico o moral con extraordinaria violencia. • **traspaso** n.m. **I.** Acción y efecto de traspasar. **II. 1.** Cesión a favor de otro del dominio de una cosa. **2.** Conjunto de géneros traspasados. **3.** Precio de la cesión de estos géneros. **III.** Transgresión o quebrantamiento de un precepto.

traspié n.m. **1.** Resbalón o tropezón. **2.** Zancadilla con la pierna para derribar a uno.

trasplantar v.tr. **1.** Cambiar un vegetal del sitio donde está plantado a otro. **2.** CIR Realizar un trasplante. **3.** v.prnl. Fig. Trasladarse una persona de país, cambiando su lugar de residencia.

trasplante n.m. Acción y efecto de trasplantar o trasplantarse. ▷ CIR Injerto de un órgano procedente de un donante en un sujeto que lo recibe.
ENCICL **Med.** — El tejido que se trasplanta puede provenir del mismo individuo *(autotrasplante)*, de otro de la misma especie *(homotrasplante)* o de individuos de otras especies *(heterotrasplante)*. La tolerancia por parte del receptor de un heterotrasplante depende: **1.°** De la situación y vascularización del trasplante; los poco vascularizados (p. ej. los de córnea o cartílagos) son tolerados independientemente de la diferencia genotípica entre receptor y donante. **2.°** De la diferencia genética entre el donante y el receptor, dicho de otro modo, entre los *antígenos de histocompatibilidades* (HL-A) de las células del trasplante y las del cuerpo receptor. El rechazo de un trasplante depende del sistema linfático del receptor y de su actitud ante el reconocimiento de estructuras antigénicas extrañas a las de su propio organismo. En el hombre se practica corrientemente el trasplante de córnea y de cartílago y cada vez más frecuentemente el de órganos antigénicamente fuerte (riñones, p. ej.). Los de riñón, entre sujetos genéticamente próximos (HL-A compatibles) se realizan actualmente con bastante éxito: la esperanza de supervivencia del trasplante durante un período de cinco años es del 80 %.

trasponer I. v.tr. y prnl. **1.** Trasladar. **2.** Ocultarse de la vista una persona o cosa por interponerse algo. **II.** v.tr. Trasplantar (cambiar de sitio las plantas). **III.** v.prnl. **1.** Ocultarse en el horizonte el Sol u otro astro. **2.** Quedarse uno algo dormido. • **trasposición** n.f. **1.** MAT Permutación de dos elementos definida por una relación. **2.** MED Malformación congénita de uno o varios órganos.

trasporte n.m. Especie de guitarra, mayor que ésta, de cinco cuerdas.

traspunte n.m. y f. Persona que previene a cada actor cuando ha de salir a escena, y le apunta las primeras palabras que debe decir.

trasquilar I. v.tr. y prnl. Cortar el pelo a trechos, sin orden ni arte. **II.** v.tr. Cortar el pelo o la lana a algunos animales. • **trasquiladura** n.f. Acción y efecto de trasquilar. • **trasquilador** n.m. El que trasquila. • **trasquilón** n.m. Fam. Trasquiladura.

trastabillar v.int. **1.** Dar traspiés o tropezones. **2.** Tambalear, vacilar, titubear. • **trastabillón** n.m. *Amér.* Tropezón, traspié.

trastada n.f. Fam. **1.** fechoría. **2.** Travesura.

trastazo n.m. Fam. Golpe, porrazo.

1. traste n.m. Cada uno de los resaltos de metal o hueso que se colocan a trechos en el mástil de la guitarra u otros instrumentos semejantes, para que dé a las cuerdas la longitud libre que corresponde a cada sonido. • **trasteado** n.m. Conjunto de trastes que hay en un instrumento.

2. traste n.m. *Amér.* Trasto.

1. trastear v.tr. Pisar las cuerdas de los instrumentos de trastes.

2. trastear I. v.int. Revolver trastos. **II.** v.tr. **1.** Dar el espada al toro pases de muleta. **2.** Fig. y Fam. Manejar con habilidad a una persona o negocio. • **trasteo** n.m. Acción de trastear.

trastero,a n.m. y adj. Se dice de la pieza o desván destinado para guardar o poner los trastos.

trastienda n.f. Aposento, cuarto o pieza que está detrás de la tienda.

trasto n.m. **I. 1.** Cosa inútil. **2.** Fig. y Fam. Persona inútil, estorbo. **3.** Fig. y Fam. Persona informal y de mal trato. **II.** pl. Utensilios o herramientas propios de cualquier actividad.

trastocar 1. v.tr. y prnl. Alterar. **2.** v.tr. Revolver o desordenar cosas.

trastornar I. v.tr. **1.** Invertir el orden regular de una cosa. **2.** Fig. Inquietar, perturbar. **II.** v.tr. y prnl. Fig. Perturbar el sentido. • **trastorno** n.m. Acción y efecto de trastornar o trastornarse.

trastrocar v.tr. y prnl. Cambiar el ser o estado de una cosa. • **trastrocamiento** n.m. Acción y efecto de trastrocar o trastrocarse. • **trastrueco** o **trastrueque** n.m. Acción y efecto de trastrocar.

trasunto n.m. **1.** Copia o traslado que se saca del original. **2.** Figura o representación que imita con propiedad una cosa.

trasvasar v.tr. Mudar un líquido de un recipiente a otro. • **trasvase** n.m. Acción y efecto de trasvasar.

trasvenarse v.prnl. **1.** Salir sangre de las venas. **2.** Fig. Esparcirse o derramarse una cosa.

trata n.f. Tráfico o comercio con seres humanos. *Trata de esclavos, de negros.* — *Trata de blancas.* Tráfico de mujeres, que consiste en atraerlas a los centros de prostitución para especular con ellas.

tratable adj. **1.** Que se puede o deja tratar fácilmente. **2.** Cortés, accesible y razonable.

tratado n.m. **1.** Ajuste, convenio o conclusión de un negocio o materia. **2.** Escrito o discurso que comprende o explica los temas concernientes a una materia determinada. • **tratadista** n.m. y f. Autor que escribe tratados sobre una materia determinada.

tratar I. v.tr. **1.** Manejar una cosa o negocio. **2.** Proceder bien o mal, con una persona. **3.** Con la proposición *de* y adjetivo, llamar así a una persona. **4.** QUIM Someter una sustancia a la acción de otra. **II.** v.tr. y prnl. Cuidar bien o mal, a uno. **III.** v.tr. e int. Discurrir sobre un asunto. **IV.** v.int. **1.** Con la preposición *de,* procurar el logro de algún fin. **2.** Con la preposición *en,* comerciar géneros. **V.** v.tr., int. y prnl. Comunicar, relacionarse con un individuo. • **tratamiento** n.m. **1.** Trato. **2.** Título de cortesía que se da a una persona. **3.** Sistema que se emplea para curar enfermos o para combatir plagas. **4.** Procedimiento empleado en una experiencia o en la elaboración de un producto. • **tratante** n.m. y f. El que se dedica a comprar géneros para revenderlos.

trato n.m. **1.** Acción y efecto de tratar o tratarse. **2.** Ajuste o convenio de un asunto. **3.** Tratamiento de cortesía. **4.** Ocupación u oficio de tratante.

trauma n.m. **1.** MED CIR Lesión o herida producida por el impacto mecánico de un agente exterior. **2.** PSICOL Violento choque emocional que marca la personalidad de un sujeto. • **traumático,a** adj. MED Relativo al traumatismo. • **traumatismo** n.m. MED CIR Lesión de los tejidos por agentes mecánicos. • **traumatizante** adj. MED PSICOL Que traumatiza. • **traumatizar** v.tr. Infligir un traumatismo (a alguien) o causar un trauma. • **traumatología** n.f. Parte de la medicina y de la cirugía que se dedica al estudio y tratamiento de los traumatismos. • **traumatólogo,a** n.m. y f. Especialmente en traumatología.

travelling n.m. CINEM Desplazamiento de la cámara sobre ruedas o rieles para seguir el movimiento de una escena; dispositivo que permite este movimiento; escena filmada de esta manera.

través n.m. **1.** Inclinación de una cosa hacia algún lado. **2.** Fig. Desgracia. **3.** ARQUIT Pieza de madera en que se afirma el pendolón de una armadura. — *A través.* Por entre. • **travesaño** n.m. Pieza de madera o hierro que une dos partes opuestas de una cosa.

travesía n.f. **1.** Camino transversal entre otros dos. **2.** Callejuela que atraviesa entre calles principales. **3.** Parte de una carretera comprendida dentro del casco de una población. **4.** Distancia entre dos puntos de tierra o de mar. **5.** Viaje por mar. **6.** *Arg.* Región vasta, desierta y sin agua. **7.** MAR Viento cuya dirección es perpendicular a la de una costa.

travestido o **travesti** **I.** adj. y n. Disfrazado. **II.** n.m. Sujeto afecto de travestismo. • **travestir** v.tr. y prnl. Vestir a una persona con la ropa del sexo contrario. • **travestismo** n.m. PSIQUIAT Adopción de la vestimenta y el comportamiento social del sexo opuesto.

traviesa n.f. **I. 1.** Cada uno de los maderos que se atraviesan en una vía férrea para asentar los rieles. **2.** Cada una de las piezas sobre que se montan o asientan los vagones de los ferrocarriles. **3.** ARQUIT Cualquiera de los cuchillos de armadura que sirven para sostener un tejado. **II.** Pared maestra que no está en fachada ni en medianería. **III.** MIN Galería transversal al filón.

travieso,a adj. **1.** Fig. Sutil, sagaz. **2.** Fig. Inquieto y revoltoso. • **travesura** n.f. Acción realizada maliciosamente o con peligro por un niño para divertirse.

trayecto n.m. **1.** Espacio que se recorre de un punto a otro. **2.** Acción de recorrerlo.

trayectografía n.f. ESP Determinación y estudio de la trayectoria de un móvil.

trayectoria n.f. Línea descrita en el espacio por un punto que se mueve.

trazar v.tr. **1.** Hacer trazos. **2.** Delinear o diseñar la traza que se ha de seguir en una obra. **3.** Fig. Discurrir y disponer los medios oportunos para el logro de una cosa. **4.** Fig. Describir, los rasgos característicos de una persona o asunto. • **traza** n.f. **1.** Planta o diseño para la fábrica de una obra. **2.** Fig. Apariencias de una persona o cosa. **3.** GEOM Intersección de una línea o de una superficie con cualquiera de los planos de proyección. • **trazado** n.m. **1.** Acción y efecto de trazar. **2.** Traza o diseño para hacer una obra. **3.** Recorrido o dirección de un camino, canal, etc. • **trazador,a** **I.** n. y adj. Que traza o idea una obra. **II.** n.m. **1.** QUIM *Trazador radiactivo.* Isótopo radiactivo que permite seguir la evolución de un fenómeno o de una reacción detectando la radiación que emite. **2.** INFORM *Trazador de gráficos* o *plotter.* Aparato programado para el trazado de gráficos y de curvas. • **trazo** n.m. **1.** Delineación con que se forma el diseño o planta de cualquier cosa. **2.** Línea, raya. **3.** Cada una de las partes en que se considera dividida la letra de mano.

trebo n.m. BOT *Chile.* Arbusto espinoso que se utiliza para formar setos.

trébol n.m. **I.** BOT Planta herbácea anual, de la familia de las papilionáceas que se cultiva para forraje. **II.** Uno de los palos de la baraja francesa.

trecho n.m. Espacio, distancia del lugar o tiempo.

trefilar v.tr. Reducir un metal a alambre. • **trefilería** n.f. **1.** Acción y efecto de trefilar. **2.** Fábrica o taller donde se trefila.

tregua n.f. **1.** Suspensión temporal de una lucha. **2.** Fig. Intermisión, descanso.

treinta **1.** adj. Tres veces diez. **2.** n. y adj. Trigésimo, ordinal. **3.** n.m. Conjunto de signos con que se representa el número treinta.

treintavo,a adj. Cada una de las treinta partes en que se divide un todo.

treintena n.f. Conjunto de treinta unidades.

treinteno,a adj. Trigésimo.

trematodo n. y adj. ZOOL Se dice de gusanos platelmintos como la duela. ▷ n.m. pl. ZOOL Orden de estos animales.

tremebundo,a adj. Espantable, horrendo.

tremedal n.m. Terreno pantanoso, cubierto de césped, y que retiembla cuando se anda sobre él.

tremendo,a adj. **1.** Terrible y formidable. **2.** Fig. y Fam. Muy grande y excesivo en su línea.

trementina n.f. TECN Resina semilíquida cuya esencia se utiliza para la preparación de barnices y secantes.

tremielga o **trimielga** n.f. Torpedo (pez).

tremolar v.tr. e int. Enarbolar y agitar los pendones, banderas o estandartes. P. ext. Hacer ostentación de algo. • **tremolina** n.f. Fig. y Fam. Bulla.

trémolo n.m. **1.** MUS Repetición alternativa y muy rápida de una nota o de dos notas muy próximas. **2.** Temblor de la voz.

trémulo,a adj. Que tiembla.

tren n.m. **1.** Conjunto de una locomotora y de los vagones que arrastra. — AERON *Tren de aterrizaje.* Conjunto del sistema de rodamiento en suelo de un avión. — *Tren de ondas.* Conjunto de ondas que se suceden unas a otras por estar originadas por perturbaciones intermitentes. **2.** Conjunto de instrumentos, máquinas y útiles que se emplean para una misma operación o servicio. **3.** Ostentación o pompa en lo perteneciente a la persona o cosa.

trenca o **trenka** n.f. Chaqueta larga con capucha.

trencilla n.f. Galoncillo que sirve para adornos de pasamanería, bordados, etc.

trenzar v.tr. Entretejer unos ramales cruzándolos alternativamente. • **trenza** n.f. **1.** Conjunto de tres o más ramales que se entretejen, cruzándolos alternativamente. **2.** La que se hace entretejiendo el cabello largo. • **trenzado** n.m. **1.** Trenza.

treonina n.f. BIOQUIM Aminoácido cuyas propiedades son parecidas a las de la serina.

trepa n.f. Acción y efecto de trepar.

trepadera n.f. *Cuba.* Juego de cuerdas que sirven para subir a las palmeras a cortar el fruto.

trepado n.m. Taladrado de puntos hecho en el papel para poder cortarlo con facilidad.

trepador,a **I.** adj. Que trepa. **II.** n. y adj. ZOOL Se aplica a las aves que trepan con facilidad, como el cuclillo y el pico carpintero. ▷ n.f.pl. Orden de estas aves. **III.** n.m. **1.** Sitio o lugar por donde se trepa o se puede trepar. **2.** Cada uno de los garfios que sirven para subir a los postes del telégrafo y otros análogos.

trepajuncos n.m. Arandillo (pájaro).

trepanación n.f. Acción de perforar un hueso. Abertura practicada en la caja craneana. • **trepanar** v.tr. QUIR Practicar la trepanación a alguien. • **trépano** n.m. CIR Instrumento que se usa para trepanar.

1. trepar **1.** v.int. y tr. Subir a un lugar alto valiéndose y ayudándose de los pies y las manos. **2.** v.int. Crecer y subir las plantas agarrándose a los árboles u otros objetos.

2. trepar v.tr. Taladrar, horadar, agujerear.

trepatroncos n.m. Herrerillo (pájaro).

trepidar v.int. **1.** Temblar fuertemente. **2.** *Amér.* Vacilar. • **trepidación** n.f. Acción de trepidar.

treponema n.m. MICROB Bacteria que comprende algunas especies patógenas, como el *Treponema pallidum*, causante de la sífilis, y el *Treponema pertenue*, causante del pian. • **treponematosis** n.f. MED Afección producida por los treponemas.

tres **I.** adj. numeral cardinal. Dos más uno. ▷ *Regla de tres.* Operación que permite calcular uno de los cuatro términos de una proporción cuando se conocen los otros tres. **II.** n.m. Signo o conjunto de signos con que se representa el número tres.

tresbolillo (a, o **al)** m. adv. Se dice de la colocación de los objetos en filas paralelas, de modo que cada uno quede frente a un huevo de la otra fila.

tresillo n.m. **1.** Conjunto de un sofá y dos butacas que hacen juego. **2.** MUS Conjunto de tres notas iguales que se deben cantar o tocar en el tiempo correspondiente a dos de ellas. **3.** Cierto juego de naipes.

treta n.f. Engaño hábil para conseguir alguna cosa.

tri- Voz que sólo tiene uso como prefijo de vocablos compuestos, con la significación de tres.

triacetato n.m. QUIM Éster del ácido acético.

triácido n.m. QUIM Compuesto que posee tres veces la función ácida.

triacina n.f. QUIM Compuesto cuyos tres vértices están ocupados por un átomo de nitrógeno.

tríada o **tríade** n.f. Conjunto de tres unidades, de tres personas.

trial n.f. Competición de motos todo terreno.

trialcohol o **triol** n.m. QUIM Cuerpo que posee tres veces la función alcohol (el glicerol, p. ej.).

1. triangular adj. De figura de triángulo o semejante a él.

2. triangular v.tr. **1.** ARQUIT Disponer las piezas de un armazón, de modo que formen triángulo. **2.** GEOD Ligar por medio de triángulos ciertos puntos determinados de una comarca para levantar el plano de la misma. • **triangulación** n.f. ARQUIT y GEOD Acción y efecto de triangular.

triángulo n.m. **1.** Figura formada por tres rectas que se cortan mutuamente. — GEOM *Triángulo acutánculo.* El que tiene los tres ángulos agudos. — *Triángulo escaleno.* El que tiene los tres lados desiguales. — *Triángulo esférico.* El trazado en la superficie de la esfera. — *Triángulo equiángulo.* Triángulo que tiene todos los ángulos iguales. — *Triángulo equilátero.* Triángulo cuyos lados son iguales. — *Triángulo isósceles.* El que tiene iguales solamente dos lados. — *Triángulo oblicuángulo.* El que no tiene ángulo recto alguno. — *Triángulo obtusángulo.* El que tiene obtuso uno de sus ángulos. — *Triángulo plano.* El que tiene sus tres lados en un mismo plano. — *Triángulo rectángulo.* El que tiene recto uno de sus ángulos. **2.** MUS Instrumento de percusión que consiste en una varilla metálica doblada en forma de triángulo y suspendida de un cordón. **3.** ASTRON *Triángulo austral.* Constelación celeste cerca del polo antártico. — *Triángulo boreal.* Constelación debajo o un poco al sur de Perseo. **4.** Fig. Coexistencia de marido, mujer y amante de uno de los cónyuges.

ENCICL **Geom.** — La superficie de un triángulo es igual a la mitad del producto de su base por su altura. Las tres alturas de un triángulo concurren en un punto llamado *ortocentro*; las tres medianas lo hacen en el *centro de gravedad*; las tres mediatrices, en el centro del círculo circunscrito; las tres bisectrices interiores, en el centro del círculo inscrito.

triásico,a n.m. y adj. GEOL El período geológico más antiguo y más corto del secundario.

ENCICL El triásico es un período de calma que sucede a la orogénesis herciniana y precede a la fase sedimentaria del ciclo alpino. En el triásico aparecen los primeros insectos con metamorfosis completa y los primeros mamíferos. En los mares, los ceratites y los ammonítidos son abundantes; en tierra, son las equisetáceas (colas de caballo), las coníferas y los reptiles quienes dominan. Los grandes tipos de vegetales y de animales habían aparecido ya, con la excepción de las angiospermas y los pájaros.

triatómico adj. QUIM Se dice de un cuerpo cuya molécula contiene tres átomos.

tribal adj. SOCIOL Relativo a la tribu. • **tribalismo** n.m. SOCIOL Organización en tribus.

tribo- Prefijo procedente del griego *tribein*, «frotar».

triboelectricidad n.f. FIS Electricidad que aparece por frotamiento entre dos cuerpos. • **triboeléctrico,a** adj. Relativo a la triboelectricidad.

tribometría n.f. FIS Medición de las fuerzas de rozamiento. • **tribómetro** n.m. Instrumento que sirve para medir la fuerza de rozamiento.

tribu n.f. **1.** ETNOL Grupo que presenta una unidad política, lingüística y cultural que habita un mismo territorio. **2.** Fam. P. anal., conjunto de los miembros de una familia, de un grupo numeroso. **3.** BOT y ZOOL Cada uno de los grupos taxonómicos en que muchas familias se dividen y los cuales se subdividen en géneros.

tribulación n.f. **1.** Congoja, adversidad, aflicción. **2.** Persecución.

tríbulo n.m. **1.** Nombre genérico de varias plantas espinosas. **2.** Abrojo (planta).

tribuna n.f. **1.** Especie de púlpito desde el cual se dirige el orador a su auditorio; y p. ext., cualquier otro lugar útil a tal propósito. **2.** Galería destinada a los espectadores en estas mismas asambleas. **3.** Localidad preferente en un campo de deporte. **4.** Fig. Conjunto de oradores políticos de un país, de una época, etc.

tribunal n.m. **1.** Lugar destinado a los jueces para administrar justicia y pronunciar sentencias. **2.** Ministro o ministros que conocen de los asuntos de justicia y pronuncian la sentencia. — *Tribunal de casación.* El que sólo conoce de los quebrantamientos o infracciones de ley alegados contra los fallos de instancias. — *Tribunal supremo.* El que abarca con distintas atribuciones la totalidad del territorio nacional y cuyos fallos no son recurribles ante otra autoridad. **3.** Conjunto de jueces ante el cual se efectúan exámenes, oposiciones o actos análogos. — *Tribunal de cuentas.* Oficina central de contabilidad que tiene a su cargo examinar y censurar las cuentas de todas las dependencias del Estado. — *Tribunal constitucional.* El establecido por la Constitución de un Estado para apreciar la constitucionalidad de las leyes.

tribuno n.m. Magistrado romano encargado de la defensa de los derechos e intereses del pueblo.

tributo n.m. **1.** Lo que se tributa. **2.** Carga u obligación de tributar. • **tributación** n.f. **1.** Acción de tributar. **2.** Lo que se tributa. **3.** Régimen o sistema tributario. • **tributar** v.tr. **1.** Entregar al estado cierta cantidad de dinero para satisfacer las cargas públicas. **2.** Fig. Ofrecer, a modo de tributo, algún obsequio. • **tributario,a I.** adj. **1.** Perteneciente o relativo al tributo. **2.** Fig. Se dice del curso de agua con relación al río o mar adonde va a parar. **II.** n. y adj. Que paga tributo o está obligado a pagarlo.

tricahue n.m. *Chile.* Loro grande que habita en los barrancos de la cordillera.

tricas, grupo étnico de México. Pueblo emparentado a los popolacas, descendientes éstos de los olmecas. Se supone que deben haber sido expulsados, por los mixtecas, de los valles que ocupaban hacia una región montañosa de clima frío. Cultivaban la caña de azúcar, el café, el maíz, bananas, pimientos, calabazas, etc.

tricéfalo,a n. y adj. Que tiene tres cabezas.

tríceps n. y adj. ZOOL Se dice del músculo que tiene tres porciones o cabezas.

Triceratops n.m. PALEONT Género de reptiles del cretáceo superior de hasta 7 m de longitud.

triciclo n.m. Vehículo de tres ruedas.

triclínico,a adj. MINER *Malla triclínica.* Prisma constituido por seis facetas iguales en forma de rombo.

tricloroetileno n.m. QUIM Compuesto clorado derivado del etileno utilizado como disolvente.

tricocéfalo n.m. Vermiforme nematodo que vive en el intestino ciego, el apéndice o el colon del hombre. • **tricocefalosis** n.f. MED Enfermedad provocada por los tricocéfalos.

tricolor adj. De tres colores.

tricoma n.m. MED Enredo de los cabellos debido a la falta de higiene.

tricópteros n.m.pl. ZOOL Orden de insectos que incluye a los friganeidos.

tricornio n. y adj. Sombrero que tiene tres picos.

tricot n.m. Labor de punto. • **tricotar** v.tr. Hacer punto. • **tricotosa** n.f. y adj. Máquina para hacer punto.

tricotomía n.f. **1.** HIST NAT Trifurcación de un tallo o de una rama. **2.** LOG Método de clasificación en que las divisiones tienen tres partes.

tricromía n.f. TECN Impresión hecha a partir de tres colores fundamentales.

Tricholoma n.f. Género de setas basidiomicetes (numerosas especies) cuyo carpóforo tiene láminas escotadas blancas.

Trichomonas n.f. Género de protozoarios flagelados; son parásitos de las cavidades naturales del hombre.

Trichophyton n.m. Género de hongos ascomicetes parásitos del hombre que provocan una especie de tiña del cabello, el vello, las uñas y la piel.

tridacio n.m. FARM Medicamento calmante obtenido por la evaporación del zumo de los tallos de la lechuga espigada.

Tridacna n.m. Género de moluscos lamelibranquios sifonados de los océanos Índico y Pacífico.

tridáctilo,a adj. BIOL Que tiene tres dedos.

tridente **1.** adj. De tres dientes. **2.** n.m. Cetro en forma de arpón.

triduo n.m. RELIG Ejercicios devotos que se practican durante tres días.

triedro adj. v. ángulo triedro.

trienio n.m. Tiempo o espacio de tres años. • **trienal** o **trieñal** adj. **1.** Que sucede o se repite cada trienio. **2.** Que dura un trienio.

trifásico adj. ELECTR Se dice de un sistema de tres generadores sinusoidales de igual frecuencia y desfasados uno con respecto al otro.

trifolio n.m. Trébol. • **trifoliado,a** adj. BOT Que tiene hojas compuestas de tres folíolos.

triforio n.m. ARQUIT Galería que rodea el interior de una iglesia sobre los arcos de las naves.

trifosfato adj. BIOQUIM *Adenosina trifosfato* (ATF). v. adenosina.

trifulca n.f. **1.** Aparato para dar movimiento a los fuelles de los hornos metalúrgicos. **2.** Fig. y Fam. Desorden y camorra entre varias personas.

trifurcarse v.prnl. Dividirse una cosa en tres ramales, brazos, o puntas. • **trifurcación** n.f. Acción y efecto de trifurcarse. • **trifurcado,a** adj. De tres ramales, brazos o puntas.

triga n.f. **1.** Carro de tres caballos. **2.** Conjunto de tres caballos de frente que tiran de un carro.

trigal n.m. Campo sembrado de trigo.

trigeminado adj. Compuesto de tres pares de elementos. ▷ MED *Pulso trigeminado.* El que presenta secuencias de tres pulsaciones.

trigémino adj. y n.m. *Nervio trigémino.* Nervio par que forma parte del quinto par craneano.

trigésimo,a **1.** adj. Que sigue inmediatamente en orden al o a lo vigésimo nono. **2.** n. y adj. Se dice de cada una de las treinta partes iguales en que se divide un todo.

trigla n.f. Trilla (pez).

triglicérido n.f. BIOQUIM Éster del glicerol, comprende tres funciones éster.

triglifo o **tríglifo** n.m. ARQUIT Miembro arquitectónico que decora el friso dórico.

trigo n.m. **1.** Planta gramínea cuyo grano suministra la harina con que se elabora el pan. **2.** El grano mismo.

ENCICL **Agric.** — El trigo es uno de los productos cultivados más antiguos del mundo y el alimento del mayor número de personas. Pertenece al género *Triticum* de la familia de las gramíneas y de la subfamilia de las festucoides. Es una planta anual con raíces fasciculadas, de espiga cilíndrica y compacta, barbada o no, con grandes granos que producen una harina panificable; se distingue entre trigos vestidos, aquellos cuyas granzas se adhieren al grano, y trigos desnudos, cuyas granzas se separan fácilmente. Se puede cruzar con la grama. Los trigos son originarios de la cuenca mediterránea oriental y de Asia occidental; se conocen una veintena de especies de *Triticum*, pero sólo algunas de ellas son utilizables. La principal es el *trigo blando*, cereal panificable; es el más productivo: cada espiguilla tiene tres granos desnudos, oblongos, blandos y harinosos. Hay otros que tienen el grano desnudo más grueso, de menor calidad y son menos productivos. También los hay con grano vestido, alargado y vidrioso, antes muy extendidos y hoy casi abandonados. El grano desnudo alargado y duro, rico en gluten, del *trigo duro* se adapta muy bien a la fabricación de pastas y sémolas. El trigo blanco se da bien en climas templados o algo fríos, ya que se adapta a todo tipo de condiciones climatológicas. El trigo duro necesita más calor y soporta mejor que el tierno la falta de agua; está considerado como el cereal esencial de los países mediterráneos. Las tierras arcillosas y calcáreas son las más productivas. Las calizas son indispensables pero las arcillas deben predominar. Las exigencias del trigo en cuanto a fertilizantes son grandes. Un trigo de rendimiento medio produce de 25 a 30 quintales de grano por ha y de 50 a 60 de paja; un hectolitro de grano tiene de 75 a 80 kg. La época de la cosecha varía según los años, las regiones y las variedades.

trígono n.m. **1.** ASTROL Conjunto de tres signos del Zodíaco equidistantes entre sí. **2.** GEOM Triángulo. **3.** ANAT *Trígono cerebral.* Formación parecida a una lámina triangular, que permite el paso de las fibras nerviosas de un hemisferio cerebral a otro.

trigonocéfalo n.m. Gran serpiente venenosa, de las regiones ecuatoriales de Malaysia.

trigonometría n.f. Parte de las matemáticas, que trata del cálculo de los elementos de los triángulos, tanto planos como esféricos. — *Trigonometría hiperbólica.* Extensión de la trigonometría a los ángulos cuyo valor es un número complejo. • **trigonométrico,a** adj.

Perteneciente o relativo a la trigonometría. ENCICL **Mat.** — En trigonometría se utiliza un círculo cuyo radio vale una unidad recorrido en el sentido inverso al de las agujas de un reloj (círculo trigonométrico), lo que permite representar el mismo número de arcos que de ángulos. Las líneas trigonométricas más utilizadas son el seno, el coseno y la tangente (sen, cos, y tg abreviadamente). Si llamamos O al centro de este círculo, A al origen de los arcos sobre este círculo, P a la proyección sobre OA de un punto M y t al ángulo AÔM, tenemos que sen t=PM y cos t=OP. Las relaciones fundamentales de la trigonometría son:

$\text{sen}^2 t + \cos^2 t = 1, \ \text{tg}\, t = \frac{\text{sen}\, t}{\cos t}$,
$\text{sen}\,(-t) = -\,\text{sen}\, t, \cos(-t) = \cos t$ y $\text{tg}\,(-t) = -\,\text{tg}\, t$. Numerosas fórmulas permiten el cálculo de los valores de las funciones trigonométricas, las más importantes son las de la suma:
$\cos(a + b) = \cos a \cos b - \text{sen}\, a\, \text{sen}\, b$;
$\text{sen}\,(a + b) = \text{sen}\, a \cos b + \cos a\, \text{sen}\, b$. Las fórmulas fundamentales que unen los ángulos A, B y C con los lados opuestos a, b y c son las siguientes:
$\frac{a}{\text{sen}\, A} = \frac{b}{\text{sen}\, B} = \frac{c}{\text{sen}\, C} = 2R$, siendo R el radio del círculo circunscrito al triángulo. Estas fórmulas permiten resolver un triángulo, es decir, determinar todos sus elementos partiendo del conocimiento de algunos de sus elementos convenientemente escogidos. Las funciones seno y coseno constituyen una representación paramétrica del círculo trigonométrico de ecuación $x^2 + y^2 = 1$, en donde $x = \cos t$ e $y = \text{sen}\, t$. Asimismo, para obtener una representación paramétrica de la hipérbola equilátera de ecuación $x^2 - y^2 = 1$, se definen nuevas funciones: el coseno hiperbólico (ch abreviadamente) y el seno hiperbólico (sh abreviadamente). Llamando *i* al número complejo cuya raíz cuadrada es igual a −1, tenemos: $\cos(it) = \text{ch}\, t$ y $\text{sen}\,(it) = i\, \text{sh}\, t$. La trigonometría se utiliza en astronomía, en geodesia y para la representación de las funciones periódicas (en acústica, en electricidad, etc.).

trigueño,a adj. De color moreno dorado.

triguera n.f. Planta perenne de la familia de las gramíneas que da buen forraje.

triguero,a I. adj. **1.** Perteneciente o relativo al trigo. **2.** Que se cría o anda entre el trigo. **3.** Se aplica al terreno en que se da bien el trigo. **II.** n.m. **1.** Criba. **2.** El que comercia con trigo.

trilátero,a adj. De tres lados.

trile n.m. *Chile.* Pájaro parecido al tordo.

trilingüe adj. **1.** Que habla tres lenguas. **2.** Escrito en tres lenguas.

trilita n.f. QUIM Trinitrotolueno.

trilito n.m. Dolmen sencillo compuesto de tres grandes piedras, dos verticales y otra horizontal apoyada sobre éstas.

trilobites n.m. Artrópodo marino fósil del paleozoico.

trilobulado,a adj. Que tiene tres lóbulos.

trilogía n.f. Conjunto de tres obras de un mismo autor.

1. trilla n.f. ZOOL Rubio (pez).

2. trilla o **trilladera** n.f. Trillo, instrumento de trillar.

3. trilla n.f. **I. 1.** Acción de trillar. **2.** Tiempo en que se trilla. **II.** Fig. *Chile* y *P. Rico.* Zurra, pateadura.

trillar v.tr. **1.** Quebrantar la mies tendida en la era, y separar el grano de la paja. **2.** Fig. y Fam. Frecuentar una cosa continuamente o de ordinario. • **trilladora** n.f. Máquina trilladora.

trillizo,a n. y adj. Se dice de cada uno de los hermanos nacidos de un parto triple.

trillo n.m. **1.** Instrumento para trillar. **2.** *Amér.* Senda.

trillón n.m. ARIT Un millón de billones.

trimarán n.m. MAR Embarcación formada por un casco central y dos flotadores laterales.

trimembre adj. De tres miembros o partes.

trímero,a adj. **1.** BIOL Constituido por tres partes. **2.** ZOOL Se dice de los insectos coleópteros como la mariquita. ▷ n.m.pl. ZOOL Suborden de estos animales.

trimestre I. adj. Trimestral. **II.** n.m. Espacio de tres meses. • **trimestral** adj. **1.** Que sucede o se repite cada trimestre. **2.** Que dura tres meses.

trimotor n.m. Avión provisto de tres motores.

trinar v.int. **1.** MUS Hacer trinos. **2.** Gorjear. **3.** Fig. y Fam. Rabiar, impacientarse.

trinca n.f. **I. 1.** Junta de tres cosas de una misma clase. **2.** Grupo de tres personas. **II.** MAR Cuerda, cable, cadena, etc., que sirve para trincar una cosa. • **trincadura** n.f. MAR **1.** Especie de lancha de gran tamaño, con dos palos. **2.** Atadura.

1. trincar v.tr. **1.** Atar fuertemente. **2.** *Amér. Central* y *Méx.* Apretar, oprimir. **3.** MAR Asegurar o sujetar fuertemente con trincas.

2. trincar v.tr. Fam. Beber vino o licor.

trinchar v.tr. Partir en trozos la carne para servirla. • **trinchante** n.m. **1.** El que corta la carne en la mesa. **2.** Instrumento con que se afianza lo que se ha de trinchar. • **trinche** n.m. *Col., Chile, Ecuad.* y *Méx.* Tenedor de mesa.

trinchera n.f. **1.** Defensa hecha de tierra y dispuesta de modo que cubra el cuerpo del soldado. **2.** Gabardina (prenda de abrigo).

trineo n.m. Vehículo sin ruedas para ir o caminar sobre el hielo y la nieve.

Trinia n.f. BOT Género de plantas herbáceas anuales (familia umbelíferas) comunes en la península Ibérica.

trinidad n.f. **1.** TEOL En el cristianismo, el Padre, el Hijo y el Espíritu Santo. ▷ P. ext., grupo de tres divinidades o tres entidades sagradas. **2.** Fiesta celebrada el primer domingo después de Pentecostés. **3.** Orden religiosa. • **trinitario,a** adj. TEOL Referente a la Trinidad. ▷ n. y adj. Religioso de la orden de la Santísima Trinidad.

trinitaria n.f. **1.** Planta herbácea anual, de la familia de las violáceas, con muchos ramos delgados. ▷ Flor de esta planta. **2.** *P. Rico.* Planta trepadora espinosa.

trinitrado adj. QUIM Se dice de un compuesto que contiene tres veces el radical NO_2.

trinitrina n.f. Nombre dado en farmacia a la (tri)nitroglicerina.

trinitrotolueno n.m. QUIM Producto muy explosivo derivado del tolueno en forma de sólido cristalino. (abrev. TNT)

1. trino n.m. MUS Sucesión rápida y alternada de dos notas de igual duración.

2. trino adj. **1.** Que contiene en sí tres cosas distintas o participa de ellas. **2.** Ternario.

trinomio n.m. MAT Polinomio de tres términos.

1. trinquete n.m. **1.** MAR Verga mayor que se cruza sobre el palo de proa. **2.** MAR Vela que se larga en ella. **3.** MAR Palo que se arbola inmediato a la proa, en las embarcaciones que tienen más de uno.

2. trinquete n.m. Frontón cerrado sin contracancha y con doble pared lateral.

trío n.m. **1.** MUS Fragmento compuesto para tres voces o tres instrumentos. **2.** Formación de tres músicos. **3.** Grupo de tres personas. **4.** En ciertos juegos de naipes, conjunto de tres cartas iguales.

triodo n.f. ELECTR Tubo electrónico de tres electrones utilizado para amplificar una señal.

Trionyx n.m. Género de tortugas de agua dulce de caparazón blando, carnívoras y muy agresivas, comunes en Norteamérica, en África y en el S de Asia.

triosa n.m. BIOQUIM Azúcar simple (osa) que contiene tres átomos de carbono.

trióxido n.m. QUIM Cuerpo resultante de la combinación de un radical con tres átomos de oxígeno.

tripa n.f. **1.** Conjunto de intestinos que forma parte del aparato digestivo. **2.** Vientre. **3.** Fig. El interior de ciertas cosas. • **tripada** n.f. Fam. Panzada, hartazgo.

tripanosoma n.m. Protozoario flagelado fusiforme, agente de varias enfermedades ENCICL Los tripanosomas son parásitos que se encuentran en los vertebrados y en ciertos insectos hematófagos (glosinas, mosquitos, etc.), de los cuales se sirven como propagadores. No todos son patógenos. En África el *Tripanosoma gambiense*, de longitud de 15 a 30 μ es el causante de *la enfermedad del sueño*, la más grave de las tripanosomiasis; propagada por la *mosca tse-tse (Glossina papalis)* que también ataca a los animales. Otros tripanosomas hacen estragos en África y en América del S. Los équidos, los bóvidos y los porcinos de África tropical y ecuatorial son los más castigados por las diversas tripanosomiasis. La única forma de combatir esta enfermedad es la lucha contra los insectos propagadores.

tripartito,a adj. Dividido en tres partes. • **tripartición** n.f. Acción y efecto de tripartir. • **tripartir** v.tr. Dividir en tres partes.

tripería n.f. **1.** Lugar o puesto donde se venden tripas o mondongo. **2.** Conjunto o agregado de tripas.

triplano n.m. Aeroplano cuyas alas están formadas por tres planos rígidos superpuestos.

triple n.m. y adj. **1.** Que comprende tres elementos. ▷ QUIM *Enlace triple.* Conjunto de tres enlaces entre dos átomos, representado por el símbolo ≡. **2.** Tres veces más grande.

triplete n.m. **1.** FIS Objetivo de tres lentes. **2.** MAT Grupo formado por tres elementos, cada uno de los cuales pertenece a un conjunto distinto. **3.** BIOQUIM Unidad de información constitutiva de un nucleótido, formada por la combinación de tres bases púricas y pirimídicas.

triplicar 1. v.tr. y prnl. Multiplicar por tres. **2.** v.tr. Hacer tres veces una misma cosa. • **triplicidad** n.f. Calidad de triple.

triploblástico,a adj. ZOOL Dícese de los metazoarios formados por tres hojas celulares.

triploide adj. BIOL Se dice de las células que contienen tres cromosomas.

trípode I. n.m. o f. Mesa, banquillo, etc., de tres pies. **II.** n.m. Armazón de tres pies, para sostener instrumentos geodésicos, fotográficos, etc.

tripolar adj. ELECTR Que consta de tres polos.

trípoli o **trípol** n.m. GEOL Roca silícea pulverulenta, que suele mezclarse con la nitroglicerina para fabricar la dinamita.

tripón,a adj. Fam. Que tiene mucha tripa.

tripsina n.f. BIOQUIM Enzima proteolítica secretada por el páncreas.

tríptico n.m. **1.** Libro o tratado que consta de tres partes. **2.** BELL ART Triple retablo pintado o esculpido en el que las dos partes exteriores se cierran sobre la central.

triptófano n.m. BIOQUIM Aminoácido de estructura cíclica.

triptongo n.m. GRAM Conjunto de tres vocales que forman una sola sílaba. • **triptongar** v.tr. Pronunciar tres vocales formando un triptongo.

tripudo,a n. y adj. Que tiene tripa muy grande.

tripulación n.f. Personas que van en una embarcación o en un aparato de locomoción aérea, dedicadas a su maniobra y servicio. • **tripulante** n.m. y f. Persona que forma parte de una tripulación. • **tripular** v.tr. **1.** Dotar de tripulación a un barco o aeronave. **2.** Ir la tripulación en un barco o aeronave.

trique n.m. BOT *Chile.* Planta iridácea cuyo rizoma se usa como purgante.

triqui- o **trico-** Prefijo procedente del griego, *thrix, trikhos*, «pelo, cabello».

triquina n.f. ZOOL Gusano de la clase de los nematelmintos, cuya larva causa graves trastornos patológicos. • **triquinosis** n.f. PAT Enfermedad ocasionada por la presencia de triquinas en el organismo.

triquiñuela n.f. Fam. Ardid, artimaña.

triquita n.f. TECN Fibra mineral de gran resistencia a la rotura.

triquitraque n.m. Ruido como de golpes repetidos y desordenados. ▷ Los mismos golpes.

trirreme n.m. Embarcación de tres órdenes de remos, que usaron los griegos y romanos.

tris n.m. **1.** Leve sonido que hace una cosa frágil al quebrarse. ▷ Golpe ligero que produce este sonido. **2.** Fig. y Fam. Poca cosa, casi nada.

trisa n.f. Sábalo (pez).

triscar **I.** v.int. **1.** Hacer ruido con los pies o dando patadas. **2.** Fig. Retozar, travesear. **II.** v.tr. y prnl. Fig. Enredar. • **triscador,a** adj. Que trisca.

trisecar v.tr. GEOM Cortar o dividir una cosa en tres partes iguales. • **trisección** n.f. GEOM Acción y efecto de trisecar.

trisílabo,a n.m. y adj. GRAM De tres sílabas. • **trisilábico,a** adj. Que tiene tres sílabas.

trismo n.m. MED Contracción tetánica de los músculos maseteros que impide abrir la boca.

trisomía n.f. BIOL Anomalía genética consistente en la presencia de tres cromosomas idénticos en lugar de un par.

triste **I.** adj. **1.** Afligido, apesadumbrado. **2.** De carácter melancólico. **3.** Que ocasiona pesadumbre. **4.** Funesto, deplorable. **5.** Doloroso, enojoso, difícil de soportar. **6.** Fig. Insignificante, insuficiente. **II.** n.m. Canción popular sudamericana, por lo general amorosa, que se acompaña con la guitarra. • **tristeza** o **tristura** n.f. Calidad de triste. • **tristón,a** adj. Un poco triste.

tritio n.m. FIS NUCL Isótopo radiactivo del hidrógeno $^3_1$H, de símbolo *T*.

tritón n.m. **I. 1.** Anfibio urodelo del tipo de la salamandra, que vive cerca de las aguas estancadas. **2.** Molusco gasterópodo prosobranquio cuya concha se utilizaba como trompeta de guerra. **II.** FIS NUCL Núcleo del tritio.

trítono n.m. MUS Intervalo de tres tonos o cuarta aumentada.

tritóxido n.m. QUIM Trióxido.

triturar v.tr. **1.** Desmenuzar una materia sólida. **2.** Mascar, partir la comida con los dientes. • **triturable** adj. Que se puede triturar. • **trituración** n.f. Acción y efecto de triturar.

triunfalismo n.m. Actitud fundada en la sobrestimación de la propia valía o de los propios hechos. ▷ Manifestación pomposa de esta actitud. • **triunfalista** **1.** adj. Perteneciente o relativo al triunfalismo. **2.** n. y adj. Que practica el triunfalismo.

triunfar v.int. **1.** Quedar victorioso. **2.** Fig. Tener éxito. • **triunfador,a** n. y adj. Que triunfa. • **triunfante** adj. **1.** Que triunfa o sale victorioso. **2.** Que incluye triunfo.

triunfo n.m. **I.** Victoria. **II.** Carta del palo elegido al azar en ciertos juegos de naipes, la cual vence a las de los otros palos. **III.** Fig. Acción de triunfar. • **triunfal** adj. Perteneciente al triunfo.

triunviro n.m. Cada uno de los tres magistrados romanos que tuvieron a su cuidado en ciertas ocasiones el gobierno y administración de la república. • **triunvirato** n.m. **1.** Cargo y gobierno de los triunviros. **2.** Reunión de tres personas que comparten el gobierno de un Estado, institución, etc.

trivial adj. Que no sobresale de lo ordinario, que carece de importancia. • **trivialidad** n.f. **1.** Calidad de trivial, común. **2.** Dicho o cuestión trivial.

triza n.f. Pedazo pequeño o partícula dividida de un cuerpo. • **trizar** v.tr. Destrizar, hacer trizas.

troana n.f. BOT Planta arbórea de la familia de las oleáceas que se cultiva en jardines y como árbol de adorno.

trocaico,a adj. Perteneciente o relativo al troqueo.

trocánter n.m. **1.** ANAT Prominencia que algunos huesos largos tienen en su extremidad. **2.** ZOOL La segunda de las cinco piezas de que constan las patas de los insectos.

1. trocar n.m. Instrumento de cirugía usado para hacer punciones y extraer líquidos del organismo.

2. trocar **I.** v.tr. Mudar, variar, alterar. **II.** v.prnl. Mudarse enteramente una cosa.

trocear v.tr. **1.** Dividir en trozos. **2.** Inutilizar un proyectil abandonado haciéndolo explotar.

troceo n.m. Acción y efecto de trocear.

troco n.m. Rueda (pez).

trocoide n.f. GEOM Cicloide.

trocha n.f. **1.** Vereda o atajo. **2.** Camino abierto en la maleza.

trochemoche (a) o **a troche y moche** m.adv. Fam. Disparatada e inconsideradamente.

Trochus n.m. Género de moluscos gasterópodos prosobranquios del que numerosas especies tienen una concha nacarada.

trof(o)-, **trofia** Partículas procedentes del griego *trophê*, «alimento».

trofeo n.m. **1.** Monumento, insignia o señal de una victoria. **2.** Despojo obtenido en la guerra.

trófico,a adj. FISIOL Que se refiere a la nutrición de los tejidos. • **troficidad** n.f. FISIOL Conjunto de fenómenos que condicionan la nutrición y el desarrollo de un tejido o un órgano.

trofoblasto n.m. EMBRIOL Estrato periférico del huevo fecundado que permite su implantación en el útero.

trofoneurosis n.f. MED Afección caracterizada por trastornos tróficos que no se pueden atribuir a una lesión definida del sistema nervioso.

troglodita n. y adj. **1.** Persona que vive en una caverna. **2.** Fig. Se dice del hombre bárbaro y cruel.

troglodítido n.m. Pequeño pájaro paseriforme oscuro de alas y cola cortas.

trogoniformes n.m.pl. ZOOL Orden de aves tropicales de colores irisados, larga cola y pico corto.

troika n.f. Trineo ruso tirado por tres caballos.

troj o **troje** n.f. Espacio destinado a guardar frutos y especialmente cereales.

trola n.f. Fam. Engaño, falsedad, mentira. • **trolero,a** adj. Fam. Mentiroso, embustero.

trole n.m. Pértiga de hierro que sirve para transmitir a los vehículos de los tranvías eléctricos la corriente del cable conductor. • **trolebús** n.m. Ómnibus de tracción eléctrica provisto de un trole doble.

tromb(o)- Prefijo procedente del griego *thrombos*, «coágulo».

tromba n.f. Ciclón caracterizado por la formación de una columna nubosa succionante que se traslada desde la masa de nubes hacia el mar.

Trombidium n.m. ZOOL Género de ácaros terrestres de color rojo; sus larvas pican al hombre.

trombina n.f. BIOQUIM Enzima que provoca la coagulación de la sangre transformando el fibrinógeno en fibrina.

trombo n.m. PAT Coágulo de sangre en el interior de un vaso.

tromboangitis n.m. MED Inflamación de la túnica íntima de un vaso sanguíneo, con producción de coágulo.

trombocito n.m. BIOL Elemento componente de la sangre llamado también plaqueta sanguínea. • **trombocitopenia** o **trombopenia** n.f. Disminución del número de plaquetas sanguíneas. • **trombocitosis** n.f. Aumento del número de plaquetas sanguíneas.

tromboelastógrafo n.m. Aparato que sirve para medir la velocidad de coagulación de la sangre. • **tromboelastograma** n.m. MED Trazado que indica la velocidad de coagulación de la sangre y las características de elasticidad del coágulo formado.

tromboflebitis n.f. PAT Formación de un trombo en el interior de una vena.

trombón n.m. **1.** Instrumento músico de metal, especie de trompeta grande. **2.** Músico que toca uno de estos instrumentos.

tromboplastina n.f. BIOL Enzima necesaria para la coagulación de la sangre.

trombosis n.f. MED Formación de un coágulo en un vaso sanguíneo o en una cavidad del corazón; problemas que ello origina.

trompa **I.** n.f. **1.** Instrumento músico de viento, que consiste en un tubo de latón enroscado circularmente. **2.** Peonza grande. **3.** Prolongación muscular de la nariz de algunos animales. ▷ Aparato chupador, que tienen algunos órdenes de insectos. **4.** Columna de agua que en el mar forma un viento muy fuerte. **5.** Fig. y Fam. Embriaguez, borrachera. **6.** ARQUIT Bóveda voladiza fuera del paramento de un muro. **7.** ZOOL Prolongación del extremo anterior del cuerpo de muchos gusanos. **II.** n.m. El que toca la trompa. **III.** ANAT *Trompa de Eustaquio.* Conducto que pone en comunicación el oído medio con la faringe. — *Trompa de Falopio.* Oviducto de los mamíferos.

trompada n.f. **1.** Fam. Trompazo, porrazo. **2.** Fig. y Fam. Puñetazo, golpazo.

trompazo n.m. Fig. Cualquier golpe recio.

trompeta **I.** n.f. Instrumento músico de viento. **II.** n.m. El que toca la trompeta. • **trompetazo** n.m. Sonido destemplado o excesivamente fuerte de la trompeta. ▷ P. ext., el de cualquier otro instrumento análogo. • **trompetero** n.m. I. 1. El que hace trompetas. 2. El que se dedica a tocar la trompeta. II. ZOOL Pez teleósteo, acantopterigio, que tiene el hocico largo en forma de tubo.

trompicar v.int. Dar pasos tambaleantes, tropezar. • **trompicón** n.m. Cada paso tambaleante de una persona, tumbo de un vehículo.

trompillo n.m. BOT Arbusto de América de madera rosada; se emplea en tornería.

trompillón n.m. ARQUIT Dovela que sirve de clave en una trompa o en una bóveda de planta circular.

trompo n.m. 1. Trompa, peón o peonza. 2. Molusco gasterópodo marino, con tentáculos cónicos en la cabeza. 3. *Chile.* Instrumento que se usa para abocardar cañerías.

trona n.f. Carbonato de sosa cristalizado.

tronar I. v.int. 1. Producirse o sonar truenos. 2. Despedir o causar ruido o estampido. II. v.int. y prnl. Fig. y Fam. Hablar, escribir, pronunciar discursos violentos contra alguna cosa. • **tronada** n.f. Tempestad de truenos.

troncalidad n.f. FOR Principio jurídico según el cual los bienes deben pasar, en la herencia por ley de una persona, a favor de la línea de parientes de que aquéllos procedían.

tronco,a n.m. 1. Cuerpo truncado. 2. Tallo fuerte y macizo de los árboles y arbustos. 3. Cuerpo humano o de cualquier animal, prescindiendo de la cabeza y las extremidades. 4. Par de mulas o caballos que tiran de un carruaje enganchados al juego delantero. 5. Conducto o canal principal del que salen o al que concurren otros menores. — ANAT *Tronco braquiocefálico.* Arteria gruesa que nace del cayado aórtico y se divide en dos, la carótida y la subclavia del lado derecho. 6. Fig. Ascendiente común de dos o más ramas, líneas o familias. • **troncocónico,a** adj. En forma de cono truncado.

tronchar v.tr. y prnl. Partir o romper con violencia un vegetal por su tronco, tallo o ramas principales. • **troncho** n.m. Tallo de las hortalizas.

tronera n.f. 1. Abertura en el costado de un buque o en una muralla para disparar con seguridad y acierto los cañones. 2. Ventana pequeña y angosta. 3. Cada uno de los agujeros o aberturas que hay en las mesas de billar.

trono n.m. 1. Asiento que usan los monarcas. ▷ Dignidad de rey o soberano. 2. RELIG Tabernáculo colocado encima de la mesa del altar y en que se coloca al Santísimo Sacramento.

tropa n.f. I. 1. Gente militar, a distinción de la civil. 2. pl. MILIT Conjunto de cuerpos que componen un ejército, división, guarnición, etc. II. 1. Muchedumbre. 2. *Amér. Merid.* Recua de ganado. 3. *Arg.* Cáfila de carretas dedicadas al transporte.

tropel n.m. 1. Movimiento acelerado y ruidoso de varias personas o cosas. 2. Conjunto de cosas mal ordenadas y colocadas o amontonadas sin concierto. • **tropelía** n.f. 1. Atropellamiento o violencia en las acciones. 2. Hecho violento y contrario a las leyes. 3. Vejación, atropello.

tropeoláceo,a o **tropeoleo,a** adj. BOT Se dice de plantas angiospermas dicotiledóneas, muy afines a las geraniáceas.

tropezar v.int. y prnl. 1. Dar con los pies en un estorbo que pone en peligro de caer. 2. Detenerse o ser impedida una cosa por encontrar un estorbo. 3. Fig. Caer en alguna culpa o faltar poco para cometerla. 4. Fig. Reñir con uno u oponerse a él. 5. Fig. y Fam. Hallar casualmente una persona a otra. • **tropezón** n.m. 1. Acción y efecto de tropezar. 2. Fig. y Fam. Pedazo pequeño de jamón u otra vianda que se mezcla con las sopas o las legumbres. • **tropiezo** n.m. 1. Aquello en que se tropieza. 2. Fig. Falta, culpa o yerro. 3. Fig. Discusión o desavenencia entre dos o más personas.

trópico,a I. adj. Fig. Perteneciente o relativo al tropo. II. n.m. 1. ASTRON Cada uno de los dos círculos menores que se consideran en la esfera celeste, paralelos al ecuador, que pasan por los puntos solsticiales. El del hemisferio boreal se llama trópico de Cáncer, y el del austral, trópico de Capricornio. 2. GEOG Cada uno de los dos círculos menores que se consideran en el globo terrestre en correspondencia con los dos de la esfera celeste. • **tropical** adj. Perteneciente o relativo a los trópicos.

ENCICL **Astron.** — La latitud de cada uno de los dos trópicos es igual a 23° 27', ángulo de inclinación de la eclíptica sobre el ecuador. Situándose sobre uno de los dos trópicos se ve el Sol en su cenit una vez por año. En la zona terrestre comprendida entre los dos trópicos, se ve el Sol en su cenit en dos épocas del año que son tanto más próximas cuanto más próximo se esté de uno de los trópicos. En cada uno de los hemisferios, entre el trópico y el polo no es posible observar el Sol en su cenit.

Meteor. — La zona situada entre los trópicos cubre una parte importante del globo. Los trópicos están dominados por las altas presiones atmosféricas que contribuyen a dar claridad al cielo y a mantener la sequía de estas regiones. De estas zonas escapan los alisios, que soplan en dirección al ecuador. El clima tropical se descompone en diferentes subclimas según la proximidad al ecuador: el clima desértico, el clima tropical seco (estación seca de ocho a nueve meses), el clima tropical húmedo (estación húmeda de más de seis meses) y el clima subecuatorial, donde la pluviosidad, muy importante, dura de siete a ocho meses.

tropismo n.m. BIOL Movimiento por el cual un organismo se orienta a consecuencia de un estímulo.

tropo n.m. RET Empleo de las palabras en sentido distinto del que propiamente les corresponde, pero que tiene con éste alguna conexión, correspondencia o semejanza. • **tropología** n.f. Lenguaje figurado, sentido alegórico. • **tropológico,a** adj. FIS Expresado por tropos.

-tropo, -tropía, -tropismo Sufijos procedentes del griego *tropes*, «vuelta, dirección»; de *trepein*, «volver».

tropopausa n.f. METEOR Superficie que separa la troposfera de la estratosfera.

troposfera n.f. METEOR Parte de la atmósfera situada entre la superficie del suelo y una altitud de diez kilómetros aprox.

troquel n.m. 1. Molde empleado en la acuñación de monedas, medallas, etc. 2. Instrumento análogo que se emplea para el estampado de piezas metálicas. • **troquelar** v.tr. 1. Imprimir y sellar una pieza de metal por medio del troquel. 2. Hacer monedas de este modo. 3. TECN Forjar (una pieza) por troquelado.

troqueo n.m. 1. Pie de la poesía griega y latina, compuesto de una sílaba larga y otra breve. 2. En la poesía española, pie compuesto de una sílaba acentuada y otra átona.

troquílidos n.m. pl. Familia de pequeños pájaros americanos de plumaje colorido que se alimentan con néctar.

troquilo n.m. ARQUIT Moldura cóncava cuyo perfil es un semicírculo, mediacaña.

trotaconventos n.f. Fam. Alcahueta, celestina.

trotamundos n.m. y f. Persona aficionada a viajar y recorrer países.

trote n.m. 1. Modo de caminar acelerado, natural a todas las caballerías. 2. Fig. Trabajo o faena apresurada y fatigosa. • **trotar** v.int. 1. Ir el caballo al trote. 2. Cabalgar una persona en caballo que va al trote. 3. Fig. y Fam. Andar mucho o con celeridad una persona. • **trotón,a** adj. Se aplica a la caballería cuyo paso ordinario es el trote.

trotskismo n.m. Corriente política, según la cual, la revolución tiene que ser permanente y mundial. • **trotskista** n.m. y f. Partidario de las tesis de Trotski.

trova n.f. 1. Verso. 2. Composición métrica escrita generalmente para canto. 3. Canción amorosa compuesta o cantada por los trovadores. • **trovador** o **trovista** n. y adj. Poeta provenzal de la Edad Media que escribía y trovaba en lengua de oc. • **trovadoresco,a** adj. Perteneciente o relativo a los trovadores. • **trovar** v.int. 1. Hacer versos. 2. Componer trovas. • **trovo** n.m. Composición métrica popular.

trozo n.m. Pedazo de una cosa que se considera separada del resto.

truco n.m. I. 1. Engaño. 2. Ilusión, apariencia engañosa hecha con arte. II. *Arg.* Truque, juego de naipes. • **trucar** v.tr. Marcar las cartas para hacer trampas. ▷ P. ext., modificar fraudulentamente un objeto. • **trucaje** n.m. Proceso técnico utilizado en cinematografía para crear determinada ilusión.

truculento,a adj. Cruel, atroz y tremendo. • **truculencia** n.f. Calidad de truculento.

trucha n.f. ZOOL Pez teleósteo de agua dulce de carne blanca o encarnada. — ZOOL *Trucha de mar.* Raño (pez). — ZOOL *Trucha salmarina.* Gran salmónido que vive en los lagos del O de Europa. • **truchero,a** 1. adj. Se dice de los ríos u otras corrientes de agua en que abundan las truchas. 2. n.m. El que pesca truchas.

truchuela n.f. Bacalao curado más delgado que el común.

trueno n.m. 1. Estampido o estruendo producido en las nubes por una descarga eléctrica. 2. Ruido o estampido que causa el tiro de cualquier arma o artificio de fuego.

trueque n.m. Acción y efecto de trocar o trocarse.

trufa n.f. 1. Hongo ascomicete comestible que se desarrolla únicamente bajo tierra. 2. Dulce de chocolate en forma de trufa. • **trufar** v.tr. Rellenar de trufas las aves, embutidos y otros manjares.

truhán,a n. y adj. 1. Dícese de la persona sin vergüenza, que vive de engaños y estafas. 2. Bufón. • **truhanada** n.f. 1. Acción truhanesca. 2. Conjunto de truhanes. • **truhanear** v.int. 1. Engañar. 2. Hablar como un truhán.

trujal n.m. Prensa donde se estrujan las uvas o se exprime la aceituna.

1. trullo n.m. Ave del orden de las palmípedas que nada y se sumerge para coger los peces con que se alimenta.

2. trullo n.m. Construcción redonda de Apulia (Italia del S), hecha con grandes piedras redondas encaladas y con tejados de lascas blanqueadas.

trumao n.m. *Chile.* Tierra arenisca de rocas volcánicas.

trun n.m. *Chile.* Fruto espinoso de algunas plantas que se adhiere al pelo o a la lana.

truncar v.tr. 1. Cortar una parte a alguna cosa. 2. Fig. Callar, omitir alguna o algunas palabras en frases o pasajes de un escrito. 3. Fig. Interrumpir, dejar imperfecto algo. • **truncadura** n.f. MINER En un cristal, sustitución de una arista o de un ángulo por una faceta.

trupial n.m. Ave paseriforme americana que aprende a hablar, como la urraca.

truque n.m. Cierto juego de naipes.

trust n.m. Combinación económica o financiera que reúne varias empresas bajo una misma dirección.

TSH n.f. Abreviatura de *telegrafía* o *telefonía sin hilos*.

tu, tus pron.pos. Apócope de tuyo, tuya, tuyos, tuyas.

TU ASTRON Abreviatura de tiempo universal. v. tiempo.

tú Nominativo y vocativo del pronombre personal de segunda persona en género masculino y femenino en número singular.

tuareg, nombre árabe dado a los pueblos nómadas del S del Sahara (Argelia, Malí, Níger, Chad). Su lengua, beréber, es el tamahaq y su religión, el islam. La organización social es matriarcal y concede un papel importante a las mujeres, siendo los hombres los que llevan velo. Nómadas, criaban camellos y no cultivaban jamás la tierra; sus guerreros eran el terror de las caravanas, a las que saqueaban continuamente. Hoy día, se dedican sobre todo al comercio.

tuatúa n.f. Árbol euforbiáceo americano cuyas hojas y semillas se usan en medicina.

tuba n.f. MUS Instrumento de viento de la familia de los bombardinos.

tubárico adj. MED Relativo a las trompas de Falopio o a las trompas de Eustaquio. — *Soplo tubárico*. Soplo inspiratorio percibido mediante auscultación en las neumonías.

tuberculina n.f. Preparación hecha con gérmenes tuberculosos.

tubérculo n.m. **I.** BOT Parte de un tallo subterráneo o de una raíz, como en la patata y el boniato. **II.** PAT Lesión elemental macroscópica de la tuberculosis.

tuberculosis n.f. PAT Enfermedad producida por el bacilo de Koch. — *Tuberculosis miliar*. Forma de la tuberculosis caracterizada por la diseminación extensa de pequeñas granulaciones tuberculosas en la masa del órgano afectado, especialmente el pulmón. • **tuberculoso,a** adj. **1.** Perteneciente o relativo al tubérculo. **2.** n. y adj. Que padece tuberculosis.

ENCICL Gracias a la vacunación por el BCG (v. Calmette) y a la antibioterapia, la tuberculosis se ha convertido en una enfermedad poco frecuente y sobre todo menos grave en Europa, donde constituyó una plaga. Esta enfermedad es debida al bacilo de Koch (fue Koch quien lo identificó en 1882), bacilo resistente a los ácidos e incluso al alcohol de 90°. La infección producida por el bacilo de Koch (BK) determina una alergia específica (hipersensibilidad a las proteínas bacilares o microbianas y a la tuberculina). La infección se realiza habitualmente por vía oral y evoluciona en tres fases: **1.** La fase primaria o primoinfección, en las primeras semanas, se caracteriza por el chancro pulmonar de inoculación y por la aparición de resultados positivos ante la tuberculina. En este estadio, la curación puede ser espontánea o producirse inmediatamente después de seguir un tratamiento a base de antibióticos. **2.** La fase secundaria corresponde a la expansión del BK por los tejidos y las vísceras (especialmente en el pulmón, pero también por los riñones, huesos e hígado) o por las serosas (meninges, pleura, pericardio y peritoneo). **3.** La fase terciaria, manifestación de la fijación y de la reacción fibrosa e inflamación de los tejidos cercanos. Actualmente la tuberculosis puede ser tratada en sus comienzos (sintomatología radiográfica). La tuberculosis que ha afectado a las meninges deja unas secuelas muy graves. La tuberculosis ósea y ganglionar resulta especialmente frecuente entre los africanos. Aunque los antibióticos activos sobre el BK sean poco numerosos y la resistencia de este bacilo tiende a acrecentarse, el empleo de los medios quirúrgicos (neumotórax, neumonectomía) es raro.

tubería n.f. **1.** Conducto formado de tubos por donde se lleva el agua, los gases combustibles, etc. **2.** Conjunto de tubos. **3.** Fábrica, taller o comercio de tubos.

tuberosa n.f. Nardo (planta).

tubi- Prefijo procedente del latín, «tubo».

tubícola adj. ZOOL Dícese de los animales que viven en un tubo que ellos mismos secretan.

Tubifex n.m. ZOOL Género de pequeños gusanos anélidos oligoquetos que viven en el lodo de los ríos.

tubiflorales n.f.pl. BOT Orden de plantas dicotiledóneas gamopétalas de flores en forma de cucurucho o zigomorfas.

Tubipora n.m. ZOOL Género de corales cuyos pólipos secretan un esqueleto compacto de un rojo intenso, que forma pequeños tubos paralelos.

tubo n.m. **1.** Pieza hueca, de forma por lo común cilíndrica y abierta por ambos extremos. — *Tubo intestinal*. Conjunto de los intestinos de un animal. — BOT *Tubo polínico*. Prolongación emitida por el grano de polen en el transcurso de su germinación. **2.** Recipiente destinado a contener sustancias blandas o cosas menudas. — ELECTR *Tubo catódico*. En el cual un haz de electrones, permite visualizar señales. — *Tubo de ensayo*. El de cristal usado para los análisis químicos. • **tubular** adj. Perteneciente al tubo; que tiene su figura o está formado de tubos. • **tubuloso,a** adj. BOT Tubular.

tubu, pueblo nómada del Sahara (aprox. 150.000 individuos), que ocupa los confines de Libia y Chad.

tucán n.m. Ave americana del orden de las trepadoras de plumaje en colores vivos.

tucinte n.m. BOT *Hond*. Teocinte (planta).

tuciorismo n.m. Doctrina de teología moral que en asuntos discutibles sigue la opinión más favorable a la ley.

1. tuco,a **1.** adj. *Bol., Ecuad.* y *P. Rico*. Manco. **2.** n.m. *Amér. Central, Ecuad.* y *P. Rico*. Muñón.

2. tuco n.m. **1.** *Arg*. Insecto luminoso como el cocuyo. **2.** *Perú*. Especie de búho.

tucoror, pueblo asentado en Senegal y en Guinea (aprox. 300.000 individuos, musulmanes).

tucúquere n.m. *Chile*. Búho de gran tamaño.

tucutuco n.m. *Amér. Merid*. Mamífero semejante al topo.

tueco o **tueca** n.m. Oquedad en las maderas.

tuera n.f. Coloquíntida.

tuerca n.f. Pieza con un hueco labrado en espiral que ajusta en el filete de un tornillo.

tuerto,a n. y adj. Falto de la vista en un ojo.

tueste n.m. Acción y efecto de tostar.

tuétano n.m. Sustancia blanca contenida dentro de los huesos. — Fig. y Fam. *Hasta los tuétanos*. Hasta lo más íntimo o profundo.

1. tufo n.m. **1.** Emanación gaseosa que se desprende de las fermentaciones y de las combustiones imperfectas. **2.** Fam. Olor activo y molesto que despide de sí una cosa. **3.** Fig. y Fam. Soberbia. • **tufarada** n.f. Olor vivo o fuerte que se percibe de pronto.

2. tufo n.m. Cada una de las dos porciones de pelo, que caen por delante de las orejas.

tugurio n.m. **1.** Vivienda, habitación o establecimiento miserables. **2.** Choza de pastores.

tuición n.f. FOR Acción y efecto de guardar o defender. • **tuitivo,a** adj. FOR Que guarda, ampara y defiende.

tul n.m. Tejido transparente, que forma malla, generalmente en octágonos.

tularemia n.f. MED Enfermedad endemoepidémica del conejo y de la liebre, transmitida al hombre por contacto con la caza infectada.

tulio n.m. QUIM Elemento metálico de número atómico 69, de masa atómica 168,934 (símbolo *T*), de la familia de los lantánidos.

tulipán n.m. **1.** Planta herbácea de la familia de las liliáceas, flor única de seis pétalos de hermosos colores e inodora. **2.** Flor de esta planta. • **tulipa** n.f. Pantalla de vidrio a modo de fanal, con forma algo parecida a la de un tulipán.

tulipero n.m. Árbol ornamental de la familia de las magnoliáceas, cuyas flores se parecen al tulipán.

tullido,a n. y adj. Que ha perdido el movimiento del cuerpo o de alguno de sus miembros. • **tullir** **I.** v.tr. Hacer que uno quede tullido. **II.** v.prnl. Quedarse tullido.

1. tumba n.f. **1.** Sepultura de piedra. **2.** Armazón en forma de ataúd, que se coloca sobre el túmulo o en el suelo, para la celebración de las honras de un difunto.

2. tumba n.f. **1.** Vaivén o traqueteo. **2.** Caída violenta o voltereta.

tumbaga n.f. **1.** Aleación de oro y cobre, que se emplea en joyería. **2.** Sortija hecha de esta aleación.

tumbar **I.** v.tr. Hacer caer o derribar. ▷ Fig. y Fam. Turbar o quitar a uno el sentido una cosa fuerte, como el vino o un olor. **II.** v.int. **1.** Caer, rodar por tierra. **2.** MAR Dar de quilla, o la quilla. **III.** v.prnl. Fam. Echarse.

tumbo n.m. **1.** Vaivén violento. **2.** Caída violenta, vuelco o voltereta. **3.** Retumbo, estruendo.

tumbón,a **I.** adj. **1.** Fam. Socarrón. **2.** Fam. Perezoso, holgazán. **II.** n.f. Silla de tijera, con largo respaldo, para tumbarse.

tumefacción n.f. MED Hinchazón de una parte del cuerpo. • **tumefacto,a** adj. Hinchado.

tumescencia n.f. ANAT Hinchazón de los tejidos. • **tumescente** adj. ANAT Hinchado, inflamado.

túmido,a adj. **1.** Fig. Hinchado, afectado. **2.** ARQUIT Dícese del arco o bóveda que es más ancho hacia la mitad de la altura que en los arranques.

tumor n.m. PAT Inflamación constituida por una neoformación de los tejidos debida a una actividad anormal de las células. ▷ BOT *Tumor vegetal*. Proliferación desordenada de los tejidos. • **tumoración** n.f. MED Inflamación producida por un tumor. • **tumoral** adj. MED Relativo o propio de un tumor.

túmulo n.m. **1.** Sepulcro levantado de la tierra. **2.** Montecillo artificial con que en algunos pueblos antiguos era costumbre cubrir una sepultura. **3.** Armazón de madera, vestida de paños fúnebres y adornada de otras insignas de luto y tristeza, que se erige para la celebración de las honras de un difunto.

tumulto n.m. **1.** Motín, alboroto producido por una multitud. **2.** Confusión, agitación. • **tumultuario** o **tumultuoso,a** adj. **1.** Que causa o levanta tumultos. **2.** Sin orden ni concierto.

1. tuna n.f. Nopal, y su fruto. • **tunal** n.m. Lugar poblado de tunas.

2. tuna n.f. Grupo de estudiantes que forman un conjunto musical. • **tunar** v.int. Llevar una vida holgazana.

tunante,a n. y adj. Pícaro, bribón, taimado. • **tunantería** n.f. **1.** Calidad de tunante. **2.** Acción propia de tunantes.

1. tunda n.f. Acción y efecto de tundir los paños.

2. tunda n.f. Fam. Paliza.

1. tundir v.tr. Cortar o igualar con tijera el pelo de los paños. • **tundidura** n.f. Acción y efecto de tundir los paños. • **tundidor** n.m. El que tunde los paños. • **tundidora 1.** n. y adj. Se dice de la máquina que sirve para tundir los paños. **2.** n.f. Mujer que tunde los paños.

2. tundir v.tr. Fig. y Fam. Azotar, golpear.

tundra n.f. Terreno abierto y llano, de clima subglacial y subsuelo helado, falto de vegetación arbórea y con el suelo cubierto de musgos y líquenes.

tunecino,a 1. n. y adj. Natural de Túnez. **2.** adj. Perteneciente o relativo a dicha ciudad o país de África. **3.** n.m. Dialecto árabe mogrebí hablado en Tunicia.

túnel n.m. Paso subterráneo abierto artificialmente para establecer una comunicación a través de un monte, por debajo de un río u otro obstáculo. — *Túnel aerodinámico.* Instalación destinada a las pruebas de aviones, constituida por un túnel en el que se insufla aire (o, más raramente, otro gas) a gran velocidad. *Ensayos en un túnel aerodinámico de un prototipo de avión, de automóvil.*

tunera n.f. Higuera de tuna.

tungros, pueblo de la antigua Germania, que se estableció entre el Rin y el Escalda poco antes de la era cristiana.

tungsteno n.m. Volframio. • **tungstato** n.m. QUIM Sal de ácido túngstico.

tungús, grupo étnico de Siberia oriental, que hablan dialectos emparentados con el mongol y el turco. Son unos 100.000 individuos, en vías de asimilación tanto en China como en la URSS.

túnica n.f. **I. 1.** Vestidura sin mangas, bastante larga y en forma de camisa. **2.** Vestidura de lana que usan los religiosos debajo de los hábitos. **II. 1.** Telilla o película que en algunas frutas o bulbos está pegada a la cáscara y cubre más inmediatamente la carne. **2.** ANAT Membrana sutil que cubre algunas partes del cuerpo. — ANAT *Túnica úvea.* La tercera del ojo, parecida en su forma al hollejo de la uva. **3.** ZOOL Membrana, constituida fundamentalmente por una sustancia de tipo de la celulosa, que envuelve por completo el cuerpo de los tunicados. • **tunicado,a 1.** adj. BOT y ZOOL Envuelto por una túnica. **2.** n.m. y adj. ZOOL Dícese de animales procordados con cuerpo blando, de aspecto gelatinoso y rodeado de una membrana o túnica constituida principalmente por una sustancia del tipo de la celulosa. ▷ n.m.pl. ZOOL Clase de estos animales.

tuno,a adj. Pícaro, tunante.

tuntún (al, o **al buen)** Fam. Sin reflexión ni previsión.

tupa n.f. *Chile.* Planta de la familia de las lobeliáceas; secreta un jugo lechoso tóxico.

Tupaia n.f. Género de mamíferos insectívoros de características similares a los monos de Sudamérica. Viven en la India y Malaysia.

tupé n.m. **1.** Cabello que cae sobre la frente. **2.** Fig. y Fam. Atrevimiento, desfachatez.

tupíes o **tupí-guaraníes,** etnia considerada como el grupo lingüístico más importante de Sudamérica. Las tribus se extendían desde el Río de la Plata (Paraguay y Paraná) al Amazonas; los tupí-guaraníes habitaban el bajo Paraguay. La llegada de los portugueses, que los capturaban como esclavos, los hizo huir al interior del Amazonas. Tenían una cultura superior a la del resto de los pueblos de Brasil; se dedicaban a la agricultura, trabajaban la piedra, fabricaban hamacas y cerámicas. Sus principales modos de subsistencia eran la caza y la pesca. Vivían en casas ligeras e iban desnudos. Las lenguas tupíes se hallaban muy extendidas, siendo el idioma comercial del Amazonas.

tupinambas, pueblo amerindio, de la familia tupí-guaraní, que habitaba la zona atlántica del bajo Amazonas. Desempeñaron un importante papel en la historia antigua de Brasil.

tupir v.tr. y prnl. Apretar mucho una cosa cerrando sus poros o intersticios. • **tupición** n.f. Acción y efecto de tupir, obstrucción. • **tupido,a** adj. Que tiene sus elementos muy juntos o apretados.

tupuia-ereté, pueblo indígena, habitante del est. de Pará, al margen del río Xingú, en el actual territorio de Brasil. Acostumbraban a llevar la mitad del cuerpo pintado de negro. Se cree que eran antropófagos. Sus armas se diferenciaban de las del resto de las tribus en su peso y robustez.

tur n.m. MAR Período o campaña de servicio obligatorio de un marinero.

turaco n.m. Ave africana (orden cuculiformes) de plumaje verde, pico corto y alas redondeadas.

turanio,a I. n. y adj. Natural del Turán. **II.** adj. **1.** Perteneciente o relativo a esta región de la antigua Asia Central. **2.** Se aplica a las lenguas que, como el turco y el húngaro, se creen originarias del Asia Central y no corresponden a los grupos ario y semítico.

1. turba n.f. **1.** Combustible fósil formado de residuos vegetales que al arder produce humo denso. **2.** Estiércol mezclado con carbón mineral, y que se emplea como combustible en los hornos de ladrillos. • **turbera** n.f. Sitio donde yace la turba.

2. turba n.f. Muchedumbre de gente confusa y desordenada.

turbante n.m. Tocado que consiste en una faja larga de tela enrollada en la cabeza.

turbar v.tr. y prnl. **1.** Alterar o conmover el estado o curso natural de una cosa. **2.** Enturbiar. **3.** Fig. Sorprender o aturdir a uno. **4.** Fig. Interrumpir, violenta o molestamente, la quietud. • **turbación** n.f. **1.** Acción y efecto de turbar o turbarse. **2.** Confusión, desorden, desconcierto. • **turbador,a** adj. Que causa turbación. • **turbamiento** n.m. Turbación.

turbelarios n.m.pl. ZOOL Clase de platelmintos (gusanos planos) carnívoros, esencialmente libres y marinos, que se caracterizan por una epidermis enteramente cubierta de cilios locomotores.

turbina n.f. **1.** TECN Motor cuyo elemento esencial es una rueda que tiene en su periferia aletas o palas y puesta en rotación por un fluido; esta misma rueda. **2.** Máquina para purificar por centrifugación, utilizada sobre todo en la industria azucarera.

turbinto n.m. BOT Árbol de la familia de las anacardiáceas, con flores pequeñas y fruto en bayas con las que se hace una bebida muy agradable.

turbio,a o **túrbido,a** adj. **1.** Se dice del líquido sucio o revuelto con algo que le quita su transparencia natural. **2.** Fig. Revuelto, dudoso. **3.** Tratando de la visión, confusa, poco clara. **4.** Fig. Aplicado a lenguaje confuso.

turbión n.m. Aguacero repentino, con viento fuerte.

turbit n.m. **1.** Planta trepadora, de la familia de las convolvuláceas, con tallos sarmentosos y raíces largas, que se han empleado en medicina como purgante drástico. **2.** Raíz de esta planta.

turboalternador n.m. TECN Alternador constituido por una turbina.

turbomáquina n.f. Toda máquina que actúe sobre un fluido o que lo accione mediante un órgano rotativo (rueda de álabes hélices, etc.).

turbomotor n.m. TECN Motor cuyo elemento esencial es una turbina.

turbonada n.f. Fuerte chubasco de viento y agua, acompañado de truenos, relámpagos y rayos.

turborreactor n.m. AVIAC Motor a reacción de combustión continua, compuesto por una turbina de gas y un compresor de alimentación que giran sobre un mismo eje.

turbotrén n.m. FERROC Tren cuya tracción está equipada con una turbina de gas y puede alcanzar velocidades elevadas (del orden de los 300 km/h.)

turbulencia n.f. **I. 1.** Alteración de las cosas claras y transparentes que se oscurecen con alguna mezcla que reciben. **2.** Fig. Confusión, alboroto o perturbación. **II.** FIS Irregularidad en el movimiento de un fluido. **III.** METEOR *Turbulencia atmosférica.* Agitación de la atmósfera producida por las variaciones de temperatura, las corrientes, etc. • **turbulento,a** adj. **1.** Turbio. **2.** Fig. Confuso, alborotado y desordenado.

turca n.f. Fam. Borrachera, embriaguez.

turco,a I. n. y adj. Se aplica al individuo de un numeroso pueblo que, procedente del Turkestán, se estableció en el Asia Menor y en la parte oriental de Europa, a las que dio nombre. **II.** n.m. Lengua turca. • **turcomano,a 1.** adj. Relativo a los turcomanos o al Turkmenistán. **2.** n. *El turcomano.* La lengua turca, hablada principalmente en el Turkmenistán. • **turcomanos,** pueblo turco instalado en la URSS (Turkmenistán, Rusia, Uzbekistán), Afganistán y en Irán. • **turco-mongol** adj. LING Se dice de un conjunto de lenguas llamadas también altaicas. ▷ P. ext., se dice de los pueblos que hablan estas lenguas.

ENCICL Los turcos son un conjunto de pueblos verosímilmente originarios del Altaï. Sus lenguas forman parte de la familia de las altaicas, llamadas también turco-mongoles. Turcos y mongoles eran dos pueblos cercanos, nómadas los dos, pero se ignora si los mongoles (y los hunos) forman parte del grupo turco. Extendidos por China del N, los turcos T'oukiue sometieron Mongolia a mediados del s. VI, siendo posteriormente reducidos por China (630). A partir del s. VIII, una rama turca entrará definitivamente en la Historia al adoptar el Islam. Después, distintas dinastías, especialmente la de los Ghaznevidas (o gaznavíes) se impusieron en el subcontinente indio y en Persia (ss. X-XII). A comienzos del s. XIII, el mongol Gengis Kan acabó con el dominio turco; sólo los selyúcidas mantuvieron el poder en el O de estos territorios.

túrdidos n.m. pl. ZOOL Familia de aves paseriformes insectívoras (mirlos, tordos, ruiseñores, etc.).

túrdiga n.f. Tira de pellejo.

túrdulos, antiguo pueblo de la península Ibérica, al parecer de origen íbero, que habitaba la parte alta de Andalucía.

turgescencia o **turgencia** n.f. **1.** MED Aumento del volumen de un órgano debido a la retención de sangre venosa. **2.** BIOL Estado normal de las células vegetales ahítas de agua. • **turgente** adj. Afectado, abultado. • **túrgido,a** adj. POET Afectado.

turíbulo n.m. Incensario.

turífero,a adj. Que produce o lleva incienso.

turión n.m. BOT Yema que nace de un tallo subterráneo; como en los espárragos.

turismo n.m. **1.** Afición a viajar por distracción y recreo. **2.** Organización de los medios conducentes a facilitar estos viajes. • **turista 1.** n.m. y f. Persona que hace turismo. **2.** adj. f. *Clase turista.* En los barcos o los aviones, segunda clase. • **turístico,a** adj. Perteneciente o relativo al turismo.

turmalina n.f. MINER Borosilicato doble de aluminio y de hierro que forma bellos cristales en forma de agujas de colores diversos, utilizados en joyería.

turmódigos, nombre de una antigua tribu celta de la península Ibérica que poblaba la parte N de la prov. de Burgos.

turnar v.int. Alternar con otras personas en un beneficio o en el desempeño de un cargo.

turno n.m. **1.** Orden o alternativa que se observa entre varias personas, para la ejecución de una cosa, o en la sucesión de éstas. **2.** Cada una de las intervenciones que permiten los reglamentos de las Cámaras legislativas o corporaciones.

turolense **1.** n. y adj. Natural de Teruel. **2.** adj. Perteneciente o relativo a esta provincia o a su capital.

turón n.m. Mamífero carnicero, de cuerpo flexible y prolongado, que despide olor fétido.

turquesa n.f. Mineral amorfo, formado por un fosfato de alúmina con algo de cobre y hierro, de color azul verdoso, casi tan duro como el vidrio, que se emplea en joyería.

turriculado,a adj. ZOOL Dícese de las conchas univalvas, en forma de pequeña torre en espiral.

Turritella n.f. Género de moluscos gasterópodos prosobranquios de concha turriculada, muy comunes a partir del secundario (numerosas especies fósiles).

turrón n.m. Masa hecha de almendras, piñones, avellanas o nueces, tostado todo y mezclado con miel y azúcar.

turulato,a adj. Fam. Alelado, estupefacto.

turumba Fam. *Amér.* Tarumba.

tusa n.f. **I. 1.** *Bol., Col., P. Rico* y *Venez.* Corazón de la panoja. **2.** *Amér. Central* y *Cuba.* Espata de la mazorca del maíz. **3.** *Chile.* Barbas de la mazorca del maíz. **II.** *Chile.* Crines del caballo.

tusilago n.m. Fárfara (planta).

tuso,a n.m. Fam. Perro.

tusón n.m. Vellón de la oveja o del carnero.

tute n.m. **1.** Cierto juego de naipes. **2.** Reunión en este juego de los cuatro reyes o los cuatro caballos. **3.** Fig. Gran esfuerzo hecho en un trabajo.

tutear v.tr. y prnl. Hablar a uno empleando el pronombre de segunda persona. • **tuteo** n.m. Acción de tutear o tutearse.

tutela n.f. **1.** DER Autoridad que, en defecto de la paterna o materna, se confiere para cuidar de la persona y los bienes de aquel que por minoría de edad, o por otra causa, no tiene completa capacidad civil. **2.** Cargo de tutor. **3.** Fig. Protección o defensa. • **tutelar** adj. **1.** Que guía, ampara, protege o defiende. **2.** FOR Perteneciente a la tutela de los incapaces.

tutiplén (a) Fam. En abundancia, a porrillo.

tutor,a n.m. y f. **I.** Persona encargada de cuidar a una persona de capacidad civil incompleta y de administrar sus bienes. **II. 1.** Defensor, protector. **2.** Estaca que se clava junto a un arbusto para guiarlo en su crecimiento. • **tutoría** n.f. Autoridad del tutor.

tutti n.m. inv. MUS Pasaje musical ejecutado por todos los instrumentos.

tutú n.m. Vestido de actuación de las bailarinas de danza clásica, compuesto por varias faldas cortas de gasa, o tul, o superpuestas y muy fruncidas.

tuya n.f. BOT Árbol de la familia de las cupresáceas, con hojas siempre verdes y fruto en piñas pequeñas y lisas.

tuyo, a, os, as Pronombre posesivo de segunda persona en género masculino y femenino y ambos números singular y plural. Se usa como neutro con la terminación del masculino singular.

TV Abreviatura de *televisión.*

tweed n.m. Tejido de lana, generalmente de dos colores, que se utiliza para la confección de ropa de estilo deportivo.

Tylenchus n.m. ZOOL Género de gusanos nematodos parásitos que atacan varios cultivos (maíz, patata, etc.) y provocan principalmente el *tizón del trigo.*

Typha n.f. Género de planta herbáceas acuáticas de rizoma rastrero, hojas en forma de cinta y flores unisexuadas reunidas en espiga en el extremo de largos tallos rectos.

Tyrannosaurus n.m. PALEONT Género de reptiles fósiles, grandes carnívoros bípedos del Jurásico.

Tyrannus n.m. ZOOL Género de aves paseriformes insectívoras de América tropical.

tzeltales, grupo étnico de México. Reducidos en la actualidad a 40.000 ó 45.000 personas, se agrupan alrededor de la localidad de Ocosingo, en el est. de Chiapas. Sus facciones presentan rasgos mongoles. Viven de la agricultura. Mantienen numerosas tradiciones prehispánicas.

tzotziles, grupo étnico de México. Agrupados en la región de San Cristóbal de las Casas, forman una de las comunidades indígenas más importantes del país y uno de los pocos pueblos autóctonos que ha crecido demográficamente. La agricultura se practica sobre terrenos privados y ejidos comunales. La siembra se acompaña de ritos y banquetes.

tzutuhuiles, grupo étnico de la familia quiché, establecido cerca de Chichicastenango.

U

1. u n.f. Vigésima cuarta letra del abecedario español y última de sus vocales. Es letra muda en las sílabas *que, qui*, p. ej., *queja, quicio*; y también, por regla general, en las sílabas *gue, gui*, p. ej., *guerra, guión*. Cuando en una de estas dos últimas tiene sonido, debe llevar diéresis, como en *vergüenza, argüir*.

2. u Conj. disyunt. que para evitar el hiato se emplea en vez de *o* ante palabras que empiezan por esta última letra o por *ho*.

U QUIM Símbolo del uranio. ▷ u: símbolo de la unidad de masa atómica.

UA o **U.A.** ASTRON Abreviatura de unidad astronómica.

uapití n.m. Gran ciervo de América del N.

ubajay n.m. Árbol de la familia de las mirtáceas, de fruto comestible algo ácido.

ubérrimo,a adj.sup. Muy abundante y fértil.

ubí n.m. BOT *Cuba*. Especie de bejuco que se utiliza para hacer canastas.

ubicar **I.** v.int. y prnl. Estar en determinado espacio o lugar. **II.** v.tr. *Amér*. Situar o instalar en determinado espacio o lugar. • **ubicación** n.f. Acción y efecto de ubicar o ubicarse.

ubicuo,a adj. Que está presente a un mismo tiempo en todas partes. • **ubicuidad** n.f. Cualidad de ubicuo.

ubre n.f. Glándula mamaria.

ucase n.m. **1.** Decreto del zar. **2.** Fig. Orden gubernativa injusta y tiránica.

uchú n.m. *Perú*. Guindilla americana.

udómetro n.m. Pluviómetro.

¡uf! Interj. con que se denota cansancio, fastidio o repugnancia.

ufano,a adj. **1.** Arrogante, presuntuoso. **2.** Fig. Satisfecho, alegre, contento. **3.** Fig. Que actúa con resolución. • **ufanarse** v.prnl. Engreírse, jactarse, gloriarse.

ugro,a n.m. y adj. *Lenguas ugras*. Subgrupo de la familia ugrofinesa que comprende dos hablas siberianas, el ostiak y el vogul (v. húngaro). • **ugrofinés,a** **1.** n. y adj. Perteneciente o relativo a los fineses y a otros pueblos de lengua semejante. **2.** n.m. Dícese de un grupo de lenguas uralaltaicas, que comprende principalmente el húngaro, el finlandés y el estoniano.

UGT. v. Unión General de Trabajadores.

UHF FIS Abreviatura de frecuencia ultra alta (del inglés, *ultra high frequency*).

uigures, pueblo turco que a mediados del s. VIII estableció un imperio que abarcaba desde el Altaï al lago Baikal, arrasado por los kirguises en 840. Se dispersaron, sobre todo hacia China, donde se convirtieron al budismo. La lengua, la literatura y la civilización de los uigures ejercieron una gran influencia sobre los mongoles, de los que fueron vasallos. En la actualidad, la mitad de la población de Sin-Kiang está formada por uigures, es decir, por gentes cuya lengua (el uigur moderno) deriva más o menos del uigur antiguo.

uitlanders, nombre que los bóers dieron a los nuevos emigrantes (atraídos a Orange y Transvaal por el oro y los diamantes del país ya colonizado por los bóers).

ujier n.m. **1.** Portero o criado de un palacio. **2.** Empleado subalterno en algunos tribunales y cuerpos del Estado.

ukelele n.m. Instrumento de cuerda hawaiano.

ukiyo-e n.f. BELL ART Escuela japonesa de pintura de género de la que Moronubu estableció las bases h. 1660, y que fue vulgarizada por el grabado en color (ss. XVIII y XIX). Harunobu, Utamaro, Hokusai e Hiroshige están ligados a esta escuela.

ulano n.m. Lancero a caballo, que servía como mercenario en algunos ejércitos.

úlcera n.f. **1.** Pérdida de sustancia cutánea o mucosa, que toma la forma de una lesión que no cicatriza y que tiende a extenderse y a supurar. **2.** BOT Llaga de una planta que no se cicatriza. • **ulceración** n.f. Formación de una úlcera. • **ulcerar** v.tr. MED Producir una úlcera. • **ulceroso,a** adj. **1.** MED Que tiene los caracteres de una úlcera. **2.** Que padece una úlcera.

ulema n.m. Doctor de la ley, intérprete del Corán, en los países musulmanes.

uliginoso,a adj. Se aplica a los terrenos húmedos y a las plantas que crecen en ellos.

ulmáceo,a n.f. y adj. BOT Se dice de árboles o arbustos angiospermos dicotiledóneos, como el olmo y el almez. ▷ n.f. pl. BOT Familia de estas plantas.

ulmaria n.f. Reina de los prados (planta).

ulmén n.m. *Chile*. Entre los indios araucanos, hombre rico e influyente.

ulmo n.m. *Chile*. Árbol cuya corteza sirve para curtir.

ulterior **1.** adj. Que está de la parte de allá de un sitio o territorio. **2.** Que se dice, sucede o se ejecuta después de otra cosa

ultimar v.tr. **1.** Dar fin a alguna cosa, acabarla, concluirla. **2.** *Amér*. Matar. • **ultimación** n.f. Acción y efecto de ultimar.

ultimátum n.m. **1.** DER INT Propuesta última y formal dirigida por un país a otro y cuyo rechazo significa la guerra. **2.** Propuesta imperativa.

último,a adj. **1.** Se aplica a lo que en su línea no tiene otra cosa después de sí. ▷ Se dice lo que en una serie o sucesión de cosas está o se considera en el lugar postrero. **2.** Se dice de lo más remoto, retirado o escondido. **3.** Se aplica al recurso, medio o acuerdo eficaz y definitivo que se toma en algún asunto, después de experimentada la inutilidad o insuficiencia de lo ejecutado anteriormente. **4.** Se dice de lo extremado en su línea.

1. ultra adv. **1.** Además de. **2.** En composición con algunas voces, más allá de, al otro lado de. **3.** Antepuesta como partícula inseparable a algunos adjetivos, expresa idea de exceso.

2. ultra n.m. y f. Nombre que se aplica a la persona que tiene ideas políticas extremistas, especialmente de extrema derecha.

ultracentrifugación n.f. TECN Centrifugación operada a velocidades angulares elevadas (del orden de 100.000 vueltas/minuto).

ultracorto,a adj. FIS Dícese de las ondas electromagnéticas de muy corta longitud de onda.

ultraísmo n.m. Movimiento literario iniciado en 1918 y que agrupó a los poetas españoles e hispanoamericanos que sentían la urgencia de una renovación radical del espíritu y la técnica poética.

ultraje n.m. Injuria o desprecio de obra o de palabra. • **ultrajar** v.tr. **1.** Injuriar. **2.** Despreciar o tratar con desvío a una persona.

ultramar n.m. País o sitio que está de la otra parte del mar, considerado desde el punto en que se habla. • **ultramarino,a** **1.** adj. y n. Del otro lado o a la otra parte del mar. **2.** n.m. pl. En España, géneros o comestibles que se traían de la otra parte del mar.

ultramicroscopio n.m. Microscopio que permite observar partículas de diámetro inferior al límite de resolución del instrumento. • **ultramicroscópico,a** adj. Que no puede ser observado más que con el ultramicroscopio.

ultramoderno,a adj. Muy moderno.

ultramontano,a adj. **1.** Que está más allá de los montes. **2.** n. y adj. Partidario del poder temporal y espiritual del Papa. ▷ P. ext., reaccionario.

ultranza (a) A muerte. Sin concesiones.

ultrarrojo adj. FIS Que en el espectro luminoso está después del color rojo.

ultrasonido n.m. Sonido cuya frecuencia de vibraciones es superior al límite perceptible por el oído humano. • **ultrasónico,a** adj. Perteneciente o relativo al ultrasonido.

ENCICL **Fís.** — Un ultrasonido corresponde a una frecuencia superior a 20.000 Hz, por oposición a los *infrasonidos*, cuya frecuencia, igualmente inaudible, es inferior a 20 Hz. Los ultrasonidos se propagan en línea recta como las ondas hertzianas milimétricas y las infrarrojas, cuya gama de longitudes de onda es la misma. Pueden formar haces de alta energía. La velocidad de propagación de los ultrasonidos varía con el medio atravesado (331 m/s en el aire, 6.400 m/s en el aluminio). Los ultrasonidos provocan cambios en el índice de refracción de los líquidos, dando lugar a los fenómenos de difracción. Mejoran las propiedades catalíticas de ciertos cuerpos y producen en la materia viva una desunión de los núcleos celulares, la explosión de los hematíes y la detención de la fermentación. Los ultrasonidos se producen mediante generadores piezoeléctricos, por magnetostricción (acción de un campo magnético alternativo sobre un material ferromagnético) o por electrostricción (acción de un campo eléctrico alternativo sobre una sustancia ferroeléctrica). Las aplicaciones de los ultrasonidos son muy numerosas: control de materiales, medida de la velocidad de derrame de un líquido, confección, emulsión de pinturas, telecomunicación y detección submarina (ecosondeadores y sonars), destrucción de microorganismos, localización de lesiones en ciertos órganos, tratamiento de neuralgias, holografía, etc. Numerosos animales (principalmente los murciélagos) utilizan los ultrasonidos, que son capaces de percibir y de emitir, para dirigirse y localizar sus presas por la noche, por reverberación acústica a altas frecuencias (ecolocalización).

ultratumba adv. Más allá de la tumba.

ultravioleta n. y adj. Dícese de la radiación cuya longitud de onda está comprendida entre la de los rayos luminosos visibles de la extremidad violeta del espectro y la de los rayos X.

ultravirus n.m. BACT Virus tan reducido que pasa a través de los filtros que impiden el paso de las bacterias.

ulular v.int. Dar gritos o alaridos.

Ulva n.f. Género de algas verdes marinas muy abundantes. Incluye *Ulva lactuca* o lechuga de mar.

UMA Símbolo antiguo de la unidad de masa atómica.

umbela n.f. BOT Grupo de flores o frutos que nacen en un mismo punto del tallo y se elevan a igual o casi igual altura. • **umbelífero,a** n.f. y adj. BOT Dícese de plantas angiospermas dicotiledóneas, que tienen flores en umbela, como el apio, el hinojo y la zanahoria. ▷ n.f. pl. BOT Familia de estas plantas.

umbilicado,a adj. De figura de ombligo. • **umbilical** adj. Que se refiere al ombligo. — *Cordón umbilical.* El que relaciona el organismo (y especialmente el sistema circulatorio) del feto con el de la madre a través de la placenta.

umbráculo n.m. Sitio cubierto para resguardar las plantas de la fuerza del sol.

umbral n.m. **I. 1.** Parte inferior o escalón en la puerta o entrada de una casa. **2.** Fig. Paso primero o entrada de cualquier cosa. **3.** ARQUIT Madero que se atraviesa en lo alto de un vano, para sostener el muro que hay encima. **II.** PSICOL Valor a partir del cual empiezan a ser perceptibles los efectos de un agente físico.

umbrático,a adj. **1.** Relativo a la sombra. **2.** Que la produce.

umbrela n.f. ZOOL Parte gelatinosa, en forma de campana, de una medusa.

umbrío,a adj. Se dice del lugar donde da poco el sol. • **umbría** n.f. Parte de terreno en que casi siempre hace sombra, por estar expuesta al N. • **umbroso,a** adj. Que tiene sombra o la causa.

un, una **I.** Artículo indeterminado en género masculino y femenino y número singular. **II.** adj. Uno.

UN, siglas de United Nations.

unánime adj. **1.** Dícese del conjunto de las personas que convienen en un mismo parecer. **2.** Se aplica a este parecer. • **unanimidad** n.f. Calidad de unánime.

unau n.m. Perezoso didáctilo (mamífero).

uncia n.f. Moneda romana de cobre, que pesaba y valía la duodécima parte del as.

uncial **1.** n. y adj. Se dice de ciertas letras, todas mayúsculas y del tamaño de una pulgada, que se usaron hasta el s. VII. **2.** adj. Aplícase también a este sistema de escritura.

unciforme n.m. y adj. ZOOL Se dice de uno de los huesos del carpo que en el hombre forma parte de la segunda fila.

unción n.f. **1.** Acción de ungir. **2.** Extremaunción. **3.** Devoción religiosa o fervor con que se escucha o sigue a alguien.

uncir v.tr. Atar o sujetar al yugo un animal.

UNCTAD, siglas de *United Nations Conference of Trade and Developpment* (Conferencia de las Naciones Unidas sobre Comercio y Desarrollo.

undecágono,a n.m. y adj. GEOM Se aplica al polígono de 11 ángulos y 11 lados, endecágono.

undécimo,a **1.** adj. Que sigue inmediatamente en orden al o a lo décimo. **2.** n. y adj. Dícese de cada una de las once partes iguales en que se divide un todo.

undoso,a adj. Que se mueve haciendo ondas.

UNESCO, organización internacional para la educación, la ciencia y la cultura (en inglés *United Nations Educational Scientific and Cultural Organization*), constituida en 1946 bajo el patrocinio de la ONU y con sede en París en un edificio (palacio de la Unesco) concebido por Breuer, Nervi y Zehrfuss.

ungir v.tr. **1.** Aplicar óleo sagrado a una persona. **2.** Aplicar una sustancia oleosa a alguien o algo.

ungüento n.m. **1.** Todo aquello que sirve para ungir o untar. **2.** Medicamento que se aplica al exterior, compuesto de diversas sustancias.

unguiculado,a n. y adj. ZOOL Que tiene los dedos terminados por uñas.

unguis n.m. ANAT Hueso de las órbitas, muy pequeño y delgado, que contribuye a formar los conductos lagrimal y nasal.

ungulado,a n. y adj. ZOOL Dícese del mamífero que tiene casco o pezuña. ▷ n.m. pl. ZOOL Grupo de estos animales, que comprende los perisodáctilos y los artiodáctilos.

ungular adj. Que pertenece o se refiere a la uña.

uni- Prefijo procedente del latín *mus*, «uno». v. mono.

uniata n. y adj. Dícese de las iglesias orientales que reconocen la autoridad del Papa, pero conservan su organización y sus ritos particulares.

uniáxico,a adj. FIS Dícese de un medio en el cual diversos fenómenos físicos son simétricos en relación a un solo eje.

unible adj. Que puede unirse.

unicaule adj. BOT Se dice de la planta que tiene un solo tallo.

UNICEF, siglas de *United Nations Children's Emergency Found* (en castellano Fondo Internacional de las Naciones Unidas para el socorro de la infancia), organización internacional creada por la ONU en 1946. Premio Nobel de la Paz en 1965.

unicelular adj. CIENC NAT Formado por una única célula.

único,a adj. **1.** Solo y sin otro de su especie. **2.** Fig. Extraordinario, excelente.

unicolor adj. De un solo color.

unicornio n.m. **1.** Animal fabuloso de figura de caballo y con un cuerno recto en mitad de la frente. **2.** Rinoceronte.

unidad n.f. **I.** Propiedad de todo ser, en virtud de la cual no puede dividirse sin que su esencia se destruya o altere. **II. 1.** MAT Cantidad que se toma por término de comparación de las demás de su especie. **2.** FIS NUCL *Unidad de masa atómica* (símbolo: *u*). Unidad que por definición vale 1/N gramos, siendo N igual a 6,022 × 10^{23}. **III.** Unión o conformidad. **IV.** Cualidad de la obra literaria o artística en que sólo hay un asunto o pensamiento principal. **V.** INFORM Elemento de un ordenador que cumple determinadas funciones de los programas a tratar. **VI.** MILIT Fracción, constitutiva o independiente, de una fuerza militar.

ENCICL **Fís.** — Una unidad es una magnitud de referencia a la que uno se refiere para medir magnitudes de la misma naturaleza (el término *magnitud* designa todo lo que es susceptible de aumentar o disminuir, de ser más o menos extenso, más o menos intenso). Para que se pueda medir una magnitud, es necesario poder definir la igualdad y adición de dos magnitudes de la misma naturaleza. Así, una longitud es una magnitud medible, mientras que una temperatura (señalada en la escala Celsius, p. ej.) no es auténticamente medible, pues se puede definir la igualdad de dos temperaturas, pero no su suma. Para comparar dos magnitudes de la misma naturaleza, se define una magnitud particular que servirá de referencia y que se llama *unidad*. Entre los pueblos primitivos, las unidades escogidas lo eran independientemente las unas de las otras, haciendo abstracción de las relaciones que puedan existir entre ellas y haciendo referencia a actos de la vida corriente. Así una longitud se expresará en pasos si se trata de una distancia y en pulgadas si se trata de un objeto, mientras que la medida de una superficie agraria se expresará en función del número de días necesarios para cultivarla. El desarrollo de las ciencias exactas condujo a la elaboración de un *sistema de unidades* coherentes entre sí, definidas con precisión y de carácter universal. El sistema *métrico*, que no admite más que múltiplos y submúltiplos decimales, ha sido el primer sistema de unidades coherente y universal. Desde 1960, la Conferencia General de Pesos y Medidas ha adoptado el sistema métrico de siete unidades de base, llamado *sistema internacional* (SI), que reemplaza los antiguos sistemas M, KpS, CGS, MTS y MKSA que deben sus nombres a los símbolos de las unidades fundamentales que utilizan. Las siete unidades fundamentales del sistema SI son el *metro* (longitud), el *kilogramo* (masa), el *segundo* (tiempo), el *amperio* (intensidad termodinámica), la *candela* (intensidad luminosa) y el *mol* (cantidad de materia). El conjunto de estas unidades permite definir las unidades derivadas, en particular el *newton* (fuerza), *el julio* (energía), el *watio* (potencia), el *pascal* (presión), y el *hertzio* (frecuencia). Un peso, que es una fuerza, debe expresarse por tanto en newtons (y no en kilogramos) y una presión en pascales (y no en atmósferas, en bares o en milímetros de mercurio). Algunas unidades *fuera de sistema*, es decir, susceptibles de ser expresadas a partir de las del sistema SI, subsistirán por el hecho de su empleo universal (grado Celsius, grado, minuto, hora, día, watio-hora y electronvoltio, en particular), mientras que otras están o serán condenadas (caloría, termia, frigoría, bar, dina, poise, stokes, etc.).

unidireccional adj. Que no ejerce una acción eficaz más que en una dirección, hablando de un montaje radioeléctrico o electroacústico.

unificar v.tr. y prnl. Hacer de muchas cosas una o un todo. • **unificación** n.f. Acción y efecto de unificar o unificarse.

unifoliado,a adj. BOT Que tiene una sola hoja.

uniforme **I.** adj. **1.** Dícese de dos o más cosas que tienen la misma forma. **2.** Igual, constante, semejante. **3.** Dícese de lo que no presenta variaciones o cambios en distintos casos. **II.** n.m. Vestido peculiar y distintivo que usan los militares o las personas que pertenecen a un mismo cuerpo o colegio. • **uniformar** **I.** v.tr. y prnl. Hacer uniformes dos o más cosas. **II.** v.tr. Dar traje igual a un grupo o una categoría de personas. • **uniformidad** n.f. Calidad de uniforme.

unigénito,a **1.** adj. y n. Aplícase al hijo único. **2.** n.m. P. antonom., el Hijo de Dios.

unilateral adj. Se dice de lo que se refiere o se circunscribe solamente a una parte o a un aspecto de alguna cosa.

unilineal adj. ETNOL Califica un sistema de filiación que no tiene en cuenta más que una sola línea, paterna o materna.

unilingüe adj. **1.** Que está escrito en una sola lengua. **2.** Que habla una sola lengua.

unilocular adj. BOT Que tiene una sola cavidad.

unión n.f. **1.** Acción y efecto de unir o unirse. **2.** Casamiento. **3.** Conformidad, concordia. ▷ Alianza, compañía. **4.** CIR Consolidación de los labios de la herida. **5.** MAT *Unión de dos conjuntos A y B*. Conjunto E, representado por A U B (A unión B), en el que cada elemento pertenece al menos a uno de los conjuntos A y B.

unionista n. y adj. HIST Partidario de la integración en un solo Estado de diversas entidades nacionales o políticas. • **unionismo** n.m. Doctrina nacional de los unionistas.

uníparo,a adj. **1.** Que produce un solo cuerpo, miembro, flor, etc. **2.** ZOOL Dícese de las hembras que sólo paren una cría por vez.

unípede adj. De un solo pie.

unipersonal adj. **1.** Que consta de una sola persona. **2.** Que corresponde o pertenece a una sola persona.

unipolar adj. ELECTR Que sólo tiene un polo.

unir **I.** v.tr. **1.** Juntar dos o más cosas entre sí, haciendo de ellas un todo. **2.** Mezclar o trabar algunas cosas entre sí, incorporándolas. **3.** Atar o juntar una cosa con otra, física o moralmente. **4.** CIR Consolidar o cerrar la herida. **II.** v.prnl. **1.** Confederarse o aliarse. **2.** Agregarse o juntarse uno a la compañía de otro.

unisexual adj. BIOL Se dice de la planta o del animal que tiene un solo sexo.

unisón adj. Unísono.

unisonancia n.f. Concurrencia de dos o más voces o instrumentos en un mismo tono de música.

unísono,a **1.** adj. Se dice de lo que tiene el mismo tono o sonido que otra cosa. **2.** n.m. MUS Trozo de música en que las varias voces o instrumentos suenan en idénticos tonos. — Fig. *Al unísono*. Sin discrepancia, con unanimidad.

unitario,a **I.** adj. **1.** Perteneciente o relativo a la unidad. **2.** Que propende a la unidad o desea conservarla. **II.** n. y adj. Partidario de la unidad en materias políticas. • **unitarismo** n.m. Doctrina y secta de los unitarios.

univalvo,a **I.** adj. **1.** Dícese de la concha de una sola pieza. **2.** Se dice del fruto cuya cáscara o envoltura no tiene más que una sutura. **II.** n.m. y adj. Se aplica al molusco que tiene concha de esta clase.

universal adj. **1.** Que comprende o es común a todos en su especie. **2.** Que lo comprende todo en la especie de que se habla. **3.** Que pertenece o se extiende a todo el mundo, a todos los países, a todos los tiempos. ▷ FIS *Constante universal*. Constante que no varía en ningún sitio del Universo, cualquiera sea el sistema de referencia utilizado. • **universalidad** n.f. **1.** Calidad de universal. **2.** FOR Comprensión en la herencia de todos los bienes, derechos o responsabilidades del difunto. • **universalizar** v.tr. Hacer universal una cosa, generalizarla.

ENCICL La famosa *disputa de los universales* giró sobre la cuestión de saber si las ideas generales son meras palabras (nominalismo), si estas abstracciones constituyen la única realidad o si no existe una solución mediana según la cual la inteligencia descubre en las individualidades del mundo exterior el fundamento de toda generalización. El problema fue, a partir del s. XII, el objeto principal de discusión en todas las universidades medievales.

universidad n.f. Institución de enseñanza superior que comprende diversas facultades, y que confiere los grados académicos correspondientes. ▷ P. ext., edificio o conjunto de edificios destinado a las cátedras y oficinas de una universidad. • **universitario,a** **1.** adj. Perteneciente o relativo a la universidad. **2.** n.m. Profesor, graduado o estudiante de universidad.

universo,a **I.** adj. Universal. **II.** n.m. **1.** Mundo (conjunto de todo lo creado). **2.** Conjunto de individuos o elementos cualesquiera en los cuales se consideran una o más características que se someten a estudio estadístico.

ENCICL Hasta donde llegan las observaciones (distancia evaluable en 5.000 millones de años-luz), el universo parece estar constituido por galaxias. En este volumen observado, se cuentan varias decenas de miles de millones de galaxias. Cada una de estas galaxias está formada por estrellas: una galaxia media, como la nuestra, cuenta con cerca de 100.000 millones de estrellas. Las galaxias se agrupan en cúmulos; nuestra galaxia (en la que el Sol es una estrella más entre los miles de millones de ellas) pertenece a un cúmulo formado por una quincena de galaxias, cuyo radio es de unos dos millones de años-luz. La observación de las galaxias lejanas pone en evidencia un fenómeno curioso: el corrimiento hacia el rojo; las rayas espectrales de las galaxias están tanto más corridas hacia el rojo cuanto que la galaxia es más lejana. Desde que se constató este fenómeno, numerosos astrónomos lo atribuyeron al efecto Doppler: las galaxias parecen alejarse a mayor velocidad cuanto más lejanas están. El coeficiente de proporcionalidad entre la velocidad de alejamiento y la distancia entre dos galaxias es al menos de 50 km/s por megaparsec (1 megaparsec equivale a 3,26 millones de años-luz y representa la distancia entre estas dos galaxias), por lo que se admitió la hipótesis de un universo en expansión. Más tarde se franqueó un nuevo paso: el universo está en expansión porque proviene de la explosión catastrófica de un «huevo primordial», hace unos 15.000 millones de años. Esta teoría del «big bang» parece confirmada por la existencia de una radiación radioeléctrica que se recibe de todas las direcciones del espacio y que corresponde a la de un cuerpo negro cuya temperatura, cercana al «cero absoluto», sería de 2,7 Kelvin. Esta temperatura sería el residuo de la radiación emitida por la explosión inicial y que ha enfriado la expansión de la materia emitida por la explosión. Hay que hacer notar que los astrónomos que admiten la expansión del universo no admiten necesariamente el «big bang»; así, podríamos vivir en un universo que fuera como un balón de tripa: a una fase de expansión sucedería una de contracción. Los astrónomos que no admiten ni el «big bang» ni la expansión del universo se apoyan en anomalías del corrimiento hacia el rojo: objetos que parecen encontrarse a la misma distancia de nosotros tienen corrimientos diferentes. Es una cuestión difícil de precisar; todas las observaciones críticas imaginadas hasta ahora no han permitido elegir entre los diferentes modelos del universo. Se han propuesto otros, p. ej. el de un universo estacionario, en el cual la densidad de materia permanecería constante: se crearía materia para reemplazar la que la huida de las galaxias hace desaparecer; se ha imaginado también un universo formado por materia y antimateria, siendo aspirada la materia por los agujeros negros y reapareciendo en otros puntos del sistema espacio-tiempo.

univitelino,a adj. BIOL Dícese de los gemelos originarios de un mismo óvulo.

unívoco,a adj. **1.** Dícese de lo que tiene igual naturaleza o valor que otra cosa. **2.** FILOL Dícese de los nombres que se aplican con el mismo sentido a varios objetos de un mismo género. **3.** MAT *Correspondencia unívoca*. Correspondencia entre dos conjuntos tal que a todo elemento de uno de ellos le corresponde uno y sólo uno del otro.

uno,a **I.** adj. **1.** Que no está dividido en sí mismo. **2.** Idéntico, lo mismo. **3.** Único, solo. **II.** Pronombre indeterminado que en singular, significa una y en plural dos o más personas cuyo nombre se ignora o no quiere decirse. *Uno lo dijo*. Se usa también en número singular y aplicado a la persona que habla o a una indeterminada. *Uno no sabe qué hacer*. **III.** n.m. **1.** Unidad, cantidad que se toma como término de comparación. **2.** Signo con que se expresa la unidad. **3.** Individuo de cualquier especie. **IV.** *A una*. A un tiempo, unidamente.

untar **I.** v.tr. **1.** Aplicar y extender superficialmente aceite u otra materia grasa o pastosa sobre una cosa. **2.** Fig. y Fam. Corromper o sobornar a alguien con regalos o dinero. **II.** v.prnl. Mancharse casualmente con una materia untuosa o sucia.

unto n.m. **1.** Materia grasa para untar. **2.** Grasa interior del cuerpo del animal. • **untuoso,a** adj. Graso, pegajoso o deslizante. • **untuosidad** n.f. Calidad de untuoso.

uña n.f. **1.** Parte del cuerpo animal, de naturaleza córnea, que nace y crece en las extremidades de los dedos. **2.** Casco o pezuña de los animales. **3.** Cada uno de los grandes terminales del tarso de los insectos. **4.** Dátil (molusco). **5.** Garfio o punta corva de algunos instrumentos. **6.** MAR Punta triangular en que rematan los brazos del ancla. • **uñada** n.f. **1.** Impresión que se hace en una cosa apretando sobre ella con el filo de la uña. **2.** Arañazo. • **uñero** n.m. **1.** Inflamación en la raíz de la uña. **2.** Herida que produce la uña cuando, al crecer indebidamente, se introduce en la carne.

uolof o **wolof,** pueblo negro (aprox. 700.000 hab.), de religión musulmana que vive principalmente al NO del Senegal y cuyo dialecto (uolof, del grupo de lenguas sudanesas) es la lengua usual de los senegaleses.

upa Voz para esforzar a levantar algún peso o a levantarse. Se dice especialmente a los niños. — *A upa*. En brazos.

uracilo n.m. BIOQUIM Base pirimídica que entra en la composición de los ácidos nucleicos.

uraloaltaico,a adj. *Lenguas uraloaltaicas*. Nombre colectivo de las lenguas urálicas, o ugrofinesas (finés, húngaro, etc.), y altaicas, o turcomongólicas. v. lengua.

urania n.f. Género de lepidópteros sudamericanos de colores brillantes, irisados; sus alas posteriores presentan largos apéndices.

uranilo n.m. QUIM Radical bivalente UO_2.

1. uranio n.m. Metal blanco, blando, oxidable en el aire, que se encuentra en la naturaleza en estado de óxido; elemento de número atómico 92 y de masa atómica 283,03 (símbolo *U*).

ENCICL **Quím.** — El uranio tiene una densidad de 18.900 kg/m³; funde a 1.130 °C y entra en ebullición a 3.800 °C. Muy reactivo, combina con la mayor parte de los no metales. Se le encuentra en estado de óxido UO_2 en la pecblenda, a la que se trata para obtener uranio, o bajo la forma de fluoruro UF_6, producto de partida para la separación de los isótopos del uranio: el uranio 238 (99,3 %) y uranio 235 (0,7 %). El uranio natural, radiactivo, tiende, por una serie de transmutaciones, a transformarse en plomo 206. Siendo el uranio 235 el más interesante para las reacciones de fisión nuclear, se enriquece el uranio natural en uranio 235 por separación isotópica (difusión gaseosa o ultracentrifugación). Aparte de los usos militares, el uranio se utiliza como combustible en las centrales nucleares. Con el moderador y el fluido refrigerante forma el reactor; si el moderador es de agua pesada o de grafito, y el fluido de gas carbónico, se habla de reactor de *uranio-agua pesada-gas* o de reactor *uranio-grafito-gas* (v. fisión, reactor y reacción nuclear). El uranio es muy escaso; sólo algunos países lo extraen de su subsuelo (EE.UU., principalmente).

2. uranio,a adj. Perteneciente o relativo a los astros y al espacio celeste.

urano- Prefijo procedente del griego *uranos*, «cielo».

uranografía n.f. Astronomía descriptiva, cosmografía. • **uranógrafo** n.m. Cosmógrafo. • **uranometría** n.f. Parte de la astronomía, que trata de la medición de las distancias celestes.

uranoplastia n.f. CIR Restauración del velo del paladar.

Uranoscopus n.m. Género de peces que viven en los fondos arenosos próximos a la costa y tienen ambos ojos del mismo lado de la cabeza.

urato n.m. BIOQUIM Sal del ácido úrico.

urbanidad n.f. Cortesía y educación en el trato social.

urbanismo n.m. Conjunto de técnicas que conciernen a la ordenación de las ciudades. • **urbanista** n.m. y f. Persona versada en urbanismo. • **urbanístico,a** adj. Perteneciente o relativo al urbanismo. • **urbanizar** v.tr. Transformar (un espacio rural) en un espacio de carácter urbano, mediante la creación de calles, equipamientos, etc. • **urbanización** n.f. **1.** Acción y efecto de urbanizar. **2.** Terreno delimitado artificialmente para establecer en él un núcleo residencial urbanizado.

urbano,a adj. **1.** Perteneciente o relativo a la ciudad. **2.** Fig. Cortés, atento.

urbe n.f. Ciudad, especialmente la muy populosa.

urbi et orbi loc.adv. Por todas partes.

urca n.f. Embarcación grande, muy ancha por el centro, y que sirve para el transporte.

urchilla n.f. **1.** Cierto liquen que vive en las rocas bañadas por el agua del mar. **2.** Color de violeta que se saca de esta planta.

urdimbre n.f. **1.** Estambre urdido. **2.** Conjunto de hilos que se colocan en el telar paralelamente unos a otros para formar una tela. **3.** Fig. Acción de urdir.

urdir v.tr. **1.** Preparar los hilos en la urdidera para pasarlos al telar. **2.** Fig. Maquinar y disponer cautelosamente una cosa contra alguno. • **urdidera** n.f. Instrumento donde se preparan los hilos para las urdimbres.

urdu n.m. Lengua oficial de Pakistán.

urea n.f. QUIM Principio que contiene gran cantidad de nitrógeno y constituye la mayor parte de la materia orgánica contenida en la orina. • **ureico,a** adj. MED Relativo a la urea. • **ureido** n.m. QUIM Nombre genérico de los derivados de la urea.
ENCICL La urea es un sólido incoloro e inodoro que, soluble en el agua y en el alcohol, funde a 130 °C. Se la utiliza como abono nitroso y para la fabricación de barbitúricos y materias plásticas (resinas sintéticas urea-formol). La urea existe normalmente en la sangre (de 0,2 a 0,5 g/l) y en la orina (de 1 a 2,5 g). La tasa de urea se eleva en los sujetos que padecen insuficiencia renal.

uredinales n.f. pl. BOT Orden de hongos basidiomicetes parásitos, responsables de las *royas* de los vegetales.

uredóspora n.f. BOT Espora de las uredinales que asegura su multiplicación vegetativa.

uremia n.f. MED Intoxicación ligada a una insuficiencia renal y provocada por la acumulación de urea en la sangre.

urente adj. Que escuece, ardiente, abrasador.

ureogénesis o **urogénesis** n.f. BIOQUIM Formación de urea a partir del amoníaco procedente de los ácidos aminados degradados en el hígado.

-uresis, -uria Sufijos procedentes del griego *urêsis*, «acción de orinar», *uron*, «orina».

uretano n.m. QUIM Nombre genérico de los ésteres derivados del ácido carbónico y de donde derivan por polimerización los poliuretanos.

uréter n.m. ANAT Cada uno de los dos canales que conducen la orina desde la pelvis renal hasta la vejiga. • **uretritis** n.f. MED Inflamación de los uréteres. • **urético,a** adj. Perteneciente o relativo a la uretra.

uretra o **urétera** n.f. ANAT Conducto que sirve para la evacuación de la orina y, adicionalmente, en el hombre, para el paso del esperma. • **uretritis** n.f. **1.** PAT Inflamación de la membrana mucosa que tapiza el conducto de la uretra. **2.** PAT Flujo mucoso de la uretra.

urgir v.int. **1.** Instar o precisar una cosa a su pronta ejecución o remedio. **2.** Obligar actualmente la ley o el precepto. • **urgencia** n.f. **1.** Calidad de urgente. **2.** Necesidad o falta apremiante de lo que es menester para algún negocio.

-uria. v. -uresis.

uricemia n.f. MED Exceso de ácido úrico en la sangre.

úrico adj. **1.** BIOQUIM *Ácido úrico.* Producto de la degradación de los ácidos nucleicos, eliminado a través de la orina. **2.** Perteneciente o relativo a la orina.

urinario,a **1.** adj. Perteneciente o relativo a la orina. **2.** n.m. Lugar destinado para orinar y en especial el dispuesto en sitios públicos.

urna n.f. **1.** Vaso o caja de metal, piedra u otra materia, que servía para guardar dinero, las cenizas de los muertos, etc. **2.** Arquita de hechura varia, que sirve para depositar los números o papeletas en los sorteos y en las votaciones secretas.

uro n.m. Bóvido salvaje muy parecido al toro, pero de mayor tamaño.

1. uro- Prefijo procedente del griego *oyron*, «orina».

2. uro- Prefijo procedente del griego *ura*, «cola».

-uro QUIM Sufijo que indica que el compuesto es una sal de hidrácido.

urobilina n.f. BIOQUIM Pigmento urinario que proviene de la degradación de la hemoglobina.

urocordados n.m.pl. ZOOL Tunicados.

urodelo n. y adj. ZOOL Se dice de batracios que durante toda su vida conservan una larga cola que utilizan para nadar, como la salamandra. ▷ n.m.pl. ZOOL Orden de estos animales.

urogallo n.m. Ave del orden de las gallináceas, de unos 80 cm de largo y 1,5 m de envergadura, que vive en los bosques.

urogenital adj. ANAT, MED Que concierne al aparato genital y al aparato urinario al mismo tiempo.

urología n.f. Parte de la medicina referente al aparato urinario y a sus afecciones. • **urológico,a** adj. MED Perteneciente o relativo a la urología. • **urólogo,a** n.m. y f. MED Especialista en urología.

uromancia o **uromancía** n.f. Supuesta adivinación por el examen de la orina.

Uromastix n.m. Género de saurios agámidos del Sahara. Alcanzan los 40 cm de longitud y están provistos de cola espinosa y móvil.

uropigio n.m. ZOOL Rabadilla de los pájaros.

urópodo n.m. ZOOL Apéndice del último segmento del abdomen de los crustáceos.

uroscopia n.f. MED Inspección metódica de la orina, para establecer un diagnóstico médico.

urraca n.f. Pájaro que tiene plumaje blanco y negro con reflejos metálicos. Llega a imitar palabras o sonidos.

úrsidos n.m.pl. Familia de grandes mamíferos plantígrados, como el oso.

ursulina n.f. y adj. Religiosa de la orden de santa Úrsula.

urticáceo,a n.f. y adj. BOT Aplícase a plantas angiospermas dicotiledóneas, de hojas provistas de pelos que secretan un jugo urente; como la ortiga y la parietaria. ▷ n.f.pl. BOT Familia de estas plantas.

urticante adj. Que ocasiona comezones análogas a las que causan las picaduras de ortiga.

urticaria n.f. Erupción súbita de ampollas rojas o rosadas, que recuerdan las picaduras de ortiga y que causa una viva comezón.

Urticularia n.f. Género de plantas carnívoras acuáticas.

urú n.m. *Arg.* Ave de unos 20 cm de largo, de plumaje pardo, y que se asemeja a la perdiz.

urubú n.m. Especie de buitre americano de 60 cm de largo y más de un metro de envergadura.

uruguayo,a **1.** n. y adj. Natural de Uruguay. **2.** adj. Perteneciente o relativo a esta República sudamericana.

urunday o **urundey** n.m. BOT *Arg.* Árbol de la familia de las anacardiáceas, de excelente madera.

Urus, pueblo boliviano, cuyos habitantes se asientan preferentemente al SO del lago Titicaca, en el valle del Desaguadero (depart. de La Paz y Oruro). Su principal ocupación es la pesca.

urutaú n.m. *Arg.*, *Par.* y *Urug.* Ave nocturna, especie de lechuza de gran tamaño y cola larga.

usagre n.m. PAT Erupción pustulosa, que se presenta a veces en el rostro de los niños durante la primera dentición.

usar **I.** v.tr. **1.** Hacer servir una cosa para algo. **2.** Disfrutar uno alguna cosa. **II.** v.int. Tener costumbre. • **usado,a** adj. Gastado y deslucido por el uso. • **usanza** n.f. **1.** Ejercicio o práctica de una cosa. **2.** Uso que está en boga, moda.

usía n.m. y f. Síncopa de *usiría*, vuestra señoría.

uslero m. *Chile.* Rodillo usado en cocina.

Usnea n.f. BOT Género de líquenes de talo fruticuloso muy ramificado.

uso n.m. **I. 1.** Acción y efecto de usar. **2.** Ejercicio o práctica general de una cosa. **3.** Moda. **4.** Empleo continuado y habitual de una cosa. **II.** FOR Forma del derecho consuetudinario inicial de la costumbre, que suele convivir como supletorio con algunas leyes escritas.

ustaga n.f. MAR Ostaga.

usted Pronombre personal de segunda persona, usado para el tratamiento de respeto y cortesía.

ustilaginales n.f. pl. BOT Orden de hongos basidiomicetes agentes de varias enfermedades de las plantas.

usual adj. Que común o frecuentemente se usa o se practica.

usuario,a n. y adj. **1.** Que usa ordinariamente una cosa. **2.** FOR Se aplica al que tiene derecho de usar de la cosa ajena con cierta limitación.

usufructo n.m. Derecho a disfrutar bienes ajenos con la obligación de conservarlos salvo que la ley autorice otra cosa. • **usufructuar** v.tr. Tener o gozar el usufructo de una cosa. • **usufructuario,a** n. y adj. Dícese de la persona que posee y disfruta una cosa.

usura n.f. **1.** Interés que se lleva por el dinero o el género en el contrato de préstamo. **2.** Este mismo contrato. **3.** Actualmente, interés excesivo en un préstamo. • **usurero,a I.** adj. Perteneciente o relativo a la usura. **II.** n.m. y f. Persona que presta con usura o interés excesivo.

usurpar v.tr. **1.** Quitar a uno lo que es suyo, o quedarse con ello, generalmente con violencia. **2.** Arrogarse la dignidad, empleo u oficio de otro, y usar de ellos como si fueran propios. • **usurpación** n.f. **1.** Acción y efecto de usurpar. **2.** Cosa usurpada.

ut n.f. MUS Primera nota de la escala diatónica, conocida actualmente como *do*.

utensilio n.m. **1.** Lo que sirve para el uso manual y frecuente. **2.** Herramienta o instrumento de una operación u oficio determinados.

útero n.m. Matriz de la mujer y de los animales hembras. • **uterino,a** adj. Perteneciente al útero.

utes, amerindios originarios del est. de Utah (que les debe su nombre), que abandonaron para ir al Colorado, donde subsisten. Su lengua forma parte del grupo *uto-azteca*, hablado en México, en Arizona y en Colorado.

1. útil **I.** adj. **1.** Que trae o produce provecho. **2.** Que puede servir y aprovecharse de alguna forma. **3.** Se aplica al tiempo o días hábiles de un término señalado por la ley o la costumbre, no contándose aquellos en que no se puede actuar. **II.** n.m. Calidad de útil. • **utilidad** n.f. **1.** Calidad de útil. **2.** Provecho que se saca de una cosa. • **utilitario,a 1.** adj. Que sólo propende a conseguir lo útil; que antepone a todo la utilidad. **2.** n.m. Se aplica a los automóviles de tamaño reducido, por oposición a los de lujo. • **utilitarismo** n.m. FILOS Cualquier doctrina según la cual lo útil es la fuente de todos los valores, tanto en el orden de la acción como en el del conocimiento. • **utilizar** v.tr. y prnl. Aprovecharse de una cosa.

2. útil n.m. Utensilio o herramienta. • **utillaje** n.m. Conjunto de útiles necesarios para una industria.

utopía n.f. **1.** Ideal, proyecto político que no tiene en cuenta las realidades. **2.** P. ext., toda idea, todo proyecto considerado como irrealizable, quimérico. • **utópico,a** adj. Que tiene los caracteres de una utopía.

Utricularia n.f. BOT Género de plantas herbáceas, acuáticas o terrestres, que se encuentra en las regiones cálidas o templadas.

ut supra adv. Fórmula que invita al lector a remitirse a un párrafo o una frase escrita más arriba en ciertos documentos.

1. UV Abreviatura de ultravioleta.

2. UV Abreviatura de unidad de valor.

uva n.f. **1.** Fruto de la vid, que es un grano jugoso el cual nace apiñado con otros y formando racimos. **2.** Cada uno de los granos que produce el berberís o arlo. **3.** Enfermedad de la campanilla, que consiste en un tumorcillo de la figura de la uva. • **uval** adj. Parecido a la uva.

uve n.f. Nombre de la letra *v*.

úvea n.f. ANAT Capa pigmentada del iris. • **uveítis** n.f. PAT Inflamación de la túnica úvea.

uvero,a **I.** adj. Perteneciente o relativo a las uvas. **II.** n.m. Árbol silvestre de la familia de las poligonáceas.

uvilla n.f. *Chile.* Especie de grosella.

uvillo n.m. *Chile.* Arbusto trepador de la familia de las fitolacáceas.

úvula n.f. ANAT Parte media del velo palatino, la cual divide el borde libre del velo en dos mitades a modo de arcos. • **uvular** adj. **1.** Perteneciente o relativo a la úvula. **2.** FON Se dice del sonido en cuya articulación interviene la úvula.

uxoricida n. y adj. Se dice del que mata a su mujer. • **uxoricidio** n.m. Muerte causada a la mujer por su marido.

uzbekos, pueblo de raza turánida que habita, casi en su totalidad, en Uzbekistán. A partir del s. XV formaron un estado que dominaba el Turkestán. En la actualidad suman más de 5 millones de individuos y constituyen el 62 % de la población de Uzbekistán.

V

v n.f. **1.** Vigésima quinta letra del abecedario español, y vigésima de sus consonantes. Su nombre es *ve* o *uve*. Actualmente representa el mismo fonema que la *b* en todos los países de la lengua española. **2.** FIS Símbolo de velocidad.

V **1.** QUIM Símbolo del vanadio. **2.** ELECTR Símbolo del voltio. **3.** GEOM Símbolo del volumen.

V1, V2, misiles utilizados por los alemanes en 1944 y 1945 contra Gran Bretaña (el V1 estaba propulsado por un pulsorreactor y el V2 por un motor-cohete).

VA ELECTR Símbolo del voltamperio, unidad de potencia aparente en el sistema SI.

vaca n.f. **I. 1.** Hembra del toro. **2.** Carne de vaca o de buey, que se emplea como alimento. **3.** Cuero de la vaca después de curtido. **II.** Dinero que juegan en común dos o más personas. • **vacada** n.f. Manada de ganado bovino.

vacación n.f. **1.** Suspensión temporal del trabajo o estudios por descanso. ▷ Tiempo que dura este descanso. **2.** Acción de quedar vacante.

vacar v.int. Quedar un empleo, cargo o dignidad sin persona que lo desempeñe o posea. • **vacante** n.f. y adj. Se aplica al cargo, empleo o dignidad que está sin proveer.

vacarí adj. De cuero de vaca, o cubierto de este cuero.

vacceos, nombre de un antiguo pueblo celtibérico de la península Ibérica, que habitaba en la zona de Burgos, Palencia y Valladolid, ocupando también algunos lugares de León, Zamora, Salamanca y Segovia. Su capital era Pallantia (v.). Vivían en comunidades agrarias, con repartos anuales de tierras y distribuciones de los productos conseguidos. Sus restos arqueológicos más sobresalientes son los *verracos* (v.).

vaccinieo,a n.f. y adj. BOT Se dice de matas o arbustillos pertenecientes a la familia de las ericáceas, como el arándano.

vaciar **I.** v.tr. y prnl. **1.** Dejar vacía alguna vasija u otra cosa. **2.** Sacar o arrojar el contenido de una vasija u otra cosa. **II.** v.tr. **1.** Formar un objeto echando en un molde hueco metal derretido u otra materia blanda. **2.** Formar un hueco en alguna cosa. **III.** v.prnl. Fig. y Fam. Decir uno sin reparo lo que debía callar o mantener secreto. • **vaciadero** n.m. **1.** Sitio en que se vacía una cosa. **2.** Conducto por donde se vacía. • **vaciado,a** n.m. **1.** Acción de vaciar en un molde un objeto de metal, yeso, etc. **2.** Figura que se ha formado en el molde. **3.** ARQUIT Excavación de la tierra para descubrir lo enterrado. • **vaciamiento** n.m. Acción y efecto de vaciar o vaciarse.

vaciedad n.f. Fig. Necedad, sandez, simpleza.

vacilar v.int. **1.** Moverse indeterminadamente una cosa. **2.** Estar poco firme una cosa. **3.** Fig. Titubear, estar uno perplejo e indeciso. • **vacilación** n.f. **1.** Acción y efecto de vacilar. **2.** Fig. Perplejidad, indecisión.

vacío,a **I.** adj. **1.** Falto de contenido. **2.** Vano, sin fruto, malogrado. **3.** Ocioso, o sin la ocupación o ejercicio que pudiera o debiera tener. **4.** Hueco, o falto de la solidez correspondiente. **II.** n. y adj. Fig. Vano, presuntuoso y falto de madurez. **III.** n.m. **1.** Concavidad o hueco de algunas cosas. **2.** Ijada. **3.** Vacante de algún empleo o cargo. **4.** Fig. Falta, carencia o ausencia. **5.** FIS Espacio que no contiene aire ni otra materia perceptible por medios físicos ni químicos.

ENCICL Aunque la unidad de presión del sistema internacional SI sea el pascal, se mide todavía el vacío en torr. Para realizar un vacío elevado, se utiliza una bomba *primaria*, que reduce la presión hasta 10^{-3} torr aprox. (bomba rotatoria de paletas o bomba que absorbe los gases que anteriormente han sido puestos a baja temperatura) y después una bomba *secundaria*, que permite reducir la presión hasta el nivel deseado (las turbobombas moleculares y las bombas de difusión permiten alcanzar 10^{-9} torr). El vacío se utiliza en numerosos campos científicos e industriales: microscopio electrónico, obtención de metales de gran pureza, semiconductores, liofilización, estimulación del medio espacial, anillos de los aceleradores de partículas, etc. Las presiones más bajas que se han conseguido hasta el momento son de 10^{-14} torr.

vacuidad n.f. Calidad de vacuo.

vacuna n.f. MED Cualquier virus o principio orgánico que, convenientemente preparado, se inocula a persona o animal para preservarlos de una enfermedad determinada. • **vacunación** n.f. Acción y efecto de vacunar o vacunarse. • **vacunar** v.tr. y prnl. Inocular una vacuna a una persona o animal.

ENCICL **Med.** — La primera vacunación fue practicada por Jenner (1796), para proteger de la viruela, inoculando el líquido extraído de las pústulas de las ubres de vacas afectadas por la viruela. Pero fue preciso esperar a Pasteur para que se elaborara una auténtica teoría de la vacunación: la inyección en el organismo de un antígeno microbiano no virulento provoca el desarrollo de una defensa inmunitaria activa (inmunidad humoral y celular) frente a la infección por este microorganismo. La vacuna puede consistir en una toxina inactivada, o anatoxina (vacuna antitetánica, antidiftérica), en bacterias muertas o atenuadas (tos ferina), en virus muertos o atenuados (sarampión, poliomielitis). Las vías de administración son diversas: subcutánea, intradérmica, intramuscular, escarificación, vía oral. En general, una inmunidad duradera se obtiene después de varios contactos con el antígeno vacunante. El mantenimiento de una inmunidad correcta necesita vacunaciones de recuerdo, cuyo intervalo es variable (5 años para la vacuna antitetánica, 10 para la fiebre amarilla). La legislación ha hecho algunas vacunas obligatorias.

vacuno,a n. y adj. Perteneciente al ganado bovino. ▷ De cuero de vaca.

vacunoterapia n.f. Tratamiento o profilaxis de las enfermedades infecciosas por medio de las vacunas.

vacuo,a **I.** adj. Vacío, falto de contenido. **II.** n.m. Hueco o concavidad de algunas cosas.

vacúolo n.m. BIOL Región dilatada del *retículo endoplásmico* en el que se encuentran, en solución o cristalizadas, diversas sustancias. • **vacuolar** adj. Relativo a los vacúolos.

vacuómetro n.m. FIS Aparato que se utiliza para medir presiones muy bajas.

vadear v.tr. **1.** Pasar un río u otra corriente de agua profunda por el vado. **2.** Fig. Vencer una grave dificultad. **3.** Fig. Tantear, o averiguar el estado de ánimo de una persona.

vademécum n.m. **1.** Agenda, libreta para llevar encima. **2.** Tratado que resume los conocimientos generales sobre una materia.

vade retro Expr. lat. que se emplea para rechazar a una persona o cosa.

vado n.m. **1.** Lugar de un río con fondo firme, llano y poco profundo, por donde se puede pasar andando, cabalgando, etc. **2.** En la vía pública, toda modificación de estructura de la acera y bordillo destinada exclusivamente a facilitar el acceso de vehículos a locales sitos en las fincas frente a las que se practique. **3.** Fig. Expediente, curso, remedio o alivio en las cosas que ocurren.

vagabundo,a **I.** adj. Que anda errante de una parte a otra. **II.** n. y adj. Holgazán u ocioso que anda de un lugar a otro. • **vagabundear** v.int. Andar vagabundo. • **vagabundeo** n.m. Acción y efecto de vagabundear.

1. vagar v.int. **1.** Tener tiempo libre para hacer una cosa. **2.** Estar ocioso, holgazanear. • **vagancia** n.f. Acción de vagar o estar sin oficio u ocupación.

2. vagar v.int. Andar de una parte a otra sin detenerse en ninguna y sin destino fijo.

vagaroso,a adj. Que vaga, o que fácilmente y de continuo se mueve de una a otra parte. • **vagarosidad** n.f. Calidad de vagaroso.

vagido n.m. Gemido o llanto del recién nacido.

vagina n.f. ANAT Conducto membranoso y fibroso que en las hembras de los mamíferos se extiende desde la vulva hasta la matriz. • **vaginal** adj. Perteneciente o relativo a la vagina. • **vaginismo** n.m. MED Contracción dolorosa de los músculos del perineo que obstaculizan el normal desarrollo de las relaciones sexuales. • **vaginitis** n.f. PAT Inflamación de la vagina.

1. vago,a n. y adj. Se dice de la persona poco o nada trabajadora.

2. vago,a adj. **1.** Vagabundo. **2.** Indeciso, indeterminado.

vagón n.m. **1.** Vehículo de viajeros o de mercancías y equipajes, en los ferrocarriles. **2.** Carro grande de mudanzas, destinado a ser transportado sobre una plataforma de ferrocarril. • **vagoneta** n.f. Vagón pequeño y descubierto, para transporte.

vagotomía n.f. CIR Sección quirúrgica del nervio neumogástrico.

vagotonía n.f. MED Estado de desorden físico causado por un predominio anormal de la actividad del sistema parasimpático.

vaguada n.m. GEOGR Línea imaginaria que une los puntos más bajos de un valle por donde corren las aguas.

1. vaguear v.int. Vagar, ir errante.

2. vaguear v.int. Holgazanear.

vaguedad n.f. **1.** Calidad de vago. **2.** Expresión o frase vaga.

vahído n.m. Desvanecimiento, turbación breve del sentido por alguna indisposición.

vahiné n.f. Mujer de Tahití.

vaho n.m. Vapor que despiden los cuerpos en determinadas condiciones. • **vaharada** n.f. Acción y efecto de arrojar o echar el vaho, aliento o respiración. • **vahear** v.int. Echar de sí vaho o vapor.

Vaillantia n.f. BOT Género de plantas mediterráneas que crecen en los suelos rocosos y sobre los muros (familia rubiáceas).

vaina n.f. **I.** Funda de cuero u otra materia, en que se encierran y guardan algunas armas o instrumentos de hierro u otro metal. **II. 1.** Túnica o cáscara tierna y larga en que están encerradas algunas simientes. **2.** Judía verde. **III.** *Col.*, *C. Rica, Nicar.* y *Venez.* Contrariedad, molestia.

vainica n.f. Deshilado menudo que se hace por adorno.

vainilla n.f. **1.** BOT Planta americana, de la familia de las orquidáceas, con fruto capsular en forma de judía. **2.** Fruto de esta planta, muy oloroso, que se emplea para aromatizar alimentos.

vaivén n.m. Movimiento alternativo de un cuerpo en dos sentidos opuestos.

vajilla n.f. Conjunto de platos, vasos, jarros, etc., que se destinan al servicio de la mesa.

val n.m. Apócope de valle.

valdenses, secta cristiana del s. XII, que sólo admitía la Biblia como fuente de fe. Fundada por Pierre Valdo en Lyon («pobres de Lyon») abandonó la iglesia casi de inmediato (1179). Reprochaba principalmente a ésta sus riquezas; la secta fue excomulgada en 1184.

1. vale Voz latina usada alguna vez en español para despedirse.

2. vale n.m. **1.** Papel o seguro que se hace a favor de uno, obligándose a pagarle una cantidad de dinero. **2.** Bono o tarjeta que sirve para adquirir comestibles u otros artículos.

valedero,a adj. Que debe valer. • **valedor,a** n.m. y f. Persona que vale o ampara a otra.

valencia n.f. **1.** BIOL Poder de un anticuerpo para combinarse con uno o más antígenos. **2.** QUIM Capacidad de saturación de los radicales. **3.** ZOOL *Valencia ecológica.* Posibilidad que tiene una especie viva de habitar distintos medios. • **valenciagramo** n.f. FIS QUIM Conjunto de $\frac{1}{p}$ moles de un ion liberado durante una electrólisis, siendo p el número de cargas elementales que comprende el ion considerado.

ENCICL **Quím.** — En un principio, la valencia era igual al número de átomos de hidrógeno con los que un elemento se puede combinar. Así, al oxígeno se le consideraba divalente, ya que se combina con dos átomos de hidrógeno para dar agua (H_2O) y al carbono tetravalente, porque la fórmula del metano CH_4 lleva cuatro átomos de hidrógeno. Más tarde, la noción de valencia se extendió para referirse a la estructura electrónica del átomo. El átomo de una molécula tiene tendencia (salvo en el caso del helio) a adoptar la configuración de los gases raros, que poseen ocho electrones en su capa externa. La valencia pasó a medirse por el número de electrones existentes, por exceso o por defecto, en relación al número ocho. Actualmente, la noción de la valencia está relacionada con la del spin. La valencia es el doble del spin total del átomo en la molécula.

valenciano,a **I.** n. y adj. Natural de Valencia. **II.** adj. Perteneciente a esta ciudad o a este antiguo reino. **III.** n.m. Variedad de la lengua catalana que se habla en la mayor parte del antiguo reino de Valencia.

valenciennes n.f. Encaje muy fino, fabricado originariamente en Valenciennes.

-valente Sufijo procedente del latín *valens,* part. pres. de *valere,* «valer».

valentía n.f. **1.** Cualidad de valiente. **2.** Hecho ejecutado con valor.

valentinita n.f. MINER Óxido natural del antimonio Sb_2O_3.

valentón,a n. y adj. Arrogante o que se jacta de valiente. • **valentonada** n.f. Jactancia del propio valor.

1. valer **I.** v.tr. Amparar, proteger. **II.** v.tr. e int. **1.** Referido a números, cuentas etc., sumar, importar cuentas. **2.** Tener las cosas un precio determinado. **3.** Equivaler, tener una significación o aprecio comparable al de otra cosa determinada. **III.** v.int. **1.** Valer igual. **2.** Ser de naturaleza, o tener alguna calidad, que merezca aprecio y estimación. **3.** Ser una causa de importancia o utilidad para la consecución o el logro de otra. **4.** Prevalecer una cosa en oposición de otra. Se usa mucho con el verbo *hacer. Hizo valer sus derechos.* **5.** Ser o servir de defensa o amparo una cosa. *¡No hay excusa que valga!* **IV.** v.prnl. **1.** Servirse de una cosa o persona. **2.** Recurrir al favor o interposición de otro para un intento.

2. valer n.m. Valor, valía.

valeriana n.f. Planta herbácea, de la familia de las valerianáceas, con flores en corimbos terminales y fruto seco.

valerianáceo,a n. y adj. BOT Se dice de plantas angiospermas dicotiledóneas, herbáceas, anuales o vivaces, como la valeriana y la milamores. ▷ n.f.pl. BOT Familia de estas plantas.

Valerianella n.f. Género de plantas herbáceas de flores rosas o blancas, muy comunes en Europa. Incluye *Valerianella olitoria, o hierba de los canónigos.*

valeriánico adj. QUIM Se aplica a un ácido que se halla en la raíz de la valeriana y se emplea en farmacia. • **valerianato** n.m. QUIM Sal formada por el ácido valeriánico y una base.

valeroso,a adj. Que tiene valentía.

valetudinario,a n. y adj. Enfermizo, delicado.

valí n.m. Gobernador de una prov. en un est. musulmán.

valía n.f. **1.** Estimación, valor de una cosa **2.** Valimiento. **3.** Facción, parcialidad.

validar v.tr. Dar fuerza a una cosa; hacer la válida. • **validación** n.f. Acción y efecto de validar.

valido,a **I.** adj. Apreciado, estimado. **II.** n.m. El que tiene el primer lugar en la gracia de un príncipe o alto personaje.

ENCICL **Hist.** — En el s. XV surge en España el primer valido que se puede considerar como tal, Álvaro de Luna. El desinterés o la incapacidad para las tareas de gobierno de los últimos reyes de la casa de Austria, propiciaron que esta figura del valido o privado se generalizara a partir del s. XVII. El duque de Lerma encabeza la lista de esta época, que continuó con el duque de Uceda, el conde-duque de Olivares, Luis de Haro y Fernando Valenzuela. Con este último se cierra el período de los valimientos, que volvería a abrirse, momentáneamente, durante el reinado de Carlos IV con Manuel Godoy. Con los monarcas de la casa de Borbón, a excepción de Carlos IV, el valido fue sustituido por el primer ministro, que gozaba de la confianza del rey para gobernar, pero no siempre de su amistad.

válido,a adj. Firme, que vale legalmente. • **validez** n.f. Calidad de válido.

valiente n. y adj. **1.** Valeroso, que arrostra dificultades. **2.** Valentón, bravo, bravucón.

valija n.f. **1.** Maleta. **2.** Saco de cuero donde llevan la correspondencia los correos. — *Valija diplomática.* La que utilizan las embajadas para el envío de documentos u otras cosas, y que no puede ser inspeccionada en aduana.

valimiento n.m. **1.** Acción de valer una cosa o de valerse de ella. **2.** Amparo, protección.

valina n.f. BIOQUIM Aminoácido indispensable en la formación de la glucosa.

valioso,a adj. Que vale mucho o tiene mucha estimación o poder.

valón n.m. Idioma hablado por los valones, que es un dialecto del antiguo francés.

valona n.f. **1.** Cuello grande y vuelto sobre la espalda, hombros y pecho, que se usó en otro tiempo. **2.** *Col., Ecuad.* y *Venez.* Crines convenientemente recortadas que cubren el cuello de las caballerías.

valor n.m. **I. 1.** Aquello por lo que una persona es digna de estima (v. mérito). **2.** Valentía. **II. 1.** Aquello por lo que algo es digno de interés. **2.** Calidad de lo que es considerado digno de interés. **3.** Calidad de lo que posee una cierta utilidad. **4.** Calidad de lo que es admitido, de lo que puede ser autoridad. **III. 1.** Carácter mensurable de un objeto susceptible de intercambio, venta, etc. **2.** ECON Calidad de una cosa en función de la cantidad de trabajo empleado para producirla. **3.** FIN Valores (muebles). **IV. 1.** MUS Duración relativa de cada nota, indicada por su figura. **2.** Medida convencional (de un signo en una serie). **V.** Principio ideal que sirve de referencia a los miembros de una colectividad para basar sus juicios y fijar su conducta.

valorar v.tr. **I. 1.** Señalar precio de una cosa. **2.** Reconocer el valor de una persona o cosa. **II.** QUIM Determinar la composición exacta de una disolución. • **valoración** n.f. Acción y efecto de valorar.

valorizar v.tr. **1.** Valorar, evaluar. **2.** Aumentar el valor de una cosa. • **valorización** n.f. Acción y efecto de valorizar.

valquiria n.f. v. Walquiria.

vals n.m. **1.** Baile, de origen alemán. **2.** Música de este baile. • **valsar** v.int. Bailar el vals.

valva n.f. **1.** BOT Cada una de las partes de la cáscara de un fruto. **2.** ZOOL Cada una de las piezas duras y movibles que forman la concha de los moluscos lamelibranquios y de otros invertebrados.

válvula n.f. **I. 1.** Mecanismo que sirve para interrumpir la comunicación entre dos órganos, o entre éstos y el medio exterior. **2.** ELECTRON Dispositivo que dirige la corriente en un solo sentido. **II.** ZOOL Pliegue membranoso que impide el retroceso de lo que circula por los vasos o conductos del cuerpo de los animales. — ANAT *Válvula cardíaca.* Repliegue membranoso de los vasos auriculoventriculares del corazón. — *Válvula mitral.* La que existe entre la aurícula y el ventrículo izquierdos del corazón de los mamíferos.

valla n.f. **1.** Vallado o estacada para defensa. **2.** Línea o término formado de estacas hincadas en el suelo. **3.** Cartelera situada a los lados de los caminos o carreteras. • **valladar** n.m. Cerco de estacas, vallas, etc. • **vallado** n.m. Cerco que se levanta y forma de tierra apisonada, o de estacas, etc.

1. vallar **I.** adj. Perteneciente a la valla. **II.** n.m. Cerco de estacas, bardas, etc.

2. vallar v.tr. Cercar un sitio con vallado.

valle n.m. **1.** Llanura de tierra entre montes o alturas. **2.** Cuenca de un río. **3.** Conjunto de caseríos o aldeas situados en un valle.

vallico n.m. Ballico.

Vallisneria n.f. Género de plantas acuáticas fluviales. Presentan hojas en forma de cinta y flores rojizas.

vallisoletano,a **1.** n. y adj. Natural de Valladolid. **2.** adj. Perteneciente o relativo a esta provincia o a su capital.

vampiresa n.f. Actriz que interpreta personajes de mujer coqueta. ▷ P. ext., mujer de gran atractivo físico, coqueta y casquivana.

vampiro n.m. **I. 1.** Cadáver que, en la literatura fantástica, sale de su tumba para succionar la sangre de los vivos. **2.** Fig. Persona codiciosa que se enriquece a expensas de los demás. **II.** Especie de murciélago que habita en las regiones tropicales de América del S y que, a menudo, se alimenta de la sangre de los mamíferos dormidos después de causarles heridas con sus dientes incisivos.

vanadato n.m. QUIM Sal de un ácido vanádico.

vanádico,a adj. QUIM Dícese del anhídrido de fórmula V_2O_5 y los ácidos correspondientes.

vanadinita n.f. MINER Vanadato clorado de plomo que se encuentra en la naturaleza en forma de cristales marrón rojizo.

vanadio n.m. QUIM Elemento metálico de número atómico 23 (símbolo *V*).
ENCICL El vanadio, de densidad 6.100 kg/m, funde a 1.900 °C y entra en ebullición a 3.000 °C. Como reductor enérgico, posee numerosos grados de oxidación. Se utiliza para fabricar aceros especiales, resistentes al desgaste y a los choques (resortes, válvulas, etc.).

vanagloria n.f. Presunción y jactancia de las propias cualidades. • **vanagloriarse** v.prnl. Jactarse de sus propias cualidades.

vándalos, grupo de pueblos germánicos orientales radicados entre el Vístula y el Oder en el s. III d. J.C. y que, en sucesivas migraciones, llegaron a orillas del Danubio a finales del s. IV. Mezclados con otros pueblos, participaron en el paso del Rin (406) y en la invasión de las Galias. A partir del 409, comenzaron su penetración en España, en donde se iniciaron en el arte de la navegación. Conducidos por su rey Genserico, franquearon el estrecho de Gibraltar (429), destacándose por su crueldad y sus destrucciones. Persiguieron a los católicos y se enfrentaron en numerosas ocasiones con los romanos. Avanzando a lo largo de la costa, se instalaron en Numidia. Más tarde, conquistaron una parte del actual Túnez (439), Córcega, Cerdeña, las Baleares, Sicilia y saquearon Roma en el 445. Sin embargo, el reino africano que fundaron fue efímero. Al perder, poco a poco, su valor guerrero, fueron derrotados por los bizantinos. Desaparecieron poco después de ser vencidos por Belisario (533-534). • **vandálico,a** adj. Perteneciente o relativo a los vándalos o al vandalismo. • **vandalismo** n.m. **1.** Devastación propia de los antiguos vándalos. **2.** Fig. Espíritu de destrucción que no respeta cosa alguna, sagrada ni profana. • **vándalo,a** n. y adj. Fig. Persona que comete acciones propias de gente inculta y violenta.

Vanessa n.f. Género de mariposas diurnas de colores brillantes y vuelo rápido (familia ninfálidos).

vanguardia n.f. Parte de una fuerza armada que va delante del cuerpo principal. • **vanguardismo** n.m. Nombre genérico con que designan ciertas escuelas o tendencias artísticas, nacidas en el s. XX, con intención renovadora.

vanidad n.f. **1.** Calidad de vano. **2.** Fausto, pompa vana u ostentación. **3.** Palabra inútil. • **vanidoso,a** adj. Que tiene vanidad y la muestra.

vanilocuencia n.f. Verbosidad inútil.

vano,a **I.** adj. **1.** Falto de realidad o entidad. **2.** Hueco, vacío. **3.** Inútil, sin efecto. **4.** Arrogante, presuntuoso. **5.** Poco durable o estable. **6.** Que no tiene fundamento. **II.** n.m. ARQUIT Parte del muro o fábrica en que no hay sustentáculo o apoyo para el techo o bóveda. **III.** *En vano.* Inútilmente.

vapor n.m. **1.** Fluido aeriforme en que, por la acción del calor, se convierten ciertos cuerpos líquidos; y p. antonom., el de agua. **2.** Buque de vapor. • **vaporización** n.f. **1.** Acción y efecto de vaporizar o vaporizarse. **2.** Uso medicinal de vapores, especialmente de aguas termales. • **vaporizador** n.m. Aparato que sirve para vaporizar. • **vaporizar** **1.** v.tr. y prnl. Convertir un líquido en vapor, por la acción del calor. **2.** Proyectar un líquido en finas gotas. • **vaporoso,a** adj. **1.** Que arroja de sí vapores o los ocasiona. **2.** Fig. Tenue, ligero, parecido en alguna manera al vapor.
ENCICL **Fís.** — La vaporización cesa en el momento en que la presión del vapor sobre ese líquido alcanza un valor que está en función de la temperatura, llamado *presión* o *tensión de vapor saturante.* Cuando se calienta un líquido, llega un momento en que la presión de vapor saturante se iguala a la presión ambiental. En ese momento se produce la ebullición. Al aire libre, si la presión ambiental es inferior a la de vapor saturante, la vaporización es ilimitada: *evaporización.* La vaporización se produce siempre con absorción de calor, ya sea por enfriamiento del líquido, ya por aportación de calor (p. ej., la ebullición de un líquido que se calienta se efectúa a temperatura constante). Este calor es devuelto por el vapor, la energía proporcionada por el combustible de la caldera (foco caliente) transforma el agua en vapor, que al irse enfriando en la turbina proporciona energía mecánica. Un foco frío permite la condensación del vapor que será de nuevo vaporizado.

vapulear v.tr. y prnl. Azotar o golpear a uno. • **vapuleamiento** n.m. Acción y efecto de vapulear.

vaquería n.f. **1.** Manada de ganado bovino. **2.** Lugar donde hay vacas o se vende su leche.

vaquero,a **1.** n. y adj. Propio de los pastores de ganado bovino. **2.** n.m. y f. Pastor o pastora de reses vacunas. **3.** n.m.pl. Pantalón de dril de color azul. • **vaqueriza** n.f. Cubierto donde se recoge el ganado vacuno en el invierno. • **vaquerizo,a** **1.** n. y adj. Perteneciente o relativo al ganado bovino. **2.** n.m. y f. Vaquero.

vaqueta n.f. Cuero de ternera, curtido.

vaquilla n.f. **1.** *Chile* y *Nicar.* Ternera de año y medio a dos años. **2.** pl. Toreo de reses jóvenes, por aficionados.

var n.m. ELECTR Unidad de potencia reactiva del sistema SI. — Iniciales de *v*oltio *a*mperio *r*eactivo.

vara n.f. **I. 1.** Rama delgada, larga, limpia de hojas y lisa. **2.** Bastón que por insignia de autoridad usaban los ministros de justicia. **II. 1.** Antigua medida de longitud, equivalente a 835 mm y 9 décimas. **2.** Barra de madera o metal, que tiene esa longitud y sirve para medir. **3.** Trozo de tela que tiene la medida de la vara.

varada o **varadura** n.f. Acción y efecto de varar un barco. • **varadero** n.m. Lugar donde varan las embarcaciones.

varal n.m. **1.** Vara muy larga y gruesa. **2.** Cada uno de los dos largueros que llevan en los costados las andas de las imágenes.

varano n.m. Reptil saurio del S de Asia, Egipto y África tropical.

varapalo n.m. Palo largo a modo de vara. ▷ Golpe dado con palo o vara.

varar **I.** v.int. **1.** Encallar la embarcación en la costa o en las peñas, o en un banco de arena. **2.** Fig. Quedar parado o detenido un negocio. **II.** v.tr. MAR Sacar a la playa y poner en seco una embarcación, para resguardarla o también para carenarla. • **varamiento** n.m. Acción y efecto de varar o encallar un barco.

varaseto n.m. Cerramiento de varas o cañas.

várdulos, antiguo pueblo celta que habitaba en la península Ibérica, entre Guipúzcoa y Álava. Se han encontrado restos epigráficos.

varear v.tr. **1.** Derribar con los golpes y movimientos de la vara los frutos de algunos árboles. **2.** Herir a los toros o fieras con varas o cosa semejante. **3.** Medir con la vara. **4.** Vender por varas.

varec n.m. Algas (sobre todo del género *Fucus*) devueltas por el mar y utilizadas como abono.

varego, pueblo escandinavo, que se trasladó a Rusia en el s. IX, dominando el comercio (pieles, esclavos), entre el Báltico y el mar Negro hasta el s. X. Contribuyeron a fundar los primeros estados rusos (Novgórod, Kiev), uniéndose, más tarde a los eslavos.

varejón n.m. **1.** Vara larga y gruesa. **2.** *Amér. Merid.* y *Nicar.* Verdasca, vergueta.

varenga n.f. MAR Brazal, madero que se fija en las bandas para el enjaretado.

vareta **I.** Palito delgado, junco o esparto que, untado con liga, sirve para cazar pájaros. **II.** Lista de color diferente del fondo de un tejido. • **varetear** v.tr. Formar varetas en los tejidos.

1. varga n.f. Parte más pendiente de una cuesta.

2. varga n.f. Especie de congrio común en las costas baleáricas.

variable **I.** adj. Que puede variar, que está sujeto a variación. **II.** n.f. MAT Cantidad susceptible de cambiar de valor. • **variabilidad** n.f. Calidad de variable. ▷ BIOL Aptitud para presentar variaciones. • **variación** n.f. **1.** Acción y efecto de variar. **2.** MUS Cada una de las imitaciones melódicas de un mismo asunto. • **variado,a** adj. Que tiene variedad. • **variancia** n.f. **1.** QUIM Número de parámetros que se precisa conocer para determinar el estado de equilibrio de un sistema. **2.** ESTAD Media de los cuadrados de las desviaciones que determina la dispersión de los individuos de una población. • **variante** n.f. **1.** LING Cada una de las realizaciones sonoras de un fonema. **2.** Cada una de las formas ligeramente diferentes de una misma realidad. • **variar** v.tr. **1.** Hacer que una cosa sea diferente en algo de lo que antes era. **2.** Dar variedad.

varice o **várice** n.f. PAT Dilatación permanente de una vena. • **varicoso,a** **1.** adj. Relativo a las varices. **2.** n. y adj. Que tiene varices.

varicela n.f. MED Enfermedad infecciosa, contagiosa e inmunizante, de origen vírico, que se caracteriza por una erupción de tipo vesiculoso.

varicocele n.f. MED Dilatación permanente de las venas del cordón espermático.

variedad n.f. **1.** Calidad de vario. **2.** Diferencia dentro de la unidad; conjunto de cosas diversas. **3.** Cambio o alteración en la sustancia de las cosas o en su uso. **4.** Acción y efecto de variar o variarse. **5.** BOT y ZOOL Cada uno de los grupos en que se dividen algunas especies de plantas y animales.

varilla n.f. **I. 1.** Barra larga y delgada. **2.** Cada una de las costillas de metal u otro material que forman la armazón de los paraguas y quitasoles. **II.** *Chile.* Arbusto, variedad del palhuén. • **varillaje** n.m. Conjunto de varillas de un utensilio. • **varillar** n.m. *Chile.* Lugar donde abundan las varillas, arbustos.

vario,a adj. **1.** Diverso o diferente. **2.** Inconstante o mudable. **3.** Indiferente o indeterminado. **4.** Que tiene variedad. **5.** pl. Algunos, unos cuantos.

variólico adj. Relativo a la viruela. • **varioloide** n.f. PAT Viruela atenuada y benigna.

variómetro n.m. **1.** ELECTR Aparato que sirve para medir inductancias. **2.** AERON Aparato que mide la velocidad vertical media de un avión.

variopinto,a adj. Que ofrece diversidad de colores o de aspecto.

varistancia n.f. ELECTR Resistencia cuyo valor está en función de una magnitud eléctrica o física.

variz n.f. PAT Dilatación permanente de una porción de una vena.

varón n.m. Persona del sexo masculino. • **varonil** adj. **1.** Perteneciente o relativo al varón. **2.** Propio del hombre.

varva n.f. GEOL Unidad anual de sedimentación constituida por una capa delgada, negra y muy pulverizada que corresponde al invierno, y otra capa más espesa, clara y de granos gruesos que corresponde al verano.

vasallo,a **I.** adj. Sujeto a algún señor con vínculo de vasallaje. **II.** n.m. y f. Súbdito de un soberano o de cualquier otro gobierno. • **vasallaje** n.m. **1.** Vínculo de dependencia y fidelidad que una persona tenía respecto de otra. **2.** Tributo pagado por el vasallo a su señor.

vasar n.m. Poyo o anaquelería de ladrillo y yeso u otra materia que, sobresaliendo en la pared sirve para poner vasos, platos, etc.

vascones, pueblo de la España antigua, que se asentaba al N del Ebro, en los actuales País Vasco y Navarra. Fueron sometidos por Pompeyo, Augusto y, por último, por los visigodos; se establecieron a fines del s. VI en Novempopulania (al SO de Aquitania), la cual tomó el nombre de *Vasconia* (de ahí proviene Gascuña). Son los antepasados de los vascos.

vascuence n.m. Euskera.

vascular adj. BOT y ZOOL Perteneciente o relativo a los vasos de las plantas o de los animales. • **vascularización** n.f. ANAT Disposición de los vasos en un órgano. • **vascularizado,a** adj. ANAT Que comprende vasos.

vasectomía n.f. CIR Sección quirúrgica del conducto deferente, destinada a provocar la esterilidad masculina.

vaselina n.f. Grasa mineral constituida por una mezcla de carburos saturados.

vasera n.f. **1.** Estantería para poner vasos. **2.** Caja o funda en que se guarda el vaso.

vasija n.f. Recipiente cóncavo y pequeño de barro u otra materia.

vaso n.m. **I. 1.** Pieza cóncava de mayor o menor tamaño, capaz de contener alguna cosa. **2.** Recipiente de forma generalmente cilíndrica que sirve para beber. **3.** Cantidad de líquido que cabe en él. **4.** Obra de escultura, en forma de jarrón o florero, para decorar edificios, jardines, etc. **II. 1.** BOT Conducto por el que circula en el vegetal la savia o el látex. **2.** ZOOL Conducto por el que circula en el cuerpo del animal la sangre o la linfa. — FIS *Vasos comunicantes.* Recipientes unidos por conductos que permiten el paso de un líquido de unos a otros, alcanzando éste el mismo nivel de todos ellos.

vaso- Prefijo procedente del latín *vas,* «recipiente» y «tubo, canal».

vasoconstricción n.f. FISIOL, MED Disminución del diámetro de los vasos. • **vasoconstrictor,a** adj. FISIOL, MED Que reduce el diámetro de los vasos.

vasodilatación n.f. FISIOL, MED Proceso de aumento del diámetro de los vasos. • **vasodilatador,a** adj. FISIOL, MED Que aumenta el diámetro de los vasos.

vasomotor adj. FISIOL, MED Relativo a las modificaciones del diámetro de los vasos. • **vasomotricidad** n.f. FISIOL, MED Conjunto de fenómenos que regulan la circulación de la sangre.

vasopresina n.f. MED Hormona hipofisaria antidiurética. • **vasopresor** n.m. MED Sustancia que, al contraer las arterias y elevar la presión sanguínea, tiene una acción antidiurética.

vástago n.m. **1.** Renuevo o ramo tierno que brota del árbol o planta. **2.** *C. Rica* y *Venez.* Tallo del plátano. **3.** Fig. Persona descendiente de otra. **4.** Barra que, sujeta al centro de una de las dos caras del émbolo, sirve para darle movimiento o transmitir el suyo a algún mecanismo.

vasto,a adj. Dilatado, muy extendido. • **vastedad** n.f. Dilatación, anchura de una cosa.

vate n.m. **1.** Adivino. **2.** Poeta.

vaticinar v.tr. Pronosticar, adivinar. • **vaticinador,a** n. y adj. Que vaticina. • **vaticinio** n.m. Predicción, adivinación, pronóstico.

vatio n.m. Unidad de potencia eléctrica equivalente a un julio por segundo. • **vatímetro** n.m. Aparato para medir los vatios de una corriente eléctrica.

vaucheria n.f. Alga xantofícea de talo sifonado, que forma un suelo de apariencia similar a la hierba en los lugares húmedos.

vecino,a **I.** n. y adj. **1.** Respecto a una persona, la que vive cerca. **2.** Que tiene casa en un pueblo, y contribuye a las cargas o impuestos de éste. **II.** adj. **1.** Fig. Cercano, próximo. **2.** Fig. Semejante o coincidente. • **vecinal** adj. Perteneciente al vecindario o a los vecinos de un pueblo. • **vecindad** n.f. **1.** Calidad de vecino. **2.** Conjunto de los vecinos de una casa, o los de varias casas contiguas. **3.** Contorno o cercanías de un lugar. • **vecindario** n.m. Conjunto de los vecinos de un municipio o sólo de una población o de parte de ella.

vector **1.** FIS Toda magnitud en la que, además de la cuantía, hay que considerar el punto de aplicación, la dirección y el sentido. **2.** MAT Segmento orientado que comprende un origen y un extremo; magnitud orientada constitutiva de un espacio vectorial. • **vectorial** adj. MAT Relativo a los vectores.

ENCICL **Mat.** — Un vector se define por su *dirección* (recta que lo contiene), por su *sentido* (un vector es una magnitud orientada) y por su *módulo* (distancia entre sus extremos, es decir, su longitud). Dos vectores son iguales, si son paralelos y tienen el mismo sentido y el mismo módulo. Se pueden sumar y restar vectores, y se puede multiplicar un vector por una magnitud escalar, es decir, por un número. — *El producto escalar* de dos vectores $\vec{V}_1$ y $\vec{V}_2$, que se escribe $\vec{V}_1 \cdot \vec{V}_2$ es una magnitud escalar igual al producto de los módulos de los dos vectores por el coseno del ángulo que forman, lo cual se escribe $V_1 . V_2 \cos \alpha$. *El producto vectorial* de dos vectores $\vec{V}_1$ y $\vec{V}_2$ que se escribe $\vec{V}_1 \wedge \vec{V}_2$, representados por los vectores OA y OB que forman un ángulo , es un vector V_3, representado por el vector $\vec{OC}$, perpendicular al plano $\vec{OAB}$, de módulo $V_1 . V_2$ sen α y cuyo sentido es tal que el triedro OABC es el triedro directo. En un sentido más amplio, un espacio vectorial sobre el cuerpo R de los números reales es un conjunto E con una ley de composición interna, que es una aplicación de E x E en E, con la suma, y de una ley de composición externa, aplicación de R x E en E, con el producto. Estas dos leyes satisfacen determinadas condiciones. Los espacios vectoriales de dimensión 1 se denominan *rectas* y los de dimensión 2, *planos.* La teoría de los espacios vectoriales desempeña un papel fundamental en la geometría mecánica y física. P. ej., magnitudes como fuerzas, velocidades y aceleraciones son magnitudes vectoriales.

vedar v.tr. **1.** Prohibir por ley. **2.** Impedir, estorbar. • **veda** n.f. **1.** Acción y efecto de vedar. **2.** Espacio de tiempo en que está vedado cazar o pescar. • **vedado** n.m. Campo acotado por ley.

veddas, pueblo aborigen de Srī Lanka, que habita en los bosques y montañas del E del país. Son de corta estatura y conservan la forma de vida de los hombres del paleolítico. Al parecer, habitaron durante un tiempo una parte de la India, donde ciertas poblaciones presentan aún algunos rasgos suyos.

vedegambre n.m. BOT Planta de la familia de las liliáceas, de flores blancas y fruto capsular.

védico,a adj. Relativo a los Vedas. — *Lengua védica.* Lengua en que están escritos los Vedas (sánscrito antiguo).

vedija n.f. **1.** Mechón de lana. **2.** Pelo enredado en cualquier parte del cuerpo del animal.

vega n.f. **1.** Parte de tierra baja, llana y fértil. **2.** *Cuba.* Terreno sembrado de tabaco. **3.** *Chile.* Terreno muy húmedo. • **vegoso,a** adj. *Chile.* Se aplica al terreno que se conserva siempre húmedo. • **veguero,a** **I.** adj. Perteneciente o relativo a la vega. **II.** n.m. **1.** Labrador que trabaja en el cultivo de una vega. **2.** Cigarro puro hecho rústicamente de una sola hoja de tabaco enrollada.

vegetal **I.** adj. **1.** Que vegeta. **2.** Perteneciente o relativo a las plantas. **II.** n.m. Ser orgánico que crece y vive, pero no muda de lugar por impulso voluntario. • **vegetación** n.f. Conjunto de los vegetales propios de una zona. — MED *Vegetación adenoidea.* Hipertrofia de las amígdalas faríngea y nasal y, sobre todo, de los folículos linfáticos de la parte posterior de las fosas nasales. • **vegetar** **I.** v.int. y prnl. Germinar, nutrirse y crecer las plantas. **II.** v.int. Fig. Vivir maquinalmente una persona con vida meramente orgánica, comparable a la de las plantas. • **vegetariano,a** **1.** n. y adj. Se dice de la persona que se alimenta exclusivamente de vegetales o de sustancias de origen vegetal. **2.** adj. Perteneciente a este régimen alimenticio. • **vegetativo,a** adj. **1.** Que vegeta. **2.** BIOL Perteneciente o relativo a las funciones de nutrición o reproducción. **3.** FISIOL Relativo a la actividad del sistema nervioso neurovegetativo o autónomo.

vehemente adj. **1.** Que mueve o se mueve con ímpetu y violencia. **2.** Se dice de lo que se siente o se expresa con viveza e ímpetu. **3.** Se aplica también a las personas que sienten o se expresan de este modo. • **vehemencia** n.f. Calidad de vehemente.

vehículo n.m. **1.** Lo que sirve para transportar, para transmitir. — FARM Excipiente líquido. **2.** Fig. Lo que sirve para comunicar.

veintavo,a n.m. y adj. Cada una de las veinte partes en que se divide un todo.

veinte **1.** adj.num. Dos veces diez. **2.** n. y adj. Vigésimo, ordinal. **3.** n.m. Conjunto de signos o cifras con que se representa el número veinte. • **veintena** n.f. Conjunto de veinte unidades.

vejar v.tr. Maltratar a uno, humillarle. • **vejación** n.f. Acción y efecto de vejar. • **vejamen** n.m. Acción y efecto de vejar. • **vejatorio,a** adj. Se dice de lo que veja o puede vejar.

vejarrón,a o **vejazo** Fam n. y adj. Viejo.

vejez n.f. **1.** Calidad de viejo. **2.** Edad senil, senectud. **3.** Impertinencia propia de la edad.

vejiga n.f. **I.** ANAT Órgano muscular y membranoso, a manera de bolsa, que tienen muchos vertebrados y en el cual va depositándose la orina. — ANAT *Vejiga de la bilis, o de la hiel.* Bolsita membranosa en la que se deposita la bilis que llega a ella por el conducto cístico. — ZOOL *Vejiga natatoria.* Receptáculo membranoso lleno de aire, que tienen muchos peces, de la que se sirven para ascender o descender en el agua. **II.** Bolsita de tripa de carnero.

1. vela n.f. **I. 1.** Acción y efecto de velar (estar sin dormir). **2.** Tiempo que se vela. **3.** Asistir a un enfermo mientras duerme o permanece al lado de un cadáver. **II.** Cilindro o prisma de cera u otra materia grasa, con pabilo en el eje para que pueda encenderse y dar luz.

2. vela n.f. **1.** MAR Conjunto de piezas de lona que se amarran a las vergas para recibir el viento que impele la nave. **2.** Fig. Barco de vela.

velación n.f. Acción de velar.

velacho n.m. MAR Gavia del trinquete.

velador,a **I.** n. y adj. **1.** Que vela. **2.** Se dice del que cuida de alguna cosa. **II.** n.m. **1.** Candelero, regularmente de madera. **2.** Mesita de un solo pie, redonda por lo común.

veladura n.f. PINT Tinta transparente que se da para suavizar el tono de lo pintado.

velaje o **velamen** n.m. Conjunto de velas de una embarcación.

1. velar **I.** v.int. **1.** Estar sin dormir el tiempo destinado de ordinario para el sueño. **2.** Fig. Cuidar solícitamente de una cosa. **II.** v.tr. **1.** Hacer centinela o guardia por la noche. **2.** Asistir de noche a un enfermo o pasarla al lado de un difunto. **3.** Fig. Observar atentamente una cosa. • **velada** n.f. **1.** Acción y efecto de velar. **2.** Reunión nocturna de varias personas para entretenimiento y diversión. **3.** Fiesta musical o literaria que se hace por la noche.

2. velar **I.** v.tr. y prnl. **1.** Cubrir con velo. **2.** FOTOG Borrarse total o parcialmente la imagen en la placa o en el papel por la acción indebida de la luz. **II.** v.tr. Fig. Cubrir, ocultar a medias una cosa.

3. velar **I.** adj. **1.** Que vela u oscurece. **2.** Perteneciente o relativo al velo del paladar. **3.** FON Dícese del sonido cuya articulación se caracteriza por la aproximación o contacto del dorso de la lengua y el velo del paladar. **II.** n.f. y adj. FON Se dice de la letra que representa este sonido.

velarizar v.tr. y prnl. FON Dar articulación o resonancia velar a vocales o consonantes no velares.

velatorio n.m. Acto de velar a un difunto.

veleidad n.f. Capricho, cambio de ánimo sin ningún fundamento. • **veleidoso,a** adj. Inconstante, mudable.

velero,a **I.** adj. Aplícase a la embarcación muy ligera. **II.** n.m. Buque de vela.

veleta **I.** n.f. Pieza de metal, ordinariamente en forma de saeta, que gira alrededor de un eje vertical impulsada por el viento, y que sirve para señalar la dirección del mismo. **II.** n.m. y f. Fig. Persona inconstante y voluble.

veliger n.f. Fase del desarrollo de los moluscos que sucede a la larva ciliada.

velo n.m. **1.** Cortina o tela que cubre una cosa. **2.** Mantilla con que se cubrían la cabeza las mujeres para ir a la iglesia. **3.** Manto con que cubren la cabeza y la parte superior del cuerpo algunas mujeres (religiosas, árabes, indias, etc.) **4.** Fig. Cualquier cosa delgada, ligera o flotante, que encubre más o menos la vista de otra. **5.** ZOOL *Velo del paladar.* Especie de cortina muscular y membranosa que separa la cavidad de la boca de la de la faringe.

velocidad n.f. **1.** Magnitud física que representa el espacio recorrido en una unidad de tiempo. **2.** Rapidez de desplazamiento o actuación. — *Velocidad angular* (de un móvil que gira alrededor de un punto). Relación entre el ángulo en el que ha girado el móvil y el tiempo empleado en realizar esa rotación. — *Velocidad de rotación.* Número de vueltas por unidad de tiempo efectuadas por un móvil que gira sobre sí mismo. ▷ ESP *Velocidad de liberación* (v. liberación). • **velocímetro** n.m. Aparato que en un vehículo indica la velocidad de traslación de éste.

velocípedo n.m. Vehículo con dos o tres ruedas, y que mueve por medio de pedales el que va montado en él.

velódromo n.m. Lugar destinado para carreras en bicicleta.

velomotor n.m. Motocicleta de cilindrada superior a 50 cm³ e inferior a 125 cm³.

velón n.m. Lámpara de metal, para aceite común.

veloz adj. **1.** Acelerado, ligero en el movimiento. **2.** Ágil y pronto en lo que se ejecuta.

vello n.m. **1.** Pelos cortos y finos que cubren algunas partes del cuerpo humano (p. ej. la parte superior de los labios de la mujer, los brazos de los niños, etc.). **2.** Pelusilla de que están cubiertas algunas frutas o plantas.

vellocino n.m. **1.** Toda la lana junta de un carnero u oveja. **2.** MIT *Vellocino de oro.* Vellón del carnero alado que secuestró a Frixo y Hele perseguidos por su madrastra Ino. (Hele cayó en el mar que lleva su nombre, el Helesponto. Frixo, al llegar a Cólquida, sacrificó el carnero a los dioses y ofreció su vellón al rey Eetes. Jasón organizó la expedición de los argonautas para apoderarse de él.)

1. vellón n.m. **1.** Toda la lana junta de un carnero u oveja que se esquila. **2.** Cuero curtido del carnero o de la oveja con su lana. **3.** Guedeja de lana.

2. vellón n.m. **1.** Liga de plata y cobre con que se acuñó moneda antiguamente. **2.** Moneda antigua de cobre.

ENCICL Se utilizó este metal para acuñar moneda a partir de la Edad Media, debido a las dificultades para encontrar metales preciosos. En los reinos cristianos de la península Ibérica, se utilizó el vellón, para las acuñaciones desde principios del s. X. A partir del s. XVII fue disminuyendo la cantidad de plata en la aleación, y en el s. XX se sustituyó por una aleación de aluminio y níquel.

vellosilla n.f. Planta de propiedades diuréticas (familia composáceas), llamada *oreja de ratón.*

velloso,a adj. Que tiene vello.

velludo,a **1.** adj. Que tiene mucho vello. **2.** n.m. Felpa o terciopelo.

vena n.f. **I. 1.** Cualquiera de los vasos o conductos por donde vuelve al corazón la sangre que ha corrido por las arterias. — ANAT *Vena cava.* Cada una de las dos venas mayores del cuerpo, una superior o descendente, que recibe la sangre de la mitad superior del cuerpo, y otra inferior o ascendente, que recoge la sangre de los órganos situados debajo del diafragma. — *Vena yugular.* Cada una de las dos que hay a uno y otro lado del cuello. **2.** *Vena de agua.* Conducto natural por donde circulan aguas subterráneas. **II.** Filón metálico. **III. 1.** Inspiración poética. **2.** Humor, disposición variable del ánimo.

venablo n.m. Dardo o lanza corta y arrojadiza.

venada n.f. Ataque de locura.

venado n.m. Ciervo.

1. venal adj. Perteneciente o relativo a las venas.

2. venal adj. **1.** Vendible o expuesto a la venta. **2.** Fig. Que se deja sobornar. • **venalidad** n.f. Calidad de venal.

vencejo n.m. **1.** Lazo o ligadura con que se ata una cosa, especialmente los haces de las mieses. **2.** Pájaro con cuatro dedos dirigidos todos adelante, y pico pequeño algo encorvado en la punta.

vencer **I.** v.tr. **1.** Sujetar o rendir al enemigo. **2.** Exceder en algún concepto, en comparación con otros. **3.** Sujetar las pasiones. **4.** Superar las dificultades. **5.** Prevalecer una cosa sobre otra. **6.** Subir o superar la altura de un sitio o camino. **II.** v.int. **1.** Cumplirse un término o plazo. **2.** Terminar un contrato por cumplirse la condición o el plazo en él fijado. **III.** v.int. y prnl. Refrenar o reprimir los ímpetus del genio o de la pasión. **IV.** v.tr. y prnl. **1.** Rendir a uno aquellas cosas físicas o morales a cuya fuerza resiste difícilmente la naturaleza. **2.** Ladear o inclinar una cosa. • **vencedero,a** adj. Que está sujeto a vencimiento. • **vencedor,a** n. y adj. Que vence. • **vencible** adj. Que puede vencerse. • **vencimiento** n.m. **1.** Acto de vencer o de ser vencido. **2.** Fig. Inclinación o torcimiento de una cosa material. **3.** Fig. Cumplimiento del plazo de una deuda, obligación, etc.

vencetósigo n.m. BOT Planta perenne de la familia de las asclepiadáceas.

vendaje n.m. CIR Ligadura que se hace con vendas o con otras piezas de lienzo. — CIR *Vendaje enyesado.* Apósito preparado con yeso, que se emplea principalmente en la curación de las fracturas de los huesos. • **venda** n.f. Tira por lo común de lienzo, que sirve para sujetar los apósitos aplicados sobre una llaga, contusión, etc. • **vendar** v.tr. Atar, o cubrir con la venda.

vendaval n.m. Viento fuerte que sopla del Sur, con tendencia al Oeste. ▷ P. ext., cualquier viento duro que no llega a ser temporal declarado.

vender **I.** v.tr. **1.** Traspasar a otro por el precio convenido la propiedad de lo que uno posee. **2.** Exponer u ofrecer a la venta. **3.** Sacrificar al interés cosas que no tienen valor material. **4.** Fig. Faltar uno a la fe, confianza o amistad que debe a otro. **II.** v.prnl. **1.** Dejarse sobornar. **2.** Fig. Decir o hacer uno inadvertidamente algo que descubre lo que quiere tener oculto. • **vendedor,a** n. y adj. Que vende.

vendetta n.f. Costumbre corsa por la cual, si uno de sus miembros ha sido agraviado o muerto, toda la familia busca la venganza.

vendí n.m. Certificado que da al vendedor, para acreditar la procedencia y precio de lo comprado.

vendimia n.f. **1.** Recolección y cosecha de la uva. **2.** Tiempo en que se hace. • **vendimiador,a** n.m. y f. Persona que vendimia. • **vendimiar** v.tr. Recoger el fruto de las viñas.

vendimiario n.m. Primer mes del calendario republicano francés.

veneno n.m. **1.** Cualquier sustancia que introducida en el cuerpo ocasiona la muerte o graves trastornos. ▷ Sustancia tóxica que segregan ciertos animales como medio de defensa o ataque. ▷ Fig. Cualquier cosa nociva a la salud. **2.** Fig. Cualquier cosa que puede causar un daño moral. • **venenoso,a** adj. Que incluye veneno.

ENCICL Los venenos pueden ser secretados por invertebrados (abejas, avispas, escorpiones, etc.) o por vertebrados (serpientes, sapos, etc.). El animal venenoso puede poseer un aparato inoculador (avispas, serpientes) o no (sapos). Los venenos de las serpientes, casi siempre mortales para el hombre, tienen dos propiedades principales: son *neurotóxicos,* ya que deterioran el sistema nervioso central y paralizan los músculos respiratorios (veneno de cobra) y *hemolíticos,* ya que destruyen las células sanguíneas y ocasionan problemas de coagulación. La mordedura de serpiente se cura mediante la seroterapia, es decir, mediante la inyección de un suero antivenenoso, específico o no, obtenido por inoculación de veneno en animales que sintetizan las antitoxinas.

1. venera n.f. **1.** Concha semicircular de dos valvas, común en los mares de Galicia. **2.**

Insignia distintiva que llevaban pendiente al pecho los caballeros de las órdenes militares.

2. venera n.f. Venero de agua.

venerable adj. **1.** Digno de veneración. **2.** Aplícase como epíteto a las personas de conocida virtud.

venerar v.tr. **1.** Respetar en sumo grado a una persona por su dignidad o grandes virtudes, o a una cosa por lo que representa o recuerda. **2.** Dar culto a Dios, a los santos o a las cosas sagradas. • **veneración** n.f. Acción y efecto de venerar.

venéreo,a adj. **1.** Perteneciente o relativo a la sensualidad o al trato sexual. **2.** n.f. y adj. PAT Dícese de las enfermedades que ordinariamente se contagian por el contacto sexual.

venéridos n.m.pl. ZOOL Familia de moluscos lamelibranquios de los fondos arenosos, de concha poco estriada y adornada con bandas de colores.

venero n.m. **1.** Manantial de agua. **2.** Raya o línea horaria en los relojes de sol. **3.** MIN Yacimiento de sustancias inorgánicas útiles.

vénetos, pueblos antiguos de lengua indoeuropea. Se subdividían en dos grandes grupos: los vénetos del Adriático, que se instalaron en el actual Véneto y fueron progresivamente romanizados en el s. II a. J.C. y los de Armórica, que fueron vencidos por César en el año 56 a. J.C., y cuya capital era Vannes.

venezolano,a **1.** n. y adj. Natural de Venezuela. **2.** adj. Perteneciente o relativo a este país sudamericano.

vengar v.tr. y prnl. Tomar satisfacción de un agravio o daño. • **vengador,a** n. y adj. Que venga o se venga. • **venganza** n.f. Satisfacción que se toma del agravio o daño recibidos. • **vengativo,a** adj. Inclinado o determinado a tomar venganza.

venia n.f. Licencia o permiso pedido para ejecutar una cosa.

venial adj. Dícese de lo que se opone levemente a la ley. • **venialidad** n.f. Calidad de venial.

venir v.int. **1.** Caminar una persona o moverse una cosa de allá hacia acá. **2.** Llegar a donde está el que habla. **3.** Comparecer una persona ante otra. **4.** Ajustarse, acomodarse o conformarse una cosa a otra. **5.** Inferirse, deducirse. **6.** Acercarse o llegar el tiempo en que una cosa ha de acaecer. **7.** Traer origen, proceder. **8.** Excitarse o empezarse a mover un afecto, pasión o apetito. *Venir gana, deseo.* **9.** Figurar o aparecer en un libro, periódico, etc. **10.** Ofrecerse una cosa a la imaginación o a la memoria. **11.** Suceder finalmente una cosa que se esperaba. **12.** Con la prep. *a* y ciertos nombres, estar pronto a la ejecución. **13.** Con la prep. *a* y algunos verbos, como *ser, tener, decir* y otros, denota equivalencia aproximada. • **venida** n.f. **1.** Acción de venir. **2.** Regreso. **3.** Avenida de un río o arroyo. • **venidero,a** **I.** adj. Que está por venir o suceder. **II.** n.m. pl. Los que han de suceder a uno.

venoso,a adj. **1.** Que tiene venas. **2.** Perteneciente o relativo a la vena.

venta n.f. **I. 1.** Acción y efecto de vender. **2.** Contrato en virtud del cual se transfiere a dominio ajeno una cosa propia por el precio pactado. **II.** Casa establecida en los caminos o despoblados para hospedaje de los viajeros.

ventaja n.f. **1.** Superioridad o mejoría de una persona o cosa respecto de otra. **2.** Excelencia o condición favorable de una persona o cosa respecto a otra. **3.** Ganancia anticipada que un jugador concede a otro para compensar la superioridad que el primero tiene. **4.** TENIS Punto marcado por un jugador cuando el tanteo es de iguales a cuarenta. • **ventajear** v.tr. **1.** *Arg., Col., Guat.* y *Urug.* Aventajar, obtener ventaja. **2.** En sentido peyorativo, sacar ventaja mediante procedimientos reprobables. • **ventajero,a** n. y adj. *Arg., Chile, Méx., P. Rico* y *Urug.* Ventajista. • **ventajista** n. y adj. Dícese de la persona que sin miramientos procura obtener ventaja en los tratos, en el juego, etc. • **ventajoso,a** adj. Se dice de lo que tiene ventaja o la reporta.

ventalla n.f. **1.** Válvula. **2.** BOT Cada una de las dos o más partes de la cáscara de un fruto, que encierran las semillas, como en el haba.

ventana n.f. **1.** Abertura más o menos elevada sobre el suelo, que se deja en una pared para dar luz y ventilación. **2.** Hoja u hojas de madera y de cristales con que se cierra esa abertura. • **ventanal** n.m. Ventana grande. • **ventanilla** n.f. **1.** Abertura pequeña que hay en la pared o tabique de algunas oficinas para que los empleados de éstas comuniquen desde dentro con el público. **2.** Abertura provista de cristal que tienen en sus costados los coches y otros vehículos. **3.** Orificio de la nariz. • **ventano** n.m. Ventana pequeña.

ventear **I.** v.int. Soplar el viento o hacer aire fuerte. **II.** v.tr. **1.** Tomar algunos animales el viento con el olfato. **2.** Poner, sacar o arrojar una cosa al viento para enjugarla o limpiarla.

1. ventero,a adj. Que ventea o toma el viento.

2. ventero,a n.m. y f. Persona que tiene a su cargo una venta para hospedaje de los viajeros.

ventilar **I.** v.tr. y prnl. Hacer correr o penetrar el aire en algún sitio. **II.** v.tr. **1.** Agitar una cosa en el aire. **2.** Exponer una cosa al viento. **3.** Renovar el aire de una habitación cerrada. **4.** Fig. Examinar una cuestión buscando la verdad. • **ventilación** n.f. **1.** Acción y efecto de ventilar o ventilarse. **2.** Abertura que sirve para ventilar una habitación. • **ventilador** n.m. Instrumento o aparato que impulsa o remueve el aire en una habitación.

ventisca n.f. **1.** Borrasca de viento, o de viento y nieve. **2.** Viento fuerte, ventarrón. • **ventiscar** o **ventisquear** v.int. **1.** Nevar con viento fuerte. **2.** Levantarse la nieve por la violencia del viento. • **ventisquero** n.m. **1.** Ventisca. **2.** Altura de los montes más expuesta a las ventiscas, donde se conserva la nieve y el hielo.

ventola n.f. MAR Fuerza que hace el viento contra un obstáculo. • **ventolera** n.f. **1.** Golpe de viento fuerte. **2.** Fig. y Fam. Pensamiento o determinación inesperada y extravagante.

ventorro n.m. Desp. Venta de hospedaje pequeña o mala. • **ventorrillo** n.m. Casa de comidas en las afueras de una población.

ventosa n.f. Órgano que tienen ciertos animales en los pies u otras partes del cuerpo, para agarrarse, mediante el vacío, al andar o hacer presa.

ventoso,a **I.** adj. **1.** Que contiene viento o aire. **2.** Se aplica al día o tiempo en que hace aire fuerte. **II.** n.m. Sexto mes del calendario republicano francés. • **ventosear** v.int. y prnl. Expeler del cuerpo los gases intestinales. • **ventosidad** n.f. **1.** Calidad de ventoso o flatulento. **2.** Gases intestinales encerrados en el cuerpo, especialmente cuando se expelen.

ventral adj. Perteneciente al vientre.

ventregada n.f. Conjunto de animalillos que han nacido de un parto.

ventrículo **1.** n.m. ANAT Cada una de las cavidades del corazón que recibe la sangre procedente de las aurículas. **2.** Cada una de las cuatro cavidades del encéfalo de los vertebrados. • **ventricular** adj. ZOOL Perteneciente o relativo al ventrículo.

ventrílocuo,a n. y adj. Dícese de la persona que tiene el arte de modificar su voz de manera que parezca venir de lejos, imitando las de otras personas o diversos sonidos. • **ventriloquía** n.f. Arte del ventrílocuo.

ventrón n.m. Túnica muscular que cubre el estómago de algunos rumiantes.

ventroso o **ventrudo,a** adj. Que tiene abultado el vientre.

ventura n.f. **1.** Felicidad, buena suerte. **2.** Contingencia o casualidad. **3.** Riesgo. • **venturoso,a** adj. **1.** Que tiene buena suerte. **2.** Que implica o trae felicidad.

venturina n.f. Cuarzo pardo amarillento con laminitas de mica dorada en su masa.

venus n.f. **1.** Mujer de gran belleza. **2.** Denominación dada a unas estatuillas de mujer características del período auriñaciense.

Venus n.f. ZOOL Género de moluscos de la familia de los venéridos, que incluye la escupiña *(Venus verrucosa)*.

venusto,a adj. Hermoso y agraciado.

1. ver n.m. **1.** Sentido de la vista. **2.** Parecer o apariencia de las cosas materiales o inmateriales.

2. ver **I.** v.tr. **1.** Percibir por los ojos los objetos mediante la acción de la luz. **2.** Observar, considerar alguna cosa. **3.** Reconocer con cuidado y atención una cosa, leyéndola o examinándola. **4.** Visitar a una persona o estar con ella para tratar de algún asunto. **5.** Atender o ir con cuidado y tiento en las cosas que se ejecutan. **6.** Considerar o reflexionar. **7.** Conocer, juzgar. **8.** Seguido de la preposición *de* y de un infinitivo, intentar, tratar de realizar lo que el infinitivo expresa. **9.** FOR Asistir los jueces a la discusión oral de un pleito o causa que han de sentenciar. **II.** v.prnl. **1.** Hallarse en algún estado o situación. **2.** Avistarse una persona con otra para algún asunto. **3.** Representarse la imagen de una cosa. *Verse al espejo.*

1. vera n.f. Orilla.

2. vera n.f. BOT Árbol americano, de la familia de las cigofiláceas, semejante al guayaco.

veracidad n.f. Calidad de veraz.

veranear v.int. **1.** Pasar el verano en alguna parte. **2.** Pasar el verano en lugar distinto del en que habitualmente se reside. • **veraneante** n.m. o f. Persona que veranea. • **veraneo** n.m. Acción y efecto de veranear.

verano n.m. **1.** Época más calurosa del año. **2.** En el Ecuador, temporada de sequías; dura aprox. seis meses. • **veraniego,a** adj. Perteneciente o relativo al verano. • **veranillo** n.m. Tiempo breve en que suele hacer calor durante el otoño.

veras n.f. pl. Realidad, verdad en las cosas que se dicen o hacen. — *De veras.* De verdad. — *Ir de veras.* Ir de verdad.

verascopio n.m. Aparato fotográfico para tomar vistas estereoscópicas.

veratrina n.f. **1.** QUIM Alcaloide contenido en la cebadilla. **2.** Alcaloide que se extrae del rizoma del veratro (género *Veratrum*).

Veratrum n.m. BOT Género de plantas venenosas de las montañas (familia liliáceas), que incluye el veratro o eléboro blanco.

veraz adj. Que dice la verdad.

verbal **I.** adj. **1.** Dícese de lo que se refiere a la palabra, o se sirve de ella. **2.** Que se hace o estipula sólo de palabra. **3.** GRAM Perteneciente al verbo. **II.** n.m. y adj. GRAM Aplícase a las palabras que nacen o se derivan de un verbo. • **verbalismo** n.m. Propensión a fundar el razonamiento más en las palabras que en los conceptos.

verbasco n.m. Gordolobo (planta).

verbena n.f. **I.** Planta herbácea anual, de la familia de las verbenáceas, con flores de varios colores, y fruto seco. **II.** Fiesta popular con bailes callejeros, etc., que se celebra en las vísperas de ciertas festividades. • **verbenero,a** adj. Relativo o perteneciente a las verbenas populares.

verbenáceo,a n.f. y adj. BOT Aplícase a plantas angiospermas dicotiledóneas, con flores en racimo y fruto capsular; como la verbena. ▷ n.f.pl. BOT Familia de estas plantas.

verbigracia n.m. Caso concreto que se cita para autorizar un aserto general.

verbo n.m. **I.** Clase de palabras que tienen variación de número, persona, tiempo y modo. — *Verbo auxiliar.* El que se emplea en la formación de la voz pasiva y de los tiempos compuestos de la activa como *haber* y *ser.* — *Verbo impersonal* o *unipersonal.* El que sólo se emplea en la tercera persona y en las formas simples y compuestas de infinitivo y gerundio, sin referencia ninguna a sujeto elíptico o expreso. — *Verbo intransitivo.* El que se construye sin complemento directo. — *Verbo pronominal, reflejo* o *reflexivo.* El que se construye en todas sus formas con pronombres reflexivos. — *Verbo recíproco.* Aquel que denota reciprocidad o cambio mutuo de acción entre dos o más personas, animales o cosas. — *Verbo regular.* El que se conjuga sin alterar la raíz, el tema o las desinencias de la conjugación a que pertenece. — *Verbo transitivo.* El que se construye con complemento directo. **II.** RELIG Segunda persona de la Santísima Trinidad.

verborragia o **verborrea** n.f. Verbosidad excesiva.

verbosidad n.f. Abundancia de palabras en la elocución. • **verboso,a** adj. Abundante de palabras.

verdacho n.m. Arcilla teñida naturalmente de color verde claro por el silicato de hierro, usada en pintura al temple.

verdad n.f. **1.** Conformidad de las cosas con el concepto que de ellas forma la mente. **2.** Conformidad de lo que se dice con lo que se siente o se piensa. **3.** Propiedad que tiene una cosa de mantenerse siempre la misma sin mutación alguna. **4.** Calidad de veraz. **5.** Existencia real de una cosa.

verdadero,a adj. **1.** Que contiene verdad. **2.** Real y efectivo. **3.** Ingenuo, sincero. **4.** Veraz.

verdal adj. **1.** Se dice de ciertas frutas que tienen color verde aun después de maduras. **2.** Dícese también de los árboles que las producen.

verdasca n.f. Vara o ramo delgado, ordinariamente verde.

verde **I.** n. y adj. Cuarto color del espectro solar, comprendido entre el amarillo y el azul. **II.** adj. **1.** En contraposición de seco, se dice de los árboles y plantas que aún conservan alguna savia. **2.** Dícese de la leña recién cortada. **3.** Tratándose de legumbres, las que se consumen frescas. **4.** Se dice de lo que aún no está maduro. **5.** Se dice de las cosas a las que aún falta mucho para su completa realización. **6.** Se dice de los chistes, cuentos, etc., obscenos. **7.** Fig. Se dice del que conserva inclinaciones hacia el sexo opuesto impropias de su edad o de su estado. **III.** n.m. **1.** Alcacer y demás hierbas que se siegan en verde y las consume el ganado sin dejarlas secar. **2.** Conjunto de hojas de los árboles y de las plantas. **IV.** Fig. y Fam. *Poner verde a una persona.* Colmarla de improperios.

verdear v.int. **1.** Mostrar una cosa el color verde que en sí tiene. **2.** Dicho del color, tirar a verde. **3.** Ir tomando una cosa color verde.

verdecer v.int. Reverdecer.

verdecillo n.m. Pequeña ave paseriforme (familia fringílidos) similar al canario.

verdel n.m. Cabaña (pez).

verdemar n.m. y adj. Color semejante al verdoso que suele tomar el mar.

verdeo n.m. Recolección de las aceitunas antes de que maduren, para consumirlas luego de aderezadas o encurtidas.

1. verderón o **verderol** n.m. Ave canora del orden de los pájaros, del tamaño del gorrión, con plumaje verde.

2. verderón o **verderol** n.m. Berberecho, molusco.

verdete n.m. **1.** Cardenillo del cobre. **2.** Color verde claro hecho con el acetato de cobre, usado en pintura y tintorería.

verdezuelo n.m. Verderón (ave).

verdial n.m. Cierta clase de cante flamenco. (Se usa más en pl.)

verdín n.m. **1.** Primer color verde que tienen las hierbas o plantas que no han llegado a su sazón. **2.** Estas mismas hierbas o plantas. **3.** Capa verde de plantas criptógamas, que se forma en las aguas dulces, o en sitios húmedos. **4.** Cardenillo del cobre. **5.** Tabaco verdín.

verdinal n.m. Parte que en una pradera agostada se conserva verde por la humedad natural del terreno.

verdinegro,a adj. De color verde oscuro.

verdolaga n.f. BOT Planta herbácea anual, de la familia de las portulacáceas, con flores amarillas y fruto capsular.

verdor n.m. **1.** Color verde vivo de las plantas. **2.** Color verde. **3.** Fig. Vigor, lozanía, fortaleza.

verdugada n.f. ARQUIT Hilada horizontal de ladrillos en una construcción.

verdugal n.m. Monte bajo que, después de quemado o cortado, se cubre de verdugos o renuevos.

verdugo n.m. **I. 1.** Funcionario de justicia que ejecuta las penas de muerte **2.** Fig. Persona muy cruel. **II. 1.** Renuevo o vástago del árbol. **2.** Látigo hecho de cuero, mimbre u otra materia flexible. **III.** Alcaudón (pájaro). • **verdugón** n.m. Renuevo del árbol.

verdura n.f. Alimento constituido por hortalizas o por alguna de sus partes. • **verdulería** n.f. Tienda o puesto de verduras. • **verdulero,a** **1.** n.m. y f. Persona que vende verduras. **2.** n.f. Fig. y Fam. Mujer descarada y ordinaria.

verdusco,a adj. Que tira a verde oscuro.

verecundo,a adj. Que se avergüenza. • **verecundia** n.f. Vergüenza.

vereda n.f. **1.** Camino estrecho, formado comúnmente por el tránsito de peatones y ganados. **2.** Vía pastoril para los ganados trashumantes. **3.** *Amér. Merid.* Acera de una calle o plaza.

veredicto n.m. Definición sobre un hecho dictada por el jurado.

Veretillum n.m. ZOOL Género de animales octocoralarios de los lodos y arenas litorales.

verga n.f. **1.** Pene de los mamíferos. **2.** MAR Percha labrada convenientemente, a la cual se asegura el grátil de una vela. • **vergajo** n.m. Verga del toro que, después de cortada, seca y retorcida, se usa como látigo.

vergel n.m. Huerto con variedad de flores y árboles frutales.

vergencia n.f. FIS Inverso de la distancia focal de un sistema óptico centrado.

vergüenza n.f. **I. 1.** Sentimiento penoso, ocasionado por alguna falta o acción deshonrosa. **2.** Pundonor. **3.** Timidez. **4.** Acción indecorosa que envuelve deshonor. **II.** pl. Fam. Los genitales. • **vergonzoso,a** **I. 1.** adj. Que causa vergüenza. **2.** n. y adj. Que se avergüenza con facilidad. **II.** n.m. ZOOL Especie de armadillo, con el cuerpo y la cola cubiertos de escamas, que se encoge cuando es perseguida.

vericueto n.m. Lugar por donde se anda con dificultad por ser alto, escarpado, etc.

verídico,a adj. Que dice verdad. ▷ Aplícase también a lo que la incluye.

verificar **I.** v.tr. **1.** Probar que una cosa de que se dudaba es verdadera. **2.** Comprobar la verdad de una cosa. **II.** v.tr. y prnl. **1.** Realizar, efectuar. **2.** Salir cierto lo que se dijo o pronosticó. • **verificación** n.f. **1.** Acción de probar si una cosa es verdadera. **2.** Examen de la verdad de una cosa.

verigüeto n.m. Molusco lamelibranquio bivalvo, es comestible.

verismo n.m. Escuela literaria y artística italiana del s. XIX, cuyo propósito era la reproducción fiel de la realidad, sin excluir sus aspectos sórdidos o desagradables.

verja n.f. Enrejado que sirve de cerca.

verme n.m. ZOOL Gusano y, en especial, lombriz intestinal. • **vermicida** n.m. y adj. FARM Vermífugo. • **vermífugo,a** n.m. y adj. FARM Que tiene virtud para matar las lombrices intestinales. • **verminoso,a** adj. Se aplica a las úlceras que crían gusanos y a las enfermedades acompañadas de producción de lombrices.

Vermetus n.m. Género de moluscos gasterópodos prosobranquios.

vermídeos n.m.pl. ZOOL Término que incluía a todos los animales similares a los anélidos.

vermut n.m. **1.** Licor aperitivo amargo. **2.** *Col.* y *Chile.* Función vespertina de cine o teatro.

vernáculo,a adj. Del propio país. (Aplícase espec. al idioma.)

vernal adj. **1.** Perteneciente a la primavera. **2.** ASTRON *Punto vernal.* Punto de intersección de la eclíptica y el ecuador celeste, que corresponde al equinoccio de primavera.

vernalización n.f. AGRIC Tratamiento de las simientes que consiste en exponerlas al frío para que luego de la germinación produzcan flores y grano. — *Vernalización del trigo.* Acción de transformar el trigo de invierno en trigo de primavera.

vernier n.m. GEOM Nonio.

vernix caseosa n.f. ANAT Capa amarillenta, grasa, que recubre el cuerpo de un recién nacido.

verónica n.f. **I.** Planta herbácea, vivaz, de la familia de las escrofulariáceas. **II.** TAUROM Lance dado con la capa de frente y a dos manos.

verosímil adj. **1.** Que parece verdadero. **2.** Creíble. • **verosimilitud** n.f. Calidad de verosímil.

verraco n.m. Cerdo destinado a padrear.

verruga n.f. **1.** Excrecencia cutánea. **2.** Abultamiento provocado por la acumulación de savia en una planta.

verrugato n.f. ZOOL Pez perciforme de gran tamaño del Atlántico, comestible.

versado,a adj. Ejercitado, práctico, instruido.

versal n. y adj. IMP Mayúscula.

versar **I.** v.int. Tratar de una materia un libro, discurso o conversación. **II.** v.prnl. Hacerse uno práctico o perito en una cosa. • **versado,a** adj. Competente o entendido en algo.

versátil adj. De carácter voluble e inconstante. • **versatilidad** n.f. Calidad de versátil.

versículo n.m. **1.** Cada una de las breves divisiones de los capítulos de ciertos libros, y singularmente de la Biblia. **2.** Parte del responsorio que se dice antes de la oración. **3.** Cada uno de los versos de un poema escrito sin rima ni metro fijo.

versificar 1. v. int. Hacer o componer versos. **2.** v.tr. Poner en verso. • **versificación** n.f. Acción y efecto de versificar.

versión n.f. **1.** Traducción. **2.** Modo que tiene cada uno de referir un mismo suceso. **3.** Cada una de las formas que adopta la relación de un suceso, el texto de una obra o la interpretación de un tema. **4.** OBST Operación para cambiar la postura del feto que se presenta mal para el parto.

1. verso n.m. **1.** Palabra o conjunto de palabras sujetas a medida y cadencia o sólo a cadencia. **2.** Se emplea también en sentido colectivo, por contraposición a prosa. **3.** Versículo. **4.** Fam. Composición en verso. — *Verso acataléctico.* Verso griego o latino que tiene cabales todos sus pies. — *Verso alejandrino.* El de catorce sílabas, dividido en dos hemistiquios. — *Verso blanco.* Verso suelto. — *Verso de arte mayor.* El de doce sílabas, que consta de dos de redondilla menor. — Cualquiera de los que tienen diez sílabas o más. — *Verso de arte menor.* El de redondilla mayor o menor. — Cualquiera de los que no pasan de ocho sílabas. — *Verso de redondilla mayor.* El de ocho sílabas. — *Verso de redondilla menor.* El de seis sílabas. — *Verso hexámetro.* Verso de la poesía griega y latina, que consta de seis pies. — *Verso libre o suelto.* El que no forma con otro rima perfecta ni imperfecta. — Verso sin norma obligada practicado desde fines del s. XIX. — *Verso pentámetro.* Verso de la poesía griega y latina, que se compone de un dáctilo o un espondeo, de otro dáctilo u otro espondeo, de una cesura, de dos dáctilos y de otra cesura. — *Verso quebrado.* El de cuatro sílabas cuando alterna con otros más largos. — *Versos pareados.* Los dos versos que van unidos y aconsonantados.

2. verso n.m. Pieza antigua de artillería.

versta n.f. Medida itineraria rusa que equivalía a 1.067 metros.

vértebra n.f. Cada uno de los huesos que, superpuestos, forman el *raquis* o *columna vertebral.* • **vertebral** adj. Perteneciente o relativo a las vértebras.

vertebrado,a 1. adj. Que tiene vértebras. **2.** n.m.pl. Subrama de los cordados que comprende los animales que tienen esqueleto con columna vertebral.

verter I. v.tr. y prnl. **1.** Derramar o vaciar líquidos o cosas menudas, etc. **2.** Vaciar el contenido de un recipiente. **II.** v.tr. Traducir. • **vertedero** I. n.m. **1.** Lugar adonde o por donde se vierte algo. **2.** Lugar donde se vierten basuras o escombros. **II.** n.m. **1.** Canal o conducto que sirve de desagüe. **2.** MAR Instrumento para achicar el agua.

vertical 1. n.f. y adj. GEOM Aplícase a la recta o plano perpendicular al del horizonte. **2.** n.m. Cualquiera de los semicírculos máximos que se consideran en la esfera celeste perpendiculares al horizonte. — *Vertical primario,* o *primer vertical.* El que es perpendicular al meridiano y pasa por el Este y el Oeste. • **verticalidad** n.f. Calidad de vertical.

vértice n.m. **1.** GEOM Punto en que concurren los dos lados de un ángulo o tres o más planos. **2.** GEOM Cúspide de la pirámide o del cono. **3.** GEOM Punto de una curva, en que la encuentra un eje suyo normal a ella. • **verticidad** n.f. Capacidad o potencia de moverse a varias partes o alrededor.

verticilo n.m. BOT Conjunto de tres o más órganos vegetales que están en un mismo plano alrededor de un tallo. • **verticilado,a** adj. BOT Que forma verticilo.

vertiente n.m. o f. **1.** Declive por donde corre o puede correr el agua. **2.** Fig. Aspecto, punto de vista.

vértigo n.m. **1.** PAT Trastorno del sentido del equilibrio caracterizado por una sensación de movimiento rotatorio del cuerpo o de los objetos que lo rodean. **2.** PSIQUIAT Turbación del juicio, repentina y pasajera. **3.** Fig. Apresuramiento anormal. **4.** MED VET Meningoencefalitis del caballo. • **vertiginoso,a** adj. **1.** Perteneciente o relativo al vértigo. **2.** Que causa vértigo. **3.** Que padece vértigos.

vertimiento n.m. Acción y efecto de verter o verterse.

vesical adj. ZOOL Perteneciente o relativo a la vejiga.

vesicante n.m. y adj. Dícese de la sustancia que produce ampollas en la piel. • **vesicación** n.f. Formación de ampollas en la piel, debida a la aplicación de un producto vesicante.

vesícula n.f. **1.** ANAT Pequeña bolsa membranosa o pequeña cavidad glandular. — *Vesícula biliar.* Depósito donde se acumula la bilis que excreta el hígado. **2.** MED Hinchazón de la epidermis llena de serosidad o de pus. **3.** BOT Cavidad cerrada. • **vesicular** adj. **1.** Que tiene la forma de una vesícula. **2.** Relativo a la vesícula biliar.

Vespertilio n.m. ZOOL Género de murciélagos insectívoros de grandes orejas y cola desarrollada.

vespertino,a adj. **1.** Perteneciente o relativo a la tarde. **2.** ASTRON Dícese del astro que traspone el horizonte después del ocaso.

véspidos n.m.pl. Familia de insectos himenópteros que comprende las avispas y los abejorros.

vestíbulo n.m. **I. 1.** Atrio o portal que está a la entrada de un edificio. **2.** Antesala. **II.** ZOOL Una de las cavidades del oído interno de los vertebrados.

vestido n.m. **1.** Prenda que cubre el cuerpo. **2.** Prenda de vestir exterior. **3.** Vestido de mujer en una sola pieza. • **vestidura** n.f. **1.** Vestido. **2.** Vestido sacerdotal que se usa en la práctica del culto.

vestigio n.m. **1.** Restos, ruinas de una construcción antigua. **2.** Fig. Señal que queda de otras cosas. **3.** Fig. Indicio por donde se infiere la verdad de algo. **4.** Huella.

vestiglo n.m. Monstruo fantástico horripilante.

vestimenta n.f. **1.** Vestido. **2.** Vestidura sacerdotal.

vestir I. v.tr. **1.** Cubrir o adornar el cuerpo con el vestido. **2.** Cubrir una cosa con otra. **3.** v.int. Ser una prenda adecuada para ocasiones determinadas. **4.** Fig. Adornar una cuestión con retórica. **5.** Fig. Disfrazar la realidad con artificios. **6.** Fig. Hacer los vestidos para otro. **II.** v.tr. y prnl. **1.** Fig. Afectar exteriormente una pasión del ánimo. **2.** Fig. Cubrir la hierba los campos; la hoja, los árboles, etc. **III.** v.int. **1.** Llevar vestido con perfección o gusto. **2.** Llevar un traje de color, forma o distintivo especial. **IV.** v.prnl. **1.** Fig. Engreírse vanamente de la autoridad o empleo. **2.** Fig. Sobreponerse una cosa a otra, encubriéndola.

vestuario n.m. **1.** Conjunto de las piezas que sirven para vestir. **2.** Conjunto de trajes necesarios para una representación escénica. **3.** Lo que en algunas comunidades se da a sus individuos para vestirse. **4.** Sitio o local para cambiarse de ropa. **5.** MILIT Uniforme de los soldados.

veta n.f. **1.** Faja o lista de una materia que se distingue de la masa en que se halla interpuesta. **2.** Filón metálico. **3.** Fig. y Fam. Aptitud de uno para una ciencia o arte. **4.** *Ecuad.* Correa enteriza sacada de toda la piel de una res vacuna. • **vetear** v.tr. Señalar o pintar vetas.

vetar v.tr. Poner el veto a una proposición, acuerdo o medida.

veterano,a n. y adj. **1.** Aplícase a los militares que hacen muchos años de servicio y son expertos en su profesión. **2.** Fig. Antiguo y experimentado en cualquier profesión o ejercicio. • **veteranía** n.f. Calidad de veterano.

veterinario,a 1. adj. Perteneciente o relativo a la veterinaria. **2.** n.m. y f. Persona autorizada para ejercer la veterinaria. • **veterinaria** n.f. Ciencia y arte de precaver y curar las enfermedades de los animales.

Vetiveria n.f. Género de plantas gramíneas, cuya raíz se usa en cosmética.

veto n.m. Derecho conferido a una autoridad de oponerse a una ley votada, o a la adopción de una resolución. ▷ Fig. Oposición, rechazo.

vetones, antiguo pueblo que habitaba en la meseta central de la península Ibérica. Ayudaron a los lusitanos en su guerra con los romanos. Se supone que fueron absorbidos por los celtas.

vetusto,a adj. Muy antiguo o de mucha edad.

vez n.f. **I. 1.** Alternación de las cosas por turno u orden sucesivo. **2.** Tiempo u ocasión en que se ejecuta una acción. **II.** pl. Ministerio, autoridad que una persona ejerce supliendo a otra o representándola. **III.** — *A la vez.* Simultáneamente. — *A su vez.* Por orden sucesivo y alternado. — *A veces.* Por orden alternativo. — *De una vez.* Con una sola acción.

VHF Designación que reciben las ondas radioléctricas cuya frecuencia está comprendida entre 30 y 300 MHz.

vía n.f. **I. 1.** Camino por donde se transita. **2.** Espacio que hay entre los carriles que señalan las ruedas de los vehículos. **3.** El mismo carril. **4.** Raíl de ferrocarril y terreno donde se asienta. **5.** Cualquiera de los conductos por donde pasan en el cuerpo los humores, el aire, los alimentos y los residuos de la digestión. **6.** MAR *Vía de gua.* Rotura por donde entra agua en una embarcación. **7.** *Vía de comunicación.* Camino terrestre o ruta marítima. **II. 1.** Entre los ascéticos, modo y orden de vida espiritual encaminada a la perfección de la virtud. **2.** Fig. Arbitrio o conducto para hacer o conseguir una cosa. **3.** FOR Ordenamiento procesal. — *Vía contenciosa.* Procedimiento judicial ante la jurisdicción para el caso, en oposición al administrativo. — *Vía ordinaria.* Forma procesal de contención, usada en los juicios declarativos. — *Vía sumaria.* Forma abreviada de enjuiciar en asuntos de urgencia. • **viabilidad** n.f. **1.** Calidad de viable. **2.** Transitable. • **viable** adj. **1.** Que puede vivir. **2.** Se dice del asunto que tiene probabilidades de realizarse.

viador n.m. TEOL Criatura racional que está en esta vida y aspira y camina a la eternidad.

viaducto n.m. Obra a manera de puente, para el paso de un camino sobre una hondonada.

viajar v.int. Acción de trasladarse en un medio de locomoción. • **viajante** n.m. y f. Dependiente comercial que hace viajes para negociar ventas o compras.

1. viaje n.m. **I. 1.** Acción y efecto de viajar. **2.** Recorrido que se hace de una parte a otra por mar, tierra o aire. ▷ Camino por donde se hace. **3.** Fig. Modificación del estado normal de conciencia provocada por un alucinógeno. **II.** Carga que se lleva de un lugar a otro de una vez. **III.** Escrito donde se relata lo que ha visto u observado un viajero. **IV.** Agua que se conduce desde un manantial o depósito a una población. • **viajero,a** I. **1.** adj. Que viaja. **2.** n.m. Persona que hace un viaje. **II.** n.m. *Chile.* Criado de una chacra encargado de ir a caballo a hacer los recados.

2. viaje n.m. **1.** Corte sesgado que se da a alguna cosa. **2.** Fam. Acometida inesperada con arma blanca.

vial I. adj. Perteneciente o relativo a la vía. **II.** n.m. **1.** Calle formada por dos filas paralelas de árboles u otras plantas. **2.** Frasquito destinado a contener un medicamento inyectable.

vía crucis, expr. tomada del lat. con que se denomina el camino señalado por diversas estaciones de cruces o altares, en memoria de los pasos que dio Jesucristo camino del Calvario. ▷ Aflicción continuada que sufre una persona.

vianda n.f. **1.** Alimento, especialmente carne y pescado. **2.** Comida que se sirve a la mesa. **3.** *Cuba* y *P. Rico.* Frutos y tubérculos que se sirven guisados. • **viandero,a** n.m. y f. *Cuba* y *P. Rico.* Vendedor de viandas.

viandante n.m. y f. Transeúnte por un camino o una calle.

viario,a adj. Relativo a los caminos y carreteras.

viático n.m. **1.** Provisiones o dinero que se preparan para un viaje. **2.** Suma que se abona a los diplomáticos para trasladarse de su destino. **3.** RELIG Sacramento de la Eucaristía, administrado a los enfermos en peligro de muerte.

víbora n.f. **1.** Culebra venenosa de cabeza triangular, que vive en lugares pedregosos y soleados. **2.** Fig. Personal maldiciente.

viborán n.m. BOT *Amér. Central.* Planta asclepiadácea, que secreta un jugo usado como vomitivo y vermífugo.

vibración n.f. **1.** FIS Oscilación periódica de un sistema material en su totalidad o de una parte de él. **2.** Movimiento, carácter de lo que vibra.

vibráfono n.m. Instrumento de percusión que consta de unas láminas metálicas con unos tubos de resonancia.

vibrar **I.** v.tr. **1.** Tener un movimiento trémulo una cosa larga, delgada y elástica. **2.** P. ext., dícese del sonido trémulo de la voz. **II.** v.int. MECAN Experimentar, sufrir vibraciones. • **vibrante** n.f. y adj. GRAM Dícese del sonido o letra que se pronuncia con un rápido contacto oclusivo entre los órganos de la articulación. • **vibrátil** adj. Capaz de vibrar. ▷ BIOL *Cilios vibrátiles.* Prolongaciones celulares filiformes dotadas de movimiento. • **vibrato** n.m. MUS Efecto de temblor debido a la ondulación rápida del sonido emitido por un instrumento o por la voz.

vibrión n.m. BIOL Cualquiera de las bacterias de forma encorvada.

viburno n.m. Arbusto de la familia caprifoliáceas.

vicario,a **1.** n. y adj. Que tiene las veces de otro o le sustituye. **2.** n.m. y f. Persona que en las órdenes regulares suple a un superior en caso de ausencia o falta. — *Vicario apostólico.* Dignidad eclesiástica designada por la Santa Sede para regir con jurisdicción ordinaria las cristiandades en territorios donde aún no está introducida la jerarquía eclesiástica. **3.** n.m. Juez eclesiástico nombrado y elegido por los prelados para que ejerza sobre sus súbditos la jurisdicción ordinaria. **4.** pl. Sueldacostilla (planta). • **vicaría** n.f. **1.** Oficio o dignidad de vicario. **2.** Oficina o tribunal del vicario. **3.** Territorio de la jurisdicción del vicario.

vice- Voz que sólo tiene uso en composición, y significa que la persona de quien se habla tiene las veces o autoridad de la expresada por la segunda parte del compuesto: *vicepresidente.* También se usa para designar los cargos correspondientes: *vicepresidencia.*

vicealmirante n.m. Oficial general de la armada, inmediatamente inferior al almirante.

vicecanciller n.m. **1.** Cardenal presidente de la curia romana. **2.** Sujeto que hace el oficio de canciller.

vicecónsul n.m. El que suple al cónsul, o el que realiza las funciones de un cónsul en los lugares donde no lo hay.

vicepresidente,a n.m. y f. Persona que hace o está facultada para hacer las veces del presidente o de la presidenta.

vicerrector,a n.m. y f. Persona que hace o está facultada para hacer las veces del rector.

vicesecretario,a n.m. y f. Persona que hace o está facultada para hacer las veces del secretario o de la secretaria.

vicésimo,a adj. Vigésimo, ordinal.

viceversa adv.m. Al contrario.

Vicia n.f. **1.** Género de plantas herbáceas (familia papilionáceas). **2.** Semilla de estas plantas.

viciar **I.** v.tr. y prnl. Dañar o corromper física o moralmente. **II.** v.tr. **1.** Falsear o adulterar los géneros. **2.** Anular el valor de un acto. **3.** Fig. Tergiversar una proposición. **III.** v.prnl. **1.** Entregarse uno a los vicios. **2.** Aficionarse a algo con exceso. **3.** Alabearse una superficie.

vicio n.m. **1.** Defecto o daño físico en las cosas. **2.** Defecto moral en las acciones. **3.** Falsedad, yerro o engaño. **4.** Hábito de obrar mal. **5.** Defecto o exceso que tienen algunas personas, o que es común a una colectividad. **6.** Deseo de una cosa, que incita a excederse en su uso. **7.** Desviación que presenta una superficie apartándose de la forma que debe tener. **8.** Mimo. • **vicioso,a** **I.** adj. **1.** Que tiene, padece o causa vicio. **2.** Vigoroso y fértil. **3.** Abundante, provisto. **4.** Fam. Dícese del niño mimado. **II.** n. y adj. Entregado a los vicios.

vicisitud n.f. **1.** Orden sucesivo o alternativo de alguna cosa. **2.** Inconstancia o alternativa de sucesos prósperos y adversos.

víctima n.f. Persona o animal sacrificado o destinado al sacrificio. ▷ Fig. Persona que se expone a un grave riesgo por otra. ▷ Fig. Persona que padece daño por culpa ajena o por causa fortuita.

victoria n.f. **1.** Superioridad o ventaja que se consigue del contrario, en disputa o lid. **2.** MIT Divinidad alegórica entre los antiguos griegos y romanos. • **victorioso,a** **1.** adj. Que ha conseguido una victoria. **2.** adj. Aplícase también a las acciones con que se consigue.

Victoria n.f. Género de plantas acuáticas ornamentales (familia ninfáceas). — *Amér. Merid. Victoria regia.* Planta ninfácea acuática de enorme tamaño.

vicuña n.f. **1.** Mamífero rumiante parecido al macho cabrío , pero sin cuernos. **2.** Lana de este animal. **3.** Tejido que se hace de esta lana.

vid n.f. Arbusto sarmentoso (familia de las ampelidáceas o vitáceas). Su fruto es la uva.

vida n.f. **1.** Fuerza o actividad interna que poseen los animales y las plantas para crecer, reproducirse, etc. ▷ Estado de actividad de los seres orgánicos. **2.** Tiempo que media entre el nacimiento y la muerte de un ser orgánico. ▷ Duración de las cosas. **3.** Modo de vivir. **4.** Alimento necesario para la existencia. **5.** Persona o ser humano. **6.** Biografía. **7.** Fig. Cualquier cosa que origina complacencia. **8.** Fig. Cualquier cosa que contribuye al ser o conservación de otra. **9.** Fig. Expresión, viveza.

vidarra n.f. Planta ranunculácea.

vide Voz verbal latina que significa «véase».

vidente n.m. o f. Profeta.

video n.m. Aparato que permite grabar en película las emisiones de televisión.
ENCICL El registro de imágenes puede efectuarse en un soporte magnético (cinta magnética o videocassette) o en un disco (videodisco). El registro se efectúa a partir de señales generadas por una cámara electrónica (que transforma las imágenes captadas en señales eléctricas) o por una telecámara (que transfiere las películas obtenidas por medio de una cámara óptica). El registro sobre un soporte magnético se efectúa por medio de un magnetoscopio (que reproduce también las imágenes). El registro sobre un videodisco se efectúa por grabación, igual que sobre un disco corriente, y la lectura por un procedimiento óptico o mecánico.

videocassette n.m. Aparato que reproduce programas televisivos, registrados en una cinta magnética contenida en un estuche normalizado. ▷ Dicho estuche.

videófono n.m. Combinación de teléfono y televisión, mediante la que es posible establecer comunicación visual y acústica a un mismo tiempo.

vidia n.f. Aglomerado de carburos metálicos, que se utiliza como filo en ciertas herramientas de corte.

vidicón n.m. ELECTRON Tubo analizador de imágenes basado en el principio de la fotoconductividad.

vidriera n.f. **1.** Bastidor con vidrios con que se cierran puertas y ventanas. — *Vidriera de colores.* La formada por vidrios con dibujos coloreados. **2.** Escaparate de una tienda.

vidrio n.m. **1.** Materia transparente, dura y frágil, fabricada a partir de silicatos. — *Fibra de vidrio.* Aislante constituido por filamentos de este material de algunos milímetros de diámetro. **2.** Cualquier pieza o vaso de vidrio. **3.** Fig. Cosa muy delicada y quebradiza. • **vidriado,a** **I.** adj. Frágil como el vidrio. **II.** n.m. **1.** TECN Enlucido vidrioso que recubre ciertas cerámicas, lozas, etc. **2.** Este barniz. • **vidriar** **1.** v.tr. Dar a las piezas de barro o loza un barniz que fundido al horno toma la transparencia y lustre del vidrio. **2.** v.prnl. Ponerse vidriosa alguna cosa. • **vidriero,a** n.m. y f. Persona que trabaja en vidrio o el que lo vende.

vidrioso,a adj. **1.** Frágil, como el vidrio. **2.** Fig. Se dice de los ojos que se vidrian. **3.** *Estado vidrioso.* Estado de un cuerpo cuyos átomos están dispuestos de manera aleatoria.

vieira n.f. Molusco lamelibranquio.

vieja n.f. Pez de color negruzco, cabeza grande, y tentáculos cortos sobre las cejas.

viejo,a **I.** n. y adj. Se dice de la persona de mucha edad. **II.** adj. **1.** Se dice, p. ext., de los animales en igual caso. **2.** Antiguo o del tiempo pasado. ▷ Que no es reciente ni nuevo. **3.** Deslucido, estropeado por el uso.

viella n.f. Instrumento musical popular cuyas cuerdas vibran al hacer girar un manubrio.

viento n.m. **I. 1.** Corriente de aire producida en la atmósfera por causas naturales. ▷ Aire atmosférico. **2.** Olor que como rastro dejan las piezas de caza. ▷ Olfato de ciertos animales. **II.** Cierto hueso que tienen los perros entre las orejas. **III.** Fam. Pedo. **IV.** MAR Rumbo. — MAR *Viento en popa.* El que sopla hacia el mismo punto a que se dirige el buque. — MAR *Viento de proa.* El que sopla en dirección contraria a la que lleva el buque. — ASTRON *Viento solar.* Flujo de partículas que emite el Sol y cuyos efectos en el espacio interplanetario son similares a los del viento. — *Vientos alisios.* Vientos fijos que soplan de la zona tórrida, con inclinación al NE o al SE, según el hemisferio en que reinan.

vientre n.m. **I. 1.** ZOOL Cavidad del cuerpo de los animales vertebrados, que contiene los órganos principales del aparato digestivo y del genitourinario. ▷ Conjunto de las vísceras contenidas en esta cavidad. **2.** ANAT Abdomen. ▷ Panza de las vasijas. ▷ Fig. Cavidad grande e interior de una cosa. **3.** FIS En los cuerpos vibrantes, la parte central de la porción comprendida entre dos nodos. **II.** *Bajo vientre.* Hipogastrio.

viernes n.m. Sexto día de la semana.

vierteaguas n.m. Resguardo que forma una superficie inclinada para escurrir las aguas llovedizas.

vietnamita 1. adj. Del Vietnam. ▷ n. y adj. Habitante o persona originaria de Vietnam. 2. n.m. Lengua hablada en Vietnam (lengua monosilábica con distintos tonos).

viga n.f. 1. Madero largo y grueso que suele formar los techos y asegurar las construcciones. — ARQUIT *Viga de aire*. La que sólo está sostenida en sus extremos. — ARQUIT *Viga maestra*. La que, tendida sobre pilares o columnas, sirve para sostener las cabezas de otros maderos también horizontales. ▷ Hierro de doble T con los mismos usos que la viga de madera. 2. Prensa que se utiliza, sobre todo, para exprimir la aceituna en las almazaras. 3. Porción de aceituna molida que se pone cada vez debajo de la viga.

vigente adj. Se aplica a las leyes, estilos y costumbres que están en vigor. • **vigencia** n.f. Calidad de vigente.

vigésimo,a adj. 1. Que sigue inmediatamente en orden al o a lo decimonono. 2. Se dice de cada una de las veinte partes iguales en que se divide un todo. • **vigesimal** adj. MAT Que tiene por base el número veinte.

vigía I. n.f. 1. Torre en alto para registrar el horizonte. 2. Acción de vigilar a larga distancia. 3. MAR Escollo que sobresale algo sobre la superficie del mar. II. n.m. y f. Persona destinada a vigilar la posible presencia de enemigos o de un peligro.

vigilar v.int. y tr. Velar, atender exacta y cuidadosamente. • **vigilancia** n.f. 1. Cuidado y atención exacta en las cosas que están a cargo de cada uno. 2. Servicio dispuesto para vigilar. • **vigilante** 1. adj. Que vela o está despierto. 2. n.m. y f. Persona encargada de velar por algo. ▷ Agente de policía.

vigilia n.f. 1. Acción de estar en vela. 2. Trabajo intelectual, especialmente el nocturno. ▷ Obra producida de este modo. 3. Víspera, particularmente de una festividad religiosa. ▷ Oficio que se reza en la víspera de ciertas festividades. 4. Oficio de difuntos. 5. Falta de sueño o dificultad de dormirse. 6. Comida con abstinencia de carne.

vigor n.m. 1. Fuerza o actividad notable. 2. Viveza o eficacia en las acciones. 3. DER Fuerza de obligar o vigencia de las leyes. 4. Fig. Entonación o expresión enérgica de las obras artísticas o literarias. • **vigorizar** o **vigorar** v.tr. y prnl. Dar vigor. ▷ Fig. Animar, esforzar. • **vigoroso,a** adj. Que tiene vigor.

viguería n.f. Conjunto de vigas de una fábrica o edificio.

vigueta n.f. 1. Madero estrecho y largo. 2. Barra de hierro laminado, destinada a la edificación.

vihuela n.f. Instrumento músico antiguo, emparentado con la guitarra. • **vihuelista** n.m. y f. Persona que toca la vihuela.

vikingos, nombre dado a los navegantes escandinavos conocidos también por los nombres de normandos y de varegos, que saquearon y a veces colonizaron, de finales del s. VIII al s. XI, las costas de Europa y descendieron por los ríos de Rusia hasta el mar Negro. Sometieron las Islas Británicas y es posible que desde allí llegaran hasta América; en Europa occidental, a partir del año 840, saquearon las ciudades de París, Hamburgo, Ruán, Sevilla, Pisa, etc. Estas tropas, heterogéneas, pero herederas de una rica civilización común, se mezclaron progresivamente con las poblaciones de los lugares donde se establecieron. Por otro lado, se constituyeron también reinos vikingos (en Noruega y en Dinamarca).

vil I. adj. 1. De poca categoría o valor. 2. Indigno, infame. II. n. y adj. Se aplica a la persona desleal. • **vileza** n.f. 1. Calidad de vil. 2. Acción o expresión indigna.

vilano n.m. 1. Apéndice de pelos o filamentos que corona el fruto de muchas plantas. 2. Flor del cardo.

vilipendiar v.tr. Despreciar o denigrar. • **vilipendio** n.m. Desprecio, denigración.

vilo (en) m.adv. 1. Suspendido, sin apoyo. 2. Fig. Con indecisión, inquietud, a la espera de algo.

vilorta n.f. 1. Vara de madera flexible que sirve para hacer aros. 2. Cada una de las abrazaderas de hierro que sujetan al timón la cama del arado. 3. Arandela. 4. Especie de clemátide de anchas hojas.

vilos n.m. Embarcación filipina de dos palos.

vilote adj. *Arg.* y *Chile.* Dícese del cobarde.

villa n.f. 1. Casa de recreo situada aislada mente en el campo. 2. Población que tiene algunos privilegios con que se distingue de las aldeas y lugares. 3. Corporación municipal. 4. Casa consistorial.

villafranquiense n.m. y adj. GEOL Perteneciente al primer período del cuaternario.

villancico n.m. Composición poética popular con estribillo, y especialmente la de asunto religioso, que se canta en Navidad.

villano,a I. n. y adj. Se aplicaba al miembro de la plebe, a distinción de noble. II. adj. 1. Fig. Inculto o descortés. 2. Fig. Ruin, indigno. III. n.m. Música y baile españoles, de los ss. XVI y XVII. • **villanía** n.f. 1. Bajeza de nacimiento, condición o estado. 2. Fig. Acción ruin. 3. Fig. Expresión indecorosa.

villoría n.f. Casería o casa de campo.

villorrio n.m. Desp. Población pequeña y poco urbanizada.

vina n.f. MUS Instrumento de cuerda semejante a la cítara.

vinagre n.m. Líquido agrio y astringente, producido por la fermentación ácida del vino. ▷ Fig. y Fam. Persona de genio áspero y desapacible. • **vinagrera** n.f. 1. Vasija destinada a contener vinagre para el uso diario. 2. Acedera. 3. *Amér. Merid.* Acedía (indisposición del estómago). 4. pl. Pieza con dos o más frascos para aceite y vinagre, que se emplea en el servicio de la mesa. • **vinagreta** n.f. Salsa compuesta de aceite, cebolla y vinagre. • **vinagrillo** n.m. 1. Vinagre de poca fuerza. 2. Mezcla en la que entra el vinagre. 3. BOT *Arg.* y *Chile.* Planta de la familia de las oxalidáceas, cuyo tallo contiene un jugo blanquecino bastante ácido.

vinajera n.f. 1. Cada uno de los dos jarrillos con que se sirven en la misa el vino y el agua. 2. pl. Aderezo de ambos jarrillos y de la bandeja donde se colocan.

vinatera n.f. MAR Cordel con una gaza en un extremo y un cazonete o muletilla en el otro.

vinatero,a 1. adj. Perteneciente al vino. 2. n.m. El que trafica con el vino.

vinaza n.f. Especie de vino que se saca a lo último, de los posos y las heces.

vincapervinca o **vinca** n.f. 1. Pequeña planta (familia apocináceas) de flores tubulares azul claro o malva. 2. Color azul-malva.

1. vincular I. v.tr. 1. Sujetar los bienes a vínculo para perpetuarlos en empleo o familia. 2. Fig. Atar o fundir una cosa en otra. II. v.tr. y prnl. Fig. Perpetuar o continuar una cosa. • **vinculación** n.f. Acción y efecto de vincular o vincularse.

2. vincular adj. Perteneciente o relativo al vínculo.

vínculo n.m. 1. Unión o atadura. 2. FOR Sujeción de los bienes, con prohibición de enajenarlos, a que se transmitan y perpetúen en familia o se empleen en fines benéficos. Dícese también de los bienes adscritos a una vinculación.

vinchuca n.f. 1. *Arg., Chile* y *Perú.* Especie de chinche. 2. *Chile.* Especie de flechilla, rehilete.

vindicar I. v.tr. y prnl. 1. Vengar. 2. Defender al injuriado. II. v.tr. FOR Recuperar uno lo que le pertenece. • **vindicación** n.f. Acción y efecto de vindicar o vindicarse.

vindicta n.f. Venganza.

vinícola 1. adj. Relativo a la fabricación del vino. 2. n.m. El que tiene o cultiva viñas. • **vinicultor,a** n.m. y f. Persona que se dedica a la vinicultura. • **vinicultura** n.f. Elaboración de vinos.

viniebla n.f. Cinoglosa (hierba borraginácea).

vinificación n.f. Fermentación del mosto de la uva, o transformación del zumo de ésta en vino.

vinilo n.m. QUIM *Radical vinilo.* Radical monovalente CH_2 = CH. ▷ Cuerpo que contiene este radical. • **vinilita** n.f. Resina vinílica utilizada principalmente en la fabricación de discos microsurcos.

vino n.m. 1. Licor alcohólico que se hace del zumo de las uvas fermentado. 2. Zumo de otras plantas o frutos que se fermenta al modo del de las uvas. — *Vino abocado.* El que participa algún tanto de las condiciones del vino dulce. — *Vino clarete.* Especie de vino tinto, algo claro. — *Vino de solera.* El más añejo y generoso, que se destina para dar vigor al nuevo.

vinolento,a adj. Dado al vino o que acostumbra beberlo con exceso. • **vinolencia** n.f. Exceso en el beber vino.

vinoso,a adj. 1. Que tiene la calidad o apariencia del vino. 2. Vinolento. • **vinosidad** n.f. Calidad de vinoso.

vinote n.m. Líquido que queda en la caldera del alambique después de destilado el vino y hecho el aguardiente.

viña n.f. Terreno plantado de muchas vides. — AGRIC *Arropar la viñas.* Abrigar las raíces de las cepas con basura, trapos u otras cosas. • **viñedo** n.m. Terreno plantado de vides.

viñeta n.f. 1. Dibujo, figura, escena, etc., estampada en una publicación. 2. Dibujo o estampita que se pone para adorno al principio o final de los libros y capítulos.

1. viola 1. n.f. Instrumento parecido al violín, aunque algo mayor y de sonido más grave. 2. n.m. y f. Persona que toca este instrumento.

2. viola n.f. Violeta.

violáceo,a I. n. y adj. Violado. II. n.f. y adj. BOT Dícese de plantas angiospermas dicotiledóneas, de hojas comúnmente alternas; flores de cinco pétalos, y fruto capsular con muchas semillas; como la violeta. ▷ n.f.pl. BOT Familia de estas plantas.

1. violar n.m. Sitio plantado de violetas. • **violado,a** n. y adj. De color de violeta, morado claro.

2. violar v.tr. 1. Infringir, quebrar una ley o precepto. 2. Penetrar (en un lugar sagrado o prohibido); profanar. 3. Hacer sufrir una violación. • **violación** n.f. 1. Acto de violencia por el cual una persona es forzada a una relación sexual. 2. Acción de violar. • **violador,a** n. y adj. Persona que viola, infringe, profana.

violento,a adj. 1. Que está fuera de su natural estado. 2. Que obra con ímpetu y fuerza. Se dice también de las mismas acciones. 3. Se dice de lo que hace uno contra su gusto, por ciertos respetos y consideraciones. 4. Fig. Se aplica al carácter impetuoso e irascible. 5. Fig. Que se ejecuta contra el modo regular o fuera de razón y justicia. • **violencia** n.f. 1. Calidad de violento. 2. Acción y efecto de violentar o violentarse. 3. Fig. Acción violenta. 4. Fig. Acción de violar a una mujer. • **violentar** I. v.tr. 1. Aplicar medios violentos para vencer una resistencia. 2. Fig. Tergiversar lo dicho o escrito. 3. Fig. Entrar en una casa u otra parte contra la voluntad de su dueño. **II.** v.prnl. Fig. Vencer uno su repugnancia a hacer alguna cosa.

violero n.m. **1.** Constructor de instrumentos de cuerda. **2.** Mosquito.

violeta **I.** n.f. **1.** Planta herbácea, vivaz, de la familia de las violáceas, con tallos rastreros; hojas radicales; flores de color morado claro y a veces blancas, de suavísimo olor, y fruto capsular con muchas semillas blancas y menudas. **2.** Flor de esta planta. **II.** n.m. y adj. Dícese de lo que es de color morado claro.

violeto n.m. **1.** Peladillo (árbol). **2.** Fruto de este árbol.

violín n.m. **1.** Instrumento músico de arco, de cuatro cuerdas. Es el más pequeño de los instrumentos de su clase, y equivale al tiple. ▷ El que toca este instrumento. **2.** En el juego del billar, soporte para apoyar la mediana. • **violinista** n.m. y f. Persona que toca el violín.

violón n.m. Contrabajo, instrumento de cuerda. ▷ Persona que lo toca.

violoncelo o **violonchelo** n.m. Instrumento músico de cuerda y arco, más pequeño que el violón. • **violoncelista** o **violonchelista** n.m. y f. Persona que toca el violoncelo o violonchelo.

viperino,a o **vipéreo,a** adj. Perteneciente a la víbora. ▷ Fig. Que tiene sus propiedades.

vira n.f. **1.** Especie de saeta delgada y de punta muy aguda. **2.** Tira de tela, badana o vaqueta que se cose entre la suela y la pala del calzado.

viracocha n.m. Nombre que los antiguos peruanos y chilenos daban a los conquistadores españoles.

virar **I.** v.int. Cambiar de dirección un vehículo. **II.** v.tr. **1.** En fotografía, sustituir la sal de plata del papel impresionado por otra sal más estable o que produzca un color determinado. **2.** MAR Dar vueltas el cabrestante para levar las anclas o suspender otras cosas de mucho peso. **III.** v.tr. e int. MAR Cambiar de rumbo o de bordada. • **virada** n.f. MAR Acción y efecto de virar. • **virador** n.m. **1.** Líquido empleado en fotografía para virar. **2.** MAR Cabo grueso que se guarnece al cabrestante para meter el cable. • **viraje** n.m. Acción y efecto de virar. ▷ Fig. Cambio de orientación en las ideas, conducta, etc.

viravira n.f. *Arg., Chile, Perú* y *Venez.* Planta herbácea de la familia de las compuestas, que se emplea en infusión como pectoral.

virazón n.f. **1.** Viento que en las costas sopla de la parte del mar durante el día, y de tierra durante la noche. **2.** Cambio repentino de viento. ▷ Fig. Viraje repentino en las ideas, conducta, etc.

víreo n.m. Oropéndola (pájaro).

virgaza n.f. Planta trepadora.

virgen **I.** n. y adj. Persona que no ha tenido relaciones sexuales. **II.** adj. **1.** Dícese de la tierra que no ha sido arada o cultivada. **2.** Aplícase a aquellas cosas que no han servido aún para su fin. **3.** Natural, sin artificio. **III.** n.f. RELIG P. antonom., la madre de Cristo. ▷ Imagen que la representa.

virginal **I.** adj. **1.** Perteneciente a la virgen. **2.** Fig. Puro, incólume, inmaculado. **II.** Instrumento de tecla antiguo.

virginia n.m. Tabaco en hojas procedente del est. de Virginia.

virginidad n.f. Estado de la persona que no ha realizado el acto sexual.

virgo **1.** n.f. y adj. Virginidad. **2.** n.m. Himen.

vírgula n.f. **1.** Vara pequeña. **2.** Rayita o línea muy delgada. **3.** MED Vibrión causante del cólera.

virgulilla n.f. **1.** Cualquier signo ortográfico de figura de coma, rasguillo o trazo. **2.** Cualquier rayita corta y delgada.

vírico,a adj. Relativo a un virus.

1. viril n.m. **1.** Vidrio muy claro y transparente que se pone delante de algunas cosas para preservarlas. **2.** Caja de cristal que encierra la forma consagrada o guarda reliquias.

2. viril adj. Perteneciente o relativo al varón. • **virilidad** n.f. **1.** Calidad de viril. **2.** Edad viril. • **virilismo** n.m. Conjunto de perturbaciones producidas por un exceso de secreción de hormonas masculinas en la mujer. • **virilización** n.f. MED Aparición de caracteres sexuales secundarios masculinos en la mujer púber.

virión n.m. MICROBIOL Parte central de un virus, portadora de caracteres infecciosos.

virola n.f. **1.** Abrazadera de metal que sirve de remate o adorno en algunos instrumentos. **2.** Anillo ancho de hierro que se pone en la extremidad de la garrocha para que no penetre demasiado en el toro.

virolay n.m. Antigua canción provenzal.

virolento,a n. y adj. **1.** PAT Que tiene viruelas. **2.** Señalado de ellas.

virología n.f. Parte de la microbiología, que tiene por objeto el estudio de los virus.

virosis n.f. Nombre genérico de las enfermedades cuyo origen se atribuye a virus patógenos.

virote n.m. Especie de saeta guarnecida con un casquillo. • **virotillo** n.m. ARQUIT Madero corto vertical y sin zapata, que se apoya en uno horizontal y sostiene otro horizontal o inclinado.

virrey n.m. El que con este título gobernaba en nombre y con autoridad del rey. • **virreinato** o **virreino** n.m. **1.** Dignidad o cargo de virrey. **2.** Duración de dicho cargo. **3.** Distrito gobernado por un virrey.
ENCICL La figura del virrey aparece en España en el reino de Aragón, a fines de la Edad Media, para los territorios de Sicilia y Cerdeña. Sobre este modelo, y aunque efímeramente, se le concedió este título a Colón, en las Capitulaciones de Santa Fe. Los Reyes Católicos mantuvieron la institución en los antiguos reinos aragoneses, y la implantaron en Galicia, Nápoles y Sicilia. Bajo Carlos I se crearon los dos grandes virreinatos americanos Nueva España (1535) y Perú (1544), y al final del período colonial se establecieron los de Nueva Granada y Río de la Plata.

virtual adj. **1.** Que tiene virtud para producir un efecto. **2.** Implícito, tácito. **3.** FIS Que tiene existencia aparente y no real. — FIS *Imagen virtual.* Aquella cuyos puntos se encuentran en la prolongación geométrica de los rayos luminosos. **4.** FILOS Que existe en potencia solamente, potencial. • **virtualidad** n.f. Calidad de virtual.

virtud n.f. **1.** Actividad o fuerza de las cosas para producir sus efectos. **2.** Eficacia de una cosa para conservar o restablecer la salud. **3.** Fuerza, vigor o valor. **4.** Poder o potestad de obrar. **5.** Disposición constante a hacer el bien. **6.** P. ext. Disposición particular a observar determinados deberes. — RELIG *Virtud cardinal.* Cada una de las cuatro que son principio de otras. — *Virtud moral.* Hábito de obrar bien, independientemente de los preceptos de la ley. — RELIG *Virtud teologal.* Cada una de las tres (fe, esperanza y caridad) cuyo objeto directo es Dios. **7.** Recto modo de proceder. **8.** pl. Espíritus bienaventurados. • **virtuosismo** n.m. Dominio de la técnica de un arte. • **virtuoso,a** **I.** n. y adj. **1.** Que se ejercita en la virtud u obra según ella. **2.** Se dice del que domina de modo extraordinario la técnica de un arte. **II.** adj. **1.** Se aplica a las acciones caracterizadas por la virtud. **2.** Se dice de las cosas que tienen la actividad y virtud natural que les corresponde.

viruela n.f. **1.** PAT Enfermedad contagiosa caracterizada por la erupción de gran número de pústulas. **2.** PAT Cada una de estas pústulas.

virulé (a la) m. adv. Torcido o en mal estado.

virulencia n.f. **1.** MED Poder infeccioso y patógeno de un germen. **2.** Fig. Violencia, dureza. • **virulento** adj. **1.** MED Dotado de virulencia. **2.** Fig. Áspero, duro.

virus n.m. BACT y MED Cualquiera de los agentes que pasan a través de los filtros de porcelana.
ENCICL Todos los virus son parásitos, lo que hace pensar que se trata de organismos regresivos, simplificados y no, de formas primitivas de la vida. Proliferan sintetizando los ácidos nucleicos de la célula parasitada. La partícula vírica tiene una parte central, el virión, formada por ácido nucleico (ADN o ARN) y que está envuelta por una cáscara, la cápsula, formada esencialmente por proteínas. Alrededor de la cápsula puede existir una nueva envoltura, que contiene elementos de la célula huésped y asegura, al parecer, un «camuflaje» inmunitario. Los viriones están dispuestos de una manera muy regular, geométrica y, según su forma, se distinguen tres grandes clases: **1.** *Los virus de simetría cúbica,* donde los viriones forman unos sólidos poliédricos y en el interior de los cuales, el ácido nucleico se presenta bajo una forma de filamentos entrelazados; **2.** *Los virus de estructura helicoidal,* donde los viriones presentan un canal rodeado de un cilindro de ácido nucleico con filamentos regularmente dispuestos y rodeados por un manguito; **3.** *Los virus de estructura doble,* cuyos viriones poseen una cabeza de estructura cúbica y una especie de cola de estructura espiral; son los principales bacteriófagos.

viruta n.f. Hoja delgada que se saca en espiral al labrar la madera o los metales.

vis n.f. Fuerza, vigor.

visaje n.m. Gesto exagerado, mueca.

visar v.tr. Examinar algo, poniéndole el visto bueno. ▷ Dar validez a un documento. • **visado** n.m. Acción y efecto de visar. ▷ Certificación firmada que da autenticidad y validez.

vis-à-vis loc. **1.** Frente a frente. **2.** Situación de dos personas u objetos que están uno frente a otro.

víscera n.f. Entraña, órgano contenido en una cavidad corporal. • **visceral** adj. Perteneciente o relativo a las vísceras.

visco n.m. **1.** Liga para cazar pájaros. **2.** BOT *Arg.* Árbol leguminoso.

viscosa n.f. Producto que se obtiene mediante el tratamiento de la celulosa con una solución de álcali cáustico y bisulfuro de carbono.

viscosidad n.f. **1.** Calidad de viscoso. **2.** Materia viscosa. **3.** FIS Propiedad de los fluidos, que se gradúa por la velocidad de salida de aquéllos a través de tubos capilares. • **viscoso,a** adj. **1.** Glutinoso, pegajoso. **2.** Fig. Vil, inmundo.

visera n.t. **1.** Ala delantera de las gorras y otras prendas, que sirve para resguardar la vista. **2.** Parte del yelmo, movible, que defendía el rostro.

visible adj. **1.** Que se puede ver. **2.** Cierto, evidente. **3.** Dícese de la persona notable o ilustre. • **visibilidad** n.f. **1.** Calidad de visible. **2.** Mayor o menor distancia a que, según las condiciones atmosféricas, pueden reconocerse o verse los objetos. • **visibilizar** v.tr. Hacer visible artificialmente, como con los rayos X los cuerpos ocultos, o con el microscopio los microbios.

visigodos (posiblemente, *godos del Oeste*), denominación de una de las dos ramas de los godos. En la época en que aparecen por primera vez en las crónicas (principios del s. IV), los visigodos ocupaban una región situada entre el Dniéper y el Danubio. Parcialmente convertidos al arrianismo por Ulfilas, obtuvieron de los romanos la autorización para instalarse en Tracia (376), pero descontentos con el destino que se les reservaba en ese territorio, se sublevaron y aplastaron al ejército romano del emperador Valente en Adrianópolis (378). Entre el 396 y el 410, su jefe, Alarico, los condujo a Italia, donde tomaron Roma (410), y posteriormente Ataúlfo los lanzó a la conquista de Aquitania (410-415). En el año 418 pactaron con los romanos y se retiraron a la Galia donde crearon el reino de Tolosa. Teodorico II (457) pasó a la península para luchar contra los suevos, a los que venció, iniciando la hegemonía visigoda en Hispania.

visillo n.m. Cortina pequeña que se coloca en la parte interior de los cristales.

visión n.f. **1.** Acción y efecto de ver. **2.** Objeto de la vista. **3.** Producto de la fantasía o imaginación, que no tiene realidad y se toma como verdadera. **4.** TEOL Imagen que, de manera sobrenatural, se percibe por el sentido de la vista o por representación imaginativa. — TEOL *Visión beatífica.* Acto de ver a Dios. • **visionar** v.tr. **1.** Creer o figurarse que son reales cosas inventadas. **2.** Examinar, desde un punto de vista técnico. • **visionario,a** n. y adj. Se dice del que se figura y cree cosas quiméricas.

visir n.m. Ministro del sultán.

visita n.f. **1.** Acción de visitar. **2.** Persona que visita. **3.** Casa en que está el tribunal de los visitadores eclesiásticos.

visitar **I.** v.tr. **1.** Ir a ver a uno en su casa. **2.** Ir a un templo o santuario. **3.** Informarse el juez superior, u otra autoridad, del proceder de sus empleados y del estado de las causas en los distritos de su jurisdicción. **4.** Ir el médico a casa del enfermo para asistirle. **5.** Registrar en las aduanas los géneros. **6.** Reconocer en las cárceles los presos y las prisiones en orden a su seguridad. **7.** Informarse personalmente de una cosa. **8.** Acudir con frecuencia a un lugar. **II.** v.prnl. Acudir a la visita el preso para hacer alguna petición. • **visitación** n.f. **1.** Acción de visitar. **2.** RELIG Visita que hizo María Santísima a su prima Santa Isabel, de que hace fiesta particular la Iglesia. • **visitador,a** **1.** n. y adj. Que visita frecuentemente. **2.** n.m. Juez, ministro o empleado que tiene a su cargo hacer visitas o reconocimientos. • **visitante** n. y adj. Que visita.

visivo,a adj. Que sirve para ver.

vislumbrar v.tr. Ver un objeto tenue o confusamente por la distancia o falta de luz. ▷ Fig. Conocer imperfectamente o conjeturar una cosa inmaterial. • **vislumbre** n.f. **1.** Reflejo de la luz, o tenue resplandor. ▷ Fig. Conjetura, sospecha o indicio. **2.** Fig. Apariencia o leve semejanza de una cosa con otra.

viso n.m. **I. 1.** Reflejo o brillo de algunas cosas que las hace parecer de color distinto al suyo propio. **2.** Color o reflexión de la luz en las superficies lisas o tersas. **3.** Forro que se coloca debajo de una tela clara para que por ella se transparente. **4.** Fig. Apariencia de las cosas. **II.** Lugar alto, con mucha vista.

visón n.m. Mamífero carnicero semejante a la nutria, de piel muy apreciada.

visor n.m. Prisma o sistema óptico que permite enfocar rápidamente una cámara fotográfica.

víspera n.f. **1.** Día que antecede inmediatamente a otro. ▷ Fig. Cualquier cosa que antecede a otra. ▷ Fig. Inmediación a una cosa que ha de suceder. **2.** pl. Una de las horas del oficio divino que se dice después de nona.

vista **I.** n.f. **1.** Sentido corporal con que se perciben los objetos mediante la acción de la luz. ▷ Acción y efecto de ver. ▷ Apariencia o disposición de las cosas. **2.** Panorama visible desde un punto. **3.** Ojo humano. ▷ Conjunto de ambos ojos. **4.** Encuentro o concurrencia en que uno se ve con otro. **5.** Cuadro, estampa que representa un lugar o monumento, etc. **6.** Conocimiento claro de las cosas. **7.** Relación de unas cosas con otras. **8.** Intento o propósito. **9.** Parte visible de una cosa. **10.** Vistazo. **11.** FOR Actuación de una causa ante el tribunal. **II.** n.f.pl. **1.** Concurrencia de dos o más sujetos que se ven para fin determinado. **2.** Regalos que recíprocamente se hacen los novios. **3.** Ventana u otra abertura en los edificios, que dan al exterior. **III.** n.m. Empleado de aduanas que registra los géneros. **IV.** *Vista cansada.* La del présbita. — *Vista de ojos.* Diligencia judicial o extrajudicial de ver personalmente una cosa para informarse con seguridad de ella. — *Corto de vista.* Miope. • **vistazo** n.m. Mirada superficial o ligera. • **vistillas** n.f.pl. Lugar alto desde donde se ve mucho terreno.

visto,a **I.** Part.pas.irreg. de *ver.* — *Visto bueno.* Fórmula que se pone al pie de algunas certificaciones y otros instrumentos para autorizarlos. — FOR Fórmula con que se da por terminada la vista pública o se anuncia el pronunciamiento del fallo. **II.** n.m. FOR Parte de la sentencia, resolución o informe en que se citan los preceptos y normas aplicables para la decisión.

vistoso,a adj. Que atrae mucho la atención por su brillantez, viveza de colores u ostentación. • **vistosidad** n.f. Calidad de vistoso.

visual **1.** adj. Perteneciente al sentido de la vista. **2.** n.f. Línea recta que se considera tirada desde el ojo del espectador hasta el objeto.

visualizar v.tr. **1.** Visibilizar. **2.** Representar mediante imágenes ópticas fenómenos de otro carácter. **3.** Formar en la mente una imagen visual de un concepto abstracto. ▷ Imaginar con rasgos visibles algo que no se tiene a la vista. • **visualización** n.f. Acción y efecto de visualizar.

visura n.f. **1.** Examen que se hace de una cosa por vista de ojos. **2.** Examen pericial.

vitáceo,a n.f. y adj. BOT Se dice de plantas angiospermas dicotiledóneas, como la vid. ▷ n.f.pl. BOT Familia de estas plantas.

vital adj. Perteneciente o relativo a la vida. ▷ Fig. De suma importancia o trascendencia. • **vitalicio,a** **I.** adj. Que dura hasta la muerte. **II.** n.m. **1.** Póliza de seguro sobre la vida. **2.** Pensión duradera hasta la muerte del perceptor. • **vitalidad** n.f. **1.** Calidad de tener vida. **2.** Actividad o eficacia de las facultades vitales. • **vitalismo** n.m. FISIOL Doctrina que explica los fenómenos orgánicos por la acción de las fuerzas vitales, y no sólo por la acción de las fuerzas generales de la materia. • **vitalista** **1.** n. y adj. Que sigue la doctrina del vitalismo. **2.** adj. Perteneciente o relativo al vitalismo o a los vitalistas.

vitamina n.f. MED Cada una de ciertas sustancias orgánicas que existen en los alimentos y que, en cantidades pequeñísimas, son necesarias para el perfecto equilibrio de las diferentes funciones vitales. • **vitaminado,a** adj. Dícese del alimento o preparado farmacéutico al que se le han añadido ciertas vitaminas. • **vitamínico,a** adj. Perteneciente o relativo a las vitaminas.

vitela n.f. Piel de vaca o ternera, preparada para pintar o escribir en ella.

vitelina n.f. y adj. ZOOL Se dice de la membrana que envuelve el óvulo de los animales.

vitelo n.m. BIOL Conjunto de las sustancias de reserva acumuladas por el ovocito y utilizadas por el embrión durante su desarrollo. • **vitelino,a** adj. Relativo al vitelo.

viti- Prefijo procedente del latín *vitis*, «vid».

vitícola **1.** adj. Perteneciente o relativo a la viticultura. **2.** n.m. y f. Persona perita en la viticultura. • **viticultor,a** n.m. y f. Experto en viticultura. • **viticultura** n.f. **1.** Cultivo de la vid. **2.** Arte de cultivar las vides.

vitíligo n.m. MED Trastorno de la pigmentación cutánea, que se caracteriza por la presencia de manchas blancas rodeadas por un borde muy pigmentado.

vitivinícola **1.** adj. Perteneciente o relativo a la vitivinicultura. **2.** n.m. y f. Persona que se dedica a la vitivinicultura. • **vitivinicultor,a** n.m. y f. Persona que se dedica a la vitivinicultura. • **vitivinicultura** n.f. Arte de cultivar las vides y elaborar el vino.

vitola n.f. **1.** Marca o medida con que se distinguen, según su tamaño, los cigarros puros. ▷ Anilla de los cigarros puros. **2.** Plantilla para calibrar balas de cañón o de fusil.

¡vítor! Interj de alegría y aplauso. • **vitorear** v.tr. Aplaudir o aclamar con vítores.

vitral n.m. Vidriera de colores.

vitre n.m. MAR Lona muy delgada.

vítreo,a adj. **1.** Hecho de vidrio o que tiene sus propiedades. **2.** Parecido al vidrio.

vitrificar v.tr. y prnl. **1.** Convertir en vidrio una sustancia. **2.** Dar apariencia de vidrio.

vitrina n.f. Escaparate, armario o caja con puertas o tapas de cristales, para exponer objetos.

vitriolo n.m. Nombre dado antiguamente a los sulfatos. — *Vitriolo blanco.* Sulfato de cinc. — *Aceite de vitriolo.* Ácido sulfúrico concentrado, muy corrosivo. • **vitriólico,a** adj. QUIM Perteneciente al vitriolo o que tiene sus propiedades.

vitrocerámica n.f. TECN Materia hecha de microcristales regularmente repartidos en una masa vítrea homogénea, parecida a las cerámicas.

vitualla n.f. Conjunto de cosas necesarias para la comida, especialmente en los ejércitos. • **vituallar** v.tr. Proveer de vituallas.

vituperar v.tr. Decir mal de una persona o cosa. • **vituperación** n.f. Acción y efecto de vituperar. • **vituperio** n.m. Injuria, afrenta que se hace o dice a alguien.

viuda n.f. BOT Planta herbácea, de la familia de las dipsacáceas, con flores moradas. ▷ Flor de esta planta.

viudita n.f. *Arg.* y *Chile.* Ave de plumaje con borde negro en las alas y en la punta de la cola.

viudo,a n. y adj. Se dice de la persona cuyo cónyuge ha muerto y no ha vuelto a casarse. • **viudedad** n.f. Pensión o haber pasivo que recibe la viuda de un empleado y que le dura el tiempo que permanece en tal estado. • **viudez** n.f. Estado de viudo o viuda.

vivac o **vivaque** n.m. **1.** Campamento ligero que los montañeros instalan para pasar la noche. **2.** MILIT Campamento provisional para las tropas al raso. • **vivaquear** v.int. Pasar las tropas la noche al raso.

vivace adj. MUS Vivo, rápido.

vivacidad n.f. **1.** Calidad de vivaz. **2.** Esplendor y lustre de algunas cosas.

vivales n.m. y f. Fam. Persona vividora y desaprensiva.

vivandero,a n.m. y f. Persona que vende víveres a los militares en marcha o en campaña.

vivaque n.m. Vivac.

vivar n.m. **1.** Nido o madriguera donde crían diversos animales. **2.** Vivero de peces.

vivaracho,a adj. Fam. Travieso y alegre.

vivario n.m. Recipiente de vidrio en el que se crían pequeños animales (insectos, reptiles, etc.).

vivaz adj. **1.** Que vive mucho tiempo. **2.** Eficaz, vigoroso. **3.** Agudo, perspicaz. **4.** BOT Se dice de la planta que vive más de dos años.

vivencia n.f. PSICOL Hecho de experiencia que, con participación consciente o inconsciente del sujeto, se incorpora a su personalidad.

víveres n.m.pl. Comestibles, provisiones de boca.

vivero n.m. **1.** Terreno adonde se recrían las plantas. **2.** Lugar donde se mantienen o se crían dentro del agua peces, moluscos u otros animales.

vivérridos n.m.pl. ZOOL Familia de mamíferos carnívoros (mangostas, civetas, etc.).

viveza n.f. **1.** Prontitud o celeridad en las acciones. **2.** Energía en las palabras. **3.** Agudeza o perspicacia de ingenio. **4.** Intensidad luminosa, especialmente de los colores.

vivido,a adj. Se dice de lo que en obras literarias parece producto de la inmediata experiencia del autor.

vívido,a adj. POET Eficaz, vigoroso.

vividor,a **I.** n. y adj. **1.** Que vive. **2.** Se aplica a la persona laboriosa y económica y que busca modos de vivir. **II.** n.m. El que vive a expensas de los demás.

vivienda n.f. **1.** Morada, habitación. **2.** Género de vida o modo de vivir.

viviente adj. Que vive.

vivificar v.tr. **1.** Dar vida. **2.** Confortar o refrigerar. • **vivificación** n.f. Acción y efecto de vivificar.

vivíparo,a adj. ZOOL Se dice del animal cuyo huevo se desarrolla en el seno del organismo materno y que da nacimiento a un pequeño que ha completado su embriogénesis.

1. vivir n.m. **1.** Vida. **2.** Conjunto de los recursos o medios de vida y subsistencia.

2. vivir **I.** v.int. **1.** Tener vida. **2.** Durar con vida. **3.** Durar las cosas. **4.** Pasar y mantener la vida. **5.** Habitar o morar en un lugar o país. **6.** Fig. Acomodarse uno a las circunstancias. **7.** Fig. Estar presente una cosa en la memoria, en la voluntad o en la consideración. **II.** v.tr. Sentir o experimentar la impresión producida por algún hecho o acaecimiento.

vivisección n.f. Disección de los animales vivos, para realizar estudios fisiológicos u otros.

vivo,a **I.** n. y adj. Que tiene vida. **II.** adj. **1.** Intenso, fuerte. **2.** Sutil, ingenioso. **3.** Fig. Que dura y subsiste en toda su fuerza y vigor. **4.** Fig. Perseverante, durable en la memoria. **5.** Fig. Diligente, pronto, ágil. **6.** Fig. Muy expresivo y persuasivo. **7.** Listo. **8.** ARQUIT Se dice de la arista o el ángulo agudo y bien determinado. **III.** n.m. Filete, cordoncillo o trencilla que se pone por adorno en las prendas de vestir.

vizcacha n.f. Roedor parecido a la liebre, con cola tan larga como la del gato. • **vizcachera** n.f. Madriguera de la vizcacha.

vizcaíno,a **1.** n. y adj. Natural de Vizcaya. **2.** adj. Perteneciente o relativo a esta provincia.

vizconde n.m. Título de nobleza inferior al de conde. • **vizcondado** n.m. **1.** Título o dignidad de vizconde. **2.** Territorio o lugar sobre que radicaba este título. • **vizcondesa** n.f. **1.** Mujer del vizconde. **2.** La que por sí goza este título.

vocablo n.m. Palabra, término.

vocabulario n.m. **1.** Conjunto de palabras de un idioma. **2.** Libro en que se contiene. **3.** Conjunto de palabras, grupos o de materias distintas de un idioma. **4.** Libro en que se contienen.

vocación n.f. Inclinación natural de una persona por un arte, una profesión o un determinado género de vida. • **vocacional** adj. Perteneciente o relativo a la vocación.

vocal **I.** adj. **1.** Perteneciente a la voz. **2.** Se dice de lo que se expresa materialmente con la voz. **II.** n.f. FON Sonido del lenguaje humano producido por la simple vibración laríngea. **III.** n.m. y f. Persona que tiene voz en un consejo, una congregación o junta. • **vocálico,a** adj. Perteneciente o relativo a la vocal. • **vocalismo** n.m. Sistema vocálico, conjunto de vocales.

vocalista n.m. y f. Cantante que forma parte de un conjunto orquestal.

vocalizar **I.** v.int. **1.** Articular claramente las vocales, consonantes y sílabas de las palabras. **2.** MUS Solfear sin nombrar las notas. **3.** MUS Ejecutar los ejercicios de vocalización. **II.** v.int. y prnl. FON Transformarse en vocal una consonante. • **vocalización** n.f. **1.** MUS Acción y efecto de vocalizar. **2.** MUS En el arte del canto, todo ejercicio preparatorio que consiste en ejecutar, valiéndose de cualquiera de las vocales (comúnmente la *a* o la *e*), una serie de escalas, arpegios, trinos, etc. **3.** FON Transformación de una consonante en vocal.

vocativo n.m. GRAM Caso de la declinación, que sirve únicamente para invocar, llamar o nombrar, con más o menos énfasis, a una persona o cosa personificada.

vocear **I.** v.int. Dar voces o gritos. **II.** v.tr. **1.** Publicar o manifestar con voces una cosa. **2.** Llamar a uno en voz alta o dándole voces.

voceras n.m. Bocazas.

1. vocería n.f. Confusión de voces altas y desentonadas. • **vocerío** n.m. Vocería.

2. vocería n.f. Cargo de vocero. • **vocero** n.m. El que habla a nombre de otro, llevando su voz y representación.

vociferar v.int. Vocear o dar grandes voces. • **vociferación** n.f. Acción y efecto de vociferar.

vocinglero,a n. y adj. **1.** Que da muchas voces o habla muy recio. **2.** Que habla mucho y vanamente. • **vocinglería** n.f. **1.** Calidad de vocinglero. **2.** Ruido de muchas voces.

vodevil n.m. Comedieta ligera de intriga ágil y divertida, a menudo basada en equívocos.

vodka n.m. Alcohol elaborado a base de semillas (centeno, cebada).

vogul, pueblo de origen ugrofinés que vive en Siberia occidental, en la actual región autónoma de Jantí-Mansíisk.

voivoda n.m. **1.** Antiguamente, jefe militar, en ciertos países de la Europa oriental. **2.** HIST Título de los soberanos de ciertas regiones de los Balcanes (Moldavia, Valaquia, principalmente), en tiempos de la dominación otomana. **3.** Gobernador de un voivodato. • **voivodato** n.m. HIST Territorio gobernado por un voivoda.

volada n.f. Vuelo a corta distancia.

voladera n.f. Paleta de la rueda hidráulica.

voladizo,a n.m. y adj. Saledizo en las paredes o edificios.

volado,a adj. IMP Dícese del tipo de menor tamaño que se coloca en la parte superior del renglón.

volador,a **I.** adj. **1.** Que vuela. **2.** Dícese de lo que está pendiente, de manera que el aire lo puede mover. **3.** Que corre o va con ligereza. **II.** n.m. **1.** Cohete que se lanza al aire. **2.** Pez teleósteo marino cuyas aletas pectorales son tan largas que, extendidas, sirven al animal para elevarse sobre el agua y volar a alguna distancia. **3.** Árbol tropical americano de fruto seco, redondo y con dos alas membranosas.

voladura n.f. Acción y efecto de volar por el aire y hacer saltar con violencia alguna cosa.

volandas (en) m.adv. **1.** Por el aire o levantado del suelo. **2.** Fig. y Fam. Rápidamente.

volandera n.f. **1.** Arandela para evitar el roce entre dos piezas de una máquina. **2.** Muela del molino.

volandero,a adj. **1.** Se dice del pájaro que está para salir a volar. **2.** Suspenso en el aire y que se mueve fácilmente a su impulso.

volante **I.** adj. Que no tiene asiento fijo. **II.** n.m. **1.** Guarnición rizada, plegada o fruncida con que se adornan prendas de vestir o de tapicería. **2.** MECAN Rueda grande y pesada de una máquina motora, que sirve para regularizar su movimiento. ▷Pieza en figura de aro con varios radios, que forma parte de la dirección en los vehículos automóviles. **3.** Hoja de papel en la que se manda, recomienda, pide, pregunta o hace constar alguna cosa en términos precisos.

volapié n.m. **1.** Modo de correr algunas aves ayudándose con las alas. **2.** Tratándose del paso de un río, laguna, etc., modo de andar trabajosamente haciendo unas veces pie en el fondo y otras nadando.

volapuk n.m. Idioma universal inventado en 1879 por el sacerdote alemán Schleyer que fue desplazado por el esperanto.

volar **I.** v.int. **1.** Ir o moverse por el aire, sosteniéndose con las alas. **2.** Fig. Elevarse en el aire y moverse de un punto a otro en un aparato de aviación **3.** Fig. Caminar o ir con gran prisa y aceleración. **4.** Fig. Desaparecer rápida e inesperadamente una cosa. **5.** Fig. Extenderse o propagarse con celeridad una noticia. **II.** v.tr. Fig. Hacer saltar con violencia o elevar en el aire alguna cosa, especialmente por medio de una sustancia explosiva.

volatería n.f. **1.** Caza de aves que se hace con otras adiestradas a este efecto. **2.** Conjunto de diversas aves.

volátil **I.** n. y adj. Que vuela o puede volar. **II.** adj. **1.** Aplícase a las cosas que se mueven ligeramente y andan por el aire. **2.** Fig. Mudable, inconstante. **3.** FIS Aplícase a los líquidos que se volatizan rápidamente al estar en vasijas destapadas. • **volatilidad** n.f. QUIM Calidad de volátil. • **volatilizar** **1.** v.tr. Tansformar un cuerpo sólido o líquido en vapor o gas. **2.** v.prnl. Exhalarse o disiparse una sustancia o cuerpo.

volatinero,a n.m. y f. Acróbata. • **volatín** n.m. Acrobacia.

volcán n.m. **1.** Abertura en la tierra, y más comúnmente en una montaña, por donde salen de tiempo en tiempo humo, llamas y materias encendidas o fundidas. **2.** Fig. Cualquier pasión ardiente; como el amor o la ira. • **volcánico,a** adj. Perteneciente o relativo al volcán. ▷ Fig. Muy ardiente o fogoso.

ENCICL Tradicionalmente se clasifica a los volcanes según la naturaleza de los productos que arrojan, pero éstos pueden cambiar en cada erupción. **1.** Las deyecciones de tipo hawaiano, muy fluidas (basalto), emanan de fisuras en la corteza; han cubierto Islandia, Irlanda, el Deccán; los lagos de lava de Hawai, todavía en actividad, han provocado un cono muy achatado (volcán de meseta o caldera). **2.** Los residuos sólidos, procedentes de una erupción (cenizas, lapilli, bombas) a más o menos altura, vuelven a caer y forman un cono truncado en su parte superior. Esa es la forma característica del volcán clásico, de cráter de explosión (Paracutín). Además, ese tipo de erupción es el más frecuente en los casos de erupciones submarinas en las fisuras. **3.** La lava, extremadamente viscosa (riolita), sale en forma de obelisco (Monte Pelado) o de cúpula. La cúpula del Showa-Shinzan, en la isla de Hokkaido, alcanzó 1 km de diámetro y 150 m de altura en 16 meses. **4.** La erupción, de tipo explosivo, libera una enorme cantidad de gas y sus efectos son muy destructivos, formándose cráteres de explosión, de un diámetro superior a los 200 m en la mayoría de ocasiones.

volcar **I.** v.tr. e int. Torcer o girar una cosa, un vehículo hacia un lado o totalmente, de modo que caiga o se vierta lo contenido en ella. **II.** v.prnl. Fig. Poner uno todo cuanto puede en favor de una persona o propósito.

volear v.tr. **1.** Darle a una cosa en el aire para impulsarla. **2.** Sembrar a voleo. • **volea** n.f. **1.** Golpe dado en el aire a una cosa. **2.** Palo labrado que, a modo de balancín, cuelga de una argolla en la punta de la lanza de los carruajes, para sujetar en él los tirantes de las caballerías delanteras.

voleibol n.m. Balonvolea.

vóleo n.m. **1.** Volea. — *A,* o *al voleo.* Dicho de la siembra, cuando se arroja la semilla a puñados esparciéndola al aire. — Fig. Arbitrariamente. **2.** Movimiento rápido de la danza española.

volframio n.m. QUIM Cuerpo simple, metálico, de color gris de acero, muy duro, muy denso y difícilmente fusible. Núm. atómico 74. Símb.: *W.* Sinónimo: tungsteno, wolframio.

volición n.f. PSICOL Acto de voluntad. • **volitivo,a** adj. Referente a la volición.

volquetazo n.m. Vuelco violento.

volquete n.m. **1.** Carro, formado por un cajón que se puede vaciar girando sobre el eje. **2.** Vehículo automóvil con dispositivo mecánico para volcar la carga transportada.

volscos, antiguo pueblo de Italia, cuyo territorio se extendía por la llanura litoral de Antium. Su territorio fue conquistado por los romanos a mediados del s. IV a. J.C.

volt n.m. FIS Nombre del voltio en la nomenclatura internacional. • **voltio** n.m. ELECTR Unidad del sistema internacional (SI) de símbolo *V*; mide la diferencia de potencial entre dos puntos de un conductor que transporta una corriente de 1 amperio cuando la potencia disipada entre esos puntos es de 1 watio. • **voltaje** n.m. ELECTR Diferencia de tensión cuando la potencia disipada entre dos polos es igual a 1 watio. ▷ Tensión para la cual se ha previsto el funcionamiento de un aparato eléctrico. • **voltaico** adj. ELECTR Relativo a la pila de Volta. — *Arco voltaico.* Descarga en el seno de un gas, a presión normal, de una corriente eléctrica de gran intensidad.

voltámetro n.m. ELECTR Aparato que sirve para electrolizar una solución.

voltamperio n.m. ELECTR Unidad de potencia aparente del sistema internacional (SI).

voltear **I.** v.tr. **1.** Dar vueltas a una persona o cosa. **2.** Volver una cosa de una parte a otra hasta ponerla al revés de como estaba colocada. **3.** ARQUIT Abovedar una obra, construir un arco o bóveda. **II.** v.intr. Dar vueltas una persona o cosa. • **volteo** n.m. Acción y efecto de voltear.

voltereta n.f. Vuelta ligera dada en el aire.

voltímetro n.m. ELECTR Aparato que sirve para medir las diferencias de potencial.

voltizo,a adj. **1.** Retorcido, ensortijado, **2.** Fig. De carácter inconstante, voluble.

voluble adj. **1.** Que fácilmente se puede mover alrededor. ▷ Fig. De carácter inconstante, versátil. **2.** BOT Se dice del tallo que crece formando espiras alrededor de los objetos. • **volubilidad** n.f. Calidad de voluble.

volumen n.m. **I. 1.** Medida del espacio ocupado por un cuerpo. **2.** Este mismo sólido. **3.** Espacio ocupado por un cuerpo. **4.** Masa de agua que suministra un curso. **II.** Fig. Cantidad global. **III.** Libro encuadernado. **IV.** Fig. Magnitud o importancia de un hecho, de un negocio o una empresa. • **volumetría** n.f. QUIM **1.** Medida de los volúmenes. **2.** Conjunto de los métodos que sirven para determinar la concentración de una solución. • **volumétrico,a** adj. TECN Relativo a la medida de los volúmenes. • **volúmico,a** adj. FIS Relativo a la unidad de volumen. • **voluminoso,a** adj. Cuyo volumen es grande.

voluntad n.f. **1.** Facultad que mueve a hacer o no hacer algo. ▷ Intención decidida y determinada de hacer, o no hacer, algo. **2.** Libre albedrío o libre determinación. **3.** Disposición para hacer una cosa. **4.** Consentimiento, asentimiento, aquiescencia. **5.** Testamento.

voluntario,a **1.** adj. Dícese del acto que nace de la voluntad. **2.** n.m. y f. Persona que se presta a ejecutar un trabajo sin estar obligado a ello. • **voluntariado** n.m. Alistamiento voluntario para el servicio militar. • **voluntariedad** n.f. Calidad de voluntario. • **voluntarioso,a** adj. Deseoso, que hace con voluntad y gusto una cosa.

voluptuoso,a **1.** adj. Que inclina a la voluptuosidad, la inspira o la hace sentir. **2.** n. y adj. Dado a los placeres o deleites sensuales. • **voluptuosidad** n.f. Complacencia en los deleites sensuales.

voluta n.f. ARQUIT Adorno en figura de espiral o caracol, que se coloca en los capiteles.

volver **I.** v.tr. **1.** Dar vuelta o vueltas a una cosa. **2.** Corresponder, pagar, retribuir. **3.** Dirigir, encaminar una cosa a otra. **4.** Devolver, restituir. **5.** Poner o constituir nuevamente a una persona o cosa en el estado que antes tenía. **6.** Poner las cosas a la vista por el envés, o al contrario. **7.** Vomitar. **II.** v.tr. y prnl. **1.** Hacer que cambie una persona o cosa de un estado en otro. **2.** Entregar lo que excede al recibir un pago, por haber sido hecho éste en moneda mayor que su importe. **III.** v.intr. y prnl. Regresar al punto de partida. **IV.** v.int. **1.** Reanudar, proseguir. **2.** Torcer o dejar el camino o línea recta. **V.** v.prnl. Inclinar el cuerpo o el rostro en señal de dirigir la plática o conversación a determinados sujetos. — *Volverse uno atrás.* No cumplir la promesa o la palabra.

volvo o **vólvulo** n.m. MED Torsión de un órgano hueco alrededor de su eje, lo que conlleva su oclusión.

vómer n.m. ANAT Huesecillo impar que forma la parte posterior del tabique de las fosas nasales.

vómico,a adj. Que motiva o causa vómito.

vomitar v.tr. Arrojar violentamente por la boca lo contenido en el estómago. ▷ Fig. Proferir insultos e injurias. • **vómito** n.m. **1.** Acción de vomitar. **2.** Lo que se vomita. • **vomitivo,a** n.m. y adj. FARM Se aplica a la medicina que mueve o excita el vómito. • **vomitona** n.f. Fam. Vómito grande. • **vomitorio,a** **1.** n. y adj. Vomitivo. **2.** n.m. Puerta o abertura de los circos o teatros antiguos, por donde entraban y salían los espectadores.

voracidad n.f. Calidad de voraz.

vorágine n.f. Remolino impetuoso que hacen en algunos lugares las aguas.

voraz adj. Aplícase al animal muy comedor y al hombre que come mucho y con ansia. ▷ Fig. Que destruye o consume rápidamente.

vórtice n.m. **1.** Torbellino hueco que se origina en un líquido que fluye. **2.** Centro de un ciclón.

Vorticella n.f. Género de protozoarios fijos y pedunculares; tienen forma de embudo.

vortiginoso,a adj. Se dice del movimiento que hacen el agua o el aire en forma circular o espiral.

vos Cualquiera de los casos del pronombre personal de segunda persona en género masculino o femenimo y número singular y plural, cuando esta voz se emplea como tratamiento. — En el lenguaje popular de América latina sustituye a «tú». • **vosear** v.tr. Dar a uno el tratamiento de vos. • **voseo** n.m. Acción y efecto de vosear.

vosotros,as Nominativos masculino y femenino del pronombre personal de segunda persona en número plural.

voto n.m. **1.** Promesa hecha a Dios, a la Virgen o a un santo. ▷ Cualquiera de las promesas que constituyen el estado religioso y tiene admitidas la Iglesia, como son: pobreza, castidad y obediencia. **2.** Parecer u opinión explicado en una congregación o junta en orden a la decisión de un punto o elección de un sujeto. — *Voto de censura.* El que emiten las cámaras o corporaciones negando su confianza al gobierno o junta directiva. — *Voto de confianza.* Aprobación que las cámaras dan a la actuación de un gobierno en determinado asunto, o autorización para que actúe libremente en tal caso. — *Voto particular.* Dictamen que uno o varios individuos de una comisión presentan diverso del de la mayoría. **3.** Juramento o execración en demostración de ira. **4.** Ofrenda dedicada a Dios o a un santo por un beneficio recibido. **5.** Opinión que se emite en una reunión o elección. • **votación** n.f. **1.** Acción y efecto de votar. **2.** Conjunto de votos emitidos. • **votante** n.m. y f. Que vota o emite su voto. • **votar** **I.** v.int. **1.** Dar alguien su voto o formular su opinión en una elección o deliberación. **2.** Hacer voto a Dios o a los santos. ▷ Echar votos o juramentos. **II.** v.tr. Aprobar por votación. • **votivo,a** adj. Ofrecido por voto o relativo a él.

votri n.m. Planta chilena trepadora.

vox populi Expr. latina que significa voz del pueblo.

voyeurismo n.m. Perversión sexual consistente en la sustitución del acto sexual por la contemplación de escenas excitantes eróticamente. • **voyeur** n.m. Mirón.

voz n.f. **I. 1.** Sonido que el aire expelido de los pulmones produce al salir de la laringe, haciendo que vibren las cuerdas vocales. **2.** Sonido que forman algunas cosas inanimadas por la acción del viento. **3.** Grito, voz esforzada y levantada. (Se usa más en pl.) **4.** Palabra o vocablo. **II. 1.** Fig. Facultad de hablar, aunque no de votar, en una asamblea. **2.** Fig. Opinión, fama, rumor. **III. 1.** GRAM Accidente gramatical que expresa si el sujeto del verbo es agente o paciente. **2.** MUS Sonido particular o tono correspondiente a las notas y claves, en la voz del que canta o en los instrumentos. **IV.** *Voz activa.* Facultad de votar que tiene el individuo de una corporación.

vozarrón n.m. Voz muy fuerte y gruesa.

vudú n.m. y adj. Culto animista practicado por los pueblos del golfo de Guinea y que se propagó, con la trata de esclavos, a las Antillas (principalmente Haití) y al Brasil (Bahía). — Divinidad de ese mismo culto.

vuecelencia n.m. y f. Metalp. de Vuestra excelencia. • **vuecencia** n.m. y f. Síncopa de vuecelencia.

vuelco n.m. **1.** Acción y efecto de volcar o volcarse. **2.** Movimiento con que una cosa se vuelve o trastorna enteramente. — Fig. y Fam. *Darle a uno un vuelco el corazón.* Experimentar súbitamente un sobresalto, un susto fuerte o cualquier impresión.

vuelo n.m. **1.** Acción de volar. **2.** Espacio que se recorre volando sin posarse. **3.** Amplitud o extensión de una vestidura en la parte que no se ajusta al cuerpo. **4.** Tramoya de teatro en que va por el aire una persona.

vuelta n.f. **I. 1.** Movimiento de una cosa alrededor de un punto, o girando sobre sí misma. ▷ Acción de recorrer la periferia de un recinto, plaza, etc. ▷ Paseo. **2.** Curvatura en una línea, o alejamiento del camino recto. **3.** Cada una de las circunvalaciones de una cosa alrededor de otra a la cual se aplica. **4.** Regreso al punto de partida. **5.** Devolución de una cosa a quien la tenía o poseía. **6.** Repetición de una cosa. **7.** Vez. **8.** Parte de una cosa, opuesta a la que se tiene a la vista. **9.** ARQUIT Curva de intradós de un arco o bóveda. **II. 1.** Tela sobrepuesta en la extremidad de las mangas u otras partes de ciertas prendas de vestir. **2.** Cada una de las series paralelas de puntos con que se van tejiendo las prendas hechas a punto de aguja. **III.** Dinero que, al cobrar y para ajustar una cuenta, se reintegra a quien hace un pago del importe debido con moneda, billete de banco o efecto bancario. **IV.** Labor que se da a la tierra.

vuestro,a,os,as Pronombre posesivo de segunda persona, en género masculino y femenino, y número singular y plural. Con la terminación del género masculino en singular, se emplea también como neutro.

vulcaniano,a adj. GEOL *Erupción vulcaniana.* Tipo de erupción con lava y explosiones violentas.

vulcanismo n.m. GEOL Conjunto de las manifestaciones volcánicas y sus causas.

vulcanita n.f. Ebonita.

vulcanizar v.tr. **1.** QUIM Someter (el caucho) a la vulcanización. **2.** TECN Pegar en caliente (un trozo de caucho) a una cámara de aire. • **vulcanización** n.f. QUIM Operación que consiste en agregar azufre al caucho para hacerlo más resistente.

vulcanología n.f. Parte de la geología que estudia los fenómenos volcánicos.

vulgar **I.** n. (apl. a pers.) y adj. Perteneciente al vulgo. **II.** adj. **1.** Común o general. **2.** Aplícase a las lenguas que se hablan actualmente. **3.** Que no tiene especialidad particular en su línea. • **vulgaridad** n.f. **1.** Calidad de vulgar. **2.** Cosa, dicho o hecho vulgar que carece de novedad e importancia, o de verdad y fundamento. • **vulgarismo** n.m. Palabra o expresión propia de la lengua hablada por quienes forman parte de los estratos menos cultos de la población de un país.

vulgarizar **I.** v.tr. y prnl. Hacer vulgar o común una cosa. **II.** v.tr. **1.** Exponer una ciencia, o una materia técnica cualquiera, en forma fácilmente asequible al vulgo. **2.** Traducir un escrito de otra lengua a la común y vulgar. • **vulgarización** n.f. Acción y efecto de vulgarizar.

vulgo n.m. Conjunto de quienes forman la mayor parte de la población.

vulnerable adj. Que puede ser herido o recibir lesión, física o moralmente. • **vulnerabilidad** n.f. Calidad de vulnerable.

vulnerar v.tr. **1.** Transgredir, violar una ley o precepto. **2.** Fig. Dañar, perjudicar. • **vulneración** n.f. Acción y efecto de vulnerar.

vulpeja o **vulpécula** n.f. Zorra (animal).

vulpina n.f. Planta herbácea (familia gramíneas), cuyas espigas se emplean como forraje.

vulpino,a adj. **1.** Perteneciente o relativo a la zorra. **2.** Fig. Que tiene sus propiedades.

vultúridos n.m. pl. ZOOL Familia de aves falconiformes de América que comprende al cóndor andino y los buitres americanos.

vulva n.f. Conjunto de las partes genitales externas de las hembras de los mamíferos. • **vulvar** adj. Relativo, propio de la vulva.

W

w n.f. Vigésima sexta letra del abecedario español y vigésima primera de sus consonantes. Su nombre es *v doble*. No se emplea sino en voces de procedencia extranjera. En las lenguas de origen, su articulación es de *u* semiconsonante, como en inglés, o bien fricativa labiodental sonora, como en alemán. En español se pronuncia como *v* en nombres propios de personajes godos, en nombres propios o derivados procedentes del alemán y en algunos casos más. En vocablos de procedencia inglesa conserva a veces la pronunciación de *u* semiconsonante.

W **1.** QUIM Símbolo del wolframio o tungsteno. **2.** FIS Símbolo del watio.

wahhābíes, musulmanes que, en el s. XVIII, impulsados por Muḥammad ibn 'Abd al-Wahhāb (1696-1792), predicaron un retorno a la interpretación literal del Corán, y quisieron fundar en la península arábiga un Estado conforme a sus principios. La alianza de Muḥammad ibn Abd al-Wahhāb con el jefe beduino Muhammad ibn Sa'ūd favoreció la expansión del wahhābismo, brutalmente interrumpida por una reacción de los otomanos (1813-1819). A partir de 1902, Abd al-Aziz ibn Sa'ud (v. Séoud), restauró la autoridad saudiana y el wahhābismo sobre un territorio que, desde 1932, formaría la Arabia Saudí.

walkie-talkie n.m. Emisor y receptor radioeléctrico portátil de débil alcance.

walquiria n.f. nombre con que se conoce, en la mitología escandinava, a las divinidades femeninas que presidían las batallas y conducían a los guerreros al Walhalla.

Washingtonia n.f. Género de palmeras procedentes de California y México cuyas hojas, en forma de abanico, pueden alcanzar los 3 m de longitud.

water-closet n.m. Retrete.

water-polo n.m. DEP Juego de pelota parecido al balonmano, que se desarrolla en el agua y que enfrenta a dos equipos de siete nadadores.

watt n.m. Nombre del *vatio* en la nomenclatura internacional.

Wb FIS Símbolo del weber.

welter n.m. y adj. BOXEO Peso semimedio (entre 61,235 y 66,678 kg).

western n.m. Película de aventuras cuya acción se desarrolla en el Oeste de Estados Unidos en la época de su conquista. ▷ Género cinematográfico representado por este tipo de películas.

Wh ELECTR Símbolo del vatio-hora.

whig n.m. Nombre con que se conoce en Inglaterra a los miembros del Partido Liberal.

whisky n.m. Aguardiente de semillas (cebada, avena, centeno) de los países anglosajones.

wigwam n.f. Tienda, choza, y, p. ext., aldea amerindia de América del N.

winchester n.m. Fusil de repetición, de calibre 10,7 mm, en un principio de fabricación norteamericana, que fue utilizado principalmente en la guerra de Secesión.

wólfram o **wolframio** n.m. Volframio.

wulfenita n.f. MINER Molibdato de plomo, de color naranja.

X

x **I.** n.f. Vigésima séptima letra del abecedario español, y vigésima segunda de sus consonantes. Se llama *equis*. Representa un sonido doble, compuesto de *k*, o de *g* sonora, y de *s*, que ante consonante suele reducirse a *s*. **II.** n.m. X: diez en números romanos. **III.** MAT Símbolo utilizado para designar una incógnita.

xant(o)- Prefijo procedente del griego *xanthos*, «amarillo».

xantelasma n.m. MED Dermatosis caracterizada por nódulos formados por células saturadas de lípidos (colesterol) y localizados principalmente sobre los párpados.

Xanthia n.f. Género de mariposas nocturnas amarillas y rojas.

xántico o **xantogénico** adj. QUIM *Ácido xántico*. El de fórmula general S=C(SH)OR donde R es un radical alquilo.

xantina n.f. BIOQUIM Base púrica que entra en la composición de los nucleótidos y de los ácidos nucleicos.

xantodermo,a adj. y n. ANTROP Persona de piel amarilla.

xantofíceas n.f.pl. BOT Grupo de feofíceas (algas pardas) caracterizadas por su color amarillo.

xantofila n.f. BIOQUIM Pigmento amarillo que participa en el proceso de absorción de la luz por las plantas.

xantoma n.m. MED Mancha o nudosidad cutánea amarillenta, formada por grasa infiltrada.

Xe QUIM Símbolo del xenón.

xen(o)- Prefijo procedente del griego *xenos*, «extranjero».

xenartros n.m.pl. ZOOL Orden de mamíferos americanos de la era terciaria.
ENCICL Actualmente subsisten tres familias de xenartros: los *tatús*, los *perezosos* y los *osos hormigueros*. Se diferencian de los otros mamíferos por las articulaciones suplementarias que poseen en la región lumbar de la columna vertebral. Son insectívoros o vegetarianos. Los osos hormigueros están desprovistos de dientes, por lo cual anteriormente se clasificaba a los xenartros junto con los pangolines y los tubulidentados en el orden, hoy desaparecido, de los edentados.

xenia n.f. Palabra con que se designaba en la antigua Grecia a la hospitalidad.

xenofilia n.f. Simpatía hacia los extranjeros. • **xenófilo,a** n. y adj. Que siente simpatía por los extranjeros.

xenofobia n.f. Hostilidad, odio hacia todo lo extranjero. • **xenófobo,a** n. y adj. Que siente hostilidad u odio hacia los extranjeros y hacia todo lo extraño.

xenón n.m. QUIM Gas noble o inerte contenido en el aire. Elemento de número atómico 54 y de masa atómica 131,3 (símbolo *Xe*).

xer(o)- Prefijo procedente del griego *xēros*, «seco».

Xeranthemum n.m. Género de plantas herbáceas (familia compuestas) que incluye a las siemprevivas.

xerocopia n.f. Copia fotográfica por medio de la xerografía. • **xerocopiar** v.tr. Reproducir en copia xerográfica.

xerodermia n.f. MED Forma atenuada de la ictiosis.

xerófilo,a adj. BOT Adaptado a un medio seco.

xeroftalmía n.f. MED Desecación y atrofia de la conjuntiva; conlleva una opacidad de la córnea y se debe a la carencia de vitamina A.

xerografía n.f. Procedimiento electrostático de reproducción fotográfica. ▷ Fotocopia obtenida por este procedimiento. • **xerografiar** v.tr. Reproducir fotográficamente por medio de la xerografía.

xi **1.** n.f. Decimocuarta letra del alfabeto griego que corresponde a la X. **2.** adj. FIS NUCL Partícula elemental inestable.

xifoides adj. ANAT Dícese del cartílago o apéndice cartilaginoso en que termina el esternón del hombre. • **xifoideo,a** o **xifoidiano,a** adj. Perteneciente o relativo al apéndice xifoides.

xil(o)- Prefijo procedente del griego *xylon*, «madera».

xilema n.f. BOT Conjunto de los vasos conductores de la savia en bruto.

xileno n.m. QUIM Hidrocarburo bencénico de fórmula $C_6H_4(CH_3)_2$.

xilidina n.f. QUIM Amina derivada del xileno y utilizada como colorante.

xilófago,a adj. ZOOL Que come madera, que la roe o la horada. ▷ n.m. Insecto cuyas larvas o adultos viven en la madera.

xilófono n.m. Instrumento musical de percusión compuesto por una serie de listones de madera o metal de dimensiones graduadas, que se golpean con dos baquetas.

xilografía n.f. **1.** Impresión de textos o de imágenes por medio de caracteres o planchas de madera grabadas en relieve. **2.** Texto o imagen así obtenidos. • **xilógrafo,a** n.m. y f. Persona que graba en madera.

xilosa n.f. BIOQUIM Glúcido (pentosa) presente en grandes cantidades en los vegetales.

xilotila n.f. Hidrosilicato de magnesia y hierro, que, con su estructura fibrosa y su color pardo, imita la madera fósil.

Xiphophorus n.m. Género de pequeños peces multicolores de América Central; la arista inferior de su aleta caudal se prolonga en forma de espada.

xosas o **cafres,** pueblo bantú del S de África. Practican una economía ganadera.

Y

1. y n.f. **I.** Vigésima octava letra del abecedario español, y vigésima tercera de sus consonantes. Se llamaba *i griega*, y hoy se le da el nombre de *ye*. Representa un sonido palatal sonoro y generalmente fricativo. **II. 1.** BIOL *Cromosoma Y*. Cromosoma que determina el sexo masculino del individuo. **2.** MAT Símbolo utilizado para designar una función o una incógnita.

2. y Conj. copulat. cuyo oficio es unir palabras o cláusulas en concepto afirmativo.

Y QUIM Símbolo del itrio.

ya **1.** Adv. t. con que se denota el tiempo pasado. **2.** En el tiempo presente, haciendo relación al pasado. **3.** En tiempo u ocasión futura. **4.** Finalmente o últimamente. **5.** Luego, inmediatamente. **6.** Se usa como conjunción distributiva. **7.** Sirve para dar énfasis.

yaacabó n.m. Pájaro insectívoro de América del Sur, con pico y uñas fuertes.

yaba n.f. BOT *Cuba*. Árbol silvestre de la familia de las papilionáceas, cuya corteza se usa como vermífuga.

yabuna n.f. *Cuba*. Hierba de la familia de las gramíneas que abunda en las sabanas.

yac n.m. Yak.

yacaré n.m. *Arg*. Caimán (reptil).

yacer v.int. **1.** Estar echada o tendida una persona. **2.** Estar un cadáver en la fosa o en el sepulcro. **3.** Tener trato carnal con una persona. **4.** Pacer de noche las caballerías. • **yacente** n.m. MIN Cara inferior de un criadero.

yacimiento n.m. GEOL Sitio donde se halla naturalmente una roca, un mineral o un fósil.

yacio n.m. Árbol de la familia de las euforbiáceas, de 20 a 30 m de altura, que por incisiones hechas en el tronco, da goma elástica.

yaco n.m. Loro gris con cola rosa de África occidental.

yacobas, pueblo de la Costa de Marfil. Su arte está representado por máscaras realistas.

yaganes, grupo étnico del extremo sudamericano, desde la Tierra del Fuego al cabo de Hornos. Se asemejan a los onas y alacalufes. Poseen una lengua riquísima en vocablos y verbos. Sus creencias religiosas se basan en la idea de un Ser Supremo y la influencia de espíritus malignos en las enfermedades y la muerte. Reducidos actualmente a un centenar, conviven con los blancos.

yagruma n.f. *Cuba*. Nombre común a un árbol de la familia de las moráceas, y a otro de la familia de las araliáceas.

yagua n.f. **1.** *Venez*. Palma que sirve de hortaliza, y con la cual se techan chozas y se hacen cestos, sombreros y cabuyas. En invierno da aceite, que sirve para el alumbrado. **2.** *Cuba* y *P. Rico*. Tejido fibroso que rodea la parte superior y más tierna del tronco de la palma real, del cual se desprende naturalmente todas las lunaciones, y sirve para varios usos y especialmente para envolver tabaco en rama.

yaguareté n.m. *Arg., Parag.* y *Urug.* Jaguar.

yaguasa n.f. *Cuba* y *Hond.* Ave palmípeda.

yaguré n.m. *Amér.* Mofeta (mamífero carnicero).

yaicuaje n.m. *Cuba*. Árbol sapindáceo de flores blancas y madera rojiza.

yaichihué n.m. *Chile*. Planta bromeliácea.

yaití n.m. *Cuba*. Árbol de la familia de las euforbiáceas, cuya madera, muy dura, se usa para vigas y horcones.

yak n.m. Mamífero bóvido de las estepas desérticas de Asia central (a más de 5.000 m de altitud).

yakutos, n.m. pueblo de origen turco que se instaló en Siberia oriental en el s. XV. n.m.; conservan su antigua estructura social.

yamao n.m. *Cuba*. Árbol de la familia de las meliáceas; sus hojas sirven de pasto al ganado; su madera blanca se emplea en la construcción.

yamato-e n.m. BELL ART Escuela pictórica específicamente nipona (es decir, sin influencias chinas), que apareció hacia el 998 y se desarrolló durante el período de Kamakura (1185-1338). Sus temas provienen de la literatura nacional, de la cultura sintoísta, etc.

1. yambo n.m. Pie de la poesía griega y latina, compuesto de dos sílabas: la primera breve, y la otra, larga. • **yámbico,a** adj. Perteneciente o relativo al yambo.

2. yambo n.m. Árbol originario de la India, produce unas bayas rojas, comestibles, muy refrescantes, y que huelen a rosa (pomarrosa).

yana n.f. *Cuba*. Árbol de la familia de las combretáceas, de madera muy dura usada para hacer carbón.

yanacón,a **1.** n. y adj. Dícese del indio que estaba al servicio personal de los españoles en algunos países de América Meridional. **2.** adj. *Bol.* y *Perú*. Indio que es aparcero en el cultivo de una tierra.

yang. v. yin.

yanqui n. (apl. a pers.) y adj. Nombre dado a los habitantes de Estados Unidos.

yantar **1.** n.m. Manjar o alimento. **2.** v.tr.ant. Comer.

yapa n.f. **1.** *Amér. Merid.* Añadidura. **2.** MIN Azogue que en las minas argentíferas de América se añade al mineral para facilitar el término de su trabajo en el buitrón. — *De yapa*. De propina. — Gratuitamente, sin motivo.

yapú n.m. *Arg*. Especie de tordo.

yáquil n.m. BOT *Chile*. Arbusto ramnáceo cuyas raíces producen en el agua una espuma jabonosa.

yaquis, grupo étnico de México. En la época precolombina habitaban la zona N del estado de Sonora; hoy están dispersos en una zona que va de Guaymas a Ciudad Obregón. Resistieron encarnizadamente el dominio español. Los levantamientos no cesaron hasta el s. XX. En la actualidad no cuentan con más de 10.000 individuos y componen una tribu pacífica.

yarará n.f. *Arg., Bol.* y *Par.* Víbora que alcanza hasta un metro de largo, muy venenosa.

yaraví, género poético americano que usaban los poetas del imperio Inca. Su tono era elegíaco y se acompañaba con la quena. Este género tradicional sigue vigente entre los quechuas.

yarda n.f. Unidad de medida de longitud de origen anglosajón, equivale a 0,914 m.

yare n.m. Jugo venenoso que se extrae de la yuca amarga.

yarey n.m. *Cuba*. Planta de la familia de las palmas, con el tronco delgado y corto.

yaros, pueblo indio que habitaba en la costa oriental del Uruguay, al sur del río Negro.

yarovización n.f. Vernalización.

yatagán n.m. Sable o alfanje de hoja oblicua cuyo filo se curva hacia dentro.

yataí o **yatay** n.m. *Arg., Par.* y *Urug.* Planta de la familia de las palmas, de cuyo fruto se obtiene un aguardiente.

yate n.m. Embarcación de vela o motor.

Yb QUIM Símbolo del iterbio.

ye n.f. Nombre de la letra *y*.

yearling n.m. Potrillo pura sangre de un año de edad.

yébel n.m. Región montañosa en África del N.

yeco n.m. *Chile*. Especie de cuervo marino.

yedra n.f. Hiedra.

yegua n.f. Hembra del caballo. • **yeguada** o **yegüería** n.f. Manada de ganado equino. • **yeguato,a** n. y adj. Hijo o hija de asno y yegua.

yeísmo n.f. Pronunciación de la elle como ye. • **yeísta** adj. **1.** Perteneciente o relativo al yeísmo. **2.** Que practica el yeísmo.

yelmo n.m. Parte de la armadura antigua, que resguardaba la cabeza y el rostro.

yema n.f. **1.** Renuevo o brote de los vegetales. **2.** Porción central del huevo en los vertebrados ovíparos. **3.** Dulce seco compuesto de azúcar y yema de huevo de gallina. **4.** BIOL El más pequeño de los dos corpúsculos que resultan de dividirse una célula por gemación. — *Yema del dedo*. Lado de la punta de él, opuesto a la uña.

yen n.m. Unidad monetaria de Japón.

yeoman n.m. Veterano inglés de la guardia que aparece en las ceremonias reales.

yeral n.m. Terreno sembrado de yeros.

yerba n.f. **1.** Hierba. **2.** *Río de la Plata*. *Yerba mate*. Especie de acebo con cuyas hojas se hace una infusión, llamada mate. • **yerbajo** n.m. Desp. de *yerba*. • **yerbal** n.m. **1.** *R. de la Plata*. Conjunto de plantas de yerba mate que crecen en un sitio. **2.** *Arg.* y *Par.* Plantación de yerba mate.

yermo,a **1.** adj. Inhabitado. **2.** n. y adj. Incultivado. **3.** n.m. Terreno inhabitado.

yerno n.m. Respecto de una persona, marido de su hija.

yero n.m. **1.** BOT Planta herbácea anual, de la familia de las papilionáceas, con fruto en vainas infladas. **2.** Semilla de esta planta.

yerro n.m. **1.** Falta o delito cometido, por ignorancia o malicia. **2.** Equivocación por descuido o inadvertencia.

yerto,a adj. **1.** Tieso, rígido o áspero. **2.** Aplícase al viviente que se ha quedado rígido por el frío; y también al cadáver u otra cosa en que se produce el mismo efecto.

yesca n.f. **1.** Materia muy seca y preparada de suerte que cualquier chispa prenda en ella. Comúnmente se hace de trapo quemado, cardo u hongos secos. **2.** Fig. Lo que está sumamente seco, y por consiguiente dispuesto a encenderse o abrasarse. **3.** Fig. Incentivo de cualquier pasión o afecto.

yeso n.m. **1.** Roca salina constituida por sulfato natural hidratado de calcio ($CaSO_4$, $2H_2O$). Calentado hasta 200. °C, pierde el agua y da lugar a la cal. **2.** Obra de escultura vaciada en yeso. • **yesar** o **yesal** n.m. **1.** Terreno abundante en mineral de yeso. **2.** Cantera de yeso o aljez. • **yesería** n.f. **1.** Fábrica de yeso. **2.** Obra hecha de yeso.

yesquero **I.** adj. Se dice de una variedad de cardo, y de otra de hongo. **II.** n.m. **1.** El que fabrica yesca o que la vende. **2.** Bolsa de cuero para llevar la yesca y el pedernal.

yeti n.m. Animal o humanoide hipotético del Himalaya.

yeyuno n.m. ZOOL Segunda porción del intestino delgado de los mamíferos.

yezgo n.m. Planta caprifoliácea semejante al saúco.

yiddish n.m. Lengua de las comunidades judías de Europa central. El yiddish está emparentado con el antiguo alto alemán y algunos de sus elementos proceden del hebreo y de distintas lenguas eslavas.

yin n.m. *El yin y el yang.* Los dos principios fundamentales que se oponen y complementan, y que alternando determinan el orden universal, según el pensamiento taoísta chino.
ENCICL Las nociones de *yin* y *yang* habrían sido utilizadas en un principio como señales astronómicas, símbolos del calendario, y posteriormente como emblemas de adivinación (*yin,* lo par, y *yang,* lo impar). Se estima corrientemente que comenzaron a tomar sentido filosófico hacia mediados del V milenio a. J.C., con el I ching, que califica el yin como principio negativo y el yang como principio positivo. El I ching insiste especialmente en que «la relación de los sexos es el fundamento de la vida universal, que es una manifestación de las fuerzas cósmicas *yin* y *yang*» (R. Van Gulik). La idea de que el *yin* y el *yang,* distintos pero estrechamente unidos, atraídos y contrarios, forman «ordenaciones rítmicas» (M. Granet) con las cuales se puede explicar cualquier situación del cosmos, ya sea astronómica, social, psicológica o política, ha sido retomada tanto por los confucionistas como por los taoístas. En la apreciación de los fenómenos del mundo sensible, el *yang* corresponde a la naturaleza masculina, a la luz, al calor, a lo seco, a la actividad, etc.; mientras que el *yin* corresponde a la naturaleza femenina, a la oscuridad, al frío, a la humedad, a la pasividad, etc

yo **I.** n.m.inv. **1.** FILOS La persona humana en su conciencia de sí misma, conjuntamente sujeto y objeto del pensamiento. **2.** La persona de cada individuo, su individualidad. **3.** PSICOAN Instancia que mantiene la unidad de la personalidad al permitir la adaptación al principio de realidad, la satisfacción parcial del principio del placer y el respeto de las prohibiciones que emanan del superyo. **II.** Pron. pers. de primera persona.

yodo n.m. QUIM Metaloide de textura laminosa, de color gris negruzco y brillo metálico, que se volatiliza a una temperatura poco elevada, desprendiendo vapores de color azul violeta y de olor parecido al del cloro. Núm. atómico 53, masa atómica 126,904 (símbolo *I*). • **yodado,a** adj. Que contiene yodo. • **yodar** v.tr. QUIM Combinar con el yodo. • **yodato** n.m. QUIM Sal del ácido yódico. • **yodurado,a** adj. QUIM Que contiene un yoduro. • **yoduro** n.m. QUIM **1.** Sal del ácido yodhídrico. **2.** Compuesto del yodo con un cuerpo simple o compuesto.
ENCICL El yodo funde a 113,7 °C y se sublima a la temperatura ordinaria, emitiendo vapores de color violeta. En estado sólido, se presenta en forma de laminillas de un gris oscuro. En el agua del mar y en la sal gema, se encuentra en forma de yoduros. Se utiliza en fotografía (el yoduro de plata se ennegrece con la luz) y en farmacia (la tintura de yodo y el yodoformo son antisépticos). Su papel biológico como oligoelemento es muy importante. Es indispensable en la elaboración de las hormonas tiroideas, en cuya composición entra. Su carencia (en regiones montañosas o alejadas del mar) provoca bocio e insuficiencias tiroideas. Además, los isótopos radiactivos 125 y 131 se utilizan para diagnosticar los trastornos tiroideos.

yoga n.m. Doctrina y sistema ascético de los adeptos al brahmanismo, mediante los cuales pretenden éstos conseguir la perfección espiritual y la unión beatífica. • **yogui** **1.** n.m. Asceta hindú adepto al sistema filosófico del yoga. **2.** n.m. y f. Persona que practica algunos o todos los ejercicios físicos de yoga.
ENCICL Los principios del yoga han sido expuestos en diferentes sutras atribuidos a Patañjali: *Yogasūtra* (entre el s. I y el s. V d. J.C.). Estos textos básicos definen el yoga como «la interrupción de las fluctuaciones del pensamiento». Los ejercicios higiénicos que, con el nombre de yoga, cobran cada día más adeptos entre la población de Occidente, provienen del *hatha yoga* («yoga violento»). Este último es un ejercicio mental y físico (control de la respiración, posturas del cuerpo, etc.) que permite suprimir las impresiones sensoriales con el fin de obtener la concentración necesaria para alcanzar el estado perfecto de realización espiritual (libertad y unión) de *raja yoga* («yoga real»).

yogur n.m. Leche cuajada por la acción de un fermento láctico.

yol n.m. *Chile* Especie de alforjas de cuero.

yola n.f. Embarcación muy ligera movida a remo y con vela.

yolillo n.m. *C. Rica.* Palmera pequeña.

yorubas, pueblo negro de África (13 millones de personas aprox.) que habita la parte occidental de Nigeria, Benín y Togo. Se les considera los descendientes de los fundadores de Ifé y Benín (cuyo apogeo se sitúa en los ss. XIII y XIV).

yos n.m. *C. Rica.* Planta euforbiácea que secreta un jugo lechoso cáustico.

yo-yo n.m. Juguete formado por dos discos unidos en el centro por un eje, que se hace subir y descender a lo largo de un cordel que se enrolla alrededor del eje.

yuan n.m. Unidad monetaria de la República Popular de China.

yubarta n.f. ZOOL Especie de ballena, rorcual.

yuca n.f. Planta de América tropical, de la familia de las liliáceas, de flores blancas, casi globosas, colgantes de un escapo largo y central, y raíz gruesa, de que se saca harina alimenticia

yucateco,a **1.** n. y adj. Natural del estado mexicano de Yucatán. **2.** adj. Perteneciente o relativo a dicho estado. **3.** n.m. Lengua de los yucatecos.

yugada n.f. **1.** Espacio de tierra de labor que puede arar una yunta en un día. **2.** Yunta.

yuglandáceo,a n.f. y adj. BOT Dícese de árboles angiospermos dicotiledóneos, como el nogal y la pacana. ▷ n.f.pl. BOT Familia de estas plantas.

yugo n.m. **1.** Instrumento de madera al cual, formando yunta, se uncen por el cuello las mulas o los bueyes. **2.** Fig. Ley o dominio superior que sujeta y obliga a obedecer. **3.** Fig. Carga pesada, prisión, atadura. **4.** ELECTRON Componente, formado por material magnético y bobinas, que abraza el cuello de un tubo de rayos catódicos y sirve para mandar la desviación del haz electrónico.

yugoslavo,a **1.** n. y adj. Natural de Yugoslavia. **2.** adj. Perteneciente o relativo a este país europeo.

yugular v.tr. **1.** Degollar, cortar el cuello. **2.** Detener súbita y rápidamente una enfermedad por medidas terapéuticas. **3.** Fig. Acabar pronto una actitud, ponerle fin bruscamente.

yungas, pueblo indígena que habitaba en la costa de Perú, cuyos descendientes viven actualmente desde el norte de Trujillo hasta cerca de Lima. Se les considera parientes de los chibchas.

yunque n.m. **1.** Prisma de hierro acerado, de sección cuadrada, encajado en un tajo de madera fuerte, y a propósito para trabajar en él los metales a martillo. **2.** Fig. Persona muy asidua y perseverante en el trabajo. **3.** ZOOL Uno de los tres huesecillos que hay en la parte media del oído de los mamíferos situado entre el martillo y el estribo.

yunta n.f. Par de bueyes, mulas u otros animales que sirven en la labor del campo o en los acarreos. • **yuntero** n.m. El que labra la tierra con una pareja de animales o yunta.

yuquilla n.f. **1.** *Cuba.* Sagú (planta herbácea). **2.** *Venez.* Planta acantácea.

yuraguano n.m. *Cuba.* Miraguano (palmera). ▷ Fruto de esta palmera.

yurta n.f. Tienda de cuero o de fieltro, choza de los poblados nómadas del centro y N de Asia.

yusera n.f. Piedra circular o conjunto de dovelas que sirve de suelo en el alfarje de los molinos de aceite y sobre la cual se mueve la volandera.

yusión n.f. FOR Mandato, precepto.

yuso adv.l. Ayuso.

yute n.m. Materia textil que se saca de la corteza interior de una planta de la familia de las tiliáceas. ▷ Tejido o hilado de esta materia.

yuxta- Prefijo procedente del latín *juxta,* «cerca de».

yuxtalineal adj. Dícese de la traducción que acompaña a su original, o del cotejo de textos renglón por renglón.

yuxtaponer v.tr. y prnl. Poner una cosa junto a otra o inmediata a ella. • **yuxtaposición** n.f. Acción y efecto de yuxtaponer o yuxtaponerse.

yuyero,a **1.** adj. *Arg.* Aficionado a tomar hierbas medicinales. **2.** n.m. y f. Curandero o curandera que receta principalmente hierbas.

yuyo n.m. *Arg.* y *Chile.* Yerbajo.

yuyuba n.f. Fruto del azufaifo.

Z

z n.f. Vigésima novena y última letra del abecedario español, y vigésima cuarta de sus consonantes. Llámase *zeda* o *zeta*. En la mayor parte de España se pronuncia ante cualquier vocal con articulación interdental, fricativa y sorda, distinta de la que se da a la *s;* en casi toda Andalucía, así como en Canarias, Hispanoamérica, etc., se articula como una *s* en que la lengua adopta posición convexa, generalmente predorsal, con salida dental o dentoalveolar del aire, y con seseo o indistinción fonológica respecto de la *s*. La Academia considera correctas tanto la pronunciación interdental distinguidora como la predorsal seseante.

Z QUIM Símbolo del número atómico de un elemento. ▷ ELECTRON Símbolo de la impedancia. ▷ MAT Símbolo de la tercera coordenada cartesiana. — Símbolo del conjunto de los números enteros.

zabazala n.m. Encargado de dirigir la oración pública en la mezquita.

zabazoque n.m. Fiel contraste de pesos y medidas, almotacén.
ENCICL **Hist.** — Aparece este nombre a comienzos de la Edad Media, referido a los inspectores del mercado en el reino de León. Sus competencias pasaron, posteriormente, al almotacén.

zabila o **zabida** n.f. Áloe.

zabordar v.intr. MAR Tropezar, varar y encallar el barco en tierra. • **zaborda** n.f. MAR Acción y efecto de zabordar. • **zabordo** o **zabordamiento** n.m. MAR Zaborda.

Zabrus n.m. Género de insectos coleópteros parásitos de los cereales.

zaca n.f. MIN Zaque grande que se emplea en el desagüe de los pozos de las minas.

zacate n.m. *Amér. Central* y *Méx.* Hierba, pasto, forraje.

zacatecas, pueblo de México (actualmente extinguido) que habitaba en el actual est. de Zacatecas. Eran nómadas y practicaban una agricultura rudimentaria.

zadorija n.f. Pamplina (planta herbácea).

zafacoca n.f. *Amér.* Riña.

zafar **I.** v.tr. **1.** Salirse de la rueda la correa de una máquina. **2.** Fig. Excusarse de hacer una cosa. **3.** Fig. Librarse de una molestia. **II.** v.int. MAR Desembarazar, libertar, quitar los estorbos de una cosa. **III.** v.prnl. **1.** Escaparse o esconderse para evitar un encuentro o riesgo. **2.** *Amér.* Dislocarse, descoyuntarse un hueso. • **zafadura** n.m. **1.** Acción y efecto de zafar o zafarse. **2.** *Amér.* Dislocación, luxación.

zafarrancho n.m. MAR Acción y efecto de desembarazar una parte de la embarcación, para dejarla dispuesta a determinada faena.

zafio,a adj. Tosco, inculto, grosero. • **zafiedad** n.f. Calidad de zafio.

zafirina n.f. Calcedonia azul.

zafiro n.m. Corindón cristalizado de color azul. • **zafirino,a** o **zafíreo,a** adj. De color de zafiro.

1. zafra n.f. Vasija grande de metal en que se guarda el aceite.

2. zafra n.f. **1.** Cosecha de la caña dulce. **2.** Tiempo que dura su recolección.

zafre n.m. QUIM Óxido de cobalto; cristal coloreado con este óxido, imitando al zafiro.

zaga **1.** n.f. Parte posterior, trasera de una cosa. **2.** n.m. El postrero en el juego.

zagal n.m. **1.** Muchacho que ha llegado a la adolescencia. **2.** Mozo fuerte y gallardo. **3.** Pastor joven. • **zagala** n.f. **1.** Muchacha soltera. **2.** Pastora joven.

zagua n.f. BOT Arbusto de la familia de las quenopodiáceas, de unos dos metros de altura que se utiliza como barrillera.

zagual n.m. Remo corto de una sola pieza, que no se apoya en ningún punto de la nave.

zaguán n.m. Espacio cubierto situado dentro de una casa, que sirve de entrada a ella y está inmediato a la puerta de la calle.

zaguero,a adj. **1.** Que va, se queda o está atrás. **2.** En los partidos de pelota por parejas, el jugador que ocupa la zaga de la cancha. **3.** Defensa; jugador de un equipo de fútbol.

zahareño,a adj. Desdeñoso, esquivo.

zaharí adj. Zafarí.

zahén,a n. y adj. Se dice de una dobla de oro finísimo que usaron los musulmanes en España.

zaherir v.tr. **1.** Reprender a alguien echándole en cara alguna acción. **2.** Mortificar a uno con reprensión maligna y acerba. • **zaherimiento** n.m. Acción de zaherir.

zahína n.f. Planta anual, de la familia de las gramíneas, con cañas de dos a tres metros de altura, llenas de un tejido blanco y algo dulce y vellosas en los nudos.

zahón n.m. Especie de calzón de cuero o paño, con perniles abiertos que llegan a media pierna y se atan a los muslos. • **zahonado,a** adj. Aplícase a los pies y manos que en algunas reses tienen distinto color por delante, como si llevaran zahones.

zahorí n.m. **1.** Persona a quien se atribuye la facultad de ver lo que está oculto, particularmente aguas subterráneas. **2.** Fig. Persona perspicaz y escudriñadora.

zahorra n.f. MAR Lastre de una embarcación.

zaida n.f. Ave del orden de las zancudas, parecida a la grulla.

zaino,a adj. **1.** Se aplica al caballo o yegua castaño oscuro que no tiene otro color. **2.** En el ganado vacuno, el de color negro que no tiene ningún pelo blanco.

zalá n.f. Oración de los mahometanos, azalá.

zalagarda n.f. Riña, generalmente fingida, con mucho ruido.

zalamería n.f. Demostración de cariño afectada y empalagosa. • **zalamero,a** n. (apl. a pers.) y adj. Que hace zalamerías.

zalea n.f. Cuero de oveja o carnero, curtido de modo que conserve la lana; sirve para preservar de la humedad y el frío.

zalear v.tr. **1.** Arrastrar o menear con facilidad una cosa a un lado y a otro. **2.** Espantar y hacer huir a los perros y otros animales. • **zaleo** n.m. Acción de zalear.

zalema n.f. **1.** Fam. Reverencia o cortesía humilde en muestra de sumisión. **2.** Demostración de cariño afectada.

zalmedina n.m. Antiguo magistrado de Aragón con jurisdicción civil y criminal.

zaloma n.f. Voz cadenciosa simultánea en el trabajo de los marineros, saloma.

zamacuco n.m. **1.** Fam. Hombre tonto y torpe. **2.** Hombre solapado, que calla y hace su voluntad.

zamacueca n.f. Zamba.

zamarra n.f. **1.** Prenda de vestir, rústica, hecha de piel con su lana o pelo. **2.** Piel de carnero.

zamarrear v.tr. **1.** Sacudir el animal la presa que tiene asida con los dientes, para destrozarla o acabarla de matar. **2.** Fig. y Fam. Tratar mal a uno llevándolo con violencia o golpes de una parte a otra. • **zamarreo** n.m. Acción de zamarrear.

zamarrilla n.f. Planta anual de la familia de las labiadas, empleada como medicinal.

zamarro n.m. **1.** Zamarra, prenda de vestir. **2.** Piel de cordero. **3.** Fig. y Fam. Hombre tosco y rústico. **4.** Fig. y Fam. Hombre astuto, pillo.

zamba o **zambacueca** n.f. Danza popular sudamericana.

zambaigo,a **1.** n. y adj. Mestizo de negro e indio. **2.** *Méx.* Dícese del descendiente de chino e india o de indio y china.

zambo,a **I.** n. y adj. **1.** Se dice de la persona que tiene juntas las rodillas y separadas las piernas hacia fuera. **2.** Dícese, en América, del mestizo de negro e indio. **II.** n.m. Mono americano de larga cola prensil.

zamboa n.f. Especie de naranja.

zambomba n.f. Instrumento rústico musical, que produce un sonido fuerte, ronco y monótono. • **zambombazo** n.m. Porrazo, golpazo.

1. zambra n.f. **1.** Danza ritual gitana. **2.** Fig. y Fam. Jaleo.

2. zambra n.f. Especie de barco que usan los moros.

zambullir **1.** v.tr. y prnl. Meter debajo del agua con ímpetu o de golpe. **2.** v.prnl. Fig. Esconderse o meterse en alguna parte, o cubrirse con algo. • **zambullida** n.f. Acto de tirarse al agua de cabeza, desde cierta altura y a veces con impulso.

1. zambullo n.m. Orinal alto.

2. zambullo n.m. Olivo silvestre, acebuche.

Zamia n.f. Género de plantas arbóreas gimnospermas de América tropical.

zamorano,a **1.** n. y adj. Natural de Zamora. **2.** adj. Perteneciente o relativo a esta provincia o a su capital.

zampa n.f. Cada una de las estacas que se clavan en un terreno para hacer el firme sobre el cual se va a edificar.

zampabollos n.m. y f. Fam. Comilón, tragón.

zampar v.tr. Comer apresurada y excesivamente. • **zampón** n. y adj. Fam. Comilón, tragón.

zampeado n.m. ARQUIT Obra que se hace de cadenas de madera y macizos de mampostería, para fabricar sobre terrenos falsos o invadidos por el agua. • **zampear** v.tr. ARQUIT Afirmar el terreno con zampeados.

zampoña n.f. **1.** Instrumento rústico similar a la flauta. **2.** Flautilla de la caña del alcacer.

zamuro n.m. *Col.* y *Venez.* Aura (ave).

zanahoria n.f. **1.** Planta herbácea anual, de la familia de las umbelíferas, de raíz fusiforme comestible. **2.** Raíz de esta planta.

zanate n.m. *C. Rica, Guat., Hond., Méx.* y *Nicar.* Pájaro del orden de los dentirrostros.

zanca n.f. **1.** Pierna larga de las aves. **2.** Fig. y Fam. Pierna delgada. **3.** ARQUIT Madero inclinado que sirve de apoyo a los peldaños de una escalera. • **zancada** n.f. Paso largo.

zancadilla n.f. **1.** Acción de cruzar uno su pierna por detrás de la de otro, para derribarlo. **2.** Fig. y Fam. Engaño, trampa. • **zancadillear** v.tr. Poner la zancadilla.

zanco n.m. Cada uno de dos palos altos y dispuestos con sendas horquillas, en que se afirman los pies para andar por sitios pantanosos, y en ciertos juegos de agilidad y equilibrio. • **zancudo,a** **1.** adj. Que tiene las zancas largas. **2.** n. y adj. ZOOL Dícese de las aves que tienen los tarsos muy largos. ▷ n.f.pl. ZOOL Orden de estas aves. **3.** n.m. *Amér.* Mosquito.

zanfonía, zanfona o **zanfoña** n.f. Instrumento músico de cuerda.

zángano,a n.m. **I.** Macho de la abeja. **II.** n. y adj. Fig. y Fam. Holgazán. • **zanganear** v.int. Fam. Andar vagando de una parte a otra sin trabajar. • **zanganería** n.f. Calidad de zángano, hombre holgazán.

zangarriana n.f. **1.** VETER Especie de hidropesía de los animales. **2.** Fig. y Fam. Enfermedad leve y periódica.

zanguango,a n. y adj. Fam. Indolente, perezoso.

zanja n.f. **1.** Excavación larga y estrecha que se hace en la tierra. **2.** *Amér.* Arroyada. • **zanjar** v.tr. **1.** Abrir zanjas. **2.** Fig. Resolver los inconvenientes de un asunto. • **zanjón** n.m. **1.** Cauce grande y profundo por donde corre el agua. **2.** *Chile.* Despeñadero, precipicio.

zanquear v.int. Andar mucho y con prisa.

zanquilargo,a n. y adj. Fam. Que tiene largas las zancas o piernas.

1. zapa n.f. **1.** Excavación o zanja de una trinchera. — Fig. *Labor* o *trabajo de zapa.* Maquinación solapada de destrucción progresiva. **2.** Especie de pala que usan los zapadores. • **zapador** n.m. Soldado destinado a trabajar con la zapa. • **zapar** v.int. Trabajar con la zapa.

2. zapa n.f. **1.** Piel áspera de algunos selacios. **2.** Piel o metal labrado que imita los granos de la lija.

zapallo n.m. **1.** *Amér. Merid.* Árbol bignoniáceo. **2.** *Amér. Merid.* Cierta calabaza comestible. **3.** *Arg.* y *Chile.* Fig. y Fam. Chiripa.

zapapico n.m. Herramienta que se usa para excavar en tierra dura y para demoler.

zapata n.f. **1.** Pieza del freno de los coches que actúa por fricción contra el eje o las ruedas. **2.** Pedazo de cuero o suela que se pone debajo del quicio de la puerta para que no rechine. **3.** *Cuba.* Zócalo. **4.** *Chile.* Telera de arado. **5.** ARQUIT Pieza puesta horizontalmente sobre la cabeza de un pie derecho para sostener la carrera que va encima y aminorar su vano.

zapatazo n.m. **1.** Golpe dado con un zapato. **2.** Fig. Caída y ruido que resulta de ella. **3.** Fig. Golpe que suena. **4.** MAR Sacudida que produce el viento en la vela.

zapatear **I.** v.tr. **1.** Golpear con el zapato. **2.** Dar golpes en el suelo con los pies calzados. **3.** Golpear el conejo rápidamente la tierra con las manos, cuando siente el peligro. **4.** Fig. y Fam. Disputar. **5.** EQUIT Dar muchos golpes al contrario con el botón o zapatilla. **II.** v.int. **1.** EQUIT Moverse el caballo aceleradamente sin cambiar de sitio. **2.** MAR Dar zapatazos las velas. **III.** v.prnl. Fig. Tenerse firme con alguno. • **zapateado** n.m. Baile español con zapateo. ▷ Música este baile. • **zapateo** n.m. Acción y efecto de zapatear.

zapatero,a **I.** n.m. y f. Persona que hace zapatos o los vende. **II.** n.m. **1.** Pez teleósteo, del suborden de los acantopterigios. **2.** Insecto que se mueve en la superficie del agua de los ríos. **3.** Renacuajo. **III.** adj. Se aplica a legumbres que se encrudecen al echar agua fría en la olla cuando se están cociendo. • **zapatería** n.f. **1.** Taller donde se hacen zapatos. **2.** Tienda donde se venden. **3.** Oficio de hacer zapatos.

zapateta n.f. **1.** Golpe que se da con el pie o zapato, brincando al mismo tiempo. **2.** Brinco sacudiendo los pies. **3.** pl. Golpes que se dan con el zapato en el suelo en ciertos bailes.

zapatilla n.f. **1.** Zapato ligero y de suela muy delgada. **2.** Zapato para estar en casa. **3.** Suela del taco de billar. **4.** Uña o casco de los animales de pata hendida. **5.** Rasgo horizontal que adorna los trazos rectos de las letras. **6.** ESGR Forro de cuero con que se cubre el botón de los floretes y espadas. **7.** *Zapatilla de la reina.* Pamplina (planta papaverácea). • **zapatillazo** n.m. Golpe dado con una zapatilla.

zapato n.m. Calzado que no pasa del tobillo.

zapatudo,a adj. Dícese del animal muy calzado de uña.

zaporózhets o **zaporogos,** cosacos del Dniéper. Se rebelaron contra los soberanos polacos pero tuvieron que someterse a Rusia (1654); Catalina II abolió la semiautonomía de que disfrutaban.

zapote n.m. **1.** Árbol americano de la familia de las sapotáceas, de unos 10 m de altura, con copa redonda y espesa, flores rojizas y fruto comestible, de forma de manzana. ▷ Fruto de este árbol. **2.** *Chico zapote.* Árbol americano de la familia de las sapotáceas, de unos 20 m de altura, con copa piramidal, flores blancas y fruto drupáceo. ▷ Fruto de este árbol.

zapotecas, grupo étnico de México. Su cultura, casi independiente del resto de las naciones indígenas de México, se desarrolló en lo que es hoy el estado de Oaxaca. Mantuvieron con los aztecas una política compleja, a la vez de enfrentamientos armados y acuerdos entre las respectivas casas reales.

zapoyolito n.m. *Amér. Central.* Ave trepadora, especie de perico pequeño.

zaque n.m. Odre pequeño.

zaques, nombre que se daba a los jefes chibchas de Tunja (actual Colombia).

zaquizamí n.m. Fig. Cuarto pequeño y sucio.

zara n.f. *Perú.* Maíz.

zarabanda n.f. **1.** Danza picaresca antigua. ▷ Música y canto de esta danza. **2.** Fig. Cualquier cosa que causa ruido estrepitoso.

zaragalla n.f. Carbón vegetal menudo.

zaragata n.f. Fam. Pendencia, alboroto. • **zaragatear** v.int. Fam. Armar zaragata.

zaragate n.m. *Amér. Central, Méx., Perú* y *Venez.* Persona despreciable.

zaragatona n.f. **1.** Planta herbácea anual, de la familia de las plantagináceas. **2.** Semilla de esta planta.

zaragozano,a **1.** n. y adj. Natural de Zaragoza. **2.** adj. Perteneciente o relativo a esta provincia o a su capital.

zaragüelles n.m.pl. Planta de la familia de las gramíneas.

zaramagullón n.m. Somorgujo (pájaro).

zaramullo n.m. *Perú* y *Venez.* Zascandil.

zaranda n.f. **1.** Cribo, criba. **2.** Cedazo que se emplea en los lagares para separar los escobajos de la casca. • **zarandar** v.tr. Pasar el grano o la uva por la zaranda.

zarandaja n.f. Fam. Cosa menuda, sin valor.

zarandear **I.** v.tr. y prnl. **1.** Agitar una cosa. **2.** P. ext., Sacudir a una persona bruscamente. **II.** v.prnl. **1.** Fig. Ajetrear. **2.** *Perú, P. Rico* y *Venez.* Contonearse. • **zarandeo** n.m. Acción y efecto de zarandear o zarandearse.

zarapito n.m. Ave del orden de las zancudas, de cabeza pequeña, pico delgado y encorvado por la punta; plumaje pardo por encima y blanco por debajo. Vive en las playas y pantanos.

zarazas n.f.pl. Masa venenosa que se empleaba para matar animales.

zarazo,a adj. *Amér. Merid.* Aplícase al fruto a medio madurar.

zarcear **I.** v.tr. Limpiar cañerías con zarzas. **II.** v.int. **1.** Andar el perro por los zarzales para buscar la caza. **2.** Fig. Andar de una parte a otra.

zarceta n.f. Cerceta (ave).

zarcillitos n.m.pl. Tembladera (planta gramínea).

1. zarcillo n.m. **1.** Pendiente, arete. **2.** Marca que se practica al ganado lanar en las orejas. **3.** BOT Cada uno de los órganos con que ciertas plantas se agarran a tallos u otros objetos próximos.

2. zarcillo n.m. Azadilla de escardar.

zarco,a adj. De color azul claro.

zarevich o **zarevitz** n.m. Título que recibía el hijo mayor y heredero del zar.

zargatona n.f. Zaragatona (planta).

zariano,a adj. Perteneciente o relativo al zar.

zarigüeya n.f. Mamífero didelfo nocturno, propio de América, de cola larga.

zarina n.f. **1.** Título que recibía la esposa del zar. **2.** Emperatriz de Rusia.

zarismo n.m. HIST Régimen político de Rusia antes de la revolución de febrero de 1917.

1. zarpa n.f. **1.** Garra de ciertos animales. **2.** Lodo que se queda en la parte baja de la ropa. • **zarpazo** n.m. Golpe dado con la zarpa. • **zarpear** v.tr. *C. Rica* y *Hond.* Salpicar de barro.

2. zarpa n.f. ARQUIT Parte que en la anchura de un cimiento excede a la del muro.

zarpanel adj. ARQUIT Arco carpanel.

zarpar v.tr. e int. MAR Levar anclas para partir.

zarrapastroso,a n. y adj. Fam. Desaseado, andrajoso.

zarria n.f. Tira de cuero que se mete entre los ojales de la abarca, para asegurarla bien.

zarza n.f. Arbusto de la familia de las rosáceas, de tallos sarmentosos, con aguijones; flores blancas o róseas, y cuyo fruto es la zarzamora. — *Zarza ardiente.* Arbusto espinoso, de frutos naranja o rojos. • **zarzal** n.m. Sitio poblado de zarzas.

zarzagán n.m. Cierzo muy frío y no muy fuerte.

zarzamora n.f. **1.** Fruto de la zarza. **2.** Zarza.

zarzaparrilla n.f. Arbusto espinoso de tallos volubles (familia liliáceas).

zarzaperruna n.f. Rosal silvestre, escaramujo.

zarzarrosa n.f. Flor del escaramujo.

zarzo n.m. Tejido de varas, cañas, mimbre o juncos, que forma una superficie plana.

zarzoso,a adj. Que tiene zarzas.

1. zarzuela n.f. **1.** Obra dramática y musical en que se declama y se canta. **2.** Letra y música de esta obra.

2. zarzuela n.f. Cierto guiso de pescado.

zas Voz expresiva del sonido que hace un golpe, o del golpe mismo.

zascandil n.m. Fam. Hombre despreciable y enredador. • **zascandilear** v.int. Andar como un zascandil.

zatara o **zata** n.f. Especie de balsa fluvial.

zato n.m. Mendrugo o pedazo de pan.

zaufonía n.f. Instrumento músico de cuerdas que, en lugar de arco, tiene una rueda que las hiere al girar.

zeda n.f. Nombre de la letra *z*.

zedilla n.f. Cedilla.

zegríes, nombre de una estirpe nazarí, que reinó en Granada desde principios del s. XV hasta 1492. Los zegríes lucharon contra los abencerrajes (v.) y, con sus continuas luchas, provocaron un paulatino debilitamiento del reino, que fue aprovechado por los castellanos para conquistarlo.

zéjel n.m. Composición estrófica de la métrica popular de los moros españoles.

zelote n.m. HIST Miembro de una secta judía que se rebeló contra Tito en el s. I d. J.C.

zen n.m. Denominación de un movimiento budista surgido en Japón a fines del s. XII.

zendo,a adj. Avéstico.

zenit n.m. Cenit.

zeolita n.f. MINER Silicato natural que contiene un elevado porcentaje de agua no ligada.

zepelín n.m. Dirigible de grandes dimensiones con estructura metálica.

zeta n.f. **1.** Zeda. **2.** Sexta letra del alfabeto griego.

zeugma o **zeuma** n.m. GRAM Figura de construcción, que consiste en que cuando una palabra que tiene conexión con dos o más miembros del período, está expresa en uno de ellos, ha de sobrentenderse en los demás.

ziémstvo n.m. HIST En la Rusia zarista, asamblea provincial en la cual todas las clases estaban representadas.

zigofiláceo,a adj. BOT Cigofiláceo.

zigoto n.m. BIOL Cigoto.

zigurat n.f. ARQUEOL Torre sumerobabilonia, en forma de pirámide escalonada.

zigzag n.m. Serie de líneas que forman alternativamente ángulos entrantes y salientes. • **zigzaguear** v.int. Serpentear, andar en zigzag.

zinc n.m. Cinc.

zingiberáceo,a adj. BOT Cingiberáceo.

Zinjanthropus n.m. PALEONT Homínido fósil, del grupo de los austrolopitecinos.

zinnia n.f. Planta ornamental de la familia de las compuestas.

zipa, nombre de los jefes chibchas de Bacatá (actual Bogotá, Colombia).

zipizape n.m. Fam. Riña ruidosa o con golpes.

Zircón n.m. MINER Circón.

Zirconio n.m. Circonio.

zīríes, dinastía berebere de fines del s. X fundada por Ibn Zīrī, que reinó en el N de África (Túnez y E de Argelia; cap. *Kairuán*) hasta mediados del s. XII. Uno de los varios grupos ziríes conquistó Granada, constituyendo un reino de taifas. Eran hostiles a los fatimíes, su territorio fue invadido por los hilalíes h. 1050. La dinastía desapareció después de la invasión de los almohades.

zloty n.m. Unidad monetaria polaca.

Zn QUIM Símbolo del cinc.

zoantropía n.f. PSICOL Afección mental por la cual el individuo cree ser un animal.

-zoario Sufijo procedente del griego *zoon*, «animal», y del sufijo *-ario*.

zócalo n.m. **1.** ARQUIT Cuerpo inferior de un edificio u obra. **2.** ARQUIT Friso de la parte inferior de una pared. **3.** ARQUIT Miembro inferior del pedestal, debajo del neto. **4.** ARQUIT Especie de pedestal. **5.** GEOL, GEOGR Conjunto de terrenos graníticos o pizarrosos que forman los basamentos de los continentes.

zocas, grupo étnico de México. Ocupaban un vasto territorio que comprende zonas de los actuales est. de Oaxaca, Chiapas y Tabasco. Parientes de los mayas. Hacia el s. XV el antiguo reino zoca de Teopatán fue subdividido en cuatro principados, con cap. en Quechula, Mezcalapa, Zimatán y Ocozocuatla. A partir de 1484 fueron sometidos por los aztecas, a quienes pagaban tributos en algodón, cacao, plumas, pájaros vivos, etc. En la actualidad no superan los 15.000 individuos y viven del cultivo del maíz, frijoles y calabazas.

1. zoco n.m. **1.** Zueco. **2.** ARQUIT Zócalo.

2. zoco n.m. En Marruecos, mercado.

zodíaco n.m. **1.** ASTRON Zona o faja celeste por el centro de la cual pasa la eclíptica. **2.** Representación material del zodíaco. • **zodiacal** adj. Perteneciente o relativo al zodíaco.

-zoico Sufijo procedente del griego *zoikos*, «propio de los animales».

zoide n.m. BIOL Célula reproductora móvil.

zoilo n.m. Fig. Crítico presumido y maligno.

zoltaní n.m. Moneda turca de oro, soltaní.

zombi n.m. Muerto resucitado por hechicería, según los adeptos al vudú.

zompopo n.m. *Amér. Central.* Hormiga de cabeza grande.

zona n.f. **1.** Extensión considerable de terreno cuyos límites están determinados por razones administrativas, políticas, etc. — *Zona de influencia.* Parte de un país débil que varias potencias reservan a una de ellas para que ejerza un predominio económico o cultural. — *Zona verde.* Dícese del terreno que se destina a arbolado o parques. **2.** GEOGR Cada una de las cinco partes en que se considera dividida la superficie de la Tierra por los trópicos y los círculos polares. **3.** GEOM Parte de la superficie de la esfera comprendida entre dos planos paralelos. **4.** PAT Enfermedad eruptiva infecciosa que se manifiesta a lo largo del nervio afectado. **5.** TECN Parte de un motor que corresponde a un nivel de energía dado.

zoncera o **zoncería** n.f. *Amér.* Tontería.

zonchiche n.m. *C. Rica, Hond.* y *Nicar.* Cierto buitre con la cabeza roja sin plumas.

zonote n.m. Depósito subterráneo natural de agua, cenote.

zoo- o **-zoo** Elemento compositivo que entra en la formación de algunas voces españolas con el significado de «animal».

zoófago,a n. y adj. ZOOL Que se alimenta de materias animales.

zoofilia n.f. **1.** Excesivo apego por los animales. **2.** PSIQUIAT Perversión que se manifiesta con el deseo de tener relaciones sexuales con animales.

zoófito **1.** ZOOL Dícese de ciertos animales que aparentaban tener caracteres propios de seres vegetales. **2.** Antiguo grupo zoológico que comprendía los animales con aspecto de plantas.

zooflagelados n.m.pl. ZOOL Subclase de protozoarios rizoflagelados.

zoofobia n.m. PSIQUIAT Miedo patológico a los animales.

zooftirio n.m. ZOOL Anopluro.

zoogameto n.m. BIOL Gameto móvil provisto de uno o varios flagelos.

zoogeografía n.f. Estudio de la distribución de las especies animales en la superficie del planeta.

zooglea n.f. BIOL Conjunto de bacterias aglutinadas en una sustancia gelatinosa.

zoografía n.f. Parte de la zoología, que tiene por objeto la descripción de los animales.

zoolatría n.f. Adoración, culto de los animales.

zoolito n.m. PALEONT MINER Fósil de un animal o de una de sus partes.

zoología n.f. Ciencia que trata de los animales. • **zoológico,a** adj. **1.** Perteneciente o relativo a la zoología. **2.** Parque abierto al público donde se muestran animales en cautividad. • **zoólogo,a** n.m. y f. Persona que profesa o es versada en zoología.

zoom n.m. TECN Objetivo fotográfico de distancia focal variable.

zoomorfo,a adj. De forma de animal. • **zoomorfismo** n.m. **1.** Representación con la forma de un animal. **2.** Metamorfosis en animal.

zoonosis n.f. MED Enfermedad de los animales transmisibles al hombre.

zooplancton n.m. Parte del plancton constituida por animales.

zoopsia n.f. PSIQUIAT Visión alucinatoria de animales.

zoopsicología n.f. CIENC Estudio de la psicología de los animales.

zoospermo n.m. Espermatozoide.

zoospora n.f. BOT Espora con órganos filiformes, que le sirven para nadar.

zoosporangio n.m. BOT Esporangio que contiene zoosporas.

zootaxia n.f. ZOOL Clasificación de los animales.

zootecnia n.f. Estudio científico de los animales domésticos.

zootomía n.f. Parte de la zoología, que estudia la anatomía de los animales.

zopas n.m. y f. Fam. Persona que cecea mucho.

zopenco,a n. y adj. Fam. Tonto y abrutado.

zopo,a adj. Dícese del pie o mano torcidos o contrahechos y la persona que los tiene.

zoqueta n.f. Especie de guante de madera con que el segador protege la mano.

zoquete I. n.m. 1. Pedazo sobrante de madera, corto y grueso. 2. Fig. Pedazo de pan grueso e irregular. 3. Fig. y Fam. Hombre feo y de mala traza. II. n.m. y adj. Fig. y Fam. Persona ruda y tarda.

zorcico n.m. 1. Composición musical vas-

1. zorra n.f. 1. Mamífero carnicero de hocico agudo, orejas empinadas, pelaje pardo rojizo y cola larga y gruesa. 2. Hembra de esta especie. 3. Fig. y Fam. Persona astuta y solapada. 4. vulg. Prostituta.

2. zorra n.f. Carro bajo y fuerte para transportar pesos grandes.

zorrero,a adj. 1. Aplícase a la embarcación pesada en navegar. 2. Fig. Que va detrás de otros.

zorrillo n.m. *Guat.*, *Hond.* y *Nicar.* Mofeta, mamífero.

zorrino n.m. Mamífero carnívoro afri-

zorro n.m. 1. Macho de la zorra. 2. Prenda hecha con la piel de este animal. 3. Hombre astuto. 4. pl. Tiras de piel u otro material, que unidas y puestas en un mango, sirven para sacudir el polvo.

zorruno,a adj. Perteneciente o relativo a la zorra, animal.

zorzal n.m. I. 1. Pájaro del mismo género que el tordo, de cuerpo grueso y plumaje pardo por encima, rojizo con manchas grises en el pecho y blanco en el vientre. 2. Fig. Hombre astuto y solapado. 3. *Chile.* Papanatas, hombre simple. II. ZOOL *Zorzal marino.* Pez teleósteo, acantopterigio, de color más o menos oscuro, según la estación.

zoster n.f. PAT Erupción a lo largo de un nervio. • **zosteriano,a** adj. MED Relativo al zona.

zote n. y adj. Ignorante, torpe y muy tardo en aprender.

zozobrar I. v.int. 1. Peligrar la embarcación, por la fuerza y contraste de los vientos. 2. Fig. Peligrar el logro de una cosa. 3. Fig. Acongojarse y afligirse en la duda. II. v.int. y prnl. Perderse o irse a pique. III. v.tr. Hacer zozobrar. • **zozobra** n.f. 1. Acción y efecto de zozobrar. 2. Oposición y contraste de los vientos, que ponen al barco en peligro. 3. Fig. Inquietud y angustia.

Zr QUIM Símbolo del circonio.

zuavo n.m. Soldado de un cuerpo de infantería colonial creado en Argelia en 1831.

zucurco n.m. *Chile.* Planta de la familia de las umbelíferas.

zueco n.m. 1. Zapato de madera de una pieza. 2. Zapato de cuero con suela de madera.

zulaque n.m. Betun de escoria y cal para tapar las juntas de las cañerías.

zulúes, pueblo negro del grupo bantú, que vive en el S de África, sobre todo en Zimbabwe y en la República Sudafricana. El Imperio zulú, que tuvo considerable importancia en el s. XIX fue destruido, a pesar de su tenaz resistencia, por los bóers y los ingleses. Actualmente, los zulúes (cuatro millones aprox.) viven en parte en las reservas de Sudáfrica.

zulla n.f. BOT Planta herbácea, vivaz, de la familia de las papilionáceas.

zumacar v.tr. Adobar las pieles con zumaque.

zumaque n.m. BOT Arbusto de la familia de las anacardiáceas. Tiene mucho tanino y lo emplean los zurradores como curtiente. — *Zumaque del Japón.* Sustancias resinosas secretadas por diversas especies botánicas del género *Rhus.*

zumaya n.f. 1. Autillo (ave). 2. Chotacabras. 3. Ave nocturna del orden de las zancudas. • **zumacaya** n.f. Zumaya (ave zancuda).

zumbar I. v.int. 1. Hacer una cosa ruido o sonido continuado, seguido y bronco. 2. Fig. y Fam. Faltar poco para algo. II. v.tr. Fam. Golpear, atizar. III. v.int. y prnl. Fig. Dar vaya o chasco a uno. • **zumba** n.f. 1. Cencerro grande. 2. Fig. Chanza o chasco ligero. 3. *Col.*, *Chile* y *P. Rico.* Tunda, zurra. • **zumbador,a** 1. adj. Que zumba. 2. n.m. ELECTR Dispositivo electromagnético que produce un zumbido. • **zumbido** n.m. Acción y efecto de zumbar. • **zumbón,a** n. y adj. Fig. y Fam. Burlón.

zumel n.m. *Chile.* Calzado que usan los araucanos semejante a las botas de potro.

zumillo n.m. 1. Dragontea (planta). 2. Tapsia (planta).

zumo n.m. 1. Líquido de las hierbas, flores, frutas u otras cosas semejantes. 2. Fig. Utilidad y provecho que se saca de una cosa.

zuna n.f. Ley tradicional de los mahometanos.

zuncuya n.f. *Hond.* Cierta fruta de sabor agridulce.

zuncho n.m. Abrazadera de metal. • **zunchar** v.tr. Colocar zunchos para reforzar algo.

zunteco n.m. *Hond.* Especie de avispa negra.

zunzún n.m. *Cuba.* Pajarillo, especie de colibrí.

zuñir v.tr. Igualar los plateros las desigualdades y asperezas de la filigrana.

zupia n.f. 1. Poso del vino. 2. Fig. Lo inútil de cualquier cosa.

zurano,a adj. Dícese de las palomas silvestres.

zurcir v.tr. 1. Coser la rotura de una tela. 2. Suplir con puntadas muy juntas y entecruzadas los hilos que faltan en el agujero de un tejido. 3. Fig. Unir y juntar sutilmente una cosa con otra. • **zurcido** n.m. Unión o costura de las cosas zurcidas.

zurdo,a n. y adj. Que usa de la mano izquierda con mayor habilidad que la derecha.

1. zuro n.m. Corazón de la mazorca del maíz después de desgranada.

2. zuro,a adj. Dícese de las palomas y palomos silvestres.

zurrapa n.f. 1. Brizna o sedimentos que se posan en los líquidos. 2. Fig. y Fam. Cosa vil y despreciable.

zurrar v.tr. 1. Fig. y Fam. Dar una paliza a alguien. 2. Fig. y Fam. Censurar a alguien con dureza en público. 3. Curtir y adobar las pieles. • **zurra** n.f. 1. Acción de zurrar las pieles. 2. Fig. y Fam. Paliza.

zurriaga n.f. Zurriago. • **zurriago** n.m. 1. Látigo. 2. Correa para bailar el trompo. • **zurriagar** v.tr. Castigar con el zurriago. • **zurriagazo** n.m. 1. Golpe dado con el zurriago. ▷ Fig. Golpe dado con una cosa flexible. 2. Fig. Desgracia o mal suceso inesperado.

zurrón n.m. 1. Bolsa grande de pellejo, propia de los pastores. 2. Cualquier bolsa de cuero. 3. Cáscara primera y más tierna de algunos frutos. 4. Bolsa formada por las membranas que envuelven el feto. 5. Quiste.

zurubí n.m. *Arg.* Surubí.

zurullo n.m. 1. Fam. Pedazo rollizo de materia blanda. 2. Fam. Excremento sólido.

zutano,a n.m. y f. Fam. Vocablo usado como complemento, y a veces en contraposición, de *fulano* y *mengano,* y con la misma significación cuando se alude a tercera persona.

zuzon n.m. Hierba cana.

Zygaena n.f. Género de mariposas diurnas que habitan los jardines.

Este livro DICCIONARIO PRÁCTICO DE LA LENGUA ESPAÑOLA de José Hernandez e Rafael Fierro Martinez é o volume 16 da coleção Dicionários Garnier. Impresso na Prol Editora Gráfica Ltda, Av. Papaiz, 581 - Diadema - São Paulo, para Livraria Garnier, à Rua São Geraldo, 53 - Belo Horizonte - MG. No catálogo geral leva o número 3036/6B. ISBN. 85-7175-086-6.

Prol
editora gráfica
Av. Papaiz, 581 - Jd. das Nações - Diadema / SP
Fone: (011) 7640-6199 Fax: Ramal 215
WWW.prolgrafica.com.br
prol@uol.com.br